京华学术文库

中国散文通史

ZHONGGUO SANWEN TONGSHI

主编 漆绪邦

增订本【上】

首都师范大学出版社
CAPITAL NORMAL UNIVERSITY PRESS

图书在版编目(CIP)数据

中国散文通史 / 漆绪邦主编．—增订本．—北京：首都师范大学出版社，2014.8

ISBN 978-7-5656-2039-3

Ⅰ.①中…　Ⅱ.①漆…　Ⅲ.①散文—文学史—中国　Ⅳ.①I207.6

中国版本图书馆 CIP 数据核字(2014)第 199398 号

ZHONGGUO SANWEN TONGSHI

中国散文通史(增订本)·上

漆绪邦　主编

责任编辑　张慧芳

首都师范大学出版社出版发行

地　址　北京西三环北路 105 号

邮　编　100048

电　话　68418523(总编室)　68982468(发行部)

网　址　www.cnupn.com.cn

北京集惠印刷有限责任公司印刷

全国新华书店发行

版　次　2014 年 10 月第 1 版

印　次　2014 年 10 月第 1 次印刷

开　本　787mm×1092mm　1/16

印　张　34.5

字　数　575 千

定　价　260.00 元（全三册）

CONTENTS | # 目 录

第二卷　汉代散文

第三卷 魏晋南北朝散文

原　序

作为文化的主要载体，散文在文化的传播、积累和发展中，起着最重要的作用。要了解我国悠久丰厚的传统文化，不能不了解我国的历代散文。

在中国文学史上，就数量而言，散文为最大宗。散文是随着文字的产生而产生的。就现有的考古发现而言，公元前十三四世纪，我国就有了成熟的文字——甲骨文，同时也就有了散文。我国的散文，已经有三千多年的历史。在三千多年中，随着时代的发展、文化的演进，散文也经历了漫长的发展演进的过程。在这个过程中，产生了大量的散文作家作品，取得了无比丰硕的成果。《中国散文通史》的编撰，就是为了对中国历代散文做一个系统的总结和描述，说明各个时代散文的风貌，各个时期之间散文的传承演变，以及散文作家作品的思想和艺术成就，以期读者能对源远流长的中国散文有一个系统的了解，并进而了解中国各个历史时期的文化面貌。

应该说明的是，从中国散文发展的实际出发，本书所谓的“散文”，是一个比较宽泛的概念。我们不局限于所谓的“纯文学散文”的界说，而把说理、记事、记人、抒情、写景的文章都视作散文；我们也不囿于传统的“古文”观念，而把散行的、偶俪的文章都视作散文，同时把赋也视作散文了。当然，我们也没有把诗歌、小说、戏剧之外的所有的书面文字都当作散文，历代大量的传注之文、译经之文、宋、明道学语录等，我们就没有涉及。笔记谈丛，产生于汉、魏，唐、宋以后，数量极多，应该是我国散文的一个方面，但限于篇幅，我们也涉及不多。

按照历代散文发展的实际，本书分为上、下两卷。先秦至隋唐五代为上卷；两宋至近代(至五四运动)为下卷。

参加本书编写的，多为学有专长、长期从事中国散文教学与研究的专家与学者。

具体分工如下：

先秦编：牛鸿恩；

两汉编：张建业；

魏晋南北朝编：李景华；

隋唐五代编：王新霞、王军；

宋代编：邱少华、易鑫鼎、李景华、李勤印、漆绪邦、王凯符、牛鸿恩；

辽金元编：王凯符、漆绪邦；

明代编：邱少华；

清代编：王凯符；

近代编：易鑫鼎。

此外，胡山林、杨铸、孟留喜、刘可撰写了部分内容。

在本书编写中，我们尽可能地参考、吸收了近代以来专家学者的中国历代散文研究成果。但由于系统地编写自甲骨文至近代的大型中国散文史，本书还是第一次，在这方面，缺乏借鉴，缺乏经验，本书的缺欠疏漏之处肯定不少。我们切望得到专家们和广大读者的批评指教。

编　者
1992 年 10 月

增订本序

谭家健

漆绪邦主编、首都师范大学十多位学者集体撰写的《中国散文通史》(以下简称《通史》)，1994年由吉林教育出版社出版。二十年后，经修改增补由首都师范大学出版社于2014年出版，字数由150万字增加到180多万字。如此煌煌巨著，实为中国古代散文研究史上的一项重大收获。我谨表示热烈的欢迎和衷心的祝贺，并略述感想如次。

第一点，此书是中国散文研究史上第一部巨型的完整的通史。

中国古代散文源远流长，作家作品数量之多超越诗歌、小说、戏剧，然而中国散文通史的出现，却迟后于其他文体。

1936年，陈柱的《中国散文史》由商务印书馆出版，10万字。是我国第一部散文史，勾勒出古代散文发展的大致轮廓，具有开创体例的拓荒之功。

1944年，方孝岳的《中国散文概论》，由世界书局出版，4万字，属于通论性质，尚非通史，重点介绍议论文。

1958年，人民文学出版社编选、出版《中国古代散文研究论文集》，收录论文13篇，涉及先秦至清代作家、作品，仅有若干点而未成线，不能算史。

上世纪六七十年代，没有出版过中国散文史。八十年代以后，陆续出现一批著作。

1986年，郭预衡著《中国散文史》上册(先秦两汉魏晋南北朝)，由上海古籍出版社出版；1993年中册(唐宋)出版；1998年下册(明清)出版。共150万字，体大思精，富于独创性和多方面的开拓性。然而其下册的出版晚于首都师大《通史》四年。

1990年，兰少成著《中国散文写作史》，由广西教育出版社出版，15万字。

1991年，刘振东、商洪奎、杜豫合著《中国散文发展史》，由中州古籍出版社出版，42万字。

1992年，谢楚发著《中国散文简史》，由长江文艺出版社出版，20万字。

1994年及以后出版的中国散文史，首都师大的学者写作尚不可能看到，恕不一一列举。

1994年以前出版的断代散文著作，计有：谭家健、郑君华合著《先秦散文纲要》(1987)、韩兆琦、吕伯涛合著《汉代散文史稿》(1986)、孙昌武《唐代古文运动通论》(1984)、李道英《唐宋古文研究》(1984)、吴小林《唐宋八大家》(1984)、吴孟复《唐宋八大家概述》(1985)、朱世英、郭景春《唐宋八大家散文技法》(1989)、葛晓音《唐宋散文》(1990)、洪本健《宋文六家活动编年》(1993)等。

一部巨型的学术著作，特别是通史类著作的撰写，必须充分利用前人和同代人的成果。从上述简单的书目中不难看出，在《通史》之前，中国散文通史性著作是比较少的。即使以篇幅与《通史》相同的郭预衡《中国散文史》而论，当时尚缺下册明清部分；上册、中册之体例、角度与首都师大通史有较大的差异。至于其他的几部散文史，篇幅都比首都师大《通史》少得多。从断代散文著作来看，唐宋较多，先秦两汉各一，六朝和元明清阙如。在这样的学术背景之下，写作长达150万字的巨型通史，其难度非同小可。我强调这一点，就是要如实地肯定首都师大"通史"的开创之功。尤其是填补部分空白之功。而且要指出，1995年以后迄今出版的中国散文史著作已有十多部，从十几万字到70多万字不等，它们都受到首都师大"通史"和郭预衡先生著作的沾溉。这两部同为150万字的巨著，在中国散文研究史上是值得大书特书的。

第二点，通史的撰写与修订，是首都师大中文系几代学者长期科研和教学成果的结晶。

1980年，署名北京师范学院(首都师范大学前身)中文系古典文学教研室选注、北京出版社出版的《古代散文选》(上下册)出版。该书由廖仲安先生主持编写，李景华、牛鸿恩、邱少华都是主要执笔者。当时同类选注尚少，多次再版，发行量甚大。

刘国盈先生多年致力于韩愈研究，先后出版《唐代古文运动论稿》(1984年)、《韩愈评传》(1991年)、《韩愈丛考》(1999年)等专著。分别由陕西人民、文化艺术、北京师院出版社出版。

1984年，牛鸿恩、邱少华选注的《战国策选注》，由天津古籍出版社出版。

1984年，漆绪邦、王凯符编选的《桐城派文选》，由安徽人民出版社出版。

1985年、1987年，牛鸿恩、邱少华编注的《先秦诸子军事论译注》、《先秦经史军事论译注》，先后由军事科学出版社出版。

1989年，李景华等五位学者撰写的《中国古代散文九讲》，由北京出版社出版。此书实为中国古代散文小史。后来被韩国李钟汉教授等译成韩文，由韩国启明大学于2007年出版。

1991年，王凯符著《八股文概说》，由和平出版社出版，后来又被中华书局及首都师范大学出版社再版。

1992年，张建业著《李贽评传》由福建人民出版社出版。

首都师大中文系的学者们还发表了许多有关中国古代散文的研究论文。以上这些都为撰写《中国散文通史》打下了坚实的基础。

“通史”出版以后，该书的作者们继续在中国古代散文研究方向辛勤耕耘，取得了大量成果，为此书的增订作了充分的准备。

先秦方面，牛鸿恩、邱少华、王凯符分别编选《中国古代军事散文精选》先秦卷、清代卷，2001年由解放军文艺出版社出版。唐宋方面，李景华协助今日中国出版社，编辑《唐宋八大家散文全集》，于1996年出版。邱少华、易鑫鼎等分别校点了《柳宗元集》、《苏洵集》，于2000年，由北京书店出版社出版。明清方面，张建业主编了《李贽全集注》、《李贽小品笺注》，牛鸿恩、王凯符有《陈继儒小品文选注》，易鑫鼎有《梁启超选集》(上下册)《论语集义新编索解》。易先生还著有《中国古代散文研究论辩》，把建国五十多年来从先秦到明清散文研究中的各种不同意见，作了比较系统的梳理和摘要，极具学术参考价值。

1996年，由首都师范大学中文系主办的第一届中国古代散文学术研讨会在北京召开。会后成立了中国古代散文学会，选举郭预衡先生为会长，漆绪邦、谭家健、韩兆琦、孙昌武、曾枣庄、刘衍为副会长，牛鸿恩先生为秘书长，李勤印先生为副秘长，学会秘书处设在首都师范大学。从1996年至2014年，已在全国各地举办了九次中国古代散文学术研讨会，而第十次研讨会又将由首都师范大学主办。2010年，首都师范大学成立了中国散文研究中心。此次“通史”的修订再版，得到了中国散文中心的大力支持。十多年来，参与中国古代散文学会工作的首都师大的学者们，为推动中国古代散文研究做了许多卓有成效的工作，包括每年出版简报，两年一次筹备学术讨论会，经常与国内外同行保持联系等等。

这里我要特别提到漆绪邦教授，他是《通史》的主编，也是第一届中国古代散文学术研讨会的组织者。对修订《通史》他早有谋划，可惜已于2008年逝世，未能看到《通史》的新版。他的贡献是此书的读者们不会忘记的。

第三点，《通史》在学术上有许多新的贡献。这篇小序不可能详述，只能谈谈印象最深刻的若干闪光点。

首先，结构宏大，纲目分明，还有相当多的内容属于填补空白，有相当多的作家作品是人们忽略或注意不够的。

全书共九卷：分别论述先秦、汉代、魏晋南北朝、隋唐五代、宋代、辽金元（此卷为新创）、明代、清代、近代。全书1976页，辽金元至近代887页，接近全书的一半篇幅，而这一半恰恰是当时以至如今中国散文史研究比较薄弱的环节。尤其明清部分和近代部分，是很大的填补工程，开拓工程。下面抄录清代散文目录：第一章，清初学者之文：黄宗羲、顾炎武、王夫之；第二章，清初作家之文：侯方域与雪苑社，魏禧与易堂九子，汪琬和他的散文圈，归庄、王猷定、周容、钱谦益、吴伟业；第三章，康熙散文：朱彝尊、王士禛、潘耒，姜宸英、计东、邵长衡、廖燕，叶燮、冯景、李绂、韩菼；第四章，乾嘉散文：袁枚、蒋士铨、全祖望、章学诚、乾嘉学者的散文；第五章，桐城派前期及阳湖派散文：戴名世、方苞、刘大櫆、阳湖派；第六章，桐城派中后期散文：姚鼐、姚门弟子的散文、桐城派后期的散文；第七章，清代骈文：清代骈文复兴及其原因，清前期骈文（陈维崧、毛奇龄、吴兆骞等）、清中后期骈文（胡天游、汪中、洪亮吉等）。《通史》对每位作家皆详考生平，尤其政治态度；全面介绍其作品，哪些方面是代表作或成就较高的，哪些方面是一般的甚至平庸的。明清两编的概说写得稳当公允，较少畸轻畸重的片面性。

其次，把作家作品与所处时代的政治、历史、哲学、文化背景联系起来，融会贯通，纵横比较，作出精辟的概括与评价。以先秦部分而论，关于《易传》的论述，肯定其天地世界生成论比于《老子》的"道生一，一生二，二生三，三生万物"更切实明确。关于万物变化的思想，"把天道自然，社会政治，进德修业全部贯通了，眼界超过了孔孟，理论更系统"。其文风"不同于《孟子》的犀利有锋芒，也不像《荀子》的淳朴平实，而比较温厚和平，带一点雍容之气，比较接近《论语》的风格。""惯于运用成双作对的骈俪句法，有时奇偶相间，音韵相和，对后来骈体文的形成有影响。”关于《逸周书》，前此的文学史较少提到。《通史》肯定它为先秦史传之文，其中《世俘》《克殷》等篇有很高的史料价值。《太子晋》有精彩的故事，完整的情节和丰满的人物形象。有大批议论文，论政，论兵，论人才，论道德伦理。爱用四言排比句，用数字分列纲与目，分层次论析。如《文酌》篇，先提出民生而有欲、恶、乐、哀、德、则六欲，接着说：“则有九聚，德有五宝，哀有四忍，乐有三事，恶有二咎，欲有一极。”下面再把这五、四、三、二、一分别具体说明。《通史》作者认为，“这样的回环倒卷，整齐排列，在作者是用心用意的。”“这些特点与《尚书》的《洪范》极其相似，”可能出于同一时代。《通史》所揭示的正是《逸周书》理论已形成体系的表现。

关于《战国策》，“通史”的作者研究精辟，多发他人所未发。把《左传》《国语》的语言与《战国策》相比，认为《左传》“把严谨典雅的官方语言运用到极致，而《战国策》则改换为浅易流畅，生动活泼的民间口语。《左传》行文从容迂徐，而且总是范我驰驱，写得精要含蓄；而《战国策》的文章特别是策士说辞，则常常畅所欲言，议论风发，奔腾雄快”。还指出，《战国策》的叙事文，故事情节完整，曲折，生动，人物形象鲜明，都超过了以前的作品。有一些篇章通过一章综述一个人一生的事迹或描述其一段时期的重要经历。明显是由社会的史向人的史过渡，是史传文学的一大进展，并且为《史记》确立人物为中心的记传体开创了先例。上述各例表明《通史》作者具有深刻的“史”的意识，不同于通常的作家作品论。此次修订，执笔者根据新近出土的资料，对《老子》和《左传》的成书年代，以及《春秋》是否经孔子修订作了新的论证，进而肯定孔子的修订权。

再次，“通史”的作者在充分掌握相关材料以及前人不同意见的基础上，不囿成说，提出新见或新的补充发挥，把有些作家放在新的高度，对有些作家不讳言其缺失。所作评价虽不见得就是定论，但很能启发思考，开拓思路。

以魏晋南北朝散文而论，《通史》给予曹丕较充分的评价。对他的《典论・自序》和一些书信赞赏有加。说他“以一个普通人的身份，畅叙友情，表达心态，或喜或悲，不装腔作势，不无病呻吟，而直抒胸臆，放言无忌，因而读来亲切感人。其父文章通脱，表现大胆而直率；曹丕的通脱，表现真实而深沉。”这样的分析恰到好处。对于陈琳，既肯定其讨曹操檄文之气势和文字技巧，也指出言过其实，毫无根据地人身攻击。更联系他归附曹操后作《檄吴将校部曲文》，转过头来，大捧曹操，因而受到许多古代批评家的指责。《通史》说：“陈琳很像战国时期朝秦暮楚的策士”。这是一针见血之论。对于阮籍《大人先生传》,《通史》用三千多字详加评介,最后也引用钱钟书之言曰:“曼衍而冗沓。”对于沈约,既充分肯定其《谢灵运传论》、《恩倖传论》,又指出他的哲理论文如《神不灭论》之类,都是迎合当权者的需要而写的,没有个人的真知灼见,思想上和技巧上都不如他的史论全面而深刻。关于庾信的《哀江南赋》,《通史》说它:“博大精深,前无古人,是屈原《离骚》之后,将个人身世与国家民族密切结合的自传性质的作品的又一创获。”同时引用金人王若虚的批评:“堆垛故实”,“荒芜不雅。”“申包胥之顿地,碎之以首,尤不成文也。”《通史》补充说:“几乎句句用典,于作者苦心孤诣,于读者终隔一层,恐怕是骈体辞赋中一个极端的事例,实在不足为训。”批评是切中肯綮的。

一个时期以来,学术界一些人对于古人似乎有“为贤者讳”的倾向,少谈或不谈缺失,尤以为乡贤作传者为甚。我以为,科学的态度应该是,放在特定历史条件下,作实事求是的比较与考察,力求是非功过恰如其分。《通史》作者所采取的立场是公允客观的,是值得提倡的。

斗转星移,初版二十年后,当年的执笔者多已进入耄耋之年,难以对原书进行全面修订,此次增订较多者,主要是较年轻的王军和李勤印两位执笔的唐宋部分,增补了二十五万多字,内容更加充实丰富。

王军先生从新改写了中唐散文和晚唐五代散文。经过对《全唐文》相关部分的认真梳理后,或补充或新增,如对中唐梁肃的祭文集序,详加分析,对其后世影响,亦切实论证。陆贽的骈体奏议的成就,以及对骈体文改造之功,都有更充分的论述。其他如欧阳詹、李观、皇甫湜、沈亚之、刘禹锡的介绍,都更为充实。

晚唐散文增加了李德裕、牛僧孺、舒元舆、刘蜕等。此次新增一节,专论五代散文,比较详尽地介绍了牛希济、黄滔、徐寅、徐铉几位作者。

李勤印先生执笔的宋代部分,较前更臻完美。扩充了范仲淹、宋庠、宋祁、尹洙、梅尧臣、苏舜钦。新增余靖、蔡襄、李觏、文同、沈括、邵雍、周敦颐、张载、程颢、程颐。加了吕祖谦和叶适。李先生于宋人笔记,用力甚勤,评价沈括《梦溪笔谈》颇见功力,认为其成就在《容斋随笔》、《困学纪闻》之上。

本书的作者,都是我的老朋友,目睹他们的勤奋和谦虚,作为同道,我对他们有着美好的记忆。此次《中国散文通史》再版,值得庆幸,本人表示诚挚的祝贺,是为序。

第一卷 先秦散文

牛鸿恩 撰写

概　述

散文可以说起源于原始的结绳、刻木记事，结绳、刻木的事件要想得到流传，需要辅以口头传述，等有了文字，把口耳相传的事件记录下来，这就是散文。

我国的散文最早产生于什么时代，现在无从确考。不过我们认为，夏朝开始进入青铜器时代，进入奴隶制社会，并且积累了天文历法知识，应当是一个有文字的王朝。如果说夏朝十七王的世系得以流传，还可以依靠结绳、刻木或史官记忆做到，那么春秋战国时人(如《左传》襄公四年和《天问》、《离骚》等)所讲述的那样繁复的夏代史实，不是依据曾经有过的文字记载资料，则是不可想象的(《左传》襄公四年所说是依据《夏训》)。《尚书》中的《甘誓》，《墨子·明鬼下》引用它称为《禹誓》，文字大致相同，有人以为出于后人之手，有人以为是夏代文字而后人有改窜。《左传》引《夏书》十余次，《国语·周语中》引用《夏令》，《孟子·梁惠王上》引用《夏谚》，这些《夏训》、《夏书》、《夏令》、《夏谚》等等，很难说都是出于后人的造作。阮元曾说，古人无笔墨纸砚之便，以简策传事者少，以口舌传事者多，同为一言，转相告语，恐有愆误，“必寡其词，协其音，以文其言，俾得易于记诵，无复增改”(《揅经室三集》卷二《文言说》)。《左传》所引《夏书》有一些只是片语只言，但也可以确定其中韵语约占一半，《墨子》所引《禹誓》，《孟子》所引《夏谚》都是韵语，很可以证实阮元之说。夏朝应该是产生了散文的。

商朝在盘庚迁殷(今河南安阳)以后出现了奴隶制的兴盛时期，农牧业、手工业都很发达，青铜器不仅种类繁多，而且工艺水平极高。商朝贵族物质丰富，生活奢侈，音乐歌舞高度发展。《礼记·表记》称“虞夏之质，殷周之文”，比起夏朝的朴野，殷商自可以称“文”。这是一个神权统治的时代，“殷人尊神，率民以事神，先鬼而后礼”(同上)，统治者极端迷信，阴晴风雨，祭祀殉葬，出行田猎，事事占卜，卜官把占卜的事件和结果记录在龟甲兽骨上，这就是卜辞。因为出土的卜辞极多，涉及面广，为我们提供了殷商时代丰富的历史资料。这是我们今天所能看到的不容争议的最可靠散文。卜辞之外，也有少量记事刻辞，长者不过百多字。卜辞能够明白达意，有的已具备了记叙散文的要素。殷商的青铜器上开始有了铭文，少的一个字，最多的不超过五十字。内容多是记述得到殷王赏赐，作器铭以为纪念。我们不认为卜辞、铭文可以代表殷商散文的水平。《尚书·商书》的《盘庚》三篇，学术界都认为，虽然带有某些后代文字的色彩，仍然是很可靠的殷代文献，它所表现的神权思想与卜辞一致，而篇幅颇长(上中下三篇近一千三百字，上篇近六百字)，语气传神，有形象的比喻，表达水平比卜辞、铭文高得多。

周灭殷，引起了政治、思想上的一次变革，“旧制度废而新制度兴，旧文化废而新文化兴”(王国维《观堂集林》卷十《殷周制度论》)。周人夺取政权以后，感悟到“天命靡常”、“天不可信”，战战兢兢，唯恐坠失天命，于是提出了“敬德”、“保民”、“明德”、“慎罚”的主张，由殷人的一味迷信鬼神转向重视人事，制礼作乐，分封诸侯，实行宗法等级制度，采取了一套巩固政权的政治措施。“周人尊礼尚施，事鬼敬神而远之”(《礼记·表记》)，就是指此而言。这些思想和制度对后代产生了很大影响。

西周时代的文献比较丰富，除《诗经》的“周颂”、大小“雅”之外，有《尚书》中的《周书》及铜器铭文和《周易》。今存《周书》中的大部分文章是西周初年的可靠文献，表现的是周人的新思想，但是文字仍然像《盘庚》一样难读，《大诰》比《盘庚》还艰深。其中《无逸》思想杰出，有论点，有论证，层次清晰，首尾完具，是一篇恳挚的训诫文字。《顾命》写成王之死和康王即位，礼仪隆重，场面宏大，铺叙井井有条，是一篇成功的记事文章。可以认为，《尚书》标志着我国古代散文已经形成。西周是铜器铭文的鼎盛时期，长铭将近五百字，或记言或记事，如记训诫，记战功，记封赏以及狱讼、土地交易等等，多方面地反映了社会生活，足以补《尚书》的不足。偶有较为生动的叙事，也富于感情色彩。其中有相当数量的用韵铭文。周原也出土了西周前期的卜辞，文字表达水平无可称道者，值得注意的是《周易》中的筮辞。《周易》筮辞上起殷商末年，编定的时间不早于春秋中期，虽然语句零散，但是可以窥见古代的一些社会生活，部分筮辞和六十四卦的排列，表现了编者的哲学思想和政治观点，大量运用象征手法，能表现真切的情景，记述技巧比《尚书》有进一步提高。

春秋战国之际是中国历史上大动荡、大变革的时期。生产力的空前发展，导致生产关系的改变。鲁国的“初税亩”(《春秋》宣公十五年)，透露出奴隶制瓦解和封建地主制诞生的信息。此后韩、赵、魏三家分晋、田氏代齐，各国先后实行变法，相继确立了地主制。与此相关的另一方面，则是王室衰微，礼坏乐崩，大国争霸。春秋一代，“弑君三十六，亡国五十二”。意识形态也相应地发生变化，如西周以来远鬼神、重人事的观念发展为春秋时期的民本思想，到战国时期更扫除鬼神观念而代之以人治、法治的主张。孔子兴办私学，弟子三千，身通六艺者七十余人，“皆异能之士也”，这对于打破世袭贵族垄断文化的局面和士阶层的形成，起了巨大的推动作用。七国争雄，合纵连横，各国统治者都寻求兼并统一或自强自立的方策，争相罗致人才，战国四公子和秦相吕不韦均养士多达三千，齐国稷下尊各派学者为列大夫，不治而议，亦招致数百千人。这为士人从事政治和学术活动提供了广阔的舞台，是政治精英、思想精英大显身手的时代，士的地位空前提高。“士贵耳，王者不贵”，“得罪一士，社稷其危”，就是在这种背景下产生的思想和言论。策士凭借口舌奏功，折冲尊俎，擒敌户内，“转危为安，运亡为存”，可以平步青云。由于传统思想崩溃，思想界也呈现出大解放的形势，如何治理国家，如何统一天下，是当时面临的大课题，各派学者争抒所见，竞言变革，议论风发，无所避忌，形成了中国历史上所仅见的处士横议，百家争鸣的局面，儒、墨、道、法、阴阳、纵横、兵、名、农、杂，学派蜂起，人才辈出，哲学、政论等学术著作，丛生叠现。他们相互驳难，各是所是，各非所非，但是也相互启发、吸收，“相灭亦相生也”，“相反而皆相成也”，“皆有所长，时有所用”。于是在中国文化史上展现出一个最富于创造力和最为光辉灿烂的时期。在这个时期，产生了大量新思想、新观点，如孟子民贵君轻的民本思想，荀子“天行有常”、“制天命而用之”的唯物论，《老子》、《易传》丰富的辩证法，墨家成体系的逻辑学，韩非子主张变革的历史观，《孙子》杰出的军事学等等，都是我国文化史上的珍贵遗产。

诸子的哲理散文著作，举其要者，有儒家的《论语》、《孟子》、《荀子》及《易传》、《礼记》，墨家的《墨子》，道家的《老子》、《庄子》，法家的《商君书》、《韩非子》，杂家的《管子》、《吕氏春秋》，兵家的《孙子》，名家的《公孙龙子》等等。这些著作涉及哲学、政治、伦理、法律、宗教、军事、经济、教育、逻辑、文论等各个方面。就文学价值而言，《孟子》、《庄子》、《荀子》、《韩非子》成就最高，它们都是在论辩和斗争中产生，因此文章富于激情，文笔犀利，气势充沛，宏博壮丽。它们又善用文学的手法，运用比喻、寓言和历史故事说理，因此极富形象性。具体讲，《孟子》和《庄子》文学性最强，特别是《庄子》，天马行空般的想象力，善于“指事类情”的表现力，奇异斑斓的浪漫主义色彩，雄踞于诸子之上。而《荀子》和《韩非子》析理的成就最高。

当时的史书也十分丰富。《国语·楚语上》载，楚国申叔时谈教授楚庄王太子八个方面的内容，其中的“春秋”、“世”、“令”、“语”、“故志”、“训典”五类，都是类别不同的史书。墨子见过“百国春秋”，引用过周、燕、宋、齐的《春秋》(《墨子·明鬼下》)，孟子提到晋之《乘》，楚之《梼杌》，鲁之《春秋》(《孟子·离娄下》)，但是这些著作流传下来的很少。早期的史书，不过是备忘录性质的“历谱谍”或大事记，但是随着社会的发展，史家产生了历史观念，他们通过记述废兴成败的历史事实，要“惩恶而劝善”，“耸善而抑恶”，而统治者要从中汲取经验教训，策士、学人要储积游说、著书的资料，于是有历史著作的勃兴。鲁《春秋》是鲁国史官写的编年史，经过儒家的修订，进一步表现出尊王攘夷的鲜明倾向，并且“不道鬼神”，文字简要，明白晓畅，与《尚书》的“佶屈聱牙”迥乎不同，遣词造句，属辞比事，多含刺讥褒讳之意。此后有所谓“《春秋》三传”，《公羊传》、《谷梁传》着重解释《春秋》的“微言大义”，也有些比较生动的记事，传授于战国，写定于西汉。《左传》叙事虽以《春秋》为纲，也解释《春秋》，但不受《春秋》限制，是我国第一部叙事详细完整的编年史，思想出色，内容丰富，全面系统地反映了春秋二百多年间的社会面貌，是宏伟而优美的历史画卷。长于记述战争和行人辞令，情节曲折生动，人物形象鲜明，在史传文学中，只有司马迁的《史记》和它前后辉映。《国语》与《左传》有相近的思想倾向，有生动的情节和人物的描写，但是偏重记言，多发议论，思想、文学成就都不及《左传》。《左传》、《国语》的成书时间比较晚，《左传》成书约在公元前四世纪六十年代前后，已入战国中期，所使用的史料当然是出于春秋时代。《战国策》与《左传》不同，《左传》主要写世袭贵族，重礼尚文，《战国策》主要写策士、纵横家，记述他们的活动和游说辞，表现他们的思想意识、价值观念。《战国策》的游说辞是行人辞令的进一步发展，铺张扬厉，辩丽横肆，气势夺人，有极强的鼓动性和说服力。《战国策》的叙事更多小说色彩，情节富于戏剧性，人物神采飞扬，在史传文学中也占有突出的地位。需要指出的是，纵横家及其文风在当时有很大的影响。章学诚说："战国者，纵横之世也。纵横之学，本于古者行人之官……比兴之旨，讽谕之义，固行人之所肄也。纵横者流，推而衍之，是以能委折而入情，微婉而善讽也。九流之学，……及其出而用世，必兼纵横，所以文其质也。"(《文史通义·诗教上》)纵横家是游说的行家里手，经验丰富，而儒、墨、法各家推行自己的主张，也离不开游说，因此自觉不自觉地受到纵横家游说辞的浸染。孟子的雄辩，墨家的《公输》等文乃至宋玉的赋，可以明显地看到纵横家的影响，《庄子·说剑》、《韩非子·初见秦》、《管子·霸言》更属纵横家言。《战国策》，确实代表着一代文风。史传散文中还有一部《晏子春秋》，也不乏生动的描写，是先秦唯一写一人之史的著作。

先秦散文领域只有赋是纯文学体裁。战国后期，在诗歌、散文发展的基础上，文体有了新的发展，如楚辞中产生了介于诗、文之间的《卜居》、《渔父》那样的作品，而宋玉和荀子更综合多种文体，特别是借鉴楚辞、说辞和谐隐，推出了便于铺陈咏物的一种新文体——赋。宋玉的赋，刻画细致，辞彩华丽，艺术性很高，它为先秦散文史点染了一笔艳丽的色彩，并且开了汉代大赋的先河。

我们分先秦散文为四类，一类是卜筮散文，即殷商卜辞和《周易》卦爻辞。"巫以记神事"，它们出于巫卜之手，是古人迷信的产物。从文章角度说，都属于应用文。人类早期的散文大约都是应用文。第二类是史传散文，其中的铜器铭文和《尚书》中的文告、演说辞，也属于应用文。但是《春秋》以下，通过记述史实定是非、寓褒贬，则不可视为应用文。《尚书》中的《金縢》开始有了人物传记的因素，《左传》完整地记录了很多人物的事迹，而"郑伯克段于鄢"、"晋公子重耳出亡"更打破编年的体例，集中描写人物，已经是人物传记的写法，《战国策》的某些文章和《晏子春秋》已经是人物传记，所以我们称之为史传散文。第三类是哲理散文，即诸子之书，称"哲理"比称"诸子"显得明确、具体。这样称说并非出于我们的发明。第四类是辞赋，辞指楚辞，本不属于散文的范畴，因为要论述楚辞中的《卜居》、《渔父》，所以就和宋、荀之赋，统而称之了。

章学诚说："盖至战国而文章之变尽，至战国而著述之事专，至战国而后世之文体备。"(《文史通义·诗教上》)认为战国时代具备了后世的各种文体，自然有些夸张，不过我们上面所说应用文、记叙文、说理文、赋，已是四类散文，而史传散文又有编年体、国别体和记事、记言之分，在哲理散文中，又有语录体、对话体、经说体、专题论文及立论、驳论等等。而哲理散文中的寓言又具有相对的独立性，实际是后世小说的蓝本。所以章氏之言是有一定理据的。

上文说过，先秦散文大都是经国济世之文，作者们以高涨的热情，积极参与政治，争相制订治国方略，揭露腐朽的统治者，抨击社会弊端，同情人民疾苦，鼓唱民为邦本，他们几乎个个是社会改革论者。其中儒家、道家的《论语》、《孟子》、《老子》、《庄子》对中国知识分子、对作家诗人有极深广的影响，儒家思想更支配中国两千余年，以至影响到民族性格、民族心理的形成。因此，我们研究先秦散文，不可忽视对思想内容的研究。

先秦散文是中国散文史发展的第一个阶段，是中国古代散文的源头。由于春秋战国时期特殊的历史条件，造就了一批富于创造性的理论家和散文家，使先秦散文飞跃发展，到战国时期已屹然树起了一座高峰，不仅作家、作品数量众多，而且个性、风格不同，异彩纷呈，光耀夺目，《孟子》、《庄子》、《左传》、《战国策》是其中的代表，它们是古代汉语的标准作品，是我国古代散文的典范和楷模。后代的散文家、历史家，无不受到它们的哺育和熏染，后代的小说、戏剧也无不从它们学习技巧，吸收营养。先秦散文的光辉成就足以使我们引为自豪。

第一章
卜筮散文

文字出现以后，产生了散文。最初的散文都是应用文，首先是用于卜筮和记录史事的文字。鲁迅说：“连属文字，亦谓之文。而其兴盛，盖亦由巫史乎。巫以记神事，更进，则史以记人事也，然尚以上告于天；翻今之《易》与《书》，间能得其仿佛。”(《汉文学史纲要》)这里我们先谈谈我国文字的产生与演进，然后谈卜筮散文。

第一节　文字的产生及其演进

有了人类，就有了语言。然而语言不能突破时间和空间的局限，“传于异地，留于异时”。“结绳而治”，刻木记事，也不能适应日趋复杂的社会生活。经过漫长的历史时代和初民的不断摸索、积累，终于创造了记录语言的工具——文字。散文，就是文字发明以后应用于文献记录的产物。

我国文字(这里指汉字)起源于什么时代，学术界还没有一致的看法。在仰韶文化早期的陶器上，发现了许多刻画符号，距今约六千年以上。一些学者认为，这就是中国文字的源头：

> 那些刻画记号，可以肯定地说就是中国文字的起源，或者中国原始文字的孑遗。……种种地下资料、现存民俗和文献记载等参证起来看，中国文字的起

源应当归纳为指事与象形两个系统，指事系统当发生于象形系统之前。（郭沫若《古代文字之辩证的发展》，载《奴隶制时代》）

原始指事字一与二三亖（四）积画之出现，……是我国文字之创始。（于省吾《甲骨文字释林》页九七）

有人认为那只是一些符号，并不是文字，但是认为一些数字以至天干字可能出自这类符号。

在大汶口文化晚期的陶尊上，发现了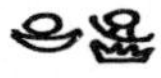等象形文字，距今约四千五百年。学者们认为这是文字。

可以肯定，夏代是一个有文字的王朝，这不仅由于夏王的世系（十四世十七王）完整地流传下来，夏代许多史迹为后人所熟知，而且夏代有了历法，夏朝后期的王如孔甲、胤甲、履癸都以天干字为名。《左传》等书屡次引用《夏书》、《夏训》、《夏谚》等，其中可能有可信的文字资料（有的学者认为《尚书》中的《甘誓》传自夏代）。当然，最初的文字记事可能十分简陋，比如文字中夹用图画、符号，或者只简略地写出一部分词语，像纳西族的东巴经那样，是完全可能的。

河南登封告城镇王城岗遗址和陕西商县紫荆遗址出土的陶文，可能是夏代的文字。

江西清江县吴城发现的陶文，有五个字、七个字甚至十二个字组合在一起的，大概已经是“会集众字以成辞义”了。它的时代约当中原的中商时期。

盘庚迁殷以后，产生了大量的甲骨卜辞，还有记事刻辞、铜器铭文，广泛记录了当时的社会生活。这时的文字虽然还没有完全定型，往往一字多体，但是已经相当进步，象形字变得很不象形，书刻技术十分熟练，指事、象形、会意、形声，假借，无不具备，已发现的不重复单字达四千五百以上。在可识读的约一千字中，象形字约占百分之三十七，会意和指事字占百分之四十，形声字占百分之十八（郭宝钧《中国青铜器时代》第五章第二节）。“形声”是汉字造字法中最进步的一种，事不可指，形不可象，意不可会，都可以通过“形声”法造字。当时形声字虽然还不占优势，但是这种造字法的出现，为汉字的大量孳乳开辟了广阔的途径。西周以后，形声字大量产生。据不完全统计，西周金文的新增字中，形声字约占百分之八十，春秋战国以及秦汉，形声字更以百分之九十以上的比例增长。春秋战国时期，散文作家之所以能那样从心所欲地记事说理，表情达意，出现百家争鸣的局面，一人著书甚至多达数万、十余万言，原因之一，就是当时的文字为他们提供了足够的表达工具。

讲文字的发展，散文的产生，不可不讲巫、史的作用。巫和史，是上古最有文化的人，卜筮散文和史传散文就是他们的作品。据说，仓(苍)颉是黄帝时史官，夏代有太史令终古，商代则确切可知有“史”、“尹”、“作册”等官职，都属史官一类。殷墟甲骨文有象形的“册”字、“典”字，“册”即串联起来的竹木简之形，“典”即双手奉“册”。周公曾经对殷遗民说：“惟尔知，惟殷先人有册有典：殷革夏命。”(《尚书·多士》)就是说，殷人的典册中记录了殷革夏命的史实。这些典册必定出自史官之手。

我国古籍中盛行仓(苍)颉造字的说法。《世本》说：“苍颉作书。”又说：“沮诵、苍颉，黄帝之史官。”文字是历代广大民众创造的，绝不是一时一人的产物。但说史官仓颉与文字有关，则有道理，如果确有其人，他应该是文字的搜集者和整理者。正如鲁迅所说：“有的在刀柄上刻一点图，有的在门户上画一些画，心心相印，口口相传，文字就多起来，史官一采集，便可以敷衍记事了。”(《门外文谈》)

第二节　甲骨卜辞

殷墟甲骨卜辞发现于清光绪二十五年(1899)，经过大规模收集、发掘和很多学者研究，取得很大成绩，形成专门的“甲骨学”。郭沫若、胡厚宣主编《甲骨文合集》精选甲骨四万余片，是著录甲骨文的集大成性著作。

殷墟(在今河南安阳西北小屯村)是盘庚至帝辛八世十二王二七三年间的都城。“殷人尊神，率民而事神，先鬼而后礼。”(《礼记·表记》)殷商统治者每事必卜，甚至一事数卜，卜后由殷王亲自视兆，判断吉凶，贞人把卜辞刻写在龟甲或兽骨上面，所以称为甲骨卜辞。另外有少数记事刻辞。

卜辞的内容，包括农业生产、天象(风雨)、旬夕(吉凶)、祭祀、征伐、田猎、疾梦、使令、往来、婚娶等等，涉及殷王生活的各个方面，具有极高的历史价值。

卜辞文字简短，少则数字，多则百余字，但是已经能够达意表情。例如：

癸巳卜，㱿贞：旬亡咎？王占曰："有祟，其有来艰。"乞(迄)至五日丁酉，允有来艰，自西。沚㦰告曰："土方正(征)于我东鄙，灾二邑。卬方亦牧我西鄙田。"(《卜辞通纂》五一二)

——癸巳日占卜，㱿问卦：十天之内没有灾殃吧？王视兆后判断说："有灾祸，将有患难来临。"到第五天丁酉日，果然从西方传来发生祸患的消息。沚㦰报告说："土方入侵者攻打了我们沚的东部边境，劫掠了两个邑。卬方也入侵了我们西部边境的土地。"

(破折号后面的文字为意译。下同)

这是形式完备的卜辞，分为叙辞、命辞、占辞、验辞四部分。作为叙事文来看，也可以说略具规模，对于时间、地点、人物、事件，都做了交代，初步具有了叙事文的要素。又如：

癸酉卜，亘贞：臣得？王占曰："其得唯甲乙。"甲戌，臣涉舟延召，弗告。旬有五日丁亥幸(执)。十二月。(转引自胡厚宣《甲骨文所见殷代奴隶的反压迫斗争》，载《考古学报》1976年第一期)

——癸酉日占卜，亘问卦：逃跑的奴隶抓得到吗？王看了卜兆说："抓到他，只能在甲、乙的日子。"甲戌这天，那个奴隶乘船过河的时候，陷在河里，耽误了时间，却没有人来报告，直到第十五天丁亥日，才把他抓住。这件事发生在十二月。

这是讲抓捕逃亡的奴隶，不仅有时、地、人、事，而且写了原因、结果，把事情发展的曲折过程也写出来了。又如：

戊午卜，争：水其驭兹邑，其为我家祖辛佐王，其家祖乙佐王？(《小屯乙编》三一六二)

——戊午日占卜，争贞问：洪水将要淹毁这都邑了，是我家祖辛保佑王，还是我家祖乙保佑王？

> 甲申卜，㱿贞：妇好冥(娩)，妫(嘉)？王占曰："其唯丁冥，妫；其唯庚冥，弘吉。"三旬又一日，甲寅，冥，不妫，唯女。(《殷墟文字丙编》二四七)
> ——甲申日占卜，㱿问卦：妇好分娩，能使人可心吗？王视兆以后说："如果在丁日分娩，就好；如果在庚日分娩，更是大吉大利。"过了三十一天，在甲寅日分娩了，不好，因为生了个女孩子。

不仅达意，这简直是表情了。大水要冲毁商邑，切盼先王保佑，使用了"我家"二字，充分表现了情急求助的口吻。妇好是商王武丁的妻子，屡次率大军出征，武丁希望她生儿子，却生了个女儿，"不妫，唯女"，表达了很重的懊丧情绪。

其次，有的卜辞能用简练的语言，表现出真切的情景。例如：

> 今兹云，雨？(《殷虚书契》六·四三·四)
> ——现在天空这云，要下雨吗？

> 日若兹敏(晦)，唯年咎？(《卜辞通纂》四四八)
> ——日光这样的昏暗，会年头不好、发生灾祸吗？

贞人面对当时遇到的自然现象，使用表示近指的"兹"字，能生动地再现占卜时的真切情景，使人产生身临其境的感觉。又如：

> 王占曰："有祟！"八日庚戌，有各云自东面母，昃，亦有出虹自北饮于河。(《卜辞通纂》四二六)

这是说，在占卜的第八天庚戌日，天空出现了云彩，中午过后，又有虹从北方出来，伸头到河里去饮水。在甲骨文中，"虹"字"像两头龙蛇之形"，与《山海经·海外东经》所说"虹虹(即"虹")""有两首"是一致的。《艺文类聚》卷二引《黄帝占军诀》说"有虹从外南方入饮城中者"，《穷怪录》也说"首阳山中有晚虹下饮于溪泉"，都与这里所写的景象相合。这条卜辞不仅涉及神话传说，而且已经是生动形象的景物描写了。

卜辞不仅能够比较具体地写明多种情景，表达方式也有变化，以天象方面为例，举凡凤(风)、云、雨、雪、雬(落雨)、靁(零)、雷、霖、霁、霾、啓(昼晴)、星(夜晴)、雀(阴)、昜(阳)、雺(雾)、亘(晕)、易(暘，《说文》："日覆云暂见也。")以及日月蚀等等，都出现了。仅就下雨而言，卜辞就用多、少、大、小、茸、调、延、疾、烈、纵等词给予十分具体的形容：

乙，允(果然)雨，少。(《殷契粹编》八一六)

帝令多雨？帝不其令多雨？(《殷墟文字乙编》五三二九)

其遘(遇)大雨？其遘小雨？不雨？(《殷契粹编》八〇七)

不绎(茸)雨(毛毛雨)？(《殷契粹编》七二〇)

今夕不亦盘(和调)雨？(《殷契粹编》七九五)

今丁其征(延)雨(继续下雨)？(《卜辞通纂》三七八)

今夕其雨，疾？(《殷契佚存》五六五)

其亦烈雨？不亦烈雨？(《战后京津新获甲骨集》四一九)

今日奏舞，有从(纵)雨？(《殷契粹编》七四四)

有时候还对雨的起止、方向作细致的记述：

旬四日丙申，昃雨，自东，小采既。丁酉雨，自东。旬八日庚午，䆁人雨，自西，小，夕既。(《京都大学所藏甲骨文字》一一等十一三九〇)

——第十四天丙申日，午后下雨，是从东方上来的，傍晚雨停。丁酉日下雨，是从东方上来的。第十八天庚午日，䆁人地方下雨，是从西方上来的，雨很小，晚间雨止。

"凡卜辞，本均是疑问语。"(郭沫若《殷契粹编·考释》页六六)可是这些简短的疑问语并不呆板，表达得相当灵活多样。有时只靠语言环境表达疑问，有时使用表示揣测语气的"其"，也有的在句末使用疑问语气词，在正反对贞时，则又使用多种否定词"不"、"毋"、"勿"、"亡(无)"、"弗"、"弜"等等来表示疑问。"勿正(征)𢀛方？上下弗若？不我其受(授)又(佑)？""弜乎(呼)雩(不吩咐举行求雨祭)？亡从雨？

“有咎抑？亡咎执?”(“抑”“执”为疑问语气词)都可以作为这方面的例证。

卜辞的语法已经有“严谨的结构规律”，“奠定了后来汉语语法结构的基本形式”(陈梦家《殷墟卜辞综述》页一三三)。作为文章，它也不是幼稚的萌芽，已经能较好地表情达意，并且具备了初步的文学性。

第三节 《周易》筮辞

“龟为卜，策为筮”(《礼记·曲礼上》)。与龟卜不同的另一种占卦方式是策筮，即通过蓍草茎(策)的分揲预测吉凶。龟卜的记录是卜辞，最初的筮辞也是策筮的记录。筮法起源于古老的数占，时代很早，筮辞的出现至迟不晚于殷周之际。

《周易》分经、传两部分。经包括卦画、卦名和卦辞、爻辞。“周”是朝代名，“易”是变易(据《系辞》说，还有“简易”的意思)，所以称《周易》。关于《周易》筮辞的作者和时代，《系辞》推测说：“《易》之兴也，其于中古乎？作《易》者其有忧患乎?”又说：“《易》之兴也，其当殷之末世，周之盛德邪？当文王与纣之事邪?”于是有人指实为文王作卦辞，周公作爻辞，近人虽然不相信文王、周公作筮辞，但是大多认为筮辞编定于殷周之际或西周初年。我们认为，今存筮辞中有些产生于殷周之际，但它是逐渐积累而成，从六十四卦的编排和筮辞所表现的思想水平与文字技巧来看，《易经》的写定不早于春秋时期，《左传》昭公二年(前 540)载：“晋侯使韩宣子来聘，……观书于大史氏，见《易象》与《鲁春秋》。”《易象》即后世所说的《易经》，当时可能编定不久，所以特意请贵宾观看。

《易经》六十四卦，每卦六爻，卦爻辞共四百五十条(《乾》、《坤》两卦爻辞各七条)。作为筮书，卦爻辞当然要讲吉凶休咎，宣扬“自天佑之，吉”(《大有·上九》)，“何(荷)天之衢(休)，亨”(《大畜·上九》)之类的迷信，但是到了汉代，《易经》跃升群经之首，除了《易大传》的大力阐扬，不能不说也有它本身的原因。筮辞的编著者写进了对于天道、人事的观察体验，其中包含着深刻、可贵的思想，对人们实有咨询指导的意义。在哲学上，卦爻辞有了对立统一的观点，看到了对立面可以转化。六十四卦中有《泰》和《否》，《损》和《益》的对立，《泰·九三》更说：“无平不陂，无往不复。艰贞，无咎。”它还抛开天命鬼神，明确肯定事在人为，认为通过人的主观努力，可以逢凶化吉，免遭厄运。例如：

劳谦，君子有终，吉。(《谦·九三》)

——有功劳而能谦虚，君子会得到好结果，吉利。

不节若，则嗟若，无咎。(《节·六三》)

——有了不能节制的教训，则嗟叹懊悔，可免灾祸。

君子终日乾乾，夕惕若，厉，无咎。(《乾·九三》)

——君子整日勤勉努力，夜里也警惕反省，即使处于危险境地，也没有灾祸。

师出以律，否(不)臧，凶。(《师·初六》)

——军队出征靠的是纪律，如果纪律不好，就会遭遇凶险。

这些说法和《左传》中的“吉凶由人”“妖由人兴”的思想是完全一致的。

有的卦爻辞还明确地表达了编者的政治观点和政治态度，例如《临》卦各爻的爻辞：

咸(感)临，贞吉。

咸(诚)临，吉，无不利。

甘(钳)临，无攸利；既忧之，无咎。

至临，无咎。

知(智)临，大君之宜，吉。

敦临，吉，无咎。

——用感化的政策治理百姓，贞问是吉利的。

用宽和的态度临民治国，吉利，无所不利。

用钳制的办法对待百姓，没有一点好处；既已为此忧惧而改正，就没有灾祸。

亲自处理国事、君临百姓，没有灾祸。

以聪明睿智治理国家，这是君主所应当做到的，吉利。

以诚恳宽厚对待臣民，吉利，没有灾祸。(这里的理解和译文参据高亨《周易大传今注》和李镜池《周易通义》)

筮辞的编著者总结历史经验教训，系统地提出一套治国临民的主张，推崇德政，反对暴虐统治，并对统治者提出多种要求，这是西周以来保民、重民思想的体现，这不可能是策筮的记录，与其说是筮辞，不如说是浓缩的政治论文。像《井·九三》："井渫不食，为我心恻，可用汲。王明，并受其福。"《遁·六二》："执(縶)之用黄牛之革，莫之胜说(脱)。"更抛开断占辞，直接发表重用贤者的思想。

《易经》中的大多数卦都有中心论题，除上述《临》卦以外，如《谦》卦主张谦恭，《节》卦论述节制、节约，《豫》卦论述如何对待欢乐，都是讲道德修养、思想行为的专卦。

卦、爻辞可以分为拟象辞、述事辞和断占辞三部分。吉、凶、悔、吝、亨、厉、无咎，这些论断吉凶的话，即断占辞。《临》卦的"咸临"、"甘临"，《师》卦的"师出以律，否臧"，直述行事，即述事辞。拟象辞则是运用象征手法，通过具体物象显示吉凶休咎。《乾》卦的"飞龙在天"，《渐》卦的"鸿渐于干"，《履》卦的"履虎尾，不咥人"，都是拟象辞。《易经》的文学性，主要由拟象辞体现出来。

筮辞虽然与卜辞同类，语句也同样简短，却和卜辞有很大不同，它往往不是简单直接地说明吉凶，而是通过象征、比喻的手法，通过拟象辞所描绘的物象，隐寓事理和吉凶，因而象征性是筮辞首要的艺术特征。

> 履霜，坚冰至。(《坤·初六》)
> ——当脚下踩着秋霜，那坚冰凝冻的季节就要到来了。

这是说，事情由积渐而成，"冰冻三尺，非一日之寒"，应当见微知著，防微杜渐。

> 龙战于野，其血玄黄。(《坤·上六》)
> ——两条龙激战于郊野之中，殷红的血浸染在土地上。

这是斗争激烈，牺牲惨重之象。

> 密云不雨，自我西郊。(《小畜》)
> ——云虽然浓密，却没有下雨，因为云气是从我们的西郊升上来的。

“云向东，一阵风”，这是说，事情虽经酝酿而终未成功。

有的含有哲学意味，有的呈现浓烈的气氛，语言洗练，意象深远，写的是物象，说的是事理。语句虽然简短，然而“其旨远，其辞文”(《系辞》)。

筮辞不仅能生动地描写各种物象，而且还常常熟练地运用对偶、重言等多种修辞手法，使语言生色。例如：“舍尔灵龟，观我朵颐。”(《颐·初九》)“虎视眈眈，其欲逐逐。”(《颐·六四》)“震来虩虩，笑言哑哑。”(《震》)“震索索，视矍矍。”(《震·上六》)“得敌，或鼓，或罢，或泣，或歌。”(《中孚·六三》)

其次，有些拟象辞和某些述事辞常常采用民间故事和历史故事，因而，富有故事性是筮辞的另一个特征。

无妄之灾：或系之牛，行人之得，邑人之灾。(《无妄·六三》)

——不妄为却遭遇了意想不到的灾祸：有人拴了他的牛，过路的人顺手牵走了，结果邑人被诬枉，平白无故遭了祸殃。

睽孤见豕负涂，载鬼一车，先张之弧，后说(脱)之弧，匪寇，婚媾。(《睽·上九》)

——一个孤单的旅人，看见猪背上有很多污泥，大车上满载着鬼怪，起初他张弓想射，后来放下了弓箭，因为那些人不是寇盗，原是来结亲迎娶的。

又如“帝乙归妹，其君之袂，不如其娣之袂良，月几望，吉。”(《归妹·六五》)“鸟焚其巢，旅人先笑后号咷，丧牛于易。”都是取自历史故事。“困于石，据于蒺藜，入于其宫，不见其妻。”(《困·六三》)写的可能是古代部族之间的劫掠。

筮辞中有的故事略具寓言的色彩，在简短的情节中蕴含着讥讽的意味。例如：

眇能(而)视，跛能(而)履，履虎尾，咥人。(《履·六三》)

——眼睛瞎却硬要看，腿瘸却硬要走路，结果踩到老虎尾巴上，挨了咬。

见舆曳，其牛掣，其人天且劓。(《睽·六三》)

——见一辆车被拽住，他的牛也被牵制，赶车人还受到刺额割鼻的刑罚。

筮辞中约有三分之一的韵文，有的运用比兴，类似《诗经》中的《小雅》、《国风》，是很好的诗歌作品，如“鸣鹤在阴，其子和之。我有好爵，吾与尔靡之。”(《中孚·九二》)这同时也是优美的拟象辞，而且便于记诵，很适合策筮的需要。

《系辞》说：“《易》者，象也。象也者，像也。”又说：“八卦以象告，爻彖(爻辞、卦辞)以情言。”这说明了《易经》形式上的特点。所谓“象”，指的是卦象及爻象，“⚊”象征阳，“⚋”象征阴，乾☰、坤☷、震☳、巽☴、坎☵、离☲、艮☶、兑☱八卦，象征天、地、雷、风、水、火、山、泽八种事物。八卦相重为六十四卦，亦各有所象。如《遁》卦䷠由单卦艮、乾组成，象征“天下有山”，贤人不在朝廷之上，而在朝廷之下，隐居于山林岩穴之地，所以卦名为《遁》。又如《大壮》䷡，由乾、震组成，象征“雷在天上”，表示君臣易位(《左传》杜预注：“乾为天子，震为诸侯”)，所以史墨解释说：“社稷无常奉，君臣无常位，自古以然。……在《易》卦，雷乘乾曰《大壮》䷡，天之道也。”(《左传》昭公三十二年)这样的观物取象、设卦观象，当然不属于文学范畴，但是它同样要运用形象思维，它和拟象辞一起，都具有推动形象思维发展、提高文学形象性的功能。章学诚说：“《易》之象也，《诗》之兴也，变化而不可方物矣。”“《易》象……与《诗》之比兴，尤为表里。夫《诗》之流别，盛于战国人文，……然战国之文，深于比兴，即其深于取象者也。”(《文史通义·易教下》)这里把卦象和筮辞之象的作用及其对于后代作家的巨大影响都讲到了。

第四节 《周易大传》

《周易》的传，包括《彖》上、下，《象》上、下，《文言》，《系辞》上、下和《说卦》、《序卦》、《杂卦》七种十篇，汉代称为《易大传》，以别于汉人所作的《易传》(不过一般仍称为《易传》)，又称“十翼”，翼是辅助的意思。原本单行，汉人注《易》，开始把《彖》、《象》、《文言》分列在经文中。

司马迁说：孔子“序《彖》、《系》、《象》、《说卦》、《文言》。”(《史记·孔子世家》)班固则进一步说：“孔氏为之《彖》、《象》、《系辞》、《文言》、《序卦》之属十篇。”(《汉书·艺文志》)实际上，《易大传》并不是孔子作，也不出于一时一手，近人大都认为，《大传》各篇陆续写成于战国中后期至秦汉间。其中《彖》、《象》时代较早，《序卦》、《杂卦》时代最晚。《大传》产生较晚，其文章与卜辞、筮辞全然不同，以其长期与《易经》成为一体，姑附述于此。

《大传》是对《易经》的解释和发挥。如果说《易经》还是一部含有哲理的筮书，那么《大传》已经是儒家的一部哲理著作了。它与战国诸子著作的不同，只在于它是通过解释《易经》阐扬自己的观点，仍然与策筮保持着联系。

《大传》的释经，往往借题发挥，谈论作者自己在哲学、政治、伦理道德方面的观点。比如在哲学方面，《大传》认为天地起源于阴阳未分的元气"太极"，而"天地细缊，万物化醇。男女构精，万物化生。"(《系辞》下)认为天地交感产生万物，犹如男女交媾产生儿女。这种关于天地万物起源的理论，不仅彻底排除了神的观念，为《易经》所不能有，而且比《老子》的"道生一，一生二，二生三，三生万物"也来得切实明确。《大传》还深入探讨事物发展变化的规律，指出："乾坤其《易》之缊邪？乾坤成列，而易(变易)立乎其中矣。乾坤毁，则无以见易，易不可见，则乾坤或几乎息矣。"(《系辞》上)"一阴一阳之谓道"，任何事物都分为阴阳两个方面，没有阴阳的对立统一，就没有事物的发展变化，而没有发展变化，则天地阴阳也几乎要熄灭了。因此《大传》特别强调变化："穷则变，变则通，通则久。"(《系辞》下)这种深刻精到的思想，被认为代表了先秦哲学辩证法的最高水平。

在政治、人事上，《大传》主张，统治者的政治措施，必须顺天应人，使百姓心悦诚服：

> 兑，说(悦)也。刚中而柔外，说以利贞，是以顺乎天而应乎人。说以先民，民忘其劳；说以犯难，民忘其死。说之大，民劝矣哉！(《兑·彖》)

不仅如此，《大传》还接受《老子》的观点，反对贫富悬殊，在物质财富方面主张损有余补不足："损上益下，民说无疆。自上下下，其道大光。"(《益·彖》)"君子以裒多益寡，称物平施。"(《谦·象》)

在立身行事、德业修养方面，《大传》把《易经》说成是使人"寡过"、促人上进的教科书，发表了一些精湛的见解：

> 天行健。君子以自强不息。(《乾·象》)

盛德大业至矣哉！富有之谓大业，日新之谓盛德。(《系辞》上)

危者，安其位者也；亡者，保其存者也；乱者，有其治者也。是故君子安而不忘危，存而不忘亡，治而不忘乱，是以身安而国家可保也。(《系辞》下)

日往则月来，月往则日来，日月相推而明生焉；寒往则暑来，暑往则寒来，寒暑相推而岁成焉。往者屈也，来者信(伸)也，屈信相感而利生焉。尺蠖之屈，以求信也；龙蛇之蛰，以存身也。精义入神，以致用也；利用安身，以崇德也。过此以往，未之或知也。(《系辞》下)

讲盛德，讲安身，讲保国，强调自强、日新，特别要“穷神知化”——探求和掌握自然、社会神妙变化的辩证法。在这里，天道自然、社会政治、进德修业全部贯通了，眼界超过了孔、孟，理论更加系统。《大传》称《易经》“弥纶天地之道”，“范围天地之化而不过，曲成万物而不遗”(《系辞》上)，自然夸饰太过，如果把《大传》的阐扬发挥也包括进去，说得倒还比较接近实际。所以到了汉代，不仅把最晚定为儒家经书的《易》超升六经之首，而且把《大传》也一起视为“经”了——《汉书·艺文志》称“《易经》十二篇”，就是通指《经》上、下和“十翼”而言。

《大传》不同于卜辞、筮辞的简短，已经是很成熟的哲理文章，说理透彻，文字流畅，而且颇具文采。《系辞》、《文言》可以作为《大传》的代表。试读《系辞》上第一章：

天尊地卑，乾坤定矣。卑高以陈，贵贱位矣。动静有常，刚柔断矣。方以类聚，物以群分，吉凶生矣。在天成象，在地成形，变化见矣。

是故刚柔相摩，八卦相荡。鼓之以雷霆，润之以风雨。日月运行，一寒一暑。乾道成男，坤道成女。乾知大始，坤作成物。

乾以易知，坤以简能。易则易知，简则易从。易知则有亲，易从则有功。有亲则可久，有功则可大。可久则贤人之德，可大则贤人之业。易简而天下之理得矣。天下之理得，而成位乎其中矣。

这样的文章是有特色的。句法整齐，大多是骈偶句，而又很注意文字的变化。前面一段连续使用虚词“矣”，形成鲜明的节奏和特有的韵味，“是故”以下多使用韵语，“乾以易知”以下又隔句衔接，如连环套，读起来十分和谐动听。

多用骈偶句法，而且句式多样，是《大传》文章的特点。《文心雕龙·丽辞》说：“《易》之《文》《系》，圣人之妙思也。序《乾》四德，则句句相衔；龙虎类感，则字字相俪；乾坤易简，则宛转相承；日月往来，则隔行悬合。虽句字或殊，而偶意一也。”《大传》虽然不出于“圣人”(孔子)之妙思，但是刘勰的话确实抓住了《大传》的特点。所谓《乾》之四德，句句相衔，是指《文言》：“元者，善之长也；亨者，嘉之会也；利者，义之和也；贞者，事之干也。君子体仁足以长人，嘉会足以合礼，利物足以和义，贞固足以干事。”后面四句分别承接前面“元”“亨”“利”“贞”各句，两两相配，形式很整齐。虽然都是后文承接前文，它和上属“乾坤易简”一段的“宛转相承”又自不同。“龙虎类感，字字相俪”，指《文言》：“同声相应，同气相求。水流湿，火就燥。云从龙，风从虎。圣人作而万物睹。本乎天者亲上，本乎地者亲下，则各从其类也。”这种骈偶形式和前面所引《系辞》中的“日月往来，隔行悬合”的“偶意”又不相同。现代修辞学分对偶为正对、反对、串对等等，在上引各节中已是色色俱全。

《大传》各篇多讲乾坤、天地、阴阳、刚柔、动静的对立统一关系，作者惯于运用成双作对的骈偶句法，真可以说是内容和形式相互适应了。

阮元不止一次地把《文言》当成孔子的文章来赞扬，不仅看重它的奇偶相生，音韵相和，甚至说“亦有平仄焉”。我们在“龙虎类感”一节中，确实看到了平仄交替的情况，如“同声相应，同气相求”为平平仄仄、仄仄平平，其他“龙”与“虎”、“人”与“物”、“天”与“地”也都是平仄相对，这虽然不可能是自觉运用，带有偶然性，却应当承认是出于作者的追求音声之美，透露了文章向精美化发展的信息，对后代的骈体文是有影响的。

作为儒家之文，《大传》的文风，不同于《孟子》的犀利有锋芒，也不像《荀子》的淳朴平实，而比较温厚和平，带一点雍容之气，比较接近《论语》的风格。例如《系辞》上的一节：

君子居其室，出其言善，则千里之外应之，况其迩者乎？居其室，出其言不善，则千里之外违之，况其迩者乎？言出乎身，加乎民；行发乎迩，见乎远。言行，君子之枢机，枢机之发，荣辱之主也。言行，君子所以动天地也，可不慎乎？

但是，《大传》的作者终究是战国时人，生在那样的时代，笔下不可能不透露出战国时代的气息，特别是《系辞》，其中颇有气势酣畅的章节，试读《系辞》下第二章：

古者包牺氏之王天下也，仰则观象于天，俯则观法于地，观鸟兽之文与地之宜，近取诸身，远取诸物，于是始作八卦，以通神明之德，以类万物之情。作结绳而为网罟，以佃以渔，盖取诸《离》。

包牺氏没，神农氏作，斵木为耜，揉木为耒，耒耨之利，以教天下，盖取诸《益》。日中为市，致天下之民，聚天下之货，交易而退，各得其所，盖取诸《噬嗑》。

神农氏没，黄帝、尧、舜氏作，通其变，使民不倦；神而化之，使民宜之。《易》穷则变，变则通，通则久，是以"自天佑之，吉无不利"。黄帝、尧、舜垂衣裳而天下治，盖取诸《乾》《坤》。刳木为舟，剡木为楫，舟楫之利，以济不通，致远，以利天下，盖取诸《涣》。服牛乘马，引重致远，以利天下，盖取诸《随》。重门击柝，以待暴客，盖取诸《豫》。断木为杵，掘地为臼，臼杵之利，万民以济，盖取诸《小过》。弦木为弧，剡木为矢，弧矢之利，以威天下，盖取诸《睽》。

上古穴居而野处，后世圣人易之以宫室，上栋下宇，以待风雨，盖取诸《大壮》。古之葬者，厚衣之以薪，葬之中野，不封不树，丧期无数，后世圣人易之以棺椁，盖取诸《大过》。上古结绳而治，后世圣人易之以书契，百官以治，万民以察，盖取诸《夬》。

观象制器之说是自觉不自觉地神化《易经》，自然不可信。但是作者展开想象，援古证今，将一部社会发展史与《易经》捏合在一起，说得像是煞有介事，反复、排比、骈散兼行，文势起伏跌宕，滔滔汩汩，不仅气势壮阔，而且声情激越，是很典型的战国时代的文风。

《大传》对后代文学是有影响的。《大传》的骈偶句法在实践上为后世的骈体文提供了先例，“物相杂，故曰文”(《系辞》下)，则为骈文提供了理论上的根据。《大传》特别是《系辞》，指出《易经》的作卦立象是出于对自然的观察和模拟(见上文引录)，“圣人有以见天下之赜(深奥的事理)，而拟诸其形容，象其物宜，是故谓之象。”“象也者，像此者也。”并且说“立象”的目的在于“尽意”(并见《系辞》)。这些道理完全适用于文学，这里的“象”和作为文学特质的形象性是相通的。《大传》不仅重视文章的思想内容，强调“修辞立其诚”(《文言》)，而且很重视文章的形式和文采。它推崇卦爻辞“其称名也小，其取类也大。其旨远，其辞文。其言曲而中，其事肆而隐”。(《系辞》下)它反复论述阴阳、刚柔、动静的对立统一关系。这些论述，已经涉及了文学上的比兴寄托、意象境界、艺术风格，也就是涉及了文学的特征和规律问题。在这方面，《大传》在儒家的文论中占有突出地位，因而对后代的文学思想(如刘勰的《文心雕龙》等)和文学艺术的创作，有深远的影响。

第二章
史传散文(上)

最先产生的另一类散文，就是用于记事述史的史传散文。今存时代最早的史传散文著作是《尚书》，另有一部《逸周书》。历代出土的殷周铜器铭文，也属于史传散文。

第一节 铜器铭文

铜器铭文，又称金文、钟鼎文，也称彝铭、彝器款识、吉金文。汉代就曾出土铜器铭文。宋代欧阳修著《集古录》，宋徽宗敕修《宣和博古图》，薛尚功著《历代钟鼎彝器款识法帖》，收录铜铭。罗振玉《三代吉金文存》出版于1936年，收铭文四千八百余器。目前有铭铜器已逾万件，铭文总集《殷周金文集成》已经编纂出版。

《尚书》中的文章"屡经传写，屡经厘定，简篇每有夺乱，文辞复多窜改，……而彝铭……则虽一字一句均古人真迹也。"(郭沫若《两周金文辞大系·序》)铭文和卜辞一样体现着殷周部分文章的真面目，而且它具有书史性质，可以弥补文献资料的不足。

所发现的最早铭文，也出于殷墟，有的只记器名或器主的名字。晚殷帝乙、帝辛时期，铭文字数增多，有的长达四十余字，内容多记殷王的赏赐，以显示荣耀。例如：

丁巳，王眚(省)夔京，王易(赐)小臣艅(俞)夔贝。唯王来正(征)人方。唯王十祀(年)又五，肜日。(《小臣艅尊》)

丙午，王商(赏)戍嗣贝廿朋，才(在)𩰫宀用乍(作)父癸宝𩰫(餗)。唯王裸𩰫大室。才九月。犬鱼。(《戍嗣鼎》)

西周是铭文长足发展的时期，不仅数量多，内容丰富，而且篇幅加长，表达技巧有了很大提高。从内容方面说，有记册命封赏和训诰的，有述祖德、垂训诫的，有记战争和军功的，有记狱讼、契约剂的，反映了上层社会的一些情况，涉及不少经济、政治、军事和社会事件，是可贵的历史资料。

铭文中，有不少写周天子以土地、奴隶赏赐贵族，《大盂鼎》载，周王一次赏赐贵族盂一千七百多个奴隶。《大克鼎》记载：

王若曰："克！……易(赐)女田于野，易女田于渒，易女井家𤔲田于㽙，以(与)厥臣妾，易女田于康，易女田于匽，易女田于𫊸原，易女田于寒山，易女史小臣、霝、龠、鼓钟，易女井、遄、𤔲人𦖞，易女井人奔于㬢。"
——王这样说："克！……赐给你野地的田，赐给你渒地的田，赐给你㽙地井家、𤔲家的田和那里的男女奴隶，赐给你康地的田，赐给你匽地的田，赐给你𫊸原的田，赐给你寒山的田，赐给你史小臣和乐官，赐给你收取井邑的遄人、𤔲人得到的田赋，赐给你逃奔到㬢地的井人。"

周孝王一口气说了十个"易女"(这实在是很好的排比句)，足以看出赏赐土地数量之大和奴隶数量之多。

周天子赏赐的土田、人民本来是不能买卖的，但到西周后期，一些旧贵族没落，新贵族兴起，土地、奴隶的交易都大量出现。《曶鼎》载，贵族曶曾经以一匹马一束丝购买五名奴隶。而当时，一枚圭璋价值三千亩土地，相当于四匹好马的价格(见《倗生簋》)，由此可以推知玉、马的贵重，奴隶的轻贱。

西周前期以殷亡为鉴戒，强调"敬雝德经"(《大盂鼎》)，"惟敬德，亡攸违"(《班簋》)。西周后期，已是庶政废弛，百官懈怠，所以周共王曾指责"百寮……不用先王作型，亦多虐庶民。”(《牧簋》)厉王时期的残暴统治，终于导致国人“虐逐厥君厥师”(《塱盨》)的暴动。这件事对于统治集团震动极大。著名的《毛公鼎》及《师訇簋》、《召伯虎簋》就是在这种背景下产生的。所谓“亡唯正昏，弘其唯王智，乃唯是丧我国。”所谓“汝(指毛公)推于政，勿壅律(壅累)庶民：贮(赋敛)，毋敢龏橐(中饱)，乃孜(侮)鳏寡；善效乃友正(僚属)，毋敢湎于酒。”实际是针对厉王的倒行逆施在总结教训。宣王的妻子指责执事大臣纵容她的父亲拖欠贡赋(《召伯虎簋》其一)，也应当是出于同样的考虑。

不少西周铭文直接间接地写戍守和战争，特别是夷、厉、宣时期，夷狄交侵，南方的噩(鄂)侯驭方曾经直逼成周(《禹鼎》)，北方的猃狁一度占领镐京(《多友鼎》)，内忧外患，纷至沓来，和诗人感叹“国步斯频”(《诗经·桑柔》)一样，铭文作者也哀呼“天降大丧”了(《禹鼎》)。

西周铭文可分为记事、记言两类，而以记事居多数。记事铭文中，数量最多的是记册命封赏的一种，这种铭文发展到共王时期达到很完善的地步，常常详细记录册命的仪式，如时间、地点、傧右、方位、命辞和受命者的答谢、作器纪念永宝等等，试看宣王三年的《颂鼎》：

唯三年五月既死霸甲戌，王在周康邵(昭)宫。旦，王各(格)大室，即立(位)。宰弘右颂入门，立中廷。尹氏受(授)王令(命)书。王乎(呼)史虢生册令颂。王曰：“颂！令女官嗣成周贮(纻)廿家，监嗣新造贮(纻)，用宫御。易女玄衣黹纯、赤市(韨)朱黄(珩)、銮旗、攸勒，用事。”颂拜稽首，受令册，佩以出，反入(返纳)堇章。颂敢对扬天子不(丕)显鲁休，用乍朕皇考龏叔、皇母龏姒宝障鼎，用追孝，祈匄康娱屯右(纯佑)，通录(禄)永令。颂其万年眉寿，畯臣天子霝冬(令终)，子子孙孙宝用。

——在王三年五月末的甲戌日，王在成周康昭宫。一早，王来到太室，就位。太宰弘引导颂进门，站在廷当中。尹氏传下王的命书。王吩咐史官虢生宣读王的命令。王说：“颂！我命你掌管成周的织纻户二十家，监理新织纻布事宜，以备宫中使用。赐给你绣有缘饰的玄色礼服、赤色蔽膝、朱红佩玉，系带銮铃的旗帜、马辔铜饰和络衔。你理事去吧。”颂跪拜叩头，接过书有命令的简册，佩带在身上走出太室，又返回来向执事官员行报纳玉璋之礼。颂恭敬地答谢和称颂天子极大的恩赐，因而制作了纪念我的先父龚叔、先母龚姒的宝鼎，以追孝父母，祈求康安大佑，福禄亨通，赐命永存。颂将长寿万年，长久地臣事天子而得到善终。子子孙孙永远宝用。

记述清楚、详尽，语言也简括、顺畅，写得很有条理。当然，作为一种应用文，容易形成固定的格式，后来的史官只是套用既有程式和用语，千篇一律，这种铭文就不再有什么发展。

真正写得比较生动、富有生活气息的，还是那些描述日常生活事件的作品。例如昭王时《令鼎》：

王大耤农于諆田，饧(觞)。王射，有司眔师氏、小子会射。王归自諆田，王驭溓仲仆。令眔奋先马走。王曰："令眔奋！乃克至，余其舍(予)女臣十家。"王至于康宫，畋(娶，熙)。令拜稽首，曰："小〔子〕乃学(效)。"令对扬王休。——王在諆田隆重地举行亲耕礼，礼毕，宴享臣下。王射，官员及师氏、小子也同射。王从諆田回宫，太驭溓仲为王赶车，令和奋在车马的前面步行做先导。王说："令和奋！你们如果能这样步行到宫，我将赏你们十家奴隶。"王回到康宫，很高兴。令跪拜叩头，说："小子履行了步行回宫的王命了。"(王赏赐了他)令答谢和称颂王的德惠。

王要试试两个小臣的足力，答应奖赏，回宫以后虽然很高兴，却不提赏赐。小臣令乘王快乐委婉地索赏。文字简朴，却能表现出人物的情态，周王和小臣之间的亲切关系，使人感到很有情味。

又如懿王时《曶鼎》中的一段：

昔馑岁，匡眔厥臣廿夫，寇曶禾十秭，以匡季告东宫。东宫乃曰："求乃人，乃弗得，女匡罚大。"匡乃稽首于曶，用五田，用众一夫曰益，用臣曰疐、〔曰〕朏、曰奠，曰："用兹四夫。"稽首曰："余无卣(由)具寇足〔秭〕。不出，鞭余。"曶或(又)以匡季告东宫。曶曰："必唯朕〔禾是〕偿。"东宫乃曰："偿曶禾十秭，遗十秭，为廿秭。〔乃〕来岁弗偿，则付卅秭。"乃或(又)即曶："用田二，又臣〔一夫〕，凡用即曶田七田，人五夫。”曶觅(免)匡卅秭。

——从前的一个荒年，匡和他的二十个家用奴隶抢走了曶的十秭(二千把)庄稼。曶向东宫王太子控告匡季。王太子说：“要找出抢庄稼的人，如果找不出，就加重处罚你匡。”匡于是向曶叩头谢罪，表示要拿五百亩田，拿一个名叫益的耕作奴隶，拿三个名叫疐、叫朏、叫奠的家用奴隶，来偿还曶，匡说：“用这四个奴隶偿还你的庄稼。”匡叩头至地，说：“我没有办法备足劫走的全部粮……要是有粮不还你，我情愿受鞭刑。”曶又向王太子控告匡季。曶说：“我只要求必须归还我的庄稼。”王太子于是判决：“归还曶的十秭禾，另加十秭，共二十秭。如果到明年还不偿还，要加倍付四十秭。”于是匡又拿出二百亩田，一个家用奴隶送给曶，共拿出七百亩田、五个奴隶。曶就免除了罚匡的三十秭禾。

匡拥有众多的土地和奴隶，又能接近“东宫”，自然是朝廷的官吏，但是他竟然带领奴仆去抢劫人家的庄稼，当吃了官司，由于对方态度强硬，太子判决又很严厉，迫使他出田出人，叩头讨饶，充分表现了他狼狈困窘的情状。上文提到的《曶鼎》另一段所写曶购买奴隶，也是一则很曲折的故事。曶先用匹马束丝向另一个贵族限买了五个奴隶，可是限反悔，退回了马和丝，并推说是两个家臣的主意。实际情况是限想要提价，要求用“百锊”付款，并请“王人”做中间人。说了以后，限的家臣再一次食言。曶于是向井叔控告限，曶胜诉，终以百锊成交。在《曶鼎》铭中，限也是一个无常的赖皮。这两件事，都是写朝廷官吏之间的狱讼，这样的故事情节，这样的人物形象，在同时期的其他古代文献中是找不到的。

说到记言的铭文，我们首先想到的是《大盂鼎》(康王时器)和《毛公鼎》(宣王时器)里面的训诰。二者都是长铭，后者四百九十余字，位居西周长铭之冠。其中的训诰部分和《尚书·周书》中的同类文章没有什么不同。我们抄录《大盂鼎》中的一段：

唯九月，王在宗周，令(命)盂。王若曰：“盂！不(丕)显玟王受天有(佑)大令；在珷王嗣玟乍邦，辟厥匿(慝)，匍(抚)有四方，畯正厥民。在雩(于)御事，觑酉(酒)无敢醺，有柴烝祀无敢酵，古(故)天异(翼)临子，法(废，大)保

> 先王，□有四方。我闻殷述(坠)令，唯殷边侯田(甸)雩(与)殷正百辟，率肄于酉(酒)，古(故)丧师。已！女妹(昧)辰又(有)大服，余唯即朕小学。女勿克余乃辟一人，今我唯即井(型)宪于玟王正德，若玟王令二三正。今余唯令女盂绍荣(人名)，敬雝德巠(经)，敏朝夕入谰(谏)，享奔走，畏天畏(威)。"
>
> ——在九月，王在宗周，训告盂。王这样说："盂！那显赫的文王接受了上天赋予的伟大使命；武王之世继承文王兴建国家，除掉那奸恶的纣王，抚有天下的疆土，治理着他的人民，在位之臣承担着国事，嚯！没有人敢于违命沉溺于酒，没有人敢于在柴祭、烝祭时候酬答劝酒，所以上天肯于保护他的子民，大佑先王，使拥有天下。我听说，殷人坠失天命，只因为殷人边远的诸侯和朝廷的百官，全都沉湎于饮酒，所以终于丧失了民心。唉！你年幼即袭职担当大事，我曾命你入我王家的小学读书。你不要做不利于我的事，现在我就是以文王纯正的德行为典范而效法禀受，像文王任用他的那些大臣一样。现在我命令你盂辅佐荣，敬慎地协和道德与准则，敏捷、不懈怠地朝夕入谏，为王室奔走，敬畏上天的威严。"

敬畏天命，敬德保民，总结历史经验教训以为借镜，文字错落朴茂，语气恳挚亲切，是这篇铭文的特征。这也是《尚书》中周初诰命文章的共同特色。

西周不少铭文使用韵语，如武王时的《大丰毁》和后来的《县妃毁》、《墙盘》等。厉王的《宗周钟》和宣王时《虢季子白盘》可以视为韵铭的代表作，如《虢季子白盘》：

> 唯十又二年正月初吉丁亥，虢季子白乍宝盘。不(丕)显子白，壮武于戎工，经维四方，愽伐猃狁，于洛之阳。折首五百，执讯五十，是以先行。桓桓子白，献馘于王。王孔加(嘉)子白义，王各周庙宣榭，爰飨。王曰："白父，孔覭又(有)光。"王赐乘马，是用左(佐)王。赐用弓、彤矢，其央。赐用戉(钺)，用政緣(蛮)方。子子孙孙，万年无疆。

通篇用韵，音调铿锵，读起来很动听。多用四言句，和《雅》、《颂》有相似之处，然而又夹有很多长短句，实即散文而用韵。

入春秋以后，用韵铭文显著增多。后世的颂赞、箴铭等多为韵文，都是走这一条路子。

韵铭的产生，是受诗歌影响，因为声韵谐美，又便于记诵，所以作者乐于使用韵语。《尚书》和春秋战国时代的某些散文作品都有用韵的。汉以后的散文极少用韵，用韵一事转向赋和骈体文了。

第二节 《尚书》

《尚书》，先秦只称《书》，西汉始称《尚书》，“《尚书》者，以为上古帝王之书”（《论衡·正说》），“尚”即“上”字。《荀子·劝学》即称《书》为“经”，正式称《书经》始自宋儒。

《尚书》是我国第一部历史文献的汇编，分为《虞夏书》、《商书》、《周书》三部分，今存二十八篇。

《书》原有多少篇，什么时候编定，已经无从考知。汉人说原有百篇，经孔子删定，并没有确凿的证据。不过孔子用《书》，教授学生，应当做过搜集编次的工作。《左传》、《国语》、《墨子》等书多称引《夏书》、《商书》、《周书》，当时或许已经分代编排。据统计，先秦著作中引到的《尚书》篇目有四十多个，而今存二十八篇又有十四篇不曾被先秦人引用。《史记》中提到的篇目和未出篇目径引文字的多达六十篇，引及的书序七十来篇，可证《尚书》原有篇数确实不少。

《尚书》有今、古文之分。秦始皇焚书时，秦博士济南人(亦称伏胜)把《书》藏在壁中，至汉初亡失数十篇，只得二十九篇(包括晚出的《泰誓》在内，除去《泰誓》则为二十八篇)，用当时流行的隶书写定，即所谓今文《尚书》。传授今文《尚书》的形成三家，即欧阳高、夏侯胜和胜侄夏侯建，都在西汉立于学官。汉代曾经多次发现用战国时文字书写的《尚书》，即古文《尚书》。其中著名的是孔安国得自孔子故宅壁中的古文《尚书》，用它考伏胜的二十九篇，多出十六篇(《汉书·艺文志》)。孔家把它献给朝廷，却未能立于学官。东汉“贾逵为之作训，马融作传，郑玄注解，由是古文《尚书》遂显于世”。(《后汉书·杨伦传》)后经西晋永嘉之乱，今文失传，逸篇被毁，只保留下马，郑作注的二十九篇古文。东晋初，豫章太守梅赜献古文《尚书》五十八篇，说是西汉孔安国传注。实际是把伏胜传本的二十九篇分成三十三篇，又辑录《尚书》逸文和有关资料，编造经文二十五篇，并为它们作了注，这就是伪孔传本古文《尚书》。后来唐代陆德明作《经典释文》，孔颖达作《五经正义》，都信从这个伪本，使它流传了一千多年，即现在看到的十三经注疏本《尚书》。南宋吴棫、朱熹开始对它提出怀疑，明代梅鷟、清代阎若璩等列据事实，条分缕析，彻底揭穿了“孔传”及其二十五篇是伪作，终于成为定谳。

近几十年来，学者们又对二十八篇作了深入研究，进一步指出，《尧典》等《虞夏书》并不写于虞、夏时代，《商书》中也有后人的述古之作，即使其中可靠的篇章和《周书》中的一些篇，也经过后人的加工修饰。目前关于《尚书》中一些篇章的写定时代，仍有不少争论。

《尚书》中的文章有所谓典、谟、训、诰、誓、命几类，其中大多数是帝王的训令、誓师词和大臣的奏言，有少数篇章是记事的作品。《汉书·艺文志》说：“古之王者世有史官，君举必书，……左史记言，右史记事，事为《春秋》，言为《尚书》。”《尚书》主要是一部记言的著作。

一、《商书》

《商书》今存五篇：《汤誓》、《盘庚》、《高宗肜日》、《西伯戡黎》和《微子》。其中的多数篇章大约都有原始记录，所写内容有史实根据，但在文风方面，不同程度地存在后世加工的痕迹。

《汤誓》是商汤伐夏桀的誓师词，文中引用夏人的话说：“时(是)日曷丧？予及汝皆(偕)亡。”反映出人民对夏桀的无比痛恨。《西伯戡黎》和《微子》都是殷末文献。前一篇写周文王攻下殷的西方门户黎(在今山西长治南)，殷臣祖伊极为恐慌，感到亡国在即，“奔告于王”，指出纣“淫戏”误国，可是纣却说：“呜呼！我生不有命在天?”活画出纣十足的荒唐和糊涂。后一篇是微子和太师、少师的谈话，文中说：“小民方兴，相为敌雠。今殷其沦丧，若涉大水，其无津涯。殷遂丧，越至于今。”殷王朝即将陷于灭顶之灾，微子和太师都不能不作亡国的准备了。

《盘庚》分上、中、下三部分，《书序》说是盘庚自作，《史记·殷本纪》说作于盘庚弟小辛时期，“帝小辛立，殷复衰，百姓思盘庚，乃作《盘庚》三篇。”《盘庚》写第二十任商王盘庚为了躲避水患、图谋国家发展，决定由奄(今山东曲阜)迁都到殷(今河南安阳)，遭到臣民的激烈反对，一些官员甚至散布谣言，煽惑民众，诽谤盘庚。可是盘庚没有简单地强迫命令和严施刑罚，而是反复规劝和说服。《盘庚》中、下两篇，是迁徙前、后他向民众和官员说明迁都的目的、意义。上篇的前一部分，写盘庚让贵戚告诉百姓，在新居要相互救助，“绍复先王之大业”。后一部分，写盘庚得知民众的不满是来自官员的煽动和隐匿他的箴言，于是再次召集官员讲话。我们把上篇抄录在下面：

盘庚迁于殷，民不适有居。率吁众戚出，矢言曰：“我王来，既爰宅于兹，重我民，无尽刘。不能胥匡以生，卜稽曰其如台？先王有服，恪谨天命，兹犹不常宁，不常厥邑，于今五邦。今不承于古，罔知天之断命，矧曰其克从先王之烈！若颠木之有由蘖，天其永我命于兹新邑，绍复先王之大亚，厎绥四方。”

盘庚敩于民由乃在位，以常旧服正法度，曰：“无或敢伏小人之攸箴！”王命众悉至于庭。

王若曰：“格汝众，予告汝训汝，猷黜乃心，无傲从康。古我先王，亦惟图任旧人共政，王播告之，修不匿厥指，王用丕钦；罔有逸言，民用丕变。今汝聒聒，起信险肤，予弗知乃所讼！

“非予自荒兹德，惟汝含德不惕予一人。予若观火，予亦拙，谋作乃逸！

“若网在纲，有条而不紊。若农服田力穑，乃亦有秋。汝克黜乃心，施实德于民，至于婚友，丕乃敢大言，汝有积德。乃不畏戎毒于远迩，惰农自安，不昏作劳，不服田亩，越其罔有黍稷。汝不和吉言于百姓，惟汝自生毒，乃败祸奸宄，以自灾于厥身。乃既先恶于民，乃奉其恫，汝悔身何及！

“相时憸民，犹胥顾于箴言，其发有逸口，矧予制乃短长之命？汝曷弗告朕，而胥动以浮言，恐沈于众？若火之燎于原，不可向迩，其犹可扑灭。则惟汝众自作弗靖，非予有咎。

“迟任有言曰：‘人惟求旧；器非求旧，惟新。’古我先王暨乃祖乃父，胥及逸勤，予敢动用非罚？世选尔劳，予不掩尔善。兹予大享于先王，尔祖其从与享之。作福，作灾，予亦不敢动用非德。

“予告汝于难，若射之有志。汝无老侮成人，无弱孤有幼；各长于厥居，勉出乃力，听予一人之作猷。无有远迩，用罪伐厥死，用德彰厥善。邦之臧，惟汝众；邦之不臧，惟予一人有佚罚。

“凡尔众，其惟致告：自今至于后日，各恭尔事，齐乃位，度乃口。罚及尔身，弗可悔！”

——盘庚迁到殷以后，民众住不惯这个地方。他因而唤许多亲近大臣出去对民众讲话，说：“我们王到这里来，已经定居这里了，这是因为看重我们大家的生命，免得全都死掉。彼此之间不相互救助，好好生活，去问卦又能怎么样？先王行事的规矩，总是敬慎地对待天命，即使这样，还不敢长久地安宁，不老是住在他们的都城而不迁徙，到现在已经迁过五次国都了。现在要不继承古代的传统，说不定上天就要断绝我们的国运了，哪里谈到能够成就先王那样的光辉功业！就像仆倒的树木又发出新芽一样，上天是要使我们的国运在这个新的都邑永久继续下去，继承和恢复先王的伟大功业，把四方都安定下来。”

盘庚觉察到民众的不安居，是出于官员的怂恿，就用旧有的典制端正法纪，告诉官员说：“谁也不可胆敢隐匿我对小民的规劝！”王命令官员们全都到朝廷上来。

王这样说：“让你们众人来，我要告诉你们，训诫你们，消除你们的错误想法，你们不要傲视我的命令，放纵地贪图安乐。从前我们的先王，也是只考虑任用旧人供职。先王向他们发布政令，他们都不隐瞒先王的旨意，因而先王很看重他们；他们没有错误的言论，因而百姓也能改过从善。现在你们愚昧地自以为是，另外发表一些邪恶的言论，我真不知道你们在争论些什么！

“并不是我要废弃任用旧人的这种传统，是你们抛弃了这种传统，而不悦从我个人。我本来有着像炽热的火一样的威焰，只是一时被烟掩盖着而已，哪想到就造成了你们的放纵！

“就像网一样，结在纲上才能有条理而不紊乱；就像农民种田，尽力耕种才能得到好收成。你们如果能够去掉你们的私心，把实在的好处施给人民，以至于亲戚朋友，你们才敢说一句大话，说你们一向是积德的。你们不顾忌将来或近日会有大灾害，像怠惰的农民一样，只是自寻一时的安逸，不勉力作劳苦的事，不耕种土地，这样就不会收获到黍稷。你们不把良善的劝诫向百姓宣布，这是你们自己作孽，你们做出种种坏事，到头来将坑害你们自己。你们既然带头引导人民做坏事，就要承受这样做所带来的痛苦，到那时你们懊悔哪还来得及！

“看看这些小民，他们还顾及我的劝诫，惟恐嘴里说错了话，何况我掌握着你们或长或短的生命？你们有话为什么不来告诉我，竟用谣言煽惑人心，恐吓民众？你们的做法好像是在原野上燃起大火，火势猛烈得使人不可接近，可它还是可以扑灭的。只是你们众人乃是自寻祸咎，并非我有什么过错。

“迟任有句话说：‘人，只寻求旧的；器具不寻求旧的，只使用新的。’古时候，我们的先王和你们的先祖先父，彼此共安逸和勤劳，我岂敢对你们动用非分的刑罚？你们世世代代继续祖先的劳绩，我也决不埋没你们的好处。现在我要隆重地祭祀先王，你们的祖先也将随从先王来受祭。降给你们幸福还是灾祸，全在先王和你们的祖先，我也不敢施行非分的恩惠。

“我把困难告诉你们，做事像射箭一样，要有目标，一定射中目标才算达到了目的。你们不要欺侮上年纪的人，也不要藐视少年人；各自安于你们现在的居处，奋勉地使出你们的力量，听从我一个人所做的谋划。不分亲疏远近，我要用刑罚惩治他的罪行，用爵赏表彰他的功德。国家治理得好，是你们大家的劳绩；国家治理得不好，怪我个人施用刑罚有疏失。

“你们所有的官员，都要互相传告：从今天开始以至于将来，每个人都要做好你们的本职工作，正当地处在你们的职位上，闭起你们散布谣言的嘴来。否则，刑罚加到你们身上，不许后悔！”

打着上帝、先王的旗号，把迁都说成是上帝、先王的意旨，迁不迁都，关系到老天上帝使国家“断命”或“永命”的大事情，先王以至“乃祖乃父”会依据各人对迁都的不同态度“作福，作灾”，决定各人的祸福，这些说法都是殷商神权政治观念的体现，带有鲜明的时代特色。

作为上古的一篇记言文，长达五百余言，可以说是洋洋大观，同时它能够有力地传达讲话人的各种意思和语气，已经不是幼稚粗鄙的文字。不仅不粗鄙，而且比较生动，除了传达语气真切以外，突出地表现在频频使用比喻，“若颠木之有由蘖”，“若观(爟)火”，“若网在纲”，“若农服田”等等达六七处之多。值得注意的是，一些比喻不单纯增加语句的形象性，而具有通过它说理的功能。比如“若网在纲，有条而不紊”，是讲臣民服从君主的意义、必要性；“惰农自安……越其罔有黍稷”，是讲不迁都、不劳苦，就不能“绍复先王之大业”。《盘庚》中篇说：“若乘舟，汝弗济，臭(朽败)厥载(指船)。尔忱(沉)不属(独)，惟胥(一齐)以沉。”是讲不迁都的危害和严重性。这样的比喻，与战国诸子引用寓言说理，虽有繁简高低之分，使用的手法则相同。其他像“用罪伐厥死，用德彰厥善”，“无老侮成人，无弱孤有幼”这样整齐的语句，也表明本文具备了相当的水平。当然，这篇文章经过后代加工润色，不完全是本来面目，但是也可能由于著于简册，不像卜辞、铭文那样受书写条件的限制，因而写得比较充分。

作为说理文来要求，文章中主要是些警告、斥责和恫吓的话，说理还不很充分，但是在那样遥远的时代，作为“予制乃短长之命”的赫赫统治者，对于下属不是一味简单粗暴，而是那样不怕麻烦地劝说和鼓励，还要说不敢“动用非罚”，“用德彰厥善”，甚至说“邦之臧，惟汝众”，已经是非常难能可贵了。

在《尚书》中，如果说已经初步有了人物形象的话，盘庚就是其中的一个。他在臣民群起反对的情况下，“度义而后动”，苦口婆心，力排众议，毫不犹豫地坚持迁都，终于使奴隶制国家出现了空前发展繁荣的局面，显示出他的眼光、魄力和不寻常的进取精神，表现了坚毅沉着的思想性格。

二、《周书》

《周书》十九篇，只有少数篇章属春秋时期，其余是西周文献，大多出于成王时。有的篇章的出现时代，现在还在讨论中，如《洪范》，是武王和箕子的谈话，是说治国安民的“洪范九畴”即九条大法，中心是金木水火土“五行”。但是如此的“大法”，在《周书》和周人的政治实践中全无回响，直至战国前没有人再提起过。郭沫若、钱穆等学者，各有论述，一致认为它是战国时代的东西。《周书》是《尚书》的精华，史料价值高，内容也丰富。

《周书》有一些新的特点。首先是周人在思想意识方面与殷人有明显不同。殷人、周人都迷信鬼神，相信君权神授。但是，周人出于巩固政权的需要，总结了夏、商、周兴替的经验教训，得出了“天不可信(信赖)”、“惟命不于(有)常”的结论，认为统治者必须“敬德”、“慎罚”、“保民”、“无逸”、“用贤”等等才能保住天命，有资格做“天子”，否则，就会失去上天的信任。所以周初出色的政治家周公和召公提出了一整套政治、道德观点，奠定了周人的统治思想。如周公对他的弟弟康叔说：

孟侯，朕其弟，小子封！惟乃丕显考文王，克明德慎罚，不敢侮鳏寡，庸庸，祗祗，威威，显民。用肇造我区夏，越我一二邦，以修我西土。惟时怙，冒闻于上帝，帝休。天乃大命文王，殪戎殷，诞受厥命。……

呜呼！小子封，恫瘝乃身，敬哉！天畏棐忱，民情大可见。小人难保，往尽乃心，无康好逸豫，乃其乂民。我闻曰："怨不在大，亦不在小，惠不惠，懋不懋。"……若有疾，惟民其毕弃咎。若保赤子，惟民其康乂。(《康诰》)

——诸侯的首领，我的弟弟，年轻的封啊！你的正大光明的父亲文王，能够修明德行，谨慎地用刑，不敢轻侮孤苦无依的鳏夫寡妇，任用应该任用的人，尊敬应该尊敬的人，惩处应该处罚的人，他的德行光显于百姓之中。因而缔造了我们周国，和我们的少数友邦，来治理我们西方这一带地方。因为这个缘故，他的德行被上帝知道了，上帝认为很好。老天于是降下伟大的使命给文王，让他消灭大邦殷，他就接受了做帝王的使命。……

唉！年轻的封啊，做诸侯就像病痛在你身上一样，你可要谨慎呀！上天的威灵是不可测知的，百姓的情绪却很容易看得出。小民是不容易安抚的，到你的封国一定要竭尽你的心力，不要贪图安逸享乐，这样才能治理好百姓。我听说："百姓的怨恨不一定出在大事上，也不一定出在小事上，要顺从所不愿意顺从的意见，要勉力去做所不愿意勉力做的事情。"……把百姓的过错当成疾病一样地医治，百姓就都会抛弃过错了。保护百姓就像保护婴儿那样尽心，百姓就都会康乐平安了。

又如召公对成王说：

呜呼！皇天上帝改厥元子兹大国殷之命，惟王受命，无疆惟休，亦无疆惟恤。呜呼！曷其奈何弗敬！……天亦哀于四方民，其眷命用懋，王其疾敬德。……

呜呼！有王虽小，元子哉！其丕能諴于小民，今休。王不敢后，用顾畏于民碞。……我不可不监于有夏，亦不可不监于有殷。……其惟王勿以小民淫用非彝亦敢殄戮；用乂民，若有功。其惟王位在德元，小民乃惟刑，用于天下，越王显。上下勤恤，其曰：我受天命，丕若有夏历年，式勿替有殷历年，欲王

以小民受天永命。(《召诰》)

——唉!伟大的老天上帝收回了给予他的长子这个大国殷的命令,现在君王接受了上天的命令,这是无穷尽的喜庆,也是无穷尽的忧虑。唉!这怎么可以不谨慎呢!……上天是哀怜天下百姓的,一定要顾虑天命,奋勉行事,王可要赶紧地谨慎于自己的德行!……

唉!王虽然年纪小,却是上天的长子啊!如果你能团结好小民,那就好了。王不要敢于迟缓,而要顾忌到百姓的言论。……我们不可不以夏为借镜,也不可不以殷为借镜。……希望王可不要因为小民过分做非法的事情,就随便予以杀戮;用这样谨慎的态度治理百姓,才能收到功效。王名副其实地处在道德表率的地位上,小民才能效法,照这样推行到天下,王也就会光显了。君臣上下都勤劳警惕,修养德行,那就可以说:我们接受天命,会像夏朝所经历的年代那样久远,也可以享有殷朝所经历的年代那样漫长。希望王能够凭仗小民的拥戴而永久地保有天命。

因为天命可以改变,所以以为得到天命,同时是"无疆惟恤"。周天子不仅必须"敬德",而且要做道德修养的表率。上天是爱民的,统治者不能贪图安逸,必须尽心"保民",更不可任意杀戮。周公、召公都把"敬德""保民"视为保住天命的前提,所以要求"王以小民受天永命"。《周书》十九篇"民"字出现一百四十四次,"德"字出现八十八次,透露了不同于殷人的新的思想意识。

在当时的政治家看来,周革殷命,是一次翻天覆地的大变动。他们通过这次大变动认真地总结了经验教训,除敬德、保民、无逸以外,还提出要举用贤才,能否任用"俊""彦",关系到政治的成败(《立政》);"不孝不友"是"元恶大憝",要"刑兹无赦"(《康诰》)。从此,殷人的迷信鬼神,也就变成了周人的"事鬼敬神而远之",把注意力转向重人事上了。

周人的这些政治、道德观念,对后代的统治思想产生了极为巨大的影响,孔子的德治、孟子的仁政都是从这里发源的。

其次,《周书》的文章,虽然古质简奥(像《大诰》等篇,难读的程度是超过《盘庚》的),却有特色可言。比如,上面所引《康诰》、《召诰》以及《酒诰》、《梓材》、《洛诰》、《无逸》等,都产生于天下未定而武王去世、成王嗣位的艰难时刻,支撑局面的周公、召公战战兢兢，惟恐坠失天命，对成王、康叔这些青年人提出殷切的期望，耐心开导，反复叮咛，使这些文章都呈现着情深意切，语重心长，谆谆教诲的特色。又如，在表达技巧方面，《周书》运用了对偶、排比、比喻等多种修辞手法。《多方》中说“惟圣罔念作(则)狂，惟狂克念作(则)圣。”(即使是圣明的人如果不时时思念向善，也会成为狂悖的人；即使是狂悖的人如果能时时思念向善，也会成为圣明的人。)《酒诰》引古语说“人无于水监，当于民监”。(人不要在水里照察自己，应当在百姓那里照察自己。)前者用对偶句法，后者用拈连方式，表达了极其深刻的思想，这在那个时代是很不简单的。《大诰》、《梓材》等篇不仅连续运用比喻，而且这种比喻已经近乎有了情节，例如《大诰》：“朕言艰日思。若考作室，既底法，厥子乃弗肯堂，矧肯构？厥父菑，厥子乃弗肯播，矧肯获？厥考翼其肯曰：‘予有后，弗弃基’？肆予曷敢不越卬敉宁王大命？”(我对于这艰难的事天天在思虑。好像父亲要造一所房子，已经定下了法则，他的儿子竟然不肯筑房基，更别说肯架房顶？父亲开垦了土地，他的儿子竟然不肯去播种，更别说肯去收获？在这种情况下，父亲难道肯于说：“我有后代了，不会抛弃我的基业了”？所以我怎么敢不在我这一代抚定文王所承受的伟大使命呢？)《牧誓》的誓辞，由于运用排比和反复手法，极富气势和鼓动性：“今予发(武王名发)，惟恭行天之罚。今日之事，不愆于(超过)六步、七步，乃止齐(停下来整齐)焉。夫子(将士)勖(奋勉)哉！不愆于四伐、五伐，乃止齐焉。勖哉夫子！尚桓桓(要勇武)，如虎如貔，如熊如罴，于商郊，弗迓克奔(不迎击来投降的)，以役西土。勖哉夫子！尔所弗勖，其于尔躬有戮！”又如，《周书》的诰命文，差不多每一段开始都写上“王若曰”“王曰”或“周公曰”“公曰”，用这种形式形成自然的段落，同时呼唤谈话对象提请注意。在这方面，有些篇的文字颇为讲究，如周公以成王名义告诫原殷朝官吏的讲话《多士》，各段的开端是这样的：

王若曰：尔殷遗多士！

王若曰：尔殷多士！

王曰：猷，告尔多士。

王曰：多士！

王曰：告尔殷多士！

五个段落的呼唤语力避重复，错落变换，各不相同，这应当是有意为文，不是偶然的巧合。

《周书》中的《无逸》很受人们重视，一些古文和历史文选本大都选录它。这篇文章确有特点，而且有杰出的思想。文章要求统治者要“先知稼穑之艰难”，“知小人之依(隐痛)”，“闻小人之劳”，并且说那些曾经长期生活在“小人”中间、甚至亲自参加过开荒种田劳动的先王，对于他们治理国家大有裨益，他们也因此非常明智。有人告诉他们“小人怨汝詈汝”，他们“不啻不敢含怒”，而且“皇(更加)自敬德”；有了过错，他们能够说“朕之愆(过错)，允(确实)若时(是)”。当时能够提出这样一些思想很了不起，而且它对于后代也有永久的借鉴意义。在写作上，这篇文章一开始就提出论点“无逸”，以下始终围绕论点展开论述，道理讲得充分，而且有分析，有归纳，层次清楚，结构完整。援古喻今，是这篇文章的主要手法。它通过历史上正(殷、周四位先王的勤劳、亲民和古人的相互保惠)、反(后期殷王的“惟耽乐之从”和纣的迷乱酗酒)两方面的事实，说明“治民祗惧，不敢荒宁”，才能享国久长。援古喻今的方法，可以溯源于《盘庚》，但是在《盘庚》中说得很简单，到了《无逸》，谈殷史和周文王已经占了文章的很大篇幅。援用史实，可以把道理讲得具体可感，而且因为是曾经验证的事实，讲出来特具说服力，所以到了战国诸子，援古证今就成为说理的主要手段之一。

《周书》中最后一篇《秦誓》，写于春秋中期，以抒发情怀见长，直开后代抒情散文的先河，这里不再详说。

《周书》的记事篇章有《金縢》、《顾命》。《顾命》先写成王病重，力疾召见群臣，嘱托后事，成王崩，太子钊入宫作丧事和接受册命，依照时间顺序和空间方位，一一叙写庙堂上布设几席、陈设宝器、布置兵卫的情况，参与典礼的人入场的顺序、路线、穿戴何种冕服，以及太史宣读册命、康王致答辞、君臣朝享等，都写得很细致，有条不紊，场面的宏大和气氛的肃穆，文字的铺叙，都是前所未见的。例如布几席的情况是这样写的：

> 牖间南向，敷(铺)重(双层)篾席，黼纯(席边饰有黑白色花纹)，华玉(五色玉)仍几(王生前用的矮几)。西序(堂屋的东西墙)东向，敷重厎(细密)席，缀(杂彩)纯，文贝仍几。东序西向，敷重丰(刷洗)席，画(画云气)纯，雕玉仍

几。西夹(序后的夹室)南向，敷重筍(竹的青皮)席，玄纷(玄色丝绳)纯，漆仍几。

又如设兵卫的情况是这样写的：

二人雀弁(赤黑色的冠)，执惠(斜刃的兵器)，立于毕门(庙堂的内门)之内。四人綦弁(青黑色的冠)，执戈，上刃(刃向上)，夹两阶戺(靠台阶两边的斜石而立)。一人冕(大夫戴的礼帽)，执刘(尖锐的斧)，立于东堂(堂东侧)。一人冕，执钺(大斧)，立于西堂。一人冕，执戣(三锋矛)，立于东垂(序的外旁)。一人冕，执瞿(戳，戟类兵器)，立于西垂。一人冕，执锐(矛类兵器)，立于侧阶。

《金縢》写武王患病，周公向先王祝告代武王死，武王病愈。后来成王嗣位，周公摄政，管叔等散布流言诽谤周公，周公避居。管叔等作乱。一年“秋，大熟，未获，天大雷电以风，禾尽偃，大木斯拔，邦人大恐。”成王和大夫打开“金縢之匮”，发现了当初周公代武王死的祝告辞，于是成王亲迎周公回朝，“王出郊，天乃雨，反风，禾则尽起，……岁则大熟。”这显然是依据传说写成，近乎小说，热烈歌颂了周公感天动地的忠诚。写定的时代可能在春秋战国时期。

《周书》的一大半都与周公有关，除了《金縢》，还有他对成王的告诫(《洛诰》、《无逸》、《立政》)，有他对康叔的叮嘱(《康诰》、《酒诰》)，有对召公的谈话(《君奭》)，对诸侯的训令(《大诰》)和对殷人的演说(《多士》、《多方》)。这些谈话、训令，非常全面地表现了周公的思想和心态。他重任在肩，胸怀全局，为巩固周政权，做了艰苦卓绝的工作，展露了出色的政治智慧和才能，给读者留下极深刻的印象。“甚矣吾衰也！久矣吾不复梦见周公！”(《论语·述而》)可见这个人物对孔子影响之深。

韩愈说：“周诰殷盘，佶屈聱牙”，这是因为它们用当时的口语写成，由于时代久远，语言变迁，实词不必说，当时使用频繁的一些虚词如“迪”、“越”、“肆”、“矧”、“诞”、“攸”、“丕”，后代都不用了，而使后代文章宛转流丽的“也”、“乎”、“矣”、“焉”、“而”、“者”，“周诰殷盘”或根本不用(如也、乎)，或极少使用，所以后人一向觉得它们难读。刘勰说："《书》实记言，而训诂茫昧，通乎尔雅，则文意晓然。……览文如诡，而寻理即畅。"(《文心雕龙·宗经》)这话说得有道理，问题是"通乎尔雅"不那么容易。

三、《虞夏书》

《虞夏书》共有四篇。学者研究的结论是，《尧典》、《皋陶谟》和《禹贡》，初写在春秋，写定在战国。《尧典》和《皋陶谟》开端就说"曰若稽古帝尧"，"曰若稽古皋陶"，明示是后人述古的作品。据考证，《尧典》中有殷代的资料，可能最初由简编传世，后来经过儒家的学者写成，写进了尧、舜、禹等人的传说，也写进了儒家的政治理想。这两篇的思想、文风都很相近，在《尚书》中有自己的特色。它们都善于用叙事文体特别是对话写尧、舜和群臣民主议事的情景和气氛。如《尧典》这样写推举治理洪水的人：

> 帝曰："咨，四岳！汤汤洪水方割，荡荡怀山襄陵，浩浩滔天。下民其咨，有能俾乂?"佥曰："於，鲧哉!"帝曰："吁，咈哉！方命圮族。"岳曰："异哉！试可乃已。"帝曰："往，钦哉!"九载，绩用弗成。
>
> ——帝说："唉，四方诸侯的首长，滚滚的洪水普遍地祸害天下，广大无边地包围了山岭、淹上了丘陵，浩浩荡荡地弥漫天际。百姓都在嗟叹，有没有人能使他去治理?"都说："啊，鲧可以呀!"帝说："哎，不行啊！他反抗命令，败坏好人。"四岳说："推举他吧！试验他可用，就任用他好了。"鲧治水九年，并没有取得成绩。

尧知道鲧不可用，仍然屈己从人，采纳了四岳的意见，作者歌颂了尧的明察，实际上反映出古代部落联盟的酋长能够听从众议，不是行事专断的人。作者在描写人物对话时，使用了大量的感叹词和语气词(其中有不少词是"周诰殷盘"所没有的)，极力真切地模拟人物讲话时的语气。

把神话、传说历史化，既有真实的史影，又寄托着儒家"天下为公"的理想，这样的作品，思想内容都不是很单一的。又如《皋陶谟》写舜与皋陶、禹在讲了治国修身、君臣的职分以后，文章结尾写君臣赓歌。先是夔击磬弹奏琴瑟来伴唱，使得鸟兽都和着音乐起舞，“鸟兽跄跄”，“凤凰来仪”，接着说：

帝庸作歌，曰：“敕天之命，惟时惟几。”乃歌曰：“股肱喜哉，元首起哉，百工熙哉！”皋陶拜手稽首，飏言曰：“念哉！率作兴事，慎乃宪，钦哉！屡省乃成，钦哉！”乃赓载歌曰：“元首明哉，股肱良哉，庶事康哉！”又歌曰：“元首丛脞哉，股肱惰哉，万事堕哉！”帝拜曰：“俞，往钦哉！”

——帝因而作了一首歌，说：“谨慎上天的命令，必须顺时慎微。”于是唱道：“股肱之臣如果高兴啊，元首就会奋发啊，众官员就会和洽啊！”皋陶跪拜叩头，高声说：“要注意啊，从事盛大的事业，就要谨慎你的法制，要慎重啊！反复检讨你的行为才可能成功，一定要谨重啊！”于是接着作了歌，唱道：“元首如果英明啊，股肱之臣就贤良啊，一切事业就安康啊！”又唱道：“元首要是琐琐碎碎无大略啊，大臣们就会懈怠啊，所有事情就会荒废啊！”帝拜了拜说：“是啊，从今以后要慎重啊！”

不论君还是臣，都没有顾虑，畅所欲言，相互策励，上下之间此歌彼和，款洽和乐，真是难得的君臣关系，是后代的臣子所心向往之的。司马迁深为此动情：“余每读《虞书》，至于君臣相敕，维是几安，而股肱不良(司马迁在这里说话大概就有顾虑，只说‘股肱不良’，不提‘元首丛脞’)，万事堕坏，未尝不流涕也。”(《史记·乐书》)这是完全可以理解的。

散文中写进诗歌，即所谓“美句入歌咏”，在春秋战国的文章中并不罕见，但是像这样描写君臣的赓歌的，却是本文所独有的。

《禹贡》和《甘誓》属于“夏书”。《禹贡》借禹治水为线索，写九州的方位、山川、土壤、物产(即贡赋)，是一篇有很高价值的地理学著作。文字虽然也参差错落，但是大量使用排比句、排比段，在形式上相当整齐。它这样写冀州：

冀州：既载(始)壶口，治梁及岐。既修太原，至于岳阳。覃怀(地名)底(取得)绩，至于衡(横)漳。厥土惟白壤，厥赋为上上错(第一等杂着第二等)，厥田为中中(第五等)。恒、卫既从(顺)，大陆既作(耕作)。鸟夷皮服。夹右碣石入于河。

其他各州也采取相同的写法，如徐州：

> 海、岱及淮惟徐州：淮、沂其乂(治理)，蒙、羽其艺(治理)。大野既猪(潴)，东原厎平。厥土赤埴(黏)坟(肥)，草木渐包(相包裹而生长)。厥田惟上中，厥赋中中。厥贡惟土五色，羽畎夏翟(羽山山谷所产的野鸡)，峄阳孤桐，泗滨浮磬，淮夷蠙珠暨鱼，厥篚(圆形筐)玄纤缟(缯)。浮于淮、泗，达于河。

文中说“九州攸同”，“四海会同”，加上这种整齐的排列形式，显示这篇文章是战国末期的产物。

《甘誓》是夏君讨伐有扈氏的誓师辞，文不满百字，使用韵语，《墨子·明鬼》曾经引用，有的学者认为是夏、商时代流传下来，有人认为其中的“涟语”、“排笔”，当时“绝不会有”，《甘誓》的“五行”指天上的五星金木水火土，不是指地上“五行”。

《尚书》后来被儒家定为经典，不仅儒家的思想观点、《左传》的民本思想渊源于《尚书》，墨家甚至法家也从它汲取营养。《尚书》的政治哲学成为两千多年来我国封建统治的蓝本，是历代帝王和士大夫的教科书，影响至为深远。《尚书》中的文章涉及的时代很长，它既是我国散文的一个源头，也包括一些趋于成熟的散文作品。在文体方面，它启迪了后代的诏、策、章、奏；在记言、记事技巧方面，为《国语》、《左传》等提供了借鉴。唐代古文运动的领袖韩愈和柳宗元，也都取法《尚书》，把它作为为文和“取道之原”。

第三节 《逸周书》

《汉书·艺文志》著录“《周书》七十一篇，周史记。”西汉以前只称《周书》，因为刘向说它是“孔子所论百篇之余”所以许慎《说文解字》开始称为《逸周书》。在唐代，颜师古看到的本子仅为四十五篇，而刘知几看到的应是完本。至迟到南宋时仅存六十篇(含《周书·序》一篇)，近年清华大学收集的竹简中，内有本书失亡的《程寤》，增补了一篇。

《史通·六家》说:“《周书》者,与《尚书》相类,……有明允笃诚,典雅高义,时亦有浅末恒说,滓秽相参,殆以后世好事者所增益也。”《逸周书》的文章来源不一,有西周的史书,也有汉代的东西,大多数篇章是战国时期的补作,因而内容驳杂,真赝参半。有的记言,有的记事,有诰命,也有论文和杂记,是一部史书和子书的合编。《世俘》、《克殷》、《商誓》、《作雒》、《度邑》、《皇门》、《祭公》、《尝麦》和《芮良夫》等篇,是西周或基本是西周的文章,其中的诰命文章,大都艰深古奥,与《尚书·周书》的格调是一致的。但是产生于西周后期的《芮良夫》则表现出西周散文发展的趋势。这篇文章是芮伯劝谏周厉王、斥责执政者的奏议:

> 芮伯若曰:“予小臣良夫稽首谨告天子:惟民父母,致厥道,无远不服;无道,左右臣妾乃违。民归于德,德则民戴;否德民雠。……后(君)除民害,不惟民害,害民乃非后。惟其雠,后作类(善);后弗类,民不知后,惟其怨。民至亿兆,后一而已,寡不敌众,后其危哉!
>
> “呜呼!野禽驯服于人,家畜见人而奔(王念孙疑“野禽”“家畜”误移),非禽畜之性,实惟人民亦如之。今尔执政小子,惟以贪谀事王,不勤德以备难,下民胥怨,财力单竭,手足靡措,弗堪戴上,不其乱而?以予小臣良夫观天下有土之君(指诸侯),厥德不远,罔有代德,时为王之患,其惟国人。
>
> “呜呼!惟尔执政朋友小子,其惟洗尔心,改尔行,克忧往愆,以保尔居。尔乃聩祸玩裁,遂非不悛,余未知王之所定,矧乃小子!惟祸发于人之攸忽、于人之攸轻,心不存焉,变之攸伏,尔执政小子不图大囏(艰),偷生苟安,爵以贿成,贤智钳口,小人鼓舌,逃害要利,并得厥求,惟曰哀哉!……”

魏源的《书古微》推崇这篇文章“忠告忧勤,亹亹乎成、康、周、召之道,与《无逸》、《君奭》相表里。”这主要是从它的内容着眼。我们从文章的角度看,它挣脱了周初诰命文的“佶屈聱牙”,已经写得相当平易明畅,容易读懂,表达技巧、语言的形象性都有了提高。所以文中像“寡不敌众”、“手足靡措”、“偷生苟安”都成为后代流行的成语;像“野禽”、“家畜”的比喻,“洗心”、“钳口”、“鼓舌”的形容,都使文章通俗生动。此外,说理也相当透彻。

《世俘》、《克殷》、《作雒》三篇是记事文。前两篇都写武王伐纣,有很高的史料价值，然而彼此有不同，《克殷》是这样写的：

> 周车三百五十乘，陈于牧野，帝辛(纣)从(迎战)。武王使尚父(姜尚)与佰(百)夫致师(挑战)。王既誓，以虎贲(勇士)戎车驰商师，商师大崩。商辛奔内，登于鹿台之上，屏遮而燔于火。
>
> 武王乃手大白(旗名)以麾诸侯，诸侯毕拜，遂揖之(揖诸侯追纣)。商庶百姓，咸俟于郊，群宾(诸侯)佥(都)进曰："上天降休(喜庆)！"再拜稽首。武王答拜。
>
> 先入适王所，乃克射之，三发，而后下车，而击之以轻吕(剑名)，斩之以黄钺(大斧)，折，县(悬)诸大白。乃适二女(妲己及嬖妾)之所，既缢，王又射之，三发，乃右(又)击之以轻吕，斩之以玄钺，县诸小白。乃出场(复)于厥军。……

文章写得很精炼，也很具体，颇能反映当时的气氛，特别是武王戮尸的场面。可是，武王伐纣被儒家说成是"仁义之师"，所以像这样郑重其事地详细写武王亲自戮尸的文字，是儒家所无法接受的。《世俘》被认为是《逸周书》中"最为可信"的周初文字(郭沫若《古代社会研究·附录七》)，它倒没写戮尸，但是写被割耳朵的商军士卒达"亿(十万)有七万七千七百七十有九"，生俘"三亿万有二百三十"，掳获的宝玉、佩玉亦以亿、万计。事后的祭祀，以"殷王士百人"为牲，"伐(杀)右厥甲小子鼎(则)大师，伐厥四十夫家君鼎(则)师"(引文据顾颉刚校定本，载《文史》第二辑)，这样的描写当然也是儒家无法接受的。所以孟子说："尽信《书》则不如无《书》，吾于《武成》，取二三策而已矣。仁人无敌于天下，以至仁伐至不仁，而何其血之流杵也?"(《孟子·尽心下》)《尚书》中写武王伐纣的《武成》亡于东汉初年，有些学者判定《世俘》就是《尚书》的《武成》。《逸周书》不受重视，《世浮》、《克殷》的存在至少是原因之一。

其他诰命文章有些可能有原始资料为据，但是大多数文章从思想到文字都不大像是战国以前的东西。另外一些论政、论兵的文章，与诸子的著作无异，只在形式上和上述那些仿拟或改写的诰命文章一样，喜欢大量使用数目字，多用四言句、排比句，也常用韵。应当指出，这些特点和《尚书》的《洪范》极其相似，不是有意模仿

《洪范》，就是出于同一时代或同一派学者之手。这些文章没有什么形象性可言，但是有的篇章在文字上却很讲究，例如《文酌》：

> 民生而有欲、有恶、有乐、有哀、有德、有则。则有九聚，德有五宝，哀有四忍，乐有三丰，恶有二咎，欲有一极。极有七事，咎有三尼，丰有三频，忍有四教，宝有五大，聚有九酌。九酌：一取允移人，二宗杰以亲，……五大：一大智率谋，二大武剑(敛)勇……

这样的回环倒卷，整齐的排列，在作者自然也是用心用意的。又如《大匡》篇讲“昭明九则”时又用了这样的形式：“昭信非展，展尽不伊，伊言于允，思复丑谮。昭让非背，背党雍德，德让于敬，思贤丑争。昭位非忿，忿非□直，直立于众，思直丑比。昭政非闲，闲非远节，节政于进，思止丑残……”每一“则”都用四句，两用顶真格，又使用相同句式作反复排比，这样严格的追求形式的整齐，实不多见。

“以数为纪”，是《逸周书》中用得最多的写作方法，它和《洪范》是这方面当之无愧的代表性著作，它是以《洪范》为样板的。同时又大量使用顶真修辞格，与数纪相配合。在其他著作中，《大学》、《中庸》和《郭店楚简·五行》等使用顶真格最频繁；而《周礼》、《管子》和出土的《孙膑兵法》则使用数纪法最频繁。由此可以推断《逸周书》写作的好尚出于什么时代。

虽然多数篇章文字枯涩，但是有的篇章如《官人》、《史记》、《武纪》等，文字明通，善于条分缕析，逻辑性和概括性都很强。《官人》讲任官用人，从“观诚、考志、视声、观色、观隐、揆德”六个方面对各种人作了细致入微的分析，《史记》就历史上亡国的史实，分门别类，举出了二十八种事例，这都表现了出色的观察分析能力。在这方面，确实使人想到韩非的某些文章。《武纪》是一篇军事论文，我们试看其中的一段：

> 国有本，有干，有权，有伦质，有枢体。土地，本也；人民，干也；敌国侔交，权也；政教顺成，伦质也；君臣和□，枢体也。土地未削，人民未散，国权未倾，伦质未移，虽有昏乱之君，国未亡也。
>
> 国有几失(失亡的征兆)：居之不可阻(疑)，体之小也；不果(实践盟约)邻

家，难复饰(修治)也；封疆侵凌，难复振也；服国从失(纵佚)，难复扶也。大国之无养，小国之畏事，不可以本权(常情、权变)失；邻家之交，不可以枉绳(曲直)失。邻家之交，不据直以约，不亏体(屈身)以阴(阴谋)，不可虞而夺也，不可策而服也，不可亲而侵也，不可摩而测也，不可求而循也。施度于体不虑费，事利于国不计劳。失德丧服于邻家，则不顾难矣；交体(结交的国家)侵凌，则不顾权矣；封疆(边境)不得其所，无为养民矣；合(会)同不得其位，无畏患矣；百姓屈急，无藏畜矣；挤(失)社稷、失宗庙、离坟墓、困鬼神、残宗族，无为爱死矣。卑辞而不听，□财而无枝(支撑)，计战而不足，近告而无顾，告过而无悔，请服而不得，然后绝好于(以)闭门脩险，近说外援；以天命，无为，是定亡矣。

这篇文章，说理周详透辟，语言又顺畅流利，笔下滔滔不绝，络绎而来，既有畅达的气势，又讲得入情入理，娓娓动听(只是文字有脱误)。这样的文章，不仅在《逸周书》中是难得的，置之战国诸子文中也毫无愧色。所以清代丁宗洛《逸周书管笺》评论它说："通体月朗风柔，澄波涟漪，在全书中另是一种笔致。"

《逸周书》中《太子晋》、《周祝》是比较特殊的篇章，它们是文学创作，前者写太子晋年幼有盛德，聪明博达，而叙事却带有神话色彩，大概是依据传说写成。文章说："晋平公使叔誉于周，见太子晋而与之言，五称(说了五件事)而三穷，逡巡而退，其言不遂(终)，归告公曰：'太子晋行年十五，而臣弗能与言。君其归声就、复与(二邑名)田，若不反，及有天下，将以为诛。'平公将归之，师旷不可，曰：'请使瞑臣往与之言，若能幪(蒙蔽)予，反而复之。'"师旷赴周见太子，师旷连连发问，太子一一回答，出口成章，对答如流，师旷频频称善。最后师旷问："王子！汝将为天下宗(宗主)?"王子曰："太师，汝何戏我乎？……吾闻汝知人年之长短，告吾。"师旷对曰："汝声清汗，汝色赤白，火色不寿。"王子曰："然。吾后三年，将上宾于帝所。汝慎无言，殃将及汝。"结果是"未及三年，告死者至。"情节完整，对话也较有意趣，叙述用散文，对答多用韵语。这里的太子晋距离《国语·周语下》中的太子晋，相距还不甚遥远，所以鲁迅说它"类于传说"(《中国小说史略》第二篇)，等太子晋变成汉人《列仙传》里的王子乔，那就"只可作小说观"了。

《周祝》是一篇宣讲黄老思想的通俗歌谣，把哲学观点作成格言，而情韵俱佳，后人都把它与荀子《成相》相提并论。全文除开场白之处分为15节，每一节中用韵语写成，而每节句数、各节句式都不相同，灵活自由，通俗易懂，很像后世的数来宝。而各节之间用“故”字承上启下，又不脱散文的大格局。如：“故天为盖，地为轸，善用道者终无尽；地为轸，天为盖，善用道者终天害；天地之间有沧热，善用道者终不竭。……用彼大道知其极，加诸事则万物服。用其则必有群，加诸物则为君。举其脩则有理，加诸物则为天子。”《周祝》的作者和诸子一样，目的也是为治国平天下出谋划策。

第三章
史传散文(中)

《春秋》、《国语》、《左传》的出现，标志着史传散文进入了一个新的发展阶段。《尚书》是历史资料的汇编，《春秋》虽然简略，却是有体例的史书，而且语言平易，迥然不同于《尚书》的古奥。《国语》、《左传》又远远超过《春秋》，特别是《左传》，是一部光辉的巨著，使先秦史传散文出现了一座高峰。

第一节　《春秋》

"春秋"原是古代史书的通称，因为史书记事"以事系日，以日系月，以月系时，以时系年，……年有四时，故错举以为所记之名也。"(杜预《春秋左传集解序》)《墨子·明鬼》曾经引用周、秦、燕、宋、齐的《春秋》，并且说"吾见百国《春秋》"(《史通·六家》引)，《乘》、《梼杌》是晋、楚《春秋》的别称。可是流传至今的只有鲁《春秋》，《春秋》也就渐由通称转为专名。因而鲁《春秋》是我国现存最早的史书。

鲁《春秋》由鲁国历代史官记录而成。孟子说是孔子作，司马迁说孔子"因史记作《春秋》"(《史记·孔子世家》)，后代多说是孔子修订。而《春秋》又确经修订，《公羊传》庄公七年明说有不修《春秋》，与今本文字不同，并且《春秋》记事不涉及鬼神，这一点和《竹书纪年》、《墨子》所引的各国《春秋》以至《国语》、《左传》都不相同。《左传》中明说：《春秋》……非圣人，谁能修之。(成公十四年)《公羊传》也说：不修

《春秋》……君子修之曰："星霣如雨。"(庄公七年。王充《论衡·艺增》："君子者，谓孔子也。")《左传》、《公羊传》和孟子都说孔子修订或"作"《春秋》，三说中最晚的大约也和古本《竹书纪年》终止的魏襄王二十年(前299)相先后，此时尚属战国中期，上距曾参、子夏、子思之死不过百多年，而众口齐说孔子修订《春秋》，这绝非出于偶然，可为一证。《公羊传》著于竹帛的时候，《竹书纪年》早已埋于墓中，而《公羊》记郑庄公克段说："走之者何？杀之也。"与《纪年》一致而与《左传》不同；鲁桓公十二年《公羊》载"公会杞侯、莒子盟于殴蛇"，与《纪年》相同而与《左传》不同；有些史事，《左传》无记而《公羊》有说者，亦指不胜屈。这足以证明，《公羊》的传授亦渊源有自，这是二证。《淮南子·主术训》说孔子"作为《春秋》，不道鬼神"，此与《论语·述而》"子不语怪力、乱神"密合无间，很多研究者忽视这一点，对《左传》其"失也巫"、《纪年》载"十日并出"、《史记》记"马生人""女化为丈夫"，熟视无睹，而忽视《春秋》"不道鬼神"的严谨历史观，对《春秋》只顾指责，反而不如二千年前的《淮南子》有见解。这是三证。张岱年说，怀疑孔子修订《春秋》，"不易提出有力的反证"，确为有得之见。

《春秋》是编年史，始自鲁隐公元年(前722)，终于鲁哀公十四年(前481)，提纲式地记录了鲁、周和其他诸侯国二百四十二年间的历史大事，主要内容是征伐、会盟、朝聘及天象、灾异。尊王攘夷，维护等级名分，是《春秋》的基本倾向。史实的记载，遣词造句，都体现出这种倾向。比如晋文公做了霸主表示要尊王，自己不去京师，却把周天子召来"朝见"，为了维护天子的尊严，《春秋》委婉地写道："天王狩于河阳。"(僖公二十八年)对比《竹书纪年》所记"周襄王会诸侯于河阳"，不难看出《春秋》编者使用"狩"字的用心。楚、吴国君僭越称王，《春秋》则贬称他们为"楚子"、"吴子"，而且书其卒不书其葬，以避免称他们"某王"的谥号。为了强调华夷之辨，《春秋》在书写中原各国与秦、楚、吴发生战争时，不管谁先发动战争，也不管谁胜谁负，总是先诸夏后夷狄：

> 晋侯及秦伯战于韩，获晋侯。(僖公十五年)
>
> 宋公及楚人战于泓，宋师败绩。(僖公二十二年)
>
> 晋侯、齐师、宋师、秦师及楚人战于城濮，楚师败绩。(僖公二十八年)
>
> 齐国书帅师及吴战于艾陵，齐师败绩，获齐国书。(哀公十一年)

又如《春秋》的如下条目：

> 盗杀卫侯之兄絷。(昭公二十年)
>
> 黑肱以滥来奔。(昭公三十一年)

依照《春秋》的体例，诸侯国的大夫再命以上可以书名氏，卫卿齐豹本来可以书名，因为他杀了卫灵公的母兄絷，所以不书“齐豹”而书“盗”，以贬斥他的不义。邾国黑肱本来没有资格书名，因为他投奔鲁时献了邾的滥邑，却写上他的名字，意在贬斥他以地叛国。这叫作“或求名而不得，或欲盖而名章”(《左传》昭公三十一年)。

这里没有什么文学性可言，但就“属词比事”的严格，字里行间寄寓褒贬，表现编著的倾向而言，说“《春秋》谨严”(韩愈)确实不是虚誉。

其次，《春秋》的语言平易明畅，与《尚书》不同，这从上面的举例可以看出来，再如：

> 夏四月辛卯，夜，恒星不见。夜中，星陨如雨。(庄公七年)
>
> 春王正月戊申朔，陨石于宋五。是月，六鹢退飞过宋都。(僖公十六年)

记事语言这样简明易懂，平易自然，无疑是史传散文的一个巨大进步，它显然属于新型的散文。

《春秋》被当作孔子所修的经书，确实被后世儒家神化了，不仅《公羊传》、《谷梁传》所讲的那些“微言大义”多为穿凿附会，就是《左传》所说的“书法”也未必可靠，斥之为“断烂朝报”(王安石)，“动皆隐讳”，“真伪莫分”(刘知几)，也有其道理。但是，我们平心而论，“春秋笔法”还是存在，“春秋笔法”对后代史传散文的影响也是不容忽视的事实。

此外，《春秋》记事近似卜辞，不仅“有年”、“大有年”之类的用语相同，即使像“齐人侵我西鄙，公追齐师，至酅，弗及。公至自伐齐。”(僖公二十六年)和“丁巳，葬我君定公，雨，不克葬。戊午，日下昃，乃克葬。”(定公十五年)也都使人想到卜辞。史官是由巫卜分化出来，并且在长时期内职掌不严格，从《左传》的记载就可以看出，史官既掌管记载，又负责卜筮和祭祀，这大概是早期史传散文与卜筮散文存在因缘的主要原因。

第二节　《左传》

战国晚期的著作《战国策》、《韩非子》、《吕氏春秋》都称《左传》为《春秋》，西汉始称《左氏春秋》，并说它是鲁《春秋》之"传"，作者为左丘明：

> 孔子……西观周室，论史记旧闻，兴于鲁而次《春秋》，……七十子之徒口授其传指，为有所刺讥褒讳挹损之文辞不可以书见也，鲁君子左丘明惧弟子人人异端，各安其意，失其真，故因孔子史记具论其语，成《左氏春秋》。（《史记·十二诸侯年表·序》）

西汉末年，刘歆以《左传》"传《春秋》"，称《春秋左氏》（《汉书·如歆传》），从此就有了《春秋左氏传》（简称《左传》）的名称。晋朝杜预为《春秋》、《左传》作注，"分经之年与传之年相附，比其义类，各随而解之。"（《春秋左传集解·序》）原来各自单行的《春秋》和《左传》开始合编在一起。

《左传》究竟是一部独立的史书，还是解释《春秋》的"传"，自西汉以来就争论不休。我们以为，南宋叶适的话说得比较全面，他说：

> 汉儒以左氏为不传《春秋》，……以其书考之，以理揆之，史文与国始终者也，今《传》独起惠公元妃以为书之始，自孔丘卒后、毕哀公以为书之终，其始终不以史文而以《春秋》，则此书固为《春秋》而作耳；谓之不传《春秋》者，汉儒守师说之陋也。然左氏之取义广，叙事实，兼新旧，通简策，虽名曰"传"，其实史也。……故作传虽因于孔氏，而为义不主于释经。（《习学记言序目》卷十一《左传·总论》）

"为《春秋》而作"，说得未免绝对，但是《左传》的起始年代与《春秋》相同，记事纲目又必不可免地依据《春秋》，书中的解经语虽然很多人认为是后世添加，可是《战国策·魏策三》、《韩非子·难四》已经引录，则它与《春秋》的密切关系不容否定。另一方面，《左传》确实不同于《公羊传》、《谷梁传》的拘守《春秋》，“专意释经”，它广采各国史籍乃至卿佐家传，小说传闻，写成了一部叙事详细完整的宏伟编年史，因而战国秦汉间人也称它为《春秋》。

唐、宋时代，赵匡等人先后对司马迁所说《左传》的作者、成书年代，提出不同意见，指出《左传》中涉及不少战国史实，它的作者不可能是见于《论语》的左丘明，应当是“孔门后之门人”(《春秋啖赵集传纂例》卷一《赵子集传损益义》)；或说左丘明曾经搜集资料，传授弟子，“后之学者，乃著竹帛，而以祖师之目题之”(同上《三传得失议》啖助语)。朱熹也认为“《左传》是后来人作。为见陈氏有齐，所以言‘八世之后，莫之与京’；见三家分晋，所以言‘公侯子孙，必复其始’。”(《朱子语类》卷八三)这些论述，接近实际，《左传》的写定者不可能是左丘明，必是战国时期的学者，属“儒家别派”(杨伯峻语)，成书的时间已届战国中期，大约不早于公元前四世纪五十年代。

日本学者新城新藏以岁星纪事的天文学考察，对《国语》、《左传》的著作年代，得出如下结论：《左传》、《国语》中所载岁星之位置，系后代推步所得。推步的起始年为西元前 365 年，即周显王四年。依《左》、《国》所载岁星纪事及其记事预言之中否等考察之，当在战国时代，西元前 365 年至前 330 年间。《左传》之著作年代，我们论断为西元前三百四、五十年代。(《东洋天文学史研究》页 426，450，沈璿译，中华学艺社民国廿二年)沈玉成、刘宁《春秋左传学史稿》认为，《左传》编定时代的研究，新城氏的成果“最有价值”，“值得重视”。徐中舒、赵光贤都认为《左传》编定的时间在公元前 375～前 352 年间，与新城氏之说相吻合。

《左传》是我国奴隶制瓦解时期出色的历史画卷。它记录了鲁隐公元年(前 722)至鲁哀公二十七年(前 468)二百五十五年间鲁、周和各国的政治、军事、外交以及经济、文化方面的历史事件，相当全面地反映了各国之间和它们内部的矛盾斗争：周室衰微，礼坏乐崩，大国争霸，战争频仍，统治阶级争权夺利，腐朽残暴。所谓“《春秋》之中，弑君三十六，亡国五十二”(《春秋繁露・灭国》、《淮南子・主术》等)，实际《春秋》所写不足此数，这里的《春秋》是指《左传》而言。

在旧秩序、旧事物没落的同时，就有新思想、新事物的萌生。《左传》作者有对旧秩序的维护，也有对新事物的肯定，他在主要方面是顺从社会潮流的发展的。

首先，《左传》表现了轻神重民的思想。在天、人关系方面，西周初期的政治家因为畏天命而重人事，到了春秋时代，由于社会生活的发展和现实斗争的需要，天道鬼神观念日渐衰微，人们不仅轻天命重人事，甚至明确提出了天人相分的观点。如郑国裨灶预言将要发生火灾，郑人要求子产禳火，子产说："天道远，人道迩，非所及也，何以知之？灶焉知天道？是亦多言矣，岂不或信？"（昭公十八年）子产认为天道与人事两不相关，无从了解它们之间的关系。子产拒绝禳火，也没有发生火灾。又如，齐国出现彗星，齐景公准备禳祭，晏婴说："无益也，只取诬焉。……君无违德，方国将至，何患于彗？……若德回乱，民将流亡，祝史之为，无能补也。"（昭公二十六年）也是认为禳祭无补于事，国事在德不在天。这样的思想是春秋以前的人所没有的。

在神、民关系方面，《左传》有时候神、民并称，有时候则明显地把神放在从属地位，如随国大夫季梁说："夫民，神之主也。是以圣王先成民而后致力于神。"（桓公六年）有时候，则干脆不言神，陈国逢滑说：

> 臣闻，国之兴也，以福；国之亡也，以祸。……国之兴也，视民如伤，是其福也；其亡也，以民为土芥，是其祸也。（哀公元年）

这等于说，国家的兴亡无关于神，完全取决于统治者对民的态度，取决于民心的向背。民的地位提到这样的高度，在我国历史上尚属第一次。"无众，必败。"（僖公十三年）"无民，孰战？"（成公十五年）"民弃其上，不亡何待？"（昭公二十三年）这就是统治者重民的原因。

随着神权的衰微，君的地位也下降，在君、民关系方面，也出现了鲜明的轻君重民的倾向。季梁要求国君"忠于民"，"上思利民，忠也"（桓公六年）。而有的国君本人也认识到自己的职责就是"利民"。如邾国想要迁都于绎，占卜的结果是迁于绎"利于民而不利于君"，于是邾文公和群臣有这样一段对话：

> 邾子曰："苟利于民，孤之利也。天生民而树之君，以利之也。民既利矣，孤必与焉。"左右曰："命可长也，君何弗为？"邾子曰："命在养民，死之短长，时也。民苟利矣，迁也，吉莫如之！"（文公十三年）

只计民利，不考虑个人性命，这样的国君，真是难得的开明了。相反，对于那些失职“困民”的国君，有人提出臣民有权把他赶跑。卫人出其君，晋国师旷说：

> 夫君，神之主而民之望也。若困民之生，匮神乏(之)祀，百姓绝望，社稷无主，将安用之？弗去何为？(襄公十四年)

又如，鲁昭公与季氏发生冲突，逃出鲁国，死在晋国的乾侯，史墨对赵简子评论此事说：

> 鲁君世从其失(佚)，季氏世修其勤，民忘君矣。虽死于外，其谁矜之？社稷无常奉，君臣无常位，自古以然。故《诗》曰：“高岸为谷，深谷为陵。”三后之姓，于今为庶，主所知也。在《易》卦，雷乘乾曰《大壮》䷡，天之道也。(昭公三十二年)

师旷、史墨都是从君、民关系的角度立论，把赶走“困民之生”、取代“世从其佚”的国君视为当然，甚至说成“天之道”，这完全是春秋后期的新思想，反映出民的地位不断提高，同时，这些言论，也为鲁国季氏、晋国三卿、齐国田氏夺取政权提供了理论根据。

其次，《左传》揭露和批判了统治阶级的残暴、腐朽和荒淫。《左传》作者憎恶“君不君，臣不臣，父不父，子不子”的局面，他直录无隐地大量暴露了各国统治集团的丑恶。在《左传》着笔较多的各国，无国无篡弑，无国无淫乱。统治集团为了争夺权位，发生了数不清的骨肉相残、君臣弑杀的事件。鲁国被称为“犹秉周礼”，在十二位国君中，即有隐公、闵公被弑，桓公夫人文姜与其兄齐襄公私通，齐襄使人杀死了桓公。此外，庄公太子、文公太子被杀。鲁国如此，其他国家可想而知，所以齐国公子争立、晋骊姬谗害申生、卫蒯聩父子争国，楚太子商臣弑其父成王等等，比比皆是。统治阶级的淫乱也达到惊人的地步，兄妹、翁妇、叔侄通奸，易内而淫，无奇不有，陈灵公君臣的“宣淫”是其中的一件：

> 陈灵公与孔宁、仪行父通于夏姬，皆衷其衵服(贴身穿着夏姬的汗衣)，以

戏于朝。泄冶谏曰:“公卿宣(宣扬,公开)淫,民无效焉,且闻不令(名声不好)。君其纳之。”……二子请杀之,公弗禁,遂杀泄冶。

陈灵公与孔宁、仪行父饮酒于夏氏。公谓行父曰:“征舒(夏姬之子)似女。”对曰:“亦似君。”征舒病之。公出,自其厩射而杀之。二子奔楚。(宣公九年、十年)

统治者骄奢无度,为所欲为。卫懿公好鹤,“鹤有乘轩者”,鹤等于享受卿大夫的待遇。狄人伐卫,应征服役的士卒都说:“使鹤,鹤实有禄位,余焉能战!”结果卫懿公身死国亡(闵公二年)。又如晋灵公:

晋灵公不君:厚敛以雕墙;从台上弹人,而观其辟丸也;宰夫胹(煮)熊蹯不熟,杀之,寘诸畚,使妇人载以过朝。(宣公二年)

最后晋灵公被赵穿杀死。秦穆公卒,“以子车氏之三子”殉葬,《左传》评论说:“秦穆之不为盟主也宜哉!死而弃民。……”“君子是以知秦之不复东征也。”(文公六年)宋襄公杀鄫君祭祀次睢社神,《左传》引用司马子鱼的话给予愤怒的谴责:“祭祀以为人也。民,神之主也。用人,其谁飨之?……得死为幸!”(僖公十九年)

《左传》盛称《春秋》具有“惩恶而劝善”的功能,其实《春秋》往往为亲者讳、为尊者讳,《左传》的直录无隐比《春秋》更有资格称为“实录”,也更能达到其“惩恶而劝善”的目的。

第三,《左传》有批判和否定,也有肯定和颂扬。它所颂扬的,有坚决辞让、不要君位的人,如宋国子鱼、曹国子臧、吴国季札。这些人超凡脱俗,和那些拼命争权位的人形成鲜明的对照。季札为逃君位至于“弃其室而耕”。《左传》写季札聘问北方各国,广交各国名臣叔孙豹、晏婴、子产,叔向,通过他对各国政事的评论、对各位贤臣的叮嘱、对周乐精深独到的鉴赏,表现了季札的高洁聪敏,才华横溢,展现了一位翩翩浊世贤公子的风采,也表达了作者由衷的赞颂倾慕的感情。《左传》襄公十三年引“君子”的评论说:“让,礼之主也。……世之治也,……由不争也,谓之懿德。”在作者看来,“让”、“不争”是达到“世之治”的必由途径,这也正是孔子所倡导的“礼让为国”(《论语·里仁》)。

《左传》还赞扬了申包胥、曹刿、弦高等人。在国家处于危难的时刻，他们挺身而出，依靠自己的才德，排除患难，为国家做出了贡献。像申包胥，吴师攻破了楚的郢都，楚君逃亡，他到秦国乞师，“立，依于庭墙而哭，日夜不绝声，勺饮不入口七日。秦哀公为之赋《无衣》。九顿首而坐。秦师乃出。”(定公四年)他的爱国至诚，一直感动着后人。

作为春秋的史书，必然要写齐桓、晋文之事，值得注意的是《左传》与《春秋》的尊王有别，与孔、孟对霸主的态度也不同。《左传》肯定霸业，表彰霸主。齐桓公、管仲在攘除夷狄方面卓有建树，他们认为“戎狄豺狼，不可厌也；诸夏亲昵，不可弃也。”出兵救邢、戍卫，使得“邢迁如归，卫国忘亡”。(闵公元、二年)孔子说“晋文公谲而不正”(《论语·宪问》)，但是《左传》肯定他的品德，不惜篇幅描述他的霸业，有很多赞扬。楚庄王观兵于周疆，问鼎之轻重，对周天子算得上是大不敬，但在邲之战前，晋国的士会、栾书无保留地称赞楚国。士会说楚国“德立、刑行，政成、事时，典从、礼顺”，“不可敌也”。栾书说：“其君无日不讨国人而训于(以)民生之不易，祸至之无日，戒惧之不可以怠；在军，无日不讨军实(士卒)而申儆之于胜之不可保，纣之百克而卒无后”。在邲之战中，楚庄王也很值得称赞。不仅对于郑国，他能做到适可而止，而且在晋军惨败以后，楚将请他收晋尸筑京观，以显示武功，他也加以拒绝。他说：

> 夫文，止戈为武。武王克商，作《颂》曰：“载戢干戈，载櫜弓矢。我求懿德，肆于时《夏》，允王保之。”又作《武》，其卒章曰：“耆定尔功。”其三曰：“铺时绎思，我徂维求定。”其六曰：“绥万邦，屡丰年。”夫武，禁暴、戢兵、保大、定功、安民、和众、丰财者也，故使子孙无忘其章(显著的武功)。今我使二国暴骨，暴(强暴)矣；观兵以威诸侯，兵不戢矣；暴而不戢，安能保大？犹有晋在，焉得定功？所违民欲犹多，民何安焉？无德而强争诸侯，何以和众？利人之几(危)，而安人之乱，以为己荣，何以丰财？武有七德，我无一焉，何以示子孙？其为先君宫，告成事而已，武非吾功也。(宣公十二年)

在对争霸敌手取得一边倒胜利的情况下，庄王的头脑如此冷静，态度这样谦恭，甚至自我责备，“武有七德，我无一焉”，实属罕见。庄王“止戈为武”的说法，常被后人引用，它符合人民的愿望，也寄托了《左传》作者的理想。《左传》对于吴王阖庐和恢复晋国霸主地位的晋悼公也给予赞扬，这里不再详说。

霸主的出现和称颂霸主，也是时代使然。周王室衰微，攘夷狄之侵需要霸主，平王室之乱需要霸主，禁诸侯之争也需要霸主。成公七年，吴伐郯，鲁国季文子感叹说：“中国不振旅(整顿军队)，蛮夷入伐，而莫之或恤。无吊者(善君，好霸主)也夫！……有上(杜注：“上，谓霸主。”)不吊，其谁不受乱？吾亡无日矣。”昭公十六年，齐出兵攻打徐国，叔孙昭子说：“诸侯之无伯，害哉！齐君之无道也，兴师而伐远方，……莫之亢也。无伯也夫!”这都是对于强有力霸主的迫切呼唤。

《左传》作者倾注感情所歌颂的另一类人物是子产、晏婴、叔向和孔丘。春秋后期，襄、昭、定、哀之际，在社会的激烈动荡中，产生了这几位著名的政治家，他们虽然有激进和保守之分，但是都不满意统治者的腐朽和社会的混乱，希望进行政治更革。《左传》作者倾心于这几个人物，大量描写他们的事迹或大量引用他们的言论，从而表现了《左传》主要的政治倾向。

叶适说：“今考尧、舜、禹、汤、文、武旧事，皆以德为本而以礼义行之，未有专壹而言礼者。专壹言礼，见于春秋。……如晏子、子产之流，虽为言礼之宗，其去古人远矣。”(《习学记言序目》卷十一《左传·昭公》)叶适对礼采取否定的态度，但他指出“专壹言礼，见于春秋”，而晏子，子产等人为“言礼之宗”，这是有见之言。以礼治国，以礼规范君臣上下的行为，使之各守本分，使当时的社会由乱返治，这是晏婴、子产、叔向及孔丘(孔重礼更重仁)一派人政治主张的特点，也是《左传》一书的政治主张。因而和《书》、《诗》、《论》、《孟》相比，《左传》是讲“礼”最多的著作，它既不同于《书》、《诗》的重“德”，又有别于《论》、《孟》的重“仁”。请看下表：

出现次数	“德”	“礼”	“仁”	“义”
《尚书·周书》	88	5	1	14
《诗经》	71	10	2	4
《论语》	39	74	109	24
《左传》[注]	240	484	33	95
《孟子》	38	68	157	108

注：①据杨伯峻统计，《左传》中“礼”字出现 462 次，而“礼书”、“礼经”、“礼秩”、“礼义”之“礼”字除外(《试论孔子》)。

②《左传》与《国语》相比，也比《国语》更重礼，详见顾立三《左传与国语之比较研究》上篇二节、四节(台北文史出版社，1983 年版)。

晏婴曾针对齐国的现实，向齐景公提出礼治的主张：

齐侯与晏子坐于路寝。公叹曰：“美哉室！其谁有此乎?”晏子曰：“敢问何谓也?”公曰：“吾以为在德。”对曰：“如君之言，其陈氏乎！陈氏虽无大德，而有施于民。豆、区、釜、钟之数，其取之公也薄(从公田征税用小的)，其施之民也厚。公厚敛焉，陈氏厚施焉，民归之矣。”《诗》曰：“虽无德于女，式歌且舞。”陈氏之施，民歌舞之矣。后世若少惰，陈氏而不亡，则国其国也已。”公曰：“善哉！是可若何?”对曰：“唯礼可以已之。在礼，家(卿大夫)施不及国，民不迁，农不移，工贾不变，士不滥，官不滔(怠慢)，大夫不收公利。”公曰：“善哉！我不能矣。吾今而后知礼之可以为国也。”对曰：“礼之可以为国也久矣，与天地并。君令、臣共(恭)，父慈、子孝，兄爱、弟敬，夫和、妻柔，姑慈、妇听，礼也。君令而不违，臣共而不贰；父慈而教，子孝而箴；兄爱而友，弟敬而顺；夫和而义，妻柔而正；姑慈而从，妇听而婉：礼之善物也。”公曰：“善哉！寡人今而后闻此礼之上(尊尚)也。”对曰：“先王所禀于天地以为其民也，是以先王上之。”(昭公二十六年)

这就是以“礼”治国。上至国君，下至庶民，君臣父子各守本分，就能治理好国家和百姓。晏婴充分肯定了陈氏的得民心，甚至看到了陈氏代齐的前景，但是他主张用“礼”抑制陈氏，以维护和加强公室。至于抑制陈氏以后，齐君必须取消“厚敛”，改变“民参其力，二入于公，而衣食其一”造成的“民人痛疾”(昭公三年晏婴语)，这在晏婴是不言而喻的。景公懂得了“礼之上”，“礼可以为国”，却又说“我不能”，原因就在于“礼”对于他也要施加种种限制。

子产也说：“夫礼，天之经也，地之义也，民之行也。”(昭公二十五年)但是他与叔向等人不同，他思想开明，敢于大胆更革，又得到了充分的行政权力，所以在内政，外交方面都取得了出色的成绩。在《左传》中，子产是一位杰出的政治家、外交家和爱国者，也是受赞扬最多的人物。子产执政三年，众人诵之：“我有子弟，子产诲之。我有田畴，子产殖之。子产而死，谁其嗣之?”叔向称赞他善于辞令，晋平公称他为“博物君子”，孔丘几次赞扬子产，“及子产卒，仲尼闻之，出涕曰：‘古之遗爱也。’”但是，子产有的改革措施，却受到激烈的批评。一件是作丘赋，国人攻击他是“虿尾”，子产回答说：“苟利社稷，死生以之。”态度非常坚决，可是浑罕却评论说：“国氏(子产之族)其先亡乎！……政不率法，而制于心。民各有心，何上之有?”(昭公四年)指责他不遵守旧有法制。另一件是铸刑书。公布成文法。公布成文法，统治者就无法垄断刑律，随意处罚臣民，这一打破成规的举动，首先招来叔向的反对，叔向致书子产：

> 始吾有虞(期望)于子，今则已矣。昔先王议(仪，度量)事以制(判罪)，不为刑辟(刑法)，惧民之有争心也。犹不可禁御，是故闲(防范)之以义，纠之以政，行之以礼，守之以信，奉之以仁；制为禄位，以劝其从；严断刑罚，以威其淫。惧其未也，故诲之以忠，耸之以行，教之以务，使之以和，临之以敬，莅之以强，断之以刚；犹求圣哲之上、明察之官、忠信之长、慈惠之师，民于是乎可任使也，而不生祸乱。民知有辟，则不忌于上。并有争心，以征于书，而徼幸以成之，弗可为也。
>
> 夏有乱政，而作《禹刑》；商有乱政，而作《汤刑》；周有乱政，而作《九刑》：三辟之兴，皆叔世也。今吾子相郑国，作封洫，立谤政，制参辟，铸刑书，将以靖民，不亦难乎！……民知争端矣，将弃礼而征于书，锥刀之末，将尽争之，乱狱滋丰，贿赂并行，终子之世，郑其败乎！肸闻之：“国将亡，必多制(多定法律)。”其此之谓乎！(昭公六年)

这是很厉害的批评。叔向把问题看得极其严重，以至由这件事对于子产做了近乎全面的否定，甚至断定郑国将因此而败亡。叔向认为，治民要靠施行教化(这和儒家的主张一致)，根本不应当制定刑法，更不应该公布刑法。因为“民知有辟，则不忌于上”，“将弃礼而征于书”，这就破坏了固有的等级制度和社会秩序。而等级秩序，是靠“礼”维系的，铸刑书将导致“弃礼”，这怎么可以呢？所以叔向判定郑将灭亡。在这方面，孔丘说得更加明确。昭公二十九年，晋国赵鞅铸刑鼎，孔丘为此发表评论：“晋其亡乎！失其度矣。夫晋国将守唐叔之所受法度，以经纬其民，卿大夫以序守之，民是以能尊其贵，贵是以能守其业。贵贱不愆所谓度也。……今弃是度也，而为刑鼎，民在鼎矣，何以尊贵？贵何业之守？贵贱无序，何以为国?”孔丘对赵鞅的批评当然完全适用于子产。铸刑书、刑鼎，违背了先王“贵贱不愆”的法度，将引起“贵贱无序”的后果，这等于是给当时混乱的社会局面火上浇油，治丝益棼，和以礼为国的做法完全背道而驰。因而叔向、孔丘坚决反对。子产是一位激进的改革者，他尽管也主张礼治，但是他的某些更革，实际上脱出了礼的轨道，开启了法治的道路。他是作为一位法治的实践者被人指责的。《左传》作者尽管对子产的政绩、才干充满敬佩，但是他在铸刑书的这场争论中，显然站在叔向、孔丘一边。作者主张改变社会现实，但他同时认为礼治才是救世的良方，为国行政，必须在礼治的前提下进行。

《左传》是一部富有文学性的史书。它不仅大踏步地超越《尚书》、《春秋》，而且大大超越和它时代相先后的《国语》，在叙事、写人、应对辞令诸方面，都取得空前的艺术成就，使史传文学上升到了一个新高度。

《左传》的叙事艺术

《左传》叙事富于故事性。它不满足于历史过程的概括叙述，而是通过具体的故事情节以至细事末节的描写，形象生动地展示历史事件。如前面提到的“晋灵公不君”一节，在《春秋》中只有“秋九月乙丑，晋赵盾弑其君夷皋”十三个字，到《左传》中，则是长达五百多字的一篇文章。晋灵公杀死宰夫，“寘诸畚，使妇人载以过朝”，被赵盾、士会看到，士会进谏，灵公说“吾知所过矣，将改之”。文章接着说：

犹不改。宣子(赵盾)骤(屡次)谏，公患之，使钽麑贼之。晨往，寝门辟矣，盛服将朝。尚早，坐而假寐。麑退，叹而言曰：“不忘恭敬，民之主也。贼民之主，不忠；弃君之命，不信。有一于此，不如死也。”触槐而死。

秋九月，晋侯饮赵盾酒，伏甲，将攻之。其右(车右)提弥明知之，趋登，曰：“臣侍君宴，过三爵，非礼也。”遂扶以下。公嗾夫獒焉，明搏而杀之。盾曰：“弃人用犬，虽猛何为!”斗且出。提弥明死之。

初，宣子田于首山，舍于翳桑，见灵辄饿，问其病。曰：“不食三日矣。”食之，舍其半。问之。曰：“宦三年矣，未知母之存否，今近焉，请以遗之。”使尽之，而为之箪食与肉，寘诸橐以与之。既而与为公介(甲士)，倒戟以御公徒而免之。问何故。对曰：“翳桑之饿人也。”问其名居，不告而退。遂自亡也。

乙丑，赵穿杀灵公于桃园。宣子未出山而复。太史书曰：“赵盾弑其君。”以示于朝。……

鉏麑行刺，灵公伏甲宴赵盾，赵盾脱逃，都写得很细，而且气氛很紧张。但是鉏麑出人意料地自杀，提弥明虽然战死，却有灵辄的救助，又使紧张的气氛缓和下来，文章写得张中有弛，起伏变化。在大事件中又插入小故事，详细地补叙了赵盾送食物给灵辄的往事，不仅原委分明，而且增加了情节的丰富性。鉏麑自杀前的心理独白，别人是无法知道的，肯定出于作者的推想，却是符合情理的虚构。按照事件发展的逻辑，运用想象，补出事件发展所缺略的环节，虽是写史书，也是容许的。“史家追叙真人真事，每须遥体人情，悬想事势，设身局中，潜心腔内，忖之度之，以揣以摩，庶几入情入理。”(《管锥编》第一册页 166)《左传》中这类描写不胜枚举，在“重耳出亡”一节中，重耳流亡到曹，僖负羁之妻的谈话、介之推隐居之前母子的交谈，都属于这类描写。

《左传》的叙事，不仅运用了上述和文学创作相类的手法，而且有的地方带有小说的成分，并不是现实生活中所实有的：

> 晋侯梦大厉，被发及地，搏膺而踊，曰：“杀余孙(晋侯杀了赵同、赵括)，不义。余得请于帝矣!”坏大门及寝门而入。公惧，入于室。又坏户。公觉，召桑田巫。巫言如梦。公曰：“何如?”曰：“不食新(新麦)矣。”
>
> 公疾病，求医于秦。秦伯使医缓为之。未至，公梦疾为二竖子，曰：“彼良医也，惧伤我，焉逃之?”其一曰：“居肓之上，膏之下，若我何?”医至，曰：“疾不可为也。在肓之上，膏之下，攻(指灸法)之不可，达(指针刺)之不及，药不至焉，不可为也。”公曰：“良医也。”厚为之礼而归之。
>
> 六月(此指周历，相当于夏历四月)丙午，晋侯欲麦，使甸人(主管土地者)献麦，馈人(主管饮食者)为之。召桑田巫，示而杀之。
>
> 将食，张(胀)，如厕，陷而卒。小臣有晨梦负公以登天，及日中，负晋侯出诸厕，遂以为殉。(成公十年)

这是写晋景公由病而卒，巫言如梦，医言如梦，疾病化为二竖子，想象的离奇，情节的曲折，可谓无以复加。人们说左氏“浮夸”、“多爱”，这就是一个明显的事例。《左传》“使读者寻绎不倦，览讽忘疲”(《史通·载言》)，当然不专凭这类描写，但是《左传》叙事记言富于文学性，无疑是最重要的原因。

在叙事方面，《左传》对战争的描述取得了杰出的成就，受到很多赞扬，从政治的高度看待战争，用文学的手段描写战争，注意写前因后果，着力揭示双方胜负的因素，是《左传》写战争的特点。《左传》写大小战争数百次，既有长勺之战那样精彩的短篇，也有结构宏伟、波澜壮阔的长篇，如城濮之战、殽之战、邲之战、鞌之战、鄢陵之战，都写得有声有色，各具面目，无不使人赞叹。试看秦晋殽之战的描写：

(僖公三十二年)冬，晋文公卒。庚辰，将殡于曲沃。出绛，柩有声如牛。卜偃使大夫拜，曰："君命大事：将有西师过轶我，击之，必大捷焉。"

杞子自郑使告于秦曰："郑人使我掌其北门之管(钥匙)，若潜师以来，国可得也。"穆公访诸蹇叔，蹇叔曰："劳师以袭远，非所闻也。师劳力竭，远主备之，无乃不可乎？师之所为，郑必知之。勤而无所，必有悖心。且行千里，其谁不知？"公辞焉。召孟明、西乞、白乙，使出师于东门之外。蹇叔哭之，曰："孟子！吾见师之出而不见其入也！"公使谓之曰："尔何知！中寿，尔墓之木拱矣。"蹇叔之子与师，哭而送之，曰："晋人御师必于殽，殽有二陵焉：其南陵，夏后皋之墓也；其北陵，文王之所辟风雨也。必死是间，余收尔骨焉。"秦师遂东。

三十三年春，秦师过周北门，左右免胄而下，超乘(一跃而上车)者三百乘。王孙满尚幼，观之，言于王曰："秦师轻而无礼，必败。轻则寡谋，无礼则脱(疏略)。入险而脱，又不能谋，能无败乎？"

及滑，郑商人弦高将市于周，遇之，乘韦(四张熟牛皮)先，牛十二犒师，曰："寡君闻吾子将步师出于敝邑，敢犒从者。不腆敝邑，为从者之淹(停留)，居则聚一日之积，行则备一夕之卫。"且使遽告于郑。

郑穆公使视客馆，则束载、厉兵、秣马矣。使皇武子辞焉，曰："吾子淹久于敝邑，唯是脯(干肉)、资(粢，粮)、饩牵(牲畜)竭矣，为吾子之将行也，郑之有原圃，犹秦之有具囿也，吾子取其麋鹿，以闲敝邑，若何？"杞子奔齐，逢孙、杨孙奔宋。

孟明曰："郑有备矣，不可冀也。攻之不克，围之不继，吾其还也。"灭滑而还。

晋原轸曰："秦违蹇叔，而以贪勤民，天奉我也。奉不可失，敌不可纵。纵敌患生，违天不祥，必伐秦师。"栾枝曰："未报秦施，而伐其师，其为死君乎？"先轸曰："秦不哀吾丧，而伐吾同姓，秦则无礼，何施之为？吾闻之：一日纵乱，数世之患也。谋及子孙，可谓死君乎？"遂发命，遽兴姜戎。子（襄公）墨衰绖（染墨丧服），梁弘御戎，莱驹为右。

这是写战前的情况。秦将杞子本来是替郑国戍守的，现在借掌北门之便要秦师偷袭郑国，这就表明了这次战争的性质。而且千里行师，怎么可以"潜"？"其谁不知"？秦穆公一时利令智昏，做了十分愚蠢的决策。另一方面，主张与秦友好的晋文公去世了，秦人袭郑的行动，会激化秦晋的矛盾，授人以口实，"不哀吾丧，而伐吾同姓，秦则无礼"。所以阅历丰富的蹇叔坚决反对袭郑，并且对这次行动的结局作了非常明确的预断，"郑必知之"，"晋人御师必于殽"。文章又通过王孙满的眼睛看出秦师"轻而无礼"，"入险而脱，又不能谋"，预言"必败"。背弃道义，战略失算，将士又轻脱寡谋，文章写到这里，已经完全揭示出战争发展的必然趋势，所以当写到战役本身，就不必啰嗦：

夏四月辛巳，败秦师于殽，获百里孟明视、西乞术、白乙丙以归。

只用二十多字交代了这次战斗，而且近一半为人名用字。详写战前酝酿，略写战斗过程，算得是本文的突出特征。可是，战后的情形，却又使用了大段的文字：

文嬴请三帅，曰："彼实构吾二君，寡君若得而食之，不厌，君何辱讨焉？使归就戮于秦，以逞寡君之志，若何？"公许之。

先轸朝，问秦囚。公曰："夫人请之，吾舍之矣。"先轸怒，曰："武夫力而拘诸原，妇人暂（渐，诈）而免诸国，堕军实而长寇雠，亡无日矣！"不顾而唾。

公使阳处父追之，及诸河，则在舟中矣。释左骖，以公命赠孟明。孟明稽首曰："君之惠，不以累臣衅鼓，使归就戮于秦，死且不朽；若从君惠而免之，三年将拜君赐。"

秦伯素服郊次，乡（向）师而哭，曰："孤违蹇叔，以辱二三子，孤之罪也。”不替孟明，曰：“孤之过也，大夫何罪？且吾不以一眚掩大德。”

这里详细记述了战争的结果：文嬴诈请三帅，襄公误释秦囚，秦伯悔过，并且总结了这次战争的教训。文章原原本本，首尾完具。

蹇叔哭师、弦高犒师、皇武子逐客、先轸盛怒、孟明对晋赐，一幕一幕，无不微妙传神，引人入胜，有很强的故事性和戏剧性。后人高度评价这篇文章，说它“逐段如画”，“纸上有声”，“写生妙手”，“布置极灵”，都不是过誉。

还应当指出，殽之战涉及秦、晋、郑三国，还写了周人的反应，又写得如此详尽具体，当时各国未必都有这样丰富的史料，即使有，要使之成为一个严密匀称、格调一致的有机体，也需要高度的组织才能和艺术表现力。

《左传》描写战争的成就，不仅前无古人，就是后人著作，除了《史记》和《资治通鉴》中的一些战争描写以外，也罕有其匹。

《左传》的人物描写

尽管《左传》是写“社会的史”，不像《史记》的列传那样是写“人的史”(梁启超《要籍解题及其读法·史记》)，但是它在人物描写方面仍然取得突出的成就。由于《左传》有丰富、生动的故事情节，注意描写人物的语言、行动和品德、性格，所以它能够刻画出性格鲜明的人物形象。国君，卿大夫当然是《左传》描写的主要对象，如郑庄公的阴狠、楚灵王的汰侈、子产的明断、晏婴的忠正、子玉的刚愎，但是《左传》也写了其他形形色色的人物，妇女如偏执的武姜、刁钻的骊姬、有决断的姜氏(重耳妻)，下层小人物如寺人披、竖头须和钼麑、灵辄等等。

《左传》描写人物，由于能凸显具有代表性的事件和情节，不仅人物性格鲜明，而且有时带有一定的典型性。例如它对宋襄公的描写：

三月，郑伯如楚。夏，宋公伐郑。子鱼曰：“所谓祸在此矣。”

楚人伐宋以救郑。宋公将战，大司马固谏曰：“天之弃商久矣(宋君为殷商的后代)，君将兴之，弗可赦也已。”弗听。

冬十一月己巳朔，宋公及楚人战于泓。宋人既成列，楚人未既济。司马曰：“彼众我寡，及其未既济也，请击之。”公曰：“不可。”既济而未成列，又以告。公曰：“未可。”既陈而后击之。宋师败绩。公伤股。门官歼焉。

国人皆咎公。公曰："君子不重伤，不禽二毛(头发花白的人)。古之为军也，不以(靠)阻碍也。寡人虽亡国之余，不鼓不成列。"(僖公二十二年)

"战阵之间，不厌诈伪"，而宋襄公在战场上大讲仁义，说什么"君子不重伤，不禽二毛"，"不以阻碍"，"不鼓不成列"，一再贻误战机，结果军队大败，本人受伤，成为一个迂腐可笑的典型人物。

《左传》不仅能刻画性格鲜明的人物形象，而且能写出人物性格的发展过程。晋公子重耳本来没什么大志，贪图安逸，不谙世事，时时发作贵公子脾气，向人乞食，竟"欲鞭之"，离开齐，"以戈逐子犯"。但是经过长期流亡生活的磨炼，他丰富了阅历，增长了才干。流亡到楚，表现出了外交家的风度，对于怀嬴，降服请囚，对于寺人披，能够捐弃前嫌，表明他已经成为一个成熟老练的政治家，所以楚成王说他"险阻艰难，备尝之矣；民之情伪，尽知之矣"。

《左传》还能写出人物性格的丰富性和复杂性。如楚灵王是一个野心勃勃、争强好胜的人，早年卜卦，他说："余尚得天下。"结果"不吉"，他"投龟，诟天而呼曰：'是区区者而不余畀，余必自取之。'"身为令尹，他就使用楚王的仪仗，人们都看出"令尹将行大事"，"令尹自以为王矣"。果然他亲手把侄子郏敖"缢而弑之"，自己做了王。即位以后，更加"汰侈"，一心要做霸主显示威风，使诸侯来朝，率诸侯伐吴，筑章华台，灭陈、蔡，以蔡太子为牺牲。骄奢狂妄，不可一世。

可是这个人虽然残暴、狂妄，又很有些天真可笑。一次，他"狩于州来"，对右尹子革讲了他的很多想法：

雨雪，王皮冠，秦复陶(秦国赠送的羽绒衣)，翠被(帔)，豹舄，执鞭以出，仆析父从。右尹子革夕(晚上进见)，王见之，去冠、被，舍鞭，与之语，曰："昔我先王熊绎，与吕伋(吕尚子)、王孙牟、燮父、禽父并事康王，四国皆有分，我独无有。今吾使人于周，求鼎以为分，王其与我乎?"对曰："与君王哉！昔我先王熊绎辟在荆山，筚路蓝缕，以处草莽，跋涉山川，以事天子，唯是桃弧棘矢以共御王事。齐，王舅也，晋及鲁、卫，王母弟也，楚是以无分，而彼皆有。今周与四国服侍君王，将唯命是从，岂其爱鼎?"王曰："昔我皇祖伯父昆吾(夏代诸侯)，旧许是宅。今郑人贪赖其田，而不我与，我若求之，其与我乎?”对曰：“与君王哉！周不爱鼎，郑敢爱田?”王曰：“昔诸侯远我而畏晋，今我大城陈、蔡、不羹，赋(军车)皆千乘，子与有劳焉。诸侯其畏我乎?”对曰：“畏君王哉！是四国者(陈、蔡、东不羹、西不羹)，专足畏也。又加之以楚，敢不畏君王哉!”(昭公十二年)

这是很有意思的对话，灵王异想天开地作各种狂想，时时想称霸、夺地，生在春秋后期，却要去找夏朝、周初的旧账，十分荒唐。而子革一味从顺，虚与委蛇。后来子革旁敲侧击地进谏，引起灵王激烈的思想斗争，“馈不食，寝不寐，数日”，但是终于“不能自克”。可是灵王有时候是能够纳谏的，甚至肯于作自我批评。他向晋国求婚，晋派韩起、叔向送女，灵王居然对群臣说：“晋，吾仇敌也。苟得志焉，无恤其他。今其来者，上卿、上大夫也。若吾以韩起为阍(守门人)，以羊舌肸(叔向)为司宫(施宫刑为宦者)，足以辱晋，吾亦得志矣。可乎?”薳启强诡辞劝谏，灵王居然又说：“不谷之过也，大夫何辱?”并且“厚为韩子礼”。

不仅如此，灵王有时候还很能宽容臣下，不念旧仇，也不任人唯亲。如灵王做令尹时使用国王的旌旗去打猎，申无宇竟割断了他的旗帜。后来，无宇的奴隶逃进章华宫，进章华宫抓奴隶，官员认为到王宫抓人是大罪过，反而抓无宇去见灵王。无宇对灵王说：

天子经略(治理天下)，诸侯正封，古之制也。封略之内，何非君土？食土之毛(五谷)，谁非君臣？故《诗》曰：“普天之下，莫非王土；率土之滨，莫非王臣。”天有十日，人有十等。下所以事上，上所以共神也。故王臣公，公臣大夫，大夫臣士，士臣皂，皂臣舆，舆臣隶，隶臣僚，僚臣仆，仆臣台。马有圉，牛有牧，以待百事。今有司曰：“女胡执人于王宫?”将焉执之？周文王之法曰：“有亡，荒阅(大搜索)”，所以得天下也。吾先君文王，作仆区(隐匿)之法，曰：“盗所隐器(隐盗所得器物)，与盗同罪”，所以封汝(水名)也。若从有司，是无所执逃臣也。逃而舍之，是无陪台(逃亡复获的台)也。王事无乃阙乎？昔武王数纣之罪以告诸侯曰：“纣为天下逋逃主，萃渊薮。”君王始求诸侯而则纣，无乃不可乎？若以二文之法取之，盗有所在矣。(昭公七年)

以前无宇割断灵王的旌，是对他的大不敬，现在进王宫抓逃臣，话又讲得这样激昂直露，指责灵王“则纣”，隐指他为“盗”，毫无顾忌地一再冒犯他的尊严，可是出人意料，灵王竟然赦免无宇，并且诙谐地说：“取而臣以往。盗有宠，未可得也。”这样宽容臣下，一般君主也是不易做到的。再有，他早年曾经在战场上无端地与穿封戌争功，气得穿封戌抽戈逐之，可是灵王灭陈以后，却任命穿封戌为陈公，并且赞扬说：“城麇之役不谄。”不仅不记私仇，还给予重用。

残暴、骄奢、荒唐、天真、宽容、不记仇、不抱怨，这些特点都集中在灵王一个人身上。血肉丰满，内涵丰富，个性独特。能够刻画出个性这样鲜明复杂的人物形象，是史传散文高度成熟的体现，是值得重视的巨大艺术成就。

前人说，各种叙事技巧，《左传》中已经相当完备，我们可以补充说，各种刻画人物的手法，《左传》已大都具备。行为描写、对话描写、环境描写、侧面描写，是《左传》常用的方法，而心理描写、外貌描写以及对比烘托等等，也都不乏其例。

《左传》的人物描写，为后代的史传、小说、戏剧作品提供了描写人物的范本，积累了足资借鉴的艺术经验。

《左传》的应对辞令

春秋时代，重礼和强凌弱，众暴寡同时存在。《周礼·秋官·大行人》记载：“凡诸侯之邦交，岁相问也，殷(中间)相聘也，世相朝也。”《左传》昭公三年说：“昔文、襄之霸也，令诸侯三岁而聘，五岁而朝。”辞令的产生和受重视，既因为聘问朝会，也出于弱国自卫。那个时代，人们那样看重礼节仪文，使臣的一言一行，都关系到国家和本人的荣辱成败，须格外谨慎。因此，以彬彬有礼、典雅雍容为其特征的辞令也就应运而生。上文所引弦高、皇武子等人的辞令都是如此，皇武子是下逐客令，可是话讲得那样和柔委婉，不失礼貌，很能体现《左传》辞令的风格。又如鞌之战中，齐君的战车为树木所阻，晋大夫韩厥追上了齐君，韩厥不是立即俘虏齐君，而是先尽外臣之礼，“执絷(马缰)马前，再拜稽首，奉觞加璧以进”。然后说：

寡君使群臣为鲁、卫请，曰：“无令舆师陷入君地。”下臣不幸，属当戎行，无所逃隐。且惧奔辟，而忝两君。臣辱戎士，敢告不敏，摄官承乏。(成公二年)

本来是援助鲁、卫攻齐，却说是“为鲁、卫请(命)”，本来是追上了齐君，却说“下臣不幸……无所逃隐”。晋臣逃隐会给晋君带来耻辱，而说“忝两君”，意为视齐君亦如晋君。要俘虏对方了，又先告自己愚笨，只是由于人手缺乏，迫不得已临时执行职务。态度的谦恭，行文的委婉，无不臻于绝境。这样的场合，使用这样的辞令，在其他时代是绝不会有的。

至于弱国用于自卫的辞令，就不能总是谦恭、委婉，必须严婉并用，关键处义正词严，寸步不让，才能力挫大国的锋芒，达到自卫的目的。“郑子家告赵宣子”(文公十七年)、“子产弗与韩宣子环”(昭公十六年)、“子产尽坏晋馆垣”(襄公三十一年)都属于这类辞令。这里以宾媚人的辞令为例。鞌之战后，齐人派宾媚人致赂求和，晋人提出苛刻的条件，要求以齐顷公母亲萧同叔子为人质，并且要齐国的土地都改成东西向(便于晋向齐进军)。下面是宾媚人的答辞：

> 萧同叔子非他，寡君之母也。若以匹敌，则亦晋君之母也。吾子布大命于诸侯，而曰必质其母以为信，其若王命何？且是以不孝令也。《诗》曰：“孝子不匮，永锡尔类。”若以不孝令于诸侯，其无乃非德类也乎？先王疆理天下，物土之宜而布其利，故《诗》曰：“我疆我理，南东其亩。”今吾子疆理诸侯，而曰尽东其亩而已，唯吾子戎车是利，无顾土宜，其无乃非先王之命也乎？反先王则不义，何以为盟主？其晋实有阙。四王(舜、禹、汤、武)之王也，树德而济同欲焉；五伯之霸也，勤而抚之，以役王命。今吾子求合诸侯，以逞无疆之欲。《诗》曰：“布政优优，百禄是遒。”子实不优(宽大)，而弃百禄，诸侯何害焉？不然，寡君之命使臣，则有辞矣。曰：“子以君师辱于敝邑，不腆敝赋，以犒从者。畏君之震，师徒桡败。吾子惠徼(求)齐国之福，不泯其社稷，使继旧好，唯是先君之敝器、土地不敢爱。子又不许，请收合余烬(残余的军队)，背城借一(借以一战)。敝邑之幸(幸而战胜)，亦云从也；况其不幸，敢不唯命是听？”

宾媚人逐一驳斥了晋人的两个条件，说明前者是“不孝”，后者是“不义”，并且搬出“王命”来压作为“盟主”的晋，指责它背弃了四王、五伯之道，是“逞无疆之欲”，得出“晋实有阙”，“子实不优”的结论，虽然使用“其无乃……乎”这种缓和的语气，但是话讲得很不客气。最后提出，晋如果答应讲和，齐则献宝器、割土地；若其不然，“收合余烬，背城借一”，以不惜决战相威胁。可是接着又说“敝邑之幸，亦云从也……”，字面上又颇为婉顺。这是一篇很有代表性的刚柔相济、强硬与婉顺兼而有之的辞令，宾媚人用它折服了晋人。

有的使者巧妙运思，别出心裁，善于以婉而多讽的话外之音打动对方。如晋秦韩之战，晋惠公被俘，晋大夫阴饴甥应召赴秦参与订盟，文章说：

> 十月，晋阴饴甥会秦伯，盟于王城。
>
> 秦伯曰：“晋国和乎？”对曰：“不和。小人耻失其君而悼丧其亲，不惮征缮(征赋税修武备)以立圉(惠公太子)也，曰：‘必报雠，宁事戎狄。’君子爱其君而知其罪，不惮征缮以待秦命，曰：‘必报德，有死无二。’以此不和。”
>
> 秦伯曰：“国谓君何？”对曰：“小人戚，谓之不免；君子恕，以为必归。小人曰：‘我毒(害)秦，秦岂归君？’君子曰：‘我知罪矣，秦必归君。贰而执之，服而舍之，德莫厚焉，刑莫威焉。服者怀德，贰者畏刑，此一役也，秦可以霸。纳(指当初秦使惠公回国为君)而不定，废而不立，以德为怨，秦不其然。’”
>
> 秦伯曰：“是吾心也。”改馆晋侯，馈七牢焉。(僖公十五年)

秦穆公的两问，是要探听晋国内部的虚实和动向，阴饴甥故意分小人、君子两面说，小人“不惮征缮以立圉”，君子“不惮征缮以待秦命”，就是告诉秦伯晋全国上下忠愤争发，对可能出现的局面做好了充分准备，究竟要“报雠”还是“报德”，就看秦如何处置晋君。表面上说“不和”，其实极言其和。“我知罪矣，秦必归君。……以德为怨，秦不其然。”这是为秦伯分析利害，也是“替他抬飞轿，拦他拔短梯”(浦起龙《古文眉诠》)，促使他放还惠公。小人、君子分说，还有另一层意思，也就是话外之音，小人说：“我毒秦，秦岂归君？”可是“君子恕，以为必归。”说明君子、小人有俨然不同的心肠，秦伯到底如何对待惠公，正可以检验他是君子之腹还是小人之心。这是旁敲侧击。辞令达到这种地步，不免使人叹为观止。

雍容雅赡，柔而能刚，婉而多讽，这是春秋辞令特有的风格，是《左传》记言文特有的色调。不过，春秋辞令也有发展变化。中期以后，产生了“吕相绝秦”(成公十三年)、“蔡声子论楚材晋用”(襄公二十六年)那样的长篇辞令，开始呈现铺排、富有气势的新特点。秦秋末期，“吴蹶由对楚王问”(昭公五年)、“阎没女宽谏魏献子受赂”(昭公二十八年)更纯以唇舌和机变奏功，讲究出奇制胜，由春秋辞令向战国纵横家游说辞演变的迹象十分明显。以蹶由的辞令为例。楚灵王率领诸侯伐吴，吴王派他的弟弟蹶由犒师，楚人执蹶由，决定杀死他，这时有一段对话：

> 王使问焉，曰：“女卜来吉乎?”
>
> 对曰：“吉。寡君闻君将治兵于敝邑，卜之以守龟，曰：‘余亟使人犒师，请行以观王怒之疾徐，而为之备，尚克知之。’龟兆告吉，曰：‘克可知也。’君若欢焉，好逆使臣，滋敝邑休怠，而忘其死，亡无日矣。今君奋焉震电冯(凭)怒，虐执使臣，将以衅鼓，则吴知所备矣。敝邑虽羸，若早修完，其可以息师。难易(患难和平安)有备，可谓吉矣。且吴社稷是卜，岂为一人？使臣获衅军鼓，而敝邑知备，以御不虞，其为吉，孰大焉？国之守龟，其何事不卜？一臧一否，其谁能常之？城濮之兆，其报在邲。今此行也，其庸(岂)有报志?”
>
> 乃弗杀。

这和前期的辞令显然不同，那种从容婉雅的风格消失了，机巧和雄辩的特色正要凸显出来。

不同时代有不同的风气，人们的心力所钟也就不相同。春秋时代“非文辞不为功”，“辞不可以已”，所以就产生高水平的辞令。《论语·宪问》说：“为命：裨谌草创之，世叔讨论之，行人子羽修饰之，东里子产润色之。”可见辞令的制作过程和人们对辞令的重视，也可以说明子产善于辞令的原因。不过，《左传》作者至少对一部分辞令又做过加工，只要我们把《左传》、《国语》同载的辞令加以对照，就可以看到《左传》中的有些辞令(如上引阴饴甥的辞令)有进一步提高。刘知几说：“斯盖当时国史已有成文，丘明但编而次之，配经称传而行也。”(《史通·申左》)说得并不准确。

不论外交辞令，人物对话，还是叙述语言，《左传》总是注意文字的提炼，讲究遣词造句的精严，并吸收很多歌谣、谚语、俗语，因而《左传》有鲜明的艺术个性，简练，生动，优美，而又丰富多彩。《左传》是当之无愧的古代散文的典范，它的作者是一位卓越的语言艺术大师。

刘知几评论《左传》说："殆将工侔造化，思涉鬼神，著述罕闻，古今卓绝。"(《史通·杂说上》)梁启超说："《左传》文章优美，其记事文对于极复杂之事项——如五大战役等，纲领提挈得极严谨而分明，情节叙述得极委曲而简洁，可谓极技术之能事。其记言文渊懿美茂，而生气勃勃，后此亦殆未有其比。"(《要籍解题及其读法·左传国语》)刘熙载比较《左传》和《史记》说："文之有左、马，犹书之有羲、献也。张怀瓘论书曰：'若逸气纵横，则羲谢于献，若簪裾礼乐，则献不继羲。'"(《艺概·文概》)这些话都可供参考玩味。

作为一部伟大的史传文学著作，自战国秦汉历唐宋至明清，《左传》一直是人们学习的楷模，它对后代文学发展的影响是全面而深远的。

第三节 《国语》

司马迁认为，《国语》也出于左丘明之手，"左丘失明，厥有《国语》"(《史记·太史公自序》)，班固等人还把它称为《春秋外传》。实际上《国语》是周、鲁、齐、晋、郑、楚、吴、越八国史籍的汇编，其中周、鲁、晋、楚部分比较完整，尤其《晋语》在全书二十一卷中独占九卷，齐、郑、吴、越只是摭拾片断的历史记载，详写一件事情的始末：《齐语》写管仲辅佐桓公称霸，《郑语》是郑桓公与史伯的一次谈话，《吴语》、《越语》写勾践灭吴，《越语下》兼讲黄老思想。《国语》的各部分既不出自一手，也不成于一时，因而体例、风格都不太一致。

《国语》中有的部分写于《左传》之前，可是《左传》所写齐事与《齐语》不相同，吴、越也写得极简略，《越语下》专写范蠡，而《左传》无一字提及范蠡，说明至少《齐》、《吴》、《越》的出现应在《左传》之后，因而《国语》的辑录成书不可能早于《左传》。

《国语》以记言为主，又按国分编，故名《国语》，是我国现存最早的国别体史书。其记事起于周穆王(公元前10世纪)，终于周定王(公元前468～前441)，前跨西周，后至战国，长达五百余年。

《国语》写西周史实的只有十一章，其他内容与《左传》大多相同，而思想倾向较为驳杂。《左传》重礼，受儒家的影响很深，而《国语》更多地讲德，除《鲁语》外儒家思想不明显，《齐语》谈霸术，《越语下》则属黄老思想。书中保守、迷信的成分较多，思想价值比不上《左传》。

《国语》没有像《左传》那样提出天人相分的新观念，也没有《左传》那样明确的先民后神的思想，它常常神民并提，如“事神保民”，“媚于神而和于民”，“国之将兴，……神飨而民听，民神无怨”，“国之将亡，……明神不蠲而民有远志，民神怨痛”(《周语上》)。然而在君、民关系方面，《国语》却和《左传》一样，表现了鲜明的重民轻君的倾向。《周语上》“邵公谏厉王弭谤”是阐述重民思想的杰出篇章：

> 厉王虐，国人谤王。邵公告曰：“民不堪命矣!”王怒，得卫巫，使监谤者，以告，则杀之。国人莫敢言，道路以目。
>
> 王喜，告邵公曰：“吾能弭谤矣，乃不敢言。”
>
> 邵公曰：“是障之也。防民之口，甚于防川。川壅而溃，伤人必多，民亦如之。是故为川者决之使导，为民者宣之使言。故天子听政，使公卿至于列士献诗，瞽献曲，史献书，师箴，瞍赋，矇诵，百工谏，庶人传语，近臣尽规，亲戚补察，瞽、史教诲，耆、艾修之，而后王斟酌焉，是以事行而不悖。民之有口，犹土之有山川也，财用于是乎出；犹其有原隰衍沃也，衣食于是乎生。口之宣言也，善败于是乎兴，行善而备败，其所以阜财用、衣食者也。夫民虑之于心而宣之于口，成而行之，胡可壅也？若壅其口，其与能几何?”
>
> 王不听，于是国人莫敢出言，三年，乃流王于彘。

暴虐的统治招来国人之谤，杀谤者，使“国人莫敢言，道路以目”，厉王自以为得计。可是邵公有完全不同的看法，他认为容许群众说话，对治国行政只有好处，“宣之使言”，“行善而备败”，才是长治久安之道。民口是“壅”不住的，“防民之口，甚于防川”，这对统治者是最危险的事情。这是非常精辟的言论，是中国古代政治思想的精华，后来子产等人曾经推行。这篇文章的加工写定很可能在国人暴动之后，不经历那样的大事件，不可能产生这样精辟的思想。

“流王于彘”，咎在厉王，完全可以由文意看出来。《鲁语上》写晋厉公被杀，鲁国里革则说得更明白：“君之过也。……夫君人者，民之川泽也，行而从之，美恶皆君之由，民何能为焉!”君被杀，过错在君，这和《左传》中师旷对卫人逐其君的议论是完全一致的。

由于了解民的作用和力量，懂得“上得民心，以殖义方，是以作无不济，求无不获”(《周语下》)，“王天下者必先诸民，然后庇焉，则能长利”(《周语中》)，所以《国语》强烈反对统治者榨取人民，揭露他们的奢侈和贪欲，而同情人民的疾苦，如《楚语下》“斗且论子常蓄货聚马必亡”：

> 楚其亡乎！不然，令尹其不免乎！吾见令尹，令尹问蓄聚积实，如饿豺狼焉，殆必亡者也。夫古者聚货，不妨民衣食之利，聚马不害民之财用，……不是过也。夫货、马邮(过)则阙于民，民多阙则有离叛之心，将何以封矣？……民之羸馁，日已甚矣。四境盈垒，道殣相望，盗贼司(伺)目，民无所放(依)。是之不恤，而蓄聚不厌，其速怨于民多矣。积货滋多，蓄怨滋厚，不亡何待？

执政者如果蓄聚财货，必须以“不妨民”、“不害民”为原则，否则，积货就是蓄怨，最终必定走向灭亡。而对于恤民奉职的卿大夫，《国语》则给予热情洋溢的颂扬，仍以斗且的话为例：

> 昔斗子文三舍(登)令尹，无一日之积，恤民之故也。成王闻子文之朝不及夕也，于是乎每朝设脯一束、糗一筐，以羞(送给)子文，至于今秩之。成王每出子文之禄，必逃，王止而后复。人谓子文曰：“人生求富，而子逃之，何也?”对曰：“夫从政者，以庇民也。民多旷者，而我取富焉，是勤民以自封(厚)也，死无日矣。我逃死，非逃富也。”……是不先恤民而后己之富乎？

由此可见，就重民、恤民而言，《国语》和《左传》相比，毫不逊色。

《楚语上》讲到用“语”教导太子：“教之‘语’，使明其德，而知先王之务用明德于民也”，说明“语”的特点就是举先王、垂训诫，以明人之德的。《周语上》“祭公谏穆王征犬戎”一章，“先王”凡七见，“德”字凡九见，《周语中》“单襄公论陈必亡”详论“先王之教”、“先王之法制”、“先王之官”、“先王之令”，就体现了“语”的特点。这种文章是从《尚书》的训诰发展而来，重德的思想也源于周公、召公。不过由于时当春秋，各级贵族日益腐朽，世袭等级制度日渐崩溃，一些清醒的贵族，大都抱有危机感，因而他们讲兴亡成败的“嘉言善语”，常常带有深重的危惧之情。例如《周语下》太子晋对他父亲周灵王所讲的一番话：

> 此一王(禹)、四伯(共工之从孙四岳)岂繄多宠？皆亡王之后也。唯能厘举嘉义，以有胤在下，守祀不替其典。……夫亡者岂繄无宠？皆黄、炎之后也。……吾朝夕儆惧，曰：“其何德之修，而少光王室，以逆天休?”……王无亦鉴于黎、苗之王，下及夏、商之季，……人夷其宗庙，而火焚其彝器，子孙为隶，不夷于民，……天所崇之子孙，或在畎亩，由欲乱民也。畎亩之人，或在社稷，由欲靖民也。无有异焉。

太子晋也深切体察到“社稷无常奉，君臣无常位”，为“子孙为隶”担忧，因而充满危惧之感。这是处于穷途末路的周天子之家的危惧。《国语》中的训诫对象更多的还是卿大夫。如《鲁语下》公父文伯之母谆谆叮嘱儿子不可淫逸怠惰，而坠失先人之业，要勤劳树德，以保证不绝嗣，即所谓“君子能劳，后世有继”。文中说“朝夕修(警诫)我”，亦可见这位“季氏之妇”的忧惧。叔向贺韩宣子贫，指出“夫郤昭子，其富半公室，其家半三军，恃其富宠，以泰于国。其身尸于朝，其宗灭于绛。”提醒宣子要“忧德之不建”，不“患货之不足”，韩宣子稽首说：“其自桓叔以下，嘉吾子之赐。”(《晋语八》)这都是从子孙能否保持世袭禄位考虑问题，是春秋中后期贵族王公特有的一种心理。《左传》有这类记载，但是《国语》表现得更为突出。

从这方面来说，《国语》确是“衰世之文”。

《国语》重“德”，可是它又有重“智”的思想。这也是《国语》与《左传》的不同处。《吴语》记载，越王勾践向楚使申包胥请教如何对吴作战，申包胥问越具备了哪些条件，勾践讲了五条：觞酒豆肉未敢不分人；问疾者，葬死者；施民所欲，去民所恶；安富，救贫；交结盟国。申包胥却说：

> 善则善矣，蔑以加矣，然犹未可以战也。夫战，智为始，仁次之，勇次之。不智，则不知民之极，无以铨度天下之众寡；不仁，则不能与三军共饥劳之殃；不勇，则不能断疑以发大计。

《左传》论战争，主张以德攻，强调合于礼，认为取信于民就是获得胜利的前提。可是申包胥说，取信于民“犹未可以战也”，而提出“智为始”，超越德、礼，把智放到了第一位。就战争而言，这种认识无疑是正确的。此外，王孙圉不以玉为宝，而以人才为宝(《楚语下》)。这些，都是春秋战国之交的新认识。贵智，将导致贵士，《战国策》中贵士、重智计的思想开始在这里透露了消息。《国语》也在这里超越了《左传》。

《国语》的文学性比《尚书》有非常显著的进步，但比不上《左传》。

《国语》的编者对所辑录的史籍，未作加工修饰，又时代有先后，因此风格不尽一致，所以有人指出：“《周》、《鲁》多平衍，《晋》、《楚》多尖颖，《吴》，《越》多恣放。”(崔述《洙泗考信余录》)不过总的来看，在先秦著作中，《国语》的语言风格与《左传》最接近，只是比较古朴平实，不如《左传》的简练雅畅。

《国语》的记言文可以分几类来看。那些训诫、说理的篇章，说理充分，论述详密，又喜道“先王”，有不少长篇大论，例如“公父文伯之母论劳逸”：

公父文伯退朝，朝其母，其母方绩。文伯曰：“以歜之家，而主犹绩，惧干季孙之怒也，其以歜为不能事主乎!”其母叹曰：“鲁其亡乎！使僮子备官而未之闻耶？居，吾语女。

“昔圣王之处民也，择瘠土而处之，劳其民而用之，故长王天下。夫民劳则思，思则善心生；逸则淫，淫则忘善，忘善则恶心生。沃土之民不材，逸也；瘠土之民莫不向义，劳也。

“是故天子大采(五采衮服)朝日，与三公九卿祖(习)识地德。日中考政，与百官之政事，师尹维旅、牧、相，宣序民事。少采(三采衮服)夕月，与大史、司载，纠(恭)虔天刑。日入监九御，使洁奉禘郊之粢盛，而后即安。诸侯朝修天子之业命，昼考其国职，夕省其典刑，夜儆百工，使无慆淫，而后即安。卿大夫朝考其职，昼讲其庶政，夕序其业，夜庀(治)其家事，而后即安。士朝受业，昼而讲贯，夕而习复，夜而计过无憾，而后即安。自庶人以下，明而动，晦而休，无日以怠。

“王后亲织玄统，公侯之夫人加之以纮、綖，卿之内子为大带，命妇成祭服，列士之妻加之以朝服，自庶士以下，皆衣其夫。

“社(春分祭社神)而赋事，蒸(冬祭)而献功，男女效绩，愆则有辟(罪)，古之制也。君子劳心，小人劳力，先王之训也。自上以下，谁敢淫心舍力？

“今我寡也，尔又在下位，朝夕处事，犹恐忘先人之业，况有怠惰，其何以避辟！吾冀而朝夕修我曰：‘必无废先人。’尔今曰：‘胡不自安？’以是承君之官，余惧穆伯之绝嗣也。”

仲尼闻之曰：“弟子志之，季氏之妇不淫(骄奢)矣。”

从古代圣王处民立论：民劳则善心生，逸则恶心生，然后历举天子至庶人朝、昼、夕、夜之劳，王后至庶士之妻的勤于女工，最后落实到自身的不可怠惰，勿忘先人之业。充分展开议论，详尽绵密，语重心长，足以体现“语”体训诫文字的特征。

在这类文章中，有一些章节不甚惜墨，不重剪裁，未免冗长。如重耳在齐，姜氏劝重耳离开齐国，《左传》只用了二十余字：“子有四方之志，其闻之者，吾杀之矣！”“行也！怀与安，实败名。”可是《晋语四》却广征博引，反复论证，竟用了四百多字。这是太重说教的弊端。

与上一类文章不同，《国语》中有一些记录人物对话的短篇，写得生动活泼，富有情趣，为人们所称道，如《晋语九》“董叔欲为系援”：

董叔将娶于范氏，叔向曰：“范氏富，盍已乎？”曰：“欲为系援焉。”

他日，董祁(董叔妻)愬于范献子曰：“不吾敬也。”献子执而纺(悬)于庭之槐，叔向过之，曰：“子盍为我请乎？”叔向曰：“求系既系矣，求援既援矣，欲而得之，又何请焉？”

又如《晋语四》“姜氏与子犯谋遣重耳”：

姜与子犯谋，醉而载之以行，醒，以戈逐子犯，曰：“若无所济，吾食舅氏之肉，其知餍乎！”舅犯走且对曰：“若无所济，余未知死所，谁能与豺狼争食？若克有成，公子无亦晋之柔嘉，是以甘食。偃之肉腥臊，将焉用之？”

《晋语四》一节，在《左传》中只说“以戈逐子犯”，没有下面的对话，可能由于《左传》

作者尚简而删略，相形之下，未免逊色。

《国语》中的应对辞令，有一些篇章与《左传》相同，而文字不如《左传》精彩，如《晋语三》“吕甥对秦王问”、《鲁语上》“展喜犒师”。有一些则难分上下，如《楚语上》“蔡声子论楚材晋用”、《鲁语下》“子服惠伯说韩宣子归平子”。还有一些《左传》不载或虽载而极简略，却是很好的辞令，如《周语中》“襄王不许请隧”、《吴语》“诸稽郢行成于吴”等。这里举前一篇为例。周襄王时，王室发生内乱，晋文公出兵安定了王室，事后却向襄王请隧——天子的葬礼，襄王不许，回答说：

昔我先王之有天下也，规方千里以为甸服，以供上帝山川百神之祀，以备百姓兆民之用，以待不庭不虞之患。其余以均分公侯伯子男，使各有宁宇，以顺及天地，无逢其灾害，先王岂有赖焉？内官不过九御，外官不过九品，足以供给神祇而已，岂敢猒(饱)纵其耳目心腹以乱百度？亦唯是死生之服物采章，以临长百姓而轻重布之，王何异之有？

今天降祸灾于周室，余一人仅亦守府，又不佞以勤叔父，而班(分)先王之大物(指隧)以赏私德，其叔父实应且憎，以非余一人，余一人岂敢有爱？

先民有言曰：“改玉改行。”叔父若能光裕大德，更姓改物，以创制天下，自显庸(隆，明)也，而缩取备物以镇抚百姓，余一人其流辟旅于裔土，何辞之有与？若由是姬姓也，尚将列为公侯，以复先王之职，大物其未可改也。叔父其懋昭明德，物将自至，余何敢以私劳变前之大章，以忝天下，其若先王与百姓何？何政令之为也？

若不然，叔父有地而隧焉，余安能知之？

晋文的请求严重悖礼，然而当时的情况是君弱臣强，臣又有德于君，因此襄王要拒绝就必须委婉其辞。襄王始终不说不与，而是先摆出事实，说明天子与诸侯之别仅在“死生之服物采章”，如果“班先王之大物以赏私德”，等于天下有二王，将是自己的罪过，“其叔父实应且憎”。下文更干脆不避自己的孱弱地位，讲出晋文不妨自作天子以实现用隧的欲望，再不然，虽为诸侯，也可以擅自用隧。辞婉义严，处处从反面着笔，反复析辨，使晋文公无地自容。这是一篇很有特色的辞令。前人评论，说它“冷妙”，“杀活风生，具夺境夺人手段。”(浦起龙《古文眉诠》)颇能道出它的特点。

《国语》重记言，不重叙事，如殽之战，《国语》只在《周语中》有如下记载：

> 二十四年，秦师将袭郑，过周北门，左右皆免胄而下拜，超乘者三百乘。王孙满观之，言于王曰“秦师必有谪。”王曰：“何故?”对曰：“师轻而骄，轻则寡谋，骄则无礼。无礼则脱，寡谋自陷。入险而脱，能无败乎？秦师无谪，是道废也。”
>
> 是行也，秦师还，晋人败诸崤，获其三帅丙、术、视。

这样简略的记述，与《左传》当然无法相提并论。但是，《晋语一》至《晋语四》、《吴语》、《越语》却是言、事兼记，而且大多详于《左传》。《晋语》写统治集团的矛盾和重耳称霸，《吴》、《越》写两国之间的斗争，规模宏大，波澜起伏，人物刻画也很生动，代表着《国语》叙事写人的艺术水平。

骊姬谗害申生的过程写得很详细。骊姬夜半对献公哭泣，花言巧语地毁谤申生，离间其父子关系，后来献公答应废申生立奚齐，又由优施出面争取大夫里克的支持：

> 骊姬告优施曰：“君既许我杀太子而立奚齐矣，吾难里克，奈何?”优施曰：“吾来里克，一日而已。子为我具特羊之飨，吾以从之饮酒。我优也，言无邮(尤)。”骊姬许诺，乃具，使优施饮里克酒。中饮，优施起舞，谓里克妻曰：“主孟啖我，我教兹暇豫事君。”乃歌曰：暇豫之吾吾，不如鸟乌。人皆集于苑，己独集于枯。”里克笑曰：“何谓苑，何谓枯?”优施曰：“其母为夫人，其子为君，可不谓苑乎？其母既死，其子又有谤，可不谓枯乎？枯且有伤。”
>
> 优施出，里克辟奠(置，罢)，不飧而寝。夜半，召优施，曰：“曩而言戏乎？抑有所闻之乎?”曰：“然。君既许骊姬杀太子而立奚齐，谋既成矣。”里克曰：“吾秉君以杀太子，吾不忍。通复故交，吾不敢。中立其免乎?”优施曰：“免。”(《晋语二》)

闺房私语，密室阴谋，这样的情节肯定含有想象和虚构的成分，或者是采自传说，不大可能出于史官之手。《孔丛子·答问》记陈涉读《国语》，对于骊姬夜泣事就曾说："人之夫妇，夜处幽室之中，莫能知其私焉……余以是知其不信，乃好事者为之词。"可是，正因为运用了小说笔法，含有想象和虚构，才大大增加了故事情节和人物形象的生动性，提高了《国语》的文学价值。

《越语上》写越王勾践栖于会稽，励精图治，终灭吴国。值得注意的是，作者以理想化、典型化的手法描绘勾践。在作者笔下，勾践完全突破礼制的藩篱，放下国君的架子，与国人同患难。人之子死，"必哭泣葬埋之，如其子"；载稻与脂于舟，餔歠孺子，而"必问其名"；夫妇亲种、亲织，"十年不收(税)于国"；优待贤士，"必庙礼之"。于是，"国人皆劝：父勉其子，兄勉其弟，妇勉其夫，曰：'孰是君也，而可无死乎？'"这个人物，具有以前的国君不曾有过的新面目，可以看出本文的作者，比《左传》和《国语》的其他作者显然有更多的新观念。

《越语下》写范蠡助勾践灭吴和功成身退，同时是借写历史和范蠡表达黄老思想，明显有子书性质，在《国语》中其时代应当最晚。唐兰先生定黄老代表作《黄帝四经》约成书于公元前400年，时间亦偏早，《越语下》不会是范蠡作品，时代不相及，正如《洪范》作者拉来武王、箕子表述五行家思想、《六韬》拉来太公讲述军事、《黄帝四经》即拉来黄帝君臣宣讲黄老派思想，同为战国时代著作习尚。其晚出迹象甚多：(一)《四经》已经讲《商》、《申》、《管》中习见的"告奸"或"什伍"(《经法·君正》)，"开塞"、"壅"、"塞"和"术"、"王术"(《经法·六分》)，这些说法流布于政界、学界至早必在公元前356年商鞅变法、申不害相韩，特别是前344年秦、齐两国君臣治国经验大交流之后[①]，即不可能早于战国中期后段；(二)先秦典籍初无经、传之分，称"经"，见于《荀子·劝学》、《庄子》外篇《天运》、《礼记》"《经解》"，《管子》有"经言"，后期墨家、《韩非子》有"经"、"说"以及儒家"《孝经》"，多在战国后期，《四经》称"经"，时代也不可能早于战国中期后段；(三)《四经》已经出现"五帝"一词(《十大经·成法》)，与《管子》、《周礼》相同，而《国》、《左》、《墨》、《商》、

注：秦任商鞅变法(公元前356～前338)，申不害相韩(前355～前337)，齐威王变法图强(前356～前320)，在同一时期。《商鞅方升》铭文："十八年，齐率卿大夫众来聘。"(马承源《商周青铜器铭文选》页612)秦孝公十八年即齐威王十三年(前344)，当时秦、齐、韩变法都取得了成果，特别是秦。齐威王亲"率卿大夫众"庞大代表团聘秦，这是引领时代潮流的秦、齐两大国最高层治国经验的一次交流，对比《商》、《管》与《黄帝四经》，可知此次聘问对齐政、稷下学坛具有重大影响。《管子》中主张严刑峻法、强调"什伍"、"开塞"的篇章，曾有学者以至疑其出于商鞅学派。

《孟》、《庄子·内》等都还没有“五帝”；(四)《越语下》能熟练、大量运用黄老学说的一整套术语，其成书应不早于黄老思想和齐法家盛行于齐国稷下时代，即不早于《黄帝四经》成书。《越语下》讲越败吴，吴使求和，勾践欲许之，而范蠡灭吴：

> 范蠡进谏曰：“臣闻之，圣人之功，时为之庸。得时弗成，天有还形，天节不远，五年复反……今君王不断，其忘会稽之事乎?”……范蠡乃左提鼓，右援枹，以应使者，曰：“昔者上天降祸于越，委制于吴而吴不受。今将反此义以报此祸，吾王敢无听天之命，而听君王之命乎?”……“昔吾先君固周室之不成子也，固滨于东海之陂，鼋鼍鱼鳖之与处，而蛙黾之与同渚。余虽靦然而人面哉，吾犹禽兽也，又安知是諓諓者乎?”……范蠡不报于王，击鼓兴师以随使者……遂灭吴。

这里有黄老学派的惯用术语如：“得时弗成，天有还形”等，特别是“当断不断，反受其乱”的处事逻辑，昔吴不灭越，今越必灭吴，丝毫不加犹豫，范蠡对吴使以至说“余虽靦然而人面哉，吾犹禽兽也”，“不报于王”就击鼓兴师灭了吴。文章多用韵语，写得也很形象精彩，但与《国语》惯常的语言风格完全不相同。

后人对《国语》褒贬不一。有人说“其文深闳杰异”(《非国语》)，有人说“委靡繁絮”(《朱子语类》)，“文词支蔓，冗弱无骨”(《洙泗考信余录》)。刘熙载说：“其文有甚厚甚精处，亦有剪裁疏漏处，读者宜别而取之。”(《艺概·文概》)刘说比较全面。《国语》上承《尚书》，下启《战国策》，是有影响的史传名著。

第四章
史传散文(下)

到战国中后期，史传散文又有新发展，思想、风格都发生明显的变化，代表作就是《战国策》。《晏子春秋》专记一个人物言行，也是史传散文的新进展。

第一节 《战国策》

公元前四世纪晚期，战国七雄之间展开了合纵连横的斗争，策士说客、纵横家应运而起，积极活跃于政治、军事、外交的第一线，“家挟飞钳之术，人持弄丸之辩”，对时局产生巨大影响。他们常常朝为布衣，夕为卿相，身荣名显。其余波一直持续到汉武帝时期。战国秦汉间，学习纵横术的人纷纷集录前代的游说故事和游说辞，作为学习揣摩的范本。西汉成帝年间，刘向典校书籍，把政府收集的记录游说资料的多种抄本作了整理，并且定名为《战国策》：“所校中《战国策》书，中书余卷，错乱相糅莒。又有国别者八篇，少不足。臣向因国别者，略以时次之，分别不以序者以相补，除复重，得三十三篇。……中书本号，或曰《国策》，或曰《国事》，或曰《短长》，或曰《事语》，或曰《长书》，或曰《脩书》。臣向以为，战国时游士辅所用之国，为之策谋，宜为《战国策》。”(刘向《战国策书录》)1973 年长沙马王堆汉墓出土被命名为《战国纵横家书》的，则是西汉初年被埋没的一个抄本，其二十七章的十七章是《战国策》中没有的，可以弥补和纠正《国策》记载的诸多谬误、不足。有人不究原委，竟然说《纵横家书》不可信，读者须注意分辨是非。

《战国策》分为东周、西周、秦、齐、楚、赵、魏、韩、燕、宋、卫、中山十二国策，有记言，有记事，而以记言为主，体例与《国语》一致，大概基本上保留着刘向校本的原貌。

刘向又说："其事继春秋以后，讫楚、汉之起，二百四十五年间之事"，可能是指公元前453年赵、韩、魏三家灭知伯(见《赵策一》)到前209年。可是我们看到的《战国策》止于公元前221年齐王建朝秦死于共地(《齐策六》)。(《燕策三》"荆轲刺秦王"载高渐离以筑击秦始皇事，在前221年之后。方苞、诸祖耿、杨宽等人都以为此章抄自《史记》，其说可以信据，今不以此章为《战国策》之文。)

《战国策》的文章大约有三个来源：(一)说客、纵横家自著的游说辞；(二)后代纵横家依据传说编写的游说故事和拟作的游说辞；(三)史官或其他作者关于史实的记录。如果就一、三两项说，《战国策》可以作为史书来读，而就一、二两项看，则突出反映了纵横家的言行和思想。所以关于《战国策》的性质，曾经有争论，有人认为"其纪事不皆实录"，为"学纵横者所著"，把它归入子部纵横家，有人认为是"裒合诸记"的"记事之书"、"杂编之书"，而归于史部。按诸实际，《战国策》确实具有史、子结合的特点，主要是游说辞、游说故事，但其中即有史实，性质与《越语下》相仿。

《战国策》中有不关涉纵横的记事，也杂有儒、道、法，兵等各家的思想，但是它写的中心人物是策士、纵横家，主要思想倾向也代表纵横家。由于纵横家直接参与现实斗争，所以《国策》通过写他们的活动、言论，也真切生动地反映出战国时期特别是中后期各国之间和各国内部错综复杂的矛盾斗争以及社会风气、世态人情。

《左传》、《国语》主要写世袭贵族——国君、卿大夫的言行，《战国策》不同，它着力写新兴士阶层的策士、纵横家，表现他们的才智和在政治上的巨大作用。所写事实，虽然有一些夸大，但是七国争雄为他们提供了广阔的舞台，不管辅助强秦，或者协助六国，他们凭借巨大的活动能量，确实常常充当主角，左右局势的发展，决定事情的成败，演出了一幕又一幕有声有色的戏剧。例如齐、楚两大国联盟构成对秦国的威胁，张仪为秦使楚，对楚怀王说：

弊邑之王所说甚者，无大大王；唯仪之所甚愿为臣者，亦无大大王。弊邑之王所甚憎者，亦无先齐王；唯仪之甚憎者，亦无先齐王。今齐王之罪，其于弊邑之王甚厚，弊邑欲伐之，而大国与之欢，是以弊邑之王不得事令，而仪不得为臣也。大王苟能闭关绝齐，臣请使秦王献商於之地方六百里。若此，齐必弱，齐弱则必为王役矣。则是北弱齐，西德于秦，而私商於之地以为利也，则此一计而三利俱至。(《秦策二》)

楚王利令智昏，听信张仪，断绝齐交，结果不仅没有得地，还被秦军打得大败，从此楚国江河日下，成为秦兼诸侯的一大关键。又如，秦国攻韩，韩相公仲朋想嫁祸于人，送给秦国一座都城，而助秦攻楚。

楚王闻之，大恐，召陈轸而告之。陈轸曰："……王听臣，为之儆四境之内，选师言救韩，令战车满道路。发信臣，多其车，重其币，使信王之救己也。韩为不能听我，韩必德王也，必不为雁行以来。是秦、韩不和，兵虽至楚，国不大病矣。为能听我绝和于秦，秦必大怒以厚怨于韩。韩得楚救，必轻秦。轻秦，其应秦必不敬。是我困秦、韩之兵，而免楚国之患也。"

楚王大说，乃儆四境之内，选师言救韩，发信臣，多其车，重其币。谓韩王曰："弊邑虽小，已悉起之矣。愿大国遂肆意于秦，弊邑将以楚殉韩。"

韩王大说，乃止公仲。公仲曰："不可。……"韩王弗听，遂绝和于秦。秦果大怒，兴师与韩氏战于岸门，楚救不至，韩氏大败。(《韩策一》)

由于陈轸独出心裁的运筹，使楚国稳操胜算，免受秦兵，而陷韩国于困境。再如，范雎说秦昭王，除掉穰侯魏冉，提出"远交近攻"的方策，为秦国的发展开拓了道路；燕昭王招贤纳士，信用乐毅、苏秦，一举攻下齐国七十余城，齐虽复国而一蹶不振。所以当时的人就对孟子讲："公孙衍、张仪岂不诚大丈夫哉！一怒而诸侯惧，安居而天下熄。"(《孟子·滕文公下》)孟子痛斥纵横家的行为，却不否认他们的作用。刘向更说策士们"皆高才秀士，度时君之所能行，出奇策异智，转危为安，运亡为存，亦可喜，皆可观。"(《战国策书录》)对策士的才智和作用给予很高的评价。

这样的客观现实，使人们的思想观念发生极大的变化。《左传》、《国语》重德礼信义，而《战国策》则充溢着重士、贵士的思想。励精图治的国君大臣深知士的重要，士阶层充满自信，策士说客更自矜口舌之辩。所以这时候在士与统治者之间出现了十分特殊的关系。例如《燕策一》记载：

燕昭王收破燕后即位，卑身厚币以招贤者，欲将以报仇。故往见郭隗先生曰："齐因孤国之乱而袭破燕，孤极知燕小力少，不足以报。然得贤士与共国，以雪先王之耻，孤之愿也。敢问以国报仇者奈何?"郭隗先生对曰："帝者与师处，王者与友处，霸者与臣处，亡国与役处。诎指而事之，北面而受学，则百己者至；先驱而后息，先问而后默，则什己者至；人趋己趋，则若己者至；冯几据杖，眄视指使，则厮役之人至；若恣睢奋击，跔籍叱咄，则徒隶之人至矣。此古服道致士之法也。王诚博选国中之贤者，而朝其门下，天下闻王朝其贤臣，天下之士必趋于燕矣。"

昭王曰："寡人将谁朝而可?"郭隗先生曰："臣闻古之人君，有以千金求千里马者，三年不能得。涓人言于君曰：'请求之。'君遣之。三月得千里马，马已死，买其首(应作"骨")五百金，反以报君。君大怒曰：'所求者生马，安事死马而捐五百金?'涓人对曰：'死马且买之五百金，况生马乎？天下必以王为能市马，马今至矣。'于是不能期年，千里之马至者三。今王诚欲致士，先从隗始。隗且见事，况贤于隗者乎？岂远千里哉!"

于是昭王为隗筑宫而师之。乐毅自魏往，邹衍自齐往，剧辛自赵往，士争凑燕。

郭隗要国君恭恭敬敬地做臣下的学生，"北面而受学"，"先驱而后息"，甚至说"先从隗始"，自己俨然以师自居，而昭王也真的"筑宫而师之"。像这样的君臣关系，这样的敬士，完全是战国时代所特有的历史现象。又如《齐策四》：

齐宣王见颜斶，曰："斶前!"斶亦曰："王前!"宣王不悦。左右曰："王，人君也；斶，人臣也。王曰'斶前'，亦曰'王前'，可乎?"斶对曰："夫斶前为慕势，王前为趋士。与使斶为慕势，不如使王为趋士。"王忿然作色曰："王者贵乎？士贵乎?"对曰："士贵耳，王者不贵。"

颜斶面对国君，理直气壮，毫不犹豫地说士贵王者不贵，最后宣王也真的被折服，表示“愿请受为弟子”。像这样的事情，这样的重士，在整个封建社会，是空前绝后的。

《战国策》中，有鲁仲连那样为人排患释难的“天下之士”，有颜斶那样不要爵禄的“清静贞正”者，有乐毅、李牧那样的忠良将领，也有虞卿、触龙那样一批具有卓见而行为无瑕疵的人物。但是就策士说客的多数人而言，确实不重道德，他们明说不要“天下之高行”，要的是“进取”，讲的是现实的利害。比如，姚贾被人斥为“梁之大盗，赵之逐臣”，不应当被任用，他公然说，一个人有“诟丑大诽(于)天下”，苟可以利社稷，国君就应当大胆任用，“使若卞随、务光、申徒狄，人主岂得其用哉!”(《秦策五》)又如，苏秦对燕昭王说：

“孝如曾参、孝己，则不过养其亲；信如尾生高，则不过不欺人耳；廉如鲍焦、史鳝，则不过不窃人之财耳。今臣为进取者也。臣以为廉不与身俱达，义不与生(应作“王”)俱立，仁义者，自完之道也，非进取之术也。”

王曰：“自忧不足乎?”对曰：“以自忧为足，则秦不出殽塞，齐不出营丘，楚不出疏章。三王代位，五伯改政，皆以不自忧故也。……”(《燕策一》)

自身要显达，国君要成就王业，就讲不得孝廉信义，要讲孝廉信义，就不会有显达和王业。这就是策士说客的政治观和人生观。这种坦率的言论，是对传统道德的公开否定。站在儒家的立场上看，无疑是离经叛道，如果就战国的政治现实而言，则不过是说出了实际存在的事实。后来曹操说：“夫有行之士，未必能进取；进取之士，未必能有行也。陈平岂笃行，苏秦岂守信邪？而陈平定汉业，苏秦济弱燕。”(《三国志·魏书·武帝纪》)正是接受了这种思想的影响。

对于策士的倾侧诡诈、阴谋暗算，无须讳言。邹忌讽齐王纳谏，何等“昌明正大”，可是他陷害政敌，又是如此不择手段：

成侯邹忌为齐相，田忌为将，不相说。公孙闬谓邹忌曰：“公何不为王谋伐魏？胜，则是君之谋也，君可以有功；战不胜，田忌不进，战而不死，曲挠而诛。”邹忌以为然，乃说王而使田忌伐魏。

田忌三战三胜，邹忌以告公孙闬。公孙闬乃使人操十金而往卜于市，曰："我田忌之人也，吾三战而三胜，声威天下，欲为大事，亦吉否？"卜者出，因令人捕为人卜者，亦(以)验其辞于王前。田忌遂走。(《齐策一》)

这类卑劣的行径自然应该谴责，所以策士、纵横家便得了很坏的名声。但是如果因此就认为《战国策》中的言论是"世之大祸"(曾巩语)，"心术之巨蠹"(叶适语)，那就未免以偏概全，不符合实际。且不说《战国策》中的人物有好有坏，有些人物亦好亦坏，就拿被称为"势利头"的苏秦来说，他作为真实的历史人物，实际上一直是燕昭王的亲信，为"济弱燕"打进齐国做间谍，既做间谍，就必然诈伪百出。从齐来说，他是骗子；由燕而言，则是忠臣。《荀子·臣道》称苏秦为"态(慝)臣"，说"用态臣者亡"，是站在齐国的立场说话。邹阳说："苏秦不信于天下而为燕尾生"(《狱中上梁王书》)，刘安说："苏秦以百诞成一诚"(《淮南子·说林》)，则是肯定他对燕国的忠诚。张仪对楚国无疑也是诈伪反复的小人，但他始终是一个连横派，终其一生，并未背秦，说他是秦王的功臣丝毫不为过。纵横家所面临的是"兼大并小"、"兵戈不休"的局面，兵家靠的是兵戈，纵横家则靠唇吻，标榜"拔城于尊俎之间，折冲席上"(《齐策五》)，而"战阵之间，不厌诈伪"实际是两家共同的信条。千百年来，人们对于兵家和忠于其主的人物无所訾议，可是出于成见，独对纵横家苏、张之徒并不稍假辞色。

虽然《战国策》的思想一直受贬斥，但是它的艺术成就却得到一致好评。《战国策去毒》的作者陆陇其一面说"其机变之巧，足以坏人心术"，一面又说"其文章之奇，足以悦人耳目"。

和《左传》、《国语》相比，《战国策》在艺术上取得了新的成就，有自己突出的特征。《左传》作者把严谨典雅的官方语言运用到极致，而《战国策》则改换为浅易流畅、生动活泼的民间口语。《左传》行文从容纡徐，而且总是"范我驰驱"，写得精要含蓄，而《战国策》的文章特别是策士的说辞，则常常畅所欲言、议论风发、奔腾雄快。在叙事方面，《战国策》也比《左传》、《国语》具有更为浓厚的文学色彩，更加强烈的小说味道。

铺张扬厉，纵横驰骤，富于气势，是《战国策》说辞的代表性风格。苏秦、苏代、张仪、鲁仲连、淳于髡等人的一些说辞，都有这种特色。例如《齐策一》苏秦合纵说齐宣王：

> 齐，南有太山，东有琅邪，西有清河，北有渤海，此所谓四塞之国也。齐地方二千里，带甲数十万，粟如丘山。齐车之良，五家之兵，疾如锥矢，战如雷电，解如风雨。即有军役，未尝倍太山、绝清河、涉渤海也。临淄之中七万户，臣窃度之，下户三男子，三七二十一万，不待发于远县，而临淄之卒固以二十一万矣。临淄甚富而实，其民无不吹竽鼓瑟，击筑弹琴，斗鸡走犬，六博蹹踘者；临淄之途，车毂击，人肩摩，连衽成帷，举袂成幕，挥汗成雨；家敦而富，志高而扬。夫以大王之贤与齐之强，天下不能当。今乃西面事秦，窃为大王羞之。……

大量使用排句偶句，极力铺张齐国地势的险固，兵力、米粟的充足和军队无比的战斗威力，特别夸饰临淄的富足、繁华，语言形象，文笔凌厉，气势雄伟酣畅。而在章法上，则欲抑先扬，大起大落，所谓“一飞冲天，一落千丈”，因而使文章产生一种巨大的冲击力和强烈的鼓动性，足以打动对方。这种大力铺排而有气势的说辞，是春秋行人辞令在战国时期的新发展。章学诚说：“其辞铺张而扬厉，变其本而加恢奇焉，不可谓非行人辞命之极也。”(《文史通义·诗教上》)就是指这类文章而言。

文章富有气势，原因不止一端，抑扬蓄势，铺陈排比，是为文的技巧，根本原因在于作者的思想状态。士人地位提高，敢于“说大人则藐之”(《孟子·尽心下》)，所以能无所顾忌，理直气壮，尽所欲言。鲁仲连身为一介布衣，而对赵相平原君说：“始吾以君为天下之贤公子也，吾乃今然后知君非天下之贤公子也。”对魏国使臣辛垣衍也是用辛辣的言辞痛加训斥。因而他的说辞就能英伟犀利，气势磅礴。

但是，《战国策》说辞的风格又并非一律。像范雎说秦王关于交疏言深的一番剖白，所谓“死不足以为臣患，亡不足以为臣忧，漆身而为厉，被发而为狂，不足以为臣耻。……臣死而秦治，贤于生也。”(《秦策三》)就很有“披肝胆以献主”的味道，可以说是“美言动听”的典型。触龙的说辞，则是迂回曲折，旁敲侧击，引人入彀的范例(《赵策四》)。淳于髡的说辞，虽然也富有气势，却具有寓庄于谐的特点。而陈轸即使在策士说客中似乎也更加明敏便给，善于巧弄机锋。《战国策》中的说辞堪称异彩纷呈，相映生辉。

善用比喻和寓言，浅近生动，富有启发性和说服力，是《战国策》说辞的另一个特点。《战国策》中的比喻很丰富，信手拈来，层出不穷，俯拾即是，而且贴切新奇。淳于髡一日荐七士，齐王责怪他荐士太多，他回答说：

> 不然。夫鸟同翼者而聚居，兽同足者而俱行。今求柴胡、桔梗于沮泽，则累世不得一焉。及之睾黍、梁父之阴，则郄车而载耳。夫物各有畴，今髡贤者之畴也。王求士于髡，譬若挹水于河，而取火于燧也。髡将复见之，岂特七士也！(《齐策三》)

有时整个段落用比，甚至几个段落连连用比，并且对用作比喻的客体事物作十分精彩细致的描绘，《楚策四》庄辛对襄王的说辞就是这方面突出的例证，我们将在下文引录它。

寓言故事在《左传》、《国语》中初露端倪，到《战国策》则蔚为大观。它是比喻的进一步发展，有情节，有寓意，从文学角度看是寓言，从逻辑学角度看是类比推理。说客学者不满足于比喻的运用和史实的援引，进而引用或创作寓言故事，既可以节省论说文字，又能使抽象的道理形象化，表述得悦耳动听，耐人寻味。《战国策》中"鹬蚌相争"、"狐假虎威"、"画蛇添足"、"南辕北辙"以及上文所引"千金市骏骨"等等，都是脍炙人口的寓言。又如，春申君放不下架子真诚地了解、亲近汗明，汗明期望得到赏识、重用，于是讲了"骥遇伯乐"的故事：

> 君亦闻骥乎？夫骥之齿至矣，服盐车而上太行。蹄申膝折，尾湛胕溃，漉汁洒地，白汗交流，中阪迁延，负辕不能上。伯乐遭之，下车攀而哭之，解纻衣以幂之。骥于是俯而喷，仰而鸣，声达于天，若出金石声者，何也？彼见伯乐之知己也。今仆之不肖，厄于州部，堀穴穷巷，沉洿鄙俗之日久矣。君独无意湔拔仆也，使得为君高鸣屈于梁乎？(《楚策四》)

不仅寓言和论题丝丝入扣，论述十分警切，而且兴会淋漓，声情并茂，凄婉动人，它所具有的艺术感染力是抽象论述所无法比拟的。所以后代的诗赋散文反复抒写这个故事，韩愈写伯乐和千里马的那篇《杂说》就是受了它的感发。

《战国策》的寓言还具有浅俗泼辣的特色。《秦策一》写张仪告发陈轸仕于秦而“常以国情输楚”，建议秦王把陈轸逐走，“即复之楚，愿王杀之”。

> 王召陈轸告之曰：“吾能听子言，子欲何之？请为子约车。”对曰：“臣愿之楚。”王曰：“仪以子为之楚，吾又自知子之楚，子非楚，且安之也！”轸曰：“臣出，必故之楚，以顺王与仪之策，而明臣之楚与不也。楚人有两妻者，人诳其长者，长者詈之；诳其少者，少者许之。居无几何，有两妻者死。客谓诳者曰：‘汝取长者乎？少者乎？’‘取长者。’客曰：‘长者詈汝，少者和汝，汝何为取长者？’曰：‘居彼人之所，则欲其许我也。今为我妻，则欲其为我詈人也。’今楚王明主也，而昭阳贤相也。轸为人臣，而常以国输楚王，王必不留臣，昭阳将不与臣从事矣。以此明臣之楚与不。”

与国君讲话，而这样大讲男女私情，无所避忌，这是其他著作所少见的。《燕策一》苏秦对燕昭王讲的“妾佯踬而覆酒”也是这类故事。

叶适评论说：“‘居彼欲其许我，妻我欲其骂人’，‘卖仆妾售闾巷，出妇嫁乡曲’，‘诚思则将吴吟’；以上陈轸语也。凡辩士必先设说为喻以发其所欲言，皆此类，然而往往不出于人情之所近，是以诈谖横溢，搅存为亡。”(《习学纪言序目》卷十八)“不出人情之所近”，是讲策士说辞使用寓言和比喻的特点，“诈谖横溢”云云，含有叶适深固的偏见，但从反面讲出了运用寓言和比喻的巨大功效。

笔者编《左传》、《国策》等书辞令、说辞，分其类别为说谏(正说直谏、巧说谲谏)、训诫、应答、对问、论辩、讥讽、证喻(援古证今、寓言明理)诸类(见《古代辩术精粹》一书)，可以略见其多彩之状，这是我国先秦文学中的一个重要门类。

《战国策》中的叙事文，使先秦史传文学达到了一个新高度。故事情节的完整、曲折、生动，人物形象的鲜明，都超过了以前的作品。而且有一些篇章，如《秦策》写商鞅、苏秦、蔡泽、吕不韦，《齐策》写齐貌辨、冯谖、君王后，《楚策》写庄辛、李园，《赵策》写知伯、豫让，《韩策》写聂政，《燕策》写燕昭王等，都是通过一章综述一个人一生的事迹或描述其一段时期的重要经历，明显是由“社会的史”向“人的史”过渡，是史传文学的一大进展，并且为《史记》确立以人物为中心的纪传体开创了先例。

《战国策》的叙事文可以分别为两类，一类重夸张渲染，笔势恣肆纵放，有强烈的感情色彩，可以《秦策一》“苏秦始将连横”、《魏策四》“唐且不辱使命”为代表。例如《秦策一》对苏秦的描写：

苏秦始将连横说秦惠王……说秦王书十上而说不行。黑貂之裘弊，黄金百斤尽，资用乏绝，去秦而归。羸縢履蹻，负书担橐，形容枯槁，面目犁黑，状有归(愧)色。归至家，妻不下纴，嫂不为炊，父母不与言。

苏秦喟叹曰：“妻不以我为夫，嫂不以我为叔，父母不以我为子，是皆秦之罪也。”乃夜发书，陈箧数十，得太公《阴符》之谋，伏而诵之，简练以为揣摩。读书欲睡，引锥自刺其股，血流至足，曰：“安有说人主不能出其金玉锦绣，取卿相之尊者乎?”期年，揣摩成，曰：“此真可以说当世之君矣!”

于是乃摩燕乌集阙，见说赵王于华屋之下，抵掌而谈。赵王大悦，封为武安君，受相印。革车百乘，锦绣千纯，白璧百双，黄金万溢，以随其后；约从散横，以抑强秦。故苏秦相于赵而关不通。

当此之时，天下之大，万民之众，王侯之威，谋臣之权，皆欲决苏秦之策。不费斗粮，未烦一兵，未战一士，未绝一弦，未折一矢，诸侯相亲，贤于兄弟。夫贤人在而天下服，一人用而天下从。故曰：式于政，不式于勇；式于廊庙之内，不式于四境之外。当秦之隆，黄金万溢为用，转毂连骑，炫熿于道，山东之国，从风而服，使赵大重。且夫苏秦特穷巷掘门、桑户棬枢之士耳，伏轼撙衔，横历天下，廷说诸侯之主，杜左右之口，天下莫之能伉。

将说楚王，路过洛阳。父母闻之，清宫除道，张乐设饮，郊迎三十里。妻侧目而视，倾耳而听。嫂蛇行匍伏，四拜自跪而谢。苏秦曰：“嫂何前倨而后卑也?”嫂曰：“以季子之位尊而多金。”苏秦曰：“嗟乎！贫穷则父母不子，富贵则亲戚畏惧。人生世上，势位富贵，盖可忽乎哉!”

父母妻嫂的前倨后卑，人物外貌的描写和内心世界的袒露，作者的议论，无不驰骋想象，放笔挥洒，尽情抒泄。作品的主要情节出于传说或是史影的扩大，它不仅已经不能算历史著作，甚至有点脱出史传文学的轨道。四次内心独白的运用和“蛇行匍伏”的夸张描画，更纯粹是小说笔法。苏秦已经是带有典型性的小说人物。这样

的看法与孔子没有多少不同，孔子多次想接近他们，但是他们对孔子的积极用世，都表示反对，并以一种冷峻的态度加以嘲讽。如：

长沮、桀溺耦而耕，孔子过之，使子路问津焉。长沮曰："夫执舆者为谁?"子路曰："为孔丘。"曰："是鲁孔丘与?"曰："是也。"曰："是知津矣。"

问于桀溺。桀溺曰："子为谁?"曰："为仲由。"曰："是鲁孔丘之徒与?"对曰："然。"曰："滔滔者天下皆是也，而谁以易之？且而与其从辟人之士也，岂若从辟世之士哉?"耰而不辍。

子路行以告。夫子怃然曰："鸟兽不可与同群，吾非斯人之徒与而谁与？天下有道，丘不与易也。"(《微子》)

长沮、桀溺有知识，有政见，但是生当乱世，甘愿隐姓埋名，躬耕自资。对于子路的问津，长沮不仅不相告，反而讥刺说，既然是孔丘，他就知道渡口在哪里了。言外之意是，孔丘周游列国，处处碰壁，他应该明白他的道路怎样走，问什么渡口。桀溺虽然比较缓和，讲出了避世的道理，但是也"耰而不辍"，两个人冷漠的神态，宛然如绘。这是独善其身者和兼济天下者之间的对立。

《论语》因为是简短的语录，当作说理文来看，当然还很不足，往往只讲结论或论点，不摆论据，不作论证。但是也有例外：

季氏将伐颛臾。冉有、季路见于孔子曰："季氏将有事于颛臾。"孔子曰："求！无乃尔是过与？夫颛臾，昔者先王以为东蒙主，且在邦域之中矣，是社稷之臣也。何以伐为?"

冉有曰："夫子欲之，吾二臣者皆不欲也。"孔子曰："求！周任有言曰：'陈力就列，不能者止。'危而不持，颠而不扶，则将焉用彼相矣？且尔言过矣，虎兕出于柙，龟玉毁于椟中，是谁之过与?"

冉有曰："今夫颛臾，固而近于费。今不取，后世必为子孙忧。"孔子曰："求！君子疾夫舍曰欲之而必为之辞。丘也闻有国有家者，不患寡而患不均，不患贫而患不安。盖均无贫，和无寡，安无倾。夫如是，故远人不服，则修文德以来之。既来之，则安之。今由与求也，相夫子，远人不服，而不能来也；

邦分崩离析，而不能守也；而谋动干戈于邦内。吾恐季孙之忧，不在颛臾，而在萧墙之内也。”(《季氏》)

这已经是展开说理的文章。不是三言两语，也不仅止论点。第一段就摆了论据，二、三两段更是驳论。引周任的话立论，通过比喻作论证。第三段更剥开冉有的托辞，指斥他不能佐季氏修文德来远人而谋动干戈于邦内的荒谬。层层深入，说理相当充分，有说服力。《孟子》中的文章大都采用这种对话的形式展开论辩。只是这里对话的双方为师弟子关系，尽管双方观点相左，但是冉有不敢名正言顺地陈述自己的意见，孔子对弟子也相当克制，所以这时还不会出现《孟子》中那样论辩滔滔的文势。但是，像下面这样的文章，也已经开始表现出战国文章的气象：

陈子禽谓子贡曰：“子为恭也，仲尼岂贤于子哉!”子贡曰：“君子一言以为知，一言以为不知，言不可不慎也。夫子之不可及也，犹天之不可阶而升也。夫子之得邦家者，所谓立之斯立，道之斯行，绥之斯来，动之斯和。其生也荣，其死也哀，如之何其可及也?”(《子张》)

词锋凌厉，气势迫人，有力地维护了孔子。在孔门中，子贡以“言语”见长，梁启超说，孔门的“言语”发展为后来的“辞章之学”，战国诸子之文虽然还不同于后世的“辞章”，但是雄辩而有文采，就此而言，子贡实是开战国诸子文章风气之先的人物。

孔子的言论，远不止于《论语》所记，但是应当指出，凡所记述，大都精粹扼要，颇能反映孔子的思想、学说、精神风貌，便于诵习流传。《论语》对于民族的心理意识所产生的巨大深广的影响，在中国历史上很难找出能与它匹敌的第二部著作。它的文学价值，也使它在文学史上占有不容忽视的地位。

第二节　《老子》、《孙子》

《论语》是语录，主要是自然成文，《老子》和《孙子》则不同，都是用心写出的理论文章，前者谈哲理、政治，后者论述军事。

《老子》

《老子》，汉以后又称《道德经》，是道家的典籍，相传是老子所著。

司马迁《史记·老子韩非列传》已经说不清老子是谁。但据多种记载老子即老聃，是楚国苦县(今河南鹿邑)厉乡曲仁里人，曾做周守藏室之史，主管王室图籍。年长于孔子，孔子曾向他问礼。老子是道家学派的创始人。《老子》基本思想是老子的遗说，但也有后人的发挥，其中反圣人、反仁义、反法令的内容，出土战国竹简本中还没有，肯定出于后人添改。

传本《老子》分《道经》、《德经》上下篇，凡八十一章。1973年长沙马王堆汉墓出土《老子》甲、乙两种帛书，都是《德》在前，《道》在后(与《韩非子·解老》相同)，文字与传本基本一致。时代在战国末和西汉初。1993年湖北荆门郭店楚墓出土竹简本《老子》，墓葬时代约在公元前300年左右，分为甲、乙、丙三部分，相当于传本文字的五分之二。三部分时代有早晚。既不分《道》、《德》，也不分章。有的文字与帛书本、传本显著不同。证明《老子》五千言不成书于一时。但战国中后期的《墨》、《庄》、《荀》、《韩》、《吕氏春秋》、《战国策》都已称引《老子》。

《老子》虽仅五千言，却是一部玄妙精深的哲学著作，有系统的哲学思想体系，并表现出很高的思辨能力。《老子》思想的核心是"道"。它认为"道"是天地万物的本原，"道生一，一生二，二生三，三生万物。"(四十二章)"有物混成，先天地生。寂兮寥兮，独立而不改，周行而不殆，可以为天地母。吾不知其名，强字之曰'道'，强为之名曰'大'。"(二十五章)创造天地万物的不是上帝，而是"道"，"道"无声音，无形体，无所不在，是永恒的。而且"道"出现于上帝之先(四章)，"道"高于鬼神，"以道莅天下，其鬼不神。"(六十章)这样，《老子》就用"道"取代了上帝鬼神的威权，剥夺了"天"的人格神的尊严，这是中国思想史上一次意义重大的突破。

《老子》哲学的另一个贡献，是它的丰富的辩证法思想。它认为，世间万物都是相互对待、相反相成的，"有无相生，难易相成，长短相形，高下相盈，音声相和，前后相随"(二章)。没有难就没有易，没有长就显不出短，它们都是对立的统一。《老子》举出自然界和人世间数十对这类对立统一的事物，表明它深刻地认识到宇宙间普遍存在对立统一的规律，这样的认识是前所未有的。《老子》还发现了对立面之间的转化，"反者道之动"(四十章)事物都向相反的方面转化，"祸兮，福之所倚；福兮，祸之所伏”，“正复为奇，善复为妖”(五十八章)。它用这样的观点观察自然和社会，做出很多精彩的论述，“为之于其未有，治之于其未乱”(六十四章)，“以其终不自为大，故能成其大”(三十四章)，“功成而弗居。夫唯弗居，是以弗去”(二章)，“天下莫柔弱于水，而攻坚强者莫之能胜”(七十八章)都充溢着辩证法思想。但是《老子》把“柔弱胜刚强”绝对化，从而特殊强调贵柔、守雌，清静无为，并把它绝对化，这就陷入了保守和片面性，和《易传》的“穷则变，变则通，通则久”旨趣不同。

今本《老子》虽然一再说“希言”，“不言”，“大辩若讷”，可是书中愤世、论政的内容很多。如：“绝圣弃智，民利百倍；绝仁弃义，民复孝慈；绝巧弃利，盗贼无有”(十九章)圣智仁义，一律否定。又如：“大道废，有仁义。智慧出，有大伪。六亲不和，有孝慈。国家昏乱，有忠臣。”(十八章)这不止是论政，而且是对儒家的尖锐批判。又痛恨礼治：“夫礼者，忠信之薄，而乱之首也。”(三十八章)竹简本《老子》没有“绝圣”和“绝仁弃义”，说明早期道家与儒家关系并不像后来那样紧张。但是今本《老子》自战国晚期至今流传了两千多年，在后人印象中，今本《老子》就是道家的代表，而且它们确实代表着后期道家的观点。《老子》还以激烈的言辞抨击当时的统治者：

朝甚除，田甚芜，仓甚虚，服文采，带利剑，厌饮食，财货有余，是谓盗竽。(五十三章)

民之饥，以其上食税之多，是以饥。……民之轻死，以其上求生之厚，是以轻死。(七十五章)

天之道损有余而补不足，人之道则不然，损不足以奉有余。(七十七章)

田野荒芜，粮仓空虚，但是朝廷上却极为整洁；赋税剥削极重，人民在挨饿，统治者却过着豪华奢侈的生活：这样的统治者就叫作“盗竽”——强盗头子。态度的激愤，言辞的尖锐，大概无过于此。所以很多研究者认为这种言论是代表农民和小私有者的利益，是为他们说话的。《老子》还反对严刑峻法，反对暴力镇压，“强梁者不得其死”，暴虐的统治者最终要走向他的反面。《老子》书中有很多可贵的军事谋略，所以有人说《老子》是一部兵书，可是《老子》反对战争，认为战争起于统治者的贪欲，破坏生产，为害人民，只有在不得已的情况下才可以用兵。

《老子》认为统治者欲望太多，压榨太过分，而“民之难治”，也“以其智多”，于是开出了“无为”而治的医方。“道常无为而无不为。侯王若能守之，万物将自化。”(三十七章)“我无为而民自化，我好静而民自正，我无事而民自富，我无欲而民自朴。”(五十七章)“绝圣弃知，民利百倍。”(十九章)出于“无为”而治的思想，《老子》描绘了一幅理想的社会蓝图，就是“小国寡民”：

> 小国寡民。使有什伯之器而不用；使民重死而不远徙。虽有舟舆，无所乘之；虽有甲兵，无所陈之。使民复结绳而用之。甘其食，美其服，安其居，乐其俗。邻国相望，鸡犬之声相闻，民至老死，不相往来。(八十章)

《老子》所描绘的这一片乐土，实际上不过是原始的小农村落，人们自给自足，平等相处，没有战争，没有欺诈，没有剥削和君主专制。《老子》的这种社会理想，否定了社会进步和物质文明，自然是偏激，是倒退。但是这种理想作为反对剥削压迫的一种对立物，它的意义和对后代产生的积极性影响是不可否定的。

《老子》说“信言不美，美言不信”(八十一章)，“五色令人目盲，五音令人耳袭”(十二章)，但是《老子》的文章却很讲究语言形式，兼具诗与格言的凝练精致，而有独特的风格。如刘勰所说：“老子疾伪，故称‘美言不信’。而五千精妙，则非弃美矣。”(《文心雕龙·情采》)《老子》的语句大多比较整齐，多用排句、偶句，使用韵语，而又奇偶兼用，散韵并存。例如第一章：

> 道，可道，非恒道；名，可名，非恒名。
>
> 无，名天地之始；有，名万物之母。
>
> 故恒无，欲以观其妙；恒有，欲以观其徼。
>
> 此两者同出而异名，同谓之玄。玄之又玄，众妙之门。

整章用韵，前三行两两对称(只多一用于推理的散字“故”)，而句式三变，一言、二言、三言、五言句全备(有人以“无名”、“有名”连读，则出现四言句)，读起来音节铿锵谐美。第四行是散句，但是仍然用韵。“五千文率谐声律，斐然成章。韵理既明，则其哲学诗之为美者可知矣。”(朱谦之《老子校释》)这是玄妙的哲理与诗的结合，但是或韵或散，或奇或偶，随物赋形，并不强求一律。当然，这纯粹是说理的文章，其中并没有形象性可言。不过《老子》中也确有有感情、有形象的文章，很像是现代的散文诗，例如二十章：

唯之与阿，相去几何？美之与恶，相去何若？人之所畏，不可不畏。荒兮，其未央哉！众人熙熙如享太牢，如登春台。我独泊兮，其未兆；沌沌兮，如婴儿之未孩；儽儽兮，若无所归。众人皆有余，而我独若遗。我愚人之心也哉！俗人昭昭，我独昏昏。俗人察察，我独闷闷。澹兮其若海，飂兮若无所止。众人皆有以，而我独顽且鄙。我独异于人，而贵食母。

这是一位哲人的自嘲和自赞。这里的“我”淡泊寡欲，守道无为，好像是拙于处世，实际是不屑于与世浮沉。他愤世嫉俗，离群索居，以自己得道而自慰、自傲，但内心深处也感到孤独寂寞，无所归宿。这是哲人情怀的真实袒露。在哲理散文中，难得有哪一位作者抒发感情，袒露自己的内心世界，这是少有的一篇抒情文。

从说理散文的角度看，《老子》的文章都还没有展开论述，但是在章法、逻辑方面已有讲究，能够熟练地运用归纳法和演绎法说理，而且常常选择具体可感的事物来加强说理的形象性和说服力。例如七十六章：

人之生也柔弱，其死也坚强。草木之生也柔脆，其死也枯槁。故曰：坚强者死之徒，柔弱者生之徒。是以兵强则灭，木强则折。故坚强处下，柔弱处上。

这是典型的说理文。从个别事物的分析上升到一般理论，“故曰”“是以”“故”明示着推论过程，逻辑上非常严谨。《老子》中这类章节很多。《老子》还善于运用比喻说理，用比喻证成论点：

其安易持，其未兆易谋。其脆易泮，其微易散。为之于未有，治之于未乱。合抱之木，生于毫末；九层之台，起于累土；千里之行，始于足下。(六

十四章)

天地之间，其犹橐籥乎！虚而不屈，动而愈出。多言数穷，不如守中。(五章)

《老子》不借助比喻和具体事物，也能描绘出形象，而且写得玄妙神奇：

道之为物，惟恍惟惚。惚兮恍兮，其中有象；恍兮惚兮，其中有物。窈兮冥兮，其中有精；其精甚真，其中有信。(二十一章)

这是对于“道”的写状，说得非常玄妙，却不是抽象的概念，而是形象，尽管是十分迷离恍惚的形象。“视之不见”，“听之不闻”，“搏之不得”，“其上不皦，其下不昧”，“迎之不见其首，随之不见其后”(十四章)这都是描写“道”的“无状之状，无物之象”，这是《老子》特有的玄妙色彩。与此相关，《老子》对体道之士的描写也很神奇，如说：“盖闻善摄生者，陆行不遇兕虎，入军不被甲兵；兕无所投其角，虎无所用其爪，兵无所容其刃。夫何故？以其无死地。”(五十章)“含德之厚，比于赤子。毒虫不螫，猛兽不据，攫鸟不搏，骨弱筋柔而握固。”(五十五章)这样的善摄生者、含德厚者，到了《庄子》就成为“大浸稽天而不溺，大旱金石流、土山焦而不热”的“真人”、“至人”形象。

在中国思想史上，能与儒家抗衡的，只有道家，《老子》和《庄子》对后代影响很大。就后世的文学发展而言，思想上更多地受儒家的影响，而艺术上则多受《老子》和《庄子》的启迪。

《孙子》

《孙子》，又称《孙子兵法》，是一部杰出的军事学著作，传说是孙武所著。

孙武的事迹，我们知道得很少，《新唐书·宰相世系表》说，孙武字长卿，齐国田氏后裔，祖父有军功，齐景公赐姓孙氏，食邑乐安(今山东惠民)。孙武因为避祸逃奔吴。《史记·孙子吴起列传》说，他“以兵法见于吴王阖庐。阖庐曰：‘子之十三篇，吾尽观之矣……’”，“卒以为将，西破强楚，入郢，北威齐晋，显名诸侯，孙子与有力焉。”

《汉书·艺文志》著录“《吴孙子兵法》八十二篇，图九卷”。1972 年山东临沂银雀山汉墓出土的竹简本《孙子》，十三篇之外，有《吴问》等五篇佚文，1978 年青海大通上孙家寨汉墓出土《孙子》佚文《军斗令》等篇目，都应在《孙子》八十二篇内(李学勤《简帛佚简与学术史》页 336)，肯定出于后人手笔。考察先秦典籍成书过程和哲理散文发展过程，现存十三篇也不可能是孙武写定。而且其中所写的某些内容，如“凡兴师十万，……相守数年”(《用间》)不符合春秋时期的战争情况；“将听吾计，用之必胜，留之；将不听吾计，用之必败，去之。”(《计》)也很像战国游士的口气。有人相信《孙子兵法》是孙武自著，以《史记·孙子列传》有“阖庐曰‘子之十三篇’”，其实不可信，正如《老子列传》有“老子乃著书上下篇，言道德之意五千余言”不可信一样。出土《孙膑兵法》中有残简文：“明之吴、越，言之于齐”，有人认为即是说《孙子兵法》的成书过程(李零《〈孙子〉古本研究》页 214、215)，其说正确。

《孙子》是我国和世界上最早的完整的军事专著，是兵家之祖。它总结前代特别是春秋以来丰富的战争经验，形成了周密的军事思想体系，全面系统地论述了战略、战术的各个方面，表现了可贵的军事思想。它摆脱了西周以来的天道鬼神观念，明确说，了解敌情，“不可取于鬼神，不可象于事，不可验于度(星辰运行的度数)，必取于人——知敌情者也。”(《用间》)提出“知己知彼者，百战不殆。”(《谋攻》)政治是否清明是战争胜负的首要因素(《计》)，这都是从客观存在的实际情况出发看待问题。《孙子》中有丰富的军事辩证法，它论述了众寡、强弱、攻守、奇正、虚实等等的对立和转化，并强调在转化中发挥人的主观能动性，“投之亡地然后存，陷之死地然后生”(《九地》)，就是对于战争中亡存、死生转化的出色表述。

就全书而论，《老子》“颇无条贯”(鲁迅语)，每章一般为六、七十字，但是《孙子》不同，不仅全书很有系统，而且每篇文章都具备了专题论文的要素和规模。每篇有题目，题目标示中心思想，如《谋攻》、《作战》、《用间》等等，这与《论语》、《老子》、《孟子》不同，而与《墨子》的“十纲领”、《庄子·内篇》相同，这是文章写作上的一项进展。《孙子》的文章，结构完整，条理清楚，论述清晰，已经是比较成熟的说理文。例如首篇《计》，论述的内容是作战之前关于战争胜负的估量，开端说：“兵者，国之大事，死生之地，存亡之道，不可不察也。”说明军事关系极重大，不可不认真看待，以期引起读者重视。紧接着就讲到“计”：

故经之以五，校之以计，以索其情：一曰道，二曰天，三曰地，四曰将，

> 五曰法。道者，令民与上同意者也，故可与之死，可与之生，民弗诡也。天者，阴阳、寒暑、时制也。地者，高下、远近、险易、广狭、死生也。将者，智、信、仁、勇、严也。法者，曲制、官道、主用也。凡此五者，将莫不闻，知之者胜，不知者不胜。故校之以计，而索其情。曰：主孰有道？将孰有能？天地孰得？法令孰行？兵众孰强？士卒孰练？赏罚孰明？吾以此知胜负矣。

这是说，要通过道、天、地、将、法五个方面的分析和“主孰有道？将孰有能？……”七种情况的比较，来探索战争胜负的情势，只要弄清楚这些，也就可以得知战争的胜负。这里的论述是很全面细密的。但是战争又有自身的特点，在考量战争胜负的时候，还必须注意到：

> 兵者，诡道也。故能而示之不能，用而示之不用，近而示之远，远而示之近。利而诱之，乱而取之，实而备之，强而避之，怒而挠之，卑而骄之，佚而劳之，亲而离之。攻其无备，出其不意。此兵家之胜，不可先传也。

用兵是以诡诈为原则的，战阵之间来不得半点仁爱，必须使用各种诡诈手段，蒙蔽敌人，利诱它，搅扰它，离间它等等，要“攻其无备，出其不意”。这是稳操胜券的秘诀。这里连连讲出对付敌人的种种诡诈之术，论述也是周到细密的。文章最后说：

> 夫未战而庙算胜者，得算多也；未战而庙算不胜者，得算少也。多算胜，少算不胜，而况于无算乎！吾以此观之，胜负见矣。

“算”，就是“计”。算计周密、充分，就可以取胜，“少算”、“无算”，就会打败仗。结尾紧扣题目，点明了“计”对于战争的极端重要性。

这样的文章，就其说理的成熟程度来说，明显超过了《论语》、《老子》，所以它应当出于战国时期，而不大可能是春秋末年的著作。

从语言来看，《计》篇用语质朴简切，辞约义丰。多用排比句、对偶句，而文字又有变化，如“兵者，诡道也”一段，首尾用散句，“故能而示之不能”以下十二句则连用排比，又使用两种结构形式；而“攻其无备”二句为对偶。

《孙子》虽然是严谨的论兵之文，但也时有文采可观。其一，是使用诗一样的语言。如《虚实》讲用各种谋略和手段调动敌人，神出鬼没，变化莫测，避实击虚，指挥艺术的高妙神奇，真是达到极点。说到这里，作者不免情动于中，于是讲了下面的话：

> 微乎微乎，至于无形，神乎神乎，至于无声，故能为敌之司命。

这不是说理，而是在不由自主地抒发感情。其二，是在论述之中有生动的描写：

> 众树动者，来也；众草多障者，疑也；鸟起者，伏也；兽骇者，覆也；尘高而锐者，车来也；卑而广者，徒来也；散而条达者，樵采也；少而往来者，营军也。(《行军》)

虽然是论述，同时也是生动细致的描写，使人有身临其境之感。这种境界，使人联想起《左传》成公十六年鄢陵之战中楚王登巢车望晋军的情景：“王曰：‘骋而左右何也?’曰：‘召军吏也。’‘皆聚于中军矣。’曰：‘合谋也。’……‘甚嚣且尘上矣。’曰：‘将塞井夷灶而为行也。’”其三，运用比喻增加文章的形象性。《孙子》不仅用喻多，而且用得精彩。如《势》篇：

> 孙子曰：凡治众如治寡，分数是也；斗众如斗寡，形名是也；三军之众，可使毕受敌而无败者，奇正是也；兵之所加，如以碫投卵者，虚实是也。
>
> 凡战者，以正合，以奇胜。故善出奇者，无穷如天地，不竭如江河。终而复始，日月是也。死而复生，四时是也。声不过五，五声之变，不可胜听也。色不过五，五色之变，不可胜观也。味不过五，五味之变，不可胜尝也。战势不过奇正，奇正之变，不可胜穷也。奇正相生，如环之无端，孰能穷之?
>
> 激水之疾，至于漂石者，势也；鸷鸟之疾，至于毁折者，节也。是故善战者，其势险，其节短。势如彍弩，节如发机。……
>
> 故善战者，求之于势，不责于人，故能择人而任势。任势者，其战人也，

篇为一组，讲防御、守城的战术，李学勤通过与睡虎地出土秦简、银雀山出土《守法》、《守令》的比较研究，进一步证实这一组文章成书于秦惠王时期的秦国，当时秦国是墨考活动的中心(《简帛佚籍与学术史》页120、346)。我们所要讨论的主要是二、四两组文章。

墨子是出身庶民的思想家，他的思想的核心是“兼爱”。兼爱，是普遍的、无差别的爱天下人，不同于儒家的“爱有差等”。墨子认为，天下混乱，“起不相爱”，臣子不孝君父，君父不慈臣子，诸侯各爱其国而不爱异国，盗贼各爱其室而不爱异室，所以窃夺攻伐，人人都亏人以自利。反之，如果“兼相爱，交相利”，“强不执弱，众不劫寡，富不侮贫，贵不敖贱，诈不欺愚”，也就天下太平，人人安乐了(《兼爱上》《兼爱中》)。

墨子在政治上主要代表“农与工肆之人”，他的很多主张都是在政治上、经济上维护小生产者的权益。因此他的批判矛头指向“天下为政者”：“其使民劳，其籍敛厚，民财不足，冻饿而死者不可胜数也。且大人惟毋兴师以攻伐邻国，久者终年，速者数月……攻城野战死者，不可胜数。”(《节用上》)他指出当时民有三患：“饥者不得食，寒者不得衣，劳者不得息，三者民之巨患也。”(《非乐上》)因而大声疾呼：“有力者疾以助人，有财者勉以分人，有道者劝以教人。”(《尚贤下》)这鲜明地体现了墨子的阶级立场。

墨子主张“尚贤使能”。他明确指出，世袭制度是造成国家昏乱的一个原因：“今王公大人其所富，其所贵，皆王公大人骨肉之亲、无故富贵、面目美好者也。今王公大人骨肉之亲，无故富贵、面目美好者，焉故必知(智)哉！若不知，使治其国家，则其国家之乱可得而知也。”(《尚贤下》)所以他大胆声言：“官无常贵，而民无终贱，有能则举之，无能则下之。”并且进一步指出：“虽在农与工肆之人，有能则举之，高予之爵，重予之禄，任之以事，断予之令。”(《尚贤上》)这无疑是为“农与工肆之人”争取政治地位。

在哲学思想上，墨子反对儒家的天命说，不相信命运，认为“安危治乱，在上之发政也”。人可以掌握自己的命运。君主国亡身戮，在于“为政不善”，百姓饥寒冻馁，在于“从事不疾”，与“命”无关。但是墨子却又认为“天”有意志，鬼神实有，而且能赏善罚恶。他说“天下大乱”，在于人们不相信鬼神，“不明乎鬼神之能赏贤而罚暴也”(《明鬼下》)。上天“兼爱天下之人”，天子也必须顺从天意，“天子有善，天能赏之；天子有过，天能罚之”(《天志下》)。什么是天意呢?“天之意，不欲大国之攻小国也，大家之乱小家也。强之暴寡，诈之谋愚，贵之傲贱，此天之所不欲也。”(《天志中》)而且，“天亦不辨贫富、贵贱、远迩、亲疏，贤者举而尚之，不肖者抑而废之”(《尚贤中》)。相信天，鬼自然是落后意识，但是墨子所说的“天之意”，实在不过是他自己的政治伦理主张而已，他所阐述的鬼神的功用，只不过是要监督王公大人的政治行为，实现百姓的要求、愿望而已。墨子出身庶民，没有力量干预政治，不得不抬出“天”“鬼”为至上权威，这与其说是相信鬼神，不如说是构筑理论的需要，推行自己政治主张的一种手段。

下面说《墨子》的文章。

《墨子》中有语录，有记叙文，更多的是论辩文章。

《墨子》中的语录，风格与《论语》不同，而且有了很大发展，有一些已经是论辩性的谈话，例如：

> 子墨子见齐大王曰：“今有刀于此，试人之头，倅然断之。可谓利乎?”大王曰：“利。”子墨子曰：“多试人之头，倅然断之，可谓利乎?”大王曰：“利。”子墨子曰：“刀则利矣，孰将受其不祥?”大王曰：“刀受其利，试者受其不祥。”子墨子曰：“并国覆军，贼杀百姓，孰将受其不祥?”大王俯仰而思之，曰：“我受其不祥。”(《鲁问》)

墨子运用类比法，以拿刀试杀人一事步步深入，说明刀越快、杀人越多，持刀的人罪恶也越大，从而说明“并国覆军，贼杀百姓”是极大的罪行，终于说服齐大王。这里的墨子巧譬善喻，引人入彀，显示出是一个十分善辩的人。又如：

> 鲁阳文君将攻郑，子墨子闻而止之，谓鲁阳文君曰：“今使鲁四境之内，大都攻其小都，大家伐其小家，杀其人民，取其牛马狗豕布帛米粟货财，则何若?”鲁阳文君曰：“鲁四境之内，皆寡人之臣也，今大都攻其小都，大家伐其小家，夺之货财，则寡人必将厚罚之!”子墨子曰：“夫天之兼有天下也，亦犹君之有四境之内也。今举兵将以攻郑，天诛其不至乎?”鲁阳文君曰：“先生何止我攻郑也?我攻郑，顺于天之志。郑人三世杀其父，天加诛焉，使三年不

全，我将助天诛也。”子墨子曰：“郑人三世杀其父，而天加诛焉，使三年不全，天诛足矣。今又举兵，将以攻郑，曰，吾攻郑也，顺于天之志。譬有人于此，其子强梁不材，故其父笞之，其邻家之父举木而击之，曰：吾击之也，顺于其父之志。则岂不悖哉！”

由鲁阳四境之内的大攻小，引出鲁阳文君的“寡人必将厚罚之”，就势说明鲁阳文君攻郑，也像上天辖境之内的相互攻伐，上天也是不能容忍的，天诛将至。当文君说出攻郑的理由是“郑人三世杀其父”，自己也是“助天诛”，墨子则以代父笞子的故事，说明文君攻郑的荒谬。前者是类比，后者是寓言，说服力都很强，足以驳倒文君。这里需要说明两点。一是在先秦子书中，墨子是首先使用寓言的一家。尽管《墨子》中的寓言，还显示着初期寓言的形态，但是不可没其引寓言入论辩文章的开创之功。而且《墨子》中的寓言数量已经不少，有些寓言如“鲁有昆弟五人者其父死”(《公孟》)、“汤往见伊尹”(《贵义》)等，已经是比较完整、形象的寓言故事。二是通过对话展开论辩的形式及文章规模，已经很像《孟子》的散文，所以晋代鲁胜已经指出：“孟子非墨子，其辩言正辞，则与墨同。”(《墨辩注·叙》)

在记述墨子言行的文章中，《公输》是一篇很有文采的、完整的记事文，已经超出语录体。情节的曲折起伏、论辩的精到、人物刻画的生动形象，无一不臻上乘。墨子听说楚要用公输盘造的云梯攻宋，自动地“起于鲁，行十日十夜，而至于郢，见公输盘”。公输被墨子所讲的道理折服，却表示已经告诉楚王，不能停止攻宋。墨子见楚王，楚王也认为墨子讲的道理很好，但被云梯所吸引，还是表示“必取宋”。于是墨子与公输展开一次攻防演习的实力较量：

于是见公输盘。子墨子解带为城，以牒为械，公输盘九设攻城之机变，子墨子九距之；公输盘之攻械尽，子墨子之守圉有余。公输盘诎。而曰：“吾知所以距子矣，吾不言。”子墨子亦曰：“吾知子之所以距我，吾不言。”楚王问其故。子墨子曰：“公输子之意，不过欲杀臣；杀臣，宋莫能守，乃可攻也。然臣之弟子禽滑釐等三百人，已持臣守圉之器，在宋城上而待楚寇矣。虽杀臣，不能绝也。”楚王曰：“善哉，吾请无攻宋矣。”

这个情节写得微妙传神，很有戏剧性。公输图穷匕首现，产生了阴险的念头，并被墨子识破。可是他和墨子两人的“吾不言”，却使楚王莫明其妙，于是墨子揭出了公输的险恶用心，亮出了禽滑釐持械守城的底牌，终于打消了楚王攻宋的想法。

《公输》中的墨子，为制止侵略战争，长途跋涉，不辞劳苦，不仅有高尚的品德，而且有出色的胆略和军事才能，同时他还极为机智和善辩，他对公输和楚王的说辞，有很高的技巧和论辩水平。如他对公输的说辞：

公输盘曰：“夫子何命焉为?”子墨子曰：“北方有侮臣者，愿藉子杀之。”公输盘不说。子墨子曰：“请献十金。”公输盘曰：“吾义固不杀人!”子墨子起，再拜，曰：“请说之。吾从北方闻子为梯，将以攻宋。宋何罪之有?荆国有余于地，而不足于民。杀所不足而争所有余，不可谓智；宋无罪而攻之，不可谓仁；知而不争，不可谓忠；争而不得，不可谓强。义不杀少而杀众，不可谓知类。”公输盘服。

墨子故意用“愿藉子杀之”和“请献十金”，逼出公输的“吾义固不杀人”，墨子抓住这个把柄，然后转入正题。不智、不仁、不忠、不强、不知类，劈头盖脸而来，墨子特别揪公输的“义不杀人”，指出他“义不杀少而杀众”的荒谬，使公输不得不服。他对楚王的说辞，铺排夸张，精心设辞，前后贴合无间，既犀利又有气势，咄咄逼人，此不备举。像这样的论辩，与纵横家的说辞相比，毫无逊色。《公输》所以被收入《战国策》中，正是学习游说的人看上了它出色的技巧和雄辩。

《公输》写定的时间可能比较晚，它的文风受了策士说辞、《孟子》文章的影响，但是它所使用的论辩方式，明显地是属于墨家。

在先秦诸子中，墨子是最早重辩、好辩的人。孔子说：“君子欲讷于言而敏于行。”(《论语·里仁》)《老子》更说：“善者不辩，辩者不善。”都反对辩说。而墨子则把“辩乎言谈”与“厚乎德行”、“博乎道术”，同称为“贤良之士”，认为都是“国家之珍而社稷之佐”(《尚贤上》)。墨子又是第一个探讨论辩的原则、方法并付诸实践的人。他在《非命》中为“为文学、出言谈”规定了具体的评价标准，称为“三表”或“三法”：

子墨子言曰：言必立仪。言而无仪，譬犹运钧之上而立朝夕者也，是非利害之辨，不可得而明知也。故言必有三表。何谓三表？子墨子言曰：有本之者，有原之者，有用之者。于何本之？上本之于古者圣王之事。于何原之？下原察百姓耳目之实。于何用之？废（发）以为刑政，观其中国家百姓人民之利。此所谓言有三表也。（《非命上》）

这是说，说话、写文章是否正确，要用先王的历史经验、百姓的直接经验和政治实践的效果三项标准来衡量。这三项标准的提出，无疑是墨子的创见。墨子还提出了“推类”、“察类”、“辨故”等论证原则和方法。墨子的弟子、后学更对思维规律、概念、判断特别是推理，做了深入的研究，建立了具有先秦最高水平的逻辑学体系。《小取》等篇对于“辩”的种种论述，对于“辟（譬喻）”、“侔（比较）”、“援（引证）”、“推（推理）”等论证方法的论述，都可以使文章的写作走上科学化的道路。这些都是墨家对于哲理散文的发展所做的贡献。同时这些写作理论也都在墨家的文章中得到体现。因此讲究论证方法，逻辑性强，有说服力，也就成为墨家散文的特点。比如《非命》就是根据“三表”写出的。关于“命”的有无，依据三项标准一一论证：

今天下之士君子，或以命为亡，我所以知命之有与亡者，以众人耳目之情知有与亡。有闻之，有见之，谓之有；莫之闻，莫之见，谓之亡。然胡不尝考之百姓之情：自古以及今，生民以来者，亦尝见命之物，闻命之声者乎？则未尝有也。若以百姓为愚不肖，耳目之情不足因而为法，然则胡不尝考之诸侯之传言流语乎？自古以及今，生民以来者，亦尝有闻命之声，见命之体者乎？则未尝有也。（《非命中》）

这是“原察百姓耳目之实”，自古至今“莫之闻，莫之见”，无声音，无形体，因此“命”并不存在。

然胡不尝考之圣王之事？古之圣王，举孝子而劝之事亲，尊贤良而劝之为善，发宪布令以教诲，明赏罚以劝阻。若此，则乱者可使治而危者可使安矣。若以为不然，昔者桀之所乱，汤治之；纣之所乱，武王治之。此世不渝而民不政，上变政而民易教，其在汤武则治，其在桀纣则乱，安危治乱，在上之发政也。则岂可谓“有命”哉？夫曰“有命”云者，亦不然矣。(《非命中》)

这是“本之于古者圣王之事”。尊贤良、发宪令、明赏罚，可以安危治乱，汤武之治，可以为证。因此，“安危治乱，在上之发政”，与“命”无关，“命”并不存在。

是故古之圣王发宪出令，设以为赏罚以劝贤。是以入则孝慈于亲戚，出则弟长于乡里。坐处有度，出入有节，男女有辨。是故使治官府则不盗窃，守城则不崩叛。君有难则死，出亡则送。此上之所赏而百姓之所誉也。执“有命”者之言曰：“上之所赏，命固且赏，非贤故赏也；上之所罚，命固且罚，不暴故罚也。”是故入则不慈孝于亲戚，出则不弟长于乡里。坐处不度，出入无节，男女无辨。是故治官府则盗窃，守城则崩叛。君有难则不死，出亡则不送。此上之所罚，百姓之所非毁也。执“有命”者言曰：“上之所罚，命固且罚，不暴故罚也；上之所赏，命固且赏，非贤故赏也。”以此为君则不义，为臣则不忠，为父则不慈，为子则不孝，为兄则不良，为弟则不弟。而强执此者，此特凶言之所自生而暴人之道也。……

今用执“有命”者之言，则上不听治，下不从事。上不听政则刑政乱，下不从事则财用不足。上无以供粢盛酒醴，祭祀上帝鬼神；下无以降绥天下贤可之士；外无以应待诸侯之宾客；内无以食饥衣寒，将养老弱。故命，上不利于天，中不利于鬼，下不利于人。而强执此者，此特凶言之所自生而暴人之道也。(《非命上》)

这是“发以为刑政，观其中国家百姓人民之利。”相信“命”，其害无穷。相信“命”的人，会不孝不慈，一切听之任之，为君者不义，为臣者不忠，为民者不从事，将导致刑政乱，财用不足，饥寒冻馁，造成种种严重的社会问题。在做了这样充分的论证之后，文章在结尾做出结论：“执‘有命’者之言，不可不非，此天下之大害也。”

自立“三表”以为标准，依照“三表”逐一论证，这种论证方式是以前没有过的，它也使《墨子》的文章具有不同于别家的独特面貌。尽管墨子的论证未必全都成功，但是很有启发性，比如引古证今，是诸子文章重要的论证方法，实即墨子所说“上本之于古者圣王之事”。

与《非命》的论证方法不相同，而又代表《墨子》文章突出特征的，我们可以举出《非攻上》：

> 今有一人，入人园圃，窃其桃李，众闻则非之，上为政者得则罚之。此何也？以亏人自利也。至攘人犬豕鸡豚者，其不义，又甚入人园圃窃桃李。是何故也？以亏人愈多，其不仁兹甚，罪益厚。至入人栏厩，取人马牛者，其不仁义，又甚攘人犬豕鸡豚。此何故也？以其亏人愈多。苟亏人愈多，其不仁兹甚，罪益厚。至杀不辜人也，扡其衣裘，取戈剑者，其不义，又甚入人栏厩取人马牛。此何故也？以其亏人愈多。苟亏人愈多，其不仁兹甚矣，罪益厚。当此，天下之君子皆知而非之，谓之不义。今至大为不义攻国，则弗知非，从而誉之，谓之义，此可谓知义与不义之别乎？
>
> 杀一人，谓之不义，必有一死罪矣。若以此说往，杀十人，十重不义，必有十死罪矣；杀百人，百重不义，必有百死罪矣。当此，天下之君子皆知而非之，谓之不义。今至大为不义攻国，则弗知非，从而誉之，谓之义，情不知其不义也，故书其言，以遗后世。若知其不义也，夫奚说书其不义以遗后世哉？
>
> 今有人于此，少见黑曰黑，多见黑曰白，则必以此为不知白黑之辩矣。少尝苦曰苦，多尝苦曰甘，则必以此人为不知甘苦之辩矣。今小为非，则知而非之；大为非攻国，则不知非，从而誉之，谓之义，此可谓知义与不义之辩乎？是以知天下之君子也，辩义与不义之乱也。

本文的特点是大量列举具体事例，运用类比推理也就是“推类”的方法说理，由轻到重，由少到多，由彼及此，逐层深入。同时又运用归纳推理和矛盾律，说明攻国杀人最多，因而是最大的不义。但是天下之“君子”却不知“类”，只知非小，不知非大，反而把攻国说成“义”，从而使自己陷入矛盾的境地，造成了最大的是非颠倒。在这里，墨子以极强的逻辑性和说服力，非常坚实地阐发了他“非攻”的主张。

总之，语言朴素无华，不尚修饰，但是论辩性极强，主要靠逻辑力量打动人、折服人，以及多用设问，辞多反复，这是《墨子》文章的特点。

有人说，孔子的说教是直接出示结论，是格言式的、启发式的；墨子的说教多使用推理，是证明式的、讲解式的，"孔学易导致盲目信仰，而墨学易导致理性的探索"(任继愈《中国哲学发展史·先秦》页235)，这话对于说明《论语》，《墨子》文章的不同特点、不同影响，是有助益的，但是这种不同与时代早晚、环境不同有关。

第六章
哲理散文(中)

战国中期，出现了两部杰出的散文著作：《孟子》和《庄子》。上一章的著作都不出于本人之手或不由本人写定，但是孟子、庄子不同，他们都是作者，而且都是富有才情的作者。孟、庄两人有很多不同处：一个要积极入世，一个要超然物外；一个“就三纲五常内立议论”，一个“就三纲五常外立议论”，“义理有间矣，文字皆不可及”(李塗《文章精义》)。

第一节 《孟子》

孟子，名轲，邹(今山东邹县东南)人。其生卒年约为前372～前289年前后。战国中期思想家，孔子之后儒家学派最重要的代表人物。他可能是鲁国孟孙氏的后代。他母亲对他教育很严格，有“孟母三迁”的著名故事。他自己说：“予未得为孔子徒也，予私淑诸人也。”(《孟子·离娄下》)司马迁说他“受业子思之门人”(《史记·孟子荀卿列传》)。学成以后，他和孔子一样，一面授徒讲学，一面为推行自己的政治主张游历列国，先后到过宋、鲁、滕、梁、齐等国。他到梁时，已在梁惠王晚年，梁惠王卒(前319)，他对即位的梁襄王印象很坏，于是离梁游齐，齐宣王任他为卿。他对齐宣王抱着很大期望，但是在齐数年，他的主张始终没被采纳。后来怅然离齐，回到邹，与弟子万章、公孙丑“序《诗》、《书》，述仲尼之意，作《孟子》七篇。"(《史记·孟子荀卿列传》)孟子的不得志带有必然性，因为"当是之时，秦用商鞅，富国强兵。楚、魏用吴起，战胜弱敌。齐威王、宣王用孙子(膑)、田忌之徒，而诸侯东面朝齐。天下方务于合从连衡，以攻伐为贤，而轲乃述唐虞三代之德，是以所如者不合。"被认为"迂远而阔于事情"(同上)。

《汉书·艺文志》著录"《孟子》十一篇"，赵岐说："又有外书四篇：《性善》、《辩文》、《说孝经》、《为政》，其文不能宏深，不与内篇相似，似非孟子本真，后世依放而托之者也。"(《孟子章句·题辞》)说明西汉刘向所校录的《孟子·梁惠王》等七篇为内篇，《性善》等四篇为外篇，编次形式与《庄子》相同。因为赵岐不注外篇，后遂失传。《孟子》七篇文风一律，虽然与弟子合作，他必是主要作者。

孟子继承和发展了孔子的思想，但有不少新创。

孟子发扬春秋以来重民、轻神、轻君的思想，提出了"民贵君轻"的著名论断：

> 孟子曰："民为贵，社稷次之，君为轻。是故得乎丘民而为天子，得乎天子为诸侯，得乎诸侯为大夫。诸侯危社稷，则变置。牺牲既成，粢盛既洁，祭祀以时，然而旱干水溢，则变置社稷。"(《尽心下》)

国君可以变置，社稷(土神、谷神)也可以改立，都不是最重要的，民才是最宝贵的。"欲为君，尽君道……不以尧之所以治民，治民，贼其民者也。""暴其民甚，则身弑，国亡；不甚，则身危国削。"(《离娄上》)孟子取消了"天"的地盘，天子不是受命于"天"，而是民众拥戴的结果。这是先秦民本思想的新发展，大概可以说已经发展到它的最高度。墨子为劳动者的利益奔走呼号，但是他对"民"的地位却缺乏孟子这样卓越的认识。

因为孟子如此重民，所以他总是强调统治者要得民心，要保民，安民，与民同忧乐。他认为得民心者得天下，失去民心，"虽与之天下，不能一朝居也"(《告子下》)。民心向背，对统治者起决定性作用。孟子的这种思想，在中国历史上起了良好的作用。

关于君臣关系，孟子也很有一些大胆的言论。齐宣王问他：汤放桀，武王伐纣，以臣弑君，是否可以？他回答："贼仁者谓之'贼'，贼义者谓之'残'，残贼之人谓之'一夫'。闻诛一夫纣矣，未闻弑君也。"(《梁惠王下》)墨子首先提出汤伐桀、武王伐纣，“彼非所谓攻，谓诛也”(《非攻下》)，孟子激烈辟墨，在这里却是与墨子观点相同的。他又对齐宣王说：

> 君之视臣如手足，则臣视君如腹心；君之视臣如犬马，则臣视君如国人；君之视臣如土芥，则臣视君如寇仇。(《离娄下》)

臣依据国君对待自己的态度而决定自己对待国君的态度，臣没有绝对的义务，不是无条件的忠君，在一定条件下完全可以视国君为寇仇。孟子关于民贵君轻和君臣关系的这些论述，是反对帝王专制的利器，是中国思想史上的宝贵遗产。它引起后代帝王如朱元璋的痛恨，以致把孟子的牌位扔出孔庙和删削《孟子》。

孟子发展孔子的德政思想，提出“仁政”的主张。他揭露当时的社会现实说：“狗彘食人食而不知检，涂有饿莩而不知发。”“庖有肥肉，厩有肥马，民有饥色，野有饿莩，此率兽而食人也。兽相食且人恶之，为民父母行政，不免于率兽而食人，恶在其为民父母也?”(《梁惠王上》)他还指出，当时各国之间的战争给人民带来极大痛苦，“争地以战，杀人盈野；争城以战，杀人盈城，此所谓率土地而食人肉，罪不容于死。”(《离娄上》)“民之憔悴于虐政，未有甚于此时者也。”(《公孙丑上》)这是他实行仁政的主要出发点。

关于仁政的内容，首先就是“省刑罚，薄税敛，深耕易耨”，实行井田制，使民有“恒产”，分给每户百亩土地、五亩宅地。他在《滕文公上》、《梁惠王上》反复阐述他的设想：

> 五亩之宅，树之以桑，五十者可以衣帛矣。鸡豚狗彘之畜，无失其时，七十者可以食肉矣。百亩之田，勿夺其时，八口之家可以无饥矣。谨庠序之教，申之以孝悌之义，颁白者不负戴于道路矣。老者衣帛食肉，黎民不饥不寒，然而不王者，未之有也。

人民衣食无忧，安居乐业，加上孝悌忠信的教化，人民就会亲睦相助，不仅不会犯上作乱，“民归之，由水之就下”，无须战争，就会统一天下。所以他一再说“仁者无敌”。可是，尽管他把“王道”说得这样好，却犹如“持方枘欲内圆凿”，梁惠王、齐宣王都不采纳，他们念念不忘的仍然是霸道。

孟子“仁政”的哲学基础是性善论。他认为每个人都有善良的本性，人们看见小孩子将要落入井中，都会生“怵惕恻隐之心”，这是“不学而能”，“不虑而知”的“良知”、“良能”，里面包含着仁义礼智的萌芽。人们的区别，只在于有人能保护、扩充它，有人为环境陷溺而损害它。所以他特别强调道德修养的自觉性。他说“圣人与我同类”，“舜，人也，我亦人也”，只要肯于努力，“人皆可以为尧舜”(《告子下》)。孟子对于人们的品德修养提出了很高的要求。他认为恶劣的环境、艰难的遭遇，正可以锻炼人的意志，增长人的才干。人们应当做到“得志，与民由之；不得志，独行其道。富贵不能淫，贫贱不能移，威武不能屈”，必要时“舍生而取义”，这才叫作真正的大丈夫(《滕文公下》、《告子上》)。人性的善恶是后天才具有的，孟子的性善论是不对的，但是他由此延伸出的道德修养的论述，却是很可宝贵的。

孟子大约与墨子的三、四传弟子同时，墨子的“十纲领”，当时必定已经写成、流传，所以孟子熟悉墨家的主张，说墨翟之言“盈天下”。但是《孟子》不以专题论文的形式出现，仍然是语录体，可能是有意依仿《论语》，也可能是出于写作上的自由灵便。孔子没有论敌，到了孟子的时代，儒家已经有了很多对立面，仅孟子所批驳的就有墨子、杨朱、告子、农家许行、纵横家公孙衍、张仪和没有点出名的法家、兵家等。孟子为了贯彻和维护自己的主张，止“邪说暴行”，积极参与论辩，得到了“好辩”的名声，《孟子》中也大多为对话体的论辩文章，体现着好辩、善辩的特色。又，孟子有治国平天下的大志，自视极高，“夫天未欲平治天下也；如欲平治天下，当今之世，舍我其谁也!”(《公孙丑下》)又说：“我善养吾浩然之气。”又说：“说大人则藐之，勿视其巍巍然。”因此，《孟子》的文章，气势极盛，笔锋犀利，锐不可当，是先秦哲理散文中最雄辩、最有气势的著作之一。在论辩中，孟子又善于掌握对方的心理，因势利导，诱使论敌就范，因而《孟子》的文章又常常表现得从容不迫，迂徐曲折，锋芒内敛。赵岐说他“辞不迫切，而意以独至”(《孟子章句·题辞》)，苏洵说他“不为巉刻斩绝之言，而其锋不可犯”(《上欧阳内翰书》)，刘熙载说他“如舟师执舵，中流自在”(《艺概·文概》)，这都可以帮助我们了解《孟子》文章的这种特点。下面试看《梁惠王上》“齐桓晋文之事”一章，这是《孟子》中具有代表性的篇章。

齐宣王问曰：“齐桓、晋文之事，可得闻乎?”孟子对曰：“仲尼之徒，无道桓、文之事者，是以后世无传焉；臣未之闻也。无以，则王乎?”

齐宣王对齐桓、晋文之事感兴趣，表明了称霸的欲望。孟子深知他的用意，却借口“未之闻”，故意引出“王道”。

曰：“德何如则可以王矣?”曰：“保民而王，莫之能御也。”曰：“若寡人者，可以保民乎哉?”曰：“可。”曰：“何由知吾可也?”曰：臣闻之胡龁曰：王坐于堂上，有牵牛而过堂下者，王见之，曰：“牛何之?”对曰：“将以衅钟。”王曰：“舍之！吾不忍其觳觫，若无罪而就死地。”对曰：“然则废衅钟与?”曰：“何可废也，以羊易之。”“不识有诸?”曰：“有之。”曰：“是心足以王矣！百姓皆以王为爱也，臣固知王之不忍也。”

齐宣王不得已而问“王”，而孟子则把“保民而王”说得极其肯定，并且用宣王以羊易牛的故事，证明他有不忍之心，可以做到“保民而王”。以羊易牛，符合孟子的性善论，同时它也可以提高宣王对“王道”这个不情愿的论题的兴趣。

王曰：“然，诚有百姓者。齐国虽褊小，吾何爱一牛！即不忍其觳觫，若无罪而就死地，故以羊易之也。”曰：“王无异于百姓之以王为爱也。以小易大，彼恶知之！王若隐其无罪而就死地，则牛羊何择焉?”王笑曰：“是诚何心哉！我非爱其财而易之以羊也，宜乎百姓之谓我爱也。”曰：“无伤也，是乃仁术也！见牛未见羊也。君子之于禽兽也，见其生，不忍见其死，闻其声，不忍食其肉，是以君子远庖厨也。”王说曰：“《诗》云：‘他人有心，予忖度之。’夫子之谓也。夫我乃行之，反而求之，不得吾心。夫子言之，于我心有戚戚焉。此心之所以合于王者何也?”

在这里，可以充分看出孟子擒纵自如、左右逢源的手段。上段末“百姓皆以王为爱”二句，一纵，使宣王借“吾何爱一牛”得到解脱，但是紧接着用“牛羊何择”一擒，又使宣王陷入困境，他自己也不得不承认“宜乎百姓之谓我爱也”。“是乃仁术也”，君子之于禽兽“不忍见其死”，又一纵，终于使宣王感到豁然开朗，并且对“此心之所以合于王者”产生了兴趣，急于要知道所以然。

曰：“有复于王者曰：‘吾力足以举百钧，而不足以举一羽；明足以察秋毫之末，而不见舆薪。’则王许之乎?”曰：“否!”“今恩足以及禽兽，而功不至于百姓者，独何与？然则一羽之不举，为不用力焉；舆薪之不见，为不用明焉；百姓之不见保，为不用恩焉。故王之不王，不为也，非不能也。”曰：“不为者与不能者之形，何以异?”曰：“挟泰山以超北海，语人曰：‘我不能。’是诚不能也。为长者折枝，语人曰：‘我不能。’是不为也，非不能也。故王之不王，非挟泰山以超北海之类也；王之不王，是折枝之类也。老吾老，以及人之老；幼吾幼，以及人之幼；天下可运于掌。诗云：‘刑于寡妻，至于兄弟，以御于家邦’。言举斯心加诸彼而已。故推恩足以保四海，不推恩无以保妻子。古之人所以大过人者，无他焉，善推其所为而已矣。今恩足以及禽兽，而功不至于百姓者，独何与？权，然后知轻重；度，然后知长短。物皆然，心为甚。王请度之!”

孟子忽然把问题提到原则高度，摆到十分尖锐的位置，两次质问“今恩足以及禽兽，而功不至于百姓者，独何与?”并通过对比强烈的比喻，揭出了宣王的矛盾、悖谬，得出了“是不为也，非不能也”的结论，欲擒故纵，然后讲到实行王道只不过是推恩及于百姓，却对于治天下、保四海具有重大意义，提请宣王衡量事情的长短轻重。

谈话至此，似乎可以深谈实行仁政的具体措施了，但是孟子清楚，霸道问题还放在那里，不攻破宣王霸道的堡垒，不消除他兴兵称霸的“大欲”，王道的信念是树不起来的。因此，孟子又主动拾起前面有意避开的话题：

“抑王兴甲兵，危士臣，构怨于诸侯，然后快于心与?”王曰：“否，吾何快于是！将以求吾所大欲也。”曰：“王之所大欲，可得闻与?”王笑而不言。曰：“为肥甘不足于口与？轻煖不足于体与？抑为采色不足视于目与？声音不足听于耳与？便嬖不足使令于前与？王之诸臣，皆足以供之，而王岂为是哉!”曰：“否。吾不为是也。”曰：“然则王之所大欲可知已：欲辟土地，朝秦、楚，莅中国，而抚四夷也。以若所为，求若所欲，犹缘木而求鱼也。”王曰：“若是其甚与?”曰:“殆有甚焉。缘木求鱼,虽不得鱼,无后灾;以若所为,求若所欲,尽心力而为之,后必有灾。”曰:“可得闻与?”曰:“邹人与楚人战,则王以为孰胜?”曰:“楚人胜。”曰:“然则小固不可以敌大,寡固不可以敌众,弱固不可以敌强。海内之地,方千里者九,齐集有其一;以一服八,何以异于邹敌楚哉?盖亦反其本矣!今王发政施仁,使天下仕者皆欲立于王之朝,耕者皆欲耕于王之野,商贾皆欲藏于王之市,行旅皆欲出于王之涂,天下之欲疾其君者,皆欲赴愬于王,其若是,孰能御之?”

王曰:“吾惛,不能进于是矣?愿夫子辅吾志,明以教我;我虽不敏,请尝试之!”

孟子不动声色,但是机敏地把“兴甲兵”的危害和“快于心”联在一起,话一出口就使宣王处于被动地位,所以不由自主地吐出“大欲”二字。“大欲”是什么?宣王笑而不答,而孟子紧追不舍,明知故问,最后揭出宣王内心的隐秘,并且斩钉截铁地下了断词:想通过战争成就霸业,犹缘木求鱼,并且必定陷于“以一服八”的危险境地。然后抓住时机,提出“发政施仁”,使天下的仕者、耕者、商贾、行旅欣然归附,“其若此,孰能御之!”在这种情况下,宣王终于做出“明以教我,请尝试之”的表示。有了这样的基础,孟子才讲出仁政的益国利民,可以长治久安,并且讲了制民之产、富而后教一套具体措施,主要就是上文所引“五亩之宅,树之以桑”一段。

或出或入,忽而从容不迫,忽而气势逼人,擒纵抑扬,都在孟子掌握中,宣王处处被动。由此可以看出孟子的论辩技巧。虽说未脱语录体文章,通篇为对话,却是洋洋洒洒的长篇大论,中心突出,而又波澜起伏,曲折变化,俨然有谋篇布局的讲究。

又如《滕文公上》“有为神农之言者许行”一文,也是长篇的雄辩文章。此文写农家许行的信奉者陈相对孟子说,国君、贤者应当“与民并耕而食,饔飧而治”,不应当“厉(害)民以自养”。于是孟子问陈相,许行除种粟以外,是否“必织布而后衣”,陈相说不是;孟子问,许行的帽子是否“自织之”,陈相说“以粟易之”,自织“害于耕”;孟子问,许行的炊具、农具是否“自为之”,陈相说“否,以粟易之”。孟子于是开始批驳:

孟子曰："以粟易械器者，不为厉陶冶；陶冶亦以其械器易粟者，岂为厉农夫哉？且许子何不为陶冶，舍(啥)皆取诸其宫中而用之？何为纷纷然与百工交易？何许子之不惮烦？"曰："百工之事固不可耕且为也。""然则治天下独可耕且为与？有大人之事，有小人之事。且一人之身，而百工之所为备，如必自为而后用之，是率天下而路也。故曰，或劳心，或劳力；劳心者治人，劳力者治于人；治于人者食人，治人者食于人，天下之通义也。"

以子之矛攻子之盾，使陈相不可自拔，然后讲劳心与劳力的社会分工。孟子把统治与被统治、剥削与被剥削与社会分工等同起来，是错误的，但是脑力和体力劳动的分工是社会发展到一定阶段的进步现象，就这层意思说，孟子的意思是正确的，农家主张"并耕而食"是一种倒退。这篇文章很长，从农家自身的实际、从理论上、从尧舜禹的政治实践三方面，酣畅淋漓地把农家的狭隘意识驳得体无完肤。

孟子的这类文章，虽然还不是专题论文，但是它的论辩水平并不亚于专题论文，由于是面对面的论辩，笔端似乎更加锋利。

《孟子》中有些文章并不是对话体，像《万章下》"伯夷目不视恶色"、《告子上》"富岁子弟多赖"、"鱼我所欲也"等，可以说已具备了专题论文的雏形。"鱼我所欲也"一章，阐述舍生取义的生死观，先由比喻入题，引出生与义如果产生矛盾，则"舍生而取义"，然后通过正、反两面的对照，得出"所欲有甚于生者，所恶有甚于死者"的结论，阐明了论题，又举出"乞人"，"行道之人"都有荣辱之心，以强化主题。最后运用反复、排比句法激烈谴责了不辨礼义而接受万钟俸禄的人，认为他们丧失了本性。感情激越，论述严密，阐说得很透。

生动形象是孟子文章的另一个特点。

《孟子》"长于譬喻"。不止用喻多，用得恰当，而且通俗、鲜明。孟子说："言近而指远者，善言也。……君子之言也，不下带而道存焉。"(《尽心下》)朱熹注："带(腰带)之上乃目前常见至近之处也。举目前之近事，而至理存焉。"孟子的比喻都是日常生活中的常见事物，如"鱼我所欲"，"为长者折枝"等等。孟子善于以用喻代替抽象的论证，既形象又能节省文字，如"齐桓晋文之事"中的举百钧、举一羽，缘木求鱼、挟泰山超北海等都是很好的例证。《孟子》使用寓言不多，但少而精，比《墨子》中的寓言有明显的进步。例如：

> 孟子曰:"无或乎王之不智也。虽有天下易生之物也,一日暴之,十日寒之,未有能生者也。吾见亦罕矣,吾退而寒之者至矣,吾如有萌焉何哉?今夫弈之为数,小数也,不专心致志,则不得焉。弈秋,通国之善弈者也。使弈秋诲二人弈,其一人专心致志,惟弈秋之为听。一人虽听之,一心以为有鸿鹄将至,思援弓缴而射之,虽与之俱学,弗若之矣。为是其智弗若与?曰:非然也。"(《告子上》)

这里论王何以不智,但是说本题的文字很少,一个比喻、一则寓言占用了绝大部分篇幅。这就是前人评论所说,孟子善于"借客明主"。这里的寓言已是诸子寓言中的佳品。而《离娄下》"齐人有一妻一妾"是更为有名的故事,鲁迅称之为"精妙"。描写细致,情节生动,齐人的嘴脸刻画得尤为真切,讽刺性极强。它和镶嵌于说理中的一般寓言不太一样,似乎可以说更接近于小说。

《论语》详记孔子的声容笑貌,《孟子》却不记孟子的声容,"齐桓晋文之事"章只说"王笑""王说""王笑而不言",而不记孟子如何,这一点同于《墨子》的语录文而不同于《论语》。但是,《孟子》有时候也写孟子的行动,而且很能表现孟子的思想性格,给人留下难忘的印象。例如《公孙丑下》"孟子将朝王":

> 孟子将朝王。王使人来曰:"寡人如就见者也,有寒疾,不可以风。朝,将视朝,不识可使寡人得见乎?"对曰:"不幸而有疾,不能造朝。"
>
> 明日,出吊于东郭氏。公孙丑曰:"昔者辞以病,今日吊,或者不可乎?"曰:"昔者疾,今日愈,如之何不吊?"
>
> 王使人问疾,医来。孟仲子对曰:"昔者有王命,有采薪之忧,不能造朝。今病小愈,趋造于朝,我不识能至否乎?"使数人要于路,曰:"请必无归,而造于朝!"
>
> 不得已而之景丑氏宿焉。

孟子本来要去朝见齐王,见齐王借口"有寒疾",要召见他,反而不应召,理由也是"有疾"。第二天却又"出吊于东郭氏"。等齐王派人带着医生来探视,弄得孟仲子抓耳挠腮,一面撒谎说已经上朝,一面派人到路上拦截,让他务必去朝廷。孟子却干脆躲到景丑家住下来。这是一段很有意思的记事。孟子为什么这样做呢？景丑批评他的做法不敬王、背于礼。孟子的道理是："将大有为之君，必有所不召之臣，欲有谋焉，则就之。其尊德乐道，不如是，不足以有为也。故汤之于伊尹，学焉而后臣之，故不劳而王；桓公之于管仲，学焉而后臣之，故不劳而霸。今天下地丑德齐，莫能相尚，无他，好臣其所教，而不好臣其所受教。汤之于伊尹，桓公之于管仲，则不敢召；管仲且犹不可召，而况不为管仲者乎?"汤对伊尹，桓公对管仲，是否"不敢召"，另当别论，不过孟子以王者之师自居，他要齐王"学焉而后臣之"，则是事实。尽管孟子的主张不合时宜，但他对于出处大节丝毫不苟且，他反对"枉尺而直寻"，"枉己者，未有能直人者也"(《滕文公下》)，他宁可"所如者不合"，不肯卑躬屈节，阿谀奉承，他的桀骜刚毅的性格表现得是很突出的。

在先秦诸子中，孟子的文学成就紧随庄子之后，他的爽朗明快，简劲峻洁的文章，是后世散文的表率，对后代散文的发展有很大影响。

第二节　《庄子》

庄子，名周，宋国蒙(今河南商丘东北)人。战国中期哲学家。其生卒年约为前369～前286年前后，与孟子同时而稍后。早年做过管理漆园的小吏，后隐居不仕。授徒讲学，有弟子。他的生活可能很贫困，曾经"往贷粟于监河侯"(《庄子·外物》)，见魏王时，"衣大布而补之"(《山木》)，别人又说他"处穷闾厄巷，困窘织屦"(《列御寇》)。但他鄙视功名爵禄。楚王派人请他去楚国做相，正在垂钓的庄子"持竿不顾"(《秋水》)。

《庄子》，与《老子》同为道家的经典著作。《汉书·艺文志》著录五十二篇，今本三十三篇。陆德明《经典释文序录》说，《庄子》的各注本"内篇众家并同"，外、杂篇的情况则不同，有的有外、杂篇，有的有外无杂，篇数也不一致。郭象注本删去十分之三"巧杂"之文，成三十三篇，即内篇七，外篇十五，杂篇十一。《庄子》也是庄子一派的总集。一般认为，内篇是庄子自著，外、杂篇出于庄子门人、后学之手，其中个别篇章可能出于其他学派。内篇文风、体例一致，题目标示题旨。外、杂篇几乎都取首句的二、三字为题，不少篇结构松散，其不成于一手、一时，是显然的。

《史记·老子韩非列传》说庄子“其学无所不窥，然其要本归于老子之言。……作《渔父》、《盗跖》、《胠箧》，以诋訿孔子之徒，以明老子之术。”庄子及其后学继承了老子的思想，但有发展，有许多不同处。庄子继承老子进一步向无为发展，黄老派继承老子而向有为发展。

在天道观方面，《庄子》认为“道”是宇宙的本原，它“无为无形”，“神鬼神帝，生天生地”(《大宗师》)。这与《老子》没有不同，但在外篇《知北游》中，一方面明确说：“物物者非物”，意思是，生成万物的“道”，并不是物质性的；一方面又说，人的生死就是“气”的聚散，“通天下一气耳”，似乎“道”就是“气”。既承袭旧说，又提出了新的命题。

《庄子》鲜明地以道为最高真理，认为道之外的一切是非、彼此，都是非常无谓的。

> 庸讵知吾所谓知之非不知也？庸讵知吾所谓不知之非知邪？且吾尝试问乎汝，民湿寝则腰疾偏死，鳅然乎哉？木处则惴栗恂惧，猿猴然乎哉？三者孰知正处？民食刍豢，麋鹿食荐，蝍蛆甘带，鸱鸦嗜鼠，四者孰知正味？……自我观之，仁义之端，是非之涂，樊然殽乱，吾恶能知其辩。(《齐物论》)

《庄子》认为，不同的种类之间，不同的人如儒家和墨家之间，各有不同的是非标准，没有公认的是非，它们都“囿于物”，即受客观存在条件的限制，产生主观认识上的局限性，所以“彼亦一是非，此亦一是非”，这样的是非是谁也辨不清的。从“道”的观点来看，“万物一齐”，“物无贵贱”，也没有必要分辨是非。

庄子以道为最高追求，以自由无待为人生最大价值。而他所处的战国中期，正是一个最混乱、最血腥的时代，与他的理想形成了极大的反差。这使他感到极大的悲愤，有时甚至表现为对人生的否定。在《齐物论》中，庄子片面发挥老子“吾所以有大患，为我有身”(《老子》十三章)的思想：

> 一受其成形，不化以待尽。与物相刃相靡，其行进如驰，而莫之能止，不亦悲乎！终身役役而不见其成功，苶然疲役而不知其所归，可不哀邪！人谓之

> 不死，奚益？其形化，其心与之然，可不谓大哀乎？人之生也，固若是芒乎？其我独芒，而人亦有不芒者乎？

认为人的一生劳劳碌碌，备受环境的折磨，是极大的痛苦和悲哀。所以他有时又说，生是"附赘县疣"，死是"决疢溃痈"(《大宗师》)，外篇《至乐》甚至说："死，无君于上，无臣于下，……虽南面王乐不能过也。"庄子虽然极言人生的痛苦，但也未尝没有对人生的珍视。

人生是珍贵的，而现实人生又是这样的痛苦，于是庄子追求"天乐"(《庄子·外篇·天道》)。所谓"天乐"，就是自然无为之乐，就是要心合自然，超脱世俗，要无私、无欲，蔑视一切世俗的"富贵寿善"、"厚味美服"、"好色音声"，"物物而不物于物"，进入"逍遥游"即绝对自由的境地。这就是后来影响及于千古的出世思想。

庄子一派虽然追求超脱，并不是不关心政治，相反，他们冷眼旁观，对现实有敏锐的观察和深刻的认识，如说："彼窃钩者诛，窃国者为诸侯，诸侯之门而仁义存焉。"(《胠箧》)这是深中要害的批判。庄子一派对积极参与政治的儒家、墨家，也做了冷峻的攻击，认为他们所做的实际上是为窃国大盗和暴君帮忙，应当"削曾、史之行、钳杨、墨之口"，情绪非常愤激。

《庄子》内容丰富，提出了很多问题，或是，或非，或有是有非，对后代也有各种不同的影响。

庄子及其后学，有高度的抽象思维和形象思维能力，善于通过形象化的手法阐述深奥的哲理，因此《庄子》一书是哲学与文学的奇妙结合。

《庄子·寓言》说："寓言十九，藉外论之。亲父不为其子媒。亲父誉之，不若非其父者也。""重言十七，所以已言也，是为耆艾。"《天下》说："以天下为沉浊，不可与庄语，以卮言为曼衍，以重言为真，以寓言为广。""以谬悠之说，荒唐之言，无端崖之辞，时恣纵而不傥。"这是关于《庄子》一书的体例和风格特点的自我说明，是开启《庄子》的钥匙。寓言、重言、卮言并用，富于奇诡怪诞的色彩，是《庄子》文章的突出特点。例如《庄子》内篇第一篇《逍遥游》的第一段：

> 北冥有鱼，其名为鲲。鲲之大，不知其几千里也；化而为鸟，其名为鹏。鹏之背，不知其几千里也；怒而飞，其翼若垂天之云。是鸟也，海运则将徙于

南冥——南冥者，天池也。

《齐谐》者，志怪者也。《谐》之言曰："鹏之徙于南冥也，水击三千里，抟扶摇而上者九万里；去以六月息者也。"野马也，尘埃也，生物之以息相吹也。天之苍苍，其正色邪？其远而无所至极邪？其视下也，亦若是则已矣。

且夫水之积也不厚，则其负大舟也无力。覆杯水于坳堂之上，则芥为之舟，置杯焉则胶，水浅而舟大也。风之积也不厚，则其负大翼也无力。故九万里，则风斯在下矣，而后乃今培风；背负青天而莫之夭阏者，而后乃今将图南。

蜩与学鸠笑之曰："我决起而飞，枪榆枋而止，时则不至，而控于地而已矣。奚以之九万里而南为？"

适莽苍者，三餐而反，腹犹果然；适百里者，宿舂粮；适千里者，三月聚粮。之二虫又何知！

小知不及大知，小年不及大年。奚以知其然也？朝菌不知晦朔，蟪蛄不知春秋，此小年也。楚之南有冥灵者，以五百岁为春，五百岁为秋；上古有大椿者，以八千岁为春，八千岁为秋，此大年也。而彭祖乃今以久特闻，众人匹之，不亦悲乎！

汤之问棘也是已："穷发之北，有冥海者，天池也。有鱼焉，其广数千里，未有知其修者，其名为鲲。有鸟焉，其名为鹏，背若泰山，翼若垂天之云，抟扶摇羊角而上者九万里；绝云气，负青天，然后图南，且适南冥也。斥鴳笑之曰：'彼且奚适也？我腾跃而上，不过数仞而下，翱翔蓬蒿之间，此亦飞之至也！而彼且奚适也？"此小大之辩也。

故夫知效一官，行比一乡，德合一君，而征一国者，其自视也，亦若此矣。而宋荣子犹然笑之。且举世誉之而不加劝，举世非之而不加沮，定乎内外之分，辩乎荣辱之境，斯已矣。彼其于世，未数数然也。虽然，犹有未树也。夫列子御风而行，泠然善也，旬有五日而后反。彼于致福者，未数数然也。此虽免乎行，犹有所待者也。

若夫乘天地之正，而御六气之辩，以游无穷者，彼且恶乎待哉？故曰：至人无己，神人无功，圣人无名。

鲲鹏变化，大鹏高飞、远飞，蜩与鸠讥笑大鹏，这是一则寓言。由这则寓言引出“小大之辩”，说明“知效一官，行比一乡……”的人与宋荣子、列子相比，也正如蜩、鸠与大鹏的关系一样，有高低之分，然后笔锋一转，进一步引出有待、无待的根本区别，说明大鹏和宋荣子、列子都是有待者，把他们一笔抹倒，于是转出题意：乘天地之正、御六气之辩，以游于无穷，则何须有待？这才是“逍遥游”，而至人、神人，圣人的无已、无功、无名，则是达到逍遥游的途径。这是“以寓言为广”，即通过寓言寄托深广的道理，写大鹏的高飞、远飞是为写圣人、神人的逍遥游做铺垫。汤问棘的一段话是重言，即“耆艾”之育。汤和棘都是古代圣贤，其言足以取信，证明恍惚迷离的鹏鸩之事为实有，不是胡乱编造。这是“以重言为真”。需要注意的是，《庄子》中重言和寓言叠互的情况很多，这里虽然托诸古代圣贤，实际上也还是寓言。本文中“尧让天下于许由”和“接舆谈藐姑射神人”，都兼具寓言和重言的双重性质。这就是既说“寓言十九”，又说“重言十七”的道理。卮言，是指出于自然的议论，即由寓言、重言自然引申出的议论，如“小知不及大知”、“小大之辩”、“有待”、“无待”等，这是“以卮言为曼衍”。

三“言”并用，是庄子吸收前人的写作经验总结出的一套写作方法，带有很大的创造性。

特别值得注意的，是《庄子》的“寓言”。和其他各家相比，《庄子》运用寓言有明显的特点。首先是寓言用得多，即所谓“寓言十九”，“大率寓言”。据统计，《庄子》使用寓言近二百则，平均每篇五、六则。《逍遥游》除了上面引录的一则以外，其余部分由四则寓言组成，而寓言中又套寓言，实际是六则。内篇的《养生主》、《人间世》、《德充符》、《应帝王》几乎都是由多则寓言组成，抽象的议论很少。

其次，《庄子》的寓言多为庄子之徒自己的创作，而且取材极为广泛。别家的寓言多为民间传说、历史故事，《庄子》寓言绝大多数都是自觉地进行创作，以表达自己的哲学观点。而且，诸凡草木鸟兽虫鱼，日月星辰，河海山川之神，远古、近代历史人物，直至庄子本人及其朋友惠施，无不拉入寓言中派用场，任意驱使，随意描摹。《齐物论》中罔两和影子谈论着“无待”的哲理，《秋水》中有一则寓言叫“夔怜蚿，蚿怜蛇，蛇怜风，风怜目，目怜心”，夔、蚿、蛇、风等彼此你来我往地交谈。如此之类，不胜枚举。

第三，《庄子》中有一般意义的寓言，如《逍遥游》中的“宋人资章甫适越”，“不龟手之药”，但是大部分是作者为“藉外论之”独自创作的寓言，如“连叔与肩吾论藐姑射神人”：

> 肩吾问于连叔曰：“吾闻言于接舆，大而无当，往而不反。吾惊怖其言，犹河汉而无极也；大有径庭，不近人情焉。”连叔曰：“其言谓何哉?”曰：“藐姑射之山，有神人居焉。肌肤若冰雪，淖约若处子；不食五谷，吸风饮露；乘云气，御飞龙，而游乎四海之外；其神凝，使物不疵疠，而年谷熟。’吾以是狂而不信也。”连叔曰：“然！瞽者无以与乎文章之观，聋者无以与乎钟鼓之声。岂唯形骸有聋盲哉？夫知亦有之。是其言也，犹时女也。之人也，之德也，将磅礴万物以为一。世蕲乎乱，孰弊弊焉以天下为事！之人也，物莫之伤：大浸稽天而不溺；大旱金石流、土山焦而不热。是其尘垢粃糠，将犹陶铸尧、舜者也。孰肯以物为事！宋人资章甫而适诸越，越人断发文身，无所用之。尧治天下之民，平海内之政，往见四子藐姑射之山、汾水之阳，窅然丧其天下焉。”

作者不直接出面论说什么叫“至人无己，圣人无名”，而虚构了肩吾、连叔两个人物，一个说出神人的形象(借用历史人物接舆的话)，一个具体生动地讲明了神人、圣人超凡脱俗的“逍遥游”，作者借连叔之口讲出自己的观点，这就是“亲父誉之，不若非其父者也”。而且人物之间的交谈，故作曲折，点缀映衬，情景逼真，人物语言也富于个性和感情色彩。《逍遥游》中“尧让天下于许由”和庄子与惠子论大瓠、大樗，也属于这类寓言。这样的寓言已经不同于一般用做比喻的寓言，寄寓的哲理不在“言”外，而在“言”内，这是庄子创造的寓言的新品种。

第四，《庄子》寓言驰骋丰富的想象，充满惊世骇俗的描写夸张，气象恢宏，奇异怪诞。如说鹏之背“不知其几千里”，“水击三千里”，高飞“九万里”，“背负青天”，“风斯在下”，真是无与伦比的宏伟景象，在其他作家笔下实在难得出现。又如《外物》写“任公子钓鱼”，任公子以五十头牛的肉做钓饵，“蹲乎会稽，投竿东海”，一条大鱼吞饵后，“骛扬而奋鬐，白波若山，海水震荡，声侔鬼神，惮赫千里。任公子得若鱼，离而腊之，自制河以东，苍梧以北，莫不厌若鱼者。”这种宏伟神奇的情景，也是出于天马行空般的想象。这是往大里的夸张，《则阳》“触蛮之战”：“有国于蜗之左角者曰触氏，有国于蜗之右角者曰蛮氏，时相与争地以战，伏尸数万，逐北，旬有五日而后反。”则是往小里夸张。其他像《养生主》“庖丁解牛”、《达生》“痀偻承蜩”、《徐无鬼》“匠石运斤”等无不“意出尘外，怪生笔端”(《艺概·文概》)，既新奇又神妙。

此外，有的寓言意味隽永，充满谐趣，如《秋水》“庄子与惠子游于濠梁之上”：

> 庄子与惠子游于濠梁之上。庄子曰：“鯈鱼出游从容，是鱼之乐也。”惠子曰：“子非鱼，安知鱼之乐?”庄子曰：“子非我，安知我不知鱼之乐?”惠子曰：“我非子，固不知子矣，子固非鱼也，子之不知鱼之乐，全矣。”庄子曰：“请循其本。子曰‘汝安知鱼之乐’云者，既已知吾知之而问我；我知之濠上也。”

有的寓言，用笔老辣，讽刺犀利，如《列御寇》“曹商使秦”：

> 宋人有曹商者，为宋王使秦。其往也，得车数乘，王说之，益车百乘。反于宋，见庄子曰：“夫处穷闾厄巷，困窘织屦，槁项黄馘者，商之所短也；一悟万乘之主而从车百乘者，商之所长也。”
>
> 庄子曰：“秦王有病召医，破痈溃痤者，得车一乘，舐痔者得车五乘，所治愈下，得车愈多。子岂治其痔邪，何得车之多矣？——子行矣!”

大量的丰富多彩的寓言，再加上大量的层出不穷的比喻，使《庄子》成为诸子哲理散文中最具形象性因而也最富文学性的作品。庄子是中国文学史上最富想象力和最为才气横溢的作家之一。

最后需要说及的是，《庄子》中也有不用或极少使用寓言而直出议论的，这类文章以外篇《马蹄》、《胠箧》为代表。它们不同于《逍遥游》一类文章，而是另一番景象，试读《胠箧》的前一部分：

> 将为胠箧、探囊、发匮之盗而为守备，则必摄缄縢，固扃镝，此世俗之所谓知也。然而巨盗至，则负匮、揭箧、担囊而趋，唯恐缄縢、扃镝之不固也。然则乡之所谓知者，不乃为大盗积者也?
>
> 故尝试论之，世俗之所谓知者，有不为大盗积者乎？所谓圣者，有不为大

盗守者乎？何以知其然邪？昔者齐国，邻邑相望，鸡狗之音相闻，罔罟之所布，耒耨之所刺，方二千余里；阖四竟之内，所以立宗庙社稷、治邑屋州闾乡曲者，曷尝不法圣人哉？然而田成子一旦杀齐君而盗其国。所盗者，岂独其国邪？并与其圣知之法而盗之。故田成子有乎盗贼之名，而身处尧舜之安；小国不敢非，大国不敢诛，十二世有齐国。则是不乃窃齐国并与其圣知之法，以守其盗贼之身乎？

尝试论之，世俗之所谓至知者，有不为大盗积者乎？所谓至圣者，有不为大盗守者乎？何以知其然邪？昔者龙逢斩，比干剖，苌弘胣，子胥靡。故四子之贤，而身不免乎戮。故跖之徒问于跖曰："盗亦有道乎？"跖曰："何适而无有道邪？夫妄意室中之藏，圣也；入先，勇也；出后，义也；知可否，知也；分均，仁也。五者不备，而能成大盗者，天下未之有也。"由是观之，善人不得圣人之道不立，跖不得圣人之道不行；天下之善人少而不善人多，则圣人之利天下也少，而害天下也多。故曰：唇竭则齿寒，鲁酒薄而邯郸围，圣人生而大盗起。掊击圣入，纵舍盗贼，而天下始治矣！

夫川竭而谷虚，丘夷而渊实；圣人已死，则大盗不起，天下平而无故矣。圣人不死，大盗不止。虽重圣人而治天下，则是重利盗跖也。为之斗斛以量之，则并与斗斛而窃之；为之权衡以称之，则并与权衡而窃之；为之符玺以信之，则并与符玺而窃之；为之仁义以矫之，则并与仁义而窃之。何以知其然邪？彼窃钩者诛，窃国者为诸侯；诸侯之门，而仁义存焉。则是非窃仁义圣知邪？故逐于大盗、揭诸侯、窃仁义并斗斛权衡符玺之利者，虽有轩冕之赏弗能劝，斧钺之威弗能禁。此重利盗跖而使不可禁者，是乃圣人之过也。

作者由日常生活中的防盗措施实际是"为大盗积"，引出政治上的防盗措施实际是"为大盗守"，然后举出田成子窃国、盗跖讲圣、知、仁、义的具体事例，证实"圣人生而大盗起"和"圣人不死，大盗不止"。这样的议论，真是愤世嫉俗，一针见血，足以震发聋聩，撼动人心。连续的反问，反复的句法，泼辣的语言，传达出激愤的感情，充沛的气势。论文章的气势，可以与《孟子》、《战国策》鼎足而三，尽管观点偏颇，而批判的深刻犀利，自是更胜一筹。

鲁迅说：庄子之文"汪洋辟阖，仪态万方，晚周诸子之作，莫能先也"。（《汉文学史纲要》)闻一多说:《庄子》"那思想与文学，外形与本质的极端的调和，那种不可捉摸的浑圆的机体，便是文章家的极致。"(《古典新义·庄子》)《庄子》的文学成就位居先秦诸子之冠，这已是公认的事实。后代一些杰出的、伟大的作家，如阮籍、嵇康、陶渊明、李白、苏轼、曹雪芹直至鲁迅等无不受到《庄子》思想和文章的巨大影响。

第七章
哲理散文(下)

战国后期，哲理散文发展到成熟的阶段，取得很高的成就。《荀子》、《韩非子》是这个时期的代表作。它们说理的透辟、逻辑的严密、说理技巧的完备，超过了《孟子》、《庄子》，达到了先秦专题论文的最高水平。它们也注意修辞。但是，论文学成就则不及《庄子》和《孟子》。这一章还要论及《吕氏春秋》和《礼记》。

第一节 《荀子》

荀子，名况，又称荀卿、孙卿，赵人。战国后期思想家。生卒年不详，其活动年代约在前298～前238年之间。十五岁游学于齐国稷下学宫，齐湣王末年，由齐至楚。齐襄王时，返齐，于稷下“最为老师”，“三为祭酒焉”(《史记·孟子荀卿列传》)。受谗，至楚，春申君任为兰陵(在今山东苍山西南)令。其间，曾回赵与临武君议兵于赵孝成王前。又曾入秦，见秦昭王和秦相范睢，对秦国政情做了相当高的评价。后回楚，前238年春申君死，荀子废兰陵令，著书而终。

荀子学问渊博，是儒家典籍的主要传授者。韩非、李斯、浮丘伯都是他的弟子。

《荀子》、《汉书·艺文志》、《隋书·经籍志》都称为《孙卿子》，唐代杨倞作注，始称《荀子》。凡三十二篇，后六篇是语录和杂述。当出于弟子之手，其余基本上为荀子自著。

司马迁说："荀卿嫉浊世之政，亡国乱君相属，不遂大道而营于巫祝，信机祥，鄙儒小拘，如庄周等又猾稽乱俗，于是推儒、墨、道德之行事兴坏，序列著数万言。"(《史记·孟子荀卿列传》)这是讲荀子著述的背景和动机。

荀子推崇孔子而批判孟子，以醇儒自居。荀子生当战国末季，天下酝酿统一，他不仅主张统一，而且以统一舆论自任，对于道、墨、名、法等家，既一一批判，又吸收它们的合理成分，建立起了适应新形势的新儒家，他实际上是先秦诸子的集大成者。

在哲学上，荀子有一个突出的贡献，即他彻底否定了商周以来的天命鬼神观念，明确指出"天"是物质的天，自然的天，"天"没有意志。"天行有常，不为尧存，不为桀亡"，即天有自己的运行规律，不因人事而改变。"列星随旋，日月递炤，四时代御，阴阳大化，风雨博施，万物各得其和以生，各得其养以成"，宇宙间并没有造物主存在。"雩而雨"，"犹不雩而雨也"，祭祀、卜筮，只不过是一种文饰和点缀。治乱存亡，在人为，与天不相干。与其迷信"天"，不如控制它、利用它，"从天而颂之，孰与制天命而用之！"(《天论》)"制天命而用之"，即控制自然为人类服务，这是一个光辉的命题，是天人关系方面的突破性进展，标志着先秦唯物主义思想的高峰。

孟子认为人性善，荀子则认为人性恶，"人之性恶，其善者伪也。""目好色，耳好声，口好味，心好利，骨体肤理好愉快，是皆生于人之情性者也。"这是不学而能的本能，叫"性"，礼义"生于圣人之伪"，是人们"所学而能，所事而成者"，叫作"伪"，即人为。人经过学习，经过矫正，才可能是善的。所以荀子特别强调后天的学习和环境的影响，强调礼义教育的功能，《荀子》的第一篇就是《劝学》。他认为，经过努力学习，小人可以变成君子，"涂之人可以为禹"(《性恶》)。性善，性恶之说，都不是科学的人性论，性善说实际是天赋道德论，性恶说是人性改造论，相对而言，后者比前者有较多的合理成分。

在政治思想上，荀子与孟子有相近之处，如"轻田野之税，平关市之征，省商贾之数，罕兴力役，无夺农时"(《富国》)，与孟子的主张一致。又如孟子认为"民贵君轻"，肯定汤武革命。荀子也肯定汤武革命，并且说："汤、武非取天下也，……而天下归之也"，"桀、纣非去天下也，……而天下去之也。"(《正论》)又说："君者，舟也；庶人者，水也。水则载舟，水则覆舟。”(《王制》)孟子“言必称尧舜”，荀子虽然也常称先王，却强调“法后王”：“道不过三代，法不贰后王。”(《王制》)“欲观圣王之迹，则于其粲然者矣，后王是也。”“五帝之中无传政，非无善也，久故也。禹、汤有传政而不若周之察也。”(《非相》)可证荀子所说的后王是指周之文、武。孟子谈王道，不谈霸道，荀子以王道为最高理想，但是认为王霸并不是对立的，他常常王霸并论，“义立而王，信立而霸”，“粹而王，驳而霸”，“隆礼尊贤而王，重法爱民而霸”，对“王”“霸”都有肯定的评价。只是他认为做到霸诸侯还不够，应当施行礼义进一步王天下。荀子的这种思想远比孟子只讲王道更切合统一天下的需要。孟子最强调仁义，而荀子从性恶论出发，最强调的是礼治。礼治是荀子政治思想的核心。他认为礼是治理国家的最高准则，是国家强盛巩固的根本，维持社会等级秩序必须依靠礼：

> 礼起于何也？曰：人生而有欲，欲而不得，则不能无求，求而无度量分界，则不能不争。争则乱，乱则穷。先王恶其乱也，故制礼义以分之，以养人之欲，给人之求。(《礼论》)
>
> 故人生不能无群，群而无分则争，争则乱，乱则离，离则弱，弱则不能胜物，故宫室不可得而居也，不可少顷舍礼义之谓也。(《王制》)

这是关于礼的一种新解释，它有力地论证了礼的必要性和合理性，为建立天下统一的封建制国家的政治制度、统治秩序提供了理论根据。荀子的“礼”不同于维护宗法制的周礼，如荀子强烈反对世卿世禄制：“贤能不待次而举，罢不能不待须而废，……虽王公士大夫之子孙也，不能属于礼义，则归之庶人。虽庶人之子孙也，积文学，正身行，能属于礼义，则归之卿相士大夫。”(《王制》)这种举贤才而反对世袭制的思想，远比孔、孟来得彻底，而比较接近墨子。特别应当指出的是，荀子打通了礼治和法治的界限，在礼中注入了法，认为“礼者，法之大分，类之纲纪也”(《劝学》)。“礼义生而制法度”(《性恶》)，礼是法的纲领，是制法的依据。他晚年写的《成相》更进一步把礼与刑(法)平列起来了：“治之经，礼与刑。”荀子又常常谈到赏罚、令行禁止等等，所以他本人作为儒家被评为“大醇而小疵”，他的弟子韩非和李斯都成为法家，这并非出于偶然。

下面说荀子的文章。

孟子曾说他的好辩是要保卫“先圣之道”，荀子也说“君子必辩”(《非相》)，而辩说必须合于圣王之道，“圣人也者，道之管也。天下之道管是矣，百王之道一是矣，故《诗》、《书》、《礼》、《乐》之道归是矣。”(《儒效》)这是明道、征圣、宗经思想的开端。荀子还很讲究“谈说之术”：“矜庄以莅之，端诚以处之，坚强以持之，譬称以喻之，分别以明之，欣欢芬芗以送之，宝之，珍之，贵之，神之，如是则说常无不受。”他又严格区分君子之辩，小人之辩，君子之辩要做到“文而致实，博而党正”(《非相》)。这样的谈辩态度，和庄子的“不可与庄语”不相同，和孟子的“说大人则藐之”也不相同，写出的是明道、征圣的学术文章，文风自然也谨重绵密，有自己的色调。“孟子的文章‘晓畅犀利’，庄子的文章‘幻化恣肆’，韩非子的文章‘峻峭奇宕’，荀子的文章则是‘醇密’，‘富丽’，‘质朴’，‘浑厚’，‘雄峻’，‘矫劲’，是典型的经师之文，学者之文。”(方孝博《荀子选·前言》)

《孟子》的文章不脱语录体，《庄子》的文章多用寓言，用说理散文的标准要求，都还不很典型，《墨子》的十纲领，具备了专题论文的要素，逻辑性也强，但是由于出于弟子的记录和缀集，其中夹入很多“子墨子言曰”，仍然保留着语录体的痕迹，而且记录并不完善，真正标志着先秦哲理散文成熟的是《荀子》。无论从标题、布局谋篇来看，还是从论题的明确集中、论述的详尽透辟、逻辑的严密有力来看，足以说《荀子》的文章完成了诸子散文由简短到繁密、由简单说理到辨析精微的发展过程。《荀子》多长篇巨制，条分缕析，发挥尽致。如政论文《王制》，历论王者为政、王者听政、王者之人、王者之制、王者之论、王者之法、王者序官各个方面，最后总论王、霸、安存、危殆、灭亡，为皇皇四千言的长文。荀子长于立论，也长于驳论。如《正论》驳种种世俗之说，《富国》驳墨子的“节用”“非乐”，论驳深入，文章也很有力。如《正论》引出敌论“桀、纣有天下，汤、武篡两夺之”以后说：“是不然。以桀、纣为常有天下之籍则然，亲有天下之籍则不然，天下谓在桀、纣则不然。”以下分数层加以阐述，说明什么叫“有天下”，什么叫“王”，什么样的人可以做王。“令行于诸夏之国，谓之王”，“能用天下谓之王”，“天下归之之谓王”；“非圣人莫之能王”，“天下者，……非圣人莫之能有也”。而桀、纣众叛亲离，“生民怨之"，显然不能称为“王"。“汤、武者，民之父母也；桀、纣者，民之怨贼也。今世俗之为说者，以桀、纣为君，而以汤、武为弑，然则是诛民之父母，而师民之怨贼也，不详莫大焉。"下字的有分寸，概念的廓清，逻辑推断的不可移易，都是显而易见的。孟子说此事不过寥寥数语，在这里却是一段八、九百字的文章。

荀子之文虽然学术性强，重在明道、说理，但也很注重修辞，常常使用比喻，骈偶等修辞手法。大量使用比喻的代表作品是《劝学》，一篇之中，用喻多达六十多次，不仅辞采丰茂富赡，增加了文章的形象性，而且通过比喻说理，议喻双行：

> 君子曰：学不可以已。青，取之于蓝，而青于蓝；冰，水为之，而寒于水。木直中绳，輮以为轮，其曲中规；虽有槁暴，不复挺者，輮使之然也。故木受绳则直，金就砺则利，君子博学而日参省乎己，则知明而行无过矣。
>
> 故不登高山，不知天之高也；不临深谿，不知地之厚也；不闻先王之遗言，不知学问之大也。干、越、夷、貉之子，生而同声，长而异俗，教使之然也。诗曰："嗟尔君子，无恒安息。靖共尔位，好是正直。神之听之，介尔景福。"神莫大于化道，福莫长于无祸。

第一段首先提论点，然后是五个比喻，青胜于蓝、冰寒于水，是说明人通过学习可以取得进步；輮木为轮，说明通过学习人性可以得到改造；木、金经过加工而直、而利，说明人通过学习才能成为有用之材，最后得出博学、参已"则知明而行无过矣"的结论，既是回应"学不可以已"，又是在比喻基础上作进一步申述。第二段三个比喻，边用喻边议论，写法与第一段不同。前两个比喻写"不登""不临"而"不知"，从反面喻指学的必要性；第三个比喻从正面说明教的重大作用。最后得出学可以通神得福的结论。又如：

> 骐骥一跃，不能十步；驽马十驾，功在不舍。锲而舍之，朽木不折；锲而不舍，金石可镂。螾无爪牙之利、筋骨之强，上食埃土，下饮黄泉，用心一也；蟹六跪而二螯，非蛇蟺之穴无可寄托者，用心躁也。

这里和前面的用喻又有不同，六个比喻成为整齐的三组，一反一正，两两对比，说明努力(学习)与不努力截然不同的两种后果，说服力和感染力都很强。

不仅用喻繁富，喻议双行，而且用喻的方式多种多样。

荀子重视修辞的另一个表现，是语句整齐，追求语言的音乐美和节奏感，有明显的骈偶化倾向。这是战国后期一些文章日趋精美的新趋势。仍以《劝学》为例，在“骐骥一跃”一段之后接下来是：

> 是故无冥冥之志者，无昭昭之明；无惛惛之事者，无赫赫之功。行衢道者不至，事两君者不容。目不能两视而明，耳不能两听而聪；螣蛇无足而飞，鼫鼠五技而穷。……
>
> 昔者瓠巴鼓瑟而流鱼出听，伯牙鼓琴而六马仰秣。故声无小而不闻，行无隐而不形；玉在山而草木润，渊生珠而崖不枯。为善不积邪？安有不闻者乎！

虽有少数散句，而以骈偶句为主，骈偶整齐严格，句式又富于变化，而且用韵，用叠字词，读起来铿锵和谐，琅琅上口。这样精致的文字，当然是荀子精心用意写出的。这使人想起，李斯《谏逐客书》中大量使用排句、偶句，词采华美，原来是受了他的老师荀子的启发。又如：

> 井井兮其有理也。严严兮其能敬己也。分分兮其有终始也。猒猒兮其能长久也。乐乐兮其执道不殆也。炤炤兮其用知之明也。修修兮其用统类之行也。绥绥兮其有文章也。熙熙兮其乐人之臧也。隐隐兮其恐人之不当也。如是，则可谓圣人矣，此其道出乎一。(《儒效》)

这段文字更加整齐，不仅用韵，用大量的叠字词，而且用丰富的词汇、同样的句式极力铺排，已经很像是辞赋之文了。

荀子是先秦诸子中唯一有诗赋的一家，他的赋，我们将在下一章讨论。

第二节 《韩非子》

韩非(前280？～前233)，韩国诸公子。法家学派的主要代表。《史记·老子韩非列传》说，韩非口吃，不能道说，而善著书。与李斯同学于荀子，李斯自以为不如。韩国在七国中为弱国，韩非屡次上书谏韩王，韩王不能用，“于是韩非疾治国不务修明其法治，执势以御其臣下，富国强兵而以求人任贤……悲廉直不容于邪枉之臣，观往者得失之变，故作《孤愤》、《五蠹》、《内外储》、《说林》、《说难》十余万言。”他的书传到秦国，秦王政读了《孤愤》、《五蠹》，异常钦佩，于是发兵攻韩求韩非。韩非入秦以后，未受信用，却受到李斯、姚贾谗毁，下狱，李斯让他自杀于狱中。

《韩非子》五十五篇，大都为韩非自著，但有窜入的篇章，明显的如《初见秦》不出于韩非之手，《饬令》为《商君书》的《靳令》，《问田》可能出于门人之手。

韩非是先秦诸子中时代最晚的一家，是法家的集大成者，同时批判地吸收了《老子》和荀子的思想。在哲学上，韩非是唯物论者，认为“道”是物质性的，“道”产生天地万物，“道者，万物之始”(《主道》)。他反对迷信鬼神、卜筮，认为“事鬼神，信卜筮而好祭祀者”，可以亡国(《亡征》)。他在辩证法方面也有贡献。最值得注意的是韩非的历史观和法治思想。由于韩非处于由分裂趋于统一、地主政权日益巩固壮大的时期，他适应时代的要求，为地主阶级的统治提出了系统的理论，他的思想有明显的新特点。首先是他的主张变革的历史观。孔子、墨子、孟子都是托古改制，言必称先王，老子、庄子更主张退回到原始社会，而韩非发展商鞅“世事变而行道异”(《商君书·开塞》)和“便国不必法古”(同上《更法》)的主张，更明确系统地表达了反对复古、主张变革的社会历史观。《五蠹》篇原原本本地表述了这一思想：

> 上古之世，人民少而禽兽众，人民不胜禽兽虫蛇；有圣人作，搆木为巢，以避群害，而民悦之，使王天下，号之曰有巢氏。民食果、蓏、蜂、蛤，腥臊恶臭，而伤害腹胃，民多疾病；有圣人作，钻燧取火，以化腥臊，而民说之，使王天下，号之曰燧人氏。中古之世，天下大水，而鲧、禹决渎。近古之世，桀、纣暴乱，而汤、武征伐。今有搆木钻燧于夏后氏之世者，必为鲧、禹笑矣；有决渎于殷、周之世者，必为汤、武笑矣；然则今有美尧，舜、汤、武、禹之道于当今之世者，必为新圣笑矣。是以圣人不期修古，不法常可；论世之事，因为之备。宋人有耕田者，田中有株，兔走触株，折颈而死，因释其耒而守株，冀复得兔；兔不可复得，而身为宋国笑。今欲以先王之政，治当世之民，皆守株之类也。

社会是不断发展变化的，尧舜汤武之道不能“治当世之民”，而旗帜鲜明地打出了“新圣”的旗号，提出“不期修古，不法常可”。下文又论述了“事因于世而备适于事”，“世异则事异”，“事异则备变”，时代发展了，世情不同，政治措施也要相应地改变。“上古竞于道德，中世逐于智谋，当今争于气力”，因此仁义辩智不适用于当世，只有实行法治，奖励耕战，富国强兵，才能达到兼天下的目的。

韩非的历史观，不仅不同于孔、墨、孟诸家，与荀子的“法后王”也有质的不同。

其次，作为法家学派的主要代表，他综合前期法家商鞅的法治、申不害的术治和慎到的势治思想，提出了一整套地主阶级专政的措施。法，即法令制度，严刑峻法；术，即君主驾御臣下的手段；势，指君主的权势、威势。韩非说：“术者，因任而授官，循名而责实，操生杀之柄、课群臣之能者也。此人主之所执也。法者，宪令著于官府，刑罚必于民心，赏存乎慎法，而罚加乎奸令者也。此臣之所师也。君无术则弊于上，臣无法则乱于下，此不可一无，皆帝王之具也。”(《定法》)又说：“抱法处势则治，背法去势则乱。”“无庆赏之劝，刑罚之威，释势委法，尧、舜户说而人辨之，不能治三家。”(《难势》)又说：“圣人之治也，审于法禁，法禁明著，则官治；必于赏罚，赏罚不阿，则民用。民用官治则国富，国富则兵强，而霸王之业成矣。……此谓君不仁，臣不忠，则可以霸王矣。”(《六反》)这些话颇能体现韩非的主张。

韩非有很多不同于儒、墨的地方。儒家、墨家倡导仁义贤德，而韩非只强调“法”与“力”，针锋相对地提出“不上贤”、“不务德”，而且认为必须施行严刑峻法，“夫严家无悍虏，而慈母有败子”，“民固骄于爱，听于威矣”。孟子要求以德服人，排斥暴力，韩非则主张以力服人，排斥仁爱。荀子主张中央集权，韩非则是极端的君主专制论者，他的政治思想的一个主要出发点就是维护君权，为保全君权，不惜采取包括暗杀在内的种种阴谋权术。因此在对待君主的态度方面，韩非与孟、荀截然不同。如孟、荀都赞成汤、武伐桀、纣，而韩非则说：“汤、武为人臣而弑其主、刑其尸，而天下誉之，此天下所以至今不治者也。”(《忠孝》)这等于说，即使暴虐如桀、纣，臣民也绝对不可以把他推翻。春秋以来直至孟、荀的民本思想，在韩非(还有商鞅)这里，可以说是荡然无存。法家还主张文化专制主义，商鞅提出“燔诗书”，韩非则主张“无书简之文，以法为教；无先王之语，以吏为师”(《五蠹》)。韩非的理论对于秦王朝统一天下，起了积极的推动作用，但是秦王朝的迅速覆亡，也与韩非理论上的偏颇，一味重法、尊君而轻民，有直接关系。

韩非继承了荀子的性恶论，却不讲人性可以改造，他认为人人都自私自利，认为人与人之间，包括骨肉君臣之间，都不过是钩心斗角的利害关系。“父母之于子也，犹用计算之心以相待也，而况无父子之泽乎?”(《六反》)“夫妻者，非有骨肉之恩也，爱则亲，不爱则疏”，因此“后妃、夫人嫡子为太子者，或有欲其君之早死者。”“人臣之于其君，非有骨肉之亲也，缚于势不得不事也。故为人臣者，窥觇其君心也，无须臾之休；而人主怠慠其上，此世所以有劫君弑主也。”(《备内》)因此，国君对于任何人都不要信任，只有用法、术、势驾御臣民才最可靠。韩非还认为，君臣之间不过是一种买卖关系，“主买官爵，臣卖智力”(《外储说右下·说二》)。“以功受赏，臣不德君”(《外储说左下·经一》)，韩非如此看待人际关系，话讲得如此坦率和露骨，即使在直言不讳的战国时代，也显得非常突出，这固然可以说韩非敢于面对现实，能做到“论事入髓，为文刺心”。(门无子《刻韩子迂评跋》)但是我们应当指出，韩非把事物之间的斗争性绝对化了，因而否定了事物之间有同一性。

韩非精密的头脑有很高的分析综合能力，他的文章挺拔峻峭，锋芒毕露，有很强的逻辑性和说服力，体现着法家的文风。从说理的角度说，荀子、韩非文章代表着先秦哲理散文的最高水平，但文风显然不同。

《五蠹》、《显学》、《孤愤》、《说难》等是韩非的名作，特别是《五蠹》，是韩非的代表性作品，这篇文章相当全面地表现了韩非的历史观和政治思想，也体现着韩非的文风。文章的前一部分从分析历史发展过程入手，先讲明了作者的历史观，得出了“当今争于气力”和“仁不可以治”的论点，为论证实行法治的必要性和批判“五蠹”提供了理论根据。然后转入本题，批判“五蠹”——学者、言谈者、带剑者、患御者和商工之民的破坏法治、为害国家。最后说：“此五者，邦之蠹也。人主不除此五蠹之民，不养耿介之士，则海内虽有破亡之国、削灭之朝，亦勿怪矣。”这是一篇将近七千言的鸿篇巨制，是空前的长篇论文，文字峭刻劲健，气势凌厉，论证很有力。例如它这样论述施行严刑峻法的必要性：

> 今有不才之子，父母怒之弗为改，乡人谯之弗为动，师长教之弗为变。夫以父母之爱、乡人之行、师长之智，三美加焉，而终不动，其胫毛不改。州部

之吏操官兵，推公法，而求索奸人，然后恐惧，变其节，易其行矣。故父母之爱，不足以教子，必待州部之严刑者，民固骄于爱、听于威矣。故十仞之城，楼季弗能踰者，峭也；千仞之山，跛牂易牧者，夷也。故明主峭其法而严其刑也。布帛寻常，庸人不释；铄金百溢，盗跖不掇。不必害，则不释寻常；必生害，则不掇百溢。故明主必其诛也。

是以赏莫如厚而信，使民利之；罚莫如重而必，使民畏之；法莫如一而固，使民知之。故明主施赏不迁，行诛无赦，誉辅其赏，毁随其罚，则贤、不肖俱尽其力矣。

有详有略、接二连三地列举具体事实，通过归纳法，一步一步推导出结论，事实有说服力，逻辑上不可动摇。行文紧凑，句法也多变化。始终在说理，却又不缺乏形象性。所以郭沫若说："他能够以普通的常识为根据，而道出人之所不能道，不敢道，不屑道。所以他的文章，你拿到手里，只感觉他的犀利，真是其锋不可当，大有无可如何，只有投降之势了。"(《十批判书·韩非子的批判》)这道出了韩非子文章的特点。

文思极缜密，条理极清晰，抉剔入微，也是韩非文章的特点。这种特点在《说难》中有很充分的表现：

凡说之难，非吾知之有以说之之难也，又非吾辩之能明吾意之难也，又非吾敢横失而能尽之难也；凡说之难，在知所说之心，可以吾说当之。所说出于为名高者也，而说之以厚利，则见下节而遇卑贱，必弃远矣。所说出于厚利者也，而说之以名高，则见无心而远事情，必不收矣。所说阴为厚利而显为名高者也，而说之以名高，则阳收其身，而实疏之；说之以厚利，则阴用其言，显弃其身矣。此不可不察也。

夫事以密成，语以泄败。未必其身泄之也，而语及所匿之事，如此者身危。彼显有所出事，而乃以成他故；说者不徒知所出而已矣，又知其所以为，如此者身危。规异事而当，知者揣之外而得之，事泄于外，必以为己也，如此者身危。周泽未渥也，而语极知，说行而有功，则德忘；说不行而有败，则见疑，如此者身危。贵人有过端，而说者明言礼义以挑其恶，如此者身危。贵人

> 或得计，而欲自以为功，说者与知焉，如此者身危。强以其所不能为，止以其所不能已，如此者身危。故与之论大人，则以为间己矣；与之论细人，则以为卖重；论其所爱，则以为藉资；论其所憎，则以为尝己也；径省其说，则以为不智而拙之；米盐博辩，则以为多而交之；略事陈意，则曰怯懦而不尽；虑事广肆，则曰草野而倨侮：此说之难，不可不知也。

战国时代，儒、墨、法、纵横等各家，都从事游说，本文是游说经验的出色总结。文章先说游说之难，不在自己方面，不在自己缺乏才智和不能自由奔放地展开辩说，而在于掌握游说对象的心理，用恰当的言辞去应对它。接着举出三种不合于“所说之心”的进说，已可初见作者文思之密。以下举出七种进说情况会造成说者“身危”。随后又举出八种，说明即或不会身危，在得不到信任的条件下进说，也会遭受种种怀疑和猜忌。下文(这里未引录)针对“说难”，提出“凡说之务，在知饰所说之所矜而灭其所耻”，又详列了十二种进说方法。辨析事理达到如此细密精微的地步，实不多见。而写这样的文章，文字不琐碎，不卑弱，而能“精悍廉劲”，“文体如生铁铸成”(吴闿生《古文范》上编一)，就更加难能可贵。

韩非不仅擅长立论，而且擅长辩难。《难一》至《难四》和《难势》都是这方面的作品。韩非善于揭对方的矛盾，抓论敌的要害，使之无所遁逃。如《难一》“历山之农者侵畔”，农者侵畔，渔者争坻，陶器苦窳，舜往耕、往渔、往陶，都得到改正，仲尼深赞舜“救败”的“德化”，可是“方此时也”，“尧为天子”，于是作者指出“舜之救败，则是尧有失也。贤舜则去尧之明察，圣尧则去舜之德化，不可两得也。楚人有鬻楯与矛者，誉之曰：‘吾楯之坚，物莫能陷也。’又誉其矛曰：‘吾矛之利，于物无不陷也。’或曰：‘以子之矛陷子之楯，何如?’其人弗能应也。夫不可陷之楯与无不陷之矛，不可同世而立，今尧、舜之不可两誉，矛、楯之说也。”儒家“圣尧”“贤舜”出现了明显的漏洞，韩非抓住对方的漏洞，运用逻辑上的矛盾律，给予致命的一击，遂置论敌于死地。这则“矛与楯”的寓言异常鲜明生动，恰切地说明了“两誉”的不可调和性，它因之也成为我国逻辑学“矛盾律”命名的由来。又如《难一》“郤献子分谤”：

> 靡笄之役，韩献子将斩人，郤献子闻之，驾往救之。比至，则已斩之矣。

郤子因曰："胡不以徇?"其仆曰："曩不将救之乎?"郤子曰："吾敢不分谤乎?"

或曰：郤子言，不可不察也。非分谤也。韩子之所斩也，若罪人，则不可救；救罪人，法之所以败也，法败则国乱。若非罪人，则不可劝之以徇；劝之以徇，是重不辜也；重不辜，民所以起怨者也，民怨则国危。郤子之言，非危则乱，不可不察也。

且韩子之所斩，若罪人，郤子奚分焉？斩若非罪人，则已斩之矣，而郤子乃至，是韩子之谤已成而郤子且后至也。夫郤子曰"以徇"，不足以分斩人之谤，而又生徇之谤，是何言分谤也？昔者纣为炮烙，崇侯、恶来又曰斩涉者之胫也，奚分于纣之谤？

且民之望于上也甚矣，韩子弗得，且望郤子之得之也；今郤子俱弗得，则民绝望于上矣。故言：郤子之言，非分谤也，益谤也。且郤子之往救罪也，以韩子为非也，不道其所以为非而劝之以徇，是使韩子不知其过也。夫下使民绝望于上，又使韩子不知其失，吾未得郤子之所以分谤者也。

在《左传》中，郤献子为韩献子分谤，是作为将帅能同心协力予以肯定的，韩非则提出严峻的批评(即"或曰"以下的文字)。第一段指出郤子的"救"与"徇"，彼此矛盾，他的举动或"败法"，或"重不辜"，二者必居其一，后果都很坏；第二段分"若罪人""若非罪人"和"以徇"三层，说明郤子不应"分谤"、"分"不到"谤"而又"生徇之谤"，其所作为，一无是处；第三段指出郤子的举措使"民绝望于上"，使"韩子不知其过"，影响也很坏。这样的辨析，极为深入细密，界划的清晰，逻辑的严谨，真是无以复加。梁启超说："其文最长处在壁垒森严，能自立于不败之地以摧敌锋，非深于名学者不能几也。"(《要籍解题及其读法》)吴闿生说："论难之文，以韩非为极则，用笔深刻廉悍，冰解的破，无坚不摧，使对敌者无置喙余地，而英姿飒爽，劲快无匹。千古名家辨论文字，无不导源于此，而莫有能与之抗行者，可谓绝调矣。"(《古文范》上编一评韩非诸《难》篇语)由此可以看出人们对韩非驳论文章的崇高评价。

韩非兼擅各种文体，除立论、驳论文章，《韩非子》中还有"经说体"，如《内储说》、《外储说》六篇，自为"经"，而《解老》、《喻老》，则是解说《老子》；《定法》、《问辩》为问答体；《说林》二篇为民间传说和历史故事集；《主道》、《扬权》及《解老》

中关于“道”的论述，则为哲理诗。这里我们说说韩非的经说体文章的“著博喻之富”(《文心雕龙·诸子》)。韩非喜用寓言增加说理的形象性和说服力，仅《储说》六篇就使用二百多则寓言。每一篇首先提出论点，即“经”，然后举寓言加以说明，即“说”。如《内储说上七术》讲君主驾御臣下的七种手段。全文分七组共使用四十九则寓言。文章开端总说：“主之所用也七术”，“一曰众端参观，二曰必罚明威，三曰信赏尽能，……此七者，主之所用也。”对每一“术”又略作说明，并列出所用寓言的题目或大意。对“众端参观”的说明是：“观听不参则诚不闻，听有门户则臣壅塞。其说在侏儒梦见灶，哀公之称莫众而迷，故齐人见河伯，与惠子之言亡其半也，……”以上是“经”，是纲目，使用的文字很少，然后是大量的“说”，即寓言。说明“众端参观”的共九则寓言，如其中的两则：

> 卫灵公之时，弥子瑕有宠，专于卫国。侏儒有见公者，曰：“臣之梦践矣。”公曰：“何梦?”对曰：“梦见灶，为见公也。”公怒曰：“吾闻见人主者梦见日，奚为见寡人而梦见灶!”对曰：“夫日，兼烛天下，一物不能当也；人君兼烛一国，一人不能壅也。故将见人主者，梦见日。夫灶，一人炀焉，则后人无从见矣。今或者一人有炀君者乎?则臣虽梦见灶，不亦可乎!”

> 齐人有谓齐王曰：“河伯，大神也，王何不试与之遇乎?臣请使王遇之。”乃为坛场大水之上，而与王立之焉。有间，大鱼动，因曰：“此河伯。”

前一则以侏儒梦见灶讽谕卫灵公，说明灵公受了弥子瑕的壅蔽，后一则讲齐人以大鱼当河伯，说明齐王受了齐人的蒙骗，其意都是讲国君只有“众端参观”，才能免受壅塞。

“经说体”虽然始自《墨子》和《管子》，但是用大量寓言为“说”，使论和寓言故事相互配合，前后呼应，却出于韩非的创造。这种形式大大提高了论说文章的形象性、文学性。《庄子》也有许多文章由多则寓言组成，寓言的文学性更强，但韩非的《储说》经、说配合、有严整的组织体系。

还应当指出，韩非的《说林》开始使寓言摆脱了哲理散文的附庸地位，成为独立存在的文体，这也是韩非在文学史上的一个贡献。

第三节 《吕氏春秋》

《吕氏春秋》，又称《吕览》，是战国末年秦相吕不韦命门客集体编写的一部著作。

吕不韦(前290？～前235)，卫国濮阳(今河南濮阳西南)人，经商阳翟(今河南禹县)，“家累千金”，因为拥立秦庄襄王(前249～前247在位)有功，被任命为丞相，封文信侯，食河南雒阳十万户。秦王政即位，尊吕不韦为相国，号称“仲父”。他坚持秦兼并六国的政策，掌秦权十余年。秦王政九年(前238)，王亲政，次年免吕不韦官，出居河南。后命徙蜀，不韦自杀。

《吕氏春秋》写成的时间，可能在秦王政六年(前241)，一说在王政八年。据司马迁说，吕不韦比照战国四公子的“下士喜宾客”，招致食客三千人，“是时诸侯多辩士，如荀卿之徒，著书布天下。吕不韦乃使其客人人著所闻，集论以为八览、六论、十二纪，二十余万言。以为备天地万物古今之事，号曰《吕氏春秋》。布咸阳市门，悬千金其上，延诸侯游士宾客有能增损一字者予千金。”这部书虽然成于众手，但也体现了主编者吕不韦的意图。《吕氏春秋·序意》引吕不韦的话说：“盖闻古之清世，是法天地。凡‘十二纪’者，所以纪治乱存亡也，所以知寿夭吉凶也。上揆之天，下验之地，中审之人，若此，则是非可不可无所遁矣。”这说明了吕不韦著书的指导思想，书中讲“治乱存亡”，讨论“是非可不可”，目的是要为秦国完成统一大业，为即将出现的新兴王朝的长治久安提供一套策略和理论。

《吕氏春秋》有两个显著特点，一是思想的“杂”，一是体例的严整。

《吕氏春秋》对各家各派的学说兼收并蓄，儒、墨、道、法、阴阳、兵、名、农等各家思想共存于一书。如《当染》是墨家的著作，而兵家的《振乱》则在批评墨家的“非攻”。《察今》是法家的著作，而有的篇章如《上德》则在批评法家：“严罚厚赏，此衰世之政也。”书中这类情况所在多有。至于哪一家思想在书中占主导地位，学术界至今意见不一。高诱说：“以道德为准的，以无为为纲纪，以忠义为品式，以公方为检格。”(《吕氏春秋·序》)这是认为道家思想占第一位。《四库全书总目》则说：“大抵以儒为主，而参以道家、墨家。”杨宽《战国史》、陈奇猷《吕氏春秋校释》又认为以阴阳五行家学说为主。这三种意见都能讲出自己的道理，这至少说明道、儒、阴阳家的思想在书中占有较为突出的地位。之所以产生这样的分歧，是因为诸子百家相互攻驳，又相互吸收，战国后期更出现了各家融合的趋势，在一定意义上讲，荀子就是一位杂家，《吕氏春秋》当然更杂，既有各家的并陈，也明显地表现着各家的融合。有相当一部分篇章很难说清属于哪家哪派。如《大乐》篇，讲“两仪出阴阳”，讲“凡乐，天地之和，阴阳之调也”，批驳“非乐者”，说同《易·系辞》、《荀子·乐论》，显然是儒家思想；又说：“道也者，至精也，不可为形，不可为名，强为之谓之太一。”则属于道家思想；同时又说：“能以一治天下者，寒暑适，风雨时，为圣人。”就又有了阴阳家的色彩。有人认为它出于阴阳家，有人说“大致属于老子一派”，可是统观全篇，很难定属某一家，这篇文章的作者本身就是杂家。所以，说《吕氏春秋》属于杂家，不应当只理解为全书对各家学说的兼收并蓄，纷然杂陈，书中的很多文章及其作者的头脑就是“杂”的。

《吕氏春秋》尽管“杂”，却是为现实政治服务的。它积极鼓吹天下统一：“一则治，异则乱；一则安，异则危。”(《不二》)“天下必有天子，所以一之也。”(《执一》)它主张用战争诛暴除乱，统一天下。《荡兵》批判墨家的“非攻”和“救守”，坚决主张兴义兵“以诛暴君而振苦民”：

古圣王有义兵而无有偃兵。兵之所自来者上矣，与始有民俱。凡兵也者，威也；威也者，力也。民之有威力，性也。性者，所受于天也，非人之所能为也，武者不能革，而工者不能移。

兵所自来者久矣。黄、炎故用水火矣，共工氏固次作难矣，五帝固相与争矣。递兴废，胜者用事。人曰：“蚩尤作兵”，蚩尤非作兵也，利其械矣。未有蚩尤之时，民固剥林木以战矣。胜者为长；长则犹不足治之，故立君；君又不足以治之，故立天子。天子之立也出于君，君之立也出于长，长之立也出于争。争斗之所自来者久矣，不可禁，不可止，故古之贤王有义兵而无有偃兵。

家无怒笞，则竖子婴儿之有过也立见；国无刑罚，则百姓之相侵也立见；天下无诛伐，则诸侯之相暴也立见。故怒笞不可偃于家，刑罚不可偃于国，诛伐不可偃于天下，有巧有拙而已矣。故古之圣王有义兵而无有偃兵。

夫有以饐死者，欲禁天下之食，悖；有以乘舟死者，欲禁天下之船，悖；有以用兵丧其国者，欲偃天下之兵，悖。夫兵不可偃也，譬之若水火然，善用之则为福，不能用之则为祸。若用药者然，得良药则活人，得恶药则杀人。义兵之为天下良药也亦大矣！……

兵诚义，以诛暴君而振苦民，民之说也，若孝子之见慈亲也，若饥者之见美食也；民之号呼而走之，若强弩之射于深溪也，若积大水而失其壅堤也。中主犹若不能有其民，而况于暴君乎？

这是最积极的主战论。作者与荀子论证礼的产生、韩非论证法的不可或缺手法相同，也是通过历史发展过程的分析，证明“兵”——战争，从来是“不可禁，不可止”的，它“与始有民俱”，“五帝固相与争矣”，古代的“圣王”“贤王”都是“有义兵而无有偃兵”。天下绝对不可以“无诛伐”，义兵是安定天下的良药，兴义兵诛伐暴君、拯救苦难的人民，会受到人民最热诚的拥戴。《振乱》说，“非攻伐而取救守”，“为天下之长患、致黔首之大害”，“是穷汤、武之事而遂桀、纣之过也”。这是对墨家“非攻”的激烈抨击，是对秦国发动的兼并战争最热情洋溢的赞歌。

《吕氏春秋》也提倡法治，主张变法。《察今》说：“治国无法则乱，守法而弗变则悖，悖乱不可以持国。世易时移，变法宜矣。”

这些主张都有助于秦国的统一。

与此同时，《吕氏春秋》也倡导德义，主张爱民：“为天下及国，莫如以德，莫如行义。”（《上德》）“德也者，万民之宰也。”“圣人南面而立，以爱利民为心。”（《精通》）它还主张顺应民心：“先王先顺民心，故功名成。夫以德得民心以立大功名者，上世多有之矣。失民心而立功名者，未之曾有也。”（《顺民》）它还认为民为邦本：“主之本在于宗庙，宗庙之本在于民。”（《务本》）值得注意的是，它还主张天下为公：“天下非一人之天下也，天下之天下也。”（《贵公》）“尧、舜，贤主也，皆以贤者为后，不肯与其子孙，犹若立官必使之方。今世之人主，皆欲世勿失矣，而与其子孙，立官不能使之方，以私欲乱之也，何哉？”（《圜道》）这样的主张更与《礼记·礼运》的思想一致。这些主张都与秦王政的政治路线相悖，主张传贤不传子更不合时宜。这似乎反映出吕不韦与秦王政之间的矛盾。

《吕氏春秋》的体例非常严整。十二纪、八览、六论，共一百六十篇。十二纪，分春、夏、秋、冬四季，每季又分为孟、仲、季三纪，每纪五篇文章，共六十篇。每一纪的第一篇和《礼记·月令》相同，《月令》作为一纪的“纲”，其他四篇论文对相关内容做重点阐发。“春生夏长，秋收冬藏，此天道之大经也，弗顺则无以为天下纲纪。”(司马谈《论六家要旨》论阴阳家语)春季是万物萌生的季节，所以编排在春之“孟春纪”、“仲春纪”、“季春纪”的十二篇论文，主要论述养生、养性。夏季是万物成长的季节，所以排在夏之三纪的文章主要讲帮助和启发人成长的教学和音乐理论。秋有肃杀之气，主兵、主刑，所以秋之三纪的文章都讲军事。冬季万物潜藏，主死亡，所以冬之三纪的文章多讲死、葬、舍生取义之类(参余嘉锡《四库提要辩证》)。由此可以看出，这是依照阴阳五行家的理论，精心设计的著作框架和体例。这样有组织、有计划、有严密体系的书，在我国古籍中尚属第一部。

八览，除“有始览”七篇(可能佚去一篇)以外，每“览”八篇文章，共六十三篇，各“览”有中心思想，有明确分工，八览是一个有系统的整体。六论，每“论”六篇，共三十六篇，彼此没有统系。

《吕氏春秋》每篇文章都比较短，字数也相差不多。文风平实，语言简练流畅。论事说理，大量征引史实，运用寓言故事，以为立论的根据。据统计，在一百六十篇中，引用历史故事和寓言故事的约一百一十篇，其中引用三四个或更多故事的，有五十多篇，占全书三分之一。全书使用故事近三百则，与《韩非子》接近。十二纪由《月令》、论文(包括数则故事)组合而成的形式，也和韩非“经说体”的《储说》仿佛，只是后者自为“经”，前者以《月令》为“经”，规模更庞大。

就各篇文章看，多数文章是先提论点，或者作一些适当的论述，然后引用故事，略作阐发，主要是靠故事本身蕴含的道理来印证论点。如《当务》篇：

> 辨而不当论，信而不当理，勇而不当义，法而不当务惑而乘骥也，狂而操吴干将也，大乱天下者，必此四者也。所贵辨者，为其由所论也；所贵信者，为其遵所理也；所贵勇者，为其行义也；所贵法者，为其当务也。
>
> 跖之徒问于跖曰：“盗有道乎?”跖曰：“奚啻其有道也？夫妄意关内，中藏，圣也；入先，勇也；出后，义也；知时，智也；分均，仁也。不通此五者，而能成大盗者，天下无有。”备说非六王、五伯，以为“尧有不慈之名，舜有不孝之行，禹有淫湎之意，汤、武有放杀之事，五伯有暴乱之谋。世皆誉之，人皆讳之，惑也。”故死而操金椎以葬，曰：“下见六王、五伯，将毂其头矣!”辨若此，不如无辨。

楚有直躬者，其父窃羊而谒之上，上执而将诛之。直躬者请代之。将诛矣，告吏曰："父窃羊而谒之，不亦信乎？父诛而代之，不亦孝乎？信且孝而诛之，国将有不诛者乎？"荆王闻之，乃不诛也。孔子闻之曰："异哉直躬之为信也，一父而载(再)取名焉。"故直躬之信，不若无信。

齐之好勇者，其一人居东郭，其一人居西郭，卒然相遇于涂曰："姑相饮乎？"觞数行，曰："姑求内乎？"一人曰："子肉也，我肉也，尚胡革求肉而为？于是具染而已。"因抽刀而相啖，至死而止。勇若此，不若无勇。

纣之同母三人，其长曰微子启，其次曰中衍，其次曰受德。受德乃纣也，甚少矣。纣母之生微子启与中衍也尚为妾，已而为妻而生纣。纣之父、纣之母欲置微子启以为太子，太史据法而争之曰："有妻之子，而不可置妾之子。"纣故为后。用法若此，不若无法。

这篇文章的中心意思是论证"辨而不当论……"四者，是乱天下的根源，与其有不如无。开端提出论点，并作简明扼要的论述，然后用四个故事，分别证明"辨而不当论"，"信而不当理"，"勇而不当义"，"法而不当务"的荒谬和危害。引第一个故事之后作了适当的阐述，讲其他三个故事以后，便只说"故直躬之信，不若无信"，"勇若此，不若无勇"，"用法若此，不若无法"，不再申述。

当然《吕氏春秋》的文章结构也并不一律，《去宥》一开始就讲故事，共用四个故事，都是先讲故事后作分析，写法就与《当务》不同。

文字简明平实，条理清晰，利用有说服力的故事证实论点，这是《吕氏春秋》的基本特点。这样的文章在诸子散文中是有自己的面目的。

《吕氏春秋》的作者善于精心搜集、选择和加工故事，所以书中有很多生动而富有意趣的故事，如"疑邻窃铁"(《去尤》)、"刻舟求剑"(《察今》)，"掣肘"(《具备》)、"利令智昏"(《去宥》)以及上文所举"直躬证父"等等，不胜枚举。

《吕氏春秋》中那些不用故事的文章，如上文引录的《荡兵》，由于使用日常生活事例作类比和连续使用比喻，文字也活泼有力。还有的篇章与大多数文章的平实有别，写得很有声势，如《论威》写军队的快速制胜：

凡兵，欲急疾捷先。欲急疾捷先之道，在于知缓徐迟后而急疾捷先之分也。急疾捷先，此所以决义兵之胜也，而不可久处；知其不可久处，则知所兔起凫举死殙之地矣。虽有江河之险则凌之，虽有大山之塞则陷之，并气专精，心无有虑，目无有视，耳无有闻，一诸武而已矣。冉叔誓必死于田侯，而齐国皆惧；豫让必死于襄子，而赵氏皆恐；成荆致死于韩主，而周人皆畏；又况乎万乘之国，而有所诚必乎，则何敌之有矣？刃未接而欲已得矣，敌人之悼惧惮恐，单荡精神尽矣，咸若狂魄，形性相离，行不知所之，走不知所往，虽有险阻要塞，铦兵利械，心无敢据，意无敢处，此夏桀之所以死于南巢也。

己方将士专心一力、一往无前的拼杀精神和迅猛无比的攻势，敌军遭到进攻以后失魂丧魄、惊慌逃遁的情状，都写得非常传神，极尽形容描绘、铺张扬厉之能事，颇有纵横家的意味。

第四节 《礼记》

《礼记》，又称《小戴礼记》，是战国至秦汉间讲礼文章的选集，唐代列为儒家的“九经”之一。儒家重礼，儒家后学多讲礼、记礼的文章。西汉时，得记礼及相关的文章二百余篇，宣帝时戴德选八十五篇为一集，被称为《大戴礼记》(今存三十九篇)，其侄戴圣选四十九篇(其中《曲礼》、《檀弓》、《杂记》各分上、下，实为四十六篇)为一集，被称为《小戴礼记》，即今本《礼记》。

《礼记》是研究古代社会和儒家思想的重要典籍。其中的文章，有的解释《仪礼》，有的记述孔门杂事，有的通论儒家的思想。通论儒家思想的文章，是《礼记》的重要部分。如《中庸》是阐发孔子中庸思想的哲学论文，《大学》是论述修身、齐家、治国、平天下的政治著作，宋代程颢、程颐、朱熹把这两篇文章从《礼记》中抽出来，与《论语》、《孟子》合称“四书”，朱熹作注，成为元、明，清士子的必读书，影响很大。《乐记》系统地讲述儒家的音乐理论，《学记》则是教学论。儒家重教化，世代讲学，积累了丰富的教学经验，例如，“建国君民，教学为先。”“学然后知不足，教然后知困，知不足然后能自反也，知困然后能自强也。故曰教学相长也。”又说：“凡学之道，严师为难。师严然后道尊，道尊然后民知敬学。”“国君不臣其师，天子不使其师北面。”这是一些宝贵的思想和体验，其中有一些论述，至今不失其意义。《礼运》是一篇宝贵的政治文献，下面摘录它的第一部分：

昔者仲尼与于蜡宾，事毕出游于观之上，喟然而叹。仲尼之叹，盖叹鲁也。言偃在侧曰：“君子何叹?”孔子曰：“大道之行也，与三代之英，丘未之逮也，而有志焉。”

“大道之行也，天下为公。选贤与能，讲信修睦。故人不独亲其亲，不独子其子，使老有所终，壮有所用，幼有所长，矜寡、孤独、废疾者皆有所养，男有分，女有归。货恶其弃于地也，不必藏于己；力恶其不出于身也，不必为己。是故谋闭而不兴，盗窃乱贼而不作，故外户而不闭，是谓大同。

“今大道既隐，天下为家。各亲其亲，各子其子，货力为己；大人世及以为礼，城郭沟池以为固，礼义以为纪，以正君臣，以笃父子，以睦兄弟，以和夫妇，以设制度，以立田里，以贤勇知，以功为己。故谋用是作，而兵由此起。禹汤文武成王周公，由此其选也。此六君子者，未有不谨于礼者也。以著其义，以考其信，著有过，刑仁讲让，示民有常。如有不由此者，在埶者去，众以为殃，是谓小康。”

把“禹汤文武成王周公”之世，称为“小康”，把禹以前的唐虞时代称为“天下为公”的“大同”，孔子述说之际，“喟然而叹”，可以说这是孔子、儒家对此发出的深长叹息。学者指出，孔子所竭力维护的“周礼”，是原始巫术礼仪基础上的晚期氏族统治体系的规范化和系统化。由于经济基础延续着氏族共同体的基本社会结构，从而这套“礼仪”一定程度上仍然保存了原始的民主性和人民性(李泽厚《中国思想史论》上册页12、任继愈《中国哲学发展史·先秦》页172)。孔子、儒家对氏族社会末期部落联盟领袖尧、舜的推崇充分表现了这种思想。本文对“大道之行也，天下为公”的“大同”之世发出热情洋溢的颂扬，证明“大同”是儒家衷心向往的盛世。而对于“大道既隐，天下为家”的“小康”，“各亲其亲，各子其子……故谋用是作，而兵由此起”，让人无可奈何，只能是不得不接受，幸而有“礼义以为纪，以正君臣，以笃父子……”和“禹、汤、文、武、成王、周公……未有不谨于礼”。《郭店楚墓竹简》有战国儒家文献《唐虞之道》，曰：“禅而不传，圣之盛也。”《上海博物馆藏战国楚竹书》

(二)《容成氏》也说仓颉氏、轩辕氏、神农氏“皆不授其子而授贤”，都是主张禅让。传子还是传贤这是攸关治国的大问题，儒、墨、道、法各家都曾出现传贤的主张，“天下非一人之天下也，天下之天下也”，这话出现于战国多种著作，这就是《礼运》产生的时代背景。这里的“天下为公”，虽然脱胎于原始社会，在阶级社会中只能是不能实现的空想，但是这种政治理想的提出为人类社会画出了一幅异常美好的蓝图，与社会现实形成强烈的对照，这种理想本身就富有意义。后代的志士仁人，特别是近代的洪秀全、康有为、谭嗣同、孙中山等都把它当作革命的理想目标。这一段文章，大量使用排比句、对偶句，而又长短句间用，整练而富于变化，顿挫而流畅，情韵并美，朗朗上口，也是文章的上乘。

《礼记》中最富文学性的是《檀弓》。

《檀弓》是讲丧礼的，但是作者很少发议论，大多是关于丧礼的小故事。作者“未尝接闻鲁人师友辨论”(叶适《习学记言序目》卷八)，写作时间不早于战国中期。有些故事得自传闻，并非信史。文中常常赞扬孔子弟子子游，或许出于子游后学之手。

《檀弓》的记事很有特色，不摆写文章的架子，不刻意雕琢，故事都比较简短，文字明净自然，有的写得生动深刻，有的富有意趣。例如：

> 孔子过泰山侧。有妇人哭于墓者而哀。夫子式而听之，使子路问之，曰：“子之哭也，壹似重有忧者。”而曰：“然。昔者吾舅死于虎，吾夫又死焉，今吾子又死焉。”夫子曰：“何为不去也?”曰：“无苛政。”
>
> 夫子曰：“小子识之：苛政猛于虎也。”

截取生活中具有典型意义的一个小片段，以极简练的语言，反映了社会上的一个大问题。篇末点题，画龙点睛，语意鲜明深刻，代表了儒家思想的一个重要方面，对后代有很大影响。

有些故事，波澜起伏，迷离奇幻，极具戏剧性：

> 知悼子卒，未葬，平公饮酒，师旷、李调侍，鼓钟。
>
> 杜蒉自外来，闻钟声，曰：“安在?”曰：“在寝。”杜蒉入寝，历阶而升，酌曰：“旷饮斯!”又酌曰：“调饮斯!”又酌堂上，北面坐，饮之，降，趋而出。

平公呼而进之，曰：“蒉！曩者尔心或开予，是以不与尔言。尔饮旷何也?”曰：“子卯不乐，知悼子在堂，斯其为子卯也大矣。旷也大师也，不以诏，是以饮之也。”“尔饮调何也?”曰：“调也君之亵臣也，为一饮一食亡(忘)君之疾，是以饮之也。”“尔饮何也?”曰：“蒉也宰夫也，非刀匕是共，又敢与知防，是以饮之也。”平公曰：“寡人亦有过焉，酌而饮寡人。”杜蒉洗而扬觯。

公谓侍者曰：“如我死，则必无废斯爵也。”至于今既毕献，斯扬爵，谓之杜举。

晋平公君臣违礼，宰夫杜蒉却不直谏，入寝三酌三饮以后，竟“趋而出”，故意布成疑阵，以致平公唤他回来，他讲述了三酌三饮的用意，而丝毫不涉及平公，实际上却是“偏师旁击，早已擒贼擒王”(清孙濩孙《檀弓论文》)，所以平公主动任过任罚。进谏的方式奇特，文章曲折有致。

《左传》昭公九年载有同一事件，而写法不同，两相比较，《左传》不如《檀弓》写得跳脱灵动，更讲究谋篇布局的艺术效果。论史实的可靠性，《檀弓》大概不如《左传》，“《礼记》是传闻，……当是《传》实而《记》虚也。”(孔颖达《春秋左传正义》)若论写作的艺术性，则《左传》不如《檀弓》。类似的情形还可以举出“晋献公杀世子申生”，《古文观止》评论这篇说：“合《左》、《国》、《公》、《谷》观之，方见是文之神。”评价是确当的。

《檀弓》还善于刻画人物。有时简单的几笔勾勒，就可以使人物神态毕现。例如“不食嗟来之食”：

齐大饥，黔敖为食于路，以待饿者而食之。有饿者蒙袂辑屦，贸贸然来。黔敖左奉食，右执饮，曰：“嗟！来食!”扬其目而视之，曰：“予唯不食‘嗟来’之食，以至于斯也。”从而谢焉，终不食而死。

不足七十字，描绘了两个人物，有言、有行、有肖像描写，形神声容备具，可以看出作者的艺术水平。饿者抱节守志，宁死不食嗟来之食，是少见的狷介廉洁之士，对后人是有影响的。

“有子之言似夫子”、“曾子易箦”也是写人物的佳作。前一篇写曾子、有子的不同性格，曾子一味笃信师言，不知变通，有子则灵透深彻，有极高的理解力。后一篇专写曾子：

> 曾子寝疾，病。乐正子春坐于床下，曾元、曾申坐于足，童子隅坐而执烛。
>
> 童子曰："华而睆，大夫之箦与?"子春曰："止!"曾子闻之，瞿然曰："呼!"曰："华而睆，大夫之箦与?"曾子曰："然。斯季孙之赐也，我未之能易也。元!起易箦。"曾元曰："夫子之病革矣，不可以变；幸而至于旦，请敬易之。"曾子曰；"子之爱我也不如彼。君子之爱人也以德，细人之爱人也以姑息。吾何求哉！吾得正而毙焉斯已矣。"
>
> 举扶而易之，反席未安而没。

开端点出事由和人物：曾子病重，乐正子春等四人围坐于不同位置。天真的童子乘烛光看见华丽的、大夫才能使用的床席，直言无隐地两次提出问题，子春、曾元出于爱师、爱父之心有意遮掩、拖延，曾子被童子提醒，视为易箦是"得正"的大事，坚持易箦。文章通过临终前的一件小事表彰了曾子为人的谨守礼法，对话传神，叙事布景都很细腻。

《檀弓》的思想、艺术都有可贵之处，前人给予很多赞扬。南宋陈骙《文则》说："观《檀弓》之载事，言简而不疏，旨深而不晦，虽《左氏》之富艳，敢奋飞于前乎?"刘熙载《艺概》说："《左氏》森严，文赡而义明，人之尽也。《檀弓》浑化，语疏而情密，天之全也。""文之自然，无若《檀弓》。"《檀弓》的成就不可轻与《左传》并论，不能笼统地说《左传》不如《檀弓》，不过《檀弓》确有独特的风味，读《左传》和《檀弓》会产生不同的感受，这倒也是事实。

这里顺便说说《考工记》。

《考工记》是齐国人记述手工业技术的一部很有价值的专著。写作时代或说在春秋末期，或说在战国初年，至今无定论。其写定时代是否这样早，还可进一步研究。西汉时，因为《周礼》散失《冬官》一篇，《考工记》被补入《周礼》。

谈手工制造本来是很枯燥的事，难以写出有文学性的作品。可是《考工记》却受到众多文家的好评，至被称为"古今奇文"，虽然不无溢美，但是《考工记》在散文史上确也值得一提。

《考工记》条理清晰，有完整的体系，开头有全书的总论，然后分六类三十个工种，即“攻木之工七，攻金之工六，攻皮之工五，设色之工五，刮摩之工五，抟埴之工二”(今本与原目次序有不同)，作了很详细的论述。在总论中，作者对“百工”是这样说明的：

> 国有六职，百工与居一焉。或坐而论道；或作而行之；或审曲面势以饬五材，以辨(办)民器；或通四方之珍异以资之；或饬力以长地财；或治丝麻以成之。坐而论道，谓之王公；作而行之，谓之士大夫；审曲面势以饬五材，以辨民器，谓之百工；通四方之珍异以资之，谓之商旅；饬力以长地财，谓之农夫；治丝麻以成之，谓之妇工。……知者创物，巧者述之，守之，世谓之工。百工之事，皆圣人之作也。

这里把百工等庶民阶级与王公、士大夫相提并论，合称国家的“六职”，显然是一种新思想。这与《周礼·天官·大宰》把“万民”分为“九职”不相同，与《礼记·王制》“凡执技以事上者，祝、史、射、御、医、卜及百工……不贰事，不移官，出乡不与士齿”，更不相同。百工与圣人挂钩，当然是要提高百工的身价。这很值得注意。诸子中有农家，《考工记》的作者未尝不可以称之为工家。

《考工记》的作者，不满足于讲清制造技术，使人知其然而已，而是郑重其事、饶有兴味地讲明所以然，文字、章法也极讲究。比如制造车轮，怎样才算完美呢？作者说：

> 望而眡其轮，欲其幎尔而下迤也。进而眡之，欲其微至也。无所取之，取诸圜也。
>
> 望其辐，欲其掣尔而纤也。进而眡之，欲其肉称也。无所取之，取诸易直也。
>
> 望其毂，欲其眼也。进而眡之，欲其帱之廉也。无所取之，取诸急也。

像这样地排比取姿，自然是精心结撰，有意为文。这样的行文，与《墨子》中讲自然科学的《墨经》和讲防御战术的《备城门》以下诸篇的简古无文，成为明显的对照。

春秋战国之际，王公大夫所用的不少器物，已经是高级的艺术品，而《考工记》

的作者又以饱满的情绪，精心记述制造这些器物的艺术体验，因而他能一丝不苟做出精细生动的刻画，所以刘熙载说："刻画无若《考工》……"(《艺概·文概》)。"梓人为筍虡"一书可以为例：

> 梓人为筍虡。
>
> 天下之大兽五。脂者、膏者、裸者、羽者、鳞者。宗庙之事，脂者、膏者以为牲。裸者、羽者、鳞者以为筍虡。
>
> 外骨内骨，却行仄行，连行纡行，以脰鸣者，以注(咮)鸣者，以旁鸣者，以翼鸣者，以股鸣者，以胸鸣者，谓之小虫之属，以为雕琢。
>
> 厚唇弇口，出目短耳，大胸燿后，大体短脰，若是者为之裸属，恒有力焉而不能走，其声大而宏。有力而不能走，则于任重宜；大声而宏，则于钟宜。若是者以钟虡。是故击其所县(悬)，而由(犹)其虡鸣。
>
> 锐喙决吻，数目顅脰，小体骞腹，若是者谓之羽属，恒无力而轻，其声清阳而远闻。无力而轻，则于任轻宜；其声清阳而远闻，则于磬宜。若是者以为磬虡。故击其所县，而由其虡鸣。
>
> 小首而长，抟身而鸿，若是者谓之鳞属，以为筍。
>
> 凡攫閷援簭之类，必深其爪，出其目，作其鳞之而。深其爪，出其目，作其鳞之而，则于眂必拨尔而怒。苟拨尔而怒，则于任重宜，且其匪(斐)色必似鸣矣。爪不深，鳞之而不作，则必颓尔如委矣。苟颓尔如委，则加任焉，则必如将废措，其匪色必似不鸣矣。

这是讲在钟磬的架上雕绘种种鸟兽虫鱼的要求及其形象。文章先总叙在筍虡上要雕琢裸者、羽者、鳞者三种鸟兽，然后分写三种鸟兽的不同用途，最后从正、反两面强调钟虡上的猛兽必须雕出藏爪、突目、竖须的怒态，以便在击钟时真像是猛兽在发出宏大的鸣声。这一段写得形神兼备，十分逼真。张衡《西京赋》也写到筍虡："洪钟万钧，猛虡趪趪。负筍业而余怒，乃奋翅而腾骧。"这已经是《考工记》之后数百年的事情了。

作者津津有味地描述，而行文之际又追求文采，读者读了也觉得很有情趣，这就是《考工记》受到好评的原因。

第八章
辞 赋

赋产生于战国末季，是在诗、文发展的基础上，吸收诗、文艺术成果诞生的一种新体文章。创始者是宋玉和荀子。“楚辞”是赋体的主要源头之一。在这一章中，我们主要讨论赋的起源、“楚辞”中的散体文章和宋玉、荀子的赋。

第一节 辞、赋及赋的产生

通常所说“辞赋”本是两种文体，辞指楚辞，是《诗经》以后产生于楚国的一种新诗体，诗人屈原创作于战国中期；赋，则是介于诗、文之间的一种体裁，非诗非文，亦诗亦文。但是汉代人对于辞、赋多不加区分，不仅把楚辞、汉赋统称为“辞赋”，而且楚辞也称赋，汉赋也称辞，如说屈原“作《怀沙》之赋”(《史记·屈原列传》)，“赋莫深于《离骚》，辞莫丽于相如”(《汉书·扬雄传》)。虽然早就有人指出这样称说不科学，“骚别于赋”(章学诚《文史通义·诗教下》)，“骚之与诗远而近，赋之与骚近而远”(程廷祚《骚赋论》)，萧统《文选》已经分赋、骚为二类。可是自汉及今，许多人相沿不改。当然，究其原因，辞、赋二者，确也有纠葛之处。“不歌而诵谓之赋，登高能赋，可以为大夫。”(《汉书·艺文志·诗赋略》)《诗三百》都是入乐的诗，但是楚辞和赋都已经与音乐脱离关系，只能诵读，不能配乐歌唱。就“不歌而诵”而言，辞、赋无二致。又，汉代大赋虽然与楚辞界域清楚，但是汉赋中有一类骚体赋，赋中又常常使用骚体句，而且辞、赋又都具有铺陈夸张、辞藻华丽的特点，于是后人便往往笼统称说而不加区分。

关于赋的得名，一般认为，上述“不歌而诵”是一义，另一义即《毛诗序》“六义”风、雅、颂、赋、比、兴之“赋”，郑玄解释说：“赋之言铺，直铺陈今之政教善恶。”(《周礼·春官》“六诗”注)所以后人都认为“赋”就是“铺陈”：

赋者，铺陈之称，古诗之流也。……所以假象尽辞，敷陈其志。(晋挚虞《文章流别论》)

赋者，铺也，铺采摛文，体物写志也。(刘勰《文心雕龙·诠赋》)

不歌而诵，散文而用韵，铺陈文采，体察物象，这是赋体文章得名的由来，也是它的主要特点。

关于赋的起源，《文心雕龙·诠赋》说：“赋也者，受命于诗人，而拓域于楚辞也。于是荀况《礼》、《智》，宋玉《风》、《钓》，爰赐名号，与诗画境，六义附庸，蔚成大国。”清代章学诚则进一步指出诸子特别是纵横家，对于赋的影响：“赋家者流，纵横之派别，而兼诸子之余风。”(《文史通义·诗教下》)“古之赋家者流，原本《诗》，《骚》，出入战国诸子。假设对问，《庄》、《列》寓言之遗也；恢廓声势，苏、张纵横之体也……”(《校雠通义》卷三)这就是说，赋的源头主要是《诗经》、楚辞和战国诸子。

赋中多用四言句，其铺陈物象也与《诗经》的“赋”法有关，赋的“抒下情而通讽谕”，或“宣上德而尽忠孝”(班固《两都赋·序》)，也与《诗经》雅、颂的美刺相通。这可以说是《诗经》对于赋的影响。楚辞与赋的关系则更为明显。言之文者为“辞”，楚辞的铺张夸饰、惊采绝艳和虚幻谲怪的表现手法、散文化的句式，都给赋以直接的影响。而像屈原《桔颂》的“体物写志”，《招魂》东南西北、天上地下的铺排，居室、饮食、歌舞、游戏等宫廷生活的细致描绘以及它所使用的对话体，都给赋以直接的启发。至于宋玉的《九辩》更表现出楚辞向赋的过渡：

悲哉秋之为气也！萧瑟兮草木摇落而变衰。憭栗兮若在远行，登山临水兮送将归。泬寥兮天高而气清，寂寥兮收潦而水清。憯凄增欷兮薄寒之中人，怆怳圹悢兮去故而就新。坎廪兮贫士失职而志不平，廓落兮羁旅而无友生，惆怅兮而私自怜。

这样大段的景物描写，是屈原的《离骚》所没有的；这样的散文化句法，也超过《离骚》，更接近于赋。很多学者指出《战国策》与赋的密切关系，除章学诚外，章太炎说：纵横家说辞“寻理本旨，无过数言，而务为纷葩，期于造次可听，溯其流别，实不歌而诵之赋也。秦、代、仪、轸之辞，所以异于《子虚》、《大人》者，亦有韵、无韵云尔。”(《检论》卷五)刘师培说：“骋词之赋，其源出于纵横家。”(《论文杂记》八)我们在谈《战国策》的时候，曾说《楚策四》“庄辛说楚襄王”已经很像一篇无韵的赋，再如《楚策一》“江乙说于安陵君”一章写楚王的田猎：

于是楚王游于云梦，结驷千乘，旌旗蔽日，野火之起也若云霓，兕虎嗥之声若雷霆，有狂兕牂车依轮而至，王亲引弓而射，壹发而殪。王抽旃旄而抑兕首，仰天而笑曰：“乐矣，今日之游也！寡人万岁千秋之后，谁与乐此矣？”安陵君泣数行而进曰：“臣入则编席，出则陪乘，大王万岁千秋之后，愿得以身试黄泉，蓐蝼蚁，又何如得此乐而乐之！”王大说，乃封坛为安陵君。

写田猎而作这样绘声绘形的渲染，是以前的散文所没有的。这样的文章从内容到描写都开了骋词之赋的先河。此外，《史记·楚世家》载“楚人以弋说楚襄王”，其文曰：“小臣之好射鶀雁、罗鸗，小矢之发也，何足为大王道也。……故秦、魏、燕、赵者，鶀雁也；齐、鲁、韩、卫者，青首也；驺、费、郯、邳者，罗鸗也。外其余则不足射者。见鸟六双，以王何取？王何不以圣人为弓，以勇士为缴，时张而射之？……”这是一篇诙诡铺张的说辞，也出于纵横家，姚鼐把它和庄辛的说辞一起选入《古文辞类纂·辞赋类》。这些都说明，赋作为一种文体而兴起，并非出于偶然，乃是战国末期文学发展而形成的一种趋势，是《诗经》、楚辞、诸子散文多种文体形式相互交流、影响、融合的结果。此外，值得注意的是，上面提到的被姚鼐视为赋的两篇说辞都与宋玉赋同出于楚国，同出于楚襄王时期，也不是巧合，证明人们认为赋首先兴起于楚国是正确的。

上面说明了楚辞与赋的关系，但是还必须指出，说楚辞是诗是就整体而言，楚辞中也有少量的文，如《卜居》、《渔父》以及《对楚王问》。关于前两篇，王逸既说“屈原之所作也”，又说《渔父》是“楚人思念屈原，因叙其辞以相传焉”(《楚辞章句》)，今人多认为不是屈原所作。但它们用的是先秦古韵，应当是离屈原不甚远、深知屈原生活和思想的楚人所作(见郭沫若《屈原赋今译·后记》)。这两篇文章有一些共同点：第一，都写屈原在放逐期间思想的苦闷、愤慨，抨击社会现实的污浊和黑暗；第二，都是“设为问答，以显己意”，《卜居》是屈原与卜者的问答，《渔父》是屈原与渔父的对谈；第三，大量使用骈偶句和韵语，而开端、结尾，尤其是开端，则多用散文。例如《卜居》：

> 屈原既放，三年不得复见。竭知尽忠，而蔽障于谗。心烦虑乱，不知所从。往见太卜郑詹尹曰：“余有所疑，愿因先生决之。”詹尹乃端策拂龟，曰：“君将何以教之?”
>
> 屈原曰：“吾宁悃悃款款，朴以忠乎？将送往劳来斯无穷乎？宁诛锄草茅以力耕乎？将游大人以成名乎？宁正言不讳以危身乎？将从俗富贵以偷生乎？宁超然高举以保真乎？将哫訾栗斯，喔咿儒儿以事妇人乎？宁廉洁正直以自清乎？将突梯滑稽，如脂如韦以洁楹乎？宁昂昂若千里之驹乎？将泛泛若水中之凫，与波上下，聊以全吾躯乎？宁与骐骥亢轭乎？将随驽马之迹乎？宁与黄鹄比翼乎？将与鸡鹜争食乎？此孰吉孰凶？何去何从？世溷浊而不清，蝉翼为重，千钧为轻；黄钟毁弃，瓦釜雷鸣；谗人高张，贤士无名。吁嗟默默兮，谁知吾之廉贞!”
>
> 詹尹乃释策而谢曰：“夫尺有所短，寸有所长，物有所不足，智有所不明，数有所不逮，神有所不通。用君之心，行君之意，龟策诚不能知事。”

开端一段散文，叙述事件的原由，犹如全文的小序，下文的问答都使用韵语，却用“宁……乎”和“将……乎”的散文句法，连发十八问，形式类似《天问》，却使用问答体，韵、散参错，叙事写志，又与《天问》有别。这是由楚辞演变出的新文体，开始显现了赋体文章的端倪，是宋玉赋的先导。鲁迅说，《卜居》、《渔父》“设为问难，履韵偶句之法，则颇为词人则效，近如宋玉之《风赋》，远如相如之《子虚》、《上林》，班固之《两都》皆是也。”(《汉文学史纲要》第四篇)后代的文体赋如欧阳修《秋声赋》、苏轼《赤壁赋》等，也是由此发源的。

《对楚王问》始见于刘向《新序·杂事》，萧统收入《文选》，刘勰和萧统都以为作者是宋玉。今人多认为不出于宋玉之手，大约也像《卜居》、《渔父》一样，由后人写成。它不同于《卜居》、《渔父》的用韵，是一篇散文，《文心雕龙》把它归入“杂文”类。其文曰：

> 楚襄王问于宋玉曰：“先生其有遗行与？何士民众庶不誉之甚也？”
>
> 宋玉对曰：“唯，然，有之。愿大王宽其罪，使得毕其辞。客有歌于郢中者，其始曰下里巴人，国中属而和者数千人。其为阳阿薤露，国中属而和者数百人。其为阳春白雪，国中属而和者不过数十人。引商刻羽，杂以流徵，国中属而和者不过数人而已。是其曲弥高，其和弥寡。故鸟有凤而鱼有鲲，凤皇上击九千里，绝云霓，负苍天，足乱浮云，翱翔乎杳冥之上，夫藩篱之鷃，岂能与之料天地之高哉？鲲鱼朝发昆仑之墟，暴鬐于碣石，暮宿于孟诸；夫尺泽之鲵，岂能与之量江海之大哉？故非独鸟有凤而鱼有鲲也，士亦有之。夫圣人瑰意琦行，超然独处，世俗之民，又安知臣之所为哉？”

这里的宋玉机警而有锋芒，雄辩而不落言筌，俨然是一个辩士。对问使用三喻，既有说服力，又有气势，有感染力，生动奇幻，富有辞采，明示着纵横家说辞和庄子寓言的结合。刘勰说：“宋玉含才，颇亦负俗，始造《对问》，以申其志，放怀寥廓，气实使之。”“自《对问》以后，东方朔效而广之，名为《客难》”，“扬雄《解嘲》，杂以谐谑”，“班固《宾戏》，含懿采之华”，这都是“发愤以表志”的文章(《文心雕龙·杂文》)，这类文章被后人视为赋体的一支。

第二节　宋玉的赋

屈原之后，楚国产生了一批辞赋作家，《史记·屈原列传》说：“屈原既死之后，楚有宋玉、唐勒、景差之徒者，皆好辞而以赋见称。然皆祖屈原之从容辞令，终莫敢直谏。其后楚日以削，数十年竟为秦所灭。"《汉书·艺文志》著录"唐勒赋四篇"，亡佚，1972年银雀山汉墓出土其残文一篇，《楚辞章句》说："《大招者》，屈原之所作也，或曰景差，疑不能明也。"其中有作品流传并且创作成就最大的是宋玉，后世常"屈宋"并称。

宋玉，楚国鄢(今湖北宜城)人，生卒年不详。其活动年代约在楚襄王(前298～前263在位)后期。司马迁说宋玉年世在"屈原既死之后"，班固也说"在屈原后也"(《汉书·艺文志·诗赋略》)，王逸则说"宋玉者，屈原弟子也"，又称宋玉为"楚大夫"，所说与班、马有异。宋玉可能只是一个文学侍从之臣，没有受到重用。《新序·杂事五》载，宋玉"因其友以见于楚襄王，襄王待之无以异"。宋玉在《九辩》中说"坎廪兮贫士失职而志不平"，"无衣裘以御冬兮，恐溘死不得见乎阳春"，可见他是一个出身寒微、仕途失意的贫士。

《汉书·艺文志》说"宋玉赋十六篇"，《楚辞章句》载《九辩》、《招魂》二篇，《文选》载《风赋》、《高唐赋》、《神女赋》、《登徒子好色赋》和《对楚王问》五篇，《古文苑》载《笛赋》、《大言赋》、《小言赋》、《讽赋》、《钓赋》、《舞赋》六篇，凡十三篇，其中《招魂》一般认为作者是屈原，《舞赋》是东汉傅毅的作品，《对楚王问》上节已经说过，《古文苑》中的五篇多数人认为不可靠，《文选》中的四篇赋也存在不同意见，没有争议的只有楚辞体《九辩》一篇，上文已经述及。这里我们着重讨论四篇赋。否定传统说法的人对四篇赋提出一些可疑之点，认为宋玉时代还不可能产生这样的散文赋。不过肯定为宋玉作品的人仍居多数。我们认为，在楚辞、《庄子》、策士说辞的影响下，在战国末期产生出宋玉赋并不是不可能，这样的赋不一定要到汉代才能产生。在一定条件下，文学史上发生飞跃的情况是存在的，宋玉赋跃升的程度未必大于《离骚》之于《诗经》和《沧浪歌》、《越人歌》，由《九辩》我们可以看出宋玉是一位有才华的作家，司马迁又说他"好辞而以赋见称"，而且荀子的《赋篇》又可以确凿证实先秦赋的存在，所以在缺乏强有力证据的情况下，还不宜贸然否定宋玉的著作权。汉墓出土的《唐勒》残简体制、风格都与宋赋一致，可以证实宋赋的可靠性。李学勤先生证实《唐勒》为"宋玉赋的佚篇"，又由此证实《大言赋》、《小言赋》之可信(《简帛佚籍与学术史》第六篇《〈唐勒〉〈小言赋〉和〈易传〉》)。

宋玉赋与《卜居》、《渔父》都使用问答体，都是散、韵结合，但是宋玉赋抒情的成分减少，体物的成分、细致地刻画描绘明显增多，同时又增加了讽谕的内容，因而更接近汉赋。例如《风赋》：

楚襄王游于兰台之宫，宋玉、景差侍。有风飒然而至，王乃披襟而当之，曰："快哉，此风！寡人所与庶人共者邪？"宋玉对曰："此独大王之风耳，庶人安得而共之？"王曰："夫风者，天地之气，溥畅而至，不择贵贱高下而加焉。今子独以为寡人之风，岂有说乎？"宋玉对曰："臣闻于师：'枳句来巢，空穴来风。'其所托者然，则风气殊焉。"

王曰："夫风，始安生哉？"宋玉对曰："夫风，生于地，起于青蘋之末，侵淫溪谷，盛怒于土囊之口，缘泰山之阿，舞于松柏之下。飘忽淜滂，激扬熛怒；耾耾雷声，回穴错迕；蹶石伐木，梢杀林莽。至其将衰也，被丽披离，冲孔动楗，眴焕粲烂，离散转移。故其清凉雄风，则飘举升降，乘凌高城，入于深宫。邸华叶而振气，徘徊于桂椒之间，翱翔于激水之上，将击芙蓉之精。猎蕙草，离秦衡，概新夷，被荑杨，回穴冲陵，萧条众芳。然后倘佯中庭，北上玉堂，跻于罗帷，经于洞房，乃得为大王之风也。故其风中人，状直惨凄惏栗，清凉增欷，清清泠泠，愈病析酲，发明耳目，宁体便人。此所谓大王之雄风也。"

王曰："善哉论事！夫庶人之风，岂可闻乎？"宋玉对曰："夫庶人之风，塕然起于穷巷之间，堀堁扬尘，勃郁烦冤，冲孔袭门，动沙堁，吹死灰，骇溷浊，扬腐余，邪薄入瓮牖，至于室庐。故其风中人，状直憞溷郁邑，殴温致湿，中心惨怛，生病造热，中唇为胗，得目为蔑，啖齰嗽获，死生不卒。此所谓庶人之雌风也。"

楚襄王面对兰台宫中的清凉之风，以为这是他与庶人共同享有的，因为风"不择贵贱高下而加焉"，宋玉偏偏提出异议，以为庶人不可能与大王"共之"，对比地讲出"大王之雄风"和"庶人之雌风"的不同。一种是凌高城，入深宫，徘徊于椒桂、荷蕙之间，上玉堂，跻罗帷，清清泠泠，愈病析酲；一种是起于穷巷，入于瓮牖，扬尘沙朽腐，殴温致湿，使人患病生疮，不死不活。这一番话，显然是借题发挥，穷巷瓮牖间的庶人，和深宫玉堂中的统治者，忧苦欢乐，天悬地隔，哪有"共"之可言。这是对民间疾苦的委婉陈述，是对襄王的讽谏。有人认为这篇赋根本没有讽意，而

《文选》吕向注说:“时襄王骄奢,故宋玉作此赋以讽之。”苏轼、苏辙兄弟都认为有讽意,苏轼说:“‘此独大王之雄风也,庶人安得而共之’,不知者以为谄也,知之者以为讽也。”“讥楚王知己而不知人也。”(《书柳公权联句》)这是得此赋之意的。

风而分“雄”“雌”,着想超拔,巧于口辩。写风从“生”“起”至“衰”至“离散转移”和入深宫、经洞房的过程,其铺排之周密,刻画之精致,辞藻之繁丽,可谓前无古人,不仅是“述客主以首引”,已是“极声貌以穷文”(《文心雕龙·诠赋》)了。

《高唐赋》被称为“汉赋之权舆”(陈第《屈宋古音义·题高唐》),从结构、规模和铺陈而言,《高唐赋》的确更接近汉代的大赋,它先有一个长序:

昔者楚襄王与宋玉游于云梦之台,望高唐之观,其上独有云气,崒兮直上,忽兮改容,须臾之间,变化无穷。王问玉曰:“此何气也?”玉对曰:“所谓朝云者也。”王曰:“何谓朝云?”玉曰:“昔者先王尝游高唐,怠而昼寝,梦见一妇人曰:‘妾,巫山之女也。为高唐之客。闻君游高唐,愿荐枕席。’王因幸之。去而辞曰:‘妾在巫山之阳,高丘之阻,旦为朝云,暮为行雨。朝朝暮暮,阳台之下。’旦朝视之,如言。故为立庙,号曰朝云。”王曰:“朝云始出,状若何也?”玉对曰:“其始出也,晰兮若松榯;其少进也,晰兮若姣姬,扬袂鄣日,而望所思。忽兮改容,偈兮若驾驷马,建羽旗。湫兮如风,凄兮如雨。风止雨霁,云无处所。”王曰:“寡人方今可以游乎?”玉曰:“可。”王曰:“其何如矣?”玉曰:“高矣显矣,临望远矣。广矣普矣,万物祖矣。上属于天,下见于渊,珍怪奇伟,不可称论。”王曰:“试为寡人赋之!”玉曰“唯唯!”

这就是“巫山神女”、“巫山云雨”的出处。在这篇序中叙事用散文,写景用韵语,其中写云气的动态变幻,由“始出”至“雨霁”的过程,非常形象。赋的正文调动各种艺术手段,以丰富多彩的语句,铺写川水的奔腾澎湃,草木的畅茂繁盛,登高所见的险峻山势,高唐观侧的芳草秋兰,最后写楚王奏乐和纵猎,结尾是曲终奏雅,表讽谏之意:“思万方,忧国害,开贤圣,辅不逮。九窍通郁,精神察滞,延年益寿千万岁。”由其中写川水的一段可见此赋铺叙的一般:

登巉岩而下望兮,临大阺之稸水。遇天雨之新霁兮,观百谷之俱集。濞汹汹其无声兮，溃淡淡而并入。滂洋洋而四施兮，蓊湛湛而弗止。长风至而波起兮，若丽山之孤亩。势薄岸而相击兮，隘交引而却会。崪中怒而特高兮，若浮海而望碣石。砾磥磥而相摩兮，巆震天之磕磕。巨石溺溺之瀺灂兮，沫潼潼而高厉。水澹澹而盘纡兮，洪波淫淫之溶滴。奔扬涌而相击兮，云兴声之霈霈。猛兽惊而跳骇兮，妄奔走而驰迈。虎豹豺兕，失气恐喙；雕鹗鹰鹞，飞扬伏窜，股战胁息，安敢妄挚？于是水虫尽暴，乘渚之阳；鼋鼍鳣鲔，交织纵横，振鳞奋翼，蜲蜲蜿蜿，中阪遥望。

登上巉岩，观雨后百川汇集交流，描其声，写其状，长风掀浪之情，惊涛拍岸之势，浪花如云之景，无不一一毕现，共用了二十二句加以形容，接着又用十五句历叙各种猛兽、水虫见水势、闻水声而为之惊恐的种种表现，极尽渲染夸张之能事。像这样的文学描绘，在先秦时代，自然是达到了最高的水平。

值得注意的是，这篇赋在写景之中还多处写情，而且都写哀凄之情。如“玄木冬荣”一节，写“绿叶紫裹，丹茎白蒂”，何其富于色彩之美，接下去却说：“纤条悲鸣，声似竽籁；清浊相和，五变四会。感心动耳，回肠伤气：孤子寡妇，寒心酸鼻；长吏隳官，贤士失志，愁思无已，叹息垂泪。”又如写高唐观的瑶草、鸟啼、仙人之乐时，却说：“越香掩掩，众雀嗷嗷。雌雄相失，哀鸣相号。”写祭祀之后的奏乐时又说：“细大弦而雅声流，冽风过而增悲哀。于是调讴，令人惏悷惨凄，胁息增欷。”一篇之中三致意焉，这未必只是作者身世之感的流露，应当是与篇末的讽谕相呼应，而暗寓规讽之意。

《神女赋》是《高唐赋》的续篇，开端也是一篇长序，写楚襄王与宋玉游高唐，使宋玉赋高唐之事。“其夜，玉寝，梦与神女遇，明日以白王。”(传本作“王寝”“以白玉”，误，此从沈括《梦溪笔谈·补笔谈》卷一、陈第《屈宋古音义·题神女赋》、俞平伯《宋玉梦神女非襄王梦神女》说)宋玉应王之问：讲神女体貌之美，仪态的闲雅，衣饰的繁丽：

茂矣美矣，诸好备矣。盛矣丽矣，难测究矣。上古既无，世所未见，瑰姿玮态，不可胜赞。其始来也，耀乎若白日初出照屋梁；其少进也，皎若明月舒其光。须臾之间，美貌横生。晔兮如华，温乎如莹，五色并驰，不可殚形。详而视之，夺人目精。其盛饰也，则罗纨绮缋盛文章，极服妙采照万方。振绣衣，被袿裳，襛不短，纤不长，步裔裔兮曜殿堂。忽兮改容，婉若游龙乘云翔。嫷被服，侻薄装；沐兰泽，含若芳。性和适，宜侍旁；顺序卑，调心肠。

这里有概括的叙写，有具体的描绘，有“其始来也”，“其少进也”，“其盛饰也”的铺陈，有“若白日”、“若明月”、“如华”、“如莹”、“若游龙”的比喻，有四言、三言、骚体、七言等不同句式的变换。赋的正文则多用骚体和四言。这篇赋除正面写神女的体态仪容之外，着重写了她的徘徊犹豫、将即又离的心理和神态：

动雾縠以徐步兮，拂墀声之珊珊。望余帷而延视兮，若流波之将澜。奋长袖以正衽兮，立踯躅而不安。澹清静其愔嫕兮，性沉详而不烦。时容与以微动兮，志未可乎得原。意似近而既远兮，若将来而复旋。褰余帱而请御兮，愿尽心之惓惓。怀贞谅之洁清兮，卒与我兮相难。陈嘉辞而云对兮，吐芬芳其若兰。精交接以来往兮，心凯康以乐欢。神独亨而未结兮，魂茕茕以无端。含然诺其不分兮，喟扬音而哀叹。頩薄怒以自持兮，曾不可乎犯干。

精交，神通，含情脉脉，但又局促不安，若近若远，俨然是一个羞羞答答的少女，最后终于又矜庄自持，使人不可侵犯，“摇佩饰，鸣玉鸾，整衣服，敛容颜”，遽然而逝。发乎情性，终乎礼义，宋玉以此委婉地对襄王表示讽谏。这正是《登徒子好色赋》结尾所说“目欲其颜，心顾其义”，“终不过差”之意。

《登徒子好色赋》也以写女性的体貌著称，而言辞的雄辩则与《对楚王问》相同：

大夫登徒子侍于楚王，短宋玉曰：“玉为人体貌闲丽，口多微辞，又性好色。愿王勿与出入后宫。”王以登徒子之言问宋玉，玉曰：“体貌闲丽，所受于天也。口多微辞，所学于师也。至于好色，臣无有也。”王曰：“子不好色，亦有说乎？有说则止，无说则退。”玉曰：“天下之佳人，莫若楚国；楚国之丽者，莫若臣里；臣里之美者，莫若臣东家之子。东家之子，增之一分则太长，减之一分则太短；著粉则太白，施朱则太赤；眉如翠羽，肌如白雪；腰如束素，齿如含贝。嫣然一笑，惑阳城，迷下蔡。然此女登墙窥臣三年，至今未许也。”

“观夫荀结隐语，事数自环；宋发夸谈，实始淫丽；……并辞赋之英杰也。”(《文心雕龙·诠赋》宋玉是一位有创造性的出色赋家，宋玉赋是先秦文学的新收获，是纯文学园地一枝鲜艳的花朵，可以说已经是有意识的文学创作。宋玉赋特别是《高唐赋》、《神女赋》对后代影响很大，它不仅直接启迪了汉代大赋闳衍侈丽的文风，为导先路，而且后代描写女性的赋乃至诗如司马相如《美人赋》、曹植《洛神赋》等，也无不导源于此。

第三节 荀子的赋

《汉书·艺文志》著录“荀卿赋十篇”，今《荀子·赋篇》包括《礼》、《知》、《云》、《蚕》、《箴》五赋，篇末有“佹诗”一篇，《荀子》又有《成相篇》，凡四篇五十六章(分四篇从王先谦《荀子集解》)，恰合“十篇”之数。《汉书·艺文志》于“杂赋”类列入“成相杂辞十一篇”，可证班固视“成相”辞为赋。荀子的《成相》为民歌体，全面集中地讲述了荀子的政治主张，是他的哲理散文的延伸。如第一章：“请成相，世之殃，愚暗愚暗堕贤良。人主无贤，如瞽无相何伥伥!”以下各章都是这种形式。从内容的角度看，实际是用韵的文，但是从形式方面看，既是民歌，自然可以歌唱，不合“不歌而诵”之义，说成赋，理据不充分，这里不作论列。

荀子的年辈与宋玉相近，或略长于宋玉，不过荀子的赋，一般认为是他居于楚国之后的作品。《文选》所收宋玉的五篇作品，有四篇都是讲他与楚襄王的事，只有《登徒子好色赋》泛称“楚王”。而《战国策·楚策四》载孙(荀)子作书谢春申君，“因为赋”云云，其文正是《赋篇·佹诗》的“小歌”，考春申君为楚国令尹在楚襄王之子考烈王之世，这是荀赋作于晚年的一个佐证。由此而言，荀子首先以赋名篇之说未必可靠，尽管荀、宋的创作道路不同，但是荀子的以赋名篇倒很可能是受了宋玉的影响。

荀子的五篇赋，都是以隐语咏物，“遁词以隐意，谲譬以指事”，“纤巧以弄思，浅察以炫辞，义欲婉而正，辞欲隐而显，荀卿《蚕赋》，已兆其体”(《文心雕龙·谐隐》)。其实不独《蚕赋》，其他四篇也是如此，例如《礼赋》：

爰有大物，非丝非帛，文理成章。非日非月，为天下明。生者以寿，死者以葬，城郭以固，三军以强。粹而王，驳而伯，无一焉而亡。臣愚不识，敢请之王。

王曰：此夫文而不采者与？简然易知而致有理者与？君子所敬而小人所不者与？性不得则若禽兽，性得之则甚雅似者与？匹夫隆之则为圣人，诸侯隆之则一四海者与？致明而约，甚顺而体，请归之礼。礼。

通篇用韵，前一部分是隐语，多为整齐的四言句，比况礼，铺陈礼的功用，后一部分说出谜底，但在说明谜底以前，又用疑问句对礼作一番铺陈刻画，实际是两次描绘谜面，然后才正面说出谜底。又如《箴赋》：

有物于此，生于山阜，处于室堂。无知无巧，善治衣裳。不盗不窃，穿窬而行。日夜合离，以成文章。以能合从，又善连衡。下覆百姓，上饰帝王。功业甚博，不见贤良。时用则存，不用则亡。臣愚不识，敢请之王。

王曰：此夫始生钜其成功小者邪？长其尾而锐其剽者邪？头銛达而尾赵缭者邪？一往一来，结尾以为事。无羽无翼，反覆甚极。尾生而事起，尾邅而事已。簪以为父，管以为母。既以缝表，又以连里。夫是之谓箴理。箴。

荀子到底是一位理论家和散文家，他的咏物实际还是说理，表达他的政治观点，言“礼”言“知”，言“下覆百姓，上饰帝王”，“城郭以固，三军以强”，又如“所以禁暴足穷，百姓待之而后宁泰”(《知赋》)，“功被天下，为万世文，礼乐以成，贵贱以分”(《蚕赋》)等等。

荀子运用隐语作赋，也不是偶然的。春秋战国时期社会上流行隐语，这在《左传》、《史记》、《新序》等书中都有记载，如《史记·楚世家》说：“庄王即位三年，不出号令，日夜为乐”，伍举“进隐”曰：“有鸟在于阜，三年不蜚不鸣，是何鸟也?”庄王曰：“三年不蜚，飞将冲天；三年不鸣，鸣将惊人。”又如《史记·田齐世家》载，齐威王时，邹忌为相，淳于髡“语之微言五”，都被邹忌猜中，“微言”即隐语。讲隐语因为要暗射谜底，所以必须或隐或显地描绘形容，即刘勰所说“谲譬”、“炫辞”，因此隐语就与赋的“铺采摛文，体物写志”有了相通之处。《汉书·艺文志》“杂赋”类著录“《隐书》十八篇”，肯定就是出于这个原因。所以荀子的赋虽然基本上也是“述客主以首引，极声貌以穷文”，但是篇幅短小，形式也少变化，与宋玉赋的高度艺术性不可相比。我们说荀、宋赋的创作道路不同，是因为宋赋出于楚辞、说辞、《庄子》，而荀赋主要是借鉴隐语而加以发展的。荀、宋赋的内容也不相同。

鲁迅给《赋篇》的《佹诗》以很高评价，说它“词甚切激，殆不下于屈原”。并且说“实亦赋”(《汉文学史纲要》第四篇)，《战国策・楚策四》也称之为“赋”，而荀子自称为“诗”。这一篇有抒情，有说理，结尾有“小歌”，又有“昭昭乎其知之明也，郁郁乎其遇时之不祥也，拂拂乎其欲礼义之大行也”和“以盲为明，以聋为聪，以危为安，以吉为凶”这类用韵的散文句式，这些，都显示出《佹诗》从诗向赋过渡的形态。

第四节 附论李斯

秦王嬴政于公元前 221 年兼并六国，统一天下，结束近六百年的诸侯割据纷争，建立了中央集权的封建帝国，具有划时代的历史意义。始皇嬴政，自有他的杰出贡献。诸如废除分封制，推行郡县制，宣布“使黔首自实田”的土地私有制，划一度量衡，“车同轨，书同文字”等举措，都是顺应时代潮流、推动社会前进，在历史上起进步作用的。

但是，秦始皇又是我国历史上著名的“暴君”，在获取空前一统的政权之后，仍然迷信武力，钳制舆论，厉行愚民政策，更施行“焚书坑儒”等一系列文化专制的“暴政”。再加滥用民力，造墓修宫，劳民伤财，弄得民不聊生，怨声载道。故而，在他死后仅有三年，即公元前 207 年，就传二世而亡国，上距统一全国，为时不过十四年而已。

秦王朝统治的十几年里，进行严酷的文化专制政策，严重阻碍了正常的文化发展和创造，几乎没有文人，没有文学作品。因而目前所见的各家文学史，于秦代皆付之阙如。唯一的散文作者李斯，其著名散文，也是写于秦王朝统一以前。

李斯(？～前 208)，楚上蔡(今属河南)人。青年时期，曾为小吏。后同韩非从荀卿学习帝王之术。秦庄襄王(秦始皇之父)三年(前 247)，西行入秦，初为丞相吕不韦的舍人。后向秦王嬴政献灭六国成一统之策，受到赏识，拜为长史、客卿。不料秦王政十年(前237),秦国宗室大臣议决驱逐一切客卿(异国人士在本国为官者)。李斯亦包括在内,于是上《谏逐客书》,说服了秦王,取消了驱逐客卿的举措,也使他在秦王朝站稳脚跟。从此备受重用,官至丞相。到天下一统之后,他是秦始皇一系列新政的制定者和推行者。他力主以法为教、以吏为师的文化专制政策,是一个摧残文化传统的历史罪人。秦始皇死后,遭宦官赵高诬陷,被腰斩于咸阳。《史记·李斯列传》详尽地描述了他悲剧人物的一生。

《谏逐客书》首见于《史记》李斯本传,在中国散文发展史上占有重要地位,被称为"骈体之祖"(清李兆洛《骈体文钞》批注)。李斯出任秦国客卿以前,韩国派水工郑国来秦国,为了使秦国消耗国力,以免对韩国威胁用兵,就劝说秦国大规模兴修水利设施。此事被发觉后,秦王政一度接受了宗室大臣们的建议,下令驱逐客卿。当此关系到李斯政治前程之际,就及时上书劝谏。

全书开头,即直奔主题,亮明观点:

臣闻吏议逐客,窃以为过矣。

笔势凌厉,先声夺人。首先毫不含糊地表明个人意见:"逐客是错误的!"有法家干练的作风。下面用历史事实充分论证客卿对秦国的重大贡献。

昔缪公求士,西取由余于戎,东得百里奚于宛,迎蹇叔于宋,来丕豹、公孙支于晋。此五子者,不产于秦,而缪公用之,并国二十,遂霸西戎。

孝公用商鞅之法,移风易俗,民以殷盛,国以富强,百姓乐用,诸侯亲服,获楚、魏之师,举地千里,至今治强。

惠王用张仪之计,拔三川之地,西并巴蜀,北收上郡,南取汉中,包九夷,制鄢、郢,东据成皋之险,割膏腴之壤,遂散六国之从,使之西面事秦,功施至今。

昭王得范雎,废穰侯,逐华阳,强公室,杜私门,蚕食诸侯,使秦成帝业。

作者列举了历代秦王使用客卿的成功事例,说明客卿对秦国逐渐强盛发挥的重大作用：秦缪公用晋人由余等五人而称霸，秦孝公用卫人商鞅变法而日益强大，秦惠王用魏人张仪，合纵六国；秦昭王用魏人范雎蚕食诸侯，终成帝业，铁一样的事实表明：

此四君者，皆以客之功。由此观之，客何负于秦！向使四君却客而不内，疏士而不用，是使国无富利之实，而秦无强大之名也。

有理有据，有说服力。如今秦国之富利强大，很多都是靠使用客卿才获得的。客卿乃是秦国必不可少的有功之臣，客卿之不应被逐，此不待多言。这是全文的第一段，反对逐客的结论和原因，实际上已经表白清楚了。但是，这不是一般的文书，而是在说服至高无上的秦王。因而在下一段需要进一步表述反对逐客的主旨。但变换一个角度，用人如此，不限于秦人，用物亦然，更要选择国外出产的优质产品。使文章主题深化，论据更为充分。不仅在事实上论证，还在事理上说明：

今陛下致昆山之玉，有随、和之宝，垂明月之珠，服太阿之剑，乘纤离之马，建翠凤之旗，树灵鼍之鼓。此数宝者，秦不生一焉，而陛下说之，何也？必秦国之所生然后可，则夜光之璧不饰朝廷，犀象之器不为玩好，郑、卫之女不充后宫，而骏良駃騠不实外厩，江南金锡不为用，西蜀丹青不为采。所以饰后宫，充下陈，娱心意，说耳目者，必出于秦然后可，则是宛珠之簪、傅玑之珥、阿缟之衣、锦绣之饰不进于前；而随俗雅化、佳冶窈窕赵女不立于侧也。

夫击瓮叩缶、弹筝搏髀，而歌呼呜呜快耳目者，真秦之声也；郑卫桑间、韶虞、武象者，异国之乐也。今弃击瓮叩缶而就郑卫，退弹筝而取韶虞，若是者何也？快意当前，适观而已矣。

今取人则不然。不问可否，不论曲直，非秦者去，为客者逐。然则所重者在乎色乐、珠玉，而所轻者在乎人民也。此非所以跨海内、制诸侯之术也。

这段开始，纯用比喻，如果什么东西只有秦国出产才能使用的话，那么，什么好玩的、好用的，你秦王也享受不到了。这在以物喻人。今天，君王您为“快意”“适观”而欣赏“异国之乐”，用人为什么不这样呢？把秦王逼向绝路，无言以对。本段末尾直言不讳，犯颜力谏，痛批“不问可否，不论曲直，非秦者去，为客者逐”的错误。

进而指出秦重物轻人，李斯于此的胆略极为惊人。

> 臣闻地广者粟多，国大者人众，兵强则士勇。是以泰山不让土壤，故能成其大；江海不择细流，故能就其深；王者不却众庶，故能明其德。是以地无四方，民无异国，四时充美，鬼神降福：此五帝、三王之所以无敌也。今乃弃黔首以资敌国，却宾客以业诸侯，使天下之士退而不敢西向，裹足不入秦：此所谓藉寇兵而赍盗粮者也。
>
> 夫物不产于秦，可宝者多；士不产于秦，而愿忠者众。今逐客以资敌国，损民以益仇，内自虚而外树怨于诸侯，求国不危，不可得也。

篇末用正反两方面例证说明：三王五帝海纳百川，天下无敌；相反则自损而资敌，实际在助长敌人。希望秦王不要损民益仇，即不要驱逐客卿。

李斯生于战国末期，此文保持有先秦纵横家的说客风范。为了取悦对方，为了对方接纳个人的主张，从而在取词用语、布局谋篇上大下功夫。用事实，用比喻说明道理，反复周详，不厌其烦。正叙反讽，交相为用，但都紧紧扣准主题：不能逐客。在语言使用上，骈散兼得，笔锋疏畅。特别是第二段的排比对偶句式的广泛和熟练的运用，说它开了散文骈化的先河，亦不为过。入选骈体文权威选本《骈体文钞》是合适的。鲁迅先生认为法家人物都缺乏文采，而评价李斯此书则云“尚有华辞”（《汉文学史纲要》），这是在肯定《谏逐客书》辞藻华美的。

李斯此书，获得秦王的首肯，他本人也得到在秦国进一步发展的机遇。

在《史记》李斯本传还引了一篇《论督责书》，写于秦始皇死后，是为取悦于二世胡亥而献上的巩固君权独断，严厉督责臣下的帝王之术。内容无甚可取，行文亦无文采可言。

此外，在《韩非子·存韩》篇尚保存两篇李斯的作品：《上书议存韩》、《上韩王书》。清末严可均辑《全秦文》收入。二文亦是战国策士的游说之言，但文风和《谏逐客书》不类，是否是李斯著作的原貌，已难确定，今姑置不论。

秦始皇统一中国之后，为了镇抚六国残余势力，曾多次巡游各地并刻石纪功。现存刻石铭文七篇，据李斯《狱中上书》（《史记·李斯列传》）谓“更剋画，平斗斛、度量、文章，布之天下……”推定，当出自李斯之手，大部收入《史记·秦始皇本纪》。这些铭文，以四言为句的韵文组成。其中除琅邪台刻石为两句一韵之外，其余六篇皆为三句一韵。形式模仿雅、颂，而内容为歌功颂德，耀武扬威。如《峄山石刻》：

> 皇帝立国，维初在昔，嗣世称王。讨伐乱逆，威动四极，武义直方。戎臣奉诏，经时不久，灭六暴强。廿有六年，上荐高庙，孝道显明。既献泰成，乃降溥惠，亲巡远方。登于峄山，群臣从者，咸思攸长。追念乱世，分土建邦，以开争理。功战日作，流血于野，自泰古始。世无万数，陁及五帝，莫能禁止。乃今皇帝，一家天下，兵不复起。灾害灭除，黔首康定，利泽长久。群臣诵略，刻此乐石，以箸经纪。

峄山，又名邹峄山，在今山东邹县，其原石已佚，今传有摹本，现收入严可均《全上古三代秦汉三国六朝文·全秦文》。此为秦始皇东巡的第一篇刻石铭文。先叙秦始皇继承王位，再言秦王二十六年(前 221)以始皇为号，一统天下。最后颂扬秦始皇的历史功勋及群臣的仰慕之情。文辞典雅，气魄雄伟，是典型的庙堂文学。其他各刻石亦有各自特色。鲁迅先生称这些刻石铭文“质而能壮，实汉晋碑铭所从出也”，是中肯的批评。

李斯散文对后世的影响，不限碑铭一类文字。对汉代的史论和辞赋都有启林开山的作用。汉赋的铺张扬厉，繁复排比，以及辞采富丽的艺术特色，都会在《谏逐客书》里找到源头。司马相如《上林赋》描绘天子上林游猎情景的“建翠华之旗，树灵鼍之鼓”不是明显蹈袭李斯《谏逐客书》“建翠凤之旗，树灵鼍之鼓”的词语吗！

第二卷 汉代 散文

张建业 撰写

概　述

公元前二〇二年，楚汉战争结束，刘邦称帝，统一的西汉王朝建立。汉初，由于秦朝的残暴统治和秦汉之际的连年战争，社会生产遭到严重破坏，经济凋敝，人民大量逃亡，以致“天子不能具钧驷，而将相或乘牛车，齐民无藏盖。”(《史记·平准书》)在这种形势下，汉初统治者吸取秦朝短期覆灭的教训，采取了一系列比较现实的措施，如招抚流亡，释放奴婢，约法省禁，减免徭役，提倡农耕，节约人力财力，打击地方割据势力等，使社会和人民得到一定的休养生息，促进了经济的恢复和繁荣。在惠帝、高后时，出现了“天下晏然，刑罚罕用，罪人是希，民务稼穑，衣食滋殖”(《史记·吕太后本纪》)的局面。到文帝、景帝时，出现了“畜积岁增，户口寖息，风流笃厚，禁罔疏阔”(《汉书·刑法志》)的所谓“文景之治。”汉武帝时，为进一步加强中央集权，政治上对诸侯王实行“推恩”策，基本上结束了汉初以来诸侯王割据的局面；通过迁徙、诛杀的办法，打击了地方豪强势力。在财政经济方面，实行铸钱、盐铁官营和均输平准(调剂运输，平衡物价)等政策，打击了豪强势力和富商大贾对经济的垄断，增加了政府和财政的收入。武帝时还北击匈奴，消除了多年的边患；同时又通西域，伐大宛，开拓了边疆，巩固了边防，使西汉王朝进入了全盛时期。《汉书·食货志》载：“至武帝之初，七十年间，国家亡事，非遇水旱，则民人给家足，都鄙廪庾尽满，而府库余财。京师之钱累百巨万，贯朽而不可校。太仓之粟陈陈相因，充溢露积于外，腐败不可食。众庶街巷有马，仟伯之间成群，乘牸牝者摈而不得会聚。”真是一番繁荣景象，与汉初形成鲜明对照。

在文化思想领域，汉代前期的统治者特别注意从秦代严刑峻法、焚书坑儒而导致短期覆灭的历史中总结经验教训，除秦挟书律，提倡无为而治的黄老学说，并对诸家学说采取兼容并包政策。《史记·太史公自序》说："汉兴，萧何次律令，韩信申军法，张苍为章程，叔孙通定礼仪，则文学彬彬稍进，《诗》《书》往往间出矣。自曹参荐盖公，言黄老，而贾生晁错明申商，公孙弘以儒显，百年之间，天下遗文古事靡不毕集太史公。"这表明，先秦时期的百家争鸣，在新的历史条件下，又一次得到展现。到汉武帝时，随着政治上的巩固，中央集权的加强，采取董仲舒罢黜百家、独尊儒术的建议，在思想上加强了统治。但是，董仲舒提倡的儒学，已非先秦儒学的真正面貌，他吸收了战国以来道、法、阴阳五行等学说中有利于封建统治的内容，改造了旧的儒家学说，使之成为汉代统治者实行统治的统一思想。董仲舒的学说，概括起来有三：一是"天人合一"，"天人感应"说，把人事和天意紧密相连，认为人间的帝王是天意的代表；二是以孔孟"君君、臣臣、父父、子子"的等级为准则，提出"三纲"、"五常"的伦理规范，并说这是天意的安排；三是提出"性三品"说，把人分为生来性善的圣人，生来性恶的小人，可善可恶的中人三个等级，宣称圣人是天生的统治者，中人经过教化可以变善，小人则命定是统治阶级的奴隶。显然这种理论非常符合封建统治阶级的需要，因此，不仅得到汉武帝的重视和采纳，而且成了以后两千年封建社会的统治思想。

西汉前期的散文取得了辉煌的成就，在我国散文发展史上占有重要地位。这主要表现在政论文、史传文、文学散文的发展和辞赋的繁荣等方面。

西汉前期的政论文在对战国诸子散文的继承中，有所发展与创造，形成自己鲜明的时代特征和艺术特征。这首先表现在以秦为鉴，注重对历史经验的总结，为巩固汉代政权而立论。《汉书·陆贾传》载：

> 贾时时前说称《诗》《书》。高帝骂之曰："乃公居马上得之，安事《诗》《书》!"贾曰："马上得之，宁可以马上治之乎？且汤武逆取而以顺守之，文武并用，长久之术也。昔者吴王夫差、智伯极武而亡；秦任刑法不变，卒灭赵氏。乡使秦以并天下，行仁义，法先圣，陛下安得而有之?"高帝不怿，有惭色，谓贾曰："试为我著秦所以失天下，吾所以得之者，及古成败之国。"贾凡著十二篇。每奏一篇，高帝未尝不称善，左右呼万岁，称其书曰《新语》。

刘邦自以为他的天下是“马上得之”，可以不事《诗》《书》，但在陆贾的启示下，也悟到了天下可以“马上得之”，却不一定“可以马上治之”的道理，从而要求陆贾为之总结历史特别是秦代短期而亡的历史经验。这一命题构成了西汉前期的政治中心，也成了西汉前期政论文的中心。陆贾、贾山、贾谊、晁错，以及辞赋家的散文，很多篇章都是围绕着这个中心展开的。直到汉武帝时，由于经济的发展，中央集权的巩固，一些散文作者主要侧重于为汉代统治者制造新的理论，如董仲舒提出的天人感应说就是典型例证。但这时，也还有不少散文作者继续以秦为戒，为汉代统治者提供进行统治的历史经验，如徐乐在《上武帝书言世务》中就提出：“臣闻天下之患，在于土崩，不在于瓦解，古今一也。何谓土崩？秦之末是也。”这一现象在主父偃、严安、董仲舒和《淮南子》以及宣帝时路温舒的著作中也随时可见。

由纵横驰骋、疏直激切，向醇正典雅、平稳深沉演化，是汉代前期政论文鲜明的艺术特征。

战国时代的百家争鸣、诸子繁荣，为中国文化史写下了灿烂的一页。秦代的专制主义扼杀了一代文化，导致了它的短期而亡，给汉代的统治者及文人留下了深刻印象，促使他们从中吸取了反面历史教训，更加重视对先秦那个文化繁兴经验的总结。加之学术思想上以道家思想为主兼取其他诸家政策的执行，使汉代前期的政论文深受先秦诸子的影响，特别是受到纵横家的影响。同时，由于汉代辞赋的繁盛，很多政论文作家也进行辞赋的创作，辞赋家也兼及政论文的创作，就使这时期的政论文也深受辞赋的影响。这两方面的影响，就形成了汉代前期政论文纵横驰骋、疏直激切、铺张扬厉的艺术特色。这一特色不但在这个时期纵横家、辞赋家的文章中有所体现，就是在以儒家为主的一些作家的文章中也有所体现，如贾谊就是典型一例。其原因，正如章太炎所说：“汉初儒者与纵横相依，逆取则饰游谈，顺守则主常论。游谈恣肆而无法程，常论宽缓而无攻守。”（《国故论衡·论式》）

汉代前期的政论文虽深受先秦诸子的影响，但又与先秦诸子不同，具有自己时代的特色。先秦之时，特别是战国之际，由于诸侯国的并立，各家学说争相竞长，他们各有师承，各倡其说，争相奔走，摇唇鼓舌，其目的是要游说于各国君主，为其“出奇策异智”，使其安危逆转。当时，君主们虽握有生杀大权，但在才智上则显得苍白多了。与之相较，那些策士谋臣们，甚至一介布衣，鸡鸣狗盗之徒，引车卖浆者流，倒显得光彩灿然。他们对各国君主抵掌而谈的谏辞、说辞，他们精心结构的长篇论文以及专著，为了侃侃而谈以打动君心，都气度恢宏，言辞酣畅，说理透辟而形象。又因为战国之时“士无定主”，他们不但游食四方，朝秦暮楚，而且可以指斥君主，蔑视王侯，因此，文章就放言无忌，自由潇洒。西汉前期的政论文则不然，这些作品虽然也能以尽所欲言，无所顾忌，甚至激昂慷慨，危言耸听，但其目的都是为了加强刘汉王朝的统治，所以其内容更为充实，其形式更为严整，在纵横捭阖之中更具苍劲雄浑的笔力，表现出大一统之下的文风特色。武帝以后，由于封建统治的巩固，文化思想上独尊儒术的提倡，文风更趋向醇正典雅、平稳深沉，其代表作者就是董仲舒。刘熙载《艺概·文概》说：“汉家文章，周、秦并法，惟董仲舒一路无秦气。”不但指出了汉代前期政论文对周、秦的继承，也指出了到董仲舒时的变化，是符合当时政论文创作的实际的。但在武帝时，独尊儒术并不彻底，在文化思想上黄老之学仍有重要影响，所以不但有司马谈《论六家之要旨》的写作，而且文风也并不统一，《淮南子》的文风就仍然显示着先秦诸子的遗韵。

汉代前期还是史传文学取得辉煌成就的时期，产生了《史记》这样千古不朽的著作。史传作品在我国散文史上占有重要地位，《史记》之前，已有《尚书》《春秋》等以记事为其内容的史学著作，而后又产生了《左传》《国语》《战国策》等近于纪传的史籍。《史记》继承并创造性地发展了这些史学成果，开创了纪传体的新体例，使我国的史传文学发展到一个崭新阶段。《史记》不但是“史家之绝唱”，而且是“无韵之《离骚》”，他那种“不拘于史法，不囿于字句，发于情，肆于心而为文”(鲁迅：《汉文学史纲要》)的文风，明显地受到先秦诸子的影响，在董仲舒醇正典雅文风影响日益严重之际，更显得富于生气和魅力。《史记》对我国的史学、文学特别是散文创作产生了深远的影响。

文学散文的成功，也是西汉前期散文发展中值得注目之一。先秦之时，史传之著，或记事或记言，诸子之著，或谈哲理，或谈学术，都受着政治、历史、哲学的束缚。西汉前期的政论文、史传文，在辞赋的影响下，摆脱了历史、学术的束缚，显示出鲜明的文学色彩。不仅如此，这时还产生了以抒情为重的文学散文，表现出文学散文的逐渐成熟。这不但表现在邹阳、枚乘、司马相如等辞赋家的散文中，更表现在司马迁《报任安书》、杨恽《报孙会宗书》等充满激情的书信中。刘勰《文心雕龙·书记》说：“汉来笔札，辞气纷纭。观史迁之报任安，东方朔之难公孙，杨恽之酬会宗，子云之答刘歆，志气盘桓，各含殊采，并杼轴乎尺素，抑扬乎寸心。”书信之作所以成为文学散文最早的代表，在于它受客观限制较少，可以更自由地运用文辞抒发内心的各种情思。西汉以后，抒情散文得到进一步发展，特别是书信体抒情散文取得了繁荣，其根基都是在西汉前期奠定的。

汉赋在我国散文史以致整个文学史上独树一帜。焦循《易余籥录》云："汉之赋，为周秦所无。"王国维《宋元戏曲史序》把汉赋与楚骚、六朝骈语、唐诗、宋词、元曲并列，称之"皆谓一代文学，而后世莫能继焉者也。"这是很有见地的。就汉代文学而论，汉赋的价值不及乐府诗、史传文以及政论文。但那种认为汉赋内容上只是描写统治者生活、艺术上只是形式主义的看法则是不符合实际的。

汉赋的产生有其时代的基础及其文体自身发展的原因。汉赋所以在汉代前期形成一种独立的文体而繁盛一时，首先是那个时代经济政治的反映。据《汉书·艺文志》记载，武帝之前的赋作有赵幽王一篇，庄夫子二十四篇，贾谊七篇，枚乘九篇，陆贾三篇。而到武帝之时，赋作大增，许多赋家，先是游于侯国，后来陆续涌入中央，创作出侈丽闳衍、洋洋大观的汉赋，这正是当时社会经济繁荣、国势强盛的一种折光。《三辅黄图》云："孝武以木兰为棼橑，文杏为梁柱，金铺玉户，华榱璧珰，雕楹玉碣，重轩镂槛，青琐丹墀，左墄右平。黄金为璧带，间以和氏珍玉，风至其声玲珑也。"这样的宫室苑囿建筑，正是建立在雄厚的物质基础之上，而汉赋中铺采摛文描绘的宫室苑囿，不正是这种现实生活的艺术表现吗？汉代经过文、景之治，到武帝之时，逐匈奴，伐大宛，诛两越，通西域和西南夷，国势如旭日中天。汉赋中所表现出的那种"包括宇宙，总览人物"的精神和宏伟结构，也体现着汉代前期那盛极一时的国威。统治者的提倡，也是促使汉赋繁盛的政治因素之一。从西汉初年起，当时的藩国尚有养士之风，其中先后以吴王濞、梁孝王武和淮南王安尤著，像淮南王安竟"招致宾客方术之士数千人"。(《汉书·淮南王传》)这些游士之中很多都是以善属辞赋著称。武帝时，游士们大量涌入朝廷，加以武帝对辞赋的极力喜爱和提倡，如读了司马相如的《子虚赋》，便感叹"独不得与此人同时哉"(《汉书·司马相如传》)，枚皋从武帝出巡，"上有所感，辄使赋之"(《汉书·枚皋传》)，从而形成了辞赋创作的高潮。《汉书·艺文志》著录汉赋七百余篇(杂赋除外)，而武帝时就占四百余篇，真是蔚蔚赋之大国，这与当时统治者的倡导有着密切关系。

汉赋作为一种新的文艺现象，它还有着文体自身的内在发展原因。关于汉赋的渊源问题，历来众说纷纭。班固说："赋者，古诗之流也。"(《两都赋序》)又说："大儒孙卿及楚臣屈原，罹谗忧国，皆作赋以风，咸有恻隐古诗之义。”(《汉书·艺文志》)因此，他在《汉书·艺文志》中将诗与赋列为一门，并以屈原和荀子为辞赋之祖。刘勰提出赋的产生，是“受命于诗人，拓宇于楚辞。”(《文心雕龙·诠赋》)他们把赋与《诗经》相联系，不能说没有一定道理。但从文体发展看，赋的产生，更多地是受到楚辞、荀卿的影响，与先秦诸子的关系也极为密切。楚辞突破了《诗经》四言一句四句一章的基本模式的局限，以铺饰的辞藻和较长的篇幅以抒情，成为战国后期人们所喜欢的文学形式。到宋玉、荀卿时，更出现了以赋名篇的作品，白居易《赋赋》云：赋“始草创于荀、宋。”从这一意义上说是不错的。不仅如此，宋玉、荀卿之作在表现手法上也有所变化。孙钅广说：“《九辩》已变屈子文法，加以参差错落而多峻急之气。”(孙批《文选》)《九辩》对客观事物的描写比屈原的作品更为具体细致，而且句子长短随意，多了散文的句法与气势。荀卿赋虽多谐隐游戏色彩，但多了咏物言理的内容，并杂有散文句式，这对汉赋也有一定影响。总之，从屈原到汉赋，诗的成分逐渐减少，散文的成分逐渐增多，使汉赋演进为带诗韵的散文。

汉赋散文成分的增多，先秦诸子的影响更为突出。章学诚曾说：“古之赋家者流，原本《诗》《骚》，出入战国诸子。假设问对，《庄》《列》寓言之遗也；恢廓声势，苏、张纵横之体也；排比谐隐，韩非《储说》之属也；征材聚事，《吕览》类辑之义也。(《校雠通义·汉志诗赋第十五》)”说汉赋“出入战国诸子”确实是精辟之见，特别是纵横之学对汉赋的形成尤为突出。汉朝前期，纵横之学极盛，一些高才秀士，往来于诸侯王之间，都是靠着纵横之术以博取名位，吴王濞、梁孝王武和淮南王安周围的那些宾客游士就是这样，汉赋之作首先就是这些宾客游士在藩国发展起来。后来，随着诸侯王的削弱，特别是武帝时令严助“具以《春秋》对，勿以苏秦纵横”(《汉书·严助传》)，并恩准丞相卫绾罢免治“申、商、韩非、苏秦、张仪之言”(《汉书·武帝纪》)的贤良以后，加以武帝的广揽人才，大批纵横之士从藩国涌入朝廷，纵横之术无所施，只好转而为辞赋之作，以进谏或进谀。这样，他们那种口辩之术日无市场，充实着纵横之气的辞赋之作却更加发展了。章太炎说：“纵横者，赋之本……武帝以后，宗室削弱，藩臣无邦交之礼，纵横既黜，然后退为赋家。”此论颇有道理。由于政治的原因，使纵横家的辩说之术引入了汉赋，从而促使了这一新的文体的发展与繁荣。

还应指出，汉朝前期文化的复兴，文学的发达，对汉赋的发展也有一定关系。

秦始皇焚书坑儒使古籍大量流失，武帝时“建藏书之策，置写书之官”(《汉书·艺文志》)，并设立五经博士，研讨经术，考辨古籍。为此，文字训诂之学大兴，有些赋家就是文字学家，如司马相如著有《凡将篇》，扬雄著有《训纂篇》、《方言》等。汉字的象形特点，给辞赋作者提供了铺饰的宽广天地，从而为汉赋的繁盛提供了表现的基础。

汉赋大致又可分为新体赋、骚体赋两类。骚体赋较多地继承了以屈原为代表的楚辞传统，以抒写怀情为主，汉代前期及其以后的骚体赋又多以抒写“士不遇”的悲愤为内容。如贾谊的《吊屈原赋》、《鵩鸟赋》，司马迁的《感士不遇赋》，董仲舒的《士不遇赋》，东方朔的《答客难》等。扬雄所谓“诗人之赋丽以则，辞人之赋丽以淫”(《法言·吾子》)，“诗人之赋”即指此类，这类作品“体同诗雅”，主要是表现性情之作。随着社会经济、政治以及文士们思想情感的变化，汉代前期在骚体赋发展的同时，也开始向新体赋演变。

新体赋也称散体赋或大赋，它虽然与楚辞和先秦诸子有着密切的关系，但实际上它是新发展起来的文体，从内容到艺术都有着独具的特色。关于新体赋的这种特色，前人论述极多，举其要者如：

合綦组以成文，列锦绣而为质，一经一纬，一宫一商，此赋之迹也。赋家之心，包括宇宙，总览人物，斯乃得之于内，不可得而传。(司马相如语，见《西京杂记》)

雄以为赋者，将以风之，必推类而言，极丽靡之辞，闳侈钜衍，竞于使人不能加也。既乃归之于正，然览者已过矣。往时武帝好神仙，相如上《大人赋》欲以风，帝反缥缥有凌云之志。由是言之，赋劝而不止，明矣。(《汉书·扬雄传》)

大汉初定，日不暇给。至于武宣之世，乃崇礼官，考文章，内设金马、石渠之署，外兴乐府协律之事，以兴废继绝，润色鸿业。……故言语侍从之臣，若司马相如、虞丘寿王、东方朔、枚皋、王褒、刘向之属，朝夕论思，日月献纳。而公卿大臣御史大夫倪宽、太常孔臧、太中大夫董仲舒、宗正刘德、太子太傅萧望之等，时时间作。或以抒下情而通讽谕，或以宣上德而尽忠孝，雍容揄扬，著于后嗣，抑亦雅颂之亚也。(班固:《两都赋序》)

春秋之后，周道寖坏，聘问歌咏，不行于列国，学诗之士，逸在布衣，而贤人失志之赋作矣。大儒孙卿及楚臣屈原，离谗忧国，皆作赋以风，咸有恻隐古诗之义。其后宋玉、唐勒、汉兴枚乘、司马相如，下及扬子云，竞为侈丽闳衍之词，没其风谕之义。是以扬子悔之，曰"诗人之赋丽以则，辞人之赋丽以淫。"(《汉书·艺文志》)

诗赋欲丽。(曹丕:《典论·论文》)

赋体物而浏亮。(陆机:《文赋》)

赋者，铺也，铺采摛文，体物写志也。(刘勰:《文心雕龙·诠赋》)

这些说法并不完全一致，有的还对同一特点进行了肯定与否定的不同评价，互为抵牾，但从中我们还是可以得出关于新体赋的一些共同特质。从内容上看，新体赋要求"包括宇宙，总览人物"，"竞于使人不能加"，体现出一种求大求全的审美追求，这实际上是大汉帝国国势与声威的折光。这一特点在新体赋正式形成的作品《七发》中亦有所体现，而在新体赋的成熟代表作司马相如的《子虚赋》《上林赋》中则有着更为充分的表现。这一求大求全美学追求的本身，也就带有着"润色鸿业"、"宣上德"的倾向，其中虽有讽谕之义，其结果也只能是"劝百而风一"了。与这种内容上求大求全的美学追求相一致，在艺术表现上就要"合綦组以成文，列锦绣而为质"，"竞为侈丽闳衍之词"，"铺采摛文"，追求对事物的极为铺陈与夸饰的描绘，呈现出我国文学作品中少有的"骋辞"现象。新体赋的这些基本特征都是在西汉前期形成并得以完美的表现，并对后来的赋作产生了影响。范文澜说："西汉文学正像西汉这个朝代一样，规模是宏大的，创造力是充沛的。"(《中国通史》)这首先就是指成熟于西汉前期的新体赋。

汉武帝采取一系列措施加强了中央集权制，对当时社会发展起到了促进作用，但同时也加强了对人民的封建专制，禁锢了学术思想的发展。而且随着封建经济的发展，官僚地主和富商大贾也利用种种机会横征暴敛，兼并土地，使阶级矛盾日益尖锐。武帝以后，西汉王朝逐渐转入衰微时期。其间虽然在昭、宣之时由于不断减免赋税，选用良吏，使社会有所安定，经济有所发展，出现了宣帝时的所谓“中兴”局面。但由于统治者与广大人民之间的根本矛盾无法解决，加之元、成以后统治者更加荒淫腐朽，外戚专权局面的形成，以及统治集团内部矛盾的加剧，终于导致了王莽的改制。王莽的倒行逆施，进一步激化了阶级矛盾，最终引发了以绿林、赤眉为代表的农民起义，结束了西汉王朝。

西汉后期的学术文化思想也发生了变化。武帝采取“独尊儒术，罢黜百家”政策以后，由于时代的影响，“儒术”并没有“独尊”起来，“百家”也没有完全“罢黜”，这在《史记》与《淮南子》的创作中都有所体现。而且表面号称尊儒的宣帝，竟也说出了“汉家自有制度，本以霸王道杂之，奈何纯任德教、用周政乎？且俗儒不达时宜，好是古非今，使人眩于名实，不知所守。何足委任!”斥责要他“宜用儒生”的儿子后来的元帝是“乱我家者，太子也!”(《汉书·元帝纪》)元帝即位后，却立改父教，真正开始重用儒生，以董仲舒为代表的今文经学开始得到发扬。今文经学以阴阳、灾异附会政治时事、社会现象；而且章句烦琐，以致“说经者每至百余万言”(《汉书·儒林传》)，空疏而无用。后来，以刘歆为代表的古文经学，把六经看成是历史，用历史故事附会经书，并重训诂，虽比今文经学的神学迷信有所可取，但牵强附会之处也极为突出。

在日益衰微的国势和日益昌炽的儒学影响下，西汉后期的散文和辞赋已失去往昔的蓬勃生气和恢宏气度，西汉前期那种从先秦继承下来并有所发展的纵横驰骋之风已消失殆尽，而且呈现出严重的模拟复古倾向。散文创作多是天人感应、阴阳灾异的阐说，而且引经据典，充满经学教条，文风上则舒缓古奥，缺乏生气。如这时期最有名气的作家刘向、扬雄和桓宽的作品就都有这种倾向。但是由于他们学问渊博，写作认真，有些文章也还不时表现出不同于腐儒的精辟之见，并对以后的作家产生了一定影响。其他作家如贡禹、谷永、刘歆等，虽只有一些篇章流传下来，但或批评统治者的穷奢极侈，或斥责今文经学的迷信、烦琐，文字朴实可读。西汉后期的辞赋，基本上是对枚乘、司马相如赋作的因循摹仿。像被文学史家称为汉赋四大家之一的扬雄，其赋作就多是以司马相如的作品为标本而“拟之以为式”(《汉书·扬雄传》)。但扬雄的赋作也有一定的创造，如把讽谏与对客观事物的描绘融为一体，描绘中时有议论的穿插，与前期大赋的一味铺采摛文有所不同。另一方面，这时期的赋作在内容与形式上也日趋多样化，抒情小赋虽不如前期那样激切深刻，但也还在不断发展。同时，还产生了以咏物、纪行为内容的赋作，对后来的同类作品有一定影响。

西汉末年，汉宗室刘秀混迹于农民起义军，在共同推翻王莽新朝后，他又消灭了赤眉等军，于公元二十五年建立了东汉王朝。刘秀建国后，一方面屡次释放奴隶和囚徒，减轻田租，兴修水利，精兵简政，军垦屯田，使社会秩序得到稳定，经济得到发展。同时，又吸收西汉权臣当政、外戚篡权、地方权重的教训，极力加强皇权，把专制主义中央集权发展到一个新的阶段。但是，东汉豪强势力根深蒂固，田庄大土地所有制日益发展。特别是和帝以后，皇帝多是幼年即位，外戚和宦官两个集团为把持朝政而互相倾轧，斗争极为激烈。他们为了达到一己之私利，兼并土地，横征暴敛，为所欲为，形成极为黑暗的统治，广大人民陷于破产和流亡的惨境。在这种形势下，出身于地主阶级的广大士人，仕进无门，政治出路被堵塞，引起强烈不满。他们议论政治，品评人物，形成被称为“清议”的士人集团。这些人与一部分正直的官僚相结合，反对宦官专权，要求政治改革，结果引起宦官的仇恨，先后制造了两次有名的“党锢之祸”，一些正直官僚和著名士人惨遭杀戮和囚禁。阶级矛盾的激化，统治阶级内部矛盾的加剧，加上桓、灵时的腐朽荒淫，终于引起了黄巾农民大起义。黄巾起义被豪强武装镇压下去后，开始了豪强集团间的割据混战，东汉随之而亡。

在文化思想方面，东汉统治者大力提倡迷信的“谶纬”，作为进行统治的思想工具。“谶”就是用诡秘的隐语作为神的启示，向人们昭告吉凶祸福、治乱兴衰，它往往有图有文，所以也称“图谶”。“纬”就是假托神意解释经典，用宗教迷信对儒学经典加以穿凿附会。“谶纬”完全是统治者为了愚弄群众而编造的迷信谬说。刘秀为了篡夺农民起义的胜利果实，就曾用符瑞图谶证明他是“天命”所归，而后又“宣布图谶于天下”(《后汉书·光武帝纪》)，因此整个东汉时期的思想界，都弥漫着这种迷信的烟雾。而与这种迷信谬说的斗争，也就特别显示出思想的光辉。东汉后期，随着国势的日衰，政治的极端黑暗和动荡，儒学的统治日益衰落，道家、佛学则有所发展，这对当时的散文辞赋创作都产生了直接影响。

东汉时期的散文和辞赋，在今文经学和谶纬邪说的影响下，使西汉后期已形成的充满经学教条和阴阳灾异的阐说而又模拟复古之作更加泛滥。但是，随着政治思想的变化和文学本身的发展，东汉的散文和辞赋创作也呈现着多样的变化。由于谶纬邪说的猖獗，一些进步思想家起而与之斗争，产生了桓谭、王充、张衡这样的代表作家。尤其是王充的《论衡》，高举“疾虚妄”的旗帜，对东汉王朝的腐败政治进行了揭露，对神学迷信进行了批判，其文风激切雄辩而又通畅易晓，不但体现出思想上的离经叛道，也体现出对那种模拟复古文风的反叛，从而使政论文显出奇异的光彩。东汉的史传文也有所发展，产生了班固的《汉书》以及众作的杂史之作。班固深受儒家正统思想的影响，其《汉书》成就虽不及《史记》，但它是我国第一部断代史，其中保存着西汉丰富的史实，有些认识也比较深刻，文风严谨，叙事细密，人物描写也比较生动，对我国史传文学的发展做出了贡献。东汉后期由于社会矛盾的激化，促使一些士人更多地注重现实，从而产生了像王符、荀悦、仲长统等政论文作者，他们讥评时政得失，揭露统治者的腐败贪婪，其文或理足据实，或痛快淋漓，挥洒自如，文采虽不及贾谊、晁错，但其精神却是对西汉前期政论文的继承。还应指出，随着文学自身的发展，文学的观念与文学的形式也有所发展变化。《后汉书》在《儒林传》外另立《文苑传》，表明文学与儒学已大体分离。影响到散文创作，文体也日益丰富，而且骈丽化倾向日益发展，这都直接影响了魏晋六朝的散文创作。

东汉的辞赋虽不及西汉，但仍很繁盛。在大赋方面仍受司马相如的影响，模拟之风较西汉末期更烈。但也有所开拓和发展，如班固的《两都赋》开创了以帝都为描写中心的先河，张衡的《二京赋》在激烈揭露统治者腐朽生活的同时，对汉代的文物制度及艺术杂耍进行了详备描写，这都扩大了汉赋的表现题材范围。在表现手法上也不只是铺饰夸张，而更多了具体细密的描写。东汉的抒情小赋更取得了极大成功。班彪的《北征赋》把叙事与抒情紧密结合，成为纪行赋的代表作。张衡的《归田赋》第一次把田园归隐之趣引入赋中，并成为骈体赋的成功代表。赵壹的《刺世疾邪赋》，重在对社会现实的批判，把抒情小赋向前推进一步，成为政治抒情赋，使汉赋得以光辉的终结。

第一章
西汉前期散文(上)

第一节　西汉初期散文家陆贾和贾山

陆贾，生卒不详，楚人，早先以口辩名世。曾以客随刘邦平定天下，后常使诸侯，并曾出使南越，说服尉佗臣属汉朝，被拜为太中大夫。惠帝时，吕太后用事，欲王诸吕，陆贾自度不能争，乃病免家居。后来协助陈平，诛诸吕，立孝文，为安刘氏天下颇建奇功。文帝时，南越王尉佗以兵威边，并乘黄屋左纛，称帝号。陆贾再次奉命赴越，劝说尉佗去帝制黄屋左纛。以寿终。有《新语》。

《史记·陆贾传》所载陆贾与刘邦关于治天下之策的辩论，从而引出了《新语》之作，以总结“秦所以失天下”，汉之“所以得之者何，及古成败之国”，说明《新语》之作，是为了总结历史教训，以巩固汉初的统治而服务，也是我们所知的汉代立国后最早的政论文作品。

但现存《新语》已非原作，真伪难辨。肯定其真者，认为书中文章“雄伟粗壮，汉中叶以来所不及，其为真本无疑。”(明刊本钱福序)怀疑其伪者，认为“是书之文，悉不见于《史记》”，“殆后人依托，非贾原本”。(《四库全书总目提要》)观其内容，儒教之说极重，且有黄老无为之议，其间还有阴阳灾异的述说，有些与汉初思想、文风一致，有些则绝非汉初之作。称其真伪相杂，比较符合该书实际。就其文章来看，融历史经验与哲理思考于其中，并善用铺排比喻，颇具纵横家和辞赋家的作风。如《辅政》篇云：

夫居高者，自处不可以不安；履危者，任杖不可以不固。自处不安则坠，任杖不固则仆。是以圣人居高处上，则以仁义为巢；乘危履倾，则以贤圣为杖；故高而不坠，危而不仆者。

者尧以仁义为巢，舜以禹、稷、契为杖，故高而益安，动而益固。然处高之安，乘克让之敌，德配天地，光被四表，功垂于无穷，名传于不朽，盖自处得其巢，任杖得其材也。秦以刑罚为巢，故有覆巢破卵之患；以赵高、李斯为杖，故有倾仆跌伤之祸。何哉？所任非也。故杖圣者帝，杖贤者王，杖仁者霸，杖义者强，杖谗者灭，杖贼者亡。

文中思想与《史记》本传批评“秦任刑法”，劝刘邦“行仁义，法先圣”一致。为了说明“仁义为巢”、“贤圣为杖”的重要，从“居高”、“履危”说起，而又以尧舜之兴、秦室之亡为喻，不但暗切高祖身份，也颇引人深思。而反复申说，一张一弛，文气奔放浩荡，明显地受有先秦诸子及纵横家辩说之辞的影响。证之以《史记》本传所载陆贾的言论，这一特色就更为清楚。如陆贾对南越王尉佗的劝说：

足下中国人，亲戚昆弟坟墓在真定。今足下反天性，弃冠带，欲以区区之越与天子抗衡为敌国，祸且及身矣。且夫秦失其政，诸侯豪杰并起，唯汉王先入关，据咸阳。项羽倍约，自立为西楚霸王，诸侯皆属，可谓至强。然汉王起巴蜀，鞭笞天下，劫略诸侯，遂诛项羽灭之。五年之间，海内平定，此非人力，天之所建也。天子闻君王王南越，不助天下诛暴逆，将相欲移兵而诛王，天子怜百姓新劳苦，故且休之，遣臣授君王印，剖符通使。君王宜郊迎，北面称臣，乃欲以新造未集之越，屈强于此。汉诚闻之，掘烧王先人冢，夷灭宗族，使一偏将将十万众临越，则越杀王降汉，如反覆手耳。

这样的文章，明显的存有战国辩说之辞的遗风。但其中所表现出的政治家的责任，史学家的见识，以及辞赋家的文采，都预示着一种新的文风的到来，成为后来蔚为大观的汉代以议政为中心的政论文的先声。

贾山，生卒不详，颍川(今河南禹县)人。祖父贾祛是战国末年魏国的博士弟子，贾山从其学，“所言涉猎书记，不能为醇儒。”(《汉书·贾山传》)后曾为颍阴侯灌婴给事。文帝时，多次上书以谏，本传称其“言多激切，善指事意”。所言今多亡失，今存《至言》一篇，借秦为喻，以言治乱之道，极有特色。其中有云：

臣闻为人臣者，尽忠竭愚，以直谏主，不避死亡之诛者，臣山是也。臣不敢以久远喻，愿借秦以为喻，唯陛下少加意焉。

夫布衣韦带之士，修身于内，成名于外，而使后世不绝息。至秦则不然。贵为天子，富有天下，赋敛重数，百姓任罢，赭衣半道，群盗满山，使天下之人戴目而视，倾耳而听。一夫大呼，天下响应者，陈胜是也。秦非徒如此也，起咸阳而西至雍，离宫三百，钟鼓帷帐，不移而具。又为阿房之殿，殿高数十仞，东西五里，南北千步，从车罗骑，四马鹜驰，旌旗不桡。为宫室之丽至于此，使其后世曾不得聚庐而托处焉。为驰道于天下，东穷燕齐，南极吴楚，江湖之上，濒海之观毕至。道广五十步，三丈而树，厚筑其外，隐以金椎，树以青松。为驰道之丽至于此，使其后世曾不得邪径而托足焉。死葬乎骊山，吏徒数十万人，旷日十年，下彻三泉，合采金石，冶铜锢其内，漆涂其外，被以珠玉，饰以翡翠，中成观游，上成山林。为葬薶之侈至于此，使其后世曾不得蓬颗蔽冢而托葬焉。秦以熊罴之力，虎狼之心，蚕食诸侯，并吞海内，而不笃礼义，故天殃已加矣。臣昧死以闻，愿陛下少留意，而详择其中。

可能是由于秦朝一统天下后而又短期而亡的历史现实，对汉初的统治者及其文士们产生了太深的刺激，当时以秦为喻而总结其历史教训，成为统治者关注的一个焦点，也成为文士们议政文的一个焦点。陆贾的《新语》和贾山的《至言》是较早的体现，而后的贾谊、晁错，更作了深刻犀利的剖析。贾山的这篇《至言》侧重描绘了秦始皇令人惊心的侈靡与贪暴，并对其严刑苛政提出了批评，对于“恭俭慈仁”的文帝来说，实是一种警告。这一思想在贾谊的《过秦论》中得到了更为精辟的论述。

值得我们注意的是，《至言》不仅以秦为喻，总结了由于“秦王贪狼暴戾，残贼天下，穷困万民，以适其欲”，从而引起了人民的反抗，导致了短期而亡的历史教训；他还以古之圣王为喻，对“开道而求谏，和颜色而受之”的民主政治进行了赞颂，对“恣行暴虐，恶闻其过”的专权独断进行了批判。他说：

> 臣闻忠臣之事君也，言切直，则不用而身危；不切直，则不可以明道。故切直之言，明主所欲急闻，忠臣之所以蒙死而竭知也。地之硗者，虽有善种，不能生焉；江皋河濒，虽有恶种，无不猥大。昔者夏商之季世，虽关龙逢、箕子、比干之贤，身死亡而道不用。文王之时，豪俊之士皆得竭其智，刍荛采薪之人皆得尽其力，此周之所以兴也。故地之美者善养禾，君之仁者善养士。雷霆之所击，无不摧折者；万钧之所压，无不糜灭者。今人主之威，非特雷霆也；势重，非特万钧也。开道而求谏，和颜色而受之，用其言而显其身，士犹恐惧而不敢自尽，又乃况于纵欲、恣行暴虐、恶闻其过乎？震之以威，压之以重，则虽有尧舜之智，孟贲之勇，岂有不摧折者哉？如此，则人主不得闻其过失矣；弗闻，则社稷危矣。古者圣王之制，史在前书过失，工诵箴谏，瞽诵诗谏，公卿比谏，士传言谏过，庶人谤于道，商旅议于市，然后君得闻其过失也。闻其过失而改之，见义而从之，所以永有天下也。

贾山对“圣王之制”的民主政治的赞颂，也是从秦王朝的“恣行暴虐”的专制而造成的悲剧中引申而来，所以下文又说：“秦皇帝居灭绝之中而不自知者何也？天下莫敢告也。其所以莫敢告者何也？亡养老之义，亡辅弼之臣，亡进谏之士，纵恣行诛，退诽谤之人，杀直谏之士，是以道谀媮合苟容。比其德则贤于尧舜，课其功则贤于汤武，天下已溃而莫之告也。”秦始皇纵恣暴虐，失掉了辅弼之臣，杀害了直谏之士，最终导致了国家的灭亡。在这一历史事实面前，更加感到远古“圣王之制”的民主政治的可贵。这里固然有为维护汉朝统治而向君主尽忠进谏的意图，也表现出士子文人争取言论自由的一种民主精神。这种精神在先秦的诸子著作中表现得极为鲜明，在贾山以后的著作中也时有流露，有时虽然是在高压政策下哀叹式的流露，但就其所追求的精神来说，都是非常可贵的。

贾山虽只留下了《至言》一篇比较完整的文章，但在我国散文发展史上却占有重要地位。真德秀说：“汉自高祖以来，未有以书疏言事者，山实始之。”(《文章正宗》)汉代以书疏议政的大量政论文之作，就是从贾山开始的。而且在文风上，《至言》虽有先秦诸子和纵横游说之辞的遗风，但却脱去了那种虚夸的高谈阔论之辞，使议论趋于雄肆、深沉而恳切。后人评其文“西汉当称独步。”。(徐中行语,《汉书评议》卷五一引)“文气排荡,思致遥深,既脱战国策士之习,已开西京贾、董浑茂之风”。(康熙语,《古文渊鉴》正集卷十一)“雄肆之文,喷薄横而出,汉初之文如此。昭宣以后,盖希有矣。况东京而降乎?”(姚鼐:《古文辞类纂》)这些评论不一定都很确切,但也可见出贾山散文的价值。

第二节　贾谊的政论文

贾谊(前200～前168),洛阳人。年十八便以博学多才而闻名于郡中。二十余,被召为博士,提出了一系列改革主张,表现出卓越的政治才干,深得文帝赏识,不久即超迁升太中大夫。因遭当政大臣周勃、灌婴等人的反对,被降为长沙王太傅。后来文帝召他回京城,但并不重用,只任为梁怀王太傅。但贾谊仍不忘国事,曾多次上疏评论时政。文帝十一年(前169),梁怀王坠马而死,贾谊感到自己没有尽到为傅的职责,常常悲泣,一年后也忧郁而死,年仅三十三岁。所著文章五十八篇,刘向编为《新书》,但在流传过程中多有散佚,有些篇章也可能经过割裂窜改。今存有辑本《贾长沙集》。

贾谊年少时就“颇通诸子百家之书”(《史记·屈原贾生列传》),而且得到李斯弟子号称“治平为天下第一”的河南守吴公的赏识,其思想受到法家、道家、名家、墨家的诸多影响,但其思想体系仍以儒家为主。特别是他总结了秦代短期而亡的教训,发展了先秦的民本思想。如说:“自古至于今,与民为仇者,有迟有速,而民必胜之。”(《大政》上)“夫百人作之不能衣一人,欲天下亡寒,胡可得也?一人耕之,十人聚而食之,欲天下亡饥,不可得也。饥寒切于民之肌肤,欲其亡为奸邪,不可得也。国已屈矣,盗贼直须时耳!”(《陈政事疏》)这里不但表现出对人民的同情,甚至导引出由于统治者的侈靡而必然要引起被压迫者的反抗的认识。这在当时一些文人正在歌颂“大汉之德”的情景下,贾谊的认识确实具有一定的深刻性。他提出的削弱诸侯王势力以加强中央集权,反对严刑苛法以施行仁政,抵御外侮而反对投降,重农抑商以促进生产,都适应了汉初加强中央集权的形势需要,在当时有一定的进步意义。

贾谊是西汉前期杰出的辞赋家和散文家。他的散文主要是一些专题性的政论文和奏议，这些多是针对当时的朝政而写，具有很强的现实性和针对性，其代表作品主要有《陈政事疏》(又名《治安策》)、《过秦论》、《论积贮疏》等。其中《陈政事疏》，针对当时“天下初定，制度疏阔。诸侯王僭拟，地过古制”(《汉书·贾谊传》)的危险局面而提出了长治久安之策，要求汉文帝“定经制，令君君臣臣，上下有差，父子六亲，各得其宜”。显然，这是依据儒家的政治理想，谋求建立等级森严的中央集权制度。围绕这一论题，贾谊还具体提出了“众建诸侯而少其力”，以及“重本业”、“贵礼义”、“教太子”、“礼大臣”等一系列政策。其中关于“众建诸侯而少其力”的论述最为精彩而深刻：

夫树国固必相疑之势，下数被其殃，上数爽其忧，甚非所以安上而全下也。今或亲弟谋为东帝，亲兄之子西乡而击，今吴又见告矣。天子春秋鼎盛，行义未过，德泽有加焉，犹尚如是，况莫大诸侯，权力且十此者乎！

然而天下少安，何也？大国之王幼弱未壮，汉之所置傅相方握其事。数年之后，诸侯之王大抵皆冠，血气方刚，汉之傅相称病而赐罢，彼自丞尉以上偏置私人，如此，有异淮南、济北之为邪！此时而欲为治安，虽尧舜不治。

黄帝曰：“日中必熭，操刀必割。”今令此道顺而全安，甚易，不肯早为，已乃堕骨肉之属而抗刭之，岂有异秦之季世乎！夫以天子之位，乘今之时，因天之助，尚惮以危为安，以乱为治，假设陛下居齐桓之处，将不合诸侯而匡天下乎？臣又以知陛下有所必不能矣。假设天下如曩时，淮阴侯尚王楚，黥布王淮南，彭越王梁，韩信王韩，张敖王赵，贯高为相，卢绾王燕，陈豨在代，令此六七公者皆亡恙，当是时而陛下即天子位，能自安乎？臣有以知陛下之不能也。天下殽乱，高皇帝与诸公并起，非有仄室之势以豫席之也。诸公幸者，乃为中涓，其次廑得舍人，材之不逮至远也。高皇帝以明圣威武即天子位，割膏腴之地以王诸公，多者百余城，少者乃三四十县，德至渥也，然其后十年之间，反者九起。陛下之与诸公，非亲角材而臣之也，又非身封王之也，自高皇帝不能以是一岁为安，故臣知陛下之不能也。然尚有可诿者，曰疏，臣请试言其亲者。假令悼惠王王齐，元王王楚，中子王赵，幽王王淮阴，共王王梁，灵王王燕，厉王王淮南，六七贵人皆亡恙，当是时陛下即位，能为治乎？臣又知陛下之不能也。若此诸王，虽名为臣，实皆有布衣昆弟之心，虑亡不帝制而天子自为者。擅爵人，赦死罪，甚者或戴黄屋，汉法令非行也。虽行不轨如厉王者，令之不可听，召之安可致乎！幸而来至，法安可得加！动一亲戚，天下圜视而起，陛下之臣虽有悍如冯敬者，适启其口，匕首已陷其胸矣。陛下虽贤，谁与领此？故疏者必危，亲者必乱，已然之效也。其异姓负强而动者，汉已幸胜之矣，又不易其所以然。同姓袭是迹而动，既有征矣，其势尽又复然。殃祸之变，未知所移，明帝处之尚不能以安，后世将如之何！

屠牛坦一朝解十二牛，而芒刃不顿者，所排击剥割，皆众理解也。至于髋髀之所，非斤则斧。夫仁义恩厚，人主之芒刃也；权势法制，人主之斤斧也。今诸侯王皆众髋髀也，释斤斧之用，而欲婴以芒刃，臣以为不缺则折。胡不用之淮南、济北？势不可也。

臣窃迹前事，大抵强者先反。淮阴王楚最强，则最先反；韩信倚胡，则又反；贯高因赵资，则又反；陈豨兵精，则又反；彭越用梁，则又反；黥布用淮阴，则又反；卢绾最弱，最后反。长沙乃在二万五千户耳，功少而最完，势疏而最忠，非独性异人也，亦形势然也。曩令樊、郦、绛、灌据数十城而王，今虽以残亡可也；令信、越之伦列为彻侯而居，虽至今存可也。然则天下之大计可知已。欲诸王之皆忠附，则莫若令如长沙王；欲臣子之勿菹醢，则莫若令如樊、郦等；欲天下之治安，莫若建诸侯而少其力。力少则易使以义，国小则亡邪心。令海内之势如身之使臂，臂之使指，莫不制从，诸侯之君不敢有异心，辐凑并进而归命天子，虽在细民，且知其安，故天下皆知陛下之明。割地定制，令齐、赵、楚各为若干国，使悼惠王、幽王、元王之子孙毕以次各受祖之分地，地尽而止，及燕、梁他国皆然。其分地众而子孙少者，建以为国，空而置之，须其子孙生者，举使君之。诸侯之地其削颇入汉者，为徙其侯国及封其子孙也，所以数偿之；一寸之地，一人之众，天子亡所利焉，诚已定治而已，故天下皆知陛下之廉。地制壹定，宗室子孙莫虑不王，下无倍畔之心，上无诛伐之志，故天下皆知陛下之仁。法立而不犯，令行而不逆，贯高、利几之谋不生，柴奇、开章之计不萌，细民向善，大臣致顺，故天下皆知陛下之义。卧赤子天下之上而安，植遗腹，朝委裘，而天下不乱，当时大治，后世诵圣。壹动而五业附，陛下谁惮而久不为此？

> 天下之势方病大瘇。一胫之大几如要，一指之大几如股，平居不可屈信，一二指搐，身虑亡聊。失今不治，必为锢疾，后虽有扁鹊，不能为已。病非徒瘇也，又苦蹠盭。元王之子，帝之从弟也；今之王者，从弟之子也。惠王，亲兄子也；今之王者，兄子之子也。亲者或亡分地以安天下，疏者或制大权以偪天子，臣故日非徒病瘇也，又苦蹠盭。可痛哭者，此病是也。

在秦末农民战争中，以及后来的楚汉战争期间，刘邦为了争取各方力量的支持，最大限度地孤立项羽，迫不得已采取了分封诸侯王的策略。然而，随着楚汉战争的结束，握有重兵的异姓诸王却成了威胁刘氏政权的祸患。刘邦立国不久，就接连爆发了一系列异姓王的叛乱，迫使刘邦付出了七年时间，才把叛乱平息。在此同时及其以后，刘邦又大封昆弟子侄等同姓王以固藩篱，他自以为这样做就可以天下尽归刘氏而垂之万世了。但事实上恰与愿违，这样形成的"国中之国"，成为国家进一步统一的严重障碍。刘邦死后，同姓诸王的势力日益壮大，竞相与中央对抗，在贾谊上这篇《陈政事疏》之前，已先后有淮南王刘长与济北王刘兴居谋反之举，以及吴王濞准备谋反的计谋。在这种形势下，如何削弱同姓诸侯王的势力，是当时社会政治的一个极难解决的中心议题。因为，战争刚刚过去，朝廷力量有限，北方边患又很严重，面对的又是同姓昆弟子侄，直接采取暴力形式不一定能取得理想结果。为此，贾谊在这篇文章中提出了"众建诸侯而少其力"的策略，即把各封国析分化小，使诸侯王的子孙能够"以次各受祖之分地"。这样，虽诸侯遍地，但"力小则易使以义，国小则无邪心"，在对诸侯王逐渐分封与分割中削弱其势力，无形中也就加强了中央集权。贾谊的这一策略是相当高明的，他充分利用了"宗室子孙，莫虑不王"的私心，分而治之，这比用武力弹压侵夺的方法更为有力。

贾谊是西汉出色的政治家，从这篇上疏就可以见出他敏锐的政治眼光和杰出的治国才能。但是，文帝并未听取贾谊的建议，致使同姓王势力日益发展，终于在景帝三年(前 154)发生了"吴楚七国之乱"。西汉帝国的统一与稳固，是在平定"七国之乱"以后才得以真正实现，而这已是贾谊上《陈政事疏》二十年之后了。《汉书·贾谊传赞》引刘向语："贾谊言三代与秦治乱之意，其论甚美，通达国体，虽古之伊、管未能远过也。使时见用，功必化盛。"是很有道理的。

如若说《陈政事疏》是直接针对当时的政治而发，那么，《过秦论》则是以总结秦朝兴亡的历史教训，以为汉代统治者的借鉴。

《过秦论》载于《史记·秦始皇本纪》，《陈涉世家》中引用了第一大段。《汉书》和《新书》也都曾收录。《文选》则分为上中下三篇，“上篇论始皇仁义不施，再传而已，非所以守国也；中篇论二世不能正先帝之过，重之以无道，非所以正倾也；下篇论子婴不鉴始皇、二世壅蔽之害，孤立无辅，非所以救败也。”(《古文集宜》引杨升庵语)三篇中上篇最为出色：

> 秦孝公据殽函之固，拥雍州之地，君臣固守，以窥周室。有席卷天下，包举宇内，囊括四海之意，并吞八方之心。当是时也，商君佐之，内立法度，务耕织，修守战之具；外连衡而斗诸侯。于是秦人拱手而取西河之外。
>
> 孝公既没，惠文、武、昭蒙故业，因遗策，南取汉中，西举巴蜀，东割膏腴之地，收要害之郡。诸侯恐惧，会盟而谋弱秦。不爱珍器重宝肥饶之地，以致天下之士，合从缔交，相与为一。
>
> 当此之时，齐有孟尝，赵有平原，楚有春申，魏有信陵。此四君者，皆明智而忠信，宽厚而爱人，尊贤而重士。约从离横，兼韩、魏、燕、赵、宋、卫、中山之众。于是六国之士，有宁越、徐尚、苏秦、杜赫之属为之谋，齐明、周最、陈轸、召滑、楼缓、翟景、苏厉、乐毅之徒通其意，吴起、孙膑、带佗、儿良、王廖、田忌、廉颇、赵奢之伦制其兵。尝以十倍之地、百倍之众，叩关而攻秦。秦人开关而延敌，九国之师，遁逃而不敢进。秦无亡矢遗镞之费，而天下诸侯已困矣。于是从散约解，争割地而赂秦。秦有余力而制其弊，追亡逐北，伏尸百万，流血漂橹，因利乘便，宰割天下，分裂河山。强国请伏，弱国入朝。
>
> 施及孝文王、庄襄王，享国之日浅，国家无事。
>
> 及至始皇，奋六世之余烈，振长策而御宇内，吞二周而亡诸侯，履至尊而制六合，执敲扑以鞭笞天下，威振四海。南取百越之地，以为桂林、象郡。百越之君，俛首系颈，委命下吏。乃使蒙恬北筑长城而守藩篱，却匈奴七百余里，胡人不敢南下而牧马，士不敢弯弓而报怨。
>
> 于是废先王之道，燔百家之言，以愚黔首。隳名城，杀豪俊，收天下之兵，聚之咸阳，销锋镝，铸以为金人十二，以弱天下之民。然后践华为城，因

河为池，据亿丈之城，临不测之溪以为固。良将劲弩，守要害之处；信臣精卒，陈利兵而谁何。天下已定，始皇之心，自以为关中之固，金城千里，子孙帝王万世之业也。

始皇既没，余威震于殊俗。然而陈涉瓮牖绳枢之子，甿隶之人，而迁徙之徒也。材能不及中庸，非有仲尼、墨翟之贤，陶朱、猗顿之富，蹑足行伍之间，俛起阡陌之中，率罢散之卒，将数百之众，转而攻秦。斩木为兵，揭竿为旗，天下云集而响应，赢粮而景从。山东豪俊，遂并起而亡秦族矣。

且夫天下非小弱也，雍州之地，殽函之固，自若也。陈涉之位，非尊于齐、楚、燕、赵、韩、魏、宋、卫、中山之君也；锄櫌棘矜，非铦于钩戟长铩也；谪戍之众，非抗于九国之师也；深谋远虑，行军用兵之道，非及曩时之士也。然而成败异变，功业相反。试使山东之国，与陈涉度长絜大，比权量力，则不可同年而语矣。然秦以区区之地，致万乘之权，招八州而朝同列，百有余年矣。然后以六合为家，殽函为宫。一夫作难，而七庙隳，身死人手，为天下笑者，何也？仁义不施，而攻守之势异也。

“过秦论”，即言秦之过。在贾谊看来，秦国由弱到强，终于战胜关东六国，统一天下，威震四海，自以为从此就固若金汤，帝业万世永存了。但由于实行了“废先王之道，燔百家之言，以愚黔首”等暴虐政治，终于被戍徒陈涉所倡导的起义所震撼，“一夫作难而七庙隳”，短期而亡，其原因就在于“仁义不施，而攻守之势异也”。贾谊的这一认识是极富时代深度的。秦代统治者本来具有统一中国的有利条件，特别是秦始皇“奋六世之余烈”，很快就“履至尊而制六合”，登上了天子的宝座。但是由于实行了一系列错误政策，特别是实行了焚书坑儒、箝固人民思想的严刑峻法，最终祸及自身，二世而亡。贾谊在这里言秦之过，从历史高度总结秦代灭亡的原因，实际上是为汉代统治者提供统治的鉴戒，这同样表现出贾谊政治家的眼光和智谋。

贾谊是西汉前期一位杰出的政治家，他的文章也多是出于为了汉代统治者的长治久安而写。但是，贾谊又是一位杰出的政论文作家，其文章虽带着强烈的政治色彩，却又有着独具的艺术特色。

鲁迅《汉文学史纲要》称贾谊之文“历指其失，颇切事情”，“疏直激切，尽所欲言”，就是说所论内容都能切中时弊，而且辞锋凌厉，议论明快，这正是作为政治家的贾谊与一般文人所作政论文的不同之处。《陈政事疏》对汉初以来由于诸侯王国势力过于强大而引起的政治危机的分析，《过秦论》中对秦代由于“仁义不施”而终遭短期而亡的历史经验的总结，都是从历史的高度，一语中的，触及要害。为了达到议政的目的，贾谊很注意以理服人，以情感人，把严密的逻辑性和激切的感染力融为一体。《陈政事疏》开篇就是对当时政治充满激情的议论：

> 臣窃惟事势，可为痛苦者一，可为流涕者二，可为长太患者六，若其他背理而伤道者，难遍以疏举。进言者皆曰天下已安已治矣，臣独以为未也。曰安且治者，非愚则谀，皆非事实知治乱之体者也。夫抱火厝之积薪之下而寝其上，火未及燃，因谓之安，方今之势，何以异此！本末舛逆，首尾衡决，国制抢攘，甚非有纪，胡可谓治！陛下何不壹令臣得孰数之于前，因陈治安之策，试详择焉！

贾谊又是“痛苦”，又是“流涕”，又是“太息”，都是为了天下事势而情感大动。正因为此，他对那种认为天下“安且治者”进行了不容情面的驳斥，并进而提出求治安的重要。而后才一件件列举了“可为痛苦”、“可为流涕”、“可为太息”的种种现实问题，在情理兼具的陈述中，把他的卓有见识的经国远猷陈述于文帝之前。正因为这样，才使他的文章具有了深切感人魅力。

前人还特别赞赏贾谊政论文所特有的“势”，这就是笔力上汪洋恣肆的磅礴之势，结构上急缓相衔的迭宕之势。如《过秦论》上，先言秦国怎样发展起来和如何强大，再说六国尽管有济济人才、广袤土地，也终为秦国所制，再说秦始皇如何“奋六世之余烈”，“吞二周而亡诸侯，履至尊而制六合”，“南取百越”，“北却匈奴”，重重叠叠，反反复复，把秦国不可一世、江山永固之势说得淋漓尽致。而后一转，写陈涉之弱，身为戍徒，斩木为兵，竟然一举而亡秦。最后又以今日的陈涉和昔日的六国、今日的秦国和昔日的秦国相比，终于得出了秦之所以灭亡，原因就在于“仁义不施，而攻守之势异也”。通篇翻腾激荡，笔势纵放，加以大量排比对偶、夸张渲染手法的运用，使全文充满了不可阻挡的气势。何焯称贾谊此文“自首至尾，光焰动荡，如鲸鱼暴鳞于皎日之中，烛天耀海。”(《义门读书记》)，正是指贾谊文中那种特有的气势而言。

贾谊以政治家兼散文家的身份，其政论文树立了慷慨论天下事的特有文风。这一文风有对先秦诸子及游说之辞的继承，如文中所体现出的那种纵横驰骋、峭拔凌厉的特色，受有战国百家的明显影响。同时，贾谊的政论文又有着鲜明的时代特征。他的议论指陈时弊，无所顾忌，切中要害而又激情满怀，言辞明快，既表现出在当时历史条件下文士们以天下为己任的精神，也表现出汉代前期在国势昌盛情景下统治者的宽容。和汉代后期以及东汉的散文相比照，这一时代特色就更为鲜明。贾谊慷慨论天下事的政论文精神及其艺术成就，对后来的散文特别是政论文的创作，产生了深远影响，正如鲁迅所说："沾溉后人，其泽甚远。"(《汉文学史纲要》)

第三节 晁错的政论文

晁错(前200～前154)，颍川(今河南禹县)人。年少时曾学申商刑名于张恢，受到法学思想影响。文帝时任太常掌故，又奉命从济南伏生学《尚书》。后迁博士，拜太子家令，因其辩才深得太子(后来的景帝)赏识，被称为"智囊"。多次上书文帝，提出守边备塞、劝农力本等建议，因举贤良文学对策高第，迁中大夫。又言宜削弱诸侯，更定法令，帝不尽听，然奇其材。景帝即位，任为内史，幸倾九卿，法令多所更定，迁为御史大夫。又请削诸侯之地，得罪了一些王侯权贵。公元前154年，吴楚七国以讨晁错"清君侧"为名叛乱，景帝错听袁盎之说，将晁错斩于东市。

晁错是汉初一位杰出的政治家，他学兼百家，博古通今，但受法家思想影响为重，因此"为人陗直刻深"(《汉书·晁错传》)。他坚决主张削弱诸侯，并更定法令三十章，引起诸侯哗然，其父闻之，赶到京都劝他："侵削诸侯，疏人骨肉，口让多怨，公何为也!"晁错对曰："固也。不如此，天子不尊，宗庙不安。"(《汉书·晁错传》)他正是想以法术维护汉代的封建专制的。但他又和先秦法家不完全相同，他在《贤良文学对策》中，曾以秦朝失败的教训答文帝诏策所问，指出秦朝"其末途之衰"的一个重要原因，就是"法令烦憯，刑罚暴酷"，"狱官主断，生杀自恣"。他要求文帝"绝秦之迹，除去乱法"，"除苛解娆，宽大爱人"，以古之五帝三王为榜样，"其为法令也，合于人情而后行之"。显然，这是从秦朝严刑酷法而招致的失败的历史教训中总结出的经验，带有鲜明的时代特征。至于他提出的重农抑商，削弱诸侯，抵御外侵的主张，和贾谊极为相近，也都是从巩固汉帝国一统天下而出发的，在当时有一定积极意义。

晁错的作品大都是针对现实政治而发的政论文，代表作有《论贵粟疏》、《守边劝农疏》、《贤良文学对策》、《言兵事书》等。《论贵粟疏》尤为著名：

圣王在上而民不冻饥者，非能耕而食之，织而衣之也，为开其资财之道也。故尧、禹有九年之水，汤有七年之旱，而国亡捐瘠者，以畜积多而备先具也。今海内为一，土地人民之众不避汤、禹，加以亡天灾数年之水旱，而畜积未及者，何也？地有遗利，民有余力，生谷之土未尽垦，山泽之利未尽出也，游食之民未尽归农也。民贫则奸邪生，贫生于不足，不足生于不农，不农则不地著，不地著则离乡轻家，民如鸟兽，虽有高城深池，严刑重法，犹不能禁也。

夫寒之于衣，不待轻暖；饥之于食，不待甘旨；饥寒至身，不顾廉耻。人情一日不再食则饥，终岁不制衣则寒。夫腹饥不得食，肤寒不得衣，虽慈母不能保其子，君安能以有其民哉！明主知其然也，故务民于农桑，薄赋敛，广畜积，以实仓廪，备水旱，故民可得而有也。

民者，在上所以牧之，趋利如水走下，四方亡择也。夫珠玉金银，饥不可食，寒不可衣，然而众贵之者，以上用之故也。其为物轻微易藏，在于把握，可以周海内而无饥寒之患。此令臣轻背其主，而民易去其乡，盗贼有所劝，亡逃者得轻资也。粟米布帛，生于地，长于时，聚于力，非可一日成也；数石之重，中人弗胜，不为奸邪所利，一日弗得而饥寒至。是故明君贵五谷而贱金玉。

今农夫五口之家，其服役者不下二人，其能耕者，不过百亩，百亩之收，不过百石。春耕夏耘，秋获冬藏，伐薪樵，治官府，给徭役，春不得避风尘，夏不得避暑热，秋不得避阴雨，冬不得避寒冻，四时之间，亡日休息。又私自送往迎来，吊死问疾，养孤长幼在其中。勤苦如此，尚复被水旱之灾，急政暴虐，赋敛不时，朝令而暮改。当具，有者半贾而卖，亡者取倍称之息，于是有卖田宅，鬻子孙，以偿责者矣。而商贾，大者积贮倍息，小者坐列贩卖，操其奇赢，日游都市，乘上之急，所卖必倍。故其男不耕耘，女不蚕织，衣必文采，食必粱肉，亡农夫之苦，有仟佰之得。因其富厚，交通王侯，力过吏势，以利相倾，千里游敖，冠盖相望，乘坚策肥，履丝曳缟。此商人所以兼并农人，农人所以流亡者也。

今法律贱商人，富人已富贵矣；尊农夫，农夫已贫贱矣。故俗之所贵，主之所贱也；吏之所卑，法之所尊也。上下相反，好恶乖迕，而欲国富法立，不可得也。方今之务，莫若使民务农而已矣。欲民务农，在于贵粟，贵粟之道，在于使民以粟为赏罚。今募天下入粟县官，得以拜爵，得以除罪。如此，富人有爵，农民有钱，粟有所渫。夫能入粟以受爵，皆有余者也。取于有余，以供上用，则贫民之赋可损，所谓损有余补不足，令出而民利者也。

顺于民心，所补者三：一曰主用足，二曰民赋少，三曰劝农功。今令民有车骑马一匹者，复卒三人。车骑者，天下武备也，故为复卒。神农之教曰："有石城十仞，汤池百步，带甲百万，而亡粟，弗能守也。"以是观之，粟者，王者大用，政之本务。令民入粟受爵，至五大夫以上，乃复一人耳，此其与骑马之功相去远矣。爵者，上之所擅，出于口而亡穷；粟者，民之所种，生于地而不乏。夫得高爵与免罪，人之所甚欲也。使天下入粟于边，以受爵免罪，不过三岁，塞下之粟必多矣。

和贾谊一样，晁错是政治家兼散文家，其作品大多是为议政而写，具有很强的现实性。《汉书·食货志》载："文帝即位，躬修俭节，思安百姓。时民近战国，皆背本趋末。"因此，贾谊上了《论积贮疏》，晁错上了《论贵粟疏》。两篇上疏所提出的问题和内容基本相同，都是论述重本抑末、贵粟广积的重要。但比较起来，贾谊之文虽也强调了"背本而趋末"的可危，"畜积足而人乐其所"的可安，却缺乏切实的解决办法。晁错之文不仅论述了当时由于背本趋末而造成的严重社会问题，论述了重农贵粟的重要意义，而且进一步提出了切实可行的重农贵粟的具体措施。这就是以粟为赏罚，鼓励人们以粟买爵，以粟赎罪。以粟为赏罚，粟自然就贵，粟贵，人们自然会重农，从而也就会促进生产的发展。在以农业为主要经济命脉的封建社会，重农是统治者维护其统治的奠石，只要做到"薄赋敛，广畜积，以实仓廪，备水旱"，就会达到"民可得而有也"的社会安定。晁错还有《守边劝农疏》、《募民实塞疏》等，讲的也都是重农贵粟的道理，表现出他作为一个政治家的智谋和眼光。文帝采取晁错这一建议后，使当时的农业有了较大的发展，以粟入爵的实行，对削弱巨商大贾及诸侯王的势力也起到一定作用。到景帝时，又从晁错之议，减轻赋税，将十五税一的田赋减为三十税一，有时竟全部免除了租税，表明晁错在促进西汉农业生产发展和巩固汉朝政权的统治方面，都起到了重要作用。

贾谊和晁错同为汉初杰出的政治家和散文家，但两人的文风同中有异。鲁迅曾指出，二人“为文皆疏直激切，尽所欲言……惟谊尤有文采，而沉实则少逊。”“以二人之论匈奴者相较，则可见贾生之言，乃较疏略，不能与晁错之深识为伦比矣。”(《汉文学史纲要》)“疏直激切，尽所欲言”，确实是贾谊、晁错文章的共同特色。他们的文章虽然多是就现实政治的议政之文，又多是直接给最高统治者的上疏，但都无所顾忌，切中时弊。不同之处在于，贾谊之文更具文采，排比铺张，危语惊人，如滔滔江河，势不可挡。正是因为充荡着这样难以遏止的激情和气势，对论述的问题则沉实少逊，较为疏略。晁错之文虽不尚华辞，却颇多偶句，在自然议论中排比成章，自成情势，而且章法明晰，逻辑严密，论理比较透彻，所论策略更为切实可行。这在上引《论贵粟疏》中表现得极为明白。该文为了论述重农贵粟的重要，也运用了不少修饰、形容、排比手法，特别是全文围绕着“贵粟”之利与“轻农”之弊，在古与今、珠玉金银与粟米布帛、农夫与商人、以车骑复卒与入粟受爵的对比中，反复论证、层层推进，语语确凿，极为透辟。

又如鲁迅指出的以“论匈奴者相较”，也可见出二人文风的不同。《汉书·贾谊传》曾说贾谊“施五饵三表以系单子，其术固以疏矣”。与此相对照，晁错《言兵事书》、《守边劝农疏》所提出的抗御匈奴、巩固边防的策略，则比较切实可行。

臣又闻小大异形，强弱异势，险易异备。夫卑身以事强，小国之形也；合小以攻大，敌国之形也；以蛮夷攻蛮夷，中国之形也。今匈奴地形技艺与中国异。上下山阪，出入溪涧，中国之马弗与也；险道倾仄，且驰且射，中国之骑弗与也；风雨罢劳，饥渴不困，中国之人弗与也：此匈奴之长技也。若夫平原易地，轻车突骑，则匈奴之众易挠乱也；劲弩长戟，射疏及远，则匈奴之弓弗能格也；坚甲利刃，长短相杂，游弩往来，什伍俱前，则匈奴之兵弗能当也；材官驺发，矢道同的，则匈奴之革笥木薦弗能支也；下马地斗，剑戟相接，去就相薄，则匈奴之足弗能给也：此中国之长技也。以此观之，匈奴之长技三，

中国之长技五。陛下又兴数十万之众，以诛数万之匈奴，众寡之计，以一击十之术也。(《言兵事书》)

陛下幸忧边境，遣将吏发卒以治塞，甚大惠也。然令远方之卒守塞，一岁而更，不知胡人之能，不如选常居者，家室田作，且以备之。以便为之高城深堑，具蔺石，布渠答，复为一城其内，城间百五十步。要害之处，通川之道，调立城邑，毋下千家，为中周虎落。先为室屋，具田器，乃募罪人及免徒复作令居之；不足，募以丁奴婢赎罪及输奴婢欲以拜爵者；不足，乃募民之欲往者。皆赐高爵，复其家。予冬夏衣，廪食，能自给而止。郡县之民得买其爵，以自增至卿。其亡夫若妻者，县官买予之。人情非有匹敌，不能久安其处。塞下之民，禄利不厚，不可使久居危难之地。胡人入驱而能止其所驱者，以其半予之，县官为赎其民。如是，则邑里相救助，赴胡不避死。非以德上也，欲全亲戚而利其财也。此与东方之戍卒不习地势而心畏胡者，功相万也。以陛下之时，徙民实边，使远方无屯戍之事，塞下之民父子相保，亡系虏之患，利施后世，名称圣明，其与秦之行怨民，相去远矣。(《守边劝农疏》)

汉初匈奴强盛，屡次侵犯边塞，“攻城屠邑，驱略畜产”，严重骚扰了边疆地区人民的生活，威胁着刘汉政权的巩固。文帝发兵抵御，就其战争的性质来说，当属于正义之举。但匈奴人以游牧为业，而且善骑善射，性情彪悍。他们进犯的目的并不在于攻城夺地，而重在掠夺人畜财物。为此，汉朝若发重兵远道以袭，他们则望风而去；若长期派重兵驻守，耗费过大；若以为边事解除，罢兵还朝，他们又闻风而至。如是，连年征战不息，军费开支浩繁，成为汉初统治者极为棘手的事情。晁错针对如上情况上书言兵事，精辟地分析了边塞战争敌我双方的形势，提出利用边地降兵降将，与内地大军相为表里联合作战，各发挥其所长而避其所短的策略，这就是著名的《言兵事书》。上引一段所陈“匈奴之长技三，中国之长技五”，具体而精辟，确实是“深知”，此书深得文帝的赏识。而后，晁错又进一步上言《守边劝农疏》，提出募民迁徙塞下，平日发展生产，战时相互救助，并具体陈述了应建立的制度和应变措施。其中提出的于“要害之处”，“调立城邑”，而且厚其利禄，全其家室，这样就可以使其“欲全亲戚而利其财”，达到“邑里相救助，赴胡不避死”，以确保边塞安定的目的，这样的御敌战略思想同样是很高明的。晁错的这些思想并非是一时的权宜之计或一战的攻守之议，而是建立在调查研究、周密筹划．并对敌我双方力量长短优劣的深入分析基础之上。这样，就具有了战略性的意义。汉文帝是西汉初期一位简约明智的君主，他采纳了晁错的这些建议，后来又经过景帝的励精图治，以及再后来武帝的雄才大略，终于使汉朝前期在一段较长的历史时期内，赢得了边界的安定和军事的强大。从这个意义上说，晁错提出的切实可行的深远韬略是起了一定作用的，并对后世解决边患问题产生了重大影响。

第二章
西汉前期散文(下)

第一节 哲学家的散文

西汉前期，随着统治者从崇尚黄老到独尊儒术的变化，哲学思想上也呈现出不同学说的论辩，因之，哲学散文也在发展。汉初的陆贾、贾谊、晁错等，虽也有些哲论，但他们多从政治家的身份出发，更多的是政论之作。到武帝时代，随着中央集权的巩固，以什么哲学思想作为维护其统治的统一思想，成为社会的一个重要命题，因而，也就产生了不同的哲论之作。其主要作者有司马谈、董仲舒，以及刘安等撰述的《淮南子》。

司马谈(？～前110)，夏阳(今陕西韩城)人。他是司马迁的父亲，曾学天官于唐都，受《易》于杨何，习道论于黄生，是位学贯百家、博通古今的思想家。武帝时曾为太史令，早有续《春秋》著史记之愿，但未能完成，这一神圣而艰巨的任务，留给了司马迁。他的文章仅存《论六家之要指》一篇，保留在《史记·太史公自序》中。在这篇文章中，司马谈以史学家的眼光，哲学家的思辨，用明快干练的语言，对当时意识形态领域中的各家学说进行了评价和批判，表现出一个哲学家的深刻认识。其原文如下：

《易大传》:“天下一致而百虑，同归而殊涂。”夫阴阳、儒、墨、名、法、道德，此务为治音也，直所从言之异路，有省不省耳。

尝窃观阴阳之术，大祥而众忌讳，使人拘而多所畏；然其序四时之大顺，不可失也。儒者博而寡要，劳而少功，是以其事难尽从；然其序君臣父子之礼，列夫妇长幼之别，不可易也。墨者俭而难遵，是以其事不可遍循；然其强本节用，不可废也。法家严而少恩；然其正君臣上下之分，不可改矣。名家使人俭而善失真；然其正名实，不可不察也。道家使人精神专一，动合无形，赡足万物。其为术也，因阴阳之大顺，采儒墨之善，撮名法之要，与时迁移，应物变化，立俗施事，无所不宜，指约而易操，事少而功多。儒者则不然，以为人主天下之仪表也，主倡而臣和，主先而臣随，如此则主劳而臣逸。至于大道之要，去健羡，绌聪明，释此而任术。夫神大用则竭，形大劳则疲。形神骚动，欲与天地长久，非所闻也。

夫阴阳四时、八位、十二度、二十四节，各有教令，顺之者昌，逆之者不死则亡，未必然也，故曰“使人拘而多畏”。夫春生夏长，秋收冬藏，此天道之大经也，弗顺则无以为天下纲纪，故曰“四时之大顺，不可失也”。

夫儒者以六艺为法，六艺经传以千万数，累世不能通其学，当年不能究其礼，故曰“博而寡要，劳而少功”。若夫列君臣父子之礼，序夫妇长幼之别，虽百家弗能易也。

墨者亦尚尧舜道，言其德行曰：“堂高三尺，土阶三等，茅茨不翦，采椽不刮。食土簋，啜土刑，粝粱之食，藜藿之羹。夏日葛衣，冬日鹿裘。”其送死，桐棺三寸，举音不尽其哀。教丧礼，必以此为万民之率，使天下法。若此，则尊卑无别也。夫世异时移，事业不必同，故曰“俭而难遵”。要曰强本节用，则人给家足之道也。此墨子之所长，虽百家弗能废也。

法家不别亲疏，不殊贵贱，一断于法，则亲亲尊尊之恩绝矣。可以行一时之计，而不可长用也，故曰“严而少恩”。若尊主卑臣，明分职不得相逾越，虽百家弗能改也。

名家苛察缴绕，使人不得反其意，专决于名而失人情，故曰“使人俭而善失真”。若夫控名责实，参伍不失，此不可不察也。

道家无为，又曰无不为，其实易行，其辞难知。其术以虚无为本，以因循为用。无成势，无常形，故能究万物之情。不为物先，不为物后，故能为万物主。有法无法，因时为业；有度无度，因物与合。故曰“圣人不朽，时变是守”。虚者道之常也，因者君之纲也。群臣并至，使各自明也。其实中其声者谓之端，实不中其声者谓之窾。窾言不听，奸乃不生，贤不肖自分，白黑乃形。在所欲用耳，何事不成。乃合大道，混混冥冥。光耀天下，复反无名。凡人所生者神也，所托者形也。神大用则竭，形大劳则敝，形神离则死。死者不可复生，离者不可复反，故圣人重之。由是观之，神者生之本也，形者生之具也。不先定其神，而曰“我有以治天下”，何由哉?

此文对阴阳、儒、墨、法、名家的长短，进行了一一评说，指出他们都有“不可失”、“不可易”、“不可废”、“不可改”、“不可不察”的优点，也各有“使人拘而多所畏”、“博而寡要，劳而少功”、“俭而难遵”、“严而少恩”和“使人俭而善失真”的缺点。而对儒家的批评尤其多，斥之为“博而寡要，劳而少功，是以其事难尽从”。用以为治，则“主劳臣逸”，“形神骚动”，不可长久。对道家则多所肯定，认为道家“因阴阳之大顺，采儒墨之善，撮名法之要”，兼有诸家之长，所以“无所不宜”。而且道家“以虚无为本，以因循为用。无成势，无常形，故能究万物之情。不为物先，不为物后，故能为万物主。有法无法，因时为业，有度无度，因物与合。”只有这样，“时变是守”，不定于一尊，不守于一法，百家并进，察时省变，才是圣人治理国家所应遵循的大道。很清楚，该文所表现出的抬高道学、兼容百家的旨意，和当时所提倡的罢黜百家、独尊儒术的统治思想正处于对立地位。司马迁在录引这篇文章前说：“太史公仕于建元、元封之间，愍学者之不达其意而师悖，乃论六家之要指。”表明司马谈正是针对武帝时期表章六经、绝百家之道的现实而发。司马谈对于道家的推崇，目的也是为统治者提供治国之道。所以文章开头首言“此务为治”，结尾又言“我有以治天下”。但他提出的要给百家以自由，却是对文化专制的反抗。

这篇文章篇幅不长，却对诸子进行了要言不繁的概说。而且先言其然，再言其所以然，似复非复，形成交错严整的章法。正如明代何良俊所说：“其述六家之事，指陈得失，有若案断，历百世而不能易。又其文字贯串，累累如贯珠，灿然夺目。文章之奇伟，孰有能过此者耶!”(《四友斋丛说》卷五)

董仲舒(前179～前104)，广川(今河北枣强一带)人。少治《春秋》，景帝时为博士。弟子众多，治学刻苦，以致“三年不窥园”(《汉书·董仲舒传》)，“乘马不觉牝牡，志在经传”(《太平御览》)。武帝即位后，举贤良文学之士，他对策三篇，统称《举贤良对策》，得到武帝赞赏，被任为江都易王相。易王刘非是武帝之兄，素骄，好勇，董仲舒以礼谊匡正之，深受易王敬重。后又迁武帝之兄胶西王刘端之相，刘端虽善待之，但性情纵恣，加之与当时在朝廷位居公卿的公孙弘等的矛盾担心日久获罪，便以病辞官，归家后以修学著书为事。后以寿终。其著作今存《春秋繁露》及对策数篇、《士不遇赋》等。

《汉书》本传载：“仲舒治国，以《春秋》灾异之变推阴阳所以错行，故求雨，闭诸阳，纵诸阴，其止雨反是。”但是有一次却因言灾异而被下狱，几乎处死。被赦后，“遂不敢复言灾异。”所以，董仲舒虽成为一代统治者的理论奠基人，并对中国长期封建社会的统治思想有着重要影响，但在当时却不很得志，武帝虽重其说，却并不很重其人，所以，在他大讲天人合一、三纲五常、罢黜百家之时，也写有《士不遇赋》以抒其失意之感。

董仲舒并不以散文著称，但他的思想及他文章所形成的醇正典雅文风，却对汉代及后世产生了重大影响。刘向《荀子序录》曾说，董仲舒“作书美荀卿”。从《春秋繁露》可以看出，其思想有不少地方确实受到荀子的影响，其中的《深察名号》、《实性》两篇，更是直接脱胎于荀子的《正名》和《性恶》。但董仲舒虽为儒家，其思想却融入了阴阳家、法家以及黄老学说的内容，与先秦儒家绝不相同。《汉书·五行志》说：“昔殷道驰，文王演《周易》；周道敝，孔子述《春秋》；则乾坤之阴阳，效《洪範》之咎征，天人之道粲然著矣。汉兴，承秦灭学之后，景、武之世，董仲舒治公羊春秋，始推阴阳为儒者宗。”董仲舒以儒家的经典《春秋》立论，却援引阴阳家之言，从中推衍出阴阳灾异的理论，建立起天人感应的神学哲学体系，从而成为汉武帝建立中央集权的理论基础。

董仲舒新儒学的一个突出特征，就是“天人感应”、“灾异谴告”神学迷信的建立。这种神学理论的中心，即认为天是有意志的至高无上的神，是宇宙的统治者，君主则是受命于天的人间统治者。而且，天的灾异就是对人君的谴告，天变预示着人变，人违天理，一定会引起天的震怒，君主如若暴虐无道，天就会降灾异以示警告。这就是他所说的：“《春秋》之中，视前世已行之事，以观天人相与之际，甚可畏也。国家将有失道之败，而天乃出灾害以谴告之；不知自省，又出怪异以警惧之；尚不知变，而伤败乃至。”(《举贤良对策》第一篇)由此出发，董仲舒建立了他的政治伦理学说，即由“阳尊阴卑”而推衍出的“三纲五常”和“任德不任刑”的理论。他认为人类社会的伦理关系，是根据阴阳原则组合的，“阳尊阴卑”是宇宙的组合法则，体现于人事，就是“三纲五常”的伦理法规，君臣父子夫妇之义，都是宇宙阴阳之道的体现。而且，阳主德，阴主刑，王者应该“任阳不任阴”，“任德不任刑”。当然，阳也得有阴之助，否则“亦不能独成岁”，但要“前德而后刑”。这一思想在他的《举贤良对策》和《春秋繁露》中得到反复论述。《春秋繁露·基义篇》说得就更为明确：“凡物必有合……阴者阳之合，妻者夫之合，子者父之合，臣者君之合，物莫不合，而各有阴阳。……君臣父子夫妇之义，皆取诸阴阳之道。君为阳，臣为阴；父为阳，子为阴；夫为阳，妻为阴。阴道无所独行，其始也不得专起，其终也不得分功，有所兼之义。是故臣兼功于君，子兼功子父，妻兼功于夫，阴兼功于阳。……是故仁义制度之数，尽取之天。天为君而复露之，地为臣而持载之，阳为夫而生之，阴为妇而助之，春为父而生之，夏为子而养之。……王道之三纲，可求之于天，天出阳为暖以生之，地出阴为清以成之。……然而，计其多少之分，则暖暑居百，而清寒居一，德教其与刑罚，犹此也。故圣人多其爱而少其严，厚其德而简其刑，以此配天。”

不难看出，董仲舒在儒家思想的外衣下，杂糅了阴阳家、法家以至黄老学说的内容，创立了天人相与、君权神授的哲学理论体系。这一理论体系的建立，正好符合了当时汉武帝推行阴法阳儒的统治的需要。经过将近百年的发展，武帝时汉王朝的统治得到进一步巩固，这时面临的社会中心问题就是怎样使这种统治稳固下去，以达到长治久安。面对新的历史条件，先秦时期的儒家和汉初盛行的黄老思想，都不能满足现实的需要，这就呼唤着新的思想理论的诞生。这种新的思想理论当然也不会凭空而降，只有建立在吸取前代思想成果的基础上而加以改造，才能适应新的现实的需要。这就是董仲舒天人相与、君权神授理论产生的历史必然。为了适应汉王朝统治的需要，董仲舒还提出“不在六艺之科、孔子之术者，皆绝其道，勿使并进”(《举贤良对策》第三篇)的主张，这也正适合了当时加强中央集权的政治需要。正是在董仲舒的这一倡议下，汉武帝实行了罢黜百家、独尊儒术的文化专制主义。这样，董仲舒就以他神秘的“天人相与”、“君权神授”的理论，和现实的罢黜百家、独尊儒术的政策，为汉王朝统治者设计了一整套进行统治的理论和策略，使中国的政治、文化进入到一个新的阶段。

董仲舒的这一理论，对当时及其以后的散文创作产生了重大影响。汉中叶以前，产生了大量讲阴阳灾异的文章，围绕这一问题还产生了辩论之文，都与董仲舒的理论有关。至于那些连篇累牍的关于"三纲五常"伦理道德的说教之作，更是在董仲舒思想的直接影响下而创作出来。这些文章所阐述的封建伦理道德观念，成了统治者禁锢人们思想的工具，使很多散文作家的作品也都融进了浓重的封建伦理色彩。

为了适应内容的需要，董仲舒的文章一改汉初散文纵横驰骋、议论横生的特点，变成醇正典雅、婉而论道的文风。如《举贤良对策》第三篇：

臣闻天者群物之祖也，故遍覆包函而无所殊，建日月风雨以和之，经阴阳寒暑以成之。故圣人法天而立道，亦溥爱而亡私，布德施仁以厚之，设谊立礼以导之。春者天之所以生也，仁者君之所以爱也；夏者天之所以长也，德者君之所以养也；霜者天之所以杀也，刑者君之所以罚也。由此言之，天人之征，古今之道也。孔子作《春秋》，上揆之天道，下质诸人情，参之于古，考之于今。故《春秋》之所讥，灾害之所加也；《春秋》之所恶，怪异之所施也。书邦家之过，兼灾异之变，以此见人之所为，其美恶之极，乃与天地流通而往来相应，此亦言天之一端也。古者修教训之官，务以德善化民，民已大化之后，天下常亡一人之狱矣。今世废而不修，亡以化民，民以故弃行谊而死财利，是以犯法而罪多，一岁之狱以万千数。以此见古之不可不用也，故《春秋》变古则讥之。天令之谓命，命非圣人不行；质朴之谓性，性非教化不成；人欲之谓情，情非度制不节。是故王者上谨于承天意，以顺命也；下务明教化民，以成性也；正法度之宜，别上下之序，以防欲也：修此三者，而大本举矣。人受命于天，固超然异于群生，入有父子兄弟之亲，出有君臣上下之谊，会聚相遇，则有耆老长幼之施；粲然有文以相接，驩然有恩以相爱，此人之所以贵也。生五谷以食之，桑麻以衣之，六畜以养之，服牛乘马，圈豹槛虎，是其得天之灵，贵于物也。故孔子曰："天地之性人为贵。"明于天性，知自贵于物；知自贵于物，然后知仁谊；知仁谊，然后重礼节；重礼节，然后安处善；安处善，然后乐循理；乐循理，然后谓之君子。故孔子曰“不知命，亡以为君子”，此之谓也。

……

道之大原出于天，天不变，道亦不变，是以禹继舜，舜继尧，三圣相受而守一道，亡救弊之政也，故不言其所损益也。由是观之，继治世者其道同，继乱世者其道交。……夫古之天下亦今之天下，今之天下亦古之天下，共是天下，古以大治，上下和睦，习俗美盛，不令而行，不禁而止，吏亡奸邪，民亡盗贼，囹圄空虚，德润草木，泽被四海，凤凰来集，麒麟来游，以古准今，一何不相逮之远也！安所缪盭而陵夷若是？意者有所失于古之道与？有所诡于天之理与？试迹之于古，返之于天，党可得见乎？

夫天亦有所分予，予之齿者去其角，傅其翼者两其足，是所受大者不得取小也。古之所予禄者，不食于力，不动于末，是亦受大者不得取小，与天同意者也。夫已受大，又取小，天不能足，而况人乎！此民之所以嚣嚣苦不足也。身宠而载高位，家温而食厚禄，因乘富贵之资力，以与民争利于下，民安能如之哉！是故众其奴婢，多其牛羊，广其田宅，博其产业，畜其积委，务此而亡已，以迫蹴民，民日削月朘，寖以大穷。富者奢侈羡溢，贫者穷急愁苦；穷急愁苦而上不救，则民不乐生；民不乐生，尚不避死，安能避罪！此刑罚之所以蕃而奸邪不可胜者也。故受禄之家，食禄而已，不与民争业，然后利可均布，而民可家足。此上天之理，而亦太古之道，天子之所宜法以为制，大夫之所当循以为行也。故公仪子相鲁，之其家见织帛，怒而出其妻，食于舍而茹葵，愠而拔其葵，曰：“吾已食禄，又夺园夫红女利乎！”古之贤人君子在列位者皆如是，是故下高其行而从其教，民化其廉而不贪鄙。及至周室之衰，其卿大夫缓于谊而急于利，亡推让之风而有争田之讼。故诗人疾而刺之，曰：“节彼南山，惟石岩岩，赫赫师尹，民具尔瞻。”尔好谊，则民乡仁而俗善；尔好利，则民好邪而俗败。由是观之，天子大夫者，下民之所视效，远方之所四面而内望也。近者视而放之，远者望而效之，岂可以居贤人之位而为庶人行哉！夫皇皇求财利常恐乏匮者，庶人之意也；皇皇求仁义常恐不能化民者，大夫之意也。《易》曰：“负且乘，致寇至。”乘车者君子之位也，负担者小人之事也，此言居君子之位而为庶人之行者，其患祸必至矣。若居君子之位，当君子之行，则公仪休之相鲁，亡可为者矣。

《春秋》大一统者，天地之常经，古今之通谊也。今师异道，人异论，百家殊方，指意不同，是以上亡以持一统；法制数变，下不知所守。臣愚以为诸不在六艺之科孔子之术者，皆绝其道，勿使并进。邪辟之说灭息，然后统纪可一而法度可明，民知所从矣。(见《汉书》本传)

文章论述的中心是“天者群物之主”，“圣人法天而立道”，“人之所为”；“与天地流通而往来相应”，以及罢黜百家、独尊儒术的理论。可是或以古喻今，或引经据典，委婉而谈，言之有据，醇正典雅，平稳深沉，汉初以来那种纵横驰骋、疏直激切的文风已经不见了。钟惺说：“仲舒儒者，其告君之言，宽大春容，不急急于切指一事，以说理为主，然理明而事自见。无贾生之激，无晁错之峭，而气运闳深，波澜纡回，自是汉人文字。”(《古文集宜》卷一引)刘熙载说：“汉家制度，王霸杂用；汉家文章，周、秦并法。惟董仲舒一路无秦气。”(《艺概・文概》)他们把董仲舒的文风说成是汉文本色，实为偏颇之见，但从中也可以看出董文的独具特征，及其在改变汉代文风上的重要影响。

汉初重黄老，但儒学并未因此消歇。司马谈《论六家之要指》谈至武帝时说：“六艺经传以千万数”，这大量的儒学撰述，大多数就产生于汉初六七十年间。武帝即位，统治思想从黄老之术向独尊儒术转变，以董仲舒的新儒学的形成为标志，儒家思想开始登上正统宝座，而黄老思想也并未因此消歇，还在与儒学进行有力的抗争。这主要的表现，就是《淮南子》的产生。司马迁说：“世之学老子者，则绌儒学，儒学亦绌老子。道不同，不相为谋，岂谓是邪?”(《史记・老子韩非列传》)这是对汉初道儒之争的概括，也反映了武帝前期以董仲舒为代表的儒学与以《淮南子》为代表的道家之学的对立。

《淮南子》乃淮南王刘安集宾客所撰。刘安(前179～前122)，淮南厉王刘长之子。刘长乃高祖刘邦少子，高祖十一年封淮南王，文帝时以谋反被废，“不食而死”。文帝前元八年，封刘安为阜陵侯，十六年，封淮南王。武帝元狩元年，以谋反事觉，自杀。《汉书・淮南衡山济北王传》载：“淮南王安为人好书、鼓琴，不喜弋猎狗马驰骋，亦欲以行阴德拊循百姓，流名誉。招致宾客方术之士数千人，作为

《内书》二十一篇，《外书》甚众，又有《中篇》八卷，言神仙黄白之术，亦二十余万言。”《汉书·艺文志》著录《淮南内》二十一篇，列在《诸子·杂家》，当即《内书》，亦即今存《淮南子》二十一卷。《外书》与《中篇》皆佚。

据《汉书·淮南衡山济北王传》：“初，安入朝，献所作《内篇》，新出，上爱秘之。”这应该是武帝即位之初的建元年间(前140～前135)的事，《淮南子》的成书，也就在建元年间，当董仲舒上《举贤良对策》之后。(按《汉书·武帝纪》纪武帝诏举贤良于元光元年，而《资治通鉴》纪于建元元年，当从《通鉴》。)建元间，崇黄老的太皇太后窦氏尚在世，武帝虽有意崇儒，而在表现上，尚依违于道、儒之间，未能决心独尊儒而斥百家，故既纳董氏对策而加以任用，又“爱秘”《淮南子》，足见当时，道、儒两家仍处在互相抗衡的状态。

《淮南子》以道为主，兼综儒、墨、名、法、阴阳诸家之学以论治道，可以看作是对西汉前期行黄老之术的一个理论上的总结，也是对当时已经出现的儒学独尊趋势的一种抵制。《淮南子》的主导思想，是以道为主，以道统儒。高诱《淮南鸿烈解叙》说：“初，安为辩达，善属文，……天下方术之士多往归焉。于是遂与苏飞、李尚、左吴、田由、雷被、毛披、伍被、晋昌等八人，及诸儒大山、小山之徒，共讲论道德，总统仁义，而著此书。其旨近老子淡泊无为，蹈虚守静，出入经道。言其大也，则焘天戴地，说其细也，则沦于无垠，及古今治乱存亡祸福、世间诡异瓌奇之事，其义也著，其文也富，物事之类，无所不载。然其大较，归之于道。号曰‘鸿烈’，鸿，大也，烈，明也，以为大明道之言也。故夫学者不论《淮南》，则不知大道之深也。”《淮南子》所谓道，即先秦老、庄所谓的自然无为之道。这个自然无为之道，既是万物之性，又是万物之所由生，已经具有了本体论的色彩。《淮南子》论人性，也主自然，所谓“清净恬愉，人之性也”(《人间》)。《原道》还说：“达于道者，反于清净；究于物者，终于无为。以恬养性，以漠处神，则入于天门。所谓天者，纯粹朴素，质直皓白，未始有与杂糅者也；所谓人者，偶睦智故，曲巧伪诈，所以俯仰于世人而与俗交者也。故牛歧蹄而戴角，马被髦而全足者，天也；络马之口，穿牛之鼻者，人也。循天者，与道游者也；随人者，与俗交者也。”天、人之别，即自然与人为之别，《淮南子》是主张自然无为而反对人为之伪的。这在观念上同于老、庄，而在表述上，则近于《庄子》。

《淮南子》以道为本，对儒家的仁义礼乐观念有所批判。《本经》说：“立仁义，修礼乐，则德迁而为伪矣。及伪之生也，饰智以惊愚，设诈以巧上。”《齐俗》也说：“率性而行谓之道，得其天性谓之德。性失然后贵仁，道失然后贵义。是故仁义立而道德迁矣，礼乐饰则纯朴散矣。”这是对庄子所谓仁义“擢德塞性”(《庄子·骈拇》)的发挥。但《淮南子》并不一般地否定仁义礼乐。它批判虚伪的、害性的仁义礼乐，但不反对合于自然之性的仁义礼乐。《览冥》谓“持以道德，辅以仁义”，在合于自然的前提下，仁义礼乐不但是可以存在的，而且是应该存在的。这样的仁义礼乐的主要作用，是调节、制约情欲而使人保持自然之性。但《淮南子》强调，合于自然之道，适于自然之性的仁义礼乐，只是在道德未衰，纯朴未散的上古之世才存在，而在衰世，是不存在的；“晚世学者”(按实指当时的儒生)所鼓吹的仁义礼乐，已经是饰智设诈擢德害性的东西了。由此出发，《淮南子》激烈抨击了儒家经典，对儒生则表示了极大的蔑视。如《俶真》说：“周室衰而王道废，儒、墨乃始列道而议，分徒而讼。于是博学以疑圣，华诬以胁众，弦歌鼓舞，缘饰《诗》、《书》，以买名誉于天下。……圣人之学也，欲以反性于初而游心于虚也；达人之学也，欲以通性于辽廓而觉于寂寞也。若夫俗世之学也则不然，擢德塞性，内愁五藏，外劳耳目，乃始招蛲振缱物之豪芒，摇消掉捎仁义礼乐，暴行越智于天下，以招号名声于世。此我所羞而不为也。”又《本经》说：“著于竹帛，镂于金石，可传于人者，其粗也。五帝三王，殊事而同指，异路而同归。晚世学者，不知道之所一体，德之所总要，取成之迹，相与危坐而说之，鼓歌而舞之，故博学多闻而不免于惑。”对“俗世之学”的批评，是对春秋以来正统儒学的批评，更是对正在兴盛起来的新儒学——经学的批评。

《淮南子》的文章，恣肆诙诡，富于神话寓言，这是对《庄子》文风的继承；同时，论道说理，又有西汉前期政论文宏富辩博、扬厉纵横的特点，也有西汉辞赋铺张排比，辞采华富的特色。刘勰谓“《淮南》泛采而文丽”(《文心雕龙·诸子》)，“泛采”谓其思想之综贯诸家，亦谓其文章之兼取众制，说得比较中肯。兹举《览冥》之一段，以见其文墨：

夫道者，无私就也，无私去也，能者有余，拙者不足，顺之者利，逆之者凶，譬如隋侯之珠、和氏之璧，得之者富，失之者贫。得失之度，深微窈冥，难以知论，不可以辩说也。何以知其然？今夫地黄主属骨而甘草主生肉之药也，以其属骨责其生肉，以其生肉论其属骨，是犹王孙绰之欲倍偏枯之药而欲以生殊死之人，亦可谓失论矣。若夫以火能焦木也，因使销金，则道行矣。若以磁石之能连铁也，而求其引瓦，则难矣。物固不可以轻重论也。夫燧之取火于日，磁石之引铁，蟹之败漆，葵之向日，虽有明智，弗能然也。故耳目之察，不足以分物理；心意之论，不足以定是非。故以智为治者，难以持国，唯通于太和而持自然之应者，为能有之。故峣山崩而薄落之水涸，区冶生而淳钧之剑成，纣为无道，左强在侧，太公并世，故武王之功立。由是观之，利害之路，祸福之门，不可求而得也。

夫道之与德，若韦之与革，远之则迩，近之则远，不得其道，若观儵鱼。故圣人若镜，不将不迎，应而不藏，故万化而无伤。其得之乃失之，其失之非乃得之也？今夫调瑟者叩宫宫应，弹角角动，此同声相和者也。夫有改调一弦，其于五音无所比，鼓之而二十五弦皆应，此未始异于声，而音之君已形也。故通于太和者，惛若纯醉，而甘卧以游其中，而不知其所由至也。纯温以沦，钝闷以终，若未始出其宗，是谓大通。

今夫赤螭青虬之游冀州也，天清地定，毒兽不作，飞鸟不骇，入榛薄，食荐梅，噆味含甘，步不出顷亩之区，而蚖鳝轻之，以为不能与之争于江海之中。若乃至于玄云之素朝，阴阳交争，降扶风，杂冻雨，扶摇而登之，威动天地，声震海内，蚖鳝著泥百仞之中，熊罴匍匐丘山磛岩，虎豹袭穴而不敢咆，猨狖颠蹶而失木枝，又况直蚖鳝之类乎？凤皇之翔至德也，雷霆不作，风雨不兴，川谷不澹，草木不摇，而燕雀佼之，以为不能与之争于宇宙之间。还至其曾逝万仞之上，翱翔四海之外，过昆仑之疏圃，饮砥柱之湍濑，邅回蒙汜之渚，尚佯冀州之际，径蹑都广，入日抑节，羽翼弱水，暮宿风穴。当此之时，鸿鹄鸧鹤莫不惮惊伏窜，注喙江裔，又况直燕雀之类乎？此明于小动之迹，而不知大节之所由者也。

昔者王良、造父之御也，上车摄辔，马为整齐而敛谐，投足调均，劳逸若一，心怡气和，体便轻毕，安劳乐进，驰骛若灭，左右若鞭，周旋若环。世皆以为巧，然未见其贵者也。若夫钳且、大丙之御，除辔衔，去鞭弃策，车莫动而自举，马莫使而自走也。日行月动，星耀而玄运，电奔而鬼腾，进退屈伸，不见朕垠，故不招指，不咄叱，过归雁于碣石，轶鹍鸡于姑余，骋若飞，骛若绝，纵矢蹑风，追猋归忽，朝发榑桑，日入落棠。此假弗用而能以成其用者也，非虑思之察，手爪之巧也。嗜欲形于胸中，而精神谕于六马，此以弗御御之者也。

《览冥》的主旨，在于阐明得道则无深不观，无微不察，无事不应，无功不成。所引的一段，主要讲道之得失，关系于利害成败。先谈“得失之度”，指出得道之要，在于顺应自然，即所谓“通于太和而持自然之应”。以事物为譬，地黄可以接骨，甘草可以生肉，若以地黄生肉，甘草接骨，则有违自然而不能成；火可以焦木，进而使之销金，则合于自然而能成，磁石可以引铁，而使之引瓦，则违于自然而不能成。接着进一步说明得道则能入于无为而不为的自由境地，不主于辩说，而以螭虬之游、凤皇之翔、钳且大丙之御等譬喻明理，对三事的描写，辞富而气盛，既形象生动又富于神奇色彩，既说明了得道即能臻于自由，又渲染出了得道的神化境地，既有说服力，又能引人入胜。

《淮南子》在说明哲理时，多用神话和寓言故事，虽不及《庄子》的“寓言十九”，却显然是受《庄子》的影响。有的寓言即录自《庄子》，有的则脱胎于《庄子》寓言，如九方堙相马的故事：

秦穆公请伯乐曰：“子之年长矣，子姓有可使求马者乎?”对曰：“良马者，可以形容筋骨相也；相天下之马者，若灭若失，若亡其一，若此马者，绝尘弭彻。臣之子皆下材也，可告以良马，而不可告以天下之马。臣有所与供儋缠采薪者九方堙，此其于马，非臣之下也，请见之。”穆公见之，使之求马。三月而反，报曰：“已得马矣。在沙丘。”穆公曰：“何马也?”对曰：“牝而黄。”使人往取之，牡而骊。穆公不悦，召伯乐而问之曰：“败矣，子之所使求者。毛物牝牡弗能知，又何马之能知?”伯乐喟然太息曰：“一至此乎！是乃其所以千万臣而无数者也。若堙之所观者，天机也，得其精而忘其粗，在其内而忘其外，见其所见而不见其所不见，视其所视而遗其所不视。若彼之所相者，乃有贵乎马者。”马至，而果千里之马。(《道应》)

按《庄子·徐无鬼》有九方堙为子綦相子事，又有徐无鬼对魏武侯谈相马事，谓“天下马有成材，若恤若失，若丧其一，若是者，超轶绝尘，不知其所。”《淮南子》将此两事合而为一，改易敷衍而成为这个完整的故事。寓言说明的，是观察事物应注重其内在的道而不必停留于外在的形，即《淮南子》所谓“通道略物”(《修务》)的哲理。故事很生动，比单纯说理更有启发性。后来，晋代产生的《列子》一书，全录这个故事(见《说符篇》)，只是把九方堙改成了九方皋。

淮南国治寿春(今安徽寿县)，战国属楚地。楚地是辞赋的故乡，刘安及其许多门客都擅辞赋。《汉书·艺文志》著录“淮南王赋八十二篇”、“淮南王群臣赋四十四篇”，刘安称得上是辞赋大家。又据《汉书·淮南衡山济北王传》，武帝曾使刘安为《离骚传》，“旦受诏，日食时上”，可见他还精于《离骚》。今刘安赋全佚，其群臣之赋，只留存淮南小山《招隐士》一篇(见王逸《楚辞章句》卷十二)。《离骚传》亦佚，只有几句话被司马迁采入《史记·屈原列传》。刘安及其宾客以辞赋里手来撰写《淮南子》，使这部哲学著作的文章染上了辞赋之文的色彩。有的段落，简直就是辞赋格调。如《原道》中对自然妙道的一段描述：“旋县而不可究，纤微而不可勤；累之而不高，堕之而不下；益之而不众，损之而不寡；斫之而不薄，杀之而不残；凿之而不深，填之而不浅。忽兮恍兮，不可为象兮；恍兮惚兮，用不屈兮；幽兮冥兮，应无形兮；遂兮洞兮，不虚动兮；与刚柔卷舒兮，与阴阳俯仰兮。”又同篇对水的一段描写：

> 天下之物，莫柔弱于水，然大不可极，深不可测，修极于无穷，远沦于无崖，耗息减益，通于不訾。上天则为雨露，下地则为润泽，万物弗得不生，百事不得不成。大包群生而无好憎，泽及蚑蛲而不求报，富赡天下而不既，德施百姓而不费。行而不可得穷极也，微而不可得把握也，击之无创，刺之不伤，斩之不断，焚之不燃，淖溺流遁，错缪相纷，而不可靡散，利贯金石，强济天下，动溶无形之域，而翱翔忽区之上，遭回川谷之间，而滔腾大荒之野。有余不足，与天地取与，授万物而无所前后。是故无所私而无所公，靡滥振荡，与天地鸿洞；无所左而无所右，蟠委错紾，与万物始终，是谓至德。

此就老子“上善若水”(《老子》第八章)之理发挥，写水之性、水之状、水之德，排比铺陈，俨然一篇水赋。

第二节　辞赋家的散文

西汉前期一些辞赋家虽以辞赋著称，但他们也创作了不少值得注意的散文，而且，他们以赋为文，促进了论说文的赋化，促进了文学散文的发展。其主要作家有邹阳、枚乘、司马相如、东方朔等。

邹阳，生卒不详，齐人。早年与枚乘、严忌等为吴王刘濞文学侍从，皆以文辩著名。刘濞有邪谋，邹阳写了《上书吴王》以谏，但不被接纳。于是，他和枚乘、严忌等离开吴国，到梁孝王处做门客。这时，又因受人谗言而被下狱，几遭死罪。他又写了《狱中上梁王书》，为自己辩冤。他的散文仅存上述两篇上书。《西京杂记》曾载邹阳赋两篇，《汉志》列他为纵横家，而不录其赋。但从他的两篇上书看，不但具有纵横家的特色，而且显示出以赋为文的艺术特征。

据《汉书》本传，邹阳写《上吴王书》时，刘濞密谋叛乱“其事尚隐，恶指斥言，故先引秦为谕，因道胡、越、齐、赵、淮南之难，然后乃致其意。”其文曰：

臣闻秦倚曲台之宫，悬衡天下，画地而不犯，兵加胡越；至其晚节末路，张耳、陈胜连从兵之据，以叩函谷，咸阳遂危。何则？列郡不相亲，万室不相救也。今胡数涉北河之外，上覆飞鸟，下不见伏兔，斗城不休，救兵不止，死者相随，辇车相属，转粟流输，千里不绝。何则？强赵责于河间，六齐望于惠后，城阳顾于卢博，三淮南之心思坟墓。大王不忧，臣恐救兵之不专，胡马遂进窥于邯郸，越水长沙，还舟青阳。虽使梁并淮阳之兵，下淮东，越广陵，以遏越人之粮，汉亦折西河而下，北守漳水，以辅大国，胡亦益进，越亦益深。此臣之所为大王患也。

臣闻交龙襄首奋翼，则浮云出流，雾雨咸集。圣王底节修德，则游谈之士归义思名。今臣尽智毕议，易精极虑，则无国不可奸；饰固陋之心，则何王之门不可曳长裾乎？然臣所以历数王之朝，背淮千里而自致者，非恶臣国而乐吴民也，窃高下风之行，尤说大王之义。故愿大王之无忽，察听其志。

臣闻鸷鸟累百，不如一鹗。夫全赵之时，武力鼎士袨服丛台之下者一旦成市，而不能止幽王之湛患。淮南连山东之侠，死士盈朝，不能还厉王之西也。然而计议不得，虽诸、贲不能安其位，亦明矣。故愿大王审画而已。

始孝文皇帝据关入立，寒心销志，不明求衣。自立天子之后，使东牟朱虚东褒义父之后，深割婴儿王之。壤子王梁、代，益以淮阳。卒仆济北，囚弟于雍者，岂非象新垣平等哉！今天子新据先帝之遗业，左规山东，右制关中，变权易势，大臣难知。大王弗察，臣恐周鼎复起于汉，新垣过计于朝，则我吴遗嗣，不可期于世矣。高皇帝烧栈道，水章邯，兵不留行，收弊民之倦，东驰函谷，西楚大破，水攻则章邯以亡其城，陆击则荆王以失其地，此皆国家之不几者也。愿大王孰察之。

这确实是一篇别开生面的文章。因为刘濞虽要密谋叛乱，而又在行迹未著之时，如若直言激谏，必犯其所忌，而招致杀身之祸；如若不指明其谋反的利害，那就不会使其认识到将坠深渊的危险。面对矛盾的现实与作者复杂的心理，只有采用隐谏的方式，以事实为鉴戒，以隐语为讽谏。文章先以秦为喻，从前代兴亡的历史经验说起，又以当代诸王国各有私心，不能与之阴相连结，这就从历史与现实两方面说明了谋反之不可取。而后又以阴养死士不足仗，方士邪说不可听，并申明自己所以要到吴王门下为客，那是由于崇慕王之行义，以表明自己进谏的目的完全是出于一片诚心。最后特别突出论述了汉天子的声威，劝吴王要明察形势，从吴国及其后嗣的长远利益出发，不要轻举妄动，妄起邪念。文章欲言又遮，错乱其语，正是这篇上书在特定背景下形成的独具特色。正如《文选集成》所说："凡文字妙在明显，此却妙在不明显；妙在联属，此却妙在不联属；妙在前后有照应，此却妙在无照应。忽东忽西，语无归趣，只有对面一照。用意既苦，谋篇尤奇。"

《狱中上梁王书》则是另一面目：

臣闻忠无不报，信不见疑，臣常以为然，徒虚语耳。昔荆轲慕燕丹之义，白虹贯日，太子畏之；卫先生为秦画长平之事，太白食昴，昭王疑之。夫精诚变天地而信不谕两主，岂不哀哉！今臣尽忠竭诚，毕议愿知，左右不明，卒从吏讯，为世所疑。是使荆轲、卫先生复起，而燕、秦不寤也。愿大王孰察之。

昔玉人献宝，楚王诛之；李斯竭忠，胡亥极刑。是以箕子阳狂，接舆避世，恐遭此患也。愿大王察玉人、李斯之意，而后楚王、胡亥之听，毋使臣为箕子、接舆所笑。臣闻比干剖心，子胥鸱夷，臣始不信，今乃知之。愿大王孰察，少加怜焉！

语曰："有白头如新，倾盖如故"。何则？知与不知也。故樊于期逃秦之燕，藉荆轲首以奉丹事；王奢去齐之魏，临城自刭以却齐而存魏。夫王奢、樊于期非新于齐、秦而故于燕、魏也，所以去二国死两君者，行合于志，慕义无穷也。是以苏秦不信于天下，为燕尾生；白圭战亡六城，为魏取中山。何则，诚有以相知也。苏秦相燕，人恶之燕王，燕王按剑而怒，食以駃騠；白圭显于中山，人恶之于魏文侯，文侯赐以夜光之璧。何则？两主二臣，剖心析肝相信，岂移于浮辞哉！

故女无美恶，入宫见妒；士无贤不肖，入朝见嫉。昔司马喜膑脚于宋，卒相中山，范雎拉胁折齿于魏，卒为应侯。此二人者，皆信必然之画，捐朋党之私，挟孤独之交，故不能自免于嫉妒之人也。是以申徒狄蹈雍之河，徐衍负石入海。不容于世，义不苟取比周于朝以移主上之心。故百里奚乞食于道路，缪公委之以政；宁戚饭牛车下，桓公任之以国。此二人者，岂素宦于朝，借誉于左右，然后二主用之哉？感于心，合于行，坚如胶漆，昆弟不能离，岂惑于众口哉？故偏听生奸，独任成乱。昔鲁听季孙之说逐孔子，宋任子冉之计囚墨翟。夫以孔、墨之辩，不能自免于谗谀，而二国以危。何则？众口铄金，积毁销骨也。秦用戎人由余而伯中国，齐用越人子臧而强威、宣。此二国岂系于俗，牵于世，系奇偏之浮辞哉？公听并观，垂明当世。故意合则胡越为兄弟，由余、子臧是矣；不合则骨肉为雠敌，朱、象、管、蔡是矣。今人主诚能用齐、秦之明，后宋、鲁之听，则五伯不足侔，而三王易为也。

《汉书·邹阳传》说："阳为人有智略，慷慨不苟合，介于羊胜、公孙诡之间。胜等疾阳，恶之孝王。孝王怒，下阳吏，将杀之。阳客游以谗见禽，恐死而负累，乃从狱中上书。"这是篇畏惧于死而上书自明的文章，但却没有很多的自我辩白，而是以大量历史事实为依据，反复申说君主与臣子之间"知与不知"、"信与不信"的区别，对那种"剖心析肝相信"的君臣之义加以肯定，对那种"惑于众口"、"移于浮辞"的偏听偏信给以批评。并提出只有“公听并观”，才能“垂明当世”，达到三王的圣治。以古喻今，以人喻己，虽没有很多的自我辩雪，却把自己忠而受谗、贤而被毁的冤屈申诉得真切感人。同时，邹阳虽身陷囹圄，文章却写得不亢不卑。特别是最后写道：“今人主沈谄谀之辞，牵帷廧之制，使不羁之士与牛骥同皂，此鲍焦所以愤于世也。臣闻盛饰入朝者不以私污义，底厉名号者不以利伤行。故里名胜母，曾子不入；邑号朝歌，墨子回车。今欲使天下寥廓之士笼于威重之权，胁于位势之贵，回面污行，以事谄谀之人. 而求亲近于左右，则士有伏死堀穴岩薮之中耳，安有尽忠信而趋阙下者哉！”这种不“诱于威重之权”，不“胁于位势之贵”的精神确如《汉书》本传所说，颇有些“慷慨不苟合”的耿介性格。本传还曾说道，羊胜、公孙诡所以忌恨邹阳，是因为“梁王始与胜、诡有谋，阳争以为不可，故见谗。”而当时“枚先生、严夫子皆不敢谏。”与枚乘、严忌相对照，邹阳这种敢于谏诤，不畏权势的精神更为可赞，这是对自古以来士子注重人格修养和砥砺情操精神的继承，也是对当时日益加强的专制统治的抗争。

邹阳的这两篇上书，显示着当时散文创作承前启后的变化。

一是颇具战国游谈之风。鲁迅《汉文学史纲要》说：邹阳等“常有纵横家遗风，词令文章，并长辟阖，犹战国游士之说也。”《汉志》把邹阳列入纵横家，由他的两篇上书看，激昂慷慨，长比广喻，辞语动人，一唱三叹，确实表现出对战国游说之辞的继承。

二是以赋为文的特色。浦起龙曾指出：“邹、枚以赋手为文章，似连而断，似断而连，层见复出，色茜而缕微。其中自具清骨，若王褒、吾丘、终童辈，则卑卑矣。”(《古文眉诠》三二)以赋为文，既表现在描写上的排比铺张，又表现在辞汇典故的堆砌。邹阳的两篇上书，都极其铺张之能事，这种铺张又多与广为用典相结合。如若说汉赋更多在词汇的堆砌，邹阳之文则多在典故的运用，二者虽有所区别，但在创作思路上则有一致之处。邹阳之文，其词瑰玮，且多排偶，对六朝的骈文创作也有一定影响。

枚乘(？～前140)字叔，淮阴(今属江苏)人。他主要活动时期是在汉文帝和景帝两代。初为吴王刘濞郎中，时濞欲反，乘上书劝阻，不被采纳，随去为梁孝王客。吴楚七国反时，再上书劝濞罢兵，又不听。汉平定吴楚七国之乱后，枚乘名声大振。景帝任他为弘农都尉，但他不乐于作郡史，因病去官，复游于梁。梁孝王死，他回到淮阴。武帝素闻其名，即位后，以安车蒲轮去征召，此时枚乘已老，死于途中。原有集，已散佚。近人辑有《枚叔集》。

枚乘是著名的辞赋家，他的散文存有《上书谏吴王》和《上书重谏吴王》。后一篇可能是伪作，前篇其文如下：

臣闻得全者昌，失全者全亡。舜无立锥之地，以有天下。禹无十户之聚，以王诸侯。汤武之士不过百里，上不绝三光之明，下不伤百姓之心，有王术也。故父子之道，天性也。忠臣不避重诛以直谏，则事无遗策，功流万世。臣乘愿披腹心而效愚忠，唯大王少加意念恻怛之心于臣乘言。

夫以一缕之任系千钧之重，上悬之无极之高，下垂之不测之渊，虽甚愚之人犹知哀其将绝也。马方骇，鼓而惊之；系方绝，又重镇之。系绝于天，不可复结；坠入深渊，难以复出。其出不出，间不容发。能听忠臣之言，百举必脱。必若所欲为，危于累卵，难于上天。变所欲为，易于反掌，安于泰山。今欲极天命之上寿，敝无穷之极乐，究万乘之势，不出反掌之易；居泰山之安，而欲乘累卵之危，走上天之难，此愚臣之所以为大王惑也。

人性有畏其影而恶其迹者，却背而走，迹愈多，影愈疾，不如就阴而止，影灭迹绝。欲人勿闻，莫若勿言；欲人勿知，莫若勿为。欲汤之沧，一人炊之，百人扬之，无益也，不如绝薪止火而已。不绝之于彼，而救之于此，譬犹抱薪而救火也。养由基，楚之善射者也，去杨叶百步，百发百中。杨叶之大，加百中焉，可谓善射矣。然其所止，乃百步之内耳，比于臣乘，未知操弓持矢也。

福生有基，祸生有胎；纳其基，绝其胎，祸何自来？泰山之霤穿石。单极之绳断干。水非石之钻，索非木之锯，渐靡使之然也。夫铢铢而称之，至石必差；寸寸而度之，至丈必过。石称丈量，径而寡失。夫十围之木，始生如蘖，足可搔而绝，手可擢而拔，据其未生，先其未形也。磨砻底厉，不见其损，有时而尽；种树畜养，不见其益，有时而大；积德累行，不知其善，有时而用；弃义背理，不知其恶，有时而亡。臣愿大王孰计而身行之，此百世不易之道也。

此文和邹阳的《上吴王书》一样，也是作于刘濞谋反未露之时，只能采取隐谏的方式以劝诫，其中有些话语的内涵隐而不露，以至我们难以窥视其深义。但两文又有所不同，邹阳之文多引古今事例为喻，以事实进行讽谏；枚乘此文则以说理见长，长喻远譬，都包融着深深的哲理，把吴王谋反的危险性，通过富有哲理的比喻说得极为感人。比喻的广为运用，文辞的富丽婉曲，对偶句与单行散句的穿插，加以押韵句的朗朗可诵，都鲜明地体现出赋家之文的特色。

司马相如(？～前118)字长卿，蜀郡成都人。少时“好读书，学击剑”(《史记·司马相如传》，下同)，故其父母爱而名犬子。后慕蔺相如之为人，改名相如。最初“以赀为郎”，事景帝为武骑常侍。因景帝不好辞赋，时梁孝王来朝，带了邹阳、枚乘、庄忌等游说之士，“相如见而说之”，于是托病去职，客游于梁，为梁孝王门客。《子虚赋》即作于此时。数年后，梁孝王死，在临邛令王吉帮助下归蜀。时临邛富人卓王孙女文君寡居，相如“以琴心挑之”，文君“窃从户窥之，心悦而好之”，乃夜奔相如，相与驰归成都，“家居徒四壁立”。后来两人又回到临邛，以卖酒为生，“令文君当炉，相如身自著犊鼻裈，与保庸杂作，涤器于市中。”卓王孙以为耻，不得已分给文君家僮百人，钱百万，及财物。文君与相如又归成都，“买田宅，为富人”。武帝时，相如同乡杨得意为狗监，适逢武帝“读《子虚赋》而善之，曰：‘朕独不得与此人同时哉！’”得意乃荐相如于武帝，献《上林赋》，武帝大喜，任为郎官。后相如两度奉使巴蜀，“通西南夷”，对沟通与西南少数民族的关系起到了积极作用。在此前后著有《谕巴蜀檄》、《难蜀父老》。其散文作品还有《封禅文》、《谏猎书》等。晚年以病免官，家居茂陵而卒。

《汉书·司马相如传》说：“相如为郎数岁，会唐蒙使略通夜郎、僰中，发巴蜀吏卒千人，郡又多为发转漕万余人，用军兴法诛其渠率。巴蜀民大警恐。上闻之，乃遣相如责唐蒙等，因谕告巴蜀民以非上意。”这就是《谕巴蜀檄》之所作。其文为：

告巴蜀太守：蛮夷自擅不讨之日久矣，时侵犯边境，劳士大夫。陛下即位，存抚天下，集安中国，然后兴师出兵，北征匈奴，单于怖骇，交臂受事，屈膝请和。康居西域，重译纳贡，稽首来享。移师东指，闽越相诛；右吊番禺，太子入朝。南夷之君，西僰之长，常效贡职，不敢惰怠，延颈举踵，喁喁然皆乡风慕义，欲为臣妾。道里辽远，山川阻深，不能自致。夫不顺者已诛，而为善者未赏，故遣中郎将往宾之，发巴蜀之士各五百人以奉币，卫使者不然，靡有兵革之事，战斗之患。今闻其乃发军兴制，惊惧子弟，忧患长老，郡又擅为转粟运输，皆非陛下之意也。当行者或亡逃自贼杀，亦非人臣之节也。

夫边郡之士，闻烽举燧燔，皆摄弓而驰，荷兵而走，流汗相属，惟恐居后。触白刃，冒流矢，议不反顾，计不旋踵，人怀怒心，如报私仇。彼岂乐死恶生，非编列之民，而与巴蜀异主哉？计深虑远，急国家之难，而乐尽人臣之道也。故有剖符之封，析圭而爵，位为通侯，居列东第，终则遗显号于后世，传土地于子孙。事行甚忠敬，居位甚安佚，名声施于无穷，功烈著而不灭。是以贤人君子，肝脑涂中原，膏液润野草而不辞也。今奉币使至南夷，即自贼杀，或亡逃抵诛，身死无名，谥为至愚，耻及父母，为天下笑。人之度量相越，岂不远哉！然此非独行者之罪也，父兄之教不先，子弟之率不谨，寡廉鲜耻，而俗不长厚也。其被刑戮，不亦宜乎！

陛下患使者有司若彼，悼不肖愚民之如此，故遣信使晓谕百姓以发卒之事，因数之以不忠死亡之罪，让三老孝弟以不教诲之过。方今田时，重烦百姓，已亲见近县，恐远所溪谷山泽之民不遍闻，檄到，亟下县道，咸喻陛下意。毋忽！

这是篇别开生面的檄文，表现出司马相如为文的才能。文章主旨是要责唐蒙与巴蜀太守兴师动众引起蜀民大惊的不当，但却先从朝廷的威德说起，而且写得极有声势。而后才转到唐蒙与郡守的冒昧，并指明其“皆非陛下之意”。但对唐蒙与郡守也并不重责，又把笔锋转向了巴蜀百姓，并用“边郡之士”如何英勇以报效朝廷，以及朝廷如何厚待其功，以指责巴蜀子弟的不当亡逃，并进而把这种指责转到父兄教诲的不周。总之，一切罪责都不在朝廷，而对有关朝臣也不专责之，从而既达到了为朝廷开脱的目的，又起到安抚臣民以稳定社会的作用。正如凌稚隆所说：“此谕以非上谕为主，故归咎于使者有司；却又不专责之，而咎及百姓；又不直责之，而咎其父兄。转展委曲，深得谕体。”(《汉书评注》)就其文章本身而论，虽文意委婉曲屈，却又随手卷舒，运用自如；布局巧妙，而又畅达自然，不见斧凿之迹。其文辞的壮丽，特别是开首对汉朝声势带有夸饰性的描述，不仅显示着时代的特征，也表现出司马相如以赋为文的艺术特色。

司马相如的《难蜀父老》也颇具特色。据《史记》本传：司马相如使蜀时，“蜀长老多言通西南夷不为用”，朝臣也多“以为然”，但司马相如不敢直谏，“乃著书，藉以蜀父老为辞，而己诘难之，以风天子。且因宣其使指，令百姓皆知天子之意。”这就是《难蜀父老》之作。文章开首极言汉德之广大，接着假设蜀郡“耆老大夫搢绅先生之徒二十有七人”向使者进言，表示对天子“罢三郡之士，通夜郎之途，三年于兹，而功不竟，士卒劳倦，万民不赡”的现实的不满；并对通西南夷提出了异议：“今又接以西夷，百姓力屈，恐不能卒业，此亦使者之累也，窃为左右患之。”然后写使者针对父老的进言而诘难：

使者曰：“乌谓此乎？必若所云，则是蜀不变服而巴不化俗也。余尚恶闻若说。然斯事体大，固非观者之所觏也。余之行急，其详不可得闻已，请为大夫粗陈其略：盖世必有非常之人，然后有非常之事；有非常之事，然后有非常之功。非常者，固常人之所异也。故曰非常之原，黎民惧焉；及臻厥成，天下晏如也。……

“且夫贤君之践位也，岂特委琐握龊，拘文牵俗，循诵习传，当世取说云尔哉！必将崇论宏议，创业垂统，为万世规。故驰骛乎兼容并包，而勤思乎参天贰地。且《诗》不云乎：‘普天之下，莫非王土；率土之滨，莫非王臣。’是以六合之内，八方之外，浸淫衍溢，怀生之物有不浸润于泽者，贤君耻之。今封疆之内，冠带之伦，咸获嘉祉，靡有缺遗矣。而夷狄殊俗之国，辽绝异党之地，舟舆不通，人迹罕至，政教未加，流风犹微，内之则犯义侵礼于边境，外之则邪行横作。放弑其上，君臣易位，尊卑失序，父兄不辜，幼孤为奴虏，系累号泣，内乡而怨，曰：‘盖闻中国有至仁焉，德洋而恩普，物靡不得其所，今独曷为遗己！’举踵思慕，若枯旱之望雨，盭夫为之垂涕，况乎上圣，又乌能已？故北出师以讨强胡，南驰使以诮劲越。四面风德，二方之君鳞集仰流，愿得受号者以亿计。故乃关沫、若，徼牂牁，镂灵山，梁孙原，创道德之途，垂仁义之统，将博恩广施，远抚长驾，使疏逖不闭，曶爽暗昧得耀乎光明，以偃甲兵于此，而息讨伐于彼。遐迩一体，中外禔福，不亦康乎？夫拯民于沈溺，奉至尊之休德，反衰世之陵夷，继周氏之绝业，斯乃天子之急务也。百姓虽劳，又恶可以已哉？

且夫王事固未有不始于忧勤，而终于佚乐者也。然则受命之符，合在于此矣。方将增泰山之封，加梁父之事，鸣和鸾，扬乐颂，上咸五，下登三。观者未睹指，听者未闻音，犹焦朋已翔乎寥廓，而罗者犹视乎薮泽，悲夫!”

通西南夷的主张本来就是司马相如所提出(见《史记·司马相如传》)，但因诸多困难，遭到臣民的反对。司马相如借蜀父老的进言以表明通西南夷的不当，以“风天子”；但更重要的却是“宣其指使，令百姓皆知天子意”，为朝廷的政策进行辩解。其中特别是对武帝扩边政策的阐述更值得注意。他认为一方面是“普天之下，莫非王土”，因此“六合之内，八方之外”，就应该浸润朝廷的圣泽，否则便是“贤君”的耻辱；另一方面夷狄都是少礼义的“殊俗之国”，“君臣易位，尊卑失序，父兄不辜，幼孤为奴”，因此切望中国朝廷的王泽，“若枯旱之望雨”。这两方面的结合，不就成了武帝“北出师以讨强胡，南驰使以诮劲越”的必然结果吗？这样的思想是当时大汉王朝自尊心理的一种表现，也是司马相如个人善于以文“润色鸿业”，以歌颂“大汉之德”的表现。这一特色在他的赋作《子虚》、《上林》和散文《封禅文》中都有着鲜明的体现。该文问答体制的设立，排比对偶的辞语，夸饰形容的手法，都体现了以赋为文的特征，以至姚鼐编《古文辞类纂》时直接把它归入辞赋类。司马相如的《难蜀父老》和《谕巴蜀檄》以赋为文，加强了描述与形容，内容表现更为含蓄委婉，显示出逐渐脱离学术、政论文的藩篱，而走向艺术性更强的文学散文的方向。

司马相如还有《谏猎疏》一文：

臣闻物有同类而殊能者，故力称乌获，捷言庆忌，勇期贲、育。臣之愚，窃以为人诚有之，兽亦宜然。今陛下好陵阻险，射猛兽，卒然遇轶材之兽，骇不存之地，犯属车之清尘，舆不及还辕，人不暇施巧，虽有乌获、逢蒙之技，力不得用，枯木朽株，尽为难矣。是胡越起于毂下，而羌夷接轸也，岂不殆哉！虽万全无患，然本非天子之所宜近也。

且夫清道而后行，中路而驰，犹时有衔橛之变，而况涉乎蓬蒿，驰乎丘坟，前有利兽之乐而内无存变之意，其为祸也不亦难矣！夫轻万乘之重不以为安，而乐出于万有一危之塗以为娱，臣窃为陛下不取也。

盖明者远见于未萌而智者避危于无形，祸固多藏于隐微而发于人之所忽者也。故谚曰："家累千金，坐不垂堂"。此言虽小，可以喻大。臣愿陛下之留意幸察。

武帝具有雄才大略，却也好大喜功、骄奢纵欲，好狩猎即其顽症之一。司马相如曾随其长扬射猎，亲见其"自击熊彘，驰逐野兽"的狂情，为此写了这篇奏疏予以劝谏。文章先从"物有同类而殊能者"谈起，由人的力、捷、勇之分，推出兽的不尽相同，从而说到倘遇"轶材之兽"，猝不及防的危险。其次，又从事有万一不测之变的角度，劝武帝不要因"利兽之乐"而无防范万一之心。最后，将上述两层意思提到理论上进行归纳，指出"明者远见于未萌而智者避危于无形，祸固多藏于隐微而发于人之所忽者也"。篇幅虽短，行文却错落有致，语言质朴，逻辑严密，忠贞之心溢于言表。虽不免有谀帝王之嫌，却也显示出作者文字修养之深。

东方朔(前 154～前 93)字曼倩，平原厌次(今山东惠民)人。武帝时，初待诏公车，寻待诏金马门，为常侍郎，拜太史大夫、给事中。后被劾，免为庶人，待诏宦者署，再后复为中郎。性诙谐滑稽，善辞赋。原有集，已佚，明人辑有《东方先生集》。

东方朔的散文，现仅存《谏起上林苑疏》、《应诏上书》、《非有先生论》等数篇，而以《谏起上林苑疏》最有价值：

臣闻谦逊静悫，天表之应，应之以福；骄溢靡丽，天表之应，应之以异。今陛下累郎台，恐其不高也；弋猎之处，恐其不广也。如天不为变，则三辅之地尽可以为苑，何必盩厔、鄠、杜乎！奢侈越制，天为之变，上林虽小，臣尚以为大也。

夫南山，天下之阻也，南有江淮，北有河渭，其地从汧陇以东，商雒以西，厥壤肥饶。汉兴，去三河之地，止霸产以西，都泾渭之南，此所谓天下陆海之地，秦之所以虏西戎兼山东者也。其山出玉石、金、银、铜、铁、豫章、檀、柘，异类之物，不可胜原，此百工所取给，万民所仰足也。又有粳稻、梨、栗、桑、麻、竹箭之饶，土宜姜芋，水多蛙鱼，贫者得以人给家足，无饥寒之忧。故酆镐之间号为土膏，其贾亩一金。今规以为苑，绝陂池水泽之利，而取民膏腴之地，上乏国家之用，下夺农桑之业，弃成功，就败事，损耗五谷，是其不可一也。且盛荆棘之林，而长养麋鹿，广狐兔之苑，大虎狼之虚，又坏人冢墓，发人室庐，令幼弱怀土而思，耆老泣涕而悲，是其不可二也。斥而营之，垣而囿之，骑驰东西，车骛南北，又有深沟大渠，夫一日之乐不足以危无堤之舆，是其不可三也。故务苑囿之大，不恤农时，非所以强国富人也。

夫殷作九市之宫而诸侯畔，灵王起章华之台而楚民散，秦兴阿房之殿而天下乱。粪土愚臣，忘生触死，逆盛意，犯隆指，罪当万死，不胜大愿，愿陈《泰阶六符》，以观天变，不可不省。

《汉书·东方朔传》曾载刘向称之为“不能持论”，扬雄称之为“言不纯师”，而且多次言及“诙啁而已”，从而给人们留下一个为了娱乐皇帝而故为诙谐的“俳优”形象。其实，东方朔还有另一面，那就是并不满于被视为“俳优”的地位，这在赋作《答客难》中表现得极为清楚；而且敢于对统治者的骄奢淫逸、贤愚不分提出谏诤，《谏起上林苑疏》即是一例。据《汉书·东方朔传》，建元三年(公元138)，武帝常常乔装出猎，“入山下驰射鹿豕狐兔，手格熊罴，驰骛禾稼稻秔之地”，弄得“民皆号呼骂詈”。后来，又不顾人民死活，令太中大夫吾丘寿王等计划修建上林苑。显然，这都是劳民伤财之举，为此，东方朔上此疏予以劝谏。文中从三方面说明起上林苑的不当，得出了“务苑囿之大，不恤农时，非所以强国富人”的结果，最后又以殷纣王、楚灵王、秦始皇纵欲挥霍以致亡身败绩的历史教训，以谏诫武帝。文章虽短，却立意深刻，议论透辟，富有贾谊政论文之风。

东方朔的《应诏上书》也是篇很特别的文章：

臣朔少失父母，长养兄嫂。年十三学书，三冬文史足用。十五学击剑，十六学《诗》《书》，诵二十二万言。十九学孙、吴兵法，战阵之具，钲鼓之教，亦诵二十二万言。凡臣朔固已诵四十四万言。又常服子路之言。臣朔年二十二，长九尺三寸，目若悬珠，齿若编贝，勇若孟贲，捷若庆忌，廉若鲍叔，信若尾生。若此，可以为天子大臣矣。臣朔昧死再拜以闻。

据《汉书》本传，武帝即位之初，征天下举方正贤良文学材力之士，待以不次之位。当时，四方之士多上书言得失，以炫耀自己的才能。年方二十二岁的东方朔却不言国事，而自夸其聪明、才识和仪表，真是别出一格。这样的文字，不仅在向皇帝上的奏疏中绝无仅有，就是在整个散文史的发展中也不多见。

第三节 西汉前期其他散文作家

西汉前期还有一些散文作家，其流传作品虽不多，也都以自己特有的思想艺术价值为人们所称道，如主父偃、徐乐、严安的政论，公孙弘、路温舒的奏疏，杨恽的书信等。

据《史记·平津侯主父偃列传》，主父偃、徐乐、严安在武帝元光年间(前134～前129)曾一起上书论述世务。武帝看后很高兴，在召见他们时说："何相见之晚也!"并同时拜三人为郎中。从现存作品看，武帝对他们的赞赏有一定的道理。汉代前期的散文之作，出于当时形势的需要，或总结秦王朝短期而亡的历史教训，或就现实的政治问题加以论述，总之，不离治国之论，因此，政论文极为繁盛。后来，随着一些辞赋家的辞赋创作，以及论说文的赋化影响，使散文之作带有了更多的纯文学色彩。就散文的发展来说这是一件好事，但就统治者的治国需要来说，更注重那些谈当时世务的政论之作。主父偃、徐乐、严安的一些作品就体现了这一特色。例如主父偃的《谏伐匈奴书》，以李斯谏秦王伐胡和御史谏高祖伐胡为鉴戒，说明不听谏阻而伐胡的危害，以史证今，言辞动人。其中论述伐胡之无益，更是深切严整，具有很强的说服力：

故兵法曰："兴师十万，日费千金。"夫秦常积众暴兵数十万人，虽有覆军杀将、系虏单于之功，适足以结怨深仇，不足以偿天下之费。夫上虚府库，下敝百姓，甘心于外国，非完事也。夫匈奴难得而制，非一世心。行盗侵驱，所以为业，天性固然。上及虞夏殷周，固弗程督，禽兽畜之，不属为人。夫上不观虞夏殷周之统，而下循近世之失，此臣之所以大忧，百姓之所疾苦也。且夫兵久则变生，事苦则虑易。使边境之民敝靡愁苦而有离心，将吏相疑而外市，故尉佗、章邯得以成其私也，夫秦政之所以不行，权分乎二子，此得失之效也。故《周书》曰："安危在出令，存亡在所用。"愿陛下详察之，少加意而熟虑焉。

此文也是以秦为戒，并佐之以兵法、《周书》为立论根据，说明伐胡之无益。《说苑》卷十一《善说》曾载，主父偃有言"人而无辞，安所用之?"从此文可以看出，他的文章是很重视文采的。

严安的《上书言世务》，以邹子之言立论，主张"政教文质"，提出要禁侈靡之风，戒穷兵之祸，防郡守之变。他认为当时时弊之一即"侈靡"："侈而无节，则不可赡，民离本而徼末矣。末不可徒得，故搢绅者不惮为诈，带剑者夸杀人以矫夺，而世不知愧，故奸轨浸长。夫佳丽珍怪固顺于耳目，故养失而泰，乐失而淫，礼失而采，教失而伪。伪、采、淫、泰，非所以范民之道也。是以天下人民逐利无已，犯法者众。"为了维持社会的安定，他提出要"为民制度以防其淫，使贫富不相耀以和其心"。并要禁绝皇帝个人的"大欲"。他把秦国的灭亡归之于"刑严文刻，欲大无穷。"他认为武帝的"徇南夷，朝夜郎，降羌僰，略秽州，建城邑，深入匈奴"，都是"行无穷之欲"。从这一立论出发，他反对对外用兵，特别不赞成讨伐匈奴，与主父偃的主张相近。

特别应该引起我们注意的是徐乐的《上武帝书言世务》：

臣闻天下之患，在于土崩，不在瓦解，古今一也。

何谓土崩？秦之末世是也。陈涉无千乘之尊，尺土之地，身非王公大人名族之后，无乡曲之誉，非有孔、曾、墨子之贤，陶朱、猗顿之富也。然起穷巷，奋棘矜，偏袒大呼，而天下从风，此其何故也？由民困而主不恤，下怨而上不知，俗已乱而政不修。此三者，陈涉之所以为资也。此之为土崩。故曰：天下之患在于土崩。

何谓瓦解？吴、楚、齐、赵之兵是也。七国谋为大逆，号皆称万乘之君，带甲数十万，威足以严其境内，财足以劝其士民，然不能西攘尺寸之地，而身为禽于中原者，此其何故也？非权轻于匹夫而兵弱于陈涉也。当是之时，先帝之德泽未衰，而安土乐俗之民众，故诸侯无境外之助。此之为瓦解。故曰：天下之患，不在瓦解。

由此观之，天下诚有土崩之势，虽布衣穷处之士或首难而危海内，陈涉是也，况三晋之君或存乎？天下虽未治也，诚能无土崩之势，虽有强国劲兵，不得还踵而身为禽，吴楚是也，况群臣百姓，能为乱乎？此二体者，安危之明要，贤主之所留意而深察也。

间者，关东五穀数不登，年岁未复，民多穷困，重之以边境之事，推数循理而观之，民宜有不安其处者矣。不安故易动，易动者，土崩之势也。故贤主独观万化之原，明于安危之机，修之庙堂之上，而销未形之患也。其要，期使天下无土崩之势而已矣。故虽有强国劲兵，陛下逐走兽，射飞鸟，弘游燕之囿，淫纵恣之观，极驰骋之乐自若。金石丝竹之声不绝于耳，帷幄之私、俳优朱儒之笑不乏于前，而天下无宿忧。名何必夏、子，俗何必成、康！虽然，臣窃以为陛下天然之质，宽仁之资，而诚以天下为务，则禹、汤之名不难侔，而成、康之俗未必不复兴也。此二体者立，然后处尊安之实，扬广誉于当世，亲天下而服四夷，余恩遗德为数世隆，南面背依摄袂而揖王公，此陛下之所服也。臣闻图王不成，其敝足以安。安则陛下何求而不得，何威而不成，奚征而不服哉？

以“土崩”“瓦解”比喻农民起义和统治阶级内部的动乱，极言前者对统治阶级统治的严重威胁，不能不说是深谋之见。文章结合当时战争频繁、天灾连年的现实，要武帝“销未形之患”，“以天下为务”，也有一定的针对性，显示出作者对现实政治的关切。徐乐是纵横家流，所以文章造语奇警，议论风生，颇具气势。而章法之严整，又明显地表现出汉代前期政论文的特征。

公孙弘，少时为狱吏，因罪而免。家贫，牧豕海上。年四十余，乃学《春秋》杂说。武帝时，以贤良征为博士。以“习文法吏事，缘饰以儒术”，而博得武帝信任，为内史数年，迁御史大夫，后为丞相。其奏疏多以儒学立论，而文风却不板滞。如：“臣闻上古尧舜之时，不贵爵赏而民劝善，不重刑罚而民不犯，躬率以正而遇民信也。末世贵爵厚赏而民不劝，深刑重罚而奸不止，其上不正，遇民不信也。夫厚赏重刑未足以劝善而禁非，必信而已矣。是故因能任官，则分职治；去无用之言，则事情得；不作无用之器，即赋敛省；不夺民时，不妨民力，则百姓富；有德者进，无德者退，则朝廷尊；有功者上，无功者下，则群臣逡；罚当罪，则奸邪止；赏当贤，则臣下劝：凡此八者，治民之本也。”(《汉书·公孙弘传》)另外，他的《上疏乞骸骨》，是此类作品较早的一篇，对后人产生了一定影响。

路温舒出身小吏，因学律令，转为狱史。后学《春秋》，举孝廉，为山邑丞。宣帝即位初，上《宜尚德缓刑书》：

> 臣闻《春秋》正即位，大一统而慎始也。陛下初登至尊，与天合符，宜改前世之失，正始受命之统，涤烦文，除民疾，存亡继绝，以应天意。
>
> 臣闻秦有十失，其一尚存，治狱之吏是也。秦之时，羞文学，好武勇，贱仁义之士，贵治狱之吏。正言者谓之诽谤，遏过者谓之妖言。故盛服先生不用于世，忠良切言皆郁于胸，誉谀之声日满于耳；虚美熏心，实祸蔽塞。此乃秦之所以亡天下也。方今天下赖陛下恩厚，亡金革之危，饥寒之患，父子夫妻戮力安家，然太平未洽者，狱乱之也。夫狱者，天下之大命也，死者不可复生，绝者不可复属。《书》曰：“与其杀不辜，宁失不经。”今治狱吏则不然，上下相驱，以刻为明；深者获公名，平者多后患。故治狱之吏皆欲人死，非憎人也，自安之道在人之死。是以死人之血流离于市，被刑之徒比肩而立，大辟之计岁以万数，此仁圣之所以伤也。太平之未洽，凡以此也。夫人情安则乐生，痛则思死。棰楚之下，何求而不得？故囚人不胜痛，则饰辞以视之；吏治者利其然，则指道以明之；上奏畏却，则锻练而周内之。盖奏当之成，虽咎繇听之，犹以为死有余辜。何则？成练者众，文致之罪明也。是以狱吏专为深刻，残贼而亡极，媮为一切，不顾国患，此世之大贼也。故俗语曰：“画地为狱，议不入；刻木为吏，期不对。”此皆疾吏之风，悲痛之辞也。故天下之患，莫深于狱；败法乱正，离亲塞道，莫甚乎治狱之吏。此所谓一尚存者也。

读这篇奏疏，使我们自然想起《史记·酷吏列传》。所不同者，司马迁是通过对几个著名酷吏的批判，以对汉武帝的严刑峻法提出批评，而路温舒的奏疏，则主要是把矛头指向了一般狱吏。二者也有共同之处，即文中都包融着作者自身的深切感受，只是司马迁是因受酷刑而抒愤，路温舒则是因出身狱吏而有所体会。所以，文中都写得感情真挚，字中带泪。路温舒的这篇奏疏，行文对仗而工丽，显示出汉代文章向骈体发展的迹象，也很值得注意。

杨恽，司马迁的外甥。其父杨敞，昭帝时为御史大夫、丞相。杨恽以父兄故，宣帝时被任为郎，又因告发霍氏谋反有功，被封为平通侯，迁中郎将。杨恽喜读《史记》，好交接英俊名儒，轻财好义，但又多矜其能，后来在朝臣间的矛盾斗争中，被免为庶人。失爵家居后，“治产业，起室宅，以财自娱。”这时他的朋友孙会宗写信劝戒他“大臣废退，当阖门惶惧，为可怜之意，不当治产业，通宾客，有称誉。”(《汉书·杨恽传》)杨恽写了《报孙会宗书》作答：

恽材朽行秽，文质无所底，幸赖先人余业得备宿卫，遭遇时变以获爵位，终非其任，卒与祸会。足下哀其愚，蒙赐书，教督以所不及，殷勤甚厚。然窃恨足下不深惟其终始，而猥随俗之毁誉也。言鄙陋之愚心，若逆指而文过，默而息乎，恐违孔氏“各言尔志”之义，故敢略陈其愚，唯君子察焉！

恽家方隆盛时，乘朱轮者十人，位在列卿，爵为通侯，总领从官，与闻政事，曾不能以此时有所建明，以宣德化，又不能与群僚同心并力，陪辅朝廷之遗忘，已负窃位素餐之责久矣。怀禄贪势，不能自退，遭遇变故，横被口语，身幽北阙，妻子满狱。当此之时，自以夷灭不足以塞责，岂意得全首领，复奉先人之丘墓乎？伏惟圣主之恩，不可胜量。君子游道，乐以忘忧；小人全躯，说以忘罪。窃自思念，过已大矣，行已亏矣，长为农夫以没世矣。是故身率妻子，戮力耕桑，灌园治产，以给公上，不意当复用此为讥议也。

夫人情所不能止者，圣人弗禁，故君父至尊亲，送其终也，有时而既。臣之得罪，已三年矣。田家作苦，岁时伏腊，烹羊炰羔，斗酒自劳。家本秦也，能为秦声。妇，赵女也，雅善鼓瑟。奴婢歌者数人，酒后耳热，仰天拊缶而呼乌乌。其诗曰：“田彼南山，芜秽不治，种一顷豆，落而为萁。人生行乐耳，须富贵何时！”是日也，拂衣而喜，奋袖低卬，顿足起舞，诚淫荒无度，不知其不可也。恽幸有余禄，方籴贱贩贵，逐什一之利，此贾竖之事，污辱之处，恽亲行之。下流之人，众毁所归，不寒而栗。虽雅知恽者，犹随风而靡，尚何称誉之有！董生不云乎？“明明求仁义，常恐不能化民者，卿大夫意也；明明求财利，常恐困乏者，庶人之事也。”故“道不同，不相为谋。”今子尚安得以卿大夫之制而责仆哉！

夫西河魏土，文侯所兴，有段干木、田子方之遗风，漂然皆有节槩，知去就之分。顷者，足下离旧土，归安定，安定山谷之间，昆戎旧壤，子弟贪鄙，岂习俗之移人哉？于今乃睹子之志矣。方当盛汉之隆，愿勉旃，毋多谈。

这封信表面上是对孙会宗劝诫的“内怀不服”(《汉书·杨恽传》)，骨子里却是对朝廷的强烈不满。如说“窃恨足下不深惟其终始，而猥随俗之毁誉”，“当此之时，自以夷灭不足以塞责，岂意得全首领，复奉先人之丘墓乎？伏惟圣主之恩！不可胜量”。都是话中有话，别有所指。文中对其被罢官后酒酣耳热、狂歌漫舞生活的生动描绘及其所流露出的苦中取乐的自得心情，更是以玩世不恭的态度，表现出对朝廷贬黜自己的抗争。杨恽因此书终遭腰斩之祸，成了中国文化史上较早的一起文字狱；他的这唯一一篇流传下来的文章，也就成为散文史上的名篇。当然，人们之所以传颂、赞誉这篇文章，还因为它在艺术上有所成功。凌稚隆《汉书评林》说：“恽报会宗书，慷慨激烈，规模布置，宛然外祖答任安书风致。”从内容上看，《报孙会宗书》远不及司马迁《报任安书》丰富深刻，但就其文章布局及语言的运用，都明显地受到《报任安书》的影响。特别是那种发自内心的愤激之情的抒发，更与《报任安书》一脉相承，在抒情散文的发展中应该占有一定位置。

第三章
西汉前期辞赋

第一节　枚乘的《七发》

枚乘的生平见第二章。杖乘赋《汉书·艺文志》著录九篇，今传《七发》（见《文选》)、《梁王菟园赋》（见《艺文类聚》、《古文苑》）及《柳赋》（见《西京杂记》)。但《梁王菟园赋》、《柳赋》是否为枚乘所作，多有怀疑。此外，《文选》谢朓《休沐重还道中》诗注引《枚乘集》有《临灞池远诀赋》之目。我们现在所能见到而又确信不疑的枚乘赋作只有《七发》一篇了。

关于《七发》的含义，历来解说不一。刘勰《文心雕龙·杂文》篇说："枚乘摛艳，首制《七发》，腴辞云构，夸丽风骇。盖七窍所发，发乎嗜欲，始邪末正，所以戒膏梁之子也。"《文选》注则认为："七发者，说七事以起发太子也。"《文选》六臣注李善说的更为具体："乘事梁孝王，恐孝王反，故作《七发》以谏之。"但是后人多疑其非是，并根据文中地名、国名认为应作于吴王濞时。如清梁章钜《文选旁证》引朱绶说："《七发》之作，疑在吴王濞时。扬州本楚境，故曰楚太子也。若梁孝王，岂能观涛曲江哉!"其实，这也同样缺乏史料根据。以文义考之，刘勰的"所以戒膏梁之子"一说比较可取。西汉初年，诸侯王往往收揽人才为宾客，并特别注意选用文士作为文学侍从。如淮南王刘安就曾"招致宾客数千人"(《汉书·本传》)，司马相如、邹阳、枚乘等都同为梁孝王刘武门客。这些文学侍从之士，有时为了丰富宫廷生活，有时为了向王公贵族进行献谀或讽谏，时常以辞赋作为手段。《汉书·王褒传》记载："太子体不安，忽忽善忘不乐，诏使褒等皆至太子宫虞（娱）侍太子，朝夕诵读奇文及所自造作。疾平复，乃归。"可见当时是把文学朗读作为一种娱乐，以医治王公贵族的精神空虚。

《七发》旧题"八首"，实为一篇，分为八段。全文以楚太子有病，吴客前去问候为托线，用七事以启发太子，达到对当时统治阶级腐朽生活及逸乐思想的讽谏。第一段首叙吴客探问楚太子病，指出其病状、病源和治疗方法。作者从不同方面极言其病状之烈，并指出其病源就在于腐朽的生活享受。从第二段到第七段，作者以音乐、饮食、车马、游览、田猎、观涛等六种逸乐以启发太子。这里描绘的虽然都是逸乐的内容，但由于选用了各种逸乐不同的典型事例，又着意表现了不同逸乐所产生的不同诱导效果，就显示出内容与层次上的变化。第八段写楚太子最终"据几而起"，"霍然病已"，是在吴客以圣人辩士之"要言妙道"启发太子的结果，不但与文章起始问题的提出遥相呼应，而且是全文逻辑发展的必然。《七发》就是在这种固定格式中显示出结构上的跌宕多姿。

枚乘"久为上国大宾"（《汉书·枚乘传》），对统治者的淫逸生活极为熟悉，所以，对那些"膏粱之子"的病因讲得也极为中肯：

> 今夫贵人之子，必宫居而闺处，内有保母，外有傅父，欲交无所。饮食则温淳甘脆，脭脓肥厚；衣裳则杂遝曼暖，燂烁热暑；虽有金石之坚，犹将销铄而挺解也，况其在筋骨之间乎哉？故曰：纵耳目之欲，恣支体之安者，伤血脉之和。且夫出舆入辇，命曰蹷痿之机；洞房清宫，命曰寒热之媒；皓齿娥眉，命曰伐性之斧；甘脆肥脓，命曰腐肠之药。今太子肤色靡曼，四支委随，筋骨挺解，血脉淫濯，手足堕窳。越女侍前，齐姬奉后，往来游宴，纵恣于曲房隐间之中。此甘餐毒药、戏猛兽之爪牙也。所从来者至深远，淹滞永久而不废。虽令扁鹊治内，巫咸治外，尚何及哉！

这样描写，一方面揭示了统治者为追求感官享乐而以生命为戏的可怕，具有深刻的批判性，一方面又为后文提出的治病药方做了铺垫。

辞赋的突出艺术特征是排比铺陈，《七发》避免了一些辞赋以炫耀辞藻为目的的弊病，把铺陈描绘与内容需要紧密结合，并注意到层次的变化，轻重的适度，角度的新颖，从而产生一种特有的艺术魅力。如《观涛》一段：

客曰："将以八月之望，与诸侯远方交游兄弟并往观涛乎广陵之曲江。至则未见涛之形也，徒观水力之所到，则恤然足以骇矣。观其所驾轶者，所擢拔者，所扬汩者，所温汾者，所涤汔者，虽有心略辞给，固未能缕形其所由然也。怳兮忽兮，聊兮栗兮，混汩汩兮。忽兮慌兮，俶兮傥兮，浩瀇瀁兮，慌旷旷兮。秉意乎南山，通望乎东海。虹洞兮苍天，极虑乎崖涘。流揽无穷，归神日母。汩乘流而下降兮，或不知其所止。或纷纭其流折兮，忽缪往而不来。临朱汜而远逝兮，中虚烦而益殆。莫离散而发曙兮，内存心而自持。于是澡概胸中，洒练五藏，澹澉手足，颒濯发齿。揄弃恬怠，输写淟浊，分决狐疑，发皇耳目。当是之时，虽有淹病滞疾，犹将伸伛起躄、发瞽披聋而观望之也。况直眇小烦懑，酲醲病酒之徒哉！故曰，发蒙解惑，不足以言也。"

太子曰："善！然则涛何气哉？"

客曰："不记也。然闻于师曰，似神而非者三：疾雷闻百里；江水逆流，海水上潮；山出内云，日夜不止。衍溢漂疾，波涌而涛起。其始起也，洪淋淋焉，若白鹭之下翔。其少进也，浩浩溰溰，如素车白马帷盖之张。其波涌而云乱，扰扰焉如三军之腾装。其旁作而奔起也，飘飘焉如轻车之勒兵。六驾蛟龙，附从太白。纯驰浩蜺，前后络绎。颙颙卬卬，椐椐强强，莘莘将将。壁垒重坚，沓杂似军行。訇隐匈礚，轧盘涌裔，原不可当。观其两傍，则滂渤怫郁，闇漠感突，上击下律，有似勇壮之卒，突怒而无畏。蹈壁冲津，穷曲随隈，逾岸出追。遇者死，当者坏。初发乎或围之津涯，荄轸谷分。回翔青篾，衔枚檀桓，弭节伍子之山，通厉胥母之场。凌赤岸，篲扶桑，横奔似雷行。诚奋厥武，如振如怒。沌沌浑浑，状如奔马。混混庉庉，声如雷鼓。发怒庢沓，清升逾跇，侯波奋振，合战于藉藉之口。鸟不及飞，鱼不及回，兽不及走。纷纷翼翼，波涌云乱。荡取南山，背击北岸。覆亏丘陵，平夷西畔。险险戏戏，崩坏陂池，决胜乃罢。汩潺湲，披扬流洒。横暴之极，鱼鳖失势。颠倒偃侧，沋沋湲湲，蒲伏连延。神物怪疑，不可胜言。直使人踣焉，洄闇凄怆焉。此天下怪异诡观也，太子能强起观之乎？"

状物摹形，想象惊挺，既写了观涛人的心境，又写了江涛的奇观，并把人物的心境与江涛的奇观融为一体，使文章本身也呈现出怪异奇谲的艺术特色。比喻的新巧，重叠词、双声叠韵词的铺排运用，都表现出汉赋艺术与以前赋作的不同。对潮水的生动描绘，在我国文学史上也是第一次，不但比宋玉《高唐赋》中对水的描写具体、形象得多，就是在以后的赋作中也不多见。

《七发》之作是为了“戒膏粱之子”，其中提出的医治楚太子疾病的药方，带有鲜明的时代特色。

> 客曰：“将为太子奏方术之士有资略者，若庄周、魏牟、杨朱、墨翟、便蜎、詹何之伦，使之论天下之精微，理万物之是非。孔老览观，孟子持筹而算之，万不失一。此亦天下要言妙道也，太子岂欲闻之乎？”
>
> 于是太子据几而起曰：“涣乎若一听圣人辩士之言。”涊然汗出，霍然病已。

吴客向楚太子推荐的有道术、有才智之士，是庄周、魏牟、杨朱、墨翟、便蜎、詹何之徒，并让孔丘和老聃来总结，让孟轲来稽核。这一“要言妙道”药方的开列，正是西汉初期在黄老无为而治思想指导下，兼采各家，杂糅儒道的统治思想的反映。铺张排比的赋体也是要体现时代思想的特色的。

《七发》在我国文学史特别是赋史上占有重要地位。《七发》的创作标志着新体赋——汉大赋的正式形成，同时，也标志着“七”体这一独特赋体的确立。《七发》当然有所继承，章学诚认为它本于《孟子》（《文史通义·诗教上》），范文澜认为它本于《楚辞·大招》，都有一定的道理。实际上，《七发》受战国游说之辞的影响最为明显。《七发》中所体现的铺张排比、气度恢宏等特色，是由战国游说之辞直接发展而来，而又有所扩张。辞赋的一般结构是“客主以首引”，即由一问一答的形式所构成。《七发》发展了这一结构形式，由一般辞赋的二三问答发展到七次问答，从而形成了号为“七”体的独特赋体，确实是枚乘的“首制”。后代作者对此多有仿作，如傅毅的《七激》，张衡的《七辩》，崔骃的《七依》，曹植的《七启》等。这些作品“或文丽而义暌，或理粹而辞驳”，都不如《七发》“独拔而伟丽矣”（刘勰：《文心雕龙·杂文》）。《七发》也有铺写过繁的缺点，这固然是赋体所难以避免，但在一定程度上也使作品的思想价值有所削弱。

第二节　司马相如和汉大赋

司马相如的生平见第二章。司马相如是汉赋著名作家。《汉志》称其赋作有二十九篇，今存《子虚赋》、《上林赋》（有人认为当作一篇）、《哀二世赋》、《大人赋》、《长门赋》、《美人赋》等。另外还有《文选·魏都赋》注摘引其《梨赋》，《北堂书钞》摘引其《鱼葅赋》，《玉篇·石郭》提到《梓桐山赋》。但是，这些作品今已不存，其具体内容已难以窥测。

司马相如的赋作，从体制上说可分为两类，一是文体赋，如《上林》、《子虚》、《美人》，其余为骚体赋。

《子虚》、《上林》是司马相如赋的代表作品。据本传，前者作于客游梁时，武帝召见后，他才"请为天子游猎赋"，而成《上林》。现在看来两篇已融为一体，但仍有相对的独立性。前篇虚构了楚国子虚和齐国乌有先生对各自"游戏之乐，苑囿之大"的夸耀，而以子虚夸楚为主，故以《子虚》名篇；后篇则假设亡是公极力铺陈汉天子上林苑的"巨丽"，和游猎的壮观，以压倒齐、楚，故以《上林》标题。作品这样构思所要表现的思想，是批评诸侯的僭乐，而肯定天子的声威，表现出对大一统中央皇朝的歌颂。这是当时中央王朝对藩国割据势力斗争取得一定胜利的现实的表现。作品中极力夸张诸侯与帝王的游乐及物质享受，渲染贵族与宫廷生活的骄奢淫逸，也是当时汉帝国政治上空前统一，经济上长足发展的反映。在汉初"天子不能具醇驷，而将相或乘牛车"（《汉书·食货志》）的形势下，产生不出《子虚》、《上林》这样的作品。只有到了武帝时代，超过六七十年的休养生息，政治日益巩固，经济日益发展，山珍海味，美珠名马，音乐杂耍，大量集中，"千门万户，迷人眼目"（《三辅黄图》）的亭台楼阁广为兴建，为《子虚》《上林》这样作品的产生奠定了现实基础。但是，由于统治者的骄奢淫逸，加之武帝的对外战争连绵不断，当时就出现了"府库益虚"和灾区"民多饥乏"（《史记·平准书》）的现象。所以，《子虚》、《上林》中所表现的那种壮丽景象，并不是当时社会现实本质的反映，而只是现实生活的一种畸形表现。对于这种奢靡的游乐，司马相如也是有所讽谏的，篇末提出，“恐后世靡丽，遂往而不返，非所以为继嗣创业垂统也。”并说“若夫终日驰骋，劳神苦形；罢车马之用，抏士卒之精；费府库之财，而无德厚之恩；务在独乐，不顾众庶；忘国家之政，而贪雉兔之获：则仁者不由也。”结果，“乃解酒罢猎”，“游于六艺之圃，驰骛乎仁义之途”，曲终奏雅，讽谏而止。但由于整个作品中心在于对诸侯和天子游乐的夸饰描绘，所以这种讽谏虽有一定的积极意义，却难产生积极的效果。正如扬雄所说：“靡丽之赋，劝百而讽一，犹驰骋郑卫之声，曲终而奏雅”（《史记·司马相如传赞》），“不免于劝也”（《法言·吾子》）。

《子虚》、《上林》是汉大赋的典型代表作品，从贾谊的《鹏鸟》，枚乘的《七发》，到司马相如的这两篇作品，汉大赋体制得以完整确立。特别是艺术上的排比铺陈，《子虚》、《上林》在《七发》基础上，有着更大的发展。试看下面的描绘：

“臣闻楚有七泽，尝见其一，未睹其余也。臣之所见，盖特其小小者耳，名曰云梦。云梦者，方九百里，其中有山焉。其山则盘纡岪郁，隆崇嵂崒，岑崟参差，日月蔽亏。交错纠纷，上干青云；罢池陂陀，下属江河。其土则丹青赭垩，雌黄白坿，锡碧金银，众色炫耀，照烂龙鳞。其石则赤玉玫瑰，琳瑉昆吾，瑊玏玄厉，碝石碔砆。其东则有蕙圃：蘅兰芷若，穹穷菖蒲，茳蓠蘪芜，诸柘巴苴。其南则有平原广泽：登降陁靡，案衍坛曼，缘以大江，限以巫山；其高燥，则生葴菥苞荔，薛莎青薠；其埤湿，则生藏莨蒹葭，东蘠雕胡，莲藕觚卢，菴闾轩于：众物居之，不可胜图。其西则有涌泉清池，激水推移。外发芙蓉菱华，内隐巨石白沙；其中则有神龟蛟鼍，瑇瑁鳖鼋。其北则有阴林：其树楩柟豫章，桂椒木兰，檗离朱杨，樝梨梬栗，橘柚芬芳；其上则有鹓鶵孔鸾，腾远射干；其下则有白虎玄豹，蟃蜒貙犴。

“于是乎乃使剸诸之伦，手格此兽。楚王乃驾驯驳之驷，乘雕玉之舆；靡鱼须之桡旃，曳明月之珠旗，建干将之雄戟；左乌号之雕弓，右夏服之劲箭。阳子骖乘，孅阿为御，案节未舒，即陵狡兽；蹴蛩蛩，辚距虚，轶野马，穗陶駼，乘遗风，射游骐。倏眒倩浰，雷动猋至，星流霆击，弓不虚发，中必决眦。洞胸达掖，绝乎心系。获若雨兽，揜草蔽地。于是楚王乃弭节徘徊，翱翔容与，览乎阴林，观壮士之暴怒，与猛兽之恐惧。徼𠜱受诎，殚睹众物之变态。”

亡是公听而笑曰："楚则失矣，而齐亦未为得也。……且夫齐楚之事，又乌足道乎！君未睹乎巨丽也，独不闻天子之上林乎？左苍梧，右西极，丹水更其南，紫渊径其北。终始灞、浐，出入泾、渭；酆、镐、潦、潏，纡余委蛇，经营乎其内，荡荡乎八川分流，相背而异态。东西南北，驰骛往来；出入乎椒丘之阙，行乎洲淤之浦，经乎桂林之中，过乎泱漭之壄。汩乎混流，顺阿而下，赴隘陿之口。触穹石，激堆埼，沸乎暴怒，汹涌滂湃，滭浡滵汩，湢测泌㳍，横流逆折，转腾潎洌，滂濞沆溉，穹隆云挠，蜿灗胶戾，踰波趋浥，莅莅下濑，批岩冲拥，奔扬滞沛，临坻注壑，瀺灂霣坠，湛湛隐隐，砰磅訇磕，潏潏淈淈，湁潗鼎沸，驰波跳沫，汩急漂疾，悠远长怀，寂漻无声，肆乎永归。然后灏溔潢漾，安翔徐徊，翯乎滈滈，东注太湖，衍溢陂池。

……

"于是乎离宫别馆，弥山跨谷，高廊四注，重坐曲阁，华榱璧珰，辇道𫄧属，步櫩周流，长途中宿。夷嵕筑堂，累台增成，岩窔洞房，俛杳眇而无见，仰攀橑而扪天，奔星更于闺闼，宛虹拖于楯轩。青龙蚴蟉于东厢，象舆婉僤于西清，灵圄燕于闲馆，偓佺之伦暴于南荣，醴泉涌于清室，通川过于中庭。盘石振崖，嵚岩倚倾，嵯峨嶕嶫，刻削峥嵘。玫瑰碧琳，珊瑚丛生，瑉玉旁唐，玢豳文磷，赤瑕驳荦，杂臿其间，朝采琬琰，和氏出焉。

……

"于是乎游戏懈怠，置酒乎颢天之台，张乐乎胶葛之寓；撞千石之钟，立万石之虡；建翠华之旗，树灵鼍之鼓；奏陶唐氏之舞，听葛天氏之歌；千人唱，万人和，山陵为之震动，川谷为之荡波。巴渝宋蔡，淮南干遮，文成颠歌，族居递奏，金鼓迭起，铿锵闛鞈，洞心骇耳。荆、吴、郑、卫之声，韶、濩、武、象之乐，阴淫案衍之音，鄢郢缤纷，激楚结风，俳优侏儒，狄鞮之倡，所以娱耳目而乐心意者，丽靡烂漫于前，靡曼美色于后。若夫青琴宓妃之徒，绝殊离俗，妖冶娴都，靓妆刻饰，便嬛绰约，柔桡嫚嫚，妩媚纤弱。曳独茧之褕绁，眇阎易以恤削，便姗嫳屑，与世殊服。芬芳沤郁，酷烈淑郁；皓齿灿烂，宜笑的皪，长眉连娟，微睇绵藐；色授魂与，心愉于侧。"

前段是子虚对楚国云梦泽景色和楚王格兽场面的描绘，后段是亡是公对上林苑"巨丽”与天下游乐的夸饰，真是“侈丽宏衍”（班固：《汉书·艺文志·诗赋略论》），极尽铺陈之能事。

《西京杂记》记载：司马相如的友人盛览问他作赋之法，他答道：“合綦组以成文，列锦绣而为质，一经一纬，一宫一商，此赋者之迹也。赋家之心，包括宇宙，总览人物，斯乃得之于内，不可得而传。”这个传说不一定可靠，但基本上概括了司马相如赋的艺术特征。这就是讲究文采，结构严密，音调多变，并有囊括宇宙的气势。但是，由于过分铺饰罗列，“多虚辞滥说”（《史记·司马相如传赞》），大大减弱了艺术的形象性和感染力。加之司马相如精通文字学，作过字书《凡将篇》，好用奇词僻字，使作品更显得板滞难读。正如刘勰《文心雕龙·炼字》所说：“故陈思称‘扬、马之作，趣幽旨深，读者非师传不能析其辞，非博学不能综其理。’岂直才悬，抑亦字隐。”

《子虚》、《上林》赋在我国赋史上占有重要地位。它奠定了汉大赋的基本体制和形式，它确立了“劝百讽一”的赋颂传统，形成了铺张扬厉的汉赋艺术特色，后世赋家如扬雄、班固、张衡、左思等，无不受到司马相如的影响，成为众多赋家模仿的典范。

司马相如的《美人赋》也值得一提。赋中写一位正人君子，不受妙龄女郎和寡居美人的勾引，但却以欣赏的笔调对女色进行了肉感的描绘。如上宫之遇一段：

> 上宫闲馆，寂寞云虚。门阁昼掩，暧若神居。臣排其户而造其堂，芳香芬烈，黼帐高张。有女独处，婉然在床，奇葩逸丽，淑质艳光。睹臣迁延微笑而言曰：“上客何国之公子？所从来无乃远乎？”遂设旨酒，进鸣琴，臣遂抚弦为《幽兰白雪》之曲。女乃歌曰：“独处室兮廓无依，思佳人兮情伤悲。有美人兮来何迟？日既暮兮华色衰，敢托身兮长自私。”玉钗挂臣冠，罗袖拂臣衣。时日西夕，玄阴晦冥，流风惨冽，素雪飘零，闲房寂谧，不闻人声。于是寝具既设，服玩珍奇，金鉔薰香，黼帐低垂，裀褥重陈，角枕横施。女乃弛其上服，表其亵衣，皓体呈露，弱骨丰肌。时来亲臣，柔滑如脂。

作品对宫馆环境的勾画，对女性情态的描绘，都生动而富魅力。其表现手法，虽仿自《登徒子好色赋》，而且不及宋作的婉而多讽，但对女性诱惑力的描写，却比宋玉笔下的“东家之子”和“桑女”更为突出，显示出司马相如“风流放诞，深于论色”(张溥:《汉魏六朝百三名家集题辞注》)的才能。此赋不见于《汉书》，而载于《艺文类聚》、《初学记》及《古文苑》等，故一些文学史家疑为伪托，但证据并不充足。后来陶渊明的《闲情赋》受有《美人赋》的明显影响，《美人赋》在描写女色的赋作中，有着承上启下的作用。

司马相如的骚体赋以《大人赋》、《长门赋》较有特色。《大人赋》是针对武帝好神仙而进行的讽谏，因此在篇末把游仙写得寂寞而孤独：“下峥嵘而无地兮，上寥廓而无天。视眩眠而无见兮，听惝恍而无闻。乘虚无而上遐兮，超无友而独存。”但赋的主体却是仿效《远游》，把“朅轻举而远游”，“载云气而上浮”描绘得壮观而有气派。结果，武帝看后，不仅没有感悟，反而“飘飘有凌云之气，似游天地之间意”(《史记·司马相如传》)。《长门赋》据《文选》序，是为陈皇后所作。陈皇后因妒失宠，别居长门宫，“愁闷悲思”，因闻司马相如“天下工为文，奉黄金百斤为相如文君取酒”，请他“为文以悟主上”，陈皇后因此“复得亲幸”。但自《南齐书·陆厥传》载厥与书起，历代学者从文章风格、叙文与事实不符等方面，多疑其为伪作。不过即属伪作，在汉代铺陈扬厉的大赋时代，出现了这篇格调迴异的抒情小赋，也是极其有意义的。作品细致地描绘了一位失宠妃嫔怨君不至而又自责的复杂心情，典型地表现了封建社会中无数失宠妃嫔独具的情思。如最后一段：

> 白鹤噭以哀号兮，孤雌跱于枯杨。日黄昏而望绝兮，怅独托于空堂。悬明月以自照兮，徂清夜于洞房。援雅琴以变调兮，奏愁思之不可长。案流徵以却转兮，声幼眇而复扬。贯历览其中操兮，意慷慨而自卬。左右悲而垂泪兮，涕流离而从横。舒息悒而增欷兮，蹝履起而彷徨。揄长袂以自翳兮，数昔日之諐殃。无面目之可显兮，遂颓思而就床。抟芬若以为枕兮，席荃兰而茝香。忽寝寐而梦想兮，魄若君之在旁。惕寤觉而无见兮，魂迋迋若有亡。众鸡鸣而愁予兮，起视月之精光。观众星之行列兮，毕昴出于东方。望中庭之蔼蔼兮，若季秋之降霜。夜曼曼其若岁兮，怀郁郁其不可再更。澹偃蹇而待曙兮，荒亭亭而复明。妾人窃自悲兮，究年岁而不敢忘。

景中带情，情随景化，把人物内心的怨情表现得深切感人。这种写法，在过去诗赋中虽已有所运用，但写得如此细腻而又跌宕多姿，却不多见。《文选》列此赋予哀伤一类之首，表明了它在赋体和内容上的开创意义，不但后世抒情小赋作者如陆机、潘岳、江淹、庾信等受其影响，就是一些表现闺情的诗词也同样从中得到一定启示。

第三节　贾谊和西汉前期的抒情赋

西汉前期的辞赋作家，除枚乘、司马相如外，主要作者还有贾谊、严忌、董仲舒、司马迁、东方朔。他们的作品多以抒发“感士不遇”的牢骚为内容，在汉大赋之外别开一个生面。

贾谊的生平见第一章。贾谊辞赋《汉志》著录为七篇。今传《吊屈原赋》、《鹏鸟赋》（见《汉书》本传）、《惜誓》（见《楚辞》）、《旱云赋》及《虡赋》（均见《古文苑》）。《虡赋》已残，《惜誓》、《旱云赋》均有可疑，只有前两篇可信为贾谊现存赋作，且均为骚体抒情作品，都是贾谊被降职以后所作。

《吊屈原赋》是贾谊被贬谪长沙，路过屈原放逐之地时有感而作。其中说：

> 恭承嘉惠兮，俟罪长沙。侧闻屈原兮，自沉汨罗。造托湘流兮，敬吊先生。遭世罔极兮，乃殒厥身。呜呼哀哉兮，逢时不祥。鸾凤伏窜兮，鸱枭翱翔。阘茸尊显兮，谗谀得志；贤圣逆曳兮，方正倒植。世谓随、夷为溷兮，谓跖、蹻为廉；莫邪为钝兮，铅刀为铦。吁嗟默默，生之无故兮！斡弃周鼎，宝康瓠兮。腾驾罢牛，骖蹇驴兮；骥垂两耳，服盐车兮。章甫荐履，渐不可久兮；嗟苦先生，独离此咎兮。

其中所表现的愤世嫉俗之情，对贤愚不分、是非颠倒的斥责，和屈原的《离骚》极其相近。这是因为贾谊和屈原的遭遇有着相同之处，所以吊屈原，也是伤自己。司马迁把他和屈原合传，并说：“作辞以讽谏，连类以争义，《离骚》有之，作《屈原贾生列传》。”（《史记·太史公自序》）表明贾谊所追慕的就是屈原那样志洁行廉的崇高人格，但其遭遇却又是为世俗所挤压。这也是《吊屈原赋》中所表现出的人格悲剧。但是，贾谊也清楚地认识到，他所生活的时代条件与屈原已不相同，屈原当时尽可以择主而事，但他却以身殉国了；自己身处一统的汉代，已失去了可以择主而事的自由，这就更为可悲可悼。所以他又说：

> 般纷纷其离此忧兮，亦夫子之故也。历九州而相其君兮，何必怀此都也？凤凰翔于千仞兮，览德辉而下之；见细德之险征兮，遥曾击而去之。彼寻常之污渎兮，岂能容夫吞舟之巨鱼？横江湖之鳣鲸兮，固将制于蝼蚁！

这里并不表现出贾谊对屈原“眷顾楚国”的非议，而只是借题提出了一个贤臣选君的标准：有“德辉”者事之，有“细德”者去之，这一思想在当时及其以后都闪耀着思想的光辉。但贾谊也感受到自己所处时代的悲哀，他除了依附于皇帝之外，别无出路，这样的“逢时不祥”，蕴含着对自己不幸命运的多么深沉的哀悼。

《鹏鸟赋》写于贾谊被谪居长沙后的第三年，假托与鹏鸟的问答，抒发了自己怀才不遇、久遭贬谪的抑郁不平之气，并以老庄齐生死、等祸福及知命不忧的思想自我排遣。其中说：

> 祸兮福所倚，福兮祸所伏；忧喜聚门兮，吉凶同域。彼吴强大兮，夫差以败；越栖会稽兮，勾践霸世。斯游遂成兮，卒被五刑；傅说胥靡兮，乃相武丁。夫祸之与福兮，何异纠纆；命不可说兮，孰知其极！水激则旱兮，矢激则远；万物回薄兮，振荡相转。云蒸雨降兮，纠错相纷；大钧播物兮，坱圠无垠。天不可预虑兮，道不可预谋；迟速有命兮，焉识其时！
>
> 且夫天地为炉兮，造化为工；阴阳为炭兮，万物为铜。合散消息兮，安有常则？千变万化兮，未始有极！忽然为人兮，何足控抟；化为异物兮，又何足患！小智自私兮，贱彼贵我；达人大观兮，物无不可。贪夫徇财兮，烈士徇名；夸者死权兮，品庶每生。怵迫之徒兮，或趋东西；大人不曲兮，意变齐同。愚士系俗兮，窘若囚拘；至人遗物兮，独与道俱。

从历史、自然、社会的各方面，反复论述祸不必忧，福不足喜，一切归之于天命，随之于自然，而后才能达到“释智遗形，造然自丧”，“德人无累，知命不忧”。文字表面说得极为解脱，骨子里流露的却是难以排遣的悲哀，故作放达之言，其实不过是无可奈何的自我宽慰。

《吊屈原赋》、《鹏鸟赋》中所体现出的生不逢时、怀才不遇的情思，是当时在大一统的封建专权制度下士子地位下降的一种体现，这是一个时代的悲剧，因此，在贾谊之后，汉代有不少人都以此内容进行辞赋的创作，并形成了“士不遇”的专题。这种以抒发内心不平的抒情小赋，比起那些洋洋洒洒、奇丽铺陈的大赋，不但更具文学色彩，也有更深的认识价值。在艺术上，贾谊的这两篇赋，或即事抒情，或结合历史现实以言志，在表现手法上都受有屈原赋的明显影响。特别是《吊屈原赋》，以屈赋之体以吊屈原，情感更为深沉。文中排比铺陈的运用，虽不如屈赋光怪陆离，却也跌宕多姿。虽以骚体为主，又明显地表现出散文化倾向，显示出由楚辞向新体赋过渡的迹象。贾谊在汉赋的发展中起到了承前启后的作用。

严忌，生卒年不详，会稽吴（今江苏苏州）人。其生平事迹留传极少。《汉书·邹阳传》：“吴王濞招致四方游士，阳与吴严忌、枚乘等俱仕吴，皆以文辩著名。”后来因吴王濞欲谋反，又与邹阳、枚乘等“皆去之梁，从孝王游。”号严夫子。《汉志》著录他的赋二十四篇，今仅有《哀时命》一篇，存于王逸《楚辞章句》。

王逸《哀时命序》说：“忌哀屈原受性忠贞，不遭明君而遇暗世，斐然作辞，叹而述之，故曰《哀时命》也。”其中云：

> 哀时命之不及古人兮，夫何予生之不遘时。往者不可扳援兮，来者不可与期。志憾恨而不逞兮，抒中情而属诗。夜炯炯而不寐兮，怀隐忧而历兹。心郁郁而无告兮，众孰可与深谋。欿愁悴而委惰兮，老冉冉而逮之。居处愁以隐约兮，志沈抑而不扬。……下垂钓于溪谷兮，上要求于仙者，与赤松而结友兮，比王乔而为偶。……鸾皇翔于苍云兮，故矰缴而不能加；蛟龙潜于旋渊兮，身不挂于罔罗。知贪饵而近死兮，不如下游乎清波。宁幽隐以远祸兮，孰侵辱之可为。子胥死而成义兮，屈原沈于汨罗，虽体解其不变兮，岂忠信之可化。

赋中所表现的生不逢时的牢骚和愤世嫉俗的感慨，和屈原思想相通；那种身处浊世、进退维谷的矛盾心情，则表现了士人在盛世之下被弃置的时代悲苦。而退隐求仙、远祸全身之意，则又与屈原的以死殉国、义无反顾的情操绝不相同。《汉书·邹阳传》载，严忌游梁时，梁孝王因谋求为汉嗣而谋杀了反对此举的爰盎，并有谋反之意，邹阳"争以为不可"，而严忌和枚乘"皆不敢谏"。由此可知，《哀时命》并不一定是为哀屈原而作，实是严忌自我心境的写照。这篇赋所抒发的怀才不遇之情，在当时具有一定普遍性，这在董仲舒的《士不遇赋》和司马迁的《悲士不遇赋》中，都有所体现。

董仲舒生平见第二章。《士不遇赋》是他晚年之作。董仲舒曾以罢黜百家、独尊儒术之倡而为武帝所重，但却没想到又因言阴阳灾异被人上告，及至死罪。后来为胶西王相，也是心有余悸。《士不遇赋》反映的就是这种生不逢时的感慨。其中说：

> 呜呼嗟乎，遐哉邈矣！时来曷迟？去之速矣。屈意从人，非吾徒矣。正身俟时，将就木矣。悠悠偕时，岂能觉矣。心之忧兮，不期禄矣。皇皇匪宁，只增辱矣。努力触藩，徒摧角矣。不出户庭，庶无逼矣。
>
> 重曰：生不丁三代之盛隆兮，而丁三季之末俗。末俗以辩诈而期通兮，贞士以耿介而自束。虽日三省于吾身兮，繇怀进退之维谷。

他追求的是"贞士"的品格，而世俗宠爱的却是"辩诈"之徒；他不愿意"屈意从人"，得到的也只能是"耿介而自束"。这固然表现了董仲舒一生追求而不得成功的内心痛苦，也从一个侧面描写出了士人所遭遇到的时代悲剧。武帝之时正当汉之盛世，但是由于封建集权的统治，文化专制的强化，使很多士子都难以实现自己的才志和抱负。士之不遇在这种盛世的时代氛围中就具有了更为深沉的悲剧色彩。这一点在司马迁的《悲士不遇赋》中有着更为鲜明的体现。

《悲士不遇赋》云：

> 悲夫士生之不辰，愧顾影而独存。恒克己而复礼，惧志行之无闻。谅才韪而世戾，将逮死而长勤。虽有形而不彰，徒有能而不陈。何穷达之易惑，信美

恶之难分。时悠悠而荡荡，将遂屈而不伸。使公于公者彼我同兮，私于私者自相悲兮。天道微哉，吁嗟阔兮；人理显然，相倾夺兮。好生恶死，才之鄙也；好贵夷贱，哲之乱也。炤炤洞达，胸中豁也；昏昏罔觉，内生毒也。我之心矣，哲已能忖；我之言矣，哲已能选。没世无闻，古人惟耻。朝闻夕死，孰云其否？逆顺还周，乍没乍起。理不可据，智不可恃。无造福先，无触祸始。委之自然，终归一矣。

此赋比严忌的《哀时命》和董仲舒的《士不遇赋》更为沉郁、激愤。司马迁原也想立德、立功、立言，做一番事业，以名闻后世，却没想到因李陵之祸而遭受腐刑，对这种人生奇耻的愤慨，既发之于他的《史记》、《报任安书》，也包融在这篇小赋之中。赋中所表述的生不逢时之慨，和前人作品中“不遇”之辞大致相似，但由此而引出的对高尚人格的肯定，对生存价值的追求，都表现出司马迁对人生的独特思考。而那种“无造福先，无触祸始。委之自然，终归一矣”的随顺自然观，固然与司马迁受黄老思想影响有关，但也包含着对自己不幸遭遇的愤激。此赋在形式上也和其他赋作不同，前半六言，后半四言，显然是由诗骚二体加以散化而成。

东方朔生平见第二章。他直言敢谏，但多诙谐，好调笑，被武帝当作俳优、弄臣看待，终不被重用。他不满于这种地位，“因著论，设客难己，用位卑以自慰谕。”即《答客难》之作。其中说：

客难东方朔曰：“苏秦、张仪，一当万乘之主，而都卿相之位，泽及后世。今大夫修先王之术，慕圣人之义，讽诵诗书百家之言，不可胜记，著于竹帛，唇腐齿落，服膺而不释，好学乐道之效，明白甚矣。自以智能海内无双，则可谓博闻辩智矣。然悉力尽忠以事圣帝，旷日持久，官不过侍郎，位不过执戟，意者尚有遗行邪？同胞之徒无所容居，其故何也？”

东方先生喟然长息，仰而应之，曰：“是固非子之所能备也。彼一时也，此一时也，岂可同哉！关苏秦、张仪之时，周室大坏，诸侯不朝，力政争权，相禽以兵。并为十二国，未有雌雄。得士者强，失士者亡，故谈说行焉。身处尊位，珍宝充内，外有廪仓，泽及后世，子孙长享。今则不然。圣帝流德，天下震慑，诸侯宾服，连四海之外以为带，安于覆盂，动犹运之掌，贤不肖何以异哉？遵天之道，顺地之理，物无不得其所；故绥之则安，动之则苦；尊之则为将，卑之则为虏；抗之则在青云之上，抑之则在深泉之下；用之则为虎，不用则为鼠；虽欲尽节效情，安知前后？夫天地之大，士民之众，竭精谈说，并进辐凑者不可胜数。悉力慕之，困于衣食，或失门户。使苏秦张仪与仆并生于今之世，曾不得掌故，安敢望常侍郎乎？故曰：时异事异。”

文载《史记》本传，《汉书》与《文选》录其全文，文字稍有出入。这里录的第一段以虚设的客发难，以苏秦、张仪的“都卿相之位，泽及后世”的显贵，与东方朔虽“好学乐道”、“智能海内无双”、“悉力尽忠以事圣帝”，却“官不过侍郎，位不过执戟”形成强烈对比，激愤之情溢于言表。但东方先生虽“喟然长叹”，却意态平静地讲出“彼一时也，此一时也”的大道理，对客进行了驳难。文章之妙还在于，表面上是从“时异事异”出发，颂扬了汉天子的圣德，但这种圣德造成的现实却是“尊之则为将，卑之则为虏；抗之则在青云之上，抑之则在深泉之下；用之则为虎，不用则为鼠。”从而对统治者扼杀人才的行为进行了批判。东方朔通过对比，反映了战国纵横之士与汉代文士处境的不同，表明在中央专制制度下士的地位的下降，这较董仲舒、司马迁的悲士不遇更为深刻。

艺术上本文也极有特色，它以诙谐之趣表述深刻之理，与东方朔机智锐敏、生性滑稽相一致，从中可以显示出人物的性格。善用比喻，结构严谨，行文流畅而有气势，铺陈排比而富变化，都体现出汉赋的特色。特别是虚设问难而后加以辩驳，形成“设论”一体的赋体形式，更是由《答客难》完成的。刘勰《文心雕龙・杂文》篇：“自对问以后，东方朔效而广之，名为《客难》，托古慰志，疏而有辨。”“设论”又称“问对”，《答客难》虽直接来源于宋玉的《对楚王问》，但也受到先秦诸子驳论写作方法的影响，并加之以艺术化，辅之以赋体，从而形成一种新的散文体式。从此以后，文人仿作者甚多，较著名的有扬雄的《解嘲》、班固的《答宾戏》、崔骃的《达旨》、张衡的《应间》、崔实的《答讥》、蔡邕的《释诲》、曹植的《客问》、郭璞的《客傲》、韩愈的《进学解》、柳宗元的《起废答》等。但除扬雄、韩愈、柳宗元的作品有些新意外，其他则都是索然无味的摹拟之作。

第四章
司马迁和《史记》

第一节　司马迁的生平和著作

司马迁的生平

司马迁，字子长，左冯翊夏阳（今陕西韩城）人。

司马迁生卒不详。其生年历来有两种说法。《史记·太史公自序》：“（司马谈）卒三岁而迁为太史令，䌷史记、石室、金匮之书。五年而当太初元年，十一月甲子朔旦冬至，天历始改，建于明堂，诸神受纪。”司马贞在“卒三岁而迁为太史令”下“索隐”：“太史令茂陵显武里大夫司马迁年二十八，三年六月乙卯，除六百石。”司马谈去世是在汉武帝元封元年（前110），据“索隐”推算，“卒三岁”之年当是汉武帝元封三年（前108），这年司马迁二十八岁，向前推二十七年（中国传统人生下来为一岁），则是汉武帝建元六年（前135）。在“五年而当太初元年”下，张守义“正义”：“按迁年四十二岁。”太初元年是公元前104年，由此上推四十一年，则为汉景帝中元五年（前145）。我们取“正义”之说。

司马迁年幼时，曾“耕牧河山之阳”（《太史公自序》，以下凡未注明者，皆见该文），参加过一些农业劳动。十岁时跟随父亲司马谈到了长安。司马谈当时为太史令，精通史学和天文历法，对先秦诸子也深有研究，曾著《论六家之要旨》，对儒、墨、名、法以及阴阳等家都有所肯定与批评，而对道家则给予了更多的赞扬，表现出与当时统治思想不同的“异端”色彩。在司马谈的影响下，司马迁受到了良好的教育。在此期间，司马迁还曾从孔安国学习古文（大篆）《尚书》等先秦典籍，从董仲舒学习用当时文字（隶书）写的《公羊春秋》，由此学问日进。

二十岁时，司马迁开始第一次的漫游。他在《太史公自序》说：“二十而南游江淮，上会稽，探禹穴，窥九疑，浮于沅、湘，北涉汶、泗，讲业齐、鲁之都，观孔子之遗风，乡射邹、峄，厄困鄱、薛、彭城，过梁、楚以归。”在这次漫游中，不但饱览了祖国河山，了解了人民的疾苦，而且广泛地收集了历史文化资料。在汨罗江畔，屈原的文学成就和不幸遭遇，使司马迁为之悲伤流涕。在山东曲阜，孔子故里的儒学遗风，使司马迁感慨颇深。在河南大梁（今开封），他怀着激情，听取了当地父老讲述的秦、魏作战历史，收集了信陵君的故事，瞻仰了侯嬴看守过的“夷门”。在漫游中，他还访问参观了战国时期以及汉初很多政治家、名人、学者的故里。司马迁回长安后不久，即“仕为郎中”，又“奉使西征巴蜀以南，南略邛、筰、昆明”。后来又以侍从身份，随武帝巡狩、封禅，游历了更多的地方。这些经历，一方面使司马迁增长了阅历，丰富了历史知识，扩大了胸襟和眼界；一方面有机会比较广泛地接近了下层人民，充实了生活经验，在一定程度上了解了人民的生活愿望。这对他后来著作《史记》都有着极其重要的意义。

武帝元封元年（前110），司马迁三十六岁，司马谈病逝。司马谈早就想撰写一部史书，并做了一些准备工作，临终前，他把这个未能完成的事业交给了司马迁，并“执迁手而泣曰”：

“余先周室之太史也。自上世尝显功名于虞、夏，典天官事。后世中衰，绝于予乎？汝复为太史，则续吾祖矣。今天子接千岁之统，封泰山，而余不得从行，是命也夫！命也夫！余死，汝必为太史，为太史，无忘吾所欲论著矣。且夫孝始于事亲，中于事君，终于立身。扬名于后世，以显父母，此孝之大者。夫天下称诵周公，言其能论歌文、武之德，宣周、邵之风，达太王、王季之思虑，爰及公刘，以尊后稷也。幽、厉之后，王道缺，礼乐衰，孔子修旧起废，论《诗》、《书》，作《春秋》，则学者至今则之。自获麟以来四百有余岁，而诸侯相兼，史记放绝。今汉兴，海内一统，明主贤君忠臣死义之士，余为太史而弗论载，废天下之史文，余甚惧焉，汝其念哉！”

从这个遗嘱可以看出，司马谈对司马迁寄寓了多么大的企望，希望他能像孔子撰述《春秋》那样，把自己的未竟之业完成，为社会留下可为法则的史书著作。司马迁深感任务的重大，“俯首流涕曰：‘小子不敏，请悉论先人所次旧闻，弗敢阙。’”三年后，司马迁继任为太史令。他“绝宾客之知，亡室家之业，日夜思竭其不肖之才力，务一心营职，以求亲媚于主上”（《报任安书》），兢兢业业地为朝廷尽职。同时，他利用太史令这一有利条件，得以“䌷史记、石室、金匮之书”，开始为撰写《史记》而广为收集资料。其间，他又主持了改秦历为夏历之事，费时三年。武帝太初元年（前104），新历法修订完成，司马迁四十二岁，正式开始了《史记》的著述。

正当司马迁全身心投入《史记》的撰写工作之际，一场意外的灾难降临到他的头上。天汉二年（前99），李陵兵败投降了匈奴，那些“全躯保妻子之臣”，趁机“随而媒蘖其短”。武帝征询司马迁的意见，司马迁认为李陵是出于一时无奈，“且欲得其当而报于汉”（《报任安书》）。没想到引起武帝大怒，认为这是替李陵游说，并借以诋毁贰师将军李广利，于是，把司马迁投入了监狱。司马迁“家贫，货赂不足以自赎；交游莫救视，左右亲近不为一言”（《报任安书》）。结果在天汉三年（前98）遭受了极为耻辱的腐刑。在身心受到极大摧残的情景下，司马迁想到了死，但又顾念着著作的没有完成，不能轻于一死，并从许多先贤的不幸遭遇中汲取了精神力量，增强了生存的勇气。从而决心“就极刑而无愠色”，要在“隐忍苟活”中以完成《史记》的撰述。

司马迁出狱后，被升为中书令。官职虽高了，但身份却与宦官相类。因此，他内心极为悲愤：“虽累百世，垢弥甚耳！是以肠一日而九回，居则忽忽若有所亡，出则不知其所往。每念斯耻，汗未尝不发背沾衣也。”（《报任安书》）从此，他就把自己的主要精力投入到《史记》的写作之中，并在一些篇目中寄寓了自己的愤懑和对人世的感慨。

武帝太始四年（前93），司马迁在《报任安书》中曾写到关于《史记》的撰写情况：“仆窃不逊，近自托于无能之辞，网罗天下放失旧闻，略考其事，综其始终，稽其成败兴坏之纪，上计轩辕，下至于兹，为十表，本纪十二。书八章，世家三十，列传七十，凡百三十篇。”由此可知，这时《史记》已基本完成。此后，司马迁的事迹已不可考，他大约死于武帝末年。

司马迁的著作

司马迁的著作主要是《史记》。《史记》是一部纪传体史学著作，全书包括本纪十二、表十、书八、世家三十、列传七十，共一百三十篇，五十二万六千五百字。“本纪”除《秦本纪》外，叙述历代最高统治者帝王的事迹；“表”是各个历史时期的简单大事记，分世表、年表、月表，是对全书叙事的联络和补充；“书”是分类的学术史、科学史，分别叙述天文、历法、水利、经济、文化、艺术等的发展情况；“世家”主要叙述贵族侯王的历史；“列传”主要是对各种类型人物事迹的描写，少数列传是对国外和国内少数民族历史的叙述，《货殖列传》则对历代特别是对当时经济情况进行了叙述。《史记》就是通过这样被郑樵称为“五体”（《通志·总叙》）的不同体例及其相互间的配合，构所了完整缜密、体大思精的独创体制，全面叙述了我国从上古到汉初三千年的历史发展。《史记》所创立的纪传体形式及其所包容的博大精深的思想，是对我国在此以前的史学著作的杰出发展。同时，对我国后来的史书著作也产生了深远影响。正如赵翼《廿二史札记》所说：“司马迁参酌古今，发凡起例，创为全史。……自此例一出，历代作史者遂不能出其范围，信史家之极则也。”

《史记》是我国史传文学的开创作品，在我国传记文学的发展史上占有特殊的地位。《史记》以前的历史散文，或侧重于记事，或侧重于记言，多是从记述历史出发，虽有一些相对独立的人物传记，其侧重点也不在写人物。《史记》融历史和文学于一炉，把历史叙述和人物描绘相结合，塑造出众多的栩栩如生的历史人物形象，达到历史与文学的完美统一，成为我国史传文学的典范。不仅如此，《史记》还改变了过去史学著作写人物只限于公侯贵族、大夫行人、谋臣策士的局限，把范围扩展到极为广阔的领域，帝王将相，学者文人，游侠刺客，闾巷布衣，滑稽艺人，甚至农民起义领袖，都在司马迁笔下留下了行迹。可以说，《史记》是一部丰富多彩的历史人物画卷，它通过众多人物形象的描绘，对我国的上古史进行了生动的记述。

司马迁的作品，除《史记》外，《汉书·艺文志》还著录赋八篇，今仅存《悲士不遇赋》一篇，其内容是抒发怀才不遇之情，从“没世无闻，古人惟耻，朝闻夕死，孰云其否？……无造福先，无触祸始，委之自然，终归一矣”看，此赋可能作于受腐刑之后，在自我安慰中满怀愤激之情。

《汉书·司马迁传》录有《报任安书》一篇，这封信不仅是了解司马迁思想的重要史料，也表现出司马迁散文的独具特色，并标志着抒情散文在我国散文发展中的成熟。司马迁在这封回信中，述说了因李陵事件而蒙受的奇耻大辱，倾诉了内心的愤懑和痛苦，斥责了当时最高统治者的专断不公。其中说到自己受腐刑后的无限悲愤和立志著述的感慨：

仆之先非有剖符丹书之功，文史星历，近乎卜祝之间，固主上所戏弄，倡优所畜，流俗之所轻也。假令仆伏法受诛，若九牛亡一毛，与蝼蚁何以异？而世又不与能死节者比，特以为智穷罪极，不能自免，卒就死耳。何也？素所自树立使然也。人固有一死，死或重于泰山，或轻于鸿毛，用之所趋异也。太上不辱先，其次不辱身，其次不辱理色，其次不辱辞令，其次诎体受辱，其次易服受辱，其次关木索、被箠楚受辱，其次剔毛发、婴金铁受辱，其次毁肌肤、断肢体受辱，最下腐刑极矣！传曰：“刑不上大夫。”此言士节不可不厉也。猛虎处深山，百兽震恐，及其在阱槛之中，摇尾而求食，积威约之渐也。故士有画地为牢，势不可入，削木为吏，议不可对，定计于鲜也。今交手足，受木索，暴肌肤，受榜箠，幽于圜墙之中，当此之时，见狱吏则头抢地，视徒隶则心惕息。何者？积威约之势也。及以至是，言不辱者，所谓强颜耳。曷足贵乎！且西伯，伯也，拘于羑里；李斯，相也，具于五刑；淮阴，王也，受械于陈；彭越、张敖，南向称孤，系狱具罪；绛侯诛诸吕，权倾五伯，囚于请室；魏其，大将也，衣赭衣，关三木；季布为朱家钳奴；灌夫受辱于居室。此人皆身至王侯将相，声闻邻国，及罪至罔加，不能引决自裁，在尘埃之中。古今一体，安在其不辱也？由此言之，勇怯，势也；强弱，形也。审矣，何足怪乎！夫人不能早自裁绳墨之外，以稍陵迟，至于鞭箠之间，乃欲引节，斯不亦远乎！古人所以重施刑于大夫者，殆为此也。

夫人情莫不贪生恶死，念父母，顾妻子。至激于义理者不然，乃有所不得已也。今仆不幸，早失父母，无兄弟之亲，独身孤立，少卿视仆于妻子何如哉？且勇者不必死节，怯夫慕义，何处不勉焉！仆虽怯懦欲苟活，亦颇识去就之分矣，何至自沉溺缧绁之辱哉！且夫臧获婢妾，犹能引决，况仆之不得已乎？所以隐忍苟活，幽于粪土之中而不辞者，恨私心有所不尽，鄙陋没世而文采不表于后世也。

古者富贵而名摩灭，不可胜记，唯倜傥非常之人称焉。盖文王拘而演《周易》；仲尼厄而作《春秋》；屈原放逐，乃赋《离骚》；左丘失明，厥有《国语》；孙子膑脚，兵法修列；不韦迁蜀，世传《吕览》；韩非囚秦，《说难》、《孤愤》；《诗》三百篇，大底贤圣发愤之所为作也。此人皆意有所郁结，不得通其道，故述往事，思来者。乃如左丘无目，孙子断足，终不可用，退而论书策，以舒其愤，思垂空文以自见。……草创未就，会遭此祸，惜其不成，是以就极刑而无愠色。仆诚已著此书，藏之名山，传之其人，通邑大都，则仆偿前辱之责，虽万被戮，岂有悔哉！然此可为智者道，难为俗人言也。

且负下未易居，下流多谤议。仆以口语遇遭此祸，重为乡党所戮笑，以污辱先人，亦何面目复上父母之丘墓乎？虽累百世，垢弥甚耳！是以肠一日而九回，居则忽忽若有所亡，出则不知其所往。每念斯耻，汗未尝不发背沾衣也！身直为闺阁之臣，宁得自引深藏于岩穴邪？故且从俗浮沉，与时俯仰，以通其狂惑。今少卿乃教以推贤进士，无乃与仆私心剌谬乎？今虽欲自彫琢，曼辞以自饰，无益，于俗不信，适足取辱耳。要之死日，然后是非乃定。书不能悉意，略陈固陋。

任安，字少卿，武帝时曾任益州刺史、北军使者护军等职。后因江充巫蛊案被武帝判处死刑。任安坐罪前曾致信司马迁，要他利用中书令之职，“顺以接物，推贤进士”。司马迁此回信写于任安被腰斩之前，全文围绕着“不能推贤进士”而叙述了自己遭受灾祸的经过，和为著述《史记》而“隐忍苟活”下来的决心。此文虽以抒写个人被侮辱、被损害的内心幽愤为中心，但内容极为深刻广泛，实际上是通过一己之遭遇，表现了封建社会最高统治者的残暴专横，以及士子文人人格的不被尊重。而文中所提出的“人固有一死，或重于泰山，或轻于鸿毛，用之所趋异也。”不但显示了作者在生死观上的崇高节操，也代表了正直之士不屈于恶暴势力的斗争精神，千百年来，成为鼓舞人们奋斗、进取的力量。在艺术上该文也取得了极大成功。它或慷慨激越，如泣如诉，或行文纡曲，措辞委婉，并把幽愤之情寄之以婉转诉说，起到一唱三叹、反复陈辞的效果。它虽以抒情为主，却又与叙事、议论融为一体，而且以情叙事，以情议论，更增强了全文以情动人的艺术感染力。其文字则骈、散结合，错落有致，其结构则曲折多姿，而又相互照应，但都发之肺腑，自然涌出，如同难以遏止的激流，形成纵横跌宕、气势磅礴的文风。总之，这是一篇抒情散文的佳作，在此以前，实不多见。它标志着我国散文发展史上，在政论，记事散文之外抒情散文的成熟，并对以后产生了深远影响。孙月峰评此文说："粗粗卤卤，任意写去，而矫健磊落，笔力真如走蛟龙，挟风雨。且峭句险字，往往不乏，读之但见其奇肆而不得其构造锻炼处。古圣规矩准绳文字，至此一大变，卓为百代伟作。"(《重订文选集评》）吴楚材说："此书反复曲折，首尾相续，叙事明白，豪气逼人。其感慨啸歌，大有燕赵烈士之风。忧愁幽思，则又直与《离骚》对垒。文情至此极矣。"(《古文观止》）这些评价实不为过，都清楚说明了《报任安书》在我国散文发展史上的地位。

第二节　司马迁的思想

与当时统治思想相对立的"异端"思想。

班固《汉书·司马迁传》批评司马迁："其是非颇缪于圣人，论大道则先黄而后六经，序游侠则退处士而进奸雄，述货殖则崇势利而羞贫贱，此其所蔽也。"这是说司马迁的是非和孔子有所背缪，是蔽于偏见之论。其实司马迁对于孔子还是非常推崇的，他不但多次表明自己的撰述《史记》，是对孔子撰述《春秋》的继承，而且特立《孔子世家》，对孔子的博学强识、多才多艺、谦恭和谨、诲人不倦，及其坚持理想的积极进取精神加以肯定。在《孔子世家》"赞"中，更满怀激情地说："《诗》有之：'高山仰止，景行行止。'虽不能至，然心乡往之。余读孔氏书，想见其为人。适鲁，观仲尼庙堂、车服、礼器，诸生以时习礼其家，余低回留之，不能去云。天下君王至于贤人众矣，当时则荣，没则已焉。孔子布衣，传十余世，学者宗之。自天子王侯，中国言六艺者折中于夫子，可谓至圣矣！"

但是，司马迁与当时占统治地位的统治思想却是相对立的。我们在"概述"中曾说到，汉初占统治地位的是黄老之学，武帝时采用董仲舒的建议“罢黜百家，独尊儒术”，儒学成为官学。但这时的儒学已不是以孔子为代表的古代儒学，而是杂入了阴阳五行并含有刑法思想的董仲舒为代表的汉代儒学。司马迁的“论大道则先黄老而后六经”，正是与这种汉代儒学相对立。这一点清楚地表现在《太史公自序》中对司马谈《论六家之要旨》的全文照录。司马迁在录引这篇原文前特意说，此文是“愍学者之不达其意而师悖”而作，表明司马谈正是针对武帝时期表章六经、绝百家之道的现实而发，显示着“异端”思想的特色。司马迁把这篇文章全文引入《太史公自序》，给以充分肯定，表明他对这一“异端”思想的赞同。

不仅如此，《史记》中还有不少地方表现出司马迁与当代统治思想的对立。如《老子韩非列传》：“世之学老子者，则绌儒学，儒学亦绌老子。道不同不相与谋，岂谓是邪？”就是针对汉初以来儒、道两派在政治和学术上的激烈斗争而言。在该传中司马迁还肯定老子的“无为自化，清静自正”、“虚无因应，变化于无为”，把“其要本归于老子之言”、“要亦归之自然”的庄子接在老子传后，并指明庄子的作品是“以诋訾孔子之徒，以明老子之术”，则是有意把定于一尊的变了质的儒家和道家平列，而又对崇老绌儒表示了赞成。

《史记》中对汉初实行黄老之术带来的社会发展、经济繁荣进行了充分肯定。《平准书》：“汉兴七十余年之间，国家无事，非遇水旱之灾，民则人给家足，都鄙廪庾皆满，而府库余货财。京师之钱累巨万，贯朽而不可校。太仓之粟陈陈相因，充溢露积于外，至腐败不可食。”在对西汉初期所取得的繁荣安定景象的描述中，包含着对实行黄老之术的赞扬。《吕太后本纪》：“孝惠皇帝、高后之时，黎民得离战国之苦，君臣俱欲休息乎无为，故惠帝垂拱，高后女主称制，政不出房户，天下晏然。刑罚罕用，罪人是希。民务稼穑，衣食滋殖。”《曹相国世家》：“参为汉相国，清静极言合道。然百姓离秦之酷后，参与休息无为，故天下俱称其美矣。”对吕后和曹参所实行的无为而治方针给以称颂。相反，对当时官方哲学的制定者董仲舒，不但没为他立传，只在《儒林列传》中作了一般介绍，而且对其“以《春秋》灾异之变推阴阳所以错行”的天人感应说进行了批评。这都表现出崇老绌儒的鲜明立场。

关于“序游侠则退处士而进奸雄，述货殖则崇势利而羞贫贱”，其实也是针对当时统治思想的有为而发。

游侠之士重义轻生，排难解纷，扶危济困，在统治阶级严酷统治政策下，其仗义行为深得被压迫者的赞赏。但统治者却视之为暴徒而横加迫害，一些统治阶级的思想家也对之大肆污蔑。司马迁却反其道而行之，在《游侠列传》中称颂游侠“其行虽不轨于正义，然其言必信，其行必果，已诺必诚，不爱其躯，赴士之厄困，既已存亡死生矣，而不矜其能，羞伐其德，盖亦有足多者焉。”又说：“布衣之徒，设取予然诺，千里诵义，为死不顾世，此亦有所长，非苟而已也。故士穷窘而得委命，此岂非人之所谓贤豪间者邪？诚使乡曲之侠与季次原宪比权量力，效功于当世，不同日而论矣。要以功见言信，侠客之义又曷可少哉！”这里强调游侠之不可少，并没有“退处士”之义，而是以游侠“不轨于正义”的可贵，驳斥了当时统治者对游侠的贬抑。而且，在司马迁看来，统治者的所谓仁义，不过是权势的代名词：“鄙人有言曰：‘何知仁义，已飨其利者为有德。’故伯夷丑周，饿死首阳山，而文、武不以其故贬王；跖跻暴戾，其徒诵义无穷。由此观之，‘窃钩者诛，窃国者侯；侯之门，仁义存’，非虚言也。”而游侠的行为才是真正仁义之举：“救人于厄，振人不赡，仁者有乎；不既信，不倍言，义者有取焉，作《游侠列传》。”这里鲜明体现出司马迁对当时统治者提倡的儒家仁义的反抗。

司马迁是“崇势利而羞贫贱”，这在《货殖列传》中表现得最为清楚。他一则说：“‘仓廪实而知礼节，衣食足而知荣辱。’礼生于有而废于无。……谚曰：‘千金之子，不死于市。’此非空言也。故曰：‘天下熙熙，皆为利来；天下壤壤，皆为利往。’夫千乘之王，万家之侯，百室之君，尚犹患贫，而况匹夫编户之民乎！”再则说：“由是观之，富无经业，则货无常主，能者辐凑，不肖者瓦解。千金之家比一都之君，巨万者乃与王者同乐。岂所谓‘素封’者邪？”在司马迁看来，“富者，人之情性，所不学而俱欲者也。”所以，壮士攻城先登，陷阵斩将，不避汤火之难，那是为了重赏；少年劫人作奸，掘冢铸币，不避法禁，走死地如骛，那是为了财用；赵女郑姬，设形容，揄长袂，目挑心招，那是为了富厚；就是游闲公子，犯晨夜，冒霜雪，不避猛兽之害，也是为了得到厚味之故；至于医方诸食技术之人，焦神极能，那是因为可以得到厚重的财礼；吏士舞文弄法，刻章伪书，不避刀锯之诛，那是因为得到了丰厚的贿赂；农工商贾所以贮蓄繁殖，也都是为了求富益货之故。不仅如此，就是深谋于廊庙的贤人，隐居岩穴的隐士，以及廉吏、廉贾等人，也无不“归于富厚”。总之，求富贵是“物之理”，“人之欲”，“人富而仁义附焉”，

“无岩处奇士之行，而长贫贱，好语仁义，亦足羞矣”！把追求富贵势利看得比空谈仁义更有意义，揭露统治者自己贪欲无度而又要广大人民只讲“义”，不讲“利”，鼓励人人发财致富，改变“侯之门，仁义存”这一不合理的现实，这自然要被“独尊儒术”的汉代统治者目为异端，也自然要被以儒学为评判是非标准的班彪、班固父子斥之为“大敝伤道”，“颇谬于圣人”了。

《史记》中所体现出的“其是非颇谬于圣人”，与当时占统治地位的汉代儒学相对立，这正是司马迁思想的伟大之处。正如明代进步思想家李贽所说：

> 此班氏父子讥司马迁之言也。班氏以此为真足以讥迁也，当也，不知适足以彰迁之不朽而已。使迁不残陋，不疏略，不轻信，不是非谬于圣人，何以为迁乎？则此史固不待作也。迁、固之悬绝，正在于此。夫所谓作者，谓其兴于有感而志不容已，或情有所激而词不可缓之谓也。若必其是非尽合于圣人，则圣人既已有是非矣，尚何待于吾也？夫按圣人以为是非，则其所言者乃圣人之言也，非吾心之言也。言不出于吾心，词非由于不可遏，则无味矣。（《藏书》卷四〇《司马迁传》）

进步的史学思想

《史记》是一部史学著作，其中体现着司马迁进步的史学思想，这集中表现在司马迁自己所说的：“欲以究天人之际，通古今之变，成一家之言。”（《报任安书》）

“成一家之言”的一个方面内涵即“究天人之际”，就是通过对历史的考察，探求“天”与“人”即客观自然和人类社会之间的关系。那么，人们是怎样认识这二者之间的关系呢？自殷周以来，一种宗教神学观念统治着人们的思想，他们认为天是至高无上的权威，地上的王权是天上的权威在人世间的体现。到了汉武帝时，董仲舒狂热鼓吹天人感应理论，把人世间的兴衰治乱，自然界的更替变化，都说成是天的意志所决定。在这一思想指导下，天命观念、神学迷信大肆泛滥。受这种时代思潮的影响，司马迁在《史记》中也记载了不少天人感应的例证，表明他并不能完全脱掉时代的局限。但《史记》中却有很多地方表现出对天命观、神学论的怀疑和批判，强调了历史研究要以人物为中心，从人们的社会活动中探寻历史发展的轨迹，社会治乱的原因。他在《伯夷列传》中说：

> 或曰："天道无亲，常与善人。"若伯夷、叔齐，可谓善人者非邪？积仁絜行如此而饿死！且七十子之徒，仲尼独荐颜渊为好学，然回也屡空，糟糠不厌，而卒早夭。天之报施善人，其何如哉？盗跖日杀不辜，肝人之肉，暴戾恣睢，聚党数千人，横行天下，竟以寿终！是遵何德哉？此其尤大彰明较著者也。若至近世，操行不轨，专犯忌讳，而终身逸乐富厚，累世不绝！或择地而蹈之，时然后出言，行不由径，非公正不发愤，而遇祸灾者，不可胜数也。余甚惑焉！傥所谓天道，是邪？非邪？

伯夷、叔齐"积仁絜行"而饿死，颜回"好学"而"屡空"、"早夭"，而"日杀不辜"的盗跖却"竟以寿终"；"操行不轨"的人终身都可以享乐富厚，循规蹈矩、公正无私的人，却反遭祸灾。从古至今，好人不得好报，恶人不受恶惩，这难道就是"天道"吗？这是从现实生活中个人的不同遭遇出发对"惩恶祐善"的天命观提出了怀疑。不仅如此，司马迁通过对历史的考察，还明确地提出，社会的发展变化不是决定于天命，而是决定于人事。在《项羽本纪》和《高祖本纪》中，通过生动的历史事实和鲜明的对照，说明楚亡汉兴的根本原因不在天意的授予，而在人心的向背。《高祖本纪》中刘邦曾说："夫运筹策帷帐之中，决胜于千里之外，吾不如子房。镇国家，抚百姓，给馈饷，不绝粮道，吾不如萧何。连百万之军，战必胜，攻必取，吾不如韩信。此三者，皆人杰也，吾能用之，此吾所以取天下也。项羽有一范增而不能用，此其所以为我擒也。"这是通过刘邦的口，表明了司马迁历史变迁是由人事决定而不是由天命决定的思想。正是从这一思想出发，在《项羽本纪赞》中，明确地批评了项羽把自己的失败归之于"天亡我"的谬论。《楚元王世家赞》中说："国之将兴，必有祯祥，君子用而小人退。国之将亡，贤人隐，乱臣贵。……甚矣，'安危在出令，存亡在所任'，诚哉是言也！"把国家兴亡的原因，归之于政令是否正确，任人是否恰当，也清楚表明司马迁考察历史变动的立足点是重在人事，而否定天命。这在当时天人感应说极为猖獗的情境下，不能不说是具有重大意义的进步历史观。

"成一家之言"的另一方面内涵即"通古今之变"，这是司马迁提出的又一历史研究原则。当时，董仲舒提出“道之大原出于天，天不变，道亦不变”（《汉书》卷五六《董仲舒传》）的理论命题，认为天是永恒存在的，不变的，出于天之道即封建社会的统治秩序和统治原则也是永恒的，不变的。司马迁提出历史研究要“通古今之变”，强调要从社会的发展变化中探求历史的发展规律，正与董仲舒的静止的形而上学的唯心理论相对立。司马迁在《史记》中特别注重对社会历史的发展变化的考察，并提出了“原始察终，见盛观衰”的原则。“原始察终”，就是要从事物的起因、发展、结果，考察其演变的全过程；“见盛观衰”，就是要特别注意事物发展过程中由兴旺到衰微的转化。这一原则的提出，表明司马迁是把人类历史的发展看成是不断变化的运动，要了解其全过程，就必须从发展变化的角度作贯通的研究，并注意前后因果的关系，这是朴素的唯物史观。这一理论原则的提出以及在《史记》一书的实际贯彻，达到了当时史学思想的最高水平。

受时代的影响，司马迁有历史循环论的思想。他在《高祖本纪赞》中说：“夏之政忠，忠之敝，小人以野，故殷人承之以敬。敬之敝，小人以鬼，故周人承之以文。文之敝，小人以僿，故救僿莫若以忠。三王之道若循环，终而复始。”但是，司马迁的循环论，和邹衍的“五德终始论”、董仲舒的“三统”、“三正”论是完全不同的。邹衍、董仲舒的五德循环、三统更换，都是强调“天”的意志决定了朝代的更迭，司马迁强调的却是人事的因素。他在《秦楚之际月表》中说：“太史公读秦楚之际，曰：初作难，发于陈涉；虐戾灭秦，自项氏；拨乱诛暴，平定海内，卒践帝祚，成于汉家。五年之间，号令三嬗，自生民以来，未始有受命若斯之亟也。”对于秦楚之际的巨变的原因，司马迁认为是“乡秦之禁，适足以资贤者为驱除难耳”，以秦朝禁忌太苛，施政过暴，从而引起了人民的反抗。而陈涉、项羽、刘邦虽“起于闾巷”，由于顺应了时代和人民的心愿，所以取得了历史的成功。这里强调的是人的活动是历史的主体，否定了“天”的意志决定历史发展的唯心史论。正是从这一思想出发，司马迁在《史记》中，不仅肯定了圣君贤相的作用，而且为广大的普通人物立传。特别是对像陈涉这样的农民起义领袖，特意置之于“世家”的地位，还热情地赞颂了他首先发难的农民起义“风起云蒸，卒亡秦族”的历史功绩，都鲜明表现出他对历史发展中人事的重视。

不仅如此，司马迁在考察历史发展时，还注意到了社会经济生活这一因素的作用，这在《平准书》、《货殖列传》中表现得最为清楚。在司马迁看来，社会经济的繁荣，是人民生活、国家强盛的重要原因，也是历史发展的原动力。人类对于物质生活的依赖和追求，是社会向前发展的必然之“势”，是任何力量也不能使之逆转的。正因为如此，人们对物欲的满足，既符合人的天性，又符合社会的进步，应该给以肯定。这对当时统治者提倡以礼义遏制人欲的哲学，也是极富挑战性的意义。

“成一家之言”的另一方面内涵，即被后人所称赞的“实录”精神。班固在批评司马迁“是非颇缪于圣人”之后，又说：“自刘向、扬雄，博极群书，皆称迁有良史之材，服其善序事理，辨而不华，质而不俚，其文直，其事核，不虚美，不隐恶，故谓之实录。”刘向之说已不可知，扬雄之说见于《法言·重黎篇》：“太史迁，曰实录。”有些学者因《史记》记事与古史有不合之处，便说司马迁“浅近而不学，疏略而轻信”（苏辙：《古史》），甚至“迁之罪不容诛”（王若虚：《史记辨惑》）。其实，司马迁撰写《史记》，不但取材于古史记录，也取材于民间传说，甚至融进了自己的主观之情。所以称之为“实录”，主要是指他对历史本质的把握，对社会现实及其历史人物本质的评价。

这种“实录”精神，首先表现在他对汉代统治者历史作用的肯定，及其丑恶、腐朽一面的直书不讳。司马迁不止一次地用热情的赞美语言，肯定了汉朝取代秦朝的历史必然。他在《秦楚之际月表序》中，认为刘邦之所以“起于闾巷”而终于得了天下，是“岂非天哉！岂非天哉！非大圣孰能当此受命而帝者乎!”在《高祖本纪赞》中，他以“三王之遭若循环，终而复始”的历史循环论立论，说汉之代秦是“得天统矣”。他在《史记·自序》中对汉代这一新兴的王朝进行了热情的歌颂：“汉兴以来，至明天子，获符瑞，封禅，改正朔，易服色，受命于穆清，泽流罔极，海外殊俗，重译款塞，请来献见者，不可胜道。”他对汉代前期的帝王如高祖、惠帝、吕后、文帝、景帝、武帝，以及众多的将相大臣，都进行了不同程度的肯定与歌颂。这种肯定与歌颂是符合历史的发展的，并不都是臣子对主上的颂德之言。

同时，司马迁对汉代统治者的丑恶、腐朽一面，也进行了毫不避讳的实录与批判。特别是对最高统治者如汉高祖刘邦、汉武帝刘彻的丑行的直书，更体现出“不虚美，不隐恶”的“实录”精神。在《项羽本纪》中，写刘邦彭城一战，兵败而逃，道逢孝惠、鲁元，被楚骑追迫势急，刘邦竟三次把孝惠、鲁元推堕车下，置亲生儿女生命于不顾。又写当他和项羽广武山上对垒相争不下，项羽把他的父亲置之高俎之上，将欲烹之，刘邦却以“吾翁即若翁，必欲烹而翁，则幸分我一杯羹”的态度待之，其不近人情到使人难以容忍的地步。在《郦生陆贾列传》中，写刘邦不好儒，竟用儒者之冠“溲溺其中”；而且“倨床，使两女子洗足，而见郦生”。这样的描绘在《史记》甚至《高祖本纪》中还有很多。在司马迁笔下，刘邦不但有宽厚大度、善用人才的政治家的品质，也有好酒色、喜大言、押侮廷吏、不顾人情的流氓、无赖的一面。对于汉代的开国之祖，敢于做这样实录的描绘，确实是司马迁高出于一般史学家之处。

这种“实录”精神，还表现在对汉武帝刘彻的描写上。在《封禅书》中，对刘彻的迷信方士、妄想长生不死进行了讽刺。武帝听从李少君的骗辞，“亲祠灶，遣方士入海求蓬莱安期生之属，而事化丹沙诸药齐为黄金”，想以此益寿不死。结果，药没化成，也没能见到仙人安期生，李少君却病死了，而“天子以为化去不死”。在《平准书》中，对刘彻的穷兵黩武及其所造成的深重危害进行了批判。当时“兵连而不解，天下苦其劳，而干戈日滋。行者赍，居者送，中外骚扰而相奉，百姓抏弊以巧法，财赂衰耗而不赡。入物者补官，出货者除罪，选举陵迟，廉耻相冒，武力进用，法严令具，兴利之臣自此始也。”由于刘彻的好大喜功，连年征战，造成了社会经济的破坏，社会道德的堕落，以至选举、法制制度的混乱。在《酷吏列传》中，对刘彻利用酷吏对广大官吏和人民实行残暴的统治进行了揭露。张汤“多诈”而“巧诋”，穷治“反狱”，残杀大臣，却日益“尊任”，步步高升。王温舒极其残酷，一次治狱就“连坐千余家”，“大者至族，小者乃死”，乃至“流血十余里”，仍不满足。“会春，温舒顿足叹曰：‘嗟乎！令冬月益展一月，足吾事矣！”司马迁在斥为“其好杀伐行威不爱人如此”之后，紧接着写道：“天子闻之，以为能，迁为中尉。”其批判之意也极为鲜明。

正是由于这种“不虚美，不隐恶”的秉笔直书的“实录”，司马迁受到统治者及一些正统文人的攻击。汉明帝诏谕班固说：“司马迁著书，成一家之言，扬名后世，至以身陷刑之故，反微文刺讥，贬损当世，非谊士也。”（班固：《典引序》）东汉王允则指责司马迁是“作谤书流于后世”（《后汉书·蔡邕传》）。所谓“贬损当世”，所谓“谤书”，这不过是统治者从维护他们的统治出发加给司马迁的罪名罢了，其实，司马迁不过是写出了事实的真实情况，该赞美的赞美，该暴露的暴露，何谤之有？

需要指出的，司马迁对汉代统治者的赞颂固然是为了宣扬汉王朝的“明圣盛德”，站在维护汉王朝的统治立场；就是他对汉代统治者的暴露与批判，也同样没有超出时代与阶级对他的局限，他是站在先秦儒家思想的立场并吸收了道学的思想，对汉代统治者进行批判的。司马迁在《太史公自序》中特别强调《春秋》的讽鉴作用，认为“为人君父而不通于《春秋》之义者，必蒙首恶之名。为人臣子而不通于《春秋》之义者，必陷篡弑之诛，死罪之名”。因此，他把自己写《史记》比之于孔子作《春秋》的一个目的，就在于“别嫌疑，明是非，定犹豫，善善恶恶，贤贤贱不肖”，以维护“君臣父子”的封建等级制。以孔子为代表的先秦儒家和以董仲舒为代表的汉儒，在君臣关系的认识上是有所不同的。先秦儒家对待帝王是有条件、有标准的，这个标准就是儒家的礼。孔子说：“君使臣以礼，臣事君以忠。”(《论语·里仁》）离开这个条件和标准就谈不上君臣关系。孟轲发展了孔子的这一思想，激烈提出：“君有大过则谏，反复之而不听，则易位。”(《孟子·万章下》）这则是公开号召，凡不合儒家礼这一标准的君王，都可以推翻。正是从这一标准出发，孟轲认为像桀、纣都是“贼仁”“贼义”的“残贼之人”，而“残贼之人，谓之一夫”，因此，汤放桀，武王伐纣，也就是“闻诛一夫纣矣，未闻弑君也”。(《孟子·梁惠王下》）对于不实行礼、义、仁的帝王，根本就不把他们当帝王看，杀掉他们就如同杀掉一个平民百姓一样。司马迁正是受着孔子以礼、义、仁为标准的思想的影响。在他看来，《春秋》中记载的“弑君三十六，亡国五十二，诸侯奔走不得保其社稷者不可胜数”，其原因就在于这些国君、诸侯“皆失其本”，都是因为失掉礼、仁、义之故。不遵守礼、义、仁之道，就会造成“君不君，臣不臣，父不父，子不子”，而“君不君则犯，臣不臣则诛，父不父则无道，子不子则不孝。此四行者，天下之大过也。”(《太史公自序》）帝王不像个帝王，就必然为臣下所干犯。司马迁就是从这样一个角度出发，对汉代统治者进行了一些批判。彭城一败，推堕孝惠、鲁元于车下；广武山对垒，拿父亲的生命开玩笑；用儒者的帽子便溺；拥姬而接见大臣等等，这不是太不符合帝王的身份吗？

在《酷吏列传》中，司马迁对酷吏的“杀伐行威”进行了批判，特别是所写十人中九人都是汉武帝时重用的酷吏，真有些“贬损当世”之意。司马迁在对这些酷吏的残酷统治进行“实录”的同时，运用的批判武器，同样是儒家的德、礼学说和黄老的无为而治的理论。在《酷吏列传》中，司马迁提出“法令者治之具，而非制治清浊之源也。”并以秦、汉加以对比说明，秦朝时“天下之网尝密矣，然奸伪萌起，其极也，上下相遁，至于不振”。虽严刑峻法，却短短十五年就覆灭了。而“汉兴，破觚而为圜，斫雕而为朴，网漏于吞舟之鱼，而吏治蒸蒸，不至于奸，黎民艾安。由是观之，在彼不在此”。（《史记·酷吏列传》）秦始皇统一中国，建立了我国第一个封建地主阶级统一集权的国家，在历史上有重大进步意义，这一点司马迁在《史记》中也是给以肯定的。但秦朝建立以后，用严刑峻法进行残酷统治，终于激化了与广大人民的矛盾，导致了陈胜、吴广的大起义，秦王朝也就短期而亡。司马迁反对用严酷的法治，正是从秦王朝的灭亡中总结出来的历史教训。在司马迁看来，法治固然不可或缺，但礼治才是“制治之源”。他在《酷吏列传》一开始就引孔子的话：“导之以政，齐之以刑，民免而无耻。导之以德，齐之以礼，有耻且格。”并以老子的“法令滋章，盗贼多有”以论证儒家“礼治”的合理性。由此可见，司马迁对汉代特别是武帝时期酷吏的批判，正是站在先秦儒家和黄老无为而治的立场上。这样的“实录”精神，在以董仲舒为代表的汉儒及其统治者看来，同样也会被视为“异端”，《史记》自然也就会被认为是“谤书”，是“贬损当世”了。其实，司马迁对酷吏也并不是完全否定。在《酷吏列传》中，他就称赞郅都“伉直，引是非，争天下大体”；称赞张汤“时数辩当否，国家赖其便”；称赞赵禹“据法守正”；并说在他所写的十个酷吏中，“其廉者足以为仪表，其污者足以为戒”。酷吏之残酷，照实直书，固然是“实录”；酷吏之廉正，也如实记载，同样是“实录”。尊重历史事实，不以个人好恶而写史，这是司马迁伟大史学精神的体现，在我国史学史上实难找出第二人可与司马迁相媲美。

第三节　《史记》传记文学的成就

《史记》传记文学的艺术成就，首先表现在上古历史人物群像的形象塑造。

在《史记》之前的史传著作中，《左传》、《国语》以贵族大夫为中心，《战国策》以说客策士为主题。从传记文学角度看，其中虽也有生动的描绘，有些可成为单篇传记文学，但就总体看，还不完全具备传记文学的特征。《史记》则不然，从内容上看，它写了从传说中的黄帝到武帝时期三千年间的各种类型人物，从文学上看，都有形象的描绘，可以说，《史记》是我国上古时期历史人物群像的生动画卷。

这里有历代形形色色的帝王、诸侯、将相；有哲人、学者、墨客；有义不二心，其言必信，行必果，已诺必诚，不爱其躯，赴士之厄困的刺客、游侠；有趋势逐利，逢迎拍马，以致为皇帝吮痈的佞幸、丑类；更有为封建史学家所不顾及的普普通通的劳动者。特别是对下层人民及其智慧、斗争精神的肯定，形象地为之立传传世，更是难能可贵。如《陈涉世家》：

陈胜者，阳城人也，字涉。吴广者，阳夏人也，字叔。陈涉少时，尝与人佣耕，辍耕之垄上，怅恨久之，曰："苟富贵，无相忘。"庸者笑而应曰："若为庸耕，何富贵也？"陈涉太息曰："嗟乎，燕雀安知鸿鹄之志哉！"

二世元年七月，发闾左適戍渔阳九百人，屯大泽乡。陈涉、吴广皆次当行，为屯长。会天大雨，道不通，度已失期。失期，法皆斩。陈胜、吴广乃谋曰："今亡亦死，举大计亦死，等死，死国可乎？"陈胜曰："天下苦秦久矣。吾闻二世少子也，不当立，当立者乃公子扶苏。扶苏以数谏故，上使外将兵。今或闻无罪，二世杀之。百姓多闻其贤，未知其死也。项燕为楚将，数有功，爱士卒，楚人怜之。或以为死，或以为亡。今诚以吾众诈自称公子扶苏、项燕，为天下唱，宜多应者。"吴广以为然。……

吴广素爱人，士卒多为用者。将尉醉，广故数言欲亡，忿恚尉，令辱之，以激怒其众。尉果笞广，尉剑挺，广起，夺而杀尉。陈胜佐之，并杀两尉。召令徒属曰："公等遇雨，皆已失期，失期当斩。藉弟令毋斩，而戍死者固十六七。且壮士不死即已，死即举大名耳，王侯将相宁有种乎！"徒属皆曰："敬受命。"乃诈称公子扶苏、项燕，从民欲也。袒右，称大楚，为坛而盟，祭以尉首。陈胜自立为将军，吴广为都尉。攻大泽乡，收而攻蕲。蕲下，乃令符离人葛婴将兵徇蕲以东，攻铚、酂、苦、柘、谯皆下之。行收兵。比至陈，车六七百乘，骑千余，卒数万人。攻陈，陈守令皆不在，独守丞与战谯门中。弗胜，守丞死，乃入据陈。数日，号令召三老、豪杰与皆来会计事，三老、豪杰皆曰："将军身披坚执锐，伐无道，诛暴秦，复立楚国之社稷，功宜为王。"陈涉乃立为王，号为张楚。

《陈涉世家》对以陈胜、吴广为首的农民起义过程作了真实地充满感情地描写，高度肯定和评价了我国历史上第一次农民大起义的历史功绩。司马迁在《太史公自序》中说："桀纣失其道而汤武作，周失其道而《春秋》作，秦失其政而陈涉发迹，诸侯作难，风起云蒸，卒亡秦族。天下之端，自涉发难，作《陈涉世家》第十八。"在《陈涉世家传赞》中说："陈胜虽已死，其所置遣侯王将相竟亡秦，由涉首事也。"在司马迁看来，陈胜揭竿而起反对暴秦的斗争，和商汤灭夏桀、武王灭殷纣一样伟大，和孔子修《春秋》一样不朽。正因为如此，他才破例地把陈胜列为"世家"，以致遭到后来很多封建史学家的非议。但正因为如此，才更见出司马迁的伟大，他突破了封建的传统观念，为下层人民立传扬名，实为难能可贵。

在《陈涉世家》中，还处处流露出司马迁对农民起义的极大同情。他写陈胜"庸耕"时的非凡志向，写大泽乡"举大计"时陈胜、吴广的政治智慧，写他们爱护士卒因而深得群众拥护的品质，写起义的烈火点燃起全国反暴秦的过程与声威，最后还写出了这次农民起义失败的原因和教训。肯定陈胜在反暴秦中的历史作用，这是当时统治者所赞成的，因为汉王朝就是在反暴秦中建立起来的，因此，刘邦建立统治后，就"为陈涉置守冢三十家砀"(《陈涉世家》)。但像司马迁那样给陈涉以崇高评价，并表现出极大的同情，对其起义斗争进行形象的描绘，确实是前无古人，后无来者。《史记》中还有不少篇章也都表现出对下层人民的赞颂，并有着生动感人的形象描绘，这在我国传记文学史上实为一杰出贡献。

通过典型事件、场面和富于个性特征的语言、行动，塑造鲜明的人物形象，是《史记》传记文学艺术成就的又一方面。

《史记》是一部史书，不能像文学作品那样虚构，必须在历史事实的基础上表现人物，这就有一个材料的取舍与组织问题。《史记》是"实录"，但"实录"并不是客观事物现象的排列堆砌，而是经过选择、提炼，利用典型的材料，反映出现实的真实面貌。这一点，在《史记》的人物描写中体现得更为突出。《史记·留侯世家》说："（留侯）所与上从容言天下事甚众，非天下所以存亡，故不著。"这一原则，也是《史记》人物形象塑造取得成功的原因之一。如《郦生列传》中郦食其的形象，就是通过三件典型的历史事件完成的。第一件事是刘邦接纳郦食其，接受其袭取陈留的意见。刘邦兵过陈留郊外时，郦食其通过一位当骑士的老乡，得以见到刘邦。相见后，他向刘邦提出的第一个建议，就是不要以不满万人的散乱之兵"径入强秦"，而要先袭取处于"天下之冲，四通五达之郊"而又"城中多积粟"的陈留。刘邦言听计从，先取陈留为基地，为后来的发展创造了有利条件。这件事既表现了郦食其的深谋远虑、富有韬略，也表现了刘邦的思贤如渴、善纳众言。第二件事是郦食其劝说刘邦据守敖仓。当时项羽一度攻克荥阳、成皋，给刘邦以极大威胁。当项羽率大军东击彭越，只留少数人守成皋时，刘邦却提出抛弃包括敖仓在内的成皋以东地区，以求和项羽讲和。郦食其则论述了成皋与敖仓的重要，指出项羽"不坚守敖仓，乃引而东"，这正是对之反击的有利时机。并要刘邦"急复进兵，收取荥阳，据敖仓之粟，塞成皋之险，杜大行之道，距蜚狐之口，守白马之津"，以此险要而有利的地势，抗击项羽，制服天下诸侯。刘邦又一次接受了这一建议，改变了原来的错误决定，复取成皋与敖仓。第二年，即以此为基地，东击项羽于垓下，最终把他消灭。第三件事是郦说齐王。当时齐王田广守地千里，大军二十万守历城，刘邦派韩信东击之，虽有胜利，但要使齐绝楚归汉，也不容易。这时，郦食其提出，他可以"幸明诏说齐王，使为汉而称东藩"。郦食其到齐国后，发挥辩士的才干，终于使齐王田广与汉和好。后因韩信的忌功，又出兵袭齐，使郦食其遭到烹杀。郦食其被害时，英勇坚决，表现出轻生死，外身世，有志愿成，以身殉国的精神。郦食其与刘邦从秦二世三年（前 207）在陈留相识，到刘邦四年（前 203）被烹杀，五年之间，正当军事行动频繁之际，西征东伐，事情繁多。但《郦生列传》却只选取了进军陈留、据守敖仓、游说齐王三件重要历史事件，把人物放在重要的历史活动中，从而突现了郦食其的性格与形象。明代余有丁曾说："陈留多积粟，敖仓藏粟甚多，举因郦生一言以取之，诚得取天下计。"（见凌稚隆《史记评林》）正是因为这些都是有关"天下计"的典型历史事件，人物的形象才表现得更加鲜明。《郦生列传》在《史记》中并非重要篇章，但由此也可见出司马迁在史传文学人物形象塑造的高度艺术才能。

通过典型事件以写人物，在《史记》中既体现在典型的历史事件选取上，也体现在典型的具体事例的提炼上，其取舍原则则是视表现人物形象的需要而定。《魏公子列传》中对信陵君无忌的形象塑造，就是通过对典型的具体事件的描写而完成的。《魏公子列传》的中心，是要表现信陵君的"为人仁而下士，士无贤不肖，皆谦而礼交之，不敢以其富贵骄士"的精神，因此，全文描写的重点就放在他和夷门监者侯嬴、屠夫朱亥以及"博徒卖浆者"毛公、薛公的交游上。侯嬴是魏国大梁东门的守门人，信陵君却不顾身份地位之别，先是"往请，欲厚遗之"。侯嬴不受，于是，又“置酒大会宾客”，并“从车骑，虚左，自迎夷门侯生”，侯生却故意“摄敝衣冠”，还不客气地径自坐到公子空出的上座，这时信陵君则“执辔愈恭”。而后又让信陵君引车入市，访问他的屠者朋友朱亥，并“俾倪故久立，与其客语”，以观信陵君的态度。在“从骑皆窃骂侯生”之时，信陵君却“色终不变”。到家以后，信陵君又“引侯生坐上座，偏赞宾客”，以至“宾客皆惊”。总之，侯嬴愈是傲慢无礼，信陵君的谦恭下士品格就愈是突出。其实，在信陵君的一生中，最重要的历史事件是救赵存魏。但在列传中写他率五国之兵以败秦军却极为简略，而以重笔浓墨描写了在侯生、如姬、朱亥帮助下“窃符救赵”这一具体典型事件。司马迁所以这样处理，同样是为了突出信陵君仁而下士、急人之难而又终得报偿的这一主旨。

通过场面、行动和语言塑造历史人物，更是《史记》对史传文学的突出贡献。如《刺客列传》中的“荆轲刺秦王”，《廉颇蔺相如列传》中的“蔺相如完璧归赵”，《项羽本纪》的“鸿门宴”等，都是千古传颂的名篇。其中尤以“鸿门宴”最为精彩：

> 沛公旦日从百余骑来见项王，至鸿门，谢曰：“臣与将军戮力而攻秦，将军战河北，臣战河南，然不自意能先入关破秦，得复见将军于此。今者有小人之言，令将军与臣有郤。”项王曰：“此沛公左司马曹无伤言之，不然，籍何以至此。”项王即日因留沛公与饮。项王、项伯东向坐，亚父南向坐，亚父者，范增也。沛公北向坐，张良西向侍。范增数目项王，举所佩玉玦以示之者三，项王默然不应。
>
> 范增起，出召项庄，谓曰：“君王为人不忍，若入前为寿，寿毕，请以剑舞，因击沛公于坐杀之。不者，若属皆且为所虏。”庄入则为寿。寿毕，曰：“君王与沛公饮，军中无以为乐，请以剑舞。”项王曰：“诺。”项庄拔剑起舞，项伯亦拔剑起舞，常以身翼蔽沛公，庄不得击。
>
> 于是张良至军门见樊哙。樊哙曰：“今日之事何如？”良曰：“甚急！今者项庄拔剑舞，其意常在沛公也。”哙曰：“此迫矣！臣请入，与之同命！”哙即带剑拥盾入军门。交戟之卫士欲止不内，樊哙侧其盾以撞，卫士仆地，哙遂入，披帷西向立，瞋目视项王，头发上指，目眦尽裂。项王按剑而跽曰：“客何为者？”张良曰：“沛公之参乘樊哙者也。”项王曰：“壮士！赐之卮酒。”则

与斗卮酒。哙拜谢，起，立而饮之。项王曰："赐之彘肩。"则与一生彘肩。樊哙覆其盾于地，加彘肩上，拔剑切而啗之。项王曰："壮士，能复饮乎?"樊哙曰："臣死且不避，卮酒安足辞！夫秦王有虎狼之心，杀人如不能举，刑人如恐不胜，天下皆叛之。怀王与诸将约曰：'先破秦入咸阳者王之。'今沛公先破秦入咸阳，毫毛不敢有所近，封闭宫室，还军霸上，以待大王来。故遣将守关者，备他盗出入与非常也。劳苦而功高如此，未有封侯之赏，而听细说，欲诛有功之人。此亡秦之续耳。窃为大王不取也!"

项王未有以应，曰："坐。"樊哙从良坐。坐须臾，沛公起入厕，因招樊哙出。

沛公已出，项王使都尉陈平召沛公。沛公曰："今者出，未辞也，为之奈何?"樊哙曰："大行不顾细谨，大礼不辞小让。如今人方为刀俎，我为鱼肉，何辞为!"于是遂去。乃令张良留谢。良问曰："大王来何操?"曰："我持白璧一双，欲献项王，玉斗一双，欲与亚父，会其怒，不敢献。公为我献之。"张良曰："谨诺。"当是时，项王军在鸿门下，沛公军在霸上，相去四十里。沛公则置车骑，脱身独骑，与樊哙、夏侯婴、靳疆、纪信等四人持剑盾步走，从郦山下，道芷阳间行。沛公谓张良曰："从此道至吾军，不过二十里耳。度我至军中，公乃入。"沛公已去，间至军中，张良入谢，曰："沛公不胜桮杓，不能辞。谨使臣良奉白璧一双，再拜献大王足下；玉斗一双，再拜奉大将军足下。"项王曰："沛公安在?"良曰："闻大王有意督过之，脱身独去，已至军矣。"项王则受璧，置之坐上。亚父受玉斗，置之地，拔剑撞而破之，曰："唉！竖子不足与谋。夺项王天下者，必沛公也，吾属今为之虏矣。"沛公至军，立诛杀曹无伤。

"鸿门宴"是当时反秦军事联盟日趋瓦解的表现。暴秦的灭亡，使刘邦、项羽之间的争权夺利斗争尖锐化，因此，这一次的宴饮本身就是富有戏剧性的紧张的政治斗争。当时范增力主杀掉刘邦，而项羽则事先听信了项伯的话："今人有大功而击之，不义也，不如因善遇之。"对刘邦采取了宽容态度。刘邦被迫赴宴，靠着张良的机智和樊哙的勇敢，最终得以逃脱。在这场不寻常的宴会上，项羽的宽厚、憨直，樊哙的鲁莽、勇武，范增的深谋远虑，张良的机智，刘邦的无能，都通过人物各自的典型语言和行动，表现得入木三分。加以场面的生动描写，人物间的相互衬托，就更增加了艺术的感染力，使读者有一种身临其境之感。这样的场面布局及其人物描绘，气势宏大，匠心独运，在此以前及其以后的史传作品中都不多见。

司马迁不仅善于从历史冲突的大场面选取人物的典型语言、行动，以表现其性格特征；而且，善于从生活细节中选取具有典型意义的语言、行动，以刻画人物的性格。如：

> 年少时，为郡小吏，见吏舍厕中鼠食不洁，近人犬，数惊恐之。斯入仓，观仓中鼠食积粟，居大庑之下，不见人犬之忧。于是李斯乃叹曰："人之贤不肖譬如鼠矣，在所自处耳！"乃从荀卿学帝王之术。(《李斯列传》)
>
> 淮阴屠中少年有侮信者，曰："若虽长大，好带刀剑，中情怯耳。"众辱之曰："信能死，刺我；不能死，出我袴下。"于是信孰视之，俛出袴下，蒲伏。一市人皆笑信，以为怯。(《淮阴侯列传》)
>
> 建为郎中令，书奏事，事下，建读之，曰："误书！'马'者与尾当五，今乃四，不足一。上谴死矣！"甚惶恐。其为谨慎，虽他皆如是。(《万石张叔列传》)

李斯见鼠食之别而立志帝王之术的感叹，表现出他追逐功名富贵的心理，并和后来他辞别荀卿、西说秦王的行径相呼应；韩信的出人袴下，形象地表现了一个有才能之士在际遇困境之时的忍辱负重的精神；石建的误马为四点的惶恐，惟妙惟肖地描绘出他唯唯诺诺的拘谨性格，及其伴君如伴虎的独特心情。司马迁写的是史书，却选用了大量具有特征的人物语言、行动细节以入史，从而使人物形象更加充实可感，表现出他杰出的史传文学家的修养与眼力，这在我国史传文学的创作中也极为难得。

在人物形象描绘中融入强烈的主观情思，使人物更加生动感人，是《史记》传记文学取得的又一艺术成就。

鲁迅称《史记》为"无韵之《离骚》"，就是说它与《离骚》一样充满怨愤不平之气，充满着对人世间是是非非、善善恶恶的爱憎激情。这种不平之气、爱憎激情，在《史记》中，主要是在人物形象的描绘中体现出来。《刺客列传》中对荆轲刺秦王那种反抗强暴精神的赞颂，《魏公子列传》中对信陵君不耻下交、虚心接待岩穴之士的描述，《项羽本纪》中对项羽爽直磊落性格的勾画及其英雄末路的惋惜，《李将军列传》中对李广勇武才高而不被重用的愤慨，无不写得一往情深，挚切感人。不仅如此，有时司马迁在对人物的描述过程中，激情难以抑止，更直接发为直抒胸臆的感慨，这在《伯夷列传》、《屈原贾生列传》、《刺客列传》等篇章中，体现得最为强烈。《伯夷列传》、《刺客列传》我们在司马迁的思想部分已有所论及，这里以《屈原贾生列传》中对屈原的描述及其引发的感慨为例，看一看司马迁是怎样借人物以抒发强烈的主观之情，并进而使人物形象更为丰满而感人。

屈原者，名平，楚之同姓也。为楚怀王左徒。博闻强志，明于治乱，娴于辞令。入则与王图议国事，以出号令；出则接遇宾客，应对诸侯。王甚任之。

上官大夫与之同列，争宠而心害其能。怀王使屈原造为宪令，屈平属草稿未定。上官大夫见而欲夺之，屈平不与，因谗之曰："王使屈平为令，众莫不知，每一令出，平伐其功，曰以为'非我莫能为'也。"王怒而疏屈平。

屈平疾王听之不聪也，谗谄之蔽明也，邪曲之害公也，方正之不容也，故忧愁幽思，而作《离骚》。《离骚》者，犹离忧也。夫天者，人之始也；父母者，人之本也。人穷则反本，故劳苦倦极，未尝不呼天也；疾痛惨怛，未尝不呼父母也。屈平正道直行，竭忠尽智以事其君，谗人间之，可谓穷矣。信而见疑，忠而被谤，能无怨乎？屈平之作《离骚》，盖自怨生也。《国风》好色而不淫，《小雅》怨诽而不乱，若《离骚》者，可谓兼之矣。上称帝喾，下道齐桓，中述汤武，以刺世事。明道德之广崇，治乱之条贯，靡不毕见。其文约，其辞微，其志洁，其行廉，其称文小而其指极大，举类迩而见义远。其志洁，故其称物芳；其行廉，故死而不容。自疏濯淖污泥之中，蝉蜕于浊秽，以浮游尘埃之外，不获世之滋垢，皭然泥而不滓者也。推此志也，虽与日月争光可也。

人君无愚智、贤不肖，莫不欲求忠以自为，举贤以自佐；然亡国破家相随属，而圣君治国累世而不见者，其所谓忠者不忠，而所谓贤者不贤也！怀王以不知忠臣之分，故内惑于郑袖，外欺于张仪，疏屈平而信上官大夫、令尹子兰。兵挫地削，亡其六郡，身客死于秦，为天下笑。此不知人之祸也。《易》曰："井渫不食，为我心恻，可以汲。王明，并受其福。"王之不明，岂足福哉！

激情满怀，议论横生，这是在作传，更是在写诗。司马迁在传后的“赞”中说：“余读《离骚》、《天问》、《招魂》、《哀郢》，悲其志。适长沙，观屈原所自沈渊，未尝不垂涕，想见其为人。”司马迁是在为一代诗人的不幸而哭泣，是在为一个忠臣而被谗谤的遭遇而哭泣，也是在为一切怀才不遇的哲人、文士而哭泣。正是在这种充满愤慨的抒情中，屈原那志洁行廉的崇高人格及其可与日月争光的志气节操，更加鲜明地展现在我们面前。在史传文学的人物形象描写中，这样融入强烈的主观之情，从而使人物形象更加充实感人，是司马迁的一大贡献，在我国史传文学史上闪耀着艺术的光辉。

第五章
西汉后期散文和辞赋

第一节　桓宽、刘向和西汉后期的散文

西汉后期的散文，正处于文风渐变的过程之中，开始从通达晓畅走向古奥，从纵横激切走向凝重。这种变化，是与儒学地位的逐渐上升联系在一起的。这一时期的散文作家，以桓宽和刘向较为突出，其他尚有贡禹、谷永、刘歆等。

桓宽，字次公。汝南（今河南上蔡）人。生卒年不详。“博通善属文”，专治《公羊春秋》。宣帝时举为郎，官至庐江太守丞。传有《盐铁论》十卷，是一部有特色的政论著作。

汉昭帝始元六年（前81），召开了著名的盐铁会议。会上，以“怀六艺之术”的六十多位贤良、文学为一方，以注重实利的御史大夫桑弘羊为一方，就盐铁官营等问题展开了激烈的辩论。这场论争，以废止还是坚持盐铁官营的不同意见交锋为契机，旁及经济、政治、军事、文化等方面的诸多内容，实质上可以看作是一场王道与霸道之间的论争。宣帝时，桓宽依据盐铁会议的原始材料，进行加工、润色，“推衍盐铁之议，增广条目，极其论难，著数万言”（《汉书》本传），完成了《盐铁论》一书。

《盐铁论》共六十篇。前五十九篇各有具体论题，均取双方辩难的形式。第六十篇为《杂论》，是作者假借“客曰”而对全书所做的总结归纳。桓宽本人是尊崇

王道的，但在《杂论》中尚能持比较公允的态度。一方面，他赞赏“舒六艺之风，论太平之原”的贤良、文学，并为他们的主张“终废而不行”而深怀遗憾。另一方面，他对“据当世，合时变，推道术，尚权利”的桑弘羊颇为不满，却也承认其为“博物通士”，未一概否定。这种肯定论争双方“意指殊路，各有所出”的兼容态度，也贯穿到了全书的其余各篇之中。应该说，桓宽对贤良、文学同桑弘羊的相互诘难，确实进行了比较客观的介绍，没有人为地抑此扬彼。

《盐铁论》是在会议原始记录的基础上撰写成的，但是桓宽的整理提炼之功实不可没。可以设想，贤良、文学同桑弘羊唇枪舌剑，当面交锋，不可能进行周密的思考；另外，参加辩论的人数较多，言谈话语也十分驳杂。然而，统观《盐铁论》一书，不仅整体上有着统一的体例和结构，而且各篇论题集中，思路清晰，语言简练，这些都体现了桓宽的匠心。

精彩的论辩，构成了《盐铁论》的突出特色。在形式上，《盐铁论》似与汉赋的主客答问类近，可实际并不相同。汉赋的“客”完全是“主”的陪衬；而《盐铁论》的对立双方基本上旗鼓相当，势均力敌。总的来说，桓宽在《盐铁论》中采用了让双方的论点和论据充分铺陈展开，直接冲撞的办法，即所谓“两刃相割，利害乃知；二论相订，是非乃见”（王充：《论衡·案书》）。具体到各篇，论辩的方式则又五彩纷呈，或沉稳，或激烈，或从容不迫，或锋芒毕露，或直膺其锋，或避实就虚，或攻其一点，或全面反击，或巧设比喻，或罗列事实，或以说理谨严取胜，或以旁征博引见长。如《本议》中双方辩难的第一个回合：

> 文学对曰：“窃闻治人之道，防淫佚之原，广道德之端，抑末利而开仁义，毋示以利，然后教化可兴，而风俗可移也。今郡国有盐、铁、酒榷、均输，与民争利。散敦厚之朴，成贪鄙之化。是以百姓就本者寡，趋末者众。夫文繁则质衰，末盛则本亏。末修则民淫，本修则民悫。民悫则财用足，民侈则饥寒生。愿罢盐、铁、酒榷、均输，所以进本退末，广利农业，便也。”
>
> 大夫曰：“匈奴背叛不臣，数为寇暴于边鄙，备之则劳中国之士，不备则侵盗不止。先帝哀边人之久患，苦为虏所系获也，故修障塞，饬烽燧，屯戍以备之。边用度不足，故兴盐、铁，设酒榷，置均输，蕃货长财，以佐助边费。今议者欲罢之，内空府库之藏，外乏执备之用，使备塞乘城之士饥寒于边，将

何以赡之？罢之，不便也！”

一方“上仁义”，由推行教化的本末关系立论，一方“务权利”，以对实际利害的权衡为根据，立即将王道与霸道的实质分歧呈示了出来。又如《复古》中的一段：

大夫曰：“宇栋之内，燕雀不知天地之高；坎井之蛙，不知江海之大；穷夫否妇，不知国家之虑；负荷之商，不知猗顿之富。先帝计外国之利，料胡、越之兵，兵敌弱而易制，用力少而功大，故因势变以主四夷，地滨山海，以属长城，北略河外，开路匈奴之乡，功未卒。盖文王受命伐崇，作邑于丰；武王继之，载尸以行，破商讨纣，遂成王业。曹沫弃三北之耻而复侵地，管仲负当世之累而立霸功。故志大者遗小，用权者离俗。有司思师望之计，遂先帝之业，志在绝胡、貉，擒单于，故未遑扣扃之义，而录拘儒之论。”

文学曰：“燕雀离巢宇而有鹰隼之忧，坎井之蛙离其居而有蛇鼠之患，况翱翔千仞而游四海乎？其祸必大矣！此李斯所以折翼，而赵高没渊也。闻文、武受命，伐不义，以安诸侯大夫，未闻弊诸夏以役夷、狄也。昔秦常举天下之力以事胡、越，竭天下之财以奉其用，然众不能毕；而以百万之师，为一夫之任，此天下共闻也。且数战则民劳，久师则兵弊，此百姓所疾苦，而拘儒之所忧也。”

双方无论譬喻还是用典，皆能服从各自论证驳难的需要，给人留下深刻的印象。

总之，《盐铁论》独特的内容和形式，在散文史上是引人瞩目的。同时，《盐铁论》也为后人了解当时的社会历史状况，特别是儒家被确定为官方学说后的思想文化状况，提供了重要的历史资料。

刘向（前79～前8），本名更生，字子政。乃汉高祖同父少弟楚元王刘交的后人。十二岁为辇郎。二十岁为谏大夫，跟从宣帝，进献赋颂数十篇。一度因“铸伪黄金”下狱，免死。出狱后受《谷梁春秋》，复为郎中给事黄门，迁散骑谏大夫给事中。元帝即位之初，受到重用，擢升散骑宗正给事中；但不久因上书进谏欲罢退外戚、宦官，两度被陷入狱，免为庶人，废十余年。至成帝时，方再度进用，以故九卿召拜为中郎，迁光禄大夫。虽已近暮年，仍不断进言直谏，以尚节俭、远外戚劝诫成帝。又受诏领校五经秘书及诸子、诗赋，致力于古籍整理，前后近二十年。去世时官中垒校尉，故后世亦以“刘中垒”称之。其事迹见于《汉书·楚元王传》，据《隋书·经籍志》，刘向原有集六卷，已佚。明代张溥辑有《刘子政集》一卷，收于《汉魏六朝百三名家集》内。刘向为人简易耿介，“不交接世俗，专积思于经术”，既是一位今文经学的重要学者，又是一位有影响的散文家。

刘向的散文作品，大体上可归为三类：一类是进谏言事的奏疏；一类是整理校勘古籍的叙录；再一类是“采传记行事”纂辑加工而成的杂著。

今存刘向的奏疏，均载于《汉书》。其内容多指摘时弊，针对性很强。其中《使外亲上变事书》、《条灾异封事》、《极谏用外戚封事》、《复上奏灾异书》等，都是有感于“同姓疏远，母党专政，禄去公室，权在外家”的现状，而力主罢黜外戚宦官，任用忠正贤良，以扶强汉宗的，主旨明确，且“言多痛切，发于至诚”。这几篇奏疏，还有一个共同的特点，即将自然的种种灾异现象与外戚宦官的种种专权行为相联系，以灾异征兆作为立论的基本根据。大谈灾异谴告，本是今文经学的一般思路。刘向力图借此达到剪除外戚的政治目的，可谓用心良苦；但这样一来，实际上却削弱了对现实利害的论证和剖析。另有《理甘延寿陈汤疏》，强调要论功行赏，不徇私情，属敢于仗义直言之作，而写法上也能“反复致志，救首救尾”（洪迈：《容斋随笔》）。刘向奏疏最有价值者，当首推《谏营昌陵疏》。成帝即位后，为修筑陵墓投入了大量的人力物力，“制度泰奢”，劳民伤财。于是，刘向上书直谏，写下了这篇精彩的文字。文章本为建造陵墓事而作，可是起首却由社稷的安危存亡落笔：

> 臣闻《易》曰：“安不忘危，存不忘亡，是以身安而国家可保也。”故贤圣之君，博观终始，穷极事情，而是非分明。王者必通三统，明天命所授者博，非独一姓也。……自古及今，未有不亡之国也。昔高皇帝既灭秦，将都洛阳，感寤刘敬之言，自以德不及周，而贤于秦，遂徙都关中，依周之德，因秦之阻。世之长短，以德为效，故常战栗，不敢讳亡。孔子所谓“富贵无常”，盖谓此也。

文章从国运兴衰的高度审视营陵过奢一事，一开始便形成高屋建瓴之势，使人警醒，同时，声言“天命所授者博，非独一姓”，“世之长短，以德为效”，更引人深思。接下来，文章拓展开去，从正反两个不同的侧面，分别列举了“薄葬”与“厚葬”的旧典故实。一方面，是孝文皇帝及黄帝、尧、舜、禹、汤、文、武等“圣帝明王贤君智士”“为无穷计”而不起山坟的典范；另一方面，则是吴王阖闾“违礼厚葬，十有余年，越人发之”，以及秦始皇“下锢三泉，上崇山坟”，“珍宝之藏，机械之变，棺椁之丽，宫馆之盛，不可胜原”，却“数年之间，外被项籍之灾，内离牧竖之祸”的教训。两相对照，其间的利害得失不言自明。文章的后半部分，更是慷慨陈词，直截了当地对成帝的所作所为提出了正面的指责：

> 陛下即位，躬亲节俭，始营初陵，其制约小，天下莫不称贤明。及徙昌陵，增埤为高，积土为山，发民坟墓，积以万数，营起邑居，期日迫卒，功费大万百余。死者恨于下，生者愁于上，怨气感动阴阳，因之以饥馑，物故流离以十万数，臣甚惽焉。……陛下慈仁笃美甚厚，聪明疏达盖世，宜弘汉家之德，崇刘氏之美，光昭五帝三王，而顾与暴秦乱君竞为奢侈，比方丘陇，说愚夫之目，隆一时之观，违贤知之心，亡万世之安，臣窃为陛下羞之！

批评的锋芒直接指向了帝王本人，而且如此直言不讳，充分体现了作者坦诚的胸襟和无畏的勇气。文章结尾处提出的规劝：“孝文皇帝去坟薄葬，以俭安神，可以为则；秦昭、始皇增山厚臧，以侈生害，足以为戒”，也诚恳剀切。就全文来说，理直，情挚，事明，词畅，多征史迹，不言灾异，且讲究章法，是西汉后期奏疏文章中难得的精品。遗憾的是，成帝见到这篇奏疏之后，虽“甚感向言”，却终于“不能从其计”。

刘向晚年曾奉诏校雠朝廷所藏的各类书籍，在古籍整理方面做出过重要贡献。他“典校经书，辩章旧文”认真谨严，每校阅完成一书，均要撰写一篇“叙录”，从学术角度对该书做出简要的说明和评论。目前尚存者，有《〈战国策〉书录》、《〈管子〉书录》、《〈晏子〉叙录》、《〈荀子〉书录》、《〈列子〉书录》等多篇。其中《〈战国策〉书录》最受后人推重。文章起始简介了校勘《战国策》的大致情况，而后便以主要篇幅，来追溯自西周兴起至秦朝灭亡的历史变迁。文笔典雅淳厚，徐缓从容，却有一定的内在力度。文章特意渲染了西周初期的隆盛：

> 周室自文、武始兴，崇道德，隆礼义，设辟雍泮宫庠序之教，陈礼乐弦歌移风之化。叙人伦，正夫妇，天下莫不晓然，论孝悌之义，惇笃之行，故仁义之道满乎天下，卒致之刑错四十余年。远方慕义，莫不宾服，雅颂歌咏，以思其德。

显然，在这幅按照儒家政治理想而勾画出的社会图景之中，浸透了作者的钦仰与向往。文章对战国时期的动荡与混乱，也做了十分生动的描述：

> 仲尼既没之后，田氏取齐，六卿分晋，道德大废，上下失序。至秦孝公，捐礼让而贵战争，弃仁义而用诈谲，苟以取强而已矣。夫篡盗之人，列为侯王，诈谲之国，兴立为强。是以传相放效，后生师之，遂相吞灭，并大兼小，暴师经岁，流血满野，父子不相亲，兄弟不相安，夫妇离散，莫保其命，湣然道德绝矣。晚世益甚，万乘之国七，千乘之国五，敌侔争权，盖为战国。贪饕无耻，竞进无厌，国异政教，各自制断。上无天子，下无方伯，力功争强，胜者为右，兵革不休，诈伪并起。

作者本是以儒家的眼光来回顾战国形势的，不过，对于战国“捐礼让而贵战争，弃仁义而用诈谲”，“力功争强，胜者为右”的时代特点，确实概括得很准确。而且，透过这种历史的描述，人们可以隐约体察到作者由西汉后期国势衰微而生出的现实忧虑。尤其值得注意的，是文章中关于强秦由得天下到失天下的一段记叙与议论相间的文字：

> 是故始皇因四塞之固，据崤、函之阻，跨陇、蜀之饶，听众人之策，乘六世之烈，以蚕食六国，兼诸侯，并有天下。杖于谋诈之弊，终于信笃之诚，无道德之教，仁义之化，以缀天下之心。任刑罚以为治，信小术以为道。遂燔烧诗书，坑杀儒士，上小尧、舜，下邈三王。二世愈甚，惠不下施，情不上达，君臣相疑，骨肉相疏，化道浅薄，纲纪坏败，民不见义，而悬于不宁。抚天下

十四岁，天下大溃，诈伪之弊也。其比王德，岂不远哉！

对秦王朝二世而亡的历史教训的总结，是西汉很多散文家注意的中心。但与西汉前期此类文章相比照，已没有贾谊《过秦论》等文的雄奇骏爽，纵横恣肆，而表现出深沉凝重、简约平实的特色。两者之间的这种差别，正标示着西汉前期与后期文风的嬗变。

《新序》、《说苑》和《列女传》，都是出于为统治者推行教化提供借鉴的目的，采录古籍旧文与民间传说整理编纂而成。其内容皆有所本，但经过了刘向的选择、剪裁、加工。今传本《新序》共十卷，分“杂事”、“刺奢”、“节士”、“义勇”、“善谋”五类，所记多为先秦故事，亦有少量汉代事迹。《说苑》初名《新苑》，今传本共二十卷，分“君道”、“臣术”、“建本”、“立节”、“贵德”等二十类，以载录先秦的言论事迹为主。今传《列女传》（或称《古列女传》）共七卷，分为“母仪”、“贤明”、“仁智”、“贞顺”、“节义”、“辩通”、“孽嬖”七类，专记女子事迹。前六类汇集“贤妃贞妇兴国显家可法则”者，作为正面的范例，后一类则附录“孽嬖乱亡”者，作为反面的鉴戒。这三部书，总体上浸透了儒家的封建政治观念与道德意识，但其间掺杂着一些较有意义的成分。首先，某些片断带有批判性。例如《新序》卷五载“卞和献璧”：

荆人卞和得玉璞而献之荆厉王。使玉尹相之曰：“石也。”王以为慢，而断其左足。厉王薨，武王即位，和复捧玉璞而献之武王。武王使玉尹相之曰：“石也。”又以为慢，而断其右足。武王薨，共王即位，和乃奉玉璞而哭于荆山中，三日三夜，泣尽，而继之以血。共王闻之，使人问之曰：“天下刑之者众矣，子刑何哭之悲也？”对曰：“宝玉而名之曰石，贞士而戮之以慢，此臣之所以悲也。”共王曰：“惜矣，吾先王之听难。剖石而易，斩人之足！夫死者不可生，断者不可属，何听之殊也？”乃使人理其璞而得宝焉。故名之曰和氏之璧。故曰珠玉者，人主之所贵也，和虽献宝，而美未为玉尹用也。进宝且若彼之难也，况进贤人乎？……

通过这则著名的悲剧故事，刘向既谴责了奸佞之臣，也谴责了昏庸之君。《新序》

卷六关于“赵襄子饮酒”一段，更富于讽刺意味：

> 赵襄子饮酒，五日五夜不废酒。谓侍者曰：“我诚邦士也。夫饮酒五日五夜矣，而殊不病。”优莫曰：“君勉之，不及纣二日耳。纣七日七夜，今君五日。”襄子惧，谓优莫曰：“然则吾亡乎？”优莫曰：“不亡。”襄子曰：“不及纣二日耳，不亡何待？”优莫曰：“桀纣之亡也遇汤武。今天下尽桀也，而君纣也。桀纣并世，焉能相亡？然亦殆矣。”

在故事中，刘向不仅以个别荒淫无度的统治者作为否定对象，而且在谐谑的背后对“桀纣并世”的黑暗社会状况进行了一定程度的揭露。《说苑》也有一些类似的地方。其次，某些片断带有哲理方面的启发性。像《新序》卷五的“叶公好龙”一段：

> 子张见鲁哀公，七日而哀公不礼。托仆夫而去曰：“臣闻君好士，故不远千里之外，犯霜露，冒尘垢，百舍重趼，不敢休息以见君。七日而君不礼。君之好士也，有似叶公子高之好龙也。叶公子高好龙，钩以写龙，凿以写龙，屋室雕文以写龙。于是天龙闻而下之，窥头于牖，拖尾于堂。叶公见之，弃而还走，失其魂魄，五色无主。是叶公非好龙也，好夫似龙而非龙者也。今臣闻君好士，不远千里之外以见君，七日不礼。君非好士也，好夫似士而非士者也……”

这则故事揭示了现实中常见的空想与实际，空谈与实践之间的错位脱节，告诫人们谨防虚伪，重在观其行动，而不要被漂亮的言辞迷惑。又如《说苑》卷九的“螳螂捕蝉”：

> 吴王欲伐荆，告其左右曰：“敢有谏者死！”舍人有少孺子者，欲谏不敢，则怀丸操弹，游于后园，露沾其衣，如是者三旦。吴王曰：“子来，何苦沾衣如此？”对曰：“园中有树，其上有蝉。蝉高居悲鸣饮露，不知螳螂在其后也。

蝗螂委身曲附，欲取蝉，而不知黄雀在其傍也。黄雀延颈，欲啄螳螂，而不知弹丸在其下也。此三者，皆务欲得其前利，而不顾其后之有患也。”吴王曰：“善哉！”乃罢其兵。

通过故事展现了事物之间连锁的制约关系，同时也形象地说明了实践中只图眼前利益，无视身后隐患，盲目行事的潜在危险。此外，《列女传》中对一些妇女勤劳勇敢的品质及聪明机敏的才智予以褒扬，也有可取的地方。从艺术形式上着眼，《新序》、《说苑》和《列女传》经刘向加工后，叙事比较简洁，对话比较生动，有些段落甚至有了简单的情节，并在某种程度上注意到了人物细节的刻画。这些对魏晋笔记小说的发展，均产生过一定影响。

贡禹（前124？～前44），字少翁。琅邪（今山东诸城）人。早年“以明经洁行著闻”，征为博士。先后任凉州刺史、河南令，皆自行去官。元帝即位后，复征其为谏大夫，并常以政事相咨询。不久，迁为光禄大夫。曾上书辞官，未获准。又由长信少府，升御史大夫。卒年八十一岁。

贡禹为官期间，“数言得失，书数十上”。《汉书·贡禹传》中所录的部分奏议，虽或有删节，但仍可显示出其大致面貌。贡禹不尚空谈，其奏议多针对现实的突出弊端，有的放矢，并能提出一些相应的改革措施。其内容主要是规谏统治者尚俭去奢，禁止官吏与民争利，以及减轻百姓的赋税负担。其中《奏宜放古自节》一篇，较有代表性。文章以提倡俭朴、节制奢靡为主旨，写得也平易素朴，实在具体，言之有物。以古为则，是中国传统文化的固有特点。贡禹为了增强文章的说服力，首先从“古者”着笔，树立起尚俭约、薄赋敛的典范，以作为现实的反衬；接着又列举本朝高祖、孝文、孝景“循古节俭”的事例，做了进一步的铺垫。而后，才以较多笔墨，开始正面叙写现实：

方今齐三服官作工各数千人，一岁费数巨万。蜀、汉广主金银器，岁各用五百万。三工官官费五千万，东西织室亦然。厩马食粟将万匹。臣禹尝从之东宫，见赐杯案，尽文画金银饰，非当所以赐食臣下也。东宫之费亦不可胜计。天下之民所为大饥饿死者，是也。今民大饥而死，死又不葬，为犬猪食。人至相食，而厩马食粟，苦其大肥，气盛怒至，乃日步作之。王者受命于天，为民

> 父母，固当若此乎！天不见邪？

一方面是统治者穷奢极侈，所费动辄巨万，连饲养的马匹都常有食粟过饱之虞；另一方面则是老百姓饥不得食，饿殍遍野。面对这种现实，老成持重的贡禹也激愤地发出了天理难容的谴责。文章的后一部分，还本着“深察古道，从其俭者”的原则，提出了一系列切实可行的建议，如“大减损乘舆服御器物，三分去二”，“审察后宫，择其贤者留二十人，余悉归之”，“厩马可亡过数十匹”，“独舍长安城南苑地以为田猎之囿，自城西南至山西至鄠，皆复其田，以与贫民”等等，所虑十分周密。在这里，对统治者的忠诚，与对下层劳动人民的同情是交织在一起的。西汉至元帝时，国力空虚，天灾人祸不断，社会矛盾不断激化。贡禹大声疾呼，力图敦促统治者实施改良，缓和矛盾，可惜终归回天乏力。

贡禹另有一篇《上书乞骸骨》，别具特色。文章表达的是辞官隐退的意向，体现了贡禹思想中独善其身的一面；但写得通俗浅白，如：

> 臣禹犬马之齿八十一，血气衰竭，耳目不聪明，非复能有补益，所谓素餐尸禄洿朝之臣也。自痛去家三千里，凡有一子，年十二，非有在家为臣具棺椁者也。诚恐一旦蹎仆气竭，不复自还，洿席荐于宫室，骸骨弃捐，孤魂不归。不胜私愿，愿乞骸骨，及身生归乡里，死亡所恨。

全无陈腐的套话，通篇就像叙说家常一样。这在西汉后期的奏疏文章中是很少见的。

谷永（？～前9），初名并，字子云。长安（今陕西西安）人。“少为长安小史，后博学经书”。元帝建昭中，为太常丞。成帝初年，应诏对策得体，又依附外戚王凤，擢为光禄大夫。数年后出为安定太守，转为长史，又迁凉州刺史。复入为太中大夫，迁光禄大夫给事中。元延元年任北地太守。不久，征入为大司农。仅岁余，即因病免职。

谷永原有集，已亡佚。其文章今存者，主要是《汉书》所载的十数篇诏对奏议。谷永在奏议中好言灾异，以“直陈天意”自诩，体现了当时政论文章的一般风尚。如《举方正对策》云：“凡灾异之发，各象过失，以类告人。”又云：“臣闻灾异，皇天所以谴告人君过失，犹严父之明诫。畏惧敬改，则祸消福降；忽然简易，则咎罚不除。”此类议论，带着浓厚的儒家今文经学的陈腐气息。不过，谷永的奏议，在灾异谴告的夹缝之中，有时也能插入一些锋芒锐利、言辞恳切的片断。像《黑龙见东莱对》一篇，其中直言道：

王者以民为基，民以财为本。财竭则下畔，下畔则上亡。是以明王爱养基本，不敢穷极，使民如承大祭。今陛下轻夺民财，不爱民力，听邪臣之计，去高敞初陵，捐十年功绪，改作昌陵，反天地之性，因下为高，积土为山，发徒起邑，并治宫馆，大兴繇役，重增赋敛，征发如雨，役百乾谿，费疑骊山，靡敝天下，五年不成而后反故。又广盱营表，发人冢墓，断截骸骨，暴扬尸柩。百姓财竭力尽，愁恨感天，灾异屡降，饥馑仍臻。流散冗食，餧死于道，以百万数。公家无一年之畜，百姓无旬日之储，上下俱匮，无以相救。《诗》云："殷监不远，在夏后之世。"愿陛下追观夏、商、周、秦所以失之，以镜考已行！

谷永在这里不言天灾而言人祸，对帝王的责难既直率又激烈，很有声势。就连一向“性宽而好文辞”的成帝，见到这篇文字后，也不禁大怒，几乎将谷永收监治罪。刘向的《谏营昌陵疏》写得已经够尖锐了，但谷永与之相比较，更有过之而无不及，又如《灾异对》中也声言：

臣闻天生蒸民，不能相治，为立王者以统理之。方制海内非为天子，列土封疆非为诸侯，皆以为民也。垂三统，列三正，去无道，开有德，不私一姓。明天下乃天下之天下，非一人之天下也。

向至尊至贵的帝王进言，居然大谈“天下乃天下之天下，非一人之天下”，这在封建时代是较为难得的。谷永所流露的以民为本的意识，属于儒家思想体系中的精华部分。

刘歆（？～23）字子骏，后更名秀，字颖叔，刘向少子。刘歆是西汉后期儒家古文经学的代表人物之一。年少时即以“通《诗》、《书》，能属文”，为黄门郎。成帝河平年间，受诏与其父刘向领校秘书。刘向去世后，继为中垒校尉。哀帝时，由王莽举荐为侍中太中大夫，又迁骑都尉、奉车光禄大夫。复承继父业，整理校阅六艺群书。好古文经学，曾奏请立《春秋左氏传》、《毛诗》、《逸礼》、《古文尚书》于学官，“由是忤执政大臣，为众儒所讪”。出为河内太守，徙五原，复转涿郡。一度以病免官。会王莽当政，任右曹太中大夫，迁中垒校尉、京兆尹，封红休侯，“典儒林史卜之官”。王莽代汉后，被奉为国师。后密谋反对王莽，事泄自杀。刘歆的一生经历十分复杂。尤其是他晚年依附王莽，常遭后人非议。明代张溥称：“令歆继父业，校秘书，领五经，死于哀帝之世，官以都尉，终其名，岂不出两兄上；而冒荣国师，投迹乱逆，悲乎其寿也!”(《刘子骏集题辞》)不过，刘歆在文化学术方面，确实做出过重要贡献。他曾考定律历，著有《三统历谱》。他“博见强志”，整理编定古籍，完成了最早的目录学著作《七略》。他还是古文经学的积极倡导者，为古文经学的发展起到了推波助澜的作用。

刘歆原有集五卷，已佚。今传刘歆的作品，除《遂初赋》等辞赋外，仅存几篇奏疏、叙录、书信，明张溥《汉魏六朝百三名家集》收入为《刘子骏集》一卷。

《移太常博士书》一篇，见于《汉书》本传，是刘歆最重要的散文作品，也是有关汉代学术思想史的难得资料。哀帝时欲将古文经学列于学官，但遭到今文经学一派诸博士的坚决反对；刘歆写此文的目的，则是批驳反对者的顽固与愚陋。文章先追述儒家的道统，从“三代迭兴”，“其道甚著”，到周室衰微，礼崩乐坏，而孔子“修《易》序《书》，制作《春秋》，以纪帝王之道”，再到战国乱世，“孔氏之道抑”，“孙、吴之术兴”，直至秦朝一统天下，“燔经书，杀儒士”，“道术由是遂灭”，简括明了，层次分明，同时为后文做了必要的铺垫。下面一段，清晰有序地介绍了西汉前期经学发展衍变的基本过程：

> 汉兴，去圣帝明王遐远；仲尼之道又绝，法度无所因袭。时独有一叔孙通略定礼仪，天下唯有《易》卜，未有它书。至孝惠之世，乃除挟书之律，然公卿大臣绛、灌之属咸介胄武夫，莫以为意。至孝文皇帝，始使掌故晁错从伏生受《尚书》。《尚书》初出于屋壁，朽折散绝，今其书见在，时师传读而已。《诗》始萌芽，天下众书往往颇出，皆诸子传说，犹广立于学官，为置博士。在汉朝之儒，唯贾生而已。至孝武皇帝，然后邹、鲁、梁、赵颇有《诗》、《礼》、《春秋》先师，皆起于建元之间。当此之时，一人不能独尽其经，或为

> 《雅》，或为《颂》，相合而成。《泰誓》后得，博士集而读之。故诏书称曰："礼坏乐崩，书缺简脱，朕甚闵焉。"时汉兴已七八十年，离于全经，固已远矣。

由此可知，儒家在一度受到沉重打击之后，重新复兴并逐步取得正统地位，也是十分艰难的。后面部分，文章才正式触及到了古文经学与今文经学的冲突与矛盾：

> 及鲁恭王坏孔子宅，欲以为宫，而得古文于坏壁之中，《逸礼》有三十九篇，《书》十六篇。天汉之后，孔安国献之，遭巫蛊仓卒之难，未及施行。及《春秋左氏》，丘明所修，皆古文旧书，多者二十余通，臧于秘府，伏而未发。孝成皇帝闵学残文缺，稍离其真，乃陈发秘臧，校理旧文，得此三事，以考学官所传，经或脱简，传或间编。传问民间，则有鲁国桓公、赵国贯公、胶东庸生之遗学与此同，抑而未施。此乃有识者之所惜闵，士君子之所嗟痛也。往者缀学之士不思废绝之阙，苟因陋就寡，分文析字，烦言碎辞，学者罢老且不能究其一艺。信口说而背传记，是末师而非往古，至于国家将有大事，若立辟雍封禅巡狩之仪，则幽冥而莫知其原。犹欲保残守缺，挟恐见破之私意，而无从善服义之公心，或怀妒嫉，不考情实，雷同相从，随声是非，抑此三学，以《尚书》为备，谓左氏为不传《春秋》，岂不哀哉！

刘歆在这里不厌其详，对古文经学的依据、价值以及应予以重视的理由，申说得很充分；对今文经学的烦琐、随意、无知、愚腐、偏狭的弊端，也揭示得很充分。应该说，刘歆虽然倾向鲜明，但所论基本上符合实际。古文经学与今文经学的是非曲直，通过两相对照，已经很清楚了。文章的最后，刘歆又针对是否立《左传》等书为官学的现实交锋，做了进一步的阐发，使固守今文经学的儒生们"杜塞余道，灭绝微学"，"党同门，妒道真"的面目得到了更充分地暴露。《移太常博士书》在学术上的特殊意义在于，它对西汉经学概况的详赡陈述，具有一定的权威性；同时，它在动摇今文经学，倡导古文经学方面，也发挥了重要的实际作用和影响。此外，文章在写法上一扫今文经学好言灾异的风习，毫无神学色彩，显示出了古朴、平实的新趋向。刘勰曾经称赞说："刘歆之《移太常》，辞刚而义辨，文移之首也。"（《文心雕龙·檄移》）

第二节 扬雄和西汉后期的辞赋

西汉后期的辞赋，承继了枚乘、司马相如的余绪，但其总体成就却略逊一筹。摹仿因循，成为一种普遍的风气。这固然与由盛转衰的社会氛围有关；然而，辞赋体式定型后一时难于再有突破，以及一般辞赋家自身缺乏艺术才华，恐怕也都是重要原因。不过，摹仿因循之中终究孕育了一定的新变；一方面，辞赋逐渐受到经学渗透，另一方面，内容与形式也日益趋向于多样化。因此这一阶段的辞赋作品，自有其特定的历史价值。

汉宣帝刘询步武帝后尘，喜好辞赋，并给予了辞赋以较高的地位，称："辞赋大者与古诗同义，小者辩丽可喜。辟如女工有绮縠，音乐有郑卫，今世俗犹皆以此虞说耳目。辞赋比之，尚有仁义风谕，鸟兽草木多闻之观，贤于倡优博奕远矣。"（见《汉书·王褒传》）为此，曾招致了一批辞赋作家。这以后的几十年间，也不断有辞赋作家涌现。不过，这些辞赋作家的作品大多已经亡佚。有作品存留至今者，唯余王褒、刘向、扬雄、班倢伃、刘歆、息夫躬等数人。其中尤以扬雄的地位最为突出，堪称是西汉后期辞赋作家的主要代表。

扬雄（前53～18）字子云，蜀郡成都（今属四川）人。其先祖为周代伯侨后裔，封于晋国扬地，因以为氏。周衰，扬氏曾称侯。遇晋乱，扬侯逃到了巫山一带。汉初，其五世祖扬季，曾官庐江太守。武帝元鼎年间，为避仇又迁居于岷山南麓。这以后，"世世以农桑为业"。至扬雄时，家境较为贫寒，"家产不过十金，乏无儋石之储"。扬雄自幼勤奋好学，博览群书，不为章句，但求贯通，积累了较渊博的学识。在为人方面，他"简易佚荡，口吃不能剧谈，默而好深湛之思，清静亡为，少耆欲"。早年，扬雄喜好辞赋，摹仿司马相如，颇有声名。四十多岁时，由蜀地来到长安，经人引荐，被成帝召入宫廷，除为给事黄门郎，常从成帝游猎，献过《甘泉》等大赋。哀帝继位后，统治集团内部的权力之争更为剧烈，而扬雄却能淡泊自守，以至"三世不徙官"。同时，扬雄晚年对大赋的看法发生了重要转变，从钟爱到鄙视，并辍而不为，潜心学术，完成了《太玄》、《法言》等论著，以及语言学术著作《方言》。新莽时，扬雄依然取明哲保身的态度，曾写过一篇吹捧性的

《剧秦美新》，因而“以耆老久次转为大夫”，校书于天禄阁。一度因伪作符命事受到牵累，自杀未遂。后默默无闻而死。

扬雄的思想虽杂有道家的因素，但以儒家为主导，学术上属于古文经学，是汉代占有显著地位的儒家思想家之一。

在文学史上，扬雄的地位主要是由他的辞赋奠定的。扬雄的散文也有值得称道之处。如他摹仿《周易》而作的《太玄》和摹仿《论语》而作的《法言》，在一般儒生汲汲于章句之学的当时，敢于自创一家之言，尽管文辞古奥艰深，却能做到说理详赡，语约义丰。此外，他的《谏不受单于朝书》，有理有据，论辩透辟，文笔也十分晓畅；他的《答刘歆书》，则写得既有真情实感，又有文采，刘勰称其“杼轴乎尺素，抑扬乎寸心”（《文心雕龙·书记》）。他还首创“连珠”一体，并写过若干“箴”体短文。但是，这些作品的成就和影响，都远不及他的辞赋。

扬雄的辞赋作品存留较多。至今可见全文者，有《蜀都赋》、《甘泉赋》、《河东赋》、《校猎赋》（亦作《羽猎赋》）、《长杨赋》、《反离骚》、《解嘲》、《解难》、《太玄赋》、《逐贫赋》、《酒赋》等十一篇。《核灵赋》仅余残文。《广骚》、《畔牢愁》则有目无词。

在扬雄的辞赋当中，最引人注目者是几篇铺采摛文，体物叙事的大赋。扬雄曾极为钦佩司马相如的才华及其《子虚》、《上林》等“弘丽温雅”的赋作，“每作赋，常拟之以为式”。这几篇大赋，就都留有摹仿司马相如的痕迹。

《蜀都赋》作于扬雄出蜀之前，通篇铺排展陈，夸写蜀郡成都地理的优越，物产的富庶，人文的繁华……辞藻富丽，结构宏大。后世班固《两都赋》、张衡《二京赋》、左思《三都赋》等表现名都大邑的赋作，都是由此肇端的。

《甘泉赋》、《河东赋》、《校猎赋》和《长杨赋》是扬雄在为成帝侍臣的几年中陆续写作完成的，虽似追摹司马相如，但也有不少独到的地方。从内容上说，首先，这两篇赋都有着明确的讽谏用意。《汉书·扬雄传》称：“正月，从上甘泉，还奏《甘泉赋》以风。”“甘泉本因秦离宫，既奢泰，而武帝复增通天、高光、迎风。宫外近则洪厓、旁皇、储胥、弩陆，远则石关、封峦、枝鹊、露寒、棠梨、师得，游观屈奇瑰玮，非木摩而不雕，墙涂而不画，周宣所考，盘庚所迁，夏卑宫室，唐虞採椽三等之制也。且为其已久矣，非成帝所造，欲谏则非时，欲默则不能已，故遂推而隆之，乃上比于帝室紫宫，若曰此非人力之所为，党鬼神可也。”又称：“其三月，将祭后土，上乃帅群臣横大河，湊汾阴。既祭，行游介山，回安邑，顾龙门，览盐池，澄历观，陟西岳以望八荒，迹殷周之虚，眇然以思唐虞之风。雄以为临川羡鱼不如归而结罔，还，上《河东赋》以劝。”又称：“其十二月羽猎，雄从。以为昔在二帝三王，宫馆台榭，沼池苑囿，林麓薮泽，财足以奉郊庙，御宾客，充庖厨而已，不夺百姓膏腴谷土桑柘之地。……武帝广开上林，南至宜春、鼎胡、御宿、昆吾，旁南山而西，至长杨、五柞，北绕黄山，濒渭而东，周袤数百里。穿昆明池象滇河，营建章、凤阙、神明、驳娑，渐台、泰液象海水周流方丈、瀛洲、蓬莱。游观侈靡，穷妙极丽。虽颇割其三垂以赡齐民，然至羽猎田车戎马器械储偫禁御所营，尚泰奢丽夸诩，非尧、舜、成汤、文王三驱之意也。又恐后世复修前好，不折中以泉台，故聊因《校猎赋》以风。”又称：“明年，上将大夸胡人以多禽兽。秋，命右扶风发民入南山，西自褒斜，东至弘农，南驱汉中，张罗罔置罘，捕熊罴豪猪虎豹狖玃狐菟麋鹿，载以槛车，输长扬射熊馆。以罔为周阹，纵禽兽其中，令胡人手搏之，自取其获，上亲临观焉。是时，农民不得收敛。雄从至射熊馆，还，上《长杨赋》，聊因笔墨之成文章，故藉翰林以为主人，子墨为客卿以风。”应该说，《汉书》的这些记叙与赋的实际内容是相符合的。借辞赋进行讽谏，并非始于扬雄。在司马相如的《子虚》、《上林》中，就已掺入了讽谏的成分；不过，那只是在侈丽见长的铺排之后所附带添加的小小点缀，用扬雄的话来说，“犹骋郑卫之声，曲终而奏雅”，实际是“劝百而讽一”。到了扬雄这里，情况改变了。就以这几篇大赋来讲，讽谏不仅成为写作的主要目的，而且渗透到了叙述描写之中，构成了统贯全篇的主要线索。究其原因，一方面，扬雄本人头脑中的儒家思想根深蒂固，而初到长安的八年，又正是他热衷于经世致用的时期；另一方面，至成帝朝，国势岌岌可危，根本不能与武帝朝处于巅峰时的煊赫声威同日而语，规劝最高统治者收心敛欲，励精图治，已经成为十分迫切的现实政治要求。当然，扬雄的谇谏相当委婉含蓄，常常只是暗示，甚至正话反说。如《甘泉赋》借将甘泉宫渲染得赛过仙境，来暗示其过于靡奢。《长杨赋》表面上是为成帝的荒唐行径辩解，实质上则是通过与“圣文”、“圣武”业绩的对照来加以否定。这类讽谏，是从维护西汉王朝统治的立场出发的，然而也间或流露出了对下层劳动人民遭遇的同情。其次，这四篇赋论说的比重有所增加。从总体上看，赋中较多的笔墨仍然在描写宫苑的华美，祭祀的隆重，田猎的盛大，王朝的声威，但是由于其意在讽谏，因此便时有论说的成分穿插其间。这在《河东赋》和《长杨赋》中体现得尤其明显。从艺术上着眼，这四篇赋形式灵活多样。《甘泉》大部分为骚体，在西汉大赋中显得十分别致。《河东》、《校猎》则为一般散体，间有排偶之句；唯《长杨》采用了大赋所常见的主客答问。同时，这四篇赋的篇幅相对略短，虽不免铺陈，但不显过于重叠堆砌，繁琐拖沓。如《甘泉赋》中云：

于是大夏云谲波诡，摧嶉而成观。仰挢首以高视兮，目冥眴而亡见。正浏滥以弘惝兮，指东西之漫漫。徒回回以徨徨兮，魂固眇眇而昏乱。据軨轩而周流兮，忽軮轧而亡垠。

将主观感受与对宫殿景象的客观描绘相融合，达到了较好的表现效果。又如《校猎赋》云：

移围徙阵，浸淫蹴部。曲队坚重，各按行伍。壁垒天旋，神抶电击，逢之则碎，近之则破，鸟不及飞，兽不得过。军惊师骇，刮野埽地。

复现羽猎的壮观场面，形象生动，层次鲜明。至于《长杨赋》，更是西汉大赋中少有的流畅之作。此外，这四篇赋的文风，雄肆不足而凝重有余，从一个侧面体现了扬雄作为一个学者型辞赋家的特色。

《解嘲》和《解难》是扬雄的剖露情怀之作，完成于哀帝继位以后。这时，扬雄用世的短暂热情已经熄灭，淡泊名利，洁身自好的思想完全占据了上风。这两篇散体赋，摹仿套用东方朔《答客难》的形式，在谐谑的外表之下，表达了作者特定的人生态度。其中《解嘲》一篇，无论内容还是形式，特色都更为明显。

《汉书·扬雄传》说明了《解嘲》的写作缘起："哀帝时丁、傅、董贤用事，诸附离之者或起家至二千石。时雄方草《太玄》，有以自守，泊如也。或嘲雄以玄尚白，而雄解之，号曰《解嘲》。"《解嘲》全篇大体上可分为前后两个部分。赋的前半是重点。先是摆出了"客"的非难与嘲笑：

今吾子……顾默而作《太玄》五千文，枝叶扶疏，独说数十余万言。深者入黄泉，高者出苍天，大者含元气，细者入无间。然而位不过侍郎，擢才给事黄门。意者玄得无尚白乎？何为官之拓落也？

接着便是作者就此而展开的答辩。答辩以“客徒欲朱丹吾毂，不知一跌将赤吾之族也”开头，耸人视听。下面则集中通过古今对比，着重强调了当世并非施展才华，有所作为的时代。其中对庸俗、腐朽、险恶、黑暗的社会现实的描述，引人深思：

天下之士，雷动云合，鱼鳞杂袭，咸营于八区。家家自以为稷、契，人人自以为咎繇，戴縰垂缨而谈者，皆拟于阿衡，五尺童子，羞比晏婴与夷吾。当涂者升青云，失路者委沟渠。旦握权则为卿相，夕失势则为匹夫。……当今县令不请士，郡守不迎师，群卿不揖客，将相不俯眉。言奇者见疑，行殊者得辟。是以欲谈者宛舌而固声，欲行者拟足而投迹。

这表明，作者对于时势和处境确实有着比较清醒的认识。而后，作者又从《周易》所阐发的万物盛衰变化的角度申说，并由此为自己的处世态度树立起了哲理依据：

且吾闻之：炎炎者灭，隆隆者绝，观雷观火，为盈为实。天收其声，地藏其热。高明之家，鬼瞰其室。攫拏者亡，默默者存。位极者宗危，自守者身全。是故知玄知默，守道之极。爰清爰静，游神之廷。惟寂惟寞，守德之宅。

作为这一部分的收束，作者采用了生动的比喻：

今子乃以鸱枭而笑凤皇，执蝘蜓而嘲龟龙，不亦病乎！子徒笑我玄之尚白，吾亦笑子之病甚，不遭臾跗、扁鹊，悲夫！

这字里行间，似乎很有几分庄子的遗风。赋的后半，是对前半的补充。为回答“客”的“然则靡《玄》无所成名乎？范、蔡以下何必《玄》哉”的责问，作者借助广博的学识，分别列举范雎、蔡泽、娄敬、叔孙通、萧何等历史人物功业，并将其归结为“当也”、“时也”、“适也”、“得也”、“宜也”，再一次突出了顺时应势的必要性，同时也反衬了自己的生不逢时。由于“为可为于可为之时则以，为不可为于不可为之时则凶”，故而作者在赋的结尾只得选择了“默然独守吾《太玄》”，来作为自己的现实归宿。一方面，《解嘲》征引繁富，论证详明，言辞犀利，笔力酣畅，充分显示了扬雄的论辩才能。另一方面，《解嘲》在明哲保身的主旨背后，也隐约地表达了扬雄内心中的不平与无奈。“士不遇”本是带有某种永恒性的主题。在西汉前期的贾谊、司马迁等人的赋作中，“士不遇”引发的是激昂的愤慨和浓重的悲哀；然而，西汉后期的扬雄，却由“士不遇”通向了“爰清爰静”、“惟寂惟寞”的自我保护和自我解脱。从这种文人心态的变化之中，不难发现时代兴衰的投影。

《解难》则是扬雄为辩驳关于《太玄》过于深奥，不能被一般人接受的责难而作的。其文较短，论题集中，主要是阐释“大味必淡，大音必希”，“声之眇者不可同于众人之耳，形之实者不可棍于世俗之目，辞之衍者不可齐于庸人之听”的见解，或比喻，或假设，或征先圣，或引旧典，也很有文采。扬雄在《解难》中以“贵知我者希”自诩，表明了不肯随波逐流的态度，使我们看到了他性格中孤傲的一面。

《逐贫赋》也属扬雄后期的作品。它不但在扬雄的几篇抒情小赋之中，而且在整个西汉的诸多辞赋之中，也别具一格。作者诙谐地使用拟人化的手法，将“贫”人格化，并通过与“贫”的对答，表现了从厌贫逐贫到安贫留贫的态度转变。这貌似一篇轻松的游戏文字，实际上却包含了比较深沉的社会批判价值。赋中“扬子”逐贫的一段，对于作者自己的生活贫困而又无法摆脱的境况，做了具体生动的叙述：

> 人皆文绣，余褐不完。人皆稻粱，我独藜飧。贫无宝玩，何以接欢。宗室之燕，为乐不槃。徒行负笈，出处易衣。身服百役，手足胼胝。或耘或耔，霑体露肌。朋友道绝，进官凌迟。厥咎安在？职汝为之。舍汝远窜，崑峇之颠，尔复我随，翰飞戾天。舍尔登山，岩穴隐藏，尔复我随，陟彼高冈。舍尔入海，泛彼柏舟，尔复我随，载沉载浮。我行尔动，我静尔休，岂无他人，从我何求！

在当时，贫困是极为普遍的社会现象。社会下层广大劳动民众的贫穷和苦难，要远比扬雄罗列出的更为深重得多。不过，扬雄能够直接触及这一社会顽症，并对其有所揭露，已经十分难得了。至于“贫”的答复，更具深意。一方面，正面控诉了统治阶级骄奢淫逸的腐朽生活方式：“爰及季世，纵其昏惑。饕餮之群，贪富苟得。鄙我先人，乃傲乃骄。瑶台琼榭，室屋崇高。流酒为池，积肉为峤。是用鹄逝，不践其朝。”另一方面，则反过来大谈“贫”的好处：“三省吾身，谓予无諐，处君之家，福禄如山。忘我大德，思我小怨，堪寒能暑，少而习焉。寒暑不忒，等寿神仙。桀跖不顾，贪类不干。人皆重蔽，予独露居。人皆怵惕，予独无虞。”照此说来，贫穷不仅无害，反而大有益处，可以消灾，可以增寿。这实在是绝大的讽刺。扬雄在客观上揭示了贫富之间的尖锐对立，发人深省；可是他表现的“长与汝居，终无厌极”的安贫乐道思想却比较复杂，既有对现实消极反抗的一面，又有着明显的保守性。《逐贫赋》的独特内容与形式，曾经启发了后世的一些作家。宋代洪迈所撰《容斋续笔》云：“韩文公《送穷文》，柳子厚《乞巧文》，皆拟扬子云《逐贫赋》。”

扬雄的其他辞赋，《反离骚》为早期作品，仿屈原《离骚》而反其意，同情屈原的遭遇，却又从全身自守的角度对屈原有所非议，艺术成就有限。宋代晁补之评为“《反骚》，非反也，合也”，“《离骚》之义，待《反离骚》而益明”(《离骚序》)。《太玄赋》以骚体的形式陈述“观大《易》之损益兮，览老氏之倚伏”的哲理，其中也展示了世事的凶险莫测，并仍以师从许依。《酒赋》(或称《酒箴》)是短小由、老聃远祸全身为归的咏物之作，借“瓶”与“鸱夷”这两种容器的不同命运，寓写了人间的不平。

总观扬雄的辞赋作品，不仅数量多，而且内容与形式均有特色，可以说是代表了西汉后期辞赋创作的最高成就。后人多以扬雄与司马相如并提，实不为过。

扬雄的文学思想，影响也比较大。作为一位重要的儒家思想家，扬雄继承并发挥了先秦儒家的文学主张。明道、征圣、宗经，是扬雄文学观的基本支柱。其中明道是根本，而宗经是关键。他在《法言》中反复讲：

或曰：人各是其所是而非其所非，将谁使正之？曰：万物纷错，则悬诸天；众言淆乱，则折诸圣。或曰：恶睹乎圣而折诸？曰：在则人，亡则书，其统一也。(《吾子》)

书不经，非书也；言不经，非言也。言书不经，多多赘矣。(《问神》)

由此出发，他进一步阐述了“文”与“质”的关系，在以质为本的前提下，要求文质相副，反对“羊质而虎皮”般的过度文饰。他认为：“实无华则野，华无实则贾。”(《法言·修身》)“事辞称则经。”(《法言·吾子》)另外，他关于“心”与“言”以及“因”与“革”关系的见解，也有参考价值。扬雄的辞赋理论，尤其受到后人的重视。扬雄评论辞赋，主要的着眼点乃是儒家所一贯强调的政治教化和讽谏功能。《法言·吾子》称：“或曰：吾子少而好赋？曰：然。童子雕虫篆刻。俄而曰：壮夫不为也。”这种态度的变化，完全基于对辞赋讽谕作用认识的变化。他前期喜好辞赋，是因为他以为辞赋能够寄托讽谏的寓意。这可以从他写作《甘泉》等大赋的实践中得到印证。他后期鄙视辞赋，则是因为他领悟到，辞赋的讽谏力量实在是极其微弱的，仅凭借辞赋根本达不到裨补时政的目的，弄不好还会产生相反的效果。故而他在回答“赋可以讽乎”的询问时说：“讽乎！讽则已，不已，吾恐不免于劝也。”《汉书·扬雄传》中的一段记叙，对此表述得更为详细：

雄以为赋者，将以风之，必推而言，极靡丽之辞，闳侈巨衍，竞于使人不能加也，既乃归之于正，然览者已过矣。往时武帝好神仙，相如上《大人赋》欲以风，帝反缥缥有凌云之志。繇是言之，赋劝而不止，明矣。又颇似俳优淳于髡、优孟之徒，非法度所存，贤人君子诗赋之正也，于是辍不复为。

至于辞赋缺乏讽谏效力的原因，扬雄将其归结为过度的“靡丽”。儒家历来是讲究“中庸”的，主张“过犹不及”。扬雄也认为，辞赋的要害之弊正是在铺陈敷衍、雕琢夸饰方面太过分了，淹没了讽谕的旨意。与此相联系，他还特地区分“诗人之赋”与“辞人之赋”，即所谓“诗人之赋丽以则，辞人之赋丽以淫”。在这里，“诗人之赋”指屈原的作品，虽华美但不过分；“辞人之赋”指宋玉以下的赋作，特别是西汉的大赋，侈靡过度，绮丽造极。对于“辞人之赋”，扬雄当然是持否定态度的。扬雄围绕辞赋所表述的理论主张，体现了当时儒家正统地位确立之后的一种普遍性的文化趋向。应该说，他确实抓住了西汉大赋内涵空疏却辞藻淫靡的突出弱点；不过，他将辞赋完全绑缚到儒家政治教化的车轮之上，基本上忽视对辞赋自身艺术特性的探讨，这既不利于辞赋向抒情方面的发展，也不利于文学从整体上走向自觉的追求。

王褒的年代略早于扬雄，是宣帝朝辞赋作家中较为突出者。

王褒，字子渊，蜀地资中（今四川资阳）人。生卒年不详。宣帝曾征召天下高材，兴六艺，倡歌诗，欲借此以风化百姓。益州刺史王襄闻知王褒才学出众，便请其写作了颂美盛德的《中和》、《乐职》、《宣布》诗，使人依照上古雅乐《鹿鸣》的音节传唱。此后，王襄又将王褒推荐给了宣帝。王褒应召入朝，常与张子侨等跟从宣帝游猎，“所幸宫馆，辄为歌颂”，其辞赋得到宣帝赏识，不久即被擢升为谏议大夫。太子一度身体不适，王褒曾奉诏陪伴，每日诵读奇文，撰写辞赋，以娱悦太子。宣帝晚年，闻方士言“益州有金马、碧鸡之宝，可祭祀致也”，便派遣王褒前往求取。结果王褒病死于途中。据《隋书·经籍志》著录，有《王褒集》五卷，今已散佚。现存王褒的作品，属辞赋者有《九怀》、《洞箫赋》（又称《洞箫颂》）、《圣主得贤臣颂》、《僮约》、《责须髯奴辞》、《甘泉宫颂》（残文）、《碧鸡颂》（残文），另有《四子讲德论》一篇。

王褒御用文人的地位，决定了他的辞赋文词华美流丽，构思精巧别致，但较为空泛，缺少真挚动人的情感意蕴和深沉剀切的社会内涵。

《九怀》为骚体赋，见于刘向所集《楚辞》，共分“匡机”、“通路”、“危俊”、“昭世”、“尊嘉”、“蓄英”、“思忠”、“陶壅”、“株昭”九章。王逸《楚辞章句》言：“怀者，思也。言屈原虽见放逐，犹思念其君，忧国倾危而不能忘也。褒读屈原之文，嘉其温雅，藻采敷衍，执握金玉，委之污渎，遭世溷浊，莫之能识，追而愍之，故作《九怀》以裨其词。”《九怀》在形式和格调上均摹仿屈原的作品，可是由于作者的经历和情怀与屈原相去甚远，因此徒有其表，却全然失去了屈原作品的意境和神髓。如“蓄英”一章：

> 秋风兮萧萧，舒芳兮振条。微霜兮眇眇，病殀兮鸣蜩。玄鸟兮辞归，飞翔兮灵丘。望谿兮滃郁，熊罴兮呴嗥。唐虞兮不存，何故兮久留。临渊兮汪洋，顾林兮忽荒。修余兮袿衣，骑霓兮南上，乘云兮回回，亹亹兮自强。将息兮兰皋，失志兮悠悠。蒶蕴兮黴黧，思君兮无聊。身去兮意存，怆恨兮怀愁。

虽竭力描画景物，叙写忧愁，词藻也尚称清秀，但并无真切的情感激流贯穿其间，也就无法形成动人的艺术力量，几近于朱熹所言之“无所疾痛而强为呻吟者”（《楚辞辩证》）。

《洞箫赋》是王褒的代表作，也是汉代咏物辞赋中较为著名的一篇。全文纯然体物绘声，并未寄寓讽谏之意，但写得秀美华艳，细腻精致，显示了丰富的想象力；形式上则以骚体与散文相杂，且多用骈偶排比，气势贯通而又富于变化。

这篇赋意在咏箫，却迂回地从介绍制箫的竹料发端。在点明了“原夫箫干之所生兮，于江南之丘墟”后，便投入大量的笔墨来描绘其特定的生长环境以及由此而形成的美好质地：

> 托身躯于后土兮，经万载而不迁。吸至精之滋熙兮，禀苍色之润坚。感阴阳之变化兮，附性命乎皇天。翔风萧萧而径其末兮，回江流川而溉其山。扬素波而挥连珠兮，声磕磕而澍渊。朝露清泠而陨其侧兮，玉液浸润而承其根。孤雌寡鹤娱优乎其下兮，春禽群嬉翱翔乎其颠。秋蜩不食抱朴而长吟兮，玄猿悲啸搜索乎其间。处幽隐而奥屏兮，密漠泊以獭猭。惟详察其素体兮，宜清静而弗喧。

既体现了汉赋重铺排的特色，又不显得过分堆砌。接下来，进一步写箫的制作和箫的吹奏，层层展陈，从容不迫。中间形容箫的音声乐调的部分，则称得上是通篇最精彩的段落：

> 若乃徐听其曲度兮，廉察其赋歌。啾咇咈而将吟兮，行锽铒以和啰。风鸿洞而不绝兮，优娆娆以婆娑。翩绵连以牢落兮，漂乍弃而为他。要复遮其蹊径兮，与讴谣乎相和。故听其巨音，则周流泛滥，并包吐含，若慈父之畜子也。其妙声，则清静厌瘱，顺叙卑达，若孝子之事父也。科条譬类，诚应义理。澎濞慷慨，一何壮士。优柔温润，又似君子。故其武声，则若雷霆輘輷，佚豫以沸渭。其仁声，则若飙风纷披，容与而施惠。或杂遝以聚敛兮，或拔摋以奋弃。悲怆怳以恻惐兮，时恬淡以绥肆。被淋洒其靡靡兮，时横溃以阳遂。哀悁悁之可怀兮，良醰醰而有味。

洞箫奏出的音乐，缥缈婉转，原本难以追摹，可是王褒却能别出心裁，借人伦关系和人的气质设喻，巧妙地诱发人们的联想，引导人们借助自身的社会经验去体味箫声的各种复杂变化，从而达到了比较理想的表现效果。赋的后半，以箫声的感染作用收束，经过反复渲染，归结到“感阴阳之和”，“化风俗之伦”。最后的“乱”词，为整齐的四言，再一次概括地写出了洞箫音乐的神妙。“终诗卒曲，尚余音兮。吟气遗响，联绵漂撇，生微风兮。连延骆驿，变无穷兮。”读来令人荡气回肠。

《洞箫赋》也带有汉赋繁采寡情的通病，不过在描写音乐方面确有其独到之处，刘勰《文心雕龙·诠赋》称“子渊《洞箫》，穷变于声貌”，并非过誉之词。它绮丽的文词，以及偏于骈偶的句式，对六朝骈体赋产生过一定影响。

王褒的《僮约》作为一篇赋体的俳谐之文，基本上采用了当时的口语，生动活泼，很有特色。文中记叙：作者在外遇到一个不听役使的家奴，十分气愤，为将其驯服，便欲买为己有，并在契券上详细罗列了家奴一天从朝至夜，一年从种到收所必须从事的种种劳作；结果家奴不得不表示悔过。作者刻画表现家奴前傲慢后恭顺的动作、神态和话语，简练而又活灵活现。特别是那份冗长的“僮约”，为我们了解西汉时家奴的境遇，提供了不可多得的资料。现照录其中一小部分，由此即可略知大概：

> 奴当从百役使，不得有二言。晨起早扫，食了洗涤，居当穿臼缚帚，截竿凿斗。浚渠缚落，钽园斫陌。杜埤地，刻大枷。屈竹作杷，削治鹿庐。出入不得骑马载车，踑坐大呶，下床振头。棰钩刈刍，结苇躐纑。汲水络，佐酣醳。织履作粗，粘雀张乌。结网捕鱼，缴雁弹凫。登山射鹿，入水捕龟。后园纵养，雁鹜百余，驱逐鸱鸟，持梢牧猪。种薑养芋，长育豚驹。粪除堂庑，馁食马牛。鼓四起坐，夜半益刍。

在汉代，役使家奴是一种普遍的社会现象。王褒能在作品中对此有所反映，较为难得。当然，他表露出的对家奴的敌视和嘲弄态度，是完全不可取的。

至于《圣主得贤臣颂》以及《四子讲德论》，皆歌功颂德之作。前者分述“圣主必待贤臣而弘功业，俊士亦俟明至以显其德”的主旨，广征详论，似犹有战国辩士的遗风。后者阐释《中和》、《乐职》、《宣布》诸诗的立意，也文采华茂。

宣帝时，与王褒、张子侨等一同献赋的，还有刘向。《汉书·艺文志》著录刘向赋三十三篇，然而大多亡佚，所存残篇散句，已难以窥知原貌。唯有归入了《楚辞》的《九叹》，篇章完整。

刘向在校雠古书时，曾辑屈原、宋玉及汉代诸人的作品十六篇，合为《楚辞》。其中最后一篇，就是《九叹》。《九叹》由"逢纷"、"离世"、"怨思"、"远逝"、"惜贤"、"忧苦"、"愍命"、"思古"、"远游"九章组成，因每章之末均附"叹辞"以总其意，故名。王逸《楚辞章句》云："向以博古敏达，典校经书，辩章旧文，追念屈原忠信之节，故作《九叹》。叹者，伤也，息也。言屈原放在山泽，犹伤念君，叹息无已。所谓赞贤以辅志，骋词以曜德者也。"《九叹》摹仿屈原诸作，略近《九章》，被认为是楚骚的嫡传。然而，内容上虽能暗寓对自身际遇的感怀，但终无法与屈原的高情亮节同日而语；形式上更是多用陈词旧语，而且句式趋于单调齐整，逐渐丧失了参差多变，灵活生动的传统优势。不过，统观《九叹》全文，有些段落确实文词清丽。如：

> 登逢龙而下陨兮，违故都之漫漫。思南郢之旧俗兮，肠一夕而九运。扬流波之潢潢兮，体溶溶而东回。心怊怅以永思兮，意晻晻而日颓。白露纷以涂涂兮，秋风浏以萧萧。身永流而不还兮，魂长逝而常愁。(《逢纷》)

> 路曼曼其无端兮，周容容而无识。引日月以指极兮，少须臾而释思。水波远以冥冥兮，眇不睹其东西。顺风波以南北兮，雾宵晦以纷纷。日杳杳以西颓兮，路长远而窘迫。欲酌醴以娱忧兮，蹇骚骚而不释。(《远逝》)

王夫之《楚辞通释》称："可绍者言，难述者意。"这点到了刘向《九叹》的要害。屈原的词采尚可因袭，屈原的情怀与人格却难以追攀。

今可见者，尚有刘向的《请雨华山赋》以及《雅琴赋》、《围棋赋》残文。其中《雅琴赋》、《围棋赋》，均仅余数句。《古文苑》所收《请雨华山赋》，存留的字数较多，但脱漏错讹严重，已不可句读。

班倢伃，亦作班婕妤。楼烦（今山西朔县）人。为班固的祖姑。生卒年不详。

少有才学。汉成帝初年被选入后宫，先为少使，不久即获宠幸，立为倢伃。及至赵飞燕姐妹专宠，曾受到谗害，因答对得体，方免于祸。又“恐久见危”，便自请至长信宫侍奉皇太后。汉成帝死后，“充奉园陵”。其事迹见于《汉书·外戚传》。据《隋书·经籍志》著录，有集一卷，已散佚。今存作品，惟《自悼赋》最为可靠。《古文苑》另载《捣素赋》一篇，亦署班倢伃撰，但因其全为骈体，或疑为六朝人伪托。此外，《文选》及《玉台新咏》曾将著名的《怨歌行》（或称《怨诗》、《团扇歌》）归于班倢伃名下；《怨歌行》乃完整的五言诗，可是五言诗至汉末建安方才成熟，故而刘勰在《文心雕龙·明诗》中已言其“见疑于后代”。

《自悼赋》是班倢伃畏祸退避长信宫后写作的，以骚体的形式，真切地表达了失宠后寂寞凄凉的心情。赋的前半，追述自己由“登薄躯于宫阙兮，充下陈于后庭，蒙圣皇之渥惠兮，当日月之盛明”到“白日忽已移光兮，遂晻莫而昧幽”，“奉共养于东宫兮，托长信之末流”的遭遇命运，写得简洁典雅，委婉含蓄，颇得儒家所谓“哀而不伤”，“怨而不怒”的旨趣。赋的后半，写得情景交融，更加感人：

> 潜玄宫兮幽以清，应门闭兮禁闼扃。华殿尘兮玉阶苔，中庭萋兮绿草生。广室阴兮帷幄暗，房栊虚兮风泠泠。感帷裳兮发红罗，纷綷縩兮纨素声。神眇眇兮密靓处，君不御兮谁为荣？俯视兮丹墀，思君兮履綦。仰视兮云屋，双涕兮横流。顾左右兮和颜，酌羽觞兮销忧。惟人生兮一世，忽一过兮若浮。已独享兮高明，处生民兮极休。勉虞精兮极乐，与福禄兮无期。《绿衣》兮《白华》，自古兮有之。

作者以细腻的笔触，点染了长信宫中清冷萧瑟的环境氛围。“华殿尘兮玉阶苔，中庭萋兮绿草生。广室阴兮帷幄暗，房栊虚兮风泠泠。”这表面是写景，实质上是在写情。整日在这样的环境氛围的笼罩中生活的人，其内心的情感基调，几乎已不言自明。作者对自身情态的刻画，也十分传神。“俯视兮丹墀，思君兮履綦。仰视兮云屋，双涕兮横流。”无论低头还是昂首，均无法摆脱对君王的眷念，也无法排遣浓重的忧愁。当然，作者并未由此走向极端，尚能借“《绿衣》兮《白华》，自古兮有之”来聊以自慰，以求得某种心理的平衡。

《自悼赋》与《长门赋》题材近似，不如《长门赋》情意激切，但更为醇厚蕴藉，别具一番韵致。尤其是《自悼赋》乃作者自述女子的情怀，非由他人况拟，从这一角度着眼，亦有特殊价值。

刘歆的赋作，未见《汉书·艺文志》著录。现存有《遂初赋》一篇，以及《甘泉宫赋》和《灯赋》的部分残文。

《遂初赋》是刘歆在哀帝时受到排挤，由近侍之臣出为河内太守，又徙五原，于途中"经历故晋之域，感今思古"而写成的。这篇赋的一个突出特点，是将记叙经历、刻画景物、征引故实、抒写情志融而为一，虽或有生硬之处，但丰富了作品的内涵。

赋的起首，作者追述了自己转赴五原前的遭际。赋的主体部分，则主要铺陈旅途所见、所怀、所感。这种围绕旅途展开的写作方式，上承屈原的《涉江》、《哀郢》，下启班彪的《北征》。最值得注意的是，刘歆不是一般性地描写"轶中国之都邑兮，登句注以陵厉，历雁门而入云中兮，超绝辙而远逝"的旅途过程，而是从所经历的晋地联想到了春秋时晋国的种种旧事：

> 心涤荡以慕远兮，回高都而北征。剧强秦之暴虐兮，吊赵括于长平。好周文之嘉德兮，躬尊贤而下士。鹜驷马而观风兮，庆辛甲于长子。哀衰周之失权兮，数辱而莫扶。执孙、蒯于屯留兮，救王师于途吾。过下虒而叹息兮，悲平公之作台。背宗周而不恤兮，苟偷乐而惰怠。枝叶落而不省兮，公族阒其无人。日不爨而愈甚兮，政委弃于家门。载约屦而正朝服兮，降皮弁以为履。宝砾石于庙堂兮，面隋和而不眂。始建衰而造乱兮，公室由此遂卑。怜后君之寄寓兮，唁靖公于铜鞮。越侯田而长驱兮，释叔向之飞患。悦善人之有救兮，劳祁奚于太原。何叔子之好直兮，为群邪之所恶。赖祁子之一言兮，几不免乎徂落。

西汉前期的辞赋中，引录典故的现象并不多见。"唯贾谊《鹏赋》，始用《鹖冠》之说，相如《上林》，撮引李斯之书：此万分之一会也。"（刘勰：《文心雕龙·事类》）及至刘歆的《遂初赋》，却不厌其详地"历叙于纪传"，透露出了汉赋受经学影响而出现的新变化。赋中罗列史实，虽不免琐碎，但尚能以古喻今，并由此引发出了

“扬蛾眉而见妒兮，固丑女之情也；曲木恶直绳兮，亦小人之诚也”的现实感慨。此外，赋中还用了不少笔墨来叙述北地风貌，比较细腻地勾画出了一幅寥廓萧条、凛冽肃杀的景象。赋的最后，作者以“反情素于寂寞”，“长恬淡以欢娱”，来化解胸中郁积的愤世嫉俗之情，从另一个侧面表现了无力回天的苦闷心境。

息夫躬，字子微，河内河阳（今河南孟县西）人。“少为博士弟子，受《春秋》，通览记书”。哀帝初年，交游权贵，召待诏。因密告东平王谋反，受到宠信，擢为光禄大夫左典给事中，封宜陵侯，食邑千户。曾“上疏历诋公卿大臣”，使得“众畏其口，见之仄目”。亦曾上言欲在京城一带兴修水利。后以“虚造诈谖之策，欲以诖误朝廷”，获罪免官，遣就国。不久，又被诬告下狱，暴死狱中。

《汉书·息夫躬传》录有《绝命词》一篇：

> 玄云泱郁，将安归兮！鹰隼横厉，鸾徘徊兮。矰若浮猋，动则机兮。藂棘棧棧，曷可栖兮！发忠亡身，自绕罔兮。冤颈折翼，庸得往兮！涕泣流兮萑兰，心结愲兮伤肝。虹蜺曜兮日微，孽杳冥兮未开。痛入天兮鸣謼，冤际绝兮谁语。仰天光兮自列，招上帝兮我察。秋风为我吟，浮云为我阴。嗟若是兮欲何留，抚神龙兮擥其须。游旷迥兮反亡期，雄失据兮世我思。

这篇《绝命词》乃是息夫躬当年待诏时“数危言高论，自恐遭害”而预作的，并非真正的绝笔。作者以鸾鸟自比，以“发忠忘身”自诩，以“招上帝兮我察”自明，极写环境的险恶和内心的痛苦孤独，言辞恳切动人。同时，“秋风为我吟，浮云为我阴”等文句，将主观情绪投射于外物，也颇得物我交融之妙。然而，后人却因息夫躬的作为与文中所言不符，产生了非议。如南宋朱熹将本文收入《楚辞后语》时，虽承认“其词高古似贾谊”，但又以为是“欺天”之作。《绝命词》简短流丽，亦有视其为诗者。

第六章
《汉书》和东汉历史散文

第一节　班固和《汉书》

班固（公元 32～92），字孟坚，扶风安陵（今陕西咸阳）人。班固祖上世代仕宦，曾祖父班况，成帝时任越骑校尉；祖父班稚，哀帝时任西河属国都尉，后迁任广平相。王莽篡政，班稚畏恐，归相印，补为延陵园郎。班固父亲班彪、堂伯父班嗣，都是西汉末年著名学者。据载，“班彪性沉重好古”，“才高好述作”，并且“专心史籍之间”（《后汉书·班彪传》）。当时一些有声望的学者，如扬雄、王充等，皆曾拜其门下。班彪是一位正统儒家学者，“唯圣人之道然后尽心焉”（《汉书·叙传》），西汉末年社会动荡，朝纲危倾，曾著《王命论》，一心维护汉大一统政权。公元 25 年，王莽篡权，更始帝被杀，班彪携全家逃至河西（今甘肃黄河以西），投奔河西大将军窦融处，为他出谋划策，复兴汉室。东汉建朝，官徐令，以病免，后复拜望都长，光武帝建武三十年（公元 54）卒于官。

班固自幼聪慧，九岁即能“属文诵《诗》、赋”，十六岁入大学，“所学无常师，不为章句，举大义而已。性宽和容众，不以才能高人”（《后汉书·班固传》），受到众儒称赞。二十三岁时，班彪去世，班固回到家乡，立志继续父亲的著述，撰写《汉书》。明帝永平元年（公元 58），入东平王苍幕府，于此时开始《汉书》写作。永平五年，因人告发班固私撰国史，被捕入京兆狱，家中书籍被查抄。班固弟弟班超亲至长安，上书明帝，陈述班固著书意图。明帝看到《汉书》，称赞他的文才。获释后召至校书郎，并任兰台令史，不久转迁为郎，典校秘书及皇家藏书。并下诏使其继续《汉书》写作。至章帝建初七年（公元82），《汉书》始成，前后共二十余年。

章帝建初三年（公元78），班固升迁任玄武司马。建初四年，章帝亲自主持白虎观五经异同讨论会，以调和经学各派间的争议。班固以史官兼记录参加了会议。最后执笔撰成《白虎通德论》（又称《白虎通义》），作为会议的官方文件，在当时很有影响。章帝末年，班固以母丧去官。和帝永元元年（公元92），班固以护军身份随窦宪出征匈奴，汉军大获全胜。窦宪阴谋篡弑未遂自杀，班固受牵连被免官，洛阳令种兢与班固有隙，借机将其下狱，最后死于狱中，其时六十一岁。

除《汉书》之外，班固还有不少散文作品，也有诗作。《后汉书》本传说："固所著《典引》、《宾戏》、《应讥》、诗、赋、铭、诔、颂、书、文、记、论、议、六言，在者凡四十一篇。"《隋书·经籍志》有《班固集》十七卷，今已佚。现存明人所辑《班兰台集》。

《汉书》是班固最有代表性的著作，也是汉代很有影响的史书。司马迁的《史记》，在汉代为各家学者瞩目，影响极大。《史记》问世后，因其记事只到汉武帝太初年间，不少学者纷纷效仿其体例，补述《史记》，刘向、扬雄等人都做过尝试。班彪不满意已成书的续作，认为不是以"踵继其书"，自己"乃继采前史遗事，傍贯异闻，作《后汉》数十篇"（《后汉书·班彪传》）。《后汉》给了班固很大启发，在此基础上，班固开始了《汉书》的写作。而当时欲补述《史记》的，完全依照《史记》体例，班固却以断代史体例写《汉书》，这一创举是对史书创作的重大发展。

《汉书》和《史记》有不少一致的地方，同时又各具特色。《汉书》记事始于汉高祖元年（公元前206），终于王莽地皇四年（公元23），共229年的历史。从昭宣至哀平时代的历史，是《史记》中没有的，也是班固补充的主要内容。全书包括本纪十二篇，表八篇，志十篇，列传七十篇，共一百篇整，后人则划分为一百二十卷。其中部分志、表是班固去世后，由他的妹妹班昭和弟子马续完成的。与《史记》不同，班固取消了"世家"，并入列传，把《史记》中的"书"改作"志"，又增设了《艺文志》等。这些是《汉书》体例上的特点。

班固的《汉书》是继司马迁《史记》之后又一部优秀的历史著作。历史上，人们习惯“班马”“史汉”并称，把司马迁、班固看作汉代最杰出的史学家。班固是一位著名的学者，有着渊博的知识和严谨的态度，他撰写《汉书》，更注重丰富历史资料的占有、历史事件发展进程的描述。由于班固负责典校图书，接触到大量的古籍图书，这一便利条件为班固提供了极好的机会。在此基础上，他从无数个别具体的事件中，概括出历史发展的基本线索。《汉书》的显著特点，便是对社会生活各个方面古往今来发展过程的准确描述。班固阅览过大量前人的著作，从中借鉴吸收了很多有益的内容，但是在《汉书》中，班固却有自己的创新。他依据《尚书·禹贡》、《逸周书·职方解》，写成了《地理志》，在《汉书》中自成一章，是《史记》所没有的，其中收集了很多重要的资料，记载历史文化史实，颇为详尽。《艺文志》也是《汉书》新设体式，具体叙述了学术文化的源流及演变：

昔仲尼没而微言绝，七十子丧而大义乖。故《春秋》分为五，《诗》分为四，《易》有数家之传。战国纵横，真伪分争，诸子之言，纷然殽乱。至秦患之，乃燔灭文章，以愚黔首。汉兴，改秦之败，大收篇籍，广开献书之路。迄孝武世，书缺简脱，礼坏乐崩，圣上喟然而称曰：“朕甚悯焉！”于是建藏书之策，置写书之官。下及诸子传说，皆充秘府。至成帝时，以书颇散亡，使谒者陈农求遗书于天下，诏光禄大夫刘向校经传、诸子、诗赋，步兵校尉任宏校兵书，太史令尹咸校数术，侍医李柱国校方技。每一书已，向辄条其篇目，撮其指意，录而奏之。会向卒，哀帝复使向子侍中奉车都尉歆卒父业。歆于是总群书而奏其《七略》。故有《辑略》，有《六艺略》，有《诸子略》，有《诗赋略》，有《兵书略》，有《术数略》，有《方技略》。今删其要，以备篇籍。

班固的加工，扼要而能总括全貌，学术发展线索尤为清晰。对其中各个具体方面流变的叙述，则同样具体详细，诗赋的概括最有代表性：

《书》曰：“诗言志，歌咏言。”故哀乐之心感，而歌咏之声发。诵其言谓之诗，咏其声谓之歌。故古有采诗之官，王者所以观风俗，知得失，自考正也。孔子纯取周诗，上采殷，下取鲁，凡三百五篇，遭秦而全者，以其讽诵，不独在竹帛故也。汉兴，鲁申公为《诗》训故，而齐辕固、燕韩生皆为之传。或取《春秋》，采杂说，咸非其本义。与不得已，鲁最为近之。三家皆列于学官。又有毛公之学，自谓子夏所传，而河间献王好之，未得立。

这不仅仅是总结历史，它还包含了班固本人的诗歌见解。而叙述的详备，至今仍是人们研究汉代诗说的重要资料。注重学术文化的总结，是汉代人写史的特点，刘向曾有《别录》，刘歆继之，著有《七略》。班固以《七略》为依据，写成《艺文志》，在内容和文字叙述上都做了加工修改，详略简繁、主次要略，无不恰当，显示了班固博贯详究、九流百家之言无不览阅的渊博知识，以及准确把握历史脉络的才能，学者的风格极为鲜明。后人作史，皆效仿《汉书》，设《艺文》《地理》诸志，经班固的创造，使之成为通例。班固对史学的贡献，由此能见一斑。

汉代儒学发达，汉武帝之后，儒学成为官方之学，势力更大。班固出身仕宦之家，家庭环境中浓重的儒学气氛，给班固以深刻的影响。从基本性质来看，班固的儒学思想十分鲜明。在评价历史及历史人物时，他不可避免地反映出封建的正统观念来，对待重要的思想问题，他更是以封建正统观念出发，自觉维护封建统治的根本利益，反对违背儒家原则的异端思想。其结果是影响了《汉书》的思想价值，评价司马迁是一个突出的例子。班彪曾经批评过司马迁的非正统倾向："其论学术则崇黄老而薄五经，序货殖则仁义而羞贫穷，道游侠则贱守节而贵俗功。"班固的《司马迁传》重复了班彪的评价，显然，这也是班固本人的基本态度。另一方面，班固高度肯定了司马迁史学家的品质及严肃的学术态度："自刘向、扬雄博极群书，皆称迁有良史之材，服其善序事理，辨而不华，质而不俚，其文质，其事核，不虚美，不隐恶，故谓之实录。"(《汉书·司马迁传》)这可以看出班固对司马迁《史记》创作的充分肯定和他本人的崇敬之情。然而，司马迁是一位杰出的思想家，他的伟大正在于能够超越正统观念的局限，在天道观、天人观、民本问题等重大思想认识上，代表了当时的最高思想水平。他不仅批判了现实生活中的政治弊端，而且热情歌颂赞美了一批统治阶级的反抗者，高度评价他们的人品和正义行为，司马迁的见识、热情、无畏精神，已是班固所欠缺的，也是班固所不满的。类似的情况，在人物传记及其他内容中，都有不同程度的表现，如对屈原的评价等。班固思想的保守性必然影响《汉书》的思想价值，就此而言，《汉书》是无法与《史记》同日而语的。

自董仲舒以阴阳五行附会儒学，并用灾异、谴告诸说论证儒学的合理性以后，汉代儒学明显地背离了传统儒学，走上了神学化道路。西汉末东汉初，谶纬的出现，使儒学进一步神学化、迷信化。光武帝宣布图谶天下，确立了谶纬的官方地位，致使思想意识一片混乱。在这样的背景下，班固要回避是不可能的。班固尽管是一位儒学思想家、历史家，但他的正统倾向使他对迷信化、神学化内容保持慎重的态度。在客观记录有关灾异、谶纬史实的同时，提出了自己的怀疑、不满。《眭两夏侯京翼李传》集中记述了六个专靠阴阳灾异推测人事儒生的事迹，反映出班固的倾向，如记眭弘：

> 孝昭元凤三年正月，泰山莱芜山南匈匈有数千人声，民视之，有大石自立，高丈五尺，大四十八围，入地深八尺，三石为足。石立后有白乌数千下集其旁。是时昌邑有枯社木卧复生，又上林苑中大柳树断枯卧地，亦自立生，有虫食树叶成文字，曰“公孙病已立”，孟推《春秋》之意，以为“石柳皆阴类，下民之象，而泰山者岱宗之岳，王者易姓告代之处。今大石自立，僵柳复起，非人力所为，此当有从匹夫为天子者。枯社木复生，故废之家公孙氏当复兴者也”。孟意亦不知其所在，即说曰：“先师董仲舒有言，虽有继体守文之君，不害圣人之受命。汉家尧后，有传国之运……如殷周二王后，以承顺天命。”孟使友人内官长赐上此书。时昭帝幼，大将军霍光秉政，恶之，下其书廷尉。奏赐、孟妄设袄言惑众，大逆不道，皆伏诛。

很偶然的自然现象，却以政治的兴废附会，毫无客观根据可言，对这种荒唐的主观臆测，班固在赞语中说：

> 幽赞神明，通合天人之道者，莫著乎《易》、《春秋》。然子赣犹云：“夫子之文章可得而闻，夫子之言性与天道不可得而闻已矣。”汉兴，推阴阳言灾异者，孝武时有董仲舒、夏侯始昌，昭、宣则眭孟、夏侯胜，元、成则京房、翼奉、刘向、谷永，哀、平则李寻、田终术。此其纳说时君著名者也。察其所言，仿佛一端。假经设谊，依托象类，或不免乎“亿则屡中”。仲舒下吏，夏

侯囚执，眭孟诛戮，李寻流放，此学者之大戒也。京房区区，不量浅深，危言刺讥，构怨强臣，罪辜不旋踵，亦不密以失身，悲夫！

这六个儒生自称可以预知未来，却连自己性命也无法保住，无一不是可悲的结局，又如何预测人事呢？班固以实例告诫学者，灾异家只是靠“亿则屡中”的巧合，企图证明其合理性，甚至视迷信为科学，这完全是学者的悲剧。他希望人们以此为戒，勿轻信伪说。在《郊祀志》中，他揭露所谓的神仙方术之士是一群挟左道、怀诈伪，欺罔世人的骗子。类似的观点，在《艺文志》中也能见到。可以看出，班固对待汉代儒学，并不赞成其神学化、迷信化的内容，在古、今经学的对立中，他仍然坚持了传统的儒家立场，更倾向于重客观、讲实际的务实原则，这在当时思想混乱的环境中，已是难能可贵的了。当然，由于班固缺少王充等人那种彻底的批判性和深刻的思想性，也就不可能从理论上指出汉儒神学的要害。

像《史记》一样，《汉书》是一部传记体史书。班固表现了一大批不同社会层次的历史人物，真实地再现了他们主要的历史事迹。其中写得最成功的，是一批统治阶级中具有崇高道德品质的人物形象。班固从儒家伦理道德原则出发，突出表现他们为人曲直分明，刚正不阿，甘于恬淡寂寞，不为贫困所折，不为淫逸所屈，洁身自好，忠贞报国的道德品质。班固将自己的人生理想寄托于他们身上，赞美之情流露于字里行间。相比较之下，这些人物传记写得富于感情，最能体现班固为人物立传的特色，《扬雄传》可以看作文人传中的代表：

雄少而好学，不为章句，训诂通而已。博览无所不见，为人简易佚荡，口吃不能剧谈，默而好深湛之思。清静无为，少耆欲。不汲汲于富贵，不戚戚于贫贱，不修廉隅以徼名当世。家产不过十金，乏无儋石之储，晏如也。自有大度，非圣哲之书不好也。非其意，虽富贵不事也。顾尝好辞赋，先是时，蜀有司马相如作赋甚弘丽，温雅，雄心壮之，每作赋，常拟之以为式。又怪屈原文过相如，至不容，作《离骚》，自投江而死。悲其文，读之未尝不流涕也。以为君子得时则大行，不得时则龙蛇，遇不遇，命也，何必湛身哉！

在记述中，班固已写出了扬雄的人品及自己的倾慕，但意犹未足，在赞语中，又出乎寻常地进行了长篇评说：

> 赞曰：……初，雄年四十余，自蜀来至游京师。大司马车骑将军王音奇其文雅，召以为门下史，荐雄待诏。岁余，奏《羽猎赋》，除为郎，给事黄门。与王莽、刘歆并。哀帝之初，又与董贤同官。当成、哀、平间，莽、贤皆为三公，权倾人主，所荐莫不拔擢，而雄三世不徙官。及莽篡位，谈说之士用符命称功德获封爵者甚众，雄复不侯，以耆老久次转为大夫，恬于势利乃如是。实好古而乐道，其意欲求文章成名于后世。以为经莫大于《易》，故作《太玄》；传莫大于《论语》，作《法言》；史篇莫善于《仓颉》，作《训纂》；箴莫善于《虞箴》，作《州箴》；赋莫深于《离骚》，反而广之；辞莫丽于相如，作四赋。皆斟酌其本相与放依而驰骋云。用心于内，不求于外。于时人皆忽之，唯刘歆及范逡敬焉，而桓谭以为绝伦。……雄以病免，复召为大夫。家素贫，耆酒，人希至其门。时有好事者载酒肴从游学，而钜鹿侯芭常从雄居，受其《太玄》、《法言》焉。刘歆亦尝观之，谓雄曰："空自苦！今学者有禄利，然尚不能明《易》，又如《玄》何？吾恐后人用覆酱瓿也。"雄笑而不应，年七十一，天凤五年卒。侯芭为起坟，丧之三年。时大司空王邑、纳言严尤闻雄死，谓桓谭曰："子常称扬雄书，岂能传于后世乎?"谭曰："必传。"顾君与谭不及见也。凡人贱近而贵远，亲见扬子云禄位容貌不能动人，故轻其书。昔老聃著虚无之言两篇，薄仁义，非礼学，然后世好之者尚以为过于五经，自汉文景之帝及司马迁皆有是言。今扬子之书文义至深，而论不诡于圣人，若使遭遇时君，更阅贤知，为所称善，则必度越诸子矣。诸儒或讥以为雄非圣人而作经，犹春秋吴楚之君僭号称王，盖诛绝之罪也。自雄之没，至今四十余年，其《法言》大行，而《玄》终不显，然篇籍俱存。

这是《汉书》中一段很特殊的文字，它的字数之多，远远超出其他各传赞语。而且不限于概括性的议论，大量篇幅是叙述扬雄的事迹，属于传记性的描写。班固的意图还是突出这样一个主旨：扬雄"好古而乐道"，"不汲汲于富贵，不戚戚于贫贱"，"不修廉隅以徼名当世"，可视作所有士人学子立身行事的最高境界。这里也寄托了班固自己的人生理想，带有鲜明的主观感情色彩。最后，班固借桓谭的评价，引诸儒的讥讽，隐隐暗示出，传统儒家所追求的做人风范，在现实中已几于殆尽，无以为继，这包含了对追名逐利，不顾名节风气的讽谕。

在武将传中，《苏武传》是最有代表性的。苏武出使匈奴，被扣作人质，他身陷胡地，不为威逼利诱所动，威武不屈，忠君致国，始终不渝。他在他乡异国度过了整整十九个春秋，意志不改，诚心如故。班固把苏武写成大义凛然的英雄，全传自始至终生动感人。其中，李陵劝降一节是全文的高潮：

> 初，武与李陵俱为侍中。武使匈奴明年，陵降，不敢求武。久之，单于使陵至海上，为武置酒设乐，因谓武曰："单于闻陵与子卿素厚，故使陵来说足下，虚心欲相待。终不得归汉，空自苦亡人之地，信义安所见乎？前长君为奉车，从至雍棫阳宫，扶辇下除，触柱折辕，劾大不敬，伏剑自刎，赐钱二百万以葬。孺卿从祠河东后土，宦骑与黄门驸马争船，推堕驸马河中溺死，宦骑亡，诏使孺卿逐捕，不得，惶恐饮药而死。来时，太夫人已不幸，陵送葬至阳陵，子卿妇年少，闻已更嫁矣。独有女弟二人，两女一男，今复十余年，存亡不可知。人生如朝露，何久自苦如此！陵始降时，忽忽如狂，自痛负汉，加以老母系保宫。子卿不欲降，何以过陵？且陛下春秋高，法令无常，大臣无罪夷灭者数十家，安危不可知，子卿尚复谁为乎？愿听陵计，勿复有云。"武曰："武父子无功德，皆为陛下所成就，位列将，爵通侯，兄弟亲近，常愿肝脑涂地。今得杀身自效，虽蒙斧钺汤镬，诚甘乐之。臣事君，犹子事父也。子为父死无所恨，愿勿复再言。"
>
> 陵与武饮数日，复曰："子卿壹听陵言。"武曰："自分已死久矣！王必欲降武，请毕今日之欢，效死于前！"陵见其至诚，喟然叹曰："嗟乎，义士！陵与卫律之罪上通于天。"因泣下沾衿，与武决去。陵恶自赐武，使其妻赐武牛羊数十头。
>
> 后陵复至北海上，语武："区脱捕得云中生口，言太守以下吏民皆白服，曰上崩。"武闻之，南向号哭，呕血，旦夕临数月。

苏武的事迹可歌可泣，班固写得情辞慷慨。赵翼《廿二史札记》说《苏武传》"叙次精采，千载下犹有生气。"评价甚高。班固对苏武刚毅气节的敬佩，对他不幸命运的同情，发自内心深处；情真意切，故能感人。班固写人物传记大都笔调冷静，唯扬雄传、苏武传等寄托了作者强烈的情感，给人的印象最深。

从正统的儒家道德观出发，班固还刻画揭露了一批奸臣、佞人、酷吏的形象。在班固的笔下，他们阴险狡诈，对上谄媚权贵，彼此尔虞我诈，对普通百姓则专横暴虐，鱼肉人民。如《佞幸传》中的董贤，因为相貌好，被哀帝宠爱，专以谄媚为事。然而，这样一个无治国之能的佞人却能平步青云，权倾朝廷。《酷吏传》中，揭露贪官和地方豪强对百姓无恶不作，其行径令人惊心。在《张禹传》等中，班固激愤地批判了张禹、孔光、陈万年之类阿谀之徒。即使对于朝廷后宫中种种残忍狠毒史实，班固也不加避讳地真实叙述。班固从封建政治长治久安之计出发，不满朝廷内外奸臣们的所作所为，以及政治的弊端，希望当政者藉此引以为鉴，反映出班固对现实的清醒认识。

作为一部传记体史书，《汉书》中很多篇章富于鲜明的文学色彩。班固描写人物创造形象有自己的风格，他善于把握人物最有代表性的特征，作具体、形象的描写，从人物言行举止的叙述中，刻划出他们的性格特点。前面分析的《扬雄传》、《苏武传》，已经可以说明这个特点，又如《陈万年传》：

> 万年廉平，内行修，然善事人，赂遗外戚许、史，倾家自尽，尤事乐陵侯史高。……子咸字子康，以万年任为郎。有异才，抗直，数言事，刺讥近臣，书数十上，迁为左曹。万年尝病，召咸教戒于床下，语至夜半，咸睡，头触屏风。万年大怒，欲杖之，曰："公乃教戒汝，汝反睡，不听吾言，何也？"咸叩头谢曰："具晓所言，大要教咸谄也。"万年乃不复言。

作者写的不过是人物的日常琐事、生活细节，但艺术效果却很强烈。陈万年专以谄事权贵为荣，病卧在床，还念念不忘教训儿子，逼得陈咸忍无可忍。只一个场面，便刻画出一个十足的市侩形象。《朱买臣传》中，作者抓住官吏们对朱买臣得官前后态度的变化，创造出生动的戏剧性效果。众人前倨后恭，不讲廉耻，毫无人格可言。将崇拜权势的灵魂写得淋漓尽致。班固并不着力于情节发展的大波澜，也不刻意追求烘托场面的气氛，往往于冷静客观的描写中，写出行文的起伏变化，而人物性格的准确刻画，确实有呼之欲出的艺术效果。

《汉书》在语言表达上，形成了自己的特色。纵观全书，班固无论叙事或议论，不以铺张见长，很难看到《史记》那种酣畅淋漓、一吐为快的豪爽风格，更多的是注意语言的准确、严谨、简洁，处处反映出学者化的风格。《朱买臣传》中叙述朱买臣做官前后的情形：

> 初，买臣免，待诏，常从会稽守邸者寄居饭食。拜为太守，买臣衣故衣，怀其印绶，步归郡邸。值上计时，会稽吏方相与群饮，不视买臣。买臣入室中，守邸与共食，食且饱，少见其绶。守邸怪之，前引其绶，视其印，会稽太守章也。守邸惊，出语上计掾吏，皆醉，大呼曰："妄诞耳?"守邸曰："试来视之。"其故人素轻买臣者，入内视之，还走，疾呼曰："实然!"坐中惊骇，白守丞，相推排陈列中庭拜谒。买臣徐出户，有顷，长安厩吏乘驷马车来迎，买臣遂乘传去。

这里没有大起大落的情节波澜和戏剧性的场面渲染，只是以平实的语言客观地加以表现，却使一帮崇拜权势者的丑态跃然纸上。南朝范晔称赞班固叙事"不激诡，不抑抗，赡而不秽，详而有体，使读之者娓娓不厌"(《后汉书·班固传》)，很能说明《汉书》语言语淡而意足，令人回味不已的特点。

第二节　东汉的历史散文

东汉时期，修史之风较盛。因此，除班固的《汉书》外，还有袁康、吴平的《越绝书》，赵晔的《吴越春秋》，荀悦的《汉纪》，以及《东观汉记》等杂史之作。

《越绝书》旧传以为子贡作，或子胥作，皆不可信。胡应麟《艺林学山》据该书跋言考证，以为此书由袁康先述于东汉之初，吴平复为之定辞于东汉之季，较为可信。袁康、吴平生平不详。王充《论衡·案书篇》说："临淮袁太伯袁文术、会稽吴君高周长生之辈，位虽不至公卿，诚能知之囊橐，文雅之雄也。"杨慎《艺林伐山》以为吴平即吴君高。《越绝书》虽为杂史，却比《说苑》更富传奇色彩，文笔"博奥伟丽"(纪昀：《四库简明目录提要》)，体现出"文雅之雄"的特征，袁康、吴平为其作者当属无疑。

《越绝书》记述的是春秋末年吴越相争的一段历史，其材料既采摭古籍，又参之传闻，小说成分极重。如写伍子胥为报父仇而出奔一段：

于是乃南奔吴，至江上，见渔者曰："来渡我。"渔者知其非常人也，欲往渡之，恐人知之，歌而往过之曰："日昭昭侵以施，与子期甫芦之碕。"子胥即从渔者之芦碕。日入，渔者复歌往曰："心中目施，子可渡河。何为不出?"船到即载，入船而伏。半江而仰谓渔者曰："子之姓为谁？还得报子之厚德。"渔者曰："纵荆邦之贼者我也，报荆邦之仇者子也。两而不仁，何相问姓名为?"子胥即解其剑，以与渔者，曰："吾先人之剑，直百金，请以与子也。"渔者曰："吾闻荆平王有令曰：'得伍子胥者购之千金。'今吾不欲得荆平王之千金，何以百金之剑为?"渔者渡于于斧之津，乃发其箪饭，清其壶浆而食曰："亟食而去，毋令追者及子也。"子胥曰："诺"。子胥食而已去，顾谓渔者曰："掩尔壶浆，无令之露。"渔者曰："诺"。子胥行，即覆船挟匕首，自刎而死江水之中，明无泄也。

子胥行至溧阳界中，见一女子击絮于濑水之中。子胥曰："岂可得托食乎?"女子曰："诺"。即发箪饭，清其壶浆而食之。子胥食已而去，谓女子曰："掩尔壶浆，毋令之露。"女子曰："诺"。子胥行五步，还顾女子，自纵于濑水之中而死。

有人物，有情节，类似笔记小说，表现出史传散文向小说演进的迹象。

史传散文向小说演进的迹象，在赵晔的《吴越春秋》中表现得更为鲜明。

赵晔，生卒不详，字长君，会稽山阴（今浙江绍兴）人。"少尝为县吏，奉檄迎督邮，晔耻于厮役，遂弃车马去。"（《后汉书·赵晔传》）可见其为官比较耿直。后来到犍为资中（今四川资阳）从杜抚学《韩诗》长达二十年。杜抚死后，赵晔回到故里，州召补从事，不就，卒于家。曾著有《诗细历神渊》，深为蔡邕叹服，"以为长于《论衡》"（《后汉书》本传），惜其不传。

《吴越春秋》的内容与《越绝书》一样，也是记述吴越争霸的一段历史，其史料主要取于《国语》，同时兼采《左传》、《史记》，并“附以所传闻者为之”，所以“其字句间或似小说家”。（钱福：《重刊〈吴越春秋〉序》）与《越绝书》相比，它更不拘泥于依傍史籍，有着更多的虚构、想象和民间传闻，有些离奇怪诞的情节，已涉入志怪之域。如写吴有作钩，用儿子的鲜血涂金铸成二钩，只要一呼唤儿子的名字，二钩便腾飞而起；写吴王的湛卢宝剑，因恶吴王无道，入水径行至楚昭王床前；写干将铸剑，“采五山之铁精，六合之金英，侯天伺地，阴阳同光，百神临观，天气下降”，而金铁仍不能熔化，其妻莫邪“乃断发剪爪，投于炉中，使童女童男三百人鼓橐装炭，金铁刀濡，遂以成剑。”这样的描写，不但在此前的史传作品中罕见，就是其他散文著作中也少有。

《吴越春秋》与《越绝书》相比，记事更为详细，情节更为丰富。如伍子胥遇击绵女一段：

> 适会女子击绵于濑水之上，筥中有饭。子胥遇之，谓曰：“夫人，可得一餐乎?”女子曰：“妾独与母居，三十未嫁，饭不可得。”子胥曰：“夫人赈穷途，少饭亦何嫌哉?”女子知非恒人，遂许之。发其箪筥，饭其盎浆，长跪而与之。子胥再餐而止。女子曰：“君有远逝之行，何不饱而餐之?”子胥已餐而去，又谓女子曰：“掩夫人之壶浆，无令其露。”女子叹曰：“嗟乎！妾独与母居三十年，自守贞明，不愿从适，何宜馈饭而与丈夫！越亏礼仪，妾不忍也。子行矣!”子胥行，反顾女子，已自投于濑水矣。

和前面所引《越绝书》“女子击絮于濑水”相比，人物的对话增多了，情节也曲折了，更具有笔记小说的特色。不仅如此，《吴越春秋》的故事比《越绝书》更为完整，而且善用对比、烘托刻画人物。如对要离刺庆忌的描写：

> 将渡江，于中流，要离力微，坐于上风，因风势以矛钩其冠，顺风而刺庆忌。庆忌顾而挥之，三捽其头于水中，乃加于膝上：“嘻嘻哉，天下之勇士也，乃敢加兵刃于我。”左右欲杀之，庆忌止之，曰：“此是天下勇士，岂可一日而杀天下勇士二人哉!”乃诫左右曰：“可令还吴，以旌其忠。”于是庆忌死。要离渡至江陵，愍然不行。从者曰：“君何不行?”要离曰：“杀吾妻子以事吾君，

非仁也；为新君而杀故君之子，非义也；重其死不贵无义，今吾贪生弃行，非义也。夫人有三恶以立于世，吾何面目以视天下之士?”言讫，遂投身于江。未绝，从者出之。要离曰：“吾宁能不死乎?”从者曰：“君且勿死，以俟爵禄。”要离乃自断手足，伏剑而死。

要离刺庆忌一事，不见于《左传》、《史记》，可能是从“传闻者”而来。故事的前半说阖庐指使刺客刺杀吴王王僚后夺取了王位，又担心躲在卫国的王僚之子庆忌复仇，在伍子胥的荐举下，请要离刺杀庆忌。为了取得庆忌的信任，要离主动要求戮其妻子，断其右手，而后见到庆忌，诳骗庆忌与他一起东之于吴，以伐诛阖庐。而后，在渡江之际，要离趁机以刺杀庆忌，即上面所引一段文字。要离是位“迎风则僵，负风则伏”的单弱之人，面对的却是勇力过人的庆忌。自知力微的要离，却“坐于上风，因风势以矛钩其冠，顺风而刺庆忌”；庆忌在受伤情境下，“顾而挥之，三捽其头于水中，乃加于膝上”，两个具体动作的描绘形成鲜明的对比，生动地描绘出两个勇士的不同精神面貌。而后，庆忌对要离的称赞，要离的自惭而死，则又在对照描述中，表现出两位勇士共同的侠义精神。

如若说《说苑》、《新序》还保留有较多的史料，《越绝书》还有一些关于历史地理的记述，那么《吴越春秋》则是在“史”的体式下，更多的是文学化的虚构和想象，把从《说苑》开始的传奇因素发展到了极致。这一现象表明史传散文向小说的逐渐演变，在我国散文发展史上，是应该引起注意的一种迹象。

荀悦（？～209），字仲豫，颍川颍阴（今河南许昌一带）人。年十二即能说《春秋》。家贫无书，但每到人家，所见篇牍，一览就多能诵记。性沉静，尤好著述。灵帝时，阉官用权，悦托疾隐居，时人莫识。献帝时，为曹操幕僚，迁黄门侍郎、秘书监、侍中。所著《汉纪》是依汉献帝之令而作。《后汉书·荀悦传》云：“帝好典籍，常以班固《汉书》文繁难省，乃令悦依《左氏传》体以为《汉纪》三十篇，诏尚书给笔札。辞约事详，论辨多美。”《汉纪》基本上是删削改编《汉书》，易纪传体为编年体的西汉史，内容虽不出《汉书》，但更简明扼要，加之精彩的评论，很为后人所重。《四库目录提要》说：“唐人试士，以悦《纪》与《史》、《汉》为一科。”可见该书在唐代以前影响之大。《汉纪》有云：

夫臣之所以难言者何也？其故多矣。言出于口，则咎悔及身……。或利于上，不利于下。或便于左，不便于右。或合于前，而忤于后。或应事当理，决疑定功，超然独见，值所欲闻，不言上下，无妨左右，言立策成，终无咎悔；若此之事，百不一遇。其知之所见，万不及一也。且犯言致罪，下之所难言也；怫旨忤情，上之所难闻也。

这样的“难言”之感，当然是时代的产物，也是针对时代而言，但也可以看出韩非《说难》的影子。其文风之峭刻，更表现出法家的一些特色。这一特色，在稍后曹魏时期特别是曹操的一些作品中表现得就更为突出了。荀悦还著有《申鉴》等书，其中反对神学迷信和豪族兼并之议，也都有一定价值。

《东观汉记》是东汉人记东汉之事的著作，前后参加写作者多人，并经历了漫长的写作过程。《四库全书总目》说：“自明帝诏班固等撰始，至灵帝时蔡邕、卢植等讫功，而献帝时杨彪后修补之，盖屡经名儒之手，至三续而始成。”据《史通·正史篇》，参加撰写的学者还有刘珍、李尤、崔寔、曹寿、马日磾等。此书因是东汉人记东汉事，所以保存了大量有价值的史实，也曾产生过一定影响，与《史记》、《汉书》合称“三史”。惜其书已严重散佚，所存辑本不过原书的十分之一二。刘勰《文心雕龙·史传》篇云：“后汉纪传，发源东观。”从现存《东观汉记》辑本，对照范晔《后汉书》有关传记，可以发现，范史素材多取自《东观汉记》。根据刘勰所云，魏晋时期司马彪的《续汉书》、华峤的《后汉书》、袁山松的《后汉书》、张莹的《后汉南记》，以及三国吴时薛莹的《后汉纪》、谢承的《后汉书》等有关东汉的史传之作，也都受到《东观汉记》的影响。因此，该书虽多散佚，但在汉代史传文的发展中也还应该引起注意。

从现存篇章看，《东观汉记》的成就还不及《汉书》，而且驳杂不齐，这可能是由于多人撰作之故。但有些篇章，人物形象也生动鲜明，文笔精练而有韵味。如《梁鸿传》：

梁鸿少孤，以童幼诣太学受业，治《礼》、《诗》、《春秋》。常独坐止，不与人同食。比舍先炊已，呼鸿及热釜炊。鸿曰：“童子鸿，不因人热者也。”灭灶更燃火。鸿家贫而尚节，博览无不通。毕，乃牧豕于上林苑中。曾误遗火延及他舍，乃寻访烧者，问所失财物，悉推豕偿之。主人犹以为少。鸿曰："无他财，愿以身居作。"主人许，因为执勤不懈。耆老见鸿非恒人，乃共责让主人，而称鸿长者。于是始敬鸿，还其豕，鸿不受。初与京邑萧友善，约不为陪臣。及友为郡吏，鸿以书责之而去。

鸿乡里孟氏女，容貌丑而有节操，多求之，不肯。父母问其所欲，曰："得贤婿如梁鸿者。"鸿闻，乃求之。女椎髻，著布衣，操作具而前。鸿大喜曰："此真梁鸿妻也，能奉我矣。"字之曰德耀，名孟光。将妻之霸陵山，耕耘织作，以供衣食。弹琴诵诗，以娱其志。

鸿将之会稽，作诗曰："维季春兮华阜，麦含金兮方秀。"适吴，依大家皋伯通庑下为赁舂。每归，妻为具食，不敢于鸿前仰视，举案常齐眉。伯通察而异之，曰："彼佣赁能使其妻敬之如此，非凡人也。"

鸿常闭户吟咏书记，遂潜思著书十余篇。鸿病，因与伯通及会稽士大夫语曰："昔延陵季子葬于嬴博之间，不归其乡。慎勿听妻子持尸柩去。"后伯通等为求葬处，有要离冢高燥，众人曰："要离古烈士，今伯鸾亦清高，令相近。"遂葬要离冢傍，子孙归扶风。

受当时社会思想的影响，《东观汉记》一书有较为浓厚的封建伦理说教，在人物描绘中也表现出这一时代特征，《梁鸿传》即为一例。但作者能通过一些具体事件，以表现梁鸿安贫乐道、不慕虚荣的性格，也显示出作者在史传文学创作上的成功。《后汉书·梁鸿传》基本上以此为蓝本，只在文字上稍有修饰和补充，说明《东观汉记》早已为范晔所肯定和吸收。

第七章
东汉的散文和辞赋

第一节　王充和《论衡》

王充（公元 27～97?），字仲任，会稽上虞（今浙江上虞）人。原籍魏郡元城（今河北大名）。先祖王贺，官武帝绣衣御史。先辈数有军功，曾受封会稽郡阳亭。但不到一年便被削去官职，以后在阳亭以农桑为业。世祖王勇，尚气任侠，意气用事。时值灾年，在阳亭“横道杀伤，怨仇众多，会世扰乱，恐为怨仇所擒”，为躲避仇家，祖父王汎携全家迁居会稽钱塘，以“贾贩为事”。父亲王诵、伯父王蒙更是强悍，“勇世凌人”（《论衡·自纪篇》，以下凡出《论衡》只注篇名。），又与当地豪家丁伯等构怨，不得已，全家再度迁居会稽。王充就出生在会稽，家庭世代的影响，熏陶了王充刚烈尚气的性格。

王充自幼聪慧好学，六岁发蒙，八岁即能作文，日诵文章千字以上。十五、六岁时入洛阳太学，师从班彪等名儒宿学，“好博览不守章句”，“博通众流百家之言”（《后汉书·王充传》）。三十二岁左右回到家乡，官上虞县掾功曹。先后任会稽郡都尉府掾功曹、郡太守五官功曹等职，都是级别很低的官吏。在位“以数谏争不合”，遭贬黜抑屈，仅靠在乡村私塾教书为生。大约在元和三年（公元 86）至章和二年（公元 88），王充曾应扬州刺史董勤征辟，赴九江任刺史衬治中从事。在任不长，辞职还乡，其时年已六十余岁。晚年一直以著述为事，再也没有做过官。生活贫困艰辛，境遇凄凉，如《自纪篇》所描述的那样，“仕路隔绝，志穷无如”，“发白落齿，日月逾迈，俦伦弥索，鲜所恃赖，贫无供养，志不娱快”，最后终于在困顿寂寞中病故。

东汉取仕重门第，出身豪门可以轻而易举获得高官厚禄。王充出身“细族孤门”，地位低下，尽管学识渊博，仍然无进身之机，当时就有人嘲讽他“祖宗无淑懿之基，文墨无篇籍之遗”（《自纪篇》），这在当时是不可能受到重用的。王充一生怀才不遇，道路坎坷，但从不自轻自贱，性格耿介拔俗，意气凛然，为人刚正不阿，“卑位固常贤儒之所在也。遵礼蹈绳，修身守节，在下不汲汲，故有沉滞之留。沉滞在能自济，故有不拔之扼。其积学于身也多，故用心也固”（《状留篇》）。他为自己确立了人生准则：“不嫌亏以求盈，不违险以趋平；不鬻智以干禄，不辞爵以吊名；不贪进以自明，不恶退以怨人”，“性恬淡，不贪富贵”（《自纪篇》），洁身自好，不与世俗随波逐流，其品行远远超出当时，足为一代文人之风范。

王充一生著书多种，有《讥俗节义》十二篇，《政务》以及晚年的《养性书》十六篇，除《论衡》以外，其他书均已失传。《论衡》是王充的代表著作，内容与表达都有很高的价值。王充三十多岁时开始撰写《论衡》，六十多岁才完成，它凝结了王充的智慧和情感，是他毕生精力的结晶，也是留给后人宝贵的思想遗产。

《论衡》共八十五卷，其中《招议》一篇已佚，现存八十四卷。《论衡》是东汉时期学术思想的重要著作，强烈的批判现实的精神是它最突出的特色。东汉初期是汉代思想史上极端混乱的时期，经学的僵化、谶纬的盛行导致了严重的思想危机，并且最终致使儒学彻底衰微。经学设立始于汉武帝实行“罢黜百家，独尊儒术”之时。董仲舒在传统儒学基础上，吸收了道、法、阴阳五行学说，以宗法观念为核心，附会以灾异、谴告诸说，建立了汉代儒学。由于董仲舒把天意看作儒学之本，汉儒学便充满了神学化色彩。儒生对经学的解释，只是诠释章句，根本不重视义理，解一经虽千万言却不得要领，毫无意义，所以，经学日趋僵化，缺少生命力。而汉儒的神学化，为迷信开了便利之门。灾异之说引来了谶纬之学，用凭空捏造的预言解释经书，演绎出种种迷信说法，以适应政治的需要。又因为东汉光武帝承认谶纬的合法地位，遂使之泛滥于世。当时的儒生除了熟读经书，还要研习谶纬，毫无科学价值的谶纬之学竟然被视作科学。大思想家桓谭曾数谏废除谶纬，触怒了光武帝，险些送了性命。正是在这样的思想背景之下，王充著《论衡》，旗帜鲜明地提出“疾虚妄”的主题，他在书中多次重申：

《诗》三百，一言以蔽之，曰：“思无邪。”《论衡》篇以十数，亦一也，曰：“疾虚妄。”（《佚文篇》）

是故《论衡》之造也，起众书并失实，虚妄之言胜真美也。故虚妄之语不黜，则华文不见息；华文放流，则事实不见用。故《论衡》者，所以铨轻重之言，立真伪之平，非苟调文饰辞，为奇伟之观也。其本皆起人间有非，故尽思极心，以讥世俗。……实虚之分定，而华伪之文灭；华伪之文灭，则纯诚之化日以孳矣。（《对作篇》）

《论衡》细说微论，解释世俗之疑，辨照是非之理，……俗传蔽惑，伪书放流，……浮妄虚伪，没夺正是。心渍勇，笔手扰，安能不论？（《对作篇》）

凡是儒生所编造的谎言，背离事实，歪曲真理，王充皆称为“虚妄”。王充“疾虚妄”，意在恢复事实，阐明真理，即“真美”。《论衡》以“真美”为原则，批驳“虚妄”之说。每一篇都针对儒生的某一谬说，澄清事实，明了道理，揭露其伪，以教育世人。《论衡》全书则集中了儒生最有代表性的观点，一一辩驳，对汉儒所造成的思想混乱，进行一次全面彻底的清算，重新倡导重事实、重真理的理论科学性。《论衡》批判现实的精神具有深刻的现实意义。

《论衡》是一部优秀的政论著作，它的主要思想力量源于黄老学派的“自然”论。“自然”论是王充哲学思想的主要内容，它贯穿于《论衡》全书。黄老学派是秦汉之际形成的新道家学派，它的思想核心“自然”观来自先秦道家。《老子·二十五章》：“人法天，天法地，地法道，道法自然。”老庄论自然，重无人之道，反对儒家的宗法观念，同时，也是对宇宙本原的认识。黄老学派重强调“自然”的天道观，以“自然”为认识自然界和人类社会的最高原则。儒、道天道观的根本对立，主要表现在对世界本原的不同解释上。王充批判汉儒的“虚妄”理论，主要运用了黄老思想的“自然”论。《自然篇》说：“夫寒温、谴告、变动、招致，四疑皆已论矣。谴告于天遭尤诡，故重论之，论之所以难别也。说合于人事，不入于道意。从道不随事，虽违儒家之说，合黄老之义也。”汉儒以至高无上的神解释自然和社会现象，认为天有意志、人格，然后将儒家学说解释成为天意的表现，是绝对的真理。王充则提出，事物由元气组成，元气是形成万物最基本的因素：“万物之生，皆禀元气。”（《言毒篇》）“人，物也，万物之中有智慧者也。其受命于天，禀气于元，与物无异。”（《辨祟篇》）“凡天地之间，阴阳所生，蛟蛲之类，蜫蠕之属，含气而生。”（《商虫篇》）元气是客观的、普遍的，即使是天，也是由元气构成的，它和万事万物完全相同，根本没有人格、意志。王充的观点反映了最朴素的唯物思想。

汉儒把自然界和人类社会的存在看作是天所制约的，是天意的表现，天大仁大义，创造了一切事物，万物按照天的意志产生，为了仁义存在。王充从“自然”论出发，批判汉儒的“故成”论，他认为，事物的存在和发展都是自然而然的，它们自然而生，自然而长，他把事物因循自然的特点概括为“自成”。他说：“儒者论曰：‘天地故生人。’此妄言也。天地合气，人偶自生也。”（《物势篇》）“天复于上，地偃于下，下气蒸上，上气将下，万物自生其中间矣。”（《自然篇》）“天之行，施气自然也。施气则万物生，非故施气以生万物也；不动，气不施，物不生。”（《说日篇》）王充还以“自然”论批判了汉儒所宣扬的各种神学迷信观点，如对“天故生物”的批判：

> 天地合气，万物自生，犹夫妇合气，子自生矣。万物之生，含血之类，知饥知寒。见五谷可食，取而食之；见丝麻可衣，取而衣之。或说以为天生五谷以食人，生丝麻以衣人。此谓天为人作农夫、桑女之徒也，不合自然，故其义疑，未可从也。试依道家论之：
>
> 天者，普施气万物之中，谷愈饥而丝麻救寒，故人食谷、衣丝麻也。夫天之不故生五谷丝麻以衣食人，由其有灾变不欲以谴告人也。物自生而人衣食之，气自变而人畏惧之。以若说论之，厌于人心矣。如天瑞为故，自然焉在？（《自然篇》）

王充所谓“自然”，其意义十分清楚，它指的是事物内部自身存在的必然性。事物的运动、变化和发展，自始至终都是受自然必然性所决定、制约进行的，自然必然性，是事物存在的根本规定性。以“自然”说明事物的客观性，合乎事物的自身规律，汉儒之说所以虚妄，以有神论歪曲、否定事物的自然必然性，这是最主要的。在自然论面前，汉儒之说的虚妄本质被彻底揭穿了。王充对汉儒思想的批判，是对有神论的否定，而“自然”思想的力量，来自于科学的无神论。王充的《论衡》，充分反映出无神论的战斗性，它是《论衡》批判精神的集中体现。

王充的“自然”论，还反映在他对文学创作的认识上。针对汉儒图书神授说，王充以“自然”解释创作的特点：“夫天安得以笔墨而为图书乎？天道自然，故图书自成。”（《自然篇》）“图书自成”概括了文学创作的普遍规律。王充认为，文学创作因内而外，是自然而然的过程，决定文学创作的不是天意，而是作家的“实诚”“胸臆”。《超奇篇》说：

> 文由胸中而出，心以文为表。观见其文，奇伟俶傥，可谓得论也。由此言之，繁文之人，人之杰也。有根株于下，有荣叶于上；有实核于内，有皮壳于外。文墨辞说，士之荣叶、皮壳也。实诚在胸臆，文墨著竹帛，外内表里，自相副称。意奋而笔纵，故文见而实露也。

《佚文篇》说：“论发胸臆，文成于中。”《书解篇》说：“禀天地之文，发于胸臆。”“实诚”是作者的真感情、真见解、真评见，简而言之，就是作家的创作个性。“实诚”是文学之本，是创作之源，文学是作家“实诚”的表现。王充以“自然”论分析文学创作，抓住了最本质的内容。

在王充的文学思想中，处处体现出对创作个性的重视。针对汉人崇拜古人，贱今崇古的风气，王充提出，辨别优劣的标准不是时间的远近，而是创作的真伪：“夫俗好珍古不贵今，谓今之文不如古书。夫古今一也。才有高下，言有是非，不论善恶而徒贵古，是谓古人贤今人也。……才有浅深，无有古今；文有伪真，无有故新。”（《案书篇》）真实地表现作家的创作个性，才是最优秀的作品，而当时的文学创作却以模拟他人为尚，而忽略了自己的思想感情，王充坚决反对这种创作倾向。《自纪篇》说：“饰貌以强类者失情，调辞以务似者失形。百夫之子，不同父母，殊类而生，不必相似，各以所禀，自为佳好。文必有与合而后称善，是则代匠斫不伤手，然后称工巧也。”美来自创作个性的表现，作家各以自己的创作个性见称于世，如果牺牲个性，蹈袭他人，不可能感动读者，也创造不出美来。王充的观点，对于缺少个性色彩的汉代文学创作来说，可以说是医治的良药，而且对于魏晋六朝文学创作的自觉来说，其影响作用也是不可低估的。

对创作个性的重视，还反映在王充对文人的评价上。王充对儒生评价最低，认为他们熟读经书，却缺少创见，只能“即徒诵读，读诗讽术，虽千篇以上，鹦鹉之能言之类也”（《超奇篇》），所以毫无价值。反之，王充称鸿儒为超奇之材，是文人之中最杰出的，称赞他们“笔能著文，则心能谋论。文由胸中而出，心以文为表，观见其文，奇伟倜傥，可谓得论之类也”（《超奇篇》），他们能够“立意创新”，“眇思自出于胸中”，不囿于经，不随人后，著书立说，自成一家之文。王充对鸿儒的评价，反映出文人价值观念的转变，汉代以门第取人，以读经为贵的价值标准受到了王充的批判。王充的文学思想，是《论衡》中的重要组成部分，它像王充的哲学思想一样，建立在“自然”论基础之上。

《论衡》是一部深刻的思想著作，同时，它也是优秀的政论散文。在写作上，它有自己鲜明而独特的风格。

首先，王充十分重视事实的作用。运用事实进行论证，是《论衡》的突出特点。在《论衡》的每一篇中，王充都引用了大量的事实，以具体的事实为依据，无论是批驳汉儒的迷信之说，还是论证自己的观点，事实总是最重要的根据。事实的意义在于它是真实的客观存在，无论承认与否，它都是最真实的，因而可以成为衡量真伪的标准。事实还以其可感性能为所有的人认识，它可以得到人们的承认，以事实说服人，最有力量。王充认为，事实应当成为立论的基础，各种说法只有建立在事实之上才是科学的。王充利用事实与汉儒迷信说法之间的差异，揭露其虚妄所在。为了神化儒家圣人，汉儒把孔子等说成是先知先觉、智慧超人的圣人，例如，说孔子早就预言，秦始皇闯入自己家宅，董仲舒篡改自己学说。王充在《实知篇》依据事实说明，秦始皇根本没到过鲁国，如何能到孔子家宅？既然这件事子虚乌有，董仲舒篡改孔子立说也是虚妄之言，从而打破了汉儒的迷信传言。王充还认为，事实是判断是非的标准，只有经过事实的检验，并且被证明与事实相符，才是正确的。王充自觉地以事实为标准，验证汉儒的说法，凡是荒谬的迷信，必然经不住事实的检验。这就显示出事实的力量。王充常常质问儒生：“何以验之？”既然无法验证，其伪无疑。汉儒说打雷是天怒，惩罚罪人。王充反驳说：雷是火，不是天怒，然后以事实证明：

以人中雷而死，即询其身，中头则须发烧焦，中身则皮肤灼焚，临其尸上闻火气，一验也。道术之家，以为雷烧石色赤，投于井中，石焦井寒，激声大鸣，若雷之状，二验也。人伤于寒，寒气入腹，腹中素温，温寒分争，激气雷鸣，三验也。当雷之时，电火时见，大若火之耀，四验也。当雷之击时，或燔人室屋及地草木，五验也。夫论雷之为火有五验，言雷为天怒无一效。然则雷为天怒，虚妄之言。（《雷虚篇》）

王充的验证，来自对事实的观察和科学成果的借鉴，令人信服。王充还概括了他坚持事实验证的原则："凡论事者，违实不引效验，则虽甘义繁说，众不见信"，"事有证验，以效实然。"（《知实篇》）

对于写作的要求，王充同样坚持以事实为根据的原则。他认为，一切书籍的写作必然坚持事实的真实性，立足于事实，符合事实。改变或夸张，甚至歪曲事实，必然违背"真美"原则，欺骗世人。《书虚》、《语增》、《艺增》、《书解》等篇中，王充针对汉儒在书籍中编造大量谎言，违背事实的实际，引用事实一一辩证，并对儒生的做法进行严厉地批判：

世信虚妄之书，以为载于竹帛之上者，皆贤圣所传，无不然之事，故信而是之，讽而读之。睹真是之传与虚妄之书相违，则并谓短书，不可信用。夫幽冥之实尚可知，沉隐之情尚可定，显文露书，是非易见，笼总并传非实事，用精不专，无思于事也。夫世间传书诸子之语，多欲立奇造异，作惊目之论，以骇世俗之人，为谲诡之书，以著殊异之名。（《书虚篇》）

坚持事实重于一切，体现了王充对理性精神的推崇，无论是谁的说法，都必须经过理性的批判。在《论衡》中，理性精神显示出巨大的力量。但是，王充的看法也有简单化倾向，他没有注意到文学的特点，文学作品不同于应用文章，它允许作者的想象和夸张，而片面地将文学作品的艺术创造地视作"虚妄"，一概否定，在今天看来这是不恰当的。

《论衡》在写作上的另一个重要特点，是逻辑分析方法的积极运用。除了依据事实批判虚妄之外，王充还把逻辑分析作为批驳汉儒的主要方法。科学的逻辑分析是对事实的抽象，它和事实一样，具有客观性和科学性，而汉儒的神学迷信既然违背了事实，同样也必然是违反逻辑的，通过逻辑推理，证明对方逻辑上的矛盾，达到揭露其荒谬的目的，是非常有效的论证方式。"谴告"说认为天可以谴告人，人君犯错误，天出灾异，令其改正错误，如果人君不悟，天则降大灾以惩罚人君。王充辩难道：人君平庸，才会犯错误，天既然能谴告人君，令其行正道，为什么不选择明君治理国家，反而让平庸辈犯错误，然后不断地谴告，甚至降灾于人呢？王充说：

> 天能谴告人君，则亦能故命圣君。择才若尧、舜，授以王命，委以王事，勿复与知。今则不然，生庸庸之君，失道废德，随谴告之，何天不惮劳也。(《自然篇》)

王充首先抓住谴告说的前提，天有意志，可以驾驭人君，然后以事实证明，除一味谴告外，天不能有所作为，任凭人君的无能。最后得出结论，天没有意志，谴告说也不能成立。王充用谴告说的前提，检验其与结果是矛盾的，从而推翻了谴告说。谴告说不能成立，则天有意志也必然是荒谬的，这样，王充最终否定了神学观。

和事实论证方法不同，推理方法可以不受个别事实的局限，把握事物的一般规律，它是人思维活动的结果，反映出认识能力的提高。在《论衡》中，王充灵活地运用推理方法，驳斥汉儒的说法，从根本上动摇了神学观的统治。如汉儒宣传善恶因果报应，天会对人奖善惩恶。王充以逻辑推理证明它的虚妄：

> 秦祐襄王赐白起剑，白起伏剑将自刎，曰："我有何罪于天乎?"良久，曰："我固当死。长平之战，赵卒降者数十万，我诈而尽坑之，是足以死。"遂自杀。白起知己前罪，服更后罚也。
>
> 夫白起知己所以罪，不知赵卒所以坑。如天审罚有过之人，赵降卒何辜于天？如用兵妄伤杀，则四十万众必有不亡。不亡之人，何故以其善行无罪而竟坑之？卒不得以善蒙天之祐，白起何故独以罪伏天之诛？由此言之，白起之

言，过矣。(《祸虚篇》)

王充经过推理，说明个别现象与一般规律的矛盾，最后不仅说明对个别现象的解释是错误的，而且汉儒的说法本身也是错误的。

王充不但成功地运用了逻辑推理的方法，还总结出了一些科学的逻辑分析规律，如“揆端类推”，根据已有的事实进行合理的推论，由此及彼；“方比物类”，比较不同事物相似处，认识说明事物的特点；“原见始终”，探求事物本原，预见其结果。其他如“推原事类”“推原往验，以处来事”等等，都是王充自觉运用过，并被证明是科学方法的实例。

《论衡》的语言也很有特色。作为政论散文，《论衡》的语言富于论辩性，有鲜明的政论风格。王充善于创造语言表达的气势，形成一种强劲的力量，加强理论的批判性。王充总是把被批判的论点置于文章之首，然后围绕这些观点展开分析。王充的分析，列举大量事实，反复辩驳，深入剖析，层层说理，直至彻底揭露其虚妄本质。《问孔篇》公开问难孔子，其中引用二十四件实事，说明孔子言论失误并非少见，绝不是句句皆真理，孔子本人也不是绝对正确的圣人。《知实篇》里，王充引用十六条材料，说明孔子不能生而知之。《寒温篇》驳斥天气寒温由君主喜怒所决定的说法：

夫寒温之代至也，在数日之间，人君未必有喜怒之气发胸中，然后渥盛于外。见外寒温，则知胸中之气也。当人君喜怒之时，胸中之气未必更寒温也。胸中之气，何以异于境内之气？胸中之气，不为喜怒变，境内寒温，何所生起？六国之时，秦汉之际，诸侯相伐，兵革满道，国有相攻之怒，将有相胜之志，夫有相杀之气，当时天下未必常寒也。太平之世，唐虞之时，政得民安，人君常喜，弦歌鼓舞，比屋而有，当时天下未必常温也。岂喜怒之气为小发不为大动邪？何其不与行事相中得也？

历史事实，信手拈来，无不得心应手；正论反论，明白透彻，令人不能不信服。经过反复论证，造成了彻底驳倒对方的文章气势。

虽然是政论文，《论衡》却写得生动、自然，处处流畅明快，给人以朴实、活泼的感觉。如《论死篇》论证人死不能为鬼的观点：

> 天地之性，能更生火，不能使灭火复燃；能更生人，不能令死人复见。不能使灭灰更为燃火，吾乃颇疑死人能复为形，案火灭不能复燃以况之，死人不能复为鬼明矣。夫为鬼者，人谓死人乏精神，如审鬼者死人之精神，则人见之宜徒见裸袒之形，无为见衣带被服也。何则？衣服无精神，人死与形体俱朽，何以得贯穿之乎？精神本以血气为主，血气常附形体，形体虽朽，精神尚在，能为鬼可也；今衣服，丝絮布帛也，生时血气不附着，而亦自无血气，败朽遂已，与形体等，安能自若为衣服之形？由此言之，见鬼衣服像人，则形体亦像人矣。像人，则知非死人之精神也。

以浅近明白的语言说明深刻的道理，十分清楚，易于理解接受。为了语言的生动活泼，王充还运用了许多修辞手法，丰富语言的表现力，如比喻、反问、设问、拟人、排比等，都经常在《论衡》中出现。生动的语言不仅避免了哲学文章通常晦涩难懂的倾向，而且也摒弃了当时流行的好用偶俪，故作儒雅的雕琢文风，具有新鲜的特色。

后代很多著名学者，高度评价了王充的思想和创作。《论衡》以其深刻的思想、反抗的性格、激切的论辩和富于气势的语言，成为汉代优秀的政论散文。王充对于汉儒神学迷信的深刻批判，在经学僵化和谶纬泛滥的时代，无疑是一次重要的意识革命，从而促成了无神论思想主导地位的恢复。在古代思想发展以及散文创作史上，王充做出了杰出的贡献。

第二节　东汉的论说文

东汉论说文最杰出的代表是王充的《论衡》。此外，桓谭、王符、荀悦、仲长统等人的作品也都具有强烈的批判精神和时代特征，值得注意。

桓谭（？～56），字君山，沛国相（今安徽濉溪县西北）人，官至议郎给事中。

善鼓琴，博学多通，精于古文经学。常讥议俗儒，因而遭致许多人的诋毁。因坚决反对谶纬神学，“极言谶之非经”，被光武帝目为“非圣无法”，几遭处斩。七十多岁时被贬为六安郡丞，心情抑郁，病死于赴任途中。

桓谭是东汉前期的著名思想家和文学家，他对社会政治、社会思潮和习俗以及形神、知行等学术范畴都有较深的见地。特别是他对盛行其时的谶纬迷信和灾异之说作了大胆而犀利的剖析和批判。他指出，编造图谶之人往往假托孔丘之名，其实“谶出《河图》、《洛书》，但有兆朕而不可知，后人妄复加增依托，称是孔丘，误之甚也。”（《新书·启寤篇》）又说，所谓“怪异”是自然界常有之事，与人事无关。“夫异变怪者，天下所常有，无世而不然”，“天子见怪则修德，诸侯见怪则修政，大夫见怪则修职，士庶见怪则修身。”（《群书治要》）见怪不怪，各尽自己应尽之事，才是对待怪异的正确态度。他讥笑王莽“好卜筮、信时日，而笃于事鬼神”，“及难作兵起，无权策以自解救，乃驰之南郊告祷，抟心言冤，号兴流涕，叩头请命，幸天哀助之也。”（《群书治要》）但鬼神并未帮他挽回灭亡的下场。对于当朝皇帝信用谶纬，他也加以批评和劝导。他写给光武帝刘秀的《抑谶重赏疏》云：

> 臣前献瞽言，未蒙诏报，不胜愤懑，冒死复陈。愚夫策谋，有益于政道者，以合人心而得事理也。凡人情怒忽于见事而贵于异闻，观先王之所记述，咸以仁义正道为本，非有奇怪虚诞之事。盖天道性命，圣人所难言也。自子贡以下，不得而闻，况后世浅儒，能通之乎？今诸巧慧小才伎数之人，增益图书，矫称谶记，以欺惑贪邪，诖误人主，焉可不抑远之哉！臣谭伏闻陛下穷折方士黄白之术，甚为明矣；而乃欲听纳谶记，又何误也！其事虽有时合，譬犹卜数只偶之类。陛下宜垂明听、发圣意，屏群小之曲说，述《五经》之正义，略雷同之俗语，详通人之雅谋。

文中指出谶纬迷信不过是一些小人为骗取富贵而编造的谎言，要刘秀明察而摒弃之。当然，桓谭没有否认天命的存在，只说“天道性命，圣人所难言也”。但他敢于冒犯皇帝，剖析和批判对于图谶、灾异的迷信，这在当时是难能可贵的。

桓谭作品今存不多却颇具特点。《新论》是桓谭的代表作，惜全书不存，难睹全貌。王充曾给此书很高的评价，说“《新论》之义，与春秋会一也。”（《论衡·案书》）又说："挟桓君山之书，富于积猗顿之财。"（《论衡·佚文》）从现存的一些辑本我们尚能看到《新论》超拔的思想内容和表现风格。如《新论·形神篇》云：

余尝过故陈令同郡杜房，见其读老子书，言老子用恬淡养性，致寿数百岁；今行其道，宁能延年却老乎？余应之曰：虽同形名，而质性才干，乃各异度，有强弱坚脆之姿焉。爱养适用之，直差愈耳。譬犹衣履器物，爱之则完全乃久。余见其旁有麻烛，而灺垂一尺所，则因以喻事，言精神居形体，犹火之燃烛矣；如善扶持，随火而侧之，可毋灭而竟烛。烛无，火亦不能独行于虚空，又不能后燃其灺。灺，犹人之耆老，齿堕发白，肌肉枯腊；而精神弗为之能润泽。内外周遍，则气索而死，如火烛之俱尽矣。人之遭邪伤病，而不遇供养良医者，或强死；死则肌肉筋骨常若火之倾刺风而不获救护，亦道灭，则肤余干长焉。余尝夜坐饮，内中燃麻烛，烛半压欲灭，即自日敕视，见其皮有剥灺，乃扶持转侧，火遂度而复，则维人身或有亏剥，剧能养慎善持，亦可以得度。

桓谭论形神，即人的形体与精神的关系，是他对中国思想发展史的重大贡献，直接启发了范缜《神灭论》的产生。文中作者借火与烛的关系来比喻神形关系，烛好比形体，火好比精神，有烛才有火，有形才有神。如善于扶持，随火转侧，可使烛尽燃。人之形体如保养得宜，也能寿康延年。桓谭作品特点于此可见一斑。其内容深刻犀利，善剖析，发言也大胆。其论理往往先切入要害，然后条分缕析，或以事实为例或以事物设喻，从不同侧面逐层深入地阐明道理；条理清晰，较具说服力。桓谭作品另一个重要特点是语言通俗、明快，这在东汉前期是不多见的。

王符，生卒不详，字节信，安定临泾（今甘肃镇原南）人。自幼好学，少年时代与马融、窦章、张衡、崔瑗等相友善。《后汉书》本传云："符无外家，为乡人所贱。自和、安之后，世务游宦，当涂者更相荐引，而符独耿介，不同于俗。以此遂不得升进。志意蕴愤，乃隐居著三十余篇，以议当时得失。不欲章显其名，故号曰《潜夫论》。其指讦时短，讨谪物情，足以观见当时风政。"

王符一生隐居著书，讥评时政得失，揭露豪强地主的贪婪与残暴。他提出农桑为富国之本的主张，并认为农工商各有本末。他肯定“气”是世界万物的本源，一切自然现象“莫不气之所为也”（《潜夫论·本训》）。他强调人为的重要，反对圣人“生知”说，认为“虽有至圣，不生而知，虽有至材，不生而能。”（《潜夫论·赞学》）

王符《潜夫论》全书三十六篇，主要谈政治。他认为安民是为政的首要问题，“圣王之建百官也，皆以承天、治地、牧养万民者也。”（《考绩》）“天以民为心，民安则天心顺，民愁苦则天心逆。”（《本政》）要安民就须富民：“愿察开辟以来，民危而国安者，谁也？下贫而上富者，谁也？故曰：夫君国，将民之以（与），民实瘠而君安得肥？”（《边议》）对于“富民”，王符提出了一个独到的见解：“爱日”。《爱日篇》云：

> 国之所以为国者，以有民也。民之所以为民者，以有谷也。谷之所以丰殖者，以有民功也。功之所以能建者，以日力也。化国之日舒以长，故其民闲暇而力有余；乱国之日促以短，故其民困务而力不足。舒长者，非谓羲和安行，乃君明民静而力有余也。促短者，非谓分度损减，乃上暗下乱，力不足也。孔子称“既庶则富之，既富乃教之”。是故礼义生于富足，盗窃起于贫穷；富足生于宽暇，贫穷起于无日。圣人深知力者民之本，国之基也，故务省徭役，使之爱日。是以尧敕羲和“钦若昊天，敬授民时”。明帝时，公车以反支日不受章奏，帝闻而怪曰：“民废农桑，远来诣阙，而复拘以禁忌，岂为政之意乎！”于是遂蠲其制。

这是篇中的开头一段，作者通过层层推演得出“爱日”、安民、定国的道理。“爱日”就爱惜民力，不误农时；人民安居乐业、宽暇富足，才能盗窃止、礼义生，国家才能安定祥和。接着，作者揭露了官僚们根本无视民生疾苦，权贵猾吏仗势欺人，官官相护且与坏人相勾结，贫弱百姓有苦难言、有冤难申的现实。作者指出这些都是造成社会劳动力浪费、导致社会经济衰败的因素。这些指斥是建立在对“爱日”的分析之上的，所以显得很有力量。

王符《潜夫论·论荣篇》指责豪门世族和门阀制度，写得更有气势：

> 所谓贤人君子者，非必高位厚禄，富贵荣华之谓也。此则君子之所宜有，而非其所以为君子者也。所谓小人者，非必贫贱冻馁辱阨穷之谓也。此则小人之所宜处，而非其所以为小人者也。奚以明之哉？夫桀纣者，夏殷之君王也；崇侯恶来，天子之三公也，而犹不免于小人者，以其心行恶也。伯夷叔齐，饿夫也，傅说胥靡，而井伯虞虏也；然世犹以为君子者，以为志节美也。故论士，苟定于志行，勿以遭命，则虽有天下，不足以为重；无所用，不足以为轻；处隶圉，不足以为耻；抚四海，不足以为荣。况乎其未能相悬若此者哉？故曰：宠位不足以尊我，而卑贱不足以卑己。夫令誉从我兴，而二命自天降之。《诗》云："天实为之，谓之何哉！"故君子未必富贵，小人未必贫贱。或"潜龙勿用"，或"亢龙在天"，从古而然。
>
> 今观俗士之论也，以族举德，以位命贤，兹可谓得论之一体矣，而未获至论之淑真也。尧，圣父也，而丹凶傲；舜，圣子也，而叟顽恶；叔向，贤兄也，而鲋贪暴；季友，贤弟也，而庆父淫乱。论若必以族，是丹宜禅而舜宜诛、鲋宜赏而友宜夷也。论之不可必以族也若是。昔祁奚有言，鲧殛而禹兴，管蔡为戮，周公祐王。故《书》称父子兄弟不相及也。幽厉之贵，天子也，而又富有四海；颜原之贱，匹庶也，而又冻馁屡空。论若必以位，则是两王是为世士，而二处为愚鄙也。论之不可必以位也，又若是焉。

文中宣泄了对名门贵族的怨气和对庶族文人学者不能见用于世的不平。作者指出："君子未必富贵，小人未必贫贱"。君子小人之别在于其行为处世而不在于其贫富和地位高低，"其心行恶"者，君王崇侯"犹不免于小人者"；"志节美"者，饿夫刑徒"世犹以为君子者"。所以，"以族举德，以位命贤"可谓"俗士之论也"。王符文章层层深入，有理有据，显得较有力量。但其引经据典，儒者气息较重，又显得有些拘谨。

荀悦生平见前一章。其所著《申鉴》五篇，主要是政论。顾名思义，此书主要目的是申说历史教训，给君主以借鉴。书中对神学迷信的批判和对性命、法教、知行等问题的阐发有一定价值。作者承认天人之间可以以气感相应，人应该顺承天地行事。但他所讲的"天地"基本上是自然界，所谓顺承天地行事基本上是指顺应自然规律。他认为吉凶由人，与天文地理现象无关。《俗嫌》云：“或问‘卜筮’，曰：‘德斯益，否斯损。’曰：‘何谓也?’曰：‘吉而济、凶而救之谓益；吉而恃、凶而怠之谓损。’”又说：“或问：‘日时禁（群）忌’，曰：‘此天地之数也，非吉凶所由也。东方主生，死者不鲜；西方主杀，生者不寡。南方火也，居之不燋；北方水也，蹈之不沉。故甲子昧爽，殷灭周兴；咸阳之地，秦亡汉隆。’”凶可救之，吉亦不可恃之；居火地而不燋，蹈水区而不沉，这说明凶吉由人而不由天。再如关于性命论，荀悦提出了有名的“性三品”说。他认为，人性有善有恶，可分为三品，“有三品焉：上下不移，其中则人事存焉尔”。若将三品各分为三便有九品。九品中“上智”与下愚不移者都是极少数，其中“从教者半，畏刑者四分之三，将不移大数九分之一也。一分之中，又有微移者矣。”所以“性虽善，待教而成；性虽恶，待法而消。”（均见《杂言下》）只要用教和法两种办法，大多数人是可以造就的。由此也提出了他的“法教”论。

荀悦的思想以儒为本，正如他所说：“夫道之本，仁义而已矣。五典以经之，群籍以纬之，咏之歌之，弦之舞之，前监既明，后复申之。故古之圣王，其于仁义也，申重而已。”（《申鉴》）但由于他生当汉末，国事日非，也不时流露出儒术难以救弊之慨，其文风也与董仲舒以后的醇正典雅而别，具有一些名法的倾向，行文也流畅通达。如：

仲尼作经，本一而已。古今文不同，而皆自谓真本经。古今先师，义一而已，异家别说不同，而皆自谓古今。仲尼邈而靡质，昔先师殁而无闻，将谁使折之者？秦之灭学也，书藏于屋壁，义绝于朝野，逮至汉兴，收摭散滞，固已无全学矣。文有磨灭，言有楚夏，出有先后，或学者先意有所借定，后进相放，弥以滋蔓。故一源十流，天水违行，而讼者纷如也。执不俱是，比而论之，必有可参者焉。（《时事篇》）

荀悦曰：夫臣之所以难言者何也？其故多矣。言出于口，则咎悔及身。举过扬非，则有干忤之祸；劝励教诲，则有刺上之讥。下言而当，则以为胜己；不当，贱其鄙愚。先己而明，则恶其夺己之明；后己而明，则以为顺从。违下从上，则以为谄谀；违上从下，则以为雷同。……或利于上，不利于下。或便于左，不便于右。或合于前，而忤于后。或应事当理，决疑定功，超然独见，值所欲闻，不言上下，无妨左右，言立策成，终无咎悔；若此之事，百不一遇。其知之所见，万不及一也。且犯言致罪，下之所难言也；咈旨忤情，上之所难闻也。以难言之臣于难闻之主，以万不及一之时，求百不一遇之知，此下情所以不上通，非但群臣，而凡言百姓亦如之。是乃仲尼所以愤叹“予欲无言也”。（《汉纪》卷二十九）

前段谈论古文经学与今文经学的纷争。作者认为两种学派“执不俱是，比而论之，必有可参者焉。”可谓持论公允，见解通达。后一段有似韩非《说难》。其论“难言”之由，发自真情实感；任性写出，可谓痛快淋漓。其文风之峭刻，也表现出法家的一些特色。两段都有放有收，颇具章法；较少引经据典，行文流畅自如。

仲长统（180～220），字公理，山阳高平（今山东金乡县西北）人。《后汉书》说他“少好学，博涉书记，赡于文辞。年二十余，游学青、徐、并冀之间，与交友者多异之。”又说：“统性俶傥，敢直言，不矜小节，默语无常，时人或谓之狂生。每州郡命召，辄称疾不就。常以为凡游帝王也，欲以立身扬名耳。而名不常存，人生易灭，优游偃仰，可以自娱。欲卜居清旷，以乐其志。”荀彧听到他的名声，荐为尚书郎，曾参丞相曹操军事。卒时年方四十一岁。

仲长统著《昌言》，共三十四篇，十余万字。此书早已佚失，仅在《后汉书》、《群书治要》和《齐民要术》等中残留一些片断。仲长统鲜明地提出“人事为本，天道为末”的观点，指出天道就是自然规律，应利用它来发展生产而不能用它搞所谓吉凶妖祥：“所贵乎用天之道者，则指星辰以授民事，顺四时而兴功业，其大略吉凶之详，又何取焉。”（《群书治要》）神学迷信是由统治阶层倡导并主要流行在社会上层，所以仲长统将矛头直指达官显贵和最高统治者：“故知天道而无人略者，是巫医卜祝之伍，下愚不齿之民也，信天道而背人事者，是昏乱迷惑之主、覆国亡家之臣也。”而且要求从上层着手来破除迷信：“今有严禁于下而上不去，非教化之法也。”（《群书治要》）这表现了仲长统的勇气和卓识。

仲长统名其著作为“昌言”，从其内容和表达看，可谓昌言无忌、痛快淋漓。其中的《理乱篇》最能体现这种风格。《理乱篇》总结了秦汉以来的历史规律，指出决定王朝盛衰兴亡的不是“天命”和“历数”，而是其本身发展的情势。文章分为几个部分逐层分析阐述了一代王朝的建立、王朝统治稳定后君臣的胡作非为、百姓不堪忍受贪官恶吏的搜刮而揭竿起义以及王朝土崩瓦解的历史过程。作者满怀愤懑，用犀利的笔触揭露了豪强大族对农民百姓的剥夺和他们与广大人民的对立：

> 汉兴以来，相与为编户齐民，而以财力相君长者，世无数焉。而清洁之士，徒自苦于茨棘之间，无所益损于风俗也。豪人之室，连栋数百，膏田满野，奴婢千群，徒附万计。船车贾贩，周于四方。废居积贮，满于都城；琦赂宝货，巨室不能容；马牛羊豕，山谷不能受。妖童美妾，填乎绮室；倡讴伎乐，列乎深堂。宾客待见而不敢去，车骑交错而不敢进。三牲之肉，臭而不可食；清醇之酎，败而不可饮。睇盼则人从其目之所视，喜怒则人随其心之所虑。此皆公侯之广乐，君长之厚实也。苟能运智诈者，则得之焉。苟能得之者，人不以为罪焉。源发而横流，路开而四通矣。求士之舍荣乐而居穷苦，弃放逸而赴束缚，夫谁肯为之者邪？
>
> 夫乱世长而化世短，乱世则小人贵宠，君子困贱。当君子困贱之时，跼高天，蹐厚地，犹恐有镇压之祸也。逮至清世，则复入于矫枉过正之检。老者耄矣，不能及宽饶之俗；少者方壮，将复困于衰乱之时。是使奸人擅无穷之福利，而善士挂不赦之罪辜。苟目能辨色，耳能辨声，口能辨味，体能辨寒暑者，将皆以修洁为讳恶，设智巧以避之焉。况肯有安而乐之者邪？斯下世人主一切之愆也。

文中所指斥的那些大富大贵、作威作福的“豪人”，就是在名为“重本抑末”而实为“崇末废本”政策下发展起来的大商人地主。作者在历数其骄奢淫逸的事实中，勾画出他们丑恶的群体形象，表露出满怀的激愤之情。在这帮“豪人”的剥削压迫下，不仅劳动人民无以为生，一般士人的日子也很不好过。作者接着指出，乱世时“小人贵宠，君子困贱”，他们虽处处小心仍不免于“镇压之祸”；及至清世又“复入于矫枉过正之检”。而清世又极其短暂，瞬间又是奸人得福利，善士遭罪辜的衰乱之时。一怒斥一同情之后，作者将矛头直指最高统治者：“斯下世人主一切之愆也。”

仲长统文章常融激情于议论之中，感情充沛，挥洒自如，很有气势。刘熙载评价其文说："《昌言》俊发，略近贾长沙。"（《艺概》）此言可谓不谬。

第三节　东汉的辞赋

东汉时期，辞赋之作仍极繁盛。虽然模拟之风较西汉末期更烈，但在内容与艺术上也有所开拓。特别是抒情小赋之作取得了极大成功，对魏晋的赋作产生了重要影响。东汉的辞赋作者极多，主要有班彪、崔篆、冯衍、杜笃、班固、傅毅、崔骃、张衡、贾逵、班昭、马融、王逸、王延寿、赵壹、边让、蔡邕等。其中尤以班彪、班固、张衡、赵壹、蔡邕为突出。

班彪（公元3～54），字叔皮，扶风安陵（今陕西咸阳东）人。新、汉之际，天下大乱，他避难往天水依隗嚣。因"伤时方艰"，乃著《王命论》，"以为汉德承尧，有灵命之符，王者兴祚，非诈力所致"（《后汉书·班彪传》），欲讽隗嚣兴复汉室。而嚣终不悟，遂往河西（今甘肃、青海黄河以西）依大将军窦融，为融策划归汉武帝刘秀，总西河以拒隗嚣。建武十二年（公元36），融被征还京师，光武因重班彪才名，召见之。举司隶茂才，授徐令，以病免。后为司徒玉况府属官，终望都长。他才高而好述作，专心史籍之间。曾采前史遗事，傍贯异闻，继司马迁《史记》作《后传》数十篇，"因斟酌前史而讥正得失。"其子固在此基础上写成《汉书》。另外，"所著赋、论、书、记、奏事合九篇"（《后汉书·班彪传》）。其赋作今存《北征赋》（见《文选》）、《览海赋》、《冀州赋》、《悼骚赋》（均见《艺文类聚》）。但《览海赋》为摘要，后两篇也残缺不全，唯《北征赋》完整无缺，并对后世产生了较大影响。

《北征赋》为班彪避难从长安到安定郡城时所作（西汉安定郡治在高平，即今宁夏回族自治区固原）。赋中记述了北征的历程，并以纪行为全文的结构框架，在对行程的清晰叙述中，联系古代事实，随地怀古兴感，并把深刻的历史感受与强烈的现实体验融为一体。如开头所云："余遭世之颠覆兮，罹填塞之阨灾。旧室灭以丘墟兮，曾不得乎少留。遂奋袂以北征兮，超绝迹而远游。"把时代的动乱与个人的不幸紧密结合一起，不但给人以强烈的现实痛感，还有先声夺人之势，引起对下文所述北征实情的关注。而后又以历程为线，写经过郇乡（即古豳国，在今陕西咸阳东），而联想到公刘的遗德；进入义渠旧城（在今甘肃宁县），联想到秦昭王母宣太后与义渠王的一段往事；过泥城（在今甘肃宁县），而叹惜祖庙之不修（班彪祖班壹秦末曾避地楼烦，因此，泥城有班氏之庙）；过长城而想到蒙恬筑城而引起的怨愤，及蒙恬自己悲惨的结局；经朝那（在今甘肃平凉西北），而想起此地都尉卬被獯鬻（古匈奴之称）的杀害，进而追思到汉文帝所实行的对内休养生息、对外安抚恩让的政策。这其中都表现着作者反对动乱、企望安定的心绪。

纪行赋作为赋之一体，要写行程，要随地怀古兴感，但还不够。纪行赋在对行程的记述中，还要写到客观景物对作家主观感情的影响，以及作者主观之情对客观景物之注入，从而达到借景抒情、融情入景、情景交融的艺术境界。在这方面，《北征赋》也取得了可以称道的成绩。如：

> 隮高平而周览，望山谷之嵯峨。野萧条以莽荡，迥千里而无家。风猋发以漂遥兮，谷水灌以扬波。飞云雾之杳杳，涉积雪之皑皑。雁邕邕以群翔兮，鹍鸡鸣以哜哜。游子悲其故乡，心怆悢以伤怀。抚长剑而慨息，泣涟落而沾衣。揽余涕以于邑兮，哀生民之多故。夫何阴曀之不阳兮，嗟久失其平度。谅时运之所为兮，永伊郁其谁诉？

这里对社会动乱的实情描写并不多，但在那带着浓重主观之情的景色描绘中，在那深沉的感慨中，不正包含着对由于时局动荡而造成人民深重灾难的忧怨吗？

班彪的《北征赋》在我国赋史上占有一定位置。刘勰《文心雕龙·诠赋》篇：“夫京殿、苑猎、述行、序志，并体国经野，义尚光大。”特列“述行”一类，并与“京殿”、“苑猎”、“序志”并提，可见对这一类赋作的重视。《文选》在众多赋类中也特列“纪行”一项，并把班彪的《北征赋》置之首篇，说明昭明太子给予了较高评价。纪行赋的特点是以作者征途为线，借途中所见所闻所感，并穿插以历史事实的回顾，抒发情思，讽谕世事。这一写法最早可追源于屈原的《涉江》、《哀郢》，但《涉江》、《哀郢》重在抒发对当时现实的感受，虽也写到一些历史人物如接舆、桑扈、伍子、比干等，但只是被用以抒发对现实愤懑的资料，与旅途行程并没有直接联系。后来刘歆作《遂初赋》，历举途中掌故以讽谕世事，把历史故事、旅途行程和现实感慨融为一体，从而奠定了纪行赋的基本模式。但《遂初赋》文辞比较浅露，班彪的《北征赋》虽是对《遂初赋》的直接继承，却典雅含蓄，叙事抒情结合得更为绵密，全文更富有情韵，从而成为纪行赋的代表作。班彪之女班昭曾仿之作《东征赋》，记述随其丈夫由洛阳到陈留的经历，虽有具有随地怀古兴感的特点，但缺乏独特的思想情致，远不及《北征赋》的艺术成就。后来潘岳作《西征赋》，排比铺张，发展成一篇规模宏阔的抒情赋，在立意结构及描写叙述上有其独到之处，但不如《北征赋》严谨而精练。

班固生平见前一章。其赋作今存《两都赋》（见《后汉书》本传）、《幽通赋》（见《文选》）、《竹扇赋》（见《古文苑》）三篇。此外，还有《答宾戏》、《典引》、《奕旨》、《窦将军北征颂》，也是赋体。其中以《两都赋》最值得注意。

《两都赋》之作，是因当时建都之争而引起的。东汉建都洛阳后，杜笃作《论都赋》，主张仍迁都长安，班固则作《两都赋》为都洛辩护。所以，虽是赋作，在当时却有重要的政治意义。正如班固在该赋序中所说："臣窃见海内清平，朝廷无事，京师修宫室，浚城隍，起苑囿，以备制度。西土耆老咸怀怨思，冀上之眷顾，而盛称长安旧制，有陋洛邑之议。故臣作《两都赋》，以极众人之所眩曜，折以今之法度。"表明《两都赋》之作，不但是为反对迁都之议，也关涉到不同的立国之见。正是从这一目的出发，《两都赋》在写法上也自具特点。首先，它对西都的壮丽进行了极为夸饰的描绘，但在赞美之中却不时加以委婉的讽刺。而对东都的描绘，却重在写光武的拨乱反正与明帝时的制度、典礼，对于宫室、田猎虽也多有铺陈，而最后也都归之于"必临之以王制，考之以风雅"，"奢不司逾，俭不能侈"，借以赞美东汉王朝的盛德。

从文体风格看，《两都赋》与汉大赋同为一体，其前后对比写法，和司马相如的《子虚》、《上林》也极其相似，表现出班固赋作的模拟倾向。但是《两都赋》在赋史发展中也有着它的贡献。首先，它开创了以帝都为表现对象，不仅写了帝都的形胜、宫苑，而且写了当时的制度、文物、文艺、杂技，并组织进了京都人民生活的画面，打破了过去汉大赋只局限于田猎、宫苑的局限，扩大了汉大赋的题材范围。其次，在描写手法上，它"布局紧，结体完"（鲍桂星：《赋则》），层次分明，主从得当，而且描写细致具体。如写未央宫一段：

其宫室也，体象乎天地，经纬乎阴阳。据坤灵之正位，放太紫之圆方，树中天之华阙，丰冠山之朱堂。因瑰材而究奇，抗应龙之虹梁，列棼橑以布翼，荷栋桴而高骧。雕玉瑱以居楹，裁金壁以饰珰，发五色之渥采，光焰朗以景彰。于是左墄右平，重轩三阶，闺房周通，门闼洞开。列钟虡于中庭，立金人于端闱。仍增崖而衡阈，临峻路而启扉。徇以离殿别寝，承以崇台闲馆，焕若列星，紫宫是环。清凉、宣温，神仙、长年，金华、玉堂，白虎、麒麟。区宇若兹，不可殚论。增槃业峨，登降炤烂。殊形诡制，每各异观。乘茵步辇，唯所息宴。

后宫则有掖庭椒房，后妃之室。合欢、增城，安处、常宁，茝若、椒风，披香、发越，兰林、蕙草，鸳鸯、飞翔之列。昭阳特盛，隆乎孝成。屋不呈材，墙不露形。裛以藻绣，络以纶连。随侯明月，错落其间；金釭衔璧，是为列成。翡翠、火齐，流耀含英。悬黎、垂棘，夜光在焉。于是玄墀钔砌，玉阶彤庭，碝磩采致，琳珉青荧，珊瑚碧树，周阿而生。红罗飒缅，绮组缤纷，精曜华烛，俯仰如神。后宫之号，十有四位，窈窕繁华，更盛迭贵。处乎斯列者盖以百数。

左右廷中，朝堂百僚之位，萧、曹、魏、邴谋谟乎其上。佐命则垂统，辅翼则成化。流大汉之恺悌，荡亡秦之毒螫。故令斯人扬乐和之声，作画一之歌，功德著于祖宗，膏泽洽于黎庶。又有天禄、石渠典籍之府，命夫谆诲故老，名儒师傅，讲论乎六艺，稽合乎同异。又有承明、金马著作之庭，大雅宏达，于兹为群。元元本本，周见洽闻，启发篇章，校理秘文。周以钩陈之位，卫以严更之署，总礼官之甲科，群百郡之廉孝。虎贲赘衣，阉尹阍寺，陛戟百重，各有攸司。周庐千列，徼道绮错。辇路经营，修涂飞阁。

先正宫别殿，次后宫，再府署杂宫，写景状物，井井有序；其中又特别突出成帝时为赵飞燕兴建的昭阳殿，加以铺排描述，使之成为景中之景。这样的缜密组织在过去赋作中实不多见。就文风语言而论，前人虽有“辞理俱失”（徐师曾：《文体明辨序说》）之论，但也有其独具特色，这主要表现为写实的成分增多，虚夸的成分减少，对偶句增多，散文句减少。因此它虽缺乏司马相如赋作的纵横疏宕气势和扬雄赋作的瑰丽奇谲色彩，却也跌宕有致，典雅明丽。何焯《义门读书记》曾指出，

《两都赋》“上篇本之于马，下篇本之于扬”，指出了它模拟之弊。但老将汉赋由苑猎引入京都，及其在结构布局及描写手法上的独创，对后来的辞赋创作都产生了一定影响，汉末张衡的《二京赋》，西晋左思的《三都赋》，以至初唐骆宾王的诗体赋《帝京篇》等，或从形式，或从立意，都无不从《两都赋》中有所借鉴。它那种以四、六字为主的对偶句写法，也对后来的骈俪文风产生了一定影响。

班固的《幽通赋》、《答宾戏》都是述志之作，内容陈腐，艺术上也无特色，但从中可以看出班固的正统观念及其所形成的时代因素。《幽通赋》说：“天造草昧，立性命兮；复心弘道，惟圣贤兮。浑元运物，流不处兮；保身遗名，民之表兮。舍生取谊，以道用兮；忧伤夭物，忝莫痛兮。”以复心弘道的圣贤为依归，既要保身遗名，又要舍生取谊，这是儒家的精神境界。《答宾戏》是模拟东方朔《答客难》、扬雄《解嘲》之作，序中表示要“专笃志于儒学，以著述为业”，而对于东方朔、扬雄的牢骚，是“不折之以正道，明君子之所守”。文中虽也把战国与汉代进行了对比，但却极力赞颂汉王朝“君天下也，炎之如日，威之如神，函之如海，养之如春”。因此，大人学子不必以遇与不遇自伤，只要“慎修所志，守尔天符，委命供己，味道之腴，神之听之，名其舍诸”，就可以了。这样的思想也是东汉政治日益巩固和儒学日益被尊崇的反映，就其认识价值来说，是不及东方朔、扬雄的牢骚，更无法和司马迁的愤懑相比了。

张衡（公元78～139），字平子，河南南阳西鄂（今河南南召南）人。东汉天文学家、文学家。作为主簿、中郎，并曾两度任掌管天文的太史令，永和初，出为河间王相。他“虽才高于世，而无骄尚之情。常从容淡静，不好交接俗人”。（《后汉书·张衡传》）但对宦官把持朝政、结党营私极为不满，多次上书伸张正义，因此遭到阉竖的谗毁。精通天文历算，创造世界上最早用水力推动的浑天仪和测定地震的地动仪（侯风地动仪），测出太阳和月亮的角直径都是半度，黄赤交角为24°，又说明月光是日光的反照。天文学著作有《浑天仪图注》和《灵宪》，总结了当时比较完整和先进的天文学说“浑天说”，提出了宇宙无限的主张。其作品既有诗、文，又有辞赋。原有集，已佚，明人辑有《张河间集》。

张衡的辞赋今存《思玄赋》、《应间》（见《后汉书》本传及《文选》），《二京赋》、《南都赋》、《归田赋》（见《文选》），及《髑髅赋》、《冢赋》全文，《温泉赋》、

《定情赋》、《舞赋》、《羽猎赋》、《扇赋》、《七辩》残文。其赋多为模拟前人之作，如《二京赋》模拟班固《两都赋》，《南都赋》模拟扬雄《蜀都赋》，《应间》模拟东方朔《答客难》，《七辩》模拟枚乘《七发》，都缺乏艺术上的创造性。其中《二京赋》（又分称《西京赋》《东京赋》）较有价值。它一方面针对当时“天下承平日久，自王侯以下，莫不逾侈”（《后汉书·张衡传》）的现象，具体而激烈地揭露了东汉末年统治者的腐朽生活，如说“好剿民以媮乐，忘民怨之为仇”，这在西汉辞赋家作品中是极为少见的。另一方面，它对东、西京的文物制度、艺术杂要等进行了比较详备的描写，成为后人研究汉代文化史的宝贵资料。如对西京“百戏”的描述：

大驾幸乎平乐，张甲乙而袭翠被，攒珍宝之玩好，纷瑰丽以奢靡，临迥望之广场，程角抵之妙戏。乌获扛鼎，都庐寻橦，冲狭燕濯，胸突铦锋。跳丸剑之挥霍，走索上而相逢。华岳峨峨，冈峦参差。神木灵草，朱实离离。总会仙唱，戏豹舞罴。白虎鼓瑟，苍龙吹篪。女娥坐而长歌，声清畅而蜲蛇。洪涯立而指挥，被毛羽之襳褷。度曲未终，云起雪飞，初若飘飘，后遂霏霏。复陆重阁，转石成雷。礔砺激而增响，磅磕象乎天威。巨兽百寻，是为蔓延。神山崔巍，欻从背见。熊虎升而挐攫，猨狖超而高援。怪兽陆梁，大雀踆踆。白象行孕，垂鼻辚囷。海鳞变而成龙，状蜿蜿以蝹蝹。含利颬颬，化为仙车。骊驾四鹿，芝盖九葩。蟾蜍与龟，水人弄蛇。奇幻倏忽，易貌分形。吞刀吐火，云雾杳冥。画地成川，流渭通泾。东海黄公，赤刀粤祝，冀厌白虎，卒不能救，狭邪作蛊，于是不售。尔乃建戏车，树修旃，侲僮程材，上下翩翻，突倒投而跟絓，譬陨绝而复联。百马同辔，骋足并驰。橦末之伎，态不可弥。弯弓射夫西羌，又顾发乎鲜卑。

杂技艺人的高超技艺，惊心动魄的表演场面，都得到生动、逼真的传神描写，这在赋作中也是极为难得的。

张衡的抒情小赋《归田赋》更值得注意：

游都邑以永久，无明略以佐时；徒临川以羡鱼，俟河清乎未期。感蔡子之慷慨，从唐生以决疑。谅天道之微昧，追渔父以同嬉。超埃尘以遐逝，与世事乎长辞。

于是仲春令月，时和气清，原隰郁茂，百草滋荣。王雎鼓翼，鸧鹒哀鸣。交颈颉颃，关关嘤嘤。于焉逍遥，聊以娱情。尔乃龙吟方泽，虎啸山丘。仰飞纤缴，俯钓长流。触矢而毙，贪饵吞钩，落云间之逸禽，悬渊沈之魦鰡。

于时曜灵俄景，系以望舒。极般游之至乐，虽日夕而忘劬。感老氏之遗诫，将回驾乎蓬庐。弹五弦之妙指，咏周、孔之图书。挥翰墨以奋藻，陈三皇之轨模。苟纵心于物外，安知荣辱之所如！

从赋中所表现的愤世嫉俗之情和归隐田园、自外荣辱的感慨看，此赋该是张衡晚年所作。安帝死后，顺帝幼弱无能，宦官之势更炽。多次上书反对阉竖的张衡，不断受到谗害，只好远离仕途的污浊渊薮，以求独善其身。《归田赋》就是这种心绪的生动表现。与贾谊的《吊屈原赋》、《鵩鸟赋》等此前的抒发“士不遇”的抒情赋相比，此赋显得冷静而平淡，这实在是由于作者对政治黑暗、仕途险恶看透之故，而不像贾谊等人所处的时代还能引发出企图求得一遇之机，而有所作为的追求精神。该文简短明畅，摆脱了汉赋铺陈繁饰的陈规，显得质朴而真挚。它第一次把田园归隐之趣引入赋中，并成为比较成熟的骈体赋，抒情写志，尤为相宜。因此，颇为后人所取法，在曹植、王羲之、陶渊明的赋以至诗、文中，都可看到张衡在思想与艺术上的影响。

赵壹，生卒年不详，字元叔，汉阳西县（今甘肃天水）人，事迹见《后汉书·文苑传》。因“恃才倨傲”，为乡党所摈，乃作《解摈》（今佚）。后屡触刑律，几至死，为友人解救得免，因作《穷鸟赋》以自况。同时，又作《刺世疾邪赋》，“以舒其怨愤”。（《后汉书》本传）灵帝光和元年（公元178），举郡上计到京城，为司徒袁逢、河南尹羊陟所赏识。后归州郡，争致礼命，十辟公府，不就，终于家。

《刺世疾邪赋》为其代表作：

伊五帝之不同礼，三王亦又不同乐。数极自然变化，非是故相反驳。德政不能救世溷乱，赏罚岂足惩时清浊？春秋时祸败之始，战国愈复增其荼毒。秦、汉无以相逾越，乃更加其怨酷。宁计生民之命，唯利己而自足。

于兹迄今，情伪万方。佞谄日炽，刚克消亡。舐痔结驷，正色徒行。妪媀名势，抚拍豪强。偃蹇反俗，立致咎殃。捷慑逐物，日富月昌。浑然同惑，孰温孰凉？邪夫显进，直士幽藏。

原斯瘼之攸兴，实执政之匪贤。女谒掩其视听兮，近习秉其威权。所好则钻皮出其毛羽，所恶则洗垢求其瘢痕。虽欲竭诚而尽忠，路绝险而靡缘。九重既不可启，又群吠之狺狺。安危亡于旦夕，肆嗜欲于目前。奚异涉海之失舵，积薪而待燃？荣纳由于闪揄，孰知辨其蚩妍？故法禁屈挠于势族，恩泽不逮于单门。宁饥寒于尧舜之荒岁兮，不饱暖于当今之丰年。乘理虽死而非亡，违义虽生而匪存。

有秦客者，乃为诗曰：河清不可俟，人命不可延。顺风激靡草，富贵者称贤。文籍虽满腹，不如一囊钱。伊优北堂上，抗脏倚门边。

鲁生闻此辞，系而作歌曰：势家多所宜，咳唾自成珠。被褐怀金玉，兰蕙化为刍。贤者虽独悟，所困在群愚。且各守尔分，勿复空驰驱。哀哉复哀哉，此是命矣夫！

这篇赋的思想内容，如其题目所标示的一样，是充满愤激之情的对统治者邪恶统治的批判。作者首先把批判的锋芒指向历史，把春秋说成是祸败之始，其后战国、秦、汉，每况愈下。他把东汉王朝与暴秦相提并论，斥之为历史上最为“怨酷”的时代，并进而把春秋以来的历代统治者斥之为“宁计生民之命，唯利己而自足!”实在是前所未有的激愤和深刻。这种对历史的批判，也包含着对当时社会现实的否定。而后，作者又更激烈地对当时社会的是非不分、黑白颠倒、忠奸倒置的现实进行了斥责，并把批判的矛头指向政治领域，那就是造成这一切的原因都在于“实执政之匪贤”。更为可贵的是，作者进而指出，这样的统治是不可能长久以继的，“安危亡于旦夕”，等待他们的只能是可危的覆亡命运。情感的愤激，措辞的激烈，都使该赋具有着深刻的批判力量。赵壹生活于东汉末年桓、灵之世，此时皇帝昏庸，外戚与宦官专权，卖官鬻爵，贿赂公行，社会极为腐败，终于引起了黄巾起义。赵壹的批判具有强烈的针对性，其预言具有深刻的预见性，这使这首赋在我国赋史上占有特殊重要位置。

《刺世疾邪赋》在艺术上也极为成功。自贾谊以来，汉代抒情小赋克服了汉大赋重在“体物”的弊端，而加强了“写志”的内涵，但多限于士不遇一类的感慨，其中虽有对社会现实的批判，深度也极为有限。《刺世疾邪赋》把这种抒情小赋向前推进一步，发展成为政治抒情赋，重在对社会现实腐败、黑暗的揭露与批判，其精神直接继承了楚辞的优良传统而又有所发展。与此相适应，赋中议论纵横，说理透辟，寓议论于抒情，如同一篇饱含激情的政论文。而像“乘理虽死而非亡，违义虽生而匪存”，则在批判中又饱含着深刻的哲理，耐人品味。就文章风格论，它既刚健激切，又明朗畅达，一变过去赋风的典雅板滞为通俗疏荡，具有很强的感染力。加以“伛㑲名势，抚拍豪强”、“舐痔结驷”等生动的形容，以及“钻皮出其毛羽”“洗垢求其瘢痕”等新鲜贴切的比喻，更使文章富有情韵。最后以两首五言诗作结，不仅加深了内容的意义，结构上也别致多变。

《穷鸟赋》是赵壹为感激友人的救援而作，其中云：

有一穷鸟，戢翼原野。罼网加上，机穽在下，前见苍隼，后见驱者，缴弹张右，羿子彀左，飞丸激矢，交集于我。思飞不得，欲鸣不可，举头畏触，摇足恐堕。内独怖急，乍冰乍火。

对当时自己所处的险恶环境及其恐惧心情的描述，实际上也是对当时社会的批判。

蔡邕（公元 132～192），字伯喈，陈留圉（今河南杞县）人。少博学，好辞章，精通天文、数学、音乐。文章经术，为一代之冠。灵帝时，召拜郎中，校书东观，迁为议郎。后因纠弹宦官，以“议害大臣”之罪被流放朔方。遇赦后又因忤权贵，而“亡命江海，远迹吴、会”（《后汉书·蔡邕传》）。董卓为司空，闻邕高名，辟之，称疾不就。后不得已，被征为祭酒，迁尚书，又拜为中郎将。献帝迁都长安，封之为高阳乡侯。董卓被诛时，他因流露出同情叹息之感而被司徒王允下狱致死。他曾欲续写汉史，未成。所作诗文甚多，尤以碑铭一类著名，然多散失。今传后人辑补的《蔡中郎集》。

蔡邕的赋作较多，内容也较为丰富，诸如纪行、爱情、江水、灾异、吊古、咏物，乐人、侏儒等，都有所表现。但这些作品大都残缺，完整的只有《述行赋》、《青衣赋》、《短人赋》和《释海》四篇，其中尤以《述行赋》最值得注意。

《述行赋》序云："延熹二年秋，霖雨逾月。是时梁冀新诛，而徐璜、左悺等五侯擅贵于其处。又起显阳苑于城西，人徒冻饿，不得其命者甚众。白马令李云以直言死，鸿胪陈君以救云抵罪。璜以余能鼓琴，白朝廷，敕陈留太守发遣余。到偃师，病不前，得归。心愤此事，遂托所过，述而成赋。"文中的徐璜、左悺都是桓帝时宦官，与宦官单超、具瑗、唐衡因谋杀大将军梁冀有功，被同日封侯，而后像梁冀一样作威作福，欺压百姓。蔡邕被他们征召到洛阳去弹琴，心中极为不满，"不得已，行到偃师，称疾而归。"（《后汉书·蔡邕传》）所谓"心愤此事，遂托所过，述而成赋"，就是借"述行"以抒其愤慨。因此，文中虽也结合路途所经的史事、景物加以描绘，并借古喻今，斥责邪恶，但重点却在对社会黑暗的谴责。如云：

命仆夫其就驾兮，吾将往乎京邑。皇家赫而天居兮，万方徂而星集。贵宠扇以弥炽兮，佥守利而不戢。前车覆而未远兮，后乘驱而竞及。穷变巧于台榭兮，民露处而寝湿。消嘉谷于禽兽兮，下糠秕而无粒。弘宽裕于便辟兮，纠忠谏其骎急。怀伊吕而黜逐兮，道无因而获入。唐虞眇其既远兮，常俗生于积习。周道鞠为茂草兮，哀正路之日涩。观风化之得失兮，犹纷挐其多违。无亮采以匡世兮，亦何为乎此畿！甘衡门以宁神兮，咏都人而思归。爰结踪而回轨兮，复邦族以自绥。

文中对当时社会腐败的揭露和批评虽不及赵壹《刺世疾邪赋》激切，但他在斥责统治者的互相倾轧和穷奢极欲的同时，还写出了下层人民的痛苦生活，并与上层统治者的淫乐加以对比，实难多得。汉代大赋作家写尽了皇帝的宫殿苑囿，抒情小赋作家在抨击统治者的同时重点在抒发个人的愤慨，蔡邕的《述行赋》却看到了人民的疾苦，表现出对人民命运的关注，对汉末以后不断出现的以反映现实生活为主旨的赋作产生了直接影响。因此，《述行赋》之作，在汉赋创作中特别值得肯定。鲁迅曾指出："蔡邕，选家大抵只取他的碑文，使读者仅觉得他是典重文章的作手，必须看见《蔡中郎集》里的《述行赋》，那些'穷变巧于台榭兮，……下糠秕而无粒'的句子，才明白他并非单单的老学究，也是有血性的人，明白那时的情形，明白他确有取死之遭。"（《且介亭杂文二集，〈题未定〉草》）

《后汉书》本传载：蔡邕“笃孝”，母病三年，非寒暑节变，“未尝解襟带，不寝寐者七旬”，母卒，“庐于冢侧，动静以礼”；而且“正定《六经》文字”，完全是位讲经循礼的老学究。其实，他的赋作中还表现出另一种精神状态。如《检逸赋》写对一位“普天壤其无俪”的女子的刻骨思念，竟至于“思在口而为簧鸣，哀声独不敢聆。”《协和婚赋》写新娘的光彩照人：“立若碧山亭亭竖，动若翡翠备其羽。众色燎照，视之无主，面若明月，辉似朝日，色若莲葩，肌如凝蜜。”《青衣赋》写一位出身卑微的少女的容貌仪态之美：

> 金生砂砾，珠出蚌泥。叹兹窈窕，产于卑微。盼倩淑丽，皓齿蛾眉。玄发光润，领如蝤蛴。纵横接发，叶如低葵。修长冉冉，硕人其颀。绮绣丹裳，蹑蹈丝扉。盘跚蹴蹀，坐起昂低。和畅美笑，动扬朱唇。都冶武媚，卓砾多姿。精慧小心，趋事如飞。中馈裁割，莫能双追。关雎之洁，不蹈邪非。察其所履，世之鲜希！宜作夫人，为众女师。

把一位身为奴婢的女子描绘得如此美丽动人，以至称之为“宜作夫人，为众女师”，可见作者如何为之倾倒。蔡邕赋中对女性的这种大胆描绘，一方面表现出在封建礼教压抑下人们正常情感的发泄，一方面也显示出汉末在世事动乱影响下儒学思想统治的动摇。这种思潮在稍后的魏晋时期有了更为深刻的发展。

第四节　东汉的杂文

东汉散文除历史散文、论说散文和辞赋外，还有一些杂文也值得一提，这主要是张衡的奏疏，李固的书信，蔡邕的碑文，以及应劭的笔记散文。

张衡生平见前节。张衡的散文作品主要是奏疏，最有名者为《黜图谶疏》：

> 臣闻圣人明审律历以定吉凶，重之以卜筮，杂之以九宫，经天验道，本尽于此。或观星辰逆顺、寒燠所由，或察龟策之占、巫觋之言，其所因者，非一

术也。立言于前，有征于后，故智者贵焉，谓之谶书。谶书始出，盖知之者寡。自汉取秦，用兵力战，功成业遂，可谓大事。当此之时，莫或称谶。若夏侯胜、眭孟之徒，以道术立名，其所述著，无谶一言。刘向父子领校秘书，阅定九流，亦无谶录。成、哀之后，乃始闻之。

《尚书》尧使鲧理洪水，九载绩用不成，鲧则殛死，禹乃嗣兴。而《春秋谶》云“共工理水”。凡谶皆曰黄帝伐蚩尤，而《诗谶》独以为“蚩尤败，然后尧受命”。《春秋元命包》中有公输班与墨翟，事见战国，非春秋时也。又言“别有益州”，益州之置，在于汉世。其名三辅诸陵，世数可知，至于图中讫于成帝。一卷之书，互异数事，圣人之言，势无若是。殆必虚伪之徒，以要世取资。往者侍中贾逵摘谶互异三十余事，诸言谶者皆不能说。至于王莽篡位，汉世大祸，八十篇何为不戒？则知图谶成于哀、平之际也。

且《河洛》、《六艺》，篇录已定，后人皮傅，无所容篡。永元中，清河宋景遂以《历纪》推言水灾，而伪称洞视玉版。或者至于弃家业，入山林。后皆无效，而复采前世成事，以为证验。至于永建复统，则不能知。此皆欺世罔俗，以昧势位，情伪较然，莫之纠禁。且律历、卦候、九宫、风角，数有征效，世莫肯学，而竞称不占之书。譬犹画工，恶图犬马而好作鬼魅，诚以实事难形，而虚伪不穷也。宜收藏图谶，一禁绝之，则朱紫无所眩，典籍无瑕玷矣。

图谶迷信之说，由于光武帝刘秀的倡导，在东汉以至被宣布为合法的“国宪”。但也有不少唯物主义的进步思想家与这种唯心主义的神学迷信进行了斗争，张衡之前的王充、桓谭就是其中杰出的代表。张衡生活的时代比桓谭已晚半个多世纪，但是图谶迷信之说仍在继续泛滥。尤其是自和帝永元四年（92）以后，由于连年地震，并发生地坼、地裂、地陷、山崩、水涌等灾情，还常常伴有狂风，天灾的流行，使谶纬之学更加猖獗。以至“儒者争学图纬，兼复附以妖言。”针对这种情况，张衡“以图纬虚妄，非圣人之法”（《后汉书·张衡传》），给顺帝上了此疏。

文中，张衡对图谶的历史作了考查，指出成、哀之际，这种宗教迷信“乃始闻之”，这就为后代研究图谶的源流发展提供了依据。更重要的是，文中通过列举谶语与史实根本不相符的例证，有力揭露了这种神学迷信纯系“虚伪之徒”为“要世取资”所捏造。其中的所谓“预言”，多为“采前世成事以为证验”，其目的不过是为了“欺世罔俗，以昧势位”，用以欺世盗名、蒙昧圣主而已。在此基础上，张衡建议“宜收藏图谶，一禁绝之”，这在当时确实具有重要的反神学、反迷信的意义。

张衡是汉代伟大的天文学家，他在科学上的巨大贡献，对于神学家的无知妄说具有粉碎性的批判意义。但他对自己的贡献却未能提高到哲学思想的高度来理解，文中表现出他对图谶的否定是站在另一种“占验术数”的立场，所以他感叹说：“律历、卦候、九宫、风角，数有征效，世莫肯学。”与之相比较，他远不如王充对于神学迷信的否定更为深刻，更为彻底。作为奏疏，此文虽短，论证却极为严密，论断也非常坚决。其中“譬犹画工，恶图犬马而好作鬼魅，诚以实事难形，而虚伪不穷也”。在生动的比喻中包含着深刻哲理，也极为难得。

李固（公元95～148），字子坚，汉中南郑（今陕西汉中市）人。年轻时曾负书簏四处访师求学；十余年间，博览古今，成为当时著名学者。因上疏直陈外戚、宦官专权之弊，为议郎。永和年间任荆州刺史、泰山太守，迁将作大匠、大司农。冲帝时任太尉。冲帝死，他议立清河王。大将军梁冀不从，另立质帝，后又鸩杀质帝，欲立蠡吾侯以固其权。李固坚决反对，因被免职；后又为梁冀所诬，被杀。

李固著有“章、表、奏、议、教令、对策、记、铭凡十一篇”（《后汉书》本传），今存《对策》、《上疏陈事》、《遗黄琼书》等数篇。李固是当时官僚士大夫集团的著名领袖人物之一，他坚决反对外戚、宦官专权。在写给顺帝的《对策》中，他对当时的政风愤加指责：“今之进者，唯财与力。……长吏多杀伐致声名者，必加迁赏；其存宽而无党援者，辄见斥逐。是以淳厚之风不宣，凋薄之俗未革。”他认为这都是外戚、宦官专权带来的恶果，主张被重用的外戚要“还居黄门之官，使权去外戚，政归国家”；在皇帝身边的宦官也要加以削减和限制，“又宜罢退宦官，去其权重，裁置常侍二人，方直有德者，省事左右；小黄门五人，才智闲雅者，给事殿中”。这些议论都是很大胆的。

李固《遗黄琼书》是历史传诵的佳作。黄琼字世英，是当时有名的处士，屡受朝廷公府征辟而不就。顺帝永建二年（127），许多公卿荐举黄琼。朝廷派专车去接，他不得已而行，但行至洛阳东万岁亭忽又称疾不进。李固素来敬慕黄琼，就写信劝他。书云：

闻已度伊、洛，近在万岁亭。岂即事有渐，将顺王命乎？盖君子谓伯夷隘，柳下惠不恭。故传曰：不夷不惠，可否之间。盖圣贤居身之所珍也。诚欲枕山栖谷，拟迹巢由，斯则可矣。若当辅政济民，今其时也。自生民以来，善政少而乱俗多，必待尧舜之君，此为志士，终无时矣。

常闻语曰："峣峣者易缺，皦皦者易污。"阳春之曲，和者必寡。盛名之下，其实难副。近鲁阳樊君被征，初至，朝廷设坛席，犹待神明。虽无大异，而言行所守，亦无所缺。而毁谤布流，应时折减者，岂非观听望深，声名太盛乎？自顷征聘之士，胡元安、薛孟尝、朱仲昭、顾季鸿等，其功业皆无所采，是故俗论皆言处士纯盗虚声。愿先生弘此远谟，令众人叹服，一雪此言耳。

此信写得言辞恳切，入情入理。首先针对黄琼事谈处士对应征受辟应有的态度。圣人贤士所珍视的处世态度是可仕则仕，不可仕则退。而入世不必待尧舜之时，"自生民以来，善政少而乱俗多，必待尧舜之君，终无时矣"。你黄琼若真要一生隐居也就罢了，"若当辅政济民，今其时也"。接下来作者列举了一些"纯盗虚声"的所谓"名士"名实不符的事实，指出"'峣峣者易缺，皦皦者易污'。阳春之曲，和者必寡。盛名之下，其实难副。"这一方面是劝告黄琼不要摆架子，不要装腔作势，拿出自己的真正本事为国家为民众办些实实在在的事，消除社会上因名实不符的处士的作为而对处士产生的偏见；另一方面也有"激将"的意思：你黄琼要真像人们所以为的那样德才俱高，就应出来一试身手。李固杂文寓意深切，语出自然，文辞简练，很有力度。

应劭，生卒年不详，字仲远，汝南南顿（今河南项城西南）人。出生于一个累世通显的官僚家庭，中平六年（189），拜为泰山太守。著有《汉官仪》十卷、《风俗通义》三十卷。所著《汉书集解音义》，颜师古注《汉书》多所征引。

应劭的《风俗通义》是一部笔记散文。东汉末年，国家政治陷入外戚和宦官争夺王朝统治的混乱局面。外戚或宦官援引子弟徒党或门生故吏，把持官僚系统，胡作非为，毫无忌惮。政权腐败导致社会动乱，民不聊生，王朝崩溃在即。应劭写作《风俗通义》的目的就是试图用封建正统思想来规范社会风俗，以求恢复封建统治的正常秩序。《风俗通义》内容和体例都较驳杂，书中所记载的典章制度、风俗习惯、礼仪乐器，乃至传闻怪异故事值得我们重视。关于此书风格，《四库总目提要》评价说："其书因事立论，文辞清辨，可资博洽，大致如王充《论衡》，而叙述简明则胜充书之冗漫。"《风俗通义》中为评判是非而记述了一些传闻怪异之事，这些故事片断写得生动形象，文字简洁，对魏晋志怪小说有直接影响。如叶令祠一节：

俗说孝明帝时，尚书郎河东王乔迁为叶令。乔有神术，每月朔常诣台朝。帝怪其来数而无车骑，密令太史候望。言其临至时，常有双凫从东南飞来。因伏伺，见凫，举罗，但得一双舄（鞋子）耳。使尚方识视，四年中所赐尚书官属履也。每当朝时，叶门鼓不击自鸣，闻于京师。后天下一玉棺于厅事前，令臣吏试入，终不动摇。乔曰："天帝独欲召我。"沐浴服饰，寝其中，盖便立覆。宿夜葬于城东，土自成坟。县中牛皆流汗吐舌，而人无知者。百姓为立祠，号叶君祠。牧守班录，皆先谒拜。吏民祈祷，无不如意；若有违犯，立得祸。明帝迎取其鼓，置都亭下，略无音声，但云"叶"。太史候望，在上西门上。遂以占星辰，省察气祥。言此令即仙人王乔者也。

又如黄霸断案一节：

颍川有富室，兄弟同居，两妇数月皆怀妊，长妇胎伤，因闭匿之。产期至，同到乳母舍。弟妇生男，夜因盗取之，争讼三年，州郡不能决。丞相黄霸出坐殿前，令卒抱儿，取两妇各十步，叱妇曰："自往取之。"长妇抱持甚急，儿大啼叫。弟妇恐伤害之，因乃放与，而心甚怆怆，长妇甚喜。霸曰："此弟子也。"责问乃伏。

前一节写怪异之事，为干宝《收神记》所选录。后一节记民间传说，也成为后世文学创作的一则素材。

蔡邕生平见前。蔡邕的碑传散文在其作品中占很大比重。王应麟《困学纪闻》说："邕文今存九十篇，而铭墓居其半。曰碑、曰铭、曰神诰、曰哀赞，其实一也。"蔡邕是汉代碑文的集大成者，他的碑文作品对后世碑传散文影响很大。

蔡邕的碑传散文叙事简要，语言清丽雅泽，刘勰曾给予很高的评价："自后汉以来，碑碣云起。才锋所断，莫高蔡邕。观杨赐之碑，骨鲠训典；陈郭二文，词无择言；周胡众碑，莫非清允。其叙事也该而要，其缀采也雅而泽。清词转而不穷，巧义出而卓立。察其为才，自然而至。"（《文心雕龙·诔碑》）刘勰所提到的《杨赐碑》、《陈太丘碑》、《郭有道碑》、《周勰碑》和《胡广碑》都是蔡邕碑传散文中较好的作品。其中《郭有道碑》颇为著名，碑文云：

先生讳泰，字林宗，太原界休人也。其先出自有周，王季之穆，有虢叔者，实有懿德，文王咨焉。建国命氏，或谓之郭，即其后也。

先生诞膺天衷，聪睿明哲，孝友温恭，仁笃慈惠。夫其器量弘深，姿度广大，浩浩焉，汪汪焉，奥乎不可测已。若乃砥节励行，直道正辞，贞固足以干事，隐括足以矫时。遂考览六籍，探综图纬，周流华夏，游集帝学，收文武之将坠，拯微言之未绝。于时缨緌之徒，绅佩之士，望形表而景附，聆嘉声而响和者，犹百川之归巨海，鳞介之宗龟龙也。

尔乃潜隐衡门，收朋勤诲，童蒙赖焉，用祛其蔽。州郡闻德，虚己备礼，莫之能致。群公休之，遂辟司徒掾，又举有道，皆以疾辞。将蹈洪崖之遐迹，绍巢由之绝轨，翔区外以舒翼，超天衢以高峙。禀命不融，享年四十有三，以建宁二年正月乙亥卒。凡我四方同好之人，永怀哀悼，靡所置念，乃相与推先生之德，以图不朽之事。佥以为先民既没而德音犹存者，亦赖之以纪述也，今其如何而阙斯礼？于是建碑表墓，昭明景行，俾芳烈奋乎百世，令闻显于无穷。其词曰：

於休先生，明德通玄。纯懿淑灵，受之自天。崇壮幽浚，如山如渊。礼乐是悦，《诗》《书》是敦。匪惟摭华，乃寻厥根。宫墙重仞，允得其门。懿乎其纯，确乎其操。洋洋搢绅，言观其高。栖迟泌丘，善诱能教。赫赫三事，几行其招。委辞召贡，保此清妙。降年不永，民斯悲悼。爰勒兹铭，摛其光耀。嗟尔来世，是则是效。

郭泰是东汉名士，为当时"清议"领袖人物之一，其社会声望颇高。《后汉书·郭泰传》称郭泰死时，"四方之士千余人皆来会葬，同志者乃共刻石立碑。蔡邕为文，既而，谓涿郡卢植曰：‘吾为碑铭多矣，皆有惭德，唯郭有道无愧色耳。’”文中对郭泰“诋节励行，直道正辞”的超拔品格作了简要的叙述和评价。正如蔡邕自己所言，他的碑文除《郭有道碑》外所写的人物“皆有惭德”，也就是说他的碑文大都有谀美不实之处。后人对此亦颇有微词，如王应麟《困学纪闻》说：蔡邕“自言：‘为《郭有道碑》，独无愧辞’，其他可知矣。其颂胡广、黄琼，几于老韩同传。若继成汉史，岂有南董之笔”?

第三卷 魏晋南北朝散文

李景华　撰写

概 述

波澜壮阔、源远流长的中国文学的历史长河，经过了先秦的开拓、两汉的发展，进入了魏晋南北朝的阶段。同先秦，两汉一样，在诗歌、散文等方面，魏晋南北朝都有明显的变化和长足的发展。

魏晋南北朝是一个长期动荡分裂的历史时期，如果从曹丕建魏开始（220），到隋文帝统一南北朝为止（589），为时不到四百年。在这三百余年里，政治舞台的风云，变幻莫测，阶级矛盾、民族矛盾、统治阶级内部矛盾，此起彼伏，消长激化，为中国历史所仅见。东汉末年的黄巾起义，是阶级矛盾的总爆发。董卓之乱是统治阶级内部矛盾的大暴露。继起的军阀混战，三国形成，使中国长期处于破坏、战乱之中，尤其是在文学发祥地的北方，自董卓之乱（190）迄至赤壁之战（208），成了军阀角逐的大屠场。建安诸多诗人对此作过沉痛的描述："生民百遗一"（曹操《蒿里行》），"白骨蔽平原"（王粲《七哀》），"千里无人烟"（曹植《送应氏》）。曹魏在与西蜀、东吴对峙中，生产有所恢复，经济有所发展。但不久皇权旁落，司马懿父子接演曹氏父子于汉末的故技，篡魏建晋，不过维持了三十几年的短期统一。西晋是中国统一王朝中之最脆弱者，统治集团昏庸腐朽，内部矛盾重重叠叠，国无宁日，政出多门。"八王之乱"长达十六年，终于导致永嘉之乱，异族入境，北中国大好河山沦入异族统治者之手，形成更为分裂动荡的五胡十六国局面。东晋小朝廷，被驱赶到东南半壁江山，统治了一百年。继而南北朝形成，南朝宋、齐、梁、陈更迭频繁；北方元魏短期统一之后，又陷于东魏、西魏，北齐、北周的分裂状态。自然不能把魏晋南北朝这段历史说成"五胡乱华"，也不应当把这段历史看作一团漆黑。在付出了相当大的历史代价之后，南方经济有所发展，北方民族加快融合，总的说来，对中华民族的前进、发展，还是大有益处的。

不过，文学的发展或进退荣枯，和社会的经济、政治，并不一定密切关联。它还有许多社会条件和自身因素的制约。比如建安时期，是中国历史上少数动乱最严重的阶段之一，然而“建安文学”大放异彩，正所谓“国家不幸诗家幸”（赵翼《题遗山集》）。总的说来，魏晋南北朝文学，处于两汉、隋唐文学之间，有其既定的历史地位和突出的历史贡献。自然，最突出的成就，在诗歌，在民间乐府诗的复兴和五言诗广泛应用，在于各种题材的开发，在于各种形式的尝试，在于声律的总结和确认，为唐代诗国高潮的出现，奠下稳固基础。

魏晋南北朝的散文，有突破、有特色，有一些著名作家，但总的成就，不如诗歌，也是一个有目共睹的事实。

对魏晋南北朝的散文，前人有截然不同的看法，目前论者的意见，也并不完全一致。长期以来，人们多认为魏晋南北朝是骈体文成熟并高度发展的历史时期。这样说，并无大误，但认为此期的散体文（或后文说的师法先秦两汉的“古文”）已经绝迹，则不符合历史的实际。有的断代的文学史，谈了此期的诗的成就之后，列有赋和骈体文的专章，对散体文（或称“古文”）则付阙如。其片面性，是不用争辩的。

原来传统的说法，古代散文有两大分野。一为“古文”，即唐代韩愈、柳宗元在倡导古文时，所标榜的先秦、两汉的那些不讲求对偶、声律，句子长短错落参差的文章体裁。也就是针对魏晋南朝的骈体文而言的那种文体。一为韩愈、柳宗元全力排斥的骈体文。韩愈宣称“非三代两汉之书不敢观，非圣人之志不敢存”（《答李翊书》）。柳宗元在《乞巧文》里对“骈四俪六”极度不满。他们二人在论及文章传统时，只言先秦、两汉，不提魏晋南北朝作家，此亦即苏轼所说韩愈“文起八代之衰”（《潮州韩文公庙碑》）的缘故。韩、柳之后，尽管骈体文作者大有人在，尽管不少著名文人骈散并用，但古文和骈文的对立，已经形成。到了宋代，“古文”已经取得支配地位。此后，元、明二朝，骈文似乎销声匿迹。到了清代，骈文势力有所抬头。清代考据之学，大行其道，方家学者多于故纸堆中讨生活，熟谙典故乃风雅之举，而此又为骈体文之基本功，因而清人又捡起骈文来写作，原是不足为奇的。随着骈文写作的风行，研究和编纂结集的工作也应运而生。自然骈、散是非功过的争论也相持不下。桐城派提倡古文，反对骈体文，不遗余力。桐城姚鼐编有《古文辞类纂》一书，专收先秦两汉和唐宋以及元明清的文章。魏晋南北朝四百年间，仅仅选了诸葛亮的《出师表》、陶渊明的《归去来兮辞》和鲍照的《芜城赋》等几篇文章，其对魏晋南北朝文章的敌视，彰明较著。与此相反，仪征著名学者阮元著《文言说》，盛赞骈体之文，极论文、笔之辨，与桐城派对垒，认为韩、欧之文，本非“文”，只可称为“笔”，而六朝有韵排偶之作，方合于“文”之古训。并在理论上举出《周易》的《系辞》和《文言》，证明骈体文的合理合情，并认为，骈体文的出现，早于一般散文。与此同时，武进李兆洛编辑《骈体文钞》，与《古文辞类纂》针锋相对，主要选的是魏晋南北朝的文章，而且把汉代贾谊的《过秦论》、司马迁的《报任安书》等，都看成是骈体文，和桐城派争夺读者。后来，仪征刘师培著《中国中古文学史》，继承阮元之说，以骈文为正宗，斥散体文为笔，排斥在“文学”之外，“俪文律诗为诸夏所独有，今与外域文学竞长，惟资斯体”（《概论》）。此次争论，一直延续到“五四”运动。“桐城谬种，选学妖孽”的口号，就是针对古文和骈文二者而言的。

这场论争，牵涉到魏晋南北朝散文的评价。我们认为，二者各有偏颇，双方都有意气用事之不科学态度。其实，魏晋南北朝的散文既有前后发展，又有散、骈之消长，不可一概而论。汉末的建安散文，就不完全一样。曹操的文章，开一代风气，是“改造文章的祖师”（鲁迅《魏晋风度及文章与药及酒之关系》），文笔通脱，词语错落，完全是先秦两汉的文风，可以说完全没有骈偶的痕迹。诸葛亮亦然，其文也没有骈俪句子。而“七子”和曹丕、曹植的文章就色彩纷呈，风格不一了。曹丕的《典论》里的文章，大体是散体文，骈偶间或有之。曹植的散文富艳华丽，一如其诗，骈偶成分很重，但亦非全部文章都是骈体。（如《贪恶鸟论》几乎没有对偶句）此后的骈文也没有占绝对优势。正始时，阮籍文章骈偶成分加多，嵇康则保持散文的面貌比较明显。西晋的骈体固然遍及朝野，（陆机、陆云兄弟之间的数十通信札，却用散体）但东晋的王羲之和陶渊明却有为数不少的散文，更不必顾及两晋的思想家和历史家的著述，如裴頠的《崇有论》、陈寿的《三国志》都是散体行文，很少有骈偶句式的。骈文的极盛在南北朝是没有问题的，但不是骈文一统天下，身历宋、齐、梁三朝的骈文大师任昉，有一篇《奏弹刘整》的文章，选入《文选》，内中引述齐故西阳内史刘寅之妻范，在控告其叔郎刘整的诉辞里，不仅不是骈体，而且俚俗如口语那样拉杂。综上所述，我们认为，对魏晋南北朝的散文的认识要全面周到，评价要公允恰当，方法要分析比较，万不可简单草率。

对骈体文的认识和评价，无疑是魏晋南北朝时期文学的不容回避的问题。这里先谈一下骈文的流变。以句式骈偶为基本特征的骈体文，何时起源，刘勰在《文心雕龙·丽辞》篇作过探讨。他追溯到“唐虞之世”，自然是没有可能，也无此必要。这里要区分骈句和骈文。前者确实由来已久。《诗经》里的“昔我往矣，杨柳依依；今我来思，雨雪霏霏”（《采薇》）；《楚辞》里的“悲莫悲兮生别离，乐莫乐兮新相知”（《少司命》）都是例证。然而骈句与骈文，有根本的区别，骈句发展到通篇基本没有散体句的骈文，更有一段不断由量变到质变的递进过程，而且不会在某一天、某一人或某一篇文章突然出现完美的骈体文，其间过渡状态的时间，也非一朝一夕。明人王志坚编有《四六法海》一书，他在序中称骈文在魏晋开始形成，我们可以接受。先秦、两汉文章，虽有对偶的骈句，属自然形成，而非有意讲究，远非魏晋以来文人对骈句的刻意追求。这里明显的是公文、书信，骈俪成分增多，陈琳的书檄，曹丕的几通《与吴质书》、曹植的几篇章表，大体是骈文的面目。但是一些学术论著，如《典论》，则仍沿用散体。到了西晋，骈文正式成体，突出代表是陆机，他的多数文章，精心属对，用语多从典籍中摄取，典故连篇累牍。如《豪士赋序》，已具备骈文的基本特征：

> 且夫政由宁氏，忠臣所为慷慨；祭则寡人，人主所不久堪。是以君奭鞅鞅，不悦公旦之举；高平师师，侧目博陆之势。而成王不遣嫌吝于怀，宣帝若负芒刺于背，非其然者欤？嗟乎，光于四表，德莫富焉；王曰叔父，亲莫昵焉；登帝大位，功莫厚焉；守节没齿，忠莫至焉。

句式整饬，对偶工细，文辞典雅，通篇均衡。当然，两晋骈文（包括陆机的某些骈文），并未全部达到本文的骈俪水平。尽管同时的潘岳的哀诔文字，李康的《运命论》都是像样的骈体文章。

南北朝的骈文达到极盛。刘宋的文章，在骈文里，用典增多，颜延之、鲍照的骈文都有此一特征。齐永明时期，声律说鹊起，主要影响诗歌的写作，但当时永明体重要诗人如沈约、谢朓，王融等人，兼为骈文大家，因而骈文有意无意亦受到声律说的某些影响，当然仅仅是影响而已，远远没有声律说对诗歌写作要求的那样严格细密。此期孔稚珪的《北山移文》，不仅嘲讽的表现得淋漓尽致，而且对偶精工，音韵和谐，和此前骈文已有了差别。稍后的丘迟，于梁代写的《与陈伯之书》声情并茂，居然感动了叛将陈伯之幡然悔悟，决意南归。请看其中动人的名句：

> 暮春三月，江南草长，杂花生树，群莺乱飞。见故国之旗鼓，感平生于畴日，抚弦登陴，岂不怆悢。所以廉公之思赵将，吴子之泣西河，人之情也，将军独无情哉！想早励良规，自求多福。

一篇骈文，因其奇异的社会功能，传为文学史的佳话。梁代的骈体文的运用，前所未有，一般书信，皆用骈体，几篇模山范水的骈体文，都是信札。此外学术专著《文心雕龙》用骈体，沈约的史论文字（如《宋书·谢灵运传论》）亦用骈文，骈体文已到了全面总结经验的阶段。

梁后期和陈代，骈文形成高潮。此时骈文已有固定模式：四六句型渐成常规，雕琢之风愈演愈烈。典故的使用更多、更生僻。出现了骈文大师徐陵和庾信，后人称他们的诗文作品为“徐庾体”。骈体文至此登峰造极，徐陵、庾信的文章，成为后世学习骈体文的楷模。

南北朝之后，骈体文并没有江河日下。唐代的骈体文，特别是韩、柳之前，仍是风行不衰，初唐四杰都是骈文能手，一代名相陆贽的奏议，全用骈体，其《翰苑集》流传久远。骈文之作，宋元明清，代有其人。骈文直至民国初年，在大小军阀的通电声明中，还在广泛采用。

这里谈一下骈文的评价。对骈体文，同对其他各种相沿已久、历经历史考验的优美艺术形式一样，要具体分析、历史分析。骈体文之所以历千年而不衰，遇强敌而不倒，自有其存在的理由。骈文是我国特有的文体，正如对联是中国的“国粹”一样，源于我国文字的单音节，一字一音一义（基本上），便于形成字句相同，字面错落，平仄相对（齐梁之后）的并列偶句。诗能如此，文何独不然？句式整齐匀称，便于吟诵，便于记忆，便于流传，便于显示才思敏捷和艺术功力，因此，骈文对读者、作者都有很强的吸引力。诗歌既然可以由整齐的四言，演变为形式相对自由的《楚辞》，再发展到汉代乐府诗的不拘字句长短的杂言，进而发展为五言、七言（词和曲又近乎有规则的杂言），散文为什么要有一个一成不变的模式，像唐宋古文运动旗手们所固守的先秦两汉的古文那样呢？诗有格律宽严的历史发展变化，散文为什么就越古越好，越不变越好呢？实在没有道理好讲。何况，文学是艺术创造，文学园地应是艺术的百花园，允许更应支持多种艺术形式的尝试创新。骈体文在中国文学史上的产生和发展，有其合理性和必然性，正如同律诗、绝句、长短句、散曲的产生和发展有其合理性和必然性一样。

另外，看一篇或一部文学作品，首先要看内容的充实、审美的健康，其次才是从艺术形式的创造以及与其内容的配合，看其二者是否相得益彰，完美统一。抛开思想内容的具体分析，单纯从抽象的骈文形式的优劣、得失、工拙、利弊，决定去取，是不能说服人的。不错，齐梁的宫体诗人，大多是骈文能手，包括庾信和徐陵，但我们在论其文学成就时，断不会因是骈文就一概排斥，因是五、七言诗就全部肯定，还是要从内容到形式，作整个的、全面的、历史的考察的。对其他文学样式如此，对骈文也不应例外。

骈体文有形式优美的近乎诗歌的优势。也不容讳言，骈文同世界其他事物一样，也有其局限，或严重的缺陷。用骈体文抒情、描写，一般都能胜任愉快，甚至有时抒情效果，比散文还要出色。但用来说理，就会捉襟见肘，进退失据。《文心雕龙》一书，有许多概念（如风骨、比兴），之所以一直聚讼纷纭，莫衷一是，恐怕和刘勰用骈体文持论有关系。此外，骈体文有如辞赋和格律诗，讲求用事、对仗，进而声韵的和谐等，艺术形式戒律太多，势必束缚作家的手脚，甚至以词害意。等而下之者，晦涩、生硬，雕绘满眼，五色斑斓，大大缩小了读者的范围，并削弱了原有的艺术魅力。这些败笔，即在名家的名篇之中，也时有发现。庾信的《哀江南赋》和它的骈体的《序》，无疑是文学史上的扛鼎力作。然而序文中像“申包胥之顿地，碎之以首；蔡威公之泪尽，加之以血”的句子，就累遭后人訾议，以文以理，都经不起认真推敲。“首若碎”，其后果如何，此即为因词害意，而骈体文，又很难杜绝这些弊端。

源于《楚辞》的汉赋，特别是以司马相如、扬雄、班固为代表作家的以“体物”为主的大赋，铺张扬厉，大而无当，完全脱离社会现实生活，一点也显示不出作者的思想和性格。物极必反，到了东汉之后，经过张衡、赵壹、蔡邕等人的创造，抒情小赋取而代之，从此小赋成为辞赋的一般形式。整个魏晋南北朝，至今只有左思的一篇《三都赋》，沿用汉代大赋的体制，而他本人在序里对汉赋四大家司马相如、扬雄、班固、张衡的大赋皆有批评。除此，抒情小赋在汉末建安之后，继续发展，并且有的地方超过前人。

赋是一种介乎诗与散文之间的文体，是一种押韵的散文，包括在广义的散文范围之内。赋之变而为抒情，无疑是在赋里注入了新的生命活力，使它具有了抒情诗的功能。

建安时期王粲的《登楼赋》、曹植的《洛神赋》都有浓厚的抒情味道。前者旨在抒发流落异乡、有志难骋的哀愁。又因怀才不遇，更增加了思乡的迫切心情。《洛神赋》叙述了故事，描写了洛水女神，然而使人感受了作者由人神之道殊，难以沟通、理解产生的苦闷，这正是作者后期在政治上失意，生活上受监视的情况下的感情流露。曹氏兄弟，“建安七子”大多能赋，用赋抒情也是汉末的一时风尚，能写诗的人都能写赋，曹操也“登高必赋”，今仍残存几篇赋的佚文。

正始时期，阮籍也擅长写赋，恐怕和他擅长写《咏怀》诗，大量写《咏怀》诗不无联系。

晋代是继两汉之后，出现的第二次辞赋的高潮。西晋更是盛极一时，著名的陆机、潘岳、左思，都是辞赋大家，后文另有介绍。除此，成公绥的《啸赋》、木华的《海赋》、束晰的《贫家赋》、郭璞的《江赋》，都保持了汉赋铺排的特点，又突出了抒情性，而且兼有写景、议论，甚至言志的功能。东晋的陶渊明的辞赋，和他的田园诗一样打动人心。《归去来兮辞》、《悲士不遇赋》，直追《楚辞》的发愤抒情特色。《闲情赋》大胆生动，直抒恋情，虽使道学家摇头，却使鲁迅先生大为称赞。

南朝的赋亦如诗一样流行并发展，诗人大多能赋。宋代谢灵运、颜延之都有赋存世，但成就平平，无多新意。颜延之赋尤多瑕累，艰涩难懂。鲍照诗赋兼善，《芜城赋》吊古伤今，感慨万千，是南朝赋中社会意义最为重大的一篇。熔抒情、写景于一炉，艺术上堪称独步。

齐梁之际，一种新颖抒情小赋异军突起。这就是由谢惠连《雪赋》和谢庄《月赋》开始的用以咏物抒情的小赋，语言明丽，形象优美，音韵和谐，篇幅短小，使人耳目一新。其间最杰出的代表是江淹的《恨赋》和《别赋》，此三人赋之名声，远出其诗名之上。江淹的两篇赋，细腻地描绘了各种人物，在愁怨和离别心态下的不同表现，以赋描写人物的心理活动，实属创造。

梁代赋风和宫体诗密切相关，萧纲、萧绎以及庾信早期作品，再加沈约等人，都重声色之描摹，而无人生的感受。至于单纯咏物之赋，如《灯赋》、《对烛赋》之类，社会意义既小，艺术效果更无从谈起了。

庾信之诗、赋、骈文，充分说明他是魏晋南北朝文学史上的通才。其赋在晚年，更加成熟凝重，深沉执着，不仅前无古人，而且亦后鲜来者。杜甫言“庾信平生最萧瑟，暮年诗赋动江关”（《咏怀古迹》）。这里一方面说明其艺术境界的炉火纯青，同时也清楚显示文学同社会生活的血肉联系。庾信之流落北国，并且终生未归，对其个人遭际而言，自然是极大的不幸，然而对其文学创作而言，却获得了得天独厚的物质基础。有这个基础和没有这个基础，对文学作家来说，是大不相同的。

下面分建安、正始、两晋、南北朝四个时期讨论各期的散文发展。

建安文学的主要成就，在诗，在于汉代乐府诗的复兴，在于文人五言诗的成熟完美。所谓“建安风骨”，就是专指建安诗而言的。建安诗，异军突起，打破了两汉诗坛（不包括民间乐府诗）冷落的局面，形成了中国诗史上的一个高潮，成就确实异乎寻常。

相形之下，建安散文，就不那么引人瞩目，这里固然有被诗名所掩盖的因素，也有散文自身的原因，建安散文的成绩和影响，远远逊色于建安诗，是一个不容辩解的事实。

但建安散文的价值也应肯定，有它的特点和历史地位，著名作家、优秀作品也不在少数。建安为汉末傀儡皇帝献帝刘协的一个年号（196～220），其时王纲解纽，皇权旁落，曹操以司空、丞相等名义掌握实权。曹操雄才大略，文治武功，均卓有建树。他本人的诗文写作，数量虽然不多，却内容充实简括，手法通脱自然，开一代散文风气。对魏晋突破儒家一统，及此后玄学的产生，都起过巨大的推动作用。他的文风一直受到近代学者刘师培、鲁迅的高度重视。建安的散文作家，同中国文学史的普遍情况一致，几乎都是诗人。换言之，建安的重要诗人，亦是建安的重要散文作家。能文者，不一定能诗；反之，能诗者而不能文者，极其罕见。

不过，文学史上的建安时期，不限于那二十几年，前后还要宽延一段，建安散文，即汉末魏初散文，上限大体在献帝即位的初平元年（190），是年出现董卓之乱，较之黄巾起义的农民战争，造成的破坏要严重得多。下限在魏明帝曹睿的太和年间（227～232），前后约三十几年。这就是在曹氏祖孙三代统治下，邺下文人创作活跃的时代，蜀国优秀散文家诸葛亮活动的时代。

建安散文的大家当推曹操和曹植，二人同处一代，却有前后之分，内容、风格，同中有异，前者保持汉代文章朴实简明而尚质的特点，后者渐趋骈俪华艳，侧重声色之讲求，有尚文倾向。二者的细微差别，一如其诗。前人往往以“汉音”和“魏响”区别曹操、曹植诗的不同风格：

> 孟德全是汉音，丕、植便多魏响。（清·陈祚明《采菽堂古诗选》卷五）

稍后的沈德潜亦有类似意见(《古诗源》卷五)。我们如果仔细读一下曹操的《让县自明本志令》和曹植的《求自试表》、《求通亲亲表》，就会领略到散文里“汉音”与“魏响”的差别。接近曹操的有孔融等人；接近曹植的有曹丕和七子中归附曹操后在邺下写的作品。

辞赋在建安时期亦是多数诗人、散文家同时兼擅的文体。此时辞赋，一如诗文，也发生了转折性的变化，继承了东汉后期张衡、赵壹抒情小赋的传统，进一步开掘探讨，出现了王粲的《登楼赋》、曹植的《洛神赋》，前者和他的《七哀诗》其二，如出一辙，实质是抒情散文；后者在抒情当中，运用神话故事，内涵更加深邃，手法更为活脱，显示了某些“楚辞”作品（如宋玉《神女赋》）的艺术特色。

汉代铺张扬厉，堆垛辞藻的大赋，建安时期并没有绝迹，否则晋代左思写出和班固《两都赋》与张衡《二京赋》先后辉映的《三都赋》，就将成为一个难以理解的问题了。陈琳著有《大荒赋》，今残存六十多句，运用汉赋早期的骚体形式，晋人陆云认为是大赋，也想再作一篇(《与兄平原书》)。宋人吴棫曾见过全文，云：“《大荒赋》几三千言。”(《韵补·书目》）此外，刘桢有《鲁都赋》、徐干有《齐都赋》，今均有少量佚文存世，当是班固、张衡《两都》、《二京》同类作品。从现存所有建安辞赋看来，(少数是完整的，多数是残缺的）汉代正统的大赋，在建安时期大势已去，建安一代占主导地位的是抒情小赋。

曹魏末年一如东汉末年。曹丕之子明帝曹睿，政由已出，尚能维持政权。然而曹睿年仅三十五岁而亡，后继者齐王曹芳年仅八岁，因此曹睿在临终前不得不把政权托给宗室曹爽和握有军权的司马懿。二人随即展开尖锐的夺权之争，司马懿终于在嘉平元年（249）发动高平陵之变，将曹爽兄弟及其党羽何晏、丁谧、李胜、毕轨、桓范等诛灭三族，曹魏名存实亡。后来司马懿之子司马师掌权，把政治上与之对立的名士夏侯玄、李丰、许允等人灭族，一时形成“名士减半”（《三国志·王凌传》裴注），魏末政坛充满血腥的恐怖气氛。所谓“属魏晋之际，天下多故，名士少有全者”（《晋书·阮籍传》）。直到公元265年，司马懿之孙司马炎篡魏建晋，其手法和曹丕篡汉建魏无独有偶，一模一样。

诗史称魏末晋初为“正始”时期（240～249）。正始为齐王曹芳的年号。文学史上称的“正始”，一如“建安”，它实际所指当然不限于这十年，它是指魏晋之际阮籍、嵇康等“竹林七贤”活动的时代。对建安而言，“竹林七贤”恰为后一代人。“竹林七贤”之首阮籍即是“建安七子”之一阮瑀的儿子。

此期思想较之建安更为活跃，儒家传统已经失去效应，代之而起的玄学，即以老庄思想为依归的，以清静无为、自然超脱相标榜的异端。新中国成立以来一直以腐朽、没落的思想情趣界定它的内容。近来稍稍松动，有人为魏晋玄学翻案，认为是一种新形式的思想解放。我们认为，魏晋玄学产生于魏晋之际的政治恐怖环境下，有全身远害，逃避现实的目的，自不足怪。同时，正始名士何晏、王弼之徒，探索人生和自然哲理，倾心研究《周易》、《老子》、《庄子》，无疑是对汉代烦琐经学、谶纬神学的有力冲击。思想的活跃和解放，对文学至关重要。正始文学虽不如建安文学那样丰富而多彩，却也保存些微建安风力（主要表现在对封建礼法的批判锋芒上），成就是在两晋南北朝文学之上的。

正始文学一如建安文学，主要成就在诗，在阮籍的82首五言《咏怀》诗，从此文人五言诗脱离民间乐府诗的规范，独树一帜，蔚为大观。嵇康诗歌成就平平，却是正始散文中的大家，散文成就超出阮籍。此外，何晏、王弼等人，都是玄学大师，哲学史、思想史的地位，远超文学史上的地位，这里不拟多作介绍。

此期散文有较高成就，嵇康文、阮籍赋各有特色，“竹林七贤”、“正始名士”还有一些好文章。近人刘师培云：

魏代自太和以迄正始，文士辈出，其文约分两派：一为王弼、何晏之文，

> 清峻简约，文质兼备，虽阐发道家之绪，实与名法家言为近者也……一为嵇康、阮籍之文，文章壮丽，总采骋词，虽阐发道家之绪，实与纵横家言为近者也。

这里将“正始名士”分成一派，将“竹林七贤”分成一派，是符合实际的，是否各有“名法”和“纵横”的特色，尚待讨论。我们认为名士之文，艺术性无多可言；“七贤”之文，在文学史上成就最大。

“正始”之后，曹魏政权，名存实亡，其情形同汉末“建安”，有惊人的相似之处。待公元265年八月司马昭死。其子司马炎嗣位为相国、晋王。待到十二月，司马炎逼魏主禅位，废魏元帝曹奂为陈留王，一如黄初元年（220）曹丕的伎俩。魏亡而晋立，司马氏取得了北方的政权，至太康元年（280）灭吴，中国又恢复了统一。

晋代（265～420）是各种矛盾复杂交织的时代。西晋只维持了三十几年的短期统一，是中国统一王朝中最衰弱的一个。晋朝的建立，得力于世族官僚的积极支持，因而从一开始就完全继承了曹丕创始的“九品中正”用人制度，形成“上品无寒门，下品无世族”的局面，加剧了统治阶级内部的矛盾。与此同时，大封宗室，赋予地方王国以军政大权，致使诸侯骄横，尾大不掉，终于酿成长达十六年的“八王之乱”。西晋元气大伤，北边少数民族贵族乘机攻入中原，西晋灭亡，北中国沦入五胡十六国混战时期。

西晋末代亡国之君愍帝司马邺，于公元316年，向匈奴汉国投降，西晋灭亡。次年，进驻建业的琅邪王司马睿，在流落南方的北方世族大官僚王导等人，与南方世族的共同拥戴之下，自称晋王。公元318年称帝，史称晋元帝。从此开始了东晋仅仅维持半壁河山的百年统治。

东晋的政权和西晋一样矛盾重重，外有北方的五胡兵马的威胁，内有统治阶级内部的尖锐矛盾，相继发生了王敦、苏峻、桓玄等军阀的叛乱。加上孙恩、卢循领导韵农民起义，阶级矛盾又激化起来。东晋就是在这么多矛盾交织的情况维持下来的。只是由于北方各少数民族相互火并，无力集中兵力南下，才使偏安江左的东晋王朝稳定下来，并在经济、文化上有一定的发展。至于北伐中原，虽有尝试，终究是力不从心，东晋开始南北对峙，已是南北朝的前夜了。

晋代文学仍是诗歌突出，散文次之。尽管西晋诗的成就，远逊于建安、正始，所谓“晋世群才，稍入轻绮，张、潘、左、陆，比肩诗衢。采缛于正始，力柔于建安”（《文心雕龙·明诗》）。钟嵘《诗品》却说：“太康中，三张、二陆、两潘、一左。勃尔复兴，踵武前王，风流未沫，亦文章之中兴也。”溢美之词，不辩自明。西晋太康诗人，除左思之外，内容缺少社会意义，艺术手法一味追逐辞藻、骈偶，在形式技巧上说是“中兴”，还勉强可以同意；整体而言，还是刘勰所言为是。诗如是，文亦复如是。散文里无论文，还是赋，思想不如建安、正始充实深刻，艺术形式上则苦心经营，骈文、骈赋已经成为普遍接受的文体。思想上脱离社会生活，艺术上只会向高向雅发展。唐人讲“汉魏风骨，晋宋莫传”（陈子昂《与东方左史虬修竹篇序》），“自从建安来，绮丽不足珍”（李白《古风》），明白无误地点出晋代诗的弊端。而晋代之文，又何尝不如此。

西晋文学出现的内容与形式的反差，有其深刻的社会背景。西晋著名诗人（也是散文作者）多是贵族附庸风雅的帮闲。外戚贾谧，为晋开国元勋贾充之外孙，为贾充之嗣，贾后专权时，贾谧“权过人主”（《晋书·贾充传》）。其周围文人号“二十四友”，都投靠于他。成员有：石崇、欧阳建、潘岳、陆云、陆机、挚虞、左思、刘琨等人。都是西晋著名文人。当然，对“二十四友”，不可一概而论。但由于处境和见闻，决定了他们很难置身于社会深层，更难反映民意，因而西晋文学内容空虚、形式高雅而远离下层人民，是必然的。

南北朝文学，前人非议者比比皆是。其中韩愈的调门最高，贬抑尤力。其《荐士》诗云：

> 建安能者七，卓荦变风操。逶迤抵晋宋，气象日凋耗。中间数鲍谢，比近最清奥。齐梁及陈隋，众作等蝉噪。搜春摘花卉，沿袭伤剽盗。

这里主要是对诗而言，但韩愈是唐代古文运动之领袖，对魏晋南北朝骈文的敌视，尽人皆知，这里的意见，完全适合他对南北朝文章的评价。在他看来，建安之后，文风已有变化，到了晋宋之际，已经江河日下。至于齐梁陈隋的文学作品，等于蝉声鼓噪，不值一提，等而下之者，雕章琢句，滥用典故，无异于剽窃抄袭了。对南北朝文学、包括诗文，评价之低，令人瞠目。

这里说的南北朝文学，一般又特指南朝文学，因为北朝文学既不发达，又无特色（乐府民歌除外），一般说南北朝文学的特点、优点、缺点，均指南朝文学而言。“六朝文学”一语，好像更符合文学史的实际。南朝自刘裕建宋起（420），朝代更迭频繁，齐之代宋，梁之代齐，陈之代梁，依样画葫芦，都以“禅让”手段交换权柄，社会性质，没有多少变化，社会生活，也没有多少动荡。此期作家如沈约、江淹、任昉等人，均历任宋、齐、梁三朝，官越做越大，王朝易姓，已经习以为常。北朝后魏拓跋氏于公元386年建国，439年统一北方，结束了五胡十六国的混乱局面。但是为时不过百年，就分化为东魏（534～550）、西魏（535～556），北齐（550～577）、北周（557～581），最后灭于隋。在南北对立的二百年里，南方经济有所恢复发展，统治者和贵族又多附庸风雅，喜爱文学，（如宋武帝刘裕、宋文帝刘义隆、齐武帝萧赜、齐明帝萧鸾、梁武帝萧衍父子、陈后主叔宝君臣）上行下效，南朝的诗文创作因而一直比较活跃。北朝的长期战乱，短期统一，促成了各民族的融合，但由于种种社会条件的限制，文学创作，远非南朝的兴旺景象可比。只靠几个南方沦落北地的文人，支撑门面，文学风格、形式，都是南方的特点。以上所述是就总的文学状况而言的。具体到每一时期、每个作家，自有各自的特点。

南朝宋、齐、梁、陈四代，几乎所有的文章都是句式偶对，声调铿锵的骈文（少数奏议之文除外）。刘宋时期，以颜延之、谢灵运为代表的骈文家，喜用典故。梁钟嵘《诗品》说：“颜延、谢庄，尤为繁密，于时化之，故大明、泰始中，文章殆同书抄。”我们看颜延之的《三月三日曲水诗序》、谢庄的《宋武帝宣贵妃诔》等文，确实是“句无虚语，语无虚字”。即便鲍照的骈文，也时有用典生僻，语言晦涩的缺陷。

骈文到了齐、梁，特别是齐永明之后，已经完全定型。首先用典更加繁富。文学作品中“缉事比类，非对不发”，“全借古语，用申今情”（《南齐书·文学传论》）。其次声律更加和谐。声病说的开创者沈约、王融又都是骈文的著名作家，他们提倡的“若前有浮声，则后须切响。一简之内，音韵尽殊，两句之中，轻重悉异，妙达此旨，始可言文”。（沈约《宋书·谢灵运传论》）诗如此，文亦如此。第三句式益趋整齐。骈文至齐、梁，大多以四字、六字句为主。所谓“四字密而不促，六字格而非缓”（《文心雕龙·章句》）。庾信、徐陵的骈文，在用典、声律、句式上都是模范体现上述特点的。

南朝的辞赋，与诗、骈文的发展趋势大体一致。主要是继承建安以来的抒情小赋的传统，延续发展。刘宋时期，颜延之的赋（如《赭白马赋》），谢灵运的赋（如《山居赋》），或用典过多，或铺陈逾度，都无起色。稍后的谢惠连、谢庄的咏物赋，清新隽永，面目一新，较之晋代的《海赋》、《江赋》，更有抒情性，更为洁净优雅。齐代作品不多，和宋代辞赋亦无差异。谢朓的《临楚江赋》和张融的《海赋》值得一提，前者文笔比较凌厉，后者景物描写紧追晋代木华的同名作品。

辞赋至梁，而声色大开，蔚为全盛时期。作家、作品的数量超过前代。宫体诗人多兼辞赋作家。江淹的《恨赋》、《别赋》冠绝一时。简文帝萧纲存赋二十余篇，紧步其后，江淹今存赋四十篇。此期由于声病说的影响，诗歌、骈文、辞赋，作者往往一人，题目大家共有，三者实已合流，所谓“宫体”、“徐庾体”，实际都是包括诗、赋、骈文在内的。有人称此期的辞赋为骈赋，如江淹的作品，是名实相副的。梁陈的赋，向短小精炼倾斜，有的夹用五、七言句式，谢庄的《山夜忧吟》、《怀园引》首开其端，此时广为采用。当然，不必讳言，整个南朝辞赋，除少数人的少数作品（如鲍照）之外，社会内容极其贫乏而徒具形式的作品，亦不在少数，特别是宫廷文人的辞赋作品。

我们自然不同意把南朝文学说得一无是处，像韩愈《荐士》诗所说的那样。当然也不同意过高评价南朝文学，特别是骈体文。我们在具体分析南朝每个散文家的作品的同时，不要忘记，南朝文坛基本上是被帝王贵族所控制和利用的，而南朝作家又大多生活在他们周围，并用诗文为他们服务。因而南朝文学自有其内在的弱点，连南朝的乐府民歌，也单调得很，远没有汉魏乐府诗那样丰富多彩。

北朝文学不发达，散文亦如此，特别是抛开没有多少文学意味的史传和应用之文之后，就更没有多少散文可言了。因此我们只介绍了三部学术著作，聊补北朝散文之篇幅。

附带说明一下与散文史有关的“文笔之分”的问题。由于文学的发展，特别是技巧形式、修辞手段的发展，（刘勰《文心雕龙》一书为我们做了成功的总结）南北朝的文人学者，开始注意并探索文学和非文学的区别。古代的“文学”概念很模糊。《论语》中的“文学”，与德行、言语、政事并称(《先进》)，其含义大体是文化或文献的意思。王公的文学侍从，也不是单一地吟诗作赋。学者们最初把经、史、诸子划在文学之外，之后再区分文学内部的作品为两大类：有韵为文，无韵为笔（参见《文心雕龙·总术》）。用今天的眼光，当时认定的文、笔当中都有大量的非文学作品。后来梁元帝萧绎，在《金楼子·立言篇》里，又对文、笔的含义，重加界定。他认为“绮縠纷披，宫徵靡曼。唇吻遒会，情灵摇荡”的抒情性的作品叫作“文”，至于实用性章表、书记一类或骈或散的文章，只可称为“笔”。无疑，萧绎突出了文学的特色，强调文学与非文学作品的差别，而且明显地有重文轻笔的倾向，这对文学技巧的重视、对文学自身发展，都是有益的。

第一章
建安散文

第一节　曹　操

曹操（155～220）字孟德。沛国谯（今安徽亳州市）人。汉代末年的政治家、军事家、文学家。出身于宦官家庭，父曹嵩官至太尉，位居三公，为历仕安，顺、质、桓四朝的大宦官费亭侯曹腾的养子。尽管曹家炙手可热、煊赫一时，但在豪门世家看来，曹操仍然不过是一个“赘阉遗丑”（陈琳《为袁绍檄豫州》）。而且史官也说他父亲“莫能审其生出本末”（《三国志·武帝纪》）这一家世，对尔后曹操无视门第、忠孝，讲求刑名法术有直接的影响。曹操二十岁，被地方荐举为孝廉，做郎官，开始踏上政治舞台。其后在镇压黄巾起义和讨伐董卓之乱的过程中，一方面捞取了政治资本，一方面又扩充了实力，拥有几十万精锐的“青州兵”和兖、豫二州的地盘。建安元年（196），自称大将军，挟持汉献帝刘协迁都许县，曹操从此以合法名义“奉天子以令不臣”（《三国志·毛玠传》），取得了以武力统一天下的有利条件。此后曹操先后擒杀吕布、逼死袁术、驱逐刘备。最后于200年官渡之战中，打败占据青、冀、幽、并四州的袁绍的主力。四年后攻入袁绍老巢邺城，大体上统一了北方。史称“曹公破邺，武功之定，始于此也”（《晋书·乐志下》）。邺城从此成为曹氏政权的根据地。

可惜，207年北伐乌桓、消除北方边患之后，次年的赤壁之战遭到惨败，丧失了统一天下的机遇。事实上开始了曹、孙、刘鼎足三分的政治局面。晚年的曹操，虽然平定了关中马超、韩遂的叛乱，西征张鲁取得汉中，势力仍在发展，但吞并吴、蜀已势所不能。与此同时，曹操加官晋爵，位极人臣，自任丞相之后，又自立魏公、魏王，实际上是北方的最高统治者。他踌躇满志地对劝进者夏侯惇说："若天命在吾，吾为周文王矣！"（《三国志·武帝纪》注引《魏氏春秋》）曹操死后，其子曹丕代汉称帝，谥曰"武王"，又称"魏武帝"。明帝景初元年（237）又尊为"魏太祖"。

曹操运筹演谋，雄才大略，文治武功，卓有建树。综观其一生举措，功大于过。除了镇压黄巾农民起义为其平生劣迹之外，诸如打击豪强，抑制兼并，严明法纪，延揽人材，推行屯田，调整赋税，荡平割据，消除边患等等，均为功在国家、造福人民的政绩。鲁迅在《魏晋风度及文章与药及酒之关系》一文中，对曹操这个英雄人物表示了由衷的敬佩，那是完全正确的。

曹操外定武功，内兴文学，而且他本人勤奋博学，多才多艺。曹丕在《典论·自叙》里称他："雅好诗书文籍。虽在军旅，手不释卷。"在他有力地倡导之下，曹魏的邺下集团，网罗了一批文人学士，形成了建安文学的彬彬之盛。曹操能诗能文，是开一代风气的大作家。

曹操今存散文140余篇，多数是零星的断片文字，而且多为表令一类应用文。一些《四时食制》、《上器物表》、《上杂物疏》等文章，根本没有文学价值。但其中确有饱含作者深情的好文章。《赡给灾民令》表现了曹操对广大人民的深切关怀，特别是老弱病残。在《军谯令》里，可见曹操的怀乡恋旧之情：

> 吾起义兵，为天下除暴乱。旧土人民，死丧略尽。国中终日行，不见所识，使我凄怆伤怀。其举义兵以来，将士绝无后者，求其亲戚以后之，授土田，官给耕牛，置学师以教之。为存者立庙，使祀其先人。魂而有灵，吾百年之后何恨哉！

抚恤遗孤自然有其政治目的，但处理善后事宜之周到而有人情味，恰可看出这位"乱世奸雄"（汉末许劭语，见曹操本传注引《异同杂语》）内心世界的美好一面。曹操深知"定国之术，在于强兵足食"（《置屯田令》），因之大兴屯田，而且卓有成效。《加枣祗子处中封爵并祀祗令》里，可见曹操在屯田过程中的知人善任：

> 故陈留太守枣祗，天性忠能。始共举义兵，周旋征讨。后袁绍在冀州，亦贪祗，欲得之。祗深附托于孤，使领东阿令。吕布之乱，兖州皆叛，惟范、东阿完在，由祗以兵据城之力也。后大军粮乏，得东阿以继，祗之功也。
>
> 及破黄巾定许，得贼资业，当兴立屯田，时议者皆言当计牛输谷，佃科已定。施行后，祗白以为僦牛输谷，大收不增谷，有水旱灾除，大不便。反复来说，孤犹以为当如故，大收不可复改易。祗犹执之，孤不知所从，使与荀令君议之。时故军祭酒侯声云："科取官牛，为官田计。如祗议，于官便，于客不便。"声怀此云云，以疑令君。祗犹自信，据计划还白，执分田之术。孤乃然之，使为屯田都尉，施设田业。其时岁则大收，后遂因此大田，丰足军用，摧灭群逆，克定天下，以隆王室，祗兴其功。不幸早没，追赠以郡，犹未副之。今重思之，祗宜受封，稽留至今，孤之过也。祗子处中，宜加封爵，以祀祗为不朽之事。

本文可以视为枣祗的传记。枣祗于史无传，正可补史之缺。在曹操笔下，枣祗性格鲜明、功勋卓著，是一个高瞻远瞩、敢作敢为，敢于坚持正确意见的难得人才。文章极富腾挪跌宕之能事。先言其天性忠诚而有才能，深得人心。再言抗拒吕布叛乱之功，补给了大军粮秣。再言屯田中坚持己见，并获成功。最后写曹操据其功劳业绩嘉奖其后人。从中不难发现曹操为政用人的耐心和公正。此外《请增封荀彧表》、《请增封郭嘉封邑表》均可看出作者爱惜和尊重人才的热诚。前一文充分肯定荀彧在官渡之战的决定性作用，曹操自愧不如；后一文在畅叙郭嘉的战功之后，满怀激情，痛惜他的早亡。二文感情丰富而深厚，婉转而动人。

最能体现曹操文章大胆直率放言无忌特点的，是他的几次下令求贤的文章。基于政治需要，曹操从建安八年至二十二年（203～217）的十五年中，四次下令求贤：《论吏士行能令》、《求贤令》、《敕有司取士勿废偏短令》、《举贤勿拘品行令》。曹操用人看重才干和政绩，而不是空论所谓"德行"。他不避"盗嫂受金"，而高呼"唯才是举"。曹操深知"有行之士，未必能进取，进取之士，未必能有行"，因此对人要扬长避短，量才器使，各尽所能。一时曹营可谓"猛将如云，谋臣如雨"。

（李陵《答苏武书》中语）绝非偶然。《举贤勿拘品行令》对曹操用什么人以及如何用人，有极其坦率的说明：

> 昔伊挚、傅说出于贱人，管仲，桓公贼也，皆用之以兴。萧何、曹参，县吏也，韩信、陈平负污辱之名，有见笑之耻，卒能成就王业，声著千载。吴起贪将，杀妻自信，散金求官，母死不归，然在魏，秦人不敢东向，在楚则三晋不敢南谋，今天下得无有圣德之人放在民间，及果勇不顾，临敌力战；若文俗之吏，高才异质；或堪为将守，负污辱之名，见笑之行；或不仁不孝，而有治国用兵之术：其各举所知，勿有所遗。

这样公然无视仁孝的言论，在我国两千年来的封建社会里是极其罕见的。诚如鲁迅所言："他胆子很大，文章从通脱得力不少，做文章时又没有顾忌，想写的便写出来。""曹操征求人才时也是这样说，不忠不孝不要紧，只要有才便可以，这又是别人所不敢说的。"（《魏晋风度及文章与药及酒之关系》）

自然，最能显示其散文通脱特点，同时也代表其散文成就的是文集中唯一超过千字的长文《让县自明本志令》：

> 孤始举孝廉，年少，自以本非岩穴知名之士，恐为海内人之所见凡愚，欲为一郡守，好作政教以建立名誉，使世士明知之。故在济南，始除残去秽，平心选举，违迕诸常侍。以为豪强所忿，恐致家祸，故以病还。
>
> 去官之后，年纪尚少，顾视同岁中，年有五十，未名为老，内自图之，从此却去二十年，待天下清，乃与同岁中始举者等耳。故以四时归乡里，于谯东五十里筑精舍，欲秋夏读书，冬春射猎，求底下之地，欲以泥水自蔽，绝宾客往来之望，然不能得如意。后征为都尉，迁典军校尉，意遂更欲为国家讨贼立功，欲望封侯作征西将军，然后题墓道言"汉故征西将军曹侯之墓"，此其志也。
>
> 而遭值董卓之难，兴举义兵。是时合兵能多得耳，然常自损，不欲多之。所以然者，多兵意盛，与强敌争，倘更为祸始。故汴水之战数千，后还到扬州更募，亦复不过三千人，此其本志有限也。后领兖州，破降黄巾三十万众。又

袁术僭号于九江，下皆称臣，名门曰建号门，衣被皆为天子之制，两妇预争为皇后。志计已定，人有劝术使遂即帝位，露布天下，答言："曹公尚在，未可也。"后孤讨擒其四将，获其人众，遂使术穷亡解沮，发病而死。及至袁绍据河北，兵势强盛，孤自度势，实不敌之，但计投死为国，以义灭身，足垂于后。幸而破绍，枭其二子。又刘表自以为宗室，包藏奸心，乍前乍却，以观世事，据有荆州，孤复定之，遂平天下。身为宰相，人臣之贵已极，意望已过矣。今孤言此，若为自大，欲人言尽，故无讳耳。设使国家无有孤，不知当几人称帝，几人称王。

或有人见孤强盛，又性不信天命之事，恐私心相评，言有不逊之志，妄相忖度，每用耿耿。齐桓、晋文所以垂称至今日者，以其兵势广大，犹能奉事周室也。《论语》云："三分天下有其二，以服事殷，周之德可谓至德矣。"夫能以大事小也。昔乐毅走赵，赵王欲与之图燕，乐毅伏而垂泣，对曰："臣事昭王，犹事大王。臣若获戾，放在他国，没世然后已，不忍谋赵之徒隶，况燕后嗣乎！"胡亥之杀蒙恬也，恬曰："自吾先人及至子孙，积信于秦三世矣。今臣将兵三十余万，其势足以背叛，然自知必死而守义者，不敢辱先人之教以忘先王也。"孤每读此二人书，未尝不怆然流涕也。

孤祖父以至孤身，皆当亲重之任，可谓见信者矣，以及子桓兄弟，过于三世矣。孤非徒对诸君说此也，常以语妻妾，皆令深知此意。孤谓之言："顾我万年之后，汝曹皆当出嫁，欲令传道我心，使他人皆知之。"孤此言皆肝鬲之要也。所以勤勤恳恳叙心腹者，见周公有《金縢》之书以自明，恐人不信之故。

然欲孤便尔委捐所典兵众，以还执事，归就武平侯国，实不可也。何者？诚恐己离兵为人所祸也。既为子孙计，又己败则国家倾危，是以不得慕虚名而处实祸，此所不得为也。前朝恩封三子为侯，固辞不受，今更欲受之，非欲复以为荣，欲以为外援为万安计。孤闻介推之避晋封、申胥之逃楚赏，未尝不舍书而叹，有以自省也。奉国威灵，仗钺征伐，推弱以克强，处小而擒大，意之所向，动无违事，心之所虑，何向不济，遂荡平天下，不辱主命，可谓天助汉室，非人力也。然封兼四县，食户三万，何德堪之！江湖未静，不可让位。至于邑土，可得而辞。今上还阳夏、柘，苦三县户二万，但食武平万户，且以分损谤议，少减孤之责也。

本令发布于建安十五年（210），是一篇政治宣言，也是一篇个人自传。古来，在上层统治者中，于权位封赏时，往往有“劝”和“让”的官样文章。曹操本人也常常用此惯技。《曹操集》中就有《上书让封》、《上书让费亭侯》等文。不过此令断非虚应故事的表面文章，而是发自肺腑的由衷之言，他的“让”是有条件的，是深思熟虑后的产物，是真实可信的。

曹操一踏入政治舞台，就有人侧目诋毁。两年前周瑜就说曹操“托名汉相，其实汉贼”（《三国志·周瑜传》）。曹操早年也自知检点，本令中言“豪强所忿”，称病家居，即是明证。至今曹操已经“总御皇机，克成洪业”（《三国志·武帝纪》评），统一了北方，大权独揽，不可一世。名分上的汉献帝只不过是他运于股掌之上的傀儡。因而在曹魏内部也遭物议，认为他有“不逊之志”，即篡汉称帝的野心。面对这一严峻事态，曹操发出此令，断然否认舆论的指责。

曹操先在历述个人经历过程中，突出他的不朽功绩，他是汉室天下的有功之臣。毫不含糊地声称：“设使国家无有孤，不知当几人称帝，几个称王。”同时表明个人志向有限，目前“身为宰相，人臣之贵已极，意望已过矣！”政治上已没有任何需求。只不过鉴于“江湖未静”，才“不能让位”的，完全出于公心。否则“已离兵为人所祸”，“已败则国家倾危”，于己于国都没有好处。何况曹操是个精明的政治家，更不愿“慕虚名而处实祸”，使曹家受制于人。然而曹操又是一个成熟而老练的政治家，考虑到舆论的压力，他自愿让出四个县封地中的三个县以示诚意。文章直言无讳地表达了他的富有心计，他的通达权变——在根本问题（兵权）上，分毫不让；而在枝节问题上却是可以妥协让步的。

本文熔叙事、议论、抒情于一炉，出自真情实感，怎么想就怎么说，没有半点掩盖和虚夸，在上层统治者的文章中绝无仅有。事实也是如此，曹操并没有大言欺世，终其一生甘做周文王，唾手可得的汉室江山，至死在表面上维持没变。连对曹操颇有微词的复社领袖张溥，也不得不承认“述志一令，似乎欺人，未尝不抽序心腹，慨当以慷也”（《汉魏六朝百三家集题辞》）。

鲁迅先生称曹操为“改造文章的祖师”，认定曹操是一个开一代文章风气的大家，很能显示汉末文章清峻、通脱的风格特色。据鲁迅的解释，“清峻”是简约严明的意思；“通脱”即随便之意。曹操文章，简洁明快，直来直去。语言古朴质实，精警扼要，确实清峻。而临文不讳，畅所欲言，不时流露出非圣无法的“异端”思想，确实也通脱得很。正因为如此，曹操的文章，可以从中洞悉其为人处事的干练机敏和思想感情的真挚深厚，这是同古往今来的政治家的官样文章迥乎不同的。

曹操文章都是有为而发的政治家的大手笔，行文要言不烦，用语明白晓畅，说理深中肯綮，既不必迎合时尚，更无意显露才情，同文人墨客精心结撰、刻意经营之作大相径庭。有其人方有其文，后世无此类政治家，更无此人之胸襟抱负，自然也少见这种通脱清峻之作了。不过正始诗人阮籍、嵇康的文章，倒有得其精髓之笔。晋代王羲之、陶渊明的散文与之也有相通之处。

曹操博闻强记，儒雅风流。而且熟谙典籍，精于考辨，曾为兵家名作《孙子》作注。曹操诗文中，屡屡用典故，达意抒情。而且用典贴切自然，易于理解。如表明其没有“不逊之志”，就列举齐桓、晋文、乐毅、蒙恬加以证明，很有说服力(《让县自明本志令》)。为了论证“寒食”与介之推没有关系，则以“子胥沉江，吴人未有绝水之事”作为根据(《明罚令》)。这些不仅使文章论据坚实可靠，又能增加文章的典雅色彩和庄重气派。

第二节　“建安七子”及其他散文家

孔融（153～208）字文举，鲁国（今山东曲阜）人。孔子二十世孙。“建安七子”之一，汉末著名文人。孔融少有异才，聪颖过人。约二十八岁入仕，司徒杨赐辟为司徒尉，后任司空掾、虎贲中郎将。董卓专权时，以忤卓旨出为北海太守。建安元年（196），因与曹操“有旧”，被征入许为将作大匠，后迁少府。建安十三年，拜太中大夫，当年被曹操借故杀害。孔融对曹操北征乌桓、禁酒都有讥议，“他专喜和曹操捣乱”(鲁迅《魏晋风度及文章与药及酒之关系》)。孔融为人耿直，在汉末政局由宦官和外戚交替操纵的情势之下，从不投靠任何一方。董卓专权，孔融时有“匡正之言，以忤卓旨”(《后汉书》本传)。其实孔融本身“性宽容少忌，好士，喜诱益后进”，甚至“闻人之善，若出诸己；言有可采，必演而成之；面告其短，而退称所长；荐达贤士，多所奖进”(同上)。他的散文代表作《荐祢衡表》和《论盛孝章书》以及《缮治郑公宅教》、《教高密令》等文都是明证。建安初年，他把曹操看作“勤王将领”而衷心拥戴，晚年发现曹操“雄诈渐著”，才“数不能堪”的。

孔融位居“建安七子”之首，但并非邺下文人，年辈也较其他六人为长，思想作风也不相同。孔融今存诗八首（据明冯惟讷《诗纪》，其中失题诗乃截取李白《赠刘都使诗》诗中的四句，故仅存七首，其中较好的《杂诗》尚有争议），成就不高。孔融的散文在“七子”中最为突出。曹丕对此赞不绝口：“孔融体气高妙，有过人者。然不能持论，理不胜词，以至于杂以嘲戏。及其所善，扬班俦也。”（《典论·论文》）孔融死后，曹丕搜集其遗文二十五篇，编辑成书，对献出文章者还赏以金帛。

《荐祢衡表》与《论盛孝章书》为孔融散文的代表作，都被选入《昭明文选》。《荐祢衡表》作于孔融败于袁谭、逃到许昌的建安元年（196）。祢衡（173～198）为汉末名士。为人“气尚刚傲，好矫时慢物”（《后汉书》本传）。最后招致杀身之祸。祢衡二十四岁来到许昌，与孔融、杨修友善。孔融向献帝推荐他：

> 窃见处士平原祢衡，年二十四，字正平。淑质贞亮，英才卓砾。初涉艺文，升堂睹奥。目所一见，辄诵于口；耳所暂闻，不忘于心，性与道合，思若有神。弘羊潜计，安世默识，以衡准之，诚不足怪。忠果正直，志怀霜雪。见善若惊，疾恶如仇。任座抗行，史鱼厉节，殆无以过也。鸷鸟累百，不如一鹗。使衡立朝，必有可观。

孔融满怀激情赞扬并荐举了这位“不可多得”的人材。全文洋溢着作者与祢衡之间相互信赖的亲密友情。文章后半部运用骈俪句式，显示了语言的和谐流畅之美。《文心雕龙》称：“至于文举之荐祢衡，气扬采飞；孔明之辞后主，志尽文畅，虽华实异趣，并表之英也。”（《章表》）刘勰认为《荐祢衡表》的文辞比较华丽，和文辞朴实的诸葛亮的《出师表》异曲同工，都是章表佳作。

《论盛孝章书》作于建安九年（204）。盛宪字孝章，会稽（今浙江绍兴）人。曾任吴郡太守，因病辞官。史载“孙策平定吴、会，诛其英豪，宪素有高名，策深忌之。初，宪与少府孔融善，融忧其不免祸，乃与曹公书……由是征为骑都尉。制命未至，果为权所害”（《三国志·孙韶传》注引虞预《会稽典录》）。曹操时任司空兼车骑将军，独揽大权，因而身为少府的孔融为朋友向他求援。本文从交友道义和为国求贤两个方面推荐盛孝章。下面是请求曹操援救盛孝章的一段：

> 今之少年，喜谤前辈，或能讥评孝章，孝章要为有天下大名，九牧之民，所共称叹。燕君市骏马之骨，非欲以骋道里，乃当以招绝足也。惟公匡复汉室，宗社将绝，又能正之。正之之术，实须得贤。珠玉无胫而自至者，以人好之也。况贤者之有足乎？昭王筑台以尊郭隗，隗虽小才而逢大遇，竟能发明主之至心，故乐毅自魏往，剧辛自赵往，邹衍自齐往。向使郭隗倒悬而王不解，临难而王不拯，则士亦将高翔远引，莫有北首燕路者矣。
>
> 凡所称引，自公所知，而复有云者，欲公崇笃斯义也，因表不悉。

本文恭维曹操“匡复汉室”，旨在望其为国求贤，用齐桓公激励他也好，用燕昭王启发他也好，都是为了营救盛孝章，这里正可看出孔融的“好士”并“喜诱益后进”。《荐祢衡表》喜用比喻，本文则多用历史典故，盛情仿佛，而手法略异。

史载孔融友人脂习等人“每戒融刚直”（《后汉书》本传）。“刚直”确为孔融性格的主导方面。为了朋友，他可以暂时向曹操低头求情，但更多的是对曹操的揶揄乃至嘲讽。曹操屠邺城，并纳袁绍子媳甄氏为曹丕之妻，孔融上书曹操，“称武王伐纣，以妲己赐周公”，用这种“想当然”的手法，使得曹操极其难堪。曹丕言其文“杂以嘲戏”，刘勰言其“言不持正”（《文心雕龙·论说》），当即指此而言。孔融为人坦诚，放言无忌，其文锋芒毕露，感情激烈，爱憎分明，遇事必发。其人如此，其文亦复如此。试看其《难曹公禁酒书》其二（又题《又书》）：

> 昨承训答，陈二代之祸，及众人之败，以酒亡者，实如来诲。虽然，徐偃王行仁义而亡，今令不绝仁义；燕哙以让失社稷，今令不禁谦退；鲁因儒而损，今令不弃文学；夏商亦以妇人失天下，今令不断婚姻，而将酒独急者，疑但惜谷耳，非以亡王为戒也。

用形式逻辑类比方法和修辞学的排比手法，把禁酒之令归入荒谬之极，说得理直气壮，头头是道。末尾“惜谷”一笔，一语破的，说到曹操的痛处。本文作于建安十二年，曹操正在北征乌桓用兵之际，“年饥兵兴”（《后汉书·孔融传》），军粮吃紧，故有禁酒之令。《难曹公禁酒书》与之本出一辙，偏颇之词，容或有之，但文气贯通，气势逼人，足以代表孔融散文的独特风格：

> 公初当来，邦人咸抃舞踊躍，以望我后。亦既至止，酒禁施行。
>
> 酒之为德久矣，古先哲王，类帝禋宗，和神定人，以济万国，非酒莫以也。故天垂酒星之耀，地列酒泉之郡，人著旨酒之德。尧非千钟，无以建太平。孔非百觚，无以堪上圣。樊哙解厄鸿门，非豕肩钟酒，无以奋其怒。赵之厮养，东迎其王，非引卮酒，无以激其气。高祖非醉斩白蛇，无以畅其灵。景帝非醉幸唐姬，无以开中兴。袁盎非醇醪之力，无以脱其命。定国非酣饮一斛，无以决其法。故郦生以高阳酒徒，著功于汉；屈原不餔糟歠醨，取困于楚。由是观之，酒何负于治者哉！

列举十个非酒无功的历史人物，正面说明酒的功德，笔下洋洋洒洒，大有不可阻遏之势。这种文风和气派，和曹操文章的清峻、通脱风格，极其接近，都是对两汉辞赋和长篇论著的铺排凝重文风的解放，开魏晋一代新风。

这篇《难曹公禁酒书》影响深远。李白《月下独酌》其二：“天若不爱酒，酒星不在天；地若不爱酒，地应无酒泉，天地既爱酒，爱酒不愧天……”，脱胎于此。近代梁启超《论小说与群治之关系》一文，对小说作用的夸张，和孔融此文对酒之为用的溢美，适可前后辉映成趣。

孔融散文骈偶倾向比较明显，曹植骈偶句式更多，都为此后骈体文的成熟做出贡献。

陈琳（？～217）字孔璋。广陵射阳（今江苏宝应县东）人。“建安七子”之一，知名颇早。中平年间为大将军何进主簿。何进密谋诛宦官，陈琳建议他速决此事，未纳，何进被宦官杀害，陈琳避难冀州，投靠袁绍，任为书记。建安十年(205)，曹操打败袁绍，陈琳又依附曹操，任司空曹操的军谋祭酒，掌管书记，很受曹操信任。当时曹操的军国书檄，都是由他和阮瑀撰写的。

陈琳今存诗四首。赋、文各十篇左右，且多残缺不全。陈琳和阮瑀齐名，都以章表书记著称。曹丕说："琳、瑀之章表书记，今之隽也。"(《典论·论文》)刘勰则说："琳，瑀以符檄擅声。"(《文心雕龙·才略》)可惜章表文字均已亡佚，今可见的几篇书檄文字，充分显示了陈琳的散文才能。据说曹操某日头病发作，卧读陈琳所写书檄，"翕然而起曰：'此愈我病。'"(《三国志·王粲传》注引《典略》)

散文代表作《为袁绍檄豫州》，收入《后汉书·袁绍传》和《三国志·袁绍传》注引《魏氏春秋》，后收入《文选》。檄文作于公元200年官渡之战前夕。豫州在河南。袁绍要向河南进攻曹操，当时刘备以左将军领豫州刺史，檄文是给刘备和豫州地方官的。陈琳当时任袁绍的主簿，站在袁绍一边对曹操大加挞伐：

盖闻明主图危以制变，忠臣虑难以立权。是以有非常之人，然后有非常之事，有非常之事，然后立非常之功。夫非常者，故非常人所拟也。曩者，强秦弱主，赵高执柄，专制朝权，威福由己。时人迫胁，莫敢正言，终有望夷之败。祖宗焚灭，污辱至今，永为世鉴。及臻吕后季年，产、禄专政，内兼二军，外统梁、赵，擅断万机，决事省禁，下凌上替，海内寒心。于是绛侯、朱虚，兴兵奋怒，诛夷逆暴，尊立太宗。故能王道兴隆，光明显融，此则大臣立权之明表也。

这里以史为鉴，说明秦之败与汉之兴，希望豫州刺史刘备等各州郡首领一致恢复汉室，反对曹操。下面全力正面攻击曹操：

司空曹操祖父故中常侍腾，与左倌、徐璜，并作妖孽，饕餮放横，伤化虐民。父嵩乞匄携养，因赃假位，舆金辇璧，输货权门，窃盗鼎司，倾覆重器。操赘阉遗丑，本无懿德，獖狡锋协，好乱乐祸。幕府董统鹰扬，扫除凶逆。续遇董卓，侵官暴国。于是提剑挥鼓，发命东夏，收罗英雄，弃瑕取用。故遂与操同咨合谋，授以裨师，谓其鹰犬之才，爪牙可任。至乃愚佻短略，轻进易退，伤夷折衄，数丧师徒。幕府辄复分兵命锐，修完补辑，表行东郡太守，领兖州刺史，被以虎文，授以偏师，奖蹙威柄，冀获秦师一克之报。而操遂承资跋扈，肆行凶忒，割剥元元，残贤害善。故九江太守边让，英才俊伟，天下知名，直言正色，论不阿谄，身首被枭悬之诛，妻孥受灰灭之咎。自是士林愤痛，民怨弥重，一夫奋臂，举州同声。故躬破于徐方，地夺于吕布，彷徨东裔，蹈据无所。幕府惟强干弱枝之义，且不登叛人之党，故复援旌擐甲，席卷起征，金鼓响振，布众奔沮，拯其死亡之患，复其方伯之位，则幕府无德于兖土之民，而有大造于操也。

这里有人身攻击，不足为训。借操之失以颂扬袁绍，情势使然，亦不必苛求。下面再用种种事实揭发曹操的劣迹，词语铿锵，感情激烈：

后会鸾驾反旆，群虏寇攻。时冀州方有北鄙之警，匪遑离局，故使从事中郎徐勋就发遣操，使缮修郊庙，翊卫幼主。操便放志，专行胁迁，当御省禁，卑侮王室，败法乱纪，坐领三台，专制朝政，爵赏由心，刑戮在口，所爱光五宗，所恶灭三族。群谈者受显诛，腹议者蒙隐戮，百僚钳口，道路以目，尚书记朝会，公卿充员品而已。故太尉杨彪，典历二司，享国极位，操因缘眦睚，被以非罪，榜楚参并，五毒备至，触情任忒，不顾宪纲。又议郎赵彦，忠谏直言，义有可纳，是以圣朝含听，改容加饰，操欲迷夺时明，杜绝言路，擅收立杀，不俟报闻。又梁孝王先帝母昆，坟陵尊显，桑梓松柏，犹宜肃恭。而操帅将校吏士，亲临发掘，破棺裸尸，掠取金宝。至令圣朝流涕，士民伤怀。操又特置发丘中郎将，摸金校尉，所过隳突，无骸不露。身处三公之位，而行桀虏之态，污国虐民，毒施人鬼。加其细政苛惨，科防互设，矰缴充蹊，坑穽塞路，举手挂网罗，动足触机陷，是以兖、豫有无聊之民，帝都有吁嗟之怨。历观载籍，无道之臣，贪残酷烈，于操为甚。

这里指斥曹操专断朝政，“爵赏由心，刑戮在口”，飞扬跋扈，不可一世，并用其迫害杨彪、赵彦等事为例证。至于攻击曹操掘墓取宝，还设什么发丘中郎将，摸金校尉等官职，则全属诬蔑不实之词，诚如刘勰所说：“陈琳之檄豫州……发丘摸金，诬过其虐”（《文心雕龙·檄移》）。

幕府方诘外奸，未及整训，加绪含容，冀可弥缝。而操豺狼野心，潜包祸谋，乃欲摧挠栋梁，孤弱汉室，除灭忠正，专为枭雄。往者伐鼓北征，公孙瓒强寇桀逆，拒围一年；操因其未破，阴交书命，外助王师，内相掩袭，故引兵造河，方舟北济。会其行人发露，瓒亦枭夷，故使锋芒挫缩，厥图不果。尔乃大军过荡西山，屠各左校，皆束手奉质，争为前登，犬羊残丑，消沦山谷。于是操师震慑，晨夜逋遁，屯据敖仓，阻河为固，欲以螗蜋之斧，御隆车之隧。幕府奉汉威灵，折冲宇宙，长戟百万，胡骑千群，奋中黄育获之士，骋良弓劲弩之势，并州越太行，青州涉济、漯，大军泛黄河而角其前，荆州下宛、叶而掎其后，雷霆虎步，并集虏庭，若举炎火以焫飞蓬，覆沧海以沃熛炭，有何不灭者哉！又操军吏士，其可战者，皆出自幽、冀，或故营部曲，咸怨旷思归，涕流北顾。其余兖、豫之民，及吕布、张扬之余众，覆亡迫胁，权时苟从，各被创夷，人为仇敌。若回旆方徂，登高岗而击鼓吹，扬素挥以启降路，必土崩瓦解，不俟血刃。

这里进一步揭露，曹操在袁绍征讨公孙瓒等人过程中表现出的狡猾态度，并指出曹操内部军心不稳。“豺狼野心”云云，攻击得更为强烈。

　　方今汉室陵迟，纲维驰绝，圣朝无一介之辅，股肱无折冲之势。方畿之内，简练之臣，皆垂头搨翼，莫所凭恃，虽有忠义之佐，胁于暴虐之臣，焉能展其节。又操持部曲精兵七百，围守宫阙，外托宿卫，内实拘执，惧其篡逆之萌，因斯而作。此乃忠臣肝脑涂地之秋，烈士立功之会，可不勖哉！操又矫命称制，遣使发兵，恐边远州郡，过听而给与，强寇弱主，违众旅叛，举以丧名，为天下笑，则明哲不取也。即日幽、并、青、冀四州并行，书到荆州，便勒见兵，与建忠将军，协同声势。州郡各整戎马。罗落境界，举师扬威，并匡社稷，则非常之功，于是乎著。其得操首者，封五千户侯，赏钱五千万。部曲偏裨，将校诸吏降者，勿有所问。广宣恩信，班扬符赏，布告天下，咸使知圣朝有拘逼之难。如律令。

这篇檄文，历数曹操罪恶，详叙袁绍军威，酣畅淋漓，一气呵成。行文亦骈亦散，夹叙夹议，文笔活脱激越而富有气势，颇有先秦纵横家繁富铺张、巧于辞令的风范。特别是在一再声讨曹操“放志专行”、“豺狼野心”等处，滔滔汩汩，情见乎词，笔力雄放，咄咄逼人。张溥认为："后世即有善骂者，俱不及也"（《汉魏六朝百三名家集题辞》）。唐骆宾王《讨武曌檄》显然脱胎于此，言过其实之处，亦复如出一辙。刘勰说："琳、瑀以符檄擅声"（《文心雕龙·才略》），"陈琳之《檄豫州》，壮有骨鲠"（《文心雕龙·檄移》），即是指陈琳文章以声势气骨见长。

《昭明文选》在此文后，收有陈琳另一篇同样性质的散文《檄吴将校部曲文》，文风与上文极其相似。其传本虽有讹误之处，然所述事实与史书相合。此文作于建安二十一年（216），曹操东征孙权之时（文中言及"自董卓作乱，迄于今，将三十载"）。《为袁绍檄豫州》颂扬袁绍，抨击曹操；本文则颂扬曹操，抨击孙权，事隔十几年，作者对曹操之态度，前后褒贬判若两人。作者在大骂"孙权小子，未辨菽麦"的同时，一说曹操"秉钺鹰扬，顺风烈火，元戎启行，未鼓而破，伏尸千万，流血漂橹"。再说曹操"衔奉国威，为民除害"。前文说"无道之臣，贪残酷烈，于操为甚"，此文则说孙权"贼义残仁，莫斯为甚"。不过《檄吴将校部曲文》，除正面声讨、抨击之外，尚有劝降之意："朝为仇虏，夕为上将，所谓临难知变，转祸为福者也"。二文相互比勘，陈琳其人因此大遭物议："昔之骂曹者，便可为曹骂人，文士笔端如是"（胡刻《文选》孙批）。明末志士张溥评之曰："栖身冀州，为袁本初草檄诋曹，心诚轻之，奋其怒气，词若江河。及穷窘归操，预管记室，移书吴会，即盛称北方，无异《剧秦美新》。文人何常，唯所用之，茂恶尔矛，夷怿相酶，固恒态也。"（《汉魏六朝百三名家集题辞》）就此而言，陈琳很像战国时期朝秦暮楚的策士。

曹丕很欣赏陈琳的"章表书记"，可惜今已无存。张溥所辑《陈记室集》收有《为袁绍上汉帝书》，但不能断定为陈琳手笔。

陈琳作于建安四年袁绍讨伐公孙瓒的过程中写的《武军赋》，是用汉赋铺陈手法颂扬袁绍军队威武雄壮的作品。曹丕在称赞陈琳的"章表殊健"同时，也指出"微为繁富"的不足(《与吴质书》)。这可能是受两汉辞赋的消极影响。

王粲（177～217）字仲宣，山阳高平（今山东邹县；一说河南修武）人。王粲出身于名门世族。曾祖父王龚，顺帝时官居太尉。祖父王畅，灵帝时官至司空，为当时士人集团"八俊"之一。在第二次党锢之祸中，受宦官打击，削职归家。父亲王谦做过外戚、大将军何进的长史。汉代末年，王氏家族属于依附于外戚但又与外戚、宦官并立的第三种势力——士人官僚集团，在当时政治舞台上起着一定的作用。

王粲一生，可以建安十三年（208）归附曹操为界，分成前后二期。前期是在动乱流亡和郁郁不得志中度过的。公元189年，外戚何进想招西北豪强董卓入京诛宦官，事机不密，宦官先杀死何进。汝南豪强袁绍又入洛阳，杀死宦官二千多人。在外戚、宦官两败俱伤的情况下，董卓入京坐收渔人之利。杀何太后，废少帝刘辩，立刘协（献帝），拥兵自重，包藏祸心。因而遭到以渤海太守袁绍为盟主的各路诸侯联军的讨伐。公元190年，董卓被迫挟持献帝，逃往长安。年仅十四岁的王粲同时逃难到长安。王粲曾受到著名学者、左中郎将蔡邕的赏识，视为“异才”。此后董卓被司徒王允杀死，继而王允又被董卓部将李傕、郭汜杀死，长安城陷入战乱的火海之中。公元192年，十六岁的王粲又离开长安南下荆州避难。刺史刘表与王粲同乡，而且刘表曾就学于王畅。王粲从此依附刘表居荆州襄阳十六年。由于王粲其貌不扬，一直没有受到“外宽内忌”（《三国志·刘表传·评》）的刘表的重用。我们只知他曾为刘表作过一些舆论宣传和文墨工作。公元198年，长沙太守张羡叛乱，刘表派兵镇压，王粲著《三辅论》谴责张羡、颂扬刘表。公元200年著《荆州文学记官志》称道刘表对荆州文化建设的功绩。公元203年，王粲写信给火并中的袁绍之子袁尚、袁谭，劝他们和解，以免被曹操从中利用。

作于前期的《登楼赋》比较全面地反映了他前期客居异乡、怀才不遇的心情：荆州“虽信美而非吾土”。不愿“匏瓜之徒悬”，梦想“假高衢而骋力”。而其结果，却只能“怅盘桓而反侧”。王粲在荆州痛感英雄无用武之地。

后期王粲时来运转，因协助曹操取荆州有功，备受曹操重用，政治上春风得意，文学上却无足称道。公元208年，刘表病死，荆州政局动荡，曹操进逼荆州。王粲看到曹操统一北方，“挟天子以令诸侯”，很有发展前途。于是劝说刘表少子刘琮投降曹操。曹操顺利取得荆州，当即任王粲为丞相掾，赐爵关内侯。后任军谋祭酒、侍中，成为曹操身边的亲信之一。对曹操的知遇之恩，王粲感激涕零。在汉滨庆宴上，王粲即席奉觞致贺。一方面竭力贬低袁绍、刘表；一方面大力颂扬曹操“文武并用，英雄毕力”（《三国志·王粲传》）。政治上完全站在曹操一边了。

后期王粲跟随曹操，南下赤壁、西征马超、东征孙权。《从军诗》五首即作于死前一年的征吴途中。后期王粲是邺下文人集团的新成员。今集中的《公宴诗》部分、《杂诗》、《浮淮赋》、《羽猎赋》等作品，都是趋时应教之作，多谀词而少新意。

王粲原有集十一卷(《隋书·经籍志》)，散佚大半。南朝梁元帝萧绎称："王仲宣者在荆州著书数十篇，荆州坏，尽焚其书。今存者一篇，知名人士咸重之。见虎一毛，不知其斑。"(《金楼子·杂记》) 至今存诗二十余首，散文多从唐宋类书辑录出来，而且多有残缺。今有赋 20 余篇，有的仅存两句。文亦 20 余篇，有的也只残存八句。

"建安七子"中，王粲年辈最晚，而文学成就最高。主要是诗，其次是赋。"王粲长于辞赋"(《典论·论文》)，代表作《登楼赋》大约作于建安十二年 (207)，即滞留荆州的第十五个年头里。从地理位置和赋中描写来看，此楼当在湖北当阳县南的麦城。王粲在荆州长期不被刺史刘表重用，内心耿耿不平，于是在登楼后写成此赋，表达了作者思乡之情和怀才不遇的苦闷。开头一段主要写登楼赏景时产生的思乡之情：

> 登兹楼以四望兮，聊暇日以销忧。览斯宇之所处兮，实显敞而寡仇。挟清漳之通浦兮，倚曲沮之长洲。背坟衍之广陆兮，临皋隰之沃流。北弥陶牧，西接昭丘，华实蔽野，黍稷盈畴。虽信美而非吾土兮，曾何足以少留！

作者本想登楼眺望田野来暂时消除郁结十几年的乡愁，看来，这座城楼宽敞，处地也很理想，依山傍水，景色宜人，特别是"华实蔽野，黍稷盈畴"，更是一派生机，丰收在望。然而至此，笔锋一转："虽信美而非吾土"，就不值得逗留了，哪怕是短时间的。此句为下文思乡情绪的抒发预留地步。

> 遭纷浊而迁逝兮，漫逾纪以迄今。情眷眷而怀归兮，孰忧思之可任？凭轩槛以遥望兮，向北风而开襟。平原远而极目兮，蔽荆山之高岑。路逶迤而修迥兮，川既漾而济深。悲旧乡之壅隔兮，涕横坠而弗禁。昔仲尼之在陈兮，有"归欤"之叹音。钟仪幽而楚奏兮，庄舄显而越吟。人情同于怀土兮，岂穷达而异心？

这一段写思乡怀归之情，为本赋的核心部分。作者因世事污浊，即战乱而逃难到南方，至今已经十好几年了。“情眷眷而怀归”同上段末尾思乡之情紧相衔接。作者在楼上凭窗遥望北国，王粲祖籍山东，但一直生活在洛阳，这里正是本赋“北风”、“平原”所指的地方。然而故乡因高山阻隔和路途遥远，是既看不见也回不去的。作者因为在荆州没有出路、没有前程，故而在思乡不得归之际，哭泣起来，单纯的思乡还不至于如此动情。此情此境和当年孔子在陈想归鲁国时一样，和钟仪、庄舄不因穷达而忘记故国乐曲也完全一样，说明作者思乡之切，无以复加。赋中用典，是其体制需要。下面一段隐约地倾述了怀才不遇的感慨，为本段不得归乡而至痛哭流涕，作一有力的注脚：

惟日月之逾迈兮，俟河清其未极。冀王道之一平兮，假高衢而骋力。惧匏瓜之徒悬兮，畏井渫之莫食。步栖迟以徙倚兮，白日忽其将匿。风萧瑟而并兴兮，天惨惨而无色。兽狂顾以求群兮，鸟相鸣而举翼。原野阒其无人兮，征夫行而未息。心凄怆以感发兮，意忉怛而憯恻。循阶除而下降兮，气交愤于胸臆。夜参半而不寐兮，怅盘桓以反侧。

这一段，有两点值得注意。一是作者希望天下太平，河清有日，个人对社会能够有所贡献，他不愿像匏瓜悬挂在那里，毫无用处，这一点正和孔老夫子积极用世的人生观一致。二是景物描写的成功。他用“白日将匿”、“风萧瑟”，“天惨惨”、“兽顾求群”，“鸟鸣举翼”，描写作者英雄无用武之地的失落感，和日落西山的荒野那样令人消沉冷漠，情景相生，借物抒情，在抒情小赋的写法上有所开拓，使抒情小赋趋于诗化，和《七哀》其二的情景，极其相似。《登楼赋》不愧是建安赋的杰出代表。

《大暑赋》可能作于建安十九年（214），和《槐赋》都作于本年盛暑之时的邺城。（见俞绍初《王粲年谱》）此赋用铺张扬厉之法全力描摹酷暑之炎热，是一篇“咏热”之赋：

或赫爔以瘅炎，或郁术而燠蒸。兽狼望以倚喘，鸟垂翼而弗翔。根生苑而焦炙，岂含血而能当？远昆吾之中景，天地翕其同光。征夫瘼于原野，处者困于门堂。患衽席之焚灼，譬洪燎之在床。起屏营而东西，欲避之而无方。仰庭槐而啸风，风既至而如汤。气呼吸以祛裾，汗雨下而沾裳，就清泉以自沃，犹渫溷而不凉。

天热得使人无处躲藏，毫无办法。用穷形尽相的办法渲染、夸饰天气之热，明显地运用赋的咏物手法。此文好在不是咏一具体物件，而是对只能感受而无可捉摸的天气之咏叹，因此在赋里别开生面，而且绝无仅有，诗里亦不多见。宋代青年诗人王令有《暑旱苦热》一诗，有“人固已惧江海竭天，岂不惜河汉干”之句，可和本赋前后辉映。《浮淮赋》写于建安十四年（209）随曹操南征东吴的途中。赋主要写曹操水军的声威，进而歌颂曹操统一天下的武功。就其歌功颂德一面，源出汉赋的本色。但本赋就一次军事行动而赋，和现实政治贴近，较之泛泛地堆垛铺排，终胜一筹。如写水军的威武雄壮：“加舟徒之巧极，美榜人之闲疾。白日未移，前驱已届。群师按部，左右就队。轴轳千里，名卒亿计。”确实写出了“睹师徒，观旌帆，赫哉盛矣”（曹丕《浮淮赋序》）的声势阵容。王粲的《神女赋》也值得注意：

体纤约而方足，肤柔曼以丰盈。发似玄鉴，鬓类削成。质素纯皓，粉黛不加。朱颜熙曜，晔若春华。口譬含丹，目若澜波，美姿巧笑，靥辅奇葩。

这是继宋玉赋之后，曹植《洛神赋》之前难得的女性的肖象描写。此女神不仅容貌俊美，令人神往，它还引起了作者的内心波澜，这些无疑都启示了曹植赋的创作。

王粲赋的语言，较汉代大赋有明显的改进，已经没有明显的雕琢痕迹和排比故实的“类书”倾向，而是运用明快、朴实的文字，旨在言志抒情，和其抒情诗有同样的内容和功能，把抒情小赋艺术水平提到一个新的阶段，并定型化。此后之赋，除少数作品如左思《三都赋》之类外，都是沿着张衡、蔡邕、赵壹、王粲开创并完善的抒情小赋的道路发展，王粲是张衡之后辞赋的有功之臣。如刘勰所说：“仲宣溢才，捷而能密，文多兼善，辞少瑕累，摘其诗赋，则七子之冠冕乎？”（《文心雕龙·才略》）

王粲赋之外的散文，可观的有两类，一是在荆州时代为刘表起草的《为刘荆州谏袁谭书》、《为刘荆州与袁尚书》以及《荆州文学记官志》，都不反映王粲本人的思想。前二信是刘表劝袁绍之子袁谭、袁尚，在权位继承上不要自相残杀，使渔人得利，矛头似乎是对准曹操的。一是议论文六篇：《难钟荀太平论》、《爵论》、《儒吏论》、《三辅论》、《安身论》、《务本论》，都是汉初贾谊、晁错政论文的发展，但历史价值和艺术成就，都远远不如。从六篇论文中，可知王粲是一个热衷于法治的作者。前两篇谈“刑不可错”和以爵为赏罚，《儒吏论》论为政的宽猛相济，都是明证。《务本论》大讲以赏罚促进农业生产，更是晁错《论贵粟疏》的余绪。强调“以本为务”，“以食为首”，“黍稷茂则喜而受赏，田不垦则怒而加罚”，通篇充满法家信赏必罚的严峻声势，和他应教而作的《公宴诗》和《俞儿舞歌》等作品比较，似不出一人之手，可能是因时间和目的不同造成的。

徐干（170～217）字伟长，北海剧（今山东昌乐县）人。年轻时就博览群书，勤奋好学，“言成文章，操翰成文”（阙名《中论序》）。未到二十岁，熟读五经，发愤忘食。他不愿和贵族子弟一样，去结党权门，追求名利。董卓之乱发生，徐干回到家乡，并拒绝了州郡的征辟。后来带病参加曹操的营垒，为“建安七子”之一，邺下著名文人。先后担任曹操的司空军谋祭酒掾属，（或言司空军谋祭酒无掾属，“掾属”上当脱“丞相”二字）后又任五官中郎将曹丕的文学，和临菑侯曹植的文学。徐干为人淡泊寡欲，轻官忽禄，后以疾休息。

徐干的辞赋，曹丕认为和长于辞赋的王粲匹敌，汉代张衡、蔡邕都超过不了他（《典论·论文》），但多散佚，流传至今只有残文，已经无法窥知其辞赋的成就。刘勰在《文心雕龙·才略》篇里说：“徐干以赋论标美。”此“论”当指其专著《中论》。曹丕在《与吴质书》里说：“著《中论》二十余篇，成一家之言，辞义典雅，足传于后，此子为不朽矣”评价不可谓不高。《中论》现存二十篇，尚有《复三年丧篇》和《制役篇》二篇逸文。

《中论》是同王充《论衡》、王符《潜夫论》、仲长统《昌言》同样性质的学术著作。其思想“原本经训，而归之于圣贤之道”（《四库全书总目提要》）、“能考六艺，推仲尼、孟子之旨”（曾巩《中论目录序》）。虽然不是文学作品，但从广义的论说文来讲，自有其写作特点。其文章属汉末文章的典重高雅，但又与曹操的通脱之风，迥乎不同。论事说理，平实全面；旨在讨论国家的长治久安之道，同汉代陆贾《新语》、贾谊《新书》观点仿佛。范文澜先生认为《覈辩》篇最为精辟（《中国通史简编》第二编），此外《考伪》、《赏罚》亦有真知灼见。试举其第一篇《治学》

的开头一段：

昔之君子成德立行，身没而名不朽，其故何哉？学也。学也者，所以疏神达思，怡情理性，圣人之上务也。民之初载，其矇未知，譬如宝在于玄室，有所求而不见，白日照焉，则群物斯辨矣。学者，心之白日也。故先王立教官掌教国子，教以六德，曰：智、仁、圣、义、中、和；教以六行，曰：孝、友、睦、婣、任、恤；教以六艺，曰：礼、乐、射、御、书、数。三教备而人道毕矣。学犹饰也，器不饰则无以为美观，人不学则无以有懿德。有懿德，故可以经人伦；为美观，故可以供神明。

内容无多新义，形式却整饬有序，排比偶对，句式匀称，和此后的骈体文有一定联系。

刘桢（176？～217）字公干，东平宁阳（今山东宁阳县南）人。其家为汉朝宗室。建安之初，应曹操之召到达许昌。据《文选》六臣注，刘桢曾为司空曹操的军谋祭酒掾属，转为平原侯曹植的庶子，后又做五官中郎将曹丕的文学。《三国志·王粲传》只提他作过丞相掾属。同书《邢顒传》则云，刘桢为平原侯庶子。一次，太子曹丕宴请邺下文人，让其夫人甄氏出拜，他人皆低头，唯有刘桢平视甄氏。曹操因之大怒，免其官职，使之服刑。

刘桢诗久负盛名，钟嵘《诗品》将其列为上品，并与曹植相提并论，后人也如此看待。金诗人元好问《论诗绝句》有云："曹刘坐啸虎生风……。"其文为诗所掩，从未引起后人重视。他的文章，刘勰认为"丽而规益"，而且"有美于为诗矣"（《文心雕龙·书记》）。虽有溢美之词，但亦不是无本之论。刘桢的书信写得生动风趣。《答曹丕借廓落带书》全文如下：

桢闻荆山之璞，曜元后之宝；随侯之珠，烛众士之好，南垠之金，登窈窕之首；鼲貂之尾，缀侍臣之帻：此四宝者，伏朽石之下，潜污泥之中，而扬光千载之上，发彩畴昔之外，亦皆未能初自接于至尊也。夫尊者所服，卑者所修也；贵者所御，贱者所先也。故夏屋初成而大匠先立其下，嘉禾始熟而农夫先尝其粒。恨桢所带，无他妙饰，若实殊异，尚可纳也。

排比整齐，字句错落有致，当是精心结撰之作，骈偶颇多且又允贴，是建安散文后期特点。《谏平原侯植书》风格一如上文，而用意不同。刘桢在信中直言不讳地规劝曹植不要疏远“雅士”邢颙：“私惧观者将谓君侯习近不肖，礼贤不足。采庶子（刘桢自指）之春华，忘家丞（指邢颙）之秋实，为上招谤，其罪不小，以此反侧。”作为曹植的庶子，确实在政治作风上对主人有拾遗补阙的功用。

此外，“建安七子”中，阮瑀（？～212）的章表书记和陈琳齐名，职务亦同。阮瑀才思敏捷，行文神速，“太祖（曹操）尝使瑀作书与韩遂，时太祖适近出，瑀随从，因于马上具草，书成呈之。太祖揽笔欲有所定，而竟不能增损”（《三国志·王粲传》注引鱼豢《典略》）。写与韩遂的书信，今已不存。《为曹公作书与孙权》收入《文选》，为其代表作。明人张溥既赞其“文词英拔”，又指出：“独叙赤壁之败，流汗发慚，口重语塞。固知无情之言，即悬幡击鼓，无能助其威灵也。”（《汉魏六朝百三家集·阮元瑜集题辞》）在人帐下，仰人鼻息，违心之论，在所难免。说什么“昔赤壁之役，遭离疫气，烧船自还，以避恶地，非周瑜水军所能抑挫也；江陵之守，物尽谷殚，无所复据，徙民还师，又非瑜之所能败也。”赤壁战败的狼狈相，用主动撤离掩盖之，用心良苦，何以服人。至于与孙权“恩同骨肉”之说，即使是外交辞令，亦不得体。因此本文难与陈琳的书檄相提并论。另一篇《为魏武与刘备书》，仅存二句八字，难以评介。曹丕说：“阮瑀书记翩翩，致足乐也。”（《与吴质书》）在现存散文中，难以证实。

应玚（？～217）诗文，在建安七子之中，均属逊色之作。曹丕对其评论，仅有“和而不壮”一语（《典论·论文》），轩轾之意可见。明人张溥说：“德琏集鲜书记，世所传者，止报庞公一牍耳。”（《汉魏六朝百三名家集·应德琏休琏集题辞》）《报庞惠恭书》文辞婉美，感情深厚，思友之情，溢于言表，骈俪的句式，一如刘桢、阮瑀，恐为时代风气使然。应玚辞赋今存十五篇，惜多残缺不全，少则仅存两句（《赞德赋》）。较好者有《愍骥赋》，用马做比喻，抒发英雄无用武之地的苦闷，应是早期未入曹营时所作。

“建安七子”之外的作家不多。

繁钦（？～218）字休伯，颍川（河南禹县）人。曾任丞相曹操的主簿。史称其“长于书记，又善为辞赋”（《三国志·王粲传》注引《典略》）。繁钦散文流传下来的不多。《与魏文帝笺》选入《文选》，影响较大。书中描摹歌妓薛访车子的歌喉一段，细腻生动，逼真传神，是极其动人的瑰丽小品文：

> 暨其清激悲吟，杂以怨慕，咏北狄之遐征，奏胡马之长思，凄入肝脾，哀感顽艳。是时日在西隅，凉风拂衽，背山临溪，流泉东逝，同坐仰叹，观者俯听，莫不泫泣殒涕，悲怀慷慨。

把状声和写景联系起来，相互辉映成趣，又从听者的激情反应，渲染了薛访车子歌喉的哀艳动人。乐曲的感受本来是最难以具体描述的，本文做出了极大的努力。唐人韩愈《听颖师弹琴》、李贺《李凭箜篌引》等都用诗描写了听乐曲演奏的感受，不知是否受过此文的启发。

吴质（177～230）字季重，济阴郡鄄城县（今山东菏泽）人。吴质一生周旋于曹丕、曹植兄弟当中，过从甚密，关系亦深，其间往来信函，今多保存未失。初为朝歌长，后迁元城令。后来成为曹丕的得力谋士，建有奇功。曹丕称帝后，拜吴质为北中郎将，进振威将军，封列侯。魏明帝曹睿时期，入为侍中，于建安文人中属官运亨通者。

《在元城与魏太子笺》同曹丕给他的三通书信内容相互呼应，都是回味邺下文人生活的和乐融洽：

> 前蒙延纳，侍宴终日。曜灵匿景，继以华灯。虽虞卿适赵，平原入秦，受赠千金，浮觞旬日，无以过也。

下面谈了在元城任职的观感，篇末流露出“思入京城”的愿望，文章委婉流丽，很有文采。《答东阿王书》，收入《文选》，是吴质的名篇。但谦卑逾度，当写于曹植尚未完全失势之时：

> 信到，奉所惠贶，发函伸纸，是何文采之巨丽，而慰喻之绸缪乎？夫登东岳者，然后知众山之逦迤也；奉至尊者，然后知百里之卑微也。自旋之初，伏念五六日，至于旬时，精散思越，惘若有失，非敢羡宠光之休，慕猗顿之富，诚以身贱犬马，德轻鸿毛，至乃历元阙、排金门、升玉堂、伏虚槛于前殿，临曲池而行觞。既威仪亏替，言辞漏渫。虽恃平原养士之懿，愧无毛遂耀颖之才；深蒙薛公折节之礼，而无冯谖三窟之效；屡获信陵虚左之德，又无侯生可述之美。

恭维奉承，无以复加，内容无多可取，语言运用，极其讲究，已具备了骈体文的形式特点。典故运用，已有后来六朝骈文的特色。

杨修（175～219）字德祖，弘农（今河南灵宝）人。建安年间举孝廉，除郎中，官至仓曹署主簿，“总知内外，事皆称意”（《三国志·陈思王传》注引《典略》）。很受曹操的重视。后来他参与曹丕、曹植的太子之争，而他公然一边倒向曹植，因而引起曹操的疑忌，后借故杀害。其散文名篇为《答临淄侯笺》，是对曹植《与杨德祖书》的复信。信里除了表达他对曹植的仰慕之情外，主要是针对曹植来书中表白的“辞赋小道，固未足以揄扬大义，彰示来世”的观点，提出异议。杨修认为：

> 今之赋颂，古诗之流，不更孔公，风雅无别耳。修家子云，老不晓事，强著一书，悔其少作，若此仲山、周旦之徒，则皆有愆乎！君侯忘圣贤之显迹，述鄙宗之过言，窃以为未之思也。若乃不忘经国之大美，流千载之英声，铭功景钟，书名竹帛，此自雅量，素所蓄也，岂与文章相妨害哉！

杨修认为曹植和他宗人扬雄同样错误，不能那么贬低辞赋的功用，赋颂之文，也是经国大业，并能流芳百世的。杨修的这封书信，突破了邺下文人的只知恭维颂扬客套的老例（虽然本篇也在所难免），敢于向主人提出不同见解，实际是批评了他竭诚拥戴的临淄侯曹植的某些过失，没陷于上下级庸俗的官场积习之中，应是难能可贵的。

应璩（190～252）字休琏。汝南南顿（今河南项城县西）人，“建安七子”之一应玚之弟。应璩博学多才，善为书记。在曹丕、曹睿治下，历官散骑常侍。齐王曹芳即位，升为侍中、大将军长史。应璩诗文兼擅，《百一诗》为其诗中名作。应璩书信之文写得出色，而且数量较多。《文选》选入四篇。最好的当推《与侍郎曹长思书》：

足下去后，甚相思想。叔田有无人之歌，闉阇有匪存之思。风人之作，岂虚也哉。王肃以宿德显授，何曾以后进见拔。皆鹰扬虎视，有万里之望。薄援助者，不能追参于高妙，复敛翼于故枝。块然独处，有离群之志。汲黯乐在郎署，何武耻为宰相，千载揆之，知其有由也。

德非陈平，门无结驷之迹；学非扬雄，堂无好事之客；才劣仲舒，无下帷之思；家贫孟公，无置酒之乐。悲风起于闺闼，红尘蔽于机榻……

全部想法，均用历史典故表示，精心结撰，和南朝齐梁骈文作者相同。对仗工隐，骈四俪六，是一篇出色的骈体文章。应璩逝世于曹魏末年，文风较之曹植的富艳和骈俪有过之而无不及。明人张溥说：“休琏书最多，俱秀绝时表。”（《汉魏六朝百三家集·应德琏休琏集题辞》）在建安后期文人当中，应璩确实“秀绝”时人。本书是写与曹休之子曹肇的。肇字长思，为曹操族孙。《文选》李善注、五臣注均未详其人。详见《三国志·曹休传》。

第三节　曹　丕

曹丕（187～226）字子桓，曹操次子。曹魏第一代皇帝，建安时期文坛领袖和著名文人。其生平可以公元220年称帝为界，分为前后二期。

前期曹丕身为贵公子进而为王太子。生活虽不安定，却极显贵。幼年生活于战乱之中。五六岁时开始学习骑射，以便适应时刻随侍乃父四出征战的需要。他自称“生于中平之季，长于戎旅之间”（《典论·自叙》）。与此同时，开始学习文化知识。史称“年八岁，能属文，有逸才。遂博贯古今经传诸子之书”（《三国志》本传注引

《魏书》)。

建安九年(204),曹操攻入劲敌袁绍的老巢邺城,从此邺城成为曹操的根据地和事实上的北方都城。一时文人荟萃,形成了以曹丕、曹植为核心,以“建安七子”(不包括孔融)为骨干的邺下文人集团。曹丕以五官中郎将和魏太子的政治优势,热心倡导并身体力行诗文创作,促成了建安文学“俊才云蒸”(《文心雕龙·时序》)的繁盛局面。这些可在曹丕与吴质等人的来往书信中,窥知一些具体情况。曹丕的诗文大多作于此期。诚如吴质所说:“优游典籍之场,休息篇章之囿,发言抗论,穷理尽微,摛藻下笔,鸾龙之文奋矣。”(《答魏太子笺》)

建安二十五年(220),曹操病故,曹丕代汉建魏称帝,改元黄初,迁都洛阳,开始了他一生的后半期。曹丕在位七年,文治武功,建树无多。他竭力效法前汉文帝,著《太宗论》(汉文帝庙号太宗),标榜厌战而重教化,并厉行无为而治。张溥认为他“盛德之事,非孟德所及”(《汉魏六朝百三名家集题辞》),郭沫若认为他是“旧式的明君典型”(《历史人物·论曹植》),不为无因。最为今人诟病的“九品官人法”,且不说初意并非要成为后来演化成的“上品无寒门,下品无士族”那种局面,而且此法本创始于曹操。《宋书·恩幸传序》称:“汉末丧乱,魏武始基,军中仓卒,权立九品,盖以论人才优劣,非为世族高卑。”根据这条史料记载,曹丕并非“门阀制度”的始作俑者。曹丕在位时,限制宦官和外戚干政,还是有魄力的。

曹丕“好文章,以著述为务,自所勒成垂百篇”,而且“天资文藻,下笔成章,博闻强识,才艺兼该”(《三国志·文帝纪》)。今有辑本《魏文帝集》。除诗外,诏令之文居多,官样文章,臣下代笔,姑置不论。其文以书、论一类较有价值。

曹丕平生重视著述,认为“生有七尺之形,死唯一棺之土,唯立德扬名,可以不朽;其次莫如著篇籍”(《三国志·文帝纪》裴松之注引作者《与王朗书》)。在太子期间,著有《典论》五卷,共二十篇。今存较完整者,只有《论文》和《自叙》两篇。

《典论·论文》见于《文选》,是我国文学批评史上的划时代之作,是文学史进入自觉时代的重要标志。《典论·论文》阐述了文学的历史地位、作家的艺术风格、文体的区别与特征、批评的态度和方法,并以“建安七子”为例,进行了恰如其分的全面评价:

王粲长于辞赋，徐干时有齐气，然粲之匹也。如粲之《初征》、《登楼》、《槐赋》、《征思》，干之《玄猿》、《漏卮》、《圆扇》、《桔赋》，虽张、蔡不过也。然于他文，未能称是。琳、瑀之章表、书记，今之俊也。应玚和而不壮，刘桢壮而不密，孔融体气高妙，有过人者，然不能持论，理不胜辞，以至于杂以嘲戏。及其所善，扬、班俦也。

作者反对“文人相轻”，反对“各以所长，相轻所短”，更反对“闇于自见，谓己为贤”，要作家摈弃种种陋习，投身于“不朽之盛事”、“经国之大业”中去。

如果说，《典论·论文》是一篇文学批评的学术论文的话，那么《典论·自叙》则是一篇叙事抒情的文学散文。本文见《三国志·文帝纪》之末裴松之注所引。《自叙》可看作曹丕青少年时期的自传，其中记载了汉末动乱和民生涂炭，言及“城郭睹尘而溃，百姓死亡，暴骨如莽”，可和曹操、王粲等人同时所写之诗相互发明。自叙的主要内容是其幼年学习骑射、狩猎、击剑、弹棋等生活琐事。不过叙述得具体而微，饶有情趣，作者及周围人之声容笑貌，宛然在目：

夫文武之道，各随时而用，生于中平之季，长于戎旅之间，是以少好弓马，于今不衰。逐禽辄十里，驰射常百步，日多体健，心每不厌。

建安十年，始定冀州，涉、貊贡良弓，燕、代献名马。时岁之暮春，句芒司节，和风扇物，弓燥手柔，草浅兽肥，与族兄子丹猎于邺西，终日手获麞鹿九，雉兔三十。后军南征次曲蠡，尚书令荀彧奉使犒军，见余，谈论之末，彧言：“闻君善左右射，此实难能。”余言：“执事未睹夫项发口纵，俯马蹄而仰月支也。”彧喜笑曰：“乃尔！”余曰：“埒有常径，的有常所，虽每发辄中，非至妙也。若夫驰平原，赴丰草，要狡兽，截轻禽，使弓不虚弯，所中必洞，斯则妙矣。”时军祭酒张京在座，顾彧拊手曰“善”。

余又学击剑，阅师多矣。四方之法各异，唯京师为善。桓、灵之间，有虎贲王越善斯术，称于京师。河南史阿言昔与越游，具得其法，余从阿学之精熟。尝与平虏将军刘勋、奋威将军邓展等共饮，宿闻展善有手臂，晓五兵，又称其能空手入白刃。余与论剑良久，谓言将军法非也，余顾尝好之，又得善术，因求与余对。时酒酣耳热，方食芋蔗，便以为杖，下殿数交，三中其臂，左右大笑。展意不平，求更为之。余言吾法急属，难相中面，故齐臂耳。展言愿复一交，余知其欲突以取交中也，因伪深进，展果寻前，余卻脚鄛，正截其颡，坐中惊视。余还坐，笑曰："昔阳庆使淳于意去其故方，更授以秘术，今余亦愿邓将军捐弃故伎，更受要道也。"一坐尽欢。

文章洋洋洒洒，通脱自然，娓娓而谈，平易近人，很有其父曹操"想说什么便说什么"的作风，本文自鸣得意之处，就和《让县自明本志令》很接近。自然，本文侧重人物形象、对话以及某些细节描绘，是曹操乃至汉魏文章所少见的。明人张溥说："典论自序，善述生平。"（《汉魏六朝百三家集题辞》）不为过誉之词。

和《自叙》情趣相同的《与吴质书》，也是曹丕散文的代表作。《自叙》重在叙述个人经历，而《与吴质书》着重描写友人和友情，是研究建安时期邺下文人集团的宝贵资料。吴质字季重，和曹丕、曹植的关系都深，后成为曹丕的亲信。《与吴质书》前后共三篇，前两篇收入《文选》，最为重要，都是作于称帝前的邺下时期。

《与朝歌令吴质书》作于建安二十年（215）曹操西征张鲁之时。据《三国志·王粲传》注引《魏略》，此时吴质已迁元城令，《文选》之题有误。本书主要记邺下文人的南皮之游以及作者和已逝和健在友人的诚挚友谊：

五月十八日，丕白：季重无恙！途路虽局，官守有限。愿言之怀，良不可任。足下所治僻左、书问致简，益用增劳。

每念昔日南皮之游，诚不可忘。既妙思六经，逍遥百氏；弹棋闲设，终以六博。高谈娱心，哀筝顺耳。驰骛北场，旅食南馆，浮甘瓜于清泉，沉朱李于寒水。白日既匿，继以朗月，同乘并载，以游后园。舆轮徐动，参从无声，清风夜起，悲笳微吟。乐往哀来，怆然伤怀。余顾而言，斯乐难常。足下之徒，咸以为然。今果分别，各在一方。元瑜长逝，化为异物。每一念至，何时可言。

方今蕤宾纪时，景风扇物，天气和暖，众果具繁。时驾而游，北遵河曲，从者鸣笳以启路，文学托乘于后车，节同时异，物是人非，我劳如何！

今遣骑到邺，故使枉道相过，行矣，自爱。丕白。

本文作者在“节同时异，物是人非”的惆怅心境之下，回忆起当年（近人俞绍初考订，南皮之游在建安十六年，即公元 211 年）南皮之游的情景：朋友们研讨学问，不外儒家经典和诸子百家；尽兴游戏，弹棋之余兼玩六博；高谈阔论，畅叙友情，而且在射猎旅游之中，不时欣赏音乐、品尝瓜果。邺下文人之间，亲密无间，融洽和乐，以至夜以继日，流连忘返。当时偶有“斯乐难常”之念，不想至今果然天各一方，因而全文贯穿一种感伤的情调。这样的独抒性灵的散文，于两汉以及建安都是不多见的。

《又与吴质书》与上书同一机杼，朋友情谊深厚诚挚，怀旧之情一如既往。其特殊之处在于对邺下文人的艺术成就加以中肯切实的品评，可与《典论·论文》相互参证：

> 观古今文人，类不护细行，鲜能以名节自立，而伟长独怀文抱质，恬淡寡欲，有箕山之志，可谓彬彬君子者矣。著《中论》二十余篇，成一家之言，辞义典雅，足传于后，此子为不朽矣。德琏常斐然有著述之意，其才学足以著书，美志不遂，良可痛惜。
>
> 间者历览诸子之文，对之抆泪，既痛逝者，行自念也。孔璋章表殊健，微为繁富。公干有逸气，但未遒耳。至其五言诗之善者，妙绝时人。元瑜书记翩翩，致足乐也。仲宣独自善于辞赋，惜其体弱，不足起其文。至于所善，古人无以远过。

本书在自叙心境上，较之上书更为深入而细腻：

> 年行已长大，所怀万端，时有所虑，至通夜不瞑，志意何时复类昔日？已成老翁，但未白头耳。
>
> 光武有言：“年三十余，在兵中十岁，所更非一。”吾德不及之，年与之齐矣。以犬羊之质，服虎豹之文，无众星之明，假日月之光，动见瞻观，何时易乎？恐永不复得为昔日游也。少壮真当努力，年一过往，何可攀援？古人思秉烛夜游，良有以也。倾何以自娱？颇复有所述造否？东望于邑，裁书叙心。

本书作于建安二十三年（218），曹丕时年三十二岁。作为有显赫地位的魏王太子，由于无多建树，而深感不安。对仰承曹操恩泽，更深为愧疚，这些感情的表达是真诚而动人的。

曹丕的好文章都作在称帝之前，他既不以贵公子自居，更未为皇帝君临天下，而以一个普通人的身份，畅叙友情，表白心态，或喜或忧，或叹或悲，不装腔作势，不无病呻吟，而直抒胸臆，放言无忌，因而读之亲切感人。其父文章通脱，表现得大胆而直率；曹丕之通脱，表现得真实而深沉，都是建安文章的特点。曹丕也曾说过“自古及今，未有不亡之国，亦无不掘之墓”（《终制》）。这样极其老实而又绝对正确的不祥之论，但为数不多，这可能是由于其地位和气质都迥异于其父的缘故吧！

曹丕的赋，现存三十篇左右，其中残缺者不少。都是咏物抒情小赋，和其诗一样，题材比较狭窄，不外身边耳目所及之物。如咏柳则“俯惆怅以伤情”（《柳赋》），咏莺则“厉清风而哀鸣”（《莺赋》），写得稍有真情的是《寡妇赋》和《出妇赋》，前者可和同题的骚体诗共参，是怜悯友人阮瑀亡妻的。后者和传统的弃妇诗同出一辙：

念在昔之恩好，似比翼之相亲。惟方今之疏绝，若惊风之吹尘。夫色衰而爱绝，信古今其有之。伤茕独之无恃，恨胤嗣之不滋。甘没身而同穴，终百年之常期。信无子而应出，自典礼之常度。悲谷风之不答，怨昔人之忽故。被入门之初服，出登车而就路。遵长途而南迈，马踌躇而回顾。野鸟翩而高飞，怆哀鸣而相慕。抚骈服而展节，即临沂之旧城。践麋鹿之曲蹊，听百鸟之群鸣。情怅恨而顾望，心郁结其不平。

语言清通可诵，于赋中亦属浅俗之作，完全摆脱了汉代大赋的铺排板滞。作者同情这位因没有生养子女而被弃的妇女，和曹丕诗的题材和情感相吻合。前人言曹丕“资近美媛”（明徐祯卿《谈艺录》），于此又一佐证。刘勰说曹丕“妙善辞赋”（《文心雕龙·时序》），和绝少作赋的曹操相比，也是切实之论。

第四节　曹　植

曹植（192～232）字子建，曹操第四子，曹丕的胞弟。我国建安时期的杰出文学家，诗、赋、文都极擅长。曹植生前曾封陈王，死后谥思，因而世称陈思王。

曹植一生以其兄代汉称帝的黄初元年（220）为界，可分为前后二期。无论从生活境况或是从思想和创作来说，前后二期都有明显的差异。

前期曹植过的是贵公子的生活，当然并不那么安定和顺利。他自称“生乎乱，长乎军”（《陈审举疏》）。从小随父征战四方，所谓“昔从先武皇帝，南极赤岸，东临沧海，西望玉门，北出玄塞”（《求自试表》）。随着曹操势力的强盛，他的生活也日趋安定。曹植从小受到很好的文化教养。《魏志》本传载：“十岁余，诵读诗论及辞赋数十万言。”而且擅长属文，“言出为论，下笔成章”。建安十七年（212）邺城铜雀台建成，曹操命诸子登台作赋。十九岁的曹植“援笔立成”（见今集中之《登台赋》），因此备受曹操的重视。

曹植青年时期大都生活在曹氏政权的根据地邺城。由公元204年曹操占据邺城开始，直到公元220年迁都洛阳的十六年间，邺城成为当时北方政治文化的中心。一时文人荟萃，促成了建安文学的繁荣。而曹植恰是其中的核心和骨干。邺下文人一方面诗酒流连，甚至终日感到“静闲居而无事，将游目以自娱”（《游观赋》）。另一方面也畅叙豪情壮志，曹植就从不甘心“以翰墨为勋绩，以辞赋为君子”（《与杨德祖书》）。而要在政治上干一番大事业：“戮力上国，流惠下民，建永世之业，流金石之功。”他在随父出征乌桓、关右和东吴过程中，也确实表现出一定的军事才能，并且一度被曹操看作儿辈中“最可定大事”者（《三国志·陈思王传》裴注引《魏武故事》），“几为太子者数矣”（本传）。后来，因“任性而行，不自雕励，饮酒不节”（本传），使曹操大失所望。同时，其兄曹丕又“御之以术，矫情自饰”（本传），同时还有一帮元老如贾诩之流为之吹嘘，因此，曹丕得立太子。从此在曹植贵公子的生活中蒙上了一层阴影。

建安二十五年（220）曹操病故，做了三年王太子的曹丕继承为魏王和丞相。同年十月，曹丕篡汉称帝。从此开始了曹植后期“常汲汲无欢”的生活。曹丕登极伊始，即借故杀害了曹植的亲信丁仪、丁翼兄弟。紧接着曹植先后被监国使者灌均和东郡太守王机等诬告。前一次险些丧命，幸赖生母卞太后出面干预，曹植才免于大祸，最后被贬爵了事。此后，曹植益不自安，虽经违心地连上《责躬》、《应诏》诗以输诚，也于事无补。黄初七年（226）曹丕死，其子曹睿即位。曹睿对曹植态度有所缓和，但仍得不到信任和重用。几次上表求试，都遭拒绝。始终"抱利器而无所施"（本传）。后期的曹植名义上仍有爵位和封地，但是"十一年中三徙都"（本传），"号则六易，居实三迁。连遇瘠土，衣食不继"（《迁都赋序》）。而且时刻感到"身轻于鸿毛，谤重于泰山"（《黄初六年令》）。后期的十三年，实际上，曹植过的是软禁的生活，处处被严密监视。

曹植的散文写作，和其一生经历密切相关。曹植集中，诗以外的文章很多，除章、表、书、论这些文学性较强的作品之外，尚有颂、碑、赞、铭、七、咏、诔、哀辞等文体，文学价值逊色。现就其散文成就说明于后。

建安时期，即前期的曹植，以书信的成就最高，论说次之。《与吴季重书》、《与杨德祖书》二文都收入《昭明文选》，为古代散文的传统名篇。前者约作于建安二十一年（216）。吴季重名质，邺下著名文人，曹丕、曹植兄弟的密友。曹植在信里盛赞吴质的文采风流，实际是邺下文人的共同风貌：

> 若夫觞酌凌波于前，箫笳发音于后。足下鹰扬其体，凤观虎视，谓萧曹不足俦，卫霍不足侔也。左顾右盼，谓若无人，岂非君子壮志哉！过屠门而大嚼，虽不得肉，贵且快意。当斯之时，愿举泰山以为肉，倾东海以为酒，伐云梦之竹以为笛，斩泗滨之梓以为筝。食若填巨壑，饮若灌漏卮，其乐固难量，岂非大丈夫之乐哉！

这正是邺下文人"行则连舆，止则接席，何曾须臾相失"（曹丕《与吴质书》）时表现出的豪迈气概。他们"酒酣耳热，仰而赋诗"（同上），或"述恩荣，叙酣宴"（《文心雕龙·明诗》），对个人前途展示出满怀信心。文笔酣畅恣肆，显示出建安文风通脱之外的另一方面特质——富艳精工，骈俪句法剧增。《与杨德祖书》作于同年。杨修字德祖。为曹植的密友和亲信。这封信抒发了作者早年的豪情壮志，和前书的情绪互为表里：

今往仆少小所著辞赋一通相与。夫街谈巷说，必有可采，击辕之歌，有应风雅，匹夫之思，未易轻弃也。辞赋小道，固未足以揄扬大义，彰示来世也。昔扬子云先朝执戟之臣耳，犹称壮夫不为也。吾虽德薄，位为藩侯，犹庶几戮力上国，流惠下民，建永世之业，流金石之功，岂徒以翰墨为勋绩，辞赋为君子哉！若吾志未果，吾道不行，则将采史官之实录，辨时俗之得失，定仁义之衷，成一家之言，虽未能藏之于名山，将以传之于同好，非要之皓首，岂今日之论乎？其言之不惭，恃惠子之知我也。

当时曹植志在从政，一心想要在治国安民当中，建立功勋，名垂后世。不得已而思其次，也要做司马迁那样的历史家，明辨世事的是非得失，成一家之言。迫不得已才会从事文学写作的。这正是曹植涉世未深时的一厢情愿的远大抱负，也是前期生活安富尊荣时的远大理想。《与杨德祖书》在文学批评史上亦有一定地位。该文高度评价了邺下文人的创作活动，提倡文艺批评，重视批评者的艺术修养，并指出文艺欣赏者认识的差异，还捕捉了若干文学的特点。

前期有两篇史论值得一提。《汉二祖优劣论》文采焕发，畅论了前汉高祖刘邦和后汉光武帝刘秀二人之优劣。在作者对这两个“受命拨乱之君”进行了对比之后，认为“光武其近优也”。作者对刘秀成就容或有溢美之词。但对刘邦的贬抑却说得头头是道：

昔汉之初兴，高祖因暴秦而起，官由亭长，□自亡徒，招集英雄，遂诛强楚，光有天下，功齐汤武，业流后嗣，诚帝王之元勋，人君之盛事也！

然而名不继德，行不纯道，直寡善人之美称，鲜君子之风采，惑秦宫而不出，窘项坐而不起，计失乎郦生，忿过乎韩信，太公是诰，于孝违矣。败古今之大教，伤王道之实义。身殁之后，崩亡之际，果令凶妇肆酖酷之心，嬖妾被人豕之刑，亡赵幽囚，祸殃骨肉，诸吕专权，社稷几移。凡此诸事，岂非高祖寡计浅虑以致〔之乎〕？

曹植持论标准仍是儒家王道仁孝，说刘邦“寡计浅虑”导致身后的“诸吕专权”，也有一定道理。文笔晓畅流动，骈偶句式用得极其圆熟。《成王汉昭论》当与前文同时作。邺下文人曹丕、丁仪亦有同名之论文。曹植文主旨是扬昭抑成，即认为汉昭帝不受流言所惑，远胜过轻信流言而疏远了周公的周成王，就此点而言，亦言之成理。《说疫气》可能有残缺。建安二十二年（217）疾疫流行，“建安七子”之中“徐、陈、应、刘，一时俱逝”（曹丕《与吴质书》），可见当时疫情之重。在“家家有僵尸之痛，室室有号泣之哀”的严重事态中，“或以为疫者，鬼神所作”。曹植独以为不然：“此乃阴阳失位，寒暑错时，是故生疫。”解释虽不尽惬人意，但能够不迷信鬼神，而从自然人世上找出疾疫原因，还是难能可贵的。稍后写的《辨道论》更明确否定神仙的存在、方士的虚妄，清楚显现出前期曹植的朴素唯物主义思想倾向。

建安文人里辞赋成就最高的是曹植。他在《前录自序》里自称：“余少而好赋，雅好慷慨，所著繁多。”他亲手编入《前录》书中的就有七十八篇。今存赋四十余篇（有的疑有残缺），都是咏物抒情的小赋，紧密地继承了《楚辞》的浪漫主义抒情手法，并提高到一个新的阶段。

优秀的辞赋《九愁赋》、《洛神赋》都作于后期的魏文帝黄初年间（220～226）。后期曹植政治上受压抑，生活上不自由，因而赋里往往流露愤懑不平的慷慨之气。《九愁赋》明显在模仿宋玉《九辩》和刘向《九叹》，而其自叙穷困牢愁、怀乡恋主之情，又直追屈原《离骚》：

> 嗟离思之难忘，心惨毒而含哀。践南畿之末境，越引领之徘徊。眷浮云以太息，顾攀登而无阶。匪徇荣而愉乐，信旧都之可怀。恨时王之谬听，受奸枉之虚辞，扬天威以临下，忽放臣而不疑。登高陵而反顾，心怀愁而荒悴，念先宠之既隆，哀后施之不遂。虽危亡之不豫，亮无远君之心。

这里显然指责“时王”曹丕偏听偏信。“奸枉”是指监国使者灌均，“虚辞”指代希旨所奏之不实之词。曹植此时心境正与屈原赋《离骚》时相同。下面“伤时俗之趋险，独怅望而长愁”、“以忠言而见黜，信无负于时王”，和屈原亦毫无二致。篇末表示要效法屈原保持刚正不阿的品格：

> 履先王之正路，岂淫径之可遵。知犯君之招咎，耻干媚而求亲。顾旋复之

无轨，长自弃于遐滨。与麋鹿以为群，宿林薮之葳蓁。野萧条而极望，旷千里而无人。民生期于必死，何自苦以终身，宁作清水之沉泥，不为浊路之飞尘。

洁身自好，孤芳自赏之情是其诗中所没能充分表现的。

《洛神赋》作于黄初四年（223），与名诗《赠白马王彪》都是自京城洛阳返国途中经过洛水后所作。《洛神赋》胎息宋玉《神女赋》，描写了一个形象鲜明、思想深沉的人神恋爱故事。作者由京城返回封地，途经洛水，遇到了一位美丽惊人的洛水女神：

其形也，翩若惊鸿，婉若游龙。荣曜秋菊，华茂春松。仿佛兮若轻云之蔽月，飘飖兮若流风之回雪。远而望之，皎若太阳升朝霞；迫而察之，灼若芙蓉出渌波。秾纤得中，修短合度。肩若削成，腰如约素。延颈秀项，皓质呈露。芳泽无加，铅华弗御。云髻峩峩，修眉连娟。丹唇外朗，皓齿内鲜。明眸善睐，靥辅承权。瓌姿艳逸，仪静体闲。柔情绰态，媚于语言。奇服旷世，骨像应图。

披罗衣之璀粲兮，珥瑶碧之华琚。戴金翠之首饰，缀明珠以耀躯。践远游之文履，曳雾绡之轻裾。微幽兰之芳蔼兮，步踟蹰于山隅。

于是作者“情悦其淑美”，“托微波而通辞”，并且“解玉珮以要之”。然而一旦洛神应和之后，作者反倒犹豫起来。这样二人终因“人神之道殊”而怅怅分手，演出一幕爱情悲剧。作者用情专注而又顾虑重重；女神一往情深亦复依依难舍，爱情之失败，当别有隐衷。看来此赋别有寄托，曹植以求爱之不成暗寓立功之无望，以男女之情写君臣之怨。如果和同时写的《赠白马王彪》一诗中流露出的对曹丕的怨愤之情相对照，那么，曹植这里爱情的挫折正和那里生活的困窘同出一辙，就不难理解了。宋人刘克庄认为《洛神赋》是寓言(《后村诗话》上)，可称知言。而李善注引的曹植此赋本为怀念甄后，初名《感甄赋》，纯属无稽之谈。此说是否为李善注《文选》所引，本有疑问。何况甄氏年长曹植九岁，于情理大相径庭（甄氏生平见《三国志·文昭甄皇后传》)。

《洛神赋》在艺术上具有划时代的意义。它是繁冗板滞的汉代大赋之后一篇极成功的抒情小赋。叙事、描写、抒情如水乳交融。而故事之完整、形象之突出、文采之绚丽实前所未有。其中对洛神之肖像描写，远远超出《诗经》之硕人和《登徒子好色赋》之东家之子，而成为中国文学史上美女形象的翘楚。

曹植在黄初年间尚有《蝙蝠》、《鹞雀》二赋，都有慷慨不平之气，心境与《九愁》、《洛神》仿佛。《鹞雀赋》用寓言体，写雀与鹞生死搏斗的过程，思想和意境极似《野田黄雀行》一诗。雀是一个无端被迫害的形象，而鹞则是暴力侵犯者的形象。赋的前半用对话体，语言亦很传神。请看雀面对鹞的自白：

> 雀微贱，身体些小，肌肉瘠瘦，所得盖少。君欲相噉，实不足饱。

而鹞却蛮不讲理：

> 顷来轗轲，资粮之旅。三日不食，略思死鼠。今日相得，宁复置汝！

以强凌弱的口吻，呼之欲出。

后期曹植在散文上的成就还表现在章表一类之中，而且多写于魏明帝太和年间(227～232)。著名的有《求自试表》、《求通亲亲表》、《陈审举表》、《谏取诸国士息表》、《谏伐辽东表》等。《求自试表》为曹植散文名篇。作于明帝太和二年（228)，史载：太和“二年，复还雍邱。植常自愤怨，抱利器而无所施，上疏求自试”(《三国志》本传)。可能作者感到曹丕死后，明帝刚刚即位，政治环境和立功机遇会好转，因此上表要求试用。作者不甘心碌碌无为：

> 如微才弗试，没世无闻，徒荣其躯而丰其体，生无益于事，死无损于数，虚荷上位而忝重禄，禽息鸟视，终于白首，此徒圈牢之养物，非臣之所志也。

而愿为国前驱效命：

> 窃不自量，志在授命，庶立毛发之功，以报所受之恩。若使陛下出不世之诏，效臣锥刀之用，使得西属大将军，当一校之队；若东属大司马，统偏师之

任。必乘危蹈险，骋舟奋骊，突刃触锋，为士卒先。虽未能擒权馘亮，庶将虏其雄率，歼其丑类。必效须臾之捷，以灭终身之愧，使名挂史笔，事列朝荣。虽身分蜀境，首悬吴阙，犹生之年也。

文章畅论人君用人，人臣效命之重要，引古论今，鞭辟入里。曹植期许自己成为贾谊、终军、霍去病那样立志报国的英雄人物。文笔酣畅淋漓，情感充沛动人，因而此表上后，曹植就由贫瘠的雍丘转封到比较富庶的东阿。或许明帝曹睿因览此表感动所致，亦未可知。《求自试表》不仅文采斐然，而且充满抒情意味：

臣昔从先武皇帝，南极赤岸，东临沧海，西望玉门，北出玄塞，伏见所以行师用兵之势，可谓神妙也。故兵者不可豫言，临难而制变者也。志欲自效于明时，立功于圣世。每览史籍，观古忠臣义士，出一朝之命，以殉国家之难，身虽屠裂，而功勋著于鼎钟，名称垂于竹帛，未尝不拊心而叹息也。

曹植表中的积极用世的请求并没有获得明帝的支持。因此此后三年又上《求通亲亲表》。曹魏政权对宗室百般猜忌。“时法制待藩国既自峻迫”（《三国志·陈思王传》），因而造成本文所说的“人道绝绪，禁锢明时”，诸王与皇帝不能往来，诸王不召不准进京，实际是防范各诸侯王过问朝政。曹植在表中以自己为例说明处境之艰难：

至于臣者，人道绝绪，禁锢明时，臣窃自伤也。不敢乃望交气类，修人事，叙人伦，近且婚媾不通，兄弟永绝，吉凶之问塞，庆吊之礼废，恩纪之违，甚于路人。隔阂之异，殊于胡越。今臣以一切之制，永无朝觐之望，至于注心皇极，结情紫闼，神明知之矣。然天实为之，谓之何哉！

退省诸王，常有戚戚具尔之心，愿陛下沛然垂诏，使诸国庆问，四节得展，以叙骨肉之欢恩，全怡怡之笃义，妃妾之家，膏沐之遗，岁得再通，齐义于贵宗，等惠于百司，如此则古人之所叹，风雅之所咏，复存于圣世矣。

曹植晓之以理，动之以情，天理人情，合情合理，因此该表呈上，明帝不得不下诏表示接受："夫明贵贱，崇亲亲，理贤良，顺少长，国之纲纪，本无禁固诸国通问之诏也。矫枉过正，下吏惧谴，以至于此耳。已敕有司，如王所诉。"但表中流露出的："若得辞远游，戴武弁，解朱组，佩青绂，驸马奉车，趣得一号，安宅京室，执鞭珥笔，出从华盖，入侍辇毂，承答圣问，拾遗左右，乃臣丹诚之至愿，不离于梦想者也。"和《求自试表》一样，明帝未予理会。

《陈审举表》和《谏取诸国士息表》都是基于曹植晚年对曹氏政权安危之考虑，而在用人及用什么人的问题上，对明帝提出的建议。当时司马懿父子势力膨胀，曹魏政权岌岌可危，因此曹植希望明帝慎于用人，即注意异姓权臣的跋扈，而要重用宗室子弟，曹植指出"苟吉专其位，凶离其患者，异姓之臣也。欲国之安，祈家之贵，存共其荣，没同其祸者，公族之臣也。"自然，这里仍包括有求自试之意，同时对藩国多为老弱病残深为忧虑，这些虽然都是从曹魏一家一姓政权考虑的，思想意义并不高尚，但就作者审时度势，感到司马氏的严重威胁这一点来说，曹植的政治目光还不容低估。

《谏伐辽东表》可以看出曹植的政治观点和对国计民生的关怀：

> 臣以为当今之务，在于省徭役，薄赋敛，勤农桑。三者既备，然后令伊管之臣得施其术，孙吴之将得奋其力。若此，则太平之基可立而待，康哉之歌可坐而闻，曾何忧于二敌，何惧于公孙乎？今不息邦畿之内，而劳神于蛮貊之域，窃为陛下不取也。

曹植根据当时魏国的政治形势和劳师袭远的困难，力主不去讨伐辽东。从知己知彼的具体分析来看，曹植确有一定的政治才干。曹植说："臣才不见效用，常慨然执斯志焉"(《谏取诸国士息表》)，是完全可以理解的。

曹植的章表文字，多见于《三国志》引录，有感而发，有的放矢，才思喷薄，激情洋溢，历来受到好评。刘勰称"陈思之表，独冠群才"(《文心雕龙·章表》)。并指出他的章表"体赡而律调，辞清而志显"，肯定曹植的章表内容丰富而论点鲜明，语言清新而音调铿锵。刘勰认为章表结构上应繁简适度，读来朗朗上口。至于刘勰说的"华实相生"，指的是文字的华丽和朴实并用。以此论曹植章表不为无据，但综观曹植的章表，应说是华胜于实。曹植的章表汲取先秦纵横家和汉初贾谊、晁错的以气势取胜和以能言善辩反复论证擅长的。其上述各表，无不纵论古今的成败得失，以证明自己见解的全面切实，很有战国策士的风范。

《三国志·陈思王传·评》称“陈思文才富艳”，诗文无不如是。富艳当指其作品内容的丰富深厚和语言的华丽精奇。曹植的赋内容充实，语言靡丽多姿；书信感情深厚，语言明畅自然；章表立论通达，手法活脱，很富有鼓动性和说服力，这些都是“文才富艳”的生动体现。

语言骈俪是曹植散文的突出特点，这和乃父曹操的文章加以比较，就能看出。清人李兆洛《骈体文钞》，收曹植文章达十五篇之多：《制命宗圣侯孔羡奉家祀碑》、《承露盘铭》、《文帝诔》、《平阳懿公主诔》、《黄初六年下国中令》、《庆文帝受禅表》、《求自试表》、《求通亲亲表》、《陈审举表》、《上责躬诗表》、《王仲宣诔》、《仲雍哀词》、《七启》、《与吴季重书》、《与杨修书》。而曹操一篇也未入选，由此可见曹植在魏晋骈文发展中的举足轻重的作用。上列文章固然骈句连篇，不胜枚举；此外的骈句也举不胜举。辞赋中几乎多为偶句。如《神龟赋》：

> 嘉四灵之建德，各潜位乎一方：苍龙虬于东岳，白虎啸于西冈，玄武集于寒门，朱雀栖于南乡。顺仁风以消息，应圣时而后翔。嗟神龟之奇物，体乾坤之自然。下夷方以则地，上规隆而法天。

杂论中骈句亦多。如《汉二祖优劣论》：

> 故曰：建武之行师也，计出于主心，胜决于庙堂。故窦融闻声而景附，马援一见而叹息。股肱有济济之美，元首有穆穆之容。敦睦九族，有唐虞之称；高尚纯朴，有羲皇之素；谦虚纳下，有吐握之劳；留心庶事，有日昃之勤。

曹植的骈偶句式还有变化和技巧。如《陈审举表》之逸文：

> 昔段干木修德于闾阎，秦师为之辍攻，而文侯以安。穰苴授节于邦境，燕晋为之退师，而景公无患。皆简德尊贤之所致也。

以三句为对，文气更加酣畅淋漓。

曹植在骈文的形成的发展中，以丰富的实践，开拓了门径，展示出规范，为两晋南北朝骈体文的发展做出了突出贡献。

第五节　诸葛亮

汉末建安时期，王纲解纽，天下大乱，逐渐形成了魏、蜀、吴三家鼎立的政权，史称“三国”。其间，无论从政治、经济、军事、文化以及地理环境各方面衡量，北魏曹氏集团，都据有明显的优势。曹操“挟天子以令诸侯”，统一北方，若不在建安十三年（208）的赤壁之战中失利，代汉一统天下的可能性极大。

而吴、蜀两国，战后虽暂时得以立足，但综合国力，都远逊于曹魏政权。吴、蜀的当权者本人，既缺乏文学才具，对文学事业更无暇顾及，因而吴、蜀的文学创作相对寂寥，乏善可陈。略可观者，唯有诸葛亮的几篇散文而已。尽管诸葛亮并不以文学名世，但其精通诗书，少时“躬耕陇亩，好为《梁父吟》”。（见《三国志》本传）《梁父吟》为汉代一首乐府歌辞。

诸葛亮（181～234）字孔明，琅琊阳都（今山东沂南县南）人。我国汉末三国时期著名政治家和军事家。早年隐居南阳邓县隆中（今湖北襄樊市西。一说在今河南南阳市）。建安十二年（207），汉室宗亲刘备，三顾茅庐，敦请他出山共创大业。此后刘备在诸葛亮的谋划之下，联吴抗曹，取得赤壁之战的胜利，并从此使刘备据有荆、益二州，奠定了蜀汉政权的基石。事实上形成了魏、蜀、吴三足鼎立的局面。

刘备平生，对诸葛亮言听计从，使诸葛亮的政治军事才能得到充分的展现，西蜀势力在加快发展。建安二十五年（220），曹丕代汉建魏，以汉献帝为山阳公，东汉灭亡。次年，在诸葛亮等的拥戴之下，刘备在成都称帝，国号蜀汉，诸葛亮被任为丞相。蜀汉建兴元年（223）刘备病故，其子刘禅（小字“阿斗”）继位。封诸葛亮为武乡侯。从此诸葛亮成了蜀汉的实际最高统治者。他励精图治，先后五次北伐曹魏，谋求国家统一。不幸于蜀汉建兴十二年（234），病卒于五丈原前线。所谓

“出师未捷身先死，长使英雄泪满襟”（杜甫《蜀相》），时年五十四岁。遗著有《诸葛集》传世，其中大部分没有文学价值。

诸葛亮散文的代表作是前后《出师表》，对后世产生重大影响。诸葛亮晚年辅佐后主刘禅，苦心孤诣，惨淡经营，在平定了南方的叛乱之后，准备挥师北上，进军中原。前《出师表》作于后主建兴五年（227）。此时魏文帝曹丕刚死一年，明帝曹睿仓促即位，立足未稳。再加对东吴多次用兵，劳民伤财，使得国力衰微。“兵法乘劳”（后《出师表》），当时正是对曹用兵的最好时机。

但是，诸葛亮尚有后顾之忧。后主刘禅，愚暗昏庸，“朱紫难别”（《三国志·董允传》），是中国历史上昏君的典型。他宠信宦官黄皓，使之青云直上，做了中常侍，“操弄权柄，终至覆国”（同上）。除此，蜀汉上层统治者对此次北伐也意见分歧。多认为北伐“非计”，“群疑满腹，众难塞胸”（后《出师表》）。出征前的诸葛亮对后方极不放心，而军情又刻不容缓。前《出师表》就是在这种紧迫环境下草就的：

> 臣亮言：先帝创业未半，而中道崩殂。今天下三分，益州疲弊，此诚危急存亡之秋也。然侍卫之臣不懈于内，忠志之士忘身于外者，盖追先帝之殊遇，欲报之于陛下也。诚宜开张圣听，以光先帝遗德，恢弘志士之气。不宜妄自菲薄，引喻失义，以塞忠谏之路也。宫中府中，俱为一体，陟罚臧否，不宜异同。若有作奸犯科及为忠善者，宜付有司论其刑赏，以昭陛下平明之理，不宜偏私，使内外异法也。
>
> 侍中、侍郎郭攸之、费祎、董允等，此皆良实，志虑忠纯，是以先帝简拔以遗陛下。愚以为宫中之事，事无大小，悉以咨之，然后施行，必能裨补阙漏，有所广益。将军向宠，性行淑均，晓畅军事，试用于昔日，先帝称之曰能，是以众议举宠为督。愚以为营中之事，悉以咨之，必能使行阵和睦，优劣得所也。
>
> 亲贤臣，远小人，此先汉所以兴隆也；亲小人，远贤臣，此后汉所以倾颓也。先帝在时，每与臣论此事，未尝不叹息痛恨于桓、灵也。侍中、尚书、长史、参军，此悉贞良死节之臣，愿陛下亲之信之，则汉室之隆，可计日而待也。

臣本布衣，躬耕于南阳，苟全性命于乱世，不求闻达于诸侯。先帝不以臣卑鄙，猥自枉屈，三顾臣于草庐之中，咨臣以当世之事，由是感激，遂许先帝以驱驰。后值倾覆，受任于败军之际，奉命于危难之间，尔来二十有一年矣。

先帝知臣谨慎，故临崩寄臣以大事也。受命以来，夙夜忧叹，恐托付不效，以伤先帝之明。故五月渡泸，深入不毛。今南方已定，兵甲已足，当奖率三军，北定中原，庶竭驽钝，攘除奸凶，兴复汉室，还于旧都。此臣所以报先帝，而忠陛下之职分也。

至于斟酌损益，进尽忠言，则攸之、祎、允之任也。愿陛下托臣以讨贼兴复之效，不效则治臣之罪，以告先帝之灵。若无兴德之言，则责攸之、祎、允之慢，以彰其咎。陛下亦宜自谋，以咨诹善道，察纳雅言，深追先帝遗诏。臣不胜受恩感激，今当远离，临表涕零，不知所言。

前《出师表》原载西晋史学家陈寿所著《三国志·蜀书·诸葛亮传》中。题目为后人所加，《昭明文选》即题为《出师表》。诸葛亮一生文韬武略，彪炳千古；道德文章，有口皆碑。是我国一个极其罕见的家喻户晓、妇孺皆知的历史人物，是华夏民族大家庭中的“忠贞”和“智慧”的化身。《出师表》集中体现了他的“忠贞”的品格。刘备死后，因受重托，辅佐后主刘禅。可刘禅年幼无知，军国大事无一不仰赖诸葛亮一人操持。此次亲身去阵前督战，对后方又很不放心，因而在表中谆谆告诫刘禅诸多注意事项，碍于君臣之礼，又不得不说得婉转谦恭，用心可谓良苦之极矣。

《出师表》的基本内容有两个方面。一方面是对后主刘禅的临别嘱咐，要他继承并发扬先帝刘备统一汉家天下的遗志，并且要虚心纳谏，广开言路，赏罚分明，亲贤远佞，关键在用人的问题上。另一方面向后主刘禅表白作者自己的心迹，回顾先帝对他的知遇之恩。同时表明此次北伐中原的决心和目标：兴复汉室，还于旧都。全文饱含诸葛亮对刘氏父子的一片赤诚之情和对刘禅的殷切期待之意。文章情真意切，感人至深。宋代爱国诗人陆游动情高歌：“出师一表真名世，千载谁堪伯仲间。”(《书愤》)是古今忠臣良将的必读之作。岳飞草书的《出师表》的墨迹，流传至今。今天仍有鼓舞人心的教育作用。

《出师表》是一篇应用文字，它要求质实、恳切、庄重、审慎。叙事要有根有据，说理要言简意赅，行文要字斟句酌，而且还要讲求必要的程式和礼貌。首尾的“臣亮言”和“臣不胜受恩感激”云云，都表达了这种文体所要求的。应用文不同于艺术创作，但仍有形式技巧方面的考虑。前人评此文“恳挚深切，不求华艳”，确实如此。文笔朴实无华，平正中和，犹如长者对晚辈的临别赠言：一方面提醒“光先帝之遗德”、“深追先帝遗诏”。同时又从反面警示：“不宜妄自菲薄”，“陟罚臧否，不宜异同”，“不宜偏私”，反复叮咛，拳拳之心，情见乎词。为了强调“亲贤远佞”的历史经验，唯恐刘禅掉以轻心，更不避辞费，对于贤德的文臣武将一一列举，加以荐举，当然这也是诸葛亮谨慎切实的为人作风在文章中的具体体现。

此文感情深厚诚挚，笔锋凝聚情感。文章后半部自叙平生部分，充满浓重的抒情色彩。作者与刘备君臣如鱼水的际会关系，后世一直传为美谈，作者也引以为荣。刘备对诸葛亮亦师亦友，诸葛亮对刘备感恩戴德。本文先后十三次提到“先帝”，这里既有他们君臣融洽和谐关系的美好回忆，也有激励刘禅子承父业的良苦用心，自然也难免引以自重的成分在内。

后人对《出师表》的评价很高。苏轼云：“诸葛孔明不以文章自名，而开物成务之姿，综练名实之意，自见于言语。至《出师表》简而尽，直而不肆，大哉言乎，与《伊训》、《说命》相表里，非秦汉以来以事君为悦者所能至也。”（《乐全先生文集叙》）

前《出师表》首见陈寿《三国志·诸葛亮传》，出于诸葛亮的手笔，确凿无疑。后《出师表》出于同书的裴松之注。并云：“此表亮集所无，出张俨《默记》。”按，张俨，字子节，为吴国大鸿胪。诸葛亮本传裴松之注还引用了张俨的《述佐篇论》，是论述诸葛亮和司马懿的。

后《出师表》文本确有诸多可疑之处。如曹操“危于祁连”、“任用李服”皆于史无征。赵云卒于建兴七年（229），史有明文(《三国志·赵云传》)，作于建兴六年的此表，则云已丧。另外，清人袁枚《后出师表辨》一文，又因表中多泄气之语，而力辨其伪。不过，《三国志·诸葛恪传》言其侄诸葛恪说：“近见家叔表陈与贼争竞之计，未尝不喟然叹息也。”倒是一个有力的旁证，所指当为后《出师表》。

我们认为后《出师表》的总体风格，和前《出师表》如出一辙。诸葛亮在首次上表北伐的第二年，由于误用马谡，失守街亭（今陕西秦安县东北），打乱了作战部署，只好退守汉中。此次蜀汉内部，反战苟安的势力，更加活跃。纷纷指责北伐中原为“非计”，即不正确的计谋。诸葛处乱不惊，一方面承担失守街亭的责任，自贬三级。同时上后《出师表》再次申明其坚持北伐中原，恢复汉室的信念和决心。

先帝虑汉、贼不两立，王业不偏安，故托臣以讨贼也。以先帝之明，量臣之才，故知臣伐贼才弱敌强也。然不伐贼，王业亦亡，惟坐待亡，孰与伐之？是故托臣而弗疑也。臣受命之日，寝不安席，食不甘味，思惟北征，宜先入南。故五月渡泸，深入不毛，并日而食。臣非不自惜也，顾王业不得偏全于蜀都，故冒危险以奉先帝之遗意也，而议者以为非计。今贼适疲于西，又务于东，兵法乘劳，此进趋之时也。

诸葛亮深知当时敌强我弱，“民穷兵疲”，但为了光复故国的大业，他不再考虑个人的利害得失，他像当年的孔夫子推行王道那样“知其不可而为之”（《论语·宪问》）。后世人们敬仰诸葛亮的为人，就在他的这种执着的忠贞精神。

中间部分，用反问的句式，列举刘邦和曹操屡遭挫折，“危而后安”的六个方面的实例，充分说明了即使冒危难去伐魏，也是完全必要的。在错落变化的笔调里，再次表明作者誓死北伐、义无反顾的坚定信念。篇末是最感动后人的至理名言：

夫难平者，事也。昔先帝败军于楚，当此时，曹操拊手，谓天下以定。然后先帝东连吴、越，西取巴、蜀，兴兵北伐，夏侯授首，此操之失计而汉事将成也。然后吴更违盟，关羽毁败、秭归蹉跌，曹丕称帝。凡事如是，难可逆见。臣鞠躬尽力，死而后已，至于成败利钝，非臣之明所能逆睹也。

作于建兴元年（223）的《正议》一文，可同此两表相互印证。当时魏国的政要王朗、华歆、陈群等人致书诸葛亮，劝他降魏称藩。诸葛亮据理力争，断然拒绝。笔锋严正，提出“据道讨淫，不在众寡”，本是“据正道而临有罪”，而王朗等人所论，乃是“徒丧文藻，烦劳翰墨”，枉费心机罢了。明末著名学者张溥有云：“出师二表，远匹《伊训》；《正议》两篇，亦《汤誓》、《大诰》之遗。”（《汉魏六朝百三家集·诸葛武侯集》题辞）把诸葛亮的章表文字和商周贤相伊尹、周公的经典著作相提并论，评价不可谓不高。

此外，如《与群下教》：

> 夫参署者，集众思广忠益也。若远小嫌，难相违覆，旷阙损矣。违覆而得中，犹弃弊跻而获珠玉。然人心苦不能尽，惟徐元直处兹不惑，又董幼宰参署七年，事有不至，至于十反，来相启告。苟能慕元直之十一，幼宰之殷勤，有忠于国，则亮可少过矣。

“教”这种文体，乃是大臣告众之词。这是一篇借表彰徐庶、董和的精明勤奋，与群下共勉的文书，可见诸葛亮的谦虚和睦。《诫子书》：

> 夫君子之行，静以修身，俭以养德，非澹泊无以明志，非宁静无以致远。夫学须静也，才须学也，非学无以广才，非志无以成学。

这是以个人的切身经验，教育子女如何修身向学的，从中又显现出政治家在治国安民之外的内心世界。

第二章
正始散文

第一节　嵇　康

嵇康（224～263）字叔夜。谯国铚（今安徽宿县西）人。本姓奚，其先人避怨徙居上虞，后来迁到铚县。因铚县有嵇山，取以为姓。嵇康的先世没有什么地位。其父嵇昭字子远，做过督军粮及治书侍御史一类小官。其兄嵇喜字公穆，入晋，官至扬州刺史。嵇喜作有《嵇康传》，对嵇康为人品格有概括的描述：

> 家世儒学，少有儁才，旷迈不群，高亮任性，不修名誉，宽简有大量。学不师授，博洽多闻，长而好老、庄之业，恬静无欲。性好服食，尝采御上药。善属文论，弹琴咏诗，自足于怀抱之中。（《三国志·王粲传》附《嵇康传》裴注）

嵇康幼时丧父，所谓“嗟余薄祜，少遭不造”（《幽愤诗》）。因为“少加孤露”，所以“母兄见骄，不涉经学”（《与山巨源绝交书》）。其平生放达傲岸，不拘礼法，与其家庭环境有一定关系。嵇康娶曹操之子沛穆王曹林之女长乐亭主为妻，可能由此被曹魏政权任为中散大夫。这是一个俸禄六百石，掌议论的虚衔，并不需要到职办事。

嵇康为魏晋名士兼玄学家，以服膺老庄，无视礼法闻名。据《与山巨源绝交书》中所谓“荣进之心日颓，任逸之情转笃”，早年还有“荣进之心”，并非生来就是竹林名士的。魏明帝曹睿死后的正始时期（240～249），皇权旁落，司马氏集团逐步篡得政权并诛戮异己。与曹魏有姻亲关系的嵇康自然感到压抑和愤慨。既不愿与司马氏妥协，又无力与之对抗，于是就走向隐居谈玄的道路。“荣进”当在正始初年，作者不到二十岁的时候。据王戎说，他和嵇康在山阳（今河南焦作市东）居住了二十年。可知正始后期嵇康已经隐居了。同时隐居的还有阮籍、山涛、王戎、向秀、刘伶、阮咸，后人称为“竹林七贤”。他们七人在思想上有相通之处。鲁迅先生说：“他们七人中差不多都是反抗旧礼教的”（《魏晋风度及文章与药及酒之关系》）。他们一道在竹林聚会，谈玄说理，饮酒赋诗，弹筝抚琴，远离政治纷争，几个人独来独往。七个人思想品格并不完全一致，后来也有分化，山涛、王戎后来都做了高官，其中对司马氏集团最蔑视的是嵇康。有一次司马昭的亲信钟会来看向秀和嵇康打铁，嵇康不予礼遇，打铁不止。良久，钟会离开。嵇康问他：“何所闻而来，何所见而去?”钟会答曰：“闻所闻而来，见所见而去。”嵇康和司马氏关系十分紧张。后来，景元二年（261），山涛出任吏部郎，在即将升任散骑常侍时，想推荐嵇康任吏部郎，嵇康闻后写《与山巨源绝交书》严词拒绝。由于“答涛书自说不堪流俗，而非薄汤武，大将军（司马昭）闻而恶之”（《世说新语·栖逸》注引康别传）。与此同时，嵇康又受吕氏兄弟矛盾的牵连。吕安是嵇康的忘年之交。其兄吕巽为司马昭的亲信，为人卑鄙无耻，见吕安妻貌美，乘醉奸污。事情被吕安发觉后，吕巽又诬告吕安打母“不孝”，吕安被判充军边地。嵇康曾从中调停，发觉吕巽竟然如此无端陷害胞弟，因而写《与吕长悌绝交书》（按巽字长悌），其中有“昔李叟入秦，及关而叹”等语，再一次惹怒了司马昭，于是吕安和嵇康都被捕入狱。钟会又挟嫌向司马昭诬陷嵇康曾想帮助毌丘俭谋反（此事发生在公元255年，至此已有六七年），力促司马昭及早除之。嵇康在狱中写了《幽愤诗》，有感于司马迁“既陷极刑，幽而发愤”（《汉书·司马迁传·论赞》）的精神，并没有预感到死亡在即。不久，嵇康被处死于洛阳，时间在魏元帝景元四年（263）。

嵇康与阮籍相反，文名大于诗名。嵇康存诗五十余首，四言诗在一半以上，似乎不大受到人们注意。嵇康同阮籍一样为文喜长篇大论。而且，“嵇康的论文，比阮籍更好，思想新颖，往往与古时旧说反对”（《魏晋风度及文章与药及酒之关系》)。嵇康的论文喜欢互相问难，其文集今收有对方的文章达四篇之多。《难自然好学论》就是针对张邈（字辽叔）《自然好学论》一文而发的。嵇康认为“若遇上古无文之治，可不学而获安，不勤而得志，则何求于六经，何欲于仁义哉。以此言之，则今之学者，岂不先计而后学邪？苟计而后动，则非自然之应也。”人之学习乃基于后天生活的需要，并非出于自然本性，立论较之张邈宣扬的“六经为太阳，不学为长夜”的说教，要切实得多。《管蔡论》是翻案文章。周初管叔、蔡叔会同武庚叛乱，后被周公东征平息，早已是历史定谳，后世无异词。嵇康则大唱反调，说管、蔡忠心耿耿，只不过对周公摄政不够理解，又没有机会说明：

> 而管蔡服教，不达圣权。卒遇大变，不能自通。忠疑乃心，思在王室。遂乃抗言率众，欲除国患。翼存天子，甘心毁旦，斯乃愚诚愤发，所以徼福也。

周公摄政，贤如邵公都感到不高兴。推而言之，嵇康认为管叔、蔡叔对周公居心表示怀疑，也没有什么不对。这是非常大胆的见解。司马氏挟持曹魏少帝，往往以周公摄政自诩，此文恐有深意存焉。明人张采断言：“周公摄政，管、蔡流言；司马执权，淮南三叛。其事正对。叔夜盛称管、蔡，所以讥切司马也。”（戴明扬《嵇康集校注》卷六引）

嵇康的论文共有九篇，大部分是阐明玄学思想的。《声无哀乐论》反对儒家以教化为目的的《乐论》，这一点和阮籍分歧极大。嵇康提出“外内殊用，彼我异名”，认为人的主观哀乐之情，和客观的乐声，并无必然联系，所谓“声容自当以善恶为主，则无关于哀乐；哀乐自当以情感，则无系于声音”。他把客观发出的乐声和人主观的感情加以区别是必要的，但拒不承认二者的任何联系，则绝对化了。基于此，嵇康否认季札观乐而知各国之政，仲尼闻韶而知虞舜之德，认为“仲尼之识微，季札之善听，固亦诬矣。此皆俗儒妄记，欲神其事而追为耳”，对破除儒家夸大礼乐政治作用，有一定振聋发聩意义。本文还宣扬了无为政治：“古之王者，承天理物，必崇简易之教，御无为之治，君静于上，臣顺于下，玄化潜通，天人交泰”，这同本文无视音乐教化，显然有关。此外，《养生论》和《答向子期难养生论》都是阐述养生之道的。文章批评士族官僚“声色是耽”，提倡“清虚静泰，少私寡欲”。同时隐约讥刺孔子“勤诲善诱，聚徒三千，口倦谈议，身疲磬折，形若救孺子，视若营四海，神驰于利害之端，心骛于荣辱之涂”。即使在正面宣扬道家主张之时，也显示其“刚肠疾恶，轻肆直言”（《与山巨源绝交书》）的个性。

具有批判精神的散文，还有一篇《太师箴》，是“明帝王之道”的（《晋书》本传）。“太师”是辅弼古代国君的最高的官，这里代指“天子”。“箴”是古代规谏劝诫的一种文体，所谓“攻疾防患”（《文心雕龙·铭箴》）。本文在历数赫胥、皇羲、唐虞等仁爱君王之后，激烈揭示“季世凌迟”：

> 下逮德衰，大道沉沦。智惠日用，渐私其亲。惧物乖离，擘义画仁。利巧愈竞，繁礼屡陈。刑教争施，夭性丧真。季世凌迟，继体承资。凭尊恃势，不友不师。宰割天下，以奉其私。故君位益侈，臣路生心，竭智谋国，不吝灰沉。赏罚虽存，莫劝莫禁。若乃骄盈肆志，阻兵擅权。矜威纵虐，祸蒙丘山。刑本惩暴，今以胁贤。昔为天下，今为一身。下疾其上，君猜其臣。丧乱弘多，国乃陨颠。

作者指出了阶级社会君权统治下的种种弊端。君侈其上，臣谋其下，竞相为一己之私而角逐。作者针砭的锋芒虽然泛指“季世”，而其实际，是针对魏末、针对司马氏的。“昔为天下，今为一身”，更不限于司马氏一家一姓，具有鲜明的民主色彩，和阮籍在《大人先生传》里表现的“无君论”有相通之处。

《琴赋》为嵇康仅存的一篇辞赋。在咏物赋里后来居上，较之东汉傅毅、马融、蔡邕等人的同名作有所突破。嵇康精通乐理，擅长弹琴，在赋里对各种曲调的琴声的描摹极其精到。然而由于作者坚信音乐之声只有善恶而无哀乐，认为音乐曲调里没有人的感情，从而大大影响《琴赋》的艺术性和感染力。《卜疑》一文，模仿《楚辞·卜居》，实际也是一篇辞赋。其中描写了一位“超世独步，怀玉被褐”的宏达先生，他提出许多世态人情、进退出处的困惑问题，请求太史贞父卜而答之。太史贞父未予一一回答，只赞扬他的品行并鼓励他到世外遨游：

> 若先生者，文明在中，见素表璞，内不愧心，外不负俗。交不为利，仕不谋禄。鉴乎古今，涤情荡欲。夫如是，吕梁可以游，汤谷可以浴。方将观大鹏于南溟，又何忧于人间之委曲。

看出作者的不满于现实、不甘于沉默的矛盾的心境，但归宿仍是归隐求仙而已。

最能体现嵇康个性、最能代表其散文成就的是《与山巨源绝交书》一文。山涛字巨源，河内怀（在今河南武陟西南）人。少有器量，介然不群。性好庄老，每隐身自晦，与嵇康、阮籍等为竹林之交。后改变初衷，年四十出仕做官，在魏任尚书吏部郎、大将军从事中郎，以本官行军司马等职，入晋更加官晋爵，官至司徒。据《三国志·王粲传》裴松之注引山涛行状，知本文作于景元二年（261）。此时山涛任尚书吏部郎（即选曹郎），将升迁为大将军从事中郎，就想推荐嵇康代替自己职务，实际上是司马氏集团笼络嵇康的一个步骤。嵇康写此信断然拒绝。信中语气从容自然，并不剑拔弩张。先从二人交往谈起，说明写此信的缘由：

> 康白：足下昔称吾于颍川，吾常谓之知言；然经怪此意，尚未熟悉于足下，何从便得之也？前年从河东还，显宗、阿都说足下议以吾自代，事虽不行，知足下故不知之。足下傍通，多可而少怪；吾直性狭中，多所不堪，偶与足下相知耳。间闻足下迁，惕然不喜，恐足下羞庖人之独割，引尸祝以自助。手荐鸾刀，漫之羶腥，故具为足下陈其可否。

此所谓“傍通”，实指巧于钻营；而“狭中”，实指意志坚定，二人冰炭不能相容。下面详述个人的思想、经历、性格、习惯以及家庭状况，旨在说明本人既无做官之能，更无做官之志：

> 吾昔读书，得并介之人，或谓无之，今乃信其真有耳。性有所不堪，真不可强。今空语同知有达人，无所不堪，外不殊俗而内不失正，与一世同其波流而悔吝不生耳。老子、庄周，吾之师也，亲居贱职；柳下惠、东方朔，达人也，安乎卑位，吾岂敢短之哉？又仲尼兼爱，不羞执鞭；子文无欲卿相，而三登令尹，是乃君子思济物之意也。所谓达能兼善而不渝，穷则自得而无闷。以此观之，故尧舜之君世，许由之岩栖，子房之佐汉，接舆之行歌，其揆一也。仰瞻数君，可谓能遂其志者也。故君子百行，殊途而同致，循性而动，各附所安。故有处朝廷而不出，入山林而不返之论。且延陵高子臧之风，长卿慕相如之节，志气所托，不可夺也。

吾每读尚子平、台孝威传，慨然慕之，想其为人。少加孤露，母兄见骄，不涉经学，性复疏懒，筋驽肉缓，头面常一月十五日不洗，不大闷痒，不能沐也。每常小便而忍不起，令胞中略转乃起耳。又纵逸来久，情意傲散，简与礼相背，懒与慢相成，而为侪类见宽，不攻其过。又读庄、老，重增其放。故使荣进之心日颓，任实之情转笃。此由禽鹿，少见驯育，则服从教制；长而见羁，则狂顾顿缨，赴蹈汤火。虽饰以金镳，飨以嘉肴，逾思长林而志在丰草也。

阮嗣宗口不论人过，吾每师之，而未能及。至性过人，与物无伤，唯饮酒过差耳。至为礼法之士所绳，疾之如仇，幸赖大将军保持之耳。吾以不如嗣宗之贤，而有慢弛之阙。又不识人情，闇于机宜，无万石之慎，而有好尽之累，久与事接，疵衅日兴，虽欲无患，其可得乎？又人伦有礼，朝廷有法，自惟至熟，有必不堪者七，甚不可者二。卧喜晚起，而当关呼之不置，一不堪也。抱琴行吟，弋钓草野，而吏卒守之，不得妄动，二不堪也。危坐一时，痹不得摇，性复多虱，把搔无已，而当裹以章服，揖拜上官，三不堪也。素不便书，又不喜作书，而人间多事，堆案盈几，不相酬答，则犯教伤义，欲自勉强，则不能久，四不堪也。不喜吊丧，而人道以此为重，已为未见恕者所怨，至欲见中伤者。虽瞿然自责，然性不可化。欲降心顺俗，则诡故不情，亦终不能获无咎无誉。如此，五不堪也。不喜俗人，而当与之共事，或宾客盈坐，鸣声聒耳，嚣尘臭处，千变百伎，在人目前，六不堪也。心不耐烦，而官事鞅掌，机务缠其心，世故繁其虑，七不堪也。又每非汤、武而薄周、孔，在人间不止此事，会显，世教所不容，此甚不可一也。刚肠疾恶，轻肆直言，遇事便发，此甚不可二也。以促中小心之性，统此九患，不有外难，当有内病，宁可久处人间耶？又闻道士遗言，饵术黄精，令人久寿，意甚信之。游山泽，观鱼鸟，心甚乐之。一行作吏，此事便废，安能舍其所乐，而从其所惧哉！

夫人之相知，贵识其天性，因而济之。禹不逼伯成子高，全其节也；仲尼不假盖于子夏，护其短也；近诸葛孔明不逼元直以入蜀；华子鱼不强幼安以卿相，此可谓能相终始，真相知者也。足下见直木必不可以为轮，曲者必不可以为桷，盖不欲以枉其天才，令得其所也。故四民有业，各以得志为乐，唯达者为能通之，此足下度内耳。不可自见好章甫，强越人以文冕也；己嗜臭腐，养驾雏以死鼠也。吾顷学养生之术，方外荣华，去滋味，游心于寂寞，以无为为贵。纵无九患，尚不顾足下所好者。又有心闷疾，顷转增笃，私意自试，不能堪其所不乐。自卜已审，若道尽涂穷则已耳，足下无事冤之，令转沟壑也。

吾新失母兄之欢，意常凄切！女年十三，男年八岁，未及成人，况复多病？顾此悢悢，如何可言！今但愿守陋巷，教养子孙，时与亲旧叙阔，陈说平生。浊酒一杯，弹琴一曲，志愿毕矣。足下若嬲之不置，不过欲为官得人，以益时用耳。足下旧知吾潦倒粗疏，不切事情，自惟亦皆不如今日之贤能也。若以俗人皆喜荣华，独能离之，以此为快，此最近之，可得言耳。然使长才广度，无所不淹，而能不营，乃可贵耳。若吾多病困，欲离事自全，以保余年，此真所乏耳。岂可见黄门而称贞哉！若趣欲共登王途，期于相致，时为欢益，一旦迫之，必发其狂疾，自非重怨，不至于此也。野人有快炙背而美芹子者，欲献之至尊，虽有区区之意，亦已疏矣。愿足下勿似之！其意如此，既以解足下，并以为别！嵇康白。

嵇康非圣无法，公然“非汤、武而薄周、孔”，不仅是对封建礼教的大逆不道，而且触犯时忌。司马氏集团专权跋扈，包藏祸心，一直以周公摄政自诩，而司马昭更迫不及待，随时准备借“汤武革命”之名取代曹魏政权。清人俞正燮认为，当时王肃、皇甫谧等人为司马氏篡权制造舆论，并杜撰汤、武、周、孔的话（见《癸巳存稿》卷七）。史载：“大将军（按指司马昭）尝欲辟康。康既有绝世之言，又从子不善，避之河东，或云避世。及山涛为选曹郎，举康自代，康答书拒绝，因自说不堪流俗，而非薄汤、武。大将军闻而怒焉。”（《三国志·王粲传》裴松之注引《魏氏春秋》）至于“七不堪”“二甚不可”云云，固然显示作者情意傲散、游心寂寞的志趣；然而把诸如“卧喜晚起”、“痹不得摇”、“不喜作书”、“不喜吊丧”、“不喜俗人”、“心不耐烦”等纯属个人癖好的琐屑小事，郑重其事地提出来，作为搪塞不出去做官的理由，那么，这里蕴含的对司马氏控制下的官场的高度蔑视，是无可争议的。此信无疑是导致他一年之后被杀的重要原因。本文极似曹操在《让县自明本志令》里显现的通脱的风格。怎么想就怎么说，毫不掩饰，毫无顾忌。“头面常一月十五日不洗”、“每常小便而忍不起”等事也不避讳。而文章嬉笑怒骂，挥洒自如，讽刺锋芒，入木三分，于魏晋文章无出其右者。“不可自见好章甫，强越人以文冕也；己嗜臭腐，养鸳雏以死鼠也”，“若吾多病困，欲离事自全，以保余年，此真所乏耳。岂可见黄门而称贞哉”种种犀利语言，源于作者“刚肠疾恶、轻肆直言”的思想品格，有其人方有其文。刘勰说：“嵇康《绝交》，实志高而文伟”（《文心雕龙·书记》），最为知言。嵇康尚有一篇《与吕长悌绝交书》，作于此书之后而风格相近。吕巽字长悌，为嵇康至交吕安之兄，是一个无耻之尤。他奸污弟媳之事被吕安发觉后，反而诬告吕安打母，终以“不孝”罪名判吕安流放边地。嵇康在书中说出他劝阻吕安告发吕巽的始末，以及吕巽表示不加害吕安的承诺。信末言“都（吕安小字阿都）之含忍足下，实由吾言。今都获罪，吾为负之。吾之负都，由足下之负吾也。佷言失图，复何言哉！若此无心复与足下交矣”。是非爱憎之分明，再次体现其“刚肠疾恶”的情操。

阮籍在临终前代司空郑冲写有“劝进文”，即《为郑冲劝晋王笺》，对司马昭献媚邀宠，颇受后人訾议。其实或许是违心之论。因为他本来就“沉醉忘作”，是当场被逼着写成的。（《晋书·阮籍传》）鉴于当时的严峻环境，不必苛责。嵇康的《家诫》一文，与他的高傲刚烈性格不类，亦当作如是观。鲁迅先生感到文章显得庸俗不堪，“就觉得宛然是两个人”（《魏晋风度及文章与药及酒之关系》）。嵇康在文中教他的儿子做人要小心，还有一条一条的教训。什么官长处不可常去，亦不可住宿。什么官长送人出来时，不要跟在后面，避免有暗中告密的嫌疑。什么遇有人争论，要立即走开，免得两面不讨好。诸如此类，确实令人费解。这恐怕是在司马氏高压统治下，嵇康在某种特定情势中的一种忧虑，他不愿后代步自己的后尘，正如阮籍不愿他儿子阮浑参与竹林之游一样。

嵇康散文为魏晋之际卓然一大家。其九篇论说文，都是长篇大论，无论是阐述庄老玄学，抑或重翻历史旧案，都富有辩难性和批判精神。语言宏富，析理绵密，又似阮籍的论说文字。刘勰云“嵇康师心以遣论，阮籍使气以命诗”（《文心雕龙·才略》），就是大力肯定嵇康论说文字的独创性和个性特征的。其他如书信等文，都直言无忌，发自肺腑，不做作，不雕饰，为魏晋通脱风格的典型作品。其嘲讽之锐利，远非汉代东方朔、赵壹所能及。刘半农曾赠鲁迅对联“托尼学说，魏晋文章”，（见孙伏园《鲁迅先生二三事》）主要当指鲁迅的杂感和嵇康的文章有相通之处。鲁迅悉心搜集魏晋碑帖并整理校勘《嵇康集》，想来都不是偶然的。

第二节　阮　籍

阮籍（210～263）字嗣宗。陈留尉氏（今河南尉氏）人。晚年官步兵校尉，因而被称之为“阮步兵”。其父阮瑀为“建安七子”之一，曾任司空曹操的军谋祭酒，管记室，与陈琳共同负责有关军国书檄的草拟工作，很受曹氏父子的赏识和信任。据《晋书·阮咸传》的记载：“咸与籍居道南，诸阮居道北，北阮富而南阮贫”，阮籍幼时可能已经家道式微。

阮籍“本有济世志”（《晋书》本传），自谓“昔年十四五，志尚读书诗。被褐怀珠玉，颜闵相与期”（《咏怀》其十五），受过良好的儒家教育，并以孔子弟子期许自己，并非生来就是“倜傥放荡，行己寡欲，以庄周为模则”（《三国志·王粲传》）的。其后来成为著名玄学家，乃时代使然。阮籍步入中年正值正始年间，所谓“属魏晋之际，天下多故，名士少有全者”（《晋书》本传）。此时魏明帝曹睿已死，曹氏王朝大权旁落，司马氏集团飞扬跋扈，步步进逼，血腥镇压曹氏宗室和亲曹势力。正始十年（249）高平陵之变，曹爽、曹羲、何晏被诛，俱夷三族，株连数千人。一时有“名士减半”（《三国志·王凌传》注引《汉晋春秋》）之叹。此后十几年又有几批司马氏的异己被屠杀。阮籍逝世前一年友人嵇康被杀。因此“籍由是不与世事，遂酣饮为常”（《晋书》·本传）。阮籍之纵酒和谈玄，都是面对黑暗恐怖现实的一种应付手段。

阮籍没有正面反抗，而是借装痴、装醉全身远害，所谓“熟醉为身谋”（杜甫《晦日寻崔戢李封》）。政治上又不敢同司马氏不合作，对曹氏政权的多次征辟，他都婉言谢绝，而对司马氏的任用却从未推托。他先后出任司马懿的太傅从事中郎、司马师的大司马从事中郎、司马昭的大将军从事中郎，还被封为关内侯，徙散骑常侍。阮籍临终前还向司马昭劝进，在他可能隐有苦衷，后世却颇遭物议。

阮籍的文名远不如其诗名那么显赫。但亦足称为一代散文大家。阮籍今存散文十余篇，有些残缺不全，可置而不论。其中概分为三类：赋、论、传，以《大人先生传》最著名，最有文学意味，也最能反映其思想品格。

阮赋今存六篇，都是抒情小赋。有纪游的，如《亢父赋》、《东平赋》；有咏物抒情的，如《猕猴赋》、《鸠赋》；有借古抒情的，如《首阳山赋》；有直接抒情的，如《清思赋》。各赋虽未直接触及当时政局，却都或显或隐地表达了作者的抑郁不平之志。《东平赋》当作于司马昭辅政的正元二年（255）作者拜东平相时，本来作者是因“乐其风土”，请求出任的，但东平（在今山东省）的情况却使阮籍大失所望。其地“背险向水，垢污多私”，“原壤芜荒，树艺失时”，其民风“唱和矜势，背理向奸，尚气逐利，因畏惟愆”。因此作者来到东平，“居之则心昏，言之则志哀，悸罔徙易，靡所寤怀”。联系到本年司马师死，司马昭开始辅政的现实，阮籍的这种心境不难理解。《亢父赋》与此仿佛，对亢父（故城在今山东济南市南）风土人情的攻击更不遗余力，斯土斯民之恶劣，实不堪居：“鸱鸮群翔，狐狸万口。故其人民，狼风豺气。”以致作者断言“如何君子，栖迟斯邦！”想来也是有感而发的。《首阳山赋》作于《东平赋》的前一年，即 254 年秋季。作者面对首阳山（在今洛阳市北）缅怀伯夷、叔齐，因而感到“时将暮而无俦兮，虑凄怆而感心”。再看到社会环境“秽群伪之射真”，更令人反感。因之作者只能“静寂寞而独立”，“宁高举而自傧”，保持个人的节操罢了，使人分明感到时代的低气压和作者的沉重感。《猕猴赋》讽刺世俗的势利小人极为有力：

> 体多似而匪类，形乖殊而不纯。外察慧而内无度兮，故人面而兽心。性偏浅而干进兮，似韩非之囚秦，扬眉额而骤眒兮，似巧言之伪真。

这不正是阮籍以白眼相加的那些礼法之士吗！

作为咏怀诗人的阮籍，赋中抒情乃当行本色。《清思赋》深受《离骚》的启示，一方面抒发了“清虚寥廓”、“恬淡无欲”的出世之情；一方面表达了对神女“申爱”的用世之意，后者显然别有寄托，和曹植与洛神因“人神之道殊”最后不得不恨恨而别极其相似。试看女神给作者的印象：

> 美要眇之飘游兮，倚东风以扬晖。沭洧渊以淑密兮，体清洁而靡讥。厌白玉以为面兮，披丹霞以为衣。袭九英之曜精兮，珮瑶光以发微。服儵煜以缤纷兮，绛众采以相绥。色熠熠以流烂兮，纷错杂以葳蕤。

阮籍赋虽然属汉末抒情小赋的余绪，而其形式却又具有汉初骚体的特色。综观其赋，多用“楚辞”标志之“兮”字。《首阳山赋》、《猕猴赋》、《清思赋》通篇骚体。《东平赋》一半用“兮”。唯《鸠赋》一篇未见“兮”字。这里可见阮赋在思想和艺术上都深受屈原的影响，这一点同其《咏怀》诗一样。

阮籍长于议论，史称“籍善属文论，初不苦思，率尔便成”（《文选》颜延年《五君咏》李善注引臧荣绪《普书》）。其长篇论文，多为玄学的专著。《通易论》是阐述《周易》基本精神的学术论文。作者认为“《易》之为书也，本天地，因阴阳，推盛衰，出自幽微，以致明著”。说明《周易》一书是根据自然变化推求社会盛衰之理的。阮籍认为《周易》是能把这种本来极其艰深微妙的道理说得清楚明白的。《达庄论》以《易》说庄，表明了阮籍的哲学思想，有明显的唯物主义倾向：“天地生于自然，万物生于天地。自然者无外，故天地名焉。”而“人生天地之中，体自然之形。身者，阴阳之精气也。性者，五行之正性也。情者，游魂之变欲也。神者，天地之所以驭者也”。这是说人的身体和精神都是自然界的产物。当然作者对神没有完全否定，把它视作替大自然驾驭人类的力量。阮籍主张清静自然，即保持自然的性和调养自然的神。文章宣扬庄周“齐物论”思想，对“儒墨以后，坚白并起”痛加批驳，指出他们“出媚君上，入欺父兄，矫厉才智，竞逐纵横。家以慧子残，国以才臣亡”的严重后果。但阮籍对庄周亦有微词，“庄周之书何足道哉!”对儒家思想也未一概否定。可见阮籍的思想有调和道家和儒家的倾向。《乐论》则是其阐述儒家礼乐教化思想的专著。阮籍本是由儒入道的，他曾系统接受儒学教育，他的“明乎天之道者不欲，审乎人之德者不忧，在上而不凌乎下，处卑而不犯乎贵。故道不可逆，德不可拂也”（《通易论》）的论调，同儒家如出一辙。因而在《乐论》中昌言“律吕协则阴阳和，音声适而万物类。男女不易其所，君臣不犯其位，四海同其欢，九州一其节。奏之圜丘而天神下，奏之方丘而地祇上。天地合其德，则万物合其生，刑赏不用而民自安矣”这些儒家观点，就不足为奇了。《乐论》基本倾向和《礼记·乐记》、司马迁《史记·乐书》并无二致。本文论到礼、乐、刑、教四者配合的政治作用，都是儒家思想。明人陈德文在其刻本《阮嗣宗集》注此文云：“读嗣宗《乐论》，岂放废礼法，甘于懒散者流，沉湎麹糵以速终天年，特虞革命之见及耳。”《乐论》当是作者早年“有济世志”时的作品。

阮籍的论文也很有技巧。往往侧重辞赋手法，《通易》、《达庄》、《乐》三论都用汉赋的主客对答式。《通易论》主要以阮子自问自答方式论述，只在末尾用“君子曰”总结，“君子”与“阮子”见解完全一致。《达庄论》先有一“缙绅好事之徒”（即后文的“客”）发问，再由“先生”（作者自况）仔细回答，最后被说服。《乐论》则由刘子（不知何人，可能为虚拟）发问，“阮先生”回答。这种问答体，释疑问难，有来有往，便于读者接受。近人刘师培盛赞此三论：“《通易》综贯全经之义，以推世变之由，其文体奇偶相成，间用韵语；《达庄论》亦多韵语，然词必对偶，以令骋词；《乐论》文尤繁富，辅以壮丽之词。”（《中国中古文学史》第四课）三篇都是骈文，而且接连用韵语，与散文合流，对骈文的流行推波助澜。

《大人先生传》是阮籍最优秀的散文。“大人先生”虽是作者虚拟的人物，却有历史人物为其原型。《晋书·阮籍传》云：“籍尝于苏门山遇孙登，与商略终古及栖神导气之术。登皆不应，籍因长啸而退。至半岭，闻有声若鸾凤之音，响乎岩谷，乃登之啸也。遂归著《大人先生传》。”孙登为当时著名隐士，是嵇康、阮籍崇拜并有过接触的著名人物。《晋书》收入《隐逸传》：“孙登字公和，汲郡共人也。无家属，于郡北山为土窟居之。……好读《易》，抚一弦琴，见者皆亲乐之。……尝往宜阳山，有作炭人见之，知非常人，与语，登亦不应。文帝闻之，使阮籍往观，既见，与语，亦不应。……或谓登以魏晋去就，易生嫌疑，故或嘿者也，竟不知所终。”本文中的大人先生“尝居苏门之山（在今河南辉县境）”，先遇“君子”，再遇隐者，又遇“薪于阜者”，然后离世而去，所写情节略同孙登。大人先生乃孙登的神化，是作者理想的化身，自然也有作者的自身影子在内。

大人先生是一个富有神秘色彩的隐士形象：

> 大人先生盖老人也，不知姓字。陈天地之始，言神农、黄帝之事，昭然也。莫知其生年之数。尝居苏门之山，故世或谓之闲。养性延寿，与自然齐光。其视尧、舜之所事，若手中耳。以万里为一步，以千岁为一朝。行不赴而居不处，求乎大道而无所寓。先生以应变顺和，天地为家。运去势颓，魁然独存。自以为能足与造化推移，故默探道德，不与世同。
>
> ……
>
> 夫大人者，乃与造物同体，天地并生，逍遥浮世，与道俱成，变化散聚，不常其形。天地制域于内，而浮明开达于外。天地之永固，非世俗之所及也。

这位不知生年、“与自然齐光”、“与造化同体”的长寿老人，显非人世所有，这是作者的创造，其意义虽无足称道，却是当时作者精神之寄托，玄学家无不如此。本文可贵之处在于借大人先生之口，对礼法之士的揭发，实即对封建时代披着儒家外衣的官僚政客的彻底批判，观察之透辟、笔锋之犀利，均为前此文章所罕见。请看礼法之士，即所谓“君子”的自供：

天下之贵，莫贵于君子。服有常色，貌有常则，言有常度，行有常式。立则磬折，拱则抱鼓，动静有节，趋步商羽，进退周旋，咸有规矩。心若怀冰，战战慄慄。束身修行，日慎一日。择地而行，唯恐遗失。诵周、孔之遗训，叹唐、虞之道德。唯法是修，唯礼是克。手执珪璧，足履绳墨。行欲为目前检，言欲为无穷则。少称乡闾，长闻邦国。上欲图三公，下不失九州牧。故挟金玉，垂文组，享尊位，取茅土，扬声名于后世，齐功德于往古。奉事君上，牧养百姓，退营私家，育长妻子。卜吉而宅，虑乃亿祉，远祸近福，永坚固已。此诚士君子之高致，古今不易之美行也。

这样一个道貌岸然规行矩步的谦谦君子，在大人先生看来（亦即作者），实在是个愚不可及的可怜虫：

往者，天尝在下，地尝在上，反复颠倒，未之安固，焉得不失度式而常之？天因地动，山陷川起，云散震坏，六合失理，汝又焉得择地而行，趋步商羽？往者群气争存，万物死虑。支体不从，身为泥土，根拔枝殊，咸失其所，汝又焉得束身修行，磬折抱鼓？李牧功而身死，伯宗忠而世绝，进求利以丧身，营爵赏而家灭，汝又焉得挟金玉万亿，祇奉君上而全妻子乎？

且汝独不见夫虱之处于裈之中乎，逃乎深缝，匿乎坏絮，自以为吉宅也。行不敢离缝际，动不敢出裈裆，自以为得绳墨也。饥则啮人，自以为无穷食也。然炎丘火流，焦邑灭都，群虱死于裈中而不能出。汝君子之处寰区之内，亦何异夫虱之处裈中乎？悲夫！乃自以为远祸近福，坚无穷也。

对尽心竭力往上爬的礼法之士的揭发，可谓酣畅淋漓，不留余地。对其不敢越雷池一步的迂腐和怯懦，鞭挞得入木三分。“虱之处裈中”，活画出封建时代儒生的尴尬处境。

大人先生很有社会理想，提出了无君论的设想，这在当时和后世都有积极作用：

> 昔者天地开辟，万物并生。大者恬其性，细者静其形。阴藏其气，阳发其精。害无所避，利无所争。放之不失，收之不盈。亡不为夭，存不为寿。福无所得，祸无所咎。各从其命，以度相守，明者不以智胜，闇者不以愚败，弱者不以迫畏，强者不以力尽。盖无君而庶物定，无臣而万事理，保身修性，不违其纪。惟兹若然，故能长久。今汝造音以乱声，作色以诡形，外易其貌，内隐其情，怀欲以求多，诈伪以要名。君立而虐兴，臣设而贼生。坐制礼法，束缚下民。欺愚诳拙，藏智自神。强者睽眂而凌暴，弱者憔悴而事人。假廉而成贪，内险而外仁。罪至不悔过，幸遇则自矜。驰此以奏除，故循滞而不振。

作者把社会分成无君和有君两个阶段，而把社会的一切弊端都归咎于君的产生，说出了社会发展的某些迹象，对君的批判也极有力，这是难能可贵的。对后来东晋鲍敬言的“无君论”（见《抱朴子·诘鲍》）、陶渊明的“桃花源”。以及清代“为天下之大害者，君而已矣”（黄宗羲《原君》）、“自秦以来，凡为帝王者，皆贼也”（唐甄《潜书·室语》）等富有近代民主思想的论断，都有直接的影响。阮籍的无君论有两个来源，一为儒家的大同论（见《礼记·礼运》），一为道家的绝圣弃智和小国寡民思想（见《老子》第十九章、八十章，《庄子·胠箧》）。紧接着的下文说明了这一点：

> 夫无贵则贱者不怨，无富则贫者不争，各足于身而无所求也，恩泽无所归，则死败无所仇。奇声不作，则耳不易听；淫色不显，则目不改视。耳目不相易改，则无以乱其神矣。此先世之所至止也。
>
> 今汝尊贤以相高，竟能以相尚，争势以相君，宠贵以相加，驱天下以趣之，此所以上下相残也。竭天地万物之至，以奉声色无穷之欲，此非所以养百姓也。于是惧民之知其然，故重赏以喜之，严刑以威之。财匮而赏不供，刑尽

而罚不行。乃始有亡国、戮君、溃败之祸。此非汝君子之为乎？汝君子之礼法，诚天下残贼、乱危、死亡之术耳，而乃目以为美行不易之道，不亦过乎？

“无贵”、“无富”之论，看出世事的不平；无视“声”“色”之论，则明显地虚无复古，二者都导致了道家清静无为的政治主张，立论虽有见地但失之于消极。而痛斥君子“竞能”、“争势”、“宠贵”，以及虐民愚民的行径，是上文“无君论”的进一步发挥。作者把儒家礼法，即两汉以来的统治思想视之为“天下残贼、乱伪、死亡之术”，应当说是相当大胆而深刻的。

《大人先生传》全文共有三个部分，上述为第一部分，写大人先生驳斥“君子”的非难。第二部分写大人先生遇见一位愤世嫉俗的隐士，但不完全同意隐士的主张，大人先生又宣扬了“至人无宅，天地为客；至人无主，天地为所；至人无事，天地为故。无是非之别，无善恶之异，故天下被其泽，而万物所以炽也”一套玄学理论。所谓“至人”指思想道德达到完美境界的人。庄子说：“得至美而游乎至乐，谓之至人”（《田子方》）。是道家理想中的人物，实际也是阮籍本人的思想。阮籍标榜“无是非”“无善恶”，实际他本人的是非善恶是很分明的。全文的第三部分写大人先生又遇见一位通达自得的薪者。薪者亦老、庄之徒，放言“圣人以道德为心，不以富贵为志；以无为为用，不以人物为事。尊显不加重，贫贱不自轻，失不自以为辱，得不自以为荣。木根挺而枝远，叶繁茂而华零。无穷之死，犹一朝之生。身之多少，又何足营？”甘愿老死于负薪山阜。大人先生闻后再像屈原《离骚》的后半部那样，登昆仑，上天遨游求神问女，即尔慨叹“贵不足争”、“富不足先”，想要“超世而绝群，遗俗而独往”，大人先生对薪者虽有微词，其思想却与之并无原则区别。最后“先生从此去矣，天下莫知其所终极”。这第三部分深受《楚辞》和汉赋影响，思想内容并无新意。近人钱钟书云：“阮籍《大人先生传》。按欲兼屈之《远游》与庄之《逍遥》，曼衍而冗沓。”（《管锥编》第三册，第八八条）主要是指第三段而言的。

据“且近者夏丧于商，周播之刘”等句看来，作者似乎有感于江山易代之频繁，那么此文当作于他的晚期，司马氏篡权活动日益明显之际。阮籍文章一如其诗“厥旨渊放，归趣难求”（钟嵘《诗品》）。但本文前半部分却能畅论三代秦汉故实，说明作者（即使在后期）并没有完全忘却世事。《大人先生传》在艺术上卓有建树。

全文 6600 多字的长篇巨制，实际是一篇辞赋，采用主客问答形式而稍有变通，主要人物为大人先生而有遗书者、宋之隐士和薪于阜者三人。全文或叙述，或议论，或抒情，多用骈体，而时用兮字。同时还夹杂各体诗歌入文。薪者所歌为一首五言诗，和作者《咏怀》并无区别。此后有一段骚体赋。再后“崔巍高山勃玄云”一节是完整的七言诗。其后“真人游”一节又是完整的三言诗，因此本文可称骈体之赋、骚体之赋、诗人之赋。

阮籍处于骈体文急遽成熟的时期。东汉以来，文章骈偶、排比句式加多。建安时期，陈琳、曹植的文章，骈偶成分加重。曹植有十四篇文章选入清人李兆洛编辑的《骈体文钞》。至正始时期，嵇康文中的骈偶成分和建安时期仿佛，并有明显的拓展。阮籍文章的骈偶成分较之嵇康有所增加。《骈体文钞》选阮籍文四篇，选嵇康文二篇。阮籍散文骈化程度高，有的通体骈偶，如《达庄论》（还押韵）、《答伏义书》、《奏记诣蒋公》、《为郑冲劝晋王笺》。《乐论》、《奏记诣曹爽》基本上是骈体。《通易论》骈偶中杂有散句。我们可以说，阮籍对散文骈体化和骈体文的最后定型是有贡献的。

阮籍的赋，受《楚辞》影响较大。《东平赋》模仿《远游》。《首阳山赋》、《猕猴赋》都是骚体，而少用偶句。至于语言，《清思赋》前半部分对偶句不多，后半全无，而且有一半是用骚体形式。《亢父赋》间有骈偶之句。阮籍远绍《楚辞》，近承汉赋，显得保守一点。其间骈化的句式，乃时代使然，而非本人刻意追求的。

第三节　正始其他散文家

何晏（？～249）字平叔。汉末大将军何进之孙。南阳宛（今河南南阳）人。何进为宦官杀害，晏随母为曹操所收养，娶曹操之女金乡公主为妻。累官至侍中尚书，典选举。为曹爽集团中人，曹爽失败，一同被诛。何晏好老庄之学，和王弼等人倡导玄学，开魏晋清谈之风。何晏亦能诗文，今有《言志诗》和《景福殿赋》传世。

作为玄学家的领袖人物，自然应当善于说理。曾著有道、德二论，惜已散佚。近人刘师培在谈其析理之文时，从《列子·仲尼篇》张湛注所引《无名论》（又见严可均《全三国文》卷三九）论其文学，“已开晋宋之先”（《中国中古文学史》第四课）。不过此文，玄风十足，玄而又玄，我们从文学角度，暂时置而不论。

何晏的政论《冀州论》、《白起论》比较易于理解。如《冀州论》里颇有传统道德的投影，说明他并非一味谈玄，不及世事，他悉心著《论语集解》，虽有借经立论之用，恐怕和儒家孔学，尚有渊源。《冀州论》行文排比连篇，连用二十个“莫贤乎”：

> 恭谨有礼，莫贤乎赵襄；仁德忠义，莫贤乎赵盾；纳谏服义，莫贤乎韩起；决危定国，莫贤乎狐偃；勇谋经国，莫贤乎魏绛；达雠为主，莫贤乎祁奚；延誉先生，莫贤乎张老；明智识物，莫贤乎赵武……

这种句式叠用，是魏晋以未骈俪之文渐趋完成的一种体现。《白起论》独发高论，认为秦将白起，坑赵降卒四十万为失计。“可谓善战而拙胜”，因为“战杀虽难，降杀虽易，然降杀之为害，祸大于剧战也”。论的不是玄理，语言又明快自然，应是论说之文的好手笔。《文心雕龙·论说》说，何晏、王弼、夏侯玄三人文章“并师心独见，锋颖精密”，是有根据的。

《景福殿赋》延续汉代大赋歌功颂德的老套，对“大魏”王朝，“武创元基，文集大命”，竭尽吹擂之能事。思想上无足取，艺术上亦无新意，选入《文选》，列于东汉王延寿《鲁灵光殿赋》之后，聊备一格而已。

王弼（226～249）字辅嗣，山阳（今河南焦作）人。是个神童，十余岁即喜爱老子之学，通辩能言，为时人瞩目。正始时期曾为尚书郎，不幸二十四岁早卒。

王弼注有《周易》、《老子》，从中可窥知其文章手法。如注《周易》，大体模仿《易传》的风格，语言畅达，和繁琐的汉儒解经文字不同。其《老子指略》、《周易略例》大体亦与之相同，刘师培认为王弼文章“句句为义，文质兼茂，非惟析理之精也。”而且进一步说：“厥后郭象注《庄子》、张湛注《列子》，李轨注《法言》，范宁注《谷梁》，其文体并出于此，而汉人笺注文体无复存矣。”（《中国中古文学史》第四课）自然，这类文章，学术性大于文学性，王弼在散文史的地位难成一家。

夏侯玄（209～254）字太初，沛国谯（今安徽亳州市）人。与何晏、王弼齐名。为曹爽姑母之子，与曹家关系极深。从曹爽执政开始，历任要职。明帝时为散骑黄门侍郎，齐王即位，迁散骑常侍中护军。出为征西将军，征拜大鸿胪，徙太常，后为司马师所害。

夏侯玄的文章流传不多。从这些零散文章看来，他并非只知谈玄，对政治时事也很关注。《三国志》本传载，太傅司马懿曾问以时事，夏侯玄对曰：

> 夫官才用人，国之柄也，故铨衡专于台阁，上之分也；孝行存乎闾巷，优劣任之乡人，下之叙也。夫欲清教审选，在明其分、叙，不使相涉而已。何者？上过其分，则恐所由之不本，而干势驰骛之路开；下踰其叙，则恐天爵之外通，而机权之门多矣。夫天爵下通，是庶人议柄也；机权多门，是纷乱之原也。

这是谈如何选拔人材，要上下兼顾，互不干扰，以期用人得当。下面就九品中正制提出自己的见解。文章明通晓畅，条分缕析，和玄学毫无瓜葛。其论历史人物的《乐毅论》，亦公允持平，把乐毅的举措视为仁义道德，“几于汤武之事”，完全以儒家思想立论。从中可知玄学家貌似遗世独立，其实各有内情，或事业无成寻求寄托，或寄托的背后仍未忘却世事，纯乎溺于玄风之中，不食人间烟火，即使在魏晋之际，也是少见的。

“竹林七贤”中，还有两位作者是应予介绍的，成就虽然不及嵇康和阮籍。

刘伶字伯伦，沛国（今安徽宿县一带）人，生卒年不详。“竹林七贤”之一。为人放荡不羁，玩世不恭，嗜酒如命，不拘礼法。《晋书》本传，及《世说新语》多有记载。平生只与阮籍、嵇康等人交游。仕魏为建威参军。入晋后参加对策，大谈老庄无为哲学，未被录用。其《酒德颂》一文，收入《晋书》本传，得以广泛流传。该文写一大人先生，“行无辙迹，居无室庐”，“惟酒是务”，不知其余，这里显然是作者自况。谁知：

> 有贵介公子、搢绅处士，闻吾风声，议其所以，乃奋袂攘襟，怒目切齿，

陈说礼法，是非蜂起。先生于是方捧罂承槽，衔杯漱醪，奋髯箕踞，枕麹藉糟，无思无虑，其乐陶陶。兀然而醉，怳尔而醒。

此“先生”一如阮籍、嵇康，是反礼教的名士。行文挥洒自如，多用四字句，有整齐之美而不骈俪。风格如同《大人先生传》和《与山巨源绝交书》，嬉笑怒骂，皆成文章，寓庄于谐，风趣横生，是典型的魏晋风度，典型的魏晋文章。前辈孔融为反对曹操，高唱“酒之为德久矣”的赞酒歌(《难曹公表制酒禁书》)，如今刘伶不啻是以酒为斗争的武器了。其文风直追曹操的通脱，两晋以后，除陶渊明外，则极其少见了。

向秀（约227～272）字子期。河内怀（今河南武陟县西南）人。“竹林七贤”之一。喜爱庄子哲学，曾对《庄子》内、外数十篇进行疏解，发明奇趣，振起玄风。甚至有人说今传之郭象注《庄子》，即窃其所作者。向秀同嵇康友情笃厚，曾一道讨论养生之道。嵇康无辜遇害，他作《思旧赋》悼念之。此赋见收于《晋书》本传。前有序，言与嵇康的友情，及过嵇康故居，抚今追昔，忧从中来，故作此赋：

昔李斯之受罪兮，叹黄犬而长吟。悼嵇生之永辞兮，顾日影而弹琴。托运遇于领会兮，寄馀命于寸阴，听鸣笛之慷慨兮，妙声绝而复寻。伫驾言其将迈兮，故援翰以写心。

思念痛惜之情，见于字里行间。限于当时极其险恶的政治环境，自然不便畅所欲言，读之有情有余而言未尽之感。鲁迅先生说：“年青时读向子期《思旧赋》，很怪他为什么只有寥寥的几行，刚开头，却又煞了尾。”(《为了忘却的记念》) 这篇赋近于骚体，是属汉初贾谊《吊屈原赋》一类的魏晋的抒情小赋，感情上深沉含蓄，结构上有欠缺，于作者不得不然，于读者不便苛求。

当此之际，有两篇长篇大论，值得介绍。

一为李康的《运命论》，收入《文选》。李康字萧远，中山（今河北定县一带）

人。生卒不详。魏明帝时为寻阳长，后封阁阳侯。其著述大多散佚，除此文外，仅存几句佚文。

李康似乎在探讨王朝兴废、君臣遇合的变化规律，当然得不出正确的解释。开头说：

> 夫治乱，运也；穷达，命也；贵贱，时也。故运之将隆，必生圣明之君，圣明之君，必有忠贤之臣。其所以相遇也，不求而自合；其所以相亲也，不介而自亲。唱之而必合，谋之而必从，道德玄同，曲折合符。得失不能疑其志，谗构不能离其交，然后得成功也。其所以得然者，岂徒人事哉！授之者，天也；告之者，神也；成之者，运也。

作者在茫茫人世，冥思苦想，感到社会人生神秘莫测。作者的“运”，旧注谓“五德更运”，有明显的历史循环论的意味。“命”，天命也，即上天的意旨。运命合成一词，与今之命运含义差不多，有浓厚的宿命论意味。李康认为，天下一治一乱，是交替重复的，是“运”；人生有穷有达，或始终穷或达；或穷达时有变化，但这些都由天命主宰，人的主观愿望是无能为力的。社会地位有高低贵贱之分，那是由时机造成的，可遇而不可求，人也很难改变。上述的认识是不足取的，态度是消极的，是让人听任命运的摆布的。这可能是魏晋易代时期，王朝兴废、人事荣枯，瞬息万变，个人主宰不了自己命运时的一种心态。这里明显有老庄哲学的不可知论。但文章末尾又有“何以守位？曰仁；何以正人？曰义。故古之王者，盖以一人治天下，不以天下奉一人也；古之仕者，盖以官行其义、不以利冒其官也；古之君子，盖耻得之而弗能治也，不耻能治而弗得也”这样一些纯属儒家孟子的仁义、积极用世、民本轻君等思想。这种混乱是江山易代时常有的思想矛盾，既有治理天下的抱负，又有明哲保身的要求，个人矛盾，也是时代矛盾。

当然，作者是清醒的，在宏观分析过程中，并没有忽视社会里世态人情的深刻洞察：

> 夫忠直之忤于主，独立之负于俗，理势然也。故木秀于林，风必摧之；堆出于岸，流必湍之；行高于人，众必非之。

这里可能是作者的夫子自道，他痛感个人忠直独立之艰难，上有君，下有民，都在虎视眈眈地一旁伺机寻衅。杰出之士处世之难如此，发人深思。

《运命论》语言犀利，气势奔放，有《战国策》的遗风，是贾谊《过秦论》的余绪。篇幅虽长，但和繁富的辞赋和纤巧的骈体文均有不同，嵇康的《养生论》、阮籍《达庄论》与之风格接近。

一为曹冏的《六代论》，亦收入《文选》。曹冏字元首，生卒不详。为齐王曹芳的族祖，曾作过弘农太守。据《文选》李善注引《魏氏春秋》云："是时天子幼稚，冏冀以此论感悟曹爽，爽不能纳。"看来本文非泛泛之论，乃是针对时弊而发的。

和李康的《运命论》一样，本文也是从宏观角度总结历史教训的。所谓"六代"，乃指夏、商、周、秦、汉、魏。论古为了证今。在最早收录此文的《三国志·武文世王公传》注引《魏氏春秋》里，"论曰"之前，有"上书"时的序言一类的文字，清楚地表明了《六代论》的现实目的："今魏尊尊之法虽明，亲亲之道未备。"旨在呼吁国君要注意发挥同姓宗亲的拱卫屏藩作用，与曹植的《求通亲亲表》是同一主题。原来曹魏鉴于汉室宗亲之祸，建国伊始，就防范诸侯王国尾大不掉。因之"魏氏王公，既徒有国土之名，而无社稷之实，又禁防壅隔，同于囹圄，位号靡定，大小岁易"(《三国志·武文世王公传·评》)。序言中说："一旦疆埸称警，关门反拒，股肱不扶，胸心无卫。"后果十分严重。作者立论很是雄辩。试看开头：

> 昔夏殷周之历世数十，而秦二世而亡。何则？三代之君，与天下共其民，故天下同其忧。秦王独制其民，故倾危而莫救。夫与人共其乐者，人必忧其忧；与人同其安者，人必拯其危。先王知独治之不能久也，故与人共治之；知独守之不能固也，故与人共守之。

这是孟子的"民主"主张，很有道理，但与后文作者大力赞扬汉代分封后"诸侯强大，磐石胶固"，进而主张重用宗室亲属，公然主张"用人唯亲"，并贬低秦之郡县制，则是前后扞格、不合时宜之论。不过《六代论》，同《运命论》一样，气势宏伟，语言锋利，句式整齐匀称，或排比，或骈对，遣词造句，极见功力。另外比喻迭起，深入浅出，既增强了生动性形象性，又具备了足够的说服力。例如：

夫泉竭则流涸，根朽则叶枯。枝繁者荫根，条落者本孤。故语曰：百足之虫，至死不僵。

前人或斥作者“摹拟长沙（按，指贾谊）辙迹太显”（《骈体文钞》批语），或断言“此为陈思（按，指曹植）之文”（何焯《义门读书记》），都有一定的根据。汉之后的议论文，凡牵涉历史和政治的，很少有人不模仿贾谊的《过秦论》，本文从思想倾向，到行文笔法，都类似贾谊的政论。至于和曹植的关系，就更密切了，曹冏与曹植为一代同辈之人，此文与曹植容或为同时同地而作，以互相策应。二文相似的地方就更多了。

唐代柳宗元名著《封建论》，以《六代论》为靶子，加以批判。

第三章
两晋散文

第一节　潘岳、陆机、左思

潘岳（247～300）字安仁。祖籍荥阳中牟（今属河南），从其父辈起就定居今河南巩县。潘岳出生于官宦世家，从小受到良好的教育，被乡里目为“奇童”。入晋后，被司空荀颢召授司空掾。泰始四年（268）因作《藉田赋》，颂扬晋武帝，盛传于世，以才名招致众人忌恨，十年不得升迁。咸宁四年（278），太尉贾充召之为太尉掾。后出为河阳县令，四年后迁怀县令。永熙元年（290），杨骏辅政，召之为太傅府主簿。次年被除名。元康二年（292），外任长安令。元康六年前后，回到洛阳，历任著作郎、给事黄门侍郎等职。在此期间，他参与依附权贵贾谧的文人集团“二十四友”的活动，并为其首要分子。永康元年（300），赵王司马伦擅政，其亲信中书令孙秀诬陷潘岳等人阴谋奉淮南王司马允、齐王司马冏作乱，被杀。

潘岳诗文在西晋与陆机并称，为西晋著名作家。诗名尤胜。钟嵘《诗品》将其列为上品，并引谢混的话：“潘诗烂若舒锦，无处不佳。”给予较高评价。潘岳文章亦与陆机比肩颉颃。孙绰甚至说：“潘文浅而净，陆文深而芜。”（《世说新语·文学》）

潘岳散文在西晋堪称卓然一大家。潘岳辞赋远承两汉，近接建安，具有个人的特色。其辞赋今存20余篇，中有残缺。《文选》所收八篇（《秋兴赋》、《闲居赋》、

《藉田赋》、《射雉赋》、《西征赋》、《怀旧赋》、《寡妇赋》、《笙赋》）最为完整，价值最高。抒情写景类为潘岳赋中的佳作，《秋兴赋》、《闲居赋》为其代表作。前者作于咸宁四年（278)。作者对滞官不迁，有如“池鱼笼鸟”，牢骚满腹，像战国宋玉那样借秋景抒发愁怀，情绪文采都源出《九辩》：

善乎宋玉之言曰：“悲哉！秋之为气也，萧瑟兮草木摇落而变衰。憀慄兮若在远行，登山临水送将归。”夫送归怀慕徒之恋兮，远行有羁旅之愤。临川感流以叹逝兮，登山怀远而悼近。彼四戚之疚心兮，遭一途而难忍。

作者一时向往《庄子》书中宣扬的“至人”：

闻至人之休风兮，齐天地于一指。彼知安而忘危兮，故出生而忘死。

似乎对仕途表现出倦意。最后以归隐田园作结，可视为陶渊明《归去来兮辞》的先导：

且敛衽以归来兮，忽投绂以高厉。耕东皋之沃壤兮，输黍稷之馀税。泉涌湍于石间兮，菊扬芳于崖澨，澡秋水之涓涓兮，玩游儵之潎潎。逍遥乎山川之阿，放旷乎人间之世。优哉游哉，聊以卒岁。

然而潘岳不是陶潜，“归来”、“投绂”云云，都不是本心，“逍遥”、“放旷”云云，只不过说说而已，无非是居官经久不迁的牢骚而已。不过此赋有情有景，借景抒情；有借鉴，有创新，较之宋玉《九辩》精炼而活脱，是张衡《归田》、王粲《登楼》的进一步开拓，感情更为深沉凝重，语言也较明丽畅达。如描写秋季景物的一段：

嗟秋时之可哀兮，谅无愁而不尽。野有归燕，隰有翔隼。游氛朝兴，槁叶夕殒。于是乃屏轻箑、释纤絺、藉莞蒻、御袷衣。庭树槭以洒落兮，劲风戾而吹帷。蝉嘒嘒以寒吟兮，雁飘飘而南飞。天晃朗以弥高兮，日悠阳而浸微。何微阳之短晷，觉凉夜之方永。月朣胧以含光兮，露凄清以凝冷。熠耀粲于阶闼兮，蟋蟀鸣乎轩屏。听离鸿之晨吟兮，望流火之余景。宵耿介而不寐兮，独展转于华省。

先写秋季的白天，后写秋季的月夜，其间交织燕、隼、蝉、雁、蟋蟀、离鸿，极有层次地烘托秋季的凄清景色和作者的孤寂情绪，无怪乎它和《九辩》成为历来悲秋之名篇。

《闲居赋》作于元康六年（296），为作者被害的前四年，是对一生仕途蹭蹬（所谓“八徙官而一进阶，再免、一除名、一不拜职，迁者三而已矣”）的嗟叹，表面自认为“拙者”，而且“绝意乎宠荣之事”，“览止足之分，庶浮云之志”，实际是不甘于“筑室种树，逍遥自得”的。开头几句即满腹牢骚：

傲坟素之场圃，步先哲之高衢，虽吾颜之云厚，犹内愧于宁蘧，有道吾不仕，无道吾不愚，何巧智之不足，而拙艰之有余也。于是退而闲居于洛之涘，身齐逸民，名缀下士。

全文先述王畿之盛，后叙家园之美。写其闲居之地的景物为本文的成功之所在：

爰定我居，筑室穿池，长杨映沼，芳枳树篱。游鳞瀺灂，菡萏敷披。竹木蓊蔼，灵果参差。张公大谷之梨，梁侯乌椑之柿，周文弱枝之枣，房陵朱仲之李，靡不毕殖。三桃表樱胡之别，二柰曜丹白之色。石榴蒲陶之珍，磊落蔓衍乎其侧；梅杏郁棣之属，繁荣丽藻之饰，华实照烂，言所不能极也。菜则葱韭蒜芋，青笋紫薑。堇荠甘旨，蓼荾芬芳。蘘荷依阴，时藿向阳。绿葵含露，白薤负霜。

园林池沼之中，特写瓜果菜蔬之品类繁茂，在田园描写上也属别开生面。对此津津乐道，如数家珍。再参看篇末“退求已而自省，信用薄而才劣”的切实反思，真使读者相信他“仰众妙而绝思，终优游以养拙”，在闲居中自得其乐了。事实并非如此。潘岳一生热衷仕宦，始终未脱离政治舞台，其母数劝其“知足”，而潘岳终不能改，最后在统治阶级内部纷争中丧命。金诗人元好问曾在《论诗绝句》中批评他说：

心画心声总非真，文章宁复见为人。高情千古《闲居赋》，争信安仁拜路尘。

谄事权贵贾谧，“望尘而拜”的潘岳，人们是不相信他会如此淡泊自居的。

此外，受建安曹丕、王粲的影响而写的《寡妇赋》，受正始向秀《思旧赋》影响而写的《怀旧赋》亦是抒情写景一类的小赋。

叙事纪行类的赋以《西征赋》为代表。《西征赋》作于元康二年（292）。公元290年外戚杨骏辅政，引潘岳为太傅主簿。次年杨骏被诛，潘岳被除名为民。又次年潘岳被任长安令，作此赋，记其由洛阳赴长安的经历和感慨。此赋为长篇巨制，凡四千四百余言，极尽铺张扬厉之能事，当时仅次于左思的《三都赋》。它直接继承汉刘歆的《遂初赋》、班彪《北征赋》、班昭《东征赋》，以及蔡邕《述行赋》的传统，熔叙述抒情于一炉。所谓“眄山川以怀古，怅揽辔于中途”，且就时地所经的历史发为议论。如评论秦亡汉兴的一节：

异哉秦始皇之为君也。倾天下以厚葬，自开辟而未闻。匠人劳而弗图，俾生埋以报勤。外罹西楚之祸，内受牧竖之焚。语曰：行无礼，必自及。此非其效与？乾坤以有亲可久，君子以厚德载物。观夫汉高之兴也，非徒聪明神武，豁达大度而已也。乃实慎终追旧，笃诚款爱，泽靡不渐，恩无不逮。率土且犹弗遗，而况于邻里乎，况于卿士乎？

立论无出汉人所论范围，但以赋论史，前所罕见。描写长安一节，又明显受到汉赋的启迪：

都中杂遝，户千人亿。华夷士女，骈田逼侧。展名京之初仪，即新馆而莅职。励疲钝以临朝，勗自强而不息。于是孟秋爰谢，听览馀日，巡省农功，周行庐室。街里萧条，邑居散逸，营宇寺署，肆廛管库，蕞芮于城隅者，百不处一。所谓尚冠，修成，黄棘，宣明，建阳，昌阴，北焕，南平，皆夷漫涤荡，亡其处而有其名。尔乃阶长乐、登未央、泛太液，凌建章。萦驳娑而款骀荡，鞴枍诣而轹承光。徘徊桂宫，惆怅柘梁。鹭雉雊于台陂，狐兔窟于殿傍，何黍苗之离离，而余思之芒芒。

这是作者来到长安令任所，目睹昔日繁华的长安，如今荒废不堪而发出的黍离之悲。于汉赋铺排之中寓有怀古叹今之情以及个人身世之感，无论内容抑或表达，都不逊于汉赋。而其独抒性情，又较汉赋有长足之进步。

《射雉赋》为潘岳咏物赋之代表。《文选》将其收入“畋猎”一类。李善《文选》注称此赋作于“徙家琅玡”时。考其父潘芘，曾官琅玡内史，或此赋作于早年。此赋亦受汉人《上林》、《羽猎》赋之影响，先言射雉之由，再详写射雉过程，末言射雉之义，言射猎当有所节制。其中写射雉一节最为精彩：“鲸牙低镞，心平望审。毛体摧落，霍若碎锦。”极其形象逼真，可见作者体物之精。此外尚有《笙赋》、《石榴赋》亦属此类。

潘岳之赋，多本于汉赋常规，而有所变通。特别在抒情、议论之加强，排比铺陈之节制方面，则超出汉赋成例，而无板滞艰涩之弊。

除辞赋外，潘岳“善为哀诔之文”（《晋书》本传）。《马汧督诔》收入《文选》，为古代诔文名篇。晋将马敦督守边境汧城（今陕西千阳）时，遭到氐族叛军的重重包围。马敦以弱克强，坚守孤城，功勋卓著。但受雍州有司忌陷冤诬，死于狱中。后来朝廷予以平反，潘岳作此诔文。时在晋元康七年（297）。诔文感情深挚，情文并茂，叙述描写，交相为用，试看开头一节：

知人未易，人未易知。嗟兹马生，位末名卑。西戎猾夏，乃奋其奇。保此汧城，救我边危。彼边奚危，城小粟富。子以眇身，而裁其守。兵无加卫，墉不增筑，婪婪群狄，豺虎竞逐。巩更睢恣，潜跱官寺，齐万虓阚，震惊台司。声势沸腾，种落煽炽。旌旗电舒，戈矛林植。彤珠星流，飞矢雨集。惴惴士女，号天以泣。爨麦而炊，负户以汲。累卵之危，倒悬之急。

马生爰发，在险弥亮，精冠白日，猛烈秋霜。积威可厉，懦夫克壮。霑恩抚循，寒士挟纩。蠢蠢犬羊，阻众陵寡。潜隧密攻，九地之下。慑慑穷城，气若无假。昔命悬天，今也惟马。惟此马生，才博智赡。侦以瓶壶，刿以长堑。锸未见锋，火以起焰。薰尸满窟，棓穴以敛。木石匮竭，其稈空虚。眮然马生，傲若有余。罚梁为礌，杮松为刍，守不乏械，历有鸣驹。

末尾言：

功存汧城，身死汧狱。凡尔同围，心焉摧剥。扶老携幼，街号巷哭。呜呼哀哉！明明天子，旌以殊恩。光光宠赠，乃牙其门。司勋颁爵，亦兆后昆。死而有灵，庶慰冤魂。呜呼哀哉！

马敦冤案之平反，虽受命朝廷。但潘岳为诔，是非分明，褒贬有据，为忠贞之士树碑立传之心，情见乎词，在潘岳文中亦属难能可贵。而诔文词句，虽不无浮泛之处，序诔亦间有重复，然大抵据事立论，因情设词，并无过分夸饰之病。除此，《文选》尚收其《杨荆州诔》（哀悼荆州刺史杨肇）、《杨武仲诔》（哀悼杨肇之孙杨绥字武仲）、《夏侯常侍诔》、（哀悼散骑常侍夏侯湛）、以及《哀永逝文》，都受前人重视。《哀永逝文》是一篇骚体小赋，是悼念妻子之作，和其名著《悼亡诗》可相互参证发明，对后世悼亡文章导夫先路。刘勰说潘岳“巧于序悲，易入新切”（《文心雕龙·诔碑》），是有稽之论。

陆机（261～303）字士衡，吴郡华亭（今上海松江）人。西晋著名作家。出身于吴国高级士族。祖父陆逊为三国名将，任吴丞相。父亲陆抗任吴大司马。公元274年陆抗死，陆机领父兵为牙门将。280年吴被晋所灭，陆机时年二十岁，退居旧里，闭门读书近十年。公元289年，陆机同弟陆云一道赴晋都洛阳，以文才为士流所推重，经太常张华推荐，辟为祭酒，累迁太子洗马、著作郎。吴王司马晏出镇淮南，任陆机为郎中令，不久入为尚书中兵郎，转殿中郎。“八王之乱”中，赵王司马伦杀贾后，自为相国，引陆机为相国参军。司马伦将篡位，陆机进为中书郎。301年，司马伦被诛，陆机被齐王司马冏收付廷尉治罪，遇赦而止。继而陆机依附成都王司马颖，参大将军军事，又荐为平原内史，因而称之为“陆平原”。303年，司马颖起兵讨伐长沙王司马乂，陆机为后将军、河北大都督，率军二十万攻洛阳，兵败。宦官孟玖等进谗言，诬称他有异志，遂被司马颖所杀，终年四十三岁。

陆机为西晋重要文人，诗、文都卓有建树，在文学史上传统地位极高。张华赞其文章，“篇篇称善”（《世说新语·文学》注引《文章传》）。陆机的赋，今存题二十余篇，但保存完整的不多。内容约有四类：论文、抒情、咏物、游仙。前二类成就较高。《文赋》作于四十岁左右，是我国文学批评史上一代巨著。上继曹丕，下开《文心雕龙》系统文论的先河，收入《文选》和《文镜秘府论》，对后世产生深远影响。陆机“每观才士之所作，窃有以得其用心”，“恒患意不称物，文不逮意”，即作者内心思想感情不尽符合客观事物，而语言文字又不能完全表达出这种思想感情。作者如何观察客观世界，并用文辞完美表达出客观世界呢？那就是《文赋》要解决的问题，即解决客观事物、作者思想和文章技巧三者的关系问题。陆机根据个人创作经验的积累和对文学特点的深刻认识，从而特别重视艺术构思：

其始也，皆收视反听，耽思旁讯，精骛八极，心游万仞。其致也，情曈昽而弥鲜，物昭晣而互进。倾群言之沥液，漱六艺之芳润，浮天渊以安流，濯下泉而潜浸。于是沈辞怫悦，若游鱼衔钩而出重渊之深；浮藻联翩，若翰鸟缨缴而坠层云之峻。收百世之阙文，采千载之遗韵。谢朝华于已披，启夕秀于未振，观古今于须臾，抚四海于一瞬。

作家写作开始时，都聚精会神，暂时不看不听，而驰骋想象，多方搜求艺术形象，即运用形象思维。一旦艺术构思成熟，那么艺术形象就鲜明起来，笔下也如泉涌，倾泻而出，并且能选择出最恰当的言辞，在诗文中翻出新意。而且此时，天下古今，尽收眼底，艺术构思获得成功。此后则：

然后选义按部，考辞就班。抱景者咸叩，怀响者毕弹。或因枝以振叶，或沿波而讨源，或本隐以之显，或求易而得难，或虎变而兽扰，或龙见而鸟澜，或妥帖而易施，或岨峿而不安。罄澄心以凝思，眇众虑而为言，笼天地于形内，挫万物于笔端。始踯躅于燥吻，终流离于濡翰。理扶质以立干，文垂条而结繁，信情貌之不差，故每变而在颜。思涉乐其必笑，方言哀而已叹。或操觚以率尔，或含毫而邈然。

在实际写作中，分段布局、遣词命意都会遇到许多意想不到的情况，非耽于创作者，断不会有这样深刻的体验和分析。

陆机《文赋》长于分析，是铺张手法的成功运用。全文用“或”字列举了文学创作中的种种得失利弊、难易穷通，把“物也多姿，体也屡迁”的情形，尽情披露。下面一段是写文章行文的曲折变化的。条分缕析，细腻入微：

若夫丰约之裁，俯仰之形，因宜适变，曲有微情：或言拙而喻巧；或理朴而辞轻；或袭故而弥新；或沿浊而更清；或览之而必察；或研之而后精。譬犹舞者赴节以投袂，歌者应弦而遣声。是盖轮扁所不得言，故亦非华说之所能精。

文学创作是高级的精神活动，其间确有“微情”难以预见；确有许多“微情”出人意表。《文赋》以铺张扬厉手法说明文学理论，难乎其文；对写作方法的多方探讨，用骈偶俪句排比铺叙，难乎其言，凡此都说明作者驾驭语言的功力。前人评《文赋》“精语络驿”（刘熙载《艺概·赋概》），最为知言。

陆机的抒情赋最多，有《感时》、《思亲》、《思归》、《怀土》、《述思》、《遂志》等篇。《叹逝》和《豪士》为其中之佼佼者。《叹逝赋》慨叹亲友亡故之多。作者时年四十岁，下面为怀念已故亲友的一节：

寻平生于响像，览前物而怀之。步寒林以悽恻，玩春翘而有思。触万类以生悲，叹同节而异时。年弥往而念广，涂薄暮而意迮。亲落落而日稀，友靡靡而愈索。顾旧要于遗存，得十一于千百。乐隤心其如忘，哀缘情而来宅。托末契于后生，余将老而为客。

诚挚的情感，平实的语言，在讲求“情繁而词隐”（《文心雕龙·体性》）的陆机赋中尤为难能可贵。

《豪士赋》寓有讽刺。《晋书·陆机传》：“冏既矜功自伐，受爵不让，机恶之，作《豪士赋》以刺焉。”西晋“八王之乱”中，齐王司马冏辅政时“沈于酒色”，“大造第馆”，“选举不均，惟宠亲昵”(《晋书·齐王冏传》)。一时使“朝廷侧目，海内失望”(同上)。《豪士赋》今存不足二百字，而其序，多其五倍，见收于《文选》。全序引古论今，有理有据。下面是正面讽喻司马冏的：

> 夫盖世之业，名莫大焉。震主之势，位莫盛焉。率意无违，欲莫顺焉。借使伊人颇览天道，知尽不可益，盈难久持，超然自引，高揖而退。则巍巍之盛，仰邈前贤。洋洋之风，俯冠来籍。而大欲不乏于身，至乐无愆乎旧，节弥效而德弥广，身愈逸而名愈劭。此之不为，彼之必昧。然后河海之迹堙为穷流，一篑之衅积成山岳。名编凶顽之条，身厌荼毒之痛，岂不谬哉!

陆机以“尽不可益，盈难久持”的道理，告诫司马冏应在政治舞台上适可而止，急流勇退。后来司马冏被河间王司马颙和长沙王司马乂所诛。“名编凶顽之条，身厌荼毒之痛”，不幸而言中。序文据事说理，剖析论证，剀切允当，经得起历史的验证。文笔舒畅，辞藻华赡，是魏晋骈文的上乘之作。赋文相形见绌。如“若知险而退止，趋归蕃而自戢。推璇玑以长谢，顾万物而高揖”云云，并没有多少新意。

咏物赋汉代已蔚为壮观。王褒有《洞箫赋》、马融有《长笛赋》都见收于《文选》。陆机的咏物赋有《瓜赋》、《白云赋》、《羽扇赋》、《鳖赋》、《桑赋》等。后二篇乃应命之作，本无足观。《瓜赋》较好。在盛赞“瓜之为德”之后，描述了瓜之播种培植，直至“发金荣于秀翘，结玉实于柔柯，蔽翠景以自育，缀修茎而星罗”，果实累累，生机盎然。进而描绘各种瓜的外部形态、并揭示了它的内在品性：

> 五色比象，殊形异端，或济貌以表内，或惠心而丑颜，或摅文而抱绿，或披素而怀丹。气洪细而俱芬，体修短而必圆。芳郁烈其充堂，味穷理而不餶。德弘济于饥渴，道殷流于贵贱。

很像屈原的《桔颂》，桔和瓜都人格化了。

《列仙赋》、《凌霄赋》等游仙内容，魏晋诗中常见，各家思想倾向不尽相同。陆机《前缓歌行》就属游仙诗。惜乎《列仙》、《凌霄》二赋，均残缺不全，姑置而不论。

陆机赋继承了汉魏抒情小赋的传统，除《文赋》侧重说理外，多数属抒情言志一类，和汉代大赋已自不同。而且语言尽管繁富，但不堆垛，行文虽重骈偶，但不悉心用典，很有一些清通之作。

赋之外的陆机散文，概有史论和祭文二类，内容比较充实，后者感情也比较深厚。《辨亡论》上下两篇史论，久负盛名，收入《晋书》本传和《文选》、《三国志》裴注。本文作于公元 280 年吴亡之后，退居旧里的十年读书期间。《辨亡论》模仿汉贾谊的《过秦论》，旨在论述东吴孙权之所以得天下、孙皓之所以失天下的历史经验教训。上篇之末云：

> 夫曹、刘之将非一世所选，向时之师无曩日之众，战守之道，抑有前符，险阻之利俄然未改，而成败贸理，古今诡趣，何哉？彼此之化殊，授任之才异也。

陆机侧重于东吴自身汲取历史教训，是很见地的。下篇在昌言东吴在三国之优势和“述其祖、父功业”之后，仍认为吴亡在于“所以用之者失也”，换言之，吴亡之责全在末代皇帝孙皓。陆机此文，蕴涵深情，洋溢故国之哀。行文深有辞赋特色，铺陈排比，不一而足，东吴文臣武将几乎悉数胪列，很有顾此失彼之弊，文章远不如贾谊《过秦论》那样简捷明通，故刘勰谓“陆机《辨亡》，效《过秦》而不及”（《文心雕龙·论说》），但一二佳处自在。下面是叙述赤壁、夷陵之战后东吴鼎盛的情况：

> 由是二邦之将，丧气挫锋，势衄财匮，而吴莞然坐乘其弊。故魏人请好，汉氏乞盟，遂跻天号，鼎峙而立。西屠庸、益之郊，北裂淮、汉之涘，东包百越之地，南括群蛮之表。於是讲八代之礼，蒐三王之乐，告类上帝，拱揖群后。虎臣毅卒，循江而守；长棘劲铩，望飚而奋。庶尹尽规于上，四民展业于下。化协殊裔，风衍遐圻。乃俾一介行人，抚巡外域。巨象逸骏，扰于外闲；明珠玮宝，耀于内府。珍瑰重迹而至，奇玩应响而赴；輶轩骋于南荒，冲輣息于朔野；齐民免干戈之患，戎马无晨服之虞，而帝业固矣。

运用骈偶优势，铺张扬厉，酣畅地倾述了对故国的幽思之情。

《五等诸侯论》作于晚年，“机又以圣王经国，义在封建，因采其远指，著《五等论》”（《晋书》本传）。作者后期投靠晋室，而西晋建国伊始，即大封同姓诸王。“公侯伯子男，五百余国”（《晋书·段灼传》）。司马氏深感“天下土崩之世，由秦灭五等之制”（《三国志·司马朗传》）。“五等诸侯制”即秦以前的封建制，秦汉以后的郡县制本是历史实践证明的进步，陆机逆历史潮流而大发议论，用心良苦：

> 五等则不然。知国为己土，众皆我民。民安，己受其利；国伤，家婴其病。故前人欲以垂后，后嗣思其堂构，为上无苟且之心，群下知胶固之义。使其并贤居治，则功有厚薄；两愚处乱，则过有深浅。然则探八代之制，几可以一理贯。秦汉之典，殆可以一言蔽矣。

陆机卷入而遭杀身之祸的“八王之乱”，适足以说明《五等诸侯论》之不合时宜。文章洋洋洒洒，详论古今政制利弊得失，其中自有可取之处，然其大旨，不能不说是极其偏颇的。

祭文即是《文心雕龙》所列的“哀吊”文字。陆机本有许多作品，如《吊蔡邕文》、《吴大帝（孙权）诔》、《吴大司马陆公诔》等，惜乎文多残缺不全，很难评议。唯《吊魏武帝文》收入《文选》，使我们得窥全豹。吊文前有序，与正文篇幅几乎相等，而且文笔情思都胜过正文，因此刘勰说：“陆机之吊魏武，序巧而文繁”（《文心雕龙·哀吊》），即是说《吊魏武帝文》序言写得精巧，而吊文却显得繁冗。序文采用主客问答体，说明作者写作缘起，和对曹操这样一个不可一世的枭雄临终前竟然一反常态琐屑不堪的不理解：

> 元康八年，机始以台郎出补著作，游乎秘阁，而见魏武帝遗令，慨然叹息伤怀者久之。客曰：“夫始终者，万物之大归，死生者，性命之区域，是以临丧殡而后悲，睹陈根而绝哭。今乃伤心百年之际，兴哀无情之地，意者无乃知哀之可有，而未识情之可无乎？”
>
> 机答之曰：“日蚀由乎交分，山崩起于朽壤，亦云数而已矣。然百姓怪焉者，岂不以资高明之质而不免卑浊之累，居常安之势而终婴倾离之患故乎？夫

以回天倒日之力而不能振形骸之内，济世夷难之智而受困魏阙之下，已而格乎上下者藏于区区之木，光于四表者翳乎蕞尔之土。雄心摧于弱情，壮图终于哀志，长算屈于短日，远迹顿于促路。呜呼！岂特瞽史之异阙景，黔黎之怪颓岸乎？

观其所以顾命冢嗣，贻谋四子，经国之略既远，隆家之训亦弘。又云：'吾在军中，持法是也，至小忿怒、大过失，不当效也。'善乎达人之谠言矣。持姬女而指季豹，以示四子曰：'以累汝。'因泣下。伤哉！曩以天下自任，今以爱子托人，同乎尽者无余，而得乎亡者无存，然而婉娈房闼之内，绸缪家人之务，则几乎密与！又曰：'吾婕妤妓人，皆著铜雀台，于台堂上施八尺床、繐帐，朝晡上脯糒之属，月朝十五日，辄向帐作妓。汝等时时登铜雀台，望吾西陵墓田。'又云：'余香可分与诸夫人，诸舍中无所为，学作履组卖也。吾历官所得绶，皆著藏中。吾余衣裘，可别为一藏，不能者，兄弟可共分之。'既而竟分焉。亡者可以勿求，存者可以勿违，求与违，不其两伤乎？

悲夫！爱有大而必失，恶有甚而必得，智慧不能去其恶，威力不能全其爱，故前识所不用心，而圣人罕言焉。若乃系情累于外物，留曲念于闺房，亦贤俊之所宜废乎！"于是遂愤懑而献吊云尔。

序文很有抒情意味，作者对一世之雄曹操有赞美、有痛惜、有体谅，自然也有感伤。全文前半部分主要写曹操的英雄悲剧，尽管力可回天倒日，智可济世夷难，终究免不了藏于木（棺）、翳乎土（坟），"雄心摧于弱情，壮图终于哀志，长算屈于短日，远迹顿于促路"，一切壮志豪情，随着死亡到来，都化为乌有。认识是唯物的，感情却是消极的。陆机从"曩以天下自任，今以爱子托人"的曹操身世之中，悟出的人生哲理，当是在政局动荡中，结合切身感受潜心反思获得的。文中的低沉情绪，与其说来自曹操的身后萧条，倒不如说是来自作者实际处境之艰险。序文后半部分写曹操临终前谆谆告诫的几件琐事，使人难以理解"总御皇机"、"鞭挞宇内"（《三国志·武帝纪》评）的曹操，怎么会如此婆婆妈妈有如庸夫。

这篇序文很受辞赋骈偶的影响，铺排张扬，不遗余力。行文善于比拟，用语常避重复，辞藻富有而活脱，读之使人回肠荡气。如以"区区之木"代棺，"蕞尔之土"代坟，"弱情"代病，"哀志"代死。"长算"、"远迹"代政绩，"短日"、"促路”代短命，都增加文章的语言色彩和形象性。

相形之下，哀吊正文却显得板滞僵硬。内容与序一致，不过突出了曹操“摧群雄而电击，举勍敌其如遗。指八极以远略，必翦焉而后绥”的武功，渲染了曹操死前“气冲襟以呜咽，涕垂睫而泛澜。违率土以靖寐，戢弥天乎一棺”的凄凉。鲁迅先生《写在〈坟〉后边》一文末尾引了陆机的《吊魏武帝文》的最后八句，想来理解曹操至死宝爱裘服女乐的用心，同时也欣赏陆机的文采。

左思（约250～305）字太冲。生于临淄（今山东淄博）。为战国齐国公族左公子后裔，因以为姓。父左熹，字彦雍，出身小吏，后官至殿中侍御史。妹左棻，亦有才学。据她自称“生蓬户之侧陋”（《离思赋》）看来，左思出身寒门，而非世家子弟。

左思早年不肯认真学习，后来，在父亲督促之下，才发愤读书。处女作《齐都赋》（今佚），写了一年，写的就是曾是齐国都城的家乡。泰始八年（272），左棻以文名入宫拜脩仪，全家随之入京。左思的两首《招隐》诗和《悼离赠妹》诗作于此后不久。左思著名的《咏史》八首，当作于居京一段时间之后，此时对上层统治集团的丑恶和门阀制度的摧抑人材有了深刻的理解。除写诗外，左思还用十年时间，搜集三国史料，写了洛阳为之纸贵的《三都赋》。

在创作诗赋的同时，还担任了司空陇西王司马泰的祭酒（辑本王隐《晋书》卷七）。后来，张华任司空，他仍为祭酒。（《世说新语·文学》注引思别传），还在秘书监贾谧手下做秘书郎。左思曾为贾谧讲过《汉书》，是依附贾谧的“二十四友”之一。贾谧后因参与谋废以至谋害太子，于300年被斩。同年左棻谢世，左思退居宜春里。301年，齐王冏想让他做记室督，他以病为由辞掉。303年，河间王司马颙部下张方作乱京师，左思举家迁往冀州。过了几年，就逝世了。

左思以诗闻名。梁钟嵘《诗品》称左思“文典以怨，颇为精切，得讽喻之致”，列为上品。其散文相形见绌。左思今存赋二篇，《齐都赋》全文已佚，今从类书中，仅可得数句佚文。

《三都赋》为其散文代表作，过去和其诗相提并论，所谓“左思奇才，业深覃思，尽锐于《三都》，拔萃于《咏史》”（《文心雕龙·才略》）。经过左思精心结撰的长达万余字的《三都赋》，虽然在形式上极力模仿汉赋名篇《子虚》、《上林》、《甘泉》、《羽猎》、《两都》、《二京》，但对司马相如、扬雄、班固、张衡这汉赋四大家却颇有微词，在《序》里批评了汉赋的浮夸失实：

盖诗有六义焉，其二曰赋。扬雄曰："诗人之赋丽以则。"班固曰："赋者，古诗之流也。"先王采焉，以观土风。见"绿竹猗猗"，则知卫地淇澳之产；见"在其版屋"，则知秦野西戎之宅，故能居然而辨八方。然相如赋《上林》，而引"卢桔夏熟"；扬雄赋《甘泉》，而陈"玉树青葱"；班固赋《西都》，而叹以"出比目"；张衡赋《西京》，而述以"游海若"。假称珍怪，以为润色。若斯之类，匪啻于兹。考之果木，则生非其壤；校之神物，则出非其所。于辞则易为藻饰，于义则虚而无征。且夫玉卮无当，虽宝非用；侈言无验，虽丽非经。而论者莫不诋讦其研精，作者大抵举为宪章，积习生常，有自来矣。

似乎左思不是以文学家的眼光著作，而是以科学家的眼光创作，要求赋中所言一草一木都要信而有征。难怪左思创作之前，"诣著作郎张载，访岷、邛之事"（《晋书·左思传》），进行认真的准备。并且在写作《三都赋》时，"其山川城邑，则稽之地图；其鸟兽草木，则验之方志。风谣歌舞，各附其俗；魁梧长者，莫非其旧"，左思坚信："发言为诗者，咏其所志也；升高能赋者，颂其所见也。美物者，贵依其本；赞事者，宜本其实。匪本匪实，览者奚信？"（《三都赋·序》）因此《三都赋》尽管布局手法，没有跳出汉赋的窠臼，但在具体描述当中，却是事皆有因、言必有据的。正因为如此，《三都赋》既是魏、晋以来唯一一篇堪与《两都》、《二京》颉颃之佳作，亦是较之汉赋高出一筹、后来居上的名篇。此后，帝京之赋，就难乎为继了。唐初，卢照邻的《长安古意》、骆宾王的《帝京篇》，则是以七言歌行的诗歌形式描摹京都，继承并发扬了这一传统的。

《三都赋》写的是汉末三国时期的蜀都成都、吴都苏州、魏都邺城（实际描写当然不限都城一地）。是由西蜀公子、东吴王孙、魏国先生三人分别介绍。吴都、魏都的描写平实无华，蜀都的描写颇有精彩，突出了天府之国的地方特色：

夫蜀都者，盖兆基于上世，开国于中古。廓灵关以为门，包玉垒而为宇。带二江之双流，抗峨眉之重阻。水陆所凑，兼六合而交会焉；丰蔚所盛，茂八区而菴蔼焉。

于前则跨蹑犍牂，枕輢交趾，经途所亘，五千余里。山阜相属，含溪怀谷。岗峦纠纷，触石吐云。郁葐蒀以翠微，崛巍巍以峨峨。干青霄而秀出，舒丹气而为霞。龙池瀥瀑溃其隈，漏江伏流溃其阿。汩若汤谷之扬涛，沛若濛汜之涌波。于是乎邛竹缘岭，菌桂临崖。旁挺龙目，侧生荔枝。布绿叶之萋萋，结朱实之离离，迎隆冬而不凋，常晔晔以猗猗……

这是描述蜀都的地理环境和自然景物，下面“于后”、“于东”、“于西”，铺张扬厉，皆同此例。其中值得注意的是：

火井沈荧于幽泉，高焰飞煽于天垂。

这是对天然气资源的早期记录。

尔乃邑居隐赈，夹江傍山。栋宇相望，桑梓接连，家有盐泉之井，户有桔柚之园。

这是至今川江上城镇的常见景象，由此可见左思的写实何其逼真而确切。

作为汉代大赋流亚的《三都赋》，就其内容之宏丰和辞藻的华丽而言，较之“明绚以雅赡”的班固《两都赋》和“迅发而宏富”的张衡《二京赋》，可以说毫不逊色。刘勰说左思的大赋“策勋于鸿规”（《文心雕龙·诠赋》），是符合实际的。全赋几乎无句不骈偶，更有晋代特色。

如果说，《三都赋》仍然追随汉赋咏物的老路的话，那么，《白发赋》则是对汉代抒情小赋的新的探索了。《白发赋》当作于晚年头白之际。此赋一本扬雄《逐贫赋》的讽喻手法，通过白发与主人对话，表达了作者对世态人情的敏锐感受，带有寓言性质：

星星白发，生于鬓垂，虽非青蝇，秽我光仪，策名观国，以此见疵。将拔将镊，好爵是縻。白发将拔，惄然自诉：

“禀命不幸，值君年暮。逼迫秋霜，生而皓素。始览明镜，惕然见恶。朝生昼拔，何罪之故。子观桔柚，一皜一晔，贵其素华，非尚绿叶，愿戢子之手，摄子之镊。”

“咨尔白发，观世之途，靡不追荣，贵华贱枯。赫赫阊阖，蔼蔼紫庐。弱冠来仕，童髫献谟。甘罗乘轸，子奇剖符。英英终贾，高谈云衢。拔白就黑，此自在吾。”白发临欲拔，瞑目号呼：

“何我之冤，何子之误！甘罗自以辩惠见称，不以发黑而名著；贾生自以良才见异，不以乌鬓而后举。闻之先民，国用老成。二老归周，周道肃清；四皓佐汉，汉德光明，何必去我，然后邀荣。”

“咨尔白发，事各有以，尔之所言，非不有理。曩贵耆耋，今薄旧齿。皤皤荣期，皓首田里。虽有二毛，河清难俟。随时之变，见叹孔子。”

发乃辞尽，誓以固穷，昔临玉颜，今从飞蓬。发肤至昵，尚不克终。聊用拟辞，比之国风。

这是一篇绝妙的讽刺小品，和《三都赋》那种正宗辞赋的情调迥异，不仅诙谐风趣，而且明白如话，似乎不是出于一人之手。某人（亦可能是作者自己）偶生白发，感到既有碍观瞻，复不利仕进。于是准备拔除之。白发无端被拔，深感冤屈，就向主人进言表示异议。主人则发出“观世之途，靡不追荣”的议论，坚持要拔除白发。至此，白发再次申诉：古圣先贤并不因发黑而格外受到重用，反而是诸多老者，使周、汉二代得以强盛发达。最后某人虽然不得不承认白发所言，不无道理，但是“曩贵耆耋，今薄旧齿”，时代变了，孔夫子也奈何不得。白发最后毫无办法，只能以固穷自命。在“发肤至昵，尚不克终”痛切之语后面，我们仿佛看到了诗人左思在《咏史》诗中对门阀制度表现出的愤慨。唐人韩愈的《送穷文》、柳宗元的《乞巧文》，都是此类文章的遗响。

第二节 西晋其他散文家

张协（255？～307）字景阳。安平武邑（今属河北）人。与兄载、弟亢齐名，并称“三张”。曾任秘书郎、中书侍郎、河间内史等职。“八王之乱”发生，他弃官屏居草野，以吟咏自娱。永嘉初年，征为黄门侍郎，托病不就，终老于家。张协以诗闻名。钟嵘《诗品》将其列为上品。散文为诗名所掩，一直无人注意，《文选》选其《七命》，是枚乘《七发》的仿制品，亦步亦趋，“世以为工”（《晋书》本传），今天却看不出有什么创造性。此外尚有几篇赋，完整的不多。《洛禊赋》写“缙绅先生，啸俦命友，携朋接党”三人于水滨修禊之事，描写多于抒情。《登北邙赋》有对世态人生的感慨：

何天地之难穷，悼人生之危浅。叹白日之西颓兮，哀世路之多蹇。

至于作者的“人生”怎样“危浅”，“世路”怎样“多蹇”，就不得而知了。

张载字孟阳，张协之兄。其父张收，曾为蜀郡太守，他随父入蜀，道经剑阁，因为历史上常有蜀人恃险作乱之事，故作《剑阁铭》以示警诫。后经人举荐，晋武帝司马炎派人把铭文刻于剑阁山上。《剑阁铭》为传统名篇，收入《文选》和《晋书》本传。唐代大诗人李白的名著《蜀道难》就受过此铭的影响：

一人荷戟，万夫趑趄。形胜之地，匪亲勿居。

是一篇词语精练，韵律自然的韵文。唐代刘禹锡名篇《陋室铭》，青出于蓝而胜于蓝。刘勰称之曰：“张载《剑阁》，其才清采，迅足骎骎，后发前至，勒铭岷汉，得其宜矣。”（《文心雕龙·铭箴》）

另有一篇《榷论》，大谈机遇于人之极端重要，想来也是事出有因的吧！上数二文均属对偶工整的骈体文字，这是西晋的时代风格。

潘尼（？～311?）字正叔，潘岳之侄。少有才，与潘岳俱以文章知名。性格恬淡，不喜交游，潜心著述，太康年间举秀才。曾任尚书郎、著作郎、中书令等职。西晋末年任太常卿，西晋灭亡前，携家还乡，中途病卒。潘尼诗文兼擅，诗多应制诗。另有赋十几篇，多残缺不全。

《安身论》虽属自明本志之作，但亦有对社会现实的批判。开首云：

> 盖崇德莫大乎安身，安身莫尚乎纯正，纯正莫重乎无私，无私莫深乎寡欲。是以君子安其身而后动，易其心而后语，定其交而后求，笃其志而后行。然则，动者，吉凶之端也；语者，荣辱之主也；求者，利病之几也；行者，安危之决也。故君子不妄动也，动必适其道；不徒语也，语必经于理；不苟求也，求必造于义；不虚行也，行必由于正。

他自然要这样做，在动、语、求、行四方面，都规行矩步，恪守安身之道，这里既有儒家的礼防，又有道家的超脱。他看透了社会中“爱恶相攻，与夺交战，诽谤噂沓，毁誉纵横。君子务能，小人伐技，风颓于上，俗弊于下”的种种令人烦恼的争端。既然“人人自私，家家有欲，众欲并争，群私交伐”，那么，不如安贫乐道，不如“释自私之心，塞有欲之求，杜交争之原，去矜伐之态”，就能摆脱名位势利的羁绊，得以安身了。行文流畅，句式整齐，文字错落，或排比连用，或“顶真格”句连，前呼后应，浑然一体，不是纯粹的骈文，却有骈体文字句整饬之美。

《乘舆箴》指斥最高统治者的骄奢淫逸，序中昌言“天下非一人之天下，乃天下之天下”，在有晋一代可称为空谷足音，不同凡响了。

陆云（262～303）字士龙，陆机之弟，兄弟世称“二陆”。由吴入晋后，官拜清河内史，与陆机同时遇害。陆云诗文兼擅。其文章以篇幅短小者为人称道，所谓“士龙朗练，以识检乱，故能布采鲜净，敏于短篇”（《文心雕龙·才略》）。陆云有《与兄平原书》三十五篇，记载了他们兄弟之间的文学活动，以及陆云的文学思想。陆云主张“文章当贵轻绮”。今举一书为例：

> 云再拜，顷哀思，更力成《岁暮赋》，适且毕，犹未大定。自呼前后所未有，是云文之绝无。又忆兄常云：“文后成者，恒谓之佳贞。”小尔恐数，自后转不如，今且欲寄之。既未大定，又恐此信至，兄已发，当因著洛。谨启。

陆云对自己作品的满意之情，对兄求教之情，一往而情深。常人语表达常人情，不用骈四俪六之语，于两晋文中，较亲切有味。这种简洁的小品文字，东晋王羲之的杂帖短简，差堪比拟。信中所言《岁暮赋》今尚存，是其离开故乡六年后写的，内容为“感万物之既改，瞻天地而伤怀”（见序）。

此外，《与杨彦明书》流露出叹老之情，《答车茂安书》写景状物与论史结合，论史意在突出当时浙江鄮县一带人文地理之丰盛优美，都是有一定社会内容的。

第三节　刘琨、郭璞

刘琨（271～318）字越石。中山魏昌（今河北无极县东北）人。为西晋末年的爱国志士。年轻时即有“隽朗”之誉，情性雄豪。听说友人祖逖被任用，在与亲故的信中说：“吾枕戈待旦，志枭逆虏，常恐祖生先吾着鞭。”（《晋书》本传）早年曾与石崇交游，并一同成为权贵贾谧的“二十四友”。后国破家亡，奋起抗击异族的进犯。曾任并州刺史、司空等要职，但在战争中屡遭失败，大志无成。后投奔幽州刺史段匹磾（鲜卑人），相约共扶晋室。后因儿子刘群得罪段匹磾，因牵连被杀，年仅四十八岁。刘琨有诗三首，表现了后期的爱国热情。刘琨散文的成就不如诗。明人张溥说：“奔走乱离，仅存书表。”（《汉魏六朝百三名家集·刘中山集题辞》）代表作当推《为并州刺史到壶关上表》。这是他在并州刺史任上根据实地考察写的章表文字，与一般虚应故事的此类文章，迥然不同。试看：

> 道险山峻，胡寇塞路，辄以少击众，冒险而进，顿伏艰危，辛苦备尝。即日达壶口关。臣自涉州疆，目睹困乏，流移四散，十不存二，携老扶弱，不绝于路。及其在者，鬻妻卖子，生相捐弃，死亡委危。白骨横野。哀呼之声，感伤和气。群胡数万，周匝四山。动足遇掠，开目睹寇。

读之，使人有重睹建安时期“白骨不知谁，纵横莫覆盖”（蔡琰《悲愤诗》）情景之感，不意两晋之交有此血泪文章。文笔质实，全用四字句，在此危急存亡之秋，已无暇工对骈偶矣。《与丞相笺》内容与此文相近，亦叙民穷财尽之状，文笔亦多用四字短句，而不用骈偶之句。

稽王笺》显示了王羲之的政治眼光：

> 夫庙算决胜，必宜审量彼我，万全而后动。功就之日，便当因其众而即其实。今功未可期，而遗黎歼尽，万不余一。且千里馈粮，自古为难。况今转运供继，西输许洛，北入黄河，虽秦政之弊，未至于此。而十室之忧，便以交至。今运无还期，征求日重，以区区之吴越，经纬天下十分之九，不亡何待？

此信是劝会稽王司马昱阻止与他共同辅政的扬州刺史殷浩仓促北伐的。文辞恳切，态度鲜明，行文简捷明快，不事藻绘骈丽。《报殷浩书》很有魏晋风度，通脱坦率，一面表达“怀向子平之志”（向子平为后汉隐士），同时又表示如有出使域外机会，他也愿意参加：“若蒙驱使，关陇巴蜀，皆所不辞。吾虽无专对之能，直谨守时命，宣国家威德，故当不同于凡使。”王羲之很想在外交场合为国立功。《遗谢安书》可见其政治才能和对官场内情的掌握。上述诸书都不是书生之见。明人张溥认为“此数札者，诚东晋君臣之良药”（《汉魏六朝百三名家集·王右军集题辞》），不为虚誉。

王羲之的杂帖，简短情长，饶有兴味，一直为后人所瞩目。帖即短柬，仿佛今日的便条，信笔写来，不拘礼仪，往往真情毕露。严可均《全晋文》收王羲之杂帖近五卷，说明王羲之喜用也善用这种形式抒情表意。近人陈柱在其《中国散文史》特立“帖学家之散文”一节，并认为王羲之为“两晋六朝之帖学家”之最。今举二例如下：

> 计与足下别，廿六年于今，虽时书问，不解阔怀。省足下先后二书，但增叹慨。顷积雪凝寒，五十年中所无，想顷如常。冀来夏秋间，或复得足下问耳。比者悠悠，如何可言。

> 吾有七儿一女，皆同生，婚娶以毕。惟一小者尚未婚耳。过此一婚，便得至彼。今内外孙有十六人，足慰目前，足下情致委曲，故具示。

朋友情谊，天伦之乐，娓娓说来，沁人心脾。这类小品文字，一如《世说新语》中风格，在两晋骈俪风行之时，有此清通隽永、凝炼含蓄的散文，确实难能可贵。

王羲之影响最大的文章，当然是《兰亭集序》：

永和九年，岁在癸丑，暮春之初，会于会稽山阴之兰亭，修禊事也。群贤毕至，少长咸集。此地有崇山峻岭，茂林修竹，又有清流激湍，映带左右。引以为流觞曲水，列坐其次，虽无丝竹管弦之盛，一觞一咏，亦足以畅叙幽情。是日也，天朗气清，惠风和畅，仰观宇宙之大，俯察品类之盛，所以游目骋怀，足以极视听之娱，信可乐也。

夫人之相与，俯仰一世，或取诸怀抱，晤言一室之内。或因寄所托，放浪形骸之外。虽趣舍万殊，静躁不同，当其欣于所遇，暂得于己，快然自足，不知老之将至。及其所之既倦，情随事迁，感慨系之矣。向之所欣，俯仰之间，已为陈迹，犹不能不以之兴怀。况修短随化，终期于尽。古人云："死生亦大矣，"岂不痛哉：每览昔人兴感之由，若合一契，未尝不临文嗟悼，不能喻之于怀。固知一死生为虚诞，齐彭殇为妄作，后之视今，亦犹今之视昔，悲夫！故而叙时人，录其所述，虽世殊事异，所以兴怀，其致一也。后之览者，亦将有感于斯文。

这是一篇脍炙人口的传统名篇。其所以响彻遐迩，光照古今，有多种原因。有王羲之行书《兰亭集序》传世（且不论其真伪），文以人传，人以字传，一也；两晋骈体文鼎盛，王羲之孤峰独峙，卓尔不群，偏以挥洒自如的散文出之，二也。而最为重要的是本文思想内容的富于哲理之思辨和运笔之腾挪跌宕，变化奇警。本文冶叙事、写景、抒情、议论于一炉，信手写来，无拘无束，任性驱使。开头记载此次修禊雅集的经过。东晋穆帝永和九年（353），按古代习俗，于三月上旬的巳日（曹魏之后固定在三月三日），到水边嬉游，以祓除不祥。此日兰亭集会参加者多是东晋的一时名士四十余人。《兰亭诗》尚存者有王羲之、孙绰、谢安、谢万、孙统、孙嗣、郗昙、庾友、庾蕴、曹茂之、华茂、桓伟、袁峤之、王玄之、王凝之、王肃之等二十几人。所谓"群贤毕至，少长咸集"，毫不过分。文章大体有两方面内容。前半部叙事，写景，会稽兰亭的优美环境和风和日朗的天气，使"畅叙幽情"时，既可"仰观宇宙之大"，又可"俯察品类之盛"，兰亭是"游目骋怀""极视听之娱"

的绝好场合。作者笔下的集会气氛恬静祥和，前部分作者的心情显得舒畅。后半部情绪急转直下，乐极生悲，在抒情兼议论的过程中，表明作者陷于沉思之中。不外是人生的快乐是极其有限的，快乐到满足的时候，就会兴味索然，转眼之间往事成为历史，前景已到尽头，人都要死，由乐思悲，由活至死的思考探索，情绪陡转，文气亦为之低沉，与开头“天朗气清”，适成鲜明对照。篇末情绪平和下来，感到人事变迁，历史发展是无限的，生与死是不同的。作者时喜时悲，但前有古人，后有来者，似乎也不必过虑。文章信笔发挥，随兴之至，由喜而悲，由悲而平和，极有变化，极有层次。文笔轻灵疏宕，如行云流水，在两晋南北朝极其罕见。清末文人陈衍云：“六朝间散文之绝无仅有者，不过王右军、陶靖节之作数篇。”（《石遗室论文》）王羲之和陶渊明的散文，可说是骈文花丛中盛开的两株散文奇葩！

孙绰（314～371）字兴公。太原中都（今山西平遥）人。西晋著名文人孙楚之孙。年少时与兄孙统渡江，家居会稽，喜山水。后官至廷尉卿，领著作。孙绰能诗能赋，早年作《遂初赋》（今仅存序），标榜隐居之志。其赋完好保存者，乃是选入《文选》的《游天台山赋》。孙绰为玄言诗的代表，惜存诗无多，钟嵘《诗品》说：“孙绰、许询，桓、庾诸公诗，皆平典似道德论，建安风力尽矣！”玄言诗之多被历史淘汰，与其内容缺乏诗意有关。

《游天台山赋》为其生平得意之作。虽然他本人并没有去过天台山，《文选》李周翰注云：“（孙绰）闻此山神秀，可以长住。因使人图其状，遥为此赋。”《晋书》本传和《世说新语·文学》皆载他将此赋出示给友人范荣期时说：“卿试掷地，当作金石声也。”自负如此，其文如何？《游天台山赋》思想上杂有佛老，“泯色空以合迹，忽即有而得玄”。其写登山一节，很有兴味：

> 苟台岭之可攀，亦何羡于层城。释域中之常恋，畅超然之高情。被毛褐之森森，振金策之铃铃。披荒榛之蒙茏，陟峭崿之峥嵘。济楢溪而直进，落五界而迅征。跨穹窿之悬磴，临万丈之绝冥。践莓苔之滑石，搏壁立之翠屏。揽樛木之长萝，援葛藟之飞茎……

把山路之奇险，写得绘声绘色：树之蒙茏，山之峥嵘，水之迅征，路之悬磴，历历在目，使人有亲临其地之感。下面写神游天都，就远不如这节形象生动了。篇末“释二名”、“消一无”恣乐终日，寂默不言，“浑万象以冥观，兀同体于自然”，玄言诗式的抽象议论，大大减弱了这篇游记之赋的艺术感染力量。

孙绰有长篇论文《喻道论》，宣扬“周孔即佛，佛即周孔”，用近乎诡辩的手法，宣扬儒学和佛教没有区别。本文以魏晋文章常用的主客问难形式。有时“难”的一方说得振振有词，头头是道：

> 或难曰：“周孔之教，以孝为首……而沙门之道，委离所生，弃亲即疏，刓剔须发，残其天倪。生废色养，终绝血食，骨肉之亲，等之行路，背理伤情，莫此之甚，而云弘道敦仁，广济群生，斯何异斩刈根本而修枝干。而言不殒硕茂，未之闻见。皮之不存，毛将安附？此大乖于世教，子将何以祛之？”

质问，很有道理，也很有气势。佛教教义的不近人情，剃度出家的有悖常理，此“难”可谓之有的放矢，鞭辟入里。答词说什么“佛有二十部经，其四部专以劝孝为事”云云，则软弱无力。说明理直方能气壮，儒家虽有许多矫情之处，但切近人生社会；佛教虽有普度众生的愿望，毕竟远离人伦物理。孙绰苦心孤诣地沟通、调和二者，是徒劳无益的。这些论难文字，也深受骈体文影响，骈俪成分很多。

第五节　陶渊明

陶渊明（365～427）字元亮。或云名潜，字渊明。名字异说很多，宋吴仁杰认为当为“陶渊明，字元亮，入宋更名潜”（《陶靖节先生年谱》）。出生于浔阳紫桑（今江西九江西南）的一个没落的官僚地主家庭。浔阳南面庐山，北临长江，山拥千峰，江环九派，为东南形胜之地。曾祖陶侃（259～334），鄱阳人，后徙家浔阳。陶侃出身孤贫，以军功官至八州都督，封长沙郡公，死后追赠大司马。陶侃武功赫赫，豪富一时，一旦死去，家业急剧败落下来。陶渊明祖父，父亲情况，史书缺少记载。到陶渊明出生后，家境已很困窘。陶诗陶文屡屡述及“少而贫苦”（《与子俨等疏》）、“弱年逢家乏”（《有会而作》），他人亦言“少而贫病”（颜延之《陶征士诔》）。据说他后来出仕也是由于家境困难："踌昔苦长饥，投耒去学仕"（《饮酒》）。根据多年来诸多学者考证，陶渊明做过五次官，时历十三年，其间断断续续，做官时间不过四五年光景。计：

393 年，出任江州祭酒。

399 年，出任桓玄僚佐，具体官名不详。

404 年，出任镇军将军刘裕的参军。

405 年，出任建威将军刘敬宣的参军。

405 年，出任彭泽令。

在此期间，大部分时间仍在家乡农村。403 年，陶渊明开始躬耕，亲自参加劳动。有《癸卯岁始春怀古田舍》一诗可证。

辞去彭泽令后，开始后期二十二年的归隐生活。此期生活在农村、创作在农村，劳动在农村，为其创作的丰收期，好诗好文多产生于归隐时期。

陶渊明为我国古代个性独特、影响深远的大诗人，其诗名之大，几与屈原、李白、杜甫相提并论。因此其文名长期为诗名所掩。前人对此已有不满之词："《感士》类子长之倜傥，《闲情》等宋玉之《好色》，《告子》似康成之《诫书》，《自祭》若右军之《誓墓》，孝赞补经，传记近史，陶文雅兼众体，岂独以诗绝哉。"（张溥《汉魏六朝百三名家集题辞》）陶渊明今存散文七篇，辞赋三篇，各有特色，确实不是"独以诗绝"的。（另有《扇上画赞》、《读史述》，有人说是骈文，实际是四言诗，兹置而不论。）

我国的骈体文，约略形成于魏晋。西晋时骈体文正式成体。著名作家陆机之文章，几乎篇篇都是骈偶之文。然而到了东晋，骈风锐减，其间，前有王羲之，后有陶渊明，继承先秦汉魏单行散体之文，雄踞一时，致使东晋的文风一变，并在骈体文即将形成压倒优势之前，散体文大放异彩，出现了陶渊明的优秀散文。

陶渊明的散文成就，可与其诗媲美而无逊色。有的名篇如《桃花源记》，其价值和影响都高出一般的陶诗：

晋太元中，武陵人捕鱼为业。缘溪行，忘路之远近。忽逢桃花林，夹岸数百步，中无杂树，芳草鲜美，落英缤纷。渔人甚异之。复前行，欲穷其林。林尽水源，便得一山。山有小口，仿佛若有光。便舍船从口入。初极狭，才通人。复行数十步，豁然开朗。土地平旷，屋舍俨然。有良田、美池、桑竹之属。阡陌交通，鸡犬相闻。其中往来种作，男女衣着，悉如外人，黄发垂髫，并怡然自乐。见渔人，乃大惊，问所从来，具答之。便要还家，为设酒杀鸡作食。村中闻有此人，咸来问讯。自云先世避秦时乱，率妻子邑人，来此绝境，不复出焉，遂与外人间隔。问今是何世，乃不知有汉，无论魏、晋。此人一一为具言所闻，皆叹惋。余人各复延至其家，皆出酒食。停数日，辞去。此中人语云："不足为外人道也。"既出，得其船，便扶向路。处处志之。及郡下，诣太守，说如此。大守即遣人随其往，寻向所志，遂迷不复得路。

南阳刘子骥，高尚士也。闻之，欣然规往，未果，寻病终。后遂无问津者。

此文末尾扑朔迷离，似有若无，引出后世许多文人的穿凿附会，想找到桃源的确切所在。其实桃花源，犹如西方的乌托邦（拉丁文 Utopia）或香格里拉（英文 Shan·gri—La），是个根本没有的地方，有的仅是作者的理想。陶渊明笔下的桃花源是一个与世隔绝的没有动乱，没有剥削，人们和睦相处、共同劳动、生活愉快的社会环境，这对偏安江左、统治者内部争权夺利斗争极其尖锐的东晋后期来说，无疑是一个理想圣地，也是陶渊明的政治理想。就这一点来讲，桃花源与儒家的大同理想（见《礼记·礼运》），有同样价值。而就其具体描写来讲，更形象，更生动，更有文学之情趣。本为一个虚构的寓言式的故事，写得活灵活现，一如耳闻目睹。故事以渔人为线索，入山过程，历历在目；出山之后，处处志之，却再寻不得，给人以似有似无，亦真亦假之感，无怪乎近人梁启超把它视为"唐以前的第一篇小说"（《陶渊明之文艺及其品格》）。全文语言省净，丝毫不受当时骈风左右，亦同陶渊明的遗世独立一样，其人格亦即其风格。

如果说《桃花源记》是理想的话，那么，另一名篇《五柳先生传》则为写实，是作者本人用散文诗的艺术手法写的自传：

先生不知何许人也，亦不详其姓字。宅边有五柳树，因以为号焉。闲静少言，不慕荣利。好读书，不求甚解。每有意会，便欣然忘食。性嗜酒，家贫不能常得。亲旧知其如此，或置酒而招之。造饮辄尽，期在必醉。既醉而退，曾

> 不吝情去留。环堵萧然，不蔽风日，短褐穿结，箪瓢屡空，晏如也。常著文章自娱，颇示己志。忘怀得失，以此自终。
>
> 赞曰：黔娄之妻有言："不戚戚于贫贱，不汲汲于富贵。"其言兹若人之俦乎？酣觞赋诗，以乐其志，无怀氏之民欤，葛天氏之民欤？

《宋书》本传称："潜少有高趣，尝著《五柳先生传》以自况，……其自序如此，时人谓之实录。"(《晋书》、《南史》及萧统《陶渊明传》与此相同）本文仿效史书笔法，有史有赞，但不斤斤计较于生平出处之记载，而孜孜以求其精神风貌的整体把握。五柳先生的诸多个人特点，在陶诗中都能找到佐证。家虽贫而不忘读书、饮酒、创作，实为其一生之切实写照。"不戚戚于贫贱，不汲汲于富贵"，恰为其平生身体力行的信条。自居为"无怀氏之民，葛天氏之民"，同自称"羲皇上人"(《与子俨等疏》)，是一样的心境。五柳先生的亲切形象，引起后人无限追慕之情。李白高唱："梦见五柳枝，已堪挂马鞭。何日到彭泽，长歌陶令前。"(《寄韦南陵冰，余江上乘兴访之，遇寻颜尚书，笑有此赠》）白居易晚年亦模仿此文，作了一篇《醉吟先生传》以自况。

《晋故征西大将军长史孟府君传》是一篇具有严格史传规范的人物传记。《晋书·孟嘉传》就是以此为蓝本而简缩的。然而毕竟出自诗人陶渊明的手笔，较之后世呆板的正史列传，自有其文学特色，《世说新语·识鉴》注引《嘉别传》，当系本文。孟嘉为陶渊明的外祖父，其妻为陶侃第十女，与陶家关系密切。本文酷似《世说新语》的风格，善以精炼传神的文字，勾画人的声容笑貌："太傅河南褚裒，简穆有器识，时为豫章太守，出朝宗亮，正旦大会州府人士，率多时彦，君在坐次甚远。裒问亮：'江州有孟嘉，其人何在？'亮云：'在坐，卿但自觅。'裒历观，遂指君谓亮曰：'将无是耶？'亮欣然而笑，喜裒之得君，奇君为裒之所得，乃益器焉。"诸如此类之生动细节，史家多弃置不录。孟嘉其人，在陶渊明笔下，俨然又一位五柳先生："始自总发，至于知命，行不苟合，言无夸矜，未尝有喜愠之容。好酣饮，逾多不乱。至于任怀得意，融然远寄，傍若无人。温尝问君：'酒有何好，而君嗜之？'君笑而答曰：'明公但不得酒中趣耳。'"篇末"赞"孟嘉"清蹈衡门，则令闻孔昭；振缨公朝，则德音允集。道悠运促，不终远业，惜哉！仁者必寿，岂斯言之谬乎！"同样饱含着陶渊明的辛酸。

陶渊明的三篇祭文，亦各有深情。同父异母小他三岁的程氏妹妹，在陶渊明心中是一个品德完美的淑女："咨尔令妹，有德有操。靖恭鲜言，闻善则乐。能正能和，惟友惟孝。行止中闺，可象可效。"兄妹二人在幼小年纪，两度失母，因而情意深重。如今思念亡妹，不觉黯然伤神："黯黯高云，萧萧冬月，白云掩晨，长风悲节。感惟崩号，兴言泣血。寻念平昔，触事未远，书疏犹存，遗孤满眼。如何一往，终天不返！寂寂高堂，何时复践？藐藐孤女，曷依曷恃？茕茕游魂，谁主谁祀？"兄妹情深如此，无怪乎一年前闻噩耗，"情在骏奔"了(《归去来兮辞·序》)。《祭从弟敬远文》作于敬远去世的辛亥岁（411）当年。陶敬远与陶渊明既为同祖之孙，又是同外祖之外孙，亲缘既进，志趣又同："于铄我弟，有操有概。孝发幼龄，友自天爱。少思寡欲，靡执靡介。后己先人，临财思惠。心遗得失，情不依世。其色能温，其言则厉。乐胜朋高，好是文艺。遥遥帝乡，爰感奇心。绝粒委务，考槃山阴。淙淙悬溜，暧暧荒林。晨采上药，夕闲素琴。"也是一位青年隐士，与陶渊明志同道合，在陶渊明隐居后，率先给予有力地支持："余尝学仕，缠绵人事，流浪无成，惧负素志。敛策归来，尔知我意。常愿携手，寘彼众议。"陶渊明祭奠从弟，实际也是抒发个人怀抱。而其《自祭文》则更直截了当在生前悼念自身了。

《自祭文》公认为作者的绝笔，作于宋元嘉四年九月，此后两个月就逝世了。此文着重回顾了坎坷的人生经历，祭文的情趣一如其田园诗，对困窘的家境、辛苦的躬耕，津津乐道；对琴书为伴、山泉为友的生活，乐此不疲，没有流露出一点点惋惜或悲伤，此文适足以证明其"质性自然"、淡泊功名的平生追求，至死也不改变初衷。和他在《形影神》一诗里表明的"纵浪大化中，不喜亦不惧。应尽便须尽，无复独多虑"(《神释》)的态度，完全一致。

这三篇祭文，都用四言短句，和《桃花源记》、《五柳先生传》那样的散文有所不同，虽无骈偶句，但显然受到骈文整齐句式之影响。

陶渊明的辞赋现存三篇，而且都是佳作。陶赋继往开来，把汉末抒情小赋的艺术水平又提到一个新的高度。《归去来兮辞》被认为是晋代的最好文章，宋代欧阳修给予极高评价。（参见《东坡题跋》卷一）陶渊明文仅此一篇被选入《昭明文选》。本文无论从思想倾向上看，还是从写作手法上看，都深受东汉张衡《归田赋》的启示。不过，张衡"归田"云云，说说而已，于史无征。陶渊明写了《归去来兮辞》之后，确是脚踏实地躬耕田园，而且从此告别官场，义无反顾。陶渊明之归田，是理性的抉择。《序》里有明确的表述：

> 余家贫，耕植不足以自给。幼稚盈室，瓶无储粟，生生所资，未见其术。亲故多劝余为长吏，脱然有怀，求之靡途。会有四方之事，诸侯以惠爱为德，家叔以余贫苦，遂见用为小邑。于时风波未静，心惮远役，彭泽去家百里，公田之利，足以为酒，故便求之。
>
> 及少日，眷然有归欤之情。何则？质性自然，非矫厉所得。饥冻虽切，违己交病。尝从人事，皆口腹自役。于是怅然慷慨，深愧平生之志，犹望一稔，当敛裳宵逝。寻程氏妹丧于武昌，情在骏奔，自免去职。仲秋至冬，在官八十余日。因事顺心。命篇曰：归去来兮。乙巳岁十一月也。

家贫不足以养家糊口，才出来做官，陶渊明说得极其坦率。如今归来的根本原因是“质性自然”，换言之，即“性刚才拙”（《与子俨等疏》），即“少无适俗韵”（《归园田居》）。陶渊明没有办法在官场混迹，只能“归去”，《归去来兮辞》明确地表述了他的最后的郑重抉择：

> 归去来兮，田园将芜胡不归？既自以心为形役，奚惆怅而独悲！悟已往之不谏，知来者之可追。实迷途其未远，觉今是而昨非。舟遥遥以轻飏，风飘飘而吹衣。问征夫以前路，恨晨光之熹微。乃瞻衡宇，载欣载奔，僮仆欢迎，稚子候门。三径就荒，松菊犹存。携幼入室，有酒盈罇。引壶觞以自酌，眄庭柯以怡颜；倚南窗以寄傲，审容膝之易安。园日涉以成趣，门虽设而常关，策扶老以流憩，时矫首而遐观。云无心以出岫，鸟倦飞而知还。景翳翳以将入，抚孤松而盘桓。
>
> 归去来兮，请息交以绝游。世与我而相违，复驾言兮焉求！悦亲戚之情话，乐琴书以消忧。农人告余以春及，将有事于西畴。或命巾车，或棹孤舟。既窈窕以寻壑，亦崎岖而经丘。木欣欣以向荣，泉涓涓而始流。善万物之得时，感吾生之行休！
>
> 已矣乎，寓形宇内复几时，曷不委心任去留。胡为乎遑遑欲何之？富贵非吾愿，帝乡不可期。怀良辰以孤往，或植杖而耘耔。登东皋以舒啸，临清流而

赋诗。聊乘化以归尽，乐夫天命复奚疑？

序中明言，本文作于晋义熙元年乙巳岁，时在决意归隐而尚未成行之际，恰是陶渊明生平新的时代的开始。全辞表达了脱离官场的由衷喜悦和对农村田园生活的殷切向往。《归去来兮辞》是他对前半生时官时隐矛盾的彻底解脱的赞歌，也是他永远告别官场、立志隐居的宣言。文中农村生活的种种乐趣，皆出自作者的想象或憧憬，此中情景，绘声绘色，如诗如画，恰是“今是”；而现实中“身为形役”，正是“昨非”。虽然深知“往之不谏”，但值得庆幸的是“迷途未远”，“来者可追”。因而如今有一种重新解放之感。想象中的田园生活的丰富多彩和心旷神怡，本是厌倦的官场生活的反衬。全辞叙事、说理、写景、抒情融会贯通，完美结合。把作者奔赴大自然怀抱的迫不及待的激情，描绘得酣畅淋漓，令人神往。其人其文，均有极大的魅力。宋人叶梦得云：“‘云无心以出岫，鸟倦飞而知还’。此陶渊明出处大节，非胸中实有此境，不能为此言也。”（《避暑录话》）陶渊明在两年前，就开始躬耕田野了，一生出仕时间总共不过四五年，应该说，陶渊明一生没有脱离农村。他的出仕是迫不得已的。

其实，最能充分显示与官场和上流社会决裂的是《感士不遇赋》。从赋里的情调语气上看，当作于归田之后。此赋由读董仲舒《士不遇赋》和司马迁《悲士不遇赋》所引发，对社会和人生加以深刻的审视。序言里集中揭露上流社会的道德败坏：

夫履信思顺，生人之善行；抱朴守静，君子之笃素。自真风告逝，大伪斯兴，闾阎懈廉退之节，市朝驱易进之心。怀正志道之士，或潜玉于当年；洁己清操之人，或没世以徒勤。故夷皓有安归之叹，三闾发已矣之哀。

世风日下，某些士大夫忙于奔走钻营，寡廉鲜耻。自立于君子之林的作者，怀正志道，洁己清操，保持高尚的人格，有如伯夷、有如四皓、有如屈原，和闾阎市朝之徒泾渭分明，不可同日而语。在赋里对罪恶官场的抨击更是直言不讳，情见乎词：

世流浪而遂徂，物群分以相形。密网裁而鱼骇，宏罗制而鸟惊。彼达人之善觉，乃逃禄而归耕。山嶷嶷而怀影，川汪汪而藏声。望轩唐而永叹，甘贫贱以辞荣。淳源汩以长分，美恶作以异途，原百行之攸贵，莫为善之可娱。奉上天之成命，师圣人之遗书。发忠孝于君亲，生信义于乡闾。推诚心而获显，不矫然而祈誉。

嗟乎！雷同毁异，物恶其上，妙算者谓迷，直道者云妄。坦至公而无猜，卒蒙耻以受谤。虽怀琼而握兰，徒芳洁而谁亮。

把官场比作"密网"、"宏罗"，一如《归园田居》诗里的"尘网"、"樊笼"。这里尤为深刻的是，用骇鱼惊鸟显示了钩心斗角、倾轧陷害的政治斗争的残酷。这样就逼得像陶渊明这样的读书人，只能"逃禄""归耕"，对仕途已不存任何幻想。赋中列举了贾谊、冯唐、李广等八个杰出历史人物的坎坷经历，表明历史悲剧，在不断重现。赋里作者大声疾呼：

何旷世之无才，罕无路之不涩。伊古人之慷慨，病奇名之不立。

陶渊明对封建统治已经完全绝望。前人已看出此文"能明出处之分，而洁去就之义"（清邱嘉穗《东山草堂陶诗笺》卷五）。

陶渊明作品争议最多的是《闲情赋》。首先为陶渊明编集、作序、作传的萧统，率先提出异议："白璧微瑕者，惟在《闲情》一赋，扬雄所谓劝百而讽一者，卒无讽谏，何必摇其笔端？惜哉！无是可也！"（《陶渊明集序》）惋惜之情，溢于言表。苏轼则大不以为然："渊明《闲情赋》，正所谓《国风》好色而不淫，正使不及《周南》，与屈、宋所陈何异？而统乃讥之，此乃小儿强作解事者。"（《东坡题跋》卷二）把它和《楚辞》的香草美人比兴手法，相提并论。后人虽不尽附议萧统，但多从另有寄托曲为之解，还是认为陶渊明的"闲情"本身有损视听。今人鲁迅先生始能实事求是地予以评价："他却有时很摩登，'愿在丝而为履，附素足以周旋，悲行止之有节，空委弃于床前'，竟想摇身一变，化为'阿呀呀，我的爱人呀'的鞋子，虽然后来自说因为'止于礼义'，未能进攻到底，但那些胡思乱想的自由，究竟是大胆的。"（《"题未定"草》六）

中国古代诗文讳言男女之情，文人作品尤其突出。《闲情赋》一反常情，大胆

第四章
南北朝散文

第一节　鲍照、谢灵运及宋其他散文家

鲍照（413?～466）字明远。本是上党（今山西长治一带）人，后迁东海（郡治在今山东郯城，入宋郡治迁至今江苏涟水），上述二地均为祖籍，他的家实际在京口（今江苏镇江）。鲍照出身寒微。他自称“臣孤门贱生，操无炯迹，鹑栖草泽，情不及官”（《解褐谢侍郎表》），又称“臣北州衰沦，身地孤贱”（《拜侍郎上疏》），再称“臣田茅下第，质非谢品”（《谢永安令解禁止启》）。都表明他家境贫贱，沦落南方，非王、谢大姓世家，光景是普通封建家庭，在南朝门阀制度下是备受歧视的阶层。

少年的鲍照就很有文学才华，又有尚武精神，他自言“幼性猖狂，因顽慕勇。释担受书，废耕学文”（《侍郎报满辞阁疏》）。经过一段“废耕学文”生活后，约二十岁开始外出漫游。其诗有“十五讽诗书，篇翰靡不通。弱冠参多士，飞步游秦宫。侧睹君子论，预见古人风”（《拟古》）。约略可见其青年时代的精神面貌。

对于一个非世族出身的知识分子来说，如想在南朝入仕为官，是难而又难。鲍照既无显赫家世可以凭借，又无世封勋爵可以袭晋，他只有“干谒”权贵一途。史载“始尝谒义庆，未见知”（《南史》本传）。此义庆即《世说新语》作者临川王刘义庆。第一次“干谒”失败，鲍照依仗其才华，再投诗求进。《南史》如下记载：

欲贡诗言志，人止之曰："郎位尚卑，不可轻忤大王。"照勃然曰："千载上有英才异士沉没而不闻者，安可数哉！大丈夫岂可遂蕴智能，使兰艾不辨，终日碌碌，与燕雀相随乎?"于是奏诗，义庆奇之，赐帛二十匹。寻擢为国侍郎，甚见知赏。

任临川王国侍郎是入仕之始。王国侍郎是个微不足道的小官。元嘉十七年（440）随刘义庆到南兖州（今江苏扬州）。元嘉二十一年刘义庆死，鲍照解职归田。不久受徐州刺史、衡阳王刘义季的征辟，到梁郡和徐州做过小官。元嘉二十四年，刘义季卒，此时始兴王刘濬为扬州刺史．刘濬又任他为侍郎。三年后上书辞官。

依附宗室三王，仕途颇不得意。直至孝建元年（454），鲍照才获准外任地方官，任海虞（今江苏常熟）令。两年后，调回京都，任太学博士，兼中书舍人。不久又外任为秣陵（今江苏江宁县）令，此后又出任永嘉令。大明五年（462），临海王刘子顼为荆州刺史，鲍照被任为参军。泰始二年（466），晋安王刘子勋称帝，刘子顼举兵响应。失败后，鲍照为乱兵所杀．享年五十余岁。

鲍照一生，悲歌慷慨，悒郁不平，是一个具有强烈叛逆精神和反抗性格的诗人。在《拟行路难》诗里有充分的展现，是西晋左思之后，激烈反抗士族门阀制度的著名诗人。为其诗名所掩，其文名远出诗名之下，事实是，其文同样也是宋代一大家。

鲍照的赋和骈体文，有相当高的艺术成就。《鲍参军集》收赋十篇。《芜城赋》为代表作，也是六朝骈赋公认的名篇。"芜城"指遭受北朝破坏的广陵（今江苏江都一带）。宋文帝元嘉二七年（450）冬十二月，北魏太武帝拓跋焘向南朝进犯，兵至瓜步（今江苏六合县），大军压境。广陵太守刘怀之烧城率领百姓渡江南逃，广陵城遭到北兵的洗劫。大明三年（459），竟陵王刘诞据广陵造反，三月后被沈庆之平定，并屠杀了城内三千多人。广陵在为时不过十年之内，连遭两次兵火洗劫，城池变成一片废墟。约在乱平之后不久，鲍照来到广陵，目睹荒芜寥落的孤城，写出了这篇脍炙人口的名作：

瀰迤平原，南驰苍梧涨海，北走紫塞雁门，柂以漕渠，轴以昆岗。重江复关之隩，四会五达之庄。当昔全盛之时，车挂轊，人驾肩，廛闬扑地，歌吹沸天。孳货盐田，铲利铜山。才力雄富，士马精研。故能侈秦法，佚周令，划崇墉，刳濬洫，图修世以休命。是以板筑雉堞之殷，井干烽橹之勤，格高五岳，袤广三坟，崪若断岸，矗似长云。制磁石以御衝，糊赪壤以飞文。观基扃之固护，将万祀而一君。出入三代，五百余载，竟瓜剖而豆分。

《芜城赋》运用今昔对比手法，将广陵城过去的兴旺繁盛同今天的凋敝破败进行鲜明对照。上面开头的一段，写的是广陵城地理位置和昔日物产繁富的情况。广陵城本汉代吴王刘濞所筑，后经历代增修，地当南北交通要冲，亦为历代兵家必争之地。本段末尾“出入三代”当指经历汉、魏、晋三代，至刘宋王朝，广陵城已有五百余年的历史。然而至今却“瓜剖而豆分”，引出下文广陵城的一片荒凉凄惨景象：

泽葵依井，荒葛罥涂。坛罗虺蜮，阶斗麏鼯。木魅山鬼，野鼠城狐。风嗥雨啸，昏见晨趋。饥鹰厉吻，寒鸱吓雏。伏虣藏虎，乳血飧肤。崩榛塞路，峥嵘古馗。白杨早落，塞草前衰。稜稜霜气，蔌蔌风威。孤蓬自振，惊沙坐飞。灌莽杳而无际，丛薄纷其相依。通池既已夷，峻隅又以颓。直视千里外，唯见起黄埃。凝思寂听，心伤已摧。

和上文物华天宝，四方辐辏的兴旺发达景象相比较，真有隔世之感。试看城是人非，杂草丛生，鬼怪出没。饥鹰捕食小鸟，猛兽寻觅肉食，荆棘塞途，木落草衰，霜风凄劲，惊沙坐飞，满目凄凉，惨不忍睹。作者不由得感到极大的感伤。“孤蓬”以下数句，笔力雄健，动人心魄，感人肺腑。在辞赋中情感如此沉重浓烈之作，前此极其少见。末一段。继景物描写之后，转写人情感慨：

若夫藻扃黼帐，歌堂舞阁之基；璇渊碧树，弋林钓渚之馆。吴蔡齐秦之声，鱼龙爵马之玩，皆薰歇烬灭，光沉响绝。东都妙姬，南国丽人，蕙心纨质，玉貌绛唇，莫不埋魂幽石，委骨穷尘。岂忆同舆之愉乐，离宫之苦辛哉！

天道如何？吞恨者多。抽琴命操，为芜城之歌。歌曰：边风急兮城上寒，井径灭兮丘陇残。千龄兮万代，共尽兮何言！

昔日的舞榭歌台，声色犬马，如今皆成灰烬。不论是东部美女，还是南国佳人，一切赏心悦目的事物，都化为尘土，成为过眼的烟云，作者感伤之极，也使读者不得不深思名城荒芜至如此田地的社会原因：民族的斗争和权力的纷争。因而本文和后来一般文人的伤春悲秋之作，不能同日而语。它不仅有个人感伤，还有社会公愤；不仅有对旧时繁荣的留恋，还有对战乱制造者的政治批判。广陵之成为芜城一座，北魏和刘宋的某些统治者是罪魁祸首。“天道如何，吞恨者多”，鲍照对天命论提出勇敢的挑战。“芜城之歌”沉痛地倾述了作者对时代的悲伤。边城紧急，田园荒芜。面对未来的千秋万代，还有什么可说的呢！

《伤逝赋》源出西晋潘岳的《悼亡诗》，是作者悼念亡妻而作的，此后的悼亡之作，代有其人。“思一言于向时，邈众代于古年。逝稍远而变体，浸幽明而改时。览篇迹之如旦，婉遗意而在兹”，也同《悼亡诗》情境仿佛。作者与亡妻不能白首偕老，引为极大的遗憾：“发迎忧而送华，貌先悴而收藻。共甘苦其几人，曾无得而偕老。”但末尾“自古来而有之，夫何怨乎天道?”始于悲痛，终于解脱，作者没有陷于哀思而不能自拔，亦是鲍照和本赋的过人之处。

此外的几篇咏物小赋，也很清新可诵。《舞鹤赋》写鹤舞时的“态有遗妍，貌无停趣”，似乎没有什么更深的寄托。《野鹅赋》写“空秽君之园池，徒惭君之稻粱”的愧疚，是其平生栖身各藩王名下的牢骚之词，内心很不平静。《尺蠖》、《飞蛾》二赋，寓情于理，都有深意。作者对前者“动静必观于物，消息各随乎时，从方而应，何虑何思”似有所悟，认为包括自己在内的“高贤智士”都可从中获得通达权变、见机行事的深刻启示。《飞蛾赋》从“飞蛾候明”的特性里，曲折地表达了他对光明的执着追求。鲍照不愿做隐于南山的文豹，这一点和他想向临川王刘义庆“贡诗言志”的精神是一致的。

鲍照的文章，多数是骈体文。这是时代风气使然，并非是鲍照个人的爱好。《登大雷岸与妹书》为其中的名篇。其妹鲍令晖，是一位诗人，今存诗七首，有《香茗赋集》，今佚。钟嵘《诗品》认为她的诗“崭绝清巧”。鲍照只有一个妹妹。此文是用骈体形式写的一封家信。约作于元嘉十六年（439）秋后，当时临川王刘义庆出镇江州（今江西九江市），作者为其属吏，随之从建康（今南京）赴江州。大雷岸，即今成语“无过雷池一步”之雷池，在今安徽望江县。作者在这封家书里，满怀深情地向家乡亲人诉说远游的艰辛，离别的伤痛。在秋风寒雨之中，跋山涉水，露宿风餐，好不容易才来到大雷岸。居高临下，大好江山尽收眼底。其中描写长江波涛和庐山风景两处，最为动人：

西则回江永指，长波天合。滔滔何穷，漫漫安竭！创古迄今，舳舻相接，思尽波涛，悲满潭壑。烟归八表，终为野尘。而是注集，长写不测，修灵浩荡，知其何故哉！

西南望庐山，又特惊异。基压江潮，峰与辰汉相接。上常积云霞，雕锦缛。若华夕曜，岩泽气通，传明散綵，赫似绛天。左右青霭，表里紫霄。从岭而上，气尽金光，半山以下，纯为黛色。信可以神居帝郊，镇控湘汉者也。

长江波浪滔天，天水一色，浩浩漫漫，奔流不息。江上的船只连绵不断，仿佛贯通了古今历史长河。"思尽波涛，悲满潭壑"，融情入景，悲从中来，对烟波浩淼的江水，有一种神出鬼没之感，作者不知道长江为什么长流不息。下面对庐山的描绘，侧重其瑰丽色彩的探索：山上的云霞夕霏，是绚丽多彩五色缤纷的。水气连接山色，在晚霞辉映之下，天空一片通红，而山腰之下，则为青、黑之色。上有金光，下纯黛色，真是神仙居住的地方。

本书以写景取胜，但其中见景抒情处，亦引人注目："窥地门之绝景，望天际之孤云，长图大念，隐心者久矣！南则积山万状，负气争高，含霞饮景，参差代雄。"这不是和他早年不甘沉没，"终日碌碌与燕雀相随"（《南史》本传）的抱负息息相通吗！骈体文达意抒情，远不如乐府诗那样淋漓痛快，但内心不平仍是难以掩盖的。

《瓜步山楬文》是一篇骈体杂文，感情表达的显豁、语言文字的错落都胜过《登大雷岸与妹书》。瓜步山在今江苏六合县东南，东临大江，本是一座小山，但势居显要，居然成为游览胜地，鲍照对此大发感慨：

信哉，古人有数寸之籥，持千钧之关，非有其才施，处势要也。瓜步山者，亦江中眇小山也，徒以因迥为高，据绝作雄，而凌清瞰远，擅奇含秀，是以居势使之然也。故才之多少，不如势之多少远矣！

托物起兴，触景生情。其意与左思“地势使之然”（《咏史》）之反对门阀制度，如出一辙，和其本人《拟行路难》的激昂情绪，亦一脉相通。才与势社会价值之悬殊，被鲍照一语揭出，力有万钧，声若惊雷，代表了广大庶族知识分子的强烈呼声。同其诗一样，有震聋发聩的作用。

写景的《石帆铭》也是骈体，文字典雅，和汉赋的手法近似。把荆州石帆一带的山水写得惊心动魄，气象万千，惜乎没有和抒情结合起来，则影响远不及《登大雷岸与妹书》。鲍照集中尚有《佛影颂》和《飞白书势铭》二文，前者论绘画，后者论书法，可见其博学多才，文字上无多特色可言。

鲍照的文名远逊其诗名。其文前人亦多留意。《芜城赋》被誉为南朝抒情小赋的佼佼者，评价其高：“驱迈苍凉之气，惊心动魄之辞，皆赋家之绝境”（姚鼐《古文辞类纂》）。赋里属对工整，声调和畅，句法骈俪整齐而又有变化，标志辞赋骈化的较高层次。其他《登大雷岸与妹书》等文，亦皆是骈体文中的工细之作。清人许梿评论此文云：“明远骈体，高睬六代。文通（按指江淹）稍后出，差足颉颃，而奇峭幽洁不逮也。”（《六朝文絜》眉批）吴汝纶则曰：“奇崛惊绝，前无此体，明远创为之。”（转引自钱仲联《鲍参军集注》）总之，鲍照是一位使辞赋骈化，使骈体文用途拓宽的文章大家。

谢灵运（385～433），陈郡阳夏（今河南太康附近）人。其家为东晋显赫贵族。祖父谢玄，东晋车骑将军，淝水之战的指挥者。谢灵运聪明好学，博览群书，自幼生活在会稽始宁（今浙江上虞），十五岁来到建康。公元405年，出仕任琅琊王司马德文的大司马行参军。后任刘毅的记室参军、刘裕的太尉参军，后又任刘道怜的谘议参军，转中书侍郎。晋亡宋建，谢灵运降爵为侯（在晋末袭封康乐公），但仍任散骑常侍等职。谢灵运自视甚高，认为“宜参权要”（《宋书》本传），而刘宋王朝对他始终怀有疑虑。公元423年出为永嘉太守，纵情山水，不理政务。此后他有时在京，有时在外任。公元431年出任临川内史，后因罪流徙广州，被杀。

谢灵运诗文俱佳，在文学史上享有较高地位。他开创并大量创作山水诗，开拓了诗的表现领域。钟嵘《诗品》将他列为上品。其散文成就，虽不如诗，亦有特点。今有赋十余篇。《山居赋》收入《宋书》本传，最为著名。前有序，并有作者自注，极便阅读。《序》里称：“古巢居穴处曰岩栖，栋宇居山曰山居。”又说：“今所赋，既非京都宫观游猎声色之盛，而叙山野草木水石谷稼之事，才乏昔人，心放俗外，咏于文则可勉而就之，求丽，邈以远矣。”这是针对传统汉赋，如司马相如、班固、张衡多写“宫观游猎”之事而言的。其实本赋篇幅冗长，和汉代大赋一脉相承，再加自注，更为变本而加厉。谢灵运于公元423年离开到任不过一年的永嘉郡(治今温州)，回到始宁老家“山居”，这里有谢家多年经营的地主庄园，谢安曾在这里的东山高卧，谢玄东归，开始经营这个庄园。此次谢灵运归来，庄园的规模已经相当可观。《山居赋》描写它“左湖右江，往渚还汀。面山背阜，东阻西倾。抱含吸吐，款跨纡萦。緜联邪亘，侧直齐平”。是一个有山有水，有别业住宅，有农田水利，有手工业作坊的封建庄园。《山居赋》和陶渊明的《归园田居》根本不同，这不仅是居处条件的绝对悬殊，更在于作者情趣的根本差异。陶渊明追求自然宁静，谢灵运则是政治失意后的暂时滞留。谢灵运始终是既不得不承认“进德智所拙”，同时又毫不讳言“退耕力不任”(《登池上楼》)。回乡是为了游山玩水，游山玩水又时刻不忘东山再起，和陶渊明的躬耕西畴岂可同日而语。谢灵运说得明白：“奉微躯以宴息，保自事以乘闲”。“年与疾而偕来，志乘拙而俱旋”。他并非像陶渊明那样痛感“实迷途其未远，觉今是而昨非”。只是来到家乡山居，暂时休闲一下罢了。整篇看来，没有突破汉代大赋铺排堆垛的窠臼，近东、近南、近西、近北，层层叠叠；远东、远南、远西（此处残缺)、远北，断断续续，缺少必要的提炼和剪裁。再加时时议论佛老玄言，更为赋中赘疣。不过其中有的景物描写，尚属形象生动之笔：

近西则杨、宾接峰，唐皇连纵。室、壁带溪，曾、孤临江。竹缘浦以被绿，石照涧而映红。月隐山而成阴，木鸣柯以起风。

……

洪涛满则曾石没，清澜减则沈沙显。及风兴涛作，水势奔壮。于岁春秋，在月朔望。汤汤惊波，滔滔骇浪。电激雷崩，飞流洒漾。凌绝壁而起岑，横中流而连薄。始迅转而腾天，终倒底而见壑。

再有日常生产活动的记述：

春秋有待，朝夕须资。既耕以饭，亦桑贸衣。艺菜当肴，采药救颓。自外何事，顺性靡违。法音晨听，放生夕归。研书赏理，敷文奏怀。

“研书”云云，当然说的是作者一流的庄园主人。从文学角度看，《山居赋》较之汉赋无多新意。较之他所刻意模仿潘岳的《闲居赋》篇幅大大加长，抒情意味更为减少，把城镇园林改为山间庄园，山水草木，禽兽鱼鸟，面面俱到，也没有什么新的突破。但从历史角度看，《山居赋》则为东晋的封建庄园留下一篇细致描绘的史料，阶级关系虽然掩盖了，庄园经济的物质基础的描述，还是具体而切实的。

谢灵运是一个热衷于政治活动而不甘寂寞的人，士胄子弟本令人侧目，他内心也深知毁谤之在所难免，因而在《诣阙自理表》一文里，极力表白个人的清白无辜：

今虚声为罪，何酷如之。夫自古谗谤，圣贤不免。然致谤之来，要有由趣。或轻死重气，结党聚群。或勇冠乡邦，剑客驰逐。夫闻俎豆之学，欲为逆节之罪；山栖之士，而构陵上之衅。

今影迹无端，假谤空设，终古之酷，未之或有，非吝其生，实悲其痛。

恐怕为事态所逼，不得不如此恳切剖白，内心之愤懑，不吐不快，感情比较真实，词语也不多修饰，是一篇情见乎词的好文章。自然，即使在困窘险恶之时，必要的偶句还是要用的。张溥激赏本文“明痛”，并对其终遭弃市，深表同情。（《汉魏六朝百三名家集·谢康乐集题辞》）

颜延之（384～456）字延年。祖籍琅邪临沂（今属山东）。少孤贫，好读书，亦能诗文，与陈郡谢灵运齐名，并称“颜谢”，同列入“元嘉三大家”。东晋末年，任江州刺史刘柳后军功曹。入宋，任太子舍人，宋少帝时，出任始安太守。宋文帝时，任金紫光禄大夫。也称颜光禄。颜延之是刘宋时期重要作家。诗文都很著名。其诗喜用典故，堆砌辞藻。同时诗人鲍照认为他的诗“雕绘满眼”（《南史》本传）。成就远不如鲍照和谢灵运。文章亦有一定成就。早期有《祭屈原文》。历史记载，宋少帝时，到始安赴太守任，途经汨罗江，作《祭屈原文》。全文显示了作者对屈原的仰慕悼念，对其遭遇谗毁，寄予同情。把屈原“比物荃荪，连类龙鸾”，认为屈原的“声溢金石，志华日月”，评价很高。全文多四字对偶句，是一篇骈体祭文。

颜延之与著名诗人陶渊明有一段友好往来。《宋书·陶潜传》云：

先是，颜延之为刘柳后军功曹，在寻阳与潜情款；后为始安郡，经过，日日造潜，每往必酣饮致醉。临去，留二万钱与潜，潜悉送酒家，稍就取酒。

二人志趣投合，友情甚笃。陶渊明去世，颜延之写有《陶征士诔》，收入《文选》。文章把陶渊明孤高耿介的性格，写得栩栩如生，对其人品予以高度评价，特私谥为“靖节先生”。其序有云：

遂乃解体世纷，结志区外，定迹深栖，于是乎远。灌畦鬻蔬，为供鱼菽之祭；织絢纬萧，以充粮粒之费。心好异书，性乐酒德，简弃烦促，就成省旷，殆所谓国爵屏贵，家人忘贫者与？

陶渊明于南朝，并未引人重视。《文心雕龙》遍述前代文人及作品，唯在《隐秀》这篇疑端很多的“逸文”里提及“渊明”。钟嵘《诗品》列之为中品。《文选》只选诗文七篇。这样，颜延之此诔，不仅有史料价值，也是历史上第一个全面而公正地评价陶渊明的文章。

明人张溥认为颜延之“文莫长于《庭诰》，诗莫长于《五君》”，(《汉魏六朝百三名家集·颜光禄集题辞》)《庭诰》全文已佚，今散见《宋书》本传和类书之中。所谓《庭诰》，即“家训”、“家诫”一类作品。其中有涉及文论者，极为宝贵，比如疑心李陵《答苏武诗》一节，就很有见地：

逌李陵众作，总杂不类，元是假托，非尽陵制。至其善写，有足悲者。

收入《文选》的李陵五言诗之为伪作，今已成为定论。而最早独具只眼者，自属难能可贵。

《三月三日曲水诗序》收于《文选》，人们往往将它与王羲之《兰亭集序》相互比勘，二文都是抒情写景之佳作。三月三日于水边修禊以祓除不祥之俗，其来已久。宋文帝元嘉十一年（434）三月丙申，各界名流，禊饮于乐游苑。江夏王刘义恭等命与会者都要作诗，同时命太子中庶子颜延之作序。（《文选》注引裴子野《宋略》）奉旨命题作文，违心之论，在所难免。其间不涉及歌颂“圣武”“睿文”的写景之处，尚有可观：

> 南除辇道，北清禁林。左关岩隥，右梁潮源。略亭皋，跨芝廛，苑太液，怀曾山，松石峻垝，葱翠阴烟，游泳之所攒萃，翔骤之所往还。

全文远不如《兰亭集序》俯仰天地，往来古今那样挥洒自如，淋漓尽致。齐代永明年间，王融亦有同题之作，据称“文藻富丽”，而篇幅冗长，亦收入《文选》。

谢惠连（397～433），陈郡阳夏人。谢灵运族弟，十岁能文，深受谢灵运的赏识。本州辟州簿，不就。元嘉七年（430），起为司徒彭城王刘义康的法曹行参军。谢惠连能诗善赋。其《雪赋》为六朝名篇。自战国宋玉《风赋》伊始，描写自然现象的赋层出不穷。《雪赋》显然受到《风赋》的启发。他们都不满足于客观描摹风、雪的状态，而是侧重描写风、雪给人的独特感受。《风赋》拟托楚襄王和宋玉、景差，陈说咏风之意。《雪赋》如法炮制，假托梁王和司马相如、邹阳等人对话。下面是司马相如对雪的观感。

> 眄隰则万倾同缟，瞻山则千岩俱白。于是台如重璧，逵似连璐，庭列瑶阶，林挺琼树。皓鹤夺鲜，白鹇失素，纨袖惭冶，玉颜掩姱。若乃积素未亏，白日朝鲜，烂兮若烛龙衔耀照昆山；尔其流滴垂冰，缘雷承隅，粲兮若冯夷剖蚌列明珠。

上为正面写雪的洁白晶莹，与汉赋手法无多差别。下面邹阳在“积雪之歌”和“白雪之歌”里，侧重抒发岁暮的悲哀。篇末收以枚乘之乱词，面对洁白如玉之雪，流露出无所作为的情绪，较之单纯咏物，又多一层作者的思绪，尽管它偏于消极。全赋精心结撰，字斟句酌，虽模仿宋玉，但较宋玉之赋，语言更为精粹，色彩更为绚丽，有典型六朝赋偏重形式完美的特点。

与《风赋》、《雪赋》并列于《文选》“物色”一类里的，尚有谢庄的《月赋》。

谢庄（421～466）字希逸。祖籍陈郡阳夏（今河南太康）。谢惠连之族侄。宋文帝末年，任太子中庶子。孝武帝刘骏即位，任侍中，后官吏部尚书、散骑常侍、金紫光禄大夫。据说谢庄七岁能文，文名远扬。其《月赋》与谢惠连的《雪赋》齐名并称，都是六朝咏物写景小赋的名篇，手法如出一辙。同宋玉《风赋》、谢惠连《雪赋》一样，《月赋》假托陈王曹植和王粲对答。但全赋对月色本身之描写，较之《雪赋》对雪之描写更少。前人云“只写月夜之情，非为赋月也”，（《文选》孙批）确是如此。如写月光之下人的感觉：

若乃凉夜自凄，风篁成韵；亲懿莫从，羁孤递进；聆皋禽之夕闻，听朔管之秋引。于是丝桐练响，音容选和。徘徊《房露》，惆怅《阳阿》；声林虚籁，沦池灭波；情纡轸其何托，愬皓月而长歌。

歌曰：美人迈兮音尘阙，隔千里兮共明月。临风叹兮将焉歇？川路长兮不可越。

这里写的是王粲自身的羁旅异乡的游子情怀，和上文以曹植为代表的君王“端忧多暇”，借月色在歌舞结束之后，寻些消遣，适成鲜明对照。游子在月下，惟有徘徊惆怅，内心痛苦无处寄托，只能“隔千里兮共明月”，内心悲凉，场面凄清，其情其景，都很动人。本文写的是思乡之淡淡哀愁，情景交融，触景生情，艺术境界比较完美，思想价值并不很高。句式虽然整齐，骈俪却并不工整。据说宋孝武帝刘骏曾吟诵过这篇《月赋》，称叹良久，对颜延之说：“希逸此作，可谓前不见古人，后不见来者。昔陈王何足尚哉！”（唐孟棨《本事诗·嘲戏》）评价有过誉之嫌，但此赋有感人之处是不容忽视的。唐人李白诗云：“我寄愁心与明月，随君直到夜郎西。”（《闻王昌龄左迁龙标遥有此寄》）苏轼词云：“但愿人长久，千里共婵娟。”（《水调歌头》），显然都受到此赋之启示。

第二节 王融、孔稚珪、谢朓、刘勰

王融（467～493）字元长，祖籍琅邪临沂（今属山东）。著名文人王僧达之孙。年少时举秀才。后入竟陵王萧子良幕，与沈约、谢朓、范云、任昉、萧衍等并称“竟陵八友”，极受赏识。齐武帝永明十一年（493），兼任主客，接待北魏使者，应对便捷。北魏犯境，任宁朔将军军主。后萧子良、萧昭业在武帝病重期间争夺帝位，萧子良失败，王融因依附他而被孔稚珪奏劾，赐死。王融诗文兼擅，文辞辩捷，援笔可待。

《三月三日曲水诗序》为其散文代表作，当与颜延之同时同事而作。史载，北魏使者认为王融之作超过颜延之，可以和汉代司马相如的《封禅书》相比。（《南齐书》本传）其实王融此序，同样是应制之作，和颜延之并无二致。文章极尽歌功颂德之能事，较之颜延之所作，有过之而无不及。北魏使者盛赞，《昭明文选》入选，当与此有关。王融说什么“皇帝体膺上圣，运钟下武，冠五行之秀气，迈三代之英风。昭章云汉，晖丽日月，牢笼天地，弹压山川”，“可谓巍巍弗与，荡荡谁名”，和汉代大赋的文辞语调相比，也是后来居上。

王融的一些书启文字，却有真情实感，所言亦不全是书生之见。在《请习校部曲疏》里，他自愿赴前敌，抗击边患：

> 臣之寸心，独有微愿。自猃狁荐食，荒侮伊瀍，天道祸淫，危亡日至。母后内难，兵力外虚，谣言物情，属当今会。若藉巫汉之归师，骋士卒之余愤，取函谷如反掌，陵关塞若摧枯。但士非素蓄，无以即用；不教民战，是实弃之。特希私集部曲，豫加习校。若蒙垂许……

看样子，王融真想大干一场。《求自试启》亦表示他不安现状，欲有所作为的强烈愿望：“然无勤而官，昔贤曾议；不任而禄，有识必讥。臣所用慷慨愤懑，不遑自安……”从上二文看，王融绝不满足于当一个文人墨客。

《永明九年策秀才文》收入《六朝文絜》，是骈体文的名篇。这是一篇代皇帝而拟的“策问”，以求秀才们的应答。文章以劝农为本，同汉代贾谊、晁错之论“积贮”“贵粟”之旨相同，而行文骈俪，文质彬彬：

问：昔周宣惰千亩之礼，虢公纳谏；汉文缺三推之义，贾生置言。良以食为民天，农为政本。金汤非粟而不守，水旱有待而无迁。朕式照前经，宝兹稼穑。祥正而青旗肃事，土膏而朱纮戒典，将使杏花、菖叶，耕穫不愆；清畎、冷风，述遵无废。

为皇帝设想，即是作者本人的政治理想，这是骈文形式完美而内容可取的一篇出色短文。对唐宋以来的表启一类应用文有较大影响。

孔稚珪（447～501）一作孔珪，字德璋。会稽山阴（今浙江绍兴）人。刘宋时任尚书殿中郎。齐武帝永明期间，任御史中丞。东昏侯即位，迁太子詹事。孔稚诗文久负盛名，曾和江淹在齐高帝萧道成幕中“对掌辞笔”。史载其“不乐世务，居宅盛营山水”（《南齐书》本传）。但在弹劾同僚时，则不遗余力。请看他的《奏劾王融》一文：

融姿性刚险，立身浮竞，动迹惊群，抗言异类。近塞外微尘，苦求将领。遂招纳不逞，扇诱荒伧，狡弄声势，专行权利。反复唇齿之间，倾动颊舌之内。威福自己，无所忌惮，诽谤朝政，历毁王公……

罪名之大、之多，固已罪不容诛。挟怨之深，竟然加以人身攻击，则极不足取。

南北朝骈文名篇《北山移文》攻击假隐士周颙，更是不留余地，痛快淋漓。北山，即今南京钟山，又名紫金山。《文选》六臣注云：“钟山在都北。其先，周彦伦（周颙字）隐于此。后应诏出为海盐县令，欲却过此山。孔生乃假山灵之意移之，使不许得至，故云《北山移文》。”后人多沿用此说。但此文在《南齐书》的孔稚珪、周颙传里，只字未提。而且史载周颙亦无先隐后官之事，因此五臣注大可怀疑。再加孔稚珪其人，也从未反对出仕做官，本文主旨，更令人不解。有人认为此文乃是俳谐文字，文人骋一时之兴而为之，读者不必认真吹求。

就讽刺文章而言，确乎嬉笑怒骂，皆成文章，试看下面一小段：

昔闻投簪逸海岸，今见解兰缚尘缨。于是南山献嘲，北垄腾笑，列壑争讥，攒峰竦诮。慨游子之我欺，悲无人以赴吊。故其林惭无尽，涧愧不歇。秋桂遣风，春萝罢月，骋西山之逸议，驰东皋之素谒。

如果把周颙不看成是历史人物，而是一个“身在江海之上，心居魏阙之下”（《庄子·让王》）的典型，则此文更有普遍性，更有艺术价值。“移文”似檄文，《文心雕龙》有《檄移》一篇，专章讨论。认为“移者，易也，移风易俗，令往而民随者也”。而且有“文移”和“武移”之分，是古代一种声讨性文字，《北山移文》为其著名者，孔稚珪也凭此一文而得名。

谢朓（464～499）字玄晖，祖籍陈郡阳夏（今河南太康），后随晋王室南下。为谢灵运族侄，高祖谢据为谢安之兄。其母为宋文帝之女长城公主。谢朓少而好学。初为太尉豫章王萧嶷行参军，后为随王萧子隆东中郎府，转王俭卫军东阁祭酒。后又为随王镇西功曹，转文学。永明九年（491），随荆州刺史萧子隆到荆州。后调回京都，任新安王中军记室，兼尚书殿中郎。建武二年（495）出为宣城太守，后迁尚书吏部郎。永元元年（499），江祏等谋立始安王萧遥光，谢朓不预其谋，于是被诬陷而死。谢朓“文章清丽”（《南齐书》本传），诗的成就尤高，与谢灵运齐名，也称“小谢”。并与谢灵运、谢惠连，合称“三谢”。钟嵘《诗品》将其列为中品。是继谢灵运之后，著名的山水诗人。

谢朓散文成绩远不如诗，但亦有少数可读文章。谢朓今存赋数篇，都是体制短小的骈赋，《思归赋》、《酬德赋》为抒情小赋，后者是感戴沈约的知遇之恩的。《高松赋》、《杜若赋》都是奉教而作的咏物赋。较好的是《游后园赋》和《临楚江赋》，都是写景之作，可与其山水诗媲美。如前者：

积芳兮选木，幽兰兮翠竹。上芜芜兮荫景，下田田兮被谷。左蕙畹兮弥望，右芝原兮写目。山霞起而削成，水积明以经复。于是敞风闼之蔼蔼，耸云馆之迢迢，周步檐以升降，对玉堂之泬寥。

此纯为景物描写。《临楚江赋》则于忧思中把景色写得触目惊心：

> 爰自山南，薄暮江潭，滔滔积水，嫋嫋霜岚。忧与忧兮竟无际，客之行兮岁已严。尔乃云沉山岫，风动中川，驰波郁素，骇浪浮天。明沙宿莽，石路相悬。于是雾隐行雁，霜眇虚林，迢迢落景，万里生阴。

谢朓的赋，一如其诗，明丽清浅，文字平易简炼，绝不用生僻字句，尽脱汉赋铺排堆垛积习，较之魏晋抒情小赋，又有长进。无论抒情、写景，均以寻常语表达出来，读之有轻快自如之感。

其表、教、笺、启等文，多为奉教应制之作，仓促而成，文意两乖。唯《拜中军记室辞随王笺》，选入《文选》，又颇受明人张溥之青睐。这是在永明十一年（493）秋，因谢朓以文才被随王萧子隆赏爱，引起朝廷注意，于是调他回京，出任新安王萧昭文的中军记室。行前，在荆州向萧子隆告别，已经预感到前景的险恶：

> 不悟沧溟未运，波臣自荡；渤澥方春，旅翮先谢。清切藩房，寂寥旧荜。轻舟反溯，吊影独留。白云在天，龙门不见。去德滋永，思德滋深。惟待青江可望，候归艎于春渚；朱邸方开，效蓬心于秋实。如其簪屦或存，衽席无改，虽复身填沟壑，犹望妻子知归。揽涕告辞，悲来横集，不任犬马之诚。

对萧子隆眷念之深，正是由于前途未卜，而内心惶惑之情，由此充分表达出来。本文全是骈语，足见永明时诗文互通，文章亦复讲求四六铿锵。前人评此文："诗人之文，自饶本色。"（《文选》孙批）颇得要领。

刘勰（465？～520？）字彦和。祖籍山东莒县（今山东日照），寄居江苏镇江。幼年生活困苦，追随著名和尚僧佑十余年。僧佑为著名学者，精通佛理和儒家典籍，编有《弘明集》。刘勰在定林寺，协助僧佑整理藏经。齐代末年，刘勰精心结撰的《文心雕龙》成书，但没有人注意。后经学界名人沈约的肯定，刘勰才获人重视。公元502梁朝建立，刘勰为官二十年，先后任记室、参军、县令和昭明太子的通事舍人。最后出家为僧，法名慧地，不及一年即溘然长逝。

《文心雕龙》是刘勰撰著的我国古代空前绝后的系统的文学理论专著。现代学者一般多认为此书完成于齐代，因为在《时序》篇里有“暨皇齐驭宝，运集休明”之语。因此，尽管刘勰历经宋、齐、梁三朝，我们认为还是把《文心雕龙》放在齐代介绍，较为合适。

《文心雕龙》全书共五十篇，分上下二卷。内容包括五大部分：一、序言。即最末一篇《序志》，说明写作缘起和概述全书的安排。二、绪论。包括《原道》、《征圣》、《宗经》、《正纬》《辨骚》5篇。是全书立论的纲领。三、文体论。包括《明诗》、《乐府》、《诠赋》直到《议对》、《书记》等篇讨论了二十一种文体的特点、源流。四、创作论。是本书的精彩部分，讨论文学的构思、特点、变化发展、内容与形式、风格特色和修辞手法，包括《神思》到《总术》共十七篇。五、批评论。讨论了文艺批评态度、批评家的修养等问题。包括《体性》、《指瑕》、《时序》、《物色》、《才略》、《知音》、《程器》等七篇。

刘勰生活于骈文极盛的南北朝，“文变染乎世情，兴废系乎时序”（《时序》），文学不能脱离社会，文风不能脱离时代。因此，刘勰笔下的《文心雕龙》这部学术著作，也用了骈体文的语言形式，而且是典型的规范的骈体文。这足以说明，刘勰不仅是一位伟大的文艺理论家，而且还是一位优秀的骈体文作家。《文心雕龙》有些篇章，如《神思》、《物色》等，都是情理相生，文质双美的出色骈体文，完全可以作为骈体文的范文阅读。

实践出理论，写了如此优美骈体文的刘勰，对骈文有精湛的研究，在《文心雕龙》一书里，特设《丽词》一篇（属“创作论”），对骈体文的产生、特色（对偶句），进行全面的分析论证，是我国骈体文理论的权威著作。刘勰认为事物的成双成对，乃是自然界的规律：

> 造化赋形，支体必双；神理为用，事不孤立。夫心生文辞，运裁百虑，高下相须，自然成对。

刘勰认为对偶成文，由来已久：

> 唐虞之世，辞未及文。而皋陶赞云：“罪疑惟轻，功疑惟重。”益陈谟云：

"满招损，谦受益。"岂营丽辞，率然对尔。《易》之《文》、《系》，圣人之妙思也。序乾四德，则句句相衔；龙虎类感，则字字相俪。乾坤易简，则宛转相承；日月往来，则隔行悬合；虽句字或殊，而偶意一也。

对偶句出现很早，不成问题。只是所举之例，出伪古文《尚书》和《易传》，前者乃晋人伪造；后者当为战国前后的作品，都不是"唐虞之世"。下面历数从《诗经》到晋代丽辞的发展，大体还符合历史实际：

至于诗人偶章，大夫联辞，奇偶适变，不劳经营。自扬、马、张、蔡，崇盛丽辞，如宋画、吴冶，刻形镂法，丽句与深采并流，偶意共逸韵俱发。至魏晋群才，析句弥密，联字合趣，剖毫析厘。然契机者入巧，浮假者无功。

骈文到晋代才算完备。"契机者入巧，浮假者无功"是刘勰为骈文之高下树立的批评标准，只有那些得其机要，妙合自然的对偶句，才是工巧的；而那些空洞浮泛，肆意做作的对偶句，是毫无艺术效果的。应当说树立这一标准是必要的，因为生活中不管有多少对偶句存在，都和骈文中人为对偶、煞费苦心是两回事。如果文人们脱离生活，避门觅句，愈新愈巧，越不自然。刘勰既肯定骈文，又为骈文提出一个适当的标准，希望杜绝骈俪句式的恶性发展，是有历史意义的。

下面刘勰具体深入地研究了俪句对偶的四种情况："言对为易，事对为难；反对为优，正对为劣。"并举出了明显的例证。这是骈文盛行时期的一次总结。同时也举出张华、刘琨诗中词语重复的缺点。并进一步对丽辞中的不足做出分析：

是以言对为美，贵在精巧；事对所先，务在允当。若两事相配，而优劣不均，是骥在左骖，驽为右服也。若夫事或孤立，莫与相偶，是夔之一足，趻踔而行也。

言对指不用典，要求偶句精巧；事对指用典，要求偶句允当。精巧和允当的要求是完全必要的。对偶的二者，如果配合不好，就像人用一条腿跳着走路一样。

末一段更为重要，并不是凡是丽辞都是美的、好的，更要求写作丽辞的，人有

"气"，文有"采"。否则俪句也会令人昏睡，不被感动：

> 若气无奇类，文乏异采，碌碌丽辞，则昏睡耳目。必使理圆事密，联璧其章，迭用奇偶，节以杂佩，乃其贵耳。类此而思，理自见也。

刘勰重申，骈体文和其他文章一样，都要求说理时把道理说得圆通，材料掌握要求细致严密。篇章结构，如珠联璧合，句子的或奇或偶，要交替使用，声韵的安排，要如同各种佩玉相互调节一样。只有这样才能把事理，用骈体文表达清楚。

以骈体文说明有关骈体文的理论知识，如同用骈体文说明其他文学理论一样，既要说明道理，又要巧用骈对，对作者是双重考验。刘勰骈文的成功，说明其驾驭语言的能力亦是惊人的。最后用《丽辞》篇的赞词，结束对刘勰骈文理论之介绍：

> 体植必两，辞动有配。左提右挈，精味兼载。炳烁联华，镜静含态。玉润双流，如彼珩珮。

第三节　萧氏父子、江淹及梁其他散文家

萧衍（464～549）即梁武帝，字叔达，南兰陵（今江苏常州）人。与齐皇族同宗。在齐时，为竟陵王肖子良的"竟陵八友"之一。并任宁朔将军、雍州刺史等职。公元502年，通过"禅让"成为梁代的开国之君。在位四十八年，政局比较稳定，经济有所发展，是南朝统治时间最长的皇帝。晚年，由于诸皇子争夺帝位，内部矛盾激化。太清二年（548），临贺王萧正德叛变降于侯景，攻入建康，萧衍被囚台城，次年饿死。萧衍博学能文，工书法，通音乐。又是一个诚笃的佛教徒。称帝之后，重用文士，提倡文学创作，促成了梁代文学创作之繁荣。

萧衍能诗善文。其诗善拟民歌，风格俚俗。其文亦有个性和文采。《净业赋序》有如曹操的《让县自明本志令》，遣词命意，如出一辙。明人张溥云："梁武帝《净业赋序》，即曹孟德之《述志令》也。孟德奸雄善文，自许西伯；梁武亦谬比汤武，

大言不怍。”(《汉魏六朝百三名家集·梁武帝集题辞》) 此序先言早年志趣：“少爱山水，有怀丘壑。”继而叙述其在“上政昏虐，下竖奸乱”的情况下，参加政治斗争，并取得永元二年（500）起兵的胜利，进而建立梁朝，指日可待。此时：

> 独夫即除，苍生甦息，便欲归志园林，任情草泽。下逼民心，上畏天命，事不获已，遂膺大宝。如临深渊，如履薄冰，犹欲避位，以俟能者。若其逊让，必复鱼溃，非直身死名辱，亦负累幽显。

用心良苦，同当年曹操“已败则国家倾危”的口实，一模一样。此后说居安思危，“因尔蔬食，不噉鱼肉，虽自内行，不使外知”，颇有慎独之功，前人多谓矫情已极。再看下文：

> 朕又自念有天下，本非宿志。杜恕有云：“刳心掷地，数片肉耳！”所赖明达君子，亮其本心。谁知我不贪天下，唯当行人所不能行者，令天下有以知我心。复断房室，不与嫔侍同屋而处，四十余年矣。

行文通脱，直追曹操，盖二人有相同之政治地位，复有相通之心理活动，因而叙事说理，遣词造句，均极酷似。萧衍更语及饮食男女之事，较之曹操，实有过之而无不及。行文亦骈亦散，不事雕琢，一任性之所之，所言亦必实情。萧衍还有一篇《孝思赋序》，亦是序比赋本身更引人注意。此序自述生平，言及“内失所恃”，“外失所怙”，以及此后参加政治活动的情况，描绘细腻形象，饱含情愫，身为王公，仍有普通人之情怀。

萧衍的诏令书敕一类皇皇大文，也都很有个性，出言无忌，有时能言善辩，据理力争，有如学者之学术论战：

> 又云：至治者必以淳素为先，此言大善。夫子言：“其身正，不令而行；其身不正，虽令不从。”朕绝房室三十余年，无有淫佚。朕颇自计，不与女人同屋而寝，亦三十余年。至于居处，不过一床之地。雕饰之物，不入于宫。此亦人所共知。受生不饮酒，受生不好音声，所以朝中曲宴，未尝奏乐，此群贤

之所观见。朕三更出理事，随事多少，事少或中前得竟，或事多至日昃方得就食。日常一食，若昼若夜，无有定时。疾苦之日，或亦再食。昔腰腹过于十围，今之瘦削，裁二尺余。旧带犹存，非为忘说。

身为人君，其自奉如此俭朴，令人难以置信，但人证（人瘦腰细）、物证（旧带犹存），也不容人不信了。这篇给散骑常侍贺琛的敕文，斤斤计较，不留余地，具体而微，情见乎词，当为自撰，断非词臣捉刀代笔之作。在六朝骈文充斥情况下，此一生动口语的散文，真是绝无仅有的。

萧衍的好文章，都作于称帝之后，此乃萧衍未脱文人之习的表现，亦和他持身俭朴有关。既然“三更出理事”，每“日常一食”，那么，案牍之事，想亦是事必躬亲，笔下流露真情，胸中不留余物，亦情理中事。而曹丕的好文章，皆在称帝之前。君临天下后的诏令，无一可见其喜怒性灵，恐皆臣下代拟之故罢！

萧衍的文风很像曹操。萧氏父子喜爱文学也很像曹氏父子。

萧统（501～531）字德施，萧衍之长子。天监元年（502）立为皇太子。不幸年仅 31 岁而卒。谥号昭明。萧统幼而好学，所编《文选》，流传至今。萧统不仅是著名的选家，亦是著名的批评家、鉴赏家。他的散文名篇当推《陶渊明传》、《陶渊明集序》和《文选序》。

陶渊明为东晋著名作家，诗文兼美。今天在《晋书》、《宋书》和《南史》三部史书里，都有他的传记。但都不如萧统的《陶渊明传》写得更有情趣。本传侧重描写陶渊明的声容笑貌，和性格特点。例如：

渊明不解音律，而蓄无弦琴一张，每酒适，辄抚弄以寄其意。贵贱造之者，有酒辄设。渊明若先醉，便语客：“我醉欲眠，卿可去！”其真率如此。郡将尝候之，值其酿熟，取头上葛巾漉酒，漉毕，还复著之。

这些当然非一般史传文字可比。

如果说《陶渊明传》着重记叙、描写的话，那么，《陶渊明集序》则着重议论、评估，而文中骈俪成分也较陶传为多：

其文章不群，辞采精拔，跌宕昭彰，独超众类。抑扬爽朗，莫之与京。横素波而傍流，干青云而直上。语时事则指而可想，论怀抱则旷而且真。加以贞志不休，安道苦节，不以躬耕为耻，不以无财为病。自非大贤笃志，与道汙隆，孰能如此乎？

余素爱其文，不能释手，尚想其德，恨不同时。

笔锋夹带感情，议论中抒情意味极浓。虽然如此，评价还是客观而公允的。至于“白璧微瑕，惟在《闲情》一赋”云云，前人颇多异议，今人更不以为然了。不过此论亦属此序之“白璧微瑕”而已，不必深论。

《文选序》在我国文学批评史上有重大意义。该序内容有三部分：首言文之起源，次述各种文体的特点和递变概况，末叙《文选》编选原则。兹录两段，以见其文采：

又楚人屈原，含忠履洁，君匪从流，臣进逆耳，深思远虑，遂放湘南。耿介之意既伤，壹郁之怀靡愬，临渊有怀沙之志，吟泽有憔悴之容。骚人之文，自兹而作。

若其赞论之综辑辞采，序述之错比文华，事出于沈思，义归乎翰藻，故与夫篇什，杂而集之，远自周室，迄于圣代，都为三十卷，名曰《文选》云耳。

前为对屈原历史地位的评价，后为《文选》衡文的标准。文辞雅洁完美，出于熟练于骈体文写作的高手，正可涵盖南朝文章的风尚。

萧纲（503～551）字世缵。萧衍第三子。中大通三年（531）立为皇太子。太清三年（549）即帝位，史称简文帝。在位二年，被侯景所废。幽于永福省，被杀。萧纲有诗近三百首，为南朝诗人之最。萧纲虽为宫体诗的开创人，其文却不尽“宫体”，而且所存无多。萧纲的几篇赋，确实“伤于轻艳”（《梁书·简文帝本纪》）。如《晚春赋》、《采莲赋》都是例证。前者有：

望初篁之傍岭，爱新荷之发池。石凭波而倒植，林隐日而横垂。见游鱼之戏藻，听惊鸟之鸣雌。树临流而影动，岩薄暮而云披。既浪激而沙游，亦苔生而径危。

纯是景物描写，花发、鱼游、鸟鸣、影动，一派生机，万象奔汇，如诗如画，是轻快明净的小品文，较之描写“楚王暇日之欢，丽人妖艳之质”的《采莲赋》，“轻”则有之，“艳”则未必。

萧纲的文论，后人时有訾议。诟病最多的是《诫当阳公大心书》：

汝年时尚幼，所阙者，学。可久可大，其唯学欤？所以孔丘言：“吾尝终日不食，终夜不寝，以思，无益，不如学也。”若使墙面而立，沐猴而冠，吾所不取。立身之道，与文章异。立身先须谨重，文章且须放荡。

“放荡”云云，屡遭物议。既然文章与立身相对而言，放荡与谨重相对而论，似乎亦无大误。此文章约略等同今天针对诗赋而言的文学。文学创作，要形象思维，要“精骛八极，心游万仞”（陆机《文赋》），一味如立身之“谨重”，将成其为什么文学？“放荡”云者，敞开思想之谓也，即今语之“展开理想的翅膀”的意思。我们不仅不该非议萧纲的“放荡”论，还应当肯定他对文学创作的特性的揭示。此“放荡论”，如同曹丕的“诗赋欲丽”（《典论·论文》）、陆机的“诗缘情而绮靡，赋体物而浏亮”（《文赋》）、萧统的“事出于沉思，义归乎翰藻”（《文选序》）一样，都是对文学特性的突破性的认识。

《与湘东王书》同样突出文学的特性，反对把诗文成为经典的仿制品。他看到京师的文章“既殊比兴，正背风骚”。他坚信：

若夫六典三礼，所施则有地；吉凶嘉宾，用之则有所。未闻吟咏情性，反拟《内则》之篇；操笔写志，更摹《酒诰》之作。“迟迟春日”，翻学《归藏》；“湛湛江水”，遂同《大传》。

吾既拙于为文，不敢轻有掎摭。但以当世之作，历方古之才人，远则扬、马、曹、王，近则潘、陆、颜、谢，而观其遣词用心，了不相似。若以今文为是，则古文为非。若昔贤可称，则今体宜弃。俱为盍各，则未之敢许。

前段强调言志抒情的艺术作品，和学术典籍是两回事，各有各自的用途和特色，艺术创作万万不能模仿学术著作。后段意在说明文学作品是个人的创造，有鲜明的个人特色，“虽父兄不可以移子弟”（曹丕《典论论文》）。而且一代有一代之文学，不可简单类比。不过此点萧纲没有说清楚，好像在宣扬古今文学对立，无法沟通，且有不同的批评标准。

萧绎（508～554）字世诚，自号金楼子。萧衍之第七子。天监十三年（514）封湘东王，时年七岁。成年后出为荆州刺史、江州刺史。侯景之乱，萧绎依附西魏、北齐，出兵击破侯景。公元552年，于江陵即帝位，史称梁元帝。后被西魏虏获，不久被杀。萧绎亦是著名学者兼作家。著有《金楼子》十五篇，已有散佚，其中《立言篇》提出“绮縠纷披，宫徵靡曼，唇吻遒会，情灵摇荡”为评论“文”之标准，即文学作品应具备文采、音律、情感等因素。而且对六朝时流行的文、笔之论有新的解释，对中国文学批评史卓有建树。史称萧绎“既长好学，博总群书，下笔成章，出言为论，才辨敏速，冠绝一时”（《梁书·元帝本纪》）。萧绎文章，出自己手，他并以此自豪。《金楼子序》称：“常笑淮南之假手，每唾不韦之托人。”这在历代皇家撰述中，是极其罕见的。

萧绎的小赋，虽然难免“轻艳”之讥，其实是婉丽多情，在个人抒情小赋风行中，别出心裁，侧重描摹刻画，于骈赋里注入新鲜血液。如《采莲赋》：

紫茎兮文波，红莲兮芰荷。绿房兮翠盖，素实兮黄螺。於时妖童媛女，荡舟心许。鹢首徐回，兼传羽杯。櫂将移而藻挂，船欲动而萍开。尔其纤腰束素，迁延顾步，夏始春余，叶嫩花初，恐沾裳而浅笑，畏倾船而敛裾。

把少男少女于河中采莲戏耍的喧闹气氛，写得五彩缤纷，颇有诗情画意，不啻一篇抒情散文，或散文诗。《荡妇秋思赋》累遭物议，其实是魏晋以来风行的思妇诗之敷演，内容健康，文笔优美，无须指责。此中“倡楼荡妇”，南朝《子夜》、《读曲》诸民歌，十九出于其口，本不足奇。全文如下：

荡子之别十年，倡妇之居自怜。登楼一望，惟见远树含烟。平原如此，不知道路几千？天与水兮相逼，山与云兮共色。山则苍苍入汉，水则涓涓不测。谁复堪见鸟飞，悲鸣双翼。秋何月而不清？月何秋而不明？况乃倡楼荡妇，对此伤情。于时露萎庭蕙，霜封阶砌。坐视带长，转看腰细。重以秋水文波，秋云似罗。日黯黯而将暮，风骚骚而渡河。妾怨回文之锦，君思出塞之歌。相思相望，路远如何！鬓飘蓬而渐乱，心怀愁而转叹。愁萦翠眉敛，啼多红粉漫。已矣哉！

秋风起兮秋叶飞，春花落兮春日晖。春日迟迟犹可至，客子行行终不归。

此赋较之《采莲赋》艺术上更高一筹。此赋音韵和谐，节奏明快，语言明艳，色彩绚丽，阅之赏心悦目，读之朗朗上口，是一篇纯文学的抒情散文，在汉末以来的抒情小赋中，别开生面，与文坛前辈江淹的《恨赋》、《别赋》声气相通，共同把六朝抒情骈赋的艺术水平提高到一个新的阶段，唐宋的《阿房宫赋》、《赤壁赋》当由此生发而出。

江淹（444～505）字文通、济阳考城（今河南兰考）人。一生历经宋、齐、梁三朝，史称江淹“少孤贫”，“不事章句之学，留情于文章”（《南史》本传）。早年为宋皇族始安王刘子贞讲授五经，因得以入仕，先后在始安、新安、建平诸王幕府中任职。因得罪建平王刘景素，被贬到边远的建安吴兴（今福建浦城）任县令。萧道成（齐高帝）在宋末辅政时，召江淹为僚属，备受重用，为萧道成谋篡帝位作过贡献。齐代宋后，江淹官运亨通，历任中书侍郎、尚书左丞、御史中丞等职。齐末，萧衍（梁武帝）起兵，江淹又前往投靠。入梁后，地位更为显赫，官至金紫光禄大夫，封醴陵伯。“江朗才尽”的故事，据钟嵘《诗品》知在齐明帝时，正罢宣城太守。今存作品均为前期（即齐永明以前）作品（即均为宋及齐初所写）。清人纪昀在《四库全书总目提要》（卷 148）曾有考订。

江淹为南朝诗赋大家，现存的早年作品显示了他的创作才能。晚年才尽，和其官越做越大，离社会生活越来越远有关。江淹今有赋二十余篇（有的残缺），最享盛名的是《恨赋》和《别赋》，是南朝抒情小赋的冠冕。《恨赋》所写的主要是人生短促，有志不逞的苦闷。作者面对“蔓草萦骨，拱木敛魂”，感到“心惊不已”，于是怀念了古人的种种恨事，计有帝王之恨（秦始皇）、列侯之恨（赵王张敖）、名将之恨（李陵）、美人之恨（王昭君）、才士之恨（冯衍）、高人之恨（嵇康），贫困、荣华之恨（泛指），最后殿以：

春草暮兮秋风惊，秋风罢兮春草生。绮罗毕兮池馆尽，琴瑟灭兮丘陇平，自古皆有死，莫不饮恨而吞声。

全赋充满浓烈的感伤情调。形式罗列排比，一如汉赋，而语言明通警策，绝无堆垛之嫌。其中描写昭君的远嫁匈奴、冯衍的怀才不遇最为凄切动人：

若夫明妃去时，仰天太息。紫台稍远，关山无极。摇风忽起，白日西匿。陇雁少飞，代云寡色，望君王兮何期？终芜绝兮异域。

至乃敬通见抵，罢归田里。闭关却扫，塞门不仕。左对孺人，右顾稚子。脱略公卿，跌宕文史。赍志没地，长怀无已。

前者突现赴匈奴途中的惨淡景色，后者着眼其家中的寂寞孤独，或情或志，均感人肺腑。

如果说写荣枯同归于尽的《恨赋》伤感逾度的话，那么，《别赋》的伤感亦不在其下。只是述说的角度，运用的题材不同而已。《别赋》所写的是离情别绪这个永恒主题。《诗经》、《楚辞》、唐诗、宋词、元曲，无不如是。江淹锐意求新，较之《恨赋》思想内容更为深刻复杂，艺术手法更为圆熟精致。开头就直奔主题，动人心魄：

黯然销魂者，唯别而已矣。况秦吴兮绝国，复燕宋兮千里。或春苔兮始生，乍秋风兮暂起。

作者高呼：使人丧魂失色的，只有分别呀！突兀一句，振起全篇——更何况是地处千里、时隔春秋的分别呢！作者有惊人的概括能力。下面同《恨赋》一样，在泛写行子、居人的别愁之后，分叙富贵、任侠、从军、绝国、夫妻、方外、情人诸色人等的种种不同分别的痛苦。其赋前面泛写二段，更带有普遍性：

> 是以行子肠断，百感悽恻，风萧萧而异响，云漫漫而奇色。舟凝滞于水滨，车逶迤于山侧。棹容与而讵前，马寒鸣而不息。掩金觞而谁御，横玉筯而沾轼。
>
> 居人愁卧，怳若有亡。日下壁而沈彩，月上轩而飞光。见红兰之受露，望青楸之离霜。巡层楹而空掩，抚锦幕而虚凉。知离梦之踯躅，意别魂之飞扬。

面对风、云、舟、车而"百感悽恻"的是行子；在日下、月上、见兰、望楸而"怳若有亡"的是居人，二者之所以如此模样，缘于一个"别"字。一个使人"黯然销魂"的"别"字。作者对"别"深有研究并细加分析，"故别虽一绪，事乃万族"，不同人的分别，千差万别。富贵者之别，尽管在箫鼓、美人、朱玉、罗绮包围之中，仍寂寞而伤神。剑客之别，"沥泣共诀，抆血相视"，仍感到金石变色，骨肉心死。战士之别，阻隔千山万水，一样不忍分别。出使绝国之别，正当秋雁、白露之时，远山、长河之地，悲伤更异乎寻常。夫妻、方外之别，亦复如此。下面情人之别（旧批，如许梿《六朝文絜》作"狭邪别"）写得最为动人：

> 下有芍药之诗，佳人之歌。桑中卫女，上宫陈娥。春草碧色，春水渌波，送君南浦，伤如之何。至乃秋露如珠，秋月如珪，明月白露，光阴往来。与子之别，思心徘徊。

作者对《诗经》中《溱洧》、《桑中》式的恋爱，毫不反感，而大有赞扬之意，因而把情人之别，写得缠绵悱恻。此赋的收束，简洁明快：

> 是以别方不定，别理千名。有别必怨，有怨必盈。使人意夺神骇，心折骨惊。虽渊云之墨妙，严乐之笔精。金闺之诸彦，兰台之群英。赋有凌云之称，辩有雕龙之声，谁能摹暂离之状，写永诀之情者乎！

作者故作惊人之笔，别，使人刻骨铭心，难以承受，即使是文章的大手笔，也写不出“别”“诀”之情、状！至于情、状如何，则留待读者自己琢磨，极言诀别痛苦之难以描述。文章开阖自如，张弛有序，俯仰天地，贯通古今，就“别”字生发，万变不离其宗，主题集中，层次分明。辞赋本为有韵之文，作者锦心绣口，读之动魄惊心，极富音乐的节奏感和旋律之美。江淹无疑把抒情小赋的艺术水平，提到一个新的高度，综观六朝作者，无出其右者。

吴均（469～520）字叔庠。吴兴故障（今浙江安吉县西北）。《梁书》本传称他“家世寒贱”，“好学，有俊才”。梁初，在吴兴太守柳恽手下任主簿，后为建安王萧伟的记室，掌文翰，迁国侍郎，入为奉朝请。因私撰《齐春秋》为梁武帝萧衍所黜。后奉诏撰通史，未成而卒。吴均诗文均精。存诗百余首。其本传称：“均文体清拔有古气，好事者或效之，谓为‘吴均体’。”其文有赋‘书’杂作数篇存世，且多残缺。其写景的骈文《与宋元思书》最为知名，是南朝骈文名篇之一：

风烟俱净，天山共色，从流飘荡，任意东西。自富阳至桐庐，一百许里，奇山异水，天下独绝。水皆缥碧，千丈见底。游鱼细石，直视无碍。急湍甚箭，猛浪若奔，夹岸高山，皆生寒树。负势竞上，互相轩邈。争高直指，千百成峰。泉水激石，泠泠作响。好鸟相鸣，嘤嘤成韵。蝉则千转不穷，猨则百叫无绝。鸢飞戾天者，望峰息心；经纶世务者，窥谷忘反。横柯上蔽，在昼犹昏；疏条交映，有时见日。

把无生命的山水，置于有生命的鱼、鸟，蝉、猨之中，动静相间，辉映成趣。句式整齐，对偶精工，辞藻清新省净，于骈体文中别开生面。书中“天山共色”，同萧绎之“山与云兮共色”（《荡妇秋思赋》），或有渊源联系。唐人之“落霞与孤鹜齐飞，秋水共长天一色”（王渤《滕王阁序》）或从此出。

吴均尚有《与顾章书》、《与施从事书》，与上文为同一机杼。其前者如下：

仆去月谢病，还觅薜萝。梅溪之西，有石门山者，森壁争霞，孤峰限日，幽岫含云，深溪畜翠。蝉吟鹤唳，水响猿啼，英英相杂，绵绵成韵。既素重幽

> 居，遂葺宇其上。幸富菊华，偏饶竹实。山谷所资，于斯已办。仁智所乐，岂徒语哉。

此写石门山之幽居处的优美环境，山水之外，另有菊花、竹实掩映，更富有赏心悦目的情趣。末二句以孔子名言作结，使文章结构显出变化。正如唐人刘禹锡《陋室铭》末句“君子居之，何陋之有?”一样，煞尾之处，也不轻易放过。(《论语·雍也》:“知者乐水，仁者乐山。”)

陶弘景（452～536）字通明，自号华阳隐居。丹阳秣陵（今南京市）人。《梁书·处士传》称他“幼有异操，年十岁，得葛洪《神仙传》，昼夜研寻，便有养生之志”。宋末曾为奉朝请，诸王侍读。入齐，依旧。永明十年（492），上表辞禄，隐居于句容之句曲山。梁代齐，武帝萧衍礼聘不出。但常受朝廷咨询，时称“山中宰相”。死赠中散大夫，谥号贞白先生。陶弘景是道教思想家。能诗，亦工骈文，今存赋、表、书、启若干篇。

《答谢中书》书一文，与吴均《与宋元思书》齐名，都是南朝山水骈文的名篇。其文很短，恐怕是《艺文类聚》收录时有删节：

> 山川之美，古来共谈，高峰入云，清流见底。两岸石壁，五色交辉，青林翠竹，四时俱备。晓雾将歇，猿鸟乱鸣；夕日欲颓，沉鳞竞跃。实是欲界之仙都。自康乐以来，未复有能与其奇者。

古往今来，人们都喜欢畅谈山水之美，作者感到谢灵运的感受和他差不多。旧注以为陶弘景这里写的就是谢氏《游名山志》里描述的石门山。

任昉（460～508）字彦升，乐安博昌（今山东寿光）人。幼而好学，八岁能属文。年十六，即任宋丹阳尹刘秉主簿。后为奉朝请。入齐，历官太常博士、中书侍郎、司徒右长史等职。入梁，拜黄门侍郎，迁吏部郎中，掌著作。转御史中丞、秘书监。死谥敬子。任昉与沈约同时齐名，时有“任笔沈诗”之说(《南史·任昉传》)。笔即“无韵之文”(《文心雕龙·总术》)，任昉是著名的骈文家。萧统《文选》入选十九篇，为该书选文最多的作者。当时和后人对其文章都给予较高评价。王僧孺《太常敬子任府君传》说汉代枚皋、司马相如、班固、张衡、陈琳、王粲诸名家，在某些方面，都不如任昉。明人张溥认为任昉“居今之世，为今之言，违时抗往，则声华不立；投俗取妍，则尔雅中绝，求其俪体行文，无伤逸气者，江文通、任彦升，庶几近之。”（汉魏六朝百三名家集·任彦升集题辞》）任昉趋时应命之文不少，梁代齐的禅让文诰，多出于他的手笔。任昉的奏劾文章，比一味迎合当权者需要而作的，要好些，这里多少能看出任昉的真实感情。如《奏弹曹景宗》一文，作于梁天监三年（504），任御史中丞时。头年十月，北魏派兵包围司州治所义阳（今河南信阳），梁武帝萧衍派郢州刺史曹景宗率领步骑三万前往救援。曹景宗却逗留三关，按兵不动。司州刺史蔡道恭与其侄奋力守城，终因寡不敌众，使义阳陷落。此时曹景宗又由三关退到延颈，三关又失守。此文就是弹劾曹景宗畏敌逃避，延误军机的。《文心雕龙·奏啓》称：“按劾之奏，所以明宪清国。”文章开头强调军中法纪之重要性：

御史中丞臣任昉稽首言：臣闻将军死绥，咫步无却。顾望避敌，逗桡有刑。至乃赵母深识，乞不为坐；魏王著令，抵罪已轻。是知败军之将，身死家戮。爰自古昔，明罚斯在。

再举一段蔡道恭同曹景宗功过之对比文字：

且道恭云逝，域守累旬；景宗之存，一朝弃甲。生曹死蔡，优劣若是！惟此人斯，有腼面目。

全文义正辞严，气势雍容壮盛，行文骈句连篇，而且多用典故，是南朝骈体文的典型风格。前人评此文“骏迈曲折，气举其词”（《骈体文钞》），大体不误。至于文中“伏惟圣武英挺，略不世出，料敌制变，万里无差”云云，犹如文中的“顿首、顿首，死罪、死罪”一样，奏议文之俗套，文尽如此，我们也不必苛责。《奏弹刘整》一文，社会学的价值会超过文学的价值。作者代已故齐西阳内史刘寅之妻范某，控告其叔郎刘整侵夺迫害之事，实是一篇打官司的讼词。文章通过范某之口，详叙纠纷始末，琐碎之极，近乎口语而不事雕饰。若从文学角度观察，则过于拉杂，恐怕是应用文之缘故，碍于事实和用途，不便也不应提炼、精简。

《天监三年策秀才文》，是代梁武帝萧衍拟的策问。主融亦有类似文章。此文言简意明，属对工稳，开头代萧衍言其少而好学：

> 问：朕本自诸生，弱龄有志。闭户自精，开卷独得。九流七略，颇尝观览；六艺百家，庶非墙面。虽一日万几，早朝晏罢。听览之暇，三余靡失。

代君拟作，备加小心，字斟句酌，苦心经营，自然文从字顺，富丽堂皇。

沈约（441～513）字休文，吴兴武康（今浙江德清）人。幼孤贫，笃志好学，博通群籍。一生历仕宋、齐、梁三朝。起家奉朝请。曾为郢州刺史蔡兴宗的安西外兵参军兼记室。入齐，为征虏记室，后任太子家令、兼著作郎。又迁国子祭酒。后与范云共赞萧衍建梁称帝，为尚书仆射，封建昌县侯，迁尚书令，转左光禄大夫。沈约在南朝文坛，久负盛名。一生著述宏富，尤善修史，著有《晋书》、《宋书》、《齐记》等。今只存《宋书》，其他已佚。史称“时谢玄晖善为诗，任彦升工为笔，约兼而有之，然不能过”（《南史》本传）。沈约有诗多首，但成就不如谢朓。其文与任昉相伯仲，各有专长。张溥说：“休文大手，史书居长。”（《汉魏六朝百三名家集·沈隐侯集题辞》）《宋书·谢灵运传论》和《恩倖传论》收入《文选》。前者是文论名篇，又是骈体文佳作。秉史家之笔，叙文学之变：

> 至于建安，曹氏基命，三祖陈王，咸蓄盛藻。甫乃以情纬文，以文被质。自汉至魏，四百余年，辞人才子，文体三变。相如工为形似之言，二班长于情理之说，子建、仲宣以气质为体，并标能擅美，独映当时。是以一世之士，各相慕习。源其风流所始，莫不同祖风骚；徒以赏好异情，故意制相诡。

沈约具有史家的综合、分析能力。说建安文学文质兼备，是很有艺术眼光的。又从两汉至魏的四百年间文学史分析出三次变化：汉初司马相如徒具“形似”，缺乏神采；东汉班氏父子的辞赋擅长述说情理；直到汉末建安时期，曹植、王粲出现，才显示出作家个人的性格特征，这三种变化是存在的，只是班氏长于说理，根据不够充足。行文骈四俪六，庄重典雅，诚是传世之文。《恩倖传论》有一小段触及九品中正制之弊端：

汉末丧乱，魏武始基，军中仓卒，权立九品，盖以论人才优劣，非谓世族高卑。因此相沿，遂为成法。自魏至晋，莫之能改。州都郡正，以才品人，而举世人才、升降盖寡。徒以凭借世资，用相陵驾。都正俗士，斟酌时宜，品目少多，随事俯仰。刘毅所云“下品无高门，上品无贱族”者也。

不意沈约有此尖锐、直接的批判文字。就这一点，他和前辈诗人左思、鲍照，还是声气相通的。沈约的哲理论文，如《神不灭论》、《难范缜神灭论》都是迎合当权派迷信的需要而写的，没有个人的真知灼见，思想上和技巧上都不如他的史论全面而深刻。诚如张溥所言，此类论文，“逢时之意多，则觉性之辞少”，作家个人的特点早已荡然无存。

同任昉一样，沈约亦有奏弹文字。其中《修竹弹甘蕉文》最有文学意味。文章格式完全是奏弹之文的样子，内容却非人事，手法全类寓言，风趣横生，才情毕露。作者以修竹的口气，对甘蕉严加指责，泽兰萱草亦来同诉，实是人间诉讼的缩影。后来唐人韩愈的《毛颖传》当从此出。

沈约还有一篇《丽人赋》，把洛阳美女的艳丽、举止、穿着、仪态，描写得穷形尽相：

狭斜才女，铜街丽人。亭亭似月，嬿婉如春。凝情待价，思尚衣巾。芳逾散麝，色茂开莲。陆离羽佩，杂错花钿。响罗帏而不进，隐明灯而未前，中步檐而一息，顺长廊而回归。池翻荷而纳影，风动竹而吹衣……

全文纯是客观描绘，未作任何评估。此丽人较之萧绎的荡妇，有更浓烈的神仙色彩和富贵气息，是上层女性的写照，从“不进”，“未前”，和下文“含羞隐媚”来看，又像是一个下层姬妾。全赋的朦胧笔墨，迷离印象，是南朝抒情小赋中，描摹声色之代表作。前有南朝乐府民歌，后有梁陈宫体诗，恐与此赋都有渊源瓜葛。唐人杜甫的《丽人行》与之思想上自有高下之分，而题材上亦有某些相近之处。

刘峻（462～521）字孝标。初名法武。平原（今属山东）人。幼年家贫好学，曾被北魏虏为奴。又曾与母并出家为僧尼。齐永明年间投奔江南，曾任豫州府刑狱。入梁曾任典校秘书，后任荆州户曹参军。因病归去，筑室于东阳紫岩山，讲学授徒。门人谥曰玄靖先生。曾注《世说新语》，号称详赡，与裴松之《三国志·注》、郦道元《水经注》齐名并称于世。

刘峻以《辨命论》和《广绝交论》二文成名。梁武帝萧衍曾广招文学之士，多人得到擢用。刘峻却因"率性而动，不能随俗浮沉"（《梁书》本传）没被任用。于是著《辨命论》寄托感慨。《辨命论》和魏末李康的《运命论》的主题基本一致，刘峻也认为人世一切均为命运所主宰，所谓"士之穷通，无非命也"。人们归根结底只能"居正体道，乐天知命"。但又认为李康"论其本而不畅其流"，进而对命运支配一切的情况，纵情发挥。刘峻认为，人在命运面前，无能为力，任何圣人贤才都不能抗御：

> 空桑之里，变为洪川；历阳之都，化为鱼鳖；楚师屠汉卒，睢河鲠其流；秦人坑赵士，沸声若雷震；火炎昆岳，砾石与琬琰俱焚；严霜夜零，萧艾与芝兰共尽。虽游，夏之英才，伊、颜之殆庶，焉能抗之哉！

对命运的态度虽然极为卑弱，论文的笔锋却是振振有词。其实，刘峻把人生的进退荣枯，一股脑儿地委之于命运，也是感慨不平之言，与愤世嫉俗之论。他对"高才而无贵仕，饕餮而居大位，自古所叹"的现实，对"天下善人少，恶人多，暗主众，明君寡"的历史，是有极其清醒的认识的。《辨命论》用典多而贴切，用词精而审慎，文气豪壮，笔势雄辩，自信自负，于骈体文中锋芒毕露，在六朝文里，并不多见。

《广绝交论》是有感世俗人情之浇薄而作的。东汉时，朱穆有感于人世交道之败坏，愤而写出《绝交论》。刘峻则因当代名人任昉死后，诸子生活困窘，而任昉生前提拔过的故旧，竟无人抚恤，亦愤而写出《广绝交论》。

《广绝交论》是一篇激昂慷慨、畅所欲言的大块文章。开头，作者以主人身份向客人剖析了朋友交情的种种复杂情况。作者认为交情本有素交（诚实之交）和利交（因利害而转移的交情）之分。但前者“历万古而一遇”，至今“素交尽，利交兴”。再深入于利交之中，又可分为五个支派：一曰势交（趋炎附势之交），二曰贿交（贪人财富之交）、三曰谈交（言论之交）、四曰穷交（穷困之交，指能共苦但不能同甘者）、五曰量交（度量权势之交）。下面试举其“势交”一段于下：

若其宠钧董石，权压梁窦，雕刻百工，炉捶万物，吐漱兴云雨，呼吸下霜露。九域耸其风尘，四海叠其熏灼。靡不望影星奔，藉响川骛。鸡人始唱，鹤盖成阴；高门旦开，流水接轸。皆愿摩顶至踵，隳胆抽肠。约同要离焚妻子，誓殉荆卿湛七族。是曰势交，其流一也。

对势利谄媚之徒的描绘，同明人宗臣的《报刘一丈书》，可谓异曲而同工。在刘峻看来“凡斯五交，义同贾鬻”，即是说这五种利交，都是交易，和做买卖一样。因而会产生“三衅”，即三种弊端：一为败德殄义，禽兽相若；二为难固易携，仇讼所聚；三为名陷饕餮，贞介所羞。朋友交情堕落到这种地步，只能绝交了。下面以任昉为例，说明其生前、死后朋友的截然相反的两种态度。任昉活着的时候，威望很高：

于是冠盖辐凑，衣赏云合，辎軿击辖，坐客恒满。蹈其阃阈，若升阙里之堂；入其隩隅，谓登龙门之阪……

奔走趋奉，门庭若市。一旦死去：

及瞑目东粤，归骸洛浦。繐帐犹悬，门罕渍酒之彦；坟未宿草，野绝动轮之宾。藐尔诸孤，朝不谋夕。流离大海之南，寄命嶂疠之地。自昔把臂之英、金兰之友，曾无羊舌下泣之仁，宁慕郈成分宅之德。

作者刘峻曾见到任昉诸子西华兄弟流离不能自存的惨状，从而感受到上述的人情冷暖，世态炎凉。从而大声疾呼，对不义之徒大加挞伐。据说时人“到溉见其论，抵几于地，终身恨之”（《文选》李善注引刘璠《梁典》），可见本文影响之巨大。刘峻此文，运用汉赋的主客问答形式，结构章法亦如汉赋的铺排繁复。这是师法汉赋之明显痕迹。但整篇文章，气势奔放，感情充沛，爱憎分明，疾恶如仇，就这一点而言，倒有先秦纵横家的宣传鼓动色彩。前人评此文“尚有韩非、吕览遗意，辞胜于理”（《骈体文钞》），是指此文的词语典雅丰富兼有气势而言的。

刘峻还有一篇源于《史记·太史公自序》的《自序》，产生过异乎寻常的深远影响。

刘峻这篇自叙生平际遇的文章，开创了与前人比较同异之处而写《自序》的先例，引起后世作者的不断仿效，成为中国散文史上的奇观。刘峻此文将自身和汉代著名辞赋家冯衍类比，列出“三同四异”：

> 余尝自比冯敬通，而有同之者三，异之者四，何则？敬通雄才冠世，志刚金石；余虽不及之，而节亮慷慨，此一同也。敬通值中兴明君而终不试用；余逢命世英主，亦摈斥当年，此二同也。敬通有忌妻至于身操井臼；余有悍室，亦令家道坎坷，此三同也。敬通当更始之世，手握兵符，跃马食肉；余自少迄长，戚戚无欢，此一异也。敬通有子仲文，官成名立；余祸同伯道，永无血胤，此二异也。敬通膂力刚强，老而益壮；余有犬马之疾，溘死无时，此三异也。敬通虽芝残蕙焚，终填沟壑，而为名贤所慕。其风流郁烈芬芳，久而弥盛；余声尘寂寞，世不吾知，魂魄一去，将同秋草，此四异也。所以力自为序，遗之好事云。

冯衍，字敬通。京兆杜陵（今陕西西安市）人。曾从刘玄起兵，后刘玄死，追随光武帝刘秀，但未受重用，仅为曲阳令，后任司隶从事。又因交通外戚而免官。东汉永平年间潦倒老死。著有《显志赋》，述说个人不得志的感慨，见《汉书》本传。冯衍和刘峻都有仕途坎坷、累遭困顿的经历，生平有可比性。

天下之好事者，滔滔皆是。刘峻同代人王筠（481～549），也写有《自序》一篇，记其四十年间苦读经书的勤奋经历。没有和前人相比较，只是文末云：“不足传之好事，盖以备遗忘而已”，或许和刘峻《自序》同时而作。

唐代刘知几（661～721）的名著《史通》有《自叙》篇，明言模仿刘峻《自序》，和汉代扬雄相比较：相似者四，不似者一。

明代韩敬有《刘孝标沈休文集序》，将刘峻和沈约相比，举出“三异一同”。

清代汪中（1745～1794）写有《自序》，他和刘峻相比，有“四同五异”。连婆媳不和，身体有病，不离汤药等种种困苦，都倾吐无遗，笔下楚楚动人。

此后，比汪中小八岁的杨芳灿（1753～1815）也作《自序》，他和李商隐相比，有“四同三异”。

清代末年，著名诗人兼学者李慈铭（1829～1894），作有《四十自序》，概括四十年间有“五悲”“五穷”。历述家庭不幸、仕途艰辛、体弱多病等遭遇。他自称深受刘峻、汪中启发，但并不和古人相比，而自述个人苦楚：

> 十旬九病，一日半飧。革带量腰，孔距逾尺。小冠宜首，广仅盈规。行箧积其方书，药烟交乎旧帐。涉夏则气息不续，入冬而肢体皆冰。

民国初年，著名学者李详（1859～1931），也写有《自序》，也受刘峻的启发，从而和汪中比较，云有“三同四异”。

抗日战争时期，国学家黄侃（1886～1935）也作有《自序》，自比冯衍、刘峻、汪中，详于所同而略于所异。情调极为悲凉低沉。

刘峻《自序》引起诸多文人学者的共鸣，自有它的内容和形式上的优势。

第四节　徐陵、庾信

徐陵（507～583）字孝穆，东海郯（今山东郯城一带）人。宫体文人徐摛之子。少聪敏，八岁能文，十三岁通《老子》、《庄子》之义。既长，博涉经史，善于雄辩。仕梁，曾任散骑侍郎、东宫学士等职，并曾两次出使北朝。入陈，历任尚书左仆射、中书监、领太子詹事，太子少傅。并封为建昌县侯。朝廷重要文字均出其手。其诗赋侈靡绮艳，与庾信同为宫体诗文的代表作家，时号“徐庾体”。今有诗近四十首，文章八十余篇。编有《玉台新咏》一书，同《文选》皆为保存魏晋南北朝文学资料做出贡献。

其文见存者，多为诏、策、章表、碑志等，且多为长篇大作。徐陵为骈文的一流作家，名作《玉台新咏序》是南朝骈文名篇，又是后人学习骈文的范本。此序是为他本人编辑的，“限于闺房一体”（胡应麟《诗薮》）的诗歌总集《玉台新咏》一书写的自序。《玉台新咏》成书于作者出使东魏（548）之前，此序或作于同时。据唐人刘肃的《大唐新语》记载，《玉台新咏》是作者奉梁太子萧纲之命编辑的，本有弥补宫体诗内容狭窄之目的。不过《玉台新咏》里，大量的还是宫体诗。但序文与刘肃之言不合，序中所用典故以及描写，都是宫体诗的内容，作者毫不讳言“撰录艳歌”的用意。此序不拘泥于交代编辑旨趣和凡例，而是扣紧入选作品的生活内容，产生背景，展开细腻形象的具体描写：

> 凌云概日，由余之所未窥；千门万户，张衡之所曾赋。周王璧台之上，汉帝金屋之中，玉树以珊瑚作枝，珠帘以玳瑁为柙。其中有丽人焉。
>
> 其人也，五陵豪族，充选掖庭；四姓良家，驰名永巷。亦有颍川、新市，河间、观津，本号娇娥，曾名巧笑。楚王宫内，无不推其细腰；卫国佳人，俱言讶其纤手，阅诗敦礼，非直东邻之自媒；婉约风流，无异西施之被教。弟兄协律，自小学歌；少长河阳，由来能舞。琵琶新曲，无待石崇；箜篌杂引，非因曹植。传鼓瑟于杨家，得吹箫于秦女。

此丽人，被徐陵用绘声绘色的骈文详加描写，其人是个出身良家，身入廷掖的宫女，品貌端丽，能歌善舞。写此何意，特别是在书序里。意在不知不觉之中，把读者引入此书诗中的境界之内，作者先不直言“撰录艳歌”，这是本序的特色，也是本序异乎他序，超乎他序的过人之处。骈文长于描写、抒情，而短于议论、说明，徐陵于此扬长避短，充分发挥骈文的描写之长，并从而增强了序文的形象性和感染力。序文内容有三层。首写丽人之美，次写丽人之才，渐渐接近主题。末写编辑缘起和经过。即使是第三层，仍不废铺排藻绘之能事：

> 但往世名篇，当今巧制。分诸麟阁，散在鸿都。不藉篇章，无由披览。于是然脂暝写，弄墨晨书，撰录艳歌，凡为十卷。曾无参于雅颂，亦靡滥于风人，泾渭之间，若斯而已。

通篇只这么一小部分明言本书之编辑事宜。看来徐陵是要在《诗经》之外，为宫体诗争夺一席之地。全序结构有序，层次起伏，语言典雅，富艳精工。只凭具体艺术形象之浸润渲染，而绝不诉诸空洞抽象之说明介绍，就骈文的艺术性而言，本序是无懈可击的。诚如清人孙梅所评："美意泉流，佳言玉屑。其烂熳也，若蛟蜃之嘘云；其鲜新也，如兰苕之集翠。"（《四六丛话》）

徐陵有些文章，虽然仍用骈体，但全不类乎宫廷文人作品，更非"徐庾体"之本色。这些文章，前人多未予注意。如羁留北齐所写的一些书信，就很有个性和情感。《与齐尚书仆射杨遵彦书》，是写给北齐大臣杨愔的，词语婉转温和，词意却坚决严正，一一批驳了扣留他不归的八条理由，说得头头是道，有条有理。篇末云：

岁月如流，平生何几？晨看旅雁，心赴江淮；昏望牵牛，情驰扬越。朝千悲而掩泣，夕万绪以回肠。不自知其为生，不自知其为死也！

情词兼美，读者为之动容。《在北齐与宗室书》写他这个"迷山之客，迟摇响于岩崖；穷海之宾，望孤烟于洲屿"的思乡之情。张溥称："《玉台》一序，与《九锡》并美。"（《汉魏六朝百三名家集·徐仆射集题辞》）后者指《册陈公九锡文》，乃是梁太平二年（557）册封陈霸先为陈公，并备九锡之礼。徐陵草拟这篇皇皇巨文，对陈霸先极尽吹擂之能事。从中可见徐陵写长篇骈文之功力。不过徐陵的应用文，多出自别人授意，不一定都是他个人的思想。《册陈公九锡文》，对陈霸先平定任约之乱，备加赞扬。而任约等人以前反对陈霸先时，徐陵曾经附和过。这恐怕是古往今来的馆阁之臣都难以避免的违心之论。徐陵死后，陈后主下诏称他"业高名辈，文曰词宗"，大概是记取他对陈氏王朝的历史功勋吧！

徐陵诗文与庾信齐名，但徐陵诗文，总的来说，内容不如庾信深沉丰富，笔力不如庾信遒劲老成，这是同经历和修养都相关的。因此世称"徐庾体"（包括诗文），不尽恰当。

庾信（513～581）字子山，小字兰成。南阳新野（今属河南）人。魏晋南北朝集大成的著名作家，诗文均有较高成就，历仕南北两朝，其特殊经历为我国文学史所少见。出身于大官僚地主家庭。父亲庾肩吾，少有文才，八岁能诗，出入宫禁，曾为晋安王萧纲的常侍，萧纲立为太子后，又任太子中庶子，掌书记，是一名典型的宫体诗人。

少年庾信天资聪颖，勤奋好学，博览群书，此对其后来成为诗赋大家，有直接的关系。

庾信一生，以四十二岁出使北朝为界，分为两个时期。前期安富尊荣，基本上是个御用文人；后期心怀愧疚，是个思苦而情深的大作家。庾信十五岁随父进入宫廷，为梁昭明太子萧统的讲读，和富有藏书并爱好文学的萧统的接触，培养了他的文学欣赏和创作能力。四年后，萧统病故。庾信又同另一著名宫体诗人徐陵成为新立太子萧纲的抄撰学士。徐陵之父徐摛，也是个宫体诗人。史称“父子在东宫，出入禁闼，恩礼莫与比隆。既文并绮艳，故世号为‘徐庾体’焉。”（《北史》本传）宫体诗传遍朝野，影响直至初唐。

二十岁左右，出任湘东王国常侍，转安南府参军。三十岁任郢州（今湖北武昌）别驾。三十三岁，任通直散骑常侍，主管规谏、表诏一类事宜。此时南北两朝关系缓和，使者互有往还。本年，庾信出使东魏，在东魏都城邺下（今河北临漳）受到热情接待。返国后不久，又任正员郎，兼东宫学士，领建康令。

梁太清二年（548）发生侯景之乱。侯景本是东魏的军阀，先降西魏，后降梁朝，又趁机想要灭掉梁朝，兵临都城建康城下，庾信被派率领千人迎敌，未战而弃军逃走，建康陷落，庾信狼狈逃往江陵，他有二男一女，死于此次动乱之中。乱平后，梁元帝于承圣元年（552）即皇位于江陵，庾信做了御史中丞、右卫将军，封武康县侯，加散骑侍郎。庾信前期基本是在宫廷里度过的。

梁承圣三年（554）庾信被派出使西魏，开始他的后期生涯。同年，江陵被西魏攻陷，庾信成为亡国的使者。此后再未南归，后半生滞留在北方异族地区，历任二朝五帝，共二十八年。

庾信出仕西魏为时两年多，官运亨通，由使持节一直到车骑大将军，仪同三司，地位超过了南朝。后来魏禅于周，庾信仍受北周重用，被封临清县子，出任司水下大夫。后离开长安外任弘农太守。约在周武成元年（559），庾信调回长安任司宪中大夫，授骠骑大将军，开府仪同三司，进爵义城县侯。次年为麟趾学士，参与校书。后又出任洛州刺史，二年后回长安任司宗中大夫。大象元年（579）因病去职。隋文帝开皇元年（581）庾信逝世。晚年南北通好，庾信一再失去南归的机遇，内心痛苦，诗文充满乡关之思。杜甫诗云："庾信平生最萧瑟，暮年诗赋动江关。"(《咏怀古迹》）庾信的优秀作品多产生于后期。

庾信前期的诗文传世不多。除诗之外，存赋七篇，铭数篇。这是因为"太清罹乱，百不一存"（北周滕王宇文逌《庾开府集序》）。这里指太清二年的侯景之乱，使庾信早年创作大多散佚，今存者当为后人补辑的。

前期的赋较之前期诗成就略高。《春赋》、《七夕赋》、《灯赋》、《对烛赋》、《镜赋》、《鸳鸯赋》、《荡子赋》等七篇，因其内容"辞伤轻艳，恐非羁臣所宜"，被《庾子山集》的注者倪璠定为前期作品，大体近是。这些都是产生于宫庭的抒情、写景、咏物的小赋，文字考究，句式整齐，显示出了青年庾信的艺术才华，但社会内容极其贫乏，却符合"宫体"特点。如《春赋》是描写春天景色的优美的："新年鸟声千种啭，二月杨花满路飞。河阳一县并是花，金谷从来满园树。一丛香草足碍人，数尺游丝即横路。"鸟语花香，春意盎然。但这些都是"宜春苑"、"披香殿"、"上林"、"兰宫"里的景物，情趣就大为减色。《七夕赋》仅存十四句，恐非完璧。它写一富贵之家的娇妻美妾于七夕盛装乞巧的故事，可考知古代习俗。《鸳鸯赋》写虞姬嫁与魏王曹睿后又遭到遗弃的哀怨故事。虞姬，实有其人，见《三国志·魏志·后妃传》。《鸳鸯赋》今尚存梁简文帝萧纲、梁元帝萧绎同名之作，庾信此篇为当时奉和之作。篇末言"必见此之双飞，觉空床之难守"，和《荡子赋》可谓同一机杼，都是源于《古诗》，而后者情节更为曲折变化，以夫婿将归，准备迎接作结，颇富生活情趣：

> 荡子辛苦逐征行，直守长城千里城。陇水恒冰合，关山唯月明。况复空床起怨，倡妇生离，纱窗独掩，罗帐长垂。新筝不弄，长笛羞吹。常年桂苑，昔日兰闺，罗敷总发，弄玉初笄。新歌子夜，旧舞前溪。别后关情无复情，奁前明镜不须明。合欢无信寄，回文织未成。游尘满床不用拂，细草横阶随意生。
>
> 前日汉使著章台，闻道夫壻定应回。手巾还欲燥，愁眉即剩开。逆想行人至，迎前含笑来。

从罗敷、章台来看，此赋深受汉乐府的影响，此种宫廷作品，却明显地脱胎于民间文学，是通俗文学的雅化，内容语言皆有可取之处。

咏物的《灯赋》、《镜赋》都是体物赋形的老手法，无多新意。前期的赋限于作者的生活阅历，题材比较窄狭，但语言整齐，明快如诗，音韵和谐 ，婉转似曲，在艺术上是精心结撰之作。

庾信的优秀作品，绝大部分是后期的创作，而羁旅之感和乡关之思为其基本主题，其情调则是苍凉悲伤的。后期的文章主要有两大类：辞赋八篇和骈文百余篇，后者大部分为碑志、表、启等应用文，文学价值不高。

《哀江南赋》是后期庾信辞赋的代表作，而《哀江南赋》之《序》，则是后期庾信骈文的代表作，二者同时标志魏晋南北朝辞赋和骈文的最高成就。

《哀江南赋》本于《楚辞·招魂》："目极千里兮伤春心，魂兮归来哀江南。"约作于周宣政元年（578），是一篇哀悼梁朝灭亡并感叹个人身世的大赋。对梁朝政治的腐败，统治阶级的腐朽、人民生活的痛苦以及个人身仕异族而产生的愧疚，都有切实而深刻的描写。

其《序》是一篇 528 字的骈体文，可以相对独立。它叙述了写作此赋的意图："悲身世"，"念王室"，"述家风"，"陈世德"，实际也概括了全赋的基本内容，不妨把《序》看作《赋》的内容提要。此序先言他在侯景乱中逃出金陵奔赴江陵，又奉命出使而被羁留西魏的经过，再叙梁朝的灭亡以及军民遭受的灾难。全文"不无危苦之辞，唯以悲哀为主"。试看末一段的凄怆之语：

> 呜呼！山岳崩颓，既履危亡之运；春秋迭代，必有去故之悲。天意人事，可以凄怆伤心者矣！况复舟楫路穷，星汉非乘槎可上；风飚道阻，蓬莱无可到之期。穷者欲达其言，劳者须歌其事。陆士衡闻而抚掌，是所甘心；张平子见而陋之，固其宜矣。

面对江山易主，梁灭陈继，自己身陷北朝，上天入海，都无路可通，暗示南归故国之不可能，一腔愁怨只好诉诸这篇《哀江南赋》。至于时人如何评论，则在所不计了。

《哀江南赋》全文 3376 字，是骈体赋的长篇巨制，具有一代史诗的规模，是在中国赋史上具有划时代意义的里程碑作品。《北史·庾信传》称："信虽位望通显，常作乡关之思，乃作《哀江南赋》以致其意。"此意《序》中已经概述，赋里再详加铺陈。

《哀江南赋》首先追述庾信祖上的“家风”和“祖德”。这是南朝门阀制度在作者精神上的深刻投影。庾氏为江南大姓，庾信以上五代，都有文集传世，这个书香门第是值得夸耀的。自然，通过“家有直道，人多全节”的家世的表述，使他对晚年屈仕北朝的行为更为惭愧。在“训子见于纯深，事君彰于义烈”的家族中，作者有无地自容之感。在历叙祖先之德和父祖的突出事迹之后，又畅叙他本人文武兼备，少年得志，其中不乏自吹自擂之语。此后有一段叙述梁武帝建国之后的兴旺景象，有如唐人在安史之乱中怀念“开元盛世”那样：

> 于时朝野欢娱，池台钟鼓，里为冠盖，门成邹鲁。连茂苑于海陵，跨横塘于江浦。东门则鞭石成桥，南极则铸铜为柱。橘则园植万株，竹则家封千户。西赍浮玉，南琛没羽。吴歈越吟，荆艳楚舞。草木之遇阳春，鱼龙之逢风雨。五十年中，江表无事。王歙为和亲之侯，班超为定远之使。马武无预于甲兵，冯唐不论于将帅。

把梁初说成太平盛世，有如草木逢春，鱼龙会雨，难免溢美。作者意在预伏侯景之乱的严重后果，也不得不这样。接下去当即风云变色：

> 岂知山岳闇然，江湖潜沸。渔阳有闾左戍卒，离石有将兵都尉。天子方删《诗》《书》，定礼乐，设重云之讲，开士林之学，谈劫烬之灰飞，辨常星之夜落。地平鱼齿，城危兽角，卧刁斗于荥阳，绊龙媒于平乐。宰衡以干戈为儿戏，缙绅以清谈为庙略。

在内忧外患将临之际，梁武帝萧衍竟然毫无知觉，还搞什么制礼作乐，讲论佛理，而不知加强武备，庾信于此对梁武帝有所批评。“渔阳”指侯景；“离石”指北朝。当时梁朝危机四伏，梁武帝对此一误再误。下面“奸逆”（指侯景）的横行无忌，正好说明梁武帝的养痈遗患。以下用大量形象的文字描绘了朝廷的麻木无知和侯景的暴戾骄横。赋里艺术地再现了侯景之乱的过程和南朝统治者内部的矛盾重重，致使侯景攻破金陵，梁朝蒙受一次浩劫：

尔乃桀黠横扇，冯陵畿甸。拥狼望于黄图，填卢山于赤县。青袍如草，白马如练。天子履端废朝，单于长围高宴。两观当戟，千门受箭。白虹贯日，苍鹰击殿。竟遭夏台之祸，终视尧城之变。官守无奔问之人，干戚非平戎之战。陶侃空装米船，顾荣虚摇羽扇。

侯景攻陷台城之后，大肆屠杀，四出劫掠，宫殿的门户，都成箭靶。可当时梁朝诸将，或坐视不出，或援救不力。于是梁朝一败涂地，不可收拾："大事去矣，人之云亡"，"鬼火乱于平林，殇魂游于新市。"作者对此痛心疾首，对梁朝君臣，哀怒交并。

《哀江南赋》不愧为史诗性质的巨著，在述及侯景之乱过程中，没有忘记热情颂扬在此次战乱中为国献身的将领韦粲父子和江子一兄弟。作者对梁武帝、简文帝遇害深为悼念。对国内梁朝宗室子弟互为残杀，深表惋惜。对梁元帝的"夷凶靖乱，大雪冤耻"之功，给予适当肯定，当然对梁元帝的自负而猜忌，作者也没有放弃批判，就此而言，庾信颇有良史之才。

《哀江南赋》对后一次的江陵之乱，也给予充分地描述，特别是老百姓的痛苦：

冤霜夏零，愤泉秋沸。城崩杞妇之哭，竹染湘妃之泪。水毒秦泾，山高赵陉，十里五里，长亭短亭。饥随蛰燕，暗逐流萤。秦中水黑，关上泥青。

雪暗如沙，冰横似岸。逢赴洛之陆机，见离家之王粲。莫不闻陇水而掩泣，向关山而长叹。

老百姓流离失所，朝不保夕。庾信探索了两次动乱的原因："若江陵之中否，乃金陵之祸始。虽借人之外力，实萧墙之内起。"从侯景之乱开始，发展到江陵沦陷，虽有外族入侵，而内部的相互倾轧尤为重要原因，庾信的见解是深刻的。

篇末再叙个人身世"余烈祖于西晋，始流播于东川。洎余身而七叶，又遭时而北迁"，把个人的沦落北方和祖先的南下江南相提并论，乡关之思和羁旅之感都很浓重，而北迁南下又都是异族入侵造成的。末尾一小段，很有动人之处：

日穷于纪，岁将复始。逼迫危虑，端忧暮齿。践长乐之神皋，望宣平之贵里。渭水贯于天门，骊山包于地市。幕府大将军之爱客，丞相平津侯之待士。见钟鼎于金、张，闻弦歌于许、史。岂知灞陵夜猎，犹是故时将军。咸阳布衣，非独思归王子。

庾信在北方的政治地位越高，境遇越好，他内心的愧疚越甚，愁苦越深，也就越发希望回归南方故国，《哀江南赋》实即怀江南，尽管南方故国有那么多使他失望的往事。

《哀江南赋》博大精深，前无古人。是屈原《离骚》之后，将个人身世与国家民族密切结合的自传性质作品的又一创获。将抒情小赋充实为个人遭际、国家兴亡的社会历史内容，是辞赋题材的再一次飞跃，它无疑是对汉初大赋和汉末小赋的完美继承、发扬和创造。

《哀江南赋》具有汉代大赋的富赡和铺张，精心结撰，惨淡经营，但时有斧凿之痕。金人王若虚说："庾信《哀江南赋》堆垛故实，以寓时事。虽记闻为富，笔力亦壮，而荒芜不雅，了不足观。如'崩于钜鹿之沙，碎于长平之瓦'，此何等语？至云'申包胥之顿地，碎之以首'，尤不成文也。"（《滹南遗老集·文辨》）过甚其词，诚有之也，但不可视为无的放矢。"堆垛故实"，几乎句句用典，于作者苦心孤诣，于读者终隔了一层，恐怕是骈体辞赋中的一个极端事例，实在不足为训。

《伤心赋》同《哀江南赋》一样是寓抒情于叙事的抒情小赋。它是悼念在侯景之乱中"相守亡没"的二男一女的，虽然仍不忘用典，但开首之处，却明白晓畅之至：

悲哉秋风，摇落变衰。魂兮远矣，何去何依。望思无望，归来不归。未达东门之意，空惧西河之讥。在昔金陵，天下丧乱，王室板荡，生民涂炭。

《楚辞·九辩》的影响，比较明显，感伤的情绪较重。

《枯树赋》也是写乡关之思的，作者身仕梁、西魏、北周三朝，飘零异地，如今亦如枯树一样，衰朽不堪，因而情绪十分低沉。请看下面情景：

若乃山河阻绝，飘零离别。拔本垂泪，伤根沥血。火入空心，膏流断节。

> 横洞口而敧卧，顿山腰而半折，文斜者百围冰碎，理正者千寻瓦裂。载瘿衔瘤，藏穿抱穴，木魅睒睗，山精妖孽。

作者老死北国，犹如树木拔本伤根，已经毫无生气，写树实即写人。本赋可以代表庾信晚年的精神状态。

《小园赋》是庾信后期赋的精致之作。章法结构上，尤见作者的匠心独运。赋的前半部分写小园的闲适宁静，充满恬淡和平的生活情趣，隐含作者想要隐居的念头：

> 余有数亩敝庐，寂寞人外，聊以拟伏腊，聊以避风霜。虽复晏婴近市，不求朝夕之利；潘岳面城，且适闲居之乐。况乃黄鹤戒露，非有意于轮轩；爰居避风，本无情于钟鼓。

而且这里还有“榆柳两三行，梨桃百余树……草树混淆，枝格相交。山为篑覆，地有堂坳，藏狸并窟，乳鹊重巢。连珠细茵，长柄寒匏。可以疗饥，可以栖迟。”还有“一寸二寸之鱼，三竿两竿之竹……落叶半床，狂花满屋，名为野人之家，是谓愚公之谷。”真是陶渊明田园诗的境界，无奈心境却与之大相径庭：“心则历陵枯木，发则睢阳乱丝”，到底和倦飞知还的陶渊明的心境不一样，后半部分引出乡关之思：

> 遂乃山崩川竭，冰碎瓦裂，大盗潜移，长离永灭。摧直辔于三危，碎平途于九折。荆轲有寒水之悲，苏武有秋风之别。关山则风月凄怆，陇水则肝肠断绝。

山河破碎，国破家亡，和前面小园的“虽有门而长闭”的静谧气氛适成鲜明对照。庾信想退隐也好，想闲适也好，不仅难以实现，其内心也根本平静不下来。

庾信的这几篇抒情小赋，社会内容远比《哀江南赋》狭窄，感情深浅也有差别。但就语言明快，思想活脱，感情浅露，文字精炼来看，也有其优势。这几篇赋有如抒情诗，是辞赋诗化的优秀作品。前人对此也格外关注。清人许梿《六朝文絜》只选《小园赋》和几篇咏物小赋，对《哀江南赋》和《序》都未选入。

庾信的散文都是骈体。除《哀江南赋·序》之外，有一些写人的文章比较动人，如《思旧铭》是悼念已故梁观宁侯萧永的。他也是侯景之乱后流落北方的。二人遂成他乡知己。萧永先故，庾信感到“朝阳落凤，大野伤麟。佳城郁郁，流寓于秦。山阳相送，惟余一人”，感情真挚动人。庾信在北国又新交了一些朋友，如滕王宇文逌，北周文帝宇文泰之子，对庾信的道德文章非常佩服，亲自为庾信编辑文集，并撰写长篇序言，对庾信的文学成就给予极高评价、对其人也认为是“降山岳之灵，缊烟霞之秀，器量侔瑚琏，志性甚松筠”。庾信对他也是感恩戴德，特作《谢滕王集序启》表示谢忱。庾信把此序看成：“阙里之书”、“层城之璧”。把宇文逌看成是“雄才盖代，逸气横云，济北颜渊，关西孔子”，评价不可谓不高。对本人著述被人整理结集，不愿自贬却不能不自谦，此处行文最堪寻味：

荆玉抵鹊，正恐轻用重宝；龙渊削玉，岂不徒劳神虑？匠石回顾，朽材变于雕梁；孙阳一言，奔踶成于骏马。故知假人延誉，重于连城；借人羽毛，荣于尺玉。溟池九万里，无逾此泽之深，华山五千仞，终愧斯恩之重。

卑己重人，抑扬得体。而其知遇之恩，知己之感，也隐含于字里行间。汉末曹丕开始重视翰墨流传后世，至庾信何独不然。这是晚年庾信的一大安慰，他可以“不假良史之辞，不托飞驰之势，而声名自传于后”（《典论·论文》），对于一个文人来说，编辑文集是至关重要的。那么，庾信对宇文逌的感戴逾常也是可以理解的了。

骈文到了庾信手里，富艳精工，达到极致，实际也到了尽头。庾信的骈文一如其骈赋，对仗工整，音韵和谐，文字错落，用典贴切而过多。从骈文发展，艺术技巧探求上，自有一定的历史意义；不过实际上也给隋唐以来的古文家提供口实。唐宋的古文复兴都是有鉴于此而发的。庾信文章的影响，逊于其诗。

第五节　《水经注》、《洛阳伽蓝记》、《颜氏家训》

北朝文学不发达，作家极少，而且许多作家来自南方，文风深受南方影响，诗文皆然。从纯文学的角度来看，有文采的文章，极其少见，有些公文或史学论著，略有起色，但都不足以推进北朝散文的发展，更难看出新的特点。因而各文学史家，往往把北朝的几部学术专著，用以填补北朝散文的空缺。

《水经注》作者郦道元（470?～527），字善长。范阳涿县（今属河北）人。初袭父爵永宁侯，例降为伯。后魏景明年间（500～503），为冀州镇东府长史。延昌年间（512～515）为东荆州刺史，后任河南尹。孝昌元年（525）升御史中尉。终因执法严酷，开罪权贵，于赴关右大使途中，被雍州刺史萧宝夤派人杀害于阴盘驿亭。郦道元历览奇书。年轻时，曾随父到山东访求水道，后又游历秦岭、淮河以北和长城以南地区。其间考察河道沟渠，搜集有关风土人情、历史故事、神话传说，为日后撰著《水经注》作了切实准备。

《水经注》是在相传为汉代桑钦所著的《水经》三卷(《新唐书·艺文志》）的基础上，博考文献，(征引书目达437种之多）以注释形式撰成的一部三十倍于原书的著作。不过清人考订，《水经》乃是魏晋时期无名氏作品。今存《水经注》，有通行的四〇卷本，和《永乐大典》的二〇卷本。但都非原貌。全书约三十万字，共计大小河流1389条。作者不仅逐条说明各水的源头、流向、经过、支流、汇合处等水文情况，而且对每条流域内的山川景物，均作翔实的描绘。明人黄省曾的《刻〈水经注〉序》中称："凡过历之皋维，夹并之坻岸、环间之亭邮，跨俯之城隅，镇被之岩岭，洄注之溪谷，濒枕之乡聚，耸映之楼馆，建树之碑碣，沉沦之基落，靡不旁萃曲收，左摭右采。"《水经注》不仅在地理学、水利学、考古学上有重要地位，在文学史上因其山水景物描写的纯净优美亦获得重要地位，是北朝散文的杰出代表。

《水经注》的篇章，有一些出自作者实地考察的记录，属他一人手笔。还有一部分是沿用现成资料，或在此基础上润色加工。如被各家文学史或选本盛赞的有关长江三峡的一段精彩描写，就出自刘宋时盛弘之的《荆州记》(见《太平御览》卷五三)，而略加修改。此外，对会稽山水、湘江风光，限于南北朝的对立，恐怕多是参考他人著作重新编注的。

《水经注》模山范水，是我国山水散文创作之一高峰。同样写水，长江与黄河不同，三峡之幽深(《江水二》)、龙门之奇险(《河水四》)，情况不同，写法亦异。写山亦复如此，华山突出其自古一条路(《河水四》)，泰山则强调其高峻(《汶水》)，郦道元通晓文学创作：写人要写神，写出人物性格特点；写山写水亦要写出其特点，不同的山和水，有各自不同的面貌和特征。如写《夷水》：

其水虚映，俯视游鱼，如乘空也。浅处多五色石，冬夏激素飞清，傍多茂木空岫。静夜听之，恒有清响。百鸟翔禽，哀鸣相和。巡颓浪者，不觉疲而忘归矣。

山水间杂以鱼游乘空，鸟鸣相和，静中取动，姿态横生，有声有色，是一幅生机勃发的图画。

再举《砥柱山》(《河水四》)：

砥柱，山名也。昔禹治洪水，山陵当水者凿之，故破山以通河。河水分流，包山而过，山见水中若柱然，故曰"砥柱"也。三穿既决，水流疏分，指状表目，亦谓之三门矣。山在虢城东北，大阳城东也。《搜神记》称："齐景公渡于江沇之河，鼋衔左骖，没之。众皆惊惕。古冶子于是拔剑从之，邪行五里，逆行三里，至于砥柱之下，乃鼋也。左手持鼋头，右手挟左骖，燕跃鹄踊而出，仰天大呼，水为之逆流三百步，观者皆以河伯也。

砥柱山，即三门山，在今三门峡水库之内，为古代著名天险，今有成语"中流砥柱"，即从此出。本段文章，在清楚描述了砥柱山情况之后，引用晋人干宝《搜神记》（今本已不见此段引文）的两则与砥相关的英雄治水故事，更增强了文章的瑰丽神奇色彩，更增强了文学情趣。

《水经注》的写景语言，既不同于辞赋，亦不同于骈文。郦道元综合了辞赋、骈文的语言特色，再参酌山水诗的文字技巧，形成了流畅自然、清新精炼的语言风格。《水经注》不是用骈体文撰写的。但不说明它未受过骈文的影响。一般说来，《水经注》的语言，句式整齐者居多，四字句、六字句不少，《三峡》一段字文，即是例证。

《水经注》影响深远，对唐代以柳宗元为代表的擅长描写山水的散文家，有明显的启示作用。上文《夷水》里引用的“俯视游鱼如乘空也”，描写得十分传神。柳宗元的佳句“潭中鱼可百许头，皆若空游无所依”（《至小丘西小石潭记》），当是从之生发而出的。

《洛阳伽蓝记》作者杨衒之，生卒年未详。杨姓，或作“阳”，又误作“羊”。北平（今河北遵化）人。据《洛阳伽蓝记》书中自述和书首所署官衔，知他在北魏永安年间（528～530）为奉朝请，后任抚军府司马，升任秘书监。北齐时任期城郡太守。武定五年（547），因行役重游经过丧乱之后的北魏旧都洛阳，见“城郭崩毁，宫室倾覆，寺观灰烬，庙塔丘墟，墙被蒿艾，巷罗荆棘”，（《洛阳伽蓝记·序例》）有感而撰《洛阳伽蓝记》。杨衒之于史无传，事迹不得其详。

《洛阳伽蓝记》是杨衒之撰著的具有文学价值的历史文献。“伽蓝”，乃梵语“僧伽蓝”的译音，义为众比丘之园，即僧寺、庙的别名。后魏拓跋氏统治时期，朝野佞佛，自公元 495 年迁都洛阳之后，京城内外，有一千多座佛寺。公元 534 年，东魏被高欢逼迫迁都邺城以后，这些佛寺，大多毁于兵燹。全书分城内、城东、城南、城西、城北五卷，记述寺庙七十余处。

杨衒之撰著此书，一方面“恐后世无传，故撰斯记”。另一方面，杨氏曾上书批判佛教，对当时王公贵族耗财迷信的行径，深表不满，因而此书在痛悼洛阳毁坏之余，亦有揭露迷信为害的目的。本书不仅详尽地描写了殿堂庙宇的规模形制，记述了庙宇的始末兴废，而且大量地记载了和寺庙有关的历史事件、政治经济情况，以及社会的风土人情，因此不仅有文献价值，还有文学特色。试引城南景明寺的一段：

其寺东西南北，方五百步。前望嵩山、少室，却负帝城。青林垂影，绿水为文。形胜之地，爽垲独美。山悬堂观，光盛一千余间。复殿重房，交疏对霤。青台紫阁，浮道相通。虽外有四时，而内无寒暑。房檐之外，皆是山池。竹松兰芷，垂列堦墀。含风团露，流香吐馥。至正光年中，太后始造七层浮图一所，去地百仞。是以邢子才碑文云：“俯闻激电，旁属奔星”是也。妆饰华丽，侔于永宁。金盘宝铎，焕烂霞表。

伽蓝之妙，最为称首。时世好崇福，四月七日，京师诸像皆来此寺，尚书祠部曹录像，凡有一千余躯。至八日，以次入宣阳门，向阊阖宫前受皇帝散花。于时金花映日，宝盖浮云，旛幢若林，香烟似雾。梵乐法音，聒动天地。百戏腾骧，所在骈比。名僧德众，负锡为群。信徒法侣，持花成薮。车骑填咽，繁衍相倾。时有西域胡沙门见此，唱言佛国。

这里写的是庙宇的建筑及佛事活动。此外如《法云寺》记载了军乐专家田僧超的吹笳、刘白堕的酿酒，以及酒的神奇功能，孙岩的娶狐女，诸如此类显然受到南朝志怪小说的影响。

《洛阳伽蓝记》的语言，较之《水经注》骈骊成分增多，如上引的景明寺一节，有大段的规范的骈体文。全书语言生动简练，整饬明丽，而且全书文风一贯，当出自杨氏一人之手笔。

《颜氏家训》作者颜之推（531～590后），字介，祖籍琅邪临沂（今属山东）。初仕梁，任湘东王萧绎的左常侍。侯景之乱，几乎被杀，因救获免。萧绎于江陵称帝，任散骑侍郎。西魏攻破江陵，颜之推被俘送往长安。不久投奔北齐，仕齐二十年，官至黄门侍郎、平原太守。北齐亡后，又仕北周，为御史上士。入隋，太子召为学士。颜之推一生出仕四朝，屡遭艰险。颜之推亦能诗文。其《观我生赋》，自述平生经历，情文并茂，后世人们把它同庾信的《哀江南赋》相提并论。

《颜氏家训》共二十篇，作于隋初。家训之作，由来已久。魏末嵇康有《家诫》、晋末颜延之有《庭诰》，都是《家训》同类著作。《颜氏家训》内容主要是用传统儒家学说，在修身、治家、处世、问学等方面对子女进行教育。其中不乏针对时弊的剀切之论。前人云："古今家训，以此为祖。"（《直斋书录解题》）。加以颜之推博学多识、阅历深广，往往在训诫当中，根据平生经验，插叙他个人的见闻，使得全书内容丰富，且有史料价值，有如后世的笔记、札记一类文字。书中时有讽刺之笔，针砭世态人情之丑陋，如北齐一士人公然说："我有一儿，年已十七，颇晓书疏。教其鲜卑语及弹琵琶，稍欲通解。以此伏事公卿，无不宠爱，亦要事也。"（《教子》）还写一当时"大贵"，在居丧服礼时，竟以"巴豆涂脸，遂使成疮，表哭泣之过"（《名实》）。颜之推的批评，知无不言，不留余地。试看《涉务》篇对"文学之士"的批评：

吾见世中文学之士，品藻古今，若指诸掌。及有试用，多无所堪。居承平之世，不知有丧乱之祸；处庙堂之下，不知有战阵之急；保俸禄之资，不知有耕稼之苦；肆吏民之上，不知有劳役之勤，故难可以应世经务也。

岂只颜氏当年如此，这恐怕是古往今来读书人的通病。虽有满腹经纶，实无一技之长。颜氏的文学观点，大体同刘勰、萧统一样，认为文章体制源于《五经》，反对“趋末弃本”，“辞胜而理伏”。但也重视辞采华茂。他对具体文人的批评，十分苛刻，百般吹求，几乎一概骂倒。下引《文章》篇：

然而自古文人，多陷轻薄：屈原露才扬己，显暴君过；宋玉体貌容冶，见遇俳优；东方曼倩滑稽不雅，司马长卿窃赀无操；王褒过章《僮约》，扬雄德败《美新》；李陵降辱夷虏，刘歆反覆莽世；傅毅党附权门，班固盗窃父史；赵元叔抗竦过度，冯敬通浮华摈压；马季长佞媚获诮，蔡伯喈同恶受诛；吴质诋忤乡里，曹植悖慢犯法；杜笃乞假无厌，路粹隘狭已甚……

下面对陈琳、繁钦、刘桢、王粲、孔融、祢衡、杨修、丁廙、阮籍、嵇康、傅玄、孙楚、陆机、潘岳、颜延年、谢灵运、王元长、谢玄晖诸人，也无一褒词。偏激之极，无以复加。我们引此，一方面说明其人的性格特征，极善吹毛求疵。一方面亦可看出其骈文的功力和技巧。

《颜氏家训》每篇有一题目，仿佛是有系统的学术专著。其实内容庞杂，远非系统的分析论证。而只是围绕一个中心，综合多种随笔资料，写法略同先秦诸子散文中穿插些寓言故事。一般说来，语言平易自然，和典型的散体文与骈体文都不尽相同。但因时代风气使然，有的部分，骈俪的句式还是不少的。

作为“家训”之祖，前人誉为“篇篇药石，字字龟鉴”，对后世影响深远。此后，上至王侯，下及士庶，多有自订的家训，成为中国传统文化的一种体现。

京华学术文库

中国散文通史

ZHONGGUO SANWEN TONGSHI

主编 漆绪邦

增订本【下】

首都师范大学出版社
CAPITAL NORMAL UNIVERSITY PRESS

图书在版编目(CIP)数据

中国散文通史 / 漆绪邦主编．—增订本．—北京：首都师范大学出版社，2014.8
ISBN 978-7-5656-2039-3

Ⅰ.①中… Ⅱ.①漆… Ⅲ.①散文—文学史—中国 Ⅳ.①I207.6

中国版本图书馆 CIP 数据核字(2014)第 199398 号

ZHONGGUO SANWEN TONGSHI
中国散文通史(增订本)·下
漆绪邦 主编

责任编辑 张慧芳
首都师范大学出版社出版发行
地 址 北京西三环北路 105 号
邮 编 100048
电 话 68418523(总编室) 68982468(发行部)
网 址 www.cnupn.com.cn
北京集惠印刷有限责任公司印刷
全国新华书店发行
版 次 2014 年 10 月第 1 版
印 次 2014 年 10 月第 1 次印刷
开 本 787mm×1092mm 1/16
印 张 36.25
字 数 609 千
定 价 260.00 元（全三册）

CONTENTS | # 目 录

第七卷 明代散文

第八卷　清代散文

第九卷　近代散文

第七卷 明代散文

邱少华 撰写

概　述

中国散文在有明一代的发展，不似有的论者所说的，是一个比较完整的马鞍形，前后均称繁荣而中间衰微；也不大像纺锤形，中段繁荣而两头不及。它大体是一个斜坡形，一个上行时平缓绵长，而到达高峰后迅速滑落的斜坡。明文的发展，大致可以分为三个时间跨度长短不齐的阶段，既是前后相承相续的过程，其中又有反复，有交错。

自明太祖洪武建国，经建文、永乐、洪熙、宣德、正统、景泰、天顺、成化，到孝宗弘治，共一百三十年，几占明朝历史纪年的二分之一，是明代文坛长期沉寂，散文创作发展极为缓滞的时期。朱元璋取得政权后，一方面采取积极措施，发展生产，稳定民生，另一方面为了加强专制皇权，巩固新王朝的统治而尊崇程朱理学，钳制思想自由。他出身寒微，当过和尚，又做过“贼”（农民起义军），称帝后仍有某种自卑感，疑心重，忌讳多，往往借小故大兴文字狱，恫吓士大夫。著名的散文家宋濂、刘基、王祎等人，在元末已度过了创作的高峰期，入明之后，精力主要用在修饰新朝文治。如宋濂，“郊社宗庙山川百神之典，朝会宴享律历衣冠之制，四裔贡献赏劳之仪，旁及元勋巨卿碑记刻石之辞，咸以委濂。”（《明史》卷一二八《宋濂传》）而且他们在洪武前期即相继去世。著名诗人兼散文家高启，以细故为朱元璋所杀（洪武七年）。当时，连一般的歌功颂德的贺表，因为有“作则（贼）垂宪”、“睿性生（僧）知”、“天生圣人，为世作则”、“藻饰（早失）太平”等字样，作者均被处死。著名的“吴中四杰”，高启腰斩；杨基“被谗夺官，谪输作”，死于工场；张羽“坐事窜岭南”、“投龙江以死”；徐贲“坐犒劳不时，下狱瘐死”。在这样的摧残下，所谓文学繁荣，只是一种假象，事实上并不存在。

成祖朱棣，面临着一个继续巩固新王朝的任务，又有一桩“篡夺”的心病，也需要借杀戮以立威。即位之初，就杀了大儒方孝孺；永乐十三年，又杀了得到太祖赏识的著名才子解缙。除了政治高压外，洪、永两朝还通过科举、学校来强化思想统治。洪武二年（1369），诏天下郡县立学；三年，定科举法；十七年，颁行科举成式。《明史》卷七十《选举》二：“科目者，沿唐宋之旧，而稍变其试士之法。专取四子书及《易》、《书》、《诗》、《礼记》、《春秋》五经命题。”“《四书》主朱子《集注》，《易》主程《传》、朱子《本义》……”至永乐十三年（1415），翰林学士胡广等奉敕编定《四书大全》三十六卷，《五经大全》一五四卷，《性理大全》七〇卷，共计二百六十卷，为读书人提供一套更为现成、更加方便的教科书，科举功名已全在此，似乎古书和学问也全在于此。熟读《四书》与朱注以应科举，是知识分子最重要最光荣的出路。“成祖初年，内阁七人，非翰林者居其半……自天顺二年，李贤奏定纂修专选进士。由是，非进士不入翰林，非翰林不入内阁……通计明一代宰辅一百七十余人，由翰林者十九。盖科举视前代为盛，翰林之盛，则前代所绝无也。”（《明史》卷七〇《选举》二）

在这种情况下，文坛上的“台阁体”由永乐酝酿，至宣德、正统而大盛，影响风气者达数十年之久，就不足为怪了。杨士奇、杨荣于永乐初入阁参预机务，杨溥于洪熙元年（1425）入阁，经永乐、洪熙、宣德、正统四朝，执政时间长者四十年，短亦二十年。《四库全书总目》论“台阁体”云：

> （杨）荣当明全盛之日，历事四朝，恩礼始终无间。儒生遭遇，可谓至荣。故发为文章，具有富贵福泽之气；应制诸作，沨沨雅音。其他诗文，亦皆雍容平易，肖其为人。虽无深湛幽渺之思，纵横驰骋之才，足以震耀一世；而逶迤有度，醇实无疵。台阁之文，所由与山林枯槁者异也。与杨士奇同主一代之文柄，亦有由矣。柄国既久，晚进者递相模拟。城中高髻，四方一尺，余波所衍，渐流于肤廓冗长，千篇一律。

这是对三杨倡导的“台阁体”的比较全面的评价，指出了它产生的根源（社会的与个人的）、特点和流弊。唐初有所谓“上官体”、“沈宋体”，前人讥其浮艳骈俪；宋初有“西昆体”，其特点是富丽精工；明初“台阁体”则以雍容舒缓见长，文章风格各不相同。其共通之处是：都在为一个初兴的、强大的统一王朝敷扬文治，点缀升平。清人冯班评西昆体云：“昆体壮丽，宋之沈、宋也。开国之文必须典重。”（《瀛奎律髓汇评》卷四十九）四库馆臣则说台阁文“有富贵福泽之气”，“与山林枯槁者异”，立论的角度完全一致，看出了其共同特点是敷扬文治，点缀升平。作为士大夫阶层的上层人物，他们生活在一个新兴王朝鲜花着锦的时期，上官体、沈宋体和西昆体作家奉献的是热烈、欢欣与华美，而三杨奉献的是雍容和典则，更显出台阁重臣的风度与涵养；只是过于单调，使人感到沉闷罢了。

自弘治、正德（元年，1506）之际，经嘉靖朝至万历前期，八十余年，是明代散文发展的第二个阶段，其特点是文学复古思潮空前高涨，文学理论和文学创作走向活跃和繁荣。这个时期最重要的文学流派是“前七子”、“唐宋派”和“后七子”。前后七子高唱文学秦汉，诗学盛唐，是要复先秦西汉之古，可以合称为“秦汉派”。“唐宋派”要复韩、柳、欧、苏之古，其中包含通过韩、欧上追秦汉的理想。复古的取径不同，复古的观念意识并无根本的分歧；而前人对他们的理论和创作的优劣得失的评价，也大体一致。

明代前期虽有开国之盛，有仁（宗）宣（宗）之治，有弘治“中兴”；但土木之变以后，各种社会政治矛盾开始暴露并逐渐尖锐起来了。正德一朝，宦官乱政，藩王谋反，内部已极腐败，农民起义遍及江西、湖广。这种种危机加深了人们对统治集团与统治思想（程朱理学）的怀疑，陆王心学应运而起；士大夫关心时局，思想活跃。于弘治、正德之交走上文坛的前七子，在入仕之初大都节义凛然，正直敢言，勇于指斥朝政，抨击宦官和权贵，积极参与政治斗争。直接引发文学上的复古高潮的，则是台阁体和八股文的泛滥。李梦阳，何景明等高唱文必秦汉，诗必盛唐，非是者勿道。崛起于嘉靖中期的李攀龙、王世贞等称为后七子。他们高度评价前七子在文学事业上的贡献，并继续高举他们的旗帜，将秦汉派掀起的复古运动推向一个新的高潮。

以王慎中、唐顺之、茅坤、归有光为代表的“唐宋派”，于嘉靖前期进入文坛，晚于前七子约二三十年，与后七子大体同时而略早。他们的文学主张与散文创作实践，以唐宋八大家为楷模，尤重韩、欧、曾巩。唐宋派作为秦汉派的对立面，对前后七子文必秦汉的口号，抨击也很激烈。归有光说："今世相尚以琢句为工，自谓欲追秦汉，然不过剽窃齐、梁之余；而海内宗之，翕然成风，可为悼叹耳。区区里巷童子强作解事者，此诚何足辨也。"(《震川先生文集·别集》卷七《与沈敬甫》)"文章至于宋元诸名家，其力足以追数千载之上，而与之颃颉；而世直以蚍蜉撼之，可悲也。无乃一二妄庸人为之巨子，以倡导之欤?"《震川先生文集》卷二《项思尧文集序》)。一则极尊宋元大家，一则痛斥后七子的领袖王世贞为妄庸巨子，为撼大树的蚍蜉。《明史·文苑传序》在叙述这个斗争过程时说：

> 李梦阳、何景明倡言复古，文自西京、诗自中唐以下，一切吐弃。操觚谈艺之士翕然宗之。明之诗文，于斯一变。迨嘉靖时，王慎中、唐顺之辈，文宗欧、曾，诗仿初唐。李攀龙、王世贞辈，文主秦汉，诗规盛唐。李、王之持论，大率与梦阳、景明相倡和也。归有光颇后出，以司马、欧阳自命，力排李、何、王、李。

后人论唐宋派，颇多褒辞；论秦汉派（前后七子）则大抵肯定其振衰救弊之功，而否定其散文创作的成绩。

> 成化以后，安享太平，多台阁雍容之作，陈陈相因……（李）梦阳振起痹痿，使天下复知有古书，不可谓之无功。而盛气矜心，矫枉过直……其文则故作聱牙，以艰深文其浅易。明人与其诗并重，未免怵于盛名。(《四库全书总目》卷一七一)
>
> (李攀龙）持论谓文自西京，诗自天宝而下，俱无足观。于本朝独推李梦阳。……文则聱牙戟口，读者至不能终篇。(《明史》卷二八七《李攀龙传》)
>
> 李于鳞（攀龙）、王凤洲（世贞）皆剽窃字句，饾饤成篇；创为不读汉以后书，特自高欺世耳。(张谦宜《絸斋论文》卷六)
>
> 王弇州（世贞）《四部》出，传钞殆遍。其时弇州目中，那里有唐荆川（顺之）、王遵岩（慎中）、归震川（有光）三人？然究其终极，则弇州之文比三人不如也。(章廷华《论文琐言》)

近人钱基博颇扬七子而抑唐、归,“明有何、李之复古,以矫唐宋八家之平熟;犹唐有韩、柳之复古,以救汉魏六朝之缛靡。有往必复,亦气运之自然。明有唐顺之、归有光辈,振八家之坠绪,以与七子相撑拄,不过如唐之有裴度、段文昌等与韩、柳为异,以扬六朝之颓波耳。”但论及七子的散文创作,钱氏仍依前人之见,有所保留:“然七子之学,得于诗者较深,得于文者颇浅。故其诗多自成家,而古文则钩章棘句,剽袭秦汉之面貌者,故不独一攀龙。”(《明代文学·自序》)

今就下列各点,将秦汉派与唐宋派略作比较分析。(一)关于文与道的关系。唐宋派偏重“道”的一面,强调正统儒家文以载道的思想,没有多少新的发明与进展:秦汉派偏重“文”的一面,强调诗文的格律法则,进行了各种具体的探索,并由格律法则而及声情,其理论对实践的影响,情况比较复杂,某些思想,甚至能给创新者以启发。(二)关于学习古人。唐宋派的言论比较稳当,周密,也比较切实;因为八大家毕竟与明为近,容易入门,刻鹄不成,不失为鹜。秦汉派的代表人物恃才傲物,大言欺世,理论疏失亦多。一派之中,常有矛盾;一人之论,前后也有变迁。(三)所以,在创作实践方面,唐宋派的作品一般都平易通达,读者易于接受。秦汉派文章虽然不都是“钩章棘句”、“聱牙戟口”、“不能终篇”,但确实制造了不少假古董,为人所讥。艾南英说:“夫秦汉去今远矣。其名物、器数、职官、地理、方言、俚俗,皆与今殊。存其文以见于吾文,独能存其神气耳。”(《天佣子集》卷五《答陈人中论文书》)“存其神气”而不摹字句,正是唐宋派的宗旨。早在唐代,史学家刘知几就已指出勉强摹仿古人言语的错误。他说:“盖楚汉世隔,事已成古;魏晋年近,言犹类今。已古者即谓其文,犹今者乃惊其质。夫天地长久,风俗无恒,后之视今,犹今之视昔;而作者皆怯书今语,勇效昔言,不其惑乎!”(《史通·言语》)这个道理是很浅显的。《论语》一书,语言与《书》、《易》不同;司马迁记先秦事,已在改译古籍文句。明朝人要跨越唐宋而学语于秦汉,不亦难乎。前后七子之失,首在于此。从王世贞的晚年“悔悟”,亦可见其中消息。

万历中期经天启至崇祯末年,前后五六十年,为明代散文发展之第三期。概括地说,第一期是保守期,第二期是复古变化期,第三期是创新期。在这个阶段,文学思潮和散文创作出现了某种新的质的变化。其主要代表是“公安派”和“竟陵派”。

公安三袁(宗道、宏道、中道)进入文坛之初,正是唐宋派与后七子的旗手相继去世，复古主义的文风的流弊全面暴露的时候。不仅古文不振，时文也腐臭了。神圣得了不得的“代圣贤立言”的举子业，竟然不遵程朱宗旨，夹杂着二氏（佛、老）之言与稗官杂说。不仅前后七子的文风有弊，唐宋派末流也不能无弊。纪昀说：“自前明正德、嘉靖间，李空同诸人始以摹拟秦汉为倡，于是人人皆秦汉，而人人之秦汉实为一音。茅鹿门以摹拟八家为倡，于是人人皆八家，而人人之八家又同一音。模造面具，其斯之谓欤！久而自厌，渐辟新途。”（《香亭文稿序》）又需要有人出来振衰救弊了。从散文自身发展的内部规律来说，已经出现了改革变化的紧迫要求。再看当时的社会环境：政治和官场的混乱、黑暗及其对中下层知识分子的压抑，资本主义生产关系的萌芽和壮大了的市民阶层的思想意识的有形无形的影响，尤其是以李贽为代表的王学左派的叛逆精神的激发与推动，给文学创新提供了外部条件。公安派的理论和创作，正是这个特定时代的产物。

三袁的文学主张最重要的是：强调文学是发展的，前进的；强调诗文创作最可宝贵的是“独抒性灵，不拘格套”。从这两点认识出发，他们坚决反对复古与摹拟。袁宏道称赞老子、庄周、荀况的文章“见从己出，不曾依傍半个古人，所以他顶天立地”（《袁宏道集笺校》卷十一《与张幼于》）。尖刻地嘲诮秦汉派末流的创作是“计骗杜工部，囤扎李空同，一个八寸三分帽子，人人戴得”的陈词滥调（同上）。三袁不仅在理论上大张旗鼓地挞伐复古与摹拟，在创作上也做出了明显的可贵的成绩——尤其是袁宏道。他们的大量散文作品，从言志载道、经世致用的传统观念下解放出来，用以反映自然的韵趣和意境，描述日常生活的生动情景，抒写自己的心灵与个性。在表现形式和艺术技巧上，也力求破除陈旧的规矩，另辟新径。公安派之后的竟陵派代表人物钟惺与谭元春，理论的开拓和创作的成绩不如公安，但他们的基本宗旨，仍然是反对复古和摹拟，追求思想和艺术的解放。

明代后期反复古主义的斗争，以李贽、徐渭、汤显祖等人为先驱，以公安三袁为高潮，以竟陵派为后劲，再加上与公安、竟陵大体同时的许多作家，形成一个声气相通的创作群体，经过前后数十年的努力，在散文领域取得的一个具体成果，就是被称为“小品”的一类作品的大量出现，成为文坛新苑。几百年中，由于传统文学观念的深入人心，不易动摇，晚明小品一直受到歧视和贬斥。《四库全书总目》首先承认袁宏道诗文“致天下耳目于一新”，然后说：

然七子犹根于学问，三袁则惟恃聪明。学七子者不过赝古，学三袁者乃至矜其小慧，破律而坏度。名为救七子之弊，而弊又甚焉。(卷一七九)

林纾又进一步加以严谴：

若公安则恣肆不畏人，纪文达斥其“破律坏度”，此四字足以定其罪矣。……盖古文非可以随意挥洒者也。一染竟陵、公安之习，则终身不可湔涤矣。(《春觉斋论文》)

在这些学者看来，能“致天下耳目于一新”的文章，不如假古董。今天，应该站在历史的高度俯视当时，重新评估晚明小品的历史意义和审美价值。明代后期散文(主要指小品文)的成就与不足，主要表现在下列几个方面。(一)它是在明代文化和文学的发展过程中所出现的新局面新气象之中，与小说、戏曲、书画等文艺门类相互影响、相互激发而产生的成果。它虽然仍是中国传统文化大系统的一个组成部分，但毕竟具备了某些明显的叛逆性质，体现了当时反传统反理学与追求思想解放的精神。(二)它无论在思想观念和内容方面，还是在形式和技法方面，都带有明显的开创性，反对陈旧模式，反对八股束缚，冲击传统古文观念，解放古文文体，在文学发展史上，做出了可贵的探索，取得了前人所未有的成绩。正是由于这个缘故，它才被指责为“破律坏度”，罪孽深重，“不可湔涤”。(三)体现了创新精神的晚明小品，是明代散文创作的重要收获。然而，它繁荣得快，凋谢得也快，还不如复古思潮那样有“生命力”。其根本原因，一是环境的恶劣，一是自身的脆弱。

试观五四新文学运动时期之白话文和自由诗，是在崭新的时代精神照耀下产生的。其本质与旧体诗文之迥异，自不必说；而就其技巧和方法之纯熟而言，却未必能驾文言文与旧诗而上，这就使得保守派有置喙之地，处心积虑加以攻击排斥。白话文的胜利，首先意味着一个新时代的胜利，其次才能归功于倡导者和写作者。公安、竟陵之文，其内质自不能与五四新文学比；而技巧之成熟，未必不在初期的白话之上。但是，它终究夭折了。这个事实，首先说明了一个新的时代的曙光的消失，其次才是创始者的弱点。崇祯时代，明王朝已是山穷水尽，内忧外患，风雨如磐。政治和社会的原因，使文学理论和创作又向传统回归。独抒性灵，描写自然的小品不能匡时补世，救国救民，自然要受到痛斥；人们又把眼光投向宗经之文，载道之文，强调文章要经世致用了。这一类的呼吁并没有挽救王朝的覆灭，而小品却受到可怕的指责，要承担亡国的罪名。今天看来，晚明小品新花的早谢，除了创作者本身的思想、见识和才力等方面的问题而外，更重要的原因是，当时社会经济政治制度也没有给它们提供足够肥沃的土壤和足够充沛的雨露阳光。

任何一个时代的文学的发展，都不可避免地受到这个时代的政治经济文化等各种条件和文学自身发展的内部规律的制约。上面叙述明文分期，已大致提到了各阶段的政治经济情况。为了进一步探索明代散文作为一个运动过程所具备的特点，下面拟从复杂纷纭的明代文化现象中选取几个方面加以分析，说明它们如何影响了明代文坛和明文创作的风貌。这些方面是：明代文学思潮中复古与反复古斗争的过程与实质；明代哲学思潮中程朱理学与陆王心学的消长及其与散文创作的关系；明代的士林风气及其对散文创作的影响。

一、明代文学思潮中复古与反复古斗争的一贯性与地域性

作为最古老的文体之一的散文，发展到唐宋，已经完全成熟了。韩、柳、欧、苏以复古为创新的旗帜和途径，继承先秦两汉的优良传统，写作了面目一新的文章。到明代，散文如何“起衰”，如何发展？从借鉴前人经验的角度考虑，最现成的答案是复古。事实说明，这种选择是错误的。唐宋古文运动成功了，因为这个运动的实质是创新。唐诗之后的宋诗，却不能通过复古来另辟蹊径。面临唐宋全盛之后的明代散文，正如面临唐代全盛之后的宋代诗歌，必须有自己独特的手段去打开局面。可惜，明人走了一条现成的路子。文学复古思潮在明初就开始酝酿了。文坛领袖宋濂将文章归结为“君臣父子之伦，礼乐刑政之施。”（《曾助教文集序》）乃至推崇“唐虞之时”、“三代之际”的社会文化制度，持论的迂阔，与北宋初年学者柳开的复古思想（《应责》：“吾之道，孔子、孟轲、扬雄、韩愈之道也；吾之文，孔子、孟轲、扬雄、韩愈之文也。”）颇相类似。当然，宋濂毕竟时代较晚，取法对象，多了一个欧阳：“六经之外，当以孟子为宗，韩子次之，欧阳子又次之。此则国之通衢也”（《文原》）。明代中期唐宋派，正是继承宋濂，以韩、欧、曾巩为学习对象的。这是复古派中的稳健派。他们都是南方人。最早起来针对台阁体而提倡法古的李东阳，主张亦大体平正，并不刻意于摹仿。前七子的代表人物李梦阳（庆阳

人）、何景明（信阳人）开始变得激进，掀起拟古高潮。钱谦益说：

> 北地（庆阳古属北地郡）李梦阳一旦崛起，侈谈复古，攻窜窃剽贼之学，诋諆先正，以劫持一世；关陇之士，坎壈失职者，群起附和，以击排长沙（李东阳）为能事。（《列朝诗集小传·丙集》）

这里特别标出“关陇之士”，似乎注意到了复古派中的激进派，多系北方人，后七子的领袖之一李攀龙（济南人），言论更加片面。从另一面说，富于独创精神、反对摹拟剽窃的，多为南方作家。这是因为自唐宋以来，经济文化重心持续南移，南方地区成为新思想新风气酝酿滋生之域。在前七子“劫持一世”的时候，以祝允明、唐寅、文徵明为代表的吴中才士，偏能卓然自立，无所依傍。四库馆臣评其人品与文风，有云：“（祝允明）与同郡唐寅并以任诞为世指目。寅以画名，允明以书名，文章均其余事……（祝允明）文亦萧洒自如，不甚倚门傍户，虽无江山万里之巨观，而一丘一壑，时复有致。才人之作，亦不妨存一格矣。”（《四库全书总目》卷一七一）清代古文家方苞说：

> 南宋元明以来，古文义法不讲久矣。吴越间遗老尤放恣，或杂小说，或沿翰林旧体，无雅洁者。古文中不可入语录中语，魏晋六朝人藻丽俳语，汉赋中板重字法，诗话中隽语，南北史佻巧语。（见沈莲芳《书方望溪先生传后》）

方苞的意见也许就是前引林纾“盖古文非可以随意挥洒者也”一语的渊源。由此可见，在南方地区，确实存在不肯模仿古人，敢于破律坏度的一脉散文。明代后期，反复古的传统为公安派和竟陵派所继承，变得旗帜鲜明，态度激烈了。公安和竟陵的领袖人物，“楚人”意识非常自觉，也非常浓厚，独创精神更为强烈。王葆心《古文辞通义》说：“明代楚地文家，多尚独至，能创而不肯因。刘醇骥《四朝三楚文献录序》曰：公安快俊，竟陵深远，遂以相救为奇。张仁熙《三楚文献录艺文志·后序》曰：“或以楚文多自为法，不一辙，故名家者少。然其气剽而悍。公安、竟陵孱弱，而卒以易天下者，气峻而诣独造也。”所强调的是楚地文学的自立自主精神。

纵观中国文学史，自《庄子》、《楚辞》、六朝乐府到具有南方文学特色的宋词，以及明代中叶吴中才子和后期公安竟陵诸家的散文（施蛰存选《晚明二十家小品》，作者全是南方人），正贯穿了这种独创精神。可以这样认为，明代散文就其开拓性和独创性来说，南方文士的成就高于北方作家。这是对历代南方文学传统精神的继承和发扬，也是东南沿海和长江中下游经济文化迅速发展和高度繁荣的结果。

二、陆王心学的崛起与盛行对明代散文发展的深远影响

明王朝建立之初，通过多方面的努力来推尊程朱理学，维护思想统治。一般人亦以为程朱理学控制明清思想界五六百年。事实不然。当明代中叶社会政治矛盾全面暴露，程朱理学在因应时局的实践活动中显得苍白无力的时候，著名思想家王守仁由对程朱的怀疑转向对陆九渊心学的探讨。“先生（王守仁）之学，始泛滥于词章。继而遍读考亭（朱熹）之书，循序格物；顾物理吾心，终判为二，无所得入。于是出入佛老者久之。及至居夷处困，动心忍性，因念圣人处此更有何道？忽悟格物致知之旨，圣人之道，吾性自足，不假外求。其学凡三变而始得其门。”（《明儒学案》卷十《姚江学案》）《明史·儒林传序》论明代学术分流与王学之盛云：

> 原夫明初诸儒，皆朱子门人之支流余裔，师承有自，矩矱秩然。曹端、胡居仁笃践履，谨绳墨，守先儒之正传，无敢改错。学术之分，则自陈献章、王守仁始……宗守仁者曰姚江之学，别立宗旨，显与朱子背驰。门徒遍天下，流传逾百年。其教大行，其弊滋甚。

史臣们所说的“弊”是什么呢？就是冲破了程朱学说的陈旧教条和繁琐修养，在传统思想体系内部启迪了离经叛道的异端，激发了一些知识分子的反传统反因袭，敢于怀疑和独立思考的精神。王阳明学说对明代士林影响最大的有两点：一是“致良知”。他继承孟子学说，认为良知是先天的，不是后天的，即心之本体，“良知良能，愚夫愚妇与圣人同”（《答顾东桥书》）。只要修心自悟，体认了这个良知，就人人都是圣人，满街都是圣人。这里面是包含着人格平等思想的。二是反对朱学的心、理二分，肯定陆学的心、理合一。强调心外无理；求之于心，则一通百通。理论比朱学更具唯心色彩，但在当时有某种战斗性。王阳明说：

夫学，贵得之心。求之于心而非也，虽其言之出于孔子，不敢以为是也；而况其未及孔子者乎？求之于心而是也，虽其言之出于庸常，不敢以为非者；而况其出于孔子者乎？（《传习录中·答罗整庵少宰书》）

不论其主观动机如何，在客观上，这实在是对沉闷的思想界的极大震荡；连孔子之言是否符合真理，也要独立思考一番，要经过接受者本人“心”的检验，实在放肆。王学虽然遭到禁锢排抵，但观点的鲜明新颖，以及王守仁本人平定藩王叛乱，镇压人民起义等方面见之于实践的显赫事功，都吸引着成百上千的知识分子。王学经过其弟子王艮所创立的泰州学派的发挥与传播，更加深入人心，叛逆色彩更加炫人眼目。著名思想家李贽就直接继承了王阳明的思想，提出不以圣人之是非为是非的观点，成为异端之尤。明代后期，这一思潮迅速扩散，到了名教所不能羁的地步：

阳明先生之学，有泰州（王艮）、龙溪（王畿）而风行天下，亦因泰州、龙溪而渐失其传。泰州、龙溪时时不满其师说，益启瞿昙（佛祖）之秘而归之师。盖跻阳明而为禅矣……泰州之后，其人多能以赤手搏龙蛇，传至颜山农、何心隐一派，遂复非名教之所能羁矣。（《明儒学案》卷三二《泰州学案》）

（焦竑）师耿定向而友李贽，于贽之习气沾染尤深，二人相率而为狂禅。贽至于诋孔子；而竑亦至尊崇扬、墨，与孟子为难。虽天地之大无所不有，然不至妄诞至此也。（《四库全书总目》卷一二五《焦弱侯问答》提要）

所谓渐失其传，实是泰州学派进一步禅宗化与平民化，明确地反对存天理去人欲的旧说，提倡百姓日用即道；讲学时或以禅解儒，或牵儒入禅；攻击假道学，旧权威，思想言行往往背离传统的纲常名教，引起统治阶级当权派的震恐。这个学派自然有流弊；但它作为萌芽状态的人文主义思潮，其启蒙作用不可低估。明代后期具有叛逆思想的作家莫不与这个思潮有联系有共鸣；徐渭、汤显祖、公安三袁、陶望龄等莫不与李贽有直接或间接的师友关系；而这些作家又都是晚明小品文创作的先驱人物或中坚分子。总之，王阳明心学和泰州学派对于明代文坛反对官方正统哲学，反对迷信与盲从，促进思想解放和独立思考，追求创新精神，起了极为重要的推动作用。在王学最为盛行的南方地区（黄宗羲为王门学者立案，共计六七十人，其中北方学者只七家。见《明儒学案》），情况更是如此。

三、明代士林风气及其对散文创作之影响

有明一代讲学之风，上承南宋，至王阳明而大盛．学说新颖，吸引力强的，弟子成群，多至百千；从游聚讲，往往惊动州府乃至朝廷。讲学自然要有语录，要标榜宗旨；宗旨要简明而深刻，耐人玩味修悟，且能显示特色，易于流传。如王阳明说“致良知”，湛若水说“随处体认天理”，王艮说“百姓日用即道”，耿定理说“吾学以不容已为宗”。讲学之风发展到明代晚期，出现东林和复社这样带有浓重政治色彩的团体，关切时局，针砭朝政，臧否人物，以天下为己任，出现了一大批被时人和后人称颂的士林楷模。讲学，可以开发民智，激励士风。在这个过程中，士大夫阶层迅速萌发某种觉醒的意识，或者可以概括为个体意识和群体意识。嘉靖时议大礼，万历时争国本，无非为了维护传统纲常，但在当时却是大是大非和原则问题。人们不怕贬谪，不怕廷杖，甚至不怕杀戮，前仆后继，坚持不已，体现了当时知识分子的政治责任感；在斗争中砥砺了节操，培养了风气，影响极为深远。他们热衷于政治，与厌恶官场向往自然的另一类知识分子看来相左，其实相通——都显示了要求人格独立的要求。其流弊是宗派门户意识十分强烈，且多偏激之见和意气之争。这种风气自然要反映到文学论争中来。前后七子和公安竟陵诸家都好标榜宗旨，提出响亮的口号来激动人心。七子说文必秦汉，诗必盛唐，中唐以下一切吐弃。立论已是惊人。公安派就提出“独抒性灵，不拘格套。”针锋相对地说，唐无诗，秦汉无文，诗文在宋元诸大家。实有斗气之嫌。又如崇祯间陈子龙主秦汉，艾南英主唐宋，相持不下，乃至老拳相加。有时候，同派之中也不相容。谢榛本是后七子的首席，理论贡献比较突出。由于观点分歧，李攀龙对他进行人身攻击：“岂其使一眇君子（谢一目失明）肆于二三兄弟之上!”乃摒谢于社团之外。归有光斥王世贞为“妄庸巨子”。其实明代中晚期的妄庸巨子很不少，一个个傲气十足，目中无人，持论诡异，敢于谩骂；王世贞还算是其中平易顺理，且晚而知悔的。整个明代，诗社文社之多，“流派”名目之繁，空前未有。除前后七子，唐宋派和公安、竟陵而外，自开国至崇祯，诸如吴中四杰，北郭十友，闽中十才子，景泰十才子，娄东三凤，金陵三俊，四大家，吴中四才子，十才子，嘉靖八才子，皇甫四杰，四

子，练川三老，四十子（与复社同时的文社、诗社，数以十计），叫人眼花缭乱。王世贞更有前五子、后五子、广五子、续五子、末五子之说。这种拼凑很能说明当时文坛的心态，名目之多，主要反映文士声气标榜的风尚，不见得都有统一而明确的理论主张，和基本一致的创作风格。而上述主要流派的理论斗争，却又激烈得失去分寸。战国时代的百家争鸣也很激烈，但除了相互攻击和排斥，还有相互渗透和吸收，思想境界毕竟高了一个层次。明代的文坛论争，诋毁攻击有余，吸收融化不足。文坛风气的缺憾，理论指导的偏激和失误，明显地影响了散文创作的成绩。

以上说的，大抵是以传统诗文为主业的作家的情况。还有一类知识分子，或者因为科场困顿，或者因为仕途受挫，思想和精神受到打击伤害，而愤世嫉俗，也有少数人秉性淡泊，不慕荣利功名。在书画艺术和戏剧小说创作进一步成熟和繁荣的社会文化条件下，他们根据自己的天赋，走上了和传统诗文作家不同的道路。既然其志趣，其实现自我的手段在书画，在戏曲小说，而以诗文为余事，其创作态度也自有其特点：

> （祝允明）文章有奇气，当筵疾书，思若涌泉。……好酒色六博，善新声。求文及书者踵至，多贿妓掩得之。（《明史》卷二八六《文苑》二）
>
> （唐寅）其于应世文字，不甚措意，谓后世知我不在是，见我一斑已矣……子畏为文，或丽或淡，或精或泛，无常态，不肯为锻炼功。奇思常多，而不尽用。（祝允明《唐子畏墓志铭》）
>
> （徐渭）一有当意，即衰童、遢妓、屠贩、田傭，操腥熟一盛，螺蟹一提，敲门乞火，叫拍要挟，征诗得诗，征文得文，征字得字。见激韵险目，走笔千言，气如风雨之集。虽有时荣不择茅，金常夹砾，而百琲之珠，连贯沓来；无畏之石，针坚立破。（王思任《徐文长逸稿叙》）

这些才子的一个共同特点，就是在诗文写作实践中，能超脱秦汉、唐宋的畛域和成见，但凭兴趣才华，随意挥洒，不计工拙。明代中晚期，这类作家越来越多，影响也越来越广泛。他们的思想气质与文学作风，近似于被称为浪子加“斗士”的宋元书会才人。他们的诗文创作，是对复古主义的冲击，也是对文体的解放。大量的书画题跋，戏曲小说的序记，以及其他体现“以诗文为余事”精神的散文体制，如尺牍杂著之类，甚至包括墓志铭，也不一定谨遵传统矩矱，在不经意中写出真情实感，或反映了中下层文士乃至一般市民的生活感受与情趣。从内容到形式，都在向通俗、新奇与多样化发展。在思想意识上，为明代散文的人文主义添了光彩。另一方面，正因为他们不屑于惨淡经营，不重视理论的探索总结，作品数量虽多，但精粗混杂；一旦形成风气，自然不利于创作水平的不断提高，没有获得全面的丰收，没有产生足够数量的名家。

明代以八股取士，八股文的兴盛，成为明代文化的一大特点。谈明代散文史，不能不谈到八股文。由于以下章节不再涉及八股文，这里不妨多说几句。

八股文为明代科举考试所规定使用的一种文体，沿用到清末。唐代考试制度，明经科以“帖经”取士，只要求熟记和默写经文注疏，毋须阐述。宋代改为“经义”，以儒家经典原文为题，考生须写成文章，发挥题目的义理。明承宋制，并进一步完善。《明史·选举志》二：“科目者，沿唐、宋之旧，而稍变其试士之法，专取四子书及《易》、《书》、《诗》、《春秋》、《礼记》五经命题试士。盖太祖与刘基所定。其文略仿宋经义，然代古人语气为之，体用排偶，谓之八股文，通谓之制义。”这种八股文体大约在成化弘治之间基本成型。关于八股的名目和八股文的结构，各家说法亦小有出入。大致上是：每篇文章包括破题，承题，起讲（小讲、开讲），领题（入手、入题），起股（起比、提股），出题，中股（中比），后股（后比），束股（束比），大结（落下、收结）等部分，其中有关文章基本内容基本思想的主要段落是起股、中股、后股和束股四部分，每一部分各自由句数字数基本相同、相互对偶的两股组成，共为八股。流俗谓之八股（八比）文。

《明史·选举一》谈明代八股文的发展说：“论者以明举业文字比唐人之诗。国初比初唐，成、弘、正、嘉比盛唐，隆、万比中唐，启、祯比晚唐。”除此说外，研究八股文流变盛衰之议论尚多，今举方苞《钦定四书文凡例》如下：

> 明人制义体凡屡变：自洪、永至化、治百余年中，皆恪遵传注，体会语气，谨守绳墨，尺寸不逾。至正、嘉，作者始能以古文为时文，融液经史，使题之义蕴，隐显曲畅，为明文之极盛。隆、万间兼讲机法，务为灵变，虽巧密有加，而气体苶然矣。至启、祯诸家，则穷思毕精，务为奇特，包罗载籍，刻雕物情，凡胸中所欲言，皆借题以发之；就其善者可观可兴，光气自不可泯。

凡此数种，各有所长，亦各有所弊……

宋佩韦《明文学史》第六章，分八股文为四期，起讫与《明史》及方苞基本相同。卢前《八股文小史》则大分为“正嘉以前”与“隆万以后”两期加以叙述。今按，四期之分，稍嫌牵强，盖意在就合初、盛、中、晚。实则八股文的发展演变，与明代政治文化大环境的关系密不可分，与诗古文的进程大体同步，也可分为三期。前期由洪武至正统。这个时期八股体制尚未完全定型，篇章组织无严格约束，或骈或散，可以随意。题目比较平正，多能从大处着眼，意在测验考生对经文精神实质的理解。文章内容，一般为敷衍宋儒注疏，也有借题歌颂功德的。代表作家有刘基、黄子澄、杨溥、于谦、丘濬、商辂等。丘濬为景泰五年进士，曾任国子祭酒。“时经生文尚险怪，濬主南畿乡试，分考会试皆痛抑之。及是课国学生尤谆切告诫，返文体于正。”（《明史》卷一八一《丘濬传》）中期包括成化、弘治、正德、嘉靖。八股体制定型，限制严格。出题格式（花样）名目繁多。写作日趋熟练，积累了丰富的范文，并在此基础上不断总结写作技巧和临场经验，研究八股已经成为一门重要的学问，出现了不少著名专家。如成化、弘治间的王鏊和钱福，称为两大家，王鏊尤享盛名。清人俞长城有云：“制义之有王守溪，犹史之有龙门，诗之有少陵，书法之有右军。”“前此风会未开，守溪无所不有；后此时流屡变，守溪无所不包。”（转引自宋佩韦《明文学史》）又如嘉靖间，“（归）有光制举义，湛深经术，卓然成大家。后德清胡友信与之齐名，世并称归、胡。”（《明史》卷二八七《文苑》三）王、钱、归、胡的出现，说明了第二期八股文自身的成熟与繁荣。其他如吴宽、唐寅、王守仁、海瑞、唐顺之、杨继盛等也是八股名家。晚期自隆庆万历至天启崇祯。由于时代潮流的冲击，八股有衰微之势。主要表现在许多作品思想内容不那么“醇”了，文字表达不那么“雅”了。艾南英斥之为“腐臭”。因此，就有许多有志之士出来救偏起衰。《明史》卷二八八《文苑》四：“万历末，场屋文腐烂。南英深疾之，与同郡章世纯、罗万藻、陈际泰以兴起斯文为己任；乃刻四人所作行之世。世人翕然归之，称为章、罗、陈、艾。”同期的八股代表作家，还有赵南星、顾宪成、汤显祖、董其昌、曹学佺、刘宗周、钟惺、黄道周、文震孟、金声、刘侗、陈子龙、黄淳耀等，政治活动家、思想家、艺术家、诗人、小品文作家、民族英雄，都包括了。

从理论上说，八股亦文体之一，是用于特殊场合，具有固定程式规格的一类文章。内容限于说理，形式体现为“八股”。正如近体诗（格律诗）的约束更严于八股，仍为诗之一体，八股亦是文章之一体。它既然不是诗、小说和戏曲，就应该包括在广义的散文之中。其体制在骈散之间；既然大多数作品的主要段落是骈偶的，所以有的学者断言“八股实骈俪之支流，对仗之引申”。并博引前人见解，证之颇详（钱钟书《谈艺录》页三二）。焦循《易余篇录》确认明代八股有如唐诗、宋词、元曲，为一代之胜：“有明二百七十年，镂心刻骨于八股。如胡思泉、归熙甫、金正希、章大力数十家，洵可继楚骚、汉唐诗、宋词、元曲，以立一门户；而何、李、李、王之流，乃沾沾于诗，自命复古，殊可不必者矣。夫一代有一代之胜。舍其所胜，而就其所不胜，皆寄人篱下者矣。”直至近代，八股被废之后，仍有为之辩护者。刘咸炘《四书文论》有云：

> 制艺者，诸文之一也。亦本出于心，亦自成其体，固与诸文无异。不知其不能等观者安在！谓其体下耶？文各有体，本无高下，高下者，分别相对之权词耳。为古文者斥下时文，恐乱其体，可也；而时文不以此贱者。彼为古诗者固斥下律诗，为律诗者固斥下词，为词者固斥下曲；律诗、词、曲，岂以此贱哉！谓其为干禄耶？彼唐之律诗、律赋、判词，宋之经义、论策、四六，孰非干禄之具！……（引自卢前《八股文小史》第一章）

刘氏之论，似有某种合理性。但八股在盛行之际，即遭有识者的鄙视与厌弃，不与诗古文等观，绝少收入文人别集，任其湮灭，却是无情的事实。对此，亦应略作评说。

认为八股文毒害文士，腐蚀人心，遗患无穷，这早已成为中国文化史上的一般结论。不过，探讨八股之害，不可拘于一端。首先表现在科举制度上。正是这种制度驱使千千万万的知识分子，为了名利地位和光前裕后而钻研制艺，殚精毕力以赴（科举制度，也是应该用分析的态度看待的，此处不论）。换句话说，真正吸引人的，不是八股，而是科举。钱钟书先生说：“制举取士，其失惟均，固不必程文体之为八比焉。……官学功令，争为禽犊，士风流弊，必至于斯。即使尽舍《四书》朱注，而代之以汉儒之今古文经训，甚至定商鞅、韩非之书，或马迁、班固之史，若屈原杜甫之诗骚，为程文取士之本，亦终沦为富贵本子、试场题目，利禄之具而已。”（《谈艺录》页三五七至三五九）论八股之害源于科举，可谓一针见血。其次，也根源于八股本身的致命弱点。明清人有以制义比戏曲者，取其同为“代言体”；又有以制义比律诗者，取其法度严密，对偶整齐。然而，制义终难入文学之林。其原因在于：制义依据固定的程式代圣贤立言；而不是如戏曲那样，为塑造艺术形象而代剧中人“立言”。制义只用于科场，一旦中式，即为无用之物；而诗歌戏曲可以抒情言志，写景论事，可以搬演动人的故事，刻画生动的人物，形象地反映历史和现实。总之，制义较之于其他文体，基本上不具备艺术价值和审美价值，甚至不具备一般的日用应酬价值。这是浸透了无数知识分子心血和汗水的八股文章不被读者接受而终遭弃置的原因。

八股的盛行对散文的影响，其主要方面自然是消极的。首先，由于八股是读书人仕进途中必须熟练掌握的工具（敲门砖），不得不认真对付。人的精力和时间有限，学八股自然要影响学习诗古文。早在南宋，就有人感慨举业与时文之累。叶适《题周简之文集》云：“长老语谓诗为外学，乃致穷之道。几于稍进于时文尔。”（《水心文集》卷二十九）刘克庄《跋李光子诗卷》云：“士生叔季，有科举之累，以程文为本经，以诗古文为外学。惟才高者能兼。”（《大全集》卷一〇九）元初一些文家如戴表元、赵孟頫等更认为宋季诗文之弊，正是由于“场屋之文”的兴盛；而元初诗、文的复振，则是因为几十年间的罢科举。明清之际的黄宗羲，议论尤为痛切：“三百年人士之精神，专注于场屋之业，割其余以为古文，其不能尽如前代之盛者，无足怪也。”（《明文案序》上）其次，明代科举考试，限于《四书》、《五经》出题，作文限于敷衍注疏；因而士子读书眼光只在经书注疏，写作入手首在时文。艾南英正是出于一种偏执的近于狂迷的感情，把《四书》及朱注，乃至永乐年间敕撰的那二百多卷的《大全》当作举子学问的全部内容：

> 尊《学》、《庸》、《语》、《孟》之书，断以考亭（朱熹）之章句；裁以为题，敷陈词义，如一出于圣人之言，其道精微尚矣！自秦汉以来，未有盛于斯文者也。（《今文定序·篇上》）
>
> ……其最陋者，厌薄成祖皇帝所表章钦定之《大全》，而骄语汉《疏》以为古，遂欲驾马、郑、王、杜于程、朱之上，不知汉儒于道，十未窥其一也。（《今文待序·篇下》）

有了这样的偏执，自然要以《四书》及集注之外的著作为无用，造成“耆宿”不知有《左传》的可悲结果。袁宗道《送夹山母舅之任太原序》有这样的记载：“吾邑自洪、成以来，科第不乏。士大夫之有行业者，亦复不少。独风雅一门，蓁芜未辟。士自蒙学以至白首，书簏中惟蓄经书一部，烟熏《指南》、《浅说》数帙而已。其能诵十科策几段，及程墨后场几篇，则已高视阔步，自夸曰奥博。而乡里小儿惮之，亦不啻扬子云。余为诸生讲业石浦，一耆宿来，见案头摊《左传》一册，惊问是何书，乃溷帖括中?”（《白苏斋类集》卷十）为数不少的这一类读书人学问修养如此，眼界胸襟如此，又焉能在散文创作中闪现思想与艺术之光。最后，还要看到事情也还有另外一面。王士祯《池北偶谈》记载着一则轶事：

> 予尝见一布衣有诗名者，其诗多有格格不达，以问汪钝翁编修。云：“此生坐未尝解为时文故耳。时文虽无与诗古文；然不解八股，即理路终不分明。”近见王恽《玉堂嘉话》一条：“鹿庵先生曰：作文字当从科举中来。不然而汗漫披猖，是出入不由户也。”亦与此意同。（《带经堂诗话》卷二七）

这段话基本上不符合文学史事实。在没有科举与八股的时代，无数优秀诗文作品，并无理路不分明或汗漫披猖之病。不过，王氏所述，亦有其合理性。八股文的写作实践，有助于训练逻辑思维的清晰严密和行文的线索分明，即避免理路不分明；使得文章篇章结构完整简净，不枝不蔓，即避免汗漫披猖。八股有法，古文也有法，其间应有借鉴的余地。明代人八股真做得好的，一般说其古文也能雅驯平正，通畅可读（这里不说创新）。许多八股专家，同时又是散文（古文）名家。归有光即是突出代表之一。

王葆心《古文词通义》卷十一，引姚范、王元启论归有光云：

> 姚姜坞（范）曰：《史记》起势猛勇处，震川时文内得之，古文反不能。何也？制义体自宜于浑穆，不宜入瑰怪（《援鹑堂笔记》）王惺斋（元启）曰：震川文只落笔处一二语便定一篇之局，自后虽波澜百变，而皆不离其宗。盖篇篇如是，故能随方布陈，而无一成之轨迹可寻，其妙在一“切”字。又曰：震川文只是一个精切而有条理人，徒以宽博目之，不知震川者也（《冷庐杂识》

引王氏震川文集评）。案：此发明归氏文起局作用之妙者。姚言一起势便猛勇，王言一起手便贴切，盖有得于唐人破题之法。归氏盖熟读《史记》与精于制举文者也。

八股与古文之相互影响，大致如此。研究明代散文，应该了解在八股文风笼罩浸润之下的作者们的审美价值、审美取向以及构思写作的心理习惯和技巧特点。

还有，对散文（当然也包括其他文艺门类）创作有影响的一种新的读书指导方法与文学批评体裁——评点之学，也和八股业有直接的关系。俞樾《求阙斋弟子记》引其师曾国藩之言曰：

古人读书之方，其大要有二：有注疏之学，有校正之学。……逮前明中叶，乃别有所谓评点之学。盖明代以制艺取士，每乡、会试，文卷浩繁。主司览其佳者，则圈点其旁，以为标识；又加评语其上以褒贬，所以别妍媸、定去取也。濡染既久，而书肆所刻四书文莫不有批评圈点。其后则学士文人竟执此法，以读古人之书。若茅坤、董份、陈仁锡、张溥、凌稚隆之徒，往往以时文之机轴，循《史》、《汉》、韩、欧之文；虽震川之于《庄子》、《史记》，犹不免循此故辙……

王葆心《古文词通义》卷七记此一段，并说评点之学“其远源自嘉定后之为朱学者，至明人而益甚。《四库提要》时摘其失。然施之于诗文，则终未可废；以迪来学，尤切近用。故文正（曾国藩）纠之而仍循之。”又说：“张文襄（之洞）于纪文达（昀）评点各书及各家朱墨本评点之书，均举以示初学，可知此法实为入门不可少之书，未可执一也。”林纾也肯定评点之学，不同意章学诚《文史通义》对归有光“用五色笔”评《史记》的批评；认为“震川深识文中三昧，评骘之本，安可厚非。”（见《春觉斋论文·述旨一》）总之，渊源于制义八股的评点之学，长期地广泛地指导着古文的创作，形成一种以时文为古文的习气，其中难免有流弊，但也有讲究法度，为初学津梁的作用。研究明代散文，不能忽略评点之学给它带来的时代的特色。

第一章
明代前期散文

第一节 元明之际及洪武时期的作家

自唐宋以来，随着经济文化重心的南移，东南地区的文学事业更加迅速地发达繁荣起来。元代后期，著名的理学家和文学家（理学家亦多为能文之士）多聚萃于此；朱元璋崛起于元末群雄争霸之中，又先取江浙作为根据地，而且很重视网罗儒者和文士。这种历史的和政治的原因，使得东南才俊成为元末明初的文坛中坚。宋濂《书龙门子凝道记》指出，“我国家文运起于东南。故国初以来，江浙多文士。乃若宋景濂、刘伯温、苏平仲（伯衡）、王子充（祎）、方孝孺诸子，皆以文鸣于东南。其以诗名家者，则高季迪（启）、杨孟载（基）、张来仪（羽）、徐幼文（贲）、袁海叟（凯）辈，亦皆东南佳士也。”其中最重要的散文作家，有宋濂、刘基、高启、王祎、方孝孺、王行等人。

宋濂（1310～1381）字景濂，金华浦江（今属浙江）人。出身寒素，自幼即知苦读。在元末大动乱中，避祸隐居，不求仕进。四十岁的时候，已负重名，史馆诸公曾推荐他出任国史院编修，固辞不就，入龙门山著书。五十一岁应朱元璋之征，与刘基、叶琛、章溢同至金陵（南京）。明朝建国时（1368），他已经五十九岁了。自此，从主修《元史》逐渐做到翰林学士承旨、知制诰，并长期担任太子赞善，成为明太祖所尊礼倚重的文学侍从之臣。洪武十三年（1380），其长孙慎因胡惟庸谋反案伏诛。宋濂在皇后与太子的极力拯救下，幸免一死，举家远贬茂州（今四川茂汶）。十四年五月，行至夔州，病卒。终年七十二岁。

自南宋吕祖谦以来，金华（婺州）出了不少道学家。王柏、金履祥、许谦、柳贯等都是婺州人。宋濂先后受学于闻人梦吉、吴莱、柳贯等，成为"婺学"的重要成员。黄百家说："金华之学，自白云（许谦）一辈而下，多流而为文人。夫文与道不相离，文显而道薄耳。虽然，道之不亡也，犹幸有斯。"（《宋元学案》卷八十二）全祖望也认为程朱理学至宋濂"而渐流于佞佛者流，则三变也。"不过，其文章"雅驯不佻，粹然有儒者气象，此则究其所得于经苑之坠言，不可诬也"（《宋文宪公画像记》）。他们的话很能说明宋濂的思想的特点，作为一个崇拜六经、恪守传统伦理道德观念的儒者，他还是醇的；作为程朱理学某派的传承者而没有深造自得之语，而著述中时杂佛氏之言，就显得不醇了。大体说来，宋濂不是一个继往开来的道学家，而是一个不乖道统的文学家。

在元末避世隐居的时候，宋濂已经写作并刊刻流布了大量著述，如《龙门子凝道记》、《燕书》、《浦阳人物记》、《潜溪集》及《后集》、《续集》、《别集》等数十卷，获得了很高的文名。入明之后，又著有《翰苑集》等数十卷；朝廷典礼仪则及名公巨卿碑板等大制作，悉以委之，屡推为开国文臣之首。外国贡使亦知其名；高丽、安南、日本使者至出兼金购其文集；四方学者悉称为"太史公"，不以姓氏。他成为当时众望所归的文坛领袖。有人说，宋濂有"三十年山林之文"，又有"近著馆阁之文"，"其气貌声音，随其显晦之地不同"。杨维桢不以为然："昔之隐诸山林者，烨乎其虎豹烟霞也；今之显诸馆阁者，燦乎其凤凰日星也：果有隐显易地之殊哉！"（《翰苑集序》）事实上，宋濂散文是可以分为前后期的，而前后期的"气貌声音"也确有不同。在元末，多忧世之作。他指出当时的社会现实："方今六合尘冥，胶胶纷纷。凤皇不徕，虎豹成群；生民邅屯，如水之溺，如火之焚。"自己有心救民于水火，又不愿违礼枉道而求出仕，思想很苦闷（《凝道记·采苓符》）。在同书《秋风枢》有一则："龙门子曰：秋风萧骚，百窍悲号，草木黄賨，兰蕙为之共凋，不亦悲乎！阴云四兴，阒阒冥冥，昼不睹日，夜不见月与星，不亦悲乎！狨啼我前，虎啸我后，择地而蹈，莫知其后，苍苍在上，曾不得告语，不亦悲乎！大江扬波，舟楫不通，鲸呿鳌掷，又辅以飓风，不亦悲乎！……"陆行水行，上天下地，都没有出路，因而反复叹慨："呜呼悲乎，予将何所之乎！"全文仿辞赋体写成，文采斐然，长期郁结的感情喷薄而出，极为强烈，可以看出他避乱隐居，不得施展的一种心态。《栖云室记》感喟的是楼台文物之不能久长：

> 尝试与师登姑苏之台，而览古今之变。三吴之间，崇台方榭，凉亭燠馆，敷金碧而炫丹瑶，极人力而穷物状者，何可胜数！盖有歌舞未毕而号泣继之，车马陈于庭而狐兔已游于寝者矣。

而作于明初的《阅江楼记》，思想倾向就不一样了：

> 登览之顷，万象森列，千载之秘，一旦轩露。岂非天造地设，以俟大一统之君而开千万世之伟观者欤！当风日清美，法驾幸临，升其崇椒，凭栏遥瞩，必悠然而动遐思。见江汉之朝宗，诸侯之述职，城池之高深，关阨之严固，必曰：此朕栉风沐雨，战胜攻取之所致也。中夏之广，益思有以保之。……

其构思无疑受到了王禹偁《待漏院记》的启示，但着重从正面说，虽有别于简单的歌功颂德，其雄健开朗、充满信心的"气貌声音"，已是盛世之作了。

宋濂的散文作品，数量当在一千二百篇以上。赋、颂、记、序、传、论、赞、塔铭、墓志，无所不备。以内容性质言，可大体区分为五类。（一）作为"开国文臣之首"和文学侍从，而奉命制作的高文大册。（二）其他应酬文字。求文者太多，应付不暇，心极厌之，甚至说誓欲燔笔砚以自绝；而"人翻疑为矫，集其门者日益缤纷也；卷轴之积，动如束笋"（《生生堂记》）。以上两类，在文集中占了很大的比重。（三）释、老之文。宋濂四十岁时曾为道士，自号元真子。他还"潜心于内典，往往见其说广博殊胜，方信柳宗元所谓与《易》、《论语》合者为不妄，故多著见于文辞间。不知我者，或戟手来诋訾……"（《夹注辅教编序》）。"濂自幼至壮，饱阅三藏诸文，粗识大雄氏所以见性明心之旨。及游仕中外，颇以文辞为佛事。由是南北大浮屠，其顺世而去者，多以塔上之铭为属"（《佛性圆辩禅师塔碑铭》）。这些自然也是应酬文字，而且多长篇大论。（四）寓言故事及杂感专集《龙门子凝道记》三卷，《燕书》一卷。这是仿先秦子书而作的，成于元至正后期。《凝道记》有四

“符”、八“枢”、十二“微”等名目，共一一四则，内容包括崇圣、尊经、论学、刺世及社会人生哲理。其中大多数文章都缺乏深刻的理论性思想性和鲜明的文学色彩。正如他自己说的：“皆一时念虑所及之言，而潜思精索之功盖蔑如也。”（《龙门子凝道记跋》）《燕书》四十篇，借用并虚构先秦人、事以立言，与《凝道记》一样，其内容也具有一定的针对性和现实意义，篇幅长而故事不甚精彩的居多。其中《齐西王须》章写一个“人而兽也”的忘恩负义之徒，《楚有斗子般者》章抨击“言则必称先王”而行为卑鄙的伪君子。《玉戭生与三乌丛臣朋》短小精悍，极富戏剧性，揭示了经不起利禄诱惑而违背誓言的心态，《赵成阳堪》则写一个拘泥于“礼数”而延误救火的故事，以讽刺“迂儒偾事”。（五）人物传记、山水游记、赠序杂文。这是宋濂文集中最富于文学价值的部分。元至正十六年写的《桃花涧修禊诗序》，可视为宋濂游记散文艺术臻于成熟的一个重要标志。

浦江县东行二十六里，有峰耸然而葱倩者，元麓山也。山之西，桃花涧水出焉。乃至正丙申三月上巳，郑君彦真将修禊事于涧滨，且穷泉石之胜。

前一夕，宿诸贤士大夫。厥明日，既出，相帅向北行，以壶觞随。约二里所，始得涧流，遂沿涧而入。水蚀道几尽，肩不得比，先后累累如鱼贯。又三里所，夹岸皆桃花。山寒，花开迟，及是始繁。旁多髯松，入天如青云。忽见鲜葩点湿翠间，焰焰欲然，可玩。又三十步，仾石人立，高可十尺余，面正平，可坐而箫，曰凤箫台。下有小泓，泓上石坛广寻丈，可钓；闻大雪下时，四围皆璚树瑶林，益清绝，曰钓雪矶。西垂苍壁，俯瞰台、矶间，女萝与陵苕轇轕之，赤纷绿骇，曰翠霞屏。又六七步，奇石怒出，下临小洼，泉冽甚，宜饮鹤，曰饮鹤川。自川导水，为蛇行势，前出石坛下，锵锵作环佩鸣。客有善琴者，不乐泉声之独清，鼓琴与之争，琴声与泉声相和，绝可听。又五六步，水左右屈盘始南逝，曰五折泉。又四十步，从山趾斗折入涧底，水汇为潭，潭左列石为坐，如半月；其上危岩墙峙，飞泉中泻，遇石角激之，泉怒，跃起一二尺，细沫散潭中，点点成晕，真若飞雨之骤至。仰见青天镜净，始悟为泉，曰飞雨洞。洞旁皆山，峭石冠其颠，辽敻幽邃，宜仙人居，曰蕊珠岩。遥望见之，病登陟之劳，无往者。

还至石坛上，各敷裀席，夹水而坐。呼童拾断樵。取壶中酒温之，实髹觞中。觞有舟，随波沉浮，雁行下；稍前，有中断者，有属联者。方次第取饮，时轻飙东来，觞盘旋不进，甚至逆流而上，若相献酬状。酒三行，年最高者命列觚翰，人皆赋诗二首；即有不成，罚酒三巨觥。众欣然如约。或闭目潜思，或拄颊上视霄汉，或与连席者耳语不休，或运笔如风雨，且书且歌，或按纸伏崖石下，欲写复止，或句有未当，搔首蹙额向人，或口吻作秋虫吟，或群聚兰坡，夺觚争先，或持卷授邻坐者观，曲肱看云而卧，皆一一可画。已而诗尽成，杯行无算。迨罢归，日已在青松下。

又明日，郑君以兹游良欢，集所赋诗而属濂以序。濂按《韩诗内传》，三月上巳，桃花水下之时，郑之旧俗，于溱、洧两水之上，招魂续魄，执兰草以祓除不祥。今去之二千载，虽时异地殊，而桃花流水，则今犹昔也。其远裔能合贤士大夫以修禊事，岂或遗风尚有未泯者哉！虽然，无以是为也。为吾党者，当追浴沂之风徽，法舞雩之咏叹，庶几情与境遇，乐与道俱，而无愧于孔氏之徒；无愧于孔氏之徒，然后无愧于七尺之躯矣。可不勖哉！濂既为序其游历之胜，而复申以规箴如此。他若晋人兰亭之集，多尚清虚，亦无取焉。

郑君名铉；彦真，字也。

描写自然风光的一段，依游踪顺叙，介绍凤箫台、钓雪矶、赤霞屏……各景点的特色，流觞赋诗一段，以极其传神的笔墨来刻画人物神情动态，文字高度精练而记叙具体细腻。后段的议论发挥，除了讲究篇章的完整和交代作意外，还透露了一点俗套和迂腐，这也是一种“成熟”吧。宋濂游记散文有自己的特点。一是较之唐宋人作品，篇幅显得长了，每记必曲尽所历所见之景物。二是所记缘起、游程、方位、道里，线索具体而准确，少含糊隐约之辞，似考察记，又似导游图，不满足于兴之所至，随意指划的写法，因而给读者极为清晰的印象。三是重描写、重记叙，力求介绍风光景物自身之美，与王安石《游褒禅山记》、苏轼《石钟山记》一类文章借山水游记发挥生活哲理者不同。四是其中的佳作篇幅虽长而语言洗练清丽，务去奥涩，故不枯燥；记事虽细而善于突出特征，不事铺陈，故不烦冗；手法虽多顺叙而注意转折递进之法，故不显呆板。

用各种不同的体裁为人物作传记，是宋濂散文的一个极为重要的内容。除了大量的墓志和以“传”、“志”（如《浦阳人物志》）名篇者外，《哀志士辞》、《吊忠文》、

《云中辞》、《记李歌》等，也属传的性质。其中以不由请托、洋溢着作者主体意识的下层人物的传记最为成功。《李疑传》写“有古义勇风”的小店主李疑；《竹溪逸民传》写与梅、菊为友的隐士陈洄；《秦士录》写膂力过人，身怀绝技，而又熟读诗书，见识不群，由于怀才不遇而激愤不平的壮士邓弼，都能鲜明地体现人物的性格特征。又如《吾衍传》：

> 吾衍，字子行，杭人也。意气简傲，不为公侯屈色。常自比郭忠恕。居生花坊一小楼。客至，僮辄止之，通姓名，使其登乃登。廉访使徐琰一日来见，衍从楼上呼曰：“此楼何敢当贵人登耶！愿明日谒谢使节。”琰素重衍，笑而去。
>
> 生徒从衍游者常数十百人。衍坐童子地上，使冠者分番下授之。时出小青凉伞，教之低昂作舞势。或对宾游谈，大噱，解发濡酒中为戏。群童皆肃容莫敢动。衍左目眇，又跛右足；一俯一仰，妩媚可观，宛有晋宋间风致。蓄两钱（铁？）如意，日持弄之。或倚楼吹洞箫数曲，超然如忘世者……

吾衍“通声音律吕之学，善效李贺诗，工隶书，尤精于小篆”，著作有十余种之多。这样一位奇士，后来不知死在哪里了；作者笔下“左目眇，又跛右足；一俯一仰，妩媚可观，宛有晋宋间风致”的形象，给读者的印象是难以磨灭的。类似的传记作品，多取名位不显而事迹可传者，材料来自真实，而在取舍修饰之间，又能突出人物的精神气质，因而具有较高的文学性。

宋濂有赠序文七八十篇，大体因人因事立言，发挥议论，褒扬勉励之意居多。其中《送东阳马生序》、《送天台陈庭学序》、《送许时用还越中序》、《赠李子贞序》、《送陶九成辞官归华亭序》等都很有名。《送东阳马生序》自述年轻时求学之艰辛勤苦，以鼓励后生；态度恳切真诚，语言朴质委婉，尤为脍炙人口。

在文与道的关系方面，宋濂发表过许多尊经重道的言论，影响较大。他强调文以载道，认为“明道之谓文，立教之谓文，可以辅俗化民之谓文”（《文说赠王生黼》）。而“文至于六经，至矣尽矣”（《徐教授文集序》）。甚至说古书虽多，未必有益，其亡佚不必深悲；“但得六籍存，亦足矣”（《凝道记·积书微》）。他还说：“是故扬沙走石，飘忽奔放者，非文也；牛鬼蛇神，佹诞不经而弗能宣通者，非文也；

桑间濮上，危弦促管，徒使五音繁会而淫靡过度者，非文也；情缘愤怒，辞专讥讪，怨尤勃兴，和顺不足者，非文也；……如斯之类，不能遍举也。”（《徐教授文集序》）一连列举了十四类“非文”之文。按照这个标准，文学史上的大量佳作，都不能称之为文了。另一方面，他从青年时代就追随师友学古文辞，长期从事古文创作，事实上又是重文的。他明确指出“造文家”和“传经家”都可以明道（《乐书微》)。《文原》下篇论“为文必在养气”：“气得其养，无所不周、无所不极也；揽而为文，无所不参、无所不包也。……”又论文病有“四瑕八冥九蠹”之目，并批评了“不诘屈聱牙非古文也”、“不浅易轻顺非古文也”两种错误观念。这些议论，完全是古文家的声口。宋濂以上述两个方面的思想的结合作为出发点，很自然地走上了唐宋古文家所昭示的创作道路：

> 六籍之外，当以孟子为宗，韩子次之，欧阳子又次之。此则国之通衢，无榛荆之塞，无蛇虎之祸，可以直趋圣贤之大道。去此则曲狭僻径耳，荦确邪蹊耳，胡可行哉！(《文原跋》)

更具体地说，宋濂散文颇受欧阳修的影响，其作品的总体风格十分接近欧公。如《水北山居记》：

> 古之君子，其居朝市也，虽繁华之胶葛，恬然视之；而却有山林之遐思焉。今之君子，其在山林，虽清旷有余，往往嗤鄙为不足，而数兴朝市之外慕，唯恐失之。岂人之彝性或固然欤？抑习俗相仍之久而弗克变欤？有能特立而不为所移者，殆所谓盆盎中之古罍洗也。
>
> 湖府经历叶君伯畋，世居永嘉城中。永嘉为海右名郡，南引七闽，东连二浙，宦车士辙之所憩止，番舶夷琛之所填委，气势薰酣，声光沦浃。人生其间。孰不闻鸡而兴，奔走于尘土冥茫中，以求遂其尺寸之欲？伯畋则不然。结庐蜃江之北，茅檐竹扉，仅蔽风日，名之曰水北山居。间与二三友携酒壶，出由白鹿城，登华盖名山，持杯浩歌，声振林木；或櫂短艇，具笭箵，垂纶于江水中；或呼小奚奴相随，行吟梦草堂上，诗句不逼古人不欲休。当其适意时，乾坤空阔，竟不知荣辱之代迁，而寒暑之往来也。人皆曰：贤哉，吾伯畋！高

情逸韵，皦皦霞外，迹虽朝市而心实山林，其近于古之君子哉！

然予窃有疑焉：使伯畋为布衣时，假此以洗心涤虑，庶几可也。今佐大府，为元僚，任七品之职，耸四民之望，亦云重矣；而犹不忘乎山居，无乃不可乎。试以伯畋之意逆之：官书丛脞，不暇爬梳，戴星出入，犹以为不足，其能索句于寂寞之滨乎？上承乎府公，下辖乎掾曹，不敢抗之以为高，不欲抑之以为卑，虑宜详矣，其能钓沧波而出白鱼乎？民情真伪而莫之辨，官事鞅掌而莫之集，凝思入乎茫杪，精析极乎毫厘，其又能潄醪看山而流连光景乎？是三者，伯畋今咸无之，而犹道之不置者，将冯梦以见之耶？或志之以示不能忘也？我知之矣：士君子不以出处二其心，故贱贫不能慑，富贵不能骄，始终一节，卓为名臣。伯畋之贤所以可称道者盖如是而已。其视朝得簪笏，暮厌云泉者，贤不肖果何如哉！

虽然，予犹有一说，为伯畋告焉：当大明丽天，万物毕照，名一艺者必收，占一才者必庸。有如伯畋之学之美，谁不羡之，其有不登于枢要者乎？伯畋宜悉屏江湖之念，而益存魏阙之思。俟他日功成名遂，归老于水北山居，岸巾而坐，与三二友追叙平生旧游，烹鲜酣觞，从容而赋诗，尚未晚也。

赞礼郎张生子翊，尝从予游；力与伯畋求记其事，故相与一言之。

文章起头，揭示古之君子与今之君子的不同；第二段肯定叶伯畋“迹虽朝市而心实山林”，近于古之君子；第三段设疑，伯畋既非布衣，身任政事而不忘山居，“无乃不可乎”？又转而设身处地，代为之解，“君子不以出处二其心”，比起“朝得簪笏，暮厌云泉者”，伯畋的境界是高多了；第四段“予犹有一说”，认为伯畋毕竟应该“益存魏阙之思”，山林之乐可留待功成名就之后。不足一千字的短章，肯定否定，释疑设疑，四次转折；议论、叙述、描写、抒情融成一体；大量而恰当地运用疑问语气词和感叹语气词；行文如水流曲折泓演而波澜不惊，文意通畅、语言典雅而无“诘屈聱牙”、“浅易轻顺”之病。构思、布局、运词造句，几乎到了炉火纯青的境界。这一类的作品体现了作家的儒者气度和唐宋古文家——尤其是欧阳修的纡徐委备、从容疏畅的风采，成为明代中叶唐宋派作家的先驱。

刘基（1311～1375）字伯温，处州青田（今属浙江）人。十四岁入郡学，习

《春秋》等儒经，又从师讲濂洛之学；并博览百氏，喜兵法，精于天文象纬、阴阳风角。元文宗至顺四年（1333），中进士，任高安县丞。自此积极入仕，历任江浙儒学副提举、浙东元帅府都事、行枢密院经历、行省郎中，在元末大动乱中显示了他的军政才能；但多次受到压制，志不得伸，最后弃官归青田。惠宗至正二十年（1360），刘基与宋濂等人同至金陵见朱元璋，陈时务十八策，很得宠礼和信用，成为参赞军机的智囊人物、开国功臣；其运筹帷幄、"料事如神"的事迹，在当时就带有传奇神秘色彩。洪武初，官弘文馆学士、御史中丞，封诚意伯。由于政敌的诬陷和皇帝的猜忌，忧愤成疾，后因服药中毒而死。明太祖曾多次申明下毒的是丞相胡惟庸，《明史》本传亦如此说。事情的真相，是很难说了。有《诚意伯文集》。

在元末明初文坛上，刘基与宋濂并称，视为双璧；其出处事迹，有许多惊人的相似之处，又有明显的不同。他们同是浙江人，一生浦江，一生青田，相去不远；年龄又相若（宋长刘一岁）；在元末同以文章名世，又同样因不得志而隐居著书，有文集刊行；都有仿先秦子书而作的寓言故事集；其后都受到朱元璋的尊宠与倚重，结局又同样不幸，使后人嗟悼不已。他们之间的相异，最重要的是"基雄迈有奇气，而濂自命儒者；基佐军中谋议，而濂亦首用文学受知"（《明史·宋濂传》）。宋濂自命儒者，以授经作文为专业；刘基是谋士和战略家而兼精诗文。这就大体决定了他们的文学创作的成就同中有异，各具特色。

《郁离子》（见文集卷二、三、四）是刘基的寓言故事与杂感集，大多数是寓言故事，少数段落是杂感短论，成书于隐居青田时。共十八篇，约二百章；每篇以首章出现之词语或人名标题，虽是一时一地的专著，内容题材均无严格的分类统属，体例与宋濂的《龙门子凝道记》相同。不过，论其思想性和艺术性方面的成就，却明显地超过了《凝道记》。刘基有才略，熟悉兵机，用世之心也很强烈，在动乱中积极活动，很想施展襟抱；一旦受到排轧，厄于困境，其勃郁不平之气发而为文，就不似安于儒学、静以待时的宋濂那样平和。《郁离子》的一个重要内容，就是揭露和抨击政治腐败和社会黑暗的。《天道篇·盗子问于郁离子章》，盗子之问，颇有失理失据不合逻辑之处，但他借此抒发的对现实的嫉恨愤懑之情汹涌奔放，不可遏止，反映了人民大众和读书人对统治阶级的谴责。《千里马篇·北郭氏之老卒僮仆争政章》、《鲁般篇·郁离子之市见坏宅章》，喻元王朝国政不修，正如栋、梁皆"朽且折矣，举之则覆，不可触已"的坏屋，已不可收拾。《公孙无人篇·石羊先生倚楹而叹曰章》说：“‘呜呼，予何为其生乎！……谓天之弃之乎，则比人为有知；谓天之顾之乎，则何为使予生于此时！时乎命乎，我独于罹；东乎，西乎，南乎，北乎，吾安所归？独不如鱼与鳖乎，潜居于坻；又不如鸿与雁乎，插羽而飞。何不使之为土为石乎，而强生以四肢；又何不使之冥冥木木，不知痛痒以保其真乎！而予之以致寇之货，陷之以不测之机。’于是，悲风振天，四野凄凉，浮云不行，霰雪交零，日月为之无光七日。”这样强烈决绝的控诉，代表了作者及其同道对时代的认识和对黑暗的诅咒。吴从善《郁离子序》：“阐天地之隐，发物理之微，究人事之变。喻焉而当，辨焉而彰，简而严，博而切，反覆以尽乎古今，恳到以中乎要会……‘郁离’者，文明之谓也。非所以自号，其意谓天下后世若用斯言，必可抵文明之治耳。”叶昌的《写情集序》也说：“其（刘基）经济之大，则垂之《郁离子》。”他们都认为这是一部经邦济世之作，准确地揭示了作者的基本宗旨。书中措意最殷、讲得最多的正是用人行政、治国御民之术。如《灵丘丈人养蜂章》以养蜂喻治国之道；《千里马篇·穆天子得八骏章》以养马喻用人，不得其方，不为之用；《省敌篇·郁离子曰善战者省敌章》以汤、武之成功说明善战在于省敌（减少敌人）；《瞽聩篇·楚有养狙以为生者章》讽刺“以术使民而无道揆者”；其他诸如聚民、生财、去奸、取信、止乱、禁暴，揆利害、辨祸福、识真伪、决胜败……许多方面都涉及了。

刘基是在清醒地认识了时代的特点和现实的需要的基础上，广泛汲取先秦诸子的思想和艺术的营养，来写作《郁离子》的。其中许多段落（故事）的立意构思乃至艺术手法，明显地渊源于《老子》、《庄子》、《韩非子》和《战国策》。《或问胜天下之道》、《蟾蜍游于泱瀼之泽》、《梓谓棘曰》、《蒙人衣狻猊之皮》、《楚人问于陈轸曰》、《客有短吴起于魏武侯者》、《无支祁与河伯斗》、《勾章之野人》、《郁离子与客泛于彭蠡之泽》、《唐蒙与薜荔生于松朴之下》等章，直用或仿造先秦人姓名另编故事，或因先秦故事和寓言的启发另出新意，运用拟人、类比和虚构、想象等手法，朴质近古的语言，比较成功地将继承性与创新性结合起来，使《郁离子》成为秦汉以来规模最大、独立成书而艺术性又最高的寓言故事集，在文学史上占有特殊的地位。

《郁离子》中有一些短章，笔墨极简练，但叙述的小故事极为生动。如《玄豹篇》中的一章：

> 西郭子侨与公孙诡随、涉虚俱为微行，昏夜逾其邻人之垣。邻人恶之，坎其往来之途，而置溷焉。一夕又往，子侨先堕于溷，弗言；而招诡随。诡随从之堕，欲呼；子侨掩其口曰：“勿言。”俄而涉虚至，亦堕。子侨乃言曰：“我欲其无相哂也。”君子谓：西郭子侨非人也。己则不慎，自取污辱；而包藏祸心以陷其友，其不仁甚矣。

这只是生活中的一个小故事。其所揭露的人心险恶已超过了恶作剧本身，客观的艺术效果又超过了作者的主观评价。西郭子侨的“不仁”和阴暗心理，是从污浊的社会氛围中熏染而成的。有的甚至不依托故事，只用议论，通过比喻和形容，也能突出形象。如《公孙无人篇》中的一章：“郁离子曰：小人其犹膏乎！观其皎而泽，莹而媚，若可亲也。忽然染之，则腻不可濯矣。故小人之未得志也，尾尾焉；一朝而得志也，岸岸焉。尾尾以求之，岸岸以居之：见乎声，形于色，欲人知之也如弗及。是故君子疾夫尾尾者。”

《鲁般篇》中的《蟾蜍游于泱瀼之泽》章，其构思可能受到《庄子》“坎井之蛙”和“鹓雏与鸱”故事的某种启发，艺术风格也极接近《庄子》。

> 蟾蜍游于泱瀼之泽，蚵蚾以其族见。喜其类己也，欲与俱入月，使鼋䶉呼之。问曰：“彼何食？”曰：“彼宅于月中，身栖桂树之阴，餐泰和之淳精，吸风露之华滋，他无所食也。”蚵蚾曰：“若是，则予不能从矣。予处泱瀼之中，一日而三饱。予焉能从彼单栖于泬寥，枵其胃肠而吸饮风露乎！”问其食，不对。鼋䶉复命，使返而窥之。则方据溷而食其蛆，盬粪汁而饮之，满腹然后出，肭肭然。鼋䶉返曰：“彼之食，溷蛆与粪汁也，一日不可无也；而焉能从子！”蟾蜍蹙额而眙曰：“呜呼，予何罪乎！而生与此物类也！”

盖作者以蟾蜍自比，而以蚵蚾喻世人之卑污下贱者，耻与同类。嘻笑怒骂，尖刻泼辣，有《庄子》之风。《郁离子》有相当数量篇幅较长的作品，如《公孙无人篇》中的一章：

> 齐宣王与盼子游于囿，出鸟兽鱼鳖而观之；见其驯狎而不惊也，洋洋然有

喜色。盼子问曰:“王何以能使之若是哉?”王曰:“吾惟其性之欲而弗逆焉耳。”盼子曰:“王必以山林处其狐狸猴猿,沼处其鱼鳖,而泽处其鸿雁乎?”王曰:“然。”盼子曰:“王必以肉饱其虎豹,果饱其猴猿,稻粱饱其鸿雁,鸡鹜饱其狐狸乎?”王曰:“固然。”盼子曰:“使虎豹一日无肉,猴猿一日无果,鸿雁一日无稻粱,狐狸一日无鸡鹜,则王能安之乎?”王曰:“不能也。”“今欲以泽沼处虎豹狐狸猴猿,而山林处鸿雁鱼鳖,则王能驯之乎?”王曰:“不能也。”

曰:“然则王之所以处鸟兽鱼鳖,无不得其所矣,彼必感王之德而知所以报王矣。今济与洮斗,河济洮泗同溢,民庶流离,无人以拯之;臣请举豹。三晋合兵伐我,侵车东至阿,无人以治之,臣请举虎。瀛博之间海溢,水冒于城郭,无人以疏之;臣请举鳖。四郊多垒,烽火不绝,狗偷鼠窃乘时而兴,无人以治之;臣请举狐。戎卒相持,千里馈饷,禾黍不登,仓廪空竭,无人以理之;臣请举雁。礼典违阙,纪法失守,敌国使至,无人以应之;臣请举猴。忠信不孚,民隐其情,断狱多辟,无人以明之;臣请举猿。力本无赀,草莱兹曼,田野荒芜,无人以辟之;臣请举狸——而王可以坐镇齐国矣!”王勃然色变。

盼子曰:“王无怪也。臣以为,王不惜桑麻之地以为山林沼泽,不惜人食以养禽兽者,为其足以承王之任使也。今皆不可,则必于人乎取之;而王之待士,未见有惟其性之欲而弗逆者也,未见有处之必以其处、而食之必以其食者也,则王之所重轻,人知之矣。而又欲绳之以王之徽纆,范之以王之矩度,强之以其所不能,迫之以其所不愿;则任王之事者非图餔餟,则有所不得已焉耳。而欲望其悉心竭力,与王共治齐国,是何异乎筑枯箨以防水,钻朽木以取火哉!”

于是宣王豁然大寤,投案而起,下令放禽兽,开沼泽,与民共之;礼四方之贤士,立盼子以为相。齐国大强,秦楚致伯,盼子之力也。

这篇作品铺张扬厉尽情排比的词锋,盼子欲擒故纵迂回取胜的进言技巧,其渊源来自《孟子》与《战国策》,置之于纵横家言中,或不易辨析。一种古老的文体读起来不嫌其陈旧而有某种新鲜感,主要的原因是其内容有某种针对性,能隐约反映元末社会事理颠倒和才士失志的不合理现象;而其语言又力求通达疏畅、不妄为高古。《郁离子》创作的特色及其成功的原因，在于灵活地掌握了先秦子书各种不同类型寓言故事的风格特征和写作技巧，融会贯通，参照现实生活，为作者自己选定的主题服务；而且许多作品都能注意避免简单的说教，而以鲜明的形象和精练的文学语言吸引读者。

刘基的序、记、杂著之文，一般篇幅较短，以明快俊爽见长。《游云门记》等一组会稽山水游记，历叙游踪，清晰平顺，不刻意修饰，不事铺陈。其中以《松风阁记》之下篇描写最为精练而生动：

> 松风阁在金鸡峰下、活水源上。予今春始至，留再宿，皆值雨；但闻波涛声彻昼夜，未尽阅其妙也。至是，往来止阁上凡十余日，因得备悉其变态。
>
> 盖阁后之峰独高于群峰，而松又在峰顶，仰视如幢葆临头上。当日正中时，有风拂其枝，如龙凤翔舞，离褷蜿蜒，缪辖徘徊，影落檐瓦间，金碧相组绣，观之者目为之明。有声如吹埙篪，如过雨，又如水激崖石；或如铁马驰骤，剑槊相磨戛；忽又作草虫鸣切切，乍大乍小，若远若近，莫可名状，听之者耳为之聪。
>
> 予以问上人。上人曰："不知也。我佛以清净六尘为明心之本；凡耳目之入，皆虚妄耳。"予曰："然则上人以是而名其阁，何也？"上人笑曰："偶然耳。"留阁上又三日，乃归。
>
> 至正十五年七月二十三日记。

全文不过二百四十字，首尾完整，线索清晰，写松风的一段，先绘其形，后状其声。"目为之明"的松影和"耳为之聪"的松涛，通过精切的形容和比喻以尽其妙。"予以问上人"一段，初看似闲笔，实寓哲理。意谓只有超脱凡俗，不为利禄奔走紫陌红尘、心地清虚的人，才有"偶然"得此大自然的赐予的幸运，才能享受这难逢之美。对话极简括，给人留下咀嚼回味的余地。刘基的记序杂文和《郁离子》一样，有许多篇什是以直面现实、揭露社会为其鲜明特点的。如脍炙人口的《卖柑者言》：

> 世之为欺者不寡矣，而独我也乎？吾子未之思也。今夫佩虎符、坐皋比

家，“行大类朱家，而好博，多少年之戏”的剧孟，“少时阴贼”的郭解，指出“今游侠，其行虽不轨于正义，然其言必信，其行必果，已诺必诚，不爱其躯，赴士之厄困”的可贵品质，高启是本着这种精神为博鸡者立传的，从一个侧面揭露了元末社会的黑暗和吏治的腐败。吏治腐败是一个封建王朝面临末日时不可解救的痼疾；宋濂、刘基的若干作品和高启的这篇《书博鸡者事》揭示了同样的问题。而高启之作的重点在于以生动的事实来刻画博鸡者的形象：

> 一日，博鸡者遨于市，众知有为，因让之曰：“若素名勇，徒能藉贫孱者耳！彼豪民恃其赀，诬去贤使君，袁人失父母。若诚丈夫，不能为使君一奋臂耶?”博鸡者曰：“诺。”即入闾左，呼子弟素健者，得数十人，遮豪民于道。豪民方衣华衣乘马，从群奴而驰。博鸡者直前捽下提殴之。奴惊，各亡去。乃褫豪民衣自衣，复自策其马，麾众拥豪民马前，反接，徇诸市，使自呼曰：“为民诬太守者视此。”一步一呼，不呼则杖其背，尽创。……袁人相聚从观，欢动一城。郡录事骇之，驰白府。府佐快其所为，阴纵之不问。……
>
> 博鸡者因告众曰：“是足以报使君未耶?”众曰：“若所为诚快；然使君冤未白，犹无益也!”博鸡者曰：“然。”即连楮为巨幅，广二丈，大书一“屈”字，以两竿夹揭之，走诉行御史台。台臣弗为理。乃与其徒日张“屈”字游金陵市中。台臣惭，追受其牒，为复守官而黜臧使者。……

博鸡者以符合自己身份、地位和性格的特有的行事方式，为袁州市民出了一口恶气。题材新颖，人物形象鲜明突出，语言简洁生动。《魏夫人宋氏墓志铭》通过几件平常事，颂扬魏夫人的“贞孝慈睦”的品德，和“听言不惑，临终不乱”、知义理的士君子“或有所未能”的见识，语言朴质无华而又亲切。高启的记、序类作品，大都简短而明洁，很少冗长之作。在写法上有两个明显的特点，一是多用设疑问答之法，在对答中使议论深入浅出。二是构思命意，不求简单地因事立义，敷衍成篇，而力求既能尽题，又在题外另出新意；注意事物之理的辩证法，虽然没有什么宏旨高论，却能在转折之间显出作者的见识和智慧。如《静者居记》，第一步写“与客”参观张君的“静者居”，“入其室，竹树翳深，庭户虚寂，落然无嚣声。”自然引出“客”的赞叹：“美哉居乎！使张君不勤勤于外，有以自乐而成夫静者，非是居乎?”第二步通过形象生动的描绘和一正一反的对比得出自己的结论:“盖静也系于人,不系于居。人能静则无适而不静。”第三步又申说“亦有待其居而静者矣”。第四步以静者居的主人张君的感想作结:“居静而非静者,吾知其所警;居不静而静者,吾知其所勉;若居仁而静者,虽非吾所及,则愿学之焉。”全文不过五百字,而能尽反复之妙;“静”与“居”的各种关系,都说到了。又如《水云居记》:

京师,四方之所走集,居人栉比而庐,不隙尺地;求遐旷之适,无有也。吴陵刘雨,侨于东城之隅,扁其室曰“水云居”。尝请予为之记。

予间过其居而异之曰:“子之居,前阛阓而后营卫,固纷嚣尘坌之区也,恶睹乎水与云哉?”雨曰:“吾少家江海之上,尝观夫洪波东驰,浮云飞扬,吾则挐舟以嬉;泝洄澜,逐流景,与之俯仰而上下,心甚乐焉!今虽幸处毂下,顾以无材不能备世用,欲归还乡,复从二物者游而未得也。故名吾室以志之,先生何疑焉。”

予闻而愈异之,因告之曰:“夫云之与水,非隐者之所宜从也。子见其滔滔于江湖,悠悠于寥廓,若无事然;谓与己适相类也,欲狎而与之游。然不知舒布覆被而雨四海者,云也;奔走放注而溉千里者,水也。彼皆有泽物之劳焉。子乃以无事求之,吾恐水远逝而云高飞,皆将去子而不顾,尚得而与之游乎?子今遭逢明时,出门即朝廷之上,其势易达也。当奋扬其光英,涵泳其德性,进用于世,使所施有及于人,则二物者皆即在子之身,无所往而不与之俱,又何求于渺漫杳霭之乡乎!”

雨瞿然谢曰:“先生命我矣!”遂书留其壁间以为记。

刘雨身居京师闹市而题其室曰“水云居”,引起作者疑惑,一层。刘雨回答说,由于想念家乡洪波东驰,浮云飞扬之美,想归隐而不能,二层。作者说,水与云“皆有泽物之劳”,他们各有所事,都在忙,未必肯与隐居无事者一道闲游,三层。如果能积极用世,像水与云一样“所施有及于人”,则此二物即在自身,又何求于远方?四层。全文五百字,写一个小题目,几经反复,折出一个大道理,而且结论颇有些出人意表,透着新意。宗旨是劝人进取,但并不俗气。

周忱《凫藻集序》评高启文:“意精而深,辞达而畅,有温纯典则之风,而不流于疏略；有谨严峻洁之度，而不涉于险僻；该洽而非缀缉，明白而非浅近，不粉饰而华采自呈，不追琢而光辉自著。盖由其理明气昌，不求其工而自无不工也。”话说得有些夸饰，但基本精神则近似。金檀的《凫藻集序》，就能简切地道出高启散文的风格：“五卷之文，纡回中复极峻洁。”纡回，却不烦冗枝蔓；峻洁，却不疏略。这就是高启文章的特点。

方孝孺（1357～1402）字希直，一字希古，台州宁海（今属浙江）人。自幼警敏好学，每日读书积厚一寸，十几岁就写得一手好古文，有“小韩子”之称；后来成为名儒宋濂最得意的弟子。他以明王道、辟异端、致太平为己任，被视为“程朱复出”。洪武十五年（1382）、二十五年，明太祖两次召见，大为嘉奖。蜀献王（朱椿）聘为世子师，极为尊礼，名其读书室曰“正学”，学者称正学先生。惠帝即位，召为翰林侍讲，迁侍讲学士。靖难之变，朝廷诏檄多出其手。建文四年（1402）燕王朱棣攻破南京，夺得政权（是为成祖），要借他的声望起草即位诏书。他且哭且骂，严词拒绝，慨然就死。作《绝命词》曰：“天降乱离兮孰知其由，奸臣得计兮谋国用犹。忠臣发愤兮血泪交流，以此殉君兮抑又何求！呜呼哀哉兮庶不我尤。”终年四十六岁。株连十族（九族加门生），死者八百七十三人。有《逊志斋集》。

著名思想家李贽说：“建文之时，死难之臣若此其盛者，以有孝孺风之，连茹拔之；而建文复以春温煦之耳。”（《续藏书》卷五）明代士大夫讲气节、讲意气，大体如李贽所说，方孝孺、铁铉、练子宁一辈人壮烈死难有倡导之功。方孝孺在《戆窝记》一文中将气节提到极端重要的地位：“士之可贵者在气节，不在才智。”气节之士“皆负气自高，昌言倨色，不少屈抑以取合当世；视人君之尊不为之动，遇事辄面争其短，无所忌。”甚至说“国家可使数十年无材智之士，而不可一日无气节之臣。”他以“台州式的硬气”和“迂”（鲁迅语），以巨大惨痛的代价实践了自己的主张，对后世自然有深刻的影响。明代士大夫强项刚毅、不屈不挠，敢于辩论抗争，与政治和文学的发展，关系都极密切。

在文与道的主张上，方孝孺强调文以载道。宋儒以韩愈为孔孟道统的承传者，赞誉无异词；方孝孺却批评他“其过在未闻道，而言行未能无可议”（《答王仲缙》）。黄宗羲认为孝孺“持守之严，刚大之气，与紫阳（朱熹）真相伯仲，固有明之学祖也”（《明儒学案》卷四十三。着重号为引者所加）。同时，他也重视文：

"文所以载道也，固当求其工；不工，不宜虑夫人知不知也。"(《与陈敬斋》)他自己的文，既载道，又求工，所以每一篇出，人争传诵。洪武三十年，已有友人林右、王绅作序的《逊志斋集》传世。永乐及其以后数十年，书被禁，藏之者罪至死。天顺成化年间，经谢铎等人搜集整理，重新刊行。

方孝孺的散文，以杂著类最富于文学色彩。《越巫》、《吴士》两篇有《后记》云："余见世人之好诞者死于诞，好夸者死于夸，而终身不自知其非者众矣，岂不惑哉！游吴越间，客谈二事，类之。书以为世戒。"两个可以当寓言读的小故事，或者确是取材于现实生活；其写作宗旨正如柳宗元《哀溺文》一类作品，是书以警诫世人的。其《越巫》篇：

> 越巫自诡善驱鬼物。人病，立坛场，鸣角振铃，跳踯叫呼，为胡旋舞，禳之。病幸已，馔酒食，持其赀去；死则诿以他故，终不信其术之妄。恒夸人曰："我善治鬼，鬼莫敢我抗。"
>
> 恶少年愠其诞，瞷其夜归，分五六人，栖道旁木上，相去各里所。候巫过，下砂石击之。巫以为真鬼也，即旋其角，且角且走。心大骇，首岑岑加重，行不知足所在。稍前，骇颇定，木间砂乱下如初。又旋而角，角不能成音，走愈急。复至前，复如初。手栗气慑不能角，角坠；振其铃，既而铃坠，惟大叫以行。行闻履声及叶鸣谷响，亦皆以为鬼，号求救于人，甚哀。夜半抵家，大哭叩门，其妻问故，舌缩不能言。惟指床曰："亟扶我寝，我遇鬼，今死矣。"扶至床，胆裂，死，肤色如蓝。巫至死不知其非鬼。

文章以富有戏剧性的情节，生动的描写，刻画了越巫这个人物。他其实不曾见过鬼，自然也不曾驱过鬼，但"自诡善驱鬼物"，是欺人。长期的欺人，"鸣角振铃、跳踯叫呼"所造成的特殊心理状态，导致自欺，在昏夜迷茫的恐怖气氛中，被几个少年的恶作剧吓破了胆。他的悲剧是"至死不知其非鬼"。《吴士》篇情节的生动性不如前篇，但同样警醒。这位吴士，与战国时代只会纸上谈兵的赵括一样，对军事实践一窍不通。他的悲剧是军败被杀，"垂死犹曰吾善孙吴法"。这两个故事的深层哲理在于揭示自欺之深，可以迷信假象，乃至死于自欺与假象而不自知。从这个意义上说，寓言绝不是仅仅对愚昧如越巫和浅薄如吴士一流人有当头棒喝的作用。又

《指喻》借身体极为健康，“其容阒然，其色渥然，其气充然”的浦阳郑君，拇指有小疾未能及时医治，几至危及生命的故事，喻“爱天下”有如“爱身”者，要警惕疮痏之细，要防患于未然。故事的叙述方式近似《史记》的“扁鹊见齐桓侯”，后段议论透辟尽意。《溪喻》以“溪流之不息”在于“其为地卑也，其为量有容也，其为源深且远也”，比喻为学之道，事理亦极贴切。

《公子对》、《蚊对》、《鼻对》是三篇辞赋体散文。《鼻对》以养身之理喻治国。《蚊对》借蚊之口指斥人类社会同类相残：“今有同类者，啜粟而饮汤，同也；畜妻而育子，同也；衣冠仪貌无不同者：白昼俨然乘其同类之间而陵之，吮其膏而盬其脑；使其饿踣于草野，离流于道路，呼天之声相接也，而且无恤之者。”构思命意与宋代青年诗人之《梦蝗》诗相仿佛。《公子对》之体制仿枚乘《七发》，而篇加长，洋洋四千言，极尽铺陈排比之能事。通过“方子”之“所思”是否在游乐、富贵、权势、传经、立言、治国或探究古道等反复问答，来抒写怀抱：“余亦欲讲一王之法，推往昔之轨，正而不窒，通而不泥。施之于人，足以富庶而知方；用之于后，可以世守而无弊。苟无得乎时，犹将折衷性命之旨，损益礼乐之事，以传之后世——此吾之思也。”前述《吴士》是讽刺“好夸者”的；故此文有跋语云：“余颇妄志于圣贤之道，以为天下之事皆所宜为。故所著《公子对》，其言大而近夸。夫言夸则骇俗，所以人不好之，故未尝敢以示人。”但毕竟是给朋友看了。这是因为方孝孺向往古道，意气自负，抒慨言志之时，每每奔放不能自已。理想、修养、气质对创作个性的影响是深刻的。林纾说：“纪文达（昀）则取宋（濂）之醇，而斥正学（方孝孺）意气太盛。文达生平痛斥理学，故有是言。”（《春觉斋论文》）《四库全书总目》之论断，则显得平心静气：“学术醇正，而文章乃纵横豪放；颇出入于东坡、龙川（陈亮）之间……郑瑗《井观琐言》称其志高气锐，词锋浩然，足以发之。”张谦宜的概括最为精切中肯：“方正学全是苏家气魄，却是程朱骨髓。自宋末至明初，未易见此等人。”（《絸斋论文》卷五）方孝孺的议论文最能体现这个特点。名篇《深虑论》等及若干史论如《曹参》、《严光》、《华歆》、《诸葛亮》……，力求立意新颖，不同“世俗”；其见解不一定深刻，议论不一定周全，但往往气盛而言，雄健锋利。如《豫让》：

士君子立身事主，既名知己，则当竭尽知谋，忠告善道，销患于未形，保治于未然，俾身全而主安。生为名臣，死为上鬼，垂光百世，照耀简策。斯为美也。苟遇知己，不能扶危于未乱之先，而乃捐躯殒命于既败之后，钓名沽誉，眩世骇俗。由君子观之，皆所不取也。

盖尝因而论之：豫让臣事智伯；及赵襄子杀智伯，让为之报仇，声名烈烈，虽愚夫愚妇莫不知其为忠臣义士也。呜呼，让之死，固忠矣！惜乎处死之道有未忠者存焉。何也？观其漆身吞炭，谓其友曰："凡吾所为者极难，将以愧天下后世之为人臣而怀二心者也。"谓非忠，可乎。及观斩衣三跃，襄子责以不死于中行氏而独死于智伯。让应曰："中行氏以众人待我，我故以众人报之；智伯以国士待我，我故以国士报之。"即此而论，让有余憾矣。段规之事韩康，任章之事魏献，未闻以国士待之也；而规也，章也，力劝其主从智伯之请，与之地以骄其志，而速其亡也。郄疵之事智伯，亦未尝以国士待之也，而疵能察韩、魏之情以谏智伯，虽不用其言，以至灭亡；而疵之知谋忠告，已无愧于心也。让既自谓智伯待以国士矣，国士，济国之士也。当伯请地无厌之日，纵欲荒弃之时，为让者正宜陈力就列，谆谆然而告之曰：诸侯大夫，各受分地，无相侵夺，古之制也。今无故而取地于人，人不与而吾之忿心必生，与之则吾之骄心以起。忿必争，争必败；骄必傲，傲必亡。谆切恳至，谏不从，再谏之；再谏不从，三谏之；三谏不从，移其伏剑之死。死于是日，伯虽顽冥不灵，感其至诚，庶几复悟；和韩、魏，释赵围，保全智宗，守其祭祀。若然，则让虽死犹生也，岂不胜于斩衣而死乎！让于此时曾无一语开悟主心，视伯之危亡，犹越人视秦人之肥瘠也。袖手旁观，坐待成败，国士之报，曾若是乎？智伯既死，而乃不胜血气之悻悻，甘自负于刺客之流，何足道哉，何足道哉！

虽然，以国士而论，豫让固不足以当矣！彼朝为仇敌、暮为君臣，腼然而自得者，又让之罪人也。噫！

这篇作品很能说明孝孺的"迂"和"戆"与"志高气锐"，说明他的"纵横豪放"与"词锋浩然"。他极佩服苏东坡，说东坡与庄周、李白都是"神于文者也"，并指出苏文的特点是"顿挫阖辟而不至于肆，驰骤反复而不至于繁"（《苏太史文集序》）。看来，以"苏家气魄"来发扬"程朱骨髓"，是方孝孺散文的基本风貌。

第二节 “三杨”与台阁体

明成祖（朱棣）夺得政权后，在大肆杀戮建文帝旧臣的同时，也注意收罗文士；在不断出兵巩固北边的同时，也注意与民休息。文治武功，颇有可观。为了加强思想统治和中央集权，他严禁“亵渎帝王之词曲”；杖责上书诋毁程朱学说的儒生，焚其所著书；加强科举取士；下令纂修《永乐大典》，颁行《五经》、《四书》、《性理大全》。他还调整中央政权机构，正式设立内阁，亲选内阁成员，作为皇帝顾问。建文四年八月，命侍读解缙、编修黄淮及修撰杨荣、编修杨士奇等七人入直文渊阁，并参预机务。内阁预机务自此始。这些饱学能文之士，日侍皇帝左右，除谋议大政外，还要撰写朝廷诏令典礼文字，及各种应制应酬之作，逐渐形成一种与当时政治、思想环境和本人身份地位相适应的文风，即“台阁体”。台，汉代中央政事机关尚书为中台，台阁即尚书的别称。成祖设内阁备顾问，相当于尚书。台阁体，就是因处于宰相地位的中央大员的“示范”和熏染浸润而形成流行的一种文体（文风）。永乐时期及其以后的数十年间，杨士奇、杨荣、杨溥在台阁时间最长，影响最大，后人即以“三杨”为台阁体的代表人物。时人以在京第宅的方位或郡望，称杨士奇为西杨，杨荣为东杨，杨溥为南杨。

杨士奇（1365～1444）名寓，以字行，泰和（今属江西）人。一岁丧父，家境贫困，能刻苦读书，稍长即授徒自给。建文初，王叔英荐其有史才，召入翰林任编纂官。成祖即位，选入内阁，参预机要，官至左春坊大学士。仁宗朝擢礼部侍郎兼华盖殿大学士。宣宗即位，任为首辅。英宗时进少师。卒年八十。赠太师，谥文贞。在朝四十年，历事四帝。《明史》本传说：“明称贤相，必首三杨。均能原本儒术，通达事几，协力相资，靖共匪懈。史称房、杜持众美效之君，辅赞弥缝而藏诸用。又称姚崇善应变，以成天下之务；宋璟善守文，以持天下之正。三杨其庶几乎！”比之以唐代名相房玄龄、杜如晦、姚崇、宋璟，评价极高。有《东里全集》九十七卷，其正集为自编，后子孙又编成续集。

正统五年（1440），黄淮为《东里集》作序说：“……凡大议论大制作，出公

（士奇）居多。肆其余力，旁及应世之文，率皆有关于世教。吐辞赋咏，冲淡和平，沨沨乎大雅之音，其可谓雄杰俊伟者矣。公之立心制行，本之以忠贞亮直，持之以和厚谦慎，以故清议咸归重之。”关于杨士奇的一生事业，其主次轻重，可以归纳为几点：一、作为内阁辅臣和东宫师傅，他的主要精力用在协助皇帝处理政务，要努力做到随时应对，切合事情而避免差错，并尽心辅导太子修善进德。成祖时，“太子喜文辞，赞善王汝玉以诗法进。士奇曰：‘殿下当留意六经，暇则观两汉诏令。诗小技，不足为也。’”（《明史》本传）。即使如此，他还因辅导不能尽职受过处分。二、即黄淮所谓“大议论大制作”多出其手，他的文才首先要为朝廷政治教化服务。三、一般的应酬之作。四、上述客观环境的制约，使作家难得有机会创作独抒个人情志的文章；加上本人性格宽和恭谨，因而“吐辞赋咏，冲淡和平，沨沨乎有大雅之音”。这是十分自然的事。

年轻时因家境贫苦，杨士奇远游湖湘，曾假馆授徒于武昌。洪武二十九年（1396）写了一篇《游东山记》：

> 洪武乙亥，予客武昌。武昌蒋隐溪先生，始吾庐陵人，年已八十余。好道家书。其子立恭，兼治儒术，能诗，皆意度阔略。然深自晦匿，不妄交游，独与余相得也。
>
> 是岁三月朔，予三人者携童子四五人，载酒肴出游。隐溪乘小肩舆，予与立恭徒步。天未明，东行过洪山寺，二里许折北，穿小径，可十里，度松林，涉涧。涧水澄澈，深处可浮小舟，傍有盘石，容坐十数人。松柏竹树之阴，森布蒙密。时风日和畅，草木之葩烂然，香气拂拂袭衣。禽鸟之声不一类。遂扫石而坐。坐久，闻鸡犬声。予招立恭起，东行数十步，过小冈；田畴平衍，弥望有茅屋十数家，遂造焉。一叟可七十余岁，素发如雪被两肩，容色腴泽，类饮酒者。手一卷，坐庭中，盖齐丘《化书》。延予两人坐，一媪捧茗碗饮客。牖下有书数帙。立恭探得《列子》，予得《白虎通》，皆欲取而难于言。叟识其意，曰：“老夫无用也。”各怀之而出。
>
> 还坐石上，指顾童子摘芋叶为盘载肉，立恭举匏壶注酒，传觞数行。立恭赋七言近体诗一章，予和之。酒半，有骑而过者，予故人武昌左护卫李千户也。骇而笑，不下马，径驰去。须臾，具盛馔及一道士偕来。道士，岳州人刘

氏。遂共酌。道士出《太乙真人图》求诗。予赋五言古体一章，书之。立恭不作，但酌酒饮道士不已。道士不能胜，降跽谢过，众皆大笑。李出琵琶弹数曲，立恭折竹窍而吹之，作洞箫声。隐溪歌费无隐《苏武慢》，道士起舞蹁跹，两童子拍手跳跃随其后。已而道士复揖立恭曰："奈何不与道士诗？"立恭援笔书数绝句，语益奇；遂复酌。予与立恭饮少皆醉，起，缘涧观鱼。大者三四寸，小者如指。予糁饼饵投之，翕然聚，已而往来相忘也。立恭戏以小石掷之，辄尽散不复；因共慨叹海鸥之事，各赋七言绝诗一首。道士出茶一饼，众析而嚼之；余半饼，遣童子遗予两人。已而夕阳距西峰仅丈许。隐溪呼予还，曰："乐其无已乎？"遂与李及道士别，李以卒从二骑送立恭及予。时恐晚，不能入城，度涧折北而西，取捷径望草埠门以归。中道，隐溪指道旁冈麓，顾予曰："是吾所营乐邱处也。"又指道旁桃花，语予曰："明年看花时，索我于此。"

既归，立恭曰："是游宜有记属。"未暇也。是冬隐溪卒，予哭之。明年寒食，与立恭豫约诣墓下，及期，予病不果行。未几，予归庐陵，过立恭，宿别，始命笔追记之。未毕，立恭取读，恸哭；予亦泣下，遂罢。然念蒋氏父子交好之厚，且在武昌山水之游屡矣，而乐无加乎此，故勉而终记之，手录一通遗立恭。

呜呼，人生聚散靡常，异时或相望千里之外，一展读此文，存没离合之感，其能已于中耶？既游之明年八月戊子记。

这篇文章有三个特点。首先，是叙述与描写并重，组织疏密相间，内容具体而线索清晰；其次，是语言简洁而清新，没有堆砌的词藻，也没有穷形尽相的刻画。但从容平易之中已透露出冗弱的缺憾；第三，是语气的平和感情的含蓄。看到别人有好书，想取又难于启齿一节，本可以把心理、对话、动作写得生动活泼，意态横生。但作者只说"……叟识其意，曰：'老夫无用也。'各怀之而出。"真是可惜了这么好的素材。其后段叙预言生死、终成永诀，是蕴藏着深厚的感情，但并不尽情宣泄，只说"存没离合之感，其能已于中耶？"这大概与性格、修养和文学好尚有关，而不是力不能及。武昌的这一段教书生涯，给作家以难忘的印象。永乐年间的《送李永定经历序》又特意写到它。

永定，吉水李明达先生冢子也。余往年客武昌，永定从先生在焉。先生长余四十年，忘年与余交厚，时余两人皆假馆授徒。永定治奉养之资，无日不相见也。先生长身，修髯飘拂可数，面洁白如玉雪；气韵磊落，有行义，读书不泥章句，兴有所适，竟日忘返。尝爱余作乐府古辞，遇有作，取酒觞余，向余歌相乐也。后先生入竟陵，永定以才举授宣州卫经历。明年，永定遣迎先生。先生还过武昌，访余。时仲秋之夕，明月东出。余数人者共浮小舟，具酒肴，出夏口，乱流至禹王庙下，饮酒既醉，舍舟登大别山四顾，下憩秋兴亭，至郎官庙而还。复酌酒大欢，各赋诗吊古，且寓离别之意。先生三复其诗，怆然，既而曰："人生聚散，风絮相值耳，何足道也！"明日别去。又三年，先生没矣。呜呼惜哉！

余至今未尝忘先生，而不可见矣！见永定犹见先生也。永定初在宣州，有能名，后以累误黜。上既正大统，凡用人制法，一遵高皇帝旧章。永定复还宣州，求言为赠。夫经历之任，子为之有素，亦在致其明而已。公无不明，廉无不公，修诸在己可也。在己修，无所往而不宜，况于卫之经历者乎？遂书以赠别，而今昔存没之感，有不知余中之浩然者矣！

篇幅稍短，而法度气格与《游东山记》相同。这两篇较早期的文章，是《东里集》中的佳作。随着官职和政治地位的不断升迁，散文风格也有所变化：作家自己的思想感情渐渐淡化，而颂扬圣德和盛世的内容增多了，容纳这些内容的篇幅也随之加长；早年形成的语言平顺、语气平和的文风也有了得以充分发挥的用武之地。今举一短篇为例。《游西苑诗序》记宣德八年四月二十六日，皇帝赐在朝文武之臣十五人"游观西苑，以息劳畅倦"。文章记叙了在太监导引下，群臣如何参观殿庭，赞美制作，欢呼万岁。接着说：

是日天宇澄明，纤尘不作。引而西望，山川之壮丽，草木之芳华，飞走潜跃之各随其性。万象毕陈，胸次豁然，心旷神怡，百虑皆净：信天造之佳境，而人生之甚适也。已而，中宫传奉上命，赐黄封之酒，御厨之珍，令咸醉而归。又拜受命。方爵数行，时久未雨，忽云阴东来，微雨洽席；仓庚如簧，和鸟不已。众益以喜，相与引满劝酬，尽醉而出。

最后以。“臣闻……”颂圣作结。有叙述，有描写，有议论，而且三者的结合看来也很自然，不见矫揉造作之态，但这种叙述、描写和议论，无非应制文章的题中应有之义，是一种层次较高的有分寸又堂皇的应酬和敷衍；连上引关于天气很好的描写，也属于应酬。语言典雅不枯槁，但也不堆砌，不浓腻。情感表达必须积极温煦，但绝谈不上热烈。当然，更没有也不可能有深厚的内容。这一类文章，大概是台阁体的标本之一，即使是歌功颂德，也求其和平冲淡，从容稳重，而不作雀跃忘形之态。应制之文，不得不如此，其他类型的作品呢？欧阳修贬官滁州，游琅琊酿泉，宴饮众宾，创作了千古杰作《醉翁亭记》，面对这令人悠然神往的中国文学史的风雅佳话，怀古抚今，有才学修养的作家应该能写出多么精彩的文章来。宣德初年，滁州重修醉翁亭工程告竣，求记于杨士奇；而其所作《滁州重建醉翁亭记》从容议论君子不能久安于朝，或暂黜而遽还，或屡摈而复用，而终能显其功名者，是由于皇帝的圣明（“由其君之明也”）；欧阳修“一斥夷陵，再斥于滁，既复起，历践清华，从容庙堂，与诸君子坐致国家于盘石之安者，非由君之明乎！”然后说到“我仁宗皇帝”在东宫时推重欧公，路过滁州时看到醉翁亭等古迹的败坏而感慨，说到重修的经过。又全面又得体，记叙具体切实，歌颂无过分之辞；唯独不见这个古迹的文采光辉，也不见作家自己的感慨咏叹。其他如《送李永怀归东平序》，通过亲历亲闻，并以徐州作为对照，写李湘（永怀）在东平的政绩。《彭百炼哀辞》记“宣德五年，上悯江西之民困于奸吏豪民渔敚无厌也，用玺书遣使巡视，除凶去弊，以安良善。”结果反而酿出一桩冤案，侍亲家居的监察御史彭百炼被使者和地方奸豪合谋陷害，横加罪名。遇到赦令，还要纳米“赎罪”，“罢及御史而命吏部改授官，未及，以疾卒”。两文都写得很有条理，内容充实。其指导思想是要把对李湘的褒扬和对彭百炼的同情，对昏官奸吏的谴责，包融在具体细致的记叙之中，从而淡化文章的思想倾向性和作家的主体意识。尤其是后一篇，作者说“百炼为人素于余不相合。然不合者，一人之私也；所谓伤悼枉之者，众人之公也。君子不以私废公。故为述其得罪之由为哀辞，使其家刻诸墓，盖曰屈于前当可信于后也。”指出素不相合，更显出记叙之真实公正。这一类的文章，原本是不错的，作为文之一“体”，其优秀者亦当占文林之一席地。但如果基本上是一个调子，一个格式，篇幅冗长而内容空泛、没有新意、缺乏激情的作品又占大多数，读者自然会感到无兴味、无魅力，但觉其平庸呆板，生气索然。杨士奇推崇欧阳修，也有人以杨拟欧。

不过，“欧阳气逸韵流，意态无穷。士奇言尽而意止，趣味不长。只是纡徐委备，无艰难劳苦之态，所以得欧阳之仿佛；然亦以启冗弱之病！欧阳意有余于词，故耐咀味，士奇词或饶于意，不免芜弱也”（钱基博《明代文学》第一章）。

“三杨”中，士奇文名最高。《续藏书》卷十引《琐缀录》：“西杨之文学，东杨之政事，南杨之清雅，皆人所不及。”杨荣（1371～1440）字勉仁，建安（今福建建瓯）人。建文二年（1400）进士。与士奇同仕四朝，达四十年。仁宗时进谨身殿大学士、工部尚书。正统初进少师。卒年七十，赠太师，谥文敏。长于政事和边防，数从成祖出征，多谋善断，能随机应变。有《杨文敏集》。杨溥（1372～1446）字宏济，石首（今属湖北）人。建文二年与杨荣同榜进士，同入翰林，永乐十二年（1414）因事得罪，入狱十年，终于幸免一死。宣宗即位，始入内阁，比西杨与东杨晚了二十多年；但在宣德、正统两朝，极受宠信，官至礼部尚书、武英殿大学士，三杨并立。卒年七十五，赠太师，谥文定。为人质直廉静，处事平和。有《杨文定公全集》。论文名，杨荣亚于士奇，而高于杨溥，文章风格则大体相同。惟杨溥在狱十年，更加发奋读书，经史诸子娴熟于心。其《承恩堂记》叙宣德七年，皇帝为大臣蹇义建堂之原由，设计、施工之过程，竣工后之规模体制……及以“承恩”命名的用意，明显地是模仿《尚书》的，大量选用其特色鲜明的词语和套用其句法，连后世皇帝自称通用的代词“朕”也改用“余”，文章取《尚书》的简古峻洁而注意避免艰涩聱牙，一反冗繁疲弱；在台阁体鼎盛时期，也算是别具一格的创造。

与三杨同时的台阁体作家，比较重要的还有黄淮、金幼孜、王直、周述等人。黄淮字宗豫，永嘉（今浙江温州）人。自称自入仕以来，承乏两制四十余年（实际上有十年在狱，与杨溥同），遭际与三杨大体相同，官至少保、户部尚书、兼武英殿大学士。金幼孜名善，以字行，新干（今属江西）人。与解缙、黄淮等人于成祖即位之初同入内阁，官至礼部尚书兼武英殿大学士。王直字行俭，泰和（今属江西）人。“在翰林二十余年，稽古代言编纂纪注之事，多出其手”（《明史》本传）。周述，字崇述，吉水（今属江西）人。永乐二年进士，授翰林编修。宣宗时官左庶子。这些作家创作的基本风貌大抵平和温厚，不矜才使气，与三杨同。其中黄淮在退休还乡后，写过一篇《书画船记》，叙其二子给他新造了一只游船，有篷可以蔽风雨，有窗便于观览，有可容十余席的船舱可以宴客，“为余虑甚周，亦人子之至情也。”下文说：

> 昔米元章名其行舸曰“书画船”，至今以为美谈。余与元章无能为役；然儒者出入必以书画俱，假名自况，无乃不可乎？尝读欧阳文忠公《画舫斋记》，始则追思谪宦远涉，触蛟鼍，冒波涛，“寝惊而梦愕”；终则羡夫逃世江湖之上者，“顺风恬波，傲然枕席”、“一日千里”，自顾“有所未暇”。余也既免蛟鼍波涛之危，又无顺风千里之远；天宇澄妍，徜徉乎近境。岸草汀花，前迎后拥，足以悦吾目；渔唱棹歌，交响互答，足以充吾耳。耳目各有所适，气舒神畅，其乐陶然。于是弦琴赋诗，以发其趣，或与宾朋布弈传觞，赓酬笑谑，视彼傲然枕席，孰优孰劣？向非得请而归，乘舆策马，追逐公卿之后，荣则荣矣，然非病夫所宜，何有于乐哉！

由米芾的“书画船”引出欧公的《画舫斋记》，说自己乘船游宴，固然不同于谪官远涉之危，也不同于逃世江湖之远，所以“气舒神畅，其乐陶陶”。作者是在显贵的巅峰，主动“以疾乞休”的，所以他说追逐公卿之荣，不如优游之乐，应是真心话。文章的特点，也正在于以清顺的语言，抒写真实的情感，保留了台阁体的春容安雅，而洗去了它的肤泛空洞。当然，少数的好文章，还不能扭转这些作家留给读者的总体印象。

第三节 解缙、马中锡等人的散文

台阁体成为明初数十年文坛的主潮，但也不是囊括万有，毫无例外。有些与三杨先后同时或稍晚的作家，能够程度不同地摆脱时尚的影响，在散文创作中做出了自己的成绩。

解缙（1369～1415）字大绅，吉水（今属江西）人。自幼颖悟绝人，种种儿时机敏、出口成章的故事，长期流传民间，即《列朝诗集小传》所谓“才名烜赫，倾动海内。俗儒小夫，谰言长语，委巷流传，皆借口解学士”。有《文毅集》。解缙十八岁乡试第一。“洪武二十一年举进士。授中书庶吉士。甚见爱重，常侍帝前。一日，帝在大庖西室，谕缙：‘朕与尔义则君臣，恩犹父子，当知无不言。’缙即日上封事万言”（《明史》本传）。这就是著名的《大庖西室封事》，其中虽难免有迂阔之见，但其主要内容是联系现实的，有些重要段落，是直接针对朱元璋的严酷统治的。如说：

> 惟愿陛下笃敦信之本，加慎独之功……虽处深宫之内，一如郊祀之时……推所以爱臣之心爱天下，推所以待臣之心待万物，喜、怒、哀、乐，一听于天理；上下四旁，一视而同仁。以天地为一体，以天下为一人。令出惟行也，不宜于数改；刑期于无刑也，宁失于不经。盖令数改，则民疑；疑则不信。刑太繁，则民玩，玩则不齐。国初至今，将二十载，无几时不变之法，无一日无过之人。陛下尝教臣云：“世不绝贤。”岂亿兆之人果无一贤如古之人，而尽皆不才者哉！陛下尝教臣云：“民不畏死。”奈何以死惧之？良由陛下诚信之有间，而用刑之太繁也：宜其好善而善不显，恶恶而恶日滋；善未必蒙福，而恶未必蒙祸也。尝闻陛下震怒，锄根剪蔓，诛其奸逆矣；未闻诏书褒一大善，赏延于世，复及其乡，尊荣奉恩，始终如一者也；或朝赏而暮戮，或忽罪而忽赦，施不测之辱，则有之矣！诚以陛下每多自悔之时，辄有无及之叹，是非私意使然也，存养之功须臾少加密耳。陛下天性素严，或差于急；克伐怨欲，臣知陛下圣性所无也。

指出立国二十年，“无一日无过之人”，当然是夸张，但朱元璋喜怒无常，动辄刑人，“锄根剪蔓”地屠杀可能的叛逆者，却是事实。文章接着说：

> 近年以来，台纲不肃，以刑名轻重为能事，以问囚多寡为勋劳，甚非所以励清要，长风采也。夫人自救过之不给，何暇劾人之过；人自以言为讳，何能有谏诤之言？御史纠弹，皆承密旨；未闻举善，惟曰除奸。但闻上有赦宥，则必故为执持，意谓如此则上恩愈重，而不知被赦之人疑上好腴。此辈皆市井小人，趋媚效劳之细术，陛下何不肝胆而镜照之哉！臣笃知陛下轻天下之士者，

皆此辈无以称塞渊衷也。然谁不愿其父母妻子安荣哉！所以谏诤极难，祸愆不测。入人之罪，或谓无私；而出人之罪，必疑受贿。逢迎甚易，而或蒙褒；营救甚难，而多得祸。祸不止于一身，刑必延乎亲朋。谁肯舍父母妻子而批龙鳞、犯天怒哉！

这里指出滥刑的结果是小人得势，进谏极难。《大庖西室封事》全文较长，以总体言，剪裁布置还不整练停匀，但上引两段引文骈散相间，事例正反对照，相当深刻地批评明初的严酷政治，词锋锐利，音节嘹亮，颇具可读性。尤其应当指出，一个二十岁的青年，面对暴虐的皇帝，能如此坦率地直言极谏，这不但需要才气，更需要勇气。不久，解缙又作了一篇《代虞部郎中王国用论韩国公冤事状》：

窃见太师李善长，与陛下同一心，出万死，以得天下，为勋臣第一。生封公，死封王，男尚公主，亲戚皆被宠荣，人臣之分极矣，志愿亦已定矣，天下之富贵无以复加矣！若谓其自图不轨，尚未可知；而今谓其欲佐胡惟庸者，揆事之理，大谬不然矣！人情之爱其子，必甚于爱其兄弟之子；安享万全之富贵者，岂肯侥幸万一之富贵哉！虽至病狂，亦不为矣！善长于胡惟庸，则侄之亲耳；于陛下，则子之亲也。岂肯舍其子而从其侄哉！使善长佐胡惟庸，成事，亦不过勋臣第一而已矣，太师、国公、封王而已矣，尚主纳妃而已矣，岂复有加于今日之富贵者乎！……且人之年迈摧颓，精神意虑鼓舞倦矣，偷安苟容，则善长有之；曾谓有血气之强暴，动感其中也哉！又其子事陛下，托骨肉至亲，无纤芥之嫌，何得忽有深雠急变、大不得已之谋哉！凡为此者，必有深雠急变、大不得已，而后父子之间或至相挟，以求脱祸求全耳；未有平居晏然，都无形迹，而忽起此谋者也。此理之所必无也！……今不幸以失刑，而臣恳恻为明之，犹愿陛下作戒于将来也！天下孰不曰“功如李善长，又何如哉！”臣恐四方芝解体也！……

韩国公李善长，定远（今属安徽）人。佐朱元璋定天下，称开国功臣第一，比之汉初萧何；官至太师、丞相，封韩国公。后来，以牵连胡惟庸谋反案，被逼自杀，“遂并其妻女弟侄家口七十余人诛之”（《明史·李善长传》）。这件辨冤状，从政治斗争自身的逻辑和亲戚人伦的情理两个方面申述李善长不可能谋反。论证具体而明快，行文峻洁，一路说理，一路质问，一路欷歔感叹，可见情动于中不能自已。这是一篇辩论和抒情相结合、情文并茂的好文章。在内容上，它至少直接批评了朱元璋的“失刑”，要他“作戒于将来”，否则，“恐四方之解体也！”语气是严峻的。朱元璋看了，竟亦不罪。不过，他还是打发解缙还乡了，说是“大器晚成，少年尚未老成”，加紧进修，“后十年来，大用未晚也”。

这两篇作品在文学史上有重要的意义。西汉初年政论家如贾谊、晁错，都以见识才华著称，文章词旨深刻，笔有锋芒，陈说利害无所顾忌。如贾谊《陈政事疏》论述当时形势，大声疾呼：“臣窃惟事势，可为痛哭者一，可为流涕者二，可为长太息者六；若其他背理而伤道者，难遍以疏举。”封建士大夫关心国事，极言正谏、慷慨陈辞的作风，成为一种传统，代不乏人。明初禁忌之严，文网之密，本编《概述》已有介绍，文人操觚，必加倍小心，前如宋濂、刘基，入明之作锐气顿减；后如“三杨”，更以平和宽缓著称。方孝孺虽然有自己的个性和特色，但内容很醇，宗旨很正。这个时期，解缙的文章就显得十分可贵，说明上述士大夫敢于面对现实、议论政治的优良传统，不绝如缕，得以维系，李贽引《阁学记》云：“高皇帝网罗英俊，智屈群策，当时翊运元臣，亲如（李）善长，贵如（汪）广洋、（胡）惟庸，近侍如安（陶安?）、如濂（宋濂）、如观（魏观）、如素（危索），雷霆所击，罔不震慴。缙以一少年上《庖西万言》，批鳞逆心无所忌讳；而圣度优容，令其进学。才难之叹，犹可想见。规模真宏远矣！”（《续藏书》卷十）朱元璋是否真有才难之叹，真为宏远着想，不得而知；但解缙确实做到了批鳞逆心无忌讳。前人评解缙，或者说：“有明一代臣工奏疏，其关系国计民生、卓然可传者，不可枚数；然能格君心之非、直陈无隐有过于贾谊、刘蕡之策者，断推解文毅公缙一人。”（沈德潜《解文毅公集序》）或者说：“……读其《大庖西封事》、《太平十策》，诚足与《治安策》颉颃。两公（按指贾谊、解缙）之通达时务，受知明主而见嫉权贵，挟少年锋锐之盛气，顿遭缺折，亦无不相类。”（张尚瑗《解文毅公集序》）解缙的文章还不能和贾谊、晁错们的鸿篇巨制比肩，褒之者稍有过辞；但精神气度是相通的。这种优良传统，待到明中叶，就发扬光大起来了。

靖难之变后，解缙得到重用。他与黄淮是最早入内阁办事的两人，所谓“内阁预机务，自缙始也”。主修《永乐大典》、《太祖实录》等，官至翰林学士、兼右春坊大学士。由于他勇于任事，表里洞达，且喜臧否人物，刚正敢言，终于得罪了朝臣、王子和皇帝，屡遭打击。永乐十三年，被杀于狱中，年四十七，妻子宗族流放辽东。杨士奇为他作的《墓碣铭》说："公仕前后不十岁：为庶吉士再岁，御史未满岁，为学士四岁，两赞外藩（按，一广西，一交趾，都带有贬窜性质），皆席未暖。"这就是名满天下的大才子的一生遭际。

解缙后期的散文，其创作追求有明显不同于台阁体的特色。比如记、序类作品，一般篇幅较短，四五百字，避免动辄千言，冗长拖沓；在照顾文体特点和写作要求的基础上力求抒己见，出新意，避免言必颂圣，蹈袭陈言；在文章构思方面，有时能突破体制的约束，变化出奇，不拘一格，避免现成俗套，千篇一面。他教诲别人说："宁为有瑕玉，勿作无瑕石。"其为人如此，为文也大体如此。在作于永乐八、九年的《吴山书舍记》里，解缙明确地提出了自己的读书观，他有异于唯六经是尊的儒者之见，认为天下之书皆可读，择其善者而行之，皆有益。"……且夫世人之于读书也，高谈道学者，指以为丧志；近务事功者，弃以为无用。於戏，是岂尝知读书之理也哉!"他强调六经、诸史、诸子百家之外，商贾技术、农田水利、风俗人才、盐铁细务，"皆有书，皆所以集事成功者也"。读书观和写作观是相通的。不把非圣贤之书不敢观当作教条，就有可能不把代圣贤立言当作唯一的写作宗旨。这是解缙散文颂圣内容较少、表达方式较活的重要原因。《舒啸轩记》开头一句提出论题："声之动也，未有不由所感也。"又分"声"为"出于自然"、"出于使然"两种，然后借此生发，议论毛仲举兄弟"以舒啸名其轩"的意蕴。作者从《庄子·齐物论》中汲取了思想营养，从关于人籁、地籁、天籁的区别受到启发，而从更积极的角度和层次加以解释："歌呼悲号，笑嘻哭咷，噫嘤呻吟，喜未尝不啸，怒亦未尝不啸也。啸以舒其志，意之所触所伤，亦必舒而后能啸也!""使然之声，不异于自然之声也。"啸，属于使然之声，即所谓人籁。作者认为这是一种内外的交流感应，一种调节，是动中求静，一种平衡。文章很富于哲理，语言也染上《庄子》色彩，见解却是自己的。《北斋诗序》的开头——也是主体部分，是一个《庄子》式的寓言故事："元氏与赤氏为友，周流南北。"赤氏居南，夸其所居之美。"元氏瞿然而笑，戚然而悲曰……予所居也，元冥寂净，冰坚雪凝；不以日热，不以火盛；不随焰以奔驰，守吾元而自怡，不觉暑之切肌，而庄生所谓'入水不濡，入火不热'者，非其几欤!"并且强调"吾可以南而子不可以北也"。经过亲身实验，赤氏终于"心服元氏独与道俱，不栗不热，犹不磷缁也"。说完了故事，作者才提起"罗氏孟昭之北斋"，进入正题："……不知他日孟昭与其子出是北斋而南也，东西行也，能忘其日与萧公游而读书谈道如在北斋时否乎？如常以是为心，不炎之附而寒之栗也，则先生所谓道无不在之言，审矣!"不趋炎，不畏寒，就是《北斋诗序》的中心思想。这种序、记体裁的文字以寓言故事来写，实在不多见。《澜轩图记》全文二百三十字，以水比君子。"天下之美观未有过于水者。江河之浸，溪涧之流，方其安行而无龃龉也，滔滔涌涌，贴然而莫测其际，怡然而莫知其所至，寂然而莫闻其鸣声；及其风与之争而石与之斗也，则其声发焉，如鼓雷霆，震天地，其势必下而归移于东。于此观之，有似乎君子：当无事之际，处常行之安，便焉或无甚异也；及其临大节而不可夺，当死难而不苟免，鞫铿炳烺，震动天地，不二其操，与水之万折必东何异哉！……"在中国美学史上常见的自然比德观，是仁者乐山，智者乐水。水是阴柔美的典型。解缙却不然。他既看到了水在常时的安恬默静的阴柔美，又看到它在非常时的阳刚美——鼓雷霆，震天地，万折必东！正好以之喻君子之德：无事之际不异常人；但"临大节而不可夺，当死难而不苟免"。文短而意新。《送河南参政夏君归天台序》约作于永乐四、五年。前段评议已然之事：天台夏君廷简，入仕晚于同年，"未尝有愠辞"；任官才能同年中少有能及者，"未尝有矜色"；迁升不如同辈之速，"未尝有不足之意"；治剧爱民的政绩受到称誉，"未尝自负其能"；仕进再次受阻滞，"未尝有过高之望"。后段在此基础上，结合送行，推论将来之事：

圣明亲擢，付以重藩；又得归故乡，为桑梓之荣。自常情观之，廷简不以常人之所愠惜者为不满，而今岂以常人之所自善者为矜溢耶？既不以天官刑曹与有司之职高卑烦简为劳逸为难易，则岂独于今藩阃之寄而遽为之动也哉？想其桑梓之敬恭，钓游之思念，固无异于葛巾杖屦之顷；岂以黄金横带而有异哉？若夫廷简之素志，则曰：大行不加焉，穷居不损焉。又曰：富贵不能淫，贫贱不能移。自今以往，虽入复为公卿，老而休逸。悬车锡爵，夙心不异于弹冠；三命循墙，俯偻益恭于筮仕。凡外至之荣，无一毫动其意者：此则廷简之志庶几在是；而孟旸所以必征予言者，其亦在于是也。庶可与廷简之乡人道之也。

此类赠序，为官场僚友间常见的应酬文字，对于新得擢拔、荣归桑梓的朋友，更加容易敷衍；而这篇文章却能针对这位朋友中进士后历官二十年、很有才华而迁升实际上不甚顺达的具体情况，以总结过去的方式和褒扬的口气说到未来，其实是箴规；既有推测必然如此的一层意思，又有告诫必须如此的一层意思。文章的中心在于希望廷简真正做到大行不加，穷居不损，不惑于“外至之荣”。词锋简峻，词旨鲜明，意蕴却是严肃而厚重的。解缙原本很敏锐，又很真诚，亲身的经历更使他增长了许多见识和感慨。在永乐初期的政治气氛中能够写出这样毫无台阁体气息的文章，足以为证。他自己并没有做到“未尝有愠辞”、“未尝有矜色”、“未尝自负其能”，更没有做到“循墙”、“俯”、“偻”，因此付出了沉重的代价；当然，他之所以没有成为台阁体（派）中的一员，除了性情气质而外，一个重要的原因也正是他在台阁的时间很短，与“三杨”的处境很不相同。

于谦（1398～1457）字廷益，钱唐（今浙江杭州）人。永乐十九年（1412）举进士，宣德间超迁兵部右侍郎，巡抚河南、山西，年仅三十三岁，在任上政绩卓著。英宗正统十四年（1449），也先入寇。宦官王振挟帝亲征，土木堡之变，英宗被俘，京师震动。于谦在危难中受任兵部尚书，组织北京保卫战。“当是时，上下皆倚重谦，谦亦毅然以社稷安危为己任。”解围后，继续加强边防，反对和议。在兵部任上，“前后征调，皆谦独运。当军马倥偬，变在俄顷，谦目视指屈，口具章奏，悉合机宜。僚吏受成，相顾骇服。……其才略开敏，精神周至，一时无与伦比”（《明史》本传）。他的创作正好反映了这种才华和精神气质。有《于忠肃集》。钱谦益说他“文如云行水涌，诗顷刻千言，格调不甚高，而奕奕俊爽。”（《列朝诗集小传》乙集）。其散文尤以奏疏的明白洞达，切中事机著称。《劾许贵请讲和疏》作于景泰元年。许贵在正统末守备大同西路，景泰元年任右参将，有战功。但于谦对他的讲和建议给予严词责备。《疏》云：

……今许贵又奏和议之说。臣窃惟今日之事，理与势皆不可和。何者？中国与彼有不共戴天之雠，和则背君父而忘大义，此理之有所不可和也。又北敌贪而多诈，万一和议既行，而彼有无厌之求，非分之望，从之则不可，违之则速变，此势有所不可和也。苟以为敌强难制，姑从和以缓其兵，臣请质之前代

（其下举宋代澶渊之盟与秦桧主和两件史事，从略）。援古证今，和之不足恃也明矣！

为今之计，莫若选将练兵，养威蓄锐。敌若来侵，则相机而剿杀；敌若远遁，不贪利以穷追。万一复有大举入边之谋，则我操练有素，加以将帅思奋，臣当尽死效力，以图剿灭，以雪国耻，必不出敌人之下。其或皇天厌乱，列圣有灵，敌人自知数入不利，变恶为善，遣使入贡，则示以善善，量与赏赐遣回，亦不拒绝而已。若欲朝廷先遣使臣往彼通好，则示彼以弱，而启其轻侮之心，万万不可！此则方今之要务，而臣愚见止于如此。

及照许贵叨居重任，保障边方。不能锐意灭敌，却乃倡为和议；畏缩之迹既明，忠义之心何在！合将本官明正典刑，以谢天下，以戒将来。缘系陈言事理，又系备边将官，合无（?）姑记其罪；差人驰驿赍文，切责许贵，令其整饬边务，操练军马，作兴士气，固守地方，必期灭敌，以赎前罪！

据《明史·于谦传》：景泰元年三月，“大同参将许贵奏，迤北有三人至镇，欲朝廷遣使请和。（于）谦……移檄切责。自是边将人人主战守，无敢言讲和者。”后来的事实证明，正是由于于谦的决断，英宗才得以放还，边患才得以稍息。上引第一段从“理”、“势”两个方面分析和议之非计，所举史例情况极为贴切，不仅有说服力，而且有感染力。第二段陈述为今之计，方案具体，步骤清楚，而且有理有节。第三段切责许贵，义正词严，又寄于殷切希望。文章无枝蔓，无费辞。劲健畅达，铿锵可诵。其他如《请旨自将复仇疏》、《辞钦赐第宅疏》都写得很好，从中不仅能看到他的人品，而且能看到他的文采。

吴宽（1435～1504）字原博，长洲（今江苏苏州）人。成化八年（1472）进士第一。弘治朝官至礼部尚书。《明史》本传说他“行履高洁，不为激矫，而自守以正。于书无不读，诗文有典则。兼工书法。”吴宽走的是科举仕进之路，与一般士大夫并无不同，而且科场十分顺利；但他不喜欢举子业，从年轻时代起就努力学习古文。他自己说：“宽年十八，入乡校习科举业，稍长有知识，窃疑场屋之文，排比牵合格律篇同之，使人笔势拘絷，不得驰骛，以肆其所欲言，私心不喜。时幸先君好购书，始得《文选》读之，知古文乃自有文；及读《史记》、《汉书》及唐宋诸家集，益知古文乃自有人……予则自信益固，方取向之《文选》及《史》、《汉》、唐宋之文益读之，研究其立言之意、修辞之法。”（《旧文稿序》）后来在朝三十余年，文章传布中外，声誉很高。有《家藏集》。王鏊对他的评价是：“摆脱尖新，力追古作。丰之千言，不见其有余；约之数语，不见其不足。”（《匏庵家藏集序》）一般地说，他的记、序、杂著，篇幅较短小，与解缙同，与三杨异；文气较平缓，与三杨同，与解缙异。至于平缓而不冗滞，短小而偶见疏略，则自具特色。所谓不见有余、不见不足之评，褒之稍高，但看到了吴宽创作的基本倾向。《牧野子传》记闾丘观牧牛能“各适其适”，《周孝子庙记》记周孝子死后有灵能保佑乡里的传说，记述从容不迫，评议很有分寸。《光福山游记》、《游阳山诗序》是游览诗集之序，虽有不足，但都力求避冗，不取台阁体一路。《得月亭记》、《东湖记》是应友人之约为名胜而作的，在不长的篇幅中，有记叙，有描写，有议论，从容转折，游刃有余，或者能基本体现作者的风格特色。《得月亭记》前段因名称相仿佛而连带说到吴、楚山水。中段转到太湖：“往尝过友人王翰林济之，水行出胥口，适烟雨满湖。初焉山兀兀压水面，已而云气弥漫，忽失所在；扁舟茫茫，莫知所之。予心甚恐，然其景则奇而可玩矣。”这是亲历亲见的景色，但与“得月”的特点无涉，于是展开想象：“窃意使当良夜，月出其间，雁鹜惊飞，鱼龙戏游，清风来而白露下，金波渺然，一望万顷，其奇当如何？而恨未之值也。”再一转，才说到建亭始末。最后说：“夫月，天下之所共有也，而必于此曰‘得’者，盖以惟此可以尽月之奇。他虽有之，不足为得耳。然其奇，惟居于此者知之，游于此者知之，他人不知也。光化父子固所知者，虽欲告予，亦不能也，而予又安能言之。”《东湖记》叙述两次游长洲东南之陈湖（东湖）。第一次的印象是：“命舟泛湖，入夜始还。则月色如昼，水波若空，尊俎之间歌声相发，有杜子美渼陂之乐。”只有六个短句。后者亦简洁，具记所游之处，“……吊古访俗，悉著于诗，有苏子瞻西湖之乐。”

盖予于东湖再乐，特再游耳；使屡游之，亦恐厌也。然忆汝器畴昔之言如是，必有真可乐者，予独未足以窥其趣也。异时与玉汝南还，汝器之疾当瘳，相与益穷其乐，酒酣兴发，尚为执笔赋之。

两文的构思、布局和艺术风格基本相同，其从容有余蕴，不仅表现在记述和描写中，也表现在议论中。王鏊说他“颇好苏学，其于长公（轼），每若数数然者；及其自著，乃独异焉。纡徐有欧之态，老成有韩之格。信其学力之至，自得者深乎？”“纡徐有欧之态”，比较准确地道出了吴宽散文的特色。

马中锡（1446～1512）字天禄，故城（今属河北）人。自幼聪慧，三岁识字，七岁能赋诗。成化十一年（1475）中进士。武宗正德元年，官兵部左侍郎，因触犯权阉刘瑾下狱，械送辽东。刘瑾伏诛后，复官，巡抚大同。他居官廉正，所至革弊任怨，名望甚高。正德六年（1511），任右都御史提督军务，与惠安伯张伟统兵南征，镇压刘六刘七起义。因战事不利，力主招安，为言官弹劾，下狱死。有《东田集》。

马中锡生活在台阁体流播数十年而余风未熄的时代，能独立不倚，其散文创作有明显的个性特点，前人评之为横逸奇崛。如果说“台阁体”的重要特点之一是思想观点的平庸“守正”和表达形式的平易啴缓，是思想和表达都力求淡化作者的主观情感和主体意识；那么马中锡的许多作品与此显然不同。具体说来，一是观点鲜明，议论剀切；二是语言精悍，语气强烈。《送进士王良玉尹吉水序》说到进士的两条道路，或留京在台谏部署（中央机关）任职，或出为外任（担任县令）。外任要面对具体繁剧的政务，要接受实际的磨炼，要承担各种风险，“震撼击撞之余，英气壮心，凋落殆尽”：

> 夫始而往，如花未风，如月未云；其卒也，风飘其色，云掩其明，而后归。是始以进士往，终不以进士归也。

用生动的比喻和形容来警醒经不起“震撼击撞”的外任进士，希望王良玉能够“以进士往，以进士归”。《赠张用和尹襄陵序》开头说：“循吏传，太史阁笔久矣。吏不循，其概有三：志富贵者，不肯循；急功名者，不暇循；不学无术者，不能循。以三者而律今之吏，无怪史笔之阁也。”直言不讳地指斥时无循吏。然后说张用和“有奇才，负气自许”，不惮外任：

> 独用和慨然有忧民志，每谈令簿书期会，节费爰养之政，如奇味在口，恒津津然；又如视螳螂捕蝉，意恒幸其得之也。居常以令绐之，则唾手而踊曰：

寸莛弗举，乌获病之。吾其往矣！吾年尚强壮，吾学尚未遗忘，倒囊而出，尚可步古循良之后。

用新鲜的比喻、活脱的形体动作来赞美张用和的跃跃欲试的务实精神，然后针对这种性格，告诫他“不急近功，不邀近名，”成为一名循吏。其《送张宏仁尹郏县序》同样廉悍劲健，绝无冗繁之病。

寓言体散文《中山狼传》是马中锡最为脍炙人口的作品，二千余言。篇幅之长，当为中国古代寓言冠军。这篇文章的特点是：第一，故事情节的核心部分是由“三问”——问老木、问老牸、问老丈组成的。“三”是民间故事常见的结构方式，如三愿、三事、三难等。有的学者推测此文是根据宋代谢良所作增补扩充而成，即使如此，其原型也必源出民间。它和其他许多民间故事传说一样，对世态人情具有普遍的概括意义，深刻地揭露了恩将仇报的丑恶行为，强调对恶人不能讲“兼爱”，“仁陷于愚，固君子所不与也。”第二，或者认为此文之作是为了谴责李梦阳负恩于康海。今细勘传说故事的思想倾向与作者的主观评价之间的矛盾，此说或非臆测。传统故事所叙述的，是中山狼在遇救脱险之后，反过来要吃东郭先生，是典型的恩将仇报，是以怨报德；而康海为救梦阳入狱，梦阳未能救康海，只是没有做到恩将恩报，以德报德，原因也许是力所不逮，与恩将仇报，以怨报德者性质毕竟不同。依此，中山狼故事与康李关系在逻辑上不能类比。但是，作者借丈人告诫东郭之言所表达的价值取向，是否定舍己救人的意义：“从井以救人，解衣以活友，于彼计则得，其如就死地何？先生其此类乎！”“从井以救人”句，尤其是“解衣以活友”句用左伯桃与羊角哀故事和“于彼计则得，其如就死地何”的价值判断，极清楚地显示了舍己救人（或冒险救人）的缺乏理智。这个意思与中山狼故事在本质上没有类似之处，却与康海救梦阳完全切合。依客观叙述，这是一篇深刻的戒世箴言；依主观评论，就成了一种浅薄的发泄了。第三，评价文学作品的原则，是重在艺术形象本身的意义及其客观效果和影响；所以《中山狼传》应该充分肯定。在写法上，是用重笔着力刻画和渲染，正如民间绘画的浓色重彩一样；作者又能非常熟练地熔铸经、史、百家的语言，文章高雅有古意，用纯粹的古文改写民间故事这是一个成功的例子；至于句子的短促，节奏的紧凑，气势的凌厉，则仍然体现了作者散文廉悍强劲的基本风貌。

第二章
明代中期散文（上）

第一节　复古的先声——李东阳与茶陵派

从洪武建国至英宗正统年间内阁大臣、史称贤相的杨士奇、杨荣、杨溥先后去世（溥卒于正统十一年，1446），明王朝走完了七八十年的历程。在两个铁腕皇帝——太祖和成祖及其余威福荫下的太平盛世已经消失，摆在前面的大体上是政治的下坡路。明代社会开始出现新的情况。第一，宦官乱政。“明世宦官出使、专征、监军、分镇、刺臣民隐事诸大权，皆自永乐间始。”但无敢乱政者。第一个专权跋扈的宦官是王振，正统年间，“权日益积重，公侯勋戚呼曰‘翁父’。畏祸者争附振免死，赇赂辏集”。终至挟制英宗，酿成土木之变。此后，成化间有汪直，“威势倾天下”、“屡兴大狱”。正德初期有刘瑾，更加恣睢横暴（《明史·宦官传》）。特务侦缉机构锦衣卫和东西厂（合称厂卫）由他们操纵。刘瑾专权，滥施捕杀，百官莫不惶惧；又“遣逻卒刺事四方……远州僻壤，见鲜衣怒马作京师语者，转相避匿……官吏军民非法死者数千”（《明史·刑法志》）。以气节相尚的士大夫阶层与宦官势力的矛盾变得十分尖锐。第二，明朝中叶，土地兼并日趋激烈，皇室、勋戚、宦官所置庄田数量之多，超过了以前任何时代，一般官僚地主豪绅占地的情况也很严重，其中南方的江浙、福建、江西等地最为突出（见翦伯赞《中国通史》第八章第二节）。土地日益集中，赋税徭役日益加重，从而激发了此伏彼起的农民起义，规模较大的有正统十二、十三年（1447～1448）闽浙地区叶宗留、邓茂七起义，天顺八年（1464）刘通、石龙领导的荆襄地区流民起义，正德五年（1510）刘六刘七在中原地区的起义等。第三，政治的腐败，社会的动荡不安，各种矛盾的激化，导致官方统治思想——程朱理学的权威地位也受到怀疑和挑战，被视为异端的陆王心学在士大夫阶层乃至下层儒士平民中迅速传播。由盛世的执政大臣首倡其风的、修饰太平从容颂圣的台阁体勉强维持几十年之后，已是强弩之末，在新的社会政治条件下，失去了最基本的生存根据，终于被一个声势很大的复古运动所取代。李东阳和茶陵派则成为复古的先驱。

李东阳（1447～1516）字宾之，号西涯，茶陵（今属湖南）人。天顺八年（1464），十八岁成进士。弘治时入内阁专典诰敕，进太子少保，礼部尚书兼文渊阁大学士。正德初期，刘瑾乱政，他一方面委蛇避祸，又多所补救。“其潜移默夺，保全善类，天下阴受其庇；而气节之士多非之。”连他自己的学生都以他与刘瑾同朝为耻，“上书劝其早退，至请削门生籍”，不想认这个老师了。位至少师兼太子太师，终于“以老疾乞休”。又四年卒，年七十。赠太师，谥文正。有《怀麓堂集》。

作为文坛领袖，李东阳地位与杨士奇同，“自明兴以来，宰臣以文章领袖缙绅者，杨士奇后，东阳而已”（《明史》本传）。他在朝五十年，自弘治八年（1495）入阁，在辅臣位十八年，清节不渝，又能“奖成后学，推挽才俊，风流弘长，衣被海内，学士大夫出其门墙者，文章学述粲然有所成就。”（钱谦益《列朝诗集小传》丙集）。从而在文学史上形成一个茶陵派。其中石珤、罗玘、邵宝、顾清、鲁铎、何孟春，钱谦益比之为“苏门六君子”，罗玘字景鸣，南城（今属江西）人。弘治元年（1488）进士，官至南京吏部右侍郎。为人尚节义。博学，好古文，“每有作，或据高树，或闭坐一室，瞑目隐度，形容灰槁”（《明史·文苑传二》）。文风迂折奇奥，师法韩愈。邵宝（1460～1527）字国贤，无锡（今属江苏）人。成化十二年（1484）进士。历官江西提学副使、湖广布政使、南京礼部尚书。“为诗文，典重和雅，以东阳为宗。”（《明史·儒林传一》）李东阳作《信难》，称其文章“出入经史，搜罗传记，该括情事，摹写景物，以极其所欲言，而无冗字长语，辛苦不怡之色。”何孟春字子元，郴州（今属湖南）人。弘治六年（1493）进士。历官兵部主事、河南参政、吏部左侍郎。因带头争“大礼”，被削籍，家居著述。在台阁体余风未熄之时，他提倡复古："六经之文不可尚也。后世言文者至西汉而止，言诗者至魏而止，何也？后世文趋对偶而文不古，诗拘声律而诗不古也。文不古而有宫体焉，文益病矣；诗不古而有昆体焉，诗益病矣。复古之作，是有望于大家。"（《古文词通义》卷八引《余冬序录》）他自己的散文创作，以论说及奏疏类较为有名。《应诏陈言疏》作于弘治十一年，先论果听断、公委任，又指斥"当世之务入于弊者"六事，洋洋六七千言，可见其耿亮敢言。其论孝宗不能果断听，有云：

近年各官所上封事，多有久留中者。彼所言不干庙廊，则触权贵，鳃鳃然常恐被祸，而陛下辄复留中，使彼不得请命，徘徊郁塞，叩天无路，何也？夫事之可与不可，行与不行，两言而决耳。陛下岂欲陈斧扆、时省览耶？抑欲保全言者、以灭谤耶？又或其言谬悠、无可采耶？计彼之敢于上闻，倾沥肝胆，熟思审计，非以为己谋也；以为己谋，小加谴黜、大正典刑可也。非为己谋，则于国家之虑，纵有不熟思审计者，陛下亦当节短取长，未可漫无别白，使为左右者，得以成其暧昧之祸，而诬风节之士也。……得颂不如得箴，得唯唯不如得谔谔，得所可悦不如得所可警。人情不甚相远，彼顾欲嘘死灰以自焚、啖野葛而自毒耶？……而言脱其口，咎攻其身，怨种于前，患生于后，彼非失心遗死生之人，而谁肯更言者？将来流弊，人且浮沉自营，心口相戒；甘苟玩以夸太平，执文具以为观美；务因循而长偷慢，乐软熟而憎剀切。随时好尚，以固宠荣；雷同是非，以便附会。臣不识此于盛世安所取乎？

态度激烈而不浮躁，议论深切而力求全面，语言整饬，浏亮可诵。《四库全书简明目录》卷六说："孟春虽从李东阳游，而诗文拙朴，不能得其师传；至奏疏诸篇，敷陈剀切，风骨凛然，非东阳所敢望也。"

李东阳在散文创作实践方面，取得了一定的成就。《论时政十失疏》虽无宏旨远见，仅就具体政务陈言，但都有关国计民生，情辞质朴恳切。《阙里志序》、《重修尼山宣圣庙记》与《甲申十同年图诗序》、《寿都宪闵公七十寿序》，或典重，或安雅，无虚娇过甚之辞。如《寿序》是为其同年、左都御史闵珪而作。闵珪年届七十，官至二品，不难堆砌华词加以溢美。本文却不如此。写到闵上疏辞位，天子优诏慰留，然后说："公之检身持法，正而不激，明而不刻，愈久而不为变，故命下之日，舆论翕然，咸以为宜。”贵重的地位用平常语叙出，再进一步申论都御史一职责任之重大，工作之繁难，得人之不易：

> 夫风纪之崇重，朝章之繁缛，法令之详密，民情国计之深且远，新进之士，虽隽才精识，未易周知而遍举；必累任之，历试之，则其激扬操纵，兴革予夺，乃能中理而不失其度。朝廷之所咨议，寮属之所视效，士民之所瞻望，皆必赖之；然非涵养之纯，持守之定者，则虽久而无所于赖——是亦诚难其人。

因此，“公之寿，岂独吾同年之私贺也哉！”全文论述有伦，征实而不冗赘；议论发挥有度，弘达而不牵强。《祭学士柯先生文》中的柯先生，名潜，字孟时，景泰二年状元，官翰林学士，李东阳中进士后为庶吉士，承诏受业，有师生之谊。祭文说：

> ……故见李司隶者，倾龙门之高；见韩荆州者，失封侯之贵；见欧阳内翰者，叹宫阙之壮，华山之峻，河水之深；而况托师生之分，聆道德之音者乎！此愚于公所以愤懑抑郁而涕泪沾襟也。当夫名冠甲第，辞雄玉堂，愚于此时固已识公之文章；秉章绾钥，衡度精确，愚于此时固已窥公之材略；山静川澄，水清玉莹，杜苞苴之门，辞起复之命，愚于此时则又见公之德行。若是者，非愚之私也，盖天下之所知，而公论之所归也！

结尾再次感叹“千里之辞，一觞之酹，又岂特区区门墙之爱而已哉！”说柯之死为天下同悲同惜。文章用典有误（“见欧阳内翰”云云，是苏辙《上枢密韩太尉书》之语），但辞约而情深意重，绝无冗长拖沓之语，且又切合柯潜之为人，无虚美造作嫌疑，自属祭文中的佳作。李东阳的记叙类文章，不是很多，《中元谒陵遇雨记》较有特色。成化二十年七月十五，（中元节），作者奉上命至昌平谒帝陵。在这样一次例行公事中三次遇险，几乎不能生还。其中一险是：“夜半入陵，祀已，服尽沾湿。上马穿林薄中，历向所渡涧，水淙然有声。出陵门数里，风骤作，前后烛笼数十尽灭；晦不辨色，遂失道。林中杂风雨声，若虎豹号嗷，响振山谷。主仆朋侣，咫尺不相保，惟闻堕坑堑者相属。予与懋衡、世贤进退无据，自度恐不能免。”夜色迷茫、风雨交加的景象气氛，进退无据、恐不能免的心情，用简练自然的语言写出，能使读者有身处其境之感。最后总结教训：“尽人事乃可以诿天数。苟充是志，虽行之天下，可也。”无须冒险的事，能避免就应该尽力避免；否则，不可委之天数。这也是真情实感的自然流露，符合作者的性格。

作为台阁重臣，李东阳的政治社会地位与三杨相等，而且他四十年不出国门，生活圈子极为狭小。虽然号称为文典雅流丽，与三杨稍异其趣，但作品内容同样空泛贫弱，还不能说他在廓清台阁体余风方面起了很大的作用。复古激进派的代表人物李梦阳就不满意他的文章。“弘治时，宰相李东阳主文柄，天下翕然宗之。梦阳独讥其萎弱。”（《明史·李梦阳传》）他的主要贡献，是在理论主张方面的倡导，给后来者以启发。第一，他继宋代严羽和明初高棅之后，极力推崇唐诗和杜诗，强调其音响、格律和用字等方面的形式美：“杜子美顿挫起伏，变化不测，可骇可愕，盖其音响与格律正相称。”“诗用实字易，用虚字难。”而“盛唐人善用虚”，故佳。他认为严羽尊唐抑宋的诗论“超离尘俗，真若有所自得，反复譬说，未尝有失”。并指出“宋人于诗无所得”，元诗也“不可为法”（《麓堂诗话》）。第二，关于散文，其《倪文僖公集序》说：“文，一也 而所施异地，故体裁亦随之。馆阁之文，铺典章，裨道化，其体盖典雅正大，明而不晦，达而不滞；而惟适于用。山林之文尚节志，远声利，其体则清耸奇峻，涤陈薙定，以成一家之论。二者固皆天下所不能无而要其极有不能合者。”文分馆阁、山林，前人已经说过。这里特别值得注意的是，李东阳明确指出了它们的质的区别：馆阁之文“惟适于用”，而山林之文要“尚节志”，两者甚至不能殊途同归——“要其极不能合”！他反对不在其位的文人写台阁体的文章，这无异为后来者解除了因袭的重负，获得思想的解放和探索新的道路的自由。又《叶文庄公集序》说：“夫欧（阳修）之学，苏文忠公谓其学者皆知以通经学古为高，救时行道为贤，犯颜直谏为忠。盖其在天下，不徒以文章重也。后之为欧文者，未得其纡余而先陷于缓弱，未得其委备而已失之觇缕，以为恒患。”在李东阳看来，欧阳修文风的特色，不仅是形式，还有“通经学古”、“救时行道”、“犯颜直谏”等充实的内涵；“苟得其文，而不得其所以重天下，且犹轻之，而况乎两失之者哉!”那种既无视欧文内容充实的特点，连其形式的特色也没有真正掌握的作品，就是“两失”。“未得其纡余而先陷于缓弱，未得其委备而已失之觇缕”。这是针对台阁体文风及其末流的最深刻最尖锐的批评，是一位熟悉文章之弊的前辈给予复古派的思想武器。

第二节 李梦阳、何景明与“前七子”

弘治、正德之间，“前七子”登上文坛，结束了由皇帝文学侍从如翰林学士宋濂和宰辅大臣如大学士“三杨”、李东阳主持天下文柄的历史。李东阳继承并发展前人之说，分“文”为“馆阁之文”与“山林之文”，指出为文者身份地位不同，文的质也应该有所不同。事实上，在此二者之间，还有一种文，为文者既非翰林学士与宰辅大臣，又非山林隐逸与下层文士。翰林与宰辅，不但要为古代圣贤立言，而且要为眼前的在位皇帝立言，他们写作的自由是极有限的。宋濂入明之后的作品，渐渐有台阁气息；虽然他不是宰辅。李东阳的主张虽然成为复古的先声，但文章仍未能摆脱台阁气息，因为他是宰辅。翰林与宰辅的台阁之文，可以称为“近臣之文”。由于政治与社会的种种矛盾关系的衍变，日益窳败的朝廷馆阁及其台阁文体对文坛的统制能力、号召能力和示范能力都大大削弱了；随之而来的是一个文学发展的新阶段——以中层士大夫为主体的作家群标新立异、叱咤风云，从事带着“拨乱反正”性质的文学复古运动的新阶段。中层士大夫的身份地位，既不同于山林隐逸，也不同于翰林馆阁（近臣），最明显的一点，就是他们和朝廷与皇帝的关系要疏远得多，没有代皇帝立言的任务，不必参与高文大册的制作，也不必对朝廷得失承担直接的责任。他们由于仕途的不得意（不能入馆阁，作近臣，就是最大的不得意），对政治、社会、官场的丑恶与弊病，感受更敏锐，剖析更深刻，抨击更有分量。政治上的勇气，是他们在文学上标榜复古、反对台阁体萎靡不振之风的助力。这个类型的作家作品，无以名之，姑且称为“远臣之文”，以与“近臣之文”相区别。前七子的领袖人物，就是这种“远臣之文”的代表作家。

李梦阳（1472～1529）字献吉，号空同子，庆阳（今属甘肃）人。先世为赘婿、为戍卒、为商人，父亲李正开始业儒，补周王府教授，移家开封。弘治六年（1493），李梦阳中进士。十一年授户部主事。十四年奉命监三关招商，因持法严峻，得罪嬖幸，被诬下狱。十八年上疏陈时政（《上孝宗皇帝书》）数千言，说："今天下之为病者二，而不之去也；为害者三，而不之祛也；为渐者六，而不使不可长也。"最后痛斥"贵戚骄恣"，历数寿宁侯张鹤龄（张皇后之弟）"招纳无赖，罔利而贼民，白夺人田土，擅拆人房屋，强虏人子女……势如翼虎"之罪，因而下锦衣卫狱。正德元年（1506），进户部郎中，代户部尚书韩文草拟《劾宦官疏》，揭露马永成、刘瑾等"八虎"的罪恶，要求"拿送法司，明正典刑，以回天地之变，以泄神人之愤"。勒令致仕，三年，又械系入狱。六年（1511），起为江西提学副使，与地方官发生冲突，被羁广信（今江西上饶）狱，以"陵轹同列，挟制上官"的罪名罢职闲居。十四年（1519），宁王朱宸濠谋反被诛，又因他写过一篇《阳春书院记》而牵连被逮。梦阳为官不过二十年，而被逮下狱竟达五次之多，文学史上实属罕见。其中有性情褊狭，狂傲不羁，意气用事等因素，连朋友之间也发生过因争论而伤和气的不愉快事；但更重要的是他刚直不阿，嫉恶不惧，敢于和势要、贵戚、宦官作斗争而不顾利害，有国士之风。有《空同集》。

在思想方面，李梦阳对当时的官方哲学——程朱理学不是盲目服膺，时时流露出叛逆情绪。《外篇·物理》指责"宋人不言理外之事，故其失拘而泥"。《外篇·论学下》提出"理欲同行而异情"的观点，否认"理"的至高无上的地位，明显地是针对"存天理灭人欲"的教条的。他认为："流行天地间即道，人之日为不悖即理，随发而验之即学。是故摭陈言者腐，立门户者伪，有所主者偏。"他高度赞扬孟子的传圣之功："孟不生，孔其熄乎！"没有孟子，孔子之道可能不传。又充分肯定孟子的通权达变，而指出宋人不知孟，不知权，等于抨击宋儒不得孔子的正传。他还问："宋之开国者，谁欤？致太平者，谁欤？应变定倾者，谁欤？"都不是理学家之功（《论学》上）在李梦阳看来，程朱理学不那么神圣和万能，甚至不一定是孔学正宗，尽管他没有明确说经学要复古。这种思想情绪反映在政治上，就是批评时事的种种弊病，揭露贵戚宦官和势要的专横跋扈；反映在文学主张上，就是抨击台阁文体，提倡先秦两汉。《明史》本传说："梦阳才思雄鸷，卓然以复古自命。弘治对，宰相李东阳主文柄，天下翕然宗之；梦阳独讥其萎弱。倡言文必秦汉，诗必盛唐，非是者弗道。"其文集中虽然没有"文必秦汉，诗必盛唐"这样高度概括的断语，但综观其文论和创作实践以及同时人的评论，倾向正是如此。

《空同集》收散文三百余篇。其中有不少作品体现了作者关心政局，忧愤时事的思想感情，抒写了自己的抱负。《上孝宗皇帝书》以强烈的政治责任感全面地分析了时政之弊。在论“二病”时，以士气不振等现象为“元气之病”：“元气之病……所谓有其几，无其形，譬患内耗，伏未及发，自谓之安。”指出了隐忧，正如苏轼进策时说的“天下有治平之名，而无治平之实；有可忧之势，而无可忧之形。”（《策略》一）很能说明关心国家安危的士大夫的敏感和洞察力。又以宦官专政为“腹心之病”，“今诚欲腹心之安，莫如铲内官之权；欲铲内官之权，莫如有罪不赦，有缺不补”。文章还分析了“冗食而无补，空名而鲜实”的兵害，“敛众而民贫”、“贪墨在位”的民害，“……遂白夺其田土，夷其坟墓，毁其房屋，斩伐其树木；于是百年土著之民，荡产失业，抛弃父母妻子，千里之内，举骚然不宁”的庄场之害。举凡作者所见明王朝权阉横行，摧残士类，和皇室勋戚疯狂进行土地兼并所造成的各种社会政治问题，都得到充分的揭露，《代劾宦官疏》矛头直指气焰熏天的马永成、刘瑾等“八虎”，并正面批评了武宗皇帝：

臣等伏睹近岁以来，朝政日非，号令欠当，秋来视朝渐晚，仰窥圣容，日渐清癯。皆言太监马永成、谷大用、张永、罗祥、魏彬、刘瑾、高凤等，置造巧伪，淫荡上心。或击毬走马，或放鹰逐犬，或俳优杂剧，错陈于前；或导万乘之尊，与外人交易，狎昵媟亵，无复礼体。日游不足，夜以继之；劳耗精神，亏损志德。遂使天道失序，地气靡宁，雷异星变，桃李秋华——考厥占候，咸非吉征。……昔我高皇帝艰难百战，取有四海，列圣继承，传之先帝，以至陛下。先帝临崩顾命之语，陛下所闻也！奈何姑息群小，置之左右；为长夜之游，恣无厌之欲，以累圣德乎！

疏中举出汉唐两代宦官专政，成为亡国祸阶的十常侍与甘露之变，来警告武宗。文章的词气和史例都极为严峻直切，敢于批逆鳞的精神于斯可见。《奉邃庵先生书》以满腔悲愤向自己的老师杨一清倾诉政治抱负与政治作为以及由此而承受的种种打击陷害：

某自沾余馥以来，廿年于兹矣。恒惧玷点名教，愆违训旨，每以不欺师君，实不以死生富贵动心法希文，而揽辔澄清则欲效孟博之为。不意世莫我知，百犬吠声，千人传虚——凡所振纲纪、慑权贵、兴礼教、作士气，起废举坠、拔冤伸枉、植善锄强，皆置不说；而妒者目为生事，异者倡为尚气，仇者指为奸邪，私者诬为善讦，排者劾为不谨……时事至此，中夜拊膺，未始不流贾傅之泪，而危巷伯之遭也。（其一）

写得激昂慷慨，情文并茂。“凡所振纲纪、慑权贵、兴礼教、作士气……”都是事实。其自述“壮岁性狂胆粗，高视独行；四方是负，意之所拂，投冠便往，”（其二）也恰如其分地描写了自己的性格特点，无夸伐标榜之意。这样的文章，在台阁体盛行的年代，是难得见到的。

记、序、杂著在《空同集》中占了很大比重，内容也很广泛。其思想意义值得重视的，包括论文一类和论商一类。作为最早倡言复古的明代文坛领袖之一，李梦阳写了《陈思王集序》、《刻阮嗣宗诗序》、《刻贾子序》、《刻战国策序》等，高度赞美先秦汉魏作品，认为“汉兴，谊文最高古，然谊陈说治理，善据事实，识要奥，一一可措之行，盖管晏之俦焉”（《刻贾子序》）。认为“《策》有四尚，尚一足传”。“四者何也？录往者迹其事，考世者证其变，攻文者模其辞，好谋者袭其智。袭智者谲，模辞者巧，证变者会，迹事者该。是故述者尚之。”贾谊是管、晏之徒，《国策》四尚中没有一事与儒道有关。可见作者并不以传统儒学思想如文以载道等作为基本的评价标准。关于怎样复古，则强调学古之法则法式。他说：“学不的古，苦心无益。”“文必有法式，然后中谐音度，如方圆之于规矩；古人用之，非自作之，实天生之也。今人法式古人，非法式古人也，实物之自则也。”（《答周子书》）由此引申，又有独守尺寸之说。观点虽然可议，其《与徐氏论文书》、《驳何氏论文书》等，却雄辩滔滔，反复诘难，很能反映李梦阳的性格与善于论辩的才华。论商之文，也有新思想，往往突破视商贾为贱业的传统观念。李梦阳的祖父王忠（李忠）是赘婿之子，因经商致富，梦阳对此颇为欣赏，毫无遮掩之意。他写过不少为商人立传、为商人说话的文章，如《明故王文显墓志铭》、《贾隐》、《贾论》等。前者引王父之言曰：“现也，利而义者也邪！”又引王现（文显）训子之言曰：“夫商与士，异术而同心。”很明确地肯定义利可以统一、商士可以互补的思想。

李梦阳的散文有两个明显的特点：一是说真话，抒真情，二是在语言章句上摹仿古人。第一个特点体现在前引奏疏与书信中，也体现在传记类作品中。如《族谱》中的《大传》和《外传》，所写自己叔祖、叔父和母亲的言行，《封宜人亡妻左氏墓志铭》、《少保兵部尚书于公祠重修碑》，关于自己妻子左氏和民族英雄于谦的记述，都做到了内容信实，感情真挚。杜大绶说："至其序记碑铭诸作，则谨严庄雅，质有其文。熔精两汉而杂出之，藻不伤琢，真不涉俚。"（《重刻空同先生集序》）"藻不伤琢"或未全是，"真不涉俚"则大体如此。另外，在《诗集自序》中，能诚恳地自我批评："予之诗非真也。王子所谓文人学子韵言耳，出之情寡而工之词多者也。"承认"真诗乃在民间"，愧叹学之弗及。当然，真话不一定都正确，真情不一定都敦厚，他在文学论争中的某些言论，就表现出偏颇狭隘甚至盛气凌人的弱点。第二个特点，是他的复古主张在各类文章留下的印记：

自邑来辱致华牍奇帙，兼之高篇，展之烂然，诵之锵然，目之苍然渊然，盖所谓希世之珍也。(《答黄子书》)

江西火，省焚。或曰火弛欤？或曰火僭，或曰以侈，或曰亢也，燥熯之沴。会他郡若邑亦火。以问李子。(《原火》)

观风河洛者，为巡按谭子而作也。观风者何？其职也。河洛者，方也。谭子之莅我邦也，度而能贞，肃而有明，潜洞臧否，旁烛冤幽，见之苟真，飙激山屹，利害罔移也。(《观风河洛序》)

柏溪君亡也，哀于戚及其疏，起之迩，动乎远。盖鲜不怆焉悲也，鲜不唧焉吟，咨而音，使人闻之，鼻鲜不洟者，鲜不泫然而泪也，斯哀之至也。(《柏溪君哀序》)

有的是对先秦经典"法式"的生搬硬套，尺尺寸寸的模仿，有的在模仿中又有变本加奇的"创造"；乍读之下，断句为难。说是"假古董"，未免过苛，但模拟过甚的毛病实实在在是存在的，自然要招致当时和后世的讥评。其名篇如《禹庙碑》：

李子游于禹庙之台，鉴长河之防，孤城故宫，平沙四漫，遐盼故流，北尽碣石，九派湮淤，云草浩浩。于是怆然而悲曰：嗟乎，予于是知王霸之功也！霸之功骧，久之疑。王之功忘，久之思。

昔者禹之治水也，导川为陆，易鼿为宁；地以之平，天以之成；去巢就庐，而粒而耕——生生至今者，固其功也，所谓万世永赖者也。然问之耕者弗知，粒者弗知，庐者弗知，陆者弗知。故曰："王之功忘。"譬之天生物而物忘之：泳者忘其川，栖者忘其枝，民者忘其圣人。非忘之也，不知之也；不知自忘。及其灾也，号呼而祈恤。于是智者则指之所从来，而庙者兴矣！河盟津东也，甕旷肆悍，势犹建瓴；堤堰一决，数郡鱼鳖。于是昏垫之民，匍匐诣庙，稽首号曰："王在，吾奚役斯！"所谓思也。故不忘不大，不思不深。深莫如地，大莫如王，天之道也！霸者非不功也；然不能使之不忘而不能使之不疑，何也？不忘者小，小则近，近则浅，浅则疑，如秦穆赐食善马肉者酒是也。夫天下未闻有庙桓、文者者也！故曰："予观禹而知王霸之功也。"

或问汤、文不庙。李子曰：圣人各有其至：尧仁舜孝，禹功汤义，文王之忠，周公之才，孔子之学是也。夫功者，切于灾者也。大梁以灾故，是故独庙禹。

以下述监察御史王子会如何"饬所司葺其庙，而属李子碑焉"一段，从略。上引数百字，说的是王者之功与霸者之功的本质区别。较之台阁体，可以说是一扫啴缓萎弱的平庸与俗气，面貌截然不同。但即使是这样重大的题目，经过了推敲的作品，还是显得语气生涩不畅，文辞生硬不美，很难说是摹仿成功了。不惟如此，即单以立论来说，所谓王、霸之功的区别，所谓庙禹而不庙桓、文的原因，以及"不忘不大，不思不深。深莫如地，大莫如王，天之道也"的宏论，也很难说多么准确、周到、实在，有些大言欺人以掩其内容单薄之嫌。李梦阳散文的较优秀者，仍然是前述那些说真话、抒真情而又不刻意古范的作品。

《明史·文苑传》说：李梦阳"与何景明、徐祯卿、边贡、朱应登、顾璘、陈沂、郑善夫、康海、王九思等号十才子，又与景明、祯卿、贡、海、九思、王廷相号七才子，皆卑视一世，而梦阳尤甚。"今将前七子生卒、籍里、科举、仕履简介于下：

徐祯卿（1479～1511）字昌穀。吴县（今属江苏）人，弘治十八年（1505）进士，官大理左寺副、国子博士，"顾璘《国宝新编》曰：'昌穀神清体弱，双瞳烛人，幼精文理，不由款迪。'著《交诫》、《感暮赋》诸篇……长宿惊叹，号为文雄。"

(《列朝诗集小传》丙集)少与祝允明，唐寅、文徵明齐名，号“吴中四才子”，登第之后，与李梦阳、何景明交游，悔其少作，改为趋汉魏盛唐；然故习犹存，梦阳讥其守而未化。他的成就主要在诗歌方面，理论著作《谈艺录》尤为著名。边贡(1476～1532)字廷实。历城(今山东济南)人，弘治九年(1496)进士，官兵科给事中、南京户部尚书。在朝时曾弹劾宦官，任职地方时有能吏之声。后来久居南京闲职，挥毫浮白，夜以继日，终以纵酒废事，被劾罢归。他的诗文在七子中显得逊色，文尤如此。康海(1475～1540)字德涵。王九思(1468～1551)字敬夫。他们同为陕西人，同因刘瑾逆案牵连而罢官家居，每相聚宴饮，挟声妓，造歌曲，自比俳优，以抒其郁闷之情。王世贞说：“(王)敬夫与康德涵俱以词曲名一时。”(《曲藻》)王作《杜甫游春》杂剧，被目为精品。相传《中山狼》杂剧为康作，成就不在王作之下。他们与李梦阳同倡复古，持论甚高。散文创作则康胜于王。王廷相(1474～1544)字子衡，号浚川，仪封(今河南兰考)人。在前七子中去世较晚，官位最高。他博学好议论，以经术著称，是明代著名的具有独立思考精神的哲学家。在政治上敢于与宦官和权臣斗争，在文学上提倡复古。嘉靖十年(1531)为《空同集》作序，极力推崇李梦阳，“秦汉以来寡见其俦”，乃至超过了杜甫。他在大造声势，播扬复古思潮方面，起了很重要的作用。

何景明(1483～1521)字仲默，号大复，信阳(今属河南)人。弘治十五年进士。中进士后，在朝任中书舍人。“是时，北地李献吉、武功康德涵、鄠杜王敬夫、历下边廷实皆好古文辞，先生与论文，语合，乃一意诵习古文；而与献吉又骏发齐名，忧愤时事，尚节义而鄙荣利，并有国士之风焉。”(乔世宁《何先生传》)他被人称道的忧愤时事之心和节义之举，如上书吏部尚书许进，希望他不顾个人利害，与宦官做斗争，“窃为明公画二策，惟明公之自择焉：一曰守正不挠，不容于权阉而去者，上策也；二曰自贬以求容于权阉而不容于天下后世者，下策也。夫今之计，止是二者。二者俱为不容。然守正不容，可以激颓靡于当时，流声烈于后世，损少而益多；自贬不容，则颓靡益恣，声烈且败，益少而损者多。二者曷重曷轻，惟明公之自择焉。”(《上冢宰许公书》)两种选择，两种结果和影响，说得极为明确，语言也极为激烈。如上书吏部尚书杨一清，力请救李梦阳出江西广信(今上饶)狱：

……今有操独行、秉廉节而干众恶、负集毁若李梦阳者，明公在上，何可弗少加察而一援之也。

夫仆于阳，非敢谓其无过也：自崇而弗下人，太任而弗识时；多愤激之气，乏兼容之量；昧致柔之训，犯必折之戒。此其过也。若其饰身好修，矜名投义；见善必取，见恶必击；不附炎门，不趋利径。处远怀不招之耻，处近执莫麾之勇；在野有兔罝之武，在公著素丝之直。立志抗行，秉心陈力，咸可尚也。前与御史相迕，同党交构，恃其贞介，不服文法，邅延无已，固其自取；而尊达至为不悦，缙绅靡然诽笑，言官亟诋于朝，法吏深鞫于狱，惟恐摧之弗披而辱之弗窘也。嗟哉，亦已甚矣！

他对朋友品格的评价，两个方面都谈到了：其“可尚”之处，令人肃然起敬；所列举之“过”，虽属性格缺陷，却也有可谅甚至可爱的地方。而这一切又非溢美之辞，符合李梦阳的实际情况。对朋友目前处境，更是充满了焦虑之心。这是一封态度诚挚，感情深厚而又文辞峻美的信，它果然打动了杨一清，向李梦阳伸出了救援之手。又如《应诏陈言治安疏》：“方今上下依违，远近壅塞，法度有失，礼义弗彰，功实不稽，名器多滥，欺蔽之风长，偷惰之习成；兼以民生已困，寇盗未熄，兵马弛备，财力并竭，外仅维持，中实溃散。其势如此，而其治如彼，臣窃忧之。陛下不急省躬以惩祸始，而欲肆志以待患成，何也！”指斥具体、全面而重点突出，言辞直切而尖锐。“陛下不急省躬以惩祸始，而欲肆志以待患成。”击中了武宗皇帝的要害。其他如峻拒佞幸小人、武宗义子钱宁为古画索题，鞭笞关中镇守太监廖銮的不法随从，都可见其节义之风。在陕西提学副使任上，“其教诸生，专以经术世务。遴秀者于正学书院，亲为说经，不用诸家训诂，士始知有经学”（《明史》本传）。“教关中士亦以经术世务”、“说五经义与诸家训诂多殊”（乔世宁《何先生传》）。他自己也说：“圣人之道贵相发，不贵袭；贵相明，不贵同。”（《函谷子太极图论引》）这些都意味着：一、何景明主持学政，重经术世务，不是空谈性理；二、他说经不用宋儒成说，不依附官方教科书，有独立思考精神，与李梦阳鄙薄与怀疑宋学的态度相同。李、何的治学宗旨，从一个很重要的侧面说明当时文风复古与学风复古的关系。

复古是前七子的一致主张，如何复古则意见有分歧，李、何之间就发生过激烈的争论。李梦阳认为，文自有法，尺尺寸寸地摹拟古人，不是拟古而是守法；反对“文章家必自开一户牖，自筑一堂室”（《答周子书》）。何景明则认为“刻意古范、铸形宿模而独守尺寸”的观念不可取；“仆则欲富于材积，领会神情，临景构结，不仿形迹”（《与李空同论诗书》）。一个要谨遵古人法式，一个要不仿形迹。这是争论的焦点，也影响了他们的创作。

《何大复先生集》三十八卷，除诗歌外，各体散文一百余篇。《何子》十二篇，是仿先秦子书写作的，它有三个特点。第一，所论均为治国安邦的各种策略，内容具体，也比较全面，题旨明确，现实性强。如《严治篇第一》：“治民莫如严。严者，所以成宽也。”“严则法立，法立则民寡过；宽则法弛，法弛则民多辜。”《上作篇第二》强调在上者之所作为对于时势教化的重要作用。“明圣之世，则人饰义而服节；污浊之时，则人毁行而丧守。”荣华富贵之所在，士大夫就有可能弃廉捐耻而趋附。作者还特别举出汉哀帝宠幸董贤，而在位如孔光、张禹“身亲屈焉”这样的史实。《法行篇第三》论为人君者与为人臣者“法不可以有己”，即不可以私心待法，“法不以有己，则上不得卖，下不得请”。这些议论是直接针对正德年间朝纲不振，吏治腐败，佞幸横行；直节之士被辱被黜，趋利之臣（如大学士焦芳）谄事权阉等等现实情况而发的。《任将篇第四》明言“任将而中制者败，用兵而外监者疑”。进而具体分析了中制与外监的种种致败之道。这更是明代自永乐以来军事与防务的一大弊端。第二，所论范围相当广泛，却不大涉及传统的儒家教条，几乎没有道德礼乐、性命义理之说，具有某种离经叛道之倾向，其思想观念所受传统儒学的影响，要少于宋濂《龙门子凝道记》和刘基《郁离子》，透露作者企图摆脱程朱理学羁绊的意向。《策术篇第十一》谈到仁义，却有很大胆、很新颖的解释。作者一方面承认“夫仁义者，策国之术也，天下之通理，百家之要本，而长久之道也。”六国之亡于秦，不是秦能施仁义，而是六国不能修仁义。另一方面，他解释仁义说：“夫仁义，水火也。水可济，亦可溺；火可烹，亦可燔。故仁者，可生可杀之道也；义者，可与可取之道也。夫不杀不取者，仁义之一端也。故仁义之功利大矣。”在这里，仁义除了不杀不取，还有可生可杀的“一端”。仁义与功利不是对立的，而是相关联的；仁义可以是取功利的手段。第三，《何子》的思想和艺术，于先秦诸子中对《韩非子》吸取最多。其摹仿的痕迹十分明显，有些篇章比较生硬。如《敌中篇第八》：

夫敌，非吾不能克之难也，亦非吾制之难也；吾能明敌之所以中我者难也。是故知吾之能逆，必反吾情也；知吾之弗能逆也，即以其情反之；欲有以尝之，先反复我也；欲有以实之，先参伍我也；以声者，下我也；以利者，市我也。此六者，不可不察也。

其他如《势成篇第五》、《固权篇第九》、《处与篇第十》及上述《严治》、《法行》、《策术》诸篇，从标题立意，语言章法，论辩方式，以及注意从历史与生活两个方面选择例证譬喻等手法，都与《韩非子》有相通相近之处。

记、序、杂著类散文中有不少作品，内容比较充实，文学性也比较强，可以看出作者关心社会现实和文运的热情，以及在学古中求创新的努力，如《汉纪序》、《武功县志序》、《海叟集序》、《学约古文序》、《信阳修城记》等。《说琴》以制琴者如何选材、如何制作，比喻应该如何养育与使用人材。其论说琴之不能成音，罪不在材，而在选材制琴者，有云：

凡攻琴者，首选材，审制器，其器有四：弦、轸、徽、越。弦以被音，轸以机弦，徽以比度，越以亮节。被音则清浊见，机弦则高下张，比度则细大弗逾，亮节则声应不伏。故弦取其韧密也，轸取其栝圆也，徽取其数次也，越取其中疏也。今是琴：弦之韧疏，轸之栝滞，徽之数失钧，越之中浅以隘。疏，故清浊弗能具；滞，故高下弗能通；失钧，故细大相逾；浅以隘，故声应沉伏。是以宫商不诚职，而律吕叛度；虽使伶伦钩弦而柱指，伯牙按节而临操，亦未知其所谐也。

以下又从而引申，批评不善使材而但知罪材者："如常以求固执，缚柱以求张弛，自混而欲别物，自褊而欲求多；直木轮，屈木辐，巨木节，细木欐。——几何不为材之病也。"这些话是不易懂的，由于它句法比较整齐，句式大体一致，以此律彼，细心推究，然后可以通晓。全文约六百字，篇幅不算长，却能尽铺张排比之能事，文势亦曲折多姿。但理不深奥，而文多钩棘，终是一病。此篇疑作于正德三年或稍后。作者有一首《述归赋》，其《序》云："正德戊辰，皇上御极之三年，诏许罢归乡里……"与《说琴》首段所写情景相合。《序》又云："仆尝病汉之文其道驳，宋之文其道拘，反复求斯，尚有未得。要之，鄙意……于古人之文务得其宏伟之观，超旷之趣；至其矩法，则闭户造车，出门合辙，不烦登途比试矣。”这意味着他对自己的复古主张，有了进一步的思索和补正，从而与李梦阳产生分歧，并影响着他后期的散文创作。《内篇二十五篇》中的《郑子擢郎中》，实际上是一篇赠序，它可能作于正德六年以后，十二年之前，或者能代表其后期散文的成就：

郑子擢郎中，治大同边储，有与郑子戚者，见曰：“乃居兹擢，予为不怿。郎中，近官也。治边储，居外，不得与朝士列，是远之也。治储之事，散有聚无，士需将征，豪于暴取，凶不改敛，贫不减费，权利而府怨，是难之也。夫居远处难，非子宜也。”惟郑子亦不怿。

景明闻之，见郑子曰：“夫谓子者过矣。王臣弗以远贱，王役弗以难辞。褊人多求亲而愤疏，庸士多幸易而脱艰。马越险，则驽骏别；刃试坚，则钢铅见。故弗居远，其心弗著；弗处难，其能弗彰。惟子之心不间远，惟子之能不窘难，是以用子也。夫远之者，重子也；难之者，任子也。子行矣！”

郑子曰：“吾释矣。虽然，权利府怨，可谓无耶？”

曰：“执火不燔，向者多焦；导水不溺，涉者多没。故利人曰惠，利己为害；己苟不利，人又安怨。如有怨焉，则非我矣。古也执利权者，桑宏羊败于害，刘晏败于专。不害不专，用之为经，使上不缺；行之为通，使下不病。在子也夫！在子也夫！”

通过问答方式开导朋友，鼓励他勇于“居远处难”：“弗居远，其心弗著；弗处难，其能弗彰。”并以“不害不专”为勉，立意是积极的。全文只有三百零三字，而内容具体充实，层次清晰；除了个别语句古奥近涩外，其余都驯雅可诵；风格规整峻洁，言简意赅。这是一篇学古而能化的好作品。

何、李同为复古领袖，比较起来，李梦阳天才雄健，为文阔大奥博；何景明资质秀敏，为文洗炼俊雅。清人张钺《何大复先生遗集序》说：“即以文论，明文自弘正以后，尚多冗廓，或萎而为姿媚，或涩而为钩棘。先生独以经经纬史之学，发为明体达用之言，洁净精微，卓然大雅。……当时李梦阳等有十才子、七才子、四杰之坛坫争雄，要以先生为襟领。”在张钺看来，似乎何景明不曾“涩而为钩棘”，反而是以“明体达用之言”来纠正这种偏向的人；似乎当时文坛的真正领袖人物不是李梦阳而只是何景明。这自然偏颇，但当时和后世之于李、何，更能接受、至少是更能谅解何的理论和实践，也是事实。

第三节　李攀龙、王世贞与“后七子”

李攀龙（1514～1570）字子鳞，山东历城（今济南）人。因居家近东海，自号沧溟。他的祖父李端由小本经营而为富商，父亲李宝捐资为德王府典膳正，为人爽直，善酒任侠，不问家人生产。攀龙九岁丧父，母亲张氏艰苦持家，乃至借债度日，使他能求学上进。世宗嘉靖十九年中举人，二十三年（1544）中进士，时年三十一岁。历任刑部主事、员外郎、郎中，出守顺德府（今河北邢台），有政绩，擢升陕西按察司提学副使。三十七年，因病告归，在华不注与鲍山之间筑白雪楼，隐居十年。穆宗隆庆元年（1567），起为浙江按察副使；迁布政司左参政，升河南按察使。四年，因心病卒于家，享年五十七岁。有《沧溟集》。

从青年时代起，李攀龙就有志复古。王世贞《李于鳞先生传》说：“晋江王慎中来督山东学，奇于鳞文，擢诸首，然于鳞益厌时师训诂；学间侧弁而哦，若古文辞者。诸弟子不晓何语，咸相指于鳞：‘狂生，狂生！’于鳞夷然不屑也，曰：‘吾而不狂，谁当狂者！’……于鳞既以古文辞创起齐鲁间，意不可一世，以为不以规矩不能方圆，拟议成变，日新富有。今夫《尚书》、《庄》、《左氏》、《檀弓》、《考功》、司马，其成言班如也，法则森如也。吾摭其华而裁其衷，琢字成辞，属辞成篇，以求当于古之作者而已。”“以为”以下一段，似是引述李氏原话。殷士儋写的《李公墓志铭》，有“盖文自西汉以下，诗自天宝以下，若为其毫素污者，辄不忍为也”之语，虽非李氏自述，但殷作为同学与密友，所言当不虚。在《沧溟集》中，除几篇诗序外，缺少系统完整地表达文学理论主张的著作，其《送王元美序》有云：

> 以余观于文章，国朝作者无虑十数家称于世，即北地李献吉辈，其人也，视古修辞，宁失诸理。今之文章，如晋江、毗陵二三君子，岂不亦家传户诵，

而持论太过，动伤气格，惮于修辞，理胜相掩。彼岂以左丘明所载为皆侏离之语，而司马迁叙事不近人情乎！

结合上述纪录，可以认定李攀龙是紧承前七子余绪，提倡文必先秦两汉，诗必盛唐的。他肯定李梦阳辈“视古修辞”，批评唐宋派王、唐诸人“惮于修辞”。他自己写文章，确实不惮于修辞，而且古而又古，走入僻径，直到让人读不懂。《沧溟集》三十卷，有序四十二篇，记十三篇，传十一篇，墓志、祭文五十五篇，杂文及书柬近二百篇，就思想内容说，大部分是应酬实用之作；就表达形式说，则显出其视古修辞、生硬割裂、似通非通的疵病。《太华山记》是见之于《沧溟集》的唯一的山水游记，今录其开头一段如下：

《经》曰：“太华之山，削成而四方。其高五千仞，其广十里。”盖指华中削成而四方者尔；四方之外，未之尽华山也。自县南十里入谷，逶迤上二十里，抵削成北方壁下，乃谷。即西南出，不可行；行东北大霤中。霤中一峡，裁容人，左右穿受不满足穿受手如决吻，人上出如自井中者千尺，曰千尺峡。北不至十步复得一峡百尺，人上出如前峡，曰百尺峡。则东南行，崖往往如覆敦（墩）出，人穿其穹中行穹中穿如仄轮牙也。崖绝为桥者二所。东北径云台峰，东南得大阪，可千尺。人从其罅中蹑衔上，阪穷为栈，五步，顾见罅中如一耦一畝，新发于耜矣。罅中穿如峡中，峡中衔如罅中。峡中之繘垂，罅中之繘倚，皆自汲也。栈北得崖径丈，人仄行于穿手在决吻中，左右代相受踵，二分垂在外。足以茹，则啮膝也；足已吐，是以趾任身也。北不至十步，崖乃东折，得路尺许于崖剡中，人并崖南行，耳如属垣者二里。剡穷，复西出崖上行，则积穿三丈，有崖从北来，跤北崖上，复高三丈，自跤首南行，崖如前剡中属耳甗耳矣。

句读姑且如此。其中有存疑者，亦有阙如者。“左右穿受不满足穿受手如决吻”，是说双脚双手前后交替地攀缘山崖凹入之处，脚所踩不能容足，手所抠像嘴一样。“顾见……新发于耜矣”，是说回首从两峰狭缝中看来路，好像刚刚犁过的一垄地。“峡中之繘垂……皆自汲也”，是说人自下往上攀登，如用井绳系着吊桶提水向上。

"耳如属垣"、"属耳瓻耳"，是说贴崖而行，耳朵像贴着墙，乃至磨破了，诸如此类。全文记华山之游，内容具体，记叙细致有序；对华山之险峻与攀缘之艰难，描写比喻颇有生动之处；写作是严肃认真的，不是游戏笔墨。这正好说明作者的创作主张和实践的泥古不化，乃至在摹拟中有意变本加奇，变得不可卒读。先秦两汉之文，周诰殷盘，或与之相仿佛；而他所推崇的《左传》、《檀弓》、《史记》一类作品，就要畅达得多。这样讲修辞，讲气格，无视文学语言的历史发展的规律，无视唐宋以来散文创作的成就与经验，必然走向失败。攀龙不满于"晋江（王慎中）、毗陵（唐顺之）二三君子"不学先秦两汉，"彼岂以左丘明所载为皆侏离之语，而司马迁叙事不近人情乎？"一旦走上极端，成为"侏离之语"、"不近人情"的，正是他自己的作品。他怎样摭华裁衷、琢字属辞的呢？一是套用或模仿先秦两汉文的成句，如《赠王元美按察青州诸郡序》描述青州民俗一段，即取自《战国策·齐策一》"苏秦为赵合纵说齐宣王"章，又如《送汝南太守徐子与序》中的"……不则牵于猜忌，驭于嫌疑，佯示其求谏之迹而惟恐听之，则彼因以藉资，微见其亲仁之名；而惟恐听之，则彼因以卖重，若存若亡，使长者自沮而利其疏……"是活剥《韩非子·说难》。二是选用古书中生僻字词或常用字词的生僻义项。三是生造句式，力求其拗。四是语气词如"乎"、"哉"等的非常规用法，力求其古。李攀龙的散文在当时就遭到异议。唐宋派的抨击姑置勿论。王世贞说，人们对李的诗歌"心服靡间言"，而对他的古文"其骇与尊赏者相半"（《李于鳞先生传》）说是有一半人感到可骇怪，有意模棱委婉。王氏自己评李文，用的是比喻："李于鳞如商彝周鼎，海外瑰宝。身非三代人与波斯胡，可重不可议。"（《艺苑卮言》卷五）刘凤的意见就很直率："李生自谓命世才，……其文连类广肆，要不出《左》、《语》、《国策》、太史书。……故为棘涩岨峿，且使皆自己出，何不可者，必剿袭古语联贯络绎，以捃摭矜炫为累，百篇如一机构。"（《读李于鳞集》）刘凤，长洲人，嘉靖甲辰（1544）进士。"其文皆僻字奥句，尤涩体之尤者。"（《四库全书总目》卷一七七《子威集》提要）曾被人摘引，作为谈笑资料；而攀龙竟为其所讥。由此可见，文学上的假古董，谁也不喜欢，包括同道。

不过，李攀龙毕竟是一位个性鲜明而才华出众的作家。将近二百首的书简，大多是与朋友，尤其是七子中人——他常说的"二三兄弟"的寄答之作，内容很广泛，议论诗文，品评人物，传达友情，记叙仕宦生涯或隐居心态。他多次表示自己施政治民的能力，如言“邢州守臣无状，囹圄辄空虚。属吏亦不能具十狱上使者。使者据案操铅椠，崇朝力尔。”(《与王元美十八首》之四)。“一州如斗大。日出而视事，即不崇朝，闭阖卧也……我辈何谓无益时理乱，何谓于吏治厌薄也！足下不示仆，谁复言者，今仆亦独为足下言尔”(同上之四)。说得何等自信。他又时时表示不屑碌碌官场，向往隐居生活：“……仆亦名为守哉！迹仆所御，一朱辐而抱关者尔，犹尚不免于流言，胡为尔日茶然磬折路旁？早晚解绶去，已定矣。”(同上之一)“殿卿，殿卿！万里生还，不当日鼓饮乐邪？洪使君力疾视事，又安在哉！人若不知足。初某守钜鹿时，又焉知有三秦之役也，徒谓以它迁行，为不苟去尔。栖栖入关，乃日夜与二三孺子妾绑芦而处，等于幕燕。一行校阅，帖括成山，精神既疲，披咏渐废，何为者乎！安得与殿卿缩秫嚼苦，欢然道故，握手景阳之滨，以弄白云。”(《与许殿卿》之一)结合他的生平事迹看，两种思想都是真实的。作为文坛领袖，李有许多书简涉及人物和作品的评骘，往往满腔热情鼓励有加，又能直言不讳，如《与吴明卿书》，《与徐子与十五首》之三、之五、之十一，《与王敬美书》等。其《与王元美十八首》之二云：“先是明卿书云，见足下与某文，大自气象，当令海内文章家不复敢置喙二君者。李生业为此技，不自谓有知己如足下者；生平所负，数语殊尽。明卿知言哉！”以朋友的颂扬为“知言”，流露出当之无愧、踌躇满志的愉悦之情。有的书简更能体现李攀龙的诗人气质与才华：

异日者，携许生逐兔肦子城下，掠草而射之，不觉鼻头出火，耳后生风，批脯而食，醉见大介，遂西走马，秉烛使君之滩，雄饮相视，扣舷赋诗，撰思道故，中夜忧慨拊髀于五子，复亦不觉发上指冠、意气交作矣！十年之别，不可无一晤言如此。不佞则为五子者，为使君，非直为使君也。曙发，更抵右史之庐，散帙挥染，恋恋可知。逾日，乘雪复与右史载酒岱阴诸山谷间，栖息诸寺，试尝名理，归卧东村，掩关药物，除夕悠悠，蔬粥自爱，五尺一童子炙被而已。是时也，不知使君左拥吴娃，右抱燕姬；与彼海滨遗戮，蓼莪藐焉之二孤泣血相对，状复何似也！(《答子与》之一)

元美来，亟谓子相出遇都门之外，信宿而去，萧然各有江湖之气也。壮哉！邢州太守奉职无似，囹圄空虚；一日治牍，十日为布衣之饮。斋阁海内，旁若无人。郡城之楼不下百尺，西望太行，东望漳水，北眺神京，一瞬千里，归复雷雨，乃歌《黄榆》诸篇以敌其势，则响振大陆。秋色漂飒，颓乎就醉，遂极千载；品物五子于中原，右宗左徐，哀吴郎之去国，悼梁生之不禄。是时也，曾晰、牧皮为未狂，他岂暇论哉！月晦兴尽，骊驹在道，握手洛水之上，黯淡不语，某虽僻惰，旋亦自失也。（《与宗子相书三首》之二）

叙事、议论、言志、抒情融为一体，信笔挥洒，不暇雕琢，而感情饱满，文采粲然，从中可以见到一个恃才傲物、狂放不羁而又真诚坦率、笃于友情的鲜明的自我形象。可惜的是，作者写信时也难忘视古修辞，作茧自缚，许多内容充实意思深刻的书简，往往有割剥饾饤、生搬硬造之病；通篇比较纯净、比较流畅如上引两篇者，不是很多。

王世贞（1526～1590）字元美，号凤洲，又号弇州山人，太仓（今属江苏）人。祖父倬，官南京兵部右侍郎。父忬，进士出身，率兵抵御倭寇和俺答有功，官至蓟辽总督、右都御史；后因军事失利，论斩。世贞举进士后，历官刑部郎中，青州兵备副使、浙江右参政、山西按察使、广西右布政使，太仆卿、右副都御史、南京刑部尚书。虽然先后得罪权相严嵩、张居正，遭家难、受排斥，但迁升不可谓不顺利，在七子中仕宦最显达，阅历最丰富。有《弇州山人四部稿》。

“世贞始与李攀龙狎主文盟。攀龙殁，独操柄二十年。才最高，地望最显，声华意气笼盖海内。一时士大夫及山人、词客、衲子、羽流，莫不奔走门下。片言褒赏，声价骤起。”（《明史》本传）他眼界开阔，学问渊博，才高位显，又好标榜宗派，如“前五子”、“后五子”、“广五子”、“续五子”、“末五子”，“吾党有三甫”之类，造成了极大的声势。王世贞早年追随李攀龙，服膺前七子的文学主张，推崇他们的文学成就，说“李献吉（梦阳）劝人勿读唐以后文，吾始甚狭之，今乃信其然耳。”（《艺苑卮言》卷三）“献吉之于文，复古功大矣！”（同上卷六）说自己“自六经而下，于文则知有左氏、司马迁，于骚则知有屈宋，赋则知有司马相如、扬雄、张衡……盖日夜置心焉。铅椠之士侧目谁何，独于鳞不以为怪……”（《致张助甫》）王、李对于先秦两汉文章的美学审视，对于后人之所以不能上追先秦两汉的原因的探索及其结论，是很有些古怪的。王世贞说：“呜呼！……六经无可著手矣！”（《艺苑卮言》卷三）他认为后代的名物称谓、语言辞藻、人物品格事迹等等，和《左传》、《国策》……的时代、《史记》的时代不同了，所以不能写出古香古色的文章。这种认识本来可以引发出时代不同、文亦不同，为文不可生硬仿古的结论来；但事实正相反，他们偏要知其不可而为之，要生搬硬套。李攀龙之于李梦阳，是变本加厉；王世贞之于李攀龙，又极其佩服，称之为“日月经天，光彩常新”（《李于鳞先生像赞》）。甚至说：“汉廷两司马，吾代一攀龙。”（汪道昆《弇州山人四部稿序》引）他的短简《致李于鳞》：“泗来，则携登华岳诸篇至也……毋论足下诗；即《记》，自应劭《汉官仪》、《叙封禅》而上无似者，千古第一记耳。”这里提到的《记》，就是李攀龙的那篇佶屈聱牙的《太华山记》，誉之为“天下第一记”，实在是匪夷所思。不过，在李攀龙去世后独主文柄二十年的王世贞，毕竟来得及见到复古主义的流弊，来得及见到唐宋派的创作成就及其巨大影响，因而有了参照，知道自省；言论不那么悖理，文章也有所变化了。“迨乎晚年……而慨然悟水落石出之旨于纷浓繁盛之时，故其诗若文尽脱出牙角绳缚而以恬然自然为宗。”（张汝瑚《王弇州传》）“……及其晚也，皈心子瞻之学，而辑《外纪》以自忏；故其为文，靡微不探，与其少作若出两手。”（焦竑《选弇州山人续稿叙》）张、焦二人都认为王世贞的创作可分前后两期，这大体符合世贞的思想与文章的演变的实际情况。

“考自古文集之富，未有过于世贞者。”（《四库全书总目》卷一七二）《弇州山人四部稿》一七四卷，其中骚赋三卷，文八四卷；《续稿》二〇七卷，其中辞赋一卷，文一八二卷，共为二七〇卷（不计“说部”与《续稿附》）；又有史学著作《弇山堂别集》一百卷。众体兼备，题材内容十分广泛。王世贞在理论主张方面既然追随前七子、李攀龙，其创作自然也有模拟先秦两汉的篇什，如《书应生事》、《世经堂集序》、《海岳灵秀集序》、《乔峰亭记》、《华孟达集序》、《嘉靖以来首辅传》等，可以为证。

> 仲芳既已杖朝堂，则从四期门鸱夷裹来，血涔涔下也。吏士目摄，亡得问谁何。稍诸熟仲芳者，掩鼻自引匿去；而故下狱尚书当仲芳迷罔不道死，尚书坐轻赎矣，曹郎坐亡奉行谪矣。狱吏一二缘大臣指，谩骂曰：“嘻，而不治职方氏，即为適公治鬼室!”……（《书应生事》）
>
> 《世经堂集》者何？今致政少师元辅华亭徐公著也。堂者何？公所憩止也；其名“世经”者何？公世世以经重；名之，志不忘也。……（《世经堂集序》）

这些文章和二李的拟古有着明显的共同点：一是在字词上的袭取，如“期门”为汉武帝时护卫官，见《汉书·东方朔传》，在这里实指明之锦衣卫士；“鸱夷”，见《战国策》，即革囊。全句意思不过是说，杨继盛（字仲芳）受了廷杖后，四个锦衣卫士用皮口袋裹着他往监狱送。二是在句法上的套用，如“何以亭？……何以峰？……何以乔？……”（《乔峰亭记》）“……者何？……”是《春秋传》尤其是《公羊传》的常见句法。王世贞认为，即使今人有才如司马迁，“亦不能成《史记》”。因为一则称谓不古；二则“诏令、辞命”不古，“不称书矣”，三则人物不古；四则语言不古，不足以“模写”、“荟蕞”（《艺苑卮言》卷三）。他所标举的四项，正是前后七子为了“称书”而苦心孤诣地“荟蕞”古称、古词、古句的心理契机，也正是这种努力终归失败的原因。不过，前后七子作文，并不总是仿古，因为制作假古董是非常困难而又不易如意的工艺。他们都没有（也不可能）时刻准备着去实践自己的复古高调；有些人只是不愿意，或者来不及承认错误罢了。王世贞则不然。钱谦益说：“元美之才，实高于于鳞，其神明意气，皆足以绝世。少年盛气，为于鳞辈捞笼推挽；门户既立，声价复重，譬之登峻坂、骑危墙，虽欲自下，势不能也。迨乎晚年，阅世日深，读书渐细，虚气消歇，浮华解驳；于是乎涣然汗下，蘧然梦觉，而自悔其不可复改矣。”并指出他能“虚心克己，不自掩护”（《列朝诗集小传》丁集上）。在前后七子中，王世贞的散文成就是最高的，早期已有佳作，晚年更渐趋成熟。

在政治上，前后七子大多是关心时政、刚直不阿、敢于和好阉权相做斗争的人。王世贞初入仕途，就直忤严嵩；后经家难，惨痛彻骨，对政治的黑暗与险恶的认识，自然更加深刻。他善于通过体制灵活的短章小品，借题发挥，抨击黑暗和邪恶。如上引《书应生事》，记的是杨继盛冤案中的一个片段。杨任职兵部武选司，上书参劾严嵩十大罪状，被廷杖，下狱，终被严嵩阴谋弄法，置于死地（《明史·杨继盛传》）。继盛在狱，世贞“时进汤药。其妻讼夫冤，为代草。既死，复棺殓之。（严）嵩大恨”（《明史·王世贞传》）。这篇短文正面歌颂应生见义勇为、不知避祸的侠义心肠，侧面鞭挞严嵩（文中的“大臣”）及其党羽的残忍、狠毒和奸猾。在钩章棘句的拟古文章中，饱含着作者强烈的爱憎；其中写“大臣”，用笔虽少，却能点出本性。又如作于晚年的《题海天落照图后》，文章篇幅很短，语言也质朴洗炼，不事摹拟雕饰；故事却写得波澜起伏，含意深沉，通过一幅名画的遭遇来写人的命运，写权奸统治下的人的恐怖心理，直到名画的真迹付之一炬，身家性命之忧才得以解除。这是严嵩当国二十年间“溺信恶子，流毒天下”(《明史·奸臣传》)的一个可以以小见大的例证，思想和艺术的结合也比较成功。

综观王世贞的散文创作，其佳胜者以得益于苏轼和宋濂者居多。

《蔺相如完璧归赵论》是脍炙人口的史论名篇。《史记》的有关完璧归赵的叙述不是不可以设疑，认为“蔺相如之获全于璧也”，是侥幸，也未尝不可。但此文立论的前提是：“是时言取璧者，情也；非欲以窥赵也。”以下种种生发，均由此出；而这个前提并不是建立在史实基础上的。赵惠文王在位之前期，秦昭王积极向山东发展，连年攻伐。灭中山；攻韩魏，前 289 年取魏 61 城，其后又攻赵；谋称西帝……安知此次索璧不是“窥赵”的借口与尝试？作者代蔺相如事后划策说：

> 欲使曲在秦，则莫如弃璧；畏弃璧，则莫如弗予。夫秦王既按图以与城，又设九宾，斋而受璧；其势不得不予城。璧入而城弗予，相如则前请曰：“臣固知大王之弗予城也！夫璧非赵璧乎；而十五城，秦宝也。今使大王以璧故而亡其十五城；十五城之子弟，皆厚怨大王，以弃我如草芥也。大王弗予城而绐赵璧，以一璧故而失信于天下，臣请就死于国，以明大王之失信。”秦王未必不返璧也。今奈何使舍人怀而逃之，而归直于秦？

又安知秦王能如此通情达理，重视信义，蔺相如就能保国全身，而不是另一种侥幸？宋人喜论史，喜翻案，喜出奇，三苏父子尤擅长于此。苏轼的许多史论如《留侯论》、《范增论》、《晁错论》、《诸葛亮论》等，事后揣摩，立论或有不切事情之处；但能随机生发，翻空出奇，写出新意，文章的技巧往往使后人赞叹。《晁错论》、《范增论》的一个特点，就是不但评议古人的得失功过，而且替古人出谋划策，借以表示自己的政治哲学与策略思想。王世贞论完璧归赵事，正是在思路上写作方法上学习苏轼的。亭台园林记一类作品，王世贞的《养余（馀）园记》、《菉竹堂记》与东坡的《喜雨亭记》、《凌虚台记》，亦有精神相似、气息相通之处。

> 吏科右给事中昆山许子……名其园曰“养余”，而问记于王子，将以释许子之所谓养余者，而勒诸铭。

许子之言曰：吾向者尝一再备从官，出入承明之庐，与闻国家大计。盖岁旦而忧暮之计，而岁不足；日旰而始进朝之馆，而日不足。吾故幸贵，然不敢以为乐也。县官程既廪，以吾不任职而弃之，而吾身乃一旦复为吾有。吾晨起而视晷，而日吾余，岁受历而岁吾余。吾之田有余秔足以饔，有余秫足以酒，而吾之舍家子为什一者，其余足脯修果茹；而吾又幸有兹余地，稍出吾之余力以为园。园成，而吾未尝不一日适也。则吾归乃始幸矣。

王子曰：子知子之余乎；而不知子之余，天地之所余，而子取以为养者也。天地之所余恒在，而人不知取以为养，今子独得之，则虽谓子之余亦可也。因为歌曰："园有畬可稼可蔬，乐子之恒余。园有滉可钓可网，乐子之能养。"既歌而复记其事。(《养余园记》)

文章先记园，再述余，后论养，抓住许子在去官前后之不足与有余（时日有余，田秔有余，气力有余）进行对比，说明有余则可养，紧扣"养余"园名，并作歌收束。正如《喜雨亭记》先记亭，再述雨，后言喜，抓住雨之有无进行对比，紧扣"喜雨"，亭名，并作歌收束。两文题材、结构类同，意脉神气之间尤为逼肖；但王文不是章句词藻的简单模仿，而是经过融汇浸润之后的一种带创造性的继承。《菉竹堂记》记"故吏部侍郎昆山叶文庄公（叶盛）"欲建一藏书堂，"取《卫风·淇澳》问学自修之义，名之曰'菉竹'"。由于他自己的廉洁和子孙能守清白，所谓堂与菉竹，只能出现在人们的美好向往之中，"固无有也"。直到百年之后，其玄孙伯寅中了进士，才拓其故居地为堂，"独所谓菉竹者，尚未及树"。文之末段云：

公视裴晋公、李太尉，不知其名德所轩轾，年位小轻耳。晋公之堂曰"绿野"者，太尉之花木竹石于平泉者，其宏丽奇壮瑰怪甲天下，亦何尝不祝其长为两家守；然不再易世，而堂冒他氏，花木竹石不胫而趣贵人之垣，而卒不能有也。伯寅所构堂，毋论视晋公十一，其竹之植与否亦无论若平泉；而文庄公之遗书，百年而愈益拓其副，所名堂历五世而愈益显，固为公后者之才而贤，毋亦公不尽取天下之有，以使可继，不遽为一时之满，以使可加益耶！予深有慨焉！……

通过与裴、李园林的对比，分析菉竹堂“历五世而愈益显”的原因是“不尽取天下之有以使可继，不遽为一时之满以使可加益”。苏轼为陈公弼凌虚台作记，也是通过历史对比，写“物之废兴成毁”，连坚不可动盛极一时的帝王宫殿，都可以化为丘墟陇亩，“而况于此台欤”！慷慨抒情，并指出“盖世有足恃者，而不在乎台之存亡也”。世贞之作，与此相反相通，正是要说明：盖叶氏有足恃者，而不在乎堂与菉竹之有无也。从上述情况来看，王世贞不但熟悉苏氏文章，而且深受影响。

王世贞的山水游记有两个特点：一是多长篇，记叙详赡；二是重游迹、线索清楚。这和宋濂的同类作品是很接近的。《泛太湖游洞庭两山记》洋洋二三千言，《游牛首诸山记》、《游摄山栖霞寺记》也有一千余言，记事、写景、议论相杂为文，叙述、描写、形容、人物动态往往有精彩之笔，而以游踪道里为线索，其语言表达方式与李攀龙的《太华山记》大异其趣。山水游记作品发展到宋濂、王世贞，较之唐宋名家，已经有了明显的新变：山水风光本身在作品中的意义和地位更加重要、更加具有独立的审美意义；附加于其上或寄托于其中的哲理色彩与内涵不再显得那么重要了。

宗臣（1525～1560）字子相，兴化（今属江苏）人。嘉靖二十九年（1550）中进士，历任刑部主事，吏部主事、员外郎，因得罪权臣，出任福建左参议，参与抗倭斗争有功，升提学副使。卒于任，年才三十六岁。著有《宗子相集》。其《报张范中》高度赞扬秦汉派，认为李梦阳何景明的出现，譬如“凤麟在郊”，“凤麟之为天下瑞也，求其耕畴而驾远也，则谢牛马；而世卒不屈凤麟于其下者，以其文也”。仿古为文，可贵之处在其“文”而不在其“用”，看法是偏颇的。《总约·谈艺第六》则认为左、马之古，董、贾之浑，班、扬之严，韩、柳之粹，苏、曾之畅，各有千秋而各不相袭，“不得不同者，文之精也；不得不异者，文之迹也”。似又不像同派人那样刻板，对待仿古的态度比较灵活通达。他有《西门记》、《西征记》叙福建抗倭斗争时事，生动具体，“指陈时弊，反复详明，盖臣官闽中时，御倭具有方略，故言之亲切如是，是又不可以文字论矣”（《四库全书总目》卷一七二）。《游燕子矶记》、《游滴水岩记》、《登平远台记》等，都可以看出复古思潮的影响，都有视古修辞的痕迹，但并不力求古奥。他说过作文“宁瑕无碱”的话（见王世贞《宗子相集序》），可以理解为宁要有瑕之玉（有缺点不完美的真文章），不要看似美玉之石（摹拟逼真的假古董）。其《报刘一丈书》成为脍炙人口的名篇的原因，是由于对官场的黑暗，奔走权门者内心的丑恶有极深刻的认识，也由于能够抛弃依傍，无心拟古，选择了最适合主题需要的表达方式，通过夸张渲染和漫画式的描写来反映生活，发挥淋漓尽致；并从中显示了作者鲠直傲岸、视流俗为痈疽的性格。宗臣又极重感情，极重乡谊，他给许多乡亲尊长写过信，恭谨诚挚，亲切可读，他的另一封《报刘一丈》：

> 还里累期，幸从长者朝夕。长者爱我，不殊束发授经时也。洲上携尊，啸歌中夜，自谓长住薜萝，永奉杖屦；不意世网未捐，仓皇告别。又辱长者饬馔，命我赠序，长歌琅然，金玉当分，斯贶于中洲万象，岂仆敢专承之！孤楫渡淮，霜雪被道，驰驱问舍，蓟门报春矣。一接世氛，眠餐失度，群吏执牍，一瞬十麾。回首昔游，茫然怅结。违来忽已春暮，乡园愁色如何，一念相悬，日夕千里，长者何以策之？伻归，寸牍代谢。尘途易汩，初抱难舒，不靳诲言，振我朦惑。

《报徐二丈》也说："宾筵再侍，锡以华章，每诵明月百花之句，遥情飞越；登轺北乡，便涉冬春。一行作吏，旧抱顿远。我公凝真掇采，山峙渊停，出而跃马垂缨，自不尘缁其素……"都以"薜萝"和"世氛"、山居和"作吏"，对比两种生活，两种情怀的不同，倾诉思念乡园和乡贤的真情，语言简净优美，具有较高的文学性。

后七子以谢榛（1495～1575）年最长，以诗著名，著有《四溟集》，其诗论《四溟诗话》颇有影响。梁有誉（1522？～1566?）、吴国伦（1524～1593）、徐中行（？～1578）与宗臣为同年进士。吴国伦，字明卿，兴国（今属江西）人。在七子中亦为老寿，才气横放，跅跑自负，归田之后，声名藉甚。海内求名之士，不东走太仓（王世贞），则西走兴国。著有《甔甀洞稿》，前后数百卷（钱谦益《列朝诗集小传》丁集上）。

第三章
明代中期散文（中）

第一节 唐宋派的理论主张

唐宋派出现于嘉靖前期。是时，前七子复古之风正炽，而其领袖人物何景明、李梦阳已先后去世；后七子的李攀龙、王世贞尚未成年。嘉靖五年（1526）王慎中举进士。李攀龙十三岁，王世贞一岁。王慎中任山东提学佥事时，李攀龙是他的学生。唐宋派作为一个与前七子对立的文学派别，有比较一致的理论主张。一、他们旗帜鲜明地反对生吞活剥先秦两汉。王慎中、唐顺之是从李、何影响中转变过来的，态度尤为激切。“慎中为文，初主秦汉，谓东京下无可取。已悟欧、曾作文之法，乃尽焚旧作，一意师仿，尤得力于曾巩。顺之初不服，久亦变而从之。”（《明史》本传）唐顺之在《蔡可泉》中抨击前七子的作品：“兄试观世间糊窗棂、塞瓶瓮尘灰朽腐满墙壁间，何处不是近时人文集？有谁闲眼睛与之披阅！若此者可谓之不朽否耶？”（《荆川先生文集》卷七）归有光也说：“今世相尚以琢句为工、自谓欲追秦汉，然不过剽窃齐梁之余；而海内宗之，翕然成风，可为悼叹耳！”（《震川先生集》卷七《与沈敬甫》）二、前后七子突出“文”与“时”的联系，文取西汉，诗取盛唐；中唐以后，一切吐弃。唐宋派则重视“文”与“道”的相关。王、唐都是道学中人物。王慎中从王畿学阳明之学，又与聂豹、邹守益（均王守仁弟子）交游讲习；唐顺之自言其学问得之王畿（在《明儒学案》中入“南中王门学派”）。他们都向往阳明学而又不薄程朱，并接受了传统的文以载道的观念。茅坤通过总结文章发展自孔门到韩柳、再到欧苏等人的历程，得出明确的结论：“世之操觚者往往谓文章与时相高下，而唐以后且薄不足为。噫，抑不知文特以道相盛衰，时非所论也。”（《唐宋八大家文钞总序》）这是直接反驳李梦阳一派人的观点的。三、正面提出向唐宋古文大家学习的主张，企望通过唐宋追攀两汉直薄六经；而这种学习不是模拟字句，不是“决裂以为体，饾饤以为词”（《荆川先生文集》卷十《董中峰侍郎文集序》），而是着重体会其思想意蕴与神情风格。比如作为韩愈的继承者欧阳修被认为是道与文兼美的作家，其文纡馀委备、容与闲易而又敷腴温润，曾巩更加重视经史学术，其文质实而又峻洁，与《史记》有相通之处。朱熹论文云：“人要会作文章，须取一本西汉文与韩文、欧阳文、南丰文。”（《朱子语类》卷一百三十九《论文》）唐宋派的思路与此相近。他们从道与文结合的角度选择韩、欧、曾作为学习的对象。归有光引韩、欧为同道：“文字难作。每一篇出，人辄异论；惟吾党二三子解意耳。世无韩、欧二公，当从何处言之！”（《与沈敬甫》）王慎中指出：“学六经、《史》、《汉》最得旨趣根领者，莫如韩、欧、曾、苏诸名家。今观诸贤尚有薄宋人之心，故其文如此。吾尝谓自我倡明此道以来，海内英俊之士，必有兴者。”（《王遵岩文集》卷二十《寄道原弟书九》）。其于曾巩文，“读而酷好之，如渴者之饮金茎露也。”（茅坤《唐宋八大家文钞论例》）唐顺之认为“三代以下之文未有如南丰，三代以下之诗未有如康节者。”（《与王遵岩参政》）这些情况，说明唐宋派踏踏实实选择了韩、欧、曾的道路：在内容上原本六经，继承道统，因而比前后七子多了许多道学气味；在形式上学习以上大家平易和文从字顺的一面，又力求变化，因而比前后七子少了许多钩章棘句、饾饤决裂之病。四、唐宋派也讲文法。唐顺之的《董中峰侍郎文集序》可视为这方面的代表作：

> 汉以前之文未尝有法，而未尝无法，法寓于无法之中，故其为法也，密而不可窥。唐与近代之文，不能无法，而能毫厘不失乎法，以有法为法，故其为法也，严而不可犯。密则疑于无所谓法，严则疑于有法而可窥；然而文之必有法，出乎自然而不易者，则不容异也。

对于古代文章的无法有法的议论，大体符合事实，也符合文学发展的规律。他说汉以前之文，法寓于无法之中，唐以后之文，以有法为法，基本精神是肯定作文有法，需要学习；但这种学习重在总体风貌的认识与掌握，从声气之湮畅歇宣的融通转变中去体会文章的“开阖首尾经纬错综之法”，是比较灵活、也比较合理的，与李梦阳的以学书临摹之法比学文者不同。在这个基础上，他进一步概括说：“所谓法者，神明之变化也。”（《文编序》）茅坤《复唐荆川司谏书》对此又加以发挥：“为文不必马迁，不必韩愈，亦不必欧、曾，得其神理而随吾所之。”更为超脱了。懂得神明变化，得其神理，就是“唐之韩、柳，即汉之司马迁；宋之欧、曾、苏、王，即唐之韩、柳。”“国朝之先生，即宋之欧、苏、曾、王，唐之韩、柳也”。就是文章的“千古一脉”(孙慎行《荆川诗文集序》)。

在散文发展史上，韩愈的“道统”说和文道合一观对后世影响极为深远，其创作的成就赢得了后人的高度推崇。宋代诗文革新运动的倡导者柳开、王禹偁、欧阳修等人都是以韩为师的。苏轼所说的“文起八代之衰，而道济天下之溺”(《潮州韩文公庙碑》)，大体上成为公论。柳宗元的品格思想虽长期被误解，但他在古文运动中的地位和作用还是得到肯定。晚唐杜牧《冬至日寄小侄阿宜诗》：“李杜泛浩浩，韩柳摩苍苍。近者四君子，与古争强梁。”文中韩柳并称，正如诗之有李杜。北宋穆修《河东先生文集后序》于“唐之文章”，也并称韩柳。南宋王十朋提出“唐之韩柳，宋之欧苏。”四子并驾齐驱，同为文宗，学文必学“韩柳欧苏”（《梅溪集》前集《读苏文》）元代吴澄并列韩、柳、欧、曾、王、二苏（洵、轼）为“七子”，以为学文典范（《吴文正集》卷一八《张自道集序》)。明初学者朱右，“为文不矫语秦汉，惟以唐宋为宗。尝选韩、柳、欧阳、曾、王、三苏为《八先生文集》。八家之目，实权舆于此。”（《四库全书总目》）卷一六九《白云稿》提要）至唐顺之辑《文编》，取先秦迄宋之文，于唐宋独取朱右之八家。茅坤据此意编成《唐宋八大家文钞》行世。八大家之名由此确立。清代姚鼐的《古文辞类纂》，于明代独取归有光之文三十余篇，俨然以归氏为八大家之后继。茅、姚之书流传甚广，影响甚巨。在中国散文史上，自六经、孔、孟到唐宋八大家，再到明代的唐宋派（以归有光为代表)、清代的桐城派，成为道统与文统合一的古文正传。因此，在明代秦汉派（前后七子）与唐宋派的古文流派之争，前后七子成为旁支别派乃至逆流，而唐宋派成为胜利者和文统的嫡派继承者。

第二节　王慎中、唐顺之

王慎中（1509～1559）字道思，号遵岩，又号南江。福建晋江（今泉州）人。十八岁，举嘉靖五年（1526）进士。在京官任内，与唐顺之、陈束、赵时春、熊过、任瀚、李开先、吕高等名士交游讲习，有“嘉靖八才子”之称。后出任山东提学佥事，改山西参议，河南参政。嘉靖二十年（1541），大学士夏言因慎中曾与之相忤，借考核之机加以挤排，以“不谨”落其职，乡居十余年而卒。有《遵岩集》。

在青年时代，王慎中曾受前七子“文必秦汉”的影响，“与一时名士所谓‘八才子’者，切劘为诗文，自汉以下无取焉。”（钱谦益《列朝诗集小传》丁集）他写给陈束（字约之）的《与陈约之书》当是早期作品：

> 侧闻奉使，欣慰无量。夫建业巨丽，崇山之所回映，长江之所浸薄，固古称佳地名都也。高帝开基定鼎，钟山孝陵，实子孙帝王万世所嗣奉也。至乃衔玉纶，扶宝祝，登灵园，致禋祠，将以展明馨、使宣鬯，奉神灵、俾欣喜，兹因祠官之显畀而王臣之极瞻也；岂直夸奇穷丽、探异迹、骋华摛，希游览之余休而已哉！自别之后，夙夜增思。周《诗》“酌罍”之感，风人《采葛》之咏，揆之于今，作者为不虚矣，若乃驾鹢桨、曳鹭舆，指五岭以遥迅三山宛宛其相待，犯危蹈险，捐孥背乡，犹不足以轸衷而结虑也。仆自惟若此者，非敢贪灵宠之绪休，冀时俗之希艳；将以究东南之美，畅奇儁之观，固吾所素志也。……

评者以为这是模拟曹刘、应徐体，以华藻追逐时尚的作品。细心考察，或者更接近六朝体格，是学汉魏而不得似者，与归有光批评前七子的“但今世相尚以琢句为工，自谓欲追秦汉，不过剽窃齐梁之余”（《与沈敬甫》）的情况相合。慎中曾多次自述其学文之经历与体会。如《与道原弟书》之十：“我为礼部时，年二十二三，一味稚识，雕琢几句不唐不汉诗文而已，真可追恨。”又如《再上顾未斋》称“自十八岁……勤思竭精者十有余年，徒知掇摭割裂以为多闻，模效依仿以为近古……

二十八岁以来，始尽取古圣贤经传及有宋诸大儒之书，闭门扫几伏而读之”，才忽然有得，尽弃旧作。他的好友唐顺之是在他的影响下由高谈秦汉转而学习唐宋的。事实上，王慎中是明代中期唐宋派的第一个倡导者和领袖人物。

《遵岩集》四二卷，各体诗一三卷，词一卷；书简与家书六卷，序、记、传共一二卷；祭文、碑志、杂著等十卷。清人李光墺、光型《重刻遵岩集序》依思想倾向分其文章为三类：一是“少时”受老、庄和贾、晁纵横余习影响的数十篇，二是“早年”学刘向、曾巩，原本经传训义的数十篇，三是服膺阳明“良知”说之后，能融会贯通，“本诸心而自得，措诸事而不烦”的作品，也是数十篇。这种分析大体符合事实。不过，王慎中在学习王学之后，并不排斥朱学，他可以在论事功学问时兼取朱学和王学，认为都是阐述圣人之道的，都可经世致用。因此他的大量文章，包括书简、序、记，都有比较浓厚的道学气和经术气。《长汀县学记》论述“学之立否”与“人才之成坏”的关系，自先秦两汉说到今之长汀建学，肯定先王兴学立师以造士的用心，文章写得很有章法，一反一正，敷衍详明，文长而不繁。通过“学记”来发扬经术精神，本是题中应有之义。《鸟鼠山人小集序》，由《秦风》中见到“文王、周公之化之远，而《诗》之为教亦弘”，进而感叹“周道之不亡者微矣：俗学溺焉而不谈；谈者又陋于为诗，曰：‘无与于斯文也。’”认为善于为诗者必能善于达先王之教，两者是统一的。而《与唐荆川书》说：“……不审比来尊体病否，何如何如。子之寡欲省事，以义理养心而病不愈者，未之有也。古称战胜者肥；子已无用战矣，又何所得癯哉！……余力本弱，质本下，而子往往谬以为可进，是非好而不知其恶，毋亦诱而振之也乎？益友离居，弱力下质，愈无所诱进而奋发。吾子山中所得，宜一一见示，无为独善！”与挚友通讯，在亲切如家常的寒温语中，也洋溢着学道养心的精神。

王慎中曾告诫弟弟说：“登仕之初，便当立定主意，以明习国家事体为要。”批评“往日诸曹郎只以谈文赋诗为高致”的不良习气（《与道原弟书》之一）。他自己是个关心时局和政事的人，写过不少与当时抗倭斗争有关的文章，或论理，或叙事，或记人，其中颇有佳作。如《海上平寇记》、《送都指挥俞君志辅序》，前者以叙述为主，略事而详人，写抗倭名将俞大猷（字志辅）平时“温慈款悫”如儒生，一旦“桴鼓鸣于侧，矢石交乎前，疾雷飘风，迅急而倏忽”，在此胜败生死之间，“士皆掉魂摇魄，前却而沮丧；君顾意喜色壮，张扬矜奋，重英之矛，七注之甲，鸷鸟举而虓虎怒，杀人如麻，目睫曾不为之一瞬，是何其猛厉孔武也。”然后记他善于以诚心义气抚士御众，且能甘苦与共，身先士卒，以数百人取得数十年未有之捷。后者以议论为主，开头提出以“生当封万户侯，死当以革裹尸”自许的英雄，不一定可靠，因为这种人“志固不在死而在侯也”；然后设为自己与“吾友俞君志辅”的驳答之辞，突出俞大猷作为一代名将的爱兵之心：“吾虽不爱死，乃当以不习兵死哉?”而置功名富贵于度外，得出“吾信君之能死也”的结论。议论雄快，富有激情而笔力矫健，俞将军的志气精神跃然纸上，风格很接近《史记》的某些人物列传。他真诚地表彰俞大猷的人品与事迹，同时又担心忠智之士遭忌而大功不成。其《寄道原弟书》之十七：“今日内宦壅蔽，与权勋相倚为奸欺……世道如此，时事如此，可不痛心疾首耶!”《赠赵千户》则叙千户赵伯龄由于环境恶劣而壮志消磨，失去“矫强果奋之气”，“落落在群伍中无以自异，事任不及而材勇无所试……徒飘绅襜袂，与人为俯仰以销沮其气。良可悲也。”从另一角度写出人才被埋没的愤懑与悲凉，矛头都是指向官场风气的。《盐政刻石记》详叙榷盐的本末利害，揭露缘法为虐而为民病的情况，赞颂行法谨慎敬事爱民的地方长官。《刘公树记》写的是广东按察司佥事、分巡岭西刘洵在任上指示属县“度里作亭，凿井亭间，缘道列植嘉木”，以便行旅；由小题生发大议论，指出以故令政刑“威怀远人”的深远意义。这些文章都能说明作者关心国计民生，并熟悉世务政事。慎中是主张通过唐宋追攀秦汉的。他说：“学马迁莫如欧，学班固莫如曾。”学欧、曾，正是学马、班（《与道原弟书》之十六)。“……今寄去数篇。如五子诗、碧潭诗《序》，《陟屺记》及《陈公墓志》皆妙得欧、王家法。苏学不论也。汝观之亦当有发耳。”（《与道原弟书》之三）这是作者自评其学欧得意之作，并希望弟弟从中受到启发的。其《朱碧潭诗序》：

诗人朱碧潭君汶，以名家子，少从父薄游，往来荆湖、豫章，泛洞庭、彭蠡、九江之间，冲簸波涛以为壮也。登匡庐山，游赤壁，览古名贤栖遁啸咏之迹，有发其志，遂学为诗。耽酒自放，当其酣嬉颠倒，笑呼欢适，以诗为娱，顾谓人莫能知我；人亦皆易之，无以为意者。其诗不行于时，屋壁户牖题墨皆满，涂污淋漓，以诧家人妇子而已。贫不自谋，家中诮之曰：“何物可憎，徒涴墙户；曾不可食，其为画饼也!”取笔砚投掷之，欲以怒君，冀他有所为。君不为怒，亦不变也。

一日郡守出教，访所谓朱诗人碧潭者。吏人持教，喧问市中，莫识为谁，久乃知其为君也。吏人至门，强君入谒。君衣褐衣，窄袖而长裙。阔步趋府。守下与为礼，君无所不敢当，长揖上坐。君所居西郊僻处，田坳林麓之交，终日无人迹，守独出访之。老亭数椽欹倾，植竹撑柱，坐守其下。突烟昼湿，旋拾槠叶煨火，烧笋煮茗以饮守。皂隶忍饥，诟骂门外，君若不闻。于是朱诗人之名哗于郡中，其诗稍稍传于人口。然坐以匹夫交邦君，指目者众，讪疾蜂起。而守所以礼君如彼其降，又不为能诗故。守父故与君之父有道路之雅，以讲好而报旧德耳！君诗虽由此闻于人，人犹不知重其诗，复用为谤。呜呼，可谓穷矣！

凡世之有好于物者，必有深中其欲，而大惬于心；其求之而得，得之而乐，虽生死不能易，而岂有所计于外？诗之不足贯于时，以售资而取宠，君诚知之矣，苦为闭关吟讽，冻饿衰沮而不厌，其好在此也。人之不知重其诗，焉足以挠其气而变其所业哉！

君尝谒余，怀诗数十首为贽。色卑而辞款，大指自喜所长，不病人之不知，而惟欲得余一言以为信也，岂其刻肠镂肺酷于所嗜，虽无所计于外，而犹不能忘意于区区之名耶？嗟乎，此固君之所以为好也。君既死，予故特序其诗而行之，庶以不孤其意；岂以予文为足以重君之诗于身后哉！

所记诗人朱汶耽酒自放，而以诗自娱；僻处山林，不为人知。嗜诗成癖，而诗不为人重；穷而又穷，而志不为时移。文章很有法度。在迤逦流畅中注意转折顿挫，而又雍容闲易，不起大波大澜；语言亲切有味，一咏三叹，略显敷腴而不事堆砌，不务奇警。这些特点的确是欧文的影响。风格与之相近者，还有《汤公家集序》、《双溪黄公诗集序》等。不过，慎中为文，不是一味学欧（或欧曾、欧王——学曾之文不甚成功，往往是因为经术气味重，或多拖沓繁复之辞）；上举《朱碧潭诗序》的叙事的趣味性和人物的传奇性，《聚乐堂记》的结撰法，明显地从苏文中来（尽管他说过“苏学不与也”的话)。《晓江渔者记》的变幻手法和《金溪游记》中的妙理玄言，证明他确实如《重刊遵岩集序》所说：“少时”曾受过《庄子》思想和文章的濡染，较之经术气重的作品，有更多的可读性。

总起来说，作为散文家的王慎中，成就要高于作为学者的王慎中。他的学术思想不很纯，也不力求其纯，虽说服膺阳明，讲习甚多，但不废程朱，乃至老庄亦杂而用之。他的创作欲望却很强，而且力求显露锋芒，渴望世人承认；在致亲友的书信中，颇自道其善于为文。如《与俞虚江》、《与吴泉滨》、《与章三洲书》都很有些以文章自负的狂态与得色。其《复来三峰》一书说：

庄诵来书，于斯文之宗统源派，可谓超然有悟而笃信不惑者矣。然猥以及于某——无所能似之人，而直以今之韩愈、欧阳修目之。某未暇自愧而窃为执事失言患之。执事于此言，其既审而后出乎？抑未尝审于心，不顾己之可以出与彼之可当，而苟以时俗相誉悦推美之道施之耶？某无名位于时，废放幽陋，无以致人之谀；而执事又非谀人者，其为此言，宜已审而后出也。以韩欧之魁杰卓伟，巍然负当时之望。然始而骇，中而疑，唐人之于韩也；不悦者哗而攻之，宋人之于欧阳也。如某者，又能免于疑骇而哗攻乎哉。……

既然对方是“超然有悟”者，“又非谀人者”，且己又“无以致人之谀”，则其以韩欧方己，自然不谬；进而又以唐宋人之疑骇哗攻韩欧比时人之攻己，很直率地表示了当仁不让之意。据钱谦益《列朝诗集小传》，王慎中曾对李开先说：“公但敬服荆川，不知荆川得我之绪余耳。”（丁集《王参政慎中》）他是以唐宋派带头人的地位出现在明代散文史上的。

唐顺之（1507～1560）字应德，人称荆川先生，武进（今江苏常州）人。嘉靖八年（1529）进士。历任兵部、吏部主事，翰林编修，春坊右司谏。隐居阳羡山中，读书十余年。倭寇犯长江南北，又被起用，与胡宗宪协谋讨之。乘船浮海，“自江阴抵蛟门大洋，一昼夜行六七百里。从者咸惊呕，顺之意气自如。”因功升右佥都御史，三十九年（1560）春，卒于军中。除了值得称道的军事才能和战功外，他还是有名的学者，“于学无所不窥。自天文、乐律、地理、兵法、弧矢、勾股、壬奇、禽乙，莫不究极原委，尽取古今载籍，剖裂补缀，区分部居，为左、右、文、武、儒、稗六《编》传于世，学者不能测其奥也。”（以上均《明史》本传）。有《荆川先生文集》，又有《文编》一书，于茅坤纂《唐宋八大家文钞》有直接的启发作用。

在唐顺之文集中，书信占去五卷。其主要内容，一是讲心性修养。二是论兵备战事，如《与严介溪相公（严嵩）》六首中的五首，《与胡梅林总督（胡宗宪）》十三首，都是有关抗击倭寇与俺答的。三是自述生平，其中不乏有情感有文采的作品，如《答王遵岩》、《答华补庵》、《答曾石塘总制》之二、《谢欧阳石江巡抚》之一等。《与卜溢泉知县》云：

> 仆支离床席，已成废人，久不能一奉晤言，殊深耿耿。近敝邑一刻字人云，执事欲刻鄙言。虽或传言之妄，然闻之殊不自安。盖执事与善之过，虽浅陋言语，犹不欲遗之；此在执事，则为盛心。然本非立言之人，而徒为覆瓿之用；此在鄙人，则甚可愧。且今世所谓文集者遍满世间，不为少矣，其实一字无用。彼其初作者莫不妄意于不朽之图，而适足以自彰其陋，以取诮于观者，徒所谓木灾而已。仆每为彼愧之，而复自效尤之乎！
>
> 昔人论文章家，惟见理明而用功深者乃能得之。此未易言也。况仆平生本无立言以求不朽之意，偶少年时随一二友人强习世间绮语，以才力滞钝，兼复懒病，加以疏拙于身心而欲求工于笔扎，竟不能工而罢。闲中偶观旧稿一二篇，支离不经之言满纸而是，尽欲焚烧为快，又自悔向来错用心力而一无所成也。若欲以此传于人人，则既以自误，又复误人。且昔人云，人短于自见。仆自知犹然，人又将谓之何？执事苟以为可而欲传之，是有累于执事之明；苟不择其可否而欲传之，是有伤于执事隐恶之义也！
>
> 承执事知爱，敢布腹心。万望中止其事，则执事之爱我更厚矣。

极其恳切地希望卜知县中止为自己刻印文集之事。“此在执事，则为盛心”；“此在鄙人，则甚可愧”。“执事苟以为可而欲传之，是有累于执事之明；苟不择其可否而欲传之，是有伤于执事隐恶之义也”。说得委婉沉挚，洞见肺腑。作者曾多次劝阻亲友后学为其刻印文集，虽有某种促其韬光养晦的客观原因，但主要是他性格的深沉，对自己学问文章要求企望的谨慎严肃。他对“生死之交”王慎中说：“仆旧从兄学为文章，有一二仅得处，尽是兄之指教；但才既不长，又不能竭精力以从事，是以遂成废罢，韩子所谓徙业者不哜其胾者也；独觉兄之奔逸绝尘而已矣。近来自观旧稿，支离叛道之言，篇篇有之，理既未当，文亦未工，赧然欲尽焚烧而后为快。”（《答王遵岩》）王、唐二人，一个颇为自负，念念不忘以文章名世；一个比较谦退，“且不欲此生为言语文字人”。是其不同，并因此而显出文风的不同。

序、记类文章，在集中占三卷，又有传记数篇及杂著。写得比较好的，如《东川子诗集序》、《赠宜兴令冯少虚序》、《送太平守江君序》、《大观草堂记》、《西峪草堂记》、《旸谷吴公序》、《书秦风·蒹葭三章后》等，文字顺畅老健而少波澜，重理性而少情趣。其名篇《任光禄竹溪记》，前段写京师人贵竹，因其难得，“苟可致一竹，辄不惜数千钱”。江南人不贵竹，因其易得，“其为园，必购求海外奇花石，或千钱买一石，百钱买一花不自惜；然有竹据其间，或芟而去焉”。后段云：

> 余舅光禄任君，治园于荆溪之上，遍植以竹，不植他木。竹间作一小楼，暇则与客吟啸其中，而间谓余曰：“吾不能与有力者争池亭花石之胜，独此取诸土之所有，可以不劳力而蓊然满园，亦足适也，因自谓竹溪主人。甥其为我记之！”
>
> 余以谓君岂真不能与有力者争，而漫然取诸其土之所有者，无乃独有所深好于竹而不欲以告人欤？昔人论竹，以为绝无声色臭味可好，故其巧怪不如石，其妖艳绰约不如花。孑孑然，有似乎偃蹇孤特之士，不可以谐于俗；是以自古以来，知好竹者绝少。且彼京师人亦岂能知而贵之？不过欲以此斗富，与奇花石等尔。故京师人之贵竹，与江南人之不贵竹，其为不知竹，一也。
>
> 君生长于纷华而能不溺乎其中，裘马、僮奴、歌舞，凡诸富人所酣嗜，一切斥去，尤挺挺不妄与人交，凛然有偃蹇孤特之气。此其于竹，必有自得焉！而举凡万物可喜可玩，固有不能间也欤？然则虽使竹非其土之所有，君犹将极其力以致之，而后快乎其心。君之力虽使能尽致奇花石，而其好固有不存也。嗟乎，竹固可以不出江南而取贵也哉！吾重有所感矣。

通过京师人、江南人或贵竹或不贵竹的对比，又通过京师人、江南人均不知竹而任君知竹的对比，用竹的偃蹇孤特、不谐于俗的特性来拟人，赞美任光禄的高尚品格。题目是竹溪记，实则为竹溪主人颂。立意好，议论从容有层次，语言顺畅清雅。若论其不足，则仍是义理胜于情致。

值得注意的是唐顺之某些文章口语化和小说化的倾向。他的大量书简，多数是用传统书面语言写的，有一些则半文半白，掺杂着口语。

近年来痛苦心切，死中求活，将四十年前伎俩，头头放舍；四十年前意见，种种抹杀。于清明中稍见得些影子，原是彻天彻地灵明混成的东西……非胸中不挂世间一物，则不能见得此物；非心心念念昼夜不舍，如养珠抱卵，下数十年无渗漏的工夫，则不能收摄此物，完养此物。(《答王遵岩》)

至送鹿园文字，虽傍理路，终似蹈袭；与自得处颇无交涉。盖文章稍不自胸中流出，虽若不用别人一字一句，只是别人字句：差处只是别人的差，是处只是别人的是也。(《与洪方洲书》)

平生不自量，吃亏处正是欲拣难事做。朝廷原用我做视军情官，我是看人干事的。假如我只高坐省城或苏州，今日一道文书，江北督总兵，明日一道文书，江南督兵备，谁论得我者！矢石驰驱，风波漂荡，岂是人情所乐？今日惹出许多议论，皆吾之好难，非起于吾之避难也。(《与白伯伦仪部》二)

这些段落，并不都是讲学讲道的语录话头，也有论文学论事功的。作者也许认为，在书信中使用口语，更便于表达真实情意，更能体现自然“本色”。他一再提倡文章“本色”:“直抒胸臆，信手写出，如写家书，虽或疏卤，然绝无烟火酸馅习气，便是宇宙间一样绝好文字。”(《答茅鹿门知县》二)“近来觉得诗文一事，只是直写胸臆，如谚语所谓开口见喉咙者。”(《与洪方洲》)这种见解和实践，自然是积极的进步的，其产生或许和王阳明的心学有关系，又给后人以有益的启发。《叙广右战功》是一篇长达8100余字的记事文。其中许多段落，明显地带有小说色彩。如写沈希仪的骁勇剽捷和武艺高强：

紫江沈公自袭指挥使时未弱冠，已能驰马手搏贼。贼惮之。未几调征永安，尝以数百人摏陈村寨。贼墙立山上，公一人拍马而登，贼却下山，诱公入淖中，马陷，以吻拄淖中而腾其足，及于陆。三酋前趋淖劫公，一酋镖而左，一酋刀而右，夹马一酋，彀弓十步外。公捩颈以过镖，而挑右足以让刀；镖离颈寸而过，刃着于镫，鞺然断铁。公射镖者中缺项殪，左挂弓而右掣刀，斫刀

> 酋于镫间，断其颊车，折齿殪。弩者恟，失弩，偻而手行上山。公又射之，中膂。既连毙三酋，后骑至……

又如写沈如何设计获取情报：

> 公始至柳，令诸瑶得出入倿买游嬉城中，无禁。诸瑶时入府见公，公儿女抚之。久之，稍稍择其巧便晓事者，给以厚赏，使诇贼。后贼发，其火伍中辄报公，公又厚赏之；而间谓诸瑶曰："若见我，若妻子何不来见夫人?"诸瑶叩首："不敢。"公曰："试令其来。"已而瑶妇五六人来，夫人好言慰劳，赏之针线、包帕诸物，以银簪簪其头，又命诸妾婢灌之以酒，人数大碗；察群妇中其夫尝以贼事报者，则又阴摘之他所，劳苦之曰："若夫为吾大人尽力良苦!"私赏之包帕、银簪诸物，倍于人前所赏者；而益以珍果美物塞其袖中。又阴戒之勿令人知也。诸瑶妇既多得赏，又酒醉，踉跄舞手出府门。瑶夫望见之欢喜，争前掖而归巢。自是诸瑶妇来者至数百人。夫人倾筐箧，针头线尾皆尽，犹不能给；而瑶妇相戒以勿令人知者，瑶妇又泄之，以所独得珍果美物夸诸瑶妇，以为夫人爱己。诸瑶妇皆怏怏心羡，嗾其夫使报贼，冀己入府得珍果美物。而公间使人往诸巢中，阴以夫人之命赐物诸瑶妇。自是贼中消息，或诸瑶不肯言，则瑶妇嗾之使言；或诸瑶竟不肯言者，则诸瑶妇自以使人至巢赐物时，附耳语云云，"若勿向我老公语也。"

以下又叙计擒岑金、平定思恩之役，情节更为曲折细致。张谦宜说："唐荆川《叙沈希仪战功》，班、马之亚，明代独步，王遵岩远避三舍。"（《絸斋论文》卷五）《叙广右战功》作为长篇叙事体文章，在散文史上是罕见的，不仅明代独步。司马迁的人物传记是实录，其中有些篇章含有小说因素，以细节描绘的生动和人物刻画的传神为后人所称赞。其后的史传作品和叙事散文，或者虽然生动传神却只是短篇，或者篇幅虽长却往往只述梗概。《战功》刚兼两者之长，记事写人的具体、生动、鲜明，尤其是细节描写，已具备小说的某种特征，但仍旧是实录性的记叙文。它从《史记》汲取了营养，又受到宋元以来的"讲史"乃至"演义"一类民间文学的影响，文笔的精彩与简练不如《史记》，叙事的曲折尽情和细节描写的贴近生活，则更与小说相似。这既能说明文学的继承性；又能说明文学的变异，即在新的时代潮流风气中，民间文学对文人的潜移默化，文人对民间文学的兴趣，以及在平话、演义发展成熟过程中记叙体散文与小说相互影响的某些轨迹。

第三节 归有光、茅坤

归有光（1506～1571）字熙甫，号震川，昆山（今属江苏）人。出身寒儒家庭。五六岁即知有朱熹，而能读其书。九岁能文，二十岁尽通六经、三史、八大家之文，及濂洛关闽之说。三十五岁中乡试第二名。其后，八次试进士，不第。读书讲学于嘉定之安亭江上，四方来学者常数十百人，成为知名学者，海内称震川先生，不以名氏。嘉靖四十四年（1565）六十岁时，始成进士，进入仕途。选为长兴县令，迁顺德府通判，升南京太仆寺寺丞，后被留在北京掌内阁制敕房，预修世宗实录。在短暂的几年仕宦生涯之后，隆庆五年（1571）去世，终年六十六岁。有《震川先生集》。

《震川先生集》由钱谦益选定，又经归庄增补，合计四十卷，“自尺牍二卷、诗一卷之外，总计文六百有五首。”（《凡例》）包括经解，书序，论、议、说、杂文，题跋，书信（三卷），赠送序（三卷），寿序（三卷），记（三卷），墓志铭类（七卷），传状类（四卷），祭文（一卷）等作品，各体兼备，内容也很丰富。归有光久试不第，几十年时间以普通儒生的身份僻处乡村，没有很多参与社会政治活动的机会；但他仍然十分关心国计民生和时政。《西王母图序》篇末点题，对世宗迷信神仙重用方士的靡费和荒唐予以揭露和批评。《送吴纯甫先生会试序》说到“比年以来，士风渐以不振……奔走富贵，行尽如驰，莫能为朝廷出分毫之力，冠带褎然，舆马赫奕，自喻得意，内以侵渔其乡里，外以芟役其人民。一为官守，日夜孜孜，唯恐囊橐之不厚，迁转之不亟，交结承奉之不至。书问繁于吏牒，馈送急于官赋，拜谒勤于职守……”文作于嘉靖辛卯（1531）二十六岁时，对于士风吏治的谴责，已相当深切。士风吏治的腐败，直接关涉最下层的人民大众。正由于此，他的许多赠送序，很少虚与委蛇，而是切实地陈述民间疾苦，提出改良建议，表彰清廉官吏，揭露贪黩昏聩之事。《送同年丁聘之之任平湖序》指出吴中田租之重，数十倍于天下，又有海防加征，军府干没，实在不堪负担，希望朋友关心民间疾苦，除额供之数，“其他水旱流冗、荒莱、奸蠹之所积逋，与今权宜一切之征求”，“谓宜有调停委曲于其间”，“不以催科为事”，以免“流祸于生民”。为民请命，词情恳切、意思具体。《送县大夫杨侯序》说：“东南之民，何其惫也。以蕞尔之地，天下仰给焉。宜有以优恤而宽假之，使展其力，而后无穷之求或可继也……盖取之惟恐其不至，而残之惟恐其不极，如之何其不困也……天子兴致太平，制作礼乐，一宫之废，动以万计。有司奉意承命，未尝告乏，而独不肯分毫少捐，以与民为千万年根本之计，何也!”分析了东南民生凋敝的原因，其中就包括了朝廷的搜刮。一宫之费，动以万计。真是触目惊心。“更值得注意的是，归有光的文章不仅一般地反映民间疾苦，而且特别偏爱‘小民’，敢替‘小民’说话；对于‘大户’，也敢于冒犯。”（郭预衡《归有光文章别解》）他有一篇《长兴县编审告示》，告谕大户，“毋得仍前侥幸，剥害小民”。否则，“幽有鬼神，明有国法!”口气是严峻的。也正是由于他这样的言论和作为，受到诬害而去职。这类文章，往往写得情辞并茂，慷慨动人，有不容低估的现实意义和艺术成就。另外，归有光极其关心农村的水患和水利建设，除了专著《三吴水利录》外，散见于论说、书信、序记中的论述尚多，如《水利论》、《水利后论》、《奉熊分司水利集并论今年水灾书》、《除三区赋役水利书》等。其《寄王太守书》不仅辨析详明，而且也恳切输诚：“有光二十年屏居江上，未尝敢献书当事者。异日吕公有意水利，然以平日非相知，不敢有所陈。前以分司旧识，因开瓦浦问及。而明府亲屈二千石之重，敦行古谊，虚怀下接，且惓惓以吾民之鱼鳖为忧，故特有言耳。然区区所望于明府，有大于此者……”还有，嘉靖中后期，东南沿海的倭患日趋严重，俞大猷、戚继光等名将指挥过艰苦持久的抗倭斗争。归有光对此极为关切，亲身参加防守备寇，而且写过许多文章，如《御倭议》、《备倭事略》、《论御倭书》、《上总制书》、《昆山县倭寇始末书》，体现了一介书生关怀国事的热诚。所有这些，都能说明服膺儒术的归有光，有抱负，有见识，也有干才（他在长兴任上，是做出了实绩的，董正位《归震川先生全集序》比之为“汉代之循良”）。由于科举不利，数十年读书写作于荒江之上，而成为有明一代之散文大家。

归有光散文富于实录精神。班固论《史记》，引刘向、扬雄之言，“服其善序事理，辨而不华，质而不俚。其文直，其事核；不虚美，不隐恶，故谓之实录。”

(《汉书·司马迁传》)“熙甫为文，原本六经，而好太史公书，能得其风神脉理。”(钱谦益《列朝诗集小传》丁集中)归有光自己多次说他爱读《史记》，并且“以为独有所悟”(《与陆太常书》)。他学司马迁之所得，很重要的一点就是其实录精神。《文集》中的传记类文章，包括传、行状、书事，推广至墓志铭和被人讥议的寿序，为数甚多。不得不写的，力求不虚美，不浮夸；值得写的，力求其文质，其事核。正如钱谦益所说：“立法简严，一禀于古。”(《列朝诗集小传》丁集中)《沈贞甫墓志铭》，因为沈是普通士人，无伟烈之事可记，故重在叙交谊，而以数语说其人品：“贞甫为人伉厉，喜自修饰。介介自持，非其人未尝假以词色。遇事激昂僵仆无所避。”《赵汝渊墓志铭》全文仅叙这位赵宋宗室后裔的世系。几篇孝子、节妇传，议论间或有迂腐处，但于事迹的记录，仍然是严谨平实的。《王母顾孺人六十寿序》，全文复述其子王子敬之言，最后说：“子敬之言如是。诸友之所以贺，与余之所以言，亦无出于此矣。”确实称得上立法简严。《通议大夫都察院左副都御史李公行状》是一篇叙事繁重的长文，其中记为了重修毁于火灾的奉天殿，李宪卿奉旨采办大木的一段，先记李本人及巡抚、巡按御史、郎中、副使、佥事、参政等大小官员二十余辈(详列职务、姓名)，分路(详列路线、地区)深入“深林穷壑，崇冈绝箐，人迹不到之处”。由于天子必得“巨材”，臣民劳苦不得稍息。文章说：

> 公恳乞兴工罢采，以休荆蜀民。使者相望于道，词旨甚哀。而工部大臣力任其事，天子从之。……凡得木一万一千二百八十九章。公上最，推功于三巡抚，下至小官，莫不录其劳，今不载。独载其所奏两司涉历采取之地曰：四川守巡，督儒溪之木，播州之木，建昌、天全之木，镇雄、乌蒙之木，龙州蔺州之木。湖广督容美之木，施州之木，永顺卯峒之木，靖州之木。及督行湖南购木于九嶷，荆南购木于陕西阶州，武昌、汉阳、黄州购木于施州、永顺，贵州则于赤水猴峒、思南潮底、永宁顺崖，其南出云南金沙江云。大抵荆楚虽广山木少，采伐险远，必俟雨水而出；而施州石坡乱滩，迂回千里，贵阳穷险，山岭深峭，由川辰大河以达城陵矶。蜀山悬隔千里，排岩批谷，滩急漩险，经时历月，始达会河。而吏民冒犯瘴毒，林木蒙笼，与虺蛇虎豹错行。万人邪许，摧轧崩崒，鸟兽哀鸣，震天岋地。盖出入百蛮之中，穷南纪之地，其艰如此！故附著之，俾后有考焉。

鉴于当时北方俺答的侵袭，东南倭寇的骚扰，官绅勋戚的土地兼并和人民生活的贫困，这篇铺叙详明、下笔有力，内容上可补史籍之阙的行状，所揭露的世宗大兴土木工程之役的害民行为，实在令人愤慨。《书张贞女死事》一文的写作过程，可以完整地体现归有光崇尚实录精神的文学观和作为一个作家的社会责任感。

张贞女，父张耀，嘉定曹巷人也，嫁汪客之子。客者，嘉兴人，侨居安亭。其妻汪妪，多与人私。客老矣，又嗜酒，日昏醉无所省。诸恶少往往相携入妪家饮酒；及客子娶妇，恶少皆在其室内治果殽为欢宴。妪令妇出遍拜之。贞女不肯。稍稍见姑所为，私语夫曰："某某者，何人也？"夫曰："是吾父好友，通家往来久矣！"贞女曰："好友乃作何事！若长大，若母如此，不愧死耶？"一日，妪与恶少同浴，呼妇提汤，见男子，惊走；遂归母家，哭数日，人莫得其故。其母强叩之，具以实告。居久之，妪阳为好言谢贞女。贞女至，则百端凌辱之。贞女时时泣语其夫，令谢诸恶少；复乘间从容劝客曰："舅亦宜少饮酒。"客父子终不省，反以语妪，辄致榜掠。

恶少中有胡岩最桀黠，群党皆卑下之，从其指使。一日，岩众言曰："汪妪且老，吾等不过利其财，且多饮酒耳！新娘子诚大佳。吾已寝处其姑，其妇宁能走上天乎！"遂入与妪曰："小新妇介介不可人意。得与胡郎共寝，即欢然一家，吾等快意行乐，谁复言之者！"妪亦以为然，谋遣子其入县书狱。妪尝令贞女织帨，欲以遗所私奴。贞女曰："奴耳，吾岂为奴织帨耶？"妪益恶之。

胡岩者四人登楼纵饮，因共呼贞女饮酒。贞女不应。岩从后攫其金梭，贞女詈且泣，还之。贞女折梭掷地。妪以己梭与之，又折其梭。遂罢去。顷之，妪方浴，岩来共浴。浴已，妪曰："今日与新妇宿。"岩入犯贞女。贞女大呼曰："杀人杀人！"以杵击岩，岩怒走出。贞女入房，自投于地，哭声竟夜不绝。明日，气息仅属；至薄暮，少苏，号泣欲死。岩与妪恐事泄，絷诸床足守之。明日，召诸恶少酣饮。二鼓，共缚贞女，椎斧交下。贞女痛苦宛转，曰："何不以刀刺我，令速死。"一人乃前刺其颈，一人刺其胁，又椓其阴，共举尸欲焚之。尸重不可举，乃纵火焚其室。邻里之救火者，以足蹴其尸，见赫然死人，因共惊报。诸恶少皆潜走。一人私谓人曰："吾以铁椎椎妇者数四，犹不肯死。人之难死如此！"

贞女死时年十九岁耳。嘉靖二十三年五月十六日也。

官逮小女奴及诸恶少鞠之。女奴历指曰："是某某者缚吾姊，某以椎击，某以刃刺。"妪骂恶少曰："吾何负于汝！汝谓姑杀妇无罪，今何如！"妪寻死于狱。

贞女为人淑婉，奉姑甚谨，虽遭毒虐，未尝有怨言。及与之为非，独亢然蹈白刃而不惴，可不谓贤哉！夫以群贼行污闺阃之间，言之则重得罪，不言则为隐忍，抑其处此尤有难者矣。自为妇至死逾一年，而处汪氏仅五月。或者疑其不早死。嗟乎，死亦岂易哉！

嘉定故有烈妇祠。贞女未死前三日，祠旁人皆闻空中鼓乐声，祠中火炎炎，从柱中出，人以为贞女死事之徵。予来安亭，因见此事，叹其以童年妙龄，自立如此，凛然毛骨为竦。因反覆较勘，著其始末，以备史氏之采择。

除最后一段记了祠旁人的好心附会之辞外，全篇叙述完全符合"其文直，其事核"的实录精神，无张大夸饰的惊人之笔，读之可信。为贞女之死，作者写过一系列文章。《贞妇辨》驳斥了认为"贞妇之未得为烈也"的怀疑与苛责，《张贞女狱事》详述了案发后侦查审理的许多曲折反复，故"又著其狱事，以志世变。"《祭张贞女文》慨叹其"死何酷烈，生何艰辛。"结尾说："谁无室家，谁无此心。"揭示了其人其事的深刻的社会意义。作者自己很重视这篇文章。他认为"惟《记事》一首，乃仆自以为必可传者。少好《史》、《汉》，未尝遇可以发吾意者。独此女差强人意。又耳闻目见，据而书之，稍得其实。……况史家自宜直笔，岂可窥时人向背？如是，则古无南史、董狐矣！"（《与李浩卿书》）"此皆得之众论，无一语妆饰；但不知于史法何如耳！少时读书，见古节义事，莫不慨然叹息，泣下沾襟，恨其异世不得同时……"（《与殷徐陆三子书》）又《答唐虔伯书》、《与嘉定诸友书》都提到此一惨酷之事和自己为之作《死事》的春秋大义。归有光是以司马迁记英雄豪杰的态度来记张贞女这类小人物的，事件的大小轻重有别，但同样感动读者。一则说得其实，再则说无一语妆饰，三则说不知于史法何如耳，都是追求实录精神的体现。归有光说过："文者，道事实而已。"（《孙君六十寿序》）"余恶夫世之撰事者弗核"（《李南楼行状》）实录精神，就是通过如实地再现事件的本身过程与人物的本来面貌，来反映丰富多彩的生活，就是用事实来体现作者的审美趋向和价值观念，用事实来取信于当时与后世的读者。

归有光散文有鲜明的抒情特质。文学作品要以情感人。实录精神并不排斥作家包蕴于作品中的主观情感；否则，实录就成了历史文件而非文学了。刘熙载称赏《史记》的“恻怛之情，抑扬之致”，认为“学《离骚》得其情者，为太史公。”（《艺概》卷一）鲁迅指出司马迁“发愤著书，意旨自激。”《史记》是“史家之绝唱，无韵之《离骚》”（《汉文学史纲》第十篇）。作文有情，归有光也是得了龙门家法的。他出身寒素，功名不遂，又有频繁的亲人丧亡之痛；因而设身处地，推己及人，对于生死穷通，尤其是下层人物的不幸，感慨格外深沉，成为其作品以抒情见长的内在原因。张谦宜认为归有光“作忠臣、孝子、义士、长者与夫贞媛烈妇文字，皆与之痛痒相关，肝胆相照；然后用苦心细笔，一一披抉而出，故全得神理，对之如生。史公撰名相、大将、酷吏、循良，皆用此法”。并具体指出《归氏二孝子传》、《张自新传》“使人欲歌欲哭……此无他，以己之心血渗他人之肺腑，故死者可生，微者必显，得《史记》之髓，岂在字句之神似哉！”（《絸斋论文》卷三）归有光对于妇女之命运，尤其有一种特殊执着的关注。关于张贞女之死，已如前述。即使给妇人作寿序以志喜庆，心头似乎也萦绕着悲悯情绪。“常以阴阳之数论女子之致福尤难。自古妇人不得所偶，有乖人道之常者，多矣！况非常之宠渥，重之以康宁寿考乎！”（《顾夫人八十寿序》）“《诗》犹曰……妇人秉志壹诚，以事其夫，夙兴夜寐，无有懈怠；而所能得于其夫与否，盖不敢自必，而系于命也！”（《顾夫人杨氏七十寿序》）说得多么深刻、可哀！他寄情于小人物与妇女，与司马迁寄情于英雄豪杰侠客义士，都属于发愤以抒情，契机与性质是一样的。

归有光散文的风格主于平淡。这里说的平淡，包括三个意思。一是文章的语言简净自然，不堆砌不雕琢。二是文气纡徐委曲，不故作奇崛拗折之态（这是欧阳修文的显著特征）。三是通过看似不经意、平淡无奇，实则感受最深、亲切有味的一二细节来表达自然温厚的感情。吴德旋《古文绪论》引姚鼐云：归文能于不要紧之题，说不要紧之语，却自风韵疏淡，是于太史公深有会处。此论大体得之。如《畏垒亭记》、《见村楼记》、《与沈敬甫书》、《先妣事略》都能体现这种平淡自然而情味悠远的风格。又如：

余居邢之三月，益有味其言之也。盖河北之民困久矣，不当复扰以马之事。第奉行文书之外，日闭门以谢九邑之人，使无至者，簿书一切稀简，不鞭笞一人，吏胥亦稍稍遁去。余时独步空庭，槐花黄落，遍满阶砌，殊欢然自得。（《顺德府通判厅右记》）

余性懒出，双扉昼闭，绿草满庭。最爱吾儿与诸弟游戏穿走长廊之间。儿来时九岁，今十六矣，诸弟少者三岁、六岁、九岁。此余平生之乐事也。……至是去而不返。每念初八之日相随出门，不意足迹随履而没；悲痛之极，以为大怪，无此事也。盖吾儿居此七阅寒暑，山池草木，门阶户席之间，无处不见吾儿也。（《思子亭记》）

余见翁时，岁暮，天风憭慄，野草枯黄。日将晡，余循去径还家。媪、儿子以远客至，具酒。见余挟书还，则皆喜。一二年妻儿皆亡；而翁与余别，每劳人问死生。余虽不见翁，而独念翁常在宇宙间，视吾家之溘然而尽者，翁殆如千岁人。（《筠溪翁传》）

癸巳之岁，秋冬之交，（吾妻）忽遘危疾，气息惙惙，犹日念母，扶而归宁；疾既大作，又扶以东；沿流二十里，如不能至。十月庚子，将绝之夕，问侍者，曰："二鼓矣。"闻户外风淅淅，曰："天寒，风且作，吾母其不能来乎？吾其不能待乎？"呜呼，颠危困顿，临死垂绝之时，母子之情何如也！（《祭外姑文》）

婢初媵时，年十岁。垂双鬟，曳深绿布裳。一日天寒，爇火煮荸荠，熟，婢削之盈瓯。余入自外，取食之，婢持去不与，魏孺人笑之。孺人每令婢倚几旁饭；即饭，目眶冉冉动。孺人又指余以为笑。回思是时，奄忽便已十年。吁，可悲也已！（《寒花葬志》）

李葆心《古文词通义》引徐经《甃坪诗话》云："前代古文大家，竟有不能诗者……然震川固不能诗，吾读其古文，大有诗中境界；而和平静适，尤与陶近。"前人论陶诗，多标举平淡。如陶诗"质而实绮，癯而实腴。"（苏轼《与子由书》）陶诗"平淡有思致，非后来诗人怵心刿目雕琢者所为也……大抵欲造平淡，当自组丽中来，落其华芬，然后可造平淡之境"（《韵语阳秋》卷一）。"渊明最有性情"，能"发真趣于偶尔，寄至味于淡然"（《四溟诗话》卷二）。以归文比陶诗，初似突兀，但仔细玩味，确有其精神相通之处：即其代表作都是于平淡中有真情、见远致的。

最能完整地反映归有光的创作个性，体现其散文的实录精神、抒情特质和平淡风格的，是他的名作《项脊轩志》：

项脊轩，旧南阁子也。室仅方丈，可容一人居。百年老屋，尘泥渗漉，雨泽下注；每移案，顾视无可置者。又北向，不能得日，日过午已昏。余稍为修葺，使不上漏。前辟四窗，垣墙周庭，以当南日。日影反照，室始洞然。又杂植兰桂竹木于庭，旧时栏楯，亦遂增胜。借书满架，偃仰啸歌，冥然兀坐，万籁有声，而庭阶寂寂，小鸟时来啄食，人至不去。三五之夜，明月半墙，桂影斑驳，风移影动，珊珊可爱。

然予居此，多可喜，亦多可悲。先是庭中通南北为一，迨诸父异爨，内外多置小门墙，往往而是。东犬西吠，客逾庖而宴，鸡栖于厅。庭中始为篱，已为墙，凡再变矣。家有老妪，尝居于此。妪，先大母婢也。乳二世。先妣抚之甚厚。室西连于中闺，先妣尝一至。妪每谓予曰："某所，而母立于兹。"妪又曰："汝姊在吾怀，呱呱而泣。娘以指扣门扉，曰：'儿寒乎？欲食乎？'吾从板外相为应答。"语未毕，余泣，妪亦泣。余自束发，读书轩中。一日，大母过余曰："吾儿，久不见若影，何竟日默默在此，大类女郎也？"比去，以手阖门，自语曰："吾家读书久不效，儿之成，则可待乎！"顷之，持一象笏至，曰："此吾祖太常公宣德间执此以朝，他日汝当用之。"瞻顾遗迹，如在昨日，令人长号不自禁。

轩东故尝为厨；人往，从轩前过。余扃牖而居，久之能以足音辨人。轩凡四遭火，得不焚，殆有神护者。

项脊生曰：蜀清守丹穴，利甲天下，其后秦皇帝筑女怀清台。刘玄德与曹操争天下，诸葛孔明起陇中。方二人之昧昧于一隅也，世何足以知之？余区区处败屋中，方扬眉瞬目，谓有奇景，人知之者，其谓与坎井之蛙何异！

余既为此志，后五年，吾妻来归。时至轩中，从余问古事，或凭几学书。吾妻归宁，述诸小妹语曰："闻姊家有阁子，且何谓阁子也？"其后六年，吾妻死，室坏不修。其后二年，余久卧病无聊，乃使人复葺南阁子，其制稍异于前。然自后余多在外，不常居。

庭有枇杷树，吾妻死之年所手植也。今已亭亭如盖矣。

后世多数学者对归有光有大体一致的评价。第一，在前后七子雄踞文坛，雕琢模拟之风大盛之明代中叶，归有光以一介寒儒的身份，艰苦支撑，砥柱中流，他的创作成就是唐宋派作家中最高的。尤其是有所谓王弇州晚年定论，作为后七子领袖人物的王世贞，能平心静气地确认归有光的价值和地位，这是唐宋派古文取得胜利的最有说服力的证明。第二，归有光是唐宋古文大家（如欧阳修）的直接承继者，八大家之后有归氏，正如司马迁之后有韩愈，韩愈之后有欧阳；同时，又下开清代桐城派，为古文正宗。此后古文的发展的主流，毕竟是沿着归氏一派而不是前后七子一派的路线前进的。第三，归氏虽然以司马迁为追攀的理想，以韩欧为升堂入室的学习楷模；但创作的实际成就不能与司马、欧阳相比。除了历史条件和个人生活经历的特点外，还因为受了八股文的太多的影响与束缚。他的文章虽然有真气，有感情，有韵味，感人至深；但毕竟规模比较局促，内容比较纤细，气力比较弱小。有的学者甚至认为他只擅长家常小事，呢喃儿女语。这说明古文发展到八股文极盛之明清时代，已难于发扬秦汉唐宋的耀人光彩了。

茅坤（1512～1601）字顺甫，号鹿门，归安（今浙江湖州）人。嘉靖十七年（1538）进士。历任知县、主事。嘉靖三十二年（1553）在广西兵备佥事任上，襄助总督应槚平定瑶民起事，进秩二级，升大名兵备副使。嘉靖末年，为总督胡宗宪引为幕僚，抗击倭寇有赞画之功。在罢职家居数十年间，勤于经营家计，并且读书治学不辍。卒年九十岁。茅坤论文，强调以六经为本，同时指出儒学不等于文学。唐宋派与秦汉派（前后七子）对垒中，他的态度极为激烈：“昔嘉靖间诸君子之治古文者，晋江、毗陵以唐宋鸣，历下、瑯琊以秦汉鸣。既立壁垒，势同操戈。然而晋江、毗陵无言也；归安茅鹿门先生独发愤争之，至比北地、历下于草莽偏陲……甚且指之为鬼燐。”（张汝瑚《茅鹿门集序》）同时也指出自先秦至唐宋，文章本是一脉：六经是昆仑，马迁是秦中，韩愈是剑阁，欧、曾是金陵吴会（《复唐荆川司谏书》）。其自述学文之经历，见《与蔡白石太守论文书》：“仆少喜为文，每谓当跌宕激射似司马子长，字而比之，句而亿之；苟一字一句不中其累黍之度，即惨恻悲凄也。”经过讨论钻研，他接受了唐顺之的金陵吴会一一涉猎的步骤。由此可以看出王慎中影响唐顺之，唐顺之带动茅坤的过程。因此前人说："遵岩（王慎中）之功，不在昌黎（韩愈）下也。"（张汝瑚评《复唐荆川司谏书》）茅坤之功，则在于通过他的理论与论战（参见第一节）、创作和编纂工作，使得唐宋派壁垒更清晰，阵地更巩固，旗帜更鲜明。

唐宋派作家中最心高气傲的大概就是茅坤。他自命有文武才，好谈兵事；又自诩"文章之逸气，司马子长之后千余年而得欧阳子，又五百年而得茅子。"（钱谦益《列朝诗集小传》丁集上）前人评茅坤，多以为他才气有余而学问不足。所谓学问，大概不是指书本知识，而是指心性修养而言；因而学问不足的表现就是为文好跌宕激射，滔滔莽莽，不善敛缩。其实正是这种情况，显得他自具个性，与唐宋派其他作家文章风格不同，另有一段精神。他的《复唐白野书》：

> 解官南还，承公手书，呜咽嗟咨，若将吊不肖之夺官，而又怜非其罪者。虽然，公读古今传记，当上下数千年矣，其间可悲可诧可愤可涕之事，不知其几！金、焦之下，大江之浒，得无犹有渔父鼓枻歌而过者乎！归来山中，左手持《南华》，右手持棋局，醉则援笔赋文章，稍稍淋漓宴嬉，以恣其丘壑之思，或自一道也。幸公姑置之！

即使是这样颇为敛缩的短简，也能传达兀傲之情，喷薄之气。《顾远斋复河南佥事别序》、《赠归少参赴滇南序》、《上袁元峰相公书》等，都是内容充实、感情饱满的好文章。《沈青霞文集序》不重论其文，而重论其人，因为沈炼为人刚直，疾恶如仇，为国事触怒权奸而被杀。作者说他"既上愤疆埸之日弛，而又下痛诸将日营刈我人民以蒙国家也，数呜咽欷歔，而以其所忧郁发之于诗歌文章，以泄其怀，即集中所载诸什是也。君故以直谏为重于时，而其所著为诗歌文章，又多所讥刺；稍稍传播，上下震恐，始出死力相煽构，而君之祸作矣"。又说："予尝按次春秋以来，屈原之《骚》疑于怨，伍胥之谏疑于胁，贾谊之疏疑于激，叔夜之诗疑于愤，刘蕡之对疑于亢。然推孔子删《诗》之旨而裒次之，当亦未必无录之者。"都是借古论今，借文论文，为了突出"君既没，而海内之荐绅大夫，至今言及君，无不酸鼻而流涕"的巨大社会影响，并从而表示作者自己和时人对沈炼的高尚人品的景仰和对时政的嫉愤。文章的特点在于融入叙述与议论之中的强烈感情；在于虽有转折，仍能浩浩奔腾不可遏止的气势和炽烈的热力，因而读之凛凛有生气。《与查近川太常书》亦是名篇：

林卧既久，遂成懒癖。春来读岁书，始知浮生已四十九。因忆解印绶五六年，别兄京朝来，则又八九年。仆束发来所深交如兄者能几？荏苒离愁，倏若羽驰如此！间抽镜对之，髯虽未茎白，渐索矣，颜亦渐黝且槁矣。向之所欲附兄辈驰驱四方，数按古名贤传记所载，当世功业，辄自谓未必不相及，气所盛也！而今何如哉？

顷者候董甥之使，自京邑还，得兄与施验封书，大略并嗟仆日月之如流，林壑之久滞。谓一切之书问，不当与中朝之士遂绝。非肉骨心肾之爱，何以及此。甚且一二知己，或如汉之人所以嘲子云者，面嗔仆曰："某，今之贤者也。彼方位肘腋，中外之士所借以引擢者若流水；若独流滞中林者，殆以世皆尚黑而子独白耳!"仆笑而不应。而使自兄所来，辱兄口谕之，亦且云云。嗟乎，兄爱矣，而未知深思也。

仆尝读韩退之所志《柳子厚墓铭》，痛子厚一斥不复，以其中朝之士无援之者。今之人或以是罪子厚气岸过峻，故人不为援，以予思之，他巨人名卿，以子厚不能为脂韦滑泽，遂疏而置之，理固然耳。独怪退之于子厚，以文章相颉颃于时，其相知之谊，不为不深，观其所叙子厚，以柳易播，其于友朋间，若欲为欷歔而流涕者；退之由考功晋列卿，抑尝光显于朝矣；当是时，退之稍肯出气力谒公卿间，如《三上宰相书》十之一二焉，子厚未必穷且死于粤也！退之不能援之于缩带而交之时，而顾吊之于墓草且宿之后，抑过矣。然而子厚以彼之才且美，使如今之市人攫十金之利者，凫喽蒲伏，以自媚于当世，虽无深交如退之，文章之知如退之，当亦未必终摈，且零落以至于此；而今卒若尔者，寸有所独长，尺有所独短。子厚宁饮瘴于钴鉧之潭，而不能遣一使于执政者之侧；宁以文章与椎髻卉服之夷相牛马，而不能奴请于二三故知如退之辈者，彼亦中有所自将故也。后之人宁能尽笑而非之耶？吾故于退之所志子厚墓，未尝不欲移其所以吊子厚，而唁且诘乎退之也。

然子厚在当时，其所同刘梦得附王叔文辈，盖已陷于世之公议然耳。后有士，其文章之盛虽或不逮，而平生所从吏州郡，及佩印千里之间，文武将吏未尝不怜其能，而悲其罢官之无从者。假令有当世之交如退之，官不特考功，显不特列卿，其他所引擢天下之士踵相接也，其独嗔子厚所不能，而为之耳无闻目无见乎？抑示怜其文章不遽在子厚下，故所并声而驰者，其官业所奋，犹炯然其在世之耳目，或不当终摈而萎薾之也，将矜其愚，引其不能，而移其所引擢他人者而为之力乎？噫，仆至此亦自以投笔而自嘲矣，又何必人之嘲我为也！

适遣使护少弟某谒选京邑，当过兄所问起居，且思有以复兄之口谕云云也，不觉呕吐至此。幸兄共一二知己，度仆生平之交，其文章之深，气力之厚，有如子厚之于退之者乎？脱或过焉，幸以其勿独嗔子厚者，而少为之巽言而请也。退之苟有知，未必不自悔于九原也已。何如何如？

其第三段说柳宗元一斥不复，穷死蛮荒，作为知交的韩愈不曾出气力，谒公卿，加以援救，责其“不能援之于绾带而交之时，而顾吊之于墓草且宿之后，抑过矣！”第四段的“后有士”，实即作者自指，认为文章之盛或不及宗元，而平生功业（“佩印千里之间”，当指任职广西）世所共知，亦不得往日知赏者之一顾，因而悲愤失望。第五段仍寄希望于“其文章之深，气力之厚，有如子厚之于退之”的“生平之交”，能一伸援手。前人评此文，说是借韩愈不救柳宗元一事发论，而自己望救俱在言外，譬之闲云出岫，不必有所粘者，而山林村落，自有映带。这不符合文章实际。此书以韩柳事为史例，以“后有士”为拟喻，最后归结到“仆”——作者自己，层层逼进，直出本旨，不是闲云出岫，意在言外的写法。全文章法井然，笔势劲健，情绪勃郁；而且多用长句，尽力宣泄。如“独怪退之……抑过矣”一句，一百三十字，“然而子厚……尺有所独短”一句，八十余字，“假令有当世之交……而为之力乎”亦可做一句读，一百一十余字。这种喷涌转注而气势一贯的写法，很能代表作者的文风，虽然有时候显得欠顺畅欠精整。王宗沐指出茅坤因得罪权贵，摈还乡里，故“为铭、传、序、述。率慷慨悲激以为壮，盖其倜傥奇峭者，既不得济于世，独敛缩而发于文，宜其有过人者。”（《茅鹿门先生集序》）张汝瑚以“奇崛魁垒”评茅文，又说：“先生才既高不能自下，一登仕籍，三忤执政，出刺广平。广平故赵地。先生以其迁谪侘傺之气尽发之于文，沈郁顿挫，有悲歌慷慨之风。噫，亦雄已！”（《茅鹿门集序》）不但概括了茅文的风格，也论及这种风格形成的某些原因。王、张二人的见解是大体一致的。前人认为茅坤的创作成就不如王、唐、归，在学唐宋、攀秦汉方面留下了明显的缺憾。张谦宜肯定他的作品“大势雄劲”，“文气如云蒸泉涌”，又能“润以华藻”，但批评“此老行文，少一炼字”。“酣于古文，虽应酬套语，板腔不改。”（《䌹斋论文》卷五）“连用长句，近于堆排，又有急口令如果子铺招牌者，又有直排两行作一气读者。此皆学《史记》毛皮而失之拙”（同上卷二）。《四库全书总目》则认为“秦汉文之有窠臼，自李梦阳始；唐宋文之有窠臼，则自坤始”（卷一七七）。都是说他摹拟有迹，虽应酬套语，亦板腔不改。总之，茅坤有才气有个性，能写出好文章，但精力倾注于摹拟，作品数量不少而佳篇不多。明代唐宋派散文发展到茅坤，也就落入窠臼，流弊渐彰，走向式微了。

茅坤编有《唐宋八大家文钞》，凡韩愈文一六卷，柳宗元文一二卷，欧阳修文三二卷（《附《五代史钞》二〇卷)，王安石文一六卷，曾巩文一〇卷，苏洵文一〇卷，苏轼文二八卷，苏辙文二〇卷，共一六四卷。书前有总序，各家之前有小引，所选文有圈点批评。刻成之后，流布甚广，数百年间成为士子必读书。这是唐宋派倡导唐宋散文的一个成果，一种榜样，也是以后的古文家们如清代桐城派可以继承的一份遗产。

第四章
明代中期散文（下）

明代中期文坛，大体由秦汉派（前后七子）占领。前七子以反对台阁余风、倡导文必先秦两汉而兴，后七子继起，扬波助澜，声势很壮阔，流弊也很明显。王、唐、归、茅思有所匡救，主张由唐宋以趋秦汉，反对亦步亦趋的模拟。两派的理论主张和创作实践，彼此间的激烈的竞争，活跃了艺林，促进了散文的繁荣，较之明代前期的寂寞与沉闷，文坛气象确实是不同了。当然，这两派的盛衰消长，虽则成为时代的主潮，却还不能概括文坛的全貌。与他们同时，还有许多人在从事散文创作。这些人的主要社会活动和一生的主要成就不在诗文，而在文化或文艺的其他领域，基本上没有介入秦汉、唐宋之争，也没有受到这种论争的很大影响。他们的文章也有相当的成就，甚至显示出特有的风格，能够说明这个时期散文创作的多样性，因此有必要加以简略的叙说。

第一节　王守仁等理学家的散文

在中国思想史上，理学以宋明并称。明儒继承和发展宋学，讲学之风更盛于宋，宗派传承更繁于宋，心性的探究更精于宋。黄宗羲说："尝谓有明文章事功，皆不及前代，独于理学，前代之所不及也，牛毛茧丝，无不辨晰，真能发先儒之所未发。"（《明儒学案·发凡》）《学案》收明代学者二百余人，其中颇不乏能文之士。

前期如薛瑄（1389～1464）字德温，号敬轩，河津（今山西稷山）人。永乐十九年（1421）进士。官至礼部右侍郎兼翰林院学士，入阁参预机务。他是著名的“正学大儒”、“醇儒”。学问“一本程朱，其修己教人，以复性为主，充养邃密，言动咸可法”(《明史·儒林传》)。著有《薛文清公全集》。他的散文风格雅正，又有文采。《游龙门记》描写龙门山水的雄伟秀丽，笔致遒劲简练而形象鲜明生动，形容比喻，都有特色：“倚阁门俯视，大河奔湍，三面触激，石峰疑若摇振。北顾巨峡，丹崖翠壁，生云走雾，开阖晦明，倏忽万变。西则连山宛宛而去。东视大山，巍然与天浮。南望洪涛漫流，石洲沙渚，高原缺岸，烟村雾树，风帆浪舸，渺茫出没，太华潼关，雍、豫诸山，仿佛见之。盖天下之奇观也。”从整体写大河大山，突出了气象的雄奇险峻。“遂穷祠东，有石龛窿然若大屋，悬石参差，若人形，若鸟翼，若兽吻，若肝肺，若疣赘，若悬鼎，若编磬，若璞未凿，若矿未炉，其状莫穷。悬泉滴石上，锵然有声。龛下石纵横罗列：偃者，侧者，立者；若床，若几，若屏；可席，可凭，可倚。气阴阴，虽甚暑，不知烦燠；但凄神寒肌，不可久处。”是局部的细致刻画，其清丽不减柳宗元的《永州八记》。其他如《游草堂记》、《蒲州庙学重修碑》亦颇具可读性。薛瑄之后，有陈献章（1428～1500)，也是能文的理学家。献章字公甫，号白沙，广东新会人。正统十二年（1447）举人，曾授翰林院检讨。“献章之学，以静为主。其教学者，但令端坐澄心，于静中养出端倪。”“其学洒然独得，论者谓有鸢飞鱼跃之乐。”著有《白沙集》。王世贞评其诗文云：“公甫诗不入法，文不入体，又皆不入题；而其妙处有超出于法与体及题之外者。”(《书白沙集后》，钱谦益《列朝诗集小传》丙集引）陈献章论诗文，推崇“自然妙”。他说：“古文字好者，都不见安排之迹；一似信口说出，自然妙也。其间体制非一，然本于自然不安排者便觉好。柳子厚比韩退之不及，只为太安排也。”(《与张廷实》，《明儒学案》卷五引）以是否费安排论韩柳，未必准确，他自己的文章多信口说出，自成一格，却是事实。《慈元庙碑》以理学家的眼光考察宋代政教之失与亡国之因，议论不见得精到，但写出了他“少读《宋史》”，由一再惋惜到掩卷出涕、不忍复观的情感过程，流荡着激动人心的忠义之气。《一峰先生传》赞美罗伦“以犯颜敢谏为大，以救时行道为急”。甚至说天下之士由是“争自刮磨，向之不言以养忠厚者为之一变。”言辞正大磊落，目的在激励士气。《禽兽说》是一篇篇幅极短的杂文：“人具七尺之躯，除了此心此理，便无可贵。浑是一包脓血，裹一大块骨头。饥能食，渴能饮，能著衣服，能行淫欲，贫贱而思富贵，富贵而贪权势；忿而争，忧而悲；穷则滥，乐则淫。凡百所为，一信血气，老死而后已——则命之曰禽兽可也。”怒骂之辞率尔，于事理和逻辑难免粗疏，不是无懈可击；但它仍具有理学家针砭世道人心的激情，包含着积极的思想内容。《城隍庙记》、《云潭记》、《大头虾说》均随事生议，辞达意显，见解亦不落窠臼。其《处素记》云：

> 一夫颀然，始弱冠为生员，事进取不偶。退耕于野，作室三间，榜两“处素”字于楣，曰：“吾不了其义当否，吾以问白沙子。”白沙子闻之绝倒。间数日，抵一卷请曰：“为我记‘处素’。”白沙子命出砚，研墨汁，相向诘之曰：“夫记，纪实也。为我具状，吾为汝记。”即应曰：“毋苦我。人呼我秀才，我即不应；谓我处素，我即应之。但子为我记足矣，吾知其状为何！”两手捧砚，蹑席扬眉，进愈恭。白沙子不能却，墨其卷而归之。

完全打破了一般楼阁居室记的常规写法，却栩栩如生地描绘出两个人物的形象，揭示了内在气质的不俗，给人留下深刻的印象。《四库全书总目》评陈献章，谓其作品“偶然有合，或高妙不可思议；偶然率意，或粗野不可向迩。至今毁誉亦参半”（卷一七〇）。这种毁誉参半，可以说明陈献章创作不计时评，意到笔到，挥洒由我的个性特征。

王守仁（1472～1528）字伯安，号阳明子，浙江余姚人。父王华，成化十七年进士，官至南京吏部尚书。阳明十五岁曾游居庸三关，即慨然有经略四方之志。弘治十二年（1499）二十八岁中进士。授刑部主事。十八年开始授徒讲学。正德元年（1506）上疏得罪，远谪龙场驿（在今贵州修水境内）。内迁后，历任知县、主事、员外郎、郎中、南京太仆寺少卿。八年，在滁州督马政时，“地僻官闲，日与门人游遨琅琊、瀼泉间；月夕，则环龙潭而坐者数百人。歌声振山谷。诸生随地请正，踊跃歌舞。旧学之士，皆日来臻于是。从游之众，自滁始”（钱德洪《王文成公年谱》）。十一到十三年（1516～1518），平定南赣闽粤地区的农民起义。十四年，平定藩王宸濠之乱，自起兵至告捷，才十四日。李贽说他“在江西为三大忠（之一），在浙江为三大人（之一），在古今为三大功（之一）。”（《续藏书》卷十四）。以功封新建伯，升南京礼部尚书。晚年又曾奉命平定思恩、田州（在今广西）。王阳明是明代事功最为显赫的理学家，他以实践证明了自己的学说不是无用空谈，对思想界震动很大，影响最为深远。有《王文成全书》。

弘治后期，王阳明在京师，曾与前七子的领袖人物李梦阳、何景明，以及钱世恩，殷文济等游处。安涀《李空同先生年表》弘治十一年载其事，说他们“皆能游思竹素，高步艺林，惟公（按指李梦阳）主持风雅，裁定品流”。钱德洪《王文成公年谱》弘治十五年则记为“京中旧游，俱以才名相驰骋，学古诗文。先生叹曰：吾焉能以有限精神为无用之虚文也。”或者阳明与李、何虽然一度接席同游，但没有受到很深的熏染，生活理想与人生道路已各有所趋。他的作品无论是泛滥为辞章的前期，还是学道有得的后期，都没有钩章棘句，佶屈聱牙的毛病。《平山书院记》作于弘治十六年癸亥（1503）三十二岁时，其述平山之气象风光云：“温甫时时为予言平山之胜，耸秀奇特，比于峨嵋。望之岩厉壁削，若无所容；而其上乃宽衍平博，有老氏宫焉，殿阁魁杰，伟丽闻于天下。俯览大江，烟云杳霭，暇辄从朋侪往游其间，鸣湍绝壑，拂云千仞之木，阴翳亏蔽。书院当其麓，其高可以眺，其邃可以隐，其芳可以采，其清可以濯，其幽可以栖。吾因而望之以含远之楼，蛰之以寒香之坞，揭之以秋芳之亭，澄之以洗月之池，息之以栖云之窝。四时交变，风雪晦暝之朝，花月澄芬之夕，光景超忽，千态万状。”用的是铺张藻绘的辞赋手法，极尽形容。“其高可以眺”五句和“望之以含远之楼”五句略嫌堆砌又过于整齐，正是早年高步艺林和泛滥辞章的证明，但字法句法仍是习见的，无诡异之处；语意通畅明白，文势不故作矫激，整体风格仍与李梦阳辈不同。贬居龙场驿时，王阳明完成了他的思想转变。龙场在贵州万山丛棘中，地理、气候、居住条件极为恶劣。他在患难中积极适应，积极思考，“因念圣人处此，更有何道？忽中夜大悟格物致知之旨……始知圣人之道吾性自足，向之求理于事物者误也。”这里不谈王学的得失，当他自认为学道有得的时候，就变得既通达又坚强，内心的充实，给了他生活的力量，却是事实。《答毛宪副书》断然拒绝毛宪副要他向“大府”谢罪以免祸的好意：“……然则大府固未尝辱某，某亦未尝傲大府，何所得罪而遽请谢乎！跪拜之礼，亦小官常分，不足以为辱；然亦不当无故而行之。不当行而行，与当行而不行，其为取辱，一也。”“大府苟欲加害，而在我诚有以取之，则不可谓无憾；使吾无有以取之而横罹焉，则亦瘴疠而已尔，蛊毒而已尔，魑魅魍魉而已尔，吾岂以是而动吾心哉！”一篇四百字的短文，道理却说得十分透彻；身处逆境，而辞气如此严峻。不但文章铿然可诵，读书人的气节也很可敬。吾性自足的观念支撑他经受困境的磨砺。他在当地居民的帮助下建立龙冈书院以及宾寅堂、何陋轩、君子亭、玩易窝，日与从者讲学论道，后又主讲贵阳书院。这二三年，是王阳明创作的丰收期，写出了不少好文章。《何陋轩记》以“昔孔子欲居九夷，人以为陋。孔子曰：‘君子居之，何陋之有！’”开篇，接叙龙场的民情风俗和自己的生活体验以及建轩经过。他认为少数民族地区“无轩裳宫室之观，文仪揖让之缛”，是“淳庞质素之遗”，不能算陋。比起中原地区来，“夷之民，方若未琢之璞，未绳之木，虽粗砺顽梗，而椎斧尚有施也。安可以陋之！”结末再说“虽然，典章文物，则亦胡可以无讲……诚有君子而居焉，其化之也盖易——而予非其人也，记之以俟来者”。语言畅达，议论周全而转折自然，思想观念也不迂腐，且隐然以化夷之君子自居。《卧马冢记》描写卧马冢：“……有山隆然，来自苍茫，若涌若滀，若奔若伏，布为层裀，拥为覆釜；漫衍陂迤，环抱涵回，中凝外完，内缺门若；合流泓回，高岸屏塞；限以重河，敷为广野，桑乾燕尾，远泛近挹。”与《平山书院记》相比，文字风格似是向遒劲简约的方面发展。《远俗亭记》关于“俗”的议论：“事之无害于义者，从俗可也。君子岂轻于绝俗哉！……是故苟同于俗以为通者，固非君子之行；必远于俗以求异者，尤非君子之心。”《象祠记》对于“以为子则不孝，以为弟则傲”的象（按，大舜之弟）的评说，归结为“君子之修德，及其至也，虽若象之不仁，而犹可以化之也。”两文体制都较简短，内容却很充实；文笔紧凑而又自然流畅，见解比较新颖而富有理性。这些都能充分显示作者思想的成熟与处世行道的积极态度。《瘗旅文》是一篇祭文，祭奠的是一个来自京城、倒毙荒野的“吏目”及其一子一仆。

维正德四年秋月三日，有吏目云自京来者，不知其名字，携一子一仆，将之任，过龙场，投宿土苗家。予从篱落间望见之；阴雨昏黑，欲就问讯北来事，不果。明早，遣人觇之，已行矣。薄午，有人自蜈蚣坡来云：“一老人死坡下，傍两人哭之哀。”予曰：“此必吏目死矣，伤哉！”薄暮，复有人来云：“坡下死者二人，傍一人坐叹。”询其状，则其子又死矣。明日，复有人来云：“见坡下积尸三焉。”则其仆又死矣。呜呼伤哉！念其暴骨无主，将二童子持畚锸往瘗之。二童子有难色然。予曰:“嘻,吾与尔,犹彼也。”二童悯然涕下,请往。就其傍山麓为三坎埋之,又以只鸡饭三盂,嗟吁涕洟而告之曰:

呜呼伤哉,繄何人,繄何人?吾龙场驿丞余姚王守仁也。吾与尔皆中土之产,吾不知尔郡邑,尔乌为乎来为兹山之鬼乎?古者重去其乡,游宦不逾千里。吾以窜逐而来此,宜也。尔亦何辜乎?闻尔官吏目耳,俸不能五斗;尔率妻子躬耕,可有也。乌为乎以五斗而易尔七尺之躯,又不足,而益以尔子与仆乎?呜呼伤哉!尔诚恋兹五斗而来,则宜欣然就道,乌为乎吾昨望见尔容蹙然,盖不任其忧者。夫冲冒雾露,扳援岩壁,行万峰之顶,饥渴劳顿,筋骨疲惫,而又瘴疠侵其外,忧郁攻其中,其能以无死乎?吾固知尔之必死,然不谓若是其速,又不谓尔子尔仆亦遽尔奄忽也。皆尔自取,谓之何哉!

吾念尔三骨之无依,而来瘗尔,乃使吾有无穷之怆也。呜呼痛哉!纵不尔瘗,幽崖之狐成群,阴壑之虺如车轮,亦必能葬尔于腹,不致久暴露尔。尔既已无知,然吾何能为心乎!自吾去父母乡国而来此,二年矣;历瘴毒而苟能自全,以吾未尝一日之戚戚也。今悲伤若此,是吾为尔者重,而自为者轻也。吾不宜复为尔悲矣。吾为尔歌,尔听之。

歌曰:连峰际天兮,飞鸟不通;游子怀乡兮,莫知西东。莫知西东兮,维天则同;异域殊方兮,环海之中。达观随寓兮,奚必予宫;魂兮魂兮,无悲以恫。

又歌以慰之曰:与尔皆乡土之离兮,蛮之人言语不相知兮,性命不可期,吾苟死于兹兮,率尔子仆来从予兮,吾与尔遨以嬉兮;骖紫彪而乘文螭兮,登望故乡而嘘唏兮。吾苟获生归兮,尔子尔仆尚尔随兮,无以无侣悲兮,道傍之冢累累兮。多中土之流离兮,相与呼啸而徘徊兮。飧风饮露无尔饥兮,朝友麋鹿暮猿与栖兮。尔安尔居兮,无为厉于兹墟兮。

这篇文章抒情的悲怆与沉痛,是文学史上不多见的;有之,也往往是哀悼亲友。而王阳明祭奠的是一个素昧平生不知姓名的人,他是在生死问题上连类及己了,只用了一句话——“噫,吾与尔,犹彼也。”就打动了不愿同往瘗尸的童子,使他们“悯然涕下”;又连用几个“呜呼伤哉”来加重“无穷之怆”。《瘗旅文》抒情的真挚、深沉与悲怆,人们都容易感受,并为之感动,如林云铭说:“掩骼埋胔,原是仁人之事。然其情未必悲哀若此。此因有同病相怜之意，未知将来自己必归中土与否，触景伤情。虽悲吏目，却是自悲也……”（《古文析义》卷十六）而此文在伤心惨目的抒情中，还透露出深沉的理性思考，却很少为人所道及。作者说，我来龙场，是出于贬窜，万不得已；你来此蛮荒，是为不足五斗之微俸，“胡为乎以五斗而易尔七尺之躯”？这是一。既然来了，就应该欣然处之，为什么在备尝千难万险之时，还要以忧郁煎心，内外交攻，终于促成死亡？这是二。我来此三年而能自全，靠的是乐观情绪的支持，现在悲伤若此，是太重你的死，太轻我的生。这是三。作者不是要在有情中掘出无情，而是以理智烘托感情——经过理性过滤以后迸发出来的悲痛，是更深一层的。据钱德洪《年谱》：“先生……自计得失荣辱皆能超脱，惟生死一念尚觉未化，乃为石墎自誓曰：‘吾惟俟命而已。’日夜端居澄默，以求静一。”《瘗旅文》可以是关于生死和生命问题的思索的轨迹，也许就是日夜沉思的结论；而读者则可以从中看到王阳明的理学是怎样与人性相结合的。

在龙场，始悟格物致知，又论知行合一。内调后又论实践之功，论朱、陆之学，王阳明哲学逐渐形成完整的体系。其后期作品《尊经阁记》借议论六经来宣传他的心学，篇幅稍长却层次分明，语言简净，无冗繁枝蔓之病。《浚河记》通过“民谣”、“民歌”来颂扬地方长官南某浚河利民的德政，用侧面映衬法，短短二百余字，却能游刃有余，不显狭隘和局促。

越人以舟楫为舆马，滨河而廛者，皆巨室也。日规月筑，水道淤隘，畜泄既亡，旱潦频仍；商旅日争于途，至有斗而死者矣。南子乃决沮障，复旧防，去豪商之壅，削势家之侵。失利之徒，胥怨交谤，从而谣之曰：“南守瞿瞿，实破我庐。瞿瞿南守，使我奔走。”

人曰：“吾守其厉民欤？何其谤者之多也！”阳明子曰：“迟之。吾未闻以佚道使民，而或有怨之者也。”既而舟楫通利，行旅欢呼络绎。是岁大旱，江河龟坼；越之人收获输载如常。明年大水，民居免于垫溺。远近称忭，又从而歌之曰：“相彼舟人矣，昔揭以曳矣，今歌以楫矣！旱之熇矣，微南侯兮，吾其燋矣！霪其弥月矣，微南侯兮，吾其鱼鳖矣！我输我获矣，我游我息矣，长渠之活矣，维南侯之流泽矣！”

人曰：“信哉，阳明子之言：未闻以佚道使民而或有怨之者也！”纪其事于石，以诏来者。

这样的写法，虽然在《左传》、《国策》已发其端，在苏轼的《喜雨亭记》也能见到影子，但仍然给人以清新之感。《赠周莹归省序》的风格特色更为鲜明。

永康周莹德纯，尝学于应子元忠，既乃复见阳明子而请益。

阳明子曰："子从应子之所来乎？"曰："然。""应子则何以教子？"曰："无他言也。惟日诲之以希圣希贤之学，毋溺于流俗。且曰：'斯吾所尝就正于阳明子者也。子而不吾信，则盍亲往焉。'莹是以不远千里而来谒。"曰："子之来也，犹有所未信乎？"曰："信之。"曰："信之而又来，何也？"曰："未得其方也。"阳明子曰："子既得其方矣！无所事于吾。"周生悚然有间，曰："先生以应子之故，望卒赐之教。"阳明子曰："子既得之矣！无所事于吾。"周生悚然而起，茫然有间，曰："莹愚，不得其方，先生无乃以莹为戏？望卒赐之教！"

阳明子曰："子之自永康而来也，程几何？"曰："千里而遥。"曰："远矣。从舟乎？"曰："从舟，而又登陆也。"曰："劳矣。当兹六月，亦暑乎？"曰："途之暑特甚也。"曰："难矣。具资粮，从童仆乎？"曰："中途而仆病，乃舍之，贷而行。"曰："兹益难矣。"曰："子之来，既远且劳，其难若此也。何不遂返而必来乎？将亦无有强子者乎？"曰："莹至于夫子之门，劳苦艰难，诚乐之；宁以是而遂返，又俟乎人之强之也乎？"曰："斯吾之自谓子之既得其方也。子之志，欲至于吾门也，则遂至于吾门，无假于人；子而志于圣贤之学，有不至于圣贤者乎？而假于人乎？子之舍舟从陆，捐仆贷粮，冒毒暑而来也，则又安所从受之方也？"

生跃然起，拜曰："兹乃命之方也已。抑莹由于其方而迷其说，必俟夫子之言而后跃如也，则何居？"阳明子曰："子未睹乎爇石以求灰者乎？火力俱足矣，乃得水而遂化。子归就应子而足其火力焉，吾将储担石之水，以俟子之再见。"

全文用问答体，对周莹的请益，先发五问，使听者悚然不解；又连发六问，使听者跃然而悟——原来答案即在自身。这种因势利导、诱人入彀、欲擒故纵、迂回取胜的论辩技巧，从战国诸子（如《孟子》的《齐桓晋文之事》章、《许行》章）和纵横家言（如《国策》的《秦策三·蔡泽说范雎归相印》、《赵策四·触龙说赵太后》）可以看到；其所蕴含的智辩与机锋，可以从禅宗大师们的“话头”语录中见到。而作者的综合运用又能得心应手，毫不生硬勉强，成为一篇宣传心学修养方法的妙文，把本来枯燥无味的哲学命题演绎得生趣盎然。

王阳明的散文创作在学习前人经验方面是抱着融会贯通的态度，富有创造性，不是机械刻板的摹拟，在明代中叶文学派别斗争中能独立不倚，自成一家，以简练遒劲、博大昌达见长。王门学派中，还有许多能文之士，如欧阳德、聂豹、罗洪先、胡直、黄省曾、薛应旂等。罗洪先（1504～1564）字达夫，号念庵，江西吉水人。嘉靖八年（1529）进士，曾任翰林修撰、春坊左赞善，自幼读王阳明《传习录》至废寝忘食，钻研王学数十年，但未及委贽为弟子，自称后学者，朋友们认为他“非徒得其门”，而且已经升堂入室了，故改称门人。有《念庵集》二二卷。其《冬游记》记嘉靖己亥（1539）赴京任职途中，游南京、扬州、泰州等地时登临观览、朋友聚会切磋学问之事，《夏游记》记嘉靖戊申（1548）前往庐山与王畿等人游处讲学之事。两文均为日记体，各长六千余字，叙事线索分明，详略得体，写出了他和朋友们探讨学问真谛的认真态度，文字简洁质朴，理学气味较重，但也时见清新之笔：“……入文殊洞。出洞，凭檐廊立，夕阳倒射廊中，天光下临，远近岚烟，映罩林木，远水横带，暮鸟纷归，大奇景也。”《冬游记》、《石钟山记》也是写得文采灿然的游记作品。《重刻一峰集序》、《解学士文集序》感情充沛，言语流畅，颇有气盛言宜之妙。《前王村新墓记》借新辟墓地必论“风水”之陋习生议：“人之生也必有死，犹夫春苗而秋槁，其老稚皆不可违；而利败之在吾身与在吾之子若孙者，犹夫春播而秋获，其丰俭不可得而必也。彼其盼盼然顾惜于其内，而又逐逐然取盈于其外，虽事之出于滉漭谬悠者，必且称其力以图之，何哉？诚惧夫自奉之不足而不虞今日之不可常存，诚惧夫遗后之不足而不虞将来之不可以强致。盖身之所据者有限，而心之所欲者无穷……”并喟然叹息：

嗟夫，电灭澌尽，光景几何，草衰露零，世代相促。凡室家之所积者，已有不能尽享之叹，而其子孙之所遭者，又皆其不及逆睹之时，乃以旦夕之间希冀夫意望之外，不已愚乎！……

作者抱着不以为然而又多少有点同情的态度，鞭辟入里地分析了人性的弱点：生命有限，而希望占有的太多，能够占有的太少，只好寄渺茫的奢望于子孙了。这就是堪舆家能够蛊惑人心的原因。在剀切的议论中，既有理性的光辉又有感情的内蕴，两者结合，相得益彰。《文集》中收有大量书信，其中颇不乏长篇，实际上就是理学论文，如《与双江公》、《答项瓯东》等。写得感情真挚深厚的如《寄唐荆川》："淮扬一带，连岁师旅饥馑，极难整顿。兄适承其弊，当用力百倍……古人作用，诚难尽同。外间藉藉，若于兄有畏心，似所谓夏日之喻者。岂彼自觉形秽又为先声所詟耶？抑亦纳污藏疾或未广也？在兄自处，可谓出于形迹之外，极为脱略，即与士卒同甘苦者，亦不是过；视弟之拘碍，何啻万万，犹不能使人相忘，何也……"对于挚友的规谏，推心置腹，短短一段文字，几经转折，在直率中极尽委婉。又如《谢严介溪相公》，申明自己不愿出山的原因，对权相严嵩的眷顾与引荐，表示婉谢，写得极为恳切，情辞并茂：

今年才五十七耳，齿半落，须已尽白，动作稍勤，痰火坌发，旋致眩晕。非独自觉无能有为；即同游闾里，莫不相对诧惜……不敢辄以闻者，自知谋身之鄙计，不足以称为国之公心故也。然不言，则尊怀不释；言之，则不免疑于拂受。夫乘时建立，谁无是心，非有甚不得已，忍自摒弃？此非明公，谁则亮之！

这样的陈辞，很能感人。通观全集，罗洪先的创作达到了较高的水平。喻震孟说："先生践履笃实，在前明可比河津（按，指薛瑄），文章则姚江（王阳明）之亚。"（《罗念庵先生文录序》）评价实不为过。罗洪先应该在明代散文史上占有一席之地。

胡直（1517～1585）字正甫，号庐山，太和（今属江西）人。嘉靖三十五年（1556）进士。官至福建按察使。著有《衡庐精舍藏稿》等。其《困学记》属自传性质，叙述学问经历："年十七，游学邑城，读书学舍，遂致骀荡喜放，……然慕奇名，好谈孔文举、郭元振、李太白、苏子瞻、文信国之为人……酷嗜词章，时传李、何诗文，辄自仿效；又多忿欲，躁动不知检。"后从欧阳德、罗洪先学，成为江右王门学派的重要人物。此文语言简朴，平易亲切。他虽自述个性躁动，有过疾恶怒骂之辞；但作为一个成熟的理学家，总体风格仍属雅健平正、笃实近理一路。黄省曾（生卒年未详），字勉之，号五岳。苏州人。嘉靖十年（1531）举人，屡试进士不第。王阳明讲道于越，他执贽为弟子。著有《五岳山人集》。曾受知于李梦阳，“然文体竟自成一家，固未尝承流接响也。”（《明儒学案》卷二十五）他的《寄北郡空同李公书》强调“不复古文，安复古道。”对李梦阳推崇备至，以为“明兴以来，一人而已”。但这封信文笔流畅，热情奔放，无晦涩生硬之处。《谒漂母祠记》论证韩信处于绝境，“绿草曷茹，清波难饱”。没有漂母，韩信难免饿死，“则是凡信之功，皆母成之也”。结尾说：“呜呼，今之淮阴，犹夫昔也。莽泽困悴，岂无英雄如信者乎！未闻有若漂母以饭之者，于是益知母之高义为难也。”文章短简而明快简劲，并借史喻今，抒发了自己的侘傺之情。何瑭（1474～1543）字粹夫，武陟（今属河南）人。弘治十五年（1502）进士。官至侍郎。在王学大盛之时，他颇示异议，认为“理出于心，心存则万事备”一类的观念，有悖于儒家修、齐、治、平之道，并进而抨击陆九渊的心学流入禅宗，充塞仁义。著有《柏斋集》。他的散文“坦率直陈，引经据史，径切不蔓……要之，不诡于时，不戾于古，不隐赜以为奇，不采掇以为富。孔训有言，词达而已。”（许宗鲁《柏斋先生文集序》）如《民财空虚之弊议》分官吏剥削、差科繁重、风俗奢僭、生齿繁多四项论民财不足的原因，剀切明白。《均徭私论》、《均粮私论》、《与杨邃庵论兵五篇》也都是究心世务、切中时弊的作品，写得条理分明。而《高车驷马图序》、《孟县潘侯祠记》则笔墨灵活，饶有新意，说明何瑭也能写出有情致的文章，只是不肯执意为之罢了。

第二节　文徵明等书画家的散文

文徵明（1470～1559），初名璧，字徵明，后以字行，更字徵仲，别号衡山。长洲（今江苏苏州）人。父文林，成化间进士，官温州知府。“徵明幼不慧，稍长，颖异挺发。学文于吴宽，学书于李应桢，学画于沈周，皆父友也。”（《明史·文苑三》）二十岁左右，即习举子业。自二十六岁至五十三岁，十次赴应天府乡试，竟未能中举。嘉靖二年（1523），被荐入京，授翰林院待诏。五年，辞官归，优游林蹇三十余年，寿九十而终。有《甫田集》。他曾自述学文经历云：“弘治初，余为诸生，与都君玄敬、祝君希哲、唐君子畏倡为古文辞。争悬金购书，探奇摘异，穷日力不休。侗然皆自以为有得，而众咸笑之。”(《大川遗稿序》)“某亦以亲命选隶学官，于是有文法之拘，日惟章句是循，程式之文是习，而中心窃鄙焉。稍稍以其间隙，讽读《左氏》、《史记》、两《汉书》及古今人文集，若有所得，亦时时窃为古文词。……盖程式之文有工拙，而人之性有能有不能。……苟为无命，终身不第，则亦将终身不得为古文，岂不负哉！”(《上守谿先生书》)他以终身不得一举的代价，坚持不懈地从事古文创作，成为名家。其文学观念，也比较开明。“夫自朱氏之学行世，学者动以根本之论，劫持士习。谓六经之外，非复有益，一涉词章，便为道病。言之者自以为是，而听之者不敢以为非。……呜呼，其亦甚矣！”(《晦庵诗话序》)这是说，六经之外，还另有有益的学问在；作文并不一定害道，“一涉词章，便为道病”的偏见太过分了。“事理无穷，学奚底极？理或不明，固不足以穷性命之蕴；而词有不达，道何从见？……呜呼，‘玩物丧志’之一言，遂为后学之深痼，君子盖尝惜之。”(《何氏语林叙》)这是说，“道”与“文”毕竟是二事，反对有道即有文的迂见，主张修辞立诚，理明辞达。

在明代书画家中，文徵明流传诗文作品颇多。《甫田集》有诗一五卷，文二〇卷。今人周道振又辑集外诗文为《补辑》三二卷，其中文一四卷。各体兼备，内容丰富。作者为各阶层人士立传或撰墓志铭数十篇，有一个引人注目的现象，即传主或志主颇有困于科场者。如戴冠“八试皆黜”，华珵“七试辄斥”，顾兰“凡七上礼部，不中。”钱贵“试礼部，数不中。”杜璠“自正德丙子至嘉靖戊子，凡五试，试辄斥。”王宠“自正德庚午至嘉靖辛卯，凡八试，试辄斥”。蔡羽“自弘治壬子至嘉靖辛卯，凡十有四试，阅四十年，而先生则既老矣”。

君正德初，与其兄履约并以隽造选隶学官，婉声俪迹，翘然竞爽。既而履约举应天乡试，寻举进士；而君每试辄斥。以年资贡礼部，卒业太学，又试又辄斥。盖自正德庚午，至嘉靖辛卯，凡八试，试辄斥。而名日益起，从游者日众，得其指授，往往去取高科，登显仕；而君竟不售以死，呜呼，岂不有命哉！

君高朗明洁，砥节而履方。一切时世声利之事，有所不屑。偎俗之言，未尝出口。风仪玉立，举止轩揭；然其心每抑下，虽声称振叠，而酝籍自将。对人未始言学，盖不欲以所能尚人，故人亦乐亲附之。性恶喧嚣，不乐居廛井。少学于蔡羽先生，居洞庭三年。既而读书石湖之上二十年，非岁时省侍，不数数入城。遇佳山水，辄欣然忘去，或时偃息于长林丰草间。含醺赋诗，倚席而歌，邈然有千载之思。迹其所为，岂碌碌寻常之士哉！是其志之所存，必有出于言语文字之上者，曾不得少见于世，而仅仅以文传。而其所传，又出于文场困踬之余，雅非其至者。呜呼，岂不重可惜哉！（《王履吉墓志铭》）

王宠（1494～1533）字履吉，《明史·文苑三》有传。吴郡著名文士，年四十而卒。依此《志》，则从正德庚午（1510）十七岁至嘉靖辛卯（1531）三十八岁的二十一年间，八试不中。其生命之二分之一是在应考，而终被遗落。科举制度与八股程文之耗人精力，于斯可见。作者自己十试不中，五十三岁仍为生员，对此感慨之深是不言而喻的。所以在撰《志》时，对王宠的人品、才华和功名理想给予赞美：高朗明洁，风仪玉立；虽声称振叠，而酝籍自将。含醺赋诗，倚席而歌，邈然有千载之思。用明丽的词藻描写人物的风神气质。对于他的不得少见于世，而仅仅以文传，则一唱三叹，沉痛之至："呜呼，岂不有命哉！""呜呼，岂不重可惜哉！"

及是归，家徒四壁，先所业田，已属他人。独小圃仅存，有水竹之胜。故喜树艺，识物土之宜，花竹果蔬，各适其性。浅深有法，播植以时，而时其灌溉，久皆成林、花时烂然，顾视喜溢，循畦履亩，日数十匝不厌。客至，烧笋为具，觞咏其间，意欣然乐也。于是二十年余矣。自非疾病风雨，及有大故，未尝一日去此。而于世俗酬应，仕路升沉，与凡是非征逐，一切纷华之事，悉置不问。（《顾春潜先生传》）

顾兰，字荣甫，号春潜，作者同乡。七试不中，以太学生释褐，两任知县之后，辞官回乡。这里以从容淡雅的笔致写他的隐居生活，他的怡然自得的心情，可谓同心相应，包含了作者自己的生活体验。后段又说："或谓昔之隐者，必林栖野处，灭迹城市，而春潜既仕有官，且尝宣力于时，而随缘里井，未始异于人人，而以为'潜'，得微有盭乎？"作者以陶渊明曾为彭泽令、千载公认为隐士为例，特为春潜也为自己释疑，着眼点不在“迹”，而在心志。文徵明作为书画家，写过大量题跋，为后世提供了丰富的文化艺术史资料，内容极其广泛，或考证源委来历，或评骘艺术技巧，或兼及有关人物之家世、经历、品行，且往往随事抒慨。这类短文体无定制，不讲结撰，短长任意，最便于直抒见解情思。如《题吴仲仁春游诗卷后》、《题欧公二小帖后》、《题赵松雪书洪范》、《题祝希哲手稿》等。《跋张企斋备遗补赞》追叙靖难之变，引唐太宗玄武门之变为据，说明骨肉相残，事出非常，实不得已；进而赞美“我朝”元气之正，作养人才之盛。而死难之臣忠义之事又不可终使泯灭，因而赞美张企斋补赞的勇气。最后说：“某末学晚生，知慕前烈，亦尝窃识一二。而不能有言者，不敢言也。因读斯赞，辄书于后，以识余愧。”一篇短文，熔铸记事、议论和抒情，委婉而明朗，直率而又深沉，是题跋的佳作。记叙类文章，有的短至百余字，或不足百字，如《游华山记》、《方竹杖记》。有的长达千言以上，《玉女潭山居记》以玉女潭为中心，依整体布局逐一记叙风景点，然后以议论作结。虽部分内容略嫌繁细，近于导游说明，但对各细部的介绍，仍分详略，而且观察细致，描摹准确而生动，如写玉女潭：

潭在山半深谷，中渟膏碧，莹洁如玉。三面石壁，下插深渊，石梁亘其上，如楣而偃。草树蒙幂，中深黑不可测。上有微窍，日正中，流影穿漏，下射潭心，光景澄澈。俯挹之，心凝神释，寂然忘去。

又如写虬鼍峡的一段：

湍流西下，折旋而南属于湾；碕石累属，如龙马下饮，如砥柱中矗，水奔注激射如斗。再折而东，水益驶，石亦益奇，夭矫如虬蟠，如鼍奋；飞流喷薄，溅沫成轮，声震荡如行峡中，曰虬鼍峡。

显现了一个著名山水画家对自然景色感知的敏锐，对景物形象特征的高超的捕捉、反映能力。无论是上一段的静态描写还是下一段的动态描写，都是文中有画的。《重修兰亭记》以议论为主。作者认为：王羲之“其于为郡，尽心焉尔矣”。兰亭之会，是由于政通人和；王羲之优游山水，不是他的本心，并举例说明，如果能得其志，行其所学，其功业不会在谢安之下；最后说："游观虽非为郡之急，而考古尚贤，亦有政者所不可废。"通过这些议论，作者力求发掘兰亭修禊这一文化史佳话所包含的深层意义，表达了对前贤优游山水的理解与向往，有言外之韵。

嘉靖二年（1523），曾巡抚应天的工部尚书、太子少保李充嗣上书荐徵明于朝，徵明作《谢李宫保书》表示感激。开头言荐士之难，继言公卿久不荐士的原因，然后说：

> 某家世服儒，薄有荫祚。少之时，不自量度，亦尝有志当世，读书缀文，粗修士业。而受性朴鲁，鞭策不前。加之忧患交攻，日以堕废。自弘治乙卯抵今嘉靖壬午，凡十试有司，每试辄斥。年日以长，气日益索，因循退托，志念日非。非独朋友弃置，亲戚不顾，虽某亦自疑之。所谓潦倒无成，龌龊自守，骎骎然将日寻矣。明公领镇三吴，下邑虽在治属，间岁一临，实未尝弭节其地。某在诸生中，盖尝一再望见颜色，而猥贱无阶，莫得自前。诚使其身有所取材，公固无从见也，况其所能所守，颓败若此！明公何所据知，遂录其姓名，露章荐之于朝，犯迂不适时、愚不知人之议，不顾非笑，而断然行之？某诚愚，不知所以受知于公者。以为诚有材耶？彼科举之士，非有甚高难能者；业之三十年，曾不得一隽以自振发，其效亦可见矣。若夫怀藏道德，抱节守贞，某实非其人；即其人，将自韬约远引，不令公知矣！或采听人言，得之游扬，又安知其非立异徼名，工言无实者哉？……

这一小段备极委婉，已具一波三折之姿。下文又说自己不谒私门，保全了"士之体"；而李公之荐，是"以古人之道知人，则亦能以古人之道荐人"。"某之所恃者，士之体也；公之所操者，王公大人之职也"。通过层层剖析，说明这种被荐与荐人的原则，完全遵循崇高的古道，与一方面钻营、一方面徇私的庸俗关系不同。这样说，符合事实，又能恰如其分地揭示对方和自己的操守和精神境界。全文围绕"士"如何保气节、存大体，大臣如何对待荐士的问题展开，不用大波大涛，而曲折回环，从容伸述，情理兼足。王世贞说文徵明的文章时有欧阳修之风。他作且不论，若以《谢李宫保书》而言，则真能如苏洵《上欧阳内翰第一书》所言之"纡馀委备，往复百折，而条达疏畅……容与闲易，无艰难劳苦之态。"

祝允明（1460～1526）字希哲，因生而六指，自号枝山，又号枝指生。长洲（今江苏苏州）人。弘治五年（1492）乡试中举人，久举进士不第。曾补官广东兴宁知县，迁应天府通判，既而辞归。他对功名仕宦，本心是不屑的。《答人劝试甲科书》说自己受不了八股的拘束，“漫读程文，味同咀蜡；拈笔试为，手若操棘。”不能与精英们较量，求而不得，不如不求。《复某达官劝会试事》说：“此事在贱子固不肖，不足为郑重；然亦系人之出处，似亦是一大事。幸容其人小行己志可也！”态度是很决绝的。为人玩世自放，厌恶礼法之士；好酒色六博，善度新声，间或粉墨登场。擅长书画，尤工书法，名动海内；又是诗文作家，著有《怀星堂集》以及《苏材小纂》、《罪知录》、《野记》等笔记杂著。

《怀星堂集》所收议论文不多。允明不善议论，尤其是带哲理的议论。但《说吏》一篇，短小精悍，是富有揭露性战斗性的杂文，针对现实吏治的腐败，直言有吏不如无吏：

> 吏所以止民之争；而吏之争于民，甚于民之相争也。民之争，求止于吏；争于吏，将焉止之？故置吏者，必先求其不民之争者，而后求其止民之争然后可。不然，是吏教民争，而置吏者教吏争也。与其欲止民争，而更教之，不若不置吏，而民之争尚寡也！

说恶吏满天下不如无吏，与元初邓牧《吏道》所论，有类似之处。文集中数量最多的是传志（墓志铭）和记叙（包括题跋）两类文章。其总的特点是不受体裁的严格拘束，不烦命意谋篇的周密考虑，放笔而写，任其自然。《四库全书总目》评云：“其文亦潇洒自如，不甚傍门傍户，虽无江山万里之巨观，而一丘一壑，时复有致。才人之作，亦不妨存备一格矣。”（卷一七一）《东南人传》赞美“东南有一人”，具备“缨冕之而无荣，挞詈之而莫辱，刀斧之而何畏。死生不问，何有于他哉”的修养，全文故作悠谬之言，杂以艰涩不易解之语。《九境畸传》只八十三字：

> 九境畸者，合三才万物为其身，总花木绘染为其色，通风水八音为其声，齐有无正变为其道，同古今精粗为其事：其大盖若是。夫人大曰圣，禽大曰凤，水大曰海。大则畸，故万载数圣，千秋一凤，六合四海，故曰九境畸。

这东南人和九境畸，大抵是《庄子》中至人、真人一流人物，写法也是学庄子的，所谓“以寓言为广”，其辞“参差而諔诡可观”（《庄子·天下篇》）作者是想借此手段来表达自己的理想，或简直就是夫子自道。这篇文章，无论人物形象的刻画或文学语言的运用，都不能算学得很成功，但仍然有些新鲜感。《记吾乡二老者》近于笔记；《燕山三士小述》、《朱大人小传》竟不述事实，类似“像赞”；《王昌传》客观地记王昌及其女异乎寻常的膂力，而无一字涉及人物的思想情感，可归入异闻录。《唐子畏墓志铭》则是一篇严肃的传记作品，叙述、议论、抒情结合紧密，语言不假雕饰，写出了唐寅的才华、个性、遭遇，两人的交谊，以及作者的悲愤：“……桂伐漆割，害隽戕特，尘土物态，亦何伤于子畏？余伤子畏不以是。气化英灵，大略数百岁一发，钟于人，子畏得之。一旦已矣，此其痛宜如何置！有过人之杰，人不歆而更毁；有高世之才，世不用而更摈——此其冤宜如何已！”这篇墓志可与《梦墨亭记》合读。唐寅曾梦神人赐墨，乃于阊门桃花坞建亭，名曰“梦墨”，允明为之作记。前幅赞美朋友的天才和造诣：“于是心益精，学益大，而迹益放。或布濩余蓄以为图绘：日月山河，霄汉风气，烟云雾雨，花鸟树石，仙崖鬼窦，奇夫旷人，侠子媚女，樵牧耕渔，墟市舟骑，千形万模，皆务为凌夸横突，峻掘谲诡，周曲碎杂，”无不各臻其极。其后幅云：

> 於乎！子畏自以为志畅矣，神符章矣。余忖度之，其果谓之然哉！於乎！然而不尽者也。往者王子安尝梦墨而以文章名，余亦尝梦墨，未知以何名。审子畏之梦墨，其果以画名哉！墨之用，独画哉！子畏之文，岂特余等？亦岂特欲勃等第哉？子畏不谓符文，以为符画，子畏格气乃果独是哉？以为符文，余且谓不尽，而又卑于文者哉！子畏以文自居，余犹进之，有尽墨之用者，犹为非子畏志之真也；又以画，余肯谓之真哉！设余第徇子畏云尔已矣，当不畏人笑失伦，又不畏神怒忽略苟且阿人哉！神之祥子畏，不唯是也必然矣。然而人之志最易止止；子畏之志无亦果本尔乎？或是则不可，不可必进以从余。如子畏不然，又何烦以余文为哉！

作者认为画卑于文，说法不妥；但他希望唐寅的神墨不止于作画，要进于文，甚或进于高于文者，全文将衷心的赞美和热烈的期望结合起来，用一连串的问句和叹句从侧面来表意，因而文势跳荡活泼；而一个玩世不恭的艺术家对挚友的知之深，爱之切，却表达得很郑重很诚恳，很有感染力。

最能体现作者写作个性和文字风格的，是那些有得而发、信手写成的短篇记、序文，如《丁未年生日序》、《偶然书》、《丁卯年生日记》、《潜庵游戏引》、《谯楼鼓声记》、《杭州夏日以文会诸君从聘宅序》、《清芬亭记》等等。其中语言素淡简净，命意谋篇又很新巧的，可以《南村记》为代表：

苏之胜，左川而右山。出胥门，绝官濠，入桥而西，穿横塘，越荷花荡，乃至山下。跨塘双桥，立东桥上四观，可尽其山川之胜，其村墟之最也。乡人王臣之居之，而号南村。因李孝廉请予状之以文章。

噫，南村之名，以山川之胜。山川之胜，臣之得之不能言，而假予言；予能言而不能得山川之胜。得之者在此，言之者在彼，两不相值，何以言为哉！泽国雨晴，风色清俊。吾期孝廉过臣之，而告臣之以南村之真文章不在笔墨，在三士登桥，连手南顾而一笑也！

用常见的章法写美景与逸兴，而描摹生动、色彩鲜明、语言绮丽的，可以《吹绿亭记》为代表：

钱氏有大圃焉。一方池居前，旁为亭，面东，轩豁疏彻，不受一泥墙入。每坐栏临流，四檐草木生气蓊合，翔禽交呼，波菱水荇，青碧乱掷。游鳞潜鬣，时时拨剌出入水面，水痕散而为罗，激而为珠，澄而为练。一坐便废昼夜。酣畅之余，取五柳先生巾，漉苏州莲花白，时咽饶州一白盏；旋入池采菱剥莲菂饱啖。手自垂纶钓鲜鲂，兼洞庭桔子皮酒，烹之以荐。抱阮成作一两曲，熙熙而熏，冥冥而眠。仰面看碧落，高歌“归去来”；歌已，长啸流云数声，却梦与点也接，与沂雩一境，然后寤。

亭之趣大略如此。主人澂、彻二兄弟得之最深。夏日予过之，以为趣颇分（按，此处疑有脱讹），请名亭而文之。予大意以为亭趣惟有生意，故胜。遂用韩吏部诗语，摘二字题之曰：“吹绿”。

至于极尽铺排夸饰，体制如辞赋而文风更接近六朝的，可以《建康观云记》为代表。如“若夫峦者，岩者，岫者；陂者，洼者，潮者，澜者，湍者；揖者，坐者，拱者，骈者，舞者，戏者，斗者；翔者，驰者，泳者；轮者，楫者，桡者；縠者，绮者，匹者，绚者；以青，以丹，以黄，以碧，以绯，以赤，以苍，以紫，以绿，以素；以组杂，以斑错；而嫭焉，而妬焉，而恚焉，而惧焉；而偶妃焉，而丽附焉，而乖暌焉，而攘排焉……”用山川形势，用人的形态动作，用飞禽走兽游鱼，用各类丝帛及其颜色，又用人的表情神态，百般摹状云彩的万千变化，而不厌其烦。下文追溯所以如此的原因，及其与人情相感应的情状，亦用铺张辞藻之法。这也是才人喜驰骋，忘了简约的一种表现。

唐寅（1470～1523）字伯虎，又字子畏，晚年学佛，号六如居士。吴县（今属江苏）人。其父以商为业而有儒士之行，希望儿子能以八股起家。由于好友祝允明的规劝，唐寅闭户绝交，钻研时义，于弘治十一年（1498）中乡试第一名。十二年，参加会试，因涉嫌科场舞弊案被革黜。回乡后更加放浪不羁。曾远至南岳、洞庭、匡庐、彭蠡，游天台、五夷，观海于东南。归来筑室桃花坞，饮酒取乐；家无担石之粮，而客常满座。自刻图章，文曰“江南第一风流才子”。他兼善诗文书画，尤以画著名。著作多遗佚，《唐伯虎全集》为后人所辑，各类文总计仅四十余篇。

袁宏道说：“大都子畏诗文，不足以尽子畏，而可以见子畏。”（《唐伯虎全集序》）不足以尽子畏，因为使其名传后世的主要成就在绘画，不在诗文，而诗文又未尽全力；可以见子畏，则因为他的思想感情和才华鲜明地体现在诗文中。

第一，唐寅是不恤名教，不知检束的狂士；同时又能够明辨是非，虚心自省，以坦易赤诚之心对待友谊。其《送文温州序》自述“稚冠之岁，跌放不检约。”受到文徵明之父文林的“痛切督训”，而深以为德。《又与徵仲书》感激这位相交三十年的朋友的帮助，钦佩朋友的品行，直言己不如友，要以之为师：“徵仲与寅同在场屋，遭乡御史之谤，徵仲周旋其间，寅得领解。北至京师，朋友有相忌名盛者，排而陷之。人不敢出一气，指目其非；徵仲笑而斥之。家弟与寅异炊者久矣。寅视徵仲之自处家也，今为良兄弟，人不可得而间。寅每以口过忤贵介，每以好饮遭鸠罚，每以声色花鸟触罪戾；徵仲遇贵介也，饮酒也，声色也，花鸟也，泊乎其无心，而有断在其中，虽万变于前，而有不可动者。……以徵仲为师，非词伏也，盖心伏也。诗与画，寅得与徵仲争衡；至于学行，寅将捧面而走矣！寅师徵仲，惟求一隅共坐，以销熔其渣滓之心耳，非矫矫以为异也；虽然，亦使后生小子钦仰前辈之规矩丰度。徵仲不可辞也。”通过具体的事例，具体的对照，说自己的操守不如朋友，推心置腹，毫无矫饰，文章和感情都是朴实无华、而弥见其真的。

第二，唐寅是纵饮颓放，不问生产的酒徒，但确曾有过建功立业的热情与壮志。《上吴天官书》有云：“若肆目五山，总辔辽野，横披六合，纵驰八极。无事悼情，慷慨然诺，壮气云蒸，烈志风合。戮长猊，令赤海；断修蛇，使丹岳。功成事遂，身毙名立——斯亦人生之一快，而寅之素期也！”这是作者的自陈。徐祯卿《新倩籍》：“尝负凌轶之志，庶几贤豪之踪。……辄悲以华盛时荣名不立，俟河之清，人寿几何？恐世卒莫知，没齿无闻，怅然有抑郁之心，乃作《昭恤赋》以自见。”这是朋友的介绍。其《中州览胜序》作于二十七岁，在中举之前。

> 吾党袁臣器，少年逸器，温然玉映，盖十室之髦懿也。弘治丙辰五月，忽翻然理篙楫，北乱扬子，历彭城，渐于淮海，抵大梁之墟。九月末归，乃绘所经历山川陵陆，并冲隘名胜之处，日夕展弄，目游其中。予忝与乡曲，得借访道里，宛宛尽出指下，盖其知之素而能说之详也。
>
> 予闻丈夫之生，剡蒿体、揉柘干，以丽别室，固欲其远陟遐举，不龌龊牖下也。而原憨者怀田里，没齿不窥阛阓，曰：“世与我违。”甘与菑木委灰同弃，虽有分寸而人莫之知也，后世因莫之建白也。
>
> 是余固自展以异，而颓然青袍掩胫，驰骛士伍中，而身未易自用也；虽然，窃亦不能久落落于此！
>
> 臣器所从魏地来，今不知广陵有中散之遗声欤？彭城，项氏之都也，今麋鹿有几头欤？黄河故宣房之基在否欤？大梁墟中，有持盂羹为信陵君祭与无也？臣器其为我重陈之，余他日将参验其言。

最后一段，由袁臣器的游踪与所绘山川名胜，引发千古遐思：嵇康和他的《广陵散》，西楚霸王项羽，塞黄河决口、建宣房宫的汉武帝，战国四公子之一的信陵君无忌。一连四问、包罗英雄贤士和可歌可泣之事，豪情激荡；庸俗之辈，梦想亦不及此。虽然事实与理想相去甚远，但这篇咫尺有万里之势的三百字短文，真能令读者气壮！

第三，唐寅作文虽然“不甚措意，谓后世知我不在是，见我一斑已矣”（祝允明《唐伯虎墓志铭》）。但许多作品仍然显示了作者的才华与笔力。《与文徵明书》一千二百字，是《集》中罕见的长文。

> 寅白徵明君卿：尝窃闻之，累吁可以当泣，痛言可以譬哀。故姜氏叹于室，而坚城为之隳堞；荆轲议于朝，而壮士为之徵剑。良以情之所感，木石动容；而事之所激，生有不顾也！昔每论此，废书而叹；不意今者，事集于仆。哀哉哀哉！此亦命矣！俯首自分，死丧无日，括囊泣血，群于鸟兽。而吾卿犹以英雄期仆，忘其罪累，殷勤教督，罄竭怀素。缺然不报，是马迁之志，不达于任侯；少卿之心，不信于苏季也！

以下即将胸中之所郁积，诸如身世的不幸，个人的志向，遭忌入狱、众恶所归的耻辱与痛苦，自拔于困境的艰难与不甘于沉沦的倔强……一气吐出。为了尽情而不惜词费，却无冗繁之感；全文词采烂然，却无浮靡之病；颇用骈俪，且大多为四言短句，而不显呆板滞塞。如：“……方斯时也，荐绅交游，举手相庆；将谓仆滥文笔之纵横，执谈论之户辙。歧舌而赞，并口而称；墙高基下，遂为祸的。侧目在旁，而仆不知，从容晏笑，已在虎口。庭无繁桑，贝锦百匹，谗舌万丈，飞章交加。至于天子震赫，召捕诏狱，身贯三木，卒吏如虎，举头抢地，洟泗横集。而后昆山焚如，玉石皆毁；下流难处，众恶所归。缋丝成网罗，狼众乃食人，马厘切白玉，三言变慈母。海内遂以寅为不齿之士，握拳张胆，若赴仇敌，知与不知，毕指而唾，辱亦甚矣！整冠李下，掇墨甑中，仆虽聋盲，亦知罪也。当衡者哀怜其穷，点检旧章，责为部邮；将使积劳补过，循资干禄。而蘧篨戚施，俯仰异态；士也可杀，不能再辱！”这一段叙述因科场舞弊案牵累的前后遭遇，悲愤之情，不可遏止，正所谓“累吁可以当泣，痛言可以譬哀。”文章的客观效果亦是如此。这是历代书信中情辞并茂、感人至深的佳作之一。

《明史·文苑三》云：吴郡自吴宽、王鏊以文章领袖馆阁以来，“一时名士沈周、祝允明辈与并驰骋，文风极盛。文徵明及蔡羽、黄省曾、袁袠、皇甫冲兄弟稍后出。而徵明主风雅数十年，与之游者王宠、陆师道、陈道复、王穀祥、彭年、周天球、钱穀之属，亦皆以词翰名于世。”沈周，(1427～1509) 字启南，号石田，长洲人。一生隐居不仕，事母至孝，终身不远游。兼精诗文书画，尤工于画。钱谦益说：“先生既以画擅名一代，片楮匹练，流传遍天下，而一时巨公胜流，则皆推挹其诗文：谓以诗余发为图绘，而画不能掩其诗者，李宾之、吴原博也；断以为文章大家，而山水竹树其余事者，杨君谦也。”(《列朝诗集小传》丙集) 著有《石田集》。在他的影响下，上引《明史》所概括的吴郡才士形成一个有某些共同特点的作家群体，如大多有一点狂狷之气，大多兼通书画，大多受挫科场，仕宦不显，等等。代表人物就是沈周的学生辈文徵明、祝允明与唐寅。以三人而论，人品以文徵明最重礼法，律己甚严，但绝口不谈道学；祝允明、唐寅言行往往出名教外。文章则文氏较接近传统，体制文法较为纯正，但无意拘泥定式，刻板摹拟。祝最为放手，不拘体格法度，但立意谋篇往往有出奇制胜之妙。唐则偏爱骈偶，喜文采，但风格峻爽遒劲，最富才子气。他们的共同点，就是在秦汉、唐宋之争中，不肯卷入漩涡，依傍门户，而能独立自主；或者可以称之为“吴中才士派”。

第三节 李开先等词曲小说家的散文

李开先 (1501～1568) 字伯华，号中麓，章丘 (今属山东) 人。七岁能文，博学强记。嘉靖八年 (1529) 中进士。官至太常寺少卿、提督四夷馆。与陈束、王慎中、唐顺之、赵时春、熊过、任瀚、吕高并称“嘉靖八才子”。“今嘉靖十年后，更有八才子之称。八人者，迁转忧居，聚散不常，而相守不过数年，其久者亦止八九年而已。”(李开先《吕江峰集序》) 八才子在文坛上名气更大的是李与王、唐，“嘉靖初，王道思、唐应德倡论，尽洗一时剽拟之习，伯华与罗达夫、赵景仁诸人，左提右挈。李、何文集，几于遏而不行。”(钱谦益《列传诗集小传》丁集上) 可见他们很活跃，很有影响。嘉靖二十年 (1541) 四十岁时，因太庙火灾，上书自陈，被解职回乡。家居二十七年，治田产，建园亭，蓄声伎，征歌度曲，大力从事词曲 (按，本节中“词曲”包括戏曲与散曲) 的搜集整理与创作。李开先以词曲家著名；不过，他的《闲居集》有诗四卷，文八卷，数十万字，也是明代中叶重要的诗文作家。

《闲居集》中最引人注目的是二十七篇传记。其中比较重要的作品，可分四类。

一、文学名人传。共九篇，传李梦阳、何景明、康海、王九思、王慎中、唐顺之、陈束等。李开先与唐顺之为同年进士，与王、唐文学思想有一致处，因此，他为唐宋派的王、唐作传。他与王九思、康海同好词曲，友谊很深，因此，他为前七子的康、王作传。他对李梦阳、何景明也很尊仰，视为前辈，并为之作传，褒扬他们的人品气节和文学成就。他写这些传记，或者是有感于“生才实难，而用才亦不易。……予观渼陂王翁，不惟有才难之叹，而且有才难用之叹”（《渼陂王检讨传》）。或者是笃于情谊，为朋友作传是藏之已久的“心愿”（《对山康修撰传》）或者由于他人之作，“丰神绝不相似”，不足以尽其品格（《李崆峒传》），传主“为人作传状碑志，可因而耀今信后；人之为之文者，往往不及。予窃为不平，思有以报相知，不自量其才力卑下，勉强作传。”（《何大复传》）总之，他的写作目的是为了使这些人的品德、才华和事迹得以充分展示，耀今信后。这些传记内容详赡，叙事切实，在热情褒扬中能点出人物的弱点，可视为信史，给明代文学史留下了相当丰富的资料。

二、理学名人传。如《泾野吕先生传》、《豁里马光禄传》。

三、尊长乡贤传。如《湖东费相国传》、《中川王亚卿传》、《袁西溪传》、《东谷张先生传》等。《张寿翁传》写的是作者自己的岳父。“翁有坦夷之性，醇懿之德，刚方之气，脱洒之怀。机变之谋不以萌诸心，戏谑之辞不以出诸口，委琐之行不以措诸身。见者不以为隐德君子，则以为神仙中人。”作为商贾的张锜，有很高的思想道德修养，犹如隐德君子或神仙中人，像是溢美之辞。以下着重提到他经商的情况和晚年生活：

> 尝携赀为贾于苏、杭、河西务，固亦随众赢利牟息，应变规时，然善识货物，能近人情，算及锥毛不为也。赀不多于他贾，而他贾之大者，行事反愧不及，每每称之曰：“张翁疏财仗义，明如望月，凛若秋霜。”所得利息，间或取乐于旗亭酒肆，馀悉寄家，或自归献之二亲及同气，并周其党与夫素所识贫乏者。
>
> 至其老而倦游，以为萍踪浪迹，浮沉江河；孰与归而徜徉故山，俛仰旧

里，于以息机而宁神，不尤为得计耶？一岁之间，多居村落，少在城郭；一日之间，多潜房闼，少逾门阑。平生非款客不重肉，非有疾不昼寝。与乡老结社游宴，未尝不穷日尽欢，又未尝婴情于物，有累于中，稍匮于财，有慕于外。县令无半面，公门无一迹，盖省事兼商于外，方归而又老矣。

语言简括而内容具体切实。说他“亦随众赢利牟息”，而且熟悉市场，善识货物，是商人本色；说他不识县令，不入公门，是由于早岁经商在外，乡居已是老年，道理讲得很实在。这样，隐德君子和神仙中人的赞美反而显得可信了。全文叙事清晰，重点突出，议论很有分寸，结构也比较紧凑，是作者传记文的佳作之一。

四、士林丑类传。《老黄浑张二恶传》是一篇性质很独特的作品。作者认为：“传乃文中一体，善恶皆备可也。诸作者多溢美人善，而恶则未之及。”《二恶传》就是有心要为恶人立传的。此传与祝允明的《东南人传》、《九境畴》不同，也不用悠谬参差之言，材料比较可靠，二恶或实有其人。老黄名彬，字宁质，开封人，自幼炫奇喜生事，善为泛滥迂诡之术，甚至作过工部司务的小官；其卑劣之行，却至老不改：

是时年已老矣，峰肩隐脰，鬓发垂白。……落魄家居，无所事事，往从书肆购得兵书数十册，昼从里中儿游，夜归读其书。时时揣摩，空斋灯下，张两拳作搏格之状，以为尽得孙、吴战法矣。值岁凶盗起，开封太守檄属邑能捕盗者。老黄则至府请见，曰：“盗乃狗鼠，易治。檄下三日无应者，可谓郡中无人也！彬虽老矣，尚堪一行。”太守下堂，执其手而壮其志曰：“幸有先生，足矣。”立授之甲士千人。……已而一卒传盗至，军中溃乱，老黄弃去盔甲，望风先走，匿鄢陵城下。城中惊传盗至，急闭门设备。闻有人声呜呜，俯察之，知是领兵老黄也。相与乘埤投筥，悬两索，急縋上之。老黄股战不能就，两守门者扮入之。乃收泣呼城上人：“速曳我，我为若等辛苦，以至于此。”城上人怒而侮之，故縋之半城而止。老黄自度业已脱兵戈，而登城且半，筥中齁然熟睡。众闻鼾睡声，误疑气促将死矣，亟引上，呼“老黄”；老黄笑曰：“吾乃生人，非垂死者也。”太守虽不之罪，而追悔无及矣！

其后黄河水涨，开封城被淹，老黄又求见太守。献排涝之计：铸造铜、铁管，“百千万人以口从外呷之，城中水可立尽”。设想之荒唐，实出人意表。七十多岁又欲学为诗人，请人书写自己的作品到处赠送，但“郡邑竟无正目视之者”。种种劣行，都为了邀名。浑张，名暄，济阳人。嘉靖十年中举人，“后即浪游四方，终岁家居者不数十日”。他求乞，行骗，强索酒食，人们防范，有如防豺狼。有送囚饭者，他掩其不备而夺其半。“一日，饥而求馄饨于食店坐案者；其人应以若能露膝跪于通衢，惟其所欲。遂如言，洋洋食二枚，整衣而起，曾无惭色。市人更有‘牢窃四饼，跪食二包’之谣。”老黄、浑张的寡廉鲜耻，与宗臣《报刘一丈书》所揭露的不同；与《孟子·离娄下》所描写的“齐人”也不同，“齐人”毕竟知道要掩盖自己的卑劣；这是新的一类艺术形象。作者最后说：“予尝总二人之行事论之：黄则多为名，张则多为利，辱志屈身，得不偿失，安在其为名利乎？……虽然，贪暴有司，其恶有甚于此者，自有府司廉察，抚按绳弹，无庸作传；然亦不胜作传，其漏网者滔滔皆是。民之困死流离，何有苏息时耶！聊因二传，寄兹一慨云。”这是一篇描写生动具体，形象鲜明，而且具有深刻的社会意义的传记。它通过两个既有特殊性又具典型意义的人物的刻画，正面揭露了封建知识分子败类的灵魂的丑恶，揭示了没有操守的士林人物在名利的腐蚀诱惑下，可以堕落到何等地步。它又通过文末的议论，从侧面点出了那些没有“堕落”的终于成为官僚而贪暴害人者，“其恶有甚于此”，而且“不胜作传”。明代士风，历来被人称颂，而李开先却写出了足可痛心，也许同具普遍性的另一面。本文作为优秀的传记作品，自然体现某种小说色彩，对于后世的谴责小说、暴露小说应有相当的影响。

《闲居集》中还有各类序、记文约一百八十篇。《市井艳词序》赞美民间歌谣的“直出肺腑，不加雕刻”，指出“真诗只在民间”。《西野春游词序》充分肯定词曲的艺术价值，认为可以上接三百篇，指出“今之乐犹古之乐也”。《送李县丞致仕序》说：“自吾林居二十余年，几经十余丞矣，多者数千金，少者亦科千金去，上不加察，而下不知惩，民如何不贫且流也！”谴责普遍存在的贪污现象，表彰“爱民而不爱钱”的李县丞。李开先乡居时营建甚多，一楼一记，约三十篇，以明快简净的笔致略述命名之由，其中《三宜楼记》、《四望楼记》、《有年楼记》都写得活泼洒脱，自成一格。

李开先尝自述写作生涯云：“中麓子屏居以来，其所著作，词多于文，文多于诗，以啸歌之日多，而诵读之日少，故文不及词；又求文者多，而诗者少，故又诗不及文。然皆随笔随心，不复刻苦，常言常意，无有可传。”（《闲居集后序》）“鄙性作文不论长短，只一笔立成……不但一笔，且不甚改窜。”（《渭厓霍公墓志铭》）随笔随心，不复刻苦；一笔立成，不甚改窜。说得很中肯。他是一个才气横溢、思想活跃的人，写文章下笔不能自休，动辄数千言，由此及彼，由近及远，善于联想映带，因此又往往缺乏剪裁，时有枝蔓旁逸之病。另外，小说词曲为了集中刻画场面、景象或人物，往往成段地使用通俗顺口的骈语。李开先特别钟情于词曲，写起来得心应手，极为娴熟；影响所及，他的散文时有词曲气息。如：

> 仁斋陈先生，以岁例年资，贡之王国；以宏辞博学，分教吾章。务实而不要名，怜贫而不牟利。匹夫竭两端之教，六经发千古之藏。善喻而诲明，不劳而功倍。从吾所好，既多知十之贤；博我以文，必重在三之义。待问如洪钟之扣，不才有鸣鼓之攻。讲业如南郭东陵，宅心比西河北海。（《送陈仁斋长教汤溪序》）
>
> 过此则峰峦回抱，草木交加。水裁曲岸直，而云截乱山平；广场烧痕青，而断崖石色古矣。欣闻鸟语山幽，其奈马疲路涩。林深不知暑气，地高自引清风。（《游龙藏洞记》）

从这些地方，可以看出通俗小说和词曲对散文创作的浸染。以传统的眼光来评价，可能视为不醇。这，也许是李开先散文成就被忽略的原因之一。

吴承恩（1504？～1582？）字汝忠，号射阳山人，山阳（今江苏淮安）人。出身于寒儒家庭。父亲以商为业而性喜读书，好议论史传，“又好谭时政，意有所不平，辄抚几愤惋，意气郁郁。”（《先府宾墓志铭》）承恩“幼年即好奇闻。在童子社学时，每偷市野言稗史；惧为父师诃夺，私求隐处读之。比长，好益甚，闻亦奇。迨于既壮，旁求曲致，几贮满胸中矣。”（《禹鼎志序》）一生科举失意，直到嘉靖末年，大约六十三岁时，才谋得长兴县丞的微职，前后三年，被罢黜。家居十余年而卒。有小说名著《西游记》、诗文集《射阳先生存稿》。吴承恩虽与后七子的徐中行和唐宋派的归有光有过交往，但并未参与当时的文坛派别斗争。他年轻时“即以文鸣于淮。投刺造庐，乞言问字者恒相属。……奈绝世无继，手泽随亡”。其外表孙邱度“从亲交中遍索先生遗稿……庶几存十一于千百”（《射阳先生存稿跋》），又经过编辑者的删汰。作品数量虽然不多，但不乏佳篇。《贺学博未斋陶师膺奖序》说淮安府学教授陶师文受到上司褒奖，其门弟子相与议论，是否应该致贺。或以为宜贺，或以为可以无贺，都是表示对老师的敬佩。作者则别出心裁，提出“异贺”，认为在世风日下的情况下，陶能受奖，说明公道尚未完全泯灭，还有一线希望，“余不喜未斋之见知于人，而喜人之知未斋也。”其中批判官场与士林的丑恶现象的一段：“夫独不观诸近时之习乎？是故匍匐拜下，仰而陈词，心悸貌严，瞬息万虑，吾见臣子之于太上也；而今施之长官矣。曲而跽，俯而趋，应声如霆，一语一偻，吾见士卒之于军帅也；而今行之缙绅矣。笑语相媚，妒异党同，避忌逢迎，恩爱尔汝，吾见婢妾之于闺门也；而今闻之丈夫矣。手谈眼语，诪张万端，蝇营鼠窥，射利如蜮，吾见驵侩之于市井也；而今布之学校矣。”虽然用的是概括的写法，但对比强烈，形象鲜明，内涵也十分深刻。《秦玺》是一篇严肃正大的论文。开篇说：“世有习其名而不思其实者，秦玺是也。夫玺之重夫秦久矣，天下后世谓之曰‘传国宝’，自始皇以来，莫之有异也。愚则以为是玺也，奚以秦为哉！帝王之有天下，所恃以立国者，果在于玺耶？不在于玺耶？玺果在于秦耶？不在于秦耶？所谓传国宝者，国以宝而传耶？宝以国而传耶？甚哉，习旧之非，而好奇之过也！”以下围绕习旧之非，好奇之过，层层展开，阐述真正值得珍重的，不是作为传国之宝之秦玺，而是仁义礼乐、典章制度。秦玺不能救秦之亡，而“郡县”、“阡陌”之制也不因秦玺之失而亡。具体观点虽有片面之处，但力辟“玺而必慕夫秦”的幼稚心理和迷信心理，体现了作者独立思考的精神。文章运用大量排比和问句，雄辩滔滔，气势畅达，有《孟子》之遗风。

《序伎赠写真李山人》则是另一种风格，命意构思得益于《庄子·养生主》中的“庖丁解牛”故事。

通州李子北游于淮阴，馆于蒋氏。李子素善貌人，其留于淮也，缙绅国人咸求之貌。其貌人也，十尝得十。或者问曰：子之于伎也，习矣乎？子而貌人，十尝得十，何也？

李子嘻曰：余非伎人也，而游于伎；余非习于伎也，而与伎偶。始余挟策读书，出游于都邑，鲜然与人群，见夫老少者异状，肥瘠者异质，黔晰者异色，长短者异形，妍丑者异姿。余嗒然而神怡，舂然而心融，少焉触然而警中。是故余志其形体，余志其耳目口鼻，余志其须眉，余志其颔颐，余志其权，余志其辅。既而和墨配色，濡笔焉而加之素，恍然若觌斯人焉。故余貌之人也，十而失五六者鲜矣！久之，余益与人习也，于是舍其格，遗其形，求之于俯仰，求之于瞻眺，求之于笑貌，求之于态，求之于情，吾心或若戚然其有谋，犂然其有酬，于是和墨配色，濡笔焉而加之素，若与斯人笑语謦咳徘徊焉。故余之貌人也，十而失三四者鲜矣！今余貌人多矣，余不能为心矣，余忘余伎矣。有求余貌者，余不知其貌若是耶？态若是耶？但余隐几而坐，忽焉若觌斯人于素，又忽焉若见斯人矜色而待余，又忽焉若见紫气于斯人眉宇之间，于是余急起而图之，又不知孰使余起耶？孰使余图之耶？孰使余肖耶！孰使余不肖耶？故余之貌人也，不知十而得一耶？十而失其九耶？十而得十耶？十而不失其一耶？——余又安知伎！

于是淮南吴生闻之叹曰：善哉，伎可以语学矣！彼君子始而张弓，既而云行水止，而天游焉天下乎，畤靳之哉，熙熙神应之矣——是谓凝化。

庖丁解牛，由技进于道，经历三个阶段：开始是“所见无非牛者”，继而“未尝见全牛”，终至“以神遇而不以目视，官知止而神欲行”。李山人画像也是由技入道的三个阶段：开始“志其形体”，而“十而失五六者鲜矣”；继而“舍其格，遗其形”，求之于俯仰情态，而“十而失三四者鲜矣”；终至遗其形体，又遗其情态，而求之于精神气质，而“十而不失其一”。作者从《庄子》得到启发和灵感，运用于理解和阐发绘画艺术创作的规律，毫不牵强。作者又有意在个别字句上点出《庄子》色彩，如“嗒然而神怡”，“舂然而心融”，“隐几”，“天游”，等等；但绝不尺尺寸寸刻意摹拟雕琢，不取七子派钩章棘句、生硬割裂的一路，用流畅的语言，自然明晰地叙述了李山人画像由技进乎道的过程。这是创造性地学习前人继承前人的正确道路和优秀成果。词曲家的李开先喜作长文；而作为小说家的吴承恩，其散文作品却篇幅简约，即使墓志铭之类，也罕有超过千字者。《范宽溪山霁雪图跋》全文一百五十字，但语言清丽，描写优美，且余韵悠然：

雪，一也；而其景有三：故天同水玄，群木僵立，飘瞥林岫，归渔罢樵，索然而如闷者，为初雪。林际深暗，山形模糊，桥梁藩篱遮盖灭没，浑然而如睡者，为密雪。山挥豁以呈露，水通融而怒流，楼观洞明，原野映带，欣然而如笑者，为霁雪。若但见其皓然一白，即以雪景概之，失真趣矣！

故余观于是卷，舒未盈咫，即指之曰："此范宽《溪山霁雪图》也。"图穷，视其题识，果然。

明清人对吴承恩散文有很高的评价。陈文烛说：淮海地区"自陆贾、枚乘……诸人，咸有声艺苑，至宋张耒而盛。"承恩则"文潜以后，一人而已。"（《吴射阳先生存稿叙》）吴进说他"身虽老贡士，名出显贵上。凡一时碑版金石祝嘏赠送文辞，俱出其手"（《吴射阳遗集跋》）。吴承恩作为写过《西游记》的小说家，其散文却体格雅正端重，不杂小说词曲气习；篇幅较短小，气势不甚阔大，但语言峻爽流畅，情辞相副。在明代，当是淮郡文人之冠。

康海（1475～1540）字德涵，号对山，武功（今属陕西）人。弘治十五年（1502）状元，曾任翰林院修撰。著有《对山集》。王九思（1468～1551）字敬夫，号渼陂，鄠（今陕西户县）人。弘治九年（1496）进士。曾任翰林院检讨、吏部郎中。著有《渼陂集》。康、王同乡同官，又同以刘瑾逆案牵连被罢斥。回乡以后，交往更为密切。"浒东、鄠杜之间，相与过从谈宴，徵歌度曲，以相娱乐。敬夫将填词，以厚赀募国士，杜门学按琵琶、三弦，习诸曲，尽其技而后出之。德涵尤妙于歌弹，酒酣以往，搦弹按歌，更起为寿，老乐工皆击节，自愧弗如也。……其流风余韵，关西人犹能道之。"（钱谦益《列朝诗集小传》丙集）他们作为词曲家，生活情趣与李开先相仿佛。康、王虽然同属前七子之列，康海还是反对台阁体余风、倡导复古，并使王九思转变文风的领袖人物（见李开先《渼陂王检讨传》）但他们以词曲名家，诗文的总体成就不如李梦阳、何景明等人。康海散文作品以书简、序、记为多。他在被黜乡居数年之后，彭泽表示要招致幕府，他回书说："仆自庚午蒙诏之后，即放荡形志。虽饮酒不多，而日与酩酊为伍；人间百事，一切置之。此不但信于乡人妻子奴仆也。盖素性疏懒，偶因官秩羁绁数年，若招豚臂鹰，而一旦得此，心中之快实有人所不知而己独知之者。自东方多事以来，闻其骁傲无状如彼，即或奋然有攘臂之意；随复自笑自詈，以为狂奴犹尔不量，即又饮酒散发，箕踞林麓。此其性习之已成，激之不返，虽三公之贵，刀锯之辱，不可夺也！况数石之粟，半幅之纸乎！”(《与彭济物》) 彭泽，字济物，兰州人。弘治三年进士，官至兵部尚书、太子太保。为人“孝友廉直”，从政“孜孜奉国”，不亲附贵幸，两次夺官为民，家居郁郁以卒（见《明史》卷一九八)。康海对这样一个品格、才能、声望不错的人的邀请，表示了如此决绝的态度，“虽三公之贵，刀锯之辱，不可夺也——况数石之粟，半幅之纸乎！”真是意外。大概他认为给人做幕僚是一种屈身折节的耻辱，从这里正好可以窥见康海的个性气质。他写给好友、前七子之一的王廷相的信，提到了这件事：

……近济物以他人之谋，将致我幕下，昨已为数言绝之，颇涉峻厉。於乎，彼殆以我为何人耶！大丈夫出处自有礼义，岂私好私与者寻隙投衅附会可致耶！兄与我有骨肉之分，当悯惜至此。丘壑之下，凡有志天下国家者岂可忍居？苟有所不可，则亦宁死守而不易耳！平生碌碌，别无他事，维此点检最熟；而又失之，死无面目见先人于地下也。……

去秋有一客相过，极言彼所以拳拳于仆之意。方在杯酒间，仆变色大骂，声彻四邻。仆岂彼之所宜论耶！昨见自彼来者，云彼已深含于我，此不知仆正欲其含也。即此可以再见不肖之心矣。(《与王子衡》)

既言有志于天下国家者不忍居丘壑之下，又言苟有所不可，则宁死守而不易。这是把气节出处看得比生死还重要的一种表现。“仆岂彼之所宜论耶！”这是认为道不同的权势者甚至没有资格议论自己，即使是好的议论。通过这两件事，可以从另一面了解康海回乡后“饮酒散发，箕踞林麓”、“放浪形志”的悲愤和痛苦。《与彭济物》和《与王子衡》都是洞见肺腑、铿锵可诵的书信佳作。

《送朱升之序》作于正德九年（1514)，康海已被黜回乡数年；朋友朱应登赴任云南提学副使，也意味着不得志。这篇赠序重在慰解和勉励，也包含着自解自勉，故文意比较缓和，开头一段说：

夫折坚断劲，刲犀劘玉，无向而弗利者，良剑之用也；沙汰湔濯，熔铸锻炼，精光愈新者，兼金之质也。故士无炫誉，当事乃奇；骥无异足，登途则妙。君子之节，岂可约以细人之屑见，齐以乡党之鄙情哉！故葛藟生于高山之上，非其才有凌于楩楠松柏也；犀象伏于澶回之渊，非其体固亚于猿猱麋鹿也。高下之分定而倚托之势殊也。故观士者不于其细而于其大，亮才者不于其明而于其隐。二者，所以斟酌豪俊窥识英妙之方也。然五羖显名于秦穆，子臧强迹于威宣，二君者窥识明而斟酌当，巨细靡遗，隐显不谬，故俗议不能系，浮辞不能间也。至若其思戮身于郑武，伍员盛尸于鸱革，岂其诚未达于上而议不竭其智哉！主疑而谗入，故志厄行塞，身死用弛也。

先以良剑与兼金为喻，说明“士”的才华当在实践中显露，其次提出“观士者不于其细而于其大，亮才者不于其明而于其隐。”其三以史事为例，认为“士”能否得君，应自省是否确已达诚尽智，言行得宜。意见力求正大，表达力求劲健，词藻丰富，语法整齐。从略嫌板滞中，可以看出精心结撰之功。前人对康海散文的评价颇有出入，或曰其诗文皆出于漫笔，往往粗率；或曰其有逸气，能自由挥洒，胜过李梦阳等割剥秦汉。意见分歧的原因，可能由于所见不同，今传四库本《对山集》是经过严格删汰的。万历间，王世懋为康海编集，始则叹其遗文，后发现多而芜杂；因而“凡二集中铺叙亡关系者必削，率直亡蕴藉者必削，命意就时离于大雅者必削。总之，旧集之削者，十之二三，而遗集之入者，十之三四，彬彬乎足成一家之言矣。”（王世懋《对山集序》）今就所删存的作品言，康海仍不失为有异于李、何，有自己风格的散文家。王九思早年创作受茶陵派影响，后来追随李梦阳和康海，转变文风。他的作品得到康海的高度褒扬：“其叙事似司马子长，而不屑屑于言语之末；其议论似孟子舆，而能从容于抑扬之间。”（《渼陂先生集序》）也得到他家乡陕西人的推崇，以为一代宗匠。《四库全书总目》的评语或较为近实：“是其生平相砥砺者，在李梦阳、康海二人，故其诗体文格与二人相似；而诗之富健不及梦阳，文之粗率又甚于海。盖乐府是其长技，他皆未称其名也。”（卷一七六）

第五章 明代后期散文（上）

第一节 李贽的思想和创作

明代中期至后期，在封建经济内部产生了一些引人注目的变化，一些新的情况。农业和手工业进一步发展，生产水平已超过前代，如水稻产量的提高，棉花和烟草种植的逐步普及；制瓷工艺迅速进步，全国产铁地区已多达一百余处，在河北、山西、广东、福建等地已出现了规模较大的铸铁业。尤其是丝织业和棉纺织业的生产技术和生产水平得到空前提高，社会分工进一步发展，江南地区已有从农业分离出来的专业的机户染坊和织工染工。景德镇制瓷业的佣工，“皆聚四方无籍之徒。每日不下数万人”。石塘镇的造纸业，“纸厂槽户不下三十余槽，各槽帮工不下一二十人”。龙溪的炼铁业，每炉需工达五、七百人。手工业和农业中的经济作物种植业的进步，使商品货币经济活跃起来，新的工商业城镇不断兴起。某些行业已出现了不拥有生产资料而依靠出卖劳动力谋生的雇工；从苏州丝织业的某些手工作坊的机户与机工的关系来看，至明代后期，封建经济内部已产生了资本主义萌芽（以上参考翦伯赞《中国史纲要》下册，220～230 页）在这种背景下，再加上政治、社会、学术诸方面的矛盾运动的影响，明代后期的文学也出现了一个新的局面，涌现了一批具有某些新的思想倾向和审美倾向与传统大异其趣的作家与作品。李贽，是这个时期开风气之先、在思想上对许多作家有重要影响的人物。

李贽（1527～1602）号卓吾、宏甫，又号温陵居士，福建晋江人。嘉靖三十一年（1552）二十六岁时，乡试中举人。宦游四方二十余年，曾任共城（今河南辉县）教谕、北京国子监博士、礼部司务、南京刑部员外郎、云南姚安府知府等职。万历九年（1581）五十五岁时，先后定居湖北之黄安、麻城一二十年，从事讲学和著述。他的学说言行被官方和正统道学家视为异端，多次遭受诬陷与迫害。七十五岁时，由马经纶迎至通州（今北京通县）。明年，给事中张问达上疏弹劾，万历皇帝敕旨称："李贽敢倡乱道，惑世诬民，便令厂卫五城严拿治罪。其书籍已刻未刻，令所在官司，尽搜烧毁，不许存留。"（见［日］铃木虎雄《李卓吾年谱》）因被逮入狱，自刎而死。著作极富，屡禁而不绝。重要的有《焚书》、《续焚书》、《藏书》、《续藏书》、《道古录》等。

在明代，李贽是最具叛逆精神的思想家。他的叛逆精神的形成，有着多方面的复杂的原因。他出生并成长在泉州这样一个商业乃至对外贸易比较发达的沿海城市，先世多经商者，因而受到正统儒学的熏陶较浅，不贱视所谓末业——商贾："且商贾亦何可鄙之有？挟数万之资，经风涛之险，受辱于关吏，忍诟于市易，辛勤万状，所挟者重，所得者末。……"（《又与焦弱侯》）可见他与市民虽无长期接触，但思想深处受到正在迅速壮大的市民阶层的某种影响；他一再强调穿衣吃饭即是人伦物理，可视为市民意识的反映。他有二十多年中下层仕宦生活经历，比较了解当时官场和政治的种种黑暗与弊端。他中年讲学，并潜研禅宗思想，至老不厌。最重要的，他是王门泰州学派中的重要人物，深深服膺王阳明学说，高度称颂王阳明"在江西为三大忠，在浙江为三大人，在今古为三大功；而况理学又足继孔圣之统者哉!"（《续焚书》卷三《王文成》）以上这些外部因素，与他本人内在的性格气质的独立自主精神正好契合。他曾提到"我自六七岁丧母，便能自立"（《与耿克念》）。又多次强调天性不爱受人管。辞官不回乡，甘愿流寓；流寓中又择佛寺而居；最后乃至剃发，都是为了摆脱受人管的处境。种种努力，换来的不是自由自在无人管，而是指摘迫害，这就更加激发起个人与环境的尖锐的矛盾冲突，激发起他的悲愤与反叛情绪。李贽的叛逆思想，主要表现在以下几个方面。一、他认为对传统儒家学说的理解与接受，要经过自己的深入体会，独立思考，坚决反对矮子观场，人云亦云；反对一犬吠形，百犬吠声。二、他通过发挥儒家经典，指出不应该神化圣人，"天下之人，本与仁者一般，圣人不曾高，众人不曾低。"（《复京中友朋》）这种观念直接来自王阳明的人人可以为圣人的学说，也与禅宗的人人可以成佛的教义有关。在此基础上，李贽还进一步根据孔子自己的言论，说明圣人并非万能，并非事事能达到理想境界（见《答耿司寇》），甚至说过“夫天生一人，自有一人之用，不待取给于孔子而后足也。若必待取足于孔子，则千古以前无孔子，终不得为人乎？”（答《耿中丞》）既然人人可以为圣人，以上的推衍自然是合乎逻辑的。这体现了他的自觉的独立思考，反教条反盲从的精神，是一种争取思想解放、人格解放的可贵倾向。三、他不遗余力地反虚伪反假道学。其《答耿司寇》云：“试观公之行事，殊无甚异于人者。人尽如此，我亦如此，公亦如此。自朝至暮，自有知识以至今日，均之耕田而求食，买地而求种，架屋而求安，读书而求科第，居官而求尊显，博求风水以求福荫子孙。……及乎开口谈学，便说尔为自己，我为他人；尔为自私，我欲利他；我怜东家之饥矣，又思西家之寒难可忍也；……以此而观，所讲者未必公之所行，所行者又公之所不讲，其与言顾行、行顾言何异乎？以是谓为孔圣之训可乎？”四、在文学发展观方面，他力主文章与世推移说。论《战国策》说：“夫春秋之后为战国。既为战国之时，则自有战国之《策》。盖与世推移，其道必尔。”（《战国论》）《时文后序》说：“故曰文章与时高下……夫千古同伦，则千古同文；所不同者，一时之制耳。”《童心说》云：“诗何必古选，文何必先秦。降而为六朝，变而为近体，又变而为传奇，变而为院本，为杂剧，为《西厢曲》，为《水浒传》，为今之举子业，皆古今至文，不可得而时势先后论也。”在文学创作观方面，李贽突出地强调真实和自然。

> 夫童心者，真心也，……绝假纯真，最初一念之本心也。……古之圣人，曷尝不读书哉！然纵不读书，童心固自在也；纵多读书，亦以护此童心而使之勿失焉耳，非若学者反以多读书识义理而反障之也。……童心既障，于是发而为言语，则言语不由衷；见而为政事，则政事无根柢；著而为文辞，则文辞不能达。非内含于章美也，非笃实生辉光也，欲求一句有德之言，卒不可得。……天下之至文，未有不出于童心焉者也。

不登大雅之堂的传奇、杂剧，《西厢》、《水浒》，他都认为是“天下之至文”，因为他们真实，能反映童心。主张真实，就必然反对虚伪、造作与无病呻吟。“古之贤圣，不愤则不作矣。不愤而作，譬如不寒而颤，不病而呻吟也。”（《忠义水浒传序》）“文非感时发己，或出自家经画康济，千古难易者，皆是无病呻吟，不能工。”（《复焦漪园》）《读律肤说》论文章之自然美：声色之来，发于情性，由乎自然。“故性格清彻者，音调自然宣畅；性格舒徐者，音调自然疏缓；旷达者，自然浩荡；雄迈者，自然壮烈；沉郁者，自然悲酸；古怪者，自然奇绝。……然则所谓自然者，非有意为自然而遂以为自然也。”正因为如此，他特别赞美苏轼，包括其人品与其文理自然姿态横生的文章。上述李贽的观念意识和文学主张，对当时的思想界和文学界，尤其是对公安三袁，产生了直接的而且是深刻的启示。

李贽是一个思想家，一个战士。其散文作品的特点，首先就在于深刻的思想性和强烈的战斗性。《答耿司寇》作于1586年，长达六七千言，比较全面地阐述了自己的学术观点，并与著名理学家、好友耿定向展开激烈的论辩，提出最直率的批判意见。“卓吾所著书，于上下数千年之间，别出手眼，而其掊击道学，抉摘情伪，与耿天台往复书，累累万言，胥天下之为伪学者，莫不胆张心动，恶其害己，于是咸以为妖为幻，噪而逐之。”（钱谦益《列朝诗集小传》闰集）耿定向作为朋友，曾为李贽的离经叛道的言行加以掩饰，举出颜钧（按，颜钧，字山农，与李贽同属泰州学派）在讲学会堂上忽然就地打滚，被传为笑谈一事为例，说李贽的某些出轨之事，也只是参禅悟道的一种表示或一种方式而已。李贽在《答周柳塘》书中，对耿的掩饰并不领情，而且在“打滚”事上就势发挥：

> 所云“山农打滚”事，则浅学未曾闻之；若果有之，则山农自得良知真趣，自打而自滚之，何与诸人事！而又以为禅机也？夫世间打滚人何限，日夜无休时，大庭广众之中，谄事权贵人以保一日之荣；暗室屋漏之内，为奴颜婢膝事以幸一时之宠。无人不然，无时不然，无一刻不打滚；而独山农一打滚便为笑柄也！倜老恐人效之，便日日滚将去。予谓山农亦一时打滚，向后绝不闻有道山农滚者，则虽山农亦不能终身滚，而况他人乎？即他人亦未有闻学山农滚者，而何必愁人之学山农滚也？此皆平日杞忧太重之故。吾独憾山农不能终身滚滚也。当滚时，内不见己，外不见人，无美于中，无丑于外，不背而身不获，行庭而人不见，内外两忘，身心如一，难矣难矣！……

文章层层辩驳，又反复申论。讲学讲到真得意处，真有体会处，纯真绝假，内外皆忘时，打滚就打滚，有何可笑！比起那些追名逐利、奴颜婢膝，在权势者面前天天打滚的无耻之徒，岂不有天壤之别？这种毫不回避、敢于正面冲击、一往无前的写法，真如匕首投枪，锋锐不可当，颇能代表作者的人品和文风。

《焚书》、《续焚书》中的史论，如《党籍碑》、《伯夷传》、《绝交书》等，往往独抒己见，翻案出新，显示出作者独立思考的精神。而那些随事发挥、短小精悍的文章，比起讲学论道的论战之作，更具有文学意味。

> 有一道学，高屐大履，长袖阔带，纲常之冠，人伦之衣；拾纸墨之一二，窃唇吻之三四——自谓真仲尼之徒焉。时遇刘谐。刘谐者，聪明士，见而哂曰："是未知我仲尼兄也。"其人勃然作色而起曰："天不生仲尼，万古长如夜。子何人者，敢呼仲尼而兄之！"刘谐曰："怪得羲皇以上圣人尽日燃纸烛而行也。"其人默然自止，然安知其言之至哉！
>
> 李生闻而善曰：斯言也，简而当，约而有余，可以破疑网而昭中天矣。其言如此，其人可知也。盖虽出于一时调笑之语，然其至者百世不能易。(《赞刘谐》)

李贽并不反孔，他特意指出刘谐的话，"盖虽出于一时调笑"；但是，他不满意程朱理学，而特别痛恨假道学。"天不生仲尼，万古长如夜"，是朱熹说的。刘谐所言，正反映了李贽的不满和痛恨，"怪得羲皇以上圣人尽日燃纸烛而行也！"何等聪明机智，何等犀利，这不仅是逻辑上理论上的胜利，也是历史实践的胜利。文章的主题和上文所论李贽反对神化圣人、反对盲从与迷信的思想是一致的；而表达上的鲜明与生动，赋予了这种抽象的思想以是强烈的文学意味，刘谐的蔑视假道学与假道学的空疏不学，都令人一识难忘的形象。

> 人皆以孔子为大圣，吾亦以为大圣；皆以老、佛为异端，吾亦以为异端。人人非真知大圣与异端也，以所闻于父师之教者熟也；父师非真知大圣与异端也，以所闻于儒先之教者熟也；儒先亦非真知大圣与异端也，以孔子有是言也。其曰"圣则吾不能"，是居谦也；其曰"攻乎异端"，是必为老与佛也。

儒先亿度而言之，父师沿袭而诵之，小子蒙聋而听之。万口一词，不可破也；千年一律，不自知也。不曰“徒诵其言”，而曰“已知其人”；不曰“强不知以为知”，而曰“知之为知之”。至今日，虽有目，无所用矣！

余何人也，敢谓有目？亦从众耳。既从众而圣之，亦从众而事之。是故吾从众事孔子于芝佛之院。（《题孔子像于芝佛院》）

这篇文章的主旨，是批判千百年来的盲目尊孔。其最重要的艺术特点，是严肃的正面论述与冷峻的反语紧密地结合起来。孔子说“圣则吾不能”，何尝是居谦（作者多次指出圣人也不是万能的）；孔子说“攻乎异端”，何尝是指道教和佛教（孔子时代还没有道与佛）。千百年无真知，只有谬说，千百年来无真知孔子者，只有盲从和歪曲孔子者，代代相传，“至今日，虽有目，无所用矣！”那些“徒诵其言”而“强不知以为知”的学者，无知而固执，甚至别有用心，李贽对此是十分厌恶并鄙视的。文章的最后一段，更是反话。被人视为异端的李贽，经历了一个由盲从父师到独立思考的过程，按照孔子的本来面目来理解孔子，因而是真知孔子者。这，体现了一个严肃的学者的高度自信和对那些以正统自居的卫道士的轻蔑。《寒灯小话·第二段》借和尚（作者自称）与僧徒怀林的对话来议论“人”：

和尚谓：“禽兽、畜生、强盗、奴、狗既不足以骂人，则当以何者骂人，乃为恰当？”林遂引数十种如蛇如虎之类，俱是骂人不得者。直商量至夜分，亦竟不得。乃叹曰：“呜呼，好看者人也，好相处者人也；只是一付肚肠甚不可看，不可处。”

林曰：“果如此，则人真难形容哉！世谓人皮包倒狗骨头，我谓狗皮包倒人骨头。未审此骂何如？”

和尚曰：“亦不足以骂人。”遂去睡。

师徒二人商量一夜，竟找不到可以骂“人”——假道学和伪君子——的词语，以禽兽、畜生、强盗、奴、狗来骂，都算是一种抬高，而不是骂。连怀林说的狗皮包人骨（“人”不如狗，故用狗皮来伪装，来美化），和尚也认为“亦不足以骂人”。从玩世不恭、嬉笑滑稽之文中，看到的是作者的悲凉，是觉醒意识与某种绝望。情绪的结合，是他的轻蔑、狂傲、怪诞言行的根源，似乎也是终至自杀的一种契因。鲁迅曾经区分过热骂和冷嘲的不同。这篇文章是属于冷嘲的，是可以使人在喧笑中感到寒彻骨的。

李贽散文在体制、语言、表达手段等方面，能摆脱传统古文的格局，不拘长短，尖锐泼辣而又具有深刻的思想性。袁中道论其言谈与文章说："其忻赏者，镇日言笑；意所不契，寂无一语。滑稽排调，冲口而发，既能解颐，亦可刺骨。……其为文不阡不陌，抒其胸中之独见，精光凛凛，不可迫视。"（《李温陵传》）说得极为中肯，也完全符合李贽自己的写作观。他曾说："声应气求之夫，决不在于寻行数墨之士；风行水上之文，决不在于一字一句之奇。""天下之至文"，不必讲求"结构之密，偶对之切；依于理道，合乎法度；首尾相应，虚实相生。"（《杂说》）李贽文章的强烈的战斗性，高出于当时其他文士；而表达的特点，已具备现今所谓杂文的基本特质，而发扬光大，渐臻成熟于汤显祖和袁宏道诸人。

第二节　徐渭、汤显祖

徐渭（1521～1593）字文长，号天池山人，青藤道士，山阴（今浙江绍兴）人。出生百日即丧父，由嫡母与长兄教育成人。嘉靖十九年（1540）进学为诸生。三十六年（1557），为浙闽总督、抗倭名将胡宗宪召为幕僚，掌管书记，参与计议，前后六年。四十四年（1565），胡宗宪为严嵩案牵连，下狱死。渭惧祸，遂发狂，一再自残其身，均不得死。后又击杀继妻，下狱七年，为友人张元忭等力救得释，年已五十三岁，晚年亦甚潦倒。陶望龄《徐文长传》说他性格有"猜而妒"的一面，而又通脱豪恣；不容人亦不为人所容，又厌恶拘束，视礼法为酷刑：他得救出狱后，馆于张元忭舍旁，与之接触者多礼法之士，"久之，心不乐，时大言曰：'吾杀人当死，颈一茹刃耳，今乃碎磔吾肉！'遂病发，弃归。"徐渭之怪，之狂，主要是思想意识的原因，也可能有病理的根源。其反抗精神与斗争意志与李贽有些区别；但其一生遭遇悲惨，成为社会压迫的牺牲品，则是相同的。徐渭在学术上也是出于王阳明之学，他曾从师于王阳明弟子季本，学"致良知"之说。他的思想异端色彩也很浓，但不如李贽之激烈。李贽是杰出的思想家。而徐渭的成就主要在文艺：书画、戏曲、诗文。他留下了大约百万字的著作，诗文集《徐文长三集》、《徐文长逸稿》、《徐文长佚草》及剧本《四声猿》、《歌代啸》，由中华书局合辑为《徐渭集》出版。此外尚有专著《路史》、《南词叙录》等。

徐渭的各体散文，很善于抓住某种特点或典型的细节来叙事写人，其中又往往能鲜明地体现作者的个性。如《赠吴宣府序》是为宣化巡抚吴兑升任兵部侍郎而作的赠序，主要内容却是追忆二十年前，越地多骄兵悍卒，有三四人尤横行不法，侵害居民，骚扰官府，无敢管束者。而吴兑经过老练周密的安排，惩治了他们。“予把君手谓曰：‘生平知公操笔而摇髯，诚不知用胆与略乃如是。’君笑曰：‘使他日试某以兵，亦犹是也！’……余于是益信士磊落奇瑰，赫赫奕奕垂后世者，不定于素，不可以袭于一时。”用一件往事来说明吴兑今日率大军守边防，能胜任如意的原因。易流于拘板的赠序，成为清新活泼的小故事，取材极巧。《张母八十序》写儿时嬉戏顽皮事：作者与张家子髫年时，“两家兄弟无一日不三四至，竹马裲裆，一趋而到门；盖自屋畔庵左抵卫署右衢，数百步间，风尘缕缕昏一巷，皆吾数童子所蹴踏也”。寥寥数语，神态毕现。而张母之慈爱、宽容与通达，一则曰：“而太君者，与其太公并拊而怜爱之，至则啖以粔籹饫餭，或出果饵入袖中。戏剧而蓬垢，则为栉沐，绽则为针纫浣熨，不惮细琐。”再则曰：“……而母终爱之不色愠，亦不甚禁诟两儿子，意若期以阔远，不屑屑事儿女束钳者。”三则曰：“太君曰：顾人家于人伦天理中，毋太亏欠耳。至富贵会有尽时，两儿子若其交侪辈中，所驰宜不与彼校短长也。”这在今天看来，也是真正的贤母。寿序之类的文章，写得如此亲切有味，实为难得。《陈山人墓表》记陈鹤的事迹：

> 每值山人饮，旅者行者，举爵持俎，载笔素以进。山人则振髯握管，须臾为一掷，累幅或数十丈，各惬其所乞而后止。而往复笺札，接酢去留，目营心记，口对手书，又杂以论说娱戏，如前所云者，一时杂陈，灿然毕举。于是轩盖益集，省诸司巨公，郡县长吏，或衔命之使，有未见乡缙绅而先造山人者。山人卧未起，或时就榻见之。诸公既异山人姿，高其履；而山人指顾自如，雄谈阔视，杂以嘲诋，无不气折心醉，愿内交而去。——盖家居如是者几三十年以为常。

通过对山人的举动神态的正面描写，和头面人物气折心醉的烘托，凸显了他的豪迈超伦的性格气质；行文流畅爽利，一气呵成，很能说明作者笔力的矫健，且饱含惺惺惜惺惺的主观感情。《豁然亭记》和《借竹楼记》主要是说理的。前者极写湖山村落、林莽田隰之美，游舫歌筵、渔郎莲女之乐，但堂上不便观赏；稍一改变窗牖座位之规制，方向不同了，眼界和心胸也就顿然不同，舍“塞”、“晦”而就“旷”、“明”了！故名亭曰“豁然”。借湖山依旧而景观不同，来说禅宗参悟之理，王学致良知之理。逻辑上是通顺的，方法也很新巧。后者以龙山子“借邻之竹而楼之”为线索，通过对话论辩，层层推衍，最后归结为方蝉子曰：“其心虚以直，其行清以逸，其文章铿然而有节，则子之所借于竹也，而子固不知也；其本错以固，其势昂以耸，其流风潇然而不冗，则竹之所借于子也，而竹固不知也。而何不可之有。”以竹喻人，以人喻竹，人竹合一，相得益彰。议论有机趣，又间以简炼之人物动态描写，如“方蝉子起而四顾”，“方蝉子默然良久，龙山子固启之。”“龙山子瞿然曰”，“龙山子仰而思，俯而释。”使文章生色，构思似有所取于先秦诸子者。

做人重恩义，作文重抒情，是徐渭的又一特点。他性格狂怪，但又富于感情，上引《张母八十序》和《陈山人墓表》都流露了作者主观的怀恋激赏之情，而不是枯燥单调的称颂和客观罗列的记叙。《方山阴公墓表》为他年轻时的一位故乡县令方廷玺而作：“渭自是好弹琴击剑习骑射，逡巡里巷者十年，而始遇公，公又谬器别之，从臾令籍泮为诸生也。至今又二十五年，墓木拱矣，而渭傫然犹诸生也！气消沮，盖并少时所谓驰射弹击者亡之。顾独得遇公嗣子阜民于逆旅，以表墓属焉。感旧伤知，悲悯时命，不觉其涕之横流也。”《祭少保公文》则为有知遇之恩的总督胡宗宪而作。胡抗倭有功，威震东南，文武大员进见，往往恐惧不敢仰视。徐渭载敝乌巾，衣白布浣衣，直闯门入，无所忌讳；而胡优礼有加。祭文不足一百字：

> 於乎痛哉！公之律己也，则当思己之过；而人之免乱也，则当思公之功。今而两不思也，遂以罹于凶。
>
> 於乎痛哉！公之生也，渭既不敢以律己者而奉公于始；今其殁也，渭又安敢以思功者而望人于终？盖其微且贱之若此，是以两抱志而无从。惟感恩于一盼，潜掩涕于蒿蓬。

其中浓缩了多少惋惜，多少遗憾，多少悲愤和痛苦。胡不能严于律己，人不能思其大功；我既不敢规谏于其生前，又无力申辩于其死后。悲胡之冤，叹己之微且贱；知遇之恩，竟无以报。真情喷薄，无一字虚文。以文观人，可知作者的内心是多么诚恳笃实，并非一味怪诞乖张。

明代中期作家，无论是秦汉派还是唐宋派，都鄙薄六朝，不喜骈俪；对于各类文章的传统的体制规格，大体是遵守的。徐渭的文章，则颇多骈俪，具六朝色彩；表达方式明显展开了晚明风格。《与员外王公书》、《会祭沈锦衣文》、《义冢募文》都是极圆熟的骈体。《沈氏号篇序》以四六为诗序，前半写景，词藻华美。后半写作序之由，尤有情致："迩来居士沈君，栖真妙致，挽慕前修，始羁迹于市廛，终寄情于鱼鸟。眷言耶水，尤嗜曲涯；转入一天，还回几折。数声长笛，渺沧浪而自如；一棹扁舟，入荷花而不见。……"《豁然堂记》、《吕山人诗序》、《自为墓志铭》、《纪梦》二首等，是小品风格。今略举其篇幅短小者为例：

台、宕之间，自有知以来，便驰神于彼。苦不得往，得见于图谱中，如说梅子，一边生津，一边生渴，不如直啜一瓯苦茗，乃始沁然。今日观此卷画图，斧削刀裁，描青抹绿，几若真物。比于往日图谱仿佛依稀者，大相悬绝；虽比苦茗，尚觉不同，亦似掬水到口，略降心火。老夫看取世间，远近真假，有许多种别，不知他日支杖大小龙湫，更作何观。（《书石梁雁宕图后》）

发白齿摇矣，犹把一寸毛锥，走数千里道，营营一冷坑上，此与老牯踉跄以耕，拽犁不动，而泪渍肩疮者何异？噫，可悲也！每至菱笋候，必兀坐神驰，而尤摇摇者，策之之所也。厨书幸为好收藏；归而尚健，当与吾子读之也。（《与马策之》）

仆领赐至矣。晨雪，酒与裘，对证药也。酒无破肚脏，罄当归瓮；羔半臂，非褐夫所常服，寒退拟晒以归。西兴脚子云："风在戴老爷家过夏，我家过冬。"一笑。（《答张太史》）

惭享我公分庖之惠，令人每饭不下咽。顾无可仰答者，聊作墨君一枝，以见眇微。欲陈情素，益露酸寒。譬如锦绮满席，羔驮盈俎，贵介王孙奕奕彬彬，方以裘马相雄；墙角忽出疏梅，不笑必厌矣。非公妙雅，宁易赏识耶？绝倒绝倒。（《简许口北》）

徐渭少李攀龙七岁，长于王世贞五岁，经历了后七子崛起文坛、操天下文柄的整整一个时期；就散文发展而言，他是属于下一个时期——晚明的。他的思想特质和文章风格的成因，第一是时代风气和王学的影响。徐渭和李贽一样，在思想上接受王阳明学说，其自撰《畸谱》后附“师类”有著名学者王畿和季本。第二是苏轼的影响。万历甲寅（1614），虞淳熙作《徐文长集序》云：“……当是时，文苑东坡临御。东坡者，天西奎宿也。自天堕地，分身者四：一为元美身，得其斗背；一为若士身，得其灿眉；一为文长身，得其韵之风流，命之磨蝎；袁中郎晚降，得其滑稽之口而已。……”比拟评骘恰当与否且不论，苏轼的人品和文章为晚明最有成就的一大批作家所赞美所倾慕所效法，效法又有新的发展，却符合事实。李贽对东坡赞不绝口而不满朱熹，徐渭也如此：“文公件件要中鹄，把定执板，只是要人说他是个圣人，并无一些破绽，所以做别人着人人不中他意，世间事事不称他心。无过中必求有过……东坡千古一人而已。朱老议论，乃是盲者摸索，拗者品评，酷者苛断。”（《评朱子论东坡文》）为了拥护东坡，也为了反对程朱理学，因而就一事推广，做了如此全面的抨击。第三是徐渭属于“异人”。黄汝亨说：“……古之异人不可胜数。予所知当世如桑民悦、唐伯虎、卢次楩与山阴之徐文长，其著者也。唐、卢俱有奇祸，而文长尤烈。按其生平，即不免偏宕亡状，偪仄不广，皆从正气激射而去，如剑芒江涛，政复不可遏灭。”唐寅字伯虎，本书第四章已经论及。桑悸字民悦，常熟人，尤怪妄，以诸生进见监司，自称“江南才子”。敢为大言，以孟子自况，或问翰林文章，曰：“虚无人。举天下惟悦，其次祝允明，又次罗玘。”仕宦归来后，“居家益狂诞，乡人莫不重其文，而骇其行。”（见《明史·文苑传》二）卢柟字少楩，一字次楩，浚县人。博闻强识，恃才傲物，好使酒骂座，被诬杀人，论死入狱，为谢榛所救，出狱后，“酒酣骂座如故”。（见《明史·文苑传》三）时代、社会和个人身世经历、气质性格所造就的这样一类“异人”及其对后世文士的影响，也应该是文化史思想史研究中加以注意的现象。

汤显祖（1550～1616）字义仍，号若士、海若，又号茧翁，别署清远道人。临川（今江西抚州）人。出身书香之家，十三岁受学于泰州王艮的三传弟子罗汝芳，十四岁进学。隆庆四年（1570）江西乡试中举人，万历十一年（1583）中进士。历任南京太常寺博士，礼部主事。十九年，上《论辅臣科臣疏》，直言当时宰相申时行败坏朝政："陛下经营天下二十年。前十年之政，张居正刚而多欲，以群私人嚣然坏之；后十年之政，时行柔而多欲，又以群私人靡然坏之。"被贬为广东徐闻县典史。升浙江遂昌知县。四十九岁弃官归临川，乡居十八年而卒。著有《汤显祖诗文集》（徐朔方编年笺校本）、《汤显祖戏曲集》。

中国历代上最伟大的戏剧家之一的汤显祖，同时又是晚明杰出的诗文作家。他自述学文经历云："仆少读西山《正宗》，因好为古文诗，未知其法。弱冠，始读《文选》，辄以六朝声色为好，亦无从受其法也。规模步趋，久而思路若有通焉，年已三十四十矣。……稍读二氏之书，从方外游。因取六大家文更读之，宋文则汉文也，气骨代降，而精气满劲；行其法而通其机，一也。则益好而规模步趋之，思路益若有通焉。"（《与陆景邺》）他读过《文选》，喜欢六朝；又学过佛老；又反复研究过宋文，认为自汉至宋的文章是一种发展继承关系，不是对立的，不屑于分汉界宋。其散文创作，大体可分为三类。

第一类是继承唐宋的。汤显祖不似李贽之高傲，不似徐渭之怪诞；性格的主要特点是刚正不阿，独立不倚。表现在政治上，一再拒绝朝廷执政大臣张居正、申时行的赏识延揽，宁肯不要科名仕宦；表现在文学上，由于主张不同，不肯依附文坛领袖王世贞和他的弟弟王世懋，哪怕在南京任职时，王世懋是他的顶头上司。在七子与归有光等人的论争中，他实际上站在唐宋派一边，认为从李梦阳到王世贞的摹拟之作，只不过是假古董；甚至简括他们的文章，标出其中用事出处及增减《史》、《汉》、唐诗字面之处，流传南京。他自己渊源唐宋的作品，如《滕侯赵仲一实政录序》，开篇以"佐王之才常宽，而取伯之才常急"立纲，然后通过前后对比，叙述赵仲一的政绩，由大灾之后的人民穷饿，仓库空虚，到"积金乃至羡赢三千，谷逾六万"。只用了三四年时间，所谓"举天下而急为之，安石不能用宋；取一国而急为之，赵仲一可以用滕"。"今夫以贫弱之滕，三年而暴富。诚委之一二大镇，其行法益巨，三年，当不异滕富强之效"。立论新颖，议论明晰，而叙事简约，表达了对赵仲一的赞许和自己的行政主张。《奉别赵汝师先生序》是送赵用贤入京任新职的。赵用贤，字汝师，《明史》有传。性情刚直，负气傲物，敢于批评大臣得失。由南京礼部右侍郎改北部，认为"益高吾名而重累国，非吾意也。吾意不欲行。"

予俛然叹曰：公言及此，大人之心，君臣之义也。虽然，公其行矣！

> 大人之行于天下也时。……今一父母之邦而已，未有少不如意而得去之者。非其势，亦非其情。……今则天下之人矣，有政而此不为，则彼为之矣。夫大人者，其心常有以自宽，诚不拘拘焉以政为。然非政莫为也，后之时亦未远于今之时也。……夫以侍人而知大人，宜不忍为，然则以相其可也。今可以相而知之时也，若犹不得存其身，且可因而存其言。言而从，即其身为之；不从，虽不忘为天下之心，而我无逆也。

通过古今对照，陈述时势情理以及“大人”如何对待进退，下文又以孔子出仕为例加重说服力，写得简劲明净，转折有法。《吴越史纂序》、《岳王祠志序》、《临川县孙驿丞去思碑》等，也都是简而有法、能出新意之作。沈际飞评汤文，认为作者“竟不自知其古文之到家：秾纤修短，都有矩矱；机以神行，法随力满。言一事，极一事之意趣神色而止；言一人，极一人之意趣神色而止。——何必汉、宋，亦何必不汉、宋”（《文集题词》）。这是就大处言，且褒扬有溢美之辞。钱谦益则具体地指出：“义仍……长而湛思道术，熟于人世情伪，与夫文章之流别。凡序、记、志、传之文，出于曾、王者为多。”（《文集原序》）钱氏之评，大体合乎实际。

第二类是继承六朝的。徐渭的一些作品，映带六朝绮丽；但数量不多，色彩不重，尚未构成徐文的重要特征。汤显祖则不然。文集中有赋约三十篇，长者数千字，如《豫章揽秀楼赋》，短者仅百余字，如《吏部栖凤亭小赋》。题材内容极为广泛，祝寿、颂德、怀人、赠友、记游、咏物，无所不用，且大都为骈体。《秦淮可游赋》中写景的一段：

> 荫紫芜与丹驳，杂青林兮绀石。蝉啾嘹其翳响，鸟参差而卷翮。晦阳鱼之出游，艳波禽之浮拍。思羃的于芙蕖，眷幽芬于兰泽。物有去而欢迟，时有来而怨迫。旷皇都其未娱，舍流光而更索。怅计往于寻常，悟怀来于咫尺。澹容与于清华，荡流连乎空碧。蘋风起而飒帷，箭月浮而动席。度江东兮宵析严，念汉西兮重闉隔。……

赋用骈俪，序记类也多骈体，如《仪部郎蜀杨德夫诗序》、《二周子序》、《太学同游记叙》等。作为汤显祖文学散文的一个重要组成部分的尺牍，也大量使用骈偶，很引人注目。《谢陈玉垒相公》、《答汪登原中丞》、《复门人蓝翰卿》、《答钱岳阳督学》、《答袁沧孺邑侯》、《与傅商盘司成》，都写得词采华美，且流畅可诵。

> 大江以西乃有黄先生。载籍极博，发天苞地络之文；才思殊腴，倒珠海瑶山之笔。奏牍可以三千，而无缘索长安之米；对策几乎六十，而不获奉贤良之诏。人无足与之语，天有所不可谋。良怖其才，深悲其遇。不佞早策步于先醒，晚垂精于后死。逾六望七，委笔墨以颓唐；越陌度阡，叹知游之契阔。忽承骈语，喜溢新知。何今兹而始来，及佳人之迟暮。恐爱之而莫助，感捐佩以何言。闻将弃小儒之文，业已领大乘之教。割尘情于绮语，发妙想于灵心。然则此中所为丽藻云霞，正彼岸所为空花阳焰。敢因愧谢，竟此愿言。所谓伊人，安得褰裳以往；逝肯适我，犹堪秉烛而游。（《答黄金宇文学》）
>
> 门下竟尔高蹈耶？莼鲈适口，采吴江于季鹰；花鸟关心，写辋川于摩诘。进退维谷，屈伸有时。倘门下重兴四岳之云，在不佞庶借三江之水。芳讯时通，惟益深隆养，以重苍生。（《寄董思白》）

前者是答复一位地位低微的教官的，称赞他的才学，惋惜他的不遇，也惭愧自己的爱莫能助，同情他的弃儒学佛。后者当是为董其昌退隐而作。两文都是晚年作品，层次清晰，语言优美而圆熟。“然则此中所为丽藻云霞，正彼岸所为空花阳焰。”“莼鲈适口，采吴江于季鹰；花鸟关心，写辋川于摩诘。”何等自然贴切。可见作者年轻时对六朝俪语的偏爱，至老不减。作者甚至认为，由于自幼攻习六朝文字，成年后反而觉着散文难作而骈俪易为了：“十七八岁时，喜为韵语，已熟骚赋六朝之文。”（《答张梦泽》）“不佞少颇能为偶语，长习声病之学……总之，有韵之文，可循习而似，至于长行文字，深极名理，博尽事势，要非浅薄敢望。时一强为之，辄弃去，诚自知不类昔人之为也。”（《答马仲良》）这是作者多骈文的原因。

第三类文章的代表作，可以举出《牡丹亭记题词》、《溪上落花诗题词》、《序丘毛伯稿》、《合奇序》、《耳伯麻姑游诗序》等。《牡丹亭记题词》是“情”的赞歌：“情不知所起，一往而深，生者可以死，死可以生。生而不可与死，死而不可复生者，皆非情之至也！”甚至进一步概括说：“第云理之所必无，安知情之所必有邪！”情与理本应是统一的。但文章的主旨却是情胜理，情反理，浪漫的幻想，成为逻辑的必然。所以，它又是以至高无上的情对抗至高无上的理的战歌，斗争的锋芒是直指程朱理学的。《寄达观》云："'情有者理必无，理有者情必无'真是一刀两断语。使我奉教以来，神气顿王。"态度甚至有些偏激，但它闪耀着新时期思想的光辉。《溪上落花诗题词》是一篇妙趣横生的小品。虞长孺之弟僧孺长得不如其兄漂亮，未尝读书，却会写诗："非根力不具者。以学佛故，早断婚触，殆欲不知天壤间乃有妇人矣。而诸诗长短中所为形写幽微，更极其致。如《溪上落花》诗：'芳心都欲尽，微波更不通。''有艳都成错，无情乍可依。'不妨作道人语。至如《春日独当垆》：'卓女盈盈亦酒家，数钱未惯半羞花。'僧孺不近垆头，何知羞态？《七宝避风台》：'翠缨裙带愁牵断，锁得斜风燕子来。'僧孺未亲裙带，何知可以锁燕？……世云，学佛人作绮语业，当入无间狱。如此，喜二虞入地当在我先。又云，慧业文人，应生天上，则我生天亦在二虞之后矣。"似乎不知天地间有妇女的学佛人，竟作了这许多香艳的诗，是如何体会得来？答案在文章之外，那就是《牡丹亭记题词》说的"第云理之所必无，安知情之所必有邪!"通篇以幽默调侃之笔致写出，极其亲切。《合奇序》全文如下：

世间惟拘儒老生不可与言文。耳多未闻，目多未见，而出其鄙委牵拘之识，相天下文章，宁复有文章乎。予谓文章之妙，不在步趋形似之间。自然灵气，恍惚而来，不思而至。怪怪奇奇，莫可名状。非物寻常得以合之。苏子瞻画枯株竹石，绝异古今画格，乃愈奇妙。若以画格程之，几不入格。米家山水人物，不多用意；略施数笔，形像宛然。正使有意为之，亦复不佳。故夫笔墨小技，可以入神而证圣。自非通人，谁与解此!

吾乡丘毛伯选海内合奇文止百余篇。奇无所不合。或片纸短幅，寸人豆马；或长河巨浪，汹汹崩屋；或流水孤村，寒鸦古木；或岚烟草树，苍狗白衣；或彝鼎商周，《丘》、《索》、《坟》、《典》。凡天地间奇伟灵异、高朗古宕之气，犹及见于斯编，神矣化矣！夫使笔墨不灵，圣贤减色，皆浮沉习气为之魔。士有志于千秋，宁为狂狷，毋为乡愿。试取毛伯是编读之。

一开头就抨击世间拘儒老生的陈腐的文学观，并以苏轼和米芾的绘画为例，说明艺术创作不能依靠程式，不能有意为之。文章强调的是不思而至的自然灵气，是超出规矩格套的表达方式，是新鲜活泼的奇气奇情。最后断言说："宁为狂狷，毋为乡愿。"呼唤新观念，新创造，反对旧传统，旧思路。这篇文章本身就是体现这种主张的杰作，真真实实地做到了有灵气，有新意，有寄语。一扫传统散文的规矩步骤，而情辞并茂。尺牍中的同类作品，如《寄袁石浦太史》、《与袁六休》、《与岳石梁》、《答袁中郎诠部》等。今举二例如下。

兄书谓弟不知何以辄为世疑。正以疑处有佳。若都为人所了，趣义何云？似弟习气矫厉，蚩蚩者故当忘言，即世喜名好事之英，弟亦敬之；未能深附也，往往得其疑。世疑何伤，当自有不疑于行者在！（《答岳石帆》）

三惠良书，阙然不报。此时男子多化为妇人，侧行俯立，好语巧笑，乃得立于时。不然，则如海母目虾，随人浮沉，都无眉目，方称盛德。想自古如斯，非今独抚膺矣。偶记兄欲我长歌拨闷，扇头奉为抚掌之资。眼中人如陆太宰何可更见！右武居会城，终不甚适。一丘一壑，乃可著吾辈耳。（《答马心易》）

汤显祖在《答张梦泽》一书中曾感叹自己名位低微，"不得馆阁典制著记"，间或有求文者，也多是"村翁寒儒小墓铭、时义序"而已，"余皆小文，因自颓废"。其实，正是由于他不曾入翰林台阁，免去了高文典册大制作，才华和热情发而为词曲、"小文"，走上了创作的新路。在戏曲文学上作为吴江派对立面的临川派，汤显祖同样反对思想上的程朱理学，反对表达上的形式主义，提倡独创和情意趣味。王骥德《曲律》论沈璟与汤显祖之不同："吴江守法，斤斤三尺，不欲令一字乖律，而毫锋殊拙；临川尚趣，直是横行，组织之工，几与天孙争巧。"并引汤显祖自己的话说："予意所在，不妨拗折天下人嗓子。"这是论词曲，"趣"和"意"成为审美取向的最高标准。其论文亦如此。"凡文以意、趣、神、色为主。四者到时，或有丽词俊音可用。"（《答吕姜山》）这与上引《牡丹亭记题词》和《合奇序》的观点是一样的，且更概括、鲜明。由此可见，汤显祖的文学观在戏曲创作和诗文创作两个方面基本上统一起来了；和公安派的主张和实践也基本上是统一的。以情意趣味为宗旨的《牡丹亭》受到极高的评价，而同样以情意趣味为宗旨的晚明小品却长期受到歧视，就显得不甚公允了——因为它们本来是殊途同归的。

第三节 公安三袁

在晚明，最重要的文学流派为公安派，其领袖为袁氏三兄弟。袁宗道（1560～1600）字伯修，号石浦；宏道（1568～1610）字中郎，号石公、六休；中道（1570～1624）字小修。公安（今属湖北）人。家境富裕，父亲为诸生，外祖父出身进士，官至布政使。三袁于青少年时代即有文名。宗道十岁能诗，二十岁已有诗文集，自谓此生当以文章名世。宏道十五六岁即结文社于城南，自为社长，社员年三十以下者皆师之，奉其约束。中道十余岁作《黄山赋》、《雪赋》，洋洋数千言。万历十四年（1586）宗道中进士。不久，任翰林编修，师事焦竑，又受教于李贽弟子僧深有，初闻性命之学。十八年（1590），李贽游公安柞林，三袁共往访之，言论极为投机，中道因此作《柞林纪谭》。二十年（1592），宏道中进士。二十一年，三袁又同往麻城龙潭见李贽，执弟子礼。李贽称之为天下名士，并说“伯也稳实，仲也英特”。中道《中郎先生行状》云：“先生既见龙湖，始知一向掇拾陈言，株守俗见，死于古人语下，一段精光，不得披露。至是浩浩焉如鸿毛之遇顺风，巨鱼之纵大壑。能为心师，不师于心；能转古人，不为古转。发为语言，一一从胸襟流出，盖天盖地，如象绝急流，雷开蛰户，浸浸乎其未有涯也。”李贽实为三袁人生和创作道路上最重要的思想导师。二十三年，宏道被任为吴县令。二十六年，宗道在春坊右庶子任上，宏道补顺天府学教授，中道亦入太学，三袁同在京师，并于二十七年夏，与黄辉、钟起凤、谢肇淛、方文僎，以及江盈科、丘坦等同志于城西崇国寺组织葡萄社，往来相与论学者有潘士藻、刘日升、陶望龄、顾天峻、李胜芳、吴用先、苏惟霖诸人，极一时之盛。二十八年（1600），宗道卒于京师。此后宏道乡居数年，又历任礼部、吏部主事，升员外郎、郎中，三十八年（1610）卒于公安。中道于万历四十四年（1616）中进士，历任府学教授，国子监博士，南礼部主事、南吏部郎中，天启四年（1624）卒于官，离明之亡，仅二十年。三袁的文学活动，以宗道二十七岁中进士（1586）起计，大约三四十年，这也是公安派由形成至鼎盛至衰微的过程。三袁著作，内容最为完善的通行本为《白苏斋类集》（袁宗道）、《袁宏道集笺校》（袁宏道）、《珂雪斋集》（袁中道），均钱伯城标点、校点或笺注，上海古籍出版社出版。

袁宗道早年学习过道家养生之法，任职翰林后，从李贽弟子僧深有接受禅学，又一再亲见李贽受教。讲学走借禅诠儒、两家合一之路。他说："三教圣人，门庭各异，本领是同。所谓学禅而后知儒，非虚语也。"并认为以邹鲁之书为腐朽，以诸宗语录为珍奇的倾向是错误的。"不知彼之所有，森然具吾牍中，特吾儒浑含不泄尽耳，真所谓淡而不厌者也。闲来与诸弟及数友讲论，稍稍借禅以诠儒，始欣然舍竺典，而寻求本业之妙义。"（《白苏斋类集·说书类序》）这种观点与李贽的"三教归儒说"是一致的。但他更注意调和儒、释，对程朱理学不取李贽那种激烈反对的态度。"明德，考亭释为虚灵不昧，甚妙。即伯安先生所拈'良知'者是矣。""良知二字，伯安自谓从万死得来，而或者谓其借路葱岭。夫谓其借路，固非识伯安者。然理一而已，见到彻处，固未尝有异也。"（《读大学》）儒与释，朱与王，都有相通相合之处，矛盾不是很尖锐了。对现实社会，尤其是讲学界知识界的种种黑暗和腐朽，宗道的认识和批判不似李贽那样尖锐，处世态度比较圆通。这和他本人的性格和仕宦经历都有些关系。

在文学方面，袁宗道的主要贡献在于第一个举起公安派之帜。宗道中进士（1586）在王世贞去世（1590）之前四年，仍是后七子势力笼盖文坛之时。其《论文》上下篇所体现的思想，为公安派的文学主张和创作实践奠定了基础。上篇从历史发展的角度论述文学语言随时变化的特点："夫时有古今，语言亦有古今。今人所诧谓奇字奥句，安知非古之街谈巷语耶？……自司马不能同于左氏，而今日乃欲兼同左、马，不亦谬乎！"进而批评前七子的李梦阳不知此理，"篇篇模拟，亦谓反正。"已是错了。而"后之文人"变本加厉，等于"缀皮叶于衣袂之中，投毛血于殽核之内也"。不是进步，而是退化。下篇则又指名批评后七子之李攀龙和王世贞。"余少时喜读沧溟、凤洲二先生集。二集佳处，固不可掩；其持论大谬，迷误后学有不容不辨者。沧溟赠王《序》，谓'视古修词，宁失诸理。'夫孔子所云辞达者，正达此理耳，无理则所达为何物乎？……凤洲《艺苑卮言》，不可具驳。其赠李《序》曰：'六经固理薮已尽，不复措语矣。'沧溟强赖古人无理，而凤洲则不许今人有理，何说乎？"《论文》用平易通俗的语言说明文与时、辞与理的关系，看来卑之无甚高论，但具有真理性，对当时文坛风气，起了振聋发聩的作用。下篇还说：

> 爇香者，沉则沉烟，檀则檀气。何也？其性异也。奏乐者钟不籍鼓响，鼓不假钟音，何也？其器殊也。文章亦然。有一派学问，则酿出一种意见，有一种意见，则创出一般言语。无意见则虚浮，虚浮则雷同矣。

这涉及两个重要观点。一是性异则文异，人的不同内质，产生不同的文章。二是无意见则虚浮，虚浮则雷同。其基本精神是要求文章要有个性，要有独创，要有内容。

宗道推崇白居易和苏轼的人品和创作，每至一处，以白苏名斋；诗文即编为《白苏斋类集》。其馆阁文类、序类、志状祭文类中的多数篇章，仍然是按照传统的体制写的。《真正英雄从战战兢兢来》分析“用”与“养”的关系：“君子欲有全用于天下，则贵慎所养矣。”观察一个人是否真正英雄，不在于沛然发动之后，而在于平居谨慎修养之时。所以庄子、竹林七贤之辈，逍遥徜徉，箕踞醉饮，“视天下无一之可为，故究也无一之能为。”圣贤则反是。从而论证了朱熹“真正英雄从战战兢兢中来”的命题。《刻文中子序》以粱肉和海错为例，海错是美味，但不用于充饥！粱肉味无奇，却可以备用。进而抨击以《庄》、《列》一类子书当作海错，濡首其中，而鄙薄儒家正论为无用的风气，“此风不息，将为晋朝挥麈诸人之滥觞，其蠹世道而荡人心，宁有底极！”态度十分严厉。这一类作品虽然是针对社会实际、有为而作，用以匡救世道人心的，但意思也是传统的。用传统的文章体制，表达传统的思想观念，固然与馆阁地位有关，更重要的是说明了任何作家都不可能超越历史和时代，不可能完全割断传统。三袁如此，李贽何尝不如此。志传类文章，《毛颖陈玄石泓楮素传》为笔、墨、砚、纸作合传，其主旨是说“士遇合固各有时”和“相推相挽”、“不负师济之义”，意思和文笔都比较平常，不似韩愈《毛颖传》有意味。《迪功郎南安少尹方先生行状》、《外大母赵太夫人行状》能通过传主的言行事迹写出人物的品格情性。杂说类文《论用才》分人才为君子有才者如张良、诸葛亮、谢安等，君子无才者如石奋父子、王安石等，小人有才者如商鞅、韩非等，小人无才者不足论。主张使之各得其所，各尽其长。批评“晚世过信德而过疑才，重无用而轻有用，崇虚而黜真，进名而退实，非古人察能授官之义也”。这个结论和对“有才小人如俊鹰快马，可以击狐搏兔，负重致远”的公然赞美，可见作者的识见。《读子瞻范增论》反驳苏轼的《范增论》，认为范增不去，羽必杀增，范增不去，项羽不亡的说法是错的，增之去当于项羽杀宋义之时也是错的。他的观点同属主观揣测，不足为定论，但论史力求翻案出新，正是学的苏轼。

《白苏斋类集》中文学性比较强，能说明晚明文风转变的是书牍、游记一类。作者为人比较清直淡泊，应试做官，都有几分勉强。早年丧妻，在官又丧二子一女，心灵受到严酷的打击。他的书牍除应酬、讲学外，写给亲友的信频繁地提到骨肉之变，魂销神伤，大都情真意郁，带有感伤色彩。《寄三弟》云：

> 居官数年，丧却两子一女，一身萧然，此怀何堪？犹忆往年夏中，每夜坐大槐树下，池上星河，晶晶池底，听两儿属对，应答如响，以为笑乐。至今思之，便是一梦。尔时麦粥，亦何可厌也。功德天，黑暗女，步步相随，将奈之何！然我之为功德天者无几，而为黑暗女则甚酷矣。

以下又以白乐天自比，总结出“七不同”即自己七不如白；惟无子、学禅与白同。“吾以冷澹无所事，只得苦参，将来或不作生弥勒院中行径，差强之耳。若果于此一大事了却，粪草堆头拾得无价宝，世间苦乐，何足道哉！”这也是他在京时除参话头工夫外，“又念世间浮解，恐无益于将来，更作小小功德”，每月朔望于金水池放生的原因。这封信如促膝谈心，共话家常，能真切地反映作者的内心世界。宗道自言赋性爽直，骨体不媚，以此寡过，亦以此招憎。但他不似李贽、徐渭之怪，之狂，清正自重，寡合于权贵，与汤显祖近似。《答同社》之二：“来教云，‘乾坤是一大戏场，奈何龊龊为，絷人于苛礼。’此论甚高。不佞窃谓礼者，世界所赖安立，何可易谈。且就兄所称戏剧喻之：扮生者自宜和雅，外自宜老成，官净自宜雄壮整肃，丑末自宜跳跶诙谑。此戏之礼，不可假借。藉令一场之中，皆傅墨施粉，踉跄而叫笑，不令观者厌呕乎？”即使社会是一大戏场，但做戏也有章程规矩，没有绝对自由，否则只是一场混乱。李贽最不喜受人管，想方设法要摆脱种种羁绊，但他对麻城芝佛院的管束规诫，却十分严密，显得两相矛盾。在这方面，袁氏反比李贽态度冷静一些，思想方法合理一些。《答友人》云：“‘本来具足，个个圆成’等语，是泻情垢之巴豆，断意根之利刀。今人却认作补中益气汤，引一辈盲流，日日咀嚼。”说明他对佛学用于修养，有清醒的认识，反对到处努眼张牙，浩浩谈说。《答江长洲绿罗》、《黄慎轩》、《答杨员外肖墨》都是笔致活泼、不拘格套的书牍。又如

《龚寿亭母舅》：

> 三年之间，时时聚首畅饮，极尽山林之乐。将为此趣可要之白首，而微尚不坚，匆匆就道。寒月长途，严霜催我鬓，朔风钻我骨，亦复何兴，而蹩躠不休！遂使云心斋前，苍筠无色，薜荔笑而猿鹤怨。盖未抵浊河，而意已中悔矣。且年来放浪诗酒社中，腰骨渐粗，意态近傲。昔年学得些儿罄折，尽情抛向无事甲里，依然石浦河袁生矣。前偶有诗曰："狂态归仍作，学谦久渐忘。"盖情语也。千万莫轻易出山，嘱嘱！

生动地刻画了以山林为乐，以赴试为苦，甚至中途后悔的心态。《简友人》一类讨论性、情的尺牍，也写得比喻生动，语言亲切，似信手拈来，毫不费力。游记类文，《游西山》五记，《戒坛山》二记，《上方山》四记，《极乐寺纪游》、《岳阳纪行》等，大多佳妙。

> ……至接待庵，两壁突起粘天，中间一罅。初疑此罅乃狖穴蛇径，或别有道达颠，不知身当从此度也。前引僧入罅，乃争趋就之，至此游人如行匣中矣。三步一回，五步一折，仰视白日，跳而东西。踵屡高屡低，方叹峰之奇，而他峰又复跃出。(《上方山一》)
>
> 高梁桥水，从西山深涧中来，道此入玉河。白练千匹，微风行水上，若罗纹纸。堤在水中，两波相夹。绿杨四行，树古叶繁，一树之荫，可覆数席，垂线长丈余。…… (《极乐寺纪游》)
>
> 从石首至岳阳，水如明镜，山似青螺，蓬窗下饱看不足。最奇者墨山，仅三十里，舟行二日，凡二百余里，犹盘旋山下。日朝出于斯，夜没于斯，旭光落照，皆共一处。盖江水萦回墨山中，故帆樯绕其腹背，虽行甚驶，只觉濡迟耳。…… (《岳阳纪行》)

这些段落的特点，一是能以清新的语言，写出新鲜的感受。二是对于客观景物观察的敏锐、精细，摹状、比喻的贴切和奇巧，如"两壁突起粘天"，"中间一罅……游人如行匣中。""仰视白日，跳而东西。""微风行水上，若罗纹纸。"笔墨非常简洁，而传达的审美过程中的心理活动，却是极精微的。三是篇幅短小，不拘格套。叙述不求周全，过程不求完整，更不必附着议论，借题发挥，或隐寓哲理与微言大义。全凭兴趣和印象，记其可记，略去其余。传统游记的写法已被突破。晚明小品中的游记，大体上是沿着这个路线发展的。

袁宏道自中进士至去世十八年间，实际在职时间不足十年。刚一入仕，就喟叹做官苦。不过，他的仕宦态度是认真严肃的。任吴县令三年，颇有政绩。他除弊有法，清额外之征巨万，吴民大悦，一县大治。宰相申时行闻而叹曰："二百年来无此令矣！"在吏部时，惩办猾吏，整顿纪律，并创立年终考察书吏之法。署吏部尚书杨时乔说："吾佐诠四年，未见一实心任事君子，每窃叹曰：朝廷之上，如斯而已乎！今得公矣，国家之福也。惟自爱。"（袁中道《吏部验封司郎中中郎先生行状》）晚年典试陕西，按例作策问若干篇，其第三问以积极从政、匡时济世者为君子儒，匿其才智、隐居避世者（如巢父、许由）为小人儒。《顾端文（宪成）年谱》万历三十七年条载：袁宏道主陕西乡试，发策有"过劣巢、由"之语，监临者问用意何在？袁回答说："今吴中大贤亦不出，将令世道何所倚赖？故发此感耳。"吴中大贤指东林党领袖顾宪成，正力辞南京光禄少卿之职。鲁迅曾据此指出："中郎正是一个关心世道，佩服'方巾气'人物的人，赞《瓶梅》，作小品文，并不是他的全部。"（《且介亭杂文二集·招贴即扯》）这是一个方面。另一方面，袁宏道不很热心功名富贵，尤其不习惯官场的无聊和案牍的劳形，倾向于田园山水。他对佛学有很深的造诣。据张汝钊的考察，袁中郎之于禅宗，见义明白，说理透彻，非仅能升堂入室，又能洞达当时宗门空疏之病和儒佛混滥之弊；其后又学习净土宗。"若照佛法中习语说，就是'禅净双修，定慧俱足'的出格豪杰。"（《袁中郎的佛学思想》，时代图书公司版《袁中郎全集》）他自己也说过："唯禅宗一事，不敢多让。当今勍敌，唯李宏甫先生一人。其他精炼衲子，久参禅伯，败于中郎之手者，往往而是。"（《袁宏道集笺校·张幼于》）袁宏道发展了宗道的文学主张，使之更为明确和完整。第一，坚持文学进步观、变化观，反对七子派的文学退化观、复古论。他反复举例证明，"古之不能为今者也，势也"。"世道既变，文亦因之，今之不必摹古者也，亦势也"（《江进之》）。"文之不能不古而今也，时使之然也。……夫古有古之时，今有今之时，袭古人语言之迹，而冒以为古，是处严冬而袭夏之葛者也"

(《雪涛阁集序》)。从时与势着眼，指出文学是发展变化的，一代有一代之文，其优劣不能以先后分；进而反对复古，反对摹拟，思路十分清晰。第二，不拘格套，独抒性灵。他评论中道诗文:“大都独抒性灵，不拘格套。非从自己胸臆流出，不肯下笔。有时情与境会，顷刻千言，如水东注，令人夺魄。其间有佳处，亦有疵处，佳处自不必言，即疵处亦多本色独造语。然予则极喜其疵处；而所谓佳者，尚不能不以粉饰蹈袭为恨，以为未能尽脱近代文人气习故也。”(《叙小修诗》) 宁要本色独造的有疵之文，不要有粉饰蹈袭之迹的佳文。这是公安派文学主张最突出的特征。格套，指传统诗文的已成旧套的写作方法。《叙梅子马王程稿》引用同道梅蕃祚的话说:“诗道之秽，未有如今日者。其高者为格套所缚，如杀翮之鸟，欲飞不得；而其卑者，剽窃影响，若老妪之傅粉。其能独抒己见，信心而言，寄口于腕者，余所见盖无几也。”这是对旧套缚人的最形象的解释。性灵，大体指发自内心的真情、真意、真趣，与李贽的《童心说》“绝假纯真，最初一念之本心”极为近似，上承严羽，下启袁枚。他反复强调宁今宁俗，不肯拾人一字；“文章新奇，无定格式，只要发人所不能发，句法字法调法，一一从自己胸中流出，此真新奇也。”(《答李元善》) 都是为了坚持文学的独创性。第三，重视内容。《行素园存稿引》说:“物之传者必以质，文之不传，非曰不工，质不至也。树之不实，非无花叶也；人之不泽，非无肤发也。文章亦尔。”重视质，重视内容，和强调真是一致的。所以，他肯定古人为文，刊华而求质，惟恐真之不极；而批评今人，尤其是嘉靖、隆庆以来的“名公哲匠”摹拟而无质。上述几个方面彼此联系，相辅相成，可视为晚明文学新思潮的理论纲领。

在散文方面，袁宏道的游记（近 90 篇)、尺牍（270 余篇)、传序（50 余篇)，最富有新意和独创性，最具思想价值和文学价值；游记创作的成就尤为突出，总体水平已经超越了前人。

第一，袁宏道散文比较典型地代表了晚明文学新思潮所体现的追求生活自由与个性解放的倾向。宏道在某种程度上接受了佛教世人皆苦的观念，认为做官有做官之苦，做神仙有做神仙之苦，做佛则有做佛之苦，“安得有彻底甜者?”(《袁宏道集笺校·王以明》) 诸苦之中，又以做官，尤其是作县令为最苦。他多次提到这一点，甚至说“官实能害我性命”(《黄绮石》)。又区别“世间学道有四种人”。玩世者如庄周、列子、阮籍之徒，上下数千年，数人而已，今不可复得；出世者如达摩、马祖之属，志亦可取；谐世者讲仁义道德，学问虽切近人情，但不能迥脱蹊径，所以用世有余而超迈不足；独有适世者，是禅非禅，是儒非儒，“于业不擅一能，于世不堪一务。”是天下“最不紧要人”，“弟最喜此一种人，以为自适之极，心窃慕之”（《徐汉明》）。他的心愿就是“作世间大自在人”。（《江进之》）他继承了苏东坡的生命意识和忧患意识，经常感叹“人生几日耳！”因而热爱生活，热爱生命，产生了生命与生活属于自己，应该由自己支配的强烈愿望，驳斥“腐儒”的“死即死耳，何畏之有”的悖情之论：

> 古今文士爱念光景，未尝不感叹于死生之际。故或登高临水，悲陵谷之不长；花晨月夕，嗟露电之易逝。虽当快心适志之时，常若有一段隐忧埋伏胸中，世间功名富贵举不足以消其牢骚不平之气。于是卑者或纵情曲蘖，极意声伎；高者或托为文章声歌，以求不朽；或究心仙佛与夫飞升坐化之术。其事不同，其贪生畏死之心一也。独庸夫俗子，耽心势利，不信眼前有死。而一种腐儒，为道理所锢，亦云：“死即死耳，何畏之有！”此其人皆庸下之极，无足言者。（《兰亭记》）

贵生的思想是向往自在和自适的动力：

> 割尘网，升仙毂，出宦牢，生佛家，此是尘沙第一佳趣。夫鹦鹉不爱金笼而爱陇山者，桎其体也；雕鸠之鸟，不死于荒榛野草而死于稻粱者，违其性也。异类犹知自适，可以人而桎梏于衣冠，豢养于禄食邪！（《冯秀才其盛》）

既然向往自在和自由，而“人情必有所寄，然后能乐。”否则，“便是一座活地狱。”（《李子髯》）那么，最理想的自在自适之场，寄情乐生之所，就是山水。全身心地投入大自然的怀抱，是寻求个性的解放，寻求生命的价值的最佳选择。宏道认为自己生性拙懒，最宜山林，“每杜门一日，举身如坐热炉。以故虽露天黑月，纷庞冗杂，意未尝一刻不在宾客山水”（《游惠山记》）。因此，他在辞官漫游吴越数月间，无一日不游，无一游不乐，无一日不谭，无一谭不畅。他认为“举世皆以为无益，而吾惑之，至捐性命以殉，是之谓溺。溺者，通人所戒，然亦通人所蔽也。溺于酒者，至于荷锸；溺于书者，至于伐冢；溺于禅者，至于断臂。溺山水者亦然。”（《游苏门山百泉记》）宏道就是一个溺于山水，敢于冒险的人，曾多次提到为了充分享受自然的赐予，于风光奇绝处索性冒死一往，有时惟恐险之不至，因为其奇可值一死；甚至说：“与其死于床笫，孰若死于一片冷石也!”（《开先寺至黄岩寺观瀑记》）一个热爱生活、珍惜生命的人，不惜死于游山，死于自然的怀抱，这就是溺，所谓“通人所戒，亦通人所蔽”。这种生命属于个人的自主意识，和传统的伦理道德是抵触的，具有明显的叛逆性质，在某种程度上已经接近现代的观念了。

第二，袁宏道的散文具有非凡的描写能力和表情能力，而且描写和表情的结合，达到了相当完美的境界。宏道认为，诗文和山水是“我辈”最重要的生活内容。“登山临水，终是我辈行径，红尘真不堪也。”（《答小修》）“诗文是吾辈一件正事，去此无可度日者。”（《黄平倩》）而自然之文与人文之文这两件事其实又是一件事，是合二而一的。在他看来，水之变幻无所不有，浩瀚古雅者为六经，郁激曼衍者为骚赋，幽奇怪伟者为子史百家。因此，“凡水之一貌一情，吾直以文遇之，故悲笑歌鸣，卒然与水俱发，而不能自止”（《开先寺至黄岩寺观瀑记》）。《文漪堂记》更为形象地叙述了自己如何以观文之心观水：“夫余水国人也。少焉习于水，犹水之也。已而涉洞庭，渡淮海，绝震泽，放舟严滩，探奇五泄，极江海之奇观，尽大小之变态，而后见天下之水，无非文者。”又如以观水所得，发而为文：“既官京师，闭门构思，胸中浩浩，若有新触。前日所见澎湃之势，渊回沦涟之象，忽然现前。……故余所见之文，皆水也。”对于自然之文与人文之文的审美感知与审美取向也统一起来了。他对好友江盈科说：“越行诸记，描写得甚好。谑语居十之七，庄语居十之三，然无一字不真。”（《江进之》）这个真，就融合了描写之真和表情之真。情，还包括趣。《叙陈正甫会心集》云：“世人所难得者唯趣。趣如山上之色，水中之味，花中之光，女中之态，虽善说者不能下一语，唯会心者知之。”“趣，得之自然者深，得之学问者浅。”其山水游记如《虎丘》、《上方》、《灵岩》、《天池》、《西湖》四记、《灵隐》、《湘湖》、《六陵》、《五泄》三记、《天目》二记、《满井游记》、《游高梁桥记》、《游盘山记》、《云峰寺至天宁寺记》，以及《华山记》、《嵩游》诸记，都是写景抒情的佳作。（一）作者善于以敏锐的观察力，清丽鲜明的语言，细致描写风光旖旎的山水田园，其审美感受与独得情趣，则如乳之在水，自然融洽为一体。

西湖最盛，为春为月。一日之盛，为朝烟，为夕岚。今岁春雪甚盛，梅花为寒所勒，与杏桃相次开发，尤为奇观。石篑数为余言，傅金吾园中梅，张功甫家故物也，急往观之。余时为桃花所恋，竟不忍去。湖上由断桥至苏堤一带，绿烟红雾，弥漫二十余里。歌吹为风，粉汗为雨，罗纨之盛，多于堤畔之草，艳冶极矣。

然杭人游湖，止午未申三时。其实湖光染翠之工，山岚设色之妙，皆在朝日始出，夕舂未下，始极其浓媚。月景尤不可言，花态柳情，山容水意，别是一种趣味。此乐留与山僧游客受用，安可为俗士道哉！（《西湖二》）

寒食后雨。予曰，此雨为西湖洗红，当急与桃花作别，勿滞也。午霁，偕诸友至第三桥，落花积地寸余，游人少，翻以为快。忽骑者白纨而过，光晃衣，鲜丽倍常，诸友白其内者皆去表。少倦，卧地上饮，以面受花，多者浮，少者歌，以为乐。偶艇子出花间，呼之，乃寺僧载茶水来者。各啜一杯，荡舟浩歌而返。（《雨后游六桥记》）

燕地寒，花朝节后，余寒尤厉。冻风时作，作则飞沙走砾，局促一室之内，欲出不得。每冒风驰行，未百步，辄返。

廿二日，天稍和，偕数友出东直，至满井。高柳夹堤，土膏微润，一望空阔，若脱笼之鹄。于时冰皮始解，波色乍明，鳞浪层层，清彻见底，晶晶然如镜之新开，而冷光之乍出于匣也。山峦为晴雪所洗，娟然如拭，鲜妍明媚，如倩女之靧面，而髻鬟之始掠也。柳条将舒未舒，柔梢披风。麦田浅鬣寸许。游人虽未盛，泉而茗者，罍而歌者，红装而蹇者，亦时时有。风力虽尚劲，然徒步则汗出浃背。凡曝沙之鸟，呷浪之鳞，悠然自得，毛羽鳞鬣之间，皆有喜气。始知郊田之外，未始无春，而城居者未之知也。

夫能不以游堕事，而潇然于山石草木之间者，惟此官也。而此地适与余近，余之游将自此始，恶能无纪？己亥之二月也。（《满井游记》）

以上三文，最长者只三百余字。《西湖二》写苏堤春色，《雨后游六桥记》写光晃白纨，《满井游记》写水姿山态，是山水画，同时又是抒情诗，物与心会，画与诗融，形象鲜明活泼，显示了作者对自然美的惊人的感受领悟力与表现力。（二）作者又善于鉴赏和品评山水美，以高度概括的笔墨，总结自然风光的美学特征。如言天目

"七绝"(《天目一》);天目诸峰之敞、之奇、之幽,各具特色(《天目二》)。北京西北山色,"诸陵山势飞动,纤秀逼人,虽无黄墙碧瓦,其山自佳";而"西山若无诸大梵刹,便顽然一冈矣"(《与陶石篑》)。或以人物为喻:"余尝谓上方山胜虎丘,以他山胜。虎丘如冶女艳妆,掩映帘箔;上方如披褐道士,丰神特秀。"(《上方》)"东南山川,秀媚不可言,如少女时花,婉约可爱;楚中非无名山大川,然终是大汉、将军、盐商妇耳。"(《吴敦之》)或以字画艺术为喻:"余尝评西湖如宋人画,山阴山水如元人画。花鸟人物,细入毫发,浓淡远近,色色臻妙,此西湖之山水也。人或无目,树或无枝,山或无毛,水或无波,隐隐约约,远意若生,此山阴之山水也。"(《禹穴》)这种评议,符合作者视自然之文与人文之文为一体的审美观点。(三)作者还善于通过比喻、夸张等手法,形象生动地突出客观描写中的强烈的主观感受。如《西湖一》:"午刻入昭庆,茶毕,即棹小舟入湖。山色如娥,花光如颊,温风如酒,波纹如绫,才一举头,已不觉目酣神醉。此时欲下一语描写不得,大约如东阿王梦中初遇洛神时也。"《灵岩》:"山上旧有响屧廊,盈谷皆松,而廊下松最盛,每冲飙至,声若飞涛。余笑谓僧曰:'此美人环佩钗钏声,若受具戒乎?宜避去。'僧瞪目不知所谓。石上有西施履迹,余命小奚以袖拂之,奚皆徘徊色动。碧缦细钩,宛然石髮中,虽复铁石作肝,能不魂销心死?"又如《游盘山记》:

先与导僧约:遇绝险处,当大笑。每闻笑声,皆胆落。扪萝探棘,更上下仅得度。两岩秀削立,太古云岚,蚀壁皆翠。下得枰石,方广可几筵。抚松下瞰,惊定乃笑。世上无判命人,乌得有此奇观也。……僧乃跣,蛇矫而登,下布以縋,健儿以手送余足,腹贴石,石腻且外欹,至半体僵,良久足缩,健儿努以手从,遂上。迨至脊,始咋指相贺,且相戒也。

在游览中,总是全身心地投入,或优游寻趣,或冒险探奇。或静观默会,或浮想翩翩,或喜欢雀跃,或发狂大叫,达到一种有时候是痴迷,有时候是癫狂的境界。

上述宏道描摹环境和表达情趣的非凡能力,不仅体现在山水游记中,也常常体现在尺牍中。这是他的尺牍具有高度文学价值的重要原因。《沈广乘》一牍述人生作吏甚苦,作县令尤苦,作吴县令则其苦万万倍,简直不如牛马:"上官如云,过客如雨，簿书如山，钱谷如海。朝夕趋承检点，尚恐不及。苦哉，苦哉！”虽然苦，会作官的却不难：“上官直消一副贱皮骨，过客直消一副笑嘴脸，簿书直消一副强精神，钱谷直消一副狠心肠。”对庸碌的官场生活的鄙视，以嬉笑笔墨出之，谐中寓庄，语言极富形象性。《伯修》一牍，写“返舟灵岩，睹馆娃故址。其山不甚高，而幽奇甲于吴中，虎丘不堪作奴，且其中多胜概。过响屧廊，观西施履迹；游剪香径，思吴宫花草，低回顾视，千载若新，至欲别不能别。有情之痴，至于如此，可发一笑。”对于历史遗迹的幽思，对于山水胜概的痴迷，寄于浪漫的遐想之中。《答谢在杭司理》说谢肇淛“胸怀如日，诗思如水，酒态如春”。用游杭归来者“眉目髭须皆说西湖”来比拟自己弟弟提到肇淛的时候“满面皆谢司理”，造语简炼、鲜明、新颖。又如《答王百榖》：

> 一穷广文，骑高骨马，兀兀东华道上，有何情致，而劳王先生口齿邪？残冬至春，燕地特寒，处温室中，如蝟入榖。强出拜客，须眉皆冰，手足僵冷。掖而入门，妻儿大笑，以为琉璃光如来出世。一室之内，堕指裂肤，谇语漫骂，不肖若不闻也者。方且挥毫命楮，恣意著述。每一篇成，跳跃大呼，若狂若颠，非诚不改其乐，聊以宽啼号之妻子也。

北京冬季的严寒，教官生活的清苦，写作得意时的颠狂，以寥寥百余字写出，而神情毕肖，声口如闻。袁宏道的传记以《徐文长传》最著名，其中一段云：

> 文长自负才略，好奇计，谈兵多中，视一世无可当意者，然竟不偶。文长既已不得志于有司，遂乃放浪曲糵，恣情山水，走齐、鲁、燕、赵之地，穷览朔漠，其所见山奔海立，沙起云行，风鸣树偃，幽谷大都，人物鱼鸟，一切可惊可愕之状，一一皆达之于诗。其胸中又有勃然不可磨灭之气，英雄失路托足无门之悲，故其为诗，如嗔如笑，如水鸣峡，如种出土，如寡妇之夜哭，羁人之寒起，虽其体格时有卑者，然匠心独出，有王者气，非彼巾帼而事人者所敢望也。文有卓识，气沉而法严，不以模拟损才，不以议论伤格，韩、曾之流亚也。文长既雅不与时调合，当时所谓骚坛盟主者，文长皆叱而奴之，故其名不出于越，悲夫！……晚年愤益深，佯狂益甚，显者至门，或拒不纳。时携钱至

酒肆，呼下隶与饮。或自持斧击破其头，血流被面，头骨皆折，揉之有声。或以利锥锥其两耳，深入寸余，竟不得死。……

李扶九《古文笔法百篇》以此传入“一字立骨”类，是抓住了一个奇字。其评解云：“自来奇人，必有奇事奇文……然奇事奇文，必有奇穷……文长之为人奇穷矣，而文与事皆奇。故此传之文，即以奇字为骨。”黄翻《书后》则认为袁宏道“不以其奇为不遇，而以其诗其文直取定于百世之下，则牢愁困苦，皆不足为先生奇；而其勃然不可磨灭者，乃真奇也”。评论的角度不完全一样，但都肯定徐文长是奇人，《传》是奇文。撰写的成功，在于以饱满的热情塑造徐文长的形象，笔酣墨饱，从恣肆挥洒之中见沉痛。作者自己说：“《徐文长传》虽不甚核，然大足为文长吐气。”可见指导思想是捐细取大，并重视传记文的抒情特质。

第三，袁宏道散文的时代精神和进步倾向。关于文学的，已如前述。关于政事和时局的，1596年作于吴县任上的《何湘潭》：“吏情物态，日巧一日；文网机阱，日深一日；波光电影，日幻一日。更复十年，天下容有作令者耶?”或是一般的感慨牢骚。1607年作于北京的《与黄平倩》说：“但每日一见邸报，必令人愤发裂眥，时事如此，将何底止!”则是当时水旱频仍，民变迭起，宦官跋扈，朝臣聚党的反映。万历二十七年（1599），遣宦官至各地征税，办矿，采珠，督理瓷厂。湖北税监陈奉，“兼领数使，恣行威虐，每托巡历鞭笞官吏，剽劫行旅。商民恨刺骨”，终于激起民变。(《明史》三百五《陈奉传》)《答沈伯涵》对此有直接的反映：“荆商之困极矣……不数年中，居民耗损，市肆寂寥。居者转而南亩，商者化为游客，鬻房典仆之家，十室而九，而当事者时欲取羡于额外，屡盈屡溢，若之何不病且亟也！……此正荆民更生之时，而中官之虎而翼者至矣。穷奇之腹，复何所厌？垂危之病，而加之以毒，荆人岂有命哉！……时事如此，将何所托足？虽江河为泪，恐不足以尽贾生之哭也。”“中官之虎而翼者”，直斥气焰熏天的陈奉，“贾生之哭”说明作者对国事时局的忧切。关于敏锐地感受时代风气，倾向于市民意识的，如《毛太初》一牍就说得十分直率：“人生三十岁，何可使囊无余钱，囤无余米，居住无高堂广厦，到口无肥酒大肉也。可羞也。”《龚惟长先生》则以亦庄亦谐的口气述人间“五快活”，从享尽声气侈靡，著书立说，泛舟游览到倾家荡产，一身狼狈，认为“士有此一者，生可无愧，死可不朽”。陆云龙说全篇铺张“穷欢极乐，可比

《七发》，令人神快”（《翠娱阁评选袁中郎先生小品》）。其中包含了充分肯定人生，反对无所事事、虚掷光阴的合理因素。作者因而一再强调人情必有所寄，生活必须充实。他告诫年岁与之相仿的舅舅龚仲安：“人生何可一艺无成也！”作诗不成，可以学棋，学棋不成，可以踢球弹琴。“凡艺到极精处，皆可成名，强如世间浮泛诗文百倍。”（《寄散木》）他认为“古今好尚不同，薄技小器，皆得著名”。如铸铜、烧瓷、制琴、漆器，都有名匠，制品与诗画并重。“当时文人墨士名公巨卿，炫赫一时者，不知湮没多少；而诸匠之名，顾得不朽。所谓五谷不熟，不如稊稗者也。”（《时尚》）将本来最受轻视的末技贱业与翰墨相提并论，直言精湛的手工技艺胜过蹩脚的诗文，是思想观念的一大更新，一大进步，是商品经济迅速发展，手工工艺取得巨大成就，这一阶层社会地位有所上升的一种反映。更值得重视的是袁宏道关于士大夫与老百姓的关系的思考。当他与朋友“放舟湖心，披襟解带”。纳凉风，望山色，挥麈高谈的时候，不知身之为吏；“少顷，邮者报台使者至宝带桥，客主仓惶，未能成礼而别。”深感官身的不自由（《阴澄湖》）。他以县令身份游虎丘，“歌者闻令来，皆避匿去。”因此喟叹：“甚矣，乌纱之横，皂隶之俗哉！”后来辞官，以“吴客”再游虎丘，这才得到解脱，得以尽兴（《虎丘》）。其《与朱司理》云：

> 近日觉与市井屠沽，山鹿野獐，街谈市语，皆同得去，然尚不能合污，亦未免为病。何也？名根未除，犹有好净的意思在。于是有誉之为隽人则喜，毁之为小人则怒；与人作清高事则顺，作秽鄙事则逆。盖同，只见得净不妨秽，魔不碍佛；若合，则活将个袁中郎抛入东洋大海，大家浑沦作一团去。……大约世人去官易，去名难。夫使官去而名不去，恋名犹恋官也。为名所桎，犹之桎于官也，又安得彻底快活哉！

作者感到自己能与市民同流，但还不能合污。同，还可以是“净不妨秽”；合，则需要“大家浑沦作一团去”。也就是说，同，限于形迹；合，则涉及意识观念。根源在于去官易，去名难，在于名义身份。他把同流而不能合污看作是“病”。这种发自灵魂深处的真诚的自省，实在难能可贵，在封建社会，是闪光的思想。

闻启祥、袁中道、谭元春等人评宏道的创作发展，大抵认为可分前后期，虽然断限不尽相同。中道《袁中郎先生全集序》说，宏道前期诗文《锦帆集》、《解脱集》，“意在破人之执缚，故时有游戏语，亦其才高胆大，无心于世之毁誉，聊以抒其意所欲言耳”。后来学以年变，笔随岁老，自《破砚集》以后，“无一字无来历，无一语不生动，无一篇不警策”。此序作于万历己未（1619）任徽州教官时，距宏道去世九年。“诸文人学士泥旧习者，或毛举先生少年时二三游戏之语，执为定案，遂谓蔑法自先生始。”（同上）宏道前期作品，许多篇有异文，可见其修改之迹，并非都是不假思索。但为了贯彻不拘格套，独抒性灵的主张，为了破人之执缚，而恣肆蔑法，或形容过甚，或成心趋俚的情况确实存在。如游记之记粪臭：“百花洲在胥、盘二门之间。余一夕从盘门出，道逢江进之。问：‘百花洲花盛开否？盍往观之。’余曰：‘无他物，惟有二三十粪艘，鳞次绮错，氤氲数里而已矣。’进之大笑而别。”（《百花洲》）尺牍之用鄙语：“不唯悔当初无端出宰，且悔当日好好坐在家中，波波吒吒，觅甚么鸟举人进士也。”（《黄绮石》）而中道序文所谓后期“无一字无来历”云云，分明是对公安派创作信条产生某种动摇，而向传统理论靠拢，并替宏道辩护的口气。宏道文章前后期有发展有变化，这是事实。例如游记，前期写江南风光的秀美，后期写北方山水的雄奇，对象不同了，笔墨也不同。但更引人注目的是语言风格的变化，试以前引苏杭诸记乃至写北京郊区的《满井游记》与逝世前一年（1609）所作之《华山记》相比较：

> 凡山之名者，必以骨，率不能倍肤，得三之一，奇乃著。表里纯骨者，唯华为然。骨有态，有色。黯而浊，病在色也；块而狞，病在态也。华之骨，如割云，如堵碎玉，天水烟雪，杂然缀壁矣。方而削，不受级，不得不穴其壁以入。壁有罅，才容人，阴者如井，阳者如雷。如井者曰嶂曰峡，如雷者曰沟，皆斧为衔，以受手足，衔穷代以枝。受手者不没指，受足者不尽踵。铁索累千寻，直垂下；引而上，如粘壁之鼯。壁不尽罅，时为悬道巨峦，折折相逼，若故为亘以尝者。横亘者缀腹倚绝厓行，足垂磴外，如面壁，如临渊，如属垣，撮心于粒，焉知鬼之不及夕也。长亘者搦其脊，匍匐进，危磴削立千余仞，广不盈背，左右顾皆绝壑，唯见深黑。吾形畾畾然如负瓮，自视甚赘。然微风至，摇摇欲落，第恐身之不为石矣。

其简古劲健，与前期之新鲜活泼有明显的不同；而用词造句之法，与后七子领袖李攀龙的《太华山记》有某种相近之迹，尽管还不似李文的奥僻艰涩。这说明，宏道在世时，已在为公安派“救弊”了。

袁中道著作之富，不亚于仲兄宏道，而远过伯兄宗道。《珂雪斋集》有序文三卷，除应酬之作外，多为评议诗文及作家，比较全面地反映了他的文学观点。传文十四篇，《一瓢道士传》、《回君传》、《万莹传》颇记畸人异行，如万莹，“少工文词，一试有司不酬，即归隐里中教授。于书无所不读，……”自经、史至阴阳、堪舆、农圃、数学，无所不晓，是一个知识广博而不能治生的读书人，穷困潦倒乃至“家赤贫，朝不保夕”。“屋欹斜，其半见天，雨至竟夜迁徙。无垣壁，方昼卧室中，有人自岭上来者，了了见之。”作者感慨地说：“以彼其文行如是，而遭此荼苦，其能逃于马迁之所疑乎？”不仅有同情，而且有悲愤。一瓢道士“少读书，不得志”，从军，为盗，卖酒，乞食。临死时，“买一棺，自坐其中，不覆；令十余人移至城市上，手作拱揖状，大呼曰：‘年来甚扰诸公，贫道别矣！’虽小巷间无不周遍，一市大惊。”颠狂怪异中必有痛楚。其他如《回君传》记某表兄，《石浦先生传》记长兄宗道，《李温陵传》记李卓吾，都是重在刻画人物思想性情的佳作。《龚春所公传》记外祖父龚大器，尤为传神：“凡应试者，多先榜归。公独徐徐候榜出，阅罢，徐徐看新孝廉赴宴，买贤书数册，然后束装。”“赴公车，同事者以年老慢易之，曰：‘公即当谒广文选，迁一老别驾足矣，何得同我辈上春官乎？’公笑而谢之。如此者数四，竟笑而谢之，无忤也。”两个“徐徐”两个“笑而谢之”，写出了人物性格的豁达、舒缓与诙谐。在登第出仕，致仕回乡后，以七十余高龄与诸子孙诗酒唱和：

> 一日，孝廉、御史，偕予兄及诸甥游石洲，以公老，难于往来，弗约。已至洲，方共饮酒，拾石子。俄见雪浪中，有小舠迅疾而下，中有一老翁，踞胡床，指麾江山，旁若无人。互相猜疑。逼视之，则公也。舟已近，公于舟中大呼曰：“何为遂弃老子耶！”登洲，即于洲上舞拳数道，以示勇。

又是多么豪迈。作者有《论史》一篇云：“修史之要有二。”一曰简。《史》、《汉》简约易诵，故能传遍天下；唐、宋史内容完备，而读者陌生，因为繁芜不可读。二曰新。《史》、《汉》写项王创业，汉祖过沛，荆、聂意气，田、窦风波，游侠之慷慨，货殖之感忿，……百世之下的读者，犹能画出其面貌性情；“及至近代，千篇一律，无一活语。”书刚写出，即成为太仓陈粟。其结论是：“新则美，美则爱，爱则传；则又安可不新。”通过《史》、《汉》与“近代”史作的对比所提出的对于传记文学的见解，十分精辟，本人也大抵实践了注重性格特征，求取材新颖的原则，惜乎作品不多。

《珂雪斋集》有游记类文十八卷。如果结合数量和文学性两个方面来虑察，袁中道应当是中国文学史上第一个最杰出的旅游专家和游记作家。他的游记最具系统性。如《西山十记》、《东游记》三十一记、《南归日记》。《游居柿记》十三卷，第一卷记一冬事，第二、三卷与四、五卷共记两年事，以下每卷记一年事，起自万历三十六年戊申（1608）十月初一日，迄于四十六年戊午（1618），共记十年事。以游为主，居亦有游。共约十五六万字，篇幅之长，前所未见。游历范围包括家乡荆州一带，今湖北西北部武当山一带，洞庭湖水域（如桃花源、君山、德山、岳阳），长江中下游广大地区（武昌、黄州、匡庐、鄱阳、当涂采石、金陵、镇江三山），自家乡至北京往返途中，以及北京诸胜迹，许多佳山水皆一游再游。内容之丰富尤可称叹，除记游写景外，举凡与所到之处有关的地理沿革、历史人物事件、野乘遗闻，旧地重游的忆昔伤逝和今昔之感，所见的诗文字画，与朋友交游的正论闲谈，人情世态，文坛琐事，乃至述灵异，记果报，作法事，诵佛书，无所不备。从这些作品可以看出：一，游览几乎是三袁兄弟，尤其是中道的天性。中道本有大志，“当少年时，意气如得霜鹰，视东游海上，北走大漠，如几席前。”（《游居柿录》卷八）这说的是功名志，也是游历志。他“自信于泉石有缘”（《与雷太史》），认为世外之声色可以战胜世间之声色，“回思向时与尘务相弊铩，以丘山之苦，易毫发之乐者，真如狂如醉，追悔莫及。始知予于山水间，亦有至性焉”（《玉泉拾遗记》）。因此，“凡居城市，则炎炎如炙；独登舟则洒然。居家读书，一字不入眼；在舟中，则沉酣研究，极其变化。或半年不作诗，一入舟，则诗思泉涌”（《后泛凫记》）。在佳山秀水中寻回了自己的至性至情。二，游览可以解除思想的苦恼。这个苦恼，主要来自多次科举失利，而借游览来冲淡和宽慰。不中进士，对祖宗父兄，对自己的一生都无法交代，直到四十七岁，才得一第，终于卸下包袱。“予奔波场屋多年，今岁不堪其苦，至是始脱经生之债，亦甚快。但念老父及两兄皆不及见，不觉为之泪下。”（《游居柿录》卷十一）三，游览可以治病。中道少年时得“火病”，三十五岁开始加重，以后反复发作，又有疟疾，长期受病痛折磨，父兄之丧，更加重了病情，常怀性命之忧。所以他寄情山水，感到看石听泉，可使精神日以爽健，神骨俱佳。“故人知我之为逍遥游，不知其为养生主也。”（《游居柿录》卷三）逍遥游与养生主结合，高度概括了游览的目的。以上种种原因，加上文学才华，造就出一位杰出的游览家和游记作家。

袁中道游记散文，观察极细致，感受极敏锐，描写极生动，能传景物之神情、性格。《西山十记》之二写玉泉山之水，写出了水的空明灵澈，也写出了它的美丽温柔：

> 山根中时出清泉，激喷巉石中，悄然如语。至裂泉，泉水仰射，沸冰结雪，汇于池中。见石子鳞鳞，朱碧磊珂，如金沙布地，七宝妆施，荡漾不停，闪烁晃耀，注于河。河水深碧泓渟，澄澈迅疾，潜鳞了然，荇发可数。……

之七写翠岩山枯涧中的怪石，写出了它们的奇形异状，也写出了它们的倔强：

> 涧涸，而怪石经于疾流冲击之后，堕者，偃者，横直卧者，泐者，背相负者，欲止未止，欲转不获转者，犹有余怒。

有许多写景文章或片段，由于作者全身心的投入、观察和鉴赏，感受十分亲切，因而给对象注入了情感，人格化了。《游黄山记》因行程有曲折，距离有远近，方位有变易，山势有隐现等特点，来写黄山诸峰。云门峰锷甚利，“游人乍见之，有若山灵遣一使以逆客者”。行至汤口，隐而不见，“有若三速客而退者”。而紫石、朱砂、老人三奇峰“有若雁行序立以迟客者”。登山以后，朱砂峰出其右，老人峰出其左，“如相介以引客者”。当日轮在空，雾气散去的时候，翘盼已久而不见的天都峰终于显现，“有若主人屏息良久而出见客者”。天都峰尊严，莲花峰生动。行至一寺休息，左为天都峰，而桃花诸峰肩随之；右为莲花峰，而青鸾诸峰肩随之，“若客子初就宾席而与主人相酬酢者”。作者与黄山诸峰的关系，成为兴致极好的宾客与雍容尔雅的东道主的关系。在《爽籁亭记》中，作者写出了身心融入自然，达到物我合一的审美感知的微妙过程：

……泉畔有石，可敷蒲，至则趺坐终日。其初至也，气浮意嚣，耳与泉不深入，风柯谷鸟，犹得而乱之。及暝而息焉，收吾视，返吾听，万缘俱却，嗒焉丧偶，而后泉之变态百出。初如哀松碎玉，已如鹍弦铁拨，已如疾雷震霆，摇荡川岳。故予神愈静，而泉愈喧也。泉之喧者，入吾耳而注吾心，萧然泠然，浣濯肺腑，疏瀹尘垢。洒洒乎忘身世而一死生。故泉愈喧，则吾神愈静也。

作者摹山范水的笔致辞藻，风格多样，有的浓重，有的清丽。浓重的如《游鸣凤山记》写山，分山为“土阜”、真山、佳山、如云之山，而以如夏云之山为最美：

夫大火既炽，上下歊蒸；玉女授壶，上帝揶揄。于是焉云气忽起，泼墨涂雾；马逝帆张，浪卷波腾；浸地烧天，含蛟裹螭；散而愈叠，拨之不开。及炮车忽散，天宇如澄；金翘玉蕊，藻刻葩连。仙人回盼，美女弄姿，奇形异质，不可殚述。此夏云也，非鸣凤诸山，乌足以当之。

笔墨饱满，文辞铺张华美，极尽夏云之变幻多姿，以喻鸣凤山之奇。清丽的，如：

过牌州，日暮。望见金口诸山，澹澹之峰，湛湛之水，落日沙渚，微风细浪。此中大有佳趣。(《游居柿录》卷二)

黎明，东风细细，一帆直走君山。初日既出，波平如掌。方舟进发，已抵山足。系舟寺门，见乔木蓊郁，亏蔽天日，黯黯含雪霰气。两掖之山，如垂长袖；乳石磊砢，如饮水而下。(同上卷六)

上文提到中道酷爱自然山水，二十岁时即开始游历而至老不厌，因有其天性在，同时又以山水解忧，以山水疗疾，因而时或触景生悲，发出人生的沉重的喟叹。《游岳阳楼记》说“予始四望惨淡，投箸而起，愀然以悲，泫然不能自已”。由此想到滕子京左迁此地，增建此楼时所说“直须凭栏大哭一番乃快”的话，认为滕子京入为名谏议，出为名将帅，已展其才，又有范公为知己，有何可哭？“至若予者，为毛锥子所窘，一往四十余年，不得备国家一亭一障之用。玄鬓已皤，壮心日灰。近来又遭知己骨肉之变，寒雁一影，飘然天末，是则真可哭也，真可哭也！”不过；多数篇章仍是欣赏自然之美，享受自然之赐，体现了居则忧思多，游则乐趣多的心理情绪规律。《游灵岩记》由于未能进入那个避秦人的桃花洞，而“恨灵仙之永隔，悲弱志之不厉，涕泗横如而出”。其风趣足可使读者解颐。《东游记》十四说苏东坡“误赤壁而得一赋，误石钟而得一记，淋漓一时，芳润千古——其误何可及也！”《游居柿录》卷十三记徽州表演祭孔乐舞，“八音无声，器坏服敝。乐舞生数十人，如牧牛童，舞时止解躬身起手，如俗所云‘单鞭势’者，不觉匿笑”。也都可以看文字的诙谐调侃。

中道年寿较其两兄为长，在宏道去世后，他成为公安主将十二年，经历了公安派由盛至衰的全过程。他的文学理论具有发扬的性质，又具有总结的性质。发扬的一面，除与宗道、宏道同调，不须重复者外，还满腔热情地宣传了宏道的文学天才和创作成就，尤其是强调“楚人文学”的特点，以及他对含蓄蕴藉与直抒胸臆两种风格的独到认识：

> 天下之文，莫妙于言有尽而意无穷，其次则能言其意之所欲言。《左传》、《檀弓》、《史记》之文，一唱三叹，言外之旨蔼如也。班孟坚辈，其披露亦渐甚矣。苏长公之才，实胜韩柳；而不及韩柳者，发泄太尽故也。诗亦然。……楚人之文，发挥有余，蕴藉不足。然直抒胸臆处，奇奇怪怪，几与潇湘九派同其吞吐。大丈夫意所欲言，尚患口门狭，手腕迟，而不能尽抒其胸中之奇，安能嗫嗫嚅嚅，如三日新妇为也！不为中行，则为狂狷。效颦学步，是为乡愿耳！
>
> 李宗文氏，楚之名士也。采楚名士之文，裒为一集。予得而阅之，大都能言其意之所欲言，皆楚人本色也。近日楚人之诗，不字字效盛唐；楚人之文，不言言法秦汉，而颇能言其意之所欲言。以为拣择太过，迫胁情景，而使之不得舒真，不如倒囷倾囊之为快也。本无言外之意，而又不能达意中之言，又何贵于言？楚人之文，不能为文中之中行，而亦必不为文中之乡愿，以真人而为

真文。观于宗文氏之所集，可以知楚风矣。(《淡成集序》)

此文首先充分肯定“天下之文，莫妙于言有尽而意无穷”，肯定含蓄蕴藉，甚至指出楚人之文发挥有余而蕴藉不足的缺点；但是，楚人之文宁为狂狷，宁为如潇湘九派的发挥有余，而不为乡愿，不为如三日新妇之含蓄蕴藉。这就是楚人的性格，楚人的文学，包括被人攻击为浅率的公安派的性格和文学。他还说，文章之事，无百年不变，而“变之必自楚人始”。楚人才情未必胜于吴越，而胆胜之！为了证明这一点，除屈原外，还硬派杜甫为楚人以为佐证(《花雪赋引》)楚人有变革文风的胆略，楚人文学直抒胸臆，以真人而为真文的伦理品格和审美品格，说得理直气壮，毫不示弱，这是从一个新的角度来肯定和赞扬公安派的。总结的一面，更具有理论意义，他说：“有作始，自宜有末流；有末流，自宜有鼎革。”认为七子派有功于风雅，但学之者渐成格套，抑郁不能言；宏道起而矫之，其意以发抒性灵为主，因此畅所欲言，穷其变化，是七子的功臣。而宏道之后，学之者渐入俚易，诗文又将成弊。“由此观之，凡学之者，害之者也；变之者，功之者也。”(《阮集之诗序》)强调变化、更新，反对模拟、因循，成为作者看待文学发展规律的一般原理，不为一家一派争利害，不仅是中道态度豁达之处，也是他见识高明之处。因为事实上，中道健在之时，公安派文学正显露出某种末流景况了。他给钱谦益的信说：“诗文之道，昔之论气格者近于套，今之论性情者近于俚，想受之悟此久矣!”(《答钱受之》)中道冷静地客观地给自己一派文学做出了相当全面的总结。

第六章
明代后期散文（下）

第一节　竟陵派

明代后期，与公安派大体同时的另一个文学流派是以竟陵（今湖北天门）人钟惺和谭元春为首的竟陵派。钟惺（1574～1624）字伯敬，号退谷。万历三十一年（1603）中举人，三十八年（1610）中进士。授行人司行人，改工部主事，历南京礼部主事、郎中，官终福建提学佥事。为人身体瘦弱，性情严冷，不喜接俗客，而专心于书史。早年即有文名。进士考试时为座师、公安派作家雷思霈所深赏，又与袁中道有交往。中道《游居柿录》记万历三十七年（1609）与钟惺在南京相会："予同年钟伯敬等来访。钟游太学，予往时未得晤。彼此一见欢甚。"且同游名胜。又记万历四十三年（1615）钟惺"致其所刻新诗，并其师雷太史诗"。由此可见钟惺与公安派关系的一般情况。万历四十二三年，他与同邑谭元春合作，选编《诗归》51卷，其中唐以前诗15卷，为《古诗归》；唐诗36卷，为《唐诗归》。现存万历四十五年（1617）刊本。此书一出，风行于世，承学之士，家置一编，奉为楷法，而钟、谭之名满天下，号为"竟陵体"。谭元春（1586～1637?）字友夏，于钟惺为晚辈，因编《诗归》与钟齐名；但科场不利，至天启七年（1627）始中举人。在赴进士试时，卒于旅途。

竟陵派的形成，在公安派袁宏道去世（1610）之后，但钟惺与袁中道为同科举人，中进士早于中道六年，又同年去世，实是一辈人。他和中道同样经历了公安派的全盛，也看到了其末流之弊。竟陵的文学主张，与公安是大同小异的。大同的一面，根本宗旨仍是反对拟古主义，提倡抒写性灵；小异的一面，鉴于公安作风的平易浅率，而提倡“幽情单绪”、“深幽孤峭”的审美趣向和写作手法。钟惺《诗归序》：“尝试论之，诗文气运，不能不代趋而下，而作诗者之意兴，虑无不代求其高。高者，取异于途径耳。夫途径者，不能不异者也，然其变有穷也。精神者，不能不同者也，然其变无穷也。操其有穷者以求变，而欲以其异与气运争，吾以为能为异，而终不能为高。其究途径穷，而异者与之俱穷，不亦愈劳而愈远乎?”并进而具体地指出“学古者”（前后七子派）“取古人之极肤极狭极熟、便于口手者，以为古人在此”。而“便捷者”（公安派）为了矫正七子，“必于古人外，自为一人诗以为异，要其异又皆同乎古人之险且僻者，不则其俚者也”。在钟惺看来，七子的亦步亦趋、尺尺寸寸的摹仿，只不过得了古人极肤极狭极熟、现成的形式的东西，可以随手取用，便于表达而已。而公安派又矫枉过正，过分追求独创，一定要在古人之外自成一家，结果又流于险僻或俚俗。正确的做法是，应该跳出学古或不学古的理论圈子，但求古人真诗之所在。“真诗者，精神所为也。察其幽情单绪，孤行静寄于喧杂之中；而乃以其虚怀定力，独往冥游于寥廓之外。”这篇序文虽然同时批评七子与公安，在《再报蔡敬夫》一牍中，甚至用更为严厉的语气批评了公安末流：“……而近时聪明者矫之曰：何古之法！须自出眼光。不知其至处，又不过玉川、玉蟾之余唾耳。”但总的倾向，仍是反对从形式上摹拟古人。其所标榜的“真诗”、其变无穷之“精神”、“幽情单绪”，以及《与高孩之观察》所言“从古未有无灵心而能为诗者”的“灵心”，仍是性灵的范围。谭元春的《诗归序》，也是着重批评复古派的，指出他们以古人所爱之格，所便之调，所易就之字句，“得其滞者、熟者、木者、陋者。”古人以此数者“收浑沌之气”，“为藏神奇藏灵幻之区”；“今人”则以此数者“丧精神之原”，“为仇神奇仇灵幻之物。”同样反对食古不化。他又说：“夫真有性灵之言，常浮出纸上，决不与众言伍。”“夫人有孤怀，有孤诣，其名必孤行于古今之间，不肯遍满寥廓。”同样提到性灵、灵幻、神奇。而所谓“孤怀孤诣”以及“幽情单绪”，也可以解释为自我心灵独有独到、与人迥异的感受。总之，竟陵的主张与公安的反对摹拟，提倡抒写性灵和独创新风，在本质上是一致的，同属于晚明文学新思潮的范围。其小异的一面，在于公安派的蔑视成法，不拘格套，直抒胸臆，恣肆为文，即使以宏道的天赋之才，也时露浅率，不如宏道者则正如钟惺所斥的，难免“牛鬼蛇神、打油定铰遍满世界”，甚至“学袁、江二公，其弊反有甚于学济南诸君子者也”（《与王稚恭兄弟》）。正是由于这个缘故，钟、谭才提出上述“孤行静寄”、“独往冥游”，或者如钱谦益所说的“深幽孤峭”（《列朝诗集小传》丁集）的途径方式来表现幽情单绪、孤怀孤诣。比较竟陵与公安的同异，可以认为竟陵是公安的别派旁枝。

钟惺著有《隐秀轩集》。其散文总体成就不如公安，许多篇章有支离散漫、文气不畅之病，但也有佳作。序跋类文多为诗文而作，从中可以见到作者的文学见解。《东坡文选序》强调文学之“趣”，无趣则无文。“譬之人：趣，其所以生也，趣死则死。人之能知觉运动以生者，趣所为也。”意思是说，无趣则文死。但是，不能止于有趣。真学问、真文章，还须“理义足乎中，而气达乎外，胆与识谡谡然于笔墨之下”。《蜀中名胜记序》提出：“以吾与古人之精神俱化为山水之精神，使山水、文字不作两事，好之者不作两人，入无所不取，取无所不得，则经纬开合，其中一往深心，真有出乎述作之外者矣。”精神、山水、文章，融为一体，人文之美与自然之美的结合，其审美境界可以超出述作之外。这与三袁作品中常见的物我合一的追求是一致的，是晚明作家向往心性自由的一种反映。《问山亭诗序》给朋友王季木的诗集作序，认为“势有穷而必变，物有孤而为奇。”诗文必须因势而变，才能创新出奇。简单呆板的摹仿，不但损害自己，也损害被摹仿的前人。正因为如此，袁宏道（石公）成为李攀龙（于鳞）的功臣。作者称赞朋友王季木“奇情孤诣”，富于变化创新，不屑依傍他人，“居石公时不肯为石公，则居于鳞时亦必不肯为于鳞”。所以有自己的面貌。这里不说七子派，而单提李攀龙，因李与王季木同为济南人。序文隐寓着这样一个意思：自己与袁宏道同为楚人，而不拘于公安，自辟蹊径，也应该是公安派的功臣，同样反映了求变求新的愿望。在其志、传类作品中，《白云先生传》叙述诗人陈昂穷困潦倒，人不遇时，诗亦不遇人。其作品受到一位少年的赏识，“每称其一诗，辄反面向壁，流涕悲咽，至于失声。其后每过门，辄袖饼饵食之，辄喜；复出其诗，泣如前。居数年，竟穷以死。”这样的描写，能令读之者鼻酸。末段的议论，也是情动于中，感慨殊深的。《断香铭》更是一篇奇文：

“断香铭”者，铭吾友蜀人刘晋仲之妇尹氏之墓也。

君讳纫兰，叙州府宜宾县人，大参尹子求先生之女也。记己酉，予以丧子狂走白门。先生为南职方郎，尝为予言，其婿刘郎七岁能诗。

刘郎者，给谏勿所公仲子，即今所称晋仲者是也——安知其有女慧如是！然其时犹然女儿，习玩不知书。既归晋仲，见晋仲妹文玉词翰妙敏，心悦而好之，相与为友。始读书，稍稍为诗。精神起落，常出人外。佳处不必由思，思者反是无关系处。久之，从晋仲省尊公于燕，由蜀江出峡，由峡入江，由江达运河，峰树逢迎，烟日争让，舟行遭缓，可以为家，得意为诗。其篇时全时缺，缺则听之。缺于此或全于彼，有弦摧柱折，缓他琴以续之之意。予读其诗，骨散神寒，音节清巉，如病叶偶脱从风而坠，或中罥之，附枝翅鸣，不能自致于地。如暗泉之厄于石，而不能自竟其响。——此“断香”之旨也。至燕亦有诗，全缺如之。久之意忽忽无主，有秋冬气。晋仲忧之。曰：“我亦不知。”至是，亦不甚作诗，作亦不以示人。晋仲检其枕中所藏，如其全与缺而存之。顷之卒，年甫十九。

钟子曰：世所不常有者才，人所不可无者友。才而为我友，友而为我妇，妇而才相当。晋仲以为能永乎，不能永乎？

铭曰：丈夫才而鬼瞰之，矧其在女子之躬也！好友在四方，而造物或收之，矧其在闺阁之中也！刘子者，怜才乎，求友乎，悼亡乎？能寻香于落叶暗泉之间，而迹其所终也乎？噫！

这是给友人之妻尹纫兰作的墓志铭，而标题为“断香”，完全打破传统体例，已很新奇。内容虽然涉及墓主生平，但重点在叙述“断香之旨”的由来，断香既不是尹氏的姓名字号，也不是她的诗文集的名称，只是作者对她的作品的一种主观的审美判断。“……如病叶偶然从风而坠，或中罥之，附枝翅鸣，不能自致于地。如暗泉之厄于石，而不能自竟其响——此‘断香’之旨也。”用这样两个比喻来说尹氏之诗的幽情单绪和病态美，其生动精微已无以复加；而铭文本身的风格同样体现了深幽孤峭的特点，可以作为钟惺怎样实践其文学主张的一个例证。不过，作者提倡的幽情单绪，并不是局限于穷究病态美。如游记类文的《浣花溪记》：

出成都南门，左为万里桥，西折纤秀长曲，所见如连环、如玦、如带、如规、如钩，色如鉴、如琅玕、如绿沈瓜，窈然深碧，潆回城下者，皆浣花溪委也。然必至草堂，而后浣花有专名，则以少陵浣花居在焉耳。

行三四里为青羊宫，溪时远时近，竹柏苍然，隔岸阴森者尽溪，平望如荠，水木清华，神肤洞达。自宫以西，流汇而桥者三，相距各不半里。舁夫云通灌县，或所云"江从灌口来"是也。人家住溪左，则溪蔽不时见，稍断则复见溪，如是者数处，缚柴编竹，颇有次第。桥尽，一亭树道左，署曰"缘江路"。过此则武侯祠，祠前跨溪为板桥一，覆以水槛，乃睹"浣花溪"题榜。过桥，一小洲横斜插水间如梭，溪周之，非桥不通。置亭其上，题曰"百花潭水"。由此亭还度桥，过梵安寺，始为杜工部祠。像颇清古；不必求肖，想当尔尔。石刻像一，附以本传，何仁仲别驾署华阳时所为也。碑皆不堪读。

钟子曰：杜老二居，浣花清远，东屯险奥，各不相袭。严公不死，浣溪可老，患难之于朋友大矣哉！然天遣此翁增夔门一段奇耳。穷愁奔走，犹能择胜，胸中暇整，可以应世，如孔子微服主司城贞子时也。时万历辛亥十月十七日，出城欲雨，顷之霁。使客游者，多由监司郡邑招饮，冠盖稠浊，磬折喧溢，迫暮趣归。是日清晨，偶然独往。楚人钟惺记。

此文线索清楚，语言简净，写出了浣花溪逶迤深曲、清远幽静的特点。作者性格严冷高傲，不喜应酬，此行不是"冠盖稠浊，磬折喧溢"的众游（他作为奉使四川的行人，本来是可以有一大批"监司郡邑"之官作陪客的），而是"偶然独往"，时间又选择在清晨，难怪没有同游，而且一路游踪，一篇游记，竟然只有作者自己的身影，没有其他人迹。于是，在笔墨渲染之环境中，有两个形象。一个是八百年前的杜甫：穷愁奔走，犹能择胜而居，胸怀开阔，好整以暇，因而可以应世。对浣花溪的描写，态度从容而特色鲜明；由浣花溪的特色而想象杜甫之为人，其议论也是独特新鲜的。一个是置身于浣花溪畔的作者，正好应了他自己所说的：以"幽情单绪，孤行静寄于喧杂之中，而乃以其虚怀定力，独往冥游于寥廓之外"。其艺术思维、艺术想象之特点，正好应了刘勰所说的"寂然凝虑，思接千载；悄焉动容，视通万里"。"是以陶钧文思，贵在虚静，疏瀹五藏，澡雪精神"（《文心雕龙·神思》）。此外，《梅花墅记》开头一段："出江行，三吴不复知有江。入舟，舍舟，其象大抵皆园也。乌乎园？园于水。水之上下左右，高者为台，深者为室，虚者为亭，曲者为廊，横者为渡，竖者为石，动植者为花鸟，往来者为游人——无非园者。……大要三吴之水，至甫里始畅，墅外数武，反不见水，水反在户以内，盖别为暗窦，引水入园。……登阁所见，不尽为水，然亭之所跨，廊之所往，桥之所踞，石所卧立，垂杨修竹之所冒荫，则皆水也。"《蜀中名胜记序》本是书序，其开头一段："游蜀者不必其入山水也。舟车所至，云烟朝暮，竹柏阴晴，凡高者皆可以为山，深者皆可以为水也。游蜀山水者，不必其山水之胜也。舟车所至，时有眺听，林泉众独，猿鸟悲愉，凡为山者皆可以高，为水者皆可以深也。"前者写三吴水乡园林的特点，后者写四川盆地山水的特点，既高度概括，又具体形象，能尽其风光之妙。作者性喜游览，又有杰出表现力，可惜所作不多。

谭元春著有《谭友夏合集》。其卷六至卷十四为"鹄湾文章"，卷二十三为"诸稿自序"。游记作品以三篇《游乌龙潭记》比较出色。《再游乌龙潭记》写游潭时遇到的风雨雷电："坐未定，雨飞自林端，盘旋不去，声落水上，不尽入潭而如与潭击。雷忽震，姬人皆掩耳欲匿至深处。电与雷相后先。电尤奇幻，光煜煜入水中，深入丈尺，而吸其波光以上于雨，作金银珠贝影，良久乃已。潭龙窟宅之内，危疑未释。是时风物倏忽，耳不及于谈笑，视不及于阴森。……"闪电深入湖中，且能吸波光上升，与雨交错，而显出耀眼的光华，如金银珠贝之斑斓。自然现象奇幻，文尤奇幻。《三游乌龙潭记》中段写潭水："冈合陂陀，木杪之水坠于潭。清凉一带，从灌其后，与潭边人家檐溜沟勺，入浚潭中，冬夏一深。阁去潭虽三丈余，若在潭中立。筏行潭无所不之，反若住水轩。"阁，既然离潭三丈余，为什么会"若在潭中立"呢？筏，既然遍潭飘忽，为什么会"反若住水轩"呢？末段写夜色：先是"明霞作底，五色忽复杂之"的霞光，然后是如"七夕电影"的月光，在流连周望之时，忽然又于"荟蔚"之中透出灯光。作者用心灵来细微而又快速地感知客观景物，笔墨所记是深深印在心灵上的瞬间印象。心灵与笔墨是跳荡的，自然风物也随之跳荡，在跳荡中显出奇幻。上文引录过"神奇"、"灵幻"等用语，又引用过"真有性灵之言，常浮出纸上，决不与众言伍"的说法。可以看出，作者非常爱好这种灵、幻而奇的美，并努力去捕捉和表现。如果钟惺的《浣花溪记》是幽中见冷见静，则谭元春的《乌龙潭记》是幽中见奇见幻。谭元春的游记文不是很多。数量多，特点鲜明，最能代表作者创作个性的，是诗文序。《自题西陵草》、《秋寻草自序》、《退寻诗三十二章记》、《自题湖霜草》、《自题秋冬之际草》、《谭叟诗引》，都是不拘格套，独抒性灵之作，文学性、可读性都比较强，其艺术价值当远远超过那些诗文本身。

客南中一园，其东数十武，土人言有虎井。爱其名，披榛往寻。上无石栏木干，中无长绠，旁无车马溲溺，汲不数家，家不数瓮。亲汲之，其味甘冽，与河水泉水相乱。日煮一瓶以试客，客即韵，不辨也。茶罢辄有远思，以诗为清课，井盖有微助焉。题曰《虎井诗》。物固有不可忘者，古来胜迹，常因一人得名。后世或有知予诗者，过虎井而指曰，"谭子名诗者即此也。"予报虎井矣。（《虎井诗自题》）

客有自竟陵历郊郢，过江陵、公安，至于澧，寻武陵，达辰穷酉，见闽之蔡先生，抗言析义，惟日不足。忽思南岳。一日泛桃川，溯蒸湘，将从此上岳楼，观洞庭夏涨以归。往返且五千里，而自断其渔仙以上之诗，题之曰《客心草》。

客之言曰：我乃今后古人而往返此路也。古有以万乘客二酉者，穆天子也，其心荒。有以依人客江陵者，王粲也，其心卑。之二言不足信。此公安也，子美所数月憩者也，心沉沉乎其滞也。此澧也，三闾所为思公子也，心涔涔乎其若泪也。此武陵桃源也，刘子骥所有志而未往也，乃心之寄则已远矣。此五溪也，太白所以入夜郎也，因为洞庭叶飘落之潇湘，其心至今耿耿在也。心也者，妙万物而为言。我以蔡先生来，以二酉穷两屐，以仙源问舟车，复欲以洞庭南岳为归路，若恤若失，独行乎五千里之间，无穆满之荒，无仲宣之卑，无子美之沉，无灵均之怨，亦无子骥之高尚，无供奉之旷宕，而自成其为客心。人各有心，不可强也。于是自断其渔仙以上之诗，而定之曰《客心草》（《客心草自序》）

己未秋阑，逢王微于西湖，以为湖上人也。久之复欲还苕，以为苕中人也。香粉不御，云鬟尚存，以为女士也。日与吾辈去来于秋水黄叶之中，若无事者，以为闲人也。语多至理可听，以为冥悟人也。人皆言其诛茅结庵，有物外想，以为学道人也。尝出一诗草，属予删定，以为诗人也。诗有巷中语，阁中语，道中语，缥缈远近，绝似其人。荀奉倩谓"妇人才智不足论，当以色为

主。”此语浅甚！如此人此诗，尚可言色乎哉？而世犹不知，以为妇人也！(《期山草小引》)

第一篇记水味甘洌、可以助诗兴的虎井，不受污染与其名不著似乎互为因果，但作者的意思还是想以诗传井，不使埋没。第二篇因游览所经而发思古之幽情，而自辨其心不同于古人之荒、之卑、之沉、之怨、之高尚、之旷宕，似乎一无所滞所系，纯然客心而已，故题其诗曰《客心草》。第三篇写王微其人，用“以为……”的句法，似是而非，似非而是，缥缈恍惚，又能使读者了解王微的身世、才华和个性特色。三篇文章的共同特点是：构思与立意能摆脱旧套但不乖常理，篇章结撰精巧而不佹怪，造语新颖而不生涩；而且都能体现以灵幻之笔抒其孤怀孤诣的基本风格。

钟、谭的创作态度是严肃的。钟惺一再说过诗文应该求精不求多。《题鲁文恪诗选后二则》云：“诗文多多益善者，古今能有几人？与其不能尽善而止存一篇数篇、一句数句之长，此外皆能勿作。……故夫选而后作者，上也；作而自选者，次也；作而待人选者，又次也。”“予尝与友夏言矣：莫若少作。作其所必可传者。选而后作，勿作而待选——吁，谈何容易哉!”他为自删其诗文作过努力，其《隐秀轩集自序》叙述少年时于诗文喜创作，又喜刊刻，自庚戌（1610）以后，“乃始平气精心，虚怀独往”，追求精到，“乃尽删庚戌以前诗，百不能存一”。至丙辰（1616），回视甲寅（1614）所刻，“欲自去者抑又甚多，盖岌岌乎有不能自存之势矣”。谭元春也说：“惟生来有志于述作，不敢不尽心。”(《答刘同人》)尽管如此，竟陵派仍然不断地遭到严厉的抨击。顾炎武说：“岂非小人而无忌惮者!”(《日知录》)朱彝尊说：“正声微茫，蚓窍蝇鸣，镂肝钵肾，几欲走入醋瓮，遁入藕丝。”(《明诗综》)主要是针对《诗归》而兼及其诗文的。王夫之说“信笔扫抹”(《姜斋诗话》卷二)，毛先舒说“但趣新隽，不原风格”，“高谈性灵，嗤鄙追琢”(《诗辩坻》卷四)，基本上是针对其诗作的。林纾的批评则直斥其散文作品：“竟陵、公安一派，昔固有人议为轻儇者。今读其文，钟伯敬涉于简易者多，然能自圆其说，亦颇有首尾；唯时病流走，过目即逝，不复耐人寻绎——谓之轻可也，而弊尚不至儇。谭友夏劣于伯敬，而复极力摹古，追逐不至，乃时露丑态，则果轻而儇矣。今但举其杂记一体言之，《游玄岳庙记》云：‘晨起，往观岩。岩在殿后，大石百余丈，诡秘峭刻，有骨有肤，有色有态，有力有巧，高者上跃，窒以下至不可测。使鬼为之，劳矣。’上数语写岩状险峭，可也；足成‘使鬼为之劳矣’，又复成何句法？”以下又举《游南岳记》、《繁川庄记》等篇，摘其字句，论其轻儇之病（《春觉斋论文·忌轻儇》）。《游玄岳庙记》是一篇有景有情、描写时见精彩之处的三千多字的长文，“使鬼为之劳矣”一句，也不见如何轻儇。林纾又说：“伯敬亦不无轻儇处，如《游浮渡山记》：‘三桃花如三妇。’此其可议者也。”（同上）所举例也不过尔尔。林纾又指出谭元春为其父作墓志铭有“先人……性佻达”之句，《求母氏五十文说》有“母今未亡人”之句，为“狂谬”（同上《忌狂谬》）。他的结论是，古文自有法度，不可以随意挥洒：否则，就是破律坏度的罪过。在传统古文家看来，韩、柳、欧、苏，归、方、刘、姚，永远是正宗，公安、竟陵，只能是异端。不变的正宗，永远健全。求变的异端，只能落下毛病——而且文学史的事实说明，确实有毛病：七子派以复古求变，有了钩章棘句，佶屈聱牙；公安派以不拘格套求变，有了浅率鄙俚；竟陵派以深幽孤峭求变，有了生僻支离。求变求新的事业总是艰巨的，且容易产生偏颇和弊端。公安、竟陵诸人有胆识、有勇气，但胆识勇气都有不足，求变求新的取向尚不高远，时代和社会也没有给他们提供足以突破局限的力量。几十年的经营，终于沉沦。他们在文学史上留下的脚印，被一笔抹煞了数百年。

第二节　王思任、刘侗、徐弘祖

在晚明文坛上，山水记、游记一类作品，很引人注目。公安派对游记文学做出了巨大的贡献，钟惺和谭元春亦长于自然风光的描写。此外，王思任、刘侗和徐弘祖（霞客）作为散文家，他们的成就，主要体现在山水记和游记的创作，徐弘祖更是倾注了毕生精力，成为一代奇人。

王思任（1575～1646）字季重，号谑庵，山阴（今浙江绍兴）人。万历二十三年（1595）成进士。他的八股文颇受传诵，可与钱福、汤显祖并驾。历任兴平、当涂、青浦知县，工部主事、郎中，江西佥事。清顺治二年（1645），南明弘光帝被俘，六月，鲁王以海在绍兴监国，以思任为礼部侍郎，又升为尚书。多次上疏建言，未被采纳。两浙失守后，遁入秦望山中，门上大书“不降”二字。偶感微疾，遂不食而死。著有《王季重十种》。关于王思任的性格特点，张岱《王谑庵先生传》有极精彩的描述：“五十年内，强半林居，乃遂沉湎曲蘖，放浪山水，且以暇闭户读书。”“先生聪明绝世，出言灵巧，与人谐谑，矢口放言，略无忌惮。”一谑可以解困，也可以得罪。晚年“乃改号谑庵，刻《悔谑》以志己过；而逢人仍肆口诙谐，虐毒益甚”。《王季重十种》中，《杂序》、《游唤》、《历游记》、《游庐山记》、《杂记》五种为散文。《袁临侯先生诗序》开头一段云：

> 饮之趣有酒，声之趣有诗。此二氏者，不同族而同祖。何以明其然也？茹毛饮血，不安其饱而思醉；飞土逐肉，不安其响而作歌。于是薪火递传，青冰层出，酒之属若而品，诗之属若而类，遂至巧历不能算，而总之自趣昉也。人不能酒，其诗未必畅。太白酒胜于诗，故诗有酒气；少陵诗不忘酒，故酒入诗神。吾以此冷趣看世，五年前忽又小草走长安，雪夜晤大行袁道临侯，目如岩电，筋节矫束，居然金翅秋鹏也。曼倩玩世，笑言哑哑，善戏谑兮。呼予痛饮，予九攻之，而能九守，乃三战之，而自三北，予乃目慑临侯。而临侯为御史，予入国子，马上执鞭，辄拢辔调笑，移时乃去，长安道上莫测也。……

关于酒与诗的渊源与关系的议论，关于袁临侯形象的描写，极尽诙谐调侃之能事。“人不能酒，其诗未必畅”，“诗有酒气”，“酒入诗神”之语，尤为奇谑。下文论诗趣，强调“一‘趣’可以尽诗”，归结为临侯之诗以趣胜，得力于知酒之趣。全文笔墨灵动，趣味盎然。《杨泠然秀野堂集序》先写杨泠然，声势夺人：“夜郎有颀丈夫杨泠然出，骤起如眉山，青突万丈，一时箐魈雽母，化为藜火瑞霞。领解后，遂提旗鼓下荆湘，入燕赵，取巍科如掇。往来吴会，与二三拳劲角中原，横不可制。其所谓玄飞孤诣，磊仄冲通之旨，大半寄之于吟。”在发挥了“秀”、“野”二字之义以后，又说：“泠然以石隐之身，楼居之性，偶来千应，但取四虚，能调苦为甘，又铺夷平险，踪迹所及，湘雨湖风，燕灯灞雪，无弗游也……是以其为诗，无不平之鸣，而多自然之籁，大抵清贵，落字高古，决格华亮……”杨的人品与诗风，被写得有声有色；议论恢宏，而庄不掩谐。最能体现其文章特点的，是他的游记。许多作品感情色彩和主观意念极强，很少作纯客观的描写。如：“月精电击，江波碎为练玦。我欲呼老鼋共语，而伯文谓山鬼愁予，伯纯愿两脯之，以作水陆供，便思驾长虹而通沃洲也。”（《游焦山记》）“盖予游峄山，而幻躯凡数化。”开始感到自己化为仆役，化为“野人”，化为“偷”。在继续攀登的过程中，“上大通岩，臂引杖接，而予化为猿，扑仙人洞，外伏内昂，中俱白屎，而予化为蝠。”然后又感到自己化为守宫，化为蜗。因而“私念幽奇至绝，愈化愈下；何不骑大鹏，俯瞰齐州九点烟!”（《游峄山记》）这样的写法是极为独特的；用词造句，追求生新奇异，变幻摇曳，往往出人意表。《游北固山记》用间接的侧面的方式来写景，而直袭屈原《天问》句法：“……乃捉伯纯之臂，呵而问之：‘铜坑东卸，京岘抽中，何以撑突厥山？……赞皇手柏，何以干之？天监宝书，何以漫之？胡石既狠，而骑之如豲，谋、瞒何语？寄奴何阘？四十九枚鲈鱼何穴？二十六峰研山安归？苏仲恭之群木，何以今不颠据？褐衣黄狗，驾肩何出？朱裳霜简，钟鸣何走？……。’”构思运笔，真是匪夷所思。作者又善于以比喻对照等手法，简练的语言来高度概括山水美的基本特征。《游庐山记》：“东林山，笋鞞之最外者，以远公胜。虎溪桥，草湮流咽，觉步笑犹有响动，桥遂胜。……佛前两松，远公前两桂，俱以清古胜。三笑堂，杨德伟屏画，有生气胜。望香炉峰讲经台，翠滴饭中胜。”《游焦山记》云，“试以金、焦评之：金以巧胜，焦以拙胜。金为贵公子，焦似淡道人。金宜游，焦宜隐。金宜月，焦宜雨。金宜小李将军，焦则大米。金宜神，焦宜佛。金乃夏日之日，而焦则冬日之日也。”王思任受到公安尤其是竟陵的影响。不过，其散文作品语言运用之古今杂用、变化腾挪与尖新谐谑，与公安、竟陵有所不同，足以自成一家。张岱评以“笔悍而胆怒，眼俊而舌尖，恣意描摩，尽情刻画。”（《王谑庵先生传》）。颇为中肯。《游唤》及《历游记》所收二十余篇山水游记，佳作很多，其语言比较平易，描摹比较平实的，仍能代表作者的风格。

从南明入台，山如剥笋根，又如旋螺顶，渐深遂渐上。过桃墅，溪鸣树舞，白云绿坳，略有人间。饭班竹岭，酒家胡当垆艳甚，桃花流水，胡麻正香，不意老山之中有此嫩妇。过会墅，入太平庵看竹，俱汲桶大，碧骨雨寒，而毛叶离屣，不啻云凤之尾。使吾家林得百十本，逃帻去裈其下，自不来俗物败人意也。行十里，望见天姥峰大丹郁起，至则野佛无家，化为废地，荒烟迷草，断碣难扪。农僧见人辄缩，不识李太白为何物，安可在痴人前说梦乎？山是桐柏门户，所谓“半壁见海”，“空中闻鸡”，疑意其颠，上至石扇洞天。青崖白鹿，葛洪丹丘，俱在明昧之际。不知供奉何以神往？天台如天姥者，仅当儿孙内一魁父，焉能“势拔五岳掩赤城”耶？山灵有力，夤缘入供奉之梦，一梦而吟，一吟而天姥与天台遂争伯仲席。嗟乎，山哉！天哉！(《天姥》)

“天际识归舟，云中辨江树。”不道宣城，不知言者之赏心也。姑熟据江之上游，山魁而水怒，从青山讨宛，则曲曲镜湾，吐云蒸媚，山水秀而清矣。曾过响潭，鸟语入流，两壁互答。望敬亭，绛雾浮埯，令我杳然生翼；而吏卒守之，不得动。既束带竣谒事，乃以青鞋走眺之。一径千绕，绿霞翳染，不知几千万竹树，党结寒阴，使人骨面之血，皆为蔷碧；而向之所谓鸟啼莺啭者，但有茫然，竟不知声在何处。厨人尾我，以一觞劳之留云阁上。至此，而又知“众鸟高飞尽，孤云独往还。”造句之精也。眺乎，白乎，归来乎！吾与尔凌丹梯以接天语也。日暮景收，峰涛沸乱，饥猿出啼，予栗然不能止。归卧舟中，梦登一大亭，有古柏一本，可五六人围，高百丈余，世眼未睹，世想不及，峭崿斗突，逼嵌其中，榜曰“敬亭”，又与予所游者异。嗟乎，昼夜相半，牛山短而蕉鹿长，回视霱空间，梦何在乎？游亦何在乎？又焉知予向者游之非梦，而梦之非游也？止可以壬寅四月记之尔。(《游敬亭山记》)

刘侗（1594～1637）字侗人，号格庵，麻城（今属湖北）人。为诸生时，其才华见赏于督学，而礼部以“文奇”参奏，与竟陵谭元春、黄冈、何闳中受到“降等”处分，也由此知名。崇祯七年（1634）中进士，选为吴县知县，赴任途中卒于扬州，年四十四岁。与北京于奕正同著《帝京景物略》。素材为于所搜集，经刘侗编撰而成。此书共八卷，分 129 目，详载北京地区山川景物、寺观园林和岁时风俗。就其体裁性质而言，属于地理志一类，与游记有别；但在记述描写方面是经过精心结撰的，与好的游记一样，具有文学价值。《定国公园》写园的特点：“环北湖之园，定园始，故朴莫先定园者。实则有思致文理者为之：土垣不垩，土池不甃；堂不阁不亭，树不花不实，不配不行。是不亦文矣乎！”“西过一台，湖于前，不可以不台也。老柳瞰湖而不让台，台遂不必尽望。盖他园花树故故为容，亭台意特特在湖者，不免佻达矣。”记叙中有作者对园林建筑的议论和美学评价。《水尽头》写泉石鸟树：“过隆教寺而又西，闻泉声，泉流长而声短焉，下流平也。花者，渠泉而役乎花；竹者，渠泉而役乎竹，不暇声也。花竹未役，泉犹石泉矣。石罅乱流，众声澌澌，人踏石过，水珠渐衣，小鱼折折石缝间，闻足音则伏，于苴于沙。杂花水藻，山僧园叟不能名之。”“西上圆通寺，望太和庵前，山中人指指水尽头儿，泉所源也。至则磊磊中两石角如坎，泉盖从中出。鸟树声壮，泉啃啃不可骤闻。坐久始别曰：彼鸟声，彼树声，此泉声也。”其中没有作者的游踪，看似客观的记实；仔细品味，可以感到作者对景物的亲切细微的观察与体验，如身临其境，亲见亲闻；可以感到作者对景物欣赏之余的愉悦之情。《高梁桥》记杂耍游艺，《报国寺》记佛像之姿态神情，具体而生动。《西堤》、《极乐寺》、《满井》也都是短小精悍之作。刘侗的某些游记作品，对自然景物的观察体验与比喻形容受到公安的影响；但语言风格显然是竟陵一脉。从以上所举段落，可以看出这一点。再举《三圣庵》一文为例：

> 德胜门东，水田数百亩，沟沟浍川上，堤柳行植，与畦中秧稻，分露同烟。春绿到夏，夏黄到秋。都人望有时：望绿浅深，为春事浅深；望黄浅深，又为秋事浅深。望际，闻歌有时：春插秧歌，声疾以欲；夏桔槔水歌，声哀以啭；秋合酺赛社之乐歌，声哗以嘻。然不有秋也，岁不辄闻也。有台而亭之，以极望，以迟所闻者。三圣庵背水田庵焉。门前古木四，为近水也，柯如青铜亭亭。台庵之西，台下亩，方广如庵。豆有棚，瓜有架，绿且黄也，外与稻杨同候。台上亭，曰“观稻”。观不直稻也，畦陇之方方，林木之行行，梵宇之厂厂，雉堞之凸凸，皆观之。

文章不用生僻的字词，也不引经据典，古今混杂。作者力求用最简省的篇幅写出三圣庵一带水田沟浍的四季景物，重点突出“都人望有时”的色和“闻歌有时”的声。声色是丰富的多彩的，景致是优美的，但浓缩得不见了活跃的气氛和生机；再加上独特的时见俺异的句法，显出其文笔之奇。竟陵派所追求的深幽孤峭而往往生涩的风格，大体就是如此。单以散文而言，王思任和刘侗离公安较远，可以归入竟陵派。其游记的成就似不在竟陵之下。

徐弘祖（1586～1641）字振之，号霞客，江阴（今属江苏）人。“童时出就师塾，矢口即成诵，搦管即成章。……又特好奇书，侈博览古今史籍及舆地志、山海图经，以及一切冲举高蹈之迹，每私覆经书下潜玩，神栩栩动。……及观严夫子‘州有九，涉其八；岳有五，登其四’，又抚掌曰：‘丈夫当朝碧海而暮苍梧，乃以一隅自限耶？’人或怪其诞，夷然不屑。”从而立下了“欲奇于名山大川”之志（陈函辉《徐霞客墓志铭》）。母氏王夫人的见识也是超俗的，她不以其子的科举功名为念，而勉励其出游：“志在四方，男子事也。……岂令儿以藩中雉、辕下驹坐困为？遂为制远游冠，以壮其行色。”（同上）后来，还曾以七十余高龄亲游张公洞和善卷洞，以示支持。徐霞客于崇祯九年（1636）五十一岁以前多次出游，踪迹主要在吴越及北方地区。经过周密的计划与准备之后，他于崇祯九年九月，开始了历时四年的西南之行，由江浙经江西、湖南，深入贵州、云南地区。“霞客游轨既毕，还至滇南。一日，忽病足，不良于行。”在地方官帮助下，“遂得生还。”（同上）第二年去世。著有《徐霞客游记》（褚绍赓刘思源整理本）。徐霞客“不避风雨，不惮虎狼，不计期程，不求伴侣，以性灵游，以躯命游。亘古以来，一人而已。”（潘耒《游记序》）《游记》是一部伟大的科学著作，同时又是优秀的旅游文学作品。它以其篇幅之繁浩（全书六十万字），记述之系统与完整，内容之广博与精严，为后人所盛赞，也可以说：亘古以来，一书而已。其文学特色，一是写真景，抒真情。景由亲身实地考察，经历无限艰难险厄得来；情是作者由衷地热爱大自然，又为大自然所长期涵育激发的真情。景和情在作品中得到相当完美的结合。二是观察的细致具体，描写的生动亲切和记叙的条理性。三是语言优美、新鲜、灵动和缜密。《楚游日记》写当地人与导游均对神秘莫测的秦人洞与麻叶洞望而生畏，不敢以身试险；作者则闻险益喜，毅然深入险境。“去上清三里，得麻叶洞。……余两人乃以足先入，历级转窦，递炬而下，数转至洞底。洞稍宽，可以侧身矫首，乃始以炬前向，其东西裂隙，俱无入处，直北有穴，低仅一尺，阔亦如之。然其下甚燥而平，乃先以炬入，后蛇伏以进，背磨腰贴，以身后耸，乃度此内洞之一关。其内裂隙既高，东西亦横亘，然亦无入处。又度第二关，其隘与低与前一辙，进法亦如之。既入，内层亦横裂，其西南裂者不甚深，其东北裂者上一石坳，忽又纵裂而起，上穷下狭，高不见顶，至此石幻异形，肤理顿换，片窍俱灵。……峡之东南尽处，乱石轰驾，若楼台层叠，由其隙，皆可攀跻而上。其上石窦一缕直透洞顶，光由隙中下射，若明星钩月，可望而不可摘也。”不畏艰难，在险境中从容沉着，逐步考察，细心分辨，因而能有条不紊地加以记述，使读者难得见到的洞穴奇观，历历如在目前，而作者也得到了战胜困难、征服险阻的愉悦，精神极为可贵。正是这种精神，支撑着作者数十年坚持游览，取得了伟大的成就，为祖国山河留下了一幅壮丽瑰奇的宏图长卷。《黔游日记一》记白云山，完全是另一番景色：十五日下午，“抵白云庵。主僧自然供餐后，即导余登潜龙阁，憩流米洞。命阁中僧导余北逾脊，观南京井。北京老僧迎客坐。庐前艺地种蔬，有蓬蒿菜，黄花满畦；罂粟花殷红千叶，簇朵甚巨而密，丰艳不减丹药也。四望乔木环翳，如在深壑，不知为众山之顶。幽旷交擅，亦山中一胜绝处也。……是日自晨至暮，清朗映彻，无片翳之滓。至晚阴云四合，不能于群玉峰头逢瑶池夜月，为之怅然。”一大段记叙描写文字，不取尖新生涩，也不用陈旧套语，清新、自然、生动而又平易，看似纯客观的记实，实则浸润着对自然美的热爱，感受、体验、陶醉于其中。末尾一句“不能于群玉山头逢瑶池夜月”，更是神来之笔，以缥缈悠远的遐想为一首优美的抒情诗添上了朦胧的色彩。这种写法，不同于公安的奔放显扬，也不同于竟陵的深幽孤峭，而自成一格。

徐霞客曾两次游黄山。万历四十六年（1618）再游时，写了一篇《游黄山日记后》，着重描写天都、莲花二主峰的险峻奇秀以及成为天下奇观的奇松、怪石和云海，其中九月初四日一段：

> 初四日，十五里至汤口，五里至汤寺，浴于汤池。扶杖望朱砂庵而登，十里上黄泥岗，向时云里诸峰，渐渐透出，亦渐渐落吾杖底。转入石门，越天都之胁而下，则天都、莲花二顶，俱秀出天半。路旁一岐东上，乃昔所未至者，遂前趋直上，几达天都侧。复北上，行石罅中，石峰片片夹起，路宛转石间，塞者凿之，陡者级之，断者架木通之，悬者植梯接之。下瞰峭壑阴森，枫松相间，五色纷披，灿若图绣。……左天都，右莲花，背倚玉屏风，两峰秀色，俱可手揽。四顾奇峰错列，众壑纵横，真黄山绝胜处。……至天都侧，从流石蛇行而上，攀草牵棘，石块丛起则历块，石崖侧削则援崖，每至手足无可着处，澄源必先登垂接。每念上既如此，下何以堪？终亦不顾，历险数次，遂达峰顶。惟一石顶，壁起犹数十丈，澄源寻视其侧，得级，挟予以登。万峰无不下伏，惟莲花与抗耳。时浓雾半作半止，每一阵至，则对面不见。眺莲花诸峰，多在雾中。独上天都，予至其前，则雾徙于后；予越其右，则雾出于左。其松

犹有曲挺纵横者，柏虽大干如臂，无不平贴石上，如苔藓然。山高风巨，雾气去来无定。下盼诸峰，时出为碧峤，时没为银海；再眺山下，则日光晶晶，别一区宇也。日渐暮，遂前其足，手向后据地，坐而下脱。至绝险处，澄源并肩手相接。度险，下至山坳，瞑色已合。复从峡度栈以上，止文殊院。

科学考察所要求的系统性、条理性、准确性，与游记文学所要求的形象性、抒情性的紧密结合，成为《游记》独具的特色。在《游记》尚未成为全璧的年代，就曾震动文坛，取得广泛的称赞。徐霞客的好友钱谦益称之为“世间真文字、大文字、奇文字”(《嘱徐仲昭刻游记书》)。“徐霞客千古奇人，《游记》千古奇书”(《嘱毛子晋刻游记书》)。清康熙间，奚又博为之《序》云：“徐霞客先生《记游》十卷，盖古今一大奇著作也。其笔意似子厚，其叙事类龙门。故其状山也，峰峦起伏，隐跃毫端；其状水也，源流曲折，轩腾纸上。其记遐陬僻壤，则计里分疆，瞭如指掌；其记空谷穷岩，则奇踪胜迹，灿若列星。凡在编者，无不搜奇抉怪，吐韵标新，自成一家言。人之读之，虽越数千里之远，而知夫山之所以高，川之所以大，与夫怪木奇材，瘴风暘暑之所侵蚀，淫霖狂飓之所摧濡，蛇虎盗贼之所胁伺，野泊邮羁伧父山鬼之所揶揄而激触……先生以身历之，读者以心会之。”这段话结合地理考察记和文学游记两个方面的特点给予《游记》以高度评价，具体贴切，又能突出其文学成就。

第三节　张岱及其他小品文作家

小品文，散文品种之一。“小品”一词，可上溯至晋代。当时高僧鸠摩罗什等翻译佛经，详本称“大品”，简本称“小品”。《世说新语 · 文学第四》：“殷中军读《小品》，下二百签，皆是精微，世之幽滞。尝欲与支道林辩之，竟不得。今《小品》犹存。”刘注：“释氏《辨空经》有详者焉，有略者焉。详者为大品，略者为小品。”后来，小品成为散文之一体的名称。至明代，有用小品为名目来编选他人作品或命名自己作品的，如陈天定编《古今小品》，陆云龙编《皇明十六家小品》，朱国桢著《涌幢小品》，王思任著《文饭小品》，陈继儒著《晚香堂小品》，等等。关于小品文的定义，学者们的解释也不尽一致：

> 小品文乃是短小精悍的文字，题材比较宽广，体裁比较自由，表现着个人的作风和情调。（李素伯《小品文研究》）
>
> 从外形的长短来说，二三百字乃至千字以内的短文称为小品……长文和小品只是由外形而定。因此，小品文的内容性质，全然自由，可以叙事，可以议论，可以抒情，可以写景，毫不受何等的限制。（夏丏尊《文章作法》）
>
> ……则古文于小品文云云，似指的是些篇幅不长的文章。其体裁兼有论说、序跋、传记、志铭等，内容则写景、叙事、抒情、议论都齐备。依此，实和平常文章没有什么区别，只是短篇罢了。（钟敬文《试谈小品文》）

这些意见强调篇幅短小、抒写自由两个特点，似可作为小品文的一般定义。贺玉波说：小品文是“活泼的赤裸的真情的流露”，“狂傲梗直的全人格的显现”，具有“悱恻缠绵的情怀”和“清新高逸的词句”。小品文的作者因为都具有“诗人的天才”，“充溢着生命的力而无处发泄，便在似为小道的小品里不经意的偶然流露”（《小品文作法》）。这好像是参考了晚明散文的特点而说的。俞平伯则直接针对晚明散文而言。“夫小品者，旁行斜出文字之别名也。”以小品文与正统文相对而言，正统文是“大的高的正的”，“谨遵功令，依照传统的方式说着老话和套话”——圣贤的话和皇帝的话——的文章；小品文则与之相反，是“老老实实说自己的话”的文章（《近代散文钞跋》）。这些意见强调突破传统、独抒性灵两个特点，篇幅的长短，显得并不十分重要，这比较适用于晚明情况。晚明小品是明代文学新思潮培育下涌现出来的、有时难免带一点病态美的文学新花。尽管作者们从事小品创作，还不是完全自觉的。他们一方面写小品，一方面还要写传统的应世之文；但小品文毕竟带有某种新的特色，反映着时代和社会的某种特质，既与传统相抗衡，又与八股时艺争胜，给五四新文学运动的启发借鉴作用也不可抹煞。它在散文史上应占有重要的地位。晚明小品作家，可以上推至徐渭、屠隆和汤显祖，至明末，形成了一个人数很多的作家群，公安派和竟陵派以外，还有陈继儒、黄汝亨、程嘉燧、李流芳、沈承、王思任、刘侗、张岱、祁彪佳等，都是小品名家。

张岱（1597～1689?）字宗子、石公，号陶庵、蝶庵居士，山阴（今浙江绍兴）人，出身仕宦家庭，其曾祖元忭，隆庆五年（1571）状元，官至翰林侍读，为王派理学家，著名文学家徐渭的好友。张岱自幼聪颖，六岁时受前辈文士陈继儒赞赏，称之为“此吾小友也”。“及长，文思坌涌，好结纳海内胜流，园林诗酒之社，必颀颉其间。……自四部、七略以至唐宋说家荟萃琐屑之书，靡不赅悉。及明亡，避乱剡谿山。岱素不治生产，至是家益落，故交朋辈多死亡。葛巾野服，意绪苍凉，语及少壮秾华，自谓梦境”（乾隆刊本《山阴县志》）。一生未入仕途，入清后隐居著述，卒于康熙年间。故四库馆臣称之为“国朝”人，而光绪间邵廷采撰《明遗民所知录》，有张岱（《思复堂文集》），黎培敬《刻琅嬛文集序》亦称“有明山阴张陶庵先生”。著有《石匮书》、《琅嬛文集》、《陶庵梦忆》、《西湖梦寻》等。《石匮书》为上自洪武，下至天启的明代史，前后写作二十七年，“事必求真，语必务确。五易其稿，九正其讹。稍有未核，宁阙勿书。”（《自序》）取名“石匮藏书”，与宋遗民郑思肖之《铁函心史》，体例虽异，用心实同。《琅嬛文集》包括序跋、传记、铭赞、祭文等各类文章。《西湖梦寻》为杭州兵燹之后追忆旧游之作，以北路、西路、中路、南路、外景五部分分记西湖胜迹。王雨谦为之《序》云：“张陶庵盘礴西湖四十余年，水尾山头无处不到。湖中典故，真有世居西湖之人所不能识者，而陶庵识之独详；湖中景物，真有日在西湖而不能道者，而陶庵道之独悉。今乃山川改革，陵谷变迁，无怪其惊惶骇怖，乃思梦中寻往也。”《陶庵梦忆》为追忆往昔经历见闻，所记内容涉及社会生活与风俗人情的各个方面。《砚云甲编》本《梦忆小序》说：“读者如历山川，如睹风俗，如瞻宫阙宗庙之丽，殆与《采薇》、《麦秀》同其感慨，而出之以诙谐者乎！”可见《梦寻》与《梦忆》这两部小品散文集，都寄托着作者的亡国之痛与故国之思。张岱作为晚明小品名家的代表人物，其创作有鲜明的特色。

第一，能兼取各家之长，逐渐形成自己的风格，于晚明小品创作带有总结性。《琅嬛文集自序》说，少年时学徐渭、袁宏道，后来又学钟惺、谭元春，十年之后。“求其骨格，则仍一文长也。余于是知人之诗文，如天生草木花卉，其色之红黄，瓣之疏密，如印板一一刻出，无纤毫稍错。”这是自评。《四库全书总目》指出《西湖梦寻》“体例全仿刘侗《帝京景物略》，其诗文亦全沿公安、竟陵之派。”（卷七六）祁豸佳则认为，“西湖之妙，妙在空灵晶映”，用诗歌来表现，反倒有俗气，有脂粉气。而张岱之笔，“有郦道元之奥博，有刘侗人之生辣，有袁中郎之倩丽，有王季重之诙谐，无所不有其一种空灵晶映之气，寻其笔墨，又一无所有。为西湖传神写照，正在阿堵矣”。是融合各派，自成一格，特点是空灵晶映。《梦寻》与《梦忆》二书中佳篇颇多。

崇祯五年十二月，余住西湖。大雪三日，湖中人鸟声俱绝。是日，更定矣，余拏一小舟，拥毳衣炉火，独往湖心亭看雪。雾凇沆砀，天与云、与山、与水，上下一白。湖上影子，惟长堤一痕，湖心亭一点，与余舟一芥，舟中人两三粒而已。到亭上，有两人铺毡对坐，一童子烧酒炉正沸。见余大喜曰：“湖中焉得更有此人！”拉余同饮。余强饮三大白而别。问其姓氏，是金陵人客此。及下船，舟子喃喃曰：“莫说相公痴，更有痴似相公者。”（《湖心亭看雪》）

南京柳麻子，黧黑，满面疤癗，悠悠忽忽，土木形骸。善说书。一日说书一回，定价一两。十日前先送书帕下定，常不得空。南京一时有两行情人：王月生、柳麻子是也。

余听其说“景阳冈武松打虎”，白文与本传大异。其描写刻画，微入毫发，然又找截干净，并不唠叨哱夬。声如巨钟，说至筋节处，叱咤叫喊，汹汹崩屋。武松到店沽酒，店内无人，蓦地一吼，店中空缸空甓，皆瓮瓮有声。闲中著色，细微至此。主人必屏息静坐，倾耳听之，彼方掉舌，稍见下人呫哔耳语，听者欠伸有倦色，辄不言，故不得强。每至丙夜，拭桌剪灯，素瓷静递，款款言之。其疾徐轻重，吞吐抑扬，入情入理，入筋入骨。摘世上说书之耳，而使之谛听，不怕其齰舌死也。

柳麻子貌奇丑，然其口角波俏，眼目流利，衣服恬静，直与王月生同其婉娈，故其行情正等。（《柳敬亭说书》）

余生不辰，阔别西湖二十八载。然西湖无日不入吾梦中，而梦中之西湖，实未尝一日别余也。前甲午、丁酉，两至西湖，如涌金门，商氏之楼外楼、祁氏之偶居、钱氏余氏之别墅，及余家之寄园一带湖庄，仅存瓦砾。则是余梦中所有者，反为西湖所无。及至断桥一望，凡昔日之歌楼舞榭，弱柳夭桃，如洪水淹没，百不存一矣。余乃急急走避，谓余为西湖而来，今所见若此，反不若保吾梦中之西湖为得计也。因想余梦与李供奉异。供奉之梦天姥也，如神女名

> 姝，梦所未见，其梦也幻；余之梦西湖也，如家园眷属，梦所故有，其梦也真。
>
> 今余僦居他氏，已二十二载，梦中犹在故居。旧役小傒，今已白头，梦中仍是总角。夙习未除，故态难脱。而今而后，余但向蝶庵岑寂，蘧榻纡徐，惟吾旧梦是保，一派西湖景色，犹端然未动也。儿曹诘问，偶为言之，总是梦中说梦，非魇即呓也。余犹山中人归自海上，盛称海错之美，乡人竞来共舐其眼。嗟嗟，金齑瑶柱，过舌即空，则舐眼亦何救其馋哉？第作《梦寻》七十二则，留之后世，以作西湖之影。（《西湖梦寻序》）

《湖心亭看雪》一百余字，以极洗炼的语言，写西湖夜雪，上下一白，天与云与山与水浑然一体，而以一痕、一点、一芥、两三粒为点染，真是奇景。金陵客的“大喜”之言，舟子的“喃喃”之语，使空灵晶映的奇景平添一段隽永的韵味。《柳敬亭说书》是人物速写，刻画南京著名说书艺人柳敬亭其人其艺，奇丑与婉娈同在的外貌与风度，能令人世上说书人“齰舌死”的技艺，极为入神。《西湖梦寻序》突出一个“梦”字，以此为线索对比昔日之繁华与劫后之残破，在平淡的叙述中寄寓着深深的哀痛。《自为墓志铭》是一篇真诚的忏悔文，自述少年时为纨袴子弟时的荒唐生活和“甲申以后悠悠忽忽，既不能觅死，又不能聊生，白发婆娑，犹视息人世”的痛苦心情，哀婉动人。这些作品体裁、内容、表达方式不同，但整体风格有一致之处，标志着小品散文走向平易清新、自然隽永，避免矫揉造作、过分着力的一路。

第二，进一步开拓了小品散文的题材，除山水景物园林胜迹之外，还极为广泛地反映了社会生活的各个侧面，几乎无所不有。《阮圆海戏》、《彭天锡串戏》、《金山夜戏》写演戏，《闵老子茶》写品茶，《姚简叔画》写临画，《葑门荷岩》写士女冶游，《扬州瘦马》写妇女买卖，《二十四桥风月》写扬州风月场，《金山竞渡》、《及时雨》、《西湖七月半》、《西湖香市》写民俗民情和民间集市，或简洁，或详细，但都生动鲜明，富有情趣。与前人的类似记录，如孟元老的《东京梦华录》、吴自牧的《梦粱录》、周密的《武林旧事》的明显区别，在于张岱作品不但是社会文化史料、而且是具有文学创造性和文学形象性的优美散文。

第三，进一步解放了传统文学观念对传统文体的桎梏，能根据表达的需要更加灵活地加以运用，序跋、传记、碑铭等等的写作，不是谨遵成法，而是信心信手，自为律度。周作人说，公安、竟陵以后形成一种混合的新文章，张岱可为代表。“他的目的是写正经文章，但是结果很有点俳偕；你当他作俳谐文去看，然而内容还是正经的，而且又夹着悲哀。写法有极新也有极旧的地方，大抵是以写出意思来为目的，并没有一定的例规，口不择言，亦言不择事。”（《再谈俳文》）举例来说，《夜航船序》是给自己编纂的一部便览性质的书所作的序，著书目的原是很正经的，末段却用一个笑话来指醒，令人忍俊不禁。《五异人传》，为自己的族祖族叔等人作传，开头小引已很诙谐：“岱尝有言，人无癖不可与交，以其无深情也；人无疵不可与交，以其无真气也。”诙谐中自有其正经意思在。以下记“癖于钱”的族祖瑞阳，学书学艺均不成，贫不可忍，乃赤手入都，又落魄二十年，最后在吏部的一个冷衙门里当吏目，偶然拾得一份尘封鼠啮的“楚王府报生公移”（王子的出生证明公文），又偶然赶上承袭王位者所急需。楚府来人恳请瑞阳用心一查，“倘得原委”，愿以八千金为谢。

瑞阳曰：“我向曾见过，不知落何所？第酬金少，不厌人意耳。”来人曰：“果得原文，为加倍之。”瑞阳方小遗，寒颤作摇头状。来人曰：“如再嫌少，当满二十千数。”瑞阳私喜，四顾，乃附来人耳曰：“莫高言，明早赍银某处，付尔原案。”来人谢去。次日，瑞阳携案潜出付之，得银二万两。

瑞阳之“癖于钱”，福至心灵之勒索，小便时“寒颤作摇头状”之被误会为暗示，钱癖终于得偿之私喜，都是喜剧性的，但传文的主题仍是正经的，视其结语可知。即如《陶庵梦忆序》这类记述国破家亡之痛的作品，也具有恢诡之趣。以包含着痛苦的幽默来追忆往事，也是张岱小品散文抒写性灵的一种重要方式。他在运用这种方式的时候，是不计较文体和格套的。

陈继儒（1558～1639）字仲醇，号眉公，华亭（今上海松江）人。自幼聪颖能文，受到徐阶的器重；其后，文坛领袖王世贞亦推重其诗。年二十九，取儒衣冠焚弃之，隐居东佘山。博学多才，通晓经史、诸子、术伎、稗官和释典、道书。撰述极多，书坊又往往冒其名刻书，或托其为序，流播海内。为人通脱俊迈，既交游显贵，又结纳穷困，还能接近市井，讥之者称之为假隐，敬之者视之为通儒。著述有《白石樵真稿》、《晚香堂小品》，以及《邵康节外纪》、《见闻录》、《佘山诗话》等数十种。他年寿高，阅历深，交游广，著述多，在当时文坛有相当大的名气。文学主张比较通达。《史记定本序》说："余论《史记》之文，类大禹治水，山海之鬼怪毕出，黄帝张乐洞庭之野，鱼龙怒飞，此当直以文章论。而儒家以理学捃束之，史家以体裁义例掎摭之——太史公不受也。"进而反驳指摘《史记》的种种言论，又对比《史》、《汉》："班之病，病在袭；《史记》之妙，妙在创。班之病，病在密；《史记》之妙，妙在疏。"称赞司马迁之博而约，勇而任，敏而速。"太史公胆力笔力精力，空古今天地无两人。而儒家与史家互相瑜瑕，苛责不少贷。太史公非大叫负屈，则鼓掌大笑于地下而已……"不但观点超脱不俗，本身就是一篇好的小品。《文娱序》说："往丁卯前，珰网告密。余谓董思公云：吾与公此时，不愿为文昌，但愿为天聋地哑。郑超宗闻而笑曰：闭门谢客，以文自娱，庸何伤！近年缘读《礼》之暇，搜讨时贤杂作小品而题评之，芽甲一新，精彩八面，有法外法，味外味，韵外韵，丽典新声，络绎奔会，似亦隆、万以来气候秀擢之一会也。"透露了小品文得以繁荣起来的一个重要的社会原因是宦官阉党专权，政治黑暗；也反映了这种新文学的特点与成就。陈继儒的散文，有许多应酬之作，也有许多实用之作，文学价值较高的是小品。《杨幽妍别传》写"为情死"的伎家女，《范牧之外传》写"为情死"的乡进士，描写具体生动，有浓郁的人情味和生活气息。前者写杨幽妍墓地："修竹老梅，环映左右，清芬凉影，飒如有人。画眉郎，散花女，其将比肩捉臂，踏歌而嬉于此乎。古有庐江吏、《华山畿》、欧阳詹、秦少游之义倡，纠结夙缘，一恸而卒，初疑出于诞妄，今乃信为果然。"极富风致。《游桃花记》说："南城独当阳，城下多栽桃花。花得阳气及水色，太是秾华。居民以细榆软柳，编篱缉墙；花间菜畦，绾结相错如绣。"以下记花朝后两次游桃花的活动。

……复攀桃枝，坐花丛中，以藏钩输赢为上下，五六人从红雨中作活辘轳，又如孤猿狂鸟，探叶窥果，惟愁枝脆耳。日暮乃散。……

时人各为队，队各为戏。长史伯灵角智局上。纷纷诸子，饱毒空拳，主人发短耳长，龙钟言笑。时酒沥尚余，乃从花篱外要路客，不问生熟妍丑，以一杯酒浇入口中，以一枝桃花簪入发角，人人得大欢喜吉祥而去。日暮鸟倦，余亦言旋。皆以月影中抱持，而顾视纱巾缥袖，大都酒花花瓣而已。

文章的特点是真实、亲切、生活化，它所反映的游桃花的快乐心情，是极其自然的，毫无文人雅士的矜贵造作之态。以上各篇，在数百字至千余字之间，还有不过数十字至百余字的短章小简，也写得好。

夏茂卿撰《酒颠》，侈引东方、郦生、毕卓、刘伶诸人，以策酒勋。辩哉，无以应矣。予不饮酒，即饮，未能胜一蕉叶，然颇谙酒中风味。大约太醉近昏，太醒近散，非醉非醒，如憨婴儿。胸中浩浩，如太空无纤云，万里无寸草。华胥无国，混沌无谱，梦觉半颠，不颠亦半，此真酒徒也。毕忘盗，未忘瓮；刘忘埋，未忘锸。俗人治生，道人学死，圣人之教，生荣而死哀，是皆犹有生死在耳。然则将何如？乐天不云乎：吾尝终日不食、终夜不寝以思，无益；不如且饮。（《酒颠小序》）

有野趣而不知水者，樵牧是也；有果窳而不及尝者，菜佣牙贩是也；有花木而不能享者，达人贵人是也。古之名贤，独渊明寄兴往往在桑麻松菊，田野篱落之间。东坡好种植，能手接花木，此得之性生，不可得而强也。强之，虽授以《花史》，将艴然掷而去之。若果性近而复好焉，请相与偃曝林间，谛看花开花落，便与千万年兴亡盛衰之辙何异！虽谓二十一史尽在《左》编一史中，可也。（《花史跋》）

今日午后，屈兄过七夕。因思牛女之会，当新秋晚凉，故不热；女之外，无小星，故不争亦不妒；一年一渡，故不老。容把杯共笑也。（《与王闲仲》）

在轻松诙谐之中，有感慨，有批评，有激赏，趣味亦不俗。

李流芳（1575～1629）字长蘅，号泡庵，慎娱居士。嘉定（今属上海）人。与唐时升、娄坚、程嘉燧合称“嘉定四先生”。万历三十四年（1606）举人。试进士不第，遂绝意进取。为人和乐平易，通达而又正直。工书画，善诗文。“长蘅风流儒雅，海内知名者垂三十年。”“性好佳山水，中岁于西湖尤数所至。诗酒填咽，笔墨错互，挥洒献酬，无不满意。”（钱谦益《李长蘅墓志铭》）著有《檀园集》、《西湖卧游图题跋》、《江南卧游图题跋》。他的散文小品以游记写得最好，如《游虎丘小记》、《游玉山小记》、《游焦山小记》等，尤其是他的题画短章。

去胥门九里，有村曰横塘。山夷水旷，溪桥映带村落间，颇不乏致。予每过此，觉城市渐远，湖山可亲，意思豁然，风日亦为清朗；即同游者未喻此乐也。横塘之上为横山。往时曾与潘方孺阻风于此，寻径至山下，有美松竹，小桃方花，恍若异境。因相与攀跻，至绝顶。风怒甚，几欲吹堕——二十年事也。丁巳中秋后三日，画于孟阳阊门寓舍。九月，复同孟阳至武林，夜雨，泊舟朱家角，补题。(《横塘》)

曾与印持诸兄弟，醉后泛小舟，从西泠而归。时月初上，新堤柳枝皆倒影湖中，空明摩荡，如镜中复如画中。久怀此胸臆，壬子在小筑，忽为孟阳写出，真是画中矣。(《孤山夜月图》)

其他题画词如《灵岩》、《两峰罢雾图》、《断桥春望图》、《江干积雪图》也都是精品。作者画学元人吴仲圭，书法学苏东坡。自作画，自题词，对于画来说，是点睛之笔；单独来看，又是文词简净清丽，意境优雅淡远的小品。

祁彪佳（1602～1645）字弘吉，号世培，山阴（今浙江绍兴）人。天启二年（1622）进士，授福建兴化府推官，后任御史巡按苏松，颇有政绩。辞官乡居九年，师事著名学者刘宗周。弘光元年（1645），任右佥都史巡抚江南，不久去职。清军攻下南京，进逼杭州。他写了绝命书，从容沉水自尽。著有《祁彪佳集》（中华书局本）。道光年间会稽吴杰为其遗集作序云："使后之读者读奏议而想其忠謇，读制义而挹其经腴，读救荒施药及与郡县守令议赈弭盗诸书而知公之留心于世务，读《寓山志》及《越中园亭记》而知公之适意于林泉，读诗词尺牍而知公之逸致。"大体反映了其作品的内容与特点。祁彪佳的奏疏写得很出色。崇祯五年（1632）的《合筹天下全局疏》，六年的《陈民间十四大苦疏》，十七年（1644）的《陈三大弊政疏》，都能条分缕析，剀切严谨，深中时弊。小品散文以《寓山注》最有名：

寓之为山，善能藏高于卑，取远若近，而园足以贮之，池又足以涵之。池南折于水明廊，北尽丰庄，中引踏香堤，而以听止桥为素湍回合之所。风动清波，縠文细展，影接峦岫，若三山之倒水。下及于夕霭斜晖，迷离芦蓼，金波注射，纤玉腾惊，四顾泱漭，恍与天光一色。主人于此亦云乐矣！终不若轻鸥容与，得以饱挹波光，任是雪练澄泓，云涛飞漱，在鸥不作两观；翻觉濠濮之想，犹有机心未净。主人故不敢自有其池，而以让之鸥；但恐鸥亦见猜，避而不受耳。（《让鸥池》）

作者以一个园林建筑师和园林艺术鉴赏家的见识与眼光描写和介绍让鸥池，点出命名之由，议论、抒情成分极自然地融入优美的记叙之中，篇幅短小，而文辞精粹华美。其余如《踏香堤》、《小斜川》等也属于精粹华美一类，有自己的风格。张岱评云："雨中花鸟，意在烟云，真有一种人不及知而己独知之之妙。"（《跋寓山注两则》）能得作者用心。至于说它能得郦道元之遒劲，柳宗元之淡远，袁宏道之灵快，则不甚确。不过，这也反映了同时代人对这部作品的重视。在晚明，小品散文确实是普遍地繁荣起来了。

第四节　明末文社与志士之文

明代文社，起源于生员为应试而切磋八股，而又与当时讲学求学、尊师重友的士风有密切关系，也是以文会友、以友辅仁的传统的继承与发展。至晚明，文社组织遍及大江南北。朱彝尊说："诗流结社，自宋元以来代有之。""至文社，始于天启甲子。"娄东人张溥、张采，金沙人周钟等人结社，"分主五经文字之选"，是曰应社。"声气之孚，先自应社始也。"（《明诗综》卷七六）崇祯二年（1629），张溥等人联合云间几社、浙西闻社、江北南社、江西则社等若干社团，正式成立复社于苏州。张溥为复社确立宗旨说："自世教衰，士子不通经术，但剽耳绘目，几幸弋获于有司。登明堂不能致君，长郡邑不知泽民。人才日下，吏治日偷，皆由于此。溥不度德，不量力，期与四方多士，共兴复古学，将使异日者务为有用。"（陆世仪《复社纪略》卷一）可见他们的结社，不是专为研究八股，同时也借八股以通声气，作为团结士人的手段。他们继承发扬以顾宪成为领袖的东林党积极干预时务，反对宦官阉党的传统，所谓“昌明泾阳之学，振起东林之绪，以上副崇文重道之至意”（杜登春《社事本末》），成为政治色彩极浓的组织。而且发展很快，声势很大。“娄东、金沙之声教，日盛一日，几于门左千人，门右千人。”自辛未（1631）至辛巳（1641），“娄东之声气愈广，凡文武将吏及朝列士大夫，雍庠中子弟，称门下士从之游者，几万余人。”（同上）其成员有姓名可考者约三千人，可见一时之盛。继苏州吴江大会之后，又有金陵大会（1630）、虎丘大会（1633）。他们的活动为执政者所忌，曾多方构陷，几成冤狱。清兵入关前后，许多复社成员参加了抗清斗争。张溥（1602～1641）字天如，太仓（今属江苏）人。自幼好学，所读书必亲自抄录至六七遍，故后来以“七录”命名其书斋。与同里张采共学齐名，号“娄东二张”。崇祯元年（1628）以选贡生入都，张采中进士，二人名动京师。二年，组织复社，并成为领袖。四年，中进士，选为庶吉士。积极干预朝政，乃至可以影响宰相的人选。去世之后，参加会葬者达万人。著有《七录斋集》，辑有《汉魏六朝百三名家集》。他文思敏捷，凡有征求诗文者，往往挥毫立就，颇著文名。《四库全书总目》：“明之末年，中原云扰，而江以南文社乃极盛。其最著者，艾南英倡豫章社，衍归有光等之说而畅其流，陈子龙倡几社，承王世贞之说而涤其滥。溥与张采倡复社，声气蔓衍，几遍天下。然不甚争学派，亦不甚争文柄，故著作皆不甚多。”（卷一八九）《五人墓碑记》是传诵名篇。这篇文章反映的是苏州人民群起抗暴，五人从容就义的经过；作者目击其事，故言之直切痛快。全文贯穿着五人之死重于泰山的精神，“议论随叙事而入，感慨淋漓，激昂尽致。当与史公伯夷、屈原二《传》并垂不朽。”（吴楚材等《古文观止》卷十二）

艾南英（1583～1647）字千子，东乡（今属江西）人。二十四岁即以时文驰名，与同郡罗万藻、陈际泰、章世纯称江右四家，并共同致力于陈腐僵死的八股文的改革。四十二岁中乡试第四名举人。崇祯十七年（1644），两京继覆，江西郡县尽失。他在组织力量进行抗清斗争失败之后，拒绝招降，于次年辗转逃入福建，受到隆武帝（唐王聿键）召见，陈《十可忧疏》，任兵部主事、御史，颇多建议。终因事势危迫，忧愤而死。著有《天佣子集》。艾南英曾组织著名文社豫章社，后又加入复社，明末著名八股专家和古文家。陈焯说：“三十年来，古文一道，半归豫章。豫章之文，必以千子为领袖。”（见《天佣子集卷首·总论》）高晙说：“昔有明之季，时文古文俱日趋于弊，艾千子先生起而维且挽之，其所选评今文《定》、《待》二集，以遵传注返醇朴为主。一时学者翕然宗之，而文体为之一变。”“至先生所作古文，一洗腐烂之习，固欧、曾之苗裔而震川、荆川诸先生之高足也。”（《天佣子集序》）于是可见他的文学主张以及在文坛上的影响。崇祯元年（1628），艾南英与陈子龙会于娄江之弇园，发生过一场著名的文学论争。艾主唐宋，陈主秦汉，乃至挥拳相对。其后，又作书往返，辩论不休。当然，这种论争，又回到公安竟陵之前的归有光时代了，没有很多新意。艾之《答陈人中论文书》以蓬山绝岛喻秦汉，以韩、欧为至于秦汉之舟楫。“夫秦汉去今远矣。其名物、器数、职官、地里、方言里俗，皆与今殊。存其文以见于吾文，独能存其神气尔。役秦汉之神气而御之者，舍韩、欧奚由?”洋洋三千言，反复申论，明快犀利，文章写得很好；但持论与唐宋派雷同。《再答夏彝仲论文书》说陈子龙“乃欲尊奉一部《昭明文选》、一部凤洲、沧溟集，弟所视为臭腐不屑者；而持此与弟争短长，又欲尽抹宋人，即欧、曾大家不能免，可谓病狂丧心矣！兄不督责之，而仅欲处弟与人中于两全之地，又矜负人中真若与弟对垒者，则兄之罪亦不薄矣!”艾南英于唐宋又特尊宋，于宋又特尊欧、曾，其散文作品是努力学欧的，但不甚成功，缺乏欧文那种纡徐委备、容与平易的神韵。作者为人倔强高傲，以正道自负，上引与人往复辩证的书信和一些书序，笔力矫健，文气畅达，宗旨显豁，能鲜明地反映他的性格特点。《前历试卷自叙》长达一千五六百字，详述自己作为一个儒生，如何经受各种考试的折磨。

……试之日，衙鼓三号，虽冰霜冻结，诸生露立门外，督学衣绯坐堂上，灯烛辉煌，围炉轻暖自如。诸生解衣露足，左手执笔砚，右手持布袜，听郡县有司唱名，以次立甬道，至督学前。每诸生一名，搜检军士二名，上穷发际，下至膝踵，倮腹赤踝，为漏数箭而后毕；虽壮者，无不齿震冻慄，腰以下，大都寒沍僵裂，不知为体肤所在。遇天暑酷烈，督学轻绮荫凉，饮茗挥箑自如。诸生什佰为群，拥立尘坌中，法既不敢执扇，又衣大布厚衣，比至就席，数百人夹坐，烝熏腥杂，汗淫浃背，勺浆不入口，虽设有供茶吏，然率不敢饮。饮必朱钤其牍，疑以为弊，文虽工，降一等——盖受困于寒暑者如此。

以下又记“所以縶其手足便利者又如此”，“受困于胥吏之不谨者又如此”，“所为拘牵文法以困折其气者又如此。”因而再三喟叹：“嗟乎，备尝诸生之苦，未有如予者也!”往返曲折，妙尽形容，在当时读书人中曾广为传诵，是一篇具体地反映士子内心痛苦与矛盾，揭露科举制度弊端的好文章。《踏花篇叙》认为，武陵山“以靖节之文而重，非以桃源重也”。批评“世之为文者不知六籍子史之大”，而标榜名山胜水，简直是对山水的玷污。立意新颖，不效陈言，主旨也是积极的。

陈子龙（1608～1647）字人中、卧子，号大樽，华亭（今上海松江）人。青年时代即有文名。“卧子年弱冠、而才高天下。其学自经史百家言无不窥，其才自《骚》、赋、诗歌、古文辞以下，迨博士业，无不精造而横出。”（夏允彝《岳起堂稿序》）与夏允彝、徐孚远等组织几社。“几者，绝学有再兴之几，而得知几其神之义也。”（杜登春《社事始末》）后加入复社。崇祯十年（1637）中进士，选为绍兴府推官。十一年，与徐孚远等编辑《皇明经世文编》504 卷。后以功升兵科给事中。崇祯十七年（1644），北京失守，清兵入关。五月，福王即位于南京（弘光帝），陈子龙以原职被召用。他写了一系列抗清复国的奏议，大都未被采纳。弘光二年（1645），清兵攻下南京，陈子龙与社友各方联络，继续从事抗清斗争。清顺治三年（1647）被俘，在押解途中赴水而死。著有《陈子龙诗集》（施蛰存马祖熙校点本）和《陈子龙文集》（上海文献丛书本）。陈子龙早年的文学主张是继承七子余绪的。自言“余幼时既好秦汉间文，于诗则喜建安以前。然私意彼其人既以邈远，非可学而至。”读了李梦阳、王世贞等人的文集以后，才感到有了途径（《仿佛楼诗稿序》）崇祯元年二十岁，曾与力主唐宋，“妄谓秦汉文不足学”的文坛老前辈艾南英进行激烈辩论，“摄衣与争，颇折其角。”（陈子龙自编《年谱》）可见其意气之雄。随着明王朝国势日危，大厦将倾，尤其是接受其老师、著名学者黄道周的影响后，思想有明显的转变，开始注重经世致用之学。《经世文编序》以朝无良史、国无世家、士无实学为三患。“俗儒是古而非今，文士撷华而舍实。夫保残守缺，则训诂之文充栋不厌；寻声设色，则雕绘之作永日以思。至于时王所尚，世务所急，是非得失之际，未之用心。苟能访求其书者盖寡，宜天下才智日以绌。故曰士无实学。”《皇明经世文编》就是为了救患济世而编的。他的散文以奏疏著名。现存《兵垣奏议》三十余篇。“余在言路不过五十日，章无虑三十余上。多触时之言，时人见嫉如仇。”（自编《年谱》）以天下安危为己任，踊跃建言。如崇祯十七年（1644）七月的《自强之策疏》，援古证今，希望朝廷居重自强，以立中兴规模。这是陈子龙留下的“最有价值的文字，是可以和贾谊的《治安策》、诸葛亮的《隆中对》相比的文字”（朱东润《陈子龙及其时代》）。同月《直陈祸乱之原疏》历数辅臣容悦、诸司贪冒、门户纷角、士节卑污、号令数更、法令太拘等六患为祸乱之源，深刻揭露了明末朝廷无能、上下腐败的政治实况，极为痛切。同月又上《恢复有机疏》，其前半篇说：

> 臣观自古中兴之主，如少康、周宣，皆躬亲武事，以克仇邦。三代以后，汉之光武，唐之肃宗，莫不身先士卒，戎车数驾，故能光复旧物。未有深居法宫之中，优游处顺，而可以戡定祸乱者也。方今殷忧之会，天步艰难，大仇未殄，不共戴履。臣伏处田间，自谓当此之时，陛下必日坐便殿，与宰执之臣亲决庶政；三事大夫，莫不夙夜；百僚奉职，朝令夕行。而且下哀痛之诏，兴缟素之师，呼苍兕以济江，秉白旄而问罪。庶足以泄神人之愤，慰普天之望也！
>
> 自入国门，将再旬矣。惟遣北使得一聆天语；不识密勿之臣，英谋宏议，日进几何？但见官署寂寥，人情泄沓。交鞍击毂，宛然泰阶之风；好爵高班，无异升平之日。从无有叹神州之陆沉，念中原之榛莽者。岂金陵佳丽之区，六朝风流之地，可供清谈坐啸耶？臣恐王敦、祖约、苏峻之徒不绝于世，而王导、陶侃、温峤之亚未见其人，又无论西苻秦而北石赵也。清歌漏舟之中，痛饮焚屋之下，臣诚不知所终矣！

南明小朝廷在风雨飘摇之中，犹然不知奋起，苟安于旦夕。作者直指君臣上下，严词谴责，激昂慷慨，无所避讳；文章写得遒劲有力，铿锵可诵。作者的挚友夏允彝，字彝仲，是几社与复社的重要成员，弘光时官吏部考功司主事。南京失守后，在苏州一带进行抗清活动。事败自杀。作者于第二年作《报夏考功书》，近三千言，焚于夏墓前，回顾平生交谊与同忧国难的经历，诉说后死者的悲凉与誓愿：“数夕之间，必相见梦，或欢笑如平时，或忧戚若急难；卒未正告以后事，开发以经途。岂人鬼道殊，事理蒙昧，已不可问耶？抑仆志懈行污，永见弃于志士耶？悲夫！痛矣！古人有云：死者复生，可以无悔。又云：要之死日，然后是非乃定。仆敢不勉旃，以羞死友！足下聪明忠毅，九垓之内谁不昭著。仆微志未能上彻，其所以重费卮言，再渎神灵之前者，既以自誓，又瞻冀我友不忘生平，默牖其衷也。百年奄忽，相见匪遥；陨涕陈词，烦冤何已！”全文于叙述、议论之中沉痛抒情，洞见肺腑，感人至深。

夏完淳（1631～1647），原名复，字存古，号灵胥。华亭（今上海松江）人，夏允彝之子。自幼有神童之称，受到著名文士陈继儒、钱谦益的称赞。十二岁时“博极群书，为文千言立就，如风发泉涌。谈军国事，凿凿奇中。”（王弘《夏孝子传》）。弘光元年（1645）清兵渡江，夏完淳随父夏允彝、师陈子龙组织抗清斗争，清顺治四年（1647）被捕遇害，年仅十七岁。著有《夏完淳集》（中华书局本）。早期作品受父辈影响，承袭七子派文必秦汉的主张，多摹拟之作。参加实际的抗清斗争后，风格随之一变。《大哀赋》文长数千言，揭露明末朝政之腐败，倾诉国破家亡之痛楚，抒发誓死救国之忠悃。文词壮美，感情深挚，有如庾信之《哀江南赋》。《狱中上母书》、《遗夫人书》是写于囚室的遗言，情怀激烈，血泪交萦，措辞哀婉缠绵，洞见天伦人性之美。《土室余论》亦作被囚之时，今录其一段：

> 呜呼！家仇未报，臣功未成。赍志重泉，流恨千古。今生已矣，来世为期。万岁千秋，不销义魄；九天八表，永历英魂。先文忠得为皇明臣，淳也得为先文忠子。吞声归冥，含笑入地。呜呼，淳今死矣，抑又何言！

视死如归的豪迈气概和宁死不屈的斗争意志，用铿锵有力的语言表达出来，鲜明地反映了这位少年志士的人格和文风。张煌言（1620～1664）字玄著，号苍水。鄞县（今属浙江）人。崇祯十五年（1642）举人。“风骨棱棱，不可一世。识者早以国士许之。”（沈冰壶《张公苍水传》）“神骨清挺，豪迈不羁，能文章，善骑射。”“常感愤国事，愿请缨。”（光绪间刊《鄞县志》）清顺治二年（1645），与钱肃乐起兵，迎鲁王监国于绍兴。“赐进士，加翰林院编修。入典制诰，出筹军旅。”（同上）桂王时任大学士兼兵部尚书。长期坚持在长江中下游及东南沿海与清兵作战。直至康熙三年（1664），兵败于浙江南田，被俘遇害，前后长达二十年之久。著有《张苍水集》。他的散文作品反映了一个爱国志士的经历和情操。《北征录》追忆顺治十五年（1658）与延平王郑成功率水师北伐，沿长江进至安徽，收复四府三州二十四县。后兵败逃亡，自江北至江南，由安徽入浙江，辗转山林村落之间，历尽艰险。其末段总结云："回首霍山奔走以来，之安庆，之池，之徽，之严，之婺，之浦江，之义乌，之天台，之宁海，计程二千余里，间关百折，何其穷也！复追思向者崇明进师，而瓜步，而润江，而和阳，而太平，而宁国，而徽，而池，而庐之诸邑州，乘胜长驱，又何其壮也！然而转瞬成败异势，荣瘁殊形，是又戏耶梦耶？余自丁亥迄己亥，前后入江，岂岁在双鱼，而一再蹶，疑若有数焉。然以十五年之揣摩简练，既得之而复失之。人寿几何，河清难待。不亦重可慨也夫！"全文数千言，记叙内容详明而文字精炼，不屈不挠的斗争精神，洋溢于字里行间，与文天祥的《指南录后序》同样感人。《奇零草序》阐述《奇零草》写作与编辑经过，作品虽则奇零（"零落凋亡，已非全豹。"）仍能反映三十年艰苦崎岖的战斗历程。序文表达了作者高昂的爱国激情；对于杜甫的诗史，郑思肖的《心史》的称赞，其自勉之意也很深远。顺治十六年北伐失败，总督郎廷佐致书招降，他峻词拒之。复书云：

夫揣摩利钝，指画兴衰，庸夫听之或为色变，而忠贞之士则不然。其所持者天经地义，所图者国恤家仇，所期望者豪杰事功、圣贤学问。以故每毡雪自甘，胆薪弥厉，而卒以成功，古今何可胜计。如仆者，将略原非所长，只以读书知大义，痛忿胡氛，左袒一呼，甲盾山立。区区此志，以济则赖君之灵，不济则全臣之节。是以不惜凭陵风涛之中，纵横锋镝之下，迄今逾一纪矣。同仇益广，晚节愈坚，练兵海宇，正为乘时。……仆方当起而匡扶帝室，克复神州。此正忠臣义士得志之秋也！即或不然，谢良平竹帛，抗黄绮衣冠，亦之死靡佗；岂复烦词曲说，足以动其心哉！乃执事俨然以书进，是以仆为庸庸者流，可以利钝兴衰动者！譬之虎伥戒途，雁奴伺夜，既受其役，竟忘其衰：在执事固无足怪；而仆闻之，发且冲冠矣！虽然，执事固我朝勋旧之裔，而辽左死事之孤也。念祖宗之厚泽，宜何如悲伤？痛父母之深仇，宜何如报雪？稍转一关，不失为中兴人物。顾以陵律自居，华夷莫辨，甚为执事不取也！……（《复郎廷佐书》）

文章写得义正词严，大气磅礴，救国之心，不计成败兴衰，唯有一往无前。晚明散文，以陈子龙、夏完淳、张煌言、黄淳耀、瞿式耜等一大批志士之爱国抒忠、悲壮淋漓之作，写完了最后的光辉的一页。

第八卷 清代散文

王凯符　撰写

概　述

1644 年，偏居东北一隅的满族贵族入主中国，建立清朝，至 1911 年灭亡，经历了 277 年，这是中国最后一个封建专制王朝。清代的历史，以 1840 年的鸦片战争为分水岭，分为两个时期，本编着重论述鸦片战争以前的散文。桐城派的散文和清代骈文，前后关系密切，为反映其整体面貌，近代桐城派散文和骈文，在本编中一并加以介绍。

鸦片战争之前，清王朝曾经建立了疆域完整、国力强盛的封建大帝国。其间康熙、雍正、乾隆是三个很有作为的封建皇帝，在他们的统治下，经济发展，政治稳定，出现了中国历史上著名的“康乾盛世”。这个时期，中国人口增加，农业发达，资本主义萌芽在工商业不断繁荣的推动下，继明末之后又有了新的发展。乾嘉时期，中国耕地面积、粮食产量都大大超过以往，人口增加到了三万万。农业的发展，对手工业和商业的发展起了很大的推动作用，当时仅南京一地，织缎机已有三万台，景德镇的陶瓷匠工，有几十万人之多。随着农业和手工业的发展，商业经济也呈现了繁荣的局面，南北大道，东西水路，商旅络绎不绝。《武昌府志》说：“商贾之牙侩，丝帛之廛肆，鱼米之市魁，肥其妻子，雄视里闬。下至百家技艺，土木食工……趋于阛阓者，又未尝不趾相错踵相接也。”这些描写，生动地说明了当时商业繁华的景象。由于工商业的繁荣，城市发展很快，京师北京之外，南京、苏州、扬州、杭州以及遍布全国的州、府乃至县治所在地，经济、文化生活也都日益活跃，城市市民随着城市的发展，逐渐成了一种很有生气的社会力量。城市市民的大量出现，对文学创作产生了重要影响，戏剧、小说等的繁荣跟市民文化生活的需要有重要关系，对散文创作也有影响。市民是文学作品的阅读者和欣赏者，同时也成了文学作品的描写对象。仅就散文而言，侯方域的《马伶传》、《李姬传》，吴伟业、黄宗羲的《张南垣传》、《柳敬亭传》，方苞的《陈御虚墓志铭》，王士禛的《梁九传》，汪中的《过旧园吊马守贞文》等等，都是著名的以市民生活为题材的散文。

随着社会的发展，尤其是资本主义萌芽的产生，人们的思想观念也发生了变化，民主思想在原来民本思想的基础上有了新的内容。顾炎武明确提出“天下兴亡，匹夫有责”。(《日知录》）他认为“天下”不是一家一姓的天下，而是包括“匹夫”在内的天下人的天下。黄宗羲大胆指出：“天下之大害者，君而已矣”。(《明夷待访录·原君》）唐甄也说：“自秦以来，凡为帝王者，皆贼也。”“杀人者众手，天子实为大手。”(《潜书·室语》）这些都是对作为封建制度核心的君权政治的公然挑战。思想的解放，必然带来文学的繁荣，欧洲十四世纪至十六世纪冲破了中世纪的思想桎梏，因而有了文艺的复兴，清代的民主思想的产生，出现了《红楼梦》、《聊斋志异》、《儒林外史》等文学名著，同时也促进了诗文创作的发展。“自鸣天籁，不择好音，有由然矣。”（蒲松龄《聊斋志异自序》）黄宗羲、顾炎武、侯方域、廖燕、袁枚等人的散文都有民主思想的微光闪烁，这正是他们散文思想价值的重要所在。

清朝统治中国的二百多年，中国社会充满了极其复杂的矛盾。其中有以满、汉为主的民族矛盾，有官僚地主与广大农民及其他劳动人民的矛盾，有封建专制与要求民主的矛盾，近代又有中华民族与外国列强的矛盾。在这些矛盾中，满、汉之间的民族矛盾一直是清王朝的心腹大患，清廷虽然竭力提倡“满汉官民，俱为一家”，民族矛盾却一直没有泯灭。至于阶级矛盾，农民起义更是连绵未断。面对这些矛盾，清王朝为了维护其统治，除了对人民进行残酷镇压外，在思想文化领域则大力推行其文化专制主义。

清代的文化专制有软硬两手，推行了高压与怀柔相结合的政策。高压主要是实行文字狱，怀柔则是对人民灌输以程朱理学为中心的儒家学说。

文字狱在中国封建专制制度下，历代都有，明代渐多，而以清代为最惨烈。仅康、雍、乾三朝，见于记载者即有八十余起。统治者见到文字中凡有违碍者，不管有意无意，立即捉拿当事者，轻的“重遣”、“革职”，重的“立斩”、“弃市”、“寸磔”，已死者开棺戮尸，并统统株连亲友、族人，其中涉及诗文写作的就有多起。

文字狱推行的结果，使文人噤若寒蝉，属文落墨，无不战战兢兢。乾隆时做过协办大学士的梁诗正说："笔墨招非，人心难测，凡在仕途，遇有一切字迹，必须时刻留心，免贻后患。"（《清文字狱档》第六册）道光间龚自珍也说："避席畏闻文字狱"（《咏史》），表现的是当时许多文人的心态。为了逃避文字之祸，大批读书人便不问时事，或退居山林，或沉溺于故纸典籍中，以训诂考证为唯一学问。这种严酷的社会现实，对清代文学创作，特别对诗文创作产生过严重影响。这从黄宗羲、顾炎武、魏禧、汪琬、方苞诸大家的散文中，都可以清楚地看到。例如方苞，他是从戴名世《南山集》文字狱案中死里逃生的人，他写的《左忠毅公逸事》记左光斗、史可法事，文章对史可法充满了崇敬，但史可法抗清英雄史事，却不敢提及一字，这是最明显的一例。鲁迅说："清的康熙、雍正和乾隆三个，尤其是后两个皇帝，对于'文艺政策'或者说得较大一点的'文化统制'，却真尽了很大努力的。……文字狱只是由此而来的辣手的一种，那成果，由满洲方面言，是的确不能说没有效的。"（《买〈小学大全〉记》）这效果就是叫文人作家钳口不言，或言而不能尽情尽意。

清朝推行文化专制主义政策，"软"的一手，就是宣扬程朱理学和推行八股取士。清王朝的最高统治者知道，要征服人心，只靠杀戮刑罚是远远不够的。要巩固其统治，必须要跟中国根深蒂固的传统思想相适应。康熙在《四书讲义序》中说："万世道统之传，即万世治统之所系也。""道统在是，治统也在是也。"程朱理学从一产生就是为维护封建统治服务的，理学在元代成为官方哲学以后，更是如此。程朱讲"理"，"理"就是"性"（天性），认为为统治阶级服务的仁、义、礼、智、信等封建道德观念，都是出于人的天性，因此他们大力提倡"存天理，灭人欲"。朱熹的《四书集注》，集中代表了程朱的观点，入清之后，《四书集注》成了各级学校的基本教材，清王朝为强化其地位，规定科举考试写八股文章，都要从"四书"中出题，作八股文章，必须以朱熹的注释为依据。程朱理学产生于宋，流毒至广无过于清，正是清王朝推行其文化专制政策的结果。清王朝的这种政策对散文创作产生过很大的消极影响，翻一翻清人的文集就不难发现，许多作者对统治者歌功颂德，对农民起义和劳动人民进行攻击、诬蔑、贬低，为节妇烈女树碑立传……显然，这些都是清代散文的糟粕。

与明代相比，清朝统治者对八股取士更加关心。清王朝定都北京后，脚跟还没有站稳，便于顺治三年（1646）宣布恢复八股取士制度。清朝历代皇帝，特别是康熙、雍正、乾隆，都亲自参与完善这一制度，对这一制度表现了极大的关心。乾隆曾令方苞编八股文选本，并以“钦定”的名义颁行天下，他在选编《钦定四书文》的“圣谕”中说：“国家以经义取士，将使士子沉潜于四子、五经之书，阐明义理，发其精蕴，因以觇学力之浅深与器识之淳薄。而风气所趋，即有关丁气运。”这几句话把统治者推行八股取士的目的，说得十分清楚，就是要天下士人“沉潜于四子、五经之书”，以能否阐明其“义理”，发挥其“精蕴”来考察士人的“学力”和“器识”。把这几句话说白了，其实就是要通过八股取士，把天下士人统统捆在儒家的经卷上，服服帖帖接受其统治。所谓“风气所趋，即有关于气运”，就是把八股取士看作是维持其统治的灵丹妙药。清王朝用臭名昭著的文字狱对知识分子进行压迫，结果是压而不服，但八股取士制度的推行，却使千千万万的读书人趋之若鹜，心甘情愿接受其毒害，在束缚人们思想方面所起的作用，远远超过其文字狱等高压手段。

当然，清王朝作为一个封建大帝国，其政治、经济、文化政策，也有不少适应社会发展需要的方面。特别是康、雍、乾三代，正是因为它们的一些政策符合社会发展的需要，才出现了国势强盛、经济、文化繁荣的局面。就其文化政策而言，清朝设博学鸿词科，成立《四库全书》编修馆，在尊理学、崇雅正的前提下允许不同学派和文学流派存在，加上皇帝本身有较高的文化修养，与文人有较多接触，这对于笼络、团结知识分子起过不少作用，对于繁荣文化和文学创作也有积极意义。如乾隆时期，朝廷改变了以对清王朝的顺逆定人功罪的政策，肯定了明末清初史可法等人抗清的立场。乾隆在《御制书明臣史可法复书睿亲王事》中说：“夫可法，明臣也，其不屈，正也。(明史）不载其语（指史可法《致多尔衮书》)，不有失忠臣之心乎？……惜可法之孤忠，叹福王之不慧，有如此臣而不能用，使权奸掣其肘，而卒至沦亡也……忠臣流涕顿足，而叹无能为力，唯有一死以报国，是不可大哀乎！”（见《东华录》）乾隆在谈到降清明臣洪承畴、祖大寿、冯铨等人时说：“朕思此等大节有亏之人，不能念其有功勋谅于生前，亦不能因其尚有后人原之死后。”因此他提出在“国史”中统统把他们写入“贰臣传”。乾隆制定这样的政策，自然有他的意图。当时清王朝的椅子已经坐稳，他表彰明末忠烈，贬斥降臣，无非是希望臣民都要学史可法的样子，对大清帝国尽忠而已，但这一政策不仅顺应民心，使大批描写抗清英雄的散文从隐匿中公开出来，而且后来文人史家纷纷为抗清英雄立碑作传，使清代散文的这一重要题材，得到了一定程度的解放。

五四以后，清代散文受到了冷落。究其原因，一是传统的文学观念发生了变化，小说、戏剧受到尊崇，致使清代小说、戏剧的成就掩盖了清代散文的光辉。二是五四新文化运动提倡新文学，反对旧文文学；提倡白话文，反对文言文。因此“选学”变为“妖孽”，“桐城”成了“谬种”，清代散文首先受到冲击，其价值仅被看作“八股支流”（陈柱《中国散文史》）。用这样的眼光去看待清代散文，它受到冷落也就是自然的了。

客观地考察，清代的散文并不像一些人说的那样没有价值。与前代相比，清代散文作者辈出，作品如海，言之有物，文情并茂的文章屈指难数，在中国散文史上，是具有光辉成就的时期之一。对此，清末著名学者黄人说：“吾朝文治，轶迈前古，撰著之盛，尤奄有众长。”他在论述清初的政治背景及文坛情况时指出：“当定鼎之始，山泽遗耇，抱器陈畴，綦多宾服，即有愤衔轩鉴，志切鲁戈，旋审大命攸归，亦退而绍申伏之传，修汾河之业，出其学术思想，播佳种于龙野，存国粹于沧桑，以塞麦秀采薇之痛，故其文云雷郁勃，风涛轩怒，震国民之耳鼓，至今渊渊作响。”对于康、雍、乾、嘉时期的学风、文风，黄人更加欣赏，认为当时能“集周、秦、汉、魏、唐、宋、元、明之大成，合性理、训诂考据、词章而同化。”所以“康雍之文醇而肆，乾、嘉之文博而精，与古为新，无美不具。”道、咸两朝正是鸦片战争前后，由于“争桑弄兵，四寓多故，男儿作健，志士苦心”，所以当时的散文“激昂峭厉，纵横排奡”（以上均见黄人《国朝文汇序》）。黄人的这些话是否完全中肯，可以讨论，但他的意见是在考察了清代散文的全貌以后提出来的，是有一定根据的。

某些论者评论清文，喜欢与唐宋文比较，认为唐宋散文已经达到“极盛”，此后不可能再发展，更不会达到那样的水平。也有人认为清代没有出现唐宋八家那样的作者，因而成绩、影响都不如唐宋。对这些意见，应该进行具体分析。刘勰说：“文变染乎世情，兴废系乎时序。”（《文心雕龙·时序》）一代有一代的“世情”，一代有一代的文章，散文创作与时兴废在中国是一种普遍现象。散文创作至唐宋固然已经达到了“极盛”，后人为文，都不能不以秦汉或唐宋为高标而加以学习。但在学习之中，仍可以有所创造，有所发展。清代散文作家、作品之多，超过以往，非唐宋所能比，清末编成的清文选集《国朝文汇》收作者一千三百五十六家，收文一万多篇，可谓洋洋大观，但所收也仅仅是清文的一小部分。清代散文不仅作家、作品之多非前代能比，就作品题材的广泛，表现形式的丰富多彩而言，也都有自己的特点，不能因为有了唐宋散文的成就而加以抹杀。

对于清代是否有唐宋八家那样的作者，也要具体分析。唐宋八家中韩、柳、欧、苏（轼）成就最高，清代作者中很少有人能赶上，若王、曾及老、小二苏，清代作者中未必没有人可以和他们相比。顾炎武、侯方域、魏禧、汪琬、戴名世、方苞、袁枚、姚鼐等人的文章就不在他们之下。顾炎武思想之深刻，感情之激越、深沉，决不在王安石之下，方苞文似曾巩（清人多有此论），而蕴藉过之，“较之子由，亦似胜之。”（刘开：《与阮芸召宫保论文书》）苏洵、苏辙作品不多，佳作也少，清代不少作家的成就，实际都不在他们之下。以“八家”为唐宋文的最高成就，本来只是明代一些人从自己的创作主张、审美趋向出发而提出来的，自不必作为散文史的定论。而在文学史上，以前人之名声，掩后人之成就，这种现象历来不少，不做具体分析，就容易陷入盲目。黄宗羲论明文：“盖以一章一体论之，则有明未曾无韩、杜、欧、苏、遗山、牧庵、道园之文，若成就以名一家，则如韩、杜、欧、苏、遗山、牧庵、道园之家，有明固未曾有一人也。”（《明文案序》上）论者常以此语论清文，认为清与明相似，这是很值得怀疑的。

清代散文是中国散文史上繁荣昌盛的重要时期之一。其成就和特点，突出地表现在以下几个方面：

一、义理、考据、文章并重

清代学术空气很浓，多数散文作者都学有根柢。重视义理、考据、文章的结合，是清代散文的重要特征。

论义理、考据、文章三者关系，不自清代始。北宋程颐说：“古之学者一，今之学者三，异端不与焉。一曰文章之学，二曰训诂之学，三曰儒者之学。欲趋道，舍儒者之学不可。”（《二程遗书》卷十八）程颐是理学大师，因此他独尊儒者之学（即儒家“义理”之学），而轻视文章、训诂考证，曾说：“今之学者有三弊：一溺于文章，二牵于训诂，三惑于异端。”（同上）明朝刘健也提出：“人学间有三事：第一是寻绎义理，以消融胸次；第二是考求典故，以经纶天下；第三却是文章。”

(见陆骖《停骖录》)刘健于明成化间曾为首辅，主持朝政，他在这段话中没有提三者关系，但他一生从事“伊洛之学”(即程朱理学)，曾不只一次对人讲：“好笑后生辈，才得科第，却去学作诗。作诗何用？好是李、杜，李、杜也只是两个醉汉。撇下许多好人不学，却去学醉汉！”(同上)他实际也是轻视文章的。对于义理、考据、文章三者的关系，到了清代才得以正确解决。乾嘉时期，学者文人围绕三者关系，曾开展过一场大讨论，袁枚、姚鼐、章学诚、戴震、钱大昕、段玉裁、孙星衍、焦循等一大批作家、学者都参加了辩论。其中训诂考据家强调学问要以六经儒道为本，求其本，离不开考证，因而立言写作都要以此为“根柢”，所以认为三者之中，文章是“等而末者”。(戴震：《与方希原书》)有的更进一步说：“义理、文章，未有不由考核而得者。”(段玉裁：《戴东原集序》)他们的这些看法，实际是只看到了文章“载道”的功能，对袁枚所说的文章“自抒所得”、“纯以神行”、“古文家似水，非翻空不能见长”的特点，以及“剪裁、提挈、烹炼、顿措”的技巧、方法，都有所忽视。所以袁批评他们“盖其平素神气沾滞于丛杂琐碎中，翻撷多而思功少”。(《与程蕺园书》)在这场讨论中姚鼐、章学诚比较客观、超脱，对于三者关系，提出了比较辨证的意见。姚鼐说：“余尝论学问之事有三端焉：曰义理也、考证也、文章也。是三者，苟善用之，则皆足以相济；苟不善用之，则或相害。”(《述庵文钞序》)他提出三相济的主张，是比较全面的。章学诚反对汉学家只强调“记诵之学”，也反对文章家只追求文辞光彩，“溺于器不知道”，更反对理学家“舍器而言道”的“玩物丧志”、“工文害道”的错误主张。他说：“义理不可以空言也，博学以实之，文章以达之，三者合于一，庶几哉周、孔之道虽远，不啻累译而通矣。”(《文史通义·原道下》)又说：“学于道也，道混沌而难分，故须义理以析之；道恍惚而难凭，故须名数以质之；道隐晦而难宣，故须文辞以达之。三者不可偏废也。”(《与朱少白论文书》)章学诚的认识与姚鼐相一致，而论述则更为明确具体。这场辩论解决了唐宋以来争论不休的文与道、文与学、义与法的关系问题，对于繁荣散文创作具有很大的理论价值和实践意义。

按着章学诚的理解，所谓义理、考据、文章的关系，实际就是才、学、识的关系问题，而其“大要”，则是学与文：“学资博览，须兼阅历，文贵发明，亦期世用，斯可进于道矣。”(《答沈枫墀论学》)重视“学”与“文”的结合是清代散文的重要特点，清初顾、黄、王开其风气，后起作家、学者，或偏于文，或偏于学，但都不否认两者结合。所以清代学者，多数都通文章，文章作家也兼作学问。魏禧、汪琬、朱彝尊、全祖望、汪中等著名散文作家，学问都很淹博。桐城派作家常被汉学家指为“空疏”，其实戴名世、方苞、刘大櫆、姚鼐等，对经学、史学、文学都有深入研究，只不过他们专于文章，长于创作罢了。清末汤寿潜《国朝文汇序》说：“国朝文以康、雍、乾、嘉之际为极盛，其时朴实竞出，文章多元本经术，虽微异其趣，要归于有则，无前明标榜依附之习。”本经术而有则，义理、考证、文章相辉映，学与文相结合，确是清代散文的一个特色。

二、联系现实，注重实用

清初顾炎武、黄宗羲等提倡“经世致用”，这种思想对清代的学风和文风产生过深远影响。宋以后，散文作家大都以“载道”、“明道”为创作原则，到了清代，这种思想有了更加切实的内容。尽管清代文人对“道”的理解很不相同，实际是各道其所道，但强调文章联系实际，重视道、用结合，则是多数散文作者的共同主张。顾炎武把“明道”与“纪政事”、“察民隐”、“乐道人之善”相提并论，认为都是文章“有益于天下”不可缺少的内容。(《日知录·文须有益于天下》)黄宗羲也主张“载道”、“明道”，但他反对空言“心学”，不问时事，他在《留别海昌同学序》等文中，对一些文人“天崩地解，落然无与吾事”的现象，进行过猛烈的攻击。章学诚为了强调“道之为用”，作《原道》上、中、下三篇，提倡“道不离器”、“即器以求道”。他赞成文章“咏叹抑扬”、“悦目娱心之适”的功能，但反对只是“溺于文辞”；主张“文贵明道”，但反对离开“人伦日常之事”而“舍器求道”。正是在这种认识的基础上，章学诚明确提出了“作文立意，先求救世”的主张。桐城派作家大都是程朱理学信徒，但他们也反对空谈义理，刘大櫆就明确提出：“人无经济，则虽累牍，不适于用。”(《论文偶记》)

由于清代作家大都能与现实社会保持比较密切的联系，因而创作了一大批言之有物的优秀散文。清初作者，故国虽亡，志气未消，顾炎武、黄宗羲、王夫之、魏禧、归庄、张岱、唐甄、邵长蘅等人的文章，都充满了致用的精神。康熙中叶以后，社会日趋稳定，阶级矛盾、民族矛盾相对缓和，但多数作者并没有忘却现实。特别是一批中下层知识分子，生活的困顿，仕途的坎坷，社会的不平，时时都会给他们以刺激，他们的文章与身处高位，喜欢粉饰太平的作家作品迥然不同，从他们的文章中往往能看到在“盛世”掩盖下的某些社会真面貌。戴名世、刘大櫆等怀才不遇，所作散文，多露锋颖；汪中一生困顿，学问文章，独树一帜，其《哀盐船文》、《过田园吊马守贞文》，对下层人民的遭遇表现了极大同情。这些作家的作品，大都具有比较切实的社会内容。即使是一些身处高位的作者，如汤斌、韩菼、汪琬等人的作品，在“经时济世”思想的影响下，其文章也多有关心时政，反映社会现实的内容。道光年间，贺长龄编《皇朝经世文编》一二〇卷，专收“道存乎实用，志在措正施行”的文章，曾风行海内，广为流传。“凡讲求经济者，无不奉此书为矩矱，几于家有其书。”（俞樾：《皇朝经世文续编序》）其后又有人依贺氏体例、宗旨编了《皇朝经世文续编》、三编、四编，都曾广泛流传，从中可以看出清人对文章“经时致用”的重视。

三、组织派别，发展流派

明代作家喜欢结成宗派，清代文人延续这种风气，学派、文派纷繁复杂，使整个文坛显得十分热闹。清代文人宗派，从学术看，有宋学、汉学之争，从文章看，有古文与骈文之争，有汉学家与文章家之争。文人们同声相应，同气相求，党同伐异，各立门户。这种风气，从消极方面说，自立门户，易使自己目光偏狭；从积极方面说，宗派的形成，有助于共同研究，互促互进，对发展创作有推动作用。清代散文创作的勃兴繁荣，与此有密切关系。

在散文创作领域，汉学家与文章家在认识上的分歧，是最重要的派别之争。汉学家因学而及文，重考证、学问而轻文章；文章家因文及学，因文见道，而偏于文。因此汉学家指责文章家空疏，文章家批评汉学家琐碎。争论的结果，产生了义理、考据、文章不偏废、三相济的认识和创作理论。骈文与古文之争，也有积极的意义，骈文吸收了古文舒展、流畅的特点，使清代骈文创作出现了新的气象，同时也造就了袁枚、汪中、张惠言、洪亮吉等一批既善古文又善骈文的作者。

古文是清代散文的主流，古文家也多有派别和集团。以侯方域为盟主的“雪苑社”是清代最早出现的文学社团。侯方域为振兴家乡的文学创作，在商丘地区曾两次组织“雪苑社”，先后参加的有徐作霖、贾开宗、徐作肃、宋荦等。其中，侯方域之外，宋荦成就最大，在康、雍文坛有重要影响。以魏禧为首的“易堂九子”，在清初结为文社，遁亦山林，研讨学问和古文创作，名重一时，其中宁都三魏（魏际瑞、魏禧、魏礼兄弟）最有盛名，彭士望、林时益在散文创作上也颇有成绩。由黄宗羲创建的“浙东学派”文史并重，在清代文坛产生过重要影响，万斯同、万斯大、全祖望、章学诚等，均为史才，也善文章，“以文写史”是该派重要特点。

桐城派是清代最大的一个散文流派。它崛起于康熙中叶，至清末民初，绵延二百多年，作者数以百计。桐城派尊奉程朱理学，以继承先秦两汉和唐宋八家文统为己任，结为门户，世代相传，其规模之大，影响之深，为中国散文史所仅见。二百多年中，桐城派大体经历过三个时期。一是它的开创时期，戴名世、方苞、刘大櫆是其代表。戴、方、刘在散文创作上都有突出成就，在清代文坛占有重要地位，但他们并没有成立宗派的意思。二是桐城派的张大时期，以姚鼐为代表。姚鼐在其乡前辈的基础上，进一步完善了桐城派的散文理论，并以他主讲的书院为基地，大力培养写作人材，扩大其影响，致使大批散文作家聚集在桐城派的旗帜下进行创作活动。管同、梅曾亮、方东树、姚莹、刘开等，都是他的高足弟子，此外如吴德旋、陈用光、朱琦、龙启瑞、王拯、曾国藩等，或亲授、或私淑、或再传，都受过他很大的影响。所以桐城派之所以能成为一个派别，姚鼐是个关键人物。桐城派的第三个时期以曾国藩为代表，是桐城派的衍变时期。曾国藩强调“经济”，在他的影响下，桐城派与政治产生了更密切的联系。近代朝廷、边防、外交、洋务、教育等领域，都有桐城派的代表人物。

“天下文章，其在桐城乎！”此语虽有夸张，但也道出了一部分事实。在清代散文中，桐城派占有重要地位。桐城的散文成就，主要表现在三个方面：第一，它团结了一大批作家，对繁荣清代散文创作起了突出作用。方苞、姚鼐，梅曾亮、曾国藩，在他们生活的那个时期，都曾被一些人当作文坛领袖，不少散文作家都以他们为中心进行散文创作。第二，创作了一批有物有序、文情并美的散文作品。戴名世的传记、杂文，方苞的记人、记事文，刘大櫆的论说、游记文，姚鼐的序跋、书信、写景文等，有许多都是脍炙人口的精品。第三，系统总结了中国古代散文的创作经验，丰富了古代散文创作的理论。方苞的“义法”论，刘大櫆的神气论，姚鼐的文章要素论、风格论、文体论等等，对丰富和发展传统文论方面都有重要贡献。在中国散文史上，很少像桐城作家那样倾心和专注于散文创作的。戴名世、方苞并非不懂诗歌，他们在一些论诗的文章中对诗歌创作有深刻的认识和理解，但他们却很少写诗。戴名世《齐讴集自序》曾讲过他少年诵诗、写诗的情景，成年后亦间有抒怀之作，但作而不录、也不存："盖余之志，欲入山穷居，专精思虑，以务比肩于古人。非是弗为，为之亦弗存也。"方苞对诗歌也有类似戴名世"弗为"、"弗存"的意见。刘大櫆、姚鼐的诗歌很有特点，甚至有的人认为刘大櫆"诗好于文"，但他们从不矜诗而自乱家法。桐城派对于散文创作的专注与倾心，是他们在散文创作上取得成就并造成风气的重要原因。

桐城派在思想倾向和散文创作方面也有不足的一面。在思想倾向方面，桐城派尊崇程朱理学，以儒家的伦理道德为道德，他们讲理学并非如某些论者所说的那样，只有消极的一面。由于桐城派坚守理学规范，因而大都能"敦气节"、讲操行，这使他们在激烈的社会斗争和民族斗争中坚持正义、爱国的立场，也使他们写出了一批揭露黑暗、褒扬廉正、表彰忠烈（如写清初和鸦片战争中牺牲的忠烈人物）的好文章。但他们的这种思想倾向的确也有消极保守的一面，这就是顽固坚持"助流政教"，衷心为巩固封建秩序服务的创作立场。由于坚持这种立场，凡是与封建理学不一致的思想都受到他们的攻击。方苞因此谩骂进步思想家黄宗羲、颜元等，甚至认为凡是反对程朱的都应该"断子绝孙"（见其《与李刚主书》），同样，姚鼐对戴震的民主思想也曾表示愤恨。在对待农民起义的态度上，他们有的亲自参与镇压（如曾国藩、姚莹），有的口诛笔伐，无一不是农民起义的死对头。在创作倾向上，桐城派固守传统古文作法，以"雅洁"为规范，常常排斥新鲜的语言和表现手法。方苞就曾说："南宋元明以来，古文义法不讲久矣。吴越间遗老尤放恣，或杂小说，或沿翰林旧体，无一雅洁者。古文中不可入语录中语、魏晋六朝人藻丽语、汉赋中板重字法、诗歌中隽语、南北史佻巧语。"（见沈廷芳《书方先生传后》引方苞语。）给散文加上这么多限制，不许作者有一点"放恣"，就不能不束缚作者手脚，妨碍其畅所欲言，并容易使散文创作走向僵化。综观桐城派散文，雅洁有余，变化不足，缺少波澜壮阔的气象，常常是其通病。

阳湖派是以江苏阳湖（今属常州）地区为主的一批作家恽敬、张惠言、李兆洛等为主组成的一个文学派别。阳湖派作家原先都以创作骈文为主，后受桐城派影响，改写古文。所以论者多以桐城派分支相看。他们的艺术眼光通常比桐城派要开阔一些，有些评论家因此认为他们的散文成就比桐城派为高。阳湖作家中恽敬的散文情致较浓，能自成一家，但数量和质量，都难说比桐城派代表作家成就更大。

综上所述，清代散文作家，很多人都参加过文学的派别或集团，有些作家如汪琬，袁枚等人，虽然没有组织和加入文学团体或派别，但在他们周围也常有一些志同道合者一起研讨诗文创作。清代文学派别的出现，对发展流派风格有积极意义，因此也可以说，清代散文不同派别和流派的大量出现，也是清代散文创作繁荣的一个重要标志。

四、讲究技法，重视美文

清代散文作家十分重视研究散文的创作方法和前人的创作经验，并在实践中自觉运用。清代关于散文创作的专论、专著之多，研究之精且细，远胜前代。专著如顾炎武的《日知录》论文、黄宗羲的《论文管见》、魏际瑞的《伯子论文》、魏禧的《日录论文》、陈维崧的《四六金针》、李绂的《秋山论文》、刘大櫆的《论文偶记》、章学诚的《文史通义》、梁章钜的《退庵论文》、李扶九的《古文笔法百篇》、唐彪的《读书作文谱》等，不下数十种，专论更是多得数不胜数。这说明清代散文创作已经达到了高度自觉的时代。清人对待散文创作理论，大都不是纸上谈兵，而是把它们看作进行创作的指导思想和原则。例如顾炎武提出："作文不关于六经之指，当世之务者，一切不为。"他自己便身体力行，拒绝作应酬文字，以致著名学者李颙"为其先妣求传再三，终已不为"。(《与人书》十八）方苞力倡"义法"，严守"雅洁"，有人求他作墓志，希望多写事例，他认为多写事例不合"义法"，坚决拒绝："必欲增之，则置此而别求能者可也。"（《与程若韩书》）侯方域认为，写文章"如纵舟长江大海间"，如乘骏马奔腾，不可过于拘谨。但"纵舟"也必须"操柁觇星，立意不乱"；骏马奔腾，也应"以神朴而思洁者御之"，以免有"漂溺"、"浮漫"之失。正因为如此，所以他的文章能驰骋，但又不失分寸。他的《马伶传》、《李姬传》、《与阮光禄书》等都有这样的特点。

清代文章家对于散文艺术，有很高的要求，即使是一些实用性很强的文章，如序跋、墓志、书牍、传记等，往往也都尽量避免质木无文，平铺直叙。黄宗羲提倡文章要有"风韵"(《论文管见》)，侯方域主张"动色而陈"（《与任王谷论文书》)，方苞讲"雅洁"，写文章要"澄清无滓"，写人要有"性姿风采"（《书〈汉书·霍光传〉后》)，刘大櫆倡"神气"，姚鼐言"神、理、气、味、格、律、声、色"，袁枚标举"自抒所得"，认为"非翻空不能见长"（《与程蕺园书》)。这些都表现了清代散文家的艺术追求。

清代大量文学散文的出现，是清代散文作家艺术追求的结果。这里的所谓“文学散文”包括具有形象性、艺术性的一些实用性、学术性较强的散文。近年来，有所谓“纯文学散文”的说法，这个概念未必科学，在有些人看来，文学一跟“实用”、“学术”相联系，其文学性就不“纯”了，其实即使是一些抒情描写散文，也大都具有言志、载道的作用，从这个意义上说，散文永远是“工具”，是“形而下”的“器”。散文到明朝出现了一种明显的趋向，就是向抒情、描写靠拢，到了清代，这种趋向逐渐变成了风气，并成为清代散文的一大特征。例如传记，明清以前，这种文体几乎是“史官”的专用体裁，所以顾炎武说：“自宋以后，乃有为人立传者，侵史官之职矣。”(《日知录》卷十九）明清以前的传记散文，史传以外，数量很少，即使有，也多为寓言，或记微贱小人琐事，而不是传统传记散文的“正体”。到了清代，注重抒情、描写的文学传记大量出现，使这种现象发生了根本变化。章学诚《文史通义·传记》批评“不居史职，不宜为传”的谬说，实际就是为传记散文张目，也反映了传记散文的兴盛，同时，实际就是承认了这种文体在文学散文中的地位。清代传记文学散文，包括传、行状、逸事等在清人的文集中占有重要地位，例如全祖望的《鲒埼亭文集》，传记散文几乎占了一半，《戴名世集》中有近七十篇，占四分之一。所以中国最优秀的以抒情描写为主的文学传记散文，多数都出自清代作家之手。清代的传记散文，描写生动，形象鲜明，大都具有很强的文学色彩。侯方域的《马伶传》、《李姬传》，魏禧的《大铁椎传》、《卖酒者传》，廖燕的《金圣叹先生传》，戴名世的《画网巾先生传》、《杨维岳传》，方苞的《左忠毅公逸事》，全祖望的《阳曲傅先生事略》等等，人物形象，无不栩栩如生。

清代以抒情描写为主的游记、写景散文，也取得了很大成绩，清代散文家，常以山水为寄托，运用文学的方法画山摹水，抒怀写志，读来颇多意韵。魏禧的《翠微峰记》，朱彝尊的《游晋祠记》，戴名世的《大龙湫记》，姚鼐的《泰山游记》、《媚笔泉记》，恽敬的《游庐山记》等都堪称游记精品。清代作家不仅用古文记游、写景，也常用骈文记胜。陈维崧的《白丁香赋》、吴兆骞的《长白山赋》、胡天游的《开元铁牛铭》、汪中的《黄鹤楼铭并序》、洪亮吉的《八月十五日夜泛舟白云溪诗序》等也都极有情志。用骈文写景记游，前代少有，这是清代散文家对骈文的一个发展，这与清代作家喜欢游记、写景文的风气有关。

如前所述，注重实用是清代散文的一个特征。但重实用与重文学并不矛盾。清代许多作家常常用文学的方法写实用文及学术文。例如墓碑、墓表之类的文章，由于受清代传记文学的影响，有很多不再是只简要记述人物生平，而是通过形象的刻画描写，表现人物的精神。方苞的《陈驭虚墓志铭》、全祖望的《顾先生炎武神道表》、姚鼐的《袁随园君墓志铭》等，都是极富文采的文章。甚至一些论政、论学的文章，有些作者也注意运用形象的笔法发表自己的见解。侯方域的《宦官论》、《太子丹论》、《王猛论》，都写得生动活泼，富于形象。姚鼐的《复鲁絜非书》论风格刚柔，通过一连串的比喻、描绘，把一个十分抽象的理论问题，讲得形象而透彻，读来颇有味道。

清代散文创作出现繁荣局面不是偶然的，它既有社会的原因，也有散文发展的内部原因。

清代的社会环境为发展散文创作提供了非常有利的条件。相对安定的社会生活，使文人们可以潜心研究学问，从事创作；繁杂的社会矛盾和丰富多彩的社会文化生活，为作家进行创作提供了广泛的写作题材；清廷比较重视“文治”，注意网罗人材，在不妨碍统治阶级统治地位的前提下，各种学派、文派可以自由发展。所有这些，都是清代散文发展的重要原因。除此之外，还可以举出下面几点：

首先，清代有一个空前庞大的散文作家群体。这个群体，见于著录的就有一千数百人之多，这是清代散文繁荣昌盛的重要条件。清代的散文作者主要由两部分人组成，这就是石韫玉在《国朝十家文序》中所说的身居庙堂之上的“缙绅之士”和身在山林之下的“缝掖之士”。在这两部分人中，布衣、山林作家人数众多，实际是清代散文创作的主力军，这在中国文学史是极其罕见的现象。在中国古代，能文者多可做官，做官者多能为文，这是一种普遍现象，特别在唐宋以后，这种情况更加明显。到了清代，这种现象发生了根本变化。究其原因，一是汉族作家出于民族意识，不愿与清廷合作；一是清廷的文化专制主义的压迫，把大批作家赶到了山林田野。清初作家，布衣最多，顾炎武、黄宗羲、王夫之、归庄、张岱、魏禧、方以智、廖燕、姜宸英、邵长蘅等，他们拒绝拉拢，屡征不起，都是甘居山林的作者。后来由于清廷推行残酷的文化专制政策和八股取士，大批文人，或怕文字得祸，甘于寂寞；或耻为举业，悠游为乐；或科举失意，上进无门；或一度为官，仕途不顺。他们纷纷走向山林，以诗文、著述为寄托。朱彝尊、戴名世、刘大櫆、全祖望、汪中、洪亮吉以及袁枚、姚鼐等，都曾长期生活在官场之外。他们中的多数都是靠授徒、卖文、做幕僚或朋友资助为生。清代山林作家由于受“入世”思想的影响，对生活抱悲观颓废态度者很少，加上他们与普通的社会生活比较贴近，因而他们的作品大都具有比较丰富的社会内容，为清代散文的繁荣昌盛，做出了贡献。自然，我们在肯定山林、布衣作家成绩的同时，也不否认“缙绅之士”在散文创作上的贡献，汪琬、方苞、韩菼等人，都各有成绩，特别是方苞等人，虽有官位，但一生郁郁寡欢，且常有“山林之思”，他们在思想上和山林作者都保持着密切的联系。“山林作家”与“缙绅作家”在清代散文作家中又是一个完整群体，正是因为有这样一个空前庞大并富有特点的作家群体，才保证清代散文出现了兴盛的局面。

谈到清代散文的兴盛，不能不说到八股取士的影响。明清推行八股取士，其影响主要在消极的一面，但在繁荣散文创作方面，也有不可忽视的作用。在中国历史上，科举考试对知识分子是一个指挥棒，它对中国文化和文学的发展，有过巨大的影响。唐代诗歌创作的繁荣，有种种历史的原因和文学的原因，但与唐代的诗赋取士也有很大关系。清代散文的繁荣与唐代诗歌的繁荣，在受科举制度的影响方面，有相似之处。明清以时文（八股）取士，时文与古文有种种区别，但八股作为一种文章式样，其程式功令就是吸收了古代散文的做法制定出来的，从这方面说，古文与时文是相通的。（关于古文与时文的关系，请参看王凯符的《八股文概说》）明清文人从启蒙时代即接受八股文的严格训练，在立意谋篇、用词造句、布局构思等方面的训练，对古文的写作都可以打下一定的基础。对于作者来说，八股文的写作是为了科举考试，其写作是被动的；古文写作可以抒情言志，只要有话可说，“情动而言形，理发而文见”，（《文心雕龙·体性》）作者会自然地动起笔来，其写作是主动的。有了八股文的训练作基础，要主动地用古文表情达意，应该是比较容易的。明朝中叶以后，“以古文为时文”成了一个响亮口号，清代作家为改造八股，在这方面作了不少努力，“古文气息，时文法脉”，是清人常讲的一句口头禅，就是要求用古文的风格气象制作八股。因此学作八股常常要在古文上先下功夫，这对普及散文创作，无疑会在客观上起到推动作用。朱自清说：八股文“原是君主牢笼士人的玩艺儿，但它的影响极大；明清两代的古文大家几乎没有一个不是八股文出身的。”（《经典常谈》）由此不难看出八股时文对古文创作的影响，清代散文作家的大量涌现，八股取士起了很大作用。

清代散文创作开创了新的局面，与清代散文作家善于学习、借鉴前人的经验有重要关系。明朝的散文未能在创作上取得更大的成绩，与他们的自我封闭、爱走极端有关。前后七子提倡“文必秦汉，诗必盛唐”，以“未尝一语不出于古人”相标榜；唐宋派、公安派反对复古，有进步的一面，但他们或步趋唐宋，眼光狭窄，或“独抒性灵”，忽视学习、吸收，实际都有囿于一偏的毛病。郭绍虞先生曾指出：明代文坛“有一股泼辣辣的霸气”，“偏胜，走极端，自以为是，不容异己。因此，盲从、无思想、随声附和、空疏不学”是其特点。(《照隅室古典文学论集·明代文学批评的特征》)魏禧也曾指出：“今天下治古文者众矣，好古者株守古人之法，而中一无所有，其弊为优孟衣冠。天资卓荦者师心自用，其弊为野战无纪之师，动而取败。”(《宗子发文集序》)魏禧的这些话也是针对明代风气而言的。清人也主张学古，但不偏狭，不走极端，这是多数清代文人的长处。清代散文家在学习前人的经验方面是很用心的，清人大量刊刻前人文集之外，还编印了大量古代散文选本、读本，并加以评点、批注供人学习，《古文观止》、《古文辞类纂》、《骈体文钞》等等，都曾广泛流传，影响颇大。他们主张学习借鉴古人，却不像明人那样专尊秦汉或专尊唐宋；多师为师、博取各家以继承中国的文统，是许多清代散文家的抱负。袁枚说：“文学韩，诗学杜，犹之游山者必登岱，观水者必观海也，然使游山观水之人，终身抱一岱一海以自足，而不复知有匡庐、武夷之奇，潇湘、镜湖之妙，则亦不过泰山上一樵夫，海船中一舵工而已矣。”(《与稚存论诗书》)袁枚的这种思想在清代散文作家中，很有代表性。现代某些论者贬低桐城派，说桐城派多学归有光，这其实是一个误会。桐城派认为归有光是古代文统的殿军，他们以接续归有光以来的古代文统为己任，却从未特别强调学习归有光。在这一点上，桐城派和其他多数清代散文家是保持了一致的。

清代散文创作能够取得成就，与清代散文家善于消化吸收其他文学体裁的表现方法也有密切关系。文学要创新，要发展，就必须要突破某些传统。清代散文家在散文表现方法方面，从小说、戏剧中引进了某些有益的技巧方法，在创新上也有所突破。小说写作需要有人物形象的刻画描写，需要有生动的细节和曲折引人的故事情节，清代文学传记突破传统史传文的束缚，大量采用小说手法，是清代散文借鉴其他文学体裁的重要表现。在这方面起了带头作用的是清初侯方域、王猷定等人。侯方域认为：“行文之旨，全在裁判，无论细大，皆可驱遣。当闲漫细碎处，反宜动色而陈，凿凿尾尾，使读者见其关系，寻绎不倦。”(《与任王谷论文书》)所谓

“闲漫细碎处，反宜动色而陈”，所谓“凿凿尾尾，使读者见其关系，寻绎不倦”，强调的是细节的生动，情节的感人，这分明是在向人传授“小说作法”，他的《马伶传》、《李姬传》、《吴伯裔、伯胤传》、《徐作肃、张渭传》等，以形象逼真传神、情节生动曲折见长，与他的主张保持了一致。王猷定的《汤琵琶记》，运用“巧合”等小说技法，并把传说故事杂入文中，颇有传奇色彩，对传统散文是一个很大的突破。历史的经验证明，每当具有突破传统、开辟新路的事物出现时，总会引起争论。清代散文借鉴小说笔法也是这样。陈之问说：“侯朝宗、王于一，其文之佳者，尚不能出小说家伎俩，岂可名家?”（黄宗羲《陈令升先生传》引）。汪琬也说：“夜与武曾论朝宗《马伶传》、于一《汤琵琶传》，不胜叹息。”（《跋王于一遗集》）但赞成运用这种笔法的人也不少。黄宗羲曾表示同意陈之问批评侯方域、王猷定的话，但他后来却说：“叙事须有风韵，不可担板，今人见此，遂以为小说家伎俩，不观《晋书》、《南北朝史》列传，每写一二无关系之事，使其人之精神生动，此颊上三毛也。”（《论文管见》）可见他是支持把小说的表现手法引进散文中来的。同时，理论上的争论是一回事，写作实践往往又是一回事。小说在传统的文学观念中，是被排斥在文苑之外的，所以一些作者不愿承认自己从小说中取法，只承认他们是向史传学习。方苞说：“古之良史，于千百事不书，而所书一二事，则必具其首尾，并所旁见侧出者而悉见之，故千百世后，其事之表里，可按而如见其人。”（《书〈汉书·霍光传〉后》）戴名世也说：“史家之法，其为一人列传，则其人须眉謦欬如生，及其又为一人列传，则其须眉謦欬又别矣。苏子瞻论传神之法曰：‘凡人意思各有所在，颊之添三毫者，其人意思盖在颧额间也。’”其实他们这样强调人物描写的“史家之法”，与明清小说的创作方法，有许多相同之处。林纾《春觉斋论文》说：“望溪《书逆旅小子》、袁子才《书马僧》之类，则事近小说。”在整个清代，岂止方苞、袁枚的散文如此，侯方域、王猷定、吴伟业、魏禧、戴名世、邵长蘅等人的传记散文，“事近小说”、使用“小说伎俩”者都很多。清代散文除了取法小说之外，戏剧、八股等也有积极的影响，戏剧用对话表现人物，八股文要摹仿古人口吻，清代一些散文作家在运用人物对话、通过人物语言刻画人物形象方面有许多成功之作。戴名世的《画网巾先生传》、吴伟业的《柳敬亭传》、方苞的《陈驭虚墓志铭》、《左忠毅公逸事》、袁枚的《书鲁亮侪》、《祭妹文》等等，人物语言都很传神。这与戏剧的影响有关，与八股文逼肖古人口吻的严格训练也有关。此外，清代骈文大家都注意吸收古文的长处，使骈文经过数百年的衰败之后重新呈现了“复兴”，也是清代散文家善于学习、创新的结果。中国古代散文是在不断创新变化中发展完善起来的。没有变化，没有创新，散文就不能发展。魏禧论变：“山以不变为法，水以善变为法。今夫山，禽兽孕育飞走，草木生落，造云雨，色四时，一日之间数变。今夫水，泻于平地，必注于龟，流其所不平，泻之万变而不失。今夫文何独不然？故曰：变者，法之至者也。”（《陆悬圃文序》）由变而图新，这是清代散文创作取得成就的一个重要原因。

当然，我们肯定清代散文的成就，并非说它没有缺陷与不足。清代散文是在不断克服消极、落后影响的斗争中发展起来的，即使是在散文创作上取得了突出成就的作家，也远非是尽善尽美的。不少作家以“阐道翼教”为作文宗旨，在他们的文集中都存在着不少封建性的糟粕。特别是八股文的消极影响，几乎处处都可以看到。桐城派常被人讥为“以时文为古文”，像魏禧、汪琬这样的作家，也曾被人指为“近时文一派”。至于抄袭摹仿、以艰深文浅陋、主张复古、反对新变等现象，也常常可以见到。在封建势力占统治地位的时代，这些现象的存在不足为奇。

第一章
清初学者的散文

明末清初，天崩地解。朱明王朝的腐败统治引起了波澜壮阔的农民大起义，继而是清朝以少数民族进关入主中国。一系列翻天覆地的社会大动荡、大变革，引起了很多忧国忧民的知识分子的思考，他们带着深刻的忧患意识总结历史，研究现实，深入探讨治国治民的道理。以黄宗羲、顾炎武、王夫之为代表的一批学者，一扫明末空猾不实的学术空气，以研讨于国家民族有用的“实学”为己任。他们在从事学术著作的同时，也写了大量记事抒情、论理言志的散文。这些散文对清代的学风和文风都产生过深远的影响。

第一节 黄宗羲

黄宗羲（1610～1695）字太冲，号南雷，别号梨洲，浙江余姚人。他是明末清初具有启蒙主义色彩的思想家、学识渊博的学者和文学家。

黄宗羲一生可分为两个时期，前期热心于政治活动，后期则潜心于著述。其父黄尊素是明代学者、东林名士，天启间为御史，因弹劾魏忠贤遭逆阉陷害死狱中，黄宗羲少时随父在京师，深受其父及左光斗、杨涟等东林党人的影响。崇祯即位后，魏阉失势，他进京为父讼冤，锥刺魏阉爪牙许显纯，“血流被体”，殴击崔应元，拔其须归祭其父，一时名声大振，后于南京加入复社，参与揭露阮大铖丑行的斗争。清兵入关后，他先参加南明福王政权，南京陷落，集合家乡子弟数百人，组成“世忠军”与抗清诸军相配合，后拥戴鲁王，长期住在海岛。十年抗清，历尽磨难，后因抗清复明无望，四十余岁时开始了他后半生专心著述和讲学的生活。

黄宗羲一生著作宏富，前后著书达百余种，字数在三百万字以上，内容涉及哲学、经学、史学、文艺以及天文、地理、数学、历法等多种学科。

黄宗羲一生写过大量散文，生前亲自编定的文集有《始学庵集》（四十四岁以前之作，未刊）、《庚戌集》、《南雷文案》、《吾悟集》（即《文案》续刻）、《蜀山集》（即《文案》三刻），八十岁时，自选历年诸文编为《南雷文定》四集。友人及门人、后人为其编次的尚有《撰杖集》、《南雷文定》五集、《南雷文约》等。此外，他还有不少笔记、专集、杂著，实际也是散文之作。特别是宣传他的政治观点的《明夷待访录》，深刻批判了封建专制制度的许多方面，具有鲜明的民主启蒙思想。其中的《原君》、《原臣》、《原法》、《取士》等篇，都是脍炙人口的政论散文，历来为世人所推重。

富有批判精神是黄宗羲散文的突出特征。黄宗羲早年从师儒学大师刘宗周，刘是一个具有创新精神的学者，在他的影响下，黄宗羲从青年时期就培养了善于思考和勇于批判的精神。他反对因循，反对盲从，主张研究学问要以“质疑”为先，提出“小疑则小悟，大疑则大悟，不疑则不悟。”并提出“能信”首先要“能疑”：“彼泛然而轻之者，非能信，乃是不能疑也。”（《答董吴仲论学书》）在明末清初的社会大变动中，他目睹了很多文人苟且偷生，不关心现实的现象，十分痛心，因而写了大量批判文人学风的文章。他尖锐指出：“今之言心学者，则无事乎读书穷理。言理学者，其所读之书不过经生之章句，其所穷之理不过字义之从违，薄文苑为词章，惜儒林于皓首，封己守残，摘索不出一卷之内，其规为措注，与纤儿细士不见长短。天崩地解，落然无与吾事。”（《留别海昌同学序》）他批评当时的文人平时高谈阔论，而“一旦有大夫之忧，当报国之日，则蒙然张口，如坐雾中。”（《弁玉吴君墓志铭》）

黄宗羲的批判精神在很多文章中都有体现，而最深刻、最具代表性的是他的政论散文《原君》。《原君》是政治论文集《明夷待访录》第一篇，写于康熙初年。该文对封建君主制的形成、发展进行了深入探讨，并旗帜鲜明地指出了封建社会这一根本制度的弊端。其原文如下：

有生之初，人各自私也，人各自利也。天下有公利而莫或兴之，有公害而莫或除之。有人者出，不以一己之利为利，而使天下受其利；不以一己之害为害，而使天下释其害。此其人之勤劳，必千万于天下之人。夫以千万倍之勤劳，而己又不享其利，必非天下之人情所欲居也。故古之人君，去之而不欲入者，许由、务光是也；入而又去之者，尧、舜是也；初不欲入而不得去者，禹是也。岂古之人有所异哉？好逸恶劳，亦犹夫人之情也。

后之为人君者不然。以为天下利害之权皆出于我，我以天下之利尽归于己，以天下之害尽归于人，亦无不可。使天下之人不敢自私，不敢自利，以我之大私为天下之大公；始而惭焉，久而安焉，视天下为莫大之产业，传之子孙，受享无穷。汉高帝所谓“某业所就，孰与仲多”者，其逐利之情，不觉溢之于辞矣。

此无他，古者以天下为主，君为客，凡君之所毕世而经营者，为天下也；今也以君为主，天下为客，凡天下之无地而得安宁者，为君也。是以其未得之也，屠毒天下之肝脑，离散天下之子女，以博我一人之产业，曾不惨然。曰：“我固为子孙创业也。”其既得之也，敲剥天下之骨髓，离散天下之子女，以奉我一人之淫乐，视为当然。曰：“此我产业之花息也，”然则为天下之大害者，君而已矣！向使无君，人各得自私也，人各得自利也。呜呼！岂设君之道固如是乎？

古者天下之人爱戴其君，比之如父，拟之如天，诚不为过也。今也天下之人怨恶其君，视之如寇仇，名之为独夫，固其所也。而小儒规规焉以君臣之义无所逃于天地之间，至桀、纣之暴，犹谓汤、武不当诛之，而妄传伯夷、叔齐无稽之事，视兆人万姓崩溃之血肉，曾不异夫腐鼠。岂天地之大，于兆人万姓之中，独私其一人一姓乎？是故武王，圣人也；孟子之言，圣人之言也。后世之君，欲以如父如天之空名，禁人之窥伺者，皆不便于其言，至废孟子而不立，非导源于小儒乎？

虽然，使后之为君者，果能保此产业，传之无穷，亦无怪乎其私之也。既以产业视之，人之欲得产业，谁不如我？摄缄縢，固扃鐍，一人之智力，不能胜天下欲得之者之众。远者数世，近者及身，其血肉之崩溃，在其子孙矣！昔人愿世世无生帝王家，而毅宗之语公主，亦曰：“若何为生我家？”痛哉斯言！

回思创业时其欲得天下之心，有不废然摧沮者乎？是故明乎为君之职分，则唐、虞之世，人人能让，许由、务光，非绝尘也；不明乎为君之职分，则市井之间，人人可欲，许由、务光，所以旷后世而不闻也。然君之职分难明，以俄顷淫乐，不易无穷之悲，虽愚者亦明之矣！

封建君主是封建社会的象征，其尊严、权威都是至高无上的，一切违反君命的言行都被认为是犯上作乱。黄宗羲敢于面对现实，大胆批评君主制的弊端，表现了极大的勇气。他尖锐指出，君主“以为天下利害之权皆出于我，我以天下之利尽归于己，以天下之害尽归于人”，名为“大公”，实则“大私”。君主为了满足其私欲，竟至于“敲剥天下之骨髓，离散天下之子女，以奉我一人之淫乐”，最后讲出了“为天下之大害者，君而已矣”这样犯忌讳的话，公然向君权政治提出了挑战，表现了鲜明的启蒙民主精神。文中引明代史事，批评明太祖朱元璋不敢正视孟子论君臣关系的话，因而导致“废孟子而不立”。据《明史·钱唐传》载，朱元璋认为孟子讲“君之视臣为土芥，则臣视君为寇仇”，非臣子所宜言，曾于洪武五年罢孟子配享孔庙。黄宗羲对此很不以为然，以为不过是出于“小儒”之议。文章末段引毅宗崇祯自杀之前先杀姬妾、公主时对公主说的话，与前面批评朱元璋的话相对照，读者不难看出，作者写作该文实有痛悼先朝灭亡之意，作者是痛定思痛之后在总结历史的教训。

黄宗羲散文中写人记事的文章最多，约占文集一半以上。他在谈到写这类文章的用意时说：“余多叙事之文，尝读姚牧庵、元明善集，宋元之兴废有史书所未详者，于此可考见。然牧庵、明善皆在廊庙，所载多战功。余草野穷民，不得名公巨卿之事以述之，所载多亡国之大夫，地位不同耳，其有裨于史氏之缺文一也。”（《南雷文定凡例》）黄宗羲为了总结明朝灭亡的历史教训，很注意蒐集明季史实，探讨人物得失，这是他散文中记叙为多的重要原因。他的文集中传记、墓志、杂记及部分序跋文章都属此类。如他自己所言，他记人多“亡国之大夫”，写事亦多亡国大夫之事。在这些文章中，记述事实之外，也寄托他的故国之思。《王义士传》、《胡玉吕传》、《刘宗周传》、《陈定生先生墓志铭》、《谈孺木墓表》是这类文章的代表。

黄宗羲是清代浙东学派的创始人。该派文史并重，但更强调“史”，“以文写史”是他们的重要主张，黄宗羲提出的文章要“有裨于史”，是该派的共同认识。与黄同时的万斯大、万斯同，及稍后的全祖望、章学诚等，都是这一主张的实践者。黄宗羲的记人记事文既以“有裨于史”为主要目的，所以多用“史笔”，文中铺陈描写较少。他强调写文章要有“精神不可磨灭”处，文采形式是其次的，他批评茅坤论唐宋八家“仅得其转折波澜而已，所谓精神不可磨灭者，未有得缘。”（《答张尔公论茅鹿门批评八家书》）所以他写记人记事文章很注意内容的提炼，文字形式质朴实用，不尚夸饰，叙事中常常杂以议论，这与一般散文家的文章有明显的不同。请看《谈孺木墓表》对明代著名史学家谈迁的描写：

君谈氏，名迁，字孺木，海宁县人。初为诸生，不屑场屋之僻固狭陋，而好观古今之治乱。其尤所注心者，在明朝之典故，以为史之所凭者实录耳。实录见其表，其在里者已不可见。况革除之事，杨文贞未免失实；泰陵之盛，焦泌阳又多丑正；神、熹之载笔者，皆官逆奄之舍人；至于思陵十七年之忧勤惕励，而太史遁荒。皇宬烈焰，国灭而史亦随灭，普天心痛。于是汰十五朝之实录，正其是非，访崇祯十七年之邸报，补其缺文，成书名曰《国榷》。当是时，人士身经丧乱，多欲追叙缘因，以显来世，而见闻窄狭，无所凭藉，闻君之有是书也，思欲窃之以为己有。君家徒四壁立，不见可欲者。夜有盗入其室，尽发藏稿以去。君喟然曰：“吾手尚在，宁遂已乎！”从嘉善钱相国借书，复成之。阳城张太宰，胶州高相国，皆以君为奇士，折节下之，在其南都，欲以史馆处君，不果。亡何，太宰、相国相继野死，君亦弃诸生，北走昌平，哭思陵。西走阳城，欲哭太宰，未至而卒。

这段文章仅三百余字，写谈迁一生，以撰《国榷》为中心加以介绍，不枝不蔓，人物心胸志向，昭然纸上，清初学者文风，于此可见一斑。

黄宗羲注意给士大夫及文人立传，而在他的文集中达官贵人的传记极少，特别是对丧失了民族气节的文人显贵，他绝不为之写传。例如钱谦益与他私交甚密，但晚节不忠，病危时黄前往探视。“一见即云以丧葬事相托，余未之答。”“余将行，公特招余枕边云：唯兄知吾意，殁后文字不托他人。”（《思旧录·钱谦益》）尽管钱谦益态度恳切近乎乞求，黄宗羲却始终没有答应，表现了他鲜明的民族立场。与此同时，他也极少给普通劳动者及下层市民立传。其文集中有《张南垣传》、《柳敬亭传》，张是技艺超群的制作名园假山的艺人，柳是著名说书艺人。此二传是梨洲文集中仅有的写下层市民的文字。但这两篇传记散文却不是他的创作，他多次自编文集，也从不收此二文。他在二文之后曾有如下的说明："偶见《梅村集》中张南垣、柳敬亭二传，张言其艺而合于道，柳言其参宁南军事，比之鲁仲连之排难解纷。此等处皆失轻重。亦如弇州志刻工章文，与伯虎、征明比拟不伦，皆是倒却文章家架子。余因改二传。其人本琐琐不足道，使后生知文章体式耳。"这段说明文字与黄宗羲"以文写史"的思想有关，认为给下层市民立传缺少历史价值。同时这里也表现了他的阶级偏见。在他看来，像张南垣、柳敬亭这样的下层市民"本琐琐不足道"，是值不得立传的，把堆积假山、说书及刻工艺人的技艺、能力与历史上的名人相比较是"皆失轻重"，这些偏见都不应该肯定。这两篇文章使用的材料大都取自吴伟业（梅村）原文，语句也与吴作有很多相同。但梨洲老人的改作的确比吴作更精炼，更集中，甚至有些地方也更传神。如《柳敬亭传》写左良玉死后，柳敬亭经过国破乱离的打击，重操说书旧业，吴伟业只用了"既在军中久，其所谈益习，而无聊不平之气无所用，益发之于书"数句轻轻带过。黄文却作了尽情发挥：

> 敬亭既在军中久，其豪猾大侠、杀人亡命、流离遇合、破家失国之事，无不身亲见之。且五方土音，乡俗好尚，习见习闻，每发一声，使人闻之，或如刀剑铁骑，飒然浮空，或如风号雨泣，鸟悲兽骇，亡国之恨顿生，檀板之声无色。

黄宗羲的这些描写，显然溶进了个人的亡国之恨，较之吴文的简单交代更深刻，也更有风采。

黄宗羲以学者的眼光制作散文，注重实在的内容，语言形式务求明白朴实，但他论文也不轻视情采。他在《论文管见》中说："叙事须有风韵，不可担板。"又说："文以理为主，然而情不至，则亦理郛廓耳。"他的某些抒情散文与杂文写得有情有境，色彩斐然，能与他的主张相一致。抒情文如《过云木冰记》、《海盐鹰窠顶观日月并升记》、《小园记》、《避地赋》，杂文如《怪说》等，都写得富于特色。《怪说》情文并茂，可为代表：

> 梨洲老人坐雪交亭中，不知日之早晚，倦则出门行塍亩间。已复就坐，如是而日而月而岁，其所凭之几，双肘隐然。庆吊吉凶之礼尽废。一女嫁城中，终年不与往来。一女三年在越，涕泣求归宁，闻之不答。莫不怪老人之不情也。
>
> 老人曰:“自北兵南下，悬书购余者二，名捕者一，守围城者一，以谋反告讦者二三，绝气沙墠者一昼夜，其他连染逻哨之所及，无岁无之，可谓濒于十死者矣。李斯将腰斩，顾谓其中子曰：‘吾欲与若复牵黄犬俱出上蔡东门逐狡兔，岂可得乎!’陆机临死叹曰：‘华亭鹤唳，岂可复闻乎!’吾死而不死，则今日者，是复得牵黄犬出上蔡东门，复闻华亭鹤唳之日也，以李斯、陆机所不能得之日，吾得之，亦已幸矣，不自爱惜，而费之于庆吊吉凶之间，九原可作，李斯、陆机其不以吾为怪乎！然则，公之默默而坐，施施而行，吾方傲李斯、陆机以所不如，而又何怪哉！又何怪哉!”

这篇杂文爱憎分明，笔锋犀利，表现了作者的傲骨。黄宗羲抗清十年，“濒于十死”，晚年旧事重提，说明他在感情上对异族统治者仍不屈服。他“死而不死”，坚持对旧观念旧习俗的不妥协，不把时间、精力浪费在“庆吊吉凶之间”，更表现了他独立不羁的个性。全文以“怪”与“不怪”为中心记事说理，泼辣尖锐，十分精粹。

作为一个严肃的学者，黄宗羲的写作态度是非常认真的。他十分欣赏欧阳修晚年反复修改文稿的精神（见《南雷文定》凡例），把自己的文稿有很多都是一改再改，他的散文在前后刊印的文集中常有不同，就是因为他在不断修改，他为著名学者陈确写的墓志铭，目前人们可以看到四种，每种文字出入都很大。这种严肃认真对待写作的态度，很值得后人学习。

第二节 顾炎武

顾炎武（1613～1682），江苏昆山人，初名绛，字宁人，后因仰慕文天祥门人王炎午的忠贞品格，更名炎武。曾化名蒋山佣，学者称亭林先生。

顾炎武是一个伟大的爱国主义学者，明末的腐败政治和清兵入关大肆屠杀和镇压人民的罪行，都给过他深刻的刺激，终其一生，他的一切政治、学术活动和诗文创作，都没有离开“经世致用”和坚持“民族气节”这两个中心。他少年时期即耿介有大志，14 岁加入复社参加反对明末腐败政治的斗争，因与同乡归庄相友善，不同流俗，早年即有“归奇顾怪”之称。（见全祖望《亭林先生神道表》）他在青年时期曾研究八股举业，准备通过科举走入仕途，为国家做一番事业。后因“感四国之多虞，耻经生之寡术”，决定另辟蹊径，二十七岁开始发愤著书，从事《肇域志》、《天下郡国利病书》的写作，深入研究疆域、关隘的地理形势和田赋、徭役、交通、盐课、兵防等国策利弊，探求经世致用的道理。清兵南下后，他在苏州、昆山等地参加起义军，从事抗清斗争，昆山陷落时，嗣母王氏绝食而死，临终以“无为异国臣子”嘱炎武，这对他终生坚持民族气节，产生过重要影响。

顾炎武的大半生，都是在流转漫游中度过的，抗清失败后，为躲避清廷迫害，先在江浙一带流亡十几年，四十四岁时，只身北上，开始了他漫长的遍游山东、河北、山西等地的生活。他在北方曾多次拜谒明陵，在各地考察地理，了解民情，垦荒种地，并从事著述。他在谈到自己的游历生活时说：“频年足迹所至，无三月之淹，友人赠以二马二骡，装驮书卷。所雇从役，多有步行，一年之中，半宿旅店。”《亭林文集卷六·与潘次耕》他这样不辞辛苦的漫游，都是为了研究于国于民有用的“实学”。他的主要著作如《日知录》、《音学五书》、《金石文字记》、《五经异同》、《昌平山水记》等，都是在漫游中写成的，《天下郡国利病书》一百二十卷，也是在游历中最后完成的，这在中国乃至世界学术史上都是极其罕见的。顾炎武的经世致用的治学思想，对后人产生过广泛影响，他在经学、史学、音韵学等方面都做出过重要贡献，许多后起的清代学者在这些方面的成就，都是在他研究的基础上开拓前进的。“炎武之学，大抵主于敛华就实。”（《清史列传》）他的这种学风和文风，尤为后人所推重。

顾炎武在长期漫游中还写了大量诗文。他的遗著颇多散佚，其诗文集在他死后由门人潘耒编辑刊印，潘编文集六卷，收文仅一百余篇，后人发现抄本《蒋山佣残稿》三卷，除与潘刊重出者外，得六十篇，加上其他佚文，今存二百余篇。

顾炎武的文学主张是他经世致用学术思想的一个重要组成部分，他认为诗文创作应该明道救世，有利于天下，反对把诗文创作看成是“雕虫小技”，也反对利用诗文沽名钓誉。他说:“君子之学,以明道也,以救世也。徒以诗文而已,所谓‘雕虫篆刻’,亦何益哉。”(《文集》卷四《与人书》二十五)又说:“文之不关于六经之指、当世之务者,一切不为。”(《文集》卷四《与人书》三)因此他十分同意白居易提出的“文章合为时而著,歌诗合为事而作”的主张,认为这是“知立言之旨”(《日知录》卷二十一)。他的这种创作思想,最集中地体现在他提出的创作口号上:“文须有益于天下”。他说:

> 文之不可绝于天地间者,曰明道也,纪政事也,察民隐也,乐道人之善也。若此者,有益于天下,有益于将来,多一篇多一篇之益矣。若夫怪、力、乱、神之事,无稽之言,剿袭之说,谀佞之文,若此者,有损于己,无益于人,多一篇多一篇之损矣。(《日知录》卷十九《文须有益于天下》)

他这里所说的“天下”,是有具体内容的。他曾明确指出:“有亡国,有亡天下。亡国与亡天下奚辨?曰:易姓改号谓之亡国,仁义充塞,而至于率兽食人,人将相食,谓之亡天下。”他所指的文须有益于天下,这“天下”不是指的一朝一代,一家一姓,而是指的包括“匹夫”在内的天下人民的天下。他曾在《日知录》卷十三《正始》中响亮地提出“天下兴亡,匹夫有责”的著名主张,这就突破了一般的忠君爱国的思想,较之曹丕提出的“文章经国之大业”的文学主张,也前进了一大步。

顾炎武的散文创作实践与他“文须有益于天下”的主张是完全一致的,他的文章或批评政治制度、政策政令的得失,或议论治学,记述史事,或褒扬志节,臧否人物,无不着眼于济世与明道。他痛恨无病呻吟,更厌恶世俗的笔墨应酬。在他现存的文章中,人们找不到一篇应酬之作。对此他自己曾作过说明:“《宋史》言刘忠肃每戒子弟曰:‘士当以器识为先,一命为文人,无足观矣。’仆自一读此言,便绝应酬文字,所以养其器识而不堕于文人也。悬牌在室,以拒来请。”(《文集·与人书》十八)他的态度是很坚决的。清初著名学者李颙(字中孚)与他是至交,两人在学问识见方面颇多共同之处,李多次请他为母作传,都遭到了回绝。他说:“中孚为其先妣求传再三,终已辞之。盖只为一人一家之事,而无关于经术政理之大,则不作也。”(同上)为此,他还一再批评韩愈应酬文字太多,以致被人讥为“谀墓”。

关于顾炎武散文的特点，乾隆间学者、作家彭绍升有过一段说明：

> 亭林顾先生间代通儒，有扶世立教之志，而生逢革命，无所发抒，孤忠磊磊，至老不渝。其所为文，至于国家存亡之际，慷慨伤怀，或扬声哀号，或幽忧饮泣，以视屈原、贾生诸公，时遇不同，同一天性激发而已。(《亭林先生全集序》)

彭氏的认识可谓知言。顾炎武身在明清鼎革之际，国恨家仇集于一身，一生过着漂泊不定的生活，他的亡国之恨，较之他人自会有更加深切的体会。所以他的散文慷慨悲歌，文字间处处都蕴藏着深厚的感情，但这种感情在清朝文字狱的压迫下，又不能不有所收敛，这就形成了他深沉朴茂的艺术风格。请看他的《吴同初行状》：

> 自余所及见，里中二三十年来，号为文人者，无不以浮名苟得为务，而余与同邑归生独喜为古文辞，砥行立节，落落不苟于世，人以为狂。已而又得吴生。吴生少余两人七岁，以贫客嘉定，于书自《左传》下至《南北史》，无不纤悉强记。其所为诗多怨声，近《西州》、《子夜》诸歌曲。而炎武有叔兰服，少两人二岁，姊子徐履忱，少吴生九岁，五人各能饮三四斗。五月之朔，四人者持觞至余舍为母寿。退而饮至夜半，抵掌而谈，乐甚。旦日别去。余遂出赴杨公之辟，未旬日而北兵渡江，余从军于苏，归而昆山起义兵，归生与焉。寻亦竟得脱，而吴生死矣，余母亦不食卒。
>
> 其九月，余始过吴生之居而问焉，则其母方茕茕独坐，告余曰：“吴氏五世单传，未亡人惟一子一女。女被俘，子死矣！有孙二岁，亦死矣！”余既痛吴生之交，又念四人者持觞以寿吾母，而吾今以缞绖见吴生之母于悲哀其子之时，于是不知涕泪之横集也。
>
> 生名其沆，字同初，嘉定县学生员。世本儒家，生尤夙惠，下笔数千言，试辄第一。风流自喜，其天性也。每言及君父之际及交友然诺，则断然不渝。北京之变，作大行皇帝、大行皇后二诔，见称于时。与余三人每一文出，更相写录。北兵至后，遗余书及记事一篇，又从余叔处得诗二首，皆激烈悲切，有

古人之风。然后知闺情诸作，其寄兴之文，而生之可重者不在此也。生居昆山，当抗敌时，守城不出以死，死者四万人，莫知尸处。以生平日忧国不忘君，义形于文若此，其死岂顾问哉？

生事母孝，每夜归，必为母言所与往来者为谁，某某最厚。死后炎武尝三过其居，无已，则遣仆夫视焉。母见之，未尝不涕泣，又几其子之不死而复还也。然生实死矣！生所为文最多，其在妇翁处，不肯传，传其写录在余两人处者，凡二卷。(《亭林文集》卷五)

这是顾炎武为友人吴其沆写的一篇传记。文章先写作者与归庄、吴其沆、顾兰服、徐履忱的交往情谊，次写探视吴母，然后补叙吴其沆的生平及诗文创作。全篇以记事为主，感情深沉，文字简练。“生居昆山，当抗敌时，守城不出以死，死者四万人，莫知尸处。”仅二十余字，吴其沆与昆山人民抗清的悲壮，尽在其中。文章两次描写与吴母相见时的情景，前写作者“不知涕泪之横集”，后写吴母“未尝不涕泣，又几其子之不死而复还”，字字含血，令人震慄。

顾炎武传记、碑版文字不轻作，所写多志节之士。《吴同初行状》之外，《书吴、潘二子事》、《先妣王硕人行状》、《歙王君墓志》、《山阳王君墓志铭》、《文林郎贵州道监察御史王君墓志铭》等，都写得情辞并茂，深切动人。《书吴、潘二子事》通过写吴炎、潘柽章的遭遇，详细记录了康熙间庄廷鑨《明史》文字狱案的始末。潘、吴二人有文才，志修明史以传后人。他们广泛蒐集资料，并“怀纸吮笔，早夜矻矻”，不辞劳苦地耕耘，数年后而于世间有闻。顾炎武佩服他们的治学精神，虽年长十余岁，仍把他们视为“畏友”，不止一次登门拜访。庄廷鑨是个地方富豪，双目失明，自己也没有多少学问，因《史记》有“左丘失明，厥有《国语》”之说，他便把别人的史料据为己有，并广招宾客编写明史，因不知删削，书中于清王朝颇有违碍语。归安县令吴之荣进京告发，牵连致死者达七十余人。吴、潘二人本与该书无关，因二人名重，被列入参阅者中，案发无辜被害。顾炎武对庄本人并无好感，但对清廷因此大兴文字狱枉杀无辜却极为愤恨。《书吴、潘二子事》通过对吴炎、潘柽章被害及告发者鄙劣行径的描写，深刻揭露了清王朝制造文字狱的暴行。该文高度赞扬吴、潘二人的治学精神，写他们受审时的表现尤为形象：“当鞫讯时，或有改辞以求脱者，吴子独慷慨大骂，官不能堪，至拳脚仆地，潘子以有母故，不骂亦不辨。”(《亭林文集》卷五)略略数语，潘吴二人的性格跃然而出，字里行间浸透着作者的无限悲愤。

顾炎武漫游半生，游记、叙事的散文却不多。他的《昌平山水记》等，纯乎是山水考察的科学记录，而不是通常意义的游记，这大约跟他强调“文须有益于天下”有关。绘山绣水虽然不能说与天下兴亡无关，但毕竟是间接的。在他现存文集数量不多的游记和杂记中，《复庵记》、《曳梯郎君祠记》等写得较有情趣。文集卷五《复庵记》写明末太监范养民在明亡后隐居华山为僧，筑屋名“复庵”，东向而居，以示怀念故国。顾炎武对范养民的精神情操十分赞赏，也很受感动。文章写他站在复庵门前东望，山河苍茫，不禁发出了深深的慨叹：“自是而东，太行、碣石之间，宫阙山陵之所在，去之茫茫而极望之不可见矣，相与泫然。”作者从范养民之志，引发故国之思，抒发了对亡明的无限眷恋。

顾炎武的散文中，收论说、书信文较多，其论说散文，或论政，或论学，发表了许多精辟的见解，《生员论》、《与友人论学书》等，常为人们所称道。书牍散文在我国散文史上占有重要地位，顾炎武的书信语言平易，思想活跃，没有道学气，不仅有重要的学术价值，也有重要的文学价值。请看他写给黄宗羲的《与黄太冲书》：

> 辛丑之岁，一至武林，便思东渡娥江，谒先生之杖履，而逡巡未果。及至北方，十有五载，流览山川，周行边塞，粗得古人之陈迹，而离群索居，几同伧父。年逾六十，迄无所成，如何如何！伏念炎武自中年以前，不过从诸文士之后，注虫鱼，吟风月而已。积以岁月，穷探古今，然后知后海先河，为山覆篑，而于圣贤六经之指，国家治乱之源，生民根本之计渐有所窥，未得就正有道。
>
> 顷过蓟门，见贵门人陈、万两君，其谂起居无恙。因出大著《待访录》，读之再三，于是知天下之未尝无人，百王之敝可以复起，而三代之盛可以徐还也。天下之事，有其识者未必遭其时，而当其时者，或无其识。古之君子所以著书待后，有王者起，得而师之。然而《易》“穷则变，变则通，通则久”，圣人复起，不易吾言，可预信于今日也。
>
> 炎武以管见为《日知录》一书，窃自幸其中所论，同于先生者十之六七，

但鄙著恒自改窜，未刻，其已刻八卷及《钱粮论》二篇，乃数年前笔也，先附呈大教。倘辱收诸同志之末，赐以抨弹，不厌往复，以开末学之愚，以贻后人，以幸万世，曷胜祷切！（《亭林佚文辑补》）

此文是中国学术思想史上极为重要的一件史料。黄宗羲、顾炎武这两位明末清初的伟大思想家和学者，一生未能谋面，但他们的心是相通的。作者在文中对黄宗羲表达了无限仰慕之情，高度赞扬了黄宗羲的《明夷待访录》："大著《待访录》，读之再三，于是知天下未尝无人。"顾炎武把自己与黄宗羲视为同道，认为他的《日知录》"同于先生者十之六七"。黄宗羲收到此文后十分兴奋，经常与友人谈起并把它收入自己的文集。顾炎武在文中表达了著书待后王的思想，他相信今后会"有王者起"，江山可以重整，理想可以实现，表现了作者对历史的乐观精神。此文感情凝重，辞语恳切，是我国古代书牍散文不可多得的篇什之一。

顾炎武一生用力最多的是《日知录》的写作。《日知录》三十二卷，因读书有得，随时札记，故曰"日知"。全书按经义、政事、财赋、世风、礼治、科举、史地、兵事、艺文等分类而从。每记一事，必贯穿经史，参验亲身见闻，穷究根柢，论证得失。该书对于继承和发展笔记散文有很大贡献。仅举卷三《夸毗》一篇，以见其风貌：

"天之方懠，无为夸毗。"《释训》曰："夸毗，体柔也。"（《后汉书·崔骃传》注："夸毗，谓佞人足恭，善为进退。"）天下惟体柔之人，常足以遗民忧而召天祸。夏侯湛有云："居位者以善身为静，以寡交为慎，以弱断为重，以怯言为信。"（《抵疑》）白居易有云："以拱默保位者为明智，以柔顺安身者为贤能，以直言危行者为狂愚，以中立守道者为凝滞。故朝寡敢言之士，庭鲜执咎之臣，自国及家，寖而成俗。故父训其子曰：'无介直以立仇敌。'兄教其弟曰：'无方正以贾悔尤。'且慎默积于中，则职废于外；强毅果断之心屈，畏忌因循之性成，反谓率职而居正者不达于时宜，当官而行法者不通于事变。是以殿最之文，虽书而不实；黜陟之典，虽备而不行。"（《长庆集·策》）罗点有云："无所可否，则曰得体，与世浮沉，则曰有量。众皆默，己独言，则曰沽名；众皆浊，己独清，则曰立异。"（《宋史》本传）观三子之言，其于末俗之敝，可谓恳切而详尽矣。

至于佞谄日炽，刚克消亡，朝多沓沓之流，士保容容之福，苟由其道，无变其俗，必将使一国之人皆化为“巧言令色孔壬”而后已。然则丧乱之所从生，岂不阶于夸毗之辈乎？乐天作《胡旋女》诗曰：“天宝季年时欲变，臣妾人人学圜转。”是以屈原疾楚国之士，谓之如脂如韦，而孔子亦云：“吾未见刚者。”（按：文中括号内文字皆原注。）

此文着重说明夸毗的危害。“夸毗”是指谄媚，卑躬屈膝讨好于人。文章第一段引夏侯湛、白居易和罗点的话，说明夸毗已成社会风气，影响很坏，指出夸毗是“末俗之敝”。第二段进一步指出，如果任凭这种社会风气泛滥，就会“巧言令色孔壬”，佞人丛生，给国家带来丧乱。顾炎武对夸毗深恶痛绝是有原因的。明朝末年曾出现过一批像阮大铖那样以谄媚权贵以为能事的人物，入清之后，又有不少明代文臣武将投向新朝，卑躬屈膝为其服务。所以本文应是作者有感而发。顾炎武知识淹博，《日知录》每议一事，常能旁征博引，考订精详，然后根据史实发表感想和议论。对于该书，他曾自称“平生之志与业尽在此中”，阅读《夸毗》一文，《日知录》的特点，可以略见一二。

第三节　王夫之

王夫之（1619～1692）字而农，号姜斋，学者称船山先生，湖南衡阳人。他出身于书香之家，幼年随长兄读书，勤奋好学，七岁读完十三经，二十岁离家到岳麓读书，曾参与组织“行社”和以匡扶社稷为宗旨的“匡社”。清兵南下，他在衡山一带组织起义，失败后，到广西参加南明永历政权继续从事抗清活动。后来看到复明前途渺茫，于永历六年（1652）三十三岁时怀着悲痛沉郁的心情，“决计泉林”，到湘西耶姜山侧开始了他“屏迹幽居”的著述生活。王夫之一生著述宏富，后人编为《船山遗书》，收著作七十种，共三百二十四卷。

王夫之是一个伟大的爱国主义学者，他生前曾自撰墓志铭，从中可以看出他的一生抱负：“抱刘越石之孤愤，而命无从致；希张横渠之正学，而力不能企。幸全归于兹丘，固衔恤以永世。”他在政治上以西晋立志抗击匈奴的刘琨自况，在学术上，他与北宋唯物主义思想家张载相比，希望能做出他们那样的成就。墓志铭总括了他一生为之奋斗的目标，是他崇高人格的写照。

在清初学者中，王夫之和黄宗羲、顾炎武相比较，王夫之更长于文学，他的诗文悱恻缠绵，凄怆悲凉，善于用文学的手段写其生平遭际，抒发其不能自已的孤愤之情，所以对他的文章，论者尝有“离骚嗣音”之称。对于诗文创作，王夫之提倡“以意为主”，认为“无论诗歌与长行文字，俱以意为主。意犹帅也，无帅之兵，谓之乌合。”他所说的“意”，不能简单地理解为“思想内容”，它还包括情志意趣，他谈“意”从不离开“情”，这在他的《姜斋诗话》等著作中有清楚的论述。在内容和形式的关系上，他强调二者的统一，要求做到文、质互用，体（体式）、要相从。他的创作实践充分体现了他的创作思想，所以他的散文，不仅有充实的思想感情，而且富于文采。

王夫之的散文，现存《姜斋文集》十卷，补遗一卷。他的《读通鉴论》、《宋论》、《黄书》、《噩梦》等学术著作，或论史，或论政，也大都情文并美，是他散文的重要组成部分。

王夫之的散文收入文集的，辞赋铭赞为多，散体古文数量略少，他的抒情散文大都是用辞赋的形式写成的。《章灵赋》、《惜余鬒赋》、《蚁斗赋》、《祓禊赋》、《刈草辞》等，是他这类散文的代表，这些辞赋散文表现了他强烈的民族感情，反映了他中晚年的生活情景，是他散文作品中写得最好的。

《章灵赋》写于顺治十年三十五岁时。当时南明收复衡州，有人劝他出山重新入朝，但他对怀有野心的孙可望等人挟持桂王（永历帝）存有戒心，因而未能成行。该赋写了他当时报国无门的痛苦心情。文章的结尾说：

> 天昧冥迁，美无耽兮。方熯为泽，已日霪兮。凿秕孔劳，矧怀婪兮。督非我经，雌不堪兮。专伏以需，师翰音兮。幽兆千里，翼余忱兮。仓恍写贞，疾烦心兮。贸仁无贪，怨何寻兮。（文集卷八）

对他的这些话，他自己曾作过说明：“留则河山非有，往则逆顺无垠，求以洁身而报主者，如凿秕求精，亦已难矣。”“与物推移而知雄守雌，以苟全其身而得利涉，既非所能为，则将退伏幽栖，俟曙而鸣。”他是很想从政报国的，但奸佞当道，出山就会“逆顺无垠”，想施展才干为主效命，只能是“凿枘求精”，因而不得不“知雄守雌”，“俟曙而鸣”，他的内心是矛盾痛苦的。该赋所表现的正是这种心情。

王夫之的散文喜欢借物抒情，《练鹊赋》、《孤鸿赋》、《雪赋》、《霜赋》、《蚁斗赋》等，都是这样的作品。这些散义情中有景，景中有情，大都能做到物我合一，感情深切。其中《蚁斗赋》含意最为鲜明，其文云：

曦歘方凝，湆云欲兴，玄蚼触气，载战于庭。壶子据梧徙倚，颦蹙而起曰：夫物固有所不自已者哉！于以蒸蒸涔涔，波飐烟委，盈气盈心，挟为成理。穷高天而无一鏬之舒，亘长日而无须臾之止。平水微摇而渊濼，怒风倏彻于崔嵬。震宕无聊，不知攸似。

若舍旃而莫容，唯役情于一死。夫乃不卜遥征，匪誓勿却，愤极纷纭，危偏婥妁，委佗棼藉，绵蜒闪霍，引绳孤径，凌蹙驱薄，神髓不分，内外交韄。竞何求而迅奔，惨不恤夫填壑。尔乃争堂夺坳，趋衍登坟。比冯乘以撑距，彼昂击而陟垠，拥攒簇而互进，乍左次而姑屯。旁掠侵地，丛守揻门，山倾嶂叠，浪沓潮翻，槭槭聑聑，迷迷魂魂，前已超越，后仍输困，趾缮其怒，须传其云，归勿返顾，来益趋援。于斯时也，参两相撴，特匹相摽，分朋相於，壹死相纠，相诛以喙，相牾以爪，脊不谋心，足不念脑。相徭以全，相奖以殃，目光瞀埃，液血倾甍，折绝糜散，横陈傎倒。惨昏旦以怔营，剧自忘其饥饱，鳞鳞尘尘，暴骴载道，犹且历战场以逍遥，贾余威之虔矫。悲哉，大造之为此也亦勤矣！诞生万汇，元气相缊，謦灵蠕动，充荡芸屯。将使之含以孳荣，不即于汶闷乎？抑将流骋芒味，以之于烦宽乎？将使之相呕相濡，乐其类以相存乎？抑将往复相制，而以相吞乎？生生者不受，而生者又何自以魂魂也？夫有畛者无畛者也，有群者无乎不群也。俄而一橐之风，殊乎南北，一染之丝，判乎黑白，始于相矜，终于相贼。溽暑戢而商飙严，坚冰解而炎曛赫。旌摇辐转，氾滥无域，其进也如洪河之出孟门，其返也如楚塞之阻黾阨。……（文集卷八）

此文写于康熙十九年（1680），文章显系有感而发。这一年吴三桂等发动的所谓

“三藩之乱”基本被平息，清王朝的统治渐趋巩固。王夫之目睹了几十年全国风起云涌的抗清斗争，虽有很大的力量，但因各种势力之间的互相倾轧争斗，终于被清军一一击败。王夫之对此是极端痛心的。特别是吴三桂的种种倒行逆施，更使他悲愤。吴在引清兵入关后，曾积极镇压抗清斗争，后来又在云南杀害王夫之所拥戴的南明永历帝，尤其让他不能容忍。吴三桂最后被清廷剿灭，这不能不使他产生许多联想。《蚁斗赋》就是在这样的背景下写成的。文章的头一段由“玄蚼（黑蚁）触气，载斗于庭”写起，提出了“物固有所不能自已”的命题，从哲学的角度指出矛盾斗争是事物所固有的现象。第二段形象地描绘了蚁斗的情景，“竞何求而迅奔，惨不恤夫填壑。”“相诛以喙，相牾以爪，脊不谋心，足不念脑，相征以全，相奖以殀。”这样你死我活的惨烈争斗，结果如何呢?“始于相矜，终于相贼。”这样不分青红皂白地自相搏杀，最后只能同归于尽。文章接着把目光从蚁斗转向历史，从“羽当筵而斸义”至“杨刘之垒泣寒蛩”，一连举出十四件历史事实，说明不义的争斗最终都会为自己招来祸患。“诚度彼而参此，奚徒一蚁之强梁者哉!”这些争斗的胜者当时虽然都得意于一时，也不过是蚁斗中的强者，最后都没有得到好结果。文章最后总结历史教训，指出：“谌不忘夫吉凶生杀之枢轴，又何患乎险毒之难平。”这表明王夫之并不一概反对用激烈的手段进行斗争，关键是要分清生杀争斗的意义，认识斗争可能造成的“吉凶”结果，这是王夫之从抗清失败中总结出来的历史教训，《蚁斗赋》是王夫之散文的代表作之一，从文章的表现形式看，该文由“蚁斗”想到历史，通过形象的描写发表精辟的议论，这很像杂文；在文章中作者把深沉的感情自然地渗透在生动具体的描写之中，让人读了有身临其境之感，这又很像抒情散文。把学者的眼光与情意绵长的艺术表现形式的有机结合，是该文的显著特点，也是王夫之许多散文的共同特点。

《姜斋文集》中，《勘破窗纸者爰书》、《刈草辞》、《斋中守犬铭》等几篇骈体散文，表现了船山晚年生活的片断情景，读来颇有情趣。他的居室北窗久破，新糊之后，被人割破。“起而视之，乃锋刃之所触也，棂间无一全者。”割窗显系故意破坏。他因作《勘破窗纸者爰书》加以斥责：“何物潜窥，似托微踪于草际；竟同叵测，欲施锋刃于窗间……条条分明，载其狠心怒目；咄咄怪事，恍若戴角披毛。”看来他的隐居生活也并不平静。《刈草辞》写他住屋前面蔓草丰茂，无堪举足，屡刈屡长，因属辞为记。“此既剪而迹灭，彼旋茁而难摧；审故态之相仍，矧今昔之立根。问羌毙以奚期？除严霜之既繁。”主人对于蔓草无可如何，只好把希望寄托于严霜来帮忙。该文与《勘破窗纸者爰书》不同，两者都写烦恼，前者于烦恼中微带怒意，写的是真烦恼，后者表现对蔓草无可如何，但对蔓草的勃勃生机字里行间却充满了欣喜愉悦。王夫之的艺术表现手法娴熟而准确在这里得到了充分体现。

王夫之的文集中用古体散行文字写的散文作品收入虽少，但有几篇也颇可读。《船山记》、《躬园说》、《孝烈传》、《唐子无适墓表》等，都是上佳之作。《船山记》写作者晚年居所的环境和作者屏居生活的情景，从中可以看到船山晚年的志趣与性格。“船山”即石船山，作者五十七岁时在石船山下构筑茅舍，名“湘西草堂”，他在这里一共住了十七年，直至逝世。文章开头先写石船山居地的荒僻：

> 船山，山之岑有石如船，顽石也，而以之名。其冈童，其溪渴，其靳有之木不给于荣，其草瘇靡纷披而恒若凋，其田纵横相错而陇首不立，其沼凝浊以停而屡竭其濒，其前交蔽以绞送远之目，其右迤于平芜而不足以幽，其良禽过而不栖，其内趾之狞者与人肩摩而不忌，其农习视其塍埒之坍谬而不修，其俗旷百世而不知琴书之号。

“历溪山者十百，其足以栖神怡虑者，往往不乏。”好山好水都未能吸引他，他为什么偏要选择这样一个地方隐居呢？

> 赏心有侣，咏志有知，望道而有与谋，怀贞而有与辅，相遥感者，必其可以步影沿流，长歌互答者也。而茕茕者如斯矣，营营者如彼矣，春之晨，秋之夕，以户牖为丸泥而自封也，则虽欲选之而又奚以为？夫如是，船山者即吾山也，奚为而不可也。(文集卷二)

船山追求的是内心的充实与完善，而不是外物的华美丰厚，“船山即吾山也”，船山的风格即作者的风格，船山的精神即作者的精神。船山作为“顽石”立于荒野，“无可名之于四远，无可名之于末世”，这样的风格正是作者孤忠忧国，不与“末世”随波逐流的真实写照。他的志趣为人如此，他选择此地度过晚年不就理所当然了吗？该文通过形象的描写抒情述志，具有含蓄、隽永的艺术特征。

运用散文宣传自己的哲学思想是王夫之散文的一大特色。王夫之在哲学思想上，继承前人的成就建立了自己的唯物主义思想体系，对“理”与“气”、“道”与“器”的关系等问题，都作了唯物主义的解释，在认识论中“知”与“行”的关系上，他强调“行”的重要，认为“知”、“行”不可割裂，但“行”先于“知”。他的这些光辉哲学思想，常常体现在散文中。其中最具特色的是《文集》补遗中的《躬园说》。该文开头说：“存乎天地之间者，岂不以其躬乎？是故非视何色？非聆何声？非咀何味？非觉何有？凄然谓秋，暄然谓春，能游得空，能践得实，存乎天地之间者，唯其躬而已矣。”“躬”就是亲自去做，去实践体验，只有这样才能认识世界，认识外物。这是一种朴素的实践第一的思想。但散文不同于学术论文，《躬园说》行文中穿插人物对话和感情交流，让人读起来并不觉得是单纯的哲学说教。作者把哲学家的眼光和一定的艺术形式的有机结合，在这里再次得到了表现。

王夫之的许多学术著作都是用论说散文写成的，谈他的散文不能把它们排斥在外。对他的这种论说散文，后人评价颇高。谭嗣同说：“文至唐已少替，宋后几绝。国朝衡阳王子，膺五百年之运，发斯道之光，出其绪余，犹当空绝千古。”（《谭嗣同全集·论艺绝句》自注）此说有为同乡溢美之嫌，但也非无中生有。王夫之学术著作的显著特点之一是喜欢议论驳难，并联系实际发表独到的见解，有时还杂以社会现象的描写，这就使他的这类散文具备了较强的文学特征。例如《黄书·大正》篇论述“国家之败，由官邪”的一段文字，在批评“故家名族、公卿勋旧”对劳苦大众进行强取豪夺时，形象地描绘了封建社会阶级压迫的情景：

《诗》曰：“去其螟螣，及其蟊贼，无害我田稺，田祖有神，秉畀炎火。”言远害也。今夫农夫洿耕，红女寒织，渔凌曾波，猎犯鸷兽，行旅履霜，酸悲乡土，淘金，采珠，罗翠羽，探珊象，生死出入，童年皓发以获赢余者，岂不顾父母，拊妻子，慰终天之思，邀须臾之乐哉？而刷玄鬓，长指爪，宴安谐笑于其上者，密布毕网，巧为射弋，甚或鞭楚斩杀以继其后。乃使悬罄在堂，肌肤剟削，含声陨涕，郁闷宛转于老母弱子之侧，此亦可寒心而栗体矣。

而以是鼓声名，市奏最，渔猎大官，貤封门荫，层累封埒，以至于无穷，则全死一家，而害气亦迸集焉。夫故家名族、公卿勋旧之子孙，其运数与国家为长短，而贼害怨咨之气遍结凝滞，则和平消贾，倾否折足，亦甚非灵长之利也。

这段具体的论说深刻揭示了残酷的阶级压迫对封建统治者统治地位造成的威胁。劳苦大众终年在烂泥中耕种，在寒夜里纺织，经商的奔波履霜，采宝的出生入死，想得到片刻的家庭快乐都无可能。而那些“刷玄鬓、长指爪”的豪门贵族，只顾对他们“密布毕网，巧为射弋”，进行巧取豪夺，甚至“鞭楚斩杀”。王夫之把这些现象称作“害气”，认为它对统治阶级的统治是一种极大的威胁，会造成“和平消霣，倾否折足”，这对于封建王朝是极为不利的。毫无疑问，王夫之的这些议论完全是站在封建统治者的立场上说话的，但他面对现实，认识到社会的黑暗，劳动人民的痛苦完全是由“旧家豪门、公卿勋旧”造成的，这在无形中就肯定了人民群众对统治阶级实行造反，带有天然的合理性。王夫之生在明末清初，他目睹了波澜壮阔的农民大起义，对此他虽不赞成，但表示理解，这就难能可贵了。他在《读通鉴论》、《宋论》等著作中都发表过同样的见解。《读通鉴论》卷二十六有一段评论唐宣宗时浙东军队叛乱的文字，对“官逼民反”表示了看法。认识到了因为有“货积于上，而怨流于下，民之瓦解非一日”的现实，这才有唐末“王仙芝、黄巢一呼而天下鼎沸”，这在一定程度上表现了王夫之的民主启蒙的思想。类似的文章由于他能把关心国家民族命运的感情融化于文字之中，又由于他擅长文学描写，所以大都写得质文相协，富有个性。

王夫之认为，“读古人之书”，必须“揣当今之务”（《读通鉴论·叙论》四），以达到为现实服务的目的。因而他的许多议论散文都能密切联系实际，做到有感而发。例如他评论司马迁对待李陵的态度，有一段十分精彩的议论：

司马迁挟私以成史，班固讥其不忠，亦允矣。李陵之降也，罪较著而不可掩。如谓其孤军支虏而无援，则以步卒五千出塞，陵自衒其勇，而非武帝命之不获辞也。陵之族也，则嫁其祸于李绪，迨其后李广利征匈奴，陵将三万余骑追汉军，转战九日，亦将委罪于绪乎？如曰陵受单于之制，不得不追奔转战者，匈奴岂伊无可信之人？令陵有两袒之心，单于亦何能信陵而委以重兵，使深入而与汉将相持乎！迁之为陵文过若不及，而抑称道李广于不绝，以奖其世业。迁之书，为背公死党之言，而恶足信哉！（《读通鉴论》卷三）

历来人们读《史记·李将军列传》和司马迁的《报任少卿书》，总把同情的泪水掬向李陵，王夫之却不同流俗，提出了不同看法。《史记》是一部伟大的史学著作，但由于司马迁替投降匈奴的李陵辩解受腐刑，常常藉史以抒愤，所以王夫之批评他“挟私以成史”。王夫之认为司马迁不应该替李陵的投降行为辩护，指出李陵的投降是“罪较著而不可掩”，这一方面表现了王夫之对于史学的科学态度，同时跟王夫之痛恨投降变节也有密切关系。清王朝的建立与巩固，在很大程度上是因为利用了洪承畴、吴三桂等降将的力量，王夫之批评李陵不忠和司马迁“挟私以成史”，正是在这样的背景下提出来的。这段评论观点明确，感情丰富，论证有力，既是科学文章，又是联系实际、富有战斗精神的论说散文。从中可以看到王夫之论说散文的风格。

王夫之是一个学识渊博的学者，对古代典籍有深刻的研究，加上他的散文多用屈原式的曲笔，又喜用僻辞，因而让一般读者读起来感到佶屈聱牙，不易理解，这是他散文的一个缺点。

第二章
清初作家的散文

第一节　侯方域与雪苑社

清朝初年是散文创作的繁荣时期，许多作家竞相献技，创作了大量多彩多姿的散文作品。其中侯方域、魏禧、汪琬的古文最为有名，被人们称为清初古文三家。

侯方域（1618～1654）字朝宗，河南商丘人。他出身世族官宦之家，祖父侯执蒲、父侯恂、叔父侯恪，均为明朝重臣，因参加东林党活动同遭阉党陷害，祖、叔削籍，父入狱。侯方域生在这样的官僚家庭，对他一生的政治态度和生活经历，都产生过重要影响。他青少年时代曾跟随其父住在北京，对朝廷的腐败和阉党的倒行逆施，都有亲身感受，因而对政治十分关心，他与方以智、冒辟疆、陈定生相交好，四人以“身不在位，奋然为天下持大义”而闻名（见田兰芳《侯朝宗公子传》），世称“四公子”。清兵入关后，他曾参加抗清活动，在《与吴骏公书》、《哀辞九章》、《祭吴次尾文》、《与方密之书》等文章中，表现了较强的民族感情。但他后来参加过河南乡试，也曾引起一些社会士人的不满。

侯方域的文章在他在世时即已闻名。他早年以八股文为世人所重，有云卧居和杂庸堂刻本流传海内。但他最擅长的还是古文，他在家乡结交名士，曾两度组织雪苑社研讨诗文。据雪苑社重要成员徐邻唐说，侯方域曾刊刻古文数百篇，后毁于兵火。（见徐邻唐《壮悔堂文集序》）而雪苑社另一重要成员徐作肃则说："侯子十年前，尝出为整丽之作，而近乃大毁其向文，求所为韩、柳、欧、苏、曾、王诸公，以几于司马迁者而肆力焉。"（《偶更堂集·壮悔堂文集序》）从徐邻唐、徐作肃的话中，我们得知侯方域早年曾写过大量散文并加以刊刻，这些散文或毁于兵火，或自毁，大都没有保存下来。侯方域在谈到他早年的文章时曾说："仆少年溺于声伎，未尝刻意读书，以此文章浅薄，不能发明古人之旨。"（《与任王谷论文书》）说明他对这些文章是不满意的，这大约就是徐作肃说他"近乃大毁其向文"的原因。现存《壮悔堂文集》收文 132 篇，大都是他后十年的作品。"壮悔堂"是侯方域入清回乡家居时用的一个堂室名，取壮年而悔之意。他晚年自编《壮悔堂文集》，收文虽然不多，但这些文章自然都是他比较满意的。侯方域死后，友人徐作肃为其搜集遗文，并作有《侯朝宗遗稿序》，该文说："朝宗遗稿若干篇，余选六十二篇，以嘱其子晓刊之。"（《偶更堂集》）现存遗稿仅十篇，徐选遗文大约未能刊刻。

侯方域为文才思敏捷，颇有才子之风。徐作肃在谈到他的写作情况时说："或间日一作，或日一二作，至命酒高谈，将无虚日。而余拙钝，偶一涉笔，他皆寄话。言于酒，每宾从杂遝号叫迷离，而朝宗之文成矣。呜呼！何其雄也。"（《侯朝宗遗稿序》）可惜他年寿短促，《壮悔堂文集》编后不到两年就去世了，年仅三十六岁，否则当会有更多作品。

侯方域为文宗唐宋及《史记》、《汉书》，他不止一次说："汉以后之文，若《史》，若《汉》，若八家，最擅其胜。"（《与任王谷论文书》）徐作肃在谈到他对文章的看法时也说："尔时朝宗方与余讨今古文轨度，古文则准之唐宋诸子，今文（八股文）则准之考亭（朱熹）之章句。"（《侯朝宗遗稿序》）他曾多次对明前后七子表示不满，认为他们倡言"文必秦汉"是舍近求远，寻步计里地以秦、汉为师，结果"必蹶其趾"，他不反对"跨《史》、《汉》而趋先秦"，但必须要以唐宋八家为门径，否则就是"不筏而问津，无羽翼而思飞举"（《与任王谷论文书》）。他的这些认识与明唐宋派的主张大体一致。

侯方域的散文以才气著称，郑板桥十分赞赏，认为"本朝文章，当以方百川（方苞之兄方舟）制艺为第一，侯朝宗古文次之。"并指出"朝宗古文标新领异，指画当时，绝不受古人羁绁。"（《潍县署中与舍弟第五书》）板桥认为侯的古文在清代最好，这自然是个人之见，但他对侯文特点的认识是很有道理的。

“指画当时”，这是侯方域文章的一个重要特点。他的文章以议论时政、臧否人物为内容者颇多，其中也有一些是替统治者出谋划策的。侯方域所处的时代是社会大动荡的时代，加上他个人的生活环境，使他终生都很关心政治。他曾长期跟统兵做官的父亲侯恂在一起（侯恂曾任兵部侍郎，曾带兵抗清和镇压农民起义），侯恂的不少奏议文章就是出于这位才华横溢的青年公子之手。在他现存的诗文集中，没有吟风弄月之作，也没有封建文人崇尚的单纯阐释儒家经典义理的文章。以其议论文章为例，《壮悔堂文集》中收论文九篇，大都是时论与史论，没有一篇不是联系当时社会有感而发的。例如《宦官论》一文，对于明朝宦官为害，分析得形象而深刻，是侯文中脍炙人口的代表作之一。文章说：

> 今天子手除凶竖，明见万里矣。然窃以为未遑目睫也，其事在于用宦官。夫宦官日奔走于人主之前，伺其喜怒，而乘意窃发，出则扬言于众曰：“是主上之所欲也。”天下信之，则其令行而不可止。苟其违而不行，又乌从而质其非乎？昔西山之狐，往见南山之虎曰：“子跋涉林薄之间，日一得食，何其惫也。诚能假我以皮毛与牙爪，子安坐山嵎之中而饮食不乏。”虎信之。众兽果见狐而反走，生死之惟命，夫岂畏一狐哉！见其皮毛与牙爪，或疑真虎之所为也。今人主之威，不啻虎也；上下隔绝，不啻山嵎之深也。而宦官之邪媚煽惑，甚似于狐。假人主之声名以为皮毛，借人主之威权以为牙爪，天下焉得不畏之哉？夫众兽所以畏狐者，不得见虎也；天下所以畏宦官者，不能见天子也。故今日之患，在于朝廷之体过尊。大臣，天子之股肱也，而周岁不得一见，偶有召命，则拜跪唯诺，山呼而退，不得一言……呜呼！公卿之贤者，务为相安无事之说，惟恐激其怒；其不肖者，又贪权固位，而阴与相比偶。有小臣言之，则又为以渎聒，而莫之省忧也。庙堂果何自而悟哉？（《壮悔堂文集》）

文中的这些议论都是有针对性的。明代宦官为患，数朝不止，崇祯虽有察觉，并对魏忠贤等进行了查办，但他自己又想不出有效的办法，依旧重用宦官干扰朝政。所以本文痛惜地指出，天子（即崇祯）虽能对魏逆等“手自诛锄”，却又“不戒前辙”，结果造成宦官狐假虎威，是非颠倒，朝臣与天子隔绝的局面。应该说，侯方域的这些分析，是很能切中时弊的。

除了论说类的文章之外，他的很多赠送序、书信、杂记与人物传记等，也大都能密切联系社会生活，创意造言，发表自己的见解。例如他在青年时期热衷声伎，在南京时与李香相交好，但他写的《李姬传》，对他们之间的儿女私情却绝少涉及，着重表现的却是李香的识见为人，是李香怎样劝告他不要与阮大铖之辈相交往，行文中处处都流露着对李香的敬重，使一篇很容易写得凄怆缠绵的人物传记，却写得正大庄重，含有丰富的社会内容。其文云：

李姬者，名香，母曰贞丽。贞丽有侠气，尝一夜博，输千金立尽，所交接皆当世豪杰，尤与阳羡陈贞慧善也。姬为其养女，亦侠而慧，略知书，能辨别士大夫贤否，张学士溥、夏吏部允彝急称之。少风调，皎爽不群。十三岁从吴人周如松受歌《玉茗堂》四传奇，皆能尽其音节，尤工《琵琶词》，然不轻发也。

雪苑侯生，己卯来金陵，与相识。姬尝邀侯生为诗，而自歌以偿之。初，皖人阮大铖者，以阿附魏忠贤，论城旦，屏居金陵，为清议所斥。阳羡陈贞慧、贵池吴应箕首其事，持之力。大铖不得已，欲侯生为解之，乃假所善王将军，日载酒食与侯生游。姬曰："王将军贫，非结客者，公子盍叩之？"侯生三问，将军乃屏人述大铖意。姬私语侯生曰："妾少从假母识阳羡君，其人有高义，闻吴君尤铮铮。今皆与公子善，奈何以阮公负至交乎？且以公子之世望，安事阮公！公子读万卷书，所见岂后于贱妾耶？"侯生大呼称善，醉而卧。王将军者殊怏怏，因辞去，不复通。

未几，侯生下第，姬置酒桃叶渡，歌《琵琶词》以送之。曰："公子才名文藻，雅不减中郎，中郎学不补行，今《琵琶》所传词固妄，然尝昵董卓，不可掩也。公子豪迈不羁，又失意，此去相见未可期，愿终自爱，无忘妾所歌《琵琶词》也。妾亦不复歌矣。"

侯生去后，而故开府田仰者，以金三百锾，邀姬一见，姬固却之。"开府慚且怒，且有以中伤姬"。姬叹曰："田公岂异于阮公乎？吾向之所赞于侯公子者谓何？今乃利其金而赴之，是妾卖公子矣！"卒不往。(《壮悔堂文集》)

在中国散文史上，这是一篇不可多得的超脱流俗的名妓传，李香具备美女歌舞妓的一切条件，她贤慧，皎好能歌。但她又有一般歌舞妓所没有的品德：有侠气，能辨别士大夫贤否。作者所赞赏并着力描写的正是后者。阮大铖阿附魏忠贤，崇祯时名列逆案，被废为民隐居南京，复社人物陈贞慧、吴应箕等在南京公开揭露他的丑行，阮大铖企图拉拢侯方域为他说情，阻止陈、吴等人的行动。李香看穿了阮大铖的诡计，以大义相劝，作者用“侯生大呼称善”赞美李香，使李香的形象写得既生动又简练。该文对李香善歌《琵琶词》、评论蔡邕“学不补行”的描写，含蓄而有深意，是该文的妙笔。《琵琶词》即《琵琶记》传奇，元末高明作，内容写蔡邕入京登第，抛弃父母妻子入赘牛丞相府的故事。《李姬传》开头即说李香“尤工《琵琶词》，然不轻发也”，桃叶渡送别侯方域，李香唱《琵琶词》，并劝侯生“自爱”，这里既有要侯方域不忘两人爱情，又有希望侯方域坚持志行的意思，从而进一步表现了李香是一个非同寻常的女子。

一个作者能否成家的重要原因，在他是否具有自己的艺术风格，是否具有鲜明的个性特征。骋而不漫，肆而能敛是侯方域散文的特点。从他论文的主张看，这也是他所追求的艺术效果。这从他提倡“运骨于气”的议论中可以看出：

> 运骨于气者，如纵舟长江大海间，其中烟屿星岛，往往自成一都会。即飓风忽起，波涛万伏，东泊西往，未知所底。苟能操柁觇星，立意不乱，亦自可免漂溺之失。此韩欧诸子所以独嵯峨于中流也。(《与任王谷论文书》)

> 仆尝闻马有振鬣长鸣，而万马皆喑者，其骏迈之气空之也。虽然，有天机焉，若灭若没，放之不知其千里，息焉则止于闲。非是则踢之啮之，且泛驾矣。吾宁知泛驾之果愈于凡群耶？此昔人之善言马有不止于马者。仆以为文亦宜然。文之所贵者气也，然必以神朴而思洁者御之，斯无浮漫卤莽之失。(《答孙生书》)

侯方域论文主气，同时又强调气中有骨，行文既要奔腾，又要注意“操柁觇星，立意不乱”；既要驰骋，又要“以神朴而思洁者御之”，只有这样才不至于造成“浮漫卤莽之失”。这是侯方域对文章艺术的要求，也是他文章风格的重要特征。

能奔腾驰骋，而又无浮漫卤莽之失，最能体现这种文章风格的，是他的著名文章《癸未去金陵日与阮光禄书》。这篇文章揭露阮大铖奸险狠毒，处处暗含讥讽，处处是嬉笑怒骂，但却很少激昂慷慨的词语。文章先从其父侯恂与阮大铖的交情写起，指出当年侯恂与阮大铖同在朝中做官，两人"相得甚欢"，后来阮大铖投靠阉党，倒行逆施，为正直士人所不齿，侯恂虽念其有才而常常"嗟惜者弥日"，却坚持不再来往，侯方域到南京之前，侯恂嘱他代为拜谒旧交，却不提阮，文章接连用了两个"执事自当追忆其故"，含蓄而鲜明地斥责了他过去的丑行。文章接着写阮大铖在南京派人拉拢侯方域，企图通过侯方域阻止陈定生、吴应箕等人公开揭露阮大铖丑恶嘴脸的活动，说明为什么不愿为他做说客，也不愿跟他相交往。表明作者自己的举措都是光明磊落的，阮大铖"含怒不已"是没有道理的。此后，文章把阮大铖借故陷害的事实和盘托出，是该文最精彩的一段：

> 昨夜方寝，而杨令君文骢叩门过仆曰："左将军（良玉）兵且来，都人汹汹，阮光禄飏言于清议堂，云子与有旧，且应之于内，子盍行乎！"仆乃知执事不独见怒，而且恨之，欲置之族灭而后快也。仆与左诚有旧，亦已奉熊尚书之教，驰书止之，其心事尚不可知。若其犯则贼也，仆诚应之于内，亦贼也，士君子稍知礼义，何至甘心作贼。万一有焉，此必日暮途穷，倒行逆施，若昔干儿、义孙之徒，计无复之，容出于此。而仆何人也？何执事文织之深也！

纵观《癸未去金陵日与阮光禄书》，大概是因为阮大铖曾是侯恂至交的缘故，表面仍保持着对阮大铖的尊重，文章前半虽也不缺少锋芒，但并不剑拔弩张，很少使用激烈的言词。当写到阮大铖的陷害，作者的愤怒已无法遏止，平静的述说，变成了怒骂，连阮大铖当年甘当魏忠贤干儿、义孙的丑行也带上了。但即使如此，文章也没有失了分寸。能驰骋而又谨守法度。

侯方域文章的另一个常为人们提到的特点是具有形象性，这也是他对文章艺术性的要求。他说：

> 行文之旨，全在裁制，无论细大，皆可驱遣，当其闲漫纤细处，反宜动色而陈，凿凿尾尾，使读者见其关系，寻绎不倦。(《与任王谷论文书》)

中国散文艺术的传统，特别是史传、杂记等记叙性较强的文章，都很注意以形传神，利用细节描写突出客观事物的特点。侯方域所说“当其闲漫细碎处，反宜动色而陈”，指的就是这种手法。侯方域的文章大都能做到这一点，特别是他的传记、赠序、书信、杂记等类文章，往往都能抓住特点寥寥数笔勾出事物的形象。例如他的《壮悔堂文集》收人物传记10篇，多数都写得生动传神，《吴伯裔、伯胤传》、《徐作霖、张渭传》、《马伶传》、《李姬传》等尤为人们所称道。《徐作霖、张渭传》所写二人最后为农民军杀死，侯方域站在地主阶级立场为他们树碑立传固不足取，但人们从他的生动描写中，的确也能看出当时封建文人的某些风貌。例如文章对二人肖像及性格的描写：

> 张渭者，慕徐渭之为人，因名渭，自谓狂生，人亦狂之。使酒难近，独推作霖。作霖短小精悍，高辞盛气，遇人皆以奴畜之，顾谓渭善也。渭须绕其面，发毵毵然。又骑马折其左臂，常卷曲，类世之儿童戏绘，以为冥官像者。短舌无正音，醉后谈天下事，则衮衮不倦。

所写二人，一骄一狂，仅百余字，二人形、貌读之如在眼前。徐、张二人均善为文，但在科举场中却很不得志，张渭连个举人也考不上，这是他发狂的主要原因。他常袖其文与提学使者相争，有时不免会引起官僚大人的斥责，遇到这种情况，他就“大噪”不已。所以一直到老年，总被人们视为“狂人”。下面一段描写很传神：

> 渭亦且摧挫老矣。每醉则谓其友人曰：“吾马周也，天下方有事，胡不用我！天下且不知文士，况能知我。”或遂骂其坐客，或醉而哭，坐客益以渭为狂。作霖忽怒骂曰：“若富贵子，席父兄余业，饱十数碗肉羹耳。天下乱形已成，无英雄能救之者，吾辈固旦暮死，而谓渭狂何哉！”举坐皆酒醒，而其友人吴伯裔、吴伯胤、侯方域则皆哭泣。

从这段描写中，人们会清楚地看出，徐、张等人的遭遇，完全是封建制度造成的，他们在现实生活中有不平，有愤懑，但他们也决不反抗，当农民军袭来时，他们会毫不犹豫地站在封建王朝一边，这正是当时许多封建知识分子的悲剧。侯方域怀着悲切的感情写了张渭被农民军杀死的情景:“张渭当城破时,贼以刀斫之,颐张且绝矣,渭犹右手洒其髯之血,而以折臂手自承其颐,徐步行,口呐呐骂不止。又一贼从后至,斫以刀,乃仆而死。”现在的人们看了侯方域描绘的这种逼真图画,自然不会跟着作者去淌眼泪,但当时知识分子深受封建制度之羁绊,回头来又甘作封建王朝的殉葬品,对人们了解旧制度桎梏下文人的面目,还是很有认识价值的。

侯方域的文章生动形象,不只在记叙性较强的文章中有所体现,在一些论说类文章中也有这种特点。他善于运用想象、联想、比喻等手法,把抽象的道理形象化,让人读了感到妙趣横生。前举《宦官论》用西山之狐借南山之虎威,横行山林的故事,说明宦官借天子之威权为牙爪,飞扬跋扈,倒行逆施,即是很好的一例。其他如《太子丹论》、《王猛论》、《送徐吴二子序》等也都写得形象生动,富于色彩。

侯方域散文的形象性继承了中国文章、特别是史传文章的传统,同时也从明代兴起的小说创作手法中吸收了某些营养,这对丰富古代文章的表现手段,无疑是应该肯定的。但在当时,侯方域却遭到过一些人的责难。例如陈之问就说:“侯朝宗、王于一。其文之佳者,尚不能出小说家伎俩,岂是名家。”(黄宗羲《陈令升先生传》)黄宗羲对侯方域早年溺于声伎颇为不满,因人及文,因此认为陈之问的话能切中“要害”。但他在《论文管见》中却说:“叙事须有风韵,不可担板。今人见此,遂以为小说家伎俩。不观《晋书》、《南、北史》列传,每写一二无关系之事,使其人之精神生动,此颊上三毛也。”可见他对在文章中适当吸收某些小说的技法,还是肯定的。

侯方域的文章也有不足。在文章内容方面,他虽能“指画当时”,但他身为贵族公子,在激烈的阶级矛盾、民族矛盾中,他不可能脱离其自身的阶级局限,因而在他的文章中不可避免地存在着很多糟粕。特别是因为他对农民起义军怀有刻骨仇恨,不少文章都有诬蔑农民军的内容,这些无疑都应该给以批评。在艺术风格和表现手法方面,他虽能“标新领异”,“不受前人羁绁”,表现了比较鲜明的个性特征,但还远未达到尽善尽美的地步。当时曾有人把他和韩愈、苏轼相比,他的文章在富有才气、长于纵横方面跟韩、苏有某些相似之处,而无论从文章的博大精深还是文章的丰富多彩方面,他与韩、苏都不能同日而语,郑板桥在肯定了他的文章长处之后,也指出他有“语不遒、气不深”的毛病,这批评是很中肯的。

明末清初，商丘文人辈出，这与侯方域两组雪苑社，改变当地风气有关。据徐作肃《偶耕堂集·贾静子古文序》介绍，当地文人原先只在科举制艺上用功夫，后来由于侯方域等人结社，古文才得到“振兴”。侯方域第一次创建雪苑社，是在明崇祯十三年（1640）南京应举未中回乡时，参加的人有徐作霖、贾开宗、刘伯愚、吴伯裔、吴伯胤等。第二次建社是经数年战乱，明亡后再次回乡时。此时原来社友仅存侯方域、贾开宗二人，新加入的有徐作肃、徐世琛、徐邻唐、宋荦，新旧六人，称“雪苑六子社”。据宋荦自撰年谱云，雪苑社初建时，一名“应社”，以应江南复社而为名。雪苑社人研讨诗文创作，在中原一带很有影响，清初作家吴伟业、陈维崧、计东、刘榛等都与雪苑文人有来往。雪苑社人大都能诗能文，且多有集。其中侯方域之外，宋荦最为有名。

宋荦（1634～1713）字牧仲，号漫堂，又号西陂，康熙间官至吏部尚书，著述颇丰，有《西陂类稿》、《漫堂说诗》、《筠廊偶笔》等。宋荦工诗，诗与王士禛齐名，颇为时人所称道。亦能文，但文为诗名所掩，自己也不太重视，曾谓：“余文不是传也……纵有所作，大抵不别家数，不矜行墨，信口而谈，尽意而止，聊以写夫兴会之所存而已。”（周龙藻：《西陂文稿序》）这是他自谦的话，读其文，确令人有“信口而谈”的感觉，这是他散文的特点，也是一种优点，这种特点和优点，概括地说就是少做作，不卖弄，自然质朴。如《黄州洗墨池记》：

仕宦而至黄者，每艳称子瞻“雪堂”、元之“竹楼”。子瞻故有洗墨池在黄，人罕知者。予判黄之二年，梅川张子长人过予，言曰：“吾黄洊离兵燹以来，名胜悉委榛莽，墨池一洼亦就湮，独赵文敏手书三字犹存瓦砾中。使君得无意乎?”予闻大喜，命舆人移置东斋。

又三年，为康熙己酉，予董漕自淮归，簿书多暇，念先贤故迹久就芜，而亟思表章，亦守土者责也。始从坡里坊求墨池旧址，得之颓垣败础间。于是芟榛莽，剔朽址，决淤涂，甃以文石，周以栏槛。俯视一匊，浏然泓然。池故无桥，今则跨池为桥，翼桥为亭，而取文敏字揭之楣。

既而曰：“池复矣，无堂曷祠?”乃建堂池东，祠子瞻，以张文潜、秦少游配。两先生固尝游黄，又苏门士也。仍其名曰“雪堂”。堂成有余材，建楼池西，祠元之，仍其名曰“竹楼”。墨池因故址，雪堂、竹楼非其地而仍之者，从名也。合之为“宋贤祠”。祠既成，移予书之复者置楼上，移予东斋花木自中州来者植池侧，而旁为数楹，招僧未子住其内，以供朝夕。于是黄之人若忘其为旧有，而焕然新出于耳目之前也。

未几，张子复来，予与之周视池上，欣然曰：“甚矣，先贤之赖有使君也，是乌可不记?”予唯唯。乃镵石置雪堂壁间，以记月日。张子又语予：昔尝读楚故，载东坡墨池蛙口食墨而黑，予未之见也。

此文是宋荦散文代表作之一，依年谱，作于康熙八年，宋在黄州通判任上。文章写重修苏轼“洗墨池”、建“宋贤祠”的原委经过，按时间顺序次第而写，条理清晰，文字简明朴素，似“不经意”之作，读来颇亲切，文中对苏轼、王禹偁（元之）等前贤多有景仰之情，但含而不露。所谓“不矜行墨，信口而谈”，此文可以略见之。

第二节　魏禧与易堂九子

清初除了以侯方域为首的雪苑社之外，著名的作家集团，要数以魏禧为中心的“易堂九子”。明亡后，魏禧隐居其乡金精山之翠微峰，与兄魏际瑞、弟魏礼结交南昌彭士望、林时益及同邑丘维屏、李腾蛟、彭任、曾灿诸人，切磋诗文，讲究《周易》，号“易堂九子”，九子皆能文，而以魏禧为最有名。

魏禧（1624～1681）字冰叔，号裕斋，因居室名勺庭，学者称勺庭先生，江西宁都人。终生致力于古文，著有《魏叔子文集》二十二卷，及《日录论文》、《左传经世》等。

魏禧早年曾用心于八股举业，有志于报效国家。南明福王政权灭亡后，摈弃八股，绝意仕进，一生不与清廷合作。康熙间，强举博学鸿词，称病坚辞：“有司催就道，不得已，舁疾至南昌就医。巡抚舁验之，禧蒙被卧，称疾笃，乃放归。”（《清史列传·文苑传》）可见他是个很有个性的人。魏禧半生遁居山林，以授徒写作为业，与他的民族意识有重要关系。他隐居而善交，自谓：“二十一丁国变，则慨然愿交奇伟非常之士。”他曾到江淮一带漫游，遍访东南名士，有些著名人物如方以智等，也常到翠微峰住地访他。因此，他虽然过的是隐居生活，眼界、心胸却不狭窄。

魏禧的创作思想强调积理练识，认为“为文之道，欲卓然自立于天下，在于积理练识。”所谓积理练识，就是在读书和生活中要善于思考研究，蓄积材料与识见。他反对摹拟前人和拘守成法。在谈到自己的创作旨趣时，他说：“文无专嗜，惟择吾所雅爱赏者。至于作文，则切不喜学何人，人何篇目，故文成都无专似。”（《与诸子世杰论文书》）强调写作要“适我意”而言之，“触于事会之所遭，率尔抒其胸臆，”（《文集自叙》）他的这些主张，体现了反对理学，反对形式主义的创作思想。

魏禧的散文长于议论描写。他的论说散文，早期所作为多，究其原因，大致有二。其一是他的论说文由八股文脱化而来，驾轻而就熟。他说：“余往治制义，不喜规矩先辈，独思以说明古人之义，制体而同，浸淫乎论策矣。”这就是说，他写八股文，没有完全按照八股的程式要求写，而是以论策写八股，这为他写论说文打下了基础。其二是他在南明灭亡之前，有意总结明朝衰败之失，因而写了大量论、策、议、说体的文章。鉴于明朝末年的政治腐败，他极力提倡变法。他说：“法宜变者，乘天下之时而已。吾辞其害，收其利，而又适当乎其时也，安于故常而不变则惑矣。故圣人崛起，光复故业，此可大变以与天下更时之时也。”（《变法上》）他的这种认识，颇有些思想家的胸怀。他从三个方面提出了变法的内容：改八股取士而为“论策制科”，反对土地过于集中而行“限田”，取缔阉宦干政而“革阉宦”。应该说这些主张是很切合时代要求的。魏禧以此为中心写的论说文章有数十篇之多，其中真知灼见多有。如《制科上》论八股取士改革之必要：

古者取士之途广，国家则专出于制科，而其法尤未善。八股之法，一在于摹圣人之言，不敢称引三代以下事，不敢出本题以下之文。一在于排比有定式。夫题之义理，有博衍数十端然后足以尽者，有举其一端而无遗者，今必勒为排比，则是多端者不可尽，而得其一说而毕者，必将强为一说以对之，其对之又必摹其出比之语，斤斤然栉句比字而不敢或乱。六朝之文排俪为工，虽杂施于游咏笺记，而后人尚讥其陋，今之以长对排俪而译经传，其陋抑可知已。

圣贤之理，适用为本。故言理不征事则迂疏，古人之言不征后世之得失，则言之富且精者不得见。今必以为不可毫发有所损益，则是古人所一言者吾从而再言，所短言者吾从而长言，言之毫发逮圣人无益，况不逮耶？……天下奇才异能，非八股不得进。自童年至老死，惟此之务，于是有身登甲第年期耄不识古今传国之世次，不知当世州郡之名、兵马财赋之数者。而其才俊者，则于入官之始而后学。故居今以救制科之败，愚则以为莫若废八股而勒之以论策。

八股取士自明初至明末，推行二百余年，其弊端已暴露得十分明显，不少有识之士，都对其进行过抨击，但像魏禧这样分析透辟深刻的却很少见。他不仅看到了八股程式的不实用，而且公然对朝廷“黜杂学尊孔子”的思想统治提出了批评，这是很需要有些胆量的。废八股取士而以策论考试代之，入清之后论者日多，魏禧此文写于甲申、乙酉间，即明亡之时，是提倡以策论试士的先驱，这是需要特别指出的。易堂诸子常以实学相标榜，魏禧的议论文章多有这种特点，于国家有用无用，是本文论改革科举制度的出发点。

在魏禧的散文中，最富有特色的是他的写人记事的记叙抒情散文。他能用简练的笔墨形象地勾勒事物的特征，给人以栩栩如生的感觉。《季子文集序》、《曾庭闻文集序》、《大铁椎传》、《卖酒者传》、《高士汪沨传》、《燎衣图记》、《翠微峰记》等大都能刻画毕肖。如《卖酒者传》：

万安县有卖酒者，以善酿致富，平生不欺人。或遣童婢沽，必问：“汝能饮酒否？”量酌之，曰：“毋盗瓶中酒，受主人笞也。”或倾跌，破瓶缶，辄家取瓶更注酒，使持以归。由是，远近称长者。

里有事醵饮者，必会其肆。里人有数聚饮平事不得决者，相对咨嗟多墨色。卖酒者问曰：“诸君何为数聚饮平事不得决相咨嗟也？”聚饮者曰：“吾侪保甲贷乙金，甲逾期不肯偿，将讼，讼则破家。事连吾侪，数姓人不得休矣。”卖酒者曰：“几何数？”曰：“子母四百金。”卖酒者曰：“何忧！”为立出四百金代偿之，不责券。乙得金，欣然以为甲终不负己也。四年，甲乃仅偿卖酒者四百金。

客有橐重资于途，甚雪不能行，闻卖酒者长者，趋寄宿。雪连日，卖酒者日呼客同博，以赢钱买酒肉相饮啖，客多负，私怏怏曰：“卖酒者乃不长者耶！

然吾已负，且大饮啾，酬吾金也。”雪霁，客偿博所负，行，卖酒者笑曰：“主人乃取客钱买酒肉耶？天寒甚，不名博，客将不肯大饮啾。”尽取所偿负还之。

术者谈五行，玄决人死。疏先后宜死者十许人，克以日月，卖酒者名第七，诸应期死者六人矣。卖酒者将及期，置酒召所买田舍主毕至，曰：“吾往买若田宅，若中心愿之乎？价毋亏乎？欲赎者视券价，不足者，追偿以金。”又召诸子贷者曰：“汝贷金若干，子母若干矣，能偿者损其息，贫者立折券还之。”曰：“毋使我子孙患苦汝也。”……

魏子曰：“吾闻卖酒者好博，无事则与其三子终日博，喧争无家人礼。或问之，曰：‘儿辈嬉，否则博他人家，败吾产矣。’”嗟乎！卖酒者匪惟长者，抑亦智士哉！卖酒者姓郭，名节。他善事颇众，予闻之欧阳介庵云。

魏禧善写人，善叙事，本文仅写数事，卖酒者鼻眼眉目，便活灵活现。文中提到的欧阳介庵读过此文后说：“予习闻卖酒者事，欲往见之未果，而卒尝为人道之也。今得此文写生，笔笔活动，似长者，似侠客，似诙谐，于古今盛德中别标一种风格，将其人逼出纸上矣。”（见《魏叔子文集》本文附评。）魏禧集中有画评多篇，从中可以看出作者对中国画颇多研究，中国画中点染写意的技法在他的散文中颇多体现。如《大铁椎传》写大铁椎：“时座上有健啖客，貌甚寝，右胁夹大铁椎，重四五十斤，饮食拱揖不暂去。柄铁折叠环复，如锁上练，引之长丈许。与人罕言语，语类楚声。扣其乡及姓字，皆不答。既同寝，夜半，客曰：‘吾去矣！’言讫不见。子灿见窗户皆闭，惊问信之。信之曰：‘客初至，不冠不袜，以蓝手巾裹头，大铁椎外，一物无所持，而腰多白金。吾与将军俱不敢问也。’子灿寐而醒，客则鼾睡炕上矣。”仅百余字，大铁椎行动的奇异，似真似幻，若明若灭，写来奕奕有生气。这种写法与工笔细描迥异，却能使人物神采飞扬，这也是作者善于点染的结果。

魏禧的散文就风格而言，属阳刚派，以刚健雄奇是其主要特征。他写人记事的文章是这样，记物写景的文章也是这样。现以他写其隐居处的《翠微峰记》为例说明之：

凡登山，左自金精，右山塘至者，皆经双桃石。迤北至山门，缘圻上磴四十余步，穴如瓮口，登者默从瓮中出，侧身东向，偻行十余步，又直上百十磴，曰乌谷。谷如陶穴，鞠躬进之，上穹隆，如屋架楼其中，瞩蹊径，眺城邑为守望焉。又上数百步，梯磴相错，凡数绝，乃至于顶。盖此峰迤逦竟里，旁无援辅，自下仰之，如孤剑削空，从天而仆。上则岐而三之，中高右缩左展，结屋者必山翼。山中灌木郁勃阴森，见者疑有虎豹，然自猿狖飞鸟而外，则皆不能至焉。庚辛间，有西北善兵者至门而窥，去，谓人曰："就使于瓮口彻其闸，使三尺童子折荆而守之，虽万夫谁敢进者！"先是，沣城人数百里来觅躬庵，问关山下，遇樵者指之曰："从此登。"客笑而怒曰："此岂人所到耶！"遂径去。

这是一段很见特色的描写，山之高、之险、之奇，读之历历在目。所以有人评此文谓："写登山处，文中有画。"（见《魏叔子文集》附甘健斋评语）文章在描写了翠微峰的奇险之后，引"西北善兵者"语及沣城人数百里来寻躬庵（易堂九子之一彭士望，字躬庵）至而未上之事，进一步说明山峰之险，给文章增添了不少色彩与趣味，这又是作者点染笔法的妙用。

魏禧之兄魏际瑞、弟魏礼均有文名，世称宁都三魏。际瑞原名祥，有文集十卷及《伯子论文》等。尝谓"多作不如多改，善改不如善删。"年未三十，诗文已有八十余册，后删而存者仅十之二三。喜读《庄子》、《史记》，作文反对摹仿，强调变化，魏禧说他"为文遇意成章，如风水之相遭，如云在天，卷舒无定。"（《魏伯子文集序》）现录其描写海市蜃楼的《海市》片断，以见其文风大概：

众皆骑而往，则有若堡者，若松林者，若城垣雉堞者。于是若堡者变而为亭，林木者为椭山若鞍，城垣雉堞长亘而为桥，桥之上，若二人扛帷轿而徐徐若行。又有山正方如屏者，析其角而矗然为单峰如笔。于是而亭者复为芝，芝为盖，盖为盘盂，皆有跗承之，业业然如筵。椭之山半析为二，一伏一踞者分焉。于是与盘盂皆又为亭，而正方之矗然者，为亚字，又为员，又析为峰，而盘盂椭山之为亭者，又为腰鼓，而桥不可复见矣，惟历历如碎石。析为峰者，乃正方也，诸为腰鼓者，为飞盖矣，正方之上为独立焉。或曰：正方者名铁山，其先为堡、为林、为城堞者，曰斗牛山，人皆可至。然则是山也何以变？

且其或有之也。亦见于秋，年七十者曰："未尝春见之也。"

康熙九年，作者在浙江巡抚范承漠幕府为幕僚，春天到海盐县巡海见到海市，以极其惊喜的心情记述了这次难得一见的"巨观"。作者写海市的变幻，质朴自然，不重雕饰，但描写却真实如画。

易堂九子中丘维屏为三魏姊婿，字邦士，读书能深悟其理，为人正直，晚年攻《周易》、数学、历法，为学者方以智所激赏。所作古文为易堂诸人推重，魏禧曾从之学。著有《周易剿说》、《松下集》、《邦士文集》等。九子中仅彭士望、林时益籍贯南昌而非宁都人，入清后，二人依魏禧兄弟，研讨授徒，侨居翠微峰十余年。在散文创作上，九子中魏禧之外，彭士望的成就最好，学问造诣亦深。彭士望（1610～1683），号躬庵，明诸生，曾从师明末著名学者黄道周，善交天下士。福王在南京立国，与同乡友人欧阳斌元赴扬州史可法幕府为幕僚。著有《手评通鉴》、《春秋五传》、《五传通鉴》及《耻躬堂诗文集》二十八卷。所作古文浑厚朗畅。兹引《书欧阳子十交赞后》记欧阳斌元在南明经历的一段文字：

甲申国变，总督吕公大器为南左司马，延之同行。南都初建时，官府百度草创，馆阁部寺诸大僚求习知典故者，咸推斌元。常公会，斌元角巾野服，南面立。诸大僚绯玉左右陪侍，以次奉旨撰诏敕，拱手言曰："某事行某地，惟先生起草。"斌元则高坐据案疾书授之，已于事而竣，如是者五日。望闻之，寓书曰："君生平学问，稍得展用，然灵气发尽，不少自韬晦，容可继乎！"后为吕公草《二十四大罪疏》，特纠马士英。士英探知出斌元手，衔刺骨。吕公辞官归，士英将伏兵遮劫之，用斌元计，出间道乃免。

斌元惧祸，不敢归，就督师史公可法于淮阳幕府。……公待以殊礼，事无巨细，惟斌元赞决之。复招士望至，士望以奇策进史公，请兴晋阳甲，用高、左夹攻，除君侧之恶。公骇曰："君年少气锐，果尔得为纯乎？"斌元曰："'纯'字给见于《易经·乾卦》，刚、健、中、正、纯、粹、精，此第五字。公尚未刚健，乃言纯耶？"史公自是心惮两人，不敢用其言。乃守白洋河，斌元更进全盘算子，公大服曰："欧阳宪万（按斌元字宪万），无一不妙。"

军中尝同榻，公侧身外卧，晨兴辄低声言动，恐惊其寝，然卒未尝用其言。特为疏荐斌元推官赞画，士英持之，报闻，斌元亦辞不就。是年四月，同士望归。

这段文章写得很有情趣。这种情趣首先来自文章对欧阳斌元的生动描写。欧阳斌元年轻气盛，为人处事，聪敏而又较少顾忌。他值诸大僚公会，角巾野服，起草诏敕，地位卑微却大胆应事，作者虽为他担忧，写信劝告，他仍然写了弹劾马士英的《二十四大罪疏》，这些描写生动地表现了人物性格。欧阳斌元与作者在史可法幕中的活动，写得也颇具特色。两个年轻人在史可法面前没有避讳，敢于直言甚至争论，史可法虽然对他们的“年少气锐”不以为然，却对他们十分爱护，表现了史可法的胸怀。史可法孤忠磊磊，有口皆碑，但欧阳斌元批评他“公尚未刚健，乃言纯耶”，也的确说到了史的痛处。对史可法这样真实的描写，在清人的文集中还很少见到。

第三节　汪琬和他的散文圈

汪琬（1624～1690）字苕文，号钝庵，江苏长洲（今苏州）人。顺治十二年进士，官户部主事，刑部郎中，康熙时举博学鸿词，授编修。晚年隐居尧峰，专心著述。著有《尧峰文钞》四十卷。

汪琬论文强调要“有寄托”，反对唐宋以来“文以载道”的看法。他说：“尝闻儒者之言曰：文者，载道之器；又曰：未有不深于道而能文者。仆窃谓此言亦少夸矣。”他对儒家典籍及两宋理学家的“载道之文”持肯定态度，但同时认为，文不必载道，只要有所寄托就可以写成好文章。提出：“至于为文之有寄托也，此则出于立言者之意也，非所谓道也。如屈原作《离骚》，则托诸美人香草，登阆风，至县圃，以寄其佯狂。司马迁作《史记》，则托诸游侠、货殖、聂政、荆卿轻生慕义之徒，以寄其感激愤懑者皆是也。”他的这种认识具有一定的反传统的意义。他强调“寄托”，同时也强调创作要有艺术性。因而又说：“由仆观之，非穷愁不能著书，古人之文安得所谓无寄托者哉？要当论其工与否耳。工者传，不工者不传也，而必其尤工者然后能传数千百年而终于不可磨灭也。”（以上均见《答陈霭公书》）

汪琬认识到了生活与思想感情在创作中的地位，但他不忽视创作的艺术特征，他的这种认识是比较全面的。

但汪琬却又不是一个有很强开拓精神的作者。他在《文戒示门人》一文中说："今幸右文之时，而后生为文，往往昧于辞义，叛于经旨，专以新奇可喜，嚣然自命作者。""今之作者，专主于新奇可喜，倘亦曾南丰所谓'乱道'，朱晦翁所谓'文中之妖'与'文中之贼'是也。"他把新奇看作为文之大敌，以"经""道"为归依，这在古文作者中是很保守的看法。清初作者中，侯方域、王猷定（字于一）在古文写作中吸收了小说创作中的一些艺术技巧，他也反对，认为"不雅驯"，以至"夜与武曾论朝宗《马伶传》、于一《汤琵琶传》，不胜叹息。"

汪琬的散文与侯方域、魏禧齐名，并受到宋荦的赏认。宋荦编有《三家文钞》，故有清初三家之称。宋荦《三家文钞序》评汪琬文，谓："温粹雅驯，无钩唇棘吻之态，而不尽之意含吐言表，譬之澄湖不波，风日开丽，而帆樯之容与者，汪氏之文也。"宋荦偏爱汪文，评述常有溢美，但用"温粹雅驯"论汪文风格，还是的当的，说汪文能做到"不尽之意含吐言表"，也符合实际。魏禧也说："仆尝语人：汪钝翁得古人之简用，能俯视一切。"（《又与汪户部书》）所谓"简用"就是用简明的语言表情达意，"俯视一切"指言能尽意，魏禧与宋荦的意见是一致的。

汪琬的散文，写得较好的是他记人记事之作，《物外闲吟序》、《计甫草中州集序》、《书沈通明事》、《江天一传》、《如是楼记》等都写得较好。特别是他写人的文章，大都能用简练的语言描绘人物特征。如《书沈通明事》写明朝总兵沈通明在明亡后的遭遇：

> 淮安沈通明，字克赤，尝为前明总兵官。任侠轻财，好从中原士大夫游，士大夫皆称之，数与贼战有功。
>
> 顺治二年，先是，有巡抚田仰者，素习通明之为人，加礼遇焉。至是见明将亡，遂属其家通明，而身自浮海去。通明匿仰妻子他所。会王师渡淮，购仰妻子急，踪迹至通明家，且并捕通明。是时，通明已散遣所部，杜门久矣。捕者凡十余辈，合噪围其居，通明走入寝室，饮酒数斗，裂束帛缚其爱妾负之背，而牵骑手弓矢以出，大呼曰："若辈亦知沈将军邪！"遂注矢拟捕者，皆逡巡引却。通明疾驰，与爱妾俱得脱。僦居苏州，变姓名，卖卜以自活。未几，

爱妾死，意不自聊，入灵岩山祝发为浮屠，已复弃浮屠服，北访故人于邓州。

通明故魁垒丈夫也，美须髯，以饮酒自豪。又善度曲，每醉辄歌呼邓州市上，间以曼声杂之，酸楚动听，一市皆以为狂。而彭公子篯，其州人也，素有声望于江淮间，方罢巡抚家居，独闻而异之。侦得通明所在，徒步往与之语，通明默不应。已询知为彭巡抚，乃大喜吐实。公捉其手曰："君状貌稍异，必将有物色之者，非我其孰为鲁朱家邪！"引与俱归。公亦豪于酒，日夜与通明纵饮甚欢。居久之，遇赦始得出。

该文写沈通明入清后的遭遇，通过拒捕逃走，卖卜佯狂，与彭篯交往几个典型细节的描写，人物豪爽的性格、郁闷的心情，表现得都很形象真实，宋荦所谓"不尽之意含吐言表"，从此文中可以略见。

在汪琬的文集中有几篇描写抗清志士的文章，也写得很好，其中《江天一传》最具特色。江天一原为明朝诸生，为金声所赏识，曾协助金声平明将左良玉的哗变之兵，清兵南下，又助金声守城于安徽绩溪，城破被俘。该文写江天一守城及在南京被害的情景：

已而清师攻绩溪，天一日夜援兵登陴不少息，间出逆战，所杀伤略相当。于是清师以少骑缀天一于绩溪，而别从新岭入，守岭者先溃，城遂陷。大帅购天一甚急，天一知事不可为，遽归，属其母于天表（天一之弟），出门大呼："我江天一也！"遂被执。有知天一者，欲释之，天一曰："若以我畏死耶？我不死，祸且族矣。"遇佥事公（金声）于营门，公目之曰："文石（天一字）！汝有老母在，不可死。"笑谢曰："焉有与人共事而逃其难者乎！公幸勿为我母虑也。"至江宁，总督者欲不问，天一昂首曰："我为若计，若不如杀我，我不死，必复起兵。"遂牵诣通济门。既至，大呼高皇帝者三，南向再拜讫，坐而受刑，观者无不叹息泣下。

这段描写，逼真地表现了江天一视死如归的精神，表现了作者驾驭语言的能力。江天一出门大呼及与金声、总督者等的几句对话，形神兼备，所谓"汪钝翁得古人之简用"，于此文可见。汪琬为清初民族志士及死难烈士作传，其爱憎是鲜明的，但他的这种爱憎多着眼于人物个人的品德气节，反清的意识在文中很少流露，这是汪文的一个特点。究其原因，从客观上讲，由于清王朝的高压政策，作者不敢放肆笔墨，但更主要的还是作者在政治思想上跟清王朝取得了一致。他的大半生都在清朝官府里做官，在不少文章中，对清王朝的统治歌功颂德，相当露骨。例如《宝翰堂记》颂顺治："我世祖章皇帝，以天纵之姿，祖武之烈，受天成命，西翦巨寇，南平小蠢，十余年之间，薄海内外，罔不宾服。"康熙南巡，他亲临迎接并自报家门，康熙临董其昌书相赠，他感激涕零，修阁恭奉并作记颂康熙书法："虽云临笔，夫岂其昌辈流专以一艺名家者所能仿佛其概哉！"阿谀之情，出于言表。所以在他的不少文章中，称涂炭江南的清兵为"王师"，称南明皇帝为"小蠢"。唯其如此，在他给民族志作传时，要求他鲜明地表现民族感情，就不可能了。

汪琬的散文喜用夹叙夹议法抒情写意，有些短章小品写得很有特点。如《物外闲吟序》：

盈天地间，无往而非物也。畏尘喧者，激与至于闭户，自以为物外矣。然而所眠者家室，所御者琴瑟书册几杖之属，皆物也。厌轩冕者，放而入于南山、北山之阻，益自以为物外矣。然而所闻者，松风泉濑，鸟哢虫号，所睹者，层崖飞瀑，异花名药，与夫麢鹿之往来，田夫钓叟方外之徒之出入，凡此又皆物也。极之为达人之观，则吾之一身亦物也，安所得物外而逃之？是故可以寓意于物，不可以留意于物，惟其随所寓而安焉，夫然后不物于物，而能游乎万物之外。

无锡华先生子嘉，颀然长身，为人耿介自好，年未壮而与其室析屋，孑然杜门者，几四十年，今年寿七帙矣。华发漆鬓，朱颜郁然。有老屋数椽，破书数千卷，纸窗土壁，煤恃尘榻，若自得者。颇善饮酒，酒酣则发之为诗，短章促节，脱去唐宋人章句蹊径，萧疏远寄，味之别有异趣。得若干卷，署曰《物外闲吟》，予读而加爱慕焉，倘所谓不物于物而游乎物之外者与？先生少娶于周，予门周子子赡者，先生之室之侄也。数过郏南，乞予一言为《闲吟》序，予惟先生胸中浩浩焉，落落焉，俯仰天地古今，视之与空华游云野马者不少异，况于诗歌小技，岂复以苦吟相矜乎？若近世诗人之为乎？然则先生之视万物皆寓也，其视此吟亦寓也。耳目所触，偶焉托兴而已。世之人相竞以钱刀，相轧以名位，方十沉九浮，碌碌风尘澒洞中，安能知先生之高且旷哉！读是吟者，盍以吾言求之。

汪琬晚年隐居尧峰山中，由于进转为淡泊，此文当作于晚年隐退之时。文章借为华子嘉《物外闲吟》作序之机，抒发了超然物外的思想感情。作者对闭户不出和放浪山水的一般隐居者发表了自己的看法，认为这些人并没有逃之于物外，他认为只有“随寓而安”，“不物于物而能游乎万物之外”，才是真正做到了游于物外，进而又对文人“以苦吟相矜”及世人“相竞以钱刀，相轧以名位”的现象提出了批评。这中间，既有对世情的剖析，同时也包含着对自身半生仕宦生活的内省。从这个角度看，该文是有一定现实意义的。

汪琬的散文也有不足。就其多数作品而言，由于作者自己过于强调作文的法度，强调雅训，因而常常显得局促。魏禧批评他的文章“奉古人法度”“守之而莫敢过”(《答计甫草书》)，这是很正确的。他与侯方域、魏禧齐名，但他既无侯的才气，也缺乏魏的刚健醇厚。他的一生，大半都在清廷作太平官，题材内容也欠丰富，文章力度不如侯、魏。

汪琬没有像侯方域、魏禧那样组织文人集团，但在他的周围也有一些作者经常切磋古文创作，形成了一个以他为中心的古文圈，这些作者中，宋荦、陈廷敬、汤斌等较有名，这些人大都有官位，地位较显赫。宋荦原是侯方域雪苑社中人，侯死后，在官场中逐渐得意，后与汪琬相识，并为文友，其文其事已如前述。汤、陈简介如下。

汤斌（1627～1687）字孔伯，号潜庵，河南睢阳人。顺治九年进士，康熙时官至工部尚书，著有《汤子遗书》、《洛学编》及诗文集。曾从学容城孙奇逢，通理学，笃信礼教。为官刚正，重视兴利除弊。所作古文自然流畅，多有可读者。所作《蕺山刘先生文录序》、《征君孙钟元先生墓志铭》分别介绍了明清之际著名学者刘宗周、孙奇逢的著述为人，颇富情致，《石坞山房图记》则表现了对汪琬的崇敬。康熙十七年，宋荦官刑部尚书郎，到江西视察专卖，行前汤斌作《送牧仲分司赣关序》相赠，文章写得较有特色。略云：

戊午，宋子牧仲，以秋官尚书郎视赣关。于其行也，同朝士大夫赠之以诗，至盈卷轴。余，宋子姻友也，适应召来都下，不可以无言。赣州居江广之交，地号僻远，往时榷政（专卖）以通判领之，岁时报成数而已。后用言官议，改部员以重其任。……牧仲此往，其所以裕国课而恤商困者，可不加之意乎？然此为牧仲之所优为者也。天下事，莫患于因时苟且而无真诚之意，动辄曰：“时不可为也，事多掣肘也。”……今其视榷也，由司寇推举，天子临轩而遣之，授以专敕，其体为京朝官，与督抚藩镇不相辖也，非若部郎之多旁掣其肘也。吾尝谓司榷政者，禁胥役之需索，信放关之期会，则商不病；杜豪强之夹带，绝权贵之请托，则课不绌。而其要在律己严而综核慎。此皆牧仲之所优为者也。

而余之所望于牧仲，不尽于此焉。人身之所重者，元气也，国家之所重者，人才也。古人官辙所至，必以咨访人才为首务。其所为人才者，非词华藻丽，驰声艺苑之谓也。必经术足以明道，才略足以匡时，有精苦之志，有沉深之谋，此其人必不以浮华显，往往在深山穷谷，可以遁世无闷，或浮湛人间，落落穆穆，非得其同志，则不能相求也。西江自宋以来，名臣大儒不可胜数，今岂遂无其人乎？……宁都有魏冰叔兄弟，与彭躬庵、丘邦士，方读书“易堂”，余知之，未暇入山一访，亦以诸子深藏交修，不求闻于世……今得读其所著书，想见其为人，屈指当日，已二十年矣。河山阻修，光阴荏苒，惟有浩叹而已。天生人才，无间古今，往者已矣，来者未可量。牧仲更从冰叔益求知所未知焉，勿如我之过时而晦也。还朝以此为使归之献，则牧仲之所以报国者深矣。

这篇送序，在清代散文的赠送序中，是写得较好的篇什之一。汤与宋既是姻戚，又是文友，关系密切，该文以诚挚的感情，说明宋荦出任赣关职务的重要，以及对宋荦的希望。清朝初年，由于征战频仍，国库空虚，因而十分重视“裕国课而恤商困”，文章先从这个角度着笔，希望宋用其所长，不要因时苟且，而要严于律己。然后以“国家所重者，人才也”一语，转而说明为朝廷搜求人才的重要。文章在此着重提到对魏禧及易堂诸子的景仰，并希望宋荦与他们交往。（宋到江西后，果然没有辜负朋友的重托和希望，不仅拜见了魏禧诸人，并且建立了深厚的友谊。）

该文言真语切，有理有情，颇能体现赠送序文的特点。

陈廷敬（1639～1712），山西泽州人。顺治十五年进士，康熙时官至文渊阁大学士兼吏部尚书，著有《午亭集》。青年时期即与汪切磋古文，后又举汪为博学鸿儒。陈文清雅自然，代表作有《李善感谏封禅论》、《记女奴景事》、《老姥掌游记》等。《记女奴景事》写女仆名景者，嫁柴氏，丈夫病死后柴氏族人为夺其财，残酷施虐，逼其改嫁，景乘夜逃出到县庭哭诉，诸柴氏遭箠笞，诸柴却变本加厉，虐待更惨，再诉再箠，景不堪，赴京寻陈廷敬，跋山涉水，历尽艰辛。下面的一段文字颇能代表陈文的特点：

> 景于是提携其九岁女，六岁男，泣涕匍匐，乞食野宿走京师。行五阅月而达，计程二千里。中多峻山大水，水潦秋方盛，深及腰腹以上。景凡涉水，则先负一儿抵岸，再返负一儿，日数涉，涉几死者数矣。盖其艰如此。至之日，家人以告予，询之言历历。感其事，不禁泫然泣下，左右观者无不皆泣。女奴，微者耳，名义所不责，而能卓然自立，使人感动如此。此岂非出于其至性者耶！夫士大夫之行，其大于此不可为量数，而能如景之出万死一生而不变者谁哉？

这段描写十分简练，景行路之艰难，历历如在眼前。最后以景之卓然自立，与士大夫之德行相比较，深化了主题，令人深思。

第四节　归庄、王猷定、周容

归庄（1613～1673），一名祚明，字玄恭，江苏昆山人，为明代散文家归有光之曾孙。他生于危机四伏的明朝末年，社会的矛盾斗争所形成的动荡，使他早年即关心国事，十七岁与顾炎武同入复社。清兵南下时曾参加昆山起义，并鼓动群众杀死降清县丞阎茂才。起义失败后亡命他乡。一生与顾炎武为执友，顾避仇北上后，归庄隐居乡野，以鬻文卖画为生，并浪迹山水，以佯狂玩世、游山看花，寄托其愤懑，故时人有“归奇顾怪”之称。归庄死后，顾炎武有《哭归高士》诗四首。其一云：“峻节冠吾侪，危言惊世俗。常为扣角歌，不作穷途哭。生耽一壶酒，没无半间屋。惟存孤竹心，庶比黔娄躅。”这是对归庄一生的很好的概括。

归庄终生抱亡国之痛，所作诗文沉郁悲怆，怀念故国，痛斥清军残暴，揭露黑暗，鞭挞贰臣，是其作品的主要内容。原有《恒轩诗集》十二卷、《悬弓集》文集三十卷、《恒轩文集》十二卷，均已散失。现存《归庄集》收文八卷，诗、曲各一卷，为新中国成立后据其遗文编辑而成。

归庄的散文实为清初一大家，因其文集未能流传，文名被淹没。现存散文内容丰富，笔力雄浑酣畅，《送顾宁人北游序》、《与季沧苇书》、《两顾君大鸿仲熊传》、《洞庭山看梅花记》、《与叶嵋初》、《答汪苕文书》等都是比较优秀的散文篇什。如《送顾宁人北游序》：

余与宁人之交，二十五年矣。其他同学相与，或二十年，或十余年，盖未尝有经岁之别也。今于宁人之北游也，而不能无慨焉。

宁人故世家，崇祯之末，祖父蠡源先生暨兄孝廉捐馆，一时丧荒，赋徭蝟集，以遗田八百亩典叶公子，券价仅当田之半，仍靳不与。阅二载，宁人请求无虑百次，乃少畀之，至十之六，而逢国变。公子者，素倚其父与伯父之势，凌夺里中。其产逼邻宁人，见顾氏势衰，本蓄意吞之。而宁人自母亡后，绝迹居山中不出，同人不平，代为之请，公子意弗善也。适宁人之仆恩陆得罪于主，公子钩致之，令诬宁人不轨，将兴大狱，以除顾氏。事泄，宁人率亲友掩其仆，执而箠之死。其同谋者惧，告公子，公子挺身出，与宁人讼。执宁人囚诸奴家，胁令自裁。同人走叩宪副行提，始出宁人。比刑官以狱上，宁人杀无罪奴，拟城旦，宪副与公子年家，然心知是狱冤，又知郡之官吏，上下大小，无非公子人者，乃移狱云间守。坐宁人杀有罪奴，拟杖而已。公子忿怒，遣刺客戕宁人，宁人走金陵，刺客及之太平门外，击之，伤首坠驴，会救得免，而叛奴之党，受公子指，纠数十人，乘间劫宁人家，尽其累世之传以去。宁人度与公子讼，力不胜，则浩然有远行。

而同人之知宁人者，携尊榼送之。酒半，归子作而言曰：“宁人之出也，其将为伍员之奔吴乎，范雎之入秦乎？吾辈所以望宁人者不在此。夫宣尼，圣也，犹且遭魋畏匡；文王，仁也，不殄厥愠。宁人之学有本，而树立有素，使穷年读书山中，天下谁复知宁人者？今且登涉名山大川，历传列国，以广其志而大其声施。焉知今日困阨，非宁人行道于天下之发轫乎！若曰怨仇是寻，非贤人之志；别离是念，非良友之情。”于是同人曰：“善！”请歌以壮其行，而归子为之序。

此文表面平和，实际却是一篇充满悲怆之作。其中既有对叶公子（名嵋初）等恶势力的揭露，也有对官绅勾结胡作非为的控诉。著名学者顾炎武避仇北上，是中国文化史上的著名事件，它不仅是个人的行为，还包含着丰富的社会内容。对于这一点，归庄是十分清楚的。叶公子为了霸占顾家财产，勾结顾家奴仆陆恩，诬告顾炎武“不轨”，欲置顾炎武于死地。顾炎武的“不轨”自然不是指一般的民事纠纷，而是指他反清的种种活动。此事所以引起顾炎武的愤怒，并率亲友将其仆人“执而箠之死”，原因正在这里。该文叙述此事，尽管文字隐蔽和平，但含意十分清楚，作者在这里对叶公子及顾家仆人是充满忿恨的。此外，文章在叙述官府处理顾炎武杀死仆人的案件时，顺带揭露了叶公子与官府勾结的种种行径，其中也包含着作者对社会黑暗的控诉。

访友、游山、看花，是归庄入清后的重要生活内容，这是他排遣苦闷的重要方法，也是他散文创作的重要内容，其中不乏佳作。兹引《洞庭山看梅花记》片断，以见其风貌：

十七日，偕月鹭、翁于止各携酒邀余，至郑薇令之园。园中梅百余株，一望如雪，芳气在襟袖。临池数株，绿萼玉迭，红白梅相间，古榦繁花，交映清波。其一株横偃池中，余酒酣卧其上，顾水中花影人影，狂叫浮白，口占二绝句，大醉而归寓。其明日，乃为长圻之游。盖长圻梅花，一山之胜也。乘篮舆，一从者携袱被屐，过平岭，取道周湾，一路看梅至杨湾，宿于周东藩家。明日，东藩移樽，并挈山中酒伴同至长圻。先至梅花深处名李湾，又至湖滨名寿沚者，怪石岃峁，与西山之石公相值。太湖之波，激荡其涯，远近诸峰，环拱湖外。既登高丘，则山坞湖村，二十余里，琼林银海，皆在目中。还过能仁寺，寺中梅数百株，树尤古，多苔藓斑剥，晴日微风，飞香满怀，遂置酒其下。天曛酒阑，诸君各散去，余遂宿寺之翠岩房。自是日，令老僧为导，策杖寻花，高下深僻，无所不到。其胜处有所谓西方景、览胜石、西湾、骑龙庙者，每日任意所之，或一至，或再三，或携酒，或携茶及笔砚弈具，呼弈客，登山椒对局，仍以其间，闲行觅句，望见者以为仙人。

以上描写具体传神，可以引人入胜，但文中蕴含的情绪，又绝非是兴高而采烈的。酒酣卧于梅树，狂叫浮白，登山看水，会友对弈，于清闲中透露着无聊。如果这样说还觉不明显，那么该文结尾的一段话，就再清楚不过了：

在长圻遇九年前梅花主人，已不复相识，盖颜貌之衰可知矣。而世事如故，吾之行藏如故，能无慨然！昨为薇令述之，薇令曰："人生逆旅，又当乱世，九年之后，尚得无恙，复来寻花，已为幸矣！"其言尤可悲也已。复自念惟当乱世，故得偷闲山中耳。半月之乐，勿谓易得也。

归庄于入清之前，与顾炎武等人一同加入复社，壮怀激烈，有济世之志，一旦故国沦丧，报国无门，情绪自然是沉郁悲怆的。该文作于庚子正月，即 1660 年正月，清兵进关已十多年，此时归庄的民族意识并没有稍减。所谓"世事如故，吾之行藏如故"，所谓"惟当乱世，故得偷闲"，都能说明他当时的思想情绪。就表现形式而言，该文寓情于景，含而不露，语言畅达，格调沉郁浑厚，具有较强的艺术性。

王猷定（1598～1662）字于一，号轸石，江西南昌人。为人倜傥自豪，曾入史可法幕为记室。入清后隐居不出，以诗文自娱。与归庄等人交往。归庄谓其"居广陵佳丽地，日与骚人韵士临风赋诗，登高长啸，声与竹西歌吹相杂，岂非天上人耶！"（《与王于一》），由此可见其风貌。诗文郁勃多奇气，风格与侯方域接近。有《四照堂集》。

王猷定的散文创作不拘泥成法，时以鬼怪传说阑入文中，并运用某些小说笔法从事散文写作。时人陈之问、汪琬等对此曾加以批评，认为他和侯方域不该以"小说家伎俩"写散文。侯方域的《马伶传》、王猷定的《汤琵琶传》受指责最多。小说与散文是两种不同的文体，二者各有其特殊的写作规律，不加区别是不对的，但把两者的不同加以绝对化，认为绝不能相通也不对，侯方域与王猷定在人物刻画方面，注意细节描写，在情节安排方面注意曲折变化，的确借鉴了小说的笔法，这对丰富散文的艺术表现手法，是有好处的，不应该取否定态度。王猷定这样的散文，自以《汤琵琶传》为代表：

汤应曾，邳州人，善弹琵琶，故人呼为汤琵琶云。贫无妻，事母甚孝，所居有石楠树，构茅屋，奉母朝夕。幼好音律，闻歌声辄哭。已，学歌，歌罢又哭。其母问曰："儿何悲？"应曾曰："儿无所悲也，心自凄动耳。"

世庙时，李东垣善琵琶，江对峰传之，名播京师。江死，陈州蒋山人独传其妙。时周藩有女乐数十部，咸习蒋技，罔有善者，王以为恨。应曾往学之，不期年而成。闻于王，王召见，赐以碧镂牙嵌琵琶，令着宫锦衣，殿上弹《胡笳十八拍》，哀楚动人。王深赏，岁给米万斛，以养其母。应曾由是著名大梁间，所至狭邪，争慕其声，咸狎昵之。然颇自矜重，不妄为人奏。

后征西王将军招之幕中，随历嘉峪、张掖、酒泉诸地。每猎及阅士，令弹塞上之曲。戏下颜骨打者，善战阵，其临敌，令为壮士声，乃上马杀贼。

一日，至榆关，大雪。马上闻觱篥，忽思母痛哭，遂别将军去。夜宿酒楼，不寐，弹琵琶作觱篥声，闻者莫不陨涕。及旦，一邻妇诣楼上曰："君岂有所感乎？何声之悲也！妾孀居十载，依于母而母亡；欲委身，无可适者，愿执箕帚为君妇。"应曾曰："若能为我事母乎？"妇许诺，遂载之归。

襄王闻其名，使人聘之。居楚者三年，偶泛洞庭，风涛大作，舟人惶扰失措。应曾匡坐弹《洞庭秋思》，稍定，舟泊岸。见一老猿，须眉甚古，自丛箐中跳入篷窗，哀号中夜。天明，忽抱琵琶跃水中，不知所往。自失故物，辄惆怅不复弹。已归省母，母尚健，而妇已亡，惟居旁抔土在焉。母告以："妇亡之夕，有猿啼户外，启户不见。妇谓我曰：'吾待郎不至，闻猿啼，何也？吾殆死！惟久不闻郎琵琶声，倘归，为我一奏石楠之下。'"应曾闻母言，掩抑哀痛不自胜。夕，陈酒浆，弹琵琶于其墓而祭之。自是猖狂自放，日荒酒色。值寇乱，负母鬻食兵间。耳目聋瞽，鼻漏，人不可迩。召之者，隔以屏障，听其声而已。

所弹古调百十余曲，大而风雨雷霆，与夫愁人思妇，百虫之号，一草一木之吟，靡不于其声中传之。而尤得意于《楚汉》一曲，当其两军决战时，声动天地，屋瓦若飞坠，徐而察之，有金声、鼓声、剑弩声、人马辟易声。俄而无声。久之，有怨而难明者，为楚歌声；凄而壮者，为项王悲歌慷慨之声，别姬声；陷大泽，有追骑声；至乌江，有项王自刎声，余骑蹂践争项王声。使闻者始而奋，既而恐，终而涕泪之无从也，其感人如此。

应曾年六十余，流落淮浦，有桃源人见而怜之，载其母同至桃源，后不知所终。

轸石王子曰：古今以琵琶著名者多矣，未有如汤君者。夫人苟非有至性，则其情必不深，乌能传于后世乎？戊子秋，予遇君公路浦，已不复见君曩者衣宫锦之盛矣。明年复访君，君坐土室，作食奉母，人争贱之，予肃然加敬焉。君仰天呼呼曰："已矣！世鲜知音。吾事老母百年后，将投身黄河死矣！"予凄然，许君为立传。越五年，乃克为之。呜呼！世之沦落不偶，而叹息于知音者，独君也乎哉？

这篇散文确有借鉴小说笔法之处，最明显的是汤应曾在洞庭湖边遇老猿而失琵琶，与妇亡之夕闻猿啼之事，用小说常用的"巧合"手法，扯在了一起，其中有作者的主观色彩。除此之外，汤应曾在榆关别王将军，娶孀妇为妻，为亡妻弹琴，以及对汤应曾"所弹古调百十余曲"的渲染描绘等，均有传奇小说的色彩。但从总体上看，该文的主要内容还是实录其人其事的传记散文。文中提到多人，都是生活中实有的，作者自己交代曾在公路大道上与汤应曾相遇，后来又亲自造访，并当面应承为其作传。这些应该都是实录其事。至于文中所写遇老猿及妻亡前夕闻猿啼，这些事虽然有些奇，但当时南方多猿，发生这类事并非全无可能，当然我们也不能排除作者采用了关于汤应曾的传说。但这与小说的虚构不能看成一回事。王猷定是一个富有才气的作者，其散文具有自己的风格特点，《汤琵琶记》之外，《潘江如穆溪诗序》、《浙江按察司狱记》、《李一足传》等也颇具特色。

周容（1619～1679）字茂三，一字鄮山，浙江鄞县（今宁波）人。明诸生，入清后曾剃发为僧，朝臣争荐其应博学鸿词，以死力辞。平时放浪山水，常饮酒至酣，狂歌恸哭。喜诙谐，世人比之于徐渭。工诗文书画，有《春酒堂文集》及诗集、诗话等。

周容散文现存仅百余篇，据全祖望讲，他的诗文，“其生平秘惜之作，多付之火”(《周征君墓幢铭》)。所谓“秘惜之作”应是指他表现民族感情不敢示人的作品。其现存作品中，仍有不少是写亡国的悲愤和故国之思的。全祖望说他的《发冢铭》等文“几于每饭不忘故国，黍离麦秀之音，读之令人魂断。”(《春酒堂文集序》)，这是符合实际的。他于丙戌（1646）年七月剃发为僧，埋发于寺庵之左，并作《发冢铭》十篇。《发冢铭》颇能代表其文章风格。其一云：

> 鄮山周子，生值斯世而愿为僧。僧者，谓涤除烦恼而去其累也。身之累亦多矣，而介介于发，发之累人独重欤！人之始生，弥月剃发，自此以至总角，月必一剃。凡小儿闻剃发，但逃匿奔避。父母以果核饵之，犹号泣不前，岂真有所痛苦哉？小儿天性未剥，恋于其同本而悲于其将离也。予幼时不然，见号泣奔匿者辄笑，就母怀索沐受剃，无少异容。能忍身而割恋，有僧道矣。
>
> 丙戌（原作“午”，误）七月之上十有四日，于青雷山剃发为僧，谋所以安是发。安之水乎？曰：发分精气，亦能有神，苟其流于海外诸岛，生祸福以受蛮夷之血食，不可。曰：为妖蛟灵鼍所得，借尔气魄以乱风雨，不可。安之火乎？曰：兵火互触，鬼满于烟，苟其驰逐青燐，乘怒毒之气中于草木，以害禽兽，不可。曰：消为尘灰，游漾天地，使回风无知，吹集缨袂，为豪贵者所拂拭，不可。其瘗之。乃卜于青雷之阳，依山接流，群冈趋会，风不射寒，水不中溃。发其将安，于是不封不树，石而铭之曰：莫能相留，遂至于此。俗固难言，僧亦可耻。嗟哉为僧，吾则今始。

古有所谓嬉笑怒骂，皆成文章之说，此文颇得其要。剃发而葬之，已属非常，葬而刻石为铭，天下少有。在作者的笔下，头发成了极其圣洁的东西，它精气有神，不能葬于水，不能葬于火，安葬它要选择风水宝地。作者为什么要这样珍贵它呢？清朝入关后，颁布剃发令，实行“留头不留发，留发不留头”的野蛮政策，广大人民奋起反抗，千千万万的人民曾为此而被杀。“身之累亦多矣，而介介于发，发之累独重欤!”这些话明白地告诉了读者，作者作《发冢铭》并非游戏文字。“莫能相留，遂至于此；俗固难言，僧亦可耻。”剃发是不得已的，是被迫的。周容择地葬发，并作《发冢铭》十篇加以纪念，他要纪念的不是头发本身，而是为反抗剃发令死难的千千万万的人民大众。此文亦庄亦谐，表现是谐，实质是庄，在诙谐的背后，隐藏的是血，是泪。

周容的《春酒堂文集》收文虽然不多，但其中多数作品都感情深挚，内涵丰富而耐咀嚼。《发冢铭》之外，《陆机陆云论》、《春酒堂记》、《巾子冈记》、《芋老人传》等也都写得很好。《芋老人传》借芋老人给后来官至相国的书生讲食芋的故事，说明“时、位移人”的道理，故事生动，寓意深刻，被选入多种文选及教材，尤为人们所熟知。

第五节　钱谦益、吴伟业

钱谦益（1582～1664）字受之，号牧斋，常自称蒙叟、绛云老人、敬他老人，晚号东涧遗老，江南常熟（今属江苏）人。明万历进士，官礼部右侍郎，南明弘光时，官礼部尚书。清兵南下，率先迎降，清初为礼部右侍郎、明史馆副总裁，不久告病归，晚年遁入空门为僧。著有《初学集》一百一十卷，《有学集》五十卷及《投笔集》、《列朝诗集》等。明末清初，为文坛盟主数十年。

对钱谦益的评价，历来颇多悬殊。其门人瞿式耜于南明永历时坚持抗清多年，他曾密信送式耜，指陈当时军事形势，报告清军动态，式耜说他“身在虏中，未尝须臾不念本朝”。郑成功配合南明军，攻入长江，他曾和爱妾柳如是入江犒军。他退隐后的一些诗文常有故国之思，因而有人把他视为“爱国诗人”。而乾隆对他却大加贬斥，乾隆三十四年六月，谕云：“钱谦益本一有才无行之人，在前明时身跻朊仕。及本朝定鼎之初，率先投顺，洊陟列卿。大节有亏，实不足齿于人类。”又说：“今阅其所著《初学集》、《有学集》，荒诞悖谬，其中诋毁本朝之处，不一而足。夫钱谦益果终为明朝守死不变，即以笔墨腾谤，尚在情理之中；而伊既为本朝臣仆，岂得复以从前狂吠之语，列入集中？其意不过欲借此以掩其失节之羞，尤为可鄙可耻！”因而严令全国城乡收缴钱谦益的著作，尽行销毁。此后一百余年，钱谦益的著作未能流传。

对于钱谦益的功过是非，此处没有必要进行全面论述。但应该肯定，对他的变节行为，我们绝不能为之辩护，同时对他的作品也不能因为其变节而一概抹杀。入清之后，不少进步文人，包括一些民族志节之士如黄宗羲、归庄、方以智等，都还和他保持密切联系，他们对他的丧失民族立场采取批判态度，同时也不否定他的文学成就和在文坛的地位，我们认为这是正确的。黄宗羲诗云："四海宗盟五十年，心期末后与谁传？凭裀引烛烧残话，嘱笔完文抵债钱（黄注：临终以三文润笔，抵丧葬之费，皆余代笔）。红豆俄飘迷月路，美人欲绝指筝弦。平生知己谁人事（黄注：应三四句），能不为公一泫然（应五六句）。"（《八哀·钱宗伯牧斋》）黄宗羲对他的失节深为惋惜，但并不否定他宗盟四海，并在钱氏穷愁潦倒，寂寞而死的时候，给以帮助，这种态度是可取的。

钱谦益的文学主张及创作以接续明唐宋派古文为己任，于创作提倡变化创新，对前后七子的复古主义，经常给以批判。他在《答唐训导汝谔论文书》中说：

> 弘正之间有李献吉者，倡为汉文杜诗，以号叫于世，举世皆靡然而从之矣。然其所谓汉文者，献吉之所谓汉，而非迁、固之汉也。其所谓杜诗者，献吉之所谓杜，而非少陵之杜也。彼不知夫汉有所以为汉，唐有所以为唐，而规规焉就汉、唐而求之，以为迁、固、少陵尽在于是，虽欲不与之背驰，岂可得哉！献吉之才，固足以颠倒驰骋，惟其不深惟古人著作之指归，而徒欲高其门墙，以压服一世，矫俗学之弊，而不自知其流入于缪，斯所谓同浴而讥裸裎者也。嘉靖之季，王、李间作，决献吉之末流而飏其波，其势益昌，其缪滋甚。弇州之年，既富于李，而其才气之饶，著述之多，名位之高，尤足以号召一世，然其为缪则一而已。今观弇州之诗，无体不具，求其名章秀句，可讽可传者，一卷之中，不得一二。其于文，卑靡冗杂，无一篇不偭背古人矩变，其规摹《左》、《史》，不出字句，而字句之伪缪者，累累盈帙。闻其晚年手《东坡集》不置，又亟称归熙甫之文，有久而自伤之语。然而岁月逾迈，悔之无及，亦足悲矣。

从这段话中，人们可以看出钱谦益的论文祈向，他反对摹拟古人，主张自然独创，他的诗文创作，大都本此。

对于钱谦益的学问文章，当时人多有肯定。朴学大师阎若璩说："吾从海内读书者游，博而能精，上下五百年，纵横一万里，仅仅得三人焉，曰钱牧斋宗伯也，顾亭林处士及黄南雷而三。”黄宗羲对他的散文创作也给以极高的评价，说他“主文章坛坫，几与弇州（王世贞）相上下。其叙事必兼议论，而恶夫剿袭，词章必贵乎铺叙而贱夫雕巧，可谓堂堂之阵，正正之旗。”应该说，这些评价并不是没有根据的。钱谦益学问淹博，精通文史，这对他散文风格的形成有重要关系。

钱谦益的散文，文笔简练，善于描绘，注意声音节奏，能独立成家。其《张进谏传》、《徐霞客传》、《彭达生晦农草序》、《香观说书徐元叹诗后》等具有特色。以《张进谏传》为例：

> 张进谏，莱州人也。万历中，麻城梅公克生以御史监宁夏军，讨哱贼。进谏以小校隶麾下亲随执槊，不去左右。贼被围急，我师决堤水灌城，贼诈降，请缒城见监军，皆及濠稽首而退。许朝挥刃逾濠，将及公，公披襟当之，朝内刃下拜。当是时，朝相逼在十步内，进谏色动，公眹止之。进谏退曰：“主在此，使贼好去。进谏握两拳欲胛矣!”公每夕变服为逻卒，周巡城垒，昏黑中辨人影相随，必进谏也，夜有零贼取食他堡，一军空营逐之。公起巡营，见帐下一人植立，则进谏也。公问：“胡弗往?”进谏曰：“军中昏旦多警，敢逐一首一级，俾主公惧然独夜乎?”城下之日，制府纵军大掠，金珠委地，进谏独持一槊从公就道。
>
> 制府疾监军，并绌进谏功，升黑沟镇抚。梅公叹曰：“吾虽不争功，不能不愧于进谏也。”且死，以属其弟子长公。长公官谏垣，抗疏为进谏伸雪，有诏录用，未几而进谏死。
>
> 进谏膂力绝人，矫捷如飞鸟。以二食指按屋檐，掷身空中，腾跃数回，瓦不坠裂，亦无磕击声。拳击牙旗石磴，火迸石裂，屑飞数丈。数十人持刀槊环刺，进谏赤手尽夺群械，敌亦不受伤。跳跃上马，横侧鞦镫，上下驰骤，见者目眩。善料敌，侦报贼出没，不差晷刻，陷阵先登，多获首虏。及上功，粥粥若无与者。卒伍索首功，辄分与之。梅公殁，拊膺恸哭曰：“进谏自今无死所矣。”尝与壮士剧饮长安市中，酒酣，谈少年击石事。进谏曰：“吾老矣，贫不办饮啖，气力差减，尚当为诸君试之。”挥拳击巨石，石碎如粉，两背皆裂，血出如注，不数日卒。

明万历二十年（1592），宁夏藩将哱拜反，朝廷派兵镇压，浙江道御史梅国桢（字克生）前往监军。该文所写“讨哱贼”即此事。文章写张进谏作战时英勇杀敌，仅用“陷阵先登，多获虏”数字略略带过，而对他的武艺为人则加以铺陈描绘，刻画逼真。张进谏的为人，突出表现在不避艰险、忠心护卫梅国桢上。梅国桢能文善武，正直廉洁，颇受部属尊重。敌军诈降时，敌将许朝挥刃逾濠，与梅相逼仅十步，处境十分危险，因梅善于处置才化险为夷。作者在这险境中刻画张进谏的表现十分传神：“进谏色动，公眣止之。进谏退曰：‘主在此，使贼好去，进谏握两拳欲肿矣。’”文字虽然不多，但善于抓住典型细节加以描绘，使文章显得十分传神。其他如写张进谏“膂力绝人，矫捷如飞鸟”，写他在长安市中剧饮，击石受伤而卒，无不如此。通过这些细节描写，张进谏忠勇豪迈，不居功争名等品质，都得到了充分表现。

《张进谏传》见于其入清前的文集《初学集》，为了使读者进一步了解钱谦益的文章风格及入清后的精神态度，我们再引他入清后的文集《有学集》中的《彭达生晦农草序》一文，以飨读者。其文云：

> 弘光南渡，东南施弓舆马之士，举集南都。彭子达生，韩子茂贻辈，将应维扬幕（按即史可法幕）辟，客余宗伯署中，莫不竖眉目，重齿牙，骨腾肉飞，指画天下事，数着可了。旋观诸子顾盼凌厉，如饥鹰之睨平芜，如怒马之临峻坂。余固有经营四方之志，恃诸子以益强，何其壮也。
>
> 越七年辛卯，遇达生于广陵僧舍，风尘憔悴，叉衣杂坐。久之，乃辨识颜面，起而再拜，涕泗沾衣袂，喉吻咯咯然有言，而各不能吐。当此之时，余如东郊之老马，骨骼硉兀，皮干毛暗，而鸟啄其疮也。达生如失群之马，逡巡过其故乡，翔回鸣号而继以踯躅也，如燕雀啁啾之顷而后乃能去也。呜呼！何其惫也。更七八年，余老而加病，头童耳聩，颓然退院老僧。少年茂贻辈多物故，达生声尘阻绝，如在异国。侧身天地，每自伤孤零而已。今年长夏卧病，忽得达生书，则大喜，又得其所作诗文，则又喜。欧阳子读黄梦升之文，悲其志虽困而文章未衰。余于达生不然，以文章之未衰，而知其志气尚在，则尤可喜也。
>
> 昔者有唐之文，莫盛于韩柳，而皆出元和之世。圣德之颂，淮西之雅，铿

锵其音，灏汗其气，哗然与三代同风。若宋之谢翱，当祥兴之后，作铙歌鼓吹之曲，一再吟咏，幽幽然鸮啼鬼语，虫吟促而猿啸哀。甚矣哉，文章之衰，有物使然。虽有才人志士，不能亢之使高，激之使壮也。达生遭时坎陷，自比于晞发、水云之流。其文昌明闳肆，涵蓄驰骤，去元和未远也。今将斯文投眢井，实鱼腹，沉埋于羊年犬月，吾知必有精灵光怪，抉扃发匮，飞跃而去，达生能终锢之耶？宁戚之未遇齐桓也，扣角而歌曰："生不逢尧与舜禅，长夜漫漫何时旦！"听斯言也，此其人岂局促辕下，长为饭牛之客者哉。余虽老惫，视后而鞭，尤将恃子以少强也。姑书之以志余喜。

该文借序彭达生之文，述彭达生之人之事，兼写自己，其中不乏故国之思。彭达生在南明时，"骨腾肉飞，指画天下事"，可见是一个关心国事，希望复明之士。入清后，他自比南宋末年爱国志士、作家谢翱（号晞发子）、汪元量（号水云子）。谢、汪的诗文寄寓了对南宋灭亡的悲痛。彭达生《晦农草》的内容可想而知。钱谦益赞赏彭达生的民族感情，其中自然也有自己的感情流露。乾隆对钱谦益文章中的这种思想感情，斥为"欲借此以掩其失节之羞，尤为可鄙可耻"，也许并非全无道理，但如果认为他全是作假，没有自己的一点真情实感，恐也非是。章太炎在谈到"世多谓谦益所赋，特以文墨刻饰，非其本怀"时就曾指出："以人情思宗国言"，"谦益不尽诡伪矣"（见《检书》）。从文章写作的角度看，该文闳阔明达，涵蓄驰骋，黄宗羲所谓"叙事必兼议论而恶夫剿袭，词章必贵乎铺叙而贱夫雕巧，可谓堂堂之阵，正正之旗"，于此文可以稍见之。

吴伟业（1609～1672）字骏公，晚号梅村，亦署鹿樵生、灌隐主人，江苏太仓人。崇祯四年进士，授翰林院编修，历迁东宫侍读、南京国子监司业，为复社重要领袖。福王时，拜少詹事，因与马士英、阮大铖不合，辞官归里。《清史列传》等书把他和钱谦益等列入贰臣传，但情况不完全相同。清兵攻陷南京后，他在家隐居十年，因大学士冯铨等人力荐，被召进京，为秘书院侍讲，迁国子监祭酒。他在清朝做官有被迫的性质，且时间不长，因而有人为他被归为贰臣而不平。在文学上，他与钱谦益、龚鼎孳齐名，并称"江左三大家"，著有《梅村家藏稿》等。

吴伟业工诗，其《圆圆曲》等颇负盛名。亦善文，但文名常为诗名所掩。吴伟业的散文质朴自然，但也不缺少文采。我们在谈黄宗羲的散文创作时，曾谈到吴伟业的《柳敬亭传》、《张南垣传》，黄宗羲认为该二文“张言其艺合于道，柳言其参宁南军事，比之鲁仲连之排难解纷，此等处皆失轻重”，“皆是倒却文章家架子”，并认为张南垣是堆假山的工匠艺人，柳敬亭是说书艺人，“其人本琐琐不足道”，实际是不赞成给这类小人物立传，他为了“使后生知文章体式”，对吴文进行了改写。黄宗羲对吴伟业的两篇文章，从内容到写法都是否定的。黄宗羲改写的《张南垣传》、《柳敬亭传》确有可取之处，但他全部否定吴文却不恰当。这两篇文章是吴伟业的重要代表作，从内容和形式两个方面看，均可列入清代散文优秀作品之中，仅举《柳敬亭传》略加分析。

就全篇文章看，吴伟业的《柳敬亭传》较之黄宗羲改写过的文章更具体，也更生动。请看吴文对柳敬亭少年生活和学习说书的描写：

> 柳敬亭者，杨之泰州人，盖曹姓。年十五，犷悍无赖，名已在捕中。走之盱眙，困甚，挟稗官一册，非所习也。耳剽久，妄以其意抵掌盱眙市，则已倾其市人。好博，所得亦缘手尽。有老人日为醵百钱，从寄食。久之，过江休大柳下，生攀条泣然，已，抚其树，顾同行数十人曰：“嘻！吾今氏柳矣。”闻者以生多端，或大笑以去。后二十年，金陵有善谈论，柳生衣冠怀之，辐辏门车尝接毂，所到坐中皆惊，有识之者：“此固向年过江时，休树下者也。”
>
> 柳生之技，其先后江湖间者，广陵张樵、陈思，姑苏吴逸与柳生。四人者，各名其家，柳生独以能著。或问生何师，生曰：“无师也，吾之师，乃儒者云间莫君后光。”莫君之言曰：“夫演义虽小技，其以辨性情，考方俗，形容万类，不与儒者异道。故取之欲其肆，中之欲其微，促而赴之欲其迅，舒而释之欲其安，进而止之欲其留，整而归之欲其洁。非天下至精者，熟与于斯矣。”柳生乃退，就舍养气，定词，审音，辨物，以为揣摩。期月而后请莫君，莫君曰：“予之说未也，闻子说者，欢咍嗢噱，是得子之易也。”又期月，曰：“子之说几矣，闻子之说者，危坐变色，毛发尽悚，舌挢然不能下。”又期月，莫君望见惊起，曰：“子得之矣。目之所视，手之所倚，足之所跂，言未发而哀乐具乎其前，此说之全矣。”于是听者傥然若有所见焉，其竟也，恤然若有亡焉。莫君曰：“虽以行天下，莫之能难也。”

以上描写，不论是写柳敬亭的少年机敏，还是写他虚心学习，均极生动。莫君所讲的说书表演的一套大道理，不惟于柳敬亭学书有益，今人学艺也可以从中得到启发。莫君所说说书表演“不与儒者异道”，其认识是十分豁达的，这是对传统观念的一种否定，表现的是一种进步的文学主张。

吴伟业在描写了柳敬亭少年生活和学习说书的过程之后，接着介绍了他在南京等地的影响。在南京，人们不仅喜欢听他说书，对他的为人也十分敬重。当时上至巡抚、相国大臣，下至一般士大夫，常常把他引为上客。尤其是明末避难南京的官员、百姓，对他的说书更为推崇：

> 客有谓生者曰：“方海内无事，生所谈皆豪猾大侠、草泽亡命，吾等闻之笑，谓必无是，乃公善诞耳。孰图不幸竟亲见之乎！”生闻其语慨然，属与吴人张燕筑、沈公宪俱，张、沈以歌，生以谈。三人者，酒酣悲吟击节，意凄怅伤怀，凡北人流离在南者，闻之无不流涕。

这段描写不仅表现了柳敬亭说书在听众中的影响。同时也在与“北人”的感情交流中，说明他还是一个关心时事，忧国忧民的人物，这为下文写他参与政治、军事活动做了铺垫。柳敬亭后来被介绍到南宁王左良玉幕府，受到左良玉的赏识，他曾为弥合左良玉与驻军安徽的杜弘域之间的矛盾尽力，并受左良玉之请到南京为解决左良玉与南明政权的矛盾做调和人，柳敬亭在左良玉军中还机智地救助过左良玉的爱将陈秀，使其免遭一死。在吴伟业笔下，柳敬亭完全是一个传奇式的善于为人排难解纷的人物。

与吴伟业的《柳敬亭传》相比，黄宗羲的《柳敬亭传》更为人所知，多年来，各种文选和教材只选黄文而不提吴文，这是不大公平的。黄宗羲认为柳敬亭、张南垣之类的普通市民，“本琐琐不足道”，值不得为其立传，这种认识反映了这位进步思想家的阶级局限。吴文在写了柳敬亭调解救助陈秀免遭左良玉刀杀之后，用了“排忧解纷”四字称赞柳敬亭“善于权谲”的本领，隐约地将他与战国时代的鲁仲连相比伦，黄宗羲认为这是“比拟不伦”，这种指责没有多少道理。在吴伟业的笔下，柳敬亭已不完全是一个普通的说书艺人，在明、清交替时期，柳敬亭参与了许多军事、政治活动，是在特殊环境下产生的一个特殊人物，吴伟业按照历史的真实情况，把他写成了一个传奇人物，在写他的说书艺术的同时穿插描写了他参加政治军事活动的情景，这比黄宗羲仅仅把他看成一个说书艺人，眼光要开阔，从散文创作的角度看，吴文更生动、更具体，人物形象也更丰满。

明清之际，文人仕两朝者并非个别现象（当然也不是很多），钱谦益、吴伟业之外，还有周亮工、龚鼎孳、王永吉、陈之遴、李元鼎等。这类作者的文章内容有一个共同特点，就是常有隐约的故国之思，但决不对新朝表示不满，这与大多数坚持民族立场的作家不同，与同明朝没有多少瓜葛的作者也不同。这些作者均有文集传世，其中周亮工的文章雄浑，李元鼎擅长描摹写景，特点较为鲜明。

第三章
康雍散文

第一节　朱彝尊、王士禛、潘耒

朱彝尊（1629～1709）字锡鬯，号竹垞，晚称小长庐钓鱼师，浙江秀水人。五十岁应博学鸿儒，以布衣入选，授翰林院检讨，参加《明史》修撰，并入值南书房，晚归故里。工古文，亦善诗、词。诗与王士禛齐名，有南朱北王之称。词主"醇雅"，宗法南宋姜夔、张炎，为浙派宗主。著有《曝书亭集》八十卷，及《日下旧闻》、《经义考》等，颇为学者、作家所景仰。

朱彝尊的散文得力于古学及其丰富阅历。王士禛说："锡鬯少逢丧乱，弃制举，自放于山颠水涯之间，独肆力古学，研究六艺之旨，于汉唐诸儒注疏，皆多穷其指归。家苦贫，依人远游，南逾五岭，北出云朔，东泛沧海，登芝罘，所至丛祠荒冢，金石断缺之文，莫不搜剔考证，与史传参互同异，其为文益奇。"（《曝书亭集序》）古学与阅历，是朱彝尊在散文创作上取得成就的重要基础。由于朱彝尊学有根柢，见闻广博，所以读他的文章，除了可以得到散文的艺术熏陶之外，常常还可以增长知识。谨以他的《游晋祠记》为例：

晋祠者，唐叔虞之祠也。在太原县西南八里。其曰汾东王、曰兴安王者，历代之封号也。祠南向，其西崇山蔽亏，山下有圣母庙，东向，水从堂下出，经祠前，又西南有泉，曰难老。合流分注于沟浍之下，溉田千顷，《山海经》所云“悬瓮之山，晋水出焉”是也。水下流会于汾，地卑于祠数丈，诗言“彼汾沮洳”是也。圣母庙不知所自始，土人遇岁旱，有祷则应，故庙特巍奕，而唐叔祠反若居其偏者。隋将王威、高君雅，因祷雨晋祠，以图高祖是也。庙南有台骀祠，子产所云“汾神”是也。祠之东有唐太宗《晋祠之铭》，又东五十步，有宋太平兴国碑。环祠古木数本，皆千年物，郦道元谓“水侧有凉堂，结飞梁于水上，左右杂树交荫，希见曦景”是也。自智伯决此水以灌晋阳，而宋太祖、太宗卒用其法定北汉，盖汾水势与太原平，而晋水高出汾水之上，决汾之水，不足以拔城，惟合二水而城可灌也。

岁在丙午二月，予游天龙之山，道经祠下息焉。逍遥石桥之上，草香泉冽，灌木森沉，跻鱼群游，鸣鸟不已。故乡山水之胜，若或睹之。盖予之为客久矣，自云中历太原七百里而遥，黄沙从风，眼眯不辨川谷，桑干、滹沱，乱水如沸汤，无浮桥舟楫可渡，马行深淖，左右不相顾。雁门勾注，陂陀阨隘。向之所谓山水之胜者，适足以增其忧愁怫郁悲愤无聊之思已焉，既至祠下，乃始欣然乐其乐也。由唐叔迄今三千年，而台骀者，金天氏之裔，历岁更远，盖山川清淑之境，匪直游人过而乐之，虽神灵窟宅，亦冯依焉而不去，岂非理有固然者与？为之记，不独志来游之岁，且以为后游者告也。

此文由两部分组成，头一部分着重讲晋祠的位置环境，祠中的建筑、文物等。文章以古证今，以今说古，涉及古籍、史事六七种，都是顺手拈来，毫无生硬、卖弄的痕迹。后一部分着重讲作者游晋祠的经过，及目中所见，心中所感。文章以北方的穷山恶水与晋祠的幽雅相对照，以家乡的山水之胜相衬托，很好地表现了晋祠的环境的优美，及游晋祠之乐。通观全文，篇中直接写晋祠的话不过一半，其他则主要是旁征博引，烘托、陪衬，运用其学问、见闻丰富了文章内容。

朱彝尊的散文风格以澄清淡雅见称于时，王士禛说他的文章“纡徐澄淡，蜕出风露”（《曝书亭集序》），潘耒以“雅洁”论其文：“竹垞之学，邃于经，淹于史，贯穿于诸子百家，凡天下有字之书，无弗披览，坠闻逸事，无弗记忆。蕴蓄宏深，搜罗繁富，析理论事，元元本本，精详确当，发前人未见之隐，剖千古不决之疑。其文不主一家，天然高迈，精金百炼，削肤见根，辞约而义丰，外淡而中腴，探之无穷，味之不厌。”（《曝书亭集序》）“雅洁”，表面看来仅是语言表达形式问题，但如果没有真知灼见作基础，或雅或洁，都必然是肤浅的。潘耒论朱文，着重在析理论事的文章，其实朱彝尊的一些记事抒情小品，也都具有这样的特征。如《看竹图记》：

> 宁都魏叔子与予定交江都时，岁在辛亥。明年，予将返秀水，钱塘戴苍为画《烟雨归耕图》，叔子适至，题其卷。于是叔子亦返金精之山，苍为传写作《看竹图》，俾予作记。予性癖好竹，甲申后，避兵田舍，凡十余徙，必择有竹之地以居。其后客游大同，边障苦寒，乃艺苇以代竹。既而留山东，见冶原修竹数百万，狂喜不忍去。归买宅长水上，曰“竹垞”。叔子过予，言金精之峰十有二，其一曰翠微，易堂在其上，梧桐桃李桔柚皆植，独竹不生，种之自叔子始。近乃连冈上下，无非竹者。盖予两人嗜好适同也。珍木之产，由两叶至寻尺，岁久而林始成。又或萎于霜，或阨于闰。若夫竹，苟护其本，则末乃直上，匪特有君子之守而已，其勃然兴起，突怒无畏，类夫豪杰之士，拔泥涂而立，加万夫之上。
>
> 叔子居易堂读书，且二十年，天下无知叔子者，一旦乘扁舟，下吴越，海内论文者，交推其能，若竹之解于箨，而骤干夫烟霄也。文章之为道，亦犹种竹然。务去其陈根，疏而壅之，其生也柯叶必异。然则叔子毋徒恃其已学者而可矣。

这是一篇优美的散文。文章以戴苍为魏禧画的《看竹图》为由头，抒发了爱竹的思想感情，中间穿插了作者以“竹垞”名宅的由来，及有关魏禧事迹的记述，最后由竹联系作文，抒情、记事、议论杂而揉之，中间曲折变化，十分自然，读来颇多情趣。

朱彝尊诗与王士禛齐名，他的诗间有无聊咏物记事之作，时人有“王爱好，朱贪多”之诮。他的散文也有类似的弊端，由于过于强调“载道”，他的某些散文说教太多，道学气较浓，因而味道较少。他的文章风格对桐城派作家不无影响。

王士禛（1634～1711），因避雍正（胤禛）讳，曾改名士祯、士正，字贻上，号阮亭，又号渔洋山人，山东新城人。顺治十五年进士，曾任国史副总裁，官至刑部尚书。死谥文简。一生著述颇丰，主要有《带经堂集》、《池北偶谈》、《香祖笔记》、《居易录》等。

王士禛特工诗，创神韵说，为一代宗匠，于散文创作也有可观成就，有《渔洋文略》、《蚕尾集》等。其散文明净淡远，与诗风格相近，尤工山水游记等抒情记事散文。《红桥游记》、《登燕子矶记》、《孝靖颜先生传》、《霜皋先生墓志铭》、《梁九传》等最具特色。如《红桥游记》：

出镇淮门，循小秦淮折而北，陂岸起伏多态，竹木蓊郁，清流映带。人家多因水为园亭树石，溪塘幽窈而明瑟，颇尽四时之美。拿小艇，循河西北行，林木尽处，有桥宛然，如垂虹下饮于涧，又如丽人靓妆袨服，流照明镜中，所谓红桥也。

游人登平山堂，率至法海寺，舍舟而陆径，必出红桥下。桥四面触皆人家荷塘，六七月间，菡萏作花，香闻数里，青帘白舫，络绎如织，良谓胜游矣。予数往来北郭，必过红桥，顾而乐之。登桥四望，忽复徘徊感叹。当哀乐之交乘于中，往往不能自喻其故。王谢冶城之语，景晏牛山之悲，今之视昔，亦有怨耶？

壬寅季夏之望，与箨庵、茶树、伯玑诸子，倚歌而和之。箨庵继成一章，予以属和。嗟乎！丝竹陶写，何必中年；山水清音，自成佳话。予与诸子聚散不恒，良会未易遘，而红桥之名，或反因诸子而得传于后世，增怀古凭吊者之徘徊感叹如予今日，未可知者。

王士禛以神韵论诗，他的散文创作所追求的艺术效果也常常是在文字之外的风神韵味。《游红桥记》写的是横跨扬州瘦西湖的大虹桥，此桥因栏杆着红色，故又名红桥。该文写游桥的话并不多，但却优美如画。先从桥的环境写起："循小秦淮折而北，陂岸起伏多态，竹木蓊郁，清流映带……"，在明丽幽雅的环境中，用"有桥宛然"四字，把红桥轻轻托出，接着用了两个比喻句描绘红桥的英姿："如垂虹下饮于涧，又如丽人靓妆袨服，流照明镜中。"给读者带来丰富的想象。以上描写是远处看桥，接着作者又把人们带到近处："桥四面触皆人家荷塘，六七月间，菡萏作花，香闻数里，青帘白舫，络绎如织。”寥寥数句，又写出一种新的境界，令人神往。

为了让读者进一步了解王士禛散文的特点，这里再引他的一篇短文《梁九传》：

康熙三十四年，重建太和殿。有老工师梁九者董匠作，年七十余矣。自前代及本朝初年，大内兴造，梁皆董其事。一日手制木殿一区，献于尚书所，以寸度尺，以尺准丈，不逾数尺许，而四阿重室，规模悉俱，殆绝技也。

初，明之季，京师有工匠冯巧者，董造宫殿，自万历至崇祯末，老矣。九往执役门下数载，终不得其传，而服事左右，不懈益恭。一日，九独侍，巧顾曰：“子可教矣！”于是尽传其奥。巧死，九遂隶籍冬官（工部），代执营造之事。

予因叹夫一技之必有师承，不妄授受如此，矧道德文章之大者乎！柳子厚作《梓人传》，谓“画宫于堵，盈尺而曲尽其制，计其毫厘，而构大厦，无进退焉”。殆类是欤？乃为之传。

该文写梁九的生平，只写他领导重建太和殿和向冯巧学艺两事。写他修太和殿不写施工过程，而着重刻画他制作模型的精巧，这是一种以小见大的写法；写他向冯巧学艺，也不正面写他的学习过程，而只在他为了学技术。对冯巧服侍左右，恭谨不懈上落墨，这是以虚代实的写法。由于作者写作方法运用得巧，因而文字极精，全文仅用了二百余字，梁九技艺之精巧，学艺用心之良苦，均能传神，富于韵味。王士禛散文明净、淡远的文章风格，在此篇中也可略见。王士禛散文，于收束处喜发议论，其中生硬牵强者常有，《梁九传》亦染有此病。

潘耒（1646～1708）字次耕，又字稼堂，江苏吴江人。曾受业于顾炎武，精通经、史、数学、佛经，时人许为淹博。康熙十八年，与朱彝尊等以布衣中博学鸿词，并同入史馆修明史，后归里。著有《遂初堂文集》二十卷，诗集十六卷。

潘耒性好山水，喜游名胜，在他的散文作品中，游记写得很有特点，这主要表现在他的游记不拘一格，记游、抒情、议论杂糅，规模较为宏阔，篇幅大都几千字，突破了传统游记以抒情小品为主的格局，《游中岳记》、《游罗浮记》、《游雁荡记》、《游庐山记》、《游南岳记》等，都是这样的作品。他的散文内容与清初作家相比，也有明显特点。他生于顺治初，终于康熙末，明遗民念念不忘故国、耻为大清臣民的思想情绪对他已没有影响。例如对待三藩之乱，作为明遗民的作家，思想感情一般都表现得比较复杂，他们既希望结束清王朝的统治，又不满吴三桂等人丧失气节、出尔反尔的表现。因而在他们的文集中，有关三藩之乱的作品极少。而在潘耒的文集中则有《许少保江右战功记》、《臧岱青诗集序》等歌颂平乱的散文，表现了顺康作家中一种新的风貌。在潘的这些文章中，“忠君爱国”是共同的主题，忠君自然是忠于清王朝之君，爱国自然是爱大清帝国。《臧岱青诗集序》热情称赞了广西昭平知县臧岱青在平乱中的“忠勇大节”及其诗作。文章开头说：“晋宋间人诗，多闲淡，少气概。唯刘越石尽力边疆，乃心帝室，故其诗壮丽激发，锵然有金石声；唐代作者如林，唯杜子美遭逢寇难，脱身归朝，忠君爱国，不忘一饭，故其诗沈雄顿挫，卓绝千古。”作者写晋朝爱国诗人刘琨的“尽力边疆，乃心帝室”和杜甫的“忠君爱国，不忘一饭”，其意即在以此比附臧岱青的诗与人。下面的一段描写，颇能表现潘耒散文的风格特点：

君以进士释褐，知昭平县。事属滇黔倡乱，桂林应之，贼势如风雨，君血战三昼夜，出重围，改补怀集，以孤城拒方张之寇，出奇制胜者数矣。甫受代而粤东西皆陷没。君间行北归，为贼所得，胁以伪职，矢死不从，走归傅将军，与筹恢复大计。穿数贼巢，出入深箐恶滩，冒不测之险，万死一生，以达秘奏。天子嘉之，擢授州守。噫！三藩之变，流毒半天下，官吏之被迫胁遭点污者，不知其几也。君独全节拔身，不磷不缁，可不谓奇男子哉！唯其忠孝根心，而又遭时坎坷，流离锋镝之间，偪侧蛇虎之窟，身愈危而境愈奇，心愈苦而才愈壮。欲诗不工，不可得也。余虽未识君，而读越石扶风之歌，想见抚剑登陴气概；诵子美拜杜鹃、咏义鹘诸什，则间道生还，麻鞋见帝景象，如在目前，将千载下读君诗者，可以得其为人，况并世耶！

潘耒的散文，刚健遒劲，在康雍作者中能自成一家，以上所举，可见其一斑。

第二节 姜宸英、计东、邵长蘅、廖燕

姜宸英（1628～1699）字西溟，号湛园，浙江慈溪人。积学深厚，善古文辞，亦工诗，于科场甚不得志，与朱彝尊、严绳孙有“三布衣”之称。年七十始成进士，授编修，曾入史馆参修《明史》，所作《刑法志》，揭露了明朝“厂卫”的黑暗，后因科场案受牵连，死狱中。著有《湛园未定稿》、《西溟文钞》、《苇间诗集》、《湛园札记》等。在文坛享有盛名，朱彝尊、魏禧、宋荦、计东、周亮工等均与为友。

姜宸英的散文，时人颇多称颂，有人把他与侯方域、魏禧、汪琬并称，号“四大家”（见赵怀玉《杂著手稿书后》）。他论文赞成宋人载道之说，提倡言有物，反对“诡谲诞漫，淫艳剽窃”，他的散文创作也大抵以此为本。著名学者钱澄之认为他的文章“学韩而得宋”（《湛园未定稿序》），就其风格趋向而言，是不错的。如他为民族英雄张煌言遗诗写的《奇零草序》：

> 予得此于定海，命谢子大周钞别本以归。凡五、七言近体若干首。今久失之矣，聊忆其大概，为之序以藏之。呜呼！天地晦暝，风霾昼塞，山河失序，而沈星殒气于穷荒绝岛之间，犹能时出其光焰，以为有目者之悲喜而幸睹。虽其揜抑于一时，然要以俟之百世，虽欲使之终晦焉，不可得也。
>
> 客为予言：“公在行间，无日不读书，所遗集近十余种，为逻卒取去，或有流落人间者。此集是其甲辰以后，将解散部伍，归隐于落迦山所作也。”公自督师，未尝受强藩节制，及九江遁还，渐有掣肘，始邑邑不乐。而其归隐于海南也，自治一椑置寺中，实粮其中，俟粮且尽死。门有两猿守之，有警，猿必跳踯哀鸣。而间之至之也，从后门入。既被羁会城，远近人士，下及市井屠贩卖饼之儿，无不持纸素至羁所，争求翰墨。守卒利其金钱，喜为请乞。公随手挥洒应之，皆《正气歌》也，读之鲜不泣下者。独士大夫家或颇畏藏其书，以为不祥。不知君臣父子之性，根于人心，而征于事业，发于文章，虽历变患，逾不可磨灭。

以上所引是《奇零草序》的两个主要段落。前段写张煌言的诗《奇零草》，后段写张煌言其人。张煌言（1620～1664）字玄著，号苍水，浙江鄞县人。清兵南下，起兵抗清曾四次攻入长江，后因敌我力量悬殊，解散部队，潜居海岛以图再起。后被俘，康熙三年被害于杭州。其残余诗稿《奇零草》后收《张苍水集》中，其诗多涉抗清事。姜宸英敢于为张煌言的诗作序，是要有些胆量的。文章先写诗稿的来历，写在天地晦暝，山河失序的环境里，张诗犹能在穷荒绝岛中“时出其光焰”，说明了它的价值，并言其必然流传久远，这是对张煌言诗的充分肯定。后段写张煌言之为人，着重表现其民族感情。他归隐后志在必死，被执后应众人所求挥洒翰墨，所写“皆《正气歌》”，都清楚地表现了张煌言的立场。

姜宸英的散文写得较好的还有《友说赠计子甫草》、《隐菊说》、《腾笑集序》等。就其整个作品看，佳作不算很多，有人把他和清初侯、魏、汪三家相比，称四家，但无论内容还是形式，姜文均未能达到三家的水平。

计东（1625～1676）字甫草，号改亭，江苏吴江人。顺治十五年中举，后因事被取消功名，终生未仕，以授徒讲学为生，浪游四方，交结贤士，尤与汪琬、宋荦、陈维崧、汤斌等相友善。年轻时遭逢国变，作《筹南论》万余言，纵论东南形势及攻守策略，持见史可法，受到重视。平时喜议论，愤激怒骂，人目为狂，有文集《改亭集》十六卷，诗集六卷。

汪琬评计东散文，认为得力于“好游”。“好游而益工”，是计东散文的一个特点。他生活于清朝初年，加上他的怀才不遇，在游历交往中，不免会有苍凉不平，幽远深长之思。加上他的阅历较深，见闻较广，因而不少文章都写得富有情致。试举《颍州菊花记》为例：

> 三月，与我友阳羡陈其年之季弟子万，遇于商丘侯氏家，偶言此地牡丹花之胜。子万曰：“岂特牡丹耶？先生久客江南，未见菊花之奇丽，尤非我江南所有。”予未信。八九月在颍，纵观菊，颍去商丘不三百里，因叹陈季言非诬。
>
> 我江南菊，每本止留数蕊，花始大可如掌，多则惧分其力。颍则一本可开五六十花，其本大如树，高于人二三尺，花之小者，亦与江南如掌等。一异也。又能开两月不萎，或善藏之，可三月。我乡花始放，必移之密室以避霜

降，颍则任其所置，俱无所畏。予试以二十本植塾之庭。至九月望后，夜严霜皓皓满地，手拥故裘，犹畏寒。四更起坐月下，秉烛视菊，灼灼有光，至旦益妩媚迎人，颜色不稍稍挫，似胜藏之堂庑者。又一异也。我乡独采所谓甘菊花，曝诸日，贮为药，于他菊无问焉。颍好事者则悉采诸花蕊，蒸以为露，其白如雪，其清如泉，其香若兰蕙，以荐诸蔬，无不妙。尤异也。

考今颍州为春秋胡子国，入于楚，楚灵王卒乾谿，在今州东北五十里。《楚辞》曰“夕餐秋菊之落英”，又云“采江离与滋菊兮，愿春日以为糗芳”非诬也。大都淮汝间，土厚风和，物产尤美，欧阳子思颍之言菊花，亦一验也。予特为之记。

此文清通雅训，叙事描写，议论考订，娓娓道来，井然有序。宋荦认为计东的散文“醇正和雅”（《改亭集序》）从文字表达上看，这是不错的。

邵长蘅（1637～1704）字子湘，号青门山人，江苏武进人。少年得诸生，后因事除名，后乡试报罢，不复为举业，终生以布衣放游山水，交天下名士，以诗文名于一时。著有《青门簏稿》、《青门旅稿》、《青门剩稿》，后并归于《邵子湘全集》。

邵长蘅的散文，在康雍时颇负盛名，宋荦、王士禛、汪琬等人，均给以很高的评价。宋荦认为他的散文与侯方域、魏禧的散文互有短长，可以鼎足而传：“子湘之文，立言必依于道，醇而肆，简洁而雄深，不袭前此之伪秦汉，亦不为近日之伪八家。大较英爽飙发，不如朝宗，而根柢胜之；明切善议论，不如叔子，而舂容胜之。较长絜短，则子湘之文与二子鼎足而传于后亡疑。”（《邵子湘全集序》）邵长蘅比侯方域、魏禧稍晚，但三人均为布衣，又各以散文名家，所以当时不少人喜欢把他们放在一起加以比较。邵长蘅曾应宋荦之请入宋幕，两人相知甚深，宋评邵文是全面公允的。宋荦说他“立言必依于道”，邵长蘅对于儒道，终生尊奉，并以为文载道，继承儒家道统为己任。他在《钞古文载序》一文中对文道关系的渊源所自进行过明确论述：

余闻之先儒曰：“文者，载道之器。”故文非道不立，道非文不行。《易》曰：“观乎人文以化成天下。”孔子曰：“文不在兹乎！”是文之极轨，惟唐虞三

> 代六经之文，足以当之。自圣人没，庄、列、申、韩者流蜂出并作，乃各倡其曲说，为一家言，盖文与道离矣。汉承秦煨烬之余，掇拾补缀六艺，蔚然复兴，董仲舒、贾谊、司马迁、刘向、扬雄、班固之徒，最为尔雅。自是文靡于六朝，韩愈振之；文亡于五代，欧阳修、苏氏父子振之。之数公者，其慨然自号于一世，莫不欲原本道术，追《诗》、《书》六艺之遗。顾于道，犹或离而或合也。夫三代以前，文之盛衰在上，两汉以后，文之盛衰在下。文之用在上，则文与道合，而其文极盛而不可加。文之用在下，则文与道佹离佹合，而其文亦多驳而少醇，非独人事，盖有运会焉。是故其道则君臣、父子、礼乐、政刑，其文则如日星、如河岳者，六经、四子之文是也。其于道或醇驳参而其文足自名家者，迁、固、韩愈以下数十家之文是也。其文嵺峙魁伟，骇世之耳目，而于道往往支离而叛去者，庄、列诸子之文是也。若夫知乎道而啬乎文者，宋儒语录之文是也。修辞者病剽，谈理者病伪，而文与道两失之者，末世之文是也。谓之无文可也。

这段文字对于文与道的关系及两者或离或合，或盛或衰的发展变化作了简括而明晰的说明，作者站在儒家立场上论述文与道的关系，自有其偏颇，但他承认庄、刘、申、韩均为一家之言，又反对文、道两失，批评理学家“知乎道而啬乎文”，可见作者并不因重道而轻文。

宋荦用“醇而肆，简洁而雄深”概括邵长蘅的散文风格，是得当的。他能写各种体裁的文章，议论、记叙、抒情均有佳作，尤其擅长写记叙散文。《阎典史传》、《八大山人传》、《盘山志序》、《夜游孤山记》及庐山六记等都很有特色。其中《阎典史传》是清代散文名篇。该文用慷慨激扬的语言，热情描写了江阴典史（掌管县里捕盗的小官）阎应元组织江阴人民英勇抗清的事迹。文章开头首先介绍了阎应元的家世出身及当时的形势，指出：“豫王（顺治帝叔父多铎）大军渡江，金陵降，君臣出走，弘光帝被执。分遣贝勒及它将，略定东南郡县。守土吏或降或走，或闭门旅距，攻之辄拔，速者功在漏刻，迟者不过旬日。自京口以南，一月间下名城大县以百数。”文章寥寥数语，清兵势如破竹的攻势及南明大官小吏腐败无能的情景，便淋漓尽致地写了出来。在这样的恶劣形势下，一名区区小吏却演出了一场壮烈的抗清大剧。请看作者对阎应元及江阴人民英雄气概的描写：

初，剃发令下，诸生许用德者，以闰六月朔，悬明太祖容明伦堂，率众拜且哭。士民蛾聚者万人，欲奉新尉陈明选主城守。明选曰："吾智勇不如阎君，此大事须阎君来。"乃夜驰骑往迎应元。应元投袂起，率家丁四十人，夜驰入城。是时城中兵不满千，户裁及万，又饷无所出。应元至，则料尺籍，治楼橹，令户出一男子乘城，余丁传餐。已乃劝谕巨室，令曰："输不必金，以粟菽帛布及它物者听。"……已乃分城而守：武举黄略守东门，把总某守南门，陈明选守西门，应元自守北门，仍徼巡四门。

部署甫定而外围合。时大军薄城下者已十万，列营百数，四面围数十重，引弓仰射，颇射城上人。而城上礧炮、机弩乘高下，大军杀伤甚众。乃架大炮击城。城垣裂。应元命用铁叶裹门板；贯铁絙护之，取空棺实以土，障隤处。又攻北城，北城穿。下令："人运一大石块，于城内更筑坚垒。"一夜成。会城中矢少，应元乘月黑束稿为人，人竿一灯，立陴睨间匝城，兵士伏垣内，击鼓叫噪，若将缒城斫营者。大军惊，矢发如雨。比晓，获矢无算。又遣壮士夜缒城入营，顺风纵火，军乱自蹂践相杀，死者数千。大军却，离城三里止营。

这些描写表现了江阴人民同仇敌忾的大无畏精神，更表现了阎应元的指挥、组织才能。

此文对阎应元的民族气节的描写尤为生动：

帅刘良佐拥骑至城下，呼曰："吾与阎君雅故，为我语阎君，欲相见。"应元立城上与语。刘良佐者，故弘光四镇之一，封广昌伯，降本朝总兵者也。遥语应元："弘光已走，江南无主，君早降，可保富贵。"应元曰："某明朝一典史耳，尚知大义，将军胙土分茅，为国重镇，不能保障江淮，乃为敌前驱，何面目见吾邑义士民乎！"良佐惭退。……

先是，贝勒统军略地苏、松者，既连破大郡，济师来攻。面缚两降将，跪城下说降，涕泗交颐。应元骂曰："败军之将被禽不速死，奚喋喋为！"又遣人谕令："斩四门首事各一人，即撤围。"应元厉声曰："宁斩吾头，奈何斩百姓！"叱之去……

贝勒既觇知城中无降意，攻逾急。梯冲死士，铠胄皆镔铁，刀斧及之，声铿然，锋口为缺。炮声彻昼夜，百里内，地为之震。城中死伤日积，巷哭声相闻。应元慷慨登陴，意气自若。旦日大雨如注。至日中，有红光一缕起土桥，直射城西。城俄陷，大军从烟焰雾雨中蜂拥而上，应元率死士百人，驰突巷战者八，所当杀伤以千数。再夺门，门闭不得出。应元度不免，涌身投前湖，水不没顶，而刘良佐令军中必欲生致应元，遂被缚。良佐箕踞乾明佛殿，见应元至，跃起持之哭。应元笑曰："何哭？事至此，有一死耳。"见贝勒，挺立不屈，一卒持枪刺应元贯胫，胫折踣地。日暮，拥至栖霞禅院。院僧夜闻大呼"速斫我"不绝口。俄而寂然，应元死。

《阎典史传》最后用数字总结江阴抗敌的情况："凡攻守八十一日，大军围城者二十四万，死者六万七千，凡损卒七万五千有奇。城中死者无虑五六万，尸骸枕藉，街巷皆满，然竟无一人降者。"这些数字，进一步说明了战争的激烈程度和阎应元与江阴人民的坚贞勇敢。

《阎典史传》是一幅悲壮的人民抗清画卷。清兵南下后，在吴越一带遭到了人民最激烈的反抗，清人表现人民抗清的文章不少，但能写出像《阎典史传》这样悲壮图景的却不多见。文章描写阎应元忠勇顽强、足智多谋的品格，逼真而形象，对人民英勇抗击敌人的场面描写也有声有色。清末民初散文评点者王文濡说："忠肝义胆，流溢行间，如摹韩文书张中丞传后而为之，正复不让前人。"(《清文评注读本》)该文与韩愈的《张中丞传后叙》相比较，两者所写人物事迹确有相似之处。但韩文重在为张巡辩诬，并补李翰所写《张巡传》之不足，行文叙事兼用议论。两文写作目的不尽相同，风格也有区别。邵长蘅的文章较之韩文，叙事及人物形象更加完整，描写也更生动具体。

邵长蘅擅长记事描写，还表现在游记的创作上，有人把他的"庐山六记"，比之于柳宗元的"永州八记"，从语言的简练和描绘的精微上，两者确有相似之处。兹举其三《玉帘泉记》，以见其特色：

玉帘泉在归宗寺东北五里，径皆行松叶水声中。未至泉里许，望小阁如燕巢，仰缀崖石间，即泉庵也。

庵右跨涧为小桥，过桥伛偻穿石罅，下坐潭侧，仰望玉帘悬空五十丈许，如急雨，如溅珠漩雪。已注潭，复激射倒跃上五六尺，然后折而去。泉旁石壁横展数百丈，若列屏，丹碧渲染之。对面巨石突出，势巉巉然，然下厂而上砥，平广可布二席，杂树四五株，斜映其旁。日照高树，正与泉射。泉腰一线，如玦，如断虹，青碧相半。已，复散为五色莹晕，光景奇绝。

昔苏子瞻以三峡青玉当庐山第一，而不及兹泉，意子瞻时，泉犹翳虺蜴榛莽间耶？然则山水虽胜，显晦固自有时耶？

全篇仅 219 字，通过比喻描绘，小阁、泉、潭、巨石，历历在目如画，文字娟姣洁净，风格略似柳宗元“永州八记”，但它比柳文文字明快，而蕴藉稍差，这大约与二人所处环境及遭遇不同有关。

廖燕（1644～1705），原名燕生，字人也，号柴舟，广东曲江（今韶关）人，诸生，抗节不仕，工古文辞与书法，著有《二十七松堂集》。廖燕是个富于反传统精神的作家，对程朱理学尤为不满。他认为著书立说，目的在于自抒愤懑，裁断是非和推翻旧说：“从来著书人，类皆自抒愤懑，方将是其所非，非其所是以为快。”因而在他的著作中，常能发人所未发，言人所不敢言。他的文集中，《汤武论》、《高宗杀岳武穆论》、《诸葛武侯论》等都是翻案文章，《性论》、《格物辨》等，批判的矛头更直指程朱。所以谈定斋评其《汤武论》说：“非具二十分胆识，谁敢如此下笔，可破千古腐儒之见。”廖燕论文反对模仿，力主独创，提倡抒写性灵，写“性情之真”，他的一些记人记事的文章，也大都具有这样的特色。仅以《金圣叹先生传》为例：

先生金姓，采名，若采字，吴县诸生也。为人倜傥高奇，俯视一切，好饮酒，善衡文，评书议论，皆前人所未发。时有以讲学闻者，先生辄起而排之，于所居贯华堂设高座，召徒讲经。经名《圣自觉三昧》，稿本自携自阅，秘不示人。每升座开讲，声音宏亮，顾盼伟然。凡一切经史子集笺疏训诂，与夫释道内外诸典，以及稗官野史、九彝八蛮之所记载，无不供其齿颊，纵横颠倒，一以贯之，毫无剩义。座下缁白四众，顶礼膜拜，叹未曾有。先生则抚掌自豪，虽向时讲学者闻之攒眉浩叹，不顾也。生平与王斫山交最善，斫山固侠者流，一日，以三千金与先生，曰："君以此权子母，母后仍归我，子则为君助灯火，可乎？"先生应诺，甫越月，已挥霍殆尽。乃语斫山曰："此物留君家，适增守财奴名，吾已为君移之矣。"斫山一笑置之。

鼎革后，绝意仕进，更名人瑞，字圣叹，除朋从谈笑外，惟兀坐贯华堂中读书著述为务。或问"圣叹"何义，先生曰："《论语》有两'喟然叹曰'，在颜渊为叹圣，在与点则为圣叹。予其为点之流亚欤！"

所评《离骚》、《南华》、《史记》、杜诗、《西厢》、《水浒》，以次序定为六才子书，俱别出手眼。尤喜《易》乾、坤两卦，多至十余万言。其余评论尚多，兹行世者，独《西厢》、《水浒》、唐诗、制义、《唱经堂杂评》诸刻本传。先生解杜诗时，自言有人从梦中语云："诸诗皆可说，惟不可说《古诗十九首》。"先生以为戒。后因纵谈"青青河畔草"一章，未几遂罹祸。临刑叹曰："砍头最是快事，不意于无意中得之。"先生殁，效先生所评书，如长洲毛序始、徐而庵，武进吴见思、许庶庵为最著，至今学者称焉。

文学批评家金圣叹（1608～1661）是明末清初很有影响的人物，他把《离骚》、《庄子》、《史记》、杜甫诗、《水浒传》、《西厢记》合称"六才子书"，尤以评点《水浒传》、《西厢记》著称于世。他是个有正义感的人。清初江苏吴县知县任维初搜刮民财，盗卖库粮，引起了县人的痛恨，金圣叹与儒生倪用宾等，集合文人在孔庙行哭，想借此向巡抚控告。金等非但未得到支持，反因此"哭庙案"遭冤杀。廖燕对金圣叹十分同情，他写的这篇《金圣叹先生传》迫于当时的环境，没有正面写"哭庙案"本身，而是重点写金圣叹的为人，突出他"倜傥高奇，俯视一切"的性格，文章写排斥讲学先生而高坐讲经，与王斫山交往及临刑前的表现几事，文字不多，但人物的精神面貌却表现得淋漓尽致，栩栩如生，文章的倾向是很鲜明的。该文以"别出手眼"论金圣叹评书，也颇得要领。廖燕对明清兴起的评点文学给以很高的评价，对金圣叹的评书尤其赞赏。他在《评文说》中说："予所读先生所评诸书，领异标新，迥出意表，觉作者千百年来，至此始开生面。呜呼，何其贤哉！"他对金圣叹在评点中所表现的反传统精神和独到见解更是推崇备至："说者谓文章妙秘，即天地妙秘，一旦发泄无余，不无犯鬼神所忌，则先生之祸，其亦有以致之欤？然画龙点睛，金针随度，使天下后学悉悟作文用笔墨者，先生力也，又乌可少乎哉！

其祸虽冤屈一时，而功实开拓万世，顾不伟耶！”这说明，廖燕与金圣叹早有神交，他能把《金圣叹先生传》写得神采飞扬，是有原因的。自然，金圣叹作为封建时代的文人，他的评书虽有许多光彩之处，但思想中也有不少糟粕，对于这些，廖燕是不可能超迈时代而给以正确评价的。

廖燕因有反传统精神，在清代文坛不受重视，但他文章中的照人光彩，却并不因此而稍减。日本学者盐谷世弘在《刻二十七松堂集序》中说：廖燕“忠肝义胆，孤愤深慨之气，郁积磅礴，久而不泄，触境而为古文辞以自喜”，“盖明季之文，朝宗为先驱，冰叔为中坚，而柴舟为大殿。”他把侯方域、魏禧、廖燕文章，看作是鼎足而立的三家，这不是没有道理的。

第三节　叶燮、冯景、李绂、韩菼

叶燮（1627～1703）字星期，号已畦，江苏吴江人。因居吴县横山，建小园曰“独立苍茫处”，世称横山先生。康熙九年进士，选宝应知县，因亢直忤上司落职。著有《已畦文集》十卷，诗集十卷。所撰《原诗》是古代诗歌理论的重要著作。

叶燮的散文曾受到时人肯定。王士禛认为他的古文“熔铸古今，能自成一家”。《论西汉外戚宦官》、《松风书屋记》、《二弃草堂记》、《林屋劳山人传》等是其代表作。其记事抒情散文，笔法轻灵淡远而有蕴蓄，特点较为鲜明。仅举《松风书屋记》为例。文章开头先有一段物我合一、超然物外的议论：

> 天地之所施，无一不与万物为适然。日月之照，雨露之滋，皆有形有色，而适物以安，惟风则无形无色，而适物以拂；更日夜雨露适物而留，风则适物而去而不留。又日月雨露，其被物也有时，风之被物也无时。然则天地之所施，于风有独异也。有人焉，欲矫其拂而为安，不听其去而为留，因其无时而欲使之无间，以逢逢然起于南海、北海之风，而欲有所系之，且欲收而系之于一屋，于一屋间而系之于一草一木。夫举一草一木，而欲以系南海北海之风，亦天下之至不伦矣。然一草一木，而时值夫风焉，风之全体，未始不于此见，风之能事，亦未始不于此出。于是即一草一木，得风之适而无拂，得风之不留

而自不见其去，而终始与之为无间焉。斯人也，斯志也，殆有超于物之表者乎！

风作为一种自然现象，是流动的，无处不在的，想留住它，把它系之于一屋，系之于一屋中的一草一木，这是不合情理的，然而任其自吹自去，任其自适，与其无间，这还是做得到的，有这种志趣的人，是超然物外的人。作者接着写友人徐电发以“松风”名屋的情趣：

我友徐子电发，以绩学高文为官翰林，一旦弃其官而归，筑室于堂之左，名之曰松风书屋，屋之中有图书，有彝鼎，有古人遗迹，有友人倡和篇章，电发俱不取以系之屋，而独取义于屋之庭之物。庭方广不盈丈，中有一松，高不盈寻之半，彼乔松千尺，此曾其不得其百一。电发取而系之以万里之风，固以夸矣，且并松与风为一，一屋踞而有之，不更夸乎？而余则深叹其能观物于博，而见道于约也。夫天地至远大，何所不备于一屋？造物之所生所施无穷尽，何所不具于一松与一松之风？观书屋一庭之松风，知造物之无涯，而天地之能事，亦无不于此旷焉而遇之也，直可与之为无间也已。若区区比之陶潜之五柳，宏景之白云，以托于高旷遗世者之所为，此锢于俗儒之见闻也欤。

这段文字写徐电发弃官归里以“松风”名屋的意趣，称赞他的“观物之博”与“见道于约”，天地虽然广大，但可以备于一屋，见之于一松与一松之风。称赞徐电发于一屋之中与天地无间的风格与修养。作者在这里写的是徐电发，抒发的却是自己的思想感情。叶燮在仕途上不得志，晚年隐居山中，以诗文著述自得其乐，以独立淡泊自守。文章所表现的正是这种情志。他在《原诗》中曾说：“诗之妙处，妙在含蓄无垠，思致微渺。”诗与文在表情达意的手法上虽不尽相同，但优秀的抒情散文通过含蓄的表现手法也可以写出微渺的思致，《松风书屋记》寓意深邃，从中可以看出作者的艺术追求。

冯景（1652～1715）字山公，一字少渠，浙江钱塘（今杭州市）人，曾为国子监生，后在京师、淮安等地设教授徒，宋荦抚吴时，被聘入幕府，后归里，贫病而终。其文为王士禛、汤斌所叹赏。著有《幸草集》十二卷，《樊中集》十卷，《解春集》十四卷，后由作家彭绍升选编为《解春堂文钞》传世，余皆散失。

冯景身为布衣，交游不广，其散文著作在当时影响不大。今观其遗文，大抵以唐宋为宗，行文简练明快，不尚雕饰，在康雍作者中能自成一家。《秦论》、《汤中丞杂记》、《奇奴传》、《俞老仆墓志铭》、《读柳子》等文，都写得较好。如《奇奴传》：

> 甲子秋，皇帝避暑塞外，有人衣短褐，无冠，跪伏道旁，大呼万岁。上闻止辇，问之，对曰："条奏时务十二事。"
>
> 上览其奏而未半也，问："若何人？"对曰："臣比部郎中某甲家奴也。"上怒曰："是而所宜言邪？奴敢尔！奴敢尔！"杖而流诸关外。
>
> 监行伍伯路问曰："若何为者？朝中人林立，少若言邪？为人奴良苦，然犹于死。今乌喇得流人，绳系颈，兽畜之，死则裸而弃诸野，乌鸢饱其肉，风沙扬其骨。且官人直言作忠臣死，即扬大名耳，若即死，后世谁知者，而乃若是。"奴仰天叹曰："此而公所以欲死也。吾为人奴，虽劳苦不废书，见今世务宜言甚多，意颇望台省。或此月不言，必他月也，久之无闻焉。又谓今年不言，或明年，至明年复然。自今以往，不可复待，故迫而为此。吾常恐未获死所，今若此，即魂魄不愧。"创甚不能行，未出关而没。伍伯还京师，告人如此。
>
> 冯子闻之流涕曰：嗟乎！奴人者不言，乃为人奴者言邪？且皇帝仁圣，固能虚己纳谏者，特不欲以一奴辱朝廷，轻当世士，其尊贵有位君子何等也！是奴，奴其身耳，儒其行，真奇奴也已。

文章开头指明所写事件发生在"甲子秋"，即康熙二十三年秋。文中所写的奇奴，用很大的热情在皇帝面前"条陈时务十二事"，结果却遭到棒打流放，终致于死亡。这一事件说明，在封建专制主义下面，普通百姓是不准干预国家大事的。自然，文章的矛头不敢直接指向皇帝，奇奴与伍伯在路上的一段对话，揭露了台省大吏苟且求安的腐败，他们也知道"当今世务宜言甚多"，却月复一月，年复一年，不奏不言。"奴人者不言，乃为人奴者言"，但在封建专制主义的统治下，"为人奴者"又不准言，国家还能指望长治久安吗？作者闻奇奴之事而流涕，不止是叹奴之奇，还有对国事的忧虑在内。当然，对于国事，他也不敢多嘴，只能用“皇帝仁圣”，“不欲以一奴辱朝廷”之类的话来搪塞了。

冯景作为一个下层文人，其文章取材及思想内容，都具有自己的特点，《奇奴传》之外，《俞老仆墓志铭》、《汤中丞杂记》等，都有别于地位显赫的作家的作品。《俞老仆墓志铭》用深沉的笔调描写了作者与家中老仆的亲密关系及对老仆的怀念。《汤中丞杂记》则着重表现汤斌巡抚江苏时的清廉俭朴。如对汤斌俭朴生活的一段描写：“公莅任时，某亲见其夫人暨诸公子，衣皆布，行李萧然类贫士，而其日给惟菜韭。公一日阅簿，见某日市只鸡。公愕问曰：‘吾至吴未曾食鸡，谁食鸡者乎?’仆叩头曰：‘公子。’公怒，立召公子跽庭下而责之曰：‘汝谓苏州鸡贱如河南邪？汝思啖鸡便归去。恶有士不嚼菜根而能作百事者哉!’”这样的描写所表达的思想感情，与作者的地位应有密切关系。

李绂（1673～1750）字巨来，号穆堂，江西临川人，康熙间进士，官至工部右侍郎。博学强识，学本陆九渊，善诗文，论者认为能集江西诸先正之长。著有《穆堂初稿》、《类稿》、《别稿》、《春秋一是》、《陆子学谱》等。其散文舒展流畅，王士禛称其“有万夫之禀”，李光地更许其“与欧、曾代兴”，虽有溢美，但在当时，他确是一个有影响的作者。

李绂一生阅历颇广，他曾典学云南、浙江等地，又曾奉命赴南海道参加祭典，足迹所到，几乎遍于全国。所以他的散文题材较广，仅游记、杂记文章即有两卷，读后可给人以知识情趣。例如他于康熙五十九年夏离京赴浙江主持乡试，路过白洋淀时写了《赵北口舟行记》，对距今三百年前的白洋淀风光进行了形象描绘：

泛小舟，由堤以南延缘苇间，雨气澄淡，草木新出于沐，阴云斑驳，日光不见，蘋末微风，水波鳞皴，飒然如新秋。去岸稍远，水渐清，一沟斜入深碧，左右苇蒹森发，其浅者为葛阳草苗，类水稻，垂垂吐穗。舟人云：实如半针，粉之为饼饵。苇皆有课（税），此草恣民收采，贫者赖焉。其草以苫屋，缜密胜它草云。苇深绿，葛阳浅绿，层次相陵。

折而南，水加广，泾溆岐出。荷花散漫菱芡间，荷已过盛，盖晚出者。花瓣细瘦，萼不过数重，然风致绰约可喜……迤南一湾稍盛，红光横亘，绿苇下花与水中影相映发，蜿蜒连蜷，若雌雄虹霓，光景奇绝。折而东，望湖堤九桥，遥见其五，舟与第六桥直，洞瞰堤北，绿影与天相际。稍西复南行，荷花参差连六七里不绝。余折取数杂置舟中，持其一，凝坐船舷，与水相映，若荷逐舟移，不觉为折枝也。

答箸罾薄，取鱼具处处有之。洲渚颇有居民，时闻鸡犬声出苇荻间。艺植亦匪一，有艺蓝者，临水处往往列巨缸数十，询之，盖沤蓝云。荡漾久之，日阴如故，风益清远，鸡鹊鱼翠不畏人，时时掠舟过，鸹鸧声尤厉。渐东近堤行，堤柳绵连三四里，浓绿茂密，如颓云暗雾崩压江岸。鸟鹊噪盈耳。余初闻鸡犬声，若在村庄，既闻蛙声，若徘徊故乡水田间，及闻鹊喧，又若山行。计时仅半日，行可十二三里，乃千闻百睹，耳目变眩莫能测如此。

赵北口在今河北省任丘市北五十里，处白洋淀入大清河之入口处，为明清间京师通东南各省陆路之必经地，文人多有记之者。李绂此文用轻松清新的笔调，记述了舟行白洋淀的见闻，白洋淀以荷花闻名，该文写荷花也最见功夫。在苇蒹菱芡的映衬下，荷花花影相发若虹，蜿蜒连蜷，光景奇绝，使作者看得如醉如痴。其他如写堤柳鹊噪，鸡鸣蛙叫，寥寥数语，均能引人入胜。

李绂写过不少议论、考订文章，其中不乏独到见解。如《书辨奸论后》二则，力主《辨奸论》非苏洵所写，而是《闻见录》一书的作者邵伯温手笔。邵伯温反对王安石变法，所撰《闻见录》记王安石变法及与保守派的斗争，颇多歪曲。《辨奸论》一文，苏洵在世时并未收入文集，而始见《闻见录》，李绂根据《辨奸论》所写事实与实际的矛盾，论定该文是借苏洵之名而攻击王安石的伪作，有较强的说服力。特别是该文一反北宋以后文人否定王安石及其变法的种种议论，而对王安石及其变法持肯定态度，这是很可贵的。

韩菼（1637～1704）号慕庐，江苏长洲人，康熙十二年中进士第一，授编修，官至礼部尚书。性恬淡旷达，好山水之游。为时文大家，古文亦为时人所称道，著有《有怀堂诗文集》二十八卷。大约是因为他的地位及为人风格，他在当时文坛很受尊重，例如方苞即尊其为前辈，关系十分密切。但就其散文成就而言，艺术水平并不突出。仅举其《织造曹使君寿序》，以见一斑。该文写《红楼梦》作者曹雪芹祖父曹寅的一些情况，颇可玩味。文云：

> 三韩（辽东）曹使君子清，乃诚善读书者，其取之博，盖七略、四部、十三库，无不窥也。业之恒，环卫周庐，奉使北南，寝食居处，弗之一释也。情之专，声色货财之诱，蹋鞠、博塞、青乌、快牛驰骋之娱，弗之一问也。盖熟览于万物成亏之数，一切泊如，无易吾书者。顾独好射，以为读书射猎，自无两伤。间骑快马拓弓，弦作霹雳声，差强闭着车中作贵人，而余矢纳房。与客酬对，捭阖古今，种别文家源流高下，坐客默然无抗者，亦如子建之对邯郸生也。虽然，其志犹未已，将试诸政事，以研其实用，而尤志于圣贤之微言大义，即其遗书，以探其至妙，以方富之年，积日新之学，浅深小大，其可量乎！

曹寅（字子清）在织造任上与南方文人多所往还，韩菼与他也有交往。韩菼受士大夫之请写了这篇祝寿文，从这段文字中可以看出曹寅的作风风格。

第四章
乾嘉散文

第一节　袁枚、蒋士铨

乾嘉诗文作家及学者标榜门户、树立派别的风气很浓，但超乎门户之外，甚至反对门户之见者也大有人在。在散文作者中袁枚、蒋士铨等就是这样的作家。袁枚说："提笔先须问性情，风裁休划宋元明。"（《答曾南邨论诗》）蒋士铨说："依傍门户袭笑颦，岂不皮傅但失真。"（《读随园文题辞》）这些言论集中代表了这些作家的见解和立场。

袁枚（1716～1797）字子才，号简斋，晚号随园老人，浙江钱塘（今杭州）人。年二十一应博学鸿词未中，后年中举人，又一年中进士，选翰林庶吉士，年少得志，但未被重用。先后外放为溧水、江浦、沭阳、江宁等地知县，有政声。后到陕西，年未四十，辞官归南京随园家中，以赋诗作文终其一生。有诗集三十七卷，补遗二卷，古文三十五卷，骈文八卷，均收入《小仓山房诗文集》中，此外还有《随园诗话》、《随园琐记》及笔记小说《子不语》等，是一个多产作家。

袁枚论诗标举"性灵"、"才气"，论文倡"自抒所得"，反对摹仿、反对派别家数，尝谓"古文家似水，非翻空不能见长。"（《与程蕺园书》）是清代富于个性的作家。他的散文无体不备，论说、记传、抒情文章都写得较好，骈文也能独自成家。

袁枚对自己的作品颇为自负，曾有“不相菲薄不相师，公道持论我最知。一代正宗才力薄，望溪文集阮亭诗”(《仿元遗山论诗》)之句，对方苞、王士祯的作品含有贬意，其中也暗含与己相较的意思，并认为自己的散文创作与清初侯方域、魏禧、汪琬三大家相比，也能超迈而过之。他的这种比较未必完全“公道”，但他取得的成就还是公认的。杭世骏说：“吾友子才太史扫群弊而空之，记叙用敛笔，论辩用纵笔，叙事或敛或纵，相题为之，而大概超超空行，总不落一凡字，此其志也。千载而下，当有定论。”(《小仓山房文集序》)姚鼐也说他“仕虽不显，而世谓百余年来，极山水之乐，获文章之名，盖未有及君也。”(《袁随园君墓志铭序》)。从这些评论中可以看出他的成就及其影响。

袁枚的散文中，传记、碑志等写人的文章数量最多，成绩也最大。在这些文章中他善于选取典型事例和细节加以描写，使人物的精神面貌得到栩栩如生的表现。如《河道总督陈恪勤公传》写陈鹏年任苏州知府时得罪总督阿山，被免职入江宁狱事；《书鲁亮侪》写中牟李令借俸迎母被劾，鲁亮侪为其辨诬事，县民均称李令之贤，待弄清李令被劾原因后；毅然回省；《厨者王小余传》写名厨王小余技艺之工，议论之奇，有如庄子之写庖丁；《范西屏墓志铭》写围棋高手范西屏的棋艺、棋风；《侯夷门墓志铭》写侯夷门诗文、书法奇绝，却不得志而放纵自任。这些文章或用敛笔，或用纵笔，读来都脍炙人口。如写范西屏的围棋：

> 当雍正、乾隆间，天下升平，士大夫公余，争具采币；致勍敌角，西屏以为笑娱。海内惟施定庵一人，差相亚也。然施敛眉沉思，或日昳(过午)未下一子，而西屏嬉游歌呼，应毕则哈台鼾去。尝见其相对时，西屏全局僵矣，隅坐者群测之，靡以救也。俄而争一劫，则七十二道体势皆灵。呜呼，西屏之于弈，可谓圣矣！

这是《范西屏墓志铭》的中心段落，文章仅用一百多字，范西屏在当时棋坛的地位、技艺、风格，便跃然纸上，文章以施定庵为陪衬表现人物，突出了人物的性格特点，这是袁枚散文用“敛笔”写人的代表之一。

散文写作用“敛笔”侧重于粗线条的勾勒，“纵笔”则着重渲染，并多方面地刻画人物。袁枚的“纵笔”也用得很好。如《侯夷门墓志铭》写江宁丞侯夷门大闹报恩寺：

> 先受知于督学帅公，贡于乡，连试不售，出为主簿，调江宁丞。曹进曹退，温温无所试。既不得志于时，愈自纵。一日大醉，登报恩寺殿，摩古佛罗汉数百尊，各赠诗万余言，书其顶，箕坐大呶。窗外风雨暴至，电光烛其手，益喜，奋笔不能休，且吐且书。取殿旁石臼戴顶上，折旋舞如风。众僧疑为鬼神异物，不敢逼视；又疑病狂易，妄笑语昏乱。酒既醒，雷雨亦息。观其诗，奇字奥句，不能读也。举其臼，重千二百斤。

侯夷门是一个很有才华的人物，诗文书画俱佳，但郁郁不得志，因而放任自纵。他醉后大闹报恩寺，是他郁闷心情的一种发泄。作为一个县丞，这样狂易昏乱，似乎有失体统，但跟人物的遭遇、心情联系起来看，又合情合理。在雷雨大风的“氛围”里，侯夷门赠诗古佛罗汉，戴石臼狂舞，作者极尽渲染夸张之能事。这与碑传文章的要求似有不合，但作者着重表现的是人物的精神面貌，清人的人物传记常常借用小说的笔法写人，这是当时某些作者的写作风尚，从中也可以看到袁枚用“纵笔”记事写人的风格特点。

袁枚的一生游踪颇广，北至京师，南达两广，西到陕西，至于东南名胜，他更是无所不游。所到之处，几乎都有记游文章。姚鼐说他“极山林之乐，获文章之名”（《袁随园君墓志铭》），这是切合实际的。在他现存文集中，园林山水游记近四十篇，这些文章都是他“瑰奇幽邈，一发于文章，以自喜其意”（姚鼐语，同上）的结果。袁枚的游记常能集写景、记事、议论、抒情为一，读来颇有特色。如《峡江寺飞泉亭记》：

> 余年来观瀑屡矣，至峡江寺而意难决舍，则飞泉一亭为之也。凡人之情，其目悦，其体不适，势难久留。天台之瀑，离寺百步，雁宕瀑旁无寺，他若匡庐，若罗浮，若青田之石门瀑，未尝不奇，而游者皆暴日中，踞危崖，不得从容以观。如倾盖交，虽欢易别。惟粤东峡山，高不过里许，而磴级纡曲，古松张覆，骄阳不炙。过石桥，有三奇树鼎足立，忽至半空，凝结为一。凡树皆根合而枝分，此独根分而枝合，奇已。

> 登山大半，飞瀑雷震，从空而下。瀑旁有室，即飞泉亭也。纵横丈余，八窗明净，闭窗瀑闻，开窗瀑至。人可坐可卧，可箕踞，可偃仰，可放笔砚，可瀹茗置饮。以人之逸，待水之劳，取九天银河置几席间作玩，当时建此亭者，其仙乎？僧登波善弈，余命霞裳与之对枰。于是水声、棋声、松声、鸟声，参错并奏。顷之，又有曳杖声从云中来者，则老僧怀远，抱诗集尺许，来索余序。于是吟咏之声，又复大作，天籁人籁，合同而化，不图观瀑之娱，一至于斯，亭之功大矣。……

此文描绘逼真，山、树、瀑、人，合而为一，有景有情，颇能引人入胜。在行文上，全篇以亭为中心，徐徐写来，错落有致，措辞用语，自然而明净，读来颇能给人以美感。其不足则在缺少胸怀，表现的是文人士大夫的闲适自乐。这种不足，在袁枚的其他文章中，也常有表现。

袁枚论诗标举“性情”，论文标举“自抒所得”，强调“文中有我”。而要做到这些，都不能离开作者的真情实感，离不开以情动人。袁枚的许多文章都具有这样的特征，尤其他的祭文、赠送序等类文章，表现得更为突出。请看他《祭妹文》中的两段：

> 余捉蟋蟀，汝奋臂出其间，岁寒虫僵，同临其穴。今予殓汝，葬汝，而当日之情状，憬然赴目。予九岁，憩书斋，汝梳双髻，披单缣来，温《缁衣》一章。适先生奓户入，闻两童子音琅琅然，不觉莞尔，连呼则则，此七月望日事也。汝在九原，当分明记之。予弱冠粤行，汝掎裳悲恸。逾三年，予披宫锦还家，汝从东厢扶案出，一家瞠视而笑，不记语从何起，大概说长安登科，函使报信迟早云尔。凡此琐琐，虽为陈迹，然我一日未死，则一日不能忘。旧事填膺，思之凄梗，如影历历，逼取便逝。悔当时不将婴娩情状，罗缕纪存。然而汝已不在人间，则虽年光倒流，儿时可再，而亦无与为证印者矣。……
>
> 前年予病，汝终宵刺探，减一分则喜，增一分则忧。后虽小差，犹尚殗殜，无所娱遣。汝来床前，为说稗官野史，可喜可愕之事，聊资一欢。呜呼！今而后吾将再病，教从何处呼汝耶！

袁枚的三妹袁机，字素文，聪明颖慧，出生前与如皋高氏指腹为婚，高氏子恶劣无赖，婚后备受虐待，不得已断绝关系还住娘家，四十而亡。袁枚这篇祭文，怀念旧事，所叙均琐琐细事，然而却字字含泪，感情至深，论者比之于韩愈的《祭十二郎文》，在袁枚的抒情散文中，是最好的篇什之一。

讲袁枚的散文不能不讲他的散文语言。他在《与孙俌之秀才书》中说："数十年来，传诗者多，传文者少，传散行文者尤少。所以然者，因此体最严，一切绮语、骈语、理学语、二氏语、尺牍词赋语、注疏考据语，俱不可以相侵。"他的这种主张实际是方苞所倡导并为桐城派作家所尊奉的散文写作信条，他在这一点上与桐城派相通，杭世骏在《小仓山房文集序》中也曾指出。桐城派在语言运用上主"雅洁"，他则说古文写作要"奏雅绝俗"，这不能不说他确曾接受了桐城派的影响。袁枚的散文语言自然明净，不尚雕饰，这从前引各篇文章中都可以看出。

袁枚称自己"好韩、柳，亦为徐、庾"(《答友人某论文书》)，他的骈文也写得很好。李英说他"于此体不多作，亦不轻作，存者若干，古藻缤纷，大气旋转，足冠一朝。"(《小仓山房外集序》)"足冠一朝"未必，但"古藻缤纷，大气旋转"却符合实际。例如《上尹制府乞病启》，用如怨如泣诉说衷曲的方式写其仕与隐的矛盾心情，情彩并呈，十分感人。《小仓山房外集》收骈文七十余篇，其中这样的作品不少。

蒋士铨（1725～1785）字心余，一字苕生，号清容，亦号藏园，江西铅山人。乾隆二十二年进士，授翰林院编修。幼年家贫住外祖家，从母学书，聪明过人。工诗、文、戏曲，诗与袁枚、赵翼齐名，时称三家。散文也有盛名。著有《忠雅堂文集》十二卷，诗集二十七卷，《铜弦词》二卷及戏曲十余种，并传于世。

蒋士铨论文主张与袁枚相近，其散文写作不主一家，以"空诸依傍，独抒性情"而闻名（见张道源《忠雅堂文集序》），其传记、序跋等文章可读者不少，而尤以《鸣机夜课图记》为最有名。《鸣机夜课图》是蒋士铨请人为其母钟令嘉画的一幅宣扬其美德的画图，作者以画意为中心写的这篇"图记"，着意表现其母安贫、勤劳、孝敬、慈爱等美德，其中用感激的心情描写其母悉心教子的段落写得尤其生动感人。原文略长，兹引数段以见其精神：

铨四龄，母日授四子书数句。苦儿幼不能执笔，乃镂竹枝为丝断之，诘屈作波磔点画，合而成字，抱铨坐膝上教之。既识即拆去。日训十字，明日令铨持竹丝合所识字，无误乃已。至六龄，始令执笔学书。

先外祖家素不润，历年饥，大凶，益窘乏。时铨及小奴衣服冠履皆出于母，母工纂绣组织，凡所为女红，令小奴携于市，人辄争购之，以是铨及小奴无褴褛状。先外祖长身白髯，喜饮酒，酒酣，辄大声吟所作诗，令吾母指其疵。母每指一字，先外祖则满引一觥，数指之后，乃陶然捋须大笑，举觞自呼曰："不意阿丈乃有此女!"既而摩铨顶曰："好儿子，尔他日何以报尔母?"铨稚不能答，投母怀，泪涔涔下，母亦抱儿悲。檐风几烛，若愀然助人以哀者。

记母教铨时，组绣绩纺之具毕陈左右，膝置书，令铨坐膝下读之。母手任操作，口授句读，咿唔之声，与轧轧相间，儿怠则稍加夏楚。旋复持儿泣曰："儿及此不学，我何以见汝父?"至夜分寒甚，母坐于床，拥被覆双足，解衣以胸温儿背，共铨朗诵之。读倦睡母怀。俄而母摇铨曰："可以醒矣。"铨张目视母面，泪方纵横落，铨亦泣。少间复令读，鸡鸣卧焉。诸姨尝谓母曰："妹一儿也，何苦乃尔?"对曰："子众可矣，儿一，不肖，妹何托焉?"……

铨九龄，母授以《礼记》、《周易》、《毛诗》，皆成诵。暇更录唐宋人诗，教之为吟哦声。母与铨皆弱而多病，铨每病，母即抱铨行一室中，未尝寝。少痊则指壁间诗歌，教儿低吟之以为戏。母有病，铨则坐枕侧不去。母视铨辄无言而悲，铨亦凄楚依恋之。尝问曰："母有忧乎?"曰："然。""然则何以解忧?"曰："儿能背诵所读书，斯解也。"铨诵声琅琅然，与药鼎沸相乱。母微笑曰："病少差矣。"由是，母有病，铨即持书诵于侧，而病辄能愈。

蒋士铨的母亲可以说是一个有德有才的女子，在封建社会里，这样的女子自身是没有前途的，所以他们只能把希望寄托在丈夫和儿子的身上。蒋母安贫教子所表现的正是这种心态。蒋士铨的学问和品质多来自其母的教导和影响，作者以感激的心情回忆往事，叙述其母的行事为人，字字含泪，十分感人。从表现手法看，文章寓情于事，描写入微，通过生动的细节描写表现母亲的慈爱和严以训子，使人物的精神品质得到了充分的体现。该文语言自然流畅，无诘屈之病，无依傍之痕，这也是蒋士铨散文的重要特点。

第二节　全祖望、章学诚

全祖望、章学诚是黄宗羲，万斯同等人创建的浙东学派的重要传人。浙东学派重视经、史、文相结合，全、章的散文文史并重，具有鲜明的浙东学派的特征。

全祖望（1705～1755）字绍衣，号谢山，浙江鄞县人。幼年颖慧，十六岁应乡试，以文章谒见查慎行，颇受推重，二十六岁入京，受到方苞赏识。乾隆元年中进士，因得罪当道，以外补知县用，不就还乡。后于绍兴、广东等地任蕺山书院、端溪书院主讲。他为人正直、安贫乐道，因操劳过度，中年病重，五十岁去世。全祖望一生著述颇丰，董秉纯于其《文集外编》题词中，说他的著作有三十余种，但散失不少，今存《鲒埼亭文集》三十八卷，《鲒埼亭文集外编》五十卷及《读易别录》、《七校水经注》、《三笺困学记闻》、《宋元学案》等。

全祖望散文的重要特点是文史结合，以文写史。在他的《鲒埼亭文集》和《文集外编》中，传状、碑版散文几乎占了一半，而这些文章又多是为明末清初的民族志士立传的。此外，他的很多记游、记事散文也都以此为题材。他的文集就像一部明清之际的民族斗争史，当时的许多重要事件和人物在他的文集中都有反映。全祖望从事创作活动时，清朝立国已至百年，此时士人的民族意识已日趋淡薄，他为什么在这时还出来大作表彰民族志士的文章呢？从他的文章综合来看，他对这个问题的解释大致有三：一是他说他所写的忠义人物，都是一隅之顽抗和採薇的苦节，写他们无损于应天顺人。二是他说他所写的这些人物的忠义精神，不过是“精卫填海”、“夸父逐日”的一种愚诚，明末遗臣和元遗臣没有两样，为他们立传并非反对本朝。三是他说他所写的这些内容，可以作为《明史》的补充，并可正稗史之讹传。他的这些解释未必全是真话，因为从他写的大量明末清初忠义人物的传状、事略、墓志、碑铭看，他的民族意识并没有完全泯灭，他对民族志士的尊崇、对清王朝杀戮人民的憎恶常常流于笔端。但他的解释也不能完全看作是蒙蔽清王朝的障眼法，与其前辈相比，他的这些文章内容要客观得多，在学术观点上，他受浙东学派创始人黄宗羲的影响很深，黄宗羲重视经、史、文结合，以文写史是全祖望进行散文创作的主要目的。

全祖望表彰忠义的传记文章，其风格面目从《顾先生炎武神道表》的两段文字中，可以约略见之：

初，太安人王氏之守节也，养先生于襁褓中。太安人最孝，尝断指以疗君姑之疾。崇祯九年，直指王一鹗请旌于朝，报可。乙酉之夏，太安人六十，避兵常熟之郊，谓先生曰："我虽妇人哉，然受国恩矣，果有大故，我则死之。"于是先生方应昆山令杨永言之辟，与嘉定诸生吴其沆及归庄，共起兵奉故郧抚王永祚，以从夏文忠公于吴江东，授公兵部司务。事既不克，永言行遁去。其沆死之，先生与庄幸得脱，而太安人遂不食卒，遗言后人："莫食二姓。"……

方大学士孝感熊公之自任史事也，以书招先生为助。答曰："愿以一死谢公，最下则逃之世外。"孝感惧而止。戊午大科，诏下，诸公争欲致之，先生豫令诸门人之在京者辞曰："刀绳具在，无速我死！"次年大修《明史》，诸公又欲特荐之，贻书叶学士讱庵，请以身殉得免。或曰："先生盍亦听人一荐，荐而不出，其名愈高矣。"先生笑曰："此所谓钓名者也。今夫妇人之失所天也，从一而终，之死靡慝，其心岂欲见知于人？若曰盍亦令人强委禽焉，而力拒之以明节，则吾未之闻矣。"

清初为顾炎武写传的人很多。全祖望此文补充了不少新材料，例如当事者请他修《明史》，他以死相辞，它文都不如该文写得具体生动。从立意的角度看，它文多在顾炎武的游踪及学术成就上着眼，本文则以表彰顾炎武的气节人品为指归，弥补了前人有意回避的内容。

全祖望记游记事表彰忠义的散文，以《梅花岭记》最为有名。该文用很大的热情追记民族英雄史可法坚持抗清、视死如归的精神及其影响，为清代散文名篇。节引如下：

顺治二年乙酉四月，江都围急。督相史忠烈公知势不可为，集诸将而语之曰："吾誓与城为殉，然仓促中不可落于敌人之手以死，谁为我临期成此大节者？"副将军史德威慨然任之。忠烈喜曰："吾尚未有子，汝当以同姓为吾后，吾上书太夫人，谱汝诸孙中。”二十五日城陷，忠烈拔刀自裁，诸将果争前抱持之，忠烈大呼德威，德威流涕不能执刃，遂为诸将所拥而行。至小东门，大兵如林而至，马副使鸣騄、任太守民育及诸将刘都督肇基等死。忠烈乃瞠目曰：“我史阁部也！”被执至南门，和硕豫亲王以先生呼之，劝之降，忠烈大骂而死。初忠烈遗言：“我死，当葬梅花岭上。”至是德威求公之骨不可得，乃以衣冠葬之。

或曰：“城之破也，有亲见忠烈青衣乌帽，乘白马出天宁门投江死者，未尝殒于城中也。”自有是言，大江南北，遂谓忠烈未死。已而英、霍山师大起，皆托忠烈之名，仿佛陈涉之称项燕。关中孙公兆奎以起兵不克，执至白下，经略洪承畴与之有旧，问曰：“先生在兵间，审知故扬州阁部史公果死耶？抑未死耶？”孙公答曰：“经略从北来，审知故松山殉难督师洪公果死耶？抑未死耶？”承畴大恚，急呼麾下驱出斩之。……

百年而后，予登岭上，与客述忠烈遗言，无不泪下如雨。想见当日围城光景，此即忠烈之面目，宛然可遇，是不必问其果解脱否也，而况冒其未死之名者哉？

《梅花岭记》是全祖望的代表作之一，该文突出表现了作者以文写史的散文特点。写史要以史实为根据，材料要客观，而作文则需要有感情，有文采，有个性。《梅花岭记》在两者的结合上作得十分出色。该文除了写史可法殉国之外，还写了另外一些与史可法有关的忠烈事迹，这些都是史实。作者记述这些史实却不全用“史笔”，文中有抒情，有议论，实际是一篇记事抒情散文。该文十分有趣的是写史可法未死的传闻，民族志士托史可法之名兴师抗清，从而引出洪承畴与孙兆奎的一段对话。洪承畴曾以“经略”的名义，总督明朝蓟辽军务，在松山战役中被俘降清，京城传闻他不屈殉难，崇祯皇帝还为设坛祭奠。他投降后带兵镇压大江南北抗清军民，当他问孙兆奎史可法是否战死时，孙兆奎则反问“经略从北来，审知松山殉难督师洪公果死耶？抑未死耶？”这是对洪承畴无耻降清行为的有力鞭笞。史可法为和硕豫亲王杀害，作为统兵大将，洪承畴不可能不知，史可法殉难，史志言之凿凿，全祖望也不会怀疑。但作者却偏偏用“或闻”二字，引出一段洪、孙对话，作者对洪承畴等降清明将的憎恶，溢于言表，这是全祖望以文写史的生动体现。

比全祖望稍晚的章学诚是浙东学派的另一个重要传人。章学诚（1738～1801）字实斋，浙江会稽（今绍兴）人。乾嘉时期史学家、思想家，乾隆进士，一生从事著述、讲学活动。曾为国子监典籍，主讲定州定武、保定莲池、归德文正等书院，后入湖广总督毕沅幕府，襄助编篡《续资治通鉴》。他反对当时汉学、宋学家的门户之见，主张义理、考订、词章一以贯之，提出“六经皆史”、“六经皆器”的著名主张。所著《文史通义》与唐朝刘知几的《史通》并为史学名著。他继承了浙东学派经、史、文并重的思想，治学注重实用。所著《古文十弊》等对当时的不良文风提出批评。论文不主一家，反对拟古与形式主义。有《章氏遗书》传世。

章学诚擅长议论说理，常能道人所不能道。《文史通义》中《原道》、《史德》、《言公》等篇，人称“器识宏通，议论奇肆”（见孙德谦《文史通义序》）。《文史通义》为学术著作，姑不论，即其文集中之许多文章，也多有此种气象。兹引其《家书》之七为例：

名者实之宾，犹文者质之著也。无质不可以言文，而初学为文者未必具也，则先学为文，以求致乎道，亦未始非学者之进业也。务实不可以好名，而初学入德者，未必能也，则姑循其名以渐致其实，亦未始非教者之善诱也。邵先生尝举黄梨洲先生言：“好名乃学者之病，又为不学者之药。”吾当时颇不为然。今知黄氏之言，良有味也。因忆吾生二十许岁，亦颇好名，彼时只以己之所业，欲得人赞赏尔，尚不至舍己之长，徇人所好以干誉也。后见乡曲儇子，好名有甚，愚者诵拾名数以炫侈博，几于冬月握冰，盛夏拥火，劳苦倍蓰于人。而究其所得，毫无端绪，已可怜矣。而名心所激，恐人轧己，猜嫌疑畏，至于草木皆兵，举动乖张似丧心者，一时旧交故友，莫不苦之。吾于是惕然知戒，以谓好名流弊，乃至于此。故常为之说曰：“好名之甚，必坏心术。”又曰：“好名之心，与好利同。凡好名者，归趣未有不俗者也。”邵先生亦颇善吾言，与黄梨洲说常并称之。

今思天下之人，中才为多，勉以力学，犹未能从，更不许其好名，则彼未知学中旨趣，将为吾何乐乎为学？是欲戒好名而先令惰学也，此亦吾以后之所得，忘其先事，不免期初学以过高也。但好名亦自宜别。尽其所当为，而无所矫饰，虽欲人之知而赞赏可也；有意徇人，而不自求其有得，则终身无入德之阶矣。……

昔朱先生言："传世以时文为最轻，科第以状头为至贵，然自有明至今，时文中如王、唐、归、胡、金、陈、章、罗、熊、刘、二方诸家名氏，人皆知之。而三四百年中状魁名氏，未有能熟忆者。"夫以状首之贵，不敌一时文之名，况进而学问文章，又远出时文声名百倍乎！以此而求有出于人，岂不较彼沾沾一科第者，隔天渊耶？……

此文的名实之辨，对为名与为学、声名与学问文章的关系进行了精辟地论述，颇能给人以启示。"好名"为学者之病，又为不学者之药"，作者联系实际和个人经验，对黄宗羲的这两句话加以肯定并加以发挥，既反对一心求名，"有意徇人，而不自求其有得"，也反对企求过高，对初学者"戒好名而先令惰学"，这对教育者与习学者都有很好的参考价值。

章学诚的散文中传记类的文章较多，成绩也很突出。如《书孝丰知县李梦登事》，写李梦登因不谙熟官场文书款式被罢官。但李为官清廉，善调民事纠纷，常独行阡陌，询农桑事，并赈济贫民，颇得县民欢心。作者对李梦登被罢官十分同情，记其事具体生动，该文从一个侧面揭露了封建吏治的不合理，具有现实意义。

第三节 乾嘉学者的散文

清代是中国文化史上学术空气非常浓厚的时代，乾嘉时期，这种学术空气达到了鼎盛。此时学者之多，取得成果之丰富，为历代所少有。长期的社会安定，为学者提供了良好的治学环境，加之清王朝推行文化专制，大兴文字狱，造成大批学者埋头古籍，不愿过问政治而潜心治学，这是形成乾嘉学术空气浓厚的重要原因。乾嘉学者继承了清初顾炎武、黄宗羲、王夫之等人朴实严谨的治学精神，以考订、整理古籍为主要内容，对他们的研究，人们称之为"朴学"，又由于他们推崇汉朝许慎、郑玄等人的治学方法，所以也叫"汉学"。

乾嘉学者最著名的是皖派和吴派。吴派以惠栋为首，余萧客、江声、钱大昕、王鸣盛、江藩等，是该派大家；皖派以戴震为主，程瑶田、段玉裁、王念孙、王引之等，为该派巨子。乾嘉学者对于义理、考据、文章，推重考据而轻视文章。戴震说："古今学问之途，其大致有三：或事于义理，或事于制数，或事于文章。事于文章者，等而末者也。"(《与方希原书》) 段玉裁则更进一步说："玉裁窃以谓义理、文章，未有不由考核而得者。"(《戴东原集序》) 他们的这些认识，集中代表了乾嘉学者的观点。由于他们把文章看成是"末事"、"细事"，因此在写作上崇尚朴实，不重修饰，所作文章多书卷气，即使是一般文章也常杂以考据。他们专门以考据为内容的文章，有时为考核一字，常常连篇累牍，至数千言而不休，他们的这类文章已经不是一般意义的散文了。

下面仅以戴震、钱大昕、段玉裁为例，谈谈他们的文章特点。

戴震（1723～1777）字东原，安徽休宁人，为清代著名唯物主义思想家与学者。乾隆时参与《四库全书》编修，特召为纂修官。精通天文、数学、史地、音韵学，对经学、语言学有重要贡献。对理学家多所批评，认为"事物之理，必就事物剖析而至微，而后理得。"(《孟子字义疏证》) 对理学家提出的"理在事先"等唯心主义观点进行了有力批判。他对统治阶级用理学麻痹人民思想的做法尤为不满，提出"后儒以理杀人"同"酷吏以法杀人"并没有什么区别。著有《原善》、《原象》、《孟子字义疏证》、《声韵考》及《戴东原集》等。

如前所述，戴震以文章为末事，他认为文章写作仅仅是一"艺"，"艺为末，道为本"，从事写作应"毕力以求据其本"，文章才会"有荣不瘁"（均见《与方希原书》），他的这些议论，多出于对桐城派的不满。他虽然看出了桐城派古文家的弱点，但他对文学艺术的特征与价值却缺乏应有的认识，也不免蔽于一偏。所以《戴东原集》中所收文章，多有独到见解，质朴有加，却缺少情致文采。试看其《答郑丈用牧书》：

立身守二字，曰"不苟"；待人守二字，曰"无憾"。事事不苟，犹未能寡耻辱；念念求无憾，犹未能免怨尤。此数十年得于行事者，其得于学，不以人蔽己，不以己自蔽，不为一时之名，亦不期后世之名。有名之见，其弊二：非掊击前人以自表襮，即依傍昔儒以附骥尾。二者不同，而鄙陋之心同。是以君子务在闻道也。今之博雅能文章，善考核者，皆未志乎闻道，徒株守先儒而信之笃，如南北朝人所讥："宁言周孔误，莫道郑服非。"亦未志乎闻道者也。私志穿凿者，或非尽掊击以自表襮，积非成是，而无从知。先入为主而惑以终身，或非尽依傍以附骥尾，无鄙陋之心，而失与之等。故学难言也。

好友数人思归，而共讲明正道，不入四者之弊，修辞立诚，以俟后学。其或听或否，或传或坠，或尊信，或非议，述古圣贤之道者，所不计也。

这是戴震批评当时学风的一篇文章。他指出了四种现象：掊击前人以自表襮（襮音 bó，暴露）、依傍昔儒以附骥尾、私志穿凿、先入为主。他认为前两种人是“为名”，而不是为“闻道”，戴震对这种人是十分鄙视的。而对于后两种人，他们虽然不是为名以自表襮，但他们积是成非，惑以终身，其为学之失，则与前二种人相等。乾嘉时期从事文章之学、考据之学的人很多。但有不少人为文章而文章，为考据而考据，戴震对这种现象提出批评，表现了一个思想家的锐敏眼光，他提出的不以人蔽己，不以己自蔽，具有很强的现实性。戴震继承了清初顾炎武等进步学者注重严谨实用的朴学作风，他积数十年之经验，提出的“立身不苟”、“待人无憾”，正是这种作风的体现。

钱大昕（1728～1804）字晓徵，一字辛楣，号竹汀，江苏嘉定（今属上海）人，乾隆进士，官至少詹事。学问渊博，曾主讲钟山、娄东、紫阳等书院，精于音韵训诂，颇多创见。著有《廿二史考异》、《潜研堂文集》、《十驾斋养新录》等多种。

钱大昕对于文章写作的看法，与当时多数学者的认识相同，即重视文章的社会功能而忽视文章的艺术特征。认为“其为文之旨有四：曰明道，曰经世，曰阐幽，曰正俗。有是四者，而后以法律约之，夫然后可以羽翼经史而传之天下后世。至于亲戚故旧聚散存没之感，一时有所寄托而宣之于文，使其姓名附见集中者，此其人事迹原无足传，故一切阙而不载，非本有可纪而略之，以为文之义法如此也。”（《与友人书》）他的这段话是批评桐城派创始人方苞的“义法”说的。方苞认为欧阳修抒写亲友悲欢离合情感的文章，较之一些歌功颂德的文章更有感染力（见其《与程若韩书》），表现了桐城派散文家的艺术眼光，本来是应该肯定的，钱大昕加以否定，说明他对散文的艺术特征及其价值缺乏应有的认识。乾嘉学者批评桐城派某些作者讲究创作方法过于拘泥，有正确的一面，但他们对桐城派要求散文具有艺术特征，常常加以讥评，则不免带有门户之见。钱大昕的认识，也有此病。

据段玉裁讲，钱大昕原先曾致力于文章之学，并“以辞章鸣一时”，后来才“精研经史”，倡“因文见道”之说。（见《潜研堂文集序》）所以在乾嘉学者中，钱大昕的文章数量较多，也较可读。如其《布衣陈君墓碣》：

> 呜呼！自科举之法行，士大夫习其业者，非孔孟之书不观，非程朱之说不用，国无异学，学无他师，真所谓一道德以同风俗矣。然学者自就傅而后，粗涉章句，即从事于应举之文，父师所讲授，无过庸软骫骳之词，得其形似，便可以致功名，转不如诗赋策论之难工，由是六经诸史，束之高阁，即四书之义，亦可勿深求。譬犹苾刍，诵经礼忏，志在乞食，而不在修行，蒙窃忧焉。考元时始以四书义取士，当时士大夫谓天理同根人心，诵其言者众，则为其道者将多。迨今垂五百年，自通都大邑，以至穷乡蛮徼，无不知诵四书、尊程朱，而未见有为其道者。所诵者礼义，所好者名利，岂口耳之果无与于身心欤？何其相戾之甚也。于此有人焉，能究心于四书，以自淑其身，而不为科举之学，可不谓豪杰之士乎！
>
> 太仓之南乡，有陈君宏猷者，幼而颖敏，年二十五，慨然有求道志，或劝应童子试，谢不应。家贫，教授生徒自给，手四书一编，晨夕研讨，虽燕居，衣冠必正，数十年如一日。乡里笑其迂，呼为“小朱文公”。君以为诚然，欿然曰：“吾无其实，敢有其名乎！”宁化雷公鋐，视学江苏，君携所著《四书晰疑》往谒，雷公延以宾礼，留署中讲论无虚日，以为相见晚也。君自少时好谈《易》，继乃专力于四书，晚年复作《四书就正录》，理益渊邃，而言极平易。间出一二新意，或疑与注异，则曰：“明经当以理为主，与其屈经从注，何如舍注从经耶。”明季陈孝廉确庵，以讲学名，或言君为确庵之后，君悚然曰：“非也，然豪杰之士，必有待而兴乎。”其立志如此。……

在该文中，钱大昕对四书八股取士表示了严重不满。由于统治阶级推行八股取士的科举制度，造成了“非孔孟之书不读，非程朱之说不用”的社会风气，以致使从事举业者遍于“通都大邑以致穷乡蛮徼”，然而却“未见有为道者”，这种学用脱离的现象，完全是由科举制度的不合理造成的。《布衣陈君墓碣》生动地刻画了一个违抗流俗、专心于求道与学问的乡间学者的形象。陈宏猷安贫乐道，无诱于势利，不以乡里之非笑为非笑，是作者十分欣赏的人物，文章以五百年来之世风败坏为背景，使人物的精神面目得到了鲜明的表现。这样的文章在其他乾嘉学者中，是难得一见的。

段玉裁（1735～1815）字若膺，号茂堂，江苏金坛人，乾隆举人，曾为贵州玉屏、四川巫山知县，后引疾归，居苏州之枫桥，从事训诂、经学研究三十余年。所著《说文解字注》为文字训诂学重要参考书，此外尚有《六书音韵表》、《古文尚书撰异》、《诗经小学》等。文集有《经韵楼集》十二卷。

段玉裁于义理，考据、文章，独尊考据，平生作文，也大都与考据训诂有关。因此他的文章立论不苟，但书卷气较浓，是典型的学者文章。请读其《记麦花》：

司空表圣诗："绿树连村暗，黄花入麦稀。"得意句也。上句之佳，夫人而知之，下句则多不解，为别有黄花落麦田耶？抑即麦花耶？杜子美诗："圆荷浮小叶，细麦落轻花。"是麦有花，明矣，而读书者多未见麦花何状。自幼闻先君子言："江以北，麦以昼花，阳物也，故食之体健；江以南，麦夜作花，阴物也，故多食损人。"今年七十四矣，始向曾居乡业农者叩之，彼云："其花夜开朝闭，花两瓣、色黄，开而仍含，中挺一须，须头两黄蕊出瓣外，分傅于瓣，晓则蕊收入瓣内，瓣闭而为麦皮，所谓稃也，须蕊为麦，人所谓实也。"因知"细麦落轻花"，杜之句法，谓"麦落轻花细"。上句谓"荷浮小叶圆"，皆不得于"圆荷"、"细麦"作逗。"圆荷"作逗，则荷未有不圆者，且浮小叶为赘复；细麦作逗，则麦何分大与细？杜云"佳句法如何"，知其句法变化，人不能读者多矣。但曰"落轻花"，体物尚有未到，麦花不落，落瓣，斯失其稃而不能成麦。

司空云"黄花"，即"麦花"也；云"入麦稀"，殆谓风吹偶有落入麦叶中者，其体物精细，故与上句相敌，且皆状幽深闲静之致，与杜皆四月诗而胜于杜远矣。杜、司空皆北人，皆见麦昼花者，今南人即麦昼花尚不能见，况南麦不昼花耶。记之以见学者贵多闻多见也。

稻花之状，略与麦同而晾于风日和好时，南北所同，较为易见。凡花谓之荣，五谷皆《尔雅》以谓“荣而实者谓之秀”。今《尔雅》作“不荣而实”，“不”字剩也。

这也是一篇考据文章，但不完全是以书证书，作者参以生活实际讲司空图（字表圣）与杜甫诗句断句，并较其优劣，其见解十分精当，作者由此提出的“学者贵多闻多见”也能给人以启发。文章言简意明，体现了朴学家的风格。文章结尾提出《尔雅》“不荣而实”多一“不”字，应为“荣而实”，作为一般散文，这是节外生枝，对于考证司空图和杜甫诗断句，没有什么关系，一般文章家会认为不合“义法”，但作为训诂考据家的段玉裁对于纠正古籍中的舛误敏感而偏爱，写文章不免有掉书袋的毛病，从中也可以看出文章家与考据家对文章写作的不同态度。

第五章
桐城派前期及阳湖派散文

关于桐城的产生、成就及其局限，我们在概述中已约略谈到。桐城派从产生到消亡，有一个发展演变的过程，这个过程，大体可以分为三个时期。第一个时期以戴名世、方苞、刘大櫆为代表，是桐城派的创建时期；第二个时期以姚鼐及其弟子为代表，是桐城派的张大时期；第三个时期以曾国藩及桐城派其他传人为代表，是桐城派的衍变和消亡时期。本章及下章，对各个时期的主要作家及其作品分别加以论述。阳湖派是桐城派支流，一并加以介绍。

第一节　戴名世

戴名世（1653～1713）字田有，一字褐夫，号南山，别号忧庵，死后世称宋潜虚先生，安徽桐城人。出身下层知识分子家庭，一生大部分时间以教家馆、做幕僚为生。早年即有志修明史，注意搜求有明一代特别是明末及南明史料，同时也精心从事散文创作。康熙四十一年（1702），门人尤云鹗为其编辑刊行《南山集》，书中收有抒发明亡遗恨的文章，表现了对清王朝的不满。康熙四十八年（1709）以会试第一中进士，授编修。两年后，左都御史赵申乔以《南山集》“肆口游谈，倒置是非，语多狂悖”参奏，旋入狱，又二年被杀，《南山集》等戴氏著作遭禁毁。道光二十一年（1841），同乡后人戴存庄搜集其遗文，编成《戴南山先生全集》十四卷，光绪间始有刊本。自康熙至清末，他的著作长期湮没，其散文创作虽有突出成就，但在清代影响很小。戴名世与方苞同为桐城人，生前过从甚密，二人思想及论文主张颇多相近，实际都是桐城派的重要奠基人，但由于历史的原因，清人只认方苞、刘大櫆、姚鼐为桐城派“三祖”而不提戴，“五四”以后，桐城派遭贬抑，提起戴名世的机会就更少了。

戴名世是一个很有气节的知识分子，其散文创作的成就，绝不在清初侯方域、魏禧、汪琬诸人之下，比起方苞来也有过之而无不及，在文学史上应给以应有的地位。

戴名世论文学与方苞多相近，但视野比方苞开阔。

立诚有物，是戴名世文学思想的一个基本观点。他在《答赵少宰书》中说：

> 今夫立言之道，莫著于《易》。“家人”之言曰：“君子以言有物而行有恒”。夫有所为而为之谓之物，不得已而为之谓之物。近类而切事，发挥而旁通，其间天道具焉，人事备焉，物理昭焉，夫是之谓物也。夫子之释“乾”之九三曰：“修辞立其诚，所以居业也。”惟立诚故有物，苟其不然，则虽菁华烂熳之章，工丽可喜之作，《中庸》所谓“不诚无物”，君子之所不取也。

戴名世的另一个重要文学观点是提倡“率其自然”，主张写文章要“率其自然而行其所无事”(《与刘言洁书》)。“率其自然”就是“出于心之自然”，表现“性情之真”；“行其所无事”就是直抒胸臆，情至文生，就是鲁迅在《作文秘诀》中所说的“有真意，去粉饰，少做作，勿卖弄”。戴名世根据“率其自然”的主张又提出散文写作要淡泊、平质：“君子之文，淡焉泊焉，略其町畦，去其铅华”(《与刘言洁书》)；“质者，天下之至文者也；平者，天下之至奇者也。”戴名世在论述自然、淡泊、平质的时候，常常要求文章于自然中见波澜，于淡泊中有雄奇壮阔。“及登览乎高山之颠，举目千里，云烟在下，苍然茫然，与大无穷。顷者游于渤海之滨，见夫天水浑沦，波涛汹涌，惝恍四顾，不复有人间。呜呼！此文之自然者也。”(《与刘言洁书》)据此，戴名世又提出文章要富有精、气、神，《答张、伍两生书》说：

> 太史公纂《五帝本纪》，择其言尤雅者，此精之说也。蔡邕曰：“炼余心兮

浸太清”，夫惟雅且清则精，精则糟粕煨烬，尘垢渣滓与凡邪伪剽贼，皆刊削而靡存，夫如是为之精也。而有物焉，阴驱而潜率之，出入于浩渺之区，跌宕于杳霭之际，动如风雨，静如山岳，无穷如天地，不竭如江河。是物也，杰然有以充塞乎两间而盖冒乎万有。呜呼！此为气之大过人者，岂非然哉？今夫言语文字，文也，而非所以文也；行墨蹊径，文也，而非所以文也。文之为文，必有出乎言语文字之外而居乎行墨蹊径之先。盖昔有千里马，牝而黄，伯乐使九方皋视之，九方皋曰：“牡而骊”，伯乐曰：“此真知马者也。”夫非有声色臭味足以娱悦人之耳目口鼻，而其致悠然以深，油然以感，寻之无端而出之无迹者，吾不得而言之也。夫惟不得而言，此其所以为神也。

戴名世言“精”，指内容与言辞的锻炼陶冶；其言“气”，是指精神情志或以阴柔或以阳刚的形式贯穿充溢于文章之间；其言“神”，是指文章中“悠然以深，油然以感，寻之无端而出之无迹”的一种精神境界或意境。言气、言神是戴名世对散文极高的一种美学要求。后来刘大櫆讲神、气，姚鼐讲“神、理、气、味”，应看作是对戴名世文学主张的继承与发展。

戴名世的散文，具体地体现了他的立诚有物、率其自然的文学主张。读《南山集》，很少见到言之无物、无病呻吟的文章，他的真思想，真性情，随处可见。读《南山集》，也很少见到徒具言语文字、行墨蹊径的“菁华烂熳之章，工丽可喜之作”，他的文章，确能在朴素中见文采，平质中见雄奇。

方宗诚认为，戴名世的散文“颇得司马子长、欧阳永叔之生气逸韵”。（《桐城文录序》）所谓“生气逸韵”，就是放笔直书，摅胸中之“独见”，情至文生，笔锋犀利酣畅。这正是戴名世散文的一个突出特点。戴名世谈到自己的散文创作时说过：“胸中之思，掩遏抑郁无所发泄，则尝见之文辞，虽不求工，颇能自快其志。”（《答朱生书》）这几句话，颇能说明他自己的写作态度和文章风格。尽管当时文禁极严，但他“抱难成之志，负不羁之才，处穷极之遭，当败坏之世”（《与弟书》），胸中常怀愤世之情而不能自已，形之于文字，自然就成为放笔直书，犀利酣畅的文章了。在戴名世的散文中，对清王朝的批判，对腐败社会的揭露，对抗清英雄的赞美，对世途险恶的不平，都表达得情真意切，酣畅淋漓。例如《八月庚申及齐师战于乾时我师败绩》一文，借评论史事，直率大胆地抒写了他反清复明的思想感情：

昔者，王莽乘西汉之衰，不用尺兵寸铁而移汉祚，翟义起兵讨之，未成而身死；唐武氏之祸，唐几亡矣，李敬业起兵讨之，未成而身死。此二人者，自以国家旧臣，义不忍觍颜俯首而立于怨家之朝，身虽已残，家虽已破，甘心屠剨而不悔，而其风烈犹有以耸动英雄豪杰之心。故汉唐既败而复兴。呜呼！此二人者，可谓知大义矣。

在清初，作者这样鼓吹翟义、李敬业起兵讨伐王莽、武则天未成而身死的大义，目的何在？他要用他们的“风烈”“耸动”什么样的“英雄豪杰之心”，这当中的“微言大义”，是用不着多说的。接着，此文又奋笔直书：

今夫春秋之义，莫大于复仇；仇莫大于国之夺于人，而君父之死于人也。故吾力能报焉，而有以洗死者之耻，上也；其次，力不能报而报之，不克而死；最下，则忘之；又最下，则事之矣。

这里值得注意的是“今夫”二字。戴名世当时要人们起来“复仇”、“洗耻”，这不分明是在“耸动”天下人起来造清王朝的反吗？“最下，则忘之；又最下，则事之矣。”毫无疑问，这是在抨击和鞭笞那些变节降清的明臣明将和知识分子。戴名世这样痛快淋漓地抒发自己的思想感情，确是实践了他立诚有物、率其自然的文学主张。

在戴名世的散文中，有不少脍炙人口的杂文小品，这些作品继承了我国杂文的优秀传统，即所谓“嬉笑怒骂皆成文章”，具有很强的战斗性。《盲者说》、《鸟说》、《邻女说》、《穷鬼传》、《醉乡记》、《钱神问对》等等，都是这样的好文章。如《盲者说》，借一个盲童之口，尽情地斥责了“贤愚不辨，邪正不分”的社会现实。他悲愤地指出：

今夫世之人，喜为非礼之貌，好为无用之观，事至而不能见，见而不能远，贤愚之品不能辨，邪正在前不能释，利害之来不能审，治乱之故不能识，诗书之陈于前，事物之接于后，终日睹之而不得其义，倒行逆施，伥伥焉蹶且蹶而不之悟，卒蹈于网罗、入于陷阱者，往往而是。……天下其谁非盲也，盲者独余耶？

这对那个“败坏之世”的批判真是一针见血，不留余地。他的这类内容尖刻、行文自然、形式活泼的杂文，在后来桐城诸家的文集中，是很难见到的。鲁迅曾十分称赞我国小品文的传统，赞扬古人以小品文为武器进行抗争和战斗，并指出，这样的小品文的战斗作风，在清初，“也触着了满洲君臣的心病，费去许多助虐的武将的刀锋，帮闲的文臣的笔锋，到了乾隆年间，这才压制下去了。”（《小品文的危机》）清初的文字狱很多，而以文章获罪，遭到清王朝“刀锋”杀戮的，戴名世是十分突出的一个。如果把鲁迅的话看作是对戴名世的高度评价，该是符合历史实际的。

以自然朴素的语言创造生动的形象，是戴名世散文的又一个突出的特点。形象性是散文的重要特征，我国古代散文在这方面具有优秀的传统。戴名世很好地继承和发扬了这个传统，他的散文善于用形象说话，生动活泼，寓意深远，具有很强的文学色彩。

在戴名世的散文中，史传文章占有重要地位，尤其对明季抗清英雄的传述，用力最多。他常以很大的热情为这些人物立传，用艺术的手法再现这些人物的精神风采。他笔下的这些人物传记，虽然都是实录其事，却能写得人物个性鲜明，栩栩如生。例如《画网巾先生传》，用极其生动的笔调，饱含深厚的感情，刻画了一个“其姓名爵里皆不得而知”的反清无名英雄的形象。

无名英雄“画网巾”，在清兵南侵，攻入福建以后，抗拒清当局薙发更衣的命令，携带两个仆人逃往山中，后为清兵捕去，清兵强行摘去他头上的网巾。网巾没有了，他就让仆人在他的前额画上网巾。网巾斑斑然额上，“军中皆哗笑之”。从此，人们就称他为“画网巾先生”。后来，“画网巾”辗转落入清提督杨名高手中，杨把他从槛车中放出，企图诱其屈节投降，“画网巾”佯称认识降清的明将王之纲，希望把他解到王处。文章接着写道：

名高喜，使往之纲所。之纲曰：“吾固不识若也。”先生曰：“吾亦不识若也，今特就若死尔。”之纲穷诘其姓名，先生曰：“吾忠未能报国，留姓名则辱国，智未能保家，留姓名则辱家；危不即致身，留姓名则辱身。军中呼我为画网巾，即以此为吾姓名可矣。”之纲曰：“天下事已大定，吾本明朝总兵，徒以

> 识时变、知天命，至今日不失富贵。若一匹夫，倔强死，何益？且夫改制易服，自前世已然。”因指其发而诟之曰：“此种种者不肯去，何也?”先生曰：“吾于网巾且不忍去，况发耶?”之纲怒，命卒先斩其二仆。群卒前捽之，二仆瞋目叱曰：“两人岂惜死者耶，顾死亦有礼，当辞吾主人而死耳。”于是向先生拜，且辞曰：“奴等得事扫除泉下矣。”乃欣然受刃。之纲复谓先生曰：“若岂有所负耶？义死，虽亦佳，何执之坚也?”先生曰：“吾何负？负吾君尔！一筹莫效而束手就擒，与婢妾何异？又以此易节烈名，吾笑夫古今之循例而负义者，故耻不自述也。”出袖中诗一卷掷地，复出白金一封授行刑者曰：“此樵川范生所赠也，今与汝。”遂被戮于泰宁之杉津。

这是戴名世传记中最有特色的篇什之一。作者运用白描手法，生动地表现了这位“画网巾”先生充满了浩然正气的硬骨头精神。特别值得一提的是，文中敢于冒清当局之大不韪，用变节降清的明将的丑恶嘴脸作为陪衬来表现这位无名英雄，极大地增强了文章的艺术效果。它如《杨维嶽传》、《王学箕传》等传记佳作，都能穷神尽相地刻画人物，真正做到了戴名世自己所说的“其为一人列传，则其人须眉謦欬如生；及其又为一人列传，其须眉謦欬又别矣。”(《丁丑房书序》)

生动形象不只表现在戴名世的史传文里，他的论说性文章喜欢运用故事、传说、寓言，寓理于事，以事见理，很像某些先秦诸子的文章，让人读了觉得生动具体，趣味盎然，不但富于说服力，而且富于感染力。这类文章数量不小，因此可以说，这也是戴名世散文的一个重要特点。例如，他的好友赵骖期很有文才，但多年考试不能及第，当他打算再度北上赴考时，戴名世写文章劝他，“凤凰翔于千仞”，不要再去“与鸡骛争食”。他用两个故事来说服赵骖期：

> 海上有黑人之国，皮骨齿牙皆黑，裸处岛中，见有色白而衣者至，群鼓掌笑，或闭目不忍见，匿之水中。齐鲁山泽间多瘿瘤之疾，臃肿轮囷，累累然相属于项下者，甚至掩其腹腰。聚族私语，窃窃然叹他人形体之为不具也。(《送赵骖期序》)

通过这两个故事，戴名世指出当时世道是“赋质美则不能不见挫于恶，挟技高则不能复得意于卑”，赵骖期的文章是不可能得到欣赏的。文章议论不多，但与故事相配合，道理说得生动透辟，耐人寻味。

山水游记及咏物抒怀的文章，也是戴名世散文中很有艺术性的部分。戴名世一生极不得志，在怀才不遇，穷愁潦倒，对现实绝望的情况下，有时不免流露出世思想，向往于刘伶、陶潜等人，这使他的某些散文带上了一点空灵飘逸的味道，蒙上了一层幽深淡远的色彩。但戴名世究竟是一个不能忘情于世事、执着于现实斗争的人，因此，他的文章风格，更多的是清新健朗。如他对浙江雁荡山大龙湫瀑布的描写，就是清新健朗，并能在平中见奇，能给人以极大的艺术享受：

又行百余步，径穷路转，得大龙湫，为天下第一奇观。水自雁湖合诸溪涧，会成巨渊，渊深黑不可测。其侧有石槛，中作凹，水从凹中泻下，望之若悬布，随风作态，远近斜正，变幻不一：或如珠，或如毯，如骤雨、如云、如烟、如雾；或飘转而中断，或左右分散而落，或直下如注，或屈如蜿蜒。下为深潭，观者每立于潭外，相去数十步，水忽转舞向人，洒衣裾间，皆沾湿。忽大注如雷，忽为风所遏，盘溪横而不下。盖其石壁高五千尺，水悬空下，距石约一二尺许，流数丈，辄已势远而力弱，飘飘濛濛，形状顿异。他处瀑布皆沿崖直走，无此变态也。

对大瀑布的这段描写，有声势，有变化，或细，或粗，或急或缓，连带而下，中间以“或”、“如”、“忽”三字相接，写得极为生动，使人读后有身临其境之感。

在戴名世的山水游记和咏物文章中，纯客观的描写极为少见。在写景咏物中，作者常寓情于景，表现身世之感，愤嫉之情。如《芝石记》在刻画芝石秀美的形态的同时，就灵芝之是否为“祥瑞”发论，指出统治者常以灵芝“文天下之太平，然是时天下果有道，四方皆清明乎？未见其然也。”这无疑是在讥时讽世。文章又从天下四方之事及于自身，“幸芝之类余，而又辱与余处以不自失其天”，表现了自己的身世之感和洁身自爱的情怀。又如《河墅记》以幽深淡远的文笔，描绘作者家乡桐城郊外优美的山水：

江北之山，蜿蜒磅礴，连亘数州，其奇伟秀丽绝特之区，皆在吾县。县治

> 枕山而起，其外林壑幽深，多有园林池沼之胜。出郭循山之麓而西北，之间群山逶迤，溪水潆洄，其中有径焉，樵者之所往来。数折而入，行二三里，水之隈，山之奥，崖石之间，茂树之下，有屋数楹，是为潘氏之墅。余褰裳而入，清池浟其前，高台峙其左，古木环其宅。于是升高而望，平畴苍莽，远山廻合，风含松间，响起水上。

作者指出：这样清幽秀美的环境，正是“羁穷之人，遁世远举之士所以优游而自乐者也”的地方，字里行间，颇有出世之思。紧接下去，笔锋一转，从他的老师潘木崖先生的不遇，痛斥科举制度的腐朽，露出了他的文章常有的批判的锋芒。

由于强调情至文生，文成法立，戴名世的散文，形式不拘一格，活泼多样。散文作为文学样式之一，本来就是最自由、最灵活的一种。它的内容可以海阔天空，无所不具；它的形式更是不拘一格，不受任何程式的限制。戴名世的作品很好地发挥了散文的这一特长，极少八股气。他的散文，有的洋洋洒洒，有的小巧玲珑；有的尖刻泼辣，有的淡远清新。长的文章可达数千字，短的却只有一二百字，而无论长短，都各有特色。但戴名世更为擅长的还是短文，在他的文集中，多数是几百字的短文，虽篇幅短小，却也写得清明简要而又曲折多姿。例如《鸟说》，只用了二百多字就生动地描绘了小鸟的遭遇：

> 余读书之室，其旁有桂一株焉。桂之上，日有声喧喧然者，即而视之，则二鸟巢于其枝干之间，去地不五六尺，人手能及之。巢大如盏，精密完固，细草盘结而成。鸟雌一雄一，小不能盈掬，色明洁娟皎可爱，不知其何鸟也。雏且出矣，雌者覆翼之，雄者往取食。每得食，辄息于屋上，不即下。主人戏以手撼其巢，则下瞰而鸣，小撼之小鸣，大撼之即大鸣，手下，鸣乃已。
>
> 他日，余从外来，见巢坠于地，觅二鸟及鷇，无有。问之，则某氏僮奴取以去。嗟乎！以此鸟之羽毛洁而音鸣好也，奚不深山之适而茂林之栖，乃托身非所，见辱于人奴以死，彼其以世路为甚宽也哉！

在戴名世的短文中该篇颇有代表性。它并不因为短而显得简陋贫乏，相反，小鸟的形态、音鸣、生活习性，都写得委婉曲折，细腻逼真，读之如历历在目。特别是文章末尾的感慨，三言两语，点出世路之窄，世路之险，寓意深远，余味无穷。

当代论者，有的对戴名世是否桐城派作家提出质疑，其理由是认为戴名世的思想和作品风格与桐城派作家有所不同。戴名世生在清朝初年，由于受清初民族志士的影响，对满族入主中国怀有不满，其实这种不满在方苞的一些文章中也有流露，只是其表现形式不如戴名世强烈鲜明。戴名世对程朱理学十分崇拜，曾用了很多功夫编纂《四书朱子大全》，甚至在《南山集》案发，在监狱中还在悉心修改此书。在这方面他与桐城派多数作家并无二致，说他的思想与桐城派作家不同，理由很不充分。就其文章风格而言，他的作品尖锐泼辣，与方苞、姚鼐等代表作家的文章风格确有不同。其实，桐城派基本上是一个在思想大体一致的基础上形成的一个作家集团，各家的风格并不完全相同。就其主要创始人来说，不仅戴名世与方苞、姚鼐不同，刘大櫆与方、姚也不相同。对此，桐城派后人徐宗亮有一段精辟议论，他在谈戴文风格时说："盖具海峰之才，行望溪之义，至其自然之韵，得天者优，又非如惜抱之涵泳资深而出之者。吾窃以为读先生之文，不必于三家之中求其同，亦不必于三家之外求其异。传曰：'君子以同而异。'其先生之文之谓乎。"（《南山集后序》）徐宗亮的认识是鞭辟入里的。由于戴名世的文章长期湮没，所以论桐城派者，多认为方、刘、姚为三创始人或"三祖"，实则应为四创始人或"四祖"，戴名世在桐城派中的地位应该给以肯定。

第二节　方　苞

方苞（1668～1749）字凤九，号灵皋，晚号望溪，安徽桐城人，康熙四十五年进士。康熙五十年，戴名世《南山集》案发，方苞因给《南山集》作序并藏书版，牵连入狱。五十二年免死出狱，以"方苞学问天下莫不闻"受康熙特旨，入值南书房（朝廷秘书机关），成为皇帝的辞臣。但作为处罚，家属族人全部强令遣京，编入旗籍，实际是作人质。雍正初年，旗籍解除，乾隆时官至礼部侍郎，先后充文颖馆、经史馆、三礼馆总裁。晚年辞官归里。著有《方望溪先生全集》及《周官析疑》、《春秋通论》、《丧礼或问》等。

方苞作为一个封建正统作家，以传统古文载儒家之道，是他一生追求的目标。

早在年轻时期，他在京师与友人谈“行身祈向”就曾说过：“学行继程朱之后，文章介韩欧之间。”（见王兆符《方望溪先生文集序》）就其“学行”而言，方苞对儒家经典下过不少功夫，《周官析疑》等都是他的解经之作，并且终其一生，立身行事，无不用封建道德严格规范自己。就其文章而言，他在理论和创作实践两方面都取得了很大成就，对桐城派及清代其他作家产生过重要影响。

方苞论文，倡“义法”之说。什么是“义法”？他在《又书〈货殖传〉后》里作了具体解释：

> 《春秋》之制义法，自太史公发之，而后之深于文者亦具焉。“义”即《易》之所谓“言有物”也，“法”即《易》之所谓“言有序”也。义以为经，而法纬之，然后为成体之文。

方苞认为，“义法”的创作原则，是孔子作《春秋》制定而由司马迁发现的。司马迁在《史记》之《十二诸侯年表序》中说：“孔子……西观周室，论史记旧闻，兴于鲁而次《春秋》。上记隐，下至哀之获麟，约其辞文，去其烦重，以制义法。”这就是方苞所谓“《春秋》之制义法，自太史公发之”的根据。《周易·家人》有“言有物”之说，《周易·艮》有“言有序”之说，方苞从儒家经典中拈出“言有物”、“言有序”几个字来概括他的“义法”说的含意，十分简明确切。“义法”说既注意到了内容，也注意到了文章的表现方法，方苞以此论文，较之前人或只重道、重义，或只重辞、重法，确有其高明之处，用此概括散文的基本创作原则，是很可取的。

方苞论义法，不是只提出了一个空洞的口号，他在很多文章中都对义法说的内容作了具体的阐述和诠释。如《书〈史记〉十表后》论《史记》“义法”：

> 其自序云：“请悉论先人所次旧闻，不敢阙。”而本纪、八书、世家、列传，无称其父者，故揭其义于斯。则踵《春秋》以及秦灭汉兴，文、景以前，凡所论述，皆其父所次旧闻具见矣。十篇之序，义并严密而辞微约，览者或不能遽得其条贯，而义法之精变，必于是乎求之。

据此可知，方苞之所谓“义”，是指文章的论断与识见。在《书〈乐书·序〉后》中，方苞认为司马迁的《乐书·序》反对骄奢淫逸，“故首述虞氏（舜）君臣相敕，次及成王之恐惧善守”，是以此刺汉武帝“不能以此时兴道致治，修礼正乐，而信方士，举慝礼，宠嬖倖，为新声，夜祠郊坛，男女杂歌……”方苞认为这也是《史记》的“义法”。所以方苞义法说中的“义”，也指讽喻美刺等内容。方苞在谈“言有物”时，常常强调内心的感受与作者的心胸情性，而不单纯讲理性认识。作为散文理论，这一点是很重要的。如《杨千木文稿序》说：“文者，生于心而称其质之大小厚薄以出者也。戋戋焉以文为事，则质衰而文必敝矣。”文章“生于心”既包括理性认识，也包括内心感受；“称其质之大小厚薄以出”，“质”指性情气质，方苞认为文章要表现个人性情气质，这就涉及作品的个性特征问题了，是很可贵的。

方苞“义法”说中的“法”包括哪些内容呢？他在很多文章中也作过解说。如《书〈汉书·霍光传〉后》云：

> 《春秋》之义，常事不书，而后之良史取法焉……古之良史，于千百事不书，而所书一二事，则必具其首尾，并所为旁见侧出者而悉著之。故千百世后，其事之表里可按而如见其人……是《传》于光事武帝，独著其出入殿门下，止进不失尺寸，而性资风采可想见矣，其相昭帝，独著增符玺郎秩、抑丁外人二事，而光所以秉图之钧，负天下之重者具此矣。其不学专汰，则于任宣发之，而证以参乘，则表里具见矣。盖其详略、虚实、措注，各有义法如此。

这是就史传而言“法”。“《春秋》之义，常事不书”，“常事”指一般的人物生平事迹。为人物立传，不必过多地罗列人物事例，要做到“于千百事不书，而所书一二事，则必具其首尾，并所为旁见侧出者而悉著之”。该文以《汉书·霍光传》为例，昭示作文之法，指出写文章要注意“详略、虚实、措注”，这是方苞讲“法”的重要内容。其中特别强调写人要注重表现人物的“性资风采”，强调让读者千百世后尚能“如见其人”，突出地表现了方苞散文家的眼光。方苞的这种创作思想，在《与程若韩书》、《与孙以宁书》等文中，作过反复申述。《与孙以宁书》在宣传了他“常事不书”创作思想的同时，还提出了记人之文“所载之事，必与其人之规模相称”的主张，他认为写人要从实际出发，要根据人物的经历、社会地位，事迹多少等取材用事，如司马迁写陆贾，因为人物可写的事不多，所以“分奴婢、装资，琐琐皆载焉”，是可取的，但如果用这样的方法写萧何、曹参那样的军国名臣，文字再增十倍也写不完。因此他批评宋元诸史，“若市肆簿籍”，如记流水账，以致“使览者不能终篇”，这不合义法，因此是不可取的。

方苞在宣传他的“义法”理论时，常常提到“雅洁”。“雅洁”，是他对古文艺术的具体要求。“雅洁”首先是语言运用问题。其门人沈廷芳《书方先生传后》引方苞语云：“南宋元明以来，古文义法不讲久矣。吴越间遗老尤放恣，或杂小说，或沿翰林旧体，无一雅洁者。古文中不可入语录中语，魏晋六朝藻丽俳语，汉赋中板重字法，诗歌中隽语，《南北史》佻巧语。”方苞反对俚俗，因此主张古文中不用小说家言，不用语录体；他又讲古文要自然，因此不用“翰林旧体”、六朝骈语、汉赋铺陈用语及诗歌隽语。他的这种认识并非全无道理，清代不少散文家也同意他的看法。袁枚《与孙俌之秀才书》云：“奈数十年来，传诗者多，传文者少，传散行文者尤少。所以然者，因此体最严，一切绮语、骈语、理学语、二氏语、尺牍词赋语、注疏考据语，具不可以相侵。”这和方苞的主张如出一辙。不过，这种认识也有局限，对散体古文语言加上这么多的限制，不仅束缚作者手脚也影响散文向生动活泼的方向发展。

方苞讲“雅洁”又不单指语言。《书萧相国世家后》说：“柳子厚称《太史公书》曰‘洁’，非谓辞无芜累也。盖明于体要而所载之事不杂，其气体为最洁耳。”《古文约选序例》说：“古文气体，所贵澄清无滓。澄清之极，自然而发其光精，则《左传》、《史记》之瑰丽浓郁是也。”据此可知，方苞之所谓“雅洁”又包括“用事不杂”及作品风格的清醇等内容。

方苞以“义法”论文，他的散文是他的义法说的直接体现。方苞的文章以醇厚而富于意蕴、行文严谨而雅正著称于世，“醇厚、意蕴”言其“义”，严谨、雅正言其“法”。

综观方苞文集，应酬之作不多，他的散文大都是言之有物的。这是他严守作文义法的结果，同时也与他“笃内行而又高望远志，讲求经世济民之猷”而不“媕娿侯门为名誉”(《李塨与先生书》) 的志行有关。在方苞的文集中可以读到不少指摘时弊的文章，如《狱中杂记》揭露当权者治狱的黑暗，《陈驭虚墓志铭》指斥权势、贵族“有害于人”，《记开海口始末》、《浑河改归旧道议》等文揭露权臣结党营私、巧取豪夺，《逆旅小子》指斥官吏漠视人民疾苦，这些文章都从不同方面揭露了康乾“盛世”外衣掩盖下的黑暗，对人民也有一定的同情。《左忠毅公逸事》、《书杨维斗先生传后》、《高阳孙文正公逸事》、《跋石斋黄公手札》、《孙征君传》等，对明末君主不明，群小妒贤嫉能，有扶危定倾之才者不得其用，终致国家灭亡、朝廷倾覆，都包含着作者的无限感慨。

最能体现方苞“义法”的，是他记人记事的文章。方苞善于用事取材，在他的这类文章中，往往能通过一两件事例的具体描写，使人物的精神面目俱现，以达到“千百世后，其事之表里可按而如见其人”。如《陈驭虚墓志铭》写医术高明、蔑视权贵的陈典：

> 君讳典，字驭虚，京师人。性豪宕，喜声色狗马，为富贵容，而不乐仕宦。少好方，无所不通，而独以治疫为名。疫者闻君来视，即自庆不死。京师每岁大疫，自春之暮至于秋不已。康熙辛未，余游京师，仆某遘疫，君命市水以大罂贮之，使纵饮，须臾尽。及夕，和药下之，汗雨注，遂愈。余问之，君曰：“是非医者所知也。此地人畜骈阗，食腥膻，家无溷匽，污渫弥沟衢，而域河久堙，无广川大壑以流其恶。方春时，地气愤盈上达，淫雨泛溢，炎阳蒸之，中人膈臆，困懞忿蓄，而为厉疫，水气厉而下渗，非此不足以杀其恶。故古者藏水，用于宾、食、丧、祭，而老疾亦受之，民无厉疾。吾师其遗意也。”
>
> 余尝造君，见诸势家敦迫之使麇至。使者稽首阶下，君伏几呻吟，固却之。退而嘻曰：“若生有害于人，死有益于人，吾何视为?”君与贵人交，必狎侮，出嫚语相訾謷，诸公意不堪，然独良其方，无可如何。余得交于君，因大理高公。公亲疾，召君，不时至，独余召之，夕闻未尝至以朝也。
>
> 君家日饶益，每出从骑十余，饮酒歌舞。旬月费千金。或劝君谋仕，君曰：“吾日活数十百人，若以官废医，是吾日杀数十百人也。”诸势家积怨日久，谋曰：“陈君乐纵逸，当以官为维娄，可时呼而至也。”因使太医院檄取为医士。君遂称疾笃，饮酒近女：数月竟死。……

该文是一篇触及社会黑暗的作品。陈典不仅医术高明，而且富有正义感，他宁为普通人治病，却不为权贵效力，有权贵来请，他便装病呻吟，认为他们“生有害于人，死有益于人”，有所交往，也“必狎侮，出嫚语相訾謷”，对权势贵人表现了极大鄙视。文章对人物的描写自然也寄托着作者的爱憎。就文法而言，文章集中写陈典行医和反抗权贵，于其医术只写治疫一事，于其高行只写抗诊与拒仕，用事极简，笔墨极省。

在人物刻画上，用最少的文字，生动表现人物特征，写得最见特色的，还有《左忠毅公逸事》等文。《左忠毅公逸事》全篇不过四百余字，左光斗的精神面目却写得栩栩如生。如左光斗识拔史可法和史可法狱中见左的两段描写：

> 先君子尝言，乡先辈左忠毅公视学京畿，一日，风雪严寒，从数骑出，微行入古寺，庑下一生伏案卧，文方成草。公阅毕，即解貂覆生，为掩户。叩之寺僧，则史公可法也。及试，吏呼名至史公，公瞿然注视，呈卷，即面署第一。召入，使拜夫人曰：“吾诸儿碌碌，他日继吾志事，惟此生耳。”
>
> 及公下厂狱，史朝夕狱门外，逆阉防伺甚严，虽家仆不得近。久之，闻左公被炮烙，旦夕且死，持五十金，涕泣谋于禁卒，卒感焉。一日，使史更敝衣草屦，背筐，手长镵，为除不洁者，引入，微指左公处。则席地倚墙而坐，面额焦烂不可辨，左膝以下，筋骨尽脱矣。史跪前，抱公膝而呜咽。公辨其声，而目不可开，乃奋臂以指拨眥，目光如炬，怒曰：“庸奴！此何地也？而汝来前。国家之事，糜烂至此，老夫已矣，汝复轻身昧大义，天下事谁可支柱者？不速去，无俟奸人构陷，吾今即扑杀汝！”因摸地上刑械，作投击势。史噤不敢发声，趋而出。后常流涕述其事，以语人曰：“吾师肺肝，皆铁石所铸也！”

方苞以“澄清无滓”论雅洁，《左忠毅公逸事》在用事用词上，都体现了他的艺术追求。该文以记左光斗“逸事”为主，在选材上不以左光斗的完整经历为着眼点，而只取“从数骑出”之“微行”识史可法及考场拔史可法和史可法入厂狱探监三事，集中表现左光斗竭忠谋图、顽强刚毅的品格，剪裁可谓至精。在用语上，文字极简，但左光斗的精神面目及左、史之间的亲密关系却写得极其生动，表现了作者驾驭语言的深厚功力。如写左光斗赏识史可法：“及试，吏呼名至史公，公瞿然注视”。用“瞿然注视”四字表现左光斗的惊喜，形神具现；“召入，使拜夫人，曰：‘吾诸儿碌碌，他日继吾志事，惟此生耳！’”仅数语，左光斗为国家选材公而无私的精神便给人们留下了深刻印象。又如借史可法的话写左光斗："吾师肺肝，皆铁石所铸也"，语言掷地有声，生动地表现了左光斗的铮铮铁骨。方苞讲雅洁而尚简，尚简却不排斥具体形象。他的一些记事写人的散文，很注意选择生动的细节，通过细节描写，形象地表现人物、事件的特征。《左忠毅公逸事》、《石斋黄公逸事》、《陈驭虚墓志铭》、《田间先生墓表》等都有这样的特点。《左忠毅公逸事》写史可法狱中见左光斗的情景令人惊心动魄，其感人之力量，无不来自形象的描写："史跪前，抱公膝而呜咽，公辨其声，而目不可开，乃奋臂以指拨眥，目光如炬。"史可法一跪一抱两个动作，生动地表现了人物激切而悲怆的感情。写左光斗，用"奋臂"，用"拨眥"，一"奋"字，一"拨"字，写出了左光斗受刑之重和情绪之激动。左光斗目不可开，拨开之后，却"目光如炬"，这样的描写，不无艺术的夸张，但夸张得体。正是这样的细节描写，才使人物的精神意气得到了完美的表现。方苞写作技法之精，在这样的描写中得到了充分的体现。

富于蕴藉，是方苞散文的一个重要特征。他讲"义法"追原于《春秋》、《史记》，他对《春秋》、《史记》中的"微言大义"十分留心。他在《书〈史记〉十表后》中说："十篇之序，义并严密而辞微约，览者或不能遽得其条贯，而义法之精变，必于是乎求之。""义并严密而辞微约"，方苞的许多文章都有这样的特点。方苞生活在文字狱极其严酷的康、乾时期，他自己也因此而以"带罪之身"供职朝廷，虽然有许多话想说却不敢明说，于是便只好采用"微约"之辞，表"严密"之义了。方苞对明末清初的许多民族志士是充满敬意的，对清王朝的大官小吏的黑暗腐败也有清醒的认识，他的文章每及于此，总要敛气吞声，不敢放肆笔墨。《狱中杂记》、《孙征君传》、《田间先生墓表》、《余石民哀辞》、《送刘函三序》乃至一些游记等，都是这样的作品。如写因《南山集案》而瘐死狱中的余石民：

> 康熙壬辰，余与余君石民并以戴名世《南山集》牵连被逮。君童稚受学于戴，戴集中有与君论史事书，君未之答也，不相见者二十余年矣。一旦祸发，君家破，遘疾死狱中。而事戴礼甚恭，先卒之数日，犹日购宋儒之书，危坐寻览。观君之颠危而不怼其师，是能重人纪而不以功利为离合也；观君之垂死而务学不怠，是能绝偷苟而不以嗜欲为安宅也。始吾语君："所以处患难之道，信得矣。虽然，子有老母，毋以嗜学忘忧。"君默无言，而卒以膈噎，盖其内

自苦者，人不得而识也。

君提解，倾邑父老子弟出送郭门外，皆曰："余君乃至此！"今君破家亡身而不得终事其母，吾恐无识者闻之，愈以守道为祸而安于邪恶也，于其丧之归也，书以鸣吾哀。

这是一篇含泪之作。文中着重写余石民道德人纪，通过对师长、老母的态度以及被捕时父老子弟倾城相送的场面描写，生动地表现了一个道德君子的精神风貌，含蓄而深沉地表现了作者对死者的同情，同时流露了对清廷制造《南山集》案的不满。文中对戴名世虽无一句赞辞，但通过写余石民对戴的恭谨，也寄托着对老友戴名世的追念之情。文中的这些"微言大义"，作者不着一字，却充满于字里行间，方苞散文的这种艺术风格，与他讲求"义法"有关，同时也是时代的产物。清代学者兼作家朱轼说："观此等文，有志者宜深求其底蕴。"（《评〈读管子〉》）用"底蕴"二字评方苞文，可谓懂得方文之味。

方苞论"义法"多举传记文，因而论者对他的记叙类文章特别留心。其实他的论说类文章也写得很有特色，在方苞文集中，论说、书后、书序及大部分赠送序、书信等论说体文章占的比重很大，佳作也很多。如《于忠肃论》、《原过》、《辕马说》以及《书孙文正传后》、《跋石斋黄公手札》、《送刘函三序》等都是议论激切，音调沉郁，发前人所未发的好文章。如《送刘函三序》称赞刘函三辞官并由此引出议论：

道之不明久矣，士欲言中庸之言，行中庸之行，而不牵于俗，亦难矣哉！苏子瞻曰："古之所谓中庸者，尽万物之理而不过；今之所谓中庸者，循循焉为众人之所为。"夫能为众人之所为，虽谓之中庸可也。自吾有知识，见世之苟贱不廉，奸欺而病于物者，皆自谓中庸，世亦以中庸目之。其不然者，果自桎焉，而众皆持中庸之论以议其后。

燕人刘君函三，令池阳，困长官诛求，弃而授徒江淮间，尝语余曰："吾始知吏之不可一日以居也。吾百有四十日而去官，食知甘而寝成寐，若昏夜涉江浮海而见其涯，若沉疴之霍然去吾体也。"夫古之君子不以道徇人，不使不仁加乎其身。刘君所行，岂非甚庸无奇之道哉？而其乡人往往谓君迂怪不合于中庸，与亲昵者则太息深瞚，若哀其行之迷惑不可振救者。虽然，吾愿君之力行而不惑也。

无耳无目之人，贸贸然适于郁栖坑阱之中，有耳有目者当其前，援之不克，而从以俱入焉，则其可骇诧也加甚矣。凡务为挠君之言者，自以为智，天下之极愚也。奈何乎不畏古之圣人贤人，而畏今之愚人哉？刘君幸藏吾言于心，而勿以示乡之人，彼且以为诪张颇僻，背于中庸之言也。

这是一篇议论激昂的文字。方苞称赞刘函三辞官而不与贪官同流合污，认为这是“不以道徇人，不使不仁加乎其身”。在腐败的封建制度下，大官小吏贪赃枉法、诛求勒索者多，而真正为民者少，在这样的环境中不遗余力去追求官位，被方苞视为“无耳无目之人”，不亚于到粪池中去讨生活。作者的这些议论，比较深入地揭露了封建吏治的本质。该文在暴露封建吏治黑暗的同时，对以苟贱奸欺为“中庸”，以廉直抗俗为“迂怪”的世风，也进行了有力的抨击。

方苞的散文也有明显的不足。从内容方面说，他既以“学行继程朱之后”相标榜，以程朱的道德为道德，宣传封建礼教自然也就成了他作文的重要宗旨。方苞文集中，张扬忠孝、鼓吹节烈、维护正统的文章占有相当数量，表现了他保守的一面。从形式方面说，他力倡“义法”，而“义法”的内涵又多指文章的详略、虚实、措注等章法，很少涉及变化、纵横、神气等内容。他的散文创作也正坐此病，所以方东树说他“议论愈密，而措语矜慎，文气转拘束，不能宏放也。”（《书望溪先生集后》）刘开在肯定了方文为“一代正宗”的同时，也指出：“望溪丰于理而啬于辞，谨严精实则有余，雄奇变化则不足，亦能醇不能肆之故也。”并认为方苞的文章“可以楷模后学”，但“不可以律非常绝特之才”（《与阮芸台宫保论文书》）。桐城派传人的这些意见都是很中肯的。袁枚承认他的文章是“一代正宗”，同时又指出他“才力薄”，袁枚说的“才力”非指学问，也是针对方苞“能醇不能肆”、“不可以律非常绝特之才”的不足而言的。

第三节　刘大櫆

刘大櫆（1698～1779）字才甫，一字耕南，号海峰，安徽桐城人。诸生，雍正间两举副贡生，乾隆时应博学鸿词未果，晚年为安徽黟县教谕，后归里。一生以教书为业，怀才不遇，颇为潦倒。著有《刘海峰诗文集》。

刘师培在《论文杂记》中说，在桐城派作家中，“惟海峰较有思想”，与其他桐城派作家相比，刘大櫆的思想确实有很多值得肯定的地方。他一生以儒学为本，但并不恪守程朱理学。如他的天道观，认为“天道浑然无知”，“人之穷通寿夭”与天无关，表现了唯物的思想倾向。（见《天通》）理学家提倡“存天理，灭人欲”，他却说“嗜欲之所在，智之不能谋，威之不能胁。夺其所甘而易以所苦，其势不能以终日。”（《慎始》）理学家鼓吹忠君，他却说“君臣以义合，故曰‘合则留，不合则去’。”在学术思想上，他主张“包容”，反对门户之见，反对排斥异己和唯我独尊。（见《息争》）这些认识在理学盛行的清代，的确有其独到之处。

刘大櫆对散文创作的理论贡献，主要表现在《论文偶记》。在《论文偶记》中，他突出地提出了“神气”说：

> 行文之道，神为主，气辅之。曹子桓、苏子由论文以气为主，是矣。然气随神转，神浑则气灏，神运则气逸，神伟则气高，神深则气静，故神为气之主。

前人论文，“神”与“气”是经常使用的两个概念，在谈到戴名世主张“精、气、神”的时候，我们对“神”、“气”的含义做过说明，“气”是精神情志在文章中的抒发宣泄，“神”则是文章整体的精神境界，所以刘大櫆认为“神为气之主”，在文章中“神”为主，“气”是为“神”的表现服务的。刘大櫆的贡献不只在于提出了“神气”说，“神”、“气”都是抽象的，他的贡献还在于对“神”、“气”的表现发表了自己的创造性见解，这就是他的“因声求气”说：

> 神气者，文之最精处也；音节者，文之稍粗处也；字句者，文之最粗处也。然余谓论文而至于字句，则文之能事尽矣。盖音节者，神气之迹也；字句者，音节之矩也。神气不可见，于音节见之；音节无可准，以字句准之。

> 音节高则神气必高，音节下则神气必下，故音节为神气之迹。一句之中，

或多一字，或少一字；一字之中，或用平声，或用仄声；同一平字仄字，或用阴平、阳平、上声、去声、入声，则音节迥异。故字句为音节之矩。积字成句，积句成章，积章成篇，合而读之，音节见矣，歌而咏之，神气出矣。

刘大櫆认为，“神气”是抽象的，是不可见的，它体现在音节字句之中，要寻求它，只有到音节字句中去找。一般读者都有这样的体验：神高气盛的文章，往往都有铿锵有声、节奏鲜明的特点，感情激切处多用短句，感情舒缓处多用长句，这就是刘大櫆所谓“音节者，神气之迹也；字句者，音节之矩也”的意思。韩愈曾说：“气盛，则音之短长与声之高下者皆宜”（《答李翊书》），刘大櫆把韩愈的主张具体化了，这是刘大櫆的一大发现。桐城派后来都把“因声求气”作为教人作文、诵读的秘诀，其理论依据，都出自刘大櫆。

刘大櫆的散文曾受到方苞的激赏。姚鼐《刘海峰先生八十寿序》说：“刘先生一日以布衣走京师，上其文侍郎。侍郎告人曰：‘如方某，何足算耶！邑子刘生，乃国士尔。’”方苞或有提携同乡后进的意思，但也并非是全无根据的吹捧。刘大櫆的散文恣肆雄奇，以才气著称，清人多有好评。《清史列传·文苑传二》说：“大櫆并古人神气音节得之，兼集庄、骚、左、史、韩、柳、欧、苏之长，其气肆，其才雄，其波澜壮阔。”方东树也说：刘大櫆文“日丽春敷，风云变态，言尽矣，而观者犹若浩浩乎不可穷。拟诸形容，象太空之无际焉。”（方宗诚《桐城文录序》引）

刘大櫆主张于字句音节见神气，以刚健朗畅、声调铿锵的语言表现雄奇恣纵之气，是刘大櫆散文的一个重要特点。由于气盛，他的文章对读者有很强的感染力，特别是他的一些议论、抒情文章，其特点更为鲜明。《刘海峰文集》中，《答吴殿麟书》、《焚书辨》、《海舶三集序》、《马湘灵诗集序》、《恐吠一首别张渭南》等，都具有这样的特征。《海舶三集序》是作者给出使流球的徐葆光（字亮直）海上赋诗集写的序。文云：

乘五板之船，浮于江淮，滃然云兴，勃然风起。惊涛生，巨浪作，舟人仆夫失色相向，以为将有倾覆之忧、沉沦之惨也。又况海水之所汩没，渺尔无垠，天吴睒睗，鱼鼋撞冲，人于其中，萍飘蓬转，一任其挂罥奔驰，曾不能以自主。故往往魄动神丧，不待樯摧橹折，而梦寐为之不宁。顾乃俯仰自如，吟咏自适，驰想于沆瀣之墟，寄情于霞虹之表，翩然而藻思翔，蔚然而鸿章著，振开、宝之余风，仿佛乎杜甫、高岑之什，此所谓神勇者矣！

余谓不然。人臣悬君父之命于心，大如日轮，响如霆轰，则其于外物也，视之而不见其形，听之而不闻其声。彼其视海水之荡谲，如重茵莞席之安，视崇岛之峌屼当前，如翠屏之列、几砚之陈；视百灵、怪物之出没而沉浮，如佳花、美竹、奇石之星罗于苑囿；歌声出金石，若夫风潮澎湃之音。彼固有不及知者，而又何震慑恐惧之有？

这是一篇想象丰富，文势飞动的文章，主旨在表彰徐宝光不避艰险出使流球的忠勇。文章以江淮“惊涛生，巨浪作，舟人仆夫失色相向”为衬托，写海上航行的“魄动神丧”，极尽铺陈之能事，然后写乘船者在惊涛骇浪中俯仰自如、吟咏赋诗，含蓄地表现了徐宝光的“神勇”。接着又宕开一层，写在海上险恶环境中之所以能冷静沉着，乃是因为“人臣悬君父之命于心”，从而表现了人物的忠毅。文章虽驰骋，却次第鲜明，语言、节奏鲜明，朗朗上口。多用四六排偶，如散化了的骈体，很好地体现了作者以字句音节见神气的主张。

刘大櫆一生很不得志，文中多有牢骚和不满，以雄奇之文载穷愁之思，是刘大櫆散文的一大特色。《无斋记》、《程易田诗序》、《答吴殿麟书》以及一些山水游记等，都是这样的作品。他身处下层，一生和达官贵人接触较少，朋友中不少都是像他一样的落魄失意的知识分子，有时他也借写这些人的遭遇，抒发自己的愤懑。如《马湘灵诗集序》写与马湘灵的交往：

马君湘灵，与余居同里，生同庚，学同业，其喜为诗同，其嗜酒同，饮酒既酣，其狂言震于广坐也同。余弃于时，而湘灵亦屡试不举，为同遇；余生三子皆夭，而湘灵亦未有子息，为同病。人之不同，如其面，余与湘灵几无不同矣。而亦有不同者，盖湘灵之为人，余固尝兄事焉；若其所为文章，则余方欲师其之而未能。此其不同也。

忆昔与湘灵同在京师，一日日已晡，湘灵过余旅舍，余出酒肴共酌。时余兄奉之亦在坐。湘灵被酒，意气勃然，因遍刺当时达官无所避，余惊怖其言。湘灵慷慨曰：“子以我为俗子乎！”余谢不敢。湘灵命酒连举十余觞，大醉欢呼，发上指冠，已复悲歌出涕。余见湘灵言之哀，亦泣涕纵横不自禁。湘灵乃指谓余兄曰："彼乃同心者。"因出其平生歌诗示余。余读之，风翻云涌，而喉间气郁不得舒，于是相对黯然，罢酒别去。忽忽二十年，则闻湘灵已老病，不复能远游，或扁舟自放于九龙、三泖之间，间则归里与缙绅之去位而里居者连为吟社，寻山钓水而已。嗟乎！以湘灵之才与志，使其居于庙朝，正言謇谔，岂与夫世之此倡而彼应者同乎哉！奈何窘蹶浮沉，抱能不一施，遂为山泽之癯以老也。

此文序马湘灵之诗，不言诗而但言其人，并借以抒身世之感，于雄肆中寓悲怆，颇能表现刘文特色。文写马湘灵被酒发狂，慷慨悲泣，颇为传神，刘大櫆强调文章神气，于此也可一见。

刘大櫆擅长抒情、状物、记事、写人、描摹山水，大都能够逼真传神，并在描写中抒发爱憎之情。如《樵髯传》：

樵髯翁姓程氏，名骏，世居桐城县之西鄙。性疏放，无文饰，而多髭须，因自号曰樵髯云。少读书，聪颖拔出凡辈。于艺术匠巧嬉游之事，靡不涉猎，然皆不肯究竟其学，曰："吾以自娱而已。"尤嗜弈棋，常与里人弈，翁不任苦思，里人或注局凝神，翁辄频顣曰："我等岂真知奕者？聊用为戏耳！乃复效小儿辈，强为解事！"时时为人治病，亦不用以为意。诸富家尝与往来者病作，欲得翁诊视，使童奴候之，翁方据其局，哓哓然，竟不往也。翁季父官建宁，翁随至建宁官廨，得以恣情山水，其言武夷九曲，幽绝可爱，令人遗弃世事，欲往游焉。……

全文仅二百余字，文字堪称减省，但樵髯翁的特点却写得很突出。文章表现樵髯狂逸之态，高洁之志，颇为传神。作者赞赏樵髯善医，却故意慢待富家，表现了他的孤傲，而与普通人交往又极随便，其寓意与方苞赞陈驭虚大体相同。

在刘大櫆的文集中，游记散文占有相当比重，他的游记散文吸收了柳宗元游记简洁清峻和通过山水描写寄托身世之感的特点，读来较有味道。其中《游晋祠记》、《游万柳堂记》、《游大慧寺记》、《游百门泉记》、《浮山记》等，都是较好的篇什。

如《游晋祠记》：

有泉自圣母神坐之下东出，分左右二道。居人就泉凿二井，井上为亭，槛以覆之。今左井已淹，泉伏流地中。自井又东，沮洳隐见，可十余步，乃出流为溪。溪水洄洑绕祠南，初甚微，既远乃益大，溉田殆千顷。水碧色，清冷见底，其下小石罗布，视之如碧玉，游鱼依石罅往来甚适。水上有石桥，好事者夹溪流曲折为室如舟。左右乔木交荫，老柏数十株，大皆十围，其中厕以亭台佛屋，彩色相辉映，月出照水尤可爱。溪中石大者如马，如羊，如棋局可坐。予与二三子摄衣而登，有童子数人咏而至，不知其姓名，与并坐久之。

这段描写，述晋祠之泉池亭台，细致曲折，分明如画，给人以身临其境之感。其语言明净雅洁，颇类柳宗元之永州八记。该文末处写自己的感慨："浮生之飘转无定，而余之幸游于此，无异鸟迹之在太空。然则士之生于斯世，虽能立振俗之殊勋，赫然惊人，与今日之游，一视焉可也，其孰能判忧喜于其间哉！"这种"浮生飘转无定"的低沉情调，是作者失意心情的流露。

刘大櫆散文的缺点也很明显。如果说方苞散文的不足是"能醇不能肆"，那么刘大櫆正好相反，是"能肆不能醇"。他有些文章雄奇恣肆，但内涵不深，底蕴不足，方宗诚《桐城文录序》说他的文章"义理不如望溪之深厚，而藻采过之"，这是符合实际的。另外，他长时间乡居，见闻不广，因而题材也显得不够丰富。尽管如此，他的文章入清代大家之林，是不应有疑问的。

刘大櫆的一生，大半时间是设馆授徒，以传授古文法为业，他的弟子中，姚鼐之外，还有吴定、朱孝纯、程晋芳、王灼等，都有文名，这对桐城派的建立有过不小贡献。

第四节　阳 湖 派

阳湖派是乾嘉间在桐城派影响下形成的一个散文派别。其主要成员有恽敬、张惠言、李兆洛、陆继辂、董士锡及其门人，因其成员多为江苏阳湖人而得名。阳湖是雍正间从武进分出的一个县，入民国后并回武进，今属常州市。

阳湖派作家原来主要从事骈文辞赋的写作。后来接受了桐城派的影响，改为以创作古文为主。关于阳湖派与桐城派的渊源关系，阳湖派作家的文集中多有提及。恽敬在《上曹俪笙侍郎书》中对方苞表现了相当的尊重，他在肯定了方苞“古文虽小道，失其传者七百年”的话后说：“与同州张皋文、吴仲伦（吴德旋）、桐城王悔生（王灼）游，始知姚姬传之学出于刘海峰，海峰之学出于方望溪。及求三人之文观之，未足以餍其心之所欲云者，于是由本朝推之于明，推之于宋、唐，推之于汉于秦。龂龂焉析其正变，区其长短，然后知望溪之所以不满者。”他并不认为桐城派的文章已经达到了尽善尽美的程度，但他承认研究和从事古文创作是在受了桐城派的影响才进行的。对此，张惠言说得更加明确：“余学为古文，受法于挚友王明甫（王灼字明甫，号悔生），明甫古文法受之其师刘海峰。”（《书刘海峰文集后》）他在谈到由骈文辞赋改学古文时又说：“余少时为时文，穷日夜力屏他务为之，十余年乃往往知其利病。其后好文选辞赋，为之又如为时文者三四年。余友王悔生见余《黄山赋》而善之，劝余为古文，语余以所受于其师刘海峰者。为之一二年，稍稍得规矩。”（《文稿自序》）类似的话在李兆洛、陆继辂等人的文集中也能见到。因而论者常把阳湖派看成是桐城派的一个支流，这是有根据的。阳湖派作家大都既写古文，也写骈文、辞赋，他们的艺术视野比桐城派作家要宽广，在创作方法上不像方苞、姚鼐等那样拘谨，但因为他们在散文创作上不像桐城作家那样专一，其成就和影响则略逊一筹。

阳湖派作家中，散文创作成就最大的是恽敬。恽敬（1757～1817）字子居，号简堂，乾隆四十八年乡试中举，曾在京师任教习，后在浙江富阳、江西瑞金等地做知县，因有政声，擢南昌府同知。他学问渊博，自幼年起即从其父学诗文、小学及经史百家，自称汉学、宋学、辞赋、史传、道佛、农圃、技艺无不通晓。著有《大云山房文稿》及诗集。

恽敬论文，主张自然天成，反对“著力雕镌”。其《与舒白香》云：

文章之事，工部所谓天成，著力雕镌，便觌面千里。俪体尚然，何况散行。然此事如禅宗，箍桶脱落，布袋打失之后，信口接机，头头是道，无一滴水外散，乃为天成。是以敬观古今之文，越天成越有法度。

此外，他还讲才气与修养，认为“理实气充”才是“作文之法”，（见《答来卿》）从中可以看出他受刘大櫆等人论文的影响。

在阳湖派作家中，恽敬的散文个性最为鲜明。他的散文纵横驰骋，雄肆恢宏，而又不缺乏自然，其《游庐山记》、《谢南冈小传》、《三代因革论》、《上曹俪笙侍郎书》等，均为清代散文名篇。

恽敬喜欢览胜，每至一处，名胜必游，且多有记。他于嘉庆十八年（1813）两登庐山，并写了《游庐山记》、《游庐山后记》。前篇着重写庐山的云、水和瀑布，后篇侧重写庐山云海，二者均为代表作。请看《游庐山后记》对云海的描写：

> 丙寅，偕沙门无垢，篮舆曲折行涧中，即锦涧也，度石桥，为锦绣谷，名殊不佳。得红兰数本，宜改为红兰谷。忽白云如野马，傍腋驰去。视前后人，在绡纨中。云过，道旁草木罗罗然，而涧声清越相和答。遂蹑半云亭，睨试心石，经“庐山高”石坊，石势秀伟不可状，其高峰皆浮天际，而云忽起足下，渐浮渐满，峰尽没。闻云中歌声，华婉动心，近在隔涧，不知为谁者。云散，则一石皆有一云缭之。忽峰顶有云飞下数百丈，如有人乘之行。散为千百，渐消至无一缕。盖须臾之间已如是。径天池口，至天池寺，寺有石池，水不竭。东出为聚仙亭、文殊岩。岩上俯视，石峰苍碧，自下矗立。云拥之，忽起至岩上，尽天地为绡纨色，五尺之外，无他物可见。已尽卷去，日融融然，乃复合为绡纨色，不可辨矣。返天池口，东至佛手岩，行沉云中，大风自后推排，云气吹为雨，洒衣袂。蹊坐升仙台，拊御碑亭，云益重。至半云亭，日仍融融然耳。无垢辞去，遂独过铁塔寺而归。

庐山耸立长江与鄱阳湖之滨，江湖水汽郁结，云海弥漫，游人称奇，特别在春夏之交，云海变幻多端，更令人叹为观止。恽敬于嘉庆十八年四月再游庐山，为人们生动地描绘了庐山云海的奇幻景象，形象而具体，历历如画。此为恽敬晚年之作，描绘逼真而不做作，较好地体现了他“自然天成”的论文主张。

恽敬自称善于史传，在他的文集中，碑版传记文章占有相当数量，他的这类文章一般都能用简省的语言，描绘人物的特征。如《谢南冈小传》：

谢南冈，名枝仑，瑞金县学生。贫甚，不能治生。又喜与人忤，人亦避去，常非笑之。性独善诗，所居老屋数间，土垣皆颓倚，时闭门，过者闻苦吟不已。会督学使者按部，斥其诗置四等，非笑者益大哗。南冈遂盲。盲三十年而卒，年八十三。

论曰：敬于嘉庆十一年自南昌回县。十二月甲戌朔，大风寒。越一日乙亥，早起，自扫除蠹书，一册堕于架，取视之，则南冈诗也。有郎官为之序，序言秽腐，已掷去，既念诗未知如何，复取视之，高邃古涩，包孕深远。询其居，则近在城南，而南冈已于朔日死矣。南冈遇之穷，不待言；顾以余之好事，为卑官于南冈所籍已二年，南冈不能自通以死，必死后而始知之，何以责居庙堂拥麾节者不知天下士耶？古之人，居下则自修而不求有闻，居上则切切然恐士之失所，有已也夫！

这篇几百字的小传，篇幅虽短，意蕴弥深。谢南冈作为封建时代的一个穷秀才，闭门苦吟，为时人所非笑，尽管他的诗“包孕深远”，却遭到掌管全省教育、考试的督学使者“置四等”，以至使他愤懑盲目三十余年，困顿而死。文中不无自责，“为卑官于南冈所籍已二年，南冈不能自通以死，必死后而知之”，作为知县的恽敬，这自责是诚恳的，但文章的矛头指向，更主要的还是如督学使者那样“居庙堂拥麾节”的封建官吏，谢南冈的悲惨遭遇完全是由他们造成的。该文在写法上不拘泥传记文的一般成法，全篇叙谢南冈生平仅一百来字，而重点却放在“论曰”上，这是由文章的内容和主旨决定的。文章写谢南冈虽只有一百来字，但人物的个性及遭遇却勾画得很有特色，从中也可看出恽敬的功力。

恽敬也善作议论文，其《三代因革论》，一共写了七篇，根据先秦古籍对夏商周三代的政治、礼法、文化等做了全面考察，因而受到重视。他讨论古代文论的文章写得也很有特色，《与纫之论文书》、《上曹俪笙侍郎书》、《与舒白香》、《答来卿》等都有过不少精辟见解。如《与纫之论文书》论“辞达”：“孔子曰：‘辞达而已矣。’孟子曰：‘诐辞知其所蔽，淫辞知其所陷，邪辞知其所离，遁辞知其所穷。’古之辞具在也，其无所蔽、所陷、所离、所穷四者，皆达者也；有所蔽、所陷、所离、所穷四者，皆不达者也。”他用孟子的所谓“知言”，解释孔子的“辞达”，发前人所未发，颇有见地。

阳湖派的另一个代表人物是张惠言。张惠言（1761～1802）字皋文，嘉庆四年进士，官翰林编修。张惠言的文学造诣颇深，除古文辞之外，对经学的研究也有贡献。他也工词，是清代“常州词派”的创始人，对于词作主张效法“诗之比兴”和“缘情造端”（见《词选序》），反对浙江词派末流内容空疏的词风。主要著作有《茗柯文编》、《茗柯词》，及《词选》、《七十家赋钞》、《周易虞氏义》等。

张惠言与恽敬同为阳湖派的创始人，两人的交情也十分深厚。他在《送恽子居序》中说：“年二十七，来京师，与子居交，观其议论、文章、磨切道德，乃始奋发自壮，知读书求成身及物之要。八年之间，共蹶于举场，更历困苦，出俯仰尘俗，入则相对以悲，已，相顾自喜益甚。凡余之友，未有如子居之深相知者。”恽敬于张惠言也颇倚重，曾谓：“古文自元明以来，渐失其传。吾向所以不多作古文者，有皋文在也。今皋文死，吾当并力为之。”（见吴德旋《恽子居先生述》）

张惠言的散文包括骈文辞赋和古文两类，他的赋作表现了他的才华，《游黄山赋》、《黄山赋》、《望江南花赋》等都很有名。著名学者章太炎在《国故论衡·辨诗》中称其黄山二赋：“虽未至，庶几李、杜之伦。”这评价是很高的。后来他接受了桐城派的影响，转而从事散体古文的创作，其古文创作，传记、杂文、政论、史论、游记诸体兼备，且在思想和艺术上都具有自己的特色。仅举其《书山东河工事》一文，以见一斑：

嘉庆二年，河决曹州，山东巡抚伊江阿塞之。伊江阿好佛，其客王先生者，故僧也，曰明心，聚徒京师之广慧寺，诖误士大夫，有司杖而逐之，蓄发养妻子，伊江阿师事之谨。王先生入则以佛家言耸惑巡抚，出则招纳权贿，倾动州县。官吏之奔走巡抚者，争事王先生。河工调发薪刍夫役之官，非王先生言不用也。不称意，张目曰：“尔敢尔！吾撤汝矣！”其横如此。内阁侍读学士蒋予蒲，王先生广慧寺之徒也，以母忧去官，游于山东，伊江阿延之幕中，相得甚，奏请留视河工，有旨许之。

巡抚择良日，筑坛公馆之左，僧、道士绕坛诵经者数十人。巡抚日再至，蒋学士、王先生从，及坛，蒋学士北面拜，巡抚亦北面拜。王先生冠毗卢冠，加沙偏袒，升坛坐，学士、巡抚立坛下，诵经毕乃去，如是者数月，河屡塞辄复决。

其明年正月，王先生曰："堤所以不固，是其下有孽龙，吾以法镇之，某日当合龙，速具扫！"巡抚曰："诺！"先期一日，扫具，役夫数百人维扫以须。巡抚至，王先生佛衣冠，手铁长数寸，临决处，呗音诵经咒良久，投铁于河，又诵又投，三投，举手贺曰："龙镇矣！"巡抚合掌曰："如先生言。"明日，水大甚，巡抚命下扫，众皆谏，不许。扫下，数百人皆死。居数日，王先生又至，投铁者又三，扫又下，死者又数百人，堤卒不合。

在中国历史上，黄河水患不断，屡治屡坏，除了技术落后外，官吏的昏庸腐败是重要原因。张惠言这篇《书山东河工事》所记是典型的一例。山东巡抚伊江阿利用僧人王明心（本名王树勋）大搞迷信活动，以"扫龙"法"镇龙"来治理黄河决口，决口未塞，却连续两次造成数百治河民工葬身波涛的骇人听闻的大事故。文章没有用很多笔墨写堵塞决口和民工死亡的情景，却详细介绍了伊江阿、王明心、蒋予蒲的交往关系和进行迷信活动的过程，突出揭露了封建官场任人唯亲和昏庸腐败的主旨，剪裁颇有匠心。上引文字是文章的主要段落，文章结尾处，作者有两句补叙："伊江阿谪戍伊犁，王先生送之戍所，闻其将归谒选云。"伊江阿失职，清廷不得不让他"谪戍伊犁"，帮凶王明心亲自送到伊犁，正在准备回来被选升官。结尾处的这一笔点染，弦外之音，耐人寻味。

张惠言是一个很有才华的散文作家，曾国藩说他"自为赋亦恢闳绝丽，至其他文，则空明澄澈，不复以博奥自高。"（《茗柯文序》）对他的文章十分赞赏。可惜他只活了四十二岁，才力没有充分发挥，这不能不说是当时文坛的一件憾事。

恽敬、张惠言之外，阳湖作家中李兆洛、陆继辂在清代文坛也较有影响，特别是李兆洛反对骈、散对立而编《骈体文钞》，更为世人所知。李兆洛（1769～1841）字申耆，晚号养一老人，嘉庆十年（1805）进士，入翰林院，后改庶吉士，散馆为安徽凤台县知县，曾主讲浙江暨阳书院。他对地理学很有研究，著有《历代地理志韵编今释》等，诗文有《养一斋集》。

李兆洛在学术思想和散文创作方面，都受过桐城派的影响，他与桐城派的方东树关系密切，曾说："曩时读书，甚不喜康成（指汉学），然于朱子亦时时腹非。读先生书，敬当力改前非。"（《与方植之书》）但他对桐城派排斥骈文的主张不满，认为"天地之道，阴阳而已。奇偶也，方圆也，皆是也。阴阳相并具生，故奇偶不能

相离，方圆必相为用。”(《骈体文钞序》)

陆继辂（1772～1834）字祁孙，一字修平，嘉庆五年举人，因修《安徽省志》叙劳，选为江西贵溪知县。他也反对骈散分家，认为“治古文者，往往薄四六为不屑为，甚至斥为俳优侏儒之技，入主出奴之见，亦犹考据、辞章两家，隐然如敌国，甚可笑也。”(《与赵青州书》) 但他对桐城派的散文却推崇备至，曾说:“圣清儒术之盛，一百七十余年之间，为之而工者，方苞、刘大櫆、姚鼐、恽敬、张惠言数家人而已。”认为清初诸家如侯方域、汪琬、邵长蘅等“轻浮荡佚，繁琐阘敝”，而“贤如魏禧”，也“不免于陋”。只有方苞能“别裁伪体”，刘、姚“接踵辉映，可称极盛”(《七家文钞序》)，这就不免陷入门户之见了。

第六章
桐城派中后期散文

第一节　姚　鼐

姚鼐（1732～1815）字姬传，一字梦谷，书斋名“惜抱轩”，世称惜抱先生，安徽桐城人。乾隆二十八年（1763）进士，官至刑部郎中，后为四库全书纂修官。中年弃官，先后在扬州、安庆、徽州、南京主持梅花、紫阳、敬敷、钟山书院近四十年。早年曾向刘大櫆学习古文，终生从事古文写作与研究，对桐城派的形成与张大起过重要作用。著有《惜抱轩集》、《九经说》、《老子章义》、《庄子章义》、《惜抱轩书录》，并编有《古文辞类纂》、《五七言今体诗钞》、《唐人绝句诗钞》等。诗、书均有造诣，尤以文章最负盛名。

姚鼐对古代散文理论进行过总结性的研究，在前人研究的基础上，由博反约，提出了许多精辟见解。主要有：主张义理、考据、文章三者不可偏废；提倡“道与艺合”，“天与人一”；以神、理、气、味、格、律、声、色论文章要素；以阳刚、阴柔论文章风格和分古文辞为十三类等。

关于义理、考据、文章三者之间的关系，从宋代理学产生之后即有争论，其中有宋学、汉学之争，也有学者与文章家之争。北宋理学家程颐首先提出“今之学者三”，即“文章之学”、“训诂之学”、“儒者之学”，（《近思录》卷二）而独尊“儒者之学”。明朝刘健也认为人间学问有三事：“寻绎义理”、“考求典故”和“文章”（见明陆深《俨山外集》卷十八《停骖录》),但他没有说明三者的关系。到了清代,汉学家排斥宋学,同时也鄙薄文章之学,与姚鼐同时的著名学者戴震认为义理、考证、文章三者中,“事于文章者,等而末者也。”(《与方希原书》)段玉裁则认为“义理、文章,未有不由考核而得者。”(《震东原集序》)针对这些情况,姚鼐提出了义理、考证、文章三相济的主张:“余尝谓学问之事有三端焉,曰:义理也,考证也,文章也。是三者,苟善用之,则足以相济;苟不善用之,则或至于相害。”(《述庵文钞序》)他批评了“言义理之过者,其辞芜杂俚近”的弊病,对于“为考证之过者,至繁碎缴绕,而语不可了当”,也表示了不满。姚鼐认为三者不可偏废,每个人虽然都各有所长,但不要互相攻讦,在宋学、汉学对立的情况下,姚鼐去掉门户之见,提出义理、考证、文章三相济、三统一的主张,是很有意义的。

道与艺合,天与人一,是姚鼐论文的重要观点之一。他在《敦拙堂诗集序》中说:“夫文者,艺也。道与艺合,天与人一,则为文之至。世之文士固不敢于文王、周公比,然所求以几乎文之至者,则有道矣。苟且率意以觊天之或与之,无是理也。”他这里所说的“道”不是儒道之道,而是为文之道。“道”与“天”讲自然,“艺”与“人”讲人工。他说:“言而成节,合乎天地自然之节,则言贵矣。其贵也,有全乎天者焉,有因人而造乎天者焉。今夫六经之文,圣贤述作之文也,独至于《诗》,则成于田野闺闼无足称述之人,而语言微妙,后世能文之士有莫能逮,非天为之乎?”他这样强调为文的自然之道,与刘勰的主张颇为一致,刘勰说:“心生而言立,言立而文明,自然之道也。”(《文心雕龙·原道》)刘勰提倡自然之道,受了道家“自然无为”思想的影响,姚鼐是朱程理学的信徒,但对老、庄也有所偏爱,他的著作中有《老子章义》、《庄子章义》就是证明。他提倡“道与艺合,天与人一”,可以说是在深入研究了文学的写作规律之后吸收了老、庄的某些思想提出来的。这对方苞孤立地强调为文之法,是一个突破。

姚鼐以神、理、气、味、格、律、声、色论文章要素,是综合了方苞的“义法”说和刘大櫆的“神气”说提出来的。《古文辞类纂序目》说:“所以为文者八:曰神、理、气、味、格、律、声、色。神、理、气、味者,文之精也;格、律、声、色者,文之粗也。然苟舍其粗,则精者亦胡以寓焉?”方苞讲“义法”,很少涉及神气,刘大櫆论神气又很少言法,姚鼐综合其前辈之认识,提出了文章要素有八的主张。其中“神、理、气、味”指文章的精神、义理、情志气力与味道含蕴,偏于内容的方面，这是文之精处；而格、律、声、色指篇章结构、表现方法及语言的声音、色彩，偏于形式的方面，这是文之粗处。形式为内容服务，精处固然重要，但粗处也不可忽视。这样辩证地认识文章各要素，体现了姚鼐文论的严密性。

以阳刚、阴柔论文章风格，不是姚鼐的发明创造，早在魏晋南北朝时期，曹丕、刘勰等人就以刚、柔谈论风格问题了。姚鼐论刚、柔的文章主要有《复鲁絜非书》、《海愚诗钞序》等。以刚、柔论风格虽然不自姚鼐始，但他的论述却有许多独到之处，这体现在：一、具体描绘了两种不同风格的特点。二、对前人纷繁复杂的风格分类，进行了集中概括。明清时有人分文章风格为二十五类乃至三四十类者。把诗文风格适当分类有助于读者把握诗文特色，但分类过于繁琐，界限不清，反倒失去分类的意义。姚鼐摈弃前人的分类方法，由繁而约，从传统文论中拈出“刚柔”二字论风格，颇有见地。三、认为文章风格可以分为两类，但反对把刚、柔风格绝对化，反对“一有一绝无”，作家进行创作应“统二气之会”，做到刚柔相济，相辅相成，而不要“刚者至于偾强而拂戾，柔者至于颓废而阇幽”（《复鲁絜非书》）。他的这些认识，对作家创作和读者阅读欣赏，都有指导意义。

此外，姚鼐把文章的体裁分为十三类，对文体理论也是一个重要贡献。前人对文体分类和风格分类一样，也是越来越杂，到明清时，文体分类一般都有数十种，多的达到七十余种，实无必要。姚鼐编《古文辞类纂》分文章为十三类，即：论辩类、序跋类、奏议类、书说类、赠序类、诏令类、传状类、碑志类、杂记类、箴铭类、颂赞类、辞赋类、哀祭类。他的这种分类方法，系统而简明，具有科学性，因而为后人所肯定。

姚鼐的散文以韵味悠长称善，不论议论抒情，还是记事写人，他都能做到高洁明净，优游自然，历来都受到人们的称赞。方东树说：“先生之文，纡徐卓荦，撙节檃括。托于笔墨者，净洁而精微，譬如道人德士，接对之久，使人自深。”（见方宗诚《桐城文录序》）就连对桐城文章颇多微词的刘师培也说“姬传之丰韵”，“近今之绝作”。（《论近世文学之变迁》）这都是就姚鼐散文富于韵味而言的。

自然而富有意趣，是姚鼐散文的重要特点，也是形成他的文章韵味的基本要素。以他的著名散文《登泰山记》为例，该文是乾隆三十九年作者辞官归里路过泰安时写的，刘大櫆在谈到这篇文章时说：“姬传以壮年自刑部告归田里，道过泰安，与子颖同上泰山，登日观，慨然想见隐君子之高风，其幽怀远韵，与子颖略相近云。”（《朱子颖诗集序》）要了解姚鼐这篇文章的内涵情趣，刘大櫆的说明很重要。姚鼐二十岁中举，三十来岁成进士，后充乡试副考官、会试同考官、刑部郎中、四库编纂官，一个个重要头衔都曾戴在他的头上，在青云有路之时，他却毅然请归，这是为什么呢？他讲过两条理由：一是足疾，二是养亲。实际却是对以纪昀为首的四库馆风气和官场的腐败不满。（参看其《与张君书》及姚莹《惜抱先生行状》）所以他把辞官看作是一种解脱。正是因为如此，他在归里过泰安时，一不顾有“足疾”，二不急于回家“养亲”，却于大年除夕之日邀友人朱孝纯（字子颖）去登山看景去了。观其《登泰山记》，全篇都充满着优游自适的意趣和“隐君子之高风”，“解脱”二字藏于字里行间。如其写日出：

> 戊申晦五鼓，与子颖坐日观亭待日出。大风扬积雪击面。亭东自足下皆云漫，稍见云中白若樗蒲数十立者，山也。极天，云一线异色，须臾成五彩，日上正赤如丹，下有红光动摇承之。或曰：此东海也。

时间是大年除夕的五更天，场景是“大风扬积雪击面”，在这样的环境里去看日出，可见其兴致之高。写日出，寥寥数语，有情有景，色彩鲜明，描写逼真。这样的描写没有愉快的心情，是写不出的。刘大櫆以“幽怀远韵”评《登泰山记》，可谓深知其得意弟子的胸怀。

深刻的见识、丰富的想象和形象描写的结合，是形成姚鼐散文韵味的另一个重要因素。姚鼐文集中有不少论说文，包括一些学术文章，都不用抽象说理，而是在说理过程中运用描写、比喻等形象手段加以说明、论证，让人读起来，不仅不觉枯燥，还常常感到味道很浓。如《复鲁絜非书》论阳刚、阴柔两种文章风格之美：

> 鼐闻天地之道，阴阳刚柔而已。文者，天地之精英，而阴阳刚柔之发也。惟圣人之言，统二气之会而弗偏。然而《易》、《诗》、《书》、《论语》所载，亦间有可以刚柔分矣。值其时其人告语之，体各有宜也。自诸子而降，其为文无弗有偏者。其得于阳与刚之美者，则其文如霆，如电，如长风之出谷，如崇山峻崖，如决大川，如奔骐骥；其光也，如杲日，如火，如金镠铁；其于人也，如凭高视远，如君而朝万众，如万勇士而战之。其得于阴与柔之美者，则其文

如升初日，如清风，如云，如霞，如烟，如幽林曲涧，如沦，如漾，如珠玉之辉，如鸿鹄之入廖廓；其于人也，漻乎其如叹，邈乎其如有思，暖乎其如喜，愀乎其如悲。观其文，讽其音，则为文者之性情形状，举以殊焉。

文章风格的美，本是抽象的，是能意会而难言传的东西。姚鼐利用丰富的想象和形象的比喻，把抽象的事物变成让人看得见、听得到、摸得着的东西，不仅说明了问题，让人读起来还感到趣味盎然，神韵幽远。

在姚鼐的文论中，没有专门谈过意境问题，但他要求文章要具备神、味，实际就是要求作者要写出一定的意境。他的一些文章能把主观的抒情、想象和客观的描写有机地结合在一起，因而能形成很优美的境界。《游媚笔泉记》、《游灵岩记》、《左仲郛浮渡诗序》等，都是较好的作品。例如《左仲郛浮渡诗序》记他与左世经（字仲郛）等人长江夜航的一段描写：

昔余尝与仲郛以事同舟，中夜乘流出濡须，下北江，过鸠兹，积虚浮素，云水郁蔼，中流有微风击于波上，发声浪浪，砚磅薄涌，大鱼皆砉然而跃。诸客皆歌呼，举酒更醉。余乃慨然曰："他日从容无事，当裹粮出游。北渡河，东上泰山，观乎沧海之外；循塞上而西，历恒山、太岳、嵩、华，而临终南，以吊汉、唐之故墟；然后登岷、峨，揽西极，浮江而下，出三峡，济于洞庭，窥乎庐、霍，循东海而归，吾志毕矣。"客有戏余者曰："君居里中，一出户辄有难色，尚安尽天下之奇乎？"余笑而不应。

这段描写，有景有情，长江夜航的欢快、作者畅想遍游名山大川的志趣以及"客有戏余者"的诘问，都逼真如画，格调清新，境界不俗。

姚鼐的文集中，碑传文章占有相当的数量，在这些文章中，作者运用白描的手法，往往几笔勾勒就能再现人物的精神面貌，读来也颇具韵味。如《袁随园君墓志铭并序》写袁枚任溧水令，其父往访的情景："君始出试为溧水令，其考自远来县治，疑子年少无吏能，试匿名访诸野。皆曰：'吾邑有少年袁知县，乃大好官也。'考乃喜，入官舍。"又如《方染露传》写方染露的品格："议叙得四川清溪知县。既至官，视其僚辈澳涊之状曰：'是岂士人所为耶？吾奈何与若辈共处！且吾母老，不宜远宦。’即以病谒告。其莅官甫四十日而去归里，归则授徒以供养，日依母侧。执政有知，招使出者，终不往。……君尤工书，里中少年多傚其法。君夫人张氏亦贤智有学。余居里中，寡交游，惟君尝乐与相对，一日在余家共阅《王氏万岁通天帖》，疑草书数日不能释，君次日走告余曰：‘昨暮吾妻为释之矣。’举其字果当也。”以上所引，均能得桐城“义法”之妙。姚鼐在给门人陈用光的信中说：“归震川能于不要紧之题，说不要紧之语，却自风韵疏淡，此乃是于太史公深有会处，此文境又非石士所易到耳。”这种认识与戴名世、方苞颇相一致，他的一些碑传文章以生活琐事写人，以白描手法传神，正是这一认识的体现。

方苞以“澄清无滓”论“雅洁”，在桐城派作家中，在语言运用上能完美体现这种精神的，方苞之外，要数姚鼐。姚鼐的文章语言清明简练，自然洁净，可称极致。如其《游媚笔泉记》全文：

桐城之西北，连山殆数百里，及县治而迤平。其将平也，两崖忽合，屏矗墉回，崭横若不可径。龙溪曲流，出乎其间。

以岁三月上旬，步循溪西入。积雨始霁，溪上大声淙然十余里。旁多奇石、蕙草、松、枞、枫、槐、栗、橡，时有鸣嶲。溪有深潭，大石出潭中，若马浴起，振鬣宛首而顾其侣。援石而登，俯视溶云，鸟飞若坠。复西循崖可二里，连石若重楼，翼乎临于溪右，或曰宋李公麟之“垂云沜”也；或曰后人求李公麟地不可识，被而名之。石罅生大树，荫数十人。前出平土，可布席坐。南有泉，明何文端公摩崖书其上曰：“媚笔之泉”。泉漫石上为圆池，乃引坠溪内。

左丈学冲于池侧方平地为室，未就，邀客九人饮于是。日暮半阴，山风卒起，肃振岩壁，榛莽、群泉、矶石交鸣。游者悚焉，遂还。是日蘁坞先生与往，鼐从，使鼐记之。

在姚鼐的游记散文中，这是最好的篇什之一，不独刻画入微，意境清新，很好地表现了桐城山水之美，在语言运用上，选词用字也颇为讲究，声音节奏鲜明，朗朗上口，很好地体现了桐城派“因声求气”的要求。

姚鼐散文的缺点是思想内容不够充实，这与他所处的时代和经历有关。姚鼐生活在清代政治统治最为稳定的乾、嘉时期，由于清王朝宣传“满汉一家”，这个时期的民族矛盾已经不很突出，这和戴名世、方苞生活的时代有很大不同，由于经济的繁荣，阶级矛盾也较隐蔽，姚鼐自己又少年得志，中年弃官，生活从没有潦倒，名声却越来越大。生活既少矛盾，爱憎相对淡泊，写起文章来也就容易空泛了。因此曾国藩批评他“有序之言虽多，而有物之言则少”，这是符合实际的。

第二节 姚门弟子的散文

我们在本编概述中说过，桐城派之所以能够成为一个文学流派并造成声势，姚鼐是一个关键人物。他在同乡前辈奠定的基础上，进一步完善了桐城派的散文理论，并以他主讲的书院为基地，长期从事散文研究，传授古文法，培养了一大批散文作者。曾国藩在《欧阳生文集序》中谈到姚鼐的影响时说：

姚先生晚而主讲钟山书院讲席。门下著籍者，上元有管同异之、梅曾亮伯言，桐城有方东树植之、姚莹石甫。四人者，称为高第弟子，各以所得传授徒友，往往不绝。在桐城者，有戴均衡存庄，事植之久，尤精力过绝，自以为守其邑先正之法，禮之后进，义无所让也。其不列弟子籍，同时服膺，有新城鲁仕骥絜非、宜兴吴德旋仲伦。絜非之甥为陈用光硕士，硕士既师其舅，又亲受业姚先生之门，乡人化之，多好文章。硕士之群从，有陈学授艺叔，陈溥广敷，而南丰又有吴嘉宾子序，皆承絜非之风，私淑于姚先生。由是江西建昌有桐城之学。仲伦与永福吕璜月沧交友，月沧之乡人有临桂朱琦伯韩、龙启瑞翰臣、马平王锡振定甫，皆步趋吴氏、吕氏，而益求广其术于梅伯言。由是桐城宗派流衍于广西矣。

昔者，国藩尝怪姚先生典试湖南，而吾乡出其门者，未闻相从以学文为事。既而得巴陵吴敏树南屏，称述其术，笃好而不厌，而武陵杨彝珍性农、善化孙鼎臣芝房、湘阴郭松焘伯琛、溆浦舒焘伯鲁，亦以姚氏文家正轨，违此则又何求？最后得湘潭欧阳生。生，吾友欧阳兆熊小岑之子，而受法于巴陵吴君、湘阴郭君，亦师事新城二陈。其染者多。其志趣嗜好，举天下之美，无以易乎桐城姚氏者也。

曾国藩一生服膺推崇姚鼐，把他列为“圣哲”之一，在这里说“举天下之美，无以易桐城姚氏”，不无阿私溢美，但所述姚鼐门人之盛，影响之大，是符合实际的。姚门弟子中，管同、梅曾亮、方东树、姚莹最为有名，世称“姚门四弟子”，其他如刘开、陈用光、吴德旋、朱琦、龙启瑞、王拯等，或亲授、或私淑、或再传，都受过姚鼐的很大影响。鸦片战争中著名抗英大臣邓廷桢诗文写得很好，也是姚鼐的学生。

姚门弟子中梅曾亮的散文成就最大。梅曾亮（1786～1856）字伯言，江苏上元（今属南京）人，道光三年进士，因不肯作外官，纳资得户部郎中，晚年告归主讲扬州书院。著有《柏枧山房文集》、《柏枧山房诗集》等。

梅曾亮居京师二十余年，晚年又主讲书院，求教作文法者不断，朱琦、龙启瑞、王拯等常相质疑，曾国藩早年也曾攀附。朱琦有诗云：“文事今再盛，四海勤造请。”姚鼐死后，梅曾亮成了桐城派的一个中心人物。他于散文创作，提倡“因时立言”，常以董仲舒、韩愈、欧阳修为榜样，以“昌明道术，辨析是非治乱为己任”（《上汪尚书书》），提倡诗文要表现真情性，要写“人之真”。《太乙舟山房文集叙》说：

见其人而知其心，人之真者也。见其文而知其人，文之真者也。人有缓急刚柔之性，而其文有阴阳动静之殊。譬之查、梨、橘、柚，味不同而各符其名，肖其物，犹裘、葛、冰、炭也。极其所长，而见其所短。使一物而兼众物之长，则名与味乖，而饰其短，则长不可以复见，皆失其真者也。失其真，则人虽接膝而不相知；得其真，虽千百世上，其性情之刚柔缓急，见于言语行事者，可以坐而得之。盖文之真伪，其轻重于人也固如此。

梅曾亮强调作品要有个性，有自己的风格，这与姚鼐的主张相一致。

梅曾亮早年喜欢骈文，后在管同等影响下，专攻古文，所作散文浑厚雄健，为时人所推重。如其《钵山余霞阁记》：

江宁城，山得其半，便于人而适于野者，惟西城钵山，吾友陶子静偕群弟读书所也。因山之高下为屋，而阁于其岭，曰“余霞”，因所见而名之也。

俯视，花木皆环拱升降，草径曲折可念，行人若飞鸟度柯叶上。西面城，淮水萦之。江自西而东，青黄分明，界画天地。又若大圆镜平置林表，莫愁湖也。其东南万屋沉沉，炊烟如人立，各有所企，微风绕之，左引右挹，绵绵缗缗，上浮市声，近寂而远闻。

甲戌春，子静觞同人于其上，众景毕现，高言愈张。子静曰：“文章之事，如山出云，江河之下水，非凿石而引之，决版而导之者也，故善为文者有所待。”曾亮曰：“文在天地，如云物烟景焉，一俯仰之间，而遁乎万里之外。故善为文者，无失其机。”管君异之曰：“陶子之论高矣。后说者，如斯阁亦有当焉。”遂书为之记。

此文写登南京钵山余霞阁所见，笔墨精洁，远眺近观，风景如画。因景而论文，陶子静强调蕴蓄，不可强作，梅曾亮主张灵感，不可错过时机。写景论文，徐徐道来，均极生动。

姚鼐弟子中，文章个性鲜明，最见风骨的，是管同的散文。管同（1780～1831）字异之，亦上元人，道光五年举人。他幼年丧父，家贫失怙，但厌恶奔竞，不慕名利，终生未仕。所作散文刚健清新，简洁明快，姚鼐称其“得古人雄直气”（见邓廷桢《因寄轩文初集序》。）著有《因寄轩文集》。谨录其《灵芝记》如下：

凡木之生，不材则已，材则为栋梁，为舟楫，为凡什器，树之乎廊庙，泛之乎江湖，陈之乎五都之市，尽其用而无憾，谓之曰幸可也。其次不为人用，而产于山林，植于园囿，华以春，实为秋，荣悴开谢以其时。不尽其用，而且遂其生，谓之曰幸，亦可也。其下薪之，樵之，斩之，艾之，萌蘖之生，又从而践踏之。彼其机既欲遂而不能，而其气脉脉绵绵，又若续而不绝；雨旸所被，暵湿所薰，朽败之余，于是乎蒸出而为芝菌。人见芝菌之生，则啧啧夸曰瑞物。呜呼！物诚瑞矣，而以木言之，其幸也与？其亦不幸也与？

道光四年，予迁居城北老浮桥，庭有楸树，前主人断之。明年，有芝生于根，一本九茎，五色具备。予观之，而窃有感焉。《诗》曰：“投我以木瓜，报之以琼琚。”楙树者，木瓜也。彼见咏于《风》，人知为材木，而前主人者，遏其机，沮其气，使之处乎至不幸，芝之生岂偶然也？今吾家于此，而芝适生，见者因贺为吾瑞。吾之瑞曷为乎来哉？为我告诸公曰：“凡天下遇材木者，幸蚤爱惜焉，毋使不幸而至于芝生也，是则可贺焉矣。”

此文一反世俗之见，不但不以灵芝为“瑞”，反认为灵芝之生，是“材”之“至不幸”，对材木遭践踏，“遏其机，沮其气”，不得已而生之为灵芝，发出了深深的哀叹，并呼吁天下人爱惜材木，“毋使不幸而至于芝生”。文章明为谈材木、谈灵芝，实则是在讲人生和人材。该文寓意含蓄深远，颇能表现管同文章的风骨，姚鼐称赞其文有古人“雄直”之气，此文亦可约略见之。

谈姚鼐的私淑弟子，需要讲一讲吴敏树。吴敏树（1805～1873）字南屏，湖南巴陵（今岳阳）人，道光十二年举人，官浏阳训导，后辞官专治古文。游京师，与梅曾亮、朱琦、王拯等桐城派人物研讨古文与经学，与曾国藩交往较深，但拒不入其幕府。文章学归有光、方苞。曾国藩在《欧阳生文集序》中把他列入桐城派，并说他称述姚鼐之术，他很不满，并责怪姚鼐建立派别，但根据其师友及论文主张，时人及后人，均把他看作是桐城派中人物。其所作散文清新流畅、颇有文名，是桐城派在湖南的代表。他的散文佳作有《新修吕仙亭记》、《君山月夜泛舟记》、《书谢御史》等。

姚门弟子中的许多人，都活到了鸦片战争前后。鸦片战争前后，是中国由封建社会向半封建半殖民地社会的转变时期。历史的大变动，特别是外国殖民主义者的入侵，使中国的知识分子受到了很大的震动。桐城派作家中多数出身中下层，时代的变迁，个人的遭际，使他们中的许多人都产生了强烈的忧国忧民的思想。鸦片战争爆发以后，许多桐城派作家都坚持了民族的立场，写了一批抒发爱国主义情怀，表彰爱国将领的文章，在桐城派散文中，是最有光辉的部分之一。梅曾亮的《王刚节公家传》、《与陆立夫书》，王拯的《王刚节公家传跋尾》、《葛公墓志铭》，鲁一同的《关忠节公家传》等，都表现了很强的爱国主义精神。此外邵懿臣等也写了不少表彰爱国志士的文章。

鲁一同的《关忠节公家传》，对鸦片战争中广东水师提督关天培虎门抗敌作了生动感人的描写：

夷计不得逞，明年四月，骤师入浙江，据定海，分船溯大洋，上天津，诡投书乞和，而前直属总督琦善，驰传赴广东，林公以罪去。于是和议兴，海防撤矣。广东边海门户曰香港、虎门。香港奥衍，易盘距，去省少纡远；虎门险狭，海道曲折，去省近。虎门外列十台，最外大角、沙角二台，屹为东南屏蔽。是年十二月，夷攻大角、沙角，坏师船。而大帅（按指琦善）日以文书与往来，冀得少迂缓。夷不报命而战急，战方交则投书议和，书报复战，昼夜攻掠不已。时诸军集广府者，驻防满兵、督标、抚标兵，共不下万人，又调集客兵、团练、乡勇、民兵数万，而大帅所遣助守台者：抚兵二百人，驻东莞提标兵二百人备策应。由是二台日益孤危，相继陷没。

二十一年五月，夷进攻威远、靖远诸台，守者羸兵数百，公遣将恸哭请师，无应者。初，公以海运入都也，时从故人饮酒肆中，醉而言曰："日者谓我禄命，生当扬威，死当血食。今吾年四十余，安有是哉！"已而叹曰："丈夫受国恩，有急，死耳，终不为妻子计。"公老母八十余，长子奎龙，吴淞参将，前卒，幼子先遣归。及是，乃缄一匣寄家人，坚不可开，公死后启视，则坠齿数枚，旧衣数袭而已。公既自度众寡不敌而援绝，乃决自为计，住靖远台，昼夜督战。已而夷大舿奄至，公率游击麦廷章奋勇登台，大呼督厉士卒，自卯至未，所杀伤过当，而身亦受数十创，血淋漓，衣甲尽湿。事急，呼其仆孙长庆使去。长庆哭曰："奴随主数十年矣，今有急，义不使主死而己独全。"手持公衣不可开，公怒，拔刀逐之曰："吾上负皇上，下负老母，死犹晚，汝不去，今斩汝矣。"投之印，长庆号而走。比及山半，回顾，公陨绝于地。时二月六日也。

本文描写的重点有二，一是写关天培抗敌的忠勇悲壮，二是揭露投降派琦善之流阻挠抗敌，造成战斗失败的结局。写关天培的忠勇，先写他在都城醉酒时的慷慨明志，次写他在战前遣子、寄匣，说明他早有为国捐躯的准备。写临战牺牲，话不多，却极有神，他受伤数十处，血淋漓，衣甲尽湿，却从容应战，特别是他驱走仆人孙长庆的细节描写，生动地表现了他视死如归的悲壮情景，读来十分感人。该文除了写关天培的英勇之外，还用了相当多的笔墨，揭露投降派阻挠抗敌的罪恶行为，这就使该文的意义增加了许多。此文作者鲁一同（1805～1863）字兰岑，一字通甫，江苏清河人，曾师事梅曾亮，著有《同甫类稿》，他青年时期即对清王朝的腐败政治不满，尝谓“今天下多不激之气，积而为不化之习”，并指出“天下之患，盖在治事之官少，治官之官多。”他随林则徐到广东赴任，目睹了林则徐禁烟烧烟的壮烈场景和林则徐遭受迫害的情形，因而对琦善等投降派极端不满，而对英勇抗敌的将士，则十分敬佩。

在鸦片战争中，定海保卫战是悲壮的一幕。由于投降派琦善等的破坏，英军在广东得手后，为扩大侵略，又沿海北上，八月攻陷厦门，九月中旬到达浙江并进攻定海，遭到了定海总兵葛云飞与处州总兵郑国鸿、寿春总兵王锡朋联合组织的顽强抵抗。激战六昼夜，三总兵因得不到支援，终于失败，英勇战死。桐城派作家梅曾亮、王拯、邵懿臣、李元度、宗稷辰等分别为他们写过传记多篇，热情记录了他们的抗敌爱国事迹。如王拯《葛公墓志铭》对定海保卫战中英勇牺牲的葛云飞的描写：

公至镇海，请尽出劲兵扼金鸡、招宝两山间，集定海溃兵大阅海上。会夷军师安突得被执，夷情大惊，扰公，遂请出兵复定海，格不行。夷书投天津，诡诉浙粤事，直隶总督以闻，得旨会议广东，明年予通市。夷请释俘安突得等，而归定海。

归与寿春镇总兵王锡朋、处州镇总兵郑国鸿，偕往复定海城。城三面踞山，北筱峰岭、东竹山门。其西山岭尤丛沓，曰九安，惟南衜头土城数里临海，无屏蔽。公议城三面列巨炮，塞竹山门，深港可容舟者，增筑衜头土城对之，五奎山、毛港、吉祥门诸岛为埼角。当事以费巨不允行。七月，夷袭厦门，公闻之，立牒告大府：土城守单，筱峰背负海有间道，宜增炮及以营船备水剿。又执不与。

八月癸巳，夷果复犯定海，攻竹山门败走，明日窥东港浦，皆击却之。先是，守兵皆驻城中，惟公自驻土城。及是，王公锡朋出守筱峰岭，郑公国鸿守竹山门。夷船二十九，贼众至二万余，我兵合三镇仅四千。飞书大营请济师，大营疑其张大，戒死守勿望援。而时粮台饷又单，日给军人仅饭三器，不得饱，天雨浃旬，公青布帕首麻袍，著铁齿靴，日偕士卒往来奋潦中，士心殊霆。夷屡战且却，杀伤甚众，持数日不能下。戊戌，天大雾，夷始全队逼土城，公倚睥睨，闻风帆海水声，微辨贼舻将近城，炮击沉之。夷分道攻筱峰竹山，筱峰无炮，夷众夺间道下，攻破竹山门，背薄土城。公手掇四千斤炮迴击之，血流成渠，贼殊死进，公率所部二百余卒，持刀械步斗。夷酋安突得执大绿旗麾兵进，遇公骂曰："逆贼，终污吾刀！"斩之。刀折，复拔所佩刀二，冲贼队中，至竹山门，方仰登，贼刀劈公面去其半，血淋漓，径登贼骕迸间，而有炮背击公。洞胸穴如碗，前后枪铳雨集，中伤数十，遂卒。方贼将逼土城。公行营药桶二，密纳火线其中，而朱书其上曰"军饷"，城陷，贼踏公营，争往取之，火发焚数百人，或曰戕公之贼在焉。

徐保者，定海义勇。夜迹公尸，走竹山门，雨霁月微明，见公半面宛然立厓石下，两手握刀不释，左一目犹睒睒如生。欲负之行不能起，拜而祝曰："盍归见太夫人乎?"起，乘夜浮舟内渡。及明，抵镇海，大吏护公丧还山阳，张太夫人一恸而止，曰："吾有子矣!"

葛云飞等三总兵指挥的定海保卫战，也是一场悲剧。三总兵的壮烈忠勇，天地可感，鬼神可泣。这是《葛公墓志铭》的基调。他们充分表现了中国人民的爱国主义和英雄主义精神。但定海保卫战的失败是注定了的，这失败有"大府"判断的错误，当时裕谦是两江总督，他虽然是坚定的主战派（后在镇海保卫战中亲临指挥，失败后投水而死），但没有支持葛云飞的备战，在危急时又未派援兵，但更主要的原因还是由清王朝支持投降派的国内"大气候"所决定的。该文作者王拯（1815～1876），又名锡拯字定甫，号少鹤，龙壁山人，广西马平（今柳州）人，道光二十一年进士，官至通政司通政使。鸦片战争失败后注意收集抗敌的有关资料，为不少抗敌将领写过传记文章。他为文学姚鼐，主神气，语言简明清通，能用简练的语言表现人物的精神面貌。他还作有《王刚节公家传跋尾》，歌颂定海保卫战中英勇牺牲的另一爱国将领王锡朋，也表现了鲜明的反帝爱国思想。

谈到姚门弟子在鸦片战争中的表现，不能不重点谈一谈姚莹。姚莹（1785～1853）字石甫，号明叔，晚号展和，安徽桐城人，姚鼐侄孙，嘉庆十三年进士。早年从姚鼐学古文，以文才著称于时，为姚鼐著名弟子，著有《中复堂全集》等。鸦片战争时期，姚莹奉特旨为台湾道台，加按察使衔。英军进犯台湾，他积极组织抗击，毁英船，俘英军，受到朝廷嘉奖，进阶二品。清廷与英国议和后，英人谎称姚莹“冒功”，一度入刑部狱。后曾奉命入藏，处理两呼图克图争端。咸丰初为广西按察使、湖南按察使，参与镇压太平军。由于他的经历，他的不少散文常与政治有关。所著《东槎纪略》、《康辅纪行》中颇多关于台湾、西藏的资料及守疆御敌的政见。为文慕贾谊文风，好议论，慷慨激切，指陈时弊。《再与方植之书》、《捕鼠说》、《粤东学使后园记》、《噶玛兰台异记》等，都是言之有物的文章。《再与方植之书》是在台湾抗英遭英人及投降派诬陷解京之前写给好友方东树的书信，该文表现了他反帝爱国的心情和遭受陷害的悲愤。文章在分析了朝政腐败，抗敌失败之“局势已成，挽回更难为力”的形势后说：

莹五载台湾，枕戈筹饷，练勇设防，心殚力竭，甫能保守危疆，未至偾败。然举世获罪，独台湾屡邀上赏，已犯“独醒”之戒；镇、道受赏，督抚无功，又有以小加大之嫌。况以英夷之强黠，不能得胜于台湾，更为肤愬之辞，恫喝诸帅，逐镇、道以呈所欲。江南闽中，弹章相继。大府衔命，渡台逮问，成见早定，不容剖陈。当此之时，夷为原告，大臣靡然从风，断非口舌能争之事；镇、道身为大员，断无哓哓申辩之理，自当委曲以全大局。至于台之兵民，向所恃者，镇、道在也。镇、道得罪，谁敢上抗大府，外结怨于凶夷乎？委员迫取结状，多方恐吓，不得不遵，于是镇、道“冒功”之案成矣。

然台之人固不谓然也。始见镇、道逮问，精兵千人攘臂呶呼，其势汹汹，达镇军恐激变，亲自循巡，婉曲开譬，众兵乃痛哭投戈而罢。士民复千百为群。日匍伏于大府行署，纷纷佥呈申诉者，凡数十起，亦足见直道自在人间也。复奏已上，天子圣明，令解内审讯寻绎，谕辞严厉中，似有矜全之意，或可邀末减也。委员护解起呈，当在五月中旬。大局已坏，镇、道又何足言！但愿委身法吏，从此永靖兵革，则大幸耳。

夫君子之心，当为国家宣力分忧，保疆土而安黎庶，不在一身之荣辱也，是非之辨，何益于事？古有毁家纾难，杀身成仁者，彼独非丈夫哉？区区私衷，惟鉴察焉。倘追林、邓二公，相聚西域，亦不寂寞。或可乘暇读书，补身心未了之事，岂不美哉！

当时与姚莹一起坚持抗英的还有台湾总兵满人达洪阿，该文讲英夷和投降派制造的这起冤案，不直接申述冤情，而着重叙述兵民的强烈不满，具有很强的说服力。文章抒写对国事的忧愤，揭露侵略者与投降派相勾结，感情沉郁，表现“为国家宣力分忧，保疆而安黎庶”的素志，也充满了爱国深情，读来极为感人。

第三节 桐城派后期散文

桐城派与清王朝相始终，随着殖民主义列强的入侵和农民运动的打击，清王朝的统治越来越衰败，桐城派也逐渐衍变而趋向没落。后期桐城派的散文主要是指太平天国前后至五四新文化运动之前时期的散文。

后期桐城派在文坛仍然保持了重要影响，这与曾国藩有重要关系。曾国藩（1811～1872）字涤生，湖南湘乡人，道光十八年进士，曾为内阁学士兼礼部侍郎，后因镇压太平天国有功，封世袭一等毅勇侯爵，先后任直隶总督、两江总督，死谥文正。

曾国藩早年即倾心桐城派。他说：“国藩之粗解文章，由姚先生启之。”（《圣哲画像记》）又说：“自唐以后，善学韩公者，莫如王介甫氏，而近世知言君子，惟桐城方氏、姚氏，所得尤多。”“考其风旨，私立禁约，以为有必不可犯者。”（《复陈右铭太守书》）因而他把桐城派尊为“文学正宗”。曾门“四大弟子”之一的薛福成也说：“文正一代伟人，以理学经济发为文章。其阅历亲切迥出诸先生上，早尝师义法于桐城，得其峻洁之诣。”（《寄龛文存序》）早年在京师时，曾国藩曾追随梅曾亮，并与朱琦、王拯等桐城派作家相往来。他论文也宗法桐城派，诸如方苞“义法”说，姚鼐的“义理、考证、文章三结合”及刚柔风格论、文体分类法等，他都有所继承。不过由于他的身份和地位，使他在传述桐城文论时更强调“经济”，即为封建政治服务，这就是薛福成所说：“以文正之资，不能不取义法于桐城，继乃扩充以极其才。”（《寄龛文存序》）所谓“扩充”，实际就是改造，他把桐城派“因文以见道”的思想更向“实用”主义的方向发展了。

曾国藩打起桐城派的旗号并在晚清造成一定的声势，跟他注意网罗人才有关。他利用其地位，在幕府中集中了一大批文人作家。黎庶昌在《庸庵文编序》中说：

古之君子无所谓文辞之学，所习者经世要务而已。后儒一切废置不讲，专并此心与力于文辞，取涂已陋，而其所习又非古人立言之谓，举天下之大事，芒昧莫赞其一辞。道光末年，风气苶然，颓放极矣。湘乡曾文正公始起而正之。以躬行为天下先，以讲求有用之学为僚友劝，士从而与之游，稍稍得闻往圣昔贤修己、治人、平天下之大旨。而其幕府辟召，皆极一时英隽，朝夕论思，久之窥其本末，推阐智虑，各自发摅，风气至为一变。

黎庶昌的这段话讲述了曾国藩论学为文的宗旨及“辟召”“一时英隽”改变“风气”的情形。据薛福成《叙曾文正公幕府宾僚》及《寄庵文存序》等文介绍，在曾氏幕中的文人达百余人之多，其中能文而较有名者有张裕钊、薛福成、黎庶昌、吴汝纶，号称“曾门四大弟子”，此外还有郭嵩焘、吴嘉宾等。他们都是后期桐城派重要作家。

张裕钊（1823～1894）字廉卿，湖北武昌人，咸丰元年举人官至内阁中书，后辞官，先后主持过南京、湖北、河北等地书院。他生活在中国半封建半殖民地的时代，与上层统治集团有较多联系，是正统皇权的拥护者，而对国家的贫弱屈辱，也常常挂在心上，希望能在不触动帝制的前提下，实行改良，使国家富强起来。这颇能代表后期桐城派作家的思想面貌。

张裕钊少年时即喜习古文，曾说：“少时治文事，则笃嗜桐城方氏、姚氏之说，常诵习其文。”（《濂亭文集》卷二《吴育泉先生暨马太宜人六十寿序》）他论文主张“雅健”而不失“自然之趣”，主张“意”、“辞”、“气”、“法”的统一而以“意”为主，并以“因声求气”为学习古文途径，基本上不离桐城派文论的传统。他的散文长于议论、描写，雅洁平实，但缺乏劲健之气。他自视甚高，曾说：“私计国朝为古文者，惟文正师（曾国藩）吾不敢望，若以此文较之方、姚、梅诸公，未知其孰先孰后也。”（《答李佛笙太守书》）仅举《北山独游记》为例：

余读书马迹乡之山寺，望其北，一峰崒然而高，尝心欲至焉，无与偕，弗果。遂一日奋然独往，攀藤葛而上，意锐甚。及山之半，足力倦止。复进益上，则涧水纵横草间，微径如烟缕，诘屈交错出，惑不可辨识。又益前，闻虚响振动，顾视来者无一人，益荒凉惨慄。余心动，欲止者屡矣，然终不释，鼓勇益前，遂陟其巅。至则空旷寥廓，目穷无际。自近及远，洼者隆者，布者抟者，迤者峙者，环者倚者，怪者妍者，去相背者，来相御者，吾身之所未历，一左右望而万有皆贡其状，毕效于吾前。

吾于是慨乎其有念也。天下辽远殊绝之境，非先蔽志而独决于一往，不以倦而惑且惧而止者，有能诣其极者乎？是游也，余既得其意而快然以自愉，于是叹余向之倦而惑且惧者之几失之，而幸余之不以是而止也，乃泚笔而记之。

此文随行记景，初则陡峭难攀，次则径微路隘，再次则荒凉惨慓，最后"陟其巅"，目穷无际，万象毕收，无美不备。文虽简略，却富于境界的变化，颇能引人入胜。文末感慨世上殊绝之境，只要不畏艰险，"独决于一往"，必能达到顶峰，这对人们治事、治学也颇有启发。

薛福成（1838～1894）字叔云，号庸庵，江苏无锡人。在曾国藩幕府中以能文著称。他没有取得什么功名却享有高官厚禄，因剿捻有功，补为直隶知州，后入李鸿章幕，随办洋务，举为知府，升湖南按察使，曾出使英、法、意、比，归国后为左都御史。著有《庸庵全集》等。

薛福成的思想有不少积极的方面，他主张变法图强，学习西方的科学技术，提倡以工商富国。在《筹洋刍议》、《治安六策》、《海防十议》等文章中提出了许多治国兴邦的意见。他有不少文章表现了忧国忧民的思想和爱国主义的精神。薛福成阅历闻见较广，雄于议论，写起文章来，往往洋洋洒洒，能尽情发挥，与桐城派文论之"雅洁"未能尽合，所以黎庶昌说他"不规规于桐城论文"（《庸庵文编序》）。积极正大的思想，加上舒卷自如的表达，形成了薛福成的文章风格。例如《变法》在讲了中国历代因"时势"的需要而变法的事实之后，论当时中国"不能不变"的一段议论：

今天下之变亟矣。窃谓不变之道，宜变今以复古；迭变之法，宜变古以就今。呜呼！不审于古今之势，斟酌之宜，何以救其敝？且我国家集百王之成法，其行之无敝者，虽万世不变可也。至如官俸之俭也，部例之繁也，绿营之

> 窳也，取士之未尽实学也，此皆积数百年末流之弊，而久失立法之初意，稍变则弊去而法存，不变则弊存而法亡。是数者，虽无敌国之环伺，犹宜汲汲焉早为之所。苟不知变，则粉饰多而实政少，拘挛甚而百务弛矣。若夫西洋诸国，恃智力以相竞，我中国与之并峙，商政矿务宜筹也，不变则彼富而我贫；考工制器宜精也，不变则彼巧而我拙；火轮舟车电报宜兴也，不变则彼捷我迟；约章之利病、使才之优拙、兵制阵法之变宜讲也，不变则彼协而我孤，彼坚而我脆。昔者蚩尤造兵器，侵暴诸侯，黄帝始作弓矢及指南车以胜之。太公封齐，劝其女红，极技巧，通鱼盐，海岱之间，敛袂往朝。夫黄帝、太公，皆圣人也，其治天下国家，岂仅事富强者？而既厕于邻敌之间，则富强之术有所不能废。

《变法》是薛福成阐发其变法图强思想的代表作之一。这段文字结合上下古今，纵谈治世之法，不能不因时因势而变，不变则不能“厕于邻敌之间”。这种堂堂之论，充满了爱国主义的思想和自强不息的精神。

经世致用，是薛福成为文的重要思想。他痛恨社会积弊，常常运用文学的手段抨击社会的黑暗。如《杂记》四则之四：

> 窗外有枣林，雏雀习飞其下。猫蔽身林间，突噬雀母。其雏四五，噪而逐猫，每进益怒。猫奋攫之，不胜，反奔入室。雀母死，其雏绕室啁啾，飞入室者三，越数日，犹望室而噪也。
>
> 哀哉！猫一搏而夺四五雏之哺，人虽不及救，未有不恻焉慨于中者。而猫且眈眈然惟恐不尽其类焉。呜呼！何其性之独忍于人哉？物与物相残，人且恶之，乃有凭权位，张爪牙，残民以自肥者，何也？

薛福成“不规规于桐城论文”，但他毕竟又师法桐城。此文由猫的残忍，联系社会实际，抨击当权者依仗权位，残民以自肥，言简而有深意，颇得桐城“义法”之精。他长于议论，但也能描绘。其《观巴黎油画记》等，刻画逼真，简练生动，也与他师法桐城有关。

在曾门弟子中，在散文创作上有较大成绩且对晚清文坛有较大影响的另一个作家，是吴汝纶。吴汝纶（1840～1903）字挚甫，安徽桐城人，同治进士，曾长期充任曾国藩、李鸿章幕僚，历官深州、冀州知州，后主讲保定莲池书院。光绪二十四年（1898）京师大学堂创立，被聘为总教席，未就，赴日本考察教育，归国后不久病死。他是早期改良派之一，支持洋务运动，对文化教育的改良多所注意，是近代教育的先行者之一。晚期桐城派人物马其昶、姚永概等为其弟子，严复、林纾等也都受过他的影响。著有《桐城吴先生全书》。

吴汝纶受晚清讲求实学不尚空谈的影响，论文主“醇厚”、“笃实”，散文也平质老练，不务文采。尤长于周详说理。《天演论序》、《弓斐安墓表》等反映了他向西方学习科技文化的思想。《矢津昌永世界地理序》以很大的热情赞扬了被压迫民族的反抗精神，颇能表现其思想风范。其文云：

矢津君去年游吾国，出所著《世界地理》书赠余，余倩学徒晓东文者译之，久而未出。今来日本，则矢津君已諈委儿子启孙译竟，而属余为序。西学日新，后出者胜，矢津君地理学名家，所著书甚多，此编其后出者也。盖今世界能分土立名字者，六十有一国，矢津君皆能言其地域风俗物产。

若国强弱，大率强者进取，弱者无如何；强者虽小必兴，弱者虽大必削；强者长驾远抚，弱者捧土地权利以赠送人。其尤冤苦，则弱国不自保，强者遥领之，谓之“领土”。

伟哉！飞列滨、特兰斯洼尔，弹丸地耳。不甘为人领，奋起以犯强大国之锋，虽势不敌，要尽国雄也，特人喋血三载，竭强国智力所极，仅乃伏从之。呜乎，烈哉！惜其起撮土，不足自副其志，使特之君长若将率得席可为之势，有所凭藉，其所就可量也哉？印度、埃及故大国，后皆为他国领土，摇手转足不得。悲夫！悲夫！当其势未变，彼故安坐拱默，自谓无患也，夫庸知刀俎之日伺其侧乎！然使其时得如特之君相者持之，吾又知其必有异也。强弱之势，夫岂不以人乎哉？痛乎！悲夫！

此文写于光绪二十八年（1902），作者借给日本高等师范学校教授矢津昌永的《世界地理》作序，谴责帝国主义的殖民政策，并以极大的热情，赞扬菲律宾和特兰斯洼尔（今译德兰士瓦，现为南非东北部的一个省）人民抗击侵略的斗争，并以印度、埃及沦为殖民地为教训，提出了“强弱之势，夫岂不以人乎”的看法，发人深省。文中没有提中国，但当时中国正值八国联军入侵、庚子赔款后不久，文中的悲痛心情，自然是有感而发。

在曾国藩幕府中以能文著称的还有郭嵩焘和黎庶昌。郭嵩焘（1818～1891）字伯琛，号筠仙，湖南湘潭人，官至广东巡抚、礼部侍郎，并曾出使英、法，精于政事，工诗文，尚古文而不薄骈俪，著有《养知书屋文集》。黎庶昌（1837～1897）字纯斋，贵州遵义人，曾随郭嵩焘出使欧洲为参赞，后为出使日本大臣。著有《拙尊园丛稿》、《西洋杂志》，出使日本期间曾辑刻流传于日本的古籍《古逸丛书》，所编《续古文辞类纂》也有影响。文章师法桐城，以洁净胜。如写英国游览胜地卜来敦（今译“布赖顿”）《卜来敦记》中两段文字：

> 卜来敦者，英国之海滨，欧洲胜境也。距伦敦南一百六十余里，轮车可两点钟而至，为国人游息之所。后带冈岭，前则石岸斩然。好事者凿岸为巨厦，养鱼其间，注以源泉，涵以玻璃，四洲之物，奇奇怪怪，无不毕致。又架木为长桥，斗入海中数百丈，使游者得以攀援冯眺。桥尽处有作乐亭。余则浅草平沙，绿窗华屋，与水光掩映，迤逦一碧而已。……
>
> 每岁会堂散后，游人率休憩于此。方其风日晴和，天水相际，邦人士女，联袂嬉游，衣裙杂袭，都丽如云。时或一二小艇，棹漾于空碧之中。而豪华巨家，则又鲜车怒马，并辔争驰，以相遨放。迨夫暮色苍然，灯火灿列，音乐作于水上，与风潮相吞吐，夷犹要眇，飘飘乎有遗世之意矣。

《卜来敦记》是一篇难得的十九世纪欧洲游记。它用明朗的笔调描绘了英国的风光人情。以上两段文字，记卜来敦依山临海的形势和经过人工精心设计的旖旎风光，简洁形象。写游人假日优游嬉戏，选取“风日晴和”与“暮色苍然”的不同场面，描绘逼真，引人入胜。英国当时是一个世界强国，该文最后说“惟坚凝，斯能整暇”，表现了作者希望国家繁荣富强的愿望。

桐城派自始至终都有保守的一面，崇尚程朱理学，维护封建礼教，是桐城作家的中心思想。后期桐城派作家主张变法图强以及学习西方，虽有进步爱国的一面，但都没有离开巩固封建统治这个中心。他们的保守落后在晚清时代民主思想蓬勃发展的形势下，暴露得十分突出。因而在辛亥革命前后，桐城派不论在政治方面还是在文学方面，都成了民主运动攻击的目标。林纾的遭遇恰好能够说明这一点。

林纾（1852～1924），原名群玉，字琴南，号畏庐，又号冷红生，福建闽县人。光绪八年举人，曾任教于京师大学堂，参加过改良运动。因其顽固坚持维护封建帝制，清亡后仍以清遗民自居，声言“至死不移其操”（《答大学堂校长蔡鹤卿太史书》），并维护旧文化，反对新文化，因而成了守旧派的代表人物。

林纾不通外语，但靠他人口述，翻译了欧、美等外国作品一百七十余种，对介绍外国文化起过积极作用。他的散文也清通流丽，有些作品在清末古文中可称佳作。但新文化运动兴起后，他以文言为反对新文化的武器，实际是螳臂挡车，最终遭到唾弃。

第七章
清代骈文

第一节 清代骈文复兴及其原因

骈文起于六朝，隋唐仍盛，后经唐宋古文运动的打击，宋、元、明三代的骈文虽然仍在一定范围中使用（主要是官场及应酬文字），但已是涓涓细流，不仅作者稀少，格调也愈来愈卑下。到了清代，一批文章家和学者，力图改变骈文的衰落情况，起而鼓吹骈文和骈文写作，自清初到清末，前后二百余年，骈文创作重新出现了一定的繁盛局面并取得了可观成绩，世称“骈文复兴。”

对于清代骈文是否真正复兴，当代论者有的赞成，有的反对。郭绍虞先生等认为“清朝是骈文再度兴盛的时期”，肯定了清代骈文复兴说。（见《中国历代文论选》袁枚《胡稚威骈体文序》说明。）而有的人则认为：“假如入清以后，骈文果已复兴，它就必有新变，绝对不可能在因袭前人旧套的情况下取得新的成就，复兴已经衰亡的文体。”（姜书阁：《骈文史论》）考察清代文坛的情况，应该说清代骈文出现过一定的兴盛景象是事实，它对清代文风也有积极的影响，从这个意义上说，人们称它为“复兴”还是有根据的。清代骈文是否有所“新变”，自然可以看作它是否复兴的依据，但把它看作是唯一的依据则未必全是，何况清代骈文也并非全无创新。

说清代骈文出现过复兴，有如下根据：

第一，有清一代，一扫宋元明骈文寂寞的空气，出现了一大批骈文作者，这是清代骈文出现繁荣的重要标志。乾隆间，孙梅编有《四六丛话》三十余卷，其《凡例》云："圣朝文治聿兴……秀才词贤先后辈出，迴越前古，而擅四六之长者，自彭羡门、尤悔庵、陈迦陵诸先生后，迄今指不胜屈。"这些话很好地说明了当时骈文写作的兴旺景象。清朝初年，陈维崧（字其年，号迦陵）等人鼓吹并从事骈文写作，很有影响。陈不仅身体力行，还撰有《四六金针》，总结、宣传骈文写作经验与作法，并选编了《魏晋南北朝集珍》当作范本推而广之。乾嘉时期，作者辈出，骈文写作成了风气，是清代骈文最有成就的时期。作者中除了胡天游、汪中最擅胜场外，袁枚、邵齐涛、刘星炜、吴锡麟、孔广森、孙星衍、洪亮吉、曾燠亦很有名，号称骈文八家，嘉庆间吴鼒编有《八家四六文钞》行世。光绪间，镇海王寿荣编《后八家四六文钞》，收张惠言、乐钧、王昙、王衍梅、刘开、董祐诚、李兆洛、金应麟骈文，于是又有骈文后八家之名。清末王先谦编《骈文类纂》四十卷，历代骈文作者入选者二百八十四家，清代占有六十五家，接近四分之一，从这个数字的对比中，人们也可以看出清代骈文作者之众，作品之多。

第二，清代出版了大量骈文著作，从中可以看出骈文在当时的影响。清代骈文大家大都有专集行世，清人编的历代骈文选本，见于著录者也有二十余种，其中影响较大者，除了前面提到的之外，还有李兆洛的《骈体文钞》、姚燮的《骈文类苑》、彭兆荪的《南北朝文钞》、许梿的《六朝文絜》、陈均的《唐骈体文钞》、彭元瑞的《宋四六选》等。骈文集与选集之多，反映了清代骈文兴盛热闹的程度。

第三，清代文人对本朝骈文的繁荣多持肯定态度。《清史稿·胡天游传》说："俪体自三唐而下日趋颓靡。清初陈维崧、毛奇龄稍振起之，至天游奥衍入古，遂臻极盛。而邵齐涛、孔广森、洪亮吉辈继起，才力所至，皆足名家。后数十年而有镇洋彭兆荪，以选声炼色胜，名重一时。"这段话对清代骈文家的成绩是充分肯定的，并且认为清代对三唐而下"日趋颓靡"的骈文实行了"振起"。王先谦在《骈文类纂序目》中在谈了宋元明三代骈文日益"榛芜"之后说："昭代右文，材贤踵武，格律严而愈细，风会起而弥新，参义法于古文，洗俳优之俗调，选词之妙，酌秾纤而折中，行气之工，提枢机而日转，故能滉洋自适，清新不穷。俪体如斯，可云绝境。"他认为清代骈文继武初唐，发扬光大了传统，对清代骈文作了很高的评价。清人类似的议论还有不少，这些恐非全是无稽之谈或偏爱。他们都从不同的角度肯定了本朝骈文的“复兴”。

第四，有所创新。刘勰说：“文变染乎世情，兴废系乎时序。”清代从经济、政治到文化，较之前代都有自己鲜明的特征，骈文在这样的社会环境中经久不衰，作者众多，如果只是在抄袭模仿前人旧套中讨生活，那倒真是有些不可思议了。恰恰相反，清代不少骈文家根据时代的要求进行了不少改革。明末清初黄宗羲、顾炎武、王夫之等人倡导的“经世致用”学术思想，几乎影响了整个清代的文化，清代骈文在这样的学术文化思想的影响下，确有革新，其具体表现就是经过不少作者的努力，把过于藻丽刻板的骈文形式，引向了较为实用的骈散结合的方向。综观清代骈文，多数作者都程度不同地做到了“参义法于古文”。胡天游、袁枚、洪亮吉、汪中、孙星衍、李慈铭等代表作者在这方面起了带头作用。清代骈文有所创新，还体现在体裁的运用上。以前的骈文，大都用于公私书牍、碑志墓铭、议论驳难、序跋祝颂之类，清代骈文由于向散体靠拢，应用范围比传统的范围要广泛。例如游记，过去很少用骈文，清代却多有。仅以洪亮吉《更生斋文集》为例，用骈文写的游记即有《游城北清凉山记》、《黄山浴朱砂泉记》、《游庐山记》、《游武夷山记》、《游南湖记》等多篇，李慈铭的骈体游记也写得很好。清人写的骈体游记，吸收了过去某些辞赋特点而又有所发展，大都做到了有情有景，语言和谐，丰富了游记的表现形式。

自然，我们说清代骈文出现了“复兴”，并不是说它没有问题。清代骈文出现了不少有成绩的作者，写出了一批佳作。但清代骈文糟粕确也很多。人们从骈文作者的文集中，可以看到大量的毫无社会内容的应酬之作和宣扬封建腐朽思想的陈词滥调。有一些作者专门从事模仿抄袭，只在选词炼色上下功夫，也有的则故作高深，句句用典，文字艰涩，不可卒读。还有不少人“为赋新词强说愁”，装腔作势，华而不实。所有这些，自然都应该抛弃。骈体文是一种局限性很大的文章式样，说它复兴，也是有限度的。

骈文经过长期衰颓，在清代重新出现兴盛景象，并不是偶然的，这有其重要的社会原因和文化发展的内在原因。

清代是中国历史上阶级矛盾与民族矛盾十分尖锐的时期之一。在整个清代，农民运动几乎没有间断，而民族矛盾，先有满汉之间的尖锐斗争，后有中华民族与外国列强的矛盾。从一定意义上说，清代骈文的兴盛乃是中国社会矛盾尖锐化的一种反映。社会矛盾的加深，作者的思想感情受到激荡，就会要求有适当的形式加以反映。一般说来，散行的文字比较适用于表达质朴、深沉的感情，排偶文字则宜于表现激愤昂扬的感情，现代白话散文在感情激烈的地方有时也用排偶句就是证明。所以在社会矛盾激化的时代，以“铺彩摛文”为特征的骈体就常被作家拿来做体物写志和抒发情性的工具。清代骈文正是在这样的社会背景上产生、发展起来的。

清代骈文的兴盛滥觞于明末清初的骈体辞赋。明朝末年，朝政腐败，阶级矛盾、民族矛盾空前激烈。文人中很多有识之士为国家民族的前途担忧，他们写诗作文揭露抨击社会的黑暗，抒发心中的愤懑和不满。清兵的入关更激起了广大爱国知识分子的仇恨与反抗。在这大动荡的社会环境中骈体辞赋得到了广泛应用。特别是复社、几社诸君子，很多人都写过骈体辞赋。民族志士吴应箕的《吊忠赋》、《悯乱赋》、《雪竹赋》深刻表现了作者忧国忧民的思想感情。陈子龙的《释愁文》等，对明末大官小吏的蝇营狗苟的丑态作了穷形尽相的描绘，对入关后的清朝统治者也表现了强烈的憎恶。少年英雄夏完淳写的《大哀赋》、《七哀》等文，慷慨悲歌，感天动地，满怀悲愤地抒发了他的故国之思与亡国之恨。此外，黄宗羲、王夫之以及朱鹤龄、李渔等都写过不少抒情言志的骈体辞赋，这些都为清代骈文的发展起了开辟道路和张扬声势的作用。清初继起的骈文作者如尤侗、陈维崧、毛奇龄等，都直接受过明末清初社会文化思想的影响。清代的骈文作者，不少都出身于中下层知识分子，生活的困顿、社会的压迫，都使他们和社会生活保持着密切的联系。胡天游、汪中、洪亮吉等人是这些作者的代表，他们的骈文大都具有比较丰富的社会内容，从不同的方面表现了社会矛盾。鸦片战争以后，中国历史上大故迭起，成了骈文兴盛的助力，不少作者如龚自珍、金应麟、王闿运、李慈铭、章炳麟等都分别写过与反侵略战争、太平天国、辛亥革命及其他历史事件相关的骈文。

清代的学术空气对骈文的发展繁荣有重要关系。康熙年间，清王朝平定了三藩之乱，收复了台湾，政治上进入相对安定的时期，知识分子的民族意识逐渐淡薄，加之清廷对知识分子采取怀柔、网罗与高压相结合的政策，大批知识分子把精力集中到了学术研究上去。清代对古代典籍，特别对语言文字、典章制度等的研究取得了巨大成绩。这样的学术空气对于振兴骈文提供了非常有利的条件。骈文写作常用典故，语言文字讲究声律和谐，运用这种形式没有丰富的文化知识和语言修养是难以做到的，清代骈文作者中学者为多就是这个道理。毛奇龄、胡天游、汪中、洪亮吉、阮元等骈文家都是有名的学者。

清代古文家的偏狭，是骈文得以发展的间接助力。在中国古代文章发展史上，古文与骈文有相辅相成的一面，也有互相排斥互为消长的一面。魏晋以前文章以散体为主，魏晋以后骈体发展，散体转卑。延至隋唐，其势虽盛，而浮靡拘牵之弊也越来越明显，故有中唐韩、柳等人对古文的大力提倡。但唐宋古文家反对骈体的雕刻藻饰，反对浮靡，却不排斥排偶。他们不仅在散行为主的古文中大量使用排比对偶，而且也写骈文。韩愈的《进学解》，欧阳修的《秋声赋》，苏轼的《赤壁赋》等，就都是亦骈亦散的名篇。明清某些古文家以继武八家文统为己任，但在骈与散的关系上却力排骈偶，逐步走上了绝对化的道路。清代桐城派的一些作家是这种绝对化的代表。桐城派创始人方苞说："古文中不可入语录中语，魏晋六朝藻丽俳语，汉赋中板重字法，诗歌中隽语，南北史佻巧语。"显然，他提出的古文语言的五种"不可入"，包括"魏晋六朝藻丽俳语"，对骈偶的语言形式是完全排斥的。梅曾亮在《管异之文集后》一文中介绍了姚鼐著名弟子管同（字异之）的观点：

> 曾亮少好骈体，异之曰："人有表示者，面也。今以玉冠之，虽美，失其面矣。此骈体之失也。"余曰："诚有是。然《哀江南赋》、《报扬遵彦书》，其意顾不快也？而（何）贱之也？"异之曰："彼其意固有限，使有孟、荀、庄周、司马迁之意，来如云兴，聚如车屯，则虽为徐、庾之辞，不足尽其意。"

如果说骈文在表情达意上有一定局限，这是对的，但把骈文比为以玉为冠，会使作者丧失其面目，则过于偏狭了。桐城派作家中很少有人写骈文，就是这原因。有些骈文作者对古文家的这种偏狭进行了正确的批评。袁枚说："散行可蹈空，而骈文必征典。骈文废则悦学者少，为文者多，文乃日敝。"（《胡稚威骈体文序》）袁枚的这些话就是对以桐城派为代表的古文家偏狭观点的批评。清末黄人在《胡天游文集序》中更指名道姓地说："时桐城派之焰方炽，甚便于寡学谫闻之士。稚威愤之，乃以佶屈聱牙救空滑之敝（原注：望溪集出，稚威加评骘，甚多訾謷），俾古文不至沦为制艺。故学桐城之文者，不可不以稚威调剂之。"对桐城派的批评，虽带有明显的门户之见，但由此亦可知清代有些人提倡骈文，确是想以此与桐城派为代表的古文家相对抗的。谭嗣同在谈到清代的文章风气时说："自欧、曾、归、方以来，凡为八家者，始得谓之古文，虽汉、魏亦鄙为骈丽，狭为范以束迫天下之人材，千夫秉笔，若出一手，使无方者有方，而无体者有体，其归卒与时文律赋之雕镌声律，墨守章句，局促辕下而不敢放辔驰骋者无异。于是鸿文硕学，耻其所为，而不欲受其束迫，遂甘自绝于古文。”（《论艺六绝句》自注）这也说明，清代确乎有一股有意与古文家相左的骈体风气存在。另外如阮元等人重提文笔之说，推崇骈偶及有韵之文，其目的也是为了与某些古文家相抗衡。清人对古文家的批评，对骈文的发展起了推波助澜的作用。

第二节　陈维崧、毛奇龄、吴兆骞及清前期骈文

清兵入关前后，一批爱国民族志士如吴应箕、陈子龙、夏完淳等，悯时伤世，抱亡国之痛，写了一批感情沉郁的骈体辞赋，对清初的文风，特别是对骈文的振兴，产生过重要影响。吴应箕（1594～1645）字次尾，明末复社重要领袖。清兵南下时起义抗清，失败后被捕，英勇就义。他写的《吊忠赋》、《悯乱赋》等，对明末的腐败政治和内忧外患的社会局面，表现了很大愤慨与忧虑。陈子龙（1608～1647）字人中，又字卧子，江苏松江人，明末几社的组织者和领袖。曾在家乡起义抗清，失败后，拟在太湖结兵，事泄被捕，乘机投水而死，工诗文，尤工骈体。所作骈文，色彩斑斓，颇能拟古。清兵入关后，他曾出仕南明，因马士英、阮大铖等奸佞当道，进言不为所用，乃愤然离去。《复张郡侯书》、《答赵巡按书》，写了他当时的心情：

> 洎乎南服再造，东夏偏安，强入鹓行，屡陈刍说，徒触贵人之怒。……且星仅周三，毛已二见；秋零早剥，日昃嗟离。歌遍《五噫》，已易梁生之姓；章成《七发》，难平楚士之心。倘藉垂天，得游物外；黄冠自放，白发相依。俾城近青门，颇有种瓜之客；山开白社，常来插柳之人。（《答赵巡按书》）

从这些文字中不难看出，陈子龙胸怀亡国之恨，却报国无门，虽然表示要“黄冠自放”，心里却充满悲痛。就形式而言，这些骈体文字也写得自然流畅，无桀骜之病。

明末清初骈文作者中，值得一提的是少年英雄夏完淳。夏完淳（1631～1647）字存古，复社领袖夏允彝之子，生有异秉，七岁能诗文。因参加抗清活动被杀，年仅十六岁。临刑前谈笑自若，从容赴死，表现了大无畏的精神。夏完淳有诗文十二卷，文以骈体为主。其骈文慷慨悲歌，多为痛悼亡明之作。著名的有《大哀赋》、《寒泛赋》、《端午赋》、《燕问》、《讨降贼大逆檄》等。《大哀赋》长近五千言，对明末政治腐败、农民军攻入北京、清兵入关及南明灭亡作了沉痛的描写，对抗清志士的英勇斗争，写得尤为悲壮。文章抒发了“追怀故君”和誓死复仇的决心。朱彝尊说：“《大哀》一赋，足敌兰成（庾信）。”《大哀赋》与庾信的《哀江南赋》都是写亡国之恨的，《大哀赋》虽不及《哀江南赋》那样深沉，但凛然浩气则过之。

清初的骈文作者中，陈维崧、毛奇龄、毛先舒、吴绮、吴兆骞等，大都接受过明末清初民族志士的影响。其中陈维崧、毛奇龄、吴兆骞的成绩最突出，是清代前期骈文的代表。

陈维崧（1625～1682）字其年，号迦陵，江苏宜兴人。他是陈子龙的学生，明末复社领袖陈贞慧之子，清初著名词人，骈文尤能开一代风气。主要著作有《迦陵文集》、（中有《迦陵俪体文集》十卷）《迦陵词》、《湖海楼诗》等。早年即随其父广交天下名士，清初的许多民族志士都对他有过直接影响。他怀有异才而不肯屈就清廷，因而常有生不逢时之叹。这是他从事骈文写作的重要动力。余国柱说他“盛年有摇落之感，微词托屈宋之遗，于是屏绝众体，独攻俪句。”（《陈检讨集序》）这是符合实际的。他在《三艺集序》中说：

> 嗟乎！我辰安在，笑口常开？生世不谐，忧心何极！棋上有不平之局，酒边多懊恼之歌。寄语尊公，何劳永叹。弄红珠于掌上，舍斯无取乐之方；玩翠羽于堂前，即此是消愁之物。

这些话是他思想感情的真实流露。他因“生世不谐”，愤恨愁悲之情，常常流于笔端，因而长歌当哭往往就成了他骈文的主调。

陈维崧的骈文以才气称于当时，作品不主一格，有的整肃，有的雄毅，有的旖旎，但以雄奇壮大为主。作家毛际可说：“陈子其年访余邸舍，出其全集见示。自赋、骚、书、启以及序、记、铭、诔，皆以四六成文。余偶披篇首，已见其棱棱露爽，继讽咏缠绵，穷宵达昼，言情则歌泣忽生，叙事则本末皆见。至于路尽思穷，忽开一境，如凿山，如坠地，如惊兕乍起，鸷鸟复击，而神龙夭矫于雨雹交集之中也，为之舌挢而不能下。”（《陈检讨集序》）这些话或有溢美，但言其风格多样，想象丰富，大体是符合实际的。陈维崧的骈文中，《上芝麓先生书》、《赠陆翼序》、《三芝集序》、《看奕轩赋》、《白丁香花赋》等都写得声情并茂，富有特色。《看奕轩赋》以他早年富家子弟优游自在的生活为衬托，表现壮年以后的潦倒处境和冷眼看世界的心态，情真意切，深沉卓异。文章在写了他青年生活的可怀可乐之后说：

既乃姚长州之鹿苑，惆怅绝多；张廷尉之雀罗，感怆不少。田单之功名何在，无意游齐；廉颇之慷慨犹存，还思用赵。燕丹往矣，卖渐离为宋子家奴；卓氏依然，杂司马于成都佣保。天哀韩愈之穷，鬼夺柳州之巧。矧复三湘骇浪，六诏烟迷，田园烽火，乡关鼓鼙。嗟巢幕而为燕，叹触藩其类羝。杜老则堂无鹅鸭，于陵则井有螬蛴。于是鲜焉寡欢，悄然不怿。爰葺斯轩，聊云“看奕”。然而寂寂空堂，寥寥短几，既无坐隐之宾，复鲜手谈之器。潜窥而不见烂柯，窃听而谁闻落子？几同庄叟之寓言，莫测醉翁之微意。呜呼噫嘻！我知其旨。世一龙一蛇，运或流或峙。彼睹宣城之太守者，公岂其人；而看棋局于长安者，古宁无是耶？

从“三湘骇浪”、“田园烽火”的描写看，该文大约写于康熙平定吴三桂、耿精忠、尚之信三藩之乱的时候。作者名其轩为“看奕”，却既无人观棋，也不闻落子，所谓“看奕”，不过是“看棋于长安”，（杜甫《秋兴八首》之四“闻道长安似弈棋，百年世事不胜悲”）看的是龙蛇变幻，世事迁移。文中有愤懑不平，也有苦闷之感，这样的心态在清初知识分子中是很有代表性的。该文在表现手法上，颇能发挥骈体之长。时而写实，时而虚拟，记事与抒情议论相交织，铺陈渲染而又不失分寸，在陈维崧的骈文中，这是最好的篇什之一。

清初骈文作者中，另一个影响较大的是毛奇龄。毛奇龄（1623～1713），清初著名学者兼文学家，字大可，学者称西河先生，浙江萧山人，与毛先舒、毛际可有“浙江三毛，东南文豪”之称。著有《西河合集》。毛奇龄的骈文自然流畅，僻典奥句较少，在清初骈文中较有特色。如《与秦留仙翰林书》写他救助一个年轻歌伎的故事，叙事生动，不拘声律，读来颇觉新颖：

乃讯所由来，家本夫椒，少好讴弹，擅白雪之佳名，拊红絃而自惜。尔乃初延韶誉，中丁沦落，小吏挟之而趋府，将军劫之以还镇。是故赏其有技，而哀其不逢，为之拔起污涂，脱诸罟擭，暂厕他部，仍还故里。

仆既沦落与之相同，而归来无日，于其行也，南望迁延，若有所恨。是时平桥雨过，楼前日薰，柳花飘园，芍药堕地；眺汝水之回波，望平原之迷离；红亭东去，白日将斜；青草西头，紫骝犹住。乃徐起哀弹，更为变曲，亦既穷极窈眇，备兹烦怨。乃复歌南浦之词，咏东归之什，新声谬迷，繁缦绸杂，仆夫为之睠顾，去马于焉却秣。游子望乡而增欷，行人停车而雪涕。(《西河文集》卷十四)

作者对这位妙龄歌伎寄予了无限的同情，尤其是送别的场面描写，歌伎低徊婉唱，游子行人为之欷歔，写得情真意切。文字则骈中杂以散行，骈文向实用的发展，从毛奇龄的作品中已见其端倪了。

清代前期骈文家吴兆骞的作品，题材和风格都有自己的特点。吴兆骞（1631～1684）字汉槎，江苏吴江人。少年即有文名，吴伟业称他与陈维崧、彭古晋为“江左三凤凰”。顺治十四年中举，因科场事被逮，流放东北之宁古塔（今吉林宁安县）二十三年。日与羁臣逐客饮酒赋诗，所作诗文，慷慨悲歌，颇能动人心魄。有《秋笳集》。其《长白山赋》长数千言，情词瑰丽，最为有名。抒情骈体小赋如《秋雪赋》、《羁鹤赋》等，也都情文并茂。如《秋雪赋》写薄暮与次晨的两段：

既乃烛龙将暝，城乌渐息；山返樵歌，林归猎客。霾依夕而弥严，氛横天而转急。压土锉兮沈烟，洒毦墙兮缘隙。飞六出而未成，翻三袭而争积。助红树之秋声，韬绛河之夜色。望已断兮还连，谓将开兮忽及。未睨柱而玉残，似卷绡而珠泣。冒莲衣兮坠红，点芦花兮皆白。碛何远而非银，台何高而无璧。萧条兮墐户，烂熳兮凝阶。金笳寒而叶脆，铁衣照而鳞开。逐边风兮响萧瑟，鉴汉月兮光徘徊。叶乱声而竞下，雁孤影而遥来。眇平原之旷莽，惟积雪之崔嵬。

若乃气昏半收，夜景遥廓。风敛天霄，云澄海堺。月抱晕以东垂，河含星而西落。荒鸡喔兮伺晨，霜禽嘹兮警漠。凛凄霭之凝严，镜澄晖之昭灼。山千叠兮少人民，野万里兮无城郭。气憭慄兮侵衣，色晃朗兮盈幙。樽琉璃而不欢，揽裼衾而怨薄。笛吐哀以独吹，泪承睫以双落。乡梦远兮空归，边心愤兮交作。候已昧于秋冬，心何分于苦乐。抚秋朔之如斯，知天施之未博。

以上两段文字对关外雪景的描绘，体物精微，富有情韵，名为写景，实是写心。平原旷莽，积雪崔嵬，荒鸡霜禽，徒增羁臣逐客之悲愁。“乡梦远兮空归，边心愤兮交作”，读来确能使人心生震慄。

第三节　胡天游、汪中、洪亮吉及清中后期骈文

清代自康熙中叶至乾嘉时期，随着国势的兴旺，文化的昌达，骈文写作亦呈现出繁荣景象，并取得了令人瞩目的成绩。这里介绍几个代表作者。

胡天游（1696～1758）字稚威，浙江山阴（今绍兴）人，是康乾时期最著名的骈文作者，著有《石笥山房集》。他学问渊博，才名冠于一时。但他在仕途上却颇不得意，几次科考均不成功，除了有人以“太刚，太自爱”为由从中阻挠外，原因之一是他“每入棘闱，策文至二千言，论或数十字，与常式格格不合”。（见《胡天游文集·稚威先生传》）因此只考取过顺天乙榜举人。他为人为文的这种风格在骈文写作上也有反映。突出表现是他不受一般骈文作法的羁系，他的骈文大都是亦骈亦散，不拘泥四六句式，在形式上有所突破。例如《开元铁牛铭》，写蒲州西郭外黄河边上维系河桥的唐铸铁牛：

牛各有牧，或作先牵，或作迴叱，其面目意色，各宛然肖发。想其初时，巧倕其工，妙范在中；磬南山而取铁，烁万冶而未穷。于是扇太乙，篝祝融，丁昆吾，走雷公，天爇绛气，地吹炎风，既陶既模，剖形而始呈厥功。可以骄

> 翁仲之范金，可以陋蜚廉之铸铜。而况桥如长虹，笮如游龙，缆之维之，如坻如墉，将使元鱼失其怒，阳侯叹其雄。属非斯牛之力，而又谁主其庸哉。

清代与胡天游齐名而其成就远在胡天游之上的骈文作者是汪中。汪中（1744～1794）字容甫，江苏江都（今扬州）人。著名学者、文学家。汪中幼年丧父，孤贫不能就学，因助书商售书而得以遍览群书。平生不重名利，以做幕僚、校书卖文为生。他学问渊博，崇尚实学，推重顾炎武，自称同学“实私淑诸顾宁人处士，故尝推六经之旨，以合于世用，及为考古之学，推实事求是，不尚墨守。”（《与巡抚毕侍郎书》）讲实用，不墨守，加之“亮节慷慨，率性而行”、“元发未艾，野性难训”（《述学·自序》）的个性，因而对某些封建传统思想，常取批判态度。他著有文集《述学》内外篇、《容甫先生遗诗》、《广陵通典》等。

汪中的骈文，不论内容和形式，都具有鲜明的特征，这在很大程度上来自他的生活道路。他说：“余幼罹穷罚，多能鄙事，赁舂牧豕，一饱无时。”“余久历艰屯，生人道尽，春朝秋夕，登山临水，极目伤心，非悲则恨。”（《述学·自序》）这样的生活历练，使他的思想感情，与一般士大夫绝不相同。他的著名骈文如《哀盐船文》、《狐父之盗颂》、《经旧园吊马守贞序》等，对普通百姓和市井小民的遭遇表现了极大的同情。《哀盐船文》写于25岁，是他的早年成名之作。该文记述了乾隆三五年（1770）12月仪征盐船火灾惨景：

> 于斯时也，有火作焉，摩木自生，星星如血，炎光一灼，百舫尽赤。青烟睒睒，熛若沃雪；蒸云气以为霞，炙阴崖而焦爇；始连樯以下碇，乃焚如以俱没。跳踯火中，明见毛发，痛謈田田，狂呼气竭，转侧张皇，生涂未绝。倏阳焰之腾高，鼓腥风而一吷；洎埃雾之重开，遂声销而形灭。齐千命于一瞬，指人世以长诀；发冤气之焄蒿，合游氛而障日；行当午而迷方，扬沙砾之嫖疾。衣缯败絮，墨查炭屑，浮江而下，至于海不绝。

作者对目睹的这场大火描写得如此凄楚动人，令人震惊，这跟作者倾注了对船工的无限同情有重要关系。在表现形式上，作者吸收了散行文章的特点，重在记事传情，很少用典，行文自然畅达。有人用“以骈偶运散行之气”评论汪中骈文，于此可见一斑。

《经旧苑吊马守贞文并序》是汪中凭吊明末著名歌妓马守贞的文章，作者以自身的贫苦身世与之相比，“江上之歌，怜以同病”，对这个身为下贱的女子表示了深深的敬重和同情。“托身乐籍，少长风尘，人生实难，岂可责之以死？婉娈倚门之笑，绸缪鼓瑟之娱，谅非得已。”汪中作为一个颇负盛名的学者，不仅对这个薄命女子敢于洒同情之泪，而且还发出了“静言身世，与斯人何异”的悲叹，这在尊卑贵贱意识极浓的当时，只有像汪中这样出身的作者才能做到。

除了上述文章之外，《黄鹤楼铭并序》、《汉上琴台之铭并序》等篇也都文情并茂，是清代骈文的上品。汪中的骈文历来受到人们的赞赏，如果说清代骈文出现过复兴的局面，那么汪中就是清代骈文复兴的一面旗帜。

清中叶骈文作者中另一个取得突出成绩的是洪亮吉。洪亮吉（1746～1809）字稚存，号北江，江苏阳湖（今武进）人，乾隆进士。嘉庆间，他因批评朝政触怒皇帝，遣戍伊犁，不久赦还归里，改号更生。他工诗文，文有《卷施阁集》、《更生斋集》，集分甲乙，甲编为古文，乙编为骈文。同乡孙星衍亦工骈文，时称孙洪，号常州派。

洪亮吉的骈文成就与汪中等，在清代中期的骈文作者中，如双峰并峙，令人瞩目。两人风格不大相同，汪中以情志见长，洪氏以闻见称善；汪中语言清刚纯正，洪氏优雅清新。洪亮吉常留心地理之学，喜游名山大川，加上他不平常的经历，为他的骈文写作提供了丰富的素材。请看他《八月十五日夜泛舟白云溪诗序》的一段描写：

> 两岸宿鸟，一川游鱼，随波沸腾，离树上下，啾啾唧唧，声不得歇。沿溪以北，稍有竹树，下荫密藻，宽可弥亩，黑白万羽，浮沉千头，波喧叶飞，悉萃其里。从洲以南，檐瓦可数，桥阴数尺，乃界中外。孤箫一声，高树答响，吕生歌狂，不觉离口。楼阁半里，钩帘一时，儿童不眠，应以拊掌。歌韵欲寂，盈觞劝酬，欣罗狂谈，乐说旧事。忽复相睹，首已如沐，吟肩既冷，零露可挹。离离星辰，方讶西暗，川东晓华，惊见日出。相与登岸，因而赋诗。里传其狂，朋讶为逸。

此文写于三十岁，文中写云溪夜游的景与情，着重表现了作者与同游人的“狂”和“逸”，这是作者前期骈文的风貌。自伊犁归里后，政治上碰了壁，仕途受到打击，骈文风格有明显不同，他在谈到“赦归”以后的心情时说：“中年入官，而心性迂拙，言语戆直，又加以不识趋避，动乖事机，思之慨然。”由此即“制宽博之服，以代银章，种青葱之蔬，渐忘肉食。”（《平生游历图序》）所以他后期的骈文感慨身世，追求闲适，就成了主调。《与崔瘐生书》、《游城北清凉山记》、《琴高溪夜游记》、《游天台山记》等都写得委婉超脱，是这个时期的代表作。

近代骈文较有成绩者，当推龚自珍、金应麟、王诒寿、李慈铭、王闿运等人。

金应麟（1793～1852）字亚伯，浙江钱塘人，著有《豸华堂文钞》八卷，多骈文之作，他在文集序言中说：“少习奏记，规抚樊南。”可见他写骈文是以李商隐的四六为师的。他是一个具有爱国主义思想的作家。据宗稷辰为他写的“墓记”载，他在鸦片战争时，“每退朝过宣武门，往往就余城根寓庐，谈海上事。”他在《钦差大臣兵部尚书两江总督谥靖节裕公诔》一文中，热情赞颂鸦片战争中死难的裕谦、王锡朋、葛云飞等爱国将士。《哀江南赋》对英国侵略者在镇江一带奸淫、烧杀、抢掠的暴行进行了有力控诉，对清朝官吏文恬武嬉、腐败媚敌的行径也进行了无情揭露，是鸦片战争时期用文学手段揭露侵略者施暴的重要文献。

> 三里五里，千魂万魂；骷骸逐渡，磷火焚林。白杨乌悲夫暮雨，青枫鬼唱乎秋坟。霜棱棱而欲下，天惨惨而将冥。门复门兮卧豺虎，闾复闾兮啼鼯鼪。

作者的这些描写，具体而逼真，侵略者烧杀造成的惨景，历历如在眼前。作者在该文序言中说：“英夷肆逆，中心恧焉。”“念绿琴之已爨，悲碧海之成桑，城郭人民，讵同丁零，耿耿不寐，取而赋之。”可见作者是怀着强烈悲愤写作该文的。

李慈铭（1829～1894）浙江绍兴人，著有《越缦堂骈文》四卷。他著的《越缦堂日记》在清末民初曾有广泛影响，其骈文也颇有几篇可读。他善于记事抒情，骈文写得好的亦在于此。《昆明湖望万寿山赋》、《与柯山亲友书》、《轩翠舫记》、《极乐寺看海棠记》等都写得较好。如《与柯山亲友书》写故乡美景：

每念吾越，常禧迎恩之郊。东郭南门之外，景物丰丽，殆绝人寰。山浮翠鲜，水拭绿净；港汀林抱，村墅花接。哢鸟引响，浴鹅成群。画船碧篷，出明妆以宛宛；酒楼青帜，招游屐而傲傲。路沿纸鸢之风，渠放秧马之水。柳岸吹碧，时露风帆；菜畦叠黄，晴欹万笠。箫鼓达乎月出，城郭迥其烟浮。

这是一幅很好的江南美景图，文字清新洁净，造境明丽优美。

清末骈文，论者多推王闿运。王闿运（1833～1916）字壬秋，湖南湘潭人，近代著名学者和文学家。晚年曾充任清史馆馆长，著有《湘绮楼诗集》、《湘绮楼文集》多种。他的骈文没有专集，《湘绮楼文集》八卷，第一卷收骈赋七篇，其他则散见于各体文章中。王闿运的思想比较保守，对清末各种资产阶级的思想潮流多持抵触态度。但他同时又是一个知识渊博的爱国者，其骈文代表作有《哀江南赋》、《嘲哈密瓜赋》、《牵牛花赋》、《秋醒词序》等。

文章兴废，系乎时序。在清末民主革命浪潮的冲激之下，骈文迅速衰落。五四新文化运动以骈文为“选学妖孽”，与古文的“桐城谬种”一起予以扫荡。作为旧文化形式的骈文与古文，双双归于消亡。鲁迅、胡适、周作人等散文家登上文坛，中国散文史从此揭开了全新的篇章。

第九卷 近代散文

易鑫鼎 撰写

概 述

近代、现代，本来是因历史发展变化而产生的不确定概念。八十年代以来，学术界对于近代、现代文学性质、特点和分期，展开了热烈的讨论，对于当前通行的近代、现代文学史著作的时间划分以及文学性质、特征、文学思想的继承关系的论述提出了不同的看法，许多意见是新颖有理的，而且是持之有据的，它开阔了眼界，活跃了思想。然而，它要成为共识，似乎还要有一个过程。历史本来是一条流动的长河，往者已逝，来者方来。要在这流动的河中立一个永久的标志，有时是一件很困难的事情。比如，陈子展1928年在南国艺术学院讲授的《中国近代文学之变迁》，认为近代文学发端于“戊戌维新运动”；钱基博的《现代中国文学史》则论述了王闿运、康有为、梁启超、章太炎、胡适、鲁迅等人的文学成就，并认为康梁是新文学伊始者。此后，朱自清的《中国文学史纲要》，吴文祺的《新文学概要》等，则认为“五四”以后的新文学是从戊戌变法运动中脱胎的。郑振铎的《插图本中国文学史》则认为近代文学起于明嘉靖元年（1522）而终于五四运动之前。这些分期标准各不相同，和当前人们的认识也大不一样。新中国成立后，“五四”以来的新文学成为高校文科专业基础课，王瑶、蔡仪、张毕来、刘绶松等人的文学史著作相继问世，他们大都按照《新民主主义论》的有关论述，把“五四”到建国三十年间的文学称之为“新文学”，“五四”以前是旧民主主义革命时期，其文学自然是旧文学。在论及新文学发生的原因时，他们虽然也简略涉及了新文学和晚清文学的关系，但更多的是肯定了新文学独自的特点和成就。五十年代中期以后，“左”倾思潮日趋激烈，在文学史研究中，过分强调新文学发展中的无产阶级文化思想的领导作用和社会主义因素，不但对新文学发展三十年中的资产阶级文学进行了猛烈的批判，对于新文学和“五四”以前的文学渊源关系也形成了割断或否定的态度。这就是引起八十年代人们对近、现代文学重新思考的重要原因。其实，发起和参与“五四”文学革命的人们如陈独秀、李大钊、胡适、鲁迅、周作人、钱玄同、林语堂、郭沫若、郁达夫等，并没有否定“五四”文学革命和晚清文学运动的关系。郭沫若明确地说过，“文学革命是资产阶级革命的一种表征，所以这个革命的滥觞应该追溯到清朝末年资产阶级意识觉醒的时候”。“文学革命”“滥觞期的代表，我们当推数梁任公。”（《郭沫若文集》卷 12，第 536 页）当前人们根据这些新文学者的亲身体会来讨论问题，显然是对近、现代文学史研究的一个促进，尤其有利于研究被人长期冷淡的近代文学。

由于中国历史的独特性，中国近代文学也不同于西方。西方的近代文学，是指从十四世纪文艺复兴开始，经过资产阶级启蒙运动，到资产阶级革命，再到它的自我审视自我批判，其间经历了四五百年，产生了一大批名家名作。中国近代文学与此不同，它是在鸦片战争以后的历史环境里形成的，前后只有八十年。正如毛泽东在《中国革命和中国共产党》一文中所说，中国封建社会内部的商品经济孕育着资本主义的萌芽，“如果没有外国资本主义的影响，中国也将缓慢地发展到资本主义社会。外国资本主义的侵入，促进了这种发展”。然而，“帝国主义列强侵入中国的目的”，是“要把中国变成它的殖民地和半殖民地”。这样，“帝国主义和中华民族的矛盾，封建主义和人民大众的矛盾”，就成了“近代中国社会的主要矛盾”。这样的历史环境，就决定了中国近代文学的性质和特点。反帝反封建是中国近代文学的基本主题，随着历史的发展和人们认识的深化，近代文学反映社会生活面显然越来越宽广，特别是在借鉴了“西学”和西方文学之后，人们对于文学的社会作用有了新的认识，作品的类别越来越齐全，诗歌、小说、散文、戏剧都逐步得到重视和发展，语言文字也逐步得到解放，文学作品对于“人”的觉醒和解放也有所触及，摆脱传统偏见的新的文学思想、文学主张和文学理论也逐步发展和完备起来。应该承认，近代文学的这些特点，在不同的历史时期和不同的作家作品中，是反映得不平衡不稳定的，有些问题还出现了反复甚至倒退。其所以如此，显然与封建主义传统束缚太深和资本主义经济不发达有关。

为了反映出文学发展的整体性和文学研究的独立性，有的论者是不主张以历史事件作为文学发展分期的标志的。这是近年来文学史研究中一种很流行的见解。这种看法显然有一定的合理性，但似乎缺乏普遍的合理性。脱离历史事件来讨论近代文学的发展，似乎很难形成顺理成章的结构。本编“近代散文”，就是按照历史事件进行分期的。所谓“启蒙时期的散文”，就是指鸦片战争、太平天国到甲午战争前的散文；“改良主义运动时期的散文”，是指“创巨痛深”的甲午战争催发起来的维新变法运动及其失败前后的散文；同盟会成立和“民报”创刊，“排满”革命形成高潮；武昌起义胜利后不久又出现了空前的混乱，因而导致了“五四”文化革命另一次启蒙运动的兴起。这就是“资产阶级革命时期的散文”产生的历史环境。这些历史事件不但和中国民族的命运息息相关，还在很大程度上决定了近代文学（尤其是散文）的发展。由于人们对于近代史比较熟悉，我们对于上述三个时期的一般历史情况未作专门介绍，而是较多地论述了作家的生平经历和思想发展，这不但有利于了解近代文学史，而且也有利于深入了解近代社会人生和历史运动。

诚然，从“反映文学发展的整体性”要求看问题，按上述分期来评价近代文学，确有不完备之处。首先是一些作家的创作期及活动期和历史事件有距离。比如，龚自珍的创作大都产生在鸦片战争以前，由于他对近代今文学的开派作用和“讥切时政”的文章，对晚清和“五四”以后的思想界有很大影响，所以我们把他列为开创近代文学的第一位作家。又比如，梁启超的散文创作的黄金时期，是其主持《时务报》、《清议报》、《新民丛报》时期，为了使读者了解其全人，我们对于他的“倒袁”文章和“五四”以后的散文也作了提前的介绍。又如，桐城派散文一直存在到清末民初，甚至到了20世纪的二三十年代，还有人在写桐城古文。在鸦片战争后中国历史发生了大变动的情况下，他们仍固守程、朱道统和唐、宋八家文统，做清醇雅正的古文。这些古文，虽不能说完全不反映新的时代、新的潮流，但就总体说，与新的时代是格格不入的。因此尽管近代存在着桐城古文，本编也不加讨论，而由上一编去讲了。这种安排虽与历史事件有距离，但也顾及了“反映文学发展的整体性”要求。毛泽东在《改造我们的学习》一文中曾经批评说，许多人对中国近代史“真正懂得的很少”，应该组织人力，分工合作，在对经济、政治、军事、文化等部门的研究基础上，再进行“综合的研究”。近年来，近代史（包括文学史）研究已经形成热潮。为了把握近代文学发展的整体性，我们似乎应该把问题再深入一步。比如，近代文学对八十年代的反帝反封建斗争作过许多反映，我们的研究似乎不应只停留在对这些作品的一般的介绍评论上，而应该深入揭示包含在这些作品中的一些思想因素。反对帝国主义侵略，就意味着民族意识的觉醒。反对封建主义统治，就意味着民主意识的觉醒。我们看到，许多评论对这些问题似乎较为忽视。资产阶级革命兴起后，提出了“驱除鞑虏”和“排满”的口号，民族意识高涨，但却呈现不同的倾向，有人注重“排满”却不注重反帝；有人把“排满”和恢复“汉官威仪”联系起来，民主意识显然很虚弱；有人则把“排满”与建立共和国联系起来，这是当时最清醒的民主革命者。这种情况说明，觉醒的民族意识和民主意识在近代历史运动中是很不平衡的。人们常说，近代史上开展的反帝反封建斗争不彻底，为什么不彻底？缺乏觉醒的坚定的民族、民主意识，恐怕是其重要的原因之一。梁启超在《新民说》中揭露了中国民族性国民性的许多缺点，尤其尖锐地批评了中国人没有“现代国家思想”和“政治能力”，显然是从思想渊源上涉及了这个问题。在文化思潮上也存在这种现象。龚自珍明确说过，“一代之治，有一代之学”；魏源面对现实提出了“师夷”的主张。此后，接受“西学”，以更新中国文化（包括文学），就成了近代文化的重要特点。这显然是民族民主意识觉醒在文化上的反映。但人们对这个问题的认识和态度也有许多的不平衡。比如，严复为了“自强保种”，介绍了最有影响的进化论哲学等，但在译文上他却宁取艰深而不求平易。康有为、谭嗣同等花费了巨大心力构建了他们的体系性的改革主张和哲学思想，在内容和形式上却一定要用传统的套子把它包裹起来。主张“诗界革命”的，却不愿抛弃旧形式、旧风格、旧典故。章太炎在《“中华民国”解》一文中，为了说明推翻清朝政府后为什么要取名“中华民国”，一定要从太古三代说起，旁征博引地叙述中华民族形成史，他根本不曾料到当年许多国民关心的是“中华民国”会给他们带来一个什么样的社会和命运，并不需要了解那些古老的历史。对于“西学”，许多人很像蒋智由一样称赞卢梭的《民约论》：“民约倡新义，君威扫旧骄。力填平等路，血灌自由苗。文字收功日，全球革命潮。”（《卢骚》）他们自己却很少像卢梭那样，用文字来分析中国社会人生不平等不自由的种种痛苦，以及说明中国人应该有怎样合理的平等自由的人生。也就是说，许多人宣传“西学”，纯然是一种客观的介绍，缺乏现实的针对性或干预性。此外，像章太炎、刘师培等人，以颂古非今和学术权威的态度，贬低近代散文的成就。这些情况，似乎都可以说是文化思潮上缺乏觉醒的民族民主意识的反映。这其中，有意识地运用“西学”“淬厉”“中学”，使中西文化在较深的层次上发生碰撞、交流和贯通，不怕“老辈痛恨”，不惮“野狐”的恶名，做了许多工作，写了许多文章的，当推梁启超。郭沫若说梁启超是“五四”文学革命“滥觞期的代表”，显然是大有深意的。本书对梁氏散文作了较为全面的评介，也正是出于这个原因。

散文，是近代文学史中的重要部类，作家作品极多。国学扶轮社所编的《清文汇》，“存录一千余家，为文一万余首”。黄人在该书“序”中论及近代散文时说，“道、咸两朝，争桑弄兵，四寓多故，男儿作健，志士苦心……故其文激昂峭厉，纵横排奡；忠义之骨，而参以仙侠之心；骚雅之音，而出以幽并之气。中兴垂五十年，中外一家，梯航四达，欧、和文化，灌输脑界，异质化合，乃孳新种，学术思想，大生变革。故其文光怪瑰轶，汪洋恣肆，如披王会之图，如观楚庙之壁，如登喜马拉雅山绝顶……”这个论述虽很笼统，但它指出了同治前后的散文在内容和形式上是大不相同的，显然有理有据。郑振铎的《晚清文选》选录了从林则徐到陈天华等一百二十五家计约四百八十篇文章，较之《清文汇》是一个大精简，但对于散文史来说，仍然很沉重。郑振铎在该书“序”中说，他在编选过程中“用了很大的努力与耐心”，一是感到“材料的不易得”，二是“材料过多过杂，选择起来觉得非常困难”。“如果编一部‘古代文选’或唐宋文选之类，那些材料都还比较的容易找得到，且也还比较的容易选取其精华。但《晚清文选》的材料却一桩桩都要自己下手去搜罗的，可以说是无所依傍的工作。”渊博如郑振铎先生的这一番体会，显然引起了从事于近代文学研究的同行们的强烈共鸣。“选本”尚且如此难编，用“史”的形式对这些作品加以论述，其难度显然更大。笔者在搜求讨论中，常有力不胜任之感。本编《近代散文》是全部散文通史中的一部分，还在初起搭架子时，大体上就形成了一个看法，即把近代时期以桐城派为代表的旧派散文，划入“清代散文”编中，本编则主要反映那些追随历史潮流前进的散文发展的情况，因此，这里所说的“近代散文”只是近代散文发展的一个侧面。这个侧面的一个突出的特点，就是从龚自珍、魏源开创的“以经术作政论”的政论。散文，从内容到形式本来就很杂。龚自珍除政论外，还有其他品类的散文。鸦片战争后，魏源面临的是内外交困、矛盾尖锐的现实，经世致用，西学东渐，书生孤愤，这种种因素交织起来，他的政论就比龚自珍的更切近社会实际。有人把这种政论别称为时务文，其实，谈时务也是政论的一支，不必再细加区别。在这些政论中，常常是兼取“西学”“中学”，贯通古今，就官制、科举、选才、吏治、军事、外交、经济等方面的问题大发议论，或指陈积弊，或提出改革办法。骤然看来，这好像是中国散文全新的品种。其实，它和传统散文有很深的渊源。先秦诸子的文章就是其先导，梁启超就自称是继承了诸子遗风的“政论家”(《开明专制论》)。工商业发展，大都会兴起，新闻报纸因此应运而生，这种政论就走出了上书、奏议、书信以及文人私下揣摩小天地，走进了报刊阵地。由于篇幅的限制，又为了赢得读者关注，这种文章便不得不在文字语言结构篇幅等问题上加以变通，正如梁启超在《各报存佚表》中所说，“自报章兴，吾国之文体为之一变，汪洋恣肆，畅所欲言，所谓宗派家法，无复问者。”这是对于所谓“报章体”“新文体”散文的形成与发展最确切的说明。王韬、梁启超、汪康年、严复、谭嗣同、唐才常、章太炎、朱执信、柳亚子等，之所以会留下许多文章，就因为他们主持了某些报刊或与报刊有密切的联系。诚然，由于各自的见识、修养有高下，文风有不同，他们的成就和影响也就大不一样。这种政论不谈风花雪月，也不讲男女温情，出口就是经国济世的大道理。有的见解高明，文章也写得好；有的则不免偏执固陋，文章也显得干巴生涩。总之，这些文章对于许多追求赏心悦目的人来说，几乎是难咽之物。但是，这些政论正是近代历史潮流脉搏跳动的反映，想要了解近代思潮发展状况的，绝不可轻弃这些文章。本编较之上述选本，显然作了大删简，即使如此，也仍然突破了原来拟定的篇幅。笔者本着量体裁衣的想法，对近代散文发展作了一个粗略的描画，代表作家和作品大体都涉及了。其中是非得失，还有待于批评指正。

第一章
启蒙时期的散文

第一节 龚自珍

龚自珍（1792～1841）是近代启蒙思想开风气的人物，他的诗歌极受称道，他的散文却如他的启蒙思想一样，总有褒贬不一的评价。这里就其散文做一个较为全面的讨论，目的在于认识龚氏全人。

龚自珍一名巩祚，字璱人，号定盦，浙江仁和（今杭州）人，出身于世代官宦之家，其父丽正进士出身，官至江南苏松太兵备道，署江苏按察使，有《国语补注》等著作。外祖父段玉裁，是著名学者。母亲段驯，亦有诗集行世。自珍自小受封建正统教育，七岁发笔作文，八岁读登科录，熟悉清代科举掌故。十一岁随父入京，十二岁从外祖父学“说文”，开始由文字入手研究经学。十五岁读王安石的《上仁宗皇帝言事书》，手抄九遍，“慨然有经世之志”。十七岁参观太学，见石鼓文，对金石学发生兴趣。同年参加顺天乡试，中副榜二十八名。二十一岁考武英殿校录，开始研究掌故之学。后随父至徽州任所，累试不中。二十七岁应浙江乡试，中第四名举人，直到三十八岁第六次应考，才中会试第五十五名，经殿试对策，因其议论激烈，以“楷法不中程”为由，列第三甲十九名，赐同进士出身，断绝了他进入翰林院的可能。后授内阁中书，迁主客司主事。四十八岁辞官归家，五十岁暴卒于丹阳云阳书院。其作品以上海人民出版社 1975 年版《龚自珍全集》收录较全，散文计约三百多篇。

龚氏一生经历了乾隆、嘉庆、道光三朝，是清朝由盛转衰时期。乾隆用孔孟之道和程朱理学强化其专制统治，到了晚年，败象已显露出来。统治阶级大肆兼并土地，搜刮财富，以满足其奢侈的生活。这就激化了各种矛盾。乾隆死，其亲信太监和珅被抄家，其财产可抵清王朝二十年岁入。这是统治者贪得无厌的一个例证，也是其内部斗争的一个反映。正是在这种重压之下，人民群众奋起反抗。从乾隆末年起，贯穿嘉、道两朝，苗民起义，白莲教起义，回族贵族集团的叛乱，还有江浙一带手工工人的反抗斗争，此起彼伏，从未间断过。此外，西方殖民主义者和沙俄，也一再伺机掠夺中国的土地和财富。面对严峻的形势，统治者不思改革，不图进取，仍固守祖宗陈法，对内严加镇压，对外自视甚高。“挨打”以后又屈膝投降，卖国求荣，这就使中国日益陷入贫弱境地。乾嘉朴学，本是清朝文化专制主义的产物，在所谓承平时期，它给文人学士带来了沽名钓誉的机会和希望。但在国势日颓、民生日蔽的情况下，那些繁琐的考证，实在无益于国计民生，因而引起怀疑，这个显赫的学派也就开始衰落和蜕变。清初顾炎武、黄宗羲等人的“经世致用”的学术主张，重新引起人们注意。尽管统治者仍然固守陈法，思想文化界却改变了视线，由朴学转向了今文经学。人们从公羊家的一些“非常异议可怪之论”（何休语）中获得启发，去揣测“春秋”经中的“微言大义”，对历史和未来提出了各种推测，这就使学术研究呈现出一种要求革新进步的愿望。也就是说，近代今文学的兴起，与汉代今古文学之争是不同的，它是在学术思潮的变化中反映出社会思潮的变化，也是文化专制主义逐步失控解体的一种反映。

龚自珍的思想发展，固然与他的科举不遂意有关，更多的显然是历史环境形成的。他对朴学本有根柢，但他却向今文学发展。他不但认为朴学是“虫鱼”之学（《己亥杂诗·昨日相逢刘礼部》），而且认为它是“与仁爱孝弟之行一以贯之”的（《抱小》），这就很不利于突破传统思想。他赞扬近代公羊学研究开派人物庄存与，是“以学术自任，开天下知古今之故”的“大儒”（《武进庄公神道碑铭》）。但他不赞同历来的公羊家把阴阳五行灾异混在一起进行推测，他说，“圣人之道，本天人之际，胪幽明之序，始乎饮食，中乎制作，终乎闻性与天道”。（《五经大义终始论》）这显然认为“五经”都是以民之衣食温饱为出发点的。他讨厌“京房之易，刘向之洪范”（《与陈博士笺》），而主张“易言阴阳，洪范言五行，春秋言灾异，以易还易，范还范，春秋还春秋，姑正其名，而易、书、春秋，可徐徐理矣。”（《非五行传》）孔子很少讲性与天道，却“畏天命”，后儒因而“尊命”，“以天为宗，以命为极，以事父事君为践履”。然而，君王的威严远胜于父亲，而且比天之风雨寒暑更加不可测。后儒对君王的尽忠和期待，表面恭谨，事实上却有“等夷之心”，比如，“吾欲吾君之通古今之故，实欲以自售其学；欲吾君之烛万物之隐，实欲以自通其情；欲吾君之赏罚予夺不爽于毫发，实欲以自偿其功。其于君也，欲昭昭爆爆，如贸易者之执券而适于市，亵君嫚君孰甚？”此外，天之寒暑风雨而不时，可以大受人之怨责，君王却“不可以受怨”。儒生们期望“使匹妇无憾而为君大，君将日日就国之人而弭其怨，君其替哉！”（《尊命》）这是通过对君臣对立关系的分析，揭露了“尊命”说的荒谬和可笑。在人性问题上，龚自珍反对孟、荀的性善恶说，赞同告子的人性“无善无不善”的主张。他认为，善恶“皆后起”之名，“崇善”不能“崇性”，“有功于教，无功于心”。“告子知性，发端未竟”，扬雄说性“善恶混”倒是揭示了人性的本原（《阐告子》）。龚氏通过历史考察，又受公羊三世说的启发，因而形成了一种发展变化的却又带有循环论特点的历史观。他说，“五经者，周史之大宗也”，“诸子也者，周史之支孽小宗也。”（《古史钩沉论之五》）这是把章学诚等人的“六经皆史”论做了进一步的发挥，说明古来的文化遗产，都是一种史迹的记录。“一代之治即一代之学，王者开一代之学”（《乙丙之际著议第六》），自古以来，王朝不断兴替，因而也就没有永世不蔽之法和永不衰变的学术。龚自珍正是依据他对历史的考察和清朝掌故的熟悉，形成了他的启蒙思想，因而对中国历史文化提出了许多新颖的批评，对清朝的腐朽统治进行了许多揭露，对外来侵略者则主张坚决反击。启蒙主义和爱国主义在他身上是结合在一起的。他的诗歌固然反映了他的思想性格，他的散文事实上是更全面地反映了他的思想认识。

近几十年来，人们总是把龚氏和魏源并列起来批评，其倾向又总是扬魏抑龚。赞扬龚氏思想有启蒙作用的同时，又批评他浅薄不系统不深入；赞扬龚诗巧慧华美的同时，又责其文晦涩不畅达。“人之不全”，亦犹“物之不齐”。因为“不全”“不齐”，就产生了长短是非得失的比较。这是正常现象。对龚氏提出褒贬相杂的最有影响的批评，要数梁启超在《清代学术概论》中的一段论述：“自珍性佚宕，不检细行，颇似法之卢骚；喜为要眇之思，其文辞俶诡连犿，当时之人弗善也，而自珍益以此自熹，往往引公羊义讥切时政，诋排专制，晚岁亦耽佛学，好谈名理。综自珍所学，病在不深入，所有思想，仅引其绪而止，又为瑰丽之辞所掩，意不豁达。虽然，晚清思想之解放，自珍确与有功焉。光绪间所谓新学家者，大率人人皆经过崇拜龚氏之一时期；初读定庵文集，若受电然，稍进乃厌其浅薄，然今文学派之开拓，实自龚氏。”这是从学术史角度批评龚氏得失，文笔于两面点射，颇得要领，但对于龚氏散文，则显得朦胧。刘师培纯然从散文出发，比较了龚、魏的高下：“邵阳魏氏，仁和龚氏，亦治今文之学。魏氏之文，明畅条达，然刻意求新，故杂奇语，以骇流俗。龚氏之文，自矜立异，语差雷同，文气诘敖，不可卒读，或语求艰深，旨意转晦，此特玉川之流耳。或以为出于周秦诸子，则拟焉不伦。此又一派也。”（转引自陈柱《中国散文史》第289页）此论虽然扬魏抑龚，实则认为两家都不佳，与梁论相比，对龚氏似乎更苛刻。齐思和则在《魏源与晚清学风》一文中说，“龚氏虽文名远在魏氏之上”，成就却“远在魏氏之下”（《燕京学报》第39期）。以上三家之论，是龚氏研究中一个历史侧面的情况。

若要全面论述龚氏散文，仅只泛泛地说明他崇尚今文、史学及本朝掌故等学术上的倾向，是很不够的，还要了解他对散文的看法，以及他采用了哪些文体来写作。他在《文体箴》中说明了其散文主张：“予慕古人之能创兮，予命弗丁其时；予欲因今人之所因兮，予茭然而耻之。耻之奈何？穷其大原，抱不甘以为质，再已成之纭纭。虽天地之久定位，亦心审而后许其然。苟心察而弗许，我安能颔彼久定之云？……大变忽开，请俟天矣。寿云几何？乐少苦多。圆乐有规，方乐有矩。文心无古，文体寄于古。”这表明，他是耻与桐城文家为伍的，他寄希望于“大变”，以古人的“文体”为规矩。他在《绩溪胡户部文集叙》中还说过，把古人“强尊为文章祖”，然后分门别类，“郁为若干家，釐为总集若干，别集若干，又剧论其业之苦与甘，为书一通。又就已然之迹，而画其朝代，条其义法，为书若干通，舁人舆者，又必有舁之者”，后继者将层出不穷。这显然认为桐城派的某些做法就是“舁人之法”，于散文发展并无助益。他自己虽“言满南北”，“独不论文得失”，“效韩嫓柳，以笔代口，以论文名，褎按无有”。现在的问题在于，龚氏既主张“文体寄于古”，却又反对桐城派推崇“文章祖”，岂不自相矛盾？这正反映了龚氏循环论的历史观的弱点。他说过，“万物之数括于三，初异中，中异终，终不异初”，“万物一而立，再而反，三而如初”。（《壬癸之际胎观第五》）他还用“哀乐爱憎相承”“寒暑昼夜相承”“治乱”相承等事例，来证明这个连环套似的“规律”，自然没有说出比前人更多的新内容。就文体衍变论，他显然认为后代文章都是从古人文体中获得启发，到一定时候就“大变”衰落，然后再从古人文体中借鉴发荣一番。文章变化既然如此，桐城派人的做法就毫无意义了。这种见解并不比桐城派高明多少，其好处就是教人脱弃桐城派等种种主张的束缚。龚氏这种循环论，是从《道德经》和公羊“三世”说中脱化出来的。长期封建社会，就是产生这种循环论的土壤。

此外，龚氏还主张散文要尊史重道。尊史先要“善入”，即对于天下山川风物、人心背向、礼、乐、兵、政、狱、掌故、文体、人贤否等方面，要熟悉到“如言家事”；其次，还要“善出”，即能“如优人在堂下号咷歌舞，哀乐万千”，把历史真情反映出来。“不善入者非实录”，“不善出者，必无高情至论”。尊史的最高境界，就是“出乎史，入乎道。欲知大道，必先尊史”。(《尊史》) 龚氏的政论文章大都带有“出史入道”的特点，就是这种思想认识的反映。

龚氏还很注重散文中情与理的关系。他仿《文心雕龙・神思》所写的《写神思铭》中说，“夫心灵之秀，较温于兰蕙。神思之媚，绝嫮乎裙裾。殊神窈吟，魂舒魄惨，殆有离故实绝言语者焉。”这和《神思》篇所说的“神用象通，情变所孕。物以貌求，心以理应”，“夫情动而言形，理先而文见”(《文心雕龙・体性》)，是大体一致的，即在文学创作中，总是苦乐参半，情理谐调的。他在《长短言自叙》中还说，“龚子之为长短言，何为者耶？其殆尊情者耶？情孰为尊？无住为尊，无寄为尊，无境而有境为尊，无指而有指为尊，无哀乐而有哀乐为尊”。这里所尊的情，就是摆脱俗见而生之情，其中显然有一种新的人生之理或生活之理。他还说过，“善非固有，恶非固有，仁义、廉耻、诈贼，很忌非固有”。(《壬癸之际胎观第七》) 这在于说明是非善恶等标准的变化，亦即“理”之变化，感情也就随之变化。他在诗中写道，“名理孕异梦，秀句镌春心。庄骚两灵鬼，盘据肝肠深”。(《自春阻秋，偶有所感……》) 这不只说明他要继承庄、屈风格，还反映了他对创作中情、理关系的认识。庄、屈之能大开生面，令后人师法，乃是其反流俗的思想见解导致的。推而论之，龚氏文章能使读者“若受电然”，显然是其启蒙思想引出的结果。

文章还有一个结构、布局、词藻等技巧运用的问题，龚氏对此也有独自的看法：“勇去口吻之冶俊，为汪洋郁栗冲夷，是文章之祥也”；“古人文、学同驱并进，于一物一名之中，能言其大本大原，而究其所终极，综百氏之所谈，而知其义例，遍入其门径，我从而筦钥之，百物为我隶用，苟树一义，若浑浑圆矣，则文儒之总也。”（《与人笺一》）显然，他不主张追求词藻，无论记事议论，都要激情、深刻、冲和兼而有之；所谓“文、学同驱并进”，即文章要有理有据，特别是提出某种概念或界说，要贯通古今而无碍。这些特点在龚文中也很突出。

明白了龚氏的这些文学主张，就很便于理解和分析他的散文了。他的全部散文大致可分三类，即用三种不同笔调写成。上述梁启超等三家之论，只就其一部分文章下断语，因而难称确评。往下，我们分类论述龚氏散文。

第一，继承庄、骚风格的寓言体散文。

龚诗固然继承了庄、骚风格，他的散文也不例外。他在《最录李白集》中说过，“庄、屈实二，不可以并，并之以为心，自白始。”这说明他继承庄、屈风格，是受李白启发的。庄子以寓言取胜，屈原以想象飞腾见长。他们各自用升华幻化的手段表现了反流俗的思想见解，这就是可以“并之以为心”的原因。龚氏的寓言体散文，就是师法他们的文章。这类佳作当推《尊隐》、《病梅馆记》，其他如《捕蜮第一》、《捕熊罷鸱鸮豺狼第二》、《捕狗蝇蚂蚁蚤蜰蚊虻第三》等所谓“三捕”，虽属寓言，但从立意布局文字等方面看，都显得含蕴不深。《尊隐》是龚氏少年得意之作。他在《已亥杂诗》中一再怀念光彩的少年时代；“少年尊隐有高文”，“少年哀乐过于人”等等，这些诗句，说明少年龚氏是一位意气风发不随流俗的世家子弟。该文可能是他二十四岁前后写的。先把一岁分为“发时”、“怒时”、“威时”，又把一日分为“早时”、“午时、“昏时”，再用一日三时景象来形容一岁三时的变化，由此象征性地概括出清王朝由盛转衰的过程：“日之将夕，悲风骤至，人思灯烛，惨惨目光，吸饮暮气，与梦为邻。”真正的“君子”，不集于皇王世家，而在“山川”，“止于郊”。统治者的后代“不乐守先人之所予重器”，“京师”对于“人功精英，百工魁杰所成”，“非但不受，又裂而磔之”。由此而上下颠倒，“京师贱”，“山中之民，自有王侯者矣”。“京师如鼠壤”，“山中之民壁垒坚矣”。“京师之日短，山中之日长矣”。预料不久，“山中之民”将取天下而代之了。所谓“尊隐”，就是推崇那些被排斥弃置而又敏感于天下变化的坚贞正直之士，这是从人心向背上揭示了旧王朝必然没落的趋势。如此一篇妙文包含了如此一番见识，竟然出自一位少年之手，实在难能可贵。《病梅馆记》是广为传诵的作品，人们通常把它归入记叙文一类，其实，此文虽题为“记”，又以记叙之笔出之，但所记决非确然之事，而是意在言外，与庄子的“庖丁解牛”、“马蹄”等设喻近同。作者意图通过疗梅之病，使天物挣脱束缚而得解放。表面说来，梅之病是由“文人画士孤癖之隐”造成的；究其实，这种癖好乃是当年社会制度和风习养成的。疗梅，就是为了治病救人，最终则是改革社会。文章结尾还说，作者决心把疗梅作为晚年的主要工作，即使大受“诟厉”，亦不推辞，其心胸之广远可知。这是近代中国个性解放要求的最早表现，也是龚氏启蒙思想闪光之处。

第二，近于“实录”的记叙文。

龚氏这类文章多，内容亦杂，有记市井山川风物的，也有记人记事记言的，多以“实录”笔调写成，有时略加评点，有时则把见解渗透在记叙之中，文字简洁，条理分明，时有弦外之音，颇耐回味，并没有如刘师培所说的“不可卒读”的断章破句。

描绘市井山川风物种种情状，是中国散文的一大部类，古人有不少佳作。其好处在于供人欣赏，其不好处在于使后来者难于出新。龚氏这类文章，既不愿落入前人旧套，又不愿与桐城派为伍，其别出心裁的办法，就是以“说”出之，意不在“评说”，而在“说我所见”。“京郊五说”即其代表作。《说京师翠微山》对比了西山和京城内的寺庙。《说昌平州》记下了他看到的泉水，《说天寿山》点明了十二陵改名十三陵的由来，《说张家口》插记了有“奇功”的王元凤的豪放风格及其被冤屈的过程，《说居庸关》以诙谐的笔调记下了他的观感：

> ……自入南口，城瓮有天竺字、蒙古字，上关之北门大书曰：居庸关，景泰二年修。八达岭之北门大书曰：北门锁钥，景泰三年建。自入南口，流水啮吾马蹄，涉之琳然鸣，弄之则忽涌忽洑而尽态，迹之则至乎八达岭而穷。八达岭者，古隰余水之源也。自入南口，木多文杏，苹婆、棠梨，皆怒华。自入南口，或容十骑，或容两骑，或容一骑。蒙古自北来，鞭橐驼与余摩肩行；时时橐驼衔余骑颠，余亦挝蒙古帽堕于橐驼前，蒙古大笑。余乃私叹曰，若蒙古，古者建置居庸关之所以然，非以若耶？余江左士也，使余生赵宋世，目尚不得睹燕赵，安得与反毳者相挝戏乎万山间？……

山川形势，古今变化，人生观感，全在这“说我所见”的叙述中展现出来。《己亥六月重过扬州记》是记市井风物的文章。扬州是“江淮数十州县”首屈一指的城市，歌舞游船依旧当年景象；向作者问业求诗文题辞者，“填委塞户牖，居然嘉庆中故态”，并不像有人所说的有《芜城赋》所写的景象。然而，回首当年欢会于此的朋友存亡不知，散失的诗文亦不可得。人生过客之感不禁袭来，心绪十分难耐，文章也因此形成了大起大落的特点。

记人记事记言，是中国史传的特长。《左传》、《国策》及诸子文章，就已生动精彩。后经司马迁、班固等一再经营，使这类文章达到了登峰造极的地步。龚文号称师法先秦，事实上也很受了迁、固等史家影响。他写过不少“墓志铭”，也为江湖壮士、优伶等作过传记，还为被冤屈的学者作过“逸事状”，记下了许多少为人知的情况，形式也活泼多样。他对朴学名家有许多亲历见闻感受，对于他们的记载也就显得亲切而不同于“正史”。且看他在王引之“墓志”中的记述：

> ……公讳引之，姓王氏，江南高邮人……乾隆六十年举人，嘉庆四年进士，由翰林院编修累官礼部尚书，改工部尚书，卒于位，赐谥文简……。龚自珍则其典浙江乡试所得士……。自珍爰述平日所闻于公者曰，吾之学于百家未暇治，独治经。吾治经于大道不敢承，独好小学。夫三代之语言与今之语言，如燕越之相语也。吾治小学，吾为之舌人焉。其大归曰，用小学说经，用小学校经而矣……。又闻之公曰，吾之学未尝外求师，本于吾父之训……。公所著书若干卷，谓之《经义述闻》。述闻者，乃述所闻于兵备公也……。公之色，孺子色，与人言未尝有所高论异谭，年近七十为礼部尚书，兵备公犹在……。公以事亲为读书，以读书为事亲……。立朝循典，常俟乾断，无所表暴，天下颇无由测公。嘉庆十八年，臣逆林清以七十七人入禁门，既殄定，有议加筑圆明园宫墙高厚者，有议增圆明园兵额者，公皆不谓然，具摺上，睿皇帝大动容，召对良久乃罢。上谕军机大臣，王引之言人所不敢言。其事卒见施行与否，海内弗知。其奏牍何辞，海内迄今弗知也。由此例之，公之风旨，其视徒表暴于道路者何如哉？……

朴学名家王氏父子的功名、学问、风范，全在这如数家珍的记叙中反映出来，这显然是难得的好文章。与此相关的还有《抱小》一文，综合记述了段玉裁、王引之等人的道德学问风范，评价了他们对于文化的贡献。然而，这是清代学者在术业功名上顺利成功的一面，龚氏还看到了清朝文化专制主义造成了许多悲剧的另一面，他的《杭大宗逸事状》就反映了这种情况：

一、乾隆癸未岁，杭州杭大宗以翰林保举御史，例试保和殿。大宗下笔为五千言。其一条云，我朝一统久矣，朝廷用人，宜泯满、汉之见。是日旨交刑部，部议拟死。上博询廷臣，侍郎观保奏曰，是狂生，当其为诸生时，放言高论久矣。上意解，赦归里。

一、大宗原疏留禁中，当日不发抄，又不自存集中，今世无见者。越七十年，大宗外孙之孙丁大，抱大宗手墨三十余纸鬻于京师市，有茧纸淡墨一纸半，乃此疏也。大略引孟轲、齐宣王问答语，用己意反复说之。此稿流落琉璃厂肆间。

一、乙酉岁，纯皇帝南巡，大宗迎驾，召见，问，“汝何以为活?”对曰，“买破铜烂铁，陈于地卖之。”上大笑，手书“买卖破铜烂铁”六大字赐之。

一、癸巳岁，纯皇帝南巡，大宗迎驾。名上，上顾左右曰，“杭世骏尚未死么?”大宗返舍，是夕卒。

一、大宗自丙戌迄庚寅，主讲扬州安定书院，课诸生肄四通：杜氏《通典》，马氏《文献通考》，郑氏《通志》，世称“三通”；大宗加司马光《通鉴》云。

一、大宗著《道古堂集》，海内学士见之矣。世无知其善画者。龚自珍得其墨画十五叶，雍正乙卯岁，自杭州如福州纪程之所为也。叶系以诗，或纪程，纪日月琐语，语汗漫而瑰丽，画萧寥而粗疏，诗平淡而屈强。同里后学龚自珍谨状。

这几乎是不动声色地记下了才学之士被摧残的可悲的一生，有力地揭露了清朝文化专制主义的严重危害。写法也别出心裁。

此外，龚氏还记述了当年许多可赞可叹的人生事业，《书番禺许君》赞扬了盐商之后许君散家财，练乡勇水军击败海盗，又与外商订立互市法，使广东安定并免于缺米，浙、台等地仿之，亦见成效。这是一位智勇双全的爱国义士，他的事迹如同一支火炬，照见清王朝的腐朽。《书叶机》赞扬了近似于许君的壮士叶机，自练

"代山"乡勇，不用官帑与火药，击溃了危害浙东数十年的海盗。《书金伶》记述了江南戏曲发展情况，既揭示了梨园门户之见，也赞扬了艺人忠于艺术的好心。这些人生事业都是作者亲自了解得知的，文章亦朴实真切。

第三，"尊史重道"或"出史入道"的议论文。

龚氏这类文章甚多，也是梁启超称赞他有功于晚清思想解放的那类文章。在这类文章中，有一些是就时局而提出的政策性主张。比如，《西域置行省议》主张新疆设立行省机构以开发新疆，并以此解决东南人满财乏的困难。此议被清政府采纳。《送钦差大臣侯官林公序》坚决支持林则徐禁烟，并提出了一些切实的建议，林则徐在回信中感激地说，"责难陈义之高，非谋识宏远者不能言，而非关注深切者不肯言也。"（《答龚定庵书》）《平均篇》强调平均分配以维护"王运"；《农宗》分析了封建宗法制度是从农民开始的，强调"使农之有一田一宅，如天子之有万国天下"，这虽有反对土地兼并的用意，但在根本上并不怀疑封建制度。就是说，这些文章固然反映了龚氏的政治思想，但它们显然不如那些揭露封建专制弊害的文章有价值和意义。

龚氏政论文之所以引人注目，和他的出发点大有关系。他认为，文章先要知今知古，"不研乎经，不知经术之为本原也。不讨乎史，不知史事之为鉴也。不通乎当世之务，不知经史施于今日之孰缓，孰亟，孰可行，孰不可行也"。"三代则诹经，汉以后则诹史，当世之务则诹势。"（《对策》）其次，面对"当世之务"，他特别强调改革，"自珍少读历代史书及国朝掌故，自古及今，法无不改，势无不积，事例无不变迁，风气无不移易，所恃者，人才必不绝于世而已"。（《上大学士书》）正是这种清醒的认识和愿望，使他的政论文具有鲜明的倾向性和针对性。

龚氏看出了进入"衰世"的清王朝，在政治经济等方面存在着许多严重的危机，而且是积重难返的，"自京师始，概乎四方，大抵富户变贫户，贫户变饿者，四民之首，奔走下贱，各省大局，岌岌乎皆不可以支日月，奚暇问年岁？"（《西域置行省议》）社会经济如此之糟，整个统治机构也十分腐朽。龚氏认为这和清朝开国时厉行专制、摧锄天下廉耻风尚大有关系，他在《古史钩沉论（一）》中写道：

史氏之书有之曰，霸天下之孙，中叶之主，其力弱，其志文，其聪明下，其财少，未尝不周求礼义廉耻之士，厚其貌，妪其言，则或求之而应，则或求之而不应，则必视祖之号令以差。史氏之书又有之，昔者霸天下之氏，称祖之庙，其力强，其志武，其聪明上，其财多，未尝不仇天下之士，去人之廉，以快号令；去人之耻，以嵩高其身；一人为刚，万夫为柔，以大便其有力强武。而胤孙乃不可长。乃诽，乃怨，乃责问，其臣乃辱。荣之亢，辱之始也；辨之亢，诽之始也；使之便，任法之便，责问之始也。气者，耻之外也；耻者，气之内也。温而文，王者之言也；惕而让，王者之行也；言文而行让，王者之所以养人气也。籀其府焉，徘徊其钟簴焉，大都积百年之力。以震荡摧锄天下之廉耻，既殄，既狝，既夷，顾乃席虎视之余荫，一旦责有气于臣，不亦暮乎！

这是龚氏的典型的“出史入道”的议论文，他综合历史与现实来分析积弊，显然有很大的普遍性。《明良论》一组短文，是针对“中叶之主”嘉庆在镇压林清起义后要求人们遵守“孝悌忠信礼义廉耻”等传统道德的上谕而发的。它像一把花剪，挑开了清朝华丽的外衣，暴露了它的败絮一样的本质。经过“霸天下之氏”的长期摧锄，清朝许多官员早已不知廉耻为何物了。“历览近代之士，自其敷奏之日，始进之年，而耻已存者寡矣！官益久，则气愈偷；望愈崇，则谄愈固；地益近，则媚益工。至身为三公，为六卿，非不崇高也，而其于古者大臣巍然岸然师傅自处之风，匪但目未睹，耳未闻，梦寐亦未及之，臣节之盛，扫地尽矣……窃窥今政要之官，知车马、服饰、言词捷给而已，外此非所知也。清暇之官，知作书法、赓诗而已，外此非所问也。堂陛之言，探喜怒以为之节，蒙色笑，获燕闲之赏，则扬扬然以喜，出夸其门生妻子。小不霁，则头抢地而出，别求夫可以受眷之法，彼其心岂真敬畏哉？问以大臣应如是乎？则其可耻之言曰，我辈只能如是而已。至其居心又可得而言，务车马，捷给者，不甚读书，曰，我早晚值公所，已贤矣，已劳矣。作书赋诗者，稍读书，莫知大义，以为苟安其位一日，则一日荣；疾病归田里，又以科名长其子孙，志愿毕矣。且愿其子孙世世以退缩为老成，国事我家何知焉？嗟乎哉！如是而封疆万万之一有缓急，则纷纷鸠燕逝而已，伏栋下求俱压焉者鲜矣。”(《明良论二》)这是对官场腐败的生动分析。龚氏还论述了按资历升迁，是造成官老政荒的主要原因：“夫自三十进身，以至于为宰辅，为一品大臣，其齿发固已老矣，精神固已惫矣，虽有耆寿之德，老成之典型，亦足以示新进；然而因阅历而审顾，因审顾而退葸，因退葸而尸玩，仕久而恋其籍，年高而顾其子孙傫然终日，不肯自请去，或有故而去矣，而英奇未尽之士，亦率不得起而相代，此办事者所以日不足之根源也。”（《明良论三》）统治者为了驾驭群臣，又设立了许多互相约束的“律令”，还驱使“吏胥”督责群臣，这使得一些想有为的人而办不成事，其结果是统治机构臃肿瘫痪。龚氏形象地写道：“人有疥癣之疾，则终日抑搔之，其疮痏，则日夜抚摩之，犹惧未艾，手欲勿动而不可得，而乃卧之以独木，缚之以长绳，俾四肢不可以屈伸，则虽甚痒且甚痛，而亦冥心息虑以置之耳。何也？无所措术故也。”（《明良论四》）在专制制度下，法治更加混乱黑暗，官吏不懂“律令”，或是互相包庇，或是互相牵掣，朋比为奸，“挟百执事而颠倒上下”，造成的冤案也就更多（《乙丙之际塾议三》）统治者于专制手段之外，还用女色来消磨先觉者的斗志，《京师乐籍说》就是用出史入道的文笔揭露这种卑劣权术的一篇短文，其结尾说，“如是则唐、宋、明岂无豪杰论国是，掣肘国是，而自取戮者乎？曰，有之。人主之术，或售或不售。人主有苦心奇术，足以牢笼千百中材，而不尽售于一二豪杰，此亦霸者之恨也。吁！”这说明，统治者即使积累了多年经验而变得十分狡猾，但也很难全部奏效。

龚氏主张改革，但其思想并没有突破封建主义体系。他的改革是为了“补天”，而不是“改天”或“换天”。他的主张不被接受或理解，也就有屈原式的“荃不察余之衷情兮”的悲愤。他任内阁中书五年，看到了改革势在必行的趋向，终日“如衔鱼乙以为茹，如藉猬栗以为坐，”而“同列八九十辈”却安之若素，反而“疑中书有痼疾”（《上大学士书》）。这是可怕的遭际。他还看出了改革者被摧残的境况：“吾闻深于春秋者，其论史也，曰，书契以降，世有三等。三等之世，皆观其才。才之差，治世为一等，乱世为一等，衰世别为一等。衰世者文类治世，名类治世，声音笑貌类治世……当彼其世也，而才士与才民出，则百不才督之缚之，以至僇之，僇之非刀非锯非水火，文亦僇之，名亦僇之，声音笑貌亦僇之，僇之权不告于君，不告于大夫，不宣于司市，君大夫亦不任受其法，亦不及要领。徒僇其心，僇其能忧心，能愤心，能思虑心，能作为心，能有廉耻心，能无渣滓心。又非一日而僇之，乃以渐，或三岁而僇之，十年而僇之，百年而僇之。才者自度将见僇，则早夜号以求治；求治而不得，悖悍者则早夜号以求乱。夫悖且悍，且睊然聊然，以思世之一便已。才不可问矣……”（《乙丙之际著议第九》）这是“引公羊义讥切时政”的代表性文章，它不只使晚清思想界“若受电然”，在鲁迅的《野草》和前期杂文中也一再反映出其影响的存在。龚氏即使看出了这种处境，也仍然“早夜号以求治”；“一祖之法无不敝，千夫之议无不靡。与其赠来者以劲改革，孰若自改革？抑思我祖所以兴，岂非革前代之败耶？前代所以兴，又非革前代之败耶？”（《乙丙之际著议第七》）这虽是“补天”派的革新要求，其敢言革新的精神却是可贵的。值得注意的是，龚氏长期“求治而不得”，却没有“悖悍以求乱”，而是对“出史入道”的“道”有了深化的新认识，他在《壬癸之际胎观第一》中写道：“天地人所造，众人自造，非圣人所造。圣人也者与众人对立，与众人为无尽。众人之宰，非道非极，自名曰我。我光造日月，我力造山川，我变造毛羽肖翘，我理造文字言语，我气造天地，我天地又造人，我分别造伦纪。众人也者，骈化而群生，无独始者……。有众人，已有日月；有日月，已有旦昼；日月旦昼，人所造，众人自造，非圣人所造。乃造名字，名字之始，各以其人之声。声为天而天名立，声为地而地名立，声为人而人名立……”这是用古老的语言阐述传统的“天人相通”的思想，显示了唯物论倾向，它对于凡圣对立、君权神授等说教是一个有力的否定。这也是龚氏比同时代人高明的地方。

龚自珍还有许多论史、论学的文章和书信，从散文角度看问题，可以不必多涉及。龚氏散文较为全面地反映了他的启蒙思想，“当时之人弗善也”，那是历史环境造成的。他对近代反封建斗争发生了深远的影响，却是不可否认的事实。

第二节 魏源、林则徐

魏源（1794～1857）字默生，又名远达，湖南邵阳隆回人。他出生于一个没落的地主家庭，自幼好读经史，崇尚陆、王心学，十五岁举秀才，二十岁举明经，此后多次参加会试不第，直到五十二岁才中试第三甲，赐同进士出身。这可见他在功名上是极不遂意的。在学术思想上，魏源先受汉、宋学影响，后从刘逢禄治“公羊春秋”，讲求“经世致用”，因而和龚自珍一起成为晚清今文经学开风气的人物。在功名不遂的情况下，魏源先后入江苏布政使贺长龄、两江总督陶澍、钦差大臣裕谦等人的幕中做幕僚，他和果勇侯杨芳、两广总督林则徐等边防大吏也过从甚密，他因此能参政、议政，对清王朝的腐败和积弊也多所了解。1829 年，他还捐资做了

“内阁中书舍人候补”，因而能博览内阁群书，熟悉清代掌故。中试后，魏氏于1845年到1853年间曾任扬州东台、兴化知县、高邮知府等职。太平军攻克南京，进逼扬州，魏氏曾“倡办团练，亲督巡防”，咸丰三年却被“革职”。其原因有说是与上司不和造成的（见魏耆《邵阳魏府君事略》），也有说是因为“迟误驿报”，似有通匪之嫌（见《清实录》咸丰三年上谕）。晚年居家好佛，整理著述，病逝于杭州。龚、魏齐名而魏氏著述甚多，除知名的《圣武记》、《海国图志》外，还有《书古微》、《诗古微》、《古微堂文集》、《古微堂诗集》、《元史新编》等四十多种。

魏氏一生经历了乾隆、嘉庆、道光、咸丰四朝，乾隆末的苗民起义，嘉庆朝的白莲教起义，道光朝的西北回民起义，以及后来的“夷烟”流毒和“夷艘”进犯，随之而来的又有浩大的太平军起义，这些风雨动摇了清朝统治，也一再暴露了“东方上国”的虚弱本质。魏氏在《海国图志叙》中自称是有“积感之民”，正反映了这位有责任感的学人对国家民族未来的担心。他和龚自珍一样，早就敏感地发现了“衰世”的到来，并开出了一些济世之方。正如梁启超在《清代学术概论》中所说：“龚、魏之时，清政府既渐陵夷衰微矣；举国方沉酣太平，而彼辈若不胜其忧危；恒相与指天画地，规天下大计。考证之学，本非其所好，而因众所共习则亦能之，能之而颇欲用以别辟国土，故号言经学，而其精神与正统派之为经学而治经学者则既以有异。自珍、源皆好作经济谈，而最注意边事……，治域外地理者，源实为先驱。故后之治今文学者，喜以经术作政论，则龚，魏之遗风也。”梁论确切地分析了魏氏的学术思想倾向及其散文特点。论学、论政、论水利、论漕运、论“师夷制夷”，是魏氏文章的主要内容。魏源明确地说过，“文之用，源于道德而委于政事”，“文之外无道，文之外无治也”，“文之外无学，文之外无教也”。（《默觚·学篇二》）“文章与世道为汚隆”，“畸于虚而言之无物，畸于实而言无心得，是皆道所不存，不可以为文，即不可以权衡一代之文。”（《国朝古文类钞叙》）这是他提出的“衡文”标准，事实上也就是他作文的指归。他显然认为，文章要言之有物并有实效，虚浮琐琐者都不是好文章。魏源的文章由“举国沉酣太平”时的“不胜忧危”，到“夷艘”进犯举国震惊时讲“以夷制夷”，其思想和文风已发生了很大的变化。因此，我们可以鸦片战争为界来分析他的散文。

鸦片战争前，魏源以一介书生涉足社会，大体上是从“经世致用”的思想出发，来评论时政风俗的得失的。就学术思潮而言，他尖锐批评了乾嘉汉学的无益：

“自乾隆中叶后，海内士大夫兴汉学，而大江南北尤盛……争治诂训音声，爪剖釽析……锢天下聪明知慧使尽出于无用之一途”（《武进李申耆先生传》）。他对于汉学家所推崇的“六经”也作了新解：“六经自易、礼、春秋，姬、孔制作外，诗则纂辑当时有韵之文也；书则纂辑当时制诰章奏载记之文也；礼记则纂辑学士大夫考证议论之文也；网罗放失，纂述旧闻，以昭代为宪章，而监二代之文献。然则整齐文字之学，自夫子之纂六经始。后世尊之为经，在当日夫子自视，则亦一代诗文之汇选，本朝前之文献而已。”（《国朝古文类钞叙》）此论虽属推断，但比章学诚的“六经皆史”说更加通俗化了。《默觚》分“学篇”（十四则）和“治篇”（十六则），这一组短文涉及了许多问题，内容显得驳杂，文字却简约古朴，其中有很多朴素的辩证思想，也有一些唯心论，这说明它不产生于一时，大体上反映了年青的魏源对于人情世态的一些认识和体会。他说，“天下物无独必有对；而又谓两高不可重，两大不可容，两贵不可双，两势不可同，重、容、双，同必争其功，何耶？有对之中必有一主一辅，则对不失为独”。（《学篇十一》）他大体猜中了矛盾运动中对立统一的关系，百多年前能有这样的认识，显然是可贵的。从这种认识出发，他对一些事物的关系及变化作了相当正确的分析。比如，他认为知行关系中行重于知，“披五岳之图，以为知山，不如樵夫之一足；谈沧溟之广，以为知海，不如估客之一瞥；疏八珍之谱，以为知味，不如庖丁之一啜”。（《学篇二》）“敏者日鲁，鲁者日敏”，是学习中勤惰不同造成的，“溺心于邪，久必有鬼凭之；潜心于道，久必有神相之”（同上）。认为行重于知，也必然否认“生而知之”的“圣智”（《学篇三》），相反，“合四十九人之智，智于尧、禹”，这是因为“独得之见，必不如众议之参同也”（《治篇一》）。在命运问题上，他认为“人定胜天，既可转贵富寿为贫贱夭，则贫贱夭亦可转为贵富寿”。“祈天永命，造化自我，此造命之君子，岂天所拘者乎？”（《学篇八》）他还生动地指出：“暑极不生暑而生寒，寒极不生寒而生暑。屈之甚者信必烈，伏之久者飞必决。故不如意之事，如意之所伏；快意之事，忤意之所乘……消与长聚门，祸与福同根。岂惟世事物理有然哉？学问之道，其得之不难者，失之必易；惟艰难以得之者，斯能兢业以守之。”“不乱离，不知太平之难；不疾痛，不知无病之福；故君子于安思危，于治忧乱。”（《学篇七》）他对于古今关系的分析，尤值得注意，“三代以上，天皆不同今日之天，地皆不同今日之地，人皆不同今日之人，物皆不同今日之物……执古以绳今，是为诬今；执今以律古，是为诬古；诬今不可以为治，诬古不可以语学。”“变古愈尽，便民愈甚……天下事，人情所不便者变可复，人情所群便者变则不可复，……履不必同，期于适足；治不必同，期于利民。”“读父书者不可与言兵，守陈案者不可与言律，好剿袭者不可与言文；善琴奕者不视谱，善相马者不按图，善治民者不泥法，无他，亲历诸身而已……君子学古之道，犹食笥而去其箨也。”（《治篇五》）以上这些论述，都贯串了辩证思维，概念准确，认识深刻，文章也显得简洁生动。为了“变古”“便民”，魏源还提出了政治改革主张，他认为，天子要出于公心才不失人心，“天子者，众人所积而成，而侮慢人者，非侮慢天乎？人聚则强，人散则尪，人静则昌，人讼则荒，人背则亡，故天子自视为众人中之一人，斯视天下为天下之天下。”（《治篇三》）这种理想的君臣关系，黄宗羲在《明夷待访录》中早已论述过了，在封建专制下显然是一种幻想，魏源此论只不过表达了青年学子的愿望罢了。他和龚自珍一样，十分重视人材的培养和任用，这个问题和君主的态度方略就很有关系，他说，“国家之有人材，犹山川之有草木，蔚然羽仪，而非山麓高大深厚之气不能生也。夫惟人君不以高危自处，而以谦卑育物为心，人人得而亲近之，亦人人得而取给之……故人材者，求之则愈出，置之则愈匮。唐陆贽言，‘天后以宽得人，德宗以苛失士。’”（《治篇九》）根据历史经验，他认为历代用人大体有两种倾向，“专以材取人，必致取利口；专以德取人，必致取乡愿。”这两种偏向都有弊病，在一定条件下还可利用，根本的问题在于，“世有君子，能远无才之小人，未必能远有才之小人也；能识毗阳之小人，未必能识毗阴之小人也。”（《治篇十》）由于培养和用人上历来多积弊，因此，“自古及今，遗逸之贤，十倍于遇主之贤”。（《治篇八》）这其中似乎包含了他的际遇不幸的遗憾和辛酸。在涉世较深以后，魏源似乎发现了清王朝中有一种比暴君、强藩、女主、外戚、宦寺、权奸等更可怕的引起亡乱的“鄙夫”，他们“除富贵而外不知国计民生为何事，除私党而外不知人材为何物；所陈诸上者，无非肤琐不急之谈，纷饰润色之事；以宴安酖毒为培元气，以养痈贻患为守旧章，以缄默固宠为保明哲，人主被其薰陶渐摩，亦潜化于痿痹不仁而莫之觉。岂知久之又久，无职不旷，无事不蛊，其害且在强藩、女祸、外戚、宦寺、权奸之上；其人则方托老成文学，光辅升平，攻之无可攻，刺之无可刺，使天下阴受其害而己不与其责焉”。（《治篇十一》）在这些“鄙夫”包围下，统治者自然不思改革，而“守旧章”也不可能，因为“同言而人信，信在言前；同令而民从，从在令外……主无道德，虽袭法古制，不足以动民”。(《学篇二》) 魏源也曾设想用“法治”来补偏救弊，但他看出了更复杂的情况，“强人之所不能，法必不立；禁人之所必犯，法必不行。虽然，立能行之法，禁能革之事，而求治大速，疾恶太严，举弊太尽，亦有激而反之者矣；用人太骤，听言太轻，处己太峻，亦有能发不能收之者矣。兼黄、老、申、韩之所长而去其所短，斯治国之庖丁乎！”(《治篇三》) 这说明魏源的“经世致用”的思想虽然师法儒家，但也兼采法家道家思想。他对水利、漕运、盐政、禁烟、制夷等问题提出的改革主张中，是很有些峻急的做法的，他并不顾及世俗的反感或抵触，原因就在于那些主张有利于国计民生，且行之有效。总之，《默觚》一组文章，内容虽有驳杂之处，但其中确实包含了一些可贵的思想认识，文字简朴却很有说服力。

魏源“好作经济谈”，是因为他对当时面临的政治经济大危机有清醒的认识。他说过，“黄河无事，岁修数百万，有事塞决千百万，无一岁不虞河患，无一岁不筹河费，此前代所无也。夷烟蔓宇内，货币漏海外，漕鹾以此日敝，官民以此日困，视倭患尤剧也。释褐登朝十余年，而试文衡，试言职，试枢密，无非衡书艺之工敏，声律骈偶之巧丽，罔知朝章、国故为何物，其部曹观政，无非胥史文例是求，罔知漕、盐、河、兵得失何在；有奋志讲求抱负宏远之人，反群笑为迂阔，此造士储才大巽于昔也。其他宗禄之繁，养兵之费，亦与前世相出入”。(《明代食兵二政录叙》) 把明、清两代政绩加以对比，从而指出当前的危机，这是严谨的史家笔墨。除了“造士储才”等制度上的积弊以外，魏源对于一些重大的社会经济问题，都进行过考察并提出了改革的办法。比如，他对黄河、淮河、永定河、湖广水系等都做过历史资料的研究或实地考察，写出了《筹河篇》、《畿辅河渠议》、《湖广水利议》、《湖北堤防议》、《三江口宝带桥记》等知名文章。他的《筹漕篇》力主改河运为海运，并有效地解决了南粮北调的问题。他的《筹鹾篇》、《军储篇》等文章对盐政、军政也提出了切实的改革主张。他的一些建议被陶澍等人采纳施行，效益很好。他在《太子太保两江总督陶文毅公神道碑铭》中称述了陶澍的政绩，事实上也是对于自己的改革主张一种侧面的肯定性反映，其文略如下述：

国家承明制，矫明弊，以内政归六部，外政归十七省总督、巡抚，而天子亲览万几，一切取裁于上，百执事拱手受成……。渐摩既久，以推诿为明哲，以因袭为老成，以奉行虚文故事为得体。恶肩荷，恶更张，恶综覈名实……故使文畏事蹇陋之臣，遇大利大害则动色相戒，却步徐视而不肯身预。自仁庙末年，屡以因循泄沓申戒中外，而优游成习，卒莫之反也。东南大计，无如漕盐，二百载来，文法委曲烦重，致利不归下，不归上，而尽归中饱，官民交困。间有讲求刷剔，芟薙更革者，则中饱蠹蚀之人轰起而交持之。道光五年夏，漕河大梗，万樯林束，诏江南大吏筹海运。维时上海关侩挠于南，通仓胥吏挠于北，屯船丁役挠于中，不曰风涛，则曰盗贼，不曰霉变，则曰繁费。天子移公自安徽抚江苏，公倜然一疏任之。明年春，海艘数千，米百六十万石，倏抵天津，不损一人一舟。每百石费仅数十金，视河运省费固倍，视前抚臣章煦所奏海运每百石价三百两之数且省数倍。明年，公遂拟改苏、松、太仓三属之漕永归海运，以大苏官民之困，先后陈章六条、八条。虽事格未竟行，而人知海漕利国、利民、利官，为东南拯敝第一策者自此始。道光十年冬，公督两江，兼管盐政，承蛊坏之后，如淮南之窝价，淮北之坝杠，两淮之岸费，皆浮糜数百万，仰食其间者千亿计，当事熟视其弊不敢动。公谓非减价不能敌私，非轻本不能减价，非裁冗费不能轻本……公方初议海运，则南漕、北仓挠之；议裁鹾费，则窝商蠹吏挠之；议截粮私，则长芦、总漕挠之，议改票盐，则坝夫，岸吏挠之；群议沸腾，奏牍盈尺。使公之仔肩稍不力，天子之倚任稍不坚，必不能善其后。故敬揭公之力犯群忌，而事未尝不举，恩礼未尝不卒者于碑，以为封疆大吏劝。又以谓今日东南民计国计，莫困如漕盐，公所排决疏导可垂久大者，亦莫如海运与票盐。后有来者，欲大苏东南之困，为国筹百世利，非赓其绪而恢之不可也。

文章称颂陶澍是边疆大吏的表率，却不是一味地颂扬，而是从其坚持改革、“力犯群忌”的经历中展示出来，这就避开了俗套，而令人信服。魏源是力佐改革的人物，其中艰苦是亲历其境的。因此，这篇文章虽出之庄严，却包含了他的强烈的感情倾向。

鸦片倾销，白银外漏，多年的养痈贻患，虚耗了国力民力，朝野都为之惊惧。在迫不得已的情况下，道光皇帝才派林则徐赴广东禁烟。他开始的态度很坚决，其批谕曰，“不患卿等孟浪，但患过于畏葸”。后在守旧投降派的怂恿之下，他又革去林则徐、邓廷桢等人的职务，委派琦善赴粤查办林、邓等人的“过错”，还派伊里布去闽、浙等地逢迎外敌，对殖民主义者极尽奴颜婢膝之态。正是这种出尔反尔的态度，贻误了许多可战可守可和的机会，导致了败局，清政府被迫于 1842 年 8 月签订了可耻的“南京条约”。面对这种形势，不但今文经学、古文经学都无补于世，就是讲求实效的“经世致用”的思想也很难解决当时的严重问题了。魏源赶在“海夷就款江宁三月”而撰成的《圣武记》一书，反映了他思想上的某些变化。他在该书“序”中说，“于是我生以后数大事，及我生以前上讫国初数十大事，磊落乎耳目，旁薄乎胸臆。因以溯洄于民力物力之盛衰，人材风俗进退消息之本末。”这就是说，他要从根本上探讨清王朝盛衰的原因了。《圣武记》是用纪事本末体反映清朝由盛转衰的一部独创性的历史著作，全书以三十四件大事为纲，反映了二百多年的历史进程，其中一些史实交错发生，但作者巧于编排组织，互相照应，起讫自如，显示了史家的才识。《圣武记》是应世变之极而写的，亦即为世人提供一面“观今鉴古”的镜子，其倾向性十分明显。比如，卷二《康熙勘定三藩记》中称赞康熙治军严明，“罪亲不贷，功疏不遗，令信而必，故战无不克”。“不宽王贝勒老师养寇之罪，罚先行于亲贵。”由于军纪严明，因而能指挥若定，平定了三藩。魏源据此评论说，“自古及今，或以殷忧启圣，或以道谋溃成，庙算不定，而大难克削者，未之前闻”。显而易见，这是针对道光帝在鸦片战争中“庙算不定”，宽容亲信以致造成败局而发的。又如《开国龙兴记》中记努尔哈赤在萨尔浒战役中击破明朝马林军，是很生动的记事文字：“太祖驰赴尚间崖，明兵二万阵山麓，太祖方趣我兵登山，据高下击，而马林营内之兵与濠外兵合。太祖知敌将迎战，止兵勿登山，皆下马步战。传令复未遍，而明兵已自西突至。大贝勒即怒马直入其阵，二贝勒阿敏、三贝勒莽古尔泰麾二旗兵继之。于是后继之六旗兵皆不及布阵，纵马驰突，人自为战。诸贝勒已贯阵出其背，与大军表里夹击，呼声震天地。明兵瓦解，泥藉尚间崖下，河为之赤。”这里只用了不多的文字，就把这场恶战及清军士卒英勇善战生动地反映出来了，《道光洋艘征抚记》是《圣武记》中特殊的一篇，它可说是反映鸦片战争全过程的一篇专史，赞扬了林则徐、邓廷桢等人的抗英主张和许多措施，赞扬了三元里人民的斗争精神，对于投降派的愚佞和媚敌行为则作了尖锐的揭露。魏源可能为了避免时忌，生前并未把它收入《圣武记》，也不署撰者之名，任其流传。直到 1878 年上海申报馆刻印时才把它收入《圣武记》刊行于世。它无疑是魏源所作，因为其思想见解和《海国图志》正好相衔接，请看篇末一段议论：

> 论曰，夷寇之役，首尾二载，糜帑七千万。中外朋议，非战即款，非款即战，从未有专议守者何哉？且其战也，不战于可战之日，而偏战于不可战之日。其款也，不款于可款之时，而专款于必不可款之时。其守也，又不守于可守之地，而皆守于不可守不必守之地，粤东不议守而专款，是浪款也。奕山不筹守而即战，是浪战也。颜伯焘、裕谦、牛鑑不择地而守，是浪守也。诚能择地利，守内河，坚垣垒，练精卒，备火攻，设奇伏，如林、邓之守虎门、厦门，先为不可胜以待敌之可胜，则能以守为战，以守为款。以守为战，则岂特我兵可用，即佛兰西、弥利坚皆可用，即廓尔喀亦可为我用，以外敌攻外敌也。岂特义民可用，即莠民亦可用，以汉奸攻逆敌也。以守为款，则我无譬于彼，彼有求于我，力持鸦片之禁，关其口，夺其气，听各国不得贸易之夷居间调停，皆将曲彼而直我，怒彼而暱我，则岂特烟价可不给，而鸦片亦可永禁其不来，且可省出犒夷数千百万金，为购洋炮洋艘，练水战火战之用，尽收外国之羽翼为中国之羽翼，尽转外国之长技为中国之长技，富国强兵，不在一举乎？时乎时乎，惟太上能先时，惟智者能不失时；又其次者，过时而悔，悔而能改，亦可补过于来时。

在这个历史教训的总结中，中肯地分析了投降派的种种错误，切实地提出了“补过于来时”的主张。这些思想认识，在稍后的《海国图志》中都有进一步的发展和补充。

《海国图志》是魏源在林则徐的《四州志》的基础之上编成的一部世界历史地理著作，原书开手于1841年，次年底成五十卷，1852年增补成一百卷，征引历代史志十四种，古今中外著述七十多种，此外还收录了一些奏折和作者的调查材料。其特点正如原“序”中所说，“图以经之，表以纬之，博参群议以发挥之”。其不同于“昔人海图之书”，则是“彼以中土人谭西洋，此则以西洋人谭西洋”。编书的用意在于，“为以夷攻夷而作，为以夷款夷而作，为师夷之长技以制夷而作”。“师夷”就是最早出现的“学西方”的口号，它不但脱弃了“夷夏之防”的窠臼，还显示了头脑清醒、眼界宽广的先进倾向。它为后来一再兴起的“学西方”的潮流提供了先导。1852 年，魏源在该书“后叙”中还说过，“不披海国图志，不知宇宙之大……夫悉其形势，则知其控驭，必有于筹海之篇，小用小效，大用大效，以震叠中国之声灵者焉，斯则夙夜所厚幸也夫”。这可见他很重视《筹海篇》。此文分议守（上、下）、议战、议款四部分，反映了魏源就攻夷、款夷、制夷诸方面的问题提出了一个系统性的见解。他说：

> 自夷变以来，帏幄所擘画，疆场所经营，非战即款，非款即战，未有专主守者，未有善言守者。不能守，何以战？不能守，何以款？以守为战，而后外夷服我调度，是谓以夷攻夷。以守为款，而后外夷范我驱驰，是谓以夷款夷。自守之策二，一曰守外洋不如守海口，守海口不如守内河；二曰调客兵不如练土兵，调水师不如练水勇。攻夷之策二：曰调夷之仇国以攻夷，师夷之长技以制夷。款夷之策二，曰听互市各国以款夷，持鸦片初约以通市。(《筹海一·议守上》)

这就是魏源提出的反对殖民主义侵略的主要方略，文章征引了鸦片战争中一些胜、负的战例以及东南沿海人民利用海口内河巧胜敌人的事例，反复证明其主张的可行性和正确性，使文章显得严密翔实，在当年是有说服力的。《筹海三·议战》是申述其“师夷以制夷”说的重要文章。魏源认为，“欲制外夷者必先悉夷情始，欲悉夷情者必先立译馆、繙译夷书始，欲造就边才者，必先用留心边事之督抚始”。魏源显然认为只有吸收西方科技文化之长，中国才会从根本上自强起来。“师夷”最重要的一步，就是要“尽得西洋之长技为中国之长技”，因此，他主张在虎门设造船厂和火器局，选“夷目”和“西洋工匠”，“择内地巧匠精兵以传习之”；他还鼓励私人办厂设局，由轮船器械到日用器具，自行生产销售，一切不“仰赖外夷”。与此相关的，军队的训练和科考人选也要加以改革。魏源还把中国的人力，物力、才智和西方进行了对比，认为都不弱于西方。“上之所好，必有甚焉。”“风气日开，智慧日出，方见东海之民，犹西海之民。”他几乎认为，经过“师夷”，中国就会出现西方式的资本主义工商业。在续编成一百卷的《海国图志》中，对于西欧北美的议会制民主作了许多补充介绍，在其“后叙”中说，“墨利加北州（美国）之以部落代君长，其章程可垂奕世而无弊”。这说明魏源的“师夷”说是由学习其“长技”

进而向往其政治经济制度的，是不断发展丰富的。他当时对于东西方社会的本质差别并不了解，只是从粗略对比中看出了当年的西方优于东方，这说明他比一般人高明。在这期间，魏源还重编了《元史》，其用意可能是为清王朝提供一个本土历史上的“殷鉴”。他在《拟进呈元史新编序》中说：“元之有天下，其疆域之袤，海漕之富，兵力物力之雄廓，过于汉唐……而末造一朝，偶尔失驭，曾未至幽厉桓灵之甚，遂至鱼烂河溃而不可救者，何哉？《礼运》言，三代之治天下也，曰，大道之行，天下为公。公则胡越一家，不公则肝胆楚越。”往下论述则认为北人南人分治，是元朝灭亡的重要原因。言外之意，则是清朝的衰落与满汉矛盾处理不当大有关系。诚然，这是清王朝“不公”的一种表现。可是，历史上没有这种“不公”的许多王朝也都衰亡了。这说明“私天下”是历代王朝必然衰亡的原因。魏源在《默觚》中就有过这样的论述。因此，魏源在这里强调“天下为公”的“大道”，一方面说明他可能受了太平天国反清斗争的影响，另一方面说明他可能把对西方政治制度的理解和向往纳入这个古老的儒家经典中了。

林则徐（1785～1850）是龚自珍、魏源的前辈，和他们又是忘年交。他在政界声望高，其思想主张对文化界很有影响。他出生于福建侯官（今福州市）一个贫寒的知识分子家庭，字少穆，一字元抚，晚号俟村老人，自幼勤奋好学，敏于办事自持，极受师友称赞。他沿着科举道路，由秀才（12 岁）、举人（20 岁）、进士（27 岁）进入封建统治者的行列。鸦片战争以前，他在官场上可说是一帆风顺的，历任浙江、江苏、陕西、湖北等地的按察使、盐运使、布政使，东河河道总督。由于他能体察民情、兴利除弊、赏罚严明，办事干练，声望极佳，很受道光帝赞许，多次召见咨询，先后晋升为江苏巡抚、江西总督、湖广总督等要职，成为封疆大吏。这在汉族官员中是一种殊荣。1838 年年底，他被任命为钦差大臣，节制广东水师，查禁鸦片。林则徐深知这是一场关系到国家民族存亡和个人安危的尖锐斗争，但为了塞中国大患之源，除奸拯溺，他决心“竭其愚悃”，“寘祸福荣辱于度外”（《致叶小庚书》道光二十年十一月二十日广州）。这和他后来的著名诗句“苟利国家生死以，岂因祸福避趋之”（《赴戍登程口占示家人》）所表示的态度几乎是一致的。林则徐在禁烟中首先严于律己，规定随从人员不得铺张受礼，如有违犯，立即“参革”。他从北京出发，就对禁烟斗争进行广泛的调查，并向广州布、按两使发出密令，缉拿汉奸要犯。1839 年 3 月 18 日，他在钦差行辕召见十三行外商，当面驳斥外商“并无携带鸦片”的谎言，限定缴出趸船上的鸦片，并具甘结，“嗣后来船，永不敢夹带鸦片。如有带来，一经查出，货尽没官，人即正法，情甘服罪。”他严正声明，“此次本大臣自京面承圣谕，法在必行……若鸦片一日未绝，本大臣一日不回，誓与此事相始终，断无中止之理”。(《谕各国商人呈缴烟土稿》)他的态度使外商异常震惊，他们（特别是英商）自然不愿轻易放弃贩卖鸦片的巨额利润，因而找出各种借口拖延、开脱、抵赖，林则徐采取了针锋相对的措施迫其就范，撤去商行的一切小工杂役，断绝供应食物及淡水，利用矛盾分化外商；对内则严厉打击奸细、烟贩，严禁吸鸦片，收缴烟枪烟具，推广戒烟方药，使贩毒者无售奸对象。正是在这种严密策划之下，以英商义律为首的外商才在四月中旬缴出烟土计 19178 箱又 2119 袋。经道光批准，在林则徐等人监督之下；自 6 月 3 日起历时二十天，在虎门销毁所有缴获的烟土。这是中国反对帝国主义的一大胜利，它不但耸动了国内视听，正直的外国人也为之赞叹。与此同时，林则徐还组织人力，翻译英文版《广州周报》以了解外商动态，翻译英人慕瑞的《世界地理大全》，辑成《四洲志》一书，又译英人德庇时的《中国人》，辑《华事夷言》一书。这是中国人睁开眼睛学西方的开端，也是后起的魏源的《海国图志》、徐继畬的《瀛寰志略》、汪文泰的《红毛番英吉利考略》、梁廷楠的《海国四说》等介绍“夷情”、“西学”著述的先导。在和外商打交道的过程中，林则徐深知“夷性狡猾”，对英商的武力进犯早有预感和准备。因此，当英国侵华远征军挑起冲突时，林则徐指挥水师迎头痛击。英军主力因而北上进犯闽浙，迫至天津大沽口。由于清军毫无准备，节节溃败，清王朝被迫求和，于 1842 年 8 月底与英军签订了可耻的“南京条约”。道光帝和投降派为掩饰其无能和罪责，反而归罪林则徐肇启边衅，先是革职“协办夷务”，继则贬到伊犁。林则徐最可贵之处，在他蒙冤革职后，仍然坚持爱国立场，揭露琦善等人的卖国勾当，提出了许多反侵略的建议。1845 年年底他在哈密奉旨放归，任陕甘总督，次年任云贵总督。第二年年底扶病东归。1850 年年初，道光死，咸丰继位，晋封为太子太傅，“任内一切处分，悉予开复”，任为钦差大臣赴广西策划镇压太平军起义，11 月病逝于潮州行馆。有《林文忠公政书》、《云左山房诗钞》、《云左山房文钞》等著作行世。

林则徐能体察民情，改革弊政，因而受到人们的拥戴。在鸦片战争中，他坚持爱国立场，对帝国主义进行了有理有利有节的斗争，既维护了中国的权益，又不失之守旧迂腐。在思想界发生了深远的影响。他的许多奏折广为传诵，也就给近代散文增添了新的特色。比如，1833年，林则徐在江苏巡抚任上，和陶澍等人会奏，主张严禁鸦片，自铸银币，以解决银昂钱贱的问题。11月，江苏阴雨连绵，稻棉等作物遭灾严重。道光严旨切责地方官吏不得请求减免租税，邀买人心："近来江苏等省几于无岁不缓，无年不赈。国家经费有常，岂容以展缓旷典，年复一年，视为相沿成例?""该督抚不肯为国任怨，不以国计为亟，是国家徒有加惠之名，而百姓无受惠之实，无非不堪下吏私充囊橐，大吏只知博取声誉，等因，钦此。"林则徐处在小民被灾无告和皇帝切责两难之间，还是从爱国爱民立场出发，冒死上奏请蠲。他在《江苏阴雨连绵田稻歉收情形片》中写道：

江苏连年灾歉，民情竭蹶异常，望岁之心，人人急切。今夏雨旸调顺，满拟得一丰收，稍补从前积歉。乃自七月间江潮盛涨，沿江各县业已被水成灾……秋分后稻始扬花，偏值风雨阴寒，遂多秀而不实，然大概犹不失为中稔。迨九月以后，仍复晴少雨多，昼则雾气迷蒙，夜则霜威严重，虽已结成颗粒，仅得半浆。乡农传说暗荒，臣初犹未信，当于立冬前后，亲坐小舟密往各处察看，见其一穗所结多属空稃，半熟之禾变成焦黑，实为先前所不及料。然犹盼望晴霁，庶可收晒上砻。不意十月以来，滂沱不止，更有迅雷闪电，昼夜数番，自江宁以至苏、松，见闻如一。臣率属虔诚祈祷，悚惧滋盛，虽中间偶尔见晴，而阳光熹微，不敌连旬甚雨。在田未刈之稻，难免被淹，即已刈者，欲晒无从，亦多发芽霉烂。乡民以熏笼烘焙，勉强试砻，而米粒已酥，上砻即碎……地方官以秋灾不出九月，不许妄报，原系遵守定例。然值连阴苦雨，人心难免惶惶，外县城乡不无抢掠滋闹之事。臣饬委文武大员分投弹压，现已安静……惟据续报歉收情形，勘明属实，不得不照续被灾伤之例，酌请缓征……伏念臣渥蒙恩遇，任重封圻，且居此财赋最繁之地，乃不能修明政事，感召和甘，致地方屡有偏灾。极知经费有常，而不得不为赈恤蠲缓之请，抚衷循省，已无时不汗背靦颜，乃蒙皇上不加严谴，训敕周详，但有人心，皆当如何感愧?况臣受恩深重，何敢自昧天良?若避怨沽名，不以国计为亟，则无以仰对君父，即为覆载之所不容。臣虽至愚，何忍出此?……窃维尽职之道，原以国计为最先，而国计与民生实相维系，朝廷之度支积贮，无一不出于民，故下恤民生，正所以上筹国计，所谓民惟邦本也。……民间积歉已久，盖藏本极空虚。当此秋成之余，粮价日昂，实从来所未见，来岁青黄不接，不知更当何如？小民口食无资，而欲强其完纳，即追呼敲扑，法令亦有时而穷。前此漕船临开，间有缺米，州县尚能买补。近且累中加累，告贷无门。今冬情形，不但无垫米之银，更恐无可买之米。至曩时，苏、松之繁富，由于百货之流通，挹彼注兹，尚堪补救。近年以来，不独江苏屡歉，即邻近各省，亦连被偏灾，布匹丝绸销售稀少，权子母者即无可牟之利，任筋力者遂无可趁之工。故此次虽系勘不成灾，其实困苦之情，竟与全灾无异。臣惟有一面多劝捐资，妥为安抚；一面督同道府州县，将漕务设法筹办，总不使借口耽延。但本年已请缓征之处，尚不过十分中之二分有余，此外常、镇等处亦已纷纷续禀。臣衆其情形略轻者，无不先行驳饬。但天时如此，日后情形如何，臣实不敢预料！昼见阴霾之象，自省愆尤；宵闻风雨之声，难安寝席。并与督臣陶澍书函往复，于捐赈办漕等事，思艰图易，反复筹商，楮墨之间，不禁声泪俱下！倘从此即能晴霁，歉象尚不至更加，如其不然，臣惟有再行据实奏闻，仰求训示遵办。大江南北为各省通衢，且中外仕宦最多。一切实情，难瞒众人耳目，臣如捏饰，非无可以举发之人，我圣主子惠黎元，恩施无已，正恐一夫不获，是以查核务严，但民间困苦颠连，尚非语言所能尽。本年漕务自须极力督办，而睹此景象，时时恐滋事端。至京仓储蓄情形，臣本未能深悉，倘通盘筹划，有可暂纾民力之处，总求恩出自上，多宽一分追呼，即多培一分元气。天心与圣心相应，定见祥和普被，屡见绥丰，长使国计民生悉臻饶裕。臣不胜延颈颂祷之至！

在这里，林则徐详细地陈述了被灾经过和灾情的严重，还依据“民惟邦本”的观点，一再反映了民间疾苦，文字很朴实，爱国爱民、忠君尽职之情却很感人。道光帝经过核实，最后应允了林则徐的请求。消息传开后，“疏稿争相钞传，远迩为之纸贵。小民闻之，皆嗟欢聚泣，庆更生”。（全安清：《林文忠公传》）林则徐的门生冯桂芬在《林少穆督部师少保题辞》中回忆说，“大江南北数十州之远，亿万户之众，虽乡曲妇人孺子绝不知大吏名氏者，独于公名氏甚熟，莫不知其为好官。”总之，这是林则徐在处理地方政务中爱国爱民的一个典型例证。

在鸦片战争中，林则徐面临的局势更其尖锐复杂，一方面，他要和帝国主义斗争，既要了解“夷情”，争取分化外商，有理有利地和英国殖民主义者进行斗争，维护中国权益，又要对其武力进犯做好准备；另一方面，又要和投降派反禁烟派进行斗争，这其中最主要的是坚定道光帝的禁烟决心，如实地反映情况，正确地分析形势，并提出合理的建议，减少昏庸的道光帝的错误决策所造成的损失。他在此期间提出的大量奏稿，也就清楚地反映了他的正确的主张和态度。比如，《拟谕英吉利国王檄》是给英国国王的一篇照会的底稿，他义正词严的指出，英商“良莠不齐”，“遂有夹带鸦片，诱惑华民，以致毒流各省者。似此但知利己，不顾害人，乃天理所不容，人情所共愤。”他希望英国国王下令东印度公司所属各地禁种鸦片，“拔尽根株，尽锄其地，改种五谷，有敢再图种造鸦片者，重治其罪”。即使在今天看来，这份照会也是符合国际公法的。1839 年 12 月，林则徐拒绝了义律在不交凶手（指同年 7 月英水手殴死尖沙咀村民林维喜的凶手）、不具甘结（指保证不再贩运鸦片）的情况下通商的要求，次年一月，他奉旨断绝中英贸易。在此情况下，有人提出封关禁海，断绝一切中外贸易。道光帝要林则徐等“悉心妥议具奏”。林则徐写了《复奏曾望颜条陈封关禁海事宜折》，深刻指出此议不妥，“专断一国贸易，与概断各国贸易，揆理度势，迥不相同”。“若概与之绝，则觖望之后，转易联成一气，勾结图私”，“协以谋我”，就很难分化利用。此外，则是“大海茫茫，四通八达，鸦片断与不断，转不在乎关之封不封”。外商已扬言，关以内法度虽严，关以外汪洋无际，通商则受管束而不能违禁，不通商则不受管束而正好卖烟”。这说明“封关”之议是不明智的。至于“大小民船”不准出海也是不可能的，“缘广东民人，以海面为生者，尤倍于陆地，故有‘渔七耕三’之说，又有‘三山六海’之谣，若一概不准其出洋，其势即不可以终日。”林则徐在斗争中一贯坚持正确的主张，即严禁贩运鸦片以外，从不反对正常的中外贸易。道光帝下令断绝中英贸易，给侵略者提供了借口，却又不作反对侵略战争的部署和准备，以致使东南沿海清军一触即溃，这就造成了投降派攻击林则徐的把柄。1840 年 7 月 6 日，英军攻陷浙江定海，道光帝慑于英军的“坚船利炮”，倒向投降派，转而申斥林则徐“外而断绝通商，并未断绝，内而查拿犯法，亦不能净，无非空言搪塞，不但终无实济，反而生出许多波澜。思之曷胜愤懑，看汝以何词对朕也?”林则徐随即写成《密陈夷务不能歇手片》，一方面奏请“从重治罪”，另一方面则有理有据地申述了禁烟抗英的合理性，强调“夷务不能歇手”，即不能用妥协退让的方式对待英国侵略者。他说：

自古顽苗逆命，初无损于尧、舜之朝。我皇上以尧、舜之治治中外，知鸦片之为害，甚于洪水猛兽，即尧、舜在今日，亦不能不为驱除。圣人执法惩奸，实为天下万世计；而天下万世之人，亦断无以鸦片为不必禁之理。若谓夷兵之来，系由禁烟而起，则彼之以鸦片入内地者，早已包藏祸心，发之于此时，与发之于异日，其轻重当必有辨矣。臣愚以为鸦片之流毒于内地，犹痈疽之流毒于人心也。痈疽生则以渐而成脓，鸦片来则以渐而致寇，原属意计中事。若在数十年前查办，其时吸者尚少，禁令易行，犹如未经成脓之痈，内毒或可解散。今则毒流已久，譬诸痈疽作痛，不得不亟为拔脓，而逆夷滋扰浙洋，即与溃脓无异。然惟脓溃而后疾去，果其如法医治，托里扶元，待至脓尽之时，自然结痂收口。若因肿痛而别筹消散，万一毒邪内伏，诚恐患在养痈矣。

溯自查办鸦片以来，幸赖乾断严明，天威震叠，趸船二万余箱之缴，系英夷领事义律自行递禀求收，现有汉夷字原禀可查，并有夷纸印封可验。继而在虎门毁化烟土，先期出示，准令夷人观看。维时来观之夷人，有撰为夷文数千言以纪其事者，大意谓天朝法令足服人心，今夷书中具载其文，谅外域尽能传诵。迨后各国来船，遵具切结，写明“如有夹带鸦片，人即正法，船货没官”，亦以汉夷字合为一纸。自具结之后，查验他国夷船，皆已绝无鸦片，惟英逆不遵法度，且肆鸱张，是以特奉谕旨，断其贸易。然未有浙洋之事，或尚可以仰恳恩施。今既攻占城池，戕害文武，逆情显著，中外咸闻，非惟难许通商，自当以威服叛。第恐议者以为内地船炮，非夷之敌，与其旷日持久，何如设法羁縻。抑知夷性无厌，得一步又进一步，若使威不能克，即恐患无已时；且他国效尤，更不可不虑。臣之愚昧，务思上崇国体，下慑夷情，实不敢稍存游移之见也。……

臣于夷务办理不差，正在奏请治罪，何敢更献刍荛。然苟有裨国家，虽顶踵捐糜，亦不敢自惜。倘蒙格外天恩，宽其一线，或令戴罪前赴浙省，随营效力，以赎前愆，臣必当殚竭血诚，以图克复。至粤省各处口隘，防堵加严，察看现在情形，逆夷似无可乘之隙，藉堪仰慰宸怀。谨缮片密陈，伏祈圣鉴。谨奏。

这个奏片是 1840 年 10 月 11 日在广州写的，林则徐根本没有料到，道光帝在 9 月 27 日就已下旨将林则徐、邓廷桢革职问罪了。此后，他连陈述反侵略的主张的权力也被取消了。昏庸的道光帝先派琦善主和，又派奕山主战，两造都是“浪款浪攻”，侵略者更加嚣张。林则徐在致其房师沈鼎甫信中痛心地说，“今自沙角挫衄之后，夷性益骄，军情益怯，如防已溃，修复綦难。……。文武既因而观望，恐鬼蜮即捣其空虚，自顾手无斧柯，偏使身同羁绁，刍献则疑于触讳，葵忧莫解于濒危，何时得放归田，庶令省过杜门，养疴誓墓，乃为万幸。”字里行间，饱含了他的报国无门的愤慨。

林则徐的散文，即“政书”和书信，大都朴实简练，叙事周详，说理透彻。文如其人。他的公忠体国的情怀和明智清醒的见识，都从他的文章中展现出来，在近代散文史上显然别具一格。

第三节　太平天国的散文

太平天国革命运动，是中国近代史上一场伟大的农民革命运动。它历时十八年，辗转十八省，极大地动摇了清王朝的腐朽统治，对封建文化也进行了一次大扫荡。和历代农民起义相比，太平天国显示了许多不同的新特点。它是在封建社会末期并在帝国主义入侵的情况下爆发的农民革命，由于封建统治者和帝国主义勾结起来镇压他们，不允许他们在中国建立起独立、自由、平等的天国，太平天国被迫进行了英勇的反抗，因而显示了坚决的不妥协的反帝反封建的倾向。太平天国的领袖们把西方的基督教教义和中国古代的大同理想贯通起来，并结合当时农民群众要生存要解放的要求，创立了拜上帝会；他们把那个安于屈辱命运的过于谦卑忍让的上帝，改造成了驱除妖魔、“斩邪留正”、为“普天之下皆兄弟”谋幸福的上帝（《原道救世歌》）。他们仿摩西的十诫而制定的《天条书》，即拜上帝会的戒律，除要求会众虔信上帝外，还要求人们孝父母、不好杀、不淫乱、不偷抢、不说谎、不起贪心，这是义军初起时的军律，凡有违犯者杀不赦。这对于义军显然发生了很好的约束作用。洪秀全在宗教外衣掩护下所写的《原道觉世训》、《原道醒世训》、《原道救世歌》、《天朝田亩制度》等，为广大农民指明了革命目标，并展示了革命理想，是太平天国的纲领性文件。皇上帝（又称天父）是唯一的神，世上所有男女都是上帝之子，是兄弟姐妹，本无贵贱之分，应当一律平等。历来压迫人民的帝王及其他牛鬼蛇神都是阎罗妖（清王朝就是现实的阎罗妖，或叫清妖），是应该被驱除，被打倒的主要敌人。洪秀全被称为天王，他代表上帝的意志，在中国建立天国。“凡天下田，天下人同耕，此处不足，则迁彼处，彼处不足，则迁此处。凡天下田，丰荒相通，此处荒则移彼丰处，以赈此荒处，彼处荒则移此丰处，以赈彼荒处。务使天下共享天父上主皇上帝大福，有田同耕，有饭同食，有衣同穿，有钱同使，无处不均匀，无人不饱煖也。”“凡天下，每家五母鸡，二母彘，无失其时。”“天下人人不受私物，物归上主，则主有所运用，天下大家处处平均，人人饱煖矣。”（《天朝田亩制度》）在废除私有财产制的前提下，建立圣库制，凡生老病死婚嫁之事，由圣库一式开支办理。农民种地，手工业者则入“诸匠营”、“百工衙”治事。男女在政治上经济上获得平等权利，因而“天下婚姻不论财”，封建买卖婚姻、压制妇女的道德也随之废除了。凡忠于上帝、勤于本业者，有赏有升；反之，凡劣凡惰者，有罪有降。此外，还推行乡官保举办法，用以考核官员和补充官员。这种以小农经济为基础而形成的平均主义的理想社会，对于私有制社会必然有的压迫人、剥削人、贫富对立等现象表示了极大的义愤和反感，对于被压迫的群众显然具有极大的吸引力和号召力。以杨秀清、萧朝贵名义发布的《诰四民安居乐业谕》中写道：“郡县所经，如行时雨，旌旗所指，犹解倒悬。”这是革命高潮中广大群众拥护革命的真切写照，显然不是夸张之词。太平军从 1851 年 1 月在广西桂平金田村宣布起义，1853 年 8 月即攻克南京，其进展之所以如此迅速，显然是广大群众支持的结果。

然而，这种小农经济孕育的理想社会，是一种乌托邦，且有违背历史发展规律的落后性和反动性，尤其不能解决帝国主义入侵迫使中国经济日益贫困破产这样新的社会大问题。事实表明，太平天国定都南京以后，他们在军事上虽然和清军及帝国主义的洋枪队等展开了英勇的斗争，在政治上或社会改革上却呈现出停顿或倒退的趋势。天朝田亩制度颁布而未实行，即使推行，也很难解决人多地少或人少地多等复杂情况下平均分配土地的问题。原先在行军作战中强制实行的供给制、男女分居等规定，也因军事生活的结束而失效；“诸匠营”逃避者亦不少。一些将领如韦昌辉等私自经营商业，发财致富。天国头领口头上称胞兄胞弟，事实上等级森严，不能越位。洪秀全死，其子洪福瑱年仅十六岁，继位为幼天王，又称真主，这正是世袭制的反映。他说他有“八十八个母后”，他有“四个妻子都叫幼娘娘”（见其《自述》）。在这事实面前，所谓男女平等，妇女解放，都成了一句空话。由此可见，天国的政治体制，仍然是皇权主义体制，和近代民主政治的要求距离甚远。定都天京后，天国内部派系斗争尖锐，酿成杨、韦内讧的悲剧，显然和这种专制体制大有关系。也就是说，洪秀全通过那个革命的上帝，希望在中国创建一个自由平等的天国，由于天然的历史条件的局限，使他在思想理论上有许多先天性的弱点，因而不能达到预期的目的。

1859年，洪秀全的族弟洪仁玕来到南京，其时正值杨、韦内讧之后，石达开带兵出走，天国大为削弱，洪秀全对异姓王不能不猜忌，因而对洪仁玕十分器重，封为干王，总理全国政务。洪仁玕小秀全九岁，因故未追随义军前进，先后在香港、广州、上海逗留过，与西方传教士多有交往，对于资本主义经济文化有相当的了解。为了挽救天国危机，推进天国事业，他提出了《资政新篇》这个新的纲领性的建议。其主要精神就是抛开落后的小农幻想，适应世界潮流，从政治上经济上进一步学西方，发展资本主义经济，兴办交通运输，提倡机器生产，开办矿山银行；采用西方科学技术，鼓励发明创造，实行专利制度；设立市镇公司，管理工商水陆关税；设立士民公会，兴办地方教育救济等事宜；设立保险机构，实行人身财物保险；办医院、办邮政、办新闻事业，用舆论监督各级官员为政的优劣得失；还要优抚孤寡残废，善待轻犯，废止酷刑；此外，则要讲求“与番人并雄之法”，使中国像英、美一样强盛起来。以上诸种事业，都不能简单地靠行政命令操办，而要建立法制，督促施行，“立法善而施法广，积时久而持法严，代有贤智以相维持，民自固结而不可解，天下永垂而不朽矣。”针对当时的派系斗争，洪仁玕认为也只有靠法制才能杜绝“朋党之弊”。洪秀全对这个建议大体上是赞同的，只因当时斗争紧迫局势复杂而未能施行。从《天朝田亩制度》到《资政新篇》，是太平天国革命方略上的一个重大转变，正如洪仁玕所说的，“事有常变，理有穷通”，“其要在于因时制宜，审势而行而已”。这个转变也说明了天国领袖们敢于实事求是，为振兴民族国家而不固守陈见的态度。《资政新篇》确实见识高远，是当年推动中国“与番人并雄”的一个切实可行的伟大构想，它沿着林则徐、魏源等人“师夷”的思路而走入了一个新的境地，它比后起的维新变法的种种设想都来得明朗透彻。遗憾的是，它不但未能施行，许多年来由于种种原因而没有引起人们足够的重视。

太平天国对于封建文化的扫荡，可说是一场尖锐的除旧布新的斗争。它除了反对各种专制制度（如科考、法制、历法等）外，还对传统儒学及维护旧制度的文学进行批判斗争。“凡一切制度考文，无不革故鼎新，所有异端邪说，自宜革除净尽。”（《天历·序》）起义初起，洪秀全、冯云山等就率先捣毁孔子牌位及庙宇偶像，禁止诵读儒家经典。定都南京后，天国即设立删书衙，删改四书五经，“将其中一切鬼话、怪话、妖话、邪话，一概删除净尽，只留真话，正话”。（《改定诗韵诏》）把历代帝王改称“狂”，把“夫子”、“子曰”一律改成孔丘，对于一切阿谀奉承的滥调，全数删除。在《太平天日》中，还有上帝“追究孔丘教人之书多错”的记载，孔丘被鞭挞，哀求不已，永不准其下凡害人。在反对儒学和旧文化的同时，还编写了《三字经》、《幼学诗》颁行民间，改字典为字义，还简化汉字，创立逗点、句点、人名号、书名号等标点符号。天国的许多诏书、文告及诗歌，大多采用语体文或通俗的韵文写成，文字浅近，说理明白，很便于群众了解接受。张汝南曾在天京见过洪秀全的诗歌及文告，以及提倡语体文和反对陈旧的古文的情况，他在《金陵省难纪略》中记曰：“其批示皆以韵句，或四言数句如箴颂，或五言数句如歌谣，或七言数句，长者如古风。惟纯以俗语，不用故实。故实谓之妖话，悉禁之。”他还见到过太平军自编的起义史，其文字“叙事如闲书，用‘话说’起，及‘话分两头’，‘按下不提’等语。”太平军从起义开始，就注意用语体文进行宣传，其中还杂有许多广东客家、广西贵县等地的方言土语。这种文化上的主张和实践，显然是服从于当时斗争的需要，对于封建旧文化也就形成了强有力的冲击。1861 年，洪秀全就文书通告中要采用朴实清新的语体文进行过一次谈话，洪仁玕、蒙时雍、李春发等根据这个谈话，草拟了一道告谕，这就是有名的《戒浮文巧言谕》：

> 照得文以纪实，浮文所在必删；言贵从心，巧言由来当禁。恭维天父天兄大开天恩，亲命我真圣主天王降凡作主，施行正道，存真去伪，一洗颓风。是以前蒙我真圣主降诏：凡前代一切文契书籍不合天情者，概从删除，即《六经》等书，亦皆蒙御笔改正。非我真圣主不恤操劳，诚恐其诱惑人心，紊乱真

道，故不得不亟于弃伪从真，去浮存实，使人人共知虚文之不足尚，而真理自在人心也。况现当开国之际，一应奏章文谕，尤属政治所关，更当朴实明晓，不得稍有激刺，挑唆反间，故令人惊奇危惧之笔。且具本章，不得用龙德、龙颜及百灵承运、社稷宗庙等妖魔字样。至祝寿浮词，如鹤算、龟年、岳降、嵩生及三生有幸字样，尤属不伦，且涉妄诞。推原其故，盖由文墨之士，或少年气盛，喜骋雄谈，或新进恃才，欲夸学富，甚至舞文弄笔。一语也，而抑扬其词，则低昂遂判；一事也，而参差其说，则曲直难分。倘或听之不聪，即将贻误非浅，可见用浮文者不惟无益于事，而且有害于事也。

本军师等近日登朝，荷蒙真圣主面降圣诏："首要认识天恩、主恩，东西王恩；次要实叙其事，从某年月日而来，从何地何人证据，一一叙明，语语确凿，不得一词娇艳，毋庸半字虚浮，但有虔恭之意，不须古典之言，故朕改'字典'为'字义'也。"本军师朝奏，钦遵之下，不胜敬凛。为此特须喧谕，仰合朝内外官员书士人等一体周知：嗣后本章禀奏以及文移书启，总须切实明透，使人一目了然，才合天情，才符真道。切不可仍蹈积习，从事虚浮，有负本军师等谆谆谕诫之意焉。特此谊谕，各宜凛遵！

这一通文告，虽然是在晓谕各级官员在草拟奏章及文移书启时，必须"弃伪从真，去浮存实"，"一目了然"，即如实地反映下情，如实地传达命令指示，不要用浮词而引起误解。若从反对封建旧文学的角度看问题，这文告可以说是一篇文学革命的宣言书，"文以纪实"，"言贵从心"，就是这场文学革命的要求和标准。当时颁布的《钦定士阶条例》还有这样的要求："一句一字之末，要必绝乎邪说淫词，而确切于天教真理，以阐发新天地之大观。"两者结合起来看就很明白，这是要求文人学士们脱弃传统思想束缚和浮华不实的习气，从那场天翻地覆的革命实际出发来创作反映新的现实生活的作品，要真实地表达作者对于新的斗争生活的认识和感受。这不但有一个立场态度问题，还有一个思想感情的变化问题，在这里，浮词滥调固要洗脱干净，文人惯常有的恃才炫博、参差其说的恶习也要全部抛弃。鲁迅在《做古文和做好人的秘诀》中对古文恶习作过精彩的归纳："要做古文，做好人，必须做了一通，仍旧等于一张的白纸。"（《二心集》）在当年反帝反封建的激烈斗争的环境里，这种"古文做法"显然是有百害而无一利的。由此可见，洪秀全的这种文学革命思想不是凭空产生的，而是从斗争经历中总结出来的，和当时盘踞文坛的桐城派及其他种种复古派的文学主张相比，天国的这种文学主张不但具有强大的生命力，对于旧文学显然还有摧枯拉朽的战斗性。太平天国留下的政论、文告、诗歌、记事文等，大都显示了“纪实”、“从心”的特点，洋溢着战斗气息，给人以清新之感，是许多文人之作无法比拟的。往下，我们从广义的散文角度，对其政论、文告和记事文作些介绍。

洪秀全（1814～1864）是太平天国的领袖，是拜上帝会的创始人，是天国革命纲领的制定者，他首先是革命家，是教主，而不是文学家。但是，他的文学思想以及政论和诗歌，在革命过程中发生了重大的影响，对旧的文学思想、内容和形式形成了很大的冲击，开创了近代文学史上一种新的风气和格局。他出生于广东花县一个中农家庭，自小熟读四书五经，并参加农业劳作，十八岁被聘为村塾教师，多次赴广州应考秀才不第。1843 年应考时，偶然中得到了基督教布道书《劝世良言》，颇受启发。清政府的腐败，帝国主义的猖狂，农民的贫困，再加上他个人的失意，这种种因素迫使洪秀全另谋出路。他和同学冯云山、族弟洪仁玕等密商，创立“拜上帝会”，以宗教为掩护谋求革命。次年，他和云山去广西贵县传教，发动群众，云山深入工人农民之中，广泛宣传，信徒发展至数千人。洪秀全在 1845～1846 年间回家规划拜上帝会教旨，先后写成《原道救世歌》、《原道醒世训》、《原道觉世训》等文章，也就是太平天国的革命纲领。1847 年，他再到广州从美国教士罗孝全学习《圣经》及各种仪式，之后再去广西与云山商订拜上帝会的仪式及教规（即《天条书》），准备起义。不巧云山被团练捕获入狱，洪秀全急回广州设法营救。这时，杨秀清在会众中筹集数百串钱贿赂县衙，云山于 1848 年年初获释，再去广州找秀全，直到 1849 年 6 月，他们才一同回桂平紫荆山。在这一年多里，会众因无首领，势成乌合。杨秀清、萧朝贵早先在护送广州进口洋货时认识，并结为兄弟，他们为团结会众，杨自称上帝（天父）附身，萧自称耶稣（天兄）附身，发号施令，使会众得以稳定。秀全、云山回来后，杨、萧声望已高。秀全、云山虽为创教费尽心血，但局势已使杨、萧权倾半壁。为了大局，洪秀全只好认可杨、萧这种宗教特权。1851 年 1 月 11 日（农历十二月十日）洪秀全生日，即在金田宣布起义，号称太平天国。9 月 25 日攻克永安，驻军半年，制定各种制度并封王，秀全被推为天王，封秀清为东王，朝贵为西王，云山屈居南王，与北王韦昌辉列为二等，翼王石达开为三等。东王节制所封各王。为了加强洪、杨联合，秀全以妹宣娇妻朝贵。不幸的是，云山阵亡于金州，朝贵阵亡于长沙，秀全在领导层中更显得孤单失助。杨秀清出身贫苦，但阅历丰富，机敏多谋，组织能力高强，在进军过程中，集军政大权于一身，洪秀全与实际斗争距离较远。据李秀成自述，“东王威逼太过”，韦昌辉、石达开等早就“积怨于心”。1856 年 6、7 月间，清军江南大营被攻破，南京围困暂得缓解，杨秀清以为大功告成，十分自负，“逼天王亲到东王府封其万岁”，这是逼迫洪秀全让位。洪秀全密令北、翼两王回京。北王在江西先得令，7 月 27 日返京，当夜即杀杨秀清及属下官兵男女两万多人。“翼王怒之”，北王又把“翼王全家杀了”。北王还“乱杀文武大小男女”，“合朝同心将北王杀之，人心乃定”。内讧不但削弱了天国威势，还使“人心改变”。洪秀全因此猜忌异姓王，重用同姓王，朝中多有“散意”。为了“振作同心”，洪秀全增封了一些后起之人为王（如陈玉成、李秀成等），暗中则实行牵制。洪秀全此后深居简出，对军政实情很少了解，也不再图发展天国事业。天京被围，不思解救大计，只让李秀成困守孤城。全城无食，死者甚众，李秀成请求解救办法，洪秀全却说，地生百草，就是“甜露”，“可以养生”。据李秀成说，这并非儿戏之言，洪秀全早就料到缺粮，二三年前就命令人们“多备甜露”，“天王久日宫中俱食此物”。洪秀全自定都南京后，“自己不肯失志，靠实于天，不肯信人，万事俱是有天”。这说明洪秀全早就脱弃了起义初期那种改天换地的战斗风格，完全成了一个信奉天命论的天王了。即使如此，洪秀全早期为创教起义所写的那些政论，还是有历史意义的，如《原道醒世训》：

从来福大则量大，量大则为大人；福小则量小，量小则为小人。是泰山不辞土壤，故能成其高；河海不择细流，故能就其深；王者不却众庶，故能成其德。凡此皆量为之也。

无如时至今日，亦难言矣，世道乖漓，人心浇薄，所爱所憎，一出于私。故以此国而憎彼国，以彼国而憎此国者有之；甚至同国以此省此府此县而憎彼省彼府彼县，以彼省彼府彼县而憎此省此府此县者有之；更甚至同省、府、县以此乡此里此姓而憎彼乡彼里彼姓，以彼乡彼里彼姓而憎此乡此里此姓者有之。世道人心至此，安得不相陵相夺相斗相杀而沦胥以亡乎？无他，其见小，故其量小也。其以此国而憎彼国，以彼国而憎此国者，其见在国，国以外则不知，故同国则爱之，异国则憎之。其以此省此府此县而憎彼省彼府彼县，以彼省彼府彼县而憎此省此府此县者，其见在省、府、县，省、府、县以外则不知，故同省同府同县则爱之，异省异府异县则憎之。其以此乡此里此姓而憎彼乡彼里彼姓，以彼乡彼里彼姓而憎此乡此里此姓者，其见在乡、里、姓，乡、里、姓以外则不知，故同乡同里同姓则爱之，异乡异里异姓则憎之。天下爱憎如此，何其见未大而量之不广也。

遐想唐、虞、三代之世，有无相恤，患难相救，门不闭户，道不拾遗，男女别涂，举选上德。尧、舜病博施，何分此土彼土；禹、稷忧饥溺，何分此民彼民；汤、武伐暴除残，何分此国彼国；孔、孟殆车烦马，何分此邦彼邦。盖实夫天下凡间，分言之，则有万国，统言之，则实一家。皇上帝天下凡间大共之父也，近而中国是皇上帝主宰化理，远而番国亦然；远而番国是皇上帝生养保佑，近而中国亦然。天下多男人，尽是兄弟之辈，天下多女子，尽是姊妹之群，何得存此疆彼界之私，何可起尔吞我并之念。是故孔丘曰，“大道之行也，天下为公，选贤与能，讲信修睦。故人不独亲其亲，不独子其子，使老有所终，壮有所用，幼有所长，鳏寡孤独废疾者皆有所养。男有分，女有归。货恶其弃于地也，不必藏于己；力恶其不出于身也，不必为己。是故奸邪谋闭而不兴，盗窃乱贼而不作，故外户而不闭，是谓大同”。

而今尚可望哉？然而乱极则治，暗极则光，天之道也。于今夜退而日升矣。惟愿天下凡间我们兄弟姊妹跳出邪魔之鬼门，循上帝之真道，时凛天威，力遵天诫，相与淑身淑世，相与正己正人，相与作中流之砥柱，相与挽已倒之狂澜。行见天下一家，共享太平，几何乖漓浇薄之世，其不一旦变而为公平正直之世也！几何凌夺斗杀之世，其不一旦变而为强不犯弱，众不暴寡、智不诈愚、勇不苦怯之世也？在《易》，“同人于野”则亨，量大之谓也；“同人于宗”则吝，量小之谓也。况量大则福大，而人亦与之俱大；量小则福小，而人亦与之俱小。凡有血气者安可伤天地之和，而遗井底蛙之诮哉？诗云：

上帝原来是老亲，水源木本急寻真；量宽异国皆同国，心好天人亦世人。兽畜相残还不义，乡邻互杀断非仁；天生天养和为贵，各自相安享太平。

如前所述，《原道救世歌》、《原道觉世训》、《原道醒世训》是洪秀全创教的教旨，剥去其宗教外衣，就是他倡导起义的革命纲领。《原道救世歌》是一篇208句的长诗，长短言相杂，有些乐府歌行体的特色，但文字通俗朴实。“莫将一切俗情牵，须将一切妄念捐。开辟真神惟上帝，无分贵贱拜宜虔。天父上帝人人共，天下一家自古传。”就是这诗歌的主旨。但洪秀全所说的“俗情”“妄念”，并非超凡脱俗的禁欲主义的内容，而是要求人们一不淫乱、二不忤父母、三不行杀害、四不为盗贼、五不为巫觋、六不为赌博，此外，则要求人们不吸鸦片、不好酒、不信命相风水，等等。这和《天条书》规定的戒律一样，显然有利于约束义军的纪律。诗中的天命论思想较突出，如说，“道之大原出于天，谨将天道觉群贤”。“富贵在天生死命，何为惑世顾肥囊。”这或许是洪秀全后期信奉天命论的思想根芽。《原道觉世训》颇长，宗教色彩亦浓重，其中一个基本思想，即，“皇上帝乃是真神也，尔凡人跪拜各偶像正是惹鬼”。“阎罗妖乃是老蛇妖鬼也，最你怪多变，迷惑缠捉凡间人灵魂。天下凡间我们兄弟姊妹所当共击灭之惟恐不速者也。”这是祭起皇上帝真神，号召人们反对以清王朝为代表的几千年的封建统治。因此，学者们认为这是为农民起义指明革命对象的一篇重要文章。比较而言，《原道醒世训》是一篇说理透辟的布道文章，也是一篇很好的政论。文章首先指出当今世界是一个“世道乖离，人心浇薄，所爱所憎，一出于私”的苦难世界，为了改变这个世界，就要改变私心，改变信仰，信奉皇上帝，心大量大，“相与淑身淑世，相与正己正人，相与作中流之砥柱，相与挽已倒之狂澜”，把古代大同理想变成现实，使中国成为一个政治平等、经济平等、种族平等、男女平等、中外平等，没有“陵夺斗杀”，没有祸乱欺诈，各依天生天养、相安和睦的太平世界。这就生动地为农民起义描绘了一个理想的天地，对于苦难而不平的人们显然有巨大的号召力和吸引力。文章结尾缀以律诗，通俗朴实，念来顺口，既总括了全文的内容，又便于人们的记忆。显然，这是洪秀全最好的一篇政论文章。

由于洪秀全的倡导，也由于实际斗争的需要，太平天国的书信、文告，大都“去浮存实”，“朴实明晓”。比如，《曾水源、林凤祥、李开芳为西王有难禀东王等》是一篇通报军情的信，把极复杂的情况，作了简明准确的报告：

东北王两冀王下各千岁殿下：敬禀者，△等随西王出师，荷天眷顾，所攻必克，一路福星。本月二十四日寅刻，自攸县起程，二十五日子刻至澧（醴）陵，计一百七十里。是城粮谷颇有，已得无数军装红粉（按：红粉指炸药）。二十六寅刻，自澧（醴）陵起程，二十七申刻到长沙，离城十里停扎。二十八日辰刻进兵，至巳刻，破连营七八里，杀死大小妖官数十余员，妖兵死者二千有余，尸堆如山。所得军粮大小炮甚多，红粉四千余，骡马不计其数。至午刻，在省外铺户停扎，计程三里。卅里城外米谷甚多。目下查得粮有十万余，油盐足用。廿九日，△等欲往进攻，回禀西王，带牌刀手往各门进攻。不料妖兵放炮，打着西王胸膛乳上穿身，十分危急，口眼俱呆。△等得此凶信，十分忧愤。幸有天父照顾，效天兄故事，未可料。此省十分辽阔，目下圣兵纵能攻破，亦未得托守之人。恳求九千岁览禀，遣上将统带多少圣兵，凡兵各带干粮三斤，前来同进取城。乃万全圣策也。我主天王来不来，听从旨意，△未敢冒渎。幸此城尚未修整得好，比全州无足为虑。惟思西王有难，△守靠无凭，只得具禀各王千岁特达。太平王壬子二年八月初九日申刻。冲即速连夜起程。

这封信不幸在中途被“湘潭县拿获奸细身子搜出”，原件存英国公共档案局，1982年由中国社会科学院近代史研究所资料室编入《太平天国文献史料集》。1852年秋，太平军驻柳州，萧朝贵率轻骑袭长沙，不幸阵亡。这封四百多字的信，把这次进军的路线、时间、缴获、长沙地势，西王中弹情况，以及如何进退等等问题，一目了然地写下来，几乎没有一句废话，文字之准确简约，都是令人惊叹的。显然，这是紧急的斗争形势，锤炼了这种好的文风。

1853年2月，太平军攻克南京，奠都于此，改称天京。以杨秀清、萧朝贵署名而发布的《诰四民安居乐业谕》，可说是一篇气势恢宏的开国文告：

照得天意既定，人心宜从，天既生真主以御民，则民自宜倾心而向化。慨自胡奴扰乱中国以来，率民拜邪神而弃真神，叛逆上帝，倡民变妖类，迥非人类，触怒皇天。兼且暴虐我黎庶，残害我生灵，肆铜臭之熏天，令斯文以扫地。农工作苦，岁受其殃，商贾通往，关征其税，四海伤心，中原怒目。

本军师奉天命之用休，不忍斯民于涂炭，创义旗以剿妖胡，兴王师以灭魔鬼，乃郡县所经，如行时雨，旌旗所指，犹解倒悬，本天意之昭彰，证人心之响应。自广西起义以来，所到之处，抗王师者前徒倒投顺之戈，凛天威者闻风丧妖人之胆。

兹建王业，切诰苍生，速宜敬拜上帝，毁除邪神，以奖天衷，以受天福，士农工商各力其业。自谕之后，尔等务宜安居桑梓，乐守常业，圣兵不犯秋毫，群黎毋容震慑，当旅市之不惊，念其苏之有望。为此特行诰谕，安尔善良，布告天下咸晓，万方各宜凛遵毋违，特谕。

太平天国癸好三年五月初一日诰谕。

这一道文告也只有四百字，但它宣告了太平天国定都南京并开创了一种新的历史时代这件大事。首先，它揭露了清王朝残害生灵的种种罪行，“四海伤心，中原怒目”，这是动员人们进一步觉醒和行动起来，把“胡奴”驱除出去，发展天国事业。这其中有宗教情绪，显然还包含了强烈的民族主义情绪。其次，它说明了太平天国的创建，是上符天意，下应民心的，因此，自广西起义以来，进展极为顺利。在新的“王业”开基之际，它只要求人们“敬拜上帝，毁除邪神”，此外则是“安居桑梓，乐守常业”，这正是广大群众乐于听到的福音。它没有用浮词巧言歌功颂德，也没有凭借权势派捐派款，它只是堂堂正正地说明了事实和形势的变化。但它对于天国军民是有鼓舞作用的，对于清王朝统治者却无异于一声震魂雷。文章还有一些骈偶文的味道，但在这样的文告中似乎不算毛病，因为它铿锵有力，便于吟诵流传。

太平天国的记事性的文章，大都用语体文写成，朴实、简明，而且生动。《太平天日》是反映洪秀全早期创教、传教活动的文章，罗尔纲先生认为是天国自编历史仅存的一篇，其中有些记载虽很生动，但宗教色彩较浓，不便于引述。杨秀清以天父附身所发布的《天父下凡诏书》，也是用语体文记写的文章，1851 年 10 月 29 日的“诏书”，记载了杨秀清代天父审问叛徒周锡能投敌的奸情，在太平军中影响很大，凡事瞒不过天父，因此不能违反教旨说谎话。1853 年 11 月 20 日的“诏书”，杨秀清借天父附身，要夺取在天王宫中任职的朱九妹两姊妹，下令杖责洪秀全四十。这是杨秀清利用宗教上的特权实行夺权的一个表现，后来天国发生内讧，显然与此有关。这些记载虽然都很有价值，但也因宗教色彩太重，不便于引述。此外，天国将领被俘后都写了一些“自述”，都是“去浮存实”的记事文，容易见到的有

《忠王李秀成自述》(上述文章中已作了部分摘引)《干王洪仁玕自述》、《遵王赖文光自述》等，这些人的历史功过有不同的评价，他们的“自述”也涉及了许多复杂的历史斗争，有的是一己之见，有的与事实不符，为了避免以讹传讹，这里也不作引述了。不过，在当时环境里成长起来的一代年轻人，他们的文章可说是真正口语化了，且看洪秀全的儿子洪福瑱的自述：

我广东人，自少名洪天贵，数年前老天王叫我加个“福”字，就名洪天贵福。登极后，玉玺于名字下横刻“真主”二字，致外人叫洪福瑱。现年十六岁，老天王是我父亲。他有八十八个母后，我是第二个赖氏所生。九岁时就给我四个妻子，就不准我与母亲姊妹见面。老天王做有《十救诗》给我读，都是说这男女别开，不准见面的道理，我还记得几首。我九岁后想看母亲姊妹，都是乘老天王有事坐朝时偷去看他。老天王叫我读天主教的书，不准看古书，把那古书都叫妖书，我也是偷看过三十多本，所以古书名色也还记得几种。

本年四月十九日，老天王病死了。二十四日，众臣子扶我登极，拜了上帝，就受众人朝贺。朝事都是干王掌管，兵权都是忠王掌管。所下诏旨，都是他们做现成了叫我写的。以后我就叫幼天王，我四个妻子都叫幼娘娘。

六月初六日五更，我梦见官兵把城墙轰塌，拥进城内。到了午后，我同四个幼娘娘在楼上，望见官兵入城来了，我就望下跑。幼娘娘扯住不放。我说下去一看就来，便一直跑往忠王府去了。忠王带我走了几门，都冲不出来。到初更时候，乃假装官兵，从缺口出来。才出来千多人，就被官兵知觉，尾后都被截断了。

到广德州只剩数百人，就约堵王等分路来江西寻康王、侍王。沿途节节打仗，不计次数。到那日到杨家牌，我就说官兵今夜会来打仗，干王们都说官兵追不到了。三更时候，四面围住，把我们都打散了。官兵追得紧，我过桥丢下马来，他们把我扶过岭。官兵追到，我与身边十几个人都挤下坑去。官兵下坑来，把他们全数都拿去了。不知何故，单瞧不见我。我等官兵望前追去，独自一人躲入山里，藏了四天，饿得实在难过，要自寻死。忽然有个极高极大的人，浑身雪白，把一个饼给我。我想跟他去，他便不见了。我将饼吃下，就不饿了。又过了两日，下山到了唐姓人家。我说是湖北人，姓张，替他割禾，他给我饭吃。他那里有人剃头，我就顺便也剃了。住了四日，唐姓人叫我回家。我就走到广昌的白水井。问人说是往建昌的路，我怕建昌有官兵，就回头。有一个勇说我是“长毛”，把我衣服剥去了。又走到瑞金地界，就有一个勇叫我替他挑担，我说不会挑。又回头走到石城地界，就被他们把我带到营中……

据罗尔纲先生在《太平天国诗文选·序》中考据引证，洪福瑱的自述是他亲笔写的，而不是由清朝官吏记录下来的（见《沈文肃公（葆桢）政书》卷三《席军生擒首逆摺》）。这位幼天王的结局肯定是很可悲的，但他在其父的管教下能用清新的口语写出如此流畅的文章，实在是一件可喜的事情。这是洪秀全的文学革命思想在当时社会实践中产生了重大深远影响的一个有力的证据。

第四节　冯桂芬、王韬

鸦片战争以后，帝国主义不断加紧入侵，反帝反封建的群众斗争不断兴起。“东方上国”几乎岁无宁日。许多爱国知识分子大抵继承了龚自珍、魏源、林则徐等人的“经世致用”的传统，一方面清醒地看见了当时的积弊，并加以批评；另一方面则企图通过“师夷”寻求振兴中国的出路。他们的议论比前人更加广泛、具体，他们的见解却有高下之分，其爱国救世的热情都是激越高亢的，是很感人的。这些文章就是梁启超所说的“政论”。它完全不同于中国古代散文，也不理会桐城派文家的“义法”等讲究，而成为中国近代散文的一个新潮流。本节和下一节，我们将讨论冯桂芬、王韬、郑观应、马建忠等人的散文，还要涉及其他一些人的作品，以便于对这个散文的新潮流作一个较为全面的反映。

冯桂芬（1809～1874）字林一，号景亭，江苏吴县（今苏州）人，道光二十年一甲二名进士（探花），授翰林院编修，曾出任广西乡试考官，因父母先后亡故，慨然归园田居，在金陵、上海、苏州等书院讲学。太平军克南京，他倡办团练有功，授右中允加封至三品衔。他还先后在陶澍、曾国藩等人幕中参与盐，河诸政事。苏州被克，他避居上海，主张“借洋剿逆”。1863 年，协同李鸿章创办上海

“广方言馆”，传播西学。清史稿本传称其“少工骈体文，中年后乃肆力于古文辞，于书无所不窥，尤留意天文、地舆、兵刑，盐铁、河漕诸政，”他还精于算学，有“《说文解字段注考证》、《弧矢算术细草图解》、《西算新法直解》、《校邠庐抗议》、《显志堂诗文集》”等著作。冯氏科举顺遂，又获殊遇，却“服官仅十年”，父母谢世或是其辞官原因之一端，其刚直不阿的性格难容于权贵或许是更深的原因。他在《五十自讼文》中说：“生平居官未尝于长吏求一差使，居家未尝于当事进一关说，未尝受一瞒人之钱，未尝为一负人之事，天地鬼神实鉴临之，前者被谤之举，为民为国开罪于权门势族而不悔，亦庶几不党孙宁之遗意，以此为非，将随波逐流为是乎？其不然明矣。”这种洁身自好的表白，事实上就是对于官场腐败的贬斥。

《校邠庐抗议》四十篇，是冯氏政论代表作，脱稿于 1861 年。他原想请曾国藩作序，“如不以叵谬，敢乞赐以弁言”（《显志堂集》卷五）。曾国藩在同治元年（1862）五月十七日日记中记曰，“虽多难见之施行，然自是名儒之论”。这说明曾氏对“抗议”有保留。1876 年《显志堂集》付梓，吴云在其序中说，曾氏“索观稿本（按，指‘抗议’），击节叹赏”，显属不实之词。该序还说，“抗议”有些文章“愤时嫉俗之心时流露于笔墨间，故立言不免稍激”，为免招忌，“抗议四十篇不全录者，实体先生之意也”。这可见冯氏生前对“抗议”也很有些犹豫了。然而，“抗议”是后起的维新运动中极受称道的书。“抗议”反映了洋务派的主张抑或改良派的主张，二十世纪六十年代史学界就此开展过讨论，持论很不一样。其实，冯氏思想很复杂，他在该书“自序”中说，“抗议”是参以杂家，佐以私肊，甚且羼以夷说，而以不畔于三代圣人之法为宗旨。这和其中的《采西学议》的说法是一致的，“如以中国之伦常名教为本原，辅以诸国富强之术，不更善之善者哉?”这可说是洋务派的“中体西用”论的最早表述形式。他在《制洋器议》中又说：“以今论之，约有数端：人之弃材不如夷，地之遗利不如夷，君民不隔不如夷，名实不符不如夷。四者道在反求（注，以上诸议备矣），惟皇上振刷纲纪，一转移间耳，此无待于夷者也。”这里涉及了政治、经济、选材、用人等根本制度的改革问题，只能靠“皇上振刷纲纪”才办得到，这和改良派的主张几乎是一致的。由此可见，冯桂芬的济世之方，包含了多种思想成分，他大体上赞同洋务派的某些做法，同时又要进行根本制度的改革。“抗议”对于时政的批评，是既“鉴古”又“师夷”的。他在“自序”中尖锐地说，“奉军国则民力竭，养兵勇则国力又竭”，“文臣不知兵，武士不晓事”，“水利塞，稻田少，民受其饥”，“期功陌路，富贵贫贱不相恤”，“谏诤设专官，民隐不上达”，“俸薄官贪”，“则例猥琐，案牍繁多”。他虽“鉴古论今”，却不主张复古，因为“古今异时亦异势”，且复古还有难易和善与不善的问题，他只希望“先圣后圣之若合符节者”斟酌施行，而不泥古。“抗议”涉及了许多问题，《公黜涉议》反对当年“overwritten文字”“私见”“取人于容貌语言奔走之间”，使一些“斗筲无足算者，年迁岁擢”，他主张以“才德”、“公论”取人。《汰冗员议》惊呼清朝“大官之多，为汉以来所未有”，“国家多一冗员，不特多一靡廪禄之人，即多一朘民膏之人，甚且多一偾国是之人，亦何苦而设此累国累民之一位哉？今之冗员多矣，不冗于小冗于大，不冗于闲冗于要，不冗于一二冗于十百”。其矛头是针对上层社会的。《许自陈议》、《复乡职议》大抵是“难见施行”的主张，前者要求自择官职，反对“用违其才”，使那些“无疾称疾”、“恇怯阘茸之徒”“屏逐之”，“不避贤者路”。后者则根据顾炎武的“复古乡亭之职”的主张，认为县令以下的官员概由“公举”，使官民相亲，又能“循名责实”，“偕作同仇”，并能促进风俗教化日新日上。在宗法制度和等级观念森严的条件下，这种主张显然是书生的幻想。《省则例议》针对法治混乱状况，主张删繁就简，制定简明则例，公之于众，使大小官员“求之以例案”。《罢关征议》指出关征的弊病在于“民之所出者十，而国之所入者一”，因而主张“以税额入诸厘捐以代各关，责成地议官令同绅董治之”，如有弊窦，有迹可寻，有证可指。冯氏此方是为了便于商品流通，但厘捐仍不能杜绝中饱，也不利于商品流通，后来马建忠主张把一切厘捐纳入税则，一则保护华商，二则分外商之利，这是理论上最好的解决（详下一节）。《筹国用议》、《节经费议》主张发展蚕桑和兴办矿业，八旗子弟不能“仰食”朝廷，要“分地兴屯”务农。《收贫民议》主张实行荷兰等国“养贫”、“教贫”之法，收养老幼无告，贫苦无依以及流民，使之有养有教，不但可安定社会，还可匡正社会风习。

《改科举议》、《改会试议》、《严取士议》、《停武试议》是批评科举弊病的一组文章。自清初顾炎武、黄遵宪、王夫之、颜元诸人起，对明代科举弊端发过许多议论，龚自珍、魏源对清代科举也有过许多激烈的批评。冯氏是科场幸运者，又受了“西学”影响，他的批评与前人不同，他讲了一个故事：

昔年侍饮先师林文忠公署，客或曰，时文取士，所取非所用。坐有龙岩饶孝廉廷襄，夙有狂名，公故人也，已被酒，谩曰：君为明祖所绐矣。明祖以枭雄阴鸷猜忌驭天下，惧天下瑰伟绝特之士起而与为难，以为经义诗赋，皆将借径于读书稽古，不啻傅虎以翼，终且不可制。求一途可以禁锢生人之心思才力，不能复为读书稽古有用之学者，莫善于时文，故毅然用之。其事为孔孟明理载道之事，其术为唐宗英雄入彀之术，其心为始皇焚书坑儒之心，抑之以点名搜索防弊之法，以折其廉耻，扬之以鹿鸣琼林优异之典，以生其歆羡，三年一科，今科失而来科可得，一科复一科，转瞬而其人已老，不能为我患，而明祖之愿毕矣。意在败坏天下之人才，非欲造就天下之人才。君为此论，明祖得毋胡芦地下乎？于是文忠举杯相属曰，奇论，宜浮一大白。君狂态果如昔，一笑而罢。(《改科举议》)

这是通过笑话，揭露科举不过是封建帝王维护其统治而玩弄的骗局。说的虽是前朝故事，针砭的显然是清朝。冯氏虽然认为科举有弊病，但并不根本否定，理由是自古以来“取士之法屡变，而得人辈出，莫能轩轾”，因此，他主张对现行制度进行改革：科考从难，使“中材”以下“知难而退”；经解、古学、策问三场应各分主考校之，以免“以一艺之优劣为去取”。《改会试议》主张体恤生员困难，生活给以补助，“会试”在各省进行，“中试者”再进京“殿试”。《广取士议》主张在科考之外实行“荐举”，但要严格实行，原则是“用众不用独，用下不用上”，这是解决“弃才”太多的变通办法。《停武试议》是由于“武科不得人”比“文科更甚”，应急之法即实行“荐举”，期望得到“文武全才”之士。

《采西学议》、《制洋器议》、《善驭夷议》、《上海设同文馆议》是互相关联的提倡学西方的一组文章。冯氏赞同魏源的“师夷”主张，却又批评了其不足：“魏源氏论驭夷，其曰以夷攻夷以夷款夷，无论语言文字之不通，往来聘问之不习，忽欲以疏间亲，万不可行，且是欲以战国视诸夷，而不知其情事大不侔也……盖其生平学术，喜自居于纵横家者流，故有此蔽。愚以为不能自强，徒逞谲诡，适足取败而已。独师夷展技以制夷一语得之。”为了中国的自强自立，冯桂芬希望人们要敢于承认中国落后于西方，“忌嫉之无益，文饰之不能，勉强之无庸”(《制洋器议》)，西方的“算学、重学、视学、光学、化学等，皆得格物至理。舆地书备列百国山川阨塞风土物产，多中人所不及”。(《采西学议》)因此，他主张在上海、广州各设一

"翻译公所"或"同文馆"，培养通西学的人材，把一切有价值的书籍翻译过来，在"中外交涉事件"中，这些人即可兼任翻译，以取代当年许多猥鄙的"通事"，"洋务之大害去矣"(《上海设立同文馆议》)。对于坚船利炮及其他洋器，他主张聘请夷人"以授众工匠"，凡"工成与夷制无辨者，赏给举人，一体会试；出夷制之上者，赏给进士，一体殿试。廪其匠倍蓰，勿令他适"。这是用科举手段鼓励人们把"西方长技转为中国长技"。冯氏还说："能造能修能用，则我之利器也。不能造不能修不能用，则仍人之利器也。""借兵雇船皆暂也，非常也……终以自造自修自用之为无弊也。夫而后内可盈平区宇，夫而后外可以雄长瀛寰，夫而后可以复本有之强，夫而后可以雪从前之耻，夫而后定然为广远万里，地球中第一大国，而正本清源之始，久安长治之规，可从容议也。夫穷兵黩武，非圣人之道，原不必尤而效之，但使我有隐然之威，战可必克也，不战亦可屈人也，而我中华始可自立于天下。不然者，有可自强之道，暴弃之而不自惜，有可雪耻之道，隐忍之而不知所为计，亦不独俄、英、法、米之为患也，我中华且将为天下万国所鱼肉，何以堪之？此贾生之所为痛哭流涕者也。"(《制洋器议》)这是对于魏源的"转夷之长技为我之长技"的一个出色的申论，其中包含了冯氏的政治远见和强烈的爱国热情，至今读来也是感人的。冯氏此论显然带有时代局限，中国要达到当时"自立于天下"的目的，仅只把"人之利器"转为"我之利器"是不够的，而且也是办不到的，因为这还有一个社会制度的改革问题，还有一个庞大的新兴的工业基础的建设问题。冯桂芬把事情简单化了，也正是时代和环境的局限造成的。总之，"抗议"是冯氏的政论佳作，也是当年正统的书生在西学思潮影响下提出的救世之方，其中虽有书生之见，但他针砭时弊，提出一些改革办法，是有的放矢的，如被采用，也可收一时之效。这些文章大都采用议论辩驳的方式写成，观点鲜明，层次清楚，文字亦生动流畅。议论滔滔有余，严谨不足，或许是其弱点。该书"自序"还说明了"抗议"命名的由来："用《后汉·赵壹传》语名之曰抗议，即位卑言高之意。明知有不能行者，有不可行者，夫不能行则非言者之过，而千虑一得，多言或中，又何至无一可行，存之以质同志云尔。"这说明他对某些问题故意放言高论，本不在被当道采用施行，而在引起志同道合者响应，即为社会改革增添一份助力，这个用心也是可取的。

冯桂芬除"抗议"外，也还有其他的散文。吴云在《显志堂集·序》中说："先生为文根柢六经风格，雅与庐陵、南丰为近，法度谨严，不骛驰骋，自有超轶绝尘之致。”此说是有根据的。冯氏在《复庄卫生书》中说：“文者所以载道，道非必天命率性之谓，举凡典章制度名物象数，无一非道之所寄，即无不可著之于文。有能理而董之，阐而明之，探其奥迹，发其精英，斯谓之佳文”。“文之佳者，随其平奇浓淡短长高下而无不佳，自然有节奏，有步骤，反正相得，左右咸宜。不烦绳削而自合。称心而言，不必有义法也；文成法立，不必无义法也。”这和龚自珍的“万事之波澜，文章天然好”的看法几乎是一致的。他的《游祁阳浯溪记》（《显志堂集》卷三）条理井然地记写了“唐道州刺史元次山吟咏之地”的清幽奇特的环境，显然是一篇记事佳作。《似山居图序》（同上书卷一）很有些欧阳修文笔的风采，但别有一种情趣：

钱翁观涛家江阴，屋后有土山，广十数步，高二仞，颜其居曰似山，遂作似山居图小影以示客。客有难之者曰，天下之山多矣，何取乎似而山之图？又何山不可似，何取乎似中之似而图之？翁何乐乎似而遗其真也？公辴然曰，客其犹有墟之心夫？夫天下之真、似有定乎哉？代舆园峤之属，既不可得而至，其可至者若嵩、华、终南、天台诸山，远或数千里，近亦数百里，好事之士有志矣或无其力，有其力矣或无其时，有其志有其时，至矣而不能深，或不能遍深矣。遍矣终不能久也，裹粮袱被信宿旬日而去翠微，回首过眼烟云，真者安在耶？固不如吾似山居之幻峦嶂于目前，揽林泉于几席，朝斯夕斯，而可据为己有也。且天下何事有真、似乎哉？膺节旄，参鼎铉，其贵显乎？布衣伏处，妻孥怡然，庸讵知非贵显乎？拥仓箱，罗金贝，其富厚乎？夏葛冬绵，左餐右粥，淡然自足，无求于世，庸讵知非富厚乎？骖鸾驾鹤，吸雾乘云，其神仙乎？晏起早寝，百年无事，胸无身家之累，体无癣疥之苦，庸讵知非神仙乎？吾安知真者之非似乎？吾安知似者之非真乎？吾安知似真真似之果有似果有真乎？客独不见夫论画者乎，其佳者必曰似真，及遇乎其真，则又曰似画，然天下之真似果有定乎哉？即如山，真境也，吾之山，真中之似也；图，似境也，吾之图，即景写形，庭榻相向，又似中之真也。真乎似乎，吾乌乎辨之？吾以寄吾意而已矣。学问之道，恶乎似，以其乱真也；涉世处境之道，贵乎似，以其近真也。此即老氏无为庄氏齐物之说也，而于孔、颜疏水箪瓢之义亦无碍焉。翁之言如是，图成问序于余，余因书以归之。

和《校邠庐抗议》那种“经世致用”的作风相比，这可说是冯桂芬人生态度另一面情况的反映。冯氏和钱观涛在恬淡守拙、不为物累等问题上可能十分投合，这篇文章因而写得极为顺当而有情趣。这态度诚然消极，但在浊流世界中未始不是一种洁身自好的办法。在近代托物写志的文艺性散文中，本文显然是别具一格的佳作。

王韬（1828～1897）是带有传奇色彩且褒贬不一的近代人物，他初名利宾，字兰卿，又字紫诠，号仲弢，后改名瀚、韬等，别号弢园老人、天南遁叟、淞北逸民等。他是冯桂芬的同乡，出生于江苏长洲角里一个私塾教师之家，17 岁以优等中秀才，两年后赴南京乡试不中，遂绝意科举，潜心于经史佛学和诗词，寄情山水，自视甚高。角里风光秀丽，自古有许多文人或出生于此，或在此勾留隐居，他们抗世违俗的作风在当地很有影响。王韬后来名士习气颇重或与这种历史环境有关。1848 年，他到上海省亲，目睹了列强侵占下的上海情景，“浦滨一带，率皆西人舍宇，楼阁峥嵘，缥渺云外”；“又有兵舶，托为保卫商旅之计，包藏祸心，非伊朝夕。”（《弢园尺牍》卷一）这是清朝在鸦片战争中实行投降主义的结果。王韬在《沪上感事诗》中讥讽地写道，“浩荡东南开互市，转输西北共征求。朝廷自为苍生计，竟出和戎第一筹！”王韬其时不懂“西学”，还固守“夷夏之防”的传统观念，但好奇心却驱使他拜访了基督教伦敦传教士麦都思办的墨海书馆，对其中牛拉“车轴旋转如飞”的“活板机器印书”十分惊叹。这里的传教士多通汉语，对王韬这样的文士来访十分欢迎，这使他大开眼界，且为其一生之转机。次年，其父病故，家乡又遭水灾，生活拮据，麦都思得知后一再邀王韬去工作。九月，王韬迫于生活去墨海书馆当“秉笔”，从此在上海生活了十三年。王韬在此结识了不少传教士，接触了不少西学，还和艾约瑟合作编译了介绍西学的书，后辑成《弢园西学辑存六种》。他助麦都思译的《新约全书》、《旧约全书》“文词雅达”，大受称赞。不久，其元配杨氏病故，又有人说他佣书西屋，获罪名教。王韬因此陷入思想苦闷。道高于器的传统思想使他视“西学”为“淫器奇巧”，不足以安邦定国。太平军攻克南京，王韬为了功名出路，不断上书当道，提出种种剿灭太平军的建议，希图获得赏识任用。与此同时，他和汇集上海的文人诗酒唱和，浪迹花丛，颇无忌惮，时人对此给了他许多恶谑。1861 年 2 至 5 月间，王韬和英国教士及英军提督何伯曾两度溯江而上到南京，并受到了洪仁玕的接见，又结识了苏州地区太平军首领刘肇钧。王韬对此讳莫如深，局外人也不了解。只因王韬放言无忌，又和传教士交往，清朝当局对其建议只是“优礼答之”，或取其言不用其人。王韬自觉报国无门，深为遗憾。太平军二次解天京之围后，王韬认为太平军大有利于收拾天下，便于 1862 年 2 月上书刘肇钧，建议进攻上海，并望其转达忠王李秀成。此议有利于太平军却未被采纳，而原信为清军所获，李鸿章、曾国藩亦为之震惊，同治皇帝下令通缉，王韬得英国领事麦华陀（麦都思之子）保护，于当年十月出逃香港，入华英书院助理雅各翻译四书、五经。次年曾返广州游历，结识容闳等人。英人治下香港发展的情况，使王韬思想发生变化，他说：“始辟草莱，招徕民庶，数年间遂成市落，设官置吏，百事共举，彬彬然称治焉。遭值中国多故，避居者视为世外桃源。商出其市，贾安其境，财力之盛，几甲粤东。呜呼！地之盛衰何常，在人为之耳。故观其地之兴，即知其政治之善。”（《弢园文录外编·送政务司丹拿返国序》）他和一同工作的黄胜（早期留美学生）过从甚密，他们得知丁日昌奉命筹建上海江南制造局，因此合作编成《火器略说》一书，涉及了炼铁、造模、置炉、钻炮、验药、枪炮原理以及舰船规格要求等内容，丁日昌、李鸿章读后尤为赞赏，日本、越南亦为之翻刻。王韬因此又一再上书当道以求出路，仍未能如愿。1867 年年底，王氏受理雅各之约赴英译书，因而成为近代远游英、法的第一人。1870 年年初返香港，王韬的改良主义思想基本形成。他在给内兄杨醒逋的信中说明过他的思想转变过程，少年时只“思得一通籍，博庭内欢，他非所知耳！”落第后谋生，“但求得五百金，可作归耕计”。浪迹上海，避难香港，出游西欧之后，其思想又几经变化，“初变为征逐之游……直作信陵醇酒妇人想，再变而殉名利……妄欲以虚名动世”。最终认为“士生于世，当不徒以文章自见”（《弢园尺牍》），应该讲求“经世致用之道”，“所望者中外辑和，而西国之学术技艺大兴于中土”，“默深先生师长一说，实倡先声”。（《扶桑游记·结束语》）这就是他以魏源“师长”说的继承者的表白。王韬初回香港即从事西方历史地理的研究，用意就是为了便于国人“师夷”。其著述甚多，《法国志略》、《普法战纪》尤受称道。法国是资产阶级革命最有代表性的国家，“知法国即知欧洲”。《普法战纪》材料翔实，对胜败原因的分析尤具史家眼光。该书对巴黎公社也作了反映，他虽持反对态度，但对于“官军”的血腥镇压亦加以揭露。他对于法国共和政体虽多称赞，但他认为英国式的君主立宪政体更切合中国国情，“惟君民共治，上下相通，民隐得以上达，君患得以下逮，都愈吁咈，犹有中国三代以上遗意焉”。（《弢园文录外编·重民下》）1874 年，他创刊《循环日报》，便以此为阵地宣传维新变法主张，其主要政论收在《弢园文录外编》中（以下简称“文录”）。1879 年应日本学界之邀访日，广泛结交，与我驻日使馆的黄遵宪尤为投合。1884 年，经李鸿章默许，回沪定居，开始文言小说创作。花月风酒，应酬颇多。1887 年，被上海学界推举主持格致学院，注重培养科技人材，收效甚好。1894 年为孙中山上李鸿章书润色并转达，1895 年康有为创办上海强学会，专程拜访邀请，王韬因年老未入会，却给予支持。1897 年病逝于上海，归葬角里。王韬著述计有四十多种（另有未刊稿若干），《弢园诗文集》、《文录》、《弢园尺牍》等是其诗文代表作。《遁窟谰言》、《淞隐漫录》、《淞滨琐话》等是其“聊斋”式的文言小说集。

王韬在文学上不赞成复古模仿，而主张因时因事而抒情写意，“务归实用，不尚虚文”（《文录·变法自强中》）。“时世不同，文章亦因之而变。余谓文运之盛衰，固有时系乎国运之升降，平世之音多宽和，乱世之音多噍杀。若由一人之身以前后今昔而判然者，则境为之也。”（《文录·三岛中洲文集序》）他在《蘅花馆诗录·自序》中还说：“余不能诗，而诗亦不尽与古合，正惟不与古合，而我之性情乃足以自见。”“然窃见今之为诗人矣，撏撦以为富，刻画以为工，宗唐祧宋以为高，摹杜范韩以为能，而于己之性情无有也，是则虽多奚为？”这和黄遵宪的“我手写我口，古岂能拘牵”的主张几乎是一致的。

王韬对东西文化的认识有过较多的徘徊，其维新思想的形成也有一个较长的过程，也显得复杂。比如，他为洋务派“师夷”献计献策以求出路，对洋务派的“师夷”又提出了尖锐的批评，“我国家虽于天津、福州、上海、广东四处设局制造枪炮船舰，而其法犹未大备，仅能步趋西匠，仿效成规，而尚不能求新标异，以颉颃乎泰西。若夫火炮之制，从未讲求，多以重值购自远邦，以供我用。甚且有以窳隳之物以误军事者。学习西法二十余年来，徒袭其皮毛而已”。（《文录·火器说略后跋》）他还揭露了洋务派的虚骄作风：

时在咸丰初元，国家方讳言洋务……不谓不及十年，而其局大变也，今则几于人人皆知洋务矣。凡属洋务人员，例可获优缺，擢高官，而每为上游所器重，侧席谘求。其在同僚中，亦以识洋务为荣，嚣嚣然自鸣得意。于是钻营奔竞，几以洋务为终南捷径。其能识英国语言文字者，俯视一切，无不自命为治国之能员，救时之良相……特我谓今之自谓能明洋务者，亦尚未极其晓畅也，今日者不过相安于无事耳。(下指上游)求无不遂，请无不行。(下指列强)以谨凛之形，观骄盈之色。(下指洋务派气势)其所称建制船舶，铸造枪炮，开设机器，倡兴矿务，轮舶之多，遍至于各处，一切足以轶乎西人之上而有余，富国强兵之本，当以此为枢纽，讲求西法，千载一时。不知此特铺张扬厉语耳。求其实效，仅得二三。(《文录·洋务上》)

王韬认为国际交往是以实力作后盾的，洋务派过于信奉“万国公法”是不可取的：“试观‘万国公法’一书，乃泰西之所以联与国，结邻邦，俾众咸遵其约束者。然俄邀诸国公议行阵交战之事，而英不赴，俄卒无如之何，此盖国强，则公法我得而废之，亦得而兴之。国弱，则我欲用公法，而公法不为我用。呜呼！处今之世，两言足以蔽之，一曰利，一曰强。诚能富国强兵，则泰西之交自无不固，而无虑其有意外之虞也，无惧其有非分之请也……不然，讲论洋务者愈多，办理洋务者愈坏。吾诚未见其可也。”(同上)

王韬的维新思想是从东西方对比和对洋务派“师夷”实践的批判中引发出来的。维新变法固然要“师夷”，但绝不能只取皮毛，而要“因时制宜”，讲求实效。他以日本维新见效为例提出：

夫风会既有不同，即时事贵知所变。日本，海东之一小国耳，一旦勃然有志振兴，顿革平昔因循之弊，其国中一切制度，概法乎泰西，仿效取则，惟恐其入之不深，数年之间，竟能自造船舶，自制枪炮，练兵训士，开矿铸钱，并其冠裳文字屋宇之制，无不改而从之，民间如有不愿从者，亦听焉。彼以为此非独厚于泰西也，师其所长而掩其所短，亦欲求立乎泰西诸大国之间，而与之较长絜短，而无所馁也。否则，行舟于海，彼则用轮而我则用帆，迟速不同矣；行兵于阵，彼则用枪炮而我则用刀矛，命中制胜，又不同矣。彼以训练节制之师，我以跳荡拍张漫无纪律之士当之，乌有不败者哉？此强弱之不同也。彼则出地宝，扩财源，而我任听其然，不知搜取，徒知征之于民而已，此贫富之不同也。故日本乃亟思变计也，然则我中国曷不返其道而行之哉？

我中国地大物博，幅员之广，财富之裕，才智之众，薄海内外，皆莫与京。溯乎立国规模，根深蒂固，但时异势殊，今昔不同，则因地制宜，固不可不思变通之道焉。其道奈何？曰：毋因循也，毋苟且也，毋玩愒也，毋轻忽也，毋粉饰也，毋夸张也，毋蒙蔽也，毋安于无事也，毋溺于晏安也，毋狃于积习也，毋徒袭其皮毛也，毋有初而鲜终也，毋始勤而终怠也。必有人焉，深明制治之道，周知变通之宜而后可，否则机器固有局矣，方言固有馆矣，遣发子弟固往美洲攻西学矣，行阵练兵固熟练洋枪矣，而何以委靡不振者仍如故也？洞明时变，大有干谋者，仍未能见其人也。徒令论者以为西法不足效而已，或以为縻费也，或以为多事也，或以为无益于上，而徒损于下也。呜呼！是非西法之不善，效之者未至也。所谓变之之道未得焉。彼言者直坐井窥天，以蠡测海耳，而西法必不受过也。(《文录·变法自强下》)

王韬的用意很明白，要改变当时中国的局面，就必须像日本一样，“一切制度，概法乎泰西”，而要做到这一步，就要有“深明制治之道”的“大有干谋者”来发动这种改革。这对于后起者显然产生了影响。在一些具体问题上，他主张“取士之法宜变”，“练兵之法宜变”，“学校之虚文宜变”，“律例之繁文宜变”（《文录·变法中》）。此外，他还主张“裁冗员”，“安置旗民”，“废河工”，“捐妄费”，“撤厘金”等（《文录·除弊》）。王韬认为变法的根本目的，就是富国裕民，“盖富强即治之本也，仓廪实而知礼节，衣食足而知荣辱。民既能自谋其生，以优游于盛世，自然可静而不动，故舍富强而言治民，是不知为政者也。”为了富强，王韬主张利用丰富的资源发展获利最快的矿业（包括煤、铁、五金等）、纺织（包括棉、毛、丝绸）、铁路、轮船等新兴工业。有了这些骨干工业，不但可以抵制洋货进口，还可出口以夺西人之利，还可“创造各种机器”，自造枪炮、战舰、火船、兵舶、纺织机器等。发展交通航运，“不独利商，并且利国”。“诸利既兴，而中国不富强者未之有也”。王韬还批判了传统的“重农轻商”的思想，“中国自古以来，重农而轻商，贵谷而贱金，农为本富，而商为末富。如行泰西之法，是舍本而务末也。况乎中国所产，足以供中国之用，又何假外求而有俟乎出洋贸易也哉？呜呼！即其所言农事以观，彼亦何尝度土宜，辨种植，开旷地，兴水利，深沟洫，泄水潦，备旱干，督农肆力于南亩，而为之经营而指授也哉？徒知丈田征赋、催科取租、纵悍吏以殃民，为农之虎狼而已。徒有其名，而无其实，又复大言而不惭，此真今日士子之通病也。如是天下何由而治?”(以上引文均见《文录·兴利》一文)这种批判，完全是参照“西学”而展开的。王韬对工商业并不偏重偏轻，似乎懂得工业是商业的基础，商业有利于与外商争利分利。他对洋务派的“官办”、“官督商办”发展工业的方针虽不反对，但他明确地提出了“民间自立公司”的主张，这就有利于私营工商业的发展。总之，王韬见识广，其经济思想远比冯桂芬的丰富而高明。

王韬到过西欧，对议会政治、民权、民治等显然很了解，但他在改革中国社会的问题上，却不援用西方概念，而是强调“重民”、“治民”，他在《上当路论时务书》中说：

> 今日时务之急，首在乎收拾人心。盖民可顺而不可逆，民可足而不可匮，民可静而不可动，其外庞然嚣然，而实则无所有者，能为民祸而不能为民福，能为民害而不能为民利，治民之本，当知尽其在我者而已。西学西法非不可用，但当与我相辅而行之可已。《书》有之曰：“民惟邦本，本固邦宁”。故治民，本也，仿效西学，其末也。西国之所以讲强兵富国者，率以尚器为先，惟是用器者人也，有器而无人，器亦虚设耳。孟子言以仁政治民之效曰“可使制梃”，此非迂谈也。盖民忠义激发之气，实有百折而不回者，人心之机器，速于影响，一国之炉锤，捷于桴鼓，是在为上者善用之耳。
>
> 治民之要，在乎因民之利而导之，顺民之志而通之，即如泰西诸国，亦非徒驰域外之观者也。其善于治民者莫如英，入其国中，无不优游暇豫，自乐其天，而不尚操切之政，束缚驰骤以为能者，夫如是然后能行之久远。抑又闻之，治国之道，先在养其元气，如西国之法，斫削之尤甚者也，必也择其善而去其不善，不必强我以就人，而在以彼之所学，就我之范围……

由此可见，王韬是综合了“西学”和传统的“民惟邦本”的思想来谈“治民”的，即让小民有家有业“自乐其天”，在上者不以“操切之政”待之，使天下安定，中国即可转弱为强。有人认为王韬不敢向封建专制者提出“民权”“民治”问题，只强调“治民”，是其资产阶级软弱性的反映。就其经历和所处的历史环境看，王韬可能是从农民起义中吸取了教训，因而把“重民”看成了“治民”的基础。

王韬在其政论中还提出了一种朦胧的“大同”思想，他在《变法上》中说：

“夫孔之道，人道也。人类不尽，其道不变。三纲五伦，生人之初已具，能尽乎人之分所当为，乃可无憾。”他还把西方教义中的“死后获福”与中国的“儒者作善降祥”说，看成是一致的，因而揣测说，“数百年之后，道必大同。盖天既合，地球之南，朔东西而归于一天，亦必化天下诸教之异同而归于一源”。这种揣测显然没有多少科学根据，但它是中国知识分子要在“形而上”的层次贯通百家学说的一种习惯性的理论思维的反映，其优点在于不偏重东方或西方，后来康有为构想“大同”社会，也是沿着这个思路出发的，他或许还受了王韬论述的启发。

王韬的这些政论大都是在《循环日报》上发表的，也就是中国近代最早的“报章体”散文。由于他见识广博，思路开阔，文字上亦晓畅明白，因此赢得了许多读者。它显然是梁启超所称道的“新体散文”的先导。

第五节　郑观应、马建忠

郑观应（1842～1922）原名官应，字正翔，号陶斋，又号居易、杞忧生，广东香山雍陌人。他出生于一个贫苦的村塾教师家庭，少年间曾随亲友去过南洋，开阔了他的眼界。雍陌离澳门很近，列强的侵略活动，对当地人很有影响。郑观应十七岁应乡试不中，因家贫不再习举业，便到上海学经商。香山素称“买办之乡”。郑观应投奔的正是在英商新德洋行当买办的郑廷江，观应一面“供奔走之劳”，一面学英语。一年后，得姻亲介绍到英商宝顺洋行工作，从此开始了买办生涯，一直干了十年。他和外商广泛结交，通习行情后即经营茶栈，不几年成了富翁。后受聘于太古洋行任轮船公司总理，他深入内河各口岸，扩大经营范围，深得外商信任，个人资产也积累更多。八十年代，正是洋务派大力发展实业时期，郑观应曾投资于矿业、纺织业、电讯业、造纸业，还关注垦殖业。在发展实业中，他十分注意挽回民族权益。1883 年、1884 年间，郑观应在中越反击法国入侵的斗争中，曾奉命赴锡兰、新加坡、中国香港等地进行联络和策反工作，随后还就台湾和琼州防务问题提出过许多合理的建议。就在他逗留香港期间，太古洋行因郑观应推荐的杨桂轩亏欠巨款向郑索赔，上海织布局因郑经办时所招的股票下跌，也向郑索赔，这是殖民主义者和洋务派官僚对他的迫害和倾轧，郑氏因此破产，贫病交加，闭居澳门。他着手改写七十年代写的《易言》，亦即后来广为传播的《盛世危言》一书。在困顿中，他得到盛宣怀的支持和接济，盛宣怀还一再向李鸿章建议起用郑观应。1892 年年底，郑氏重入轮船招商局，经过他的规划整顿，招商局商务大为振兴。他还协同盛宣怀筹建汉阳铁厂等工作。他支持孙中山的救国主张，并向盛宣怀和李鸿章推荐。甲午战争时，他上书主张积极抵抗，并提供了有益的军事情报。他对于后起的改良运动显得持重，但对政变后的康有为还给以经济支持。辛亥革命兴起，他仍主张君主立宪，其时他年事已高，只在招商局作培养人材的工作。他并不反对共和政体，却极端讨厌军阀混战。总之，郑观应虽是一位买办，却表现了强烈的爱国热情和责任感。《盛世危言》一书是其张扬维新变法的代表作。

郑观应的爱国救世思想，是逐步深入发展的，这在他的著作中有清晰的反映。六七十年代的《救时揭要》主要反对殖民主义者贩卖“猪仔”和鸦片，主张收回利权，发展民办工商业。英法联军攻入北京，举国震动。郑观应“目击时艰”，“无不眦裂”，“内之积感于寸心，外之眷怀于大局”，约在七十年代初期开手写《易言》，他的主张是，“由今之道，变今之俗，宜鉴往古，法自然，诹远情，师长技，攻其所短，而夺其所恃。”(《易言·自序》) 这显然是希望通过学西方以求得变革，进而制胜入侵者。该书对于西方议会政治介绍尤多，反映了要改革封建专制的进步倾向。《盛世危言》就是在此基础之上扩充而写成的。该书有二十多种版本，论者常以 1894 年秋冬间作者手订的五卷本较为可靠。此书对于改革封建专制制度和发展中国私营工商业的论述，较之冯桂芬、王韬等人的著述更加丰富而切实，因为郑观应是从“商战”中历练过来的人，他显然是带着个人的经历体会来讨论这些问题的。张之洞在《增补盛世危言统编序》中说，“论时务之书虽多，究不及此书之统筹全局择精语详，可以坐而言即以起而行”，“上而以此辅世，可为良药之方，下而以此储才，可作金针之度。”郑氏在该书“自序”中说：

六十年来，万国通商，中外汲汲，然言维新，言守旧，言洋务，言海防，或是古而非今，或逐末而忘本，求其洞见本原，深明大略者，有几人哉？孙子曰，知己知彼，百战百胜。此言虽小，可以喻大。应虽不敏，幼猎书史，长业贸迁，愤彼族之要求，惜中朝之失策，于是学西文，涉重洋，日与彼都人士交接，察其习尚，访其政教，考其风俗利病得失盛衰之由，乃知其治乱之源，富强之本，不尽在船坚炮利，而在议院上下同心，教养得法，兴学校，广书院，重技艺，别考课，使人尽其才；讲农学，利水道，化瘠土为良田，使地尽其利；造铁路，设电线，薄税敛，保商务，使物畅其流。凡司其事者，必素精其事，为文官者，必出自仕学院，为武官者，必出自武学堂，有升迁而无更调，各擅其长，名副其实，与我国取士之法不同。善夫张靖达公云，西人立国，具有本末，虽礼乐教化，远逊中华，然其驯致富强，亦具有体用，育才于学堂，论政于议院，君民一体，上下同心，务实而戒虚，谋定而后动，此其体也。轮船火炮，洋枪水雷，铁路电线，此其用也。中国遗其体而求其用，无论竭蹶步趋，常不相及，就令铁舰成行，铁路四达，果足恃欤！

“危言”一书涉及的内容十分广泛，但郑氏要求用西方议会制政体取代中国的专制政体的主张却十分明确，这对于洋务派的“中体西用”论显然是一个突破。书中《道器》、《学校》、《西学》、《考试》（上、下）、《议院》、《日报》、《吏治》（上、下）、《游历》等篇，可说是郑氏张扬“西学”批判“中学”的“洞见本源”之论。他的“道器”论内容并不深玄，他只是援用传统概念，强调“道器”相合，“本末兼赅”，反对“高谈心性”的迂腐作风。“学校”一文介绍了西方“学校规则”及其巨大作用，批评中国不设学校之弊。“西学”一文先驳斥了鄙薄西学的种种谬论，其次则相当全面地介绍了西方近代科学的发展及培养人才的方法：“方其授学伊始，易知易能，不以粗浅为羞，反以躐等为戒。迨年日长，学日深，层累而上，渐沉浸于史记、算法、格致、化学诸家。此力学者之所以多，而成名者亦弥众也。”中国学子自小“骛虚而避实，遂以浮华无实之八股与小楷试帖之专工，汩没性灵，虚费时日，率天下雨入于无用之地”。两相对比，真有天壤之别。两篇论“考试”的文章，比较了东西方用人“取士”的不同标准和效果，西方“无论一材一艺，总期实事求是，坐而言者，即可起而行”。中国则“专上制艺”，学子对于国土人情兵刑钱谷等一概不问，“虽豪杰之士，亦不得以有用之心力，消磨无用之时文”，“一旦业成而仕，则又尽弃其所学，呜呼，所学非所用，所用非所学，天下之无谓，至斯极矣”。两篇论“吏治”的文章，参照西方议会政治，对中国封建官场上下层种种弊端进行尖锐的批评，“夫中国自秦汉以来，以文法治天下，科条非不密也，其奉行而持守之者，非不严且明也，及其既也，适以束缚天下之君子，而便利天下之小人，官司益多，否塞益甚，堂廉益远，积弊益深，故一扫而空之，诚非开设议院不可。即势殊地限，久而难变，亦当裁汰冗员，酌增廉俸，以渐通其隔阂，而渐化其贪婪，此自治之初基，亦即自强之本计也。”以上种种议论，都是为批评封建制度，张扬西方社会制度而写的。《议院》一文篇幅不长，对议会制虽然有一些美化和幻想的成分，但它反映了郑氏改革社会的主张和态度：

> 议院者，公议政事之院也。集众思，广众益，用人行政，一秉至公，法诚良，意诚美矣。无议院则君民之间，势多隔阂，志必乖违，力以权分，权分而力弱，虽立乎万国公法之中，必至有公不公、法不法、环起交攻之势，故欲藉公法以维大局，必先设议院以固民心。泰西各国，咸设议院，每有举措，询谋佥同，民以为不便者不必行，民以为不可者不得强，朝野上下，同德同心，此所以交际邻封，有我薄人，无人薄我。人第见有士马之强壮，炮船之坚利，器用之新奇，用以雄视宇内，不知其折冲御侮，合众志以成城，制治固有本也。……况今日中原大局，列国通商，势难拒绝，则不得不律之以公法。欲公法之足恃，必先立议院，达民情，而后能张国威，御外侮。孙子曰，道者使民与上同欲，可与之死，可与之生，而不畏危也。即英国而论，蕞尔三岛，地不足当中国数省之大，民不足当中国数省之繁，而土宇日辟，威行四海，卓然为欧西首图者，岂有他哉？议院兴而民志合，民气强耳。

郑观应还比较了西方各国的议院，认为“君民共主者权得其平”，即英国式的君主立宪制最适合中国国情。与“议院”相偕的另一个重要的政略措施，就是“广设日报”。他认为日报有四种功能，“有功于救荒”，“有功于除暴”（即充分考核官员政绩），“有功于学业”（使人通达时务，周知天下之事），“有益于国计民情边防商务者，更仆数之，未易络也”。他尤其反对西人办华文报纸，让“外人操笔削之权”，使国人“受他人之凌侮”（《日报》）。郑氏还主张皇帝及王公大臣出洋游历，考察列国政治利弊，然后实行自上而下的改革（《游历》），使中国卓然强盛起来。以上所述，是郑观应就中国社会改革提出的种种设想和建议，其中心论题就是实行西方议会政治制度。

此外，“危言”对于发展中国私营工商业和在经济上维护中国民族权益等问题上也提出了许多合理的建议，《商战》一文反映了他的经历体会，尤有特色：

自中外通商以来，彼族动肆横逆，我民日受欺凌，凡有血气，孰不欲结发厉戈，求与彼决一战哉！于是购铁舰，建炮台，造枪械，制水雷，设海军，操陆阵，讲求战事，不遗余力，以为而今而后，庶几水慄而山詟乎，而彼族乃哑哑然窃笑其旁也。何则？彼之谋我，噬膏血，匪噬皮毛，攻资财，不攻兵阵，方且以聘盟为阴谋，借和约为兵刃，迨至精华销竭，已成枯腊，则举之如发蒙耳。故兵之并吞，祸之易觉，商之掊克，敝国无形，我之商务一日不兴，则彼之贪谋亦一日不辍，纵令猛将如云，舟师林立，而彼族谈笑而来，鼓舞而去，称心厌欲，孰得而谁何之哉？吾故得以一言断之曰，习兵战不如习商战。然欲知商战，则商务得失，不可不通盘筹划，而确知其消长盈虚也。

在这里，郑观应对于列强瓜分中国的阴谋或许有所忽略，但他对于其经济侵略的危害却是分析得很透彻的。文章还列举了殖民主义者向中国倾销鸦片、棉纱棉布以及其他“奇货”，用“洋钱”换白银等方式，迫使中国经济破产。为了使中国在“商战”中“稳操胜券”，除了解“通塞损益”外，他认为还要利用资源，发展工业，提高工艺，“商务之盛衰，不独关物产之多寡，尤必视工艺之巧拙。有工以翼商，则拙者可巧，粗者可精，楚借材以为晋用，去所恶而投所好，则可以彼国物产，仍渔彼利，若有商无工，纵令地不爱宝，十八省物产日丰，徒弃已利以资彼用而已。”这就是说，新兴工业是保证“商战”的基础。为了“商战”的胜利，就必须大力发展工业、金融业及其他事业。“危言”中的《教养》、《女教》、《技艺》、《纺织》、《农功》、《铁路》、《电报》、《邮政》、《银行》、《开矿》、《铸银》、《国债》等篇，都可以说是为了开展与外人争利的“商战”，使得人尽其才、地尽其利、物尽其用而写的文章。《商务》、《税则》则是针对传统的“重农轻商”思想以及当时商务管理上的毛病而写的重要文章，中国商务之不振，上在官府，下在商民：

官不能护商，反能病商，其视商人之赢绌也，如秦人视越人之肥瘠。封雇商船，强令承役，只图自利，罔恤民生，私囊虽充，利源已塞，此弊之在上者也。至于商，则愚者多而智者寡，虚者多而实者寡，分者多而合者寡，因者多而创者寡，欺诈者多而信义者寡，贪小利者多而顾大局者寡，此疆彼界，畛域攸分，厚己薄人，忮求无定，心不齐，力不足，故合股分而股本亏，集公司而公司倒，此弊之在下者也。欲求利国，先祛二弊。欲祛二弊，先自上始。

郑观应主张从中央到地方设立专门的商务机构，凡商务所求，“力为保护”、“先讲种植制造，次讲贩运销售”，“必使中国所需于外洋者，皆能自制，外国所需于中国者，皆可运售”。还要“重订税则，厘正捐章，务将进口之税大增，出口之税大减，则漏卮可以断塞，膏血可以收回，此其权之在上，而必大为变通者也。”此外，他还倡议各地开办商务学校，培养各类人材，“破其愚，开其智，罚其伪，赏其信，劝其创，戒其因，务其大，箴其小，使豁然于操奇逐赢之故，而后分者可合，散者可聚，小者可大，拙者可巧，诈者可信，贫者可富，废者可兴。”各地商务机构要由商民“投筒自举商董”，“毋恃官势，毋杂绅权”，定期讨论“本业之隆替，市面之赢绌，与目前盛衰之故，日后消长之机”，务使百货畅通，百废并举。郑观应确信，只要做到“上下之情形通，官商之势合，利无不兴，害无不革，数十年后，中国商务之利，有不与欧洲并驾者，吾不信也。”(《商务》)这其中显然包含了郑观应的经历体会，它不但切中了当年中国商务不振的主要弊病，还为私营工商业的发展提供了理论依据。

在《公法》、《交涉》、《税则》等篇章中，郑观应还满怀激愤之情揭露殖民主义者利用不平等条约侵犯我民族权益以及清政府可耻的奴才态度，使中国人民在生存温饱各方面都受到了极大的损害：

西人舟车所至，每以语言互异，律法不同，利己损人，任情蔑理，入国不问禁例，入乡不知土俗，在租界外创办之事，亦不禀准当道而后行，惯以恫喝之词，势迫力成，否则勒赔巨款，是以猜嫌易启，动至激成巨案。我中国顾全大局，忌开边衅，官长多从迁就，士民谁敢抗衡？如吴淞铁路电线，四川彝伦轮船等案，虽然无理，尚赔巨款，洋船撞毁华船，反咎以不谙趋避，或诬其桅灯不明，改重就轻，含糊了结。马车碾伤华人，反谓不知让道，祸由自取。扭赴公堂，亦仅薄罚。又如华人受雇洋行，及充洋船水手，往往借端扣减工资，甚或殴辱毙命。西人之狡黠者，更串通地棍，拐贩乡愚，惨毒尤无天日。他如华商负欠洋商，一经控告，追封产业，累及亲朋，西人负欠华债，虽饶私蓄，循例报穷，便自逍遥事外。外国税华货进口，务从其重；中国税洋货进口，务取其轻。华人商于西国，按名纳税，岁有常规，洋人商于中国者，北突西奔，绝无所费。我招商局和众轮船，昔年开抵美国金山，关官执意重征船钞，冀不复来。凡寓居新旧金山之华工华商，有回国后不准复到之例。我之待西人如此其厚，彼之待华人如此其薄，天理何存？人心何在？

夫轮船飞驰于港汉，马车冲突于通衢，无事则带持军械，用人而刻扣工资，空盘倒账，袒庇教民，包揽关捐，掠贩人口，凡此种种妄为，亦西律所必禁，公法所不容。只以中西刑法不同，彼族反能趋避。遇有杀伤交涉之事，华官以华法治华人，抵命之外，更断偿银；西官以西法治西人，罚钱之数且从轻减，如华官稍持公论，执公法条约以争，西官即迴护故纵，并薄罚而不加，此尤事之大不平者也。……前英人额尔金奉使驻华，亦尝函致其妻云，抵华后日见英民在华地恣意横行，实出情理之外，皆因华民过于循顺，不敢抗拒，又过于愚蒙，不知控诉，以致时遭凌辱云云。不知华民纵极循顺，岂难抗拒西人，实因彼动挟全力以争，故我每曲法相就，华民之忍辱，由于畏长官，长官之曲法，由于畏朝廷也。若公使能持平识大体，不肯偏袒己民，则我民伸诉有门，又谁肯横受其辱乎？(《交涉》)

郑观应所记叙论辩的，是当年活生生的事实，今天读来，却是帝国主义封建主义压迫中国人民的血腥的历史，这是我们永远不应该忘记的。郑观应为了维护民族权益，一方面主张培养通晓国际公法的人才，无论在订约、商务、人权等问题上，都要据理力争。另一方面他也指出，“公法仍凭虚理，强者可执其法以绳人，弱者必不免隐忍受屈也。是故有国者，惟有发愤自强，方可得公法之益，倘积弱不振，虽有公法何补哉？”（《公法》）这说明郑观应只希望在适当的情况下利用“公法”尽可能多地挽回民族权益，他并不像洋务派那样迷信、依赖“公法”。维护民族权益的根本途径，就是中国振作强盛起来。

由上可知，《盛世危言》是郑观应“目击时艰”而提出的救国济世之方。他是从“商战”中历练过来的人，因此，对于西方的政治、经济、文化等有一个切近实际的总体认识，即西方的经济文化科技的进步，乃是有相应的政治体制和社会制度的保证和促成的。中国要富强，就必须仿效西方改革各种社会制度，从而推动经济和文化的发展。他对于各种问题的论述，显然不是书生之见，都有明显的针对性和倾向性，饱含爱国热情，很有说服力。他虽然引用古圣先贤的名言，强调“在上”的作用，这诚然也说明他未能摆脱传统影响，但他表达的却是要发展中国近代资本主义经济的要求，他比冯桂芬、王韬等人的认识更加明朗而清晰，从这一点看，《盛世危言》可说是中国人学西方的一个进步的标志。

马建忠（1845～1900）字眉叔，江苏丹徒（今镇江）人。他在《适可斋纪言纪行·自纪》中说明过他少年间的思想经历：“余生于道光五口互市后之第三年，甫就塾识字，则发逆陷大江南北，随家转徙凡十八迁而抵上海，方执笔学举子业，而苏松又陷，未几而又有庚申之变（按：指 1860 年英法联军攻入北京）。余乃深惟发逆蔓延半天下，而残忍嗜杀，势同流寇，仅足为目前患，独洋人以舟师于数万里外载一旅之师，北上款成，全师屯上海，民与安焉，若罔知有变故也者。而我朝士大夫被此莫大之耻，专务掩匿覆盖，以绝口不谈海外事为高，直无有深求其得失之故，以冀得一当者。然则他日彼族为祸之烈不察可知矣。于是决然舍其所学而学所谓洋务者，始求上海所译书观之，未足厌意，遂乃学其今文字与其古文词，以进求其格物致知之功与所以驯至于致治之要，穷原究委，恍然有得于心。窃尝欲上下中外之古今，贯穿驰骋，究其兴衰之所以，成一家之言，举以问世。顾有志未逮。无何，而于役津门，奔走城外，时有论说记述之作，虽亦本向所心得者以为言，然第就事论事，以承下问备省览而已。故随作随弃，不自珍惜，散佚者不知凡几。”这虽是该书出版时（1896 年）写的短文，但它是马建忠弃科举学洋务的一篇自明心迹的可贵的记载。它表明马建忠少年时代就很会思考，很早就能根据时势潮流选择自己的人生道路。他虽然仇视太平天国，对于帝国主义侵略和“我朝士大夫”的麻木僵化却表现了极大的义愤和反感。这篇短文对于该书的评价也是切实的，这虽是些“就事论事”的文章，却反映了他的“学西方”的体会，即反映了他对内政外交等问题的一些中肯的批评和建议。

马建忠少年间在西学上是下了一番功夫的。他专门学习了拉丁文、希腊文、英文、法文，还学习了西方的历史地理天算物理化学生物地质等科学，他自称对于西方“一切书籍”，大都能“贯穿融洽”，运用外语的能力“与汉文无异”（《拟设翻译院书议》)。1875 年他以郎中资格，被李鸿章推荐赴法国留学，兼任中国驻法公使郭嵩焘的翻译，对于西方的政治、经济、军事、外交、文教等事业都有进一步的考察和了解。1877 年，他参加了巴黎考试院的考试，以优异成绩获博士学位，法国学术界都为其博学多识而惊异。回国后即参与李鸿章的洋务活动，1881 年赴印度，与英国驻印总督协商鸦片进口税增加事宜，1882 年两度赴朝鲜，先是为朝鲜与英、美、德等国订立商约洽谈，六月朝鲜内乱，马氏与丁汝昌奉命诱擒朝鲜的大院君，朝鲜因此远离中国而被日本挟持。马建忠虽执行了李鸿章的卖国指令，但他是主张制止法、日等国掠夺越南和朝鲜的。由于他精通洋务，顽固派斥之为“汉奸”。由于他助李鸿章办洋务，爱国志士对他亦十分忌恨。有人称赞他是“通才”、“俊才”，有人却主张把他“立正典刑”。后期可能与当道政见不合，“摈斥家居”。他的另一名著即《马氏文通》，参考拉丁语法，从经史子集中选出例句，研究古代汉语结构规律，清史稿本传记曰：“学者皆称其精，推为古今特创之作。”1896 年，梁启超在上海与马建忠交往十多日，十分投契，他为《适可斋纪言纪行》所作的“序”中，盛赞马建忠精通西学及其救时主张，“或有宿学清流，锐意新学，然未肆西文，未履西域，未接西士，隔膜影响，如贫子说金，终无是处”。马建忠“于西学也鉴古以知今，察末以反本，因以识沿革递遭之理，通变盛强之原，以审中国受弱之所在”。“每发一论，动为数十年以前谈洋务者所不能言，每建一议，皆为数十年以后治中国者所不能易。嗟夫！使向者而用其言，宁有今日？使今日而用其言，宁有将来？”这一番评价，说明马氏思想与洋务派主张确有不同之处，而和改良主义谐调。

《适可斋纪言纪行》一书规模不大，其思想倾向首先强调“民富”而后才能“国强”，这和洋务派的“富国强兵”说是不同的。马建忠在《富民说》中指出：“治国以富强为本，而求强以致富为先”。自通商以来，“海关厘金，岁入多至二千余万两，商贾互市，岁至二万万，然户库形支绌，闾阎鲜盖藏，前后百余年间，上与下贫富情形，何若是迥异哉？”马建忠针对这个岁入增多反而日益贫困的矛盾现象指出，过去是中国人“运中国之货，以通中国之财”，故“财不外散”。自中外“通商之后，彼易我银之货岁益增，我易彼银之货岁益减，而各直省之购炮购械购船只，又有加无已。于是进口货之银，浮于出口货之银，岁不下三千万，积三十年输彼之银，奚啻亿万，宝藏未开，矿山久闭，如是银曷不罄，民曷不贫哉？”既然如此，顽固派的“禁海封关”主张是否可行呢？马建忠认为那是不可取的，因为西方各国“无不以通商致富”，其致富之由在于，“通商而出口货溢于进口者利，通商而出口货等于进口者亦利，通商而进口货溢于出口者不利。”“欲中国之富，莫若使出口货多，进口货少；出口货多，则已散之财可复聚，进口货少，则未散之财不复散。其或散而未易聚也，莫若采取矿山自有之财；采取矿山自有之财，则工役之散，不出中国。宝藏之聚，无待外求，而以权百货进出之盈虚，自无不足矣。”现在看来，这是经济学的常识问题，但在当年却是很少人了解的一个安邦定国的大道理。它不但解释了岁入增多反而贫困日重的矛盾现象，而且为扭转危局提出了切实的办法。

为了富国裕民，马建忠对于当时实行的有利外商压制华商的税收政策提出了合理的改革主张：“谚曰，百里外不贩樵，千里外不贩籴。是苦于货泉之滞销也。言利之臣又从而税之，以为多设一卡即多一利源，不知税愈繁而民愈困，而国愈贫矣。盖财之于国犹血之在身，血不流行则身病，财不流行则国病。”（《铁道论》）当英商要求免除厘卡时，马建忠当即向李鸿章建议，增加进口税以抵销厘卡，进而苏全国商民之困：

中国幅员最大，居温凉之道，而百物悉生，得地脉之精，而五金悉备于我，无所乏，自于人无所求，但宜通商以收各国之利权。……欧洲各国垂涎已久，寻端犯顺，构兵恫喝，乘我未及深悉洋情，逼我猝定税则，各种货物除鸦片外，无所轩轾，正子两税，不过值百抽七有半之数。咸丰八年所定条款，虽在英、法二国定税之先，然为时未几。咸丰十年，英、法之税则，已为欧洲各国轻税之嚆矢，尚有远过于中国者，则当时英、法与中国立约，岂非欺我不知，以与我争利，且又续许各口运行土货，止纳半税，并无旗号、口岸、外捐名目，是利源尽为所夺矣。数十年吸中国之膏血，官商贫富，无不仰屋而嗟。今何幸而中国渐悉外洋情势，且又设立招商局分其利，由此推广而机器、织布、开煤、炼铁，渐可收回利权，以为富强张本，乃洋商入内地执半税之运照，连樯满载，卡闸悉予放行，而华商候关卡之稽查，倒箧翻箱，负累不堪言状，与我朝轸恤商民之至意，大相刺谬。律以西国勒抑外商庇护己商之理，又不啻倒行逆施矣。兹乘其欲免厘金，许我加税之机，仿照各国通商章程，择其可加者加之，以与厘捐相抵，然后将厘卡尽行裁撤，省国家之经费，裕我库储，便商贾之往来，苏其隐困，皆幸赖有此修约之机也。

（《论洋货入内地免厘》）

马建忠还对照国际商约，对中国进出口货进行了分析，提出了一些保护华商的措施。对于内地土货的贩运，他主张华商“概不收捐，以示鼓舞”，对外商则加“口岸程号之捐”。他希望当道“坚持定见，不惑浮言，庶可革作法自敝之非，免局外旁观之诮。”显然，这些建议不但符合国际惯例，且有利于中国商民和维护中国权益。可惜当权者怕触犯外人利益而引起边衅，因而未加采纳。这也是梁启超为之惋惜的原因之一。

马建忠对于洋务派的“师夷”以及王韬、郑观应等人所赞赏的西方议会制，也提出了另一种批评，说明他对西方的了解要更深入一些。他在《上李伯相言出洋工课书》中写道：

……窃念忠此次来欧，一载有余，初到之时，以为欧洲各国富强专在制造之精，兵纪之严，及披其律例，考其文事，而知其讲富者以护商会为本，求强者以得民心为要，护商会而赋税可加，则盖藏自足，得民心则忠爱倍切，而敌忾可期。他如学校建而智士日多，议院立而下情可达，其制造军旅水师诸大端，皆其末焉者也。于是以为各国之政，尽善尽美矣，及入政治院听讲，又与其士大夫反复质证，而后知尽信书则不如无书之论，为不谬也。

英之有君主，又有上下议院。似乎政皆出此矣，不知君主徒事签押，上下议院，徒托空谈，而政柄操之首相，与二三枢密大臣，遇有难事，则以议院为借口。美之监国，由民自举，似乎公而无私矣，乃每逢选举之时，贿赂公行，更一监国，则更一番人物，凡所官者，皆其党羽，欲望其治得乎？法为民主之国，似乎入官者，不由世族矣，不知互为朋比，除智能杰出之士，如点耶诸君，苟非族类，而欲得一优差，补一美缺，戛戛乎其难之，诸如此类，不胜枚举。

在这里，马建忠把洋务派兴办的“制造、军旅、水师诸大端”要政，全都认为不是“富国”的根本之图，而“护商”“得民心”才是富国裕民的基础，这是对于洋务派一个很尖锐的否定性的批评。他对于议会制种种毛病的揭露，也和郑观应等人的看法不一样。有人认为这是马建忠反封建不坚决的反映。他在上述书信中还申述了他的一种设想："忠自维于各国政事，虽未能窥其底蕴，而已得其梗概，思汇为一编，名曰闻政，取其不徒得之口诵，兼资耳闻以为进益也。西人以利为先，首曰开财源，二曰厚民生，三曰裕国用，四曰端吏治，五曰广言路，六曰严考试，七曰讲军政，而终之以联邦交焉。现已稍有所集，但自恨少无所学，涉猎不广，每有辞不达意之苦，然忠惟自录其所闻，以上不负中堂栽培之意，下不忘西学根本之论，敢云立说也哉?"遗憾的是，马建忠并没有把这部"闻政"编写出来，但从其开列的题目看，他眼中的"西学根本之论"，和洋务派、顽固派的主张显然是不一样的，也许这就是马建忠改革当时中国社会制度的一种构想，梁启超称赞马建忠的思想主张有"数十年不能易"的价值，可能就包含了这个构想。总之，马建忠的文章都是政治经济谈，由于作者见闻广博，他的文章也就言之有物，有的放矢，且持论与众不同，每有新意，文笔亦细密流畅，因此广为时人重视。

和郑观应、马建忠相似的，还有其他一些政论作者。比如，何启（生卒年不详）、胡礼垣（1847～1916）的《新政真诠》，和郑观应的《盛世危言》的倾向就很相近，他们要求发展私营工商业，实行议会制。何启原是广东南海人，留学英国，后在香港做律师兼医生，以中国绅商资格任香港议政局员十年。他是香港大学发起者之一，1895 年助孙中山广州起义，义和团事变中，他奉英港督之命，劝李鸿章和孙中山联合起来成立独立政府，因不谐未成。后清政府请他回国开办铁路、银行等实业，因与洋务派不和，辞归香港。他比胡礼垣年长，以英文写成政论后，由胡礼垣阐释译成中文。胡礼垣广东三水人，出生于买办之家，在香港长大，毕业于"皇仁书院"。他虽未事科考，却熟悉中国经史，创办过粤报。他们两人在 1887～1990 年间先后写了一些主张改革的政论：《曾论书后》（1887）、《新政论议》（1894）、《新政始基》、《康说书后》（1898）、《新政安行》（戊戌政变后）、《新政变通》、《劝学篇书后》（1899），此外还有《前总序》（1899）、《后总序》（1900），后汇编成《新政真诠》一书。1887 年曾纪泽用英文发表了《中国先睡后醒论》，宣称中国海军已足可自强，"治国者必先使外侮既绝方可内修国政"，开矿办铁路等富国利民之事，正如"治家者"待屋宇完固后再"条理家规"。何、胡的《曾论书后》即对此反驳，认为当时中国的重要问题是官民对立，洋务派的"富国强兵"说是

“剥民”政策，“国之根本在于民，而民之身家托于官。官不保民，而民危矣。官反害民，而民愈危矣。”“豺狼之噬人也犹有饱时，而官府之私橐无时可饱也；盗之劫人也犹有法治，而官府之剥民无法可治也。”“根本浮动，国何以安?”他们揭露洋务派“官督商办”发展实业的方针，是扼杀私营工商业发展的“仇民”政策，“以仇民之计为误国之谋，以假公之名为济私之实”；官员“于理财之事百计经营”，“独于爱民一节置若罔闻”（《新政始基》）。张之洞在《劝学篇》中声称“保圣教”为第一要义，“民权之说无一益而有百害”，“使民权之说一倡，愚民必喜，乱民必作，纲纪不行，大乱四起。”何、胡在《正权篇辩》中指出，“天下之权唯民是主”，“苟无民，何有国？苟无国，何有君？苟无议院，何有朝廷？是故庶民者，国君之所先也；议院者，朝廷之所重也。”“民权之复，首在设议院，立议员”。“议院者，合人人之权以为一国之用也。”这些议论，较之郑观应的似乎还要激烈些。

陈炽是从统治阶级内部分化出来的维新人物，这和冯桂芬、马建忠很有些近似。他的《庸书》（约在1890年前撰成）及《续富国策》中的一些主张，却和郑观应、何启等人的思想很相近。赵炳麟在为他作的小传中说：“陈君名炽，字次亮，江西人也。以孝廉为户部郎，久植枢垣，留心天下利病，深研经济学，尝以学问之道，非游历多，见闻广，不足济大艰，任大事，兴革大利弊。乃仗剑游海疆，足迹满天下，归著《庸书》内外百篇，言综名实，故以名实篇托首……甲午以后，士大夫鉴辽东之战，稍稍谈振作，农部慨然曰，‘京师者，天下之首善也，移风易俗，必自根本起。’乃与文和江标、南皮张权、江右陈三立、文廷式、熊亦奇等数十人，立强学会于京中，购书籍，备仪器，将在研实学而开风气，寻为御史杨崇伊所劾，得旨封锢，翁常熟相国密奏曰：‘教育人才，自强之本，未可阻遏，使天下寒心。’而御史胡孚辰亦以书局有益人才，请诏总署议行，乃改强学会为官书局；京师之有官书局，此其起点也。炽又以各国之强，皆原于富，著富国策，于物产、制造、商务，言之娓娓，后以世变日亟，郁郁不得志，酒前灯下，往往高歌痛哭，若痴若狂，归江西数年卒。”（见《柏岩文存》卷三）陈炽对于当时反对改革的顽固派和洋务派都进行了尖锐的揭露：“今之矫矫然自命正人者（按即顽固派），大抵掇拾补苴，敷衍粉饰，毛举细故，网落吞舟，及事变既来，辱国辱身，茫然无所措手足。有能兴利去弊、后乐先忧、默契天心、修明祖制、以实不以文、不师其迹而师其意者乎？无有也。其号为通洋务者，又以巽弱为能，以周密为度，以张皇退葸为功，言交涉则讲求于语言文字交际晋接之间，屈己伸人，以苟求无事，言海防则鳃鳃然敝精竭财于利炮坚台鱼雷铁舰之属，岁掷帑千万以苟且侥幸于一时，弃其精英而取其糟粕，遗其大体而袭其皮毛……举世民穷财尽，风敝俗偷，深患隐忧，盲然未知其所终极。”(《庸书·自序》) 在政治体制上，他是主张实行西方议会制的。“泰西议院之法，本古人悬貂建铎，闾师党正之遗意，合君民为一体，通上下为一心，即孟子所称庶人在官者，英美各邦所以疆兵富国纵横四海之根源也。”(《议院》) 此外，他对于兴办学校、学习西方科技、改革法律税制、保护商务等方面都有所论述。他的《续富国策》是受了英人极论商务致富原理的《富国策》的启发而写成的，为发展中国私营工商业而提供理论根据，和郑观应、何启等人的主张相近。陈炽虽然强烈主张改革，但他究竟是没到过西方的书生，其论确有梁启超所说的“贫子说金”之嫌。他的文章也显得词句老旧，远不如马建忠、何启等人的文章那样流畅朴实。然而，他是从上层统治阶级中分化出来的改良人物，他的出现显然说明了这种新的思想潮流已经由微而渐，要形成风涛巨浪了。

第二章
改良主义运动时期的散文

第一节　康有为的改良主义和政论

康有为（1858～1927）字广厦，号长素，又名祖诒，是近代史上著名的学问家、教育家，是向西方追求真理的先进人物之一，是维新运动的领袖，后期却成了保皇党的头目。这种政治上的逆变，在近代史上很有代表性。康有为的改良主义思想是在帝国主义加紧入侵的环境里，经过长期艰苦探索之后才形成的。1884 年，法军进犯基隆和福建马尾军港，摧毁我马尾船厂及军舰七艘，清政府被迫宣战，冯子材军于次年春间破法军于镇南关，又克谅山。结果是法军不胜而胜，中国不败而败被迫订约。其他列强以此效尤，力图在中国夺取更多的利益。十年后，中日甲午战起，北洋海军被毁，清政府被迫订立马关条约，丧权辱国，朝野震动。这十年，也正是康有为展开思想探索的十年。他在《康南海自编年谱》（下称“康谱”）中记其二十七岁（1884）时的思想状况时说：“合经、子之奥言，探儒、佛之微旨，参中西之新理，穷天人之迹变”，“日日以救世为心，刻刻以救世为事，舍身命而为之”。经过艰苦探索，他成了近代今文经学研究和改良主义思潮的集大成者。他敏感于列强蚕食瓜分中国的野心，连连上书，疾呼变法，屡遭挫折，仍不气馁，后来便成为戊戌变法的倡导者和规划者，“繄百日之施设，实宏远而周详。强邻动色以相告，民气蹈厉而发皇。天不厌乱，变在萧墙。牝鸡跛扈，应龙摧藏。”（梁启超，

《公祭南海康先生文》）政变后，康有为被迫流亡国外十六年，周游四大洲，眷怀故土，尤不忘光绪帝知遇之恩，坚信君主立宪有益于中国，因此以保皇保教为救国旗帜，奔走呼号，这就和后起的资产阶级革命派形成了对抗。1908 年，光绪帝、西太后先后死去，革命派经过艰苦奋斗，一举推翻了帝制，实现了共和。“曾坠日之不可挽，指虞渊而茫茫”（同上），康有为对此显然是伤心失望的。他于 1913 年回国，对袁世凯尤不推服，于是提倡孔教，以维护世道人心，这就为复辟帝制造了舆论。他在“倒袁”斗争中虽很坚决，却在“洪宪帝制”破产后，又和张勋一起搞了一场复辟清室的丑剧。“复辟之役，世多以此为师诟病，虽我小子，亦不敢曲从而漫应”（同上）。从此以后，他被历史潮流远远地抛在后边了。

康有为由先进转向守旧，和他的家境及思想经历显然有关。他出身于广东南海西樵山麓银圹乡一个“十三世为士”的封建家庭，其族亲所建园林及澹如楼、二万卷藏书楼，闻名遐迩。其父康达初因镇压太平军有功授知县，不幸体弱早逝。其母劳莲枝出身旺族，中年失偶，艰苦备尝，有为十分孝敬她。祖父康赞修，道光举人，曾任连州教谕，人称连州公，有为自小即在其指导下受封建正统教育。有为自小聪敏，却讨厌制艺，几经科考不中。十九岁，投师于九江礼山草堂朱次琦门下。九江学宗程朱，间取陆、王，强调经世致用，操守严正，轻弃功名。有为在其门下三年，自称得学问归宿。因不喜韩愈文，与师持论相左。由此怀疑“考据家著书满家究复何用”？因而绝学捐书，潜心佛道，悬想救世及安身立命之道，浪游西樵山中，无意中见到了来游的翰林院编修张鼎华，结成忘年交，因此得知京中风气，及时下新书。此后，他汇通陆、王心学和佛学，思考救世之道，又力攻经史，究心历代掌故，考索其变迁得失之迹，旁及考据、辞章之学。后来办学授徒，多以此为据（参见梁启超的《康有为传》，下称“梁氏康传”）。1880 年（23 岁），治公羊学，“著何氏纠缪，专攻何劭公者，既而自悟其非，焚去。”（“康谱”）这一攻一退，说明他对今文经学认识深入了。自游香港（1879）、上海（1882）后，“见西人殖民政治之完整，属地如此，本国更进可知。因思其所以致此者，必有道德学问以为本原，乃悉购江南制造局及西教会所译出各书尽读之”，其时西书“皆初级”，且无“政治哲学”，但他能“因小以知大”，其“学力”也因此“别开一境界”（“梁氏康传”）。这说明年轻的康有为的见识，远比只取西方的“坚船利炮”的洋务派高明。他受西学影响后的一个惊人之举，即不给长女裹足，并在乡里发起不裹足会。有为对西学中的数学及天文尤感兴趣。因长期研究几何学受启发，于 1887 年（29 岁）编成《人类公理》一书，这是其“大同”理想初步定型之作。又因研读哥白尼等人学说而草成《诸天讲》一书，意在使同胞“发聋振聩”，“自知为天上人”，“其他占验，尤巨谬不足辨。”（《诸天讲自序》）康有为自认为三十岁贯通了“道术”，这年五月赴京乡试，“是时学有所得，超然物表，而游于人中，倜傥自喜。”（“康谱”）他护理张鼎华至殁，并营其丧。八月谒明陵，登长城，九月乡试不中，并不在怀，仍游西山。“时讲求中外事已久，登高极望，辄有山河人民之感。计自马江败后，国势日蹙，中国发愤，只有此数年闲暇，及时变法，犹可支持，过此不治，后欲为之，外患日逼，势无及矣。”（“康谱”）因此，他写信给军机大臣潘祖荫、帝师翁同龢、大学士徐桐，声言变法刻不容缓，并责备他们一番，在官场中传为笑谈。十二月“发愤上万言书”（即《上清帝第一书》），声言清朝正处在内忧外患一触即发险势之中，因而要求“变成法，通下情，慎左右”，因刺中了官僚统治的弊病，康有为更受到嘲笑和诽谤。后来梁启超在《戊戌政变纪》中记曰：“光绪十四年，康有为以布衣伏阙上书，极陈外国相逼，中国危险之状，并发俄人蚕食东方之阴谋，称道日本变法致强之故事，请厘革积弊，修明内政，取法泰西，实行改革，当时举京师之人，咸以为病狂，大臣阻格，不为代达。”即使如此，“上书”被广为传抄，引起许多人思考。翰林院编修黄绍箕、刑部郎中沈曾植、都察院御史屠守仁等对康有为是理解支持的。沈曾植劝康有为以后莫谈国事，以金石书法自遣。康有为虽不赞同，但在无聊中还是开展书法研究，后辑成《广艺舟双楫》一书。他和屠守仁过从甚密，代其草拟《钱币疏》等奏稿，并借机一再申述变法主张。1889 年 1 月 16 日太和门失火，屠守仁自火场下来，即请康草拟《门灾告警请行实政而答天戒折》，提出四议，一停修颐和园，二请光绪亲政，三宰相（孙毓汶）宜以灾异自贬，四寺宦（李莲英）勿干政。此折触怒西太后，将屠“革职永不叙用”。屠被逐无怨色，有为不平，为之奔走，竟无人敢作后援。他由此看出了官场腐败，“知其待亡，决然舍归”，“以教授著书终焉”（“康谱”）。直到这年年底，他才回到广东。

康有为贯通“道术”的一个关键问题，即如何从古文经学转向今文经学的，“康谱”对此避而不谈。梁启超在《清代学术概论》中却说，“有为早年酷好周礼，尝贯穴之著政学通议，后见廖平所著书，乃尽弃其旧说”。汤志钧在《戊戌变法史》中就此作了详尽的考证论述，康、廖初晤，当在 1889 年年底或次年年初的广州，有为的变法理论性著作《新学伪经考》、《孔子改制考》恰成于其初晤之后。又廖氏的《古今学考》成于1886年，两年后将其分为《知圣篇》（述今学）、《辟刘篇》（述古学），其中斥刘歆作伪，讲孔子素王改制，与康论近同而早出。有为对于今文中的“三统”“三世”说的阐释，也显然受了廖论启发。汤著言之有据。“康谱”对此讳莫如深，或许是为了标榜自己在学术上无师自通，没有“依傍”“剿袭”。

1891年到1898年间，有为除科考交游外，大体上都在广州和桂林讲学，并从事著述。其办学目的就是培养维新变法的人才。《长兴学记》、《桂学问答》、《万木草堂口说》反映了他的教育思想，也是其改良主义中的一个重要组成部分。“夫勉强为学，务在逆乎常纬，顺人之常。”（《长兴学记》）这是说努力学习的人，要反对流俗积习（即“常纬”），发展个性。流俗积习是千百万人长年形成的，“欲矫然易之，非至逆安能哉？故其逆弥甚者，其学愈至，其远于人愈甚，故所贵勉强行道也。”（同上）“逆乎常纬”在学术上的深层含义，就是反对高踞庙堂之上的宋明理学和古文经学，从而说明以今文经学为根据的变法改良是合理的。康有为招收学生也不同于一般，不以门第、年龄、学历为限，首先淘汰的是那些“惟利禄之是慕”、“惟帖括之是学”的庸才，“先生初接见一学者，必以严重迅厉之语，大棒大喝，打破其顽旧卑劣之根性，以故学者或不能受，一见便引退，其能受者，终身奉之，不变塞焉。先生之多得得力弟子，盖在于是。”（“梁氏康传”）“志于道，据于德，依于仁”（《长兴学记》）是其德育要求，即要求学生通达世务、严格操守之外，还要有为事业奋斗的决心，智育则包括义理之学、考据之学，经世之学、文字之学，此外还有体育和游历。学生每日读书必作札记，逢三、八日作文，教师批阅后互相传观。为了调动学生学习主动性，让学识高强者当学长，组织学生自学，倡导辩难讨论，还发动学生参与编书。总之，他很注重学生的“个人精神”和“世界观”。《长兴学记》还指出，“顾亭林鉴晚明讲学之弊，乃曰，今日只当著书，不当讲学。”二百多年来以此为戒，“故国朝读书之博，风俗之坏，亭林为功之首，亦罪之魁也。”康有为显然认为，讲学就是一种反流俗的活动，通过讲学，可以以文会友，以友辅仁，磨砺士气，梁启超对此是深有体会的，“先生又以为凡讲学莫要于合群，盖以得智识交换之功，而养团体亲爱之习，自近世严禁结社，而士气大衰，国之日孱，病源在此，故务欲破此锢习。”从万木草堂讲学到后来开办各种学会，康有为的用意都在于“破数百年之网罗”，“开后此之途径”（“梁氏康传”）。梁启超对其师的讲学及效果有一个生动的概括："先生以为欲任天下之事，开中国之新世界，莫亟于教育，乃归讲学于粤城，……教授弟子，以孔学、佛学、宋明学为体，以史学西学为用，其教旨专在激励气节，发扬精神，广求智慧。中国数千年无学校，至长兴学舍，虽其组织之完备，万不达泰西之一。而其精神，则未多让之……。每论一学，论一事，必上下古今，以究其沿革得失。又引欧美以比较证明之，又出其理想之所穷及，悬一至善之格，以进退古今中外，盖使学者理想之自由，日以发达，而别择之智识，亦从生焉……后又讲学于桂林，其宗旨方法，一如长兴。""先生能为大政治家与否，吾不敢知。虽然，其为大教育家，则昭昭明甚也。"（同上）由此可知，康有为的教育思想值得重视，讨论其改良主义而忽略这一点，显然不全面。

在广州讲学期间，康有为写了不少论著，就中《新学伪经考》（1891年脱稿刻成）、《孔子改制考》（1896年脱稿、次年刻成）两书，是从今文经学出发为其改良主义提供理论根据的著作。《新学伪经考》的基本思路是，《史记》并未提到过河间献王、鲁恭王"开壁""献书"之事，后起的《汉书》才论及此事。著者因此遍考秦汉之书，认定"始作伪，乱圣制者，自刘歆，布行伪经，篡孔统者，成于郑玄"。两千多年来，"咸奉伪经为圣法，诵读尊信，奉持施行，违者以非圣无法论，亦无一人敢违者，亦无一人敢疑者。"结果是孔子改制之法被埋没，"六经颠倒，乱于非种"。康有为明确表示，"刘歆之伪不黜，孔子之道不著"，"不量棉薄，摧廓伪说，犁庭扫穴，魑魅奔逸……冀以起亡经，翼圣制，其于孔氏之道，庶几御侮云尔。"他还指出，由于刘歆"饰经佐篡"，"后世汉宋之争，门户水火"，其实是毫无意义的。因为"后世所指目为'汉学'者，皆贾（逵）、马（融）、许（慎）、郑（玄）之学，乃新学，非汉学也。即宋人所遵述之经，乃多伪经，非孔子之经也。新学之名立，学者皆可进而求之孔子，汉、宋二家退而自讼，当自咎其夙昔之昧妄，无为谬讼者矣。"（《新学伪经考序》）据其所论，不但把所谓的"古文经"否定了，还把千多年来经学研究的历史全否定了，尤其是把乾嘉学派的研究成果全推翻了。显然，这是打着今文学的旗号，用"辨伪"的手段，维护所谓正统孔学，否定历来奉为神圣的传统经典，其现实的倾向性或针对性，就是向维护祖宗陈法的守旧思想提出了大胆的挑战。梁启超在《清代学术概论》中称此书在学术界如一场"飓风"，震荡力非同小可，因而引起了旧派人物的强烈反对。御史安维俊在《请毁禁新学伪经考片》中尖锐地指出，"伏思孔子之圣，为生民所未有，六经如日月经天，江河行地，自汉儒表章，宋儒注释，而经学愈以昌明；我朝圣圣相承，重道尊经，列之学官，垂为功令，一时名臣硕辅，耆学巨儒，无不讲明而切究之。……近似康祖诒，乃逞其狂吠，僭号长素，且力翻成案，以痛诋前人，似此荒谬绝伦，诚圣人之蟊贼，古今之巨蠹也。……今康祖诒之非圣无法，惑世诬民，较之华士、少正卯，有其过之无不及也。如此人者，岂可容于圣明之世。”（《翼教丛编》卷二）若在雍、乾之世，康有为显然会因此被杀头的。好在这时文禁已弛，又因梁启超在京中奔走，康有为只得到“奉旨毁版”的处分。据记载，该书四被毁版，可见引起了旧派极大的恐慌，这也从反面说明了康有为的成功。

《孔子改制考》更是一部逆违之作，全书二十一卷，即二十一个专题，每题广泛征引史料，然后用按语稍加评点，以申述著者的看法，把通常认为的“述而不作”、“信而好古”的孔子，改扮成一个制作“六经”，托古改制，提倡民权、选举的“素王”。现以该书中华书局 1958 年版为据作些引述，以资参考：“合比考之，三代文明，皆藉孔子发扬之，实则茫昧。”（第六页）“同是尧舜，而孔、墨称道不同……不能定尧舜之真，则诸子皆托以立教，可无疑矣。”（第四十九页）“孔子为制法之王，所谓素王也。”（第一九六页）“自刘歆以左氏破公羊，以古文伪传记攻今学之口说，以周公易孔子，以述易作”，孔子遂被埋没，“夫王者之正名出于孔氏，何谓之王？一画贯三才谓之王，天下归往谓之王。天下不归往，民皆散而去之，谓之匹夫。以势力把持其民谓之霸，残贼民者谓之民贼。夫王不王，专视民之聚散向背名之，非谓其黄屋左纛，威权无上也。”中国经历二十余朝，四万万人“归往孔子”，而不归向嬴政、杨广，这可见“孔子有归往之实，即有王之实，有王之实而有王之名，乃其固然。”（第一九五页）孔子“布衣改制，事大骇人，故不如与之先王，既不惊人，自可避祸。”（第二六七页）“孔子之作春秋，托新王以改制，而其于世事，则欲人之法先王，岂不自相刺谬？不知改制者，孔子之隐志；法先王者，春秋之托词。”（第二七〇页）“孔子受天命，改乱制，通三统，法后王，托古改制之义，此条最为显碻，可无疑矣。”（第二六八页）“孔子拨乱升平，托文王以行君主之仁政，尤注意太平，托尧舜以行民主之太平。”（第二八四页）“尧舜为民主，为太平世，为人道之至，儒者举以为极者也。”（第二八三页）“孔子之道，务民义为先，亲贤为大，尧舜之道也。”（第二九四页）“世卿之制，自古为然，盖由封建来者也。孔子患列侯之争，封建可削，世卿安得不讥。读王制选士、造士、俊士之法，则世卿之制为孔子所削，而选举之制为孔子所创，昭昭然矣。选举者，孔子之制也。”（第二三八页）“吏道是周秦以来任官之旧，仕学院中人也。儒是以教任职，如外国教士之入议院者。”梁启超在《清代学术概论》中称此书在学术界有如“火山大喷火”、“大地震”的震荡作用。所谓孔子改制，有“一种政治革命社会改进的意味。故喜言‘通三统’，‘三统’者，谓夏商周三代不同，当随时因革也；喜言‘张三世’，‘三世’者，谓据乱世升平世太平世，愈改而愈进也。有为政治上‘变法维新’之主张，实本于此。”这是对于《孔子改制考》的政治含意一个扼要的概括。显然，康有为把孔子布衣改制合理化合法化，也就为他的改良主义提供了合理合法的保证。“百日维新”期间，他将此书进呈光绪帝，并写了《请尊孔圣为国教立教部教会以孔子纪年而废淫祀折》，请“皇上乙夜览观，知大圣之改制，审通变之宜民，所以训谕国人，尊崇教主，必在是矣”。这更清楚地反映了康有为著述的意图。旧派对该书是诋毁的，尤其反对其中的“民权”、“平等”等违反封建秩序的资产阶级社会思想，“人人平等，权权平等，是无尊卑亲疏也。无尊卑，是无君也；无亲疏，是无父也。”他们认为康有为是在玩弄“影射西书，潜移圣教”的把戏（分见《翼教丛编》的《驳南学分会章程条议》、《读西学书法书后》两文）。这是维护孔教的人们不可容忍的。正是在这种压力下，连支持改革的陈宝箴，也请求销毁此书。

如果说《新学伪经考》、《孔子改制考》是康有为改良主义的理论根据，那么，他凭藉今文学的“三世”说，儒家的仁学、佛教的善度众生、慈悲平等说以及西学中的各种思潮所构成的大同社会理想，就为改良运动提供了一个美妙的奋斗目标。《大同书》成于 1902 年，显然加入了康有为游历西方后的观感和认识，但其框架似乎早在 1884 年就已成型（见前）。他在广州和桂林讲学时，就曾向一些学生渗透过这个构想的内容，陈千秋、梁启超、谭嗣同等人就曾被这个理想社会鼓舞激动过。现在我们看到的《大同书》共分二十部：甲部入世界观众苦，乙部去国界合大地，丙部去级界平民族，丁部去种界同人类，戊部去形界保独立，己部去家界为天地，庚部去产界公生业，辛部去乱界治太平，壬部去类界爱众生，癸部去苦界至极乐。康有为以“立法创教”的态度说，“吾既生乱世，目击苦道，而思有以救之，昧昧我思，其推行大同太平之道哉！”他列举的“苦道”有“人生之苦”（如投胎夭折等七种）、“天灾之苦”（如水旱虫荒等八种）、“人道之苦”（如鳏寡孤独等五种）、“人治之苦”（如刑狱苛税等五种）、“人情之苦”（如愚蠢仇怨等八种）、“人所尊尚之苦”（富贵老寿神仙帝王亦各有其苦）。在其超阶级的解脱众生之苦的论述中，康有为事实上也无法摆脱现实的阶级对立状况的影响，人生之初，“一为王子之胎”，则终生富贵；“一堕奴身，永无升拔，无涯之苦，已自胎生。”康有为虽谎称中国自秦汉扫除贵族之后就不存在阶级，但他仍不能掩饰地说：“人道之所以极苦，人治之所以难成，皆阶级之为之也。”《大同书》相当清醒地揭示了农民、樵夫、渔民、矿工、船工、水手、妇女等芸芸众生在封建压迫下，辗转于贫穷困苦之中。该书对于人生种种苦道的揭露，是以全社会人群代表的资格对于不合理社会提出的抗议，这种揭露越广泛越深入，对于未来社会的设想就显得越加合理动人，这种设想，正如列宁在《两种乌托邦》一文中所指出的，正是在“反对旧制度”的斗争中没有取得“独立地位”的某些阶级的“不独立和软弱性产生”的“幻想”。《大同书》诚然有不能和封建传统彻底决裂的弱点，但它却反映了作者的才识和远见。康有为当年是站在历史的高度，“参中西之新理”，才编织了这个空想的社会主义社会，既用理性的光芒照见了东方古国黑暗的历史和现实，又用理性的光芒坦率地展示了人们追求美好的人生境地。这个设想不但比前人的一切桃花源式的幻想都来得具体丰富，还比《天朝田亩制度》式的幻想更加合理生动，它在近代思想史上显然是奇峰独秀的。

《大同书》较之《天朝田亩制度》之所以会是更进一步的乌托邦设想，原因在于康有为把这个虚构的大厦安放在一个物质文明、精神文明高度发达的公有制基础之上。大同世界是由据乱世升平世进化而成的，那时候没有帝王、君长、统领，全地球只有一个公政府，由民选的议员执政，议员罢还后仍为民。人人皆世界公民，没有贵贱之分，一律平等。那时候没有国界、私产和家庭。男女好合，订约定期。过期各自走开，所产后代，由公政府培养教育直至成为专业人才，这样的人德智体无大差异，也就是没有家庭观念的天下为公的人。大同之道就是人生“去苦求乐之道”，那时人们的衣、食、住、行、求知、保健、游历等欲望，都能得到高水平的满足。“太平之世，人性既善，才明过人，惟相与鼓舞踊跃于仁智之事；新法日出，公施日多，仁心日厚，知识日莹，全世界人共至于仁寿极乐善慧无边之境而已，非乱世之人所能测已。”“太平之世无所尊高，所尊高者工人创新器而已；太平之世无所苦，所为工者乐而已矣。”那时“机器日新，足以代人之劳”，每天工作三、四时或一、二时，“此外皆游乐读书之时”。由于“养生日精，服食日妙”，因而“人寿日长”，“长生之论，神仙之学大盛”。怎样才能进入大同世界呢？答曰，“欲至太平独立性善之美，惟有去国而已，去家而已。”怎样才能去家界、去私产、去国界呢？答曰，“在明男女平等各有独立之权始，此天予之人权也。”显然，这是一剂不对症的药方，在把复杂的事物简单化了的同时，还把人权平等原则的作用估计过高了。正是在这一点上，毛泽东尖锐而正确地批评了康有为没有“找到一条到达大同的路”（《论人民民主专政》）。然而，康有为在构想时，还预见了大同社会的危机，这对于后人是有启发作用的。他说，大同之世“绝无竞争”，而“不争则将苟且而退化”，“夫退化则为世界莫大之害，人将复愚。人既愚矣，则制作皆败而大祸随之，大同不久而复归于乱，此不可不预防也。若导人以争，又虑种于性根而争祸将出，二者交病。”为此，他提出了补偏救弊的两面之法，一方面提倡“竞美”（改进各业生产和公益事业）、“奖智”（鼓励发明创造）、“奖仁”（设奖仁院鼓励人们多做慈善公益事业）；另一方面则实行厉禁，一禁懒惰（严重者罚做苦工），二禁独尊（凡“有欲为帝王君长者”，公认其为“大逆之道第一恶罪”），三禁竞争（反对私其身私其家的竞争，而提倡“视人如己”的竞仁竞智的活动）。康有为对于大同社会危机的预见及其提出的救弊的措施，完全是凭理性推导出来的，是一种天才的猜测，说明他有很强的哲学思辨力。整部《大同书》也可说都是哲学思辨的产物，他是力求其体系完整周密的，事实上却有许多矛盾。比如，他构想了大同社会而不准备施行，又不能提出现实的通向大同的路，这就使其构想全都成了空中楼阁。又比如，他主张大同社会要消灭“家界”，却又说父母爱子女是人之天性，“不爱不私则人类绝，极爱极私则人类昌”。据此推论，消灭“家界”岂不违反人类天性，有害于人类么？又比如，大同之世“无讼”“无刑措”，这又怎样实行“厉禁”，防止“太平之世复归于乱”呢？诸如此类，不胜枚举。应该承认，这些矛盾也许不是康有为的思辨力不强造成的，而是当时的历史条件决定了他不能超现实的严密思考。即使如此，康有为对大同社会的构想，客观上反映了中国人民对于封建主义的厌恶和憎恨，对于科学、民主、独立、自由、平等、和平的幸福生活的向往，这就是这个空想社会主义的思想价值。

梁启超在《康有为传》中称乃师是一位天赋独厚的哲学家，独立思辨力很强，其见解“往往与泰西诸哲相暗合。”包含在《新学伪经考》、《孔子改制考》、《大同书》等著中的哲学观点诚然有许多唯心论，就其倾向性而言，梁启超认为有四大特点：以儒家的“仁”为宗旨的博爱派哲学，以普度众生、去苦求乐的主乐派哲学，以公羊三世说推阐而成的历史进化派哲学，借古人大同理想演绎而成的空想社会主义的哲学。这个概括虽很粗疏，却画出了康有为哲学思想的基本特征。

康有为关于中国政治、经济、军事、文化、教育等方面的具体改革的主张，集中反映在他对光绪皇帝的上书和奏稿中，这就是他的政论文章。康有为对散文也有其独自的评价和看法。他批评韩愈“浪有大名”，其文不过“工于抑扬渲浩，但能言耳，于道无与，即‘原道’亦极浅薄。”他还认为“宋、明、国朝文章大家”之作，“探其实际，皆空疏无有。窃谓言道当如庄、荀，言治当如管、韩。”（“康谱”）这是他二十一岁时和朱九江论文时所申述的看法，虽然有些少年意气的成分，但说明他很注重文章的内容（“道术”）和逻辑性。后来他给学生讲“文章源流”时，仍持上述见解，首先强调“学者当以义理心性气节为本，故《论语》谓‘余力学文’。”“文家全在能悟。”“唐以前之文，简腴厚曲，唐以后之文，长枯薄直。”“学散文者”“学周、秦、汉”之文即可（《万木草堂口说》）。他的政论似乎实践了他的上述主张，内容充实，论辩性很强。他的文章也许涉及的社会问题太多，论述中既要纵贯古今，又要旁通中外，这就使得篇幅增长，因而“简腴”不足，“长直”却有余。

1895年春，康有为入京会试，其朝考卷《变则通通则久》、《汰冗兵疏》以及《殿试策》等，都是以变法改制、裁汰冗员、选拔新进人才以达到变法自强目的而展开论述的文章，五月三日发榜，康中第五名进士，经殿试降为二甲四十六名，授工部主事。正当举子们等待发榜时，李鸿章与伊藤博文在日本下关签订了可耻的《马关条约》，中国割让辽东半岛、台湾、澎湖列岛，并赔款两亿两的电报于4月15日传到北京，立即引起举国震惊，京城市民掀起了抗议浪潮，举人们的反应尤其强烈，各省举人联合上书，都察院门前“衣冠塞途”，台籍举人更是悲愤填膺，“垂泣请命”，反对割让台湾。康有为见群情激愤，发起联合十八省举人上书，他被推为秉笔，用了两天一夜工夫写成了一万八千余字的著名的《公车上书》，这也是他的第二次上书。它反映了千百万爱国者救亡图存、振兴中华的决心，也是爱国知识分子冲破“士人干政”禁令的创举。“上书”首先指出议和签约割地赔款，是一种愚蠢的卖国方针，日本以“大言恫喝”而割地得款，其他列强自可效尤，“有一不与，皆日本也”。“故割地之事小，亡国之事大，此理至浅，童愚可知，而以议臣老成，乃谓割地以保都畿，此敢欺皇上，愚天下也。此中国所痛哭，日本所阴喜，而诸夷所窃笑者也。”随后，“上书”提出了“下诏鼓天下之气，迁都定天下之本，练兵强天下之势，变法成天下之治”的四项救国之策，前三项乃权宜应变之计。为“鼓天下之气”，希望光绪皇帝下三道诏书，一下“罪己诏”，“责躬罪已，深痛至切，激励天下，同雪国耻。”二下明罚之诏，惩办那些主和辱国的大臣及守御无备的疆吏；三下求才之诏，破格选拔人才，使“天下之士，既怀国耻，又感知遇，必咸致死力，以报皇上”。只有这样，才能打击旧派气焰，鼓舞全国军民的斗志。为了“定天下之本”，“上书”主张迁都西安，一可避开日本前锋和敌人胁制，二可指挥力战。“上书”还列举五十年来列强进兵京师，索巨款，开商埠，割领土，百般要挟，均予满足的事实，揭露清王朝以弃千万里土地与人民而保一京师，实在是一种愚蠢的卖国方针。“上书”分析了中国屡战屡败的原因，在于将老兵衰器窳，为了“强天下之势”，就要破格选兵选将，再购以最新的精良军械，则可转败为胜。然而，上述三项还只是权宜应变的方针。

为了“成天下之治”，“上书”在揭露“旧法”种种弊端之后，提出了变法自强的系统性主张：

……伏念国朝法度，因沿明制，数百年矣。物久则废，器久则坏，法久则弊。官制则冗散万数，甚且鬻及监司，教之无本，选之无择，故营私交贿，欺饰成风，而少忠信之吏。学校则教及词章诗字，寡能讲求圣道，用非所学，学非所用，故空疏愚陋，谬种相传，而少才智之人。兵则绿营老弱，而募勇皆乌合之徒。农则地利未开，而工商无制造之业。其他凡百积弊，难以遍举……方今当数十国之觊觎，值四千年之变局，盛暑已至而不释重裘，病症已变而犹用旧方，未有不暍死而重危者也。

窃以为今之为治，当以开创之势治天下，不当以守成之势治天下；当以列国并立之势治天下，不当以一统垂裳之势治天下。盖开创则更新百度，守成则率由旧章；列国并立则争雄角智，一统垂裳则拱手无为。言率由而外变相迫，必至不守不成；言无为而诸夷交争，必至四分五裂。《易》曰：“穷则变，变则通。”董仲舒曰：“为政不调，甚者更张，乃可为理。”……不变法而割祖宗之疆土，驯至于亡，与变法而光宗庙之威灵，可以强大，孰轻孰重，孰得孰失，

> 必能辨之者。不揣狂愚，窃为皇上筹自强之策，计万世之安，非变通旧法，无以为治……

在审时度势，讲明不能率由旧章的道理之后，“上书”提出了富国、养民、教民三大建议。富国之法，首在发行精制钞票，以利于筹款、发展实业和商务，由银行估算本金并统一管理；其次，允许和鼓励私人资本办铁路、办各种机器厂、轮船公司、各种矿业及邮政业；为取信于民和抵制洋银，各省设银元局自铸各币值银元，但要防止外流。养民之法，中国自古“以农立国”，但必须改造，采用西方农业科学，成立农林牧副渔各业专门机构，推动各业发展。考工，各州县成立考工院，吸收并推广各国先进的工业技术，推动中国各制造业的发展。惠商，就是要保护发展商业，先要懂得“并争之世，必以商立国”，当时“中国之受毙”，就在于不懂得“以商灭人，民亡而国随之”的道理。为了发展商业，国家设立通商院，各省设立商会、商学、比较厂，成立合股公司，学习“各国贸易条理”及“商学之书”，在国家保护之下，中国商务不但远及四洲，还要了解行情，更新产品，使中国商品能敌洋货，并“夺其利”。恤穷之法有三，一是移民垦荒，二是教无业者工艺，使之就业，三是对孤独废疾者以抚恤救济。“富国”“养民”之外，还要教民。教民的根本，在于普及文化教育，增长见识与智慧。先要改革科举，广设学堂，创办报纸，引进西学，把武科改成天文、地矿、医学、光重、化电、机器、武备、测量、图绘、语言、文字等艺科，凡在各级学堂学而有成者，分别授以秀才、举人、进士，凡有创造发明者，再授高一等的功名。为弘扬孔子经世之学，应设道学一科，用以“化导愚民，扶圣教而塞异端”。“上书”还建议光绪帝澄清吏治，裁汰冗员，改革官制。设使才馆培养外交人才，派官吏出洋学习，以广见闻。为改变君臣、官民、上下之壅塞，建议光绪下“特诏”，“令士民公举博古今、通中外、明政体、方正直言之士”，仿汉制称为“议郎”，任期一年，“会议于太和门”，“凡内外兴革大政”，均听其“三占从二，下部施行”。若能“行此旷典”，则“君民同体”，“休戚与共”，中国之强盛，指日可待。同年 6 月 30 日，康有为在《上清帝第四书》中，把这个消除壅塞的想法做了进一步的概括，明确提出了“设议院以通下情”的主张，与此相关的，还提出了“下诏求言”、“开门集议”、“辟顾问馆”、“设报达聪”、“开府辟士”等具体措施。总之，《公车上书》全面地反映了康有为在政治经济文化等方面的具体改革主张，也是对鸦片战争以后的改良主义思潮的一个总结。“上书”被都察院拒绝收转，没有上达“天听”。清政府害怕人民反对，提前在《马关条约》文本上盖了“御宝”，一些举人得知消息后怕成“蛇足”，“取回知单”，因此在后来出版的《公车上书》附录的题名录里，连领衔的康有为在内计六〇三人。即使如此，这份爱国主义宣言书却不胫而走，传遍了神州大地，并传到国外，刘锡爵、裴如甫在《公车上书记·序》中说，“此书传之外邦，知中国之尊崇圣教，人心固结，上虽易与，而下则众志成城，未易囊括，且利病所在了如指掌，鼎新革故，井井有条。诚如此，中必骤然而起，勃然而兴，纵横天下尚且不难，何患乎外侮之寻衅不已哉!”（见该书光绪乙未上海石印书局版）

第二节　谭嗣同、唐才常

谭嗣同（1865～1898）字复生，号壮飞，原籍湖南浏阳。其父谭继洵，官至湖北巡抚。嗣同生于北京官邸，自小读书“京师宣武城南”。十二岁那年，其母及二姐、大哥染白喉急症，五日内先后亡故，嗣同亦“短死三日”复苏，父乃名其“复生”。此后，他受父妾虐待，“备极孤孽苦”。逆境培养了他的倔强反抗的性格。少年间即从京师义侠王五（名正谊）学剑术，交游甚深。十三岁随父回乡安葬母亲，拜欧阳中鹄（瓣疆）为师，与同窗唐才常结成“刎颈交”。次年随父之兰州任所，继洵于途中染疫，幸得幕客刘云田延医求药得愈，嗣同兄弟由是与云田十分交好。次年遵父命回乡拜涂启先为师，嗣同受学两年，于治学方法尤有收益。十九岁与李闰结婚，虽不称心，但还投合，有一女早殇。二十到三十岁期间，嗣同漫游南北，主要是为了科考，另一方面则是投师问学，了解世情。他曾远去新疆谒见巡抚刘锦棠，“刘大奇其才，将推荐于朝，会刘以养亲去官，不果。”（梁启超《谭嗣同传》）1889年赴京应试不第，拜浏阳学者刘人熙（蔚庐）为师，因而对张载、王夫之等人哲学思想有进一步认识。此后，他研读船山遗书，与师友切磋，为其《仁学》奠定了思想基础。1893年在京师结识了吴樵（见邓潭洲《谭嗣同评传》），“片言即合，有若夙契”。吴好“西学”，尤精数学格致。其父吴德潚时任山阴知县，思想开明，后与梁启超、汪康年等在上海创办“时务报”。嗣同受吴氏父子影响而热衷于西学，对其思想发展显然有积极作用。他在十年中的行程,“合数都八万余里,引而长之,堪绕地球一周”。他的观感是,“风景不殊,山河顿易;城廓犹是,人民复非”。(《三十自纪》)

1894年,中国在甲午战争中惨败,次年春签订《马关条约》,举国为之震惊。康有为发动了著名的“公车上书”。亡国灭种之祸,极大地触动了谭嗣同的思想。“三十之年,适在甲午,地球全势忽变,嗣同学术更大变”(《与唐绂丞书》)。他在《上欧阳中鹄书》、《报贝元征》两篇长信中较为全面地阐述了他的变法主张,他沉痛地说:“嗣同深有痛于此,常耿耿不能下脐。平日于中外事虽稍稍究心,终不能得其要领。经此创巨痛深,乃始摒弃一切,专精致思。当馈而忘食,既寝而复兴,绕屋徬徨,未知所出……详考数十年之世变,而切究其事理,远征之故籍,近咨之深识之士。不敢专己而非人,不敢讳短而疾长,不敢徇一孔之见而封于旧说,不敢不舍己从人,取于人以为善。设身处境,机牙百出。因有见于大化之所趋,风气之所积,非守文因旧所能挽回,而必变法始能复古,不恤首发大难,画此尽变西法之策。”(《报贝元征》)他还全面地分析了中国的政治、经济、军事、文化、科举、吏治、民族风俗等方面的弊病,总结了洋务运动的教训,分析了中外形势,他依据王夫之的“道不离器”的观点指出:“不变今之法,虽周孔复起,必不能以今之法治今之天下。”“故变法者,器既变矣,道之且无者不能终无,道之可有者自须亟有也。”当时应有三大兴革:“变科举以育人材,开议院以通下情,改官制而少其层累。”“议变法必先从士始,从士始必先变科举,使人人自占一门,争自奋于实学,然后人材不可胜用,人材多而天下始可有为矣。舍此更无出身之路,斯浮议亦不攻自破。”和《公车上书》相比,这个设想诚然显得朴素粗略,但有一个特点,就是“变法”虽要自上而下进行倡导,但他似乎很重视地方基层改革的实效。或者说,他认为只要先“变器”,“道”亦随之而变。这在他后来襄办湖南新政,在《湘报》上所发表的《治事篇》(10篇)中就反映得很突出。他主张不要争“孔子改制”的是非,“求其无变法之名而有变法之实,则又未始不可以有为也”。大办各种学会,兴利除弊,上下通情,有平等的“议事之权”,也就有“民权平等”的实效,“于是无议院之名而有议院之实”。这是当年变法活动中一种讲实效的策略,它可以避开许多阻力。其弱点是夸大了学会的作用,低估了封建政权的作用。他正是基于这种想法,和唐才常、刘善涵等人谋划,几经曲折,于1897年创建浏阳算学馆,选童子授以几何三角，造就新人，开湖南风气之先。

嗣同三十岁时，随父在湖北任所，时往来于湘鄂间，热心社会改革，对于官场腐败及民间疾苦，敢于直言干预，对切身的功名却很冷淡，拘谨的官僚谭继洵对此不满意不放心，多次为其谋出路不成，约在 1895 年秋冬间为其捐赀得候补知府，催其赴南京待任。嗣同奉命离鄂后，并未汲汲于仕途，而是进行了一次“北游访学”，其用意是“愿遍见世间硕德多闻之士，虚心受教，挹取彼以自鉴观；又愿多见多闻世间种种异人异事异物，以自鉴观。”（《上欧阳中鹄》十，世称《北游访学记》）他先到上海访问了英教士傅兰雅，看到了化石标本、计算器、医学内脏透视片，对格致学尤感兴趣。读《治心免病法》“不觉奇喜”。此后，他受这种唯心论影响，把佛、耶、儒三教综合起来，大讲“心力”的作用。在天津，参观了李鸿章所办各种洋务实业及海防设施，称李为“人杰”，又惜其“晚节不终”。在城外，他看到无数灾民，“栖止堤上，支席为屋”，“鹤面鸠形”，十分悲惨。而“中外大僚决计不疏凿”河道，说是“天以奇险卫京师”，真是“以残忍为忠荩”的谬论。他在天津还发现了新兴的“在理教”，“从者几遍直隶”，他追踪到京师，“拜一师，始得其传”，可见其了解社会很深入。他谒见了帝师翁同龢，翁在当年 4 月 23 日记中称嗣同“通洋务，高视阔步，世家子弟中桀傲者也。”但交谈似不投机，嗣同感到“平日所学，至此竟茫然无可待”。在彷徨中，他见到了老朋友王五，劝他去塞外放牧耕猎，集资“结士子”以兴革社会。因不投合，“不顾而去”（《吴铁樵传》）。他对奉佛的吴雁舟、夏穗卿及“耶稣教中人”，却很投契。这说明他正在借鉴各种宗教，思考一些哲学问题。他约在 1896 年 7 月回到南京候补官场，深厌其腐朽空气，“上官赐以一见，仅问一两语，而同寅早已疑之忌之矣”；向“知名士”拜访求学，“闻其候补官”，“辄不见”也“不答”。势利等级习气极重。“独至自思我为何事而来，则终不能得其解。为君乎？为民乎？为友乎？以言乎贵，适以取贱；以言乎富，终必至于大贫。”他从金陵“荒寒景象”中了解到，太平军据城时“百姓安堵如故”，湘军破城，“见人即杀，见屋即烧，子女玉帛扫数悉入于湘军，而金陵遂永穷矣！至今父老言之，犹深愤恨！”他由此认为，不兴民权，满朝文武及军队都是“助纣辅桀”的虎狼。在孤独苦闷中，他结识了知名的杨文会。杨从日本取回失传的唯识宗文献，创办金陵刻经处，很受学界称道。他曾随曾纪泽两赴欧洲，对西方政治、制造均有了解，好天文、显微学，还购回仪器进行实验，政治上赞同维新。嗣同钦敬其学识人品，从之读佛典，并受西学影响，闲时还往上海，与创办《时务报》的梁启超、汪康年、黄遵宪等研究学问，襄办报务。他的《仁学》就是在这种背景和条件下撰成的。

《仁学》是一部政治倾向性很强而又矛盾复杂的哲学著作。“凡为仁学者，于佛书当通《华严》及心宗、相宗之书；于西书当通《新约》及算学、格致、社会学之书；于中国书当通《易》、《春秋公羊传》、《论语》、《礼记》、《孟子》、《庄子》、《墨子》、《史记》及陶渊明、周茂叔、张横渠、陆子静、王阳明、王船山、黄梨洲之书。”这说明其思想渊源极其复杂。他在“自叙”中首先从字义上说明了“仁”和“元”、“无”是相通的，“故言仁者不可不知元，而其功用可极于无。”“佛能统孔耶，而孔与耶仁同，所以仁不同。能调燮联融于孔与耶之间，则曰墨。”墨家的“兼爱”可抵消其“尚俭非乐”的弱点。墨之后学分两派，“一曰任侠，吾所谓仁也。”“一曰格致，吾所谓学也。”这就是说，取“墨之两派，以近合孔、耶，远探佛法”，这就是《仁学》思想的脉络。

谭氏据英人韦廉臣《古教寅参》所论，认为儒家的“仁”与“古今中西”数十教之“公理”相同。又认为“中国儒者专以剥削孔子为务”，使“孔子之道日削日小，几无措足之地”（《北游访学记》）。因此，他以“仁”为题构建其哲学体系，显然有外随世界潮流、内反流俗的用意。“仁为天地万物之源”，“仁之至，自无不知也”。这是把万物起源和人的智慧认识都归于“仁”。再把这种“仁”和佛、耶教义贯通起来，这使《仁学》宗教唯心论很突出。从另一面看，谭氏把“仁”的内涵拓宽加深，是为了更新儒教，以利于中国改革和进步，这和康氏的“托古改制”说有异曲同工之效。“不生不灭，仁之体”。“天地间亦仁而已”。为了论证这种充斥天地不生不灭的“仁”，谭氏抛弃了传统的阴阳五行理气等旧概念，从西方科学假说中借来了“以太”。据其所论，“以太”有体有用，既有微粒物质的实在性，又有精神载体的作用。“学者第一当认明以太之体与用，始可与言仁。”这说明谭氏很有哲学思辨的才华，还使《仁学》带有中国古典哲学终结的特色。

“仁通”说，是《仁学》中最有革命意义的论述。“仁以通为第一义。以太也，电也，心力也，皆指出所以通之具。”“通有四义，中外通，多取义于《春秋》，以太平世远近大小若一故也。”这其中显然有反对帝国主义侵略的含义，但就当时中国而言，“中外通”的重点在于学西方，政治上要取法议会民主制以改革封建专制，文化教育上要兴办各种学会和学校，废除科考八股，用新的科学文化培养一代新人，经济上要大力发展各种实业，发展商业，改革税制，力求“远近大小”互利互惠。或者说，“中外通”就是以“通政”“通学”“通产”“通商”“通利”“通惠”等办法，发展中国资本主义，也就是“‘道通为一’最为浑括”的含义。其次是“上下通”，主要是消除“君臣之隔”，“臣民之隔”，“去层累之苦”。他在《治事篇》的《通情》、《平权》两则短文中指出，“中国之官之尊也，仰之如鬼神焉。平等亡，公理晦，而一切惨酷蒙蔽之祸，斯萌芽而浩瀚矣。”改革之法，就是“平其权于学会”，“平其议事之权而已”。第三是“男女内外通”，要求打破压迫束缚妇女的纲常道德和恶习，反对缠足，提倡女学，主张妇女应有独立的社会职业。第四是“人我通”，即要求个性解放，个性自由。“通之象为平等”，“平等生万化，代数之方程式是也”。“平等者，致一之谓也。一则通矣，通则仁矣。”谭氏正是依据这个标准，吸收了王夫之、黄梨洲等人的民族民主思想，对专制制度及纲常名教进行了猛烈的抨击：

君统盛而唐、虞后无可观之政矣，孔教亡而三代下无可读之书矣！乃若区玉检于尘编，拾火齐于瓦砾，以冀万一有当于孔教者，则黄梨洲《明夷待访录》其庶几乎！其次，为王船山之遗书。皆于君民之际有隐恫焉。……生民之初，本无所谓君臣，则皆民也。民不能相治，亦不暇治，于是共举一民为君。夫曰共举之，则非君择民，而民择君也。夫曰共举之，则其分际又非甚远于民，而不下侪于民也。夫曰共举之，则因有民而后有君；君末也，民本也。天下无有因末而累及本者，亦岂可因君而累及民哉？夫曰共举之，则且必可共废之。君也者，为民办事者也；臣也者，助办民事者也。赋税之取于民，所以为办民事之资也。如此而事犹不办，事不办而易其人，亦天下之通义也。（第三十一篇）

他在书中还指出：

君臣之祸亟，而父子夫妇之伦遂各以名势相制为当然矣。此皆三纲之名之为害也。名之所在，不惟关其口，使不敢昌言，乃并锢其心，使不敢涉想。愚

> 黔首之术，故莫以繁其名为尚焉……彼君主者，独兼三纲而据其上，父子夫妇之间，视为锥刃地耳……中国动以伦常自矜异，而疾视外人；而为之君者，乃真无复伦常，天下转相习不知怪，独何欤？尤可愤者，己则渎乱夫妇之伦，妃御多至不可计，而偏喜绝人之夫妇，如所谓割势之阉寺与幽闭之宫人，其残暴无人理，虽禽兽不逮焉。而工于献媚者，又曲为广嗣续之说，以文其恶。……独夫民贼，固甚乐三纲之名，一切刑律制度皆依此为率，取便己故也。(第三十七篇)

《仁学》在“冲决伦常之网罗”时，还显示出明显的反对清王朝的倾向：

> 夫古之暴君，以天下为其私产止矣。彼起于游牧部落，直以中国为其牧场耳，苟见水草肥美，将尽驱其禽兽，横来吞噬。所谓驻防，所谓名粮，所谓厘捐，及一切诛求之无厌，刑狱之酷滥，其明验矣……虽然，成吉思之乱也，西国犹能言之；忽必烈之虐也，郑所南《心史》纪之；有茹痛数百年不敢言不敢纪者，不愈益悲乎！《明季稗史》中之《扬州十日记》、《嘉定屠城纪略》，不过略举一二事，当时既纵焚掠之军，又严薙发之令，所至屠杀虏掠，莫不如是。……台湾者，东海之孤岛，于中原非有害也。郑氏据之，亦足存前明之空号，乃无故贪其土地，攘为己有。攘为己有，犹之可也，乃既竭其二百余年之民力，一旦苟以自救，则举而赠之于人。其视华人之身家，曾弄具之不若。噫！以若所为，台湾固无伤耳，尚有十八省之华人，宛转于刀砧之下，瑟缩于贩贾之手。……吾愿华人，勿复梦梦谬引以为同类也。(第三十三篇)

这种反清锋芒，是康、梁不可企及的，也是改良主义思想向资产阶级革命转化的一个先导。然而，在涉及现实改革的问题时，《仁学》却有所退缩：“故华人慎毋言华盛顿、拿破仑矣，志士仁人求为陈涉、杨玄感，以供圣人之驱除，死无憾焉。若其机无可乘，则莫若为任侠，亦足以伸民气，倡勇敢之风，是亦拨乱之具也。……与中国至近而亟当效法者，莫如日本。其变法自强之效，亦由其俗好带剑行游，悲歌叱咤，挟其杀人报仇之气概，出而鼓更化之机也。儒者轻诋游侠，比之匪人，乌知困于君权之世，非此益无以自振拔，民乃益愚弱而窳败！言治者不可不察也。”(第三十四篇）这既反映了谭氏反清和改良的矛盾，也说明了他重视墨家任侠的原因。《仁学》思想上还有其他一些优点和弱点。比如，他认为万物是发展变化的："天下之势，其犹川之决乎！一逝而万古不合。"（第五十篇）当其讨论时空观念时，却把它引入了相对主义的不可知论："可云我在生中，亦可云我在灭中。故曰不生不灭，即生灭也。"（第十六篇）《仁学》用大力探讨心力救世，其结论却是"慈悲为心力之实体"，"向人涕泣陈诉，恻怛沉痛，则莫不暂释其机心而哀怜之"。（第四十三篇）企图用这种慈悲心肠挽劫救世，不但是一种卑屈无能的幻想，还和那种"冲决网罗"的要求形成了尖锐的矛盾。由此可知，《仁学》在政治上哲学上都是一部充满矛盾的书，这与其说是谭氏思想不成熟的反映，还不如说是改良思潮向资产阶级革命思潮转化过程中的一种思想形态。

《仁学》大抵于1897年春间脱稿，梁启超、唐才常是其最早的读者。其年秋间，嗣同应陈宝箴之召，弃官回湘襄办新政。正如梁启超在《谭嗣同传》中所称，湘中新政"皆君所倡论擘画者"，"湖南风气大开，君之功居多"。由于张之洞的干预阻挠，陈宝箴父子转向，旧派势力如王先谦、叶德辉等大肆反攻，欧阳中鹄对其门生谭嗣同、唐才常亦严厉斥责，改革风气，顿时衰落。正如康有为在其"自编年谱"中所记，"陈宝箴奏荐我而攻改制考，上留中，时王先谦、欧阳节吾在湘猖獗，大攻新党新政，学会学堂一切皆败。"这个事实有力地击破了谭嗣同的那种避开阻力讲求实效的变法策略。次年四月，光绪诏定国是，嗣同因大学士徐致靖所荐被征，因病缓至七月赴京，擢为四品衔军机章京，与杨锐、林旭、刘光第参与维新变法。西太后对此严加防范，革翁同龢职，削光绪帝助力，任荣禄署直隶总督，统率北洋之军，京师已在旧派股掌之上。7月29日，光绪帝决定仿康、乾、咸三朝故事，开懋勤殿设顾问官以改官制，命嗣同拟旨，请命西太后。太后不悦，"诏谕"不下。光绪深感危急，密诏说"位且不保"，要康有为等设法相救。嗣同密奏光绪召袁世凯结以恩遇，以图救助。帝即于八月初一、二，两召袁，特赏侍郎。又下密诏，命康离京保命，以图后用。对此危局，"新党"几乎束手无策。嗣同于三日电唐才常，"速偕同志，来京相助"。夜访袁世凯，请诛荣禄，再分兵围颐和园除太后"老妖"。袁佯为承诺，五日晚返津，即向荣禄告密。荣禄连夜回京，六日变起，西太后回宫，宣布垂帘听政，囚光绪于瀛台，下令大捕新党，康于五日南下，梁启超避入日本使馆，嗣同与王五计议劫救光绪帝，因戒备严密不成。王五及日本友人均劝其出逃，嗣同不允，整理诗文书稿及信件托梁启超保存，并仿继洵口气作书，斥其“不忠不孝”，要脱离父子关系云云。这是为其父开脱，以免牵连。九日在寓所被捕，十三日就义。嗣同的死，是以身殉道的壮举，证明了改良主义道路走不通，并召示革命党人不可与“清室”计议存亡。

嗣同除《仁学》、《治事篇》等政论外，还有不少诗作和书信，中华书局1981年版《谭嗣同全集》对其文稿作了校勘，收录较全。嗣同少年间学桐城派古文，后读魏晋及秦汉文章，“心好沈博绝丽之文”（《三十自纪》）。他在《论艺绝句六篇》的附注中说，“文至唐已少替，宋后几绝。”王夫之的文章“发斯道之光，出其余绪，犹当空绝千古”。魏源、龚自珍、王闿运的文章，“皆能独往独来，不因人热”。汪中之文“高直逼魏晋”，不能以“骈文家”目之。他由此认为，称颂“八大家”古文而鄙弃骈文，是“狭为范以束迫天下之才，千夫秉笔，若出一手”，“骈散分途，而文乃益衰”。基于这种认识，他的一些书信常常以骈文出之，显得气韵生动。如《报刘淞芙书一》中对其三十岁前游侠生活的一段总结，就是一个例证：

> 嗣同少禀惛惰，长益椎鲁，幸承家训，不即顽废。然而家更多难，弱涕坐零。身役四方，车轮无角。虽受读瓣蘁大围之门，终暴弃于童蒙无知之日。东游江海，中郎之椽竹常携；西极天山，景宗之饿鸱不释。飞土逐肉，掉鞅从禽。目营浩罕所屯，志驰伊吾以北。穹天泱漭，矢音敕勒之川；斗酒纵横，抵掌《游侠》之传。戊己校尉，椎牛相迎；河西少年，擘拳识面。于时方为驰骋不羁之文，讲霸王经世之略。墨洒盾鼻，诡辩澜翻；米聚秦山，奇策纷出。狂瞽不思，言之腾笑。以为遂足以究天人之奥，据上游之势矣。既而薄上京师，请业蔚庐，始识永嘉之浅中弱植（按：后在《致唐才常》信中对永嘉学派的看法已有改变），俶觏横渠之深思果力，闻衡阳王子精义之学，缅乡贤朱先生闇然之致，又有王信余、陈曼秋、贝元征以为友。困而求亨，翻然改图，愧弄戟多少之讥，冀折节勤学之效，如何不淑，变生海外。原隰悼痛，跄踉归来。基础遂隳，何期云构，自顷以来，精力苶于当年，锋锐顿于一蹶……

这一段文字，不但可以了解谭嗣同三十岁前游侠生活的一面，还反映了其散文创作的另一面。

唐才常（1867～1900）是谭嗣同的知交，也和嗣同一样，是一位思想激进并以身殉道的人物。他字绂丞，后改佛尘，又号洴澼子，出身于浏阳一个小知识分子家庭。二十岁应童子试，以县府道三试冠军入泮，俗称小三元及第，乡里传为佳话。此后即以教读谋生养家，兼入岳麓书院两湖书院学习，清贫自持，耻于攀附。甲午战败，时在两湖书院续业，他与谭嗣同、刘善涵等过从甚密，研究学问，讨论时政，兴议改革浏阳南台书院课程，支持嗣同创办浏阳算学馆。1897 年三十一岁，应试拔贡获售，同科有毕永年、杨毓麟、樊锥等，皆青年俊秀，时称得人。江标来湘主学政，以实学试士，开湘中风气，随后陈宝箴抚湘，黄遵宪任按察使，徐仁铸接任江标学政，倡导维新改革。才常与嗣同、熊希龄等同心协力，襄办新政，开时务学堂、南学会，办保卫局，创办报纸，使湖南风气焕然一新。《湘学报》（旬刊，原名《湘学新报》）1897 年 4 月创刊，江标发起并督办，唐才常等任编辑，其宗旨是“讲求中西有用诸学，争自濯磨，以明教养，以图富强，以存遗种，以维宙合。”（见其《例言》）1898 年 3 月又创刊《湘报》日报，唐才常任主编，这是谭嗣同等集资创办的，宣传“爱国之理”，“救亡之法”，倡导维新变法，对守旧思想进行批评，因而引起了旧派的反对。《湘报》较之《湘学报》版面更丰富，保存了许多维新运动的资料。唐才常的政论大都刊于此报。现引其《湘报序》一段以见一斑：

……暴秦而降，恃压力之重，私天位之宅，严巷议之诛，立腹诽之律，赤大侠之族，成党锢之狱，草芥臣民，牛马士类，黔首何辜，丁兹厄运？盖自开辟以来，君民上下之界，始断潢绝港，各怙其私，则秦为之也。浸淫至于前明，科条益密，法律益苛，时事天文，俱悬厉禁。驯至士夫以廷杖为荣，奸庸以讲学丑正，天地惨怛，日月晦冥，于斯剧矣。圣清受命，仁德如天，网罗大弛，士气宽和。

迩者海内诸君子，曲体朝廷育才至意，广开报馆，用代遒人，大声疾呼，海天同应。于是秦汉以来之愚障，始云开雾豁，重睹光明；于是四民之困于小儒腐说，辗转桎梏者，始脑筋震荡，人人有权衡国是之心，而谋变通，而生动力。夫由今日以前之志士仁人，其欲摩挲故府，钻研政典，求断烂朝报不可得，而赍恨终者，何可胜道！今乃海宇大通，朝野一气，政学格致，万象森罗，俱于报章见之。是一举而破二千余年之结习，一人而兼百人千人之智力。

不出户庭，而得五洲大地之规模；不程时日，而收延年惜阴之大效。凡官焉者、士焉者、商焉者，农工焉者，但能读书识字，即可触类旁通，不啻购千万秘籍，萃什佰良师益友于其案侧也。其使中国为极聪强极文明之国，吾于是决其必然矣。

思路清晰，长于说理，骈散相间，文字不够通俗，是唐氏政论的特点。嗣同等在长沙发起成立南学会后，才常与邑中同志在浏阳发起成立群萌学会，广储书报，讲学论政，以推动桑梓进步。他还参与时务学堂筹建工作，梁启超因病赴沪后，才常继任教习，以王夫之、黄宗羲、顾炎武等人的思想著述，启迪后进。戊戌政变前夕，才常应嗣同电召，北抵汉口而变起，悲痛异常，拟长联挽嗣同，并作诗曰："千古非常奇变起，拔刀誓斩佞臣头。""匹马短衣江海畔，自惭无策救神京。"（《戊戌八月感事》）此后，他积极联络大江两岸会党势力，并与海外侨胞联系，奔走于日本香港新加坡等地，以图挽救时局。1899 年 3 月在上海主编《亚东时报》，他在《论戊戌政变大有益于支那》中分析时局说："今中国弊政窳制，弥望皆是，百孔千疮，扁、华束手，官无可守之旧。拘牵经义，疲精八股，考据词章，斫丧性灵，墨墨群儒，一丘之貉，士无可守之旧。市廛狙诈，工力钝拙，胼胝勤苦，地利不尽，日销月蚀，改成痿痹，农工商无可守之旧。"唯一的出路就是改革。改革中尤寄希望于商界，"开商智，讲商律，设大商会"，使之"魄力充足"，"不独制造新法，次第举行，得与外洋各国，纵横商战"，还可"以议院之规模"，"与政府相抗"，"天下事尚可为耳。"（《砭旧危言》）这说明唐才常当时既反对清朝顽固派的守旧，又反对帝国主义的侵略，但其政治倾向并未脱弃改良主义束缚。是年秋，因毕永年介绍，他在横滨见到了孙中山。其时，孙中山正积极部署革命斗争，酝酿惠州起义。才常受到启发，即与孙中山商讨湘鄂及长江起兵计划，孙中山认为可行，并许以两派合作。康、梁虽不赞许合作，才常则依仗其在海外筹饷，"对康、梁则曰勤王，对留学生则曰保种保国。""各方咸为之用"（冯自由《革命逸史》二册第七十六页）。是年冬，才常在上海以日人甲斐靖主持的东文译社为掩护，成立正气会（后改名自立会，组织自立军），其所拟《正气会序》及《会章》就有矛盾，"本会以正气命名，原因中土人心涣散，正气不萃，外邪因之而入，故特创此会，务合海内仁人志士，共讲爱国忠君之实，以济时艰。"这是把反"外邪"与"爱国忠君"联系起来。他还说，不能“低首腥膻，自甘奴隶”，“非我种类，其心必异”，这纯然是革命主张；另一面却又说，“君臣之义，如何能废?”“妄议君父者，请勿列名会籍。”这种两是其说的言论，正好说明才常思想依违于革命与改良两派之间。

1900年春夏，义和团事起，清朝顽固派加以利用，由山东延至直隶并进入北京，以致酿成八国联军侵华。改良派和革命派都反对义和团运动，并都拟利用时机，或起兵勤王，谋东南独立，或策划惠州、广州起义。据唐才质所编《唐才常烈士年谱》所记，才常于六月、七月在上海召集维新人士和革命党人两开国会，商讨救时方针，选容闳为会长，严复副之，才常为总干事，毕永年、林圭等均参与其事，他们原是时务学堂学生，但其时已是兴中会会员，对孙中山革命主张竭诚拥护。国会虽以“保国保种”为题，由于人员复杂，认识并不统一。会后，林圭以事机迫切，促才常赴武汉主事，乘时发难。自立军分五路布于湖北、湖南、安徽、江西等要隘地区，定于8月9日起事，因海外筹款不至，因而一再展期。其时长江沿岸戒严，信使不得达。负责前军的秦力山于9日在大通起义，因无应援而败，才常定于23日发难，张之洞侦知其事，勾结英国领事，于22日在汉口英租界破坏自立军机关，唐才常、林圭等二十余人被捕，28日夜集体就义于武昌滋阳湖，各处党人被牵连者甚众。学界就自立军的失败而对唐才常评价发生分歧，有说其为改良派门徒，起事是为了“勤王”；有说其实行了革命转变，起事是反清军事起义。就自立军被张之洞侦破而言，应该说唐才常等主事者对张之洞和帝国主义都缺乏警惕性，以致失误。中华书局1980年版《唐才常集》收录他的一些重要政论，思想显得驳杂，其特点略如上引的《湘报序》。此外，他的《前四品京堂湖南学政江君传》是一篇很好的史传文章，现节录一部分，以便于了解当年维新运动的情况：

> 君讳标，字建霞，江苏元和县人。幼丧父，孤贫力学，母华太夫人授以经史大义，过目辄不忘……光绪十五年己丑，成进士，明年授职翰林院编修。是时出使大臣薛福成方殷忧世局，虑使才乏绝，不能与各国抗衡樽俎间，既见君，乃大喜，荐于朝。朝议狃于积习，视凡大臣保举人才例，交总署存记，未即用也。
>
> 二十年，视学湖南。故事，学臣虽赫奕为钦命官，自循例衡文外，无所为，不足表见当世。君既有所蕴蓄，不得志于时，乃思即一官操鼓舞天下之

权。湖南在十八行省中最顽固守旧，视西学如仇雠。君不计利害，毅然以辟道自任。下车之日，以舆地、掌故、算学试士，有能通地球形势及图算物理者，虽制义不工，得置高等。又许即制义言时事，一决数百年拘牵忌讳之藩篱。年余，士习丕变，争自濯磨。又一年，举行选拔科，得知名士数十人。物论翕服。君乃跃然谓诸生曰："湖南真人才渊薮哉！他日天纲溃弛，出而任天下事者，其在兹土乎！"

是时陈公宝箴奉命巡抚湖南，与君有夙契。既至，规划一切新政，惟君言是听。如矿务、学堂、报馆、南学会、保卫局，君皆力赞成之。绅士谭嗣同以仁勇明达闻天下，尤与君为莫逆交。君凡事推诚与人，绝无城府；遇事难行，集众婉商，娓娓敦劝，无毫厘专制意。比既施之实事，则坚忍强毅，务达其志而后已。故陈公及湘绅之通达者，皆喜君温厚，而又倚其坚毅能任大事。然君精神所专注，以变易民气与开通一省喉舌于不觉者，则校经学会、《湘学新报》，其改革之原也。世观于湖南开化进步之速，几莫解其所自。呜呼！非君孰纲维是？

二十四年夏，皇帝毅然变法，思得人助理大政，因素耳君在湘名绩，特命以四品京堂候补，在总署章京上行走。故事，庶僚以大臣保荐升迁者，必召见称旨，乃易阶。君时未复命，遽由七品洊升四品，且命迁阶后始入觐供职。异数隆恩，世罕伦比。君感激涕零，以身许国，急摒挡诸事为入都计。比党祸作，廷议落君职，锢之里第。

君幽忧侘傺，痛皇权之日削也，权奸之恣横也，谣诼之乱是非也，忠臣义士之阒无一人也，恒汲汲顾影拊心，中国之无可为，欲身牺牲而不可得……

今年九月杪，君至上海，客白岩龙平君家。同人见者，多骇其清癯有肺疾，令速就医，君怡然置之。未几返苏，遽以十月十九日卒于里第。君卒后，家匮甚，太夫人犹在堂，子女幼，行路皆惨，凄为酸鼻。呜呼，昔之与君为久要，而又同以变法维新号于中国者，其若之何哉！人生固寄也。君憔悴尽职以死，死足以不疚，亦奚悲？独悲夫岌岌中国，当兹存亡绝续之交，维新首领又弱一个。诗曰："人之云亡，邦国殄瘁"，其是之谓欤！

第三节　梁启超的新体散文

梁启超（1873～1929）字卓如，号任公，又号饮冰室主人。他出生于广东新会一个小地主家庭，十二岁中秀才，十七岁中举人，才华颖脱，为家族乡里所器重。十八岁赴京应试不中，始见上海制造局所译西书，对西学发生兴趣。得知康有为在京以布衣上书不达被谤，和陈千秋登门请益，当即被康有为的学术思想折服，便与陈退出学海堂，投师康门，抛开以前的旧学，走上了新的道路。康有为引导学生探讨古今学术源流和历代政治沿革得失，比较中、西长短，还发动学生辩难讨论，吸收学生参与《新学伪经考》、《孔子改制考》的编撰工作，使梁启超"振荡怵惕"，奋力直追，成为改良主义队伍中的后起之秀。在维新运动中，他成为康有为的得力助手，《公车上书》时，他广泛联络各省举人；组织强学会，他创编中国第一张报纸《中外纪闻》；次年七月，在上海创办了更有影响的《时务报》；后应谭嗣同之约，襄办湖南新政，主讲时务学堂；"百日维新"期间，他被荐为顾问，受到光绪帝的召见，参预新政。政变后，他出逃日本，先后创办了《清议报》、《新民丛报》、《新小说报》等刊物，他的文章正是借助这些报刊传遍海内，他因此成了改良派的出色宣传家。

梁氏散文从内容到形式，都有一个发展过程。主办《时务报》时，撰成《变法通议》一书，主要阐述乃师的变法主张，"批评秕政，而救蔽之法，归于废科举兴学校"（《清代学术概论》），文字上骈散相间，议论滔滔固佳，论述上疏阔之处却不少。流亡日本后，因多读"西书"，思想和文风渐次发生大变化。他在《夏威夷游记》中说："自居东以来，广搜日本之书而读之，若行山阴道上，应接不暇，脑质为之改易，思想言论，与前者若出两人。"《新民丛报》时期，是他作为"舆论界骄子"的黄金时期，在这前后所写的《自由书》、《新民说》等杂感政论，是梁氏散文脱弃传统影响走向成熟的代表性作品。他在《清代学术概论》中回顾说："自是启超复以宣传事业，为《新民丛报》、《新小说》等诸杂志，畅其旨义，国人竟喜读之，清廷虽严禁，不能遏，每一册出，内地翻刻本辄十数，二十年来学子之思想，颇蒙其影响。启超夙不喜桐城派古文，幼年为文，学晚汉、魏、晋，颇尚矜练；至是自解放，务为平易畅达，时杂以俚语、韵语及外国语法，纵笔所至不检束；学者竞相效之，号新文体。老辈则痛恨，诋为野狐。然其文条理明晰，笔锋常带感情，对于读者，别有一种魔力焉。”这种“新文体”，也叫“报章体”，它涉及了各种社会问题，且有很强的倾向性和鼓动性。它最早可以溯源于龚自珍的“引公羊义讥切时政”的文章，随后，门户强开，“西学”广布，思想界眼界更加广阔，由魏源的“师夷以制夷”到冯桂芬、王韬、马建忠等人主张的“富国强兵”、“维新变法”，到康有为谭嗣同等人的体系性的改革思想，中国社会思潮显然是越来越激进高涨了。中国散文也就随着这个潮流前进而开拓出一个新境地。梁氏文章就是其中影响最大的一家。梁氏上述自我评价是有根据的。严复在书信中从保守立场屡屡论及梁氏文章：“任公文笔，原自畅遂，其自甲午以后，于报章文字，成绩为多，一纸风行海内，观听为之一耸。”“任公既以笔端搅动社会至如此矣，然惜无术再使吾国社会清明，则于救亡本旨又何济耶?”（《严复集》三册第六四八、六四六页）严复充分估价了梁氏政论的作用，却把民元以后的社会动乱完全归之于梁氏，显然是不恰当的。因为 1905 年《民报》创刊，随后就发生了革命与保皇的论战，梁氏所持主张不得人心，他在论战中便相形见绌了。论者通常认为，梁氏此后就再也没有可赞赏的文章了。事实并非如此，他的“倒袁”文章及《欧游心影录》也都有一些精彩之笔。在这里，我们试以《变法通议》、《自由书》、《新民说》及“倒袁”文章为标志，来讨论梁氏散文的发展状况。

第一，《变法通议》前后的散文。

《变法通议》是梁氏主编《时务报》时撰写的一部政论，全书包括“自序”共十四篇，通过古今中外对比，说明“变”是“古今公理”。由此出发，揭露了科举和官制的弊害，批评了洋务运动，认为变法自强的唯一出路就在于兴学校培养人才。这是阐述康有为的教育思想，强调“教育救国”的一部有影响的书。现以该书为中心，结合梁氏当时其他一些文章，作些分析。

《论不变法之害》、《论变法不知本原之害》是该书破除守旧思想、主张改革的主要篇章，认为中国要自立自强就必须改革，而改革的出路不在办洋务，“变法之本，在育人才。人才之兴，在开学校。学校之立，在变科举。而一切要其大成，在变官制。”这是力图通过改革科举进而更新官制，以推动社会进步。作者认为，中国人的守旧思想是自然环境和历史条件形成的，“中国自古一统，环列皆小蛮夷，但虞内忧，不患外侮，故防弊之意多，而兴利之意少，怀安之念重，而虑危之念轻。秦后至今垂二千年，时局匪有大殊，故治法亦可不改。”这种历史局面，助长了维护祖宗成法的“一劳永逸”的观念。然而，“法行十年或数十年或百年而必蔽，蔽而必更求变，天之道也。故一食而求永饱者必死，一劳而求永逸者必亡”。在当年殖民主义风潮之下，许多文明古国相继衰落，形势逼人，“变亦变，不变亦变。变而变者，变之权操诸己，可以保国，可以保种，可以保教。不变而变者，变之权让诸人，束缚之，驰骤之，呜呼，则非吾之所敢言也。”梁氏当然希望中国“自变”而走日本式的道路。梁氏对于三十年“洋务”新政作了一个总结，其大端就是练兵、开矿、通商三项，由于“官制”腐败，法制不全，故“变法数十年，而利未一见，弊已百出”。他还引用一些“西人”名言，揭露洋务运动“不知本原之害”：德国首相俾斯麦说：“三十年后，日本其兴，中国其弱乎？日人之游欧洲者，讨论学业，讲求官制，归而行之。中国人之游欧洲者，询某厂船炮之利，某厂价值之廉，购而用之。强弱之原，其在此乎？”李提摩太还说过：“西人见华官，每以谀词献媚，曰，贵国学问，实为各国之首，以骄其自以为是之心，而坚其藐视新学之志，必使无以自强而后已。”这些“名言”不但切中了时弊，对于现代中国人也仍有启发性。

《变法通议》中的《学校总论》、《论科举》对于科举危害的揭露是引人注目的：“天下既定，敌国外患既息，其所虑者，草泽之豪杰乘时而起，与议论之士援古义以非时政也，于是乎为道以钤制之。国有太学，省有学院，郡县有学官，考其名犹夫古人也，视其法犹夫古人也，而问其所以为教，则曰制义也，诗赋也，楷法也，不必读书通古今而亦能之……非此一途不能自进，则奇才异能之士，不得不辍其所学，以俛焉而从事矣。其取之也无定，其得之也甚难，则倜傥之才，必有十年不第，穷愁感叹，消磨其才气，而无复余力以成其学矣。如是则豪杰与议论之士必少，而于驯治天下也甚易。故秦始皇之焚诗书，明太祖之设制艺，遥遥两心，千载同揆，皆所以愚黔首，重君权，驭一统之天下。弭内乱之道，未有善于此者也。”这是从统治术的角度揭露科举考试纯粹是一种愚民政策。梁氏在《论中国积弱由于防弊》一文中，尖锐地指出封建专制的一切政略就是为了愚民防弊：“悠悠二千岁，莽莽十数姓，谋谟之臣比肩，掌故之书充栋，要其立法之据，不出此防弊一心。谬种流传，遂成通理。以缜密安静为美德，以好事喜功为恶词，容容者有功，娆娆者必缺。在官者以持禄保位为第一义，缀学者以束身自好为第一流。大本既拔，末亦随之。语以开铁路，必曰恐防舟车之利；故语以兴机器，必曰恐夺小民之业；语以振商务，必曰恐坏淳朴之风也；语以兴学会，必曰恐导标榜之习也；语以改科举，必曰恐开躁进之门也；语以铸币楮，必曰恐蹈宋元之辙也；语以采矿产，必曰恐为晚明之续也；语以变武科，必曰恐民挟兵器以为乱也；语以轻刑律，必曰恐民藐视法纪而滋事也。坐此一念，百废不能。譬如忡病，自惊自怛，以废寝食。譬之痿病，不痛不痒，僵卧床蓐，以待死期。岂不畏哉？岂不伤哉？”这种“防弊”政略造成的积习的另一种表现，就是不顾国家民族安危的大局，举国上下于枝节问题上争名争利争意气：“甲午、乙未间（1894～1895），敌氛压境，沿海江数十省，风声鹤唳，草木皆兵，举国自上达下，抱颅护颈，呼妻唤子，苍黄涕泣，戢戢待挚割，犹可宝也。曾不数月，和议既定，偿币犹未纳，戍卒犹未撤，则已以歌以舞，以遨以游，如享太牢，如登春台。其官焉者，依然惟差缺之肥瘠是问；其士焉者，依然惟八股八韵大卷白摺之工窳是讲。即有一二号称知学之耆，忧时之彦，而汉宋有争，儒墨有争，夷夏有争，新旧有争，君民权有争。乃至兴一利源，则官与商争，绅与民争；举一新政，则政府与行省争，此省与彼省争；议一创举，则意见歧而争，意见不歧而亦争。究之阴血周作，张脉偾兴，旋动旋止，只视为痛痒无关之事，而其心之热力，久冰消雪释于亡何有之乡，而于国耻、君父之难，身家之危，其忘之也抑已久矣！”（《南学会叙》）此外在《知耻学会叙》中，梁氏对于官场、士林、军界、商界的无耻作风作了更广泛的揭露。这些论述，既借鉴了顾炎武、龚自珍等人的意见，同时又饱含了时代色彩。

在“废科举兴学校”的同时，必须广设学会，吸收“西学”，才能开通民智，使中国自立自强。这两者结合起来，就是《变法通议》的全部改革主张。“公车上书”以后，改良派倡办各种学会，在打破封建专制推进维新运动上发生过巨大作用，《论学会》一文可说总结了这个实践。梁氏说：“道莫善于群，莫不善于独。独故塞，塞故愚，愚故弱。群故通，通故智，智故强。”西人懂得“群之道”以“心智为上”，故“行之者三，国群曰议院，商群曰公司，士群曰学会。而议院公司，其识论业艺，罔不由学，故学会者，又二者之母也。学校振之于上，学会成之于下，欧洲之人，以智雄于天下，自百年以来也。”“今欲振中国，在广人才。欲广人才，在兴学会，诸学分会未能骤立，则先设总会”。“遵此行之，一年而豪杰集，三年而诸学备，九年而风气成。……以雪仇耻，何耻不雪？以修庶政，何政不成？”在诸种学会中，梁氏尤重视商会的作用，认为其利有三：“一曰每埠人人自得之利益也；二曰各埠公司均沾之利益也；三曰协助内地保全国家之利益也。我数万万同胞之国民不可不深察也。”英商“遍大地之海岸，威权炎炎，炙手可热”，“商会之功十居八九哉！”“尽瘁于海外，以张国权，此国民之职也。我数万万同胞何多让焉！何多让焉！”文章洋溢着感人的爱国热情。但他把学会、议院、公司混为一谈，也正是作者对“西学”知之不深的反映。

于政论之外，梁氏当时还写过一些很有特点的记事文。《三先生传》、《记江西康女士》记述了五个人的不同经历事迹，赞扬了他们的自主见解和独立精神，是梁氏传记写作的先导作品。《说橙》一文尤值得注意。他据“西人”择地种植的经验，对故乡作物进行了考察。“新会之橙，天下之所闻也”。植橙固然先要投入许多资金和劳力，但产值可比谷物多几十倍，因此他主张在新会推广植橙，不料老农却说，“县官岁以橙贡天子，岁十月，差役大索于野，号为贡橘，罄所有乃去。百亩之橙，一日尽之矣。”文章寓含了一个道理，不是农民不讲究种植技术和价值，而是封建征捐制度摧残了农业。后来，梁氏在《作文教学法》中，主张中学生不宜过早写议论文，以避免代“圣贤立言”发空论的毛病，而主张让他们多写记叙文，在叙述复杂事情的过程中反映其评价和态度，《说橙》一文就体现了梁氏这种看法。

《变法通议》前后的散文，是梁氏初试身手之作。参照东西文化差异，针砭时弊，是其政论主要内容。罗列事实，排比推论，反复申述其理由，使其文章流畅而有一种逼人的气势，但也有重复过多，夸张过甚，逻辑不严密的弱点。

第二，《自由书》及其他散文。

1898 年 11 月，梁启超在东京创办《清议报》，其宗旨是“维护支那清议，激发国民正气”，“增长支那人之学识”，“交通支那日本两国之民气”（《清议报叙例》）。《自由书》的短论即在此报陆续刊出。次年 6 月，康、梁发起成立保皇会，在侨民中大力宣传，支持光绪帝继续其改良新政。孙中山多次派人与康、梁磋商合作，梁氏不回避，较之乃师灵活。十一月，梁赴檀香山办理保皇会事务，假借孙中山名义，把当地革命派的支持者笼括到保皇会内，引起两派交恶，也是梁氏在政事中善于权变的一个例证。次年八月，唐才常自立军在武汉发动举义，因后援不济而被张之洞镇压。事后保皇派分化，自立军一些成员亡命东京，群起向梁启超算账，康、梁声誉因此大落。《自由书》是梁启超从“漆室”式的腐败社会走入资本世界感到空前自由的心情的反映，他在《叙言》中说：

自东徂以来，与彼都人士相接，诵其诗，读其书，时有所感触……应时援笔，无体例，无宗旨，无次序，或发论，或讲学，或记事，或抄书，或用文言，或用俚语，惟意之所之。庄生曰，我朝受命而夕饮冰，我其内热欤？因以名吾室。西儒约翰弥勒曰，人群之进化，莫要于思想自由，言论自由，出版自由。三大自由皆备于我焉，以名吾书。

这就是“饮冰室主人”和“自由书”得名的由来。他“饮冰”是被迫的，以此自号，显然是对清朝顽固派的冷嘲。“内热”火大，势所必然，“自由书”也就是发散“内热”的作品。全书共七十五篇短文，风格上学“晚汉魏晋”，是近代杂感、短论开风气的作品。联系其他文章，约有下列几方面的内容。

结合维新运动，探讨新的成败观。书中先后有《论成败》、《成败》等短文，他说：“凡任天下大事者，不可不先破成败之见。”“天下之理，不外因果。不造因断不能结果，既造因则无有不结果。而其结果之迟速远近，则因其内力与外境而生种种差别。浅见之徒，偶然未见其结果，因谓之失败云尔，不知败于此者或成于彼，败于今者或成于后，败于我者或成于人。尽一分之心力，必有一分之收成，必有不可量者。若怵于目前，以为败矣、败矣，而不复办事，而遂无成一日而已。故办事者，立于不败之地者也；不办事者，立于全败之地者也。苟通于此二理，知无所谓成，则无希冀心；知无所谓败，则无恐惧心。然后尽我职分之所当为，行吾良知所不能已。奋其身以入于世界中，磊磊落落，独往独来，大丈夫之志也，大丈夫之行也！”“丈夫以身任天下事，为天下耳，非为身也。”这是从事物发展的因果关系推导出新的成败观，它引导人们不限于一时一事去看成败，而要从历史长河中去看待种种因缘得失问题，就文化思潮的发展而言，此论显然有启发性。他在《失败》一文中还说：“失败者天惠之学校也。能受此天惠与否，则亦视其人也已矣。”这是教给人要经受得失败的考验，并从中吸取教训。他在后期以“趣味教育与教育趣味”为题的讲演中还说过，“我信仰的是趣味主义”，“我总是一面失败一面做，因为我不但在成功里头感到趣味，在失败里头也感到趣味。”他赞同荀子的“怨天者无志”

的主张（《自由书·怨天者无志》），不信天命。政治上着着失算，他到老并不颓丧；学问上孜孜以求，使他获得了丰富的知识。诚然，梁氏并不是“只问耕耘，不问收获”的迂夫子。他在《无欲与多欲》中说：“吾人不必求无欲，无欲者决非吾人之所能也。”为了“欲其最上之物”，就要“集注一切之欲念以向之”，“以大欲克小欲，以高欲克卑欲，以清欲克浊欲焉可也。”由此可见，梁氏不计成败的“成败论”，并非没有追求的目标，只是教人冷静乐观地对待成败，不止息地追求理想境界，这显然是积极的态度。

《自由书·英雄与时势》一文很有特点：

> 或云英雄造时势，或云时势造英雄，此二语皆名言也。如前之说者曰，英雄者，人间世之造物主也。人间世之大事业，皆英雄心中所蕴蓄而发现者，虽谓世界之历史，即英雄之传记，殆无不可也。故有路德，然后有新教；有哥伦布，然后有新洲；有华盛顿，然后有美国独立；有俾士麦，然后有德国联邦。为后之说者曰，英雄者乘时者也，非能造时者也。人群之所渐渍积累磅礴蕴蓄，既已持满而将发，于斯时也，自能孕育英雄以承其乏。故英雄虽有利于人群，要不过以其所受人群之利益而还付之耳。故使路德非生于十六世纪，而生于第十世纪，或不能成改革宗教之功。使十六世纪即无路德，亦必有他人起而改革之者。其他之实例亦然。虽无哥白尼，地动之说终必行于世。虽无哥伦布，美洲新世界终必出现。余谓两说皆是也。英雄固能造时势，时势亦能造英雄。英雄与时势二者如形影之相随，未尝少离。既有英雄，必有时势；既有时势，必有英雄。呜呼，今日禹域之厄运，亦已极矣！地球之杀气，亦已深矣！孟子不云乎，以其数则过矣，以其时考之则可矣！斯乃举天下翘首企足喁喁焉望英雄之时也！二三豪俊为时出，整顿乾坤济时了。我同志，我少年，其可自菲薄乎？……暴雷烈风，群鸟戢翼恐惧，而蛟龙乘之飞行绝迹焉。惊涛骇浪，儵鱼失所错愕，而鲸鲵御之一徙千里焉。故英雄之能事，以用时势为起点，以造时势为究竟。英雄与时势，互相为因，互相为果，造因不断，斯结果不断！

在“王纲解纽”的当年，这种神采飞扬的文字，对于许多志士显然有很大的鼓舞作用。从逻辑上看，梁氏力图贯通两说，事实上他是赞赏“英雄造时势”的。在同书

《豪杰之公脑》一文中明确地说："世界者何？豪杰而已矣。舍豪杰则无有世界。"他在晚年所撰的《中国历史研究法》及《补编》等论著中，一直采用英雄时势调和的观点来评价历史人物，因而没有摆脱英雄史观。

梁氏所称颂的英雄豪杰是有时代性的，那种"以人民为刍狗，以遂一己之功名者"，是"虎皮蒙马之豪杰"，实乃"民贼"，"二十世纪以后"，这种"豪杰""行将绝迹于天壤"。他是把科学家、发明家、革新家、社会改革家誉为英雄豪杰的，这显然是一个进步。在国家民族"黑暗之运未知所终极"的时候，他希望"求得一目的，适合于公理与时势，沁之于豪杰人之脑膜中"，促成他们联合团结起来，中国复兴大业就会"有成"(《豪杰之公脑》)。这反映了梁氏联合各派政治势力的愿望，是可取的。但在具体的联合问题上，他却固守改良派的主张，而且权变多诈，因而受到指责。他还认为，"世界愈文明"，则"豪杰与舆论不能相离"，"其始也，当为舆论之敌，其继也，当为舆论之母，其终也，当为舆论之仆。敌舆论者，破坏时代之事业也。母舆论者，过渡时代之事业也。仆舆论者，成立时代之事业也。非大勇不能为敌，非大智不能为母，非大仁不能为仆。具此三德，斯为完人"(《舆论之母与舆论之仆》)。显然，这是梁氏自我标榜，他对所从事的"宣传业"自视很高，以为舆论可以改变世界，其实是不切实际的幻想。

他在《理想与气力》中说："理想与气力兼备者，英雄也。有理想而无气力，犹不失为一学者。有气力而无理想，犹不失为一冒险家。"这在于说明所谓英雄豪杰，是敢于为理想奋斗的实干人物，并非一般的书生和无头脑的冒险分子。当时的中国，正处在理想破灭，失望摧心的时代，"今日我国民全陷落于失望时代，希望政府，政府失望。希望疆吏，疆吏失望。希望民党，民党失望。希望渐进，渐进失望。希望暴动，暴动失望。希望自力，自力失望。希望他力，他力失望。忧国之士，溢其热血，绞其脑浆，于彼乎？于此乎？皇皇求索者有年，而无一路之可通，而心血为之倒行，而脑筋为之瞀乱。今日青年界中多少连狎假诡之现象，其起因殆皆在失望。"如前所说，梁氏是不赞成悲观失望的，"希望者灵魂之粮也。而希望与失望相乘，失望者希望之魔也。"(《希望与失望》) 他力图引导人们从失望中获取教训，从而以更大的力量去追求新的希望。他据此写了《论中国人种之将来》、《少年中国说》、《说希望》等文章，鼓励青年们为未来奋斗。第一篇文章是应日本《大帝国》征文而写的，认为中国人种性质绝不同于土耳其和印度，西方"欲以前此待诸国之例待我中国，决非容易之事”，他还预言二十世纪“中国人必为世界最有势力之人种”之一，民族感情是很强烈的。《少年中国说》仿玛志尼创建“少年意大利党”的方式，提出了“少年中国”这个口号。他列举了中国灿烂的文化史迹，说明中国原不“老大”，由于“家天下”的专制才造成了后来的“老大”。只要青年们奋起，恢复民族活力，就能创造“少年中国”。

> 红日初升，其道大光。河出伏流，一泻汪洋。潜龙腾渊，鳞爪飞扬。乳虎啸谷，百兽震惶。鹰隼试翼，风尘吸张。奇花初胎，矞矞皇皇。干将发硎，有作其芒。天戴其苍，地履其黄。纵有千古，横有八荒。前途似海，来日方长。美哉我少年中国，与天不老！壮哉我少年中国，与国无疆！

随后不久，他又以同样的笔调，写了《说希望》一文：“希望者制造英雄之原料，而世界进化之导师也。”“吾人之日月方长，吾人之心愿正大。……谁为人豪？谁为国雄？我国民其有希望乎！其各立于所欲立之地，又安能郁郁以终也？”梁氏客居国外，面对国内一片腐败，能如此乐观地展望未来，显然是积极可取的。“五四”以后，李大钊等人发起成立“少年中国学会”，鲁迅在杂文中对于失望希望作过许多探讨，显然是受了梁氏影响的反映。

《自由书》中的《养心语录》、《惟心》、《慧观》等文，借鉴佛学来探讨心境心力和心能，从而反映了他对社会人生的看法。正如列宁在《谈谈辩证法问题》中所说，其中即使有许多唯心论，也有借鉴参考的作用。《养心语录》是其“饮冰”之后悟出来的一种“养心”法诀：“人之生也，与忧患俱来。苟不尔，则从古圣哲可以不出世矣。种种烦恼，皆为我练心之助。种种危险，皆我为练胆之助。随处皆我之学校也，我正患无就学之地，而时时有此天造地设之学堂以饷之，不亦幸乎？我辈遇烦恼，遇危险时，作如是观，未有不洒然自得者！”这是对于主观心境内省式的展示，虽有“解脱”意味，总体上还是现实进取的，对于入世不深的青年，至今也不乏教益。《慧观》讲思维专一的通悟，是对心能的一种揭示：“同一书者，考据家读之，所触者无一非考据之材料。词章家读之，所触者无一非词章之材料。好作灯谜酒令之人读之，所触者无一非灯谜酒令之材料。经世家读之，所触者无一非经世之材料。……故学莫要于善观。善观者观滴水知大海，观一指而知全身，不以其所已知蔽其所未知，而常以其所已知推其所未知，是之谓慧观。”这是说集中精力可以产生“通悟”，古人谓之“读书得间”，今人谓之“灵感”。梁氏用“已知推未知”的逻辑概括它，是受了王夫之《思问录内篇》的影响。《惟心》主张“境由心造”，“惟心造之境为真实”。春花秋月，山川草木，万古相同，不同的人对此却有不同的心境，故“心造之境”最“真实”。这显然是主观唯心论。但梁氏却由此生出一篇议论来：“三家村学究得一第，则惊喜失度，自世胄子弟视之何有焉？乞儿获百金于路，则挟持以骄人，自富豪家视之何有焉？飞弹掠面而过，常人变色，自百战老将视之何有焉？一箪食，一瓢饮，在陋巷，人不堪其忧，自有道之士视之何有焉？天下之境无一非可乐可忧可惊可喜者，实无一可乐可忧可惊可喜者。乐之忧之惊之喜之，全在人心。所谓天下本无事，庸人自扰之，境则一也。”人之忧乐惊喜，“如蝇见纸窗而竞钻，如猫捕树影而跳掷，如犬闻风声而狂吠”，“扰扰焉送一生于惊喜忧乐之中”，这就是“知有物而不知有我”，亦即“我为物役”，“亦名曰心中之奴隶”。豪杰之士当除此“心中奴隶”，做到“无大惊无大喜无大苦无大乐无大忧无大惧”，这就是《惟心》推导出的结论。这是对外向的心能和静守的心境的揭示。人都有为物役的情欲和摆脱物役的超脱心境。梁氏是把儒家的穷达善兼和道家的返朴归真以及佛家的空、有观念混在一起了，这个结论显然包含了复杂的思想成分和思维过程。在中国历史上，许多人常常在进取后感到空幻，就是这种心情的反映。这篇文章也反映了梁氏失意的心情。从哲学上看，这其中有许多唯心成分。就艺术创作而言，它和王国维在《人间词话》中提出的境界论显然有相通之处。

《忧国与爱国》一文反映了他这位“报人”的责任感。他说：“忧国之言，使人作愤激之气，爱国之言，使人厉进取之心，此其所长也。忧国之言，使人堕颓放之志，爱国之言，使人生保守之思，此其所短也。朱子曰，教学如扶醉人，扶得东来西又倒，用之不得其当，虽善言，亦足以误天下。为报馆主笔者，于此中消息，不可不留意焉。今天下之可忧者，莫中国若；天下之可爱者，亦莫中国若。吾愈益忧之，则愈益爱之。愈益爱之，则愈益忧之。既欲哭之，又欲歌之……”当年许多爱国志士大都有这种复杂心情。梁氏主编耸动视听的刊物，很注意社会效果，既敢作“舆论之敌”，又甘作“舆论之母”，由于历史环境的原因，他的言论“忧国”显然多于“爱国”。1901 年，他以“舆论之敌”的态度，写了《中国积弱溯源论》名文，首先依据卢梭、孟德斯鸠等人的学说揭露中国传统理想中有两个“积弱”的因素，一是“不知国家与朝廷的界限”，二是“不知国家与国民之关系”。其次，他揭露传统习惯中有五种“积弱”的因素：奴性、愚昧、为我、好伪、怯懦。在《破坏主义》一文中，他主张用卢梭的民约论打碎封建主义体系，“快刀断乱麻，一拳碎黄鹤”，“使百千万亿蠕蠕恋旧之徒”无旧可恋，“然后驱之以上进步之途，与天下万国驰骤于大剧场，其庶乎可也！”这是他依据“西学”批判“中学”提出的激烈主张，也是近百年来探讨中国国民性弱点最早的文章。后来，他在文章中一再发挥了这些思想认识。

《自由书》时期的散文，反映出梁氏思想活跃，视野开阔，文字亦短小矜练。他已经开始给中国思想界提供了一种新的思维方式或思维逻辑，这就是依据“西学”批判“中学”，简言之，也就是“据西批中”。这是和“代圣贤立言”“托古改制”或“中体西用”等思维方式完全不同的。

第三，《新民说》及其他散文。

《新民说》是梁启超主编《新民丛报》时的一部政论集，这也是他写作散文最多影响最大的时期。“新民”就是“取‘大学’新民之义，以为欲维新吾国，当维新吾民，中国所以不振，由于国民公德缺乏，智慧不开。”其改革的办法就是，“合中西道德以为德育之方针，广罗政学理论，以为智育之本。”（《新民丛报》宗旨）该书《释新民之义》还说，“新之义有二，一曰淬厉其所本有而新之，二曰采补其无所本而新之。二者缺一，时乃无功。”与此同时，要反对“醉西风者流，蔑弃吾数千年之道德学术风俗，以求伍于他人”；也反对“墨守故纸者流，谓仅抱此数千年道德学术风俗，遂足以立于大地。”他还说，“世界上万事之现象，不外两大主义，一曰保守，二曰进取。人之运用此两主义者，或偏取甲，或偏取乙，或两者并取而相冲突，或两者并存而相调和。偏取其一，未有能立者也。有冲突则必有调和。冲突者，调和之先驱也。善调和者，斯为伟大国民，盎格鲁撒克逊人种是也。”（按，指英国人，梁氏认为英国人是世界上最优秀的人种。）显然，梁氏是希望通过引进“西学”，先更新国人的道德和政治思想，进而更新社会制度和文化学术。他虽然主张用“调和”的办法来贯通中西文化，他的文章却与此形成矛盾，他常常是用“采补本无”的“西学”来“淬厉本有”的“中学”，这就形成了“据西批中”的基本格局。他运用这种思维逻辑对封建制度、传统文化学术、道德规范以及国民性弱点的批判，产生了深远的反封建的启蒙作用。

《新民说》共二十节，即二十篇文章。现依次引录于下（为节省，以下引文只标节次）：一节叙论，二节论新民为今日中国第一急务，三节释新民主义，四节就优胜劣败之理以证新民之结果，而论及取法之所宜，五节论公德，六节论国家思想，七节论进取冒险，八节论权利思想，九节论自由，十节论自治，十一节论进步（一名论中国群治不进之原因），十二节论自尊，十三节论合群，十四节论生利分利，十五节论毅力，十六节论义务思想，十七节论尚武，十八节论私德，十九节论民气，二十节论政治能力。前四节在于说明提倡新道德的理由和根据，第十四节专讲生产和分配问题，依据亚当·斯密的观点，认为中国"生利"者少，"分利"者多，是贫困落后和道德衰败的原因。这是不同于一般的启蒙思想的特异之点。其他各节都是讲中国"新民"应有的新道德，在介绍"西学"的同时，对中国的传统文化和道德风尚的弱点和弊病进行了广泛的批判。

"新民说"也就是"新道德说"，它是从国家民族人群的公益出发来讨论问题的。中国道德"最缺者"就是"公德"。"公德者何？人群之所以为群，国家之所以为国，赖此德焉以成立者也。""人人独善其身谓之私德，人人相善其群谓之公德，二者皆人生所不可缺之具也。无私德则不能立，合无量数卑污虚伪残忍愚懦之人，无以为国也。无公德则不能团，虽有无数量束身自好廉谨良愿之人，仍无以为国也。"中国道德发达早，却只注重"一私人对一私人之事"，即"偏于私德"。西方于"家族伦理"之外，还有"社会伦理"、"国家伦理"，即注重"一私人对于一团体之事"。"束身寡过主义"是中国道德根本性弱点，在此风气下，凡有"欲为本群本国之公利公益有所尽力者"，就会受到非笑排挤，"国民益不知公德为何物"，这是中国"日即衰落"的一个重要原因。梁氏因此要反对传统偏向，大讲利群利国的新道德，"本论以后各子目，殆皆可以利群二字为纲以一贯之者也"（五节）。这是符合实际的，即使是讲"私德"，梁氏也要从"利群"的角度加以评论。

比如"自由"，乃"人生之要具"，属"私德"。但"欧美自由发达史"告诉人们，西方为争取政治、宗教、民族、经济等四项自由权奋斗了四百年，这种"自由"，是强调团体文明的自由，反对野蛮的个人的自由，自由要受法律制约，"人人自由，而以不侵人之自由为界。"这种"自由"是适应"外竞"激烈的环境而形成的道德规范。中国"耳食之徒"不知本源，借西方"自由"之名，"取便私图，破坏公德，自返于野蛮"，成了"中国前途之公敌"。梁氏还指出，个人要维护团体之自由，团体也要保护个人之自由。个人自由的本义就是不做奴隶，一不奴隶于人，二不奴隶于我。结合国情，梁氏认为国人要破除四种奴隶观念：一勿为古人之奴隶，即不盲目崇拜古代圣贤，主张“我有耳目，我物我格。我有心思，我理我穷。高高山顶立，深深海底行，其于古人也，吾时而师之，时而友之，时而敌之，无容心焉，以公理为衡而已。”二勿为世俗之奴隶。梁氏以近三百年学术思想升沉变化为例指出，“当晚明时，举国言心学，全学界皆野狐矣。当乾嘉间，举国言考证，全学界皆蠹鱼矣……至如近数年来，丁、戊之间（按，指1897～1898年间），举国慕西学若膻，己、庚之间（按，指1899～1900年间），举国避西学若疠，今则疠又为膻矣。夫同一人也，同一学也，而数年间可以变异若此，无他，俯仰随人，不自由耳。”一个有自主见解的人，不应惑于这种“猴戏”，而应该“狂澜滔滔，一柱屹立，醉乡梦梦，灵台昭然”。这才是脱俗的自由人。三勿为境遇之奴隶，文章引述了西方开创新事业许多人物的事迹，批判了传统的命运论，很有新鲜之感。四勿为情欲之奴隶，梁氏奉劝有志青年，不要“心为形役”，“克制情欲”，“不为顽躯浊壳所困”，自胜自强，作一个坦荡自由的人（九节）。这种自由道德论，至今读来也是有启发性的。

自治、自尊，是有联系的两种“私德”，梁氏也从“公德”出发展开论述，对于“济人利物非吾事，自有周公孔圣人”等俗谚以及自贼自戕、自贬自污，自暴自弃，自安于奴隶、自乐于猕猴畜犬地位等猥劣思想风习进行了尖锐的揭露，认为“凡不自爱、不自治、不自立、不自牧、不自任者，决非能自尊之人也。五者缺一，而犹施施然自尊者，则自尊主义之罪人也。”中国要自立，就在于国人都能自治自尊（十二节）。

针对“束身寡过”、“独善其身”等旧道德弱点，梁氏充分地论述了“权利思想”和“义务思想”。人生“有应得之权利”，也“有应尽之义务”。“野蛮之世”，确有“有权利无义务、有义务无权利之人”，因其“不正固不可以久”。“文明”时代，“断无无权利之义务，亦断无无义务之权利”。长期封建统治使中国社会形成了反常现象：国人“对国家之权利不患其轻，而惟欲逃应尽之义务以求自逸”。这说明“我国民与国家之关系日浅薄，驯至国之兴废存亡，若与己漠不相属者，皆此之由。”国人思想之所以如此，与“先哲之教”有关，如“不报无道”、“犯而不校”、“以德报怨”等，后儒“藉以文其怠惰恇怯之劣根性，误尽天下”。由此而派生的

“百忍成金”、“唾面自干”等俗语，更是“率全国人而为无骨无血无气之怪物”，“使勇者日即于销磨，怯者反有所藉口，遇势力之强于己者，始而让之，继而畏之，终而媚之，弱者愈弱，强者愈强，奴隶之性，日深一日，对一人如是，对团体亦然，对本国如是，对外国亦然。以是而立于生存竞争最剧烈之场，吾不知如何而可也”。此外，儒家的“仁”也是有弊病的，“仁”强调“我利人，人亦利我”，其“所重者常在人也”。西方讲“义”，“我不害人，而亦不许人害我”，其“所重者常在我”。因此，讲“义”是“救时之至德要道”。“仁焉者多，则待仁于人者亦必多，其弊可以使人格日趋于卑下。”“吾中国人惟日望仁政于其君上也，故遇仁焉者，则为之婴儿，遇不仁焉者，则为之鱼肉。古今仁君少而暴君多，故吾民自数千年来祖宗之遗传，即以受人鱼肉为天经地义，而权利二字之识想，断绝于吾人之脑质中者固已久矣。”历代王朝，“平昔之待其民也，鞭之挞之，敲之削之，戮之辱之，积千数百年霸者之余威，以震荡摧锄天下之廉耻，既殄既狝既夷，一旦敌国之艨艟麕集于海疆，寇仇之貔貅迫临于城下，而后欲藉人民之力以捍卫是而纲维是，是何异不胎而求子，蒸沙而求饭也。”“国家譬犹树也，权利思想譬犹根也。其根既拔，虽复干植崔巍，华叶蓊郁，而必归于槁亡……国民无权利思想者以之当外患，则槁木遇风雨之类也，即外患不来，亦遇旱暵之类也。”梁氏因此大声疾呼，“为政治家者，以勿摧压权利思想为第一义；为教育家者，以养成权利思想为第一”。无论士农工商男女老少人等，“各以自坚持权利思想为第一义”。“国民不能得权利于政府也，则争之。政府见国民之争权利也，则让之。欲使吾国之国权与他国之国权平等，必先使吾国人人固有之权皆平等，必先使吾国民在我国所享之权利与他国民在彼国所享之权利相平等，若是者国庶有瘳。”“权利思想愈发达，则人人务为强者。强与强相遇，权与权相衡，于是平和善美之新法律乃成。”（九、十六节）这是《新民说》探讨新道德时引出的对于传统文化的激烈议论之一。

《新民说》第七、十五、十七节，论述了中国人应该有进取冒险、毅力、尚武等思想品德。“天下无中立之事，不猛进斯倒退矣。”与西方相比，中国最缺乏“进取冒险之精神”。文章赞扬了发现新大陆的哥伦布、改革宗教的路德、开通太平洋航线的麦哲伦、让俄国称雄的彼得大帝、领导美国独立战争的华盛顿、席卷欧洲的拿破仑、复兴意大利的玛志尼等人的事迹，认为他们之所以有成，在于富有“冒险进取精神”，这种精神又来自于理想、希望、热诚、智慧和胆力。“希望愈大则进取冒险之心愈雄”，热诚越高则“驱人上于冒险进取之途”也越强。“不为物先”和命运论影响，加上“霸者的摧锄”，使中国人“血脉阴阴，病质奄奄，女性纤纤，暮色沉沉”，非常缺乏阳刚凌厉之雄风，这是深可忧虑的（七节）。坚忍沉毅，是一切事业成败之根本。中国国民性突出的弱点就是“无毅力”。中国一些有权的老辈曰“守旧”派，但他们并不坚决守旧，“新政”时期，全国竟“无守旧党三阅月”；政变后，一些自称“新党”者纷纷作“鸟兽散”。此外，中国“无三年能持续之国会，无百人能固结之法团”。缺乏坚忍沉毅品德，不只是道德衰败，还是中国政局的险象（十五节）。战国时期，中国原是“尚武任侠”的。自秦以后，养成“重文轻武之习”，又偏取儒、道教义，形成偏枯道德，“以强勇为喜事，以冒险为轻躁，以任侠为大戒，以柔弱为善人，惟以忍为无上法门”，以至于使人“忍奴隶不能忍之耻辱，忍牛马不能忍之痛苦，曾不敢攘臂怒目而一与之争”，这不但“不适于生存”，且“更增其耻辱”，历代独夫锄柔之术，更使武事消乏。“秦皇之销铸锋镝，汉景之狝艾游侠，汉高、明太之菹醢功臣”，是“锄之术”的例证。“柔之术”就是利用“律令制策”、“诗赋词章”、“帖括楷法”等手段，柔其筋骨、言论、思想、精神。经过两千多年的锄柔，中国的尚武精神几乎消失净尽。历代风习也养成了轻视武事的偏见。中国的散文诗词小说戏剧，历来反战，写“从军苦况”和“流血之惨态”，“读之令人垂头丧气，气夺神沮”。对于“才子佳人”的柔情则大加渲染，结果是“损人雄心”，“销磨豪气”。梁氏此论不但新颖合理，还饱含了爱国热情（十七节）。

《新民说》第六、十一节，论述了中国缺少的“国家思想”和“群治不进之原因”。这两节几乎抛开了道德论，对封建主义展开了批判。梁氏据卢梭、孟德斯鸠、伯伦知理等人的学说，认为中国人必须摆正对于国家、朝廷、执政者的认识，“国家如一公司，朝廷则公司之事务所，而掌朝廷之权者，则事务所之总办也。”这是要用资产阶级国家观取代封建的“朕即国家”的国家观。中国秦以前“群雄角立”，“国家主义最盛”。诸子学说持论不同，主张统一却是一致的。这些“书生之论”被独夫利用，便出现了“罢黜百家”，“定于一尊”的局面，“国家思想”因此削弱。后儒高唱“平天下”的“大同”理想，“视国家为一渺小之物，而不屑厝意”。这也削弱了国家思想。其实，“大同”社会并不可取。因为“竞争”是“文明之母”，“大同”社会反对“竞争”，“文明之进步”亦将停止，就会“率天下而复归于野蛮”。中国山河地势不像欧洲那样“华离破碎”，再加之长期统一局面，这也削弱了国人的国家思想。“国界既破”，人们的乡界族界身家界观念却日盛，“是去十数之大国，而复生又百数千数无量数之小国”，“此真吾中国二千年来之性状也”。在列强入侵的情况下，“独善其身者”“畏国事之为己累而逃之”；“忠于一姓”之“家奴走狗”，则为利禄而“趋之若蚁”，政局因此更腐败。“八国联军入北京”，“顺民之旗户户高悬，德政之伞署衔千百”，这正是无国家思想的奴隶根性的反映（六节）。洋务派的种种“新政”，只在枝节上“摹仿”西方，不能使中国“进于文明”，其效果正如“披绮罗于嫫母，只增其丑；施金鞍于驽骀，只重其负”，是无济于事的。梁氏因此主张对封建制度和传统文化实行彻底的“破坏主义”，扫荡“数千年横暴混浊之政体”及“如虎如狼如蝗如蝻如蜮如蛆之官吏”，扫荡“数千年腐败柔媚之学说”及“如蠹鱼如鹦鹉如水母如畜犬之学子”，“然后能一新耳目以行进步之实也”（十一节）。显然，这比《自由书》中的有关论述更尖锐了。

《新民说》第十三、十八、十九、二十节，论述了合群、私德、民气、政治能力等“私德”问题。梁氏原以讨论“公德”为主，后发现中国私德亦坏，故不得不加以论述。私德之坏反映出“国民性之缺点不下十百”（十五节），最突出的就是“诈伪”、“卑屈”，官吏们为了“进取”、“自全”甚至是“为民请命”，常以此法行之，朝野上下，咸宜其用。梁氏认为，在清朝文化专制主义之下形成的“汉学”（朴学），“皆牛鬼蛇神类尔”，完全失去了“匡时救弊”之力。这和后来的《清代学术概论》的评价是大不一样的。中国内乱多，“生计憔悴”，导致了私德败坏。“凡内乱频仍之国，必无优美纯洁之民”。“当内乱时，其民生六种恶性”：侥幸性、残忍性、倾轧性、狡伪性、凉薄性、苟且性。内乱初息，则有恐怖性、浮动性。经济衰败，民无恒业恒心，衣食困乏，因而产生了“贪鄙之性、偏狭之性、凉薄之性、虚伪之性、谄阿之性、暴弃之性、偷苟之性”（十八节）。中国人难合群，不团结，与民风之傲慢、执拗、放荡、迂愚、嗜利、寡情等毛病有关，而忌嫉更是妨碍合群的一大恶德。由于长期专制统治造成的积弊很深，西方“文明学说”不但不能改变面貌，常常会被扭曲而发生质变：“自由之说入，不以之增幸福，而以之破秩序；平等之说入，不以之荷义务，而以之蔑制裁；竞争之说入，不以之敌外界，而以之散内团；权利之说入，不以之图公益，而以之文私见；破坏之说入，不以之箴膏肓，而以之灭国粹。……孰意彼中最高尚醇美利群进俗之学说，一入中国，遂被其伟大之同化力汩没而去。”（十八节）后来，鲁迅也说过，外来新事物一“传入中国，便如落在黑色染缸，立刻乌黑一团，化为济私助焰之具”，这是“中国无药可救”的“大弊”（《花边文学·偶感》）。两说异曲同工。梁氏因此主张，“铸造”新国民道德，要把宣传“英、法、德伦理学”和更新“吾祖宗遗传固有之旧道德”结合起来，藉以维系人心，尤其是“任事者”，不能因“地位”变化，便由“极光明朴实之人”变成“刻薄寡恩机械百出之人”，要用传统的“正本”、“慎独”、“谨小”等规范约束自己，开创一个新局面来（十八节）。

《论政治能力》是针对历史和现实提出的改革主张。政治能力是振兴国家民族的根本，其他文化学术思想是“不足恃”的。中国人虽缺乏“政治思想”，但更缺乏“政治能力”。数千年来，“不能组织一合式有机完全秩序顺理发达之政府者”，其源在于“无政治能力”。每当“鼎革之交”，“中央政府”权力不及“千里外”，民间“稍有树立者”，本可争得一“自由自治之幸福”，但结果不是“拒虎迎羊”，就是所建政权形式与旧中央“一丘之貉”，无所创建。海外移民开发了许多地区的事业，但他们不能在政治上“自建设自约束”，“必迎西方之强者以镇抚我”，这是缺乏“政治能力”又一例证。长期专制统治，尚齿不尚贤的家族制度，经济落后和动乱频仍，是削弱中国人“政治能力”的主要原因。培育近代中国的“政治能力”，不在“当道”和“小民”，而在“有思想之中等社会”，这其中“有志国事”者，亦有弱点。人数少，“分业不迁”，分工不细，“恨不得取百事而一时悉举之，恨不得取百事而一身悉任之”；“人人自谓华、拿（华盛顿、拿破仑），家家自况卢、孟（卢梭、孟德斯鸠）”，“欲百垒一时俱下，而终至于无一垒能下”，“美其名曰总揽大纲，曰纤悉周备，若语其实际，则浅尝而已浮慕而已。”这种状况，是极不利于中国进步的。对于立宪、革命等各派政治势力，他自称不是“两主义之调人”，但他主张不要“先意气而后国家”，不要为“保存主义”而相仇，而要为保存国家而努力，相信“天地甚大，前途甚宽，实有容此两主义并行不悖之余地”。“吾实见夫数年来民党能力之所以不进，其被压抑于政府者不过十之一，其被摧夷于异党者乃十之九也。是真可为长恸者也。”梁氏虽然提出了这种“正大光明”的主张，但在“政潮”中却擅于权变，信誉大落，这就使其论述流于空谈，并有欺世之嫌。

由上可知，《新民说》是一部道德化的政论，思想敏锐，文笔流畅，因受“西学”影响，有些议论很激进，这正是改良主义深化的反映。

1903年正月梁氏出游美洲十个月，后写成《新大陆游记》，此书一反“记风景之佳奇”的惯例，对“美国政治上历史上社会上种种事实”记述甚多，用意在于供国人借鉴。他访问了罗斯福、摩尔根及钢铁大王卡匿奇的“老营”，记述了他们的经历事迹和理想，与中国人守业守旧习性大不相同。他看到白宫比“寻常富商家之私第不如远甚”，便赞赏美国“实行”的是“平民政治”。他在哈佛、耶鲁等大学见到定居美国的第一批留学生容闳等人，因而为才志之士不能为国所用而感慨。波士顿是美国“共和政治之发光点”，英人勃黎福于十七世纪率人来此开辟种植，先“实行柏拉图之共产主义”，后经协议实行议会制，“美国共和政体实托始于是”。此外，他对移居的华人的职业、生活、思想、习俗作了广泛考察，进一步讨论了中国民族性国民性的问题。整部游记以夹叙夹议的笔调写成，文笔快捷，不拘一格，读来有一种宏通开放之感。

游美之后，梁氏思想发生了大变化。这之前，他写了令改良派头痛的《保教非所以保孔论》长文，是他提倡“破坏主义”必然引出的结论。他说：“嗟呼，区区小子，昔也为保教党之骁将，今也为保教党之大敌。嗟我先辈，嗟我故人，得毋有恶其反复，消其模棱，而以为区区罪者。虽然，吾爱孔子，吾尤爱真理；吾爱先辈，吾尤爱国家；吾爱故人，吾尤爱自由。吾又知孔子之爱真理，先辈故人之爱国家、爱自由，更有甚于吾者也。吾以是自信，吾是以忏悔，为二千年来翻案，吾所不惜；与四万万人挑战，吾所不惧，吾以是报孔子之恩我，吾以是报群教主之恩我，吾以是报我国民之恩我……”在同时期写的《最大多数最大幸福》中，他亮明了反对“保教”的观点，儒教宗旨即“教让”，对“有权者”教以保民、养民、利民，“导之以让而勿使滥用其强权”；对“无权者”教以恭顺、服从，“导之以让而勿使撄其强权之锋”。事实上却不会“上下交相让”，通常是无权者“有让无争”，结果是“弱者愈弱，强者愈强”，“少数豪强民贼独占幸福”，多数无权者受压迫而无处申诉。若反其道而行，教多数无权者“善其争”，则“最大多数最大幸福”倒会有保障了。这种对儒教的批判，引起了改良派的震惊和反对。但自游美以后，梁氏思想退坡，走到另一极端，在和革命派的论战中，他写了《中国历史上革命之研究》、《开明专制论》等名文，大张君主立宪旗帜，反对革命。其政治倾向是反动的，但其中对于民族性国民性种种弱点的揭露，却在民元前后的文章中一再反映出来，这说明其历史意义不能简单否定。

《新民丛报》期间，梁氏还有其他一些有影响的名文，《论学术之势力左右世界》摆脱了“德上艺下”等老套，强调文化学术（包括社会科学和自然科学）有推动社会进步的巨大作用，赞扬了西方科学家，发明家、文学家的智慧，促进了文明的进步。《中国学术思想变迁大势》对中国文化学术史作了热情评价，还批评了“先秦学派”的短处：“理论思想缺乏”、“无抗辩别择之风”、“门户主奴之见太深”、“崇古保守之念太重”、“师法家数之界太严”，这些弱点对于后来的学术发展显然造成了不良影响。《新史学》是近代资产阶级史学理论的开创之作，把“二十四史”称之为“家谱”和“相斫书”，就是在这里提出来的。为了发扬传统精神和“采补”西学，梁氏还开了近代传记文学的先河。他用“学案”的形式，对培根、笛卡尔、达尔文、卢梭、孟德斯鸠、边沁、康德、伯伦知理等人的学说进行了评价。用“记”的形式，对斯巴达、雅典、波兰、朝鲜、越南等民族国家的兴衰史作了介绍。人物传记多以“评传”形式写成，其代表作有《张博望、班定远合传》、《赵武灵王传》、《袁崇焕传》、《郑和传》、《意大利建国三杰传》、《罗兰夫人传》等。现引《罗兰夫人传》一段，以见其传记文学之一斑：

> 罗兰夫人何人也？彼生于自由，死于自由。……十九世纪欧洲大陆一切之人物，不可不母罗兰夫人。十九世纪欧洲大陆一切之文明，不可不母罗兰夫人。何以故？法国大革命，为欧洲十九世纪之母故，罗兰夫人，为法国大革命之母故……1793 年 11 月 9 日，罗兰夫人乘囚车以向于断头台，其时夫人之胸中，浮世之念尽绝，一种清净高尚不可思议之感想，如潮而涌，罗兰夫人欲记之，乞纸笔而吏不许，后之君子憾焉。泰西通例，凡男女同时受死刑，则先女而后男，盖免其见前戮者之惨状而战栗也。其日有与罗兰夫人同车来之一男子，震慄无人色，夫人怜之，乃曰：“请君先就义，勿见余流血之状以苦君。”乃乞刽手一更其次第云。呜呼，其爱人义侠之心，至死不渝。有如此者，虽小节亦可以概平生矣。刀下风起血迸，一个之头已落。夫人以次登台，猛见台上一庞大之神象，题曰自由之神。夫人进前一揖而言曰：“呜呼，自由自由，天下古今几多之罪恶，假汝之名以行！”如电之刀一挥，断送四十一年壮快义烈之生涯，于是罗兰夫人遂长为历史之人……

以上所述，是梁启超在《新民丛报》期间散文写作的一个大致的轮廓，时评政论、随笔游记、学术评介、史传文章，这四种形式都被他采用，呈现出自由、开放、洒脱的特色，而且从不同角度涉及了中国社会改革的许多问题。梁氏的世界观方法论以及政治立场即使存在明显的弱点，但他的文章反映了当年中国人的觉醒要求，包含了许多合理因素，并产生了深远的影响，却是不可否认的事实。

第四，“倒袁”文章和《欧游心影录》。

梁启超于1912年9月回国。《鄙人对言论界之过去与将来》是其众多讲演中最重要的一篇演说辞，他回顾了历史，说明游美后不再主张“极端之破坏论”，是因为“见乎无限制之自由平等说，流弊无穷”，“恐秩序一破之后”，“暴民踵起”，“虽提倡革命诸贤，亦苦于收拾”。他回国后仍想“重理旧业”，其宗旨“仍在浚牖民智，熏陶民德，发扬民力，务使养成共和法治国国民之资格”。他认为中国“革数千年之帝政”，“流血之少”，“成功之速”，是“中外古今所未有”。其所以如此，是“哲人畸士之心血沁于报纸中者，云胡可量？然则谓我中华民国之成立乃以黑血革命代红血革命焉也。”由于梁氏本心反对革命，因此有人说这是他在抢革命之功。诚然，梁氏此论对革命党人的奋斗有估价不足之处，但就历史进程看，改良派和革命派的舆论宣传，对辛亥革命显然起了重要的促进作用。这年十一月，他创办《庸言报》。但梁氏并不甘于当“报人”，只不过暂时用“旧业”掩饰其从政的欲望罢了。在《到京第一次演说辞》中，他就当时微妙的政治局势为进入政界放出了一个探测气球：“鄙人自问生平无他异人处，惟对一切事，皆兴味浓挚，求学有然，治事亦有然。凡可以劳吾心吾力者，则当其服劳之时与既劳之后，皆觉有无限之愉快，至于其勤劳所得之报酬如何，则不暇问也。以故亦永无失望沮丧之时。”不久，他就卷进了袁氏内阁。梁氏当然不会忘记袁氏是断送“新政”和六君子的凶手，但在“咸与维新”的形势下，梁与革命派政见不合，且有前嫌，又加之革命派队伍分化，势成群龙无首；袁有实力，对革命派又深怀戒心和机谋。在“两利相权取其重”的情况下，梁氏显然从实利出发卷进了袁氏集团。袁氏对于梁的投归虽很热情，但只在搜罗人才，增高声望，并不贴心倚重。梁氏投袁后确有许多劣迹和个人幻想，为其出谋划策，排挤革命党人，为袁氏与日本订立的卖国条约进行辩护等。他在“倒袁”时写的《军中告国人》忏悔说：“惟痛念频年以来，颇不免缘党派偏见，误断事理，间接以酿国家隐患，……今以国脉安危，迫于眉睫，不敢不沉痛忏悔，请献此身，以图自赎。微诚所贯，舍命不谕。功不敢承，罪不敢避。”这个表白是坦率的。梁氏拥袁，事实上也存着戒心。1913 年 3 月，袁氏指使人刺杀了宋教仁，梁氏以局外人姿态写了《暗杀之罪恶》，他说：“暗杀之动机，出于义愤者最上已（如吴樾之刺五大臣等），然君子固已怜其愚。出于沽名者，亦其次也。然斫国家之元气，以成一己之名，居心既不可问矣。若乃自挟宿怨，蓄志欲死其人，又惮法网不敢躬亲，而贿嗾人以行之，则是合蛇蝎鬼蜮而为一，不足复齿于人类。”这几乎和袁氏唱了一出对台戏。次年九月，袁氏自导自演了祀孔丑剧，明年八月，杨度等人组成筹安会，袁的美国顾问古德诺抛出《民主不适于中国论》，复辟帝制丑剧逐渐拉开帷幕。梁氏先后写了《孔子教义实际裨益于今日国民者何在欲昌明之其道何由》、《复古思潮平议》、《异哉所谓国体问题者》等名文，对复古复辟思潮进行了驳斥。他说，孔子所说的“治平法理”及“礼仪制度”，是“为彼时代彼国土人情之说法”，不能“一一适用于今”。“彼其时犹封建，今则大一统也；彼其时席地，今则凭椅；彼其时服牛，今则驾汽，其礼文制度什九不周今用，固宜尔。”针对旧派“人心风俗败坏”论，梁氏驳斥说：“吾以为大多小民之风俗，固不敢视前加良，亦未见其视前加坏。于营营蹙蹙之中，仍略带浑浑噩噩之气。”“特坏者惟吾曹号称士大夫者流耳。盖日日太息于人心风俗败坏之人，即败坏人心风俗之主动者也……平心论之，中国近年风气之坏，坏于佻浅不完之新学说者，不过什之二三，坏于积重难返之旧空气者，实十而七八。”梁氏还指出，“以前清官历为衡才独一之标准”，是造成政局腐败的根本原因，“鼎革之交，万流杂进。羊胃羊头，见者呃逆。”“其尤无耻者，则朝失清室之官，暮入同盟之会，极口骂项，胁肩美新，及事势一迁，又反颜下石。第其品质，宜在豺虎不食之班。”此论虽然扫了革命派一笔，但更多的是揭露了袁氏政权是一个藏污纳垢之所。复辟初起时，梁氏曾多次劝阻过。当袁氏一意孤行时，梁氏便成了“倒袁”派。

《盾鼻集》是梁氏倒袁文集，其门生蔡锷在序中说：“帝制议兴，九宇晦盲。吾师新会先生居虎口中，直道危言，大声疾呼。于是已死之人心，乃振荡而昭苏。先生所言，全国人人所欲言，全国人人所不敢言。抑非先生言之，故不足以动天下也……当去岁秋冬之交，帝焰炙手可热。锷在京师，间数日辄一诣天津，造先生之庐，谘受大计。及部署略定，先后南下。濒行相与约曰，事之不济，吾侪死之，决不亡命。若其济也，吾侪引退，决不在朝。”师生俩态度坚决，在设计脱身过程中，很费了一番周折。梁氏即使拥袁有罪，其倒袁之功不可掩没。他在《国体战争躬历谈》中表白了其认识过程："帝制问题之发生，其表面起于古德诺之论文及筹安会，实则酝酿已久，而主动者实由袁氏父子及其私人数辈。""去年正月，袁克定忽招余宴，则杨度先在焉。谈次历抵共和之缺点，隐露变更国体求我赞同之意，余为陈内部及外交上之危险，语既格格不入，余知祸将作，乃移家天津，旋即南下，往来于广东、上海间……六月……袁氏语我及冯将军（指冯国璋），皆矢誓不肯为帝。……冯将军据以宣布于各报，谓此议可暂寝矣。乃仅一阅月，遂有筹安会之事。……余乃著一文，题曰《异哉所谓国体问题者》，……袁氏已有所闻，托人贿我以二十万元，令勿印行，余婉谢之。……其时余尚有数函致袁氏，苦词力谏，袁遂不听。"被高价收买的那篇文章，内容并不新奇。梁氏是针对古德诺的文章而写的，而古的文章又和梁以前的《开明专制论》大体一致。梁氏此文只强调一点，"生平持论"从不反对任何"国体"，只求"在现行国体基础之上，思政体政象之改进"；任何"国体"，皆可"致治"或"致乱"。"治乱之大原什九恒于政象，而不系于国体"。此外，就以"文人相轻"方式发牢骚，说"古博士"之作"与我十年旧论同其牙慧，特其透辟精悍尚不及我什分之一、百分之一耳。"这就点破了袁氏复辟帝制变更国体的阴谋，而又无加害把柄可抓。袁氏要收买这篇文章，也正是慑于梁的名声。

在倒袁斗争中，梁氏代拟的《云南致北京最后通牒电》，是揭破袁氏阴谋的当头一棒：

> ……变更国体之原动力，实发自京师。其首难之人，皆大总统之股肱心膂，盖杨度等六人所倡之筹安会，煽动于最初，而朱启钤等七人所发各省之通电，促成于继起。大总统知而不罪，民惑实滋。查三年十一月二十四日申令有云，民主共和，载在约法。邪词惑众，厥有常刑。嗣后如有造作谰言紊乱国宪者，即照内乱罪从严惩办等语。杨度之公然集会，启钤等之秘密电商，皆为内乱重要罪犯，证据凿然，应请大总统查前项申令，立即将杨度、孙毓筠、严复、刘师培、李燮和、胡瑛等六人及朱启钤、段芝贵、周自齐、梁士诒、张镇芳、袁乃宽等七人，即日明正典刑，以谢天下，则大总统爱国守法之诚，庶可为中外所信，而民怨可稍塞，国本可稍定矣。……

这则电文很有策略，即打掉复辟啦啦队，揭破袁氏的阴谋。袁氏集团得知后十分恼火，于调兵遣将武力镇压之外，又用谎言掩盖真相，蒙骗国人。梁氏立即针锋相对，把袁氏集团发往各地密电公之于众，并写了《袁政府伪造民意密电书后》一文，揭破袁氏集团上下其手的阴谋：

> 云南军政府讨贼檄文中，指斥袁世凯运动帝制之罪恶，有“威逼利诱，矫诬民意”等语。袁氏乃嗾其素所奴畜之参政院，反唇相讥，谓云南省亦曾经表决赞成，曾经请愿推戴。谁实逼之，而谁实诱之者？呜呼！吾至是而不得不叹袁氏恶胆之巨，而凶颜之厚也。自国体问题发生以来，所谓讨论者，皆袁氏自讨自论；所谓赞成者，皆袁氏自赞自成；所谓请愿者，皆袁氏自请自愿；所谓表决者，皆袁氏自表自决；所谓推戴者，皆袁氏自推自戴。举凡国内国外明眼人，其谁不知者？然而，袁氏方以为天下皆易欺，狡不自承，以至今日。今北京致各省将军、巡按密电之全文既暴露矣，其电皆有姓名、有月日、有印据，原纸且经军政府拍照印布，袁氏及其党人，纵有万手，当莫能掩；纵有万喙，当莫能赖。则请我全国父老昆弟乃至普天下万国含生负气之人类，试一张目以视，一闭目以思，此果何等妖孽，何等罪业，而乃容其横行于光天化日之下而莫或过问也？今请将其各电中要点摘录指证……

这是用事实揭露奸人本相的最尖锐的倒袁文章。此外，梁氏还写了《与报馆记者谈话》、《五年来之教训》、《袁世凯之解剖》等以及电文，在当年都发生了强烈的社会作用。梁氏因此很自负。倒袁后又联合段祺瑞挫败张勋、康有为的复辟活动，并成为段政府的要员。这说明梁启超在政潮中是极通达权变的，因而引起人们反感。平心论之，梁氏倒袁和反张勋复辟，还是符合历史潮流的。

1917 年年底，梁氏退出政潮。次年年底，他和蒋百里、丁文江、张君劢结伴游欧，直到 1920 年春才回国，此后便进入晚年教学和学术研究时期。欧洲是资本主义老营，经过大战，经济衰败，社会问题极多。中国是所谓参战国和战胜国，“公理战胜强权”的口号中国人曾信以为真，但巴黎和会却否决了中国正当要求，激起了中国人民的愤怒，又加之十月革命影响，北京爆发了“五四”运动。梁氏身在欧洲，心怀故国，对强权政治也是愤愤不平的。他旁听了巴黎和会及英国国会，凭吊了德法激战要塞凡尔登，游览了比利时、意大利、法国、瑞士等国家，访问了他赞赏的哲学家柏格森。他把所见所感，用白话文写成了《欧游心影录》。这也是梁氏的一部有争议的书。所谓“心影录”，就是以“心观天下”、“察微知几”的方式，对东西方文化的长短优劣进行了比较，对未来提出了一些预测和推断。后来，瞿秋白旅俄所写的《赤都心史》，也就是受梁著启发而得名的。梁氏从生活感受出发这样写道：

> 民国八年双十节之次日，我们从意大利经过瑞士，回到巴黎附近百鲁威寓庐。……欧战以来，此地黑煤的希罕，就像黄金一样，便有钱也买不着。我们靠着取暖的两种宝贝，就是那半干不湿的木柴，和那煤气厂里蒸取过煤气的煤渣。那湿柴煨也再煨不燃，吱吱的响，像背地埋怨说道，你要我中用，还该先下一番工夫，这样生吞活剥起来，可是不行的。那煤渣在那里无精打彩的干炙，却一阵一阵爆出碎屑来，像是恶狠狠地说道，我的精髓早已榨干了，你还要相煎太急吗？我们想着现在刚是故国秋高气爽的时候，已经一寒至此，将来还有三四个月的严冬，不知如何过活……我们同住的三五个人，就把百鲁威当作一个深山道院，巴黎是绝迹不去的，客人是一个不见的，镇日坐在一间开方丈的屋子里头，傍着一个不生不灭的火炉，围着一张亦圆亦方的桌子，各人埋头埋脑做各自的功课，这便是我们这一冬的单调生活趣味……我的功课中有一件，便是做些文章，把这一年中所观察和所感想写出来。

这是惯于写政论的梁启超，用白话叙事笔调反映欧游生活的一段文章，战争的灾难，按下不提，但它的阴影却在字里行间透射出来。从技巧上说，这实在是写景抒情手法的巧妙运用。和“五四”文学革命初期刚刚脱弃文言文窠臼的文章相比，这也是上好的散文。

《欧游心影录》虽然文笔细密通俗，内容上却很有些偏颇之处。概略地说，全书反映了梁氏两种主要看法；第一，欧战造成的破坏和灾难，使梁氏对整个西方文明发生了怀疑。他认为西欧社会的混乱是两个原因造成的。其一，产生于反封建斗争的“自由放任主义”，虽有利于“政治革新和产业发达”，但“自由主义”、“自由竞争”因此成了“金科玉律”，种种“恶现象”便由此“演变”出来。其二，由反封建反宗教斗争中产生的“科学万能”论，虽使近百年“物质的进步”，超过“从前三千年所得还加几倍”，但“人类不惟没有得着幸福，倒反带来许多灾难”。“欧洲人做了一场科学万能的大梦，到如今却叫起科学破产来，这便是最近思潮变迁的一个大关键了。”我们且不必说梁氏是把许多不同性质的矛盾和问题混杂在一起，因而提出了一个荒谬的主观武断的否定性结论。这个看法在当时国内思想界引起强烈的反映，连胡适等人也不敢苟同。因为梁氏所否定的，恰恰是和“五四”运动提倡的“民主”、“科学”精神相对立的，这可见他的思想已大大落后于时代。第二，针对中国社会改革问题，梁氏主张采用折衷东西文化的办法，把西方的“个性解放”和中国的“尽性主义”（见《中庸》）结合起来，发挥“各人的天赋良能”，使人人“自立”，以促进社会进步。为了避免西方社会的弊病，梁氏主张“解放思想”，发展“自由批评”，不要把某个人的思想当作“金科玉律”，“范围一世人心”，“无论其人为今人为古人为凡人为圣人，无论他的思想好不好，总是将别人的创造力抹杀，将社会进步勒令停止了。”因此，他主张在批评中不要怕“非尧舜薄汤武”的“离经叛道”的“怪论”。从一般的社会解放和发展文化学术角度看问题，梁氏此论显然是有道理的。然而，梁氏主张的“解放思想”还有其特定的含义，这就是既不把“孔、孟、程、朱的话当作金科玉律”，也不把“马克思、易卜生的话当作金科玉律”。他还认为，中国不是工业国，也就没有“资本阶级”，“发挥资本和劳动的互助精神”，是当时振兴中国的“坦坦平平的一条大路”，革命“不是吉祥善事，免得掉还是免掉的好”。梁启超这种反对中国无产阶级革命的立场和态度，不但说明他对国情缺乏了解，还说明他已被历史潮流远远地抛在后边了，他又成为“某朝遗老”了。从此以后，梁氏倾心于古代学术研究，他的散文也因其思想落后于历史潮流而衰落了。

赵翼说过，“诗文随世运，无日不趋新。古疏后渐密，不切者为陈。”（《瓯北集》卷四十六《论诗》）梁启超的新体散文原本是“随世运”而产生的一种“趋新”的文体，戊戌政变前后，他的文章反映了历史要求，推动了国人的觉醒和解放，因而大受欢迎。辛亥革命前后，“世运”一变，他的思想逐渐与世事“不切”，他的文章也逐渐失去了光彩。“五四”以后，中国“世运”大变，梁氏思想不但“疏阔”而且陈旧，他的文章更加与“世运”不切，因而逐渐被人们忘却了。然而，就历史发展而言，梁氏那些耸动视听的文章所发生的影响仍然是一个历史的存在，是不能埋没的。

第五节 严 复

严复（1854～1921）字又陵，又字几道，出生于福建侯官（福州）一个小知识分子家庭，其父祖三代执业中医，家境不富。严复十四岁失父，因贫困不能走科举仕途，考入沈葆桢所创办的福州船厂附设的船政学堂（又称马江学堂）。这是洋务派办的“新学”，他在这里除学习英语外，还接受了当时最先进的数学、物理、化学、地质、天文以及航海等近代科学知识。五年卒业后，派到军舰上当见习生，曾巡游各海口及台湾、日本等。二十四岁被派赴英国格弗尼次海军大学留学三年，与驻英使臣郭嵩焘结成忘年交。二十七岁回国，在母校任教一年，被李鸿章看中并调任天津水师学堂总教习（教务长）。学堂事务虽由严复规划总管，但因其没有科举功名，因而不能“为一局之长”。严复深感“人微言轻”，颇不服。而与其同期出国留学日本的人大都在海军任职，“用事图强”，而日本竟强占我琉球改为冲绳县(1879)，严复因而愤激地说：“不三十年，藩属且尽缳我如老牸牛耳!”也许是李鸿章忌其激烈，以其“总办学堂，不预机要，奉职而已。”（陈宝琛：《严君墓志铭》）严复不受重用显然事出有因。他对洋务派的种种举措也并不赞同。为了争得功名，他于三十三到三十七岁间曾多次参加科考不中，后得海军保举以知府、道员见用，先后升为学堂“会办”（副校长）、“总办”（校长）。

甲午战败，北洋海军覆没，对严复刺激尤深。他从此到戊戌维新运动期间，不再沉身于学堂事务，而是倾心于翻译和著述，以期开通民智，挽救民族危亡。1895年译成《天演论》（1898年出版），并写了《论世变之亟》、《原强》、《救亡决论》、《辟韩》等著名文章。次年，开手译亚当·斯密的《原富》，并与夏曾佑等在天津创办《国闻报》（日报），严复以不署名的方式刊出了《论中国之阻力与离心力》、《中国教化之退》、《道学外传》、《论中国分党》、《说难》等政论文，尖锐有力地抨击了时弊。1898年1月底，《国闻报》刊出了他的《拟上皇帝书》，他被光绪帝召见后不久，即发生政变。他在《戊戌八月感事》诗中写道：“求治翻为罪，明时误爱才。伏尸名士贱，称疾诏书哀。燕市天如晦，宣南雨又来。临河呜犊叹，莫遣寸心灰。”时局逆转，大出所料。他因卷入政潮不深，未被牵连，虽仍回水师学堂工作，情绪显然低落了。义和团事起，他脱离水师学堂，离津赴沪，参加了唐才常等人发起的“国会”，被推为副会长。1901年应开平矿务局督办张翼之召，作为矿局华人总办之一，实为闲职。1904年因矿局讼事赴伦敦，孙中山闻讯造访，严复认为中国民品民智卑劣，即有改革，害不能尽除，“为今之计，惟急从教育上着手，庶几逐渐更新乎！”孙中山则说：“俟河之清，人寿几何？君为思想家，鄙人乃实行家也。”（严璩：《严先生年谱》，下简称“严谱”）这说明严复对于资产阶级革命派的主张，是不以为然的。此后，他虽被聘为“审定名词馆总纂”等职，但自离津后，实则以译书为业。他在《与张元济书》中说：“复今者勤苦译书，羌无所为，不过闵同国之人，于新理过于蒙昧，发愿立誓，勉而为之。”（书二）“且彼中尽有数部要书，非仆为之，可决三十年中无人为此者：纵令勉强而为，亦未必能得其精义也。”（书一）此言虽有些傲慢之意，却反映了他的自信。除上述两书外，他还翻译了斯宾塞的《群学肄言》、约翰·穆勒的《群己权界论》（即《自由论》）、甄克思的《社会通诠》、孟德斯鸠的《法意》、约翰·穆勒的《穆勒名学》（译成前半部）、耶芳斯的《名学浅说》，合计八部，共约二百万字左右，商务印书馆曾汇编成《严译名著丛刊》。他对于译书很认真，“每初脱稿”，即请吴汝纶“一为扬榷”（《与张元济书》八）。译文“不斤斤于字比句次，而意义则不倍本文。题曰达旨，不云笔译，取便发挥，实非正法。”“新理踵出，名目纷繁，索之中文，渺不可得，即有牵合，终嫌参差，译者遇此，独有自具衡量，即义定名。”因此，常常是“一名之立，旬月踟蹰”（《天演论·译例言》）。有人认为他的译文太艰深，他却辩解说：“仆下笔时，求浅、求显、求明、求顺之不暇，何敢一毫好作高古之意耶？”（《与张元济书》六）吴汝纶在《天演论序》中却说，严氏译文“骎骎与晚周诸子相上下”。显然，他的译文是因求“雅”而难于平易了。

民元后，严复并不赞成共和，且年事已高，但仍关心国事。他在任北京大学校长时的《与熊纯如书》中说：“以不佞私见言之，天下仍须定于专制，不然，则秩序恢复之不能，尚何富强之可跂乎？旧清政府，去如刍狗，不足重陈，而应运之才，不知生于何地，以云隐忧，真可忧耳！”（书一）由于他主张专制，反对共和，并希望有管仲、商鞅、李悝、吴起、诸葛亮、张居正等一类“任法”的铁腕人物出来收拾天下（同上，书二十），因此，在现实的“新旧两派”对比中，他认为袁世凯是“一时之杰”。但他又看出袁氏“不过旧日帝制时一才督抚耳！欲与列强君相抗衡，则太乏科哲知识，太无世界眼光，又过欲以人从己，不欲以己从人，其用人行政，使人不满意处甚多，望其转移风俗，奠固邦基，呜呼！非其选尔。”（同上，书二十四）正是这种思想状况，使他“颇缘被动”地卷进了筹安会（同上，书二十六）。他事后回忆说，“夫仆之不满意于洹上（即袁氏），而料其终凶，非一朝夕之事。……自庚子以后十余年间，袁氏炙手可热之时，数四相邀，而仆萧然自远者，可以见矣。……至于去秋，长沙杨皙子以筹安名义，强拉发起……顾杨不待吾辞之毕，飘然竟去，次日报纸已列吾名，至杨以书来谢，谓极峰闻吾与会，极深欢悦云云，则灼然早知其事之必不轨于正矣。由是筹安开会，以至请愿，继续劝进庆贺，仆身未尝一与其中。任公论出，洹上谋所以抵制之者，令内史夏寿田诿诿发言，主张帝制，仆终嘿嘿，未赞一词，然则区区私旨，可以见矣。不幸年老气衰，深畏机阱，当机不决，虚与委蛇，由是严复之名，日见于介绍，虚声为累，列在第三，此则无勇怯懦，有愧古贤而已。”（同上，书三十二）这个表白是符合事实的，他确实没有借机趋炎附势，图谋私利。但他的表白也只在说明一身清白，而没有说明这种过失是他的思想落在历史潮流后边造成的。其实，严复这时已经很难有自知之明，他在思想上早已落进传统文化的旧套里了。他说过：“鄙人行年将近古稀，窃尝究观哲理，以为耐久无弊，尚是孔子之书。四书五经，固是最富矿藏，惟须改用新式机器发掘淘炼而已；其次则莫如读史，当留心细察古今社会异同之点。”（同上，书五十二）也正是基于这种思想认识，他才不赞成“五四”文学革命，宣称用白话取代文言，是“弃周鼎”、“宝康匏”的“退化”主张，按“优者自存，劣者自败”的“天演”公例，“虽千陈独秀、万胡适、钱玄同，岂能劫持其柄？则亦如春鸟秋虫，听其自鸣自止可耳。林琴南辈与之较论，亦可笑也。”（同上，书八十三）严复是《天演论》的译介者和信奉者，当他把“物竞天择”的自然规律和“自强保种”的爱国主张结合起来进行宣传时，推动了思想界的大解放，他成了宣传“西学”的名人。当他站在历史潮流的对立面，用“优胜劣败”的法则来否定新文化运动时，他的见解比林纾反对文学革命的看法似乎更加可笑，因为他把这个法则完全颠倒了。

严复虽然晚年思想倒退，但他在甲午战后到民元前这一段时期里，对于中国社会解放是有大贡献的。他主张学西方，并认真地翻译了西方资产阶级上升时期的一些理论著作，使中国人对“西学”和西方的了解大大深入了一步，渗透于其中的爱国热情是很感人的。他提倡科学民主自由，以开通民智，培养新人，对封建专制进行了尖锐的批判，为思想界提供了一种评价传统文化的新标准。他确实是当时向西方寻求救国真理的先进人物之一。

《天演论》是一部产生过深远影响的书，也是严译代表作。他之所以要译这部书，是因为赫胥黎有不少论著，“什九主任天之说者，独于此书（按，即《天演论》，原书全称应译为《进化论与伦理学》），非之加此，盖为持前说而过者设也。”（《导言五按语》）所谓“任天之说”，也即达尔文在《物种起源》中归纳出来的“物竞、天择二义”，有人把生物学的这种发展规律简单机械地搬进了社会学或伦理学，这就形成了庸俗进化论和社会达尔文主义。正如恩格斯所说，“想把历史的发展和错综性的全部多种多样的内容都总括在贫乏而片面的公式‘生存斗争’中，这是十足的童稚之见。”因为人能“从事生产”，“一有了生产，所谓生存斗争便不再围绕着单纯的生存资料进行，而要围绕着享受资料和发展资料进行。”（《马克思恩格斯选集》卷三、第五七二页）严复其时并没有这样透辟的认识，他只是朦胧地感到“任天之说”有悖于人道（见后）。他还指出，斯宾塞“与达同时，亦本天演著《天人会通论》，举天、地、人、形气、心性、动植之事而一贯之，其论尤为精辟宏富”（《导言一按语》）。《天演论》本旨，不但是赫胥黎为了补正“前说之过”，还是为了“救斯宾塞任天为治之末流，其中所论，与吾古人有甚合者。且于自强保种之事，反复三致意焉。”（《自序》）在《天演论》的全部译文和按语中，严复有时以赫胥黎的见解补正斯宾塞论述的偏颇，有时又用斯宾塞的议论补正赫胥黎看法的不足，有时又把他们的看法和“吾古人”之论相比，批评中国“政教”的得失，并一再说明处在当时“物竞激烈”之世，中国人“于保群进化之图”，一定要有“深思独见之明”，“徒高睨大谈于夷夏轩轾之间者，为深无益于事实也。”（《导言三按语》）也就是说，《天演论》并不是一部忠实于原文的译作，而是通过比较、选择、改造、发挥，表达了严氏救国救民之心。因为如此，鲁迅在《热风》第一篇短论中称赞说，严复“是‘做’过赫胥黎《天演论》的”“十九世纪末年中国感觉敏感的人”。如何评价《天演论》的哲学思想，学术界颇有不同的看法。这里，仅就其“保群进化”之论作些介绍，以见严氏的爱国之心。

比如，赫胥黎设喻说，有人在荒地辟十亩园林，移栽此地所没有的兰橘等植物，其他沟塍花草，亦皆见精思匠意。只有“时加护葺”，才能保持园林的“种种美观”。“假其废而不治，则经时之后”，“旧主人手足之烈，渐不可见。是青青者又战胜独存，而遗其宜种矣。”此喻有两层含义：其一，园林荒芜，说明移栽的物种是物竞中败劣者；青青独盛于其中者，是物竞中的优胜者，也即宜于此地的良种。其二，人的“智力兼施”，就可创建各种“功业”，以“济天工之穷”。人的这种“异于草木禽兽”的“智力”，实“皆秉彝物则，无所逃于天命而独尊。由斯而谈，则虽有出类拔萃之圣人，建生民未有之事业，而自受性降衷而论，固实与昆虫草木同科。”这是从进化论的角度，说明人类的智力，功业是不断发展的，圣人与凡人没有什么本质的不同。这对于神化圣贤的种种传统谬论，显然是一个大胆的否定。严复翻译了它也就是肯定了它。但他并不满足，而是在按语中进一步指出，在“本土所前有诸种中”通过物竞而能“独存独胜”者，就是“其地最宜之良种”，此论虽然有理，但还不够，还可能“误人”。他补充说，“是种与未经前有之新种角，则其胜负之数，其尚能为最宜与否，举不可知矣。”因为那些孤悬的“岛国”和那些与外界隔绝的内陆国家，其中“物竞较狭”，优胜者只是“暂为最宜”。“外种闯入，新竞更起，往往年月以后，旧种渐湮，新种迭盛。此舟车大通之后，所特见屡见不一见者也。”他列举了许多例证：“澳洲土蜂无针，自窝蜂有针者入境，无针者不数年灭。”番百合自地中海东岸移至南美，“往往蔓生数十百里，弥望无他草木焉。”“岂惟是动植而已”，“美洲之红人”，“澳洲之黑种”，“自交通以来，岁有耗减”！“夫物有迁地而良如此，谁谓必本土固有者而后称最宜哉！”（以上均见《导言四及按语》）这一篇“取便发挥”的译文和按语，清晰地反映了严复的敏感和爱国心。他显然在急切地告诉国人，号称“礼义之邦”的“东方上国”，在门户强开以后，已经面临一个“物竞激烈”的新世界了，中国历来所称道的那些圣贤经传、英雄豪杰、道德风尚等，在和外来“新种”角斗中，是否仍为“最宜”、“最良”，尚在不可知之中。

严复很赞赏赫胥黎所规划的理想社会：“故欲郅治之隆，必于民力、民智、民德三者之中，求其本也。故又为之学校庠序焉。学校庠序之制善，而后智仁勇之民兴。智仁勇之民兴，而有以为群策群力之资，夫而后其国乃一富而不可贫，一强而不可弱。嗟夫，治国至于如是，是亦足矣。”严复在按语中进一步发挥说：“盖泰西言治之家，皆谓善治如草木，而民智如土田。民智既开，则下令如流水之源，善政不期举而自举，且一举而莫能废。不然，则虽有善政，迁地弗良，淮橘成枳，一也；人存政举，人亡政息，极其能事，不过成一治一乱之局，二也。”西班牙民

“信教”且“智识卑下”，斐立白二世当政，盛极一时，及其死后，其国大弱。这正是民智未开造成的恶果。“夫言治而不自教民始，徒曰百姓可与乐成，难与虑始；又曰非常之原，黎民所惧。皆苟且之治，不足存其国于物竞之后者也。”（《导言八及按语》）在改革中国社会的问题上，严复始终坚持办教育、兴民智的主张，显然与他接受了这种西学影响有关。

严复肯定了赫胥黎对“任天为治”的社会达尔文主义的批判：“人择之术，可行诸草木禽兽之中，断不可用诸人群之内。姑无论智之不足恃，就令足恃，亦将使恻隐仁爱之风衰，而其群以涣。且充其类而言，凡恤罢癃、养残疾之政，皆与其治相舛而不行，直至医药治疗之学可废，而男女之合，亦将如会聚牸牝之为，而隳夫妇之伦而后可。狭隘酷烈之治深，而慈惠哀怜之意少。数传之后，风俗遂成，斯群之善否不可知，而所恃以相维相保之天良，其有存者不可寡欤？故曰，以人择求强，而其效适以得弱。盖过庶之患，难图如此。”（《导言十五》）这是从学理上揭露出在人群中实行“人择之术”将会产生反效果，不但有说服力，还反映了论者和译者的人道主义精神，它对于殖民主义者利用这种理论为其掠夺后进人群和种族的野蛮行径进行辩护也是一个有力的驳斥。严复对这个批判仍不满足，他在按语中指出：“赫胥黎氏是书大指，以物竞为乱源，而人治终穷于过庶。此其持论，所以与斯宾塞氏大相径庭，而谓太平为无是物也。斯宾塞则谓事迟速不可知，而人道必成于郅治。”他引述了斯宾塞的看法是：“故宇宙妨生之物至多，不仅过庶一端而已。人欲图存，必用其才力心思，以与是妨生者为斗。负者日退，胜者日昌。胜者非他，智德力三者皆大是耳。三者大而后与境相副之能恢，而生理乃大备。且由此而观之，则过庶者非人道究竟大患也。”严复以此来补充赫胥黎论的不足，不但进一步佐证了他的“开发民智”的主张，还使国人对未来充满乐观的希望。总之，《天演论》是为中国探求“自强保种”的一部启蒙主义译作，它在学理上并非只取一家之说，而是杂取各家之长，这就使其在哲学思想上呈现复杂的状态。即使如此，它给当时的中国人提供了一种进化的发展的历史观和进取的人生观，并发生了深远的影响。毛泽东的“万类霜天竞自由”的豪迈诗句，也许就是这种影响的典型反映。

严复对西学的了解远比康有为、梁启超、谭嗣同等人深入，他在政治上虽不如康、梁等人激进，但他通过中西对比提出的中国社会改革的许多问题，也远比康梁等人深刻尖锐。有人甚至认为，严复在《直报》、《国闻报》发表的一些政论及《天演论》等译作，是《仁学》和《时务报》上梁启超一些文章的前导，就思想影响而言，此论不为无据。严复的政论及译作，大体上是以西方民主制度及其学说为据，揭露中国封建专制的种种弊害；以西学中的实验科学方法，揭露中国文化学术尚虚尚伪、师心自用、昏人神智的种种弊病。这确实使当年的思想界耳目一新。

1895 年 3 月刊于天津《直报》的《辟韩》，是严复揭露封建专制的名文，《时务报》于次年转载后，张之洞视若“洪水猛兽”，准备严加纠弹（《严谱》）。这是一篇逻辑严密的驳论文章，作者以进化论为据，对韩愈的《原道》层层加以驳斥，先驳其圣人设教的荒谬，再驳其对君臣、君民关系的颠倒，最后通过中西对比，揭破中国历代帝王的本质，说明中国贫弱的原因：

> ……秦以来之为君，正所谓大盗窃国者耳。国谁窃？转相窃之于民而已。既已窃之矣，又惴惴然恐其主之或觉而复之也，于是其法与令蝟毛而起，质而论之，其什八九皆所以坏民之才，散民之力，漓民之德者也。斯民也，固斯天下之真主也，必弱而愚之，使其常不觉，常不足以有为，而后吾可以长保所窃而永世。嗟乎！夫谁知患常出于所虑之外也哉？此庄周所以有“胠箧”之说也。是故西洋之言治者曰：“国者，斯民之公产也，王侯将相者，通国之公仆隶也。”而中国之尊王者曰：“天子富有四海，臣妾亿兆。”臣妾者，其文之故训犹奴虏也。夫如是则西洋之民，其尊且贵也，过于王侯将相；而我中国之民，其卑且贱，皆奴产子也。设有战斗之事，彼其民为公产公利自为斗也，而中国则奴为其主斗耳。夫驱奴虏以斗贵人，固何所往而不败？

严复虽然这样断然否定封建专制，却又认为当时不可“弃吾君臣”，原因是“其时未至，其俗未成，其民不足以自治也。”这固然反映了他在政治上的软弱性，但和他的以兴民智为立国之本的主张有关。

严复的政论不但揭露了历代帝王是独裁政治的产物，还揭露了贯串于独裁统治中的一种危害极大的统治思想，其要点就是阻抑民智，使其不争，“以止足为教”，“期于相安相养而已”。“春秋大一统”，即“平争之大局也”。“秦之销兵焚书，其作用盖亦犹是。降而至于宋以来之科制，其防争尤为深且远。”统治者设科考的用意是：“取人人尊信之书，使其反复沉潜，而其道常在若远若近、有用无用之际。悬格为招矣，而上智有不必得之忧，下愚有或可得之庆，于是举天下之圣智豪杰，至凡有思虑之伦，吾顿八纮之网以收之，即或漏吞舟之鱼，而已暴鳃断鳍，颓然老矣，尚何能有推波助澜之事也哉！嗟乎！此其圣人牢笼天下，平争泯乱之至术，而民智因之以日窳，民力因之以日衰。其究也，至不能与外国争一旦之命，则圣人之计虑之所不及者也。”（《论世变之亟》）科举愚民的另一恶果是：“夫自海禁既开以还，中国之仿行西法也，亦不少矣：总署，一也；船政，二也；招商局，三也；制造局，四也；海军，五也；海军衙门，六也；矿务，七也；学堂，八也；铁道，九也；纺织，十也；电报，十一也；出使，十二也。凡此皆西洋至美之制，以富以强之机，而迁地弗良，若亡若存，辄有淮橘为枳之叹。……是何以故？民智既不足以与之，而民力民德又弗足以举其事故也。颜高之弓，由基用之，辟易千人，有童子懦夫，取而玩弄之，则绝膑而已矣，折臂而已矣，此吾自废之说也。嗟乎！外洋之物，其来中土而蔓延日广者，独鸦片一端耳。何以故？针芥水乳，吾民之性，固有与之相招相合而不可解者也。夫唯知此，而后知处今之日挽救中国之至难。”（《原强》）在稍后所写的《救亡决论》中，他集中揭露了八股取士的弊害，总括其“大害”有三：一是“锢智慧”，二是“坏心术”，三是“滋游手”。“总之，八股取士，使天下消磨岁月于无用之地，堕坏志节于冥昧之中，长人虚骄，昏人神智，上不足以辅国家，下不足以资事畜。破坏人才，国随贫弱。此之不除，徒补苴罅漏，张皇幽渺，无益也；虽练军实，讲通商，亦无益也。何则？无人才，则之数事者，虽举亦废故也。舐糠及米，终致危亡而已。然则救之之道当何如？曰，痛除八股而大讲西学，则庶乎其有鸠耳。东海可以回流，吾言必不可易也。”此外，严复还仿庄子笔调写了《道学外传》，对教读八股的村学究进行了嘲弄：

> ……遂至无论何乡，试游其地，必有面带大圆眼镜，手持长杆烟筒，头蓄半寸之发，颈积不沐之泥，徐行偻背，阔颔扁鼻，欲言不言，时复冷笑，而号为先生长者其人者。观其人，年五六十矣；问其业，以读书对矣；问其读书始于何年，则又自幼始矣……则度其四五十年间，日日均可读书，质虽驽下，无一得之智，无远略之怀，但能循途守辙，日诵数十行，时日既多，意者亦必有可观者焉。试入其室，笔砚之外，有《四书味根录》、《诗韵合璧》、《四书典林》，无他等书。其尤博雅者，乃有《五经汇解》之经学，《纲鉴易知录》之史

学,《古文观止》之古文,《时务大成》之西学。微问之曰:“先生何为乐此?”答曰:“国家之功令在是也。”问曰:“功令脱改,先生奈何?”答曰:“功令曷为而改哉?天下之文,未有时文若者,惟时文之义理格律乃能入细,凡文之不从时文出者,尽卤莽灭裂耳。且功令若改,则国家将亡矣。汝毋为此亡国之言。”问曰:“然则,先生于时文观其深乎?”答曰,“然。余之文崇理法。”问曰,“不识时文之理法,上帝所令乎?教主所制乎?国宪所颁乎?且时文之义理,即圣门之义理乎?”则色然而不应。知其怒,哀其既老,思有以慰之,曰:“先生之齿长矣,岁所入似若为丰矣,盍谋所以娱此暮年者。”答曰:“予不敢稍纵也,将以遗之子孙。”问曰:“度先生之力,即极约,量不能致千万金,子孙而贤,何以此为?子孙而赖此,则又非先生之所望矣。”则又色然而不应。知其不可告,思以他辞乱之,曰:“先生亦阅报乎?”答曰:“亦偶阅之。然今日之报,即今日天下之乱民也。西人之来,谋利而已,本无大志;且穷奢极欲,衰将及之。而各报乃日以瓜分为言,是不啻导西人之至,而胁中国以必从,愚而自用,贱而自专,灾必及之矣。况民主者,部落简陋之习也,各报艳称之,不知支那即改民主,汝未必即伯理玺天德;支那即开议院,汝未必即议员。若支那真瓜分,吾辈衣食自若也,汝胡以此哓哓为。甚矣!各报之为今日天下之乱民也。”于是问者亦遂不敢复请。

夫支那积二千年之政教风俗,以陶铸此辈人材,为术密矣,为时久矣,若辈之多,自然之理。以钱财为上帝,以子孙为灵魂,生为能语之马牛,死作后人之殭石,悯恻不暇,安用讥评?独恨此辈既充塞国中,岂无上膺执政之权,下拥名山之席者?而今乃奉此五百兆炎黄之胄,二千年圣神之教,以听若辈之位置,返之仁人志士之用心,当咸以为不可也。是以不惮刻酷之讥,轻薄之责,形容一二,以例其余……

严复认为,中国要真正富强起来,必须借鉴西方社会体制,一改旧貌,“以自由为体,以民主为用”,标本兼治,方可奏效“标者何?收大权、练军实,如俄国所为是已。至于其本,则亦于民智、民力、民德三者加之意而已。果使民智日开,民力日奋,民德日和,则上虽不治其标,而标将自立。何则?争自存而欲遗种者,固民所受于天,不教而同愿之者也……然则三者又以民智为最急也。是故富强者,不外利民之政也，而必自民之能自利始；能自利自能自由始；能自由自能自治始，能自治者，必其能恕，能用絜矩之道者也。”（《原强》）严复不像其他改良派那样强调民权，而特别重视大开民智和个人自由。他在《论世变之亟》一文中表述了一个系统性的看法：“中国历古圣贤”深畏以自由立教，“彼西人之言曰：唯天生民，各具赋界，得自由者乃为全受。故人人各得自由，国国各得自由，第务令毋相侵损而已。侵人自由者，斯为逆天理，贼人道。其杀人伤人及盗蚀人财物，皆侵人自由之极致也。故侵人自由。虽国君不能，而其刑禁章条，要皆为此设耳。中国理道与西法自由最相似者，曰恕，曰絜矩。然谓之相似则可，谓之真同则大不可也。何则？中国恕与絜矩，专以待人及物而言。而西人自由，则于及物之中，而实寓所以存我者也。自由既异，于是群异从然以生。粗举一二言之；则如中国最重三纲，而西人首明平等；中国亲亲，而西人尚贤；中国以孝治天下，而西人以公治天下；中国尊主，而西人隆民；中国贵一道而同风，而西人喜党居而州处；中国多忌讳，而西人众讥评。其于财用也，中国重节流，而西人重开源；中国追淳朴，而西人求欢虞。其接物也，中国美谦屈，而西人务发舒；中国尚节文，而西人乐简易。其于为学也，中国夸多识，而西人尊新知。其于祸灾也，中国委天数，而西人恃人力。”严复正是基于对“自由”的这种认识，便不惮费力地翻译了约翰·穆勒的《群己权界论》（即《自由论》），为了避免引起歧义和误解，他在译作“自序”中强调说，“学者必明乎己与群之权界，而后自由之说乃可用耳。”就严复以上论述看，不论他把“自由”的界说划分得如何清楚明白，他所强调的“自由”，事实上已经超出了个人自由的范围，如“三纲”与“平等”、“亲亲”与“尊贤”、“尊主”与“隆民”、“忌讳”与“讥评”等东西方的差别，显然不只是自由与不自由的差别，而主要是两种社会制度差别的反映。要在中国消除这种差别，也绝不能只是用提倡自由的办法就可以实现的，而必须彻底消除封建制度及其影响，全社会才可能有那种“平等”、“尚贤”、“隆民”、“讥评”的“自由”，而这是资产阶级改良派所力不能及且不曾设想的。谭嗣同在推动湖南“新政”时就曾感觉到，“即不能兴民权，亦当畀绅耆议事之权”（《上欧阳中鹄》十四），后来，连这一点可怜的“民权”要求也被旧派所否决。由此可见，严复的“自由为体，民主为用”的社会改革主张，既反映了他对西方的了解，也反映了他对中国现实的隔膜，这是受了英国自由主义影响而产生的一种超现实的自由主义的改革主张，它在中国不可能找到相应的依附的政治势力，这也就是严复在维新运动中显得软弱和空幻的最根本的原因。

严复对中国传统文化学术的批判，也是非常尖锐激烈的。他说过，“苟求自强，则六经且有不可用者，况夫秦以来之法制!”(《辟韩》)他还指出，一些鄙弃科考的“超俗之士”，热衷于古文词、碑版篆隶，并大张“考据之帜”，即使著书满家，“吾得一言以蔽之，曰，无用。”他对于宋明以来的“周、程、张、朱，关、闽、廉、洛”等学派，甚至包括顾炎武的《日知录》、黄宗羲的《明夷待访录》等，“吾又得一言以蔽之，曰，无实。非果无实也，救死不赡，宏愿长赊。所托愈高，去实滋远。徒多伪道，何裨民生也哉!”康有为十分推崇陆象山、王阳明之学，严复却说，“夫陆、王之学，质而言之，则直师心自用而已。自以为不出户可以知天下，而天下事与其所谓知者，果相合否？不径庭否？不复问也。自以为闭门造车，出而合辙，而门外之辙与其所造之车，果相合否？不龃龉否？又不察也。向壁虚造，顺非而泽，持之似有故，言之若成理。其甚也，如骊山博士说瓜，不问瓜之有无，议论先行蜂起”。显然，这是继承了清初学者对陆王之学空疏之弊的批判精神。严复还从国贫民弱的现实出发，从总体上对传统文化提出了否定性的批判：“今日请明目张胆为诸公一言道破可乎？四千年文物，九万里中原，所以至于斯极者，其教化学术非也。不徒嬴政、李斯千秋祸首，若充类至义言之，则六经五子亦皆责有难辞。嬴、李以小人而陵轹苍生，六经五子以君子而束缚天下，后世用其意，虽有公私之分，而崇尚我法，劫持天下，使天下必从己而无或敢为异同者则均也。因其劫持，遂生作伪；以其作伪，而是非淆、廉耻丧，天下之敝乃至不可复振也。此其受病至深，决非一二补偏救弊之为，如讲武、理财所能有济。”(《救亡决论》)

严复之所以会这样断然否定中国传统文化，是以“西学”强调实证的科学方法和强调实效的学风为依据的。他在《原强修订稿》中简要地论述了西学发展史：“夫西洋之于学，自明以前，与中土亦相埒耳。”其后大变，“是以制器之备，可求其本于奈端；舟车之神，可推原于瓦德；用电之利，则法拉第之功也；民生之寿，则哈尔斐之业（按，指哈维发现血液循环，促进医学进步)。而二百年学运昌明，则又不得不以柏庚氏（即培根）之摧陷廓清之功为称首。”在这里，严复把上述各学科的发展，归功于培根倡导的逻辑学和研究方法。他在《天演论·自序》中对此有过很明白的介绍：“及观西人名学（即逻辑学)，则见其于格物致知之事，有内籀之术（即归纳法）焉，有外籀之术（即演绎法）焉。内籀云者，察其曲而知其全者也，执其微以会其通者也。外籀云者，据公理以断众事者也，设定数以逆未然者也……二者即物穷理之最要涂术也。”“夫西学之最为切实而执其例可以御蕃变者，名、数、质（化学）、力四者之学是已。”这说明严复不但十分重视西方的科学技术，还很重视其研究方法。“求才、为学二者，皆必以有用为宗。而有用之效，征之富强；富强之基，本诸格致。不本格致，将无所往而不荒虚，所谓‘蒸砂千载，成饭无期’者矣。”（《救亡决论》）严复用力翻译《穆勒名学》，就是仿效培根的说法，向中国学术界介绍“一切法之法，一切学之学”（《按语一》），从而更新中国学术研究的方向、方法和学风，使中国从根本上富强起来。为了培养一代新的人才，严复还比较了东西方不同的教育方法或学风：“且其教子弟也，尤必使自竭其耳目，自致其心思，贵自得而贱因人，喜善疑而慎信古。其名数诸学，则藉以教致思穷理之术；其力质诸学，则假以导观物察变之方，而其本事，则筌蹄之于鱼兔而已。故赫胥黎曰：‘读书得智，是第二手事，唯能以宇宙为我简编，民物为我文字者，斯真学耳。’此西洋教民要术也。而回观中国则何如？……且中土之学，必求古训。古人之非，既不能明，即古人之是，亦不知其所以是。记诵词章既已误，训诂注疏又甚拘，江河日下，以至于今日之经义八股，则适足以破坏人材，复何民智之开与有耶？”（《原强修订稿》）严复是受过西学训练的人，他的这些论述确实是深知底里的论述，是很有说服力的，其深远影响就是推动人们进一步追求西学，并用西学标准来审视中国传统文化，因而导致了中国文化思潮的更新。

严复留下的政论不多，大体上依据西学对中国封建制度和传统文化展开了最早的批判，见解新颖，言之有据，逻辑严密，说理透彻，文字上却太艰深，远不如梁启超文章那样明白晓畅。严复虽然晚年思想倒退，其前期政论所产生的影响却是不能抹煞的。

第六节　黄遵宪、汪康年、夏曾佑

黄遵宪（1848～1905）字公度，广东嘉应州（今梅县）人，出身于一个由商人致富的官僚家庭。他幼年间在曾祖母抚养下学唱儿歌民歌，培养了他对诗歌的浓厚兴趣，也为他后来的诗歌创作奠定了最早的基础。在帝国主义和封建主义加紧压迫下，黄遵宪三岁时爆发了太平军起义，1864 年清军攻陷太平天国首都天京，黄遵宪十七岁。次年年底，黄遵宪新婚后数日，原在福建汀州的太平军汪海洋部进入广东，攻破嘉应州城。黄遵宪一家乘小船逃难到大埔，后又逃至潮州。黄遵宪因此写过许多攻击太平军的诗。他恐惧仇视人民革命运动，却又期望中国强盛起来，这就决定了他在政治上的改良主义态度。黄遵宪在科举道路上也是几经曲折的，1867 年春中了秀才，以后多次乡试不售，1873 年考取拔贡生，直到 1876 年秋于顺天乡试中第一四一名举人。这期间，他随父北游山东、京师，广泛结交。他拜见了李鸿章，慷慨陈词，很受赞许。他认识了同乡京官何如璋、邓承修等，还和洋务派官僚张荫桓等诗酒唱和，陈述对时局的看法。他的才华和政见是受人赏识的。1877 年，何如璋被任为驻日使节，黄遵宪即被何奏请任驻日使馆参赞。他在日本和文化界人士广泛结交，《日本杂事诗》就是其吟咏唱和的结集。通过交游、“笔谈”和读书，他对日本的历史沿革及明治维新后的新政有许多了解，因而萌发了编撰《日本国志》的念头。孟德斯鸠、卢梭等人的著作，使黄遵宪确信中国要自强起来，就一定要走日本式的维新道路。他在日本四年多，1882 年春，调任驻美国旧金山总领事，其时正赶上美国政府排斥华工，黄遵宪为维护华工正当权益，做了许多有益的工作。他目睹了 1884 年美国总统竞选过程，他的《纪事》组诗，既赞扬了这种新的制度，也揭露了它的虚伪性。这期间，中法战争爆发，黄遵宪还回顾祖国，写过许多爱国反侵略的诗篇。1885 年 9 月，黄遵宪请假回国，专心于《日本国志》的修改和编写，直到 1887 年 5 月脱稿，全书计四十卷，五十余万言。他携稿至京师，大获称赞。1889 年夏，薛福成出任英、法、意、比四国使臣，黄遵宪被任为驻英二等参赞。公事甚少，闲暇较多，他开手整理自己的诗作和创作经验，并有意用新名词反映资本主义社会新事物，著名的《今别离》组诗就是这期间写成的。他对英国的政治和经济作了多方面考察，确信民选议院是中国应该师法的。1891 年，调任新加坡总领事，积极了解华侨情况，保护侨民合法权益。1894 年年底任满回国，参与办理教案和筹防工作，他就甲午战争，写过不少激昂的爱国诗篇。康梁维新运动兴起，他参加强学会，捐资一千元创办《时务报》。1896 年 10 月，他被光绪帝及翁同龢召见，印象极好，事后，任为出使德国大臣。因德国要挟，黄遵宪请求政府收回任命，致力于《时务报》。他主张报纸要以“讪上横议”为戒，尤不要有“骂詈之词”，为的是避开或减少非难和攻击。他在文字上借重梁启超，办事上依仗汪康年。他主张报社事务要像西方政体，议政、行政分开。由总董四人议定办事规条，交馆中执行。汪康年因此认为他官大捐资多，“挠我权利”，一时弄得很僵。1897 年 6 月，黄遵宪被任为湖南长宝盐法道，因而积极参与湖南新政：设保卫局以兴绅权，邀梁启超主讲长沙时务学堂，参加南学会讲演，还参与《湘学新报》、《湘报》的创办工作。他对湖南新政出力甚多，却受到顽固派的攻击。1898 年夏间，光绪帝连续下令召见黄遵宪，8 月 11 日，黄遵宪赴京途中，又命其为驻日使臣。此前 7 月 26 日，光绪帝下令改《时务报》为官办，由康有为主持。汪康年得张之洞的支持，于上年梁启超赴湘后，即独自主持该报，他得悉谕旨后，即改名《昌言报》，聘梁鼎芬为主笔，并称《时务报》是由他创办的。康有为认为其私改报名，就是抗旨不交。光绪帝因此又命黄遵宪道经上海时，查办此事。9 月 15 日，黄抵上海，不料痢疾复发，卧病不起，这时候，后党发动政变，黄遵宪被牵连，先软禁于上海，后得日本友人支持，放归家乡。在被谤孤独中，他仍关心国事。他十分痛惜维新运动被镇压，他仿照龚自珍的办法，写成了组诗《己亥杂诗》三一五首，反映了他的经历和政见。他在和梁启超的通信中，尤其关心《新民丛报》提出的主张和方向。1905 年 3 月 28 日，因肺疾逝世于家乡。在近代史上，黄遵宪首先是一位改良派的政治家和外交家，面对帝国主义的侵略和国内矛盾，他主张救亡图存，学习西方有益经验，实行自上而下的改革，发展国防力量，抵抗外来侵略，发展中国的经济事业，使中国真正强盛起来。他在任职使节时，很注重研究外部世界，维护华侨权益，确信日本式的维新和英国式的君主立宪是中国改革的必由之路。这说明他是一位有作为的外交家。与此同时，他对太平天国、义和团运动以及后起的资产阶级革命运动显示出恐惧和反对的态度，尤其清楚地说明了他是一位改良主义政治家。他在《支离》一诗中说，“穷途竟何世，余事作诗人。”这说明诗歌或散文写作，并不是他最关注的事情。然而，他主张以“我手写我口”的方式所写的“新派诗”，却获得广泛的称赞，被誉为“诗界革命”的领袖，学术界对其研究亦多。黄遵宪的散文没有成集，有记、序、书信、政论等，有的是手稿，有的则散见于各报刊及各文集，据统计有近二百篇文章（见杨天石著《黄遵宪》一书后附《黄遵宪文目初编》）。这里要介绍的是他的《日本国志叙》和他晚年给梁启超的一封信，这是他的两类不同的文章，但却反映了他同样的政治倾向。

《日本国志》是黄遵宪为清王朝和士大夫提供改革的一面镜子，他在《〈日本国志〉书成志感》一诗中明确地说："湖海归来气未除，忧天热血几时摅。千秋鉴借吾妻镜（按：唐玄宗8月5日生日，定为千秋节。张九龄取历史故事十章编成《千秋金鉴录》进贺，与别人献礼不同。"吾妻镜"是日本的一部编年体史书），四壁图悬人境庐。改制世方尊白统，罪言我窃比黄书。频年风雨鸡鸣夕，洒泪挑灯自卷舒。"全书所引材料，全是黄遵宪交游、考察亲手得来的，它比此前介绍外国情况的书籍，显然要切实可靠得多。他主张学习西方的自然科学和管理方法，发展中国的经济；学习西方议会民主制，以消除上下壅蔽和阻阂；他主张发展军事力量，反对侵略，保卫国防，要以兵止兵，以战止战。他主张言文合一，改革文字和文体，以利于普及文化和开发民智。这些思想主张，对后起的改良运动都产生了重要影响。《日本国志叙》除论述了编书过程外，特别反对了中国士子们自我封闭的传统思想，现节录如下：

……道咸以来，海禁大开，举从古绝域不通之国，皆鳞集麇聚，重驿而至。泰西通例，各遣国使互驻都会，以固邻好而觇国政。内外大臣，迭援是以为请。朝廷因遣使巡视诸国。至今上光绪元、二年间，遂有遣使驻扎之举。丙子之秋，翰林侍讲何公，实膺出使日本大臣之任，奏以遵宪充参赞官。窃伏自念，今之参赞官，即古之小行人，外史氏职也。使者捧龙节，乘驷马，驰驱鞅掌，王事靡盬，盖有不暇于文字之末。若为之寮属者，又不从事于采风问俗，何以副朝廷咨诹询谋之意？既居东二年，稍稍习其文，读其书，与其士大夫交游。遂发凡起例，创为《日本国志》一书，朝夕编辑。甫创稿本，复奉命充美国总领事官，政务繁密，无暇卒业，盖几几乎中辍矣。乙酉之秋，由美回华，星使郑公既解任，继之者张公，仍促余往。而两广制府张公，又命遵宪为巡察南洋诸岛之行。遵宪念是书弃置可惜，均谢不往。家居有暇，乃闭门发箧，重事编纂，又几阅两载而后书成。凡为类十二，为卷四十。昔契丹主有言，我于宋国之事，纤悉皆知，而宋人视我国事，如隔十重云雾。以余观日本士夫，类能读中国之书，考中国之事。而中国士夫，好谈古义，足已自封，对外事不屑措意。无论泰西，即日本与我仅隔一衣带水，击柝相闻，朝发可以夕至，亦视之若海外三神山，可望而不可即，若邹衍之谈九州，一似六合之外，荒诞不足论议也，可不谓狭隘欤？虽然，士大夫足迹不至其地，历世纪载，又不详其事，安所凭藉以为考证之资？其狭隘也，亦无足怪也。窃不自揆，勒为一书，以其体近于史志，辄自称为外史氏。亦以外史氏职在收掌，不敢居述作之名也。抑考外史氏掌五帝三王之书，掌四方之志。今之士夫，亦思古人学问，考古即所以通今，两不偏废如此乎？书既成，谨志其缘起，并以质之当世士夫之留心时务者。光绪十三年夏五月。

全篇文章以老练的文笔写来，援古证今，引类取譬，都恰到好处，文章也显得古朴庄重。他在 1902 年 11 月《致新民师函丈书》中，对梁启超的《新民说》进行了评价，文章却显示出平易通畅亲切的特点，现节录如下：

公之所唱民权自由之说，皆是也。公言中国政体，征之前此之历史，考之今日之程度，必以英吉利为师，是我辈所见略同也。风会所趋，时势所激，其鼓荡推移之力，再历十数年、百余年，或且胥天下而变民主，或且合天下而戴一共主，皆未可知，然而中国之进步必先以民族主义，继以立宪政体，可断言也。公所草《新民说》，若权利，若自由，若自尊，若自治，若进步，若合群，皆吾腹中之所欲言，舌底笔下之所不能言，其精思伟论，吾敢宣布于众曰，贾、董无此识，韩、苏无此文也。

然读至冒险进取破坏主义，窃以为中国之民，不可无此理想，然未可见诸行事也。二百余年，政略以防弊为主，学术以无用为尚。有明中叶以后，直臣之死谏诤，党人之议朝政，最为盛事，逮于国初，余风未沫，矫其弊者极力刬削，渐次销除。间有二三骨鲠强项之臣，必再三磨折，其今夕前席，明夕下狱，今日西市，明日南面者，踵趾相接，务摧抑其可杀不可辱之气，束缚之，驰骤之，鞭笞之，执乾纲独断之说，俾一切士夫习为奴隶，而后心安。其文字之祸，诽谤之禁，穷古所未有。由是葸懦成风，以明哲保身为安，以无事自扰为戒，父兄之教子弟，师长之训后进，兢兢然伸明此意，浸淫于民心者至深。故上至士夫、长吏、官幕、军人，乃至吏胥、走卒、市侩、方技、盗贼、偷窃，其才调意识见于汉、唐历史宋、明小说者，今乃荡然乌有。总而言之，胥天下皆懵懵无知，碌碌无能之辈而已。以如此无权利思想、无政治思想、无国家思想之民而率之以冒险进取，耸之以破坏主义，譬之八九岁幼童授以利刃，

其不至引刀自戕者几希……(转引自《梁启超年谱长编》第三册)

他即使看见了封建专制的严重危害，却仍然不赞同梁启超所提倡的进取冒险、破坏主义等新国民道德要求，这说明他比梁启超的思想还要保守落后。其所以如此，可能是由于他惧怕革命运动，因而把群众看成幼稚无知的乌合之众。

汪康年（1860～1911）字穰卿，杭州人，出身于一个没落的封建家庭。二十七岁中秀才，二十八岁补廪生，此后入张之洞幕府，任两湖书院分教席。三十七岁以前，他一直在张之洞幕中，颇受器重。1896 年 7 月，他辞别张幕，到上海与黄遵宪等合议创刊《时务报》，汪任总理，梁启超任撰述。后因梁事务繁忙，不能按期撰文，故又聘请康门弟子麦孟华、徐勤、欧榘甲等人撰稿，章太炎也一度为之撰文。后因经济问题闹分裂，并公于报端。正如严复在《〈时务报〉各告白书后》中所说，他们仅仅为了“万余金捐款，万余张销报之权与利”，互相“告白”，“栉比鳞次”，“私书往还，相呼以贼”，“前为石交，后乃仇雠”。这和他们创办报纸提倡“合群”、“相爱”、“救种革习”的本旨是大相违背的。严文还分析了双方的指责都是不全面的，除清理账目外，严氏主张以“忠恕”结案，“汪氏宜自处于‘忠’，黄、梁宜自处于恕。”(《严复集》第二册）其实，这一场争论，除反映了双方的私心以外，显然还有政治倾向上的原因。汪康年与张之洞等守旧派联系甚深，黄遵宪、梁启超等显然是当时维新运动中的激进派。汪康年很热衷于办报纸，1897 年创刊《农会报》、《蒙学报》；1898 年 3 月创刊《时务日报》，记载中外大事，评论时政得失，以有别于每周三册的《时务报》。他得知《时务报》将改官办后，即改名《昌言报》。后又将《时务日报》改为《中外日报》，他一直主持此报到死。其弟汪诒年在其年谱后记中说，“先生平日绝不主张激烈之行动，以为天下大器破坏滋易，建设实难，以吾国之人材财政内忧外患而论，尤不当虚作一建设之理想轻言破坏，故平素持论恳恳窾窾，专属望于政府之能自改革，勿自蹈于危亡之域，以致危及天下。然当局迄不能用其言……”年谱还记载了一则时人对汪康年的评论：“汪氏未创办中外日报以前，尝与康、梁党相提携，大挥其健笔，厥后则别树一帜，以无欲为天民之思想故也。汪氏虽为革进派，只可谓渐进派，或稳和派，非如康梁之急进派，故张文襄深信汪氏，常采用汪氏意见，在武昌兴新学，汪氏亦与有大力焉。”这对于我们了解汪康年其人其文，都是极好的材料。

汪康年最受称道的政论，就是他主持《时务报》时所写的《中国自强策》上、中、下三篇，上篇联系国内外形势说明中国必须改革，中篇讲他的改革宗旨，下篇讲具体改革的办法。中篇最好，篇幅不长，反映了他的主张，现录如下：

> 中国自古独立于亚洲之中，而其外皆蛮夷视之。素以君权为主，务以保世滋大为宗旨。故其治多禁防遏抑之制，而少开拓扩充之意。君恐臣之侵其权，故不使之有纤毫之权。恐臣下之结党，故务散其党，牵制之使不得行其志。锢蔽之使不得极其聪，以天命怵之，以鬼神惧之。臣下承之，以讳饰为能，以敷衍为工，以趋避诿卸为巧。其于民也，但以压制欺吓为事，无复有诚意以相孚。故吏习于弊混，民安于刁玩，士成于陋劣，兵贯于哗溃。其齐民皆以闭户不与外事为秘策，以积财遗子孙为得计。故上下之大弊不出四事，曰徇私，曰恶直，曰崇虚，曰耽逸。循习至久，全国之民，皆失自主之权，无相为之心。上下隔绝，彼此相离，民视君父如陌路，视同国若途人。夫民之弱与离，君所欲也，积至今数千年，乃受其大祸。然则至今日，而欲力反数千年之积弊，以求与西人相角，亦惟曰复民权，崇公理而已。其于官也，汰冗职，删仪官，使官各有事。其教人也，必使为有用之学，毋误用其聪明。其选人也，必使以所学为其官，毋使用非所学。其升补也，必依其本职，毋使朝此而夕彼。其用人也，厚其禄，过则责，故则斥，勤奋则升迁，而递加其俸，终世无失业之虞。其定律也，依罪为断，必求可行，无虚设之律，无难行之例。其罪人也，访缉密而治之宽。其谳罪也，稽罪而尽其辞。其取于民也，名以其资占税，毋倒置，毋苛索。其理财也，使财归实用，毋糜于虚文，毋漏于中饱。昔之重文而轻武者，今必使文武并重。昔之优文士而轻吏治者，今必以吏事为急。汰繁重以求其速捷，去虚文以责其实效。删矫诬不实之谈，斥虚伪无理之事。尚创作而贱安闲，尚改变而贱守常。以能开利源为能，以能创新学为优。民性必求其宣达，士气必求其振奋。昔之不使民与国事者，今必与之共治。昔之使民安于愚弱者，今必使之极其强。务使内之权力，在在足与外人相抵。夫如是或可侥幸与各国相持。然此但言其治道宗旨所在，而未言办法之实也。

这是当年很典型的“报章体”政论文，骈散相杂，排比推论，读来明白晓畅。

夏曾佑（1863～1924）字穗卿，号碎佛；笔名别士，浙江杭州人。其父夏鸾翔，是晚清有名的数学家，曾任詹事府主簿等官职，清贫早逝，曾佑在母亲抚育下成人，十四岁进学，二十六岁中举，二十八岁中进士，任礼部主事，公务之余仍勤奋学习。在维新思潮影响下，他突破考据学的枷锁，转向今文经学，思想显得敏锐。三十岁左右，他和来京的梁启超、谭嗣同等相识，十分投合，经常彻夜长谈，批判清儒经学和荀学，后来还和他们提倡“诗界革命”。他在赠梁启超的诗中记述了他们论学的情况：“冥冥兰陵门，万鬼头如蚁。质多举只手，阳乌为之死。袒裼往暴之，一击类执豕。酒酣掷杯起，跌宕笑相视。”梁启超在《亡友夏穗卿先生》一文中解释说，“清儒所做的汉学，自命为荀学”，为了打倒汉学，就要打倒荀子。质多，是佛典上魔鬼的译名，相当于基督教经典里的撒旦。他们长谈辩论之后，就主观上认为打倒汉学和荀学了，这“可以想见我们精神解放后所得的愉快怎么样”。《时务报》创刊，夏曾佑赋闲依表兄汪康年居上海，他和梁、谭交往更多，讨论“诗界革命”，写过许多局外人很难懂的“新派诗”。后赴天津，应同乡孙宝琦之聘任育才馆教师，与严复、王修植等创办《国闻报》，宣传新学和维新变法，并深受严复译作影响，他的思想也从今文经学中蜕变出来，并用“物竞天择”、“优胜劣败”等进化论观点来观察社会的历史。他和严复联合署名发表的《国闻报馆附印说部缘起》，是提倡语文合一的开发民智的新小说的一篇重要文论，第一次提出了小说的作用远在经史之上：“夫说部之兴，其入人之深，行世之远，几几出于经史之上。而天下之人心风俗，遂不免为说部所持。……本馆同志，知其若此……是以不惮辛勤，广为采辑，附纸分送，……宗者所存，则在乎使民开化。自以为亦愚公之一畚，精卫之一石也。”这尤其清楚地反映了他们的爱国热情。戊戌政变，夏曾佑虽未被牵连，但《国闻报》停办，育才馆解聘，他的朋友星散，生活发生危机，心情是沉重的。次年年底，他出任安徽祁门知县，目睹吏治腐败，民气闭塞，思想更趋消极。1902 年卸任后，居上海，从事于中国古代史研究，后编成《中国古代史》一书，这是他留下的唯一的著作。1906 年 4 月，曾随清室五大臣出洋考察两个月，后又作为两江总督代表的随员，北上讨论官制。1908 年年初署理安徽广德知州，革命形势迅猛发展，夏曾佑看出了清政府立宪不成，思想苦闷，遂致力于佛学。民元后，夏曾佑出任北洋政府社会教育司司长，四年后调任北京图书馆馆长。自严复等人逝世后，他更感没落寡欢，以诗酒自遣，1924 年 4 月 17 日病逝于北京。

梁启超在上述悼念文章中说，“穗卿是晚清思想界革命的先驱者”，“是我少年做学问最有力的一位导师”，但他“既不著书，又不讲学，他的思想，只是和心赏的朋友偶然讲讲，或者在报纸上随意写一两篇”，“他对于中国历史有崭新的见解——尤其是古代史，尤其是有史以前。”他的史学著作，原名《最新中学中国历史教科书》，是供当时中学堂用的教材，原分三册出版，其时限只写到隋朝，只能算半部中国古代史。1933 年商务印书馆加以标点，改名《中国古代史》出版，作为大学用丛书之一。1955 年，三联书店又将此书印出。此书有两大特点，一是抛开传统的编年、纪传、记事本末三大史书结构框架，采用章节的形式，综合论述政治，经济，文化学术的发展，二是叙述上力求文简理富，史料与评论相结合，促使人们了解历史发展的前因后果，以利于保种自强、救亡图存的现实运动。作者把进化论渗透在史学研究中，反映了他的爱国热情。显然，这和梁启超在《新史学》等文章中提出的“史学革命”口号是相呼应的，也是资产阶级史学革命的最早成果。夏曾佑为该书所写的“叙”，既反映了他的史学思想，也是一篇严谨的散文，现录如下：

> 智莫大于知来。来何以能知？据往事以为推而已矣。故史学者，人所不无之学也。虽然，有难言者。神州建国既古，往事较繁，自秦以前，其纪载也多歧；自秦以后，其纪载也多仍。歧者无以折衷，仍者不可择别。况史本王官，载笔所及，例止王事，而街谈巷语之所造，属之稗官，正史缺焉。治史之难，于此见矣。然此犹为往日言之也。洎乎今日，学科日侈，日不暇给，既无日力以读全史，而运会所遭，人事将变，目前所食之果，非一一于古人证其因，即无以知前途之夷险，又不能不亟读史，若是者将奈之何哉？是必有一书焉，文简于古人而理富于往籍，其足以供社会之需乎？今兹此编，即本是旨，而学殖时日皆有不逮，疏谬之讥，知不可免，亦聊述其宗趣云尔。钱塘夏曾佑叙。

夏曾佑的其他文章，散见于报刊，并未成集。他的另一篇受称道的文论，是刊于 1903 年《绣像小说》第三期上的《小说原理》。其中论述了小说被人喜爱和难于写好的原因之后，提出了他的改革主张：“综而观之，中国人之思想嗜好，本为二派：

一则学士大夫，二则妇女与粗人。故中国之小说，亦分二派：一以应学士大夫之用；一以应妇女与粗人之用。体裁各异，而原理则同。今值学界展宽（注：西学流入），士夫正日不暇给之时，不必再以小说耗其目力。惟妇女与粗人无书可读，欲求输入文化，除小说更无他途。其穷乡僻壤之酬神演剧，北方之打鼓书，江南之唱文书，均与小说同科者。先使小说改良，而后此诸物，一例均改。必使深闺之戏谑，劳侣之耶禺，均与作者之心入而具化。而后有妇人以为男子之后劲，有苦力者以助士君子之实力，而不拨乱世致太平者，无是理也。”论者不但看出了小说有开发民智的重大作用，还看出了改革社会的力量潜伏在“妇女与粗人”之中，这显然是可贵的认识。

第三章
资产阶级革命时期的散文

第一节　孙中山、朱执信

孙中山（1866～1925）是中国近代史上伟大的爱国主义战士和中国民主革命的先驱。他为中国的独立、民主和富强奋斗了一生。18 世纪末和 19 世纪初，他提出了创建共和国的完整的民主革命纲领；十月革命和中国共产党成立以后，他“适乎世界之潮流，合乎人群之需要”，重新解释了三民主义，提出了“联俄、联共、扶助农工”三大政策，促成了第一次国共合作，推动了第一次国内革命战争的发展，使他的思想和革命实践达到了空前未有的高度。他在生命最后时刻，还系念革命大业，为革命党人留下了可贵的《遗嘱》：“余致力国民革命，凡四十年，其目的在求中国之自由平等。积四十年之经验，深知欲达到此目的，必须唤起民众，及联合世界上以平等待我之民族，共同奋斗。现在革命尚未成功。凡我同志，务须依照余所著《建国方略》、《建国大纲》、《三民主义》及《第一次全国代表大会宣言》，继续努力，以求贯彻。最近主张开国民会议及废除不平等条约，尤须于最短期间，促其实现。是所至嘱！”这是他一生革命经验的宝贵总结，也反映了他的伟大精神。这篇短文曾被广泛传诵，激励了许多人。正像毛泽东在孙中山诞辰九十周年所写的《纪念孙中山先生》一文中所说的：“现代中国人，除了一小撮反动分子以外，都是孙先生革命事业的继承者。”“我们完成了孙先生没有完成的民主革命，并且把这个革命发展为社会主义革命。”“他全心全意地为了改造中国而耗费了毕生的精力，真是鞠躬尽瘁，死而后已。”“像很多站在正面指导时代潮流的伟大历史人物大都有他们的缺点一样，孙先生也有他的缺点方面。这是要从历史条件加以说明，使人理解，不可以苛求于前人的。”这是对于孙中山革命业绩科学公允的评价。孙中山首先是伟大的革命家，而不是文学家。现在我们来讨论他的散文，是就他在革命斗争中发表的一些有重大作用或重大影响的文章作一点评论介绍，上述毛泽东的论断精神，显然也适合对孙中山散文的评价。

孙中山出身于广东香山县（今中山市）翠亨村一个贫苦农民家庭，名文，字德明，号日新，后因其粤语谐音，改号逸仙。他自小劳动，十岁才入塾读书。他厌恶旧学，太平军老战士的革命事迹，却使他很感兴味。由于家境贫苦，其兄孙眉于1871年到檀香山谋生，后成为资本家，孙家生活才得到改善。1878年5月，孙中山随母亲去檀岛，此行大开其眼界，“始见轮舟之奇，沧海之阔，自是有慕西学之心，穷天地之想。”（《总理遗墨》影印本第三页）此后五年多，他在檀岛接受了欧美教育，英文尤好，爱读华盛顿、林肯等人传记。1883年7月归国，与好友陆皓东在家乡开展反封建迷信斗争，遭旧势力反对，被迫至香港拔萃书室及域多利书院学习。中法战争中“中国不败而败”，孙中山对清政府无能尤为愤慨，“余自乙酉中法战后，始有志于革命。”（《总理全集》二集第121页）1886年至1892年间，孙中山在广州和香港学医，课余广泛涉猎东西文化历史，“于中学则独好三代两汉之文，于西学则雅癖达文之道，而格致政事亦常流览。”（《总理全集》下册“函札”十六页）他和主张维新的知名人士何启、郑观应等交往甚密，和陈少白、尤少纨、杨鹤龄等“勿敬朝廷”，抨击时政，探求改革社会方法，人称“四大寇”（《孙中山选集》上卷一六九页）他以优异成绩毕业于香港西书医院后，曾在澳门和广州行医，并结交会党，酝酿成立革命团体。1894年上书李鸿章，希望效法西方，改良中国社会，但无结果。同年11月，在檀岛华侨中发起成立“兴中会”，提出了“驱除鞑虏，恢复中国，创立合众政府”的革命纲领（同上书二十四页）。次年，在香港建立兴中会总机关，策划广州起义，因事泄流产。随后与郑士良、陈少白等流亡日本，在横滨建立兴中会分会，断发改装，赴檀岛、美、英等国进行革命活动。1896年10月11日，被清政府驻伦敦使馆诱骗绑架，得英籍老师康德黎博士营救及舆论界支持，才免于押回处死。后用英文写成《伦敦被难记》，揭露清政府腐败，扩大了革命影响。他在伦敦居留约一年，广泛阅读各种社会学说，并考察了西方社会，资本主义制度的危机促使他“采取民生主义，以与民族民权问题同时解决。”（同上书一七二页）他的三民主义思想体系初步形成。1897 年秋到日本，得到日本友人的支持。他对西班牙、菲律宾的民族解放运动也给予了热情援助。义和团运动高潮时，孙中山发动了有重大影响的惠州起义，起义后义军向闽南东进，一路势如破竹，投军者日多，一度到两万多人。后因外援受阻，队伍自动解散。此后，孙中山领导的革命获得人们的理解和支持。此后四年间，孙中山大都在海外为革命奔走。庚子事变和辛丑条约，使许多中国人看清了清政府腐败卖国的本质，民主革命思潮高扬，如“军国民教育会”、“华兴会”、“光复会”等半公开的革命团体成批涌现，保皇派主张受到批判和唾弃。1905 年 8 月，在孙中山倡导下，以兴中会、华兴会、光复会为基干，在东京成立了中国同盟会，明确提出了“驱除鞑虏，恢复中华，创立民国，平均地权”的革命纲领。10 月创办《民报》，孙中山所写的《发刊词》，就是简要阐述三民主义并发生了重大影响的文章：

近时杂志之作者亦夥矣。婞词以为美，嚣听而无所终，摘填索途，不获则反复其词而自惑。求其斟时弊以立言，如古人所谓对症发药者，已不可见，而况夫孤怀宏识，远瞩将来者乎？

夫缮群之道，与群俱进，而择别取舍，惟其最宜。此群之历史既与彼群殊，则所以掖而进之之阶级，不无后先进止之别。由之不贰，此所以为舆论之母也。

余维欧美之进化，凡以三大主义：曰民族，曰民权，曰民生。罗马之亡，民族主义兴，而欧洲各国以独立。洎自帝其国，威行专制，在下者不堪其苦，则民权主义起。十八世纪之末，十九世纪之初，专制仆而立宪政体殖焉。世界开化，人智益蒸，物质发舒，百年锐于千载，经济问题继政治问题之后，则民生主义跃跃然动。二十世纪不得不为民生主义之擅场时代也。是三大主义皆基本于民，递嬗变易，而欧美之人种胥治化焉。其他施维于小己大群之间，而成为故说者，皆此三者之充满发挥而旁及者耳。

今者，中国以千年专制之毒而不解，异族残之，外邦逼之，民族主义、民权主义，殆不可以须臾缓。而民生主义，欧美所虑积重难返者，中国独受病未深，而去之易。是故或于人为既往之陈迹，或于我为方来之大患，要为缮吾群所有事则不可不并时而弛张之。嗟夫！所陟卑者其所视不远，游五都之市，见美服而求之，忘其身之未称也，又但以当前者为至美。近时志士，舌敝唇枯，惟企强中国以比欧美，然欧美强矣，其民实困。观大同盟罢工与无政府党社会党之日炽，社会革命其将不远。吾国纵能媲迹于欧美，犹不能免于第二次之革命，而况追逐于人已然之末轨者之终无成耶！夫欧美社会之祸，伏之数十年，及今而后发现之，又不能使之遽去；吾国治民生主义者，发达最先，睹其祸害于未萌，诚可举政治革命、社会革命毕其功于一役。还视欧美，彼且瞠乎后也。

翳我祖国，以最大之民族，聪明强力，超绝等伦，而沉梦不起，万事堕坏，幸为风潮所激，醒其渴睡，旦夕之间，奋发振强，励精不已，则半事倍功，良非夸嫚。惟夫一群之中，有少数最良之心理，能策其群而进之，使最宜之治法，适应于吾群，吾群之进步，适应于世界，此先知先觉之天职，而吾“民报”所为作也。抑非常革新之学说，其理想输灌于人心，而化为常识，则其去实行也近。吾于“民报”之出世觇之。

这篇“发刊词”简约严明地论述了三民主义的历史渊源和对于中国的现实和未来的重大意义，对于当时诸多杂志不能“对症发药”进行了估价，对“民报”的任务和方向也作了明确的规定。就文章内在逻辑而言，它确实显示了总揽全局、指挥若定的大家风范。诚然，其中所包含的民生史观等唯心论成分，是很明显的，但这是历史条件形成的。“民报”后来确实不负重托，特别是在和保皇派的论战中，发挥了宣传革命的重大作用。

从 1907 到 1911 年间，孙中山在两广和云南地区先后策动了八次武装起义，虽然由于主客观原因大都归于失败，但在政治上打击了清政府，鼓舞了士气。1911 年旧历三月二十九日广州起义，世称黄花岗之役，孙中山后来指出：“全国久蛰之人心，乃大兴奋。怨愤所积，如怒涛排壑，不可遏抑。不半载而武昌大举以成。”（《〈黄花岗烈士事略〉序》）他在美国得知武昌起义，年底回国，被选为临时大总统，次年元旦在南京组成临时政府，制订“临时约法”并颁布了一些除旧布新的法令。辛亥革命推翻了清王朝，结束了两千多年的帝制，其历史功绩永垂史册。但革命后同盟会成员思想涣散，袁世凯依仗帝国主义，玩弄权术，欺骗国人，篡夺了革命果实。孙中山迫于形势，在1912年2月13日清帝逊位后第二天辞去总统职。此后，他担任“全国铁路总办”，设想了宏伟的建设计划。1913年3月，宋教仁在上海被袁氏集团刺杀，孙中山立即发起了讨袁的“二次革命”，不久即被袁氏镇压下去。他再度流亡日本，重组“中华革命党”讨袁，但因认识不一，且力量太小，未能达到目的。1915年10月孙中山与宋庆龄在东京结婚，他从此得到了很好的助手和支持。袁氏复辟活动激起国人义愤，蔡锷等人在云南发起护国战争，“洪宪帝制”被迫取消。孙中山于1916年5月初回国，袁世凯于6月死去。孙中山主张恢复“临时约法”，被段祺瑞政府拒绝。孙中山于1917年回广州成立护法军政府，但由于西南军阀掣肘，护法战争失败，他看出了南北军阀“如一丘貉”。他避居上海，总结过去的经验教训，撰成《建国方略》，并指示朱执信、廖仲恺等创办刊物，宣传革命思想。正当孙中山感到“孑然无助”的情况下，十月革命爆发，随后中国发生了“五四”运动，中国无产阶级登上历史舞台，中国共产党也应运诞生了。孙中山因此大受鼓舞，他致电列宁，赞扬十月革命。他热情肯定“五四”运动：

> 自北京大学学生发生五四运动以来，一般爱国青年，无不以革新思想为将来革新事业之预备。于是蓬蓬勃勃，发抒言论。国内各界舆论，一致同倡。各种新出版物，为热心青年所举办者，纷纷应时而出。扬葩吐艳，各极其致，社会遂蒙绝大之影响。虽以顽劣之伪政府，犹且不敢撄其锋。此种新文化运动，在我国今日，诚思想界空前之大变动。原推其始，不过由于出版界之一二觉悟者从事提倡，遂至舆论放大异彩，学潮弥漫全国，人皆激发天良，誓死为爱国之运动；倘能继长增高，其将来收效乏伟大且久远者，可无疑也。吾党欲收革命之成功，必有赖于思想之变化，兵法“攻心”，语曰“革心”，皆此之故。故此种新文化运动，实为最有价值之事。（《孙中山选集（上卷）·关于五四运动》）

这可以说是对于“五四”运动伟大意义的一个最早的正确的评价。1919年10月，孙中山把中华革命党改为中国国民党。次年11月回广东，组建军政府，开展第二次护法运动。1921年年底，中共创始人李大钊陪同共产国际代表马林到桂林，与孙中山讨论建立革命政党和革命武装问题。1922 年 6 月，新军阀陈炯明叛变，使孙中山处境十分困难，中国共产党给予孙中山热情支持和帮助，苏俄代表越飞还和孙中山、廖仲恺讨论了两国合作及反帝反封建斗争原则等问题。9 月，孙中山在上海召开了研究改组国民党的会议，共产党人参与了有关工作，他还邀请李大钊等共产党人加入国民党。1923 年 2 月，孙中山重回广州建立大元帅府，加速国民党改组工作。中国共产党三次代表大会确定了统一战线方针和国共合作原则。10 月，孙中山召开了国民党改组特别会议，成立了相应的机构，11 月，发表了《中国国民党改组宣言》及党纲草案。次年 1 月，孙中山在广州召开了中国国民党第一次全国代表大会，李大钊被委为主席团成员，毛泽东等共产党人是大会代表。大会“宣言”确立了联俄、联共、扶助农工三大政策，重新解释了三民主义，接受了中共提出的反帝反封建的主张，确认了统一战线的共同纲领。大会还选出有共产党人参加的中央委员会。国民党从此在政治上组织上获得了改造和新生，这是孙中山及国民党左派坚持进步坚持革命的结果，也标志孙中山的革命主张和革命实践达到了一个新的高度。大会期间，列宁逝世，孙中山建议大会发出唁电，他在讲话中称赞列宁是“革命中之圣人”，还亲书“国友人师”祭帐。他还倡议创办黄埔军校，廖仲恺任党代表，周恩来、叶剑英、恽代英等共产党人参与了重要工作。孙中山在多次演说中，热情支持工农运动。广东革命运动高涨，引起了帝国主义和国内反动派的仇视，阴谋破坏，武力威胁，以孙中山为首的革命派则坚持抵制和反击。1923 年年底，美、英、法、日等帝国主义因革命政府截留海关关金和收回海关主权，他们派二十艘军舰进入黄埔加以威胁，孙中山对此严加谴责，在广大群众支持下取得了胜利。1924 年秋，英帝国主义策划了商团叛乱，也被革命势力镇压下去。1924 年 10 月，冯玉祥所部国民军发动北京政变，电邀孙中山北上“讨论国事”，中国共产党发表了《第四次对时局的主张》，号令召开国民会议，支持孙中山北上。孙中山在北上途中多次发表谈话，声明反帝反封建主张，揭露北京政权卖国行径。长期奔波，使孙中山积劳成疾，1925 年 3 月 12 日因肝癌不治，逝世于北京，引起了广大人民的深切的哀悼。正像鲁迅所说的，“中山先生的一生历史具在，站出世间来就是革命，失败了还是革命；中华民国成立之后，也没有满足过，没有安逸过……直到临终之际，他说道：革命尚未成功，同志仍须努力!”“他是一个全体，永远的革命者。无论所做的哪一件，全都是革命。无论后人如何吹求他，冷落他，他终于全都是革命。”（《集外集拾遗·中山先生逝世后一周年》）这是对于孙中山的革命业绩和革命精神的一个确当的评价。孙中山的革命精神就是为中国的独立解放而奋斗到底，他在中国国民党第一次全国代表大会后，以“反对假革命”为题所做的讲演，就是反映他的革命精神的一个突出的例证，也是一篇很好的白话文：

> 现在我还要对革命党来讲几句话。大家知道，中华民国是革命党几度流血、推翻满清才造成的。现在这个革命事业，都被官僚武人破坏了，所以革命建设不能彻底成功，所以我们革命党在中国还要担负很重的责任。现在第一个责任，就是要把革命党的三民主义，来宣传到一般国民能知道。第二个责任，我们革命党还要学从前革命先烈一样，要牺牲性命，要舍身来救国，要为中国前途来奋斗，要把自己的力量，拿来努力进行，学从前真革命这个样；不可学革命成功后的这种假革命党，借革命来图个人的私利，借革命一条路来做终南捷径，升官发财。自从革命成功后，这假革命党充满全国，冒革命之名，所以把革命成绩都破坏了，往往令国民不知道革命党是做一种什么事。所以国民看到现在这种假革命党，以为这种就是革命的人才。我们真革命党，现在要担一种很大的责任，就是要彻底，要把这种假革命党来排除。我们对于国民，要表示我们的道德和一种革命的精神，令国民大家知道真革命党是为国牺牲的、成仁取义的、舍性命来救国的。只要把奋斗精神来感动国民，令国民知道是非，知道真假，知道真革命党是真心为国家的，令一般国民跟随我们来革命，中国才有救呢！（《孙中山选集》下卷八四七页）

朱执信（1885～1920）是资产阶级革命家、思想家，是孙中山的忠实得力的助手。他出身于广州一个封建知识分子家庭，原名大符，还曾用过蛰仲、县解、去非、前进、民意、琴生等笔名。他自小好学，熟读经史，尤爱王安石的著作。十四岁丧父，十六岁从姻亲汪精卫之叔父汪仲器学习近代数学，很有心得。十七岁入广州“教忠学堂”，在同学中组织“群学社”，探求救国真理。1904 年以优异成绩考取留日法政科学生。到日本后，他广泛涉猎自然科学，日、英、俄语都学得很好。1905 年加入同盟会，从此以后，他追随孙中山，积极从事革命运动和理论宣传工作。他虽热心革命运动，却不剪辫子，许多同伴都不理解。但他在 1906 年回国后从事各种革命活动，因有辫子而未引起反动当局的怀疑，这才使许多革命党人叹服其远见。他参加了黄花岗之役的谋划，他本来有其他任务，但他在临战时刻奋勇地赶到了起义地点，盘上发辫，割去长衫，挟两颗炸弹直攻广州督署，扔完炸弹后，又拾起阵亡战友的枪继续进攻。由于寡不敌众，这次起义失败。朱执信胸部负伤，他扔下枪，放下发辫，从容地避开了敌人耳目，出逃香港。他的智勇双全的气概更是受人称道。民元后，他在广东做了许多军事工作，且有成效。“宋案”发生后，他积极参加了“二次革命”，失败后，去日本，和孙中山、廖仲恺等继续反袁。1914 年 5 月《民国》杂志创刊，朱执信是孙中山指定编委之一。此后两年间，他曾奉命两次去南洋筹款，还在广东组织力量，讨伐桂系军阀龙济光。袁世凯死，朱执信坚决支持孙中山领导的护法运动，失败后，随孙中山到上海，从事理论研究和宣传工作。他参与了《建设》杂志的编辑，并一度主持《民国日报》，他因此就当时政局及各种社会问题写过许多文章，还协助了孙中山的《建国方略》一书的撰写工作。1920 年秋，孙中山决定驱逐广东桂系军阀，进而统一南方。朱执信奉命回广东做军事工作，9 月 21 日，被桂系军阀杀害于虎门。这是资产阶级革命派的一个重大损失。为了表彰他的业绩，孙中山命廖仲恺等筹建“执信学校”，今广州执信中学即其原身，其校歌一再教育学生“毋忘执信之好学精神”，“毋忘执信之革命精神”。朱执信的著作曾多次出版，1979 年中华书局出版的《朱执信集》两卷本，是收录其著作较全的一部文集，全书有六十二万多字，除大部分政论外，还收录了旧体诗、白话诗及小说等作品。

朱执信是一位思想活跃、见识广博的资产阶级革命家，他的文章相当清楚地反映了他的思想面貌。在反对清政府、保皇派、袁世凯复辟等等斗争中，他一方面坚持了孙中山的三民主义，另一方面吸收了马克思主义的某些成分，对君主立宪、开明专制等谬论进行了驳斥。比如，《论满洲虽欲立宪而不能》、《驳法律新闻之论清廷立宪》等文章，坚持民族主义，强调只有推翻满洲政府，才能有真正的立宪政制，否则，都是骗人的鬼话。《论社会革命与政治革命并行》、《心理的国家主义》等文章，申述了孙中山的民权主义，强调通过反对满洲政府，创建资产阶级共和国，还要发挥“平民”、“细民”的“社会革命之主体”的作用，“不放任竞争，则资本无由跋扈也”，“固不得致贫富悬隔也”。《英国新总统选举劳动党之进步》、《土地国有与财政》等则是阐述民生主义的重要文章，他明确认为，“社会的运动，以阶级斗争为本据。”“凡社会的运动，无不涉政治者以此。”资产阶级倾覆王权贵族是阶级斗争，现在劳动阶级反对资本家也是阶级斗争。这种运动既可帮助新兴阶级进步，“亦可抑富豪将来之势力”。后一篇文章驳斥了梁启超反对土地国有化的种种谬说，明确认为只有在土地国有化以后，才能做到田地、宅地、山林、湖沼河海、水电、铁道等重要经济事业的发展和国有化，只有这些事业的发展，中国才会“浴社会的自然恩惠而增加之额”。他在1906年年初发表的《德意志社会革命家列传》中，评介了马克思的生平经历和《共产党宣言》、《资本论》的主要内容，这是中国人最早宣传马克思主义的重要文章之一。此后，他在许多文章中一再引用阶级斗争理论分析各种社会问题，但从总体上说，他的思想并没有越出激进的民主主义范畴，始终坚持了孙中山的三民主义。在“倒袁”的“二次革命”失败以后，他写了《革命与心理》、《开明专制》等文章，分析了当时的形势，揭露了袁氏集团的倒行逆施，“今之袁氏，其所与共姦回者只少数之人，以一时之利合，未有不可离之休戚为之关联，如往者满洲贵族之事也。其施政则酷虐数倍前清，民怨积于政府，而无一之德泽可以讴歌也。其助寡于前时，而毒深于万姓。”他后期所写的《兵底改造与其心理》，提出了改造中国的一种设想的方案，就是用“理想的军队”创造一种“理想地区”，即把兵制“改做寓兵于工，就是创造一种劳动军。这个劳动军，就是俄国最新的劳动军一样，拿战时杀人的军队，变做平时生产的大力量。一到有事时，还是完完全全的一支大军，一面做防卫主义的武力，一面又是共同经济建设的先锋、生活的保障。因为他们同时是劳动者，所以很容易授与他一种主义。他由主义上觉得非去拼命打破敌人不可。因为他们是工人，所以退伍以后还有工做，到了不能做工的时候，还有养老制度。……”他希望有“带兵的人”来做这样的“试验”，创造几个“理想地区”，从而巩固和发展“中华民国”。显然，朱执信在思想上受了十月革命很深的影响，他的设想也正预示了旧三民主义向新三民主义发展的必然趋势。

五四运动期间，朱执信就文化和社会思潮写过许多文章，反映了他的思想很活跃，眼光很敏锐。比如，他在《舆论与煽动》一文中坚决支持群众爱国运动，尖锐驳斥了反动当局的“煽动”论：“今日政府对于人民之举动，无论合理与否，皆以被煽动排之。于是凡有舆论之起，不问其内容如何，而惟探索其煽动之人。始于内政暨及外交，有反对北廷者，则曰南方之煽动也。有反对日本者，则曰英、美之煽动也。相惊相戒以煽动，则煽动者亦相与讳言之而已。彼知舆论之不可明攻也，而攻其煽动，可谓巧于立言矣。而为人民者，岂可以避煽动之名，而使舆论坐萎乎？国民之自觉，岂可遂以畏被煽动之名而中绝乎？当仁不让，是在不舍其主义而已。”他在《神圣不可侵与偶象打破》一文中论述了科学精神就是“随时容人讨议”，不能“打破偶象之人”“自奉一偶象”。某种“科学效用”，“适于现所知之世界”，但不能说它就是“绝对的，永久的”。“打破科学上偶象者，惟以科学之研究可以得之，此外皆不能成功。”这是对于“五四”运动倡导的科学精神的很好的阐述。朱执信热情赞成文学革命，认为“白话是活的，文话是比不上”，一是“活在我们自己的嘴上”，二是“在人家耳朵里是活的”。用白话取代文言，“这才把贵族文学变做平民的文学，把机械的文学变做自然的文学。”（《广东土话文》）他主张新文化运动要讲求实效和“科学精神”，否则就会“变做魏晋的清谈”（《介绍杂志》）。“从前胡适之叫人不要多谈主义，要多研究一点问题。在我看，谈主义，谈问题，是一样的。现在的人何尝不谈问题，不过谈的并不是研究，只是一个空谈罢了。真要研究问题，自然也研究到一个主义上来，没有可以逃得过的。”（《新文化的危机》）朱执信的文章大都文笔细密，引证材料较多，论证时又多两面散射，力求周严，这就使其文章显得冗长而欠贯通。

第二节 章太炎、邹容

章太炎（1868～1936）名炳麟，字枚叔，后因慕顾炎武的为人，改名绛，别号太炎，还曾用过西狩、末底、知拙夫、亡是公、支猎胡、陆沉居士等笔名，但以别号太炎著称于世。他出身于余杭一个书香门第，因自小体弱多病，未专习科考，随外祖父和父亲读经史。据其《自定年谱》载，十三岁读《东华录》，见戴名世、吕留良、曾静等文字狱案，心“甚不平”。十八岁读顾炎武《音学五书》、王引之《经义述闻》、郝懿行《尔雅义疏》，大有收益，“自是一意治经，文必法古”。二十三岁失父，投师于杭州诂经精舍俞樾门下，并向刘宰平问经、谭献问文辞法度，读《通典》至七、八过。二十九岁“始分别古今文师说”，倾慕刘歆，“刻印自言私淑”。康有为过杭州，赠俞樾《新学伪经考》。俞笑曰，太炎与康“正如冰炭矣”。由于甲午战败的刺激，太炎对于有为等发起的强学会仍予支持，寄会费银十六元。1896年《时务报》创刊，太炎离杭赴沪，参与撰述，但和康门弟子并不投合。他们倡孔教，推崇长素，“狂悖滋甚”；梁启超等人政论“辄以算术物理与政事并为一谈”，形同“科举新样”。“余所持论不出《通典》、《通考》、《资治通鉴》诸书，归宿则在孙卿、韩非。康氏之门又多持《明夷待访录》，余常持船山《黄书》与相角，以为不去满洲，则改政变法为虚语耳”。因不谐，回杭州编《经世报》，并为《实学报》、《译书公会报》撰文。1898年春，应张之洞召赴汉编《实学报》，见张氏《劝学篇》“多效忠清室语”，又与因弹劾李鸿章被罢官后由张之洞收留的“自谓学者宗”的梁鼎芬论“左氏公羊异同”，太炎认为“内中国外夷狄，《春秋》三家所同，弑君称君为君无道”，并“言及光复”，持论大相背反，随即离汉赴沪任职《昌言报》。戊戌政变起，康、梁外逃，六君子被害，太炎避祸于10月下旬赴台湾，任《台北日报》记者，次年5月到日本，寓梁启超所办《清议报》馆内，见孙中山，“未相知也”。7月返沪，就任《亚东时报》编务，作《翼教丛编书后》，对湖南旧派攻新党之论进行反驳，说“中国学者之疑经，不始于康氏”，远者有王充，刘知几等，近者程、朱亦疑经，旧派“不罪程朱，而独罪康氏，其偏枯不已甚乎?”《今古文辨义》对廖平的今文经研究进行了辨析批评，却反对“经术文奸之士，藉攻廖士以攻党者”，这说明他对康门仍取维护态度。庚子事变起，唐才常受康、梁支持影响，于7月26日在上海发起“张园国会”，太炎指出，“不当一面排满，一面勤王”，“果欲勤王，则余与君异趣，因断发，以示决绝”。回乡整理《訄书》，对“与尊清者游”所作的文章进行自我批判，表明反清革命主张。1901年，经吴君遂介绍，到苏州东吴大学任教，拜见俞师，俞因其宣传革命，斥其“不忠不孝”，太炎作《谢本师》，申明大义，决不从命。1902年，因在教学中宣传革命，被追捕，流亡日本，与孙中山正式定交，并讨论了中国土地问题及开国后的制度等问题，《定版籍》一文记录了他们的主张和看法。此后七、八年间，是太炎在革命史上留下了光辉业绩的时期。次年，太炎在蔡元培创设于上海租界的爱国学社任教，大讲“明清兴废之事”，宣传革命，并在《苏报》上发表《驳康有为论革命书》，又为邹容的《革命军》作“序”，清朝当局为之震惊，勾结帝国主义者，制造了闻名中外的“苏报”案，6月30日太炎被捕，次日，邹容自投入狱，他俩在狱中患难与共，情同兄弟，不认“满政府”，矢志不认有罪，结果被分别判处监禁于“西牢”三年、两年。太炎于狱中开始研读佛经，1904 年冬策划成立光复会。1905 年 4 月初，邹容病死狱中，太炎有《狱中赠邹容》、《狱中与威丹唱和诗》、《邹容传》、《赠大将军邹君墓表》等诗文记其事迹。1906 年 5 月初，太炎出狱，孙中山自东京派人来迎，“入同盟会，主民报社”。他在《东京留学生欢迎会演说辞》中说，当时最要紧的，“第一，是用宗教发起信心，增进国民的道德；第二，是用国粹激动种性，增进爱国热肠。”他批评孔子胆小，“要与贵族竞争，却不敢去联合平民，推翻贵族政体”。“孔教最大的污点，是使人不脱富贵利禄的思想”，“实行革命，提倡民权”，“孔教是断不可用的”。基督教于中国也“无益”。佛教主张“一切众生平等”，“逐满复汉，正是分内的事”。佛教“最恨君权”，可以使“诸君同发大愿，勇猛无畏”。“提倡国粹”并非“尊信孔教”，而是“要人爱惜我们汉种的历史”，其主要内容有“语言文字”、“典章制度”、“人物事迹”三项。“提倡小学”，足以增强“爱国保种的力量”。中国的“典章制度”不可“一概抹杀”。比如历来实行的“均田制度”，是欧美“万不能及的”，且“合于社会主义”。“改良”其中“不好的”，“膜拜”其中“好的”，就是“崇拜我的社会主义”，“又是感情上所必要的”。古代人物“建功立业的”“俊伟刚严的气魄”，应该“追步后尘”。“与其学步欧美”人物而“不像”，“何如学步中国旧人，还是本来面目。”这一篇演说，相当全面地反映了太炎在当年革命高潮中的思想状况及其本质特征。此后几年中，他本着这种思想主张，写了许多发生过重大影响的文章。《诸子学略说》可说是一部秦汉以前的学术批评史，其中对儒学的批评尤为尖锐。《革命之道德》、《民报一周年纪念会演说辞》、《箴新党论》、《军人贵贱论》以及稍后和吴稚晖论战的书信，大都高张道德的旗帜，强调革命党人应该公德私德兼备，“重然诺，轻死生”，坚毅勇敢地为民族民主革命奋斗到底；与此同时，他尖锐地揭露了统治阶级的腐朽，揭露了以康有为为代表的“新党”、“竞名死利”是其一无所成的根本原因，他鼓舞许多人投身于革命斗争，使改良派和投机者大为难堪。1907 年以后，由于章太炎受到无政府主义和社会主义等思潮的影响，他对资本主义社会的弊病也有了切实的了解，因此，他对革命后的中国向资本主义发展表示怀疑，并力图避免西方弊病在中国重演，他先后写了《俱分进化论》、《国家论》、《五无论》、《四惑论》、《代议然否论》等文章，认为人类社会善亦进化，恶亦进化；“国家之事业，是最卑贱者，非最神圣者”；人们所强调的“公理”、“进化”、“惟物”、“自然”亦大可怀疑，“公理”就是“以社会常存之力抑制个人，则束缚无时而断。”议院制所选“议士”，“大抵出于豪家，名为代表人民，其实依附政党，与官吏相朋比，挟持门户之见，则所计不在民生利病，惟便于私党之为。故议院者，国家所以诱惑愚民而钳制其口者也。”他原先写过《读〈管子〉书后》，对其《侈靡篇》十分赞赏，认为社会“愈久愈文明，亦愈久愈侈靡”，说明消费水平不但是社会生产发达的标志，它还可以促进社会生产。在《五无论》中，他却依据无政府主义和佛教教义，为人类摆脱苦难，设想了“无政府，无聚落，无人类，无众生，无世界”这样一个寂灭的境界。这些文章虽然是学术探讨，但有明显的政治倾向，它反映了章太炎对资本主义社会的怀疑和否定的态度，和孙中山的民权、民生主义却形成了尖锐的矛盾。1908 年，《民报》经费紧张，日本政府为了在华权益，一方面在革命党人中制造分裂，一方面讨好清政府，10 月封禁《民报》，章太炎、孙中山和黄兴等人隔阂加深，双方对日本政府阴谋丧失警惕，意气用事，以致反目为仇，影响颇不良。武昌起义后，太炎于 11 月 18 日回国，宣称“认武昌为中央政府”，“革命军兴，革命党消”。1912 年元旦，孙中山在南京就任临时大总统，聘太炎为枢密顾问，但他支持袁世凯建都北京。太炎在上海与程德全、宋教仁、张謇等组织“中华民国联合会”，意图“整一宗旨”，“以扶助共和政府之完全成立”，结果反应冷淡，因各派势力各有打算。稍后，此会改名统一党，后又与共和党、民主党合并为进步党。在帝国主义支持下，袁世凯于 3 月 10 日在北京篡夺了总统职位，任太炎为东三省筹边使。次年 3 月 20 日，宋教仁被刺，太炎当即去官南行。进步党选黎元洪为理事长，太炎赴武昌见黎，“以为联合之图”，旋赴北京，袁氏授以二级勋章，以事拉拢，太炎坚辞筹边使。7 月，“二次革命”爆发，9 月失败。太炎于 8 月“冒危入京师”，被袁氏幽禁。1914 年 1 月 3 日，欲乘火车离京，被军警所阻。7 日，登总统府“辞行”，袁氏避而不见，愤怒中击毁接待室中器物，此举即鲁迅所描写的，“以大勋章作扇坠，临总统府之门，大诟袁世凯的包藏祸心。”袁氏撕下假面，把他禁闭于龙泉寺。太炎不屈，6 月绝食半月，袁氏被迫将其迁至钱粮胡同软禁。他继续著书立说，改定《检论》，重定《齐物论释》，编成《章氏丛书》等。1915 年，《章氏丛书》出版，两函 24 册。1916 年 5 月 9 日，袁世凯死去，6 月 16 日撤警，7 月 1 日太炎抵上海。此后，太炎虽然参加过孙中山领导的护法战争（1917），反对于蒋介石的“不抵抗主义”（1931），但在总体上退居历史潮流之外，“用自己所手造的和别人所帮造的墙，和时代隔绝了”。（鲁迅语）

章太炎是一位“有学问的革命家”，他在民元前主张“以国粹激动种性”，就是要用民族文化激励起人们复兴民族国家的奋斗精神。他在清理、发掘、批判、改造民族文化的问题上，做过许多艰苦的努力，并留下了许多可贵的业绩。他在《菿汉微言》的“跋”中总结过他在学术上追求的经历体会：“余自志学讫今……思想迁变之迹，约略可言：少时治经，谨守朴学……遭世衰微，不忘经国。寻求政术，历览前史，独于荀卿、韩非所说，谓不可易……继阅佛藏，涉猎华严、法华、涅槃诸经，义解渐深。……及囚系上海，……专修慈氏世亲之书，……乃达大乘深趣。私谓释迦玄言，出过晚周诸子不可计数，程、朱以下，尤不足论。既出狱，东走日本……旁览彼土所译希腊、德意志哲人之书……而时诸生适请讲说许书……的然见语言文字本原，……端居深观而释‘齐物’，乃与瑜伽、华严相会，……以为仲尼之功，贤于尧舜，其玄远终不敢望老、庄矣。癸、甲之际，厄于龙泉，始玩爻象，重籀论语，……又以庄证孔，而‘耳顺’、‘绝四’之指，居然可明。知其阶位卓绝，诚非功济生民而已。……自揣平生学术，始则转俗成真，终乃回真向俗。”他这一番上下古今中外的追求，使他成为近代史上“第一个博学深思的人”（侯外庐《近代中国思想学说史》下册第 865 页）。他出入于东西方百家学说，其见解不可能没有前后矛盾错忤之处（如由反儒转向尊孔），但在总体上是“转俗成真”和“回真向俗”，即从现实斗争出发摆脱俗见去追求真理，又从超然的真理回到现实人生。在这个过程中，他突破传统经学比康有为走得更远，确认“六经都是古史”（《论经的大意》），研经就是弄清古史，古史不可以适今，因而也就不存在“通经致用”的问题。“六经”也并非如今文家所说的是孔子“制作”的，因为“文辞、义理，此也；典章、行事，彼也。一得造，一不得造。”“六经”记载古代的典章行事，显然不是孔子臆造的，他自称“述而不作，信而好古”，可见孔子在删订“六经”时于文辞上可能有所增删润饰，于典章行事则不可能有“变改”（《原经》）。这就从根本上动摇了康有为的“托古改制”说。此外，他的《小学答问》、《新方言》、《文始》、《国故论衡》（上卷）等语言学研究的知名论著，探讨了语言发展史上的许多问题，对汉语音韵学也作了总结性的研究，深受学界重视。他还构建了以“人的解放”为基点的复杂的哲学体系，对于东西方各派哲学思想作了广泛的批判和借鉴，较之《大同书》的有关论述，显得更加丰厚和深刻。他的《文学说例》、《文学总略》、《论式》、《辨诗》、《校文士》、《与人论文书》、《与邓实书》等文论，反映了他的推动中国文学复兴的“文学复古”主张。他说：“文生于名，名生于形，形之所限者分，名之所稽者理，分理明察，谓之知文。”（《与邓实书》）“忽略名实，则不足以说典礼；浮辞未翦，则不足以穷致远。”（《论式》）这说明他推崇“分理明察”，文质兼备的文章。他称赞先秦诸子和魏晋文章：“晚周之论，内发膏肓，外见文采，其语不可增损。”“魏晋之文，大体皆埤于汉，独持论仿佛晚周，气体虽异，要其守己有度，伐人有序，和理在中，孚尹旁达，可以为百世师矣。”他依据这个标准批评两汉文章：“千言之论，略其意不过百名”；唐以后的文章，“洋洋纚纚，即实不过数语”（《论式》）。此外，他还相当尖锐地批评了同时代的严复、康有为、黄遵宪、谭嗣同等人的文章（参见《与人论文书》、《与邓实书》）。他对自己文章的师承变化也有过简要的说明：“初为文辞，刻意追蹑秦汉”，后“知东京文学不可薄，而崔实、仲长统尤善。既复综核名理，乃悟三国两晋间文诚有秦汉所未逮者，于是文章渐变。”（《自定年谱》）这和上述论断是相近的，他的文章是师法秦汉魏晋的。章太炎虽然满怀热情倡导“文学复古”，收效却不大。原因也许是他过分强调从文字学入手去复兴文学，过分强调文章要“分理明察”，这就使其眼光偏于一隅，忽视了文学的独创性、灵活性及广阔的天地。再加之他的旧学功力很深，倡导文学复兴的文章也都写得古奥艰深，一般的读者很难读懂，这可能削减了其作用和影响。

鲁迅在《关于太炎先生二三事》一文中说得好，章太炎“一生中最大、最久的业绩”，就是那些“所向披靡，令人神旺”的“战斗的文章”。《驳康有为论革命书》就是其代表作。庚子事变后，先进分子已看透了清王朝“不可与谋”的腐朽卖国的本质，曾经追随改良派的许多人也都从斗争中吸取教训，转向革命，连梁启超也发生了动摇。康有为在1902年连续发表了《与同学诸子梁启超等论印度亡国由于各省自立书》、《答南北美洲诸华侨论中国只可行立宪不可行革命书》，坚定保皇派的信心，第二书明确反对“排满”、“革命”，确信光绪帝是“圣主”，只是受制于西后、荣禄才不能有所作为，要求保皇派效忠尽力，不忘恩遇，坚持要求皇上复辟，就可实行君主立宪，使中国避免法国大革命“大乱八十年，流血数百万”那样的惨祸。章太炎其时在爱国学社执教，与邹容、张继等宣传革命，针对康氏保皇论调便写了这封震动全国的书信，先在《苏报》上发表，后印成了单行本。原文颇长，现就其对光绪帝的评价节录如下：

……盖自乙未（按，1895 年）以后，彼圣主所长虑却顾，坐席不暖者，独太后之废置我耳。殷忧内结，智计外发，知非变法，无以交通外人得其欢心；非交通外人得其欢心，无以挟持重势，而排沮太后之权力。载湉小丑，未辨菽麦，铤而走险，固不为满洲全部计。长素乘之，投间抵隙，其言获用。故戊戌百日之政，足以书于盘盂，勒于钟鼎，其迹则公，而其心则只以保吾权位也。曩令制度未定，太后夭殂，南面听治，知天下之莫予毒，则所谓新政者，亦任其迁延堕坏而已。非直堕坏，长素所谓拿破仑第三新为民主，力行利民，已而夜晏伏兵，擒议员百数及知名士千数尽置于狱者，又将见诸今日。何也？满汉两族，固莫能两大也。……长素以为革命之惨，流血成河，死人如麻，而其事卒不可就。然则立宪可不以兵刃得之耶？既知英、奥、德、意诸国，数经民变，始得自由议政之权。民变者，其徒以口舌变乎？抑将以长戟劲弩飞丸发𪱂变也？……长素亦知其无可幸免，于是迁就其说以自文，谓以君权变法，则欧美之政术器艺可数年而尽举之。夫如是，则固君权专制也，非立宪也。阔普通武（按，正白旗人，光绪时内阁学士，康有为称变法时为其作“请定立宪开国会”折）之请立宪，天下尽笑其愚，岂有立宪而可上书奏请者？立宪可请，则革命亦可请乎？以一人之诏旨立宪，宪其所宪，非大地万国所谓宪也。长素虽与载湉久处，然而人心之不相知，犹揑一体而它体不知其痛也。载湉亟言立宪，而长索信其必能立宪，然则今有一人执长素而告之曰，我当酿四大海水以为酒，长素亦信其必能酿四大海水以为酒乎？夫事之成否，不独视其志愿，亦视其才略何如。长素之皇帝圣仁英武如彼，而何以刚毅能挟后力以尼新法，荣禄能造谣诼以耸人心，各督抚累经严旨皆观望而不辨，甚至章京受戮，己亦幽废于瀛台也？君人者，善恶自专，其威大矣，虽以父母之抑制，佞人之谗嗾，而秦始皇之在位，能取太后、嫪毐、不韦而踣覂之。今载湉何以不能也？幽废之时，犹曰爪牙不具，乃至庚子西幸，日在道涂，已脱幽居之轭，尚不能转移俄顷，以一身逃窜于南方，与太后分地而处，其孱弱少用如此。是则仁柔寡断之主，汉献、唐昭之俦耳！太史公曰：“为人君父而不知《春秋》之义者，必蒙首恶之名。”是故志士之任天下者，本无实权，不得以成败论之，而皇帝则不得不以成败论之。何者？有实权而不能用，则不得窃皇帝之虚名也。夫一身之不能保而欲其与天下共忧，督府之不能制而欲其使万姓守法，庸有几乎！

这是章太炎的最为平易的一段文章，它逻辑严密，析理透彻，“守己有度，伐人有序”，一一剥去了所谓“圣主”的外衣，暴露了光绪帝的平庸本质。它使革命派大受鼓舞的同时，也使清王朝和保皇派大为惊恐和沮丧。

邹容（1885～1905）字蔚丹（又作威丹），四川巴县人，出身于富商之家，自幼聪慧，1897 年入成都经学书院学习，开始接触新书刊，萌发民主革命思想。1902 年自费留学日本，参加“拒俄义勇队”等活动，爱国热情高，成为活跃分子。留日学生监督姚文甫压制学生运动，又加之道德败坏，邹容、张继和陈独秀等于 1903 年 3 月底某夜，痛斥姚的反动行径，并剪去其辫子示众。事后，邹容等被日本当局遣送回国，入上海爱国学社学习，继续热心于爱国活动，反对保皇，主张革命，并撰成两万言的《革命军》，请章太炎作序，出版后，“苏报”作了宣传介绍。这就涉及了两桩公案：“苏报”案以及章太炎揭穿吴稚晖的告密和后来引起的争论。章太炎在《邹容传》中写道：“容既明种界，又任气，视朋辈无足语者，独深信余，约为兄弟。时爱国学社教员吴朓（按：即吴稚晖，又名吴敬恒），故依附康有为。有为败，乃自匿，入盛宣怀之门。后在日本，与清公使蔡钧不协，逐归，愤发言革命排满事。而爱国学社生，多朓弟子，颇自发舒，陵轹新社生如奴隶。余与社长元培议，欲裁抑之。元培畏朓，不敢发。余方驳康有为‘政见书’，事寝，寻闻于清政府。欲逮爱国学社教员。元培微闻之，遁入青岛。而社生疾余甚，问计于朓。会清政府遣江苏候补道俞明震穷治爱国学社昌言革命事。明震故爱朓，召朓往，出总督札曰：‘余奉命治公等，公与余昵，余不忍，愿条数人姓名以告，令余得复命制府。’朓即出《革命军》及《斥康有为》上之曰，‘为首逆者，此二人也。’遽归，告其徒曰：‘天去其疾矣，尔曹静待之。’初，清铅山县知县陈范以事免官，欲报仇清政府，设《苏报》馆于上海，颇诋諆政府丑事。后闻有言革命者，喜甚，时乞文录之《苏报》。故明震亦列陈范名以上。英租界巡捕承命至《苏报》馆，范遁，令其子诸余告警。余谓诸教员：‘方整理学社未竟，不能去，坐待捕耳。’巡捕至，遂入狱。而容亡匿英教士所，巡捕不敢诘。闻余被尔，即徒步走赴狱曰：‘我邹容！’……乃开铁槛，引容入居巡捕狱。”这就是两案的起因底里，后来吴稚晖用力洗刷，章太炎则力证其无可怀疑，因而发生了论战。邹容入狱后与太炎情同兄弟，誓不屈服，被判处监禁两年，差七十天满刊，于 1905 年 2 月 29 日夜死于狱中。1912 年南京临时政府追赠为“大将军”。

《革命军》是以西方人权平等理论为根据，张扬反对封建压迫和种族压迫的具有理论色彩而又通俗易懂的革命文章。章太炎在其“序”中说，“容之署斯名，何哉？谅以其所规画，不仅驱除异族而已，虽政教、学术、礼俗、材性，犹有当革命者焉，故大言之曰‘革命’也。”这可见涉及的内容很广泛。他还称赞其文字“径直易知而能恢发智识，则其所化远矣。”据统计，此书六、七年间翻印二十多次，印数达百万册，秘密售价至每册银二十余两，这可见其影响深远广大。鲁迅说过，民元前，有过许多“悲壮淋漓的诗文，也不过是纸片上的东西，于后来的武昌起义怕没有什么大关系。倘说影响，则别的千言万语，大概都抵不过浅近直截的‘革命军马前卒邹容’所做的《革命军》”（《坟·杂忆》）。该书共分七章，现将其第一章绪论节引于下：

革命者，天演之公例也。革命者，世界之公理也。革命者，争存争亡过渡时代之要义也。革命者，顺乎天而应乎人者也。革命者，去腐败而存良善者也。革命者，由野蛮而进文明者也。革命者，除奴隶而为主人者也。是故一人一思想也，十人十思想也……人人虽各有思想也，即人人无不同此思想也。……善而存之，不善而去之，美而存之，不美而去之，而此去存之一微识，即革命之旨所出也。夫犹指此事物而言之也，试放眼纵观，上下古今，宗教、道德、政治、学术，一视一谛之微物，皆莫不数经革命之掏摅，过昨日，历今日，皆革命之现象也。夫如是也，革命固如是平常者也。虽然，亦有非常者在焉。

闻之，一千六百八十八年英国之革命，一千七百七十五年美国之革命，一千八百七十年法国之革命，为世界应乎天而顺乎人之革命，去腐败而存良善之革命，由野蛮而进文明之革命，除奴隶而为主人之革命。牺牲个人以利天下，牺牲贵族以利平民，使人人享其平等自由之幸福。甚至风潮所播及，亦相与附流合汇，以同归于大洋。大怪物哉！革命也。大宝物哉！革命也。吾今日闻之，犹口流涎而心痒痒。吾是以于我祖国中，搜索五千余年之历史，指点二百余万方里之地图，问人省己，欲求一革命之事，以比例乎英、法、美者，呜呼！何不一遇也。吾亦尝执此不一遇之故，而熟思之，重思之，吾因之而有感矣，吾因之而有慨于历代民贼独夫之流毒也。

自秦始统一宇宙，悍然尊大，鞭笞宇内，私其国，奴其民，为专制政体，多援符瑞不经之说，愚弄黔首，矫诬天命，攙国人所有而独有之，以保其子孙帝王万世之业。不知明示天下以可欲可羡可歆之极，则天下之思篡取而夺之者愈众。此自秦以来，所以狐鸣篝中，王在掌上，卯金伏诛，魏氏当途，黠盗奸雄，觊觎神器者，史不绝书。于是石勒、成吉思汗等类，以游牧腥膻之胡儿，亦得乘机窃命，君临我禹域，臣妾我神种。呜呼革命！杀人放火者，出于是也！呜呼革命！自由平等者，亦出于是也。

吾悲夫吾同胞之经此无量野蛮之革命，而不一伸头于天下也。吾悲夫吾同胞之成事齐事楚任人掬抛之天性也。吾幸夫吾同胞之得与今世界列强遇也。吾幸夫吾同胞之得闻文明之政体，文明之革命也。吾幸夫吾同胞之得卢梭《民约论》、孟得斯鸠《万法精理》、弥勒约翰《自由之理》、《法国革命史》、《美国独立檄文》等书译而读之也。是非吾同胞之大幸也夫！是非吾同胞之大幸也夫！

夫卢梭诸大哲之微言大义，为起死回生之灵药，返魄还魂之宝方，金丹换骨，刀圭奏效，法美文明之胚胎，皆基于是。我祖国今日病矣，死矣，岂不欲食灵药、投宝方而生乎？苟其欲之，则吾请执卢梭诸大哲之宝幡，以招展于我神州土。不宁惟是，而况又有大儿华盛顿于前，小儿拿破仑于后，为吾同胞革命独立之标木。嗟乎嗟乎！革命革命！得之则生，不得则死。毋退步，毋中立，毋徘徊，此其时也！此其时也！此吾之所以倡言革命，以相与同胞共勉共勖而实行此革命主义也。苟不欲之，则请待数十百年后，必有倡平权释黑奴之耶女起，以再倡平权释数重奴隶之“支那奴”。

这确实是宣传革命的一篇好文章，它挣脱了中国传统思想和传统文学的种种束缚，用平易的文字写来，既说明了革命的内容，又亮明了革命的主义，作者饱满的革命热情，用排比重复的笔调一再抒发出来，是很有感染力和鼓动性的。较之章太炎、康有为、严复等人扛枷带锁的文章，显然是一个解放和进步；较之梁启超的某些不脱旧习的文章，《革命军》也显得更为平易畅达。

第三节 黄兴、陈天华、秋瑾等

本节所介绍的，是为资产阶级民主革命献身的一些革命者的散文。文章并不是他们倾心的事业，但却反映了他们的思想和精神，而且对于后人也还有借鉴启迪作用，因此值得研究。

黄兴（1874～1916）字克强，是和孙中山并称的辛亥革命的元勋，也是孙中山的诤友和忠实的同志，他为那场革命立下了不朽的功劳，曾经获得许多人的赞叹和景仰。他出身于湖南善化县（今长沙县）一个封建知识分子家庭，自小受到民族气节和严于操守的教育，坚毅沉着，敢于任事，锐志于学，广泛涉猎经史及西洋革命史《民约论》等西学，好文学书法及地理，课余尤好拳术体操。他的刻苦自励的作风，或与家教及八岁丧母有关，但日益高涨的救国救民的思潮显然给了他极大的影响。甲午战败酿成了维新运动，“新政”被镇压后，出现了帝国主义瓜分中国的狂潮，义和团奋起反抗，八国联军攻占北京，清政府为了自保，竟然高唱“量中华之物力，结与国之欢心”的卖国论调，终于和侵略者勾结起来，镇压了义和团运动和南方的自立军起事。种种惨痛的事实，使人们认识了清政府不可同谋，从而走上了革命道路。黄兴的青少年时代就是在这种环境里度过的。他从十九岁到二十三岁在长沙城南书院读书，就接受了维新运动的影响。二十四岁调到武昌两湖书院深造，勤奋地了解西学。他与闻了自立军起事，事后还送自立军骨干杨毓麟、秦力山出亡日本。1902年他被选送日本学速成师范，从此以后，他成了时代的弄潮儿，踏上了革命征程。1903年4月，留日学生反对沙俄侵占东北，组成“抗俄义勇队”，后改名“军国民教育会”，主张回国动员民众，武力反清。黄兴受委托于5月回国，先在武昌两湖书院宣传革命，后回长沙明德中学任教，继续宣传革命。11月秘密组织华兴会，多次策划起义未成，流亡日本。1905年7月在东京结识孙中山，思想投合，发起成立同盟会，孙任总理，黄任执行部庶务，协助总理工作。黄兴还提议把原华兴会宋教仁、陈天华等创办的《二十世纪之支那》作为同盟会的机关报，后即改名《民报》。同盟会的成立和《民报》的创刊，对于推动资产阶级民主革命发生了重要作用。此后，他和孙中山连续策划了萍、浏、醴起义（1906.12）、云南钦、廉、防起义（1907.9）、镇南关起义（同月）、钦、廉、上思起义（1908.3）和河口起义（5月）。1911年4月，黄兴领导了著名的黄花岗起义，他临阵写下了绝命书："本日驰赴阵地，誓身先士卒，努力杀贼，书此以当绝笔。"（《致梅培臣等书》）他被击断右手食中二指，仍坚持战斗，后被护送香港养伤。养伤中还支持党人在长江中游地区发动起义，力争取得武汉。半年后，武昌起义爆发，他随即由港赴汉，在极困难的条件下领导了二十四天汉阳保卫战，促进了各省反清独立，结束了两千多年的帝制，推动了南京临时政府的成立。他在南京政府中曾任陆军部总长兼参谋部总长，但为时不长。黄兴之所以会对袁世凯做出让步，和当时许多人的看法相同，一是为了维护国家的统一，二是为了防避外人的干涉和入侵。袁世凯正是利用了这种心理，得售其奸。黄兴在袁氏窃夺政权后，仍努力于巩固中华民国，他最早致电袁世凯，反对大借外债，倡议募国民捐。他和孙中山被中国铁道协会选为负责人后，热心民生主义、为兴办实业和教育，作过许多谋划。他在1913年3月所写的《"国民"月刊出世词》，清楚地反映了他要用宪法维护共和国的政治主张："盖国家者，非一人独有之国家，乃人民共有之国家。以人民为国家之主人，起而担负国家之重任，此固理之至明，而亦情之至顺者也……吾国共和改造之初，风雨飘摇，根基未植，人民危惧，在在堪忧……吾人当以前日运动革命之精神，运动革命之心志，扩张其学识，磨砺以经验，必使中华民国达于完全巩固之域。国家主权稍有损失，则必起而力争。……今者，正式国会成立在即，建设共和国家之第一著，首在制定宪法。宪法者，人民之保障，国家强弱之所系焉也。宪法而良，国家日臻于强盛；宪法不良，国家日即于危弱。吾党负建设之责任至繁至巨，首先注意宪法，以固国家之基础。善建国者，立国于不拔之基，措国于不倾之地。宪法作用，实有不倾不拔之性质。"显然，这是对于袁世凯独裁阴谋的当头棒喝。宋教仁被刺后，黄兴曾一度主张"法律解决"，后被迫起兵反袁，就任江苏讨袁军总司令，失败后再度亡命日本。1914年春，孙中山在东京组织中华革命党，黄兴对于誓约上"附从孙先生再举革命"一语及盖指模不赞同，认为"前者不够平等，后者迹近侮辱"，经调解未能取得一致。6月下旬黄兴决定赴美，临行邀孙中山叙别，他明白表示，"弟并未私有所标帜以与先生异"，"如有机会，当尽我之责任为之，可断言与先生之进行决无妨碍。"（《复孙中山书》）孙中山亦于席间集古句"安危他日终须仗，甘苦来时要共尝”书联赠别（转引自彭兴国编《黄兴生平主要活动年表》）。这是孙、黄第二次分歧及谅解经过。他们第一次分歧反映在同盟会成立后采用旗帜问题上，孙主张用第一次广州起义时所用的青天白日旗，黄主张用井字旗，以示“平均地权”之意，双方一度弄得很僵。后来黄兴“为党与大局”，“勉强从先生意耳”。这可见他们的分歧是因革命而产生的不同看法，又以革命为重来对待分歧，这是令人钦羡而值得师法的。此外，黄兴在处理1907年春夏间章太炎、张继和孙中山的矛盾以及1909年陶成章重组光复会和孙中山对立的矛盾中，对章、陶等人进行了劝说调解，尽力维护了同盟会的团结和孙中山的声望。黄兴这种不居功、顾大局的高风亮节，是极受革命党人钦佩的。黄兴赴美主要是向美国介绍中国情况，宣传反对袁氏独裁，他先后经历了檀香山、旧金山、洛杉矶、芝加哥、纽约等地，后在费城养病，他向报界发表过许多谈话，揭露袁世凯倒行逆施，1915年12月26日在《费城新闻》发表的《辨奸论》，是针对袁氏的美国顾问古德诺为复辟帝制张月所写的《民主不适于中国论》而发的驳论文章，逐条驳斥了古德诺的谬论，希望美国民主人士给中国以道义上的支援，正像美国独立时受到法国人士的支持一样。文章有理有据，不卑不亢，反映了黄兴的爱国热情和清醒的独立自由民主的意识。1916年春间，黄兴与美国政界接洽，一面进行反袁筹款。国内倒袁局势亦发展很快，3月22日袁氏宣布取消帝制，仍据总统大位。孙中山、蔡锷均致电黄兴，促请回国。黄兴于5月9日抵日本，发表了有名的《促袁世凯退位声明电》：

北京袁世凯大鉴：国人未尝负公，公实负国。公生平以权谋奸诈，愚弄一世，以此骗取总统，以此攘窃帝位。然卒以此败，岂非天哉！共和创造之初，公誓与国人竭诚拥护共和，故吾党欣然以总统让公。未几，公握大权，乃用武力破坏共和，阴谋帝政。法律不足以制公之凶恶，余始于癸丑之秋兴师问罪，公于是时复申前誓，力保共和。人民为公所欺，希望和平甚殷，余不忍拂人民之意，故中道罢兵，公此后遂以为人民易欺，更无忌惮，帝制之谋，竟成事实。人民内困，强邻外侵，公之不恤，于国势险恶之时，乘欧战正酣之际，悍然为一身一家之谋，而竟以此激全国人民之怒。人民愤公之欺诈，誓死拥护共和，一隅轰起，全国响应。公知大势已去，始下令取消帝政，不得为皇帝，犹冀为总统，公之厚颜无耻，毋乃太甚！公之反复无信，已至再三，人民不复为

> 公所愚。人民既一再以剑血拥护共和，断不肯复戴一背畔共和、主张帝政之元恶为总统。公虽善于变化，不拘泥名分，然由欲望未满之皇帝，化身为总统，在公为降尊，在国为奇辱，在世界为笑柄。公如负固不即行引退，人民必将诉最后之武力，正公一人畔国之罪。公以一人而敌全国，岂非至愚？牺牲多数生命，以争个人之公职，岂非至酷？今者独立之声遍于全国，兵精械足，士气振奋，而公众畔亲离，左右皆敌，公纵不知爱国为何义，亦当知所以保身保家之道。若见机早退，犹得略息人民之怒，稍留去后之思。不然怨毒郁结，何所不泄？势机切迫，稍纵即逝，望速决择，无贻后悔。黄兴谨布。

这不但对袁世凯产生了重大的精神威慑作用，还对于反袁斗争产生了广泛的动员作用。为了倒袁，黄兴还曾以私人名义贷款三百万日元练一支新军，后因袁氏于 6 月 6 日死去而终止。7 月 8 日，黄兴返回居上海，谦辞政府公职，愿致力于实业和办教育。10 月 10 日，呕血起病，31 日逝于上海，后归葬长沙河西岳麓山。黄兴的政论，大多以书信和电文形式写成，观点鲜明，文字简练。当年紧迫的形势，也不容其模糊杂沓。总之，黄兴其人其文，都是历史条件形成的。1981 年中华书局出版的《黄兴集》，是收录其文稿较全的一部文集。

1911 年 4 月 27 日（旧历三月二十九日）的广州起义，史称黄花岗起义，是武昌起义前的一次重要起义，它是上年 11 月孙中山在槟榔屿会议上决定的，原计划联络新军、防营和会党，选八百敢死队，分十路进攻广州，后因事机不密，广州总督张鸣歧严加戒备，款项、枪械、人力均受阻隔，因此改变计划起事，黄兴于当日下午五时率 120 人直攻督署，张鸣歧逃避，毁署后转攻督练公所，途中与卫队激战，黄兴负伤，乃率部转行至双门底，又与巡防营一大队相遇，方声洞阵亡。激战后，黄兴率部与喻培伦等合力攻观音山所驻之巡兵，义军十余人力敌巡兵四百多，毙敌近百数。战至深夜，终因我敌力量悬殊，主动退出，生还者不多。烈士遗骸由善堂收殓，计七十二具，合葬城郊红花岗（后改称黄花岗），这就是“黄花岗七十二烈士”陵园的由来。黄兴于 1912 年 5 月 15 日《在南京黄花岗之役周年纪念会上的演讲》中说：“此次死义诸烈士，皆吾党之翘楚，民国之栋梁。其品格之高尚，行谊之磊落，爱国之血诚，殉难之慷慨，兴亦不克言其万一……兴与诸君同负后死之责，当共鉴诸烈士之苦衷，竭尽心力，以图民国之进步，庶无负于死者。并愿年年此日，永永举行纪念，追思既往，劝励方来，谅亦诸君所表同情者。”（《黄兴集》第一八四页）在这些烈士中，有方声洞和林觉民给亲属留下了最感人的遗书。

方声洞（1886～1911）字子明，福建侯官（今福州）人。其父方家湜在京汉、粤汉铁路经营运输，对清政府的腐败和媚外颇不满，他把子女以至儿媳都送进“洋学堂”学习，说明其思想开明并有远见。方声洞1902年入日本成城军校学习，参加拒俄义勇队，爱国热情极高，不久因母病归国，在福州做了一些宣传工作。1906年再去日本，入千叶医校学习，后与其妻王颖、兄声涛、姐君瑛、两位嫂嫂曾醒、郑萌一起加入同盟会，传为佳话。声洞担任医校中国留学生代表，同盟会福建支部部长，勤奋学习之余，热心为革命奔劳。1911年年初广州起义消息传开，福建同盟会员决定声洞留在日本工作，但他一直请求参加而未获准。3月中旬得吴玉章来电，须密运军火回国。31日他告别妻子，与声涛等革命同志把火药武器绑在身上，运进广州，决心参加起义，以身报国，下边这封《赴义前别父书》就是1911年3月28日他在广州写的：

父亲大人膝下：

跪禀者：此为儿最后亲笔之禀，此禀果到家，则儿已不在人世者久矣。儿死不足惜，第此次之事，未曾禀告大人，实为大罪。故临死特将其就死之原因为大人陈之。

窃自满洲入关以来，凌虐我汉人无所不至。迄于今日，外患逼迫，瓜分之祸，已在目前。满洲政府犹不愿实心改良政治，以图强盛；仅以预备立宪之空名，炫惑内外之视听，必欲断送汉人之土地于外人，然后始大快于其心。是以满政府一日不去，中国一日不免于危亡。故欲保全国土，必自驱满始，此固人人所共知也。儿蓄此志已久，只以时未至，故隐忍未发。迩者海内外诸同志共谋起义，以扑满政府，以救祖国。祖国之存亡，在此一举。事败则中国不免于亡，四万万人皆死，不特儿一人；如事成则四万万人皆生，儿虽死亦乐也。只以大人爱儿切，故临死不敢不为禀告，但望大人以国事为心，勿伤儿之死，则幸甚矣！

夫男儿在世，不能建功立业以强祖国，使同胞享幸福，奋斗而死，亦大乐也。且为祖国而死，亦义所应尔也。儿刻已念有六岁矣，对于家庭本有应尽之责任。只以国家不能保，则身家亦不能保；即为身家计，亦不能不于死中求生也。儿今日极力驱满，尽国家之责任者，亦即所以保卫身家也。他日革命成功，我家之人，皆为中华新国民，而子孙万世，亦可以长保无虞。则儿虽死，亦瞑目于地下矣！惟从此以往，一切家事均不能为大人分忧，甚为抱憾！幸有涛兄及诸孙在，则儿或可稍安于地下也。惟祈大人得信后，切不可过于伤心，以碍福体，则儿罪更大矣。幸谅之！

兹附上致颖媳信一通，俟其到汉时面交，并祈得书时即遣人赴日本接其归国。因彼一人在东，无人照料，种种不妥也。如能早归，以尽子媳之职，或能轻儿不孝之罪。临死，不尽所言。惟祈大人善保玉体，以慰儿于地下。旭孙将来长成，乞善导其爱国之精神，以为将来为国报仇也。临书不尽企祷之至。

敬请万福全安

儿声洞赴义前一日禀于广州城，家中诸大人，及诸兄弟姊妹、诸嫂、诸侄儿女、诸亲戚统此告别。

这是一篇慷慨激昂的文字，既讲明了报国献身的大义，又宽慰了年高的父亲，烈士的革命精神是光彩照人的。

林觉民（1887～1911）字意洞，号抖飞，福建闽县（今福州）人，自小过继给叔父林孝颖为子，八岁丧母，在孝颖教读下进步很快。1902 年考入福州新办的全闽大学堂（后改称全闽高等学堂），接受民主自由思想，成为学校活跃分子，很受师友称赞。1905 年与陈意映结婚，感情十分投合。1907 年自费去日本留学，一年后，得补官费生缺额，入庆应大学文科，攻哲学，兼学英文、德文，善讲演，入同盟会，和革命党人林文、林尹民共居一室，号称“三林”。1911 年春，他们得知广州起义消息，福建同盟会员开会研究，决定林觉民回省准备响应。他先到香港，受到黄兴热烈欢迎。他回到家乡逗留了十天，组织了一些同志到香港，然后再引他们到广州。起义前几天，多次往返于香港和广州，都是为了接应革命同志。4 月 23 日夜，他独在灯下给父亲和妻子写了遗书。27 日晨，他从香港回广州，率领福建志士与主力会合。起义发动后，他随黄兴、朱执信等直攻广州督署，不见张鸣岐，毁署退出时与清军遭遇，林觉民不幸负伤，力尽被捕。清总督张鸣岐和提督李准亲自审问，林觉民毫无惧色，纵论天下大势，使提审者为之震惊，下令去掉镣铐，让他坐下书供。他立即写下了数千言“自供状”，写完后又发表演说，告诫清朝官吏应该洗心革面，革除暴政，为建立共和民国效力。言辞急切，悲愤深沉。他被关押了几天，绝不进水食，就义时泰然自若。黄兴在纪念演说中指出，“其中如林觉民先生，科学程度极其高深，当未发动之先，即寄绝命书与其夫人，又告同人云，‘吾辈此举，事必败，身必死，然吾辈死事之日，距光复期必不远矣。’其眼光之远大，就义之从容，有如此者！”现录其《与妻书》如下：

意映卿卿如晤：

吾今以此书与汝永别矣！吾作此书时，尚为世中一人；汝看此书时，吾已成为阴间一鬼。吾作此书，泪珠和笔墨齐下，不能竟书，而欲搁笔。又恐汝不察吾衷，谓吾忍舍汝而死，谓吾不知汝之不欲吾死也，故遂忍悲为汝言之。

吾至爱汝！即此爱汝一念，使吾勇于就死也！吾自遇汝以来，常愿天下有情人都成眷属。然遍地腥云，满街狼犬，称心快意，几家能够？司马青衫，吾不能学太上之忘情也。语云，仁者“老吾老以及人之老，幼吾幼以及人之幼”。吾充吾爱汝之心，助天下人爱其所爱，所以敢先汝而死，不顾汝也。汝体吾此心，于悲啼之余，亦以天下人为念，当亦乐牺牲吾身与汝身之福利，为天下人谋永福也。汝其勿悲。

汝忆否？四五年前某夕，吾尝语曰：“与使吾先死也，无宁汝先吾而死。”汝初闻言而怒，后经吾婉解，虽不谓吾言为是，而亦无辞相答。吾之意盖谓以汝之弱，必不能禁失吾之悲；吾先死留苦与汝，吾心不忍，故宁请汝先死，吾担悲也。嗟夫，谁知吾卒先汝而死乎！

吾真不能忘汝也！回忆后街之屋，入门穿廊，过前后厅，又三四折有小厅，厅旁一室为吾与汝双栖之所。初婚三四个月，适冬之望日前后，窗外疏梅筛月影，依稀掩映，吾与汝并肩携手，低低切切，何事不语，何情不诉！及今思之，空余泪痕！又回忆六七年前，吾之逃家复归也，汝泣告我：“望今后有远行，必以告妾，妾愿随君行。”吾亦既许汝矣。前十余日回家，即欲乘便以此行之事语汝，及与汝相对，又不能启口；且以汝之有身也，更恐不胜悲，故惟日日呼酒买醉。嗟夫！当时余心之悲，盖不能以寸管形容之。

吾诚愿与汝相守以死。第以今日事势观之，天灾可以死，盗贼可以死，瓜分之日可以死，奸官污吏虐民可以死。吾辈处今日之中国，国中无地无时不可以死！到那时使吾眼睁睁看汝死，或使汝眼睁睁看我死，吾能之乎！抑汝能之乎！即可不死，而离散不相见，徒使两地眼成穿而骨化石。试问古来几曾见破镜能重圆，则较死为苦也，将奈之何！今日吾与汝幸双健；天下人人不当死而死，与不愿离而离者，不可数计。钟情如我辈者，能忍之乎？此吾所以敢率性就死不顾汝也！吾今死无余憾，国事成不成，自有同志者在。依新已五岁，转眼成人，汝其善抚之，使之肖我。汝腹中之物，吾疑其女也，女必像汝，吾心甚慰；或又是男，则亦教其以父志为志，则我死后，尚有二意洞在也，甚幸甚幸！

吾家后日当甚贫，贫无所苦，清静过日而已。

吾今与汝无言矣！吾居九泉之下，遥闻汝哭声，当哭相和也。吾平日不信有鬼，今则又望其真有。今人又言心电感应有道，吾亦望其言是实。吾之死，吾灵尚依依旁汝也，汝不必以无侣悲！

吾生平未尝以吾所志语汝，是吾不是处。然语之，又恐汝日日为吾担忧。吾牺牲百死而不辞，而使汝担忧，的的非吾所忍。吾爱汝至，所以为汝谋者惟恐未尽。汝幸而偶我，又何不幸而生今日之中国！吾幸而得汝，又何不幸而生今日之中国，卒不忍独善其身！嗟夫！巾短情长，所未尽者尚有万千，汝可摹拟得之，吾今不能见汝矣！汝不能舍吾，其时时于梦中寻我乎？一恸！

辛亥三月念六夜四鼓，意洞手书。家中诸母皆通文，有不解处，望请其指教，当尽吾意为幸！

这封信是在一块白色正方形大手帕上写成的，爱妻子，爱人民，爱祖国的深情融成一体，表达了革命党人为了民族国家的独立解放宁肯舍弃个人幸福以至生命的崇高的革命情怀。饱含感情的文笔，令人读来心惊魄动，掩卷难忘，爱痛之余，还鼓舞人们为中国的进步努力奋斗。

陈天华(1875～1905)也是为资产阶级民主革命光荣献身的战士。他出身于湖南新化一个贫苦的塾师家庭,字星台,别号思黄。他幼年丧母,从小放牛做小贩度日。后随父迁居新化城里谋生,得人帮助入资江书院读书,不久考入新化求实学堂(新学)。1903 年春被选送日本留学,入东京弘文学院师范科。因沙俄侵占我东三省,留日学生组成"拒俄义勇队"(后改名军国民教育会),陈天华积极参加爱国运动,曾咬破指头血书几十封,邮寄国内各学校,震动了许多爱国人士,甚至连湖南巡抚也为之感动。他的带有通俗说唱形式的宣传爱国反帝的著名创作《猛回头》、《警世钟》,就是在这种情况下写成的。1903 年秋与黄兴等回国,组织华兴会,谋划起义,因事机不密失败。1904 年春再赴日本,入东京政法大学。8 月回国准备起义,失败,年底再赴日本。1905 年春与宋教仁等创办《二十世纪之支那》杂志,写了《国民必读》等论文外,还开手创作白话小说《狮子吼》(未完成)。他发起并参与了同盟会筹建工作,推为会章起草员,参与《革命方略》拟定工作,任执行部书记,《民报》撰述员。清政府惧怕留学生革命情绪高涨,勾结日本政府加以镇压。1905 年 11 月,日本文部省颁布了"取缔清韩留日学生规则",取消其言论集会结社自由,强制其服从清朝法令。八千留学生群起反对,停课抗议。日本报纸讥嘲他们是"乌合之众","放纵卑劣"。陈天华和一些革命党人担心留学生集体行动会扩大事态,不利于革命,开始并不支持。后来陈天华见留学生热心很高,几乎不谋而合,他又转而支持,主张坚持一致,不"贻日人以口实",但留学生内部对此又形成了不同意见。陈天华忧愤不能自解,毅然写下了《绝命辞》,于 12 月 8 日在东京大森湾投海自杀,他意图使同胞们团结起来,为中国独立解放奋斗,并抗议日本报界的诋毁。他的言行在青年中产生了极大的反响。1906 年,烈士的遗体归葬长沙岳麓山,同盟会湖南分会主持其事,长沙学生及其他各界万余人手执白花,高唱哀歌,参加了葬礼,革命党人禹之谟发表演说,激励斗志,进行革命,形成了一次反抗清政府的政治运动。湖南人民出版社 1982 年版《陈天华集》,是收其遗作较全的文集。

陈天华是出色的资产阶级革命宣传家。他的《猛回头》、《警世钟》等是和邹容的《革命军》一样,是广为传布的宣传革命的作品。他在《猛回头》的结尾诗中沉痛地写道:"瓜分豆剖逼人来,同种沉沦剧可哀!太息神州今去矣,劝君猛省莫徘徊!"这非常清楚地反映了陈天华反帝反清政府的革命思想。他的《绝命辞》真切地反映了他的忧愤之情，也反映了当年矛盾斗争的复杂性，现节录一部分如下：

呜呼我同胞！其亦知今日之中国乎？今日之中国，主权失矣，利权去矣，无在而不是悲观，未见有乐观者存。其有一线之希望者，则在于近来留学者日多，风气渐开也。使由是而日进不已，人皆以爱国为念，刻苦向学，以救祖国，则十年二十年之后，未始不可转危为安。乃进观吾同学者，有为之士固多，有可疵可指之处亦不少。以东瀛为终南捷径，其目的在于求利禄，而不在于居责任。其尤不肖者，则学问未事，私德先坏，其被举于彼国报章者，不可缕数。近该国文部省有清国留学生取缔规则之颁，其剥我自由，侵我主权，固不待言。鄙人内顾团体之实情，不敢轻于发难。继同学诸君倡为停课，鄙人闻之，恐事体愈致重大，颇不赞成；然既已如此矣，则宜全体一致，务期始终贯彻，万不可互相参差，贻日人以口实。幸而各校同心，八千余人，不谋而合。此诚出于鄙人预想之外，且惊且惧。惊者何？惊吾同人果有此团体也；惧者何？惧不能持久也。然而日本各报，则诋为乌合之众，或嘲或讽，不可言喻。如《朝日新闻》等，则直诋为"放纵卑劣"，其轻我不遗余地矣。夫使此四字加诸我而未当也，斯亦不足与之计较。若或有万一之似焉，则真不可磨之玷也。

近来每遇一问题发生，则群起哗之曰："此中国存亡问题也。"顾问题有何存亡之分，我不自亡，人孰能亡我者！惟留学生皆放纵卑劣，则中国真亡矣。岂特亡国而已，二十世纪之后有放纵卑劣之人种，能存于世乎？鄙人心痛此言，欲我同胞时时勿忘此语，力除此四字，而做此四字之反面："坚忍奉公，力学爱国"。恐同胞之不见听或忘之，故以身投东海，为诸君之纪念，诸君而如念及鄙人，则毋忘鄙人今日所言。但慎毋误会其意，谓鄙人为取缔规则问题而死，而更有意外之举动。须知鄙人原重自修，不重尤人。鄙人死后，取缔规则问题可了则了，切勿固执。惟须亟讲善后之策，力求振作之方，雪日本报章所言，举行救国之实，则鄙人虽死之日，犹生之年矣。

诸君更勿为鄙人惜也。鄙人志行薄弱，不能大有所作为，将来自处，惟有两途：其一则作书报以警世；其二则遇有可死之机会则死之。夫空谈救国，人多厌闻，能言如鄙人者，不知凡几！以生而多言，或不如死而少言之有效乎！

至于待至事无可为，始从容就死，其于鄙人诚得矣，其于事何补耶？……中国去亡之期，极少须有十年，与其死于十年之后，曷若于今日死之，使诸君有所警动，去绝非行，共讲爱国，更卧薪尝胆，刻苦求学，徐以养成实力，丕兴国家，则中国或可以不亡。此鄙人今日之希望也……

宋教仁在《民报》二号刊载上文时所写的《陈星台先生（绝命书跋）》中说，当宣读《绝命书》时，“听者数千百人，皆泣下不能仰。”“盖君之意，自以为留此身以有所俟，孰与死之影响强，吾宁取夫死觉吾同胞，使共登于救国之一途，则其所成就较以吾一身之所为孰多耶？噫！此则君之所以死欤？君之心则苦矣！”（《陈天华集》第二四一页）这是对于陈天华用心深苦的报国行为的确切说明，也是我们理解《绝命辞》的锁钥。后来新文学创作中多有因报国投海人物出现，显然是其影响的曲折反映。

秋瑾（1877～1907）是广为人知的革命女英雄，原名闺瑾，字璿卿，别署鉴湖女侠，留日时改名瑾，易字竞雄，浙江绍兴人。自小通经史，能诗词，会骑马击剑。1890年随父宦入湘，1896年由父母之命嫁湘潭富绅子王廷钧，不投合。1902年王捐赀得户部主事京官，秋瑾勉从夫入京，接触新思想，痛恨清政府腐败无能，不甘以家务琐屑终身，决心从事救国大业。1904年夏冲破家庭束缚，自筹经费赴日留学，先在留学生会馆补习日语，后入青山实践女学。年底回国筹经费，认识蔡元培、徐锡麟等，加入光复会。1905年年初再赴日本，认识黄兴、孙中山等，加入同盟会，被推为浙江省主盟人。她革命态度坚决，交游广，善演说，在留学生中很有声望，对于留学生中牟私利者，则深恶痛绝。浙籍留学生胡道南一心想以留学为终南捷径，他曾和秋瑾辩论反清革命与男女平权问题，秋瑾斥之为“死人”（《辛亥革命回忆录》第四集，王时泽：《回忆秋瑾》）。后秋瑾被害，即此人告密。在反对日本政府“取缔清韩留学生规则”的战斗中，秋瑾力主回国开展革命活动。1906年年初，秋瑾回国，先在浙江浔溪女校任教，并广泛开展革命活动。冬天，在上海创办《中国女报》。后回绍兴大通学校，策划武装起义，联络金华等地会党，组织光复军，准备与徐锡麟在安庆的起义以响应。不幸金华等地及安庆起义均失败，胡道南向绍兴知府贵福告密，即做好了镇压准备。秋瑾得知消息后，只作了一些疏散的布置，决心为革命牺牲。7 月 13 日下午，清兵入绍兴，包围大通学校，秋瑾等人持枪搏斗，终因寡不敌众，被捕，刑讯中坚毅不屈，7 月 15 日就义于绍兴轩亭口，忠骸被友人收葬于西子湖畔。

人们对于秋瑾的政治主张和诗歌颇为了解，对于她的妇女解放思想和散文却较为忽略。其实，秋瑾在几年之间，从一个大家闺秀变成一位革命英雄，正是妇女解放思想起了重要的作用。她自小性格豪爽，羡慕朱家、郭解的为人，又常以花木兰、秦良玉自况，对压迫妇女的旧道德旧礼教深为不满。她在少女时代的《题芝龛记》中写道："莫重男儿薄女儿，平台诗句赐蛾眉。吾侪得此添生色，始信英雄亦有雌"。婚后的不幸，使她激愤难耐。"身不得，男儿列，心却比，男儿烈。算平生肝胆，因人常热。俗子胸襟谁识我？英雄末路当磨折。莽红尘，何处觅知音？青衫湿！"（1903 年《满江红》）当她接受新思想影响以后，她就决然冲破旧家庭旧礼教的束缚，成为时代的先驱，并且高扬男女平权的大旗，号召姐妹们争取人格独立、个性解放，摆脱依附男子的奴隶牛马的地位，首先要争得一个"自立的基础，自活的艺业"（《敬告姊妹们》），此外，还要"合群"团结起来，推动整个妇女的解放和中国社会的进步。她在《勉女权歌》中写道："男女平权天赋就，岂甘居牛后？愿奋然自拔，一洗从前羞耻垢。若安作同俦，恢复江山劳素手。"这可见秋瑾的妇女解放的思想是和社会解放同步的，是应该充分肯定并值得研究的。正是出于这种设想，秋瑾于 1907 年 1 月自筹经费在上海创刊了《中国女报》，后因经费不足，仅出两期。她所写的《发刊辞》就是反映其思想主张的一篇好文章：

> 世间有最凄惨、最危险之二字曰：黑暗。黑暗则无是非，无闻见，无一切人间世应有之思想行为等等。黑暗界凄惨之状态，盖有万千不可思议之危险。危险而不知其危险，是乃真危险；危险而不知其危险，是乃大黑暗。黑暗也，危险也，处身其间者，亦思所以自救以救人欤？然而沉沉黑狱，万象不有；虽有慧者，莫措其手。吾若置身危险生涯，施大法力，吾毋宁脱身黑暗世界，放大光明。一盏神灯，导无量众生，尽登彼岸，不亦大慈悲耶？
>
> 夫含生负气，孰不乐生而恶死，趋吉而避凶？而所以陷危险而不顾者，非不顾也，不之知也。苟醒其沉醉，使惊心万状之危险，则人自为计，宁不胜于我为人计耶？否则，虽洒遍万斛杨枝水，吾知其不能尽度世人也。然则曷一念

我中国之黑暗何如?我中国前途之危险何如?我中国女界之黑暗更何如?我女界前途之危险更何如?予念及此,予悄然悲,予怃然起,予乃奔走呼号于我同胞诸姊妹,于是而有《中国女报》之设。

夫今日女界之现象,固于四千年来黑暗世界中稍稍放一线光矣;然而茫茫长路,行将何之?吾闻之:"其作始也简,其将毕也巨。"苟不确定方针,则毫厘之差,谬以千里……然而听晨钟之初动,宿醉未醒;睹东方之乍明,睡觉不远。人心薄弱,不克自立;扶得东来西又倒,于我女界为尤甚。苟无以鞭策之,纠绳之,吾恐无方针之行驶,将旋于巨浪盘涡中以沉溺也。然则具左右舆论之势力,担监督国民之责任者,非报纸而何?吾今欲结二万万大团体于一致,通全国女界声息于朝夕,为女界之总机关,使我女子生机活泼,精神奋飞,绝尘而奔,以速进于大光明世界;为醒狮之前驱,为文明之先导,为迷津筏,为暗室灯,使我中国女界放一光明灿烂之异彩,使全球人种,惊心夺目,拍手而欢呼。无量愿力,请以此报创。吾愿与同胞共勉之!

此文显然带有"以先觉觉后觉"的启蒙主义的特点,但它抨击现实黑暗、针砭女界问题,热情展望未来,却形成了贯通的气势。联系秋瑾的生平事迹读来,敬佩之情不禁油然而生。

第四节　南社诸作家的散文

南社是适应资产阶级革命运动高涨的形势而产生的革命文学团体。1909 年 11 月 13 日初次雅集于苏州虎丘张东阳祠,正式开展社团活动。在此之前,经历了好几年的酝酿过程。陈去病、高旭、柳亚子等是其主要发起人,初次雅集十七人中,有同盟会员十四人,可见其政治倾向很强。在清王朝专制统治下,人们对"南社"命名的含义讲得很含蓄。宁调元在《南社诗序》中说:"钟仪操南音,不忘本也。"高旭在《南社启》中则说:"南之云者,以此社提倡于东南之谓。"辛亥革命后,桎梏解脱,他们对"南社"的含义直言不讳地讲明白了,陈去病说:"南者,对北而言,寓不向满清之意。"(《南社长沙雅集纪事》)柳亚子说:"它底宗旨是反抗满清,它底名字叫南社，就是反对北庭的标帜了。”（《南社纪略·新南社的始末·新南社成立布告》）虎丘雅集还订了十二则社友条例，首先规定“品行文学两优”方可接纳为会员，还要交纳会费和社捐，每年出社刊两集，收社友诗、文、词三种作品。从1910到1923年，出《南社丛刻》二十二集，还出版过《南社小说集》（1917）。1911年出《南社社员通讯录》，计有社友一九三人，后来增到千多人。本社之外，还有各地社友发起的淮南社、越社、辽社、广南社等一些分社。从初次雅集到1936年上海举行的南社纪念会，前后共历二十七年，这是近代史上生命最长的一个文学社团。南社虽然队伍庞大，经历长，但思想认识上并不一致，因此发生了许多分化。有些人一直勇往直前，实干硬干，在反清王朝、反袁世凯复辟、反北洋军阀统治、反敌伪、反国民党法西斯专制等等斗争中，做了许多工作，受到人民的赞扬；有些人甚至为此献出了生命，让人们深深怀念。有些人则抱着狭隘的民族主义感情，在辛亥革命后“重见汉官威仪”，便松懈停顿下来；有些人则高蹈远引，与世无争，退出时代潮流；有些人则在“五四”以后抱残守缺，不再进取；有人甚至为了个人名利，认贼作父，以致身败名裂。正如柳亚子在《我对于南社的估价》一文中所说，南社成员在政治上“真正的三民主义者”并不多，有的是“一民主义者”（即“排满”），有的是“二民主义者”（即赞成民族、民权主义，而忽视与社会主义相联系的民生主义。见《南社纪略》第一五七页）。南社成员在文化思想上的看法也很不一致，有的主张接收“西学”，有的则主张弘扬国粹，有的则主张东西文化杂糅。在文学上，他们主张开一代文风或领袖文坛，强调作品的现实性和战斗性，反对个人的低徊吟唱，主张鼓吹革命，开发民智，唤起国民精神，因而在创作中反对形式主义和玩弄技巧。基于这种认识和态度，他们对于晚清文坛上的宋诗派和同光体等诗歌流派及桐城派古文，都有过尖锐的批判和嘲弄。然而，他们在反对旧派文人复古、仿古的同时，自己却不能脱弃这些套子。南社诗人多，散文并不是他们的强项。他们推崇雄劲奔放的唐诗，作品多用旧体形式写成，语言典雅，很少顾及“我手写我口”的通俗化的要求。他们用“报章体”或白话写的一些很有战斗性的政论，《南社丛刻》却拒之于艺术殿堂之外而不收，收录的都是一些很讲究的古文或骈文。南社成员在政治上、文化思想上、文学创作上的这种“既说是应该革新，却又主张复古”（鲁迅：《热风·随感录五十四》）的矛盾混乱的状态，正说明他们没有坚定明确的革命思想主张，这也是当年资产阶级在文化思想上软弱和不成熟的反映。虽然如此，反映南社进步倾向的一些作品，为近代文学增添了光彩，是有历史意义的。现就其代表作家的散文作一点简要的论述。

陈去病（1874～1933）字巢南，一字佩忍，南社发起者之一，江苏吴县人。其父贸迁有术，拥有巨资，但早丧，家道中落；其母戒其急躁，故取字“佩忍”。他青年时期读霍去病传，有感于“匈奴未灭，何以家为”，便自名“去病”。他的爱国热情高，反清情绪激烈，是柳亚子所说的“一民主义者”。1898 年在家乡创办“雪耻学会”，以响应康、梁维新运动，应者寥寥，后转向革命，1903 年加入中国教育会，随后又去日本，加入拒俄义勇队，参与《江苏》、《浙江潮》等刊物编辑。回国后，又主持《警钟日报》、《二十世纪大舞台》等刊物，并在《国粹学报》、《民报》上连续发表排满复汉的文章，声名远播。他为激扬民族气节，广搜史料而编成的《陆沉丛书》、《正气集》等，亦有广泛影响。加入光复会、同盟会以后，他和革命运动关系更紧密。他先后在上海爱国女学、东江国民学校以及镇江、安徽、绍兴、杭州等地执教，便相机组织了黄社、秋社、匡社、越社等文社。秋瑾遇难后，他和秋瑾好友徐自华冒险营葬烈士忠骸于西湖。因而被当局通缉。民元后，他先在绍兴主编《越铎日报》，后在杭州主编《平民日报》。1913 年参加“二次革命”，任江苏讨袁军司令部秘书；1917 年参加护法战争；1922 年，参加孙中山韶关北伐誓师，任大本营前敌宣传主任。后任江苏博物馆馆长、东南大学教授等职。晚年对蒋介石专制集团产生不满，“晚近民生之凋敝，伊谁之过？当改称中华民国曰中华官国！”（《陈去病先生年谱》）

陈去病在诗歌创作上和柳亚子一样，推崇唐诗，他的《浩歌堂诗钞》中有许多追怀宋、明遗民反元反清的篇什，抒发了他的排满复汉的激情。他为《南社丛刻》一辑所写的《南社叙》，是一篇典丽的骈文，也可说是他对南社诗歌的概论，后来《丛刻》九辑将其重刊，可见很值得重视，现节录一段如下：

……自古羁人贬宦，寡妇逋臣，才子狂生，遗民逸士，苟其遭逢坎坷，侘傺穷途，志屈难伸，身存若殁，莫不寄托毫素，抒写心情。对香草以含愁，怀佳人其未远。凄馨哀艳，纷纶兰蕙之篇；悱恻缠绵，曲尽温馨之致。入么弦而欲绝，弹不成腔；未终卷而悲来，涕先占臆。凡若此者，其故何哉？亦谓谊存忠厚，不离江湖魏阙之思；意切忧伤，遂多匪风下泉之什。词虽嫌其过激，心欲往而仍还。湘水沈吟，比三闾兮自溺；江南愁叹，等贾傅而烦冤，此不得已者一也。抑或揽髦丘之葛，重嘅式微；采首山之薇，将归曷适。竹石俱碎，凄凄朱鸟之吟；陵阙何依，黯黯冬青之树。吊故家于乔木，厦屋丘山；寻浩劫于残灰，铜驼荆棘。此不得已者，又其一也。而且乘车戴笠，交重金兰；异苔同岑，谊托肺腑。携手作河梁之别，苏李情殷；聚星应奎斗之芒，荀陈契合。或月明千里，引两地之相思；或邻笛山阳，怅九京之永逝。此不得已者，又其一也。要诸因缘，都成感慨；偶逢好事，遂尔风流。南社之作，得毋类欤！然而语长心重，本非无疾以呻吟；兴往情来，毕竟伤时而涕泣。寥寥车辙，不同几复当年；落落襟怀，差比河汾诸老……

这个论述告诉人们，南社的诗作大都是“志屈难伸”、“遭逢坎坷”、“抒写心情”之作，并非“无疾呻吟”。他们的易代兴亡之感、“江湖魏阙之思”，和许多处境相近的古人几乎是同调的。他们现在“寥寥车辙”，人数不多，远不如明末几社、复社人多势众；但他们都襟怀落落，会像“河汾诸老”那样，发扬民族精神，抒写爱国情怀。文章长于用典，工于对仗，在南社骈文中显属佳作。然而，用这样的雅作宣传革命，是并非切合时宜的。

陈去病对于诗词古文的艺术规格要求高，对于戏剧通俗化而能产生广泛影响却很重视，他在《论戏剧之有益》一文中说：“惟兹梨园子弟，犹存汉官威仪；而其间所谱演之节目、之事迹，又无一非吾民族千数百年前之确实历史。……其词俚，其情真，其晓譬而讽谕焉，亦滑稽流走，而无有所凝滞。举凡士庶工商，下逮妇孺不识字之众，苟一窥睹乎其情状，接触乎其笑啼哀乐，离合悲欢，则鲜不情为之动，心为之移，悠然油然，以发其感慨悲愤之思而不自知。”（《二十世纪大舞台》第一期）这是从内容和形式两方面说明戏剧有利于促进民族意识的觉醒，有助于革命运动，文字上也平易通畅。

南社成员虽然赞成革命，在文化思想上却颇受改良派的《新民丛报》的影响，许多人都很注重传记文学的写作。陈去病的传记作品有《鉴湖女侠秋瑾传》、《高柳两君子传》、《徐自华传》、《垂虹亭长传》等，记事清晰，文字亦生动。现节录《徐自华传》如下：

徐自华者，秋瑾之盟姊也，字寄尘，为浙江石门人。少承家学，工诗文词，自号忏慧词人……初为南浔女校教员，会褚辅成亦以瑾来荐，浔校长以徐故却之。瑾闻之，心甚不平，径偕辅成来谒徐，一见各自倾倒，徒恨相见之晚。由是徐遂留瑾任校事，使毋他往，日夕欷觑，纵论家国，如骨肉姊妹矣。

是夏，瑾别去之上海，发行《中国女报》，徐亦辞女校职，一意助瑾行事。瑾任著述，而徐任其赀，一时女报甚风行也。明年丁未，瑾与海内外诸志士密谋革命，事益成熟，因于二月四日，偕自华同登杭州凤凰山，吊南宋之故宫，望西湖而陨涕。遂密侦城内外出入径道，绘为军用地图，以备他用。徐见瑾太激愤，因微以时机未至讽之，瑾闻默然。复与诣岳王坟，徘徊瞻眺，至日且夕不能去。徐又讽之曰："君讵欲死葬于此乎?"瑾慨然太息曰："苟得葬于此，为福多矣。"徐曰："君若死，余必为君葬之；第或余死，君能葬我于此乎?"瑾笑曰："视谁便宜可也。"遂与别去。五月瑾在绍兴，部署已定，因赴上海与徐锡麟等相约，道出石门，夜半叩自华家门而入，告将起事，以资竭将奈何?徐即悉倾其奁所有畀之。瑾大感激，立脱臂上双翠环予徐曰：事未可知，姑留此为异日纪念。及行复语徐曰："岳王坟前一诺，颇可信乎?"徐惨然曰："苟至此，余必为卿谋之。"因怅惘而别。

六月变闻，徐大伤悼，顾以虏势盛，茹痛久之。至是岁冬，始冒风雪渡钱塘江至越中，于昏夜秉炬入文种山，探得其柩所在。畀之杭州西湖，买地岳王坟侧葬之，践宿诺焉。逾年戊申，又与去病等密结秋社，以继秋志。乃为虏所闻，有御史常徽奏请平毁秋墓，穷究其事。于是徐遂之上海，匿迹者逾月。祸虽获免，而墓竟遭发掘云。然徐痛瑾甚，每诣杭州辄不忍之西湖，至西湖亦不忍过瑾故所葬地也。及杭州光复，而石门犹为虏令所守未下，徐时客苏州，闻之急电褚辅成乞援，辅成以二百人往，石门立下。并举马昭懿为知事，一邑以安，皆徐力也。未几徐还杭州，建风雨亭于秋墓故址，以资凭吊。嗣念瑾柩在长沙未葬，因嘱去病往迓之，卒葬之岳王墓畔。

呜呼，洵可谓一诺千金，不渝其志者矣。爰详其本末为之传……。

通篇以简炼平易的文字写来，既写出了秋、徐两人友谊发展的过程，又反映了她们各自不同的胸怀和气度，这对于后人都是有教益的。

柳亚子（1887～1958）原名慰高，字安如；更名人权，字亚卢；再更名弃疾，字亚子。他出身于江苏吴江县黎里镇一个书香之家，自小学养有素。因受父亲影响，读《新民丛报》，“做了梁任公的信徒”。梁游美洲后，“以今日之我与昨日之我挑战”，亚子对其“信仰”大落（《南社纪略·我和南社的关系》）。1903 年，他进了上海爱国学社，认识了章太炎、邹容、蔡元培等，确立了反清革命思想。1906 年，加入同盟会、光复会，参加《复报》编辑工作，结识了许多革命志士和文人，为集结南社奠定了基础。柳亚子是南社最有才华的作家，诗词散文都有佳作。他是南社的中坚人物和急进派，坚持以文学倡导革命的进步倾向。为了南社的事业，他不但做了许多实际工作，还慷慨捐资，使《南社丛刻》和下世社友的诗文得以出版。郑逸梅大略估算后指出，“南社有二十七年历史，亚子私人斥资达万金之巨。”时人有言，“没有柳亚子，就不会有南社。”（见《南社丛谈》第十一页）这可见其信誉威望很高。民国成立，柳亚子曾任临时政府总统府秘书，因反对妥协退让，托病辞职，去上海主持《天铎报》、《民声报》、《太平洋报》等报笔政，连续发表诗文，揭露袁世凯“狼子野心”，“与共和政体无相容之理”（《论袁世凯》，见 1912 年 1 月 21 日《天铎报》），其论激烈，时人称为敢言。历史进程证明他言中了，正反映了他政治上的坚定性和敏感性。柳亚子是接受和赞成“五四”新文化运动的，为了参加这个新运动，他在 1923 年 5 月发起成立新南社，这是旧南社一部分成员和“新文化运动中一部分的新朋友”的联合组织，其精神“是鼓吹三民主义，提倡民众文学，而归结到社会主义的实行。”（参见《南社纪略》第九十页）1924 年，他参加了改组后的国民党，任江苏省党部执委会常委，主张国共合作，反对右派分裂。“四·一二”政变中，他出逃日本，次年归国，与何香凝、鲁迅等往来联系。抗战期间，他在重庆、桂林、香港等地流浪，自比行吟泽畔的屈原，多次斥责国民党当局的消极抗战、积极反共的政策。“皖南事变”时，他谴责事变的策划者，拒绝参加国民党中央全会，被开除出党。1944 年加入中国民主同盟，1947 年在香港发起组织中国国民党革命委员会，任秘书长。他是三民主义的信徒，也是“三大政策”的积极拥护者，对新民主主义革命满怀热情和希望。新中国成立后，他拥护社会主义，并热情参加新文化建设工作。柳亚子是南社成员中坚持进步的光荣代表。他捐资出版的《南社丛刻》和宁调元、周实、苏曼珠等人的诗文集发生了很大的影响，他自己的《磨剑室诗集》、《文集》、《词集》等著作却未刊印，1959 年出版的《柳亚子诗词选》，只是其创作中的一部分。柳亚子的诗作已经誉满天下，人们对于他的散文却较生疏，这是历史条件造成的。

柳亚子写过不少尖锐激烈的政论，与改良派、立宪派论辩的有《中国立宪问题》、《考察政治者归国矣》、《庆贺立宪之丑态》、《代政闻社社友绝梁启超书》等；民国初创时的《论袁世凯》，尤其反映其政治敏感。张扬女权、表彰古代巾帼英雄，鼓励妇女革命，是柳亚子散文重要内容之一，《哀女界》、《中国第一女豪杰女军人花木兰传》、《中国民族主义女军人梁红玉传》等，是其代表作。柳亚子还写过不少革命烈士传记，如《宁烈士太一传》、《陈烈士勒生传》、《周烈士实丹传》、《阮烈士梦桃传》、《孙竹丹传》、《孙君竹丹事略》等，这些文章篇幅都不长，简要生动地记述了烈士们的生平事迹，赞扬了他们的革命精神，揭露了反动派的阴险凶残，还反映了当年革命斗争的复杂性。《二十世纪大舞台发刊词》、《胡寄尘诗序》是反映他的文学主张的文章，强调戏剧与诗歌要唤醒民族意识，振刷人心风俗。柳亚子的散文感情充沛，文笔流畅，有时骈散相杂，很有感染力和鼓动性。柳亚子还为许多人的诗文集作过序，如《潘节士力田先生遗诗序》、《松陵文集序》、《余十眉寄心琐语序》、《庞檗子遗集序》等，这些文章着眼于知人论世，读来亲切有味。这里要特别介绍的，是其《燕子龛遗诗序》，通篇用文白相杂的笔调写来，既叙述了他和苏曼殊交往的经过，又对苏的诗歌、绘画、奉佛及性格作风进行了评点，还对民元后政局的变化作了侧面反映。苏曼殊（1884～1918）是南社的优秀诗人和小说家，“五四”以前获得广泛的称赞。由于他的奇特的出身和坎坷的经历，在他身后曾出现过一个研究热潮，柳亚子和其子无垢曾经广泛搜罗，编辑出版了《苏曼殊全集》，对后起的研究起了奠基和开拓作用。读过柳亚子这篇序，我们对苏曼殊即使原先一无所知，也会有一个生动、深刻的印象。序曰：

曼殊奄化之岁，青浦王德钟辑其遗诗，得如干首。将梓以行世，属余为之序。呜呼！余何忍序曼殊之诗哉！余初识曼殊，以仪征刘师培为介，顾君栖穷岛，余蛰荒江，未获数数相见也。武昌树帜，余在沪渎，值先烈陈英士先生异军突起，君自南土来书，谓：“迩者振大汉之天声，想诸公都在剑影光中，抵掌而谈。不慧远适异国，唯有神驰左右耳。”又曰：“壮士横刀看草檄，美人挟瑟请题诗。遥知亚子此时乐也。”盖兴会倦举，不可一世矣。和议既成，莽、操尸位，党人无所发摅，则麇集海上，日夕歌呼饮北里。君亦翩然来，游戏宛、洛，经过李、赵，吾二人未尝不相与偕也。既余倦游归里，君去皖江。嗣是五六年间，沧桑陵谷，世态万变，余与君相聚之日遂少；即聚，亦无复前日乐矣。最后乃晤君沪渎，时为英士归葬碧浪湖之前数日，握手道故，形容憔悴甚。君言："邑庙新辟商场极绚烂，顾求旧时担餳粥者弗可得，盖大商垄断之术工，而细氓生计尽矣。"君生平绝口弗谈政治，独其悲天悯人之怀，流露于不自觉，有如此者。

君工愁善病，顾健饮啖，日食摩尔登糖三袋，谓是茶花女酷嗜之物。余尝以芋头饼二十枚饷之，一夕都尽，明日腹痛弗能起。又嗜吕宋雪茄烟，偶囊中金尽，无所得资，则碎所饰义齿金质者，持以易烟。其他行事都类此。人目为痴，然谈言微中，君实不痴也。尝共余月旦同时流辈，余意多可少否。君谓："亚子太丘道广，将谓举世尽贤者。"余曰："然则和尚将谓举世尽不肖耶?"相与抚掌而罢。

"和尚"者，君少时尝披发广州慧龙寺，故朋侪以此呼之。君精通内典，然未尝见其登坛说法。吴县朱梁任尝劝余从君学佛，君笑曰："是当有缘法，非可强而致也。"呜呼！询可谓善知识矣。

君好为小诗，多绮语，有如昔人所谓"却扇一顾，倾城无色"者。又善画，萧疏淡远，似不食人间烟火物。往还书问，好以粉红笺作蝇头细楷，造语亦绝俊，恒多悲感及过情之谈；盖苏长公一肚皮不合时宜，藉此发泄耳。

君既歿，吴县叶楚伧、上海刘季平咸拟辑其遗稿，而滇中某贵人欲斥千金尽刊君诗画之属，未知其能有成否也。王子所辑虽不多，见虎一文，亦足慰君于地下矣。余既为文以传君（按，柳亚子在所编的《苏曼殊全集》中，收录许多材料，对苏出身经历作过许多考证），而覙缕之词有未尽者，爰弗辞而复为之序。时中华民国七年双十节前二日，吴江柳弃疾谍。

周实（1855～1911）字实丹，号无尽，江苏淮安人，出身于没落的封建家庭，十三岁，读美国独立史和法国革命史，民族民主意识觉醒，即憎恨专制政体违反人道。1902 年中淮安府秀才，1907 年入南京两江师范学习，1909 年加入南社，后又和同乡友人阮式发起成立淮南社，他的革命倾向更加强烈。他不谐流俗，直道热肠，却十分重视友谊。他在《丁未风雨怀人诗叙》中说，“实少鲜兄弟，顾影零丁”，长大入学后，“遂以朋友为性命”，“风尘握手，便赠佩刀。花鸟怡魂，时呼杯酒。纵横剑气，琨、逖相期。标榜诗篇，应、刘自诩。江山暗淡，爱国泪多；风雨连绵，谈兵心壮。谁能拔我抑塞磊落之才，讵肯输君慷慨悲歌之令，是则朱家、郭解无此豪情，鲍叔、夷吾逊斯雅谊矣”。由于他是这样豪放不驯，故又自称山阳酒徒。武昌起义后，周实和阮式等淮南社同仁在淮安发动组织各学校学生，响应义举。11 月 14 日，在旧漕署召开数千人参加的光复大会，原县令姚荣泽不与会，首鼠两端，阴怀杀机。17 日，姚宣称邀周实至学宫议事，待周刚进大门，即令开枪，周实当场牺牲。与此同时，阮式亦被姚指令杀害。姚还给二烈士加上了“谋毁衙局”、“谋杀绅董”等罪名，并株连拘捕他们的亲属。事后，姚迫于革命形势发展，逃到南通，托庇通州总司令张督。柳亚子、宁调元、高旭等人为了伸张正义，并为二烈士昭雪、复仇，致电孙中山，坚决要求惩办姚荣泽。1912 年 3 月，沪军都督府法庭虽判处姚犯死刑，但姚买通了陪审员，要求减缓。袁世凯窃取了大总统职位后，姚犯即获特赦。这是辛亥革命后对封建势力妥协退让造成的又一恶果。周实少年间与邻居棠隐女士友善，成年后亦互相倾慕。女士十九岁时，被迫嫁给一个久染重病的富家子，婚后半年此子即死，棠隐于半年后亦亡故，年仅二十一岁。周实对此耿耿难忘，他不但写了《棠隐女士小传》，还写过不少哀悼、怀念棠隐的诗，反映了资产阶级革命高潮中青年们对于爱情的追求，也反映了他们很难摆脱传统束缚的苦痛和软弱。柳亚子在周实传中就其两方面表现评价说：“余观实丹烈士生平，盖缠绵悱恻多情人也。一朝见危授命，慷慨慕义，奋为鬼雄，贤者不可测，亦足为我南社光也。”

周实是南社的杰出诗人，其诗作雄劲奔放，感情激昂。他主张诗文要“因时立言”，反对拟古主义和各种形式主义。他的《杂说二》就是一篇针砭时弊、以小见大的好杂文，原载《南社》第四期，现录如下：

浅草不盈寸，微风荡成波，倚楼睨之，不忍遽去，则吾之爱此草也为何如？东园桃与李，色香袭人魂，有时日坠游倦，便欲和衣宿其下，则吾之爱此花也为何如？

虽然，吾尝见世之爱草者，往往踏之以足；爱花者，往往折之以爪。夫至踏之折之，与桎梏之蹂躏之将毋同？揆诸爱之初心，讵不大相背谬哉。在踏之折之者之心，固以为吾之踏之折之，正吾所以爱之。而不意其踏之折之之时，已与爱之之心南辕而北辙也。

无尽于是得一解焉。方爱之之心之初萌，乃天性之流露于莫知其然而然者。及其踏之折之，则不免济以人欲之私矣。夫自私者，未有能爱物者也，虽间有貌似爱物之顷，亦非真能爱物，特以物足供一己之愉快耳。踏草折花者，非此类而何？噫，天下之真能爱物者，至不惜以身殉物。试问踏草折花者，能以身殉花草也否耶？不能以身殉花草，而徒桎梏花草，蹂躏花草，此其人早溢乎爱之分际，而流于纵欲矣。

是故善用其爱者，能保存天性而扩充之，而天下民物，无不在胞与之中；不善用其爱者，遂狭小其天性而戕贼之。后世战争盗窃之纷纭，畴非欲攫取天下之民物以快己私者乎？踏草折花，其小焉者也。呜呼噫嘻！

“仁民爱物”是封建传统思想中的一个堂皇的口号，也是宋明理学家讲修身养性时的一个大题目。随着资本主义经济的萌芽与发展，特别是经过了明清交替时的大动乱、大变化，思想界对这个口号已经发生了怀疑。黄宗羲在《明夷待访录》中就明确地说过：“有生之初，人各自私也，人各自利也。”历代帝王是“以我之大私为天下之大公”，并以此来抑制和抹杀天下人之私，这就是“天下之大害”。推而论之，他们的“仁民爱物”，常常就出现了贼民害物的结果。显然，这是民主意识觉醒的反映。往后，龚自珍在《病梅馆记》中要解救病梅，谭嗣同在《仁学》中高呼“冲决网罗”，章太炎在“驳康书”中斥光绪帝为小丑，一身尚且不能自保，更不可能指望他振兴中国。这是近代思想史上民主思潮逐渐高涨的标志。周实的这篇短文，正是这种思潮的又一个反映。

增订后记

《中国散文通史》得到再版，是一件值得庆幸的事。

说来话长，那是20世纪的八十年代中叶，郭预衡先生编著的《中国散文史》上册(1986年)尚未出版，我们就开始酝酿编写一部中国散文的通史了。当时的北京师范学院（今首都师范大学前身）中文系的部分教员，各自在中国古代散文方面，做过一些研究和探索，并产生了一些学术成果，但都是“散兵游勇”，各自为战，不成气候。适逢其会，当时唯一的副教授漆绪邦兄登高一呼，倡议编写一部纵贯三千年的散文通史(当初计议，包括现代散文在内)，我们这几个讲师，云起响应，几经磋商，形成合力，经过将近十年的努力，终于使一百五十万言的从先秦直到“五四”时期的《中国散文通史》，于1994年出版。其间漆绪邦兄撰写凡例、整合统筹，尽心竭力，督导有方。应当说，没有漆兄的发起，并耐心地与编者精诚合作，共同克服编写过程中的诸多困难，这部《通史》是断然不会完成的。如今漆兄已成古人，我们在本书再版之际，更深切地怀念他，感谢他。

当时我们这些编者都有繁重的教学任务，业余完成，实属不易。由于成于众手，在行文体例上，在前后照应上，都有些遗憾。近二十年来，古代散文的研究，业已深入到多个层面，硕果累累。地下发掘，也提供不少新的信息。因此我们深感有重新修订增补的必要。我们也曾多次向有关方面呼吁敦请给予支持，但由于不是畅销书，屡遭出版社的婉推和领导层的无奈，我们也痛感失落。

如今，我校文学院将主办中国古代散文第十届年会。乘此东风，校院各级领导慨然决定资助这部《通史》订补再版，这无疑是这部著作的福音。趁此良机，我们对全书做了一次修订增补。增写二十五万多字。其中先秦部分，依据出土资料，改写订补一、二十处，作了新的论断。我们的学弟王军和李勤印二人，对我国古代散文成就最突出的唐、宋部分，各自增补十余万言，为这次订补出力最多，贡献最大。

我校邱运华副校长、文学院马自力院长、左东岭前院长、老干部处张洪山副处长鼎力支持“通史”修订再版。本书责任编辑张慧芳女士，认真审稿，匡谬正讹，润色补苴，贡献良多。中国古代散文学会谭家健会长，一直关注本书重版（第一版仅印800

套)，此次又在百忙中赐写长序。谨在这里一并向他们表示深切的谢意。

敬希海内外专家、读者给予批评指教。

编　者

二〇一四年六月

CONTENTS **目 录**

第四卷　隋唐五代散文

第五卷　宋代散文

第六卷 辽金元散文

第四卷 隋唐五代散文

王新霞　王军　撰写

概　述

在中国文学史上，唐宋时期是散文发展的高峰时期。此时不仅出现了以杰出的散文成就而彪炳史册的“唐宋八大家”，而且在八大家的周围涌现出一批有志于古文的作家，形成了一股与前代盛行的骈文相异的散文创作潮流，这就是为后人倍加称颂的“唐宋古文运动”。这个运动的直接结果，是优秀的散文作品大量涌现，并在几场较量之后，文坛由魏晋南北朝时期以骈文为主的状况转变到了以散文为主的创作轨道上。此后的元、明、清三代，基本继承了唐宋，古文运动的成果一直贯穿到封建社会的结束。

唐代以前，中国的散文由萌芽、壮大到逐渐成熟，已走过了漫长的发展道路。若就文体而言，先秦两汉是散文兴盛的时期，魏晋南北朝是骈文独盛的时期，而唐代则是改变一代文风，使散文由过分拘泥于形式的骈文中解放出来，重新获得自由发展的时期。因此，在散文发展史上，唐代是一个重要的转折点，这是一个剧烈变革的时代，更是一个充满创造力的时代。在这一时期，唐代散文家们在继承先秦两汉以来散文优秀传统的基础上，实现了文体、文风和文学语言的革新，对散文的体裁与形式作了多方的探索与开拓，从而使许多新的文体得以确立，散文创作空前地繁荣。清代编辑的《全唐文》，即达一千卷，收作者三千零四十二人，文章一万八千四百八十八篇，唐代散文兴旺发达的面貌由此可见。因此，唐代的古文运动，不仅是宋代诗文革新运动的前奏，亦为中国散文向着多种体裁、多种文体的深入发展做出了历史性的贡献。

对中国散文给予深远影响的古文运动之所以在唐代发端，是有其深刻的社会历史原因和文化发展背景的。

首先，经历了魏晋南北朝将近四百年的分裂与动乱之后，中国的封建社会终于在隋朝时实现了全国的统一。但是，隋末统治阶级的残暴激起了大规模的农民起义，使这个刚刚实现统一的王朝成为中国历史上又一个短命的王朝。继之而起的唐王朝，吸取隋朝灭亡的教训，努力缓和阶级矛盾，使生产得以迅速地恢复和发展，实现了社会的清平与安定，自此，中国历史步入了封建社会的鼎盛时期。唐太宗在建国之初，采纳魏徵"偃武修文"的建议，实行兼容并蓄的文化政策，尊儒崇道，兴办学校，留意诗文，广开才路，在政治稳定、经济繁荣的同时，也为文学的发展创造了一个良好的环境。这种稳定发展的局面一直延续到唐玄宗开元年间。一个高度统一、开明而发达的社会，呼唤着属于自己时代的新文学的诞生，新的历史条件也在蕴育着新时代的文坛骄子，唐代诗文改革的大潮必然要兴起，必然要来到。另一方面，唐王朝的空前统一也为长期割裂的南北文化的交流创造了条件。唐代杰出的政治家、文学家魏徵，在建国之初，就已论及全国统一后文坛上存在的南北文化的差别，并预见到在两种文化的相互交流、相互补充之下，必将产生融汇南北的唐代的新文化，从而带来文坛彬彬大盛的局面。他说："江左宫商发越，贵于清绮；河朔词义贞刚，重乎气质。气质则理胜其词，清绮则文过其意。理深者便于时用，文华者宜于咏歌。此其南北词人得失之大较也。若能掇彼清音，简兹累句，各去其短，合其两长，则文质彬彬，尽美尽善矣。"（《隋书·文学传序》）同时，作为一个高度文明、发达的东方大帝国，唐王朝也以其宽阔的胸怀，向世界文化敞开了大门，使西域与中亚的文化通过陆地与海上的丝绸之路源源不断地涌进了中国，从而使古老的中原文化在融合南北文风，吸收外来成分的基础上获得空前的繁荣与发展，发生着质的变化。一个全新的时代催生出了适应自己繁荣、开放的面貌的新文化，这既是时代统一的要求，也是文学发展的必然趋势。

其二，自魏文帝曹丕实行九品中正制，确定了贵族子弟在政治上的特权之后，整个魏晋南北朝四百年间，门阀制度如一道沉重的枷锁压抑了广大寒门知识分子的才华，锁闭了他们通向仕途、施展政治才干的道路。唐朝统治者用广开才路的政策打开了这道压抑人才的枷锁。一方面，通过两修"氏族志"，打击旧士族的特权；另一方面，继承隋以来的科举制度，通过试诗赋普遍吸收中下层文人参加政权，打破了高门大族对仕途的垄断。朝廷以诗赋取士，在长期遭受压抑的中下层文人面前打开了一条通向仕途的大路，使他们得以凭籍自己的才华，堂而皇之地参与到政权机构之中。因此，进士科成了士子的争趋之科，号称“白衣卿相”。在新王朝权力的再分配之中，以才华而入仕的寒门知识分子的地位大大地提高了，而国家的统一、经济的繁荣、政治的开明、中外文化的频繁交流，又使广大士人开阔了眼界，活跃了思想，从而激发出了巨大的政治热情和蓬勃向上的进取精神。他们作为一支胸怀大志、富有朝气的新兴力量登上了历史舞台，以“天生我才必有用”的高度自信，俨然以天下为己任，或济世安民，或驰骋边塞，或指斥时弊，或抒写豪情，指点江山，激扬文字，在文学创作上努力表现着自己的政治主张、人生追求与生活情趣，从而使唐代的议论文有了很大的发展，多种抒情散文、杂说、游记等亦纷纷出现。在某种意义上说，这个新兴的知识分子阶层正是唐代古文运动赖以产生的阶级基础，古文运动实际上是这些文人干预朝政在文学上的反映。自从这个新兴的知识分子阶层登上了政坛与文坛之后，六朝以来那些在“文雅的庸主”和“词臣狎客”们把持下的旧文学，那些体现着贵族情趣的靡靡之音，那些空洞苍白、过分雕琢的文学形式，显然已与时代的需求格格不入，更无法用来表现充满进取精神的知识分子的胸襟与志趣，文学的改革亦是势在必行了。

其三，从中国散文的发展史上看，骈文自魏晋时期形成之后，六朝时几乎占领了诗赋之外的一切文学领域，甚至连公文中的章表疏奏，人与人之间的书信来往，都几乎成了骈文的一统天下，只有在史传、地理等学术著作中尚留有散文的少量地盘。就骈文本身来说，它是在辞赋的影响下形成的，讲究句式的整齐、辞采的华丽与韵律上的抑扬，这实际是一种诗化的散文，在抒情寄意上自有其长处，其形式上的美感更是不言而喻的。六朝文人创作的不少骈文的名篇，至今还具有永久的魅力。但是，当骈文在南北朝时期日趋精密，又加之以平仄的要求与大量用典之后，对形式的追求日益压倒了内容，逐渐趋于僵化。在唐代建立之初，骈文已由六朝时的极盛走向了衰落，只是它不会在短期内退出文坛。这是因为任何一种文学形式，在其形成之后，便作为一种传统文化的积淀具有了相对的稳定性，这种来自数百年的传统的影响往往是根深蒂固的，不易动摇的。因此，摆在唐代散文家面前的是一个极为艰巨的任务，这就是要打破魏晋南北朝四百年内骈文独盛的局面，而代之以适应时代要求，能体现新的时代风貌、形式多样、生动活泼的新散文，使散文创作重新焕发生机，不如此，散文便不能发展，文学便不能前进。

这样，进入唐代之后，在时代的呼唤之下，在新兴的知识分子阶层中，一批具有改革思想的文学家便应运而生了，随之而来的是他们在文坛上掀起的一场持久的散文革新运动——古文运动。从直观上看，古文运动首先是一场文体之争，散文与骈文为争夺文坛的主宰地位而激烈交战，在几个回合之中，双方互有消长。初唐时骈文尚居优势；但自盛唐以后，古文运动的洪涛一浪高过一浪；中唐时古文曾战胜骈文，一度占据了文坛的主要地位；至晚唐时古文运动进入低潮，骈文又重新占据了文坛。直至宋代欧阳修大力倡导诗文革新之后，古文运动才取得了最后的胜利。然而，如果仅仅把它视为文体之争，那就未免太简单化与表面化了。实际上文体上的变骈为散只是唐代古文运动的一个方面，它不仅仅是一场文体革新运动，更是在散文领域开展的一场从内容到形式、从体裁到语言的全面而深刻的改革。针对六朝独盛的骈文，唐代的散文家们在文章上主张取法三代与两汉，大力提倡恢复奇句散行的“古文”，然而他们的创作亦决非先秦两汉古文的简单重复，而是配合着新时代的政治斗争，出于反映新的社会内容的需要，在继承传统基础上的一种再创造。他们不仅创造出了能自由表情达意的多种散文形式，并最终以宏深博大的社会内容与雄奇峭劲的文学语言取代了浮艳呆板的骈文。就其实质来说，这是在复古旗帜下进行的真正的散文革新。

北宋姚铉在《唐文粹序》中，曾高度概括地叙述了唐代散文发展的基本状况：

> 有唐三百年，用文治天下。陈子昂起于庸蜀，始振风雅。由是沈、宋嗣兴，李、杜杰出，六义四始，一变至道。洎张燕公以辅相之才，专撰述之任，雄辞逸气，耸动群听。苏许公继以宏丽，丕变习俗。而后萧、李以二雅之辞本述作，常、扬以三盘之体演丝纶，郁郁之文，于是乎在。惟韩吏部超卓群流，独高遂古，以二帝、三王为根本，以六经、四教为宗师，凭陵轥轹，首唱古文，遏横流于昏垫，辟正道于夷坦；于是柳子厚、李元宾、李翱、皇甫湜又从而和之，则我先圣孔子之道，炳然悬诸日月。故论者以退之之文可继扬、孟，斯得之矣！至于贾常侍至、李补阙翰、元容州结、独孤常州及、吕衡州温、梁补阙肃、权文公德舆、刘宾客禹锡、白尚书居易、元江夏稹，皆文之雄杰者欤！世谓贞元、元和之间，辞人咳唾，皆成珠玉，岂诬也哉！

由此看来，在文坛革新的总趋势之下，唐代的散文大致经历了初、盛、中、晚四个发展时期，发生了一系列重大的变革。

初唐是散文革新的理论准备时期，亦是散文复苏的序幕。唐初文坛，沿袭六朝余习，流行的仍是骈体文。如宋祁在《新唐书·文艺传序》中所云：“高祖、太宗，大难始夷，沿江左余风，絺句绘章，揣合低卬，故王扬为之伯。”太宗贞观年间，以虞世南、上官仪为代表的宫廷之士“俪采百字之偶，争价一字之奇”，内容空虚，体格卑弱。杰出的政治家魏徵曾力矫浮华之风，其文以内容充实、用笔简劲而见称，但因作品过于质实，故在文坛影响不大。只是在初唐四杰崛起之后，方为骈文注入了一股清新刚健的变革之风。四杰因不满于初唐诗文的“骨气都尽，刚健不闻”，“思革其弊，用光志业”（杨炯《王子安集序》)。他们在写作上虽未脱骈文之窠臼，但在文风上已变得充实而畅达，富有浓郁的情思和壮丽的文采，并对六朝浮艳的文风进行了公开的批判。至陈子昂崛起于文坛，则高举诗文革新的大旗，不仅从理论上指明了文体改革的正确方向，而且在创作上有意师法汉魏，思路开阔，气势磅礴，具有深刻的现实内容。“今观其集，惟诸表序犹沿俳俪之习，若论事书疏之类，实疏朴近古。”(《四库全书总目提要》卷一四九）韩愈曾以“国朝盛文章，子昂始高蹈”(《韩昌黎全集》卷二《荐士》)，高度评价了陈子昂在散文发展史上的开创作用与崇高地位。

盛唐是散文革新的发展时期，亦是古文运动的前奏。

开元年间，号称“燕许大手笔”的张说、苏颋首开以散入骈之先河，以散行之气，运偶俪之辞，雍容典雅、气韵沉雄，唐代骈文散化之倾向，从此开始。张九龄紧承“燕许”，文中散文化的趋势更为明显，语言亦变得流畅自然。其后，著名诗人王维、李白、杜甫在他们所作的诗序、书信等实用文中，均骈散并用，以豪迈不羁之才，行雅健洒脱之文，骈文的格局已被打破。

从天宝年间到贞元以前，文坛先后涌现出萧颖士、李华、元结、独孤及等著名的散文家。他们继承陈子昂文学革新的主张，不仅在理论上提倡古文，而且在写作中有意识地化骈为散，创作出了一些散文的力作。

萧颖士曾说：“仆平生属文，格不近俗，凡所拟议，必希古人。魏晋以来，未尝留意”(《全唐文》卷三二三《赠韦司业书》)。李华为文则“本乎王道，大抵以五经为泉源”(《全唐文》卷三八八独孤及《检校尚书吏部员外郎赵郡李公中集序》)。

天宝年间，“萧李”齐名，彼此推奖，并广招门生，口传心授，大力推进古文的探讨与写作。稍后，元结、独孤及继之而起。元结不仅明确反对六朝以来的浮靡文风，更在创作实践上为后世做出了表率，他那些针砭时弊、愤世嫉俗、记叙景物的作品，实开中唐韩柳之先声。他是大历时期最有成就的散文作家。独孤及因李华的奖掖而得名，故在理论上承袭李华，强调“先道德而后文学”，至其为文，以取法两汉为标准，“当代词人，无不畏服”（《全唐文》卷四〇九《故常州刺史独孤公神道碑铭》）。这样，自“萧李”之后，由天宝至贞元初，文章复古亦即革新的理论，已经提出并粗具轮廓；与此同时，文坛涌现出了一批有名的古文家，他们开始有意识地创作古文，革新文体，使复古的浪潮逐渐高涨，真正成了韩柳古文运动的先驱。不过，由于他们在创作上偏重于实用而艺术性不足，此时还没有出现足以胜过骈文的大量散文名篇，还没有形成足以占据文坛主导地位的伟大的散文家与作家群体，因此，这一时期只是古文运动的初级阶段，尚未达到高潮。

中唐是散文革新的高潮时期，是古文运动深入开展并取得辉煌成就的时期。

中唐前期，独孤及门人梁肃以及柳冕等人，把盛唐古文家们关于道为本体，经为文源与取法三代两汉的理论主张进一步系统化，提得更加明确，从而为古文运动高潮的到来作了充分的舆论准备。同时，在诗文改革大潮的推动下，杰出的政治家陆贽对流行的骈体文亦进行了彻底的改造，他上承燕许融散入骈的传统，有意识地采取散句双行、运单成复、少用典故、加长骈句等方式，创作出了流利畅达、经世利用的新体骈文。故清人赵翼说：“如陆宣公奏议，虽亦不脱骈偶之习，而指切事情，纤微毕到，其气又浑灏流转，行乎其所不得不行，此岂可以骈偶少之？”（《廿二史劄记》卷十八）尽管如此，在古文运动的高潮来临之后，骈文也逐渐失去了在文坛的统治地位，无法与古文相争了。

中唐贞元、元和年间，韩愈、柳宗元崛起，成为领袖文坛的一代宗师，从理论与实践上把古文运动推向了高潮。

首先，在古文运动的理论方面，韩愈以儒家的思想体系为支柱，建立起了一套指导古文运动的完整理论。他俨然以儒家道统的继承人自居，与柳宗元一起，以“文道合一”、“文以明道”的主张揭示了“文”与“道”——即文章的内容与形式的关系。韩愈一再说明，他之为古文是为了“学古道则欲兼通其辞。通其辞者，本志乎古道也”（《题欧阳生哀辞后》）。他还明确指出“道”的内容就是孔孟讲的“仁义”之道，从而在儒家体系的基础上完善了古文运动的理论，统一了文坛的认识。同时，韩愈总结了自先秦两汉以来散文发展的丰富成果，对前人遗产采取了一种既广采博取又反对模拟抄袭的正确态度，明确提出了“唯陈言之务去”的革新主张，大力提倡在广泛的继承中实现文学语言的革新与创造，以创作出“劲气贯金石”、“文从字顺”的新型古文，这就为古文运动规定了革新的目标。根据自己创作的体会，韩愈还特别强调作家的修养，提出“为文养气”之说，鼓吹“不平则鸣”，这实际上也成了培养作家，发展古文创作的主要途径。柳宗元虽与韩愈在政治斗争中有分歧，但在倡导古文上却是韩愈最有力的支持者，而共同成为古文运动的旗手。

韩柳在理论上领导着古文运动的同时，更以他们震烁古今的鸿篇巨制，标示天下，导引文坛，开拓了古文运动的新局面，从此，中国的散文进入了一个崭新的时代。正如茅坤所云：“昌黎韩退之崛起八代之衰，又得柳柳州相为羽翼，故此唱彼和，譬之喷啸山谷，一呼一应，可谓盛已”（《柳柳州文钞引》）。但是，数百年来形成的传统势力是不会轻易退出历史舞台的，古文运动深入开展的每一步，以韩、柳为代表的革新势力与保守势力之间都经过了一番激烈的较量与尖锐的斗争。宋人石介曾生动地描绘了韩愈大力倡导古文时各种守旧势力的强烈反映，他们“恍惚茫昧，如丧聪，如失明，有骇而亟走者，有陋而窃笑者，有怒而大骂者。众聚嘲噪，万口应答，声无穷休。”而在革新派一方，“爱而喜，前而听，随而和者，唯柳宗元、皇甫湜、李翱、李观、李汉、孟郊、张籍、元稹、白乐天辈，数十子而已。吏部志复古道，奋不顾死，虽摈斥摧毁，十百千端，曾不少改所守；数十子亦皆协赞附会，能穷精毕力，效吏部之所为。故以一吏部数十子力，能胜万百千人之众，能起三数百年之弊。唐之文章所以坦然明白，揭于日月，浑浑灏灏，浸如江海，同于三代，驾于两汉者，吏部与数十子之力也”（《徂徕石先生全集》卷十二《上赵先生书》）。由此可见，韩、柳对古文运动的重大贡献，还在于他们面对保守势力的攻击谩骂，敢于抗颜为师，一方面广招后学，奖掖后进，一方面以文会友，团结同道，从而培养起了一代文人，形成了颇有声势的作家集团。其中，以韩愈为中心的一批作家有欧阳詹、皇甫湜、李观、张籍、李翱、李汉、沈亚之、樊宗师等人，他们或为“韩门弟子”，或与韩谊兼师友，都热衷于儒道，共同致力于古文的创作与革新。而柳宗元作为一个进步的政治家，在他周围的古文作者主要有同为革新骨干的刘禹锡与贞元、元和年间颇有政绩的吕温及宗元的门生弟子等。在韩、柳两大集团之外，白居易和元稹在倡导新乐府运动的同时也创作了大量优秀的散文，元、白一些议政论诗的文章和白居易平易畅达的抒情散文也都是古文运动成果的组成部分。总之，在中唐时期，这几个作家群体都以积极的态度投入了文坛上的散文革新运动之中，他们在创作上彼此呼应、推波助澜，各以自己的成就扩大了古文运动的成果，共同把古文运动推向了高潮。这是一个“抵轹晋、魏，上轧汉、周”（《新唐书·文苑传序》），“辞人咳唾，皆成珠玉”的时代，散文的创作丰富多彩，许多新的文体得以确立，诸如议政论学的说理文、随事而发的杂说，日常酬赠的序文，清新隽永的山水游记，含意深刻的寓言小品等，无不成就斐然，在散文史上占有继往开来的重要地位。

古文运动之所以在中唐形成高潮，既是散文发展的必然结果，亦是客观形势的要求所致。这是因为，中唐时安史之乱虽然已被平定，但许多重大的社会问题并没有从根本上得以解决，而是越来越突出了，例如宦官干政，政治腐败，藩镇割据，农村凋敝，面对如此严峻的社会现实，统治阶层中的有识之士发出了迫切要求改革的呼声。贞元年间在太子李诵支持下，以王叔文为首的政治革新集团已经形成，并在李诵继位的永贞元年（805）实行了一次短命的政治革新。这次革新在保守派的联合打击下失败了，但唐王朝所面临的社会问题依然存在，不改革便没有出路，故改革派的斗争还在继续，从而使宪宗元和年间的政策与永贞革新出现了一定的连续性。与政治上的改革相呼应，中唐文坛上出现了以元稹、白居易为代表的新乐府运动和以韩愈、柳宗元为首的古文运动。这些文学现象尽管各有其产生的内在原因，但归根结底都是适应着政治上改革的潮流而出现的，乃是政治变革在文学上的反映。柳宗元是王叔文革新集团的骨干，有着进步的政治主张，他关心人民疾苦，甚至认为“吏者，盖民之役，非以役民而已也”（《送薛存义之任序》）。在革新失败后曾长期受到贬谪的打击。韩愈的政治态度则比较复杂，他虽在永贞革新中站在保守派一面，但作为一个出身寒微的知识分子，也有反对藩镇割据、维护国家统一，以及不满现状、要求改革的一面，特别是他的崇经明道，力排佛、老，更是“欲为圣朝除弊事”的壮举。所以，韩、柳同为关心时政、忧国忧民的政治家，为了推行政治上的改革，以促成唐王朝中兴局面的来临，他们的散文或针砭现实、考论得失；或为民请命，鞭挞苛政；或歌颂历史上的英雄人物，或为开明人士树碑立传，在思想内容的深度与广度上和语言形式的自由畅达上都远远超过了六朝以来的骈文。明人王世贞曾指出："文至于隋唐而靡极矣，韩、柳振之，曰敛华而实也"（《艺苑卮言》卷四）。故韩柳的散文创作不仅仅是在文体上变骈为散，在语言上化偶为奇，更重要的是革除了骈文重文轻质的流弊，以深广的社会内容充实散文的创作，使散文进入到密切反映现实，注目社会民生，自由抒发情感的广阔创作天地之中。

韩柳的散文，不仅以深刻的思想性和广阔的社会性实现了内容上的变革，更以卓越的艺术造诣雄视百代。他们在继承先秦两汉古典散文优良传统的同时，对六朝以来的写作经验也并不排斥，甚至还创造性地吸取了骈文讲究对偶排比、声韵节奏的长处，使文章散骈相间，随势而异，节奏鲜明，气韵流动。并在广采博取的基础上熔铸新词，创造出茹古涵今、鲜明生动、更富有艺术表现力的文学语言。如清代刘开所云："退之起八代之衰，非尽扫八代而去之也，但取其精而汰其粗，化其腐而去其奇，其实八代之美，退之未尝不备有也"（《与阮芸台宫保论文书》）。刘熙载亦云："韩文起八代之衰，实集八代之成，盖惟善用古者能变古，以无所不包，故能无所不扫也"（《艺概·文概》）。而在广采博取这一点上，柳宗元与韩愈是完全相同的，正如他在《答韦中立论师道书》中所云："参之谷梁氏以厉其气，参之《孟》、《荀》以畅其支，参之《庄》、《老》以肆其端，参之《国语》以博其趣，参之《离骚》以致其幽，参之太史公以著其洁，此吾所以旁推交通而以为之文也。"故柳与韩同样是集前代之大成者。他们的散文综合古今，牢笼百代，众体兼长，多姿多彩。不过，在创立新文体上，韩柳的贡献不尽相同，其散文风格亦不相同。韩愈可用多种体裁的"古文"议政、论学、写人、记事、评论历史、抒写心迹，尤以雄健奔放的议论文、随事感发的杂文、感情色彩强烈的记叙文见长，诚如茅坤所云："吞吐骋顿、若千里之驹，而走赤电，鞭疾风，常者山立，怪者霆击，韩愈之文也"（《唐宋八大家文钞》）。柳宗元亦以议论、记叙见长，但对山水游记、寓言小品的创作也很有贡献，著名的"永州八记"堪称文学史上的"游记之祖"，正如刘熙载所云："柳文如奇峰异嶂，层见叠出"，"柳州记山水，状人物，论文章，无不形容尽致，其自命为'牢笼百态'，固宜"（《艺概·文概》）。前人常将韩、柳之文作对比性的评说，如：

> 韩愈雄深雅健，柳宗元卓伟精致。（宋·高似孙《纬略》卷三）
>
> 世之称唐大家者，必曰韩、柳。以今观之：高山大川，雄峙奔汹，虽不见

其震兮湮塞，而其秀挺回纡，不可尽藏，韩之文也；巍岩绝湍，峭奇环曲，使人遐眺留睨，而其灵氛怪气，固克笼罩，柳之文也。又如平原旷野，大将指麾，天衡地冲，自有纪律，其韩之变乎？间道斜谷，惊飙掣电，不可方物，其柳之变乎？（明·廖道南语，见《唐柳河东集》卷首诸家评语）

韩文如大将指挥，堂堂正正，而分合变化，不可端倪；柳则偏裨锐师，骁勇突击，囊沙背水，出奇制胜，而刁斗仍自森然。韩如五岳四渎，奠乾坤而涵万类；柳则峨眉天姥，孤峰矗云，飞流喷雪，虽无生物之功，自是宇宙洞天福地，其并称千古，岂虚也哉！（清·张伯行《唐宋八大家文钞》）

盖昌黎以善纵见长，河东以能炼取胜。昌黎之博大，固非河东所及；河东之谨严，亦岂昌黎所得为？（清·陶元藻《泊鸥山房集》卷十一）

昌黎之文如水，柳州之文如山；“浩乎”“沛然”，“旷如”“奥如”，二公殆各有会心。（清·刘熙载《艺概·文概》）

这些形象的评论，揭示了韩、柳散文艺术上的差异。概括地说：韩以“雄”见长，柳以“奇”取胜；韩之文内容广阔，气势雄伟，包罗万象；柳之文则寓意深刻，沉郁峻洁，曲折多变；一如长江大河，冲飙激浪，瀚流不滞；一如奇山秀峰、耸立云表，层迭不断，共同构成了中国散文史上的奇观。这是古文运动最大的成就与贡献。

中唐古文运动取得了巨大的成就，并一度战胜骈文雄踞于文坛上的主要地位，但是由于这个运动一开始在理论上就存在一定的局限性，为儒家的“崇经”，“明道”所束缚，而在创作上又存在某些泥古、尚奇，追求生涩怪谲的毛病，所以，在韩、柳两大主将去世之后，古文运动的上述缺陷变得越来越突出，其影响也就逐渐消歇了，最后导致了晚唐骈文的回潮。

晚唐是古文运动衰微的时期。骈文在文坛回潮，向着唯美主义的倾向发展。

晚唐时，唐王朝百弊集结，江河日下，文风也渐趋衰飒。杜牧、李商隐（在其前期）、舒元舆、孙樵、刘蜕等人，仍能继承韩、柳的传统，继续进行古文的创作。其中，杜牧之散文成绩尤著，这首先是由于他在创作上有意识地学习韩、柳。他说：“李、杜泛浩浩，韩、柳摩苍苍。近者四君子，与古争强梁”（《冬至日寄小侄阿宜诗》）。高度评价了韩、柳的古文成就，将韩、柳文与李、杜诗相提并论，推举为文中的泰斗。而针对晚唐内忧外患严重的形势，他以散文谈政论兵，把精辟的政治见解、卓越的军事思想与文士的纵横意气融为一体，创造出一种峭健挺拔、雄奇超迈的文风。杜牧还写过一篇著名的“诗人之赋”——《阿房宫赋》，这篇赋体的散文千古流传，至今魅力无穷。其他作家的古文，舒元舆文辞赡逸，孙樵追求新奇，刘蜕则趋于险涩，从而将古文引上了狭小琐细的道路。到唐末时，皮日休、陆龟蒙、罗隐等人却以讽刺性小品文在文坛上放出了异彩，鲁迅先生曾指出：“唐末诗风衰落，而小品放了光辉。但罗隐的《谗书》，几乎全部是抗争和愤激之谈；皮日休和陆龟蒙自以为隐士，别人也称之为隐士，而看他们在《皮子文薮》和《笠泽丛书》中的小品文，并没有忘记天下，正是一塌糊涂的泥塘里的光彩和锋芒”（《南腔北调集·小品文的危机》）。

在古文运动趋于衰落时，骈文逐渐又占了上风。在文坛上，李商隐、温庭筠、段成式三人文体华艳，风靡一时，“时号三才”（《旧唐书·李商隐传》）。李商隐早期曾致力于古文，后受今体章奏名家令狐楚之亲传，转攻骈文。《新唐书·文艺传》载：“商隐初为文，瑰迈奇古，及在令狐楚府，楚本工章奏，因授其学。商隐俪偶长短，而繁缛过之。时温庭筠、段成式俱用是相夸，号三十六体。”又据宋王应麟《小学绀珠》四载：因“三人皆行十六，故曰‘三十六体’。”商隐作为晚唐骈文之执牛耳者，首次把自己的骈体文集命名为《樊南四六》，此后“四六”一词遂成为骈文之通称。他的骈文虽追求形式的美感，但因工于用典，长于抒情，结构绵密，文采斐然，而做到了情文兼茂，实开骈文发展之新生面。清人孙梅在《四六丛话》中曾云：“案自有四六以来，辞致纵横，风调高骞，至徐、庾极矣。笔力古劲，气韵沉雄，至燕公极矣。驱使卷轴，词华绚烂，至四杰极矣。意思精密，情文婉转，至义山极矣。”其余二人，温庭筠虽与李商隐并称“温李”，但诗文成就均不及李，其所长在艳词，为文则镂金错采，伤于绮艳；段成式亦有意不胜辞之弊。至五代之时，社会动乱，王朝更替频繁，而唯美主义的骈俪文风却相沿不绝。

综上所述，唐代以古文运动的兴起为其主要表现的散文革新运动，在其初、盛、中、晚这四个阶段之中，经历了一个由酝酿、发展、高潮到衰落的全过程，几乎贯穿于整个唐代。这样一个文学革新运动，既非一时之偶然现象，更非一人之力所能完成，它是历代致力于散文改革的作家们不懈努力的结果。其间曾出现了韩愈、柳宗元那样伟大的旗手，但正如清人赵翼所云：“是愈之先，早有以古文名家者。今独孤及文集尚行于世，已变骈体为散文。其胜处有先秦、西汉之遗风，但未自开生面耳”（《廿二史劄记》卷二十）。程廷祚亦历数隋唐以来有关作家斥齐、梁之弊、倡古文之风的事迹，谓“退之安得自矜一人之力，其所乘之时然也”（《青溪文集》卷九《复家鱼门论古文书》）。当然，这并不等于否认韩、柳二人在散文史上做出的巨大贡献，而只是针对某些文论家过于强调韩愈个人的作用而言。还应特别指出的是，对这个散文革新运动不应只看成局限于散文史上的事件，而应从新的时代要求文学变革的大角度去认识。古文运动在文坛上绝不是孤立进行的，它与唐代的诗歌、小说一样，都是在新的历史条件的推动之下，共同完成着建立适应时代需要的新文学的历史任务，因此，它只是整个唐代文学革新运动的一个重要组成部分。在这个文学革新的大潮之中，诗歌、散文、传奇这些不同的文学形式之间始终在互相影响，互相渗透。初唐时陈子昂的革新主张是针对整个文风而发的，但诗歌的革新先行一步，在盛唐李、杜的手中就得以顺利地完成。反过来又给了散文革新以巨大的推动力，促使文坛上出现了萧颖士、李华这样一批古文运动的先行者，使古文运动逐渐发展起来，蔚为大观。唐代的散文家同时也都是著名的诗人，无论是早期的杜甫、元结，还是韩、柳这古文运动的两大主将，或是晚唐的杜牧等人，无不是叱咤诗坛的才子。他们在创作中或以诗法为文法，如柳宗元的山水游记；或以文法为诗法，如韩愈的以文为诗，在写作艺术上互相渗透，把文坛改革推向了深入。另外，唐传奇、词与变文这些通俗文学形式的兴起，对散文的内容、形式和语言都带来很大的影响，它们促使散文向着内容的社会化和语言的通俗化迈开了步子。

古文运动虽然在晚唐衰落了，但唐代以韩柳为代表的散文家们已对散文的改革作了多方的开拓，他们已完成了自己的历史任务，余下的任务就留待宋代的散文家们去解决了。总之，在中国古典散文的革新进程中，由于唐代作家创造性的劳动，闸门已经打开，航路已经疏通，在暂时的低潮之后，一次更为广泛，更为彻底的革新高潮——宋代的诗文革新运动，已经为期不远了。

第一章
隋及初唐散文

第一节　唐以前散文革新思想的萌芽

唐朝以前，即使在骈文独盛的南北朝时期，散文也并未绝迹，在南朝一些史传类著作和北朝的地理性等著作中，都有优秀的散文出现。而文人中的一些有识之士，早就对当时华而不实的文风表示了不满，表现出革新的思想倾向。

齐末，针对一些作家片面追求辞藻华美、忽视内容，“习华随侈、流遁忘反”的不良倾向，著名文论家刘勰在《文心雕龙》中开宗明义地提出了原道、徵圣、宗经的思想，主张文体要有六义：“一则情深而不诡，二则风清而不杂，三则事信而不诞，四则义直而不回，五则体约而不芜，六则文丽而不淫”（《文心雕龙·宗经》）。这实际是提出了改革文体的六项标准，企图以此矫正柔靡不振的文风情调。同时的裴子野著《雕虫论》，也对藻绘浮艳的文风进行了批评。谓时下作品“其兴浮，其志弱；巧而不要，隐而不深”，尤能切中时弊。据《梁书》本传说：“子野为文，典而速，不尚丽靡之词；其制作多法古，与今文体异。”可见其在创作上亦能取法古文，对时下文风进行抵制。

东晋以后，因文化重心南移，北朝文化之发展遂落后于南朝。加之地理环境、民俗风情多不相同，相对来说，南朝看重文采，而北朝则崇尚质朴，但由于南方文人的北往和北方文人的效仿南方，故北朝文学创作受到南方很大的影响。西魏之末，在宇文泰的支持下，苏绰配合当时政治上的改革，提出了复古的主张。苏绰（498～546）官至度支尚书领著作，兼司农卿。《周书・苏绰传》云："自有晋之季，文章竞为浮华，遂成风俗。太祖欲革其弊，因魏帝祭庙，群臣毕至，乃命绰为《大诰》，奏行之。……自是之后，文笔皆依此体。"苏绰所做的《大诰》，体裁完全模仿《尚书》；他文如"六条诏书"则全用单笔，故其实为文章复古的始祖之一。然而，由于魏晋时已进入"文学的自觉时代"，人们对文学本身艺术特性的认识在不断深化，在这种形势下，苏绰想用佶屈聱牙，质木无文的"尚书体"来代替已经发展了的流行文体，是注定要失败的，正如《周书・庾信传论》所云："绰建言务存质朴，遂糠秕魏、晋，宪章虞、夏，虽属词有师古之美，矫枉非适时之用，故莫能常行焉。"南北朝末期，在散文理论与创作上都做出了突出贡献的是著名散文家颜之推。

颜之推历仕南北，学识渊博，对当时南北文学之状况均有深入地了解，其所著《颜氏家训》一书，既是散文作品，又体现了他的论文主张与见解。之推崇奉儒学，为文提倡经世致用，反对空洞浮艳。在《颜氏家训・涉务篇》，他对那些"品藻古今，若指诸掌。及有试用，多无所堪"的"文学之士"提出了尖锐的批评。在《文章篇》里更对时下不切实际、徒尚浮华的文风作了正确的批判，其云："今世相承，趋末弃本，率多浮艳。辞与理竞，辞胜而理伏；事与才争，事繁而才损。放逸者流宕而忘归，穿凿者补缀而不足。"为了纠正这种不良文风，颜之推从两个方面提出正面主张，一是在内容与形式的关系上，主张"文章当以理致为心肾，气调为筋骨，事义为皮肤，华丽为冠冕"（《文章篇》）。也就是说，理致、气调是文章的内容与风格，此为心肾、为根本；而事义、华丽则为表、为末，这实际是要矫正文质关系，以实现他"宜以古之体裁为本，今之辞调为末，并须两存，不可偏弃"（《文章篇》）的正确主张。另一方面，是在艺术上主张平易通达，因此他赞同沈约的三易说："文章当从三易：易见事，一也；易识字，二也；易读诵，三也"（《文章篇》）。但是，由于颜之推受到儒家思想的局限，往往从封建道德出发去评价古代文学，故其虽有革新的要求与进步的文学主张，却不能在全面总结古代文化遗产的基础上找到散文革新的正确途径。

公元581年，隋代北周，隋文帝在建国之初，以行政命令的办法下诏改革文体。据《隋书・李谔传》载，李谔"以属文之家，体尚轻薄，递相师效，流宕忘反”，故作《上隋高帝革文华书》请正文体，该文中的下段文字乃是对齐梁文学的一次全面清算：

> 江左齐梁，其弊弥甚，贵贱贤愚，唯务吟咏。遂复遗理存异，寻虚逐微，竞一韵之奇，争一字之巧。连篇累牍，不出月露之形，积案盈箱，唯是风云之状。世俗以此为高，朝廷据兹擢士。利禄之路既开，爱尚之情愈笃。

据此，李谔建议：“大隋受命，圣道聿兴，屏黜轻浮，遏止华伪。”于是“开皇四年，普诏天下，公私文翰，并宜实录。其年九月。泗州刺史司马幼之文表华艳，付所司治罪。”然而，文学自有其内在的发展规律，这种靠行政命令的手段强行推行改革的做法显然违背了文学发展的规律，特别是隋文帝与李谔在改革中对“公私文翰”一律要求弃华返朴，这种不分青红皂白、不论题材内容而强行划一的做法更是行不通的。最具讽刺色彩的是，就连力主改革的李谔本身，在行文中亦未能摆脱骈偶之习，上述引文便是明证。五年以后，隋灭陈，江南文士大批入北、南风更盛，杨坚苏绰的“革文华”以失败告终。这说明，以全盘否定前代文化传统为基点的任何变革，因其违背了文学发展的客观规律，都注定是不会成功的。继李谔之后，隋末只有在野的著名学者王通，继续提倡文风的改革。王通（584～618），绛州龙门（今山西万荣西北）人。曾于河、汾间聚徒讲学。死后，其徒私谥为“文中子”，所著《文中子》（或称《中说》）十卷，书体之风全拟《论语》。他在《天地》篇中提出的“学必贯道”、“文必济义”的主张，对唐代古文运动“文以明道”学说的提出有一定的影响。

总之，在唐以前，虽有几次革弊的尝试，但由于骈文势力的强大，加之改革者在理论上存在一定的片面性，他们往往用简单化的文章复古代替已充分发展了的六朝文学，有的甚至用行政命令方式强迫改变文风，因而缺乏广泛的号召力，故未能动摇骈文在文坛上的统治地位。但是，他们的尝试对唐代的散文革新运动，还是产生了一定的影响。

第二节　唐初文风与魏徵、王绩的改革

唐代开国之初，一代英主唐太宗以隋史为鉴，勤政务本，偃武修文，恢复经济，发展生产，使国家出现了盛况空前的局面。同时，在思想领域中，儒、释、道三家并重，实行兼收并蓄的开明文化政策，为唐代文化的发展提供了良好的政治思想背景。但唐初文坛仍为陈隋遗风所统治，诚如欧阳修所说："南、北文章至于陈、隋，其弊极矣。以唐太宗之致治，几乎三王之盛，独于文章，不能少变其体。岂其积习之势，由来也远，非久而众胜之，则不可以骤革也"（《集古录跋尾》卷五《隋太平寺碑》）。当时，在唐太宗的宫廷中，深受齐梁影响的前朝遗老虞世南曾名重一时。其后，上官仪又以"绮错婉媚"的"上官体"为时人所效，两人先后统治文坛，使浮靡之风蔓延长达几十年。

虞世南（558～638），字伯施。越州余姚（今属浙江）人。少与兄受业于著名学者顾野王，十余年勤学不懈。其"文章婉缛"（《新唐书》本传），祖述徐陵，徐陵以世南类己，由是有名。曾仕陈为建安王法曹参军。陈亡，与兄世基同入长安，名重当时，时人比为二陆（陆机、陆云）。隋亡入唐，太宗时官至秘书监，封永兴县子，后进爵县公，世称虞永兴。有文才，敢直谏，太宗曾称赞世南有五绝：德行、忠直、博学、文词、书翰，由此可见太宗对他的推重。《全唐文》收世南文章三十余篇，均为骈文体制，文风采丽竞繁，为齐梁余风之表现。如其《秋赋》一文，通篇以偶句写秋景："云既净而天高，潦将收而水洁。凝珠露之凄冷，镜青山之滉瀁……"在堆砌辞藻之下，看不出任何真情实感。这种华而不实的文风，在高宗、武后时期，又由上官仪继承下来，继续在文坛蔓延。

上官仪（约608～664），字游韶。陕州陕县（今属河南）人。贞观初擢进士第，召授弘文馆直学士。迁秘书郎。太宗每属文，常让其视稿，凡有宴集，皆令参与，为当时最著名的宫廷文人。高宗即位，升秘书少监，官至宰相。曾为高宗起草废武后诏，武则天由是深恶之。麟德元年（664）为许敬宗诬陷，下狱死。《旧唐书》本

传云："本以词彩自达，工于五言诗，好以绮错婉媚为本。仪既显贵，故当时多有效其体者，时人谓为'上官体'。"又归纳六朝以来诗文中对仗的方法，提出"六对"、"八对"之说。其作品亦以此见长。《新唐书·艺文志》著录上官仪文集三十卷，已散佚，今《全唐文》存其文二十篇，俱为骈体，多歌功颂德、粉饰升平之作。由下文中可见其"绮错婉媚"之一斑：

作周锡允，王业本于冰翼；生商降祉，宝祚基于玉筐。然后枢电效神，皇虹授彩；彤云澹景，标映龙颜；瑞火流光，呈发乌迹。……(《为朝臣贺凉州瑞石表》)

作者驱丽辞，构偶句，文中充斥着冰、宝、玉、彩、彤、龙、光等字眼，极尽雕字琢句之能事，却无任何实在的内容与真实的情感。正如杨炯所批评的："糅之金玉龙凤，乱之朱紫青黄，影带以徇其功，假对以称其美。骨气都尽，刚健不闻"(《王勃集序》)。正是这种浮靡的文体为时人效之，长期流弊于文坛。

然而，正当六朝余风在文坛蔓延之时，唐太宗和他的重臣们已从文学关系到国家兴亡治乱的高度，充分注意到了文风的改革问题。

唐太宗不仅是叱咤风云的一代明君，亦是一个多才多艺的皇帝，对文学、绘画、书法、音乐无一不通。史载太宗"于听览之暇，留情文史。叙事言怀，时有构属，天才宏丽，兴托玄远"(《旧唐书·令狐德棻传附邓世隆传》)。不过古代的文论家们，多因太宗曾推举虞世南等宫廷文人，喜效齐梁体而对之加以非议。其实，那只是一代的文风使然，正如王世贞《艺苑卮言》卷四所云："唐文皇手定中原，笼盖一世，而诗语殊无丈夫气，习使之也。"在六朝余风统治的文坛上，连太宗这样的英明君主亦未能免俗，这正说明了传统势力的强大与齐梁文风之积重难返。然而，这只是问题的一个方面。另一方面，当从社稷的安危考虑文学时，太宗从儒家思想体系出发，就主张文学要有益教化，裨于政理，而反对浮华无益的文体了。房玄龄监修国史时，太宗曾对他说：

"比见前后汉史载录扬雄《甘泉》、《羽猎》，司马相如《子虚》、《上林》，班固《两都》等赋，此皆文体浮华，无益劝诫，何假书之史策？其有上书论

事，词理切直，可裨于政理者，朕从与不从，皆须备载。”（《贞观政要·文史》）

同时，作为一个对文艺颇有造诣的帝王，太宗在主张行文要“裨于政理”时，也并不否定文采，而是充分注意到了文学的艺术特征，他曾亲自撰写《晋书·陆机传论》，称赞陆机“文藻宏丽，独步当时；言论慷慨，冠乎终古。高词迥映，如朗月之悬光；叠意回舒，若重岩之积秀”。因此，可以说，太宗对文学的认识与采取的态度基本是正确的，这就是既主张文章要有益于教化，反对空洞浮华；又不否认文学的艺术特征，主张行文要有文采。在那君权决定一切的社会里，最高统治者对于文学的认识显然起着指导的作用，这种正确的指导思想，为他的一些文学重臣所接受，在唐初反对六朝浮艳的文风中发挥了积极的作用。

唐初对六朝浮艳文风的批判，是从修史开始的。唐高祖时，曾命萧瑀等修魏、梁、陈、北齐、北周、隋史，历数年而未成。太宗“贞观三年，于中书置秘书内省，以修五代史”（《唐会要》卷六十三“史馆上”）。至贞观十年，房玄龄、魏徵、姚思廉、李百药、孔颖达，令狐德棻、岑文本，许敬宗等，“撰成周、隋、梁、陈、齐五代史”（《唐会要》卷六十三“史馆上”）。太宗令魏徵等修史的主要目的，就是“以史为鉴”，故魏徵等在修史过程中从总结历史经验入手，对历代文学的兴衰及文学与政教的关系进行了回顾，并在这些史书的文学家传或文苑传的前后，写了大量的序论，以此提出他们对于文学的见解和主张。他们从儒家思想出发，强调文学的教化作用，反对南朝文学的淫靡风气，主张建立新的文风。魏徵就是上述主张的代表人物。

魏徵（580～643）字玄成，馆陶（今属河北）人。唐代著名政治家、史学家、文学家。少时孤贫落魄，出家为道士。隋末参加李密农民起义军，密败归唐，自请安揖山东，乃擢秘书丞。太宗时擢为谏议大夫，封钜鹿县男，后官至太子太师，进封郑国公。魏徵为人刚直不阿，富有远见卓识，实为贞观之治的一代名相。他提出关于“兼听则明，偏听则暗”的著名言论，对于太宗提倡纳谏，实行开明政治起了十分重要的积极作用。史称其“状貌不逾中人，有志胆，每犯颜进谏，虽逢帝甚怒，神色不徙，而天子亦为霁威”（《新唐书》本传）。作为唐太宗的主要谋臣，为了借鉴历史经验，魏徵曾主编《群书治要》，撰《隋书》序论及《梁书》、《陈书》、《北齐书》总论，其言论多载于《贞观政要》。从上述史籍之中，我们可以看出魏徵的文学主张主要有两个方面：

一方面，把文学与政权的得失相联系，强调文学的政教作用。贞观元年，魏徵在《群书治要序》中批评南朝帝王在浮靡的文风中流荡忘返的情况：

> 近古皇王，时有撰述，并皆包括天地，牢笼群有，竞采浮艳之词，争驰迂诞之说，骋末学之传闻，饰雕虫之小技，流荡忘返，殊途同致。虽辩周万物，逾失司契之源；术总百端，弥乖得一之旨。

在《陈书·后主本纪后论》中，他进一步揭示了梁、陈诸朝的覆亡都和不良文风有着密切的关系：

> 古人有言：亡国之主，多有才艺。考之梁、陈及隋，信非虚论。然则不崇教义之本，偏尚淫丽之文，徒长浇伪之风，无救乱亡之祸矣。

因此，要吸收前朝亡国的教训，就要把文风的问题提到政权得失的高度来考虑。在文风与政治的关系上，魏徵的认识显然是十分深刻的，这正是他坚决反对南朝浮靡文风的思想基础。

另一方面，反对南朝文学的淫靡风气，要求建立有益教化、文质并重的新文风。在《隋书·文学传序》中，魏徵对梁代中期以来的文风作了严厉的批判，他说：

> 梁自大同之后，雅道沦缺，渐乖典则，争驰新巧。简文、湘东，启其淫放；徐陵、庾信，分路扬镳。其意浅而繁，其文匿而彩，词尚轻险，情多哀思。格以延陵之听，盖亦亡国之音乎！

不过，他所反对的只是那种导致亡国的淫放的文风，却并不反对文采。相反，魏徵与唐太宗一样，也充分认识与肯定了文学作为一种艺术要富有文采的特征。他在批判南朝文风的同时还肯定了江淹、沈约等人的“缛彩郁于云霞，逸响振于金石，英华秀发，波澜浩荡，笔有余力，词无竭源”（《隋书·文学传序》）。这正是他的文学主张高于前代的革新者之处。他不是以一种偏颇去反对另一种偏颇，而是主张文学首先要有益于政教，他说：

> 然则文之为用，其大矣哉！上所以敷德教于下，下所以达情志于上。大则经纬天地，作训垂范；次则风谣歌颂，匡主和民。（《隋书·文学传序》）

在此前提下，魏徵分析了南北文学的特点，明确提出了“各去所短，合其两长”，建立文质并重的新文风的主张，他在《隋书·文学传序》中又说：

> 然彼此好尚，互有异同。江左宫商发越，贵于清绮；河朔词义贞刚，重乎气质。气质则理胜其词，清绮则文过其意。理深者便于时用，文华者宜于咏歌。此其南北词人得失之大较也。若能掇彼清音，简兹累句，各去所短，合其两长，则文质彬彬，尽善尽美矣。

在宫体之风仍然弥漫的唐初，魏徵的上述主张具有矫正时弊的意义，也体现了文学发展的必然趋势。在创作实践中，魏徵亦身体力行，摈弃浮华的文风，他的一些涉及政论、史论的文章，虽沿用骈体，却已尽削绮艳之词，内容充实，直言无隐，表现出一种刚正淳朴的文风。例如他在贞观十一年（637年）所做的《谏太宗十思疏》，就是一篇著名的疏奏。

贞观初期，唐太宗虚心纳谏，谨慎施政，但在国泰民安、出现贞观之治的大好局面之后，他日益骄满自得，越来越听不进直言忠谏，生活也日趋奢侈，对人民的剥削加重起来。有鉴于此，魏徵“频上四疏，以陈得失”（《旧唐书》本传），《谏太宗十思疏》即为第二疏，这篇疏文紧扣住“居安思危”的主题，首先说明“居安思危，戒贪以俭”乃是保证国家长治久安的根本，然后分析了人主“有善始者实繁，能克终者盖寡”的原因，并不是因为创业容易、守成困难，而是因为创业是在深深的忧患之中，“必竭诚以待下”，而在得志之后，“则纵情以傲物”，由此必然招致上下离心离德，最终会失去人民的拥戴而“覆舟”。这段议论言辞激切，直言不讳，深刻指出了人心向背关系国家存亡的重大意义，可谓言简意赅，句句有力：

> 夫在殷忧，必竭诚以待下；既得志，则纵情以傲物。竭诚，则胡越为一体；傲物，则骨肉为行路。虽董之以严刑，振之以威怒，终苟免而不怀仁，貌恭而不心服。怨不在大，可畏惟人。载舟覆舟，所宜深慎。

由此，作者提出了“十思”，希望唐太宗通过“正心修身”来达到治国平天下。这十思涉及戒奢安民、思谦反满、善始善终、虚心纳言、正身黜恶、刑赏以法的各个方面，作者以排比的句式一一陈述，循循善诱，字里行间透出了为国分忧的一身正气。魏徵的一生，向太宗陈谏多达二百余事，贞观十二年，太宗对侍臣说：“贞观以后，尽心于我，献纳忠谠，安国利民，犯颜正谏，匡朕之违者，唯魏徵而已。古之名臣，何以加也”(《贞观政要》卷二《任贤》)。但是，太宗虽表面愿意纳谏，实际上却没有什么改进，魏徵曾当面批评他：“一二年来，不悦人谏，虽黾勉听受，而意终不平，谅有难色”(《贞观政要》卷二《纳谏》)。面对太宗越来越好大喜功、居功自傲，魏徵于贞观十三年又上了著名的《十渐不克终疏》，这篇文章的中心内容是以今昔对比的方法，尖锐批评太宗“渐不克终”的十个方面，这就是：从无为到贪欲，从爱民到劳民，从卑俭到骄侈，从亲爱君子到轻亵小人，从返朴还淳到好尚珍玩，从求贤如渴到由心好恶，从心无嗜欲到以驰骋田猎为欢，从敬以接下到待臣日薄，从屈己从人到志满意傲，从矜育百姓到徭役劳弊，这十条击中了太宗的要害，表现了魏徵敢于犯颜直谏的铮铮铁骨。同时，魏徵更从关系到国家治乱安危的高度，逐条分析其危害性，使文章层层深入，鞭辟入里，足以振聋发聩。据《贞观政要》卷十记载，太宗曾将此文书为屏障，朝夕瞻仰。魏徵死后，太宗曾悲痛地说：“以铜为镜，可以正衣冠；以古为镜，可以知兴替；以人为镜，可以明得失。朕尝宝此三镜，用防己过。今魏徵殂逝，遂亡一镜矣”(《隋唐嘉话》卷上)。魏徵的这两篇疏奏，既是一代名臣的谏诤之作，又是骨气遒劲，言辞峻切的论政之文，其行文质朴，毫无浓艳、堆砌的毛病。高步瀛在《唐宋文举要》中曾盛赞说：

> 郑公之文虽用偶句，而词旨剀切，气势雄骏，与六朝骈文俪黄妃白者迥然殊途。陆宣公（贽）献纳之文即出于此，后来欧、苏奏议皆用其体，应用之文

以此为宜。

魏徵的创作实践了他反对南朝浮靡文风的主张，在扭转唐初文风上迈开了坚实的一步。不过，他的文章虽然在内容上充实有力，但在句式上还未脱骈俪之习，同时，在语言上亦过于质朴，未能完全体现他所提出的文质并重的原则。这说明，人们由认识南朝文风的弊端到创成新文风之间，还要经过一个很长的过程，有待于在创作实践中逐步积累经验，完善改革的理论，以创造出更优秀的散文新作。

在魏徵等朝廷重臣之外，还有一位在野的王绩，其创作摒弃六朝铅华，在文风改革上取得了一定的成就。

王绩（585～644）字无功，自号东皋子。他是隋代著名学者王通之弟，在隋唐两代都曾出仕，贞观初因仕途失意而挂冠归田，隐居于龙门河汾间。王绩在生活态度与文学创作上均师法于阮籍、陶渊明等魏晋人物，其诗文往往仿效陶渊明，多以饮酒与隐逸生活为题材。如仿陶渊明《五柳先生传》作《五斗先生传》，实为自己作了写照。今有后人所辑《东皋子集》三卷，其中所著之文以《北山赋》、《醉乡记》、《答刺史杜之松书》等较著名。王绩在写作上追求一种“韵趣奇高，词意旷远”（《东皋子集》卷下《答冯子华处士书》）的境界，为文注重抒发隐居生活中的真情实感，而不在政教之用，从而形成了一种质朴自然的文风，在当时雕琢文风之外独树一帜。例如他在《答刺史杜之松书》中叙及其隐居生活的一段：

下走意疎体放，性有自然，兼弃俗遗名，为日已久。渊明对酒，非复礼义能拘；叔夜携琴，惟以烟霞自适。登山临水，邈矣忘归；谈虚语玄，忽焉终夜。僻居南渚，时来北山。兄弟以俗外相期，乡闾以狂生见待。歌去来之作，不觉情亲；咏招隐之诗，惟忧句尽。帷天席地，友月交风。新年则柏叶为樽，仲秋则菊花盈把。罗含宅内，自有幽兰数丛；孙绰庭前，空对长松一树。高吟朗啸，挈榼携壶，直与同志者为群，不知老之将至。

文章虽属骈体，但语言自然，颇具情趣，已脱尽南朝铅华，是一篇优美的抒情文章，在初唐浮艳文风盛行之时，此种文章诚属难能可贵。但由于王绩的创作毕竟不多，他除与少数好友有共同的艺术趣味之外，在当时社会上并无重大的影响。

第三节 “初唐四杰”

在唐高宗至武后初年，文坛上出现了颇具改革精神的“初唐四杰”。据《旧唐书·杨炯传》载：“炯与王勃、卢照邻、骆宾王以文词齐名，海内称为王、杨、卢、骆，亦号为四杰。”四杰虽然地位比较低下，但都胸怀大志，才华出众，是一些“年少而才高、官小而名大”（闻一多《唐诗杂论·四杰》）的作家。他们都对当时文坛流行的梁陈余风强烈不满，在文学主张与创作上均表现出改革的要求。其作品虽未脱骈文之窠臼，但却以意境清新，内容充实，用典自然，文辞瑰丽震烁文坛，给骈文带来了一股清新、刚健之风。

四杰的文学主张主要见于骆宾王的《和闺情诗启》、王勃的《上吏部裴侍郎启》、杨炯的《王勃集序》、卢照邻的《乐府杂诗序》等文。首先，他们沿袭儒家传统的文学观，肯定文学的经世教化作用，反对雕刻浮艳之文。骆宾王在《和闺情诗启》中，曾批评齐梁文风说；“自兹以降，声律稍精，其间沿改，莫能正本。”为了正本，他明确提出要恢复古代文学教民化世的传统，即“弘兹雅奏，抑彼淫哇。澄五际之源，救四始之弊，固可以用之邦国，厚此人伦”。王勃在《上吏部裴侍郎启》中也指出文章是“甄明大义，矫正末流，俗化资以兴衰，家国由其轻重”的事业，慨叹“周公、孔氏之教，存之而不行于代”，迫切希望唐王朝能“激扬正道”，“黜非圣之书，除不稽之论”。由于过分强调文学的教化作用，王勃不免矫枉过正，在这篇文章中甚至攻击了从屈原、宋玉直至沈（约）、谢（朓）、徐（陵）、庾（信）等一大批作家，认为雕刻浮艳之文，“贵之而江东乱”、“用之而中国衰”。这种偏激的言论，连卢照邻也不敢同意。卢在《南阳公集序》中对自先秦两汉直至魏晋南北朝的文学成就是作了充分肯定的。

其次，他们明确地批判了当时文坛上盛行的浮艳文风，斥责龙朔初载为时人所重的“上官体”是“骨气都尽，刚健不闻”。杨炯在《王勃集序》中突出论述了王勃对初唐文坛的贡献，尤其赞扬了王勃对以上官仪为代表的浮靡文风的批判，他说：

尝以龙朔初载，文场变体，争构纤微，竞为雕刻。糅之金玉龙凤，乱之朱紫青黄，影带以循其功，假对以称其美，骨气都尽，刚健不闻。思革其弊，用光志业。薛令公朝右文宗，托末契而推一变；卢照邻人间才杰，览清规而辍九攻。知音与之矣，知己从之矣。于是鼓舞其心，发泄其用，……遂使繁综浅术，无藩篱之固；纷绘小才，失金汤之险。积年绮碎，一朝清廓，翰苑豁如，词林增峻，反诸宏博，君之力焉。

由此文中，还可看出四杰对初唐浮靡文风的斗争已取得了初步的成绩。其实王勃之所以发表一些矫枉过正的言论，也并不是重在批评前人，而是借题发挥，主要是针对时下浮靡文风而发。在批判时下文风的基础上，四杰以改革文风为己任，大力提倡独创，鼓励革新。卢照邻在《乐府杂诗序》中回顾诗歌的发展过程，批评了南朝文人作品中的形式主义倾向，希望唐人能一扫颓风，有所创新，他并满怀豪情地说：

其有发挥新体，孤飞百代之前；开凿古人，独步九流之上，自我作古，粤在兹乎！（《幽忧子集》卷六《乐府杂诗序》）

这就是在向世人宣告：那能发扬传统、开拓新境，超过已往各代成就的，那能继承古人而又超出于各家之上的——由我开始创新的人，也许就在这个时候出现吧！这篇文章虽然主要是针对诗歌而言，但亦显露了初唐四杰决心领袖文坛，开创一代文风的精神面貌。

再者，在文学革新的方向问题上，四杰也提出了自己独到的见解。他们主张文学作品要有浓郁的情思和壮大的气势，也就是要有“骨气”，这一点在王勃的作品中多有表述，如他在《平台秘略赞·艺文》中说，文章应该“气凌云汉，字挟风霜”。王勃又主张文章“有神”，所谓“下笔之有神”（《绵州北亭群公宴序》），“践文路而驱神”（《上从舅侍郎启》），“神驰象外”（《秋晚入洛于毕公宅别道王宴序》）。“有神”，即指浓烈的情感与充沛的气势融成的生机勃勃的风调。这样的主张，罕见于六朝文论，而对盛唐、中唐诗文理论之重神重气，则可谓导乎先路了。同时，四杰已充分认识到了文学的抒情特征，骆宾王对此曾多有论及：

情蓄于衷，事符则感；形潜于内，迹应斯通。（《骆临海集笺注》卷八《上廉察使启》）

夫心之悲矣，非关春秋之气；声之哀也，岂移金石之音。何则？事感则万绪兴端。情应则百忧交轸。是以宣尼旧馆，流襟动激楚之悲；孟尝高台，承睫下闻琴之泪。（同上卷二《伤祝阿王明府序》）

其中，“情蓄于衷”四句，骆宾王在《上吏部裴侍郎书》中曾重复提及，可见他对此的强调。作者在上文中从情感与外物的关系入手，说明人的悲喜之情蓄于胸中，因外物的感发而“万绪兴端”，“百忧交轸”，不得不吐，于是形诸笔端，有了文学创作。因此，抒情才是为文的根本，要为情而造文，而不能为文而造情。骆宾王的这一观点无疑击中了时下文风的要害，有助于纠正那种内容空虚、毫无真情实感、一味玩弄文字技巧的浮靡文风。

四杰创作虽以骈文为主，但在内容上、语言上、文风上均表现出了改革的倾向，下文将分别论述。

王勃（650～676）字子安。绛州龙门（今山西万容西北）人。隋末大儒王通的孙子、王绩的侄孙。王勃天资超卓，才气横溢，与兄王勔、王勮合称“王氏三珠树”。年未及二十，应举及第，授朝散郎。沛王李贤闻其名，召为府修撰。时诸王以斗鸡为乐，他为沛王戏作《檄英王鸡文》，为高宗所知，怒斥出府。后任虢州参军，因罪除名，其父亦受牵连，谪迁交趾令。王勃去看望父亲时，渡海溺水，惊悸而卒，年仅二十八岁。著有《王子安集》。

王勃是个才华横溢的青年作家，据传他“凡欲作文，先令磨墨数升，饮酒数杯，以被覆面而寝。既寤，援笔而成，文不加点，时人谓为腹稿也”（《唐语林》卷二）。他不满于初唐文风的纤巧华丽、空洞柔靡，而在创作上追求“骨气”与“刚健”。所谓“骨气”就是为文要有充沛的情感和宏大的气势，他在文章中曾一再强调了写作时应具有笼盖天地、力挫万物的胸襟与气势：

思飞情逸，风云坐宅于笔端；兴洽神清，日月自安于调下。（《山亭思友人序》）

高情壮思，有抑扬天地之心；雄笔奇才，有鼓怒风云之气。（《游冀州韩家园序》）

吞九溟于笔海，若控牛涔；抗五岳于词峰，如临蚁垤。（《上武侍极启》）

这种豪情与气势，形诸笔端，就使王勃的文章宏博壮丽，气象万千，诚如杨炯所云："反诸宏博，君之力焉!"他的作品以宏大的气势、浓烈的情感、充实的内容、瑰丽的文辞，鲜明地体现着初唐中下层知识分子奋发向上的精神面貌，也反映着贞观之治后国势强大、政治开明的局面。它带着时代激发出来的勃勃生机，以清新、刚健的崭新面貌迥拔于流俗之上，展示了文风改革的趋向。著名的《秋日登洪府滕王阁饯别序》是王勃的代表作，亦是唐代骈文中的精品，全文转引如下：

豫章故郡，洪都新府，星分翼轸，地接衡庐。襟三江而带五湖，控蛮荆而引瓯越。物华天宝，龙光射斗牛之墟；人杰地灵，徐孺下陈蕃之榻。雄州雾列，俊采星驰。台隍枕夷夏之交，宾主尽东南之美。都督阎公之雅望，棨戟遥临；宇文新州之懿范，襜帷暂驻。十旬休暇，胜友如云；千里逢迎，高朋满座。腾蛟起凤，孟学士之词宗；紫电青霜，王将军之武库。家君作宰，路出名区；童子何知，躬逢胜饯。

时维九月，序属三秋。潦水尽而寒潭清，烟光凝而暮山紫。俨骖騑于上路，访风景于崇阿；临帝子之长洲，得天人之旧馆。层台耸翠，上出重霄；飞阁翔丹，下临无地。鹤汀凫渚，穷岛屿之萦回；桂殿兰宫，即冈峦之体势。

披绣闼，俯雕甍，山原旷其盈视，川泽纡其骇瞩。闾阎扑地，钟鸣鼎食之家；舸舰迷津，青雀黄龙之舳。云销雨霁，彩彻云衢。落霞与孤鹜齐飞，秋水共长天一色。渔舟唱晚，响穷彭蠡之滨；雁阵惊寒，声断衡阳之浦。

遥吟俯畅，逸兴遄飞。爽籁发而清风生，纤歌凝而白云遏。睢园绿竹，气凌彭泽之樽；邺水朱华，光照临川之笔。四美具，二难并。穷睇眄于中天，极娱游于暇日。天高地迥，觉宇宙之无穷；兴尽悲来，识盈虚之有数。望长安于日下，目吴会于云间，地势极而南溟深，天柱高而北辰远。关山难越，谁悲失路之人？萍水相逢，尽是他乡之客。怀帝阍而不见，奉宣室以何年？

嗟乎！时运不齐，命途多舛；冯唐易老，李广难封。屈贾谊于长沙，非无圣主；窜梁鸿于海曲，岂乏明时？所赖君子见机，达人知命。老当益壮，宁移白首之心？穷且益坚，不坠青云之志。酌贪泉而觉爽，处涸辙以犹欢。北海虽赊，扶摇可接，东隅已逝，桑榆非晚。孟尝高洁，空馀报国之情；阮籍猖狂，岂效穷途之哭？

勃三尺微命，一介书生。无路请缨，等终军之弱冠；有怀投笔，爱宗悫之长风。舍簪笏于百龄，奉晨昏于万里。非谢家之宝树，接孟氏之芳邻。他日趋庭，叨陪鲤对；今晨捧袂，喜托龙门。杨意不逢，抚凌云而自惜；锺期既遇，奏流水以何惭？

呜呼！胜地不常，盛筵难再；兰亭已矣，梓泽丘墟。临别赠言，幸承恩于伟饯；登高作赋，是所望于群公。敢竭鄙诚，恭疏短引；一言均赋，四韵俱成。请洒潘江，各倾陆海云尔！

此文作于上元二年（675），时王勃父王福畤被贬为交趾令，王勃前往省父。农历九月路过洪州（今江西南昌），当时都督阎公新修滕王阁成，大会宾客，王勃在宴会上赋诗，并写了这篇序文。据《唐摭言》卷五载，阎公之本意是要让他的女婿吴子璋作序，故当时虽以纸笔遍让宾客，而众人皆不敢当，独王勃慨然不辞，阎公拂衣而起，专令人伺其下笔以报。第一报云："豫章故郡，洪都新府"。阎公说；"亦是老生常谈！"又报云："星分翼轸，地接衡庐"，阎公闻之，沉吟不言。等报到："落霞与孤鹜齐飞，秋水共长天一色。"阎公矍然而起曰："此真天才，当垂不朽矣！"遂亟请宴所，极欢而罢。

《滕王阁序》结构宏伟，意境壮阔，充分体现了王文宏博壮丽的特色。作者从洪州的地域、人物与宴会写起，重点描写了滕王阁的壮观雄伟和阁外山川景色的优美，在篇末则抒发了怀才不遇的感慨。清人李扶九在《古文笔法百篇》卷十八评解说："以法论，首叙天文地理。次叙贤主嘉宾，次叙时令，次叙阁内阁外，似尽矣；乃忽拓开笔势，将古之失志者感慨一番，又将今之失志者规勉一番，方叙到自己又自负一番，波澜壮阔，不是徒了题目者。"

在景物之描写上，尤见作者之文笔清新，不落俗套。文中写景由近及远，层层铺展，色彩纷呈，笔法多变。如"潦水尽而寒潭清，烟光凝而暮山紫"，上句设色澄淡，下句设色凝重，写尽水光山色的色彩变幻。又如脍炙人口的"落霞与孤鹜齐飞，秋水共长天一色”，写秋水碧天之间，彩霞自上而落，孤鹜自下而上，色彩鲜明，形象飞动，实为万古流传之佳句。文中清辞丽句，比比皆是，虽为骈偶句式，而语言之平易自然，用典之贴切而不冷僻，均有异于时下文风的婉缛与堆砌，显示出骈文素朴化的倾向。

在文章的后半部，作者面对锦绣山川，联想到历史上无数杰出人物的不幸遭遇，顿生身世坎坷之感。然而，此段虽抒发了怀才不遇的情怀，造语却颇为刚健，字里行间，若有凌云之气，如挟风霜之势，读之令人振奋。如“老当益壮，宁移白首之心；穷且益坚，不坠青云之志”，表现了一种在逆境中顽强进取的胸襟；又如“无路请缨，等终军之弱冠；有怀投笔，爱宗悫之长风”，则表达了报效国家的雄心壮志，在深挚抑郁的情怀之中，时时喷发出昂扬奋发的意气，形成了全文奔放的气势和跌宕起伏的感情旋律。正如王益吾所评：“英思壮采，如泉源之涌”（高步瀛《唐宋文举要》乙编卷一）。

此外，作为一篇骈体文，此文通篇对仗齐整，声律配置严格，如“襟三江”对“带五湖”，以及“龙光”、“牛斗”、“腾蛟”、“起凤”、“紫电”、“青霜”、“桂殿”、“兰宫”等等，体现了骈文格律化的倾向，尤见作者之才华卓异，亦如清人余诚所评：

> 对众挥毫，珠玑络绎，固可想见旁若无人之概。而字句属对极工，词旨转折一气，结构浑成，竟似无缝天衣。纵使出自从容雕琢，亦不得不叹为神奇。况乃以仓猝立就，尤属绝无而仅有矣。（《重订古文释义新编》卷七）

杨炯（650～692），华阴（今属陕西）人。自幼聪明博学，善为文章。十岁举神童，待制弘文馆，后来补校书郎。高宗永隆二年（681）由薛元超荐为崇文馆学士，迁太子詹士司直。武后垂拱元年（685）坐事贬梓州司法参军，后出为盈川（在今浙江衢县南）令，卒官。有《杨盈川集》。

据《唐才子传》称，杨炯为人“恃才凭傲，每耻朝士矫饰，呼为‘麒麟楦’。或问之，曰：‘今假弄麒麟戏者，必刻画其形覆驴上，宛然异物，及去其皮，还是驴耳。’闻者甚不平，故为时所忌。”由此，可看出杨炯之疾恨浮华矫饰之风。杨炯为四杰之一，海内称“王杨卢骆”，“炯闻之，谓人曰：‘吾愧在卢前，耻居王后。’”

(《旧唐书·文苑传上》) 后来张说评论他的文章说:"杨盈川文思如悬河注水,酌之不竭,既优于卢,亦不减王。耻居王后,信然;愧在卢前,谦也。"(同上)

杨炯与王勃一样,早就对文坛上的浮靡之风不满,在《王勃集序》中曾批评了"争构纤微,竞为雕刻","骨气都尽,刚健不闻"的时下文风。其骈文成就虽不如王勃,但流畅晓达,力戒浮华,亦有其独到之处。高步瀛《唐宋文举要》乙编卷一收入杨炯的《群官寻杨隐居诗序》,就是一篇颇有意趣的短文。此文写作的背景是:唐代因政局稳定,统治者为博取重贤的美名,屡次礼聘或"临幸"著名的道士或隐士。一些人遂以隐求仕,走一条"终南捷径"。唐高宗调露二年(680),在巡幸东都,祭中岳(嵩山)时,曾访求在嵩山隐居的田游岩等人。群官在高宗的影响下,亦在休假时间去寻访杨隐居。杨炯以此文记述了群官寻访的过程。文章开篇赞美杨隐居人品高尚,是一个真正的隐者,与那些"形在江海,心游魏阙,迹混朝士"的所谓"大隐"不可同日而语。这就使群官的探访具备了真实的"求隐"意义。接着,作者借寻访者途中的所见所闻,描写了杨隐居所居之处的山林胜境。现摘录如下:

> 群贤以公私有暇,休沐多闲,忽乎将行,指林壑而非远;莞尔而笑,览烟霞而在瞩。登块圠,践莓苔。阮籍之见苏门,止闻鸾啸;卢敖之逢高士,岂识鸢肩?忆桑海而无时,问桃源之易失。寒山四绝,烟雾苍苍;古树千年,藤萝漠漠。诛茅作室,挂席为门。石隐磷而环阶,水潺湲而匝砌。乃相与旁求胜境,遍窥灵迹。论其八洞,实惟明月之宫;相其五山,即是交风之地。

行文流畅自然,犹如一篇优美的山水小品。作者在记述中先刻画了群官寻访途中的声音笑貌,读之宛然在目。然后着重描绘杨隐居所居之处清幽古朴的自然环境,以见其仙踪高妙,远离人世,借此衬托出杨隐居高法的人品与超尘脱俗的情趣。文章虽用骈文写成,但由于内容真实,造语自然,用典贴切,情文并茂,已脱尽浮艳空洞的宫体文风,显示出了杨炯对骈文的改革。

卢照邻(637? ~680?)字升之,自号幽忧子。幽州范阳(今河北涿州市)人。少年时博学善属文,初为邓王(李元裕)府典签,甚受爱重。邓王曾对人说:"此吾之相如（司马相如）也。”后调任新都县尉，因染风疾去官，居太白山中，又因服丹中毒，手足残废。终因不堪病痛折磨，自沉颍水而死。今存《幽忧子集》，为明人张燮所辑。

卢照邻的文学主张见于其《南阳公集序》与《乐府杂诗序》等文。他批评齐梁以来的文章“文律烦苛，知音者稀”，与王勃等人一样力图改革初唐浮靡文风，如他借赞颂别人的作品，推重“凡所著述，多以适意为宗；雅爱清虚，不以繁词为贵”（《驸马都尉乔君集序》），也就是强调写作要以适“意”为主，而不是一味玩弄文辞；语言则要“清虚”，不要堆砌。他在主张文学要发挥政治教化作用的同时，也主张文章要“妙谐钟律，体会风骚，笔有余妍，思无停趣”（《南阳公集序》），对六朝文学的成就亦多所肯定，避免了王勃矫枉过正的偏激。

在创作上，由于他一生不得志，加之身染重疾，故作品多为抒写身世感慨之作，较多悲观厌世的情绪，如《五悲》、《病梨树赋》、《穷鱼赋》、《释疾文》等。他写得较好的是为别人文集所做的序文，如《乐府杂诗序》、《南阳公集序》等，这些作品纵论古今，内容充实，论述清晰，音情顿挫，是出色的文学评论。下面是他在《南阳公集序》中评论自汉以下历代文学的一段文字：

> 两班叙事，得丘明之风骨；二陆裁诗，含公干之奇伟。邺中新体，共许音韵天成；江左诸人，咸好瑰姿艳发。精博爽丽，颜延之急病于江、鲍之间；疏散风流，谢宣城缓步于向、刘之上。北方重浊，独卢黄门往往高飞；南国轻清，惟庾中丞时时不坠。（《幽忧子集》卷六）

作者回顾文学发展的历史，指出了两班、二陆、建安、南北朝历代文人对文学的贡献，他既肯定建安的音韵天成，也肯定江左的瑰姿艳发；既赞美颜延之的精博爽丽，也欣赏谢朓的疏散风流；对卢思道代表的北方文学的高扬与庾信代表的南方文学的轻清，均加以推重，而不是有所偏废。在初唐大一统的环境中，这种正确的文学观对于在继承前代文学遗产、融合南北文风基础上建设唐代的新文化是十分重要的，亦是唐代文学革新与发展的必要前提。在正确对待前人的文学遗产上，卢照邻的见解是高于同时代的其他作家的。卢文虽多是骈体，但对偶整齐、词采瑰丽，议论纵横；富有气势，故高步瀛称赞卢文云：“缛采星稠，藻思绮合，极笔歌墨舞之致。”“瑰丽之词，排奡之气，直轶子安而上之”(《唐宋文举要》乙编卷一)。

骆宾王（约638～约684)，婺州义乌（今属浙江）人。其一生颇富传奇色彩。据两唐书本传载，他七岁即能赋诗，人呼神童。比长，天才逸发，所作《帝京篇》，当时以为绝唱。早年为道王（李元庆）府属，后从军西域。自塞外还，历任武功、长安主簿。高宗仪凤三年（678）入朝授侍御史，次年获罪下狱，在狱一年，曾以“无人信高洁，谁为表予心”(《在狱咏蝉》）表白无辜。至调露二年（680）遇赦，贬临海（今浙江天台）丞，怏怏失志，弃官而去。他对武后临朝执政和诸武当权，深为不满，光宅元年（684)，徐敬业（敬业原姓徐，因其祖徐世勋屡立战功，赐姓李，故又称李敬业）扬州起兵反对武后临朝称制，骆宾王入其幕府，代敬业作《讨武曌檄》。敬业兵败后，宾王亡命，不知所终。中宗复国，下诏搜访宾王遗文，令兖州郗云卿编次成集。有《骆临海集》传世。

在四杰之中，骆宾王遭际更多挫折，才情更为纵放。他早年沉沦下僚，后坐事下狱，屡遭困厄，最后又参加了徐敬业反对武则天的起事，故在其作品中，个人身世坎坷的抑郁不平与对社会现实的不满情绪交织在一起，加之其才华俊逸，使文章显示出内容充实，感情真挚，词华富赡，风格雄健的鲜明特点。如其著名的《讨武曌檄》，曾被后人誉为“雄词伟论，炳耀日星，唐四杰中正大之作也”(清·李扶九《古文笔法百篇》评解)。武则天在高宗时代就以天后身份参与政治，史称她“素多智计，兼涉文史”，是个有才能的政治家。高宗死后，她废掉中宗，培植党羽，重用诸武，准备建立大周，临朝称制。徐敬业打出匡复中宗的旗号，在扬州起兵，号召天下讨武。骆宾王在这篇檄文中，先历数武则天“秽乱宫闱”、“近狎邪僻、残害忠良”的种种罪恶，又以“包藏祸心，窥窃神器”直刺武后觊觎皇位之要害，以引起天下人所共愤，群起而讨之。接着，就徐敬业起兵之事申明大义，并形容其军威之势，此段写得声情慷慨，气势逼人，字里行间隐然若有风雷激荡之声、战鼓齐鸣之势：

是用气愤风云，志安社稷。因天下之失望，顺宇内之推心，爰举义旗，誓清妖孽。南连百越，北尽三河，铁骑成群，玉轴相接。海陵红粟，仓储之积靡穷；江浦黄旗，匡复之功何远。班声动而北风起，剑气冲而南斗平。喑呜则山岳崩颓，叱咤则风云变色。以此制敌，何敌不摧，以此攻城，何城不克！

这是何等痛快淋漓的文笔！其声光赫赫，足以撼动山岳。在文章的结尾部分，作者以“一抔之土未干，六尺之孤安在”这掷地有声的诘问，激发人们对李唐王朝的故君之思和对武则天废弃中宗的不满。据《新唐书·文艺传·骆宾王传》说，武则天初读此檄文时，“但嬉笑”，不以为意，后来读到“一抔之土未干，六尺之孤安在”时，不禁耸然动容，问：“谁为之？”并说：“宰相安得失此人！”由此可见，正是骆宾王的文才和此文撼动人心的力量，使被声讨的武则天都产生了埋没人才的遗憾。在结束全文时，作者更满怀信心地宣告：“请看今日之域中，竟是谁家之天下！”这二句被后人广为征引，成为千古流传之名句。

骆宾王的骈文无论叙事、抒情、说理，均能挥洒自如，清新俊逸。除上文外，又如《与博昌父老书》，抒写对博昌父老的怀念之情和别离之恨，寓情于博昌的一草一木及对往事的追忆之中，情意真挚，生动感人，而语言朴素，不事雕琢，富有清新、澹远的韵味。

明代著名学者胡应麟在《补唐书骆侍御传》中写道：“先是，唐起梁、陈衰运后，诗文纤弱委靡，体日益下。宾王首与勃等一振之，虽未能骤革六朝余习，而诗律精严，文辞雄放，滔滔混混，横绝无前。唐三百年风雅之盛，以四人者为之前导也”（《骆临海集笺注》附录）。这不仅是对骆宾王，亦是对四杰文学成就的充分肯定，同时，也指出了四杰在唐代诗文改革中的先锋作用。在初唐文坛上，四杰的出现不仅揭开了辉煌灿烂的唐诗序幕，同时也为骈文的改革注入了生气。尽管他们的作品还不能脱离骈四俪六的体制，然而其充实的内容，浓郁的情采、宏大的气势，绝不同于陈隋以来堆花砌叶的浮艳文风，而能于赡富艳发之中寓清新俊逸之气，实质上已透露出了唐文改革的先机。

第四节　陈子昂

继“四杰”之后，陈子昂高举文学改革的旗帜，大力提倡恢复“汉魏风骨”与“风雅兴寄”的传统，以彻底改变陈、隋及初唐文学的浮靡之风。他的文学创作与文学主张，开创了一代风气，对唐代诗文的健康发展产生了很大的影响。其友卢藏用曾盛称子昂的改革之功云："道丧五百岁而得陈君。……崛起江汉，虎视函夏，卓立千古，横制颓波，天下翕然，质文一变"（《右拾遗陈子昂文集序》）。宋人刘克庄亦云："唐初王、杨、沈、宋擅名，然不脱齐梁之体。独陈拾遗首倡高雅冲澹之音，一扫六代之纤弱，趋于黄初、建安矣"（《后村先生大全集》卷一百七十三《诗话前集》）。

陈子昂（659～700）字伯玉，梓州射洪（今属四川）人。青年时代豪放任侠，后折节读书，遍览文史，于睿宗文明元年（684）中进士第。武后时曾任麟台正字、右拾遗等职。子昂关心国事，直言敢谏，曾两次出塞。第一次是垂拱二年（686）随乔知之北征同罗、仆固，到过西北边塞居延海、张掖河、同城一带。第二次是证圣元年（695）随建安郡王武攸宜东征，抵御契丹，到过燕京一带。他对边防军事问题提出过一些有远见的建议，因触忤武攸宜，遭受排斥打击。圣历元年（698）辞官还乡，射洪令段简受武三思指使，将他诬陷下狱而死，年仅四十二岁。有《陈拾遗集》。

陈子昂胸怀大志，才华四溢，富有政治热情和积极进取精神。据卢藏用的《陈氏别传》，子昂"经史百家，罔不该览。尤善属文，雅有相如、子云之风骨。初为诗，幽人王适见而惊曰：此子必为文宗矣！"在他二十一岁初到洛阳时，即以文名。刚刚进士及第，子昂即诣阙上书，以《谏灵驾入京书》受到武则天的器重，称赞他"地籍英灵，文称暐晔"。一时间，"洛中传写其书，市肆闾巷，吟讽相属，乃至转相货鬻，飞驰远迩"（卢藏用《陈氏别传》）。其文章震惊文坛，深受人们欢迎的状况由此可见。出仕以后，陈子昂一方面支持武则天的政治改革，另一方面又以积极的态度对武周政权提出谏诤和批评。他屡次上书，尖锐指责朝廷的弊政，武则天虽壮其言，但因其"言多切直，书奏，辄罢之"（同上）。因此，尽管子昂对军国大事均有着卓越的见解，却始终没有施展才能的机会。为了报效国家，建功立业，他两次赴边，又遭到武攸宜的压抑与打击，怀着生不逢时的巨大悲愤，他写下了"前不见古人，后不见来者。念天地之悠悠，独怆然而涕下"（《登幽州台歌》）的千古悲歌。正是这种密切关注社会政治，积极进取的精神与不平凡的人生经历，使陈子昂能在文学的主张上识见不凡，超越前人；能在文学创作上以新鲜独特的面貌独领风骚，从理论与实践两方面力挽颓风，成为唐代文学革新的旗手。

陈子昂的文学革新主张见于《与东方左史虬修竹篇序》，全文如下：

> 东方公足下：文章道弊五百年矣。汉，魏风骨，晋、宋莫传，然而文献有可征者。仆尝时观齐、梁间诗，彩丽竞繁，而兴寄都绝，每以永叹。思古人，常恐逶迤颓靡，风雅不作，以耿耿也。一昨于解三处见明公《咏孤桐篇》，骨气端翔，音情顿挫，光英朗练，有金石声。遂用洗心饰视，发挥幽郁。不图正始之音，复睹于兹，可使建安作者，相视而笑。解君云："张茂先，何敬祖，东方生与其比肩。"仆亦以为知言也。故感叹雅制，作《修竹诗》一篇。当有知音，以传示之。

这篇序言虽主要是针对诗歌而发的，但它所笼盖的范围乃是整个的文坛，对唐代诗文均产生了重大的影响。在复古的旗帜之下，他明确提出了诗歌创作的两个标准，一个是要有"兴寄"，另一个是要有"风骨"。所谓"兴寄"，就是要用比兴的手法表现深刻的思想内容，如《文心雕龙·比兴篇》所言："比则蓄愤以斥言，兴则环譬以寄讽。"也就是要通过对眼前事物的歌咏表达对国事民生的意见。所谓"风骨"，就是要求作品感情充沛，气势飞动，语言质朴有力，如文中所说的"骨气端翔、音情顿挫，光英朗练，有金石声"。"兴寄"与"风骨"的结合，必然使文学作品既有密切反映现实的思想内容，又有明朗刚健的风格。因此这一主张集中体现了陈子昂在文学领域的美学追求，也贯穿在他的诗文之中。正如清代著名学者翁方纲所云："唐初群雅竞奏，然尚沿六代余波；独至陈伯玉峰兀英奇，风骨峻上。盖其诣力，毕见于《与东方左史》一书"（《石洲诗话》卷一）。许印芳亦云："士人造道，志识为先，伯玉此书，识议超卓，志气高远，宜其振颓靡而追风雅。昌黎《荐士诗》云'国朝盛文章，子昂始高蹈'，信非虚语"（《诗法萃编》卷六上）。

陈子昂既是初唐著名的诗人，也是优秀的散文家。从其现存的文章看，所作碑志表序，皆为骈文；而论事书疏、则疏朴近古，在语言上有意师法汉魏，其风格气势与六朝至唐初骈体迥然不同，已开盛唐融散入骈之先河。故南宋陈振孙《直斋书录解题》卷十六云："子昂诗文，在唐初实首起八代之衰者。"高步瀛亦云："则韩公以前，文章复古之功，不能不推原伯玉已"（《唐宋文举要》甲编卷一）。

子昂优秀的作品多为进谏论事的政论文，其为文的第一个特点是具有深刻的现实内容，表现出强烈的政治性和现实性。从登上政治舞台起，他就一直密切地关注着现实的政治、经济和边防等问题，不断地上疏进谏、指论政事，其文广泛涉及当时的省刑、纳谏、任贤、安边、利民、反贪暴、轻徭役等一系列重大的政治问题，对当时存在的社会矛盾与政治弊端多有揭露。如在《谏灵驾入京书》中，他写道："顷遭荒馑，人被荐饥。自河而西，无非赤地；循陇以北，罕逢青草。莫不父兄转徙，妻子流离，委家丧业，膏原润莽。"公然为民请命，坚决反对把唐高宗的灵柩由洛阳迁回长安，以免劳民伤财，危及国运。在《上蜀川安危事三条》中，他又论及当时一个极其严重的社会问题，即蜀中农民不堪贪暴的吏治而大量逃亡，一部分逃户揭竿而起，"攻城劫县"。对于造成这一社会问题的原因，陈子昂说："实缘官人贪暴，不奉国法，典吏游容，因此侵渔，剥夺既深，人不堪命。百姓失业，因即逃亡；凶险之徒，聚为劫贼。"作者虽站在统治者一方把起义农民呼为"劫贼"，但却深刻地揭示了官逼民反的社会现实。此外，还有反对酷吏淫刑的《谏用刑书》，以及论述边防问题的《上西蕃边州安危事》及《谏雅州讨生羌书》等文，都以密切联系现实，直言无隐，观点鲜明，言辞慷慨而成为唐初议论文的典范。子昂这些优秀文章的出现，一方面反映了初唐知识分子关心国事、积极参政的精神面貌；另一方面也与统治者奖励直言分不开。武则天在任用酷吏，排除异己的同时，也能识别和重用一批正直的朝臣，如和子昂同时的狄仁杰、韦嗣立等均以正直敢言而知名。

子昂为文的第二个特点是在写法上思路开阔，气势磅礴，条理清楚，文辞雄辩。例如著名的《谏用刑书》，是在徐敬业起兵反武则天之后写的。据《旧唐书·刑法志》载："则天严于用刑，属徐敬业及豫、博兵起之后，恐人心动摇，欲以威制天下，渐引酷吏，务令深文以案刑狱。时周兴，来俊臣等相次受制，推究大狱，俊臣又与侍御史侯思止、王弘义等招集告事数百人，共为罗织，以陷良善。前后枉遭杀害者，不可胜数。是时海内慴惧，道路以目。麟台正字陈子昂上书云云。"在这种人人自危的恐怖环境下，陈子昂却敢于触逆鳞、进直言，这就充分显示了他的胆识与刚直。在上书中，他首先指出了自古以来为政的三条路线：

臣闻古之御天下者，其政有三：王者化之，用仁义也；霸者威之，用权智也；强国胁之，务刑罚也。是以化之不足，然后威之；威之不变，然后刑之。

> 故至于刑，则非王者所贵矣。况欲光宅天下，追功上皇，专用刑杀以为威断，可谓策之失者也。

从为政的大道理出发，说明武则天奉行的既非王道，亦非霸道，而是“专用刑杀以为威断”的强权政治，故是“失策”之举，而加以断然否定。然后，作者又列举了威刑之下“一人被讼，百人满狱。使者推捕，冠盖如云”的黑暗现实，说明大兵之后，百姓思安，如此冤狱纷起，遂使国无宁日。接下去，作者又将现实与历史相联系，引隋炀帝“穷毒威武”，终使天下大乱的历史为鉴：

> 炀帝不悟，暗忽人机。自以为元恶既诛，天下无巨滑也，皇极之任，可以刑罚理之，遂使兵部尚书樊子盖专行屠戮，大穷党与，海内豪士，无不罹殃。遂至杀人如麻，流血成泽。天下靡然，始思为乱矣。于是萧铣、朱粲起于荆南，李密、窦建德乱于河北。四海云摇，遂并起而亡隋族矣，岂不哀哉！

这一段慷慨陈辞，以隋亡的教训对照今日之现实，对当朝统治者发出了警告。全文引古论今，深切时弊，从为政之道与安国之策诸方面指出了滥用刑罚的严重后果，力谏武则天停止这种害民害国的威刑，充分显示了作者的远见卓识与文笔才华。诚如高步瀛所评：“气体朴厚，语意剀挚，犹存西汉风格”（《唐宋文举要》甲编卷一）。

子昂为文的第三个特点是其文风疏朴近古，不加藻饰，很少用典，行文偶对亦不严格，只是保持句式的大致整齐，表现出由骈到散的过渡趋势。例如在《上军国利害事》中论及选任地方官的一段：

> 臣比在草茅，为百姓久矣，刺史县令之化，臣实委知。国之兴衰，莫不在此职也。何者？一州得贤明刺史，以至公循良为政者，则千万家赖其福；若得贪暴刺史，以循私苛虐为政者，则千万家受其祸矣。夫一州祸福且如此，况天下之众，岂得胜道哉！

文字中没有任何雕绘，也没有典故，以平实流畅的语句说理论事，只用了两个较长的排偶句式，将贤明刺史与贪暴刺史作了鲜明对照。这种朴素畅达的文风，已透出了恢复古文的先声。

与陈子昂同时而稍后，对改革文风做出了贡献的还有著名的史学家刘知几。

刘知几（661～721）字子玄。彭城（今江苏徐州）人。二十岁举进士，授获嘉主簿。武则天时，任用酷吏，冤狱纷起，他作《思慎赋》以刺时，苏味道、李峤见而赞叹："陆机《豪士》之流乎，周身之道尽矣！"长安中（701～704）累迁至凤阁舍人，兼修国史。睿宗时升任太子左庶子，兼崇文馆学士，仍兼修国史。玄宗开元初年（714），迁左散骑常侍。开元九年（721），贬为安州别驾，至州不久而卒。

刘知几任史职二十余年，精通史学，撰有名著《史通》。这部书自长安二年（702）开始写作，于景龙四年（710）完成。全书共四十九篇，备论历代史书体例与得失，是我国第一部系统的史学论著。《史通》虽然是论述写史的，但在其中的《言语》、《浮词》、《叙事》、《模拟》、《杂说》等篇中，也都涉及了文学的问题。刘知几从修史尚实、叙事尚简的观点出发，反对用华丽的文辞写史，他批评唐初修的《晋书》的文辞说：

> 大唐修《晋书》，作者皆当代词人，远弃史、班，近宗徐、庾。夫以饰彼轻薄之句，而编为史籍之文，无异加粉黛于壮夫，服绮纨于高士者矣。（《史通·论赞》）

在《史通·叙事》篇中，他对"虚加练饰，轻事雕彩"、"体兼赋颂，词类俳优"的骈文体制十分不满，并尖锐批评了六朝时"史道陵夷"的状况：

> 作者芜音累句，云蒸泉涌。其为文也，大抵编字不只，捶句皆双；修短取均，奇偶相配。故应以一言蔽之者，辄足为二言；应以三句成文者，必分为四句；弥漫重沓，不知所裁。（《史通·叙事》）

这虽然是针对修史而言，但作者显然已从实用出发，全面批判了六朝骈文不顾内容表达的需要，一味追求对偶，芜音累句弥漫重沓的弊病。在初唐的文论之中，像刘知几这样一针见血地指出骈文弊端的文章尚不多见。

在《史通·言语》篇中，他从语言上追述亘古、条理百代，论述了史书的语言当随各代时尚的变化而相应变化，提出了修史要用今言而不用古语的主张，他说：

> 夫天地久长，风俗无恒，后之视今，亦犹今之视昔，而作者皆怯书今语，勇效昔言，不其惑乎！（《史通·言语》）

这实际是指出了语言革新的问题。刘知几反对依仿古语、摹拟古文，这个看法，无疑是被后世的古文家们所继承了，中唐时韩愈"唯陈言之务去"的革新主张与知几的看法当是一脉相承的。

自古以来，文史相通。但是，自魏晋以后，人们对文学的特征有了更深刻的认识，进入了"文学的自觉时代"以后，四部分，文集立，文学已与史学、哲学分开，得到了独立的发展。由于《史通》是从史书的特点出发，主要论述了修史的问题，所以，其中有些观点对文学并不适用，例如刘知几从"尚实"的史学观出发，主张修史要真实，反对虚构，这在文学创作上就是行不通的。特别是作者自述"耻以文士得名，期以述者自命"（《自叙》），不免轻视文学的作用；在主张修史要"辩而不华，质而不俚"（《史通·鉴识》）时，对文采采取一概否定的态度，也是不足取的。因此，对《史通》给予唐代文学的影响应加以具体分析。上述引文涉及批判华而不实之风有益于文体的革新，给予文学发展以某些积极的影响，但它毕竟是一部史论著作，而不能对其文学作用评价过高。

第二章
盛唐散文

第一节　张说、苏颋、张九龄

自太宗贞观之治以来，经过一百年来的发展与积累，唐帝国在玄宗开元年间达到了兴盛的顶点。当时四海清平，政局稳定，国富民强，文化艺术亦呈现出全面繁荣的景象。开元初年，领袖文坛的是号称“燕许大手笔”的张说（封燕国公）和苏颋（封许国公）。《新唐书》卷一二五《苏颋传》载：苏颋“与张说以文章显，称望略等，故时号‘燕许大手笔’。”燕、许均为台阁重臣，朝廷文诰多出自二人之手，又因二人才名盖世，达官贵人亦多请其撰写碑文。故燕、许现存文章约为两类，一类是朝廷文诰、章表疏奏，此类或议及军国大事，或歌功颂德，多用骈文写成，昌明博大，典雅雍容，用思精密，文辞俊丽，为典重的台阁体。另一类是诗文序和碑文墓志，这类作品属于实用文，往往以散入骈，写得流畅生动，舒卷自然，显示出骈散结合的趋势。因此，在进入盛唐之初，燕、许上承陈子昂等人的崇雅黜浮，下启陆贽的骈散结合，是文体革新中重要的里程碑。宋姚铉在《唐文粹序》中曾称赞燕、许说：“洎张燕公以辅相之材，专撰述之任，雄辞逸气，耸动群听；苏许公继以宏丽，丕变习俗。”谢元量在《骈文指南》中也说：“韩柳之徒，颇讥评文士，犹时称燕许。故其气势深厚，卓尔不群，唐骈文之盛轨也。”

张说（667～730）字道济，又字说之。洛阳人。历仕武后、中、睿、玄宗四朝，累官至中书令，封燕国公。今存《张燕公集》。《旧唐书》本传载：张说“前后三秉大政，掌文学之任凡三十年。为文俊丽，用思精密，朝廷大手笔皆特承中旨撰述，天下词人咸讽诵之。尤长于碑文墓志，当代无能及者。喜延纳后进，善用己长，引文儒之士，佐祐王化。……而又敦气义、重然诺，于君臣朋友之际，大义甚笃。”由此可见，张说的政能文才均为一时人选，对玄宗实现开元之治起了一定的辅助作用。故其去世后，张九龄曾以“国失良相、学堕司南、文殒宗匠”（《祭张燕公文》）痛悼之。

《旧唐书·文苑传》上，还记载了张说对近代文士的评论：

> 开元中，说为集贤大学士十余年，常与学士徐坚论近代文士，悲其凋丧。坚曰：“李赵公、崔文公之笔术，擅价一时，其间孰优？”说曰：“李峤、崔融、薛稷、宋之问之文，如良金美玉、无施不可。富嘉谟之文，如孤峰绝岸，壁立万仞、浓云郁兴，震雷俱发，诚可畏也，若施于廊庙，则骇矣。阎朝隐之文，如丽服靓妆，燕歌赵舞，观者忘疲，若类之《风》、《雅》，则罪人矣。”问后进词人之优劣，说曰：“韩休之文，如太羹旨酒，雅有典则，而薄于滋味。许景先之文，如丰肌腻理，虽秾华可爱，而微少风骨。张九龄之文，如轻缣素练，实济时用，而微窘边幅。王翰之文，如琼杯玉斝，虽烂然可珍，而多有玷缺。”坚以为然。

在这段评论中，张说用了许多生动的比喻，鲜明地揭示了作家们不同的文学成就与他们的缺陷，陈述了他的文学观点，从而使我们可以看清张说文学主张的一些主要方面：

第一，他赞赏李峤等宫廷文人有“如良金美玉”的文章，对富嘉谟奇崛横放的文章认为“施于廊庙，则骇矣。”显然，他以宫廷重臣的身份从事述作，最看重的就是那种完美精致、气度雍容、典雅有则的台阁体。

第二，阎朝隐之文“如丽服靓妆，燕歌赵舞”，也就是讲究文辞华丽、刻意雕饰、韵律悠扬，他认为这种文学可以娱人性情，使“观者忘疲”，但却是《风》、《雅》的罪人，这与陈子昂提倡“风雅兴寄”是一致的。

第三，对韩休、许景先、张九龄、王翰四个后进词人的评价，他表明了为文既要“雅有典则”，又要意蕴深厚；既要讲究文采，又要有“风骨”；既要能“济时用”，又要气度宏阔；既要“烂然可珍”，又要完美无缺的具体准则。

通过上述内容，可以看出，一方面，张说继承了初唐四杰、陈子昂等人强调“风骨”和“风雅兴寄”的文学主张；另一方面，他又在盛唐的新形势下，进一步发展和完善了初唐作家的革新主张，提出一系列具体的准则，引导盛唐文坛向着博大浑厚、风骨与文采兼备、适应时代需要的方向发展。

张说的文章基本上体现了他的文学主张。

张说为朝廷拟制的表、疏、状、颂等台阁之作，虽雍容典雅，却不乏宏阔的气势。开元十三年（725），在天下大治的形势下，唐玄宗效法秦皇汉武，东封泰山。这是一次炫耀君主文治武功的太平盛典，玄宗“诏说撰《大唐封禅坛颂》，刻之泰山，以夸成功”（《新唐书》卷一二五《张说传》）。《封禅坛颂》记载了玄宗带领百官东封的盛况：

> 孟冬仲旬，乘舆乃出。千旗云引，万戟林行。霍沪磷烂，飞焰扬精。原野为之震动，草木为之风生。历郡县，省谣俗；问百年，举百祀；兴坠典，葺阙政。攸徂之人，室家相庆。万方纵观，千里如堵。城邑连欢，丘陵聚舞。

文章作为开元之治的见证，反映了极盛时的赫赫国威与升平的局面。在张说写《封禅坛颂》的同时，盛唐的著名画家吴道子、韦无忝和陈闳通力合作，绘制了著名的《开元东封图》，他们分别用文笔和画笔给后代留下了这个盛况空前的历史场面。晚唐文宗时，发生了宦官屠杀朝臣的“甘露之变”，此后文宗“常戚戚不乐。”“会幸三殿东亭，见横御架巨轴，上指谓画工程修己曰：‘此开元东封图也。’命内臣悬于东庑下，上举玉如意指张说辈，叹曰：‘使吾得其中一人，则可见开元之理！’”（《唐语林》卷四“企羡”）由此可见，东封之举作为开元全盛时代的象征曾给后世以深远的影响。张说的颂文与吴道子等人的绘画一样，均作为这一重大历史事件的见证而流传后代。在这篇颂文中，张说满怀激情，把三言、四言、六言，交错使用，以散行之气，运偶俪之词，使作品景象宏阔，气韵流动，不失为盛世的颂歌。

不过，据《旧唐书》卷九八张说传载，他“当承平岁久，志在粉饰盛时”，因此，在这些台阁文章中，也有不少毫无价值之作。例如《皇帝在潞州祥瑞颂》、《圣德颂》、《请八月五日为千秋节表》等，一味歌功颂德、粉饰太平，没有反映出在极盛之下潜伏的社会矛盾，使其台阁之作日益脱离现实，过于凝重呆板而缺乏生气。

张说的优秀之作大都在他的序文和碑志之中。序文有《大唐西域记序》、《唐昭容上官氏文集序》、《洛州张司马集序》等书序名篇与《送田郎中从魏大夫北征篇序》、《季春下旬诏宴薛王山池序》等。这些序文大都写得流畅生动，不拘一格。例如《大唐西域记序》，此书本是太宗贞观年间据西行取经的玄奘（唐僧）口述而编成的，张说重为之序。序文中不仅详记玄奘的身世、佛学造诣、取经过程，更赞颂了他为求真经而不畏艰险的精神，言简意赅地概括了玄奘在中外交流上的巨大贡献：

> 杖锡拂衣，第如遐境。于是背元灞而延望，指葱山而矫迹。川陆绵长，备尝艰险，陋博望之非远，嗤法显之为局，游践之处，毕究方言，镌求幽赜，妙穷津会。于是词发雌黄，飞英天竺，文传贝叶，聿归震旦。……奉诏翻译梵本凡六百五十七部，具览遐方异俗，绝壤殊风，土著之宜，人备之序。

《唐昭容上官氏文集序》是为上官婉儿文集作的序。婉儿是唐初著名文人上官仪的孙女，上官仪被杀时，婉儿随其母配入掖庭，后因文才为武则天掌诰命。中宗时封为昭容，专掌诰命，故张说称其“两朝专美”。时每有朝廷文士宴集，婉儿一方面替帝、后捉刀，一方面则代帝、后评定群臣诗文之高下。张说在序文中赞扬婉儿“才华绝代”，“摇笔云飞，咸同宿构”，还记载了一个有趣的传说：

> 初，沛国夫人之方娠也，梦巨人俾之大秤曰：“以是秤量天下。”既而昭容生。弥月，夫人弄之曰：“称量天下，岂在子乎？”孩遂哑哑应之曰：“是。”

这段记载把婉儿主持宫廷文坛、品评天下诗文的作用传奇化，给人留下了深刻的印象。上官婉儿因涉“武韦之乱”为玄宗所诛，但开元时玄宗诏令修其文集，还令重臣张说为此序，君臣之不因人废言，可见一斑。

上面所引的两篇序文，作者行文骈中有散，随事而异，记载婉儿出生的一段全用散文，颂扬其才华影响又转入骈文，时散时骈，交替使用，十分灵活。另两篇序文，则可见作者文采卓越，行文多变。《送田郎中从魏大夫北征篇序》中写其出征的声威，气势雄壮，慷慨激昂：

> 于时大雨洗兵，长风愤角；雷辎轂野而千里，霜戟林森而万队；左翊碣石，右角临洮；铁骑连光，金鼓接气；秉旌旗，扫朔漠，纵熊罴，猎苇泽；故将堙龙海，夷鹰关，郡高阙，悬卢山；碣阴陵以筑观，醢单于以享士。(《全唐文》卷二二五)

而《季春下旬诏宴薛王山池序》写暮春景象则清新秀丽，高雅宜人：

> 碧流日暖，南山雪残。首献岁之浃辰，尾暮春之提日。帝京形胜，借上林而入游；戚里池台，就修竹而开宴。(《全唐文》卷二二五)

中唐古文家皇甫湜在《谕业》中说：“燕公之文，如楩木楠枝，缔构大厦，上栋下宇，孕育气象，可以燮阴阳而阅寒暑，坐天子而朝群后。”这正是揭示了张说之文气象宏阔而又文采多变的风格。

张说作为擅长碑铭的大家，多有佳作，著名作品有《齐黄门侍郎卢思道碑》和《宋公遗爱碑颂》等。《齐黄门侍郎卢思道碑》，碑主是卢藏用的高祖，曾历仕齐、周、隋三朝，以文才擅名当时。张说在碑文中先简要说明了人物的家世、品行、历仕，然后着重写其文学：

> 三坟五典，公能读之，故与薛道衡侍学储后。公国华人望，光照邻邦，故所居之朝，应对宾客。修词抗议，允执其中；故青琐黄缣，异代咸掌。大名之下，岂诬也哉！……文士擅名当时，垂声后代，亦云才力之绝众故耳。(《全唐文》卷二二七)

高步瀛在《唐宋文举要》中强调指出：“以下皆称其文学，是文字用意处。”可见此文抓住了人物的主要成就，重点突出，内容充实，而不像六朝以来的多数碑文那样空洞乏味，虚加溢美之词。清吴汝纶曾赞此文“孤情远韵，瑰放出奇。”高步瀛亦评之：“渊懿朴茂，自宜独步一时。”(《唐宋文举要》甲编卷一)

如果说《卢思道碑》是追记历史人物的，那么《宋公遗爱碑颂》则是记叙当代朝臣宋璟的碑文。宋璟是唐著名政治家，历仕武后、中、睿、玄宗四朝。居官鲠正，执法严明，不惮权贵，开元四年（716）继姚崇为相，辅佐玄宗励精图治，为开元名相之一。史载宋璟开元初“徙广州都督。广人以竹茅茨屋，多火。璟教之陶瓦筑堵，列邸肆，越俗始知栋宇利而无患灾。”(《新唐书》卷一二四《宋璟传》)张说的碑文作于宋璟离广到京赴任之后，代广人歌颂宋璟的德政教化之功。碑文的第一部分没有直接叙及宋璟在广州的作为，而是首先赞扬了宋璟为人的高风亮节，威名远播：

> 诏书下日，靡然顺风；曷由臻斯？威名之先路也。公曩时执白简、登琐闼，推诚謇谔，不私形骸。忤英主之龙鳞，蹈奸臣之虎尾。挫二张之锐，则声恒寰域；折三思之角，则气盖风云。

由此，作者引出了宋璟到广州后“不怒而威，不言而信”的崇高威信，进而记叙了他推行教化，“率人版筑，教人陶瓦”的种种德政。此种写法，不仅歌颂了宋璟的政绩，还深刻挖掘了他的精神实质，从而树立起了宋璟作为一个正直官吏的形象。在行文之中，作者的笔端饱蘸激情，有记事，亦有称颂，叙事与抒情融为一体，真挚生动，相辅相成。这种碑颂文字对时人是有一定教育意义的，清代龚自珍的《唐文目》于张说文独取宋碑，可谓独具只眼。张说在碑记文上的卓越成就奠定了唐代碑记文学的基础，中唐以后，碑记文成了传记文学中一种独立的文体、并取得了很大的成就，韩碑与杜律并举，被后人视为唐代文学的精华。追根溯源，张说在确立这一文体上功不可没。

总之，张说作为盛唐初期的文章大家，不仅以其雄健的笔力、壮丽的文采开拓了盛唐文风，也以其以骈入散的流畅文风，打破了骈文原有的格局，展示了盛唐文章的新貌。正如孙梅在《四六丛话》中所说：“燕公笔力沉雄，直追东汉。非独魏晋而下，无堪其匹，即合唐宋诸家，自柳州而外，未有能劘其垒者。”

苏颋（670～727）字廷硕。京兆武功（今属陕西）人。少有俊才，一览千言，弱冠举进士。武则天朝累迁右台监察御史。中宗时历任给事中，修文馆学士、中书舍人，同中书门下三品。与父苏瓌同掌枢密，时以为荣。朝廷文诰，多出其手，李峤曾叹曰："舍人思如涌泉，峤所不及也。"（《旧唐书》本传）睿宗朝袭父爵许国公。玄宗开元四年（716），与宋璟同为宰相。据《新唐书》本传载，玄宗初平内乱，书诏填委，苏颋口所占授，功状百绪，轻重无差。其文才深受玄宗之赞赏，玄宗谓颋曰："前朝有李峤、苏味道，谓之苏、李，今有卿及李乂，亦不让乏。卿所制文诰，可录一本封进，题云臣某撰，朕要留中披览"（《旧唐书》本传）。与燕国公张说齐名，时称"燕许大手笔"。《宋史·艺文志》著录有集三十卷，已散佚。现存《苏廷硕集》系后人所辑。

苏颋虽与张说齐名，但创作成就不如张说。其文十之七八为应制之作。韩休为其文集作序时，称其作文的情况是："或乃天言焕发，王命急宣，则翰动若飞，思如泉涌，典谟作制于邦国，书奏便藩于禁省。"（《全唐文》卷二九五《唐金紫光禄大夫礼部尚书上柱国赠尚书右丞相许国文宪公苏颋文集序》）。同时，韩休指出其为文的特点是"壮思雄飞"，"繁弦间发，缛采相辉"、"敏以应用，婉而有章"（《全唐文》卷二九五《唐金紫光禄大夫礼部尚书上柱国赠尚书右丞相许国文宪公苏颋文集序》）。今观其草诏写制，濡染经典、博于用事，凝重典雅、气态雍容，台阁气较张说更浓，是些颇具程式化的骈体文。故玄宗认为这种文体"与诸人尤异，当令后代作法"（同上）。

苏颋较优秀的作品是些碑记文，这些碑记文表现出明显的散文化倾向。如《唐紫微侍郎赠黄门监李乂神道碑》，因作者与李乂同朝数载，彼此相知，又都以文才著名，故写得情文并茂，流畅自然。在此文开篇，作者用四个短句高度概括了李乂的德、言、行、事，对其一生做出了全面的评价："世称李公德为范，言为师，行为则，事为程。"

然后作者依次叙及其家世及生平事迹。在叙其生平时，则借时人赞美之词突出了李乂的才学："十二属词，含商咀徵。中书令薛元超谓人曰：'此子必负海内盛名'。十九郡举茂才策第，考功郎刘思立一见又如之。"这篇碑记全文均以散文化的笔势写成，只杂有少数骈句，苏颋的优秀碑记文大都如此。

苏颋还有一篇较著名的《双白鹰赞并序》。此文充分显露了他的才华，为后人所瞩目。这篇文章作于开元三年（715），时东夷从扶余（故址在今吉林省）进贡白鹰一双，苏颋奉制作赞。他在序中首先刻画了双白鹰威武勇猛的神采：

> 皆皓如练色，斑若采章；积雪全映，飞花碎点；所谓金气之英，瑶光之精。高髻伟臆，长距秀颈；奋发而锐，坚刚则厉；摩天绝海，电击飚逝。观其行时令，顺秋杀，指挥应捷，顾盼余雄，当落鹏之赏，蔑仇鹞之敌，实稀代之尤也。

末二句用典，“落鹏”出自《后幽明录》，言楚文王时有人献一鹰，一飞冲天，将两翅广数十里的鹏鸰搏击落地。“仇鹞”出《焦氏易林》，言千雀万鸠与鹞为仇，然威势不敌，虽众无益，为鹰所击，万事皆失。作者借两典赞扬白鹰威力无比。这一段词采壮丽，描写逼真，但是如果作者仅仅停留在对白鹰本身的描写上，那么即使写得再形神兼备，也没有超出六朝骈文的水平，因为无论是晋代傅玄的《鹰赋》，还是孙楚的《鹰赋》，都有着与上文类似的描写。然而，苏颋在序文后赞曰：

> 鹰之大者，精明竦峻，劲而横绝，雄则远振。锦文素彩，珠联玉润，往乃奋威，将军所徇。鹰之次者，勇锐光芒，截海而至，乘风载扬。络以红联，文其采章，下鞲必中，惟吏之良。

这就不是在单纯地咏鹰，而是喻及用人之道了。故清人林云铭在分析此文结构严谨、层层点缀的同时，还指出了它以小见大，寓意深刻的特点。他说：“白鹰不过一飞禽耳。奉制作赞，纵摹写得十分伎俩，十分颜色，终落小家。是篇先把白鹰层层点缀过，即将朝廷不贵异物之意斡旋一番，再叙远方八贡之诚，且有益于国家用人之法，可以式儆在位，大有关系，其赞语亦用文武两意分贴，是能于小题目中做出大文字者也。若大用古剪裁，绝不堆砌，在唐文尤不易得”（《古文析义》卷十）。

张九龄（678～740），字子寿，一名博物。韶州曲江（今广东韶关市西南）人。幼聪敏，七岁能文。中宗景龙初（707）举进士，任校书郎。又以“道侔伊吕科”策高第，升任右拾遗。后历任司勋员外郎、中书舍人、桂州都督、集贤院学士、中书侍郎等职。开元二十一年（733）任宰相。为相贤明，正直不阿、敢于直谏，主张用人不循资格。他预料安禄山必然反叛，力主早除祸患，玄宗后来深悔不听他的忠告。奸相李林甫无学术，深忌其才，极力排挤，九龄遂于开元二十四年（736）罢相，从此朝政日趋黑暗，“开元之治”宣告结束。次年贬荆州长史。开元二十八年五月七日卒。有《张曲江集》二十卷。

张九龄工诗能文。为当世推重。张说为宰相时，“亲重之，与通谱系，常曰：‘后出词人之冠也’。”（《新唐书》卷一二六《张九龄传》）九龄身受张说的推奖引荐，其文风亦与之相似，只是较之张说，散文化的趋势更加明显，语言亦更加浅显自然。

九龄之文，亦多应制之作，敕书文诰、章表疏状等占了文集的绝大部分，少部分为书信、序文和碑志。这些书信、序文等风格自然，平易畅达，很少用典，不堆砌辞藻，诚如张说所评：“如轻缣素练，实济时用。”（《旧唐书·文苑传》）开元初，九龄初任右拾遗，就上书给当时的名相姚崇，直言不讳地指出他在用人方面存在的问题：“曩之用才，非无知人之鉴，其所以失，溺在缘情之举。”然后，他列举了投机钻营之徒靠请托人情以求仕的腐败现象：

> 自君侯职相国之重，持用人之权，而浅中弱植之徒，已延颈企踵而至；谄亲戚以求誉，媚宾客以取容。情结笑言，谈生羽翼，万事至广，千变难知。其间岂不有才？所失在于无耻。君侯或弃其所短，收其所长，人且不知深旨之若斯，便谓尽私于此辈。其有议者，则曰不识宰相，无以得迁；不因交游，无以求进。《上姚令公书》）

据此，他力劝姚崇拒绝私人请托，排抑钻营之徒，一律通过正常途径来选拔人才，以此使人们停止对选举人才的议论。这篇堂堂正正的文字，体现了作者的一身正气，也是对开元名相的诚恳进谏，因此，姚崇在答书中表示要把此书“持当座铭，永为身宝。”（《全唐文》卷二百六《答张九龄书》）由这篇文章可以看出，九龄行文大都从实际出发，该散则散，该骈则骈，故言真意切，情词兼美。九龄的其他文章，无论碑铭、序文，都更多地把散文融入了骈文之中，大量地使用奇句单行的文字，形成自然流畅之文风，例如下面这篇《荔枝赋》的序文：

南海郡出荔枝焉。每至季夏，其实乃熟，状甚瓌诡，味特甘滋。百果之中，无一可比。余往在西掖，尝盛称之。诸公莫之知，固未之信。唯舍人彭城刘侯，弱年累迁，经于南海，一闻斯谈，信复嘉叹，以为甘美之极也。又谓龙眼凡果，而与荔枝齐名。魏文帝方引蒲桃及龙眼相比，是时二方不通，传闻之大谬也。每相顾闲谈，欲为赋述，而世务卒卒，此志莫就。及理郡暇日，追叙往心，夫物以不知而轻，味以无比而疑，远不可验，终然永屈，况士有未效之用，而身在无誉之间，苟无深知，与彼亦何以异也？因道扬其实，遂作此赋。

序文用朴素的语言，自然起笔，娓娓谈来，令人感到平易而亲切。文中极少骈句，有如行云流水。然而，在这篇平易浅显的序文之中，却包含着深刻的人生哲理；在貌似平淡的语言之下，寄托着作者怀才不遇的不平情怀。作者实际是在以荔枝之美不为人知，比喻埋没人才，“士有未效之用”的社会现象。在赋中，他盛赞荔枝的枝茂果美，“其贵可以荐宗庙，其珍可以羞王公”，但却因远外南海而不为人知；比喻人的才华出众，堪作廊庙之材，却得不到重用，从而发出了“何斯美之独远，嗟尔命之不逢”的感叹。这之中，分明也带有作者自负才华却生不逢时的身世之感。总之，九龄之文在燕许以散入骈的基础上又向前迈了一大步，其散文化趋势更为明显，文笔亦流于平易自然；同时还具备了较高的思想价值，寄寓了深厚的思想感情，将陈子昂“比兴寄托”的主张真正化为了现实。

第二节　王维、李白、杜甫

从初唐到盛唐，陈子昂率先吹起了诗文革新的号角，燕、许以宏大雍容的“台阁体”奏响了盛唐的雅乐，此后，在广袤的中华大地上，响起了更为雄浑、更为明亮、激情勃发的合唱，这是盛唐文坛的主要力量——一大批中下层知识分子登上了历史舞台，开始演奏那壮丽非凡的时代乐章。在这个时代的交响乐中，诗歌首先以豪迈壮阔、丰富多彩的创作奏出了“盛唐之音”的主旋律，而散文、传奇、曲子词等也各以其生动活泼的新形式加入了这时代的合奏，至此，盛唐文学方露出了它的庐山真面目，显示出它独特的风采与魅力。盛唐的散文，其成就虽不如诗歌，但同样是“盛唐之音”的组成部分，盛唐文学所特有的雄浑豪迈的气势、风骨与文采相结合的“神韵”以及乐观自信、积极进取的时代精神，也同样存在于散文之中，使这一时期的散文呈现出与前代迥然不同的气象。

盛唐时期的散文，约可分为两大部分，一部分以王维、李白、杜甫、苏源明为代表，他们都是著名的诗人，故往往以诗为文，其成就主要表现在抒情散文的创作上，在形式上有骈有散，流畅自然。另一部分是以萧颖士、李华、元结、独孤及为代表的散文家，他们在理论上提倡复古的同时，并有意为古文，创作出了一些散文的名篇，而成为中唐古文运动的先驱。这一节先介绍王维、李白、杜甫等人。

王维、李白、杜甫的散文（包括骈文），除赋、表、碑铭外，还有一些书信和序文。这些书信、序文均以抒情见长，如王维的《山中与裴秀才迪书》、李白的《与韩荆州书》、《春夜宴从弟桃花园序》，杜甫的《同元使君舂陵行序》、《观公孙大娘弟子舞剑器行序》等。由于他们都是诗国的骄子，文中往往充溢着诗人的豪情逸志，富有鲜明生动的意境，语言亦铿锵顿挫，各具韵味。其为文或幽隽华妙（王），或清雄奔放（李），或沉郁顿挫（杜），呈现出不同的艺术风貌，表现着各自鲜明的个性。

王维（701～761），字摩诘。祖籍太原祁县（今山西省祁县东南），父时迁家蒲州（今山西省永济市西）。开元九年（721）举进士，授大乐丞，后谪官济州司仓参军。张九龄执政时提任他为右拾遗，迁监察御史。李林甫弄权，张九龄罢相，王维理想中的开明政治破灭，遂于四十岁开始亦官亦隐。安史之乱起，长安陷落，王维仓促间为叛军所俘，被迫受伪职。安史乱平，受到降职处分。后官至尚书右丞相，世称王右丞。其晚年笃志奉佛，退朝之后，焚香独坐，唯以禅诵为事。上元二年（761）卒，年六十一。唐代宗时，维弟王缙奉命辑录其遗文，编为十卷。今有清人赵殿成注释的《王右丞集笺注》，存其文七十二篇。

王维多才多艺，能诗善画、精通音律、擅长书法，有很高的文学艺术造诣。其诗与孟浩然齐名，同为盛唐山水田园诗派的主要代表。其画亦以山水擅长，“山谷郁盘，云飞水动，意出尘外，怪生笔端”（朱景玄《唐朝名画录》），开创南宗一派。故苏轼曾称赞他“诗中有画”、“画中有诗”。这种高超的艺术修养给他的散文创作注入了灵气，使其文意境清新，色彩纷呈，而兼有诗画之美。如著名的《山中与裴秀才迪书》：

近腊月下，景气和畅，故山殊可过。足下方温经，猥不敢相烦，辄便往山中，憩感配寺，与山僧饭讫而去。

北涉玄灞，清月映郭。夜登华子冈，辋水沦涟，与月上下。寒山远火，明灭林外。深巷寒犬，吠声如豹。村墟夜舂，复与疏钟相间。此时独坐，僮仆静默，多思曩昔，携手赋诗，步仄径，临清流也。

当待春中，草木蔓发，春山可望，轻鲦出水，白鸥矫翼，露湿青皋，麦陇朝雊，斯之不远，傥能从我游乎？非子天机清妙者，岂能以此不急之务相邀。然是中有深趣矣！无忽。因驮黄蘖人往，不一。

山中人王维白。（《王右丞集笺注》卷十八）

这篇文章是王维于辋川别业写给好友裴迪的书札，约裴迪明春来辋川同游。辋川别业位于陕西省蓝田县，原是宋之问的别墅，王维自四十岁半官半隐后，经常隐居其间，“与道友裴迪浮舟往来，弹琴赋诗，啸咏终日”（《旧唐书·文苑传下·王维传》）。在这封书中，王维以艺术家的匠心与彩笔描绘了辋川的冬季与春天两幅色调不同的画卷，再现了大自然变幻多姿的风采与无穷的魅力，借以达到邀裴迪同游的目的。自“北涉玄灞”到“复与疏钟相间”，是对冬日辋川夜景的描述。作者以诗人的灵感，体味着静谧中自然万物的缓缓运动：“辋水沦涟，与月上下”；又以画家独具的眼光捕捉寒夜中的光和色：“寒山远火，明灭林外”；还以音乐家的感受传达着山村中的多种音响，宏大者“吠声如豹”，细微者“村墟夜舂”，再与深沉的“疏钟相间”，仿佛奏出了一首山村的小夜曲。在这一段描写中，王维通过动静相生的艺术手法，绘出了一幅色调朦胧、幽远静谧的辋川寒夜图。由“当待春中”至“麦陇朝雊”，是王维悬想中的春游辋川的图景。虽曰悬想，却非幻想，因为这辋川春色本来就是他们所熟悉的。经过王维的提炼与集中，又展示出了一幅春意盎然，色彩鲜明的画卷：当“草木蔓发，春山可望”时，往下看，“轻鲦出水”；向上看，“白鸥矫翼”；山坡上露珠闪闪，麦垄中野雉欢唱，这大好春光怎能不令人向往！是中“深趣”，唯作者与裴迪能领会之。清·林云铭《古文析义》卷十评此文曰：“书中写景处，亦有诗画之意，令读者如身履其境。”高步瀛则曰：“昔人谓摩诘诗中有画，画中有诗，此文幽隽华妙，有画所不到处”（《唐宋文举要》甲编卷一）。这是因为，作者在文中并非单纯地写景，而是将其潇洒淡泊的隐士情怀、追求虚静的“禅心”与大自然中的山林意趣完美融合在一起，故显得格外清新俊逸、空灵超脱。在行文体式上，作者以散文为主，骈散结合，从容叙事，排比景物，在轻盈的文笔中流荡着音乐般美妙的旋律。

王维的其他作品，虽不如上文艺术超妙，但亦清新可诵、时有佳篇。例如：《送秘书晁监还日本国诗序》，是为送日本友人晁衡（即阿倍仲麻吕）归国而写的赠别诗的序言。全篇用句式整齐的骈文写成，作者谈古论今，回顾中日两国人民的友好关系与亲密往来，表达对晁衡依依惜别的深情，态度庄重而真诚。后晁衡虽因海上遇风归国未成，但王维的诗与序作为中日两国人民友好往来的见证，在历史上留下了光辉的一页。

王维的散文作品还记载了他一生的思想追求与转变。如果说，在其诗歌中，他的人生观念与思想实质往往罩上了一层艺术的面纱，那么，在散文中他则直言不讳，使人更易看清其思想发展的脉络。他的思想发展以开元末张九龄罢相为界，约可分为前后期。前期热衷政治、奋发有为，积极用世的思想占主导地位，文中不乏慷慨陈志之词，如在下篇送人的序文中说：

> 拜首汉庭，驱传而出。穷塞砂碛以西极，黄河混沌而东注。胡风动地，朔雁成行，拔剑登车，慷慨而别。（《王右丞集笺注》卷十九《送李补阙充河西支度营田判官序》）

歌颂慷慨从军、立功边塞，这与王维早期边塞诗的精神是一致的。但在开元末政治日趋黑暗的背景之下，王维的消极思想增长起来，他为自己找到了一条半官半隐的道路，下文所写的正是他对这种既当官，又当隐士的双重身份的赞赏：

> 逍遥谷天都近者，王官有之。不废大伦，存乎小隐。迹崆峒而身拖朱跋，朝承明而暮宿青霭。故可尚也。（《王右丞集笺注》卷十九《暮春太师左右丞相诸公于韦氏逍遥谷谶集序》）

既要当官，“身拖朱跋”；又要隐居，享田园之乐，过太平日子，这就是王维的思想实质。东晋时，陶渊明的隐居是出于对黑暗政治的不满与反抗，而到了盛唐，王维的隐居则失去了陶渊明的忧患意识，而变成了仕宦的补充、躲避矛盾的避风港。在《与魏居士书》中，王维将这种消极处世的思想阐发得淋漓尽致：

> 近有陶潜，不肯把板屈腰见督邮，解印绶弃官去。后贫乞食诗云：“叩门拙言辞”，是屡乞而多惭也。尝一见督邮，安食公田数顷，一惭之不忍，而终身惭乎？此亦人我攻中，忘大守小。不计其后之累也。孔宣父云：我则异于是，无可无不可。可者适意，不可者不适意也。君子以布仁施义、活国济人为适意，纵其道不行，亦无意为不适意也。苟身心相离，理事俱如，则何往而不适。(《王右丞集笺注》卷十八)

此书中指责陶渊明的固穷守节，鼓吹“无可无不可”的圆滑处世哲学，实际上也就抹杀了一切是非荣辱的界限，是最不可取的。尽管王维有着卓越的艺术才华，但与陶渊明相比，在人品高下上却有着巨大的差别。对其散文中的消极思想亦是不容忽视的。

李白（701～762），字太白。号青莲居士。祖籍陇西成纪（今甘肃秦安县），先代于隋末流徙西域，白即诞生于中亚碎叶（今吉尔吉斯斯坦托克马克城，唐时属安西都护府）。五岁时随父迁居绵州昌明县（今四川江油市），他的青少年时代是在蜀中度过的。二十五岁时，离蜀出峡东下，游踪几遍于全国。天宝元年（742）应诏入京，受到唐玄宗的殊礼接见，命供奉翰林，一时名动京师。但因其傲岸狂放、不事权贵而遭谗毁，于天宝三年（744）被“赐金放还”。遂以开封为中心，再度漫游。安史之乱起，李白满怀平叛报国的热情应邀入永王李璘幕府，随军东下。至德二年（757），永王兵败，李白受牵连被捕下狱，长流夜郎，中途遇赦东还。上元二年（761），李光弼出镇临淮，追击史朝义，他不顾年老多病，准备再度从军，中途因病折回。翌年至安徽当涂，投靠族叔李阳冰，不久病卒。今存《李太白集》三十卷，乃北宋时宋敏求所编。清人王琦注《李太白全集》较详备。

李白是继屈原之后，我国古代最伟大的浪漫主义诗人，他和杜甫等人共同推进并完成了陈子昂所开创的诗歌革新运动。同时，李白还是盛唐出色的散文家，有《与韩荆州书》等名篇传世。今《李太白集》中存散文四卷，是按文体划分排列的，计有表书九篇，序文二十篇，记颂赞二十篇，碑铭祭文九篇，加上补遗，共六十篇左右。

李白的文和他的诗一样，是高度个性化的产物，他在文中叙才能抱负，毫不掩饰自己的喜怒哀乐，正如他所说的："敢剖心析胆，论举身之事，便当谈笑以明其心"(《上安州裴长史书》)。从他的文中，我们可以看到一个活生生的李白。

首先，其文充分显示了李白远大的志向，开阔的胸怀。开元十三年（725），正是唐玄宗东封泰山、实现天下大治的辉煌时期，二十五岁的李白羽翼已成，"仗剑去国，辞亲远游"，经巴渝、出三峡，到广阔的天地去施展才干。初到江陵，他遇到了著名的道士司马承祯。司马承祯谓其"有仙风道骨，可与神游八极之表。"李白遂作《大鹏遇希有鸟赋》（后改名《大鹏赋》），文中以大鹏自比，抒发了"块视三山，杯观五湖"，"运逸翰以旁击，鼓奔飚而长驱"的豪迈情怀，显示了不平凡的气概与抱负。开元十五年（727），李白与故相许圉师的孙女结婚，遂留居湖北安陆。此间他曾一度隐居于安陆的寿山，并作《代寿山答孟少府移文书》，借以言志：

> 近者逸人李白自峨眉而来，尔其天为容。道为貌，不屈己，不干人，巢、由以来，一人而已。乃虬蟠龟息，遁乎此山。……将欲倚剑天外，挂弓扶桑。浮四海，横八荒，出宇宙之寥廓，登云天之渺茫。俄而李公仰天长吁，谓其友人曰：吾未可去也。吾与尔达则兼济天下，穷则独善一身，安能餐君紫霞，映君青松，乘君鸾鹤，驾君虬龙，一朝飞腾，为方丈蓬莱之人耳，此则未可也。乃相与卷其丹书，匣其瑶瑟，申管晏之谈，谋帝王之术，奋其智能，愿为辅弼。使寰区大定，海县清一，事君之道成，荣亲之义毕。然后与陶朱、留侯，浮五湖，戏沧州，不足为难矣。

在此文中，李白满怀豪情陈述了他最高的理想——功成身退。他并不甘心做一个普通的隐士，而是欲以纵横之术，为帝王辅弼，济苍生，安社稷，然后重返自然。李白的这一理想反映了盛唐时期知识分子积极进取、意气风发的精神面貌，也显示了他们心怀天下大事，不求个人荣华富贵的开阔胸襟。

其次，李白的散文还表现出了他对自己才能的高度自信与积极乐观的处世态度。李白三十岁左右居安陆时期，曾两次上书安州裴长史，自述才能抱负，尤其夸耀了自己的文学才华：

少长江汉，五岁诵六甲。十岁观百家，轩辕以来，颇得闻矣。常横经籍书，制作不倦，迄于今三十春矣……

又前礼部尚书苏公（颋）出为益州长史，白于路中投刺，待以布衣之礼，因谓群寮曰："此子天才英丽，下笔不休，虽风力未成，且见专车之骨，若广之以学，可以相如比肩也。"四海明识，具知此谈。前此郡督马公，朝野豪彦，一见尽礼，许为奇才，因谓长史李京之曰："诸人之文，犹山无烟霞，春无草树。李白之文，清雄奔放，名章俊语，络绎间起，光明洞澈，句句动人。"（《上安州裴长史书》）

在这篇文章中，李白还列举了自己轻财好施、存交重义、养高忘机各个方面，以求得到裴长史的引荐。书末并对众口的毁谤表示了愤怒，说明借此书以自白之意。

正是出于对自己才能的高度自信，李白不屑于通过科举考试步入仕途，在隐居以求名的同时，他"遍干诸侯"、"历抵卿相"，力求树立巨大的声望以平步青云，像大鹏一样，一飞冲天，一鸣惊人。在干谒王侯的过程中，李白却没有丝毫的奴颜婢膝。他的散文中体现了一种平交王侯、蔑视权贵的傲岸气质。例如开元二十二年(734)，李白居安陆游襄阳时，曾上书给荆州长史兼襄阳刺史、山南东道采访处置使韩朝宗，希望得到韩的荐举，这便是著名的《与韩荆州书》：

白闻天下谈士相聚而言曰："生不用封万户侯，但愿一识韩荆州。"何令人之景慕，一至于此耶？岂不以有周公之风，躬吐握之事，使海内豪俊，奔走而归之。一登龙门，则声誉十倍，所以龙盘凤逸之士，皆欲收名定价于君侯。愿君侯不以富贵而骄之，寒贱而忽之，则三千宾中有毛遂；使白得颖脱而出，即其人焉。

白陇西布衣，流落楚汉。十五好剑术，遍干诸侯；三十成文章，历抵卿相。虽长不满七尺，而心雄万夫。王公大人，许与气义。此畴曩心迹，安敢不尽于君侯哉！

君侯制作侔神明，德行动天地，笔参造化，学究天人。幸愿开张心颜，不以长揖见拒。必若接之以高宴，纵之以清谈，请日试万言，倚马可待。今天下以君侯为文章之司命，人物之权衡，一经品题，便作佳士。而君侯何惜阶前盈尺之地，不使白扬眉吐气、激昂青云耶？

昔王子师为豫州，未下车即辟荀慈明，既下车又辟孔文举。山涛作冀州，甄拔三十余人，或为侍中、尚书，先代所美。而君侯亦荐一严协律，入为秘书郎。中间崔宗之、房习祖、黎昕、许莹之徒，或以才名见知，或以清白见赏。白每观其衔恩抚躬，忠义奋发，以此感激，知君侯推赤心于诸贤腹中，所以不归他人，而愿委身国士。傥急难有用，敢效微躯。

且人非尧、舜，谁能尽善？白谟猷筹画，安能自矜？至于制作，积成卷轴，则欲尘秽视听，恐雕虫小技，不合大人。若赐观刍荛，请给纸墨，兼之书人，然后退扫闲轩，缮写呈上。庶青萍，结绿，长价于薛、卞之门。幸惟下流，大开奖饰，唯君侯图之。

李白上书自荐，开篇却不谈自己，而是先借天下士人之口盛赞韩荆州能引荐贤才、提拔后进，正如吴楚材等在《古文观止》卷七所评："本是欲以文章求知于荆州，却先将荆州人品极力抬高，以见国士之出不偶，知己之遇当急。"可见抬高荆州也就是抬高李白自己，因为只有荆州这样的王侯才能识别李白这样的英才。接着，李白说明了自己"虽长不满七尺，而心雄万夫"的超世之才，向韩自荐；然后，又从韩荆州善于识贤荐能与自己才华超众两方面进行论证，说明自己所以求荐于韩，是因为韩"推赤心于诸贤腹中，所以不归他人，而愿委身国士。"清人李扶九评论太白的这一写法是："必有非常人之品望，然后可动非常人之景仰；既动非常人之景仰，必具有非常人之赏识，而后可以副非常人景仰品望之心。异哉！太白之上书韩荆州也。以心雄万夫之才，剑术文章已足历诸侯而抵卿相，其生平之择木而栖，当不知几经审视也。即在荆州，以文章司命，为人物权衡，必其有过人之品望，而赏识不诬，足以动太白之景仰者"（《古文笔法百篇》卷十六·雄伟）。

此文豪迈奔放，气势夺人，颇能代表李白散文的一般特色。作者求荐于对方却并不贬低自己，反以一种平交王侯的姿态作书，故虽为干谒之作，却毫无寒酸求乞之态。而是自负才华，以韩之荐贤为理所当然之事，文中往往反客为主，指点评说，啸傲公卿，如云："愿君侯不以富贵而骄之，寒贱而忽之，则三千宾中有毛遂，使白得颖脱而出，即其人焉。"下面又加强语气，进行反诘："而君侯何惜阶前盈尺之地，不使白扬眉吐气、激昂青云耶?"故李扶九又评曰："此太白上书求荐也，而气骨棱棱，无一点含哀乞怜之象，自是豪迈本色"(《古文笔法百篇》卷十六·雄伟)。林云铭亦曰："文虽太白本色，然其落笔时，胸中有勃然不可遏之气，故语语皆占自己的地步。髯苏称其气盖天下，能使高力士脱靴殿上，可以此书决之也"(《古文析义》卷十)。

李白之文在豪迈奔放的一面之外，还有清新俊逸的一面。作为一个伟大的诗人，他往往以诗为文，使文中饱含着诗情，诚如明人王志坚所云："太白文萧散流丽，乃诗之余。"(《全唐文纪事》卷六十七)。如《春夜宴从弟桃花园序》：

> 夫天地者，万物之逆旅也；光阴者，百代之过客也。而浮生若梦，为欢几何？古人秉烛夜游，良有以也。况阳春召我以烟景，大块假我以文章。会桃花之芳园，序天伦之乐事。群季俊秀，皆为惠连。吾人咏歌，独惭康乐。幽赏未已，高谈转清。开琼筵以坐花，飞羽觞而醉月。不有佳咏，何伸雅怀？如诗不成，罚依金谷酒数。

盛唐诗序体的短文较为发达，这是因为社会安定，文人交游广泛，游宴增多，游宴中往往诗兴大发，连诗前的序中也渗透了诗情。如这篇序写一次小小的宴集，却从天地万物下笔，抒写对宇宙人生的慨叹，然后又转向对春光的赞颂和对友情的赞美。顷刻之间，作者的神思飞越宇宙、人生，又回到了身边的现实之中。正如吴楚材等所评："发端数语，已见潇洒风尘之外。而转落层次，语无泛设；幽怀逸趣，辞短韵长，读之增人许多情思"(《古文观止》卷七)。此文虽用骈体写成，但因气韵流畅，造语自然，给人以文笔清新之感，特别是"阳春召我以烟景，大块假我以文章"二语脍炙人口，使人不禁想起李白借从弟之口评论自己文章的话："兄心肝五脏皆锦绣耶？不然，何开口成文，挥翰雾散?"(《冬日于龙门送从弟京兆参军令问之淮南觐省序》)

除书、序之外，李白记颂赞体的文章亦不容忽视，特别是他创作的大量画赞，与他的题画诗一样，体现着李白的美学观点和对绘画艺术的鉴赏，是研究绘画史的重要史料。

杜甫（712～770）字子美。原籍襄阳，曾祖时迁居巩县（今河南巩县）。系唐著名诗人杜审言之孙。自幼好学，七岁开始吟诗，“群书万卷常暗诵”，为其创作打下了坚实的基础。二十岁后漫游吴越，二十四岁至洛阳，举进士落第，遂游齐赵。天宝三年（744）与李白在洛阳相识，结为挚友，同游梁宋。三十五岁入长安，困居十载，至四十四岁始任右卫率府胄曹参军。安史乱起，他冒着生命危险奔赴凤翔，任左拾遗，因上书营救房琯，触怒肃宗，贬为华州司功参军。乾元二年（759）弃官，经秦州入蜀，后严武荐为节度参谋、检校工部员外郎，世称“杜工部”。永泰元年（765），严武卒，他离成都南下，后出蜀，在湖北、湖南漂泊了两三年，生活贫困，于大历五年（770）病死在湘水中一条破船上。有《杜工部集》传世。

杜甫的一生忧国忧民，是伟大的现实主义诗人，与李白并称“李杜”，同为中国古典诗歌史上的“双子星座”。其文亦颇为可观。今其文集有赋赞等十篇，表状及碑文等十八篇。杜甫的赋都是骈体，其中，著名的三大礼赋是杜甫于天宝十载直接呈献给唐玄宗的，他在这三篇赋中为统治者歌功颂德，希望得到赏识，玄宗览后曾命他待诏集贤院，并委学官试文章，后来杜甫回忆当时的情景是：“忆献三赋明光宫，自怪一日声喧赫，集贤学士如堵墙，观我落笔中书堂。”很是以此为荣。天宝十三载他又上了《雕赋》，但直至天宝末才得到了一个右卫率府胄曹参军的微官。就杜甫的这几篇赋而言，在内容与形式上均无新意。《三大礼赋》与《封西岳赋》仿西汉扬雄、司马相如之文风，写得铺张扬厉、雍容典雅，未脱台阁之陈套。值得注意的倒是他进《雕赋》和《三大礼赋》的两篇文表，他叙述身世经历，倾吐着十年长安困守的积郁，如《进雕赋表》中云：

> 臣幸赖先臣绪业，自七岁所缀诗笔，向四十载矣，约千有余篇。今贾、马之徒，得排金门、上玉堂者甚众矣。惟臣衣不盖体，常寄食于人；奔走不暇，只恐转死沟壑。安敢望仕进乎？伏惟明主哀怜之，倘使执先祖之故事，拔泥途之久辱，则臣之述作，虽不足以鼓吹六经，先鸣数子，至于沉郁顿挫，随时敏

> 捷，而扬雄、枚皋之流，庶可企及也。有臣如此，陛下其舍诸？

这篇文章一方面自述才能抱负，一方面倾诉困顿失意之状，使两者形成了鲜明的对照，以其近四十年的苦苦追求，千余篇的诗笔磨炼，却落得“衣不盖体”、“寄食于人”的下场，这是何等的悲剧！故文中虽有“伏惟明主哀怜”的套语，却充溢着自负才能的骨气与怀才不遇的悲愤之情，而不失其沉郁顿挫之本色。行文上则全部采用散句，在质朴无华的语言之中，贯注着悲凉雄浑之气。故金秬香《骈文概论》中说：杜甫“综述平生述作，自许为沉郁顿挫，此乃自道其真实本领。盖才思沉郁，则不著一浮词。而积之为浑雄，发之为悲壮。亦唯音节顿挫，则不使一直笔，而抑之为拗折，扬之为奇矫。杜作美不胜收。李固天才，杜则当以学力追逐之也。”

在赋、表之外，杜甫还有两篇著名的诗序，即《同元使君春陵行序》和《观公孙大娘弟子舞剑器行序》。这两篇诗序均为大历二年（767）在夔州（今四川奉节县）作，是时安史之乱平定不久，国家大难夷始、气象凋敝，人民饱经战乱，生活困苦。杜甫自己在战乱中四处漂泊，目睹了国家由盛到衰的巨大变化与广大人民的苦难，这使他的创作在反映现实与民生疾苦上达到了前所未有的高度，而登上了现实主义的顶峰。在《同元使君春陵行序》中杜甫借评价元结的诗歌创作提出了他的文学主张：

> 览道州元使君结《舂陵行》兼《贼退后示官吏作》二首，志之曰：当天子分忧之地，效汉官良吏之目。今盗贼未息，知民疾苦，得结辈十数公，落落然参错天下为邦伯，万物吐气，天下少安可待矣。不意复见比兴体制，微婉顿挫之词。感而有诗，增诸卷轴，简知我者，不必寄元。

杜甫赞扬元结的诗歌，是因为元结“知民疾苦”，其作品密切联系现实，有充实的思想内容，同时在艺术上具有“比兴体制”，语言上“微婉顿挫”。由此可以看出，杜甫的文学主张，首先是要求在思想内容上要有益于国家人民，同时要具有婉而多讽的现实主义精神。中唐以后，元、白诗派的文学理论与创作正是在继承了杜甫的基础上发展起来的。

杜甫的《观公孙大娘弟子舞剑器行序》是一篇感慨深沉的作品，这篇序文可与其诗篇相媲美。全文如下：

> 大历二年十月十九日，夔州别驾元持宅，见临颍李十二娘舞剑器，壮其蔚跂。问其所师，曰："余，公孙大娘弟子也。"开元五载，余尚童稚，记于郾城观公孙氏舞剑器浑脱，浏漓顿挫，独出冠时。自高头宜春、梨园二伎坊内人，洎外供奉舞女，晓是舞者，圣文神武皇帝初，公孙一人而已！玉貌锦衣，况余白首！今兹弟子，亦匪盛颜。既辨其由来，知波澜莫二。抚事慷慨，聊为《剑器行》。昔者吴人张旭，善草书、书帖，数尝于邺县见公孙大娘舞西河剑器，自此草书长进。豪荡感激，即公孙可知矣！

萧涤非先生在《杜甫诗选注》中说："这是一首'感时抚事'的诗，在一件小事情上，杜甫往往也会想到整个国家命运。……这篇诗序，也富有诗意，可以看出杜甫在散文上的造诣。朱彝尊说：'序，佳绝！'李因笃说：'绝妙好词！序以错落妙，诗以整妙。错落中有悠扬之致，整中有跌宕之风。'确是值得注意的。"此序先叙于夔州看公孙大娘弟子李十二娘的剑器舞，然后回忆自己童年在郾城亲见公孙大娘的舞蹈，说明玄宗初年公孙大娘的剑器舞在内外教坊独享盛名的情况，抚今思昔，深有感慨，故作此诗。结尾又以大书法家张旭见公孙剑舞而草书长进的故事，表达对公孙舞蹈艺术的敬佩。一篇短短的序言之中，作者由观舞一事出发，联系到了五十年间的人世沧桑、兴衰治乱，其感慨几深不可测，行文亦极有波澜，诚如廖仲安先生所评："有人说，杜甫是以诗为文，韩愈是以文为诗。杜甫这个序，正是以诗为文。不仅主语虚词大半省略，而且在感慨转折之处，还用跳跃跌宕的笔法"（《反刍集・唐诗鉴赏三题》）。李杜之文正如他们的诗歌一样，同是盛唐文学中的艺术精品。

在李杜之外，唐代诗人苏源明的两篇诗序亦写得清新拔俗，不同凡响。

苏源明（？～764），初名预，字弱夫。京兆武功（今陕西武功县）人。天宝中登进士第，累迁太子谕德。天宝十二载（753），任东平太守，后入朝为国子司业。安禄山陷京师，他托病不受伪职。两京收复后，擢为考功郎中知制诰，官终秘书少监。《新唐书・文艺传》称他“工文辞，有名天宝间。”与杜甫、元结相友善。苏源明去世后，杜甫曾多次在诗中悼念他，云其“前后百卷文，枕藉皆禁脔”（《八哀》），在《怀旧》诗中更推许他为“词伯”曰：“自从失词伯，不复更论文。”韩愈文《送孟东野序》中则将其置于陈子昂之后，与元结、李白、杜甫、李观并列为“皆以其所能鸣者”。《新唐书・艺文志》著录苏源明有文集三十卷，惜已散佚。今《唐文粹》载其诗序两篇，与《全唐文》所载相同；《全唐文》则另收其文五篇。两篇序一名《小洞庭洄源亭宴四郡太守诗序》，一名《秋夜小洞庭离宴诗序》，二序继承六朝抒情短赋的成就，实开以文为赋之先声。试看后一篇序文：

> 源明从东平太守征国子司业，须昌外尉袁广载酒于回源亭，明日遂行，及夜留宴。会庄子若讷过归莒，相里子同祎过如魏，阳谷管城、青阳权衡二主簿在座，皆故人也。
>
> 徹馔新樽，移方舟中。有宿鼓，有汶篑，济上嫣然能歌者五六人共载。止回源东柳门，入小洞庭，迟夷彷徨，眇缅旷漾；流商杂徵，与长言者啾焉合引；潜鱼惊或跃，宿鸟飞复下，真嬉游之择耳。源明歌曰：“浮涨湖兮莽条遥，川后礼兮扈予桡。横增沃兮蓬迁延，川后福兮易予舷。月澄凝兮明空波，星磊落兮耿秋河。夜既良兮酒且多，乐方作兮奈别何!”曲阕，袁子曰：“君公行当挥翰右垣，岂止典胄米廪邪！广不敢受赐，独不念四三贤！”源明醉曰：“所不与吾子及四三贤同恐惧安乐，有如秋水！”
>
> 晨前而归；及醒，或说向之陈事。源明局局然笑曰：“狂夫之言，不足罪也。”
>
> 乃志为序。

此序围绕一次夜间宴游，有叙事，有写景，有抒情，有歌声，生动活泼，不拘一格，给人以耳目一新之感，诚如高步瀛所评：“戛戛独造，宜为韩公所称”（《唐宋文举要》甲编卷一）。此后，宋代散文大家苏轼的《前赤壁赋》，在意境与笔法上显然是受了苏源明的影响。

李杜、王维等人创作的优美生动的游宴体抒情散文，在中唐柳宗元的笔下大放异彩，发展成了山水游记的新型散文体裁。

第三节 萧颖士、李华

开元末，天宝初，唐王朝已达到了兴盛的顶点，然而，以唐玄宗为首的统治集团日益骄奢腐败，对外穷兵黩武，对内加重剥削，奸相李林甫执政后更是压抑贤才、堵塞言路，以腐朽的统治代替了开元时的清明政治，使社会危机逐渐增长，终于在天宝末年酿成了安史之乱。天宝年间社会矛盾的日益尖锐化，促使文学向着反映现实的道路发展。浮华纤巧的骈文已完全不能适应现实斗争的需要，于是文坛上出现了一批倡导文章复古的作家，萧颖士、李华就是其中的代表人物。天宝年间，萧颖士和李华齐名，世称“萧李”，他们亲身感受到了唐王朝由盛到衰的时代脉搏，并在不同程度上卷入到社会矛盾和动乱之中，因此，他们直接继承陈子昂的革新主张，倡导古文，反对骈文，主张文章必以儒家思想为依归，实为韩柳古文运动之先驱。同时，在萧、李的周围，亦聚集起了一批作家，他们或为同年，或为门弟子，彼此推奖，专力从事古文的探讨和创作，从而出现了一些散文的力作。独孤及曾在李华文集的序言中赞扬萧、李继承陈子昂的复古之功，他说：“帝唐以文德敷祐天下，民被王风，俗稍丕变。至则天太后时，陈子昂以雅易郑，学者浸而响方。天宝中，公（李华）与兰陵萧茂挺、长乐贾幼几勃焉复起，振中古之风，以宏文德”（《全唐文》卷三八八《检校尚书吏部员外郎赵郡李公中集序》）。

萧颖士（717～768），字茂挺。兰陵（今山东苍山县西南）人。开元二十三年与李华、贾至、李欣等同时登进士第。天宝初，补秘书正字。奉使括遗书赵卫间，淹久不报，为有司劾免。后召为集贤校理。宰相李林甫欲见之，而怒其不肯屈己，调广陵参军事，颖士愤而作《伐樱桃赋》以讽刺之。以母丧免职，流播吴越。天宝十载，召诣史馆待制。林甫擅威福，颖士不屈，愈见疾，俄免官，往来鄠杜间。次年林甫死，调河南府参军事。安史乱起，往见河南采访使郭讷献御守之计，不被重视，乃往依封常清，旋为山南节度使源洧掌书记。洧卒，与宰相崔圆书，陈事，授扬州功曹。客死汝南。萧之著述，据李华《扬州功曹萧颖士文集序》说，有文集十卷。《新唐书·艺文志》载其《梁萧史谱》二十卷，《游梁新集》三卷，又集十卷。今存者仅文集一卷（非旧帙），赋、表、戕、序、书二十几篇而已。

据《旧唐书》卷一九〇萧颖士本传载，“（颖士）聪警绝伦，尝与李华、陆据同游洛南龙门，三人共读路侧古碑，颖士一阅，即能诵之。华再阅，据三阅，方能记之，议者以三人才格高下亦如此。”天宝年间，萧颖士与李华齐名，世称“萧李”。而萧颖士当时就享盛名，如《旧唐书·韦述传》说颖士“富词学，有名于时，贾曾、席豫、张洎及述皆引为谈客”。又如天宝初年，他曾客居濮阳，“尹徵、王恒、卢异，卢士式、贾邕、赵匡、阎士和、柳并等皆执弟子礼，以次授业，号萧夫子”（《新唐书·文艺传》）。另外，刘太真的《送萧颖士赴东都序》还谈到“东倭之人，踰海来宾，举其国俗，愿师于夫子”，这件事后来被记在两《唐书》里。他的名气如此之大，但在仕途上并不得意。《旧唐书·韦述传》说他“前后五授官，旋即驳落”，其命运所以如此，据说是由于“褊躁无威仪，与时不偶”（同上）、“诞傲褊忿”（《旧唐书》本传），似皆未得其实。不过，李华在《扬州功曹萧颖士文集序》里倒说过“萧病贬恶太亟，奖能太重”的话，而在作者的《赠韦司业书》里，我们还看到他对自己性情的自述：

> 一行郡邑，志尚都沮。事与好相背，责与闷相成。寮列不谙，类异之。又以为务恃文词，傲弄当世，同声悉疾，何地自容！可叹息也。直性褊中，少所容忍，于心不惬，未曾勉强。昔尝话文章得失，论姓氏臧否，忤人雅意，累悔无及。友生邵轸，深以为言。四五年，绝无此过。终朝杜口，不复发端，偶然见问，则率意便答，必不能矫情饰理，雷同取合……丈夫行已三十年，读书数千卷，尚不能揣摩捭阖，取权豪意旨，况复终年怏怏，折腰于掾吏之下哉。（《全唐文》卷三二三）

看来他的性格比较刚直劲疾，所以为权贵所不容。那么他一生致力而见诸成效的也就只在传道授业和著述两方面了。

萧颖士为文，主张以六经为准则，强调“雅颂遗风”、“王化根源”，并推举陈子昂的文体。李华《唐扬州功曹萧颖士文集序》云：

君（萧颖士）谓六经之后有屈原，文甚雄壮，而不能经；厥后有贾谊，文词详正，近于理体；枚乘、司马相如亦瑰丽才士，然而不近文雅；扬雄用意颇深，班彪识理，张衡宏旷，曹植丰赡，王粲超逸，嵇康标举；此外皆金相玉质，所尚所殊，不能备举。左思诗赋，有雅颂遗风；干宝著论，近乎王化根源；此外皆敻绝无闻。近日陈拾遗，文体最正。(《全唐文》卷三一五)

由此，可看出萧的古文标准。

萧颖士有不少门弟子，传述儒道，授受经义，开办私学，这本来也是儒家的传统。但在儒、道、释三家并重的盛唐时代，萧颖士、李华等的教授门徒，显然是与推行古文运动密切相关的。他以儒家经义名教为己任，标榜三代两汉之文章，因此口传心授，受其沾溉推挽者如李阳等数十人皆为名士。这里值得一提的是萧颖士有一篇《江有归舟》诗，诗前有长序，为《全唐文》所未收。序里说：

记有之：尊道成德，严师其难哉！故在三之礼，极乎君亲，而师也参焉。……余弗敏，曷云当乎，而莫之让？盖有来学，微往教；蒙匪余求，若之何其拒哉？猗之所以求，我之所以诲，学乎，文乎。学也者，非云徵辨说、摭文字；以扇夫谈端、輮厥词意，其于识也，必鄙而近矣，所务乎宪章典法，膏腴德义而已。文也者，非云尚形似，牵比类；以局夫俪偶、放于奇靡，其于言也，必浅而乖矣，所务乎激扬雅训、彰宣事实而已。众之言文学者或不然。於戏，彼以我为僻，尔以我为正，同声相求，尔后我先，安得而不问哉？问而教，教而从，从而达，欲辞师也得乎？(《全唐诗》卷一五四《江有归舟》序)

这篇序详论自己抗颜为师之故，是一篇堂堂正正文字，可以看作韩愈《师说》一文之滥觞。

历来的古文运动总是和儒教、经义密不可分。《文心雕龙》的作者虽然仍用骈文从事著述，但他是主张文学革新的，所以在这部文章理论巨著里，他开宗明义就提出要原道、宗经、徵圣，与刘勰同时的裴子野、北魏的苏绰、隋朝的李谔，以至初唐四杰和陈子昂，无不以儒教，经义相标榜。萧颖士也是一样，他说：

有识以来，寡于嗜好，经术之外，略不婴心。……平生属文，格不近俗，凡所拟议，必希古人，魏晋以来，未尝留意。（《全唐文》卷三二三《赠韦司业书》）

这些话所表达的思想，显然是被后来的韩愈继承了。所谓“文必希古”，就是效法三代两汉的文章。

萧颖士现存散文，已有意识为古文，其文以奇句散行为主，间有对偶句式，显示出复古倾向。萧文有气骨，每以排比增其气势，而笔多变化，富于转折，故其文清壮峭拔、豪放飘洒，常觉逸气腾飞于眉睫之前。其最有价值之文字为《赠韦司业书》、《为邵翼作上张兵部书》及《登宜城故城赋》等。

《赠韦司业书》是一篇求荐的作品，写于开元二十九年。全文中心在于申述怀抱、兼论性情，以为著述事业与己最合，故“愿得秘书省一官，登蓬莱，阅典籍”，以便“依鲁史编年，著历代通典”。篇首以“事有勇于昔闻而怯于今见，有求之累月而弃之一言”带起人才求知之难一篇主意，篇末以“足下本以道求访，小人亦以道自谋”的意思作结，前后呼应，气脉一贯，而中间或述己能，或刺世俗，或抒己见，夹叙夹议，交错写来，峭拔盘折，气韵流宕，令人一唱三叹。至于推崇韦述，引为知己，往往欲扬先抑，寓褒于贬，借宾衬主，笔法亦多变化，颇有可诵之段落。试观其自叙志趣一段，虽干谒之文字，而颇自许，绝不类丐者口吻：

丈夫生遇升平时，自为文儒士，纵不能公卿坐取，助人主视听，致俗雍熙，遗名竹帛，尚应优游道术，以名教为己任，著一家之言，垂沮劝之益，此其道也。岂直以辞场策试，一第声名，为知己相期之分耶？若由此见知，仆不才者，幸尝遇赏于孙氏，琐琐之文，何足枉二贤深顾哉？足下蕴邱明之耻，资董狐之良，载笔延阁，职司国史，诚朝之得人，窃为足下重之，斯未易任也。亦知足下怀独见之明，后来诸生，固无借其一字，然受金于吕氏之藏者，不可谓之秦无人矣。仆不意少有此癖，心存目想，行已十年，时命不贷，所怀莫就。而朋从之间，或谬见称说，亦何知足下不缘此见访耶？苟曰其然，则仆心期之知己，未始或移于足下矣。非曰能尔，敢事当仁。（《全唐文》卷三二三）

《为邵翼作上张兵部书》（《全唐文》卷三二三）是代人求荐的文字。邵翼之名，不见两《唐书》。《登科记考》载有邵轸，开元二十五年中进士科。《新唐书·文艺传》称萧颖士之友人有邵轸，疑“翼”为“轸”字之误。又兵部侍郎张姓，开元、天宝间唯张均，天宝十一载改兵部为武部。则此书天宝十一载前所作。文章开篇即有气势：“今仆不屑，持七尺之躯，蹶张角力，为褒衣者所不见礼，犹复决短策、希馀光，愿以羸庛之形、忽微之气、三寸之舌、百金之义，一朝而委诸执事，将纳之耶、拒之耶？呜呼，苟或拒之，士亦未易知也，试为执事言之。”势如决川，先积后发，莫之能止，而忽用转折语煞住，则笔法之荡跌，可见一斑。至为“然每读太史公书，窃慕穰苴乐生之高义，常愿一置戎车之殿，指麾部分，为天子干城；近臣不知，明主未识，徒为奋决，孰为引致？”感情抑扬变化，文亦屡生波折。

《登宜城故城赋》作于肃宗至德元载。观赋前小序，安史乱起，作者其时避地襄阳，为山南节度使源洧召辟，掌书记之任，陪源洧赴江陵，旅途萧条，蒿目时艰，乃为此痛彻肺腑之文也。其内容之充实，感受之深切，皆为萧之他赋所未及。

此赋之结构可分四部分，由近及远，又由远而近，层层深入。第一部分，先就登故城“遐眺荆江、迩瞩樊沔”说起，写眼前所见：“颓淹以隐嶙，攲缺而岐嵯，野茫茫其靡极，何人户之单尠”，时间是“怅青春兮始交，又白日兮将晚”，于是“悲事事之艰阻，慨征途之未返”，然后用“矧乎寓县乖刺，关河阻遏”转到痛托时艰，而此实行旅不归、骨肉离异之所由致也，以启下文。第二部分从眼前创痛，反省此前极盛时代所潜伏的问题：“方神武之君临，尚未遑于戢兵，警山戎之外虞，重燕代之专征。罄帑藏之实，穷干甲之精……冢妇降于王姬，馀子超乎正卿，睚眦则浃日诛夷，攀附则累岁增荣。玉帛车舆，钟鼓台亭，焕赫而铿锵，三十年中，初不戒其满盈。”继而叙及战乱中政府败亡之惨，其首要关键在于牧守之愚懦腐败、变节投敌：“或拘囚就戮，或胥附从乱，曾莫愧其愚懦，又奚闻于殉难”，揭得淋漓痛快。最后总结大乱的教训：“昔先王之经国，仗文武之二事，苟兹道之不堕，实经天而纬地……今执事者反诸，而儒书是戏，蒐狩鲜备，忠勇翳郁，浇风横肆，荡然一变而风雅殄瘁。”第三部分回顾自己大乱中逃难经历，转而标举荆襄形胜，论其地位足可依托，特别论到蜀汉之兴，起于江汉，虽因关羽寡谋而失之，然亦尝成就伟业，所以极称武侯。抚今追昔，感慨万千。第四部分以“荆云兮蔽云，朔雁兮差池”等骚句作结，似一种旅愁莫释的悲凉旋律在云际回翔，经久不散。

萧文还善于写景，如："晚林未疎，隄草更绿，轻雨泛洒，微风清润，泝洄沦涟，终日夕焉。"（《全唐文》卷三二三《陪李采访泛舟蓬池宴李文部序》）所写为秋九月蓬池光景，色彩鲜丽，显然受齐梁色泽文学的影响。他的《清明日南皮泛舟序》更把写景与抒情、议论融合在一起："昔建安中，魏文为王太子，与朋友诸彦有南皮之游。飏鸣葭，浮甘瓜，清泉奫沦，千古一色。此城隅托胜之旧也。由小而方大，则贵贱之权可齐；以今而喻古，则风流之事不易。矧乃日清明，时升平。町庶阜海滨之利，讴吟动齐右之曲，亦明代一方之乐也。"清空高远，令人涵味无穷。

李华（715～774），字遐叔，赵州赞皇（今河北赞皇县）人。开元二十三年（735）进士及第，天宝二年（743）又登博学宏词科。天宝十一载（752），任监察御史，因弹劾杨国忠亲属，得罪权贵，改任右补阙。安史之乱中，被叛军俘虏，接受伪职。唐军收复长安、洛阳后，被贬为杭州司户参军。自伤不能完节，遂屏居江南。后吏部尚书、领江淮选补使李岘召入幕府，擢为检校吏部员外郎。又因病去职，客隐山阳（今江苏淮安县）。晚年奉佛，不甚著书。《新唐书·艺文志四》著录《李华前集》十卷、《中集》二十卷，已散佚。后人辑有《李遐叔文集》，《全唐文》存其文104篇（合《唐文续拾》），其中赋4篇，序14篇，记16篇，论4篇，赞16篇，碑铭23篇，及祭吊文、颂、传、诔等。

李华工文，与萧颖士齐名，世称"萧李"。萧李二人关系极为密切，李华曾说他与萧"平生相知，情体如一"，"有过必规，无文不讲。"（《全唐文》卷三二一《祭萧颖士文》）可见他们是经常在一起论文的。《旧唐书》卷一九〇李华传载："华善属文，与兰陵萧颖士友善。华进士时著《含元殿赋》万余言，颖士见而赏之曰：'《景福》之上，《灵光》之下。'华文体温丽，少宏杰之气，颖士词锋俊发，华自以所业过之，疑其诬词，乃为《祭古战场文》，熏汙之如故物，置于佛书之阁，华与颖士因阅佛书得之。华谓之曰：'此文何如？'颖士曰：'可矣！'华曰：'当代秉笔者谁及于此？'颖士曰：'君稍精思便可及此。'华愕然。"由此可见他们之间的友谊和以文相知。又据《旧唐书》本传载，李华作《鲁山令元德秀墓碑》，颜真卿书写，李阳冰篆额，后人争相摹写，号为"四绝碑"。

李华和萧颖士一样，倡导古文，反对形式主义的骈文，他在《崔沔集序》中提出了宗经的思想：

“文章本乎作者，而哀乐系乎时。本乎作者，六经之志也；系乎时者，乐文武而哀幽厉也。立身扬名，有国有家，化人成俗，安危存亡于是乎观之。宣于志者曰言，饰而成之曰文，有德之文信，无德之文诈。皋陶之歌，史克之颂，信也；子朝之告，宰嚭之词，诈也，而士君子耻之。夫子之文章，偃商传焉；偃商殁而孔伋、孟轲作，盖六经之遗也。屈平、宋玉，哀而伤，靡而不返，六经之道遁矣。”（《全唐文》卷三一五《赠礼部尚书清河孝公崔沔集序》）

他在强调做文章要本乎“六经”的同时，连屈原和宋玉的文章也加以批评，认为背离了六经之道，这就未免有些偏激了，但就实质来说，并非为了批判屈、宋，而是为了强调要有合乎儒家经典的内容。在创作实践上，李华基本贯彻了宗经、重道的文学观，正如独孤及所说：

公（李华）之作本乎王道，大抵以五经为泉源。抒情性以托讽，然后有歌咏；美教化，献箴谏，然后有赋颂；悬权衡以辨天下、公是非，然后有论议；至若记叙编录、铭鼎刻石之作，必采其行事以正褒贬，非夫子之旨不书。故风雅之指归，刑政之本根，忠孝之大伦，皆见于词。（《全唐文》卷三八八《检校尚书吏部员外郎赵郡李公中集序》）

萧、李以宗经、重道为核心的文学观，实际是针对六朝以来文学徒重形式，而缺乏重大的社会内容而发的，故对克服形式主义的文风产生了积极的作用。如独孤及所说，李华等人把有关风雅、刑政、忠孝等许多重大的社会政治内容引入了散文，这就扩大了散文的表现内容，有助于充分发挥散文的社会作用，矫正空洞浮华的六朝余风。

总之，由李华现存的文章可以看出，萧、李二人在开拓散文文体上已作了多方的探索，在他们的笔下，一批新的散文文体已经诞生并逐渐固定下来。由此可见，在萧、李的时代，古文运动已经在逐渐地展开而初具规模了，他们不愧是韩柳的先驱。只是萧颖士因文集已大部散佚，所余作品反不如李华丰富。

据前引李华传可知，萧、李二人文风有异，萧“词锋俊发”，李则“文体温丽”，但下面这篇《吊古战场文》却写得健笔纵横，惊心动魄，代表了李华写作艺术上的最高水平。

浩浩乎！平沙无垠，敻不见人。河水萦带，群山纠纷。黯兮惨悴，风悲日曛。蓬断草枯，凛若霜晨。鸟飞不下，兽铤亡群。亭长告余曰："此古战场也，尝覆三军。往往鬼哭，天阴则闻。"伤心哉！秦欤汉欤？将近代欤？

吾闻夫齐魏徭戍，荆韩召募。万里奔走，连年暴露。沙草晨牧，河冰夜渡。地阔天长，不知归路。寄身锋刃，腷臆谁诉？秦汉而还，多事四夷。中州耗斁，无世无之。古称戎夏，不抗王师。文教失宣，武臣用奇。奇兵有异于仁义，王道迂阔而莫为。呜呼！噫嘻！

吾想夫北风振漠，胡兵伺便，主将骄敌，期门受战。野竖旌旗，川回组练。法重心骇，威尊命贱。利镞穿骨，惊沙入面。主客相搏，山川震眩。声折江河，势崩雷电。至若穷阴凝闭，凛冽海隅，积雪没胫，坚冰在须；鸷鸟休巢，征马踟蹰；缯纩无温，堕指裂肤。当此苦寒，天假强胡，凭陵杀气，以相翦屠。径截辎重，横攻士卒；都尉新降，将军覆没；尸踣巨港之岸，血满长城之窟。无贵无贱，同为枯骨，可胜言哉！鼓衰兮力竭，矢尽兮弦绝，白刃交兮宝刀折，两军蹙兮生死决。降矣哉，终身夷狄！战矣哉，暴骨沙砾！鸟无声兮山寂寂，夜正长兮风淅淅。魂魄结兮天沉沉，鬼神聚兮云幂幂。日光寒兮草短，月色苦兮霜白。伤心惨目，有如是耶！

吾闻之：牧用赵卒，大破林胡；开地千里，遁逃匈奴。汉倾天下，财殚力痛；任人而已，其在多乎！周逐猃狁，北至太原，既城朔方，全师而还。饮至策勋，和乐且闲，穆穆棣棣，君臣之间。秦起长城，竟海为关；荼毒生灵，万里朱殷。汉击匈奴，虽得阴山，枕骸遍野，功不补患。苍苍蒸民，谁无父母？提携捧负；畏其不寿。谁无兄弟？如足如手；谁无夫妇？如宾如友。生也何恩？杀之何咎？其存其没，家莫闻知；人或有言，将信将疑；悁悁心目，寤寐见之。布奠倾觞，哭望天涯。天地为愁，草木凄悲。吊祭不至，精魂无依。必有凶年，人其流离。呜呼噫嘻，时耶命耶？从古如斯。为之奈何？守在四夷。（《全唐文》卷三二一《吊古战场文》）

此文选择古战场作为历史舞台，描写了自古至今一幕幕悲凉惨烈的战争风云，突出刻画了秦汉以来战争给人民带来的深重的灾难，明确反对秦汉以来的开边战争，赞成李牧和尹吉甫的反侵略战争，从而借古讽今，对唐玄宗开元、天宝年间的穷兵黩武政策进行影射和批判，主张施行仁政，安定四境。诚如清人浦起龙所论："战场所在多有，文则专吊边地，非泛及也。开元天宝间，迭启外衅，藉以讽耳。与少陵《出塞》诗同旨"（《古文眉诠》卷五十五）。在这篇辞赋中，作者以四言为主，杂以骚体，铺张扬厉，鬼斧神工，再现了古战场宏阔的场面，惨烈的气氛，读之令人如临其境，毛骨悚然。故独孤及评李华文"每述作，笔锋风生，听者耳骇"（《全唐文》卷三八八《检校尚书吏部员外郎赵郡李公中集序》）。文章在韵律上亦颇有特色，如李扶九所云："但用赋体为文，段段用韵，感慨悲凉之中，自饶风韵，故尔人人乐诵，且可为穷兵者炯戒，可为战场死者吐气，读者无不叹息，真古今至文也！"（《古文笔法百篇》卷十五·感慨）

第四节　元结、独孤及

元结（719～772），字次山。自号猗玗子、浪士、漫郎、聱叟、漫叟，郡望河南（今河南洛阳市），世居太原，后移居鲁山（今河南鲁山县）。少倜傥不羁，十七乃折节向学，师事从兄元德秀。天宝十二载（753）举进士。安史之乱中，举家避难于江南猗玗洞。后国子司业苏源明向肃宗推荐元结，乃召其诣京师，结上《时议》三篇，肃宗谓"卿能破朕忧"，擢右金吾兵曹参军，此后长期任地方官，先后作过荆南节度判官、水部员外郎、道州刺史、容州刺史，加授容州都督充本管经略使，代宗大历七年（772）奉诏进京，病死于长安旅馆。

元结是和杜甫同时代的一个进步的诗人、散文家，又是一个富有正义感、关心人民疾苦和祖国安危的政治家。在安史之乱中，元结以右金吾兵曹参军摄监察御史被派充山南东道节度使参谋，到唐、邓、汝、蔡诸州招辑义军，阻遏了史思明叛军的南侵，保全了十五个城池。他不仅颇有军事政治才干，而且关心国计民生、同情劳动人民的疾苦。在任地方官期间，始终是一个体恤人民的良吏。广德元年（763）初任道州刺史时，在郡招抚流亡，赈济灾民，修屋营舍，减免赋税，使一万多名转徙流亡的户口回乡就业。任容州刺史后，改变前任用武力镇压少数民族的政策，采取安抚作法，曾单车深入夷区，抚慰夷胞，和夷族首领说理缔交，短短六十天就安定了八州的秩序。由于政绩卓著，元结深受人民爱戴，至立石颂德。特别是他那种宁愿自己受贬官处分，也不肯执行勒索人民命令的精神，尤为杜甫称赞道：“得结辈十数公，落落然参错天下为邦伯，万物吐气，天下少安可得矣”（《同元使君舂陵行序》）。

元结的文学主张，和他关心国计产生的思想是一致的。

首先，他强调文学应该反映国家大事，要对君王产生讽谏作用。天宝六载（747），他在《二风诗论》中表明自己写诗的目的在于“极帝王理乱之道，系古人规讽之流”。稍后，在《系乐府十二首序》中又表明写作动机在于“尽欢怨之声，上感于上，下化于下。”要求诗歌发挥积极的社会作用。同时，他继陈子昂之后。大力反对缺乏现实内容的作品，抨击绮靡浮华的文风，他说：

> 文章道丧盖久矣！时之作者，烦杂过多。歌儿舞女，且相喜爱，系于风雅，谁道是耶？诸公尝欲变时俗之淫靡，为后生之规范。（《全唐诗》卷二四〇《刘侍御月夜讌令序》）
>
> 近世作者，更相沿袭，拘限声病，喜尚形似，且以流易为辞，不知丧于雅正，然哉！彼则指咏时物，会谐丝竹，与歌儿舞女生污惑之声于私室可矣；若令方直之士，大雅君子，听而诵之，则未见其可矣。（《全唐文》卷三八一《箧中集序》）

尤应指出的是，元结强调文学的社会政治作用，说明他基本上还是遵循儒家的思想体系的，但他却不像其他古文家们一味地提倡宗经重道，他的思想开阔自由，能跳出儒家经典的框框。他曾说自己是“昧于经术，然自山野而来，能悉下情”（《全唐文》卷三八一《与韦尚书书》）。加之其“性不谐俗”（《四库全书总目提要》卷一四九），故在文章中直刺时政、讥评世俗，极为尖锐泼辣。正像他在《文编序》中说的那样：“切耻时人谄邪以取进，奸乱以致身，径欲填陷阱于方正之路，推时人于礼让之庭，不能得之；故优游于林壑，怏恨于当世，是以所为之文，可戒可劝，可安可顺。……故所为之文，多退让者，多激发者，多嗟恨者，多伤闵者，其意必欲劝之忠孝，诱以仁惠，急于公直，守其节分。如此，非救时劝俗之所须者欤”（《全唐文》卷三八一《文编序》）。这“救时劝俗”四字，体现了元结对文学创作的根本态度，是其现实主义文学理论的中心，较之其他古文家以五经为根本的创作主张，元结更贴近社会实际，他创作的大量短小而犀利的杂文，抨击腐败政治，暴露黑暗现实、反映人民疾苦，有着深刻的现实内容。显然，无论在文学理论上还是在文学创作上，元结都是站在时代的前列、高出同时代作家的，他是韩柳之前最有成就的散文家。他那些愤世嫉俗的文字，某些人以“不师孔氏”加以非难，晚唐时李商隐特为之辩护，谓“其文危苦激切、悲忧酸伤于性命之际”（《全唐文》卷七七九《容州经略使元结文集后序》）。

元结的散文创作，《新唐书·艺文志》著录其《元子》十卷，《浪说》七篇、《漫说》七篇、《猗玗子》一卷，《文编》十卷。据颜真卿为元结作的墓碑铭说：“（元结）著《自释》以见其意，其略曰：少习静于商余山，著《元子》十卷，兵起逃难于猗玗洞，著《猗玗子》三篇；将家瀼滨，乃自称浪士，著《浪说》七篇；及为郎，时人以浪者亦漫为官乎，遂见呼为漫郎，著《漫记》七篇。及家樊上，渔者戏谓之聱叟，又以君漫浪于人间，或谓之漫叟”（《全唐文》卷三四四《唐故容州都督兼御史中丞本管经略使元君表墓碑铭》）。其散文创作情况由此可见，惜已散佚。今有明人所辑《元次出文集》。《全唐文》存其文一百多篇，有赋、颂、表、议、书、序、记、论、箴、铭等多种体裁，这些作品全用散体写成，以极明白的语言说理、叙事、抒情、真挚剀切，不事华藻，风格质朴，用笔峻削，显示着文体改革和散文创作的新成就，在唐代散文史上占有极重要的地位。欧阳修曾说：“次山当开元、天宝时，独作古文，其笔力雄健，意气超拔，不减韩之徒也。可谓特立之士哉！”（《集古录跋尾》卷七《唐元次山铭》）宋人董逌则进一步指出：“余谓唐之古文自（元）结始，至（韩）愈而后大成也”（《广川书跋》卷八）。

在元结的散文中，尤以抨击时弊的杂文和山水园林小记成就最高，对后来的韩柳影响很大。

元结可说是中国文学史上第一个把主要精力用于杂文的作家，他创作了多种短小精悍的议论性杂文，诸如《时化》、《丐论》、《化虎论》、《订古》、《七不如七篇》、《自述三篇》等，篇篇都是针砭时弊、讽谕深刻的抨击之作，充满了愤世嫉邪之意。比如《时化》中揭露时政的黑暗腐朽和社会风气的败坏说：

时之乱也，道德为嗜欲化为险薄，仁义为贪暴化为凶乱，礼乐为耽淫化为侈靡，政教为烦急化为苛酷。翁能记于此乎？时之化也，夫妇为溺惑所化，化为犬豕；父子为惛欲所化，化为禽兽；兄弟为猜忌所化，化为仇敌；宗戚为财利所化，化为行路；朋友为世利所化，化为市儿，翁能记于此乎？时之化也，大臣为威权所恣，忠信化为奸谋；庶官为禁忌所拘，公正化为邪佞；公族为猜忌所限，贤哲化为庸愚；人民为征赋所伤，州里化为祸邸。奸凶为恩幸所迫，厮皂化为将相，翁能记于此乎？(《全唐文》卷三八三《浪翁观化·时化》)

这简直是一幅社会百态图。作者犀利的笔触上及朝廷百官、政教道德；下及民俗民情，将社会的黑暗面揭露无遗、鞭辟入里。他的《丐论》更是毫不留情地揭破了统治阶级的画皮，写他们千方百计为丐取名位而奔趋："丐名位于人，丐颜色于人，甚者则丐权家奴齿以售邪佞；丐权家婢颜以容媚惑"(《全唐文》卷三八二《丐论》)。可谓写尽他们寡廉鲜耻的丑态。《化虎论》则将残暴的统治者斥为虎豺："兵兴岁久，战争日甚，生人怨痛，何时休息？……将恐虎窟公城，豹游公庭，枭集公楹，群蛙匝公而鸣"(《全唐文》卷三八二《化虎论》)。这类猛烈抨击时弊的"狂狷之言"，正如刘熙载所指出的："虽若愤世太深，而忧世正复甚挚"(《艺概·文概》)。

元结的《七不如七篇》、《订古五篇》等则为随感而发，写得简短、精辟，一针见血，如下面《七不如七篇》中的一篇：

元子以为人之贪也，贪于权，贪于位，贪于取求，贪于积累，不如贪于德，贪于道，贪于闲和，贪于静顺者耳。於戏！贪可颂也乎哉？贪有甚焉，何如？(《全唐文》卷三八三《七不如七篇》)

《七不如七篇》分为七个短篇，对毒、媚、诈、惑、贪、溺、忍七种恶德提出批评，这七段文字均采用上文的句式，用前后对比的写法，使作者的观点鲜明突出，十分警策。

由上引诸篇可以看出，元结在杂文体裁上是颇富创造性的，他不仅开拓了各种论、说的杂文体式，更以短小警策、长于议论、言辞锋利的文风开启了中唐韩柳议论性杂文之先河。故宋·晁公武在《郡斋读书志》中说：“结性耿介，有忧道悯时之意，逢天宝之乱，或仕或隐，自谓与世聱牙，岂独其行事而然？其文辞亦如之。然其辞义幽约，譬古钟磬，不谐于俚耳，而可寻玩。”高似孙《子略》卷四说：“次山平生辞章，奇古峻绝，不蹈袭古今。”《四库全书总目提要》卷一四九亦谓元结“颇近于古之狂，然制行高洁，而深抱闵时忧国之心。文章戛戛自异，变排偶绮靡之习。”

在多种多样的杂文之外，元结的山水园林小记以清新幽渺，夹叙夹议别开生面，对中唐柳宗元的山水游记产生了直接的影响。如《右溪记》写了道州城西的一条小溪，全文如下：

> 道州城西百余步，有小溪，南流数十步合营溪。水抵两岸，悉皆怪石，攲嵌盘屈，不可名状。清流触石，洄悬激注，佳木异竹，垂阴相荫。
>
> 此溪若在山野，则宜逸民退士之所游处；在人间，则可为都邑之胜境，静者之林亭。而置州已来，无人赏爱，徘徊溪上，为之怅然。
>
> 乃疏凿芜秽，俾为亭宇，植松与桂，兼之香草，以裨形胜。为溪在州右，遂命之曰右溪。刻铭石上，彰示来者。

此文先描写小溪及周围景色的清幽美丽，再借小溪不得其所而无人赏爱的遭遇抒发感慨，最后记录了自己对小溪整治的经过。文章虽短，却层次清晰、言简意丰，在对山水景物的描写中寄托着作者怀才不遇的感慨之情。后柳宗元《永州八记》中《小石潭记》、《钴鉧潭西小丘记》实与此文同一笔法，故清代吴汝纶称：“次山放恣山水，实开子厚先声，文字幽渺芳洁。亦能自成境趣”（《全唐文举要》甲编卷一引）。结另有《唐亭记》，亦为山水小品之名篇，该篇描写浯溪之上唐亭的独特景色，先说自己于唐亭之上“厌”见山川，“厌”听水声及四时之自然景物，而后突然转折，感叹道：“厌不厌者，厌犹爱也。”在写法上先抑后扬，意味隽永，清代王符曾称赞此文“脱飞窠臼，卓尔不群，当与柳州诸记并驾”（《古文小品咀华》）。此外，其《九疑图记》虽是为一张地图作记，却采取山水小品的写法，把九疑山中的名山胜景、如绘画般一一写出，使人读后犹如身历其中，不啻到九疑山一游。

元结还写了许多碑铭体的文字，其中，最著名的是《大唐中兴颂》，此文系上元二年（761）为唐王朝平定安史之乱取得的重大胜利而作。元结在文中颂扬唐肃宗讨伐安史、收复两京、迎玄宗自蜀返京，使大唐得以中兴的历史功绩，谴责了作乱的“孽臣”、“边将”及“奉贼称臣”的官僚，显示了作者鲜明的爱憎和维护国家统一的进步思想。颂文采用秦峄山刻石、泰山刻石的用韵法，三句一韵，质朴古雅。清人姚鼐曾赞道：“此颂峻伟雄刚，词与事称，宋人无此兴象”（《古文辞类纂评注》卷四十）。据欧阳修《集古录跋尾》卷七称：“右《大唐中兴颂》，元结撰，颜真卿书。书字尤奇伟，而文辞古雅，世多模以为黄绢图障。碑在永州磨崖石。”可知此碑由大书法家颜真卿书写，已刻在浯溪的石崖上，元时辛文房《唐才子传》卷三称：“《中兴颂》一文灿烂金石，清夺湘流。”此碑历时千余载，今赫然犹存。

总之，元结以其富有开拓性的多种散文体裁为后世做出了表率，其行文古朴简约，业已脱尽骈风，开启古文运动之先声。故后世对其散文评价甚高，韩愈曾把他与陈子昂、李、杜并列。清人章学诚曾明确指出元结在古文运动前的开创之功：“人谓六朝绮靡，昌黎始回八代之衰，不知五十年前，早有河南元氏为古学于举世不为之日也。呜呼，元亦豪杰也哉！”（《章氏遗书》卷十三《元次山集书后》）不过，元结为文，有时过于朴拙，缺乏文采，中唐古文家皇甫湜说：“次山有文章，可惋只在碎。然长于指叙，约结有余态。”这个“碎”当是指他以杂文形式出现的议论文还未构成相当的规模，短篇较多，这说明元结的古文尚未达到完全成熟，在古文运动发展的过程中这些缺点都是难免的，到中唐韩柳出现之后就逐渐被克服了。

独孤及（725～777），字至之，河南洛阳人。天宝十三载（754）应道举，对策高第，补华阴尉。后入江淮都统李峘墓府，掌书记。代宗时召为左拾遗，俄改太常博士。累迁礼部员外郎，历濠、舒二州刺史，以政绩加检校司封郎中，赐金紫。大历九年（774），徙常州刺史，世称独孤常州。大历十二年（777）卒于常州，年五十三。有《毗陵集》传世，乃门人梁肃所编，计赋、诗三卷，文十七卷。《全唐文》编其文为十卷。

独孤及受李华奖掖而得名，故在文学理论上承袭李华，其主张主要见于他为萧颖士、李华、皇甫冉三人文集写的序文。首先，他充分肯定了萧、李对文风的改革和复古之功：

自典谟缺，雅颂寝，世道陵夷，文亦下衰。故作者往往先文字，后比兴。其风流荡而不返，乃至有饰其辞而遗其意者，则润饰愈工，其实愈丧。及其大坏也，俪偶章句，使枝对叶比，以八病四声为梏拲，拳拳守之，如奉法令，闻皋繇史克之作，则呷然笑之。天下雷同，风驱云趋。文不足言，言不足志，亦犹木兰为舟，翠羽为楫，玩之于陆而无涉川之用。……公李华之作，本乎王道。大抵以五经为源泉，抒情性以托讽，然后有咏歌；美教化，献箴谏，然后有赋颂；悬权衡以辨天下公是非，然后有议论。（《全唐文》卷三八八《检校尚书吏部员外郎赵郡李公中集序》）

在上文中，独孤及对李华的散文成就进行了总结，明确提出了本乎王道，以五经为源泉，重政教、反华艳的主张。同时，他又借评价萧颖士的文风，提出了“深其致，婉其旨，直而不野，丽而不艳”（《全唐文》卷三八八《唐故殿中侍御史赠考功郎中萧府君文章集录序》）的创作标准。

独孤及的散文创作，继承“萧李”而能发扬光大。这是因为，他虽深受萧李宗经、重道的影响，但并不死守章句，而是看重文义道德，多方汲取，崔祐甫在为独孤及撰写的碑文中称他是“有唐硕量深识之士”，“遍览五经，观其大意，不为章句学”（《全唐文》卷四〇九《故常州刺史独孤公神道碑铭》）。梁肃在为独孤及文集作序中，曾高度评价他的文学成就说：

洎公为之，于是操道德为根本，总礼乐为冠带，以《易》之精义、《诗》之雅兴、《春秋》之褒贬，属之于辞。故其文宽而简，直而婉，辨而不华，博厚而高明。论人无虚美，比事为实录，天下凛然复睹两汉之遗风。（《全唐文》卷五一八《常州刺史独孤及集后序》）

其文有赋、颂、策问、表、状、书、序、记、论、碑铭各种体裁，尤以议论、序记与铭赞见长。

崔祐甫在为独孤及撰写的碑文中说：“公之文章，大抵以立宪诫世，褒贤遏恶为用，故论议最长。”其名作《吴季子札论》，以立意新颖、结构严谨、语言遒劲而为世人瞩目。这是一篇评价历史人物的翻案文章，吴季子札，又称季札、延陵季子，是春秋时吴王寿梦之幼子，曾三次推让王位而不就。自《春秋》、《左传》直至《史记》，都对季札倍加赞扬，从无异议。而独孤及却提出了不同的看法，他认为季札的让国只是着眼于个人的名誉，而不是从整个国家出发，这种矫情让国最终导致了吴国贵族内讧而至灭亡，因此，作者反问道：

以季子之闳达博物，慕义无穷，向使当寿梦之眷命，接余昧之绝统，必能光启周道，以霸荆蛮。则大业用康，多难不作。阖闾安得谋于窟室？专诸何所施其匕首？

呜呼！全身不顾其业，专让不夺其志，所去者忠，所存者节。善自牧矣，谓先君何？

在作者看来，假若季札不让国而立，则吴可兴，正是那套愚蠢的“守节”使他失去了对国家的忠诚，导致了国家的灭亡。这分明包含着对儒家伦理道德的批判。联系唐太宗、唐玄宗都不是依次继位而有唐之盛世的现实，作者写此文的目的便可一目了然了。他贬斥季札，正是为了歌颂当今，这便是文章薄古厚今的本意。此文的观点显然受到了世人的赞同，如崔祐甫在碑文中所称：“著延陵论，君子谓其评议之精，在古人右。”高步瀛在《唐宋文举要》中的见识反不及唐人，其云：“所论虽未必是，而笔力尚廉悍可取，录之以存一格”（《唐宋文举要》甲编卷一）。

独孤及的各种序文共有五十余篇，其中既有书序、诗序，亦有送别的赠序，写得丰富多彩，极有佳致。例如下面两篇序文的片段，分别记叙在华山黄神谷与吴地虎丘游宴的情景：

桉谷之西，顶实三峄，东面石壁丛倚、束为洞壑，乳宝潜泄，喷成盘涡，两崖合斗，若与天接。二三子将极其登探也，至则系马山足，披榛石门，入自洞口，至于梯路，蹋连嶂与叠崿，度岖嵚而蹑凌兢。（《全唐文》卷三八七《华山黄神谷谶临汝裴明府序》）

会之日，和气满谷，阳春逼人，岩烟扫除，肃若有待。余与夫不乱行于鸥鸟者，衔流霞之杯，而群嬉乎其中；笑向碧潭，与松石道旧。兕觥既发，宾主醉止，狂歌送酒，坐者皆和。（《全唐文》卷三八七《建丑月十五日虎邱山夜

宴序》)

这些序文上承王羲之《兰亭集序》，下启柳宗元山水游记乃至欧阳修的《醉翁亭记》，在古文的发展中起着不可忽视的作用。独孤及还有一篇《送李白之曹南序》，系作者天宝十二载送李白游晋后赴曹州所作，序中刻画了李白才华横溢而又潇洒飘逸的神采。另有《马退山茅亭记》，写景壮丽，竟被窜入《柳河东集》，可见其山水小记之超迈不凡。

在碑铭体方面，独孤及的《古函谷关铭》和《仙掌铭》代表了盛唐铭赞杂文的最高水平，崔祐甫在其碑文中称道："著古函谷关、仙掌二铭，格高理精，当代词人，无不畏服。"《古函谷关铭》回顾函谷关在秦汉时的历史变迁，抒发深沉的沧桑之感。《仙掌铭》写华山仙人掌，本从巨灵劈山的传说写起，通过刻画仙人掌自然景物之神奇壮观，最后反证此山源于自然造化之功。故高步瀛评说："巨灵擘山之说，本诙诡不经，文中略见正意，随即斥去，一以诙诡出之，石破天惊，雅与题称。"又道："古来神怪之说，其妄诞易知，有不待辨者，而文家反得借以发其雄奇，若概以迷信目之，反为古人所欺矣。"

独孤及的门人梁肃，曾把初唐至盛唐的文学演变分成了三个阶段：

唐有天下几二百载，而文章三变：初则广汉陈子昂以风雅革浮侈；次则燕国张公说以宏茂广波澜；天宝以还，则李员外（华）、萧功曹（颖士）、贾常侍（至）、独孤常州（及）比肩而出，故其道益炽。(《全唐文》卷五一八《补阙李君前集序》)

这个分析是符合唐代散文发展的客观情况的。经过初、盛唐散文家的努力，文章复古亦即革新的理论已经提出，并初具规模；文体改革已日益成为普遍现象而为广大文人所接受；骈文的一统天下已被打破；散文的创作体裁日益丰富，并出现了有影响的古文家和优秀的散文作品，这一切都为中唐以后古文运动高潮的到来准备了条件。

第三章
韩 愈

自初唐陈子昂提倡复古，论书疏议，解散骈体，经百年间众多作家努力，文风改革已开始形成潮流，萧颖士、李华、元结、独孤及等作家以其文学观念和创作实绩，为古文发展奠定了基础。自贞元、元和以来，中唐文坛上陡然兴起一派改革文体，改革文风，创作古文的文学运动。在这场文学运动中，韩愈首创“古文”这一概念，大力倡导并创作古文，提出了系统的古文创作理论，以领袖的姿态与其他倡导者柳宗元等，更为主动地自觉地推动古文运动向前发展走向成功，使古文创作一时间取代骈文统治了文坛。韩愈在自身的古文创作上，也取得了极高的艺术成就，成为光被后世的一代文宗。

第一节 韩愈的生平及思想

韩愈（768～824）字退之，河阳（今河南孟县）人。出身于世代仕宦之家。六世祖韩茂，后魏时曾任尚书令、征南大将军，封安定桓王。父韩仲卿，曾任武昌令、鄱阳令、秘书郎。韩愈早孤，幼年随兄韩会及嫂夫人郑氏长大。韩愈的家庭文学气氛甚浓。其父仲卿是李白的好友，李白曾赞仲卿“文而能言”，赞其叔父云卿“文章冠世”（李白《武昌宰韩君去思颂碑》）。韩愈亦推崇其叔父云：“愈叔父当大历世，文章独行中朝，天下欲铭述其先人功行，取信于来世者，咸归韩氏。”（《科斗书后记》)而兄韩会是萧颖士、李华、梁肃的好友,他也主张变革文风。韩愈称:“愈之宗兄故起居舍人君,以道德文章优一世。”(《考功员外郎卢君墓铭》)韩愈少年时代受家庭的熏陶,受兄长直接的影响是不言而喻的。韩愈年轻时亦走科举之途,曾四次应举,直到贞元八年,陆贽知贡举,梁肃等佐之,韩愈才得以进士及第。韩愈本就推重独孤及、梁肃等的古文,此次及第亦由梁肃之力,且同榜进士中李观、欧阳詹等亦皆古文家。可见家学及前辈古文家对他的影响是很深的。

韩愈虽得进士出身,但仕途并不顺利。三试于吏部未选,又三上宰相书,不报,只好去做幕府僚属。贞元十二年随宰相董晋平汴州乱,入宣武军董晋幕府,后为观察推官。十五年董晋死,韩愈护丧离汴赴洛,未几,汴州兵乱,杀留后陆长源等。后韩愈又入徐州张建封幕府,为节度推官,十六年去徐入洛,候选。不久,张建封死,徐州兵乱。此期间韩愈虽勉强有个差事,但甚不得意,然因在藩镇幕府,深入民间,了解了民情,又亲身体会了藩镇兵乱的现实,看到中原的破败景象,朝政时弊,使他的文学创作内容更充实了。他这期间与孟郊、张籍、李翱、冯宿等人交往甚密,韩派文人集团此间有大发展。

贞元十七年秋,韩愈任四门博士,心中对官职卑微颇为不满,却十分尽职。而且关心时政,奖掖人才,以师自居,倡导儒学及古文,写下了著名的《师说》。后转为监察御史,官品虽低,职权甚重,故韩愈很满意。他本就崇尚骨鲠直言,希望有“刳肝以为纸,沥血以书辞”(《归彭城》)的机会,此时他真正实现了这一愿望。此时他写了《送孟东野序》,提出“不平则鸣”说,可见其心气。贞元十九年关中大旱,佞臣李实、裴延龄、韦执谊等专权,横征暴敛,使京畿民不聊生。韩愈为此上书《御史台上论天旱人饥状》,指摘时弊,结果开罪权贵,被贬为阳山令。此时期,他与柳宗元、刘禹锡等为同僚,交谊笃厚,时常一起论道析文。

贞元二十年春,韩愈至阳山,后遇赦,量移江陵府法曹参军。时值永贞革新及失败之际,韩愈对永贞革新持否定态度,对革新派大加诋毁,明显地表现出他思想上保守的一面。

元和元年夏,诏拜国子博士,其后曾任都官员外郎,出为河南令,调职方员外郎。元和七年因事复贬为国子博士。仕途坎坷,其志难伸,他写下《进学解》抒发不遇的牢骚。后转比部郎中,史馆编修,主持修《顺宗实录》。其中实录性地记述了贞元之末的弊政,肯定了永贞革新的一些重要政治措施,但对革新在总体上仍持保留态度。九年，改考功郎中，知制诰。又为中书舍人。仕途有了转机。后为太子左庶子。时值朝中为平定藩镇争论不休，他竭力支持裴度对淮西吴元济用兵。十二年七月，为裴度行军司马，随军出征。先后向裴度建议袭蔡州，慑服叛镇王承宗，使献纳德、棣二州，裴度用其计，果如愈言。回朝，以功授刑部侍郎。

就在韩愈官运开始通达之时，发生了谏迎佛骨事件。元和十四年正月，宪宗命宦官及宫人，将凤翔法门寺佛骨迎入大内，供奉三天，然后奉还法门寺。此举一时轰动京城，从王公大臣至士庶百姓，皆以奉佛为事，焚顶烧指，散衣散钱，转相仿效。韩愈一贯主张兴儒辟佛老，且深知佞佛之害，为不致因奉佛造成新的社会动荡，他直言谏迎佛骨，上《谏迎佛骨表》，触怒了正在佞佛兴头上的唐宪宗，几致杀身之祸。由于裴度等人相救，被贬为潮州刺史，这对赤心报效朝廷的韩愈无疑是个沉重的打击。赴贬所途中，小女儿挐病重而逝去，更增添了韩愈的痛苦。到潮州后，韩愈在地方上施政有成，造福地方，深得潮州人心。不久重移袁州刺史。

元和十五年秋，韩愈被召为国子祭酒，转兵部侍郎，为解叛镇王庭凑深州之围，毅然出使镇州，不畏强梁，不辱使命。长庆二年九月转为吏部侍郎。之后又先后任京兆尹兼御史大夫、兵部侍郎、吏部侍郎。长庆四年底逝于长安靖安里第，享年五十七岁。赠礼部尚书，谥曰文。门人李汉编辑有《昌黎先生集》，流传版本颇多，今有上海古籍出版社本《韩昌黎文集校注》。

韩愈是中唐时期复兴儒学的倡导者，苏轼《潮州韩文公庙碑》称其“文起八代之衰，而道济天下之溺”。可见后人是如何推崇其在振兴儒学过程中的地位。在韩愈之前不少古文家及学者标榜儒学复古，往往同时对释、老亦持肯定的态度，这就使韩愈在儒学发展中的地位更显重要，故陈寅恪先生称韩愈是取代汉以来衰落的旧儒学的传统，开启宋明新儒学局面的“承前启后转旧为新关捩点之人物”（《论韩愈》）。

唐代政治思想较为复杂，各种思想发展活跃，韩愈在旧儒学衰落之时，大力提倡儒学。他在儒学道统的传承中，极力推崇孟子的地位，倡导孟子之学，他在《读荀》中称：“孟氏，醇乎醇者也。”他突出强调“仁政”的思想，《原道》中言：“博爱之谓仁，行而宜之之谓义，由是而之焉之谓道，足乎己，无待于外之谓德。仁与义，为定名，道与德，为虚位。”这里将孔、孟所强调的“仁”的思想，作为道的核心提倡，而认为所谓道德为虚位，即抽象的概念，各学派都有各自不同的道德，从而明确了以“仁义”为核心的儒家道德，并以此反对小人之道的老子思想与夷狄之法的佛家思想。韩愈关于“仁”的思想，是将孔孟的“仁者爱人”，“恻隐之心”，“人饥己饥，人溺己溺”的人性思想，“老吾老以及人之老，幼吾幼以及人之幼”(《孟子·梁惠王上》)的人道思想与墨子兼爱思想调和折衷，提出“博爱为仁”，并说：“孔子泛爱亲仁，以博施济众为圣，不兼爱哉?”(《读墨子》)又说：“儒墨同是尧舜，同非桀纣，同修身正心以治天下国家，奚不相悦如是哉？余以为辩生于末学，各务售其师之说，非二师之道本然也。孔子必用墨子，墨子必用孔子。不相用，不足为孔墨。”(《读墨子》)韩愈这种“一视而同仁”(《原人》)博爱为仁的人道思想，是吸收了墨子学说而发展了孔孟儒学成果，是具有创造性的。在中唐社会动荡之时，韩愈这种博爱为仁的思想的提倡，是有显著的针对性的。韩愈早年颠沛，深知民生之苦，故作监察御史时，就关中旱，人饥困的时事，毅然上《御史台上论天旱人饥状》，将京畿诸县亢旱，虽经朝廷蠲免，而专权奸佞却仍照旧聚敛，使关中百姓“有弃子逐妻以求几食、拆屋伐树以纳税钱，寒馁道路，毙路沟壑”的时事揭露出来，以期朝廷矜恤，体现了韩愈提倡仁政的现实意义所在。

韩愈提倡复兴儒学，很重要一点就是继承孔、孟关于尊王攘夷的思想。尊王攘夷，是孔子在民族血缘纽带基础上提出的政治规范，是儒家思想的重要组成部分。孟子也说：“五霸者，三王之罪人也；今之诸侯，五霸之罪人也；今之大夫，今之诸侯之罪人也”(《孟子·告子下》)“吾闻用夏变夷者，未闻变于夷者也”(《孟子·滕文公上》)韩愈一方面批评“今也，举夷狄之法，而加之先王之教之上”，提出“明先王之道以道之”(《原道》)，在思想上尊王攘夷。一方面强调封建“征纲”，指出“诸侯之于天子，不惟守土地奉职贡而已，固将有以翰蕃之也”(《守戒》)，在政治上加强统一，达到排斥佛老，打击藩镇割据势力的目的。

韩愈在继承儒家“仁政”及尊王攘夷主张的同时，也接受了唯心的“天命”观，他就此问题曾与柳宗元、刘禹锡等人辩论过。他的哲学观无疑是违背科学的，曾受到柳宗元、刘禹锡的批评。

当然，韩愈是非常关心时政的。在中唐破败之时，他极重视人才荐拔问题，他的很多文章都谈到这一问题，或向朝廷荐才，或论说选才的重要意义及准则，或抨击毁谤人才的恶习，或为某些人才辩诬。而且他于时政时常发表自己的见解。他支持宪宗时的改革措施，尤其是削平藩镇，却又反对永贞革新、反对奸佞权臣，却又向权臣上书献佞，思想中尚有诸多矛盾。

关于韩愈的儒学思想，苏轼评其“道济天下之溺”，程颢说：“韩愈亦近世豪杰之士”，“自孟子而后，能将许大见识寻求者，才见此人。”（《河南程氏遗书》卷一）。而同一苏轼又说：“韩愈之于圣人之道，盖亦知好其名矣。”“然其论至于理而不精，支离荡佚，往往自叛其说而不知。”（《论韩愈》）这大概与唐代轻经术，重文章的学风影响，而韩愈文章又往往由现实而发，并不总那么注意道理的圆通有一定关系。

第二节　韩愈的古文理论

韩愈不但是杰出的散文家，而且提出了一整套系统的古文创作理论。他继承了前人文学思想的成果，并进行新的发展，从而提出了更明确更完整的文学理论体系。贞元以来，他的理论成为古文运动发展的重要理论基础，对确立其古文运动领袖地位无疑是相当重要的。韩愈在古文创作实践中，总结了前人及自己的创作经验体会，吸取前人的理论营养，写下不少文章阐述其古文主张。体现其古文理论的文章主要有：《答李翊书》、《送孟东野序》、《与冯宿论文书》、《题欧阳生哀辞后》、《答刘正夫书》、《南阳樊绍述墓志铭》等。在这些文章里，分别阐述了文章与道的关系，文与现实的关系、文气问题，文与修养，文章语言的创新、文风革新、文体改革等一系列问题，使其古文理论内容丰富而系统。

韩愈的古文理论首先涉及的，是对改革文风具有关键意义的文与道的关系问题，他从改革文风，改革文体，倡导复古的新角度出发，更为具体更为明确地论述了“文以明道”的论点。“文以明道”的观点，前人论述颇多，韩愈继承这一观点，在《争臣论》中说：“君子居其位，则思死其官；未得位，则思修其辞以明其道。我将以明道也。”韩愈所欲明之道，即所谓古道，即儒家之道，孔孟之道。韩愈还说：“然愈志于古者，不惟其辞之好，好其道焉尔。”（《答李秀才书》）又说：“读书以为学，缵言以为文，非以夸多而斗靡也，盖学所以为道，文所以为理耳。”（《送陈秀才彤序》）针对六朝夸多斗靡的文风，提出文以为道。还说：“愈之为古文，岂独取其句读不类于合者耶？思古人而不得见，学古道则兼通其辞。通其辞，本志乎古道者也。”（《题欧阳生哀辞后》）这里将古道、古辞、古人及自己所为古文，与流行的今文的复杂关系，明确具体地交代出来。从这里我们可以体会到古文体制不独句读不类于流行于当时的偶俪文字，更为重要的是它是通古人之辞，见古人之貌，学古人之道的途径。在这些论述里，他强调了文与道相互依存的关系，实际也是阐明了文章内容与形式的关系问题。在他看来，道是核心，是内容，文是传道的手段，文辞是道的载体，而文与道又是相互依存，不可或缺的。没有道，没有充实内容的文章，只能是“夸多而斗靡”的文字，而道不依赖文辞则无以传其貌与道。因而他也强调“修辞以明道”，也表示“好辞”，表现了他重视文学形式的观点。前人提出明经传道，必宗经、征圣，以五经为源泉，不尚文华，而韩愈则未过于强调此类主张，而是给文辞以更多的主动性，使人感到文辞绝非消极的外壳。而且韩愈关切现实，论道亦往往从现实问题出发，文章明道的命题，其意义则远比前人所言丰富而明确。这对反对浮靡文风，改革文体所起的作用，明显比以五经为源泉简单模拟古人文字影响更大。

韩愈古文理论的一大贡献，就是他提出文章“鸣不平”说，他的《送孟东野序》系统地阐述了这一主张。他首先指出：“大凡物不得其平则鸣，……人之于言也亦然，有不得已者而后言，其歌也有思，其哭也有怀。凡出乎口而为声者，其皆有弗平者乎。乐也者，郁于中而泄于外者也，择其善鸣者而假之鸣。……人声之精者为言，文辞之于言，又其精也，尤择其善鸣者而假之鸣。”明确阐述了文章之作恰是人们在现实生活中，有所不平，有不得已者，郁乎其中而泄于外的具体表现，文辞则是善鸣不平的手段。这一观点把文以明道的理论大大扩充了，将人在现实生活社会活动中的强烈感受，人们的思想感情的宣泄与文章的关系明确阐述清楚了。这一理论不但超出了“文以明道”说的范畴，而且超越了儒家教化说的局限。更值得注意的是，由此而派生的“穷言易好”的观点，把“不平则鸣”的理论，更加具体化了，他曾说：“夫和平之音淡薄，而愁思之声要妙，欢愉之辞难工，而穷苦之言易好也。是故文章之作，恒发于羁旅草野。至若王公贵人，气满志得，非性能而好之，则不暇以为。”（《荆潭唱和诗序》）这确实道出了文学发展史中文学创作的一般规律。由此可见“不平则鸣”说较之“怨刺说”、“为时而著”说更强调了主体的存在，涵盖更广，批判性更强，感情郁愤色彩更深，局限更小。韩愈一派作家诗文多发穷愁不平之气，诅咒社会的黑暗、丑恶的世道人心，可以表明此说的影响，或印证此说的重要。对平和中庸，怨而不怒惯了的文人来说，“不平则鸣”比“怨刺说”，“为时而著”说还难以接受。像陆游这样的优秀作家，也批评道：“退之亦隘人，强言不平鸣。”（《蟠龙瀑布》）其实，“不平则鸣”，“穷言易好”说，是很具有文学悲剧性的理论命题。韩愈文以明道说与不平则鸣说并存，相互补充，使其古文思想核心更充实。可以说文以明道说是韩愈继承前人钻研儒学的结果，而提出不平则鸣说则是韩愈对文学发展实绩精心总结的结果。

韩愈还发展了曹丕以来的文气说，给文气说做了具体的阐述，并较具体地提出了气与文章语言节奏韵律气势的关系，提出了“气盛言宜”说。孟子言“我善养吾浩然之气”，曹丕论文又指出“文以气为主”。孟子讲的着重在修养问题，而曹丕讲的着重在文学中的个性气质以及精神情感问题。韩愈对于这两者，能够以其文气说有层次地将其统一在一起。在《答李翊书》中分三个层面对气进行具体阐述。就修养而论，韩愈提出：“养其根而俟其实，加其膏而希其光，根之茂者其实遂，膏之沃者其光晔，仁义之人，其言蔼如也。”这里将作家修养用养根加膏的形象比喻来论证，并强调道德的重要性。韩愈再阐述文与气的关系。他说：“气，水也；言，浮物也。水大而物之浮者大小毕浮，气之与言犹是也。”这就将曹丕以气为主的思想具体化了，阐明了文气是文章成败的关键因素。最后，韩愈在此基础上提出了气盛言宜的观点，他说：“气盛，则言之短长与声之高下者皆宜。”从而发展了曹丕的文气说，使之更为完善。这就从根本上说明了作家修养与作家情感个性、精神气质与文章气势，文句长短，节奏声律，文辞藻采的关系。

韩愈在文章语言方面，主张继承前人优秀传统，加以创新，这也是他的理论创造性之所在。前人古文拟古较多，而韩愈总结经验，加以批判，明确提出“唯陈言之务去”（《答李翊书》），“唯古于词必己出”（《南阳樊绍述墓志铭》）。韩愈虽倡导复兴儒学，称“非三代两汉之书不敢观，非圣人之志不敢存”（《答李翊书》），但他要求自己文章语言有创造性，对古人“师其意不师其辞”（《答刘正夫书》）。韩愈古文成功之处，正得力于此。这也正是韩愈古文理论中贯穿“通变”思想的具体体现。具有明显复古倾向的古文运动能取得成功，这是主要原因之一。在语言表达上，韩愈基本上主张自然质朴，提倡“文从字顺各识职”（《南阳樊绍述墓志铭》）。自唐以来，很多文学家崇尚古雅，由陈子昂、元结、韩愈等为代表，在散文创作中，同样追求高古，欲异于时俗，故时时表露出求新求奇的倾向。但古雅而能文从字顺，不求奥涩，这就与苏绰的崇古不同了。

韩愈的古文理论具有鲜明的正统特征，但他并不因强调儒道而抹杀文学，其终极目标，是要作自己满意的好文章，他始终是以好文为事业的。故他的理论重心，是建立在批判六朝文风，改革文体上的。他在《送孟东野序》里道："其下魏晋氏，鸣者不及于古，然亦未尝绝也，就其善者，其声清以浮，其节数以急，其辞淫以哀，其志弛以肆，其为言也，乱杂而无章，将天丑其德莫之顾邪？何为乎不鸣其善鸣者也?"虽然不同于前人将六朝文学一棍子打死，但批判之旨还是非常明确的。这里批评的只是文学，而不是其是否反映了道。批评魏晋以后一些文学家用"不善鸣"的骈文文体，而不用善鸣不平的散文文体，从而败坏了文学。他的《上兵部李侍郎书》称："愈少鄙钝，于时事都不通晓，家贫不足以自活，……性本好文学，因困厄悲愁无所告语，遂得究穷于经传史记百家之说，沈潜乎训义，反复乎句读，砻磨乎事业，而奋发乎文章。"说明为文章是其事业习惯。他要求文章要作得自己满意，作得与时俗迥异，才是好文章。《与冯宿论文书》曰："仆为文久，每自测意中以为好，则人必以为恶矣，小称意，人亦小怪之，大称意，则人必大怪之也。时时应事作俗下文字，下笔令人惭，及示人，则人以为好矣，小惭者亦蒙谓之小好，大惭者即必以为大好矣。不知古文直何用于今世也，然以竢知者知耳。"可见他的古文理论也是直接针对现实文风不正的情况的。

第三节　韩愈的散文成就

韩愈是唐代卓越的散文家，他以其丰富的散文创作，取得了很高的成就，在唐代散文发展史上有不可取代的地位。对于韩愈，从李翱称"建武以还，文卑质丧。气萎体败，剽剥不让，……及兄之为，思动鬼神，六经之风，绝而复新，学者有归，大变于文"(《祭吏部韩侍郎文》)，到苏轼《潮州韩文公庙碑》"文起八代之衰"的评价，都突出了韩愈在散文发展史中的重要作用，高度称赞了他在文体改革，文风改造，完成唐文之大变中所取得的成绩。

韩愈的古文广泛继承了前人各体文章的精髓，由不同角度切入社会现实，创作出个性突出，内容丰富，艺术性极强的文章。可以说，韩愈古文是诸体俱佳，各类文章在其手中都显得挥洒自如。韩愈较之前人，大有不同。前人多在某种个别的文体上擅长，或长于理，或长于情，总有不足之处。而韩文诸体兼擅，或长于情，或喻于理，或情理兼长，各类文章各有其突出成就，未可轩轾。作为大作家，其集中赋、杂著、书启、碑志、祭文哀辞、传记、序文、表状等各体文章应有尽有，各有千秋。成就亦因篇而异，因类而殊，皆可为后人楷模。下面我们分别论述各体文章的艺术成就。

首先要提到的是他的论说性文章，这类文章大多收在其集中的杂著、表、书之类中。文章大都本着忧天下之心，以儒家思想为理论原则，关切现实，针对现实问题，发表议论，文正而雅，闳中而肆外。作为一代儒学宗师，韩愈“扶树教道”《与兵部李侍郎书》的文章不少，如《原道》、《原性》、《读荀》、《读墨子》、《读鹖冠子》等。这些文章思想较为深刻宏博，虽不出孔孟之道窠臼，然而亦往往显露欲摆脱旧说的勇气，或折中相近似的观点，或调和相反相对立的学说，亦能生出思想的火花，显示某些新鲜之点。如《原道》、《读墨子》折中孔墨，提出“博爱之谓仁”的思想，更突出了儒家人道本体精神。再如《原性》试图调和孟子性善说、荀子性恶说、扬子性善恶相混说，提出他的性之品说。人或以为他把封建统治者的人性看作上品，而把被剥削人民的人性视为下品，与生俱来，不可改变。其实这说法是不全面的。虽然《原性》把性之品说与孔子上智下愚不移的说法强拉在一起，但他在前面曾明确地讲：“叔鱼之生也，其母视之，知其必以贿死；杨食我之生也，叔白之母闻其号也，知必灭其宗；越椒之生也，子文以为大戚，知若敖氏之鬼不食也。人之性果善乎？后稷之生也，其母无灾，其始匍匐也，则岐岐然，嶷嶷然；文王之在母也，母不忧，既生也，傅不勤，既学也，师不烦，人之性果恶乎？尧之朱，舜之均，文王之管、蔡，习非不善也，而卒为奸；瞽叟之舜，鲧之禹，习非不恶也，而卒为圣，人之性善恶果混乎？”可见文章并没有将阶级的差别与人性的善恶之品连在一起。这说明韩愈思想上是矛盾的，而且有突破儒家思想羁绊的一面。韩愈此类理论文章有较强的现实针对性，如《原道》、《原性》辟佛老，皆为时所用，说理充分，有立有驳，谨于布置，文意曲折，常长篇宏论，滔滔不绝。或借题命意，三言两语，如《读荀》、《读墨子》皆无端而来，戛然而止，精炼简洁。此外，此类文字皆平易如话，无艰涩之病。

韩愈的议论文章，还有许多直接针对现实生活问题与时事政治发表见解的，较之那些扶树教道的文章更为精彩。这些文章对现实有敏锐的观察力，针砭时弊，入木三分，见解独特，意正言直，感情色彩强烈，气盛言宜的特点极为突出，而且形式多样，风格富于变化。韩愈一生的大事是辟佛老，在其文章里多所表现。其著名的《论佛骨表》，就元和十四年唐宪宗迎佛骨入宫供养而引起士庶佞佛热潮，不惜触怒皇帝上表谏诤，论佞佛之害，为朝廷除弊。其文开端当头一句："佛者，夷狄之一法耳，自后汉时流入中国，上古未尝有也。"无异斥佛法为左道不当在中国流传。然后从正反两面列举历史情况论证，上古之君，无佛法却能国祚长久，而后汉六朝不少君主奉佛却命促而国灭。又以唐先王不奉佛道之制，开导宪宗，说理充分而深刻。继而揭露当朝奉佛之弊，尖锐地批评宪宗奉佛所造成的祸害。文中言道：

然百姓愚冥，易惑难晓，苟见陛下如此，将谓真心事佛。皆云："天子大圣，犹一心敬信，百姓何人，岂合更惜身命?"焚顶烧指，百十为群，解衣散钱，自朝至暮，转相仿效，惟恐后时。老少奔波，弃其业次。若不即加禁遏，更历诸寺，必有断臂脔身，以为供养者。伤风败俗，传笑四方，非细事也。

这无异于批评宪宗就是制造社会灾难的罪魁，理直而气壮，辞切而言厉。提出如此严厉的批评，是要有相当的胆略的。最后写道：

今无故取朽秽之物，亲临观之，巫祝不先、桃茢不用，群臣不言其非，御史不举其失，臣实耻之。乞以此骨付之有司，投诸水火，永绝根本，断天下之疑，绝后代之惑，使天下之人，知大圣人之所作为，出于寻常万万也，岂不盛哉！岂不快哉！佛如有灵，能作祸祟，凡有殃咎，宜加臣身，上天鉴临，臣不怨悔。

韩愈于国于民于朝廷的一片赤诚，淋漓尽致地表现出来，其对佛事之憎，对朝中无谏诤之耻，对希望中辟佛之愉快，以及担承天大灾难的勇气，更给文章增色。这篇文章说理透辟，情感激越，理情兼胜，文气豪宕，无怪乎林纾称"昌黎《论佛骨》一表，为天下之至文，直臣之正气。"(《韩柳文研究法·韩文研究法》)关于藩镇问题的论述，在韩文中亦是一大主题，他的《守戒》就是论藩镇之祸的。他指出现实中对藩镇之祸，或“不知为之备”或“知而不为之备”，提出防患关键是“在得人”。文章以二喻起，以三喻结，终了点出“在得人”的论点，起落转接，自然严谨，变化层出，是其短篇佳制。杜牧效法作《守论》，而宋苏洵亦师其议论自由纵横之法。《御史台上论天旱人饥状》则是直接谏时弊的，文章发挥了他直言敢谏的特点，语言晓畅，论说含蓄曲折，虽非锋芒毕露，然亦柔中见刚，切中时弊，因而得罪了专意聚敛的德宗，及一味献佞的京兆尹李实等人，遂招致阳山之贬。

韩愈从维护国家一统天下，秩序稳定的立场出发，对为朝廷罗致人才的问题甚为看重，而现实之中，嫉贤妒能，毁谤人才，扼杀人才的恶俗盛行，而韩愈是容不得恶俗的，而且他也身受恶俗的影响，仕途坎坷，故很多文章论及人才问题，且多有精彩之章。《原毁》对比“古之君子”与“今之君子”“待人”“责己”所取的截然不同的态度，剖析“今之君子”毁谤人才的原因，且对其人情恶薄，曲尽其态，深表厌恶。文章论说细密，层层深入，引人入胜，以对比的手法，排比的段落结构文章，跌宕起伏，不滞不板，创造性极强。茅坤道：“此篇八大比，秦汉来故无此调，昌黎公创之。然感慨古今之间，因而摹写人情，曲鬯骨里，文之至者。”（《唐宋八大家文钞·韩文》卷九）评说其特色甚是。《师说》一文更是不顾流俗偏见，提出“无贵无贱，无长无少，道之所存，师之所存也”。以及“弟子不必不如师，师不必贤于弟子”等通达脱俗的进步观念。思想明确，情感充沛，文势如长江大川，奔流直下，淋漓酣畅。文中又以爱子择师而教为喻，以“巫医乐师百工之人，不耻相师”为比，讽刺士大夫“小学而大遗”，智不及下民的愚蠢可笑。文章语气多变，委婉而痛切，文气顿挫有致。《讳辩》一篇专为李贺而作，对那些以李贺父名“晋肃”而应避讳不举进士的人的荒唐主张进行抨击。这不仅是为李贺一人一事，而更重要的是批判当时妒嫉人才的恶习，正所谓“不独为贺也，有激于时尔”（石介《徂徕先生集》卷八）。故意激言促，愤愤不平。驳论步步深入，层层设问，且寓庄于谐。他的《杂说·其四》更以“千里马常有，而伯乐不常有”为人才难遇知音，多遭埋没，抒发感慨。文章简洁明快，短小精悍，感情深沉，读后谁也不会忘记“呜呼，其真无马邪？其真不知马也”那深沉忧郁的慨叹。

韩愈的论说文，无论是理论性的文字，还是讥刺时事之作，都是从现实出发，以经世致用为目的，故文章追求意正气直，语言也多平易质朴，简炼明快。其文似不以长篇宏论为擅长，文多短幅，但章法变幻莫测，篇篇有异，从不平直论说，结构多起伏跳荡，正反结合，理论与实际结合，抽象与具体结合，且具有很强的个性化特点。

韩愈在应用文章方面亦成就突出。这类文章包括他的书信、赠序文等，形式灵活，风格富于变化，或论理，或抒愤，或叙人物，或讽世俗，常借题发挥，感慨议论，时而如话家常，时而嘻笑怒骂，亦正亦雅，或庄或谐，显示了古文大家驾驭应用文体的功力。

姚鼐认为，赠序“所以致敬爱、陈忠告之谊也。唐初赠人，始以序名，作者亦众，至于昌黎，乃得古人之意，其文冠绝前后作者”（《古文辞类纂·序目》）。而章廷华《论文琐言》云：“昌黎赠序之文，无一篇不骂人，然无一当面骂人语。”其实二人之论相融，说明了韩愈赠序文在致敬爱陈忠告的同时常生发开去刺世嫉邪的特征。

韩愈的《送李愿归盘谷序》，是送朋友李愿隐居的，文中借李愿之口，对权势显赫的大官僚和奔走形势之途的势利小人进行辛辣的讽刺。文中言道：

> 愿之言曰：人之称大丈夫者，我知之矣。利泽施于人，名声昭于时，坐于庙朝，进退百官，而佐天子出令。其在外，则树旗旄，罗弓矢，武夫前呵，从者塞途，供给之人，各执其物，夹道而疾驰。喜有赏，怒有刑。才畯满前，道古今而誉盛德，入耳而不烦。曲眉丰颊，清声而便体，秀外而惠中，飘轻裾，翳长袖，粉白黛绿者，列屋而闲居，妒宠而负恃，争妍而取怜。大丈夫之遇知于天子，用力于当世者之所为也。吾非恶此而逃之，是有命焉，不可幸而致也。穷居而野处，升高而望远，坐茂树以终日，濯清泉以自洁。采于山，美可茹；钓于水，鲜可食。起居无时，惟适之安。与其有誉于前，孰若无毁于其后；与其有乐于身，孰若无忧于其心。车服不维，刀锯不加，理乱不知，黜涉不闻。大丈夫不遇于时者之所为也，我则行之。伺候于公卿之门，奔走于形势之途，足将进而趑趄，口将言而嗫嚅，处秽污而不羞，触刑辟而诛戮，侥幸于万一，老死而后止者，其于为人贤不肖何如也？

文章以二宾夹一主的对比手法，将得势与不得势的官僚小人丑恶嘴脸同高洁的隐士对比，前者卑污而后者高尚，形象极鲜明生动。其中有委婉的讽刺，有直露的批评，庄谐相济，恰到好处。语言上奇偶相生，文采斐然。无怪乎苏轼称："唐无文章，惟韩退之《送李愿归盘谷序》一篇而已。"（《东坡题跋》卷一《跋退之李愿序》）

韩愈平生关注的重大问题之一，就是藩镇之祸。这在他的赠序之文中也有表达。《送董邵南序》对董邵南赴河北藩镇提出委婉的告诫，并以古鉴今，称"燕赵古称多感慨悲歌之士"，发出"然吾尝闻风俗与化移易，吾恶知其今不异于古所云邪？"的慨叹，批判今之燕赵之人大变古风，使燕赵成为屡叛朝廷的不义之地。笔法曲而达，意在言外，正如刘大櫆所评："退之以雄奇胜，独此篇及送王含序，深微屈曲，读之，觉高情远韵，可望不可及。"（马其昶《韩昌黎文集校注》注引）《送幽州李端公序》，旧时多以为是送李益赴幽州刘济幕府的，岑仲勉考其非是（见《唐史余渖》卷三）。而无论是送谁赴幽州，讽劝其开导燕帅，使其归顺朝廷，为中央藩臣之意甚明。其文法亦曲折有致，婉而多讽。

韩愈还有一些序文，借送友而论学论文，兼又抒发不平之气。文章叙事议论与抒情紧密结合，情理文辞俱胜。《送孟东野序》即是具有代表性的篇章。文中言道：

大凡物不得其平则鸣：草木之无声，风挠之鸣；水之无声，风荡之鸣。其跃也，或激之；其趋也，或梗之；其沸也，或炙之。金石之无声，或击之鸣。人之于言也亦然，有不得已者而后言，其歌也有思，其哭也有怀。凡出乎口而为声音，其皆有弗平者乎！乐也者，郁于中而泄于外者也，择其善鸣者而假之鸣。金、石、丝、竹、匏、土、革、木八者，物之善鸣者也。惟天之于时也亦然，择其善鸣者而假之鸣。是故以鸟鸣春，以雷鸣夏，以虫鸣秋，以风鸣冬；四时之相推夺，其必有不得其平者乎！

其于人也亦然，人声之精者为言，文辞之于言，又其精也。尤择其善鸣者而假之鸣。……

唐之有天下，陈子昂、苏源明、元结、李白、杜甫、李观，皆以其所能鸣。其存而在下者，孟郊东野始以其诗鸣。其高出魏晋，不懈而及于古，其他浸淫乎汉氏矣。从吾游者，李翱、张籍其尤也。三子者之鸣信善矣。抑不知天将和其声而使鸣国家之盛耶？抑将穷饿其身，思愁其心肠，而使自鸣其不幸耶？

文章以“不平则鸣”贯穿全篇，多方取喻，反复论说，夹叙夹议，一气贯注，寓意深远，既阐明了文学“鸣不平”的功能，又为朋友孟郊穷厄蹇涩的命运“鸣不平”，同时也将自身的牢骚寓于其中了。文章风格雄奇恣肆，比喻层出不穷，颇类《庄子》。除此篇之外，《荆潭唱和诗序》虽不属赠序之列，然亦为序文，亦强调“欢愉之情难工，穷苦之音易好”。另外，有《送王秀才序》，则论儒学复兴，辟释氏、庄、老、杨、墨。文章善于比喻，形象生动。《送高闲上人序》所论广泛，尤其强调学艺必须专心致志，并借张旭草书为例说明，其文将精深的理论与奇幻的形象交织在一起，引人入胜。

韩愈的书信创作成就较近于赠序文，而更以情见长。尤其是与朋友叙离别之情的书信。他的《与孟东野书》就是一例，文中写知己朋友离别后的相忆和渴望相逢之情，情真意切：“与足下别久矣。以吾心之思足下，知足下悬悬于吾也，各以事牵，不可合并，其于人人，非足下之为见，而日与之处，足下知吾心乐否也！吾言之而听者谁欤！吾唱之而和者谁欤！言无听也，唱无和也，独行而无徒也，是非无所与同也，足下知吾心乐否也！”文章写得如对面晤谈，倾诉情结，亲切感人，行文平易晓畅，显示出文从字顺特征。另外，他的书信文亦多论文之作。如《答李翊书》、《与冯宿论文书》、《答尉迟生书》、《答刘正夫书》等，或谆谆教诲，或剖论详审，往往情理交融。

韩愈古文创作的一大突出成就，即是记传类文章的高度艺术化。本来中唐时期是传记文学发展繁荣的时期，这与当时传奇小说的繁荣有着密切关系。韩愈则在真人实事的基础上，吸取《史记》、《汉书》笔法，同时融入传奇的写法，注重文章表情达意的个性化，将叙事议论抒情结合在一起，增强传记文章的形象性，文学性，为传记文学的发展开辟了一条崭新的道路。韩愈的记传类文章大都是传记、碑志墓铭之类。这些文章大多以塑造各类人物典型为中心，或赞颂人物优秀品质，或表现人物可歌可泣的事迹，或借人事寓以深刻含义，或寄托深切哀思，可谓丰富多彩，艺术上亦见大家本色。

在传记中，他的代表作《张中丞传后叙》，就是一篇杰出的作品。文章塑造了抗击安史叛军的张巡、许远、南霁云等的英雄形象，歌颂他们“守一城，捍天下，以千百就尽之卒，战百万日滋之师，蔽遮江淮”，批判见死不救的军阀和后世不乐成人之美毁谤英雄的小人。文章刻划英雄人物个性鲜明，笔法多变，精彩纷呈。文章写张巡，无论外貌神态，言语行动细节，皆有可观。张巡“长七尺余，须髯若神”，“巡怒，须髯辄张”，真正伟丈夫形象。“及城陷，贼缚巡等数十人坐，且将戮。巡起旋，其众见巡起，或起或泣。巡曰：‘汝勿怖！死，命也！’众泣不能仰视。巡就戮时，颜色不乱，阳阳如平常。”张巡的英雄本色，跃然纸上。写南霁云事迹更具传奇色彩。“南雾云之乞救于贺兰也，贺兰嫉巡、远之声威功绩出己上，不肯出师救，爱霁云之勇且壮，不听其语，强留之，具食与乐，延霁云坐。霁云慷慨语曰：‘云来时，睢阳之人不食月余日矣！云虽欲独食，义不忍，虽食，且不下咽。’因拔所佩刀，断一指，血淋漓，以示贺兰，一座大惊，皆感激为云泣下。云知贺兰终无为云出师意，即驰去，将出城，抽矢射佛寺浮图，矢著其上砖半箭，曰：‘吾归破贼，必灭贺兰，此矢所以志也。’”“城陷，贼以刃胁降巡，巡不屈，即牵去，将斩之；又降霁云，云未应，巡呼云曰：‘南八，男儿死耳，不可为不义屈！’云笑曰：‘欲将以有为也。公有言，云敢不死！’即不屈。”这几段文字将南霁云勇武威猛，嫉恶如仇的英雄形象刻画得栩栩如生。而在描述历史人物过程中，夹进自身见闻，更是司马迁《史记》常用笔法。文章对许远的描述则又不同于前二人，韩愈写许远着重在为许远辩诬，故用夹叙夹议方法，既突出了许远虚怀纳士，临危不惧的英雄品质，又鞭笞了“擅强兵坐而观者”和好议论之小人。写许远两段文字中议论纵横，气势磅礴，雄奇奔放，显示了韩愈文章气盛言宜，感情充沛的特征。

传记文中，《圬者王承福传》也是著名篇什，文章塑造了虽有战功而不慕官禄，自食其力，并接济“道路之废疾饿者”的泥瓦匠王承福的形象，借其言讽刺揭露了达官显贵的丑行。文章师承《尚书》、《国语》等记言手法，风格古雅。还有《太学生何蕃传》写何蕃之孝，尤其突出刻画其在朱泚之乱时表现出的仁勇精神。亦为佳制。

碑铭墓志之作，盛于八代，已经形成一套铺叙阀阅，记载官位，歌功颂德华而不实的程式，而且这也是骈文的一块坚固的阵地。韩愈的创作开辟碑铭墓志的新天地，使古文艺术成就给这块园地上带来了生机。韩愈在中唐作家中撰写碑铭墓志最多，名声也最大。然而对其成就却毁誉不一。吴讷《文章辨体序说》称：“墓志……古今作者，惟昌黎最高。”但也有认为他的碑志多“谀墓”之作。把谀墓这顶帽子专门扣在韩愈头上，是欠考虑的。韩愈的门客刘叉持愈金而去，言道：“此谀墓中人所得耳，不若与刘君为寿。”（李商隐《齐鲁二生·刘叉》）在这则故事中，刘叉称韩愈谀墓，不过是为自己离开韩愈凑足盘缠找借口，并非专门批评韩愈墓志皆谀墓之作。后人借此而把韩愈作为谀墓的典型，认为这是思想落后的表现，则是不够公允的。韩愈所作墓志中，为品行不端者所为应酬之作，所占数量甚微。反而是那些正言直书，情真意挚的作品，不胜枚举，而这部分作品所达到的艺术造诣，的确是空前绝后的。

韩愈所作墓志中，以给朋友写作的最为出色。他的《柳子厚墓志铭》最为人所称道。这篇墓志铭记叙了柳宗元坎坷的一生，赞颂他的文学造诣、政治才能和重节义重友情的高尚品质，且又借题发挥，谴责世上乘人之危落井下石的无耻之徒，抒发其对逝者的哀悼之情。文中写柳宗元为刘禹锡的缘故，欲以柳易播事尤为动人。文中道：

> 其召至京师而复为刺史也，中山刘梦得禹锡亦在遣中，当诣播州。子厚泣曰：“播州非人所居，而梦得亲在堂，吾不忍梦得之穷，无辞以白其大人；且万无母子俱往理。”请于朝，将拜疏，愿以柳易播，虽重得罪，死不恨。遇有以梦得事白上者，梦得于是改刺连州。呜呼！士穷乃见节义。今夫平居里巷相慕悦，酒食游戏相征逐，诩诩强笑语以相取下，握手出肺肝相示，指天日涕泣，誓生死不相背负，真若可信。一旦临小利害，仅如毛发比，反眼若不相识，落陷阱，不一引手救，反挤之又下石焉者，皆是也。此宜禽兽夷狄所不忍为，而其人自视以为得计，闻子厚之风，亦可以少愧矣！

这段文字赞颂柳宗元的优秀品质，表现作者的崇敬之情，同时感慨世俗交态之薄，反衬柳宗元品质的可贵。文章行议论于叙事之中，感情饱满，语言酣畅，情意深挚，具有隽永的韵致。像这类墓铭，还有《贞曜先生墓志铭》、《南阳樊绍述墓志铭》写孟郊与樊宗师，皆可称楷模。这些墓志铭不仅刻画人物，抒发哀悼之情十分成功，而且在文章语言上也用心锤炼，使语言显得更富于创造性，更显得雄奇雅健。

另外，韩愈有一篇《试大理评事王君墓志铭》，则变换写法，以诙谐的笔触刻画王适这一天下奇男子。文章写他玩世不恭的狂态，又写他一段伪造告身骗娶的喜剧故事。将王适的狂放不羁、侯翁的迂执忠厚、媒妪的狡黠刻画得呼之欲出。这样的写法在以前的碑志中是绝对无法想象的。韩愈在墓志铭的写法上力求摆脱以前的那套旧格，力求写法上、结构上、语言上，甚至内容上出新求奇。他的《唐河中府法曹张君墓志铭》、《施先生墓志铭》、《考功员外卢君墓铭》及《乳母墓铭》都有其独到之处。

他的碑文，如《平淮西碑》无论在内容上还是在艺术上，都可以说是成功的，确实像无名氏所称："淮西功业冠吾唐，吏部文章日月光，千载断碑人脍炙，不知世有段文昌。"（苏轼《东坡题跋》卷三《记临江驿诗》）当然，也有像《曹成王碑》那样的一味求奇，致使言语生涩隐晦，文法不通的失败之作。

韩愈古文创作的一大特征就是感情充沛。他的抒情性文章也是取得了很高成就的。这类文章中有表现抒发人间至深至纯的亲情的和抒发内心的郁愤之情鸣不平的两方面。表现人间亲情的，是他那声泪充斥的祭亲之文，情真意深，幽咽低回，如泣如诉，体现了人世间最可珍贵的人情美，成为他创作中的第一等文字。

在祭亲文中，《祭十二郎文》脍炙人口，是一篇言有尽而哀思无限的至情之文。祭文从自身早孤，依随兄嫂生活写起，述及长兄亦丧，只剩孤儿寡妇，生死相依，悲不自胜。文中写道："吾上有三兄，皆不幸早逝，承先人后者，在孙惟汝，在子惟吾，两世一身，形单影只。嫂尝抚汝指吾而言曰：'韩氏两世，惟此而已！'汝时尤小，当不复记忆，吾时虽能记忆，亦未知其言之悲也。"文章以汝吾相称，视逝者如生，情语切切，如话家常，其情可哀。接着，文章痛苦地回忆二人离合无常之苦况，写一别便为永诀，抒发心中的悲痛之情："呜呼！孰谓汝遽去吾而殁乎！吾与汝俱少年，以为虽暂相别，终当久相与处，故舍汝而旅食京师，以求斗斛之禄，诚知其如此，虽万乘之公相，吾不以一日辍汝而就也。"忽然而逝，令作者痛悔不已，五内俱焚。文章至此悲情无以复加。而更可悲的，是侄儿的病殁详情都难以知晓，这种给悲上加悲的表现手法，使抒情变得更为深沉。《祭十二郎文》构思甚是新奇，对面晤谈的写法，使作者悲哀之情表露更为自然，更显真纯。

韩愈还有一篇《祭女挐女文》，抒写父女之间的亲情。韩愈被贬潮州，女儿病中上路，夭于荒野之中。韩愈还朝后，归葬小女于祖茔，写下这篇祭文。文中写父女生离死别的情景最为感人："呜呼！昔汝疾极，值吾南逐，苍黄分散，使女惊忧。我视汝颜，心知死隔，汝视我面，悲不能啼。"此情此景，令人不堪卒读。此文短短二百余字，字字带血，句句含泣。此外，韩愈的《祭郑夫人文》、《祭滂文》也都是抒发亲情与感慨世道不公的动人之作。

韩愈有些杂文也是抒情佳作，但此类抒情文章主要是抒发不遇之情，鸣胸中之不平的。代表作有《进学解》这样的名篇。《进学解》效东方朔《答客难》及扬雄《解嘲》的写法，设问答体，借学生的嘲笑，以表现其学问文章达到极高的造诣。通过自嘲解嘲，讽刺宰臣，抒发郁郁不平之气。文章构思曲折巧妙，行文骈散结合，语言熔铸古今，简约精辟，使文章气势恢宏。幽默的反语，形象的比喻，增加文章的感染力。韩愈的《送穷文》亦属此种文章。

综上所述，我们可以看出，韩愈作为古文大家，在多种文体上取得了很高的艺术成就。他的文章主要特征之一，就是“发言真率，无所畏避”（《旧唐书·韩愈传》）。他的很多文章都具有这一特征，最有代表性的文章《论佛骨表》就是明证。还有像《师说》、《讳辩》之类反传统，刺世俗的文章更是如此。

韩愈文章另一特征就是尚奇。他追求奇辞奥旨的境界，追求文章雄奇的气势，新奇的语言，奇妙变幻的艺术构思，甚至被当时人看作荒诞不经的艺术表现。他的《张中丞传后叙》等文章即气势非凡。他的文章在结构、构思上变化多端，往往能翻新出奇，这在他的墓志铭中表现就十分明显。他在语言上提倡创造性，他的文章在这方面确实做出了典范，像《进学解》等文章创造的语汇，到今天仍有极强的生命力。但是，求奇也使他的某些文章语言变得艰涩难通。他的这种尚奇的倾向对中晚唐的古文家影响很大，直到北宋诗文改革时才得以扭转。

韩愈以其艺术性、思想性俱强的古文创作，雄踞于中唐文坛，对当时的古文运动和后代的散文发展都产生了巨大的影响。中唐时韩门弟子以韩愈为师，学习并创作古文。至晚唐虽然古文开始衰落，而杰出的作家杜牧、皮日休、罗隐、孙樵等都向他学习，继承了他古文创作传统，从事散文创作。宋代的古文大家更是推崇韩愈，将古文创作推向新的高潮。明清及近代都有很多作家，不少文学流派学习并推崇韩愈，使他所创造的古文写作传统不断地得到发扬。

第四章
柳宗元

第一节　柳宗元的生平思想和散文理论

柳宗元（773～819）字子厚，河东（今山西永济）人。代宗大历八年，柳宗元出生在一个官宦家庭。河东柳氏本是望族，北朝时与薛氏、裴氏并称“河东三著姓”（元稹《赠左散骑常侍薛公神道碑》）。柳宗元先世在北魏、唐初都有作高官的。此后家道渐落，但还保持着官宦地位。父柳镇贞元初作过殿中侍御史，母亲卢氏，出自范阳卢氏，也是望族，但到中唐，也告式微。柳宗元四岁开始读书，母亲教他“古赋十四首，皆讽传之”（《先太夫人卢氏归祔志》）。贞元八年（792），贡于京师，次年登进士第，年仅二十一岁。同榜中第的，有他平生罕有的知己刘禹锡。贞元十二年，应制科（博学鸿词）未第，十四年再试中第，授集贤殿书院正字，走入了仕途。柳宗元是抱着建立功业的壮志入仕的，他希望能以一官之位，“励才能，兴功力，致大康于民，垂不灭之声”（《答贡士元公谨论进士书》），为国为民干一番事业。十七年，调兰田尉，两年后，入京任监察御史里行。贞元二十一年（顺宗永贞元年，805），升礼部员外郎。这一年，对唐史和柳宗元个人的一生，都具有重要性。

安史之乱后，唐王朝开始走上了下坡路。德宗李适在位二十五年，朝廷越来越昏乱，政治越来越黑暗。安史乱后，藩镇跋扈起来，而朝廷无力，只能退让。德宗猜忌大臣，重用宦官，让宦官监左、右神策军，开了宦官掌军权的恶劣先例，中晚唐宦官屡屡把持朝政，就是从德宗时开始的。又更旧制，以宦官为宫市使，对百姓公然实行劫掠。面对国家危乱的局面，贞元末期，一些有识之士就在酝酿政治上的变革。贞元二十一年初，德宗死，顺宗继位，王伾、王叔文、柳宗元、刘禹锡、韩泰等得到信任，开始实行政治革新。永贞革新的主要内容，一是改革赋税，断除进奉，以减轻人民负担，规定正税之外，“诸色杂税，并宜禁断，除上供外，不得别有进奉”（马鸣盛《十七史商榷》卷七四《顺宗纪所书善政》）。又下令蠲免贞元二十一年前“百姓所欠课利租赋钱帛共五十二万六千八百四十一贯”（《旧唐书·顺宗纪》）。二是免除宦官兵权，命宿将范希朝为左、右神策军、京西诸城镇行营兵马使。三是罢宫市。韩愈《顺宗实录》对宫市的黑暗有所记载：“贞元末，以宦者为使，抑买人物，稍不如本估。末年不复行文书，置白望数百人于两市并要闹坊，阅人所卖物，但称宫市，即敛手付与，真伪不复可辨，无敢问所从来。其论价之高下者，率用百钱物买人直数千钱物，仍索进奉门户并脚价钱，将物诣市，至有空手而归者。名为宫市，而实夺之。”顺宗刚即位，就按王叔文等的意见将宫市禁止了。这次革新，时间仅有半年，进展迅猛，朝野震动。在历史上，对永贞革新多有指责，连与柳宗元友情甚笃的韩愈，也对柳宗元参与革新很不以为然，认为他是“不自贵重顾藉”，不能“自持其身”（《柳子厚墓志铭》）。而这次革新，即从打击宦官黑暗势力和解除民生疾苦这两点看，其进步性也是无可怀疑的。而多数革新者的出发点，也是为国为民。柳宗元在永州时回顾自己参与永贞革新时说：“宗元早岁，与负罪者（按指王叔文等）亲善，始奇其能，谓可以共立仁义，裨教化。过不自料，懃懃勉励，唯以忠正信义为志，以兴尧舜孔子之道、利安元元为务。”（《寄许京兆孟容书》）致君尧舜，利安元元，革新者的动机，完全是光明正大的。

永贞革新引起了宦官和一些大贵族官僚的仇恨。他们乘顺宗病重，在这年八月，逼其退位，宪宗继立，立即对革新集团人士进行残酷打击，贬王伾开州司马，王叔文谕州司户，贬柳宗元、刘禹锡、韩泰、韦执谊、陈谏、韩晔、凌准、程异为远州司马，史称二王八司马事件。

永贞元年八月，柳宗元被贬邵州刺史，未至任所，复贬为永州司马。被贬永州（治所今湖南零陵），在政治上对有强烈的功业心的柳宗元是一个沉重打击。其自述云：“……私心痛之，堙郁泅涌，不知所发，常以自憾。在朝不能有奇节宏议，以立于当世，卒就废逐，居穷厄，又不能著书断往古，明圣法，以致无穷之名。……今抱德厚，蓄愤悱，思有以效于前者，则既乖谬于时，离散摈抑，而无所施用。长为孤囚，不能自明。”（《与顾十郎书》）在永州，他自知被目为“万罪横生，不知其端”，（《与萧翰林俯书》），还是抱着得到朝廷谅解的万一的希望。他给一些在位之士写信，委婉曲折地希望得到援拔，“倘或万万有一可冀，复得处人间”（《与顾十郎书》），再伸壮志，以立功业。当然，在“谤语转移，嚣嚣嗷嗷”（《与萧翰林俯书》）的情势下，即使有正义感的在位之士，也无法对他伸出援助之手。即使有人伸出援手，宦官权贵盘踞的朝廷也不可能对他有丝毫的宽容，他还朝的希望，始终也未能实现。

自永贞元年（805）至元和十年初，柳宗元在永州住了近十年，真所谓长为孤囚。在政治上失望之余，他只好将自己的满腹经纶、一腔孤愤，倾注于读书与著述之中，“求得经史诸子数百卷，常候战悸稍定，即时伏读，颇见圣人用心、贤士君子立志之分。著书亦数十篇”（《与李翰林建书》）。他希望通过著述，“辞令褒贬，导扬讽喻”（《杨评事文集后序》），多少达到“生人之性得以安，圣人之道得以光”（《答周君巢饵药久寿书》）的目的。柳宗元早年即能文，他“始以童子有奇名于贞元初”，贞元之末为朝官时，即“以文章称首”（刘禹锡《唐故柳州刺史柳君集记》）。但柳宗元在遭贬以前，锐意于用世，著文也以有益世用为目的，对文章从不曾精心讲求，所作数量也不多。被贬永州以后，政治不可能有成，才用心于散文创作。对此，柳宗元自己曾一再说明。《答吴武陵论非国语书》说：“仆之为文久矣，然心少之，不务也，以为是特博弈之雄耳。故在长安时，不以是取名誉，意欲施之事实，以辅时及物为道。自为罪人，舍恐惧则闲无事，故聊复为之。”《与杨京兆凭书》也说：“宗元自小学为文章，中间幸联得甲乙科第，至尚书郎，专百官章奏，然未能究知为文之道。自贬官来无事，读百家书，上下驰骋，乃少得知文章利病。”在永州时，柳宗元作《非国语》上、下共六十七篇，指出《国语》“不概于圣”之处，以“黜其不臧，以救世之谬”（见《非国语》序、跋）；为究天人之际，他写了《天说》、《天对》等阐发唯物主义天人观的理论之著；为寄托孤愤、散解忧怀，他寻山问水，写了“永州八记”等清峻孤峭的游记之作；他激于民生疾苦，世俗污浊，写了《捕蛇者说》、《三戒》等大量优秀杂文。他的大量情辞恳至的书启，也作于这个时期。此期间，他还“为骚文十数篇，览之者为之悽恻”（《旧唐书》本传）。

永州时期，是柳宗元散文的成熟时期，也是创作的丰收时期。

元和十年（815）初，朝廷召柳宗元还京，这给了他重返政坛，以施抱负的希望。“十一年前南渡客，四千里外北归人。诏书许逐阳和至，驿路开花处处新。”（《诏追赴都二月至灞亭上》）欢欣之情，溢于言表。但是，等着他的，是更沉重的打击。这次回京，还有永贞元年遭贬的刘禹锡等人。他们得以被召回京，是由于“执政有怜其才欲渐进之者”。但柳宗元等回京以后，一些谏官和宰相武元衡坚决反对重新启用永贞革新人士，而宪宗也并不曾打算重新启用他们，“谏官争言其不可，上与武元衡亦恶之，三月乙酉，皆以为远州刺史，官虽进而地益远”（《资治通鉴·宪宗纪》）。柳宗元在京立足未定，即复被放柳州刺史。柳州治所马平（今广西柳州），较之永州，更远离长安，更加荒僻。在柳州，柳宗元在抑郁沉重的心情下，仍关心国计民生。他听到李愬雪夜袭蔡州，淮西平定的消息，作了《唐雅诗》和《平淮夷雅》称颂朝廷，也寄托自己的欢欣。他甚至希望趁藩镇乱平，朝廷出现“中兴”转机之时，天子能回心转意，起用自己。他写信给宰相李夷简，希望得到帮助，“得毕其诚”（《上门下李夷简相公陈情书》）。当然，这仍不可能有任何结果。在柳州，他尽力为当地百姓做好事。解放奴婢，是柳宗元在柳州一大德政，他还发展教育，打井植树，发展生产，因此得到柳州百姓的爱戴，元和十四年，宪宗受尊号，大赦天下，宰相裴度趁机建议宪宗放还柳宗元，加以任用，得到宪宗同意。但诏书未到，柳宗元已在柳州病逝，年仅四十七岁。柳州百姓为纪念柳宗元，在罗池建庙，并派人专程进京请韩愈撰写碑文，韩愈为作《柳州罗池庙碑》，称述柳宗元在柳州“能泽其民”的政绩，寄托了对他的哀念之情。柳宗元在柳州，时仅四年，且任刺史之职，政务较多，不像在永州做员外司马那样无公可务，加之体弱多病，这期间创作远不如永州时那样旺盛，但还是有《柳州山水近治可游者记》、《童区寄传》等传诵名篇。柳宗元逝后，刘禹锡搜其一生之作，编为《河东先生集》，此后流传，版本甚多，1979 年中华书局出有校点本《柳宗元集》四十五卷、外集二卷、补遗一卷。

柳宗元的思想，终生都以儒学为主导。他前期积极从政，“以兴尧舜孔子之道、利安元元为务”，自然是出自儒学立场，他被贬永、柳时期的关心国计民生、尽力于政务，也主要是靠儒学支撑。他的家庭，是官宦世家，也是儒学世家。他的父亲柳镇，一生信奉儒学，宗元称“先君之道，得《诗》之群，《书》之政，《易》之直方大，《春秋》之惩劝，以植于内而文于外，垂声当时”（《先侍御史府君神道表》），这对他有深刻影响。柳宗元一生强调“道”，即儒家之道，他说：“本之《书》以求其质，本之《诗》以求其恒，本之《礼》以求其宜，本之《春秋》以求其断，本之《易》以求其动，此吾所以取道之原也。”（《答韦中立论师道书》）但柳宗元并不是迂儒，他吸取儒学经世致用的精神，学儒而求治世。他说：“始仆之志学也，甚自尊大，颇慕古之大有为者。”（《答贡士元公瑾论仕进书》）他要求自己成为“经大务，断大事”的“恢杰之才”，而不愿“穷章句，作腐烂之儒”（《上大理崔大卿应制举不敏启》）。这种精神，在柳宗元的一生，都清楚可见，而尤以在长安为官时为强烈。

柳宗元的思想，最为光辉之处，在于他的无神论的唯物主义天人观和以“生人之意”为根基的历史观，在哲学思想相对沉寂的唐代，显得特别突出。这在后面将要谈到，兹不赘述。

老庄之学在唐代比较盛行，而在柳宗元身上，影响不多。早年官兰田尉时，两年不调，自以为将久困于此，“益学《老子》，和其光，同其尘，虽自以为得，然已得号为轻薄人也！”（《与杨诲之第二书》）。但这只是短暂时间里的事，他自己后来也不欣赏。在贬谪中，他也不常流露游于物外的情绪。但在哲学上，他对《庄子》有所吸收，主要表现在论天人之际的《天对》之中。如对“惟兹何功，孰初作之”一问的回答：“冥凝玄釐，无功而作”，表现的是天道自然的观念。在散文创作上，柳宗元更有意识地吸收《老》、《庄》文章之长，自谓“参之《庄》、《老》以肆其端”（《答韦中立论师道书》）。

或谓柳宗元后期佞佛，这也要作具体分析。由于母亲卢氏的影响，柳宗元自幼好佛。被贬永州后，对佛教也确有进一步的体悟，如他所说：“吾自幼好佛，求其道积三十年。世之言者罕能通其说，于零陵，吾独有得焉。”（《送巽上人赴中丞叔父召序》）但他一生，基本上取的是“统合儒佛”的态度（《送文畅上人登五台遂游河朔序》）。被贬以后，更多从佛理中寻求精神的慰藉，但是还说不上“佞”。

所谓“统合儒佛”，是以儒为主导的“统合”。在长安时，柳宗元就与释子交游，后则愈甚。韩愈辟佛，曾责怪柳宗元“不斥浮图”，柳宗元以为佛儒不是不相容。其《赠僧浩初序》载此事：“儒者韩退之与余善，尝病余嗜浮图言，訾余与浮图游。近陇西李生础自东都来，退之又寓书罪余，且曰：‘见《送元生序》，不斥浮图。’浮图诚有不可斥者，往往与《易》、《论语》合，诚乐之，其于性情奭然，不与孔子异道。”在《送元暠师序》中，也说：“吾见其不违且与儒合”，在《送濬上人归淮南觐省序》中又说：“金仙氏之道，盖本于孝敬，而后积以众德，归于空无”。以上三文皆写于后期，可以看到柳宗元“统合儒佛”的终身态度。但柳宗元后期更倾心于佛教，确有从佛教中求解脱的一面。《送僧浩初序》谈到了这一面：“且凡为其道者，不爱官，不争能，乐山水而嗜闲安者为多。吾病世之逐逐然唯印组为务以相轧也，则舍是其焉从？吾之好与浮图游以此。”这就与他被贬后的处境和心情有关了。但从这一面，也谈不上是对佛教的迷信，以他坚定的无神论思想，他也不可能真信佛。柳宗元还反对文学创作的滥谈佛理：“代之游民，学文章不能秀发者，则假浮屠之形以为高，其学浮图不能愿悫者，则又托于文章之流以为放，以故为文章浮图，率皆纵诞乱杂。”（《送方及师序》）。柳宗元好佛，但文中的确没有“假浮屠之形以为高”的，这也可见柳宗元好佛的分寸。

柳宗元论文，主“明道”。这在《答韦中立论师道书》中有最明确的阐述：

> 始吾幼且少，为文章，以辞为工。及长，乃知文者以明道，是固不苟为炳炳烺烺，务采色，夸声音而以为能也。凡吾所陈，皆自谓近道，而不知道之果近乎？远乎？吾子好道而可吾文，或者其于道不远矣。故吾每为文章，未尝敢以轻心掉之，惧其剽而不留也；未尝敢以怠心易之，惧其驰而不严也；未尝敢以昏气出之，惧其昧没而杂也；未尝敢以矜气作之，惧其偃蹇而骄也。抑之欲其奥，扬之欲其明，疏之欲其通，廉之欲其节，激而发之欲其清，固而存之欲其重：此吾所以羽翼夫道也。本之《书》以求其质，本之《诗》以求其恒，本之《礼》以求其宜，本之《春秋》以求其断，本之《易》以求其动：此吾所以取道之原也。

在《报崔黯秀才论为文书》中，也强调：“圣人之言，期以明道，学者务求诸道而遗其辞。辞之传于世者，必由于书。道假辞而明，辞假书而传，要之，之道而已耳。”文要明圣人之道，思想内容要原本五经。但道假辞而明，辞就不是无足轻重的了。因此，为更好地明道，对辞就不能不精心讲求。答韦中立书中所讲的“所以羽翼夫道”的几个方面，就是散文创作对辞的讲求。当然，绝对不能离开“明道”

的宗旨去单纯追求辞藻、章法。报崔黯书说："今世因贵辞而矜书，粉泽以为工，遒密以为能，不外乎？"这显然是对华而不实、求辞遗道的骈俪文风的批评。可见，柳宗元讲"文以明道"是道、辞统一，道、辞兼重，这就与宋人"文以载道"的重道轻文之说有明显区别。

柳宗元讲"文以明道"，并不是要求文章仅止于表现圣人之道。文章表现圣人之道，迂儒都可以做到。因此他在要求明道的同时，又特别强调："道之及，及乎物而已耳。"(《报崔黯秀才论为文书》)。要求文章表现"及物之道"(同上)，就是要明道以致用。他在长安时为文，虽无暇精心以求，但他"以辅时及物为道"而不愿做"博弈之雄"，就是以至于世用为目的的。被贬后的大量文章，仍没有离开这个轨辙。这与同时白居易提倡新乐府所强调的"为时"、"为事"的观念，完全一致。

柳宗元虽主"明道"，而于辞章则所取甚宽。《报袁君陈秀才避师名书》说学文"当先读六经，次《论语》、孟轲书皆经言；《左氏》、《国语》、庄周、屈原之辞，稍采取之；谷梁子、太史公甚峻洁，可以出入"。《答韦中立论师道书》也要求"参之谷梁氏以厉其气，参之《孟》、《荀》以畅其支，参之《庄》、《老》以肆其端，参之《国语》以博其趣，参之《离骚》以致其幽，参之太史公以著其洁"。此所谓"旁推交通而以为之文"。这与韩愈《进学解》所表明的博取旁通的观念，也是完全一致的。柳宗元的散文，从渊源说，主要得力于先秦、两汉之文，即六经、诸子、辞赋之文。但他能融会贯通，从现实致用的需要出发，从表现自己的主体情性出发，融贯诸家之文，匠心独运，自铸伟辞，故能成一家之言。

第二节　柳宗元的散文成就（上）

《柳宗元集》存散文五百余篇，各体皆备，佳作之多，指不胜屈。柳宗元文，大多数写于被贬以后，而以永州十年之作为最多最好。自韩愈《柳子厚墓志铭》称宗元在永州，"自肆于山水之间"，后人论柳宗元文，多偏爱其山水游记，而实际上柳宗元各体之文，思想和艺术成就都很难轩轾。由于对柳文很难做分期论述，下面从抒情散文和议论传记杂文两个方面，分节述其散文成就。

南宋严羽说："唐人惟柳子厚深得骚学，韩愈、李观皆所不及。"（《沧浪诗话·诗评》）此评甚确。《离骚》情深辞茂的特点，在柳宗元的许多文章中都有不同程度的体现，而他又有不少采用骚赋体的作品。《旧唐书》本传说："既罹窜逐，涉履蛮瘴，崎岖堙厄，蕴骚人之郁悼，写情叙事，动必以文，为骚文十数篇，览之者为之凄恻。"柳集中，有"骚"文十篇，"古赋"九篇，此外，对问八篇，也多赋格，《吊苌弘文》、《吊屈原文》、《吊乐毅文》皆为骚体，多作于永州时期。柳宗元多骚赋体文，主要是出于贬谪中抒写悲愤抑郁之情的需要，而不只是出于对这种体裁的爱好与模拟。他的骚赋体文，有直抒胸臆之作，如《惩咎赋》、《闵生赋》、《梦归赋》、《吊屈原文》等，也有写物寄怀之作，如《瓶赋》、《牛赋》。《惩咎赋》述自己参加永贞革新而得罪，远谪南荒，前人以为"宗元不得召，内闵悼，悔念往咎，作赋自儆，曰《惩咎》"（《新唐书》本传）实则此文并无悔意。"欲操术以致忠兮，众呀然而互嚇"，是在强调自己参与革新的忠正立场，以此遭到迫害，纯系无辜得咎。此意在末段尤明：

> 曩余志之修蹇兮，今何为此戾也？夫岂贪食而盗名兮，不混同于世也。将显身以直遂兮，众之所宜蔽也。不择言以危肆兮，固群祸之际也。御长辕之无桡兮，行九折之峩峩。却惊棹以横江兮，泝凌天之腾波。幸余死之已缓兮，完形躯之既多。苟余齿之有惩兮，蹈前烈而不颇。

《闵生赋》在抒愤的同时，也表示"孰眇躯之敢爱兮，窃有继乎古先"。《吊屈原文》则歌颂屈原"穷与达固不渝兮，夫唯服道以守义。矧先生之悃愊兮，蹈大故而不贰"，与《惩咎赋》一样，表现的都是屈原式的"虽九死其犹未悔"的精神。《瓶赋》取扬雄《酒箴》之意，以鸱夷（酒囊）盛酒以喻小人，瓶盛清水以喻君子，《牛赋》以牛有功于人却终遭杀戮喻忠直为国之士反遭迫害，以驴"不耕不驾"一无所用，却因"善识门户"而"终身不惕"喻荒嘻小人以善于钻营而得意于时，寓意近于李白"骅骝拳跼不得食，蹇驴得意笑春风"。两文都是被贬后抒忧愤之作，文章则可以说是赋体寓言，行文简切，形象鲜明，寓意深刻，与其《三戒》、《罴说》、《蝜蝂传》等寓言有异曲同工之妙。柳宗元骚文中的《乞巧文》、《骂尸虫文》、《斩曲几文》、《宥蝮蛇文》、《憎王孙文》，也都是被贬后寄寓孤愤之作，较之上述作品，情感更加激烈，风格则偏于峻刻。如骂“尸虫”：“以曲为形，以邪为质，以仁为凶，以僭为吉，以淫谀谄诬为族类，以中正和平为罪疾，以通行直遂为颠蹶，以逆施反斗为安逸。谮下谩上，恒其心术，妬人之能，幸人之失。利昏伺睡，旁睨窃出，走谗于帝，遽入自屈，幂然无声，其意乃毕。……”柳宗元以积极参与政治革新而被贬后，朝中小人，谤毁交加，极颠倒是非之能事，致使宗元“万罪横生”。骂尸虫，正是针对此辈小人的，情感之愤怒、悲激，在柳文中不多见；柳宗元耿亮峻直、嫉恶如仇的性格，在这里也得到了充分的展现。

柳宗元在永、柳时期的山水游记，也主要是寄托孤愤之作，情感的表现，较之骚赋之文，不那么激越、外露，却显得更加深沉。

永州十年，柳宗元所居官位，是“永州司马员外置同正员”，置于编外，不得过问政务，实际上处于拘囚待罪的境地。著述之余，他访问农夫野老，更多地了解到民间疾苦。此外，就只能游于山水，以托孤怀了。在这里，他写了《始得西山宴游记》、《钴鉧潭记》、《钴鉧潭西小丘记》、《至小丘西小石潭记》、《袁家渴记》、《石渠记》、《石涧记》、《小石城山记》、《游黄溪记》、《零陵三亭记》，前八篇就是传诵千古的“永州八记”。《始得西山宴游记》作于元和四年秋，是“八记”中最长的一篇：

自余为僇人，居是州，恒惴慄。其隙也，则施施而行，漫漫而游，日与其徒上高山，入深林，穷回溪，幽泉怪石，无远不到。到则披草而坐，倾壶而醉。醉则更相枕以卧，卧而梦。意有所极，梦亦同趣。觉而起，起而归，以为凡是州之山水有异态者，皆我有也。而未始知西山之怪特。

今年九月二十八日，因坐法华西亭，望西山，始指异之。遂命仆过湘江，缘染溪，斫榛莽，焚茅茷，穷山之高而止。攀缘而登，箕踞而遨，则凡数州之土壤，皆在衽席之下。其高下之势，岈然洼然，若垤若穴，尺寸千里，攒蹙累积，莫得遁隐。萦青缭白，外与天际，四望如一。然后知是山之特出，不与培𡋣为类。悠悠乎与灏气俱，而莫得其涯；洋洋乎与造物者游，而不知其所穷。引觞满酌，颓然就醉，不知日之入。苍然暮色，自远而至，至无所见，而犹不欲归。心凝形释，与万化冥合。然后知吾向之未始游，游于是乎始，故为之文以志。

是岁，元和四年也。

永州处地僻远，山水说不上名山大川。柳宗元谪居于此，在惴慄抑郁之中，游山赏水，非为慕名，完全是为了寄托襟怀，散解忧情。他在永州之游，是会心之游，凡得山得水，都是把山水视为知己。因此，西山之游，就不同于一般的游，故此文之末特别说明“吾向之未始游，游于是乎始”。这样，他的文章之写山水，就不同于一般模山范水之作偏于对自然美的客观观照，而是把全身心融入山水之中，强烈地表现主体情怀。此文写西山，不着重于写山容水态之美，而是写其“怪特”。山水本身无所谓怪特，所谓“是山之特立，不与培塿为类”，正是自己不容于世俗也不愿与世俗同流的处境与情感的外露。这就决定了柳宗元的山水游记较之一般山水游记有更为强烈的主体性。由于此文着重点在写山之“怪特”而寓托自身愤世嫉俗之情，此文的风格，也不像一般山水游记之偏于秀美，而是笔力苍劲，文风矫拔。

《始得西山宴游记》是对西山的总体的、宏观的表现，以下七篇，则是对具体景点的具体描述，但具体写法有所不同，或写景与抒写感慨相结合，或着重写景，以景含情，情由景生。前者如《小石城山记》、《钴鉧潭西小丘记》。《小石城山记》写一状如城堡的小石山，写其景，不过数笔：“其上为睥睨梁欐之形，其旁出堡坞，有若门焉。窥之正黑，投以小石，洞然有水声，其响之激越，良久乃已。环之可上，望甚远。”说不上是什么美景。接着写其质：“无土壤而生嘉树美箭，益奇而坚，其疏数偃仰，类智者所施设。”看来，作者之记此小石山，不在赏其景之美，而在赏其质之“益奇而坚”，这就透露出作者的襟抱来了。接着自然地转入抒写感慨：“噫！吾疑造物者之有无久矣。及是，愈以为诚有。又怪其不为之中州，而列是夷狄，更千百年不得一售其伎，是故劳而无用，神者倘不宜如是，则其果无乎？或曰：‘以慰夫贤而辱于此者。’或曰：‘其气之灵不为伟人，而独为是物，故楚之南少人而多石。’是二者，余未信之。”据《贞符》、《天对》、《天说》等文，柳宗元是无神论者，“造物者之有无”，在他本无疑义。但这里不是谈哲学，而是发感慨。他故为疑问：小石山“益奇而坚”，“类智者所施设”，好像是“造物者”所为。而既是“造物者所为”，为什么“不为之中州”，使其美质显于世，而偏要放它在这荒僻之地呢？“则其果无乎？”笔法有些类似司马迁《伯夷列传》“天之报施善人，其何如哉？”“倘所谓天道，是邪？非邪？”寄托的情感，也颇为相似。以山之美质，却不为之中州，而列是夷狄，更千百年不得一售其伎，这不就是忠直为国，被贬南荒，久不得还的作者自己吗？《钴鉧潭西小丘记》之写法、寓意也与此同：

得西山后八日，寻山口西北道二百步，又得钴鉧潭。潭西二十五步，当湍而浚者为鱼梁。梁之上有丘焉，生竹树。其石之突怒偃蹇，负土而出，争为奇状者，殆不可数。其嵚然相累而下者，若牛马之饮于溪；其冲然角列而上者，若熊罴之登于山。丘之小不能一亩，可以笼而有之。问其主，曰："唐氏之弃地，货而不售。"问其价，曰："止四百。"余怜而售之。李深源、元克己时同游，皆大喜，出自意外。即更取器用，铲刈秽草，伐去恶木，烈火而焚之。嘉木立，美竹露，奇石显。由其中以望，则山之高，云之浮，溪之流，鸟兽之遨游，举熙熙然回巧献技，以效兹丘之下。枕席而卧，则清泠之状与目谋，瀯瀯之声与耳谋，悠然而虚者与神谋，渊然而静者与心谋。不匝旬而得异地者二，虽古好事之士，或未能至焉。

噫！以兹丘之胜，致之沣、镐、鄠、杜，则贵游之士，争买者，日增千金而愈不可得。今弃是州也，农夫渔父过而陋之，贾四百，连岁不能售。而我与深源、克己独喜得之，是其果有遭乎！

书于石，所以贺兹丘之遭也。

此文之意不在丘，写小丘，只用"嵚然相累""冲然角列"两句写石之奇。柳宗元的游记，好写石，好状石之奇。这与他虽遭斥逐而仍九死不悔的精神有关。如茅坤评《小石城山记》所云："借石之瑰玮，以吐胸中之气。"（《唐宋八大家文钞》卷四）此文的重点在写丘之"货而不售"，自己以贱价买之，经过整治，秽草恶木去而"嘉木立，美竹露，奇石显"，而得耳、目、心、神之快。文末胜境被弃置荒远而贱的感慨，与《小石城山记》同，但多了一层丘之"有遭"与自己久不得召相对比，更有悲凉色彩。

以写景为主，由景见情之作，有《至小丘西小石潭记》。

从小丘西行百二十步，隔篁竹，闻水声，如鸣佩环，心乐之。伐竹取道，下见小潭，水尤清冽。全石以为底，近岸卷石底以出，为坻，为屿，为嵁，为岩。青树翠蔓，蒙络摇缀，参差披拂。潭中鱼可百头许，皆若空游无所依。日光下澈，影布石上，佁然不动；俶尔远逝，往来翕忽，似与游者相乐。

潭西南而望，斗折蛇行，明灭可见。其岸势犬牙差互，不可知其源。坐潭上，四面竹树环合，寂寥无人，凄神寒骨，悄怆幽邃。以其境过清，不可久居，乃记之而去。

同游者吴武陵、龚古、余弟宗玄，隶而从者崔氏二小生，曰恕己，曰奉壹。

与上述诸记不同的是，此文纯以写景，没有叙、议；写景也不同于上述诸记的简括。隔竹闻声，寻声见潭，见潭边之石，再见潭中之鱼，见日光下鱼在水底之影；鱼则或“佁然不动”，或“俶尔远逝”。再由潭寻源，则见“斗折蛇行，明灭可见”。观察和描写都很细致，而用笔省净，很见白描的功力。随着描写，作者的情感也有起伏。观赏潭中之鱼，似有庄子濠上之乐，既而见潭四周“竹树环合，寂寥无人，凄神寒骨，悄怆幽邃”的清冷环境，刚刚因观鱼而有所忘怀的冷落感和孤独感又油然而生，只得怏然而去了。看来，在柳宗元当时沉重的精神压抑之下，肆于山水而求解脱，实际上是很难的。

柳宗元贬柳州时，公务之余，也有山水之赏，集中有《柳州东亭记》、《柳州山水近治可游者记》，仍保留着永州诸记的风格，而情感则有所淡化，这大约与他当时为实职刺史，迁客的幽愤之情，能更多缓解于公务有关。

通观柳宗元的山水游记，风格矫拔苍劲，写景全用白描，简洁传神，与郦道元《水经注》中的许多段落颇相近似。如《至小丘西小石潭记》写水中之鱼，与《水经注》之写夷水就有相近之处。清乾隆《唐宋文醇》称“永州八记”“绝似《水经注》文字”（《卷一六》），是中肯之论。但从情感的表现看，柳作更胜一筹。较之前人、同时人，柳宗元的山水游记又多又好，可以说是为散文创作开了一个新生面，对后代散文有深远影响。

柳宗元的抒情散文，还有永、柳时期的一些序别之作。如果说，他的山水游记，是寓情于景，他的序别之作，则往往以叙议传情。《送从弟谋归江陵序》、《送澥序》俱作于永州，在对柳谋、柳澥有所规勉的同时，都抒写了自己待罪南荒的悲激之情。如前文之后段：

吾不智，触罪摈越、楚间六年，筑室茨草，为圃乎湘之西，穿池可以渔，种黍可以酒，甘终为永州民。又恨徒费禄食而无所答，下愧农夫，上惭王官。追计往时咎过，日夜反覆，无一食而安于口平于心。若是者，岂不以少好名誉，嗜味得毒，而至于是耶？用是愈贤谋之去进士为从事以足其家，终始孝悌，今虽欲羡之，岂复可得？谋在南方有令名，其所为日闻于人，吾恐谋不幸又为吾之所悔者，将已之而不能得，可若何？然谋以信厚少言，蓄其志以周于事，虽履吾迹，将不至乎吾之祸，则谋何悔之有？……

说自己因“不智”谪于永，能安居乐业，甘为永州民，又以尸位素餐，下愧农夫，上惭王官而不安。再想到落到这个境地，都是因为“少好名誉，嗜味得毒”，于是羡柳谋明于出处，去官家居，得亲情之乐。又怕柳谋名声愈大，而陷于自己遭到过的不幸。但想到其“信厚少言，蓄其志以周于事”，不至于陷自己的覆辙，于是又放心地勉其去了。文字不多，行文却极起落曲折之能事。说自己因“不智”、“好名”而得罪，是用反语表现其悲愤，同时又在启发柳谋不可低估世道之险恶，善以自处。反复曲折之中，自己的悲激之情，对柳谋的族属的亲情，都得到了充分的表现。《送李渭赴京师序》作于柳州，也是一篇寓有深情的作品，茅坤赏其“文似悲飒”（《唐宋八大家文钞》卷四）。文不长，兹录于下：

过洞庭，上湘江，非有罪左迁者罕至。又况逾临源岭，下漓水，出荔浦，名不在荆部而来吏者，其加少也固宜。前余逐居永州，李君至，固怪其弃美仕就丑地，无所束缚，自取瘴疠。后余斥刺柳州，至于桂，君又在焉，方屑屑为吏。噫！何自苦如是耶？

明时宗室属子当尉畿县。今王师连征不贡，二府方汲汲求士。李君读书为诗有干局，久游燕、魏、赵、代间，知人情，识地利，能言其故。以是入都干丞相，益国事，不求获乎己，而己以有获。予嫉其不为是久矣，今而曰将行，请余以言。行哉！行哉！言止是而已。

第三节 柳宗元的散文成就（下）

柳宗元的议论文字，可分为哲理散文和政论散文两类。前者有《贞符》、《天对》、《天说》等，后者有《封建论》、《晋文公问守原议》、《桐叶封弟辨》、《答元饶州论政理书》等。这些论文，都立足于经世致用，“一明大道，施于人世”（《贞符》），求有益于国家百姓，无论作于在朝之时还是被贬以后，都能克己之情而以天下之大公是求，也能表现出柳宗元性格的坚奇的一面。无论是阐发天人观、历史观、政治观，思想之深刻，立论之尖锐，辞锋之犀利，都为唐文所罕见，也为韩愈所不及。

《贞符》始作于贞元二十一年在长安官礼部员外郎时，续成于贬官永州初期。此文主要批驳汉代以来灾祥符瑞的神学迷信，鲜明地提出“受命不于天，于其人；休符不于祥，于其仁”，“唐家正德受命于生人之意”，既推翻了帝王受命于天的神学谬论，表现出明确的无神论立场，又肯定了皇权“受命于生人之意”这个深刻的历史观。这种观念的根源是孟子的“民贵君轻”的思想，而明确果决地断言“唐家正德受命于生人之意”，则需要胆识。既然帝德受命于生人之意，则得民者昌，失民者亡，王朝行政，唯有行仁，故此文以“仁”为“休符”，强调“神之曷依？宜仁之归”。此文之始作，正值王叔文集团积极推行政治革新之时，柳宗元作《贞符》，似乎是要为这次革新提供一个理论根据。文末之诗所谓“殄厥凶德，乃驱乃夷；懿其休风，是煦是吹；父子熙熙，相宁以嬉。赋彻而藏，厚我糗粻；刑轻以清，我肌靡伤；贻我子孙，百代是康”，正是这次革新所要达到的目的。《贞符》的文字，有意模仿《尚书》之古奥，但无论历史的分析，理论的阐发，都雄辩而严谨。不过，即使如此，《贞符》的文学价值还是远不如其思想价值。

《天对》作于被贬以后，是一篇就屈原《天问》一一作答的奇文。行文则杂取《天问》、《尚书》体式。《天对》说明了柳宗元天道观的基本点，对天作了物质性的解释。《天问》问：“遂古之初，谁传道之？上下未形，何由考之？冥昭瞢闇，谁能极之？冯翼惟象，何以识之？明明闇闇，惟时何为？”《天对》答：“本始之茫，诞者传焉。鸿灵幽纷，曷可言焉！曶黑晰眇，往来屯屯，庬昧革化，唯元气存，而何为焉!”屈原的提问，是对所有关天地起源的传说的怀疑，而柳宗元的回答，则明确否定了所有天地起源的神造说，认为那不过是“诞者”所传，荒唐不可信，指出天地的生成，不过是由于元气的运动变化。以下的回答，柳宗元虽限于当时的科学水平，不可能都科学、准确，但他始终坚持了世界的物质性的观点，没有给“造物主”留下丝毫地步。柳宗元的唯物主义的天道观，是他讨论天人问题的一个不可移易的根基。《贞符》之力辟符瑞迷信，是基于此。《天说》之批判天能赏功罚祸的谬说，也是基于此：

彼上而玄者，世谓之天；下而黄者，世谓之地；浑然而中处者，世谓之元气；寒而暑者，世谓之阴阳。是虽大，无异果蓏、痈痔、草木也。假而有能去其攻穴者，是物也，其能有报乎？繁而息之者，其能有怒乎？天地，大果蓏也；元气，大痈痔也；阴阳，大草木也，其乌能赏功而罚祸乎？功者自功，祸者自祸，欲望其赏罚者大谬矣；呼而怨，欲望其哀且仁者，愈大谬矣。

此文的前半，举出韩愈的“天之说”，认为有功于天地者“受赏必大”，有祸于天地者“受罚亦大”。这一段批驳，即对此而发。指出天不能赏功罚祸，功者自功，祸者自祸，与东汉王充在《论衡》里阐发的反神学观点是完全一致的。柳宗元否定造物主的存在，否定天命决定论，否定天人感应的神学谬说，是为了引出人为、人心决定一切的结论，这是他的思想较之王充更为深刻之处。作于官长安时期的《断刑论》明确指出：“或者务言天而不言人，是惑于道者也。胡不谋之人心，以熟吾道？吾道之尽，而人化矣。是知苍苍者焉能与吾事，而暇知之哉?”在永州作的《非国语上·三川震》批驳“诬淫”之说，也明确指出：“山川者，特天地之物也。阴与阳者，气而游乎其间者也。自动自休，自峙自流，是恶乎与我谋？自斗自竭，自崩自缺，是恶乎为我设?”他的王朝“受命于生人之意”的石破天惊的历史观，是由此提出来的，他的“利于人，备于事”(《时令论上》)，“利安元元”的政治观，是由此得出来的，他的“经大事，断大务”的积极于事功的人生观，也是由此得出来的。后来王安石积极于变法，倡言不畏天命，应该说是对柳宗元思想的继承。柳宗元的这些文章，说不上有多少文学意味，但其思想价值，则不可低估。

柳宗元的政治论文，以“生人之意”为基点，针对现实，不为空言，尖锐揭示当时社会的种种弊端，明确提出解决办法，也具有强烈的战斗性。《与元饶州论政理书》指出当时贫富的悬殊与对立："夫弊政之大，莫若贿赂行而征赋乱。苟然，则贫者无资以求于吏，所谓有贫之实而不得贫之名；富者操其赢以市于吏，则无富之名而有富之实。贫者愈困饿死亡而莫之省，富者愈恣横侈泰而无所忌。……今富者税益少，贫者不免于捃拾以输县官，其为不均大矣。然非唯此而已。必将服役而奴使之，多与之田而取其半，或乃出其一而收其二三。主上思人之劳苦，或减除其税，则富者以户独免，而贫者以受役，率输其二三与半焉。是泽不下流，而人无所告诉，其为不安亦大矣。夫如是，不一定经界，核名实，而姑从改作，其可理乎?"这里指出的，实际是当时"两税法"的未能泽及下流，而提出"一定经界"，有从土地的重新分配以调整阶级关系的意思。此书作于永州，可见他贬谪中仍在究心于国事利病与百姓的疾苦。《晋文公问守原议》借论历史，提出当时现实的另一尖锐问题：宦官乱政。晋文公受原地于周王，而问"寺人"(即后世之宦官)以守原事，柳宗元指出："晋君择大任，不公议于朝，而私议于宫；不博谋于卿相，而独谋于寺人。虽或衰之贤足以守，国之政不为败，而贼贤失政之端，由是滋矣。况当其时不乏言议之臣乎?"其现实的针对性，不言自明。《桐叶封弟辩》也借史事言现实，认为"凡王者之德，在行之何若。设未得其当，虽十易之不为病"。帝王之政有失，就可以改而易之，十易亦不为病，这不就是在说永贞革新之天经地义吗？文说："吾意周公辅成王，宜以道，从容优乐，要归之大中而已，必不逢其失而为之辞。又不当束缚之，驰骤之，使若牛马然，急则败矣。且家人父子尚不能以此自克，况号为君臣者耶?"这大约是指当时一些成德宗之过的奸佞大臣而言的。

柳宗元的政治论文，最有代表性的，是《封建论》。如果说，《贞符》否定了天意决定历史的神学谬论，《封建论》则进而否定了圣人、帝王之意决定历史的谬论，是"生人之意"的历史观的更彻底的贯彻。《封建论》论历史的发展，提出了"势"这个决定性的因素。他认为历史上制度的产生与变革，都决定于"生人"求治而形成的"势"；势之来，虽圣人不能不顺应，势之变，虽圣人不能不变革。文章一开始，大体用荀子、韩非对上古之世的分析，提出"生人之初"，为息争而求治，而产生了"君长刑政"。"是故有里胥而后有县大夫，有县大夫而后有诸侯，有诸侯而后有方伯、连帅，有方伯、连帅而后有天子。自天子至于里胥，其德在人者，死必求其嗣而奉之。故封建非圣人意也，势也。""更古圣王尧、舜、汤、文、武而莫能去之。”战国形势变了。周以封建而亡。秦立国，去封建而立郡县，“都六合之上游，摄制四海，运于掌握之内”，建立了中央集权的统一王朝。秦之速亡，在严刑酷法，“咎在人怨，非郡邑之制失也”。汉代封建、郡县两制并行，“有叛国而无叛郡”。唐代用郡邑制，虽有藩镇之乱，“失不在于州而在于兵，时则有叛将而无叛州”。以此证明封建制之不可复，郡县制之不可革。《封建论》还指出，三代之实行封建制，“非公之大者也，私其力于己也，私其卫于子孙也”，实质是私天下，而郡县制则为“公之大者”，断言“公天下之端自秦始”。文章最后归结：

> 夫天下之道，理安，斯得人者也。使贤者居上，不肖者居下，而后可以理安。今夫封建者，继世而理。继世而理者，上果贤乎？下果不肖乎？则生人之理乱未可知也。将欲利其社稷，以一其人之视听，则又有士大夫世食禄邑，以尽其封略。圣贤生于其时，亦无以立于天下，封建者为之也。岂圣人之制使至于是乎？吾固曰：“非圣人之意也，势也。”

《封建论》以“势”为基点，论证封建之不可再行，郡县之不可更易，提出“封建非圣人意也，势也”，“公天下之端自秦始”，所有这些，都是自有封建、郡县之争以来最为坚实、透辟、深刻之论，达到了当时所能达到的最高水平。如苏轼《志林》所说：“昔之论封建者，曹元首、陆机、刘颂及唐太宗时魏徵、李百药、颜师古，其后则刘秩、杜佑、柳宗元。宗元之论出，而诸子之论废矣。虽圣人复起，不能易也。”就文章说，《封建论》两千余言，从立论、论证、驳论、结论，结构宏阔而严谨，议论细密而雄辩；行文不以排偶取势，却文势矫悍，有如高屋建瓴；辞锋犀利，不给论敌以回旋余地，在古代的政论文中，达到了很高的水平。

柳宗元集中，传状文字不多，却很有特色。由于他的具体处境，他没有写过达官贵人的传，段秀实官位较高，但《段太尉逸事状》决非褒赞权贵的应酬之作，因此能表现真情真识。

柳宗元于贞元九年登进士第，次年父亲去世，丁忧在家，又次年，游邠州（治所今陕西彬县），访得段秀实逸事，贬居永州时，作了《段太尉逸事状》。此文之末有柳宗元上史馆状，谈此文之所作：“今之称太尉大节者出入，以为武人一时奋不虑死，以取名天下，不知太尉之所立如是。宗元尝出入岐、周、邠、斄间，过真定，北上马岭，历亭鄣堡戍，窃好问老校退卒，能言其事。太尉为人姁姁，常低首拱手行步，言气卑弱，未尝以色待物，人视之儒者也。遇不可，必达其志，绝非偶然者。会州刺史崔公来，言信行直，备得太尉遗事，覆校无疑。或恐尚逸坠，未集太史氏，敢以状私于执事。”上《逸事状》时，柳宗元还专门给正任史馆修撰的韩愈寄书（即《与史官韩愈致段秀实太尉逸事书》），希望他将段事采入国史，“宜使勿坠”。柳宗元之所以如此看重段秀实，主要是因为他刚毅、仁爱、廉洁，正是柳宗元心目中治天下的贤者的榜样。《段太尉逸事状》写了段三件逸事：一、制止汾阳王郭子仪之子郭晞在邠州纵容部下对百姓滥施残暴，表现其刚毅；二、泾州大将焦令谌强占人田，在大旱无收之年强逼租粮，段卖马为农民偿粮，表现其仁爱；三、拒绝朱泚贿赂不成，将其置于官署梁上，终一毫不取，表现其廉洁。后二事，适应于内容，笔墨较简，文气稍平。而于第一事，则施以浓墨重彩，详写事件过程，以充分揭示段秀实的性格和精神气质。先写事由：郭晞领行营节度使寓军邠州，纵容士卒残害百姓，邠宁节度使白孝德以郭晞为权贵子弟，“戚不敢言”。然后写段秀实请命“已乱”：

太尉自州以状白府，愿计事。至则曰：“天子以生人付公理，公见人被暴害，因恬然，且大乱，若何？”孝德曰：“愿奉教。”太尉曰：“某为泾州甚适少事，今不忍人无寇暴死，以乱天子边事。公诚以都虞侯命某者，能为公已乱，使公之人不得害。”孝德曰：“幸甚！”如太尉请。

既署一月，晞军士十七人入市取酒，又以刃刺酒翁，坏酿器，酒流沟中。太尉列卒取十七人，皆断头注槊上，植市门外。晞一营大噪，尽甲。孝德震恐，召太尉曰：“将奈何？”太尉曰：“无伤也。请辞于军。”孝德使数十人从太尉，太尉尽辞去，解佩刀，选老躄者一人持马，至晞门下。甲者出，太尉笑且入曰：“杀一老卒，何甲也？吾戴吾头来矣。”甲者愕。因谕曰：“尚书固负若属耶？副元帅固负若属耶？奈何欲以乱败郭氏？为白尚书，出听我言。”晞出见太尉，太尉曰：“副元帅勋塞天地，当务始终。今尚书恣卒为暴，暴且乱，乱天子边，欲谁归罪？罪且及副元帅。今邠人恶子弟以货窜名军籍中，杀害人，如是不止，几日不大乱？大乱由尚书出，人皆曰：‘尚书倚副元帅不戢士。’然则郭氏功名其与存者几何？”言未毕，晞再拜曰：“公幸教晞以道，恩甚大，愿奉军以从。”顾叱左右曰：“皆解甲，散还火伍中，敢哗者死！”太尉曰：“吾未晡食，请假设草具。”既食，曰：“吾疾作，愿留宿门下。”命持马者去，旦日来。遂卧军中。晞不解衣，戒候卒击柝卫太尉。旦，俱至孝德所，谢不能，请改过。邠州于是无祸。

德宗建中四年，朱泚作乱，自称帝。时秀实任司农卿。朱泚召见秀实，秀实以笏击朱，被害。后有人诬言秀实“以为武人一时奋不虑死，以取名天下。”柳状未写此事，而写秀实三事，实有为其辩诬之意。尤其详写制止郭晞部卒暴虐事，更是要说明秀实绝非匹夫之勇，且冒危难以已乱，完全是出于“不忍人无寇暴死”，绝无图名之意。唐代盛行传奇小说，中唐尤甚，柳状写邠州已乱事，有完整曲折的故事情节，有剧烈紧张的矛盾冲突，有性格化的人物对话，中心人物性格鲜明，用的都是传奇笔法，与一般的传记文确有不同。但它又确是一篇传记体的散文。文中所写事实，都经作者亲身调查核实，是以史家实录的态度来为段秀实作状的。当然，下笔成文，对事实有剪裁，集中最能表现状主的勇和智的事实来写，人物精神从具有特征性的事实中得到表现，颇近于《史记》中的一些传记。《童区寄传》作于柳州，反映了当地严重的买卖僮奴问题。写少年区寄的智勇杀贼，也颇近于传奇笔法。

柳宗元的杂文，以灵活多样的体式，深刻地表现其政治思想和现实人生的感慨，在思想上和艺术上都取得了很高的成就。

柳宗元的“说”体散文，如《鹘说》、《捕蛇者说》、《谪龙说》、《复吴子松说》、《罴说》、《观八骏图说》等，多借事借物喻意之作，借题发挥，抨击现实，文章短小精悍，文风犀刻，很能表现柳宗元的思想性格，也能发人深省。最为杰出的，是传诵千古的《捕蛇者说》。此文作于永州。所写之事，当实地考察所得，所寓“苛政猛于虎”之意，似不新鲜，但事意结合，却触目惊心，其揭露现实的深刻性和给予人们心灵的震撼，当在同时元、白新乐府之上。文为众所熟知，兹不具录。

柳宗元的一些“传”体散文，如《宋清传》、《种树郭橐驼传》、《梓人传》，都是平民传记。但严格地说，这些作品无论从内容或形式看，都不能说是人物传记，而是借写人以讽世的作品，也可以归入杂文之列。《宋清传》写经营药材而不同于近取利的“小市人”的宋清，文之大半，是就宋清事发表感慨、议论，意在讥刺“炎而附，寒而弃”的“市道交”的小人，传末云“清居市不为市之道，然而居朝廷、居官府、居庠塾乡党以士大夫自名者，反争为之不已。悲夫！然则清非独异于市人也”，讽意甚明。此文写于永州，当是浇块垒之作。《种树郭橐驼传》写郭能“顺木之天以致其性”，进而说明为政亦应顺民之性以有利民生。《梓人传》更从木工能量材施用大发议论，谈到了宰相进退人才问题，都是表现其政治主张的作品。“传”体文中的《蝜蝂传》，则写蝜蝂之以贪得祸，纯系寓言。

柳宗元的杂文中，寓言也极精彩。寓言在先秦诸子、史传中即多有，而独立成文而成一体的，两汉以后不多见。柳宗元的寓言继承先秦寓言，而匠心独运，自成一体，可以说是开创了散文的新领域。他的《瓶赋》、《牛赋》实际是赋体寓言，已述于上。《谪龙说》、《罴说》实际也是寓言。“箴戒”体中的“三戒”，则是有意为寓言以警世。《三戒》序云：“吾恒恶世之人，不推己之本，而乘物以逞，或依势以干非其类，出技以强怒，窃时以肆暴，然卒迨于祸。有客谈麋、驴、鼠三物，似其事，作《三戒》。”《三戒》为寓言三篇：《临江之麋》、《黔之驴》、《永某氏之鼠》，文极简短，俱不足两百字，描写似速写，寓意极深刻，表现出作者对世情观察的敏锐。兹录《黔之驴》以示：

> 黔无驴，有好事者船载以入。至则无可用，放之山下。虎见之，庞然大物也，以为神。蔽林间窥之，稍出近之，慭慭然莫相知。他日，驴一鸣，虎大骇，远遁，以为且噬己也，甚恐。然往来视之，觉无异能者。益习其声，又近出前后，终不敢搏。稍近，益狎，荡倚冲冒，驴不胜怒，蹄之。虎因喜，计之曰：“技止此耳！”因跳踉大㘎，断其喉，尽其肉，乃去。噫！形之庞也类有德，声之宏也类有能。向不出其技，虎虽猛，疑畏，卒不敢取。今若是焉，悲夫！

柳宗元把寓言从先秦诸子，史传中议论的附庸地位独立出来，开创新体，对后世散文颇有影响。苏轼说过：“予读柳子厚《三戒》而爱之，乃拟作《河豚鱼》、《乌贼鱼》二说，并以自警也。”(引自《柳宗元集》卷十九《三戒》题引)，以后刘基等人的寓言，也应该受到柳宗元寓言的启发。

柳宗元与韩愈生于同时，他们遭际不同，生活道路不同，政见与思想也有明显的差异，而他们散文创作的总体成就，他们对文章改革的功绩，却很难轩轾。后人论柳宗元，从杜牧起，到北宋的柳开、石介，直至元、明、清很多文家，都对其散文成就给予了高度评价，可见其对唐以后古文创作的巨大影响。但把柳宗元与韩愈相比并，则往往表现出尊韩抑柳的倾向。对于柳宗元，人们的批评多在政治思想方面，主要是两点。一是认为他于道不纯。如北宋石介认为柳之《天说》诸文，“似不合圣人《六经》中旨”（《宋石徂徕先生全集》卷一五《与范十三奉礼书》），司马光认为柳“于道殆不能无驳而不粹”（《温国文正司马公文集》卷五九《答陈充秘校书》），欧阳修更认为韩、柳“为道不同，犹夷夏也”（《集古录跋尾》卷八《唐柳宗元般舟和尚碑》），甚至说“自唐以来，言文章者惟韩、柳，柳岂韩之徒哉，真韩门之罪人也。盖世俗不知其所学之非，第以当时辈流言之尔”（同上《唐南岳弥陀和尚碑》）。二是对于柳宗元参加永贞革新，多有非议，复加惋惜。如宋祁《新唐书·柳宗元传赞》云：“叔文沾沾小人，窃天下柄，与阳虎取大弓《春秋》书为盗无以异。宗元等桡节从之，徼幸一时，贪帝病昏，抑太子之明，规权遂私，故贤者疾，不肖者娼。一偾而不复，宜哉！彼若不傅匪人，自励材猷，不失为名卿才大夫，惜哉！”后来人们在这个问题上对柳的批评，大多与此同调。以上对柳宗元的两个方面的批评，在今天看，当然不妥，而在以正统儒学为统治思想的封建时代，则可以理解。

前人既在政治上、思想上尊韩抑柳，基于文统系于道统的立场，在文的问题上，自然是韩先而柳后了。如姚铉称韩愈“首唱古文，遏横流于昏垫，辟正道于夷坦。于是柳子厚、李元宾、李翺、皇甫湜又从而和之”（《唐文粹序》）。石介亦以韩愈为“独唱”，柳宗元等则为“随而和者”（《宋石徂徕先生全集》卷一二《上赵先生书》）。这当然也不合于实际。事实是，韩、柳两人各承初唐以来渐成的文学革新之势，肆力于古文，又互相呼应，在元和年间，共同把文学革新推向高潮，取得了影响深远的重大成就。在今天看，中唐文坛上，韩、柳有如双子星座，各有光芒，而又交相辉映，照亮了古文发展的新途。从此，中国古代散文的发展进入了新阶段。

第五章
中唐散文

中唐文学时期是诗文进一步发展繁荣的时期。诗歌经历了大历时期的短暂的消歇，继续发展再度兴盛，而散文则在中唐时期达到了全盛的阶段。中唐的古文运动的兴盛，使中国散文发展史上出现了新的高峰。古文运动所创造的艺术成就，成为唐代文学全面繁荣的又一个重要标志。

中唐初古文家梁肃等人承上启下，完成了最后的过渡。其后韩愈、柳宗元这样的古文大家崛起，由他们倡导的古文运动蓬勃发展，蔚为大观。古文运动是众多优秀古文作家与如韩、柳这样的大家互动互进相辅相成交相辉映的文学运动。如果这时期没有众多的优秀作家涌现出来，也很难想象韩、柳会达到如此高的艺术造诣。如果没有韩、柳的倡导，出言为法，同样难以想象中唐会出现如此轰轰烈烈的古文创作局面。这也证明了文学史中的一条基本规律：大家的出现，离不开前人的艺术滋养和同时代人广泛的艺术切磋砥砺，同时大家的出现又促使众多优秀作家的涌现。这条规律实际上在盛唐诗坛上就有过明证。中唐文坛上又一次出现众星托月的彬彬之盛的局面。

中唐文学有别于前代的一个突出特点，就是这一时期出现了众多文学流派。而这些文学流派都是一些文学观念较为成熟，门派意识较强的文人集团所构成的。这时人们已经有了比较明显自觉的流派意识。这些文人集团文学流派往往是社会地位，生活经历，政治观念，文学观念，个性因素较为接近，并过从密切的人们，有形地构成的。中唐文坛上，韩、柳这样的大家，便是这些文人集团各自的核心。有一点要指出的是，文坛上各流派文学观念上的差异较诗坛流派文学观念上的差异相对小一些。门户界限也不如诗坛那么明确。中唐文坛上，韩派作家有李观、欧阳詹、李翱、皇甫湜、樊宗师等。柳派作家有刘禹锡、吕温等。而元、白诗同道，文亦同道，诗与韩、孟相对，文却与韩派无二致。这些文学流派驰骋文坛，促进了古文运动的发展，促进了唐代文学的全面繁荣。

第一节　中唐前期散文

中唐前期，即大历至贞元中，这时的作家，在文学使命上，是最后完成将文章创作推向高潮的过渡。他们的这种使命有三部分内容：一是总结前人理论并强化之；二是用自身的创作做最后的探索，为后来者提供经验。（就提供创作经验这点来说，梁肃、柳冕都还不能说是很成功的，因为他们古文用力较多的在于矫枉，而创新不足，故成绩有限。而最成功的倒是写骈文的陆贽。权德舆在古文创作上也有一定成绩）三是在培养人才上做出贡献。他们在完成这些使命的过程中，表现可以说是称职的，使过渡得以顺利完成。这是中唐前期作家最大的贡献。

梁肃（753～793）字敬之，一字宽中，郡望安定，世居陆浑（今河南嵩县东北）。建中元年（780）中文辞清丽科，擢为太子校书，以才荐为右拾遗，修史。入杜佑淮南幕府为掌书记。召为监察御史，转右补阙，翰林学士。曾为皇太子诸王侍读。卒赠礼部郎中。原有《梁补阙集》二十卷，今《全唐文》存文六卷。

梁肃受知于独孤及，梁肃称自己为独孤及“门下士”，从独孤及受学，“公视肃以友，肃仰公犹师”（《常州刺史独孤及集后序》）。遵循其教诲“为学在勤，为文在经，勤则能深，经则可行”（《祭独孤常州文》）。梁肃虽推崇儒学，然而他还通晓老庄道家之言，亦习佛教，又以天台高僧元浩为师友。

梁肃在古文创作及文体变革的发展过程中，主要成绩有两方面，其一是对其师长辈的理论及创作进一步总结，从而扩大复古思想及创作的影响。同时他在实践中也或多或少地对前辈理论做某些补充和发展。梁肃首先对唐代文章近二百年来的发展进行总结，提出“三变”说，肯定了陈子昂、萧颖士、李华、独孤及等人的成就。他说："唐有天下几二百载，而文章三变。初则广汉陈子昂，以风雅革浮侈。次则燕国张公说，以宏茂广波澜。天宝已还，则李员外、萧功曹、贾常侍、独孤及常州比肩而出，故其道亦炽。"（《补阙李君前集序》）他对唐代文章发展的这一概括对后世研究影响很深。其次，梁肃遵从独孤及"文章可以假道，道德可以长保，华而不实，君子所丑"（《祭独孤常州文》）的教诲，提出文章要以尊经重道为指导思想，要有道德教化的社会作用，要有效地发挥为社会政治封建秩序服务的社会功能。他说："夫大者天道，其次人文。在昔圣王以之经纬百度，臣下以之弼成五教。德又下衰，则怨刺形于歌咏，讽议彰于史册。故道德仁义，非文不明；礼乐刑政，非文不立。文之兴废，视世之治乱，文之高下，视才之厚薄。"（《常州刺史独孤及集后序》）这种以文明道的观点，与萧颖士、李华、独孤及等人是一致的。然而梁肃在以文明道的前提下，提出文尚可以气胜，亦可以辞胜，不过是等而下之。他说："文之作，上所以发扬道德，正性命之纪；次所以财成典礼，厚人伦之义；又其次，所以昭显义类，立天下之中。三代之后，其流派别。炎汉制度，以霸王道杂之，故其文亦二。贾生、马迁、刘向、班固，其文博厚，出于王风者也；枚叔、相如、扬雄、张衡，其文雄富，出于霸途者也。其后作者，理胜则文薄，文胜则理消，理消则言愈繁，繁则乱矣。文薄则意愈巧，巧则弱矣。故文本于道。失道则博之以气，气不足则饰之以辞。盖道能兼气，气能兼辞，辞不当则文斯败矣。"（《补阙李君前集序》）这里指出气、辞对文章的重要意义，多少是对以文明道论的补充，未尝不可看作是韩愈"气盛则言之短长与声之高下者皆宜"说的先导。

另一方面，梁肃在扩大古文及复古思想的影响上，在人事的组织扩展上做了不少具体事情。当时古文作家权德舆等人就是他的朋友。而对后进亦倾注心血，如韩愈李观进士得第实出于梁肃、陆贽之力。李翱受知于梁肃并受其褒奖。另有古文家吕温亦从梁肃学为文章，规摹左氏，得其精髓。

梁肃的文章以其所作祭文集序较佳，尤以为其师友而作的文章较突出。他为独孤及所作《常州刺史独孤及集后序》、《祭独孤常州文》，为李翰所作《补阙李君前集序》，以及为前辈著名文士李泌、包佶所作《丞相邺侯李泌文集序》《秘书监包府君集序》等皆以奇句为主叙议，较少用骈句，叙述前辈的事迹，议论其成就，字里行间洋溢着对他们的敬佩尊崇，意切情真，文尚古质，避忌夸饰。如他的《祭独孤常州文》叙及就学于独孤及受其荐引及游处时，甚是亲切：

顾惟小子，慕学文史。公初来思，拜遇梅里。如旧相识，绸缪慰止。更居恤贫，四稔於此。尝谓肃曰：‘为学在勤，为文在经。勤则能深经则可行。吾斯愿言，勉子有成。’又曰：‘文章可以假道，道德可以长保。华而不实，君子所丑。’敬服斯言，敢忘永久。若乃室中函丈之席，林下清觞之晏，陪李膺之泛洛，从叔子之登岘。亟承国士之遇，又忝公车之荐。奉明诫以周旋，尽深衷於眷盼。”

而抒哀悼之情，更是一唱三叹，悲痛欲绝：

惟吉凶之倚伏，若纠纷之相缠。追吊鹏之占日，应康成之梦年。不云坐奠，不暇撤悬。秦医匪救，孔祷徒然。瞬息之间，音容莫传。痛心惊骨，不可问天。呜呼哀哉！平居所好。修竹芳草。暇日之娱。左琴右书。微言雅典，断而不续。高斋已空，兰蕙犹馥。门人行恸，稚子抱哭。语言在耳，凄惨满目。呜呼哀哉！览遗编以流泪，痛明德以无还。抚诸孤之尚藐，庶盛烈之斯存。乡路千里，归期九原。寄觞豆以写心，见平生之厚恩。呜呼哀哉！（《全唐文》卷五二二）

其文虽有骈语用典，但自然淋漓，情义深挚，感人心脾。

另外，梁肃的吊古之作亦有可观。如《周公瑾墓下诗序》：

十三年春，予与友人欧阳仲山旅游於吴。里巷之间，有坟岿然。问於人，则曰：“吴将军周公瑾之墓也。”予尝览前志，壮公瑾之业，历於遗墟，想公瑾之神，息驾而吊，徘徊不能去。昔汉纲既解，当涂方炽，利兵南浮，江汉失险。公瑾尝用寡制众，挫强为弱，燎火一举，楼船灰飞。遂乃张吴之臂，壮蜀之趾。以魏祖之雄武，披攘踯躅，救死不暇。袁彦伯赞是功曰：“三光三分，宇宙暂隔。”富哉，言乎！於是时弥远而气益振，世逾往而声不灭，有由然矣。（《全唐文》卷五一八）

其文寓悲慨于雄健，颇有气势。而《圯桥石表铭并序》、《汉高士严君钓台碑》、《梁高士碣》等篇亦皆追怀古人，感慨今世，议论风生，笔墨洒脱，启迪后人。

梁肃博学能文在当时对后学影响是很大的。正如曾三举皆中甲科的崔元翰在《右补阙翰林学士梁君墓志》所称："赵郡李遐叔、河南独孤至之始见其文，称其美，由是大名彰於海内，四方之诸侯洎使者之至郡，更遣招辟而宾礼之。其升於朝，无激讦以直已，无逶迤以曲从；不争逐以务进，不比周以为党。退则澹然而居於一室，傲遗乎万物，贯极乎六籍，旁罗乎百氏。考太史公之实录，又考老庄道家之言，皆睹其奥而观其妙。立德玩词以为文，其所论载讽咏，法於《春秋》，协於《谟训》，《大雅》之疏达而信，《颂》之宽静形焉。博约而深厚，优游而广大。其三占之遗，有文集三十卷，为学者之师式。"其说法虽代表当时人的评价，但也是基本符合实际的。

柳冕（？～805）字敬叔，蒲州河东（今山西蒲州）人。出身于世代史官之家，博学富文辞。集贤院学士，历右补阙、史馆修撰，因刘晏事贬巴州司户参军。召为太常博士，任吏部郎中，出为婺州刺史，至御史中丞、福州刺史、充福建观察使。卒赠工部尚书。《全唐文》存其文一卷。

柳冕较擅长议论。现存文章中，大多是论文章之道的专篇。其主要内容往往着眼于现实论说文道关系，并把前人的理论更系统化了，更加儒家道统化了。他继承前人的复古文论，是古而非今，针对现实政治中选士之道衰颓与文章之道的关系进行批评，强调为政举士当以儒学道统教化为本，文章之道亦本于此，先儒学道统而后文章。他说："昔仲弓问为政，子曰：'先有司。'有司之政，在於举士。是以三代尚德，尊其教化，故其人贤；西汉尚儒，明其理乱，故其人智；后汉尚章句，师其传习，故其人守名节；魏晋尚姓，美其氏族，故其人矜伐；隋氏尚吏道，贵其官位，故其人寡廉耻；唐承隋法，不改其理。此天所以待圣主正之。何者？进士以诗赋取人，不先理道；明经以墨义考试，不本儒意；选人以书判殿最，不尊人物。故吏道之理天下，天下奔竞而无廉耻者，以教之者末也。"（《与权侍郎书》）"文章本於教化，形於治乱，系於国风。故在君子之心为志，形君子之言为文，论君子之道为教。《易》云：'观乎人文，以化成天下。'"（《与徐给事论文书》）将文章之道与儒家孔孟的政治教化道统和为一体是其文论的核心。前人复古理论中往往包含着释、道的某些思想，这是因为前人中不少人或崇佛或信老庄。而柳冕则明确指出：

“文章者本于教化，发于情性。本于教化，尧舜之道也；发于情性，圣人之言也。”（《答徐州张尚书论文武书》）他甚至批评司马迁尊黄老杨墨“不本於儒教以一王法，使杨朱墨子，得非圣人，此迁之罪也”（《答孟判官论宇文生评史官书》）。他这种以文传儒家之道而否定诸家之说的观点，与以后的韩愈攘排佛老，为文以明孔孟之道的思想是很相近的，对韩愈的古文理论似应有一定的启发。另外，他崇尚三代之文，将文道合一作为批评的标准审视文学的发展，认为只有君子之儒的以道为本，文道兼美的文章才合乎标准：

> 尧舜殁，《雅》颂作；《雅》、《颂》寝，夫子作。未有不因於教化，为文章以成《国风》。是以君子之儒，学而为道，言而为经，行而为教，声而为律，和而为音，如日月丽乎天，无不照也；如草木丽乎地，无不章也；如圣人丽乎文，无不明也。故在心为志，发言为诗，谓之文，兼三才而名之曰儒。儒之用，文之谓也。言而不能文，君子耻之。及王泽竭而诗不作，骚人起而淫丽兴，文与教分而为二。以扬马之才，则不知教化；以荀陈之道，则不知教化；以荀陈之道，则不知文章。以孔门之教评之，非君子之儒也。夫君子之儒，必有其道，有其道必有其文。道不及文则德胜，文不知道则气衰，文多道寡，斯为艺矣。《语》曰：“文质彬彬，然后君子。”兼之者斯为美矣。（《全唐文》卷五二七）

这种复古的观点为批评六朝以来的浮靡文风提供了武器。

柳冕由于过于片面地强调文本于儒道，认为道、教、经、文一体，从而抹杀了文学与经学本质上的区别，而迂执地反对文采，对于文学发展中以文采而著称的屈原、宋玉等作家加以否定。他说：“自屈、宋以降，为文者本于哀艳，务予恢诞，亡于比兴，失古义矣。虽扬、马形似，曹、刘骨气，潘、陆藻丽，文多用寡，则是一技，君子不为也。”（《与徐给事论文书》）甚至称屈宋以降“淫丽形似之文，皆亡国哀思之音也。”（《与滑州卢大夫论文书》）他的这种观点有失偏颇。韩愈等古文家在自身的理论构建中摒弃了这种片面的观点，可见柳冕这种理论观念在唐代文学繁荣时期是很难有太大市场的。

权德舆（761～818）字载之，祖籍天水略阳（今甘肃天水），侨居润州丹阳（今属江苏）。曾入河南黜陟使韩洄从事，复为江西观察使李兼幕府判官。召为太常博士，转左补阕，累上书直言，斥裴延龄等权贵巧佞奸邪。迁起居舍人，知制诰，进为中书舍人，历兵部侍郎，太子宾客，元和五年拜礼部尚书，同平章事。罢相为兵部尚书后封扶风郡公。以检校吏部尚书、兼兴元尹、充山南西道节度使出镇兴元军。卒赠左仆射，谥曰：文。有《权载之文集》，《全唐文》存其文二十七卷。

权德舆在政治上，能够直言敢谏，对于当时的时政弊端多有揭露，较重视民生疾苦，能旗帜鲜明地反对权贵佞倖。他的思想较为复杂，虽以儒家思想为主，但因他曾从著名道士吴筠问道，又拜在禅师马道祖门下，故其思想中亦复揉进释道思想成分。他曾说道："以元元之慈俭，宏于在宥，以释氏之空惠，纳诸诚明，用济斯人，共陶鸿化。"（《中书门下贺降诞日麟德殿三教论议状》）就很说明其思想中释道的影响。

权德舆论文亦主张复古，基本上也同当时古文家的思想相同，他在《祭梁补阙文》中说道："文章运衰，风流不还，作者盖稀。君得其门，独斥流醨，遐蹈古始，六经为师。"在此他赞梁肃能以六经为本为古风文章。但他的论文中也包含一些道家思想的因素，其《醉说》中讲：为文章"尚气尚理，有简有通"，要求四者相互统一，缺一不可。以气与理同等看待，且说："今备文质之彬彬，善用常而为雅，善用故而为新，虽数字之不为约，虽弥卷而不为繁，贯通之以经术，弥缝之以渊元，其天机与悬解，若圬鼻而斫轮，岂止文也，以宏诸立身，不如是，则非吾觉也。"（《醉说》）可见其主张为文立身要以经术及自然之气为本。这里道家的影响不是很清楚吗？

晁公武《郡斋读书志》云：权载之"其文雅正赡缛。当时公卿功德卓异者，皆所铭记。其《两汉辨亡论》、《世祖封不义侯议》，世多称之。"这里对权德舆的文章成就做了较恰当的评价。如其所举，他的《两汉辨亡论》议论纵横，以古鉴今，是篇好文章：

> 言两汉所以亡者，皆曰莽、卓。予以为莽、卓篡逆，汙神器，以乱齐民，自贯夷灭，天下耳目，显然闻知。静徵厥初，则亡西京者张禹，亡东京者胡广。皆以假道儒术，得伸其邪心，徼一时大名，致位公辅。词气所发，损益系

之，而多方善柔，保位持禄。或陷时君以滋厉阶，或附凶沴以结祸胎。故其荡覆之机，篡夺之兆，皆指导之，驯致之。虽年祀相远，犹手授颐指之然也。其为贼害，岂直莽、卓之比乎？禹以经术为帝师，身备汉相，特见尊信，当主臣之重，极儒者之贵。永始元延之间，天地之眚屡见，言事者皆讥切王氏颛政。时成帝亦悔惧天变，而未有以决，驾至禹第，辟左右以问之，须其一言，以为律度。为禹计者，亦须陈大易坚冰之诫，诵小雅十月之刺，乘其向纳，痛言得失。反以罕言命不语怪为词，致成帝不疑之心，授王氏浸盛之势，上下恬然，晻忽亡国。傥帝虑不至是，犹当开陈切劘，面折廷辩。矧当就第燕闲之际，虚怀访决之时，方且视小男於床下，官子婿於近郡，款款然用家人匹夫为心，以身图安，不恤国患，致使群盗弄权，迭执魁柄，祸稔毒流，至於新都，不可遏也，斯可愤也。逮至东都，顺桓之间，国统三绝，胡广以钜儒柄用，位极上台。初梁冀席外戚之重，贪戾当国，既鸩质帝，议立嗣君。公卿大臣，皆以清河王蒜，年长有德，属最尊亲，可以靖人。亦既定策，冀乃惮其明哲，且不利长君，私於蠡吾，独异群议，为广议者，亦当中立如石，介然不回，率赵戒之徒，同李杜所守。然后三事百工，正词於朝，虽冀之暴恣，岂能一旦尽诛汉廷群公邪？反徇一息之安，首鼠畏懦，竟使清河徒废，蠡吾为梗，邦家陵夷，汉道日蹙。结党锢之狱，成阉寺之祸，祸乱循环，以至董卓，赫赫汉室，化为当涂，盖栋桡鼎，折之所由来久矣。彼梅福以孤远上疏，张纲以卑秩埋轮，独何人哉？而不是思也，噫嘻！就利违害，荣通丑穷，大凡有生之常性也。暨乎手持政柄，体国存亡，则谨之於初，决之於始，以导善气，以遏乱原。若祸胎既萌，则死而后已，白刃可蹈，鸿毛斯轻。奈何禹广於完安之时，则务小忠而立细行，数数然献吉筮於露蓍，沮立后於探筹。及夫安危之际，邦家之大，则甘心结舌，阴拱观变。岂止然也，方又炽焰焰以燎原，决汤汤以襄陵，投天下於烟煨，挤万民於昏垫，百代之下，无所指名，虽史赞粗言，而不究论本末。且出不越境，书弑君之恶，言伪而辩，有两观之诛。若当春秋之时，明禹、广之罪，作诫来世，可胜纪乎！向若西京抑损王氏，尊君卑臣，则庶乎无哀、平之坏。东京登庸清河，主明臣忠，则庶乎无灵、献之乱。大汉之祚，未易知也。或以国之兴亡，皆有阴骘之数，非人谋能亢，则但取瞽矇者而相之，立土木偶而尊之，被以章组，列於廊庙，斯可矣。何尧舜之或咨或吁，殷周之或梦或

卜？忧勤日昃之若是，然后为理耶？子因肄古，史且嗜《春秋》，褒贬之学，心所愤激，故辨其所以然。(《全唐文》卷四九五)

文章一反前人将两汉败亡之罪归咎于奸佞王莽、董卓篡权，而作者却指斥位高权重的钜儒张禹、胡广“皆以假道儒术，得伸其邪心，徼一时大名，致位公辅”，“或陷时君以滋厉阶，或附凶沴以结祸胎”以致两汉衰亡。其论独具只眼，思想深刻，发人所未发，甚是新颖。文章无论是章法结构，还是言语议论都有可观之处。

权德舆擅长借史事生发议论，申说自身不同凡响的观点。其《世祖封不义侯议》即是代表作，其文曰：

予读东汉史，至彭宠举兵拔蓟城，自为燕王，苍头子密等因宠独在便室卧寝，遂共杀之，以其首诣阙，封为不义侯，愚以为非先哲王封赏之本旨也，遂作议云。先师曰：“惟器与名，不可以假人。”又曰：“必也正名乎!”又曰：“惟则定国。”於戏！有国者可不务乎。当东汉世祖之初，天命再集，宜於此时贞百度，正三纲，纂修德教，允答天意。时彭宠以南阳旧恩，位列上将，有举渔阳之功，馈邯郸之忠，意以谗谤获罪，反侧怨望，遂攻朱浮於蓟，自称燕王。其时师旅孔炽，元元苦甚，时君宜以息人纾难为心，则当录念功用，昭洗瑕秽。次则布之威怀，革其非心。必不得已，则仗大顺以讨之，出王师以征之，以明君君臣臣之义。此三者皆不能用，或用之而不能尽，及夫苍头子密有便室之逆，运其狙忍，同其卧寝，遂使命悬仆隶，仓卒授首，及诣阙也，封为不义侯。愚以为伯通之叛命，子密之戕君，同归於乱，罪不相蔽，各宜致於法，昭示王度。反乃爵於五等，又以不义为名，且举以不义，则莫可侯也；此而可侯，汉爵为不足劝矣。《春秋》书齐豹盗，三叛人名之义，无乃异於是乎？且如栾布之哭彭越，孔车之葬主父，使於东汉议罪，罪孰甚焉？况四方甫定，伤痍未复，不稽古训，以喜怒为刑赏，使天下陪台厮养，各幸其君之乱，而徼侯印，授诸侯危疑之势，鼓臣下叛涣之源，弃名器而汩彝伦，且以宪令为戏。时风浩浩，荡而不复，至使桓灵不君，山阳胁夺，本其所自，庸讵知非封不义侯之效欤？(《全唐文》卷四八八)

文章就汉光武帝不能息人纾难，对功臣彭宠不能“布之威怀，革其非心”致其反叛，反封弑主仆隶苍头子密为不义侯的不当之举加以批判，责其罔顾君臣之礼主仆之义，“不稽古训，以喜怒为刑赏”“弃名器而汩彝伦，且以宪令为戏”为乱政之源，遗祸后世。文章针对汉光武帝处置问题的矛盾方式立论，观点新鲜，行文波澜起伏，风格典雅而有气势。与此类似的文章还有《酷吏传议》等。总的看来，权德舆文章温文尔雅，规矩典正，有朱门大户气，在规矩中求变化，求新奇顿挫。他写的墓铭甚多，的确当时名公墓铭多为其撰，但行文仍沿袭前代墓铭程式，较少突破。

权德舆在古文运动形成的过程中，亦有奖掖后进之功。其父权皋与李华等为友，独孤及之子独孤郁是其女婿，梁肃亦为权德舆之友。柳宗元之父柳镇与他曾为同僚，柳宗元应举曾向他行卷一求汲引，韩愈也与他有深厚交谊。

以上梁肃、柳冕、权德舆都是散文作家，虽在古文的发展中起了很大作用，但他们的文学成就还是有限的。而恰恰是陆贽创作的骈文，令人刮目相看。陆贽的骈文，从一个新的角度为古文运动的形成提供了新鲜经验。

陆贽（754～805）字敬舆，苏州嘉兴（今属浙江）人。大历八年（773）进士，以中博学宏词科，授郑县尉。又以书判拔萃调渭南县主簿，迁监察御史。德宗时，为翰林学士，考功郎中。朱泚叛乱，他侍驾幸奉天，为德宗草诏。贞元八年（792），知贡举，第欧阳詹、韩愈、李观、冯宿等才子为进士，号称“龙虎榜”。拜为中书侍郎同平章事。他多指陈时弊，抨击佞倖裴延龄等，为裴等谗言所毁，罢相为太子宾客，再贬忠州别驾，卒于忠州。赠兵部尚书，谥曰：宣。有《陆宣公翰苑集》二十二卷，《全唐文》编其文为十六卷。

陆贽是唐代杰出的政治家、政论家，他在政治改革上颇有建树，而且立朝刚正，敢于直言谏诤，力矫时弊，很为后世称道。比起他的政治才能及成就，他的文章并不逊色，同样取得了为后世瞩目的成就。

陆贽是以骈文创作成就著称的，他那“正、实、切、事”（《艺概文概》），刚柔相济，晓畅自然的骈文为当时所推重，又以融散入骈的独特造诣为古文运动改造文体提供难能可贵的支持，而对后世影响亦甚为深远。陆贽以奏议文最为突出，无论思想性还是艺术性都很强。《四库全书总目提要》称：“宋祁作贽传赞，称其论谏数十百篇，讥陈时病，皆本仁义，炳炳如丹青，而惜德宗不能尽用。故《新唐书》例不录排偶之作，独取贽文十余篇以为后世法。司马光作《资治通鉴》，尤重贽论，采奏疏三十九篇。其后苏轼亦乞以贽文校正进读。盖其文虽多出于一时匡救规切之语，而于古今来政治得失之故，无不深切著明，有足为万世龟鉴者，故历代宝重焉。”由此可知陆贽奏议的思想性极强。在文学上，他的文章同样有独到之处。他的奏议，多为骈文，然而却没有以往骈文常存在的用事繁复，典故晦涩，词采雕饰之病，而是以新的手法，新的面貌，融散入骈，虽无一句不对偶，却无滞涩之感，无雕镂之痕，文章剖析事理，精当深切，并不为骈文形式所局限，故是高手。

陆贽的奏议往往长篇大论，然而又能举重若轻。如《论裴延龄奸蠹书》全文约六千五百余字，针对德宗朝国运衰颓，变乱相继，民生艰难，统治者不图恢复经济，与民休息，而是用奸邪贪鄙之人，行聚敛之政的严酷现实，奏论德宗所任用户部侍郎裴延龄贪渎聚敛之政贻祸国家之罪。文章重点罗列裴延龄七宗罪行加以抨击：其一曰：

> 户部侍郎裴延龄者，其性邪，其行险，其口利，其志凶，其矫妄不疑其败乱无耻，以聚敛为长策，以诡妄为嘉谋，以掊克敛怨为匪躬，以靖谮服谗为尽节，总典籍之所恶，以为智术，冒圣哲之所戒，以为行能，可谓尧代之共工，鲁邦之少卯。……前岁秋首，班宏丧亡，特诏延龄，继司邦赋。数月之内，遽衒功能，奏称：“勾获隐欺，计钱二十万贯，请贮别库，以为美财，供御所须，永无匮乏。”陛下欣然信纳，因谓委任得人，既赖赢馀之资，稍宏心意之欲，兴作浸广，宣索渐多。延龄务实前言，且希睿旨，不敢告阙，不敢辞难。勾获既是虚言，无以应命；供办皆承严约，苟在及期。遂乃搜求市鄽，豪夺入献，追捕夫匠，迫胁就功。以敕索为名，而不酬其直；以和雇为称，而不偿其佣。都城之中，列肆为之昼闭；兴役之所，百工比於幽囚。聚诅连群，遮诉盈路，持纲者莫敢致诘，巡察者莫敢为言。时有致诘为言，翻谓党邪丑直。天子毂下，嚣声沸腾，四方观瞻，何所取则？荡心於上，敛怨於人，欺天陷君，远迩危惧，此其罪之大者也。

其二曰：

总制邦用，度支是司，出纳货财，太府攸职。凡是太府出纳，皆禀度支文符，太府依符以奉行，度支凭按以勘覆，互相关键，用绝奸欺。其出纳之数，则每旬申闻；其见在之数，则每月计奏。皆经度支勾覆，又有御史监临，旬旬相承，月月相继，明若指掌，端如贯珠，财货少多，无容隐漏。……若左藏库遗漏不谬，隐匿固合抵刑；如度支举奏是虚，诬诋亦宜得罪。陛下既不许差三司按问，又不令检奏辨明。度支言太府隐漏至多，而少华所任如旧；太府论度支奸欺颇甚，而延龄见信不渝。枉直两存，法度都弛。以在库之物，为收获之功；以常赋之财，为羡馀之费。罔上无畏，示人不惭，此又罪之大者也。

其三曰：

国之府库，用置货财。物合入官，则纳於其内；事合给用，则出乎其中。所纳无非法之财，所出无不道之用，坦然明白、何曲何私？而延龄险猾售奸，诡谲求媚，遂於左藏之内，分建六库之名，意在别贮赢馀，以奉人主私欲。曾不知王者之体，天下为家，国不足则取之於人，人不足乃资之於国，在国为官物，在人为私财，何谓赢馀，复须别贮？是必巧诈以变移官物，暴法以刻敛私财，舍此二途，其将焉取？陛下方务崇信，不加检裁，延龄既怙宠私，益复放肆，遂录积久逋欠，妄云察获奸赃，总计缗钱八百馀万。听其言则利益虽大，考其事则虚诞自彰：或是水火漂焚，或缘旱涝伤败；或因兵乱散失，或遭寇贼敓攘；或准法免徵，或经恩合放；或人户逃逸，无处追寻；或纲典拘囚，不克填纳；或没入店宅，岁久摧残；或收获舟船，年深破坏。类皆如此，难以殚论。……下土编户，冤叫彻於苍旻。而延龄以冒取折估为公忠，苟得出估为胜利，所谓失人心而聚财贿，亦何异割支体以徇口腹哉。殊不寤支体分披，口安能食；人心离析，财岂能存。此又罪之大者也。

其四曰：

平原远镇，扼制蕃戎，五原要冲，控带灵夏。芟夷榛秽，翦逐豺狼，崎岖缮完，功力才毕。地犹敻绝，势颇孤危，新集之兵，志犹未固。尤资赡恤，俾渐安居，频敕度支，令贮军粮。常使平原有一年之蓄，盐州积半年之储循环转输，不得阙数。近者二镇告急，俱称绝粮。陛下召延龄令赴中书，遣希颜宣旨质问，延龄确言馈饷不绝，储蓄殊多，岁内以来，必无阙乏。希颜惧其推互，邀令草状自陈，状亦如言，略无疑畏。陛下览其所奏，翻谓军吏不诚，遂遣中官驰往检覆，道路无转运之迹，军城无旬日之储，将卒嗷嗷，几将不守。有如是之颠沛，有如是之欺谩，按验既明，恩劳靡替，其为蛊媚，旷代罕闻。此又罪之大者也。

其五曰：

国之宪度，会府是司，位列诸郎，犹应辰象，任居六事，实代天工，内总辖於庶官，外敷化於列郡，举措系生灵之命，得失关理乱之源，为人轨仪，安可容易。未有大官弛纵，而能使群吏服从；朝典陵迟，而欲禁天下暴慢。是以天宝将季，杨国忠为吏部尚书，亟於私庭铨集选士，果令逆竖得以为词。史册书之，足为国耻。而延龄放情乱纪，又甚国忠。懈於夙兴，多阙会朝之礼；徇其鄙欲，大隳省署之仪。徙郎曹於里闾，视公事於私第，尽室饫官厨之膳，填街持簿领之书。复有诸部参辞，四方申请，决遣资其判署，去就俟其指捻。延龄或聚客大夸，不令白事；或纵酒凭怒，莫敢入言。至有迫切而来，逾旬未省，输纳之后，累月不归。资粮罄於滞淹，筋力困於朝集。晨趋夕散，十百为群；里中喧阗，常若阛阓，衢巷列屠沽之肆，邑居成逆旅之津，离次慢官，虐人斁法，求之今古，鲜有其伦。此又罪之大者也。

其六曰：

况延龄以素本僻戾之质，而加之以狂躁满盈，既憯且骄，事何由理。遂以国家大计，委於胥吏末流，当给者无贿而不支，应徵者受赇而纵免。纪纲大坏，货赂公行，苟操利权，实窃邦柄。近者度支小吏，屡为府县所绳，鞫其奸赃，无不狼籍。通结动连於节将，交私匪止於苞苴。威福潜移，乃至於是，职司失序，固亦可知。此又罪之大者也。

其七曰：

> 风教之大，礼让为先，礼让之行，朝廷为首。朝廷者，万方之所宗仰，群士之所楷模，观而效焉，必有甚者。是以朝廷好礼，则俗尚敬恭；朝廷尊让，则时耻贪竞。朝廷有失容之慢，则凌暴之弊播於人；朝廷有动色之争，则攻斗之祸流於下。圣王知其然也，故选建贤德，以为公卿，使人具瞻，不谕而化。……而度支凭宠作威，恃权纵暴，侵刻军镇，匮阙资粮。将帅每使申论，延龄率加毁訾，或指诬隐盗，或谤讦阴私，或数其出处贱微，或亿其心志邪悖，词皆丑媟，事悉加诬。匹夫见凌，犹或生患，况将帅素加委遇，多著勋庸，纵有逾分取求，但宜执理裁处，苟当其所，孰敢不从？岂可对彼偏裨，恣行侵辱，使其惭靦於麾下，愤耻於朝廷。惟口起羞，谅非细故，为国聚衅，实由斯人。……其为构陷，抑复多端，故示凶威，使人慑惮人之狂险，乃至於斯。上亏大猷，下扇流俗，忽礼义之府，蔑汙清明之朝。此又罪之大者也。(《全唐文》卷四六六)

文章不但论列裴延龄祸国之罪，并且直讽德宗怙恶不悛。其义正，其讽实，其言切，其显仁义之理于事。文章犯颜直谏，大胆真率，指陈奸邪，切中要害，议论时弊，鞭辟入里，剖析精审，具体细致，行文舒畅自然，从容不迫，洋洋洒洒，却不显繁冗琐碎。

又如其代表作，《奉天请罢琼林大盈二库状》，文章开头点出“臣闻‘作法于凉，其弊犹贪，作法于贪，弊将安救?’”提出将救弊的问题，接着“示人以义，其患犹私；示人以私，患必难弭。故圣人之立教也，贱货而尊让，远利而尚廉。天子不问有无，诸侯不言多少，百乘之室，不畜聚敛之臣。夫岂皆能忘其欲贿之心哉?诚惧贿之生人心而开祸端，伤风教而乱邦家耳。是以务鸠敛而厚其帑椟之积者，匹夫之富也；务散发而收其兆庶之心者，天子之富也。天子所作，与天同方，生之长之，而不恃其为；成之收之，而不私其有。付物以道，混然忘情，取之不为贪，散之不为费，以言乎体则博大，以言乎术则精微。亦何必挠废公方，崇聚私货，降至尊而代有司之守，辱万乘以效匹夫之藏。亏法失人，诱奸聚怨，以斯制事，岂不过哉!”指出救弊要彻底，尤其是对贪。然后写道：“今之琼林、大盈，自古悉无其制”，而玄宗由贪而置，“玄宗悦之，新置二库，荡心侈欲，萌柢于兹，迨乎失邦，终以饵寇。”批评玄宗何等尖锐。接着中间针对现实进行批评：

> 陛下嗣位之初，务遵理道，敦行约俭，斥远贪饕。虽内库旧藏，未归太府，而诸方曲献，不入禁闱，清风肃然，海内丕变。议者咸谓汉文却马，晋武焚裘之事，复见於当今矣。近以寇逆乱常，銮舆外幸，既属忧危之运，宜增儆励之诚。臣昨奉使军营，出游行殿，忽睹右廊之下，榜列二库之名，惧然若惊，不识所以。何则？天衢尚梗，师旅方殷，疮痛呻吟之声，噢咻未息，忠勤战守之效，赏赉未行，而诸道贡珍，遽私别库，万目所视，孰能忘怀。窃揣军情，或生觖望，试询候馆之吏，兼采道路之言，果如所虞，积憾已甚。或忿形谤讟，或丑肆讴谣，颇含思乱之情，亦有悔忠之意。是知甿俗昏鄙，讥昧高卑，不可以尊极临，而可以诚义感。顷者六师初降，百物无储，外捍凶徒，内防危堞，昼夜不息，迨将五旬。冻馁交侵，死伤相枕，毕命同力，竟夷大艰。良以陛下不厚其身，不私其欲。绝甘以同卒伍，辍食以啖功劳。无猛制而人不携，怀所感也；无厚赏而人不怨，悉所无也。今攻围已解，衣食已丰，而谣讟方兴，军情稍阻。岂不以勇夫恒性，嗜货矜功，其患难既与之同忧，而好乐不与之同利，苟异恬默，能无怨咨？此理之常，固不足怪。《记》曰：“财散则民聚，财聚则民散。”岂非其殷鉴欤！众怒难任，蓄怨终泄，其患岂徒人散而已，亦将虑有构奸鼓乱，干纪而强取者焉。（《全唐文》卷四六九）

这一大部分细细地写德宗初即位时勤俭，朱泚之乱，德宗幸奉天，其军无衣无食，而战犹无怨，而乱平之后，开始聚敛，贪欲膨胀，两相对比，事理甚明。此时再提出恳切的批评：

> 今兹二库，珍币所归，不领度支，是行私也，不给经费，非宣利也。物情离怨，不亦宜乎！智者因危而建安，明者矫失而成德。以陛下天资英圣，倘加见善必迁，是将化蓄怨为衔恩，反过差为至当。促殄遗孽，永垂鸿名，易如转规，指顾可致。然事有未可知者，但在陛下行与否耳。能则安，否则危，能则成德，否则失道。此乃必定之理也。愿陛下慎之惜之！（《全唐文》卷四六九）

既切中要害，又婉转畅达，说服力强。最后再建议德宗当机立断，取消大盈琼林二库，宣利禁私，示天下不贪，“散其小储，而成大储；损其小宝，而固其大宝也。”从而去贪图强。正如王世贞《艺苑卮言》说：“谈事而文，俳而不厌者，陆贽。”此外，陆贽的《奉天改元大赦制》、《论两河及淮西利害状》、《收河中后请罢兵状》、《论缘边守备事宜状》等皆篇幅宏伟，骈散结合，纡徐奔放有度，体现其创作特色，为后世论奏之圭臬。刘熙载所称：“陆宣公文贵本亲用，既非瞀儒之迂疏，亦异杂霸之功利。于此见情理之外无经济也。”“陆宣公奏议，评以四字，曰：正实切事。”“陆宣公奏议，妙能不同于贾生。贾生之言犹不见用，况德宗之量非文帝比。故激昂辩折有所难行，而纡余委备可以巽入。且气愈平婉，愈可将其意之沈切。故后世进言多学宣公一路，惟体制不必仍其排偶耳。贾生、陆宣公之文，气象固有辨矣。若论其实，陆象山最说得好：‘贾谊是就事上说仁义，陆贽是就仁义上说事。’”（《艺概·文概》）其评可以参考。

陆贽在骈文创作上的改造，是发人深省的，他证明了对这一文体进行适时的改造，使其具有新的生命力，是很有可能的，无论在内容还是在形式上。只是陆贽创作成就局限于奏议等文体，故在文学上影响还是有些局限的，令人遗憾。

第二节　韩派作家

在中唐古文运动兴盛时期，以韩愈为首的一个文学集团很快地形成了。这个集团除孟郊、贾岛、李贺等为诗人外，大多数人都是古文家。这派文人常被人称作“韩门弟子”，其实这是由于韩愈好为人师，并喜交接天下寒士，给人们造成的印象。“韩门弟子”的说法不是很恰当确切的，因为对年龄长于韩愈的诗人孟郊，韩愈自身就十分推崇佩服，将其看作师友，而古文家欧阳詹、李观皆长于韩愈，韩愈在登进士第以前就久闻欧阳詹的名声了，李观与韩愈也是朋友关系。但也确实有一批后进之士，志于古文，学于韩愈，视其为楷模，是韩愈真正的弟子，如李翱、皇甫湜、樊宗师等。然而不论是师友也罢，是弟子也罢，终归韩愈接交寒士，提倡古文古诗，又尽心奖掖后进，推崇同道，文学成就又突出，使这些文人聚集在其周围，形成了自觉的文学派别，这是客观事实。韩孟诗派因为有孟郊韩愈两巨头，故称；而为古文者，此派未有能与韩愈相侔者，姑且称此派为韩派作家，或韩派古文家。韩派作家人数众多，创作丰富，风格多样，成就突出，在古文运动的发展中起着支柱作用。

欧阳詹（759？～799？）字行周，泉州晋江（今福建泉州）人。孩童时，即不与众童亲狎，行止多自处。年十许岁，里中无亲近者。每见河滨山畔有片景可采，心独娱之，常执卷一编，忘归於其间。逮风月清晖，或暮而尚留，窅不能释，不自知所由，然其本性所喜欢。未甚识文字，随人而问章句，忽有一言契於心，移日自得，长吟高啸，不知其所止。后遂日知书，操笔属词，其言秀而多思，率人所未言者，由是振发於乡里之间。为福州观察使常衮所知，加以荐举，贞元八年（792），陆贽知贡举，欧阳詹进士及第，后为国子监四门助教。有《欧阳行周文集》十卷，《全唐文》编其文四卷。

《四库全书总目提要》云："今观詹之文，与李观相上下，去愈远甚。……然詹之文，实有古格，在当时纂组排偶者上。韩愈为欧阳生哀辞，称许甚至，亦非过情。"欧阳詹的文章较为质朴高古，所长在于书信及杂文类。李贻孙《故四门助教欧阳詹文集序》曾提到他的《与郑居方书》（即《与郑伯义书》）是优秀篇章，文章针对现实而提出为国求贤，以禄养才的问题，其中谈道："渔者所务唯鱼，不必在梁在笱；弋者所务唯禽，不必在矰在缴。国家设尊官厚禄，为人民也，为社稷也。在求其人，非与人求；在得其人，非与人得。唯道德膺厥求，唯贤能膺厥得。贤能事事而后见，道德诚诚而后信。苟须事事，苟须诚诚，则必委以务，命以职，从而核之。"并提出得人须既要用人以德，又要不拘一格："但以选才如选材焉。以规则失之于方，以矩则失之于圆。欲方圆毕至，然后择其利用者宝之。中方则善于圆，中圆则善于方。木材也者，在坚贞可久；人才也者，在德行有恒。不可久，不有恒，虽售之于今，必不售之于后。蚩蚩之人，贵此贱彼，是不深达国家选士之意，见近而迷远者。居方宁斯人之徒欤？况目睹进士出身，十年二十年而终于一命者有之；明经诸色入仕，须臾而践卿相者有之。"在这里他将人才问题看得很重要，反复申述，隐隐表露出其内心那怀才不遇的感慨，与对尸位素餐者的嘲讽。文章义古而文质。

他的《吊九江驿碑材文》是一篇寓讽颇深的杂文，其文曰：

吊伤而有辞者也。噫！九江驿之碑，其何兴辞而吊欤？斯碑之材，昔太师鲁国颜忠肃公所建祖亭之碑也。公素负辞华，昭代之铭志，多公之辞。又好采异留名之致，顷为湖州牧，州产碑材石，每使工琢之，与词兼行，磨砻而成，常心使用者不可胜数。斯碑也，终山之穷僻，得之于自然。趺本有龟，护顶有螭，虽不甚成，而拏躩偾兴，如神如灵。公神而珍之，精选所处，湖州无称立，罢守回朝，载而途卜。出苏台，入毗陵，亦无称立。转丹阳，游建业，亦无称立。次江州，州南有湖，湖东有山，蛟奔螭引，直至湖心。顿趾之处，则茂林峭石，势瑰气胜，非往时所睇，而神祠曰祖将军庙在焉。公觌其诡秀，与碑材叶，即日以酒脯奠其祖神。出钱五万，造亭曰祖亭。南香炉峰，北浔阳城；九江为庭，千艘历阶。亭既就，公制亭之文，手勒斯碑而立之。公文为天下最，书为天下最，斯亭之地，亦天下最。庶资三善，加以斯碑之奇，相持万古，而采异留名之致一得也。后典州吏，于州之九江驿，有修坯之劳，状其末绩，乃取斯碑，刬公之述，置己之述，今为九江驿之碑焉。

予旅游江州，税于兹驿，祠部员外郎郑恕同之。郑与州将严士良共为予说，而俱以相示，呜呼！先贱后贵，世之常也；先贵后贱，人之伤也。以祖亭方九江驿，则兰室鲍肆矣；以鲁公之文方今之文，则牢醴糟糠矣；以鲁公之札翰方今之札翰，则锦绣枲麻矣；以鲁公之用方今之用，则华夏夷狄矣。痛哉斯碑！出祖亭，入九江驿；失鲁公文，得人之文；削鲁公之札翰，题人之札翰；亡鲁公之用，就人之用：是去兰室而居鲍肆，舍牢醴而食糟糠，脱锦绣而服枲麻，黜诸夏而即夷狄。可悲之甚者！况我质天成，必将可名，鲁公所以卜择敬慎如彼，而常人无良黩辱如此。与有道而黥，无罪而刖，投四裔，御魑魅，何以别邪！石不能言，岂其无冤？故吊之。(《全唐文》卷五九八)

文章叙述九江驿碑碑材，原为颜真卿所撰所书，后州吏修九江驿将碑文铲去，另刻述功之辞之事，以凭吊之辞，鞭挞州吏由于愚蠢的行径，使天下之奇观消逝不复存，对比今昔，言颜鲁公与今之州吏有天壤之别，暗喻今之世埋没人才，抒发感伤之情。文章以碑为喻，寓意深刻，构思巧妙，取材新颖。

另外，欧阳詹还有一篇《南阳孝子传》颇有名声，其文虽书见闻，然颇具传奇笔调：

贞元九年，某旅行虢州，税于村店，有一党先止焉：老翁一人，丈夫一人，妇人一人，孩幼两三人。丈夫出绢两疋卖，其囊裹衣服，非称有其绢者。视绢有字，乃故人郑师俭手题其名焉。问所得，曰："来自襄阳，至临汉之北郊，有闵吾父年老而所乘驴弱者。遗此绢，使与驴博驴。"问得姓名乎？曰："其人扶护亲丧回上京，不知姓名也。"某既占郑书，又知郑侍君灵榇自南，当由彼而还也，意其必郑焉，不复问焉，各遵所往。

贞元十一年，获与郑遇，因道所见。郑歔欷为言之曰："豫章之回，次南阳大泽，见一贫翁乘驴，驴甚瘠。一丈夫肩负杂物，可三十觔。妻抱半岁婴孩，童稚驱行。两人山路初尽，始行陂泽。属久霖雨，泥水深，老翁瘠驴往往颠踣。丈夫则翁之子也，每见驴倒，掷其负，若泥若水无顾惜，扶抱洗拭，泪辄盈目。倒既数，悲不自胜，遂以所负置诸驴，而负其父。平田积雨，潦淖到胫。不至店舍，竟无憩歇。父在子上，殊自安畅；子在父下，亦尽欢心。父与子笑，子与父笑，如同乘高车，连辔逸骑，怡怡焉，欣欣焉。与之行止者三日，日无易日时。爱其事父母能竭其力也，又痛自欲竭力。已无其所，赠绢一疋，令与驴博驴，代以载父，其人将求驴者三店，知欲分路，却其绢曰："无驴可博，顾夏本绢。始嘉其孝，又贵以忠，为度一绢博驴未就，更与一绢。自此东西，足下之见，岂斯人欤？"某以如其人所行是难能也，是亦皇唐纯孝一人焉。行既可述，遂以郑说为之传。其间问其姓氏，亦不知何许人。实于南阳泽中见之，还以为南阳孝子。(《全唐文》卷五九八)

此文叙写流畅，人物生动，具较强的故事性，颇有传奇色彩。由此可见，欧阳詹在古文发展与传奇创作之间的互动。

欧阳詹的文章成就较李观虽有差距，但在当时名声却很大，李贻孙称"常与君同道而相上下者，有韩侍郎愈、李校书观。洎君并数百岁杰出，人到於今伏之。君之文新无所袭，才未尝困。精於理，故言多周详，切於情，故叙事重复。宜其司当代文柄以变风雅。一命而卒，天其绝耶！"(《故四门助教欧阳詹文集序》)其认为欧阳詹与韩愈、李观不相上下，领时代风骚，这当是当时人的见解，不足为怪。现在看来《四库提要》所言是有道理的。

李观（766～794）字元宾，先世为陇西人，后家江东。他是盛唐古文家李华之从子。贞元八年（792）进士及第，同年又中博学宏词科，授太子校书郎，卒，年仅二十九。有《李元宾文编》三卷，外编二卷。《全唐文》编其文四卷。

李观在中唐也是文学复古的积极的提倡者，自称“观洁身复古，立行师古”（《与睦州独孤使君论朱利见书》）。他在《谒夫子庙文》中亦强调儒学道统。同时他主张文章既有坚实的内容，又要自然天成，他说：“明经传世，不可坠文，文贵天成，不可强也。”（《报弟兑书》）他在文章风格上追求高古，但在创作上他更强调独创性，他称：“上不罔古，下不附今，直以意到为辞，辞讫成章。”（《帖经日上侍郎书》）这点与韩愈“词必己出”的主张相近。还是苏轼“尝行于所当行，常止于不可不止，文理自然，姿态横生”（《答谢师民书》）之说的先导。

李观《上陆相公书》道：“颇常思古今治乱、邦家大体、生民之难、君臣之际以为意也。岂徒焦气力。劳形神，润言辞以自贤。且昔相国以章句知之耳，今固亦以章句待之耳。”可见他虽不认为自身是文章之士，而更有经邦治国之志，但他的老师陆贽却是把他当做文章之士赞许的。我们也的确可看出李观强调文章的社会功用是要经世致用的。李观有《帖经日上侍郎书》对自己的文章进行整理，推荐其优秀篇章“《安边书》、《汉祖斩白蛇剑赞》、《报弟书》、《邠宁庆三州餐军记》、《谒文宣王庙文》、《大夫种碑》、《项籍碑》、《请修太学书》、《吊韩弇没胡中文》”等是“直以意到为辞，辞讫成章”中最逐情者。这些文章或长于指陈时事，议论风生；或长于记事；或以古诫今，讽谕当世；或凭吊古圣，抒发感慨；或悼念今贤，以示悲哀。内容丰富，变化多样，能够代表了他的创作水平。如其《上宰相安边书》总结古往今来边患状况及历朝安边措施的得失，针对现实边患频仍朝廷应对失当尖锐批评，提出自己的策略意见，见解独到，议论纵横。文章先就周、秦、汉三代备边、拓边、安边的方略及得失进行回顾，指出无论是战、是备、是和亲，其结果皆不能始终奏效，以致“乘秋之虏常存，讨虏之赋不除”为“万祀镜哉”。接着论述有唐以来的边患状况及当今朝廷面临边患在用将、用兵、用财上处置失当的艰难处境。其文曰：

噫！惟皇唐操璇玑，驭民而统天，将二百龄，朝更九圣，运开中兴，纵横六合。上下天渊，蜚驰之伦，莫不被仁，独犬戎跳梁，猾我右陲。儒之策曰和亲，武之议曰宿兵，和亲则易携，宿兵则厚亡。九圣之君，前后病之。然属三方乂安，悉力一隅，则右臂可断，六骡可俘，太宗、元宗之时也。厥后内寇数动，国家一罢，虏滋新谋，土失旧封，伊顷迄今，有加无瘳。岂负鼎亏折冲之资，推毂无封疆之忠？志士仁人，是以累息而长叹。且周曰猃狁，秦曰胡，汉曰匈奴，然实非二，盖随国而名之。於今则曰吐蕃，则正居庚方，涉河而北，履海而西，宇宙绝徼，羌戎全区。亦不可得而制，可斥而远之。观今不能制也信矣，斥之则何宜？横戎所向，不广千里；扼盗之冲，不越十处。择一虎臣，练万虎贲，使制得自专，权得自纵。夫兵有专制则毕力，将无分权则成功。是则阴山可复泣虏，阳关可复隔戎，何边之不安焉？

今圣人朝在明堂，晚在法宫，左右进退，焉得知安边之要哉？雍熙大臣，苟以小者近者为怀，遑复思崇九庙之原哉？且国家思复三方之民，得以养之，区区然如惧不周而忿生，然寒卒饥徒，终自有之。愚窃恐戎无却年矣，边无安期矣，财有尽朝矣。何者？今国家一垂控戎，累所暴兵，兵不问堪，将不择良。当守者争险易，当攻者避后先；寇之来则弃民而相保，寇之去则冒赏而称庸，此所谓戎无却年矣。夫战阵多将则势离，攻守多将则不支，以其胜不得尽有，败不得独受故也。至今闻有筑城於虏蹊，迁民於虏滨，城适罢而寇窬，民未居而闪拘，弯弓者却行，蒙甲者退趋，此所谓边无安期矣。且虏不可以无兵而威，兵不可以不战而归，故明主得下征苍苍之产，将军得外娱悠悠之师，此所谓财有尽朝矣。(《全唐文》卷五三二)

文中批判现实切中要害，言辞激烈，有雄崛之气，体现了作者注重现实，思想深刻，文才出众的特质。之后其文正面提出自己的方略和主张并以古近之人证之：

然三患始萌，一言尚平。欲戎之可却也，不愿分节与人，愿择一人，敢以近言之，则开元朝哥舒翰之将是也；欲边之可安也，不愿岁更四方之兵，愿因其兵，敢以古言之，则汉晁错之策是也；欲财之不尽也，不愿衣食供给山东，愿开边田，敢以古言之，则赵充国之奏是也。此则兵不得娱无功，虏不得候相胶，国不得殚下民，胡不得用周汉之策，范孙子之谋哉！(同上)

作者提出的择将、因兵、屯田的方略，虽不一定出于深思熟虑，确当可行，但有一定的针对性，有其独到的见解。且文字简洁有力，精练明确。

李观关注边事，不仅止于议论，而且注入了满腔的情感。他的《吊韩弇没胡中文》对没于异域的使臣韩弇（韩愈之从兄）表达了深切的痛惜之情。其文曰：

维唐贞元元年，匈奴上款乞盟，天子以其言诚，乃命上将往埤於阴山，而听其誓言，监察御史韩君载笔而随焉。我上将仗九庙之信，而首盟其间，以戎人心为心。戎乘我不虞，而有诡谋，我计无素成，而奸以宿萌；故勇者死，奔者追，而韩君为之擒矣。呜呼！有备无患，军志也。戎人安所暴其诈？千虑一失，圣人也。韩君是以为之虏。天其或者将用警我，非福戎也。韩君之为擒，其系命欤？

五年於兹，生死不寻。谓之生，岂复还期；谓之死，永永湮沈。或曰死矣，切伤我心。绝国浩浩，穷西极滨。强胡居之，犬视狺狺。流沙无波，阴山无春。边草不绿，塞鸿不宾。秦有长城，汉有遗人。死者虏鬼，生者虏臣。哀哀韩君，生死穷辛。鬼能灵，人能语。君生其所，君死其所。今两寂然，必由中阻。君初奉使，意气西道。白珪之职，唾掌可保。激鲁阳之勇，叹典属之老。乃即於事，不能画奇。从军之筹，君固职之。可疑不疑，固用阽危。羌戎髽髽，坐刃我师。擒卒揕胸，血殷朔陲。实死者痛，非擒者悲。夹谷之会，不闻仲尼。秦中九月，黄叶始下。长风西来，烈烈飘野。望君申吊，亦攖来者。已乎一魂，时也命也。（《全唐文》卷五三五）

文章对韩弇出使而生死不明深感哀痛，对强敌狡诈凶残深感愤恨。其悲悼之情一篇之中三致意焉，令人为之动容。

李观的文章除了议论抒情很有特色外，记事文亦有独到之处。其文师承《春秋》《史记》的记事写人的笔法，加以发展，既显得古质，又注重生动性。其代表作如《周苛碑》，其序曰：

御史大夫周苛，世籍於沛，始汉祖起而随焉，时汉祖以新阸濉水之围，而遽保荥阳。楚人四面攻之，内无完备，忧难持久，用将军纪信计而汉祖免。命周苛守后事以御外敌，敌知其危，并力荡摇，哀哀遗军，创痛如积。虽授之以利兵，束之以坚甲，而莫能起。非爱死也，力不堪也。故城覆於项氏。项氏毅然鹰瞵，爨大鼎於宇下。谓苛曰："请封三万户为上将军，军之政，自不谷而下及卒乘，皆听其所为。不从则烹，决无疑焉。"公怒甚色作，视羽而咳之曰："吾闻不善者善人之资，今天将锡汉。故泯天下以乱，救乱者师，是用汝资之。不即倒戈请命，兵绝若倾，汝死无日矣。且秦政反道，歼灭六国，天人含怒，噍类不留，今汝之业不足侔秦，而罪侈於秦，曾不知天以阴骘兴丧与夺，而犹与汉争锋，且若战数胜，攻数克，非若能也。天厚其恶，恶厚将崩，何得长哉！"项氏恚公之不屈，而耻其诡己，怒声如乳虎，指左右捽公於沸鼎。公奋身不顾，蹈鼎而卒。呜呼！糜躯冀於不朽，不朽者在乎立节，立节者在乎处死，处死者在乎显主。主显节立，独苛有之。(《全唐文》卷五三五)

文章记叙"史无传记"的刘邦项羽争霸时，刘邦麾下将领周苛的忠烈事迹，悲慨历史英烈被埋没，"敢镂幽石，以承阙文"。文中记事精炼，用笔畅达，尤其描写人物十分精彩，片言只语之中凸显了周苛临危不惧，守正不屈，忠贞刚烈的英雄性格特征，而项羽骄横暴虐的形象亦跃然纸上。

与此相类的还有《赵壹碑》。其碑序曰：

汉阳赵壹，字元叔，出汉灵帝之世，慨然卓异，士之杰者。负才不检细行，为州里所摈，陷刑将寘其死。幸友为脱，遂作《穷鸟赋》以方己欲。伤哉！元叔之志，与世龃龉，盖天厚其善，不厚其命。然天不有曰："常与善人。"元叔之善，其与安在？天之不惠，自回、宪及壹三矣。当日颓风凋理道，盛德殒衰俗，始振二祖之业，未偕三代之季，虽荩臣沥泣，亿庶呻痛，而贪宦诡进，挈攫王度，殆非天欲眷，先乱之兆也。元叔以故数有哀刺之作，酌其所趣，亦犹诗人有《采苓》、《甫田》之作也。忧心不偶，而没无所誉，乃衣褐应郡计，上书阙下。见司徒袁逢，长揖而言，音形琅琅。袁深器之，操袪延升，指谓座人曰："汉阳赵元叔。"由是名闻於时。有羊涉者，尹河南，能掇四方之英，元叔乃去袁司徒，访涉以为主人。将出所怀以动之，会涉犹寝於堂内，元叔直言而伏曰："仆高君之义，故游君之门，将藏穷达之诚，君岂当然？"涉乃眷而礼之，特奇其贤。明日，盛骑造元叔，坐涉於柴车，高谭极曛。因曰："良宝不剖，必泣血以相予。"於是羊与袁唱声荐元叔於王庭，虽名烜於京师，而禄竟不登。寻复汉阳，道经宏农太守皇甫规，时之大贤，元叔候之，阍不即通，乃怒不留。规追谢责己，长逝不顾，深居笃静，累辟不赴，沈亦快疾乃终。吁！有不世之器，有三公之遇，不能奋振寥廓，腾陵清浮。元叔之命，不易问也。观饮元叔之德声，而怨其运不并。(《全唐文》卷五三五)

文章记叙汉末名士赵壹身世坎坷，感慨卓越之才不能为世所用。叙事简练流畅，平顺中有顿挫，写人则具有六朝志人笔记的笔调。

关于李观古文成就评价，陆希声在《李观文集序》中称："贞元中，……文之尤高者，李元宾观、韩退之愈。始元宾举进士，其文称居退之右，及元宾死，退之之文益工。"可见当时李观古文声名在文坛上的确很被看好。当然李观古文还不够丰富深厚，还很难与韩愈相提并论。尤其是他的一些文章还有偶俪之习未化的毛病，文章刻意逞才，雕琢痕迹明显，故陆希声称他"元宾尚於辞，故辞胜其理"。但这也与他英年早逝，不及发展有关，甚是可惜。

在韩门弟子中李翱继承和发展了韩愈"文从字顺"较为平易的文风，而皇甫湜、樊宗师则更多地表现出向韩愈尚奇的文风学习的倾向，他们的创作大张古文创作之旗鼓，丰富了韩派文章的风格，但同时也将韩派文章创作中的缺憾表露得更为充分。

李翱（772～841）字习之，祖籍陇西成纪（今甘肃秦安）人。年轻时曾受知于梁肃，贞元十二年（796）结识韩愈，从韩愈学为古文，十四年（798）进士及第。调校书郎。元和初，为国子博士，史馆修撰，迁考功员外郎。除朗州刺史，庐州刺史。入为谏议大夫，知制诰。终山南东道节度使。谥曰：文。有《李文公集》十八卷，补遗一卷。《全唐文》编其文为七卷。

李翱是韩愈从兄韩弇的女婿，又是韩愈的学生和朋友，他对韩愈甚为佩服，认为韩愈其文"非兹世之文，古之文也"，其人"非兹世之人，古之人也"。并推崇其文与道皆为当时宗师，"其词与其意适，则孟子既没，亦不见有过于斯者"（《与陆傪书》）。韩愈对李翱亦非常器重。李翱继承了韩愈的儒学观点，提倡复兴儒学，他说："吾之道，非一家之道，是古圣人所由之道也。吾之道塞，则君子之道消矣。吾之道明，则尧、舜、文、武、孔子之道未绝于地矣。"(《答侯高第二书》)他在儒学发展中最大的贡献就是提出"复性"说，对宋代理学家们谈论心性有很大影响。他在《复性书》三篇中阐述了这一思想。他认为天性本善，但恶情乱性，所以要用"正思"来消灭恶情，使回复到善良的本性上来。在论文上，他同样接受了韩愈的古文理论，以明道之古文反对时世之文，他说："汝勿信人号文章为一艺。夫所谓一艺者，乃时世所好之文，或有盛名于近代者是也。其能到古人者，则仁义之辞也，恶得以一艺而名之哉!"(《寄从弟正辞书》)他主张文章的艺术性与思想性完美地统一。在《答朱载言书》中说："义深则意远，意远则理辩，理辩则气直，气直则词盛，词盛则文工。""义虽深，理虽富，词不工者不成文，宜不传也。文、义、理三者兼并，乃能独立于一时，而不泯灭于后代，能必传也。"

在韩派古文家中，李翱得韩愈之醇正平顺，皇甫湜得韩愈之奇崛新颖，而人们认为李翱的古文艺术成就为韩派作家中为最高者。李翱的文章平易流畅，清通练达，在韩柳之间形成一种独具特色的散文风格。他的《故正议大夫行尚书吏部侍郎上柱国赐紫金鱼袋赠礼部尚书韩公行状》历来被人推重，其全文曰：

公讳愈，字退之，昌黎人。生三岁父殁，养於兄会舍。及长读书，能记他生之所习，年二十五上进士第。汴州乱，诏以旧相东都留守董晋为平章事宣武军节度使，以平汴州。晋辟公以行，遂入汴州，得试秘书省校书郎，为观察推官。晋卒，公从晋丧以出，四日而汴州乱，凡从事之居者皆杀死。

武宁军节度使张建封奏为节度推官，得试太常寺协律郎，选授四门博士，迁监察御史。为幸臣所恶，出守连州阳山令。政有惠於下，及公去，百姓多以公之姓以命其子。改江陵府法曹参军，入为权知国子博士。宰相有爱公文者，将以文学职处公，有争先者，构公语以非之，公恐及难，遂求分司东都。权知三年，改真博士，入省为分司都官员外郎，改河南县令，日以职分辨於留守及尹，故军士莫敢犯禁。入为职方员外郎。华州刺史奏华阴县令柳涧有罪，遂将贬之，公上疏请发御史辨曲直，方可处以罪，则下不受屈。既柳涧有犯，公由是复为国子博士。改比部郎中史馆修撰，转考功郎中，修撰如故，数月以考功知制诰。

上将平蔡州，先命御史中丞裴公度使诸军以视兵，及还，奏兵可用，贼势可以灭，颇与宰相意忤。既数月，盗杀宰相，又害中丞不克。中丞微伤，马逸以免，遂为宰相，以主东兵。自安禄山起范阳，陷两京，河南、北七镇节度使，身死则立其子，作军士表以请，朝廷因而与之。及贞元季年，虽顺地节将死，多即军中取行军副使、将校以授之节，习以成故矣。朝廷之贤，恬然於所安，以苟不用兵为贵，议多与裴丞相异。唯公以为“盗杀宰相，而遂息兵，其为懦甚大，兵不可以息；以天下力取三州，尚何不可”，与裴丞相议合，故兵遂用。而宰相有不便之者，月满迁中书舍人，赐绯鱼袋，后竟以他事改太子右庶子。

元和十三年秋，以兵老久屯，贼未灭，上命裴丞相为淮西节度使以招讨之。丞相请公以行，於是以公因本官兼御史中丞，赐三品服及鱼，为行军司马，从丞相居於郾城。公知蔡州精卒悉聚界上，以拒官军，守城者率老弱，且不过千人，亟白丞相，请以兵三千人间道以入，必擒吴元济。丞相未及行，而李愬自唐州文城垒提其卒以夜入蔡州，果得元济。蔡州既平，布衣柏耆以计谒公，公与语奇之，遂白丞相曰：“淮西灭，王承宗胆破，可不劳用众，宜使辩士奉相公书，明祸福以招之，彼必服。”丞相然之。公令柏耆口占为丞相书，有祸福，使柏耆袖之，以至镇州。承宗果大恐，上表请割德、棣二州以献。丞相归京师，公迁刑部侍郎。

岁馀，佛骨自凤翔至，传京师诸寺。时百姓有烧指与顶以祈福者，公奏疏言：“自伏羲至周文武时，皆未有佛，而年多至百岁，有过之者。自佛法入中国，帝王事之，寿不能长。梁武帝事之最谨，而国大乱。请烧弃佛骨。”疏入，贬潮州刺史。移袁州刺史，百姓以男女为人隶者，公皆计佣以偿其直而出归之。入迁国子祭酒。有直讲，能说《礼》而陋於容，学官多豪族子，摈之不得共食。公命使曰：“召直讲来，与祭酒共食。”学官由此不敢贱直讲。奏儒生为学官，日使会讲。生徒奔走听闻，皆相喜曰：“韩公来为祭酒，国子监不寂寞矣。”

改兵部侍郎。镇州乱，杀其帅田宏正，征之不克，遂以王庭凑为节度使，诏公往宣抚。既行，众皆危之，元稹奏曰：“韩愈可惜。”穆宗亦悔，有诏令至境观事势，无必於入。公曰：“安有受君命而滞留自顾？”遂疾驱入。庭凑严兵拔刃，弦弓矢以逆。及馆，甲士罗於庭，公与庭凑、监军使三人就位。既坐，庭凑言曰：“所以纷纷者，乃此士卒所为，本非庭凑心。”公大声曰：“天子以为尚书有将帅材，故赐之以节，实不知公共健儿语，未尝及大错。”甲士前奋言曰：“先太史为国打朱滔，滔遂败走，血衣皆在。此军何负朝廷，乃以为贼乎？”公告曰：“儿郎等且勿语，听愈言。愈将为儿郎已不记先太史之功与忠矣，若犹记得，乃大好。且为逆与顺，利与病，不能远引古事，但以天宝来祸福为儿郎等明之。安禄山、史思明、李希烈、梁崇义、朱滔、朱泚、吴元济、李师道，复有若子若孙在乎？亦有居官者乎？”众皆曰：“无。”又曰：“令公以魏博六州归朝廷，为节度使，后至中书令，父子皆授旌节，子与孙虽在童幼者亦为好官，穷富极贵，宠荣耀天下。刘悟、李祐皆居大镇，王承元年始十七亦仗节，此皆三军耳所闻也。”众乃曰：“田宏正刻此军，故军不安。”公曰：“然汝三军亦害田令公身，又残其家矣，复何道？”众乃讙曰：“侍郎语是。”庭凑恐众心动，遽麾众散出，因泣谓公曰：“侍郎来，欲令庭凑何所为？”公曰：“神策六军之将，如牛元翼比者不少，但朝廷顾大体，不可以弃之耳，而尚书久围之何也？”庭凑曰：“即出之。”公曰：“若真耳，则无事矣。”因与之宴而归，而元翼果出。乃还，於上前尽奏与庭凑言及三军语，上大悦曰：“卿直向伊如此道！”由是有意欲大用之。王武俊赠太师，呼太史者，燕赵人语也。

转吏部侍郎。凡令史皆不锁厅出入，或问公，公曰：“人所以畏鬼者，以其不能见也，鬼如可见，则人不畏矣。选人不得见令史，故令史势重，听其出入，则势轻。”改京兆尹兼御史大夫，特诏不就御史台谒，后不得引为例。六军将士皆不敢犯，私相告曰：“是尚欲烧佛骨者，安可忤？”故贼盗止。遇旱，米价不敢上。李绅为御史中丞，械囚送府，使以尹杖杖之。公曰：“安有此？”使归其囚。是时绅方幸，宰相欲去之，故以台与府不协为请，出绅为江西观察使，以公为兵部侍郎。绅既复留，公入谢，上曰：“卿与李绅争何事？”公因自辩，数日复为吏部侍郎。长庆四年得病，满百日假，既罢，以十二月二日卒於靖安里第。

公气厚性通，论议多大体，与人交始终不易，凡嫁内外及交友之女无主者十人。幼养於嫂郑氏，及嫂殁，为之服期以报之。深於文章，每以为自扬雄之后，作者不出，其为文未尝效前人之言，而固与之并。自贞元末以至於兹，后进之士，其有志於古文者，莫不视公以为法。有集四十卷，小集十卷。及病，遂请告以罢。每与交友言既，终以处妻子之语，且曰："某伯兄德行高，晓方药，食必视本草，年止於四十二。某疏愚，食不择禁忌，位为侍郎，年出伯兄十五岁矣。如又不足，於何而足？且获终於牖下，幸不至失大节，以下见先人，可谓荣矣。"享年五十七，赠礼部尚书。谨具任官事迹如前，请牒考功下太常定谥，并牒史馆。谨状。(《全唐文》卷六三九)

此类文章并不像韩愈碑志铭传那样以精彩的片段，感人的典型事例，振聋发聩的议论，波澜起伏的笔调求其奇崛出新，而只是将韩愈的生平，款款叙来，平直写出，间或在关键之处有简洁的刻划，却似避免掀起波澜，文如涓涓流水，无碍无阻，自然平畅，深醇的情谊却凝于其中，虽平顺质直，然亦娓娓动人，的确显示其平正雅健之风。李翱对前辈的敬爱之情，深深地蕴含在字里行间。与此相类的文章还有《感知己赋并序》。其序曰：

贞元九年，翱始就州府之贡举人事，其九月，执文章一通，谒於右补阙安定梁君。是时梁君之誉塞天下，属词求进之士，奉文章造梁君门下者，盖无虚日。梁居知人之过也，亦既相见，遂於翱有相知之道焉。谓翱得古人之遗风，期翱之名不朽於无穷，许翱以拂拭吹嘘。翱初谓面相进也，亦未幸甚。十一月，梁君遘疾而殁。翱渐游於朋友公卿间，往往皆曰："吾久籍子姓名於补阙梁君也。"翱乃知非面相进也。当时意谓先进者遇人特达，皆合有是心，亦未谓知己之难得也。梁君殁於兹五年，翱学圣人经籍教训文句之旨，而为文将数万言，愈昔年见於梁君之文，弗啻数倍，虽不敢同德於古人，然亦常无怍於中心。每岁试於礼部，连以文章罢黜，声光晦昧於时俗，人皆谓之固宜。然后知先进者遇人特达，亦不皆有是心也，方知知己之难得也。夫见善而不能知，虽善何为；知而不能誉，则如勿知；誉而不能深，则如勿誉；深而不能久，则如弗深；久而不能终，则如勿久。翱虽不肖，幸辱於梁君所知，君为之言於人，岂非誉欤？谓其有古人之风，岂非深欤？誉而逮夫终身，岂非久欤？不幸梁君短命遽殁，是以翱未能有成也，其谁能相继梁君之志而成之欤？已焉哉！天之遽丧梁君也，是使翱之命久迍邅厄穷也。遂赋感知己以自伤。其言怨而不乱，

盖《小雅》、骚人之馀风也。(《全唐文》卷六三四)

文章叙及自身受知于前辈梁肃的往事，对于梁肃有知人之明，奖掖后进，热情真诚的美好品质表达了由衷的敬佩和深切的怀念，同时感慨世上知人誉人之难，更显出梁肃知己誉己之恩的可贵。其文叙事之中融入抒情议论，显示出作者文章真挚醇厚的特质。

李翱记人之文也有佳作。如他自认为成就不亚于班固、蔡邕的文章的《高愍女碑》、《杨烈妇传》，就是其代表作。两篇文章都是写在反抗藩镇叛帅发动的暴乱事件中出现的可歌可泣的妇女形象的。《高愍女碑》写藩镇叛帅李正已、李纳杀归顺朝廷的高彦昭所质家属时，年幼的高妹妹不畏强暴，视死如归的事迹，表现得虽不轰轰烈烈，却格外令人肃然起敬。其文曰：

愍女姓高，妹妹名也。生七岁，当建中二年。父彦昭，以濮阳归天子。前此逆贼质妹妹与其母兄，而使彦昭守濮阳，及彦昭以城归，妹妹与其母兄皆死。其母李氏也，将死，怜妹妹之幼无辜，请独免其死，而以为婢於官，众皆许之。妹妹不欲，曰："生而受辱，不如死，母兄且皆不免，何独生为！"其母与兄将被刑，咸拜於四方，妹妹独曰："我家为忠，宗党诛夷，四方神祇尚何知?"问其父所在之方，西向哭，再拜，遂就死。明年，太常谥之曰愍。当此之时，天下之为父母者闻之，莫不欲愍女之为其子也；天下之为夫者闻之，莫不欲愍女之为其室家也；天下之为女与妻者闻之，莫不欲愍女之行在其身也。昔者曹娥思盱，自沉於江；狱吏嘘囚，章女悲号；思嗌其兄，作诗载驰；缇萦上书，乃除肉刑。彼四女者，或孝或智，或义或仁。噫此愍女，厥生七岁，天生其知，四女不伦。向遂推而布之於天下，其谁不从而化焉？虽有逆子必改行，虽有悍妻必易心。赏一女而天下劝，亦王化之大端也。异哉愍女之行，而不家闻户知也。贞元十三年，翱在汴州，彦昭时为颍州刺史，昌黎韩愈始为余言之。余既悲而嘉之，於是作高愍女碑(《全唐文》卷六三八)

文中记幼女高妹妹不畏强梁不屈就义的形象，笔墨虽简，却真实感人。而《杨烈妇传》写杨烈妇激励其夫率百姓抵御叛镇李希烈大军的英雄事迹，则亦有此风。

其文曰：

> 建中四年，李希烈陷汴州，既又将盗陈州，分其兵数千人抵项城县，盖将掠其玉帛，俘累其男女，以会於陈州。县令李侃不知所为，其妻杨氏曰："君县令也，寇至当守，力不足死焉，职也。君如逃，则谁守？"侃曰："兵与财皆无，将若何？"杨氏曰："如不守，县为贼所得矣。仓廪皆其积也，府库皆其财也，百姓皆其战士也，国家何有？夺贼之财而食其食，重赏以令死士，其必济。"於是召胥吏百姓於庭，杨氏言曰："县令诚主也，虽然，岁满则罢去，非若吏人百姓然。吏人百姓，邑人也，坟墓存焉，宜相与致死以守其邑，忍失其身而为贼之人耶？"众皆泣许之。乃徇曰："以瓦石中贼者，与之千钱；以刀矢兵刃之物中贼者，与之万钱。"得数百人，侃率之以乘城，杨氏亲为之爨以食之，无长少，必周而均。使侃与贼言曰："项城父老，义不为贼矣，皆悉力守死。得吾城，不足以威，不如亟去。徒失利，无益也。"贼皆笑，有蜚箭集於侃之手，伤而归。杨氏责之曰："君不在，则人谁肯固矣？与其死於城上，不犹愈於家乎？"侃遂忍之，复登陴。项城小邑也，无长戟、劲弩、高城、深沟之固，贼气吞焉，率其徒将超城而下。有以弱弓射贼者，中其帅坠马死。其帅希烈之婿也。贼失势，遂相与散走，项城之人无伤焉。刺史上侃之功，诏迁绛州太平县令。杨氏至兹犹存。(《全唐文》卷六四〇)

文章记项城令李侃妻杨氏智勇忠烈励众抗敌的事迹，写的平实简洁，却颇为生动。《新唐书》载二人传记即本于李翱此二篇文章。

李翱除平顺风格的文章之外，也有笔法顿挫，见解新颖，文字遒劲的作品，《题燕太子丹传后》即其例：

> 荆轲感燕丹之义，函匕首入秦劫始皇，将以存燕霸诸侯。事虽不成，然亦壮士也。惜其智谋不足以知变识机。始皇之道，异于齐桓，曹沫功成，荆轲杀身，其所遭者然也。乃欲促槛车驾秦王以如燕，童子妇人且明其不能，而轲行之，其弗就也非不幸。燕丹之心，苟可以报秦，虽举燕国犹不顾，况美人哉！轲不晓而当之，陋矣！(《全唐文》卷六三八)

这篇文章确如吴汝伦所言："笔笔转，句句变，皆从空中折换，极顿挫反侧之势，是太史公神妙之境。"（高步瀛《唐宋文举要》引）其文对荆轲评价之脱俗，亦与韩孟派诗人刘叉《嘲荆卿》诗"报恩不到头，徒作轻生士"相类。

李翱文章平易之风对宋代古文发展亦有一定影响。

皇甫湜（约 777～约 835）字持正，睦州新安（今浙江淳安）人。元和元年（806）进士及第，为陆浑尉，历侍御史内供奉，仕至工部侍郎。有《皇甫持正集》六卷。《全唐文》编其文三卷。

皇甫湜亦从韩愈学文。如前人所称："其为文章与李翱同出韩愈，翱得愈之醇雅，而湜得愈之奇崛。"（《四库全书总目提要》）皇甫湜论文，基本理论与韩愈的古文理论一致，主张师圣人之道，文章要通于至正之理。他同时将韩愈的尚奇倾向加以理论化，突出强调。他说："意新则异于常，异于常则怪矣。词高则出于众，出于众则奇矣。"（《答李生第一书》）"夫文者非他，言之华者也。其用在通理而已。固不务奇，然亦无伤于奇也。使文奇而理正，是尤难也。……夫言亦可以通理矣。而以文为贵者非他，文则远，无文即不远也。以非常之文，通至正之理，是所以不朽也。"（《答李生第二书》）这里几乎将文与奇看成同一概念了。这样的观点是不很平正确切的。

皇甫湜有以天下为己任之志，对现实政治有着强烈的关注，文章也有不少针对现实而发议论的重要作品。其中最为著名的是《对贤良方正直言极谏策》。本文之作源于元和三年（808）作者应贤良方正直言极谏科举。这一科考作者与牛僧孺、李宗闵等本已皆上第，但由于他们的文章直陈政事，抨击时弊，得罪把持朝政的权要，致使主考杨於陵、韦贯之等遭贬，而作者与牛、李遭斥逐落第。其文就时政中纲纪紊乱，宦官专权，吏治败坏，滥爵邪封，奸佞当道，朝臣苟且，长官挠法，污吏贪腐，赋税繁苛，徭役沉重，思想混乱，佛老泛滥等诸多弊端纵横议论，大胆批判。不少议论直刺权要痛处。文章论佞幸当道，朝臣失声，贪官污吏横行时，言到：

有司长吏不得其人也。舍人务政，虽勤何益？臣伏见赦令节文，周备纤悉，空文虚声，溢於视听，而实功厚惠，未有分寸及於苍生，圣德不宣，王泽不流，虽陛下寤寐思理，宰相忧勤奉职，又何为也？

夫上古之君，躬率以正，轨度其信，恕己及物，自诚而明，此其所以其化如神，天下如截也。中代以还，则异乎此，至诚不著，而欲任法以防人，忠恕不行，而欲纵身以检物，虽砥砺其意，而事实不符，此所以有其意而无其效也。夫欲人之朴厚，而不先之以少私寡欲，无为至诚，所以浇风常扇也；欲人之俭约，而不率之以卑宫菲食，沉珠贵谷，所以侈物常贵也；欲远小人，而好悦耳之言，所以巧谀常进也；欲近庄士，而恶咈口之虑，所以忠直常疏也；勉人於义，而贪浊在位，所以廉隅常不修也；欲禁人为非，而法制不一，所以胆眣常不息也。则谬盭之本，其在兹乎？

今职备而不举，法具而不行，谏诤之臣备员，不闻直声，弹察之臣塞路，未尝直指，公卿大夫，则偷合苟容，持禄养交，为亲戚计，迁除领簿而已。兴利之臣，专以聚敛计数为务，共理之吏，专以附上剥下为功，习而为常，渐以成俗，标异而圭角者，悔吝立及，和光而湿泥者，富贵立须，虽陛下焦劳聪明，如此之切至，将何益焉？(《全唐文》卷六八五)

在此直刺台阁重臣不得其人，朝廷任用奸佞，贪官污吏横征暴敛，谏诤纠察之臣苟合取安，致使朝廷上下一片黑暗。他又言道：

伏见兵兴以来，开权宜之道，行苟且之政，台省之官，王公之爵，溢於州郡，遍於舆台，将帅之臣，借绯紫於使令，定官员而奏请，名器轻於土芥，操柄擅於爪牙，此其所以赏人而人不劝也。州县之断狱，月以千数，连年累纪，未闻有一疑狱而决於朝者，未闻有一屈人而诉於阙者，岂天下长吏尽如皋陶哉？律令格式，具而不遵，乡县州府，各自为制，所怒则专杀为常，臆断则自生愚意，且欲人知所避，而能自达，不其难乎？况乎赋役之不恒，衣食之不足，尚不惧死，焉能避罪？此其所以罚人而人不沮也。赏之不劝，罚之不沮，欲人改行，其或难焉。虽涤其瑕秽，惠奸贷法而已，又何为也。陛下蠲田租以厚农室，而人犹艰食者，生者犹少而费者犹多故也。商乘坚而厌肥，工执轻而仰给，兵横行而厚禄，僧道无为而取资，劳苦顿瘁，终岁矻矻，滨於死而为农者，亦愚且少矣。况乎两税不均，失变通救弊之法，百端横赋，随长吏自为之

政乎？若均工商老释之劳逸，轻田野布帛之徵税，蠲横暴之赋，减镇防之兵，则耕者如云，积者若山矣。(同上)

批评朝廷赏罚不明，名器假人，官爵泛滥，长官挠法，横征暴敛，民不堪命的黑暗现状。他不但对朝臣权贵横加指摘，而且将攻击的矛头直接指向不可一世的专权宦官，大肆鞭笞：

今宰相之进见亦有数，侍从之臣，皆失其职，百执事奉朝请以进，而律且有议及乘舆之诛，未知为陛下出纳喉舌者为谁乎，为陛下爪牙者为谁乎？日夕侍起居，从游豫，与之论臣下之是非，赏罚之臧否者，复何人也？股肱不得而接，何疾如之；爪牙不足以卫，其危甚矣！夫裔夷亏残之微，褊险之徒，皂隶之职，岂可使之掌王命，握兵柄，内膺腹心之寄，外当耳目之任乎？此壮夫义士所以寒心销志，泣愤而不能已也。诚能复周之旧典，去汉之末祸，还谏官、史官、侍臣之职，使之左右前后，日延宰相，与论义理，有位於朝者，咸引而进之，温其色以安其意，久其对以进其词，可采者必行，有犯者无罪，王之爪士，宜择公卿大臣，总统而分理之，则政不足平，刑不足措，人不足和，财不足丰，蛮夷戎狄不足臣，休徵嘉瑞不足致矣，又何虑乎视听之表有所不周乎？(同上)

文章深刻有力，气足神完，言辞激烈，无所畏惧，的确是篇鞭挞时弊的佳作。作者关注现实，批判时弊的还有《论进奉书》。其文曰：

臣闻一人莫非王臣，尺土莫非王有，山川林薮之所产殖，雨露春秋之所成就，莫非王材，诚宜推至公以示无外。今国家既有公府，又为私藏，使州郡贡赋之外，进奉相及，恐非以天下为家，示天下无私之道也。且任土之贡，生产有常，履亩之收，等籍既定，人识所出，吏难为奸；进奉既无程度，莫知纪极，瓷横徵发，因缘赃私，驱陛下赤子，措之不存之地，侈君之嗜欲。惑君之聪明，实大奸之门，大罪之窦也。臣虽熟知陛下上圣之姿，深仁之理，凡内藏之实，以充宴赐，非务积藏，如四远未知何？如百姓受弊何？如后嗣平中之主由此而伤俭德萌侈心何？虽汉有少府水衡，管榷山泽之利，终不若领之於大农也。且地之财无尽，王之用不会，何必固之内府，以开滥关耶？伏望陛下罢内藏归之公府，约别进合之古制，徵敛有常，财用无亏，绝奸之根源，除政之秕蠹，全大体，兴大和，天下大幸。伏见正月十一日赦书，陛下深念疲人，恳责贪吏，往之随使贡来，一皆罢之，此实白日之明，层云之泽也。凡诸州府，必有羡馀，不归之王廷，必没於私室。伏请每使当罢，必上其数而谨其收。水旱之不虞，疾疫之不期，以振罢羸，以代蠲免；军旅之事，工役之用，以给其费，以供其须；居常之岁，闭藏以待时，无敢散泄而干刑司。如是则大赍於人，大伸於用矣。(《全唐文》卷六八五)

文章针对当时皇帝聚敛私财以满足皇室靡费，致使各地军镇州府为其利益，于常赋之外横征暴敛，竞相進奉羡余，其财不入于国库，而入于皇帝私室的非法状况加以抨击，矛头所指，直向最高统治者，将其鱼肉百姓的本质公然揭露，胆大无畏。这种关切民生，忧国忧民的品质，令人敬佩。

皇甫湜在古文创作上的确表现出求奇求新的特点。他为文注重形象的新鲜感，联想的奇特，词语的峻洁生新。他自己引为自得的《唐故著作佐郎顾况集序》简古峭丽，形象生动，富于联想，如其论及顾况受吴中山水滋养创作逸歌长句，说：

吴中山泉气状，英淑怪丽，太湖异石，洞庭朱实，华亭清唳，与虎丘天竺诸佛寺，钧号秀绝。君出其中间，翕轻清以为性，结泠汰以为质，煦鲜荣以为词，偏於逸歌长句，骏发踔厉，往往若穿天心出月胁，意外惊人语非寻常所能及，最为快也。李白杜甫已死，非君将谁与哉？(《全唐文》卷六八六)

言其仕途坎坷归隐茅山之状：“以文入仕，其为人类其词章。常从韩晋公於江南为判官，骤成其磊落大绩。入佐著作，不能慕顺，为众所排，为江南郡丞累岁。脱縻无复北意，起屋於茅山，意飘然若将续古三仙，以寿九十卒”又言童时见顾况：“披黄衫白绢鞳头，眸子了然，炯炯清立，望之真白圭振鹭也。既接欢然，以我为扬雄、孟子，顾恨不及见。三十年於兹矣，知音之厚，曷尝忘诸?”将诗人顾况活脱画出，笔墨新奇，给人以深刻印象。

他的《韩文公墓志铭》记韩愈亦刻意回避陈言常语，“先生七岁好学，言出成文。及冠，恣为书以传圣人之道，人始未信，既发不掩，声震业光，众方惊爆而萃排之。乘危将颠，不懈益张，卒大信于天下。先生之作，无圆无方，至是归工。抉经之心，执圣之权，尚友作者，跋邪抵异，以扶孔氏，存皇之极。知与罪，非我计。茹古涵今，无有端涯，浑浑灏灏，不可窥校。及其酣放，豪曲快字，凌纸怪发，鲸铿春丽，惊耀天下。然而栗密窈眇，章妥句适，精能之至，入神出天。呜呼！极矣，后人无以加之矣!”这段论韩愈文的话，更是奥涩生新，硬语盘空，在这里也显现出他刻意求奇的特点。当然，这种刻意求新奇险怪的追求，有时也是会妨碍其表情达意的。

皇甫湜对自己的文章是很自负的，高彦休《唐阙史》记载他争为裴度撰福先寺碑的故事，虽出稗史，却活脱脱刻画出他于文章少所推让的性格。

樊宗师（？～约821）字绍述，南阳（今河南邓州市）人，一说河中（今山西永济市西）人。始为国子主簿。元和三年（808），举军谋宏远科及第。授著作郎，历金部郎中，出为绵州刺史，绛州刺史，将任谏议大夫，未拜病卒。今《全唐文》、《全唐诗》仅存其文两篇。

樊宗师是韩派文人中刻意求奇的作家，以晦涩著称于时。李肇《国史补》称：“元和以后，为文笔，则学奇诡于韩愈，学苦涩于樊宗师”。可见樊宗师在元和文坛上以苦涩著称，而且还很有影响。现就所存两篇文章看，的确艰涩之至，几乎难以句读。他的《蜀绵州越王楼诗序》写登绵州越王贞所建楼览景，而引发感慨，然而其辞生涩，使难晓其意。他写道：

> 绵之城，帝猲獗，掀明威，灞石硝，驰涪濑。左陵凌红梀，簪天地，送行癸壬。且掬跎踢于西北，蟠红顔青。越王贞故为楼，重轩叠飞，门明窗蒙伞。蹇蹇予始登。谓日月昏晓，可窥其背。雷电合，风云遇，霜辛露酸，星辰介行，鬼神变化。草木显，绣髻衔。蓑芰皆可察极，既萦视其江带，又极视其土岡，断暴远近。山险崟若閬之东皇。天原开，见荆山。我其黄河，涧然为曲直。泪雨落，不可掩。因口其心曰：“无害若其目果星星。”过归果星星，过还尚悲，不能解，重为诗以释。益不可，顾谓郡中诸君，能无有以以华艳，其念

蓄云。

细读文章，知道作者因送别始登绵州越王楼，并览景抒怀。但他到底感慨什么？其文不甚明了。读了他的诗："地财无丛厚，人室安取丰。既乏富庶能，千万惭文翁"才略有所悟。虽然知道他感慨地僻人贫，却又不能像文翁那样兴文教富民的意思，但仍不能解释"无害若其目果星星"之类的话。他的《绛守居园池记》亦如是：

绛即东雍，为守理所。禀参实沈分，气蓄两河润。有陶唐冀遗风馀思，晋韩魏之相剥剖。世说总其土田士人，令无硗杂扰。宜得地形胜，泻水施法，岂新田又蕞猥不可居。州地或自有兴废，人因得附为奢俭。将为守说致平理与，益侈心耗物害时与。自将失敦穷华，终披夷不可知。障缅孤颠，跒偃，元武踞，守居割有北。自甲辛包太池泓，横硖旁，潭中癸次，木腔瀑三丈馀，涎玉沫珠。子午梁贯亭曰洄涟，虹蜺雄雌，穹鞠觑蜃，碍佷岛坻，淹淹委委。莎靡缦，萝蔷翠蔓红刺相拂缀，南连轩井。阵中涌曰香，承守寝睟思。西南有门曰虎豹。左画虎搏立，万力千气。底发彘匿地，努肩脑，口牙快抗，电火雷风黑山震将合。右胡人髯，黄帑累珠，丹碧锦袄，身刀囊靴挝绦，白豹元斑，饫距掌胛，意相得。东南有亭曰新，前含曰槐。有槐屃护，郁荫后颐。渠决决缘池西直南折庑赴，可宴可衙。又东骞渠曰望月，又东骞穷角池。研云曰柏，有柏苍官青士拥列，与槐朋友，巉阴洽色。北俯渠，憧憧来刮级面西。巽隅间黄原玦天，汾水钩带，白言谒行旦艮间。远冈青萦，近楼台井闾点画察。可四时合奇士，观风云霜露雨雪所为发生收敛，赋歌诗。正东曰苍塘，遵濒西漭望，瑶翻碧潋，光文切镂，梨深挠挠收穷。正北曰风堤，乘携左右，堤执北回股努，墆捩，蹴墉，衔渠歆池。南楯楹，景怪爋，蛟龙钩牵，宝龟灵鼊。文文章章，阴欲垫献。烟渍霭聚，桃李兰蕙。神君仙人，衣裳雅冶，可会脱赤热。西北曰鳌，蟓原开哈，储虚明茫茫，嵬眼湏耳，可大客旅钟鼓乐。提鹇挈鹭，偻侣池豪渠，增乖怜围。正西曰白滨，荟深怜梨，素女雪舞百佾。翠披聊珋千幅，迎西引东。土长崖，挟横埒。日卯酉，樵途坞径幽委，虫鸟声无人，风日灯火之昼夜漏刻，诡娩绚化。大小亭饾池渠间，走池堤上。亭后前障乘墉，如连山群峰，拥地高下，如原隰堤谿壑。水引古，自源卅里。凿高，槽绝，窦墉，为池沟沼渠瀑潺终出。汩汩街巷畦町阡陌间，入汾。巨树木，资土悍，水沮。宗族盛茂，旁荫远映，锦绣交果，枝香畹丽，丽绝他郡。考其台亭沼池之增，盖豪王才侯袭以奇意相胜，至今过客尚往往有指可创起处。余退常吁，后其能无，果有不。补建者，池由於炀，及者雅、文安，发土筑台为拒，几附於污宫。水本於正平轨，病井卤生物瘠，引古沃浣，人便，几附於河渠。呜呼！为附於河渠则可，为附於污宫其可。书以荐后君子。长庆三年五月十七日记。(《全唐文》卷七三〇)

读此文章只能大体知道作者守绛时描写绛州官署附近的池园环境景物，大致了解其地理地貌、方位走势、门垣亭桥、溪渠池沼及风土特征，又知道文中讽刺诸前任大兴土木行奢侈之风，告诫为官者应倡俭致平，反对“益侈心耗物害时”。但艰词涩语，殆不成句，令人难以卒读。正如元代刘埙评曰：“硗戛磊块，类不可读。如第一句曰：绛即东雍，为守理所。犹为可晓。第二句曰：禀参实沉分。第三句曰：气蓄两河润。便已作怪。第四句曰：有陶唐冀遗风余思。才觉平顺。第五句则又曰：晋韩魏之相剥剖云云。自此而下，皆层叠怪语矣。”(《隐居通议》)

韩愈在《南阳樊绍述墓志铭》中称其文：“古未尝有也，然而必出于己，不蹈袭前人一言一句，又何其难也。”说他“惟古于辞必己出”，这说明樊宗师求奇求新的特征，还是比较好理解的。但韩愈还说“既极乃通发绍述，文从字顺各识职”，以此评价樊宗师则令人大惑不解。故有人以为这是韩愈嘲樊宗师，或以为樊宗师可能有文从字顺的文章没有流传下来，或以为韩愈反言以误世。不管如何，似乎都不易说通这个迷。愚以为樊宗师为文不是不能好好说话的，只是有时有意把自己打扮成文坛上的奇葩，说些令人费解的文字，自我作古，以求新奇。他的文章未必全是如此，应该大多是人们能看懂的，不然，文坛上怎么能全然接受他那整天说话云山雾罩的东西。其实，我们看看他的诗，虽然不能说完全是文从字顺，却也算得上是好好说话了。诗尚且如此，文也应该差不多吧！

沈亚之（781～832）字下贤，吴兴（今浙江湖州）人。初举进士不第，在长安与李贺结交。元和十年（815）进士及第，入泾原节度使李彙幕府，为掌书记。授秘书省正字。补栎阳令，迁福建团练副使。累迁殿中侍御史。会横海李同捷叛，诏讨，以谏议大夫柏耆宣慰德州，亚之为判官，同捷平，诸将争功，攻讦柏耆，柏耆贬循州司户，而亚之贬南康尉。终郢州椽。沈亚之尝从韩愈为学。有《沈下贤文集》十二卷。《全唐文》编其文五卷。

沈亚之本以诗著称，与李贺相知，其诗杜牧、李商隐皆有拟效之作。且又是优秀的传奇小说作家，鲁迅《中国小说史略》举其作品《湘中怨》、《异梦录》、《秦梦记》等评曰："皆以华艳之笔，叙恍惚之情，而好言仙鬼复死，尤与同时文人异趣。"由此而知沈亚之是位浪漫色彩很浓的作家。他为古文师韩愈，亦走尚奇一路。他说："韩祭酒之言曰：善艺树者，必壅以美壤，以时沃濯，其柯萌之锋，由是而锐也。夫经史百家之学于心灌沃而已。余以为构室于室下，葺之故材，其上下不能逾其覆，拘于所限故也。创之隙空之地，访坚修之良，然后工之于人，何高不可者。祭酒导其涯于前，而后流蒙波，稍稍自泽。"（《送韩静略序》）他也主张作家增强修养，以经史百家之学灌沃其心。在此基础上他更强调为文立意表达的脱俗工美。他说："操意张谋，唯恐不远，刻文励语，唯恐不工。思欲不肩于俗，以为世之大宠。"（《答冯兄书》）其创作更是追求"能创窈窕之思，善感物态"（《为人撰乞巧文》）的境界。因而文多浪漫笔调，文辞较华艳，生新的词句不少见，有时文句亦艰涩。如其《柘枝舞赋并序》、《梦游仙赋并序》、《为人撰乞巧文》等最具此特点。其中《为人撰乞巧文》很有代表性。其文曰：

邯郸人妓妇李容子，七夕祝织女，作穿针戏，取笤篁芙蓉杂致席上，以望巧所降。其夫以为沈下贤攻文，又能创窈窕之思，善感物态，因请撰为情语，以导所欲。词曰：惟云渚之晨秋兮，天旷碧以凝暮，悬韶桂於姹月，泫明泪之清露，即河房之将期，俨龙轮以就驭。恭闻司巧之多方，妾修馨香以奉具。窃独溺於自私，希灵娥之所付。瑰碧凝其异质兮，韵隆虹於霾霁。假文羽於孔雀兮，而使擅夫佳丽。载云蝉之重緌兮，涂蛮金於绮篲。细绡缕於藕肠兮，差莲跗以样齿。命纤爪之虫丝兮，袅檐机之夕缀。是物之巧功善饰，愿赐妾於针纫也。葩萼郁於浓妍，色多宜以善喜。引纤吹於轻飙，若将翔而复倚。醉春光之流景，播清香於万里。霓烟出乎无閒，缥窈渺以斐亹。若披若曳兮，擒平林兮横晓水。袅霁旦之繁芬兮，因隐映而增绮。澹冉冉其冶容兮，世无隐以偕此。

是物之巧容善态，愿委妾於态媚也。短蒲狭涘兮曲溜溢，鸡鹊鹓雏兮引乳娣，戏音清谐兮荡演曳。牵游裾之低凝兮，蔓春心於淇裔。枯寒劲干兮忆弃叶。摆风叫夜兮留燥雪，流韵凄涩兮泱喈咽。吟梦语之涟涟，感霜钟之流越。是物之巧音善感，愿付妾於管弦也（《全唐文》卷七三六）

文章写作者代妓妇李容子七夕乞巧，乞“功善饰，愿赐妾于针纫”、“容善态，愿委妾於态媚”、“音善感，愿付妾於管弦”，联想丰富，文辞华美。

沈亚之作为著名传奇作家，写人记事是其特长，除了传奇文《冯燕传》、《喜子传》、《李绅传》外，尤其是记叙不入于庄人雅士之眼的歌姬舞女，颇有可观者。如其《歌者叶记》，其文曰：

昔者秦青之弟子韩娥，从学久之，以为能尽青之妙也，即辞去。青送之，将诀且歌，一歌而林籁振荡，再歌则行云不流矣。娥心乃衰然。然韩娥亦能使逶迤之声，环梁而游，凝尘奋飞，微舞上下者，三日不止。能为人悲，亦能为人喜。其后汉武时协律李延年为新声，亦云能感动人。

至唐贞元元年，洛阳金谷里有女子叶，学歌於柳巷之下。初与其曹十馀人居，独叶歌无等。后为成都率家妓，及率死，复来长安中。而毂下声家闻其能，咸与会唱。次至叶当引弄，及举音，则弦工吹师皆失职自废。既罢，声党相谓约慎语，无令人得闻知。是时博陵大家子崔莒，贤而自患其室饶，乃曰：“吾绿组初秩，宁宜厚畜以自封耶。”遂大置宾客，门下纵乐，与之遨游，极费无有所惜。他日，莒宴宾堂上，乐属因言曰：“有新声叶者，歌无伦，请延之。”即乘小车诣莒，莒且酣，为一掷目作乐，乃合韵奏绿腰，俱瞩叶曰：“幸终声。”叶起与歌一解，一坐尽眙。是日归莒。莒沉浮长安数十年，叶之价益露然。以莒能善人，而优曹亦归之，故卒得不贡声禁中。叶为人洁峭自处，虽谐者百态争笑於前，未尝换色。

元和六年，莒从事岐公在朔方，时余往谒焉，会与公宾舍於邮，在莒邻。夜闻其歌，有一人坐泣甚悲，良久复悦，及卒声而悲悦再三。曰：“孰为之？是欲吾不得自任耳。”明旦问其状，乃叶为也。后莒复从岐公来彭城。十年，余过其居，问叶安在，曰：“近逝矣。”自赵璧、李元冯，世称为知音之尤，皆擅鼓弦。及为余言叶之歌，使其妙自备，则音属不知和矣。呜呼！岂韩娥之嗣与？惜其终莫有能继其声者。故余著之，欲其闻於后世云。(《全唐文》卷七三六)

文中写歌者叶洁身自好而歌艺绝伦，感慨万端，悲情之中富有浪漫之情怀，笔法简练，叙事流畅生动。沈亚之钟情于写歌妓舞女，应与其妾卢金兰出身舞女有一定的关系。他的《卢金兰墓志铭》当也是此类文章之一例。

张籍（约767～约830）字文昌，祖籍吴郡（今江苏苏州市），后移居和州乌江（今安徽和县）。贞元十五年（799）进士及第，授太常寺太祝，迁秘书郎，后为水部员外郎，主客郎中。终国子司业。《全唐文》仅存文二篇。

张籍为古文情况，就其所存二篇文章可见一斑。他在理论上同韩愈一致，强调儒学道统，“宣尼没后，杨朱墨翟，恢诡异说，干惑人听。孟子作书而正之，圣人之道复存于世。秦氏灭学，汉重以黄老之术教人，使人寖惑。扬雄作《法言》而辨之，圣人之道犹明。”“至今近千载，莫有亩圣人之道者。言之者惟执事（指韩愈）焉。”（《上韩昌黎书》）他也持辟佛老的思想观点。他批评释老惑人称：“夫老释惑乎生人久矣。”（《上韩昌黎第二书》)。在文章创作上，他坚持文不得远于理，要符合气性之正。他批评韩愈“尚驳杂无实之说”的倾向。张籍虽仅存文二篇，但其文章语言简练酣畅，文风雅正，情真意切，隽永醇厚。

韩派作家在古文运动中，风格各异，无论是理论实践还是创作实践，都各有建树，同时也不同程度地表现出他们的一些弱点和局限，然而无论如何，他们不愧是促进古文运动发展的生力军。

第三节　刘禹锡、吕温

中唐文坛上除了以韩愈为首的韩派作家集团异常活跃，与之相应，在柳宗元的周围也有一些优秀的古文家，如刘禹锡、吕温。他们在政治上思想一致，都是“永贞革新”参与者，在文学观念上也较接近，他们的创作也具有鲜明的时代特征，为中唐文坛增添新鲜的活力。除刘禹锡、吕温外，还有陆质、陈谏、韩泰、韩晔等，他们也写古文，但现存极少，且成就有限，故不论列。下面仅就刘、吕两位作家进行介绍。

刘禹锡（772～842）字梦得，洛阳（今属河南）人。贞元九年（793）进士及第。十一年登博学宏辞科，选为太子校书。入淮南节度使杜佑幕府，为掌书记。调渭南主簿。入为监察御史。此时刘禹锡与柳宗元、韩愈同为侍御。为屯田员外郎、判度支盐铁案，参加“永贞革新”，宪宗立，革新失败，与柳宗元等同贬，先贬连州刺史，未至，贬朗州司马。居十年，召还，复贬播州刺史，裴度等为言相救，改连州刺史，徙夔州刺史、和州刺史。直到敬宗宝历二年（826）征为主客郎中分司东都。自宪宗初年至此时前后度过了二十三年的贬谪生活。又为礼部郎中，集贤殿学士，后出为苏州刺史。迁太子宾客，加检校礼部尚书。有《刘宾客文集》三十卷，外编十卷。《全唐文》编其文十二卷。

刘禹锡也是一位在政治思想上哲学思想上颇有建树的杰出作家。他在政治上很有政治才能，是“永贞革新”的骨干。即便是政治上思想较保守的韩愈也在诗中称“同官尽才俊，偏善柳与刘”。刘禹锡关切时事，锐意革新政治，有很强的斗争意识。在哲学思想上，他接近柳宗元，以唯物的观念看待宇宙人事，参与柳宗元与韩愈关于天人关系的论争。他写下《天论》三篇，其基本观点与柳宗元相一致，而又对柳宗元的《天说》做了进一步的阐释补充，批评了韩愈的天命观。他阐述天的物质性，指出“空”亦是物质形态，论说天无意志，不能干预人事，天人是相互依存的。在文论上的观点很接近柳宗元。他说：“文之细大，视道之行止。”（《唐故相国李公集纪》）又说：“八音与政通，而文章与时高下。”（《唐故尚书礼部员外郎柳君集纪》）这些都与柳宗元文以明道说以“辅时及物为道”的观点相同，他强调文与道统一，指出道即时政。这就显现出他作为一个政治改革者对文的要求和标准。他的这种观点具有文章为现实为政治斗争服务的明确倾向。

刘禹锡的文章在当时文坛上是很有影响的，他对自己的文章亦自负，他的文中曾谈及时人评其文章地位说：“（李）翱与韩吏部退之为文章盟主，同时伦辈惟柳仪曹宗元、刘宾客梦得耳。”（《唐故中书侍郎平章事韦公集纪》）刘禹锡贞元来与韩、柳为同僚，常共同讨论古文问题，开始大量创作散文。他在《祭韩吏部文》中言：“昔遇夫子，聪明勇奋。常操利刃，开我混沌。子长于笔，予长于论。持矛举楯，卒不能困。”自称文章长于议论。的确，刘禹锡论说文章有其特色，其文豪迈旷达，纵横恣肆。《天论》三篇即是其代表作。文章针对韩愈提出的天命决定人事，天意可以赏善罚恶的观点进行批驳，而对柳宗元天人自然相分，天不能预人事的观点进一步匡正阐释，指出天道与人道虽自然相分，然天道与人道又各有其能，人道之用为法，发挥其功用可以“胜乎天”。如《天论》上篇曰：

大凡入形器者，皆有能有不能。天，有形之大者也；人，动物之尤者也。天之能，人固不能也；人之能，天亦有所不能也。故余曰：天与人交相胜耳。其说曰：天之道在生植，其用在强弱；人之道在法制，其用在是非。阳而阜生，阴而肃杀；水火伤物，木坚金利；壮而武健，老而耗眊；气雄相君，力雄相长：天之能也。阳而艺树，阴而揪敛；防害用濡，禁焚用光；斩材窾坚，液矿硎铓；义制强讦，礼分长幼；右贤尚功，建极闲邪：人之能也。

人能胜乎天者，法也。法大行，则是为公是，非为公非。天下之人，蹈道必赏，违之必罚。当其赏，虽三族之贵，万锺之禄，处之咸曰宜。何也？为善而然也。当其罚，虽族属之夷，刀锯之惨，处之咸曰宜。何也？为恶而然也。故其人曰：“天何预乃人事耶？惟告虔报本、肆类授时之礼，曰天而已矣。福兮可以善取，祸兮可以恶招，奚预乎天耶？”法小弛，则是非驳。赏不必尽善，罚不必尽恶。或贤而尊显，时以不肖参焉；或过而僇辱，时以不辜参焉。故其人曰：“彼宜然而信然，理也。彼不当然而固然，岂理耶？天也。福或可以诈取，而祸亦可以苟免。”人道驳，故天命之说亦驳焉。法大弛，则是非易位。赏恒在佞，而罚恒在直。义不足以制其强，刑不足以胜其非。人之能胜天之具尽丧矣。夫实已丧而名徒存，彼昧者方挈挈然提无实之名，欲抗乎言天者，斯数穷矣。

故曰：天之所能者，生万物也；人之所能者，治万物也。法大行，则其人曰：“天何预人耶？我蹈道而已。”法大弛，则其人曰：“道竟何为耶？任人而已。”法小弛，则天人之论驳焉。今人以一己之穷通，而欲质天之有无，惑矣！余曰：天恒执其所能以临乎下，非有预乎治乱云尔；人恒执其所能以仰乎天，非有预乎寒暑云尔。生乎治者，人道明，咸知其所自，故德与怨不归乎天；生乎乱者，人道昧，不可知，故由人者举归乎天。非天预乎人尔！（《全唐文》卷六〇七）

文章论述问题层层深入，说理透辟。文章论证手法多样，善于设喻，使问题剖析得明晰，且又使哲理论证不枯燥，变抽象为具体。如《天论》中篇以操舟为喻说明迷信天胜人的原因：

或者曰：若是言之，则天之不相乎人已，信矣。古之人曷引天为？答曰：若知操舟乎？夫舟行乎潍、淄、伊、洛者，疾徐存乎人，次舍存乎人。风之怒号，不能鼓为涛也；流之溯洄，不能峭为魁也。适有迅而安，亦人也；适有覆而胶，亦人也。舟中之人未尝有言天者，何哉？理明故也。彼行乎江河淮海者，疾徐不可得而知也，次舍不可得而必也。鸣条之风可以沃日，车盖之云可以见怪。恬然济，亦天也；黯然沈，亦天也；阽危而仅存，亦天也。舟中之人未尝有言人者，何哉？理昧故也。

问者曰：吾见其骈焉而济者，风水等耳，而有沈有不沈，非天曷司欤？答曰：水与舟，二物也。夫物之合并，必有数存乎其间焉。数存，然后势行乎其间焉。一以沈，一以济，适当其数，乘其势耳。彼势之附乎物而生，犹影响也。本乎徐者其势缓，故人得以晓也；本乎疾者其势遽，故难得以晓也。彼江海之覆，犹伊淄之覆也。势有疾徐，故有不晓耳。问者曰：子之言数存而势生，非天也，天果狭於势耶？答曰：天形恒圆而色恒青，周回可以度得，昼夜可以表候，非数之存乎？恒高而不卑，恒动而不已，非势之乘乎？今夫苍苍然者一受其形於高大而不能自还於卑小，一乘其气於动用而不能自休於俄顷，又恶能逃乎数而越乎势耶？吾故曰：万物之所以为无穷者，交相胜而已矣，还相用而已矣。天与人，万物之尤者耳。（《全唐文》卷六〇七）

这里不仅巧用譬喻，使说理变得具体明白，而且还运用设问答对话，既调整文脉，使疏密相间，文气自然，又令文章妙趣横生。故后人有“梦得著《天论》三篇，理虽未极，其辞至矣”（宋祁《笔记》）之评。

刘禹锡的小品文成就很高，这类文章往往篇幅短小，寓意深刻，或借物言志，或讽喻时事，或咏物抒情，或生发议论，风格多变，富于韵味。其代表作有《因论》七篇，这组文章目的在于“立言”，实则一事一议，将叙事与议论相结合，揭示现实生活和社会政治中的各种矛盾，或反映他的辩证的哲学思想，或体现他的政治理念。就具体的篇章来看，《鉴药》：

刘子闲居，有负薪之忧，食精良弗知其旨，血气交沴，炀然焚如。客有谓予：“子病，病积日矣。乃今我里有方士，沦迹於医，厉者造焉而美肥，蹶者造焉而善驰。矧常病也，将子诣诸？”予然之，之医所。切脉、观色、聆声，参合而后言曰：“子之病，其兴居之节舛、衣食之齐乖所由致也。今夫藏鲜能安谷，府鲜能母气，徒为美疹之囊橐耳，我能功之。”乃出药一丸，可兼方寸，以授予曰：“服是足以瀹昏烦而鉏蕴结，消蛊慝而归耗气。然中有毒，须其疾瘳而止，过当则伤和，是以微其齐也。”予受药以饵，过信而腿能轻，痺能和，涉旬而苛养绝焉，抑搔罢焉。逾月而视分纤，听察微，蹈危如平，嗜粝如精。或闻而庆予，且哄言曰：“子之获是药，几神乎！诚难遭已。顾医之态，多啬术以自贵，遗患以要财，盍重求之，所至益深矣。”予昧者也，泥通方而狃既效，猜至诚而惑剿说，卒行其言。逮再饵半旬，厥毒果肆，岑岑周体，如痁作焉。悟而走诸医，医大吒曰：“吾固知夫子未达也。”促和蠲毒者投之，滨於殆而有喜。异日，进和药，乃复初。（《全唐文》卷六〇八）

此文借问医用药为喻，言处理问题要适度，不能“过当”，阐释过犹不及的哲理。而《说骥》：

伯氏佐戎於朔陲，获良马以遗予。予不知其良也，秣之稊秕，饮之污池，厩枥也，上痺而下蒸，羁络也，缀索而续韦，其易之如此。予方病且窭，求沽於肆。肆之驵亦不知其良也，评其价六十缗，将剂矣，有裴氏子赢其二以求之，谓善价也，卒与裴氏。裴所善李生，雅挟相术，於马也尤工。睹之周体，眙然视，听然笑，既而抃随之。且曰：“久矣！吾不睹於是也。是何柔心劲骨，奇精妍态，宛如锵如，煜如翔如之备耶！今夫马之德也全然矣，顾其为驹，藏锐於内，且秣之乖方，是用不说於常目。须其齿备而气振，则众美灼见，上可以献帝闲，次可以鬻千金。”裴也闻言竦焉。遂儆其仆，蠲其皂，筐其恶，蜃其溲，穉以美荐，秣以芗粒，起之居之，澡之抠之，无分阴之怠。斯以马养，养马之至分也。居无何，果以骥德闻。

客有唁予以丧其宝，且讥其所贸也微。予洒然曰：“始予有是马也，予常马畜之；今予鬻是马也，彼宝马畜之。宝与常在所遇耳。且夫昔之翘陆也，谓将蹄将啮，抵以挝策，不知其籋云也；昔之嘘吸也，谓为疵为疠，投以药石，不知其喷玉也。夫如是，则虽旷日历月，将至顿踣，曾何宝之有焉？繇是而言，方之於士，则八十其缗也，不犹愈於五羖皮乎？”客谡而竦。予遂言：马之德也，存乎形者也，可以目取，然犹违之若此，矧德蕴於心者乎？斯从古之叹，予不敢叹（《全唐文》卷六〇八）

则以识骥为喻，提出识别人才选拔人才的不易。与韩愈《杂说·其四》“千里马常有，而伯乐不常有”说有同工之妙。《讯甿》：

刘子如京师，过徐之右鄙。其道旁午，有甿增增，扶班白，挈羁角，赍生器，荷农用，摩肩而西。仆夫告予曰：“斯宋人、梁人、亳人、颍人之逋者，今复矣。”予愕而讯云：“予闻陇西公畅毂之止，方逾月矣。今尔曹之来也，欣欣然似恐后者，其间有劳来之簿欤，蠲复之条欤，赈赡之恩欤？硕鼠亡欤，瘈狗逐欤？”曰：“皆未闻也。且夫浚都，吾政之上游也。自巨盗间衅，而武臣颛焉。牧守由将校以授，皆虎而冠；子男由胥徒以出，皆鶚而轩。故其上也子视卒而芥视民，其下也鹜其理而蛑其赋。民弗堪命，是轶於他土。然咸重迁也，非阽危挤壑，不能违之。曩者虽归欤成谣，而故态相沿，莫我敢复。今闻吾帅故为丞相也，能清静画一，必能以仁苏我矣；其佐尝宰京邑也，能诛锄豪右，必能以法卫我矣。奉斯二必而来归，恶待事实之及也！”

予因浩叹曰：行积於彼而化行於此，实未至而声先驰，声之感人若是之速欤！然而民知至至矣，政在终终也。试尝论声实之先后曰：民黠政烦，须理而后劝，斯实先声后也。民离政乱，须感而后化，斯声先实后也。立实以致声，则难在经始；由声以循实，则难在克终。操其柄者能审是理，俾先后始终之不

失，斯诱民孔易也。(《全唐文》卷六〇八)

此文借记董晋镇汴州，流民返归，赞美董晋的吏治，也揭露了藩镇割据，吏治败坏，民不堪命的悲惨现实。《叹牛》：

刘子行其野，有叟牵跛牛於蹊。偶问焉："何形之瑰欤？何足之病欤？今觳觫然将安之欤？"叟揽縻而对云："瑰其形，饭之至也；病其足，役之过也。请为君毕词焉。我僦车以自给，常驱是牛，引千钧，北登太行，南并商岭，掣以回之，叱以耸之。虽涉淖跻高，毂如蓬而辀不偾。及今废矣，顾其足虽伤而肤尚腯，以畜豢之则无用，以庖视之则有赢。伊禁焉莫敢尸也。甫闻邦君飨士，卜刚日矣。是往也，将要售於宰夫。"予尸之曰："以叟言之则利，以牛言之则悲。若之何？予方窭，且无长物，愿解裘以赎，将置诸丰草之乡，可乎？"叟輾然咍曰："我之沽是，屈指计其直，可以持醪而啮肥，饴子而衣妻，若是之逸也，奚事裘为？且昔之厚其生，非爱之也，利其力；今之致其死，非恶之也，利其财。子乌乎落吾事？"刘子度是叟不可用辞屈，乃以杖叩牛角而叹曰："所求尽矣，所利移矣。是以员能霸吴属镂赐，斯既帝秦五刑具。长平威震杜邮死，陔下敌擒锺室诛。皆用身残，功成祸归，可不悲哉！"可不悲哉！呜呼！执不匮之用而应夫无方，使时宜之，莫吾害也。苟拘於形器，用极则忧，明矣。(《全唐文》卷六〇八)

借商人以利对待牛的使用和宰杀为喻，揭露社会政治中的功成祸至的残酷现实，感慨有用之才为统治者利用，如果不能随时机变远害避祸，往往会发生用极则忧的悲剧。《儆舟》：

刘子浮於汴，涉淮而东。亦既释绋缅，榜人告予曰："方今湍悍而舟盬，宜谨其具以虞焉。"予闻言若厉。繇是袽以窒之，灰以墐之，䩑以乾之。仆怠而躬行，夕惕而昼勤。景霾晶而莫进，风异响而遄止。兢兢然累辰，是用获济。偃樯弭櫂，次於淮阴。於是舟之工咸霈然自暇自逸，或游肆而觞矣，或拊桥而歌矣；隶也休役以尚寝矣，吾曹无虞以宴息矣。逮夜分，而窾隙潜澍，涣然阴溃，至乎淹箦濡荐，方卒愕传呼，跳跳登墟，仅以身脱。目未及瞬而楼倾轴垫，抵於泥沙，力莫能支也。

刘子缺然自视而言曰：乡予兢惕也，汩洪波而无害；今予宴安也，蹈常流而致危。畏之途果无常所哉！不生於所畏而生於所易也。是以越子膝行吴君忽，晋宣尸居魏臣怠，白公厉剑子西哂，李园养士春申易，至於覆国夷族，可不警哉！呜呼！祸福之胚胎也，其动甚微，倚伏之矛楯也，其理甚明。困而后敬，斯弗及已。(《全唐文》卷六〇八)

以自身浮汴历淮而东的经历，言覆舟往往生于所易，而非所畏，从而告诫当世。这组文章多设比喻，具体形象，以小见大，构思巧妙，语言活泼，堪与韩、柳小品相比。

再如《陋室铭》，虽为铭文，而实为抒情写志的优秀小品。其铭曰：

山不在高，有仙则名；水不在深，有龙则灵。斯是陋室，惟吾德馨。苔痕上阶绿，草色入帘青。谈笑有鸿儒，往来无白丁。可以调素琴，阅金经。无丝竹之乱耳，无案牍之劳形。南阳诸葛庐，西蜀子云亭。孔子云：何陋之有？(《全唐文》卷六〇八)

借“陋室”环境、生活、风景情况的描述，抒发不合流俗的高尚情愫。文章短小，以散文的形式，以诗的语言，以比兴的手法，创造出优美的意境，隽永的韵味。的确如柳宗元评价刘禹锡文所说：“隽而膏，味无穷而灵愈出也。”(刘禹锡《犹子蔚适越戒》引柳宗元语)

刘禹锡的记传碑志祭吊类文章成就亦很突出，如《子刘子自传》、《祭柳员外文》、《重祭柳员外文》、《祭韩吏部文》等都是出色的文章。柳宗元是其挚友，志同道合，遭际相类，感情深厚。他的两篇祭文都可以说是情动鬼神之作。其中《祭柳员外文》曰：

维元和十五年，岁次庚子，正月戊戌朔日，孤子刘禹锡衔哀扶力，谨遣所使黄孟苌具清酌庶羞之奠，敬祭於亡友柳君之灵。呜呼子厚！我有一言，君其闻否？惟君平昔，聪明绝人。今虽化去，夫岂无物？意君所死，乃形质耳。魂气何托，听予哀辞。

呜呼痛哉！嗟予不天，甫遭闵凶。未离所部，三使来吊。忧我衰病，谕以苦言。情深礼至，款密重复。期以中路，更申愿言。途次衡阳，云有柳使。谓复前约，忽承讣书。惊号大叫，如得狂病。良久问故，百哀攻中。涕洟迸落，魂魄震越。伸纸穷竟，得君遗书。绝弦之音，凄怆彻骨。初托遗嗣，知其不孤。末言归輤，从祔先域。凡此数事，职在吾徒。永言素交，索居多远。鄂渚差近，表臣分深。想其闻讣，必勇於义。已命所使，持书径行。友道尚终，当必加厚。退之承命，改牧宜阳。亦驰一函，候於便道。勒石垂后，属於伊人。安平宣英，会有还使。悉已如礼，形於其书。呜呼子厚！此是何事？朋友凋落，从古所悲，不图此言，乃为君发，自君失意，沈伏远郡，近遇国士，方伸眉头，亦见遗草，恭辞旧府。志气相感，必逾常伦。顾予负衅，营奉方重。犹冀前路，望君铭旌。古之达人，朋友则服。今有所厌，其礼莫申。朝晡临后，出就别次。南望桂水，哭我故人。孰云宿草，此恸何极！呜呼子厚！卿真死矣。终我此生，无相见矣。何人不达，使君终否。何人不老，使君夭死。皇天后土，胡宁忍此。知悲无益，奈恨无已。君之不闻，予心不理。含酸执笔，辄复中止。誓使周六，同於已子。魂兮来思，知我深旨。呜呼哀哉！尚飨。(《全唐文》卷六一〇)

文章情真意切，感人心脾，尤其叙及初闻噩耗之情态，催人泪奔。其文沉郁深永，使人反复咏诵，不忍释卷，感叹其友情似海。

而韩愈亦其知友，两人虽道不同，但相知甚深，相互砥砺，相互敬重，感情非常人所比。其《祭韩吏部文》曰：

高山无穷，太华削成。人文无穷，夫子挺生。典训为徒，百家抗行。当时勍者，皆出其下。古人中求，为敌盖寡。贞元之中，帝鼓薰琴。奕奕金马，文章如林。君自幽谷，升於高岑。鸾凤一鸣，蜩螗革音。手持文柄，高视寰海。权衡低昂，瞻我所在。三十馀年，声名塞天。公鼎侯碑，志隧表阡。一字之价，辇金如山。权豪来侮，人虎我鼠。然诺洞开，人金我土。亲亲尚旧，宜其寿考。天人之学，可与论道。二者不至，至者其谁。岂天与人，好恶背驰。昔遇夫子，聪明勇奋。常操利刃，开我混沌。子长在笔，予长在论。持矛举楯，卒不能困。时惟子厚，窜言其间。赞词愉愉，固非颜颜。磅礴上下，羲农以还。会於有极，服之无言。（阙）岐山威凤不复鸣，华亭别鹤中夜惊。畏简书兮拘印绶。思临恸兮志莫就。生刍一束酒一杯。故人故人歆此来。(《全唐文》卷六一〇)

文章叙说相知相友的不同一般的关系，尤其是两人与柳宗元相互切磋的学术交流，友谊特殊。又对韩愈成就给予高度评价，情真辞华，充满敬意。给人以启发，令人浮想联翩。

他的叙事抒情的赋也很优秀，如《谪九年赋》：

古称思妇，已历九秋。未必有是，举为深愁。莫高者天，莫浚者泉。推以极数，无逾九年。伊我之谪，至于数极。长沙之悲，三倍其时。廷尉不调，行当跂而。天有寒暑，闰余三变。朝有考绩，明幽三见。顾尧之民兮，亦昏垫而有叹。叹息兮徜徉，登高高兮望苍苍。突弁之夫，我来始黄。合抱之木，我来犹芒。山增昔容，水改故坊。童者郁郁兮，涸者洋洋。天覆地生，蓊兮无伤。彼族而居，向之投荒。彼轩而游，昨日桁杨。信及泽濡，俄然复常。稽天道与人纪，咸一偾而一起。去无久而不还，棼无久而不理。何吾道之一穷兮，贯九年而犹尔。噫！不可得而知，庸讵得而悲！苟变化之莫及兮，又安用夫肖天地之形为！(《全唐文》卷五九九)

此赋写作者永贞革新失败后被贬朗州司马已逾九年，而朝廷不调，内心充满愤懑之情。文中先自比之古思妇，言己深愁过之；比之贾谊，言斥逐时间更长。期待无以实现，徒增困惑与失望。再写登高临远，感慨寒来暑往时光如逝一切都在改变，而自身的处境却无任何改变。最后直抒胸臆，愤慨天道不公，自身道穷，抒发不平之气。文章抒情深切强烈，语言凝练，富有创造力，如“突弁之夫，我来始黄。合抱之木，我来犹芒”突出渲染被贬时间之久，一切在变；“彼族而居，向之投荒。彼轩而游，昨日桁杨”凸显自身远离亲人待罪荒远之地的处境却难以改变。

其赋不事铺陈，语句整饬而生动有力。

另有借景抒情的《秋声赋》：

相国中山公赋秋声，以属天官太常伯，唱和俱绝，然皆得时行道之余兴，犹有光阴之叹，况伊郁老病者乎？吟之斐然，以寄孤愤。

碧天如水兮，窅窅悠悠。百虫迎莫兮，万叶吟秋。欲辞林而萧飒，潜命侣以啁啾。送将归兮临水，非吾土兮登楼。晚枝多露蝉之思，夕草起寒蛩之愁。至若松竹含韵，梧楸早脱。惊绮疏之晓吹，堕碧砌之凉月。念塞外之征行，顾闺中之骚屑。夜蛩鸣兮机杼促，朔雁叫兮音书绝。远杵续兮何泠泠，虚窗静兮空切切。如吟如啸，非竹非丝。合自然之宫徵，动终岁之别离。废井苔冷，荒园露滋。草苍苍兮人寂寂，树槭槭兮虫咿咿。则有安石风流，巨源多可。平六符而佐主，施九流而自我。犹复感阴虫之鸣轩，叹凉叶之初堕。异宋玉之悲伤，觉潘郎之幺麽。嗟乎！骥伏枥而已老，鹰在鞲而有情。聆朔风而心动，盼天籁而神惊。力将痑兮足受绁，犹奋迅于秋声。（《全唐文》卷五九九）

此赋作于会昌元年（841），是唱和时任宰相的李德裕的。时李德裕年逾五十，其《秋声赋》抒发叹老悲秋情怀，而刘禹锡已是七旬老人，其赋却有凛然豪情。赋的前面大部分以秋声动人心魄为核心，描写发人离思感逝情怀的百虫迎暮万叶吟秋之景，而结尾则一变历来的悲秋伤逝的调子，抒发老而弥坚壮怀激烈的孤愤情怀。立意新颖，形象生动，语言苍劲豪迈，也是一篇体现作者坚韧个性和创作风格的佳作。其书信序文作品中亦有一些好作品。如《上杜司徒书》、《唐故尚书礼部员外郎柳君文集序》、《唐故衡州刺史吕君集序》等。

刘禹锡的文章风格深厚隽永，雄健苍劲，气度大方，韵味醇正。其文诸体俱佳，成就在中唐文坛上是可以与韩柳相提并论的。

吕温（772～811）字化光，一字和叔，河中（今山西永济）人。贞元十四年（798）进士及第，复中宏词科。授秘书省校书郎。与王叔文善。擢为左拾遗。贞元二十年（804）以工部郎中副张荐使吐蕃，此时正值“永贞革新”，吕温还朝时，革新已经失败，因而“八司马”遭贬，他侥幸逃过一劫，没有被牵涉其中。后迁户部员外郎、刑部郎中兼御史知杂。以劾李吉甫，贬道州刺史，转衡州刺史，卒于任。有《吕衡州集》十卷。《全唐文》编其文七卷。

吕温问学于陆贽，并曾向梁肃学为文章，与柳宗元、刘禹锡友善，常一同论学析文。柳宗元、刘禹锡对吕温都非常推许。柳宗元称其“尧舜之道，至大以简。仲尼之文，至幽以默。千载纷争，或失或得。倬乎吾兄，独取其直。贯于化始，与道成极。推而下之，法度不忒。旁而肆之，中和允塞。道大艺备，斯为全德。”又称其“文章过人”(《祭吕衡州温文》)。刘禹锡称：“古之为书者，先立言而后体物，贾生之书首《过秦》，而荀卿亦后其赋。和叔年少遇君而卒以谪似贾生，能明王道似荀卿，故余所先后视二书，断自《人文化成论》至《诸葛武侯庙记》为上篇，其他咸有为而为之。”(《唐故衡州刺史吕君集序》)由这些议论可以了解到吕温在文坛上的地位，也可看出吕温文章创作的基本思想。

吕温文章创作以经世致用为目的，尊崇儒学，多写其政治怀抱。刘禹锡在《唐故衡州刺史吕君集序》中赞赏他的《人文化成论》、《诸葛武侯庙记》就是这样的文字。如其《人文化成论》由现实政治出发，以儒家正统观念解释《易经》所言“人文化成”之意，认为室家孝悌、君臣之义、百官遵道、刑罚合度、礼乐教化为“人文”之本，批判现实中君臣以虚浮华靡表象为人文以致政乱国衰。其文曰：

> 《易》曰：“观乎人文，以化成天下。”能讽其言，盖有之矣，未有明其义者也。尝试论之。夫一二相生，大钧造物，百化交错，六气节宣，或阴阖而阳开，或天经而地纪，有圣作则，实为人文。若乃夫以刚克，妻以柔立，父慈而教，子孝而箴，此室家之文也。君以仁使臣，臣以义事君，予违汝弼，献可替否，此朝廷之文也。三公论道，六卿分职，九流异趣，百揆同归，此官司之文也。宽则人慢，纠之以猛，猛则人残，施之以宽，宽以济猛，猛以济宽，此刑政之文也。乐胜则流，遏之以礼，礼胜则离，和之以乐，与时消息，因俗变通，此教化之文也。文者，盖言错综庶绩，藻绘人情，如成文焉，以致其理。然则人文化成之义，其在兹乎？而近代谄谀之臣，特以时君不能则象乾坤，祖述尧舜，作化成天下之文，乃以旂常冕服，章句翰墨为人文也。遂使君人者浩然忘本，沛然自得，盛威仪以求至理，坐吟咏而待升平，流荡因循，败而未悟，不其痛欤！必以旂常冕服为人文，则秦汉魏晋，声明文物，礼缛五帝，仪

繁三王，可曰焕乎其有文章矣，何衰乱之多也？必以章句翰墨为人文，则陈后主、隋炀帝，雍容绮靡，洋溢编简，可曰文思安安矣，何灭亡之速也？核之以名义，研之以情实，既如彼；较之以今古，质之以成败，又如此。《传》不云乎，“经纬天地曰文”，《礼》不云乎，“文王以文治”？则文之时义大矣哉，焉可以名数末流，雕虫小伎，厕杂其间乎。(《全唐文》卷 628)

文章理论与现实政治结合，政治教化与文艺风尚结合，立论与批判结合，古今比较，思想深刻，见解独特，条理分明，具有很强的说服力。文章语言雅洁劲健，有气魄，有气势，尤其文中多设问句，富有感情色彩。

诸葛亮对于唐人来讲，受到普遍的尊崇。或颂其开济之忠，或赞其经略之才，或悲其未捷之运，皆以其为旷世之英雄。对于诸葛丞相功败垂成，皆在战略战术上找原因。而吕温《诸葛武侯庙记》则不拘常调，于称颂其忠才贤能之外，独具只眼，以民本思想立论，评说其未能成功之根本原因在于其未能审时势顺民心。其文曰：

天厌汉德，俾绝其纽，群生坠涂，四海飞水。武侯命世，实念皇极，魏奸吴轻，未获我心，胥宇南阳，坚卧不起。三顾虽晚，群雄初定，必也彗扫，是资鼎立。变化消息，谋成掌中，战龙元黄，再得云雨。於是右揭如天之府，左提用武之国，因山分力，与水合势，蟠亘万里，张为龙形。首吞咸镐，尾束河洛，翼出中夏，飞跃天衢，然后鱼驱句吴，东入晏海。大勋未集，天夺其魄。至诚无忘，炳在日月，烈气不散，长为风雷，英雄痛心，六百年矣。於戏！以武侯之才，知已托国，土虽狭，国以勤俭富，民虽寡，兵以节制强，魏武既没，晋宣非敌，而戎马荐驾，不复中原。或曰奇谋非长，则斩将覆军无虚举矣；或曰馈粮不继，则筑室反耕有成算矣。尝试念之，颇赜其原。夫民无恒归，德以为归，抚则思，虐则忘，其思也不可使忘，其忘也不可使思。当汉道方休，哀、平无政，王莽乃欲凭戚宠，造符命，胁之以威，动之以神，使人忘汉，终不可得也。及高、光旧德，与世衰远，桓、灵流毒，在人骨髓，武侯乃欲开兴图，振绝绪，论之以本，临之以忠，使人思汉，卒亦不可得也。向使武侯奉先主之命，告天下曰：“我之举也，匪私刘宗，唯活元元。曹氏利汝乎，吾事之；曹氏害汝乎，吾除之。”俾虐魏偪从之民，耸诚感动，然后经武观衅，长驱义声，咸、洛不足定矣。奈何当至公之运，而强人以私，此犹力争，彼未心服，勤而靡获，不亦宜乎。乃知务开济之业者，未能审时定势，大顺人心，而克观厥成，吾不信也。惜其才有馀而见未至，述於遗庙，以俟通识。唐贞元十四年七月十五日，东平吕温记。(《全唐文》卷六二八)

文章立意新，观念正，说法奇，文笔美，开人茅塞。这类文章的确体现了吕温在当时文坛上不同凡响之处。

吕温的文章以碑铭、赞颂见长。王士禛云：“温于诗非所长，赞颂等时有奇逸之气。”“诸碑铭皆有可传者。”(《香祖笔记》卷五）而李慈铭则具体指出：“和叔之文，当时拟之左丘、班固，诚非其伦，然根底深厚，自不在同时刘梦得、张文昌之下。其文如《三受降城铭》、《古东周城铭》、《成皋铭》、《酹王景略文》、《凌烟阁勋臣颂》、《狄梁公传赞》、《张荆州画像赞》、置之韩柳集中，亦为高作。其他书表，多有可观。议论亦甚平正。”(《越缦堂读书记》) 吕温这些文章或借谈古事而论政治治乱，或借赞今之英贤而明己之政治理想，于韩柳谈古论今之文庶几可与比肩。吕温借谈古论政的代表作有《古东周城铭并序》，其文曰：

鲁昭公三十二年，周苌宏合诸侯之大夫城成周，晋女叔宽曰：“天之所坏，不可支也。苌宏违天，必受其咎。”异岁，周人杀苌宏。《左氏》明徵，以为世规，俾持颠之臣，沮其胜气，非所以励尊王垂大顺也。予经其地，而作是铭。

文武受命，肇兴西土。周公作洛，始会风雨。居中正本，拓统开祚。盛则骏奔，衰则夹辅。平王东迁，九鼎已轻。二伯之后，时无义声。大夫苌宏，言抗其倾。坐召诸侯，廓崇王城。虽微远猷，实被令名。宜福而祸，何伤於明。立臣之本，委质定分。为仁不卜，临义不问。无天无神，惟道是信。国危必扶，国灭必振。求而不获，乃以死徇。兴亡理乱，在德非运。罪之违天，不可以训。升墟览古，慨焉遐愤。勒铭颓隅，以劝大顺。(《全唐文》卷六三〇)

文章批评以往史书记苌宏城成周而为周人所杀，晋女叔宽发苌宏违天得咎之说，认为周人借口天命不思革新“非所以励尊王垂大顺”致使国危政乱，而《左传》"以为世规"更是不足为训。其文旨在破除迷信，不为经典所囿，大胆敢言，文锋犀利。

其赞美今之英杰而抒写政治理想的代表作有《张荆州画赞并序》。其文曰：

> 中书令始兴文献公，有唐之鲠亮臣也。开元二十年后，元宗春秋高矣，以太平自致，颇易天下，综核稍怠，推纳浸广，君子小人，摩肩於朝，直声遂寝，邪气始胜，中兴之业衰焉。公於是以生人为身，社稷自任，抗危言而无所避，秉大节而不可夺，小必谏，大必诤，攀帝槛，历天阶，犯雷霆之威，不霁不止。日月之蚀，为公却明，虎而冠者，不敢猛视，群贤倚赖，天下仰息，凛乎千载之望矣。不虞天将启幽蓟之祸，俾奸臣负乘，以速致戎，诈成谗胜，圣不能保，褫我公衮，寘於侯服。身虽远而谏愈切，道既塞而诚弥坚，忧而不怨，终老南国。於戏！功业见乎变，而其变有二：在否则通，在泰则穷。开元初，天子新出艰难，久愤荒政，乐与群下励精致理，於是乎有否极之变。姚、宋坐而乘之，举为时要，动中上急，天光照身，宇宙在手，势若舟楫相得，当洪流而鼓迅风，崇朝万里，不足怪也。开元末，天子倦於勤而安其安，高视穆清，霈然大满，於是乎有泰极之变。荆州起而扶之，举为时害，动咈上欲，日与谗党抗衡於交戟之中，势若微阳战阴，冲密云而吐丹气，欻耀而灭，又何难乎。所痛者，逢一时，事一圣，践其迹，执其柄，而有可有不可，有成有不成。况乎差池草茅，沈落光耀者，复何言哉？复何言哉！曹溪沙门灵澈，虽脱离世务，而犹好正直，得其图像，因以示予。睹而感之，乃作赞曰：唐有栋臣，往矣其邈。世传遗像，以觉后学。德容恢异，天骨峻擢。波澄东溟，日照太岳。具瞻崇崇，起敬起忠。貌与神会，凛然生风。气蕴逆鳞，色形匪躬。当时曲直，如在胸中。鲲鳞初脱，激海以化。羊角中颓，摩天而下。无喜无愠，亦如此画。呜呼为臣，敬尔夙夜。(《全唐文》卷六二九)

文中极力赞美张九龄在玄宗朝骨鲠敢言大胆直谏，与谗党作坚决斗争，堪为国家栋梁的大臣形象，由衷地表达敬佩之情，抒写自身的理想追求。文章正气凛然，锋芒毕露，展现了作者行文的峻峭雄奇风格。

除以上所列各类佳篇之外，其所赋《由鹿赋并序》以经猎人驯化的由鹿引诱野鹿而发感慨，抨击社会上陷友于不义的小人。其序曰：

> 贞元丁卯岁，予南出襄樊之间。遇野人縶鹿而至者，问之，答曰："此为由鹿，由此鹿以诱致群鹿也。"备言其状，且曰："此鹿每有所致，辙鸣嗥不饮食者累日。"予喟然叹曰："虞之即鹿也，必以其类致之；人之即人也，亦必以其友致之。实繁有徒，古之然矣。嗟乎！鹿无情而犹知痛伤，人之与谋宴安残酷者，彼何人斯！彼何人斯！"物微感深，遂作赋。(《全唐文》卷六二五)

其意深惋有致，讽刺性极强，类于柳宗元的寓言，是一篇佳作。

吕温文章诚如前人所评，往往立意脱俗，叙事简洁清晰，议论精深，语言风格雄奇超逸。

刘禹锡、吕温与柳宗元思想及政治态度，文学主张大多相似。相互切磋，都取得了不小的艺术成就，虽不一定像前人所言："见八司马固多君子，其气势格律，皆出学问，自非元宾辈所可及也。"(《越缦堂读书记》) 却至少可与韩派作家相敌。

第四节　白居易、元稹

中唐时期，驰骋诗坛，开宗立派的白居易、元稹，在文坛上，同样做出了重要贡献。他们虽早年写作骈文，但随着潮流的发展，他们的文章创作逐渐由骈入散，参与到古文运动的发展中来，更重要的是他们以其独特的实践，对文体改造的盲区——制诰文加以散文化的改革，使古文几乎占据了所有文体的创作领域。不仅如此，他们还在文学理论以及其他体裁散文创作中取得了成绩，使这两位新乐府诗派的主将成为古文运动的偏师。

白居易（772～846）字乐天，下邽（今陕西渭南）人。贞元十六年（800）上进士第，明年书判拔萃科考试入甲等，授秘书省校书郎。元和元年（806）应才识兼茂明于体用科，入四等，补盩厔尉。召授翰林学士，左拾遗。改京兆府户曹参军。元和六年（811）丁母忧。元和九年（814）授太子左赞善大夫。元和十年（815），宰相武元衡为李师道所派刺客刺死，白居易激愤上书“急请捕贼，以雪国耻”，被劾“先谏官言事”，嫉恨他的人又诬说白母为看花坠井而死，而白居易却作《赏花》《新井》诗，有伤于名教，贬江州司马，元和十三年（818）量移忠州刺史。元和十五年（820）授主客郎中、知制诰。转中书舍人。长庆二年（822）除杭州刺史。长庆四年（824）召为太子左庶子分司东都。出为苏州刺史。历秘书监、河南尹、太子少傅，会昌二年（842）以刑部尚书致仕。白居易笃信佛教，晚年号香山居士。有《白氏长庆集》。《全唐文》编其文二十六卷。

白居易前期生活中，政治倾向开明，态度积极热情，常直言极谏，指摘时弊，裨补阙政。在文学理论上，提出一套系统的重现实、重教化、重政治的文学理论。他在《与元九书》提出“文章合为时而著，歌诗合为事而作”，文学可以“救济人病，裨补时阙”。此外在《新乐府序》中还提文章诗歌“为君、为臣、为民、为物、为事而作，不为文而作也”。他的文学观点的本质特征就是要求文学为现实服务。这种理论贯穿在他的新乐府诗创作中，同样，这些观点也指导着他的文章写作。

白居易的古文创作有着独特的风格。元稹在《白氏长庆集》序中说。“大凡人之文，各有所长。乐天之长，可以为多矣。……赋赞、箴戒之类长于当；碑记、叙事、制诰长于实，启奏、表状长于直；书檄、词策、剖判长于尽。总而言之，不亦多乎哉!”这里概括白居易散文特点为当、实、直、尽。他的政论性文章确乎有此特点，其《策林》七十五篇即是“文章合为时而著”的代表，即能融合此特点。虽然元稹这里主要是针对他应用文类说的，但也的确反映了白居易古文平直朴实，明白易晓，富于感情的一般风格特征。当然，不是说他的散文特点止限于此，其实他的散文特点也是因文而异。他的散文成就是多方面的。

白居易的书信体文章独具一格，他善于把丰富复杂的内容包含在一篇文章中，以叙事、议论，抒情等手法交织在一起来进行有序的表达，直、实、尽则正是这类书信文的特点。如著名的《与元九书》最有代表性，其文曰：

月日，居易白，微之足下：自足下谪江陵至於今，凡所赠答诗仅百篇。每诗来，或辱序，或辱书，冠於卷首，皆所以陈古今歌诗之义，且自叙为文因缘，与年月之远近也。仆既爱足下诗，又谕足下此意，常欲承答来旨，粗论歌诗大端，并自述为文之意，总为一书，致足下前。累岁已来，牵故少暇，间有容隙，或欲为之，又自思所陈，亦无足下之见，临纸复罢者数四，率不能成就其志，以至於今。今俟罪浔阳，除盥栉食寝外无馀事，因览足下去通州日所留新旧文二十六轴，开卷得意，忽如会面，心所蓄者，便欲快言，往往自疑，不知相去万里也。既而愤悱之气，思有所泄，遂追就前志，勉为此书。足下幸试为仆留意一省。

夫文尚矣，三才各有文，天之文三光首之，地之文五材首之，人之文六经首之。就六经言，《诗》又首之。何者？圣人感人心而天下和平，感人心者，莫先乎情，莫始乎言，莫切乎声，莫深乎义。《诗》者根情苗言，华声实义，上自圣贤，下至愚騃，微及豚鱼，幽及鬼神，群分而气同，形异而情一，未有声入而不应，情交而不感者。圣人知其然，因其言经之以六义，缘其声纬之以五音。音有韵，义有类，韵协则言顺，言顺则声易入，类举则情见，情见则感易交。於是乎孕大含深，贯微洞密，上下通而一气泰，忧乐合而百志熙，五帝三皇所以直道而行，垂拱而理者，揭此以为大柄，决此以为大窦也。故闻“元首明、股肱良”之歌，则知虞道昌矣；闻“五子洛汭”之歌，则知夏政荒矣。言者无罪，闻者足戒，言者闻者，莫不两尽其心焉。洎周衰秦兴，采诗官废，上不以诗补察时政，下不以歌泄导人情，乃至於谄成之风动，救失之道缺，於时六义始刓矣。国风变为骚辞，五言始於苏李，苏李骚人，皆不遇者，各系其志，发而为文。故“河梁”之句，止於伤别，泽畔之吟，归於怨思，彷徨抑郁，不暇及他耳。然去诗未远，梗概尚存，故兴离别则引双凫一雁为喻，讽君子小人则引香草恶鸟为比，虽义类不具，犹得风人之什二三焉，於时六义始缺矣。晋宋已还，得者盖寡。以康乐之奥博，多溺於山水；以渊明之高古，偏放於田园；江鲍之流，又狭於此；如梁鸿《五噫》之例者，百无一二焉。於时六义浸微矣。陵夷至於梁陈间，率不过嘲风雪、弄花草而已。噫！风雪花草之物，三百篇中，岂舍之乎，顾所用何如耳。设如“北风其凉”，假风以刺威虐也；“雨雪霏霏”，因雪以愍征役也；“棠棣之华”，感华以讽兄弟也；“采采芣苢”，美草以乐有子也。皆兴发於此，而义归於彼。反是者可乎哉？然则“馀霞散成绮，澄江净如练”、“离花先委露，别叶乍辞风”之什，丽则丽矣，吾不知其所讽焉。故仆所谓嘲风雪、弄花草而已。於时六义尽去矣。唐兴二百年，其间诗人不可胜数，所可举者，陈子昂有《感遇诗》二十首，鲍防有《感兴诗》十五首。又诗之豪者，世称李杜。李之作之才矣奇矣，人不逮矣，索其风雅比兴，十无一焉。杜诗最多，可传者千馀篇，至於贯穿今古，覼缕格律，尽工尽善，又过於李，然撮其《新安吏》《石壕吏》《潼关吏》《塞芦子》《留花门》之章，“朱门酒肉臭，路有冻死骨”之句，亦不过三四十首。杜尚如此，况不逮杜者乎？

仆尝痛诗道崩坏，忽忽愤发，或食辍哺，夜辍寝，不量才力，欲扶起之。嗟呼！事有大谬者，又不可一二而言，然亦不能不粗陈於左右。仆始生六七月时，乳母抱弄於书屏下，有指“无”字、“之”字示仆者，仆虽口未能言，心已默识，后有问此二字者，虽百十其试，而指之不差。则仆宿习之缘，已在文字中矣。及五六岁，便学为诗，九岁谙识声韵，十五六始知有进士，苦节读书。二十已来，昼课赋，夜课书，间又课诗，不遑寝息矣。以至於口舌成疮，手肘成胝，既壮而肤革不丰盈，未老而齿发早衰白，瞥瞥然如飞蝇垂珠，在眸子中也，动以万数。盖以苦学力文所致，又自悲矣。家贫多故，二十七方从乡试。既第之后，虽专於科试，亦不废诗。及授校书郎时，已盈三四百首，或出示交友如足下辈，见皆谓之工，其实未窥作者之域耳。自登朝来，年齿渐长，阅事渐多，每与人言，多询时务，每读书史，多求理道，始知文章合为时而著，歌诗合为事而作。是时皇帝初即位，宰府有正人，屡降玺书，访人急病。仆当此日，擢在翰林，身是谏官，月请谏纸，启奏之外，有可以救济人病，裨补时阙，而难於指言者，辄咏歌之，欲稍稍递进闻於上，上以广宸聪、副忧勤，次以酬恩奖、塞言责，下以复吾平生之志。岂图志未就而悔已生，言未闻而谤已成矣。又请为左右终言之。凡闻仆《贺雨诗》，而众口籍籍，已谓非宜矣；闻仆《哭孔戡》诗，众面脉脉，尽不悦矣；闻《秦中吟》，则权豪贵近者相目而变色矣；闻《乐游园寄足下》诗，则执政柄者扼腕矣；闻《宿紫阁村》诗，则握军要者切齿矣。大率如此，不可遍举。不相与者，号为沽名，号为诋讦，号为讪谤；苟相与者，则如牛僧孺之戒焉，乃至骨月妻孥，皆以我为非也，其不我非者，举不过三两人。有邓鲂者，见仆诗而喜，无何而鲂死；有唐衢者，见仆诗而泣，未几而衢死；其馀则足下，足下又十年来困踬若此。呜呼！岂六义、四始之风，天将破坏，不可支持耶？抑又不知天之意，不欲使下人之病苦闻於上耶？不然，何有志於诗者不利若此之甚也！

然仆又自思关东一男子耳，除读书属文外，其他懵然无知，乃至书、画、棋、博，可以接群居之欢者，一无通晓，即其愚拙可知矣。初应进士时，中朝无缌麻之亲，达官无半面之旧，策蹇步於利足之途，张空拳於战文之场，十年之间，三登科第，名入众耳，迹升清贯，出交贤俊，入侍冕旒。始得名於文章，终得罪於文章，亦其宜也。日者又闻亲友间说，礼、吏部举选人，多以仆私试赋判传为准的，其馀诗句，亦往往在人口中，仆恧然自愧，不之信也。及再来长安，又闻有军使高霞寓者，欲聘娼妓，妓大夸曰："我诵得白学士《长恨歌》，岂同他妓哉？"由是增价。又足下书云，到通州日，见江馆柱间有题仆诗者，复何人哉？又昨过汉南日，适遇主人集众乐娱他宾，诸妓见仆来，指而相顾曰："此是《秦中吟》、《长恨歌》主耳。"自长安抵江西三四千里，凡乡校、佛寺、逆旅、行舟之中，往往有题仆诗者，士庶、僧徒、孀妇、处女之口，每每有咏仆诗者。此诚雕虫之戏，不足为多，然今时俗所重，正在此耳。虽前贤如渊、云者，前辈如李、杜者，亦未能忘情於其间。古人云："名者公器，不可以多取。"仆是何者，窃时之名已多。既窃时名，又欲窃时之富贵，使已为造物者，肯兼与之乎？今之迍穷，理固然也。况诗人多蹇，如陈子昂、杜甫，各授一拾遗，而迍剥至死；李白、孟浩然辈，不及一命，穷悴终身；近日孟郊六十，终试协律，张籍五十，未离一太祝。彼何人哉？彼何人哉！况仆之才，又不逮彼。今虽谪在远郡，而官品至第五，月俸四五万，寒有衣，饥有食，给身之外，施及家人，亦可谓不负白氏之子矣。微之微之，勿念我哉。

仆数月来检讨囊箧中，得新旧诗，各以类分，分为卷首。自拾遗来，凡所遇所感，关於美刺兴比者，又自武德讫元和，因事立题，题为《新乐府》者，共一百五十首，谓之"讽谕诗"；又或退公独处，或移病闲居，知足保和，吟玩情性者一百首，谓之"闲适诗"；又有事务牵於外，情性动於内，随感遇而形於叹咏者一百首，谓之"感伤诗"；又有五言、七言长句、短句，自一百韵至两韵者四百馀首，谓之"杂律诗"。凡为十五卷，约八百首。异时相见，当尽致於执事。微之，古人云："穷则独善其身，达则兼济天下。"仆虽不肖，常师此语。大丈夫所守者道，所待者时。时之来也，为云龙，为风鹏，勃然突然，陈力以出；时之不来也，为雾豹，为冥鸿，寂兮寥兮，奉身而退。进退出处，何往而不自得哉。故仆志在兼济，行在独善，奉而始终之则为道，言而发明之则为诗。谓之“讽谕诗”，兼济之志也；谓之“闲适诗”，独善之义也。故览仆诗者，知仆之道焉。其馀“杂律诗”，或诱於一时一物，发於一笑一吟，率然成章，非平生所尚，但以亲朋合散之际，取其释恨佐欢。今铨次之间，未能删去，他时有为我编集斯文者，略之可也。微之，夫贵耳贱目，荣古陋今，人之大情也。仆不能远征古旧，如近岁韦苏州歌行，清丽之外，颇近兴讽，其五言诗又高雅闲澹，自成一家之体，今之秉笔者，谁能及之？然当苏州在时，人亦未甚爱重，必待身后，然后人贵之。今仆之诗，人所爱者，悉不过“杂律诗”与《长恨歌》已下耳。时之所重，仆之所轻。至於“讽谕”者意激而言质，“闲适”者思澹而词迂，以质合迂，宜人之不爱也。今所爱者，并世而生，独足下耳。然千百年后，安知复无足下者出，而知爱我诗哉？故自八九年来，与足下小通则以诗相戒，小穷则以诗相勉，索居则以诗相慰，同处则以诗相娱，知吾罪吾，率以诗也。如今年春游城南时，与足下马上相戏，因各诵新艳小律，不杂他篇，自皇子陂归昭国里，迭吟递唱，不绝声者二十里馀，樊李在傍，无所措口。知我者以为诗仙，不知我者以为诗魔。何则？劳心灵，役声气，连朝接夕，不自知其苦，非魔而何？偶同人当美景，或花时宴罢，或月夜酒酣，一咏一吟，不知老之将至，虽骖鸾鹤游蓬瀛者之适，无以加於此焉，又非仙而何？微之微之，此吾所以与足下外形骸，脱踪迹，傲轩鼎，轻人寰者，又以此也。当此之时，足下兴有馀力，且欲与仆悉索还往中诗，取其尤长者，如张十八古乐府、李二十新歌行、卢杨二秘书律诗、窦七元八绝句，博搜精掇，编而次之，号《元白往还诗集》。众君子得拟议於此者，莫不踊跃欣喜，以为盛事。嗟乎！言未终而足下左转，不数月而仆又继行，心期索然，何日成就，又可为之叹息矣。又仆尝语足下，凡人为文，私於自是，不忍於割截，或失於繁多，其间妍媸，益又自惑，必待交友有公鉴无姑息者，讨论而削夺之，然后繁简当否，得其中矣。况仆与足下为文，尤患其多，己尚病之，况他人乎？今且各纂诗律，粗为卷第，待与足下相见日，各出所有，终前志焉。又不知相遇是何年，相见在何地，溘然而至，则如之何？微之微之，知我心哉。

浔阳腊月，江风苦寒，岁暮鲜欢，夜长无睡，引笔铺纸，悄然灯前，有念则书，言无次第，勿以繁杂为倦，且以代一夕之话也。微之知我心哉！乐天再

拜。（《白居易集笺校》卷四五）

其文着重于论说诗歌创作理论，以此贯穿全篇，可以说是一篇诗学专论。而文章又结合政治上受到打击贬谪江州的现实处境叙述身世遭际，抒发感慨，表达自身以及其他同命运的人对不公遭遇的不平和愤懑，同时又倾诉朋友之间的惦念之情。洋洋洒洒，滚滚而来，气势贯通，心曲毕现。文长而意丰，辞坦易而情深切。

而他的《与元微之书》则较单纯地写友谊，写离别之思，写坎坷遭遇，文中充满了悲痛哀伤之情，尤其是写读微之所寄书诗，感伤之情，动人心魄。文中道：

仆初到浔阳时，有熊孺登来，得足下前年病甚时一札，上报疾状，次序病心，终论平生交分，且云："危惙之际，不暇他及，唯收数帙文章，封题其上曰：他日送达白二十二郎，便请以代书。"悲哉！微之于我也，其若是乎！又睹所寄闻仆左降诗云：残灯无焰影幢幢，此夕闻君谪九江，垂死病中惊坐起，暗风吹雨入寒窗。此句他人尚不可闻。况仆心哉！至今每吟，犹恻恻耳。（《白居易集笺校》卷四五）

这里作者将叙事回忆与抒情融在一起，以友元稹悲己之贬，写己怀友及同悲之情，情感沉痛真挚，言有尽而意无穷。

白居易另一类成就较高的文章，就是抒情写景的小品文，以及记游、记事之作。如《草堂记》，其文曰：

匡庐奇秀，甲天下山，山北峰曰香炉峰，北寺曰遗爱寺，介峰寺间，其境胜绝，又甲庐山。元和十一年秋，太原人白乐天见而爱之，若远行客过故乡，恋恋不能去，因面峰腋寺，作为草堂。明年春，草堂成，三间两柱，二室四牖，广袤丰杀，一称心力。洞北户，来阴风，防徂暑也；敞南甍，纳阳日，虞祁寒也。木斩而已，不加丹，墙圬而已，不加白，墄阶用石，幂窗用纸，竹帘、纻帏，率称是焉。堂中设木榻四，素屏二，漆琴一张，儒、道、佛书各三两卷。乐天既来为主，仰观山，俯听泉，傍睨竹树云石，自辰及酉，应接不暇。俄而物诱气随，外适内和，一宿体宁，再宿心恬，三宿后颓然嗒然，不知其然而然。自问其故，答曰："是居也，前有平地，轮广十丈，中有平台半平地，台南有方池倍平台，环池多山竹野卉，池中生白莲白鱼。又南抵石涧，夹涧有古松老杉，大仅十人围，高不知几百尺，修柯戛云，低枝拂潭，如幢竖，如盖张，如龙蛇走。松下多灌丛，萝茑叶蔓，骈织畅溴，日月光不到地，盛夏风气如八九月时，下铺白石，为出入道。堂北五步，据层崖积石，嵌空垤块，杂木异草，盖覆其上，绿阴蒙蒙，朱实离离，不识其名，四时一色。又有飞泉植茗，就以烹燀，好事者见可以永日。堂东有瀑布，水悬三尺，泻阶隅，落石渠，昏晓如练色，夜中如环珮琴筑声。堂西倚北崖右趾，以剖竹架空，引崖上泉，脉分线悬，自檐注砌，累累如贯珠，霏微如雨露，滴沥飘洒，随风远去。其四傍耳目杖屦可及者，春有锦绣谷花，夏有石门涧云，秋有虎溪月，冬有炉峰雪，阴晴显晦，昏旦含吐，千变万状，不可殚纪。覼缕而言，故云甲庐山者。噫！凡人丰一屋，华一箦，而起居其间，尚不免有骄矜之态，今我为是物主，物至致知，各以类至，又安得不外适内和，体宁心恬哉？昔永远、宗雷辈十八人同入此山，老死不反，去我千载，我知其心以是哉！矧予自思从幼迨老，若白屋，若朱门，凡所止虽一日二日，辄覆篑土为台，聚拳石为山，环斗水为池，其喜山水病癖如此，一旦蹇剥，来佐江郡，郡守以优容抚我，庐山以灵胜待我，是天与我时，地与我所，卒获所好，又何以求焉？尚以冗员所羁，馀累未尽，或往或来，未遑宁处。待予异日弟妹婚嫁毕，司马岁秩满，出处行止，得以自遂，则必左手引妻子，右手抱琴书，终老於斯，以成就我平生之志。清泉白石，实闻此言。"时三月二十七日，始居新堂，四月九日，与河南元集虚、范阳张允中、南阳张深之、东西二林寺长老凑公、朗、满、晦、坚等凡二十有二人，具斋施茶果以落之，因为草堂记。(《白居易集笺校》卷四三)

文章虽以草堂为题，但只简略几笔写草堂之建，而重在写草堂所处庐山之美景，抒发闲适自得的心情。文中描写细腻，有动有静，将庐山景致刻画得出神入化。又有《冷泉亭记》、《钱塘湖石记》、《三游洞序》亦是佳作。

白居易的咏物小品也很有特色，《养竹记》、《荔枝图序》即为佳制。其《养竹记》记叙自身借居故相私宅，观园中故相手植之竹殄瘁，徒生感慨，以竹喻人，富有深意。其文曰：

竹似贤。何哉?竹本固,固以树德,君子见其本,则思善建不拔者;竹性直,直以立身,君子见其性,则思中立不倚者;竹心空,空以体道,君子见其心,则思应用虚受者;竹节贞,贞以立志,君子见其节,则思砥砺名行夷险一致者。夫如是,故君子人多树之,为庭实焉。贞元十九年春,居易以拔萃选及第,授校书郎,始於长安求假居处,得常乐里故关相国私第之东亭而处之。明日,履及於亭之东南隅,见丛竹於斯,枝叶殄瘁,无声无色。询於关氏之老,则曰此相国之手植者,自相国捐馆,他人假居,繇是筐篚者斩焉,彗帚者刈焉,刑馀之才,长无寻焉,数无百焉,又有凡草木杂生其中,窗茸薈郁,有无竹之心焉。居易惜其尝经长者之手,而见贱俗人之目,翦弃若是,本性犹存,乃芟蘙薈,除粪壤,疏其间,封其下,不终日而毕。於是日出有清阴,风来有清声,依依然,欣欣然,若有情於感遇也。嗟乎!竹植物也,於人何有哉?以其有似於贤,而人爱惜之,封植之,况其真贤者乎?然则竹之於草木,犹贤之於众庶。呜呼!竹不能自异,惟人异之,贤不能自异,惟用贤者异之。故作《养竹记》,书於亭之壁,以贻其后之居斯者,亦欲以闻於今之用贤者云。(《白居易集笺校》卷四三)

其文以竹喻贤,以竹之品性喻君子之品格,以养竹喻用贤,寄望爱贤之人对己有所发见。文字简洁明快,寓意深刻,含无尽之韵味。

《旧唐书·白居易传》评元稹、白居易文章道:“元和主盟,微之、乐天而已。臣观元之制策,白之奏议,极文章之壸奥,尽治乱之根荄,非徒谣颂之片言,盘盂之小说。”白居易在朝所拟制诰基本上还是骈体,但以“当”、“实”为追求,而奏议则有不少以散破骈,以坦易晓畅的文辞追求“直”、“尽”,对尚雅尚华官样文章的文体改造有所贡献,这的确是事实。白居易以其特有的风格在韩柳二派之外,又别开生面,丰富了古文创作。白居易的文章虽独具特色,但一些文章过于追求“直”、“尽”,以致不够凝练,略显繁冗拖沓,喋喋不休,这些则对他的艺术成就有一定影响。

元稹(779~831)字微之,河南河内(今河南沁阳)人。贞元九年(793)以明经擢第。贞元十九年(803),书判拔萃科入等,授秘书省校书郎。元和元年

(806)，应制举，对策第一，拜左拾遗。出为河南尉。拜监察御史，与宦官仇士良争邸，贬江陵士曹参军。召拜膳部员外郎，擢祠部郎中，知制诰。迁中书舍人、翰林承旨，拜同中书门下平章事。罢，出为武昌节度使。有《元氏长庆集》。《全唐文》编其文九卷。

元稹为古文最突出的成就就是以古文作制诰。朝廷制诰，六朝以来，皆用骈体，宇文泰时曾一度为散体，不久又恢复为骈文。直到中唐时虽其他体裁的文章，皆发生变化，古文盛极一时，但制诰之文还仍是骈体写作。元稹知制诰后即开始改革制诰之文为古文。他自诩“以古道干丞相”，并在《制诰自序》中标榜复古。白居易在《元稹除中书舍人翰林学士赐紫金鱼袋制》中说：“去年夏，拔自祠曹员外，试知制诰。而能芟繁词，铲弊句，使吾文章言语，与三代同风。引之而成纶綍，垂之而为典训。凡秉笔者，莫敢与汝争能。”白居易《余思未尽加为六韵重寄微之》诗云：“制从长庆辞高古，诗到元和体变新。”自注云：“微之长庆初知制诰，文格高古，始变俗体，继者效之也。”可见制诰改骈就散，自元稹始。元稹不仅在形式上以古文取代骈文，而且用质朴直实的文风来撰写制诰，并使其内容有实际针对性，而不像以前那样说些冠冕堂皇的语言。他的《授范季睦仓部员外郎制》、《授韦珩等京兆府美原等县令制》等制诰都在其中指出时弊，反映了现实的黑暗，几乎没有丝毫美化朝廷的言语，这可以说是制诰文写作的一大进步。如《授韦珩等京兆府美原等县令制》：

> 敕：河阳节度参议兼监察御史韦珩、前怀州武德令李鄠等：昔先王眚灾肆赦，则殊死已降，无不宥免，而受贿枉法者，独不在数，常罪罪之。以此防吏，吏犹有豪夺於人者，朕甚悯焉。日者覃怀有过籍之赋，使吾百姓无聊生於下，非珩等为吾发觉，则吾终不得闻东人之疾苦矣。今美原、蓝田，皆吾甸内之邑，尔其为吾养理生息，以惠困穷，使天下长人之吏，知朕明用廉激贪之意焉。珩可守美原令，鄠可蓝田令。(《元稹集》卷四八)

此制直接揭露地方贪官污吏横征暴敛，不顾法纪，不畏朝廷，鱼肉百姓的罪恶行径，反映了在统治者的压迫下民不聊生的残酷现实。《授齐煚饶州刺史王堪沣州刺史制》：

敕：尚书刑部郎中齐煚、岳州刺史王堪等：隶江之西，饶为沃野；沣亦旁判之剧郡，而鄱阳有镕银撷荀之利。俗用剽轻，政无刑威，盗贼多有。沅、湘间沉怨抑激，有屈原遗风。吏无廉平，人用愁苦。惟尔煚洎堪等，皆践台阁，亟历名部，号为良能。俾分两地之忧，伫听二天之谤，煚可使持节饶州刺史，堪可使持节沣州刺史，馀如故。(《元稹集》卷四八)

此制则指斥本该是非常富庶的长江中游沅湘江西之地，现实却是官吏不廉政令不通盗贼蜂起的混乱现状。《范季睦授尚书仓部员外郎制》：

敕：权知仓部员外郎判度支案范季睦：野有饿殍不知发，狗彘食人之食不知检，此经常之失政也。而况於戎车未息，飞挽犹勤，新熟之时，岂宜无备？乃诏执事，聿求其才，乘我有秋，大实仓廪。佥曰季睦，副予虚怀。汝其往哉，予用训汝：夫廉贾五之，不争之谓也；出纳必吝，有司之常也。贰上下之价，则茫昧者受弊；杂苦良之货，则豪右者受赢。惟一惟公，乃罔不同；惟平惟实，乃罔不吉。尔其戒之，无替朕命。可尚书仓部员外郎依前判度支案充京西、京北籴使，馀如故。(《元稹集》卷四七)

此制借朝廷任命一位管理经济粮食的小官，将当时战乱频仍经济危机粮食困难民生维艰的状况和盘托出。这些制诰都是作者实践其追求文章要“直”“实”的要求，全用古朴通顺的散文，绝少用典，更无时文的浮靡虚夸笔调。

元稹的书信序文风格与白居易很相接近，往往内容丰富，现实性强，观念新鲜，情感浓烈，朴实无华，明白晓畅。如其代表作《叙诗寄乐天书》曰：

稹九岁学赋诗，长者往往惊其可教。年十五六，粗识声病。时贞元十年已后，德宗皇帝春秋高，理务因人，最不欲文法吏生天下罪过，外阃节将，动十馀年不许朝觐，死於其地不易者十八九。而又将豪卒愎之处，因丧负众，横相贼杀，告变骆驿，使者迭窥，旋以状闻天子曰：“某邑将某能遏乱，乱众宁附，愿为其帅。”名为众情，其实逼诈，因而可之者又十八九。前置介倅，因缘交授者亦十四五。由是诸侯敢自为旨意，有罗列儿孙以自固者，有开导蛮夷以自重者。省寺符篆，固於几阁，甚者拟诏旨，视一境如一室，刑杀其下，不啻仆畜。厚加剥夺，名为进奉，其实贡入之数百一焉。京城之中，亭第邸店以曲巷断；侯甸之内，水陆腴沃以乡里计。其馀奴婢、资财，生生之备称之。朝廷大臣，以谨慎不言为朴雅，以时进见者，不过一二亲信直臣义士，往往抑塞；禁省之间，时或缮完隤坠；豪家大帅，乘声相扇；延及老佛，土木妖炽，习俗不怪。上不欲令有司备宫闼中，小碎须求，往往持币帛以易饼饵，吏缘其端，剽夺百货，势不可禁。

仆时孩騃，不惯闻见，独於《书》《传》中初习“理乱萌渐”，心体悸震，若不可活，思欲发之久矣。适有人以陈子昂《感遇》诗相示，吟玩激烈，即日为《寄思元子》诗二十首。故郑京兆於仆为外诸翁，深赐怜奖，因以所赋呈献京兆，翁深相骇异，秘书少监王表在座，顾谓表曰：“使此儿五十不死，其志义何如哉！惜吾辈不见其成就。”因召诸子训责泣下。仆亦窃不自得，由是勇於为文。又久之，得杜甫诗数百首，爱其浩荡津涯，处处臻到，始病沈、宋之不存寄兴，而讶子昂之未暇旁备矣。不数年，与诗人杨巨源友善，日课为诗，性复僻懒，人事常有闲暇，闲则有作，识足下时，有诗数百首矣。习惯性灵，遂成病蔽，每公私感愤，道义激扬，朋友切磨，古今成败，日月迁逝，光景惨舒，山川胜势，风云景色，当花对酒，乐罢哀馀，通滞屈伸，悲欢合散，至於疾恙穷身，悼怀惜逝，凡所对遇异於常者，则欲赋诗。又不幸，年三十二时有罪谴弃，今三十七矣。五、六年之间，是丈夫心力壮时，常在闲处，无所役用。性不近道，未能淡然忘怀，又复懒於他欲，全盛之气，注射语言，杂糅精粗，遂成多大，然亦未尝缮写。适值河东李明府景俭在江陵时，僻好仆诗章，谓为能解，欲得尽取观览，仆因撰成卷轴。其中有旨意可观，而词近古往者，为古讽；意亦可观，而流在乐府者，为乐讽；词虽近古，而止於吟写性情者，为古体；词实乐流，而止於模象物色者，为新题乐府；声势沿顺，属对稳切者，为律诗，仍以七言、五言为两体；其中有稍存寄兴，与讽为流者，为律讽；不幸少有伉俪之悲，抚存感往，成数十诗，取潘子《悼亡》为题；又有以干教化者，近世妇人，晕淡眉目，绾约头鬟，衣服修广之度，及匹配色泽，尤剧怪艳，因为艳诗百馀首，词有古、今，又两体。自十六时，至是元和七年，已有诗八百馀首，色类相从，共成十体，凡二十卷。自笑冗乱，亦不复置之於行李。昨来京师，偶在筐箧。及通行，尽置足下，仅亦有说。

仆闻上士立德，其次立事，不遇立言；凡人急位，其次急利，下急食。仆天与不厚，既乏全然之德；命与不遇，未遭可为之事；性与不惠，复无垂范之言。兀兀狂痴，行近四十，侥名取位，不过於第八品，而冒宪已六七年。授通之初，有习通之熟者曰："通之地，湿垫卑褊，人士稀少，近荒札，死亡过半。邑无吏，市无货，百姓茹草木，刺史以下，计粒而食。大有虎、豹、蛇、虺之患，小有蟆蚋、浮尘、蜘蛛、蛒蜂之类，皆能钻啮肌肤，使人疮痏。夏多阴霪，秋为痢疟，地无医巫，药石万里，病者有百死一生之虑。"夫何以仆之命不厚也如此，智不足也又如此，其所诣之忧险也又复如此！则安能保持万全，与足下必复京辇，以须他日立言事之验耶？但恐一旦与急食相符，而终使足下受天下友不如己之诮，是用悉所为文，留秽箱笥，比夫格奕、樗塞之戏，犹曰愈於饱食，仆所为不又愈於格奕、樗塞之戏乎？

昨行巴南道中，又有诗五十一首。文书中得七年以后所为，向二百篇，繁乱冗杂，不复置之执事前。所为《寄思元子》者小岁云，为文不能自足其意，贵其起予之始，且志京兆翁见遇之由，今亦写为古讽之一，移诸左右。仆少时授吹嘘之术於郑先生，病懒不就，今在闲处，思欲怡神保和，以求其病，异日亦不复费词於无用之文矣。省视之烦，庶亦已於是乎。(《元稹集》卷三〇)

此文可与白居易的《与元九书》一比，他重点叙写自身学诗为诗的经历和诗歌理念，同时将时局危乱与自身的坎坷仕途、人生体验、朋友情谊等融合起来写，内容丰厚，时叙时议，笔势驰骋，平中见奇。

他的《与史馆韩侍郎书》是给韩愈的书信，而信的主要内容是为史官编史提供人物传记资料的，文中主要称述甄济甄逢不同凡响的事迹的。其记甄济一段最为感人：

侍郎退之足下：稹与前襄州文学掾甄逢游善。逢，故刑部员外郎济之子。济，天宝中隐於卫之青岩山，采访使苗公等五人皆以状荐，凡十徵不起，末以左拾遗就拜之。适值禄山朝奏京师，恳於上前求为宾介，元宗可其奏。禄山还至卫县，遣太守郑遵意诣山致命，辍行信宿以俟之。甄生惧其难免，俯首从事。至天宝十二载，禄山反状潜兆，虑不得脱，乃伪瘖其口，复隐青岩。逾年而禄山叛，即日遣伪节度使蔡希德缄刃逼召，且曰："或不可强，斩首来徇。"既而甄生噤闭无言，延颈承刃，气色和定，若甘心然。希德义而舍之，禄山亦终不能致。庆绪继逆，虏而囚之於东都安国观。代宗复洛，甄生卧匡床诣元帅府，至则号摽自治，代宗为之动色，遂命传置长安。肃宗高其行，因授馆於三司治所，令从贼官囚惭拜之。受污者莫不俯伏仰叹，恨不即死於其地。且夫辨所从於居易之时，坚直操於利人之际，而犹褊浅巽懦者之所不为，苠怫人之心难，而害已之避深也。况乎天下乱矣，王泽竭矣，死忠者不必显，从乱者不必诛，而能眷眷本朝，甘心白刃，难矣哉！是以治平则为公、为卿、为鵷、为鹭，世变则为蛇、为豕、为獍、为枭者，十恒八九焉；若甄生冕弁不加於其身，禄食不进於其口，於天宝末苠青岩之一男子耳，及乱则延颈受刃，分死不回，不以不显而废忠，不以不诛而从乱，参合古今之士，苠百一焉。稹常读《注记》，缺而未书。谨备所闻，苠欲执事者编此义烈，以永永於来世耳。（《元稹集》卷二九）

文章记叙了高士甄济的事迹，尤其是他在安史之乱时的非同一般的英勇行为，塑造了甄济威武不能屈的英雄形象，刻画了他淡泊而刚毅的性格特征。笔势时徐时疾，叙议结合，语言平易而生动。其文可与韩愈《张中丞传后叙》、柳宗元《段太尉逸事状》并读。

另外，元稹某些碑志祭文亦有佳篇。如著名的《唐故工部员外郎杜君墓系铭》与《祭亡妻韦氏文》等。

元、白不但在诗歌方面树立起反映现实、反映民生疾苦、补裨时政的大旗，使新乐府诗成为反映现实的传统诗歌形式，影响着后人，而且他们在古文运动中也做了无人能替代的贡献，使文体改革更为彻底更为全面。

中唐后期还有李德裕、牛僧孺、舒元舆等人写作古文，都有一定成绩，况且他们都是台阁重臣，都做过宰相，尤其是牛、李是两大政治集团的首领，在政治上、文坛上皆具相当的影响力，成就也往往为后人论及。

李德裕（787～849）字文饶，赵郡赞皇（今属河北赵州）人。宰相李吉甫之子。元和元年（806）以门荫补秘书省校书郎。元和十二年（817）为河东节度使张弘靖掌书记。十四年除监察御史。穆宗即位，为翰林学士，屯田员外郎。长庆元年（821）迁考功郎中、知制诰。与元稹、李绅并称“三俊”。次年，加翰林承旨学士。擢中书舍人。出为浙西观察使。大和三年（829）入朝为兵部侍郎。又为义成军节度使，剑南西川节度使。再入为兵部尚书。大和七年（833）拜同中书门下平章事。次年，罢相，出为浙西节度使。后因李宗闵、郑注等构陷，贬为袁州长史。改为滁州刺史。历浙西观察使，淮南节度使。武宗即位，召入朝，不久，授门下侍郎、同平章事。佐武宗，击回纥乌介可汗，平泽潞刘稹。会昌四年（844）以功兼守太尉，封卫国公。宣宗即位，以荆南节度使出镇。大中元年（847）为牛党白敏中等排斥，由太子少保、分司东都贬为潮州司马，旋再贬崖州司户参军。大中三年（849）卒于贬所。有《会昌一品集》传世，《全唐文》收其文十六卷。

李德裕在文、武、宣宗三朝是非常重要的政治人物，是牛、李党争中李党的首领，并在武宗朝尽显其政治才能，建立非同一般的功业，而在党争中又给时政造成重大影响。而李德裕又是一位“文学过人”（王谠《唐语林》卷七）的散文作家。清人王士禛称：“李卫公一代伟人，功业与裴晋公相伯仲。其《会昌一品制集》，骈偶之中，雄奇骏伟，与陆宣公上下。别集忆平泉五言诸诗，较白乐天、刘梦得不啻过之。”（《池北偶谈》卷十七《谈艺·会昌一品集》）近人罗振玉亦称：“卫公负济世之才，相业彪炳，而文采亦冠于当世。欧阳公跋《大孤山赋》云：‘赞皇文辞，甚可爱也。’”（《石交录》卷四）可见他的文学上的贡献和成绩是被后人肯定的。

李德裕论文崇尚复古而不泥古，主张自然，反对骈俪藻饰。他的《穷愁志》中的《文章论》称：“古人辞高者，盖以言妙而工，适情不取於音韵，意尽而止，成篇不拘於只耦，故篇无定曲，辞寡累句。”又称：“世有非文章者，曰：‘辞不出於风雅，思不越於《离骚》，模写古人，何足贵也?’余曰：‘譬诸日月，虽终古常见，而光景常新，此所以为灵物也。’”肯定古人是学习的榜样，同时创作要因时而新。他总结的文章最高标准是“自然灵气”。他说道：“文之为物，自然灵气。恍惚而来，不思而至。杼柚得之，淡而无味。琢刻藻绘，珍不足贵。如彼璞玉，磨礲成器。奢者为之，错以金翠。美质既雕，良宝所弃。此为文之大旨也。”其说对古文家们的文章理念也有裨补之意义。

李德裕的文章被普遍看好的是他的制文及政论。他的代表作有《讨回鹘制》，其文曰：

门下：夫天之所废，难施继绝之恩，人之所弃，当用侮亡之道，朕每思前训，岂忘格言。回鹘比者自恃兵强，久为桀骜，凌虐诸部，结怨近邻。黠戛斯潜师彗扫，穹庐瓦解，种族尽膏於原野，区落遂至於荆榛。今可汗亡逃失国，窃号自立，远逾沙漠，寄命边陲。朕深念衰残，寻加赈卹。每陈章表，多诈谀之词，接我使臣，如全盛之日，无伤禽哀鸣之意，有困兽犹斗之心。去岁潜入朔川，大掠牛马，今春掩袭振武，逼近城池。可汗皆自率劲兵，首为寇盗，不耻破败，莫顾姻亲。河东节度使刘沔，料敌伐谋，乘机制胜，发胡貊之骑，以为前锋，搴翎侯之旗，弋彼在穴，短兵鏖於帐下，元恶轶於毂中。况乘匪六骡，众才一旅，储粮已竭，计日可擒。太和公主居处不同，情义久绝，怀土多畏，亟闻黄鹄之歌，失位自伤，宁免绿衣之叹，念其羁苦，常轸朕心。今者脱於豺狼，再见宫阙，上以摅宗庙之宿愤，次以慰太皇太后之深慈，永言归宁，良用欣感。其回鹘既已破灭，义在剪除，宜令诸道兵马使并同进讨。河东立功将士以下，优厚赏给，续次条疏处分。应在京外宅及东都修功德回鹘，并勒冠带，各配诸道收管；其回鹘及摩尼等庄宅钱物等，并委功德使与御史台、京兆府各差精强干事官点检收录，不得容诸色职掌人及坊市富人辄有影占，如有犯者，并当极法，钱物纳官；摩尼等僧委中书门下即时条疏闻奏。於戏！昔汉宣帝值匈奴乖乱，推亡固存，呼韩单于携国归命，入朝保塞，汉后所以有拥护之恩；郅支单于背叛礼义，伤毁威重，汉史所以明可诛之罪。二虏祸福，皆自取焉，四夷百蛮，宜以为鉴。布告中外，深体朕怀。主者施行。（《全唐文》卷六九八）

文中尽书乌介可汗叛逆为寇之恶，赞河东节帅刘沔破敌之功，叹太和公主羁苦之状，并以汉代朝廷对匈奴附叛不同的二单于的处置做比，言明朝廷处置四夷宽猛相济的政策。文章气势雄健，语言峻洁，以古文为主，间或融入骈语，使行文变得疾徐有度。

他的《穷愁志》作于晚年被贬时期，现存四十七篇，都是论政和论史之作。主要针对现实中党争矛盾及宣宗的施政不当，如《朋党论》《近幸论》等指斥牛党乱政；《旧臣论》《管仲害霸论》《汉昭帝论》等刺宣宗。其中不少篇章论理深刻，笔墨奇伟雄健，苍劲老成。

除了他的制令策论有一定成就，其实他的一些赋则更具文学性。他的赋现存三十一篇，绝大多数是古赋，在中唐的作家中是最多的。他很擅长写景抒情，如为欧阳修所欣赏的《大孤山赋（并序）》。其文曰：

余剖符淮甸，道出蠡泽。属江天清霁，千里无波，点大孤於中流，升旭日於匡阜。不因佐官，岂遂斯游？谢康乐尤好山水，尝居此地，竟阙词赋，其故何哉？彼孤屿乱流，非可俦匹，因为小赋，以寄友朋。

川渎巇道，人心所恶。必有穹石，御其横骛。势莫壮於滟滪，气莫雄於砥柱。惟大孤之角立，掩二山而磔竖。高标九派之冲，以捍百川之注。眈若虎视，蚴如龙据。靡摇巨浪，神明之所扶；不倚群山，上元之所固。必迤逦而何多，信嶷然而有数。念前世之独立，知君子之难遇。如介石者袁杨，制横流者李杜。观其侧秀灵草，旁挺奇树。宁忧梓匠之斤，岂有樵人之路。想江妃之乍游，疑水仙之或驻。嗟瀛洲与方丈，盖仿佛如烟雾。据神鳌而鶃𩿤，逐风涛而沿溯。未若根连坤轴，终古而长存；迹寄夜川，负之而不去。虽愚叟之复生，焉能移其咫步。(《全唐文》卷六九七)

此文是作者路经太湖观览湖中大孤山岛的写景之作，湖山映衬，气势非凡，追古思今，感慨万端，想象丰富，语言奇峭。诸如此类的还有《望匡庐赋并序》等。他的《秋声赋》在以这类题材写作发展中应起到了承上启下的作用。

另有《黄冶赋并序》则是以记叙议论笔法作赋，对赋体改造是一种小小尝试。其文曰：

蜀道有青城峨眉山，皆隐沦所托。辛亥岁，有以铸金术干馀者。窃叹刘向累世懿德，为汉儒宗，其所述作，根於圣道，犹爱信鸿宝，几婴时僇，况流俗之士，能无惑於此乎？因作赋以正之。

汉武帝遭世承平，百蛮以宁。自谓德成尧禹，功高汤武。闻升龙於鼎湖，乃甘心於斯语。有方士李少君，谲诈丕诞，乘邪进取。盛称化丹砂为黄金，可以登青霄而轻举。时董大夫侍侧，帝曰："子知其术乎?"仲舒进曰："臣惟闻天地变化，圣人镕范。方士之言，臣以为谄。至如圜方为炉，造化为冶，鼓风为橐，炽阳为火。元黄之气，絪缊和粹，禀而生者，为仁为智。是以生宝实繁，终古不匮。天地之镕范鼓铸也如是。及夫尧舜之化，大道为炉，中和为冶，声教为橐，文明为火。以法天为造，以得贤为宝。是以得其鸿名，后天难老。至於仲尼无位，大莫能致。犹铸颜与冉，底於极智。圣人之镕铸也取类。若乃不务德业，营信秘箓。祈年永久，以极嗜欲。斯则不由於正道，无益於景福。"帝曰善，乃罢方士而去之。故得汉道隆盛，令名不亏。(《全唐文》卷六九六)

此文记汉武帝时董仲舒申说正论以驳斥方士邪术，以致汉道隆盛，借古喻今，主张君人者应遵行正道。此赋只在用韵上同以往赋体一致，其他则已脱汉赋窠臼，更不同于时文骈赋体制，多用奇句，较少骈偶，行文用记叙对话，很少铺陈夸饰。此赋在赋体的变化上更加散文化了，它与李德裕所欣赏的杨敬之的《华山赋》及杜牧的《阿房宫赋》等虽写的是不同题材，写法不尽相同，但在新文赋的体制变革上殊途同归，都可以说是宋代文赋的滥觞。

李德裕虽被后人推重，但其散文成就还不是很全面的，政治上的是非也会或多或少地影响人们评价他的客观性。

牛僧孺（780～848）字思黯，安定鹑觚（今甘肃灵台）人。早年为宰相韦执宜赏识，柳宗元、刘禹锡曾亲访并为其推奖。贞元二十一年（805）进士及第。元和三年（808）同皇甫湜、李宗闵登贤良方正能言直谏制科，因对策直刺时政，为宰相李吉甫所忌，遭斥。授伊阙尉。转河南尉。穆宗朝，累官拜户部侍郎。长庆二年（822）以户部侍郎同平章事。牛僧孺成为"牛、李党争"的首领。敬宗即位，加中书侍郎，封奇章郡公、集贤殿大学士。出为武昌军节度使。文宗大和四年（830）入为兵部尚书、同平章事。出为淮南节度使。开成四年（839）改山南东道节度使。会昌二年（842）召为太子少保，进少师。以太子太傅为东都留守。四年（844）以结交方镇刘从谏事发，贬循州长史。宣宗即位，徙衡、汝二州长史。复为太子少师。大中二年卒。谥曰：文简。《全唐文》存其文一卷。

牛僧孺既是一位政治人物，在文学创作上也有突出的成就。当然他的文学成就主要在于传奇小说的创作方面，他的传奇集《玄怪录》在唐传奇的发展中有重要地位。他的散文创作也有一定成绩。这些成绩主要体现在政论、史论方面。他的政论文思想深刻，逻辑缜密，针对性强。代表作如《辨私论》：

> 近古之人所谓私者，谓苟牟於利，苟处於逸，苟润其屋者也。僧孺以为斯皆小人之私，非圣人之私也。夫圣贤无私，而不自知其私也。何者？必公其身以利於人，是不私一身而使天下私之也。胡以言之？夫婴儿见保傅之母，则咜然而识，非有知而亲之，利其乳哺而私之也；枥马见厕养之夫，则奋然而嘶，非有知而亲之，利其刍粟而私之也。夫天下之人，非复乳孩枥马之愚也，苟有公其身而利之者，孰不利而私之乎，故贤君良臣，必私天下而公其身，故天下之人皆私而亲之；暗君愚臣，必公天下而私其身，故天下之人皆公而疏之。人疏之者多，故天下任其亡也；亲之者多，故天下欲其昌也。昔大禹之手足胼胝，是公其身於理水也；咎繇之谟明弼谐，是公其身於规谏也；傅说之对扬王庭，是公其身於辅佐也；周公之吐握勤拳，是公其身於礼贤也；宣父之作《春秋》删《诗》、《书》，是公其身於垂教也。故有夏之人思大禹之功，有虞之人思皋陶之直，有殷之人思傅说之政，有周之人思周公之勤，有道之人思宣父之教，或开国尊其嗣而私之，或建祠崇其像而私之。至於殷辛之聚财鹿台，是以天下之利私於己也，故天下公而疏之；秦始皇之废弃诸侯，是以天下之爵私於身也，故天下亦公而疏之，故武王公天下之财而散之，而天下之兆庶皆私而亲之；高皇帝公天下之爵而封之，而天下之英雄亦皆私而亲之。是以自私者，人公而亡也；自公者，人私而昌也。夫圣贤非必公其身，私在其中，不得不公也；天下非必私於一人，公在其中，不得不私也。余谓亡国之君，亡家之臣，亡身之人，俱不得私之道也，非圣贤之无私也。（《全唐文》卷六八二）

文章以辨“私”为论题，分析小人之私以利，而圣人无私，阐说圣人公其身以利天下而天下私之的为君为臣之道，批判公天下而私其身以天下为私利的昏君奸臣，指出统治者自私是亡国亡家亡身的根本原因。文中比喻巧妙生动，古圣人明君与昏暴君主对比分明，说理透辟，语言畅达。

他的寓言小品也很有特色，如《谴猫》：

猫为兽，捕鼠啖饥，猫性也。鼠好害物，猫食之，是猫於人为爪牙，於兽职为刺奸也。所以伊祁氏季春（疑）日迎猫。然则人假借蓄猫之义尽矣。僧孺常学大小戴《礼》，知迎猫之利，摄飨者悉辞以苦鼠之窃，请迎蓄之，僧孺因允其言。是猫也，非不壮大猸狨，而为之蠹，逾鼠族者。性懒不捕，善伺饔人户隙，搜盆覆器，挈盆隐器，如智有十手百目者。而犹家人割剩食，三时加哺不敢辍。呜呼！鼠伏隐处也，猫人蓄食之也；鼠窦原垣深窖也，猫安荐茵堂室也；鼠出恍获畏怕也，猫游安缓舒闲也。既伏隐处也，则出可伺之也；既窦厚垣深窖也，何地可空之也；既出恍获畏怕也，掘摇之可怛之也。惟猫甚不易也。僧孺尝读《晋》、《汉》二史，见更始元年，赤眉扰秦中，崤函岐雍大苦之，以更始宜制之，而人又苦之，是意乱君之犹猫窃者也；晋太康末，赵厥乱岷蜀，汉铜梁大苦之，以罗冲征之，而人又苦之，是意乱臣亦猫窃者也。向使更始非仗汉，则秦人皆得擒之矣；罗冲非仗晋，则蜀人皆能捕之矣；猫非仗於人，则庖人皆得戮之矣。然三者皆知仗之苟窃也，曾不知人甚苦之矣，以至於逐之，以至於戮之。故有为国者，有知兵者，有防盗者，有仗而皆乱者，则逾於盗也，逾於乱也。思饔人迎猫，不可不慎也。(《全唐文》卷六八二)

文中以饔人饲猫以除鼠害反而为懒猫所祸害的故事，喻乱君乱臣恃仗公权祸国殃民甚于寇盗。寓言幽默，讽刺尖锐，有一定的针对性。

牛僧孺虽是进士出身，但与李德裕在文章成就上相比，李德裕应更胜一筹。影响更大一些。

舒元舆（789～835）婺州东阳（今属浙江）人。元和八年（813）登进士第。授鄠县尉。长庆三年（823）为裴度兴元节度掌书记。大和初，入为监察御史。转侍御史。迁刑部员外郎。大和五年（831）为著作郎，分司东都。与李训交好，李训用事，引为尚书郎。大和九年（835）为御史中丞、兼刑部侍郎，以本官同平章事。参与李训、郑注诛宦官之谋，反被宦官在“甘露之变”中杀害。《全唐文》存其文一卷。

舒元舆虽是政坛上的人物，但他现存的文章显示其文并不以政论见长。他的文章以咏物寄慨写景抒情为特点。如《悲剡溪古藤文》即以咏物生发议论。其文曰：

剡淡上绵四五百里，多古藤，株枿逼土。虽春入土脉，他植发活，独古藤气候不觉，绝尽生意。予以为本乎地者，春到必动，此藤亦本於地，方春且有死色，遂问溪上人。有道者言：溪中多纸工，刀斧斩伐无时，擘剥皮肌，以给其业。噫！藤虽植物者，温而荣，寒而枯，养而生，残而死，亦将似有命於天地间。今为纸工斩伐，不得发生，是天地气力，为人中伤，致一物疵疠之若此。异日过数十百郡，洎东雒西雍，历见言书文者，皆以剡纸相夸。乃寤曩见剡藤之死，职正由此，此过固不在纸工。且今九牧士人，自专言能见文章户牖者，其数与麻竹相多。听其语，其自重皆不啻掘骊龙珠。虽苟有晓寤者，其论甚寡。不胜众者亦皆敛手无语，胜众者果自谓天下之文章归我，遂轻傲圣人道，使周南召南风骨折入於折扬皇荂中，言偃卜子夏文学陷入於淫靡放荡中。比肩握管，动盈数千百人，数千百人下笔动数千万言，不知其为谬误，日日以纵，自然残藤命易甚桑叶，波浪颓沓，未见其止。如此则绮文妄言辈，谁非书剡纸者耶！纸工嗜利，晓夜斩藤以鬻之，虽举天下为剡溪，犹不足以给，况一剡溪者耶？以此恐后之日不复有藤生於剡矣。大抵人间费用，苟得著其理，则不枉之。道在则暴耗之过，莫由横及於物。物之资人，亦有其时，时其斩伐，不为夭阏。予谓今之错为文者，皆夭阏剡溪藤之流也。藤生有涯而错为文者无涯，无涯之损物，不直於剡藤而已。予所以取剡藤以寄其悲。（《全唐文》卷七二七）

文中写行至剡溪见剡纸工伐藤造纸，使古藤绝无生意，而数千百“绮文妄言”的作者以使用剡溪黄藤纸自夸，讽刺这些“自谓天下之文章归我”者陷于淫靡放荡中而背离圣人之道，悲慨珍贵的资源被“今之错为文者”无价值地靡费消耗殆尽。此文咏叹古藤十分细致，形象生动，富于联想，议论有的放矢。他的《贻诸弟砥石命》与此相类似。

舒元舆对音乐绘画等艺术有极高的敏感度和鉴赏能力，很善于细腻地描写刻画这些艺术形式给人带来的审美感受。如《斫琴志》写制琴及演奏家沈虬子所奏音乐之美，云：

> 沈生乃弦素丝七条其上，备指一弄，五声丛鸣。鸣中有灵峰横空，鸣泉出云，凤龙腾凌，鹤哀鸟啼，松吟风悲。子聆之，初闻声入耳，觉毛骨耸擢；中见镜在眼，觉精爽冲动；终然睹化源寥寥，贯到心灵。则百骸七窍，仙仙而忘，觉神立寥廓上，洞见天地初气，驾肩太古，阔视区外。乃知不知音声者，终身为胧朦。(《全唐文》卷七二七)

描写音乐绘声绘色，比喻形象，令人如聆其音。又如《录桃源画记》记叙和描述四明道士叶沈的桃花源古画，表现画作之美和画作之高贵，云：

> 四明山道士叶沈，囊出古画，画有桃源图。图上有溪，溪名武陵之源。按仙记，分灵洞三十六之一支。其水趣流，势与江河同。有深而绿，浅而白，白者激石，绿者落镜。溪南北有山，山如屏形，接连而去，峰竖不险，翠秾不浮。其夹岸有树木千万本，列立如揖，丹色鲜如霞，擢举欲动，灿若舒颜。山铺水底，草散茵毯。有鸾青其衿，有鹤丹其顶，有鸡玉其羽，有狗金其色。毛傞傞亭亭间而立者十有八九。岸而北有曲深岩门，细露室宇，霞槛缭转，云磴五色，雪冰肌颜，服身衣裳皆负星月文章。岸而南有五人，服貌肖虹玉，左右有书童玉女，角发而侍立者十二。视其意况，皆逍遥飞动。若云十许片，油焉而生，忽焉而往。其高处有坛，层级沓玉冰，坛面俄起烬灶。灶口含火，上有云气，具备五色。中有溪艇泛上，一人雪华鬓眉，身著秦时衣服。手鼓短枻，意状深远。合而视之，大略山势高，水容深，人貌魁奇，鹤情闲暇，烟岚草木，如带香气。熟得详玩，自觉骨戛清玉，如身入镜中，不似在人寰间，眇然有高谢之志从中来。坐少选，道士卷画而藏之，若身形却落尘土中。视向所张壁上，又疑有顽石化出，塞断道路。某见画物不甚寡，如此图未尝到眼，是知工之精而有如是者邪。叶君且自珍重，无路得请，遂染笔录其名数，将所以备异日写画之不谬也。(《全唐文》卷七二七)

文中描写绘画中人、物、景细致入微，极尽刻画之功，既展现了古画作品不胜之美，又令人有如在画中，如临其境之感。

他的写景抒情的文章也有上佳之作。如《长安雪中望月记》就是一篇很优秀的写景散文。其文曰：

> 今年子月月望，长安重雪终日，玉花搅空，舞下散地。予与友生喜之，因自所居南行，百许步登崇冈，上青龙寺门。门高出绝寰埃，宜写目放抱。今之日尽得雪境。惟长安多高，我不与并。日既夕，为寺僧道深所留，遂引入堂中。初夜有皓影入室，室中人咸谓雪光射来。复开门偶立，见沍云驳尽，太虚真气，如帐碧玉。有月一轮，其大如盘，色如银，凝照东方，辗碧玉上征，不见辙迹。至乙夜，帖悬天心。予喜方雪而望舒复至，乃与友生出大门恣视。直前终南，开千叠屏风，张其一方，东原接去，与蓝岩骊峦，群琼含光，北朝天宫。宫中有崇阙洪观，如甃珪叠璐，出空横虚。此时定身周目，谓六合八极，作我虚室，峨峨帝城，白玉之京，觉我五藏出濯清光中。俗埃落地，涂然寒胶，莹然鲜著，彻入骨肉，众骸跃举，若生羽翎，与神仙人游云天汗漫之上，冲然而不知其足犹蹋寺地，身犹求世名。二三子相视，亦不知向之从何而来，今之从何而遁。不讳言，不嘻声，复根还始，认得真性。非天借静象，安能辅吾浩然之气若是邪？且冬之时凝沍有之矣，若求其上月下雪，中零清霜，如今夕或寡。某以其寡不易会，而三者俱白，故序之耳。(《全唐文》卷七二七)

文中以情景交融的笔法有序地描写雪景、月色、山峦、宫阙，在一派交相辉映中创造出超尘绝俗的艺术境界，令人也似顿感浩然之气充溢于胸。

另外，舒元舆的寓言小品也有名篇。他的《养狸述》借写家中鼠害泛滥而养狸捕鼠，以寓欲除“窃盗圣人之教”的害人精之意。文章刻画鼠害横行与狸猫灭鼠，惟妙惟肖，幽默风趣，如同柳宗元的《三戒・永某氏之鼠》。

中唐作家蜂起，在复古的思想潮流中，继承传统，在韩、柳的带动和影响下，不同的作家群都各施所长，在各自擅长的领域里，努力发挥自身的创作个性，较全面地展开了古文的创作，前赴后继，蔚为大观，将散文的创作成就推向一个新的高峰，为后世的散文发展又树立了新的典范。

第六章
晚唐五代散文

唐王朝进入宣宗、懿宗以后，国势急剧衰落，文学发展也进入晚唐五代时期。在此阶段，晚唐时社会矛盾异常尖锐，皇帝昏庸腐败，宦官专权，党争加剧，朝政混乱，藩镇叛乱，相互攻扞，兵连祸结，生灵涂炭。统治阶级奢靡成性，横征暴敛，民不堪命，最终爆发黄巢起义，敲响了大唐帝国的丧钟。藩镇军阀朱全忠灭唐建立后梁起，社会开始进入五代十国分裂动乱的时期。北方中原基本为藩镇武将相互攻杀形成后梁、后唐、后晋、后汉、后周交替执政。而南方及北部边地则相继出现了十个割据小朝廷。在这不长的五十年间，这些政权或扩张或苟安，但都难以摆脱动荡衰微命运。

晚唐以来，文坛上骈俪浮靡之风再兴，而古文创作杜牧、孙樵等优秀作家努力创作，取得了较杰出的成就，皮日休、罗隐等独具特色的小品文令人耳目一新，但中唐古文运动那样轰轰烈烈恢宏壮阔的大观则再难出现。晚唐五代的散文创作也像国运一样显现出日薄西山的衰微趋势。

第一节　杜牧、孙樵、刘蜕

中唐在韩愈、柳宗元大力倡导下形成的古文创作高潮，而在晚唐时期走向低落，能够承其余绪的，主要有杜牧、孙樵、刘蜕。

杜牧（803—852）字牧之，京兆万年（今陕西西安）人。文宗大和二年（828）中进士第，同年，登贤良方正直言极谏科，授弘文馆校书郎，试左武卫兵曹参军，入江西观察使沈传师幕，沈传师迁宣歙观察使，随之至宣州。复入淮南节度使牛僧孺幕。大和九年（835），拜监察御史，历比部员外郎、黄州、池州、睦州、湖州刺史。宣宗大中六年（852），迁中书舍人，旋卒。有《樊川文集》。

杜牧主要以诗名，文亦有所成就。他主要生活在文宗、武宗和宣宗前期二十余年间，这正是唐王朝政治危机日渐深化的时期，藩镇割据，朝廷失控，已成定局；朝中大臣，进行着旷日持久的党争，大和九年的“甘露之变”，则表现为朝臣与宦官矛盾的激化。与杜牧同时的诗人许浑的诗句“山雨欲来风满楼”（《咸阳城东楼》），正形象地预示着大乱将起，王朝衰灭已无可挽回的颓势。杜牧出身于一个儒学仕宦之家，他的祖父杜佑，德、顺、宪三朝为相，著《通典》，治史以经世致用为旨。杜牧的思想，承继着家世传统，自谓“某世业儒学，自高、曾至于某身，家风不坠，少小孜孜，至今不怠”（《上李中丞书》）。基于此，他特别尊崇韩愈，将韩文与杜诗并称，并给予很高评价，如《读韩杜集》所云：“杜诗韩集愁来读，似倩麻姑痒处抓。天外凤凰谁得髓，无人解合续弦胶。”他又李、杜、韩、柳并尊，如《冬至日寄小侄阿宜诗》云：“李、杜泛浩浩，韩、柳摩苍苍。近者四君子，与古争强梁。”看来，在散文创作上，他是有意识地要继承韩、柳的，故能在偶俪之风复起之时，坚持古文写作。一般用四六骈体的制诰之文，他也用典质的散行文字写作，是继元稹以古文为制诰之后突出的坚持古文的作家。

杜牧论文，主张“以意为主”。其《答庄充书》云：

> 凡为文，以意为主，气为辅，以辞彩章句为之兵卫，未有主强盛而辅不飘逸者，兵卫不华赫而庄整者。四者高下圆折，步骤随主所指，如鸟随凤，鱼随龙，师众随汤、武，腾天潜泉，横裂天下，无不如意。苟意不先立，止以文彩辞句绕前捧后，是言愈多而理愈乱，如入阛阓，纷纷然莫知其谁，暮散而已。是以意全胜者，辞愈朴而文愈高；意不胜者，辞愈华而文愈鄙。是意能遣辞，辞不能成意，大抵为文之旨如此。（《全唐文》卷七五一）

这里的“意”，与韩、柳之“道”相通，主要是儒家仁义之道，联系于现实，即是经世致用之道，是文家关于天下国家、苍生社稷的思想感情。在以意为主的前提下，也重气势，重辞彩，观点很全面，也很鲜明。

杜牧的散文创作，是他的“以意为主”主张的实践。他的文章，在国家衰乱的情势下，能密切联系现实，指陈利病，不为空言，如《新唐书》本传所云：“刚直有奇节，不为龊龊小谨，敢论列大事，指陈利病尤切至。”他谈到自己的散文创作，也自觉地以经世济民为主旨。其《与人论谏书》说：“独好读书，读之多矣，每见君臣治乱之间，兴亡谏诤之道，遐想其人，舐笔和墨，则冀人君一悟而至于治平，不悟则烹身灭族。唯此二者，不思中道。”此书作于大和之初，时尚未入仕，书中所言，表现着他一生在政治上挽狂澜于未倒的追求，也表现着他一生为文以利于世的追求。在《上知己文章启》中，他还谈到自己的文章都是有为而发的：“伏以元和功德，凡人尽当歌咏记叙之，故作《燕将录》；往年吊伐之道未甚得所，故作《罪言》；自艰难来始，卒伍佣役辈，多据兵为天子诸侯，故作《原十六卫》；诸侯或恃功不识古道，以至于反侧叛乱，故作《与刘司徒书》；处士之名，即古之巢、由、伊、吕辈，近者往往自名之，故作《送薛处士序》；宝历大起宫室，广声色，故作《阿房宫赋》……”由于自觉地、明确地以文为经世之用，杜牧多论时政、论用兵的议论之文。

藩镇问题，是当时最严重的问题，僖宗广明以后，唐王朝陷于全国全面的军阀混战，以至于亡，实植根于此。杜牧著文，于此最为关注。《燕将录》作于入仕之前。文中表彰元和中能劝说河北藩镇不叛朝廷的谭忠，可见杜牧早年即注意藩镇问题。《罪言》作于大和八年在淮南幕时，此文向朝廷上削平河北燕、赵、魏三镇之策，表明他对藩镇问题的解决已有较成熟的考虑。文中提出：“上策莫如自治”，即通过富财、强兵、明法、用贤加强朝廷实力，强化中央集权，以镇慑藩镇，使之不敢为非；“中策莫如取魏”，魏居燕、赵与朝廷之间，为燕、赵屏障，故“燕、赵常取重于魏，魏常操燕、赵之性命”，如必用兵，当先取魏。“最下策为浪战”，即“不计地势，不审攻守”，盲目用兵。如此，不但不能削平藩镇，反使战祸连绵，生民涂炭。由此三策，可知杜牧忧虑于藩镇割据，但并不主张一味用兵。从朝廷孱弱的实际看，“自治”以加强朝廷实力，虽不可收功于朝夕，却是解决问题的根本办法。可见他的平藩之策，是审时度势，深思熟虑的结果，绝非书生之见。

杜牧好言兵，有《原十六卫》、《战论》、《守论》、《上李司徒相公论用兵书》

等，并注有《孙子》三卷。他对军事问题的关心，首先也是为了解决藩镇问题。会昌三年四月，昭义节度使（治所潞州）刘从谏卒，其侄刘稹立为留后，抗拒朝命。李德裕为相，决定起兵讨伐。杜牧时任黄州刺史，知讨伐诏下，致书李德裕献策，即《上李司徒相公论用兵书》。此书首先分析了此次泽潞之乱，与元和间淮西之乱不同。泽潞自元和十五年授予刘悟，到刘从谏仅两世，不但没有背叛过朝廷，还帮助朝廷平定过幽镇之乱。今刘稹作乱。泽潞“风俗未改，故老尚存，虽欲劫之，必不用命”，是以泽潞比较淮西易平。接着提出具体战略，指出主攻方向：

其用武之地，必取之策，在于西面。今者严紫塞之守备，谨白马之隄防，只以忠武、武宁两军，以青州五千精甲，宣、润二千弩手，由绛州路直东径入，不过数日，必覆其巢。何者？昭义军粮，尽在山东，泽、潞两州，全居山内，土瘠地狭，积谷全无。是以节度使多在邢州，名为就粮，山东粮谷既不可输、山西兵士亦必单鲜，捧虚之地，正在于此。(《全唐文》卷七五一)

后文又以后周武帝伐北齐，符坚将王猛伐后燕“路亦由此”，因以得胜的史例，说明自西面进军经绛州捣泽潞，必能取胜。此书还强调，伐刘稹“贵欲速擒，免生他患”。因北边不宁，其他藩镇不稳，如果上党用兵，久而无功，则可能“别生患难”，局面就不好收拾了。全书有对历史、现实的透彻分析，策略具体而切实，可以见出杜牧以书生而言战伐，确非纸上谈兵。行文质直，明白晓畅，词锋峻切，有纵横气，能代表杜牧这类散文的特点。《新唐书》本传称李德裕平泽潞，“略如牧策”，《资治通鉴》卷二四七《唐记》亦谓“德裕制置泽潞，亦颇采牧言”，杜牧之文，确有益于世用。

北边边患问题，也是当时唐王朝一大危机。杜牧对此也极关切，他之好言兵，也包括就定边问题出谋划策。《上李太尉论北边事启》作于会昌四年，是向宰相李德裕进讨回鹘之策的。其文曰：

某启。伏以圣主垂衣，太尉当轴，威德上显，和泽下流。诸侯无异心，百姓无怨气，星辰顺静，日月光明，天业益昌，圣统无极。既功成而理定，实道尊而名垂。今则未闻纵东山之游，乐后园之醉，惕惕若不足，兢兢而如无。岂不以边障尚惊，殊虏未殄，防其入寇，犹须徵兵。伏以回鹘种落，人数非多，校於突厥绝为小弱。今者国破众叛，逃来漠南，为羁旅之魂，食草莱之实。白鬣骊骍之骑，凋耗已无，湩酪皮毳之资，饥寒皆尽。寄命杂种，藏迹阴山，取之及时，可以一战。今者度虏之计，不出二者，时去时来，回翔不决，必有所在。西戎已得要约，伺其气势，同为侵扰，此其一也；心胆破坏，马畜残少，且於美水荐草，暖日广川，牧马养习，以俟强大，此其二也。今者徵中国之兵与之首尾，久戍则有师老费财之忧，深入则有大寒瘃堕之苦，示戎狄之弱，生奸杰之心。今者不取，恐贻后患，敢以管见，上干尊重。

自两汉伐虏，皆是秋冬，不过百日，驱中国之人，入苦寒之地。此时匈奴劲弓折胶，童马免乳，畜肥草壮，力全气盛，与之相校，胜少败多。故匈奴云：汉实大国也，但其人不能辛苦尔。此所谓避虚而击实，逃短而攻长。至於后魏，崔浩因见其理，蠕蠕强盛，屡犯北边，浩请讨之曰："蠕蠕恃其地远，自宽已久，故夏则散众放畜，秋肥乃聚，背寒向暄，南来寇抄。今出其虑表，掩其不备，大兵卒至，必惊骇星分，向尘奔走，牡马护牧，牝马恋驹，驱驰难制，不得水草，未过数日，则聚而困毙，可一举而灭矣。"武帝从之，及军入境，蠕蠕先不设备，民畜布野，惊怖四奔，莫相收摄。於是分军扑讨，东西五千里，南北三千里，凡所俘虏及获畜产，弥漫山泽。高车因杀蠕蠕积类，归降者三十馀万落，虏遂散乱。帝沿弱水西行至涿邪山，诸大将虑深入恐有伏兵，劝帝停止不追，浩先劝穷追之，不从。后闻凉州贾胡言，若更前行三日，则尽灭之矣。帝深恨之。以某所见，今若以幽、并突阵之骑，酒泉教射之兵，整饬诫誓，仲夏潜发，计阴山与涿邪之远近，十不一二，校蠕蠕回鹘之强弱，犹如虎鼠。五月节气，在中夏则热，到阴山尚寒，中国之兵足以施展。行军於枕席之上，玩寇於掌股之间，軏輼悬瓶，汤沃晛雪，一举无疑，必然之策。今冰合防秋，冰销解戍，行之已久，虏为长然，出其意外，实为上策。议者或云，北取黠戛，令讨回鹘。伏以黠戛起於别种，超为可汗，必是英杰，天时必助，贤才必用，法令必明。灭回鹘之后便是勍敌，况示之以弱，必为所轻。今者四海九州，同风共贯，诸侯用命，年谷丰熟，可以瘗元玉於常山，孑遗人於河垅。顾兹疲虏，岂遗子孙。

伏惟太尉相公文德素昭，武功复著，画地而兵形尽见，按璜而边事无遗，唯一指踪，即可扫迹。昔汉武帝之求贤也，有上书不足采者，辄报罢去，未尝罪之，故能羁越臣胡，大兴礼乐。今太尉与仁圣天子同德，有志之士无不愿死。伏惟特宽狂狷，不赐诛责，生死荣荷，无任感恩攀恋惶惧汗栗之至。谨启。(《全唐文》卷七五二)

文中就李德裕策划对回纥用兵表示支持并进献策略。指出两汉伐匈奴，常在秋冬，时匈奴马肥弓强，伐之无异“避虚而击实，逃短而攻长”，故往往事倍而功半。提出今伐回鹘，上策为仲夏出师，“五月节气，在中夏则热，到阴山尚寒，中国之兵，足以施展。行军于枕席之上，玩寇于掌股之中，轨辐悬瓶，汤沃睍雪，一举无频，必然之策”。语气坚定而洒脱，显示其攻敌之策已成竹于胸的自信。此启的写作，较《上李司徒相公论用兵书》来得从容，故多少讲求一些遣词用句，但从总体看，仍表现出质直峻厉的风格。

杜牧的散文中，赋也很有特色。他作赋不多，集中仅《阿房宫赋》、《望故园赋》、《晚晴赋》三篇。三篇赋都突破了古赋和齐梁以来流行的骈赋的体制，又引入了散文笔法，写得自由酣畅，情意盎然。《望故园赋》是作者游宦江南，思念故乡，抒写忧愤之作，中云：

余固秦人兮，故园秦地，念归途之几里。诉余心之未归兮，虽系日而安至。既操心之大谬，欲当时之奏技。技固薄兮岂易售，矧将来之岁几。人固有尚，珠金印节，人固有为，背憎面悦，击短扶长，曲邀横结。吐片言兮千口莫穷，触一机而百关俱发。(《全唐文》卷七四八)

融合古、骈、散体，运用自如，总以表情达意为准，也是其“以意为主”主张的贯彻。

他的《晚晴赋》（并序）写其闲居郊园之情景。其文曰：

秋日晚晴，樊川子目于郊园，见大者小者，有状类者，故书赋云：

雨晴秋容新沐兮，忻绕园而细履。面平池之清空兮，紫阁青横。远来照水，如高堂之上，见罗幕兮，垂乎镜里。木势党伍兮，行者如迎，偃者如醉，高者如达，低者如跂。松数十株，切切交峙，如冠剑大臣，国有急难，庭立而议。竹林外裹兮，十万丈夫，甲刃摐摐，密阵而环侍。岂负军令之不敢嚣兮，何意气之严毅。复引舟於深湾，忽八九之红芰，姹然如妇，敛然如女，堕蕊黦颜，似见放弃。白鹭潜来兮，邈风标之公子，窥此美人兮，如慕悦其容媚。杂花参差於岸侧兮，绛绿黄紫，格顽色贱兮，或妾或婢。间草甚多，丛者束兮，靡者杳兮，仰风猎日，如立如笑兮，千千万万之容兮，不可得而状也。若予者则谓何如，倒冠落佩兮，与世阔疏。敖敖休休兮，真徇其愚而隐居者乎。(《全唐文》卷七四八)

此文描绘园池倒影，清静怡人，松竹雄姿，气质非凡，红芰白鹭，仪态万千，杂花间草，相互映衬，凸显了作者善于写景状物的特点，比喻贴切，形象生动，有刚有柔，情景交融。

杜牧最为著名的是《阿房宫赋》：

六王毕，四海一，蜀山兀，阿房出。覆压三百余里，隔离天日。骊山北构而西折，直走咸阳；二川溶溶，流入宫墙。五步一楼，十步一阁。廊腰缦回，檐牙高啄。各抱地势，钩心斗角。盘盘焉，囷囷焉，蜂房水涡，矗不知乎几千万落。长桥卧波，未云何龙？复道行空，不霁何虹？高低冥迷，不知东西。歌台暖响，春光融融。舞殿冷袖，风雨凄凄。一日之内，一宫之间，而气候不齐。

妃嫔媵嫱，王子皇孙，辞楼下殿，辇来于秦，朝歌夜弦，为秦宫人。明星荧荧，开妆镜也；绿云扰扰，梳晓鬟也；渭流涨腻，弃脂水也；烟斜雾横，焚椒兰也；雷霆乍惊，宫车过也，辘辘远听，杳不知其所之也。一肌一容，尽态极妍，缦立远视，而望幸焉。有不见者，三十六年。

燕、赵之收藏，韩、魏之经营，齐、楚之精英，几世几年，摽掠其人，倚迭如山。一旦不能有，输来其间。鼎铛玉石，金块珠砾，弃掷逦迤，秦人视之，亦不甚惜。嗟乎！一人之心，千万人之心也。秦爱纷奢，人亦念其家。奈何取之尽锱铢，用之如泥沙？使负栋之柱，多于南亩之农夫；架梁之椽，多于机上之工女；钉头磷磷，多于在庾之粟粒；瓦缝参差，多于周身之帛缕；直栏横槛，多于九土之城郭；管弦呕哑，多于市人之言语。使天下之人，不敢言而敢怒，独夫之心，日益骄固。戍卒叫，函谷举，楚人一炬，可怜焦土！

呜呼！灭六国者，六国也，非秦也。族秦者，秦也，非天下也。嗟夫！使六国各爱其人，则足以拒秦；使秦复爱六国之人，则递三世可至万世而为君，谁得而族灭也？秦人不暇自哀，而后人哀之；后人哀之而不鉴之，亦使后人而复哀后人也。（《全唐文》卷七四八）

文章直接针对现实而发。宝历元年（825），敬宗李湛即位，年十六，沉溺声色，荒嬉无度，暱群小，好击毬，又一再诏修宫室，以供游幸。杜牧《上知己文章启》云："宝历大起宫室，广声色，故作《阿房宫赋》。"赋当作于宝历元、二年间，时作者年二十三、四岁，尚未入仕。此赋以古讽今，写秦大起阿房，靡费无度，摽掠天下，丧尽民心，卒遭族灭的深刻历史教训，意在讽劝当今，勿蹈秦之覆辙。但作者当时在野，作赋也无从进谏，故其中主要还是寄托自己深沉的忧患之情。此赋前半描写，后半议论。起手不凡，以三字句急促的语势，写秦灭六国，不急于治，立即大起阿房，写阿房之宏大壮丽，不似汉宫室大赋之铺张堆砌，而以简笔勾勒。接写阿房宫中之靡费，宫人之空虚寂寥，以凄切的气氛，显出宫室壮丽，不过空壳。前半的描写，实为后半的议论蓄势。接下来的议论，说明宫室之壮丽，宫中之靡费，不过是摽掠天下而得，宫室愈壮丽，愈见天下之困穷，终于使天下之人起而诛独夫。"戍卒叫，函谷举，楚人一炬，可怜焦土！"议论落脚于爱民而万世为君，害民则只能速亡。"秦人不暇自哀，而后人哀之；后人哀之而不鉴之，亦使后人而复哀后人也。"讽时之意，一语道破。此赋寓意深刻，辞锋犀利，气势充足，如高屋建瓴。行文完全打破已有的赋格，或散或骈，或用韵或不用韵，真如韩愈所谓"气盛则言之短长与声之高下者皆宜"。《阿房宫赋》把散体赋推向成熟，对后代的散体赋如欧阳修之《秋声赋》、苏轼之《前赤壁赋》等有直接的影响。

杜牧的序记碑志，也有可读的。作于宣宗大中初年的《杭州新造南亭子记》揭露佛教以因果报应骗人，靡费天下钱财，使人民陷于穷困，歌颂武宗灭佛之举，对宣宗尽反会昌之政，全面恢复佛教有所批评，在思想上与韩愈辟佛一脉相承，而行文则更多摆事实，讲道理，不如《谏迎佛骨表》激烈。《太常寺奉礼郎李贺歌诗集序》写李贺的诗歌创作成就，其中"贺，唐皇诸孙，字长吉。元和中，韩吏部亦颇道其歌诗。云烟绵联，不足为其态也；水之迢迢，不足为其情也；春之盎盎，不足为其和也；秋之明洁，不足为其格也；风樯阵马，不足为其勇也；瓦棺篆鼎，不足为其古也；时花美女，不足为其色也；荒国陊殿，梗莽邱垅，不足为其恨怨悲愁也；鲸呿鳌掷，牛鬼蛇神，不足为其虚荒诞幻也。盖《骚》之苗裔，理虽不及，辞或过之。《骚》有感怨刺怼，言及君臣理乱，时有以激发人意。乃贺所为，无得有是。贺复能探寻前事，所以深叹恨古今未尝经道者，如《金铜仙人辞汉歌》《补梁庚肩吾宫体谣》，求取情状，离绝远去，笔墨畦迳间，亦殊不能知之。贺生二十七年死矣，世皆曰：'使贺且未死，少加以理，奴仆命《骚》可也。'"（《全唐文》卷七五三）是对李贺诗的最好最恰当的评论，写李贺诗的风格情态，极尽形容，用语也颇近李贺诗笔调。在唐代诗文集序中，算得上是别开生面之作。

杜牧散文成就在晚唐作家中可以说是最为杰出的，他能在古文前辈成就的基础上有所创新，形成自身特有的个性风格，对后世具有相当大的影响。

孙樵字可之，又字隐之，生卒年不详，自称关东人，具体郡邑则无可考。宣宗大中九年（855）中进士第，授中书舍人。僖宗广明间，迁职方郎中，从驾在蜀，后不知所终。据其文集自序，僖宗中和四年，奉诏自定其文，"阅所著文及碑碣书檄传记铭志得二百余篇，藁其可观者三十五篇，编成十卷"。今传《孙樵集》，《全唐文》存其文二卷。

孙樵是晚唐能继承韩愈古文的难得的文家。其《与王霖秀才书》云："樵尝得为文真诀于来无择，来无择得之于皇甫持正，皇甫持正得之于韩吏部退之。"《与友人论文书》也如是说，可见他是以韩愈的直系传人自居的。因此，他对中唐韩愈、李翱、皇甫湜等的古文革新成就，极口称赞，谓"当元和、长庆之间，达官以文驰名者接武于朝，皆开设户牖，主张后进，以磨定文章，故天下之文，薰然归正。"（《与友人论文书》）孙樵论文尚奇，与韩愈也一脉相承。《与友人论文书》说："古今所谓文者，辞必高然后为奇，意必深然后为工，焕然如日月之经天也，炳然如虎豹之异犬羊也。是故以之明道则显而微，以之扬名则久而传。"他之所谓"奇"，是辞高意深、文采炳焕而能明道扬名之奇，而不是以灭裂艰深、支离鄙俚以为奇，所以同书接着又说："今天下以文进取者，岁丛试于有司，不下八百辈。人人矜执，自大所得。故其习于易者则斥涩艰之辞，攻于难者则鄙平淡之言，至有破句读以为工，摘俚语以为奇。秦汉已降，古文所称工而奇者，莫若扬、马。然吾观其书，乃与今之作者异耳，岂二子所工，不及今之人乎？此樵所以惑也。”显然，对晚唐文章之衰敝，孙樵是很有不满的。他之主奇，则是希望振起文风，使韩愈等前辈的古文事业能传承发展。

孙樵的散文创作，正是其求新求奇主张的实践。他在《与贾希逸书》中言道：“立言必奇，摭意必深，抉精剔华，期到圣人”，既是对贾希逸为文的称道和期许，也是说明自己为文的追求。他讲到自己创作时说：“摭言必高，储思必深，字字磨校，以牢知音”（《寓居对》），可见他为文的惨淡经营，颇近于同时一些诗人之苦吟求工。当然，他为文求新求奇首先是在文章的立意立言方面，追求有深刻的思想，大胆的议论，现实政治的针对性。他的书、记、叙事之作有不少这类的文章。如《与李谏议行方书》针对宣宗不顾国家财政紧张民生维艰，不能继武宗废佛的遗志，而大复废寺复兴佛教，指责谏官对帝王之失缄默不敢言。很见气骨。文云：

> 樵尝为《日蚀书》，以为国家设谏官，期换君心之非，不以一咈其言而怠于谏，即继以死，非其职耶？执事居其官，亦尝有意于此乎？
>
> 开元之间，岂特谏官而后言耶？苟立天子廷者，皆得开口奋舌，争于上前。故自贞观以还，开元之政，最为修明。及林甫舞智以固权，张诈以聋上，于是胶群僚之口，缚谏官之舌，且以法中敢言者。由是林甫之恶，炽而匆复闻，禄山之逆，秘而匆复知，天宝之政，由此而荒矣。今者，下无林甫遏谏之权，上有开元虚己之劳，如此则叙立朝廷者，皆得道上是非，不顾时忌，矧执事官曰谏议哉！执事卒不能言，避其官而逃其禄可也，他官秩优而位崇者，岂少耶？
>
> 今年三月，上尝欲营治国门，执事尚谏罢之。今诏营废寺，以复群髡，三年之间，斤斧之声不绝，度其经费，岂特国门之广乎？稽其所务，岂特国门之急乎？何执事在国门则知谏，在复寺则缄默，勇其细而怯其大，岂谏议大夫职耶？樵以为大蠹生民者，不过群髡，武皇帝发愤除之，冀活疲甿。今天下之民，喘未及息，国家复欲兴既除之髡以重困之，将何致民之蓄富乎？樵不知时态，窃所愤勇，故作奏书一通，以明群髡大蠹之由，生民重困之源。无路上闻，辄以愚献执事，傥以樵书不为狂，试入为上言其略。（《全唐文》卷七九四）

文章主要言谏官之责，指出开元宰相李林甫缚谏官之舌以致政乱，从而对李行方身为谏官，不能解民困除弊政严加指责，愤气之盛，不给对方留任何余地。行文直切、严词峻语，随气喷薄，很见作者个性。北宋欧阳修的《与高司谏书》，与此文可谓同调之作。《与李谏议行方书》文末所提到的奏书一通，即《复佛寺奏》。此文与《武皇遗剑录》皆以辟佛立意，不屈从时俗，率肆直言。孙樵辟佛态度之激烈，全同于韩愈。

再如《书褒城驿壁》写晚唐行政的混乱，吏治的腐败，民生之艰难。其文云：

褒城驿号天下第一。及得寓目，视其沼，则浅混而茅。视其舟，则离败而胶。庭除甚芜，堂庑甚残，乌睹其所谓宏丽者。讯於驿吏，则曰："忠穆公尝牧梁州，以褒城控三节度治所。龙节虎旗，驰驿奔轺。以去以来，毂交蹄劘。由是崇侈其驿，以示雄大。盖当时视他驿为壮，且一岁宾至者，不下数百辈。苟夕得其庇，饥得其饱，皆暮至朝去，宁有顾惜心耶？至如棹舟则必折篙破舷碎鷁而后止，渔钓则必枯泉汩泥尽鱼而后止。至有饲马於轩，宿隼於堂。凡所以污败室庐，糜毁器用。官小者其下虽气猛可制，官大者其下益暴横难禁。由是日益破碎，不与曩类。某曹八九辈，虽以供馈之隙，一二力治之，其能补数十百人残暴乎？"语未既，有老甿笑於旁。且曰："举今州县皆驿也。"吾闻开元中，天下富蓄，号为理平。踵千里者不裹粮，长子孙者不知兵。今者天下无金革之声，而户口日益破。疆埸无侵削之虞，而垦田日益寡。生民日益困，财力日益竭。其故何哉？凡与天子共治天下者，刺史、县令而已。以其耳目接於民，而政令速於行也。今朝廷命官，既已轻任刺史、县令，而又促数於更易。且刺史县令，远者三岁一更，近者一二岁再更。故州县之政，苟有不利於民，可以出意革去其甚者，在刺史曰：明日我即去，何用如此"。在县令亦曰："明日我将去，何用如此。当愁醉醲，当饥饱鲜。囊帛椟金，笑与秩终。呜呼！州县真驿耶，矧更代之隙，黠吏因缘，恣为奸欺，以卖州县者乎？如此而欲望生民不困，财力不竭，户口不破，恳田不寡，难哉！"予既揖退老甿，条其言书於褒城驿屋壁。(《全唐文》卷七九五)

文章借记褒城驿夕兴而今废，表现朝廷不关心地方州县治理情况，州县更不会用心施政在意驿站的破败，反映朝廷与官吏苟安腐败的现状。其末段云："呜呼！州县真驿邪？矧更代之隙，黠吏因缘恣为奸欺，以卖州县者乎？如此而欲望生民不困，财力不竭，户口不破。垦田不寡，难哉！"显示了作者此文以批判贪官污吏不恤民生立意立言。可见作者对现实的深刻体察和勇于指斥时弊的精神。

孙樵除了批判贪官污吏外，还有为品格高尚的清官廉吏立传立言的文章，《书何易于》即是此类的名篇。其文曰：

何易于尝为益昌令，县距刺史治所四十里，城嘉陵。江南刺史崔朴，尝乘春自上游多从宾客，歌酒泛舟东下，直出益昌旁。至则索民挽舟，易于即腰笏引舟上下。刺史惊问状，易于曰："方春，百姓不耕即蚕，隙不可夺。易于为属令，当其无事，可以充役。"刺史与宾客跳出舟，偕骑还去。

益昌民多即山树茶，利私自入。会盐铁官奏重榷管，诏下所在不得为百姓匿。易于视诏曰："益昌不征茶，百姓尚不可活，矧厚其赋以毒民乎？"命吏划去，吏争曰："天子诏所在不得为百姓匿，今划去，罪愈重，吏止死，明府公免窜海裔耶？"易于曰："吾宁爱一身以毒一邑民乎？亦不使罪蔓尔曹。"即自纵火焚之。观察使闻其状，以易于挺身为民，卒不加劾。邑民死丧，子弱业破，不能具葬者，易于辄出俸钱，使吏为办。百姓入常赋，有垂白偻杖者，易于必召坐食，问政得失。庭有竞民，易于皆亲自与语，为指白枉直。罪小者劝，大者杖。悉立遣之，不以付吏。治益昌三年，狱无系民，民不知役。改绵州罗江令，其治视益昌。是时故相国裴公刺史绵州，独能嘉易于治。尝从观其政，导从不过三人。其全易于廉约如此。会昌五年，樵道出益昌，民有能言何易于治状者。且曰："天子设上下考以勉吏，而易于考止中上。何哉？"樵曰："易于督赋如何？"曰："止请常期，不欲紧绳百姓，使贱出粟帛。""督役如何？"曰："度支费不足，遂出俸钱，冀优贫民。""馈给往来权势如何？"曰："传符外一无所与。""擒盗如何？"曰："无盗。"樵曰："余居长安，岁闻给事中校考，则曰某人为某县，得上下考，某人由上下考得某官。问其政，则曰某人能督赋，先期而毕。某人能督役，省度支费。某人当道，能得往来达官为好言。某人能擒若干盗，反若干盗。县令得上下考者如此。"邑民不对，笑去。

樵以为当世在上位者，皆知求才为切。至於缓急补吏，则曰吾患无以共治。膺命举贤，则曰吾患无以塞诏。及其有之，知者何人哉！继而言之，使何易于不有得於生，必有得於死者，有史官在。(《全唐文》卷七九五)

文章记叙勤政爱民的清官何易于的动人事迹，对照并揭露贪官暴吏之残民固位，塑造了何易于鲜活生动的尽心保民勇于担当的清官形象。很有现实意义。此文与柳宗元《段太尉逸事状》有异曲同工之妙。

孙樵有《露台遗基赋》，讽汉武帝于骊山大建望仙台以刺现实，与杜牧《阿房宫赋》立意一样，是一篇散体赋，而行文似更自由。孙樵以上的书、记、叙事之作，虽不全以平易出之，但也不以奇倔取胜，仍是文从字顺之作，能更多承继中唐古文之风。他的《龙多山记》、《逐痁鬼文》、《乞巧对》等文，用语奥倔，立象诡奇，颇有韩愈等求奇一类文章的风格，而模拟之痕，亦不能尽去。苏轼等论孙樵认为虽继承韩愈、皇甫湜，但等而下之，盖由此也。

刘蜕（821～?），字复愚，自称长沙人，一说桐庐（今属浙江）人。号文泉子。大中四年（850）登进士第。此前荆州解进士罕有及第者，故时誉之为“破天荒”。初授寿州从官。选补校书郎。咸通四年（863）任左拾遗。因上书论宰相令狐绹之子令狐滈恃权纳货不宜为拾遗，贬为华阴令。后为中书舍人。咸通末乾符初为户部郎中，终商州刺史。曾自编其文十卷为《文泉子集》。《全唐文》存其文一卷。

刘蜕在思想和文章上都继承了韩愈的传统，传习“古学”，崇儒辟佛，写作古文。他主张文为时用：“文之用，莫过于当时”（《移史馆书》），反对“垂之空文”（《文泉子自序》）。他的文章也注重现实内容，关心民生疾苦。如《悯祷辞》借对祈雨的评论，痛斥胥吏害民的黑暗现状。其文曰：

小子出都城，见邑大夫为民之祷者。属石燕不飞，商羊不舞，民有焦心，请大夫祈龙波祠以厌民望。役巫歌伶，吹竹鼓柎，呼空者讫唱屡夕。俄然微洒轻霎，若神之来，意似悯巫之役是也。作辞以吊民云：

公邑之南兮祷龙之潭，空波邻天兮云物中涵。鳞飔縠碧兮渊怪相参，风翼轻翔兮带直烟岚。吏不政兮胥为民蚕，政不绳兮官为胥酣。彼民之不能口舌兮为胥之缄，进不得理兮若结若钳。阴戾阳返兮民之不堪，烁日流焰兮赫奕如惔。龡泉沸涌兮如汤而炎，役巫女兮鼍鼓坎坎。风笛摇空兮舞袂衫衫，胥不虔祈兮官资笑谭。胡不戮狡胥兮狗此洁严，胡不皋己之不正兮去此贪婪。荷天子之优禄兮胡为而不廉，又何役巫女而祷此空潭。（《全唐文》卷七八九）

此文批判地方官吏狼狈为奸乱政害民，抒写作者必欲除之而后快的激愤之情。其《较农》中也对乱世中农民由于多重压迫丧失了基本的生存条件进行揭示。“礼亡而争器矣，虽有粟，弱者安得而食之；法坏夺其三时矣，虽有山泽，农者安得而种也。”文中直接地表达了作者对统治者祸国乱政的强烈不满，也对处于水深火热之中的百姓表示了深切的同情。

刘蜕的代表作《山书》十八篇（实存十六则），是一组针对现实而发议论的随感录。其将一些片断的议论短文编在一起形成内容相类的文章组合，其法上承元结的《七不如》，后与皮日休的《鹿门隐书》六十篇、罗隐的《谗书》相类。刘蜕这组文章针对现实问题发议论，某些篇章不乏精彩。如其第三则（《全唐文》所录文第二则的下半段文字）言天地生“有余与不足”而引起“争杀乱患”，实则抨击统治者造成社会的不公平，为争夺利益制造祸乱。文中云：

坏人者天地也，使其数出。故观数以象动，则有争杀乱患。夫数始乎手足故离吾之指为五，视其指而心亦离，则数数入乎心矣。故知指生六而为有馀，生四而为不足。不足与有馀也，为体不备。呜呼！心既分身之有馀与不足也，则争杀乱患，何尝不足，尽其数出。（《全唐文》卷七八九）

文中提出“有余与不足”的问题，表面称是运数造成的，而实际其针对性不言而喻。而就这一尖锐的社会阶级矛盾，作者又提出了大胆的解决方法，就是“均贵贱”，其第七则文曰：

车服妾媵，所以奉贵也。然而奉天下来事贵者贱夫。有车服必有杂佩，有妾媵必有娱乐。圣人既为之贵贱，是欲鞭农父子以奉不暇。虽有杵臼，吾安得粟而舂之？呜呼！教民以杵臼，不若均民以贵贱。（《全唐文》卷七八九）

他这种大胆改变运数改变圣人为之的秩序而“均民以贵贱”的思想，前所未有，这与后来的黄巢所提出的“均平”的口号反映了相同的社会现实要求。刘蜕思想新颖敏锐为文立意新鲜大胆可见一斑。

刘蜕为文追求新奇，不只在立意方面，在文章形式与文辞上也是如此，走皇甫湜等的奇险之路。刘熙载《艺概·文概》评曰：“刘蜕文意欲自成一子，如《山书》十八篇、《古渔父》四篇，辞若僻而寄托未尝不远。学《楚辞》尤有深致，《哀湘竹》、《下清江》、《招帝子》，虽止三张，颇得《九歌》遗意。”此评说明了刘蜕文章的立意求新而辞僻语险的大致特征。《四库全书总目提要》则称其：“原本扬雄，亦多奇奥，险于孙樵，而易于樊宗师。”正说明了追求奇险是他与孙樵为文难于取得更高成就的重要原因之一，也表明了他们的创作难以企及中唐古文运动的客观现状。

第二节 李商隐、温庭筠、段成式

晚唐时，古文运动衰微，骈文在文坛回潮。李商隐、温庭筠、段成式三人以华艳的文体风靡一时，“因三人皆行十六，故曰‘三十六体’”（宋·王应麟《小学绀珠》卷四）。其中，李商隐的骈文成就凡著。

李商隐（812～858），字义山，号玉溪生，又号樊南生。怀州河内（今河南泌阳县）人。早年曾致力于古文，后天平军节度使令狐楚召为巡官，亲授其骈文，遂通今体。李商隐才华卓越、胸怀大志。开成二年（837）二十五岁时经令狐绹推荐考中进士。翌年入泾原节度使王茂元幕，茂元爱其才，以女妻之。时“牛李党争”激烈，李商隐初受“牛党”令狐父子提拔，后为“李党”王茂元女婿，故招致牛党忌恨，谓其“背恩”。终受令狐绹长期排挤而坎壈终身。《新唐书·艺文志》著录其《樊南甲集》二十卷。《乙集》二十卷、《玉溪生诗》三卷、赋一卷、文一卷。诗集今传，文集已佚，有后人辑本《樊南四六》甲集二十卷、乙集二十卷传世。清人冯浩编著有《樊南文集详注》。

李商隐首次把自己的骈体文集命名为《樊南四六》，此后，“四六”一词遂成为骈文的通称。在《樊南甲集序》中，他叙述了自己学作骈文的过程：

樊南生十六，能著《才论》、《圣论》，以古文出诸公间。后联为郓相国（令狐楚）、华太守（崔戎）所怜，居门下时，敕定奏记，始通今体。后又两为秘省房中官，恣展古集，往往咽噱于任、范、徐、庾之间，有请作文，或时得好对切事、声势物景、哀上浮壮，能感动人。(《全唐文》卷七七九)

据此序可知，李商隐少年时才华早露，先以古文见称诸公，后随令狐楚学习骈文。但令狐楚只是引他入门，使之“始通今体”，他是在开成四年（839）释褐为秘省校书郎、及会昌二年（842）以书判拔萃，重入秘书省为郎后，才得以广泛地学习古集。他从南朝的骈文中吸取营养，特别流连于任（昉）、范（云）、徐（陵）、庾（信）的骈文之间，于四人往往有会意之处。上文中，李商隐用了“咽噱”一词说明他对任范徐庾骈文的格外欣赏。“咽噱”通“嗢噱”，《三国志·钟繇传》引曹丕《报钟繇书》说：“执书嗢噱，不能离手。”《文选》注嵇康《琴赋》“嗢噱终日”说：“乐不胜，谓之嗢噱。”咽，即嗢咽，反复品味之意。陆龟蒙曾称颂皮日休诗说：“低头增叹诧，到口复嗢咽。”因此，商隐真正师承了南朝骈文的传统，并由此形成了“好对切事，声势物景，哀上浮壮，能感动人”的特征。也就是说，他的作品好用对偶，用事贴切、富有声势、善写景物、节奏抑扬、能以情动人。

南朝骈文总的特征是讲究对偶、文采、声韵和用典的，但李商隐却能加以气势与动人之情，显然是更多地继承了庾信。杜甫曾揭示庾信骈文最具特色的两个方面，一是“清新庾开府”；一是“凌云健笔意纵横”；而在“清新”与“意气纵横”上，商隐的骈文均有突出的表现。正如朱鹤龄在《新编李义山文集序》所说的：

唐初“四杰”以及“燕许”诸公，踵事增华，号称绝盛。其体裁宏博，音节琳琅，较过前人，而清新俊拔，则微确间焉。……义山四六，其源出于（庾）子山，故章摛造次之华，句挟惊人之艳，以磔裂为工，以纤妍为态。……若夫雪皇太子书、谕刘稹檄，则侃论正辞，有风情张日、霜气横秋之概；及读张懿仙一启，又见其悟通禅悦，所得于知玄本师之教深矣。此岂区区妃青俪白、镂月裁云者所能及，而唐史称其文，第以繁缛恢谲目之，岂得为知言哉?

对庾信，义山可谓青出于蓝而胜于蓝；对“四杰”与“燕许”，义山亦在清新俊拔上超过了他们。

李商隐的有代表性的文章皆能将骈文的文采与散体的气势有机的结合，做到自然畅达，雄健老成。他的《代彭阳公遗表》就很突出。这是开成二年（837）任山南东道节度使的令狐楚临终前嘱其代作的遗表。年逾七旬的令狐楚本就是骈文名家，嘱其代为己作，可见李商隐的功力深受令狐楚的信任和赏识。其文曰：

臣某言：臣闻达士格言，以生为逆旅；古者垂训，谓死为归人。苟得其终，何怛于化？臣永惟际会，获遇升平，钟鼎之勋莫彰，风露之姿先尽，虽无逃大数，亦有负清朝。今则举纩陈词，对棺忍死，白日无分，元夜何长。泪兼血垂，目与魂断。臣某中谢。

臣早缘儒学，得厕人曹，克绍家声，不亏士行。词赋贡名于宗伯，书槲应聘于诸侯。东泛西浮，南登北走，时推倚马，人或荐雄。西掖承荣，得以言之无罪；曲台备位，粗明物有其容。永谓才难，便叨郎选。振衣华省，历履名曹；高步内庭，光扬密命。宪宗皇帝以臣行多馀力，忠绝它肠，进无所因，静以有立，过蒙顾问，深降褒称，乃于同列之中，独许非常之拜。殊恩既浃，当路相排，旅翮未高，孤根已动。河潼为郡，盟津统师。溺以待援，痿而念起。宪宗旁求辅相，即记姓名，果遣急徵，仍加大用。戴君之力虽弱，许国之诚在兹。实有微衷，可裨元化。况初诛背叛，务活疲羸。方伏奏于凤扆之前，忽庀徒于鸟耘之次。小吏抵罪，邪臣结谋，指之有名，嘿不得诉，空甘罪戾，仰托圣明，粗得生还，几临死所。其后官移督护，四年不谒于承华。任政察廉，一日暂留于分陕。欲举而坠，将安更危。赖敬宗皇帝缵乃丕图，是思求旧，振于洛宅，荣彼夷门。自兹以来，敢虚其遇，周旋五纪镇守，惟切分忧；前后两归阙庭，皆非久次。拙直不同于众，谗毁每集其躬，含意未宣，救过不暇。伏思自长庆厥后，开成之前，凡几忝迁升，几遭退斥。若非不欺天地，不负君亲，至於几微，寻合颠陨。伏惟皇帝陛下道超覆载，仁极照临，既委盐铁，又分端揆，逮今控压，亦在重镇。陛下之恩，微臣何益；微臣之节，陛下方知。兴言及斯，碎首殊晚。

然臣从心之年已至，致政之礼宜遵，寻欲拜章，以求归老。伏以诸道节制，频岁更移，其于送迎，例多积累。臣在此虽无一毫侵损，亦无纤介诛求，帑藏甚殷，仓储可羡，特缘行李，忍过秋冬。而江山之气候难常，蒲柳之萧衰易见，自夏则膝胫无力，入冬则肠胃不调，对冠冕而始讶傥来，指墓坟而已知息处。

今月八日，臣已召男国子博士绪、左补阙绹、左武卫兵曹参军纶等，示以殁期，遗之理命。使内则雍和私室，外则竭尽公家，兼约其送终，务遵俭约，勿为从容，以致虑居。至十二日夜，有仆夫告臣云："大星陨地，雅当正室，洞照一庭。"臣即端坐俟时，正辞无挠。臣之年亦极矣，臣之荣亦足矣。以祖以父，皆蒙褒宠，有弟有子，并列班行。全腰领以从前人，归体魄以事先帝。此不自达，诚为甚愚。但以将掩泉扃，不得重辞云陛，更陈尸谏，犹进瞽言，虽叫呼而不能，岂诚明之敢忘。伏惟皇帝陛下春秋鼎盛，华夏镜清，是修教化之初，当复理安之始。然自前年夏秋以来，贬谴者至多，诛僇者不少。伏望普加鸿造，稍霁皇威。殁者昭雪以云雷，存者沾濡以雨露，使五稼嘉熟，兆人乐康。用臣将尽之苦言，慰臣永蛰之幽魄。臣某云云。

臣当道兵马，已差监军使窦千乘勾当；其节度留务，差行军司马赵祝；观察留务，差节度判官杜胜讫。有旧规模，无新革易。悉当辑睦，决无喧惊。臣心虽澄定，气已危促，辞多逾切，鸣急更哀，升屋而三号岂来，赴壑而一去无返。忠诚直道，竟埋没于外藩；腐骨枯骸，空归全于故国。回望昭代，无任攀恋永诀之至。谨奉表代辞以闻。臣某诚号诚咽，顿首顿首。(《樊南文集》卷一)

文中虽以令狐楚的口吻述写，但笔笔似由胸中化出，一气贯通，酣畅淋漓，语句虽多为骈俪，但不尚浮华，质朴劲健，笔法老到，动人心神。

李商隐的四六文，写当时重大的政治事件，用力最大的，当推《太尉卫公会昌一品集序》和《为李贻孙上李相公启》。这两篇都是写给李德裕的。李德裕是武宗时名相，他在政治上颇有建树，曾解决了回纥南下的侵扰，平定了藩镇的叛乱。李商隐在上述两篇文章中充分肯定了他的治绩。这两篇文章都采用以骈为主、骈散结合的句式，加以适当地用典，写得气势雄壮、感情充沛、文采斐然。例如《太尉卫公会昌一品集序》中称颂李德裕平定内忧外患的一段：

公于是奉命有讨北狄之诏，伐上党之制，谕回鹘之命五，慰坚昆之书四。每牙管既拔，芝泥将干，上辄曰："尔有独断，朕无疑谋，固俟沃心，可不假手。"公亦分阴可就，落简如飞。（《全唐文》卷七七九）

作者先用四个排偶句写出李德裕讨伐回纥乌介可汗、讨伐拥兵自立的刘稹、晓喻回纥嗢没斯、安抚黠戛斯（古坚昆国）的赫赫功勋；然后借皇帝的委托、信任显示其于国家举足轻重的地位与作用，最后又以"分阴可就，落简如飞"八字表现其果断的指挥才能和儒将风度。其中，"分阴"一词系借用晋代名将陶侃的典故，《晋书·陶侃传》载陶侃说："大禹圣者，乃惜寸阴，至于众人，当惜分阴。"用于此处，十分贴切。《为李贻孙上李相公启》一文，亦被高步瀛称赞为"风发泉涌，藻采纷披"（《唐宋文举要》乙编卷三）的佳作。

《上河东公启》、《重祭外舅司徒公文》、《祭小侄女寄寄文》则以情动人、文笔清新。《上河东公启》是商隐在大中五年三十九岁时写的，当时他妻已死去，府主柳仲郢托人致意，要把能歌善舞的张懿仙嫁给他，但他感念亡妻，婉言辞谢。其文曰：

商隐启：两日前於张评事处伏睹手笔，兼评事传指意，於乐籍中赐一人，以备纫补。某悼伤以来，光阴未几。梧桐半死，方有述哀；灵光独存，且兼多病。眷言息允，不暇提携。或小於叔夜之男，或幼於伯喈之女。检庾信荀娘之启，常有酸辛；咏陶潜通子之诗，每嗟漂泊。所赖因依德宇，驰骤府庭。方思效命旌旄，不敢载怀乡土。锦茵象榻，石馆金台，入则陪奉光尘，出则揣摩铅钝。兼之早岁，志在元门，及到此都，更敦夙契。自安衰薄，微得端倪。至於南国妖姬，丛台妙妓，虽有涉於篇什，实不接於风流。况张懿仙本是无双，曾来独立，既从上将，又托英寮。汲县勒铭，方依崔瑗；汉庭曳履，犹忆郑崇。宁复河里飞星，云间堕月，窥西家之宋玉，恨东舍之王昌。诚出恩私，非所宜称。伏惟克从至愿，赐寝前言。使国人尽保展禽，酒肆不疑阮籍。则恩优之理，何以加焉？干冒尊严，伏用惶灼。谨启。（《樊南文集》卷四）

其中述及自己思念亡妻的句子尤为情感深挚。"某悼伤以来，光阴未几。梧桐半死，才有述衰，灵光独存，且兼多病。”而对张懿仙一事，则通过用典婉拒：“南国妖姬，丛台妙妓，虽有涉于篇什，实不接于风流。”在整齐的对偶句中，加了“虽”字和“实”字表示转折和承接，既显得自然清新，又显得文笔流畅。

《重祭外舅司徒公文》是在王茂元过世一年后写的祭文，前有文《祭外舅赠司徒公文》重点赞岳丈王茂元一生勋业才德，而重祭文则重点抒写其感戴岳丈的知遇之恩和翁婿深情。其文叙及翁婿间事迹和感情曰：

呜呼！公之世胄勋华，职官扬历，并已托於寄奠，备在前文。今所以重具酒牢，载形翰墨，盖意有所未尽，痛有所难忘。以公之平生恩知，曩昔顾盼。属纩之夕，不得闻启手之言；祖庭之时，不得在执绋之列。终哀且痛，其可道耶？呜呼！七十之年，人谁不及？三公之位，人谁不登？何数月之间，不及从心之岁；闻天有恸，方登论道之司。时泰命屯，才长运否。为善何益，彼苍难知。昔泽怪既明，告敖释桓公之病；阴德未报，夏侯知丙吉不亡。何昔有其传，今无其证？岂人言之不当，将天道之或欺！虽北海悬定薨期，长沙前觉灾至。偃如巨室，去若归人。处顺不忧，得正之喜。在公之德斯盛，在物之痛何言！矧乎再轸虑居，屡垂理命。简子将战之誓，惟止桐棺；晏婴送死之文，宁思石椁。素车朴马，疏巾弊帷。成一代之清规，扬百年之休问。所谓有始有卒，高明令终。

呜呼！往在泾川，始受殊遇。绸缪之迹，岂无他人？樽空花朝，灯尽夜室。忘名器於贵贱，去形迹於尊卑。语皇王致理之文，考圣哲行藏之旨。每有论次，必蒙褒称。及移秩农卿，分忧旧许，羁牵少暇，陪奉多违。迹疏意通，期赊道密。纻衣缟带，雅贶或比於侨吴；荆钗布裙，高义每符於梁孟。今则已矣，安可赎乎？呜呼哀哉！千里归涂，东门故第。数尺素帛，一炉香烟。耿宾从之云归，俨盘筵而不御。小君多恙，诸孤善丧。登堂辄啼，下马先哭。含怀旧极，抚事新伤。植玉求归，已轻於旧日；泣珠报惠，宁尽於兹辰。况邢氏吾姨，萧门仲妹。爱深犹女，恩切仁兄。抚嫠纬以增摧，阖孀闺而永恸。草荄土梗，旁助酸辛。高鸟深鱼，遥添怨咽。

……昔公爱女，今愚病妻。内动肺肝，外挥血泪。得仲尼三尺之喙，论意无穷；尽文通五色之毫，书情莫既。呜呼哀哉，公其鉴之！（《樊南文集》卷六）

文中以情出发，先言己未能亲身奔丧送葬的遗恨，兼叹岳丈晚年命运不幸，愧疚沉痛之情，溢于言表；再写自身受岳丈知遇深恩及翁婿间知心之谊，悲哀怀想之思，痛彻心肺。此文情真意切，婉转顿挫，精于用典，辞采华茂，是为祭文中之精品。

而《祭小侄女寄寄文》是为四岁时死去的小侄女寄寄而作。作者以通俗浅切而又极富情感的语言，表达了对小侄女的爱怜与惋惜之情。最后则像小侄女生前一样对她安慰嘱咐，说为她准备了“华彩衣裳，甘香饮食”，并要她“来往于此，勿怖勿惊”，充满了长辈对晚辈的关怀之情。

总之，李商隐的骈文既有其气势雄壮、属对精切、工于用典的一面；又有其感情真挚、富有文采、清新挺拔的一面，故孙梅在《四六丛话》中说：“惟《樊南甲乙》，则今体之金绳，章奏之玉律也。循诵终篇，其声切无一字之聱屈，其抽对无一语之偏枯，才敛而不肆，体超而不空，学者舍是，何从入乎！”周振甫先生说：“商隐的骈文清新而不浮靡，挺拔而不纤弱，华藻而不淫荡，虽称四六而骈散兼行，托体较尊，有情韵之美。”（《李商隐选集》前言）这些论述都高度概括出了李商隐骈文的成就与基本特征。

温庭筠（812？～870?)，本名岐，字飞卿，太原祁（今山西省祁县）人。才思敏捷，每入试，叉手八次而成八韵，时称“温八叉”。然恃才不羁，生活放浪，又好讥刺权贵，为执政者所恶，又为当时士大夫所诋，举进士屡试不第，长期坎坷失意。大中十年（856）以乡贡进士搅扰场屋，谪授随县尉。后入山南东道节度使徐尚幕府为巡官。咸通七年（866）为国子助教。《全唐文》存其文一卷。

温庭筠工诗，与李商隐齐名，时称“温李”，实难与李商隐比肩。然其所长在词，“能逐弦吹之音，为侧艳之词”（《旧唐书·温庭筠传》）。他的文章现存的大多为书启，部分为干谒之作。《上裴相公启》、《上令狐相公启》、《上崔相公启》等即此类文字。如其《上裴相公启》中所言：

某启。闻效珍者先诣隋和，蠲养者必求仓扁。苟无悬解，难语奇功。至於有道之年，犹抱无辜之恨。斯则没为疠气，来挠至平。敷作冤声，将垂不极。此亦王公大人之所慷慨，义夫志士之所歔欷。某性实颛蒙，器惟顽固。纂修祖业，远愧孔琳；承袭门风，近惭张岱。自顷爰田锡宠，镂鼎传芳。占数辽西，横经稷下。因得仰穷师法，窃弄篇题。思欲纽儒门之绝帷，恢常典之休烈。俄属羁孤牵轸，藜藿难虞。处默无衾，徒然夜叹。修龄绝米，安事晨炊。既而羁齿侯门，旅游淮上。投书自达，怀刺求知。岂期杜挚相倾，臧仓见嫉。守土者以忘情积恶，当权者以承意中伤。直视孤危，横相陵阻。绝飞驰之路，塞饮啄之涂。射血有冤，叫天无路。此乃通人见愍，多士具闻。徒共兴嗟，靡能昭雪。……伏以相公致尧业裕，佐禹功高。百姓咸被其仁，一物不违於性。倘或在途兴叹，解彼右骖；弹剑有闻，迁於代舍。瞻风自卜，与古为徒。此道不诬，贞明未远。谨以文赋诗各一卷，率以抱献。缣缃俭陋，造写繁芜。干冒尊高，无任惶灼。(《全唐文》卷七八六)

文中写其怀才不遇及求知求仕迫切之状，其中包含了作者人生坎坷的郁愤冤屈，有真情实感，但文辞还是略显铺张浮夸了些。

其骈文亦伤于绮艳轻靡，是齐梁直至唐初绮靡文风在新的历史条件下的复归。如其《锦鞋赋》写女子之锦鞋，镂金错彩，极尽雕琢之能事，难怪段成式说他“敏给芳词，吐水于瓶”。(《与温飞卿书八首》)。

段成式(？～863)字柯古，宰相段文昌之子，其先邹平(今山东邹平)人，后徙居荆州(今湖北江陵)。成式以父荫为校书郎。会昌中为秘书省秘书郎。迁尚书郎。出为吉州刺史。后为处州刺史、江州刺史。咸通初，入为太常少卿。咸通四年卒。《全唐文》存其文一卷，《唐文拾遗》补其文五篇。

段成式之作其格不高，仅有《好道庙记》、《塑像记》与《与温飞卿书八首》中的个别篇章尚可一读，其他文章虽不像温庭筠那样浮艳过甚，但亦有意不胜辞之嫌。由温、段二人开始，唐代骈文滑向了格调卑弱，浮靡绮艳的齐梁老路，这种文风直到五代也没有改变。

第三节 皮日休、陆龟蒙、罗隐

在晚唐散文衰敝之时，除杜牧、孙樵能承中唐古文一线之脉，皮日休、陆龟蒙、罗隐的杂文，也算是衰世之强音，其思想意义和艺术价值都不可低估。

皮日休（834？～883?）字逸少，后改袭美，号鹿门子、醉吟先生，襄阳（今湖北襄樊）人。懿宗咸通八年（867）中进士第，授著作郎。迁太常博士，复出为毗陵副使。黄巢军至江浙，挟以从军，入长安，任翰林学士。僖宗中和三年（883）春逃出长安，不知所终。有《皮子文薮》。

皮日休尊崇儒家思想，在晚唐乱世，“汲汲以救时补教为志”（《请孟子为学科书》）。他远追孔、孟，中尊王通，近承韩愈，希望以儒学拯救风雨飘摇之中的李家王朝。《请韩文公配享太学书》云：

> 仲尼之道，否于周、秦而昏于汉、魏，息于晋、宋而郁于陈、隋。遇于吾唐，万世之愤，一朝而释，倘死者可作，其志可知也。今有人，身行圣人之道，口吐圣人之言，行如颜、闵，文若游、夏，死不得配食于夫子之侧，愚又不知尊先圣之道也。夫孟子、荀卿，翼传孔道，以至于文中子。文中子之末，降及贞观、开元，其传者醨，其继者浅，或引刑名以为文，或援纵横以为理，或作辞赋以为雅。文中子之道，旷百世而得室授者，惟昌黎文公焉。文公之文，蹴杨、墨于不毛之地，蹂释、老于无人之境，故得孔道巍然而自正。夫今之文人千百世之作，释其卷，观其词，无不裨教化，补时政，繄公之力也。（《全唐文》卷七九六）

坚持儒家道统，皮日休是晚唐最突出的一人。对于文，皮日休从“裨教化，补时政”观念出发，针对晚唐衰乱的时势，特别主张救世济时。他喻文为药，认为“文学之于人也，譬乎药，善服有济，不善服反为害”（《鹿门隐书六十篇》），既要求以文济世，又反对以文害世。

在晚唐时代，以文济世，就不可能回避危乱黑暗的社会现实，因此皮日休之文，特别富于批判性。

其代表作《鹿门隐书六十篇》，作于举进士中第前隐居家乡鹿门山时。《隐书》各则都是随感式的杂文，有的数百字，有的三言两语，往往借古讽今，指斥时弊，辞锋犀刻，往往一语中的。今举数则，以见其文墨：

穷山，人尽行也；大江，人尽涉也。然而不幸者，有遇虎兕之暴，蛟龙之患者矣。岂以是而止者哉？夫途有遇是患而死者，继其踵者惟恐其行之不速也。今之士为名与势，苟刑祸及，流窜至，是监刀锯者必名人，司流窜者必势士。继其踵者，惟恐其位之不速也。呜呼！名与势然也。吾患其内虎兕乎？蛟龙乎？是天不为人幸也，非人也。其或披林逐虎兕，入水婴蛟龙，遇其患也，是人不为天幸也，非天也。若是以取祸，则终身所为心之驵侩焉。君子不为其所不为，小人为其所不为。

古之奢也，吾不奢。古之俭也，吾不俭。适管晏之中，或可矣。噫！古之奢者僭，今之奢也滥；古之俭也性，今之俭也名。

古之隐也，志在其中。今之隐也，爵在其中。

知道而不行，知贤而不举，甚乎穿窬也。夫盗也者，不能尽一室。如不行道，足以丧身，不举贤，足以亡国。

金贝珠玑，非能言而利物者也。至夫有国者，宝之甚呼贤，惜之过乎圣。如失道而有乱，国且输人，况夫金贝珠玑哉！

古之决狱，得民情也哀；今之决狱，得民情也喜。哀之者，哀其化之不行；喜之者，喜其赏之必至。

或曰：吾善治苑囿，我善治禽兽，我善用兵，我善聚赋。古之所谓贼民，今之所谓贼臣。

蚜蚄能害稼，不能害人；奸邪善害人。害稼者有时而稔，是不害也。虽有祝鮀之佞，宋朝之美，其害人也，可胜道哉！

古之杀人也怒，今之杀人也笑。

古之置吏也，将以逐盗。今之置吏也，将以为盗。(《全唐文》卷七九八)

以上数则，触及士风、吏治、朝政等问题。作者隐居鹿门山中，冷眼观世情，深得其弊。行文或反语，或正说，犀利活泼，在随笔中可称上乘之小品。

皮日休也有不少赋颂记论碑传之作，其中以议论文较为出色。《十原》是一组短论，正统儒学气息较浓，但也多有严正的现实批判性。其中《原谤》曰：

天之利下民，其仁至矣。未有美於味而民不知者，便於用而民不由者，厚於生而民不求者。然而暑雨亦怨之，祁寒亦怨之，己不善而祸及亦怨之，己不俭而贫及亦怨之。是民事天，其不仁至矣。天尚如此，况於君乎？况於鬼神乎？是其怨訾恨讟，蓰倍於天矣。有帝天下君一国者，可不慎欤？故尧有不慈之毁，舜有不孝之谤。殊不知尧慈被天下而不在於子，舜孝及万世乃不在於父。呜呼！尧、舜，大圣也，民且谤之，后之王天下，有不为尧舜之行者，则民扼其吭，捽其首，辱而逐之，折而族之，不为甚矣。(《全唐文》卷七九八)

文中讲天至仁，民且谤之，尧、舜大圣，民亦谤之。转而指出后世帝王不如尧舜，民对他就不止于谤了，甚至该造反了。“尧、舜，大圣也，民且谤之。后之王天下，有不为尧、舜之行者，则民扼其吭，捽其首，辱而逐之，折而族之，不为甚矣。”显然是针对晚唐朝廷的暴政而言的。较之孟子“诛一夫”之说更显激烈。他讲的“谤”的问题，比《国语》中《召公谏厉王弥谤》更值得人们深思。他的《原兵》曰：

管子说蚩尤割庐山之金以铸五兵，说者或云：“蚩尤古天子，则炎黄继命，其间无蚩尤之运也。”案《史记》云：“蚩尤与其大夫作乱。”如此为庶人之暴者，且庶人不当有大夫。日休以为蚩尤乃黄帝之诸侯，盖其为人暴，黄帝征而灭之。如此为庶人一夫之暴，不足当天子用兵也又明矣。呜呼！昭然之理，前贤惛之，况大圣之深旨哉！(《全唐文》卷七九八)

文中讲黄帝伐蚩尤，“征而灭之”，直接针对当时危机国家存亡的藩镇叛乱的现实，明示主张讨平叛乱的藩镇。

皮日休还有《读司马法》一文，指出“古之取天下也以民心，今之取天下也以民命”，意谓古之圣王，以得民心而得天下，而今天的保天下夺天下者，却都靠大规模地杀戮百姓，把自己的权位建立在大批杀戮百姓上面。文章对于晚唐藩镇军阀为争夺权位大混战，从而形成“一将成功万骨枯”的黑暗时代，有着鲜明的现实针对性和批判性。

皮日休对几位他所崇敬的文化前贤的记叙评论文章颇有影响。他的《文中子碑》云：

> 文中子王氏，讳通字仲淹。生於陈隋之间，以乱世不仕，退於汾晋。序述六经，敷为《中说》，以行教於门人。夫仲尼删诗书定礼乐赞周易、修《春秋》，先生则有《礼论》二十五篇，续诗三百六十篇，元经三十一篇，易赞七十篇。孟子之门人有高第弟子公孙丑、万章焉，先生则有薛收、李靖、魏徵、李勣、杜如晦、房元龄。孟子之门人郁郁於乱世，先生之门人赫赫於盛时。较其道与孔孟，岂徒然哉！设先生生於孔圣之世，余恐不在游夏之亚也，况七十子欤？惜乎德与命乖，不及睹吾唐受命而殁。苟唐得而用之，贞观之治，不在於房、杜、褚、魏、矣。后先生二百五十馀岁生日休，嗜先生道，业先生文。(《全唐文》卷七九九)

文中对隋代鸿儒文中子王通给予高度评价，赞颂王通在儒学方面的成就及其弟子开创了唐代的贞观之治，并以能继承王通之学为自豪。他的《郢州孟亭记》云：

> 明皇世，章句之风大得建安体，论者推李翰林、杜工部为尤。介其间能不愧者，惟吾乡之孟先生也。先生之作，遇景入咏，不拘奇抉异，令龌龊束人口者，涵涵然有干霄之兴，若公输氏当巧而不巧者也。北齐美萧悫“芙蓉露下落，杨柳月中疏”，先生则有“微云澹河汉，疏雨滴梧桐。”乐府美王融“日霁沙屿明，风动甘泉浊”，先生则有“气蒸云梦泽，波撼岳阳城”。谢朓之诗句精者，有“露湿寒塘草，月映清淮流”。先生则有“荷风送香气，竹露滴清响。”此与古人争胜於厘毫间也。他称是者众，不可悉数。呜乎！先生之道，复何言耶！谓乎贫，则天爵於身。谓乎死，则不朽於文。为士之道，亦以至乎？先生襄阳人也，日休襄阳人也，既慕其名，亦睹其貌。盖仲尼思文王则嗜昌歜，七十子思仲尼则师有若。吾於先生见之矣。(《全唐文》卷七九七)

文章称赞孟浩然诗堪与李杜匹敌，他的“遇景入咏，不拘奇抉异，令龌龊束人口者，涵涵然有干霄之兴，若公输氏当巧而不巧者也”诗歌创作的特征更是中唐好奇险的诗人们难以企及的。孟浩然更是皮日休心目中的高士典范。评价精确，议论精彩。他还有《刘枣强碑》一方面借称赞刘言史诗歌成就重申李白、韩愈等人的诗歌发展观点；一方面称颂刘言史虽为藩镇军阀王武俊的座上宾，但能保持气节，体现了作者身处乱世对士人气节和独立品格的追求。

皮日休的散文风格古朴质直，锋芒毕露，较少含蓄，对后世的议论小品有一定影响。

陆龟蒙（？～881?）字鲁望，号甫里先生、江湖散人、天随子，吴郡（今江苏苏州）人。曾应进士试，不第，遂绝意仕进。曾入湖、苏二州刺史幕为从事，后长期隐居松江甫里，约卒于中和初。与皮日休齐名，并称为“皮陆”。有《甫里集》。按陆氏晚年居笠泽时，自编诗文为《笠泽丛书》，其内容俱包含在今传《甫里集》中，亦有单行本流传。《全唐文》收其文二卷。

陆龟蒙是一个终身未仕的隐士，但他并没有忘情世事。他身在江湖，心存现实，对当时朝廷昏乱，战祸频仍，租赋苛重，民不聊生，还是十分焦虑的。咸通、乾符间，皮日休曾入苏州刺史幕，与隐居中的陆龟蒙过从甚密，唱和最多。陆龟蒙的思想与皮日休非常接近。他服膺儒术，自著《甫里先生传》，自称“好读古人书，探六籍，识大义”。他论文，也以明道为主。《复友生论文书》云：“我自小读六经、孟轲、扬雄之书，颇有熟看，求文之旨趣规矩，无出于此。”又《蟹志》云：“今之学者，始得百家小说，而不知孟轲、荀、扬氏之道。或知之，又不汲汲于圣人之言，求大中之要，何也？百家小说，沮洳也；孟轲、荀、扬氏，圣人之渎也，六籍者，圣人之海也。苟不能舍沮洳而求渎，由渎而至于海，是人之志反出水虫下，能不悲夫!”与皮日休一样，陆氏论文主儒家正统之论，而创作实践，则极富现实性和批判性，对晚唐社会的动乱、黑暗，有多方面的反映。

陆龟蒙之文，仍以短篇杂文最见精彩。这些文章，短小精练，行文活泼，针对现实，或愤怒斥责，或辛辣讽刺，极有现实意义。《记稻鼠》用《诗·魏风·硕鼠》意，近于寓言。文记吴兴农民在大旱之年辛劳抗旱，稻之可获，已十无一二。“无何，群鼠夜出，啮而僵之，信宿食殆尽，虽庐守版击，驱而骇之，不能胜”。然后由鼠虐论及暴政，鞭挞朝廷，指出官逼民反的必然性：“且《魏风》以《硕鼠》刺重敛，《硕鼠》，斥其君也，有鼠之名，无鼠之实，诗人犹曰‘逝将去汝，适彼乐土’。况乎上捃其财，下啗其食，率一民而当二鼠，不流浪转徙聚而为盗何哉!”

《祀灶解》就灶神以人间小过举报天帝的迷信发议论:“下不忠,上不明,又果何以为天帝乎!”以曲笔讥时,耐人寻味。《冶家子言》以历史故事为寓言,表现“包干戈,劝农事”的理想,是晚唐战乱中人民企盼平息战祸,期望安居乐业的反映。《招野龙对》也是寓言,表现作者“赋吾之德,泉潜而天飞,赋吾之灵,嘘云而乘风;赋吾之职,抑骄而泽枯。观乎无极之外,息乎大荒之墟,穷端倪而尽变化”的高洁之志。也辛辣讽刺了“苟容于蹄涔之间,惟泥沙之是拘,惟蛭螾之与徒,牵乎嗜好以希饮食之余”的依附权贵的无耻之士,表现出晚唐世情的又一个方面。

讽刺名篇《野庙碑》,则直斥朝野的贪官污吏,文辞激烈,有如檄文。此文先释“碑”为“悲”,写瓯、越人民节衣缩食以行淫祀,“自惑其生,悉归之于神”的可悲,转而指出官吏贪暴,害民更过于泥塑木雕之神:

> 虽然,若以古言之,则戾;以今言之,则庶乎神之不足过也。何者?岂不以生能御大灾,捍大患,其死也则血食于生人。无名之土木,不当与御灾捍患者为比,是戾于古也明矣。今之雄毅而硕者有之,温愿而少者有之,升阶级,坐堂筵,耳弦匏,口粱肉,载车马,拥徒隶者,皆是也。解民之悬,清民之暍,未尝贮于胸中。民之当奉者,一日懈怠,则发悍吏,肆淫刑,驱之以就事,较神之祸福,孰为轻重哉?平居无事,指为贤良,一旦有天下之忧,当报国之日,则恇挠脆怯,颠踬窜踣,乞为囚虏之不暇。此乃缨弁言语之土木耳,又何责其真土木耶?故曰:以今言之,则庶乎神之不足过也。(《全唐文》卷八〇一)

直言不讳,正面斥责,极具胆识。足见陆龟蒙之隐,是愤于世而不欲与世同其污浊之隐,与一些求闲好逸者之隐是不同的,因此他的作品,也不同于一般隐者之文。

罗隐(833~909),字昭谏,号江东生,新登(今浙江桐庐)人,一说余杭(今属浙江)人。原名横,以累试不第,乃更名“隐”。咸通、乾符中,入幕湖南诸镇。曾为衡阳主簿。光启三年(887),杭州刺史后为吴越王的钱镠表为钱塘令,迁著作郎。吴越王钱镠天宝元年(908)授给事中。文有《谗书》、《两同书》,诗有

《甲乙集》传世。《全唐文》编其文四卷。

罗隐的散文，与皮、陆一样，主要也以杂文见光彩。他的《谗书》中，多是抨击时势黑暗的作品。《谗书》编定于咸通八年（867）。《谗书序》云：“生少时自道有言语。及来京师七年，寒饥相接，殆不似寻常人。丁亥年春正月，取其所为书诋之曰：他人用是为荣，而予用是以为辱；他人用是以富贵，而予用是以困穷。苟如是，予之书乃自谗耳，目曰《谗书》。”可知谗书是他在京师几年间，功名不就，事业难成的抒愤之作。又《谗书重序》阐明著书之旨：“盖君子有其位，则执大炳以定是非，无其位，则著私书而疏善恶，斯所以警当世而诫将来也。”《谗书》是这样的一部宣泄愤怒的警世之书，因此思想情感较皮、陆之作来得激烈，文气更加滂沛，读来也更感发人意。兹录数则如下。

物之所以有韬晦者，防乎盗也。故人亦然。夫盗亦人也，冠履焉，衣服焉；其所以异者，退让之心，贞廉之节，不恒其性耳。视玉帛而取者，则曰牵于饥寒；视国家而取者，则曰救彼涂炭。牵于饥寒者，无得而言矣，救彼涂炭者，则宜以百姓心为心。而西刘则曰。“居宜如是！”楚籍则曰：“可取而代！”噫！彼必无退让之心，贞廉之节，盖以视其靡曼骄崇，然后生其谋耳。为英雄者犹若是，况常人乎？是以峻宇逸游，不为人之所窥者鲜矣。（《英雄之言》）（《全唐文》卷八九六）

龙之所以能灵者水也。涓然而取，霈然而神。天之于万物，必职于下以成功，而龙之职水也，不取于下，则无以健其用，不神于上，则无以灵其职。苟或涸一川然后润下，涸一泽然后济物，不惟濡及首尾，利未及施，而鱼鳖已敝矣。故龙之取也寡。（《龙之灵》）（《全唐文》卷 896）

狙氏子不得父术，而得鸡之性焉。其畜养者，冠距不举，毛羽不彰，兀然若无饮啄意。洎见敌，则他鸡之雄也，伺晨，则他鸡之先也。故谓之天鸡。狙氏死，传其术于子焉。且反先人之道，非毛羽彩错觜距铦利者，不与其栖，无复向时伺晨之侍，见敌之勇，峩冠高步，饮啄而已。吁！道之坏也有是夫（《说天鸡》）（《全唐文》卷八九六）

人之性，未有生而侈纵者，苟非其正，则人能坏之，事能坏之，物能坏之，虽贵贱则殊，及其坏一也。前后左右之谀佞者，人坏之也；穷游极观者，事坏之也；发于感悟者，物坏之也。是三者，有一于是，则为国之大蠹。孝武承富庶之后，听左右之说，穷游观之靡，乃东封焉。盖所以祈其身而不祈其岁时也，由是“万岁”之声，发于感悟。然后踰辽越海，劳师弊俗，以至于百姓困穷者，东山“万岁”之声也。以一山之声犹若是，况千万口舌乎！是以东封之呼，不得以为祥，而为英主之不幸。（《汉武山呼》）（《全唐文》卷八九六）

以上数则，言词极简，而寓意则极深，散文的讽世功能，发挥到了极致。《英雄之言》借剖析刘邦、项羽的两句豪言壮语，愤怒斥责打着造福人民虚伪旗号的窃国大盗。《龙之灵》是一则寓言，借揭破龙取下利下的矛盾，抨击统治者扬言“润下”“济物”而实则大行剽掠，危害百姓，矛头所指，也在上层。《说天鸡》也是寓言，借狙氏父子畜鸡的对比，指责当时一班不能称职，也不能解国家危难的虚有其表的国家大臣。《武帝山呼》是一篇史论，讲武帝之不幸，汉政之始弊，在于举国“千口万舌”的“万岁”之声，发前人所未发，其深刻的现实意义，也是不言而喻的。

皮日休、陆龟蒙、罗隐的散文，以其高度的现实性、深刻的批判性和犀利的笔触，在苦难的晚唐时代，讥时讽世，鞑暴伐贪，为民请命，的确可以说是晚唐社会的一面镜子，也是衰敝的晚唐文坛上焕发出的一道辉光。诚如鲁迅所说：“唐末诗风衰落，而小品放了光辉。但罗隐的《谗书》，几乎全是抗争和愤激之谈，皮日休和陆龟蒙自以为隐士，别人也称之为隐士，而看他们在《皮子文薮》和《笠泽丛书》中的小品文，并没有忘记天下，正是一塌胡涂的泥塘里的光彩和锋芒。”（《南腔北调集·小品文的危机》）但总体上，晚唐数家从学养的深厚上、创作的丰富上、思想见识的深刻敏锐上、文坛环境的整体氛围上、作家个体的阅历丰厚上皆不及中唐时期，成就对以前的辉煌相比难有太大起色，散文创作衰落的趋势已不可挽回。

第四节　五代时期的散文

五代十国时期，国家分裂，社会动乱，攻伐不息，民生凋敝。在这不长的五十余年间，北方中原多由军阀起家的枭雄相继为帝王，形成后梁至后唐五个前后相继的朝廷。这几个政权的统治者大多崇尚武功，不修文治，文章之士处境不佳，亦少著名之士，成就有限，文坛之上几乎寂然无闻。而南方的一些分疆裂土的政权，凭借战乱少于中原，经济较为富足，多苟安于一隅或一时。某些小朝廷的统治者，如闽王王审知、前蜀主王建、吴越王钱镠、南唐李璟、李煜等，或招致文士，或自身就是善属文辞之人，尚能维持文学氛围。但由于统治阶层生活追求奢华，纵情声色，致使轻艳浮华的世风深深地影响着文学创作，因此除了当时方兴未艾的词取得重要成就外，诗、文都无可挽回地走向衰落。如李清照所说："五代干戈，四海瓜分豆剖，斯文道熄。"（《词论》）就文章创作而言，骈文再度流行，雕章琢句的齐梁式的绮艳靡弱之风再次弥漫于文坛。这种风气一直影响到宋初文坛，北宋诗文革新才得到根本的改观。这一时期可以称道的名家和散文佳作是较少的。创作上较有特色并取得了一些成绩的有牛希济、黄滔、徐夤、徐铉等。他们中或以古文见长，或以辞赋著称，或以四六文名世，在由唐向宋过渡中或多或少的发挥了一定的影响和作用。

牛希济，生卒年不详，陇西人。唐末动乱，避地蜀中，蜀主王建重其文名，召为起居郎，蜀后主时，累官翰林学士，御史中丞。前蜀亡，入洛阳，后唐明宗拜为雍州节度副使。《全唐文》存其文两卷。

牛希济有感于文章之道的败坏，作《文章论》，称：

> 齐梁以降，国风雅颂之道委地。今国朝文士之作，有诗、赋、策、论、箴、判、赞、颂、碑、铭、书、序、文、檄、表、记，此十有六者，文章之区别也。制作不同，师模各异。然忘於教化之道，以妖艳为胜，夫子之文章，不可得而见矣。古人之道，殆以中绝，赖韩吏部独正之於千载之下，使圣人之旨复新。（《全唐文》卷八四五）

反对齐梁文风的影响，推崇韩愈力扫文章之弊，使"圣人之旨复兴"。其文又称：

> 君子以言可教於人谓之文。垂是非於千载，殁而不朽者，唯君子之文而

已。且时俗所省者，唯诗赋两途。即有身不就学，口不知书，而能吟咏之列。是知浮艳之文，焉能臻於理道？今朝廷思尧舜治化之文，莫若退屈宋徐庾之学，以通经之儒，居燮理之任。以杨孟为侍从之臣，使仁义治乱之道，日习於耳目。所谓观乎人文，可以化成天下也。（同上）

批评当时的“浮艳之文”，不能“臻于道理”，希望复兴有益于“化成天下”的“君子之文”。可以看出他继承了韩愈的古文理念，对当时的文章风尚有所针砭。

他的文章，全是有关于治国大体的政论文，又皆以散体行文，可见他的理论和创作实践是一致的，有的文章：如《褒贬论》《赏论》《崔烈论》《铨衡论》等，多少能接触时弊。其中《崔烈论》：

汉室中叶，戎狄侵轶之患，边郡略无宁岁。兵连祸积，历世不已，天下以困，国用不足。榷酤租算之外，方许民间竭产助国，出金赎罪，货镪以为郎，以为经世之术，救弊之务。逮至桓灵之世，天子要之百万，然后用为三公。崔烈常以贿求备位於公辅。问其子“外以我为何如”，对以“铜臭”之说，垂於前史。

然近之人主，无桓灵之僻。自咸通之后，上自宰辅以及方镇，下至牧伯县令，皆以贿取。故中官以宰相为时货，宰辅以牧守为时货。铨注以县令为时货，宰相若干万缗，刺史若干千缗，令若干百缗，皆声言於市井之人，更相借贷，以成其求。持权居任之日，若有所求足其欲，信又倍於科矣。争图之者，仍以多为愈。彼以十万，我以二十万；彼以二十万，我以三十万。自宰邑用贿之法，争相上下。复结驷连骑而往，观其堆积之所，然后命官。权幸之门，明如交易。夫三公宰相，坐而论道，平治四海，调燮阴阳，为造化之主；方镇牧伯，天子藩屏，以固宗庙社稷之重；刺史县令为生民教化之首；率皆如是，不亡何待！度其心而闻其谋，即皆贩妇之行。一钱之出，希十钱之入。十万者望二十万之获，三十万者图六十万之报。尽生民发肤骨髓，尚未足以厌其求。汉之亡也，人主为之。国家之祸也，权幸为之。或曰：“兆其衅者，崔氏之子。”为不朽之罪人乎？武帝开之於前，桓灵成之於后，以至今日，踵而行之而已。（《全唐文》卷八四六）

借古讽今，较深刻地揭露和批判了统治者招财纳货买官鬻权败亡国家的黑暗现实。其文针砭时弊，言之有物，不尚浮华，行文朴质，很能够代表他的文章风格。

黄滔（840？～?）字文江，泉州莆田（今福建莆田）人。困于科场二十余年屡试不第，乾宁二年（895）方登进士第。光化中，任四门博士。天复元年（901）受王审知辟，以监察御史里行充威武军节度推官。黄滔广事交游，王审知为闽王后，不少知名文士如韩偓、崔道融等投闽依王审知，与黄滔为之招揽大有关系。有《黄御史集》。《全唐文》存其文五卷。

黄滔处晚唐五代时期，文章不可避免地沾染骈俪华美之风，不少作品铺采摛文，注重骈偶声律，喜尚辞藻用事。然而，也有一些书启短章、杂文小品文从字顺，清新可读。黄滔的书启短章《崔右丞启》、《崔右丞第二启》、《赵起居启》、《段先辈第二启》、《与蒋先辈启》等大多是写其累举不第命运多舛的干谒之作，但行文明白易晓，情真意实。如《崔右丞第二启》曰：

> 滔依栖门馆，感激生成。频年忝极荐之书，词逾一鹗。累榜以未亨之数，愧积迁莺。莫不惕息肺肝，兢惶颜面。既兹负累，合在弃嫌。而又荐以羁游，仰干笺翰。虽宏容之不改，且循省以何安。冰炭交怀，芒刺在背。今则已装行计，即拟出京。不唯推戴岳之诚，指於皎日。抑且切恋轩之志，泣向清风。攀感屏营，罔知指喻。（《全唐文》卷八二四）

文中对崔右丞的多年荐举心存感激，而对屡试不第倍感痛苦，惭耻不平之情溢于言表。再如《与蒋先辈启》曰：

> 三吴烟水，百越山川。干戈杳隔於音尘，门馆久违於趋觐。空自明祈日月，暗祝神祇。相如徵出於上林，贾谊召来於宣室。不然者，隐於商岭，栖向傅岩。克俟搜罗，直膺梦寐。焚香稽首，以日系时。滔一滞江乡，六更寒燠。都由恶命，早失良时。迢递一名，进取则大朝有难。零丁数口，退休则故国无家。归蜀还吴，言发涕下。（《全唐文》卷八二四）

文中一方面抒发怀才不遇的忧愤，另一方面又将自身的坎坷与社会变乱“大朝有难”联系在一起，深切地感慨不遇于时，但仍期待有朝一日“相如徵出於上林，贾谊召来於宣室”而不忍栖隐山林。这类文章皆为由衷之言，较少借助繁缛华丽的辞藻。

他的部分杂文小品亦有晚唐讽刺之风。如《吴楚二医》云：

> 吴人之疾不救，其属善医，悯其家，竭其术以治之。楚人之疾救，其属善医，欲其家，逆其术以治之。君子痛二医之行。若乎治乱，比干知殷之不救而救之，仍药之以九窍。李斯目秦之救而不救之，卒鸩之二世。呜呼！殷之亡也，疾之甚矣。秦之亡也，医之罪也。后之有国有家者，得不慎乎医？(《全唐文》卷八二四)

借古讽今，以吴楚二医治病的不同动机、不同目的、不同方法喻对乱世衰世的救治之道，以比干、李斯为例，影射当世，尤其是那些包藏祸心的“欲其家，逆其术以治之”的乱臣贼子。文章设譬新颖，内涵深刻，文笔简洁精炼。诸如此类，还有《公孙甲松》等。

黄滔最为著名的是他的律赋，这一体制在五代时期十分盛行，以此名家者动辄存赋数十篇。黄滔今存赋二十二篇，基本为律赋。这些赋有针砭时弊的，有抒发不遇之情的，有借古讽今的，但大多还是以形式的精美见长。对其名作，洪迈有较确当的评说：“晚唐士人作律赋，多以古事为题，寓悲伤之旨，如吴融、徐寅诸人是也。黄滔字文江，亦以此擅名，有《明皇回驾经马嵬坡》隔句云：‘日惨风悲，到玉颜之死处；花愁露泣，认朱脸之啼痕。’‘褒云万叠，断肠新出于啼猿，秦树千层，比翼不如于飞鸟。’‘羽卫参差，拥翠华而不发；天颜怆恨，觉红袖以难留。’‘神仙表态，忽零落以无归，雨露成波，已沾濡而不及。’‘六马归秦，却经过于此地；九泉隔越，几凄恻于平生。”《景阳井》云：“理昧纳隍，处穷泉而讵得；诚乖驭朽，攀素绠以胡颜。’‘青铜有限，也从零落于秋风；碧浪无情，宁解流传于夜壑。’‘荒凉四面，花朝而不见朱颜；滴沥千寻，雨夜而空啼碧溜。’‘莫可追寻，王树之歌声邈矣；最堪惆怅，金瓶之咽处依然。’《馆娃宫》云：‘花颜缥缈，欺树里之春风；银焰荧煌，却城头之晓色。’‘恨留山鸟，啼百卉之春红；愁寄垅云，锁四天之暮碧。'‘遗堵尘空，几践群游之鹿；沧洲月在，宁销怒浊之涛?'《陈皇后因赋复宠》云：‘已为无雨之期，空悬梦寐；终自凌云之制，能致烟霄。'《秋色》云：‘空三楚之暮天，楼中历历，满六朝之故地，草际悠悠。'《白日上升》云：‘较美古今，列子之乘风固劣；论功昼夜，姮娥之奔月非优。'凡此数十联，皆研确有精致，若夫格律之卑，则自当时体如此耳。”（洪迈《容斋四笔》卷七“黄文江赋”条）黄滔也正是由于其律赋赢得的名声，奠定了他在当时文坛上的地位。

徐夤（也就是上列洪迈《容斋四笔》“黄文江赋”条中提到的徐寅），生卒年不详，与黄滔同为莆田人。乾宁元年（894）进士及第，释褐为秘书省正字。曾作《游大梁赋》献朱全忠，讽李克用独眼为“一眼匈奴”。后为闽王王审知掌书记。后唐庄宗李存勖为李克用之子，令王审知杀徐夤，王审知惧后唐威胁，不敢再用徐夤，徐夤遂归隐。《全唐文》、《唐文拾遗》各录其赋一卷。

徐夤也是以赋著称，他的赋在五代文士中保存下来是最多的，共47篇。名篇有《人生几何赋》、《斩蛇剑赋》、《过骊山赋》、《寒赋》、《御沟水赋》等，他的这些赋作甚至还远播海外。这些赋虽在内容上或多或少地与现实相关，但基本上与其诗一样不出五代之格，正如《四库全书总目提要》所称：“句雕字琢，不出当时程式之格。而刻意锻炼，时多秀句。”

徐铉（916～991）字鼎臣，祖籍会稽（今浙江绍兴），徙于广陵（今江苏扬州）。初仕吴为校书郎。后仕南唐，中主李璟时，试知制诰。贬泰州司户椽。旋复旧职。后主李煜时，累任翰林学士、御史大夫、吏部尚书。入宋后，累至右散骑常侍，迁作左常侍。淳化二年（991）贬静难军行军司马，卒。《全唐文》编其文为十卷。

徐铉博学多才，文思敏捷，与其弟徐锴并称为“二徐”，又与韩熙载号为“韩徐”，是由五代十国入宋的重要文人，对宋初的文学发展有着不小的影响。文章体裁较为多样，骈散兼擅，文风在华丽之外亦具雅博特点。其最著名的是为韩熙载及李煜写的墓志铭。他的《唐故中书侍郎光政殿学士承旨昌黎韩公墓志铭》记叙了韩熙载生平事迹，并称颂其为人，抒写知己之情。其文曰：

公之为人也，美秀而文，中立不倚。率性而动，不虞悔吝。闻善若惊，不

> 屑毁誉。提奖后进，为之声名。片言可称，躬自讽诵。再典岁举，取实去华。故其门人，多至清列。屡从谴逐，殆乎委顿。俯视权幸，终不降心。见理尤速，言事无避。凡章疏焚藁之外，尚盈编轴焉。审音妙舞，能书善画。风流儒雅，远近式瞻。向使检以法度，加以慎重，则古之贤相，无以过也。俸禄既厚，赏赐常优。忘怀取适，不事生计。身殁之日，四壁萧然。衣衾棺椟，皆从恩赐。诏集贤院编其遗文，藏之秘阁，凡所开卷可知也。铉与公乡里辽敻，年辈相悬。一言道合，倾盖如旧。绸缪台阁，契阔江湖。区区之心，困而获雪。一生一死，何痛如之。援毫反袂，识彼陵谷。(《全唐文》卷八八六)

为文骈散结合，优雅流畅，情感深厚，意味隽永。另一篇《吴王李煜墓志铭》在宋太宗朝中，记述自身的前主，从容不迫，借用典故叙事书怀，为人称道。

总之，五代十国时期，文坛上虽在朝野还有不少文士活跃，但上列文学领袖的创作成绩应该是具有代表意义的。由此可见，这一时期的散文发展趋向总体呈现出衰落与过渡的状态。

第五卷 宋代散文

李勤印等　撰写

概　述

公元960年，赵匡胤在陈桥兵变中黄袍加身，夺取后周政权，建立了宋王朝。至1127年靖康之变，北宋灭亡，经太祖、太宗等九帝，凡166年。同年赵构（高宗）即位，退守江南，建都临安（杭州），史称南宋，经高宗、孝宗等九帝凡153年，至1279年亡于元。两宋共计319年。这是中国历史上享国时间最长的王朝之一，其政治、经济、社会、文化诸方面有许多影响文学发展的特点，略述如下。

（一）中央集权制的加强。赵匡胤吸取唐五代方镇割据、国家分裂的教训，以杯酒释兵权的方式，解除石守信等军事将领的统兵权力，中央军权经过枢密院由皇帝直接掌握，地方军权归各州府。过去的节度使成为虚衔。为了防止意外，驻屯外地的禁军定期更换。这样做的好处是铲除了百年来军阀拥兵自重的隐患，维护了国家的统一；坏处是对外作战一般由皇帝遥控指挥，应变能力差，养成一支兵额多达一百余万，驯服而不善作战的开支浩大的军队。宋朝廷还通过官制改革来加强政权。中央分设政府管行政，枢府（枢密院）管军事，财府（盐铁、度支、户部三司）管财政。地方分州、县两级，以通判监州事，朝官知县事。通过这些措施，皇帝直接控制了由政府、军府到财府，由中央到地方的权力。比起唐王朝来，宋代的中央集权制大大加强。在这种情况下，文人直接依附与听命于中央王朝，生活与创作的自由天地相对缩小，忌讳多了，在北宋中期，已有文字狱出现。

（二）经济的发展。宋建国后，注意发展农业生产。通过招抚流亡，开垦土地，兴修水利，几十年间，户数由太宗时的686万增加到英宗治平三年（1066）的1291万。经过唐末五代的大动乱，门阀世族地主终于消亡了，代之而起的是一个新的庶族地主阶级，从中涌现了一大批优秀的文学家。手工业方面，造船、矿冶、制瓷诸业都得到长足发展。尤其是印刷业的飞跃进步，对文化事业产生了巨大的影响。唐代已有雕版印刷，但属于创始阶段，唐人所读书，基本上是手抄本，得之不易。北宋中期，印书成为普遍的事业，开封、杭州、四川、福建成为著名的印刷中心。随着造纸技术不断提高，南宋印刷业臻于极盛。单是闽版图书，就能风行四方，无远不至了。宋代文人想要“读书破万卷”，已经不是很难的事。《四库全书简明目录》所载历代文人别集，自汉魏六朝至隋唐五代一千年，共计 111 部，1518 卷；而两宋三百年间，共计 399 部，8359 卷。以卷数计，是以前的五倍多。印书事业的发达，藏书读书的方便，使得宋人的知识学问和整体文化素养大大超越了前代。这对文学创作的影响是显而易见的。一是作家的学者化。唐代文学家很少兼有学者身份，而宋代文学家通经学、史学、佛学、语言文字学、金石学、目录学的，大有人在。二是作品的学问化，体现在散文方面，就是题材的广博，内容的丰富，视野的开阔，议论的恢宏，历史感的深沉和人文意象的浓厚。

（三）文化思想与宗教。两宋是我国封建文化高度繁荣，并走向成熟的时代。学术则汉宋并称，文学则唐宋并称，艺术（绘画）则宋元并称。全面地看，宋代文化的发达繁荣，已超过了以往任何一个王朝。其足以转移社会风气的文化政策与文化思潮，最重要的有如下两端。一是重文重儒（儒学和儒士）。太祖曾说，宰相须用读书人。开宝六年（973）殿试贡士，得进士诸科 125 人，自此殿试成常制。真宗进一步提倡尊孔读经，亲撰《文宣王赞》、《崇儒术论》、《劝学诗》，提倡儒学，鼓励人们走读书入仕的道路。北宋科举取士，有一年多至数百人的。在重儒的同时，宋代统治者也提倡道、佛，作为辅助手段。真宗说：“三教之设。其旨一也。”重文重儒的直接结果，促进了文化事业的昌明，文史巨著如《太平御览》一千卷、《太平广记》五百卷、《文苑英华》一千卷、《册府元龟》一千卷先后成书，对古代文献进行了规模空前的辑集整理，就是明证。同时，文官地位崇高，待遇优厚（包括致仕后），由馆阁至宰执成为迁升常径，而且文官可以入掌枢密（军府），出为将帅。影响所及，有以武职为耻、设法改为“文资”的。这和唐代的尚武精神和“宁为百夫长，胜作一书生”的叹息不同了，和唐代文士往往依附封疆大吏的情况也不同了。比起唐代来，宋代文人困顿的少，显达的多。这影响到作家的精神面貌，自然也会影响其作品的风采气格。二是道学与禅宗。道学以继承孔孟儒家“道统”

(儒道之系统)、研究性命义理为治学宗旨。韩愈论道统，历数尧、舜、禹、汤、文（王）、武（王）、周公、孔子、孟子为一脉，以振兴此一统绪为己任。朱熹以周（敦颐）、程（颢、颐）上承孟子，朱本人是程颐的四传弟子。周、程等人与汉儒治经侧重名物训诂不同，而是着重阐释义理，兼谈性命，故道学又称理学。以二程、朱熹为代表的理学，和与朱熹同时的陆九渊的心学（道学的另一派别），虽然有矛盾，有论争，但程度不同地受到禅宗以及老庄哲学与道教思想的影响。佛教禅宗发展至宋代，衍为五家七宗，得到广泛传播，深入渗透思想界和知识界。理学家的哲学思想修养功夫及著作的语录体裁（二程、朱熹、陆九渊等人都有语录传世），文学家的创作理论、审美意识以及作品的内容与风格，都对禅宗有所融汇吸收与借鉴。僧俗交际的广泛与密切，亦前代所无，许多大文学家都精通佛学，熟悉禅宗，与宗教有关的文章也明显多起来了。了解禅学的基本精神与流传情况，是研究宋代文化与文章的重要方面。

（四）民族矛盾。在北宋，是宋王朝与辽、西夏的对峙。在南宋，是宋王朝与金、蒙古的对峙。辽为契丹族所建国（916～1125），南以今天津、海河、河北霸县至山西雁门关一线与宋为界。真宗景德元年（1004），宋廷在打了胜仗的情况下与之订澶渊之盟，议定输辽岁银十万两、绢二十万匹，其后有增无减。西夏是党项族所建国（1038～1227），有今宁夏、陕北至内蒙古、甘肃、青海部分地区。经多次战争，于仁宗庆历四年（1044）定议，宋廷岁“赐”西夏绢十三万匹，银五万两，茶二万斤。金为女真族所建国（1115～1234），1125 年灭辽，1127 年灭北宋，并多次南进侵扰，南宋朝廷经多次议和，如 1141 年绍兴和议、1164 年隆兴和议、1208 年嘉定和议，通过称臣称侄，让地输贡，大体维持以淮河至大散关一线为界，偏安东南的局面。其后，蒙古兴起于北方斡难河畔，1234 年灭金，1271 年建立元朝，1279 年灭宋，宋王朝对待辽、夏、金、元的基本国策，就是妥协退让，息事宁人，以金帛财富购买和平，终于酿成两次亡国惨祸。这种国策极大地压抑了人民大众和士大夫的爱国热情、战斗意志和锐意进取的理想。宋代文学所反映的民族精神和唐代的主动开拓高歌猛进的气概是大不相同的。

（五）弊政、改革和党争。宋王朝的弊政最突出的是冗兵冗官冗费，影响国力，导致积贫积弱。以北宋为例，仁宗时养兵 125 万，军费开支占赋税十之七八；由于取士太滥，皇室与官僚子弟荫官太多，使官额激增，机构臃肿，耗费巨大；再加上贵族阶级的腐化挥霍，对辽、金的岁币，贫弱之势在表面繁荣的仁宗朝即已形成。这就激发了有志之士的改革愿望。庆历三年（1043），参知政事范仲淹与富弼、韩琦推行新政，受到夏竦、章得象一般人的反对，指范、富、欧阳修等为“朋党”。不到二年，新政失败。神宗时用王安石为相，大规模实行变法，其初衷是要增加财政收入，增强国力，但由于或者设想虽好而操之过急，或者任用非人而弊生于下，或者法令条例本身未必适宜，总之是遇到了相当广泛的反对，引起一场轩然大波。其后，由政见不同而激发的党争，经熙（宁）、（元）丰新政、元祐更化，到哲宗“绍述”、徽宗“崇宁”，演变为毫无原则的倾轧，直至北宋之亡。在半个世纪中，一本批文学家受到打击迫害，许多人远谪他方，甚至不得生还。蔡京当国时，乃至籍定元祐党人120人，后又增至309人，御书刻石于文德殿，蔡京又手书刻石颁布各州县；苏轼等人的作品被禁止，被销毁，这是宋代文学事业的一次浩劫。

中国文学发展至宋代，被称为正统文学的诗文仍占着文坛的主导地位。诗文作家作品的数量大大超过隋唐五代。以散文言，《全唐文》在清嘉庆十九年（1814）成书一千卷，收唐五代作家三千余人，文章一万八千四百余篇；加上后来的《唐文拾遗》与《唐文续拾》所辑遗文三千三百余篇，总计二万一千七百余篇。《全宋文》正在陆续编辑出版之中，“宋代文章，有别集流传者六百余家；如以无别集而文章零散传世者合而计之，作者将逾万人，作品超出十万。”（缪钺《全宋文序》）由此可见宋文作家之多，作品之富。今依照时代先后及散文体裁，略述宋文之发展情况。

（一）宋初文风与文学复古运动。晚唐五代，是所谓衰世，文风也衰颓不振（这并不是说世衰文必衰）。总体而言，内容方面多无病呻吟，形式方面多浮艳骈俪。在中唐时领导过古文运动的韩愈、柳宗元的传统几乎消失了，连韩愈的文集也不易见到了。《宋史·文苑传一》载宋初文学家十余人。其中赵邻几（921～979）是后周显德二年（955）进士，宋太宗时知制诰。本传说他“为文浩博，慕徐、庾及王、杨、卢、骆之体，每构思，必敛衽危坐，成千言始下笔。属对精切，致意缜密，时辈咸推服之。及掌诰命，颇繁富冗长，不达体要，无称职之誉”。宋白（936～1012）由五代入宋，建隆二年（961）进士，太宗时为翰林学士。本传说他“学问宏博，属文敏赡，然辞意放荡，少法度”。和㠓（951～995），太平兴国八年（983）进士，太宗时知制诰。本传说他“虽幼能属文，殊少警策，每草制，必精思讨索而后成，拘于引类偶对，颇失典诰之体”。《四库全书总目》卷一五二评徐铉《骑省集》云：“当五代之末，古文未兴，故其文沿溯燕、许，不能嗣韩柳之音。”徐铉（916～991）是由南唐入宋的人，在南唐曾任知制诰、翰林学士。又，五代后晋时刘昫（887～946）监修《旧唐书》，其《文苑传序》提倡文饰和骈俪，高度赞美沈约和初唐文风；这篇序文本身就是雕章缛句的作品。以上这些情况，大体可以说明晚唐五代文风的基本情况。五代十国分裂局面的结束，北宋统一王朝的建立，为了适应政治经济的革新发展，自然要求改变文坛旧貌，振起新风，这就引起了一场持久且有反复的斗争。最早起来倡导古文的是柳开（947～1000）和王禹偁（954～1001）。他们的努力并未挽回积重难返的颓风，最根本的原因是他们的创作实践并没有取得很高的成就，因而没有造成很大的声势和影响，追随师法的人不多。比如柳开说，“古文者，非在辞涩言苦，使人难诵读之”，而在于古其理，高其意，形式与内容相适应(《应责》)。他自己的作品就有辞涩言苦，难于诵读的缺点，被后人讥为能言而不能行。王禹偁成就高于柳开，但也没有打开局面。他们是北宋复古运动的先驱与前奏。与柳、王大体同时的杨亿、刘筠等人倡导的“西昆体”又风行将近40年。西昆体以诗歌作品《西昆酬唱集》得名，同时包括散文。杨亿著作极富，其《杨徽之行状》云：“凡游赏宴集，良辰美景，为有雕章丽句，传诵人口。”田况《儒林公议》称“杨亿在两禁，变文章之体”。综合这些情况，说明西昆体诗与文，都是以雕章丽句为宗尚的，或者还可以加上典雅堂皇这个特点，因而也有别于五代文章的衰飒之风。石介的《怪说》中篇，对西昆体发动猛烈攻击，说杨亿“刓锼圣人之经，破碎圣人之言，离析圣人之意，蠹伤圣人之道”，主要是针对西昆的文风说的。这篇文章虽然嫌其卫道气息过浓，其所谓“文”，大体是“道”的载体罢了。不过，在复古运动中也起了壮声势的作用。

复古运动取得决定性胜利的斗争，是欧阳修（1107～1072）领导的。他从青年时代起，就有志于文章的复古，搜求韩（愈）集，学习韩文，与师友尹洙、苏舜钦等人致力于古文写作。他的创作成就很高，影响也大；再加上后来地位日隆，奖掖提携了一大批优秀作家如苏氏父子、曾巩、王安石等；又利用知贡举的权力打击时文（“太学体”)，终于使古文战胜时文，主宰了文坛。范仲淹说：

唐贞元、元和之间，韩退之主盟于文，而古道最盛。懿、僖以降，寖及五

> 代，其体薄弱。皇朝柳仲涂起而麾之……洎杨大年以应用之才独步当世，学者刻辞镂意，有希仿佛，未暇及古也。其间甚者专事藻饰，破碎大雅，反谓古道不适于用，废而弗学者久之。洛阳尹师鲁，少有高识，不逐时辈，从穆伯长游，力为古文……欧阳修从而大振之。(《尹师鲁河南集序》)

其序次自唐至宋古文盛衰与宋代复古运动发展之轨迹（柳开——穆修——尹洙——欧阳修），最为清晰有条理。苏轼的《六一居士集序》则热情洋溢地肯定了欧阳修领导复古运动的功绩："韩愈之后，二百有余年而后得欧阳子。其学推韩愈、孟子以达孔氏，著礼乐仁义之实，以合于大道。……宋兴七十余年……而斯文终有愧于古；士亦固陋守旧，论卑气弱。自欧阳子出，天下争自磨濯……长育成就，至嘉祐末，号称多士，欧阳子之功为多。"

（二）北宋散文家。后世所谓"唐宋八大家"，宋占其六。作为古文运动的胜利果实，他们的创作构成中国散文史上的一座高峰，其总体成就已超过韩、柳时代，给后世留下了一份宝贵的遗产。

欧阳修。北宋文坛领袖，一代宗师。在文学主张方面，他继承并发展了韩愈的观念，强调儒家道统，说"道胜者，文不难而自至也"(《答吴充秀才书》)。意思等于说：先学做人，后学做文。道胜是文美的前提。同时反对"弃百事不关于心"（同上）的空谈大道，"务高言而鲜事实"(《与黄校书论文章书》)的作风，也不同意有德者必有言的说法。重道而不轻文，不以道代文，坚持"事信言文"的统一与兼顾(《代人上王枢密求先集序书》)，坚信文章如精金美玉，市有定价，好的文章经得起考验，不是可以随心褒贬的。这体现了一位杰出古文家的远见卓识。在散文创作上，他扬弃了韩文奇险艰涩的一面，继承发展了文从字顺的一面。苏洵通过孟子、韩、欧的比较，指出欧文的独特风格："执事之文，纡馀委备，往复百折，而条达疏畅，无所间断。气尽语极，急言竭论，而容与闲易，无艰难劳苦之态。"(《上欧阳内翰第一书》)"纡馀委备"，"容与闲易"，可谓欧文基本风格的定评。论辩、赠序、书牍、史论、游记、祭文、墓志各体文章都有历代传诵的佳作。正统的文论难得离道论文，不能载道之文总是受到攻击；而在正统的文论家看来，欧文是道与文结合得最完美的一种典型。因而所谓龙门家法，韩欧神理，成为后世散文家所仰望所追求的一个崇高目标。摆脱了道统说和载道论的读者，同样可以从欧文中得到审美的享受和写作的借鉴，这是欧阳修的成功。

曾巩和王安石。曾巩是欧阳修的学生，王安石受到过欧阳修的奖掖。他们都是古文大家，但取向亦有差异。曾巩偏重经术。南宋朱熹赞曾文不绝口，对曾巩为人极为钦佩。刘埙《隐居通议》说：“朱文公评文专以曾南丰为法者，盖以其子周、程之先，首明理学也。”其散文词严理洽，淳古明洁。《宋史本传》评为“纡徐而不烦，简奥而不晦，卓然自成一家。”对后世重经术的散文家影响很大，往往欧曾并称。王安石偏重事功。作为一位杰出的政治家，他的散文作品大抵是用来为表明政治理想、进行政治斗争服务的，风格刚劲强悍，亦如其人。吕璜引吴德旋说：“古来博洽而不为积学所累者，莫如王介甫。渠作文直不屑用古人一字，此其所以高。”(《初月楼古文绪论》)刘熙载说：“半山文善用揭过法，只下一二语，便可扫却他人数大段，是何简贵。”(《艺概·文概》)

三苏。苏洵自言：“洵著书无他长，及言兵事，论古今形势，至自比贾谊。”(《上韩枢密书》)苏辙说他父亲“博观古今议论，而以陆贽为贤”(《历代论·陆贽》)。无论讥议或称扬其文风的，都肯定其出于战国纵横家言。苏氏父子的一个共同特点，就是他们的文章不为空言，以务为有用为目的，风格技巧则得力于《孟子》、《国策》者为多，雄俊博辩，纵横捭阖，议论新颖透辟，往往有惊人之见。苏洵文笔锋老健，苏辙文气度汪洋，又各具特色。三苏中成就最高的是苏轼。他凭借自己卓越的天才，豪迈的性格，广泛的阅历，闳博的学识，《庄子》书思想与文采的熏陶感染，发而为文，滔滔汩汩，随物赋形，而姿态横生。罗根泽说：“欧阳修文道并重，苏轼所接受而见光大的是文，是古文。古文在唐代已由韩愈完成，可是不久又被四六文革替。直到欧阳修再度完成，才浩荡绵延，形成文章正宗，虽有其他因素，最重要的，确是赖着苏轼的辞章，赖着苏轼的以古文兼并骈文的辞章。”(《中国文学批评史》第三册第六章)苏轼说过，韩愈文起八代之衰。而欧阳修的文起二百年之衰的任务，是由苏轼最后完成的。明代领导文学新思潮的著名人物李贽、徐渭、三袁，对苏轼的人品和文章极其仰慕，极口称赞。“苏长公何如人！故其文章自然惊天动地！”(李贽《焚书·复焦弱侯》)“苏长公片言只字与金玉同声，虽千古未见其比。”(李贽《焚书增补·又与从吾》)“东坡千古一人而已！”(徐渭《徐文长轶草·评朱子论东坡文》)“邸中无事，日与永叔、坡公作对。坡公诗文卓绝无论。”(袁宏道《袁宏道集笺校·答梅客生开府》)苏轼在中国散文史上的地位与影响，盖不在韩、欧之下。

道学家。在北宋古文运动中，道学家是古文家反对时文的同盟军；但是动机与目的颇有差异，因而又是散文发展的阻力。上引石介《怪说》之言，可见一斑。欧阳修“于文得尹师鲁、孙明复，而意犹未足”（《四库全书总目》卷一五二）。孙复“根柢经术，谨严峭洁，卓然为儒者之言，与欧、苏、曾、王千变万化，务极文章之能事者，又别为一格”（同上）。而尹洙“博学有识度，尤深于《春秋》。……其为文简而有法”（《宋史·尹洙传》）。看来，欧阳修的“意犹未足”，是尹、孙牵拘经书，辞章虽然谨严、有法，但不能变化多姿，以尽文章之能事。这就是儒者之文和文章家之文的差别。著名道学家周敦颐、邵雍、张载、程颢、程颐，正好与欧、曾、王、苏等古文家同时，且都有文集传世。其重道轻文的倾向，以二程为最突出。一是以道代文，肯定有德者必有言；二是将“文章之学”和“儒者之学”对立起来，认为“欲趋道，舍儒者之学不可”，“溺于文章”也不可（《二程遗书》卷十八）；三是明言“作文害道”，为文也是“玩物丧志”（《二程语录》卷十一）。但道学家论道毕竟离不开文辞这个载体，他们的作品也偶见文采，其佳者如周敦颐《通书》的某些篇章和《爱莲说》，张载的《西铭》，都简炼可诵，甚至成为传世名篇。

北宋散文的新特点，“一是长于议论，二是平易自然”。长于议论，是政治上积极的表现；平易自然，是艺术上成熟的标志。（郭预衡《北宋文章的两个特点》）各体文章几乎都杂以议论，议政、论学、谈兵、评史之文超过前代，甚至记游之文也可以专发议论。好发议论的风气，与策论取士和广开言路都有关系。影响所及，至于以议论为诗，以议论入词入赋，对宋代文学产生广泛的影响。平易自然，是在反对五代体和西昆体、太学体等雕琢险怪作风的长期斗争中逐渐成熟，到欧、苏之文，已经成为足以反映宋文基本风貌的一个特点。

（三）南宋散文。

南宋散文，是在北宋古文运动开拓出来的坚实基础上发展的。虽然没有产生欧、曾、王、苏那样的大家，总的成就远不如北宋；但它仍然占据文坛的主导地位，具有压倒骈文的优势。其发展大致可以宁宗嘉定元年（1208）宋金订立“嘉定和议”为界，分为前后两期。前期从 1127 年至 1208 年，共 80 年。这是一个民族矛盾极为尖锐，宋金之间战争相续，南宋朝廷求偏安而不得的时期，是爱国热情普遍高涨，救亡图存之士奔走呼号的时期。以陆游为代表的诗人和以辛弃疾为代表的词人慷慨抒情，成为时代的最强音。在散文方面，则发挥了宋文长于议论的优势，围绕着抗敌救国这个主题，产生了一批富于激情的奏疏文和论辩文，从宗泽的《乞毋割地与金人疏》、陈东的《上高宗皇帝书》、胡诠的《戊午上高宗封事》、岳飞的《乞止班师诏奏略》，到辛弃疾的《美芹十论》、陈亮的《上高宗皇帝第一书》，或者短至数十字，或者洋洋数千言，或者单论一事，或者全面建言，都能面对现实，痛陈利害，主旨明确，词章爽健，其见解与忠爱之忱，足以发扬正气，激励人心。在这个时期，除了直接反映抗敌救国这个主题的志士之文，学者们的散文可以分为两派：道学派和功利派。“道学派以朱熹、吕祖谦为代表。功利派则以陈亮、陈傅良、叶适为代表。功利派的作家们，为文务求适合世用，才气也奔放雄赡，不屑于句斟字酌。他们可以说是政治家的文人。”（郑振铎《插图本中国文学史》第四十四章）道学家自北宋周敦颐、邵雍、二程到南宋朱熹、吕祖谦等，以阐扬经术道德、精研性命义理为己任。朱熹等人并不回避现实，并不拒谈恢复，只是主张从讲学修身做起，因而为陈亮所激烈批评：“今世之儒士，自以为得正心诚意之学者，皆风痹不知痛痒之人也！举一世安于君父之仇，而方低头拱手以谈性命，不知何者谓之性命乎！”（《上孝宗皇帝第一书》）如果单就文章而言，则自有其长，不可偏废。朱熹散文的成就，尤其是一些赠序书序和论学简牍，在平实坦易中见精粹淳厚，是后人所肯定的。刘熙载说：“朱子之文，表里莹彻。故平平说出，而转觉矜奇者之为庸；明明说出，而转觉恃奥者之为浅。其立定主意，步步回顾，方远而近，似断而连，特其余事。”（《艺概・文概》）其他如吕祖谦，虽纯净简约不如朱熹，但议论充实不空疏，行文爽健无语录气，亦能自成一格。南宋前期的散文，大体是继承北宋大家之余绪的。“南渡以后，道学、功利两派诸人文体，大抵沿袭欧阳修及曾、王、三苏，各得其一节之似。朱熹瓣香曾巩；陈傅良初学欧阳，后学张耒，此其昭然者。吕祖谦之辩博凌厉，叶适之纵论政治，陈亮之不可控勒，皆有苏氏父子之风。即其功利之谈，亦未始不合王安石‘文者务为有补于世’之说也。”（柯敦伯《宋文学史》第二章）南宋后期，在著名学者叶适去世之后，散文确实是消沉了。直到亡国前后，才有南渡初期的继响，如写《指南录后序》的文天祥，成为两宋散文史的光辉篇章的最后一抹余晖。

南宋散文的总体成就不如北宋，原因是多方面的。第一，盛极之余，后继为难。北宋文章之盛，前所罕见，高潮过后，出现低潮（优秀作家作品相对减少，有名篇而无大家），也是可以理解的。第二，南宋理学昌明，讲学之风盛行，许多富有才情之士，精力不是用在辞章上，而是用在义理上；不是用在“害道”的作文上，而是用在“载道”的语录讲章上。并且影响所及，使散文也带上语录讲章气习，支离冗散。所谓南渡以后文气冗弱，与理学有某种直接的关系。第三，北宋文的特点是平易自然。作为一种风格，一种境界，在欧、苏文中得到了完美的体现；而至于南宋则渐成末流，变为平庸简陋了。第四，是风气的转移。在传统散文不很景气的情况下，其分支笔记文却繁荣起来了。

（四）宋代笔记文及其他。北宋笔记文数量已很可观。古文大家欧阳修有《归田录》，苏轼有《东坡志林》，其中不乏文学性很强的纪事抒怀之作。沈括的《梦溪笔谈》分为故事、辨证、人事、官政、艺文、书画等十七类，概括了作者丰富的见闻和深刻的见解，不仅具有重大的学术价值，也有一定的文学价值。笔记体文发展到南宋，不但数量更多，作者如林，而且作为一种著述形式，更显出其自身的系统性和作为文章体裁的独立性。著名的如吴曾的《能改斋漫录》、洪迈的《容斋随笔》、陆游的《老学庵笔记》、费衮的《梁溪漫志》、王明清的《挥麈录》、罗大经的《鹤林玉露》、王应麟的《困学纪闻》等等，都是卷帙较多、内容丰富的著作；有的则分门别类，体例严整。在众多的笔记文中，有大量文学性强的作品，属于文学散文的一个品种。《避暑录活》（叶梦得）中的《乐君》，《能改斋漫录》中的《马知节直诚》，《容斋随笔》（五笔）中的《燕赏逢知己》，《老学庵笔记》中的《株连致误》、《文选》，《岭外代答》（周去非）中的《槟榔》、《斗鸡》，《梁溪漫志》中的《侍儿对东坡语》，《鹤林玉露》中的《韩璜不刚》、《山静日长》，有的是人物素描，有的是事件速写，有的为知识小品，有的为风俗小记；篇幅或长或短，运笔无所拘束，文字清通简洁，富有形象性和趣味性。其佳者已接近晚明小品的水平了。此外，日记作为散文的一个分支，始见于唐，盛行于北宋。据周煇《清波杂志》说：“元祐诸公皆有日记。”至南宋逐渐发展到成熟阶段。楼钥的《北行日录》记孝宗乾道五年（1169）随贺金使北上经历，陆游《入蜀记》记乾道六年自山阴赴夔州通判任时沿途所历风光景物，范成大《吴船录》记淳熙四年（1177）自成都应召回杭州的旅程与游览，大体都按日作记，是很典型的日记体，又具有文学价值。到明代，日记体散文就上承宋代而更趋发达了。

韩愈、柳宗元和欧、苏、曾、王等大师及苏门文士继承先秦两汉的优良传统而发扬光大，使散文（古文）创作臻于登峰造极，叹为观止，总结前人成就和经验的工作也大规模地开始进行了。宋代诗文评（诗话也论文）的繁荣，前所未见。单以诗话来说，就兴于宋代，而且极为流行，依郭绍虞《宋诗话考》，“现尚流传者”四十二种。“其部分流传，或本无其书而由他人辑纂成之者”四十六种，“至于有其名而无其书，或知其目而佚其文，又或有佚文而未及辑者”五十一种，总计一百三十九种。散文作品的整理选辑与刊刻流播，也极一时之盛。《宋文鉴》一五〇卷，吕祖谦编。从大约八百部文集中精选北宋文章一千四百多篇，朱熹晚年说：“此书编次，篇篇有意。”“其所载奏议，亦系一时政治大节。”（陈振孙《直斋书录解题》）可见编辑宗旨尚着重于有益治道教化。而同为吕祖谦编的《古文关键》二卷，就具有写作范本的性质了。此书选韩愈、柳宗元、欧阳修、曾巩、苏洵、苏轼、张耒七家之文六十余篇，各标举其命意布局用心之处，卷首冠以读文作文之法，为学者指示写作门径，故曰“关键”。《崇文古诀》三十五卷，楼昉编。选秦汉至宋朝文二百余篇，篇目增多，发明尤精，便于学者。《文章轨范》七卷，谢枋得编。精选汉、晋、唐宋文六十九篇，其中韩愈文三十一篇，柳宗元、欧阳修之文各五篇，苏洵文四篇，苏轼文十二篇，其余诸葛亮、陶渊明、杜牧、范仲淹、王安石、李觏、李格非、辛弃疾文各一篇。各有批注圈点，揭示古文之法。由《古文关键》、《崇文古诀》到《文章轨范》，再加上真德秀的《文章正宗》、魏齐贤的《五百家播芳大全文粹》、王霆震的《古文集成前集》、古文编选的体例大致齐备，已足资后人借鉴了。而且，唐宋大家的地位，在这些选本中已初步确定，对后世的影响也是不言而喻的。

（五）宋代骈文。骈体文极盛于南北朝至初唐，渐衰于晚唐。北宋古文运动取得胜利之后，它在文坛上已经失去光彩，在文学史上不占重要地位了。不过，骈体仍然有它的应用价值。洪迈说：“四六骈俪，于文章家为至浅，然上自朝廷命令诏册，下而缙绅之间笺、书、祝、疏，无所不用。”（《容斋三笔》卷八）尤其是所谓“内外制”，习惯上要用骈体写成，大概是为了显示庄严典雅，并便于朗诵宣读。因此，文士仍须熟悉此体；即使致力于古文的大家，一旦入翰林，掌制诰，则必用骈俪之体。以宋代而言，徐铉、杨亿、夏竦、宋庠、胡宿、王珪等人都是骈文作手。《四库全书总目》评夏竦说，“词藻赡逸，风骨高秀，尚有燕、许轨范。”（卷一五二）评王珪说，“文章则博赡瑰丽，自成一家。计其登翰苑掌文诰者凡二十年，朝廷大典策，皆出其手，故其多而且工者，以骈俪之文为最。”（同上）其评宋庠骈体，与当时古文对比，带有总结论定的性质：“文章多馆阁之作，皆温雅瑰丽，沨沨乎治世之音。盖文章至五季而极弊，北宋诸家，各奋起振作，以追复唐贤之旧。穆修、尹洙以至欧阳修，则沿回韩、柳之波；庠兄弟则方驾燕、许之轨。譬诸贾、董、枚、马，体制各殊，而同为汉京之极盛，固不必论甘而忌辛，是丹而非素。”（同上）这是一方面。另一方面，古文大家们仍然坚持改革。司马光曾以不善四六为由，拒绝担任翰林学士之职，他写的诏制，虽作骈语而尚朴实，力求摆脱华藻。欧阳修和苏轼以散文的气势来运用骈俪，力求推陈出新。即以赋体为例，宋初古文家王禹偁写《三黜赋》，体格很接近唐人之作，章法整密，造句拘谨，韵律也严；其名作《待漏院记》情况也大体如此。欧阳修的《秋声赋》和苏轼的前后《赤壁赋》，则是宋代文赋（散文化的赋）的典范之作。既能保存赋的传统形式和特点，又突破传统的束缚，在章法句法、对偶用韵方面，都自然如天籁，舒卷随心了。这可以作为古文家如何对待骈文和骈体的生动例证。南宋以骈文著名的，有汪藻、孙觌、綦崇礼、周必大、真德秀等作家。孙梅论汪藻云：

> 浮溪之文，可称精切；南宋作者，未能或先。然何可与义山同日语哉！古之四六，句自为对，语简而笔劲，故与古文未远。其合两句为一联者，谓之隔句对，古人慎用之，非以此见长也。故义山之文，隔句不过通篇一二见；若浮溪，非隔句不能警矣。甚至长联至数句，长句至十数字者，以为裁对之巧，不知古意寖失，遂成习气。四六至此弊矣！其不相及者一也。义山隶事多而笔意有余，浮溪隶事少而笔意不足。其不相及者二也。（《四六丛话》卷三十三）

陈振孙对汪藻骈文评价极高：“……绍圣后，置词科，习者益众。格律精严，一字不苟措。若浮溪，尤其集大成者也。”（《直斋书录解题》）又是“南宋作者未能或先”，又是“集大成”，这样的作家都不如李商隐远甚，可见骈文到南宋，确实是没落了。

第一章
北宋初期散文

第一节 “西昆”作家和王禹偁、穆修

宋初文坛，总的说，比较寂寞，成就不大。一方面，唐末五代靡弱之风犹存，另一方面，要求复古以变革文风的呼声已经起来，但还不能形成气候。这就是《宋史·文苑传序》概括宋初文坛的两句话：“国初，杨亿、刘筠犹袭唐人声律之体，柳开、穆修志欲变古而力弗逮。”

承续唐末五代余风的主要是“西昆”作家。“西昆”之名，得自杨亿所编的《西昆酬唱集》。杨亿在该集序中说：“余景德中忝佐修书之任，得接群公之游，时今紫微钱君希圣、祕阁刘君子仪并负懿文，尤精雅道，雕章丽句，脍炙人口。予得以游其墙藩，而咨其模楷，二君成人之美，不我遐弃，博约诱掖，置之同声。因以历览遗编，研味前作，挹其芳润，发于希慕，更迭唱和，互相切劘。……其属而和者，又十有五人，析为二卷，取玉山策府之名，命之曰《西昆酬唱集》云尔。”《西昆酬唱集》是一部诗集，但其追求雕章丽句、音韵偕靡的倾向，却可以代表宋初文学的一般风气。

“西昆”作家，以杨亿、刘筠、钱惟演为代表。杨亿（973～1020）字大年，建州浦城（今属福建）人，官至工部侍郎。刘筠（970～1030）字子仪，大名（今河北大名府）人，官至礼部侍郎。钱惟演（962～1034）字希圣，临安（今属浙江）

人，官至保大军节度使，加同中书门下平章事。据史传载，杨、刘、钱虽都是才学文章之士，其经历地位却很不相同。钱是吴越王钱俶之子，“出于勋贵”，归宋后颇不得志，为了找到政治靠山，策划“与后家通婚姻”，结果被劾。他“文辞清丽”，“于书无所不读，家储秘府体文籍，尤喜奖励后进”。他在官场中显然是一位有城府的人物。刘筠大约是一位寒门文士，而且是宋真宗“以策论升降天下士”的第一人，他“三入禁中，三典贡部”，而“性不苟合，临事明达”，“治尚简严”。他体弱多病，又爱庐江，早就在那里筑室、营墓，并“自写铭刻之”。真宗、仁宗对他似乎很信任，说明他没什么野心。杨亿祖父曾做过南唐玉山令，此外则没有什么显赫的先人。他自小聪慧，七岁即能属文，且“有志成风”。十一岁时，太宗闻其名，特诏诣阙下，就试词赋，“连三日得对，试诗赋五篇，下笔立成”，“太宗深加赏异”，称赞他“精爽神助，文字生知”，并说“予有望于汝也”。随即授秘书省正字，并赐袍笏。他未经逐级科考而登“进士第”，并“直集贤院”。他家贫寒，太宗还多次赐钱。这是宋初统治者有意于寒门中选拔人才的一个例证。真宗时，亿被视为前代“名贤”，参与修《太宗实录》，并规划修《册府元龟》，一再受到称赞和优待。他体弱多病，则特许“权免朝直”；其母病，真宗还“亲缄药剂，加金帛以赠”。凡有嫉妒攻击亿的言论，真宗“皆不惑其说”。他“文格雄健，才思敏捷，略不凝滞，对客谈笑，挥翰不辍……博览强记，尤长典章制度，时多取正。喜诲诱后进，以成名者甚众……手集当世之述作，为《笔苑时文录》数十篇。重交游，性耿介，尚名节。多周给亲友，故廪禄亦随而尽”。他还虔信佛教，“某不佞窃从事于空宗，为日虽浅，闻道素笃，常服首楞之典，获佩法王之训，乃知世间轮回，杀贪为本，胎化湿卵，强弱相吞，生死循环，互相啖食，始由一念之迷惑，遂致万化之纷纶。……”（《武夷新集》卷一八《答钱易书》）。宋史本传称其著述有一九四卷之多，今只存《武夷新集》二十卷，其他皆亡佚。此书所收大体是996～1006年间的诗文，其风格不全同于《西昆酬唱集》。我们以《武夷新集》为例，考察一下他领袖文坛的文章。《武夷新集》中，文十五卷，大多为骈体文，也明显受到李商隐的影响。但有时文过于质，不如李文之情文并茂。《送张讼之毗陵诗序》是集中较有情趣的一篇：

义兴阳羡，山水甲于江东。张子巨源慨然发仁智之心，飘然有登临之兴。

> 叶舟东下，兰友与俱；梁园雪飞，汴流日浅；榜人宿戒，祖席晨张。于是京洛贵游之贤，乡关布素之执，河梁惜别，并怆离群；泽固赠行，咸抽秘思；风雅之什，烂然盈编，又何必杂佩兼金，然后充乎巾橐也。行矣！三吴之地，素多贤豪；十室之邑，必有忠信。虽君子在位，岩穴岂无于隐沦；矧善人为邦，闾里已臻于富庶。傥能为我择爽垲，营别墅，当使夫陈力。不能奉身而退，受一廛而为氓，与万物而共尽，此所望于子也。庶乎勉旃，献岁发春，迟子西笑。（文集卷七）

这是一篇庄重华美的骈文，反映了杨亿的思想性格和文风，《武夷新集》中的颂、记、序、表、志等类文章，大都用这种文笔写成，这就是承袭五代文风的表现。这些文章较之韩、柳古文确实显得“浮华”，但似乎不能谓之“靡艳”。

祥符二年（1009），真宗下诏批评了以《西昆酬唱集》为代表的浮艳文风：“近代以来，属辞多弊，侈靡滋甚，浮艳相高，忘祖述之大猷，竞雕刻之小巧。……今后属文之士，有辞涉浮华玷于名教者，必加朝典。”他还提出要从“古今文集”中选出一些好文章刊印于世，以为“垂范”。维护“名教”和复古，是宋真宗纠偏的两大措施。石介在《祥符诏书记》中说，杨、刘、钱“唱和宣曲诗，述前代掖庭事，辞多浮艳，真宗闻之曰：‘辞臣，学者宗师也，安可不戒于流宕？’”因此下诏纠偏（见《徂徕石先生全集》卷十九）。此话很值得注意，《宣曲》组诗虽然是写“前代掖庭事”，传诵者和模仿者未尝不可推想为本朝之事，其影响于宋王朝可能极不佳，这才引出了“诏书”。此后，人们大体上由否定《宣曲》诗进而否定《西昆酬唱集》，再进而否定杨、刘、钱的全部诗文，并有“西昆派”、“昆体”等名称流传开来。杨亿是其中成就最高、名声最大的，因此成了“头羊”。如前所述，这种以偏概全之论是不切实际的。宋初承袭五代文风，是时势使然，宋王朝以诗赋取士显然有力地维护了这种局面，杨亿自小习于此道才被选中因而进一步发挥了他的才华。《西昆酬唱集》诚然有“靡艳”之作，但非全部，而且也并未因宋真宗纠偏和一些文人反对而销声匿迹，它在宋词作品中获得了更多的表现机会，值得赞赏。

要求文章要有利于传道、明心，并有益于宗经、重教，因而主张从根本上改变宋初文坛受唐末五代影响的格局，也是大有人在的。其中的代表人物，主要有柳开、王禹偁、穆修、石介。这里先介绍王、穆，柳、石将另述于下节。

王禹偁（954～1001）字元之，出身于济州巨野（今属山东）一个贫苦农民家庭，太平兴国八年（983）29 岁中进士，官至右拾遗、左司谏、知制诰，卒于知蕲州任上，有《小畜集》三十卷、外集七卷。

《宋史》本传称其“遇事敢言，喜臧否人物，以直躬行道为己任……其为文著书，多涉规讽，以是颇为流俗所不容，故屡见摈斥。”他在《三黜赋》中说，“八年三黜”，“夫如是屈于身兮不屈其道，任百谪而何亏？吾当守正直兮佩仁义，期终身以行之”。他曾经很想像尺蠖那样，“慎行止，明用舍，予将师之，庶悔吝而益寡”（《尺蠖赋》）。但他的耿直的性格，使他很难做到“拳跼苦求伸”（《自咏》）。这说明他是一个古道热肠的人物。他多次被贬到地方做官，使他更多地了解了现实社会情况，也更深地认识了社会人生的复杂性。他的《朋党论》包含了他的经历体会：“偶读唐史，见元和、长庆之后，至大和、开成间，赞皇、奇章、李凉公辈互为朋党，文宗尝谓近臣曰：‘破河北贼甚易，破此朋党甚难。’言之不思一至于此！夫朋党之来远矣，自尧舜时有之，八元八凯，君子之党也；四凶族，小人之党也。……君子常不胜于小人，是以理少而乱多也。夫君子直，小人谀，谀则顺旨，直到逆耳。人君恶逆而好顺，故小人道长，君子道消也。书曰：‘有言逆于汝心必求诸道，有言逊于汝志必求诸非道。’君天下者能践斯言而行之，则朋党辨矣，又何难破哉？”（文集卷一五）这是王氏文章“多涉规讽”的一个例证，也反映了他要求文章要有利于传道、明心的主张。

王禹偁对宋初文坛风习有一个明确的估价：“人之文，六籍五常，舍是而称文者，吾未知其可也。咸通以来，斯文不竞，革弊复古，宜其有闻。国家乘五代之末，接千岁之统，创业守文垂三十载，圣人之化成矣，君子之儒兴矣，然而服勤古道，钻仰经旨，造次颠沛，不违仁义，拳拳然以立言为己任，盖亦鲜矣。”（文集卷一九《送孙何序》）在这里，王禹偁把文运之衰追溯到唐懿宗咸通年间（860～873），到宋初三十年，前后约百年，他在诗中也写道：“文自咸通后，流散不复雅。因仍历五代，秉笔多艳冶。”（《五哀·高公》）他没有追究个人责任，而是着眼于这百年间的文学思潮。他的救弊之法，就是“服勤古道，钻仰经旨”，“不违仁义”，简言之，就是“宗经树教”（文集卷一九《送丁谓序》）。正是出于这种认识，他十分推崇韩愈。他在《答张扶书》中说得很清楚：“近世为古文之主者，韩吏部而已。吾观吏部之文，未始句之难道也，未始义之难晓也。其间称樊宗师之文必出于己，不袭蹈前人一言一句；又称薛逢为文以不同俗为主。然樊、薛之文不行于世，吏部之文与六籍共尽，此盖吏部诲人不倦，进二子以劝学者。故吏部曰：‘吾不师今，不师古，不师难，不师易，不师多，不师少，惟师是尔。’今子年少志专，雅识古道，又其文不背经旨，甚可嘉也。姑能远师六经，近师吏部，使句之易道，义之易晓，又辅之以学，助之以气，吾将见子以文显于时也。”（文集卷一八）王禹偁是把韩愈作为一个“革弊复古”、“宗经重教”的典范来看待的，韩文之所以能“与六籍共尽”，原因就在于他严守“传道而明心”（同上）的原则。由此可知，王禹偁的“革弊复古”的文学革新主张立点甚高，视野广阔，较之后来的“祥符诏书”的内容显然丰厚多了。

王禹偁的散文创作，尽力实践其文学革新主张。他的《三黜赋》、《尺蠖赋》、《朋党论》、《待漏院记》、《黄州新建小竹楼记》等，都是颇有新意的“传道明心”的作品。《唐河店妪传》赞扬了边境人民的爱国心，也反映了他对边防的政治主张。《录海人书》仿效韩、柳寓言笔调，写出了一个海上桃花源世界：

秦末，有海岛夷人上书诣阙者曰：

日月东海岛夷人臣某谨昧死再拜上书皇帝阙下。臣世居海上，盗鱼盐之利以自给。今秋乘潮放舟，下岸渐远，无何，疾飙忽作，怒浪四起，飘然不自知其何往也。经信宿，风恬浪平，天色晴霁，倚桡而望，似闻洲岛间有语笑声，乃迭棹而趋之。至，则有居人百余家，垣篱庐舍，具体而微，亦小有耕垦处，有曝背而偃者，有濯足而坐者，有男子网钓鱼鳖者，有妇人采撷药草者，熙熙然殆非人世之所能及也。

臣因问之，有前揖而对臣者，则曰：“吾族本中国之人也。天子使徐福求仙，载而至此，童男丱女，即吾辈也。夫徐福，妖诞之人也，知神仙之不可求也，蓬莱之不可寻也，至是而作终焉之计。舟中之粮，吾族播之，岁亦得其利，水中之物，吾族捕之，日亦充其腹，又取舟中葩卉以芼之，由是吾族延命而未死焉。死则葬于此水矣，生则育于此洲矣，怀土之情，亦已断矣，且不闻五岭之戍、长城之役、阿房之劳也，虽大半之赋，三夷之刑，其若我何？”且出食以饷臣。明日，登舟而回，复谓臣曰：“子能以吾族之事闻于天子乎！使薄天下之赋，休天下之兵，息天下之役，则万民怡怡如吾族之所居也，又何仙之求、何寿之祷邪?”

臣因漂远方,传此异说,非敢隐匿,谨录以闻,惟陛下详览焉。(文集卷一四)

结尾点题,即要求“薄赋”、“休兵”、“息役”,使“万民怡怡”,不要去追求虚无的“仙境”。这显然是当时人心厌乱求安定的反映。这些文章大都篇幅不长,结构严谨,文字亦平易通畅,其“规讽”的倾向很明显,说明他确在上追中唐古文。但也许是由于他过分强调了“宗经重教”,因而使其思路不够开阔,文笔欠活泼,文章风格也显得单调逼仄。

王禹偁最有代表性的散文当属《待漏院记》和《黄州新建小竹楼记》。

宋初沿袭唐朝旧制,在皇城丹凤门之右修建了待漏院。修院的目的本是为上早朝的官员提供一个临时休憩的场所,而在王禹偁看来,这种施设却寄寓着激励宰相和百官要勤于政务的深厚用心。试看《待漏院记》原文:

天道不言,而品物亨、岁功成者,何谓也?四时之吏,五行之佐,宣其气矣。圣人不言,而百姓亲、万邦宁者,何谓也?三公论道,六卿分职,张其教矣。是知君逸于上,臣劳于下,法乎天也。古之善相天下者,自咎、夔至房、魏,可数也。是不独有其德,亦皆务于勤尔。况夙兴夜寐,以事一人,卿大夫犹然,况宰相乎!

朝廷自国初因旧制,设宰臣待漏院于丹凤门之右,示勤政也。至若北阙向曙,东方未明,相君起行,煌煌火城。相君至止,哕哕銮声。金门未辟,玉漏犹滴。彻盖下车,于焉以息。

待漏之际,相君其有思乎?其或兆民未安,思所泰之;四夷未附,思所来之;兵革未息,何以弭之;田畴多芜,何以辟之;贤人在野,我将进之;佞臣立朝,我将斥之;六气不和,灾眚荐至,愿避位以禳之;五刑未措,欺诈日生,请修德以厘之。忧心忡忡,待旦而入。九门既启,四聪甚迩。相君言焉,时君纳焉。皇风于是乎清夷,苍生以之而富庶。若然,总百官,食万钱,非幸也,宜也。

其或私仇未复,思所逐之;旧恩未报,思所荣之;子女玉帛,何以致之;

车马器玩，何以取之；奸人附势，我将陟之；直士抗言，我将黜之；三时告灾，上有忧色，构巧词以悦之；群吏弄法，君闻怨言，进谄容以媚之。私心慆慆，假寐而坐。九门既开，重瞳屡回。相君言焉，时君惑焉。政柄于是乎隳哉，帝位以之而危矣。若然，则死下狱，投远方，非不幸也，亦宜也。

是知一国之政，万人之命，悬于宰相，可不慎欤！复有无毁无誉，旅进旅退，窃位而苟禄，备员而全身者，亦无所取焉。

棘寺小吏王某为文，请志院壁，用规于执政者。

王禹偁入仕初期先后两次在大理寺任职。一次在擢进士不久，徙知长洲县，就改大理评事。一次是以知制诰判大理寺。宋沿旧制，以高官兼任低职称判，判大理寺，是对大理寺负全责的主要长官。据此推断，文章末尾所谓“棘寺小吏”云云，当指大理评事一职。

这篇文章的题目标有“记”字，但是记事的成分很少，其主要文字是借题发挥，是在向宰相和百官进行规劝。苏颂《小畜外集序》说是“规警时宰”。吴楚材、吴调侯所编《古文观止》则谓曰：“将千古贤相奸相心事，曲曲描出。辞气严正，可法可鉴。尤妙在先借勤字立说，后将慎字作收。盖为相者，一出于勤慎，则所思自有善而无恶。末又说出一种苟禄全身之庸相，其害正与奸相等，尤足以为后世戒。虽名为记，极似箴体。”

在作者心目中，宰臣原是仿效天道有吏佐辅导、圣人有公卿扶助而设置的，其职责重大，既要顺应天道自然的规律，使万事协和，农业丰收，也要使百姓亲睦，天下安宁。在历史上，真正称职的宰相并不多见，原因就在于不仅责任太大，一般人不易担负，而且还要有很高的道德修养和谨慎尽职的工作作风。文章所描述的贤相、奸相和庸相的种种作为，既是对历史上各色宰相的高度概括，同时也是对当代执政者的警戒和劝勉。

这篇文章的基本句式皆由四六言构成，但与当时流行的骈体文又有所不同，中间又掺杂了大量的二三五七言的杂句，骈散相间，参差错落。此外，文中多处运用诘问语气，三四两段，几乎每一句都用“之”字结尾，竟至于连用了十六个。这些形式技巧的运用，极大地增强了文章的灵动性和感情色彩，读起来抑扬顿挫，淋漓酣畅。这在宋初骈文盛行的局面下，确实是难得一见的。

宋真宗咸平初年，王禹偁预修《太祖实录》，直书其事。宰相张齐贤、李沆不协意，禹偁议论轻重其间，遂以轻诬的罪名，贬知黄州。在此期间，他写了《三黜赋》，自述其志，明确表示自己屈身而不屈道的政治操守。所作《黄州新建小竹楼记》，则把简陋的小竹楼作了诗意化的描写，从另一个侧面，写出虽遭贬谪而不以为怀的恬淡胸怀：

黄冈之地多竹，大者如椽。竹工破之，刳去其节，用代陶瓦，比屋皆然，以其价廉而工省也。

子城西北隅，雉堞圮毁，蓁莽荒秽，因作小楼二间，与月波楼通。远吞山光，平挹江濑，幽阒辽夐，不可具状。夏宜急雨，有瀑布声；冬宜密雪，有碎玉声。宜鼓琴，琴调虚畅；宜咏诗，诗韵清绝；宜围棋，子声丁丁然；宜投壶，矢声铮铮然。皆竹楼之所助也。

公退之暇，披鹤氅，戴华阳巾，手执《周易》一卷，焚香默坐，消遣世虑。江山之外，第见风帆沙鸟、烟云竹树而已。待其酒力醒，茶烟歇，送夕阳，迎素月，亦谪居之胜概也。

彼齐云、落星，高则高矣。井干、丽谯，华则华矣。止于贮妓女，藏歌舞，非骚人之事，吾所不取。

吾闻竹工云："竹之为瓦，仅十稔，若重覆之，得二十稔。"噫！吾以至道乙未岁，自翰林出滁上。丙申，移广陵。丁酉，又入西掖。戊戌岁除日，有齐安之命。己亥闰三月，到郡。四年之间，奔走不暇，未知明年又在何处，岂惧竹楼之易朽乎？幸后之人与我同志，嗣而葺之，庶斯楼之不朽也。

咸平二年八月十五日记。

作为宋代初期的名士，王禹偁在为人为文方面的影响是显然易见的。苏颂《小畜外集序》说："文章末流，由唐季涉五代，气格摧弱，沦于鄙俚。国初屡有作者，留意变风，而习尚难移，未能复雅。至公特起，力振斯文，根源于六经，枝派于百氏，斥浮伪，去陈言，作而述之，一变于道。后之秉笔之士，学圣人之言，由藩墙而践突奥，繄公为之司南也。"苏轼过苏州虎丘寺，见王禹偁画像，"想其遗风余烈，愿为执鞭而不可得"，于是欣然撰作《王元之画像赞并叙》，称其"以雄文直道，独立当世”，为其大才不展、至于三黜而死而愤恨不平。

穆修（979～1032）字伯长，郓州（山东郓城）人，其推崇韩、柳，与王禹偁有近似之处。宋真宗时，以“经行之士”赐进士出身，曾做过泰州司理参军。有《穆参军集》三卷。宋史本传称其“性刚介，好论斥时病，诋诮权贵，人欲与之交结，往往拒之”。他搜集、整理并募资刊刻了韩、柳文章，携入京师相国寺出售，其时“学者方从事于声律，未知为古文”，修因此愤而不售。他在古文复兴初期，名望甚高，“修虽穷死，然一时士大夫称能文者必曰穆参军。”他的著作有诗、书、序、记、志等数十首。他在《唐柳先生集后》一文中说，“唐之文章，初未去周隋五代之气”，“至韩柳氏起，然后能大吐古人之文，其言与仁义相华实而不杂”。他用了二十多年搜集韩文之后，又搜集柳文，“与陇西李之才参读累月，详而后止。呜呼，天厚予者多矣，始而厌我以韩，既而饫我以柳，谓天不吾厚，岂不诬也哉？世之学者如不志于古则已，苟志于古，则践立言之域，舍二先生而不由，虽曰能之，非余所敢知也。”这是他留下的推崇韩、柳的最简短的一段文字。在《答乔适书》中，他还叙述了坚持复古而处境孤立的状况：“盖古道息绝不行于时已久，今世士子习尚浅近，非章句声偶之辞，不置耳目，浮轨滥辙，相迹而奔，靡有异途焉。其间独敢以古文语者，则与语怪者同也，众又排诟之，罪毁之，不目以为迂，则指以为惑，谓之背时远名，阔于富贵。先进则莫有誉之者，同侪则莫有附之者，其人苟无自知之明，守之不以固，持之不以坚，则莫不惧而疑，悔而思，忽焉且复去此而即彼矣。噫，仁义忠正之士岂独多出于古而鲜出于今哉？亦由众势驱迁溺染之，使不得从乎道也。”（文集卷中）他看出了当时文坛风习是“时风众势，驱迁溺染”造成的，他敢于抗世违俗而坚持不改，这是可贵的。穆修地位很低，又少创作，其声望之所以很高，一是因材施教，培养了一些有成就的后起新人，如上述乔适等，如苏舜钦兄弟等（见本传），“洛阳尹师鲁（名洙）少有高识，不逐时辈，从穆伯长游，力为古文。而师鲁深于《春秋》，故其文谨严，辞约而理精。”（范仲淹：《尹师鲁河南集序》）二是穆修对于《易》学中的象数学可能很有研究，他受学于陈抟，传李之才，李再传邵雍，而邵雍是北宋理学名家之一（参见程颢《邵康节先生墓志》）。穆修“好论斥时病，诋诮权贵”，可能是因为有“绝学”在身（《易》学和韩柳古文）而自视很高，他在《汝阴偶书呈一二知己》诗中就反映了这种态度：

"汝阴穷椽计何疏，四十无成生讽书。不务功名师裨阖，独将仁义守蘧庐。敢同贾傅希前席，况异邹生托后车。除泥诸公时一醉，等闲犹且忘归欤。"(文集卷上)

第二节　柳开、石介与文学复古

柳开（947～1000）字仲涂，大名（今属河北）人。太祖开宝六年（973）登进士第，八年，释褐补宋州司寇参军，历知常、润、贝、全、代、忻诸州，真宗咸平三年移知沧州，病故于赴任途中。有《河东先生集》一六卷。柳开自小聪慧，且豪放有胆识。大名地处唐末动乱枢纽，经年杀伐，文化荡然无存，其"学者名为儒而不知儒之谓"。开勤奋自学，得通经史百家学说。后得老儒赵生所送韩愈文数十篇，一见爱不释手，并说："唐有斯文哉，其余不足观也。"因崇尚韩文，又倾慕柳宗元，遂取名肩愈，字绍先，决心"以撰述为志"。先博采逸事著野史，因自号"东郊野夫"。后又追慕王通续经，于旧经籍中"亡其辞者辄补之"，因又号"补亡先生"。他的名号几经改变，目的在于表明心志并以此标榜。他在《答梁拾遗改名书》中，对此作过解释："始其愚之名肩愈也，甚幼耳，其所以志之于文也有由而来矣。年十六七时，得赵先生言指以韩文，遂酷而学之，故慕其名而乃名肩矣，复以绍先字之，谓将绍其祖而肩其贤也。愚之所自著《东郊野夫传》者，于论言之备矣。其传论曰，东郊野夫谓其肩斯乐古道也，谓其绍斯尚祖德也，亦所以见小人之所为尽于是矣。迩自庚午岁，野史既绝笔（按，此书已亡），子东郊取诸经亡篇补之，后自赓其号曰补亡先生也。去年秋八月已来，遂有仕进之心以干于世。……幼之时，所以名者，在于好尚韩之文，故欲肩矣。逮今长而成，所以志者在乎执用先师之道也，故亦将有所易矣。是以《补亡先生传》曰，补亡先生旧号东郊野夫者也，既著野史，后探六经之旨，已而有包括扬、孟之志，乐与文中子王仲淹齐其述作，遂易名曰开字仲涂，其意将谓开古圣贤之道于时也，将开今人之耳目使聪且明也，必欲开之为其涂矣，使古今由于吾也，故以仲涂字之，表其德焉，斯亦小人之志不执其名于肩韩氏矣。"(文集卷五)

柳开"幼时"大概是以殉道的精神来恢复"古文"和"古人之道"的。据其《应责》一文记载，当时有人问他："子处今之世，好古文与古人之道，其不思乎？

苟思之，则子胡能食乎粟、衣乎帛、安于众哉？众人所鄙贱之，子独贵尚之，孰从子之化也？忽焉将见子穷饿而死矣！”他讲了古今都是以道德仁义教人的道理后指出：“古文者，非在辞涩言苦，使人难诵读之，在于古其理，高其意，随言短长，应变制作，同古人之行事，是谓之古文也。……欲行古人之道，文类今人之文，譬乎游于海者乘之以骥可乎哉？苟不可，则吾从于古文，吾以此道化于民，若鸣金石于宫中。……苟不从于吾，非有不幸也，是众人之不幸也。吾岂以众人之不幸易我之幸乎？纵吾穷饿而死，死即死矣。吾之道岂能穷饿而死之哉？吾之道，孔子、孟轲、扬雄、韩愈之道，吾之文，孔子、孟轲、扬雄、韩愈之文也。子不思其言而妄责于我，责于我也即可矣，责于吾之文吾之道也，即子为我罪人乎？”（文集卷一）这是通过自问自答的方式，申述他的看法和态度。他讲明了“古文”不同“今人之文”的许多特点，特别强调了文以载道的关系，这对于了解他的思想是有意义的。然而，文中见解稚嫩的弱点也是明显的。比如，把“吾之道”“吾之文”完全等同于并不相同的古人的道与文，显然是疏阔失当的。他在《五箴》（文集卷一三）中也表明了同样的态度，文字却很精练：“道之明，有时而明。道之晦，有时而晦。惟晦惟明，与世谦盈。明不可苟，晦不可舍。苟之则妄作乎中，舍之则患生其下。故圣人有云，用舍行藏者，惟我与汝也。”（《晦箴》）“山之浅，松柏不茂焉；水之浅，蛟龙不生焉；世之浅，忠良不辅焉；人之浅，道德不存焉。浅之若是，我所以弃。”（《浅箴》）“夫子有言，直近于仁。以直化众，先直其身；排斥昏佞，是非归真。直而不刚，汝奚以云？小人不知，反以为狂。訾言成市，嫁患其良。于乎小人，子心其伤！得直而直，斯直孔硕。直之在曲，斯直又辱。为直之义，我有厥理。”（《直箴》）稍后，他有意于仕进而登进无门时，他深感悲哀且失望了：“予性甚僻，气甚古，不以细行累其心，走四海间求与知者，竟无一人。归来乡里，日益病……每负酒过市，则市人目以为狂；晚适田野中，则农夫聆而相笑……盖以其学成而不为人用，道在而不得时迁，虚劳乎师孔子而友孟轲，齐扬雄而肩韩愈，自念其道即反不如百工贱人乎？”（文集卷六《上符兴州书》）这种冷遇，显然是多年积习造成的。经过长期历练之后，柳开对这个问题的认识似乎深化多了，他在《再与韩洎书》中说：“开之学为文章不类于今者余三十年，始者诚为立身行道，必大出于人上而遍及于世间，岂虑动得憎嫌，挤而斥之，斯亦未足耿吾怀也。”另一方面，他却说，“唐有天下三百年间称能文者唯足下与我两家”，他们要绍先人之业却不如

“百工众技”的子孙那么容易，这是不是“彼徒之业贱而易能耶？我徒之道大而难为耶？抑是彼徒之愚且众有耶？我徒之贤而鲜得耶？抑是惟彼之徒须力而后衣食、子孙无守而务其生且使然耶？抑是惟我之徒贵富易取，子孙丰于养而堕且使然耶？……足下思而观之，古之时与今之时，人能远于此乎？吁，事之复有甚于此者，有山川土地民人甲兵社稷宗庙，不能类先人之烈而致祸乱者，斯不多言耳。”（文集卷九）柳开在这里用不清晰的语言所反映的朦胧的认识，概言之，就是政教学术，文章道德，风俗习惯等，都不是万古不变的，而是不断流动变化的。名家之后要继承先人之业，就只能“勤而行之，无忘乃祖”，并且要有创造发挥，才能切合时移世易的需要。他的认识虽然朦胧，其内涵却是较前深化了。

柳开坚持复古主张，散文创作成绩并不大。除上述诸篇外，《河东集》中还应提到的有《海说》，其文较长，但他认为海纳江河而不满溢，并非有传说中所说的“尾闾”“大荒”吸水之故，而是如人身之血液周流四肢一样，“流会于海，复入于土，散乎四维”。在科学不发达的当年，能有这样的认识，是可取的。《续师说》、《昌黎集后序》本意在发挥韩愈的见解或评价韩文，但少出新之论。《来贤亭记》说明他构亭之意在于和天下“同道者悉相识而相知”，并要“化今而警古”，在柳文中可说是好文章。

石介（1005～1045）字守道，兖州奉符（今山东泰安）人，仁宗天圣八年（1030）中进士，和欧阳修同年，历郓州、南京推官、嘉州军事判官。因丁忧躬耕于徂徕山下，“葬其五世未葬者七十丧”，于家教授《易经》，人称徂徕先生。后召入国子监直讲，擢太子中允，直集贤院，因人事不谐，求出通判濮州，未赴任，逝于徂徕家中，卒年四十一岁。有《徂徕集》二十卷。欧阳修《徂徕先生墓志铭》说：“先生貌厚而气宽，学笃而志大，虽在畎亩而不忘天下之忧，……吾言不用，虽获祸咎至死而不悔。其遇事发愤，作为文章、极陈古今治乱成败，以指切当世贤愚美恶，是是非非，无所忌讳，世俗颇骇其言。……其斥佛、老、时文，则有《怪说》、《中国论》（按后文已残缺），曰，去此三者，然后可以有为。其戒奸臣宦女则有《唐鉴》，曰，吾非为一世鉴也。其余喜怒哀乐，必见于文，其辞博辩雄伟而忧思深远。”在《读徂徕集传》中，欧阳修还这样写道：“子生诚多难，忧患靡不罹。宦学三十年，六经志研摩。问胡所专心，仁义丘与轲；扬雄韩愈氏，此外岂知他。

尤勇攻佛老，奋笔如挥戈。”这是对于石介的学问、思想、性格一个切要的介绍和评价。石介生于柳开、王禹偁、杨亿、穆修等人之后，他对于浮华文风的抨击也最尖锐激烈。但据《徂徕石先生全集》所载，他对这个问题的认识是逐步发展的。他在《上赵先生书》中说：“去唐百余年，其间文人计以千数，而斯文寂寥缺坏，久而不振者，非今之人尽不贤于唐之人，尽不能为唐之文也。盖其弊由于朝廷敦好，时俗习尚，渍染积渐，非一朝一夕也。不有大贤奋袂于其间，崛然而起，将无革者乎?”（文集卷一二）他把文坛积弊归根于朝廷，而不归罪于个人，显然是合理的。这可能是他早期的看法。在《怪说》、《中国论》、《祥符诏书记》等文章中，一改旧说，把文坛之弊全归罪于杨亿，这就失之偏颇了。比如，他在《怪说》下篇中写道：

今杨亿穷妍极态，缀风月弄花草，淫巧侈丽，浮华纂组，刓锼圣人之经，破碎圣人之言，离析圣人之意，蠹伤圣人之道，使天下不为《书》之典谟禹贡洪范、《诗》之颂雅、《春秋》之经、《易》之繇十翼，而为杨亿穷妍极态，缀风月弄花草，淫巧侈丽，浮华纂组，其为怪大矣！是人欲去其怪而就于无怪，今天下反谓之怪而怪之，呜呼！（中篇）

吾学圣人之道，有攻我圣人之道者，吾不可不反攻彼也。盗入主人家，奴尚为主人挟戈持弓以逐盗，反为盗所击而至于死且不避，其人诚为有利主人也。盖事主人之道，不得不尔也，亦云忠于主而已矣，不知其他也。（下篇）

杨亿等人的诗文有浮华之弊，是可以而且应该批评的，但说其“离析圣人之意，蠹伤圣人之道”，却难以服人。反对浮华文风，强调“文本诸识”（文集卷一八《送龚鼎臣序》），这也是可取的。但浮华文风是不是就源于无识，文风华靡是不是就一定叛离圣人之道，那就不一定了。检杨亿诸人之文，于“圣道”其实并无叛离之处，问题只在他们沿袭晚唐五代浮靡的文风，文胜于质，不能把“圣道”表现得更明晰，有时还吟弄风月，不能篇篇为颂，句句尽规罢了。由此可见，石介的上述批评，与事实有出入，情理上也失之偏颇。但也有其效果。据记载，自《怪说》出，“新进后学，不敢为杨刘体，亦不敢读佛老。”（文集卷二〇《杂录》之二）

欧阳修说，石介除了维护孔孟仁义、扬雄、韩愈，“此外岂知他”，这是赞扬中有批评，即认为石介的学术见识不免狭隘。石介除反对释、老、时文外，还反对申、韩，反对儒家思想以外的一切异端思想。对照历史来看，很能见其褊狭。韩愈是文章大家，但其文章并非以排佛为主旨。柳宗元好佛，仍不失为文章大家。宋代许多理学家口头上反佛，事实上却从佛家教理中获得了许多借鉴和启发来构建他们的理学体系。石介学术见识上的褊狭，在其文章中是有反映的。比如，他在《责素餐》一文中写道："狗当吾户，猫捕吾鼠，鸡知天时，有功于人，食人之食可矣。犀象麋鹿鹦鹉鹰鹫无功于人而食人之食，孟子所谓率兽而食人也。噫，无功食，禽兽犹不可，彼素餐尸禄，将狗猫鸡之不若乎？"（文集卷八）这是对尸位素餐者的斥责，愤激诚然有理，但要把它和《伐檀》中的"美刺"比较一下，就会看出石文是急不择言，近于"辱骂"了。石介最好的文章，可推《题郓州学壁》，其曰，"沂公之贤，人不可及。初罢相，知青州，为青立学；移魏，为魏立学；再罢相，知郓州，为郓立学。两罢相为三郡建三学，沂公之贤，人不可及。夫水之不涸，以其有源也；木之不拔，以其有本也。学为教化之源，仁义之本欤！为国家濬源而殖本，公之心厚矣。"（文集卷九）这是赞扬人物美德的文章，思路清晰，文字简炼，句句实在而有理。即使传之久远，也会令后人赞赏。

第三节　范仲淹与宋庠、宋祁

范仲淹（989～1052），字希文，苏州吴县（今江苏苏州）人。生二岁而孤，母更适长山朱氏，从其姓，名说。少有志操，昼夜苦读。真宗大中祥符八年（1015）进士，为广德军司理参军，改集庆军节度推官，始还姓，更其名。历监泰州西溪盐税、大理寺丞、监楚州粮料院。晏殊知应天府，召置府学，又荐为祕阁校理。每感激论天下事，奋不顾身，一时士大夫矫厉尚风节，自仲淹倡之。天圣七年，章献太后将以冬至受朝，仁宗欲率百官上寿，极谏之，且上疏请太后还政。寻通判河中府，徙陈州。疏谏罢修寺观，减常岁市木之数，以蠲除积负。太后崩，召为右司谏，率谏官、御史伏阁谏废郭皇后，出知睦州，徙苏州，疏五河，导太湖注之海。召判国子监，迁吏部员外郎、权知开封府。上百官图，讥讽宰相吕夷简用人不公，罢知饶州。余靖、尹洙、欧阳修皆由是坐贬。徙润州、越州。元昊反，召为天章阁待制、知永兴军，改陕西都转运使。进龙图阁直学士、陕西经略安抚副使，兼知延州。以不当与元昊通书，降知耀州，徙庆州，迁左司郎中，为环庆路经略安抚缘边招讨使。建大顺城，筑细腰、葫芦诸砦。改陕西路安抚经略招讨使，与韩琦、庞籍分领之。庆历三年，元昊请和，召拜枢密副使，寻除拜参知政事。仁宗锐意太平，数问当世事，遂上明黜陟、抑侥幸、精贡举、择长官、均公田、厚农桑、修武备、推恩信、重命令、减徭役等十事，天子皆以诏书画一颁下。史称庆历新政。以规模宏大、侥幸者不便，谤毁稍行，而朋党之论再起。会边陲有警，因请行边，为河东、陕西宣抚使，旋即，罢政，以资政殿学士、陕西四路安抚使、知邠州。以疾请邓州，进给事中，徙杭州，再迁户部侍郎，徙青州。会病甚，请颍州，未至而卒，年六十四。谥文正。著作有《范文正公集》二十卷、《别集》四卷、《奏议》二卷、《尺牍》三卷、《补编》五卷，共存文四百零四篇。《全宋文》又辑得轶文八十九篇，通编为二十五卷。

范仲淹是宋代最有代表性的人物。为官所至，多有更革兴建，又切言敢谏，立朝刚正。元好问说他“在布衣为名士，在州县为能吏，在边境为名将，在朝廷则又孔子所谓大臣者，求之千百年间，盖不一二见”（《遗山先生文集》卷三十八）。作为一代名臣，其丰富的人生阅历和不凡的襟怀抱负，以及他对文章之道的高度重视，决定了他的著述内容的广博深刻和艺术形式的灵活多样。早在仁宗天圣三年(1025)，还在做大理寺丞的范仲淹就写了《奏上时务书》，在提出一系列改革时弊的主张的同时，也就文风的改革表示了自己的意见：“臣闻国之文章，应于风化；风化厚薄，见乎文章。是故观虞夏之书，足以明帝王之道；览南朝之文，足以知衰靡之化。故圣人之理天下也，文弊则救之以质，质弊则救之以文。质弊而不救，则晦而不彰；文弊而不救，则华而将落。前代之季，不能自救，以至于大乱，乃有来者，起而救之。故文章之薄，则为君子之忧；风化其坏，则为来者之资。惟圣帝明王，文质相救，在乎己，不在乎人。《易》曰：‘穷则变，变则通，通则久。’亦此之谓也。伏望圣慈，与大臣议文章之道，师虞夏之风。况我圣朝千载而会，惜乎不追三代之高，而尚六朝之细。然文章之列，何代无人？盖时之所尚，何能独变？大君有命，孰不风从！可敦谕词臣，兴复古道；更延博雅之士，布于台阁，以救斯文之薄，而厚其风化也。”次年，作《唐异诗序》说：“嘻！诗之为意也，范围乎一气，出入乎万物。卷舒变化，其体甚大。故夫喜焉如春，悲焉如秋，徘徊如云，峥嵘如山，高乎如日星，远乎如神仙，森如武库，锵如乐府，羽翰乎教化之声，献酬乎仁义之醇，上以德于君，下以风于民。不然，何以动天地而感鬼神哉！而诗家者流，厥情非一。失志之人其辞苦，得意之人其辞逸，乐天之人其辞达，觏闵之人其辞怒。如孟东野之清苦，薛许昌之英逸，白乐天之明达，罗江东之愤怒，此皆与时消息，不失其正者也。五代以还，斯文大剥。悲哀为主，风流不归。皇朝龙兴，颂声来复，大雅君子，当抗心于三代。然九州之广，庠序未振，四始之奥，讲议盖寡。其或不知而作，影响前辈；因人之尚，忘己之实。吟咏性情而不顾其分，风赋比兴而不观其时。故有非穷途而悲，非乱世而怨，华车有寒苦之述，白社为骄奢之语。学步不至，效颦则多。以至靡靡增华，愔愔相滥。仰不主乎规谏，俯不主乎劝诫。抱郑卫之奏，责夔旷之赏；游西北之流，望江海之宗者有矣。”天圣五年写的《上执政书》，在论及养育人才的时候，也对六朝以来颓靡的文风提出批评：“今士林之间，患不稽古，委先王之典，宗叔世之文，词多纤秽，士惟偷浅，言不及道，心无存诚。”尹洙死后，范仲淹搜集其遗文，编为十卷，又为之作序说：“予观尧典舜歌而下，文章之作，醇醨迭变，代无穷乎？惟抑末扬本，去郑复雅，左右圣人之道者难之。近则唐贞元、元和之间，韩退之主盟于文，而古道最盛。懿、僖以降，寖及五代，其体薄弱。皇朝柳仲涂起而麾之，髦俊率从焉。仲涂门人能师经探道，有文于天下者多矣。洎杨大年以应用之才，独步当世。学者刻辞镂意，有希仿佛，未暇及古也。其间甚者专事藻饰，破碎大雅，反谓古道不适于用，废而弗学者久之。洛阳尹师鲁，少有高识，不逐时辈，从穆伯长游，力为古文。而师鲁深于《春秋》，故其文谨严，辞约而理精，章奏疏议，大见风采，士林方耸慕焉。遽得欧阳永叔，从而大振之，由是天下之文一变而古。其深有功于道欤！”（《尹师鲁河南集序》）这篇序写于知邓州的时候，作者已经五十九岁了，与上述早年论文的篇章相对应，我们大体可以得出如下结论：作为杰出的政治家，范仲淹非常重视诗文的政治伦理教化作用，甚至上升到国之治体的高度，视之为移风易俗的最主要的途径。他认为文风的变革关乎民风世道人心，关乎国家之兴盛衰亡。文质相救，恢复古道大雅，远慕虞夏三代，近学韩退之、柳仲涂、欧阳修等，才是文章正道，也是当务之急。其二，对于南朝、五代、宋初华靡纤细的文风，作者表示了极大的不满。他认为诗体所以甚大，就在于能与时消息，不失其正，那种忘己之实，失却个性，或者追随风尚，故作呻吟，既无规谏劝诫，又无真情至性，所擅只是辞藻声韵技巧的作品，则完全背离了诗文创作的根本目的。

范仲淹批评的主要是专事藻饰的西昆体末流，以及一味仿效前人的晚唐体、白体等，并没有完全否定西昆体的创始者杨亿，上述所谓“应用之才，独步当世”，《杨文公写真赞》所谓“命世之才，其位不充，故天下知公之文，而未知其道”等等，皆对其人其文表示了极大的赞赏。这种较为客观公允的态度，与石介等人的偏激执拗全面否定迥然有别。《述梦诗序》和《赋林衡鉴序》，似乎更能说明其论文衡艺的理性色彩和审慎态度。前者作于仁宗景祐五年（1038），记其自鄱阳移领丹徒郡，得唐李德裕《浙西述梦诗》四十韵，并元稹、刘禹锡之和诗一起刻石于南楼，然后发表感慨说：“某观三君子之诗，嗟其才大名高，俱见咎于当世。李遇武宗，独立不惧，经制四方，有真相之功。虽奸党营陷，而义不朽矣。元初以才进，拜拾遗，历御史府，无所畏避，为执政所困者久之。及天子召用，书诏雅远，甚有补益之风。至于与晋公相失，而奸人乘之，谓元欲刺裴，劾则无状。然一戾正人，其光坠地，惜哉！刘与柳宗元、吕温数人坐王叔文党，贬废不用。览数君子之述，而理意精密，涉道非浅。如叔文狂甚，义必不交。叔文以艺进东宫，人望素轻，然传称知书，好论理道，为太子所信。顺宗即位，遂见用，引禹锡等决事禁中。及议罢中人兵权，牾俱文珍辈，又绝韦皋私请，欲斩刘辟，其意非忠乎？皋衔之。会顺宗病笃，皋揣太子意，请监国而诛叔文。宪宗纳皋之谋而行内禅，故当朝左右谓之党人者，岂复见雪？《唐书》芜驳，因其成败而书之，无所裁正。孟子曰：‘尽信书，不如无书。’吾闻夫子褒贬，不以一疵而废人之业也，因刻三君子之诗而伤焉。至于柳、吕文章，皆非常之士，亦不幸之甚也。韩退之欲作唐之一经，诛奸谀于既死，发潜德之幽光，岂有意于诸君子乎！”是文就李德裕、元稹、刘禹锡、柳宗元等人俱才大名高而见咎于当世的史实进行仔细辨析，指出《唐书》以成败论人、无所裁正的缺憾，同时，也指出评论人物要客观公允，不能以一疵而废人之业，不能以偏概全，要审慎冷静地进行分析甄别。柳宗元与韩愈虽然都是唐代古文运动的领袖，但是在宋人的评价当中，却程度不同地存在着崇韩而抑柳的倾向，这其中的原因不能不说是与柳参与了王叔文政治改革集团有关，且思想中孕有异端因素，又与所谓小人有密切关系，自然也影响到对其人其文的评价。王安石《读柳宗元传》说：“余观八司马皆天下之奇材也，一为叔文所诱，遂陷于不义。至今士大夫欲为君子者，皆羞道而喜攻之。”这说明在学术界长期存在着一种偏见或误区。范仲淹高度评价李、元、刘、柳诸人，亦自有拨转视听的积极作用。

范仲淹少游文场，对唐宋两代流行的律赋非常熟悉，而且有着浓厚的研究兴趣。于是在天圣五年，遂编选古今之作百余首为《赋林衡鉴》一书，分类二十门，门各有序，详示门径，以便学子揣摩参考。其《序》则谓："人之心也，发而为声；声之出也，形而为言。声成文而音宣，言成文而诗作。圣人稽四始之正，笔而为经；考五声之和，鼓以为乐。是故言依声而成象，诗依乐以宣心。感于人神，穆乎风俗，昭昭六义，赋实在焉。及乎大醇既醨，旁流斯激，风雅条散，故态屡迁，律吕脉分，新声间作。而士衡名之体物，聊举于一端；子云语以雕虫，盖尊其六籍。降及近世，尤尚斯文。律体之兴，盛于唐室。贻于代者，雅有存焉。可歌可谣，以条以贯。或祖述王道，或褒赞国风，或研究物情，或规戒人事，焕然可警，锵乎在闻。国家取士之科，缘于此道。九等斯辨，寸长必收。其如好高者鄙而弗攻，几有肴而不食；务近者攻而弗至，若以莛而撞钟。作者几稀，有司大患。虽炎炎其火，玉石可分；而滔滔者流，泾渭难见。曷尝求备，且务广收。故进者岂尽其才，而退者愈惑于命。临川者鲜克结网，入林者谓可无虞。士斯不勤，文何以至？撰述者既昧于向趣，题品者复异其好尚。绳墨不进，曲直终非。"又谓："虽不能贻人之巧，亦庶几辩惑之端。命之曰《赋林衡鉴》，谓可权人之轻重，辨己之妍媸也。所举之赋，多在唐人，岂贵耳而贱目哉？庶乎文人之作，由有唐而复两汉，由两汉而复三代。斯文也，既格乎雅颂之致；斯乐也，亦达乎韶夏之和。臣子之心，岂徒然耳！若国家千载特见，取人易方，登孝廉，举方正，聘以伊尹之道，策以仲舒之文，求制礼作乐之才，尚经天纬地之业，于斯述也，委而不论，亦吾道之志欤！"序文从赋体之源述及近世斯文尤尚，从文士的自觉创作说到唐宋的以诗赋取士，用不太长的篇幅勾勒出一部赋学发展史。然后兜转笔墨，对宋初赋学不振的情况做具体分析。他认为关于赋作的句读声病自有礼部所颁条例进行约束和指导，问题主要在于人们的写作态度的不够端正。看不上赋体的人不愿写，就犹如有人见到佳肴而不愿食；愿意写或因科考的关系不得不写的人，又技艺不精，有如人执草棍儿去撞铜钟。这样就极大地影响了赋体的发展，甚至影响到有司取士的质量。有鉴于此，自己才特意编辑《赋林衡鉴》，其目的无非是想为人们的创作提供一种范本，聊作权衡和借鉴。范仲淹把律赋这种讲究声韵对仗、侧重辞藻文采的近体时文抬升到所谓雅颂韶夏三代之文的理论高度，不仅极大地提高了律赋的艺术品位，也对律赋的形式与内容的健康发展指示了一条门径或路数。今存范仲淹赋有三十八篇之多，其如《灵乌赋》、《今乐犹古乐赋》、《临川羡鱼赋》、《用天下心为心赋》、《君以民为体赋》等等，或托物而言志，或论乐律之与政通，或述经济之怀，均显露出鲜明的个性特征和政治家的襟怀风范。他对律赋的理性自觉和乐于大量实践，在宋初作家群中是绝无仅有的一位。

各类奏疏是研究范仲淹经国治民之具体施设的原始材料，也是他现存文章的主体部分，其中较著者，如上文已经提及之《奏上时务书》，建议朝廷议论文章之道，以救斯文，以正风化。如写于明道二年的《陈八事疏》，主要从漕运艰难、朝廷兴建赏赐过度等经济方面提出整改的主张。又如初任参知政事时所作《答手诏条陈十事》，从十个方面提出政治改革的具体方案，等等。有名的谏疏，如《谏仁宗率百官上皇太后寿疏》、《指陈时政奏》等等。天圣中，任祕阁校理，极谏仁宗率百官上皇太后寿之后，曾经举荐过他的资政殿学士、兵部侍郎晏殊怕连累自己，遂召问诘责之，甚至斥其为轻举妄为，好奇邀名，为此范仲淹写了《上资政晏侍郎书》，逐一进行辩驳：

退而思之，则自疑而惊曰：当公之知，惟惧忠不如金石之坚，直不如药石之良，才不为天下之奇，名不及泰山之高，未足副大贤人之清举。今乃一变为尤，能不自疑而惊乎！且当公之知，为公之悔，傥默默不辨，则恐缙绅先生诮公之失举也。如此，某何面目于门墙哉！请露肝膂之万一，皆质于前志，非敢左右其说，惟公之采择，庶几某进不为贤人之疑，退不为贤人之累，死生幸甚！死生幸甚！

某天不赋智，昧于几微，而但信圣人之书，师古人之行，上诚于君，下诚于民。韩愈自谓有忧天下之心，由是时政得失，或尝言之，岂所谓不知量也？盖闻昔者圣人求天下之言，以共理天下，于是命百官箴阙，百工献艺，则大臣小臣无非谏也。建善旌，立谏鼓，咨刍荛，采谣咏，斯则何远何近咸可言也。此诚历代令王，惧上有所未闻，下有所未达，特崇此道，以致天下之言，俾九重之深，无所蔽也。亦必忧国大臣，惧义有所未从，谏有所未上，复广此道，以致天下之情，冀万乘之心，有以动也。某又闻，事君有犯无隐，有谏无讪，杀其身，有益于君则为之。卫觊曰："非破家为国，杀身成君者，谁能犯颜色，触忌讳，建一言哉！”亦忠臣之分也。而曰“不在其位，不谋其政”者，谓各司其局，不相侵官。如当二千石之位，则不责尚书之政；当尚书之位，则不责三公之政，非言路之谓矣。又曰“天下有道，庶人不议”，盖言有道之朝，教化纯被，则庶人无所议焉。某登进士第，由幕府历宰字，为九卿之属，似非庶人，敢不议乎？如云远不当谏，则伯夷叩马谏武王，岂近臣哉！太公谓之义士，夫子称其贤人，曾不以远而为过乎！至于颍考叔、曹刿、杜蒉、弦高、鲁仲连、梅福之徒，皆远而谋国者也，前史嘉之。况国家以公之清举，置某于近阁同文馆之列。唐文皇于此延天下之才，使多识前言往行，以咨政教之得失，备廊庙之选用。如朝廷延才之意不减于前，则某事君于此非远也。又闻“言未及而言谓之躁”，今国家诏百官转对，使明言圣躬之过失，宰司之阙遗，其不预转对者，俾实封章奏以闻，则某非言未及而言也。若以某好奇为过，则伊尹负鼎，太公直钓，仲尼诛侏儒以尊鲁，夷吾就缧绁而霸齐，蔺相如夺璧于强邻，诸葛亮邀主于敝庐，陈汤矫制而大破单于，祖逖誓江而克清中原，房乔杖策于军门，姚崇臂鹰于渭上，此前代圣贤非不奇也，某患好之未至尔。若以某邀名为过，则圣人崇名教而天下始劝。庄叟云“为善无近名”，乃道家自全之说，岂治天下者之意乎？名教不崇，则为人君者谓尧舜不足慕，桀纣不足畏；为人臣者谓八元不足尚，四凶不足耻，天下岂复有善人乎？人不爱名，则圣人之权去矣。经曰“立身扬名”，又曰“善不积，不足以成名”，又曰“耻没世而名不称”，又曰“荣名以为宝”。是则教化之道无先于名，三古圣贤何尝不著于名乎？某患邀之未至尔。……

小臣昧死力言，大臣未能力救。苟诚为今日之事，未量后代之患，岂小臣之狂言，大臣之未思也！某天拙之效，不以富贵屈其身，不以贫贱移其心。傥进用于时，必有甚于今日，庶几报公之清举。如求少言少过自全之士，则滔滔乎天下皆是，何必某之举也？……傥以某远而尽心，不谓之忠，言而无隐，不谓之直，则而今而后未知所守矣。惟公察某之辞，求某之志，谓尚可教，则愿不悔前日之举，而加平生之知，使某罄诚于当时，垂光于将来，报德之心，宜无穷已。傥察某之志，如不可教，则愿昌言于朝，以绝其进。前奏既已免咎，此书尚可议责。使黜之辱之，不为贤人之累。则某退藏其身，省求其过。不敢以一朝之责，而忘平生之知，报德之心，亦无穷已。……

这封长达二千七百多字的上书，辞情慷慨，态度决绝坚定，没有丝毫妥协通融的余地。而写至最后数行文字，那语气简直就是一封绝交书了。可以想见，晏殊读罢此文，该有多么尴尬。令人欣慰的是，晏殊并没有嫉恨这位出言不逊的门生，而范仲淹在事后也仍然十分敬重这位早年的举主。《全宋文》中所录晏殊作《答枢密范给事书》，以及范仲淹写给晏殊的三封书信，就是二人关系笃厚如初的铁证。由此事例，我们亦约略窥见了宋贤的君子风范。

韩琦《范文正公奏议序》谓："公以王佐之才，遇不世出之主，竭忠尽瘁，知无不为，故由小官擢谏任，危言鲠论，建明规益，身虽可绌，义则难夺，天下正人之路，始公辟之。其后恤灾南方，扞寇西垂，贰机政，陪宰席，宏谋大策，出入仁义，朝思夕虑，条疏深切，志欲膏泽中夏，鞭笞四夷，使我宋之基，万世不拔。不幸经远而责近，识大而合寡，故其言格而未行，或行而复沮者，几十四五。逮公之亡也，闻听所及，莫不咨嗟感动，惜公所蕴，不克尽施于世，甚则推诸天，谓人谋之不足为也。呜呼！公之所陈，用于时者，大则恢永图，小则革众弊，为不少矣。其未用者，今副稿所存，烂然可究。一旦朝廷举而行之，兴致太平，如指掌之易耳，此天乎哉？必在乎人而已矣！"《四库全书总目提要·文正集》，亦谓："仲淹人品事业卓绝一时，本不借文章以传，而贯通经术，明达政体，凡所论著，一一皆有本之言，固非虚饰词藻者所能，亦非高谈心性者所及。苏轼称其天圣中所上执政万言书，天下传诵，考其平生所为，无出此者。盖行求无愧于圣贤，学求有济于天下，古之所谓大儒者，有体有用，不过如此，初不必说太极、衍先天而后谓之能闻圣道，亦不必讲封建、议井田而后谓之不愧王佐也。观仲淹之人与仲淹之文，可以知空言实效之分矣。"韩琦为之友，亦为同朝大臣，故而述其履历经画甚为详切，说至新政失败、范公云亡，则不禁拊膺扼腕。四库馆臣的评语，则拿当时普通文士和道学家们作对比，指出一代名臣的学行涵蕴自非空言虚饰者所能企及。

他的论述文章遗存并不多，只有《帝王好尚论》、《选任贤能论》、《近名论》、《推委臣下论》、《四德说》等五篇，皆有关治体大道，而其行文则谨严有法，紧凑凝练，不枝不蔓，具有很强的说服力。例如《帝王好尚论》：

《老子》曰："我无为而民自化，我好静而民自正，我无欲而民自富，我无事而民自朴。"此则述古之风，以警多事之时也。三代以还，异于太古。王天下者，身先教化，使民从善。故《礼》曰："人君谨其所好恶，君好之，则民从之。"孔子曰："上好礼，则民莫敢不恭。上好义，则民莫敢不服。上好信，则民莫敢不用情。"由此言之，圣帝明王岂得无好？在其正而已。尧设敢谏鼓，建进善旌；舜好问而成至化；禹拜昌言而立大功；汤五聘伊尹；文王躬迎吕望；周公握发吐哺，以待白屋之士；郑武公好贤，而《诗·雅》歌之；燕昭王筑台募士，而智者归之。斯圣贤好尚如是之急也。桀纣好利欲，不好谏诤，而天下亡；秦好兵刑，不好仁义，而天下归汉；隋炀帝好逸豫，不好恭俭，而天下归唐。使桀纣好谏诤，秦好仁义，隋炀帝好恭俭，岂有丧乱之祸哉！

文章紧扣题目，先后罗举了三段道家、儒家经典著作中的有关论述，然后历举尧舜禹汤文王周公郑武燕昭等八个正面例证，又历举桀纣秦隋炀帝等四个反面例证，用大量的史实构成鲜明的对比，极为强烈地突出了帝王好尚决定国之兴亡这个中心观点。《近名论》，也是值得注意的一篇短文：

《老子》曰："名与身孰亲？"《庄子》曰："为善无近名。"此皆道家之训，使人薄于名而保其真。斯人之徒，非爵禄可加，赏罚可动，岂为国家之用哉！我先王以名为教，使天下自劝。汤解网，文王葬枯骨，天下诸侯闻而归之。是三代人君已因名而重也。太公直钓以邀文王，夷、齐饿死于西山，仲尼聘七十国以求行道，是圣贤之流无不涉乎名也。孔子作《春秋》，即名教之书也。善者褒之，不善者贬之，使后世君臣爱令名而劝，畏恶名而慎矣。夫子曰："疾没世而名不称。"《易》曰："善不积，不足以成名。"然则为善近名，岂无伪邪？臣请辨之。《孟子》曰："尧舜性之也，三王身之也，五霸假之也。"后之诸侯，逆天暴物，杀人盗国，不复爱其名者也。人臣亦然。有性本忠孝者，上也；行忠孝者，次也；假忠孝而求名者，又次也。至若简贤附势，反道败德，弑父叛君，惟欲是从，不复爱其名者，下也。人不爱名，则虽有刑法干戈，不可止其恶也。武王克商，式商容之闾，释箕子之囚，封比干之墓，是圣人敦奖名教，以激劝天下。如取道家之言，不使近名，则岂复有忠臣烈士为国家之用哉！

文章的主旨在批驳道家薄名保真的言论，公开宣称先王以名为教，上古三代的人君，以及吕望、伯夷、叔齐、孔子、孟子皆因名而重，那些不爱名者，不是篡逆之徒，便是坏事做绝之辈。人之近名，才有忠臣烈士为国家之用。文章写得理直气壮，既显示了作者极力维护儒家传统名教观念的坚定立场，也表现出其积极用世、勇于进取的精神。朱熹曾云："宋朝忠义之风，却是自范文正作成起来也。"又谓其"大厉名节，振作士气，故振作士大夫之功为多"(《朱子语录》卷一百二十九)。在很大程度上，讲的就是这种以名教自任、昂扬奋发的入世精神对时人的影响。

《近名论》作于早年，尚流露出年轻气盛、急切功名的行迹，而到中年以后，历经二十余年宦海生涯，涉世已深，履险亦多，于世间众相亦多所开悟，故而其心理性格逐渐转向，对佛道两家的学说及其所展示的处世态度则给予极大的关注。景祐二年，知苏州的时候，作有《朝贤送定惠大师诗序》，曾经就定惠大师这样的"上人之隐"与"吾儒之隐"做过比较："士有气吞芝兰，才奔风云，精贯乎天人，神驰于古今，烛治乱兴亡之机，席法度教化之伦，道通岩廊，迹坠林壑，遗没于麋鹿之群者众矣。如近代之陆龟蒙、陈陶，今朝雍丘邢敦、钱唐林逋，或执节坚介，或放词雅远，皆四方之闻人。奈何道未信于三公，名不熟于天子，及其收遗文，旌隐志，而始惜其难得！斯天下义士为之长太息矣。岂如金仙之流而人怀慕，谢绝堂拘，长揖轩冕。来则谈空实相，号天人师；去则指霞岭，啸风林，天子有赐，三公有赠。斯以见上人之隐，盛于吾人之隐远矣。"这里的"上人之隐"，是指彻底摒弃世俗尘念、染污落尽的无所谓进亦无所谓退的终始得大自在的释道者流；而"吾儒之隐"或"吾人之隐"，则是指那些原本怀有才识志略高行，欲行道致名而终究因了时代或个人的原由，收心敛行遁迹山林的隐君子者流。后者怀才而不遇，有志而未展，难免令人令己均产生一种怜惜之情；前者彻悟众相，有才而不希合，有志而不望展，虔心向道，无尘无染，表里翛然，其于己，既无牵挂遗憾，其于人，亦无怜才惜贤之意。这是"上人之隐"盛于"吾人之隐"的最重要的因缘，也是一个更高层次的精神境界。年代稍后的苏辙在谈及其兄苏轼思想性格发生重大转变的时候，明确划定的时地是"谪居于黄"，是四十岁以后，说其兄于此时"读释氏书，深悟实相，参之孔老，博辩无碍，浩然不见其涯"(《亡兄子瞻端明墓志铭》)。于范仲淹，我们也可以作如是观，而范公则早于苏轼数十年便出入儒释道三家之彀中了。能体现其思想性格发生微妙变化的文章有很多，我们再举《桐庐郡严先生祠堂记》为例：

> 先生，汉光武之故人也，相尚以道。及帝握赤符，乘六龙，得圣人之时，臣妾亿兆，天下孰加焉，惟先生以节高之。既而动星象，归江湖，得圣人之清，泥涂轩冕，天下孰加焉，惟光武以礼下之。在《蛊》之上九，众方有为，而独不事王侯，高尚其事，先生以之。在《屯》之初九，阳德方亨，而能以贵下贱，大得民也，光武以之。盖先生之心，出乎日月之上；光武之器，包乎天地之外。微先生不能成光武之大，微光武岂能遂先生之高哉！而使贪夫廉，懦夫立，是有大功于名教也。某来守是邦，始构堂而奠焉。乃复其为后者四家，以奉祠事。又从而歌曰：云山苍苍，江水泱泱。先生之风，山高水长。

作者有《留题方干处士旧居》，记述建祠经过云："某景祐初典桐庐，郡有七里濑，子陵之钓台在，而乃以从事章岷往构堂而祠之，召会稽僧悦躬图其像于堂。"又有《与邵餗先生书》云："暨抵桐庐郡，郡有严陵钓台，思其人，咏其风，毅然知肥遁之可尚矣。能使贪夫廉，懦夫立，则是有大功于名教也。构堂而祠之，又为之记，聊以辨严子之心，决千古之疑。又念非托之以奇人，则不足传之后世。今先生篆高四海，或能枉神笔于片石，则严子之风复千百年未泯，其高尚之为教也，亦大矣哉！"严光不过是光武帝一故人罢了，于国于民未有功德，而范仲淹如此礼敬有加，主要是其遗落形骸自甘淡泊的襟怀与风度，正与此时此际作者之心境合拍。梅尧臣所作《读范桐庐述严先生祠堂碑》有谓："有客乘朱轮，徘徊想前轨。著辞刻之碑，复使存厥祀。欲以廉贪夫，又以立懦士。"谢枋得《文章轨范》卷六谓："字少意多，文简理详，大有关于世教，非徒文也。"清人王符曾《古文小品咀华》的评语则谓："汉朝偌大天下，安用此沉沦枯槁者为耶？篇中将有关名教极力抬高，于光武顿觉生色，于子陵大有身份，于祠堂亦非淫祀。宾主互勘，无一呆笔，立言最为得体。"这些评论都较为准确地综括了作者一面景仰林下风流之高德，一面憧憬庙堂人君之礼贤下士，而又把这二者统归于张扬名教的创作意图。《古文观止》卷九谓："题严先生，却将光武两两相形，竟作一篇对偶文字。至末乃归到先生，最有体格。且以歌作结，能使通篇生动，不失之板。妙甚。"此语当亦揭示出其主要写作特征。

主儒术而不迂，杂佛老而不溺。事实上，只有这种均衡合理的思想建构，才能使宋代文人在朝堂与林壑之间左右逢源，在得志与失志之间始终保持冷静豁达的心态。普济《五灯会元》卷四载南泉愿禅师语录曰："平常心是道。"这个"道"，是不疑不惑之道，是泯却荣辱成败之道，犹如太虚，廓然荡豁，了然无物，去来无碍。秉持一颗平常心，便能使精神世界永远立于恒常不败之地。范仲淹《岳阳楼记》所标榜的"古仁人之心"，"不以物喜，不以己悲"，其所蕴涵的真谛，其实也就是平常心，就是不疑之道：

庆历四年春，滕子京谪守巴陵郡。越明年，政通人和，百废具兴，乃重修岳阳楼，增其旧制，刻唐贤今人诗赋于其上，属予作文以记之。

予观夫巴陵胜状，在洞庭一湖。衔远山，吞长江，浩浩汤汤，横无际涯。朝晖夕阴，气象万千。此则岳阳楼之大观也。前人之述备矣。然则北通巫峡，南极潇湘，迁客骚人，多会于此，览物之情，得无异乎？

若夫淫雨霏霏，连月不开，阴风怒号，浊浪排空。日星隐耀，山岳潜形，商旅不行，樯倾楫摧。薄暮冥冥，虎啸猿啼。登斯楼也，则有去国怀乡，忧谗畏讥，满目萧然，感极而悲者矣。

至若春和景明，波澜不惊，上下天光，一碧万顷。沙鸥翔集，锦鳞游泳，岸芷汀兰，郁郁青青。而或长烟一空，皓月千里，浮光跃金，静影沉璧，渔歌互答，此乐何极！登斯楼也，则有心旷神怡，宠辱偕忘，把酒临风，其喜洋洋者矣。

嗟夫！予尝求古仁人之心，或异二者之为，何哉？不以物喜，不以己悲。居庙堂之高，则忧其民；处江湖之远，则忧其君。是进亦忧，退亦忧，然则何时而乐耶？其必曰：先天下之忧而忧，后天下之乐而乐乎！噫，微斯人，吾谁与归？

时六年九月十五日。

这篇文章可资参考的材料甚多，《宋史·滕宗谅列传》，滕宗谅所写《求记书》、《岳阳楼诗集序》，以及范仲淹所写《天章阁待制滕君墓志铭》、《祭同年滕待制文》、《奏雪滕宗谅、张亢》、《再奏辩滕宗谅、张亢》等等。周煇《清波杂志》卷四、祝穆《事文类聚续集》卷七，皆有滕氏遭贬作悲观怨怼之状的描述。范公偁《过庭录》则谓：“滕子京负大才，为众忌嫉，自庆帅谪巴陵，愤郁颇见辞色。文正与之同年友善，爱其才，恐后贻祸，然滕豪迈自负，罕受人言。正患无隙以规之，子京忽以书抵文正，求《岳阳楼记》，故记中云：‘不以物喜，不以己悲。’‘先天下之忧而忧，后天下之乐而乐’。其意盖有在矣。”范公偁乃范仲淹之玄孙，其说得自家传，当可信从。此时的范仲淹亦因庆历新政遭到谗毁而请知邓州，其迁谪外放的境遇亦略同于滕宗谅。但他揭橥出“古仁人”作为榜样，从个人的恩怨得失当中摆脱出来，追求更为高远的人生境界。意在自勉，亦为勉励老友滕子京。

文章结构严谨，安排得当。叙事、写景、抒情、议论四者完美结合在一起，因事叙景，借景言情，缘情而发议论，次第写来，转折非常自然。《古文观止》卷九的评论说：“岳阳楼大观，已被前人写尽，先生更不赘述，止将登楼者览物之情，写出悲喜二意，只是翻出后文忧乐一段正论。以圣贤忧国忧民心地，发而为文章，非先生其孰能之！”句式则以四言为主，骈对铺排，又杂用大量散体，以为勾勒提掇。陈师道《后山诗话》卷二，说是“用对语说时景，世以为奇”，并引尹洙的话，谓之为“传奇体”。高步瀛《唐宋文举要》甲编卷六，则把上述二语落实到“若夫”、“至若”两段景语，以为“稍近俗艳”，“殊失古泽”。平心而论，这二段文字设色妍丽百般敷陈之处，确实有类乎骈体文赋或传奇小说，而通观全篇，则上承迁客骚人览物之情得无异乎，而下启古仁人之心，其文脉贯通、串联上下的独特作用则是显而易见的。此等处，绝非呆板单调之骈赋或传奇所能比拟。实际上，不拘一格，融汇诸种文体之长，从而铸就出新篇佳构，其实也是宋文名家所共有的一种创作模式。欧阳修的《秋声赋》，以及苏轼的前后《赤壁赋》等等，皆是如此套路。

范仲淹精于写景抒情和浓郁艺术氛围的营造。人在邓州，凭借着滕宗谅随《求记书》献上的一本《洞庭秋晚图》，就写出了波澜壮阔的《岳阳楼记》，其所恃赖完全是丰富想象和艺术直觉，虚实相生，幻象多于实境，象征意味更多于写实意味。而其大部分叙事言情的篇什，则写得较为平实朴素，自然，也多一份清通俊朗之美。例如《清白堂记》：

会稽府署，据卧龙山之南足。北上有蓬莱阁，阁之西有凉堂，堂之西有岩焉。岩之下有地方数丈，密蔓深丛，莽然就荒。一日，命役徒芟而辟之，中获废井。即呼工出其泥滓，观其好恶，曰嘉泉。择高年吏问废之由，曰不知也。乃扃而澄之，三日而后汲。视其泉，清而白色，味之甚甘。渊然丈余，绠不可竭。当大暑时，饮之若饵白雪、咀轻冰，凛如也。当严冬时，若遇爱日、得阳春，温如也。其或雨作云蒸，醇醇而浑。盖山泽通气，应于名源矣。又引嘉宾，以建溪、日注、卧龙、云门之茗试之，则甘液华滋，说人襟灵。

观夫大《易》之象，初则井道未通，泥而不食，弗治也；终则井道大成，收而勿幕，有功也。其斯之谓乎！又曰："《井》，德之地。"盖言所守不迁矣；"《井》，以辨义"。盖言所施不私矣。圣人画《井》之象，以明君子之道焉。

予爱其清白而有德义，为官师之规，因署其堂曰清白堂。又构亭于其侧，曰清白亭。庶几居斯堂，登斯亭，而无忝其名哉！

宝元二年月日记。

文章先叙后议，行文思路清晰可辨。废井新淘，泉水清白；井道寓德蕴义，所守不迁，所施不私；因事得理，随物进规。这正是此文所涵蕴的内在逻辑和微言大义。即使尺牍、墓表之类，范仲淹往往也能在寻常叙事之中构建出极其优美的艺术境界：

某罪有余责，尚叨一麾，敢不尽心，以求疾苦。二浙之俗，躁而无刚。豪者如虎，示之以文；弱者如鼠，存之以仁。吞夺之害，稍稍而息。乃延见诸生，以博以约，非某所能，盖师门之礼训也。又郡之山川，接于新定，谁谓幽遐，满目奇胜。衢、歙二水，合于城隅，一浊一清，如济如河。百里而东，遂为浙江。渔钓相望，凫鹭交下。有严子陵之钓石，方干之隐茅。又群峰四来，翠盈轩窗。东北曰乌龙，崔嵬如岱。西南曰马目，秀状如嵩。白云徘徊，终日不去。岩泉一支，潺湲斋中。春之昼，秋之夕，既清且幽，大得隐者之乐，惟恐逢恩，一日移去。且有章、阮二从事，俱富文能琴，夙宵为会，迭唱交和，忘其形体。郑声之娱，斯实未暇。往往林僧野客，惠然投诗。其为郡之乐，有如此者。于君亲之恩，知己之赐，宜何报焉？(《与晏尚书书》之一)

时祥符纪号之初载，某薄游至止，及公之门，因与君交执。复得二道士，汝南周得宝、临海屈元应者，蚤暮过从。周精于篆，屈深于《易》，且皆善琴。

> 君常戴小冠，衣白纻，跨白驴，相与啸傲于鄠、杜之间。开樽鸣弦，或醉或歌，未尝有荣利之语。一日，会君之别墅，当圭峰之下，山姿秀整，云意闲暇，紫翠万叠，横绝天表。及月高露下，群动一息，有笛声自西南依山而起，上拂寥汉，下满林壑。清风自发，长烟不生。时也，天地人物洒然在冰壶之中。客大异之。君曰："此一书生，既老且贫，每风月之夕，则操长笛奏数曲而罢，凡四十年矣。"嗟乎！隐君子之乐也，岂待乎外哉！……噫！予与君别三十七载，风波南北，区区百状。今兹方面，宾客满坐，钟鼓在廷，白发忧边，对酒鲜乐。岂如圭峰月下，倚高松，听长笛，忘天下万物之际乎！追念故人，乃揭石而表之。(《鄠郊友人王君墓表》)

《东染院使种君墓志铭》、《天章阁待制滕君墓志铭》、《祭石学士文》、《祭尹师鲁舍人文》等，皆痛悼故友之作，可视为此类文体的代表篇什。

宋庠（996～1066），字公序。初名郊，字伯庠，安州安陆（今湖北安陆）人。后徙开封雍丘（今河南杞县）。仁宗天圣二年（1024）进士第一，擢大理评事、同判襄州。召试，迁太子中允、直史馆，历三司户部判官，同修起居注，再迁左正言、知制诰，兼史馆修撰、知审刑院，改权判吏部流内铨，迁尚书刑部员外郎，诏为翰林学士。宝元二年，以右谏议大夫参知政事。因与宰相吕夷简不和，出知扬州，未几，以资政殿学士徙郓州，进给事中。庆历五年，参知政事范仲淹去位，复召为参知政事。八年，除尚书工部侍郎，充枢密使。皇祐元年，拜兵部侍郎、同中书门下平章事、集贤殿大学士，迁工部尚书。三年，谏官包拯奏其不戢子弟、在政府无所建明，乃以刑部尚书、观文殿大学士知河南府。徙许州、河阳，再迁兵部尚书，以检校太尉、同平章事充枢密使，封莒国公。以御史言其昏惰，遂以河阳三城节度、同平章事、判郑州，徙相州。英宗即位，移镇武宁军，改封郑国公。上章请老，出判亳州，以司空致仕。治平三年卒，谥元宪。有《宋元宪集》四十四卷，已散佚，四库馆臣从《永乐大典》辑得若干诗文，另编为四十卷。

宋庠先后两次为相，史称以慎静为治，晚年则沉浮自安。又称其天资忠厚好学，自应举时，与弟祁俱以文学名擅天下，俭约不好声色，读书至老不倦。善正讹谬，尝校定《国语》，撰《补音》三卷。又辑《纪年通谱》十二卷，《掖垣丛志》三卷，《尊号录》一卷。

《全宋诗》编录其诗十四卷，有千首左右。《全宋文》编录其文十八卷，约七百余篇。其文大部分为内外制、章表劄子奏疏等，也有少量赋序论记传铭等文学性较强的篇什。《四库全书总目·宋元宪集》谓："文章淹雅，可取者多，故所载特为繁复。"又谓："文章多馆阁之作，皆温雅瑰丽，沨沨乎治世之音。盖文章至五季而极弊，北宋诸家，各奋起振作，以追复唐贤之旧。穆修、柳开，以至尹洙、欧阳修，则沿洄韩、柳之波，庠兄弟则方驾燕、许之轨，譬诸贾、董、枚、马，体制各殊，而同为汉京之极盛，固不必论甘而忌辛，是丹而非素矣。陈振孙称景文清约庄重，不逮其兄，以此不至公辅，今观其集，庠有沉博之气，而祁多新警之思，其气象亦复小殊，所谓文章关乎器识者欤?"所论二宋之别与二宋与古文家之别，持论较为平正公允。

宋庠晚年一再乞求罢政归老，集中《乞致仕表》、《乞罢相表》之类有很多，皆言辞恳切，情发于衷，如《乞致仕表》之一：

臣闻爵禄有次，王者所以驭臣；筋力已衰，圣人不与为礼。何则？上随材而赋任，则壮者乐尽其节；下度德而展体，则老者止于不能。授受由是得宜，始终因而偕笃。斯为达道，贯厥大伦。愚衷所稽，皇鉴攸览。

臣某窃念，臣本兴孤族，素乏远谋。天圣初，伏遇体天法道钦文聪武圣神孝德皇帝陛下始揽万几，亲临多士，轼怒蛙而待勇，抚骏骨以求驹。而臣适会时来，遽跻才等。猥缘士牒，仰沐朝猷。洊阶华要之徒，深入凝严之禁。终因人乏，遂赞宰司。辱体貌之兼隆，竭涓埃而无取。自兹典领，益复崇高。再参政务之繁，正管兵机之剧。一尘鼎铉，两斡星枢。形已过而照穷，力犹求而驾败。屡招讥劾，深累包容。一昨罢帷幄之同寅，丐州藩之出守。理当策免，恩乃庭扬。假使阃之旌旄，带辅臣之印绶。质于公论，实玷天私。虽席宠之有因，顾害盈而难逭。

重念臣久尘荣路，垂四十年。福过成灾，气衰得疾。去岁中祸延同气，痛彻五情。乘悲泣之过多，致营魂之不复。幽忧攻内，摄理乖方。接此颓龄，渐成宿疹。积寒栖于腠理，流毒汇于肺经。一喘之来，百骸俱废。步趋多梗，拜伏为艰。若复贪极品之崇名，怀千钟之厚廪，鬼诛将作，人言谓何！况臣今兹，行年六十有七。常恐一旦先犬马填沟壑，终无以报恩塞责。臣不胜私愿，愿上还官职之事。乞骸骨，将孥息归田里，避贤者路。七十致政，抑惟常典。臣年虽未及，病则有余。幸丐余生，贪延圣日。傥孤诚之获遂，毕九殒以知归。敢望圣慈，特除臣一致仕官，因便寻医，以救残喘。干冒宸扆，臣无任。

明代吴讷《文章辨体序说》，谓臣下奏表之体制，有云："窃尝考之，汉晋皆尚散文，盖用陈达情事，若孔明《前后出师》、李令伯《陈情》之类是也。唐宋以后，多尚四六。其用则有庆贺，有辞免，有陈谢，有进书，有贡物，所用既殊，则其辞亦各异焉。"徐师曾《文体明辨序说》，则谓："唐宋之体又自不同。唐人声律，时有出入，而不失乎雄浑之风；宋人声律，极其精切，而有得乎明畅之旨。盖各有所长也。然有唐宋人而为古体者，有宋人而为唐体者，此又不可不辨也。"宋人之表文，名篇佳作甚多，例用四六对仗，讲究辞藻声韵，即使古文大家也是如此。例如苏轼由黄州量移汝州所作《谢量移汝州表》，有云："只影自怜，命寄江湖之上；惊魂未定，梦游缧绁之中。憔悴非人，章狂失志。妻孥之所窃笑，亲友至于绝交。疾病连年，人皆相传为已死；饥寒并日，臣亦自厌其余生。"又如晚年《到昌化军谢表》，有云："子孙恸哭于江边，已为死别；魑魅逢迎于海外，宁许生还。"凡此，皆为脍炙人口的句子。如上所录宋庠之文，虽是盛极求退、力戒满盈之意，比不得苏轼的凄惨悲凉，但同样体现了严整有序、精切明畅的文体特征。

《请训练河北强壮奏》，历数河北数十万强壮久失训练、空隶名籍的现实："自契丹通好以来，而内外共务因循，专为嫌避，不教民战，三十余年。逃冒流亡，但存空簿。日复一日，识者寒心。"又分析所以形成如此局面的原因，谓："况兹一事，前后上言者甚众，而事未果行，大抵虑敌人警猜，有奸盟好。然敢问议者，若终不训习，可保北敌永无患乎？此乃虑外忘内，视蚤虱而不见太山之论。审如此者，亦当别为长算，安可舍旧防而待决，卧积薪以俟燃邪？臣再思依违之端，盖由诸臣不敢专任其责。常虞邻邦万一之隙，自废中国无穷之利。务习常态，苟图目前。况两国盟书，本无此禁，我之政令，彼何预焉？且聚民教之，不过以生事为戒，犹有素备之防。若弃而弗修，则养祸自贻，遂无可救之策。"此文写于吕夷简当政的时候，同苏轼嘉祐六年应制科考试所写《教战守策》相比，大约相距二十余年，一前一后，皆为北边防务而发，亦皆主张教民战守，防祸于未然，而其批判的矛头，亦皆指向怯懦畏敌而因循苟且的执政者。

《乞修定唐书五代史劄子》，就刘昫和范质所修《唐书》、《五代史》实多漏略，而且义例无次、首末相违的实际状况，提出了具体的修订方案，文字清通，泯却一切藻饰，是正宗地道的古文而非骈体。《丙吉论》，是仅存的一篇史论性质的文章。《汉书·丙吉传》载吉相汉，出见群斗死伤而不问，见牛喘而止驻细究，作者则就此事发表议论说：

> 夫死伤横路，是生杀之不禁；生杀不禁，是教化之不立；教化不立，然后阴阳失其序；阴阳失其序，然后寒暑乖其方；寒暑既乖，则万物皆失其性矣，宁惟牛喘乎？吉徒知暑近而失时，不知政败而伤气；徒知小事之不问，不知庶职之已隳。昔一人向隅，堂上为之不乐；一物失所，隍中为之轸虑。况僵尸蔽道，生民绝命，内无恻隐之志，外无赏罚之令，乃曰“待岁尽以举殿最”，则冤滥之积，所伤多矣；愆伏之患，其防后矣。武王扇暍，事非大惠，而天下归其仁；成汤祝网，理非宏业，而海内从其命。若吉之意，则二圣者不当于道路问也。必谓一畜之喘可辨乎寒暑，则良民之死，反不害于阴阳，斯益见慕燮理之虚名，失弥纶之大要。言无所据，事无所稽，玷经邦论道之猷，取贵畜贱人之责。《诗》曰：“白圭之玷，尚可磨也。斯言之玷，不可为也。”其丙吉之谓乎！
>
> 后之者，或以不撄物务为高，不治政事为达。生灵殄瘁，移过于有司；岩廊拱默，自安于高位。晋魏而下，清谈丧国者，未必不源于是也，可讥也哉！故牛喘之祥，由人事而来也。为国者未有先寒暑而后敷政教，余又不知问喘之后，欲何术以调之？必若推精祲之源，考幽显之效，解二气之相沴，通四时之大顺，非求之于政，视之于民，则无夫动天地而感阴阳，平邦国，跻仁寿。今吉舍败政而不问，而欲气之顺若，虽皋、伊弗能也；见死命而不恤，而望时之和若，虽稷、契弗能也。舍本徇末，何其悖哉！

牛喘关乎寒暑时节，影响农业生产，所以旧史称丙吉为“知大体”。而在作者看来，群斗死伤则关乎民政教化，身为宰相，既无恻隐之心，又尽委之于有司，实际上是对朝政不负责任，是空有燮理阴阳之名，而无经纶治理之实。而且，旧史刻意渲染传播这样的事情，很容易误导后人，那些无所事事、毫无作为，乃至清谈误国的当政者，恐怕就是其不良影响所致。这是读史的新见解，与王安石《读孟尝君传》等文一样，鞭辟入里，剖析深刻，具有较强的说服力。

宋庠曾尝试着用骈文来写寓言，而且取得了较好的艺术效果，例如《蚕说》：

里有织妇，著簪葛帔，颜色憔悴，喟然而让于蚕曰："余工女也，惟化治丝枲是司，惟服勤组紃是力。世受蚕事，以蕃天财。尔之未生，余则浴而种以俟；尔之既育，余则饬其器以祗事；尔食有节，余则采柔桑以荐焉；尔处不愿，余则弭温室以养焉；尔惟有神，余则蠲其祀而未尝黩也；尔惟欲茧，余则趣其时而不敢慢也；尔欲显素丝之洁，余则具缫盆泽器以奉之；尔欲利布幅之德，余则操鸣机密杼以成之。春夏之勤，发蓬不及膏；秋冬之织，手胝无所代。余之于子，可谓殚其力矣。今天下文绣被墙屋，余卒岁无褐；缇帛婴犬马，余终身恤纬。宁我未究其术，将尔忘力于我耶？"

蚕应之曰："嘻！余虽微生，亦禀元气。上符龙精，下同马类。尝在上世，寝皮食肉，未知为冠冕衣裳之等也，未知御雪霜风雨之具也。当斯之时，余得与蠕动之俦，相忘于生生之域。蠢然无见豢之乐，熙然无就烹之苦。自大道既隐，圣人成能。先蚕氏利我之生，蕃我以术。因丝以代毳，因帛以易韦。幼者不寒，老者不病。自是民患弭而余生残矣。然自五帝以降，虽天子之后，不敢加尊于我。每岁命元日亲率嫔御，祀于北郊。筑宫临川，献茧成服。非天子宗庙，黼黻无所备；非礼乐车服，旗常无所设。非供祀无制币，非聘贤无束帛。至纤至悉，衣被万物。女子无贵贱，皆尽心于蚕。是以四海之大，亿民之众，无游手而有余帛矣。秦汉而下，本摇末荡。树奢靡以广君欲，开利涂以穷民力。云锦雾縠之巧岁变，霜纨冰绡之名日出。亲桑之礼颓于上，灾身之服流于下。倡人孽妾被后饰而内闲中者以千计，桀民大贾僭君服以游天下者非百数。一室御绩而千屋垂缯，十人漂絮而万夫挟纩。虽使蚕被于野，茧盈于车，朝收暮成，犹不能给；况役少以奉众，破实而为华哉？方且规规然重商人衣丝之条，罢齐官贡服之职，衣弋绨以示俭，袭大练而去华，是犹捧块堙尾闾之深，覆杯救昆冈之烈，波惊风动，谁能御之？由斯而谈，则余之功非欲厚啬身以侈物化，势使然也。二者交坠于道，奚独怒我哉？且古姜嫄、太姒皆执子之勤，今欲以一己之劳而让我，过矣。”于是织妇不能诘而终身寒云。

织妇终岁勤苦而不免菁簪葛帔，而富贵人家却文绣被墙屋，缇帛婴犬马，严酷的现实是如何造成的？作者给出的答案是“秦汉而下，本摇末荡。树奢靡以广君欲，开利涂以穷民力”。“一室御绩而千屋垂缯，十人漂絮而万夫挟纩”。显然，作者是把批判锋芒指向了因为商品经济高度发达而造成的竞逐豪奢淫靡的社会风气。作者本人崇尚俭约，不好声色，对过分追求生活享乐的恶俗劣习，也是深恶痛绝，因而才写此一文以发感慨。文章的结构比较单纯，织妇与蚕，一问一答，多方铺叙渲染，多用排比对仗，多使华言丽句，而且又大量隐括《史记》、《汉书》、《后汉书》、《左传》、《诗经》、《礼记》、《周礼》、《老子》、《庄子》，以及各家注疏中的语句和典故，经史子集皆为我用，用典而又不为典所役使，真正做到了运化无痕，归于自然。

所作《缇巾集记》，也很能说明其善用典故的特点：

余幼学为文，尤嗜篇什，而不能工也。然性习所牵，为之不已，往往应和，出诸公间，辄为名公训奖。虽叨课杂发，亘以岁月，然每自陋其辞，未尝缀缉，丛章坠稿，亡逸颇多。一日，忽得新旧诗十余卷于几案间，乃小儿充国等所次。览之，不觉掩口胡卢而笑，谓之曰：“此燕石也，与瓦甓无异。虽缇巾什袭，庸足宝乎?”命亟去之，儿曹恳祈留于舍中，弗广布也。因取持橐近侍，出入藩辅，至守郑日所赋，姑为限断，兼以志拥旄之岁云。凡五百余首，勒成十二卷，命曰《缇巾集》。莒国公记。

是文名之曰记，实乃为自家诗集序，写得活泼自然，生动有趣，初不知作者用典之处。《太平御览》卷五十一引《阙子》：“宋之愚人得燕石于梧台之东，归西藏之，以为大宝。周客闻而观焉，主人端冕玄服以发宝，华匮十重，缇巾十袭。客见之，卢胡而笑曰：‘此燕石也，与瓦甓不异。’主人大怒，藏之愈固。”原来燕石妄珍、胡卢而笑，乃至拈“缇巾”二字命名诗集，都源出有自，作者只是信手拈来，而又泯却了一切痕迹。这篇记文所隐含的敝帚自珍的意思是十分明显的。宋庠读书多，记性又好，所以在行文当中喜欢多用典故，水到渠成固为佳境，而稍一不慎，便流入搬弄矜夸，以致晦涩生硬之类。例如《送成上人序》中有云：“老龙死矣，空成奓户之惊；泰山颓乎，弥感负墙之旧”。《庄子·知北游》：“妸荷甘与神农同学于老龙吉。神农隐几阖户昼瞑，妸荷甘日中奓户而入曰：‘老龙死矣！’神农隐几拥杖而起，嚗然放杖而笑，曰：‘天知予僻陋慢訑，故弃予而死。已矣夫子！无所发予之狂言而死矣夫！’”又，《礼记·檀弓上》：“孔子蚤作，负手曳杖，消摇于门，歌曰：‘泰山其颓乎，梁木其坏乎，哲人其萎乎！’既歌而入，当户而坐，子贡闻之曰：‘泰山其颓，则吾将安仰？梁木其坏，哲人其萎，则吾将安放？夫子殆将病也。’”这两个典故都写门人弟子对大匠宗师去世的哀悼和怀念之情，作者把二者浓缩简化为一组对仗句，工则工矣，而自肺腑涌出的至性真情却丧失殆尽。

《送河南法掾张子野序》，是赠序，文兼骈散，流动自然，其设想构思也有新颖独到之处：

> 曩余以不肖，冒冠群材之籍。同升之士，数盈二百，其知之深者，则清河张子野在焉。子野本公族世家，席旗常钟鼎之余烈，卓然异操，发于童牙。自弁髦为诸生，弃锦纨而袭韦布。道文雅韵，根于粹质。一上高第无矜色，初命徒劳无愠容。士友以是服其清和，而期之久大。是行也，以阕忧家府，再奉铨檄，补河南法掾且参军事，涓日首路，款余告别。议者多惜其美才冲守，冉冉于诸曹之次，然余有以阴抃于子者，可略言之。今相国彭城公躬寅亮之姿，保釐西郊，翘材开馆，延天下士。又余友人集仙陈留谢希深负渊、云之藻，田曹外郎乐安孙君贯流略之学，并肃给温裕，为时吏师。方左右台仪，协赞留务，爱贤乐善，求之如不及，则子就署之日，虽欲埋照自晦，群公其舍诸？惟逖听荐章，扬茂实于朝耳。子姑啬神以慰离绪而已。

时有两个张子野，以词称于世者名先，乃湖州乌程人，而此张子野，乃河北清河人氏，宋庠同榜进士。这篇送行文字，首先简略叙述了张子野的人生经历和儒雅平和的性格特点，也为其有才而不甚得志表示同情，然后笔锋兜转，去写此行可喜可贺之处：今西京留守正开馆招贤，友人谢、孙皆饱学之士，已为其协赞，以子之才，定然得到器重和荐拔。这是宽慰之辞，也是一种祝愿和期许。由此，我们联想到同类性质的韩愈写的《送董邵南序》，董邵南科场失意，欲投奔河北藩镇寻求出路，韩愈是既同情惋惜，又对其所去表示深切的忧虑。韩文畅快而又有含蓄，简短而又有转折。清人过珙《古文评注》卷七谓："劝其往又似劝其不必往，言必有合又似恐其未必合。语意一半是爱惜邵南，一半是不满藩镇。"如果套用过珙的语气来概括宋庠这段文字的话，其特点应该是劝其往而又励勉之期许之，以一片光明前程；心下一半是惋惜之意，一半是宽慰之情。韩文呜咽悲壮，宋文平实素朴。

宋庠写的《谈苑序》、《刘昞传略》，皆用古文形式，纪人叙事，文笔生动，可读性也很强。

他也有一些论诗的文字，其主要观点是"诗为蔽"。所谓"蔽"，是指诗能消遣世虑、移情快意。所作《尚书工部郎中太原王君诗序》说："（王君）因叹曰：'我之外者虽甚有力，不能尼而止之，鬚时是已。我之内者苟不他荡，固可宝而存之，斯文是已。自吾之褫初服，跻仕路，奉檄随牒，通闺髟组，剖符二郡，揭节两州，其间又坐免希迁，数奇不偶。关河之契阔，林壤之悲欣。人生纠缠，屯泰万状。然卒莫能缘忧端以犯灵府者，吾以其诗为蔽矣。则是物也，又乌可以已乎！序而成之，将子无让。'仆且喜且愧，恍如获宝。贪厥成诵而忘其牢辞，日得澡雪究观，求其所谓诗者。夫绘藻之丽，遣辞之当，侔色揣称，感物造端。其巧如承蜩，其得如忘筌，其熟如奏刀，其隽如破的，信乎能好之而成之者也。凡人之情，必假物以充其欲。是以欢心出于金匏，厚味发于盐梅。目得朱蓝之采则留，神遇椒兰之馨则悦。苟一不备，则其好慊然。若君之于诗，不金匏而欢，靡盐梅而味，去朱蓝而采，摈兰芷而馨。足乎中而不囿于物，可谓得其理矣。"其所作《王侍郎集序》，也有相类似的说法："夫古君子之治性情，保纯白，必有凝神寄适之地，以完天守，虽见异物，莫得而迁焉。故詹何老于饵鱼，佝偻巧于承蜩，承福以坧闻，造父以御达。彼皆自得于内而不知老之将至。""诗为蔽"与传统的"诗言志"相比有很大的局限性，是从诗文深广宽泛的艺术表现范围龟缩到了文人雅士的狭小幽眇的生活天地里面。

王銍《四六话序》谓："国朝名辈犹杂五代衰陋之气，似未能革。至二宋兄弟始以雄才奥学，一变山川草木、人情物态，归于礼乐刑政、典章文物，发为朝廷气象，其规模闳达深远矣。"这段话，既指出二宋受五代余习的影响，尚未尽脱靡丽之气，也指出其诗文面貌已经有所变化，所作正与仁宗四十二年的太平繁盛气象两相呼应的体征。

宋祁（998～1061），字子京，安州安陆（今湖北安陆）人。宋庠之弟。天圣二年，与兄同时举进士，礼部奏祁第一，庠第三。章献太后不欲以弟先兄，乃擢庠第一，而置祁第十。时人呼为二宋，或称大小宋，以别之。释褐复州军事推官，以荐改大理寺丞、国子监直讲。召试，授直史馆，再迁太常博士、同知礼仪院。预修《广业记》成，迁尚书工部员外郎、同修起居注、权三司度之判官。徙判盐铁句院、太常礼院、国子监、太常寺。出知寿州、陈州，还知制诰、权同判流内铨，以龙图阁直学士知杭州，留为翰林学士。徙知审官院兼侍读学士，改龙图学士、史馆修撰，修《唐书》。累迁右谏议大夫，充群牧使，复为翰林学士。以草制违规出知许州，数月，复召为侍读学士、史馆修撰。迁给事中兼龙图阁学士，坐子交游匪人，出知亳州，兼集贤殿修撰。徙知成德军，迁尚书礼部侍郎，徙定州，加端明殿学士，特迁吏部侍郎、知益州。寻除三司使。台谏交劾其奢侈过度，乃加龙图阁学士、知郑州。《唐书》成，迁左丞，进工部尚书，拜翰林学士承旨，复为群牧使。卒谥景文。著有《笔记》三卷，《新唐书》列传一百五十卷。《宋景文集》一百五十卷，久佚，《全宋文》合诸本，另编为五十卷。《全宋诗》编为二十二卷。

《宋史》本传谓："祁兄弟皆以文学显，而祁尤能文，善议论，然清约庄重不及庠，论者以祁不至公辅，亦以此云。"小宋的才气似在其兄之上，此由其屡任翰林学士、龙图阁学士、端明殿学士，以及屡次预修官史，以及著述繁富博雅等方面，可以见出。《宋景文公笔记》卷上，曾记载其为文之始末，颇可参考："余少为学，本无师友，家苦贫无书，习作诗赋，未始有志立名于当世也，愿计粟米养亲绍家阀耳。年二十四，而以文投故宰相夏公，公奇之，以为必取甲科，吾亦不知果是欤。天圣甲子，从乡贡试礼部，故龙图学士刘公叹所试辞赋，大称之朝，以为诸生冠。吾始重自淬砺力于学，模写有名士文章，诸儒颇称以为是。年过五十，被诏作《唐书》，精思十余年，尽见前世诸著，乃悟文章之难也。虽悟于心，又求之古人，始得其崖略。因取视五十以前所为文，赧然汗下，知未尝得作者藩篱，而所效皆糟粕刍狗矣。夫文章必自名一家，然后可以传不朽。若体规画圆，准方作矩，终为人之臣仆。古人讥屋下作屋，信然。陆机曰：'谢朝华于已披，启夕秀于未振。'韩愈曰：'惟陈言之务去。'此乃为文之要。五经皆不同体，孔子没后，百家奋兴，类不相沿，是前人皆得此旨。"又谓："余于为文似蘧瑗，瑗年五十知四十九年非，余年六十始知五十九年非，其庶几至于道乎？天禀余才，才及中人，中人之流，未能名一世，然自力于当时，则绰绰矣。”又谓：“每见旧所作文章，憎之必欲烧弃，梅尧臾喜曰：‘公之文进矣。’仆之为诗亦然。”写作一生，到了晚年方悟步趋模仿绝非正道，而务去陈言、自成一家才能传之不朽。作者在《南阳集序》中，也表达了与此相近的观点：“大抵近世之诗，多师祖前人，不丐奇博于少陵，萧散于摩诘，则肖貌乐天，祖长江而摹许昌也。故陈言旧辞，未读而先厌。若叔灵（南阳人）不傍古，不缘今，独行太虚，探出新意，其无谢一家者欤！”《故大理评事张公墓志铭》，尝记张景从柳开学古文，“由是属辞益有法度”，在京师“名称籍籍，美不容口”。看来，宋祁对唐代韩愈所倡导的古文运动是表示某种程度的接受的，对时人弃骈偶而作古文的复古行为，也表示某种程度的认可；但他并没有真正意识到韩柳古文运动的精神实质，片面地强调务去陈言、出新求奇，这又难免落入刻意雕琢，不够清新自然，而最终以写作“博奥典雅”的骈文为其擅长的创作旧窠。楼钥《答綦君更生论文书》谓：“唐三百年，文章三变而后定，以其归于平也。而柳子厚之称韩文公，乃曰文益奇，文公亦自谓怪怪奇奇。二公岂不知此，盖在流俗中以为奇，而其实则文之正体也。宋景文公知之矣，谓其粹然一出于正。至其所自为文，往往奇涩难读，岂平者难为工，奇者易以动，文人习气终未免耶？苏子瞻尝谓其‘渊源皆有考，奇险或难句’，世以为知言。”文从字顺，灵动自然，而内蕴丰厚深刻，是散文创作的最高境界。大象无形，大巧若拙。淡而有味，平中见奇。这需要极为丰富的人生体验和极为高妙的艺术表现力，一般作者往往乐此不疲地去求新求奇，总是希冀自名一家，而其代价便是本色自然的缺失糜荡。小技巧、小把戏易为，而大境界、大修为则难达之。

以骈文为主，以散体为辅，二者交错并出，在宋祁则是有其明确的创作分工。所作《论对偶之文不宜入史》说：“文有属对平侧，用事者供公家一时宣读施行，似快便，然不可施于史传。予修《唐史》，未尝得唐人一诏一令可载于传者。惟舍对偶之文，高古者乃可著于篇。大抵史近古，对偶非宜。今以对偶之文入史册，如以粉黛饰壮士，笙匏佐鼓声，非所施云。”公堂所用各种文体，如制敕奏表疏启赞颂之类，以其声韵节奏之美利于宣读施行，故多采用骈体，而史传文字，以他的比喻来形容，那就是壮士和鼓声，自宜高古素朴，自宜摒弃对偶之文。今存《新唐书》中人物传记，以及其文集所存与文史略有关涉的文字，如史论墓志行状碑阴，乃至书信序跋说记等类，大率如此。

宋祁存有三篇关于字学的文章。如《乞禁便俗字奏》，认为朝廷所颁册书诏令或题署宫殿经常使用一些“不据经古”的便俗字，并举例说今日通用之“敕”字，自宜稽古改为“勅”。其他如以“夲”为“本”，以“毋”为“母”，以“撿”为“檢”，以“闕”为“闗”之类，均字讹音变，有失规范和体统，倡议大臣讨论文字，更俗隶之失，求篆籀之真，并昭示有司，改从正体。《致工篆人书》，致慨于世人不知六书，鼓励工篆人“晓人之未晓”，而不要“以人之不晓而自晦其晓”，并谓：“自唐室学废，诸儒搦管者，虽题部点画不复能别，逮今百年，经伪史驳。仆比不自揆，与叶道卿建言于朝，欲以九经刊石，用篆隶二体，检正伪驳其不与文合者，以救流荡之失。”《字说》，专门就“耐”“耏”二字之字形与音义进行辨析考证。凡此种种，都说明宋祁对文字学研究饶有兴趣，而且把其思索体会尽量贯彻落实到社会生活的诸多领域。前人说他文多奇字，务为艰涩，恐怕并非是一味地追求新奇，而是和他这种较为特殊的字学根柢有关。

宋祁早年针对陕西用兵、国用耗竭的局面，写有《上三冗三费疏》：

兵以食为本，食以货为资，圣人一天下之具也。今左藏无积年之镪，太仓无三岁之粟，南方冶铜，匮而不发，承平如此，已自凋困，良由取之既殚，用之无度也。朝廷大有三冗，小有三费，以困天下之财。财穷用褊，而欲兴师远事，诚无谋矣。能去三冗，节三费，专备西北之屯，可旷然高枕矣。

何谓三冗？天下有定官无限员，一冗也；天下厢军不任战而耗衣食，二冗也；僧道日益多而无定数，三冗也。三冗不去，不可为国。请断自今，僧道已受戒具者姑如旧，其他悉罢还为民，可得耕夫织妇五十余万人，一冗去矣。天下厢军不择孱小尫弱而悉刺之，才图供役，本不知兵，又且月支廪粮，岁费库帛，数口之家，不能自庇，多去而为盗贼，虽广募之，无益也。其已在籍者请勿论，其他悉驱之南亩，又得力耕者数十万，二冗去矣。国家郡县，素有定官，譬以十人为额，常以十二加之，即迁代、罪谪，随取之而有。今一官未阙，群起而逐之，州县不广于前，而官五倍于旧，吏何得不苟进，官何得不滥除。请诏三班审官院内诸司、流内铨明立限员，以为定法。其门荫、流外、贡举等科，实置选限，稍务择人，俟有阙官，计员补吏，三冗去矣。

何谓三费？一曰道场斋醮，无有虚日，且百司供亿，至不可赀计。彼皆以祝帝寿、奉先烈、祈民福为名，臣愚以为此主者为欺盗之计尔。陛下事天地宗庙社稷百神，牺牲玉帛，使有司端委奉之，岁时荐之，足以竦明德，介多福矣，何必希屑屑之报哉？则一费节矣。二曰京师寺观，或多设徒卒，添置官府，衣粮率三倍他处。居大屋高庑，不徭不役，坐蠹齐民，其尤者也。而又自募民财，营建祠庙，虽曰不费官帑，然国与民一也，舍国取民，其伤一焉，请罢去之，则二费节矣。三曰使相节度，不隶藩要。夫节相之建，或当边镇，或临师屯，公用之设，劳众而飨宾也。今大臣罢黜，率叨恩除，坐靡邦用，莫此为甚。请自今地非边要，州无师屯者，不得建节度；已带节度，不得留近藩及京师，则三费节矣。

臣又闻之，人不率则不从，身不先则不信。陛下能躬服至俭，风示四方，衣服起居，无逾旧规，后宫锦绣珠玉，不得妄费，则天下响应，民业日丰，人心不摇，师役可举，风行电照，饮马西河。蠢尔戎首，在吾掌中矣！（按，此据《宋史》本传。《全宋文》所收文字稍多。）

在宋祁看来，冗官、冗员、冗兵，虚耗国帑，加重了积贫积弱的局面，在经济拮据的时候绝不可冒然言兵。当时他正任权三司度支判官，所以非常了解国家财政收支严重失衡的状况，才作此疏以为之措置。文章尽弃骈偶行迹，观点明确突出，言辞犀利明快，是经世致用之文，也是文气鼓荡、平易自然的四字句较多的所谓古文。《直言对》，是奉诏上言，其主要内容则是针对朝廷所谓朋党之争来作深入分析，其性质亦不亚于一篇《朋党论》，其中有云：

臣闻群臣之所以有朋党者何也？由忠邪不早判耳。且君子得位，必引其类，使协济忠力，不为私也；小人获进，亦引其类，使扇动声势，不为公也。君子指小人所引，固曰朋党；小人指君子所引，亦曰朋党。君子常少，而小人常多，此人君所以易惑而难辨也。陛下何不质之以事，验之以言。其言也阴贼忌害，巧为迎合，听之似可用，察之而无实，小人也；其言也质直蹇正，多所补益，听之似逆耳，察之而有实，君子也。又以其言验其人之行，事与言合者为忠，事与言反者为邪。不黜其邪，不进其忠，则朋党终不除矣。臣下之所以谗佞得行者何也？由朝廷之言路太广也。夫正人能言，邪人亦能言。古者称言之无罪者，谓有道之言也。若邪人拘虚以害有位，架妄以间忠臣，亦以为不可加罪，则是以言丧邦矣。

朋党分君子与小人，而不为私与不为公，质之以事与验之以言，则是辨别二者的主要标准。作者还指出言路太宽、是非不明、赏罚不公、任贤不终等，直接造成了谗佞得行、小人得志的局面。宋祁写得较好的有关时事政治的议论文字，还有《选郡牧篇》、《言三路边防七事奏》、《减边兵议》、《乞减税劄子》等。

宋祁自撰《新唐书》列传部分，其中大量文末赞语，一般学者据文字风格看，确定为欧阳修所写，这就使我们难以窥见宋祁的史学观念，而在其文集当中，残存的史论文字也只有《论文帝不能用颇牧》、《萧望之论》、《有若论》等数篇。兹举《有若论》以为代表：

太史公《仲尼弟子传》称：孔子既殁，弟子思慕。有若状似孔子，相与共立为师。他日，弟子进问云云。有若默然无以应之，弟子曰："有若避之，此非子之坐也"！

予尝推本其文，此殆邹鲁间野人语耳。若夫多能攸纵，渊泉博厚，与日华天极，不可阶而逾者，此固卓然异禀，理绝夷等，生人以来，未有如之者矣。及夫天不慭遗，人将安仿，服膺之徒，悼惘无所，则尊其言而奉行之可也，敷其教而懋明之可也，宁待索目皮之肖似，席师训以咨决，抠衣避席，北面而事之？使弟子皆愚人也则可，若其少知一体，宁不谓之痛心哉！

夫蜥蜴似龙，不以御天；碔砆象玉，弗容礼神。萍实拟日，羲仲面之；寓木偶焉，仆夫云之。何则？真假有区，甚愚能判；狂圣殊品，惟材谁强。今乃遁道德之实，据形发之伪，扳而立之，质而逐之，是先圣宜被窃玉之诛，项羽可膺降妫之锡，优孟足俾相楚，虎贲亦当佐汉。鲁多君子，一何悖哉？是使在三之义，永废于师严；无服之丧，下同于儒戏。昔周思召伯，犹能爱树；越求范蠡，因用铸金。自假物以怀贤，非望人而责实，较之兹事，不以优乎！及观《孟子》书，亦云子夏、子张、子游，以有若似圣人，欲以所事孔子事之。强曾子，曾子不可，曰："江汉以濯之，秋阳以暴之，皓皓乎不可尚也已。"由是而言，则始尝谋之，后弗克举。又安有离毕亡应，商瞿乏对，撤坐攘臂，事之弗终之论乎！古人多失实于传闻，此其验已。

是文就孔子弟子以有若貌似孔子而尊之为师，随后又以其无以应而逐之之事进行了辨析。在作者看来，圣人殁世，弟子最好的怀念方式就是奉行其言、敷扬其教，当然也可以凭借某个物象来表达崇敬和缅怀之情，而如孔门弟子之所为，则非愚即蠢，是令人感到滑稽和痛心的事情；据《孟子》所记，再依情理而推断，这件事情应是邹鲁间野人之传闻，司马迁写入《史记》，恐怕有违事实。作为史论性质的文字，作者这个论断是合理可信的，其所讥讽的盲目崇拜圣贤的世俗风气，在当时也有一定现实意义。至于文体特征，则是骈散相间，铺张扬厉，而且穿插引用了大量辞语典故。日本刊本《佚存丛书》所收《景文宋公文集》，有天瀑山人（林衡）跋，曰："宋景文公诗文典雅而奥博，劖削而峻拔，北宋诸公中别自成家。论者或谓艰涩奇险，未必然。"所肯定的恐怕主要是这类文章。

如前所述，宋祁晚年颇有为文自悔之心，所谓"年六十始知五十九年非"，所谓"每见旧所作文章，憎之必欲烧弃"，云云。因何而悔？所感几何？他自己没有直接挑明，昔日论家也没有明确指出。我们推断，很可能是受到当时已经形成气候的古文的影响，而又经过慎重反思才最终会有此愧悔。宋祁六十岁的时候，欧阳修亦已五十岁，王安石已是三十六七岁，曾巩已近四十，苏洵已近五十，苏轼已是二十，这些人已是政坛、文坛的砥柱中流，承继唐人的古文创作已是风云激荡、气象万千，面对时代风气的巨变，宋祁不能不有所动心，有所思考，进而有所翻悔，有所制作。我们还发现，其文集当中那些用古文形式写就的碑志序记尺牍杂记题跋等，也大都是中晚年的作品，其潜受唐宋古文运动的影响痕迹亦为凸显。他曾盛赞韩愈的"惟陈言之务去"，而其"文从字顺"的一面，又怎能尽底抛弃？刘熙载有谓"老年之文多平淡"（《艺概·文概》）。元好问有谓"豪华落尽见真淳"（《论诗三十首》）。宋祁晚年日趋恬淡的心境，也必然会熔铸于散文创作当中，因而出现前后有变的基本态势。要知道，时移势转，人生跌宕，因而文风有变，这在宋人是常见的事情，欧阳修、王安石、苏轼、李清照、陆游、辛弃疾等，莫不如此。

这类文章数量也很多，我们先以嘉祐三年，知益州，作者六十一岁时写的《成都府新建汉文公祠堂碑》为例：

蜀之庙食千五百年不绝者，秦李公冰、汉文公翁两祠而已。冰为蜀凿离堆，逐悍水，以溉所及，常无旱年。西人德之，因言冰身与水怪斗，怪不胜死，自是江无暴流，蛟蜃怖藏，人恬以生。故侈大房殿，岁击羊豕雉鱼，伐鼓啸籥，倾数十州之人，人必侍祠，奔走鼓舞，以娱悦神，祝以传嘏，而后敢安。公之治蜀，开学校，以《诗》、《书》教人，澡刷故俗，长长少少，亲亲尊尊，百姓顺赖。其后司马相如、王褒、扬雄以文章倡，张宽以博闻显，严遵、李仲元以有道称，何武入为三公，汉家号令典章，赫然与三代等。蜀有儒自公始，班固言之既详。

文章的第一段，简略介绍了秦朝李冰和汉代文翁治蜀的功绩和蜀人兴祠祭祀绵延不绝的旧况。“冰以功，公以德，功易见，德难知，故祀虽偕而优狭异焉”。作者认为文翁的祠堂偏狭破败，与其重文治嘉惠蜀人千百年的历史功绩不相符，因此决定选址重建。接下来的一段，便详细描述了建祠的过程、规模，以及绘相配祠、落成典礼种种情况。最后，作者抒发感慨说：

噫！自公以来，蜀之人自视若邹鲁。宋兴，名臣巨公踵相逮于朝。先帝时，巨盗再作乱，弄库兵，争剑阁。是时蜀豪英无一污贼者，群顽愁窘，不容喘而灭。非人好忠、家知孝使然耶？所使然者，不自公欤！《传》曰：“非此族也，不在祀典。”公在之矣，则是祠之作，愿自予而古，无俾壤息云。

末尾一段呼应前文，强调指出宋兴名公义士屡出，是皆文翁教化所致。全文结构严谨，前后辉映，语言参差错落，流畅自然，已然洗尽铅华。与此相类者，又如康定元年，作者四十三岁时写的《故大理评事张公墓志铭》，开篇便是激情喷涌：“呜呼！有宋闻人张晦之之墓”。正文部分详尽叙写其人其事，记其学文于柳开一节，写得相当生动：“往从崇仪使解人柳开。开以文自名，而荐宠士类，一见欢甚，悉出家书畀之，由是属辞益有法度。开每曰：‘今日在朝廷挈囊荐笏，谁逾晦之者！’即厚遣，使如京师。时富春孙仅、沛国朱严、成纪李庶几号为豪英，晦之敝衣与游，名称籍籍，美不容口。”文章结尾处，仍然是深沉的慨叹：“噫！世之言材而显，善而艾，皆若可信，如晦之终始报享，独大谬不然者耶！晦之幼丧二亲，有终身之戚。方其间关蓬累，而竭诚尽物，克襄事焉。墓不用甓，既窆，则下土实之。曰：‘千岁后无为狐兔宅，不亦善乎！’荆人高之。”这些描述生动，时露风趣，而情感色彩又极为浓重的文字，在宋祁中晚年的文章中，几乎随处可见：

惠书并新什一番，成诵终日，钦受无量。仆前年度河，见士人道阁下之贤不容口，未克一见。及今相过，则才与劭皆如所闻，是仆宿昔高倾不为负。然道未光明，特时有未合，抑而后发耶？有余于中者，外必闲暇。阁下怡然难进，殆此欤！诗调清致，须少暇属和，以酬嘉贶。(《与田都官书》)

比天高气清，蛩鸣夜而蝉号昼，百卉腓撼，自然感人。况仆据老境，悼功名不立，其怅恨可胜言耶！足下虽少仆，然亦偃蹇仕路，得无与仆同哉！获书，审眠食佳，宜顺时自爱。(《上中行张屯田书》)

承教，审荣侍外，履用佳宜，欣慰无量。林花芳淑，尤可把酒为欢，恨一髦所縻，弗克交臂，徒用怅恨。祁入新岁，病少愈，但未能久坐，于宴间有妨。老境益不聊，奈何？相从未日，顺爱毋忽。(《张职方书》)

祁性疏拙，无当世才，宜在闲处，而反剧任；自壮多病，筋力早衰，宜守内州，而再徙边；业图史，寻章摘句，宜责以文艺，而乃假帅。所学非所用，所用非所官，日恐速悔，为知己羞，奈何！历思常日以忠义相摩切者，三二贵公而已。而阁下又以多难去官，憔然不与天下议，埋光收声已再岁。若仆等辈，才不振则踽踽去邦，突未黔辄迁，其望立功名，是却行而前耳。且年长来，亦自耻与诸少年沾沾斗仕进高下。惟须阁下副搢绅望，入侍天子之光，为仆致一东朝散官，归老林下，宿昔愿云。(《上端明龙图书》)

仆于世事素昧，往往以拙取憎，直招怨，以疏谬为人斥。且排内自省，亦何负于心？然益知诗书之不可尽信也。片文只字，仆不敢让。今憔然乘边，适其所短，几何不诿司败耶！方欲以此诉足下，俄闻有秦亭之行，则间关骚牢，不待仆言，而足下自尝矣。曩相携霄汉，今相恤梗蓬，可噱噱大笑哉！大抵士出处进退，谁为才不才，惟言命者近之。命者亦偶然耳，既偶而然，是不常然，故古人谓之天。天而不我，推之曰命。仆今过知命既六年矣，虽甚愚，宁不少知？故确然以忠信自信。穷欤，命也；达欤，亦命也，未始戚戚乎胸中。尝闻知耻者近勇，仆将知耻矣。念与足下别且数千里，相见何时？辄道此以佐

足下之鼓而西。(《上安道张尚书书》)

这些文章皆是信笔挥洒之文字，而所道亦皆为肺腑流出之言。大体而论，宋祁的人生是比较圆满的，所任官职亦皆为清要近侍，他并没有因朋党之争而大起大落，但是这不等于说他没有人生的哀怨和心灵的悸动：烈士暮年，壮心不已。疾病连年，苦于世务。小人谗害，浮云蔽日。长于文史而偏去镇边，所谓所学非所用。友朋间阔，飘蓬浮梗。当然，表现更多的还是其步入知命之年的随缘自适与清旷放达。

《题司空图诗卷末》，可视为题跋类短文的代表：

唐司空表圣隐虞乡之王官谷。唐亡，表圣死，无子，家书湮散。后百五十三年，直宋嘉祐岁己亥，武威段绎得书一卷，示予曰："表圣诗稿也。"纸用废漫，字正楷，凡诗十有二篇。此世所传表圣笔，其真不疑。绎以重番治背，髹轴锦护首，粲然若新，其势不数百年不泯也。噫！表圣，贤者也。以其贤，故一物一言，为后人爱秘若此。宁当时之人，举不及后人之知表圣耶？是不然，同时者娼，异时者慕，尚何怪哉！绎得于虞乡尉孙赝，赝得于谷口民张，张传之祖，祖尝为表圣主阁云。广平宋某记。

嘉祐己亥，乃嘉祐四年，作者时年六十二。司空图生前尝自编其诗文成册，曰《一鸣集》，经唐末五代，时已久佚，宋祁所见残诗才仅十二篇，便是明证。是文不仅详细记述了其残稿流传的脉络，为稽古之士提供了宝贵线索，还就其为人为诗表示了敬慕之情，也为同时者娼而异时者慕的诗人扼腕叹息。下列三篇文章，颇值得我们重视：

沛国十四舅再调为英州理掾，过辞于予。客有惜其去者，私于坐曰："子尝言舅家之才之劭，可为国华代宝。今纵未能疏高爵，激印万乘之君，犹当为三辅高选。奚以之万里而南为？"予曰："夫所谓德全者，得丧喜愠，未始入乎胸中。彼宴安腊毒，皆囿于物者也。今夫泰山之云，卷之在肤寸，舒之遍天下。和氏之玉，始之为庙器，舍之伦碱砆。当肤寸与砆碱，若怒且呼曰：'我必遍天下，为庙器！'人方以为不祥且怪也。之人也，之德也，宁容以道里远近，禄禀薄厚，絜然以自辩哉！是其为德也全矣。姑见夫辨严在旦，台阁诸公皆赋诗申赠，以见郑志。行矣，南方宽柔，狱无留事，数击鲜，进醇酒。休日则陟神区，探奇绝，彷洋乎天倪之地，以放外物之累，宁不绰绰有裕哉！”客曰：“善！宜以序。”明日，遂行。(《送英州理掾诗序》)

此文的主要内容是勉励行者，不必为官小地远而伤心动怀，应该做个德全者，不为物累，放心逍遥。宋祁所谓德全，出自《庄子·天地》：“执道者德全，德全者形全，形全者神全。”又，《庄子·达生》：“夫醉者之坠车，虽疾不死。骨节与人同而犯害与人异，其神全也。乘亦不知也，坠亦不知也，死生惊惧不入乎其胸中，是故遻物而不慴。彼得全于酒而犹若是，而况得全于天乎！”后遂衍为德全如醉之典。实际上，宋祁不仅是以庄子的放达人生态度来劝勉行者，即连这篇送行的文章，其语辞典故，亦多采录于《庄子》，其行文的汪洋恣肆处，也无不神似于《庄子》，只是读者不易察觉，或者说作者不露痕迹，一切典故皆从胸中自然流出而已。举例来说，“奚以之万里而南为”和“彷洋乎天倪之地”，则源于《庄子·逍遥游》所谓“奚以之九万里而南为”，以及“彷徨乎无为其侧”。“天倪之地”，源于《庄子·齐物论》所谓“和之以天倪”。郭象注：“天倪者，自然之分也。”“絜然以自辩”，则见《庄子·人间世》所谓“匠石之齐，至于曲辕，见栎社树，其大蔽数千牛，絜之百围”。絜者，以绳量之也。引申为衡量、计较之意。其他语辞，尚可查考来历者，如“碱砆”，则分别见诸《山海经·南山经》和司马相如《子虚赋》。如“辨严在旦”，见诸《后汉书·陈纪传》。如“宴安腊毒”，见诸《左传·闵公元年》。宋祁采择《庄子》之语如自己出，摄取庄子之神化为斯文，自然老道，浑然天成，亦可谓文章圣手。第二篇是《君山养猿记》：

猿与沐猴，类同而种别。沐猴躁动，好腾倚挽裂，诡故百情。韩生曰：“沐猴而冠。”故教猱升木，诗人著焉。猿性静介，善吟啸，能通臂，亦善缘木。昭王南征，君子化焉。世人多言沐猴畏猿，每曼音啼啸，群猴皆累息不敢动，则猿与猴果非一种矣。

巴陵有君山，在洞庭之中。巀然可居者，地方百里，浮屠氏之徒坊舍其上。地宜橘柚芧栗，居人采给焉。然山多沐猴，每八九月时，则百十为群，攘钞挠龁，林果几尽，居人苦之。会舟贾于巴中得一猿，体趫而雄。山之居人素知沐猴之畏也，因以财厚谢舟贾，致以如山，伺沐猴之来，纵猿以当之。猿初亦柯攀而上，嗷然一啼，群猴稍稍引去。如是日三四来，益狎猿之声而不耸，且恃己众而骄猿独也，乃悉引其类，譟猿而逐之。或瓦石抵掷，或条蔓缨绋。猿不胜其愤而逃，猴乃大暴园木而去。乡人语以相嗤焉。

噫！兹山之人，不善处物也甚矣。物有以相胜者，宁谓一杯水以救一舆薪之燎哉？蘧瑗何以得容于卫，屈原何以见逐于楚，皆此志也。

读此，很容易让人联想到柳宗元的《三戒》，临江之麋的狐假虎威，黔之驴的外强中干，以及永某氏之鼠的恃宠而骄，还有借寓言故事来讽刺社会人生的写作方式等。宋祁此文正当作如是观。貌似强大威武的猿，终究抵敌不过群猴的喧嚣缠斗；山之居人只知沐猴畏猿，而不知独猿力弱而群猴势大；甚至，以弱胜强、以小博大等道理，亦蕴含在生动形象的描写之中。“不善处物”，是作者的点题之笔，其所强调的重点则是审时度势，不凝滞于物，而能与世推移。蘧瑗是春秋时卫国贤大夫，灵公宠幸南子，太子逃亡，天下大乱，而能全身而终。事迹散见于《左传》、《史记》、《列女传》等书。第三篇是《录田父语》：

岁维孟冬，京县大穰。户既还定，乡无捐瘠。室家溱溱，厥声载路。于是先生命从者具柴毂，适野而观之。汁者满篝，稆者如茨，馌者弗仇饷，锄者无德色。籴不闭邻，输不争承，欣欣然以尽四友之敏。

先生乃揖田父，进而劳之曰：“丈人甚苦暴露，勤且至矣。虽然，有秋之时，少则百囷，大则万箱，或者其天幸然，其帝力然？”田父俯而笑，仰而应曰：“何言之鄙也，子未知农事矣！夫春膏之烝，夏阳之暴，我且踦跂竭作，扬芟捽中，以趋天泽。秋气含收，冬物盖藏，我又州处不迁，亟屋除田，以复地力。今日之获，自我得之，胡幸而天也？且我俯有拾，仰有取，合锄以时，衰征以期，阜乎财求，明乎实利。吏不能夺吾时，官不能暴吾余。今日乐之，自我享之，胡力而帝也？吾春秋高，阅天下事多矣，未始见不昏作而邀天幸，不强勉以希帝力也。”遂去不顾。

先生引车而归。从者曰：“夫子何让也！我直彼曲，请得还辨之。”先生曰："不可，浅丈夫悻悻然盗天功以私己力，乃自记之矣，奚独父之诛焉?"

这种先生、从者与田父对话的描述方式，显然是套用了《论语》有关章节，例如"长沮、桀溺耦而耕，孔子过之，使子路问津焉"，又如"子路从而后，遇丈人，以杖荷蓧"等等。宋祁为了反映仁宗时期繁华富庶的社会现实，有意采用儒家经典中常用的表现形式，既增加了较为浓郁的生活气息和素朴古雅的艺术韵味，也避免了平面呆板的正面描述和充溢歌舞升平的颂扬之辞。诚然，作为藏身内苑的翰林近侍，作者是不可能真正理解普通田父的劳动的艰辛和收获的喜悦的，所谓"浅丈夫悻悻然盗天功以私己力"，就充分显示出其时代的与身份的局限性。

宋祁文集中，值得继续研读的篇章，尚有不少，如《观文右丞书》、《送同年吴昌卿之上元序》、《送承制刘兼济知原州诗序》、《西州猥稿系题》、《淮海丛编集序》等，或叙交谊，或论诗文，或记己撰，皆可玩味。《西斋休偃记》，写京城所居，堪为胜景："先是，轩豁其南，以为堂庭。前人多以竹树杂艺左右，复有二夹庑，用贮陈书十许箧。每令辰归沐，黉直番休，脱□褫巾，箕坐自纵。或冷风暂至，则窾者穴者槁者条者萧然并籁；翔暾既华，则樛者挺者荟者缺者杂然布阴。于是内揵暂祛，外喧不入。呻黄卷，据藜床，兀乎摽枝，淡乎深渊。目睎飞鸿，心溯归云。蘧蘧适适，不知周粟之薄、颜闾之陋也。昔人以名教中自有乐地，宁欺我哉!"骈散相间，劖削峻拔，却能缔造出潇洒自在之境，酝酿出险中见奇之句。"冷风暂至"四句构成的一组对仗，则可称为绝妙之句。

第四节　尹洙与梅尧臣、苏舜钦

尹洙（1001～1047），字师鲁，河南府（今河南洛阳）人。仁宗天圣二年（1024）进士，调正平县主簿。历河南府户曹参军、安国军节度推官、知光泽县。举书判拔萃，改山南东道节度掌书记、知伊阳县。以荐招试，为馆阁校勘，迁太子中允。以上书声援范仲淹，遂落校勘，复为掌书记、监唐州酒税。赵元昊反，大将葛怀敏辟为陕西经略判官。任福兵败好水川，因擅发锐卒赴救，降为濠州通判。韩琦知秦州，辟为通判，加直集贤院。寻改太常丞、知泾州，又以右司谏、知渭州兼领泾原路经略公事。以奏罢城水洛与边将不和，徙知庆州、晋州、潞州。寻坐以公使钱为部将偿债，贬为崇信军节度副使，徙监均州酒税。庆历七年病卒，年四十七。传世有《河南先生文集》，二十七卷。

欧阳修在《尹师鲁墓志铭》中曾概括介绍了尹洙的生平与性格："天下之士，识与不识，皆称之曰师鲁，盖其名重当世。而世之知师鲁者，或推其文学，或高其议论，或多其材能，至其忠义之节，处穷达，临祸福，无愧于古君子，则天下之称师鲁者，未必尽知之。师鲁为文章，简而有法，博学强记，通知今古，长于《春秋》。其与人言，是是非非，务穷尽道理乃已，不为苟止而妄随，而人亦罕能过也。遇事无难易，而勇于敢为。其所以见称于世者，亦所以取嫉于人，故其卒穷以死。""凡十年间三贬官。丧其父，又丧其兄，有子四人，连丧其三。女一，适人，亦卒。而其身，终以贬死。一子三岁，四女未嫁，家无余赀，客其丧于南阳，不能归，平生故人，无远迩，皆往赙之，然后妻子得以其柩归河南"。

尹洙屡遭贬斥，主要是因为忠义敢言，毫无忌讳。仁宗景祐中，范仲淹批评朝政，得罪宰相吕夷简，贬知饶州，且榜示朝堂，力戒朋党。秘书丞余靖上疏论救，以朋党坐贬，尹洙则上《乞坐范天章贬状》，谓："仲淹若以他事被谴，臣固无预；今观敕意，乃以朋比得罪。臣与仲淹，义分既厚，纵不被荐论，犹当从坐；况如众论，臣则负罪实深。虽然国恩宽贷，无所指名；臣内省于心，有靦面目。况余靖自来与仲淹踪迹比臣绝疏，今来止以上言，犹以朋党被罪。臣不可苟免，愿从降黜，以昭明宪。"宰相怒，落校勘，复为掌书记、监唐州酒税。时欧阳修贻书切责司谏高若讷，不能辨其非辜，又随而诋之，是君子之贼，是不复知人间有羞耻事。欧阳修亦因此书，坐贬夷陵县令。在夷陵贬所，欧阳修作《与尹师鲁书》，尚提及众人以援救范仲淹相继遭贬，以致朝野震惊之事，说："五六十年来，天生此辈，沉默畏慎，布在世间，相师成风，忽见吾辈作此事，下至灶闲老婢，亦相惊怪，交口议之。不知此事，古人日日有也，但问所言当否而已。又有深相叹赏者，此亦是不惯见事人也。可嗟世人，不见如往时事久矣。往时砧斧鼎镬，皆是烹斩人之物，然士有死不失义，则趋而就之，与几席枕藉之无异。有义君子在傍，见有就死，知其当然，亦不甚叹赏也。史册所以书之者，盖特欲警后世愚懦者，使知事有当然而不得避尔，非以为奇事而诧人也。幸今世用刑至仁慈，无此物，使有而一人就之，不知作何等怪骇也。"尹洙深得宋初名臣王曾、王曙、韩琦、范仲淹、富弼等人的赏识，又与侪辈欧阳修、余靖、蔡襄等人交往密切，众贤立朝，正气摩荡，所以他的能够率性直言，敢作敢当，除了天生本色之外，确实亦是受到时代风气的影响。

作为宋代古文创作的先导人物，尹洙并没有专门阐述其创作主张的文字，我们只能从他写的书信和赠序当中略微窥见一些信息。范仲淹说他少从穆修游，力为古文，自然，他也非常推崇韩愈和柳宗元。不过，若就韩、柳二人作比较的话，他似乎更推崇韩愈，于韩文用功亦为巨。所作《答河北都转运欧阳永叔龙图书》谓："昔柳州见韩文公所作《毛颖传》，叹称不已。韩之文无不高者，颇怪柳何独如此为异。见永叔所作奏记，把玩骇叹者累日，盖非意之所期乃尔，益知柳言为过。"柳宗元在永州读到《毛颖传》，起初的感觉确实是"信韩子之怪于文也"，随后，他联想到圣人的不弃俳文，想到司马迁的《滑稽列传》，以为此等皆"有益于世者"。同时，他又列举了人有拘有纵，有不同的口味爱好等，强调指出文章风格理应多样化。对《毛颖传》，柳宗元是完全肯定的："且凡古今是非，六艺百家，大细穿穴，用而不遗者，毛颖之功也。韩子穷古书，好斯文，嘉颖之能尽其意，故奋而为之传，以发其郁积，而学者得之励，其有益于世欤？是其言也，固与异世者语，而贪常嗜琐者，犹呫呫然动其喙，彼亦甚劳矣乎！"（柳宗元《读韩愈所著〈毛颖传〉后题》）嗣后，柳宗元又作《与杨诲之书》云："足下所持韩生《毛颖传》来，仆甚奇其书。恐世人非之，今作数百言，知前圣不必罪俳也。"我们回头再玩味尹洙所说的"柳言为过""何独为异"等语，倒是颇有误解柳文之处。

尹洙不肯承认韩文有怪诞的一面，所谓"无不高者"，亦即是处皆好，这多少带有某种盲目崇拜的味道，也有些偏颇。这种盲目性源于他对韩愈自觉秉承儒家道统的高度评价。所作《送李侍禁序》，记李氏为"笃行君子，然乐于佛氏之说"。扣其因，则谓："非取其所谓报施因果，乐其博爱而已。"尹洙则应之曰："是仁之实也。古有孟氏书，为仁义之说，君之乐宜近焉。"自此，李氏勤苦读《孟子》，大诧曰："孟氏说与吾素所向无大异"。遂主孟氏学。尹洙又规劝李氏说："自孟而下千载，能尊孟氏者，唯唐韩文公。"李氏由是复通韩氏文，久之，"其言非孟即韩"。"始读佛氏书，以其爱之博也乐之；及观孟氏、韩氏书，推而广之，则有所至焉。幸卒其志，则圣人之道无不至者"。在北宋初期，像尹洙这样认为韩愈的思想径承孟子学说的人物有很多，像柳开、石介、欧阳修等人，这也是学术潮流之大势。

尹洙反对脱离现实刻意为文的创作倾向，主张"有为而成"，"发于天性"。河南刘伯寿宰新郑，构堂于县署，既成，谓曰：“我官事已则休于是，早夜以思。盖有叹焉，叹乎功名之不可期，文章之不世传。我思古人，力之而后已，遂名堂曰志古。”尹洙赞赏他的志古精神，同时，也对他把功名文章与现实社会完全分离开的看法表示异议：“夫古人行事之著者，今而称之曰功名；古人立言之著者，今而称之曰文章。盖其用也，行事泽当时以利后世，世传焉，从而为功名；其处也，立言矫当时以法后世，世传焉，从而为文章。行事、立言不与功名、文章期，而卒与俱焉。后之人欲功名之著，忘其所以为功名；欲文章之传，忘其所以为文章。故虽得其欲，而戾于道者有焉。如有志于古，当置所谓文章、功名，务求古之道可也。古之道奚远哉，得诸心而已。心无苟焉，可以制事；心无蔽焉，可以立言。惟无苟，然后能外成败而自信其守也；惟无蔽，然后穷见至隐而极乎理也。信其守者本乎纯，极于理者发乎明。纯与明，是乃志古人之所志也。志乎志，文章、功名从焉，而不有之也。”（尹洙《志古堂记》）《左传》有所谓三不朽之说，即立德、立功、立言。《论语·先进篇》则谓孔子以道德、言语、政事、文学四科取士。尹洙在这里则作了发挥和阐发，他认为功名与文章是紧密联系在一起的，是相辅相成的。得志于朝，“行事泽当时以利后世”；失意于朝，“立言矫当时以法后世”。行事立言都有利于当时和后世，所谓功名文章自然随之。后人往往片面追求功名文章，而却忘记了古人所谓功名文章的最基本的精神。他在《答邓州通判韩宗彦寺丞书》中，则从自己写作实践的角度，再次表示了与此类似的看法：“辱书曾道及鄙文，今录近所作四篇，附李丞通呈。皆有为而成，非立意如古文章之为也。阁下方以才名，为士林推重，当世名卿巨儒，凡与游者，其作为文章，莫不道圣功，扬德音，如观乐于宗庙，和平啴缓，无不得其宜。若夫废放之人，其心思以深，故其言或窘或迂，或激或哀，异此则非本于情，矫为之也。譬诸急弦促轸，乌足留大雅之听哉？惟阁下谅之，幸甚。”此书后半截，说自己身处贬谪之中，所作难免愤激不平之气，这与时下和平啴缓的风气是不合拍的。勉强趋之，则必为虚矫之作，是违背本心之举。

他在《送王胜之赞善》一文中，则分别论述了经义、策论两种文体的基本特点：“胜之之文，其论经义，颇斥远传解众说，直究圣人指归，大为建明，使泥文据旧者不能排其言。其策时事，则贯穿古今，深切著明，于俗易通，于时易行。参较原覆，其说无穷。大抵赡而不流，则而不窘，词厉而淳，气壮而长，蔡君谟常称之曰欧阳永叔之流。”这里，讲的虽然是王胜之的文章，但也是尹洙自己写作过程的理论指导；他虽然没有论经义的文字传世，但大量的有关时事政治的奏议表状等，确实也可以用“贯穿古今，深切著明，于俗易通，于时易行”等语来概括。范仲淹在《尹师鲁河南集序》中说：“师鲁深于《春秋》，故其文谨严，辞约而理精。章奏疏议，大见风采。”欧阳修所作《尹师鲁墓志铭》，也说他深得《春秋》遗意，“简而有法”。内容切实，于国有用，而文字通俗简练，说理透彻斩截，这的确是尹洙古文的特征所在。

尹洙喜欢谈论军事。初贬唐州监酒税的时候，鉴于西北久安，天下无事，遂作《叙燕》、《息戍》二文，以为武备不可弛，应该提前做好军事斗争的准备。《叙燕》，主要分析燕地的战略地位与时代沿革，从战国燕弱讲到唐末宋初燕强，以至于逐渐做大，不断向外进行军事扩张。面对外敌的觊觎，应该汲取历史教训：“原其弊，在兵不分。设兵分为三，壁于争地，掎角以疑其势，设覆以待其进。边垒素固，驱民以守之，俾其兵顿坚城之下，乘间夹击，无不胜矣。”该文还分析了兵不分的六弊与兵分的六利。结尾说：“以天下之广谋其国，不若千里之固，而袭新造之势，徼幸于一战，庸非惑哉！兵既久弭，士大夫诵习，谓百世不复用，非甚妄者不谈。然兵果废则已，傥后世复用之，鉴此少以悟世主，故迹其胜败云。”显然，尹洙写此文是有感于宋辽澶渊之盟签订以后，边备废弛，无人讲论兵事的严酷现实，其警示劝诫的目的非常明确。《息戍》一文，同样出于这样的政治目的：

国家割弃朔方，西师不出三十年，而亭缴千里，环重兵以戍之，虽种落屡扰，即时辑定，然屯戍之费，亦已甚矣。

西戎为寇，远自周世。西汉先零，东汉烧当，晋氐、羌，唐秃发，历朝侵轶，为国剧患。兴师定律，皆有成功，而劳弊中国，东汉尤甚，费用常以亿计。孝安世，羌叛，十四年用二百四十亿。永和末，复经七年，用八十余亿。及段纪明，用裁五十四亿，而剪灭殆尽。

今西北四帅，泾原、邠宁、秦凤、鄜延，戍卒十余万，一卒岁给，无虑二万，平骑卒与冗卒，较其中者，总廪给之数，恩赏不在焉。以十万较之，岁用二十亿。自灵武罢兵，计费六百余亿，方前世数倍矣。平世屯戍，且犹若是，后虽无他警，不可一日辍去，是十万众有益而无损期也。

国家厚利募商入粟，倾四方之货，然无水漕之运，所輓致亦不过被边数郡尔。岁不常登，廪有常给，顷年亦尝稍匮矣。傥其乘我荐饥，我必济师，馈饷当出于关中，则未战而西边已困，可不虑哉？

为今之计，莫若籍丁民为兵，拟唐制府，颇损其数。按唐府兵，上府千二百人，中府千人，下府八百人。又，今边鄙虽有乡兵之制，然止极塞数郡，民籍寡少，不足备敌。料京兆西北数郡，上户可十余万，中家半之，当得兵六七万。质其赋无他易，赋以泉石者，不易以五谷，畜马者又蠲其杂徭。民幸于庇宗，乐然隶籍。农隙讲事，登材武者为什长、队正，盛秋旬阅，常若寇至。以关内、河东劲兵傅之，尽罢京师禁旅。慎简守帅，分其统，专其任。分统则柄不重，专任则将益励。坚于守备，习其形势，积粟多，教士锐，使虏众无隙可窥，不战而惧。《兵志》所谓“无恃其不来，恃吾有以待之”。其庙胜之策乎！

在贬谪唐州的时期，他还写了《述享》、《审断》、《原刑》、《敦学》、《矫察》、《考绩》、《广谏》，凡杂议共九篇，均上奏朝廷。欧阳修对尹洙关心西北边事颇多作为的举动曾给予很高的评价：“师鲁当天下无事时，独喜论兵，为《叙燕》、《息戍》二篇行于世。自西兵起，凡五六岁，未尝不在其间，故其论议益精密，而于西事尤习其详。其为兵制之说，述战守胜败之要，尽当今之利害。又欲训土兵代戍卒，以减边用，为御戎长久之策，皆未及施为，而元昊臣，西兵解严，师鲁亦去而得罪矣。然则天下之称师鲁者，于其材能，亦未必尽知之也。”（《尹师鲁墓志铭》）高步瀛《唐宋文举要》，则指出了《叙燕》的文体特征：“气势虽未雄厚，而议论剀切，无拔剑张弓之态，可见学养，若一味叫嚣，品斯下矣。”

在西北兵间，尹洙针对边防的具体事宜，写了大量奏议事状，实事求是，绝无空言，有时候，为办妥一件事情，他竟连写四五篇文章。例如，边庭兵少，不足以御敌，连上《论诸将益兵奏》者二，连作《上吕相公书》者二，反复申述益兵的理由，以期得到朝廷的允许：

臣窃见近日所委帅臣，大抵以益兵为请。朝廷既熟闻之，必以为循常之谈。臣但虑众说依违，未能感悟圣意。臣非不知国家兵数有限，然事当应急，必在枝梧。昔秦伐楚，王翦请兵六十万，有李信者，请止用二十万。故秦帝不从翦言者，谓信能任其事也。然信果败，而翦终成功。今西边诸将，人人皆请

益兵，亦有自许如李信，请以少击众也。如李信者尚败事，况强而使之？此必败之理。(《论诸将益兵奏》一)

臣窃以泾原一路俯近贼境，然自元昊狂悖，未闻深来寇钞。以臣料之，必谓朝廷怠于御备，乘此间隙，势将大举。若所过堡寨委而不攻，屯戍之兵止能自守，未有以待之也。昨葛怀敏与臣言，夏竦所将兵在泾州止及二千，益以怀敏所请之兵，共未及五千人。若虏众大至，必当坚守。臣所虑者，不患其攻城，不患其求战，唯患其审我虚实，知我利害，视泾渭之城为自守之壁，引众前进，大为俘掠，则猖獗之势未可轻也。臣请益泾州屯兵满三万，骑五千，俟虏之来，或应变出奇，或分兵据险，以逸待劳，胜势多矣。纵使战气方锐，且坚壁自守，贼惮我全军，必未敢南向轻进，则进退之势，皆得以制之。此事制置，贵在速决。(《论诸将益兵奏》二)

某以西夏用兵之害，莫甚于大将兵少与法制不立此二事耳。请先以大将兵少之害言之。今泾州乃泾原大将治兵之所，战士才数千。假使虏众数万来寇，闭壁则邑落被掠，出战则镇守孤危。且众寡不敌，必召属城之兵，以为自助之势。大将既已先扰，外军无复统一，此必败之理也。大凡大将救属城则易，属城救大将则难。何以谓之易？若虏劫寇吾境，大将当以重兵守险，或设伏要路，或断其首尾，又号令诸城，使之合势，以逸待劳，此大将救属城之易也。何以谓之难？虏入吾境，大将既召属城之兵以为己援，若兵在百里之内，再日而至，则吾之险阻已与虏共之矣；若待数百里之外，兵至则虏已据吾要害，休其士众，待吾兵至逆而击之。援兵虽多，其统不一，此属城救大将之难也。虽战守随机，大概论，属城之兵主于守，大将之兵主于战。唯能使之战，然后庇其属城，保其险固也。今大将之兵与属城均于自守，俟虏至然后呼集屯戍，迫以期会，战地、战日皆非素定，此则自救不暇，岂能决胜哉？如某所计，请增大将所治兵满三万，骑五千，屯戍不预其数，可以战，可以御，可以守也。(《上吕相公书》一)

尹洙在边庭，先被大将葛怀敏辟为经略判官，次又应经略安抚使韩琦辟，随后，又通判濠州、秦州，知泾州、渭州、晋州、潞州等。或沿边奔走，或诣阙奏对，积极谋划，勇于作为，充分显示出其精于兵事、熟谙韬略的才能。而他所写的文章，也都针对当时的实际情况，经世致用，平实朴素，毫无虚华做作。欧阳修所谓“简而有法”，“穷尽道理”，“论议精密”，确实是知人之言。后人也有以他人作比较的，高步瀛《唐宋文举要》引李□伯曰：“师鲁文笔警特，议论通达，似唐之杜牧之，而正平较胜，色泽差减耳。然宋人如张（耒）、晁（补之）以下，皆不及也。”

尹洙尚有两类文章，值得我们注意。一类是关于朋党之争的，侧重于议论和说理，属于“正平较胜者”。另一类，则侧重于叙事和抒情，属于“色泽”略有之者。

较早的王禹偁就写过《朋党论》，已有“君子之党”与“小人之党”的区别。庆历四年，范仲淹、富弼等人参政，力行新政，朝中党议再起，宋仁宗心生疑窦，询问辅臣曰：“自昔小人多为朋党，亦有君子之党乎?”范仲淹对曰：“臣在边时，见好战者自为党，而怯战者亦自为党，其在朝廷，邪正之党亦然，唯圣心所察尔。苟朋而为善，于国家何害也?”（李焘《续资治通鉴长编》卷一百四十八）随即，身为谏官的欧阳修，乃作《朋党论》上之。这篇文章就王禹偁和范仲淹的观点作发挥和引申，公开宣称朝中自古便有朋党存在，只不过有君子之朋和小人之朋而已。“君子与君子以同道为朋，小人与小人以同利为朋”。“为人君者，但当退小人之伪朋，用君子之真朋，则天下治矣。”远在潞州做知州的尹洙，即刻写了《论朋党疏》，上奏朝廷，以示声援：

> 臣闻知贤而不能任，任之而不能终，于治国之道，其失一也。去年朝廷擢欧阳修、余靖、蔡襄、孙甫相次为谏官，臣知数子之贤且久，一旦乐见其用，又庆陛下得贤而任之，所虑者，任之而不能终尔。以陛下知臣之明，修等被遇之深，岂有任之而不能终哉？盖闻唐魏玄成既薨，文皇亲为撰碑文以赐之，后有言其阿党者，遂覆其碑。近世君臣相得，未有如唐文皇与魏玄成者，间言一入，则存殁之恩不终，臣未尝不感愤叹息而不能已也。以是而论，则知之任之为易，终之实难。可不虑哉？属闻欧阳修领使河北，臣以边事之重，故不复以内外为疑。今又闻蔡襄出知福州，未审襄以亲自请，为以过斥。若以过斥，岂当进其官秩？若以亲请，则襄在京师不三四年，已再省其亲。士大夫去远方而仕京师者，孰不念其亲，岂独襄得遂其私恩哉？则襄之不当出明矣。陛下优容谏臣，在唐文皇上。修等之才，虽不愧古人，然所施为，未能少及于魏玄成，

则间毁之言，不必待其殁而后发也。伏惟念知之之已明，任之之已果，而终之之甚难，则天下幸甚。然臣爱修等之贤，故惜其去朝廷而不尽其才。如陛下待修等未易于初，则臣有称道贤者之美；如其恩遇已移，则臣负朋党之责矣。

夫今世所谓朋党，甚易辨也。陛下试以意所进用者姓名询于左右，曰某人为某人称誉，必有对者曰，此至公之论。异日，其人或以事见疏，又询于左右，曰某人为某人营救，必有对者曰，此朋党之言。昔之见用，此一臣也，今之见疏，亦此一臣也，其所称誉与营救一也，然或谓之公论，或谓之朋党，是则公论之与朋党，常系于上意，不系于忠邪，此御臣之大弊也。臣既为陛下建忠谋，岂复顾朋党之责，但惧名以朋党，则所陈之言不蒙见采，此又臣之深虑也。惟圣明裁察。

这篇疏文有别于王、范、欧等人的言论，他是从治国之道失在知贤任贤而不能终之的崭新的角度来观察思考，同时，他又指出人君个人的好恶是造成党议纷争的主要根源。我们若从庆历新政和王安石变法先后失败的经验教训来看，尹洙此论，的确是揭示出了北宋朝政的主要弊端。

在任贤择才问题上，尹洙多次表示了自己的看法。他认为朝廷不能以微过随意贬斥善人。《论朝政宜务大体疏》谓："至治之本，在于务大体，不在乎任察也。汉明帝察察，唐德宗以察为明，皆著讥前史，非盛德之论。然则众之好恶必察之，臣下忠邪必察之，非谓究发隐微，作为聪明者也。臣闻诏狱所治类多善士，因醉饱之失，发暧昧之罪，臣窃以为过矣。大抵士君子少长修饬，始终如一者，皆纯固介特之士，举朝论之，百不一二。至于年位尚轻，颇或疏纵，及稍贵重，始自矫厉，而能建事功于世，树名节之效者，不可胜纪。此殆常人之情，明主所深亮也。兹事虽往，臣所虑者，上下相伺，动辄得咎，刻薄之风寖以成俗，于盛明之世，所损不细，非特谓二三子也"。此外，如《答河北都转运欧阳永叔龙图书》、《答镇州田元均龙图书》，也都表达了类似的观点。他反复强调君子小人自为两途，《与邓州丁忧李仲昌寺丞书》谓："足下读书，观古人之所为，其好贤恶不肖甚明，然于行己，似有小异。足下于今世所与游者，贤不肖悉有之。贤者果能亲己，足下固亲而厚之矣。贤而适与己亲（疏），不肖而适与己亲，足下虽能辨其贤不肖之异，而皆用其亲疏而亲疏之。岂以人厚己，弃之不祥，不己亲而强附之为佞耶？君子之亲贤，非以发其禄仕，振其名誉，盖将以立身而至于道者也。故与君子处，斯君子矣；与小人处，斯小人矣。为长者折枝，尚无愧焉，有亲贤而为佞乎？若不肖者业与之厚，不当绝之，毋自昵焉可也。世复有以附己者为贤，异己者为不肖，不独置亲疏其间，又从而反其贤不肖之实，此所谓朋党者也。”又谓：“才者容有小人，而不才者不害为君子。君子而才不至，其进也于世不甚益，亦不甚损；小人才而进，虽树功立事，其蠹益深。”（《答汝州王仲仪待制书》一）

仁宗康定二年二月，陕西经略安抚副使韩琦闻西夏谋攻渭州，遂派大将任福、桑怿等出兵进攻，结果被敌诱入好水川，大败，任福、桑怿等六千多将士战殁。李焘《续资治通鉴长编》载：“福力战，身被十余矢。有小校刘进者劝福自免，福曰：‘吾为大将，兵败，以死报国耳。’挥四刃铁简，挺身决斗，枪中左颊，绝其喉而死。福子怀亮亦死之。”又载行营都监王珪、参军事耿傅死敌之事：“始，珪望见福麾帜尚在贼围中，欲援出之，军校有顾望不进者，珪斩以徇，乃东望再拜曰：‘臣非负国，力不能也，独有死尔。’乃复进战，击杀数百人，铁鞭至挠曲，手掌破裂，犹奋身跃马，三中箭三易马，最后得其下马，左右驰击，又杀数十人，飞矢中其目，遂死。”泾州都监武英、钤辖朱观见宋军必败，皆劝耿傅少避贼锋，傅不答，英叹曰：“英当死。君文吏，无军责，奈何与英俱死？”傅上前不顾，身被数枪而死。“前一夕，傅在观营，夜，作书遗福，以其日小胜，前与贼大军遇，深以持重戒之，自写题观名以致福军中。傅死后，或言福之败由傅督战太急，福等既违节度，虽死不足与。既而福随军孔目吏彭忠得傅戒福书，具白琦，琦即奏之。尹洙为作《悯忠》、《辨诬》二篇。”原文如下：

> 甚哉，世人谋其身之周也！山外之战，诸将以力战死，明白不可欺。或者咎其失计，且不与其死。噫！趋利以违节度，其失计信然；秉义不屈，奈何不与其死也？忠义，世之所高；死，人之所难。以甚难之节，负至高之名，苟与之，则已当蹈之矣，恶所以谋其身哉？善谋其身者不然，必非之曰：“丧兵沮威，虽死，吾弗与。”然后享其富、保其生为无愧，为身之谋，岂不周乎？寇仇在境，师兵在行，欲必生以保功，难乎哉！呜呼！丧兵沮威以取死，岂诸将心耶？亦不幸而已。为国家言，无使谋其身者终其幸，死义者重不幸，则节士劝矣。（《悯忠》）

山外之役，参军事耿傅在行。战合，虏骑益至，或以傅文吏，无军责，劝其避去。傅不顾，被数创，死于阵。人或诬之曰：“傅督诸将进，使与大憝，卒遇败，傅致也。”后得傅与诸将书，戒以持重，虑为虏诱，此岂督诸将进邪？宋兴八十载，文吏死事者，或以城守之责，或不幸与祸会，其死义一也。至如临大敌不慑，与骁雄之士争致其命如傅比者亦鲜。悲夫！谋既不用，又从之死，犹不免于诬，为诬者岂喜于立异邪？恶夫为忠邪？作《辨诬》。

尹洙怀着满腔忠愤，为捐躯疆场却蒙受诬陷的将士们鸣不平，同时，对那些只知谋身而不讲节义的人给予尖锐的抨击。言辞激烈，心绪跌宕，情感色彩既浓，而又有尹文谨严精到、简洁劲峭的特点。挚友蔡襄在《寄尹师鲁书》中，曾经提及《辨诬》一文：“或曰：‘师鲁于耿傅同事西鄙，相得甚厚，不应作文以辨，盖类乎私与者。’某对曰：‘诚而无私，尹子之志也；以嫌为避，硁硁者之为也。诚而无私者，不以亲疏置于其间，惟其公而已矣；以其相得之厚，嫌而避之，反乃私也。且疏者不知，而知者不言，则死者之志于何而明哉！’或者遂解。师鲁居忧河南时，襄为留守从事，始识耿君，其为人材智勇敢，固已推重；若夫道义，则交渐劘之。今者惟义之恤，而死焉不避，襄以是自咎于知耿君之为未至也。嗟乎，体节疏处，适以招毁。甚哉，世人莫肯树夫善也！”无论是尹洙，还是蔡襄，都承认这些死节的将士不是全人，都有这样或那样的失误和不足，但是单就他们临危殉节、以身报国这一点来说，就是英雄烈士，就值得世人敬仰和褒扬。反之，求全责备，责以苛细，是无法激励天下人忠义奋发、挺身向善的。“爱贤过于嫉恶”。“岂有心之所爱，幸而共世，不与之亲且厚耶？今之相知者多见戒曰当避行迹，见疏者则相目以朋党。果如是，颜子不幸得罪，须盗跖乃可言，不然学圣人者皆颜氏党也。世态殊可憎，然不足恤。至于勤事持身，亦不敢懈。见询晋、潞少时所游之乐，今欢意都尽，不惟年物之异，直畏事耳。尝忆往年送王胜之序云：‘圣朝方以文法治天下，子其慎之。’当日亦偶为此言，不谓遂验。阘茸辈唯欲摭人细过，不可不虑也。”（尹洙《答河北都转运欧阳永叔龙图书》）

拊膺攘臂，针砭时弊的代表作还有《伊阙县筑堤记》：

宝元元年春，伊阙筑堤于县之东。延袤五百步，高一丈，凡三十日，堤成，总庸万工，障伊水也。伊水自县西南来，俯城而东，靡迤北下。前此一岁，夏，大雨，水暴侵东郛，坏民庐。已而水循故流，知县事张君承范请于府，宜建堤以为后虞，府听之，乃有是役。

夫捍灾不怠，令事也，今而书之，有以嘉焉。尝闻古之为令者，其虑民也深，教之恤之，又兴利树功，非以名己能，盖审其生殖，谨其祸灾而已。虑民之深者若是；今之为令者，其虑己也深，兴一物，更一政，必思曰谤与咎将及焉，诚不及，犹曰吾无改为尚，可俟后人。后之人亦视前之政，曰吾独何加焉？积日以幸他迁，苟自简而已也。其虑己之深若是。呜呼，为令者岂当然哉？诚能忘己之私，唯行之宜，虽谤若咎，勇且不顾。奚古人之远哉？今伊水既循故流，不十数年一大暴，张君能预图而为之防，此虑民之一术也，故从而为之说。年月日记。

文章叙述了伊阙县修堤的原由、规模等，然后掉转笔锋，分别写了虑民也深的古之为令者和虑己也深的今之为令者，对那些满怀私心，畏惧谤咎，而不敢稍有作为的官吏给予无情的鞭挞。宋初士风颇多乖异，正气不彰，邪气弥漫，因循苟且，嫉贤丑正，造谤生事，谨慎畏懦，贪渎纵欲者，所在多有，因之，时贤们亦多发扼腕叹息之声，亦多有奋笔掊击之作，尹洙就是其中的代表人物之一。

《张氏会隐园记》，则表现了作者对隐退生活的向往之情：

河南张君清臣创园于某坊，其兄上党使君名曰“会隐”。清臣固隐矣，其曰“会”者，使君亦有志于隐欤？夫驰世利者，心劳而体拘，唯隐者能外放而内适，故两得焉。有志者虽体未得休，而心无他营，不犹贤乎哉！张氏世卿大夫，清臣独以衣冠为身污，湔洗奋去，目不视势人。洛城风物之嘉，有以助其趣者，必留连忘归。始得民家园，治而新之，水竹树石，亭阁桥径，屈曲回护，高敞荫蔚，邃极乎奥，旷极乎远，无一不称者。日与方外之士傲然其间，乐乎哉，隐居之胜也！予既美清臣能享其乐，又嘉使君之有志于是也，故为之作记。凡池亭使命以名，附之于后云。

二百余字的记文，紧紧扣住“会隐”二字展开，既写了清臣已隐能享庭园之乐，也写了其兄未隐而有志于隐；既赞扬了清臣急流勇退，不愿以衣冠污身的高风亮节，也称许了其兄，虽然身在官场，而心无他营的恬淡心境。兄弟二人，隐与未隐，心态志向，皆围绕一座新园绘出来。

宋人笔记中记载，钱惟演镇守洛阳时，曾经修建了一座临辕馆，命谢希深、尹师鲁、欧阳修三人各撰一记，结果，希深之文仅五百字，欧公之文五百余字，独尹洙只用三百八十余字写成。“语简事备，复典重有法”。事后，尹洙尚有二语论文，说：“大抵文字所忌者，格弱字冗。”（释文莹《湘山野录》卷中）确实，尹洙文章写作的语言成就是很高的，这多半归功于他的丰富积累和善于提炼。

尹洙现存散文一百八十余篇，全部采用古文形式，已经完全摒弃了当时流行的骈丽风气。我们若联系他丰富的写作实践和仅存的一些论文言辞来看，说他具有古文创作的理性自觉是并不过分的。

梅尧臣（1002～1060），字圣俞，宣州宣城（今安徽宣城）人。侍读学士梅询从子。仁宗天圣中，用询荫为桐城主簿，调河南、河阳主簿。钱惟演为西京留守，引为忘年交，相与酬唱。欧阳修与之结为诗友，自以为不及。由是知名于时。景祐元年，自德兴市令知建德市。宝元二年，知襄城县。庆历中，历监湖州税、签书忠武、镇安两军节度判官。皇祐四年，监永济仓。大臣屡荐宜在馆阁，嘉祐元年召试，赐进士出身，为国子监直讲。五年，累迁尚书都官员外郎。预修《唐书》，成，未奏而卒。撰《唐载记》二十六卷，《毛诗小传》二十卷，注《孙子》十三篇。有《宛陵集》四十卷。

欧阳修与梅尧臣结交最早，相知甚深，在欧阳修文集当中，单是写寄其人的书信就多达四十余篇，此外还有大量诗赋唱和赠序墓铭之类文字。其中，评论梅尧臣的作品，又常被后人所引用者，莫如《梅圣俞墓志铭并序》和《梅圣俞诗集序》二文。前者概略介绍其人其诗，有谓：“自武夫贵戚童儿野叟，皆能道其名字，虽妄愚人不能知诗义者，直曰：‘此世所贵也，吾能得之’。用以自矜。故求者日踵门，而圣俞诗遂行天下。其初喜为清丽、闲肆、平淡，久则涵演深远，间亦琢刻以出怪巧，然气完力余，益老以劲。其应于人者多，故辞非一体。至于他文章，皆可喜，非如唐诸子号诗人者，僻固而狭陋也。圣俞为人，仁厚乐易，未尝忤于物。至其穷愁感愤，有所骂讥笑谑，一发于诗，然用以为欢，而不怨怼，可谓君子者也。”后者，则谓：“予闻世谓诗人少达而多穷，夫岂然哉！盖世所传诗者，多出于古穷人之辞也。凡士之蕴其所有，而不得施于世者，多喜自放于山巅水涯，外见虫鱼草木风云鸟兽之状类，往往探其奇怪；内有忧思感愤之郁积，其兴于怨刺，以道羁臣寡妇之所叹，而写人情之难言；盖愈穷则愈工。然则非诗之能穷人，殆穷者而后工也。予友梅圣俞，少以荫补为吏，累举进士，辄抑于有司，困于州县，凡十余年。年今五十，犹从辟书，为人之佐，郁其所畜，不得奋见于事业。其家宛陵，幼习于诗，自为童子，出语已惊其长老。既长，学乎六经仁义之说，其为文章，简古纯粹，不求苟说于世，世之人徒知其诗而已。然时无贤愚，语诗者必求之圣俞；圣俞亦自以其不得志者，乐于诗而发之，故其平生所作，于诗尤多。”

诗穷而后工，并不是欧阳修的发明，而是与司马迁的发愤著书、杜甫的文章憎命达，以及韩愈的穷苦之言易好等，有着极为密切的联系。这些言论所揭示的作家生活遭遇与文学创作成就的关系，确实道出了古代文学史发展的一条基本规律。作家越是穷困，其艺术造诣往往越高。正是因为仕途不得志，穷困潦倒，才能更加深切地体察社会下层的生活实际，才能有满腔抑郁感愤，才能有更多闲暇来琢磨写作技艺，最终使之达到了一个甚高的艺术创作境界。梅尧臣便是这类作家的典型。他的二千八百多首诗歌，完整而全面地记录了其坎坷困顿的人生经历，多方面反映了其辉煌而娴熟的写作成就，其影响于有宋一代诗人是有目共睹的。

梅尧臣论文的言论较少，《答王补之书》是仅存的文字，其中谈及王文与时文的时候，有云：“适观足下十篇之作，深厚诣道，究古人之所不及，发前史之所未尽，其至乎，至者矣！前日在欧阳永叔坐中，已尝览足下之文，相与叹激理意之高远。思二十年时所见文章，始去对偶，其用已焉乎哉？字之未能安，稍安则谓之能文，岂在识道理、要趋向耶？如足下今日之文，当其时可谓杰出矣。况今榜中有兄弟父子雄才奥学，若曾子固、苏轼之徒，又不可拟议，是过于唐元和之人绝甚。元和时，韩退之耳。退之于今可以当吾永叔，其李翱、皇甫湜、柳子厚，未能当吾永叔之门人也。足下亦在其门人之列。仆生于是时，得遍识而遍观其进退道德，亦以乐也。又游从于其间，为幸何如？虽智不逮，不敢退避，庶几附光渐润，期有闻于后世耳。”是文充分肯定了深厚诣道、理意高远的文章，而对二十年前讲究骈偶辞藻的形式主义文风给予激烈抨击；同时，又拿元和年间韩、柳等人的古文与今日欧、曾、苏等人的文字作对比，从而揭櫫出唐宋古文一脉相承的创作传统。作者为生于是时得遍识其人、遍观其文而感到由衷的欣慰。

《全宋文》收录赋体散文二十一篇，其他书序记铭等十三篇，总数虽然远不及梅诗，但其特点还是十分明显。其一，赋多于文，而又只写篇制短小、形式活泼自由的文赋，说明作者对赋体散文情有独钟，或以为采用此种体制可以更好地发抒自己的人生感慨和不平之鸣，亦未可知。其二，这些赋，或托寓以讽，或兴象议论，或酬和自励，或纪实状物，题材丰富，内蕴深厚，表现手法多样化。较有代表性的作品，例如写于明道元年的《红鹦鹉赋》，记述相国彭城公笼养的红鹦鹉，文末说："谨其守，固其枢，加以坚锁，置以深庐。虽使饮琼乳、啄彫胡以充饥渴，铸南金、饰明珠以为关闭，又奚得于乌鸢之与鸡雏？吾是知异不如常，慧不如愚。"显然，这段议论和传统文化中所谓穷通出处的君子大节是有内在联系的，其为文之旨，大略在于逍遥随性、抱朴保真。欧阳修有和作《红鹦鹉赋》，其序说："圣俞作《红鹦鹉赋》，以谓禽鸟之性，宜适于山林，今兹鹦徒事言语文章以招累，见囚樊中，曾乌鸢鸡雏之不若也。谢公学士复多鹦之才，故能去昆夷之贱，有金闺玉堂之安。饮泉啄实，自足为乐，作赋以反之。夫适物理，穷天真，则圣俞之说胜；负才贤，以取贵于世，而能自将，所适皆安，不知笼槛之于山林，则谢公之说胜。某始得二赋，读之释然，知世之贤愚，出处各有理也。然犹疑夫兹禽之腹，中或有未尽者。因拾二赋之余弃也，以代鹦毕其说。"欧赋正文则以禽言的形式，再作铺陈发挥，其结尾说："天不汝文而自文之，天不汝劳而自劳之，役聪与明，反为物使，用精既多，速老招累，侵生盭性，岂毛之罪？又闻古初，人禽杂处，机萌乃心，物则遁去，深兮则网，高兮则弋，为之职谁，而反予是责？"其主旨则有类于老庄之任性自然、不为物累。以一鹦鹉，而宋贤竟至文心各运，翻出诸多花样，正可谓一个题目，两样文字了。

得到时人重视，而又最能反映梅赋善于讽喻特点的是《灵乌赋》：

乌之谓灵者何？噫，岂独是乌也。夫人之灵，大者贤，小者智；兽之灵，大者麟，小者驹；虫之灵，大者龙，小者龟；鸟之灵，大者凤，小者乌。贤不时而用，智给给兮为世所趋。麟不时而出，驹流汗兮扰扰于修途。龙不时而见，龟七十二钻兮宁自保其坚躯。凤不时而鸣，乌鸦鸦兮招唾骂于邑闾。乌兮，事将乖而献忠，人反谓尔多凶。凶不本于尔，尔又安能凶？凶人自凶，尔告之凶，是以为凶。尔之不告兮凶岂能吉，告而先知兮谓凶从尔出。胡不若凤之时鸣，人不怪兮不惊？龟自神而刳壳，驹负骏而死行。智鹜能而日役，体劬劬兮丧精。乌兮尔灵，吾今语汝，庶或汝听。结尔舌兮钤尔喙，尔饮啄兮尔自遂。同翱翔兮八九子，勿噪啼兮勿睥睨，往来城头无尔累。

范仲淹亦作《灵乌赋》，其序说："梅君圣俞作是赋，曾不我鄙，而寄以为好。因勉而和之，庶几感物之意，同归而殊途矣。"其赋文则云："灵乌灵乌，尔之为禽兮，何不高翔而远翥？何为号呼于人兮，告吉凶而逢怒？方将折尔翅而烹尔躯，徒悔焉而亡路。"又云："度春风兮，既成我以羽翰；眷庭柯兮，欲去君而盘桓。思报之意，厥声或异。警于未形，恐于未炽。知我者谓吉之先，不知我者谓凶之类。故告之则反灾于身，不告之则稔祸于人。主恩或忘，我怀靡臧。虽死而告，为凶之防。亦由桑妖于庭，惧而修德，俾王之兴；雉怪于鼎，惧而修德，俾王之盛。天听甚迩，人言曷病？彼希声之凤皇，亦见讥于楚狂；彼不世之麒麟，亦见伤于鲁人。凤岂以讥而不灵，麟岂以伤而不仁。故割而可卷，孰为神兵？焚而可变，孰为英琼？宁鸣而死，不默而生。胡不学太仓之鼠兮，何必仁为，丰食而肥。仓苟竭兮，吾将安归？又不学荒城之狐兮，何必义为，深穴而威。城苟圮兮，吾将畴依？宁骥子之困于驰骛兮，驽骀泰于刍养。宁鹓鸠之饥于云霄兮，鸱鸢饫乎草莽。君不见仲尼之云兮，予欲无言。累累四方，曾不得而已焉。又不见孟轲之志兮，养其浩然。皇皇三月，曾何敢以休焉。"一唱一和的两篇赋文，都含有明显的政治寄托。叶梦得《石林燕语》卷九谓："范文正公始以献《百官图》讥切吕申公，坐贬饶州。梅圣俞时官旁郡，作《灵乌赋》以寄。所谓'事将兆而献忠，人反谓尔多凶'，盖为范公设也。故公亦作赋报之，有言'知我者谓吉之先，不知我者谓凶之类'。及公秉政，圣俞久困，意公必援己，而漠然无意，所荐乃孙明复、李泰伯。圣俞有违言，遂作《灵乌后赋》以责之，略云：'我昔闵汝之忠，作赋吊汝。今主人误丰尔食、安尔巢，而尔不复啄叛臣之目，伺贼垒之去，反憎鸿鹄之不亲，爱燕雀之来附。'意以其西师无成功。世颇以圣俞为隘。"仔细玩味梅、范二人唱和之《灵乌赋》，叶梦得的辨证似乎是可信的。范仲淹以权知开封府讥讽时政贬知饶州，而余靖、尹洙、欧阳修等切谏事在仁宗景祐三年，梅尧臣则远在浙江建德做知县，时年三十五岁。朝中诸贤毫无顾忌地上疏直言，梅在远方则以一赋曲折委婉地表示声援和劝慰，文末所谓“结尔舌兮钤尔喙，尔饮啄兮尔自遂。同翱翔兮八九子，勿嗓啼兮勿睥睨，往来城头无尔累”云云，正是规劝抚慰诸贤的语气。范仲淹的和赋以灵乌自比，坦诚地表白了自己对朝廷的拳拳忠心，同时，也郑重表示自己绝不会因为受挫遭贬而稍改初衷。和赋写得相当动情，没有一丝哀怨，而只见一腔热血，一身忠魂。屈于身而不屈其道、虽九死而犹未悔的精神得到淋漓尽致的体现。

梅尧臣所作《灵乌后赋》，原文尚在，其主旨是责备灵乌得高位而不能平叛臣，又不能接引贤人，叶梦得以为是在讽刺秉政后的范仲淹没有帮助梅摆脱仕途久困的境地。梅、范唱和二赋既然确凿可信，而后赋之兴象与语气又与之衔接紧密，这种说法也大体可信。王銍跋《范仲尹墓志》，由魏泰假托梅圣俞作《碧云霞》以诋毁范仲淹，进而推断此赋实为魏泰借名而作，其中有云：“文正公与欧阳公、梅公立朝同心，讵有异论？特圣俞子孙不耀，故挟之借重以欺世。”邵博《邵氏闻见后录》卷十六所作辨证说：“美哉，性之之意也！使范公不蒙其谬，圣俞亦不失为君子矣。然圣俞蚤接诸公，名声相上下，独穷老不振，中不能无躁，其《闻范公讣诗》：‘一出屡更郡，人皆望酒壶。俗情难可学，奏记向来无。贫贱常甘分，崇高不解谀。虽然门馆隔，泣与众人俱。’夫为郡而以酒悦人，乐奏记，纳谀佞，岂所以论范公者？圣俞之意，真有所不足邪？如著文公灯笼锦事，则又与《书窜》诗合矣。故予疑此书实出于圣俞也。”不必为贤者讳。在梅尧臣的诗集中，诸如《谕乌》、《闻高平公殂谢述哀感旧以助挽歌三首》，都涉及灵乌与范仲淹。对比欧阳修、王安石、苏轼等人对范仲淹的无限崇拜和极高的评价，不能不说梅尧臣的胸怀气度确实有些狭隘，其政治识见也显得有些短浅。换个角度看，同侪辈或年纪略小于己者，早已在官场中建功立业，而自己已经五十多岁了，尚未考中进士，诗名远播与久困场屋的巨大反差，使之必然会有抱玉卞和之哭，亦多炎凉世态的叹惋，由此看来对范仲淹不能援手搭救有些牢骚不满，似乎也是情理当中的事情。要之，范仲淹写奏文举荐朝士甚多，而唯独没有梅尧臣；又或是梅尧臣任职地方治绩未著，其才能仅局限于写诗修史讲学，而不堪政治大任。要知道，不光范仲淹没有举荐他，就连与之关系最密、知交最深的欧阳修也仅存一篇于嘉祐元年举荐他任国子直讲的文字；梅尧臣清高自守，不事干谒，不愿侯门曳裾，自己不能积极争取。介子推不言禄，禄亦弗及。这也不能全怪别人，在很大程度上，是其孤介超俗的个性使然。

梅赋多讽的特征与其“因事有所激，因物兴以通”、“愤世嫉邪意，寄在草木虫”的论诗观点完全吻合。(《答韩三子华韩五持国韩六玉汝见赠述诗》) 梅尧臣自觉地继承了诗骚以来比兴的传统，而在赋作当中加以发扬光大；而且，作者在所描述的物象上面烙印了甚深的世俗人生痕迹。除去上述有关政治的作品之外，探讨牛喘、鬼火之因，记述木鱼琴、针口鱼的来历，乃至写春雨，叙放鹊，等等，总之，具有较为明显的纪实性和世俗性。其中，渴望功名事业、唯恐没世无闻的焦躁心理，与既无奈何且自袖手闲看的淡然态度，表现得最为集中：

自古及今，若此泯没者，日有亿计，曾不一毫以利人。是以生若蚍蜉，死若埃尘。生无以异于其类，死不为时之所珍。故仲尼疾没世而名灭，子长亦著论而有因。乃感兹兽，而用告乎朋亲。(《麈尾赋》)

古者圣人，为之丝枲絺绤而民始衣，播之禾麰菽粟而民不饥，畜之牛羊犬豕而甘脆不遗，调之辛酸咸苦而五味适宜，造之酒醴而宴饗之，树之果蔬而荐羞之，于兹可谓备矣。何彼茗无一胜焉，而竞进于今之时？抑非近世之人，体惰不勤，饱食粱肉，坐以生疾，藉以灵荈，而消腑胃之宿陈？若然，则斯茗也，不得不谓之无益于尔身，无功于尔民也哉！(《南有嘉茗赋》)

人之巧者非他，直心口手足也。心巧于虑，口巧于词，手巧于技，足巧于驰，亦各有极，不可强为。故虑之巧不过多智谋，使尔多谋多智，则精鹜而魄离；词之巧不过多辩言，使尔多言多辩，则鲜仁而行遗；技之巧不过多能艺，使尔多能多艺，则艺成而迹卑；驰之巧不过多履历，使尔多履多历，则速老而筋疲。如是，则吾焉用而乞之？吾学圣人之仁义，尚恐没而无知，肯乞世间之轻巧，以汩吾道而夺吾之所持？吾决守此而已矣，尔勿吾疑。(《乞巧赋》)

兹五者实无有于群鸟，分驯驯于林表，痴亦诚多，拙亦不少。虽不能趋暄燠之时，亦毛翮而自持；虽不能决爪吻之利，亦饮啄而自遂；虽不能弄喉舌之辩，亦呼鸣而自善；虽不能理窠之完，亦栖处而自安；虽不能适变赴情，亦随宜而自宁。噫，唯痴与拙，天之所生，若此而已矣，又乌足为之重轻？(《鸤鸠赋》)

翻飞远逝不为失兮，安然饱食不为福兮。焉知不为名之累兮，焉知不为鬼所瞰而祸所速兮？哀哉，诚不如秃鸧鹞鹏兮。凡毛大躯，妖鸣饫腹。何文彩之

佳？何名誉之淑？前所谓大而无闻，其自保而自足者欤？(《哀鹧鸪赋》)

此木几岁几年而至于合抱，夫何此草一旦一夕而遂曰凌霄？是使藜藿蒿艾，慕高艳而仰翘翘也。安知蘋藻自洁，兰蕙自芳，芙蓉出污而自丽，芝菌不根而自长。或纫珮带，或采顷筐，或制裳于骚客，或登歌于乐章。故得为馨为荐，为嘉为祥。皆无附著，亦以名扬，奚必托危柯而后昌？吾谓木老多枯，风高必折。当是时，将恐摧为朽荄，不复萌蘖，岂得与百卉并列也耶？(《凌霄花赋》)

夫何挺质之可惑耶？意为异欤，为妖欤？人以为异，我不知其异，曰殊众人之类类；人以为妖，我不知其妖，曰乖众木之翘翘。然而不生樊圃台榭游观之所，产兹堂下，其有以警而有以睹。因形析义，庶将有补。当革蔓衍之多枝，无若软柔之不举。勿俾苞苴之流行，勿使吏诋之轻侮。勿洪涊以自抑，勿犹豫而失处。勿阘茸（茸）以接卑，勿上下之不抚。夫如是，则异也妖也固弗取，唯戒惧斯主。(《矮石榴树子赋》)

这些咏物小赋，所写皆为身边惯见之物，所言皆是肺腑心声，托物言志，兴寄深远。梅诗数量太多，欲穷览无余甚为不易，而读者却可以在瞬间阅尽其赋，而且尚能较为全面、较为深切的把捉到作者的内在秉性和复杂心态。先叙后议，扣题揭旨，短小精炼，尚实去浮，是梅赋的基本写作特点和语言风格。

梅尧臣所写书序记铭一类文字，读之亦令人耳目清新，既喜且悲，比如《新秋普明院竹林小饮诗序》：

余将北归河阳，友人欧阳永叔与二三君具觞豆，选胜绝，欲极一日之欢以为别，于是得普明精庐。酾酒竹林间，少长环席，去献酬之礼，而上不失容，下不及乱。和然啸歌，趣逸天外。酒既酣，永叔曰：“今日之乐，无愧于古昔。乘美景，远尘俗，开口道心胸间。达则达矣，于文则未也。”命取纸写普贤佳句置坐上，各探一句，字字为韵，以志兹会之美。咸曰：“永叔言是，不尔，后人将以我辈为酒肉狂人乎!”顷刻，众诗皆就，乃索大白，尽醉而去。明日，第其篇，请余为序云。

文人雅会，诗酒悠游，放浪形骸，山林为之生色，天地平添情韵。王羲之《兰亭集序》，“因游宴之乐，写人生死之可悲”（余诚《重订古文释义新编》卷七），此文则尽弃悲凉，专力描摹放旷之乐。又如《林和靖先生诗集序》，其前半写林逋之为人与为诗：

天圣中，闻宁海西湖之上有林君，崭崭有声，若高峰瀑泉，望之可爱，即之逾清，挹之甘洁而不厌也。是时，予因适会稽还，访于雪中。其谈道，孔孟也；其语近世之文，韩李也；其顺物玩情为之诗，则平淡邃美，读之令人忘百事也。其辞主乎静正，不主乎刺讥，然后知趣尚博远，寄适于诗尔。

不多的几行文字，便把遗弃世事、终生隐居的和靖先生的非凡品性描画出来，其仙风道骨、神清骨骏之状，皆以高峰瀑泉一喻带出，泠然可近，令人欣羡。《小女称称砖铭》，写晚年丧女的悲凉，荡气回肠：

吾小女称称，庆历七年十月七日生，至八年三月二十一日死。呜呼，乌兽蝼蚁犹有岁时之命，汝不然也！汝禀气血为人，丰然皙然，其目瞭然，耳鼻眉口手足备好。其喜也笑不知其乐，其怒也啼不知其悲。动舌而未能言，无口过；动股而未能行，无蹈危。饮乳无犯食之禁，爱恶无有情之系。若是，则得天真与保和，何病夭之遽乎！得不推之于偶然而生，偶然而化，偶然而寿，偶然而夭，何可必也！吾将衣汝衣，敛汝棺，葬汝于野，亦人道之常分。汝之魂其散而为大空，其复托为人，不可知也。其质朽而为土，不疑矣。富贵百年者尚不免此，汝又何冤！瘗之日，父母之情未能忘，故书之砖，非欲传之久，且以志其悲云。

在其诗集当中，尚有题为《戊子三月二十一日殇小女称称三首》，亦为小女而哭，而作者年纪已是四十七岁了。其三所谓“高广五寸棺，埋此千岁恨”，“天地既许生，生之何遽困”云云，既可以与此砖铭相互参照，又使老诗人呼天抢地的凄惨情状呼之欲出。

苏舜钦（1008～1048），字子美，祖籍梓州铜山（今四川中江），曾祖时移居河南开封。宋初参知政事易简之孙。初以父任补太庙斋郎，调荥阳县尉。仁宗天圣七年进士及第，改光禄寺主簿，历任蒙城、长垣县令，迁大理评事，监在京店宅务。以荐召试，为集贤校理，监进奏院。庆历四年，以鬻故纸钱召伎乐会宾客遭劾，遂以自盗除名。寓居苏州数年，起为湖州长史，以疾卒。有《苏学士文集》。近人沈文倬校点本《苏舜钦集》，则有十六卷。

欧阳修在《湖州长史苏君墓志铭》中，对其生平为人做了概略描述："君状貌奇伟，慷慨有大志。少好古，工为文章。所至皆有善政。官于京师，位虽卑，数上疏论朝廷大事，敢道人之所难言。范文正公荐君召试，得集贤校理。自元昊反，兵出无功，而天下殆于久安，尤困兵事，天子奋然用三四大臣，欲尽革众弊以纾民。于是时，范文正公与今富丞相多所设施，而小人不便。顾人主方信用，思有以撼动，未得其根。以君文正公之所荐，而宰相杜公婿也，乃以事中君，坐监进奏院祠神，奏用市故纸钱会客，为自盗除名。君名重天下，所会客皆一时贤俊，悉坐贬逐，然后中君者喜曰：'吾一举网尽之矣。'其后三四大臣继罢去，天下事卒不复施为。君携妻子，居苏州，买水石作沧浪亭，日益读书，大涵肆于六经，而时发其愤闷于歌诗，至其所激，往往惊绝。又喜行草书，皆可爱，故其虽短章醉墨，落笔争为人所传。天下之士，闻其名而慕，见其所传而喜，往揖其貌而竦听其论而惊以服，久与其居而不能舍以去也。"又谓："初君得罪时，以奏用钱为盗，无敢辩其冤者。自君卒后，天子感悟，凡所被逐之臣复召用，皆显列于朝，而至今无复为君言者，宜其欲求伸于地下也，宜予述其得罪以死之详，而使后世知其有以也。"

苏舜钦循前例在祠神之日用鬻故纸公钱召妓开席会宾客，本来无可厚非，即使有醉饱之过，稍加诘责也就可以置放，而御史连章弹劾，宦者操文符捕之，事下开封府深治，终以自盗除名定罪，又斥逐所有与会者十余人。时人都以为处罚如此之重，其内在原因就是朝中保守官僚欲借此事来排挤杜衍、范仲淹、富弼等有为之臣，小题大做，用心极其险恶。不管怎样，苏舜钦就此葬送了自己的政治前途，不幸沦落异地，以致抑郁而死。他实际上成了新旧党争的牺牲品。

他任荥阳尉时，年方二十一岁，玉清昭应宫火灾，曾诣登闻鼓院上疏，以为当务之急，不在大赦罪人，不在计工役而图恢复，而应责躬罪己，选任贤良，罢黜佞人。景祐中，朝廷下诏戒百官越职言事，又顶风上书，径谓："大臣壅蔽陛下聪明，杜塞忠良之口，不惟亏损朝政，实亦自取覆亡之道。”又谓：“前孔道辅、范仲淹刚直不挠，致位台谏，后虽改他官，不忘献纳。二臣者非不知缄口数年，坐得卿辅，盖不敢负陛下委注之意。而皆罹中伤，窜谪而去，使正臣夺气，鲠士咋舌，目睹时弊，口不敢论。”“国家班设爵位，列陈豪英，故当责其公忠，安可教之循默？赏之使谏，尚恐不言；罪其敢言，孰肯献纳？物情闭塞，上位孤危，轸念于兹，可为惊怛！”康定中，河东地震，他又诣匦通疏，极陈灾变异常，时政得失，连绵千余言，无所回避，群小为之侧目。（以上诸疏均见《宋史》本传）清代徐惇复在《苏子美文集序》中，对他的一生行迹表示出莫大遗憾：“子美抱经世之学，怀忠君之心，观其所为诗文，及论时事劄子，虽未见诸实事，然其议论侃侃，慷慨切直，皆有关于社稷生民之故，能言人之所不敢言，不可以区区文人才士目之矣。使当日天子宰相知其贤而大用之，殆无难泽被一世，名垂于后。而惜乎其以酒食之过，至迁谪以死，徒使后之人凭吊遗踪，为之拊膺叹恨于九原之不可复作，不大可惜哉！”

在对文学本质的认识上，苏舜钦明显受到传统儒家诗论的影响。所作《石曼卿诗集序》说：“诗之作，与人生偕者也。人函愉乐悲郁之气，必舒于言，能者财之传于律，故其流行无穷，可以播而交鬼神也。古之有天下者，欲知风教之感，气俗之变，乃设官采掇而监听之。由是弛张其务，以足其所思，故能长治久安，弊乱无由而生。厥后官废诗不传，在上者不复知民志之所向，故政化烦悖，治道亡矣。呜呼！诗之于时，盖亦大物，于文字尤为古尚，但作者才致鄙迫，不能深入其奥耳。国家祥符中，民风豫而泰，操笔之士，率以藻丽为胜。惟袐阁石曼卿与穆参军伯长，自任以古道，作之文，必经实不放于世。而曼卿之诗，又特振奇发秀。盖取古之所未至，托讽物象之表，警时鼓众，未尝徒设，虽能文者累数十百言，不能卒其意，独以劲语蟠泊，会而终于篇，而复气横意举，洒落章句之外，学者不可寻其屏阈而依倚之，其诗之豪者欤?”诗言志，可以兴观群怨，可以正得失，动天地，感鬼神，儒家诗论所极力张扬的批判现实的创作精神，在苏舜钦这里得到很好的继承和发挥。司马迁所谓发愤著书，韩愈所谓物不得其平则鸣，所谓欢愉之辞难工，而穷苦之言易好，也熔铸在他的血液里。而就这后一点来说，他的《送外弟王靖序》，所表达的观点似乎更加清晰明确：“古之达者，皆发于羁苦饿寒，盖必极困而后起。孔尼之不试，孟、荀之谗，屈平之窜，管夷吾之穷且囚，司马迁之刑，扬雄、王仲淹之乱，皆坎壈埋废不自平，然后极心穷精，以入乎道术之渊，策书其言，播洒奥大，师监于后世，历数千百年外，道其名，熇然可暴炙人。”我们发现，苏舜钦仅存的这些论文的文字，与韩愈的《送孟东野序》、《荆潭唱和诗序》等，均有千丝万缕的联系，有些话，简直就是如出一辙。他深受韩愈的影响是显而易见的。

苏舜钦生性豪爽磊落，所作诗文也淋漓畅快，率性直言。欧阳修认为其诗可与梅尧臣比肩，但艺术风格却迥然有异：“子美气尤雄，万窍号一噫。有时肆颠狂，醉墨洒滂霈。譬如千里马，已发不可杀。盈前尽珠玑，一一难拣汰。”“苏豪以气轹，举世徒惊骇”。(《水谷夜行寄子美圣俞》) 施元之刻三衢本《苏子美集序》，则认为他的文章“瑰奇豪迈，自成一家”。他的散文与诗歌的风格区别不大，主要还是他鲜明强烈的个性使然，既然是英雄豪杰，自然不屑于用雕琢斧凿的功夫。

苏舜钦较为优秀的古文作品，一般选本都提到的是《沧浪亭记》：

予以罪废无所归，扁舟南游，旅于吴中，始僦舍以处。时盛夏蒸燠，土居皆褊狭，不能出气，思得高爽虚辟之地，以舒所怀，不可得也。

一日过郡学，东顾草树郁然，崇阜广水，不类乎城中。并水得微径于杂花修竹之间，东趋数百步，有弃地，纵广合五六十寻，三向皆水也。杠之南，其地益阔，旁无民居，左右皆林木相亏蔽。访诸旧老，云钱氏有国，近戚孙承祐之池馆也。坳隆胜势，遗意尚存。予爱而徘徊，遂以钱四万得之，构亭北碕，号沧浪焉。前竹后水，水之阳又竹，无穷极。澄川翠干，光影会合于轩户之间，尤与风月为相宜。

予时榜小舟，幅巾以往，至则洒然忘其归，箕而浩歌，踞而仰啸，野老不至，鱼鸟共乐。形骸既适则神不烦，观听无邪则道以明，返思向之汩汩荣辱之场，日与锱铢利害相磨戛，隔此真趣，不亦鄙哉！

噫！人固动物耳。情横于内而性伏，必外遇于物而后遣，寓久则溺，以为当然，非胜是而易之，则悲而不开。惟仕宦溺人为至深，古之才哲君子，有一失而至于死者多矣，是未知所以自胜之道。予既废而获斯境，安于冲旷，不与众驱，因之复能见乎内外失得之原，沃然有得，笑傲万古，尚未能忘其所寓目，用是以为胜焉！

是文详细描写了沧浪亭修建的过程和自己纵游园林放浪形骸的生活情境，也表达了自己因得罪迁谪而了悟的人生真谛。仕宦溺人至深，君子应及时隐退，返归自然，这就是苏舜钦在遭受政治打击，经过一番反思所得出的对人生世道的崭新体悟。苏舜钦之所以会以沧浪二字名亭，恐怕是从楚辞《渔父》中得到启示。渔父在听到屈原宁赴湘流而葬于鱼腹，也不愿蒙受世俗污浊的表白之后，莞尔一笑，鼓枻而去，遂歌曰："沧浪之水清兮，可以濯吾缨。沧浪之水浊兮，可以濯吾足。"水清濯缨，水浊濯足，与世推移，不凝滞于物，这是渔父说词的基本意思，也是苏舜钦仕途受挫后所执守的人生态度。"道胜而位丧，于道何伤而不乐邪？世有知道而居位者，尚或为众牵踬，不得尽施其所学，忧道之削，处心甚危，内负于己，外愧于人，畏时刑而惧鬼诛，何所乐哉！然贤者必欲推己之乐以乐众，故虽焦苦其身，而不舍爵位者，非己所乐也。苟去其位，则道日益舒，宜其安而无闷也。是施于众则劳，而足于己则易，亦物理之常势。周公，大圣智也，尚皇皇不暇食，使其退居环堵之中，鼓琴咏歌，以味先圣之道，何忧愤之可入也！乃知古者至治之世，有其道而不见用，独居畎亩，乐以终身，盖亦多矣。""予年四十矣，志于道亦有年，岂一旦受谴而并弃之，舍其所乐，自为沮愤，亦何益于事哉！足下但见今之庸人，得则轩然而愉，失则枯槁而吟，谓予当然而不者可取也。殊不以圣贤之道，策予所未至，徒以众人而望于予。"（《答马永书》）他之所谓道，大体包含治国之道和修身之道这两个方面。仕途顺利，自然会充分施展政治才干，体现自己的人生价值，也在忧劳勤苦、艰难险阻的官场当中磨砺自己的精神意志。入世之乐，在于"贤者必欲推己之乐以乐众"；人生失意，归耕田园，远离尘网，治国之才虽然不得施展，但有畎亩之乐，有鼓琴咏歌之娴雅，可以优哉游哉地放纵自己的心性和形骸。出世之乐，在于心安而无闷。"是施于众则劳，而足于己则易"。遭厄而退隐，能满足自己的身心之乐，是不应该有什么沮愤怨恨的。自己立志要区别于今之"庸人"、"众人"，在逆境当中时刻以"圣贤之道"来勖勉自己。

苏舜钦愤然离开京师，远离亲戚故旧，原是有多方面考虑的。他在回复范仲淹的信中说："某昨得罪后，都下沸腾未已，其谤皆出人情之外，而往往信而传之，自念非远引深潜，则不能快雠者之意。又以世居京师，坟墓亲戚所在，四方茫然无所归，始者意亦重去，不得已遂沿南河，且来吴中。既至，则有江山之胜，稻蟹之美，兖州有租田数顷，郡中假回车院以居之，亲友分俸，伏腊似可给，岂敢更求赢余，以足所欲？日甚闲旷，得以纵观书策，及往时著述有未备者，皆得缀缉之。治

《易》颇有所得，时苦奥处无人商论，乃知君子理身格物之道，自有本也，险难以萌而不之见，宜其悔焉。况某性疏且拙，疏则多触时忌，不能防闲小人；拙则临事不敏，无所施为。因此遂得退藏。盖亦自幸，苟致之剧地，责其功绩，徒自劳困，而无补于时也。衣食之分，只此而已。今得心安舒而身逸豫，坐探圣人之道，又无人讥察而责望之，何乐如是？摄生事素亦留意，今起居饮食皆自适，内无营而外无劳，斯庄生所谓遁天之刑者也。岁余来能饮冷而少病，此其效欤？某既废于世，本当于江湖之上，与鱼鸟麋鹿同乐，不欲使声问踪迹一至于人间，因阁下之教，丁宁委折，不得不具道所怀，幸问察焉。”（《答范资政书》）宋代文人面对政治上的挫折，多能理智的进行化解，以旷达的态度来对待，很少有怨天尤人的詈骂之语，也很少做悲观绝望痛不欲生之想。范仲淹、王禹偁、尹洙、苏舜钦、余靖、欧阳修，以及稍后的王安石、苏轼等等，莫不如此。他们的作品就是真实记录其心理发展轨迹的历史见证。

苏舜钦这类散文，较著的还有《答韩持国书》：

近得京信，长姊奄逝，中怀殒裂，不堪其哀，更承慰问，重增号绝。且蒙见责，以兄弟在京，不以义相就，以尽友悌之道，独羁外数千里，自取愁苦。持国，予之素所畏者也。今言如是，疑非出于持国也，然笔迹趣尚皆持国，又不足疑，是持国知其一，未知其他，予不得不为持国班班而言也。

予亦人也，非翼而飞、蹄而驰者也，岂无亲戚之情，岂不知会合之乐也？虽是禽兽，亦安肯舍安逸而就愁苦哉！此语去离物情远矣，岂当出于持国之口邪？

昨在京师官时，不敢犯人颜色，不敢议论时事，随众上下，心志蟠屈不开，固亦极矣！不幸适在疑嫌之地，不能决然早自引去，致不测之祸，捽去下吏，无人敢言。友雠一波，共起谤议；被废之后，喧然未已，更欲置之死地然后为快。来者往者，钩赜言语，欲以传播好意相存恤者几希矣。故闭户或密出，不敢与相见，如避兵寇，惴惴然惟恐累及亲戚耳。偷俗如此，安可久居其间？遂超然远举，羁泊于江湖之上，不惟衣食之累，实亦少避其机阱也。况血属之多，持国见之矣。屋庐之隘，持国亦见之矣。资入之薄，持国又见之矣。常相团聚，不衣与食可乎？不可也。衣食虽足，闭关常不与人相接可乎？亦不可也。既与人接，不与之言可乎？又不可也。既与之言，不与之往还可乎？又不可也。既与之言语往还，人人皆如持国则可，今持国尚有此说，况亲也义也识也不逮持国者多矣，使之加酿恶言，喧布上下，不能自明，则前日之事，未为重也。便都无此事，亦终日劳苦，应接之不暇，寒暑奔走尘土泥滓中，不能了人事，羸马敝仆，日栖栖取辱于都城，使人指背讥笑哀悯，我亦何颜面，安得不谓之愁苦哉！此虽与兄弟亲戚相远，而伏腊稍充足，居室稍宽，又无终日应接奔走之劳，耳目清旷，不设机关以待人，心安闲而体舒放。三商而眠，高舂而起，静院明窗之下，罗列图史琴尊，以自愉悦。逾月不迹公门，有兴则泛小舟出盘阊，吟啸览古于江山之间。渚茶野酿，足以消忧。蓴鲈稻蟹，足以适口。又多高僧隐君子，佛庙胜绝。家有园林，珍花奇石，曲池高台，鱼鸟留连，不觉日暮。

昔孔子作《春秋》而夷吴，又曰"吾欲居九夷"。观今之风俗，乐善好事，知予守道好学，皆欣然愿来过从，不以罪人相遇，虽孔子复生，是亦必欲居此也。则持国以彼此较之，孰为愁苦哉？人生内有自得，外有所适，亦乐矣，何必高位厚禄，役人以自奉养，然后为乐？今虽侨此，亦如仕官南北，安可与亲戚常相守邪？持国明年终丧，昆仲亦必游宦，何以尽友悌之道也？况予窘迫，势不得如持国之意，必使我尸转沟洫，肉餧豺虎而后可也，何其忍邪？

常观《棠棣》之诗云："凡今之人，莫如兄弟。"谓兄弟以恩，当有急难之时，必相拯救。后章云："丧乱既平，既安且宁。虽有兄弟，不如友生。"谓友朋尚义，及安宁之时，以礼义相琢磨也。予于持国，外兄弟也。当急难之时，不相拯救，今又于安宁之际，欲以义相琢刻，虽古人所不能受。予欲不报，虑浅吾持国也。前得子华诗，意亦然，未暇缕述，今并此以达子华。予非躁而忉，咄者察之！

韩维，字持国，比苏舜钦小九岁。文末所言子华，是韩维之兄韩绛的字，而绛则比苏舜钦小四岁。韩氏兄弟是苏舜钦的亲戚，即所谓外兄弟，而岁数又略小一些，所更世事也少一些，更为重要的是他们对作者远寓吴中的举动并不理解，反而写信责难百端，所以作者在回信的时候，是怀着满腔愤懑而纵笔直说，言语之间毫无顾忌。他述说了自己在京做官时谨小慎微、心志不开的窘态，以及遭祸被废之际无人援救的惴恐可怜，然后写了三见之四不可，极言自己的困顿愁苦之状，最后才挑明离京出走是为了远避祸端，是为了解放身心，而吴中幽美的山川和淳朴的民俗，也确实给自己带来无穷的乐趣。一封普通书信，竟洋洋洒洒地写了一千余字。以气行文，已发便不可收拾，有时候，急不择言，率性而为，不遑修饰检点，遂构成其散文的主要特点。

苏舜钦本性豪爽豁达，其行径有时略类于古之义士侠客。他的《览照》诗形容自己的状貌秉性说："铁面苍髯目有棱，世间儿女见须惊。心曾许国终平虏，命未逢时合退耕。不称好文亲翰墨，自嗟多病足风情。一生肝胆如星斗，嗟尔顽铜岂见明。"宋人龚明之所著《中吴纪闻》卷二则记载一段轶事："子美豪放，饮酒无算，在妇翁杜正献家，每夕读书，以一斗为率。正献深以为疑，使子弟密察之。闻读《汉书·张子房传》，至良与客狙击秦皇帝，误中副车，遽抚案曰：'惜乎，击之不中！'遂引一大白。又读至良曰：'始臣起下邳，与上会于留，此天以臣授陛下。'又抚案曰：'君臣相遇，其难如此！'复举一大白。正献公知之，大笑曰：'有如此下酒物，一斗诚不为多也！'"作为才子，有豪杰之相貌，有豪杰之酒量，也有豪杰之心志和性格。能显现他这种个性的文章，我们再列举两篇。

范仲淹任参知政事之始，尚无作为，苏舜钦立作《上范公参政书》，先述其以往之勇于作为，为天下人所称道，然后掉转笔锋，指责其入阁而循默无为，以致天下人失望："去年天子又采天下之议，召阁下入政府，天下之人踊跃咏歌，若已得之，皆曰：'朝廷用人如此，万事何足虑！'日倾耳拭目，望阁下之所为。未及半年，时某自山阳还台，已闻道路传云：'阁下因循姑息，不肯建明大事。'时尚窃窃私语，未敢公然言也。某既绝不之信，必谓怨恶之人煽成此谤，谈者好奇易传耳。及至都下，言者稍众，不复避人矣，某始疑之，是何知于前而昏于此邪？既而又为辨之曰：'治久疾者不可速责以效，苟以悍剂暴药攻之，死生未可知也。'谈者或然之。已而某又当阁下之荐，不复可与众辨矣，与之合倡，实不忍为，但恻然愧羞，喑不敢言，而念虑终夕，不能去怀，乃知古之烈士为知己死者以此也。某又窃观阁下所为，于时亦孜孜数有建白，未甚为旷，是何毁之多也！岂诚之少衰，不锐于当年乎？岂施设之事，未合群望乎？岂以有高世之名，未见为高世之事乎？愚者不可晓。"在文章末尾，作者大发感慨说："呜呼！岁月有去而无回，功名难成而易隳，此古人所以珍重寸阴，而皇皇于立事也。若蹉跌失时，则赍汨前志，则抱恨万世，为来者所笑戮，无复自明，亦已痛哉！亦可惜哉！”苏舜钦比范仲淹小十九岁，还是后生小辈，竟如此大言不惭地切责之，殷切期望之，其性格之爽快与心胸之磊落，洒然流露无遗。

杜衍是苏舜钦的丈人，也是当朝宰相，而我们在阅读苏文的时候，似乎并没有觉察到二人翁婿关系的微妙亲切，反倒觉得宰相与小吏的职分更加突出。试读其《上京兆杜公书》：

某才到阙下数日，闻河东地震，坏庐舍，杀人马畜，不可胜计。始闻惊骇不自定，徐念台谏官必有极言时病，以救天变者，既而逾旬无闻焉。又以谓河东守土臣必有上陈消杀之策，使朝廷省悟，而有所废置者，及是经月，又无闻焉。某虽迷暗于事，不通古今，窃谓天地灾异莫大于此。灾异之作，未尝妄也。今中外循嘿，不以为怪，使陛下忽天戒而不答，民畜横罹其凶，食肉者岂不畏惧而能忍也？时虽欺之，天孰得而欺之哉？呜呼，其奈何邪！

丈人以才业为上所知，自员外郎不六七年擢任至此，天下所共闻。虽所历必尽精力，夙夜孜孜不懈，然未有赫赫报国之迹，为天下所共闻而称道者。今所属有此灾异，故当忧思本朝，建言时病以箴之，不可怀忠不发，默默缄口，如常常者所为。盖今为上所知，天下所想望号端直者，惟丈人与孔谏议、范吏部耳。孔、范皆以言得罪，惟丈人昔在廷中，议论必行，擢拜又过二公，度此不言，则他事无足言者，窃恐负陛下任擢之意，而隳天下之望也。

君子之为，不畏时王之罚，而畏众人之议。或众议喧哗，不可盖塞，则虽终日九迁，亦足羞也。苟有献纳，慎无后于他人，实区区之望也。至于铃束小吏，期会簿书，非大贤事业，幸委之幕府。进谠言以求杀灾异，宜在今日也。况忠臣虽在畎亩，不忘其君，无以疏外为词。谨驰此附闻，幸留意。某再拜。

苏舜钦除了上述有关政事和身世的文章之外，还有不少赠序题记墓铭传记之类。《浩然堂记》，则就孟子之善养浩然之气，联想到世之奔趋仕禄者。《杜谊孝子传》，在详细记述了杜谊的孝行以后，又就古今人心民俗的不同，生发了一段议论。他认为父严子孝，本是人之常理，其实是不必特意表彰的，但是因为后世人心不古，风气败坏，朝廷又不重视伦理教化，所以孝子越来越少，即使有意尽孝者，也往往“自疑其所为而怠焉耳”。为了张扬正道，扭转颓风，所以才特意写作此文：“使闻而慕效笃于亲亲者，教自谊始。”《亡妻郑氏墓志铭》，记述前妻郑氏愿留居以侍奉姑丈，然后又随夫西走奔丧：“方妊，以马骇坠地者三，伤左股焉。起即强自支，不肯少休，曰：‘早得一恸于舅之柩前，遂死无恨。若或殒灭，重为姑忧，大甚为不孝也。’”归家当日产子，七日而逝：“哀哉！堂有寿母，室有乳稚，藉以奉育，遽失其助。余时待尽于苫次，退而又哭于室中，亦血气者，非勉徇于礼，乌能胜而至是耶?”写得愁肠百转，令人心动。《哀穆先生文并序》，是值得我们特别关注的一篇：

呜呼！穆伯长以明道元年夏客死于淮西道中，友人苏叔才子美作诗悼之，遣人驰吊之，痛夫道不光予，又次其一二行，以鉴于世，为文哀之。

先生字伯长，名修。幼嗜书，不事章句，必求道之本原，皆记士徒无意处，熟评论之。性刚峭，喜于背俗，不肯下与庸人小合，愿交者多，固拒之。议事坚明，上下合古，皆可录。然好诋卿弼，斥言时病，谨细后生畏闻之。又独为古文，其语深峭宏大，羞为礼部格诗赋。咸平中，举进士，得出身，调泰州司理参军，牧守称其才，贰郡者恶之。又尝以言忤贰郡者，守病告，贰郡者私黠吏使诬告先生赂，具狱聚左证，后召先生，使众参考之，由是贬池州。中道窜诣阙下，叩登闻鼓称冤，会贰郡者死，复受谴于朝。后累恩得为蔡州参军。

先生自废来，读书益勤，为文章益根柢于道，然耻以文干有位，以故困甚。张文节守亳，亳之士豪者作佛庙，文节使以骑召先生作记。记成，竟不窜士名，士以白金五斤遗之，曰：“枉先生之文，愿以此为寿。”又使周旋者曰：“士所以遗者，乞载名于石，图不朽耳。”既而亟召士让之，投金庭下，遂俶装去郡，士谢之，终不受。常语人曰：“宁区区餬口为旅人，终不为匪人辱吾文也。”天圣末，丞相有欲置为学官者，耻诣谒之，竟不得。尝客京师南河邸中，往往醉，暮归遏地，如不省持者，夜半邸人犹闻其诵吟喟叹声，因隙窥之，则张灯危坐，苦鞶执卷以至曙，用是贷其资。母丧，徒跣自负榇成丧，日诵《孝经》、《丧记》，未尝观佛书、饭浮屠氏也。识者怜哀之，或厚遗，则必为盗取去，不然且病，或妻子卒。后得柳子厚文，刻货之，值售者甚少，逾年积得百缗。一子辄死，将还淮西，道遇病，气结塞胸中不下，遂卒。

嘻吁！天之厌文久矣，先生竟以黜废穷苦终其身，顾其道宜不容于今世。然由赋数踦只，常罹兵贼恶少辈所辱困，其节行至死不变。有孤，懦且幼，遗文散坠不收，伯长之道竟已矣乎！初，先生死，梁坚自解以书走上党遗予，欲访其文，俾予集序之。去年赴举京师，历问人，终不复得一篇，惟有任中正尚书家庙碑，《静胜亭记》、《徐生墓志》、《蔡州塔记》，皆平昔所为，又不足成卷。今舅氏守蔡，近以书使存其家，且求其所著文字，未至。间作文哀之，道不胜于命，命不会于时。吁嗟，先生竟胡为？

在这篇哀文中，苏舜钦对穆修刚峭孤傲、喜于背俗的性格给予全面描述。热烈赞扬他不肯随众为礼部格诗赋，而“独为古文，其语深峭宏大”。“自废来，读书益勤，为文章益根柢于道”。对穆修在困顿拮据中仍然出资刻售柳氏文集以张扬唐代古文的义举也给予充分肯定。同时，又以较多篇幅描述了穆修不肯干谒权贵，多斥言时病，乃至为记文不载士名而投金庭下的种种作为，凡此，都突显出其人的高尚风节。读后，给人的印象非常深刻。

苏舜钦在五言长诗《哭师鲁》中说：“忆初定交时，后前穆与欧。”谓与尹洙定交在穆修之后欧阳修之前。穆修比苏舜钦年长三十岁，就其辈分来说自是学界前辈，而论其关系，则二人却在师友同志之间。可以想见，正是因为他们禀性与志趣的相近，彼此才能惺惺相惜，互相勉励，才能在复兴古文的道路上切磋琢磨，一起扭转宋初靡丽之风。欧阳修在《苏学士文集序》中，曾经大致梳理过自唐初至宋初文章发展与政理盛衰的基本线索，感慨治世而文章或不能纯粹，其关键在于人才难得，而现在有了人才，又恰逢治世，时人却不知道贵重爱惜，这实在是令人痛心的事情。在谈到苏舜钦与穆修等人倡导古文的时候，说：“子美之齿少于予，而予学古文反在其后。天圣之间，予举进士于有司，见时学者，务以言语声偶摘裂，号为时文，以相夸尚。而子美独与其兄才翁及穆参军伯长，作为古歌诗杂文，时人颇共非笑之，而子美不顾也。其后天子患时文之弊，下诏书，讽勉学者以近古，由是其风渐息，而学者稍趋于古焉。独子美为于举世不为之时，其始终自守，不牵世俗趣舍，可谓特立之士也。”欧阳修对苏、穆等人开风气之先的历史地位给予充分肯定，其观点也直接影响了后代的评论家。清人宋荦所作《苏子美文集序》说：“子美诗磊落自喜，文章雄健负奇气，如其为人，以之妃晁俪张，殆无愧色。顾晁、张继起于古学大盛之日，而子美独崛兴于举世不为之时，挽杨、刘之颓波，导欧、苏之前驱，其才识尤有过人者。学者论宋初古文，往往以子美与穆伯长并称，其实伯长不及也。”《四库全书总目提要》卷一百五十二则谓：“宋文体变于柳开、穆修，舜钦与尹洙实左右之。”李星根《苏子美集跋》：“子美当北宋之初，以文章为欧、曾、苏、王、黄导正轨先路。”这些评价，都是较为客观的。

第五节 余靖与蔡襄、李觏

余靖（1000～1064），字安道，韶州曲江（今广东韶关）人。仁宗天圣二年（1024）举进士，为赣县尉，试书判拔萃，改将作监丞，知新建县，再迁秘书丞。数上书论事，建言班固《汉书》舛谬，命与王洙并校司马迁、范晔二史。书奏，擢集贤校理。以上书谏罢范仲淹事，落职监筠州酒税。尹洙、欧阳修亦以仲淹故，相继贬逐，靖由是益知名。徙监泰州税，知英州，迁太常博士，复为集贤校理、同知礼院。庆历中，仁宗欲变更天下弊事，增置谏官四员，使论得失，靖为其一。既改右正言，感激奋励，遇事辄言，无所回避，奸谀权倖屏息畏之，所补益甚多，然亦不胜其怨嫉。以使契丹不辱使命，擢知制诰、史馆修撰。尝为蕃语诗，为御史所劾，出知吉州。怨家因毁之以他事，左迁将作少监，分司南京，居曲江。多次辞官不就。皇祐中，侬智高陷邕州，围广州，就丧次起为秘书监、知潭州，道改桂州，经制广南西路盗贼事。与狄青会兵，平定叛乱，就迁给事中，再迁尚书工部侍郎。诸将班师，靖留广西处置乱后事宜。拜集贤院学士，徙知潭州、青州。嘉祐五年，交趾蛮反，驿召为广西体量安抚使，乱平，以尚书左丞知广州。英宗即位，拜工部尚书，代还，道病卒。年六十五岁。欧阳修《余襄公神道碑铭》，谓有文集二十卷，奏议五卷，三史刊误四十卷。现今流行本《武溪集》，有二十卷。

余靖三使契丹，不辱使命。又经制岭南五管，前后十年。凡治六州，所至有惠爱。又尝校订三史，预修起居注。可以说，余靖在政治上是一位能臣干臣，是一位多面手，一生虽然两次遭贬，但朝廷始终信用不疑，且往往委以重任。他立朝刚正，遇事敢言，勇于作为的性格也非常明显。进士不久，范仲淹贬饶州，谏官御史不敢言，而靖却上书切谏曰："仲淹以刺讥大臣重加谴谪，傥其言未合圣虑，在陛下听与不听耳，安可以为罪乎？汲黯在廷，以平津为多诈；张昭论将，以鲁肃为粗疏。汉皇、吴主熟闻訾毁，两用无猜，岂损令德？陛下自亲政以来，屡逐言事者，恐钳天下口，不可。"其任右正言的时候，汴京开宝寺灵感塔灾，复上疏言："五行之占，本是灾变，朝廷所宜诫惧，以答天意。闻尝诏取旧瘗舍利入禁中阅视，道路传言，舍利在内廷有光怪，窃恐巧佞之人，推为灵异，惑乱视听，再图营造。臣闻帝王之道，能勤俭厥德，感动人心，则虽有危难，后必安济。今自西垂用兵，国帑虚竭，民亡储蓄，十室九空。陛下若勤劳罪己，忧人之忧，则四民安居，海内蒙福。如不恤民病，广事浮费，奉佛求福，非天下所望也。若以舍利经火不坏，遽为神异，即本在土中，火所不及。若言舍利皆能出光怪，必有神灵凭之，此妄言也。且一塔不能自卫，为火所毁，况藉其福以庇民哉？"（按，以上二疏均见《宋史》本传）时盛暑，靖对上极言，其平日又不喜修饰，以致仁宗回到皇宫后，仍然愤懑不已，谓内臣曰："被一汗臭汗薰杀，喷唾在吾面上。"（李焘《续资治通鉴长编》卷一百五十）其在谏官任上，又尝论夏竦奸邪，不可为枢密使；论王举正不才，不宜在政府；论狄青武人，使之独守渭州，恐败边事；论张尧佐以修媛故，除提点府界公事，非政事之美；论王翼治狱而赐五品服之非当。其说多见纳用。

周源《武溪集序》说："尚书余公之才，长于应变，文亦如之，不名一体。初举进士，大禧、大圣之间，文尚华侈，公以词章鼓行名场，取高第。与尹师鲁应拔萃科，公又为冠。穆伯长、欧阳永叔起，文复古，公亦变体，弃华取质，以道理相交，与欧阳、蔡诸公埒名价。当时公卿士大夫碑碣铭志、亭馆记引、道释观寺撰述，不得公文为不孝，不可。四方砻谷鑱辞，声相闻。晚节芸殖不落，积原涵深，益工遂完。公倜傥负气节，以功业为己任，以文章怗职丽正，落落不常。"刘稳的《武溪集序》则谓："集中所载虽未能粹然尽合于道，然其博物洽闻，驰骋今古，多亦有补于世，成一家言，亦庶几所谓大雅卓尔不群者矣。矧立朝言论风旨为天下所重，方其弃置不用，即奉身而退，屏居野处，以山水文学自娱。及其复起于朝，又致身而进，折难批危，艰险不辞，竟足以靖地方之变。用舍行藏，不系于心，一以虚舟飘瓦视世，故而卒之戡定国家，又如权度称量，长短轻重，而一无爽也。呜呼！此岂寻常章句士能之哉？其所植立益深远矣。"

周、刘两家的文集序，既概括评价了余靖的生平大节和为人操守，也客观指出其文章怙职丽正，有补于世，前后风格虽有变化，而终究能成一家言的总体特征。

余靖所写墓碣铭志一类文字，涤荡了庸俗不实的谀墓风气，而重点描述墓主的善为义举和雅士情怀，多写细节，侧重性格刻画，因而人物形象较为突出，读后能给人留下很深的印象。《宋故狄令公墓铭并序》，前半文字记述狄青平定元昊、侬智高之乱，功业彪炳，后半文字则写其治军和为人：

> 其行师也，所统步骑不以众寡，常取诸葛武侯八阵法以为模楷，宿息坐作，悉成部伍，故虽仓卒遇敌，而师徒无桡。其为偏裨时，每被发面铜，其从骑兵驰突贼阵，羌人识之，见则辟易，无敢当者。尝中流矢，创甚，闻寇至，裹创而行，帅不能止。公器度深远，今相国韩公、故资政殿大学士范文正公之为西帅也，公皆隶其节下，咸奇之曰："此国器也。"文正尝以《左氏春秋》授公曰："熟此可以断大事。将不知古今，匹夫之勇，不足为也。"公于是晚节益喜书史，既明见时事成败，尤好节义。其在泾原也，副起居舍人、知渭州尹洙与公同经略招讨安抚使事。洙字师鲁，有文武才略，博通古今，公与虑事，尤为精密。师鲁尝称公："古之名将，无以过也。"公于交游，在亡不渝，师鲁后以贬死，公厚恤其孤，如至亲焉。文正既没，其子纯礼服除还台，当涖吴中市征，公首为启陈，得署河南宾幕，以便坟垄，识者称之。其徙真定也，过家上冢，还谒县长，步趋令庭，以修桑梓之恭，然令不敢当，议者重其得体。遂留里中，与故老酾酒相欢，挥金而去。其征蛮也，上亲饯于垂拱，命釂者数焉。当是时，兖国太夫人侯氏微疾，公朝服而入，戒家人无得言治兵事，第云"奉使江表"，故得不忧。其纯孝如此。公好以众整，又能分功与人，而令在必行，故师之所过，秋毫无犯。其为小校延安也，大里、南安、安远之功，初不自言，物议多之。其征南也，今观文殿学士孙公时经制贼盗，与公偕行，其军中之政，公实专之，至于南夏经久之制，多让孙公裁处，谈者嘉其谦挹。

《宋故两浙提点刑狱尚书度支员外郎林公墓碣铭并序》，记林从周在京师为官，磊落耿介，不容人私："京邑浩穰，压于权贵请托，不得循理可否。公锐意痛绝私谒，所得权贵人翰墨，都不省视，至夕，聚而焚之。"《宋故南京留守判官赠都官郎中苏公墓志铭》，记苏咸熙性淳气直，廉谨自守，以不事干谒，一生不得美官，常语子孙曰："吾少孤无赀，徒力学，祈寸禄以养母。母终养矣，又得衣食尔子孙，吾自足矣，岂能以謟言谀色干权贵以求进乎？且贫无苞苴，耻学术数，何以取合于人？吾老于从事，不自愧也。"余靖赞其为"真吏隐君子"，"德之积而福不享于身者，将钟其后乎！"《宋故殿中丞知梅州陈公墓碣》，记陈坦然有胆勇，多权谋，尚然诺。其未第进士时，宜州兵叛，拥众数千人，北攻象州，陈氏乃单骑行贼围，为书约矢射帐下，多方晓谕同郡贼将卢成均，遂使成均欲自拔归顺，象州城得以保全：

> 贼又别遣一屯分掠南路，径趣容境，所至摧陷。公入语容守陈延赏曰："贼势剽悍，难以力竞，且胁从之人，本无战心，愿假衙兵数辈见从抵贼营，论以逆顺，当使解甲而归我矣。"公去贼垒数十步下马，直前为言："本朝正朔被四海，汝徒无故噪聚。今有诏，止诛首恶，苟能束身改图，自当荣以爵赏，何苦草间觅活？"是时贼中伪补屯卫之职陈、贾二率私相语曰："此飞檄生也。"于是率首领以甲卒数百诣郡降。贼失腹心，皆不战而自溃矣。……其佐余杭也，市有丐者杜氏夫妇，皆八十余。杜氏名暹，尝为忠懿王幕府官，老无子孙，遂乞于市。公闻之恻然，为辍俸钱，构草室数楹以居之。语同僚暨右族，合币二十万与其足日廪，市什器，营寿藏，识者义之。……其罢阳春也，有张氏女者，父为供奉官，夫吏辇下，犯贿流岭南。夫死，家属当还都，邵阳邮卒以刃胁为妇，留且半岁。公经途闻之，执卒送官抵罪，公解骖暨万钱贻之，官遣部送，还其父子，皆章章在人视听者也。

陈坦然为国释难，为人济贫，是一位任侠的义士，其所作所为，与古之英雄豪杰鲁仲连之流相比，竟也毫无逊色。

此外，余靖碑文所记众多读书好学的事例也给人留下很深的印象。《宋故屯田郎中黄府君碑》，记黄仲通："少勤学，家贫无书，手写细字五经注疏及文赋数万篇。"《故萧府君墓志铭并序》，记萧陟："其赴同安也，鬻囊装鞍马，得钱百千，尽以买国子监书，喜形于色曰：'吾无资产，以此遗子孙，乃家宝也。'常枕籍于其间，曰：'此生无成，当有施于后世。'"

亭馆记引一类散文，数量甚多，叙事、写景、抒情、议论四者交相为用，文体特征则往往是骈散相间，不拘一格，充分体现了作者娴熟的写作技巧。其中较著者如《同游泐溪石室记》：

> 人之跂高慕远，乐在林壑者，厥游不得其胜，则无所记焉；地之蕴灵蓄秀于方域者，所赏不遇其人，则无所发焉。游赏之会，其难乎哉！
>
> 予以分司归韶之明年，江夏黄君子京始宰乐昌，其明年以书见遗曰："弊邑虽小，地多胜概，泐溪石室，宜为称首。元和中，番禺从事李文孺尝志其游，惜其景出涵晖之右，而文不逮于到难，故使兹山不甚显闻于世。若迂高车以辱临之，愿去道茀蜡屐以从。"又明年，乃往游焉。
>
> 其始去县郭，西北平行五里而近，西为大山，其厚无极，东亘高阜，积石所成，澄溪下流，人迹中断。揭溪即阜，属当大窾，外若敞扉，中如华屋，平有度筵之广，高逾结栋之隆，穹中四注，屏舒玉削。幽崖婉入，如曲房小槛之容；斜窦旁通，有连甍接庑之势。云蒸雾积，闭阴辟阳，冬漏暖脉，夏含凄气，天地炎凉，所不能制，固仙游之所宅，岩栖之嘉致也。既而遍览幽趣，庶逢前轨，洗尘而视，则有陆羽题名墨迹在焉；张炬而入，则有六祖偃息石床存焉。
>
> 呜呼！苟非子京奏刀恢恢之暇，以奇胜见招，何由崎岖百里，一届其域？及窥陈迹，则古之贤哲，寝处为常，乃知世称今人不如古，宜哉！子京时又招摄尉唐某、进士谭某同游，既书名于壁，复镵石以志之。今天子亲享明堂之岁三月二十五日记。

该文多用骈辞丽句，又多以古之胜概，如涵晖、度筵、结栋之类来刻意形容渲染，因而显得文采洋溢，华美异常。若与前面所引文章相比，其艺术风格确实有些不同。写作此文的时间，则是仁宗皇祐二年（1050），作者以事左迁，怡然还乡，其年龄则已是五十岁了。

作于明道元年的《韶州新修州衙记》，起首一段，先论郡县制实行以来的优劣得失："古者诸侯宫室、车服，各视其命之数，故台门露寝，将将耽耽。自秦人罢侯，汉沿魏袭，郡有守，州有牧，颁条诏，专生杀。虑其久而固人心，必三岁而易之，修职责于天子。在千里外，则递促其期，再期而易者。故州民视刺史如路人，刺史视公堂如传舍，民病尚不肯疗，矧肯完葺廨宇耶？韶在番禺之北，去天子都城三千里而遥，故为远官，去留之心不固，又可知矣。”州县官员三年一任，届期必然更换，其利在于民心不固，难以专权滋事；而其弊则在于时间短暂，既不能深切体察民瘼，也不能成事建功。州民视刺史为路人，刺史视公堂为传舍，去留之心不固，其责以绩效也难。这种看法确非洞悉古今职官制度者所难言。余靖是有感于韶守新修州衙而发此议论的，接下来的文字，则详细记述王姓新守上任，勤勉吏治，在较短的时间内取得卓越政绩，然后才翻修廨舍以示焕然一新的举动：“下车之始，纲目咸振，束黠吏以绳墨，制强宗以斧斤，威声一驰，境内知禁。然后险者倾，疮者平，痼者愈，魇者醒，仆者起，昧者明，霜清物寒，日和春融，畏爱所交，衣被黔首。于是中诏得比内诸侯，满三岁后所请也。政成事简，地居冲要，筑室卑陋，人何所瞻？不欲视廨舍如前人之视民病也。由是因基构，程用度，壮栋梁，丽榱桷。山有羡材，不赋于民；官有缮工，不兴其役。”文章写得洋洋洒洒，铺张扬厉，而把修衙的举动放在他守去留之心不固、敷衍其职的人文背景下，又显得立意新颖，内蕴深厚。

短文《书谭氏东斋》，语言洗练精粹，堪称绝妙之小品：

人之志于道者，在乎去烦释累，静虑和衷，视听动息，不汩不诱，然后以居者则安，以学者则专，自非离尘绝俗，不能至于是也。

吾友谭君伯顾，自桂林佐邑，遭私艰还第，素冠弥时，不营他务。乃相厥居之东二里而近，出氛杂，卜岑寂，面江倚阜，披云跻险，廓地数亩，作为斋舍。上以屏去人事，下以训励子姓，己得其安，子姓得其专，有志于道者也。屋不加饰，地不祈广，蓺林驾泉，自适而已。图史机案，旁无长物，所谓不见异物而迁者也。丘垄不遐，日得瞻睇，不忘其亲者也。吾友之意也深矣！

一日，携僧泛舟而谒之，爱其清旷，又嘉其子弟甥侄翼翼如也，因书其壁。皇祐二年七月日题。

宋代中前期，随着国家经济的日益繁荣和人文事业的蓬勃发展，士大夫们普遍认识到兴学尊师的重要性，朝廷大臣晏殊、范仲淹极力倡之，真宗、仁宗亦先后颁诏各地建学，一时之间，竟然出现了一个教育发展的高潮。与此相应，在散文创作领域，则出现了一大批学记类的文章。例如范仲淹的《邠州建学记》，从国家长养人才而天下大治的角度立论，充分肯定邠州改建郡学的重要性。又如欧阳修的《吉州学记》，在详细记述了吉州学舍改建的过程以后，又对教学之法表示了自己的见解。总之，宋代学记类文章的大量涌现，不仅极大地丰富了记体散文的内涵，也为研究古代教育的学者提供了详细具体的资料。

余靖现存四篇学记，分别为庆历七年写的《浔州新成州学记》、写于景祐三年的《洪州新置州学记》、写于庆历六年的《饶州新建州学记》、写于嘉祐八年的《雷州新修郡学记》。另有三篇文章，即写于庆历五年的《康州重修文宣王庙记》、写于景祐三年的《兴国军重修文宣王庙记》、写于康定二年的《惠州海丰县新修文宣王庙记》。这后三篇，写的是孔子庙记，其内容也无外乎劝学和育人，与学记并没有什么区别。七篇文章，皆写于仁宗时期，作者的年龄，最早者为三十六岁，最晚者为六十三岁。

《洪州新置州学记》，叙写天水赵概叔平出守豫章，有感于学校之风未甚流布，遂上章恳请，即其祠宫，兴建黉舍：

> 由是葺旧模新，补败增卑，广其壖垣，峻其廉陛。或易椽而朽，或筑基而营，起桡为隆，变蔀为丰。寝殿奕奕，俨然南面，龙衮珠旒，备乎王章。自高第弟子至汉魏大儒，坐而侍，壁而立，于堂于庑，列像有次。考室百楹以处生徒，凡大夫士庶人之子为俊士者，皆许游焉。仍乞上庠镂版书以赋其时习，给闲田五百亩以充其日廪。选文行之士观察推官陈肃总其众而谨其号令，事由中覆，咸得请焉。又俾设色之工，以夏、商、周车服、珪璧、梡俎、彝斝之器见于经礼者，绘之讲论之堂，使朝夕观焉。孟子所谓“乐得英才而教育之”者，其是之谓乎？鸠工于三月庚子，告成于八月庚申。役用卒徒，不劳于民，赋以美材，不敛于众，而克成焉。
>
> 噫！汉袭秦令，以太守领郡，而泮宫之制阙焉。其或著理效，称循吏，大抵谨绳墨，挟钩距，尚威刑，以束缚人耳。能知学校为教民之本者，惟文翁唱之于蜀，故司马相如、王褒之徒，用文章揄扬汉美，与三代相照耀于先后者，文翁之力也。后人复声而和者亡几焉，盖学校之益人也缓，威刑之取名也速，故为政者有所趋焉。今叔平以文学举进士而升鼎科，以器识居宦途而历显仕，

复能敦大教之本，储诗书而萃英髦，以尊圣育贤为事，夫其远大，安可量哉！与夫徼福于神、盛祠庙者异矣，又岂知洪人戴之不若文翁之于蜀耶？

据《汉书·循吏列传》，景帝末，文翁为蜀郡守，仁爱好教化，见蜀地僻陋有蛮夷风，遂欲诱导劝进。乃选郡县小吏开敏有才者张叔等十余人亲自训育，并遣诣京师，受业博士。数岁，蜀生皆成就还归，文翁以为郡中高职，用次察举，官有至郡守刺史者。又修起学官于成都市中，招下县子弟以为学官弟子，为除徭役，高者以补郡县吏，次者为孝弟力田。每出巡视，皆令学官诸生随行左右，传达教令，出入阁门，县邑吏民见而荣之，数年，争欲为学官弟子，富人至出钱以求之。由是大化，蜀地学于京师者比于齐鲁。至武帝时，乃令天下郡国皆立学校官，自文翁为之始也。余靖熟谙旧史，知道学校之兴与文雅教化的密切关系，当然，他也深切了解宋代地方官员取名求进的捷径和门道，所以他比任何人都自觉地倡导兴学，意欲凭借朝廷频诏的东风，使天下所有地方都建起学校，把天下所有英才一总揽聚到学舍当中养之育之成就之。

余靖所写此类文章，从整体来看，似乎有一个基本模式，首叙古代圣哲兴学之传统，中写某官某人积极奉诏建学的过程，次写地方士大夫与乡民热情捐资助修，这样，就把学校建设这个原本纯属于教育的问题延展开来，赋予了更加深广的社会人文背景和现实意义。说今道古，夹叙夹议，则是这些文章的主要写作特征。

作者曾经刊校过《史记》、《汉书》、《后汉书》，又曾预修起居注，欧阳修所提到的《三史刊误》竟有四十卷，其文集所存，尚有《上校正后汉书奏》和《上校正汉书奏》二文。余靖具有史才是确定无疑的。遗憾的是这些著述皆亡佚无存，我们只能从他写的一些奏状和史论当中，得以窥见其史学见解。《免史馆修撰状》有两篇，其一谓："修史之任，须得良直之才。"《秦论》有上下两篇，分别论述了秦人之兴和秦人之亡，兴在用贤，亡在李斯，观点鲜明，剖析深刻，逻辑严密，具有很强的说服力。兹举《秦论》上篇为例：

前世高论，咸以河山之险，秦得百二，遂并天下者，地势便利使之然也。所以奉春进计，田肯建言，著之史牍，千古称善。

愚谓秦人之兴有由然矣。自伯翳至于秦仲，率以立功，克守其业，而僻在岐、雍，诸侯以夷狄畜之。穆公之世，得人而昌，广地开国，悉由任贤之勋矣。百里奚，亡虞之臣也，而授以国政；孟明，奔军之将也，而委以帅律。引咎自责，卒复河西之地。由余在戎，公以为忧，当其来聘也，降千乘之尊，接以殊礼，坐则曲席，食则传器，及其来归，以客卿待之。故能益国十二，辟地千里，遂霸西戎而抗衡中国矣。暨乎即世之日，三良殉葬，国人哀之，赋以《黄鸟》，秦人不复东征，数世不竞者，夺其善人故也。

及孝公嗣守宗祊，七雄并立。当是时，齐威、楚宣、魏惠、燕悼，悉已称王，韩哀、赵成，亦复强大，诸侯力政而周室卑矣。孝公增修穆公之德，寤寐贤者，列爵而尊之，分土而与之。卫鞅以孽公子求见，遂用其谋，开阡陌，急耕战，法行民便，亦以称霸。后世遵用先轨，范雎、蔡泽，离疏释蹻而取卿相，任贤之术，速于置邮，卒能灭二周、吞六国而并天下者，用此术也。且苏秦反复之臣，燕王一听其言，合从山东，秦人不敢窥函谷者十五年。以此思之，一贤之功，坚于山河远矣，在用与不用耳。汤以亳、武王以镐而王天下，其政何如哉？百二之说，于是为负。

所作《汉论》，亦有两篇。其上篇针对旧史所谓汉祚中绝，乃始于汉成帝的说法发表看法，以为汉家之祸，源于汉惠帝，陈平决泄之，以致横流不已。其下篇则就光武不侈功臣封域与高祖裂地封王作对比，强调指出时势有别，不必美世祖之权而短高皇之失策。其《姚畴论》，专谈古代史官的建制与职守：

古者天子之立史官也，不独纪岁月远近，辨朝会同异而已矣。盖以王者居亿兆之上，喜似阳春，怒如雷霆，予夺生杀，无不从也，故立史以谨其言动。动则左史书之，言则右史书之，以示后嗣，欲其畏后世之名而不敢过举者也。窃见两汉而下，有唐制度最为详备。而史官废置，未臻大中，敢试论之。

唐之修史，其数有二。武德故事，小省之官更直近陛，执笔对仗，随而撰录，书之方册，谓之“起居注”；姚畴建议秉钧之臣訏谟便殿，嘉猷善经，退必编次，送之史馆，谓之“时政记”。于是《周官》六史之职不复甄叙矣，累朝著作之局不复刊修矣。畴议既行，而起居之官立于外朝，仗退之后，迹便疏远，虽延英数刻之对，圣人有泣辜解网之言，应机成务之谋，不可得而闻也。

若非宰臣撰述，则军国政要，何由知之？由是而言，有不可者三焉。古者帝王不得见当代之史，何则？史之为书，不隐恶，不虚美，谓之实录。史而可见，则其臣不敢以实书。书而不实，为己诬矣；实而不讳，为己戮矣。不得见史者，以此也。宰臣监修，是使自司其过者也，其不可者一也。昔者成王尚幼，与唐叔戏剪桐叶而与之曰："以是封汝。"明日，太史上舆地图请封唐叔，自是，成王终身无戏言。夫是则史官常在左右也。今史臣随仗出入，则是用史臣于顷刻之间耳，戏言过行，尚奚史之畏哉？其不可者二也。古者大臣不掌注记，故董狐得以直笔于晋，南史氏得以执简于齐。设有史官，外朝既罢，则目不见帝王之容，耳不闻帝王之言，近臣奏对，孰邪孰正，孰谀孰诤，咸莫之辨也。用他人注记为己之笔削，夫是则史官失职，莫甚如此，其不可者三也。

语曰："使廉士守藏，不如扃钥之固也；使义士分财，不如投钩之平也。"何则？有情之与无情也。夫以广渊之谋，居翊亮之位，缉熙庶绩，裁成万机，而复代史臣撰述，固亦劳矣。向使房、杜、姚、宋击毂轨而自序策略，人犹疑之，脱不幸而有元载、卢杞当其任，则安所取信哉？太宗文皇帝贞观中所论政体，皆可冠冕古今，粉泽王度，著在方册，昭昭然者，史臣得侍于内朝故也。姚畴虽知注记之详，未知先王立史之意，一失其源而莫之敢议，惜哉！

《旧唐书》与《新唐书》皆有《姚璹列传》，而璹乃著名史学家姚思廉的孙子，武后时颇得信任，累官至文昌左丞、同凤阁鸾台平章事。自高宗永徽后，左右史唯对仗承旨，仗下谋议不得预闻，璹以帝王谟训不可阙纪，请仗下所言军国要事，责宰相一人专知撰录，号为"时政记"，每月封送史馆。余靖所谓姚畴事，与姚璹事原为一事，盖为"畴""璹"二字形近之讹误。

是文强调指出，设置史官记载天子的一言一行，不仅要按岁月记载朝廷事件，以备稽考，而且还是为了谨其言动，彰示后嗣，使其"畏后世之名而不敢过举"。而姚璹所谓宰臣监修之"时政记"，既漏记了仗下内朝的言行举止，同时，也烦扰了宰相，甚至为宰相阿私弄权提供了方便。作为实录和信史，姚璹的建议有违先王立史之意。

短文《书去虎》，托名野史氏而纪闻发论，读来亦颇多启迪：

禺山之阴曰翁永（《全宋文》校语，疑为韶州翁源县之翁水，永字讹误），水之源有居邑，去刺史府五百里而近。山富毒草，水蒙毒雾。雾昏草黄，夏日瘴热，历者生疾，故州人惮之。邑老吏恃远且险，肆诋欺以成俗。亡何，丞尉飞书白府云：“境中三虎暴自踣，请以状闻。”本朝彰太守服猛击强之应，太守贪伪名，欲市其矫，乃召他邑掾往验之，以成其诈。邑掾到境得疾，由是怒而以实对：“虎坠阱而死，言自踣者非是。”邑掾返，卧疾且死者久之。

野史氏闻之，废书而叹曰：“罪由古史，非丞尉太守之罪也。昔者刘琨（按，琨，当为昆）、宋均以循良著治理效，史氏有猛虎渡河之说。向使政仁且明，虎虽在境，机焰可制；政昏且暴，虎虽出境，其害被于千里，岂特一虎哉！则知虎之去，不若暴之去，太史氏以异闻惑中智，甚矣哉！”

《后汉书·宋均列传》与《后汉书·刘昆列传》，分别记载了宋、刘二人任太守时仁化大行，境内猛虎渡江远去的事件，而在作者看来，前代修史的人不该刻意渲染这些荒诞不经的异闻传说，苛政猛于虎，去除那些残民伤明的各种政令，远比排除虎患更为重要。不仅如此，古史的这种说法，还为后世官吏欺罔成奸提供了一种口实或由头。修史者要慎重去取，因为所记人事往往会有深远的影响。

余靖还有十余篇诗序文序，或感慨世态炎凉，或描摹景物，抒写性情怀抱，或述诗歌创作，或探察宇宙自然之规律，从另一个侧面，展现了作者丰富的学识涵养和心灵世界。兹如《送江秀才归庐陵诗序》：

古语云：“富贵多士，贫贱寡友。”事之固然也。昔田文以齐相之重、封君之富，邑入万户，皆尽于宾客。其食客三千有余人，遂能折秦之谋而成齐之强。一旦齐王以毁废之，客皆背文而去，莫顾文者。乃知人情向背，古今常然。

某忝位于朝，毁废而归，痛绝宾客，日尚惶惧，矧敢以死生贵贱责人之交哉！江君秀才，文清而识远，虽尝辱襒裾门下，而亡力推致。忽自庐陵涉江逾岭，惠然见顾，其色温然，其谈毅然，非仁义不出诸其口，真有道不同于俗者也。

呜呼！尝闻大将军青仕遇既衰，而故人门下多去，事骠骑，辄得官爵，唯任安不去，史氏以为美谈。今之士大夫，能为人轩轾者岂少哉？乃肯间关千里，访我陋巷，益所以知君之义，增我之愧耳。及其告归，以诗为送：感君千里远相过，晤语经旬接粹和。上客杯盘只炊黍，主人门巷正张罗。海山雾暗红尘少，岭路梅黄细雨多。日暮津亭送归恨，唯知极目望烟波。

作者贬谪还乡六年，阖门谢宾客，绝人事，以佳山水自娱，而江秀才却不以其失位而疏远之，千里造访，一饭即别，其所体现的仁义笃厚之情性着实令人感喟不已。作者由此还联想到孟尝君和卫青的众宾如云与门可罗雀，以其得势与失势前后的巨大变化，来突显世俗人情的可悲可叹。是文末尾的送行诗与前面的散体文字相互辉映，更加强烈地渲染了这种嘘唏喟叹的艺术氛围。

作者淡泊名利、崇尚虚静的心志，也在这类文章中得到充分体现：

道家品天下名山，称洞天者三十六，号福地者七十二。罗浮籍在洞天之七，而岫穴北通金坛，盖蓬莱之一洲，神仙之聚窟，岂独荣公侯之祀、擅登临之美乎？彼嵩少、终南、中条、太华，枕乎名利之场，故吟咏者日争，咀嚼含嗽，以买名声。而兹山磅礴海上，寂寥千载，自非安恬愉、乐幽静者，孰肯于名外摛为不世之观乎？(《宫师陈相公留题罗浮山诗序》)

古之贤士大夫，尚冲退而轻进取者，无他焉，盖所以敦止足，远奔竞，激贪冒，励风俗也。(《朝贤赠行诗总序》)

古今言诗者，二雅而降，骚人之作，号为雄杰。仆常患灵均负才矜己，一不得用于时，则忧愁恚懑，不能自裕其意，取讥通人，才虽美而趣不足尚，久欲著于言议而莫由也。今兹得罪去朝，守土滨江，同年不疑曾兄惠然挐舟见顾，间日共言临川山水之美，因出十二诗以露其奇。其诗皆讽咏前贤遗懿、当代绝境，未尝一言及于身世，陶然有飞遁之想。通哉！不疑不以时之用舍累其心，真吾所尚哉！遂题其篇。(《曾太博临川十二诗序》)

《孙工部诗集序》与《宋太博尤川杂撰序》二文，较为集中地阐发了作者的文学创作理念。前者探讨诗源，从上古唐虞说到汉魏五言，强调指出其褒善刺过、与政相通的基本特征，对其抒发性情、讲究艺术手法、多用比兴等，也给予充分肯定。在谈到孙工部的作品时说："其取譬引类，发于胸臆，不从经史之所牵，不为文字之所局，如良工飭材，手习规矩，但见方圆成器，不睹斧斤之迹，于诗其深矣乎！世谓诗人必经穷愁，乃能抉造化之幽蕴，写悽辛之景象。盖以其孤愤郁结，触怀成感，其言必精，于理必诣也。"这里，又强调了造语的自然精到和诗人成就与坎坷身世的关系。后者，则开宗明义，宣称："夫文者，经世之具也。六籍坦明，万代之法。自战国而下，诸子纷纷各挟所长之术，以成一家之作，文章之道，于是判矣。"这所谓"经世之具"，与"褒善刺过，与政相通"的理念是一致的，都突出了文学创作要反映现实生活，要为政治服务的根本属性。在后文当中，作者还就唐宋文人一旦及第便把读书写作一总抛弃的情形大发感慨："近世以诗赋取士，士亦习尚声律，以中其选。署第之后，各图进取，或以吏才成绩，或以民政疚怀，或因簿领之烦，或耽燕私之乐，回顾笔砚，如长物耳。其能业官之暇，孜孜文史，以究当世利害，著之篇牍，岂非怀文抱质，未尽其用，精力有余，不忘于学者乎？呜呼，道之难行也久矣！"学习诗赋文章是为了科考，科考及第便把诗赋文章视为无用之物，不仅笔砚荒废，也不再关切国家民众之利害，这种做法完全违背了文人经世致用的优良传统。

所作《海潮图序》，叙写自己东至通州海门，南至广州武山，旦夕候潮之进退，弦望视潮之消息，通过仔细观察，终于明白潮涨潮退皆系之于月，而且春夏秋冬东海南海，乃至昼与夜之潮候皆各有特点。此文强调了实地考察的重要性，与稍后苏轼《石钟山记》所提倡的基本精神是一致的，反对的是"事不目见耳闻而臆断其有无"的轻信和盲从。

蔡襄（1012～1067），字君谟，兴化军仙游（今福建仙游县）人。仁宗天圣八年（1030）举进士，为漳州军事判官、西京留守推官，改著作左郎、馆阁校勘。庆历三年，以秘书丞、集贤校理，知谏院，兼修起居注。四年，以右正言、直史馆，出知福州，改福建路转运使。丁父忧，服除，判三司盐铁勾院，复修起居注。皇祐四年，迁起居舍人、知制诰，兼判流内铨。至和元年，迁龙图阁直学士，知开封府。三年，以枢密直学士，知泉州，徙知福州。未几，复知泉州。嘉祐五年，召拜翰林学士、三司使。英宗治平二年，以端明殿学士知杭州。四年卒，年五十六。有《蔡忠惠集》，分三十六卷本和四十卷本。《全宋文》收录各本文章六百三十篇，另辑得轶文一一五篇。

蔡襄秉承韩柳文道并重的古文创作理论，反对脱离现实而刻意模仿古人文笔与辞藻的形式主义做法。所作《答谢景山书》谓："由道而学文，道至焉，文亦至焉；由文而之道，困于道者多矣。是故道为文之本，文为道之用。与其诱人于文，孰若诱人于道之先也。""襄岂敢鄙文词哉？顾事有先后耳"。《再答谢景山书》，则谓："夫传道莫若言，传言莫若文。言者道之所由，而文者言之所存。道充乎中，造次而言，无有不极于文也；其道馁焉，而其文虽工，终亦莫之至也。""学者先于学道，而后于学文耳"。"夫道至大也，至公也。以其至大也，故学者莫能悉其要，于是异端偏说兴焉。君子畏道之不明，然后是是而非非，以其至公也。君子是是而非非，咸一于至当，不得私而让焉。柳子厚于韩退之，其友也，子厚论史事，辞意甚严。张籍于退之，师弟子也，亦讥其驳杂。子厚与籍岂欲暴其师友之失而自取胜乎？以道有所明，不得私而让其师友也。其书传于今，人莫或非之。刘歆之于父向也，论《春秋》义，率多异同。歆，汉名儒，又岂欲前其父乎？以道有所明，虽其父不得私而让焉。其书亦传于今，莫或非之"。蔡襄所谓"道"，指的是文章的内容，是人间大道，是学者悉心探究得到的真知；既然是大道真知，自然有所逾越，自然至当至公。这里，他反复强调的是作者学识思想的涵养精进功夫，而把具体的写作技巧等放在了第二位。

所作《谢昭文张相公笺》，自叙为文之经历，前后之变化，说自己年轻时，"作词章，日益务奇新，与时等辈争声名"，而后来"专于圣人书，更求其意，少有得焉，储于心而力于躬。其于为文，不复奋肆夸丽，通乎意则已"。他为早年作文片面追求新奇亮丽而感到愧悔，深信有意于古，自觉地向古代圣贤学习，方才是作文之道。"有意于古，则莫能与今尽同也。今之学文章者，或属联简编，挟持以趋大人之门，祈倡一言，得名誉加众人上，取显重于当世。及临政官民，则曰：吾业者文章，吏事吾无与也。谩不肯省视案牍，以自为高。俗亦莫之怪，而反指其人曰：某，文章士，责以材用，不为宜也。呜呼！所谓文章者，岂期为速进之资耶？又岂其与民政异耶？是必不然，是必为之皆偷者也。然则其尤能于文者，愈不宜为此，况襄之不能，孰敢务取名而怠事者哉"！他讥刺当时与吏事民政无关而只图攫取功名的作文风气为"速进之资"，是"偷者"，为文风的不正不古而感慨百端。同样的观点在《兴化军仙游县登第记序》中，也有所流露："古之仕也取人，后之人也求仕。取人者宜而器之，行与能前仕而可知也；求仕者唯其才与科合则中焉，行与能仕而后知也。夫学者岂特属文辞、苟仕宦哉？是必先乎己立，而后泽于人者也。”他认为古今取士的标准和途径不同，这直接影响了士风和文风，所以要想从根本上扭转脱离现实的风气，应当从改革科考制度做起。《答户曹叶君书》，则从另一个角度阐明了自己对“文”的看法：“文者当有典法，言之于今而见者可信，传之于后而闻者无疑，是曰文已。”是文针对碑碣墓志一类文字，强调可信无疑四字，这自然是对悠远的文史创作传统的继承和发扬。

欧阳修《端明殿学士蔡公墓志铭》曾概括其文章特点为“清遒粹美”，谓其清正刚劲而精炼华美。嗣后，王十朋的《端明集序》，则就此做了发挥和引申：“文以气为主，非天下之刚者莫能之。古今能文之士非不多，而能杰然自名于世者亡几。非文不足也，无刚气以主之也。孟子以浩然充塞天地之气，而发为七篇仁义之书。韩子以忠犯逆鳞、勇叱三军之气，而发为日光玉洁、表里六经之文。故孟子辟杨、墨之功不在禹下，而韩子觝排异端、攘斥佛老之功，又不在孟子下，皆气使之然也。若二子者，非天下之至刚者欤？国朝四叶，文章尤盛。欧阳文忠公、徂徕先生石守道、河南尹公师鲁、莆田蔡公君谟，皆所谓杰然者。文忠之文追配韩子，其刚气所激，尤见于《责高司谏书》。徂徕之气则见于《庆历圣德颂》，师鲁刚见于愿与范文正同贬之书，君谟则见于《四贤一不肖诗》。呜呼，使四君子者生于吾夫子时，则必无未见刚之叹，而乃同出于吾仁祖治平醇厚之世，何其盛欤！夫以台谏之风采，朝士莫不畏其笔端，自侍从而下，奔走伺候其门者纷然也。文正鄱阳之贬，余、尹、欧既与之同罪矣，蔡公乃于四贤相继黜谪之后，形于歌诗而斥为不肖，羞其见缙绅之面，而辱甚市朝之挞，则公之刚又可知也。”又谓：“公之诗文实出于气之刚，入则为謇谔之臣，出则为神明之政，无非是气之所寓。学之者宜先涵养吾胸中之浩然，则发而为文章事业，庶几无愧于公云。”所谓《四贤一不肖诗》，旗帜鲜明地赞扬范仲淹的直言进谏，对声援其人的余靖、尹洙、欧阳修则给予高度评价，同时对怯懦不言的司谏高若讷予以尖锐抨击。这五首诗充分显示出蔡襄立朝刚正、直言谠论的个性特征和勇于作为、积极进取的从政态度。

王十朋所谓的刚气或浩然之气，在蔡襄七百多篇文章中体现得非常明显，而较为集中者则是那些奏章书札杂论诸体。例如《言灾异奏》、《乞罢迎舍利奏》、《乞罢修开宝寺塔奏》、《乞用韩琦、范仲淹奏》等。这里，我们酌情选录几篇论罢大臣的文章，以见宋贤谠论不挠、毫无避忌的君子之风：

臣伏以当今之务，至要至切者，莫若择执政之臣；执政之臣苟容不材，欲百职修举者，无有也。切见参知政事王举正，材能最下，久忝大用，柔懦缄默，无补于时，天下之人指目。羌虏为患，兵戈未宁，生民穷困，国赋贫蹙，陛下岂不念祖宗社稷之重，国家安危之计，而令举正碌碌备员？自陛下擢用韩琦、范仲淹以来，人人日期大任。韩琦、仲淹见已到阙，若以处置边事，韩琦足以当之。乞移仲淹参知政事，其举正伏乞退罢，以叶公议。（《乞罢王举正用范仲淹奏》）

臣等窃以宰相之职，代天工，断国论，镇抚夷夏，表则官师。非有经纶之才、廉正之德，而居之者，是谓失其所任。然当中外多事之时，苟能尽心竭力，以济公家之急，纵有不逮，人或恕之。而敢不恤物议，务营私产，与细民争利，推其为心，岂可相天子而率百僚也？臣窃见宰臣晏殊，自登枢府，及为宰相，首尾数年，不闻奇谋异略，以了国事，唯务私家营置资产。见于蔡河岸上，托借名目，射占官地，盖屋僦赁。以宣借兵匠外，多占外州军人，日夕苦役，怨讟之言，闻于道路。臣等谓今年以来，灾孽相仍，盗贼继作。内有百万骄冗之卒，而不能更其法；下有亿兆愁苦之人，而不能宽其力。盗贼屡动，延及岭南；虏使交来，事绪未已。河决于北地，兵叛于边城。观此事势，大臣之责，其过均矣。然晏殊当此忧危之时，恬然自安，窥图小利，此于大臣中尤见其所为之谬也。臣等闻，唐高宗朝中书令褚遂良贱买中书译语官地，为御史弹奏，贬同州刺史。又闻太平兴国中，宰相宋琪与宣徽使柴禹锡互请宫中邸第，太宗皇帝鄙其不识廉耻，宋琪以本官罢免。二人当朝廷无事，于官司有所营取，尚行贬降；今日中外人心忧危，殊为辅相，既不能了得大计，又占射官地、役苦军人，日趁数十钱之资，情状如此，岂可尚容于庙堂也？伏惟陛下以祖宗社稷之大、天下生灵之重，久付已为失任，加之营私忘公，无所愧畏。臣等伏乞陛下特出英断，罢免晏殊，别求贤才，以救时弊。（《乞罢晏殊宰相奏》）

臣切闻司徒吕夷简致仕，朝廷除太尉者。臣切以吕夷简立性奸邪，欺君卖国。出入政府二十年，二虏凌凭，百姓穷困，贤愚失序，赏罚不明，一无功劳，以病罢退。陛下未能诛戮，劝厉后人，岂当滥推恩礼，纵（此字疑误或

衍）取笑天下！其吕夷简麻词乞不赐降下，别令中书详议官秩。（《乞降吕夷简致仕官秩奏》）

英宗即位初期，蔡襄曾作《国论要目十二事疏》，分别从兴治道、正风俗、谨财用、赏功实等四个方面阐述了当时亟应实行的政治举措。凡十二篇，第六篇题为《辨邪佞》，开头便直揭主旨，知人甚难，虽圣人亦须审慎，然后分述了六类进说之臣："阿随人主之意，而不论理道之是非，此佞臣也。附托权要之势，因事自媒其身，此邪臣也。多引前世之事，专为高论，不顾今世难行，此迂疏之臣也。多取众人之誉，舍违公道，不为国家久计，此奸诈之臣也。其言忠，其事实，此鲠直之臣也。无所依附，进退自守，此公正之臣也。陛下进一忠直，退一邪佞，则天下莫不慕忠直而丑邪佞矣。"作者从十八岁进士到五十六岁去世，混迹官场几近四十年，丰富的仕宦经历，深切的人生体验，使他对进说之臣的种种表现和心理动机皆了然于心，因此才谆谆告诫新君要善于知人，应以要道持之。杂论《明谏》，则专论为谏之患，既说人主，也讲谏官：

为谏之难，非进谏之难，难乎人主听而用之之难也。人主之于谏，有甚恶而用之者，有甚悦而怠之者。上虽恶谏，迫危亡者或用之也；上虽悦谏，恃治平者或怠之也。非谏者之言工于危亡，而失于治平，盖上意之所加者，安危之势异也。是故为谏之患，莫先于怠。然世之人不究其本，而莫议其失，斯亦惑之甚乎！

治平之世，人主无大过举，闻谏必深悦之。然谏者多称前世危亡之事以为监，其言非有今日之明验，上必谓其阔迂而无所考信。佞者得以迹而进其说，由御久安之势，贵乎循故袭常，无烦于更治也。于是人主怠心愈加焉，言入而无所是非，真伪浑并，虽外有纳谏之名，而无用之之实。忠言日衰而下情滋蔽，患莫先乎此也。……

这篇文章的前半部分，把人主的听谏行为分为甚恶而用之和甚悦而怠之两类，并且详细剖析了危亡治平的国势与谏言听用与否的关系。后半部分，则就前世所谓"直谏为下"的说法表示赞同，强调指出进谏者应讲求方法策略，要详善其言使易行，而不要深言以起怒，而纳谏者应明辨是非，嘉赏其忠直敢言。

其实，早在二十年前，作者就在《言增置谏官书》里，深刻剖析过谏官的行为特征，不过，是从另外的角度，从邪佞之臣攻击忠直谏官的角度来立论的。且看其主体部分：

> 臣窃思任谏非难，惟听谏之难；听谏非难，惟用谏之难。如素、靖、修等，忠诚刚气，著信于人，况蒙陛下奖拔之知，必能箴阙政，献明谟，擿回邪，击权倖，思所以报效也。然邪人恶之，必有御之之说，不过曰：某人也，好名也，好进也，彰君过也。或进此说，正是邪人欲蔽天聪，不可不察。臣请为陛下陈之。一曰“好名”。夫忠臣务进其心，事有必须切直者则极论之，岂顾名哉？若避好名之毁，而无所陈施，则土木其人皆可备数，何烦陛下选拣如此之至？况名者，圣人以之励世俗、分善恶，岂可废乎？借使为善近名，陛下试思，今之人远权利、敦洁行以近名者，亦有几人哉？二曰“好进”。前古谏臣之难者，每遭昏世，上犯严威，旁触势要，鼎镬居侧，斧锧在前，死且不瞬，安得好进乎？盖近来谏官进用太速，故世人咸以谓之好进。今谏官有尽忠补阙之效，陛下但久任勿迁，使其人果忠且义，虽死于是官，亦无恨矣。三曰“彰君过”。凡谏诤之臣，盖以司乎过举也，缓则密疏，急则昌言，期于必正。若人主从而行之，适以彰乎纳谏之美，安得谓之彰过乎？然谏官亦有好名、好进、彰君过者，异于此。巧者之为谏臣，事之难言者，则喑而不言，择其无所忤者言之。就令不行，复再议，退而曰：某事我尝言之矣。此可谓之好名也。容容默默，无所耻愧，践历资序，以登贵仕，此可谓之好进也。凡人主之有过，谏官最为近密，或不尽言，人主何从而知且变更乎？传之当世，垂之于后，终以为过，此可谓彰君过。

史继偕《宋蔡忠惠公文集序》评论此文：“其知谏院时，疏辩好名、好进、彰君过之说，以拄邪佞之口，尤切中情事，有益国家之治平，百岁下人君对病之药石也。”黄国鼎《宋蔡忠惠公文集序》，亦谓：“正言谠论，每形章奏，虽言或用或不用，亦已发舒其气，而建白其所欲为。”

蔡襄的杂论类散文数量甚多，其中的大部分都具有强烈的现实性，针砭时弊，劝善宣教，其内容涉及政体、民俗、文风等社会生活的方方面面。除上述《明谏》之外，又如《赏论》，抨击朝廷赏劝无常、尸位苟禄者多的现象。《论忠孝》，辨忠孝乃人之天性，非劝勉而成，而后世又不能不劝勉。《福州五戒文》和《杭州戒弄潮文》，则就福州、杭州所见民家不良习俗发训诫斥。其所作《杂说》，约有十六七篇，主要辑录平日读书所得和自己的所见所感。皆为无题之短文，或叙或议，随兴而出，没有什么拘束。兹择录两则，以飨读者：

福唐水居船，举家栖于一舟，寒暑食饮，疾病婚姻，未始去是，微哉，其为生也！然观其趣，往来就水取直以自给。朝暮饭蔬一杯，不知鼎餁烹调之味也；缊衣葛服，不知锦纨綦綦之美也；妇姑荆簪，不知涂脂粉黛之饰也；蓬雨席风，不知大宇曲房之适也。相羊穷年，少而老，生而死，一事不入于中矣。与夫阴怀贼险，乘利求倖，盛时翕翕，其败熄灭无种，孰为胜负耶？

士之习末也久矣。今为诗赋者，尚不知何等事为文章，况文章，士之末耶？欲人之兴行如曾、颜，治民如龚、黄者，难矣。

这两段文字，都采用了对比手法。福唐水居者与城中富贵逐利之徒，只会诗赋赶考的今日之士与德行治绩皆著史册的昔日之士，两两相形，从而极大地增加了文章的批判力度。

在这类文章当中，有四篇显得比较个别。即《观天马图》、《里医之言》、《灌渊之鱼》、《都卢之言》。文章结构基本相同，都是先叙事描写，然后假托“安愚子”的身份口吻发表议论。例如《观天马图》，先写奇尚好古的傲夫出骏马图，然后作者就其旁标“蒲梢”二字联想到汉武帝伐大宛得蒲梢马，最后归结到世人的“贱近而贵远”和“贵耳而贱目”。由于是从具体事例当中得到启示，因而其内在逻辑显得甚为紧密，其结论也就具有较强的说服力。《里医之言》，写里医为邻居治病的经过，然后转到医治天下之疾，虽有圣人所谓仁义这样的好药，但往往害于邪说异端，“夫一身之疾，药非不工也，物有害之，弗平而益加”。至于如何对待这些邪说异端，如何使好药发挥应有的效力，作者受自身思想认识的局限未能明确地指出来，只是一味强调要以仁义之道慢慢进行感化。《灌渊之鱼》，写畸叟欲垄断灌渊之利，里中少年则败其宫隩，捞取鳞属且尽，其仅存之鱼皆为特大而活跃者，而小者已无几矣：

> 叟益惑，不知其出。西泽有业渔者过畸叟曰："子藏鱼于渊，举识其类乎？"畸叟者曩不概意。（业渔者）曰："吾观江之鳖，大而有绝力，其类之芒芒而势不兴，或者皆为其所以并食之。虽溪谷间亦不殊路。子畏罟网之溃，而不知其类之大而有绝力者并食之之为害也矣。"
>
> 安愚子曰：天王之大寓，其漼渊也耶？籍数编民，其漼渊之鱼也耶？污官刻吏、恶少年罟网之具也耶？巨室倖民，害渊之大鱼也耶？国帑之赋，登十而一，污官刻吏又强半之，巨室倖民倍称而尽取。若是，栖鱼于渊，畸叟之获弗加锱毫，岂特为恶少年害鱼之利乎？虽少年之已悛，而害鱼之未判，吾不知渊中之芒芒者残其性也耶？乐其生也耶？

苛政猛于虎。在国家赋税之外，普通编民还要遭受污官刻吏、巨室倖民的重重盘剥，赋敛之毒有甚是鱼者。显然，这篇文章与柳宗元的《捕蛇者说》大体相类，其批判的矛头也指向了民利被横征暴敛的严酷现实。《都卢之言》，写杂技艺人与眊贾的对话，作者由竿者之"有道而寄"，生发一段议论："求之于世，德业其大技能欤？名位其大修竿欤？荷人爵，登臣陛，内以献道于君，外以利泽于民。必有久德大业，然后享崇高莫大之位，外泽利于百姓，内环省于胸中无所愧负。故德业著而位不加，有国之羞也；爵位高，德业昧，身之殃也。我恶夫急日月，连党与，进不由道，险诐以取荣贵；其诈不售，则哀歌悲谣，诽政讥世之为也。不幸而当所欲，外则骄蹇，败挠寻至，其脱然者亦天幸之万一耳。岂仕人之知顾出游民之下？"作者讽刺的是那些在仕途上不讲德业，而百计钻营以攫取名位的所谓"仕人"。这四篇文章，写的都是自身的所见所闻，由此及彼，以小见大，蕴含着较为深刻的人生感慨。

作者写的书信赠序墓表传记题跋等类散文数量也不少，这些文字不仅表现了蔡襄广泛而深厚的人文情怀，为后世研究者提供了珍贵的文献资料，也凸显了作者重情谊、多才艺、勤思考而又愤世嫉俗的天然秉性。《答欧阳永叔书》，记述欧阳修写成《集古录序》，转请蔡襄书写刻石，蔡复信说："《集古》之勤，且十八载，而得千卷，并包夷夏数千里，行历周、秦、汉、魏以来数千百年。贤圣功业，贼乱事迹，往往史传之外，证明伪谬。其于所得之多，虽劳有益，岂特比于犀珠金玉世人之所欲者”。在这段文字的后面，作者还记述了自己为人作书的经历：“乡者得侍陛下清光，时有天旨，令写御撰碑文、宫寺题榜。世之人岂遽知书，特以上之使令，至有勋德之家，干请朝廷出敕令书。襄谓近世书写碑志，例有资利，若朝廷之命，则有司存焉，待诏其职也。今与待诏争利，其可乎？力辞乃已。襄非以书自名而取高，诚以不相知者以利见临也。盖辞其可辞，其不可辞者不辞也。如公之文与所尚，诚得附名篇末，以永其传，兹其幸也，其敢辞焉？”我们如果把这封信与欧阳修所写的《与蔡君谟求书集古录序书》和《集古录序》原文放在一起对读，便会真切感受到宋人深厚的文史素养和互相激励扶持的人文情怀。事实上，不仅如此，辞其可辞，不为资利所诱，始终保持自己的操守和为人原则，这着实也令多少后人惭愧不已。欧阳修所撰《端明殿学士蔡公墓志铭》，则记载了蔡襄奉命书碑的具体事例：“工于书画，颇自惜，不妄为人书，故其残章断稿，人悉珍藏。而仁宗尤爱称之，御制《元舅陇西王碑文》，诏公书之。其后，命学士撰《温成皇后碑文》，又敕公书，则辞不肯书，曰：此待诏职也。”洪迈《容斋三笔》卷十六谓此举为“清介有守”，并专拟“蔡君谟书碑”一题以彰之。《与韩献肃公书》，也得到洪迈的高度评价：“襄启：岁行甫新，鲁钝之资，日益衰老。虽勉就职务，其于精力，不堪劳苦。念君之生，相距旬日，如闻年来补治有方，当愈强健，果如何哉？襄于京居，尚留少时，伫君还轸，伸眉一笑，倾怀之极。今因樊都官西行，奉书问动静，不一一。襄上子华端明阁下。”《容斋随笔》卷十五谓：“此帖语简而情厚，初无寒温之问、寝食之祝、讲德之佞也。今风俗日以媮薄，士大夫之狷浮者，于尺牍之间，益出新巧，习贯自然，虽有先达笃实之贤，亦不敢自拔以速嘲骂。每诒书多至十数纸，必系衔，相与之际，悉忘其真，言语不情，诚意扫地。相呼不以字，而云某丈，僭紊官称，无复差等，观此，其少愧乎！”

如此之类摒弃俗人虚伪之态而情真意切的尺牍甚多，试观以下诸文：

襄启：别后，计君侯浮颍乱淮，自冬涉春，道路之劳；加以吴闽扁舟，上下湍险，复可怖恐。是行良苦，然既至，则溪山城郭，署居食饮，丹荔夏熟，杂花秋香，虽天下佳处，当不能过之矣。士人有深明经术，敦尚节行，闲暇与语，大醒人意。始朝廷遣君，有经制久远之议，度君至部，或与遂成之，则一

方幸甚。南地多热，君侯爱重。三月二十二日，不宣。襄顿首。（《与曹待制书》）

君得武阳，待次钱塘，予为郡守。自寒食游西湖，入灵隐、天竺；谷雨赏花，过吉祥、龙华、净明。及民间园馆，往往传于篇咏，诚可娱也。君将之官，予亦被命南都，虽未交符，计非久留，异时聚集，非复有此，临书益自惆怅耳。（《与元郎中书》）

赠序类散文的代表作，如《送黄子思寺丞知咸阳序》，以黄子思即将赴任咸阳令，所以作者自然想到国之政令往往始于宰相而终于县令的事实，因而对黄子思百般勖勉："相近天子，而令近于民，其势固殊，然其相与贯连以为本末，是必动而相济者也。民知其所赖，而相休养以乐其生，唯令而已。令之于民，察其土风井闾，而别其善恶强弱、贫富勤惰、冤隐疾苦，以条辨而均治之，使咸得其平焉，令之责岂轻也哉？今之取令，率以岁年，不称其能否，是故天下之令有贤有不贤，天下之民有幸有不幸。必尔尽天下之令无有不贤，则尽天下之民亦无有不幸矣。子思黄君业儒，以才名于时。前此为狱官，涖囚必直其情，而未尝以色语威之。今之为县，从可知矣。故予序其行，既属子思以为令之重，而又庆咸阳之民之幸也。"《送丘贤良序》，则勉励欲考贤良方正科的丘仲谋，希望他能切实做到敢言直节，以名实相符。文章起首便说："人有名之曰大匠，而不能植栋宇；名之曰医师，而不能处药石；名之曰冶人、陶者，而器辄不坚以窳。世必斥之曰：是不足为大匠、医师、冶人、陶者，盖冒其名而居之也。"显然，作者是有感于设科取士或有名实不符的现实才发此议论的。《送吕秘校序》，则把抨击的矛头指向不正的学风：

予尝思古人力学为文，莫不欲著见于后世。然传者少，而磨灭者多，非至工之词、至当之论，不可以久也。岂天啬乎才，何其工且当者鲜耶？

及观后世之学者，有大病三焉：或喜自高贤，或过相称誉，或与时迁移。有是三病，故不至焉，岂天啬哉？夫道至远，苟非圣智，未有不由近而之者，况自病乎？喜自高贤，则益己之朋不来，斯陋矣。过相称誉，则怠学者之志，斯荒矣。与时迁移，盖以利而动者，斯下矣。……

后世学者有三病，所作难以达到至工至当的境界，因而传之者甚少，终至被历史所磨灭。这是振聋发聩的警示，千百年后的人们读来，仍然感到惊悚和戒惧。

作于景祐中的《七石序》，文甚奇，意甚深，其汪洋恣肆之处，竟有似庄子之言：

> 雪山僧惟正涣然，其居净土之西轩有七石，皆因物象而名之。其曰麒麟，俯趋而游；曰仙凫，浑礴自如；曰孤鹤，引吭开喙，若唳而远视；曰苍鹰，竦翼将击，沉思而在；曰飞泉，碧玉莹澈，素练斜落；曰屏风，高丈而半，广又半之；曰四面，其东当楹，窍洞牙蘖，西南北亦如之。涣然极嗜而无厌。予尝与寓观焉，涣然指而语予曰："我为释氏学，洸洋无羁，乐此君而留者今仅十年。以事入旁郡，中道思之，辄罢归。石乎，其亦累我耶？然每至其侧，叩之言，不声而默，告之游，不从而止，我亦默焉止焉。邻而居焉，忘彼之石，忘已之我，两皆忘焉。石乎，亦何累于我哉！"
>
> 予于是知涣然甚自适也。乃临石而问之曰："天巧神知而寓尔形耶？其亦概陶均冶而脱然耶？尔之沦显将茀然耶？其亦莽不知其所以然耶？名尔以器以物，尔其真器且物耶？其亦不为器、不为物耶？盍为础乎，以支明堂太庙之楹，使长世而不危？盍为砥乎，以砺豪曹鈇钺之器，而使妖回沮屈？荐之阙乎，以序齐民之法；置之梁乎，以利艰涉之病；刳而研乎，以修明乎旧则；伐而磬乎，以登合乎太和；瑱而紞之，以翳乎诡拘；镞而矢之，以殄乎骄悖。如是者，皆能为之乎？不然，徒以洼突刓锐喜人之目，何也？"
>
> 顷之，有为石言者曰："无何也。始谩我以名，又怵我以用，名与用亦时遇尔。我自守而贵者天质也，异夫工者镌磨鑱凿之为之也。天成之质，可不贵乎？"
>
> 涣然能诗，善草书，犹是石之贵乎天成也。予甚爱其言。旧闻华亭有画工，年七十余，而笔愈遒，能致其人图此见遗，亦足为洛中燕居之一适也。景祐三年十二月日序。

是文虚构的石言者以名为谩，以用为怵，以天成之质自守，这实际上乃是作者理想人格的形象化体现，是作者心胸淡泊、天性淳朴的真切流露。雪山僧涣然痴情奇石与忘石忘我的一番开悟，也使我们想到了庄子《山木》所谓“物物而不物于物，则胡可得而累”，想到了苏轼《宝绘堂记》所谓“君子可以寓意于物，而不可以留意于物”。总之，具有浓厚的宋代人文色彩。

《杨公明墓表》，叙写同窗好友去世的悲情和昔日道业相勖的事迹，其情状十分感人：

予友杨公明，景祐元年登进士第，籍名下吏部铨，将补官，辄病，其年某月日终于京师。其友张平叔用浮屠法火之而归其家，以某年月日葬于阜洋之北山。呜呼！人孰不贵，子之禄不逮其身；人孰不寿，子之年止于二十有七。天乎命耶？予莫得而悲之。惟子之志不得伸而利于人者最可悲也。

予幼学于乡序，及长举进士，与公明并研席者数年。公明居一室，方床，环列册书，而饮食寝休于其中，早夜读诵不休。群居谈噱，终日过耳，若无人笑语者，于是博通经史。予观公明而自省，日益修励，即戏言小失，亦愧公明之知者，予之道获益于公明也久矣。间尝语予曰：“今世取士失其方，而仕者多所矜伐智诈以为材能，位通禄厚，侈心夸欲纵肆，使其风流沾染于下，媮靡败烂。我曹傥得志，正当立诚苦节，以代磨世俗。”予甚器其言，而未知其为利之博也。自予入官，奔走四方，游京师，观世俗态状，益思其所以语我者。呜呼，公明亡矣，予思其言，则矍然检己之所为，使公明且存，其规我者岂少哉，此所以不独为今世惜也。……

《祭弟文》，同样写得感天动地，愁肠九转：

专以清酌庶羞之奠，致祭于亡弟开封府太康主簿七郎君山之灵。呜呼！吾至家始五日，得汝讣音，以六月七日感疾终于官。哀苦号叫，惊迷失次。反复思虑汝之行，于父母孝谨，于兄弟友悌，于当官涖事公廉无私，事细大莫不尽其心焉。天鉴孔迩，汝不应不寿而少亡，岂赴告之者谬也？发书寻绎，皆侄彝与蒋生手疏，日月苦疾，终始无一谬者。呜呼，汝其死矣！吾闻死而复生者，若秦之谍人、石勒之子是也，犹幸其非望。又涉旬月，无有来问。呜呼，汝不复生矣！汝之永诀矣！二亲垂老，早暮涕泣，望祭千里之外。汝之妻孥，必归江南，旅厝异乡，不独生者悲恸，使死者为有知，衔恨九泉，终古无已。呜呼哀哉！

后面的文字，回忆兄弟二人十余岁一起就乡举、登进士第、入仕为官的经历，一直写到今年四月国门外的生死之别，再次为爱为兄弟、而学业为朋友的逝者拊膺痛哭。文章感人至深，充分显示出蔡襄深于情的一面。前人论哀祭文，常举韩愈《祭十二郎文》、欧阳修《泷冈阡表》、袁枚《祭妹文》为之准的，而蔡襄此作，以痛哭为文章，以至性为翰墨，也同样惨烈无比。

记体文章，以《谢公堂记》、《葛氏草堂记》、《研记》、《茶记》等文写得最好。蔡襄是宋代四大书家之一，又是著名的茶事专家、荔枝专家，所著《茶录》、《荔枝谱》二书，也有不少精到的见解和生动的描写。所作题跋，或论书家字体，或叙事抒情，皆短小精炼，向为书画界所重视。譬如《题钟元常荐季直表》："丁酉清和下浣，宿雨新霁，长林如沐，小斋萧寂，漫临一过，似觉尘远。莆阳蔡襄。"又如《论书题跋》："古之善书者必先楷法，渐而至于行草，亦不离乎楷正。张芝与旭，变怪不常，出乎笔墨蹊径之外，神逸有余，而与羲、献异矣。襄近年粗知其意，而力已不及，乌足道哉!"这些短文不过数十字，描摹景色，发抒感慨，谈论书艺，样样具备，而又结体自然，绝无造作之态。

李觏（1009～1059)，字泰伯，建昌军南城（今江西南城）人。世称盱江先生，又称直讲先生。庆历二年（1042)，举茂才异等不中，倡立盱江书院，以教授自资，从学者常数百十人。皇祐初，范仲淹荐为试太学助教。嘉祐三年，除通州海门主簿、太学说书。四年，权同管勾太学。是年八月卒，年五十一。有《直讲李先生文集》三十七卷。又有近人整理本《李觏集》。《全宋文》辑入佚文若干，重编为二十六卷。《全宋诗》录诗三卷。

李觏通经术，善文章，是宋初著名学者，而其所论，则偏重于儒家礼制，尝上《明堂定制图序》，又著《周礼致太平论》、《礼论》、《平土书》等。祖无择所作《直讲李先生文集序》说："盱江李泰伯，其有孟轲氏六君子之深心焉。年少志大，常愤疾斯文衰敝，曰：'坠地已甚，谁其拯之?'于是夙夜讨论文、武、周公、孔子之遗文旧制，兼明乎当世之务，悉著于篇。且又叹曰：'生处僻遐，不自进孰进哉?'

因徒步二千里入京师，以文求通于天子。”学术界常谓有宋新儒学兴盛，而又把宋初胡瑗、孙复、石介尊称为三先生，谓之开学术思想之先河。其实，极力张扬先秦儒家思想传统，而又能与现实社会相联系的人尚有很多，李觏即是其中的一个代表。不同的是，他比别人更多一重慎重去取，更多一点独立思索，也更注重当世之务。例如，所作《答李观书》，针对时人所谓孔子之后有孟、荀、扬、王、韩、柳，而宋初则有柳如京、王黄州、孙、丁、张景及范仲淹、欧阳修等为之继的观点，明确表示自己的看法说：“足下欲以为法，当考其所为工拙，不宜但徇其名也。孟氏、荀、扬醇疵之说，闻之旧矣，不可复轻重。文中子之书已泯绝，唯《中说》行，然出于门人所记。观其意义，往往有奇奥处，而陷在虚夸腐脆之间。《隋书》无本传，又不得案其行事。退之之文，如大饗祖庙，天下之物，苟可荐者，莫不在焉。佐平淮西，解深州围，功德卓荦，在听闻者不一，诚哉其命世也。子厚得韩之奇，于正则劣矣，以党王叔文，不得为善士于朝。近者如京（柳开）先倡古道，以志气闻。黄州学而未之得，然其人谔谔有风标。彼孙、丁之文，举人之雄者耳，其立朝不闻有所建明，而胎天下之祸，为吾徒羞。晦之之辞不奇，诸所著文，未足可嘉；至于议论，则识精才健，无远不到，若《洪范》、《王霸》篇，笼络天人，棰锻古今，虽子厚好为论，尚未及也。先朝文士，唯此人耳，惜其疏俊，得罪于世，故立身不可不慎。若子厚、晦之，皆非凡人，被恶名，虽欲自新，而死期至矣。范公、欧阳，盖为贾谊、刘向之事业，穷高致远，未易量也。”又如，其文集当中，颇多非议孟子的言论，姑以《原文》为例：

> 利可言乎？曰：人非利不生，曷为不可言？欲可言乎？曰：欲者人之情，曷为不可言？言而不以礼，是贪与淫，罪矣。不贪不淫而曰不可言，无乃贼人之生，反人之情？世俗之不喜儒以此。
>
> 孟子谓“何必曰利”，激也，焉有仁义而不利者乎？其书数称汤、武将以七十里、百里而王天下，利岂小哉？孔子七十，所欲不逾矩，非无欲也。于《诗》则道男女之时，容貌之美，悲感念望，以见一国之风，其顺人也至矣。
>
> 学者大抵雷同，古之所是则谓之是，古之所非则谓之非，诘其所以是非之状，或不能知。古人之言，岂一端而已矣？夫子于管仲三归、具官则小之，合诸侯、正天下则仁之，不以过掩功也。韩愈有取于墨翟、庄周，而学者乃疑。

噫！夫二子皆妄言耶？今之所谓贤士大夫，其超然异于二子者邪？抑有同于二子而不自知者邪？何訾彼之甚也！

题目所谓“原文”，就是探求儒家礼教本原的意思。作者针对孟子和后世俗儒不讲功利、是古非今的观念进行批驳，一针见血地指出：正常人生离不开功利和情欲，即连汤、武、孔子这些圣人也是如此；后代学者盲目追随古人，偏执一端，不能全面客观地进行分析，这是造成学术雷同的主要原因。文章观点鲜明，有理有据，而用语又显得极为干练紧凑，具有较强的思辨性。其观点新颖，读书自有心得的文字尚有不少：

“尧传之舜，舜传之禹，禹传之汤，汤传之文、武、周公，文、武、周公传之孔子，孔子传之孟轲，轲之死不得其传焉。如何?”

曰：“孔子死，不得其传矣！彼孟子者，名学孔子而实倄之者也，焉得传?”“敢问何谓也?”曰：“孔子之道，君君臣臣也；孟子之道，人皆可以为君也。天下无王霸，言伪而辩者不杀，诸子得以行其意，孙、吴之智，苏、张之诈，孟子之仁义，其原不同，其所以乱天下一也。”(《常语》佚文)

孟子曰：“五霸者，三王之罪人也。”吾以为孟子者，五霸之罪人也。五霸率诸侯事天子，孟子劝诸侯为天子，苟有人性者，必知其逆顺耳矣。孟子当周显王时，其后尚且百年而秦并之。呜呼，忍人也，其视周室如无有也！(《常语》佚文)

或曰：“孟子之言，诸侯实不听之也，谓迂阔者乎?”曰：“迂阔有之矣，亦足惮也。孟子谓诸侯能以取天下矣，位卿大夫，岂不能取一国哉？为其君不亦难乎！然滕文公尝行孟子之道矣，故许行、陈相目之曰仁政、曰圣人。其后寂寂，不闻滕侯之得天下也，孟子之言固无验也。”(《常语》佚文)

孟子曰：“尽信《书》，则不如无《书》。仁人无敌于天下，以至仁伐至不仁，而何其血之流杵也?”曰：“纣，一人恶耶，众人恶耶？众皆善而纣独恶，则纣亡久矣，不待周也。夫为天下逋逃主，萃渊薮，同之者可遽数耶？纣亡则逋逃者曷归乎？其欲拒周者又可数耶？血流漂杵，未足多也。”或曰：“前徒倒戈，攻于后，以北。故荀卿曰：杀者皆商人，非周人也。然则商人之不拒周审矣！”曰：“如皆北也，焉用攻？”又曰：“甚哉，世人之尚异也！孔子非吾师乎？众言讙讙，千径百道，幸存孔子，吾得以求其是。虞、夏、商、周之《书》出于孔子，其谁不知？孟子一言，人皆畔之，畔之不已，故今人至取孟子以断六经矣。呜呼，信孟子而不信经，是犹信他人而疑父母也！”（《常语》佚文）

李觏隐约看出春秋与战国不同历史阶段的发展大势，从而指出孟子与孔子的巨大差别，但是随即又否定了孟子顺应历史潮流的言行，这又陷入无可自拔的理论困境。他并没有，也不可能完全超越儒家传统的理论范畴。这是时代的局限性。还有，李觏指责孟子的言论，新则新矣，但却带有某种程度的偏颇武断，全祖望补本《宋元学案》卷三曾引余隐之曰：“彼五霸者，假仁义而行，阳尊周室，而阴欲以兵强天下，孟子不忍斯民死于斗战，遂以王者仁义之道诏之。使当时之君，不行仁义而得天下，孟子亦恶之矣，岂复劝诸侯为天子哉？”又引朱子批评之语曰：“李氏自以为悼学者之迷惑而为是言，曾不知已之迷惑也亦甚哉！”所言皆中其肯綮。

他在《上富舍人书》中自述说：“其生三十余年，所务唯学，所好唯经，于当时之文，诚未有以过人者。至若周公之作，孔子之述，先儒之所未达，历代之所不行者，尝用功焉。其志将以昭圣人之法，拯王道之纲，制为图书，以备施用。明王有作，举而措之，四海之内，庶乎斯民之复有知也。”四十岁以前，他过的是读书作文教书赶考干谒的生活，四十岁以后，依然是生涯如此这般，只是以前在家乡，在书院，后来在京城，在太学而已。其人生经历与职业特点决定了他对文治与国事的高度重视。《上宋舍人书》，集中阐明了文教影响于人的深刻性：

窃谓文之于化人也深矣，虽五声八音，或雅或郑，纳诸听闻，而沦入心窍，不是过也。尝试从事于简策间，其读虚无之书，则心颓然而厌于世；观军阵之法，则心奋起而轻其生；味纵横之说，则思谲诡而忘忠信；熟刑名之学，则喜苛刻而泥廉隅；诵隐遁之篇，则意先驰于水石；咏宫体之辞，则志不出于奁匣。文见于外，心动乎内，百变而百从之矣。谅非淳气素具，通识旁照，则为其所败坏，如覆手耳。韩子有言曰：“儒以文乱德。”岂谓是乎？然则圣君贤辅，将以使民迁善而远罪，得不谨于文哉！

有周而上，去古未远，而濬哲时起，以纲领之，彬彬之盛，如天地日月，不可复誉其大而褒其明也。至于汉初，老师大儒未尽凋落，嗣而兴者皆知称先圣、本仁义，数百年中，其秉笔者多有可采。魏晋之后，涉于南北，斯道积羸，日剧一日。高冠立朝，不恤治具，而相高老、佛无用之谈，世主储王而争夸。奸声乱色，以为才思；虚荒巧伪，灭去义理。俾元元之民，虽有耳目，弗能复视听矣。赖天相唐室，生大贤以维持之。李、杜称兵于前，韩、柳主盟于后，诛邪赏正，方内向服。尧舜之道，晦而复明；周、孔之教，枯而复荣。

逮于朝家，文章之懿，高视前古者，阶于此也。不意天宇之广，颓风未绝。近年以来，新进之士，重为其所扇动。不求经术而摭小说以为新，不思理道而专雕锼以为丽。句千言万，莫辨首尾。览之若游于都市，但见其晨而合，夜而散，纷纷藉藉，不知其何氏也。远近传习，四方一体。有司以备官之故，姑用泛取。琐辞谬举，无如之何，圣人之门，将复榛芜矣。

是文把批判的矛头指向不良的学术风气和一味追求藻丽新奇的时文，而且还揭示了此风上承魏晋之绮丽，下为有司之扇动鼓倡的内在原因。古道颓坏，文治不谨，言之凿凿，令人痛心。

《周礼致太平论》，十卷，五十一篇，是作者自己非常看重的文章。其自序说："岂徒解经而已哉！唯圣人君子知其有为言之也。"就其所拟篇目来看，所谓《内治》、《国用》、《军卫》、《刑禁》、《官人》、《教道》云云，皆关乎国之大体，解说的虽是儒家经典，而其用意却是为现实提供鉴戒。其《富国策》十首，专门讨论富国的有关问题，其第一篇有云：

愚窃观儒者之论，鲜不贵义而贱利，其言非道德教化，则不出诸口矣。然《洪范》八政，一曰食，二曰货。孔子曰："足食，足兵，民信之矣。"是则治国之实，必本于财用。盖城郭宫室，非财不完；羞服车马，非财不具；百官群吏，非财不养；军旅征戍，非财不给；郊社宗庙，非财不事；兄弟婚媾，非财不亲；诸侯四夷朝觐聘问，非财不接；矜寡孤独，凶荒札瘥，非财不恤。礼以是举，政以是成，爱以是立，威以是行。舍是而克为治者，未之有也。是故贤圣之君，经济之士，必先富其国焉。所谓富国者，非曰巧筹算，析毫末，厚取于民以媒怨也，在乎强本节用，下无不足，而上则有余也。

节用之说何如？曰：凡言国计者，未尝不以俭德藉其口也，而皆不得其说。必以茅茨土阶、冬裘夏葛为帝王之德，是乃非圣无法，不近人情，宜乎人主之弗听也。贵为天子，富有四海，而使龊龊吝啬，下同匹夫，不得自广，则安用尊卑为哉？周制王有六寝，后有六宫，内官百有二十人，女奴不在其数。食用六谷，膳用六牲，饮用六清，羞用百有二十品，珍用八物，酱用百有二十瓮。衣有文绣，器有宝玉，次舍共具，所至无阙。用四代之礼，备四夷之乐。玩好有焉，匪颁有焉，好用有焉，王及后之用财，皆不会计，其所以自广何如哉！若是而从墨翟之道、晏婴之学，以俭陋为是，则周公之制作果非乎？故曰凡皆言俭德者，皆不得其说也。愚以为时有不同，事有通变，用之不足，则礼从而杀，亦圣人之意也。

文章还详细分析了汉代文、景二帝躬自节俭，而后才有汉武帝时的府库充盈，其结论是人君要适时之变，过自菲薄，损上益下，以文、景之心为心。

以上，介绍的都是学者气息甚为浓重的所谓经世致用之文。他还有大量的愤世嫉俗类的文字，读之，见教化，见感慨，见身世，见性情，亦见人品。早年，他先后写有两组短文，皆编订成集，命之曰《潜书》和《广潜书》，共有三十篇。其自序说："愤吊世故，警宪邦国，逷探切喻，辞不柔伏。噫！道未行，速谤何也？姑待知者而出之乎？"又曰："岁辛未，泰伯以'潜'名书。后七年，羁栖山岩，即而广之，复为十五篇。心愈苦，言愈多。呜呼，其亦见险而不能止者乎！"辛未，乃仁宗天圣九年，二十三岁。再后推七年，乃景祐五年，三十岁。再往后推五年，又编成《庆历民言》三十篇，其序说："庆历三年，屏居里中，自念生而宦学，其秉心也劳，其虑事也多，既不克进，且为编户以死，终无一言，其何补于世？记曰：'上酌民言，则下天上施。'故为《庆历民言》。"三十岁左右撰成六十篇短文，皆为所见所闻，与其所思所悟。他又撰有《野记》二篇，其序说："予居东郊外，耳目所得，有可以为世戒者。"揣其辞气语意，则似为中晚年的作品。这些杂感性质的散文，皆为狭章短制，文字不多，精粹凝练，而感受真切，寓意深长，读之，往往令人嘘唏喟叹。下面，我们酌情选录数则：

虎豹之性，喜噬人者也。去其爪牙，则可使为羊豕，扰而畜之，无害矣。贪暴不顺，小人之常心，唯其逸才者，可以逞其恶于天下。莽篡卓弑，是皆有过人之才，故能梏同列之手，使之无动。才乎才，有德以为功，无德以为乱。官乎人者宜如何？闻之曰：无德而才，犹资盗以兵。(《潜书》)

有吏于人上者曰：“尔无为孽，且伏大刑。”虽妇人幼子，咸信而惧矣。若曰：“多贿予，罪大不问。”则天子必降诛，时人将指而唾。今浮屠之言曰：“人死则为鬼，善有美报，恶有无极苦。”其于训愚，盖少附于理。若继之曰：“侈我宇，严我像，衣食我徒，虽弑君父，亡所恤。”而王公大人反朋而和之，何也？(《潜书》)

犬之无事时，叱则走，遗骨则争。及其噬人也，临之以箠而弗抑，投之以食而弗顾。爱其家不敢爱其身也。受天子禄，守天子土，械奸民，劾惰吏而致之法。上官一言，巨室一金，则解而出之不待旦。晞势而惧，怀赂而喜，妥首摇尾，良犬之耻。(《潜书》)

孔子之言满天下，孔子之道未尝行。簠簋牲币，庙以王礼，食其死不食其生，师其言不师其道。故得其言者为富贵，得其道者为饿夫。悲夫！(《潜书》)

身莫不恶死，而未尝有不死；国莫不恶亡，而未尝有不亡。等死耳，殇不若彭之寿；等亡耳，秦不若周之世。寿虽高而归之死，世虽永而归之亡。然而以死亡为讳者，是不智也。闻死而愠，则医不敢斥其疾；言亡而怒，则臣不敢争其失。疾不治则死，或非命；失不改则亡，或非数。是讳死而速死，讳亡而速亡。智者果如是哉！(《庆历民言·开讳》)

儒者关治乱乎？曰：然。用则治，不用则乱乎？曰：非也。用儒而治者，有之矣；用儒而乱者，有之矣。故儒得其人则为福，不得其人则为贼。以小人之质而被圣贤之文，如虎斯翼，固攫人于都市耳。夫古之事多矣，或同而异，各有为也。小人用之，则称其一而隐其二，以罔上而行私矣。饰灾异则曰尧水汤旱，而不曰宋景退荧惑。解多垒则曰猃狁至太原，而不曰守在四夷。欲擅其权则曰舜德无为，而不曰明目达聪。治不如古则曰帝王不相沿袭，而不曰一变至道。此类如物怪变化，不可胜穷。故助王凤者，数称燕王、盖主，以疑上心，避讳吕、霍而弗肯称也。呜呼！用儒至此，是秦之汤火有不妄也。(《庆历民言·辨儒》)

里之氓，有慕都邑之侈者，以其畜牛易人之乘马。既数岁矣，土田之腴，舍牛而不获，仓廪菽粟耗于马腹，饥饿且不救，而马之能，卒无益于甑釜。噫！今之绝故贱而友新势，忽讲习而向奔走，有不病其田而空其菽粟者乎？(《野记》)

春阳既作，草之百名生于穷陵、于绝泽、于不迹之地。雾雨所盥，风气所弄，苗坚蔓骄，生理自若。舍是而入田亩者，则根与稻争润，叶与粟夺暖，角长等碧，疑过者之目。农人之父，病其为稼害也，掘而去之不遗种，火变水腐，狼藉道侧。愿为粪土芜，弗可得矣。噫！安尔类，计尔材，不自齿于嘉谷，则奚祸之来？(《野记》)

唐宋习俗，凡欲考进士或制科者，皆要奔走于名门望族，投刺谒见，进献诗赋，以求得赏识揄扬，此乃称之为干谒，或称投卷、温卷。有唐李白、杜甫、白居易，有宋范仲淹、欧阳修、王安石、三苏等，莫不如是。散文史上一些名篇，如李白的《与韩荆州书》，如苏洵的《上欧阳内翰第一书》，均如实反映了这种风气。平心而论，干谒文字不好写，作者本人生性桀骜，才气非凡，而偏得放低身段、低眉下气地向人求情，其自然天性与功利目的之间存在极大的矛盾。表面上说好话，奉承对方，自是不免；骨子里，不管瞧上瞧不上对方，仍愿对方提携奖掖。好的干谒文字，应该做到俗中见雅，柔中寓刚，应该显出作者的个性特征和写作技巧。

李觏一生不得志，所谓进士、制科一辈子都与他无缘，而他又始终于心不甘。所以，其文集当中，存留此类文字就比常人稍多，约有十六七篇。当时名公，如范仲淹、富弼，乃至叶道卿、余靖、苏舜钦等皆收到他写的文字。这里，我们以他写给范仲淹的《上范待制书》为例，稍作分析。文章开头，先述战国与汉代公子国相求贤如不及，然后转笔批评南北朝以后直到宋初，不重古道而重辞藻声律的社会风气，甚至严词抨击以诗赋取士的科举制度：

声律取士，孰不曰宜？学小则易工，利近则可欲。员位有数，而求之者多。国朝患其或私谒也，于是糊其名，易其书，混致于考官之手。固不知其立身之行，干蛊之才。虽有仁如伯夷，孝如曾参，直如史鱼，廉如於陵，一语不中，则生平委地。况执其柄者，时或非人。声律之中，又有遗焉。荐于乡，奏于礼部，第于殿庭，偶失偶得，如弈棋耳。名卿大臣，以其无举知之责也，闭其口不复言。天下士俯视同术，疏若秦越。养威重，崇爱恶，管库之隶，洒扫之仆，皆得以保任，而惜一言以举遗逸。虽然，好古洁廉之士，宁忍饥而死耳，安能仰面以希其咳唾？於戏！学道之无益也如此，夫宜其腐儒小生去本逐末。父诏其子曰："何必读书？姑诵赋而已矣。"兄教其弟曰："何必有名？姑程试而已矣。"故有缣缃凝尘，不记篇目，而致甲科；帷薄污辱，市井不齿，而谐美仕。劝善惩恶，将安在邪？万一史臣示书法于后世，则赤墀之下，当有任其责者矣。噫！非大贤君子，其曷能矫之？

后面的文字则极写自己不第不举、途穷路尽的茕独可怜：

命薄计拙，动成颠仆。乡书之不录，况爵命乎？孤贫无依，载其空文走南北。楫焉而川竭，蹄焉而路穷。尝游京邑，凡时之所谓文宗儒师者，多请谒焉。但伏执事之名，时最久矣。谋之于儒林，则又谓执事表知乐之士，有自褐衣而得召者。如觏等辈，庶可依归。不幸未及弛担，而执事以言左迁，时异事变，卒无所遇。彷徨而归，又黜乡举。身病矣，力穷矣，仰喜朝车，适留兹土，故不远五百里，犯风雨寒苦，来拜于庑下。古之君子，居易以俟命，不患人之不己知。今觏也，踽踽而来，若行贾之为者，其故何哉？伏念家世贫乏，幼孤无兄弟，老母年近六十，饥焉而无田，寒焉而无桑。喁喁科举，求不可望之禄以为养，抑疏阔矣。每朝夕进侧，则见发斑体臞而食淡衣粗，乌鸟之情，痛劈骨髓！王城百舍，天门九关，铢铜不畜，何路自达？遐方小郡，知己断绝，奸邪所怒，哆冶所笑，身无油脂，日就干腊。往时多事，勤苦成疾，今兹忧愁，益复发作。长恐医饵不继，忽沉沟壑，内孤慈母，上负明时，所怀不伸，抱恨泉壤。以此计校，不宜默默，是以来也。

李觏随信奉上《明堂定制图》、《潜书》、《野记》、《礼论》等著作，以期赏知，而范仲淹果然不负所望，先后写了两篇奏状举荐李觏充任学官，其文集当中所谓《荐李觏并录进礼论等状》、《奏为荐胡瑗李觏充学官》即是明证。通观李觏十余篇干谒文章，我们大体上能够梳理出他仕途偃蹇的主要原因。其一，鄙弃专讲声律辞藻而不讲经济道德的时文，对一般举子皆用功琢炼的辞赋深恶痛绝，心生抵触，而这恰恰是步入仕途的敲门砖。举业不精，艺不如人，被拒之门外，自是情理当中。也可以说，是李觏自己关闭了仕进之门。其二，干谒不得法。作者所行，乃干谒之事，而作者所骂，亦干谒之风。如《上江职方书》，开头便说："新进俗儒，乐游贵富之门者，莫不有求也。或崇饰纸笔以希称誉，或邀结势援以干荐举，或丐禄粟之余以免困饿，或借威柄之末以欺愚弱。奴言婢笑，情状百出。上之人以其求之私也，作为关键，唯恐拒之之弗绝耳。其间虽为有道义而来者，亦多以是疑之。疑之不释，则所以待之之礼与众无异。"再如《上刘舍人书》："今之学者，露其才业，日干于两制之门者，诚以轻重斯文，进退多士，遇其知则朽株为春华，咈其意则夷路为太行。故书不惮手之胝，言不恤唇之腐，拳拳俯伏于下风，唯恐不得请也。"又如《上苏祠部书》："士之褐衣革带颠倒风尘时，无不扼肘叹望，曰：'我无知己。'一旦成大声，享大任，则复因循自守，鲜能知人。盖处贱而求人知也，则利在乎己；既贵而知人也，则利归于人。为己而不为人，是以然也。由此，达者自达，穷者自穷，上下背驰，不翅胡越。见天球河图，委在沟渎，不肯一濡足振起之，而安行自若者，皆是也。"李觏把一篇摧眉折腰的俗文，做成了声讨控诉的檄文，这就使举荐者处于非常尴尬的境地，荐也不是，不荐也不是，而最终除却范仲淹之外，都选择了缄默不语。性格决定命运。李觏偏执迂腐的性格正是造成其人生悲剧的主要原因。

他写的墓志和辞赋，则呈现出情深意长，甚至有些颓放浪漫，略类于屈子和李白的别样风格。作于皇祐三年的《先夫人墓志》，描写老母孤身一人含辛茹苦地抚养自己成人的经历，结尾处，想到自己仕宦不成而孝道未尽，忍不住拊膺恸哭："呜呼，觏何人哉！有心不明，有力不强。父已不待养，天幸有母，而方施施，进不能为禄仕，退不能求财利以足其欲，使之憔悴。晚乃悔之，未及行而祸作矣。呜呼，觏何人哉！天鬼不诛，王法不治，犹有面目以视息世间，复何人哉！诚惧乏祀，不自引决，敢因襄事，刻石以记其罪，抑为事亲者戒。呜呼哀哉！"作于庆历七年的《亡室墓志》，记其妻陈氏五岁父母双亡，伯父养之至十六岁出嫁，嫁十七年而卒。回想其斥卖妆奁、忍饥穿恶、勤勉操持，全力支持作者外出求学，以及未得厚报即撇下一男二女撒手人寰的悲苦人生，作者亦为之撕心裂肺。《邓公仪伤辞并序》，叙写其友公仪与己志同道合的情谊："气坚正服义，疾恶人，不得已而与居，未尝安，若据棘芒也。厌浮屠说，斥巫祝邪媚，远之不使污其门，其意与予正同，然予时有所避闭，不出诸口。公仪见事如不可忍，虽在亲戚，多引绳墨弹直，故予犹惮之也。早苦气逆，药之且平。俄而执父丧哀，其疾作，不可治矣，是以死。呜呼！予自始学善之，志合道一，居甚欢。众不是吾行而公仪是之，众不听吾言而公仪听之。乐未始不与共也，忧未始不与谋也。他虽甚厚，弗之若也。冤哉！失之矣，复何言也！公仪死前百余日，予将西游，告之。别时，公仪病矣，犹未知果至是也，姑勉焉而去。及其归也，而公仪葬矣。不见其死，友之不终也；不铭其美，文之不公也。吁！墓之草再黄矣，是皆弗可得而悔也！徒伤之以辞云。”这段文字，很像管子所谓“生我者父母，知我者鲍子”之叹。李觏终生不得遇合知己，幸而有公仪又不幸早逝，其悼念之恸可以想知。缅怀汉代扬雄的《吊扬子》，高度评价其《法言》和《太玄》等著述，说“自哲人之萎于鲁兮，独子云之书谁得而及肩”？对后人之曲解误读，也表示了自己的看法：“今之从事于此书兮，其说溺乎数术。隐怪之士借以为己有兮，学者欲求而弗获。繄小子之不敏兮，将大为之解释。下以行诸讲学兮，上以及夫邦国。计其业之勤劳兮，岂一朝而一夕。困于内者疾病兮，迫于外者衣食。念一家之言兮，终成之于何日？天有意于此书兮，使我寿考而强力。不然子云之道兮，或几乎息。我思古人兮，泪涟涟而沾臆。”李觏现存撰述中，并没有疏解扬雄著作的文字，可能因为贫困潦倒没有如愿写出来，也可能写出来而后散佚了。《麻姑山赋》，隐约透出一种豪宕恣肆的丈夫气概，与其凄苦迂阔之状迥然有别：

巍乎高哉！兹山之为异也，吾不知夫几百千里之广。但见土老而石顽，顶天而直上。验地势之所极，固亦东南之藩障者乎？路蹊蟠郁，前后相失。冈峦崒嵂，左右驰突。鸣泉百雷，跃下云窟。乔杉万矛，舞破烟骨。灵奇恍惚，变见出没。匮耳目之观听，曾不究夫万一。其间则有名天之洞，礼神之堂。高台层瑶，吸日月之光；缭垣筑粉，孕芝兰之香。偏门曲廊，入迷其方。斜轩乱窗，或温而凉。况乎御龙膏之酒，倚云和之瑟，一饮一石，一醉千日。安知亿万人，尘衣飞蚤虱。其或黯然而雾，飘然而雨，跬步之内，则朦无所睹。夜长漫漫，山空月寒。鹤群戏风，舞羽跚跚。老猿抱子，吟声欲乾。怪物参差，松柯水湄。或步或驰，或啸而悲。仙乎鬼乎？千态万状而使人心疑。别有涧石之迤逦，圜潭之无底，是曰蛟龙之所止。懒而为旱，怒而为水。嗟我力耕之民，辍衣食之资，而为祷祠之费。岩岫冥冥，古无人行。百兽饥死，虎狼夜鸣。是何假上真之名，而神奸之所凭也？悲夫！以地之奇，以物之灵，而逋客之经营。全形养气，采术茹菁，未尝有笳箫之声，鸾凤之迎。谢人品而凌太清者，徒见山寒兮青青，水秋兮泠泠，云路咫尺，而不能以升。岂非仙可得而不可求，道可悟而不可学？彼其叛稼穑之功，遗室家之乐，越天常而慕冥寞，宜乎白首于丹灶之下，幽死而无所托也。

作者又有《疑仙赋》，其序说："觏家盱江，其西十里则麻姑山，颜太师真卿有记存焉。少北则麻源，谢灵运诗所谓'入华子冈是麻源第三谷'者也。其山水清媚，与神仙趾迹相附，著在人口吻。"又记其母祷神而娠，自己十余岁梦中得书等灵异之事。又谓："儒者不言仙，盖患乎伤财舍生以学之者也。苟异于彼，宜无害。"其赋曰：

噫嘻仙乎，为有为无？为天之居？为地之庐？为山之国？为水之都？为古为今？为智为愚？为崇为卑？为肥为臞？与人类乎？与人异乎？将天下之利乎？将一身而已乎？

既匪闻而匪见，我焉知其所如。繄我之生，卓荦瑰怪。地气殊绝，神休合会。导愚心之趋骤，犯古人之畿界。攀或无高，博或无大。戏钧天之遗音，冒庆云之渥采。意灵物之所右，幸速成于当代。难得而易失者，时哉！青春走兮素发催。衔金丹而不售，抚道殣而衔哀。然则何为而生？何为而来？已矣夫！嵩高降神生申甫，收拾中兴还圣主。长庚入梦生李白，叫噪江南为逐客。今之生我岂无意？二者他年终一得。仙人若在金银宫，归去来兮谁阻隔？

《虔州柏林温氏书楼记》，记温氏求禄不得而建书楼以教子弟事，作者心向往之，谓："予欲一至栏边，四顾天外，江山进前，文史相对。清风兮我扇，白云兮我盖。召屈原于湘鱼之口，呼李白于海鲸之背。漱宝玉之余润，拭明珠使去纇。酒酣兴尽，交揖而退，其乐可言邪？而未之得也。"

在其诗集当中，有《论文》二首。其一谓："今人往往号能文，意熟辞陈未足云。若见江鱼须恸哭，腹中曾有屈原坟。”其二曰：“天宝年中事事新，长安还有谪仙人。骑鲸去后无寻处，输与勾芒自管春。”于屈、李二人，咏叹屈子的诗明显要多一些，如《遣兴》：“境入东南处处清，不因辞客不传名。屈平岂要江山助，却是江山遇屈平。”又如《屈原》：“秋来张翰偶思鲈，满箸鲜红食有余。何事灵均不知退，却将闲肉付江鱼。”很明显，他对“意熟辞陈”的文坛现状非常不满，而对与世龃龉满怀激愤的屈、李等古人则神往之。这取决于他穷困潦倒、到处碰壁的身世经历。在现实生活中没有知己，得不到快意与抚慰，便很自然地转向以往之贤圣。尚友古人，意欲呼之而起，一揖而晤，一揖而退，片刻间就可以使精神得到解脱，尽管这是短暂而又虚幻的。屈、李二人对他的影响，不光是人格与性灵，还包括骚赋与古风等创作体制与艺术风格等方面。《离骚》、《天问》、《梦游天姥吟留别》、《蜀道难》等迷离奇幻与激情澎湃两相交织的精妙语境，以及诘问句、感叹句的大量运用等，亦可从李觏上述辞赋中探寻到薪火传承的痕迹。

作于至和元年的《袁州学记》，向来被视作当时同类文章的代表：

皇帝二十有三年，制诏州县立学。惟时守令，有哲有愚，有屈力单虑，祗顺德意，有假官借师，苟具文书。或连数城，亡诵弦声。倡而不和，教尼不行。

三十有二年，范阳祖君无择知袁州。始至，进诸生，知学官阙状，大惧人材放失，儒效阔疏，亡以称上旨。通判颍川陈君侁闻而是之，议以克合。相旧夫子庙狭隘不足改为，乃营治之东北隅。厥土燥刚，厥位面阳，厥材孔良。瓦甓、黝垩、丹漆举以法，故殿堂、室房、庑门各得其度。百尔器备，并手偕作，工善吏勤，晨夜展力，越明年成。

舍菜且有日，盱江李觏谂于众曰：惟四代之学，考诸经可见已！秦以山西鏖六国，欲帝万世，刘氏一呼而关门不守，武夫健将卖降恐后，何邪？《诗》、《书》之道废，人唯见利而不闻义焉耳。孝武乘丰富，世祖出戎行，皆孳孳学术，俗化之厚，延于灵、献。草茅危言者折首而不悔，功烈震主者闻命而释兵。群雄相视，不敢去臣位尚数十年。教道之结人心如此。今代遭圣神，尔袁得贤君，俾尔由庠序践古人之迹。天下治，则禅礼乐以陶吾民；一有不幸，犹当伏大节，为臣死忠，为子死孝，使人有所法，且有所赖。是惟朝家教学之意。若其弄笔以徼利达而已，岂徒二三子之羞，抑为国者之忧。此年实至和甲午，夏某月甲子记。

文章记叙了仁宗庆历四年朝廷下诏天下州县立学，经过十年，州县官员尚有不少人消极应付，甚至虚设学堂讲师文书，一连数城都听不见弦歌诵读之声的现状。然后详细描写了袁州知州祖无择上任伊始，便与同僚全力修建州学，以积极响应朝廷的号召。最后，则是作者就立学问题发表的一段议论。关于上古三代兴学重教的历史，作者只以简略的两句话一笔带过，而把阐述的重点放在学校教育与国家兴亡的关系上。秦亡在焚书坑儒，人们见利而忘义。汉代强盛，乃至中兴，绵延四百年，皆因重视学术教道薰习民心的作用。天下治，礼乐教化可以陶冶人心，粉饰太平；天下乱，则激励人们做忠臣孝子。这是国朝立学的本意，而那种读书弄笔以徼利达的极端功利的做法是十分令人忧虑的。是文以其立论高远宏大、语言古劲简峭而赢得不少好评。清人蔡世远《古文雅正》卷十谓："欧、曾、王学记，叙三代之学甚详，此独点明一笔，从忠孝大节发明。朱子谓其从大处起议论者也。"吴楚材等《古文观止》卷九则谓："作学记，如填入先王教化话头，便落俗套。是作开口将四代之学轻轻点过，只举秦汉衰亡故事，学校之有关于国家，立论最为警切。至末'不幸'一转，不顾时忌，尤见胆识。读竟，令人忠孝之心，油然而生，真关系世教之文。"李觏一辈子都在教书，其学业所长又是儒家的礼制文化，自然，他比别人更重视传统的伦理道德教育，而把只出争名攫利之徒的办学方针视之为教育的败笔。

第二章
欧阳修

第一节 欧阳修的生平和政治生涯

欧阳修(1007～1072)字永叔。四十岁时自号醉翁。晚年又自号六一居士。庐陵(今江西吉水)人。出生于绵州(今四川绵阳),当时其父欧阳观任绵州军事推官。四岁丧父,举家“无一瓦之覆,一垄之植”(欧阳修《泷冈阡表》)。只好随母郑氏前往随州(今湖北随县)投靠在那里做推官的叔父欧阳晔。其母有良好的文化教养,因家贫只好用芦荻作笔,在沙地上教欧阳修认字。(欧阳发《先君事迹》)欧阳修自幼勤奋好学,从小就打下坚实的文化基础。

早年参加随州的科举考试和礼部考试,都遭失败。仁宗天圣六年(1028),携带自写文章,前去汉阳拜谒著名的翰林学士胥偃,备受赏识,被留在门下。本年冬,同胥偃一道赴京城汴京,于天圣七年春秋二季,两次参加国子监考试,均获第一。次年正月,参加由翰林学士晏殊主持的礼部进士考试,又获第一。再经御试,被正式录取为甲科第十四名。五月,被授予将仕郎,试秘书省校书郎,充西京留守推官,开始踏入仕途。

推官是个闲职,三年的洛阳生活,开始了他的文学活动,结识了著名文人尹洙、梅尧臣、谢绛、苏舜钦等人。并曾给右司谏范仲淹上书,希望他在谏官之位,能以“天下之得失、生民之利害、社稷之大计”为重,能“直辞正色,面争庭论”,

尽于职守。景祐元年（1034）秩满还京，授宣德郎，试大理评事兼监察御史，充镇南军节度掌书记，馆阁校勘。来至天子脚下，就卷进政治斗争的漩涡。本年再次写信给已罢去司谏官出知江南的范仲淹，鼓励他心忧天下。景祐三年，回京不久的范仲淹，上《百官图》及《帝王好尚》、《选贤任能》、《近名》、《推委》四论，并在仁宗面前同宰相吕夷简论争，结果被贬饶州（今江西波阳）任地方官。欧阳修积极支持范仲淹，得知左司谏高若讷不仅不主持公道，反而声称范仲淹当黜。欧阳修愤而写《与高司谏书》，痛斥高若讷"不知人间有羞耻事"。经高若讷告发，欧阳修被贬为夷陵（今湖北宜昌）县令。此为第一次遭贬。此后又继任乾德（今湖北光化）、滑州（今河南滑县）等地地方官。仁宗宝元三年奉诏回京，仍任馆阁校勘。三年之后以太常丞知谏院。正值吕夷简罢相，范仲淹出任参知政事（副宰相），庆历新政开始，庆历党争也开始。范仲淹针对时弊，提出十项建策：明黜陟、抑侥幸、精贡举、择官长、均公田、厚农桑、修武备、减徭役、推恩信、重命令。宋仁宗据以颁布全国。但受到欧阳修等人积极支持的新政，却受到保守势力的攻击，有人攻击范仲淹、欧阳修等人结为"朋党"。欧阳修特作《朋党论》一文以批驳。不久形势逆转，庆历五年（1045）正月，范仲淹等人罢官，欧阳修特上《论杜衍范仲淹等罢政事状》，为范仲淹等人辩护，指出他们无可罢之罪。欧阳修因此被革去现职，第二次被贬出京，任滁州（今属安徽）太守。

滁州介于江淮之间，山水环绕，景色宜人。欧阳修在此三年，由于一贬再贬，思想上由积极从政，转向退避消沉，从此一直以醉翁自称。他在滁州时期创作的《醉翁亭记》等大量散文，已没有前期文激烈慷慨的气调，而是转为纡徐容与，显示了他的散文风格的成熟。此后历任扬州和颍州太守。颍州（今安徽阜阳）有西湖风景区，欧阳修有多首诗词描绘，欧阳修在此滞留五年，遂有终老于此之志。

至和元年（1054）返京，曾任翰林学士兼史馆修撰、知礼部贡举、龙图阁学士权知开封府、礼部侍郎、枢密副使等要职。嘉祐六年（1061）升任参知政事，封开国公。次年更进正奉大夫。官越来越大，政治上遇到的矛盾也越来越复杂。而他又不会苟合取容，"以是怨诽益众"（《宋史》本传）。这使得他忧谗畏罪的情绪也越来越浓，很想归隐滁州或颍州。英宗治平二年（1065）三次上表乞求外任，皆未获准。本年发生的"濮议之争"，欧阳修的意见也遭受攻击。因而更急于致仕归里。治平四年（1067）获准外任亳州（今安徽亳县），后又到青州（今山东益都）、蔡州

(今河南汝阳)任地方官。在知青州、蔡州时,值神宗熙宁初年,王安石执政,推行新法,欧阳修政见与王安石不合,更累章求退。熙宁四年,以太子少师致仕,退居早已筑第以待的颍州,次年卒,谥文忠。有《欧阳文忠公集》。

欧阳修一生因支持范仲淹改革政治,两次遭贬,又多次受到人身攻击,因而晚年心灰意懒。特别是在中央执政的八年时间里,历仁宗、英宗、神宗三朝,深感"既不能因时奋身","又不能依阿取容",那么只好"退避荣宠,而优游田亩,尽其天年"(《归田录序》)。作为一个有才能、有正义感的政治家如此结局,颇为令人遗憾。

第二节 欧阳修的文学活动

作为北宋中期的文坛领袖,他的文学活动同他的政治生涯同步进行。

欧阳修幼年时期,正值西昆体风靡一时。这种风气不仅影响诗,也影响到骈体文,李商隐的骈体文也是当时模仿的榜样。此时的骈体文也称"昆体"。欧阳修早年对这种文学风尚就不以为然,他认为"是时,天下学者杨、刘之作,号为时文,能者取科第、擅名声,以夸荣当世"(《记旧本韩文后》)。但当时尚无力扭转这种风气。

欧阳修初入仕途在西京洛阳的三年,是他文学活动的正式开始。欧阳修所任的西京留守推官,是西京留守钱惟演手下的属官,负责掌管文籍、参谋意见的工作,实际是幕僚性质的散官,工作清闲。钱惟演本是西昆文人,又是王家贵胄,热情好客,极力网罗文士。因而此时,欧阳修得以结识后来的古文运动的中坚如尹洙、梅尧臣、谢绛、苏舜钦,成为志同道合的亲密朋友。一时诗酒酬酢,是欧阳修创作的一个丰收季节,今存诗尚有百余首,文章三十余篇。中州大地的名胜古迹,嵩山黄河,是其绝好题材。同时形成的这个创作群体,成为后来的古文运动的骨干。

西昆体的浮靡风气,是晚唐五代的浮靡之风的延续。最早尹洙、石介都曾反对过,终因创作实践无重大成果,未获成功。一直到欧阳修进入并进而主持文坛,靠其政治影响和诗文的高度成就,才彻底改变了西昆体统治几十年的文学风气,这就是继唐之后宋代的古文运动的成绩。

北宋的古文运动，或称之为诗文革新运动，和统治集团中的政治革新运动密切相关。宋仁宗天圣三年（1025），范仲淹要求革除弊政，就包括文风的改革。天圣七年（1029）、明道二年（1033），朝廷两次下诏申诫浮华，提倡散文。欧阳修的古文运动，就是顺应上述政治改革的需要而进行的。

宋代以欧阳修为首倡导的古文运动，是唐代由韩愈、柳宗元倡导的古文运动的继续。韩愈、柳宗元，有理论，有实践，摧枯拉朽，成绩显著，可惜后继乏人，并没有最终战胜骈体文。唐宋的古文与骈文之争，不仅仅是文章形式之争，骈文的主要问题，首先也不在于偶俪的形式。欧阳修说过："偶俪之文，苟合于理，未必为非。"（《书尹师鲁墓志》）。因此，古文运动的倡导者们，首先争的是道，其次才是文。韩愈力争道统，要求文以道为本，柳宗元也以"明道"为号召，实即要求文章能经世致用，能服务于政治。欧阳修倡导古文运动，也是如此。《答吴充秀才书》最突出地表现出其为文重道的思想：

> 夫学者，未始不为道，而至者鲜焉。非道之于人远也，学者有所溺焉尔。盖文之为言，难工而可喜，易悦而自足。世之学者，往往溺之，一有工焉，则曰：吾学足矣。甚者至弃百事不关于心，曰：吾文士也，职于文而已。此其所以至之鲜也。……圣人之文，虽不可及，然大抵道胜者文不难而自至也。故孟子皇皇不暇著书，荀卿盖亦晚而有作。若子云、仲淹，方勉焉以模言语，此道未足而强言者也。后之惑者，徒见前世之文传，以为学者文而已，故愈力愈勤而愈不至。此足下所谓"终日不出于轩序，不能纵横高下皆如意"者，道未足也。若道之充焉，虽行乎天地，入于渊泉，无不之也。

在《与张秀才第二书》中，欧阳修又提出"知古明道"："为道必求知古，知古明道，而后履之以身，施之于事，而又见于文章而发之，以信后世。""知古"，主要是指宗经，如《答祖择之书》所说："学者当师经，师经必先求其意。意得则心定，心定则道纯，道纯则充于中者实，中充实则发为文者辉光，施于世者果致。"宗经—明道—为文—致用，思路非常清晰，观点非常明确。这些看法是同韩愈、柳宗元是一脉相承的。欧阳修强调"道"，但并没有忘记社会生活，他反对"弃百事而不关于心"对文"溺"（过分迷恋）的态度。（《答吴充秀才书》），反对"舍近求远，务高言而鲜事实”（《与张秀才第二书》）的文章。这里的“百事”和“事实”都指现实社会生活，欧阳修强调“道”的作用和要求文学为现实生活服务是一致的。

欧阳修还利用他的政治地位推进古文运动。嘉祐二年权知礼部贡举时，利用主考官的身份，对应考文章大胆改革。当时流行以刘几为代表的所谓“太学体”的文章，险怪奇涩，不堪卒读。欧阳修坚决排抑。他之所以要坚决变革场屋文风，也是从明道致用出发的。他作为考官，绝不把应试文章仅仅看作是入仕的敲门砖，他认为，应试文章，更应利用能上达朝廷的机会，对有关天下国家之事充分发展意见，特别是应切中时弊，以利革新。《与黄校书论文章书》对此有明确的阐述：

> 蒙问及丘舍人所示杂文十篇，窃尝览之，惊叹不已，其《毁誉》等数短篇，尤为笃论。然观其用意，在于策论，此古人之所难工，是以不能无小阙。其救弊之说甚详，而革弊未之能至，见其弊而识其所以革之者。才识兼通，然后其文博辩而深切，中于时病而不为空言。盖见其弊，必见其所以弊之因，若贾生论秦之失，而推古养太子之礼，此可谓知其本矣。然近世应科目文辞，求若此者盖寡。必欲至于极致，则宜少加意，然后焕乎其不可御矣。

切中时病，不为空言，可以说是欧阳修在仁宗时期倡导古文运动的真正主旨所在。仁宗时期，表面承平，而实则内忧外患，危机四伏，政治革新，已迫不可待。有识之士，对此所见皆同，欧阳修更不例外。“庆历新政”是一次政治上革新的实际行动，得到欧阳修无保留的支持。他主持礼部试，重要的目的，就是要为国家选拔政治革新的人才，因此，特别注意于应试之文是否真能“见其弊而识其所以革之者”，是否真能“中于时病而不为空言”。他主持礼部试，苏轼、苏辙、曾巩、程颢、张载等皆举进士，此后又保举苏轼应制科试，又推荐苏洵以布衣免试留京编纂礼书，还多次荐举王安石，称他“德行文学为众所推，守道安贫，刚而不屈”（《荐王安石吕公著札子》），实际上都是看中了他们才识兼通，可能成为政治革新的有用人才。

作为一代文宗，欧阳修的政治活动与文学活动互为表里，政治上志同道合的友人，亦复是文学上切磋磨砺的同志。在欧阳修周围团结一大批政治上和文学上都力图改革的著名学者文人。范仲淹在为尹洙作《河南文集序》里说：

> 五代其体薄弱，皇朝柳仲涂（开）起而麾之。……洎杨大年（亿）……专事藻饰，破碎大雅，反谓古道不适于用，废而弗学者久之。洛阳尹师鲁（尹洙）少有高识，不逐时辈，从穆伯长（修）游，力为古文。……欧阳永叔从而大振之，由是天下之文一变。

欧阳修上继柳开、王禹偁，再同尹洙、穆修、苏舜钦、梅尧臣等人，以成熟而完美的创作实践，奠下宋代古文运动的基础。待“三苏”、曾巩、王安石这样一批由欧阳修引荐识拔登上文坛的生力军出现，古文运动就取得了全面的胜利。从此，偏重形式而内容往往空虚的骈体文，失去支配地位，一直历经元明清三代，虽然骈文并没有绝迹。清代骈文一度兴盛，但与古文相比，其从属地位，已是无法改变的事实。

第三节　欧阳修散文的思想内容

欧阳修不仅有古文的理论建设，更有丰富的创作成果，赢得千百年来的广大读者的喜爱。欧阳修诗、词、文兼擅，各有突出的成就。比较起来，散文的成就更高，在文学史上贡献最大，是“唐宋八大家”中宋六家之首。其“文备众体，变化开阖，因物命意，各极其工。”（吴充《欧阳公行状》）

欧阳修的议论文造诣极高。政论是其常用的文章样式。这些有的是奏章，有的是泛论，但无一不是他参与政治斗争的产物。作于庆历二年的《为君难论》上下二篇，就是为“庆历新政”作舆论准备的。上篇谈用人之不易；下篇言听言之难，并各举史事以明之，着眼点在启发仁宗励精图治。此文逻辑严密，说理透辟。其实这种舆论准备早在七年前作的《原弊》一文中就开始了。此文本于《吕氏春秋·原道》、《淮南子·原道》和韩愈的《原道》、《原毁》等文的通例，探讨了北宋积贫积弱的原因，指出当时财政的拮据、军政的腐败、统治者的骄奢挥霍，以及人民的苦难，是一篇全面切实，“中于时病”的政论文。《朋党论》作于“庆历新政”推行当中，对保守派的诬陷以有力的回击：

臣闻朋党之说，自古有之，惟幸人君辨其君子小人而已。

大凡君子与君子以同道为朋，小人与小人以同利为朋，此自然之理也。然臣谓小人无朋，惟君子则有之。其故何哉？小人所好者，禄利也；所贪者，财货也。当其同利之时，暂相党引以为朋者，伪也。及其见利而争先，或利尽而交疏，则反相贼害，虽其兄弟亲戚不能相保。故臣谓小人无朋，其暂为朋者，伪也。君子则不然，所守者道义，所行者忠信，所惜者名节，以之修身，则同道而相益，以之事国，则同心而共济，始终如一，此君子之朋也。故为人君者，但当退小人之伪朋，用君子之真朋，则天下治矣。

以下举尧、舜、商、周以至汉、唐史实，指明退小人之伪朋用君子之真朋而天下治。和压制迫害君子之真朋而国亡的经验教训。然后归结：

夫前世之主，能使人人异心不为朋，莫如纣；能禁绝善人为朋，莫如汉献帝；能诛戮清流之朋，莫如唐昭宗之世：然皆乱亡其国。更相称美推让而不自疑，莫如舜之二十二臣，舜亦不疑而皆用之，然而后世不诮舜为二十二人朋党所欺，而称舜为聪明之圣者，以辨君子与小人也。周武之世，举其国之臣三千人共为一朋，自古为朋之多且大莫如周，然周用此以兴者，善人虽多而不厌也。

夫兴亡治乱之迹，为人君者，可以鉴矣。

这是为以范仲淹为首的改革派争取最高统治者的支持，说明国家兴亡治乱的关键在于人君明辨是非真伪，大胆进用“君子之朋”。文章有理有据，有论证、有分析，逻辑严密，气势充足，清初金圣叹称其有“郁勃”“鼓舞”之美(《天下才子必读书》卷八)，颇能代表欧阳修贬滁州前文章的风格。

欧阳修是著名历史家，著有《新五代史》，又与宋祁合著《新唐书》，欧阳修撰著了其中的《本纪》、《志》、《表》三部分。《五代史伶官传序》是其史论的名篇，清沈德潜称之为“《五代史》中第一篇文字”(《唐宋八家文读本》卷一四)。作者以后唐庄宗李存勖沉溺逸乐、宠信乐官而政乱国亡的历史为例，说明“忧劳可以兴国，逸豫可以亡身”的一般规律，极有见地，也极有普遍性。欧阳修谆谆告诫世人

“祸患常积于忽微，而智勇多困于所溺”，至今令人深思。本文于议论中，文笔摇曳，一唱三叹，极有抒情色彩。如文章开头，就下笔不凡：“呜呼，盛衰之理，虽曰天命，岂非人事哉!”下文大谈“人事”之于“盛衰”的决定作用，作者本不信“天命”，却用“天命”带起全文，使文章曲折变幻，耐人寻味。《唐六臣传论》亦是同书的论赞文字。本文痛斥那些卖主求荣、“以国予人而自夸耀”的无耻小人，对唐代末年张文蔚等六个重臣传国玺于梁朱温，并俯首称臣的卑劣行径，痛加鞭挞。行文一如上文，往复叹惋，并与《朋党论》一文相呼应。

欧阳修的文章往往议论、叙事，描写、抒情交相为用，相得益彰。其书信与杂记类文章都有这种特色。欧阳修的书信很有个人风格和独到见解，具有很高的历史价值和艺术水平。《与高司谏书》情见乎词，痛快淋漓，极富有战斗精神和大无畏的气概。景祐三年（1036）夏，范仲淹上《百官图》，揭露宰相吕夷简任人唯亲，并随意进退官员，败坏朝政等劣迹。触怒吕夷简，范仲淹被贬知饶州。朝臣纷纷议论营救，而左司谏高若讷偏袒吕夷简，缄默不言，甚至还诋毁范仲淹。欧阳修拍案而起，仗义执言，痛斥高若讷玩忽职守，虚伪奸诈，自私自利，见风使舵的丑恶行径。充分显示了欧阳修不畏权贵，不计利害的刚毅品格：

> 足下在其位而不言，便当去之，无妨他人之堪其任者也。昨日安道贬官、师鲁待罪，足下犹能以面目见士大夫，出入朝中称谏官，是足下不复知人间有羞耻事尔！所可惜者，圣朝有事，谏官不言，而使他人言之，书在史册，他日为朝廷羞者，足下也。
>
> 《春秋》之法，责贤者备。今某区区犹望足下之能一言者，不忍便绝足下而不以贤者责也。若犹以谓希文不贤而当逐，则予今所言如此，乃是朋邪之人尔。愿足下直携此书于朝，使正予罪而诛之，使天下皆释然知希文之当逐，亦谏臣之一效也。

文中“安道”为集贤校理余靖之字；“师鲁”为馆阁校勘尹洙之字，他们二人都因上书营救范仲淹而贬官。欧阳修也因此信，被贬为夷陵县令。此信乃激于义愤而作，全信理直气壮，义正辞严。嫉恶之情，溢于言表。而文笔条畅曲折，极尽谴责、讽刺之能事。此外《与尹师鲁书》作于此后不久的夷陵，朋友都因主持正义而遭贬，信中相互同情和鼓舞，文笔婉转周密，感情真切动人。《答吴充秀才书》、《与张秀才第二书》、《与乐秀才第一书》等，畅言文学创作的心得体会，都有文论的价值，且可看出作者平易近人、诲人不倦的作风。

作于被贬滁州时的《丰乐亭记》和《醉翁亭记》这样的情景相生的散文，更有文学色彩。前者写作者在贬黜期间安于山水民俗的乐趣，并与民一道乞求丰年的乐事，全文展示与民同乐，仕途荣枯不系于心的胸襟。后者为作者抒情散文之名篇，传诵千古的佳作：

环滁皆山也。其西南诸峰，林壑尤美。望之蔚然而深秀者，琅琊也。山行六七里，渐闻水声潺潺，而泻出于两峰之间者，酿泉也。峰回路转，有亭翼然，临于泉上者，醉翁亭也。作亭者谁？山之僧智仙也。名之者谁？太守自谓也。太守与客来饮于此，饮少辄醉，而年又最高，故自号曰醉翁也。醉翁之意不在酒，在乎山水之间也。山水之乐，得之心而寓之酒也。

若夫日出而林霏开，云归而岩穴暝。晦明变化者，山间之朝暮也。野芳发而幽香，佳木秀而繁阴，风霜高洁，水落而石出者，山间之四时也。朝而往，暮而归，四时之景不同，而乐亦无穷也。

至于负者歌于途，行者休于树，前者呼，后者应，伛偻提携，往来而不绝者，滁人游也。临溪而渔，溪深而鱼肥；酿泉为酒，泉香而酒洌。山肴野蔌，杂然而前陈者，太守宴也。宴酣之乐，非丝非竹。射者中，弈者胜，觥筹交错，起坐而喧哗者，众宾欢也。苍颜白发，颓然乎其间者，太守醉也。

已而夕阳在山，人影散乱，太守归而宾客从也。树林阴翳，鸣声上下，游人去而禽鸟乐也。然而禽鸟知山林之乐，而不知人之乐，人知从太守游而乐，而不知太守之乐其乐也。醉能同其乐，醒能述以文者，太守也。太守谓谁？庐陵欧阳修也。

本文写醉中对滁州山水四时朝暮变化之感受，写出作者在逆境中自得其乐的心境。作者之所以寄情山水之间，自有内心的不平在。行文亦骈亦散，风平浪静之中，自有波澜萦回。二十一个“也”字，二十四个“而”，在文中勾连搭配，确是“用平常轻虚字，而妙丽古雅”（罗大经《鹤林玉露》）。欧阳修“杂记”类文章，还有

《相州昼锦堂记》，对与范仲淹并肩改革的韩琦推崇备至，述其业绩和志趣，都令人神往。《樊侯庙灾记》旨在破除迷信，二文都由记事引出议论，畅叙个人的独到见解。

欧阳修的书序祭文，也有特色，往往在知人论世、谈诗问学之际，显示作者的真知灼见和深厚情感。《梅圣俞诗集序》是在诗人梅尧臣死后作的怀念之文。文章先议论而后叙事：

> 予闻世谓诗人少达而多穷，夫岂然哉！盖世所传诗者，多出于古穷人之辞也。凡士之蕴其所有而不得施于世者，多喜自放于山颠水涯，外见虫鱼草木风云鸟兽之状类，往往探其奇怪。内有忧思感愤之郁积，其兴于怨刺，以道羁臣寡妇之所叹，而写人情之难言，盖愈穷则愈工。然则非诗之能穷人，殆穷者而后工也。

下面再叙梅氏经历。欧阳修的“诗穷而后工”论，虽受启发于司马迁的“发愤著书”论和韩愈的“不平则鸣”论，但表现得如此深切著明，也可谓一大发明。古往今来，确有不少诗人历尽坎坷，饱尝艰辛才写出传世之作的。欧阳修一贬夷陵，再贬滁州，创作丰收。苏东坡贬黄州，诗文皆有长进；终至海南，诗文更声色大开。当然，在“诗穷而后工”这一警世命题的后面，有作者难言之隐和同情之泪，是议论，也是抒情。《苏氏文集序》以同样心情怀念另一诗友苏舜钦。苏氏年仅四十一岁而亡，对其“以一酒食之过，至废为民，而流落以死”的际遇，深为惋惜。欧阳修于此，为杜甫名言“文章憎命达”（《天末怀李白》），提供了生动的例证。《祭石曼卿文》是悼念诗友石延年的。这是一篇抒情短赋，篇中三呼曼卿，对其任侠仗义，有志未逞，中寿而夭，深为痛惜：

> 呜呼曼卿！生而为英，死而为灵。其同乎万物生死，而复归于无物者，暂聚之形，不与万物共尽，而卓然其不朽者，后世之名。此自古圣贤，莫不皆然，而著在简册者，昭如日星。
>
> 呜呼曼卿！吾不见子久矣，犹能仿佛子之平生。其轩昂磊落，突兀峥嵘，而埋藏于地下者，意其不化为朽壤，而为金玉之精。不然，生长松之千尺，产

灵芝而九茎。奈何荒烟野蔓，荆棘纵横，风凄露下，走燐飞萤。但见牧童樵叟，歌吟而上下，与夫惊禽骇兽，悲鸣踯躅而咿嘤。今固如此，更千秋而万岁兮，安知其不穴藏狐貉与鼯鼪？此自古圣贤，亦皆然兮，独不见夫累累乎旷野与荒城。

鸣呼曼卿！盛衰之理，吾固知其如此，而感念畴昔，悲惊凄怆，不觉临风而陨涕者，有愧乎太上之忘情。

全文低回幽咽，沉痛伤感之极，很有感染力。其他如《祭尹师鲁文》，对挚友尹洙“辩足以穷万物，而不能当一狱吏；志可以狭四海，而无所措其一身”的处境，大为不平。《释秘演诗集序》对“遗外世俗”的“奇男子”浮屠秘演的诗才人品，由衷赞美。晚年写的《泷冈阡表》细腻描述了作者幼年的家庭教育，其父母的声容笑貌，生动传神，语言平易，又能传达深情，后来归有光的一些哀祭怀旧的文章，显然受此影响。如果拂去文中的光宗耀祖和因果报应的灰尘，还是一篇出色的哀祭之文。

欧阳修博学多才，辞赋亦其擅长之体。今存赋二十余篇，其中十篇是抒情小赋。自嘉祐以来，宋仁宗很信任欧阳修，官位不断升迁。嘉祐四年（1059）任翰林学士兼龙图阁学士时，写了《秋声赋》，从中可看出作者晚期在官场中的矛盾心情，当时，保守派因循固陋，改革派亦建树无多，作者左右为难。试看篇末：

嗟乎！草木无情，有时飘零。人为动物，惟物之灵，百忧感其心，万事劳其形，有动于中，必摇其精。而况思其力之所不及，忧其智之所不能，宜其渥然丹者为槁木，黟然墨者为星星。奈何以非金石之质，欲与草木而争荣？念谁为之戕贼，亦何恨乎秋声。

进取之锐意顿减，消极之惰性陡增，正是他晚年急流勇退、明哲保身心态的绝妙写照。自然，这种解脱，在内心是不可能真平静的。《秋声赋》对秋之描写，较之前人宋玉(《九辩》)、潘岳(《秋兴》)、李白(《悲清秋》)、刘禹锡(《秋声》)有所不同。试看开头对秋声的独特感受：

初淅沥以萧飒，忽奔腾而砰湃，如波涛夜惊，风雨骤至。其触于物也，鏦鏦铮铮，金铁皆鸣。又如赴敌之兵，衔枚疾走，不闻号令，但闻人马之行声。

一连串的比喻，都是对秋声感觉的描摹，把抽象之极的秋声，穷形尽相地显现出来，远非前此古赋可以比并。《鸣蝉赋》亦写秋夜的思绪，可能是从韩愈的“不平则鸣”（《送孟东野序》）一点生发出来，进而提出“万物莫不好鸣”的观点，也曲折地反映了作者内心的矛盾和苦闷。

第四节　欧阳修散文的艺术成就

欧阳修的散文，深受韩愈的影响。据其《记旧本韩文后》，他“为儿童时”，即从李姓家中“弊筐”内发现了《昌黎先生文集》六卷。“乞李氏以归，读之，见其言深厚而雄博，然予犹少，未能悉究其义，徒见其浩然无涯，若可爱”。后官西京洛阳时，又与尹洙等人补缀校定韩文，以行于世，造成“学者非韩不学”的局面。此文更谈到其尊韩和学韩：“韩氏之文，没而不见者二百年，而后大施于今。此又非特好恶之所上下，盖其久而愈明，不可磨灭，虽蔽于暂，而终耀于无穷者，其道当然也。予之始得于韩也，当其沉没弃废之时。予固知其不足以追时好而取势利，于是就而学之，则予之所为者，岂所以急名誉而干势利之用哉？亦志乎久而已矣！”但欧阳修是大家，有自己的文学观点，有自己的个性特点。他深知：“古之学者非一家，其为道虽同，言语文章，未尝相似。孔子之系《易》，周公之作《书》，奚斯之作《颂》，其辞皆不同，而各自以为经。子游、子夏、子张与颜回同一师，其为人皆不同，各由其性而就于道耳。”（《与乐秀才第一书》）文章岂能千篇一律，千人一面。欧阳修继承了韩愈“文从字顺”（《南阳樊绍述墓志铭》）的正确主张，而避免韩愈尚气好奇的一面。嘉祐二年，主持贡举，痛诋险怪奇涩的“太学体”，就是明证。总的说来，欧阳修的文章不讲气势，而重委婉；不求痛快，而尚含蓄；不避平易，而主畅达，和韩愈风格有所不同。苏洵在《上欧阳内翰第一书》里，有形象而准确的概况：

> 执事之文，纡余委备，往复百折，而条达疏畅，无所间断；气尽语极，急言竭论，而容与闲易，无艰难劳苦之态。

如果用简明的话概括欧阳修文章的艺术风格，那就是平易而畅达。

嘉祐年间，主持科举考试时力黜“太学体”一事。韩琦所作的《欧阳公墓志铭》有云：

> 嘉祐初，权知贡举，时举者务为险怪之语，号“太学体”，公一切黜去；取其平淡造理者。

欧阳修在《与渑池徐宰书》中，对徐宰的近著加以肯定。但同时嘱告他，一旦文章写多了，就要自己精心选择，去其繁复，求得峻洁。但也不必勉强，因为如若勉强节制，文章就不会流畅自如，要等到自然而然的时候，才能做到。这里也强调流畅自然。欧阳修在《跋唐韦维善政论》一文里，对唐代古文运动先驱人物元结和韩愈的及门弟子樊宗师二人的文章，深为不满。原因是元结文章“好为新奇以自异，欲以怪而取名”，元结文章是否果真有此弊端，姑置不论。欧阳修反对文章新奇古怪，是明明白白的。至于樊宗师的文章，虽然至今流传下来的极少，但史料对其文章的艰深晦涩记载，是凿凿有据的。这里从反面可以看出欧阳修主张文章要平易而畅达，他自己的文章风格，也确是如此。

第三章
曾巩、王安石与北宋中期散文

第一节　曾　巩

曾巩（1019～1083）字子固，人称南丰先生，建昌南丰（今属江西）人。仁宗嘉祐二年（1057）进士。初为太平州司法参军。继而召至朝廷，任集贤校理、实录检讨官等。自求外补，历任越州通判，齐、襄、洪、福等地知州。神宗元丰四年（1081）以后，曾为史馆修撰、中书舍人。后卒于江宁府，年六十五。谥文定。做地方官时，所在多号难治，而他到任，令行禁止，吏民莫敢不自尽。又关心民生疾苦，问疾赈灾，铲除豪强，于州政措施亦多有兴废。在史馆任职时，整理校勘了《战国策》、《列女传》、《说苑》等古籍，又总典五朝史事。他一生的大部分时间辗转州县，在朝也只是文学侍从之官，并没有得到大用。史书上说他刚直不媚权贵，善文章而不善政事，所以才偃蹇不偶。综观他的为人和所存，这大概也符合事实。

据曾肇所作《行状》记载，曾巩平生喜藏书，至二万卷，皆手自校勘。又集古今篆刻，为《金石录》五百卷。既殁，后人集其稿为《元丰类稿》五十卷，《续元丰类稿》四十卷，《外集》十卷。现今传世的只有《元丰类稿》。今人整理的本子则辑有大量散佚诗文，名《曾巩集》。

曾巩在其所作《上欧阳学士第一书》中，认为世之所谓大贤者，只在能“明圣人之心”，“其口讲之，身行之，以其余者又书存之，三者必相表里”。又自认为

“于圣人之道，有丝发之见焉。周游当世，常斐然有扶衰救缺之心，非徒嗜皮肤，随波流，搴枝叶而已也”。可见，他也同古文运动的先驱者们一样，是以儒家道统自任的，而且也特别重视作家个人道德修养的功夫。韩愈所谓“仁义之人，其言蔼如”(《答李翊书》)，讲的其实也是这种意思。如何才能做到文以贯道？曾巩在《南齐书目录序》里作了具体阐发：

将以是非得失兴坏理乱之故而为法戒，则必得其所托，而后能传于久，此史之所以作也。然而所托不得其人，则或失其意，或乱其实，或析理之不通，或设辞之不善，故虽有殊功韪德非常之迹，将暗而不章，郁而不发，而梼杌嵬琐奸回凶慝之形，可幸而掩也。

尝试论之，古之所谓良史者，其明必足以周万事之理，其道必足以适天下之用，其智必足以通难知之意，其文必足以发难显之情，然后其任可得而称也。何以知其然也？昔者唐虞有神明之性，有微妙之德，使由之者不能知，知之者不能名，以为治天下之本。号令之所布，法度之所设，其言至约，其体至备，以为治天下之具，而为二典者推而明之。所记者岂独其迹也？并与其深微之意而传之，小大精粗无不尽也，本末先后无不白也。使诵其说者如出乎其时，求其旨者如即乎其人。是可不谓明足以周万事之理，道足以适天下之用，知足以通难知之意，文足以发难显之情者乎？则方是之时，岂特任政者皆天下之士哉？盖执简操笔而随者，亦皆圣人之徒也。

曾巩认为史传文字“所以明夫治天下之道也，故为之者亦必天下之材”。只有如此，才能做到明事达理，真正做到以文贯道。他所持的标准这么高，所以对于古代史家，即使是司马迁、班固等人也表示不满，说是“圣贤之高致，迁、固有不能纯达其情，而见之于后者矣，故不得而与之也”。对于萧子显所撰《南齐书》，他说是“喜自驰骋，其更改破析刻雕藻缋之变尤多，而其文益下”。他在写给欧阳修的另一封信中，认为碑志之作“义近于史”，“非畜道德而能文章者无以为也”(《寄欧阳舍人书》)。

曾巩所论虽然是史传一类文字，但是在他看来，一切文章的写作原理是相通的，彼此之间都有明道守理的问题。他在《王子直文集序》里，称“至平之极，教化既成，道德同而风俗一。言理者虽异人殊世，未尝不同其指”。批评三代以后的文字，“学者人人异见，而诸子各自为家”，虽有魁奇拔出之材和伟丽可喜之文，然是非取舍，却多有不当于圣人之意者。认为文章之得失，“系于治乱”，后人不能不慎重行事。李沿曾致书给曾巩，向他请教文辞之事，他一方面肯定对方有悯时病俗之心，另一方面又严肃地批评对方，只务文辞，不讲明道，是“务其浅，忘其深，当急者反徐之”。(《答李沿书》)

前人认为曾巩的文学主张和创作实践“本原六经，斟酌于司马迁、韩愈”(《宋史·曾巩传》)。其实他所缺乏的正是司马迁和韩愈对历史人物与当世现实的强烈的批判精神，因此为文很少有新鲜感。如果从维护儒学正统和作文的简约有法的观点来看，他的文学主张和创作实践最接近欧阳修。上面所引论史一节文字，其实就是欧阳修“事信、载大、言文”观点的发挥和拓展。但是由于他缺少更为丰富的政治生活实践，同时又受到儒家中庸学说的影响，所以写出来的文章比欧阳修更显得平和典重。无论叙事、议论，都不作激烈语，而是周详委曲，舒缓不迫，以思致明晰、叙次得法著称。对此，他的朋友王安石的评价是“安驱徐行，辚中庸之廷而造于其堂”(《同学一首别子固》)。明清两代的文人则更是交口称赞。姜洪说他的文章“为世学者之楷模”，“雄伟奔放，不可究极。要其归，则严谨醇正，推其所从来，实尝师友于欧公之门，而其所自负，则先正谓其要似刘向，不知韩愈氏为何如”。(《重刊元丰类稿序》)赵琬的评论则说：“后之君子不为古文则已，苟欲为之，要不可不取法于此，犹离娄、公输子之欲成方圆，而必以规矩也。”(《重刊元丰类稿跋》)

曾巩的文章以序、记两类比较有名。《战国策目录序》是曾巩在校定《战国策》后写的一篇序文，意在阐明“盖法者，所以适变也，不必尽同；道者，所以立本也，不可不一”的史学观点。文章先征引刘向对《战国策》的评价，然后进行批驳。先略扬，后痛抑。在批驳的过程中，则又以孔、孟之行折战国游士之失，最后归结到“惟先王之道，因时适变，为法不同，而考之无疵，用之无弊”上面。方苞说：“南丰之文，长于道古，故序古书尤佳，而此篇及《列女传》新序目录序尤胜，淳古明洁，所以能与欧、王并驱，而争先于苏氏也。”(《唐宋文举要》甲编卷7引)

又有《李白诗集后序》，中间一段仅用三百余字，便记述了李白一生的坎坷经历，而且可信可考，详略得法。其文曰：

盖白蜀郡人，初隐岷山，出居襄汉之间，南游江淮，至楚观云梦。云梦许氏者，高宗时宰相圉师之家也，以女妻白，因留云梦者三年。去，之齐鲁，居徂徕山竹溪，入吴，至长安，明皇闻其名，召见以为翰林供奉，顷之不合去。北抵赵，魏、燕、晋，西涉岐邠，历商於，至洛阳，游梁最久，复之齐、鲁、南浮淮、泗，再入吴，转徙金陵，上秋浦、浔阳。天宝十四载，安禄山反，明年明皇在蜀，永王璘节度东南，白时卧庐山，璘迫致之。璘军败丹阳，白奔亡至宿松，坐系浔阳狱。宣抚大使崔涣与御史中丞宋若思验治白，以为罪薄宜贯，而若思军赴河南，遂释白囚，使谋其军事，上书肃宗，荐白材可用，不报。是时白年五十有七矣。乾元元年，终以污璘事长流夜郎，遂泛洞庭，上峡江，至巫山，以赦得释，憩岳阳、江夏，久之复如浔阳，过金陵，徘徊于历阳、宣城二郡。其族人阳冰为当涂令，白过之，以病卒，年六十有四，是时宝应元年也。其始终所更涉如此，此白之诗书所自叙可考者也。

在序文里面，流传最广，也最受人称道的是《赠黎安二生序》。原文如下：

赵郡苏轼，余之同年友也，自蜀以书至京师遗余，称蜀之士曰黎生、安生者。既而黎生携其文数十万言，安生携其文亦数千言，辱以顾余。读其文，诚宏壮隽伟，善反复驰骋，穷尽事理，而其才力之放纵，若不可极者也。二生固可谓魁奇特起之士，而苏君固可谓善知人者也。

顷之，黎生补江陵府司法参军，将行，请予言以为赠。余曰："余之知生，既得之于心矣，乃将以言相求于外邪?"黎生曰："生与安生之学于斯文，里之人皆笑以为迂阔，今求子之言，盖将解惑于里人。"余闻之，自顾而笑。夫世之迂阔，孰有甚于予乎? 知信乎古而不知合乎世，知志乎道而不知同乎俗，此余所以困于今而不自知也。世之迂阔，孰有甚于予乎? 今生之迂，特以文不近俗，迂之小者耳，患为笑于里之人。若余之迂大矣，使生持吾言而归，且重得罪，庸讵止于笑乎? 然则若余之于生，将何言哉! 谓余之迂为善，则其患若此；谓为不善，则有以合乎世，必违乎古，有以同乎俗，必离乎道矣。生其无急于解里人之惑，则于是焉，必能择而取之。遂书以赠二生，并示苏君，以为何如也。

吴楚材、吴调侯评此说："通篇意在勉二生以行道，不当但求为文词。"又说："子固借'迂阔'二字，曲曲引二生入道。读之，觉文章声气，去圣贤名教不远。"(《古文观止》十一卷）文章主旨诚然如是。文章开头以苏轼说起，然后徐徐点出黎、安二生，而二生在叙述当中也有主次轻重之别。然后又因黎生"迂阔""解惑"四字生出两段文字。一段答他"笑以为迂阔"句，一段答他"解惑于里人"句，最后则连同二生并苏轼一起作结。文章之脉络清晰谨严，层层有序。其"自顾而笑"一节，亦令人想见其自负不少的硕人襟怀。

江西临川城东有一座墨池，传说是晋代王羲之洗涤笔砚的地方。作者从这一则书法家的佚事中品味出为人治学的大道理，因此写了《墨池记》，读来也令人获益匪浅。原文说：

> 临川之城东，有地隐然而高，以临于溪，曰新城。新城之上，有池窪然而方以长，曰王羲之之墨池者，荀伯子《临川记》云也。羲之尝慕张芝，临池学书，池水尽黑，此为其故迹，岂信然邪？方羲之之不可强以仕，而尝极东方，出沧海，以娱其意于山水之间，岂其徜徉肆恣，而又尝自休于此邪？羲之之书晚乃善，则其所能，盖亦以精力自致者，非天成也。然后世未有能及者，岂其学不如彼邪？则学固岂可以少哉！况欲深造道德者邪？
>
> 墨池之上，今为州学舍。教授王君盛恐其不章也，书"晋王右军墨池"之六字于楹间以揭之，又告于巩曰："愿有记。"推王君之心，岂爱人之善，虽一能不以废，而因以及乎其迹邪？其亦欲推其事以勉学者邪？夫人之有一能，而使后人尚之如此，况仁人庄士之遗风余思，被于来世者如何哉！庆历八年九月十二日，曾巩记。

文章意在说明王羲之成为书法家并非"天成"，而是刻苦学习的结果，从而"推其事以勉学者"。结尾则揭出"仁人庄士"的更高境界以资劝勉。全文总共三百余字，有叙事，有议论，即事生情，反复唱叹。清人王符曾的评论说："因墨池会得羲之学书，从此落想，便为天地间大有关系文字。"(《古文小品咀华》卷四)

《宜黄县学记》和《越州赵公救灾记》也是曾巩记体文章的代表作。前者，按照朱熹的说法是"说得古人教学意出"(《朱子语类》卷一三九)。文章先从古人自家至国皆有学说起，详写古人立学之意，次写后代之废学，再写宜黄之立学，最后勉励士人进学。条分缕析，气势浑厚。后者，则记述了熙宁八年吴越大旱，越州知州赵抃救灾的详细经过，赞扬赵抃在民饥之前便能为之备，在民饥之时又能为妥善之计的政绩，目的是在教育其他官吏，要以赵抃为法。“其施虽在越，其仁足以示天下；其事虽行于一时，其法足以传后”。从文章写作的角度来分析，叙琐事而不俚，如果不熟悉经书及管子、商子诸书，是不能写得如此周详完备的。此外，写得比较好的文章，还有《秃秃记》、《醒心亭记》、《尹公亭记》等。

曾肇在为其兄写的《行状》里有这样一段话：“盖自扬雄以后，士罕知经，至施于政事，亦皆卑近苟简，故道术寖微，先王之迹不复见于世。公生于末俗之中，绝学之后，其于剖析微言，阐明疑义，卓然自得，足以发六艺之蕴，正百家之缪，破数千载之惑。其言古今治乱得失是非成败，人贤不肖，以至弥纶当世之务，斟酌损益，必本于经，不少贬以就俗，非与前世列于儒林及以功名自见者比也。至其文章，上下驰骋，愈出而愈新，读者不必能知，知者不必能言。盖天材独至，若非人力所能，学者惫精覃思，莫能到也。世谓其辞于汉唐可方司马迁、韩愈，而要其归，必止于仁义，言近指远，虽《诗》、《书》之作者未能远过也。”（《曾巩集》附录引）这话虽然不无溢美之词，但是就其所指出的曾巩承继的儒学渊源，以及文章的基本特征来看，也是符合实际的。北宋中期的文人，文学理法，各有所精，曾巩能立言于欧阳修与王安石之间，纡徐而不烦，简奥而不晦，卓然自成一家，也实在是不易之事。

第二节　王安石

王安石（1021～1086）字介甫，号半山，抚州临川（今属江西）人。仁宗庆历二年（1042）中进士第，签书淮南判官。后调知鄞县，起堤堰，决陂塘，为水陆之利。又贷谷与民，立息以偿，使新陈相易。嘉祐二年（1057），由常州知州移提点江东刑狱。在此期间，曾作《上皇帝万言书》，力陈北宋中期国家积贫积弱的形势，倡言法先王、立法度、变风俗、理财政等，全面而系统地提出了变法图强的方针策略。但是，这份情辞恳切的奏书并没有得到应有的重视。面对暮气深沉，不思振作的君主，王安石急于用世的心理受到重创，于是便一再辞官。终仁宗之世，他的政治宏愿并没有实现。英宗继位，召之再三，他只以不出，静观其变。后来继位的神宗皇帝，血气方刚，志在有为，于是启用王安石。初召为翰林学士兼侍讲，熙宁二年（1069）任参知政事，次年拜相。在神宗皇帝的大力支持下，王安石竭尽全力推行变法改革运动。这些改革措施在一定程度上增加了国家的财政收入，加强了抵抗外族侵扰的力量，人民生活日益安定，社会呈现了前此百年未有的繁荣景象。但是也由此触动了上层贵族和豪强地主的利益，遭到保守派官僚的强烈反对。熙宁七年，王安石被罢相。次年复相，至熙宁九年则辞去相位，退居江宁。元丰三年由舒国公改封荆国公。哲宗继位以后，保守派官僚司马光执政，新法尽废，王安石忧愤而死。年六十六岁。卒谥文。有《临川集》一百卷，又有《王文公文集》一百卷，二书编次不同，但都是南宋绍兴间流行的本子。

王安石是中国历史上杰出的政治家，同时也是一位大学者、大文学家。前人称其道德、文章、经术集于一身，这一点，即使那些持有不同政见的人也不加以否定。元人修的《宋史》，极力诋毁他的政治改革，但是对他的好学有成却赞不绝口，说是“少好读书，一过目终身不忘。其属文动笔如飞，初若不经意，既成，见者皆服其精妙”（《王安石传》）。又据宋代李壁《王荆文公诗笺注》卷七记载：“荆公尝在欧公坐上赋《虎图》，众客未落笔，而荆公草已就。欧公亟取读之，为之击节称叹，坐客搁笔不敢作。”宋代雕版印刷业十分发达，书籍得以大量印行，而且校刻精良，这就为文人学士们提供了做学问的条件，因之，宋儒的知识积累要远远胜过前代名人，王安石则是其中的佼佼者。他于书无所不读，而又有所舍取。宋释惠洪《冷斋夜话》卷六记载他的话说：“善学者读其书，惟理之求：有合吾心者，则樵牧之言犹不废；言而无理，周、孔所不敢从。”王安石在写给曾巩的信中也自述道：“某自百家诸子之书，至于难经、素问、本草、诸小说，无所不读。农夫女子，无所不问，然后于经为能知其大体而无疑。盖后世学者，与先王之时异矣，不如是不足以尽圣人故也。”（《答曾子固书》）苏轼在政治改革中与王安石意见相悖，但在所作《王安石赠太傅》的敕令中这样概括他的为人和学问：“少学孔孟，晚师瞿聃，网罗六艺之遗文，断以己意；糠粃百家之陈迹，作新斯人。”在中国古代的文化思想史上，王安石的确是个特殊人物，他是带着理性的思索从前人的书籍当中寻求真知的。这种学习态度决定了他的博学多才，也决定了他的多有创见。若论王安石的个性，则带有明显的疑古精神和反传统的色彩。

王安石不同于其他宋儒的另一个特点便是学以致用。他在早年作的《上邵学士书》中盛赞邵仲详所示诗文“词简而精，义深而明”，“诚发乎文，文贯乎道，仁思义色，表里相济”。并批评近世之文“辞弗顾于理，理弗顾于事，以襞积故实为有学，以雕绘语句为精新，譬之撷奇花之英，积而玩之，虽光华馨香，鲜缛可爱，求其根柢济用，则蔑如也。”他之所谓“近世之文”是指宋初曾盛行于世的西昆体诗文。对他们的不满，王安石在《张刑部诗序》中表现得更为突出：“杨、刘以其文词染当世，学者迷其端原，靡靡然穷日力以摹之，粉墨青朱，颠错丛庞，无文章黼黻之序，其属情藉事，不可考据也。”欧阳修在《六一诗话》中曾指出过杨、刘风采耸动天下的情况，并痛切地感慨“风雅一变”，为古文传统被抛弃而感到惋惜。在欧阳修之前的柳开、石介、王禹偁等人也均在理论上或实践上对西昆体诗文进行过抨击。王安石的文学观点明显地继承了前贤的一些说法，但是又比他们进了一步，他更重视“义”、“道”、“理”、“事”的表达，更强调文章学问的实用性。在这里，最有代表性的是他的《上人书》：

尝谓文者，礼教治政云尔。其书诸策而传之人，大体归然而已。而曰“言之不文，行之不远”云者，徒谓辞之不可以已也，非圣人作文之本意也。

自孔子之死久，韩子作，望圣人于百千年中，卓然也。独子厚名与韩并，子厚非韩比也，然其文卒配韩以传，亦豪杰可畏者也。韩子尝语人文矣，曰云云，子厚亦曰云云。疑二子者，徒语人以其辞耳，作文之本意，不如是其已也。孟子曰：“君子欲其自得之也。自得之，则居之安；居之安，则资之深；资之深，则取诸左右逢其原。”独谓孟子之云尔，非直施于文而已，然亦可托以为作文之本意。

且自谓文者，务为有补于世而已矣。所谓辞者，犹器之有刻镂绘画也。诚使巧且华，不必适用；诚使适用，亦不必巧且华。要之以适用为本，以刻镂绘画为之容而已。不适用，非所以为器也。不为之容，其亦若是乎？否也。然容亦未可已也，勿先之，其可也。

在这里，王安石首先强调的是文章内容的重要性。他把“文”和“辞”分开来讲，认为“文”是指作文的本意，是君子自得之见，古代圣贤，如孔子、孟子、韩子等，虽都讲究明道，但推究其实，乃是把他们的心得书之典册而已。他在《与祖择之书》中把这个观点阐述得更为明确：

治教政令，圣人之所谓文也。书之策，引而被之天下之民，一也。圣人之于道也，盖心得之，作而为治教政令也，则有本末先后，权势制义，而一之于极。其书之策也，则道其然而已矣。彼陋者不然，一适焉，一否焉，非流焉则泥，非过焉则不至。甚者置其本，求之末，而后者反先之，无一焉不悖于极。彼其于道也，非心得之也，其书之策也，独能不悖耶？故书之策而善，引而被之天下之民反不善焉，无矣。二帝、三王引而被之天下之民而善者也，孔子、孟子书之策而善者也，皆圣人也，易地则皆然。

王安石认为前贤书策所记的心得就是“文”，具体说就是“礼教治政”、“治教政令”等可以引而被之天下之民的有关政治教化的文字。他要求任何文章都要“有补于世”，“以适用为本”，强调的是文章的政治教化作用，他之所以如此，一方面是传统儒家文学思想的影响，另一方面则是由于他本人就是政治改革家的缘故。他的论文与作文，就其总体倾向而言，原本是为政教的改革服务的。

王安石也并没有完全否认文章的形式篇章之美，他在强调圣人作文本意的同时也指出了“辞”的艺术审美功能。“所谓辞者，犹器之有刻镂绘画也”。他以器皿为喻，在突出强调实用性的同时，也认为刻镂绘画等容饰和美观的不可或缺，在文章的内容与形式的关系上，他是有主次先后之分的。平心而论，王安石的散文在唐宋诸大家里面是稍逊于文采的，他不同于欧阳修的平易流畅，一波三折，也不同于苏轼的汪洋浩瀚，姿态横生，而是以简古精刻、气雄词峻为擅长。蔡上翔《王荆公年谱考略》引穆堂李氏的话说：“荆公生平为文，最为简古，其简至于篇无余语，语无余字，往往束千百言十数转于数行中，其古至于不可攀跻踪迹。”梁启超在其所著《王荆公》一书中拿王安石的文章风格与他人作比较，说：“彼七家者，皆文人之文，而荆公则学人之文也。”并具体指明其文风特点为“其理之博大而精辟，其气之渊懿而朴茂”。这所谓“文人之文”与“学人之文”的区别大概就在于王安石的文章很少进行文学修饰，也不过多地渲染艺术氛围，而是以哲人一般的冷静态度，以政治家一般的理智头脑而构思行文，因此更显得孤傲峭拔，简劲明快。

这方面的代表作很多，如前面提及的《上皇帝万言书》，文章开头便客观地分析了北宋王朝岌岌可危的政治经济形势，然后提出了“法先王”的主张，指出要行先王之政，最迫切的就是培养人才。下面，则从“教”、“养”、“任”、“取”四个方面详细论述了培养人才的具体方法。最后，又谆谆告诫宋仁宗要吸取汉唐五代乱亡的教训，要励精图治，不要因循苟且，要趁今日而大有为，不要被世俗羁绊手脚。文章洋洋万言，指陈时事，剖析弊端，枝叶扶疏，往往切当，而语言也斩截有力，是其文集当中最长的一篇文字，也是一篇相当优秀的政治论文。梁启超说：“此文为秦汉以后第一大文，其稍足方之者，惟汉贾生之《陈政事疏》而已”。（《王荆公》）

宋神宗熙宁三年，任右谏议大夫的司马光写了一封三千余字的长信，力陈新法的不便，并对王安石立身行事的准则提出劝告。在这前后，司马光还写了两封内容大致相同的信。这三封信把王安石的新法归纳为四大罪状：废旧立新，名目繁多，是为“生事”；设立制置三司条例司，侵夺了原有职能部门的权力，是为“侵官”；先散青苗钱，次出助役钱等，设法生财，与民争利，是为“征利”；对不同的政见置之不理，是为“拒谏”。王安石写了著名的《答司马谏议书》，理直气壮地对司马光的指责进行驳斥：

某启：昨日蒙教，窃以为与君实游处相好之日久，而议事每不合，所操之术多异故也。虽欲强聒，终必不蒙见察，故略上报，不复一一自辩。重念蒙君实视遇厚，于反复不宜卤莽，故今具道所以，冀君实或见恕也。

盖儒者所争，尤在于名实。名实已明，而天下之理得矣。今君实所以见教者，以为侵官、生事、征利、拒谏以致天下怨谤也。某则以谓受命于人主，议法度而修之于朝廷，以授之于有司，不为侵官。举先王之政，以兴利除弊，不为生事。为天下理财，不为征利。辟邪说，难壬人，不为拒谏。至于怨诽之多，则固前知其如此也。

人习于苟且非一日，士大夫多以不恤国事，同俗自媚于众为善。上乃欲变此，而某不量敌之众寡，欲出力助上以抗之，则众何为而不汹汹然？盘庚之迁，胥怨者民也，非特朝廷士大夫而已。盘庚不罪怨者，亦不改其度。盖度义而后动，是以不见可悔故也。

如君实责我以在位久，未能助上大有为，以膏泽斯民，则某知罪矣。如曰今日当一切不事事，守前所为而已，则非某之所敢知。无由会晤，不任区区向往之至。

王安石总括司马光所指责的四事综合作答，他先提出名与实的关系，从理论高度确定了划分正确与错误的标准，以古代儒者的尤重名实，反讥司马光不注重实际情况，而轻信别人的浮言。然后针对对方所列的四事，逐条进行批驳。这里值得玩味的是，作者虽然义正辞严地进行驳斥，但是并没有列举事实来作反证，而是笼统言之，这可能有两个原因，一是作者无意把变法的具体过程一一罗列出来，众多的政治措施在对方早已明晰，在简短的个人书信当中也无法枚举全部。二是对对方名不符实的指责也不屑于一一辩驳，"议事每不合，所操之术多异"，二人的根本分歧只在于变法改革和守旧循常上面。这就自然而然地引出了下面一段对朝廷士大夫不恤国事，因循守旧的陈腐习气的抨击。从中，我们可以看出作者不随同世俗陋见的可贵的精神，也可以看出他坚持政治改革的坚定信念。与苟且度日、同俗自媚的人物相比，王安石的个性特征是至为明显的。高步瀛《唐宋文举要》评文章后一节说："当责其不能有为，而不当责有为，以明所责之失"。又引吴北江的评语说："傲岸倔强，荆公天性，而其生平志量政略，亦具见于此"。

王安石写过不少杂著，其内容包括对历代人物的评述，对古代典籍名物的考训，以及对时事风俗的看法等，内容十分丰富，其思想见解和创作个性也非常突出。《伯夷》一篇开头便说："事有出于千世之前，圣贤辩之甚详而明，然后世不深考之，因以偏见独识，遂以为说，既失其本，而学士大夫共守之不为变者，伯夷是已。"下面则从孔子、孟子论伯夷之事讲起，进而转到司马迁所述的武王伐纣，伯夷扣马而谏，义不食周粟，而韩愈又因之为颂，最后则根据自己对古籍的了解，强调指出伯夷与太公一样都是反对殷纣暴虐的，古书中所以没有记载他病纣相武王之事，想来大概是由于他年事已高，欲归西伯而志不遂，或者是不及武王之世而死。文章针对前人记载，敢于直陈己见，体现了明显的疑古精神。这个特点表现更充分的是他的《读孟尝君传》：

世皆称孟尝君能得士，士以故归之，而卒赖其力以脱于虎豹之秦。嗟乎！孟尝君特鸡鸣狗盗之雄耳，岂足以言得士？不然，擅齐之强，得一士焉，宜可以南面而制秦，尚何取鸡鸣狗盗之力哉？夫鸡鸣狗盗之出其门，此士之所以不至也。

《史记·孟尝君列传》所记述的田文，号称能养士，门下食客数千人，后人因之，亦多所称赞，而王安石却独发己见，指出田文并不能算是真正得士，他所豢养的与所依赖的只是鸡鸣狗盗之徒而已，没有一个治国安邦的人才。这是读史的新见解，推断是有说服力的。全文仅有九十余字，意思转换四层，有反有正，陡峭挺拔。沈德潜评此说："语语转，笔笔紧，千秋绝调"(《唐宋八家文读本》卷三十)。吴北江也说："此文乃短篇中之极则，雄迈英爽，跌宕变化，故能尺幅中具有万里波涛之势"。(见《唐宋文举要》甲编卷七)刘熙载在《艺概》中曾指出王安石常用"揭过法"，往往略施一二语，便扫却他人数大段，其语言的简古精炼之处，确实是唐宋其他大家难以比并的。这得之于他论文贵实用的文学观点，也得之于娴熟的驾驭语言文字的功夫技巧。

在杂著一类文章中，写得比较好的还有《兴贤》、《同学一首别子固》、《读柳宗元传》、《伤仲永》等。《同学一首别子固》，述说自己与子固、正之的友谊，述子固是主，述正之是宾，既见作者交友之道，也可见作者高妙的行文技巧。《古文观止》的编选者吴楚材、吴调侯评论说："别子固而以正之陪说，交互映发，错落参差。至其笔情高寄，淡而弥远，自令人寻味无穷。"《读柳宗元传》也是一篇极短的文字，似乎可与论孟尝君一文相媲美：

余观八司马，皆天下之奇材也，一为叔文所诱，遂陷于不义。至今士大夫欲为君子者，皆羞道而喜攻之。然此八人者，既困矣，无所用于世，往往能自强以求别于后世，而其名卒不废焉。而所谓欲为君子者，吾多见其初而已，要其终，能毋与世俯仰以自别于小人者少耳！复何议于彼哉？

《伤仲永》是近代选家常选的作品，其内容主要记述金谿民方仲永少而聪颖而终归平常的事情，结尾一段发表议论说："仲永之通悟，受之天也。其受之天也，贤于材人远矣。卒之为众人，则其受于人者不至也。彼其受之天也，如此其贤也，不受之人，且为众人；今夫不受之天，固众人，又不受之人，得为众人而已耶?”本文强调指出了天分较高的人继续学习深造的必要性，也警诫那些天分不高而又不奋发上进的人。行文则夹叙夹议，凿凿有据。

王安石的记类文章虽然不多，但是也不乏佳作，较著者如《石门亭记》，除记述石门亭的地理位置，以及建造者外，又发了一通“忧天下亦仁也”，“求民之疾忧，亦仁也”的大感慨。《杨州龙兴寺十方讲院记》则描述浮屠慧礼依赖州人之力在三四年之间便兴造了龙兴寺的经过，对他的谨洁其性，学博才敏，而又苦心求道表示极大的欣赏。《伍子胥庙记》盛赞古仁人的大节大行，发其幽幽吊古之情。这类作品的代表则是《游褒禅山记》：

褒禅山亦谓之华山，唐浮屠慧褒始舍于其址，而卒葬之，以故其后名之曰褒禅。今所谓慧空禅院者，褒之庐冢也。距其院东五里，所谓华山洞者，以其乃华山之阳名之也。距洞百余步有碑仆道，其文漫灭，独其为文犹可识，曰花山。今言“华”如“华实”之“华”者，盖音谬也。其下平旷，有泉侧出，而记游者甚众，所谓前洞也。由山以上五六里，有穴窈然，入之甚寒。问其深，则其好游者不能穷也，谓之后洞。余与四人拥火以入，入之愈深，其进愈难，而其见愈奇。有怠而欲出者，曰：“不出，火且尽。”遂与之俱出。盖予所至，比好游者尚不能十一，然视其左右，来而记之者已少。盖其又深，则其至又加少矣。方是时，予之力尚足以入，火尚足以明也。既其出，则或咎其欲出者，而予亦悔其随之，而不得极夫游之乐也。

于是予有叹焉。古之人观于天地、山川、草木、虫鱼、鸟兽，往往有得，以其求思之深，而无不在也。夫夷以近，则游者众；险以远，则至者少。而世之奇伟瑰怪非常之观，常在于险远，而人之所罕至焉。故非有志者，不能至也。有志矣，不随以止也，然力不足者，亦不能至也。有志与力而又不随以怠，至于幽暗昏惑，而无物以相之，亦不能至也。然力足以至焉，于人可为讥，而在己为有悔。尽吾志也而不能至者，可以无悔矣，其孰能讥之乎？此予之所得也。余于仆碑，又以悲夫古书之不存，后世之谬其传而莫能名者，何可胜道也哉！此所以学者不可以不深思而慎取之也。

四人者：庐陵萧君圭君玉、长乐王回深父，余弟安国平父、安上纯父。至和元年七月某日，临川王某记。

篇末所记年代是至和元年，按蔡上翔《王荆公年谱考略》卷四的说法，王安石是时三十四岁，正在舒州通判任上。文章的前一部分主要是叙事，介绍了褒禅山的来历和自己与友人游历的过程。后一部分则就此引出一番议论。他先标示自然界有一等美妙之境，而这种美妙之境常在于险远，人们要穷尽此境，必须具备四项条件，首先是有志，其次是不盲从别人而停止前进，再其次是有足够的才力，最后则还需要借助一定的物质条件。作者写的是游记，但是却借题发挥，表现他为人治学的顽强探索精神。此外，他还由碑文漫灭的事实，联想到古籍以讹传讹，后人往往不能得其真相的事例，从而强调“学者不可以不深思而慎取之”的严谨的治学态度。全文由记述引带出议论，而说理又层层深入，体现了较强的文学性和逻辑性。《古文观止》的两位编选者评论说：“借游华山洞，发挥学道。或叙事，或诠解，或摹写，或道故，意之所至，笔亦随之。逸兴满眼，余音不绝，可谓极文章之乐。”又说：“一路俱是论游，按之却俱是论学。古人诣力到时，头头是道。川上山梁，同一趣也。”

宋人写诗作文都好发表议论，造成这种状况的原因，当和科考重策论，以及理学的盛行，宋儒的讲究学问有关，严格意义上的偏重于文艺的文章不是没有，也不是宋人不能写，而是写得较少。他们在创作上的思维定式似乎更偏于理性思索和演绎阐发。这个特点，在王安石的散文里面体现得尤为突出。前面所列举的一系列作品都堪称是这方面的典型。平心而论，王安石也曾写过一些文笔极为生动，情感淋漓的作品。下面聊举数例，以资品味：

叔才，铜陵大宗，世以赀名。子弟豪者，驰骋渔弋为己事；谨者，务多辟田以殖其家。先时，邑之豪子弟有命儒者，耗其千金之产，卒无就。邑豪以为谚，莫肯命儒者，遇儒冠者，皆指目远去，若将浼己然，虽胡氏亦然。独叔才之父母不然，于叔才之幼，捐重币，逆良先生教之。既壮可以游，资而遣之无所靳。居数年，朋试于有司，不合而归，邑人之訾者半，窃笑者半。其父母愈笃，不悔，复资而遣之。(《送胡叔才序》)

君之才，搢绅多闻之。初，君眂金陵酒政，人皆惜君不试于剧，而沦于卑冗，君将优为之，曰："孔子尝为乘田、委吏矣，会计而已矣，牛羊蕃而已矣。"既下，又得诸高邮关吏，人复惜君不试于剧，而沦于卑冗，君言如初，色滋蔓喜。(《送李著作之官高邮序》)

君讳平，字秉之，姓许氏。余尝谱其世家，所谓今泰州海陵县主簿者也。君既与兄元相友爱称天下，而自少卓荦不羁，善辨说，与其兄俱以智略为当世大人所器。宝元时，朝廷开方略之选，以招天下异能之士，而陕西大帅范文正公、郑文肃公争以君所为书以荐。于是得召试为太庙斋郎，已而选泰州海陵县主簿。贵人多荐君有大才，可试以事，不宜弃之州县。君亦常慨然自许，欲有所为，然终不得一用其智能以卒。噫，其可哀也已！

士固有离世异俗，独行其意，骂讥、笑侮、困辱而不悔。彼皆无众人之求，而有所待于后世者也，其龃龉固宜。若夫智谋功名之士，窥时俯仰，以赴势物之会，而辄不遇者，乃亦不可胜数。辨足以移万物，而穷于用说之时；谋足以夺三军，而辱于右武之国。此又何说哉？嗟乎！彼有所待而不悔者，其知之矣。(《泰州海陵县主簿许君墓志铭》)

呜呼！道之不明邪，岂特教之不至也，士亦有罪焉。呜呼！道之不行邪，岂特化之不至也，士亦有罪焉。盖无常产而有常心者，古之所谓士也。士诚有常心以操圣人之说而力行之，则道虽不明乎天下，必明于己；道虽不行于天下，必行于妻子。内有以明于己，外有以行于妻子，则其言行必不孤立于天下矣。此孔子、孟子、伯夷、柳下惠、扬雄之徒所以有功于世也。

呜呼！以予之昏弱不肖，固亦士之有罪者，而得友焉。余友字逢原，讳令，姓王氏，广陵人也。始予爱其文章，而得其所以言，中予爱其节行，而得其所以行，卒予得其所以言，浩浩乎其将沿而不穷也，得其所以行，超超乎其将追而不至也。于是慨然叹，以为可以任世之重而有功于天下者，将在于此，余将友之而不得也。呜呼！今弃予而死矣，悲夫！(《王逢原墓志铭》)

上面所录仅是片断，但是文字生动，感情洋溢，读来令人嘘唏感叹。胡叔才的父母不顾乡人的讥笑，竭尽家财让叔才求学，李著作处世不顺却能随遇而安，许平则终老于海陵主簿，王令年仅二十八岁便病逝，王安石一一写来，好像是信笔挥洒，而实在又是好文章。《古文观止》评许平一文说：“起手叙事，以后痛写淋漓，无限悲凉，总是说许君才当大用，不宜以泰州海陵县主簿终，此作铭之旨也。文情若疑若信，若近若远，令人莫测。”看来王安石也并非不能写文情十分生动的文章，只是其为文之用心，主要不在于此。

曾巩写有《与王介甫第一书》，曾谈到这样一种情况，欧阳修见到王安石的文章以后，爱叹诵写，不胜其勤，又在所编《文林》中多所录入，但是青年时代的王安石，为文尚有明显的缺憾，对此，欧阳修也曾明确地指出过，希望他“少开廓其文，勿用造语及模拟前人”，又说：“孟、韩文虽高，不必似之也，取其自然耳。”（《曾巩集》卷十六）王安石在庆历初年所写的文字诚有如欧公所云者，但是以他超人的天分和度越众人的政治经历，再加上他勇于探究，不甘循常的个性，后来的文章毕竟是独步文林，流芳百世的。

当然，从学术渊源上来讲，王安石主要还是沿着孟子、韩愈一路继续发展，在孟子与韩愈之间，他似乎更钦慕孟子，而对韩愈似有微词。他的《奉酬欧阳永叔见赠》诗说：“欲传道义心虽壮，学作文章力已穷。他日若能窥孟子，终身何敢望韩公。”尽管如此，他一生为文得力于韩愈之处仍然相当明显。吴北江说：“荆公崛起宋代，力追韩轨，其倔强之气，峭折之势，朴奥之词，均臻阃奥，独其规摹稍狭，故不及韩之纵横排荡，变化喷薄，不可端倪。然戛戛独造，亦可谓不离其宗矣。”（《唐宋文举要》甲编卷七）刘熙载则说是“瘦硬通神”。“得于昌黎，在陈言务去”。（均见《艺概》卷一）这些评语都非常恰当地指出了王安石文章的基本特征。

第三节 司马光与文同、沈括

司马光（1019～1086）字君实，陕州夏县（今属山西）人。少聪敏过人，勤学不辍。仁宗宝元初年中进士，为奉礼郎。历天章阁待制兼侍讲、知谏院等。英宗朝进龙图阁直学士。神宗即位，复为翰林兼侍读学士，因反对王安石变法，出知永兴军。熙宁四年（1071），判西京御史台，自此退居洛阳十五年，专力修撰。哲宗继位初期，他以旧党领袖拜相执政，数月之内尽废新法。病卒，年六十八，赠太师、温国公，谥文正。司马光立朝刚正，敢于直言进谏，但在政治上偏于保守。所著有

《温国文正公文集》八十卷，一名《传家集》。又长于治史，有《资治通鉴》二百九十四卷，《目录》、《考异》各三十卷。

司马光自称“素无文，于诗尤拙，不足以揄扬盛美，取信于人”（《答齐州司法张祕校正彦书》）。综观他的文集，可证他这话并非纯是自谦，也半是实情。他平生精力所在，只在政事和史学稽古方面，其于文学之道并没有花费太多的功夫。他在写给孔文仲的信中说：“古之所为文者，乃诗书礼乐之文，升降进退之容，弦歌雅颂之声，非今之所谓文也。今之所谓文者，古之辞也。孔子曰：‘辞达而已矣。’明其足以通意，斯止矣，无事于华藻宏辩也。”他更注重的是“贵于有用”、“有益于时”的文字。（均见《答孔司户文仲书》）他批评近世之诗“大抵华而不实，虽壮丽如曹、刘、鲍、谢，亦无益于用”（《答齐州司法张祕校正彦书》）。鲁人颜太初读书必求其理，既得其理，又蹈而行之，曾求天下国家政理风俗之得失，著而为诗为文，因此得罪了某些权贵，终生不得大用。死后，司马光辑其诗文为两卷，并作序说：“前世之士，身不显于时，而言立于后世者多矣。太初虽贱而夭，其文岂必不传？异日有见之者，观其《后车诗》，则不忘鉴戒矣；观其《逸党诗》，则礼义不坏矣；观其《哭友人诗》，则酷吏愧心矣；观其《同州题名记》，则守长知弊政矣；观其《望仙驿记》，则守长不事厨传矣。由是言之，为益岂不厚哉？”（《颜太初杂文序》）有人对司马光的得道而无文表示惋惜，他专门写了《文害》一文，对对方进行反驳，说：“君子有文以明道，小人有文以发身。”又作《斥庄》说：“夫惟文胜而道不至者，君子恶诸，是犹朽屋而涂丹雘，不可处也。”司马光的文学主张是孔子兴、观、群、怨说的进一步发挥，也是韩愈、欧阳修等人的继承者，不过，他的观点比较偏激，只重视道的宣扬，而忽视了文学艺术涵养润饰的功夫。

司马光的文章精华大体可以分为两类，一类是文集当中的书、记、传、杂文，一类是《资治通鉴》中的部分章节。总的风格是立论正大，文笔简洁明快。例如《与王介甫书》，这是熙宁三年写给王安石的书信，洋洋洒洒，写了约有三四千字，此信虽然集中笔墨对王安石所进行的新法进行了指责，但也有切中时弊之处，读之，可以使我们全面了解当时政治论争的情况，也可以想见司马光对其老友的一番真情。司马光的书信体散文，写得比较好的还有《答刘太傅忱书》。文章先由接到来信叙起，进而转写自己或喜或媿或感或惧的复杂心情，中间则穿插了一段有关交友的议论：“光常病世人称交友者，相遇则诩诩笑言，以酒食相悦；相去则长函短幅，副以苞苴。言皆谄谀，又似欺侮，习尚成俗，莫知其非，求诸古人切切偲偲谅直之益，万无一二。”这节文字是有感于颓废的士风而发的，从中也可以看到司马光的交友之道。对待朋友，他从来是以诚相待、以直相许的，绝不像世俗小人那样苟且迎合，捋扯把捏，只图私利，不求公道。他的《谏院题名记》则是得到后代选家一致赞誉的作品：

古者谏无官，自公卿大夫至于工商，无不得谏者。汉兴以来始置官。夫以天下之政，四海之众，得失利病，萃于一官使言之，其为任亦重矣。居是官者，当志其大，舍其细，先其急，后其缓，专利国家，而不为身谋。彼汲汲于名者，犹汲汲于利也，其间相去何远哉！

天禧初，真宗诏置谏官六员，责其职事。庆历中，钱君始书其名于版。光恐久而漫灭，嘉祐八年，刻著于石。后之人将历指其名而议之曰：某也忠，某也诈，某也直，某也回。呜呼，可不惧哉！

司马光在仁宗末年曾作过知谏院。这篇文章就是他在这个时期写的。文章着重阐明了谏官的责任和应有的美德，指出题名谏院的目的是为了供后人进行品评。全文不长，简古遒劲，其章法则先从古者说起，末尾用后人作结，显得浑整而又谨严。《古文观止》的评语说：“文仅百余字，而曲折万状，包括无遗。尤妙在末后一结。后世以题名为荣，此独以题名为惧。立论不磨，文之有关世道者。”

司马光崇尚节俭，性不喜华靡。据他自己说，自为乳儿，长辈加之以金银华美之服，皆感到羞赧，尽去之。二十岁时考中进士，参加朝廷举行的“闻喜宴”，连皇帝赏赐的花也不愿意戴。平生衣取蔽寒，食取充腹。他之所以能够这样做，一则出于其家庭的影响，一则出于其本身的修养，一则又能明于俭能立名、侈能致败的道理。基于上述因素，他曾专门写了《训俭示康》这篇文章，教导儿子司马康要以俭素为美。文章先从“吾本寒家，世以清白相承”的家风说起，然后转述自己不喜华靡的天性，进行现身说法。接着，以近世风俗为例，批评时人追求奢侈的陋习，又逐一列举本朝李沆、鲁宗道、张知白以俭治家的事实。其引宰相张知白的话说：“吾今日之俸，虽举家锦衣玉食，何患不能？顾人之常情，由俭入奢易，由奢入俭难。吾今日之俸岂能常有？身岂能常存？一旦异于今日，家人习奢已久，不能顿俭，必致失所。岂若吾居位去位身在身亡常如一日乎?”作者援引张知白的话，目的在指出节俭不仅是一个人的美德，而且也是大贤深谋远虑的举动。文章最后又引述春秋时御孙大夫所说的“俭，德之共也；侈，恶之大也”的话，进一步阐发了以俭立名、以侈自败的道理。文章是写给小辈的，所以行文也比较随便，左说右说，反反复复，就好像面对儿辈在聊家常，既有身教，又有言教，语言既亲切，态度又严肃。作者在奢靡享乐成风的宋代社会里，能够居安思危，洁身自好，并以此教育后代，其精神也确实难得。清代浦起龙《古文眉诠》的评论说：“家庭语，清真详复如话。朱子摭入小学，不止当文字读。”确实，司马光的文章大部分都是有益于名教和儒道的，其中的精华部分，不仅受到古人的推崇，即使今天仍然能给人以启迪和教益。

熙宁初年，司马光因政见与王安石不和，遂退居西京洛阳，自称“迂叟”，绝口不问世事，终日只以著述浇圃为乐。熙宁六年写了著名的《独乐园记》：

孟子曰：“独乐乐，不如与人乐乐，与少乐乐，不如与众乐乐。”此王公大人之乐，非贫贱者所及也。孔子曰：“饭疏食，饮水，曲肱而枕之，乐亦在其中矣。”颜子一箪食，一瓢饮，不改其乐。此圣贤之乐，非愚者所及也。若夫鹪鹩巢林，不过一枝；鼹鼠饮河，不过满腹，各尽其分而安之，此乃迂叟之所乐也。

熙宁四年，迂叟始家洛。六年，买田二十亩于尊贤坊北。辟以为园，其中为堂，聚书出五千卷，命之曰读书堂。堂南有屋一区，引水北流，贯宇下，中央为沼，方深各三尺，疏水为五派，注沼中，状若虎爪，自沼北伏流出北阶，悬注庭下，状若象鼻。自是分为二渠，绕庭四隅，会于西北而出，命之曰弄水轩。堂北为沼，中央有岛，岛上植竹，圆周三丈，状若玉玦。揽结其杪，如渔人之庐，命之曰钓鱼庵。沼北横屋六楹，厚其墉茨，以御烈日。开户东出，南北列轩牖以延凉飔。前后多植美竹，为清暑之所，命之曰种竹斋。沼东治地为百有二十畦，杂莳草药，辨其名物而揭之。畦北植竹，方径丈，状若棋局，屈其杪，交相掩以为屋。植竹于其前，夹道如步廊，皆以蔓药覆之。四周植木，药为藩，援命之曰采药圃。圃南为六栏，芍药、牡丹、杂花各居其二，每种止植两本，识其名状而已，不求多也。栏北为亭，命之曰浇花亭。洛城距山不远，而林薄茂密，常苦不得见，乃于园中筑台，构屋其上，以望万安轘辕，至于太室，命之曰见山台。

迂叟平日多处堂中读书，上师圣人，下友群贤，窥仁义之原，探礼乐之绪，自未始有形之前，暨四达无穷之外，事物之理，举集目前。所病者，学之未至，夫又何求于人，何待于外哉！志倦体疲，则投竿取鱼，执衽采药，决渠灌花，操斧剖竹，濯热盥手，临高纵目，逍遥徜徉，惟意所适。明月时至，清风自来，行无所牵，止无所柅，耳目肺肠，悉为己有，踽踽焉，洋洋焉，不知天壤之间，复有何乐可以代此也，因合而命之曰：独乐园。

或咎迂叟曰："吾闻君子所乐，必与人共之。今吾子独取足于己，不以及人，其可乎?"迂叟谢曰："叟愚，何得比君子！自乐恐不足，安能及人？况叟之所乐者，薄陋鄙野，皆世之所弃也，虽推以与人，人且不取，岂得强之乎?必也有人肯同此乐，则再拜而献之矣，安敢专之哉!"

文章主要抒发闲居洛阳的情趣。先揭出王公大人之乐和圣贤之乐，以表明自己的乐趣只在悠游自得而已。尽其分而安之若命，这才是迂叟之乐。然后以读书堂为中心，详述独乐园的兴造规模和各处施设。又铺写自己在园中的读书生活。笔多四六，情感也热烈洋溢，是其文集当中不可多得的富于文采的段落。文章最后一部分是照应之笔，既呼合开头，又委婉地表示，若有人不嫌此园鄙陋，自己则当"再拜而献之"，并不敢独享其乐。文章自始至终扣紧"独乐"二字，行文线索清楚，详略也十分得当。所述独乐园的情景形貌，皆历历在目，非身自设计，逍遥其中者，是绝对道说不明白的。

司马光某些杂记类散文写得也颇有意思。比如他的《圉人传》：

汧侯有马，悍戾不可乘服，以为无用，特弃之野，爱其疾足，募有能驯之者，禄以百金。有圉人叩门而告曰："臣能驯之。"汧侯使养马，数月，马益调服，步骤缓速，折还左右，惟人所志。汧侯喜，赏以百金之禄，拜为圉师。众驺疾之，谒于侯曰："侯马今驯矣，彼何功而徒费侯金？臣请代之。"侯逐圉人。居数月，马复悍戾如故，侯乃召圉人而谢曰："子能使悍马驯，子去而马复悍，敢问何术也?"对曰："臣贱夫也，不知异术，而惟养马之知。夫马太肥则陆梁，太瘠则不能任重，策之急则骇而难驯，缓则不肯尽力。善为圉者，渴之饥之，饮之秣之，视其肥瘠而丰杀其菽粟，缓之以尽其材，急之以禁其逸，鞭策以警其怠，恩渥以驯其心，使之得其宜适而不劳，亦不使有遗力焉。其术甚微，得于心，应于手，己不能传之于人，人亦不能从己传也。如此，故马之材在马，马之性在我，虽悍戾何伤哉！”汧侯曰：“善。”圉人曰：“是术也，岂特养马而已，抑治国亦犹是也。夫材智之士，治国者之悍马也。舍之则不能以兴功业，御之不以道，则不获其利，而桀黠不可制，故明君者，能用材智之士，而以爵禄赏罚御之，是以爵太高则骄，禄太丰则堕，骄堕之臣，虽有智力，君不得而使也。制之急则不得尽其能，制之缓则不肯宣其用。不任恩渥，一驱之以威，则愁怨而离心。故明君者，节其爵禄，裁其缓急，恩泽足以结其心，威严足以服其志，则士生死贵贱之命，在于君矣，虽僄悍何忧哉？”汧侯悦，位为上卿，任以国政，用其术推而行之，汧国大治。

文章由圉人驭马之术谈及国君用人之术，理精言明，叙述也十分生动。可以看出，司马光的这类文章明显地继承了先秦诸子和《战国策》等书的写作传统，以貌似寓言的行文笔法寄寓了相当深厚的道理。与此相类似的文章还有《释迂》、《辨庸》等，皆能指物为喻，文辞也明快简洁。

司马光主编的《资治通鉴》是一部卷帙浩繁的编年体通史，上起周威烈王二十三年（前403），下迄后周世宗显德六年（959），记载了1362年间的事。当时行世的史籍有十七史，还有各种杂史和笔记，司马光所以意欲重修，主要是有感于史书浩瀚，学者难以遍览，因此才删繁取要，勒为一书。初成《通志》八卷，从英宗治平三年（1066）开始置局续修。神宗元丰七年（1084）成书，历时十九年。神宗以其“鉴于往事，有资于治道”（《新注资治通鉴序》），故命名为《资治通鉴》。

是书之所以能成为一部史学名著，除却它翔实的史料价值以外，还比较重视文学润饰。神宗作的《序》称其“博而得其要，简而周于事”。梁启超所著的《新史学》则称：“司马温公《通鉴》，亦天地一大文也。其结构之宏伟，其取材之丰赡，使后世有欲著通史者，势不能不据为蓝本，而至今卒未有能逾之者焉。”《资治通鉴》不同于《史记》，《史记》采用的是纪传体，所记历史人物的生平事迹得以相对集中，因此比较容易凸显人物的性格特征和心理状态，而《资治通鉴》却是编年体的通史，以年为经，以事为纬，这样，一个历史人物的活动就经常散见于各卷，不易形成一个整体。从刻画人物形象的角度来看，《资治通鉴》的成就是不及《史记》的。是书的长处在于记事的简明扼要和善于把握历史事件、历史人物之间的各种矛盾，从而使平淡无味的记述，一变而为十分精彩的文学作品。例如所记赤壁之战，事件发生在汉献帝建安十三年（208）冬，当时曹操已经攻破袁术、袁绍、吕布、张绣等，割据荆州的刘表又病死，有力量同他抗衡的只有东吴的孙权，至于刘备则新败于当阳长坂，连同刘琦所辖，兵卒总共才有两万余人，在曹操则已然不是对手。在这种情况下，东吴的鲁肃、周瑜力主孙权联合刘备共同抗曹，而诸葛亮也见权于柴桑，详细分析了曹操一方的军事形势，鼓动孙权与之决战。由于孙、刘联军不失战机，所采取的策略又是以己之长，击彼之短，所以几万人的军事力量便击败了号称八十万大军的曹操，从而奠定了魏、蜀、吴三国鼎立的政治局面。文章详细描述了孙权联合刘备的结盟过程和双方主帅对形势的分析、战斗的部署，而对于战争实况的描写却只用了很有限的文字。《资治通鉴》善于描述战争场面，特别是像赤壁之战这样大规模的战争，其政治形势错综复杂，所牵涉的历史人物也很多，如若不能统筹战争全局而又能提纲挈领、详略有法地加以描述，是很难获得成功的。

《资治通鉴》所记载的重大历史事件以千计，记述的重要历史人物以万计，各种矛盾五花八门，而其许多片段却令人百读不厌，玩味无穷，这主要得力于各种记述手法的巧妙运用。主线法、倒叙法、对比法、夹叙夹议法等等，都所在多有。其在语言的表述方面，则不作深奥之言，不用生僻晦涩的字眼，在保持史实原貌的基础上，尽可能作些通俗化、艺术化的处理。这方面的片段很多，兹仍举《赤壁之战》为例：

（鲁肃）到夏口，闻操已向荆州，晨夜兼道，比至南郡，而琮已降，备南走。肃径迎之，与备会于当阳长坂。肃宣权旨，论天下事势，致殷勤之意。且问备曰："豫州今欲何至?"备曰："与苍梧太守吴巨有旧，欲往投之。"肃曰："孙讨虏聪明仁惠，敬贤礼士，江表英豪，咸归附之，已据有六郡，兵精粮多，足以立事。今为君计，莫若遣腹心自结于东，以共济世业。而欲投吴巨，巨是凡人，偏在远郡，行将为人所并，岂足托乎!"备甚悦。肃又谓诸葛亮曰："我，子瑜友也。"即共定交。子瑜者，亮兄瑾也，避乱江东，为孙权长史。备用肃计，进住鄂县之樊口。

此节描述鲁肃奉孙权旨意去和刘备通盟，他的一番说辞不仅动听，而且也动情，一句“今为君计”，一句“我，子瑜友也”，活画出一位外交活动家和一位笃实君子的形象。

被人们认为史而有文的精彩段落，在《资治通鉴》中还有很多，《淝水之战》、《李愬雪夜入蔡州》等，都是具有相对独立性的脍炙人口的作品。

文同（1018～1079），字与可，自号笑笑先生，梓州永泰（今四川盐亭县东北）人。汉文翁之后，故又称石室先生。仁宗皇祐元年（1049）进士，授邛州军事判官，再调靖难军节度判官。嘉祐四年，召试馆职，判尚书职方，兼编校史馆书籍。历通判邛州、汉州，知普州、陵州、兴元府、洋州。元丰元年，知湖州。明年，途经陈州卒。年六十二。精于诗文书画，工于墨竹，创湖州画派。早年受知于文彦博，又因与苏轼为表兄弟，交相唱和，故文名甚盛。有《丹渊集》四十卷。《全宋文》连同新辑佚文，釐为十三卷，共录文章二百四十余篇。《全宋诗》编录其诗二十卷，存八百余首。

文以画掩，其实文同的散文亦自有特色。神宗熙宁七年，苏轼知密州，明年建超然台，其弟苏辙闻而赋之，且名其台，文同亦作《超然台赋》以应之。苏轼读后，提笔作跋曰：“余友文与可，非今世之人也，古之人也；其文非今之文也，古之文也。其为《超然辞》，意思萧散，不复与外物相关，其《远游》、《大人》之流乎？”（《书文与可〈超然台赋〉后》）文同赋作现存，前写惆怅独处而神游遐荒，挥霓旌，掉云旗，曳采旒，役朱凤，驾琼舟，驱翠螭，景象迷离奇幻，极尽扬厉铺张之能事，后面写俯视九州的情景：“有美一人兮在东方，去日久兮不能忘。凛而洁兮岌而长，服忠信兮被文章。中皦皦兮外琅琅，兰为襟兮桂为裳。俨若植兮奉珪璋，戢光耀兮秘芬芳。贾世用兮斯卷藏，游物外兮肆猖狂。余将从之兮遥相望，回羊角兮指龙吭。转嵎夷兮蹴扶桑，倚泰山兮聊徜徉。下超然兮拜其旁，愿有问兮遇非常。勿掉头兮告以详，使余脱乱天之罔兮，解逆物之韁。已而释然兮，出有累之场。余复仙仙兮，来归故乡。”文同比苏轼年长近二十岁，此时已界花甲之年，官场生活早已厌倦，所以非常渴望摆脱尘网的束缚而归乡养老，这些，都在此赋结处表露无遗。所作《莲赋》、《松赋》，文字皆不多，托物见志，突显出其人品的高洁兀傲。《哭任遵圣》和《哭许驾部》，则以辞赋的形式来写悼念师友之深情。例如后者：

> 曏余登大岷以回轸兮，过君公之故里。涉郊垌而历闾閈兮，聆弦歌之盈耳。稔德义于洋洋兮，时属君之令此。因执名以愿见兮，遂日亲于燕几。挹佳论之端洁兮，识所存之可喜。议为邑之良术兮，欲俪君而无几。复余出守于陵阳兮，君亦拥麾于通义。封壤相切，行不越宿兮，朝暮之闻愈美。彼邦之政素艰其施兮，前罕称乎善治。惟君之才力强敏兮，条若纷丝之就理。余改符于汉中兮，君复驾题舆于锦水。阅月未久而君以疾闻兮，忽遽传乎君之不起。哀哉！淑人之云亡兮，无由抚棺而问天以死。徒临风以永叹兮，何寿夭祸福之反是？获河内之来讣兮，蒙不鄙于君之子。云将归君于幽宫兮，择吉日而且迻。汤汤乎大河之滣兮，峨峨乎太行之趾。岸磅礴而冈隐辚兮，兹有利乎君之所止。限川涂之修缅兮，阻陪葬乘之末轨。悼余怀以遐荐兮，曾莫殚于累纸。酌芳椒以盈樽兮，置生刍而在篚。远不能修此以奠君兮，怅音容之已矣。

这篇哀辞，从二人之偶然相遇结交，一直写到各自游宦，或远或近，而音讯相通，最后叙及生死契阔祭奠痛悼。其叙事翔实，抒写酣畅之处，都带有文赋的基本特征。

其序记题跋类散文有六七十篇之多，论其内容，则大体可以分为褒扬孝行善举、记叙所见所感、描述宾友行谊等三类。《送朱郎中诗序》，写朱康叔少与母氏相失，五十年后，思母心切，遂弃官遍走天下而寻之。甚至断荤血食，刺臂镂板，写摹佛书，犨散于所经之路。后于冯翊母子相遇，朝野震动，无不骇异称叹者。作为友人，文同既赞赏其孝行懿德，又爱其子之能章大其父之令名，同时也是欲“以警当世之薄俗，以贻史氏之愿作佳传者”，所以才写此序以付其子。《重序九皋集》，写七十五岁的静林老僧惟己，壁画儒者胡昭甫像：“问之，曰：‘此己师师也。当僭孟朝，渠为进士，有诗名。于时不第，己师得学四声于其门下。今不幸，而其嗣泯绝。己师既荷其教诱，窃惧其为鬼而死无食处，故图之，庶朝夕得以瞻慕，而岁时得以献享也。’余闻之，益重其所存，因而叹曰：‘夫世之具儒衣冠，而把吾孔氏之书卷者，过耳历目，莫非皆仁义之说。及于其所事师，一反面不复更名之者多矣，况肯有恤其没后者耶？己师乃学佛者，断念割爱，实曰其事，今反能如此，宜乎吾心之信确确而愈坚。’因索其诗，得七百首。携归，讽诵累日。温纯谨愿，含蓄意思，诚钟磬埙篪之雅韵，鸾凤虎豹之奇采。其春容彪炳，不假于他，而一出于自然矣。余固愿为之序，使行于世。期览之者知己师不独号方袍，而能为辞章，亦著其行义磊砢魁特，而绝出于众人尔。”《张景儒先公手泽题后》，写作者拜读张景儒先公十九帖手书家问的感受，然后叙写张景儒深厚的思父之情：“自幼以孝友闻于人。凡公之寸简尺札，尽能收拾裒聚，躬自缀缉，裱为大轴。此其尤完者也。景儒谓某曰：‘是不独自爱，以为岁时霜露之思，盖将传诸后世子孙，使之知前人所为，一切不简妄，知信蹈之，是无忘乃祖之懿范矣。’因捧之，怆恨良久。某遂借去，展玩累日，乃曰：‘昔袁象怀其父集，未始一日离于身；孔休源每见其亲所写书，辄哀恸流涕。景儒高行，斯人之徒欤！其有开画扇而追悼，持遗剑而祭奠者，固未若景儒之所藏真迹，灿然终身，常在乎其目矣。’于其将还，谨题于后。”《武信杜氏南园记》，写庆历中各地奉诏立学，武信杜氏就其城南园亭改建为郡学和士人游观之所，作者为之感动：“私自念在蜀，土田险狭，民屋繁会，得平地若顷许，爱惜摩抚，分沟裂畦，种种莳植于其间，冀四时孕利，出没相属，号为中人生涯者，百二三尔。是能捐倚城腴田万金，为游观燕佚之所，将谁肯然耶？杜氏尝亦指而谓予曰：‘有一子，其材性以嗜学，家亦幸岁入有羡，可卒就其业。后时欲于此饰宾馆，于此敞书室，于此开燕堂，于此辟射圃，使四方名人闻士，或至即舍此。相与朝夕讲肄评议，将赡给之无厌。或异日渠能挟艺业，取科级归，以会郡官乡人，嘉辰令节，于是为一日之娱，以荣其私，此区区也，予心尚之。’”上述四篇文章，皆为大力表彰孝子贤弟子地方贤乡绅之类的作品，写作初衷非常明确。

作为学者和画家，其读书观画的独特感受，亦时常于此类型的文章中表露出来。例如，嘉祐五年，被诏校阅《新唐书》的时候，见乡人陈子昂与傅奕、吕才同传，深为不满，当时即欲上疏辨之，会除外官不果。八年，射洪县令庞子明于陈子昂读书堂旧基建成拾遗亭，求为记文，文同以为“伯玉，同之郡人也。昔不幸而死于贼简之手，心尝悼之矣。今不幸而不得列于佳传，是故悬悬欲一为之伸地下之枉尔，记此何敢妄。”遂欣然命笔作《射洪县拾遗亭记》一文。文章认为新史编者囿于武曌女主之说，不探陈子昂为政理书之深意，说：“缘事警奸，立文矫僭，伯玉之言有味于其中矣。彼傅、吕者，本好历数才技之书，但能略顾大体，颛务记览以济其末学，讵可引伯玉而为之等夷邪？杜子美、韩退之，唐之伟人也。杜云：'终古立忠义，《感遇》有遗篇。'韩云：'国朝盛文章，子昂始高蹈。'其推尚伯玉之功也如此。后人或以己见而遽抑之，人之材识，信夫有相绝者矣。"唐代卢杞向以奸佞谄谀见称，文同在阅读《新唐书》后作《卢杞传题后》，则谓：

卢杞少时，已险啬无正行，藉父奕清名，人不识其丑。为虢州刺史。虢有官猪三千，杞因奏言："猪患民甚。"德宗为徙沙苑。杞复言："彼亦陛下百姓，莫如食之便。"德宗喜曰："杞守此而忧他，宰相材也。"乃赐猪贫民，立召杞为御史中丞，迁大夫，遂以门下侍郎平章事。

异乎哉，杞也！士大夫立朝，能自以其才结上知而都贵位者，于古几耶？盖常有所因于人，然后可以脱尘泥而薄云霄矣。彼因之者，或未有以能厌于中，虽非己所愿，求而他，自欲以己为其重，行之至此，尚宜逡巡顾虑，择去就以避天下之大论；一失之，已为当时所谓君子贤人者姗笑不存录，所服涂地矣。

自昔帝王命相，以梦以卜，以自识其器业，以得之于左右正人端士，以深知其久负于海内之望者，既审矣，乃置之岩廊之上，朝夕与之讲议，所以安养元元之治。动神几，宣灵谋，崇固万世大业，而共飨无疆之休烈，乃当然尔。

今杞皆不然，独以猪为谋，而遂至于宰制天下士民之命，毁国章，贻主祸，颓替坏烂，颠覆狼藉如此。岂上天以时将溷乱扰攘，不可支持，而生杞与国，俾造此纷纷者耶？无乃先以其兆示人，谓杞体虽人而行禽兽，故使由畜产以进者耶？何其本末轻贱陋恶若此之甚也！天意若曰：杞狠躁秽蔑类猪，故以猪发其身。噫，杞可贱矣！然天之所以命人，而作监于其后者，亦已怪矣！

卢杞以猪进用，而其行亦略类于猪，这种说法几近于詈骂嘲讽，鲜明地表示出作者对误国小人的憎恶之情。《捕鱼图记》，详尽描画王维的画图，条理极为清晰，文笔亦极为洗练生动：

王摩诘有《捕鱼图》，其本在今刘宁州家。宁州善自画，又世为显官，故多蓄古之名迹。尝为余言："此图立意取景，他人不能到，于所藏中，此最为绝出。"余每念其品题之高，但未得一见以厌所闻。长安崔伯宪得其摹本，因借而熟视之。大抵以横素作巨轴，尽其中皆水，下密雪为深冬气象。水中之物，有曰岛者二，曰岸者一，曰洲者又一。洲之外余皆有树，树之端挺蹇矫，或群或特者十有五。船之大小者有六，其四比联之，架辘轳者四，椮而网者二。船之上，曰蓬、栈、篙、楫、瓶、盂、笼、杓者十有七。人凡二十有二，其中妇女一，男子之三，转轴者八，持竿者三，附火者一，背而炊者一，侧而汲者一，倚而若窥者一，执而若饷者一，钓而偻者一，拖而摇者一。然而用笔使墨，穷精极巧，无一事可指以为不当于是处，亦奇工也。噫，此传为者尚如此，不知藏于宁州者，其谲诡佳妙，又何如尔？豳有郭焕者，善揭写，余亦令为之。郭之平画有尺寸，其（甚）可爱。与余为此，尤尽其所学。其树、石，则出于余之手也。刘名继勋，为左藏库使，知宁州。嘉祐丁酉二月十日，新平官舍记。

《捕鱼图》尽管是尺幅有限的横轴摹本，但是其洲岛断续之气势，岸树劲峭之幽姿，冷水密雪之萧瑟，渔船比联之参差，皆一一展现出来。气象阔大恢弘，空间感深邃悠远。而用笔又极为细腻者，如船具之蓬栈篙楫瓶盂笼杓者十有七，如船人之男女少老者凡二十有二，或转轴持竿，或附火背炊，或侧汲倚窥，或执饷偻钓，等等，无不呼之欲出，形神毕现。这是唐代王维的画境画风，也是作家文同只眼独具的犀利扫视和忠诚描摹；画意尽出倚赖的是老到的文笔，而老到的文笔自然也能缔造出新奇的画意。文同这种画家兼作家的较为特殊的身份特征于此显露无遗。作于晚年的《纡竹记》，也具有这种艺术特征：

纡竹生于陵阳守居之北涯。其始，共本以出；去土未几，而遽分其三。裁三尺，裸然无他枝，乃桥盖其颠。未脱箨时，蝎害之使然尔。其一既独盛，将挺起，为垂岩所轧，力不得竞，乃求虚以伸。所趣抵碍无所容，屈己自保，生意愈艰。蟠空缭隙，拳局以进，伏碻磝，蔽蓊薉，曾莫知其历寒暑之何许也？余采药过 其下，见之，命犛、鬐二童奴拨荒榛，除腐蔓，扶起而支持之，则已坚强偃蹇，宛骫附地，若不欲使人加哀怜于其不得遂诸生理者。然观其抱节也，刚洁而隆高；其布叶也，瘦瘠而修长。是所谓战风日，傲冰霜，凌突四时，磨轹万草之奇植也。

余叹视良久，聱者进而言曰：“是将以瑞而名之，可乎?”曰：“瑞生于人所易见，俾得以致之；此独处穷僻，非瑞也。”黯者进而言曰：“是将以怪而名之，可乎?”曰：“怪起于不常，有物体自效，以见骇于世；此因地而然，非怪也。”“然则何名而可?”曰：“天之生物，概授以生，其各有所得失之者，莫不常系乎其所托。竹之为物，乃草木之中甚贤者。今此不幸，不得其地，以完其生；上蔽旁阏，不使自通，遂至于质状如此。然其天之所与，虽不能奋迅条达，以尽其性，而其所得短长巨细之分，当亦缘理而浸长之。故其气不能畅茂于其内，而其势所以促蹙于其外也。且其所以若是者，夫岂得已哉？今也就其所以不得已者，而名之曰纡，庶使后之人，知其得名之由，以不得已而取之也。”

于是聱、黯并进而言曰：“公名之，既闻命矣。公平居常好戏为此者，盍摹之以示于人乎?”余许之，使聱者裂素，黯者渍墨，清晓上平云阁，为濡毫而挥洒之。自卯至辰而就，乃言此题其下。熙宁壬子孟冬辛丑，与可记。

这是一篇题画记，不仅详细描述了作者发现纡竹的过程与其奇异形状，而且还进行了深入的探究，揭示出其所以蟠绕郁结的客观原因。物不得其平则鸣，竹不得其地则纡。生在北涯之下，为垂岩所轧，而其生命力又极为旺盛，所以才求虚以伸，拳局以进，历尽艰辛磨难，终于成就偃蹇强硬而不欲使人施加同情哀怜之铁骨钢身。这里，写的是纡竹，而其赞美的却是自强不息、百折不挠的奋进精神。所谓人品、竹品、画品，在这里已经紧密相融，不分彼此了。

描述宾友行谊的作品，较著者，如《梓州中江县新堤记》，写县令廖子孟解官之际，见江水荡激，岸土崩塌，深为民后日之忧，因料材课工，建成新堤。其夏大雨，泽潦屡集，而新堤岿然，百姓全活。县民：“咏诵令德，老稚一口。且曰：‘秦之冰，唐之兼琼，尝以水利遗蜀民，民至于今神祀之。今吾廖君殄水害于吾邑，吾邑之人又将何以报之哉？谨当戒告子孙，即其地以祠，世世不敢忘也。’君闻之，笑曰：‘过矣，此非所以尽吾之所为者，曷足以云尔之德耶。’贡士贾汝奇等二百人，逻然进而言曰：‘夫古之贤者，凡是建立，岂与夫蒙其利者必固徼其所以见思者耶？盖仁惠浃人，其久愈深，虽欲已之，自不能矣。窃谓君之懿迹，与古何愧？当附之金石，以信于万年。'君又笑曰：'过矣，愚何敢当此？愿毋言，谨以谢诸君。'"廖子孟的可称贤令，不仅在于为官一任，造福一方的及时兴建，还在于他的有功而不倨，遗爱而自谦。面对县民，先后两次笑拒，充分显示出其官德与人品的高尚之处。又如《送张学士知嘉州序》，写其友张益孺自太常礼院求为嘉州，众人以为其才学富赡，而践历亦深，被宠擢列华贯，只在旦暮之间，对其自求外任颇多不解。而在作者看来，士人守道常安，俟时进退，本不应希合苟求："或挠己以求合之，虽上窃宠荣，以夸耀末俗，其为贤者一付清议，昧然以为贱丈夫矣。益孺修正端洁，治己有法度。今欲使为贱丈夫者之行，其肯邪？况汉嘉，西南之美郡，益孺以二千石于此，侍严君旦夕之膳，其为人子，岂不荣且乐欤？以此较彼，益孺所获，其少欤?"作者明确否定那种抛却道义而百计钻营的荣进之士，视其行径为夸耀末俗，是贱丈夫之举，而对老友执道求去的行为表示极大地理解和支持。《送通判张总之都官赴阙序》，也表达了作者同样的处世态度："服道之深者，其心必浑融渊虚，宽廓夷易，秉负确固，动不回辟。据通显，处屈约，视之概然，弗汩乎中。""总之，仁以治己，诚以接物。自登科，凡三十年，而官不过员外郎，位才止治中从事。不竞势，不倚俗，外泊而内静，色恬而气和。其辩论正而达，其文章博而粹。无躁志，无怼语，愉如也。同往年拜总之于成都，及来南豳，复得预总之职事。反覆参视，无有歉缺。诚哉！士者之刑范，而吏者之文墨耳。"这里赞扬的是张总之，其实也是作者自己恬淡心志的真诚表露。其他文章，如《赏梅唱和诗序》，写蜀之海棠以冶丽妖艳偏擅民家取悦群目，而蜀之梅花独以静占寒香闲淡简洁重为清旷之士所矜赏。《南阳集跋》，谓唐末五代诗风"浅弱无意绪，不入人省览"，谓益州路运使赵抃诗"洁而不拘，丽而不淫，孤飞绝驰，盖二百年前有此耳"。《彭州张氏画记》，叙唐帝西幸至宋初，蜀地画风之渊源流变。等等，皆有意趣品位，值得文史研究者省览。

文同所作章表奏状墓志铭一类的文章数量也很多。《洋州谢到任表》，叙写自己的身世经历和自求知洋的想法："臣生西南僻陋之邦，本草莽孤寒之士。守章句之学，曾未达于渊源；登词赋之科，幸且缘于阶渐。期行所愿，不负于官。粗知廉耻立身之大端，素识忠义报国之名节。以至四参郡事，三佩守符。曾亡纤疵，上抵明宪。惟忧所得过分，不敢别有妄营。止求便麾，屡渎严扆。此盖伏遇皇帝陛下怜其虽愚，而未至无状；许以坚请，而尚令有为。惟洋号曰小州，在蜀最称善地。所乐有江山之胜，其养得鱼稻之饶。疆界甚远，而民人朴淳；牒诉不繁，而狱犴希少。比之前治，事不及于一分；在于愚臣，心实知其万幸。惟勤夙夜，以布教条。”体用骈文，属对工整，而亦不乏文采洋溢之处。《奏为乞置兴元府府学教授状》，写作者知兴元检点学舍，见其僻在城下，屋宇卑陋，生徒大小仅有数人，因遍询左右，问以不振之由：“皆言：本府自唐末以来，并无诸科修学及第之人。从前每有科场，皆是外州军进士，暂来就此，假籍寄应。纵获荐到省，皆下第无成，遂各归还本贯，不复住此修习。所以其民便谓读书无效，更不从学。近岁，府县虽稍有士人应举，终是素无师范，所肄之业，多不能上合新格。臣初观本府山川、人物、土风次第，与东西二川大抵相类。彼处虽至小州郡，进士常不下三百人；而本府邑屋富盛，人民繁庶若此，岂无秀异可教之士，以备官使？但自来上下因循，相与废堕，使朝廷风教，独不沾浃。寥然一方，遂绝文采，深可叹也。”有鉴于此，文同遂请本府司理参军潘行权府学教授，既而又报请朝廷使之正充府学教授，使一府五州之人，悉得就近修学。《屯田郎中石君墓志铭》，记石君瑜为扶沟县主簿的出色治绩：“王畿之吏，大抵尚因循，好取誉。民狃悍滑，务不直以乱治，亡所尊畏，侮慢骄狠；或时执上官短长，侧睨若相角，急则投缿筒、挝登闻鼓矣。公至，不能耐，一切根排铲劙，绳以国律，无所借宥。久之，恶少相教敕避去，曰：‘是不如他人，慎无犯，入即齑汝肉矣。’一邑敛手翕息，不敢议公。令尝间语公，谓：‘寰内之治，难以比诸外，当少宽，取无事以去；不尔，忽失虑，中其奇，安可悔？’公曰：‘用法有内外之异，非朝廷所以待天下之意也。愚职在奉助，唯知以徇公为称，不知其余矣。’事在龃龉，令辄入告，公独处之，益办。内史郑文肃公闻而喜，谓其僚曰：‘石君新进，乃能如此，后日有势位，何施而不宜？’优词荐之。”《太子中舍王君墓志铭》，记王绅治绩与死后幼子托仆人远奔二千里走四十驿求作者为墓志之事，其事情始末娓娓道出，平易流畅，可读性较强，而其情景亦十分感人。

苏轼曾作有《文与可字说》，谓其人：“守道而忘势，行义而忘利，修德而忘名，与为不义，虽禄之千乘不顾也。虽然，未尝有恶于人，人亦莫之恶也。”又有《文与可画墨竹屏风赞》：“与可之文，其德之糟粕。与可之诗，其文之毫末。诗不能尽，溢而为书，变而为画，皆诗之余。其诗与文，好者益寡。有好其德如好其画者乎？悲夫!”这些文字，对文同守道行义修德的高尚人品给予充分肯定，对其文艺创作之诸体，先文次诗次书次画的排列，当亦合乎其本人的写作实践。而世俗之人只重其画，而不重其德与诗文，自然会令苏轼感慨不已了。《四库全书总目·丹渊集提要》，亦谓："特以墨竹流传，遂为画掩，故世人不甚称之，然驰骤于黄、陈、晁、张之间，未尝不颉颃上下也。"此亦为公允之论。

沈括（1031～1095），字存中，杭州钱塘（今浙江杭州）人。初以父任为沭阳主簿。仁宗嘉祐八年（1063）进士，除扬州司理参军，入编校昭文馆书籍，为馆阁校勘，删定三司条例。熙宁中，参与王安石变法，历检正中书刑房公事、提举司天监，迁集贤校理、同修起居注，擢知制诰兼知通进银台司。熙宁七年（1074），为河北西路察访使，奏言边务三十一事。使辽，破其夺地之谋，又图其山川形势风土人情，为《使契丹图抄》。还，拜翰林学士、权三司使。以御史劾其阴害司农法，以集贤院学士知宣州。元丰三年（1080），除鄜延路经略使、知延州。五年，夏人攻陷永乐城，坐首议筑城责授均州团练副使，随州安置。元祐初，徙秀州，继以光禄少卿分司，居润州八年卒，年六十五。博学善文，于天文、星象、地理、方志、典章、律吕、历法、医药、卜算等无所不通，著述有四十余种。其文集《长兴集》，原本四十一卷，今存十九卷。《全宋文》连同新辑佚文釐为十三卷，共录一百七十六篇。所著《梦溪笔谈》，二十六卷，并有补笔谈二卷，续笔谈一卷。尚存有药学专书《苏沈良方》。

《四库全书总目·长兴集提要》谓："（沈括）在当时，乃不甚以文章著，然学有根柢，所作亦宏赡淹雅，具有典则。其四六表启，尤凝重不佻，有古作者之遗范。惜流传既久，篇帙脱佚。"今传四六表启类散文尚有不少，较佳者如晚年迁谪之际写的两篇《秀州谢表》，其中有云："虽奋竭之心，难伸于已废之日；惟忠孝之志，敢罄于未死之前。""三年无半面之旧，一日见平生之亲。"这些语句，不仅属对工整精切，而且情感真挚，一发自然。又如《谢分司南京表》："伏念臣出自寒门，苟循世绪。尪隤白首，无一亩以退耕；黾勉清时，希斗粟以自禄。偶圣神之委照，拔疵贱于片言。技一出而已殚，才屡试而益屈。使临剧塞，于义不敢辞难；但谓平时，常才亦可勉力。更无异策，唯信孤忠。比臣在任之时，适当用兵之际。始罢灵州之役，误蒙手敕之褒。逮边议之再兴，鉴远攻之非利。请完近塞，欲以救属寮客战之轻；孤论中移，无以回王人专制之锐。由臣不职，竟累偏师。效力无门，上孤西顾之托；垂恩贳死，特宽军候之刑。敢图垂尽之年，重沐再生之赐。洪造兴物，难回霜霰之余；圣恩及臣，更过天地之力。”是文前半，概括叙述了作者一生仕宦的经历和甘愿竭忠报国的心志，同时也对自己才力有限或不堪任使的行为表示自责自咎。后面一节文字，则集中叙写自己奉命守边，力主筑城完塞，乃至城陷王师败没的始末因由，而最终归结为自己的不职不力，理应受罚罢遣。王銍《四六话》卷上，谓沈括缘永乐陷没谪官，后复官分司作谢表，其特色是“皆新语也”。细读原文，其遣词造语不惟干练斩截，而且有些瘦硬，有些奇横，这种感觉，也许就是王銍所谓有新意吧。

从总体上来看，沈括善于明理叙事，语言也清通自然，其创作，一以切时救弊、阐发事理为主，而非空言泛论和刻意求新者流。这种特点，可以其九篇自志、十七篇记，以及《梦溪笔谈》为代表。《全宋文》所录自志，或出自《长兴集》，或出自《宋史·沈括传》，或出自《续资治通鉴长编》，主要内容皆关涉西北边事，诸如不宜于边凿山银冶、陕西盐鬻有四、议铸铁钱等。这些都是典型的经世致用之文。兹录二则，以见一斑：

> 翁察访河北西边，讲修边备，易其旧政者数十事。际边自蒲城以东至边吴淀五十余里，按图名徐村淀，淀渊相属，其实皆町衍大陆，无复陂泽之迹，戎马可以直抵深州。翁请决徐、鲍诸水为塞，下属诸淀。上览奏，骇曰：“图籍无实如此，安用守臣?”遂决意为之。近臣有言塘水可决者，翁应之曰：“横五十里以为壑，败堤泄之，非一月不能涸。水之渐溃，常数百里，注于敌中，塘间沮洳不容徒骑，此足以困敌，非中国之患也。”使翁自遣官营之，再岁而塘成。（《自志》二）
>
> 耕垦利于近，商贾利于远。今开银冶于极塞，客聚之民一旦成市，仰哺边粟，日耗军食。近宝则国贫，其势必然；人众则囊橐奸伪何以检察？朝廷岁遣单于银以数十万，以其非北方所有，故价重而契丹利之。昔日银城县、银坊城皆没于契丹，盖北人未知凿山之利也。若启之使能自致，则国中之币益轻，复何赖于岁饷之物？邻衅将自此始矣。（《自志》四）

其《自志》之一，则是较为典型的叙事写景抒情的文字：

翁年三十许时，尝梦至一处，登小山，花木如覆锦。山之下有水澄激，极目而乔木翳其上。梦中乐之，将谋居焉。自尔岁一再梦，或三四梦至其处，习之如平生之游。后十余年，翁谪居宣城，有道人无外谓京口山川之胜，邑之人有圃求售者。及翁以钱三十缗得之，然未知圃何在。又后六年，翁坐边议谪废，乃庐于浔阳之熨斗洞，将为庐山之游以终身焉。元祐元年，道京口，登道人所置之圃，恍然乃梦中所游之地。翁叹曰："吾缘在是矣。"于是弃浔阳之居，筑室于京口之陲。巨水蓊然，水出峡中，渟滀杳冥，缭绕地之一偏者，目之曰"梦溪"。溪之上耸然为丘，千本之花缘焉者，百花堆也。覆堆而庐其间者，翁之栖也。其西荫于花竹之间，翁之所憩壳轩也。轩之瞰有阁俯于阡陌，巨木千寻閧其上者，花堆之阁也。据堆之巅，集茅以舍者，岸老之堂也。背堂而俯于梦溪之颜者，苍峡之亭也。而花堆有竹万个，环以激波者，竹坞也。度竹而南，介途滨河，锐而垣者，杏嘴也。竹间之可燕者，萧萧堂也。荫竹之南，轩于水澨者，深斋也。对高而缔，可以眺者，远亭也。居在城邑，而荒芜古木，与鹿豕杂处。客有至者，皆顿遏而去，而翁独乐焉。渔于泉，舫于渊，俯仰于茂水美荫之间。所慕于古人者，陶潜、白居易、李约，谓之三悦；与之酬酢于心目之所寓者，琴、棋、禅、墨、丹、茶、吟、谈、酒，谓之九客。四年而翁病，涉岁而益羸，滨枢木矣。岂翁将蜕于此乎？

这篇文章，就梦溪得名的前后因缘和园中幽美的景色作了详尽描述，真实地再现了作者晚年寄情山水、遗弃世务的生活情境。其文字亦写得极其潇洒，流转自然。连用十几个"也"字，虽说是套用欧阳修《醉翁亭记》的写法，却也平添了几分抒情色彩和铿锵有力的节奏韵味。

《扬州重修平山堂记》，写昔日欧阳修所建平山堂到嘉祐末年，已经朽烂剥漫，不可支撑，直史馆丹阳刁公领府事遂翻建一新，作者就此发表了一番感慨："扬州常节制淮南十一郡之地。自淮南之西，大江之东，南至五岭蜀汉，十一路百州之迁徙贸易之人，往还皆出其下。舟车南北，日夜灌输京师者，居天下十之七。虽选帅常用重人，而四方宾客之至者，语言面目不相谁何，终日环坐满堂，而太守应决一府之事自若，往往亦不暇尽举其职，不然大败不可复支。虽力足以自信，始皆不敢迎谓之可治，卒亦必出于甚劳，然后能善其职。故凡州之宴赏享劳，太守之所游处起居，率皆有常处，不能以意有所拣择，以为宾客之欢。”又谓：“昔之乐闻平山之名而来者，今又将登此以博望遐观，其清凉高爽有不可以语传者也。扬为天下四方之冲，旦至乎此者朝不知其往，朝至乎此者夕不知其往。民视其上，若通道大途。相值偶语，一不快其意，则远近骚括谤喧，纷不可解。公于此时能使威令德泽洽于人心，政事大小无一物之失，而寄乐于山川草木虚闲旷快之地。人知得此足以为乐，而不知其致此之为难也。后人之登是堂，思公之所以乐，将有指碑以告者也。”扬州在当时是大州巨府，又为南北交通之要道，太守治此甚劳亦甚难，作者抓住这个地理方位特征在文之首尾处反复强调渲染，意在突显新守刁公之勤勉有治绩和和洽民心、使人寄乐。这种写作构想是较为新颖的。《苍梧台记》，写登山眺望情景，描摹非常生动：“晨鸡初鸣，夜漏未极，而东方云骞，气如渥朱，旛悬帜罗，烟光四发。久之，溟波洞赤，郁扬沸腾，爚如洋金，而朝日始放。倏焉乍安，茫洋扶舆，光景仰射，隙黼上指，人动马行，影在霄汉。反顾海之为州，仅在苍烟晦雾杳霭之间，藐然如一浮萍之不可分。此其卑者，犹有大山焉，曰‘由吾关山’，予虽得至其下，竟不果登而归。闻其多猛兽异物，往尝有死于游者。其言未必信然，而予固未可以与猛兽异物辨之也。”前写苍梧日出之壮丽奇观，后写大山未游之自我解嘲，均给人留下很深的印象。《岸老堂记》和《萧萧堂记》，则写晚年居于润州梦溪的恬淡悠闲心境，个性特征非常明显。试读二文的开头部分：

岸老既临于梦溪之上，筑堂而命之曰“老”。老不在堂，而老者之发茁其以白，其心若颓云之淡太虚也。猿鹄其形，支木杭草之与居也。臂交于上，不私其禄，而休予以茆丘之美荫也。滮漎虚纳，物来不辞，而濯予以灵溪之浩浸也。非步非骞，胡胡然循阶而鸣者，垲予以涧涯之冷风也。仰之在颜，顾则在几，圭拥而绘张者，望予以四旅之群峰也。岸老之所乐，聚之接之，其来而不穷者，堂之为老用也。(《岸老堂记》)

岸老琴于竹间，鸟呶其上，鱼裔其下，竹间之风骰然鸣以相和。少进焉，则鸟踧而去之，鱼慭然逃于深渊。向也惟草木之见，今孑然则予也；向以予为草木也习之，今也以予为非草木也跳焉。予乐竹间之萧萧，囊枕几而与居，曾二物之寇哉？(《萧萧堂记》)

《苏州清流山钱氏奉祠馆记》，记钱僧孺筑馆于亲墓之侧，岁时祭拜之外，尚寓登高怀远之意。《江州揽秀亭记》，写九江秀色之可揽结。凡此，皆为较好的记体散文。沈括的这类文章，弊在好用生僻字眼，好造盘空硬语，也喜欢横发议论。其才气固然很大，但是稍一不慎，便滑入逞才使气者流。如上所举《岸老堂记》和《萧萧堂记》的后大半文字，就有佶屈聱牙、艰涩难读的毛病。

所作《墓志铭》约有三十余篇，其叙述生动、人物性格较为突出的段落，亦有不少。这里选录二则：

> 某往时借居苏州，辰朝天雨甚，有大夫入门径升堂，语揖轩然，儒者也。苍头奴携一樽酒置榻上，出大杯引酌，淋漓满前。时起，以杯属予。予不能酒，默对之坐，语落落可听。俄醉烂然，自引去，莫知其谁。后尝以问人，曰："此必杜君昌期也。"其后二十年，某过苏州，外昆弟方奇袖出一卷书，曰："奇之友杜桐庐有才不遇，卒。兄为我铭其墓，使不复悲其死，死且有传也。"某发卷，识其名，曰："嘻，吾故人也！持来与子铭。"（《宋故桐庐县尉杜君墓志铭》）
>
> 尝行部抵陈留佛寺，夜未半，闻垣有汹汹群人声者，起烛之，四望积骸蔽野，皆贫无以葬者委骨于此。君恻然哀之。明日，具以所见闻，请斥官地数顷以葬之。即日报可，仍以君总领。凡得遗骸八万余，每三千为一坎，皆沟封，什伍为曹，序有表，总有图。规其地之一隅以为佛寺，岁僧寺之徒一人使掌其籍。君能推朝廷之惠及于朽骨，则其所以全养生身者，可以知君之仁矣。（《故朝散大夫知楚州陈君墓志铭》）

《梦溪笔谈》，写于晚年卜居润州的时候，遂以梦溪名之。其《自序》有云："予退处林下，深居绝过从，思平日与客言者，时纪一事于笔，则若有所晤言，萧然移日。所与谈者，唯笔砚而已，故谓之《笔谈》。圣谟国政及事近宫省，皆不敢私纪。至于系当日士大夫毁誉者，虽善亦不欲书，非止不言人恶而已。所录唯山间木荫，率意谈噱，不系人之利害者，下至闾巷之言，靡所不有。亦有得于传闻者，其间不能无缺谬。以之为言则甚卑，以予为无意于言可也。"作者的写作态度非常严肃认真，这使其书明显地区别于那些以资谈笑或搜奇猎怪之类的寻常笔记。南宋乾道二年扬州州学教授汤修年的跋语谓："《笔谈》所纪，皆祖宗盛时典故、卿相、太平事业，及前世制作之美。虽目见耳闻者，皆有补于世，非他杂志之比云。"是书共分为故事、辨证、乐律、象数、人事、官政、权智、艺文、书画、技艺、器用、神奇、异事、谬误、讥谑、杂志、药议十七门，分类系事，约有六百余则。内容异常广博丰富，涉及了人文社会科学和自然科学这两大领域，而其记载之审慎，考辨之精当，又使之成为谨严可信的资料渊薮。宋代学术笔记类的著述甚多，其中较著者，有洪迈的《容斋随笔》，王应麟的《困学纪闻》，叶大庆的《考古质疑》，王观国的《学林》等，而沈括的《梦溪笔谈》，不仅写作年代要早很多，其博大精深和严肃慎重之处，也远胜他人。

沈括善于叙事明理的写作特点，在其笔记文中也得到充分体现。例如下列三则：

板印书籍，唐人尚未盛为之。自冯瀛王始印五经，已后典籍，皆为板本。庆历中，有布衣毕昇，又为活板。其法，用胶泥刻字，薄如钱唇，每字为一印，火烧令坚。先设一铁板，其上以松脂、蜡和纸灰之类冒之。欲印，则以一铁范置铁板上，乃密布字印，满铁范为一板，持就火炀之。药稍熔，则以一平板按其面，则字平如砥。若止印三二本，未为简易。若印数十百千本，则极为神速。常作二铁板，一板印刷，一板已自布字，此印者才毕，则第二板已具，更互用之，瞬息可就。每一字皆有数印，如"之"、"也"等字，每字有二十余印，以备一板内有重复者。不用，则以纸贴之，每韵为一贴，木格贮之。有奇字素无备者，旋刻之，以草火烧，瞬息可成。不以木为之者，文理有疏密，沾水则高下不平，兼与药相粘不可取。不若燔土，用讫再火令药熔，以手拂之，其印自落，殊不沾污。昇死，其印为予群从所得，至今宝藏。(《梦溪笔谈·技艺》)

鄜延境内有石油。旧说高奴县出"脂水"，即此也。生于水际，沙石与泉水相杂，惘惘而出。土人以雉尾裛之，乃采入缶中。颇似淳漆，燃之如麻，但烟甚浓，所沾幄幕皆黑。予疑其烟可用，试扫其煤以为墨，黑光如漆，松墨不及也。遂大为之，其识文为"延川石液"者是也。此物后必大行于世，自予始为之。盖石油至多，生于地中无穷，不若松木有时而竭。今齐鲁间松林尽矣，渐至太行、京西、江南，松山太半皆童矣。造煤人盖未知石烟之利也。石炭烟亦大，墨人衣，予戏为《延州诗》云："二郎山下雪纷纷，旋卓穹庐学塞人。化尽素衣冬未老，石烟多似洛阳尘。"（《梦溪笔谈·杂志》）

方家以磁石磨针锋，则能指南，然常微偏东，不全南也。水浮多荡摇，指爪及碗唇上皆可为之，运转尤速，但坚滑易坠，不若缕悬为最善。其法，取新纩中独茧缕，以芥子许蜡缀于针腰，无风处悬之，则针常指南。其中有磨而指北者，予家指南北者皆有之。磁石之指南，犹柏之指西，莫可原其理。（《梦溪笔谈·杂志》）

这几条材料，分别记载了活字印刷、石油功用、磁石指南等在中外科技发展史上具有重大影响的事件，条理清晰，叙述翔实，文字简洁准确。而更为可贵的是，这些发现和发明，不仅是对前人智慧的认真总结，而且还涵蕴着作者自己的实践和验证，乃至科学的预见。据统计，《梦溪笔谈》中有关科学技术方面的记载，约占全书的三分之一，包括数学、天文、历法、气象、地质、地理、物理、化学、生物、农业、水利、建筑、医学、药学等。作为封建时代的官员和读书作文的儒士，在治国理民守边的同时，能够切实关注自然科学的发展动向，其行为亦实属难得。

属于人文社会科学方面的记载和辨证，对今人来说，也具有很高的学术参考价值。例如谈及文风变革的几条：

嘉祐中，士人刘几累为国学第一人，骤为怪险之语，学者翕然效之，遂成风俗。欧阳公深恶之，会公主文，决意痛惩，凡为新文者，一切弃黜，时体为之一变，欧阳之功也。有一举人论曰："天地轧，万物茁，圣人发。"公曰："此必刘几也。"戏续之曰："秀才刺，试官刷。"乃以大朱笔横抹之，自首至尾，谓之"红勒帛"，判"大纰缪"字榜之。既而，果几也。（《梦溪笔谈·人事》）

往岁士人多尚对偶为文，穆修、张景辈始为平文，当时谓之古文。穆、张尝同造朝，待旦于东华门外。方论文次，适见有奔马践死一犬，二人各记其事，以较工拙。穆修曰："马逸，有黄犬遇蹄而毙。"张景曰："有犬死奔马之下。"时文体新变，二人之语皆拙涩，当时已谓之工，传之至今。（《梦溪笔谈·艺文》）

这两条材料，一般文学史往往都作为典型例证，以期说明宋初文风之嬗变情况。此外和文坛有关的一些逸闻轶事，如司马光退居洛阳为九老会，晏殊诚实不欺，柳开以独轮车载千轴文章谒主司，唐人作富贵诗多纪奉养器服之盛乃是贫眼所惊，梅询书诏思苦见老卒卧日中则以不识字为快活，等等，皆为研究唐宋文史的人提供了丰富而生动的本始资料。

沈括关于书画艺术方面的一些独特见解，也颇能启迪人心，可供艺术史研究者做参考。例如：

> 江南徐铉善小篆，映日视之，画之中心有一缕浓墨，正当其中。至于屈折处，亦当中，无有偏侧处。乃笔锋直下不倒侧，故锋常在画中。此用笔之法也。(《梦溪笔谈·书画》)
>
> 晋宋人墨迹，多是吊丧问疾书简。唐正观中购求前世墨迹甚严，非吊丧问疾书迹，皆入内府，士大夫家所存，皆当日朝廷所不取者，所以流传至今。(《梦溪笔谈·书画》)
>
> 今人地中得古印章，多是军中官。古之佩章，罢免迁死皆上印绶，得以印绶葬者极稀。土中所得，多是没于行阵者。(《梦溪笔谈·器用》)

胡应麟《读梦溪笔谈》说："沈存中博洽名一时，所著《梦溪笔谈》，议论多独造，朱元晦亦盛称之。第其师心自信，往往有牴牾史传处，盖此书成于迁谪之所，亡载籍可参考。故本朝杨用修蚤戍滇南，所著书牴牾史乘处尤夥，其病正与存中同。要之，著述非词赋比，或至贻误后人，疑者缺之，信者稽之，务出万全可也。"个别事项的失考或不当的渲染，固为沈书之缺憾；而瑕不掩瑜，此书在古代文明发展史上的特殊贡献却是人所共知的事实。

第四节　邵雍、周敦颐、张载与程颢、程颐

邵雍（1011～1077)，字尧夫。其先范阳人，后随父徙共城（今河南辉县）。幼贫，读书刻苦，慷慨欲树功名。既长，则周游南北，归从李之才学物理性命之学，

受《河图》、《洛书》，以及宓羲八卦六十四卦图像。多所自得，著书十余万言行于世。移居洛阳，与退居之富弼、司马光、吕公著交游，诸公为置买园宅，岁时耕种，遂名其居曰安乐窝，因自号安乐先生。嘉祐中曾被召受官，称疾不就。熙宁十年卒，年六十七。元祐中赐谥康节。著有《皇极经世》、《观物内外篇》、《渔樵问对》等。诗集名为《伊川击壤集》。

邵雍是北宋中前期道学家的代表人物。朱熹说："康节之学，其骨髓在《皇极经世》，其花草便是诗。"（《朱子语类》卷一百）《皇极经世》，有十二卷，用太极象数推算历代王朝治乱兴废的命运，从尧舜推至后周显德末年。其诗约有一千余首，所写基本内容则为品题风月，抒写安乐闲情，以及友朋酬唱等，题材异常狭窄单纯。"篇篇只管说乐，次第乐得来厌了"（《朱子语类》卷一百）。和文学有关的文章，有《洛阳怀古赋》和《伊川击壤集序》两篇。其赋小序说："洛阳之为都也，居天地之中，有终天之王气在焉。予家此始半岁，会秋乘雨霁，与殿院刘君玉登天宫寺三宝阁，洛之风景，因得周览。惜其百代兴废以来，天子虽都之，而多不得其久居也。故有怀古之感，以通讽喻。君玉好赋，请以赋言之。"正文的前半部分，描述山川形胜的壮丽景色，从而引出建都于此的历史和作者的感慨议论：

> 秋雨霁，日色清。景方出，秋益明。何幽怀之能快，唯高阁之可凭。天之空廓，风之清泠。览三川之形胜，感千古之废兴。乃眷西北，物华之妍。云情物态，一气茫然。拥楼阁以高下，焕金碧之光鲜。当地势之拱处，有王居之在焉。惜乎天子居东都，此邦若诸夏。不会要于方来，不号令于天下。声明文物，不此而出；道德仁义，不此而化。宫殿森列，鞠而为茂草；园囿棋布，荒而为平野。鸾舆曾不到者三十余年，使人依然而叹曰：虚有都之名也。
>
> 噫！夏王之治水也，四海之内列壤惟九，而居中者实曰豫州。荆河之北，此为上流。周公之卜宅也，率土之滨建国为万，而居中者实曰洛阳。瀍、涧之侧，此唯旧都。迨于今日，二千年之有余。因兴替之不定，故靡常其厥居。我所以作赋者，阅古今变易之时，述兴亡异同之迹。追既失之君王，存后来之国家也。
>
> 噫！太昊始法，二帝成之。三王全法，参用适宜。伊六圣之经理，实万世之宗师。我乃谓治民之道，于是乎大尽矣。逮夫五霸抗轨，七雄驾威。汉之

兴，乘秦之弊；曹之擅，幸汉之衰。始鼎立而治，终豆分而隳。晋中原之失守，宋江左之画畿。或走齐而驿魏，或道陈而经隋。自元魏廓河南之土，植六朝之风物；李唐蟠关中之腹，孕五代之乱离。其间或道胜而得民，或兵强而慴下。或虎吞而龙噬，或鸡狂而犬诈。或创业于艰难，或守成于逸暇。或覆餗而终焉，或包桑而振者。故得陈其六事，虽善恶不同，其成败一也。

在这篇赋的后面，作者分别从德化、政公、国力、赋敛、刑罚、天灾六个方面总结历史教训。最后说："君上必欲上为帝事，则请执天道焉；中为王事，则请执人道焉；下为霸事，则请执地道焉。三道之间，能举其一，千古之上，犹反掌焉。则是洛之兴也，又何计乎都与不都也！如欲用我，吾从其中。"在作者看来，都此与否，其实与国家兴衰与否，并没有直接的联系，关键是在人事，力行王事人道，终始不移，王朝自然长治久安。很显然，其思想认识完全是承继传统儒家的学说而略加形象化的描写罢了。其子邵伯温《邵氏闻见录》卷十九谓："康节先生经世之学盖如此，托赋以自见耳。"

《伊川击壤集序》是邵雍为自家诗集写的序，全面系统地阐述了自己作诗的理念，自然，也是我们研究道学家文学思想的重要资料：

《击壤集》，伊川翁自乐之诗也。非唯自乐，又能乐时与万物之自得也。

伊川翁曰：子夏谓诗者，志之所之也。在心为志，发言为诗。情动于中而形于言，声成其文而谓之音。是知怀其时则谓之志，感其物则谓之情，发其志则谓之言，扬其情则谓之声，言成章则谓之诗，声成文则谓之音。然后闻其诗，听其音，则人之志情可知之矣。且情有七，其要在二，二谓身也，时也。谓身则一身之休戚也，谓时则一时之否泰也。一身之休戚，则不过贫富贵贱而已；一时之否泰，则在夫兴废治乱者焉。是以仲尼删《诗》，十去其九。诸侯千有余国，《风》取十五。西周十有二王，《雅》取其六。盖垂训之道，善恶明著者存焉耳。

近世诗人，穷戚则职于怨憝，荣达则专于淫泆。身之休戚，发于喜怒；时之否泰，出于爱恶。殊不以天下大义而为言者，故其诗大率溺于情好也。噫！情之溺人也，甚于水。古者谓水能载舟，亦能覆舟，是覆载在水也，不在人也。载则为利，覆则为害，是利害在人也，不在水也。不知覆载能使人有利害邪？利害能使水有覆载邪？二者之间，必有处焉。就如人能蹈水，非水能蹈人也。然而有称善蹈者，未始不为水之所害也。若外利而蹈水，则水之情亦由人之情也；若内利而蹈水，则败坏之患立至于前。又何必分乎人焉水焉，其伤性害命一也。

性者，道之形体也，性伤则道亦从之矣；心者，性之郛郭也，心伤则性亦从之矣；身者，心之区宇也，身伤则心亦从之矣；物者，身之舟车也，物伤则身亦从之矣。是知以道观性，以性观心，以心观身，以身观物，治则治矣，然犹未离乎害者也。不若以道观道，以性观性，以心观心，以身观身，以物观物，则虽欲相伤，其可得乎？若然，则以家观家，以国观国，以天下观天下，亦从而可知之矣。

予自壮岁，业于儒术，谓人世之乐，何尝有万之一二，而谓名教之乐，固有万万焉，况观物之乐，复有万万者焉。虽死生荣辱转战于前，曾未入于胸中，则何异四时风花雪月，一过乎眼也。诚为能以物观物，而两不相伤者焉。盖其间情累都忘去尔，所未忘者，独有诗在焉。然而虽曰未忘，其实亦若忘之矣。何者？谓其所作异乎人之所作也。所作不限声律，不沿好恶，不立固必，不希名誉。如鉴之应形，如钟之应声。其或经道之余，因闲观时，因静照物，因时起志，因物寓言，因志发咏，因言成诗，因咏成声，因诗成音。是故哀而未尝伤，乐而未尝淫。虽曰吟咏情性，曾何累于性情哉？

钟鼓，乐也；玉帛，礼也。与其嗜钟鼓玉帛，则斯言也，不能无陋矣；必欲废钟鼓玉帛，则其如礼乐何？人谓风雅之道行于古，而不行于今，殆非通论，牵于一身而为言者也。吁！独不念天下为善者少，而害善者多；造危者众，而持危者寡。志士在畎亩，则以畎亩言，故其诗名之曰《伊川击壤集》。时有宋治平丙午中秋日也。

邵雍不同于稍后的道学家，一生作诗数量甚多，而其所写则不出安乐窝的逍遥闲适和自乐自得。艺术风格的平淡乏味与题材内容的褊狭单调，不仅取决于其生平经历的没有坎坷起伏和缺乏经世治民的观照视野，更主要的恐怕还是其诗学观念的理性自觉和道学家摒弃情欲物累的思想认识使然。这篇序，就是作为诗人的邵雍与作为道学家的邵雍这二者相融相争的理论体现。作为诗人，自然要承认《毛诗序》所谓“诗言志”的传统，也得认可人之七情六欲与时势兴废治乱之关系。儒家诗教所谓兴观群怨，哀而不伤，乐而不淫等等，我们都可以从其序文当中体味出来；作为道学家，自然要极力强调物外超然之境，极力推举理性客观之天下大义，极力泯却世间之是非情欲利害。他否定近世诗人，所谓“身之休戚，发于喜怒；时之否泰，出于爱恶。殊不以天下大义而为言者，故其诗大率溺于情好也。噫！情之溺人也，甚于水”。他标榜自己的观物之乐和所作异乎人之所作，所谓“虽死生荣辱转战于前，曾未入于胸中，则何异四时风花雪月，一过乎眼也。诚为能以物观物，而两不相伤者焉。盖其间情累都忘去尔”。所谓“所作不限声律，不沿好恶，不立固必，不希名誉”等等。这些，都是在表白一个道学家作诗的异乎常人之处。邵雍巧妙地在诗人与道学家之间找到一个平衡点，或者说是找到一个妥协调和之处，那就是可以写诗，但所写性情要度越一己或一时的喜怒好恶，所写景象要演绎天地万物的大道。“以物观物”，是道学家邵雍的认识论，也是诗人邵雍的创作方法，其本质就是去除人间一切蔽障，以理驭情，在空明澄澈的精神状态下观照万物，要从一个站得高、看得远、见得深、极目于天地宇宙的哲人的角度来写景抒情。这样做的结果必然是天理恒常的了悟演绎取代了抒情个体的喜怒爱恶，并最终变为刘克庄所说的“语录讲义之押韵者”(《后村大全集》卷一《吴恕斋诗稿跋》)。

周敦颐（1017～1073），字茂叔，号濂溪。原名敦实，避英宗旧讳改。道州营道（今湖南道县）人。少孤，养于舅龙图阁学士郑向家。景祐三年（1036），以荫为洪州分宁县主簿，以决狱立辨，部使者荐为南安军司理参军。移郴州桂阳令，改大理寺丞、知南昌县。历合州判官，迁国子博士、通判虔州。移判永州，权知邵州。熙宁初，知郴州，以荐为广东转运判官，提点刑狱。以疾求知南康军，因家庐山莲花峰下，前有溪，取营道故居濂溪以名之。熙宁六年卒，年五十七岁。南宋宁宗嘉定十三年（1220），赐谥曰元公。理宗淳祐元年（1241），封汝南伯，从祀孔子庙庭。喜谈心性义理，精于《易》学，为宋代理学开山祖师。曾著《太极图说》，明天理之根源，究万物之终始。又著《通书》四十篇，发明太极之蕴。宋人编有《元公周先生濂溪集》十二卷。《全宋文》连同佚文，釐为二卷。

从本质上来说，周敦颐是个学者，在古代哲学思想史中占有重要地位，而其诗文创作则显得比较薄弱，这与他重道轻文的思想有着极为密切的关系。《宋史》本传谓其《通书》："言约而道大，文质而义精，得孔孟之本源，大有功于学者。"其中第二十八篇《文辞》说："文，所以载道也。轮辕饰而人弗庸，徒饰也，况虚车乎！文辞，艺也；道德，实也。笃其实而艺者书之，美则爱，爱则传焉。贤者得以学而至之，是为教。故曰：'言之无文，行而不远。'然不贤者，虽父母临之，师保勉之，不学也；强之，不从也。不知务道德，而第以文辞为能者，艺焉而已。噫，弊也久矣！"其第三十四篇《陋》则说："圣人之道，入乎耳，存乎心，蕴之为德行，行之为事业。彼以文辞而已者，陋矣。"周敦颐强调作家的德行涵养，反对以文辞为能者，也没有完全否认文辞修饰的作用，自有其合理的一面。不过，他同时又带有极端性和偏颇性。所谓"文以载道"的"道"，强调的是道德伦理、品行修养、人性善恶等儒家思想中偏重自身性情学养的特定方面，其精神内涵显得非常狭隘，非常单纯。这和唐宋古文大家所强调的涵蕴着广阔深厚的社会和人生的"道"，有着根本性的区别；而所谓的"文"，又局限在语言文字的"文"，而不是文章的"文"。这就把"文"的艺术功能圈定在表达道德思想的工具这种单一的艺术层面上面。这和古文家所强调的形式丰富多彩的"文"，也有很大的区别。这种文学观念直接影响了他的学生，如程颐所谓"作文害道"，"有德者必有言"，便沿着其偏激的路数延展开来，直至把文和道说成是完全对立的东西。

以稍为通脱的观点来看，《通书》中一些修身养性类似箴言的篇章，对我们还是很有启示：

> 人之生，不幸，不闻过；大不幸，无耻。必有耻，则可教；闻过，则可贤。(《幸》第八)
>
> 圣希天，贤希圣，士希贤。伊尹、颜渊，大贤也。伊尹耻其君不及尧舜，一夫不得其所，若挞于市。颜渊不迁怒，不贰过，三月不违仁。志伊尹之所志，学颜子之所学，过则圣，及则贤，不及则亦不失于令名。(《志学》第十)
>
> 颜子一箪食，一瓢饮，在陋巷，人不堪其忧，而不改其乐。夫富贵，人所爱者也。颜子不爱不求而乐乎贫者，独何心哉？天地间有至贵至爱可求，而异乎彼者，见其大而忘其小焉尔。见其大，则心泰；心泰，则无不足；无不足，则富贵贫贱处之一也；处之一，则能化而齐。故颜子亚圣。(《颜子》第二

十三)

仲由喜闻过，令名无穷焉。今人有过，不喜人规，如护疾而忌医，宁灭其身而无悟也。噫!(《过》第二十六)

君子以道充为贵，身安为富，故常泰，无不足。而铢视轩冕，尘视金玉，其重无加焉尔。(《富贵》第三十三)

在《通书》之外，所作如《守性箴》、《守中箴》等，皆言心性修养之道。《养心亭说》，则就张宗范所建山亭联系孟子所谓“养心莫善于寡欲”，而表示自己的看法，以为养心不仅止于寡欲，还应做到无欲，无则诚立明通，才可以达到圣贤的思想境界。作于嘉祐八年的《爱莲说》，则是脍炙人口的作品：

水陆草木之花，可爱者甚蕃。晋陶渊明独爱菊。自李唐来，世人盛爱牡丹。予独爱莲之出淤泥而不染，濯清涟而不妖，中通外直，不蔓不枝，香远益清，亭亭净植，可远观而不可亵玩焉。予谓菊，花之隐逸者也；牡丹，花之富贵者也；莲，花之君子者也。噫！菊之爱，陶后鲜有闻；莲之爱，同予者何人？牡丹之爱，宜乎众矣。

是文完全泯却道学气息，而出之以清丽优美之境。写景抒情，托物言志，既写出作者清高自守、独立不移的个性特征，也暗中讥讽了世俗之人追逐功名富贵的不良风气。三种花与三种人，对比鲜明强烈，寓意极为深刻。《宋史》本传曾引黄庭坚的评语说：“人品甚高，胸怀洒落，如光风霁月。廉于取名而锐于求志，薄于徼福而厚于得民，菲于奉身而燕及茕嫠，陋于希世而尚友千古。”朱熹《书濂溪先生爱莲说后》，则谓周敦颐尝以“爱莲”二字名其居之堂，而为是说以刻石。

他还有一篇《拙赋》，其序说：“或谓予曰：‘人谓子拙。’予曰：‘巧，窃所耻也，且患世多巧也。’喜而赋之。”全文并不长，只有四十个字：

巧者言，拙者默。巧者劳，拙者逸。巧者贼，拙者德。巧者凶，拙者吉。呜呼！天下拙，刑政彻。上安下顺，风清弊绝。

朱熹守南康日，乃辟江东道院之东室，榜以“拙斋”，并刻石置于其内，且谓：“既以自警，且以告后之君子，俾无蹈先生之所耻者以病其民云。”（《书濂溪先生拙赋后》）

张载（1020～1078），字子厚，凤翔郿县（今陕西眉县）横渠镇人。世称横渠先生。嘉祐二年进士，曾任祁州司法参军、丹州云岩令。英宗时，签书渭州判官公事。熙宁初，以荐为崇文院校书，不久，便移疾屏居南山下读书讲学。熙宁十年，以荐同知太常礼院，与有司议礼不合，复以疾归，中道病卒。为宋代著名学者，因其讲学关中，为关中士人宗师，故人称关学。嘉定十三年，赐谥曰明公。淳祐元年，封郿伯，从祀孔子庙庭。所著有《正蒙》、《横渠易说》、《经学理窟》、《张子语录》等。后人编为《张子全书》，又有中华书局校点本《张载集》。

他是进步的思想家，注意探讨自然科学和社会实际问题，其哲学体系中朴素唯物论与辩证法并存，而其伦理学说中所谓“民吾同胞，物无与也”，以及“爱必兼爱”等，也反映了人类的普世价值观。在政治思想方面，他力主井田制，企图解决贫富不均的社会矛盾；他也主张时移世变，应当进行必要的政治变革，但是不能“顿革”，要“善与人同”。这些都是他与程颢、程颐为代表的洛学的基本区别。

在张载诸多撰述当中，有关文学创作的言论较少，其中较著者如《正蒙·有德篇》所谓“辞取意达则止，多或反害也”。又如《经学理窟·礼乐》所谓“移人者莫甚于郑卫，未成性者皆能移之”，以及论述郑卫之音所以邪淫，乃在于地滨大河沙地土薄人气轻浮怠惰颓靡等等，皆大体不出传统儒家诗论的范畴。总而言之，作为学者，重道轻文的倾向也是较为明显的。

他少喜谈兵，至欲结客取洮西之地。年二十一，曾以书谒西北边帅范仲淹。在渭，渭帅蔡子正尽以军府之政委之。今日所存文集中，《庆州大顺城记》、《边议》、《与蔡帅边事画一》、《泾原路经略司论边事状》等文，皆可见其军事谋划之才，亦可见其文笔之劲峭古雅。兹选录《庆州大顺城记》，以见一斑：

庆历三年某月日，经略元帅范公仲淹，镇役总若干，建城于柔远寨东北四十里故大顺川，越某月某日，城成。汴人张载谨次其事，为之文以记其功。词曰：

兵久不用，文张武纵，天警我宋，羌蠢而动。恃地之强，谓兵之众，傲侮中原，如抚而弄。天子曰："嘻！是不可舍。养奸纵残，何以令下！"讲谟于朝，讲士于野，鍖刑斧诛，选付能者。皇皇范侯，开府于庆，北方之师，坐立以听。公曰："彼羌，地武兵劲，我士未练，宜勿与竞，当避其强，徐以计胜。吾视塞口，有田其中，贼骑未迹，卯横午纵。余欲连壁，以御其冲，保兵储粮，以俟其穷。"将吏掾曹，军师卒走，交口同辞，乐赞公命。月良日吉，将奋其旅，出卒于营，出器于府，出币于帑，出粮于庾。公曰："戒哉，无败我举！汝砺汝戈，汝鋈汝斧，汝干汝诛，汝勤汝与！"既戒既言，遂及城所，索木箕土，编绳奋杵。胡虏之来，百千其至，自朝及辰，众积我倍。公曰："无哗，是亦何害！彼奸我乘，及我未备，势虽不敌，吾有以恃。"爰募强弩，其众累百，依城而阵，以坚以格。戒曰："谨之，无斗以力！去则勿追，往终我役。"贼之逼城，死伤无数，谟不我加，因溃而去。公曰："可矣，我功汝全；无怠无遽，城之惟坚。"劳不累日，池障以完，深矣如泉，高焉如山，百万雄师，莫可以前。公曰："济矣，吾议其旋。"择士以守，择民而迁，书劳赏才，以饫以筵。图到而止，荐闻于天。天子曰："嗟！我嘉汝贤。"锡号大顺，因名其川。于金于汤，保之万年。

这篇文章的首段，采用散体文句，简略地交代了修建大顺城的年月地段，而详细的修建过程，从天子下诏、范侯谋划，乃至择日开工、敌骑骚扰、城完凯旋等，皆用四字为主的铭文体式，语言简洁干练，读之宛如铁釜爆豆，戛然脆然。所作《张天祺墓志铭》，同样写得简短斩绝，而丧弟之悲哀，亦随文溢出：

哀哀吾弟，而今而后，战兢免夫！有宋太常博士张天祺，以熙宁九年三月丙辰朔暴疾不禄。越是月哉生魄，越翌日壬申，归祔大振社先大夫之茔。其兄载，以报葬不得请铭他人，手疏哀词十二，各使刊石置圹中，示后人知德者。

博士讳戬，世家东都，策名入仕，历中外二十四年。立朝莅官，才德美厚，未试百一，而天下耸闻乐从，莫不以公辅期许。率己仲尼，践修庄笃，虽孔门高弟，有所后先。不幸寿禀不遐，生四十七年而暴终他馆。志亨交戾，命也奈何！

治其丧者，外姻侯去惑、盖节贲及婿李上卿、郭之才，从母弟质凉，甥宋京，攀号之不足，又属辞为之志。

张载既是学者，其论学治经的很多言论，对后人也颇有参考价值。

程颢（1032～1085），字伯淳，河南洛阳人。世称明道先生。嘉祐二年进士，调鄠、上元主簿，历晋城令。熙宁初，以荐为太子中允、监察御史里行，与王安石政见不合，出为提点京西刑狱，改签书镇宁军判官。求监洛河竹木务，特迁太常承，旋即知扶沟县。坐狱逸囚，责监汝州盐税。哲宗立，召为宗正丞，未行而卒，年五十四。年少时，与弟颐同受学于周敦颐，慨然有求道之志。后泛滥于释老百家，返求诸六经，终成自家之言。其学谓天即理，把天理视为自然界和社会的最高原则。又强调致知诚意，穷理尽性等。颢死，文彦博采众论，题其墓曰"明道先生"，其弟颐序其所以而刻之石曰："周公没，圣人之道不行；孟轲死，圣人之学不传。道不行，百世无善治；学不传，千载无真儒。无善治，士犹得以明夫善治之道，以淑诸人，以传诸后；无真儒，则贸贸焉莫知所之，人欲肆而天理灭矣。先生生于千四百年之后，得不传之学于遗经，以兴起斯文为己任，辨异端，辟邪说，使圣人之道焕然复明于世，盖自孟子之后，一人而已。然学者于道不知所向，则孰知斯人之为功；不知所至，则孰知斯名之称情也哉！"（见《宋史》本传）嘉定十三年，赐谥曰纯公。淳祐元年，封河南伯，从祀孔子庙庭。世称兄弟二人的学术思想为"洛学"。二程的著作和言论，后人亦合编为《二程全书》，其中包括《二程遗书》、《二程外书》、《明道文集》、《伊川文集》、《伊川易传》、《程氏经说》、《二程粹言》等。今有中华书局校点本《二程集》。

除去有关学术的文章，程颢残存的表疏奏状书记墓铭等类散文约有二十多篇，其基本特点是不事张扬，平实严正，简洁有法。如《上殿劄子》，其论述中心在君道以稽古正学、明辨善恶忠邪为其旨归，然后讲到要趋道之正，必在乎君志先定，而要做到君志先定，必得礼命老成贤儒，使之日夜陪侍左右，最后则就君主身体力行以为天下倡提出建议。文字不多，充分显示出其对世道民风的重视，也显示出较为严谨的逻辑推理。《请修学校尊师儒取士劄子》，针对宋兴百余年教化未大醇，而人情未尽美的现实，建议朝廷厚礼延聘当代贤儒以充太学，同时取士也要注重品行端洁与晓达治道等方面的考核，最后说：“既一以道德仁义教养之，又专以行实材学升进，去其声律小碎、糊名誊录、一切无义理之弊，不数年间，学者靡然丕变矣。岂惟得士浸广，天下风俗将日入醇正，王化之本也。”熙宁三年所作《谏新法疏》和《再上疏》，皆为新法而发，以为：“自古兴治，虽有专任独决，能就事功者，未闻辅弼大臣人各有心，睽戾不一致，国政异出，名分不正，中外人情交谓不可，而能有为者也。况于措置失宜，沮废公议，一二小臣实与大计，用贱陵贵，以邪妨正者乎?”《晋城县令题名记》，是入仕初期做晋城县令时所写：

> 古者诸侯之国，各有史记，故其善恶皆见于后世。自秦罢侯置守令，则史亦从而废矣。其后自非杰然有功德者，或记之循吏，与夫凶忍残杀之极者，以酷见传，其余则泯然无闻矣。如汉、唐之有天下，皆数百年，其间郡县之政，可书者宜亦多矣，然其见书者，率才数十人。使贤者之政不幸而无传，其不肖者复幸而得盖其恶，斯与古史之意异矣。
>
> 夫图治于长久者，虽圣知为之，且不能仓卒苟简而就，盖必本之人情而为之法度，然后可使去恶而从善。则其纪纲条教，必审定而后下；其民之服循渐渍，亦必待久乃淳固而不变。今之为吏三岁，而代者固已迟之矣。使皆知礼义者，能自始至，即皇皇然图所施设，亦教令未熟，民情未孚，而吏书已至矣。傥后之人所志不同，复有甚者，欲新己之政，则尽其法而去之，其迹固无余矣。而况因循不职者乎？噫！以易息之政，而复无以托其传，则宜其去皆未几，而善恶无闻焉。
>
> 故欲闻古史之善而不可得，则因谓今有题前政之名氏以为记者，尚为近古。而斯邑无之，乃考之案牒，访之吏民，才得自李君而降二十一人，第其岁月先后而记之，俾民观其名而不忘其政，后之人得从而质其是非以为师戒云耳。来者请嗣书其次。

文章从秦汉以后，史家忽略郡县之政的记载，一直讲到宋代地方官员三年一代，即贤者亦难以成就善政的种种弊端，最后归结到《题名记》，不为记述自己为政之功德，而是使民观其名而不忘其政，使人可以质其是非而以为借鉴。从某种程度上说，作《题名记》是为了弥补史家记载之不足。这样写，就显得文章的立意非同凡响。以议论为主，杂以简略的叙述，则亦为其特点之一。《游鄠县山诗十二首》的序文，约有五百余字，详尽描述了与人游山的经历。其开头部分如是描写："仆自幼时，已闻秦山多奇占，有扈者尤复秀出，常恨游赏无便。嘉祐二年，始应举得官，遂请于天官氏，愿主簿书于是邑，谓厌饫云山，以偿素志。今到官几二年矣，中间被符移奔走，外干者三居其二，其一则簿书期会，仓廥出入，固无暇息。惟白云特在山面，最为近邑，常乘间两至，其余佳处，都未得往。变化初心，辜负泉石。五年二月初吉，闻贰车晁公来游诸山。先是，晁公见约同往，会探吏失期。二日早，晁公以书见命，始知车骑已留草堂，走白邑大夫张君。时民产有在山麓者，以罪没官，府符方命量其租入之数，因请以往。"后面，则次第写其西过五花庄，夜宿白云精舍，东游紫阁，登南山，望仙掌，等等，自入山至归，凡四日，游历各色胜境有数十处。程颢是理学家的代表人物之一，受自身性格和学术理念的限制，在文章当中，往往不做生动具体的叙述描写，也不擅于性灵的自由抒发，所以，即如此类非常典型的纪游文字，也显得异常平实素朴，有点像流水账、记事簿。其中写景的文字，如"探石穴，窥石潭"，如"白石磷磷于水间，水声清泠可爱，坐石掬水，恋恋不能去者久之"，亦可谓是难得的文字了。板着脸说话，有些冷峻死板，缺乏活力，缺乏文采，缺乏激荡人心的情感魅力，形象思维不足而理性思维独胜，这似乎是宋代学者类型的作家们所共有的写作特征，自然，这也是他们文章写作的通病。《澶娘墓志铭》，记其幼女之亡，在《明道先生文集》中算是情绪最为激烈的文字了：

澶娘，广平程颢之幼女也，其父佐澶渊军而生，故命之曰澶。其第，四十七。生于熙宁四年季秋之丁未，死于十年季夏之壬午。其质端而厚，其气温而良，其举动知思，安静沉远，殆如老成，众皆意其福且寿。事固有莫可计者，命矣夫！

始病痘，疮工药之过剂。善医者论之曰："痘疮之初，诚欲利者也，然当视其气之强弱，为药之可否，疾之重轻，为剂之大小。今概以大药下之，宜其死也。"噫！是亦命欤？人理之未至，吾容当责命于天，言之以为世戒云耳。悲夫！

澶娘既死七十五日，而葬于河南伊阳县神阴乡先茔之东，与其姊娇儿同兆。铭曰：合而生，非来；尽而死，非往。然而精气本于天，形魄归于地，谓之往亦可矣。

与此略微近似的文字，还有记其次子之亡的《程邵公墓志》，记其友李仲通之亡的《李寺丞墓志铭》，记其师邵雍之亡的《邵尧夫先生墓志铭》，记其舅侯可之亡的《华阴侯先生墓志铭》等，皆叙事详实，言之亦痛彻心扉。

程颐（1033～1107），字正叔。世称伊川先生。程颢之弟。治平、元丰间，大臣屡荐，皆不起。哲宗初，年逾五十，以司马光等荐，召为秘书省校书郎，擢崇政殿说书，寻出管勾西京国子监。绍圣中，以党论削籍窜涪州。徽宗即位，徙峡州，复官返洛，又夺于崇宁。卒年七十五。嘉定十三年，赐谥曰正公。淳祐元年，封伊阳伯，从祀孔子庙庭。少与兄俱学于周敦颐，两人的思想观点也基本一致，同为北宋理学创立者。讲学三十余年，门人甚众，渊源所渐，多为名士。博闻强记，无所不读。其学本于诚，以《大学》、《论语》、《孟子》、《中庸》为标指，而达于六经。动止语默，一以圣人为师，故卒得孔孟不传之学，以为诸儒倡。尝言："今农夫祁寒暑雨，深耕易耨，播种五谷，吾得而食之；百工技艺，作为器物，吾得而用之；介胄之士，被坚执锐，以守土宇，吾得而安之。无功泽及人，而浪度岁月，晏然为天地间一蠹，唯缀缉圣人遗书，庶几有补尔。"其代表著作有《易传》、《春秋传》、《论语解》、《孟子解》、《中庸解》等。

程颐继承了周敦颐"文以载道"的观点，而又走向极端，直至把文和道完全对立起来。《二程集·河南程氏遗书卷十八》：

问："作文害道否？"曰："害也。凡为文，不专意则不工，若专意则志局于此，又安能与天地同其大也？《书》曰：'玩物丧志。'为文亦玩物也。吕与叔有诗云：'学如元凯方成癖，文似相如始类俳。独立孔门无一事，只输颜氏得心斋。'此诗甚好。古之学者，唯务养情性，其他则不学。今为文者，专务章句，悦人耳目。既务悦人，非俳优而何？"曰："古者学为文否？"曰："人见六经，便以谓圣人亦作文，不知圣人亦摅发胸中所蕴，自成文耳。所谓'有德者必有言'也。"曰："游、夏称文学，何也？"曰："游、夏亦何尝秉笔学为词章也？且如‘观乎天文以察时变，观乎人文以化成天下’，此岂词章之文也？”

或问：“诗可学否？”曰：“既学时，须是用功，方合诗人格。既用功，甚妨事。古人诗云：‘吟成五个字，用破一生心’。又谓：‘可惜一生心，用在五字上’。此言甚当。”先生尝说：“王子真曾寄药来，某无以答他，某素不作诗，亦非是禁止不作，但不欲为此闲言语。且如今言能诗无如杜甫，如云‘穿花蛱蝶深深见，点水蜻蜓款款飞’，如此闲言语，道出做甚？某所以不常作诗。”

《二程集·河南程氏文集卷九》载其《答朱长文书》，又谓：

向之云无多为文与诗者，非止为伤心气也，直以不当轻作尔。圣贤之言，不得已也。盖有是言，则是理明；无是言，则天下之理有阙焉。如彼耒耜陶冶之器，一不制，则生人之道有不足矣。圣人之言，虽欲已，得乎？然其包涵尽天下之理，亦甚约也。后之人，始执卷，则以文章为先，平生所为，动多于圣人。然有之无所补，无之靡所阙，乃无用之赘言也。不止赘而已，既不得其要，则离真失正，反害于道必矣。诗之盛莫如唐，唐人善论文莫如韩愈。愈之所称，独高李、杜。二子之诗，存者千篇，皆吾弟所见也，可考而知矣。苟足下所作皆合于道，足以辅翼圣人，为教于后，乃圣贤事业，何得为学之末乎？某何敢以此奉责？

程颐曾谓：“今之学者，歧而为三：能文者谓之文士，谈经者泥为讲师，惟知道者乃儒学也。”（《二程集·河南程氏遗书》卷六）又谓：“古之学者一，今之学者三，异端不与焉。一曰文章之学，二曰训诂之学，三曰儒者之学。欲趋道，舍儒者之学不可。”又谓：“今之学者有三弊：一溺于文章，二牵于训诂，三惑于异端。苟无此三者，则将何归？必趋于道矣。”（《二程集·河南程氏遗书》卷十八）他把当时的文人学者划分为三种类型，而以知道者视为儒学之正宗，这标志着以心性义理为核心的理学的正式诞生，也说明了理学家与唐宋古文家的分道扬镳。《河南程氏外书》卷十二，曾引述他的话说：“人有三不幸：年少登高科，一不幸；席父兄之势为美官，二不幸；有高才能文章，三不幸也。”程颐思想的偏激执拗，已到了无以复加的程度。

在理论上，可以意态决然地摒弃所谓文章之士，而在写作实践当中，实际上是不可能完全抛弃各种基本写作技巧的，否则也就不能称为文了。其文集当中，那些甚长的写给仁宗、神宗的奏疏，以及稍短的劄子表状杂著书启等，皆写得文从字顺，语简意约，表现出较高的写作能力和语言锤炼的功夫。个别小文，清新活泼，亦不乏情趣和个性。例如二十二岁时所作《养鱼记》：

书斋之前有石盆池。家人买鱼子食猫，见其煦沫也，不忍，因择可生者，得百余，养其中，大者如指，细者如箸，支颐而观之者竟日。始舍之，洋洋然，鱼之得其所也；终观之，戚戚焉，吾之感于中也。

吾读古圣人书，观古圣人之政禁，数罟不得入洿池，鱼尾不盈尺不中杀，市不得鬻，人不得食。圣人之仁，养物而不伤也如是。物获如是，则吾人之乐其生，遂其性，宜何如哉？思是鱼之于是时，宁有是困耶？推是鱼，孰不可见耶？鱼乎，鱼乎！细钩密网，吾不得禁之于彼，炮燔咀嚼，吾得免尔于此。吾知江海之大，足使尔遂其性，思致汝于彼，而未得其路，徒能以斗斛之水，生汝之命。生汝诚吾心，汝得生已多，万类天地中，吾心将奈何？鱼乎，鱼乎！感吾心之戚戚者，岂止鱼而已乎？因作《养鱼记》。至和甲午季夏记。

在这篇文章的末尾，作者附记云："吾昔作《养鱼记》，于兹几三十年矣，故稿中偶见之。窃自叹，少而有志，不忍毁去。观昔日之所知，循今日之所至，愧负初心，不几于自弃者乎？示诸小子，当以吾为戒。元丰己未正月戊戌，西斋南窗下书。"是文的前一小段，令人想到柳宗元的潭中鱼可百许头，往来翕忽，似与游者相乐，叙事写景皆呈清丽优美之状。后面的大段文字，则令人想到老杜的"安得广厦千万间，大庇天下寒士俱欢颜"，所不同者，只是由鱼之生而推及民之生，其主旨总归于圣人之以仁养物。末尾的附记，写于三十年后，文字虽短，但与前文紧密呼应，少而有志，老而几于自弃，言外自有多少世事沧桑、大道难行的感喟。《禊饮诗序》，侧重写古今事同而势异的感慨：

上巳禊饮，风流远矣，而兰亭之会，最为后人所称慕者，何哉？盖其游多豪逸之才，而右军之书，复为好事者所重尔。事之显晦，未尝不在人也。

颍川陈公廙始治洛居，则引流回环为泛觞之所。元丰乙未，首修禊事。公廙好古重道，所会皆儒学之士。既乐嘉宾，形于咏歌，有不愧山阴之句。诸君属而和者，皆有高致。野人程颐不能赋诗，因论今昔之异，而为之评曰：以好贤方逐乐之心，礼义为疏旷之比，道艺当笔札之功，诚不愧矣。安知后日之视今日，不若今人之慕昔人也哉？

兰亭禊饮之所以影响深远，令后人羡慕，只因群贤毕至和右军书序，其实是在人不在事；颍川泛觞，在主人乃彰显好贤之心，在宾客乃畅论礼义之会，在文章乃讲究道艺之功，亦是在人不在事。这样写，就透过寻常宴饮聚会的表层，揭示出较为深厚的社会人文内涵。结尾处“安知”两句，套用《兰亭集序》之“后之视今，亦犹今之视昔”，但是却以理性的推导替换了右军感叹生死事大的悲伤情绪。《雍行录》，则写途中丢钱的体悟：

元丰庚申岁，予行雍、华间，关西学者相从者六七人。予以千钱挂马鞍，比就舍则亡矣。仆夫曰：“非晨装而亡之，则涉水而坠之矣。”予不觉叹曰：“千钱可惜。”坐中二人应声曰：“千钱亡去，甚可惜也。”次一人曰：“千钱微物，何足为意？”后一人曰：“水中囊中，可以一视。人亡人得，又何叹乎？”予曰：“使人得之，则非亡也。吾叹夫有用之物，若沉水中，则不复为用矣。”

至雍，以语吕与叔曰：“人之器识固不同。自上圣至于下愚，不知有几等。同行者数人耳，其不同如此也！”与叔曰：“夫数子之言何如？”予曰：“最后者善。”与叔曰：“诚善矣。然观先生之言，则见其有体而无用也。”予因书而志之。

后十五年，因阅故编，偶见之，思与叔之不幸早死，为之泣下。

是文附记作于绍圣二年，前推十五年，则当是元丰四年，四十九岁，正值作者尚未出仕，周游各地讲学传道的时期。文章详细描写了众人对所失千钱的态度，以及自己从中体悟到的人之器识的千差万别，这种随事观理、格物致知的思维范式，本源于《礼记·大学》，而力躬亲行之，到处张扬之，却是程颐做得最切实、最典型。所谓“一草一木皆有理”，“今日格一件，明日格一件，积习既多，然后脱然有贯通处”，正是作者所极力标榜鼓吹的理念之一。上述短文，如果当作遗金闲志的寻常故事，自然亦有些情趣，亦有些描写生动之处，但是如若局限于此，恐怕与作者的写作初衷有些违逆了。他可是说过不道闲言语、不写无用之赘言的人！《记蜀守》，亦可视为同一机杼：

成都人称近时镇蜀之善者，莫如田元均。文潞公语不善者，必曰蒋堂、程戡。故谣言曰："彦博亏田况，程戡胜蒋堂。"言最善之中，田更优，不善之中程犹差胜也。

予尝访之士大夫，以至闾里间，察其善不善之迹。所谓善者，得民心之悦，固有可善焉。所谓最不善者，乃可谓最善者也。至今人言及蒋公时事，必有不乐之言。问其所不乐者，众口所同，惟三事而已：减损遨乐，毁后土庙及诸淫祠，伐江渎庙木修府舍也。其尤失人心者，节遨乐也。前蒋者数十年为政……

是文题目或作《蜀守记》，而其后面的文字亦阙略不存，仅从现有文字来看，作者行文之主旨其实已经昭示出来。据《宋史·蒋堂列传》，庆历初，蒋堂知益州，扩建文翁石室为学宫，又节制游宴侈靡之风，又毁后土及刘禅诸淫祠，其功德在移风易俗和变易性情人心，而在程颐看来，这正是他与众守最大的不同，是合于儒家重视人伦教化之道的根本举措，所以才在短文当中力排众议，称之为守蜀之最善者。《上文潞公求龙门庵地小简》：

颐窃见胜善上方旧址，从来荒废为无用之地。野人率易，敢有干闻，欲得葺幽居于其上，为避暑著书之所。唐王龟创书堂于西谷，松斋之名，传之至今。颐虽不才，亦能为龙门山添胜迹于后代，为门下之美事。可否，俟命。

以小简干谒文彦博，欲求龙门废地为著述讲学之所，其特点则在后面几句。唐代王龟早年不乐仕进，在龙门西谷构松斋，栖息往来，放怀事外，而程颐既身为野人，则同其心志趣味明矣，却无佳地可以幽居立身；西谷松斋既为有唐胜迹，龙门书院揽天下英才而育之，其为有宋之胜迹亦必传之于后。如此两重用意，隐含在极为简短的文字之中，自是娴于文章的方家里手所为。

第四章
苏　轼

第一节　苏轼的生平思想和散文理论

苏轼（1037～1101）字子瞻，号东坡居士，眉山（今属四川）人。唐、宋古文号称极盛，苏轼则是唐、宋时期最杰出的文家之一。他入仕以后的大多数时间，都陷于政治纷争之中，在朝为官，不过十来年，其余二十余年时间，都任地方官吏，“身行万里半天下”（《东坡集》卷三《龟山》），接触社会现实较多，现实人生感受极为丰富，加上他超卓的才气和无施不可的巨大创造力，在诗、词、散文、书法、绘画等文学艺术的各个方面，都达到了极高的成就。在散文创作方面，他远继先秦、汉、唐，近承欧阳，又炉锤独运，铸成既异于先秦、汉、唐，又异于欧阳的汪洋浩瀚，酣畅自然的独家文风，对后世散文产生了深远影响。

宋仁宗景祐三年腊月十九日（1037 年初），苏轼出生在眉州（宋属成都府路）州治眉山的一个文儒家庭里。祖父苏序以上数代当五代、宋初，都没有入仕，至伯父苏涣，始以进士起家。

苏轼七岁开始读书，年二十，已博通经史。仁宗嘉祐二年（1057），苏轼与弟苏辙在父亲苏洵带领下赴京应试。这年是正大力提倡文章革新的欧阳修主持礼部试，“疾时文之诡异，思有以救之”（苏辙《栾城后集》卷二二《亡兄子瞻端明墓志铭》），苏轼兄弟俱中第。欧阳修还对参与主持考试的梅尧臣说：“老夫当避此人，放出一头地。”(同上)可见苏轼的应试文章，已非原来士子磔裂诡异之文可比。文章之一，就是存于苏轼文集中的《刑赏忠厚之至论》。嘉祐六年，以欧阳修荐，参加制科考试，入三等。这次参加考试，还献《进论》、《进策》各二十五篇。这是苏轼早年政治革新思想的集中表现。制科入等后，除大理评事、签书凤翔府判官。英宗即位，入朝判登闻鼓院，复直史馆。英宗治平三年，苏洵卒，丁忧在家。

治平四年，神宗即位，次年，改元熙宁。神宗鉴于国家长期的积贫积弱，希望变革以求富强。于是，仁宗时即已提出变法主张的王安石受到重用，神宗即位之当年即被擢为翰林学士。熙宁二年，任参知政事，设“制置三司条例司”，开始推行新法，引起司马光等朝中老臣的反对。这时，苏轼服阙还朝。苏轼本来是主张变革图强的，但他的具体主张和途径与王安石有很大的分歧，入京伊始，就展开了对新法的批评。他先是针对王安石变科举、兴学校的主张，上《议学校贡举状》，接着进《上神宗皇帝书》，又进《再上皇帝书》，全面批评新法。以此被拥护新法的御史谢景温诬奏贩运私盐，于熙宁四年外放通判杭州，熙宁八年移知密州，改徐州、湖州，在此期间，作诗、文继续批评新法。神宗元丰二年，“乌台诗案”起，被逮进京。“乌台诗案”是中国历史上第一起典型的文字狱，苏轼的罪名是以诗“讪谤”朝廷。苏轼通判杭州以后的诗、文，确有一些是批评、讥讽新法的。有一些与时政毫无关系，却被无中生有地被指为指桑骂槐的影射之作。如《王复秀才所居双桧》：“凛然相对敢相欺，直干凌空未要奇。根到九泉无曲处，世间惟有蛰龙知。”(《东坡集》卷四)这本是一首咏物诗，却被王珪指为攻击“飞龙在天”的神宗为“地下蛰龙”。连神宗也觉得此说过于深文周纳，驳斥说：“诗人之论，安可如此说？彼自咏桧，何预朕事。”由于“讪谤”的罪名很难成立，“锻炼久之不决”(苏辙《亡兄子瞻端明墓志铭》)，最后出狱，于元丰二年底贬为黄州团练副使。当时的文字狱，究竟不如后来文字狱之酷烈。

“乌台诗案”和被贬黄州，对苏轼是一个沉重打击，加之他年过四十，政治上的锐气渐减，而前期就有的道、佛思想则浓厚起来了。他筑室东坡，自号“东坡居士”，希望作一个像陶渊明那样的逍遥世外的闲人。但他终究不能完全以世事为樊笼，以自然为归宿。他仍关心着国势安危。他致书滕达道：“西事得其详乎？虽废弃，未忘为国家虑也。此的信，可示其略否？”(《苏轼文集》卷五一)他对于新法的推行，仍耿耿于怀，他致书范子丰：“临皋亭下不数十步，便是大江，其半是峨眉雪水，吾饮食沐浴皆取焉，何必归乡哉？江山风月，本无常主，闲者便是主人。问范子丰新第园池，与此孰胜？所不如者，上无两税及助役钱耳。”（同上，卷五十）。可见他仍不能置心于事外。

苏轼贬黄州后，神宗爱其才，多次想起用他，都因大臣王珪、蔡确等阻挠未成，元丰七年，终于下诏苏轼改汝州团练副使。苏轼自黄州乘船东下，至湖口，游石钟山，作《石钟山记》，过金陵，与罢相退居的王安石相见，唱和甚欢，表明他与王安石虽政见不合，但对王的为人还是敬重的。未到汝州，他上表请求居常州，得到了神宗的同意。

元丰八年，神宗去世，哲宗继位。时哲宗年幼，反对变法的太皇太后高氏执政，政局发生了巨大变化。高氏刚一执政，就立即起用反对变法的司马光、吕公著等。苏轼的命运，也发生了一个转折。当年五月，苏轼起知登州，几天后，即被召还朝任礼部郎中，旋擢起居舍人，几个月后，升中书舍人，不久又升翰林学士，在半年多的时间里，五次升迁，登于清重之职。哲宗元祐二年，兼侍读，有了帝王之师的地位。在此期间，苏轼写了大量没有什么文学价值的表状制敕等朝廷公文。很快，苏轼又卷入了新的政争。他前期反对新法的立场此时并未改变，但他早年即已形成的变革图强的主张也没有改变。司马光等重新秉政之后，尽废新法，全面恢复旧制。苏轼基本上赞成废除新法，但不赞成搞得那么绝对。他直率地批评司马光等“专欲变熙宁之法，不复较量利害，参用所长”（《苏轼文集》卷二七《辩试馆职策问札子二首》之二）。司马光对此颇为不满。同时，又发生了所谓“洛蜀党争”，即以程颐为首的“洛党”与以苏轼为首的“蜀党”之争。这本来是学术之争，但也发展为政治上的互相攻讦。在这样的纷争中，苏轼感到在朝很难有所作为，连章请外任，元祐四年，出知杭州，改颍、扬州，元祐七年，复入朝，任兵部尚书、端明殿学士、礼部尚书等职。

元祐八年，太皇太后高氏病死，哲宗亲政，形势又将大变，苏轼请求出知定州，年底，元祐间被斥逐的“新党”章惇等重新起用。次年，哲宗改元绍圣，表示继承神宗，再行变法。他任章惇为相，蔡京等人都予重用。但这时的“新党”，虽然打着“变法”的旗号，实际已经蜕变为黑暗的权势集团。他们大肆打击、斥逐元祐诸臣，苏轼到定州任不久，就被贬知岭南英州，未至，再贬惠州，绍圣四年，再贬琼州别驾。苏轼在“天涯海角”的琼州住了三年，元符三年，哲宗死，徽宗继位，太后向氏执政，赦免起用被斥逐的元祐诸臣，苏轼渡海北归，次年（建中靖国元年）七月二十八日，卒于常州。其文后世版本极多，近有中华书局《苏轼文集》（以下简称文集）七三卷。

苏轼的政治思想，基本上是儒家治国平天下的思想。他早年就关心国事，有志于天下国家。苏辙为他作的墓志铭记载了一段他少年时的事："公生十年，而先君宦学四方，太夫人亲授以书，闻古今成败，则能语其要。太夫人尝读《东汉史》，至《范滂传》，慨然太息。公侍侧，曰：'轼若为滂，夫人亦许之否乎？'太夫人曰：'汝能为滂，吾顾不能为滂母耶？'公亦奋厉有当世志，太夫人喜曰：'吾有子矣！'"按《范滂传》见《后汉书·党锢列传》。范滂是东汉末著名的清流名士，早年即"慨然有澄清天下之志"，后入朝为官，"严整疾恶"，以牴牾宦官，系党狱，备受苦刑，不屈，后事解出狱。灵帝初，大诛党人，被杀，年仅三十三岁。从苏轼后来一生的思想、品格以至遭遇，都可以看到像范滂这样的公忠正直、为国而不谋身的士大夫的影子。他年二十六岁应"直言极谏科"考试，献《进策》二十五篇，全面分析天下形势，并提出了系统的革新主张。虽然由于比较年轻，阅历不广，涉世较浅，有的地方还表现出书生之见，但从总体看，他对国家之事还是作过全面的了解和深入的思考，对前此不久范仲淹等实行"庆历新政"失败的经验教训，也作过认真分析，因此较少凿空之论。他没有迷惑于宋初以来一百年间国家"承平"的表面现象。指出"天下有治平之名，而无治平之实；有可忧之势，而无可忧之形"（文集卷八《策略一》），这是对国势的由表及里的深入考察，而下面提出的问题，即民"常若不安其生"、财"常若不足于用"、"中国皇皇，常有外忧"，则颇中肯綮，而且极为尖锐。因此，他主张"涤荡振刷"，进行革新。他的革新主张，有"厉法禁"、"抑侥幸"、"敦教化"、"均户口"、"较赋役"、"教战守"、"省费用"、"训军旅"等多方面，概括起来，就是安民、丰财、定边。鉴于"庆历新政"操之过急而迅速失败的教训。苏轼虽主变革，却不主张过多改革既有法制，即希望不要过多触犯权贵利益而减少他们对变革的阻力。也不主张急于求成，而希望循序渐进。否则，欲速则不达，反而害事，如他所说："一日百变法，天下益不可治。"（《策略三》）苏轼的变革主张，与三年前王安石上仁宗万言书提出的变法主张，在要解决的问题上，在富国强兵这个方向上，基本上是一致的，但在上述两个方面，却完全不同。后来，在熙宁间王安石尽变成法而推行新法，并且"一日百变法"，以求迅速改变国家积贫积弱的局面，苏轼仍然坚持认为“法相因则事易成，事有渐则民不惊”（《辩试馆职策问札子二首》之二），就站在反对派的地位上去了。但他又没有全盘否定王安石的一切改革主张，例如“刊行壬子条例”，对权贵子弟荫官加以限制，苏轼就很赞成，在任地方官期间，他在反对和抵制新法的推行的同时，还对新法中一些可行的东西作了变通使用，“因法以便民，民赖以安”（《宋史》本传）。知密州时，他就推行过给田募役法，“民甚便之”（同上）。更重要的是，苏轼反对新法，只是出于政见的不同，而不是权势之争。他反对新法，有时更是由于怕新法加重人民负担，使更多的下层人民更陷于困苦，合于他一贯的“安民”的主张。苏轼反对王安石变法，还有一个重要之点，就是推行新法进人太锐，以致一些投机分子混进变法队伍，以推行新法为名，行鱼肉百姓以肥己之实。变法之坏，往往由于此辈。他熙宁、元丰间出任地方官吏时写的一些批评、讥刺新法的诗文，往往就是针对新法推行中由于用人不当而产生的弊端而言的。可见，苏轼反对王安石变法，并不是由于个人的既得利益受到侵害，也不是出于争权夺利；他与王安石之争，也不是变法和墨守成法之争，而只是变革什么和怎样变革之争。在这中间，仍表现着苏轼的公忠正直的品格。因此，他和王安石之间的个人关系，虽由于政见不同而很不和谐，但他看到王安石变法是出于富国强兵，并无个人私欲，对王的为人还是敬重的，并不像一些“旧党”人士那样把王看成包藏祸心的大奸大恶之人。因此，当元丰七年他从黄州移官汝州路过金陵与王安石相见时，还感到欢欣、亲切。由此可见他们两人的胸怀、品格。可见，苏轼反对变法，但他同当时“旧党”之中的一些人士，还是有区别的。正因为这样的区别，当元祐初年司马光等尽废新法，全面恢复仁宗旧制时，他又不赞成了：“臣私忧过计，常恐百官有司矫枉过直，或至于媮，而神宗励精核实之治，渐致惰坏，深虑数年之后，驭吏之法渐宽，理财之政渐疏，备边之计渐弛，则意外之忧，有不可胜言者。”（《辩试馆职策问札子二首》之二）这里，他要维护“神宗励精核实之治”，简直好像是在维护新法。而在实际上，他反对新法的立场并没有变，他只是反对尽废新法，而不考虑其中还有局部可行的东西，更反对“矫枉过直”，尽复旧制。即使这样，他还是受到一些“旧党”人士的不满，以致请求出守外郡，又到杭州做官去了。

苏轼一生崇儒，前期尤甚，后期则较多地掺入了道、佛思想，形成了思想的复杂性。苏轼的政治主张、思想品格，都主要是受先秦孔、孟思想的熏陶而形成的。

在仁宗嘉祐间作的《进策》、《进论》，都是以儒家思想为主线的。《进策》主要讲政治革新，基础是儒家的王道、仁政思想。《进论》二十五篇，除《中庸论》、《大臣论》外，皆历史人物论，不少篇都表现出鲜明的崇儒而攻异端的思想。《子思论》歌颂孔子："夫子之道，可由而不可知，可言而不可议，此其不争为区区之论，以开是非之端，是以独得不废，以与天下后世为仁义礼乐之主。"《孟子论》歌颂孟子，"其道始至于粗，而极于至精，充乎天地，放乎四海，而毫厘有所必计。至宽而不可犯，至密而可乐者，此其中必有所守，而后世或未之见也。"在《孟子论》中，还称述六经所表现的"圣人之道"，"王化之本"，强调"孝悌足而王道备"。（以上见文集卷三）《韩非论》则集中攻乎异端，指出"圣人之所为恶夫异端尽力而排之者，非异端之能乱天下，而天下之乱所由出也"。文中以道家的老聃、庄周、列御寇为首先出现的异端，法家的商鞅、申不害、韩非为后出的异端，说老、庄之学"虽非圣人之道，而其用意，固亦无恶于天下"，似乎对道家思想有所优容，但说"申、韩之罪"乃"老聃、庄周之使然"（文集卷四），又认为道家为异端之源了。

但即使在前期，苏轼也并不简单排斥道家思想，而是取道家思想为儒学之助。作于徐州的《庄子祠堂记》，认为"庄子盖助孔子者"，庄子之于孔子，"阳挤而阴助之"，"其论天下道术，自墨翟、禽滑釐、彭蒙、慎到、田骈、关尹，老聃之徒，以至于其身，皆以为一家。而孔子不与，其尊之也至也"（文集卷一一）。说庄子助孔、尊孔，当然不合庄子本意，苏轼之意，不过为儒多拉一个佐助。在此之前，苏轼知密州时作《盖公堂记》，称赞西汉盖公"为言治道贵清静而民自定"（同上），则是以道家思想为王道政治之助，同时还暗含对新法扰民的讥刺。值得注意的是，苏轼知密、徐，是在熙宁之末元丰之初，离嘉祐间作《进论》已十六七年，苏轼崇儒的立场未变，但对老、庄之学的看法已有变化，在这个时期的文章如《超然台记》、《睡乡记》等中，还流露出了"游于物外"的情绪，为后期思想的变化开了一个口子。和唐、宋一般知识分子一样，苏轼前期即好佛，也与僧徒游，但他并不信佛，而只是好其器宇、文才，有些类似于韩愈。

苏轼谪居黄州以后，思想有了变化。他对于儒学的态度并没有变。在黄州时，承父志作《易传》，又作《论语说》，晚年贬琼州，对以上两书作了修改整理，又作了《书传》，可见对于儒学的尊崇，他是一以贯之的。但由于政治上的当世之志的破灭、思想上沉重的压力和苦闷，使他思想中的道、佛成分有所滋长。在后期之作中，“遗世独立”的出世情绪更为浓厚，老、庄哲理的趣味也更加重了。如《静常斋记》，简直就是庄子齐生死，等是非，无知、无欲观念的发挥。苏轼前期好佛而不信佛，到黄州后，始“归诚佛僧”，自谓居城南安国寺，“焚香默座，深自省察，则物我相忘，身心皆空，求罪垢所从生而不可得，一念清静，染污自落，表里翛然，无所附丽，私窃乐之”（文集卷一二《黄州安国寺记》）。此后之作，禅佛气息也浓起来了。表现在处世态度上，他也不像前期那样锐于进取。元祐初年，他重新入朝为官，官位比前期为高，但在卷入政争之后，很快就请求外放了。但苏轼后期，精神上仍有儒学支撑，他并没有也不可能逃于世外，对国事民情的关心，并未失去，贬惠州时，虽以戴罪之身，还尽力为百姓做了不少好事。他在岭南的诗、文仍有乐观的情调和对生活的热情，并不完全是出于道家的达观，也表现出有德君子的气度。道、佛思想的影响，也明显表现在他的文艺理论观念上，他的重自然、重传神等观念，都主要来自道、佛思想的影响。

北宋中期，文学以复古求新变成为气候，欧阳修作为文坛盟主，起了关键的作用。在诗文革新中，苏轼是支持和追随欧阳修的。对欧阳修，苏轼对其道德、学问、文章、政绩都极其钦佩。欧阳修卒，苏轼作《祭欧阳文忠公文》说：“民有父母，国有蓍龟，斯文有传，学者有师，君子有所恃而不恐，小人有所畏而不为。譬如大川乔岳，不见其运动，而功利之及于物者，盖不可以数计而周知。”（文集卷六三）这并不是出于欧对其有奖掖之恩而发的过誉之词，而是出于对欧的衷心崇敬。对欧阳修变革文风、培育人才的作用，苏轼也予充分肯定。欧阳修殁后十余年，元祐间，苏轼亲为编次欧阳修文集，并作《六一居士集序》，盛赞欧阳修的道德文章：“其学推韩愈、孟子以达于孔氏，著礼乐仁义之实，以合于大道。其言简而明，信而通，引物连类，折之于至理以服人心，故天下翕然师尊之。”又颂其革新文风、长育人才之功：“宋兴七十余年，民不知兵，富而教之，至天圣、景祐极矣。而斯文终有愧于古。士亦因陋守旧，论卑气弱。自欧阳子出，天下争自濯磨，以通经学古为高，以救时行道为贤，以犯颜纳说为忠，长育成就，至嘉祐末，号称多士，欧阳子之功为多。”（文集卷十）至于欧阳修所革之弊，苏轼《谢欧阳内翰书》谈到了两个方面，即“浮巧轻媚丛错采绣”和“求深者或至于迂，务奇者怪僻而不可读”（文集卷四九）。前者主要指宋初流行的骈骊之文，后者则主要指为革浮靡之风而矫枉过正形成的求深务奇之文，即柳开批评的那种“辞涩言苦”的“古文”（《应责》）和王禹偁所批评的“模其语而谓之古”的文章（《答张扶书》）。苏轼认为欧阳修纠偏救弊的文章，主要是从韩愈的文从字顺的务实文章来的，所以同意当时一般的说法：“欧阳子，今之韩愈也。”（《六一居士集序》）苏轼对于欧阳修变革文风的功绩的充分肯定，对于巩固文学革新的成果，推动革新的深入，都有重要意义。他自己在创作上，主要在议论文字上，实践的也正是“以通经学古为高，以救时行道为贤，以犯颜纳说为忠”的路子。

但苏轼在文学主张和创作实践上，并没有完全趋步于欧阳修。欧阳修在散文创作理论上，为补偏救弊，有重道轻文的倾向，而且在散文的艺术表现方面，论述不多。苏轼在文学革新已成气候的情况下论文和创作，他的理论就能全面一些。再加上他特具的才能和气质，他在文风上的追求也与欧阳修有所不同。

苏轼于散文创作，强调“意”。进策《总叙》说：“臣闻有意而言，意尽而言止者，天下之至言也。”这里所说的“意”，主要就是儒家所谓圣人之道，但又不完全止于圣人之道。他说：“战国之际，其言语文章，虽不能尽通于圣人，而皆卓然近于可用，出于其意之所谓诚然者。”（文集卷八进策《总叙》）这就是说，出于“意之所谓诚然”而有益于世用的文章，虽不能尽写圣人之道，也不可忽视。苏轼学古文，不止于六经、孔、孟，对于战国庄、韩甚至纵横之士的文辞，也有所取法，就是基于这种比较通脱的见解。这对于他形成其独特的文风，当然很有关系。

苏轼终生，对于文学创作，都力主“自然”。他二十四岁时，丁母忧服阕还京途中作于江陵的《南行前集叙》，是他最早的论文之作，叙说：“夫昔之为文者，非能为之为工，乃不能不为之为工也。山川之有云雾，草木之有华实，充满勃郁而见于外，夫虽欲无有，其可得邪？”（文集卷十）这就是说，胸中有物，不得不吐而发，就能做到无意为工而自工，得自然之美。苏轼晚年自琼州过海北上时作的《与谢民师推官书》，其主旨，也是重自然：

所示书教及诗赋杂文，观之熟矣。大略如行云流水，初无定质，但常行于所当行，常止于所不可不止，文理自然，姿态横生。孔子曰：“言之不文，行而不远。”又曰：“辞，达而已矣。”夫言止于达意，既疑若不文，是大不然。求物之妙，如捕风系影，能使是物了然于心者，盖千万人而不一遇也，而况能

使了然于口与手者乎？是之谓辞达。辞至于能达，则文不可胜用矣。（文集卷四九）

《南行前集序》所论是早年的主张，《与谢民师推官书》所论，则是这种主张在终身实践后的理论总结。前后观念无异，后者则有所展开。作文自出其意，文随意定，自然流行，当行则行，当止则止，则成自然之文。如苏轼《自评文》所说："吾文如万斛泉源，不择地皆可出，在平地滔滔汩汩，虽一日千里无难。及其与山石曲折，随物赋形，而不可知也。所可知者，常行于所当行，常止于不可不止，如是而已矣。"（文集卷六六）这样的出之自然的东西是不是会"不文"即没有文采之美呢？苏轼认为为文之自然表意，并不是率意而为，也是要别具匠心的。文学家表现事物，并不是随便表现其表面的粗浅的东西，而是要表现其内在的精妙的东西。深察于物，对其精髓了然于心，并能准确而艺术地形之于文，这才是真正的"辞达"，这样的匠心独运的作品，虽不一定雕章琢句，也一定会非常之美的。此所谓"辞至于能达，则文不可胜用矣"。下面他举扬雄、屈原为例。扬雄作《太玄》《法言》，因不能求物之内在的精妙，即使用心雕虫，也只能是以艰深文其浅易，说不上是有文，说不上是辞达。他的赋，也是如此。而扬雄只认识到赋是"雕虫篆刻"而悔之。屈原的作品则不然，因为是出之情之所不能已，对个人的情感和社会现实的表现都不是泛泛表面的，能因为它文采粲然就说它是雕虫篆刻吗？可见，自然之文，不是率易的、表面的，也不与文采相矛盾。

自然之文，也不是不要技巧。苏轼晚年在琼州作的《众妙堂记》（文集卷一一），并不是论文之作，其中讲技要达于"无挟而径造"，"默化于荒忽之中，候伺于毫发之间"的化境。正是庄子道进乎技的道理。为文达于无巧之巧的化境，当然也是很不容易的。

总之，苏轼论文学，在内容方面，基本上重儒家之道，但不拘执而显得通脱，在艺术表现方面，则更多地受到道家思想的影响。这也许可以说是以庄子助孔子的观念在文学创作中的实践。

第二节 苏轼前期散文

苏轼的生平和思想都可以以贬黄州为界分作前后两个时期，他的散文创作，也可以分为这样两个时期。这个划分也不是绝对的。前期散文的特色，有见于后期；而后期散文的特色，在前期已见端倪。

苏轼的前期散文，与他在政治上的锐意进取相应，主要以政论见长。前人说苏文"善议论"（李绍《重刊苏文忠公全集序》），可以说苏轼终生皆如此，但这个特点，以前期文更为集中突出。

苏辙《亡兄子瞻端明墓志铭》说，苏轼"初好贾谊、陆贽书论古今治乱，不为空言"。西汉贾谊之文，以政论最为杰出，而唐之陆贽，则以奏议见长。他们的文章，都是针对政治现实而发的用世之文，"奋厉有当世之志"的苏轼喜好贾、陆之文，主要在这方面。贾文为古文，而陆文多骈体。苏轼有志于古文，而能好陆文，也表现他的通脱。陆文虽多骈体，但不同于唐代一般的四六，如范文澜所说："唐朝四六文作者，能摆脱拘束，自由发挥政论，只有陆贽一人。"（《中国通史简编》第三编第七章第六节）这也是苏轼能好陆文的一个原因。

苏轼前期的政论文，主要是作于仁宗嘉祐间的策、论和作于神宗熙宁间的奏议，其基本的精神，就是"以通经学古为高，以救时行道为贤，以犯颜纳说为忠"。献《进策》、《进论》时，苏轼二十六岁，正是将登仕途，锐意实现其"当世之志"的时期。《进策》表现了青年苏轼对时弊的忧患和变革朝政的急切心情，行文直率，很有锋芒，确实是"犯颜纳说"之作。《进策》二十五篇，前有《总叙》，下有《策略》五篇，《策别》十七篇，《策断》三篇。《总叙》从进言之策，应该"有意而言，意尽而言止"说起，表明自己是本着圣人"知无不言，言无不尽"的教诲为天下国家之利而献策进言的。然后说后世儒者，因有"科举之累"，顾虑太多，"故言有浮于意，而意有不尽于其言"。当前的情况也是如此："今陛下承百王之弊，立于极文之世，而以空言取天下之士、绳之以法度，考之于有司"。这样，天下之士恐怕也会有"科举之累"，为自己的功名利禄着想，也不可能"知无不言，言无不尽"。于是，自己只好出来说话了："臣愚不肖，诚恐天下之士不获自尽，故尝深思极虑，率其意之所欲言者为二十五篇，曰‘略’曰‘别’曰‘断’。虽无足取者，而臣之区区，以为自始而行之，以次至于终篇，既明其略而治其别，然后断之于终，庶几有益于当世。”这等于是告诉仁宗：我不是那种只为私利不顾国家的利禄之徒，我不会违心地只说好听的，为了天下国家，我要坦率陈辞，即使是得罪皇上也顾不得了。这篇总叙是讲为什么要进言，也是在讲将怎样地进言。这样，下面的文章会讲些什么，会是怎样地讲法，仁宗至少会有一个心理的准备了。《策略》五篇主要论天下形势，而侧重于提出和分析国家存在的种种严重问题，进而指出变革的必要性和迫切性。《策别》十七篇具体提出革新的若干方面的内容和措施，大而言之，在“课百官”、“安万民”、“厚货财”、“训军旅”四个方面。《策断》三篇，讲对北边辽和西夏的对策。

《策略》五篇，是整个进策的主要精彩所在。他对当时国势的“深思极虑”，他的扭转颓势的急切心情，他不顾个人安危“犯颜纳说”的忠直精神，都主要表现在这里。《策略一》没有一般奏议首先称颂天子圣明、国家承平的套话，而是单刀直入地尖锐指出“国家之患”：

> 天下之患，莫大于不知其然而然；不知其然而然者，是拱手而待乱也。国家无大兵革，几百年矣。天下有治平之名，而无治平之实，有可忧之势，而无可忧之形，此其有未测者也。方今天下，非有水旱盗贼人民流离之祸，而咨嗟怨愤，常若不安其生；非有乱臣割据四分五裂之忧，而休养生息，常若不足于用；非有权臣专制擅作威福之弊，而上下不交，君臣不亲；非有四夷交侵边鄙不宁之灾，而中国皇皇，常有外忧。此臣所以大惑也。

这段分析，很能切中仁宗时期国家形势的实质。当时的中国，表面看，没有出现动乱的形势，地方看起来还安宁，国家看起来还很统一，北部边境，由于“怀柔”政策，也还能维持和平，没有出现敌国长驱入侵的局面。而在治平的外表下，却是民不安其生，财不足于用，朝野苟且，边防不稳。“天下有治平之名，而无治平之实，有可忧之势，而无可忧之形”，可谓一语道破当时危机四伏的局面。话说得很坦率，很尖锐，是要在仁宗背上击一猛掌，让他幡然醒悟，看破治平的幻象，不要再麻木不仁，“拱手待乱”了。然后，文章以事为喻，把当时的国家比作一个已病入膏肓而看来还能起居如常的病人，以形象地说明“有治平之名，而无治平之实”的危急局面：

> 今夫医之治病，切脉观色，听其声音，而知病之所由起，曰“此寒也”，“此热也”，或曰“此寒热之相搏也”，及其他，无不可为者。今且有人，恍然而不乐，问其所苦，且不能自言，则其受病有深而不可测者矣。其言语饮食，起居动作，固无以异于常人，此庸医之所以为无足惊，而扁鹊、仓公之所以望而惊也。其病之所由起者深，则其所以治之者，固非卤莽因循苟且之所能去也。

国势如此，而当时朝野之士，还在那里“掇拾三代之遗文，补葺汉、唐之故事”，空话连篇，毫无益于济世。这也是苏轼深感忧虑的。接着，就直截了当地向仁宗提出了励精图治，变革图强的要求：

> 方今之势，苟不能涤荡振刷，而卓然有所立，未见其可也。臣尝观西汉之衰，其君非有暴鸷淫虐之行，特以怠惰弛废，溺于宴安，畏期月之劳，而忘千载之患，是以日趋于亡而不自知也。夫君者，天也。仲尼赞《易》，称天之德曰：“天行健，君子以自强不息。”由此观之，天之所以刚健而不屈者，以其动而不息也。惟其动而不息，是以万物杂然各得其职而不乱，其光为日月，其文为星辰，其威为雷霆，其泽为雨露，皆生于动者也。使天而不知动，则其块然者将腐坏而不能自持，况能以御万物哉！苟天子一日赫然奋其刚明之威，使天下明知人主欲有所立，则智者愿效其谋，勇者乐致其死，纵横颠倒，无所施而不可。苟人主不先自断于中，群臣虽有伊吕稷契，无如之何。故臣特以人主自断而欲有所立为先，而后论所以为立之要云。（文集卷八）

苏轼深知，想要进行任何变革，都首先要皇帝下决心，否则绝不可行。此文用的就是这个“擒王”之术。先以“天下有治平之名，而无治平之实”的透辟分析来警醒仁宗，再以病人之喻来打动仁宗，然后要求仁宗“涤荡振刷，而卓然有所立”。讲西汉亡国的教训，主要是帝王的“怠惰弛废，溺于宴安，畏期月之劳，而忘千载之患”，这简直也就是对仁宗的批评了。当然，简单地指责，徒犯逆鳞，也不解决问题，于是又着重讲《易》“天行健，君子以自强不息”之理激励仁宗，要他振作起来，励精图治，国家就富强有望了。文章是向皇帝进言，当然不能过于剑拔弩张，锋芒毕露。但此文以坦诚之言，尖锐指出天下之患，进而指出挽救危亡只有变革一途，别无选择，实际上有咄咄逼人的气势，没有给仁宗留下多少回旋的地步。苏轼的这些议论文，都是这样的出之以诚，称心而言，没有铺张扬厉，却情辞迫切，挥洒自如，很见才气。

《进论》二十五篇主要通过论历史人物讲天下国家存亡利害的道理，有一些篇实际是配合《进策》而提出历史的、理论的根据。如《晁错论》说：“天下之患，最不可为者，名为治平无事，而其实有不测之忧。坐观其变，而不为之所，则恐至于不可救。起而强为之，则天下狃于治平之安，而不吾信。唯仁人君子豪杰之士，为能出身为天下犯大难，以求大成功。此固非勉强期月之间，而苟以求名者之所能也。天下治平，无故而发大难之端，吾发之，吾能收之，然后有以辞于天下。事至而循循焉欲去之，使他人任其责，则天下之祸，必集于我。”（文集卷四）这里所论，与进策《总序》与《策略一》显然是相辅相成的。苏轼的历史人物论，好作翻案文章，自出新奇之见而不拘束于成说。这也表明他论史的着眼点是当今时事，论史是为了今日之用。

苏轼在仁宗时的论文，还有嘉祐八年作于凤翔签判任上的《思治论》，此文提出“今世有三患”：“天下常患无财”、“天下常患无兵”、“天下常患无吏”。赋敛苛重而国无财，冗兵无数而国无兵，机构臃肿，官僚队伍极其庞大而国无吏，这是当时天下颇为奇怪而却实实在在存在的严重问题。苏轼的论文，总是这样直言无讳地尖锐提出问题的。这些问题，大体是《进策》中提出的问题的进一步概括，求治的途径，也大体同于《进策》。《进策》终于没有引起仁宗的重视，苏轼是不甘心的，《思治论》说：“凡人之情，一举而无功则疑，再则倦，三则去之矣。今世之士，所以相顾而莫肯为者，非其无有忠义慷慨之志也，又非其才术谋虑不若人也，患在苦其难成而不复立。”（文集卷四）可见他对实行变革的锲而不舍、坚持不懈的意志。

熙宁初年，苏轼的奏议，大多为批评王安石变法而作。《议学校贡举状》、《上神宗皇帝书》、《再上皇帝书》，皆长篇论文，尤其《上神宗皇帝书》长达八千余言，称“万言书”，对新法从内容到措施，进行了全面批评。从文章看，除了仍保持着仁宗时期议论文的直言不讳的坦诚和情辞迫切、挥洒自然的特色外，更加强了议论的雄辩性，文气更加壮阔；行文是自由的散体，却有更多的排偶句法的自然运用，长篇议论，读来丝毫不觉沉重。如《上神宗皇帝书》中论“结人心”的一段：

> 《书》曰：“予临兆民，凛乎若朽索之驭六马。”言天下莫危于人主也。聚则为君民，散则为仇雠，聚散之间，不容毫厘。故天下归往谓之王，人各有心谓之独夫。由此观之，人主之所恃者，人心而已。人心之于人主也，如木之有根，如灯之有膏，如鱼之有水，如农夫之有田，如商贾之有财。木无根则槁，灯无膏则灭，鱼无水则死，农夫无田则饥，商贾无财则贫，人主失人心则亡。此必然之理，不可逭之灾也。其为可畏，从古以然。苟非乐祸好亡，狂易丧志，则孰敢肆其胸臆，轻犯人心？昔子产焚《载书》以弭众言，赂伯石以安巨室，以为众怒难犯，专欲难成，而子夏亦曰：“信，而后劳其民；未信，则以为厉己也。”唯商鞅变法，不顾人言，虽能骤致富强，亦以召怨天下，使其民知利而不知义，见刑而不见德，虽得天下，旋踵而失也。至于其身，亦卒不免，负罪出走，而诸侯不纳，车裂以徇，而秦人莫哀。君臣之间，岂愿如此？宋襄公虽行仁义，失众而亡，田常虽不义，得众而强。是以君子未论行事之是非，先观众心之向背。谢安之用诸桓未必是，而众之所乐，则国以乂安；庾亮之召苏峻未必非，而势有不可，则反为危辱。自古及今，未有和易同众而不安，刚果自用而不危者也。(文集卷二五)

在仁宗时期及神宗熙宁初期，苏轼专注于政治革新，投身于政治斗争，散文多议论，在出任杭州通判及知密、徐、湖州期间文仍多议论，除了一些写给朝廷的奏状及与朝中大臣的书启仍以议论时政、批评新法为主外，他的一些序记之作，也以议论为主。如前面提到过的作于密州的《盖公堂纪》，以庸医不能对症下药，贻害病人，谈到治国，谈到西汉曹参用盖公之言，以黄老之术为治，齐地大治。基本上是一篇议论文字，其矛头所向，仍然是新法。但在此期间，抒写情怀，咏赏光景之作也渐渐多起来了。作于密州的《超然台记》、作于徐州的《放鹤亭记》、《游桓山记》、作于湖州的《文与可画筼筜谷偃竹记》等，较多地表现了这个时期苏轼精神面貌的另一面。如《超然台记》：

凡物皆有可观。苟有可观，皆有可乐，非必怪奇玮丽者也。铺糟啜漓皆可以醉，果蔬草木皆可以饱，推此类也，吾安往而不乐。夫所为求福而辞祸者，以福可喜而祸可悲也。人之所欲无穷，而物之可以足吾欲者有尽。美恶之辨战乎中，而去取之择交乎前，则可乐者常少，而可悲者常多。是谓求祸而辞福。夫求祸而辞福，岂人之情也哉？物有以盖之矣。彼游于物之内，而不游于物之外。物非有大小也，自其内而观之，未有不高且大者也。彼挟其高大以临我，则我常眩乱反覆，如隙中之观斗，又乌知胜负之所在？是以美恶横生，而忧乐出焉，可不大哀乎？

余自钱塘移守胶西，释舟楫之安，而服车马之劳；去雕墙之美，而庇采椽之居；背湖山之观，而行桑麻之野。始至之日，岁比不登，盗贼满野，狱讼充斥，而斋厨索然，日食杞菊。人固疑余之不乐也。处之期年，而貌加丰，发之白者，日以反黑。余既乐其风俗之淳，而其吏民亦安予之拙也。于是治其园圃，洁其庭宇，伐安丘、高密之木以修补破败，为苟完之计。而园之北，因城以为台者旧矣，稍葺而新之。时相与登览，放意肆志焉。南望马耳、常山，出没隐见，若近若远，庶几有隐君子乎？而其东则卢山，秦人卢敖之所从遁也。西望穆陵，隐然如城郭，师尚父、齐桓公之遗烈，犹有存者。北俯潍水，慨然太息，思淮阴之功，而吊其不终。台高而安，深而明，夏凉而冬温，雨雪之朝，风月之夕，余未尝不在，客未尝不从。撷园蔬，取池鱼，酿秫酒，瀹脱粟而食之，曰：乐哉游乎！

方是时，余弟子由适在济南，闻而赋之，且名其台曰“超然”。以见余之无所往而不乐者，盖游于物之外也。（文集卷一一）

苏轼从熙宁四年因与执政政见不合而被外放这七年间，政治上锐气基本未减。在地方官任上，还能勤于政务，尽量多做利国利民的事情，但在精神上未免感到压抑，他的思想实际上已开始有变化。苏辙所作苏轼墓志铭说他早年好“论古今治乱”的贾、陆之书，“既而读《庄子》，喟然叹息曰：‘吾昔有见于中，口未能言。今见《庄子》，得吾心矣。’”苏轼读《庄子》，不会晚到出官杭州以后，但这种《庄子》“得吾心矣”的感受，应该得自这个时期。《超然台记》以为游于物内，则把一切都看得很要紧，于是求福避祸，求乐去忧，如超然于物外，世间一切的荣辱祸福，都会变得无所谓，于是无欲无求，安往而不乐。这种思想，正是得自《庄子》。当然，在这个时期，这种超然物外，“乐哉游乎”的情绪，只是在政事之余自然生于心的东西，还不能说就是苏轼的人生态度。从后来在徐州作的《庄子祠堂记》把庄子作为孔子之助来看，苏轼这时还远没有整个地从出世的角度接受庄子。再说，这种超然物外无往不乐的情绪中，未尝没有儒家“君子随遇而安”思想的影响。从文章看，《超然台记》一类的作品表现出与前面散文不同的风调。文章夹叙夹议，几乎是苏轼记体文章的通式，而叙议结合得很自然，文意一气贯通，并不因有议有叙而生扞格。叙事清畅，写景简洁而能见精神。无论议、叙、描写，都是意到文生，自然畅达，确有行云流永之美。苏轼的记体散文，往往在议、叙、写景之外作歌以加强情感色调，早年官凤翔时作的《喜雨亭记》，这个时期的《放鹤亭记》、《游桓山记》，以及后期的《赤壁赋》等，都有这种写法。

第三节　苏轼后期散文

“乌台诗案”和被贬黄州，是苏轼遭到的一次沉重打击，由此而来的思想和人生态度的变化，对苏轼的散文有深刻影响。前期那种雄博浩瀚的论文已不多见，抒情寄意的作品则多起来了。所抒写的情感，顺着知密、徐时已有的超然物外的情绪发展而更加浓厚，道佛思想的色彩也重起来了。散文艺术更加成熟，其固有的无施不可的才力的发挥更加淋漓尽致，诗的意境在散文中有了更多的表现，从艺术上说，苏轼后期散文的成就远超于前期。

居黄州时的《赤壁赋》，是苏轼后期散文最出色的代表之作：

壬戌之秋，七月既望，苏子与客泛舟，游于赤壁之下。清风徐来，水波不兴，举酒属客，诵明月之诗，歌窈窕之章。少焉，月出于东山之上，徘徊于斗牛之间，白露横江，水光接天。纵一苇之所如，凌万顷之茫然。浩浩乎如凭虚御风，而不知其所止，飘飘乎如遗世独立，羽化而登仙。

于是饮酒乐甚，扣舷而歌之。歌曰：“桂棹兮兰桨，击空明兮溯流光。渺渺兮予怀，望美人兮天一方。”客有吹洞箫者，倚歌而和之，其声呜呜然，如怨如慕，如泣如诉。余音嫋嫋，不绝如缕。舞幽壑之潜蛟，泣孤舟之嫠妇。

苏子愀然，正襟危坐，而问客曰："何为其然也？"客曰："'月明星稀，乌鹊南飞。'此非曹孟德之诗乎？西望夏口，东望武昌，山川相缪，郁乎苍苍。此非孟德之困于周郎者乎？方其破荆州，下江陵，顺流而东也，舳舻千里，旌旗蔽空，酾酒临江，横槊赋诗，固一世之雄也，而今安在哉？况吾与子渔樵于江渚之上，侣鱼虾而友麋鹿。驾一叶之扁舟，举匏尊以相属；寄蜉蝣于天地，渺沧海之一粟。哀吾生之须臾，羡长江之无穷；挟飞仙以遨游，抱明月而长终。知不可乎骤得，托遗响于悲风。"

苏子曰："客亦知夫水与月乎？逝者如斯，而未尝往也。盈虚者如彼，而卒莫消长也。盖将自其变者而观之，则天地曾不能以一瞬。自其不变者而观之，则物与我皆无尽也，而又何羡乎？且夫天地之间，物各有主，苟非吾之所有，虽一毫而莫取，惟江上之清风，与山间之明月，耳得之而为声，目遇之而成色，取之无禁，用之不竭。是造物者之无尽藏也，而吾与子之所共食。"客喜而笑，洗盏更酌。肴核既尽，杯盘狼籍。相与枕藉乎舟中，不知东方之既白。（文集卷一）

赋也是苏轼很擅长的文体，集中赋二十余篇，除几篇在朝所作颂圣论政的赋外，皆抒情寄意之作。早年出川赴试途中所作的《滟预堆赋》、《屈原庙赋》，基本为古赋体，气势雄拔，寄托的是犯难忘身，立功当世的壮志。后期之赋，写得更加自由畅朗，富于诗意画境。《赤壁赋》是一篇散赋。赋经过了古赋、骈赋、律赋和散赋的发展过程。散赋出现在中唐以后，至欧阳修《秋声赋》达于成熟，苏轼的散赋，除此文外，还有《后赤壁赋》、《秋阳赋》等。《赤壁赋》最能表现苏轼黄州时期的精神面貌。他在极大的政治失意感和压抑感、孤独感之下，只能寄情于物外，以求精神的解脱。"客曰"与"苏子曰"的两段，正表现着他心中的失意、苦闷和以达观求解脱的两面。情感由在秀美如画的江山水月之中的潇洒转为功业破灭的悲怆再结于物我两忘的解脱，自然转折，自由流荡，感人至深。又以这样的情感流统一着叙事、写景、历史的感怀、哲理的发挥，一气呵成，浑然一体。行文以散体统御，多处用骈，而不觉其骈，多处用韵，而不觉有韵，是诗、文、赋的统一，而不见痕迹，确实是"文理自然，姿态横生"之作。这样的入于化境的散文作品，散文史上并不多见。

苏轼后期的记游散文，《石钟山记》记游而寓不可“事不目见耳闻而臆断其有无”之理，颇有意趣。值得注意的还有大量作于黄州、岭南的记游短文，其中《记游定惠院》、《记承天寺夜游》、《记游白水嵓》、《题合江楼》等（俱见文集卷七一），都可算得上是写景精品。如《记承天寺夜游》：

元丰六年十月十二日，夜，解衣欲睡，月色入户，欣然起行。念无与为乐者，遂至承天寺，寻张怀民。怀民亦未寝，相与步于中庭。庭下如积水空明，水中藻荇交横，盖竹柏影也。何夜无月，何处无竹柏，但少闲人如吾两人者耳。黄州团练副使苏某书。

此文几笔写出一个澄净空明的境界，如诗如画，“何夜无月，何处无竹柏，但少闲人如吾两人者耳”数语，起着三毛传神的作用。而笔墨之精，也令人叹为观止。苏轼的散文艺术，此时确已到炉火纯青的地步了。

苏轼说自己“平生不为行状墓碑”（文集卷一三《陈公弼传》）。虽事实并非完全如此，但相对而言，这类作品确实不多。这大约与他为文好说真话，不愿谀墓有关。他的有数的几篇行状墓碑，多是为反对变法的人士作的，如为范镇所作《范景仁墓志铭》，为张方平所作《张文定公墓志铭》，为司马光所作《司马温公行状》、《司马温公神道碑》，为赵抃所作《赵清献公神道碑》，为富弼所作《富郑公神道碑》。可见这类文章，即使有作，也是从政治出发而有所选择的。在碑志之作中，苏轼最好的作品还是《潮州韩文公庙碑》。此文作于哲宗元祐七年三月知扬州任上。神宗熙宁、元丰间，苏轼因反对新法，无法在朝为官，反又遭文字之祸，贬居黄州。哲宗即位，起用“旧党”，苏轼得以还朝，但很快因反对尽废新法而与“旧党”发生矛盾，又受到“洛党”的攻击，只好要求再次出守外郡，先知杭州，复知颍州，元祐七年初移知扬州。这时的苏轼，虽不像在黄州时那样压抑、苦闷，却也有困惑，有牢骚。《潮州韩文公庙碑》一方面表彰韩愈在传承道统、文统上的历史功绩，表示自己的崇敬之情，另一方面，则是借他人之酒杯，浇自己之块垒，借韩写己，以抒愤懑。如文云：

匹夫而为百世师，一言而为天下法，是皆有以参天地之化，关盛衰之运。其生也有自来，其逝也有所为，故申、吕自岳降，傅说为列星，古今所传，不可诬也。孟子曰："吾善养吾浩然之气。是气也，寓于寻常之中，而塞乎天地之间。"卒然遇之，则王公失其贵，晋、楚失其富，良、平失其智，贲、育失其勇，仪、秦失其辩，是孰使之然哉？其必有不依形而立，不恃力而行，不待生而存，不随死而亡者矣。故在天为星辰，在地为河岳，幽则为鬼神，而明则复为人。此理之常，无足怪者。

自东汉以来，道丧文弊，异端并起，历唐贞观、开元之盛，辅以房、杜、姚、宋而不能救。独韩文公起布衣，谈笑而麾之，天下靡然从公，复归于正，盖三百年于此矣。文起八代之衰，而道济天下之溺，忠犯人主之怒，而勇夺三军之帅。岂非参天地，关盛衰，浩然而独存者乎！盖尝论天人之辨，以谓人无所不至，惟天不容伪。智可以欺王公，不可以欺豚鱼，力可以得天下，不可以得匹夫匹妇之心。故公之精诚，能开衡山之云，而不能回宪宗之惑；能驯鳄鱼之暴，而不能弭皇甫镈、李逢吉之谤；能信于南海之民，庙食百世，而不能使其身一日安于朝廷之上。盖公之所能者，天也；所不能者，人也。（文集卷一七）

"参天地，关盛衰，浩然而独存"，是对韩愈的赞颂，也是苏轼的怀抱和追求。而"公之精诚，能开衡山之云，而不能回宪宗之惑；能驯鳄鱼之暴，而不能弭皇甫镈铸、李逢吉之谤；能信于南海之民，庙食百世，而不能使其身一日安于朝廷之上"，是写韩，更是写自己。把自熙宁以来二十年中的一腔愤懑、不平，都倾泻在这几句话里面了。苏轼的散文，一般不以排奡雄肆取胜，而以汪洋浩瀚见长。而此文为写韩，也为尽情宣泄愤懑，特意采用韩文格调。清张伯行称其"磅礴澎湃，与昌黎大略相似"（《唐宋八大家文钞》卷八），唐介轩称其"行文之排宕闳伟，即置之昌黎集中，几无以辨"（日本石村贞一《纂评唐宋八大家文读本》卷七引），模韩而能达于这样的地步，也可见苏轼超卓的才力。文末的歌词，是一首七古，也用"盘空硬语"式的韩诗之格，与碑文极为协调。

苏轼的传记文，也有特色。集中传十一篇，五篇为拟人写物的寓言式的作品，与韩愈的《毛颖传》相类似，如《万石君罗文传》写砚，《江瑶柱传》写干贝，《黄甘陆吉传》写柑桔，《叶嘉传》写茶叶，《温陶君传》写陶器，似乎是一些游戏之作，而亦多有寓意。苏轼的现实人物传记，多为平民而作，其中《方山子传》最见精神。此文作于黄州，写方山子（陈慥）任侠尚武的豪气和鄙弃富贵甘于贫穷的品格。笔墨不多，而人物的精神气质却被表现得很鲜明，也能见出苏轼散文的传神之妙。兹举全文如下：

方山子，光、黄间隐人也。少时慕朱家、郭解为人，闾里之侠皆宗之。稍壮，折节读书，欲以此驰骋当世，然终不遇。晚乃遁于光、黄间曰岐亭，庵居蔬食，不与世相闻。弃车马，毁冠服，徒步往来山中。人莫识也。见其所著帽，方屋而高，曰："此岂古方山冠之遗像乎?"因谓之方山子。

余谪居于黄，过岐亭，适见焉。曰："呜呼！此吾故人陈慥季常也。何为而在此?"方山子亦矍然问余所以至此者。余告之故，俯而不答，仰而笑。呼余宿其家，环堵萧然，而妻子奴婢皆有自得之意。余既耸然异之。独念方山子少时使酒好剑，用财如粪土。前十有九年，余在岐下，见方山子从两骑，挟二矢，游西山。鹊起于前，使骑逐而射之，不获。方山子怒马独出，一发得之。因与余马上论用兵及古今成败，自谓一世豪士。今几日耳，精悍之色，犹见于眉间，而岂山中之人哉！

然方山子世有勋阀，当得官，使从事于其间，今已显闻。而其家在洛阳，园宅壮丽与公侯等。河北有田，岁得帛千匹，亦足以富乐。皆弃不取，独来穷山中，此岂无得而然哉！

余闻光、黄间多异人，往往阳狂垢污，不可得而见，方山子傥见之与?（文集卷一三）

苏轼的大量杂说、随笔中，还有一些精彩的散文小品，也颇有"文理自然，姿态横生"的特点。《日喻》是一篇说理短文，但巧于用喻，很生动而有启发性。他的随笔，前人辑有《志林》五卷、《仇池笔记》两卷。（两书内容皆见于《苏轼文集》，而未保留书名。）其中记人叙事、写景状物、论古谈今，以及医卜星象、鬼怪神仙，无不杂录，表现出苏轼读书之多，涉猎之广，阅历之丰富。其中的记游小品，较有意趣。前述其《记承天寺夜游》，即见于《志林》卷一。苏轼的题跋之作很多，也很有名气，苏轼在诗、文、词、书法、绘画的创作方面都有卓越的成就，自然也就有很高的鉴赏力，他的题跋，主要是诗、词、文、书贴、绘画的题记、书后、跋语，大多即兴漫与，行文简洁，自然流畅，而见解精辟，很有艺术论价值。如写于元丰八年的《书吴道子画后》：

智者创物，能者述焉，非一人而成也。君子之于学，百工之于技，自三代历汉至唐而备矣。故诗至于子美，文至于韩退之，书至于颜鲁公，画至于吴道子，而古今之变、天下之能事毕矣。道子画人物，如以灯取影，逆来顺往，旁见侧出，横斜平直，各相乘除，得自然之数，不差毫末，出新意于法度之中，寄妙理于豪放之外，所谓游刃余地，运斤成风，盖古今一人而已。余于他画，或不能必其主名，至于道子，望而知其真伪也。然世罕有真者，如史全叔所藏，平生盖一二见而已。（文集卷七十）

苏轼一年以前在黄州写的《跋吴道子地狱变相》即称："道子，画圣也。出新意于法度之内，寄妙理于豪放之外，盖所谓游刃余地，运斤成风者耶?"（同上）在这篇书后中又重申此语，可见这是他于吴画极为重视的一点，也是他一生的主要艺术审美趣味和艺术创作追求之所在。

苏轼在散文史上，算得上是一个集大成的作家。他在思想上、文学上都"通经学古"。对先秦儒家的文章，他受孟子雄辩酣畅之风影响最大，这在他早年的应试之文中就有表现，故协同欧阳修主持礼部试的梅尧臣称其文"有孟轲之风"（文集卷四八《上梅直讲书》）。但苏轼学文，不拘于儒家，对战国庄、韩以至纵横家之文都有吸收，这从他的文章的自由浩漫，雄辩恣肆中，可以看到。他的政论文，还受到西汉政论、特别是贾谊政论的影响。对唐代文家，苏轼特崇韩愈，而对柳宗元文的清新俊拔，也有吸收。他不仅学古文，也好辞赋、骈文，陆贽的骈文，还是他早年学文的范型之一。苏轼善于学习，勇于吸收，更富于创造性，他能取各家之长，更能匠心独运，自出机杼，因此才能成一家之言。

苏轼的散文，在当时就有很大影响，早年的制举之文，在当时曾成为应试举子作文的榜样，故有"苏文熟，吃羊肉；苏文生，吃菜羹"的谚语流传（陆游《老学庵笔记》)。与他同时稍晚的文学家，与他交游，向他学习，著名的，有“苏门四学士”(黄庭坚、秦观、张耒、晁补之)、“苏门六君子”(“四学士”外加上陈师道、李廌)，在散文创作上都不同程度地受到苏文的影响，而尤以张、晁之文尤甚。北宋亡后，苏轼的诗文在北方仍很盛行，金代文家多受其影响，元虞集谓金代文家“多有得于苏氏之遗，其为文亦曼衍而浩博”(《道园学古录》卷三三《庐陵刘桂隐存稿序》)，清翁方纲也有“苏学盛于北”之说(《石洲诗话》卷五)。元代吴澄论唐、宋文称“七子”(《吴文正集》卷一八《张氏自适集序》)，中有苏轼，明代则盛行唐宋八家之说，皆可见苏文的影响。此外，明代中后期一些思想上不为名教所羁、创作上不为格套所束的一些文家，如李贽、徐渭、公安三袁等，都尊崇苏轼其人其文，很值得注意。

第四节 苏洵、苏辙

散文史上，苏轼和其父苏洵、其弟苏辙并称“三苏”，他们又都列于“唐宋八大家”。苏洵、苏辙的散文成就不及苏轼，但也各有所至，兹分述如下。

苏洵(1009～1066)字明允，号老泉，嘉祐间得欧阳修奖誉，以文章名世，未取科第，作过秘书省校书郎、文安主簿等小官。有《嘉祐集》一五卷。

苏洵早年应试不中，遂不愿以文“区区附合有司之尺度”(文集卷一二《与梅圣俞书》)，转而学古文，以求立言不朽，“取《论语》、《孟子》、韩子及其他圣人贤人之文而兀然端座终日以读之者七八年。方其始也，入其中而惶然，博观于其外而骇然以惊。及其久也，读之益精，而其胸中豁然以明，若人之言固当然者，然犹未敢自出其言也。时既久，胸中之言日益多，不能自制，试出而书之，已而再三读之，浑浑乎觉其来之易矣。”(文集卷一一《上欧阳内翰第一书》)可见他对古文的研习功夫。

苏洵论文主自然。他在《仲兄字文甫说》中，以风、水相激而成文为喻论文，认为风与水“无意乎相求，不期而相遭”，“无营而文生”，是自然之文，也是最美之文，“故曰‘风行水上涣’，此亦天下之至文也”(文集卷一四)。这种观念，对苏轼的创作和理论影响较大。

苏洵的文章，以议论见长。他的文集中，多半为议论文，其中进于朝廷的《幾策》、《权书》（上、下）以及《衡论》（上、下），都由多篇论文组成，苏洵自称“著书无他长，及言兵事、论古今形势，至自比贾谊”（文集卷一〇《上韩枢密书》）。他的论文，谈古论今，表现出对时局的关心和忧虑，也提出了一些变革的意见，和苏轼的《进策》、《进论》有相似之处，可以看出在这方面他对苏轼的影响。如《权书下》中的《六国》：

六国破灭，非兵不利，战不善，弊在赂秦。赂秦而力亏，破灭之道也。或曰：“六国互丧，率赂秦耶？”曰：“不赂者以赂者丧，盖失强援，不能独完，故曰弊在赂秦也。”

秦以攻取之外，小则获邑，大则得城。较秦之所得，与战胜而得者，其实百倍；诸侯之所亡，与战败而亡者，其实亦百倍。则秦之所大欲，诸侯之所大患，固不在战矣。

思厥先祖父，暴霜露，斩荆棘，以有尺寸之地。子孙视之不甚惜，举以予人，如弃草芥，今日割五城，明日割十城，然后得一夕安寝，起视四境，而秦兵又至矣。然则诸侯之地有限，暴秦之欲无厌，奉之弥繁，侵之愈急，故不战而强弱胜负已判矣。至于颠覆，理固宜然。古人云：“以地事秦，犹抱薪救火，薪不尽，火不灭。”此言得之。

齐人未尝赂秦，终继五国迁灭，何哉？与嬴而不助五国也。五国既丧，齐亦不免矣。燕、赵之君，始有远略，能守其土，义不赂秦。是故燕虽小国而后亡，斯用兵之效也。至丹以荆卿为计，始速祸焉。赵尝五战于秦，二败而三胜，后秦击赵者再，李牧连却之。洎牧以谗诛，邯郸为郡，惜其用武而不终也。且燕、赵处秦革灭殆尽之际，可谓智力孤危，战败而亡，诚不得已。向使三国各爱其地，齐人勿附于秦，刺客不行，良将犹在，则胜负之数、存亡之理，当与秦相较，或未易量。

呜呼！以赂秦之地封天下之谋臣，以事秦之心礼天下之奇才，并力西向，则吾恐秦人食之不得下咽也。悲夫！有如此之势，而为秦人积威之所劫，日削月割，以趋于亡。为国者，无使为积威之所劫哉！

夫六国与秦皆诸侯，其势弱于秦，而犹有可以不赂而胜之之势，苟以天下

之大，下而从六国破亡之故事，是又在六国下矣。(文集卷三)

此文所论，是六国亡于秦的史事，而所针对的，则是当时宋王朝所面临的一个严重问题。苏洵在《史论上》中说："史何为而作乎？其有忧也。"(文集卷八）他论史，也是因为有现实之忧。此文说六国之破灭，"弊在赂秦"，是否是历史的全面概括，可以不必计较，而宋王朝对辽、夏以赂而求苟安，却是当时之大弊。苏洵出生前不久，真宗景德元年（1004）宋、辽之战，宋方得胜，却订澶渊之盟，规定向辽岁输银十万两、绢二十万匹。仁宗庆历二年（1042），辽扬言南下用兵，宋方又连忙遣使求和。答应每岁增银十万两，绢十万匹。庆历四年，又与西夏定约，每岁"赐"银五万两、绢十三万匹、茶二万斤。苏洵很关心北部边防战和问题，在其他论文如《幾策》的《审势》、《审敌》中多次谈到。此文讲六国赂秦而亡，正是出于对当时朝廷对外妥协政策的忧虑。谈"先祖父"创业不易，而子孙弃如草芥，赂敌以求苟安，就是在暗讽当今，而末段讲"以天下之大"而蹈六国覆辙，"是又在六国下矣"，就更点明为现实而发了。曾巩称苏洵之文"少或百字，多或千言，其指事析理，引物托喻，侈能尽之约，远能见之近，大能使之小，微能使之著，烦能不乱，肆能不流，其雄壮俊伟，若决江河而下也"(《南丰类稿》卷四一《苏明允哀词》)。《六国》一文，也正有此特点。但在雄壮俊伟之中，较少苏轼论文那种犯颜直谏的盛气，相比之下，显得"简老"(姚鼐《古文辞类纂》卷三一引刘大櫆评语)。

苏洵有《上皇帝书》，是嘉祐三年上仁宗的奏疏，长近六千言，是一篇论时事的长论。他的书札也多是议论文，如《上韩枢密书》、《上富丞相书》、《上文丞相书》论天下之事，《上余青州书》论士之所以立身，《上欧阳内翰第一书》论文，都字字有物，文气雄肆，表现着他一贯的文风。《辨奸论》传为苏洵所作，但不见于《嘉祐集》，清初以来，作者问题一直有争论。其内容显然是针对王安石的，中多人身攻击的尖刻之语，颇不可取。此文纵横雄放，和苏洵文风确有相似之处。但苏洵卒于熙宁变法之前，此文不可能为苏洵所作。

苏辙（1039～1112）字子由，号颍滨遗老，苏轼同年进士，元祐间，官尚书右丞，进门下侍郎，绍圣初斥逐"旧党"，贬官岭南。晚年筑室颍昌，隐居著述。有《栾城集》、后集、三集共八四卷，《栾城应诏集》一二卷。

苏辙论文主气。《上枢密韩太尉书》认为"文者气之所形"，"气充乎其中而溢乎其貌，动乎其言而见乎其文"，继承的是孟子、韩愈的观念。但他把养气与游结合起来，说"太史公行天下，周览四海名山大川，与燕、赵间豪俊交游，故其文疏荡，颇有奇气"（《栾城集》卷二二）这是对文气说的发展。苏辙作此书在嘉祐二年进京应试时，年才十九，其所论，还说不上是他由游而养气而为文的切身体验之谈，他的文章，也不以气胜。

苏辙的政治思想与苏轼一致，应制科试时，也上过《进论》、《进策》各二十五篇（俱见《栾城应诏集》），熙宁变法时，也有长篇的《上皇帝书》和其他不少论政的奏议。但他的政论文的成就，远在父、兄之下。最能见其文特色的，是在各地为官时的一些抒情寄意之作，如《武昌九曲亭记》、《吴氏浩然堂记》、《黄州快哉亭记》等。《吴氏浩然堂记》作于元丰四年官筠州时。元丰二年，苏轼陷乌台诗狱，苏辙舍官救兄，轼出狱，辙贬监筠州盐酒税。此文不是叙事写景之作，而是借吴氏浩然堂发感慨，讲孟子的"我善养吾浩然之气"，以江水之东流为喻，说江水"蔑洲渚，乘丘陵，肆行而前，遇木而木折，触石而石陨，浩然物莫能支"。但谈到水"何以若此浩然"，却说："今夫水无求于深，无意于行，得高而停，得下而流，忘己而因物，不为易勇，不为崄怯，故其发也，浩然放乎四海。"已经离开了孟子讲"浩然之气"的本旨而有些随遇而安的味道了。最后说："余将登子之堂，举酒相属，击槁木而歌，徜徉乎万物之外，子信以为能浩然矣乎?"(《栾城集》卷二四）这就从孟子讲到庄子去了。文章写得很别致，很能表现苏辙此时的心态。《黄州快哉亭记》也很能代表苏辙这类作品的风格：

江出西陵，始得平地，其流奔放肆大，南合沅、湘，北合汉、沔，其势益张；至于赤壁之下，波流浸灌，与海相若。清河张君梦得，谪居齐安，即其庐之西南为亭，以览观江流之胜，而余兄子瞻名之曰"快哉"。

盖亭之所见，南北百里，东西一舍，涛澜汹涌，风云开阖。昼则舟楫出没于其前，夜则鱼龙悲啸于其下，变化倏忽，动心骇目，不可久视。今乃得玩之几席之上，举目而足。西望武昌诸山，冈陵起伏，草木行列，烟消日出，渔夫樵父之舍，皆可指数，此其所以为"快哉"者也。至于长洲之滨，故城之墟，曹孟德、孙仲谋之所睥睨，周瑜、陆逊之所骋骛，其流风遗迹，亦足以称快世俗。

昔楚襄王从宋玉、景差于兰台之宫，有风飒然至者，王披襟当之，曰："快哉此风！寡人所与庶人共者耶？"宋玉曰："此独大王之雄风耳，庶人安得共之。"玉之言，盖有讽焉。夫风无雌雄之异，而人有遇不遇之变，楚王之所以为乐，与庶人之所以为忧，此则人之变也，而风何与焉？士生于世，使其中不自得，将何往而非病；使其中坦然，不以物伤性，将何适而非快！今张君不以谪为患，窃会计之余功，而自放山水之间，此其中宜有以过人者。将蓬户瓮牖，无所不快，而况乎濯长江之清流，挹西山之白云，穷耳目之胜以自适也哉！不然，连山绝壑，长林古木，振之以清风，照之以明月，此皆骚人思士之所以悲伤憔悴而不能胜者，乌睹其为快也哉！

元丰六年十一月朔日，赵郡苏辙记。（《栾城集》卷二四）

文以"快哉"一语为贯串，融合叙事、抒情、写景、议论，表现自放山水，宠辱皆忘的心境，有汪洋开阔之境，又有起伏曲折之势，正反相间，转折自由，很见功力。

第五章
北宋后期散文

第一节　黄庭坚、秦观、陈师道

黄庭坚（1045～1105）字鲁直，号山谷道人，又号涪翁，洪州分宁（今江西修水）人。英宗治平进士，哲宗时，以校书郎为《神宗实录》检讨官，迁著作佐郎。后因受党争的影响，屡谪屡起，先后为鄂州知州、涪州别驾、黔州安置等。他以诗文、书法名于世，诗与苏轼齐名，号称“苏黄”，是江西诗派的创始人。与秦观、张耒、晁补之俱出苏轼门下，世称苏门四学士。著有《山谷内外集》四十四卷，别集二十卷，词一卷。

黄庭坚于诗文创作有“点铁成金”之论。他说：“自作语最难，老杜作诗，退之作文，无一字无来处，盖后人读书少，故谓韩、杜自作此语耳。古之能文章者，真能陶冶万物，虽取古人之陈言入于翰墨，如灵丹一粒，点铁成金也。”（《山谷内集》卷一九《答洪驹父书》）同时又提倡“换骨夺胎法”，释惠洪《冷斋夜话》引黄氏语：“诗意无穷，而人之才有限，以有限之才追无穷之意，虽渊明、少陵不得工也。然不易其意而造其语，谓之换骨法；窃入其意而形容之，谓之夺胎法。”他的“点铁成金”论与“换骨夺胎”法，都强调了借鉴前人，有其合理的一面，但也容易产生剽窃、模仿的弊端，所以经常受到后人的批评。宋人魏泰指出：“黄庭坚作诗得名，好用南朝人语，专求古人未使之事，又一二奇字，缀葺而成诗。自以为工，其实所见之癖也。”(《临汉隐居诗话》) 金人王若虚也指出：“鲁直论诗有夺胎换骨、点铁成金之喻，世以为名言。以予观之，特剽窃之黠者耳。”(《滹南诗话》) 自然，黄庭坚的这种主张，仅是他诗文理论的一个方面。全面地看，他并不主张一味模拟。他强调“文章最忌随人后”，“自成一家始逼真”（见《宋诗话辑佚》上册《王直方诗话》一三六条)，同时也认为“凡作一文，皆须有宗有趣。”黄庭坚虽说出于“苏门”，而他的诗文风格与苏轼都很不一样。他的文章，从容和易，而无横肆之气，情感多不外露，而有含蓄之美。如《董隐子传》：

董隐子，隐于乞人，从人乞于南康市中。与酒无不饮，未尝见其醉。连败纸蔽后前，穿结不周，腹背风雪，人挟纩战栗，其面有孺子色。凡众人之所严，如涕唾。人以世俗所重利要之，不满一吷也。或祈向愿闻其方，则曰：“无能，乞尔。”无它言。皆谓狂而不悖。

高安刘裕道纯，晚得之，与为礼甚，愿为置酒，解衣衣之，与言，或时语不狂。自道宿人，年三十六矣，熟视二十许人也。道纯得疱疮如蓓蕾，溃，肌肤岑岑痛，昼夜生数十。隐子为和齐，五日良已。异日，阴与方士约买药煮丹砂，期未至，语不闻侍旁。隐子又来饮，起握道纯手曰：“冶金铸银，奔马即死祸。”乞一榼酒，行歌而往，曰：“归饮吾同舍。”明日遣人问安、留榼，语旁乞人：“去矣。”数日，客见之于浔阳，犹寄声别道纯。不了其来之始，其去以庚申正月二十三日。(《山谷内集》卷二十)

黄庭坚对于诗文创作，不主张把嬉笑怒骂的强烈感情形之于作品，认为诗文“非强谏争于廷，怨忿诟于道，怒邻骂坐之为也”(《书王知载朐山杂咏后》)，因而认为“东坡文章妙天下，其短处在好骂，慎勿袭其轨也。”(《答洪驹父书》)，他强调作者进行创作，应该做到“须尽心于克己，不见人物臧否。”(《书旧诗与洪龟父跋其后》) 他的这些主张对纠正写作不知节制或简单地只把文章当作泄愤工具的偏颇是有用的。但不问实际情形，一概反对“怒邻骂坐”，一律不要“人物臧否”，就容易使文章四平八稳，气力不足，意蕴不深。黄庭坚的文章正坐此病。《董隐子传》写董隐子的行为个性都很有特点，在黄庭坚的文集中，是较有情趣的一篇，但因为坚持其“不见人物臧否”的作文方法，文章意蕴，不免苍白。

黄庭坚还有一些抒与情怀，深于寄托的文章，含而不露，似有难言之隐，大约多是哲宗绍圣以后“元祐党人”遭到打击时期的作品。《书幽芳亭》就是这样一篇作品：

士之才德盖一国，则曰国士；女之色盖一国，则曰国色；兰之香盖一国，则曰国香。自古人知贵兰，不待楚之逐臣而后贵之也。兰盖甚似乎君子，生于深山丛薄之中，不为无人而不芳，雪霜凌厉而见杀，来岁不改其性也，是所谓“遁世无闷，不见是而无闷”者也。兰虽含香体洁，平居萧艾不殊，清风过之，其香蔼然，在室满室，在堂满堂，是所谓含章以时发者也。然兰、蕙之才德不同，世罕能别之。予放浪江湖之日久，乃尽知其族姓。盖兰似君子，蕙似士，大概山林中十蕙而一兰也。楚辞曰：“予既滋兰之九畹，又树蕙之百亩。”以是知不独今，楚人贱蕙而贵兰久矣。兰、蕙丛生，初不殊也，至其发华，一干一华而香有余者兰，一干五七华而香不足者蕙。蕙虽不若兰，其视椒榝则远矣。世论以为国香矣，乃曰当门不得不锄，山林之士，所以往而不返者耶？（《山谷内集》卷二五）

北宋熙宁间，由于王安石变法而引发了新旧党争，至哲宗元祐、绍圣间，新旧党争演化成了统治阶层内部互相倾轧的权势之争，一些有才能的人物，在这种斗争中成了牺牲品。黄庭坚等“元祐党人”，多次遭贬谪，胸中自然不免怨忿，该文所抒发的应是这种情怀。“世论以为国香矣，乃曰当门不得不锄”，作者的不满，说得十分明白。“兰盖似乎君子，生于深山丛薄之中，不为无人而不芳，雪霜凌厉而见杀，来岁不改其性”，“兰虽含香体洁，平居萧艾不殊，清风过之，其香蔼然，在室满室，在堂满堂，所谓含章以时发者也。”这些话，是作者的内心独白，表示在逆境中要坚持“无闷”，保持“幽芳”。作者为文反对“怒邻骂坐”，该文写自己的怨忿不满，含而不露，坚持了自己的创作原则。

秦观（1049～1100）字少游，一字太虚，号淮南居士，高邮（今属江苏）人。元丰八年进士及第，在地方做小官。元祐中，官至国史院修撰。绍圣初，因党争出为杭州通判，后又贬为处州监酒税史，三年后再贬郴州、横州、雷州等处，徽宗即位后放还，死藤州途中。著有《淮海集》四十卷、后集六卷、词三卷。

秦观的思想比较复杂，尊儒，又兼爱释、道，故时人批评他的文章“驳而不纯”。对此，他在《逆旅集序》中做了明确的回答：

> 或曰：吾闻君子言欲纯事，书欲纯理，详于志常，而略于纪异。今子所集，虽有先王之余论、周孔之遗言，而浮屠、老子、卜畿、梦幻、神仙、鬼物之说，猥杂于其间，是否莫之分也，信诞莫之质也，常者不加详，而异者不加略也，无乃与所谓君子之书言者异乎？余笑之曰：鸟栖不择山林，唯其木而已；鱼游不择江湖，唯其水而已。彼计事而处，简物而言，窃窃然去彼取此者，缙绅先生之事也。仆野人也，拥肿是师，懈怠是习，仰不知雅言之可爱，俯不知俗论之可卑，偶有所闻，则随而记之耳，又安知其纯与驳耶。然观今世人，谓其言是，则矍然改容，谓其言信，则适然以喜，而终身未尝信也，则又安知彼之纯不为驳，而吾之驳不为纯乎？（文集卷三九）

秦观的这一番驳难，指出缙绅君子“窃窃然”去驳取纯，去俗取雅，还动不动指责别人为“驳而不纯”，表示不与为伍，从中可以看出他的创作趋向。正因为如此，所以他虽与黄庭坚都出于苏轼之门，两人的创作风格却迥然不同。秦观的散文历来未受重视，选家不选，论者不论，大约都与前人“纯”“驳”之分的传统观念有关。

秦观散文的特点，《宋史》本传说他“长于议论，文丽而思深”，通观其文集，这评价是符合实际的。明人张綖在《淮海集序》中有过具体论述：“盖其逸情豪兴，围红袖而写乌丝，驱风雨于挥毫，落珠玑于满纸。婉约绮丽之句，绰乎如步春时女，华乎如贵游子弟。此特公之绪余者耳。至于灼见一代之利害，建事揆策，与贾谊、陆贽争长，沉味幽玄，博参诸子之精蕴，雄篇大笔，宛然古作者。”《淮海集》中，有进策七卷，都是关于治国平天下的论文，进论四卷，论由汉至唐的历史人物，都能表现秦文“长于议论”的特点。而较有文学意味的，还是抒情写景之文，《龙井记》、《闲轩记》、《游汤泉记》、《五百罗汉图记》、《与鲜于学士书》、《逆旅集序》、《精骑集序》等，都很有个性。兹举其《龙井记》：

> 龙井旧名龙泓，距钱塘十里。吴赤乌中，方士葛洪掌炼丹于此，事见《图

记》。其地当西湖之西，浙江之北，凤篁岭之上，实深山乱石之中泉也。每岁旱，祷雨于他祠不获，则祷于此，其祷辄应，故相传以为有龙居之。然泉者，山之精气所发也。西湖深靓空阔，纳光景而涵烟霭，菱芡荷花之所附丽，龟鱼鸟虫之所依凭，漫衍而不迫，纤余以成文，阴晴之中，各有奇态，而不可以言尽也。故岸湖之山多为所诱，而不克以为泉。浙江介于吴越之间，一昼一夜，涛头自海而上者再，疾击而远驰，兕虎骇而风雨怒，遇者摧，当者坏，乘高而望之，使人毛发尽立，心掉而不禁。故岸江之山，多为所胁而不暇以为泉。惟此地蟠幽而踞阻，内无靡曼之诱以散越其精，外无豪捍之胁以亏疏其气。故岭之左右，大率多泉，龙井其尤者也。夫畜之深者发之远，其养之不苟，则其施也无穷。龙井之德盖有至于是者，则其为神物之托也，亦奚疑哉？

元丰二年，辨才法师元静自天竺谢讲事，退休于此山之寿圣院，去龙井一里，凡山中之人有事于钱塘，与游客之将至寿圣者，皆驭道井旁。法师乃即其处为亭，又率其徒以浮屠法环而咒之，庶几有慰夫所谓龙者。俄有大鱼自泉中跃出，观者异焉，然后知井之有龙不谬，而其名由此益大闻于时。是岁余自淮南如越省亲，过钱塘，访法师于山中，法师策杖送余于凤篁岭之上，指龙井曰："此泉之德至矣，美如西湖不能淫之使迁，壮如浙江不能威之使屈。受天地之中，资阴阳之和，以养其源，推其绪余以泽于万物，虽古有道之士，又何以加于此？盍为我记之？"余曰："唯唯。"（文集卷三八）

历来写杭州山水的散文很多，秦观的《龙井记》在这些作品中，堪称上佳之作。该文思路开阔，视野宽广，写龙井先写西湖的风光景物之美和浙江（即钱塘江）可惊可骇的海潮壮阔，并以此为烘托，写龙并不为西湖所克，不受钱塘所胁，突出了井龙之德之神，最后又通过辨才法师的活动及对龙井的称赞，进一步突出了龙井的风采。结尾处借用辨才法师的话，重提龙井之德"美如西湖不能淫之使迁，壮如浙江不能威之使屈"，全篇波澜迭起，而又有开有合，文章结构巧妙而得体。

秦观的赋体散文写得也很有特点，他写的《黄楼赋》曾为苏轼所激赏，认为"雄辞杂今古，中有屈宋姿"（苏轼：《谢诗》）。苏轼因反对王安石新法，外放彭城（今徐州），在彭城治河决口后，修缮城墙，并建黄楼。秦观受苏轼之请写了《黄楼赋》，秦观借此赋劝苏轼善处苦逸，不必计较政治上的得失。其末段云：

> 噫！变故之相诡兮，道传马之更驰。昔何负而遑遽兮，今何暇而遨游。岂造物之莫诏兮，惟元元之自贻。将苦逸之有数兮，畴工拙之能为。韪哲人之知其故兮，蹈夷险而皆宜。视蚊虻之过前兮，曾不介乎心思。正余冠之崔嵬兮，服余佩之焜煌。从公于斯楼兮，聊徘徊以徜徉。（文集卷一）

该文写得简练，主题鲜明而有分寸，较好地表现了作者的思想。《黄楼赋》外，他的《郭子仪单骑见虏赋》、《吊镈钟文》等也有特色。不过秦观对自己的赋并不满意，曾说："吾少时用意作赋，习惯已成……不畏磨难，然自以华弱为愧。"（《师友谈记》）这不完全是自谦，"华弱"确实是他某些赋体散文的不足。

在苏门弟子中，秦观为文以适情达意为原则，不受纯驳之分等成见的束缚，颇近于苏轼。他也最受苏轼的偏爱。苏轼曾说：秦观"文章如美玉无瑕，又琢磨之功，殆无出其右者。"秦观死后，苏轼十分感叹："少游不幸死道路，哀哉！世岂复有斯人乎！"（见《宋史·文苑传》秦观本传）由此也可以看出两人关系之密切。

陈师道（1053～1102）字履常，又字无已，号后山居士，彭城（今江苏徐州）人。江西诗派重要作家。因不满意王安石以经义取士，绝意科举。元祐间，苏轼等以文行相荐，任徐州教授，后任太学博士、秘书省正字等职。善诗文，尤长于诗，被尊为江西师派"三宗"之一，著有《后山集》二四卷。苏轼《荐布衣陈师道状》说："徐州布衣陈师道，文词高古，度超流辈，安贫守道，若将终身，苟非其人，义不往见。"（《东坡奏议》卷三）魏衍《彭城陈先生集记》说："初，先生学于曾公，誉望甚伟，及见豫章黄公庭坚诗，爱不舍手，卒从其学，黄亦不让。士或谓先生过之，惟自谓不及也。""先生之文，简重典雅，法度谨严，诗语精妙，盖未尝无谓而作。"其道德文章，大率如此。

陈师道与苏轼关系颇密，称苏门弟子，其实他的诗文，都不受苏轼之传，诗风文格，都与苏轼之作有明显差异。在散文创作方面，他曾从曾巩"受业"（《宋史》本传），多受曾巩影响，"简重典雅，法度谨严"，以议论为主，情感不大外露，也不以文采气势胜。其缺点，则是文不胜质，情韵不足。

陈师道虽与苏轼、黄庭坚、秦观、张耒等交游，而为官不显，卷入政争不深，在他的散文中，没有锋芒毕露的涉及变法与反变法斗争的作品。但绍圣以后，章惊、蔡京等人把持朝政，斥逐元祐诸臣，苏轼等人被放岭南，他还是很愤慨的。《罴说》应该是对此而发的文章：

晋人以犬猎，以五犬逐一罴。罴鸷而力，长于用大，所与敌者，皆天下强有力也；犬弱而捷，巧于用小，顾左而右，逐前而后，罴不能搏也。行不十数里，罴惫而后，犬更前而杀之。兽而惊者，爪莫若虎，齿莫若豕，而罴食之，故称勇力必曰罴。罴如受制于犬者，遇非其敌，困于群也。诗云："忧心悄悄，愠于群小。"罴之谓也。（文集卷一七）

这是一篇寓言式的小品，寓意是君子困于群小，指的应是章、蔡兼政，呼朋引类，打击元祐诸臣。行文平实简切，不多作形容描写；对于君子之困于群小，作者应该有强烈的愤慨，但情感的表现却比较收束、淡化，只在篇末流露了一点感慨。这就是陈文的一大特点。

陈师道的议论文字，没有明显的政治针对性，但还是很注重于载道，的确是"未尝无谓而作"，如《茶经序》：

陆羽《茶经》，家传一卷，毕氏、王氏书三卷，张氏书四卷。内外书十有一卷，其文繁简不同。王、毕氏书繁杂，意其旧文；张氏书简明，与家书合而多脱误。家书近古可考，"正月七之事"其下亡，乃合三书以成之，录为二篇藏于家。

夫茶之著书自羽始，其用于世，亦自羽始，羽诚有功于茶者也。上自宫省，下迨邑里，外及戎夷蛮狄，宾祀燕享，预陈于前。山泽以成市，商贾以起家，又有功于人者也，可谓智矣。《经》曰："茶之否臧，存之口诀，则书之所载，犹其粗也。"夫茶之为艺下矣，至其精微，书有不尽，况天下之至理而欲求之文字纸墨之间，其有得乎？昔者先王因人而教，同欲而治，凡有益于人者，皆不废也。世人之说曰："先王，诗书道德而已。"此乃世外执方之论，枯槁自守之行，不可群天下而居也。史称羽持具饮李季卿，季卿不为宾主，又著论以毁之。夫艺者，君子有之，德成而后及，所以同于民也。不务本而趋末，故业成而下也，学者谨之。（文集卷一一）

唐朝陆羽的《茶经》是我国第一部关于茶的专门著作，书中着重论述茶的性状、品质、产地、采制烹饮方法及用具等。从陈师道《茶经序》看，该书在北宋时有多种，陈氏曾加以整理。文中说“茶之著书自羽始”是对的，但又说“其用于世，亦自羽始”则不确。实际上，我国饮茶的历史，远早于唐。不过，饮茶至唐而盛，倒是事实。此文讲茶的功用及陆羽著书之“功”，最后指出“夫艺者，君子有之，德成而后及。”强调德先艺后，德本艺末，是传统的儒家之见。行文简雅，也能代表陈文的风格。

第二节　张耒、晁补之、李廌、李格非

张耒（1054～1114）字文潜，楚州淮阴（今属江苏）人。幼年颖慧，十三岁能文，约二十岁中进士第，元祐时官至起居舍人。绍圣间，入元祐党籍，贬知宣州，谪监黄州酒税。徽宗初立，起为黄州通判、知衮州，召为太常卿，出知颍、汝二州，很快又因党籍去职，晚年得自便，居陈州。著有《张右史文集》六十卷。

张耒十八岁（熙宁四年）左右游学于陈州（今河南淮阳），认识正任陈州教授的苏辙，进而得受苏轼之教，从此关系甚密，两次贬官均由此。苏轼对张耒文章评价甚高，认为与苏辙“汪洋淡泊，有一唱三叹之声”的艺术风格相似。（见苏轼《答张文潜书》）他论文重理，反对思想穷乏，单纯追求奇巧。他的《答李推官书》，文章写得很好，集中表现了他的创作思想，兹引其中间一段：

足下之文可谓奇矣，捐去文字常体，力为瑰奇险怪，务欲使人读之如见数千岁前蝌蚪鸟迹所记弦匏之歌、钟鼎之文也。足下之所记如此，固无不善者。抑耒之所闻所谓能文者，岂谓其能奇哉？能文者固不能以奇为主也。

夫文何为而设也？知理者不能言。世之能言者多矣，而文者独传。岂独传哉？因其能文也，而言益工，因其言工，而理益明，是以圣人贵之。自六经以下，至于诸子百氏、骚人辩士，论述大抵皆将以为寓理之具也。是故理胜者，文不期工而工；理屈者，巧为粉泽而隙间百出。此犹两人持牒而讼，直者操笔，不待累累，读之如破竹，横斜反复自中节目；曲者虽使假词于子贡，问字

于扬雄，如列五味而不能调和，食之于口，无一可愜，况可使人玩味之乎？故学文之端，急于明理。夫不知为文者，无所复道，如知文而不务理，求文之工，世未尝有是也。夫决水于江河、淮海也，水顺道而行，滔滔汩汩，日夜不止，冲砥柱，绝吕梁，放于江湖而纳之海，其舒为沦涟，鼓为涛波，激之为风飙，怒之为雷霆，蛟龙、鱼鼋，喷薄出没，是水之奇变也，而水初岂如此哉？是顺道而决之，因其所适而变生焉。沟渎东决而西竭，下满而上虚，日夜激之，欲见其奇，彼其所至者蛙蛭之玩耳。江河淮海之水，理达之文也，不求奇而奇至矣；激沟渎而求水之奇，此无见于理，而欲以言语句读为奇之文也。（文集卷五八）

此文论明理与求奇的关系，认为理胜而文自工，理足则不求奇而奇至，理屈者巧为粉饰，文章就会漏洞百出，故意为奇，也不足为奇，不过如水沟之中“蛙蛭之玩耳”。由此强调了作文以理为主的思想。该文在表达上，说理形象，连类比喻，迁延而下，诚有苏轼所说的“一唱三叹”之妙。《宋史·文苑传》认为张耒“笔力绝健”，由此文也可见其一斑。

张耒散文长于议论，集中散文十八卷，以议、论为题的文章就占六卷，这与他论文重理有关，同时也是受苏轼影响。张耒的论文，有些显然是针对新党而发的，《论法》上下篇、《知人论》、《敦俗论》、《法制论》、《用大论》等，都是这样的文章。如《论法》上、下针对新法的施行而加以抨击：“世之君子，抚事制变，而尤法之不足，岂不悲哉！夫法度之弊，起于德不足而求胜其民，而败于启民之邪心而多怨。夏之继舜也，岂不知舜之为不可及也？商、周之继夏也，岂不知弊之将不胜也？然而明见其弊而为不已何也？岂其世变日繁，而德有所不足故邪？德不足以还民之初，熟视其乱而莫之禁，则将以智加之。故曰法起于德不足而求胜其民。夫上以智胜其下，则下亦以智胜其上。不络马首，则毁衔窃辔之马终身而不知；不立门户，则穿窬窃发之盗终身而不为。法之于民，常制其一而开其一，制之者易见而开之者难防，上下以智相胜，而奸邪诡伪不可胜究。故天下之人始忘其欢欣戴君之心，而有怨怒忌上之仇。故曰败于启民之邪心而多怨。”（《文集》卷五三）又《敦俗论》讲“先王”之时，“轻禄位而贱权势，而惟仁义之知”，“天下之人皆仁义之人”后来世道，就变坏了：“余尝悲夫自圣人之亡，后世之治天下者，不明乎此也，开功名权利之门以诱天下，而使其民汲汲然惟利之知，而幸其区区之功利。尚功而贱德，贵才而废道，奖胜而羞退，进位而卑齿，故天下始嚣然皆有乐富好贵之心而不安其分，反顾其贫贱而恶之，而日思其所以去之之术。夫惟人恶其贫贱而求去之，而天下之乱始起矣”（同上）。这实际上也是针对变法的。这些论文，雄辩而犀利，气势很充足，但重德政而轻法治，贵仁义而非功利，政治上显然是保守的。有的文章，简直就是对改革人士的人身攻击，如《知人论》：“世之小人常有以自弊其不屑以惑世主之听，而卒败天下之事，不胜叹哉！彼小人者，其中实怯，而视其外则发扬振厉而若勇；其中实庸，而听其言则辨给开敏而若才。卒然即之，若真可与有为者。是故世主往往甘心而不辞，至于谋穷计失而后悔。”（同上）这差不多近于《辨奸论》的调门了，当然，词语还没有到《辨奸论》那样的尖刻。

王安石熙宁变法，引起一些持不同政见人士的攻击，这时的政治斗争，具有变革与保守斗争的性质，但还不是朋党之争。王安石去世后，哲宗元祐间，反对变法的人士司马光、苏轼等重新被启用，掌握大权，自然对变法阵营中的人有所排抑，这仍然是由于政治立场不同而产生的政争。到哲宗绍圣、元符间，章惇秉政，斥逐曾反对新法的吕大防、苏轼、苏辙、黄庭坚、秦观、张耒、刘挚、范纯仁等人，就不再是进步与保守的斗争了。章惇、蔡京等人打着“变法”的旗号，但已不再具有王安石熙宁变法的进步性，他们只是一些伪新党。他们对苏轼等人横加打击，必欲置之死地而后快，只是出于把持权位的私欲。这时张耒写的一些抨击伪新党的论文，就不能再以“保守”目之了。《敢言》一文，题下标明“为绍圣而作”，就是一篇痛斥伪新党的有胆有识的痛快淋漓的好文章：

> 汉王凤以外戚辅政，杀王章以杜天下能言之口，而梅福以南昌尉上书显攻之而不忌。唐文宗时，宦人握禁兵，制天子，枢密使权过宰相，谁敢少忤其意！而刘蕡对策，肆言其恶，斥其篡弑废立之罪。而明皇时，李林甫为相凡二十年，因宠市权，愚瞽其君，内助杨氏之势，外成禄山之乱。补阙杜琎尝再上书论事，斥为下邽令。……由是谏诤路绝矣。夫林甫之威，未惨于汉廷之外戚、唐文宗之宦官也，而梅福、刘蕡敢犯之，而林甫徒以区区贬斥，而天下之士震怖如畏虎狼，此其故何也？王凤得政之初，帝失德未深，犹可与论道理商成败，而汉之公卿，犹有贤智忠义之士也。文帝太和二年，名臣在朝者如裴

度、李绛、韦处厚之徒犹数人，公卿侍从之间，差可告语，其势犹足以持典刑也。故此二子者，非妄发恣行，而心实有所恃也。若林甫之时，人主昏淫于上，视天下之治乱如越人视秦人之肥瘠，不可与言矣。而朝廷有一介之善，略能别黑白者，林甫斥逐之而无余矣。国中空虚无人，上下内外皆从君于昏者也，而天下之士虽欲有言，何恃以救其祸乎！此人之所甚畏也。呜呼！国无善人，国非其国也，可不惧哉！明皇尝论林甫曰："此子妒贤嫉能，无与为比。"则其时人物可知也。（文集卷五二）

由于当时章、蔡辈打击异己之残酷，此文没有"显攻之而不忌"，而只能穿上一层论史的外衣。题下"为绍圣而作"五字，不像是作者自己加上的，应是后人所为。但说此文是"为绍圣而作"，是显而易见的。文中汉之王凤、唐文宗时之宦官，特别是玄宗时的李林甫，指的就是章惇之流。说"朝廷之士有一介之善略能别黑白者"，都被李林甫"斥逐之而无余"，指的就是绍圣间对吕大防、苏轼等朝臣的大规模斥逐。"国无善人，国非其国也，可不惧哉!"说得非常痛切，似乎已经预见到了此后不久北宋王朝的覆灭。此文在议论之中充溢强烈的感情，与苏轼的一些议论文字颇为接近。张耒还有不少关于历代帝王将相的历史人物论，大多有一定的现实性。

张耒还有一些记景抒怀的文章，如《双槐堂记》、《陵川县山水记》、《送秦少章赴临安簿序》、《书小山》等，写得也较有特色。如《陵川县山水记》：

陵川，河东之穷邑也。其民盖有唐晋之余风，俭朴而敦本。而泽、潞在唐为雄镇，以精兵闻天下，故其民好武为健斗。夫以俭朴好武之民，则其于山水奇胜之观，宜其忽而不治，委弃而不惜也。今县令张侯以暇日与其僚游于县西南所谓四梁拒者，见其风景稍异，披榛而得二泉焉。其一出石下，激石而声琅然，张君名之曰"漱玉"。其一出大石下，而石状若龟，因名之曰"龟泉"。会二水而注之石螭之口，以下达于大池，构亭于泉侧，名曰"爽气亭"。后为石磴，磴穷为小亭，名之曰"白云轩"。而其乔林秀木、水石奇丽之状，皆悦可人意而不可以言尽也。

孔子曰："仁者乐山，智者乐水。"夫尽仁之成名必若尧舜；而语智之正必若禹。然世之好山水者，岂皆具圣人之成德哉？予以为凡安静可久，淳厚而不变者，皆仁之类也；临事而不滞，遇物而不惑者，皆智之类也。张君从予游，其行已操术，其为仁智之类有余矣。而又好学而甚文，予意其为政滋久，政事日信于民，以其簿书之简，日徜徉于山水之间，仰乔木而俯清泉，资之以烟云鱼鸟之丽，把酒赋诗，与夫杂见于文字言语者，将超然出尘拔俗，而恨未之见也。（文集卷四九）

陵川地处晋之东南，宋属泽州，这里本是穷乡僻壤，有二泉之胜，实属可贵。文中引孔子的话“仁者乐山，智者乐水”，指出县令张侯名其泉而构其亭，乃是仁、智之行，最后含蓄地提出希望，希望张侯在文字上超然拔俗，有所造诣。全篇写山水，发议论，纡徐委婉，有阴柔之美，这大约就是苏轼所指出的张耒散文“汪洋淡泊”的艺术风格吧。

据《宋史·张耒传》，张晚年，“时二苏及黄庭坚、晁补之辈相继殁，耒独存，士人就学者众，分日载酒肴饮食之”。可见他在北宋末期文坛上影响是比较大的。

晁补之（1053～1110）字无咎，济州巨野（今属山东）人。元丰二年进士，调澶州司户参军，元祐间，官至著作佐郎，绍圣间，出知齐州、贬应天府、亳州通判，又贬监处、信二州酒税。徽宗即位，皇太后向氏当权，重新启用元祐诸臣，无咎复以著作佐郎召，官至礼部郎中。次年（建中靖国元年），向太后死，伪新党复起，蔡京秉政，再次打击元祐诸臣，崇宁元年，立元祐党人碑，补之被出知河中府，复知湖、密、果州，主鸿庆宫，后弃官还家，慕陶渊明，筑归来园，自号归来子。大观末，党禁稍弛，启知达州，改泗州，卒于任。有《鸡肋集》七十卷，词六卷。

晁补之少年聪敏能文，熙宁间，从父官杭州，结识任杭州通判的苏轼，著《七述》描写钱塘山川风物，很得苏轼赏识，从此有文名。张耒《祭晁无咎文》说：“公之文章，瑰琦卓荦，割裂锦绣，挥磨矛槊。”（《张右史文集》卷四五）是说晁文卓荦有奇气。这个评价，更适用于晁氏早年之文。晁氏入仕前，从父官杭州，曾游富春江一带，他的名篇《新城游北山记》，当作于这期间。此文自《宋文鉴》选录后，为历代选家所重，兹录于下：

去新城之北三十里，山渐深，草木泉石渐幽。初，犹骑行石齿间，旁皆大松，曲者如盖，直者如幢，立者如山，卧者如虬。松下草间有泉，沮洳伏见，堕石井，锵然而鸣。松间藤数十尺，蜿蜒如大蚖。其上有鸟，黑如鸲鹆，赤冠长喙，俯而啄，磔然有声。稍西，一峰高绝，有蹊介然，仅可步。系马石嘴，相扶携而上。篁篠仰不见日，如四五里，乃闻鸡声。有僧布袍蹑履来迎，与之语，愕而顾，如麋鹿不可接。顶有屋数十间，曲折依崖壁为栏楯，如蜗、鼠缭绕乃得出，门牖相值。既坐，山风飒然而至，堂殿铃铎皆鸣。二三子相顾而惊，不知身之在何境也。

且暮，皆宿。于时九月，天高露清，山空月明。仰视星斗皆光大，如适在人上。窗间竹数十竿相摩戛，声切切不已。竹间梅棕，森然如鬼魅离立突鬓之状。二三子又相顾，魄动而不得寐。迟明皆去。

既还家数日，犹恍惚若有遇，因追记之。后不复到，然往往想见其事也。（文集卷三一）

该文所写新城北山，在今浙江桐庐县境。桐庐一带山清水秀，风光优美，而北山奇崛幽险，景色尤为独特。该文写北山之游，“惊”、“愕”是其文眼，作者写山石、松竹、僧、鸟以及星斗、明月，无不从此二字着眼写客观景物与主观感受，最后以“既还家数日，犹恍惚若有遇”，形容此游印象之深，进一步突出了北山的风光特色。清人高步瀛说，该文“摹写极工，巉刻处直逼柳州。”（《唐宋文举要》评语）这是很有道理的。

晁氏特好辞赋，曾辑屈、宋及其以后的辞赋为《楚辞》、《续楚辞》、《变离骚》三书，他的一些文章，确受辞赋影响。他早年所作的《七述》，就是仿《七发》文体写成，《鸡肋集》中，有辞赋三卷，此外，《宾主辩》、《话述》等，也近于辞赋之格。晁氏入仕较晚，在变法与反变法之争中卷入不很深，他的议论文字，不像张耒那样有比较明显的政争的针对性。但他作为苏轼门人，在元丰、元祐间，还是关心国事的，写过一些有关时务的论文，其中如洋洋近万言的《上皇帝论北事书》，长达五六千言的《上皇帝安南罪言》、《河议》，就是就国家民族的当务之急写的意见书，文章洋洋洒洒，气势壮阔，近于苏轼的议论文字。晁氏绍圣间遭贬后，特别是在徽宗崇宁、大观间归隐的几年间，文风渐变为清隽，较少卓荦之奇，也不以气势胜了。但仍寓有对时事的感慨，并不那么恬淡。《宾主辩》、《送刘公权序》等，都有此特色。如《送刘公权序》：

田文好客，殚邑之入以食客，日不足。然文废，客亦稍稍去。文恨之，或曰："君不见夫趋市者乎？平旦侧肩争门而入，日暮之后，掉臂而不顾。非好朝而恶暮，所求物忘其中。"余早为流辈所推，虽无邑入以奉客，而客从余游亦不厌。尝守三郡，所荐士数十人。得罪而归，坐田里七年，客以书来或过之者，才三人。所舍远城廓，陆无以同居，水无与佐刺舟，然余每诵或者语，亦无意于客也。而开封刘君公权，无平日旧，乃惠然数过余，寒不以坐无毡而辞，饥不以麦饭葱叶菲而不臭也。田野无酒徒，刘君又饮酒温克。故余与之游如平日客，或剧饮大欢无疵吝，或偶坐终日不相语，唯而出，亦忘吾忧。而刘君又揭然去，余为之恨恨。

刘君世戚里将种，然喜从士大夫游，问其旧所与厚，往往当世知名士，或在朝廷尊显，或斥逐困畏。刘君不以富贵贫贱变交情，足以愧翟廷尉门外客百辈，其义固近时士所希得。吾知刘君将有闻于吾人也，故于其来别，以是言赠之。(文集卷三五)

先写世态炎凉、感慨系之。接着写寂寞中得并无旧日知遇之情的刘公权"惠然数过"，又得交游之欢，可忘吾忧。起伏中写出世情的恶浊和刘公权"不以富贵贫贱变交情"的高尚。有感慨但不愤激，有欢欣但不强烈，情感有所淡化，却意味隽永，在晁氏后期文章中，有一定的代表性。

北宋后期文家，黄庭坚、秦观、张耒、晁补之称"苏门四学士"，加上陈师道、李廌称"苏门六君子"。李廌（1059～1109）字方叔，号济南，其先郓州（今山东东平）人，徙华州（今陕西华县），早年以文章见知于苏轼，应礼部试不第，遂绝意进取。有《济南集》二十卷，已佚，四库馆臣自《永乐大典》辑得八卷。《宋史》本传称"廌喜论古今治乱，条畅曲折，辩而中理。当喧溷仓卒间如不经意，睥睨而起，落笔如飞驰。"他的文章，有雄廓奔放之气，近于苏轼。兹举《兵法奇正论》之一段以示其文风：

奇正者，因古以御时，依体以立用，千变万化以制胜。兵策用之之法可观也，而所以用之者不可见也；战之理可谕也，而所以战者不可陈也；胜之道可制也，而所以胜者不可传也。彼用兵之书，布在方册，既已人人皆可习矣；用兵之法，试于行阵，既已人人皆能布矣。人人皆习，我亦习焉，人人皆能，我亦能焉，是亦众人也。以众人敌众人，尚何能必胜？故奇区之理，古人议而不辩；奇正之法，古人论而不议；奇正之变，古人存而不论。非不论也，不可论也。不可论，故不敝而常新，以俟后世君子，俾因袭致用，可以神遇而不可以智知，可以道远而不可以迹究。法犹奕之局也，兵犹奕之棋也，奇正犹奕之智也。智无一揆，棋无定形，观其黑白不相容，新故不相仍，咫尺数路，情状万变，胜负得失，在于一子，然则奇正之形，所以使敌人前后不相及，众寡不相待，贵贱不相救，上下不相扶，亦一二策而已。（文集卷六）

按《宋史》本传，谓“元祐求言，上《忠谏书》、《忠厚论》，并献《兵鉴》二万言论西事”。今集中已无《兵鉴》，《兵法奇正论》以及《慎兵论》、《将材论》、《将心论》当是《兵鉴》遗文。议论开阖自由，雄辩而有气势，确有“才气洋溢”（《四库提要》）的特点。

北宋后期，以文名者，还有张舜民、吕南公、李格非、谢逸、刘弇等。兹简介李格非于下，余皆不具述。

李格非，生卒年不详。字文叔，济南（今属山东）人。熙宁九年（1076）进士及第，曾任校书郎、著作佐郎、礼部员外郎等，建中靖国元年因党争罢官，卒年61岁。著名女词人李清照是他的女儿。对经学有所研究，著有《礼记说》数十万言，另有文集四十五卷及《洛阳名园记》一卷。今文集不存，《洛阳名园记》记载了北宋兴盛时期洛阳名园十九处，其《书洛阳名园记后》是宋代散文名篇，全文如下：

洛阳处天下之中，挟殽、渑之阻，当秦、陇之襟喉，而赵魏之走集，盖四方必争之地也。天下常无事则已，有事则洛阳必先受兵。予故尝曰：“洛阳之盛衰，天下治乱之候也。”

方唐贞观、开元之间，公卿、贵戚，开馆列第于东都者，号千有余邸。及其乱离，继以五季之酷，其池塘竹树，兵车蹂践，废而为丘墟；高亭大树，烟火焚燎，化而为灰烬。与唐共灭而俱亡者，无余处矣。予故尝曰："园圃之废兴，洛阳盛衰之候也。"且天下之治乱，候于洛阳之盛衰而知；洛阳之盛衰，候于园圃之废兴而得，则《名园记》之作，予岂徒然哉?

鸣呼！公卿大夫方进于朝，放乎一己之私，自为而忘天下之治忽，欲退享此乐，得乎？唐之末路是矣。

此文以唐之盛衰为主发议论，实际是针对北宋末年的腐败政治和王公贵族的浮靡生活而来的。《洛阳名园记》写成不久，洛阳陷于金，北宋旋亡，证明了作者体察时事之深切。"天下之治乱，候于洛阳之盛衰而知；洛阳之盛衰，候于园圃之废兴而得，则《名园记》之作，予岂徒然哉!""公卿大夫方进于朝，放乎一己之私，自为而忘天下之治忽，欲退享此乐，得乎？唐之末路是矣!"作者的这些认识都是极其深刻的。正因为如此，此后的一些忧国忧民之士，特别是一些怀有亡国之恨的知识分子，对此文都十分重视。南宋张琰《洛阳名园记序》说："后十五年，无一不如公料者，至今明验大效，与始言若合符节。……呜呼！可谓知言哉!"清初学者金圣叹也说："幺幺小题，发出如许大论！大儒眼中，固无细事；大儒胸中，固无小计；大儒手中，固无琐笔。定当如此。"(《天下才子必读书》卷八）本文虽短，但在散文史上却占有一定地位。

第六章
南宋前期散文

金朝侵略军的铁蹄踏灭了腐败的北宋王朝，占据了中原的土地，掳走徽、钦二帝，此即所谓“靖康之难”。尖锐的民族矛盾，激起广大百姓和士大夫强烈的爱国情绪，抗金救亡，成为他们的共同呼声。可是高宗赵构却是一个无耻的皇帝，他重用主和派，甘心向金人妥协投降，称臣纳贡，以保持一个偏安一隅的南宋小朝廷。朝廷将相士大夫和作家、学者写出的悲歌慷慨、壮怀激烈的各体散文，洋溢着爱国主义的思想感情，因而抗敌救国，恢复中原，反对妥协投降，成为南宋散文的主调，也是南宋散文的特色。

南宋散文家继承唐、北宋古文运动的成果，沿着欧阳修、苏轼引导的方向，进一步发挥散文的特性，运用的范围更广，形式更多样，议论、叙事、序记、题跋、笔记、诗话，长篇，短制，无适不可。“人各有集，集各有诗”，同时也集各有文。我们使用的“散文”这个名称就是产生在南宋时期（见于罗大经《鹤林玉露》卷二《文章有体》）。繁冗、散漫者，容或有之，但是其总体水平并不低，所谓“文莫盛于宋”，不应当仅指北宋而言，南宋前、中期和宋亡前后的散文也是可以称“盛”的。

第一节　政治家之文

宗泽、李纲、岳飞、胡铨、陈东等是南宋初年坚定的主战派和爱国者，但是他们的处境极端艰难，外对金朝贵族的侵略，上面有一个对敌人软弱屈膝而对主战派却毫不手软的皇帝，皇帝身边则有一伙邪恶的主和投降派。他们的当务之急本是筹划方策、打击金人，可是却又不得不首先向皇帝、主和派的妥协投降做斗争。而且到头来，总是爱国者有罪，不是被罢官，就是被处死，被放逐，这是中国历史上最使人发指的时代之一。

反映上述状况的，主要是宗泽、李纲诸人上给皇帝的奏议。

宗泽（1059～1128）字汝霖，婺州义乌（今属浙江）人。自幼豪爽有大志。登元祐六年进士第。做地方官，即有“国尔忘家”的名声。靖康元年知磁州，修城郭，治器械，做御敌固守之计。阻止赵构入金求和。赵构为河北兵马大元帅，任宗泽为副元帅。孤军救京师，屡战告捷。建炎元年，知开封府，为京城留守，招抚河东、河北各路义军数十万，拔岳飞为将领，屡败金兵。先后上书二十余奏，请高宗赵构还京，都被黄潜善等所抑，忧愤成疾，三呼“过河”而逝。“使当其时，宗泽得勇往直前，无或龃龉牵制之，则反二帝，复旧都，特一指顾间耳。”（《宋史·宗泽传》论赞）有《宗忠简集》八卷。

高宗、黄潜善等人为求得议和苟安，仍然奉行钦宗割地的“誓书”，与金人画河为界，并按金人原来割蒲、解二州的要求，朝廷赦文不下达上述地区，宗泽坚决反对，于是上《乞毋割地与金人疏》：

> 臣闻天下者，我太祖、太宗肇造一统之天下也；奕世圣人继续相承、增光共贯之天下也。陛下为天眷佑，为民推戴，入绍大统，固当兢兢业业，思传之亿万世；奈何遽议割河之东，又议割河之西，又议割陕之蒲、解乎？此三路者，太祖、太宗基命定命之地也；奈何轻听奸邪附敌张皇者之言，而遂自分裂乎？
>
> 臣窃谓渊圣皇帝有天下之大，四海九州之富，兆民万姓之众。自金贼再犯，未尝命一将、出一师、厉一兵、秣一马，曰征曰战；但闻奸邪之臣，朝进一言以告和，暮入一说以乞盟；惟辞之卑，惟礼之厚；惟敌言是听，惟敌求是应。因循逾时，终致二圣播迁，后妃亲王流离北去。臣每念是祸，正宜天下臣子弗与贼虏俱生之日也。

臣意陛下即位，必赫然震怒，旋乾转坤，大明黜陟，以赏善罚恶，以进贤退不肖，以再造我王室，以中兴我大宋基业。今四十日矣，未闻有所号令，作新斯民；但见刑部指挥，有不得誊播赦文于河东、河西、陕之蒲、解。兹非新人耳目也，是欲蹈西晋东迁既覆之辙耳，是欲裂王者大一统之绪为偏霸耳。为是说者，不忠不孝之甚也！既自不忠不孝，又坏天下忠义之心，褫天下忠义之气，俾河之东、西，陕之蒲、解，皆无路为忠为义，是贼其民者也。

臣虽驽怯，当躬冒矢石，为诸将先，得捐躯报国恩足矣。臣衰老，不胜感愤激切之至。

这篇奏疏激烈抨击投降派“奸邪附敌”的误国行为，指出“靖康之难”正是钦宗听信投降派步步退让“惟敌求是应”造成的恶果，并且指责赵构即位后毫无兴作振奋之举，仍旧割地求和，实际上就是要达到分裂国土、东迁偏安的企图。宗泽虽然尽量压制自己的感情，但是字里行间仍然充溢着感愤激切之气，话说得非常坦诚尖锐。行文多用长句、排句，情调低抑而气势极充沛。“躬冒矢石，为诸将先”，更表现出老当益壮、奋勇请缨的爱国热情，这样的文章是非常动人的。

宗泽《条画四事劄子》是条画赏罚、择相、尊道德、远邪佞等事，其论赏罚一事说：

臣闻情生于爱，爱生于见，见生于目之所遇与左右之所接，所遇所接果顺于己则喜，喜则赏之，赏之者，非懋其功也，赏其顺己而已耳。所遇所接果逆于己则怒，怒则罚之，罚之者，非罚其罪也，罚其逆己而已耳。如是，则赏罚出于喜怒，喜怒出于逆顺，可谓之公而无私乎？赏罚徇私，其何以砺世磨钝大有为于天下乎？圣人无我故忘情，忘情故忘逆顺，忘逆顺故忘喜怒，故赏一善，而天下之为善者劝，知其非私喜也。罚一恶，而天下之为恶者沮，亦知其非私恶也。一赏一罚归之至公，而我无容心焉，人其不心悦而诚服者乎？陛下所以号令天下，使人知所趋、知所避，知所行、知所止者，赏罚而已。昔文王一怒而安天下之民，武王亦一怒而安天下之民，是怒也岂发于目之所遇与左右之所接哉？彼贼虏横肆凶暴侵犯我王室，臣愿陛下如文王、武王亦一怒而安天下之民，是怒也岂发于目之所遇与左右之所接哉？有赏有罚惟平惟一，至于应酬万机进退取予之际，断之至公，以慰天下之望。

文章写得原原本本，详明恳切，很能击中皇帝“赏罚出于喜怒，喜怒出于逆顺”的固习，对敌人卑怯求和，正是缺乏一怒而安天下之民的骨气。宗泽不以文见称，但是文章却写得很见水平。

李纲（1083～1140）字伯纪，邵武（今属福建）人，生长于无锡。政和二年进士，官监察御史、太常少卿。金人入侵，李纲建议传位太子以号召天下。钦宗即位，命李纲为兵部侍郎、尚书右丞。李纲坚决阻止钦宗出逃，反对与金人议和。任亲征行营使、京城四壁守御使，治守战之具，保卫汴京，迫使金人退兵。因为钦宗、大臣主张议和，以“专主战议，丧师费财”为由贬李纲出京。金兵再入侵，朝廷招李纲，李纲未至而汴京失守。高宗即位，拜尚书右仆射。上《上高宗十议劄子》，全面运筹朝廷的政治措施。关于迎请徽、钦二帝，李纲说：“今日之事，正当枕戈尝胆，内修外攘，使刑政修而中国强，则二帝不俟迎请而自归。不然，虽冠盖相望卑辞厚礼，恐亦无益。”高宗和黄潜善、汪伯彦决议逃往东南避敌，李纲反对，又被罢官。先后为湖广宣抚使、江西安抚制置大使。绍兴九年，除知潭州、荆湘南路安抚大使，不就，次年病卒，年五十八。李纲大概是靖康、建炎之际最出色的政治家。《宋史》作者感叹说：“以李纲之贤，使得毕力殚虑于靖康、建炎间，莫或挠之，二帝何至于北行？而宋岂至为南渡之偏安哉？……然纲居相位仅七十日，其谋数不见用，独于黄潜善、汪伯彦、秦桧之言，信而任之，恒若不及，何高宗之见，与人殊哉？”(《宋史·李纲传》论赞)

李纲著述，有《梁溪集》一百八十卷。《四库全书总目》说：“纲人品、经济，炳然史册，固不待言。即以其诗文而言，亦雄深雅健，磊落光明，非寻常文士所及。”(《梁溪集提要》)

李纲《上高宗十议劄子》之一为《议国是》，其文曰：

臣窃以和、战、守，三者一理也。虽有高城深池，弗能守也，则何以战？虽有坚甲利兵，弗能战也，则何以和？以守则固，以战则胜，然后其和可保。不务战、守之计，唯信讲和之说，则国势益卑，制命于敌无以自立矣！

景德中，契丹入寇，罢远幸之谋，决亲征之策，捐金币三十万而和约成；百有余年，两国生灵，皆赖其利，则和、战、守，三者皆得也。靖康之春，粗得守策，而割三镇之地，许不可胜计之金币以议和，惩劫寨之小衄而不战，和与战两失之。……

臣愚，虽不足以知朝廷国论大体，然窃恐犹以和议为然也。何哉？二圣播迁，陛下父兄沉于虏廷，议者必以谓非和则将速二圣之患，而亏陛下孝友之德，故不得不和。臣窃以为不然。夫为天下者不顾其亲；顾其亲而忘天下之大计者，此匹夫之孝友也。昔汉高祖与项羽战于荥阳、成皋间，太公为羽军所得，其危屡矣。高祖不顾，其战弥励。羽不敢害，而卒归太公。然则不顾而战者，乃所以归太公之术也。晋惠公为秦所执，吕、郤谋立子圉，以靖国人，其言曰："失君有君，群臣辑睦，甲兵益多，好我者劝，恶我者惧，庶有益乎！"秦不敢害，而卒归惠公。然则不恤敌国而自治者，乃所以归惠公之术也。今有贼盗于此，劫质主人，以兵威临之，则必不敢加害；以卑辞求之，则所索弥多，往往有不可测之理。何则？彼为利谋，陵懦畏强，而初无恻隐之心故也。今二圣之在虏廷，莫知安否之审，固臣子之所不忍言；然吾不能逆折其意，又将堕其计中。以和议为信然，彼必曰割某地以遗我，得金币若干则可；不然，二圣之祸，且将不测。不予之，是陛下之忘父兄也；予之，则所求无厌。虽日割天下之山河，竭取天下之财用，山河财用有尽，而金人之欲无穷，少有衅端，前所与者，其功尽废，遂当拱手以听命而已。昔金人与契丹二十余战，战必割地厚赂以讲和；既和，则又求衅以战，卒灭契丹。今又以和议惑中国，至于破都城，灭宗社，易姓建号，其不道如此。而朝廷犹以和议为然，是将以天下畀之敌国而后已！臣愚，窃以为过矣。

为今之计，莫若一切罢和议，专务自守之策，而战议则姑俟于可为之时。何哉？彼既背盟而劫质，地不可复予；惟以二圣在其国中，不忍加兵，俟其入寇，则多方以御之；所破城邑，徐议收复。建藩镇于河北、河东之地，置帅府要郡于沿河、江淮之南，治城壁，修器械，教水军，习车战：凡捍御之术，种种具备，使进无抄掠之得，退有邀击之患，则虽时有出没，必不敢深入而凭陵。三数年间，生养休息，军政益修，士气渐振，将帅得人，车甲备具；然后可议大举，振天声以讨之，以报不共戴天之仇，以雪振古所无之耻。彼知中国能自强如此，岂徒不敢肆凶，而二圣保万寿之体，亦将悔祸率从，而銮舆有可还之理。倘舍此策，益割要害之地，奉金币以予之，是倒持太阿，以其柄授人，藉寇兵而资盗粮也。前日既信其诈谋以破国矣，今又欲蹈覆车之辙以破天下，岂不重可痛哉！……

这篇奏议，依据当时宋金双方的形势，实事求是地认为“犹以和议为然”，但与投降派所主张的和议根本不同，李纲认为首先要“一切罢和议，专务自守之策”，修军政，备车甲，振士气，待条件成熟“然后可议大举”，依靠实力、通过战事求取议和，而议和的前提条件是恢复失地。李纲指出，以战求和，则和可成，以和（割地纳币）求和不仅和不可成，而且祸将不可测。凡所论述，都引据历史的和现实的经验教训，不发空论，例如“然则不顾而战者，乃所以归太公之术也”，“然则不恤敌国而自治者，乃所以归惠公之术也”，论述都很有力。

这篇奏议写于高宗初即位，李纲初为相时，高宗还没有表现出屈膝投降的真面目，所以文章重在筹划与金人斗争的对策，写得比较从容，与四十多天后宗泽上疏谏割地的文章有所不同。

就当时的情势论，李纲的主张切实可行，可惜高宗心怀叵测，并不真心想要收复失地，“迎还二圣”，又胆小如鼠，听信黄潜善等人投降、逃跑的主张，把李纲排挤出朝。最后终于屈膝称臣，建成一个“国不辟而日蹙，事不立而日坏”，“而中兴之效，邈乎无闻”（李纲《答诏问攻战守备措置绥怀之方劄子》）的南宋偏安王朝。

岳飞（1103～1142）字鹏举，相州汤阴（今属河南）人。南宋初年杰出的抗金英雄。出身农家，家贫力学，好《左氏春秋》、孙吴兵法。二十岁起，先后四次从军，英勇善战，治军严明。高宗即位，岳飞上书主战，反对南迁：“为今之计，莫若请车驾还京，罢三州巡幸之诏，乘二圣蒙尘未久，虏穴未固之际，亲帅六军，迤逦北渡。则天威所临，将帅一心，士卒作气，中原之地，指期可复。”（《南京上高宗书略》）却以越职言事夺官。后南归，建炎四年，率军收复建康，任通泰镇抚使兼知泰州、江南西路沿江制置使等职。绍兴四年，讨伐伪齐，收复襄阳等六郡，授清远军节度使，驻守鄂州。十年，挥师北伐，克复郑州、洛阳，取得郾城大捷，进军朱仙镇，逼近汴京。高宗与秦桧连下十二道金牌强令退兵。内奸秦桧为讨好金人，高宗甘心偏安，所以必欲置岳飞死地而后已。次年解除岳飞兵柄，诬陷下狱，以“莫须有”的罪名害之于狱中。今存《岳武穆遗文》一卷。

岳飞虽出身行伍，却是文武全器，诗、词、散文兼能，一曲《满江红》传诵千秋，鼓舞了多少爱国志士。他的散文以《五岳祠盟记》写得最好：

> 自中原板荡，夷狄交侵，余发愤河朔，起自相台，总发从军，历二百余战。虽未能远入荒夷，洗荡巢穴，亦且快国仇之万一。今又提一旅孤军，振起宜兴。建康之城，一鼓败虏，恨未能使匹马不回耳！
>
> 故且养兵休卒，蓄锐待敌。嗣当激励士卒，功期再战，北逾沙漠，蹀血虏廷，尽屠夷种。迎二圣归京阙，取故地上版图，朝廷无虞，主上奠枕：余之愿也。
>
> 河朔岳飞题。

这篇誓辞，既有战争胜利以后的自豪感，也有再接再厉，“迎二圣归京阙，取故地上版图”的自信心，表达了誓将收复河山的坚强意志和豪迈气概。文势跌宕，语言简严健拔，蕴蓄着充沛的气势。

胡铨（1102～1180）字邦衡，号澹庵，庐陵（今江西吉安）人。建炎二年进士。绍兴五年，除枢密院编修官。八年（1138）三月，高宗再次以秦桧为相，桧决策议和，十月奉命使金的王伦偕同金人“江南诏谕使”来临安，朝议哗然。自夏至冬，张浚、韩世忠、岳飞、李纲等纷纷上书反对议和。十一月，胡铨上书请斩秦桧、孙近（参知政事）、王伦以谢天下，此即《戊午上高宗封事》。秦桧以胡铨狂妄凶悖，除名，编管昭州，因朝臣论救，改监广州盐仓。后终除名，编管新州，绍兴十八年，移谪吉阳军（今海南崖城）。孝宗即位，知饶州，先后任国史院编修、兵部侍郎、宝文阁待制等职。今存《澹庵文集》六卷。

胡铨始终坚决反对议和，主张恢复故地。孝宗隆兴元年十一月，诏问和戎，侍从、台谏预议者十四人，“主和者半，可否者半，言不可和者铨一人而已”，他认为“一溺于和，不能自振，尚能战乎？”辞归故里，“犹以归陵寝，复故疆为言”（《宋史·胡铨传》）。他的《戊午上高宗封事》是有很大影响的一篇奏章：

绍兴八年十一月日，右通直郎枢密院编修官臣胡铨，谨斋沐裁书，昧死百拜献于皇帝陛下：

臣谨按：王伦本一狎邪小人，市井无赖，顷缘宰相无识，遂举以使虏。专务诈诞，欺罔天听。骤得美官，天下之人切齿唾骂。今者无故诱致虏使，以诏谕江南为名，是欲臣妾我也，是欲刘豫我也。刘豫臣事丑虏，南面称王，自以为子孙帝王、万世不拔之业，一旦豺狼改虑，捽而缚之，父子为虏。商鉴不远，而伦又欲陛下效之。

夫天下者，祖宗之天下也；陛下所居之位，祖宗之位也。奈何以祖宗之天下为犬戎之天下，以祖宗之位为犬戎藩臣之位？陛下一屈膝，则祖宗庙社之灵，尽污夷狄；祖宗数百年之赤子，尽为左衽；朝廷宰执，尽为陪臣；天下之士大夫，皆当裂冠毁冕，变为胡服。异时豺狼无厌之求，安知不加我以无礼，如刘豫者哉？

夫三尺童子至无知也，指犬豕而使之拜，则怫然怒。今丑虏，则犬豕也，堂堂天朝，相率而拜犬豕，曾童稚之所羞而陛下忍为之耶？

伦之议乃曰："我一屈膝，则梓宫可还，太后可复，渊圣可归，中原可得。"呜呼！自变故以来，主和议者，谁不以此说啗陛下哉？而卒无一验，是虏之情伪已可知矣。而陛下尚不觉悟，竭民膏血而不恤，忘国大仇而不报，含垢忍耻，举天下而臣之，甘心焉。就令虏决可和，尽如伦议，天下后世谓陛下何如主！况丑虏变诈百出，而伦又以奸邪济之。梓宫决不可还，太后决不可复，渊圣决不可归，中原决不可得。而此膝一屈，不可复伸；国势陵夷，不可复振。可为痛哭流涕长太息矣。

向者陛下间关海道，危如累卵，当时尚不肯北面臣虏，况今国势稍张，诸将尽锐，士卒思奋，只如顷者丑虏陆梁，伪豫入寇，固尝败之于襄阳，败之于淮上，败之于涡口，败之于淮阴，较之前日蹈海之危已万万矣。倘不得已而遂至于用兵，则我岂遽出虏人下哉？今无故而反臣之，欲屈万乘之尊，下穹庐之拜，三军之士不战而气已索。此鲁仲连所以义不帝秦，非惜夫帝秦之虚名，惜天下大势有所不可也。今内而百官，外而军民，万口一谈，皆欲食伦之肉。谤议汹汹，陛下不闻。正恐一旦变作，祸且不测。臣窃谓不斩王伦，国之存亡，未可知也。

虽然，伦不足道也。秦桧以腹心大臣，而亦为之。陛下有尧舜之资，桧不能致陛下如唐虞，而欲导陛下如石晋。近者礼部侍郎曾开等引古谊以折之，桧乃厉声曰："侍郎知故事，我独不知！"则桧之遂非狠愎，已自可见。而乃建白，令台谏从臣佥议可否，是明畏天下议己，而令台谏从臣共分谤耳。有识之士，皆以为朝廷无人。吁！可惜哉！孔子曰："微管仲，吾其被发左衽矣。"夫管仲，霸者之佐耳，尚能变左衽之区为衣冠之会。秦桧，大国之相也，反驱衣冠之俗，归左衽之乡；则桧也，不惟陛下之罪人，实管仲之罪人矣。

孙近附会桧议，遂得参知政事，天下望治，有如饥渴，而近伴食中书，漫不敢可否事。桧曰："虏可和"；近亦曰："可和"。桧曰："天子当拜"；近亦曰："当拜"。臣尝至政事堂，三发问而近不答，但曰："已令台谏侍从议矣。"呜呼！参赞大臣，徒取充位如此，有如虏骑长驱，尚能折冲御侮耶？臣窃谓秦桧孙近亦可斩也。

臣备员枢属，义不与桧等共戴天。区区之心，愿斩三人头，竿之藁街，然后羁留虏使，责以无礼，徐兴问罪之师，则三军之士不战而气自倍。不然，臣有赴东海而死耳，宁能处小朝廷求活耶？小臣狂妄，冒渎天威，甘俟斧钺，不胜陨越之至！

情辞激切，直言无隐，"藩臣"，"屈膝"，"如石晋"，"小朝廷"这些话都说出来了，不仅要斩正副宰相之头"竿之藁街"，而且直斥高宗"不觉悟"，"竭民膏血而不恤，忘国大仇而不报"，却自居于"犬戎藩臣之位"，连三尺童子都不如。而且讲"天下之人切齿唾骂"，"内而百官，外而军民，万口一谈，皆欲食伦之肉"，讲出了广大军民和爱国士大夫反对卖国的激愤之情。一直受压抑的主战派眼见称臣偏安将成为定局，忍无可忍，终于写出这样不要命的文章，作最后的搏击。这是长期积愤的大爆发，也是掷向投降派的锋利投枪。胡铨为了国家民族的尊严，挺身而出，完全置生死于度外。这篇文章义正词严，节概凛凛，是南宋奏议中最为高亢的爱国之音。

"铨之初上书也，宜兴进士吴师古锓木传之。""其谪广州也，朝士陈刚中以启事为贺。其谪新州也，同郡王庭珪以诗赠行。"（《宋史·胡铨传》）"金虏闻之，募其书千金，三日得之，君臣夺气。"（杨万里《胡忠简公文集序》）可以看出这篇上书所引起的震动和产生的影响。

陈东（1086～1127）字少阳，镇江丹阳（今属江苏）人。“早有俊声，俶傥负气，不戚戚于贫贱。蔡京、王黼方用事，人莫敢指言，独东无所隐讳。所至宴集，坐客惧为己累，稍引去。以贡入太学。”（《宋史·陈东传》）陈东是杰出的太学生，忧国忧民，刚肠疾恶，敢说敢做，国尔忘身。钦宗即位，他率太学生伏阙上书，请诛蔡京、王黼、梁师成、李彦、朱勔、童贯六贼，“传首四方，以谢天下”。李邦彦主议和，罢主战的李纲、种师道而割太原、中山、河间三镇与金，陈东又率诸生伏宣德门上书，要求复用李纲、种师道、罢李邦彦，军民不期而从者数万人，于是朝廷复李纲旧职。除太学录，力辞而归。高宗即位，相李纲，召陈东，陈东至，李纲被罢，陈东上书，请留李纲罢黄潜善、汪伯彦，不报，又请亲征迎还二帝，归京师勿幸金陵。赵构、黄潜善竟杀陈东。今存《少阳集》十卷。陈东《上高宗第一书》说：

臣闻中兴之主，必有中兴佐命之臣，龙虎变化，风云感会，然后能旋乾转坤，经纬天地，再造王室，以成中兴之大业；与创业无异，而尤难焉。然所谓中兴之主者，非中材守成之君也；是必聪明睿智，英特果断，足以用天下，而天下之所归向者也，——陛下是也。所谓中兴之臣，非退缩谨畏之人也；是必忠义慷慨，刚明果断，足以任天下，而天下愿以为辅相者也，——李纲是也。

陛下若必许纲去，必是不以天下之心为心也；纲若必去，是不忠于陛下而负天下之望也；黄潜善、汪伯彦之徒，若必欲挤排李纲以为自进之计，是不以君父宗社为念，而不畏天下公议者也。

黄潜善、汪伯彦者，陛下若知其可以大用，即用之以成中兴之大业；若谓艰难之中尝得其力，而二人者是于陛下有私恩耳！臣窃意当时不过劝陛下不进兵为自全之策：正陛下之罪人也，非有恩者也。纵曰有恩，陛下但当以高爵厚禄处之于闲逸之地，全保富贵而已；岂可以宰相大臣之职报私恩乎？天下之论，咸谓纲一旦罢相，陛下必以黄潜善为左相，汪伯彦为右相矣；而二人者，又不过劝陛下幸金陵而已，必无长策也。陛下若一旦南渡，则中原之地，明日便属他人矣！

臣以一介草茅之贱，荷陛下记录姓名，首赐追召，臣不敢不以天下之言报陛下。想大臣必有怒臣之言者，然但知不敢欺君父耳，死生以之！干冒天威，不胜战汗。

文章洞达明快，卓有见解，勤勤恳恳，披肝沥胆，秉公直言，一腔爱国忠君之情，而竟以此被杀。这完全是一个是非颠倒，爱国有罪的时代。

第二节　文学家之文

李清照、陆游、范成大、杨万里、辛弃疾都是南宋诗词大家，散文也各有成就。文学家的散文与宗泽、李纲等不同，多叙事文与杂文，更富于文学性。

李清照（1084～1155?）号易安居士，济南章丘（今属山东）人。父格非，官至京东路提点刑狱，以文章受知于苏轼。母王氏，亦知书善文。清照十八岁时与吏部侍郎赵挺之之子赵明诚（1081～1129）结婚。明诚当时为太学生，喜收藏前代金石文物。后出任鸿胪少卿。以赵家遭蔡京诬陷，在青州故里闲废十年。后明诚出守莱州、淄州，直秘阁。编成《金石录》三十卷。金兵灭北宋，攻青州，明诚起知建康府，清照随后亦至建康。明诚病卒，清照漂泊流离于明州、温州、金华、临安各地，晚景凄凉。

李清照多才多艺，不仅是杰出的词人，而且兼善诗歌、散文、骈文、赋及书、画。《宋史·艺文志》载《易安居士文集》七卷、《易安词》六卷，可惜久已亡佚。今有校点本《李清照集》。

李清照虽为女作家，不能仕进从政，但她十分关心时政国运，靖康之变，她亲历国破家亡之痛，因而异常憎恶怯懦无能的君臣。她作诗说："南来尚怯吴江冷，北狩应悲易水寒。""南渡衣冠少王导，北来消息欠刘琨。"（《苕溪渔隐丛话后集》引《诗说隽永》）"至今思项羽，不肯过江东。"（《乌江》）对统治集团给予尖锐的讽刺，表现了强烈的爱国思想。

李清照有《打马赋》，作于绍兴四年，前人许为"神品"。打马本是一种博戏，她在赋中把打马写成一场战斗，语言精丽而形象，如"齐驱骥騄，疑穆王万里之行；间列玄黄，类杨氏五家之队。珊珊佩响，方惊玉蹬之敲；落落星罗，忽见连钱之碎。若乃吴江枫落，燕山叶飞；玉门关闭，沙苑草肥，临波不渡，似惜障泥。或出入用奇，有类昆阳之战；或优游仗义，正如涿鹿之师。”尤其写到最后竟联系到了宋、金的对峙：

平生不负，遂成剑阁之师；别墅未输，已破淮淝之贼。今日岂无元子，明时不乏安石。又何必陶长沙博局之投，正当师袁彦道布帽之掷也。

辞曰：佛狸走见卯年死，贵贱纷纷尚流徙。满眼骅骝杂𫘧駬，时危安得真致此！老矣谁能志千里，但愿相将过淮水。

作者直点“今日”，希望有谢安那样的豪杰出来，打败金兵，收复故土，拯民于水火。在有意无意之间表现了她的爱国思想。

《金石录后序》是李清照为赵明诚《金石录》所做的一篇序文。也作于绍兴四年。此文叙述她与赵明诚编集《金石录》的经过和金人南侵其金石文物相继散失的情况。文物聚散的慨叹，国破、家亡、夫死的哀痛，三十四年间的忧患得失，一寓于此文。叙事委曲周备，而又不事渲染，文笔简洁疏秀，雅畅自然。既处处切题，又不粘滞拘泥。如文中细致地描写早年夫妇摩玩舒卷书、画、彝、鼎之乐：

后屏居乡里十年，仰取俯拾，衣食有余。连守两郡，竭其俸入，以事铅椠。每获一书，即同共校勘，整集签题，得书画彝鼎，亦摩玩舒卷，指摘疵病。夜尽一烛为率。故能纸札精致，字画完整，冠诸收书家。余性偶强记，每饭罢，坐归来堂，烹茶，指堆积书史，言某事在某书某卷第几页第几行，以中否角胜负，为饮茶先后。中即举杯大笑，至茶倾覆怀中，反不得饮而起。甘心老是乡矣！故虽处忧患困穷，而志不屈。

收书既成，归来堂起书库大橱，簿甲乙，置书册。如要讲读，即请钥上簿，关出卷帙。或少损污，必惩责揩完涂改，不复向时之坦夷也。是欲求适意而反取憀慄。

余性不耐，始谋食去重肉，衣去重彩，首无明珠翡翠之饰，室无涂金刺绣之具。遇书史百家，字不刓阙，本不讹谬者辄市之，储作副本。自来家传《周易》、《左氏传》，故两家者流，文字最备。于是几案罗列枕席枕藉，意会心谋，目往神授，乐在声色狗马之上。

夫妇情意挚笃，同以校勘、整集金石图籍为乐，至于“食去重肉，衣去重彩”，可见其生平志趣。归来堂猜书品茗，写来文情俱到，尤历历如绘。下文写靖康之难以后事：

至靖康丙午岁，侯守淄川，闻金人犯京师，四顾茫然。盈箱溢箧，且恋恋，且怅怅，知其必不为己物矣。建炎丁未春三月，奔太夫人丧南来。既长物不能尽载，乃先去书之重大印本者，又去画之多幅者，又去古器之无款识者，后又去书之监本者，画之平常者，器之重大者。凡屡减去，尚载书十五车。至东海，连舻渡淮，又渡江至建康。青州故第尚锁书册什物，用屋十余间，期明年再具舟载之。十二月，金人陷青州。凡所谓十余屋者，已皆为煨烬矣。

建炎戊申秋九月，侯起复，知建康府。己酉春三月，罢。具舟上芜湖，入姑孰，将卜居赣水上。夏五月，至池阳，被旨知湖州，过阙上殿，遂驻家池阳，独赴召。六月十三日，始负担舍舟，坐岸上，葛衣岸巾，精神如虎，目光烂烂射人，望舟中告别。余意甚恶，呼曰：“如传闻城中缓急，奈何?”戟手遥应曰：“从众。必不得已，先弃辎重，次衣被，次书册卷轴，次古器；独所谓宗器者可自负抱，与身俱存亡，勿忘也。”遂驰马去。途中奔驰，冒大暑，感疾，至行在，病痁。七月末，书报卧病。余惊怛。念侯性素急，奈何病痁！或热必服寒药，疾可忧。遂解舟下，一日夜行三百里。比至，果大服柴胡黄芩药，疟且痢，病危在膏肓。余悲泣仓皇，不忍问后事。八月十八日，遂不起，取笔作诗，绝笔而终，殊无分香卖履之意。

葬毕，余无所之。……

今日忽阅此书，如见故人。因忆侯在东莱静治堂，装卷初就，芸签缥带，束十卷作一帙。每日晚吏散，辄校勘二卷，跋题一卷。此二千卷，有题跋者五百二卷耳。今手泽如新，而墓木已拱，悲夫！

昔萧绎江陵陷没，不惜国亡，而毁裂书画；杨广江都倾覆，不悲身死，而复取图书：岂人性之所著，死生不能忘之欤？或者天意以余菲薄，不足以享此尤物耶？抑亦死者有知，犹斤斤爱惜，不肯留在人间耶？何得之艰而失之易也！

鸣呼！余自少陆机作赋之二年，至过蘧瑗知非之两岁，三十四年之间，忧患得失，何其多也！然有有必有无，有聚必有散，乃理之常。人亡弓，人得之，又胡足道！所以区区记其终始者，亦欲为后世好古博雅者之戒云。

夫妇生死离别的情景，只身飘零的凄苦，物散人非的悲痛，与昔日的猜书品茗、意会神授的快乐，成为鲜明的对比。“有有必有无，有聚必有散”的自我宽慰，则是饱经离乱的作者痛定思痛的慨叹。

辛苦收集的金石文物的渐次散亡，都由于金军的入侵。物散因为家亡，家亡因为国破。写的是书序，反映出的是离乱的时代，叙述的是金石之事，抒发的是身世之感，家国之恨。这是产生于南北宋之际这个特定时代的作品，是一篇不可多得的散文佳作。

陆游（1125～1210）字务观，号放翁，越州山阴（今浙江绍兴）人。出生于国难之际。参加进士考试，两次遭秦桧黜落。桧死，始出仕。孝宗即位，任枢密院编修官兼编类圣政所检讨官。赐进士出身。后以“鼓唱是非，力说张浚用兵”，免官。乾道六年（1170）通判夔州。八年，王炎宣抚川、陕，辟陆游为干办公事，襄赞军务。向往“上马击狂胡，下马草军书”的陆游到了抗战前线南郑，出谋献策，情绪振奋，积极做打击敌人恢复失地的准备。但是不久即被调做成都安抚使参议官，以后做了几任地方官，六十六岁以后，大部分时间家居，其“王师北定中原”的理想，始终未能实现。文载《渭南文集》（五十卷）中。

陆游是南宋诗坛的巨擘，词也是南宋一家，还能写精工的赋和骈文，他的散文有突出的成就，有人以为超过唐宋八大家中的苏洵和苏辙。

和他的诗、词一样，他的散文也充溢着激扬的爱国思想。忧国事，论恢复，写爱国人物，是陆游散文的重要内容。他曾上书，建议定都建康，以为临安“形势不固，馈饷不便”。《代乞分兵取山东札子》请求以十分之九的军队“固守江淮”，以十分之一的军队抚定山东，然后图谋移大兵进击。《书渭桥事》表述了“王师一出，中原豪杰必将响应，决策入关，定万世之业”的梦想。《跋曾文清公奏议稿》说当年他每次拜见他的老师曾几，“必闻忧国之言”，“先生时年过七十，聚族百口，未尝以为忧，忧国而已。……于今某年过八十，仕忝近列，又方王师讨残虏时，乃不能以尘露补山海，其先生之罪人也。”语极沉痛。对于友人，他总是以忧国相嘱，他在《铜壶阁记》中，期望范成大“以廊庙之重，出抚成师，北举燕、赵，西略司、并，挽天河之水以洗五六十年腥膻之污，登高大会，燕劳将士，勒铭奏凯，传示无极”。《跋李庄简公家书》写主战派人物李光，很能代表陆文的风格：

李丈参政罢政归乡里，时某年二十矣。时时来访先君，剧谈终日。每言秦氏，必曰“咸阳”，愤切慨慷，形于色辞。

一日平旦来，共饭，谓先君曰：“闻赵相过岭，悲忧出涕。仆不然，谪命下，青鞋布袜行矣，岂能作儿女态耶？”方言此时，目如炬，声如钟，其英伟刚毅之气，使人兴起。

后四十年，偶读公家书，虽徙海表，气不少衰，丁宁训戒之语，皆足垂范百世，犹想见其道青鞋布袜时也。

淳熙戊申五月己未，笠泽陆某题。

李光绍兴八年为参知政事，曾经当廷面叱秦桧，可以想见其风采。这里先做概括叙述，“时时来访……”“每言秦氏……”，然后选取“一日”具有特征的言行，极其传神地写出了他的“英伟刚毅之气”，忠愤激发，铁骨铮铮，如见其人。第二段点题中的跋家书，而以“气不少衰”“青鞋布袜”相呼应，结构严谨，人物形象鲜明，而全文不过一百四五十字，语言的简劲修洁，一读可知。这样的文章，虽是短篇，却属佳作。类似的文章有《傅给事外制集序》，写南渡初年曾官给事中的傅崧卿：“每言虏，言畔臣，必愤然扼腕裂眦，有不与俱生之意。士大夫稍有退缩者，辄正色责之若仇。一时士气，为之振起。”《跋傅给事帖》又说：

绍兴初，某甫成童，亲见当时士大夫相与言及国事，或裂眦嚼齿，或流涕痛哭。人人自期以杀身翊戴王室，虽丑裔方张，视之蔑如也。卒能使虏消沮退缩，自遣行人请盟。

会秦丞相桧用事，掠以为功，变恢复为和戎，非复诸公初意矣。志士仁人，抱愤入地者，可胜数哉！今观傅给事与吕尚书遗帖，死者可作，吾谁与归！

嘉定二年七月癸丑，陆某谨识。

这里写的是南宋初年爱国士大夫的群像，个个激愤痛切，渴望杀身报国，洋溢着战胜敌人的英雄气概。文章虽然是说前人，同时也倾注了作者的满腔忧愤之情。语言精健，潜气内转，这种文章足以使“懦夫有立志”。

《烟艇记》是一篇意趣盎然的作品。其文曰：

陆子寓居，得屋二楹，甚隘而深，若小舟然，名之曰烟艇。客曰：“异哉！屋之非舟，犹舟之非屋也。以为似欤？舟固有高明奥丽，逾于宫室者矣。遂谓之屋，可不可耶？”

陆子曰：“不然！新丰，非楚也；虎贲，非中郎也。谁则不知？意所诚好而不得焉，粗得其似，则名之矣。因名以课实，子则过矣，而予何罪？予少而多病，自计不能效尺寸之用于斯世，盖尝慨然有江湖之思；而饥寒妻子之累，劫而留之，则寄其趣于烟波洲岛苍茫杳霭之间，未尝一日忘也。使加数年，男胜钼犁，女任纺绩，衣食粗足，然后得一叶之舟，伐荻钓鱼而卖芰芡，入松陵，上严濑，历石门、沃洲而还，泊于玉笥之下，醉则散发扣舷为吴歌，顾不乐哉！

“虽然，万钟之禄，与一叶之舟，穷达异矣，而皆外物；吾知彼之不可求，而不能不眷眷于此也。其果可求欤？意者使吾胸中，浩然廓然，纳烟云日月之伟观，揽雷霆风雨之奇变，虽坐容膝之室，而常若顺流放棹，瞬息千里者，则安知此室果非烟艇也哉！”

绍兴三十一年八月一日记。

屋隘如小舟，而名曰“烟艇”，于是引出客问与主答。向往“一叶之舟”和“烟波洲岛”，是因为“不能效尺寸之用与斯世”，因为万钟之禄不可求，这表现了作者对现实的不满，但说得委婉含蓄，令人不易觉察。而文章着力渲染的则是“上严濑、历石门”，“散发扣舷”之乐，和“纳烟云日月之伟观，揽雷霆风雨之奇变”的情趣，构思巧妙，文笔富于变化，语言优美，意味隽永，可以看出陆游散文的造诣。

主客问答的形式，巧于辩论，妙于形容，有些接近于文体赋。诗与散文混合，出现了半诗半文的赋体，赋又进一步散文化，则有这种半辞赋半散文的文章，这是文体多样化的一种表现。

陆游的笔记文《入蜀记》、《老学庵笔记》也负有盛名，《入蜀记》对三峡风光的描绘尤其受到好评，如：

> 二十三日，过巫山凝真观，谒妙用真人祠。真人，即世所谓巫山神女也。祠正对巫山，峰峦上入霄汉，山脚直插江中。议者谓太华、衡、庐，皆无此奇。然十二峰者，不可悉见。所见八九峰，惟神女峰最为纤丽奇峭，宜为仙真所托。祝史云：每八月十五夜月明时，有丝竹之音，往来峰顶，山猿皆鸣，达旦方渐止。庙后山半，有石坛平旷。传云：夏禹见神女，授符书于此。坛上观十二峰，宛如屏障。是日，天宇晴霁，四顾无纤翳；惟神女峰上有白云数片，如鸾鹤翔舞，徘徊久之不散，亦可异也。祠旧有乌数百，送迎客舟。自唐夔州刺史李贻诗已云："群乌幸胙余"矣。近乾道元年，忽不至。今绝无一乌，不知其故。泊清水洞。洞极深。后门自山后出；但黮闇，水流其中，鲜能入者。岁旱祈雨颇应。
>
> 权知巫山县、左文林郎冉徽之，尉、右迪功郎文庶几来。

神女峰的纤丽奇峭，峰上鸾鹤翔舞般的数片白云，月明之夜的丝竹之音，境界可谓优美之极。随意点染，不假雕琢，文字自然而雅洁，无意求工而自工。

陆游无疑是南宋散文的一大家。

范成大（1126～1193）、杨万里（1127～1206）是陆游之外南宋的两大诗人，他们的散文成就不及陆游，然而杨万里的《海鳅赋》却值得注意。这篇赋描写高宗绍兴三十一年虞允文指挥的采石矶之战，不仅是南宋赋中唯一成功描写抗金战争的作品，而且也极见作者的艺术功力：

> 辛巳之秋，牙斯寇边，既饮马于大江，欲断流而投鞭。自江以北，号百万以震扰；自江以南，无一人而寂然。牙斯抵掌而笑曰："吾固知南风之不竞，

今其幕有乌而信焉。”指天而言：“吾其利涉大川乎！”方将杖三尺以麾犬羊，下一令以令腥膻，掠木绵估客之艓，登长年三老之船；并进半济，其气已无江堧矣。南望牛渚之矶，屹峙七宝之山；一帜特立，于彼山巅。牙斯大喜曰：“此降幡也。”贼众呼“万岁”而贺曰：“我得天乎？”言未既，蒙冲两艘，夹山之东西，突出于中流矣。其始也，自行自流，乍纵乍收，下载大屋，上横城楼；缟于雪山，轻于云球；翕忽往来，顷刻万周；有双罍之舞波，无一人之操舟。贼众指而笑曰：“此南人之喜幻，不木不竹，其诳我以楮先生之俦乎？不然，神为之楫，鬼与之游乎？”笑未既，海鳅万艘，相继突出而争雄矣。其迅如风，其飞如龙。俄有流星，如万石钟；贯自苍穹，坠于波中；复跃而起，直上半空；震为迅雷之辚隐，散为重雾之冥蒙；人物咫尺而不相辨，贼众大骇而莫知其所从。于是海鳅交驰，搅南蹂东；江水皆沸，天色改容；冲飙为之扬沙，秋日为之退红。贼之舟楫，皆蹦藉于海鳅之腹底；吾之戈铤矢石，乱发如雨而横纵；马不必射，人不必攻；隐显出没，争入于阳侯之珠宫。牙斯匹马而宵遁，未几自毙于瓜步之棘丛。

予尝行部而过其地，闻之渔叟与樵童；欲求牙斯败衄之处，杳杳不见其遗踪。但见倚天之绝壁，下临月外之千峰。草露为霜，荻花脱茸。纷棹讴之悲壮，杂之以新鬼旧鬼之哀恫。因观蒙冲、海鳅于山趾之河汭，再拜劳苦其战功；惜其未封以下濑之壮侯，册以伏波之武公。抑闻之曰：在德不在险，善始必善终。吾国其勿恃此险，而以仁政为甲兵，以人材为河山，以民心为垣墉也乎！

作者善于选材，他不全面写采石之役，而只写战场——大江上的战斗。敌人以百万之师临大江，骄纵狂妄，而宋人则“无一人而寂然”，“一帜特立”，“蒙冲两艘”，敌人因之“喜”“贺”“指而笑”。等到万艘海鳅出现，“流星”起落轰鸣，敌人惊骇无措，终于吃了一个大败仗。作者运用对比手法，写两军的不同表现，渲染战场上的气氛，对于宋军的神出鬼没、雷霆万钧之势，描写得极真切有声势，而宋军将帅指挥的高明巧妙，都能衬托而出，不言自明。这是一支爱国主义的颂歌。

赋的第二段写作者凭吊这次战争的战场，实际就是这篇作品写作的缘起，不把它置于篇首而放在卷末，是为了避免常套，也是为了突出对于战斗本身的描写。最后提出“在德不在险”，要求“以仁政为甲兵，以人材为河山，以民心为垣墉”，这在赋税苛重、主战派人士受摧残的南宋时代，具有很强的针对性，使这篇赋不止于歌颂而已，还有讽喻之意。

辛弃疾（1140～1207）字幼安，号稼轩，历城（今山东济南）人。二十二岁在家乡聚众反金，隶属于义军统领耿京，图谋恢复。后渡淮归宋，授江阴佥判。孝宗隆兴元年（1163），宋军攻金溃于符离，主和派得势。乾道元年（1165）辛弃疾上《美芹十论》，反对隆兴和议，分析宋金形势，力主抗金。六年，奏请练民兵守两淮，并献《九议》。都不被采纳。先后在各地做地方官，任知州、提点刑狱、安抚使，也曾多年闲废。终生以恢复为己任，是杰出的爱国志士。

辛弃疾为南宋词人冠冕，与诗坛的陆游，并称辛陆。他的词才气横溢，爱国词作悲壮激烈，是豪放派的代表，与北宋苏轼并称苏辛。但是他的散文特别是政论散文，却不同于他的词的纵横驰骋。他说：“论天下之事者主乎气，而所谓气者又贵乎平。气不平则不足以知事之情，事不知其情则败。”（《九议》）所以他的《美芹十论》和《九议》都不是放笔而为，而是对客观事实作冷静的分析。试读他《美芹十论》的第一篇《审势》：

用兵之道，形与势二。不知而一之，则沮于形、眩于势、而胜不可图，且坐受其毙矣。

何谓形？小大是也。何谓势？虚实是也。土地之广，财赋之多，士马之众，此形也，非势也。形可举以示威，不可用以必胜。譬如转嵌岩于千仞之山，轰然其声，巍然其形，非不大可畏也；然而堑留木拒，未容于直，遂有能迂回而避御之，至力杀形禁，则人得跨而逾之矣。若夫势则不然：有器必可用，有用必可济。譬如注矢石于高墉之上，操纵自我，不系于人，有轶而过者，抨击中射，惟意所向，此实之可虑也。自今论之：虏人虽有嵌岩可畏之形，而无矢石必可用之势，其举以示吾者，特以威而疑我也；谓欲用以求胜者，固知其未必能也。彼欲致疑，吾且信之以为可疑；彼未必能，吾且意其或能；是亦未详夫形、势之辨耳。臣请得而条陈之：

虏人之地：东薄于海，西控于夏，南抵于淮，北极于蒙，地非不广也；虏人之财：签兵于民，而无养兵之费，靳恩于郊，而无泛恩之赏，又辅之以岁币之相仍，横敛之不恤，则财非不多也；沙漠之地，马所生焉，射御长技，人皆习焉，则其兵又可谓之众矣。以此之形，时出而震我，亦在所可虑；而臣独以为不足恤者，盖虏人之地，虽名为广，其实易分。惟其无事，兵劫形制，若可纠合，一有惊扰，则忿怒纷争，割据蜂起。辛巳之变，萧鹧巴反于辽，开赵反于密，魏胜反于海，王友直反于魏，耿京反于齐、鲁，亲而葛王又反于燕，其余纷纷，所在而是，此则已然之明验，是一不足虑也。

虏人之财，虽名为多，其实难恃：得吾岁币，惟金与帛，可以备赏而不可以养士；中原廪窖，可以养士，而不能保其无失。盖虏政庞而官吏横，常赋供亿，民粗可支；意外而有需，公实取一而吏七、八之，民不堪而叛，叛则财不可得而反丧其资，是二不足虑也。

若其为兵，名之曰多，又实难调而易溃。且如中原所签，谓之“大汉军”者，皆其父祖残于蹂践之余，田宅罄于捶剥之酷，怨愤所积，其心不一。而沙漠所签者，越在万里之外，虽其数可以百万计，而道里辽绝，资粮器甲一切取办于民，赋输调发，非一岁而不可至。始逆亮南寇之时，皆是诛胁酋长，破灭资产，人乃肯从。未几，中道窜归者，已不容制，则又三不足虑也。

又况虏廷今日用事之人，杂以契丹、中原、江南之士；上下猜防，议论龃龉，非如前日粘罕、兀术辈之叶。且骨肉间僭弑成风，如闻伪许王以庶长出守于汴，私收民心，而嫡少尝暴之于其父，此岂能终以无事者哉？我有三不足虑，彼有三无能为，而重之以有腹心之疾，是殆自保之不暇，何以谋人！

臣抑闻古之善觇人国者，如良医之切脉，知其受病之处，而逆其必殒之期，初不为肥瘠而易其智。官渡之师，袁绍未遽弱也，曹操见之，以为终且自毙者，以嫡庶不定而知之。咸阳之都，会稽之游，秦尚自强也，高祖见之，以为“当如是”矣，项籍见之，以为“可取而代”之者，以民怨已深而知之。盖国之亡，未有如民怨、嫡庶不定之酷，虏今并有之，欲不亡何待！臣故曰：“形与势异”。惟陛下实深察之！

辛弃疾完全是面对现实，对宋、金双方形势作深入的分析。指出金人的土地广、财赋多、士马众，均“不足虑”，加上敌人内部争权夺利，矛盾尖锐，敌人实际上是虚弱的，不应当被它的貌似强大吓倒。眼光明敏，论述清晰有力，不骋才，不使气，然而行文仍然很有气势，语言明快流畅，并且常用生动的比喻增加文章的形象性，不像有些奏疏写得那样拘谨。

辛弃疾亲历战阵，又来自北方敌占区，熟悉金人情伪，加上他的富有才干，识虑超卓精彻，所以他的议论切实剀切，没有书卷气。陈亮说“天道六十年一变”“荆襄之地……其气发泄无余”（《上孝宗皇帝第一书》），这类话，辛弃疾是不讲的。刘克庄《辛稼轩集序》说：“笔势浩荡，智略辐凑，有《权书》、《衡论》之风”。其实，“苏洵论兵，主要是考古证今；而辛弃疾谈兵，则从现实情况出发，更切实际，其所达到的深度，又非苏洵可比。……世人谓南宋文章不及北宋，但从论兵之文来看，恐不其然。”（郭预衡先生《南宋诗文的时代特点》）《四库全书总目》是把《美芹十论》归于兵家一类的。

第三节　学者之文

孝宗、光宗时期是南宋学术文化繁荣的时期，出现了不少学者和一些学术派别。吕祖谦、朱熹、陈亮、叶适的散文各有成就，这里只说朱熹和陈亮。

朱熹（1130～1200）字元晦，徽州婺源（今属江西）人，侨居建阳（今属福建）。绍兴十八年进士。曾官枢密院编修、知南康军、提举浙东常平茶盐公事、提点江西刑狱、湖南安抚使、焕章阁待制等职。在官有政绩。但他仕途不得意，屡次辞命不就职。一生为官仅九年，在朝四十日，主要精力在讲学和著述。他是宋代理学的集大成者，是封建社会后期影响最大的思想家。有《晦庵集》一百卷。

在政治上，朱熹主张恢复，反对议和。认为“君父之雠不与共戴天。今日所当为者，非战无以复雠，非守无以制胜。”（《宋史·朱熹传》）

朱熹继承程颢、程颐的思想，认为为文害道，但是他又是一位很有文学修养的人，诗歌、散文都有成就。他的散文师法北宋曾巩，理致周密。他曾批评陆游“能太高，迹太近”（《宋史·陆游传》），批评陈亮“才太高，气太锐”（《寄陈同甫书》），因此他自己为文也就不矜才使气，能够“平说而意长”。《送郭拱辰序》、《百丈山记》、《记孙觌事》、《诗集传序》等可以看出他的散文风格。如《送郭拱辰序》：

世之传神写照者，能稍得其形似，已得称为良工。今郭君拱辰叔瞻乃能并与其精神意趣而尽得之，斯亦奇矣！

予顷见友人林择之、游诚之，称其为人，而招之不至。今岁惠然来自昭武里中，士夫数人欲观其能，或一写而肖，或稍稍损益，卒无不似，而风神气韵，妙得其天致。有可笑者，为予作大小二像，宛然麋鹿之姿，林野之性。持以示人，计虽相闻而不相识者，亦有以知其为予也。

然予方将东游雁荡，窥龙湫，登玉霄，以望蓬莱，西历麻源，经玉笥，据祝融之绝顶，以临洞庭风涛之壮，北出九江，上庐阜，入虎溪，访陶翁之遗迹，然后归而思自休焉。彼当有隐君子者，世人所不得见，而予幸将见之，欲图其形以归。而郭君以岁晚思亲，不能久从予游矣，予于是有遗恨焉。因其告行，书以为赠。

淳熙元年九月庚子，晦翁书。

郭拱辰画出作者的“麋鹿之姿，林野之性”，画像不期与心相合（即“妙得其天致”），不禁为之敬服，引为知音。作者正要游名山胜景，访隐君子，然后归而隐居（这正说明其“林野之性”），可是郭氏告行，而不能同游，于是为之遗憾。文字平易朴素，文势婉转委备，意味颇深长，读后给人一种亲切感。这样的文章是有其特色的。又如游记文《百丈山记》：

登百丈山三里许，右俯绝壑，左控垂崖；叠石为磴十余级乃得度。山之胜盖自此始。……

出山门而东，十许步，得石台。下临峭岸，深昧险绝。于林薄间东南望，见瀑布自前岩穴瀵涌而出，投空下数十尺。其沫乃如散珠喷雾，日光烛之，璀璨夺目，不可正视。台当山西南缺，前揖芦山，一峰独秀出；而数百里间峰峦高下，亦皆历历在眼。日薄西山，余光横照，紫翠重叠，不可殚数。旦起下视，白云满川，如海波起伏；而远近诸山出其中者，皆若飞浮来往，或涌或没，顷刻万变。台东径断，乡人凿石容磴以度，而作神祠于其东，水旱祷焉。

艮险者或不敢度。然山之可观者，至是则亦穷矣。……

作者以秀洁灵动的文笔，写出了瀑布、群山、云海种种奇幻绚丽的景色，给人以不尽的美感。这篇文章若与范成大《吴船录》描写峨眉佛光的文字相比，似乎是有高低之分的。《记孙觌事》是记事写人的短文，其文曰：

靖康之难，钦宗幸虏营。虏人欲得某文。钦宗不得已，为诏从臣孙觌为之；阴冀觌不奉诏，得以为解。而觌不复辞，一挥立就：过为贬损，以媚虏人，而词甚精丽，如宿成者。虏人大喜，至以大宗城卤获妇饷之。觌亦不辞。其后每语人曰："人不胜天久矣，古今祸乱，莫非天之所为。而一时之士，欲以人力胜之；是以多败事而少成功，而身以不免焉。孟子所谓'顺天者存，逆天者亡'者，盖谓此也。"或戏之曰："然则子之在虏营也，顺天为已甚矣，其寿而康也宜哉!"觌惭无以应。闻者快之!

乙巳八月二十三日，与刘晦伯语，录记此事，因书以识云。

孙觌善写"四六"文，钦宗时为翰林学士，金人逼迫钦宗写降表，据说孙觌立即写出："背恩致讨，远烦汗马之劳；请命求哀，敢废牵羊之礼!"得到金人的欢欣和赏赐。而孙觌不仅有这种卖国的行为，还找到了卖国的"理论"依据。这篇文章只记事，不发议论，褒贬爱憎都寓于记事之中。不足二百字活画出一个投降派人物的无耻嘴脸，并给予无情的鞭挞和嘲讽，是一篇短小精悍的小品。

陈亮（1143～1194）字同甫，号龙川，婺州永康（今属浙江）人。"为人才气超迈，喜谈兵，论议风生，下笔数千言立就。"（《宋史·陈亮传》）青年时研究古人用兵事迹，著《酌古论》。乾道五年（1169），上《中兴五论》。淳熙五年（1178），再次上书，反对和议，力主抗金。以后遭人诬陷，三次入狱，几乎丧命。淳熙十五年，亲自至建康观察形势，第三次上书，建议天子驻节建康，以示锐意恢复。绍熙四年（1193），中进士第一，授佥书建康府判官厅公事，未至官而卒。

陈亮是永康学派的代表，他注重功利，反对空谈"道德性命"，主张义利兼行，王霸并用。有《龙川文集》三十卷。

陈亮能词，豪放雄壮，属辛派词人。他的文章也是“才辩纵横，不可控勒”（《四库全书总目·龙川文集提要》）。他的《甲辰答朱元晦书》颇能自道其面目：“研穷义理之精微，辨析古今之同异，原心于秒忽，较礼于分寸，以积累为功，以涵养为正，睟面盎背，则亮于诸儒诚有愧焉。至于堂堂之阵，正正之旗，风雨云雷交发而并至，龙蛇虎豹变见而出没，推倒一世之智勇，开拓万古之心胸，如世俗所谓粗块大脔，饱有余而文不足者，自谓差有一日之长。”淳熙五年《上孝宗皇帝第一书》可以视力他政论文的代表作，此文洋洋数千言，“考古今沿革之变”，纵论天下大势，道理说得很透辟，说服力很强。试读抨击与金人通和的一段：

今丑虏之植根既久，不可以一举而遂灭；国家之大势未张，不可以一朝而大举。而人情皆便于通和者，劝陛下积财养兵以待时也。臣以为通和者，所以成上下之苟安，而为妄庸两售之地，宜其为人情之所甚便也。自和好之成十有余年，凡今日之指画方略者，他日将用之以坐筹也。今日之击球射雕者，他日将用之以决胜也。府库充满，无非财也；甲胄鲜明，无非兵也。使兵端一开，则其迹败矣。何者？人才以用而见其能否，安坐而能者，不足恃也；兵食以用而见其盈虚，安坐而盈者，不足恃也。而朝廷方幸一旦之无事，庸愚龌龊之人，皆得以守格令，行文书，以奉陛下之使令，而陛下亦幸其易制而无他也。徒使度外之士，摈弃而不得骋，日月蹉跎，而老将至矣。臣故曰：通和者，所以成上下之苟安，而为妄庸两售之地也。

东晋百年之间，南北未尝通和也，故其臣东西驰骋，而多可用之才。今和好一不通，而朝野之论常如虏兵之在境，惟恐其不得和也，虽陛下亦不得而不和矣。昔者金人草居野处，往来无常，能使人不知所备，而兵无日不可出也。今也城郭宫室，政教号令，一切不异于中国，点兵聚粮，文移往返，动涉岁月，一方有警，三边骚动，此岂能岁出师以扰我乎！是固不知势者之论也。然使朝野常如虏兵之在境，乃国家之福，而英雄所用以争天下之机也，执事者胡为速和以惰其心乎！

与敌人通和，会造成上下苟安、妄庸两售的局面，惰人之心，贻害无穷。而东晋与敌人不通和，反而多可用之才。不通和，则“朝野常如虏兵之在境”，乃国家之福，会出现英雄争天下的时机。这样的论述，不仅有现实的教训和历史的经验做根据，而且很有些辩证的眼光。行文常使用对偶句，气势很盛，感情很强烈。又如文章的最后一段：

> 臣不佞，自少有驱驰四方之志，常欲求天下豪杰之士，而与之论今日之大计。盖尝数至行都，而人物如林，其论皆不足以起人意，臣是以知陛下大有为之志孤矣。辛卯、壬辰之间，始退而穷天地造化之初，考古今沿革之变，以推极皇帝王伯之道，而得汉、魏、晋、唐长短之由，天人之际，昭昭然可察而知也。始悟今世之儒士，自以为得正心诚意之学者，皆风痹不知痛痒之人也。举一世安于君父之仇，而方低头拱手以谈性命，不知何者谓之性命乎！陛下接之而不任以事，臣于是服陛下之仁。又悟今世之才臣，自以为得富国强兵之术者，皆狂惑以肆叫呼之人也。不以暇时讲究立国之本末，而方扬眉伸气以论富强，不知何者谓之富强乎！陛下察之而不敢尽用，臣于是服陛下之明。陛下厉志复仇，足以对天命；笃于仁爱，足以结民心；而又仁明，足以临照群臣一偏之论。此百代之英主也。今乃驱委庸人，笼络小儒，以迁延大有为之岁月，臣不胜愤悱，是以忘其贱而献其愚。陛下诚令臣毕陈于前，岂惟臣区区之愿，将天地之神，祖宗之灵，实与闻之。干冒天威，罪当万死。

作者放胆议论，直言无隐，抨击儒士，指斥才臣，并且委婉地批评皇帝“驱委庸人”，“迁延大有为之岁月”。文章恣肆纵放，雄辩滔滔，颇有纵横家的遗风。这样的文章，不同于朱熹，也不同于辛弃疾，是有自己的风格个性的。

吕祖谦（1137～1181），字伯恭，婺州金华（今浙江金华市）人。吕好问之孙。初，荫补入官。孝宗隆兴元年（1163）进士，复中博学宏词科。历任太学博士、国史院编修官、实录院检讨官、秘书郎、著作郎。淳熙八年卒，年四十五。谥曰成。其学本之家庭，有中原文献之传。长从林之奇、汪应辰、胡宪游，既而又与张栻、朱熹、陈亮、叶适等人为友，讲索益精。为学主明理躬行，治经史以致用，反对空谈心性。人称东莱先生。著述有数十种，传世之作有《书说》、《东莱博议》、《历代制度详说》、《十七史详节》等。又有《东莱吕太史文集》四十卷。《全宋文》连同佚文釐为三十三卷。近年又有《吕祖谦全集》出版。

吕祖谦博学多识，熟谙古史，三为国史编修，两为实录院检讨，又参与重修《徽宗实录》。所作史论今亦存有三四十篇，其史学见解往往也有启迪人心的地方。例如《武帝论》，谓人臣假儒术以欺君取爵禄，而人君则假儒术以为贪暴奢泰之行："昔汉武帝假儒术以欺天下，讲东封，开西域，平南越，讨北戎，峻宇雕墙，淫刑酷罚，其去始皇不能以寸，而稽古礼文之事，洋洋乎若与唐虞三代比隆。一时尊宠之臣，如公孙弘以《春秋》欺武帝，位至丞相，爵为通侯，其假儒术之所获亦大矣。张汤以古义欺武帝，为御史大夫，位列三公，其假儒术之所获亦大矣。惟武帝之假儒术，非徒无利而反有害焉，非徒无益而反有损焉。观其北边萧然，盗贼并起，老妻长子不保首领，高祖之业几坠于地，其祸不亦酷乎？呜呼！弘、汤假儒术则有利，武帝假儒术则有害；弘、汤假儒术则有益，武帝假儒术则有损。武帝之智不及弘、汤远矣。"这段议论，发前人之所未发，从一个较为新颖的角度，揭示出汉代人臣与人君利用儒术而行其私欲的本质特征。《张释之论》，就张释之所谓秦弊在徒有文具而无恻隐之实而生发一段议论：

呜呼！文具之弊，非特秦之所以亡，实古今之通患也。昔之为治者，实未具则文亦不具。未能防民之伪，则不敢为作乐之文；未能约民，则不敢为恭俭之文；未能行惠，则不敢为宽恤之文。以至于政教赏罚有毫厘之不备，诚心恻然，务从施惠，初未尝虚饰焉。故其过人得以议之，其失人得以指之，见其偏则可以矫之使正，见其阙则可以修之使全。犹按脉以治病，虚实燥湿，缓急浮沉，无锱铢之不见，然后随其病而投之汤剂，加之针石，其不瘳者鲜矣。至于末年之弊，无其实而有其文。家挟周、孔之书，而俗益薄；人治司马之法，而兵益懦；人诵夷、齐之清，而行益污；人负龚、黄之名，而政益乱。问其诏令，则尧舜之典谟也；问其典章，则成周之礼乐也。入其国，观其朝，其文焕然，虽治古之时有所不及，然徐考其实，乃与桀、纣、幽、厉同出一辙。上以虚名取下，下以虚文欺上，上下相欺，以罔天下，虽有忠臣义士欲正言极谏，亦无所容其喙矣。

昔之为治，实未具则文亦不具；后之为治，则无其实而有其文。这样，朝廷所设各种法令条文和礼乐典制也就成为虚饰之具，甚至成为祸国殃民的主要弊政了。这话似乎说得有些危言耸听，细而思之，又很有道理。文教随着国力的强盛必然日渐繁密，而国力一旦衰微，其又必然成为束缚忠臣义士的桎梏和小人操弄权柄的工具，也必然成为昏君作恶兴孽的口实。吕祖谦写这篇文章的时候，正当北宋沦亡未久，二帝播迁偏隅，文质彬彬，九世江山，一夜之间轰然崩塌，这个惨痛的历史教训，定当给他留下深刻的印象，从而进行纵向的反观和反思。《汉太史箴》的序言，则概括阐发了史官所肩负的社会职责和其所应有的公众良知：

> 史官者，万世是非之权衡也。禹不能褒鲧，管、蔡不能贬周公，赵盾不能改董狐之书，崔氏不能夺南史之简。公是公非，举天下莫之能移焉。是故人主极天下之尊，而公议复尊于人主；公议极天下之公，而史官复持于公议。自古有国家者，皆设史官，典司言动。凡出入起居，发号施令，必九思三省，蓂而后发，兢兢慄慄，恐播于汗简，贻万世之讥。是岂以王者之利势而下制于一臣哉？亦以公议所在，不得不畏耳。汉绍尧运，置太史令以纪信书，而司马氏仍父子纂其职，轶材博识，为史臣首。迁述黄帝以来至于麟止，勒成一家，世号实录。武帝乃恶其直笔，刊落其书。呜呼，亦惑矣！公议之在天下，抑则扬，塞则决，穷则通。纵能削一史官之书，安能尽扼天下之笔乎！

《司马迁论》尝谓："人不可以有不平之气也。有不平之气，必有矫枉过直之言，言至于过直，则其害有不可胜言者矣。且人之所以矫枉者，盖欲使其直也。今既过其直，则吾之言先不直矣，又何以责彼之不直乎？"《刘向论》尝谓："人臣事君之义，有不可则止者，有知其不可为而为之者，观其所处之地如何耳。义所当止，虽如齐宣之授万钟，而孟子终不受；义所当为，虽如商辛之剖心窍，而比干终不退。苟得其道，则进退不同，而同归于是；苟失其义，则进退不同，同归于非。"凡此，皆是读史用心而有得者之言。所作《奔竞论》，劈头便说："天下之害风俗者莫不当禁，而不当禁者有一焉，曰奔竞是也。"下文则逐层剖析说，奔竞之不当禁，之不可禁，之不必禁，乃在于上之人轻弃名器，动辄即以爵禄诱之，而又欲禁之于下，是故为禁愈多，而奔竞愈甚，虽刀锯日用亦有所不胜。上古三代没有奔竞之禁，其根本原因就在于上之人不启奔竞之门："然则为人上者，不必沮人之奔竞，勿劝之斯可矣；不必罚人之奔竞，勿赏之斯可矣。开其源而塞其流，忘其本而齐其末，岂不甚可叹哉？窃尝譬之朝而趋市，骈肩相摩，暮而过市，掉臂不顾，非朝贪而暮廉也，朝有所求而暮无所求也。一兔走野，百人逐之；积兔在市，过者不顾。非前争而后逊也，前则未定而后则已定也。彼为士者，在治古则静退，在后世则奔竞，岂情性之顿异邪？盖治古之爵禄不可求，而后世之爵禄可求也；治古之爵禄皆有定，而后世之爵禄无定也。操爵禄之柄者，苟端本澄源于上，则济济多士，可以一旦还之于唐虞三代之域矣，风俗岂独厚于古而薄于今耶？”人心不古，士风浇薄，其关键就在于社会上人为设置的各种诱惑太多。这种致思角度，对于身处社会大变革时代的今人来说，也不无启示。

吕祖谦所写书信，率以探讨学术为主，其中写给汪应辰、张栻、朱熹、陈亮四人的就有一百二十多篇，在一个甚为宽广的范围里，切磋琢磨，以归正道。而序记一类散文，则亦多辨别源流，是正听闻，表现一个学者的识见。其中较著者如《五经论序》、《唐文思博要序》、《白鹿洞书院记》、《读书记》等。《横山吴君佚老庵记》，叙述佚老庵的命名，其文笔则更见活泼生动，显出作者性格和襟怀的另外一面：

横山吴君珉治别室之西偏，榜以佚老。休工归役，斤斧收声，辑杖立于前荣，闻窃语于阶者曰：“棋垅绳畦，坻粟京稼，筹算挂壁，万货四凑，此吾主人翁所以佚其老也。”少进至于门，闻行语于涂者曰：“丰林邃宇，尊俎静嘉，鸥鹭不惊，风月相答，此吾豪长者所以佚其老也。”又进至于郊，闻聚语于塾者曰：“培嗣以学，既楙既剪，秩壶以礼，既序既饬，此吾乡丈人所以佚其老也。”他日吴君为予道之，予曰：“夫三者之言何如？”吴君曰：“阶得吾粕，涂得吾漓，塾得吾醇。出浸远而说浸近，吾名吾室义，其究于此乎？”予曰：“未既也。畏峤登舆，身闲心慄；厌市筑墉，目静耳喧。君虽善自佚，逾阛以往，肩赪腹枵者，踵相接，岁或不升，尪瘠困惫，呻吟交于大逵，专一室之佚，乐乎哉？君里中望也，盍劝相族党，惕劳赈乏，已责纾逋，同其佚于是乡，则尽横山表里，皆君佚老庵也。其视尺椽半席，广狭何若？”吴君谢曰：“厚矣，子之拓吾境也！”顾童奴陷其说于壁间，以为券。

主人翁之佚老乐在地广粮多，豪长者之佚老乐在鸥鹭风月，乡丈人之佚老乐在兴学育人，所谓得粕得漓得醇之喻，已然把吴君佚老之境界和盘托出，而作者却另拓一境，指出其专一室之佚，不如推其乐于乡人，由自佚而同其佚，这样，自然就把佚老二字的蕴涵推向极致。

吴子良《林下偶谈》，尝谓吕祖谦早年之文受词科习气的影响，内容较为单薄，有藻缋排比之态，“中年方就平实”。《四库全书总目·东莱集提要》，则谓：“其文词闳肆辨博，凌厉无前”。又谓：“祖谦于《诗》、《书》、《春秋》，皆多究古义，于十七史皆有详节，故词多根柢，不涉游谈。所撰《文章关键》，于体格源流，具有心解，故诸体虽豪迈骏发，而不失作者典型，亦无语录为文之习，在南宋诸儒之中，可谓衔华佩实，又何必吹求过甚，转为空疏者所藉口哉?”所论皆是。

在散文发展史上，吕祖谦编选的《宋文鉴》和《古文关键》，则颇有影响。据李心传《建炎以来朝野杂记》乙集卷五记载，当时的临安书坊刊刻有江钿所编《圣宋文海》，孝宗得之，并于淳熙四年十一月，命临安府校正刻板。翰林学士周必大以为：“此编去取差谬，殊无伦理，今降旨刊刻，事体则重，恐难传后。莫若委馆阁官铨择本朝文章，成一代之书。”于是孝宗乃令吕祖谦总其事。“伯恭尽取秘府及士大夫所藏本朝诸家文集，旁求传记他书，悉行编类，凡六十一门，为百五十卷”。总计收录各类文章二千余篇。六年春，书成奏进，孝宗以为“采取精详，有益治道”，遂赐名《皇朝文鉴》。周必大奉命作《皇朝文鉴序》，对是书之编选宗旨和体例特点有一段概括性的介绍：“古赋诗骚则欲主文而谲谏，典策诏诰则欲温厚而有体。奏疏表章取其谅直而忠爱者，箴铭赞颂取其精悫而详明者。以至碑记论序书启杂著，大率事辞称者为先，事胜辞则次之；文质备者为先，质胜文则次之。复谓律赋经义，国家取士之源，亦加采掇，略存一代之制。”马端临《文献通考》卷二百四十八引水心叶氏曰：“自古类书，未有善于此者。按，上世以道为治，而文出于其中。战国至秦，道统放灭，自无可论。后世可论惟汉唐，然既不知以道为治，当时见于文者，往往讹杂乖戾，各恣私情，极其所到，便为雄长。类次者，复不能归一以为文正。当耳华忘实，巧伤正，荡流不反，于义理愈害，而治道愈远矣。此书刊落浩穰，百存一二，苟其义无所考，虽其文不录。或于事有所该，虽稍质不废。巨家鸿笔，以浮浅受黜；稀名短句，以幽远见收。合而论之，大抵欲约一代治体归之于道，而不以区区虚文为主。”又曰：“文字总集，各为流别，始于贽（挚）虞，以简代繁而已，未必有意。然聚之既多，则势亦不能久传。今其远者，独一《文选》尚存，以其少也。近世多者至百千卷，今虽尚存，后必沦逸。独吕氏《文鉴》，去取最为有意，止百五十卷，得繁简之中，鲜遗落之患。所可惜者，前代文字源流不能相接，若自本朝至渡江，则粲然矣。”明人商辂《宋文鉴序》，则从另一个角度揭橥出是书编纂的深厚用意：“窃观汴宋之时，光岳气完，贤才众多。周、程以理学显，欧、苏以古文倡，韩、范以相业著。其他文人才士，后先相望。讽咏之间，有规戒焉；议论之下，有褒贬焉。上足以格君心而扶人纪，下足以明善恶而别邪正。正所谓文之有补于治道者如是，然则文以鉴名，岂徒辞章云乎哉?”吕祖谦花了一年半的时间从浩瀚的北宋典籍当中甄别择定，其间又得中风，可谓不辞劳苦抱病而成此巨帙。对其用心和眼力，他的学界友人颇有非议。李心传尝谓：“张南轩（栻）时在江陵，移书晦翁曰：‘伯恭好弊精神于闲文字中，徒自损何益？如编《文海》，何补于治道，何补于后学？徒使精力困于翻阅，亦可怜耳！且承当编此等文字，亦非所以承（成）君德也。’”（《建炎以来朝野杂记》乙集卷五）而《朱子语类》卷一百二十二，则载有朱熹读《文鉴》，以为有去取失当或无来由之处。朱熹的话尚可视为仁智各见，而张栻的指责，则明显看出其道学家的狭隘视野，所谓“闲文字”的话头，竟与程颐的“闲言语”如出一辙。重视经史义理，而亦兼顾文章之学，这是吕祖谦与当时学者不同的地方。

所编《古文关键》二卷，也显示出他的有别于一般理学家。是书前有总论看文字法，然后分列看韩文法、看柳文法、看欧文法、看苏文法、看诸家文法（包括曾巩、苏辙、王安石、李廌、秦观、张耒、晁补之七人），最后是论作文法、论文字病。后面正文二卷，分别选录韩愈文十三篇、柳宗元文八篇、欧阳修文十一篇、苏洵文六篇、苏轼文十六篇、苏辙文二篇、曾巩文四篇、张耒文二篇，共计各类文章六十二篇，逐篇做批注评点。现在看来，这部书的影响主要有两个方面。一是选列名家名文进行评点批注以示学人，不仅为当时抑或后代的学者指示了作文门径和提供了研读参考，实亦开选评类著述之先河，在学术史上开辟了一种崭新的编撰范式。二是所列唐宋诸家，韩、柳、欧、曾、王、三苏八大家尤为显著，其遴选标准和鉴别手眼，既说明了吕祖谦独具的很高的学术水平，也在某种程度上代表了当时文章界总的舆论趋势和一般看法。这对后来唐宋散文八大家之说的最终确立起着极为重要的导向作用。试观后人所写评论，上述两个方面的影响，则是显而易见的。

《四库全书总目·古文关键提要》谓：“标举其命意布局之处，示学者以门径，故谓之关键。”“叶盛《水东日记》曰：宋儒批选文章，前有吕东莱，次则楼迂斋、周应龙，又其次则谢叠山也。朱子尝以拘于腔子议东莱矣，要之，批选议论不为无益，亦讲学之一端耳。云云。然祖谦此书，实为论文而作，不关讲学，盛之所云，乃《文章正宗》之评，非此书之评也。”同治刊本所录胡凤丹《重刻古文关键序》：“东莱先生曾裒宋一代文，为《文鉴》百五十卷。厥后楼氏沿之，而有《崇古文诀》之选。王氏因之，而有《古文集成》之编。近代则荆川《文编》，鹿门《八家文钞》，咸播艺林，称为善本。顾其书率卷帙繁重，承学之士，或艰诵习，不免望洋。至若坊间读本，指不胜偻，半皆去取弗审，评骘寡当。彼自于古文未涉其樊，用以操选，祇误来学。惟叠山谢氏《文章轨范》与先生是编，最简而要，虽所甄录，文仅数家，家仅数篇，而构局造意，标举靡遗，实能灼见作者之心源，而开示后人以奥窔。由是推之，乾坤以阖辟为关键，山川以脉络为关键，宫室以门户为关键，人身以筋骨为关键，胥是道也。否则有文章而无关键，譬诸枯树之枝，死兽之鞟，躯壳虽存，而生气已索然尽矣。然则不知此法，无以作文；不读先生是书，又何以知古人作文之法之妙哉?”嘉定张云章《古文关键序》，则谓：“柳子厚尝言：古今文章，得之为难，知之愈难。岂不信哉？自昔集录之家，无虑什伯，往往沦逸不著。有宋一代，文章之事盛矣，而集录古今之作传于今者，仅三四家，夫亦以得其当者鲜哉？真西山《正宗》、谢叠山《轨范》，其传最显，格制法律，或详其体，或举其要，可为学者准则，而迂斋楼氏之标注其源流，亦轨于正，其传已在隐显之间。以余考之，是三书皆东莱先生开其宗者。东莱吕子《关键》一编，当时多传习之，今世见者或罕矣，使竟隐而弗彰，不重可惜邪！观其标抹评释，亦偶以是教学者，乃举一反三之意。且后卷论策为多，又取便于科举，原非有意采辑成书，以传久远也。”

叶适（1150～1223），字正则，号水心居士。温州永嘉（今浙江温州市）人。孝宗淳熙五年（1178）进士，授平江节度推官，改武昌军节度判官、浙西提刑司干办公事。以荐召为太学正，迁博士，除太常博士兼实录院检讨官。光宗嗣位，由秘书郎出知蕲州，入为尚书左选郎官，迁国子司业。宁宗立，韩侂胄争权，力求补外，除太府卿，总领淮东军马钱粮。以劾降两官罢，主管冲佑观。起为湖南转运判官，迁知泉州，除权兵部侍郎、权工部侍郎、权吏部侍郎。开禧北伐兵败，除宝谟阁待制、知建康府兼沿江制置使。多次派兵进击江北金兵，又于江淮以北之地建堡坞数十处以为屏蔽，进宝文阁待制，兼江淮制置使。以劾附侂胄用兵，夺职奉祠者凡十三年。后至宝文阁学士、通议大夫。嘉定十六年卒，年七十四。谥文定。在学术思想方面，提倡功利，反对空谈性命，对朱熹学说有所批评。后世推为永嘉学派之巨擘。《四库全书总目·永嘉八面锋提要》谓："永嘉之学，倡自吕祖谦，和以叶适及傅良，遂于南宋诸儒别为一派。朱子颇以涉于事功为疑，然事功主于经世，功利主于自私，二者似一而实二，未可尽斥永嘉为霸术。且圣人之道，有体有用，天下之势，有缓有急，陈亮上孝宗疏，所谓风痹不知痛痒者，未尝不中薄视事功之病，亦未可尽斥永嘉为俗学也。"著有《水心先生文集》二十九卷、《水心先生别集》十六卷、《习学记言》五十卷。《全宋文》所收文章，连同佚文，合编为五十三卷。

宋刻本《水心先生文集》，有叶适门人赵汝讜写的序，尝谓："集起淳熙壬寅(九年)，更三朝，四十余年中期运通塞，人物散聚，政化隆替，策虑安危，往往发之于文，读之者可以感慨矣。"叶适志意慷慨，雅以经济自负，故其文章亦多涉抗金恢复之事。初为太学博士，因轮对，作《上孝宗皇帝劄子》，起首便痛斥因循苟且之风："今日人臣之义，所当为陛下建明者，一大事而已：二陵之仇未报，故疆之半未复。此一大事者，天下之公愤，臣子之深责也。或知而不言，或言而不尽，皆非人臣之义也。虏并兼强大而难攻，故言者皆曰'当乘其机'；积久坚固而不可动，故言者又曰'当待其时'。夫究极本末，审定计虑，而识所施为之后先，然后知机自我发，非彼之乘；时自我为，何彼之待！今之率易苟且，习闻卑论，而无复振起之实意，则固以为必当乘机，必当待时，以缓岁月而误大事，是必然矣。""方今之虑，正以我自有所谓难，我自有所谓不可耳。夫我自有所谓难，而不知变其难以从其易；我自有所谓不可，而不知变其不可以从其可。于是力屈气索，甘为退伏，常愿和好，抽兵反戍，拱手奉虏，而暂安于东南。臣以为此今日之大患，所当先论者也。"随后，作者在详细分析所谓四难与五不可的基础上，逐一提出了自己改变现状的主张，在结尾处，大声疾呼说："期年必变，三年必立，五年必成，二陵之仇必报，故疆之半必复，不越此矣。臣故以为机自我发而非彼之乘，时自我为而何彼之待者也。若置而不论，因而不改，则我之所谓难者真难矣，虏岂复有易攻之机！我之所谓不可者真不可矣，虏岂复有可动之时！亶之废，亮之殒，斡鲁之叛，皆彼之机也，我何乘焉？彼之时也，我何待焉？臣故以为率易苟且，习闻卑论，缓岁月而误大事者也。臣昼诵夜思，审观天意，稽考人事，十五年矣，今日始得对清光，发绪论，陛下加听之，愿反覆诘难以究其始末，非独臣之幸，天地祖宗之灵所以望于陛下也。”是文言辞恳切，忠义奋发，而又论辩滔滔，情理俱见，其与同时同类之文章相比，例如胡铨所作《戊午上高宗封事》，陈亮所作《中兴论》、《上孝宗皇帝第一书》等，似乎亦毫不逊色。叶适此类文章较著者，尚有《上光宗皇帝劄子》之论今日之未善者六事、《上宁宗皇帝劄子》之论定论修政行德等。其晚年曾亲手编订所写奏议以授二子，并作《附记》云：“淳熙乙巳，余将自姑苏入都，私念明天子方早夜求治，而今日之治，其条目纤悉至多，非言之尽不能知，非知之尽不能行也。万一由此备下列于朝，恐或有所问质，辄稿属四十余篇。既而获对孝宗，至光宗初又应诏条六事，然无复诘难，遂箧藏不出矣。庆元己未，始得异疾，六年不自分死生，笔墨之道废。嘉泰甲子，若稍苏而未愈也，取而读之，恍然不啻如隔世事。嗟乎！余既沉痼且老，不胜先人之丧，惧即殒灭，而此书虽与一世之论绝异，然其上考前世兴坏之变，接乎今日利害之实，未尝特立意见，创为新说也。惜其粗有益于治道，因稍比次而系以二疏于后，他日以授寀、宓焉。”这部淳熙奏议集，是作者对国事民情以及敌我形势进行仔细分析后的结果，也是具体落实其经世治民之道的方案举措。《宋史·陈亮传》载亮尝曰，“研穷义理之精微，辨析古今之同异，原心于秒忽，较礼于分寸，以积累为工，以涵养为正，睟面盎背，则于诸儒诚有愧焉。至于堂堂之阵，正正之旗，风雨云雷交发而并至，龙蛇虎豹变现而出没，推倒一世之智勇，开拓万古之心胸，自谓差有一日之长。”这所谓一日之长与堂堂正正之气概，确实道出了陈亮与叶适等人与一头扎在故纸堆里做死学问的学者的主要区别。一类是志士，是豪杰，既有满腹经纶，也有奇谋伟略；而另一类，则是深藏书斋的纯文人，学问做得甚大甚深甚细，而却远离世事纷争，有些不食人间烟火。“鲁叟谈五经，白发死章句。问以经济策，茫如坠烟雾”。宋代的大多数理学家，在本质上与李白笔下的鲁儒有着惊人的相似之处。

除了奏稿，叶适还写了大量有关时事政治的专题论文，如《取燕》三篇，《财总论》两篇，《兵总论》两篇，《法度总论》三篇，《纪纲》四篇，《终论》七篇等。其《士学》上篇，专论迂儒：

儒者以迂阔见非于世，所从来远矣。三代以前，无迂阔之论。盖唐、虞、夏、商之事虽不可复见，而臣以《诗》、《书》考之，知其崇义以养利，隆礼以致力，其君臣上下皆有阔大迂远之意，而非一人之所自能者，是故天下亦莫得而名也。及至周衰，诸侯务求近效，以为先王之道回复而难至，乃始旁径捷出以便其目前，而利欲富贵在于骨肉亲戚之间者，不惮为险诈之行以攘夺之，先者既以此得，后来日以益甚。其四邻国家，卿士臣仆，伤溃蹙狭，至于其身而不能止。于是四夷交侵，内外并争，故时斥大之宇内背叛削小，而卉衣被发之人入居中国之地。

当是之时，孔子以匹夫之贱，起而忧之，其规营谋虑，无一身之智而有天下之义，无一时之利而为万世之计。卫灵公问陈，对曰："俎豆"。齐景公问政，对曰："君臣父子"。或者疑兵食不可去，则曰："自古皆有死"。其问答议论，凡皆若此，无一可施用于当世者。尧、舜、文、武之遗文既不复试矣，乃更区区修补其废坠，而又奔走天下之诸侯，以庶几行其必不见信之言。当是之时，莫能测其意，相与共笑侮之，甚者出力而困扼之，欲致之死地，虽其门人弟子，亦有以为迂者。其后孟轲当六国患秦之日，又自相残暴，其君臣尤为卑陋，计功于俘馘之内，而问计于间谍之中，然孟轲告之，一则仁义，二则仁义。夫所谓仁义者，齐、梁之人莫能识，而况于行之乎！务以翼赞孔氏之意，而操必不可从之说。夫孔子、孟轲，所谓迂阔之最大，而后世所以有迂阔之论者，自孔、孟始也。

呜呼！天下自周之衰，而极于亡秦之乱，天地几不立矣。所以然者，君臣上下为目前便利之计，月不图岁，朝不计夕，自以为是，而后来者无所则仰也。彼其君臣父子之道复立，礼义忠信之教复兴，乃得永存以至于今世，而犹有望其无穷者，此非孔、孟迂阔之力欤！噫！后世之儒者，徒得其书而读之，执其所为言以自信而已，尚安能真知迂阔之意？若董仲舒、刘向、扬雄、韩愈之徒，此其于孔氏之门人弟子未能什一也，而世遂以其迂阔而骇之。诚使孔、孟复出，亲见其人，与之考论其政事，而接闻其言语，其不将有大骇者耶？奈何徒尊其道而弃其人乎？

夫所谓迂阔者，言利则必曰与民，言刑则必曰措刑，言兵则必曰寝兵，言当世则必曰唐、虞、三代，而簿书、狱讼不如礼乐，台、省、府、寺不如学校。其措于事，诚若漫然而不足效者。虽然，疑其迂者自为行必疾，议其阔者自为塗必隘，左侵右逼，将无地以自容而不知也。是不能为迂阔而已！国家以文治二百年矣，孔子、孟轲之学无所不讲，儒雅高论之士无所不用，《六经》之道庶几其可以行之也，其过于汉、唐远矣，而迂阔之讥，犹不绝于世。君以此诮其臣，臣以此病其君，上下相戾而治功不立，何哉？岂非狃于卑近而不能尽去欤？抑其臣学为迂阔，而实狭且陋欤？将迂阔之臣不足以胜众狭陋之臣而然欤？故臣之所甚患者，上以迂阔诮其下，而下亦苟讳其迂阔之名，自贬而求容于世。其小者学通世务，则钱谷、刑狱不足以深知而徒以纷乱，其大者取三代之不可复行者勉强牵合，以为可以酌古而御今，二者皆足以败事。而臣以为必得真迂阔者而用之，天下其庶几乎！

文章的前两段，概括论述了春秋战国之际诸侯皆急功近利而孔、孟则以仁义鼓行天下因之被视为迂阔的史实，揭示出儒家学说与时代发展趋势了不相合的内在特征。后面两段，则讲到儒教复兴的历史必然和儒家学者的专务空谈而远离世事。作者一针见血地指出，后世学者的迂阔与孔孟的迂阔截然不同，孔孟尚且讲究政事，是务实的人物，而后世学者却不通世务，一味务虚。所谓“真迂阔者”，应是博古通今、娴于政事的务实派。这篇文章，论说的是“士学”，其所批评的对象明里暗里指向了某些理学家。作者对当时学界不正之风的看法，与陈亮《上孝宗皇帝第一书》所谓今世之儒士，皆风痹不知痛痒之人，其只知低头拱手以谈性命的说法是一致的。在陈亮，则是锋芒毕露，丝毫不加掩饰罢了。

其他议论文字，多表示作者读书治学的心得体会，有些见解亦颇露新意。如《老子》的反对众人盲目排斥佛老，而主张究其学之始终，合乎道者自可从之。其中有谓：

夫聃之书，忧天下而思有以救之，其拯一世之溺，盖有急于孔子焉。使聃而及于文、武、周公之盛也，则何以发其思虑而见之于辞？不幸而当天下之衰，治道之阙也，其意以为天地之初，未始有君臣父子仁义礼乐也，故天下不治而不乱，不安而不危。自结绳以来，圣人继起，则文化日盛，庶事日修，其极于不可复加矣。而今也天下大乱，则何术以善其后？且货财之争，欲利之

> 智，天下之人有不安于权衡度量之中，是其情之或然者也，而况其今之衰乎！且固以昔者为拙，今者为巧也，今者之华而昔者之朴也，是以立于其末而欲反其初。且天地之运，犹橐籥之相推，长短高下，相形相使，而弛张予夺，倏去忽来，是虽甚微而其理之必然者也。是故以仁为失，以礼为乱，斫华复朴，取拙去巧，使天下复于结绳而用之。夫已立者不可改也，已成者不可毁也，民之已见者不能忘也，而谓聃之智不知此乎？今也闵然欲举君臣父子之盛，仁义礼乐圣智法度之美，一切而尽废之，以为不如是则天下不能速安而已矣。呜呼！是其救世之切，盖有急于孔子，则其意之可哀者也。

苏轼在《庄子祠堂记》一文中，已说过“庄子盖助孔子者”，是“阳挤而阴助之”。这个结论与王安石《庄周论》所谓“矫天下之弊而归之于正”为同一机杼，均被楼钥许为“得庄子本心”。(《跋张正字庄子讲义》)叶适则就此二人的见解发挥延伸及于老子。而与苏、王二人相反的是，他写的《庄子》一文，却对庄子其人大加鞭挞，说“庄周之罪大于诸子，孔子之徒所宜深疾而力排之”。“诸子之书，害小而已息；庄周之书，祸大而长存。自周之书出，世之悦而好之者有四焉：好文者资其辞，求道者意其妙，汩俗者遣其累，奸邪者济其欲。此四者，君子小人之杂也；杂而未定，而周以说乘之。是故人道之伦颠错而不叙，事物之情遗落而不理，以养生送死、饥食渴饮之大节，而付之于傥荡不羁之人，则小足以亡其身，大足以亡天下矣。可不惧哉！”叶适之所以全面否定庄子，甚至说些耸人听闻的话，除却个人性情的因素之外，与国势飘摇、民心不振的时代也有密切关系。其论《史记》，拿孔子著《春秋》与司马迁著《史记》作对比，认为司马迁记事纤细烦琐，“若夫豪商大贾奸人刺客之流，优笑之贱，日者之微，莫不奋笔墨之巧以示其能，使后世之士溺于见闻而不能化，荡于末流而不能反”。“天下之人所以纷纷焉，至今不能成德就义，而求至于圣贤者，岂非迁之罪耶！”把世道人心之颓坏全部推到司马迁身上，不仅有失公允，也不符合实际。这些都是其学术思想的偏见，或多或少都带有其所处时代的局限。

其序跋铭志类文章亦见称于世，大多笔力横肆，文笔简练，内质厚重，机杼独出。例如为好友陈亮文集写的两篇文字：

同甫文字行于世者，《酌古论》、《陈子课稿》、《上皇帝四书》，最著者也。子沆，聚他作为若干卷以授余。初，天子得同甫所上书，惊异累日，以为绝出，使执政召问当从何处下手，将由布衣径唯诺殿上以定大事，何其盛也！然而诋讪交起，竟用空言罗织成罪，再入大理狱几死，又何酷也！使同甫晚不登进士第，则世终以为狼疾人矣。呜呼，悲夫！同甫其果有罪于世乎？天乎！余知其无罪也。同甫其果无罪于世乎？世之好恶未有不以情者，彼于同甫何独异哉！虽然，同甫为德不为怨，自厚而薄责人，则疑若以为有罪焉可矣。同甫既修皇帝王霸之学，上下二千余年，考其合散，发其秘藏，见圣贤之精微常流行于事物，儒者失其指，故不足以开物成务，其说皆今人所未讲，朱公元晦意有不与，而不能夺也。吕公伯恭退居金华，同甫间往视之，极论至夜分，吕公叹曰："未可以世为不能用，虎帅以听，谁敢犯子！"同甫亦颇慰意焉。余最鄙且钝，同甫微言，十不能解一二，犹以为可教者。病眊十年，耗忘尽矣。今其遗文，大抵班班具焉，览者详之而已。（《龙川集序》）

余既为同甫序《龙川文》，而太守邱侯真长刻于州学，教授侯君敞，推官赵君崇岜，皆佐其役费。同甫虽以上一人赐第，不及至官而卒，于是二十年矣，遗稿未辑，愈久将坠。真长不惟收恤旧故，存其家声，可以托生死，厉薄俗。至于趯然以其文字废兴任为己事，僚友一时，志同义合，相与扶立俊豪魁特之绪，使流风余论犹能表见于后人，盖知古太守职业者也。《同甫集》有《春秋属辞》三卷，放今世经义破题，乃昔人连珠急就之比，而寄意尤深远。又有长短句四卷，每一章就，辄自叹曰："平生经济之怀，略已陈矣！"余所谓微言，多此类也。若其他文，海涵泽聚，天霁风止，无狂浪暴流，而回漩起洑，萦映妙巧，极天下之奇险，固人所共知，不待余言也。（《书龙川集后》）

叶适所作《陈同甫王道甫墓志铭》曾谓："志复君之仇，大义也；欲挈诸夏合南北，大虑也；必行其所知，不以得丧壮老二其守，大节也。春秋战国之材无是也。吾得二人焉，永康陈亮，平阳王自中。"吴子良《林下偶谈》谓叶序："精峭卓特，叹其才不为世所知，世所知者科目耳。"又谓叶铭："盖用太史公老子、韩非及鲁连、邹阳同传之意。老子非韩非之比，然异端著书则同；鲁连非邹阳之比，然慷慨言事则同；陈同甫之视王道甫，虽差有高下，而有志复仇，不畏权倖则同。其言大义大虑大节，以为春秋战国之材无是，称扬同甫至矣。末后微寓抑扬，其论尤正，又与昌黎评柳子厚略相类。水心与龙川，自少至老，自生至死，只守一说，而后辈不知本末，或以为疑，此要当为知者道也。”

就此类文章而言，有两个特点显得较为突出。一是文学散论性质的文字甚多，显示出叶适对古代淳朴自然文风的追慕向往，以及对当代文坛现状的极度重视和热情关注。其言谈举止，明显区别于其他理学家。其中一些议论和描述，不惟可作文史研究者之参考，亦可启迪心智，开拓学术视野。较著者，如《胡尚书奏议序》，谓胡沂的奏疏：“词约而指要，不盈数百，少才百余，然必据经陈史，质证今事，不率意而云也。或昔人所已言，径录闻上，不必出于己也。必酌时病，不夸不缓，异闻骇见必亟达，不惮讳恶，然而恳怛忠尽，故言而乐听，十多七八焉。自古贤人君子，进常艰，退常易，富贵有节，无侵寻之求，言简而伸，气直而遂，可为事君法，如公是也。”叶适如此推许南渡初期名臣胡沂的奏疏，其为文之法固为其一，其事君之法，则更是作者心中的楷模。《周南仲文集后序》，则谓：“夫文者，言之衍也。古人约义理以言，言所未究，稍曲而伸之尔。其后俗益下，用益浅，凡随事逐物，小为科举，大为典册，虽刻秾损华，然往往在义理之外矣，岂所谓文也！君子于此寄焉，则不足以训德；学者于此习焉，则足以害正；力且尽而言不立，去古人不愈远乎！”如《粹裘集序》，谓秦汉以前之学者人自为家，造智设巧，立表极以号于世而已，而后世之学者，则盛行折衷之学，士因古人之已成者论之，足以致用，不必自为一家。这种对比，确实在某种程度上揭示出先秦诸子与后世诸子之本质区别。《题陈寿老论孟纪蒙》，对当时的学界颇有针砭：“古圣贤之微言，先儒所共讲也，然皆曰‘至二程而始明’。凡二程所尝讲，皆曰‘至是止矣’。其密承亲领，游、杨、尹、谢之流，而张、吕、朱氏后时同起，交阐互畅，厥义大弘，无留蕴焉。窃怪数十年，士之诣门请益，历阶睹奥者，提策警厉之深，涵玩充溢之久，固宜各有论述，自名其宗，而未闻与众出之以扶翼其教，何哉？岂敬其师之所以觉我，而谦于我之所以觉人欤！”这些儒家学者远师二程，亦步亦趋，虽然密承亲领，一脉相传，但是却缺少真正能扶翼其教的出众的学说理念。所谓“敬其师之所以觉我，而谦于我之所以觉人”，正是对当时理学一派学术弊端的较为客观的批评。《宋史·儒林列传》引述陆九渊的话说：“六经注我，我注六经。”又谓：“学苟知道，六经皆我注脚。”我注六经，以治经为主，其实是古代所谓学术的主流。从汉至清，学人纷纭，著述山积；六经注我，则强调的是学术思想的超越和发明，有种离经叛道的意味，揆之学界，于古人于今人则皆了了焉。叶适与陆九渊对学界现状的认知和感慨完全一致。《播芳集序》，慨叹北宋诸公作文和编选之两难，有谓："夫作文之难，固本于人才之不能纯美，然亦在夫纂集者之不能去取决择，兼收备载，所以致议者之纷纷也。向使略所短而取所长，则数公之文当不容议矣。近世文学视古为最盛，而议论于今犹未平。良金美玉，自有定价，岂曰惧天下之议而使之无传哉！若曰聚天下之文，必备载而无遗，则泛然而无统；若曰各因其人而为之去取，则尺有所短，寸有所长，尤不可以列论。于是取近世名公之文，择其意趣之高远，词藻之佳丽者而集之，名之曰《播芳》，命工刊墨，以广其传，盖将使天下后世，皆得以玩赏而不容瑕疵云。"文章如精金美玉，市有定价，非人所能以口舌定贵贱。这本是欧阳修、苏轼曾经说过的话，叶适在进一步引申发挥的同时，又提出作文或选文的两条标准，即所谓意趣高远，词藻佳丽者，重视内容表达，也不忽略艺术形式，这就避免了那种一概而论，不加分析的绝对态度。他是主张在统一的客观标准的前提之下，适当去取抉择。联系其《赠薛子长》所云"为文不能关教事，虽工无益"等语，所谓意趣高远，当是指思想内容正确可信，有益教化而言，强调的是文学的社会功用。所作《西岩集序》、《翁灵舒诗集序》、《徐文渊墓志铭》、《徐道晖墓志铭》、《题陈寿老文集后》、《题刘潜夫南岳诗稿》、《跋刘克逊诗》，以及《黄子耕墓志铭》等，皆述及四灵、江湖诸人，乃至北宋名家。

二是叙写生动，精于刻画，注重人物性格的凸显。例如《题周子实所录》：

> 余久居水心村落，农蓑圃笠，共谈垅亩间。有士人来，多言场屋利害破题工拙而已。周子实数过余，必示以前辈旧闻，每得一二，耳目鲜醒，置于举业丛中，不啻夜光之照敝帚也。古人多识前言往行，谓之畜德。近世以心通性达为学，而见闻几废，为其不能畜德也。然可以畜而犹废之，狭而不充，为德之病矣，当更熟论。

全文不过一百二十余字，却写得风起云涌，颇多动荡。其述垅亩赋闲之欣愉，其涉场屋利害之厌苦，其睹前辈旧闻之鲜醒，其叹近世为学之弊病，皆一一叙出，允为小品文中的佳作。黄震《黄氏日抄》卷六十八谓："近世自号得水心文法者，乃以阴寓讥骂为能。愚观水心文虽间讥骂，实皆显白。”短文中所谓夜光之照敝帚的比喻，明显见出作者对举业文章的厌恶之情。对近世学者的孤陋寡闻，则亦给予无情的鞭挞。真德秀《著作正字二刘公墓铭》谓：“永嘉叶公之文于近世为最，铭墓之作于他文又为最。著作、正字二刘公同为一铭，笔势雄拔如太史公，叹咏悠长如欧阳子，于他铭又为最。”而吴子良《林下偶谈》在论其铭志文的时候，则把叙写生动作为主要特色：“水心为诸人墓志，廊庙者赫奕，州县者艰勤，经行者粹醇，辞华者秀颖，驰骋者奇崛，隐遁者幽深，抑郁者悲怆，随其资质，与之形貌，可以见文章之妙。”兹举片段数则：

毛子中，字积夫。髫鬌有杰气。十七八，游江淮，乱后邸店未复，卧起草中，时时与小寇遇。行数千里，知形便厄塞，涕泣曰：“管、乐不再生耶！”夜捕鹿，迷失道。旦，见楼堞矗然，合肥城也。值帅方打围，戈甲耀日。君荐虎皮道旁，燔肉煮葵菜，浩歌纵饮，弗为视。帅揖语，大惊，延上座。稍长，亲师友，学习今古，诸生不能言者，尽为言之。复出沔、鄂，得贤豪名世士识别，相与欢甚，因留门下终身。所至专席高论，衮衮无对，怒马独出，不施鞍勒，或入酒垆，凭高悲啸，众共怪不敢近。荒旅穷肆，饭客常满，或闭门袖手，借书危读，经旬月无不通，人畏其博而专也。(《毛积夫墓志铭》)

平阳豪士陈君尧英，字秀伯。少有大志，一时贵人，非其能所致，虽其能所致而终不足以立，视之皆如无也。绍兴六年，上书登闻，陈策十二。明年正月，再上《清朝政序》，《序》亦十二，语益切。三月，复上《兵书》，指画利害尤急。高宗异之，令政事堂召问。君既不以求和为是，而书语侵中书，执政固不喜。至召问，君长揖色倨，论事，泉涌不屈，执政愈怒，奏罢之，君不悔也。将归，又以三书抵宰相曰：“苟违某言，中兴之业未见其可。”高宗侧身修行以来天下之士，四方献进接踵，释白袍取通官美职众矣。呜呼！君之言不用而身无成，亦岂其命也欤！(《陈秀伯墓志铭》)

草庐先生，姓林氏，名鼒，字叔和，黄岩县人。事父母兄无违志，朋友不倍其言，妻子裕如也，邻里欢如也，其行既修矣；少而广问博请，长而探幽索微，老而愈勤，穷而益信，其学既明矣。面于方山，木或春凋，草或冬蕃，井不先汲，炊不蚤熟，踽行株坐自若也。邑后生聚而谋曰：“得无从草庐游乎？

先生得无思见我乎？”邑大夫作而顾曰：“某狱疑，先生决之乎？某政谬，草庐知之乎？”年七十一，一日，笔数牍，缄题竟，就床若将寐者，视之已卒。(《草庐先生墓志铭》)

墓林处士者，永嘉何傅字商霖者也，死年五十七。所居墓林巷，城中最深僻处也。前二岁，余数过焉，草木稀疏而不荣，败屋才三间，悉用故《唐书》粘之。处士润泽详整，如大人也。对客为清远之言，其言以有财为累而以贫贱为得，以即死为可足而无憾。其忧诸子曰：“恐不能如我无过。”其釜爨常空，而意气悠然，未尝以微感人，人亦忘其为贫也。尝一日大雪，道无行人，处士与同巷朱伯鱼问余，遂登郭公山富览亭之故基，以望江北。雪骤甚不已，两袂皆积。余不能忍寒，饮酒而下，处士独傍城隅，度横彴，彷徨折苇之间，昏夜乃归。以余所知于处士，能不以非义干其虑，而有冻饿自守之乐，斯亦士之极致也，岂可谓之非贤者欤！(《墓林处士墓志铭》)

（蔡行之）资凝重，危坐竟日，或不通一词。龙窟陈同甫言：“吾常与陈君举极论，往往击杯案，声撼林木，行之在旁，邈若无闻，吾颇讷之。众亦云素无短长于间也。一日，客尽散，忽语吾：‘道一尔，奚皇帝王霸之云！’吾方辨数，而行之横启纵阖，援今证古，釐为十百，聚为一二，抵夜接日，若悬江河，吾谢不能乃已，则复寡言默默如故，故虽并舍连榻不知也。”然则昔人谓“得人于眉睫，定士于俄顷”，亦岂尽然欤！盖公之深中隐厚，可验于是矣，故并记之。(《兵部尚书蔡公墓志铭》)

以上几个片段描写，无不突显出墓主鲜活的个性特征。志士豪杰之奇崛悲怆，学者隐士之醇粹幽深，均给读者留下很深的印象。《四库全书总目·水心集提要》谓：“适文章雄赡，才气奔逸，在南渡卓然为一大宗。其碑版之作，简质厚重，尤可追配作者。适尝自言：‘譬如人家觞客，虽或金银器照座，然不免出于假借。惟自家罗列者，即仅瓷缶瓦杯，然都是自家物色。’其命意如此，故能脱化町畦，独运杼轴。韩愈所谓‘文必己出者’，殆于无忝。”所评甚是。

第七章
南宋后期散文

在北宋中期随着欧阳修等的文学革新而兴起的散文创作高潮，到高宗南渡之后，已开始低落，南宋后期，更形衰微。衰微的原因，主要是因为国势不振，士气低沉，而具体在文化上的原因，则有两个方面。一是程朱理学在理宗初期被朝廷定为独尊之学，取得了在政治上、学术上的统治思想地位，影响于文章，则是道学调头盛行，散文逐渐失去生机。二是科举制度推行至南宋后期，场屋之文泛滥。士子汲汲揣摩，以求一第，已无意于表现真情性的散文的学习与创作。（这两方面元初之人谈得较多，详于下篇，兹不赘述。）由此，南宋后期文坛荒落，能自立于文苑，成一家言的散文名家，已不可能出现。汪藻、刘克庄、方岳、刘澈、刘辰翁等人的散文或四六骈文，在当时颇有名气，但严格地讲，没有什么有自家特色，足可称道的佳作。倒是文天祥等志节之士的散文，值得一提。

第一节　文天祥

文天祥（1236～1282）字宋瑞，又字履善，号文山。吉州庐陵（今江西吉安）人。理宗宝佑四年举进士第一。累官湖南提刑，改知赣州。元军南下，恭帝诏天下勤王，文天祥在赣州起兵入卫。第二年奉命赴元军谈判被拘，乘间得脱，继续组织兵力抗击。景炎三年十二月，兵败被俘，并被押至大都（今北京），拘囚三年，

1283年年初，就义于大都柴市。著有《文山先生全集》。

文天祥主张诗文创作要抒发真实情感，但由于理学盛行，他的创作主张也不可避免地印上这一时代的胎记。他说："世人为书，务出新说，以不蹈袭为高。然天下之能言众矣，出乎千载之上，生乎百世之下，至理则止矣。"（《新淦曾季辅杜诗句外序》），他讲"理"，是囿于时代局限，而他的诗文创作最主要的特点，是他作为一个忠臣、志士的激情思绪的真实流露。韩雄论及他的诗文时说："文者，言之精华，而言则心之声也。……先生负豪杰之才，蓄刚大之气，而充之以正心之学。……其心盖已有定志矣。志发于言而为文，其诗词序记等作，或论理叙事，或写怀咏物，或吊古而伤今。大篇短章、宏衍钜丽，严峻剀切，皆惓惓焉爱君忧国之诚，匡济恢复之计。至其自誓尽忠节之言，未尝辍诸口，读之使人流涕感奋，可以想见其为人。"（《文山先生文集序》）宗震也说节烈、文章，"惟先生一人兼而有之"（《鼎锓文文山先生文集序》。都认为他的诗文与其精神、人品是一致的。

文天祥的散文创作，各类文体共十四卷，较有价值是其中的序文、政论文，及记、跋、说等文体，其最著名的，是《指南录后序》。"臣心一片磁针石，不指南方誓不休"，说明指南录的命意，忠贞不移之心可见。其《前序》和《后序》，叙述兴兵抗元的经过，和诗中所记遭遇的情况，融纪传与抒情于一炉，体现了他散文创作的风格。兹举《指南录后序》：

德佑二年正月十九日，予除右丞相兼枢密使，都督诸路军马。时北兵已迫修门外，战、守、迁皆不及施。缙绅大夫士萃于左丞相府，莫知计所出。会使辙交驰，北邀当国者相见，众谓予一行可以纾祸。国事至此，予不得爱身，意北亦尚可以口舌动也。初，奉使往来，无留北者。予更欲一觇北，归而求救国之策，于是辞相印不拜。翌日，以资政殿学士行。

初至北营，抗辞慷慨，上下颇惊动，北亦未敢遽轻吾国。不幸吕师孟构恶于前，贾余庆献谄于后，予羁縻不得还，国事遂不可收拾。予自度不得脱，则直前诟虏帅失信，数吕师孟叔侄为逆；但欲求死，不复顾利害。北虽貌敬，实则愤怒。二贵酋名曰馆伴，夜则以兵围所寓舍，而予不得归矣。

未几，贾余庆等以祈请使诣北。北驱予并往，而不在使者之目。予分当引决，然而隐忍以行。昔人云："将以有为也。"

至京口，得间奔真州。即具以北虚实告东西二阃，约以连兵大举，中兴机会，庶几在此。留二日，维扬帅下逐客之令。不得已，变姓名，诡踪迹，草行露宿，日与北骑相出没于长淮间，穷饿无聊，追购又急，天高地迥，号呼靡及。已而得舟，避渚州，出北海，然后渡扬子江，入苏州洋，展转四明、天台，以至于永嘉。

记叙自己出使元营，历经险境而逃脱的遭遇，用自传体的笔法，行文简洁清晰，少铺垫，多直叙，笔力练达。又于叙事之中，自然袒露其心理活动。“予不得爱身”，“意北亦尚可以口舌动也”，“予自度不得脱，则直前诟虏帅失信，数吕师孟叔侄为逆，但欲求死，不复顾利害”，都是表现他于危难之际以国事为重，不计个人生死的精神，读之“而知颠沛牢骚，惟思委身以报国也”（《重刻太祖信国公文集序》）。接下去，直接抒发其誓死报国的胸怀：

鸣呼！予之及于死者不知其几矣！诋大酋当死；骂逆贼当死；与贵酋处二十日，争曲直，屡当死；去京口，挟匕首以备不测，几自刭死；经北舰十余里，为巡舡所物色，几从鱼腹死；真州逐之城门外，几彷徨死；如扬州，过瓜州扬子桥，竟使遇哨，无不死；扬州城下，进退不由，殆例送死；坐桂公塘土围中，骑数千过其门，几落贼手死；贾家庄几为巡徼所凌迫死；夜趋高邮，迷失道，几陷死；质明，避哨竹林中，逻者数十骑，几无所逃死；至高邮，制府檄下，几以捕系死；行城子河，出入乱尸中，舟与哨相后先，几邂逅死；至海陵，如高沙，常恐无辜死；道海安、如皋，凡三百里，北与寇往来其间，无日而非可死；至通州，几以不纳死；以小舟涉鲸波，出无可奈何，而死固付之度外矣。鸣呼！死生，昼夜事也。死而死矣，而境界危恶，层见错出，非人所堪，痛定思痛，痛何如哉！

……

鸣呼！予之生也幸；而幸生也何所为？求乎为臣，主辱臣死，有余僇；所求乎为子，以父母遗体，行殆而死，有余责。将请罪于君；君不许，请罪于母；母不许，请罪于先人之墓。生无以救国难，死犹为厉鬼以击贼，义也。赖天之灵，宗庙之福，修我戈矛，从王于师，以为前驱，雪九庙之耻，复高祖之

> 业，所谓誓不与贼俱生，所谓鞠躬尽力，死而后已，亦义也。嗟夫！若予者，将无往而不得死所矣。向也，使予委骨于草莽，予虽浩然无所愧怍，然微以自文于君亲，君亲其谓予何？诚不自意，返吾衣冠，重见日月，使旦夕得正丘首，复何撼哉！复何憾哉！

这两节文字激情澎湃，气势磅礴，多用重复句式，将九死一生的经历、感慨相交会于笔端，又直言倾诉誓死报国的决心，从中可看出他散文创作的一大特点。《四库全书总目提要》讲他“著作亦极雄瞻，如长江大河，浩瀚无际”，于此可见。他的文章抒情、论理，从多方位、多层次落笔，均充分、透彻，使其情显而意尽。该文讲自己“及于死者不知其几矣”，突出其历经险境，早已置生死于度外，而后抒发“誓不与贼俱生”，“鞠躬尽力，死而后已”的壮志，又使文章有水到渠成之势。这类文章，著名的还有《正气歌序》，而语言风格又另具特色。

> 余囚北庭，坐一土室。室广八尺，深可四寻，单扉低小，白间短窄，污下而幽暗。当此夏日，诸气萃然：雨潦四集，浮动床几，时则为水气；涂泥半潮，蒸沤历澜，时则为土气；乍晴暴热，风道四塞，时则为日气；檐阴薪爨，助长炎虐，时则为火气；仓腐寄顿，阵阵逼人，时则为米气；骈肩杂遝，腥臊污垢，时则为人气；或圊溷，或毁尸，或腐鼠，恶气杂出，时则为秽气。迭是数气，当之者鲜不为厉。而余以孱弱俯仰其间，于兹二年矣，无恙，是殆有养致然。然尔亦安知所养何哉？孟子曰：“我善养吾浩然之气。”彼气有七，吾气有一，以一敌七，吾何患焉！况浩然者，乃天地之正气也。作《正气歌》一首。

1278年冬，文天祥为元军所俘。次年十月押往大都，被囚禁在兵马司衙门（今府学胡同西口）院内一间土牢里。两年后，作《正气歌并序》于此。诗序短小精悍，抒写其在极为恶劣的环境中的至大至刚的“正气”。文章主题鲜明，构思巧妙。他将囚室的恶劣生活归结为水、土、日、火、米、人、秽七气，以邪气为反衬，在正邪的相搏中，展示正气的强大。充分铺垫之后，倏然转笔，收束得干脆，又具蕴藉，极充分而又简洁地表达出他的节操与胸襟，堪称散文的上乘之作。本文篇幅虽小，仍能显示他散文的一般特点：叙事简洁，而抒情充分。

文天祥的政论文章，更集中地表现出他作为忠臣、国士的政治见解和博大胸怀。他生于民族危难之时，常忧心忡忡于国家存亡，文章风格时而沉郁，时而激昂。他的对策、奏疏，如《御试策一道》，《宋史》本传云："年二十举进士，对策集英殿。时理宗在位久，政理浸怠，天祥以法天不息为对，其言万余，不为稿，一挥而成。帝亲擢为第一。考官王应麟奏曰：'是卷古谊若龟鉴，忠肝如铁石，臣敢为得人者贺。'"当是指此。此文是进谏之作，文辞婉转，但不晦涩；陈述治国、抗寇对策，语简意明，态度恳切；论理思路严谨，条理清晰。同类之作，如《己未上皇帝书》、《癸亥上皇帝书》等，皆有此特点。兹录《己未上皇帝书》中的一段：

> 夫贵为天子，富有四海，垂衣拱手，以雍容于穆清之上，至尊之体也。不幸际时艰难，兵革四起，俯仰成败，呼吸变故，此非用马上治不济。今国势抢攘，固犹未至如马上之急。然寇入腹心，事干宗社，陛下为皇皇拯救之谋，不得不略访马上治之之意。今陛下焦劳于上，两府大臣，黾勉于下，君臣之间，不可谓非日计军实而申儆之者。然尊卑阔绝，礼节繁多，陛下平旦视朝，百官以次奉起居，宰相搢笏出奏，从容不逾时。军国大事，此虽陛下日夜与宰相汲汲而图之，犹惧不既，谋王断国之设施，尊主庇民之蕴蓄，岂能以顷刻交际而究竟之哉！陛下退食之暇，虽时出内批，以与宰相商论，宰相又时有奏报以出其建明。然天下事得于面论者，利害常决于一言，笔墨所书，或反覆数百言而不足。事机交投，寸阴可惜。使宰相常有此等酬酢，则一事之末，固有费其日力者矣，其于幾务，岂不有所妨哉！

这一节文字，只为说明处于艰难之时，兵革四起，国事危急，皇帝应仿效马上治国之法，不可依太平年代，礼节繁缛，耽搁时日。作为谏言，先婉转入题，讲皇帝是"至尊之体"，自应"垂衣拱手，以雍容于穆清之上"。但立即笔锋一转，指出"非用马上治不济"，再因循常例，"礼节繁多"，上朝流于形式，就会耽误军国大事。看似侃侃而谈，实则情辞迫切。除此，他还有些论辩式散文，辩驳之辞雄赡，有锐不可当之势。古人评文天祥的文章，"乃经天纬地之文，非寻章摘句之文"（《鼎锓文文山先生文集序》），对他的政论文评价很高，也道出他这类文章的特点。他的这类文章有一定数量，优点是以气胜，缺点是有时少蕴藉。

文天祥另有不少的书、记、序、跋、说、祭文、墓志铭等作品。前人评论说：“读其书记序铭诸篇，而知其博古通今，学问之有渊源也。”(《重刻太祖信国公文集序》) 其实，他这类文章更突出的优点，是其记叙抒情笔法的娴熟，及文学上的审美意义，比他的政论文更有散文情味。如《萧氏梅亭记》：

庐陵贡生萧元亨，江西帅平林公之孙，赣州龙南县丞之子。早孤，有立，克肖厥世。于其读书游息之暇，有自得焉，乃作亭于屋之西偏，周之以径，被径以梅。亭后有廊，有诗画壁间，前方池广五尺，饲鱼而观之。邻墙古树，蔽亏映带，清风徐来，明月时至。君领客于此，上下谈笑。客多乃祖父旧游，而君乐从之，称其家儿也。君名亭曰“梅”，而属其客请记于予。

予昔者登平林公之门，入其园台，观沼渚卉木竹石。曲折靡旁，登览幽远。公缓步徐坐，杯酒流行，古君子也；退从赞府，与其次子江陵支使，昂然野鹤，粲然华星，南金荆玉，应接不暇，佳公子也。今是园也，亭馆日以完美，草木以日茂密，元亨兄弟又从而增大之。夫高台曲池，百岁倏然，此孟尝君之所以感慨于雍门周者也。予于君不十年间，俯仰三世。昔也念其门之遭，今也贺斯园之幸，则告于元亨曰：“天地闭塞而成冬，万物棣通而为春。方其闭塞也，阴风觱栗，寒气赑屃，众芳景灭，万木僵立，何其微也。及其棣通也，木石所压，霜露所濡，土膏坟起，芽甲怒长，何其盛也。天地生意，无间容息。当其已闭塞之后，未棣通之前，于是而梅出焉。天地生物之心，是之谓仁，则夫倡天地之仁者，盖自梅始。今君之乐斯亭而赏斯梅也，其何以哉？天地莫不有初，万物莫不有初，人事莫不有初，人心莫不有初。君从其初心而充之，无非仁者，使梅而有知，吾知其为君欣然矣。昔东坡记灵壁张氏园亭，推本其先人之泽，而拳拳然望其子孙，且将买田泗上，以与张氏游焉。予里人，辱君好旧矣，宜其甚于坡之爱张氏也。”

本文叙述梅亭建造始末及地理位置、景致，简要得当，带有韵致。文章重点写梅，但不对梅作具体描写，而是从梅引发议论，指出梅花之开，在冬春之交，是春天的先兆，也正是天地生物之仁心的最初表露，因此可贵。然后，由梅及人，说萧元亨所以“乐斯亭而赏斯梅”，正表明他也有“仁”的初心，赞誉之中包含着劝勉。结尾用苏轼记张氏园亭，“推本其先人之泽，而拳拳然望其子孙”之事，表现出对萧元亨的期望。全文用长者口吻，娓娓而谈，谆谆以诲，情感深挚，意态从容，颇有作者乡先辈欧阳修文章的风调。文天祥这样的文章，与他的政论文在风格上有明显差异。

第二节 谢枋得、林景熙

谢枋得（1226～1289）字君直，号迭山，信州弋阳（今属江西）人。理宗宝祐四年进士，历东江提刑，江西招谕使，知信州。宋亡后，曾起兵图恢复，兵败，弃家入闽。元朝廷屡征不起，后被执送大都，多方劝诱，终不屈节，绝食而死。著书原共六十四卷，已佚。现存《迭山集》五卷，为后人辑本。另编有《文章轨范》七卷。

谢枋得是宋之忠臣，以死节报宋的忠烈之举，彪炳史册。他的文章也写得有特色。《宋史》本传讲他“每观书，五行俱下，一览终身不忘”。《四库全书总目提要》说他的“却聘一书，流传不朽，虽乡塾童儒，皆能诵而习之。而其他文章，亦博大昌明，具有法度，不愧有本之言。”他所辑的《文章轨范》一书，选入历代名家散文，并加以批注，以标示法度，是一部著名的散文选本。

谢枋得的散文，以议论文成就较大。《宋史》本传称其“性好直言，一与人论古今治乱国家事，必掀髯抵几，跳跃自奋，以忠义自任。徐霖称其‘如惊鹤摩霄，不可笼絷’”。他的政论文章，正有这样的光明磊落的风度和不可笼絷的壮愤之气。上面提到的《却聘书》，即《上丞相留忠斋书》。《宋史》本传云：“至元二十三年，集贤学士程文海荐宋臣二十二人，以枋得为首，辞不起。又明年，行省丞相忙兀台将旨诏之，执手相勉劳。枋得曰；‘上有尧、舜，下有巢、由，枋得名姓不祥，不敢赴诏。’丞相义之，不强也。二十五年，福建行省参政管如德将旨如江南求人材，尚书留梦炎以枋得荐，枋得遗书梦炎……”留梦炎本为宋臣，恭帝德祐间，官至左丞相，元兵入临安，降元，受到元世祖重用，官至尚书。留于谢枋得有座师之谊，他之荐谢，实诱其仕元，《上丞相留忠斋书》，就是对他的回答。作为大宋忠臣，谢枋得对留梦炎这种人，当然是很鄙视的，尽管他曾为座师。书称留为“丞相”，就是十分辛辣的讽刺。身为大宋丞相，自己降元，还积极为新朝诱降门生，岂不可耻！此书洋洋六千余言，正话反说，反话正说，嬉笑怒骂，皆成文章，而字里行间，透出凛然正气。兹录其中一段，以见一斑：

某，江南一愚儒耳。自景定甲子以虚言贾实祸，天下号为风汉，先生之所知也。昔岁程御史将旨招贤，亦在物色中，既披肝沥胆以谢之矣。朋友自大都来，乃谓先生以贱姓名荐，皇帝过听，遂烦旌诏。某乃丙辰礼闱一老门生也，先生误以“忠实”二字褒之。入仕二十一年，居官不满八月，断不敢枉道随人，以辱大君子知人之明。今年六十三矣，学辟谷养气已二十载，所欠唯一死耳，岂复有他志！

谢枋得的一些书信，也多发议论，一般都很有气势。汪洋恣肆，高迈奇绝，措辞也较激烈，如《上程雪楼御史书》、《与参政魏客斋书》、《与李养吾书》，或陈述政治主张，或倾诉自己的情怀，说理透彻，情辞恳切，颇为感人。如《与李养吾书》：

宇宙大变，一世无全人。饶、信持文之士，勇为乱臣贼子者尤众。少康逃匿有仍氏者四十年，宣王逃匿召公家者十有四年，夏、周诸侯公卿大夫背叛者不见于史策，是何三代忠臣之多也！养吾洁身全节于深山密林间，屹然如黄河之有砥柱。先儒谓世有非常之变，天必预出非常之人以拟之，吾于是有望矣。

艺祖皇帝最重读书人，天地折缺之余，正望其整顿，人极倾颠之际，正望其扶持，在天之灵，想亦不能忘情也。

子房不能存韩而归汉，孔明不能兴汉而保蜀，君子怜之。今日之事，视二子尤难。愚公移山，精卫填海，取讪笑于腐儒、俗吏、鄙夫、庸人固宜。程婴、杵臼、乐毅、申包胥果何人哉？天地间大事，决非天地间常人所能办，使常人皆能办大事，天亦不必产英雄矣。夷狄不可为诸夏之王，古今未有绝正统之时。使君臣上下同一豺狼蛇豕之心而可立国，秦始皇、隋文帝必不再世而亡矣；使五帝三王自立之中国，而终为戎狄所灭，使君无桀、纣、幽、厉之恶，而一废不复兴，少康、宣王、东周、蜀汉之事，皆不可信矣。人力终有穷，天道终有定，壮老坚一节，终始望一心，吾独于养吾有望。

某尝有言：人可回天地之心，天地不能夺人之心。大丈夫行事，论是非不论利害，论逆顺不论成败，论万世不论一生。志之所在，气亦随之，气之所在，天地鬼神亦随之，愿养吾益自珍重。儒者常谈所谓“为天地立心，为生民立极，为去圣继绝学，为万世开太平”，正在我辈人承当，不可使天下后世谓程文之士，皆大言无当也。

从《迭山集·附录》中所载李养吾的《读迭山北行诗跋》，可推知李养吾是谢枋得的朋友。谢枋得这封信，是推崇在“宇宙大变，一世无全人”，即宋被元灭而忠节之臣少见之时，李养吾能够全节洁身的品格，也借此表现他本人救亡图存的决心，所谓“人可回天地之心，天地不能夺人之心。大丈夫行事，论是非不论利害，论逆顺不论成败，论万世不论一生”。行文铺排，使文章组构成一种古迈、雄浑的气势，有如排山倒海，一泻而不可止。诚如前人评谢所说，有“三光五岳之正气”（胡一桂《上迭山先生书》），“清明正大之心不可以利夺，英华杲锐之气不可以威夺”（李奎《褒崇忠节奏疏》）。

谢枋得的记叙性文字大致可分两类。一种是记实性的散文，一般写得比较长，注重记叙事件的全过程，文字详尽，与文天祥记叙性语言的干练有所不同。语言平实，记叙线索清楚，是其优点，相对而言，写得不够紧凑，往往因其冗长，易湮没文章的中心和重点。如《宁庵记》、《东山书院记》、《圆峰道院祠堂记》、《辛稼轩先生墓记》、《送史县尹朝京序》等。另一类是他的一些短小的记叙性文字，笔墨集中，写得也有雅趣。如《荐写神黄鉴堂》：

某闻诸吴履斋，其父吴正肃公题门榜曰：宽着胸襟行好事，大开门户纳春风。履斋强为善，有大庇天下寒士心，固无愧家学。出正肃之门，如徐意一者，好贤乐善、慈惠恢廓之风，犹有传也。恃此有祷黄鉴堂，丹青不减顾恺之、阎立本。达官贵人多收之。其人淳朴，有古意，不善干谒，艺愈精而愈穷。十三年来，中国之衣冠尽变，鉴堂鬻技不售，是亦宋人资章甫而适越也。寒饥不恤，时时袖先朝知名士诗卷示仆，蕲一辞湔濯尾鬣，或可增价于唐肆。

嗟乎！东门种瓜，南山射虎，途人皆得以蹦跻，岂能为鉴堂先容哉。士穷易为德，斗升水亦可活涸辙，惟仁贤念之。

本文从吴正肃题门榜“宽着胸襟行好事，大开门户纳春风”落笔，写吴氏好贤乐善的家风。然后向徐推荐落泊画家黄鉴堂。写黄之所以落泊，寓亡国之痛，有深意可味。文章不长，却层层推进，每层则点到即止，并不深说，文笔流畅简洁，意趣深长，雅而不奥。类似的，还有《擎天岩记》等。

谢枋得集中，有一些用骈文写的书启。南宋盛行四六文，除官文书外，多用于书启。谢枋得的骈文，也能抒写襟怀，寄寓感慨，可见其为人，如《谢人惠纸衾启》：

平生真实，不为布被之欺；雅志孤高，亦有纸衾之惠。寝兴知感，寤寐难忘。切以荃壁药房，薄尘寰之帷帐；蓉裳兰佩，笑浊世之绮罗。观骚人之清修，乃至士之法则，独无奇服，如此寝衣。服木质之氛埃，真成玉楮；敷竹麻而莹洁，无异瑶台。近而南浦之名儒，远而西川之耆俊，俭于奉己，铭以示人。某最厌黄紬之矜夸，未见青绫之华暖。雄心英气，尚有寝兽皮之言；义胆忠肝，不听泣牛衣之语。得此琪圃琼林之物，称其玉壶水壑之怀，何须柳絮以铺毡，恐有梅花之入梦。精神愈爽，思虑无涯。物外独清，疑是卧袁安之雪；室中生白，宛然宿杜老之云。恭惟某人，睡不抛书，寝犹思学。喜留诗客，醒常携枕簟而游；静听钟声，卧不觉衣裳之冷。某共承珍贶，愿广德心。因铁衾而歌千间，傥遂庇寒之志；得布裘而长万丈，必无不暖之民。

友人赠送一领纸衾，似乎是区区小事，作者却借题发挥，写出自己不慕奢华，俭于奉己的高洁品格。结于“因铁衾而歌千间，傥遂庇寒之志；得布裘而长万丈，必无不暖之民”，用杜甫《茅屋为秋风所破歌》与白居易《新制布裘》诗意，表现出仁民爱物的博大胸怀。文章用骈文体制，故词语华茂，多用事典，但辞华而不堆砌，用典而不僻涩，情感充实，意趣盎然，仍不失为佳作。

林景熙（1242～1310）字德畅，号霁山。温州平阳（今属浙江）人。度宗咸淳七年太学释褐进士。曾任泉州教授、礼部架图。官至从政郎。宋亡不仕，隐居故里，探研经史，教授生徒，从事作述，人称之为“霁山先生”。现存《霁山文集》五卷。

林景熙与文天祥、谢枋得的经历不同。他虽同样忠于宋朝，但是没有直接与元军兵戈相接，而是归隐山林，埋头书斋，在散文创作上，总体风格就平和得多。他的散文，很少直抒胸臆，其感情、政治观点，多借摹写景物来引申阐发。他要求文章要有正气，“天地间唯正气不挠，故清气不浑。清气与正气合而为文。”（同上）所谓正气，在他那时就是要忠诚汉民族，反对元兵入侵。所以他的散文同诗歌类似，多写亡国之恨，不过这种痛苦，不是直接说出，而是委婉、含蓄、曲折地表露。借景抒情、寓理于物，就成为他散文创作的主要手法。请看其最著名的《蜃说》：

> 尝读《汉天文志》，载海旁蜃气像楼台，初未之信。庚寅季春，余避寇海滨，一日饭午，家僮走报怪事曰：“海中忽涌数山，皆昔未尝有。父老观以为甚异。”余骇而出。会颍川主人走使邀余，既至，相携登聚远楼东望。第见沧溟浩渺中，矗如奇峰，联如叠巘，列如崪岫，隐见不常。移时，城郭、台榭，骤变歘起，如众大之区，数十万家，鱼鳞相比。中有浮图老子之宫，三门嵯峨，钟鼓楼翼其左右，檐牙历历，极公输巧不能过。又移时，或立如人，或散如兽，或列若旌旗之饰，瓮盎之器，诡异万千。日近晡，冉冉漫灭。向之有者安在？而海自若也！
>
> 《笔谈》记登州海市事，往往类此。余因是始信。
>
> 噫嘻！秦之阿房，楚之章华，魏之铜雀，陈之临春、结绮，突兀凌云者何限！运去代迁，荡为焦土，化为浮埃，是亦一蜃也。何暇蜃之异哉！

此文笔墨多用于写景，形象、详尽地描述了亲眼所见的“海市蜃楼”的自然景观，然后由此抒发对朝代变迁的感慨，表现出怅然若失的情感。他选用的“海市蜃楼”这一抒情载体很具典型性。把“海市”情景描绘得愈奇特，愈逼真，它所带有的虚幻色彩就愈沉郁，从而结尾处的阐发愈具内在根据，内心深处的苦痛就愈显真切。林景熙生活于宋元交替之时，对帝王腐败、穷奢极欲所酿成的朝代更替是有切身感受的，因此此文之情，一则以痛，一则以惜，思想更形深化。这种将写景与抒情融为一体的文章还有不少篇，也是其散文创作主要成就，如《燐说》、《觉庵记》、《善吾精舍记》、《青山记》、《虚心堂记》、《王云梅舍记》、《孤竹斋记》、《陶山修竹书院记》等，一般不长，千字以内。不过其中的记体文，往往议论、抒情文字更多一些，使思绪的表达能更充分，如《青山记》：

宋嘉定年间，安晚郑公为相，于堂西偏辟一榻，匾以“青山”。客有疑而问曰：前槐后棘，其居潭潭，目未尝有山也，而曰山，何相国之嗜山也？相国曰：吾身在廊庙，而心在山林，顾不能一日忘。且万一免去，吾愿遂矣。今严陵洪君景琳生后百年，家于山之麓，青山屋头，昉以自号。虽出处不同，而实然天地间同一“青”字。“青”，何与予？惟士大夫一出一处，皆有道存。苟无居富贵之心，虽廊庙而山林也；无厌贫贱之心，虽山林而廊庙也。况山性仁，君忠厚以培之；山体静，君凝重以镇之。嘘其云可以泽环宇，储其材可以栋明堂，而昆虫鸟兽之类，亦各遂其性各安其所，虽处也，而未尝不出也。晋陶隐居饱听松风，而朝有大事，数遣中使访问络绎，不失为山中宰相，又安知戋戋束帛，不贲兹山也。云山苍苍，客星奕奕。我思古人高风可即。若夫终山径捷，北山文移，卒贻林涧之愧，自有青山以来，不知几千载，阅人多矣。君勉乎哉。

林景熙在宋亡之后，隐居不仕，是有其思想基础的。古代陶渊明等愤世嫉俗，寄情于山水的精神气质，对他影响很大，这里他就是抒发这种情怀。本篇题记的重点是出处问题。“苟无居富贵之心，虽廊庙而山林也；无厌贫贱之心，虽山林而廊庙也”，而文章主旨，又在后两句，即认为处于山林，仍可有益于世，只是不能有以假隐求富贵的虚伪之心。他的这类散文，文字都较平易，语气比较和缓，写得优雅、有韵味，情感内在，蕴藉较深，很耐读。但有时，其记叙散文的语言，又呈现另一种风格。请看《鞍山斋记》：

山于天地间为物峙。或盘如龙，或踞如虎，或仪如凤，或曳如龟，或巾而峨，或笔而锐，或笥而方，或盖，或笏，或旗，或印，形象物而名随之。昆阳并海而县，诸峰自西南来，气势横逸，若万马之奔。距郭近一峰特耸，若勒回马首而顾其群，其旁起中伏，若马背负鞍，故名“马鞍山”。春时杖屦西郊，见云雾吞吐，花木纷披，宛然紫茸翠毛之饰，晃眩吾目。

周氏族居其下，箕裘诗礼逾二百年。行之翁荐于乡，登龙虎第，春风得意，看花长安。堂叔父苍岩先生尝五马台藩，其子延甫升上庠，几为走马舍选。程悠景没，皇路倾险。昔驰，今止也。昔骤，今拘也。昔康庄，今皂枥也。翁德不逾闲，以一静镇群竞。顾生平出处，有似兹山，方相羊以盟吾老，故自号焉。

噫嘻！八骏不游，六螭犹在。翁将舄奕乎高驷，驰策乎要途，追飙抹电，一瞬千里。乃挂长林，倚高岳，使樵夫牧子得熟视而摩挲之。昔马伏波年六十余，自请伐胡，据鞍顾盼，以示可用。上曰：“矍铄哉!”翁年过伏波，而貌腴意远，“如有用我”，尚堪一行否？翁笑曰：“吕公后车，申公蒲轮，皆后吾十年，吾秣吾马矣!”予闻翁言，颇壮翁，而知翁之寿未艾也。翁行，予亦执鞭从后！(《霁山文集》卷四)

据文意，此文作于宋室新亡、文天祥等人图恢复之时。文章激励年过花甲的周翁在“八骏不游，六螭犹在”的亡国之际，不要安于“挂长林，倚高岳”，而应自请伐“胡”，以示可用。据此主旨，行文以壮笔出之，风格自不同于《青山记》一类文章。

林景熙长于写景、抒情、寓理，只是在一些记实体的文章如《平阳县治记》、《公溥堂记》、《永嘉忠烈庙记》中，有叙事性文字。这种文章的笔势较沉重，情感仍不大外露，只于客观的叙述中显其爱憎。另外，他还有些书序，借评诗文，阐述自己的文学观点，褒赞封建道德观念，如《胡汲古乐府序》、《洗心录序》、《二薛先生文集序》、《王静山诗集序》、《郑中隐诗集市》等，一般写得能得其要点，语言优美，评诗讲文常有精到之语。

第六卷 辽金元散文

王凯符　漆绪邦　撰写

概　述

公元916年，契丹族领袖耶律阿保机统一中国北方广大地区，建立了辽朝，至1125年为金所灭，统治北方210年。其疆域包括今天的东北、华北北部、内外蒙等地，曾长期与统治中原的五代、北宋相抗衡。辽朝建国后，注意吸收汉文化，其文学艺术和科学技术与北方其他少数民族相比，都取得了较高的成就。《辽史·文学传》说："辽起松漠，太祖（按指阿保机）以兵经略方内，礼文之事，固所未遑，及太宗入汴，取晋图书礼器而北，然后制度渐以修举。至景、圣间，则科目聿兴，士有由下僚擢升侍从，骎骎崇儒之美。"沈括《梦溪笔谈》也说："圣宗与宋盟好，科目日隆，雅辞相尚，一时以文学名者，如王鼎、张俭、萧韩家奴、耶律孟简之流，斐然成章。"据《辽金元艺文志》等书记载，辽代许多作家都曾编有文集，但都没有保存下来。其原因大体有三：一是因与中原对抗，辽法规定，书籍不准传入中原，违者死罪；二是道宗末年，严禁私刻文字，致使辽代诗文不能广泛流传；三是金朝灭辽，兵燹五京，典籍散失。所以到元朝修辽史时，诗文得见者已极少："二百年之业，非数君子为之综理，则后世恶所考述哉。"自元至今，"综理"辽文者不少，但所得甚少，今人所编之《全辽文》，包括碑刻、出土文物在内，也仅有诗文数百篇。已远非全貌了。

但辽代以诗文取士，实行科举，以"雅辞相尚"，确曾成为风气。契丹贵族中，以诗赋为雅事者也很多。例如圣宗皇帝（983至1031年在位）即"幼喜书翰，十岁能诗"。他把诗文看作是巩固其统治的手段。他曾作《传国玺诗》："一时制美宝，千载助兴亡。中原既失鹿，此宝归北方。子孙宜守业，世业当永昌。"他还亲自

“出题诏宰臣以下赋诗，诗成进御，一一读之，优者赐金带。”由于辽代以诗赋相尚，不仅许多古籍得以在辽地流传，北宋作家的许多作品，也大量流入北方。元祐四年，苏辙曾为“贺辽生辰国信使”到辽国，回来后作《论北朝事谊劄子》述其见闻说：“本朝民间开版印行文字，臣等窃料北朝无所不有。臣等初至燕京，留守邢希古语臣辙曰：‘令兄（苏轼）内翰《眉山集》，已到多时。’”由此可见辽代吸收中原文化之一斑。

在现存辽文中，朝廷诏书、致他国书信及碑刻、塔铭为多，一般抒情言志的文章较少，其文风朴素刚健，具有北国风貌。辽代作家的文集虽然不传，但从他们保存下来的少量文章中，仍可窥见其文章风格。《辽史·文学传》收作者七人，他们是：萧韩家奴、李瀚、王鼎、耶律昭、刘辉、耶律孟简、耶律谷欲。此外，辽代君臣中还有一些善诗文者。

金朝是女真族在灭亡了辽和北宋之后建立起来的一代王朝，起于完颜旻（阿骨打）收国元年（1115），终于哀宗完颜守绪（宁甲速）天兴三年（1234），统治中国淮、汉以北广大地区达一百余年。金朝的经济、文化是在辽、北宋的基础上发展起来的。从熙宗在位时期（1136～1149）开始，金朝全面推行汉官制，建立了统一的封建中央集权国家，至章宗在位（1190～1208）时，经济、文化的发展达到了极盛，不仅远远超过了辽代，在某些方面甚至走到了南宋的前面。在这样的社会背景下面，金代的文学创作也出现了兴盛的局面，并达到了相当的水平。清人阮元《金文最序》说：“文以气骨为主。骨之坚，由于心有所得而能卓然自立，故坚凝有不可撼之概；气之充，由于蓄之既久而触物而动，故沛然有不可遏之势。汉唐之文，骨与气相辅而行者也，至北宋苏氏父子出而气益盛，汤汤浩浩，若江河之行于地中而莫止矣。未几而转为南宋，其气遽沮，说者谓风教使然，其亦学者之失也。金之奄有中原，条教诏令，肃然丕振，故当大定以后，其文章雄健，直继北宋诸贤。若滏水、滹南，其尤工者也。”阮氏以“气骨”论中国古代文统，认为金代“其文章雄健，直继北宋诸贤”，是中国古代文统的继承者，而与金代同时的南宋，由于“其气遽沮”，其文章不足以为古代文流之正传。明清学者，多有此论。清末谭宗浚在谈到金文成就时也说：“世多以金偏安一隅，又国祚稍促，遂谓其文不及宋、元，不知有元一代文章皆自金源启之。无论遗山老人才力沉雄，超出南宋诸公之上，即如赵闲闲、王滹南等，视虞、范辈，何多让焉。”（《金文最序》）《金文最》的编者张金吾说："宋自南渡后，议论多而事功少，道学盛而文章衰，中原文献实归金源。"（《言旧录》）又说："金有天下之半，五岳居其四，四渎有其三，川岳炳灵，文学之士后先相望。惟时士大夫禀雄深浑厚之气，习峻厉严肃之俗，风教固殊，气象亦异。故发为文章，类皆华实相扶，骨力遒上，虽竹溪专学庐陵，飞伯力追子厚，希颜上拟昌黎，各自成家，不拘一格，然其大较可知也。后人读其遗文，考其体裁，而知北地之坚强，绝胜江南之柔弱。"（《金文最自序》）

明清学者称赞金文而贬抑南宋文，是否完全符合实际，或有不同意见，但从他们的议论中可以看出，金代散文创作取得了重要成就，不能忽视。金代散文作者多，作品数量大，是表现其成就的重要方面。可惜由于南北民族战争的摧残，特别是蒙古族的南下，文献损失极其严重，现在已经看不到金代散文的全貌了。在元好问编辑金诗总集《中州集》时，冯清甫曾编金文百余卷，未能传世，清道光间张金吾编《金文最》，辑得金文一百二十卷，一千七百九十余篇，张氏自谓仅存"十一于千百"，金代许多著名文章家如宇文虚中、杨云翼、郑子聃、蔡珪、雷渊等，只录有一二篇至数篇，已不能看到他们创作的真正面貌。目前能看到的文集只有五家，他们是：赵秉文的《滏水集》、王寂的《拙轩集》、王若虚的《滹南遗老集》、元好问的《遗山集》、李俊民的《庄靖集》。

对于金代散文成就及发展演变，张金吾有一段总结性的论述："至若声名文物不亚四代，而自来无裒集其文，俾与唐宋元明文后先相埒者，则金源一代之文是也。惟金崛起东方，奄有中原，幅员则广于辽，国势则强于宋，风会所开，一洗卑陋浮靡之习，聿稽武元开国，得辽旧人，文烈继统，收宋图籍，文教由是兴焉，大定、明昌，投戈息马，治化休明，南渡以后，赵、杨诸公迭主文盟，文风蒸蒸日上，迄乎北渡，元遗山以宏衍博大之才，郁然为一代宗匠，执文坛牛耳者几三十年，呜呼盛矣！盖尝综而论之，以为大定中，君臣上下，以淳德相尚，士大夫之学少华而多实，明昌以后，朝野无事，侈靡成风，士大夫之学多华而少实者，杨奂之说也。以为大定以还，文治既洽，教育亦至，一扫五代、辽季衰陋之俗者，元好问之说也，以为南渡后文风一变，多学奇古者，刘祁之说也。以蔡正甫为斯文正传之宗，党竹溪次之，闲闲公又次之者，萧贡之说也。以为金百年来得文派之正而主盟一时者，皇统宇文公，大定、明昌无可蔡公、承旨党公，贞祐、正大礼部赵公，北渡后则遗山先生者，赵秉文、徐世隆之说也。今虽金人遗集散佚殆尽，而所谓十一于千百者，犹可考见诸人论次之说为不诬也。”（《金文最自序》）从张金吾的这段话和前人的论述中可知，金代的散文创作是从金世宗大定（1161～1189）时开始兴盛起来的，由世宗到章宗（1190～1208 在位）明昌、泰和间，金朝无战事，经济、文化得到了发展，为文学创作的繁荣提供了有利条件，金代有成就的作家如赵秉文、王若虚、元好问以及党怀英、杨云翼等都是在这个时期成熟起来的。他们的文章，可称一时之盛，同时对元初北方文家郝经、姚燧、刘因等也有一定影响。

辽、金时期，早就活动于漠北草原的蒙古族游牧部落迅速发展起来。经过部落之间长时间的纷争，十二世纪末到十三世纪初，乞颜部铁木真逐渐得到各部的拥戴，1206 年（宋宁宗开禧二年、金章宗泰和六年），蒙古贵族在鄂嫩河源举行大会，举铁木真为大汗，号成吉思汗，建立了统一的大蒙古国。成吉思汗逝世后，窝阔台继大汗位，于 1234 年（宋理宗端平元年、金哀宗天兴三年）灭金，据有了中原之地。1260 年，忽必烈（世祖）继汗位，旋废汗，称皇帝，始建年号中统，1264 年改至元。至元八年（宋度宗咸淳七年，1271）冬，忽必烈下诏，取《易经》“乾元”之义，建国号曰“元”。至元十三年（宋恭宗德祐二年，1276），元灭南宋，在南北分裂一百五十年之后，中国重新成为多民族的统一大帝国。元建号八十年后，惠宗至正十一年（1351），爆发了大规模的农民起义，至正二十八年（1368），明军攻占大都（今北京），元亡。元自至元八年建号至至正二十八年亡，凡九十八年，自 1234 年灭金算起，则有一百三十五年的历史。

在中国文学史上，元代是一个以“变”为特征的时代。戏剧经过长时期的酝酿，至元代终于成熟，并迅即繁荣起来；白话小说自宋代形成之后，在元代也有长足进步；散曲作为新的诗体，成为诗坛上最有生命力的新军。这些崭新文学体裁的发展、繁荣，最能代表元代文学的光辉。源远流长的诗歌、散文，实际上也在“变”中求生存、发展。元诗矫宋诗末流之弊，标举“宗唐”，对宋诗是一变。元文主要以唐之韩、柳、宋之欧、苏为楷模，对宋末之文，也是一变。当然，传统诗文经过先秦至唐宋长期发展之后，确实没有给后人留下多少新创的余地，传统诗文从元代起就只有复古一途了。但复与变总是辩证地统一着的，在复古中求变，总对前代之弊有所革，因此也应该算是一种发展，在文学史上自应有其立足之地。元文也是如此。比起新兴体裁的发展来，元文没有那样的耀眼光辉，但从矫宋末之弊而成一代之文来说，自有其成就。

元代散文，是在浓厚的理学气氛下发展的，是在当时知识分子（主要是汉族知识分子）处于特殊境遇的情况下发展的，又是在唐及北宋古文成就的前提下发展的。这对元文的特点，有重要影响。

理学在两宋形成，对士人有深广的影响，但在相当长的时间里，没有得到官方哲学的地位，程学、朱学还都有过被禁的遭遇。直至南宋末期理宗之时，理学才得到朝廷的肯定，有了官方的地位，但这只是宋亡之前短暂时期里面的事。金朝在世宗，章宗之世始重儒学，至金之末叶，理学才得以传播，金之文士，始知“致知格物之端”，“天理人欲之辨”（王若虚《滹南遗老集》卷四十四《道学发源后序》）。自成吉思汗建大蒙古国，主于铁骑征战，客观上还不存在对儒学的需要。窝阔台灭金，为了建立并巩固在汉地的统治，开始重视儒学。这中间，耶律楚材起了关键作用。据《元史·耶律楚材传》，1234年，蒙古军攻下汴梁，“楚材又请遣人入城，求孔子后，得五十一代孙元措，奏袭封衍圣公，付以林庙地。命收太常礼乐生，及召名儒梁陟、王万庆、赵著等，使直译九经，进讲东宫。又率大臣子孙，执经解义，俾知圣人之道。置编修所于燕京、经籍所于平阳。由是文治兴焉。”这是蒙古统治者重儒的开始，对元文化有重大意义。

理学开始取得官方的地位，是在忽必烈手里。当蒙哥在汗位时，忽必烈受命治汉地，即深知汉地悠久的儒学对统治的重要性。他着意搜罗和优礼儒生。在他的周围，逐渐形成汉族儒生集团，其著者，有姚枢、窦默、许衡、刘秉忠、廉希宪、郝经、赵璧、王鹗等。忽必烈从他们学习儒家经典及三纲五常之道，正心诚意之学。忽必烈即皇帝位后，至元二年（1265），大儒许衡上疏言：“考之前代，北方之有中夏者，必行汉法乃可长久。……国家之当行汉法无疑也。”（《元史·许衡传》）此议得到忽必烈的“嘉纳”。“汉法”，就意识形态而言，就是程朱理学。窝阔台汗灭金后，出师伐宋，下德安（今湖北安陆），得儒生赵复。赵复至燕（今北京），得到忽必烈接见。杨惟中与姚枢又立太极书院，请赵复讲周、程、朱熹之学，“北方知有程、朱之学，自复始”（《元史·儒学·赵复传》）。姚枢又与窦默、许衡相与研讨，都成为理学大儒。他们得到忽必烈的重用，成为推行理学的中坚。忽必烈的重儒，即重程朱之学。仁宗时，理学继续受到大力扶植。仁宗为太子时，“有进《大学衍义》者，命詹事王约等节而译之。帝曰：‘治天下，此一书足矣。’”即位后，皇庆二年，“以宋儒周敦颐、程颢、颢弟颐、张载、邵雍、司马光、朱熹、张栻、吕祖谦及故中书左丞许衡从祀孔子庙廷”(《元史·仁宗纪》一)。同年，下诏复科举，明文规定经问皆从“《大学》《论语》《孟子》《中庸》内设问，用朱氏章句集注”，经疑之题亦然(《元史·选举志》一)，理学正式成为着为功令的国家统治思想。延及明、清两代，皆仍此不变。仁宗以后，英宗、文宗、惠宗皆重理学，只是在惠宗初立伯颜专权时有过短时间的反复。

如所周知，元代统治者是崇佛的。但崇佛与尊儒并不矛盾。耶律楚材早在佐窝阔台时，即倡言“吾夫子之道治天下，老氏之道养性，释氏之道修心”(《湛然居士集》卷八《寄赵元帅书》)，又借万松老人之口，主张“以儒治国，以佛治心”(同上，卷十三《寄万松老人言》)，这可以说是整个元代处理儒、佛关系的基本原则。英宗时，或言佛教可治天下，英宗问左丞相拜住，拜住对曰：“清静寂灭，自治可也。若治天下，舍仁义，则纲常乱矣。”(《元史·拜住传》)坚持的仍是耶律楚材提出的原则。在这个原则下，终元之世，儒、佛两家不曾引起过激烈冲突。在元统治者统一中国之后，政治上实行的仍是封建制度，蒙古族的皇帝，不仅是逐渐封建化了的蒙古王公贵族的政治代表，而且是由各族(主要是汉族)地主组成的整个中国地主阶级的政治代表。因此，在统治思想上，不能不奉行中国固有的反映封建宗法制度的意识形态——儒学。终元之世，最高统治者坚持了蒙古文化不被同化的方针，诸如以蒙古语为“国语”，以蒙古文字(八思巴字)为“国字”，并“以国字在诸字之右”(《元史·选举志》一)，又在京师立蒙古国子学，并置诸路蒙古子学，等等。但从总体说，元代文化不可能是蒙古文化，而只能是儒学即理学文化。

既然奉行儒学，就不能不重视儒士。元初有“八娼九儒十丐”之说。谢枋得云：“滑稽之雄，以儒为戏者曰：‘我大元典制，人有十等：一官二吏，先之者，贵之也，贵之者，谓有益于国也；七匠八娼九儒十丐，后之者，贱之也，贱之者，谓无益于国也。’嗟乎卑哉！介娼之下丐之上者，今之儒也。”(《迭山集》卷二《送方伯载归三山序》)郑思肖亦谓“鞑法”有“八民九儒十丐”的规定(《心史·大义略序》)。按谢、郑皆南宋遗民，所记或街谈巷议的牢骚之说，愤激之语，也可能是蒙古灭金前的早期情况。但得不到元史文献的印证，也不符合元代儒士地位的实际情况。由于元代统治当局重理学，因此也重儒士。早在耶律楚材佐窝阔台时，即有考试以录用儒生之举。1237年，耶律楚材奏：“制器者必用良工，守成者必用儒臣。儒臣之事业，非积数十年，殆未易成也。”得到窝阔台同意后，命刘中以经义、词赋、论三科随郡考试儒生，被俘为奴者皆得参与，得士四千余人，被俘者皆得免为奴。(《元史·耶律楚材传》)世祖忽必烈更重儒士，在他即位前，即已搜罗了一批儒士在自己周围，即位后，这些人都得到了相当的官职。灭宋后，他还曾特意从南人中搜罗才识之士，于以任用。如至元二十三年，集贤直学士程文海（钜夫）言："省院诸司，皆以南人参用，惟御史台按察司无之。江南风俗，南人所谙，宜参用之，便。"世祖采纳程的建议，命其"赍诏以往"(《元史·世祖纪》十一)。据《元史·程钜夫传》，程此次奉诏南行，得赵孟頫等二十余人，"帝皆擢置台宪及文学之职"。兴科举之议，始于世祖至元初年，后又一再提出，皆因故未果，只是局部地进行过以考试取士，如至元十三年，王恽曾"奉命试儒人于河南"(《元史·王恽传》)。至仁宗皇庆二年冬，始正式下诏兴科举，自延祐二年至元亡，凡十六科，得进士（含进士及第、进士出身、同进士出身）1139人。(据《元史·选举志》、《百官志》统计。)此外，儒士以荐举得官者，尚不在少数。总起来说，元统治者是看重儒士的；在元代，儒士还是进身有路的。

但元代儒士的处境，确实又远不如唐、宋儒士。这主要原因，就是民族歧视和压迫的存在。蒙古人作为征服者和最高统治者，自然居于社会最上层。而帮助蒙古人灭金、灭宋的，则主要是在蒙古铁骑西征中归顺的畏兀儿人、回回人、斡罗思人、汪古人等（通称"色目人"），他们也取得了征服者的身份，地位仅次于蒙古人。在灭辽灭金中被征服的契丹人、女真人、汉人等（通称"汉人"），作为被征服者，地位自然抑在"色目人"之下。而最后被征服的南方宋地汉人及各族人民（通称"南人"），地位又在"汉人"之下了。世祖即位后，定官制，规定"官有常职，位有常员，其长则蒙古人为之，而汉人、南人贰焉"(《元史·百官志》一)，从中央的省、部、台、司到地方的路、府、州、县，汉人最多能担任副贰之职。元代在路、府、州、县设达鲁花赤，为最高行政长官，无具体职事，却凌驾于诸官之上，最有权势。至元二年，诏"以蒙古人充各路达鲁花赤"(《元史·世祖纪》三)，七年，又敕"诸路达鲁花赤子弟荫叙充散府诸州达鲁花赤，其散府诸州子弟充诸县达鲁花赤"(《元史·世祖纪》四)。这样，地方各级最高权力全为蒙古权贵及其子弟把持。世祖以后，有以色目人任达鲁花赤的，但绝无汉人、南人。汉人、南人即使做到路总管、府尹这样的地方实职长官，也仍然是处于小媳妇的卑屈地位。在中央，汉人、南人则大多担任台宪及文学之职，一般不能掌握实权。仁宗复科举后，虽然所有儒士都有机会由科举进身。但科举对蒙古人、色目人和汉人、南人也是不平等的。仁宗皇庆二年复科举诏及中书省所定条目规定，乡试、会试皆以蒙古、色目人为一榜，汉人、南人为一榜，考试科目不同，难易有别，还规定“蒙古、色目人愿试汉人、南人科目，中选者加一等注授”（《元史·选举志》一）。今存黄溍《金华黄先生文集》、苏天爵《滋溪文稿》等集中，收有部分乡试、会试，廷试蒙古、色目人及汉人、南人策问题目，其中显然可见难易之别。

由于汉地的悠久儒学传统，儒士的绝大多数，自然是汉人、南人中的汉族知识分子。由于元统治者治国的需要，他们能受到相当的重视；又由于民族歧视的存在，他们又总是处于卑屈的地位。即使如此，一些蒙古当权者对汉人、南人受到一定的任用还是不甘心的。据虞集《张师道文稿序》载，张师道为浙江人，至元中被荐入朝，建议“罢冗官”。“方条具其事，而大官贵人已不悦，曰：‘何物远人，欲夺吾官！’使健者候诸途要诘之，几不得免。”（《道园学古录》卷五）。在元代文献中，类似的记载，远非仅有。这样的处境，造成了元代汉族知识分子的特殊心理状态：一方面有报国、进身的追求，一方面又不能不感到屈辱、压抑。而由于民族压迫，这种屈辱、压抑的心理，还不能公然形之于言行，谨言谨行，在当时还是非常必要的。在这样的心态下，总的说，元代知识分子，没有，也不可能有唐、宋知识分子那样的高扬士气；他们没有心情去抒写那种“使寰区大定，海县清一”式的壮志，不少的人也没有胆量去指斥时弊，甚至不敢发稍微激烈一点的牢骚。元代文家，今有文集传世者，多为汉人、南人。元士的这样的心态，对元文不能不产生深刻的影响。

元文承唐、宋古文大盛之后，唐、宋古文是元文的直接前提。而元文的兴起，又是古文在宋末衰敝之后的一次振兴。

古文的极盛，是在北宋欧、苏、曾、王时期。宋室偏安以后，随着北伐的一再失败，和议的一再成立，士气也日渐衰落。又由于科举制度的推行，儒士殚心力于场屋之文的揣摩，文风也日趋敝坏了。理宗朝，理学终于取得了官方地位，科举重性理之学。儒士因此也重性理而轻文章。这也导致文风更加不振。在士气文风不振的情势下，古文至南宋之末，达于衰落之极，这种情况，宋末元代一再有人指出。如戴表元《方使君诗序》云：“当是时，诸贤高谈性命，其次不过驰骛于竿椟俳谐场屋破碎之文，以随时悦俗。”（《剡源戴先生文集》卷八）这里说的，主要就是宋末理宗、度宗时期的情况。同时的周密也在《癸辛杂识·后集》中载，理宗淳祐四年，“徐霖以书学魁南省，全尚性理，时竞趋之，即可以钓致科第功名。自此，非《四书》、《东西铭》、《太极图》、《通书》、语录，不复道矣”。又袁桷《戴先生墓志铭》记戴表元语：“后宋百五十余年，理学兴而文艺绝。永嘉之学，志非不勤也，挈之而不至，其失也萎。江西诸贤，力肆于辞，断章近语，杂然陈列，体益新而变日多。故言浩漫者荡而倨，极援证者广而纇，俳谐之词，获绝于近世，而一切直致，弃坏绳墨，而棼烂不可举。”（《清容居士集》卷二十八）这里说的，主要也是宋末的情况。又虞集《庐陵刘桂隐存稿序》云：“宋之末年，说理者鄙薄文辞之丧志，而经学文艺，判为专门，士风颓弊于科举之业。”（《道园学古录》卷三十三）欧阳玄《潜溪后集序》云：“南渡以还，为士者以从焉无根之学，而荒思于科试间，有稍自振拔者，亦多诞幻卑冗，不足以名家，其衰又益甚矣。”（《圭斋文集》卷七）类似的议论，此外甚多，不必具举。

元文较之宋末之弊，有振起之势。首先，元初文家吸取了宋末文章衰敝的教训，校正了宋末散文的偏颇，摆正了性理和词章的关系。在宋末，“理学兴而文艺绝”，基本上是事实，这是两宋理学家长期鼓吹重道轻文在宋末结出的恶果。但是，理学和词章原本并不是不相容的，相反，倒是可以统一的。元初文家矫宋之弊，正是在理学、词章两者的统一上下了功夫。大德间，戴表元作《紫阳方使君文集序》说：“窃独怪夫古之通儒硕人，凡以著述表见于世者，莫不皆有统绪：若曾、孟、周、邵、程、张之于道，屈、贾、司马、班、扬、韩、柳、欧阳、苏之于文。”又说：“自夫子之徒没，言道者不必贵文，言文者不必兼道。”（《剡源戴先生文集》卷十一）说的是自古以来的情况，实际所针对的，则主要是宋末以来散文之弊。他的正面主张是：“人之精气，蕴之为道德，发之为事业，达之于言语词章。”（同上），这就是在主张道和文的统一。戴氏的学生袁桷，承师之说，也努力于道德性命之理与词章的统一。他说：“世之为学，非止于辞章而已也。不明乎理，曷能以穷夫道德性命之蕴？理至而辞不达，兹其为害也大矣。”（《清容居士集》卷二十一《王先生困学纪闻序》）又说：“夫以理为主，文常患于不工；雕镂委心，茫然而无以畔岸。”（同上，《刘内翰文集序》）这都是从偏于道德和偏于词章两方面的弊病来说的。但袁桷更为痛切地看到的，还是重理轻文，因此颇为尖锐地指出“理至而辞不达，兹其为害也大矣。”在《赠宣城汪泽民登第归里序》中，更具体指出理学之文的浅率冗杂："今世论道理、词章为二途。师道理之说者，毫分缕析，派其近似而删黜之，其言博以约，据会统宗，谓一足以总万也。然惧其辞工而胜理，则必直致近譬，山林颓放谚俗之语，皆于是乎取；甚者，金石著述，剿其说而师仿之，莫得有议焉。"(《清容居士集》卷二十三）看来，袁氏主张的重点，不在于散文要表现理，而在于要求辞之工。在《真定安敬仲墓表》(《清容居士集》卷三十）中，他借安熙之口，称"辞不胜不足以言理"，也是在强调这个重点。戴、袁的主张，在整个元代，大体是文士的共识，虽于义理、词章二者，侧重间有不同，但基本上都是要求两者的统一的。

在元代，散文要表现道理，即程、朱的性理之学，这在当时不成任何问题。而散文要"辞工"、"辞胜"，则有一个从何取法的问题。元人之切磨词章，一般主张以中唐、北宋为法，具体地说，则主要是宗法唐之韩、柳、宋之欧、苏、曾、王。元初，吴澄最先提出唐、宋"七子"为古文圭臬："古之文，自虞、夏、商、周更秦历汉，至后汉而弊，气日卑弱，莫可振起。唐韩、柳、宋欧、曾、王、苏七子者作，始复先汉之风。他岂无人？要皆难与七子者并。"(《吴文正集》卷十八《张氏自适集序》）又其《临川王文公集序》谓"合唐、宋之文，可称者，仅七人焉"(同上卷二十)；《题李缙翁杂稿》亦谓"唐宋六百年间，雄才善学之士山积，能者七人而已"(同上卷五十五)。据《临川王文公集序》、《遗安集序》(同上卷二十三）等文，吴氏于三苏不取苏辙，故称"七子"，但这实际上已经是明代称"唐宋八大家"的先声了。虞集早年学文，即从欧、苏入手（见欧阳玄《圭斋文集》卷九《雍虞公神道碑》)，他在《庐陵刘桂隐存稿序》中称述前代之文，于唐重韩愈，于宋重欧阳修、苏轼、曾巩，而于欧文，则特所尊崇，观念大体同于吴澄。吴澄、虞集之重唐、宋大家，在整个元代具有代表性，反映了元代文家于古文之所宗法。

如果说，南方文家之宗法唐、宋大家，还要跳过南宋一代，北方文家对唐、宋大家的承继，则比较直接。自金得中原，南北两方学术文化交流，虽未完全中断，但并不畅通。金文化主要承北宋遗泽；由于北方风习和士民性格，苏轼文章的影响又大于其他各家。金文本来不盛，即有数家，亦主要学苏。对此，虞集曾予以指出："中州隔绝，困于戎马，风声气习，多有得于苏氏之遗，其为文亦曼衍而浩博矣。"(《刘桂隐存稿序》）清代翁方纲也指出过："当时程学盛于南，苏学盛于北。如蔡松年、赵秉文之属，盖皆苏轼之支流余裔。""尔时苏学盛于北，金人之尊苏，不独文也，所以士大夫无不沾丐一得。”（《石洲诗话》卷五）蒙古灭金后，北方文家承金之势，由学苏进而学欧，曾诸家，又上而学韩、柳，大家如王恽、姚燧，都是如此。

元文之振起，还与元初一段时间未复科举有关。元至仁宗皇庆二年始诏复科举，北方自金亡后八十年，南方自宋亡后四十年没有科举，文士只能通过荐举或局部的考试进身。但因科举不兴，文士不必殚精于场屋之文，倒能专心于古文的揣摩，以抒其自得，这对古文的振兴，显然是有利的。这种情况，元初文家也曾指出过。如戴表元《顾伯玉诗文稿序》称顾“业成而科举罢，即大纵其学于六艺百氏之书，浩浩乎慕为古文章，而出交于当世之胜己者以广其识”，文乃有成。（《剡源戴先生文集》卷十一）赵孟頫《第一山人文集序》论王壮猷之文，谓：“尔来科举废，王君出其胸中之蕴，作为诗文，成数巨编，暇日携以见过，求余为之叙。余读一再过，文不苟作，字不苟置，意深而气直，涵咏《书》、《易》，出入《骚》、《选》，宜可以名世传后，而非一时科举侥幸求合于有司之作也。”（《松雪斋文集》卷六）张养浩也指出：“天开皇元，由无科举，士多专心古文，而牧庵姚公倡之，骎骎乎与韩、柳抗衡矣。”（《归田类稿》卷十《元公神道碑》）元初之所以能上追唐宋大家，振起古文，确与文士从科目程文中解放出来，能专精于古文有关。应该指出，自南宋至元代，时文（主要指“经义”）与古文的矛盾始终未能得到解决。元初因科举废而古文振起，而复科举后，元后期文章又出现低落之势，文士重又困于场屋，不能不说是一个原因。至明之嘉靖间，“唐宋派”文家归有光等始求古文与时文的一定程度的统一，如方苞所说：“正、嘉作者，始能以古文为时文。”（《钦定四书文凡例》）。归有光等的影响，及于有清一代。以古文为时文，就必然以时文为古文，两者的矛盾似乎得到了调和，时文、古文此兴彼衰的问题看来是解决了，而古文之格，较之唐，宋大家，也不能不等而下之了。

元代散文兴起发展的这样的社会背景以及文学前提，决定了它的一系列基本特点。

一般地说，元文是载道的。有元一代之文，自始至终，贯串着一个主旋律，就是程朱性理之学。如果说，北宋理学家提出的文以载道之说，在整个宋代还没有被散文家们普遍接受，在元代，则已为几乎所有散文家所认同，成为共识。“文外非别有道，道外非别有文”（欧阳玄《雍虞公神道碑》），几乎是所有元代文家之所主张；“涵濡义理之真，而含咀道德之华”（柳贯《柳待制文集》卷十六《席御史文集序》），几乎是所有元代文家之所追求；“论著一本乎六艺，而以羽翼圣道为先务”（宋濂《金华黄先生行状》，见《金华黄先生文集》附录），几乎是所有元代文家之所着力。元人著文，无论序、记、传、志、书、表、题、跋，以至笔记杂录，一有机会，就要阐发性理之学，理学话头之多，理学气息之浓，都是宋、金之文所不能及的。

元文表现性理之学，有其普遍性，一贯性。元统治者定理学于一尊，而由于理学统治时间不长，不可能很快产生对理学思想的反叛，当时的社会，也没有为反理学思想的产生提供足够的条件。因此，终元之世，不曾像明代那样产生过成气候的反理学的异端思潮。在文学领域，于是也不曾有过对文以载道观念的怀疑和反叛；在散文，当然也不会有反理学的具有一定新思想气息的文章出现。当然，例外总是有的。在元初，活动于江南的一些南宋遗民，如邓牧、周密等，在他们的作品中曾有过对封建纲常的批判和对“道学君子”的揭露。他们本来就自认为大宋臣民，自然不会理睬元统治当局的尊崇理学，不会去迎合时流。但他们在元初只活动了短暂的时间，他们的思想、创作，在当时也不可能形成思潮，对元文产生什么影响。元末一些在野的江湖之士，对理学也不那么热衷，写过一些具有新鲜气息的文章，但人数不多，时间不长，未能形成气候。元代散文，始终还是与理学紧紧捆在一起发展的。自范晔著《后汉书》以来，正史多以《儒林》（或《儒学》）、《文苑》（或《文艺》）分别立传，而由于元文与理学结合得如此紧密，以致明初宋濂、王祎主修《元史》时，只能将《儒林》、《文苑》合而为一，总称《儒学》了。《元史·儒学传序》说：“前代史传，皆以儒学之士，分而为二，以经艺颛门者为《儒林》，以文章名家者为《文苑》。然儒之为学一也。《六经》者斯道之所在，而文则所以载夫道者也。故经非文，则无以发明其旨趣；而文不本于六艺，又乌足谓之文哉？由是而言，经艺、文章，不可分而为二也明矣。元兴百年，上自朝廷内外名宦之臣，下及山林布衣之士，以通经能文显著当世者，彬彬焉众矣。今皆不复为之分别，而采取其尤卓然成名、可以辅教传后者，合而录之，为《儒学传》。”“经艺，文章，不可分而为二”，讲的是合《儒林》、《文苑》为一的理由，实际上说明的，正是元文异于前代的道文空前统一的特征。宋濂、王祎都是元散文家黄溍、柳贯的学生，《元史·儒学传序》表明的文道统一的观念，也正是元代占主流地位的散文观念。

元文载道，但又不同于南宋末叶那些冗鄙的理学之文。元人重道，也重文，追求理足而辞达，这在前面已经谈到过了。于辞章，元人则奉唐、宋诸大家为圭臬。因此，元人的文道统一，主要表现为以韩、柳、欧、苏之文，载程、朱性理之学。这在元人，有明确的表述。王秉彝《秋涧先生大全文集后序》：“语性理则以周、邵、程、朱为宗，论文章则以韩、柳、欧、苏为法。”(《秋涧先生大全文集》卷一百）说的是王恽之文，实则可以看作是对元代文道统一实质的最好概括。又戴良《夷白斋稿序》：“其摛辞则拟诸汉唐，说理则本诸宋代。”(《九灵山房集》卷十二）说得比王秉彝笼统，实则并无根本区别。以唐、宋之文，载程、朱之理，可以说是元以后散文的一大趋势，特别是在有清一代，桐城文派求义理、辞章之统一，也无非是“学行继程、朱之后，文章介韩、欧之间”（王兆符《方望溪先生文集序》载方苞语）。

由于元人重道，元代散文以议论见长，而写景状物、抒情寄意之作，则不多见。一般地说，记这种体裁是比较宜于写景状物、抒情寄意的，但通览元人诸记，除王恽、李孝光等少数文家有一些写景抒怀的山水游记之作外，一般记体散文，即使与景与物有关的，也意不在景在物，而是借题发挥，多理学的说教。如袁桷的《梅亭记》(《清容居士集》卷二十)，为广信（今江西上饶）弋阳陈德父筑于山中之梅亭作记，于弋阳山区景色，只以“寒泉苍岩，百里一色”交代，不写梅，也不写亭，而着重从陈家“诵声满户，而樽罍在牖”的儒者之风发挥：“天地之理，啬者丰之，始周流于六虚，其暗也实明，其辟也实阖。昔之淡然而无营者，德之基也，养之于其身，而施之于其后，充以引之，吾知其孝谨于家者日益广，爵禄于朝者日益侈。视斯亭之手植，丰融婆娑，连理而并实，阴阳之生物，其不出于是明矣。”这可以说是大多数元人记体文章的通式，例证甚多，不必具举。像柳宗元的《永州八记》、欧阳修的《醉翁亭记》那样的文章，在元文中，是比较罕见的。记体之文如此，其他各体之文也大体如此。但元人著文，虽着重发挥性理之学，于文章还是有讲求，说理而不冗杂散碎，也不求词高义深，而是写得文从字顺，平易简洁，清通淳正。从上举袁桷之文，也可以看出这样的特点。这就是以唐、宋大家为法为一个结果了。

理学的束缚，再加上作为元文作者主体的“汉人”、“南人”文士的特殊处境，形成元代散文的另一特点，就是指斥时弊，敢于揭露和批判现实黑暗的作品不多。

抒写感慨，宣泄出于对现实不满的牢骚的作品也不很多。元文中，“发愤著书”的色彩比较淡，“不平之鸣”的声音也比较弱。元文中，“皇元受命，列圣继作”一类的歌功颂德的话头不少，“国家太平，生民乂安”之类的粉饰太平的话头也不很少，但其中也比较缺少发自肺腑的由衷的热情。总体来说，元文缺少不平之鸣，也缺少对盛世的热情赞颂，文气是比较弱的，个性是比较少的。由于文气不足，元文的总体风格，就不是遒迈排奡，健朗浩荡，而是温柔敦厚，平实淳和。袁桷谓戴表元文“隅角不露”（《清容居士集》卷二十八《戴先生墓志铭》），宋濂谓黄溍文“俯仰雍容”（《金华黄先生行状》），戴良谓虞集、揭傒斯、柳贯、黄溍文“涵淳茹和”（《夷白斋稿序》），都可见元文的一般风格。

上面谈到的元代散文的两个方面的特点：是就一般情况而言的；在一般之中，总有特殊存在着。元文理学气息浓，但并不意味着一切文家的一切作品都只是谈理之作。在元文中，不但有上面谈到的邓牧、周密等人具有反理学思想色彩的作品存在，也还有一些没有多少理学味道的个人抒情寄慨的作品，也还有一些隽美的山水游记，虽数量不多，而在总体的浓厚的理学气氛中，倒更显得可贵。即或是表现理学内容的散文作品，也还需要作一些区别，不宜笼统以陈腐目之。如理学家讲“正心诚意”，强调的是仁义道德的修养，其封建性是不言而喻的，但由讲“正心诚意”而要求士之为人不苟且，不贪酷，正直无私，廉洁刚毅，这中间，有中国知识分子的可贵传统在，就不可以一概视之为糟粕了。如揭傒斯的《送张掾序》，勉励张君用“平其心而直其气，思其职而揭其力，乐其效不计其报”，保持“高明果毅、公而忘私”的品德。又提醒张为监察御史之掾，切不可滥用监察之权而挟私害人，指出：“以至重之责，而惟招人毫发之不慎，报其草芥之私愿，以售其黜陟之威，以逞快其欲心，其为害亦大矣！”（《揭文安公全集》卷八）这样的好文章，是无论如何也不应因其有理学气味就加以否定的。

元文指斥时弊的作品不多，这也使那些为数不多的指斥时弊之作更为可贵。元代儒臣谨言慎行，谏疏不多，因此，罕有的几篇，也就值得注意了。张养浩是元代文人中少有的敢说话的人物，人们都知道他慨叹“兴，百姓苦！亡，百姓苦”的著名散曲〔山坡羊〕《潼关怀古》。武宗至大间，他官监察御史，作《西台上王者无私疏》，谏武宗以刑赏无私，又上万言《时政书》，于时弊颇多指斥。英宗即位，他以礼部尚书参议中书省事，英宗欲于元夕在内庭张灯为鳌山，他上疏直谏：“今灯山之构，臣以为所玩者小，所系者大；所乐者浅，所患者深。”(《归田类稿》卷一《谏灯山疏》）言辞激切，表现出可贵的胆识，文气亦不可谓弱。吏治问题、冤狱问题，终有元之世都是严重的社会问题。元文中，颇有一些触及吏治黑暗官场腐败的作品，如姚燧《中奉大夫荆湖北道宣慰使赵公墓志铭》、虞集《李象贤传》、刘岳申《丰城朱渊甫捕盗序》(《申斋集》卷一）、杨维桢《知止堂记》、《存拙斋记》(《东维子文集》卷十九）等。总的说，元文中触及社会黑暗，反映民生疾苦的作品，晚期多一些。元末政治极端黑暗，社会危机极为严重，人民陷于水火。这个时期的散文家，如杨维桢、余阙、陶宗仪等，多有指斥时弊，伤世悯民之作，具有较强的现实意义。

元文气弱，但也不是说元代文家全无雄迈遒劲之文。元文的总体风格是平和，但不同文家风格也存在差异，在不同的时期，也还有着不同的色彩。就地域说，北方文家之文，多一些河朔刚健之气，南方文家之文，多一些平和容与之风。但都不能一概而论。就时期说，前人多称元中期之文为“极盛”，而从今天的眼光看，元文正是初期和末期好一些，中期差一些。这主要是就现实性和文气的强弱来说的。当然，这也是不能一概而论的。有关的情况，后面还要谈到，兹不赘述。

元代文学还有一个异于往代的值得注意的特点，就是大批少数民族文学家参加到文学创作中来，为元代文坛壮大了声势，增添了光彩。戴良《鹤年吟稿序》云：“我元受命，亦由西北而兴。而西北诸国，如克烈、乃蛮、也里可温、回回、西蕃、天竺之属，往往率先臣顺，奉职称藩，其沐浴休光，沾被恩泽，与京国内臣无少异。积之既久，文轨日同，而子若孙遂皆舍弓马而事诗书。”(《九灵山房集》卷二十一）清顾嗣立亦谓“元时，蒙古、色目子弟，尽为横经，涵养既深，异才辈出”(《寒厅诗话》)。以有文献可征者计，元时少数民族文学家从事曲、词、诗、文创作的，在三百人上下。他们的作品，自明代以来，散佚甚多，但还是有一些人有作品传世。其著者，有贯云石、薛超吾（马昂夫)、马祖常、萨都剌、余阙、迺贤、丁鹤年等。除贯、薛、丁，都有散文传世。

他们出身西北民族，但因久居汉地，华化程度颇深，在“文轨日同”的情况下著文，他们的作品，在内容形式上，与汉族文家的作品并不存在根本的差别，但也有些不同。一方面，由于出身和家世的影响，他们的散文审美趣味，多倾向于刚健雄浑之美，他们的作品，也往往较之汉族文家多一些壮廓之气。另一方面，他们都有色目人的身份，社会地位较汉族文家为高，较之汉族文家，他们不那么谨言慎行，而是比较敢于说话，他们的作品，因此能更多地接触到现实弊端。如马祖常《记河外事》(《石田文集》卷八) 写马政之弊，反映“国马”与民争食，以致民不聊生。萨都剌《龙门记》抨击佞佛之欺世祸民，矛头实际指向上层。这样的文章，在元代，一般汉族知识分子是不敢写的。

元代散文，自蒙古灭金至元亡一百余年，大体可以分为初、中、后三个时期。由于元国祚不长，跨时期的文家较多，这个划分，只是就大体而言，不必看得过于绝对。

第一章
辽金散文

第一节　辽代散文

萧韩家奴（976？～1047）字休坚，契丹涅剌部人。少好学，精通契丹、汉文，博览经史，兴宗时任翰林都林牙，兼修国史，曾编撰遥辇可汗至辽兴宗辽史二十卷，译《贞观政要》、《五代史》为契丹文。善诗文，被兴宗命为“诗友”。曾著《六义集》十二卷，现《全辽文》仅存其文二篇，均出于《辽史》。其中兴宗重熙四年（1035）所作“制问”，反映了辽国当时人民的痛苦生活。其文云：

臣伏见比年以来，高丽未宾，阻卜（鞑靼）犹强，战守之备，诚不容已。乃者选富民防边，自备粮糗，道路修阻，动淹月岁。比至屯所，费已过半，只牛单毂，鲜有还者。其无丁之家，倍直庸僦。人惮其劳，半途亡窜。故戍卒之食，多不能给，求假于人，则十倍其息。至有鬻子割田，不能偿者。或逋役不归，在军物故，则复补以少壮。其鸭绿江之东，戍役大率如此。况渤海女直（真）、高丽，合从连衡，不时征讨，富者从军，贫者侦候；加之水旱，菽粟不登，民以日困，盖势使之然也。

方今最重之役，无过西戍。如无西戍，虽遇凶年，困弊不至于此。若能徙西戍稍近，则往来不劳，民无深患。……

比年以来，群黎凋敝，利于剽窃，良民往往化为凶暴。甚者杀人无忌，至有亡命山泽，基乱首祸，所谓民以困穷，皆为盗贼者，诚如圣虑。今欲芟夷本根，愿陛下轻徭省役，使民务农，衣食既足，安习教化，而重犯法，则民趋礼义，刑罚罕用矣。臣闻唐太宗问群臣治盗之方，皆曰严刑峻法，太宗笑曰："寇盗所以滋者，由赋敛无度，民不聊生。今朕内省嗜欲，外罢游幸，使海内安静，则寇盗自止。"由此观之，寇盗多寡，皆由衣食丰俭，徭役重轻耳。……(《全辽文》卷七)

辽朝自建国始，即三面临敌，多年的战争征伐，常使民困国乏，平时的边防，也花去不少钱财，这一直是辽代的重大负担。在这种情势下，民不聊生，盗贼四起就是很自然的了。萧韩家奴的这篇制问文章，纵论国家大势，建议兴宗"薄其徭役"，并像唐太宗那样，"内省嗜欲，外罢游幸"，保持海内安宁，国家就可能富裕起来。此外在该文中，萧韩家奴还曾论述"国家大敌，惟在南方"，因而应把防御重点放在抗衡北宋，西北等地边防适当移近，以免"殚费竭财"，这些都表明，萧韩家奴是个很有政治头脑的人物。从文字上看，该文简劲刚健，析理透彻，在现存辽文中，是最好的篇什之一。无怪兴宗见此后，对他大加赏赞，并授翰林："文章之职，国之光华，非才不用。以卿文学，为时大儒，是用授卿以翰林之职。"(《辽史·文学传》)

耶律昭字述宁，契丹人，生卒年不详，《辽史》本传说他博学善属文，统和(983～1011)中，坐事流放西北。时萧挞凛为西北路招讨使，爱其才，奏免其役，并欲召用之，以疾坚辞，后于狩猎中，为羯羊触死。《辽史》存其《答萧挞凛》一文，可略见当时社会情景，兹录其一段：

窃闻治得其要，则仇敌为一家。失其术，则部曲为行路。夫西北诸部，每当农时，一夫为侦候，一夫治公田，二夫给纠官之役，大率四丁无一室处。刍牧之事，仰给妻孥，一遭寇掠，贫穷立至。春夏赈恤，吏多杂以糠秕，重以掊克，不过数月，又复告困。且畜牧者，富国之本，有司防其隐没，聚之一所，不得各就水草便地。兼以逋亡戍卒，随时补调，不习风土，故日瘠月损，驯至耗竭。为今之计，莫若振穷薄赋，给以耕牛，使遂耕获。置游兵以防盗贼，颁

> 俘获以助伏猎，散畜牧以就便地，期以数年，富强可望。然后练简兵以备行伍，何守之不固，何动而不克哉?

此文与前述萧韩家奴文主旨相同，但它反映的是辽代西北地区的情况，在契丹贵族的统治下，西北边境地区社会的黑暗，人民的穷困，与内地完全相同。耶律昭以戴罪之身，尚能直言，有可贵之处。

如前所述，辽代景、圣间，以雅辞相尚，所以契丹贵族多能诗文，其中圣宗就是很突出的一个。现存《全辽文》中，圣宗的诏敕书册最多，其中不少文章，应是他的手笔。《复宋誓书》是辽宋订立“澶渊之盟”后，圣宗致宋朝誓书，此书不仅具有重要史料价值，在朝廷文书中也具有特色。兹引全文如下：

> 维统和二十二年，岁次甲辰，十二月庚辰朔，十二日辛卯，大契丹皇帝，谨致书于大宋皇帝阙下，共议戢兵，复论通好，兼承惠顾，特示誓书。以风土之宜，助军旅之费，每岁以绢二十万匹，银一十万两，更不差使臣专往北朝，只令三司差人搬送至雄州交割。沿边州军，各守疆界；两地人户，不得交侵。或有盗贼逋逃，彼此无令停匿。至于垄亩稼穑，南北勿纵骚扰，所有两朝城池，并可依旧存守，淘濠完葺，一切如常。即不得创筑城隍，开掘河道。誓书之外，各无所求，必务协同，庶存悠久。自此保安黎庶，谨守封陲。质于天地神祇，告于宗庙社稷，子孙共守，传之无穷。有渝此盟，不克享国。昭昭天鉴，当共殛之。某虽不才，敢遵此约。谨告于天地，誓之子孙，苟渝此盟，神明是殛。专具谘述不宣，谨白。

圣宗在位近五十年，是辽代的鼎盛时期。圣宗统和二十二年（1004），辽萧太后与圣宗率兵二十万，大举攻宋，直达澶州（今河南濮阳），宋廷大震，惊恐失措。在寇准等坚持下，宋真宗亲自到澶州督战，并打了胜仗。但腐败的北宋王朝以“守内虚外”为国策，提出议和，订立了“澶渊之盟”。规定宋朝每年向辽输银十万两，绢二十万匹。辽圣宗《复宋誓书》就是在这种情况下写出的。该文信誓旦旦，既表示了和好的愿望（出于当时的形势，辽国确有此愿望），又表示了接受输送银、绢的数目，且不必“差使臣专使北朝，只令三司差人搬送至雄州交割”的“大度”，不卑不亢，柔中有刚，在古代朝廷公文中，真可以算得上是一篇佳作。

在辽代文章作者中，道宗懿德皇后萧观音是一个难得的女才子。萧观音（1040～1075）姿容冠绝，工诗文，善琵琶，能自制歌词。后遭枢密使诬陷与伶官私通，赐自尽，年仅三十五岁。今存《谏猎疏》、《回心院》（十首）、《绝命词》等，表现了她的才华与识见。其《谏猎疏》云：

> 妾闻穆王远驾，周德用衰；太康佚豫，夏社几屋。此游佃之往戒，帝王之龟鉴也。顷见驾幸秋山，不闲六御，特以单骑从禽，深入不测，此虽威神所届，万灵自为拥护，倘有绝群之兽，果如东方所言，则沟中之豕，必败简子之驾矣。妾虽愚闇。窃为社稷忧之。惟陛下尊老氏驰骋之戒，用汉文吉行之旨，不以其言为牝鸡之晨而纳之。

此文虽短，却迭用典故，说明萧观音熟知经史，作为一个北方少数民族的女子，十分可贵。本文笔墨不多，但说古道今，由近及远，由小到大，颇为得体。可惜这样一个有才有貌，又识大体的女子，红颜命薄，竟被诬陷而死。其《绝命词》表达了她的悲哀：

> 嗟薄祜兮多幸，羌作俪兮皇家。承昊穹兮下覆，近日月兮分华。托后钩兮凝位，忽前星兮启耀。虽衅累兮黄床，庶无罪兮宗庙。欲贯鱼兮上进，乘阳德兮天飞。岂祸生兮无朕，蒙秽恶兮宫闱。将剖心兮自陈，冀回照兮白日。宁庶女兮多惭，遏飞霜兮下击。顾子女兮哀顿，对左右兮摧伤。其西曜兮将坠，忽吾去兮椒房。呼天地兮惨悴，恨今古兮安极。知吾生兮必死，又焉爱兮旦夕。

萧观音之死，完全是耶律乙辛政治阴谋的结果。道宗大康间耶律乙辛在朝专权，萧观音之子耶律濬立为皇太子，耶律乙辛专权受阻。他为了达到废太子的目的，首先制造了萧观音皇后诬案，使萧观音蒙受不白之冤。《绝命词》述其“蒙秽恶”之冤，呼天抢地，剖心自陈，但由于道宗皇帝的昏庸，终未免于一死。

在辽代，汉人能文者，首推王鼎。王鼎（？～1106）字虚中，涿州人。清宁五年（1059）进士，累迁翰林学士，当时典章，多出其手。《全辽文》收其文七篇，另有《焚椒录》传世。《焚椒录》是为懿德皇后萧观音辩诬的著作，其序云：

> 鼎于咸、太之际，方侍禁近，会有懿德皇后之交。一时南北面官，悉以异说赴权，互为证足，遂使懿德蒙被淫丑，不可湔浣。
>
> 嗟嗟！大墨蔽天，白日不照，其能户说以相白乎？鼎妇乳媪之女蒙哥，为耶律乙辛宠婢，知其奸构最详。而萧司徒复为鼎道其始末，更有加于妪者。因相与执手叹其冤诬，至为涕淫淫下也。观变以来，忽复数载，顷以待罪可敦城，去乡数千里，视日如岁，触景兴怀，旧感来集，乃直书其事，用俟后之良史。若夫少海翻波，变为险陆，则有司徒公之实录在。

王鼎曾因事遭流放，从该序中可以看出，他之所以作《焚椒录》，乃是在流放中“触景兴怀”，有感而发。该文最后说：“若夫少海翻波，变为险陆，则有司徒公之实录在。”说明他著书是有戒心的。尽管如此，该文对当朝皇帝的不满，还是流露在笔端了。

为了对人民进行精神统治，契丹统治者建国之后，曾大力提倡佛教，寺院、佛塔，随处可见。所以今存辽文中塔铭、寺记、造经记之类的文章最多。这些文章因其宗教色彩过浓，可读性一般都很差。其中乾统五年（1105）无名氏所撰之《造长明灯记》，可以一读，兹录其文：

> 大辽国幽燕之北，虎县之东龙门乡兴寿里邑众杨守金等，久弘善念，特建灯幢。肇起则因将获何利经日或于塔庙诸形象前，奉施少灯，共明唯照道之一阶，或时速灭，所得果报福德之聚，唯佛能知，不可得说。
>
> 噫！少须尚尔，况长明哉。夫天地之大，在昼则明，在夜则晦，日月之朗，在显则烛，在隐则遗。明天地未明之时，照日月未照之所，唯我长明灯乎！邑众等倡此胜缘，齐之响附，财各乐施，福须默运，所建燃灯幢于佛前，置之有坚，确然不拔。且夫凿其龛，拟象于旸谷，刻其螭，取类于烛龙。膏油泉注，朝则盛，夕则愈盛也。兰炬火热，前则明，后则益明也。翼□层檐，门以轻素，虽雨暗风霾，常皎如也。昭于上梯睹史官，俾善者往生，同于下钥阿鼻狱，令罪人解脱。其光不出一龛，福利遍周沙界，以近识远，睹色了空，其

在兹乎。度观见者，作礼者，祛闇得明，即迷成觉，由目识而开心识，自外灯而见内灯，善逐光生，恶随烟灭。尘霑而不堕于三途，影覆而当登于十地，其十相功德，亦复无量。猗欤盛事，千古不磨。志之于石，庸示来者。

该文拓本犹存，《昌平外志》也收此文。该文记录了造灯始末，并由长明灯引出了“解脱”、“开心”的一套佛门道理，从中可以看出佛教在当时的影响。作者连类比附，渲染烘托，把个长明灯的作用，说得近乎神圣。辽代佛门中不乏文学人才，从该文中可以略见。

现存辽文，多实用体裁，抒情言志的文学散文仅存萧观音等二三篇，通读之后，不免有寥落衰陋之感。

第二节　赵秉文、王寂、李纯甫

赵秉文（1159～1232）字周臣，号闲闲老人，磁州滏阳（今河北省磁县）人，金大定二十五年进士，官至礼部尚书。善交游，不以高位自居，一生自奉如寒士。长于诗文字画，为金代文坛主盟。著有《易丛说》十卷、《中庸说》一卷、《扬子发微》一卷、《南华略释》一卷等十余种，均不传。诗文有《滏水集》（下引此书，简称文集。后同此例。）金人刘祁《归潜志》说：赵“晚年自择其文，凡主张佛老二家者皆削去，号《滏水集》。”“其为二家所作文及其《葛藤》诗句，另作一编，号《闲闲外集》。”《四库提要》谓《闲闲外集》不传，今存《滏水集》二十卷，即赵自编之本集。

赵秉文的诗文在金代曾有广泛影响，其门人元好问称其“道德文章，师表一世”（《遗山集·赵闲闲真赞序》），《金史》本传说他是“金士巨擘，其文墨论议及政事，皆有足传”，可见人们对他的重视。赵氏论文宗主唐、宋，特别推重苏轼，所以元人郝经说他是“金源一代一坡仙”（《题闲闲画像》）。苏轼诗文豪放而平易通达，能熔古今雅俗于一炉，自成一家，这也是赵秉文所追求的艺术境界。他在《答李天英书》中提出，诗文应该“从古人中入”，“为文当师六经、左丘明、庄周、太史公、贾谊、刘向、扬雄、韩愈……尽得诸人所长，然后卓然自成一家。”对于古人，或“师其辞，不师其意”，或“师其意，不师其辞”，但都要“不蹈袭前人”。他的这些议论是很可取的。

对于赵文的特点，与其同时的杨云翼有过一段评论：

> 学以儒为正，不纯乎儒非学也；文以理为主，不根于理非文也。自魏晋而下，为学者不究孔孟之旨，而溺异端，不本于仁义之说，而尚夸辞，君子病诸。今礼部赵公实为斯文主盟，近日择其所为文章，厘为二十卷，过以见示，予披而读之，粹然皆仁义之言也。盖其学，一归诸孔孟，而异端不杂焉，故能至到如此。所谓儒之正，理之主，尽在是矣。（《闲闲老人滏水集序》，《金文最》四一卷）

赵秉文关于道、释二家之文编入《外集》，已失传，现在看到的就只有杨云翼所说的“儒之正，理之主”的文章了。现存《滏水集》中，论辩说理的文章不少，诸如《性道教说》、《中说》、《诚说》、《庸说》、《和说》之类，大都是解说儒家经典义理的，这大约是他接受过北宋理学影响的结果。所谓“儒之正，理之主”，在这类文章中体现得最为明显。

在赵秉文的散文中，楼堂名物记写得较有特色。例如《磁州石桥记》：

> 北趋天都，南走梁宋，西通秦晋之郊，东驰海岱之会，磁为一要冲。滏水西来，距城四十里而近，又五里，东合于漳。方夏秋霖潦，砅崖而下，漳水汹怒，则激流而上汇于观鱼亭下者，三丈有奇，吞长堤，灭两涘。平时有罟而渔，有舟而方，岁刓时复波荡水啮，居者病绎骚，行者叹滞留。我惟识觉公和尚戚之，乃代木以石，易脆以坚，踵洨水之制而梁之。临终，以命其徒善仙，俾鸠厥功。仙日而不笠，毳而不褐，风经雨营，垂四十年，仅克有成。凡用石若工以亿计，观其缔构隆崇，砻嵌缀密，如山斯屹，如月斯彀，力拔地劾，势与空斗，忽兮无楹，何其壮也！广容两轨，高以十丈，旁凿二室，以泄水怒。下洞九泉，以镇地脉，垩以白灰，制以铁键，标以华柱，护以崇栏。鬼物兽怪，蹲伏腾掷，变态百出，屹若飞动。嘘！可骇也。每夕阳西下，太行千里，明月东出，二川合流，徘徊近郊，则铜雀之台，西陵之树，高齐、石赵之所睥

睨，信陵、平原之所驰逐，山川兴废，森乎目中。信天下之雄胜，而燕南之伟观也。……（文集卷一三）

赵秉文论书法、文章，曾说：“飞动乃吾辈胸中之妙，非所学也。”（《答李天英书》）该文用铺排夸张的笔法描绘磁州山川、石桥之雄胜伟观，颇具色彩，这自然与作者对家乡风物的钟情不无关系，“飞动乃吾辈胸中之妙”，此文可以为证。

赵秉文在金朝礼部尚书任上，曾兼修“国史”，他的修史之作已不可见，《滏水集》中收有碑版传记文多篇，其风格应较接近。兹录其《祁忠毅公传》：

公讳宰，字彦辅，江淮人。宋季以医术补官，王师破汴得之，后隶太医。海陵朝，续迁通奉大夫太医使。自以数被恩遇，欲自效。会后宫有疾，召宰诊视。既入见，即上言谏南伐。其略言国朝之初，祖宗以有道伐无道，曾不十年，荡辽灭宋。当此之时，上有武元文烈英武之君，下有宗翰、宗雄威谋之臣，然犹不能混一区宇，举江淮巴蜀之地以遗宋人。况今谋臣猛将，异于曩时，且宋人无罪，师出无名。加以大起徭役，首营中都，民已罢困，兴功未几，复建南京。缮治甲兵，调发军旅，赋役烦重，民人怨嗟，此人事不修也。间者，昼星见于牛斗，荧惑伏于翼轸。已岁自刑，害在扬州，太白未出，进兵者败，此天时不顺也。舟师水涸，舳舻不继，而江湖岛渚之间，吾虽有士马之众，恐无所施，是地利不便也。言甚激切，海陵怒，命戮之于市，籍其家产，天下哀之。……（文集卷一二）

海陵（完颜亮）是个专横跋扈的皇帝，他用阴谋手段夺取王位，曾大肆杀戮皇族旧党，即位不久迁都燕京（中都），大兴土木建造京城，数年后又迁都汴京（今南京），再次大兴土木，加上连年的穷兵黩武，搞得国困民穷，他不顾客观条件，急于进攻南宋，一心想当“混一天下之王”。当时有多人向海陵进谏不要伐宋，结果有的被杀，有的“被杖”，连坚决反对伐宋的徒单氏皇后也被他杀害，不久，伐宋失败，这个被史家称作金代秦始皇的海陵王也被金将乱箭射死。赵秉文的《祁忠毅公传》真实地表现了太医祁宰效命直谏遭杀害的情景。“海陵怒，命戮之于市，籍其家产，天下哀之”，寥寥数语，海陵王的专断残忍及天下人的人心向背便清楚地表现了出来。

关于赵秉文的散文，《四库提要》引刘祁《归潜志》语云："李屏山教后学为文，欲自成一家，赵闲闲教后进为诗文则曰：文章不可拘一体，有时奇古，有时平淡，何拘？李尝与余论赵文曰：'才甚高，气象甚雄，然不免有失支堕处。盖学东坡而不成者。'"纵观《滏水集》，刘祁的话可谓公允。仅就上引二文看，赵文确有才高气雄的特点，而《磁州石桥记》写建桥过程稍嫌烦琐，确有"支堕"的毛病。

王寂（1127？～1193?）字元老，蓟州玉田（今属河北）人，天德进士，曾任通州刺使、中都路转运使等，卒谥文肃。著有《拙轩集》、《北迁录》等，均佚。今存《拙轩集》六卷，为清《四库全书》编者据《永乐大典》、《中州集》等书辑录而成。

《四库提要》云："寂诗文清刻镵露，有戛戛独造之风，在大定、明昌间卓然不愧为作者。"又说："寂是编幸于沉埋晦饰之余，复显于世，而文章体格亦足与滹南、滏水相抗行。"通观其《拙轩集》遗文，清丽朗畅，确能自成一家。兹录其《三友轩记》：

大定岁丙午冬仲月，予由侍从出守汝南。既视事之明年，即州之北，得败屋数楹，旁穿上漏，不庇风雨，乃命枝倾补罅，仍其旧而新之，公余吏退，以为燕息之所。两檐之外，左有笋石，屹然而笔卓；右有仙榆，蔚然而盖偃。每佳夕胜日，予幅巾杖屦，徜徉乎其间。至于倚苍壁而送飞鸿，藉清荫而游梦蝶，方其自得于言意之表也，心如坚石，形如槁木，陶陶然，不知何者为我，何者为物，其为乐可胜计耶？余自是与木石有忘年莫逆之欢，因榜其轩曰"三友"。

客有过而问焉。曰："窃闻吾子杜门屏迹，交亲解散，其所友者谁欤？"予指以告。客仰而叹俯而笑曰："曩吾以子为达，今子之鄙至此乎！所谓笋石者，鳞皴枯燥，不任斤凿，此固无用之石也。所谓仙榆者，离奇卷曲，不中规矩，此亦不材之木也。人且贱而弃之，曾不一顾，子恶取而独友于是哉？"予曰："嘻！若知其一，未知其二。向有牛奇章之嘉石，钱吴越之大树，则第以甲乙，衣以锦绣矣。余虽欲友，其可得乎？今以予谬人，与夫顽石散木，皆绝意于世，亦无所事焉，此其所以为友也。夫人情之嗜好，固不在乎尤物，而在乎适意而已。然必先得之于心，而后寓之于物，故无物不可为乐。如谢康乐之山水，陶彭泽之琴酒，嵇康之锻，阮孚之屐，虽其所遇不同，亦各适其适也。子意以为何如?”客曰：“是则然矣，奈何木石无情，奚足以知子之区区如此?”予曰：“不然，人之遇物，但患不诚，果能以诚，刚生公之石，可使点头，玄奘之松，亦能回指。幸无忽。”

客愧予言，茫然自失，宜其有会于心者，乃相顾一笑而去。予因以是言而刻诸石。实丁未夏四月望日。

王寂虽然为官，但淡泊名利，与顽石、散木为友，自称“谬人”，从中可以看出作者的人生趣向。他以谢灵运、陶潜、嵇康、阮孚为同道，强调“各适其所适”，“遇物以诚”，这样的生活态度，可能与王寂的生活环境有关。当时，多年的战乱，统治阶级内部的相互争斗乃至残杀，其情形与魏晋时的情形颇多相似。鲁迅在谈到陶潜时说：“到东晋，风气变了。社会思想平静得多，各处都夹入了佛教的思想。再至晋末，乱也看惯了，篡也看惯了，文章便更加和平。代表平和的文章的人有陶潜。”(《魏晋风度及文章与药及酒之关系》)王寂的生活态度与陶潜相近，文章风格也相近，“平和”是陶潜的文章特点，用“平和”二字来说明王寂的《三友轩记》也十分恰当。现存《拙轩集》中，《宝塔山龟镜寺记》、《送故吏张弼序》、《金刚经跋》、《与文伯起书》等都有这样的特点。

李纯甫（1185～1231）字之甫，自称屏山居士，学者称屏山先生。弘州襄阴（今河北阳原）人。幼年颖悟异常，初研词赋，后为经义学。承安二年即擢经义进士。为文宗《庄子》、《左传》、《战国策》。他是一个很有个性的作者，“中年度其道不行，益纵酒自放，无仕进意，得官未成考，旋即归隐，日与禅僧士子游，以文酒为事，啸歌袒裼，出礼法外。”(《金史·文艺传》本传)一生著述很多，兼研儒、道、释，尝称孔、老、释为“三圣”。文集论性理及佛、老者编为《李纯甫内稿》，应物文字编为《外稿》，另有《中庸集解》、《老子解》、《庄子解》、《楞严外解》、《金刚经别解》、《鸣道集说》，总称“中国心学”、“西方父教”。可惜均失传，现存文章不足十篇，见于《金文最》中。他的文章著述在当时影响很大，被称作“当世龙门”。刘祁《归潜志》论李纯甫与赵秉文诗文说：“赵于诗最细，于文颇疏，止论气象；李于文最细，论关键宾主抑扬，于诗颇疏，止论词气才巧。故余于赵则取其作诗法，于李则取其为文法。”对李纯甫的文章做了充分的肯定。

李纯甫的文章留下来的不多，但从其遗文中，仍可窥见其思想与文章的风貌。如《程伊川异端害教论辨》开头的一段：

> 程颢论学于周敦颐曰：“道之不明，异端害人也。古之害近而易知，今之害深而难辨。昔之惑人也，乘其迷暗，今之惑人也，因其高明。自谓之穷神知化，而不足以开物成务，名为无不周遍，而其实乖于伦理，虽云穷深极微，而不可以入尧舜之道。天下之学者，非浅陋固滞，则必入于此。”悲夫！诸儒排佛老之言，无如此说之深且痛也。吾读《周易》知异端之不足怪，读《庄子》知异端之皆可喜，读《维摩经》知其非异端也，读《华严经》始知无异端也。《周易》曰：“夫道并行而不相悖。”或处或出，或默或语，殊途而同归，一致而百虑，虽有异端，何足怪耶！《庄子》曰：不见天地之全，古人之大体，道术为天下裂。如耳目鼻口之不相通，楂梨橘柚之不同味，虽不足以用天下，可为天下用。恢诡谲怪，道通为一。是异端皆可喜者。

自从唐朝韩愈“抵排异端，攘斥佛老”，到宋代理学的兴起，佛老思想经常受到传统文人的攻击，程颐更把儒家以外的思想统统视为“异端”，并认为“异端害教”、“异端害人”，对禁锢人们的思想，起了很大作用。李纯甫起而发难，对程颐等人的主张开展攻击，具有很强的反传统精神。他以异端为可喜，有一点提倡思想自由的味道。在金代，佛、道的力量不小，但还没有争得正统的地位，有时甚至还要遭受压制，李纯甫等想把它们纳入正统，就不能不加以力争。在这方面他的态度是很坚决的。他在《李翰林自赞》中说：“躯干短小，而介视九州；形容寝陋，而蚁虿公侯。言语蹇吃，而连环可解；笔札讹痴，而挽回万牛。宁为时所弃，不为名所囚。是何人也？吾所学者，净名、庄周。”(《金文最》卷二一）他的散文中，多有这样的“硬气”。为了说明他的散文特点，再引他《重修面壁庵碑》中的一段：

> 屏山居士，儒家子也。始知读书，学赋以嗣家门，学大义以业科举。又学诗以道意，学议论以见志，学古文以得虚名。颇喜史学，求经济之术；深爱经

学，穷理性之说。偶于玄学，似有所得；遂于佛学，亦有所入。学至于佛，则无可学者。乃知佛即圣人，圣人非佛。西方有中国之书，中国无西方之书也。吾佛大慈，皆如实语，发精微之义于明白处，索玄妙之理于委曲中。学士大夫，犹畏其高而疑其深，诬为怪诞，诟为邪淫，惜哉！（《金文最》卷八一）

这也是一篇主张儒、道、佛合一的文章。李纯甫认为，唐宋以后的学士大夫，其思想大都是融合三家而立说。应该说，他的这种认识是符合实际的。所以他又说：

不堕于寂灭，不死于虚无，不缚于形器，相为表里如符券然。虽狂夫愚妇，可以立悟于便旋顾盼之顷，如分余灯以烛冥室，顾不快哉！道冠儒履，皆有大解脱门；翰墨文章，亦为游戏三味。此师之力也。

李纯甫的遗文，大都与佛、道有关，这些应是他《内稿》中的文章，至于他《外稿》中的"应物文字"现在已经难以见到了。

第三节　王若虚、李俊民

王若虚（1174～1243）字从之，号慵夫，晚号滹南遗老，藁城（今属河北）人。承安进士，官翰林直学士。金亡不食元禄。学问淹博，著有《五经辨惑》、《文辨》、《诗话》等十余种，对汉、宋诸儒，尤其对宋理学解经之迂谬多所指责，对史书、古文中的疵病，也多有批评。死后藁城令董彦明以所藏其诗文著述，编为《滹南遗老集》四十五卷，为金代最著名的作家之一。其后学友人王鹗说他"主文盟凡三十年，出入经传，手未尝释卷。为文不事雕篆，唯求理当，尤不喜四六。其主名节，区别是非，古人不贷也。"（《滹南先生文集引》，见于《滹南遗老集》卷首）滹南为文为人风范，于此可以略见。他崇尚白居易、苏轼，对黄庭坚及江西诗派诸人表示不满，这与他"不事雕篆，唯求理当"的主张和风格有密切关系。

王若虚长于议论，其论说文章及"辨惑"之作，析理清楚，观点明确，其中有许多真知灼见。请看其《论语辨惑序》：

解《论语》者，不知其几家，义略备矣。然旧说多失之不及，而新说每伤于太过。夫圣人之意，或不尽于言，也不外乎言也。不尽于言而执其言以求之，宜其失之不及也；不外乎言而离其言以求之，宜其伤于太过也。盍亦揆以人情而约之中道乎。

尝谓宋儒之议论不为无功，而亦不能无过焉。彼其推明心术之微，剖析义利之辨，而斟酌时中之权，委曲疏通，多先儒之所未到，斯固有功矣。至于消息过深，揄扬过侈，以为句句必涵气象，而事事皆关造化，将以尊圣人，而不免反累。名为排异端，而实流入于其中，亦岂为无罪也哉？至于谢显道、张子韶之徒，迂诞浮夸，往往令人发笑。噫！其甚矣。永嘉叶氏曰："今世学者，以性为不可不言，命为不可不知，凡六经、孔子之书，无不牵合其论。而上下其辞，精深微妙，茫然不可测识，而圣贤之实犹未著也。昔人之浅，不求之于心也；今世之妙，不止之于心也。不求于心，不止于心，皆非所以至圣贤者。"可谓切中其病矣。晦庵删取众说，最号简当，然尚有不安及未尽者。窃不自揆，尝以所见正其失而补其遗，凡若干章，非致以传世也，姑为吾家童蒙之训云。(文集卷三)

这是一篇批评宋儒的文章。"今世学者，以性为不可不言，命为不可不知，凡六经、孔子之书，无不牵合其论。"宋代理学家以阐释儒家经典义理、侈谈"性命"为己任，常常用唯心主义的方法"发明"儒家典籍中的"微言大义"，有时甚至歪曲原意，以牵合其主张。该文中提到的谢良佐（字显通）、张九成（字子韶）都是二程的弟子和信徒，王若虚批评他们"迂诞浮夸，往往令人发笑"，这是切中要害的。而"删取众说，最号简当"的朱熹，也指出其"尚有未安及未尽者"，这也是恰如其分的。他要"辨惑"，主要是辨理学家之惑，这是该文的宗旨。该文开头指出"新说每伤于太过"，对于这个"过"字的含意，作者在《论语辩惑·总论》中作过解释，就是"过于深也，过于高也，过于厚也"。如果可以用现在的方法把儒家派别分为左、中、右的话，那么宋朝某些理学家就是以"左"的面目扮演一群卫道者的角色。王若虚说他们有"过"，这批评是很正确的。

王若虚是个学者，为文注重内容和"坦白平易"的风格，反对"奇诡以骇末俗"(《高思诚咏白堂记》)，《滹南集》中大部分文章都有这样的特点。但他不大注意用文学的手段表情达意，使文章显得气味不浓，缺少色彩，又成了缺陷。文集中《焚驴志》写得较为有趣，兹录之：

> 岁已未，河朔大旱，远迩焦然无主。赖镇阳帅自言忧农，督下祈雨甚急。厌禳小数，靡不为之，竟无验。既久，怪诬之说兴。适民家有产白驴者，或指曰："此旱之由也。云方兴，驴则仰号之，云辄散不留，是物不死，旱胡得止？"一人臆倡，众万以附。帅闻以为然。命亟取将焚之。驴见梦于府之属某曰："冤哉！焚也。天祸流行，民自罹之，吾何预焉？吾生不幸为异类，又不幸堕乎畜兽。乘负驾驭，惟人所命；驱叱鞭箠，亦惟人所加。劳辱以终，吾分然也。若乃水旱之事，岂有所知？而欲置斯酷欤！孰诬我者？而帅从之！祸有存乎天，有因乎人，人者可以自求，而天者可以委之也。殷之旱也，有桑林之祷，言出而雨；卫之旱也，为伐邢之役，师兴而雨。汉旱，卜式请烹弘羊；唐旱，李中敏乞斩郑注。救旱之术多矣，盍亦求诸是类乎？求之不得，无所归咎，则存乎天也，委焉而已。不求诸人，不委诸天，以无稽之言而谓我之愆，嘻其不然，暴巫投魃，既已迂矣，今兹无乃复甚。杀我而有利于人，吾何爱一死？如其未也，焉用为是以益恶？滥杀不仁，轻信不智，不仁不智，帅胡取焉？吾子其属也，敢私以诉。"某谢而觉。请诸帅而释之，人情初不怿也。未几而雨，则弥月不解，潦溢伤禾，岁卒以空。人无复议驴。（文集卷四三）

此文以"志"名篇，但不是实录，而显系寓言。白驴之诉，堂堂正正，说古道今，显系王若虚借题发挥。文中或有寄托，所指虽不明，但在封建时代，"滥杀不仁，轻信不智"的现象，到处都有，本文具有普遍意义，是显而易见的。

李俊民（1176～1260）字用章，号鹤鸣老人，泽州晋城（今属山西）人。少时曾学二程理学，承安五年（1198）以经义举进士第一，应奉翰林文字，后弃官教授乡里。入元后，忽必烈召见，拒不仕元，晚年隐居嵩山。死谥庄靖，有《庄靖集》传世。《四库提要》对他的志节诗文有很高的评价："俊民抗志遁荒，不縻好爵，出处之际，能洁其身。集中入元后只书甲子，隐然自比陶潜。故所作诗类多幽忧激烈之音，系念宗邦，寄怀深远，不徒以清新奇杰为工。文格冲淡和平，具有高致，亦

有《遗山集》四十卷(诗赋十四卷,文二十六卷)及《续夷坚志》、《杜诗学》一卷、《诗文自警》十卷,所编《中州集》选录金代二四九人诗作,是研究金代文学的重要依据。

在金代诗文作家中,元好问是成就最高最享盛名的一个。《金史·文艺传》说:好问"为文有绳尺,备众体。其诗奇崛而绝雕刿,巧缛而谢绮丽,五言高古沉郁,七言乐府不用古题,特出新意,歌谣慷慨,挟幽并之气,其长短句揄扬新声,以写恩怨者又数百篇。兵后故老皆尽,好问蔚为一代宗工。"他的诗文早年即闻名于当时,赵秉文读后许为"近代无此作者",因而"名震京师中"(《金史·文艺传》)。时人徐世隆谈到他在文坛的影响:

> 窃尝评金百年以来得文派之正而主盟一时者,大定、明昌则承旨党公,贞祐、正大则礼部赵公,北渡则遗山先生一人而已。自中州斫丧,文气奄奄几绝,起衰救坏,时望在遗山,遗山虽无位柄,亦自知天之所以畀付者为不轻,故力以斯文为己任,周流乎齐鲁燕赵晋魏之间凡三十年。其迹益穷,其文益富,其声名益大以肆。(《元遗山集序》)

后人对元好问在金代文坛的地位也持肯定态度,《四库提要》说:"好问才雄学赡,高古沉郁,金元之际,屹然为文章大宗。"清人方戍昌也说:"今读其集,挟幽并之气,存金源之遗,坚持高节不仕于元,慨然以著作自命,文诗皆宪章北宋,直接长公,屹然为一大宗。"(《重刻元遗山先生集序》)。

元好问论诗文创作,强调闻见与积学,并把这看作是进行创作的泉源。认为"见之之多,积之之久",才能写出好的诗文作品(《答聪上人书》)。"眼处心生句自神,暗中摸索总非真。画图临出秦川景,亲到长安有几人?"(《论诗三十首》)他认为写作只有"亲到安长"、"眼处心生",下笔才能有神。"文章天下之难事,其法度杂见于百家之书,学者不遍考之,则无以知古人之渊源。"(《锦机引》)只有认真读书积学才能学好写作,他引黄庭坚《与黄直方书》语:"欲作楚辞,须熟读楚辞",说明只有多"观古人用意曲折处",才能"如世之巧女,文绣妙一世"(同上)。闻见与积学,二者缺一不可。在创作风格上,他主张自然天成,清新高雅,反对"斗靡夸多"和险怪虚荒。"一语天然万古新,豪华落尽见真淳"(《论诗三十首》),是他最欣赏的作风。而要使自己的创作能够达到这种境界，最根本的是要“诚”。他在《杨叔能小亨集引》中说：“诗与文，特言语之别称耳。有所记述之谓文，吟咏情性之谓诗，其为言语则一也。唐诗所以绝出于《三百篇》之后者，知本焉尔矣。何谓本？诚是也。”他认为无论“古圣贤道德言语”，还是时人之作，都是“由诚而言”：“夫惟不诚，故言无所主，心口别为二物，物我邈其千里，漠然而往，悠然而来，人之听之，若春风之过马耳，其欲动天地、感鬼神难矣。其是之谓诚。”由于他主诚，主天然，所以他又疾伪：“心画心声总失真，文章宁复见为人，高情千古《闲居赋》，争信安仁拜路尘。”（《论诗三十首》）扬雄《法言·问神》提出：“言，心声也；书，心画也。声画形；君子小人见矣。”但事实常常不是这样。晋朝的潘岳（字安仁）曾经巴结权贵贾谧，每候其出即“望尘而拜”，实际是势利小人，但“既仕不达，乃作《闲居赋》。”（《晋书·潘岳传》）元好问对这种“心口别为二物”的创作是很鄙视的。

元好问的创作实践与他的主张是一致的。他曾自评其诗文：“仆自以起寒乡小邑，未尝接先生长者余论。内省缺然，故痛自鞭策，以攀逸驾。后学时文，五七年之后，颇有所省进。而学古诗，一言半辞传在人口，遂以为专门之业，今四十年矣。见之之多，积之之久，挥毫落笔，自铸伟词，以惊动海内则未能，至于量体裁，审音节，权利病，证真赝，考古今诗人之变，有戆直而无姑息，虽古人复生，未敢多让。”（《答聪上人书》）他是老老实实进行创作的，他不以“惊动海内”相高，而以“见之之多，积之之久”为本，“有戆直而无姑息”，因而在诗文创作上取得了突出成就。他的散文在当时就受到了人们的重视。金末元初的杜仁杰说：“今观《遗山文集》，又别是一副天生炉鞴，比古人转身处，更觉省力。不使奇字，新之又新；不用晦事，深之又深。但见其巧，不见其拙，但见其易，不见其难。如梓匠轮舆，各输技能，可谓极天下之工。”（《遗山文集序》）不用奇字，不用晦事，平易清新，这正是元好问散文的特点。

元好问在诗歌创作上取得了很大的成绩，他的散文长于记事抒情，这大约与他善诗有关。现存《遗山集》中，传统的论政、论学的论说文章，一篇未收，恐怕不是编者的疏忽（《遗山集》是他死后由友人、后学编成），《四库提要》说他的文章“众体悉备”，实际他是有所偏重的。让我们先读他的《赵闲闲真赞序》：

兴定初，某以诗文见故礼部闲闲公。公若以为可教，为延誉诸公间。又五年，乃得以科第出公之门，公又谓当有所成就也，力为挽之，奖借过称。旁有不平者。宰相师仲安班列中倡言，谓公与杨礼部之美、李内翰钦叔为元氏党人，公不之恤也。正大甲申，诸公贡某词科，公为监试官，以例不赴院宿。一日坐礼曹，钦叔从外至，诵某《秦王破窦建德降王世充露布》，公颇为耸动，顾坐客陈司谏正叔言："人言我党元子，诚党之邪!"公之笃于自信盖如此。

壬辰冬，某以东曹掾知杂权都司，取行止卷观之，见公独衔及杨、雷猥相荐引者十七章。窃自急言：公起布衣，仕五朝，官六卿，自奉养如寒士，不知富贵为何物。其自待如此，顾虽爱我，宁欲为利禄计，欲使之亟进得以斗升活妻子耶！惟是愚陋，不足以当大贤特达之遇，兀兀近五十，而迄无所成，用是为愧负耳。北渡后，求汴人赵济甫为公写真，因题赞于上。

呜呼！公道德文章，师表一世，如我乃得而事之。公初不以利禄期我，然则今所以事公者，虽出于门弟子之私，亦岂独以门弟子之私也哉！（文集卷三八）

这是元好问怀着诚挚的感情为恩师赵秉文写的一篇画像赞序文。元好问早年受到了赵秉文的赏识，并在科考中予以识拔，有些人认为这是同党袒护，赵秉文出以公心，不以为意。后来元好问应词科试，赵秉文看了他的应试文章，更加自信："公颇为耸动，顾坐客陈司谏正叔言：'人言我党元子，诚党之邪!'"寥寥数语，闲闲老人的音容相貌，跃然而出。文章简洁自然，可以看到元好问"不使奇字，新之又新；不用晦事，深之又深。但见其巧，不见其拙；但见其易，不见其难"的风格。

元好问的一生，淡泊名利，重视交游和师友情谊，他的许多文章写得好，与他的这种情操有密切关系。兹录其《送秦中诸人引》：

关中风土完厚，人质直而尚义，风声习气，歌谣慷慨，且有秦汉之旧。至于山川之胜，游观之富，天下莫与为比。故有四方之志者，多乐居焉。

予年二十许时，侍先人官略阳，以秋试留长安中八九月。时纨绮气未除，沉涵酒间，知有游观之美而不暇也。长大来，与秦人游益多，知秦中事益熟，每闻谈周、汉都邑，及蓝田、鄠、杜间风物，则喜色津津然动于颜间。二三君多秦人，与余游，道相合而意相得也。常约近南山寻一牛田，营五亩之宅，如举子结夏课时，聚书深读，时时酿酒为具，从宾客游，伸眉高谈，脱屣世事，览山川之胜概，考前世之遗迹，庶几乎不负古人者。然予以家在嵩前，暑途千里，不若二三君之便于归也。清秋扬鞭，先我就道，矫首西望，长吁青云。

今夫世俗惬意事，如美食大官，高赀华屋，皆众人所必争，而造物者之所甚靳，有不可得者。若夫闲居之乐，澹乎其无味，漠乎其无所得，盖自放于方之外者之所贪，人何所争，而造物者亦何靳耶？行矣诸君，明年春风，待我于辋川之上矣。

此文是元好问的代表作之一。金宣宗完颜珣迁都汴京后，元好问随母从太原迁居河南宜阳，兴定二年（1218）移家嵩山之南的登封县，此文即写于移家登封至1233年元兵攻克汴京之前的时期。此时金朝政治腐败，时局动荡，这进一步增加了元好问退隐的思想。此文所表现的就是他这时的心情。文章从称赞关中的风土人情及山川之胜写起，集回忆、联想及现实描写于一篇，突出了他归隐秦中的思绪。

姚鼐划分文章体裁有“杂记”一类，厅堂楼阁记，山水游记，都属此类。姚鼐认为这类文章“纪事大小事殊，取义各异”(《古序辞类纂序目》)。由于这类文章可以描写记事，可以抒怀寄意，最容易发挥作者的文学才能。元好问以诗人的气质，这类文章写得较多，也最富特色。如《市隐斋记》：

吾友李生为予言：“予游长安，舍于娄公所。娄，隐者也，居长安市三十年矣。家有小斋，号曰‘市隐’，往来大夫士多为之赋诗，渠欲得君作记。君其以我故为之。”

予曰：“若知隐乎？夫隐，自闭之义也。古之人隐于农、于工、于商、于医卜、于屠钓，至于博徒、卖浆、抱关夫、酒家保，无乎不在，非特深山之中，蓬蒿之下，然后为隐。前人所以有大小隐之辨者，谓初机之士，信道未笃，不见欲，使心不乱，故以山林为小隐。能定能应，不为物诱，出处一致，喧寂两忘，故以朝市为大隐耳。以予观之，小隐于山林，则容或有之，而在朝市者，未必皆大隐也。自山人索高价之后，欺松桂而诱云壑者多矣，况朝市乎？今夫干没氏之属，胁肩以入市，叠足以登垄断，利嘴长距，争捷求售，以与佣儿贩夫血战于锥刀之下，悬羊头，卖狗脯，盗跖行，伯夷语，曰‘我隐者也’而可乎？敢问娄之所以隐奈何？”

曰：“鬻书以为食，取足而已，不害其为廉；以诗酒游诸公间，取和而已，不害其高。夫廉与高，固古人所以隐也，子何疑焉？”

予曰：“予得之矣，予为子记之。虽然，予于此犹有未满焉者。请以韩伯休之事终其说：伯休卖药都市，药不二价，一女子买药，伯休执价不移。女子怒曰：‘子韩伯休邪？何乃不二价？’乃叹曰：‘我本逃名，乃今为儿女子所知！’弃药径去，终身不返。夫娄公固隐者也，而自闭之义，无乃与伯休异乎？言，身之文也，身将隐，焉用文之？是求显也，奚以此为哉？予意大夫士之爱公者，强为之名耳，非公意也。君归，试以吾言问之。”（文集卷三三）

这是一篇非常别致有趣的散文。向作者求记的娄公，身居长安闹市，自称隐者，名其斋为“市隐”，却汲汲于名。“往来大夫士多为之赋诗，渠欲得君作记”，从李生的话中，作者已经向读者透露了消息：娄公非真隐。作者以此为“由头”，提出质疑：“若知隐乎？夫隐，自闭之义也。”真正的隐者是不应该像娄公那样请人赋诗作记以求闻达的。文章以事实为依据作大隐、小隐与假隐之辨，说明娄公之隐，言行不一，不是真隐者。自然，像娄公这样的人，“鬻书以为食”，“以诗酒游诸公间”，所做非坏事，人也不是坏人，加之他又是李生的友人，所以该文通过辨隐，指出娄公非真隐并有沽名钓誉之嫌，行文却委婉含蓄而有分寸。文章结尾，作者给娄公和李生留了一个退路：“予意大夫士之爱公者，强为之名耳，非公意也。君归，试以吾言问之。”此是该文别致处。娄公沽名钓誉，其实已昭然若揭，却说娄公求名可能是大夫士“强为之名，非公意也”，让人读了忍俊不禁。杜仁杰所说遗山文“又别是一副天生炉鞴，比古人转身处，更觉省力。”该文结尾处的一个“转身”，为文章增色不少。本文名为“市隐斋记”，实际作的是一篇“非隐记”，这也是该文立意的巧处。姚鼐认为这类文章“取义各异”，在此又一次得到了证明。

元好问喜山水之游，其足迹遍于晋、冀、豫、鲁及关中，所到之处，均有诗文记胜。《遗山集》中，记体文三十余篇，游记为多。其中《济南行记》、《西山行记》等都有情致。截其《济南行记》一段，以见其风貌：

水西亭之下，湖曰大明，其源出于舜泉，其大占城府三之一。秋荷方盛，红绿如绣，令人渺然有吴儿洲渚之想。大概承平时，济南楼观天下莫与为比，丧乱二十年，唯有荆蓁瓦砾而已。正如南都隆德故宫，颓圮百年，涧溪草树，有荒寒古淡之趣，虽高甍画栋无复其旧，而天巧俱在，不待外饰而后奇也。凡北渚亭所见，西北孤峰五：曰匡山，齐河路出其下，世传李白尝读书于此；曰粟山，曰药山，以阳起石得名；曰鹊山，山之民有云：每岁七八月，乌鹊群集其上，亦有一山，皆曰鹊时，此山之所以得名欤；曰华不注，太白诗云："昔岁游历下，登华不注峰。兹山何峻秀，青翠如芙蓉。"此真华峰写照诗也。大明湖由北水门出与济水合，渺漫无际，遥望此山，如在水中，盖历下城绝胜处也。华峰之东有卧牛山，正东百五十里，邹平之南有长白山，范文正公学舍在焉，故又谓之黉堂岭。……

爆流泉在城之西南，泉，泺水源也。山水汇于渴马崖，洑而不流，近城出而为此泉。好事者曾以谷糠验之，信然。往时漫流才没胫，故泉上涌高三尺许。今漫流为草木所壅，深及寻丈，故泉出水面才二三寸而已。近世有太守改泉名槛泉，又立槛泉坊，取《诗》义而言，然土人呼爆流如故。爆流字又作趵突，曾南丰云然。金线泉，有纹若金线，夷犹池面，泉今为灵泉庵。道士高生妙琴事，人目为琴高，留予宿者再，进士解飞卿好贤乐善，款曲周密，从予游者凡十许日，说少日曾见所谓金钱者。尚书安国宝亦云，以竹竿约水使不流，尚或见之。予与解裴回泉山者三四日，然竟不见也。（文集卷三四）

该文写济南，以记泉为主，以记山为点缀，颇能突出济南"泉城"的特点。上引文字，写大明湖，写爆流（趵突）泉和金线泉，考证与描写并用，徐徐道来，展现在人们面前的是一幅幅白描图画，素淡而不乏味，较好地体现了元好问"自然天成"的审美情趣。

元好问的散文，特别是他的记事及碑版文章，洋洋洒洒，没有格套，是其长处，但往往不注意剪裁，又不免显得累赘，有些文章过于质朴，读起来味道不浓，这些都是遗山文的不足。

第五节　金代其他作家的散文

金代散文作家，除上述之外，还有一些较有影响者，但因其文集不传，已不能窥其全貌，仅能根据其部分遗文，略述大概。

党怀英（1134～1211）字世杰，号竹溪，原籍冯翊（今陕西大荔），其父官泰安军，移家奉符（今山东泰安），为奉符人。大定进士，官至翰林学士承旨，国子监祭酒。善诗文，工书法。著有《竹溪集》十卷，今佚。《金文最》收其遗文十余篇，多为石刻拓本。

党怀英诗文在金朝中期影响很大，赵秉文《竹溪先生文集引》云：

> 文以意为主，辞以达意而已，古之文不尚虚饰，因事遣词，形吾心之所欲言者耳。间有心之所不能言者，而能形之于文，斯亦文之至乎。譬之水不动则平，及其石激渊洄，纷然而龙翔，宛然而凤蹙，千变万化，不可殚究，此天下之至文也。亡宋百余年间，惟欧阳公之文，不为尖新艰险之语，而从容闲雅之态，丰而不余一言，约而不失一辞，使人读之者，亹亹不厌，盖非务奇之为尚，而其势不得不然之为尚也。故翰林学士承旨党公，天资既高，辅以博学，文章冲粹，如其为人。当明昌间，以高文大册，主盟一世。自公之未第时，已以文名天下，然公自谓入馆阁后，接诸公游，始知为文法，以欧阳公之文为得其正，信乎。公之文有似乎欧阳公之文也。晚年五言古体，寄兴高妙，有陶谢之风，此又非可与夸多斗靡者道也。近岁寇攘，丧亡几尽，姑裒次遗文，仅成十卷，藏之翰苑云。(《滏水集》卷一五)

赵秉文以党怀英之文比之于欧阳修，认为他的文章“冲粹”，与欧文相似。此说不无过誉，但据今存作品，党文风格确较和雅，有一些欧文的气息。谨录《谷山寺碑》之前段，以见其大概：

> 佛法自西方来，天下名山胜境化为道场，兴废因缘，自有时运。尝读元魏

高僧传，得僧意胜迹之祥而异之。意之寂也，以天帝之召，及期遂行，此其余缘，当有复兴之日矣。泰山南向而东骛，由东迤北曰大小岘，其下曰天津河，环地百有余顷，山势四围，盖汉之明堂在山之东北址，此其地也。道左二里许，耕垦之余，瓦砾被之，与沈存中之说高丽制度亘皆有纹者合。又西北行六七里，山光丛丛，高下隐见，一峰巍然秀拔而下圆，曰谷山也。沿涧少北，今寺基矣。

尝有猎人行猎莲花峰侧，遇罗汉像而终日无所获，每遇之必然。猎夫怒，积薪将焚之。明日迁坐于高险，薪燎不可及，猎夫愕而悔谢。是夕山下老稺三四，同梦异僧久隐莲花峰，有猎者之厄。或问为谁，盖曰意云。耆老十余辈，更相诱率，凡一再行，当石掩奥处果访得之，乃扶舆而下至今所。忽重不可动，而峰岭重复掩抱，可兴寺场，众悟，遂止焉。

粤自兵乱，荒山重泽，残扰殆遍，废置始末，不可详究。惟土人名之曰佛谷者旧矣。盖意之逝也，有灵感之异，土人以是命名。继有僧善宁，远涉荒梗，首至谷山旧址，破屋废圮而已。独山色如旧，出没起伏，益远而益秀，善宁独喜，雅契宿心。于是日趋山下，句菽粟，携火具，结茅而休焉。往来山坂无难色，暇日畚筑溪涧，勤苦劳作而无怠意。短褐芒屩，从事如初，自是涧隈山胁，稍可种艺，植栗数千株，迨于今充岁用焉。斋粥所须，日益办具，凡三十余年，则谷山初祖也。

在辽金散文中，寺碑塔铭多有，但大都枯燥乏味，难以卒读。党氏此文，先据高僧传述僧意在谷山“灵感之异”，后叙谷山寺初祖善宁艰苦创业，徐迂委婉，迭宕有致，多少有欧阳修从容闲雅之美。党氏遗文中《十方灵岩寺碑》、《鲁两先生祠碑》等，也都具有这样的特色。

杨云翼（1170～1228）字之美，原籍赞皇（今属河北），先人徙居乐平（今山西昔阳西南）。明昌五年进士第一，学问渊博，精通经史、天文、律历、医卜之学，官至吏部尚书，死谥文献。善诗文，与赵秉文齐名，时人号称“杨赵”。著有《之美集》及《大金礼仪》、《续通鉴》等。其文集不传，《金文最》收其遗文数篇。杨云翼以直言极谏著称，其谏书也颇有特色，如《谏南伐疏》：

朝臣率皆谀辞。天下有治有乱，国势有弱有强，今但言治而不言乱，言强而不言弱，言胜而不言负，此议论所以偏也。臣请两言之。

夫将有事于宋者，非贪其土地也。第恐西北有警而南又缀之，则我三面受敌矣。故欲我师乘势先动，以阻其进，借使宋人失准，且不敢来，此战胜之利也。就如所料，其利犹未可必然。彼江之南，其地尚广，虽无淮南，岂不能集数万之众，伺我有警而出师耶？战而胜且如此，如不胜害将若何？且我以骑当彼之步，理宜万全，臣犹恐其有不敢恃者。盖今之时势与泰和不同。泰和以冬征，今我以夏往，此天时之不同也；冬则水涸而陆多，夏则水潦而途淖，此地利之不同也；泰和举天下之力，驱乱军以为前锋，今能之乎？此人事之不同也。议者徒见泰和之易，而不知今日之难。请以夏人观之，向日弓箭之手在西边者，一遇敌则搏而战，袒而射，彼已奔北之不暇。今乃陷我城而虏守臣，败吾军而擒主将。曩则畏我如彼，今则侮我如此，夫以夏人既非前日，奈何以宋人独如前日哉？愿陛下思其胜之之利，又思败之之害。无悦甘言，无贻后悔。(《金文最》卷一七)

据《金史》本传，此文写于金宣宗贞祐年间，当时朝中对于是否征伐南宋曾展开辩论，朝中不少大臣力主南伐，杨云翼等力排众议，根据当时的形势，主张不要与南宋为敌，并作此疏。该文以事实为依据，分析南伐可能带来的祸害，有很强的说服力，文章风格也较质朴，是一篇较好的奏议之作。但当时朝中主伐派势力很大，宣宗听从了他们的意见，结果金军“大败于淮上，一军全没”(《金史·杨云翼传》)，宣宗也后悔未按云翼奏疏的意见办，说：“当使我何面目见杨云翼耶!”金军的失败，提高了该文在奏议类文体中的地位。

麻革，字信之，虞乡（今山西永济）人，生卒年不详。金正大中，与杜仁杰、张澄隐居内乡（今属河南）山中，教授生徒，日以诗文为业，金亡后迁代北，淹留于居延（今内蒙古自治区额济纳旗）。人称贻谷先生，著有《贻谷集》，今佚。《金文最》收其遗文四篇，其中《游龙山记》较为有名。入元后，麻革赴试武川（今河北宣化），归途路经浑源（今属山西），游龙山，写下了《游龙山记》。龙山又名封龙山，金元时以山色秀美著称。《游龙山记》形象地描绘了龙山的优美及游山之乐，原文略长，兹录其中间一段：

山无麓，乍入谷，未有奇。沿溪曲折行数里，草木渐秀润，山竦出，崭然露芒角。水声锵然鸣两峰间，心始异之。又盘山行十许里，四山忽合，若拱而提环而卫者。嘉木奇卉被之，葱茜秾郁，风自杪起，纷披震荡，山与木若相顾而坠者，使人神骇目眩。又行数里，得泉之泓澄渟滀者焉。泆出石罅，激而为迅流者焉。阴木荫其颠，幽草缭其趾。宾欲休，咸曰："莫此地为宜。"即下马，披草踞石列坐，诸生瀹觞以进。酒数行，客有指其西大石曰："此可识。"因命余，余乃援笔书凡游者名氏及游之岁月而去。

又行十许里，大抵一峰一盘，一溪一曲，山势益奇峭，树林益多，杉桧栝柏，而无他凡木也。溪花种种，金间玉错，芬香入鼻，幽远可爱，木萝松鬣，罥人衣袖。又萦纡行数里，得冈之高，遽陟而上，马力殆不能胜。行茂林下又五里，两岭若岐，中得浮屠氏之居，曰大云寺。有僧数辈来迎，延入，馆于寺之东轩。林峦树石，栉比楯立，皆在几席之下。憩过午，谒主僧英公，相与步西岭，过文殊岩。岩前长杉数本挺立，有磴悬焉。下瞰无底之壑，危峰怪石，巑岏巧斗，试一临之，毛骨森竖。南望五台诸峰，若相联络无间断。西北而望，峰豁而川明，村墟井邑，隐约微茫，如奕局然。徜徉者久之，寅缘入西方丈，观故侯同知运使雷君诗石及京叔诸人留题。回乃经北岭，登萱草坡，盖龙山绝顶也。岭势峻绝，无路可跻，步草而往，深弱且滑甚，攀条扪萝，疲极乃得登，四望群木皆翠杉苍桧，凌云千尺，与山无穷，此龙山胜概之大全也。（《金文最》卷三四）

这是金代散文中难得的一篇优美游记。龙山地处代北，在人们的印象中，这里"色往往如死灰，凡草木亦无粹容"（本文前语），绝无秀色可言。没想到在穷山恶水的贫瘠土地上却隐藏着龙山的绝妙景色。麻革此文受到重视，自然与作者的妙笔有关，但与龙山的地理环境也不无关系。该文写龙山，如深山探宝，愈深愈奇，从"乍入谷，未有奇"写起，几步一景，一直写到龙山绝顶萱草坡，四望而得"龙山胜概之大全"，读来妙趣横生，令人神往。

杨弘道（1189～1270?）字叔能，号素庵，淄川（山东淄博）人。金哀宗时尝监麟游（今属陕西）酒税，后仕于南宋，为襄阳府教谕，摄唐州司户。不久北迁，寓居济源（今属河南），卒于元世祖至元七年以后，年八十余岁。能文，尤工诗，与元好问等同以诗名，为北方文坛巨擘，著有《小亨集》。《金文最》收其遗文十余篇，文字较质直。如《养浩斋记》：

余以正大元年监麟游酒税，初识曲子安，居县学为童子师。项背微偻，布褐委然，目赤且湿，苍髯模糊，不见颐颔。县人云："子安生乾州，居此凡二十年矣。生理萧条，自始迄今，衣食之奉如一。"一日谒余而进曰："仆以养浩名所居之室，闻先生尝从事于斯文，愿求文以记之。"余不欲违其意，亦不能从其请，但笑而谢焉。退而思曰："孟子，圣人之徒也，其论浩然之气曰：'难言也，至大至刚，以直养而无害，则塞于天地之间。'夫名者，实之华也，故为是名也，必求有以副之。养浩之名，子安副之哉?"

余平昔喜孟子之书，修其天爵，不肯枉尺直寻，威武不能屈，说大人则藐之。诵之于口，著之于心，事之以为行，述之以为文，而自待其身亦至矣。以兵凶破产，失其生生之资，乃俯首监差中，亦孟子所谓抱关击柝者比也。夫仕有尊卑制禄之称，今也仕之卑者，不为制禄，而斗米束刍，绳之以法，举手蹈足，辄挂罪罟。折腰于里胥，屈膝于县吏，平昔所养，消沮殆尽。于是昼惭形秽，夜惭梦寐，饮惭瓯盂，食惭匕著。他日复见子安，其形貌堂堂乎美丈夫也，布褐鲜鲜然美衣服也，气充乎其浩然矣。因笑曰："无乃自视不足而所见然耶。"（《金文最》卷三五）

在杨弘道的遗文中，这一篇较有意思。作者为曲子安的养浩斋作记，有一个思想变化的过程。"养浩"即孟子所谓"养浩然之气"的意思。曲子安不过是一个县学童子师，且其貌不扬，作者最初认为曲子安是不配谈"养浩"的。后来想到自己也曾按照孟子的话立身行事，以大丈夫自居。而因"兵凶破产，失其生生之资"，不得不到一个小县作监酒税的小差使，为斗米束刍而折腰，因而再见到曲子安时，就觉得他是一个"美丈夫"而"气充乎其浩然"了。从中人们可以看到当时一般知识分子生活的艰辛，以及理想与现实的矛盾。作者为曲子安写了这篇"斋记"，但最后又说："无乃自视不足而所见然耶"，实际是告诉人们，不论是作者自己，还是曲子安，在那样的社会环境中，侈谈养气，都是不现实，乃至可笑的。该文有一定的现实意义，正是由此产生的。

金代散文作家中，值得一提的还有王庭筠、刘祁等人。王庭筠（1151～1202），字子瑞，河东（今山西永济）人，少年颖慧，大定十六年二十五岁中进士，官至翰林修撰，善诗文，工书画，著有文集四十卷及《藂辨》十卷，文集今不传，《金文最》仅收遗文四篇。其《香林馆记》、《五松亭记》等，文字纯正清雅，堪称作手。刘祁（1203～1250），字京叔，浑源（今属山西）人，举金进士，殿试失意，入元后就试西京（今山西大同）第一，后隐于乡。诗文有《神川遁士集》，今佚。所作《归潜志》记金事，《金史》多有采录，今存。录其《归潜堂记》一段，以见其志趣及文章风范：

> 时移事变，流离兵革中，生资荡然，童仆散尽，从行惟骨肉数口，旧书一囊，由铜川过燕山，入武川，凡一载始得还乡里，乡帅高侯为筑室以居。所居盖其故宅之北，四面皆见山。若南山西岩，吾祖旧游，东为柏山，代北名刹，西则玉泉龙山，山西胜处。故朝岚夕霭，千态万状，其云烟吞吐，变化窗户前。门前流水数支，每静夜微风，有声琅琅，使人神清不寐。刘子每居室中，焚香一炷，置笔砚楮墨几上，书数卷，偃息啸歌，起望山光，卧味道腴，为终日乐，虽敝衣恶食不知也。间尝自念，幸生而为儒，忝学圣人之道，其平昔所志，修身治国平天下，穷理尽性至于命，进则以斯道济当时，退则以斯道觉后世。今当壮岁，遭此大变，更赖先人之灵，得返乡里，幸而有居以自容，将默卷静学以休息其心力。况世路方艰，未可为进取谋。因榜其堂曰"归潜"。（《金文最》卷三五）

此文写作者遭金末元初兵乱后回乡隐居的心志，言简意明。述其居室环境，寥寥数句，浑源的风光景色，描摹逼真，对其隐居情趣，起了烘托作用。此文是《归潜志》中的一篇。《归潜志》虽以记事为主，但多用抒情描写，许多文章都有文学色彩。

第二章
元代散文（上）

第一节　周密、郑思肖、邓牧、谢翱等南宋遗民的散文

宋室偏安，文士集于东南。宋亡以后，许多人隐于民间，义不仕元，一部分人还参加了闽、广、江西等地的抗元武装斗争。他们入元以后的散文创作，多抒写亡国之痛，故国之思；一部分作品，总结宋亡的教训，对宋末政治的黑暗、吏治的腐败，有不同程度的揭露。他们无意于用世，也无意于以文取誉于当时，故散文多能自出胸臆，洞见真情，绝无应酬文字的调头，其著者，有周密、郑思肖、邓牧、谢翱等。

周密（1232～1298）字公谨，号草窗，又号萧斋，本济南人，其曾祖扈从高宗南渡，因家吴兴（今浙江湖州）。度宗咸淳中曾官义乌令，宋亡不仕，自号泗水潜夫，长时间寓居杭州之癸辛街。工诗、词、散文，有《武林旧事》一百卷、《齐东野语》二十卷、《癸辛杂识》前、后、续、别集共六卷，皆入元后著。《武林旧事》、《癸辛杂识》皆笔记体裁。前者主要追记南宋帝都临安（即武林）旧事，自序云："噫！盛衰无常，年运既往，后之览者，能不兴忾我寤叹之悲乎?"在追忆旧事之中，显然寓有亡国之痛；在对往日繁华的描写中，也不能不存在奢靡误国的感慨。此书杂记事实，并没有一般文章写作的结撰布置、意度波澜的讲求，但也还有一些

段子，算得上是很精彩的散文小品。如卷三《观潮》，写钱塘江潮之来，写水军之操演、写吴儿之弄潮，都极见描写功力。《癸辛杂识》杂记旧闻轶事，颇有一些怪异之谈，近于小说。但其中也有不少严肃的记事，特别是载南宋末年时事，对贾似道等权奸的误国，多有揭露；《二王入闽大略》、《张士杰忠死》等篇，则歌颂张士杰、陆秀夫等的忠烈事迹，行文中流露出无限的景仰与悲慨。有一些段子，则揭露、鞭笞了变节降敌的无耻之徒。如续集卷上《蹇材望》：

蹇材望，蜀人，为湖州倅。北兵之将至也，蹇毅然自誓必死，乃作大锡牌，镌其上曰："大宋忠臣蹇材望"。且以银二笏，凿窍，并书其上曰："有人获吾尸者，望为埋葬。仍见祀，题云'大宋忠臣蹇材望'。此银所以为埋瘗之费也。"日系牌与银于腰间，只伺北军临城，则自投水中，且遍祝乡人及常所往来者，人皆怜之。丙子正月旦日，北军入城，蹇已莫知所之，人皆谓之溺死。既而北装乘骑而归，则知先一日出城迎拜矣。遂得本州同知。乡曲人皆能言之。

元兵未至，再再标榜"大宋忠臣"，再再言死，元兵已至，先一日出城迎降，"北装乘骑而归"，遂得新朝州同知之职。两相对照，一副虚伪至极、无耻至极、丑恶至极的嘴脸，跃然纸上。作者看似冷静地客观描写，而行文之中，不无揶揄，不无谴责，尽管作者一句谴责的话也没有说。实际上，有了这样的描写，是任何谴责的话也不必说的了。

郑思肖（1241～1318）一名所南，字亿翁，一作忆翁，号三外野人。原籍福建连江，生于临安（今浙江杭州），居吴门（今江苏苏州）。初以太学上舍生应博学鸿词科，元兵南下，曾伏阙上书，不报。宋亡，隐耕吴中，其名、字、号皆此时另起，以寄不忘赵宋之情；痛宋之亡，画兰而不画土，意谓土已尽为人夺去。至元二十年（1283），他将宋度宗咸淳时及宋亡以后几年间所著诗文，编为《心史》，以铁函锢封，沉于苏州承天寺井中，明崇祯十一年（1638）始被发现问世。《心史》中散文，皆元亡以后作。另有《郑所南先生文集》，附于其父郑起《菊山清隽集》后，亦皆入元以后晚年之作。

郑思肖是一个典型的忠臣孝子，正统立场相当鲜明，宋亡以后，民族感情也最为强烈。《心史》中的《大义略叙》，述元兵南下，宋室覆亡，以至崖山之败的全过程，是一部南宋亡国的痛史，“直书本末得失源流大概”，又是宋亡教训的一个总结。其中不乏对宋末朝政黑暗、权奸叛将误国的揭露和对坚持抗元的忠臣义士的赞颂纪念，情感十分沉痛。如论宋之所以亡：

> 德祐后变故，非言所可尽，闻见不详，虑讹其事，不敢悉书。合舆情所论，误国者，贾似道也；纵鞑渡江犯京师者，夏贵也。太皇昏老，太后善懦，嗣君幼冲，内无相，外无将，诸郡皆叛臣，大宋安得不厄阳九之运也。今咸曰“巍冠儒者误国”，虽实有之，然文公天祥，大忠极烈，超前绝后，岂可例之曰“巍冠儒者误国”乎！或诿曰“数其然”，岂其然乎！似道当国十六年，独揽大权，祸福天下，行七司法而吏格日峻，买公田而富家力乏，贬死前丞相吴潜，杀守潭州有功向士璧，在内百官卖谀尸位，在外诸将绝赏生心，人才沮气，日就消铄，及乎出师无谋，为鞑所袭，一矢不发。似道误国大矣！

《心史》中还有一些短文，如《一愚说》、《自戒》、《警终》、《语戒》等，皆言简意深，发人警省。郑思肖晚年的一些散文，仍寓有忠宋反元的民族感情，但已不如《心史》诸文那样强烈。由于他“近中年，闯于仙；入晚境，游于禅”(《郑所南先生文集·三教记序》)，晚年的一些散文，颇有道、佛气息。《答吴山人问远游观地理书》和《送吴山人远游观地理序》，在自然科学史上有所发现，兹不具述。

邓牧（1247～1306）字牧心，号九锁山人，又号三教外人，世称文行先生，浙江钱塘（今杭州）人。在宋末尝预科名，入元更不屑仕，大德三年（1299），隐居洞霄宫超然馆，九年（1305），朝廷派玄教大师吴全节到洞霄宫请其出山为官，拒不出，次年，无疾而终。邓牧入洞霄宫前曾与周密、谢翱游，为挚友，志趣完全相同。著有文集《伯牙琴》一卷，又有《洞霄图志》六卷。

邓牧是宋遗民中最杰出的散文家。他“罕读古人著述，谓文章当出胸臆，自成一家”，为文“不肯区区有所模拟”(《伯牙琴·谢皋父传》)。《伯牙琴》中诸文，思想、文章皆特立不群，确系自出胸臆之作。《伯牙琴》自序云：“予集诗文若干，名

《伯牙琴》。伯牙虽善琴者，钟子期死，终身不复鼓，知琴难也。今世无知音，余独鼓而不已，亦愚哉！然伯牙破琴绝弦，以子期死耳，余未尝遇子期，恶知其死不死也，故复存此。”其间隐含有宋亡之痛，同时也有虽知音难遇，亦不得不吐的感慨。《伯牙琴》中，《寓屋壁记》、《永庆院记》、《逆旅壁记》等文，亦隐含亡国之痛，如《永庆院记》谓“情景变迁，荣华消息，蒿目而观之，觉邪？梦邪?”寓寄黍离之悲，情感相当沉痛。邓牧在宋亡以后浪游浙中，复隐居洞霄，还写过一些清隽优美的游记，如《雪窦游志》、《冲天观记》等，表现一种游于方外的放逸的情怀，也含有不与恶俗同流的骨气在。

邓牧的散文，最有光辉的，还是猛烈抨击封建专制主义和揭露批判黑暗吏治的《君道》和《吏道》。《君道》追述古代，谓当时君、民之分未严，君主之位未尊，为君只是为天下之民办事，并无衣、食、宫室的享受。而后世则不然：

不幸而天下为秦，坏古封建，六合为一，头会箕敛，竭天下之财以自奉，而君益贵；焚诗书，任法律，筑长城万里，凡所以固位而养尊者，无所不至，而君益孤。惴惴然若匹夫怀一金，惧人之夺其后，亦已危矣。天生民而立之君，非为君也，奈何以四海之广，足一夫之用邪？故凡为饮食之侈、衣服之备、宫室之美者，非尧舜也，秦也；为分而严，为位而尊者，非尧舜也，亦秦也。后世为君者，歌颂功德，动称尧舜，而所以自为，乃不过如秦。何哉？《书》曰：“酣酒嗜音，峻宇雕墙，有一于此，未或不亡。”彼所谓君者，非有四目两喙，鳞头而羽臂也，状貌咸与人同，则夫人固可为也。今夺人之所好，聚人之所争，慢藏诲盗，冶容诲淫，欲长治久安，得乎！

夫乡师里胥，虽贱役，亦所以长人也，然天下未有乐为者，利不在焉故也。圣人不利天下，亦若乡师里胥然，独以位之不得人是惧，岂惧人夺其位哉？夫惧人夺其位者，甲兵弧矢以待盗贼，乱世之事也。恶有圣人在位，天下之人待之如父母，而以盗贼为忧、以甲兵弧矢自卫邪？故曰：欲为尧舜，莫若使天下无乐乎为君；欲为秦，莫若勿怪盗贼之争天下。嘻！天下何尝之有？败则盗贼，成则帝王，若刘汉中、李晋阳者，乱世则治主，治世则乱民也。有国有家，不思所以救之，智鄙相笼，强弱相陵，天下之乱，何时而已乎！

在封建专制制度下，皇帝是何等的神圣，而在邓牧笔下，皇帝不过是一个“竭天下之财以自奉”的大掠夺者。这样一个以天下为私利的独夫，必然要千方百计地固其位。“惴惴然若匹夫怀一金，惧人之夺其后”，真是这种独夫心理的绝妙譬喻。后来，黄宗羲的《原君》也猛烈抨击君权，与此文一样，也焕发着古代民主思想的光辉，而邓牧比黄宗羲，要早四百来年。

《吏道》一文，主要揭露批判封建社会的黑暗吏治，认为大官小吏布天下，不过“以害民者牧民”，有如“率虎狼牧羊豕”。文章更进一步提出官吏之害民，甚于盗贼：

> 盗贼害民，随起随仆，不至甚焉者，有避忌故也。吏无避忌，白昼肆行，使天下敢怨而不敢言，敢怒而不敢诛，岂上天不仁，崇淫长奸，使与虎豹蛇虺，均为民害邪？

这实际上是认为，官吏之害民，是封建专制制度决定的，是受到封建专制制度保障的，因此官吏敢于肆行无忌地害民，而在封建专制制度的压迫下，人民只能敢怒而不敢言了。这样的触及本质的揭露，当然是相当深刻的。

《君道》、《吏道》都追述了古代之治世，认为古代之为君，“分未严”，“位未尊”，君主比较接近于人民，并没有衣、食、宫室的享受，只有治理天下的劳苦。这样的公仆似的君主，人民自然“乐载而不厌”，他们也不至于日夜惴惴不安地惟恐有人夺其位。古代“军民间相安无事”，对人民用不着什么防范、控制，因此，虽“不得无吏，而为员不多”。这不多的官吏，也都“择才且贤者”任之；他们也没有什么私利，而只是协助君主治理天下，因此“天下阴受其赐”。这里提出的，是一种反专制主义的社会理想。邓牧知道，这样的理想在当时是很难实现的，因此主张“废有司，去县令，听天下自为治乱安危”。当然，这种无政府的社会更不可能产生，在邓牧，这也只是愤激之辞而已。

宋末元初，理学风行天下，而理学所要维持的，主要就是封建专制主义的纲常。在这样的情况下，邓牧的反专制主义的思想在当时是非常突出、非常难得的，可以说是我国古代反理学的民主思想的最早的闪光，因此也是非常可贵的。就文章说，《君道》、《吏道》作为两篇政论，确是邓牧的“文章当出胸臆，自成一家”主张的很好实践。两文以立论的鲜明和气势的充沛为特点，是说理，但显然有气愤流于字里行间。行文求气足意足，而不重论证的绵密，结构的精谨。这与唐、宋以来一般的政论文不同，倒更近于战国孟、荀之文，当然，也不是对孟、荀文的有意模拟。

邓牧还有《二戒学柳河东》——《越人遇狗》、《楚佞鬼》。这是两篇言简意深的寓言，在思想上可与《吏道》相发明，至于其所针对的，是宋时的情况，还是元时的情况，倒不必深求。

谢翱（1249～1295）字皋羽，一字皋父，长溪（今福建霞浦）人，徙浦城（今属福建）。咸淳中试进士不第。至元十三年（1276），宋亡，文天祥开府延平（今福建南平），号召各地起兵抗元，翱率乡兵数百人，从文起兵，署咨议参军，到江西，兵败，避地浙中，与邓牧、方凤、吴思齐等游。著有《晞发集》一〇卷。

《晞发集》中的散文，多山水游记，乃游浙中时作于金华、桐庐等地，颇近于柳宗元山水游记清峻之格。谢翱最好的文章，是至元二十七年（1290）作于桐庐的《登西台恸哭记》（《晞发集》卷十）。此文乃为记念文天祥而作。谢翱曾从文天祥起兵抗元，与文有深厚情谊，对文之忠烈，极为敬仰，对文之不屈被害，极为痛心。据《登西台恸哭记》，文天祥被害之明年即至元二十年，谢翱哭祭于苏州夫差台，二十三年，又哭祭于会稽之越王台，二十七年，又哭祭于桐庐之西台即严子陵钓台。谢翱自江西抗元兵败至浙中，乃为避难，祭奠文天祥只能是一种隐蔽活动。据此文载，这次西台之祭刚刚结束，即有元兵的“逻舟”出现，乃急移舟避之，可见当局迫逐之紧。故此文不提文天祥之名，而托以“唐宰相鲁公”，同祭的友人，也只以甲、乙、丙称之。文中哭祭一段，情感最为沉痛，千古之下，还能催人泪落：

登西台，设主于荒亭隅，再拜跪伏。祝毕，号而恸者三。复再拜，起。又念予弱冠时，往来必谒拜祠下，其始至也，侍先君焉。今予且老，江山人物，眷焉若失。复东望，泣拜不已。有云从西南来。渰浥浡郁，气薄林木，若相助以悲者。乃以竹如意击石，作楚歌招之曰：“魂朝往兮何极！暮归来兮关水黑，化为朱鸟兮有咮焉食？”歌阕，竹石俱碎，于是相向感唶。

此文虽有意写得很隐晦，但当时一般人士都很能理解，很能引起共鸣，因此流传很广，影响很大。同时的方凤见到此文，“以不及与于斯哭为恨”（《存雅堂集》卷三《跋谢皋羽登西台恸哭记》）元末张丁为之作注，称“若其恸西台，则恸乎丞相也；恸丞相，则恸乎宋之三百年也。”（《唏发集》附《西台恸哭记注》）此于谢翱，皆可谓知其心者。

元初，宋之遗民有文传者，尚有方凤、林景熙、王炎午等，皆不具述。

第二节　戴表元等元初南方作家的散文

戴表元（1244～1310）字帅初，一字曾伯，自号剡源先生，庆元奉化（今属浙江）人。宋度宗咸淳七年（1271）进士，授建康府教授，后迁临安教授、行户部掌故，皆不就。宋亡后，初隐于家，后授徒于宣州、杭州等地，与王沂孙、张炎、周密、赵孟頫等游。大德六年（1302），因荐拜信州教授（按《元史》本传据袁桷《戴先生墓志铭》称戴氏拜信州教授在大德八年，误），十年，调婺州教授，以疾辞归。有《剡源戴先生文集》三〇卷（以下简称文集。下同此例）。

戴表元在宋、元之际，是较早深有感于宋季文章之弊而思欲振起的人。袁桷《戴先生墓志铭》载，戴氏在宋末官建康时，既“慷慨自奋，欲以言语笔札为己任”。后又“力言后宋百五十余年，理学兴而文艺绝。永嘉之学，志非不勤也，挈之而不至，其失也萎，江西诸贤，力肆于辞，断章近语，杂然陈列，体益新而变日多。故言浩漫者荡而倨，极援证者广而颣。俳诣之辞，获绝于近世，而一切直致，弃坏绳墨，而纷烂不可举。文不在兹，其何以垂后！”（《清容居士集》卷二八）这主要是就诗歌而言。而“理学兴而文艺绝”，也包括散文。救之之法，则主要在于复古。在《赵君理遗文序》中，他称赞赵文“有元和、嘉祐之风”（文集卷八）“元和”指唐之韩、柳，“嘉祐”指北宋之欧、苏，这就是戴氏古文创作的准的。

宋亡之后，戴表元也是有亡国之痛，黍离之悲的。他与周密关系密切，论其晚年诗，谓“晚年展转荆棘霜露之间，感慨激发，抑郁悲壮，每一篇出，令人百忧生焉”（文集卷八《周公谨弁阳诗序》）。可见他与遗民们是心心相通的。但在宋亡以后，戴表元并未绝意于用世，因此就不可能像一些遗民之文那样直抒亡国之痛，更不可能对新朝有任何指斥。但戴氏的一些散文，故国之思、亡国之痛还是有所表现，虽比较隐晦，仍讽而可得。如《乔木亭记》中的一段：

余尝登所谓乔木亭而喜之，风烟蔽遮，林樾清凑，美乎哉，其可以庶几古之故国乔木者乎！主人对余而叹曰：嗟乎，吾乔木乎！是亭者，几不为吾有，吾幸而复得之。吾生于忠烈之家，自吾之先，未尝无尺寸之禄。当其时，出而逸游，入而恬居，耳目之于靡曼妖冶，心体之于芬华安燕，固未尝知有乔木之乐也。自吾食贫，不免于寒暑饥渴之患。吾之处世，不待倦而休，涉世，不待困而悔，日夜谋所以居吾躬者百方，欲复畴昔之髣髴不可得，时时无以寄吾足，骋吾心，则瞰好风景佳时，取古圣贤之遗言，就乔木之傍而讽之。其初不过物与意会，久而觉其境之可以抒吾忧也，为之徘徊，为之偃息，为之留连不忍舍去。故倦则倚乔木而憩，闷则扣乔木而歌，沐则晞发于乔木之风，卧则曲肱于乔木之阴，行止坐卧，起居动静，无一事不与乔木相尔汝。盖吾昔也无求于乔木，而今者知乔木之不可一日与吾疏也，吾是必复而有之。（文集卷一）

字里行间，故国之思还相当深沉，特别是揭出未失乔木，不知其可贵，既失乔木，方知其与己息息相关，"不可一日与吾疏"之意，更能发人深省。《题翁舜咨所藏文丞相梅堂扁》（文集卷一九）写仰瞻文天祥所书梅堂扁而见"文公之清风"，虽未能畅所欲言，亦可见其情怀所寄。《蔺相如列传》、《田单列传》两篇史论（文集卷二二），于战国赵、燕之兴亡，颇多感慨，而后文谓"盖多杀人以立国者，其国之不可久，而又欲兼人之国乎哉！"虽述上古，也不可能不是有感于现实而发；至其具体所指，自不待明言。

戴表元之文，长于议论，但极少性理之学的说教，议论往往系以感慨，有情致可味。其《居清堂记》、《水心云意楼记》、《谦益斋记》、《送陈养晦远游序》、《送邓善之序》、《瓶城轩铭》、《缩轩赋》等，都有此特点。如《瓶城轩铭》二首之一：

物生于土，而散复为土。然陶人得是土也，濡之炊之而为瓶，则一成形以终古，至于收藏卤莽，缺破龃龉，亦不能以复补，不如为土之为愈也。惟口亦然。善出其言，则玉帛歌舞；不善出之，血流漂杵；喜为福主，怒成祸府。故

明者慎之，与其违时而伤义，宁且默而无语也。(文集卷二〇)

着墨不多，而隐然可见时事，亦可见当时一般文士之所以谨言慎行。

戴表元之文，清通淡雅，不以华词俳语取胜，无冗杂之弊；气体淳和，较少波澜，文气似有不足，但往往“缘于人情时务”(文集卷八《张仲实文集序》)，有感而发，无肤浅空疏之病。袁桷《戴先生墓志铭》称其文“清深雅整，蓄而始发，间事摹画，而隅角不露”，对戴文的风格，是一个比较贴切的概括。

戴表元在元初南方文家中，文名最著，《元史》本传称“至元、大德间，东南以文章大家名重一时者，唯表元而已”，因此影响也很大。他振起宋末文章之衰，倡为清淳之风，对当时以至元中期的文风，都有影响。他的学生遍于东南，而以袁桷所得为多，袁桷之文，又成为元中期虞集、揭傒斯等的“先路之导”(《四库全书总目·清容居士集提要》)，由此也可见戴表元在元文中的地位。

赵孟頫(1254～1322)字子昂，号松雪道人，宋太祖十一世孙，南宋初其先得赐第湖州(今属浙江)，故数世为湖州人。年未冠，试中国子监，注真州司户参军。未几宋亡，闲居乡里，与戴表元、周密等游。至元二三年，程钜夫奉诏至江南网罗文士，赵孟頫被荐至大都，世祖以其宋宗室子弟，特加赏识，以示优礼遗佚，授奉训大夫、兵部郎中。以屡遭排嫉，力请外放，至元二九年，同知济南路总管府事。大德、延祐间，累官集贤直学士、翰林侍讲学士，翰林学士承旨知制诰。延祐六年(1319)告归，越三年，卒于家。工书、画，亦有文名，有《松雪斋文集》十卷，外集一卷。

赵孟頫与戴表元为挚友，其论文，也与戴相近。其《第一山人文集序》云：“宋以科举取士，士之欲见用于世者，不得不由科举进，故父之诏子，兄之教弟，自幼至长，非程文不习，凡以求合于有司而已。宋之末年，文体大坏。治经者不以背于经旨为非，而以立说奇险为工；作赋者不以破碎纤靡为异，而以缀缉新巧为得。有司以是取士，以是应程，文之变，至此尽矣。”(文集卷六)在宋末，理学坏文，与科举坏文，实际上是二而一的事。在同文中，赵氏又指出，元废科举，士不为场屋之习所束，王壮猷(即第一山人)始能“出其胸中所蕴”为诗文，“文不苟作，字不苟置，意深而气直，涵咏《书》、《易》，出入《骚》、《选》，宜可以名世传后，而非一时科举侥幸求合于有司之作也。”由此可见，赵氏于文，虽主张不“背于经旨”，主张“一以经为法，一以理为本”（文集卷六《刘孟质文集序》），但并不认为文就是枯燥的“理”的说教，还是应出其胸臆，意深气直，且如《离骚》、《文选》之有情有采。

赵孟頫之文，清邃而有峻拔之气，不像戴表元文那样的平和。这与他违心出仕，意有不平有关。赵孟頫以宋之宗室子弟而仕于元，颇为清议所非，而他自己，实际上也很矛盾。赵宋覆亡，他何尝没有深痛于心。他的一些诗，是悼宋之亡的，如《赵村道中》：“桢干群林空，遗址莽丘墟。至今蓬蒿下，犹有白骨枯。天阴万鬼哭，惨惨荒山隅。兴亡自有数，不敢问何如。独怜野菊花，立马为踌躇。”（文集卷二）情感是何等的沉重。仕于元，他并不情愿。内心也很矛盾痛苦，如《罪出》一诗所云：“在山为远志，出山为小草。古语已云然，见事苦不早。平生独往愿，丘壑寄怀抱。图书时自娱，野性期自保。谁令堕尘网，宛转受缠绕。昔为水上鸥，今如笼中鸟，哀鸣谁复顾，毛羽日摧槁。”（同上）这样的思想矛盾，在散文中也有表现。如《五柳先生传论》谓“名教之乐，加乎轩冕；违己之病，甚于冻馁”（文集卷六），就表露了违心出仕的痛苦心情。《夷斋说》就夷谈险，借题发挥，也很能见到他仕于元的真实感受：

孟頫往年仕京师，识田君润之，及来佐济南，田君长山东廉访，幕府从游既久，出一卷示孟頫，则疏斋卢公所书潘君记“夷斋”之文也。“夷斋”者，田君所居室之名也；天下之名屋室者众矣，而君独名之曰“夷”者，所以见君之心也。夫“夷”之为言，平易坦夷之谓也，老子曰“大道甚夷”是也。田君自少年任御史府，无倾险刻薄之私，其名斋曰“夷”，不亦宜乎？

夷，与险对者也，尝试言夫险者，则夷之义自见。今夫天下之险，无逾于水，水之险，则有吕梁、滟滪，若江若河，以至于海，而水之险极矣。然舟楫既具，人力既尽，则若履平地，其或至于颠覆，盖有幸不幸存焉耳。若夫人心之险，又非水之能喻也。谈笑而戈矛生，谋虑而机阱作，不饮而醉，不酖而毒，同则刎颈胶漆，异则对面楚越。及其至也，以锱铢之利，毫厘之忿，使人上下乖，骨肉离，险之祸可胜言哉！田君无是也，则其名斋曰“夷”，不亦宜乎？因田君之意，推而为之说，以颂田君之德，而警夫世之险者焉。（文集卷

六)

赵孟頫以至元二十三年被荐至京，虽世祖出于拢络南方文士以为己用，对其颇加优礼，而朝臣权贵，仍对其多方排抑，杨载《赵公行状》(《松雪斋文集》后附)对此所载颇具。赵孟頫最后只能“力请补外”，其忧惧可想而知。《夷斋说》渲染“险之祸”，言下仍心有余悸，所写正是他在大都这一段经历和心情，同时也可以见到当时一般仕于元的汉人、南人的处境和惴惴惧祸的心态。

赵孟頫是一个杰出的画家，山水画亦其所长。他的散文，山水游记不多，而记家乡风景的《吴兴山水清远图记》，确是一篇充满了清远之趣的富有画意的文章。文章所描绘的，有如一幅平远山水图，而通过语言来表达，更有想象和回味的余地。如结尾的一小段：“春秋佳日，小舟溯流城南，众山环周，如翠玉琢削，空浮水上，与舡低昂，洞庭诸山，苍然可观，是其最清远处耶!”(文集卷七)。

吴澄(1249～1333)字幼清，学者称草庐先生，抚州崇仁(今属江西)人。宋度宗咸淳七年，试进士不第，宋亡，隐居治经学。至元二十三年以程钜夫荐至京，未几，以母老辞归，讲学于龙兴(今江西南昌)，至大元年，召为国子监丞，官至翰林学士，后复辞归讲学，惠宗元统元年卒，谥文正。有《吴文正集》一〇〇卷。

吴澄卒，揭傒斯为作《神道碑》，称“皇元受命，天降真儒，北有许衡，南有吴澄”(《吴文正集》后附)，可知他在元初，以理学知名，文章乃其余事。元初南方文家的散文，以吴澄之文理学气息最浓。但吴文又不像许衡之文那样质直言理而不重文辞。吴澄于文，钦重唐、宋“七子”，已述于前。因此，作文不只重道理，也重辞章。在《元复初文集序》中，他还主张：“非学非识，不足以厚其本也，非才非气，不足以利其用也。四者有一之不备，文其能纯备乎?”(文集卷一九)。吴澄之文，首重性理，但说、记、送序诸体，一般不作枯燥的理学说教，而能把道理、才气、辞章较好地统一起来，在淳和典正中，多少寄有感慨，也能见修辞之工。其《素轩说》、《送何太虚北游序》、《心远亭记》、《山间明月楼记》等文，都有此特点。如《送何太虚北游序》，谈“昔之游者为道，后之游者为利”，颇耐人寻味：

若夫山川风土、民情世故、名物度数、前言往行，非博其闻见于外，虽上智亦何能悉知也？故寡闻寡见，不免孤陋之讥。取友者，一乡未足而之一国，一国未足而之天下，尤以天下为未足，而尚友古之人焉。陶渊明所以欲寻圣贤遗迹于中都也。然则士何可以不游也？而后之游者，或异乎是。方其出而游乎上国也，奔趋乎爵禄之府，伺候乎权势之门，摇尾而乞怜，胁肩而取媚，以侥幸于寸进。及其既得之而游于四方也，岂有意于行吾志哉？岂有意于称吾职哉？苟可以夺攘其人，盈厌吾欲，囊橐既充，则阳阳而去尔。是故昔之游者为道，后之游者为利。游则同，而所以游者不同。（文集卷三四）

吴澄入元以后，淡视爵禄，至元二十三年后，凡六次被征，或不赴，或勉强成行，短期即辞归，四十余年间，在官不足六年。其一生所求，确实在道不在禄，因此对苟且以求寸进之徒，倒更看得透，恶得深。此文写那些苟且求进，一旦得手，即行夺攘，中饱私囊的无耻之徒，写出了元初官场之一斑，是颇有现实性的。

第三节　王恽、姚燧等元初北方作家的散文

元初北方文家，有由金入元的郝经、王恽等，也有生于金亡以后的姚燧、刘因等。（王若虚、元好问也活到了金亡以后，但他们的创作活动主要在金亡之前，已述于前面辽金散文一章。）按照元灭南宋以后蒙古、色目、汉人、南人四等之分，他们都属于“汉人”。但他们中的多数人从事政治活动和创作活动时，四等之分还没有确立，或虽已确立但还不很严格。当时又值蒙古征服者要建立和巩固在汉地的统治，故还较能得到重用，才能也能较充分地发挥，政治地位一般也较高。王恽、姚燧都曾为方面大员；刘因狃于其家世为金之臣民，不愿仕元，但元世祖还是一再诏征，打算重用他。在思想上，他们都通理学，并以此知名，刘因更是河北大儒，影响很大。在文学上，他们多受金文、特别是元好问的影响，王恽、姚燧更上追唐、宋大家，扩大了文章的境地。他们的文章风格，较之南方文家，更多一些中州雄浑之风，河朔刚健之气。在北方文家中，以王恽、姚燧成就最高。

王恽（1227～1304）字仲谋，号秋涧先生，卫州汲县（今属河南）人。其父仕金，任户部主事。世祖中统元年（1260），以姚枢辟充详议官，历任监察御史、平阳路总管府判官、河北河南道提刑按察副使、福建闽海道提刑按察史，卒谥文定。有《秋涧先生大全文集》一〇〇卷。

王恽早年，从学于王磐。后又曾以所作请教于元好问，元亲为指授，《遗山先生口诲》（文集卷四五）载其事甚详。王恽是理学信徒，但于散文创作，他主张理与才兼，说："或曰理重才轻，取其重而舍其轻可也。曰：势有不可偏废者焉。理则体，才则用也，体与用具，然后可以持躬而应物。"（文集卷七二《题哀江南赋后示韩陈二生》）他又主张词与理合，谓文章"特言语之工而有理者尔"（文集卷四三《遗安郭先生文集引》）。在《西岩赵君文集序》中，他还表示希望"异时有大辞伯出，如王临川、元新兴，纂李唐之英华，续中州之元气，序文章之宗派"（文集卷四三）。由此可见王恽对散文的追求。

在整个元文中，山水游记不是很多，而王恽集中，有一系列状景抒怀的山水游记，显得很特出。《游玉泉山记》、《游霖落山记》、《登鹳雀楼记》、《游王官谷记》、《西山经行记》、《远风台记》、《游华不注记》等文，皆状景清拔，心胸开廓，有俊朗之气。如至元十一年所作《游王官谷记》：

山之与水，相胥而后胜。山非水，则石悴而云枯；水非山，则势夷而气泊。二者虽具，得其人而后名。中条山王官谷，其萃美之尤者也。山阅首河，曲连亘北，骜为雷首，为栖岩，为万固，运肘而东，为五老，又东而得王官谷。谷汉故垒名，有唐司空表圣之别业，至今遗像、休休亭在焉。至元甲戌夏六月，予以检括牧田会蒲，已而奔命郇瑕，取道于虞，王官诸峰，指顾东迈。后八日，因恙小休，暑雨向霁，遐想风烟，情逸云上，遂幡然来游。

始自固氏西南行，约四五里，抵山门，历磴平进，无颠顿推挽之劳，不百许步，已入山堂隩中矣。其缭而曲，深而容，垂萝灌木，盘石美荫，草香而土肥，环峰迭嶂，碧壶瑶瓮，浓淡覆露，内旷而外掩，无拥遏怫郁之气。盖谷田中高，状作屋陛，势相覆压，耐辱所谓"上下方"者是也。东西两山曰壶门、夕阳，青壁矗立，卓绝如削；中峰曰天柱，秀拔特起，如鳌鼻嘘空，高蟛云表，不与众峰联络，真奇观也。峰半有石突然，曰落鹤台，又西有石拱立，曰双人，左右断崖，水作瀑流下泻，如仙人解佩，天绅未收。西则泉脉出缩，以乾溢为度，东则飞洒喷薄，阴壑恒雨，砰崖激石，下注幽涧，是谓贻溪者是也，山藉以润，人仰以清，物滋以荣也。王子于是敛衽荐茗，谒司空祠下，退观休亭诸诗，既高公之名节，且诧谷之深秀也。

青鞋竹杖，扶掖上征，抵天柱峰足，望东岩瀑布磅礴，二诏亭上，因留宿焉。时月出山豁，万籁沉寂，凉露洗空，失暑所在，青嶂瑶光，非复尘世。其东溪水声，如远鼓鼗鼗，隐动林壑，顾谓儿子孺曰："此山灵张乐，喜其来而作予气也。"深夜久闻，毛发森竖。山人李珏出司空《一鸣集》，相与披读于露幌风檐之际，顾瞻林影，如见须眉。乃酌水再酹，乞灵于公，咏《休休》之歌，思《考槃》之乐，安得黄金买堪乘之鹤，追仙游于寥廓也邪！不然，摇江山之笔，吸撑霆之气，贮濯诗脾，以增益其未至，庶几列名于王驾、李生之次，亦所愿也。（文集卷三七）

王恽的《登鹳雀楼记》，述至元九年冬按事蒲州，登楼之故址，"徙倚盘礴，情逸云上。于是俯洪河，面太华，揖首阳，虽杰观委地，昔人已非，而河山之伟，风烟之胜，不殊于往古矣。于是咏《采薇》之歌，有怀舜德；起临河之叹，而恩禹功。坐客顾笑，举酒相嘱，何其思之深而乐之多矣。"（文集卷三六）写情状景，也都比较健朗。

王恽的一些议论文字，说理透辟，往往切中时弊，议论中也颇有气骨，《勉斋记》、《钝说》、《谤解》、《吏解》等文，都有此特点。如《谤解》一文，写诽谤者之阴毒难防，确实是身处官场的切身体会：

谤之惑人深矣！公孰与制，私无以胜，其说至肆行而不少惮，以阴挤而为阳助，被之者鲜克自处，欲弭之而无术也。呜呼！世教下衰，友道日怀，私好恶者，爱之者欲其生，憎之者即其毙。口溢金兰，心包鬼蜮，谨其藏，已射其形，亟为防，已螫其毒矣。轻则噂沓背憎，浸润肤受，妄生事端，横造异议，忘我大德，利彼小私，倾良惠奸，伤公害义。（文集卷四五）

议论以愤气出之，也可见王恽散文的特色。

从这些散文作品看，王恽之文，能自写心胸，比较有个性。此外，他虽主张文与理合，但他的这些作品，没有什么理学气息，更多的是一己的性情、才气；山水游记之中，往往还流露出方外之思。在文与理合方面，他不如同时稍晚的姚燧。

姚燧（1238～1313）字端甫，号牧庵，其先柳城（今辽宁朝阳）人，后迁洛阳。始为秦王府文学，历官陕西汉中道提刑按察副使、山南湖北道提刑按察副使、江东廉访使、江西行省参知政事、太子宾客，卒谥文。有《牧庵集》三六卷。

姚燧早年，从许衡受性理之学，在元初有“名儒”之称。其学文，从韩愈入手，自称“年二十四，始取韩文读之”（《文集》卷四《送畅纯甫序》）。又终身服膺欧阳修，称为“宋一代文宗”（同上），由此可见其散文渊源。元初北方文家，姚燧文名最著。吴善序《牧庵集》，称“我朝国初，最号多贤，而文章众称一代之宗工者，惟牧庵姚公一人耳”（《牧庵集》卷首），张养浩序《牧庵集》，亦谓“皇元宅天下百许年，倡明古文，才牧庵姚公一人而已”（《归田类稿》卷三《牧庵姚公文集序》），都能反映姚文在元人心目中的地位。黄宗羲论文，也给姚燧很高的评价：“以一章一体论之，则有明未尝无韩、杜、欧、苏、遗山、牧庵、道园之文，若成就以名一家，则如韩、杜、欧、苏、遗山、牧庵、道园之家，有明固未尝有其一人也。”（《南雷文案》卷一《明文案序上》）

姚燧之文，在元初所以有这样高的地位，一是因为姚燧集名儒、文家于一身，比较好地解决了文道的统一问题。同时的南方文家，戴表元激于宋末“理学兴而文艺绝”，主要在文章复古上下功夫，吴澄在理学上堪与北方许衡并称，文章乃其余事，都没有能解决好文道统一的问题。北方许衡有大儒之名，而无意于辞章，王恽崇理，为文却未著力于载道。姚燧以名儒而为文，上追唐、宋巨子，理论上主张“文章以道轻重，道以文章轻重”（文集卷四《送畅纯甫序》），在实践上比较好地解决了以韩、柳、欧、苏之文载周、邵、程、朱之道的问题，最能适应当时对散文的需要。二是姚燧为文，学韩而重气，宗欧而崇识，又主张气与识的统一。他论文，谓“体根于气，气根于识，识正而气正，气正而体正。故劲特而伟健，明白而洞达，激烈而恳到”（文集卷三《卢威仲文集序》）。基于这样的认识，为文就能气盛而不怒张，识充而不枯板。姚燧之文，确能做到气与识的统一，形成一种从容中有雄放之气的文风，《元史》本传称其文“闳肆该洽，豪而不宕，刚而不厉”，是一个比较确切的评价。由于以上两点，使姚燧在元初能成大家，加上他在元初文家中官高爵显，更受到时人看重。

姚燧之文，主要于记及碑志见特色。

姚燧的记体文章，不记山水之游，此与王恽不同。其记多为楼室堂园而作，以议论为主。这些作品，虽多受人之托而作，但一般没有应酬逢迎之语，而能讲真见解，发真感慨，以见其才气识力。如《乔木堂记》之论贵胄之家的兴替，《归来园记》之论出处，都有此特点。《遐观堂记》，从登堂能观四方胜概，极目千里，论人臣“出处之际”，颇有深意可味：

> 今之仕者，吾不知孰为道义之臣，能志功名者亦鲜矣；志富贵，私身以毒世，卒离尤而蹈祸者，骈首接踵也。是于计功谋利之间，且有不能，况揆道而归义乎哉！究公平生，尝吏民矣，尝治兵矣，亦尝持宪矣。忠炳日星，而难不辞于汤火；气吞湖海，而信不移于邱山。视竹帛之书、钟鼎之勒，恒有晚古人薄前世不足为之心。以故在庭之百辟、山东数州秦蜀九路之氓、泸嶲荷旃方三千里之獠，孰不闻其名而奇其才，沐其爱而怛其威。年五十二，竟以许国尽瘁而归，鼓舞僮奴千指而食其力，甘自侪于匹夫，读书以教子，饮酒以乐宾，将终其身。非熟烂世故、遐观一代之表者，能是乎哉？盖天下之事，遐观则先识，先识则几矣。雉兔之不能搏人，谁不知之。突起道左，或失声辟易而丧其常守，以其卒然遇之也。使前见于数百步之外，无曰雉兔，虽虎兕之暴，人得以为备，将不患矣。斯不亦吾堂言外之微意乎？（文集卷六）

论遐观先识，与其说是在讲明哲保身，不如说是在讲急流勇退；其“言外之微意”，正在官场险恶，即使忠直许国之士，亦不宜久居。这实在是身在其间，有感而言。

姚燧之文，碑志最多，今存《牧庵集》三十六卷，碑志就占了二十卷。其原因，主要在文名甚重，请托太多。《元史》本传云：“当时孝子顺孙，欲发挥其先德，必得燧文，始可传信；其不得者，每为愧耻。故三十年间，国朝名臣世勋、显行盛德，皆燧所书。”惠宗元统间，苏天爵编定《国朝文类》，碑志一类，取姚文最多，尤其是神道碑，取十三人四十篇，而姚燧一人，就选了十九篇。可见姚燧的碑志之作，不但数量多，而且特别为当时所看重。在今天看，姚燧为数众多的碑志之作，多方面地反映了元初社会的情况，史料的价值固不待言，就文章看，这些作品往往略其仕履，而详其突出事迹；对突出事迹的记述，又特重吏治民情的叙写，对元初政治黑暗、吏治腐败、生民涂炭的一面，常有毫不隐讳的揭露，实录之中，有愤气流行。如《中奉大夫荆湖北道宣慰使赵公墓志铭》：

及持使节宣慰荆湖，受命湖省。而犯法臣肆其凶饕，恃有中援，威福张甚。欲惟以溢户富财，牢笼乃大。料民，兄弟籍者皆异之，虽舟人、田客、侨游不遗。集吏计局，不给纸烛。又市纱罗，小其时值，又赋之民，复为凭怒曰："吏赋民，得者皆官有之。"又大钩考积岁稽逋，立期送官榜掠，号哭之声相闻，民至鬻田屋，嫁妻女，或赴水自戕。死定无责，责偿亲戚邻里，或尝主何人家者。又逼官吏，令首尝受所治民财及酒食馈遗。督责之使日十余辈，燕犒送迎不少遑，其恃势须索者，无敢少逆其言。一都司佥与妾语，宣副跽行酒，移晷不持觞省顾，总管有与吾姻者，责令首偿。曰："吾未尝取民一钱。"不从，乃摽草老婢令鬻，得值输之后，反由是免。呜呼！观同列与所临守土若此，则公之有至难于吾胸者，从可知也。(文集卷二八)

《浏阳县尉阎君墓志铭》(《文集》卷二十九)，写"尉有难为，有利为"，写地方官吏贪酷毒民，写县尉害民，更甚于盗，慨叹"呜呼尉乎！御盗欤？师盗欤！"对当时吏治黑暗的反映，也有相当深度。

姚燧还为不少率兵南征灭宋有功的封疆大员作碑志。行文之中，自然要表彰这些征服者的赫赫战功。但对元兵灭宋过程中的残暴杀戮，也不加隐讳。如《湖广行省左丞相神道碑》，碑主色目人阿尔哈雅，元军灭宋战争中曾任汉军都元帅。碑记至元十年，元兵下樊城："以西域炮攻樊城，拔而屠之，无噍类遗。""复下新郢，得宋赵、范两将之首"，阿尔哈雅"割赵脑肤，挠酒饮之。"(文集卷一三) 从这些碑志看，姚燧虽崇理学，但并不是腐儒，还是有一些正义感的。行文有雄直之气，在元文中也是不可多得的。

郝经、刘因之文，也有可称道的。郝经（1223～1275）字伯常，泽州陵川（今属山西）人。世祖即位，官翰林侍读学士，使宋，被羁十六年。有《陵川集》三九卷。郝经崇儒，又从元好问学文。陶自悦《陵川集序》称其“理性得之汉之赵复，法度得之遗山元好问”（《陵川集》卷首）。为文主“唯实是务”（文集卷二〇《文弊解》），又主“辞由理出，文自辞生，法以文著，相因而成”（文集卷二二《文说送孟驾之》）。其文如《居庸关铭序》，行文劲直，有雄肆奇伟之气。如写居庸关险要形势的一段：

自秦、陇乱大河，东抵太和、紫荆，绕出卢龙之塞，列关数十，而居庸关在幽州之北，最为深阻，号天下四塞之一。大山中断，两岩峡束，石路盘肠，萦带隙罅，南曰南口，北曰北口，滴沥溅漫，常为冰霰，滑湿濡洒，侧轮跐足，殆六十里石穴；及出北口，则左转上谷之右，并长岭而西，阴湮枯沙，遗镞朽骨，凄风惨日，自为一天。中原能守，则为阳国北门；中原失守，则为阴国南门。故自汉、唐、辽、金以来，常宿重兵，以谨管钥。（文集卷二一）

其《送太原史子桓序》等文，也有真情流溢，文气充足。

刘因（1249～1293）字梦吉，号静修先生，雄州容城（今河北徐水）人。至元十九年，征为右赞善大夫，未几辞归。二十八年，再以集贤学士召，以疾固辞，两年后卒。仁宗延祐中，追封容城郡公，谥文靖。有《静修先生文集》三〇卷。

刘因高祖昉、曾祖俣，皆仕于金，刘因生于金亡之后，仍不愿仕元，虽再召不起。他一生著书讲学于乡，究心理学，为河北大儒。于文服膺元好问，有晚生不识之恨。（见文集卷一四《跋遗山遗墨》。）他作为理学家，但一些散文作品并没有多少理学说教，没有迂腐气息。其《辋川图记》、《退斋记》、《鼋斋说》等，都能自表真情真识，发矫俗之论，行文雄辩而有气势。如《退斋记》揭露一些窃取老子之义“以济其术而自利”之徒的欺世害人祸国，鞭辟入里，纵横恣肆，气势沛然如江河下泻。如中间一段：

知朴素之可以文，于是乎为朴素；知溪谷之可以受，于是乎为溪谷；知皦之势必污，盈之势必溢，锐之势必折，于是乎为婴儿，为处子，为昏闷晦寂。曰忿曰武曰争曰伐曰矜，凡物得以病之者，皆阁焉而不出，知而示之愚，辩而示之讷，巧而示之拙，雄而示之雌，荣而示之辱，虽出一言而不令尽耳，言事则未极而先止也。故开物之所始，成物之所终，皆捭焉而不与，而置己于可以先可以后，可以上可以下，可以进退，可以左右之地。方始而逆其终，未入而图其出，据会而要其归，阅衅而收其利，而又使人不见其迹焉。虽天地之相荡相生、相使相形、相倚相伏之不可测者，亦莫不在其术中，而况于人乎？故欲亲而不得亲，欲疏而不得疏，欲贵而不得贵，欲贱而不得贱，欲利而不得利，欲害而不得害，其关键槖籥不可窥而知，其机纽本根不可索而得，其恍惚杳冥不可以形象而将执也。呜呼！挟是术以往，则莫不以一身之利害而节量天下之休戚，其终必至于误国而害民，然而特立于万物之表而不受其责焉。(文集卷十)

把那些大奸大猾，欺世利己之徒，揭露得可谓痛快淋漓，从内容到形式，都不同凡响。刘因还有《憃斋说》，抨击一些人为老、庄之说以自利，与《退斋记》可谓异曲同工。由此可见，刘因虽拒不仕元而退处于乡，但他治学、讲学、作文，都无不是为了立道经世，与一般的隐士，绝不可同日而语。

第三章
元代散文（下）

第一节　袁桷、虞集、揭傒斯、黄溍

自仁宗皇庆、延祐至文宗天历、至顺间，约二十年，是元文的中期。这段时间不长，却是元代“文治”最盛的时期，也是多数元代文家活动的主要时期。这个时期，元王朝的统治已经巩固，社会相对比较稳定，生产得到发展，出现了一时的繁荣，尤其是首都大都（今北京），成为世界上最繁华的都市之一。仁宗、泰定帝、文宗都重“文治”。仁宗皇庆、延祐之际，确立了理学的定于一尊的官方地位，恢复了科举取士的制度，仕途广开，大批文士入朝为官，文士与王朝的实际联系更加紧密了。南北文风已经融和，基本不再存在初期的界限。这个时期的文家，占主导地位而最能代表一时风气的，有袁桷、虞集、揭傒斯、黄溍、柳贯、欧阳玄、苏天爵等。

袁桷（1266～1327）字伯常，号清容居士，庆元鄞县（今浙江宁波）人。早年即以学问文章名世，被举任丽泽书院山长，大德初，以荐为翰林国史院检阅官，升应奉翰林文字、同知制诰，兼国史院编修官，迁待制，拜集贤直学士。以疾去官，复入集贤，改翰林直学士、知制诰同修国史。至治元年，迁侍讲学士，泰定初，辞官归里。卒谥文清。有《清容居士集》五〇卷。

袁桷是元文自初期到中期的一个过渡性人物。他早年曾从学于王应麟、舒岳祥、戴表元，尤其于戴氏之文，所得最多。袁桷论文，主道理和辞章的统一，这在本编《概述》中，已有说明。他承师之志，希望复古以振宋末文章之弊，其所宗法，则主要是北宋之文。《曹伯明文集序》说："江西之文，曰欧阳、王曾，自庆历以来为正宗，举天下师之无异辞。"又说："三公之文，其思厚以深，其理精以正，凌厉乎诸子，贞元而下，曾勃然不肯自让。"（文集卷二二）看来他所心仪的，是欧阳修、王安石、曾巩之文；而他的文风，平和典正，更近于欧、曾。

袁桷年三十入翰林，此后近三十年，虽累有升迁，主要仍在翰林，可以说是以文学侍从之臣终其生。《元史》本传谓"桷在词林，朝廷制册，勋臣碑铭，多出其手"，其文集中，确多奉应文字，台阁气息颇浓。《四库全书总目·延祐四明志提要》称袁桷之文，"为一时台阁之冠"，同书《清容居士集提要》则称袁文为"盛世之音"，又称"其著作宏富，气象光昌，蔚为承平雅颂之声，文采风流，遂为虞、杨、范、揭等先路之导。其承前启后，称一代文章之钜公，良无愧矣"。从四库馆臣的极力褒扬，倒可以看出袁桷之文的基本弱点，正在其作为"承平雅颂之声"，过多地敷赞圣德，弥纶彝宪，而少于个性，弱于气骨。但《提要》说袁文"承先启后"，倒是事实，对元中期台阁诸臣的文章，袁桷确是起到了开风气之先的作用。

袁桷之文，长于议论，议论之中，颇多理学说教。其集中，记体之文不少，凡三卷六十四篇，但几乎没有写景状物，抒情寄慨之作，即使与景物有关，也是借题发挥，高谈性理，因而缺少个性，如卷二〇《梅亭记》，为广信（今江西上饶）弋阳陈德父筑于山中的梅亭作记。于弋阳山区景色，只以"寒泉苍岩，百里一色"交代，不写梅，也不写亭，而着重从陈家"诵声满户，而樽罍在牖"的儒者之风发挥："天地之理，啬者丰之，始周流于六虚，其暗也实明，其辟也实阖。昔之淡然而无营者，德之基也，养之于其身，而施之于其后，充以引之，吾知其孝谨于家者日益广，爵禄于朝者日益侈。视斯亭之手植，丰融婆娑，连理而并实，阴阳之生物，其不出于是明矣。"这可以说是袁桷大多数记体之文的通式，也可以代表元代多数记体文章的面貌。

但对袁桷之文，也不可一律以台阁气息、理学说教概括，他还是有一些只是出于发表个人感想的文章。他的一些题跋之作，像《题放翁训子帖》、《跋东坡黄州谢表》、《题赤壁图》、《书庐陵萧焕有救荒策后》等，都多少有情致可言。兹举《题放翁训子帖》于后，以见一斑：

> 放翁先生送其子之官，独书《庄子》二章以训。或曰：五经切近，而书《庄子》何耶？余曰：自农师右丞师尊临川，临川宗老、庄，故其家学世守之。此二章足以涉世变。清而容物，远祸之基也；喜、怒、哀、乐不入于胸次，进德之本也。绍熙党祸萌蘖，故逢迎者废于嘉定，标榜者锢于庆元，虽善恶岐，而当时仕进者，宁不自重？先生教子之意深矣，晚岁一出，终能全身以归，观此盖可知矣。袁桷书。（文集卷四六）

这中间，应该也有作者对官场险恶的切身感受。

虞集（1272～1348）字伯生，号道园、邵庵，仁寿（今属四川）人，宋亡，其父汲挈家迁居临川崇仁（今属江西）。大德六年，以荐至京师，授大都路儒学教授气，历官国子助教、博士、太常博士、翰林待制、国子司业、秘书少监、翰林直学士兼国子祭酒、奎章阁侍书学士，惠宗元统初，谢病还乡，卒谥文靖。有《道园学古录》五十卷。

在元代，虞集诗、文皆最负盛名。他早年曾学文于吴澄，至京师，与袁桷交友甚密，相与切磋文章，很有影响。他在朝为官凡三十年，主要任职于国子监，有师长之位，经其引荐或出其门下的文士甚多，欧阳玄《虞公神道碑》谓“当世文士，尝经论荐，后皆知名”（《圭斋文集》卷九），延祐初，揭傒斯入翰林国史院，即经他引荐。仁宗至文宗朝，聚集在虞集周围的知名文家，先后有揭傒斯、杨载、许有壬、黄溍、柳贯、欧阳玄、苏天爵等。在元中期，虞集称得上是文坛宗主，影响最大。

元代初期，北方与南方文风有雄直与平和之别。到了中期，这个差别已经基本不复存在。主要原因，在于至元、大德之际，南方文士入京为官者渐多，延祐初重开科举后，更有大批南士步入仕途。南方文士作为“南人”，虽能入仕，政治地位并不高，但在文化上，却取得了优势。南北文风差别的消失，实际上是占优势的南方文风消融了北方文风。这中间，虞集以“南人”而为文坛领袖，超到了重要作用。从《元史·元明善传》对虞、元关系的一段记载，可见此中消息。元明善，其先拓跋魏后裔，籍大名清河（今属河北），为江西省掾时，识虞集，时虞尚未入仕。元、虞相与切磋文章，意见即有不合。元谓文章当“若雷霆之震惊，鬼神之灵变”，所主张的显然是北方文风。虞集不以为然，说：“凡为文辞，得所欲言而止，必如明善云‘若雷霆之震惊，鬼神之灵变’然后可，非性情之正也。”所主张的显然是南方文风。及二人同官大都，“乃复不能相下”。后吴全节请元明善作文，“既成，明善谓全节曰：‘伯生见吾文，必有讥弹，吾所欲知。成季为我治县，招伯生来观之，若已入石，则无及矣。’明日，集至，明善出其文，问何如。集曰：‘公能从集言，去百有余字，则可传矣。’明善即泚笔属集，凡删百二十字，而文益精当。明善大喜，乃欢好如初。”这是仁宗延祐间事。其时北方文章大家王恽、姚燧等都已去世，而承继姚燧余绪的，只有元明善了。（张养浩《归田类稿》卷十《元公神道碑》：“其踵牧庵而奋者，唯君一人。”）元明善最后对虞集的衷心信服，大约可以说明南方文风对北方文风的很大程度的消融。

虞集幼年，其母杨氏曾教以欧、苏文（见欧阳玄《虞公神道碑》）。他长于江西，学于江西，对北宋江西文家，最为尊崇。其《南昌刘应文文稿序》（见《元文类》卷三十五），盛赞欧阳修，王安石、曾巩，与袁桷完全一致。但虞集最为倾心的，还是欧阳修，其为文，亦于欧阳修所得最多。在《庐陵刘桂隐存稿序》中，他盛赞欧阳修：“庐陵欧阳公秉粹美之质，生熙洽之朝，涵淳茹和，作为文章，上接孟、韩，发挥一代之盛，英华酝郁，前后千百年，人与世相期，未有如此者也。”（文集卷三十三）虞集的文风，淳和典正，平易简洁，也近于欧文。但他生活在元代比较稳定的时期，又做朝官约三十年，社会矛盾对他没有多少冲激，内心也没有多少现实人生的感慨；他崇信理学，甘心为王朝政治服务，作为文章，也多袁桷那样的“盛世之音”。元代中期散文现实性不强，文气不足，而理学气重，台阁味浓，虞集也可以说是有代表性的。当然，虞集之文，于现实矛盾也不能说毫无接触。其《户部尚书马公墓碑》（文集卷一五），写马之事迹，特突出其“尤关民事者”，就接触到了元初吏治黑暗的问题。《李象贤传》借写李之能以廉直自立，揭露了故湖广行省左丞相阿里海牙之子和尚的横行不法和朝廷官吏对此类贵族子弟的庇护；传末之赞，更能发人深省：

李象贤，讳崇德，长沙醴陵人，世以儒名家，自其父兄以上，多称乡先生。大德中，象贤独以材学辟湖南宪府史。湖南宣慰使和尚者，故丞相楚公阿里海牙之子也，楚公取长沙有功，和尚自幼时总父兵镇长沙，及为帅，颇骄肆。郡有织官，极丝缕文采之良，充贡尚服，和尚辄私取之。廉访佥事李栋以职事将劾治之，和尚惧，使人告李栋于朝，曰“栋立卷强质醴陵民田，实不予直，明年，责民以质取田”。又遣间激怒朝贵故人以事闻。有诏中书省御史台遣人杂问之。使者至，和尚召田主若证佐吓之曰：“不如制使指意，祸且不测！”至庭，皆符告者言。栋分必死，无口可自解。象贤在证中，会迁广东宪史，不得其辞，狱弗具，立遣遽逮至，即具对，使者徒待一语成之，象贤乃直视田主曰：“吾实见汝得钱，且汝手自阅，天其可欺邪！”制使疑且怒，稍陵辱象贤。象贤曰：“古人有言，名义至重，鬼神难欺，我终不以附会成李公死！”辞气明辨，使者虽盛气讯鞠，辨益明。众色变，言益错愕，使者乃得其情，栋不死。湖湘之间，人人言象贤，而风纪之司，益憎其人矣。象贤今积官至第六品，所至严而能恕，宽而有制，吏畏民爱，廉不自矜，好贤者固深敬，而忮忌者亦无间言。历官皆在州县，未尝有纤介吏责，又为难能焉。

史官虞集曰：予在国史，执笔论大人君子，勋伐德业甚盛，而世有卓行奇迹，或以微远不见书，悲夫！栋予故人，身佐宪府，乃质所部民田，虽实与直，犹非是，予不能谓栋说也。呜呼！世之畏威显，诬成人之罪，冤死者何限？奸虐者不足论，彼巽懦不自立，卒自陷于罔人之列，观象贤之事，亦可以少自振乎？悲夫！（文集卷二〇）

虞集之文，多借端发挥周、邵、程、朱之说，理学气息很重，但也不能一例以迂腐视之。有的文章，论士之立身处世，虽多归于道德仁义，但提倡正道直行，不阿贵，不附势，不贪鄙，不苟且，表现中国正直知识分子的传统美德，还是很可取的。如《松友记》论宋云举之“命松为友”，主张士之立身，当“屹乎独立，不为势利之所移”（文集卷八）。《小孤山新修一柱峰亭记》写小孤山一柱峰，“卓然独立，无所偏倚，而震凌冲激，八面交至，终不为之动摇；使排天沃日之势，虽极天下之骄悍，皆将靡然委顺，听令其下而去”，以寓李维肃之“直道刚气”（文集卷七）。可惜的是，这样的颇有一些骨力，也很有激励士气的作用的文章，在虞氏文集中为数不多。

揭傒斯（1274～1344）字曼硕，龙兴富州（今江西丰城）人。早年有文名，延祐元年，由程钜夫、虞集引荐，以布衣任翰林国史院编修官，历官国子助教、奎章阁授经郎、翰林待制、集贤学士、翰林直学士、侍讲学士，晚年任辽、金、宋三史总裁官，卒于任，谥文安。有《揭文安公全集》一四卷。

作为江西文家，揭傒斯和虞集一样，最崇欧阳修。他在《吴清宁文集序》中说："以庐陵言之，欧公，天下之文也，百世之师也，宜以为归。"（文集卷八）在元中期，揭傒斯的文名，差可与虞集比肩，当时及后世论元文，一般都是虞、揭并提的。黄溍《揭公神道碑》称揭氏"为文叙事严整而精核，持论一主于理，语简而当"（《金华黄先生文集》卷二六），概括揭文特点，颇为中肯。揭氏文风淳和雅洁，颇近于虞，而骨力过之，这与他"性耿介易直，好善恶恶，表里如一"（欧阳玄《圭斋文集》卷一〇《揭公墓志铭》），当有关系。

揭傒斯自中年步入仕途，至卒于任，在朝为官三十年。他的文章，接触社会现实不多。对于士行，他倡导忠直无私，这是他"好善恶恶"的一个标准。因此，他的散文作品，还能触及官场的弊病，而他所提倡的忠直无私的品德，虽不免有封建道德的内涵，但还是可资砥砺，可资启发。如《送张掾序》：

> 张君用以吏起南阳，历澧州，升宪府，一旦又掾于监察之庭，君用亦荣矣。而余窃有言焉。夫今之号称风宪者，下而肃政，上而台察，皆朝廷耳目之寄，四海生民之命，以伐奸立善、扶纲振纪为职任，而得阳阳言天下得失，拔智巧之所讳避，莫如监察御史。得与监察御史执简牍，必可否，持是非，又莫若为其掾。则居是任者，其责不既重矣乎！以至重之责，而惟招人毫发之不慎，报其草介之私愿，以售其黜陟之威，以逞快其欲心，其为害亦大矣！然君用之为人，高明果毅人也，公而忘私人也。夫高明则情无不察，果毅则事无不断，公则理无不得，持是以往，何忧其不名之立、功之盛哉？然余窃又有献焉。传曰："宥过无大，刑故无小。"又曰："举直措诸枉，能使枉者直。"故以小善而掩大恶，则为恶者滋，以小过而弃大善，则为善者惧，举不当赏，罚不及罪，谓之不任。故君子平其心而直其气，思其职而竭其力，乐其效，不计其报，君用其慎之哉！君用行，见吾故人朱仲章，亦称高明果毅、公而忘私人也，其为我谢焉。（文集卷八）

揭傒斯还有《书王鼎翁文集序》、《昭勇庙卷雪楼记》，也有砥砺忠直之意。前文借王炎午《生祭文丞相文》，论“文丞相之心”，赞其“大丈夫从容就义”的精神。按宋亡时揭傒斯仅两岁，他长于元，仕于元，表彰文天祥，说不上有什么故国之思，此文作意，在于倡导士不苟活，读之仍令人感奋。后文写建于兴国的纪念东吴大将甘宁的昭勇庙卷雪楼，作意在于“劝忠”，并无深意，而写登楼所见之景，想见甘宁其人，气势壮伟，在元中期文中颇不多见：

左顾舒蒲之渚，右据黄龙之湾，前俯大江，后控衡、庐，北望长淮之外，以天为际。方其惊风忽起，白浪昼立，天地低昂，川谷吐吞，则思将军之在吴也，威名动山岳，谋虑出鬼神，奋百骑而曹瞒夜惊，战孤军而张辽早却，临夏口而黄祖授首，扼益阳而关侯退师，指皖城而朱、张擒，入夷陵而曹仁破，何其忠且勇也。（文集卷一一）

揭傒斯散文以议论见长，而从此文看，他也善于描写。他还有《陟亭记》，以记叙议论为主，中间写升亭所见一段，也颇能穷情写物。

黄溍（1277～1357）字晋卿，婺州义乌（今属浙江）人。延祐二年进士，授宁海县丞，浮沉州县僚佐十余年。至顺二年，以马祖常荐入朝任应奉翰林文字，转国子博士，出为江浙等处儒学提举，复入为翰林直学士，升侍讲学士。至正十年辞归，卒谥文献。有《金华黄先生文集》四三卷。

黄溍早年从学于宋遗民方凤，即有文名，及入翰林，文名日盛，从学颇多，元明之际著名文家宋濂、王祎等，皆出其门下。黄溍的文风，以平和雅正为主，极近虞集。宋濂《金华黄先生行状》称黄之作“一本乎六艺，而以羽翼圣道为先务，然其为体，布置谨严，援据精切，俯仰雍容，不大声色”，又称其“文辞温醇，类欧阳永叔”（《金华黄先生文集》附录），可见在元中期在朝文家中，黄溍也是比较有代表性的。黄溍入仕后的散文，颇多台阁气息，入仕前的作品，如《贾谕》、《说水赠蒋春卿》等，倒有真情真识，颇堪讽味。如《贾谕》：

曷尝观于贾区乎？吴之盐、蜀之布、会稽之美箭、代之名马，至于漆、枲、卮、茜、筋胶、药物之众，无不丛聚区列，而贝、玑、丹、银，重渊邃谷怪珍之产，又皆篝火腰縆，冒百死之祸，乃能夺而出诸虎豹蛟鼍之宅，亦且毕致而错陈焉。彼其役佣工，费舟车，遑遑颙颙，心计目察，笥者、闲者、在筐筥者，匮而藏者，辨之患弗良，聚之患弗丰耳。辨而良，则售益博；聚而丰，则获益厚。其货诚千金也，人且以千金至矣，求其张虚肆，负枵橐，自厕其间，而能以操奇赢者，无有也。于是日昃鼓起、囊金适市者，莫不鳞集蚁合，辨物以奠贯焉。方嚣哗烟埃之中，一旦有委千金于贩夫贩妇，而未尝少见德色者，诚将交致其利，而向之千金，非以施爱云尔也。仁义忠信，士之大宝，而爵禄车服，国家之千金矣。夫其为宝也，非必烛幽缒深，涉死地而后能有也。彼饰虚怀枵，号呼以望售者，何憧憧耶？侥人之直，而能无德色者，又几人耶？呜呼！市井之事，学士大夫所共贱鄙而羞以污齿牙也，今之称乎大人君子者，果何如哉？果何如哉？（文集卷三）

文写士以仁义忠信之宝，换国家之爵禄车服，公平交易，理所当然，表现的是作者入仕前待价而沽的心理。而文之深意，更在讥刺那些中无所有，汲汲求售的利禄之徒，和妄加援引而自谓有德于人的当道要员，着墨不多，点到为止，用的是乐府诗“卒章显志”的笔法。

与黄溍同乡而齐名的文家，有柳贯。柳贯（1270～1342）字道传，号乌蜀山人，婺州浦江（今属浙江）人。年三十余，始以察举任江山县学教谕，又为昌国州学正，擢国子助教，改博士，出为江西等处儒学提举，秩满，归隐于乡。至正二年，起为翰林待制，未几卒。有《柳待制文集》二〇卷。

柳贯早年，曾从金履祥习经学，又学文于方凤、吴思齐、谢翱、戴表元，未仕之前，即以学问文章知名浙中，后历任学官，弟子甚多，戴良、宋濂亦曾从学，在元中后期，颇有影响。柳贯论文，主张“涵濡义理之真，而含咀道德之华，初不为葩柎粉泽以饰艳逞巧，要自致于用而已”（文集卷一六《席御史集序》），即要求以性理为主而不事华艳，并归于经世致用。他的文风，“涵肆演迤，春容纡徐”（《金华黄先生文集》卷三〇《翰林待制柳公墓表》），与黄溍文的“俯仰雍容，不大声色”相近，而还要质朴一些。柳贯之文，多数是应人之请而作的碑志、记、序，以议论为主，没有什么因应酬而生的奉承虚誉，但也不大能看到作者的怀抱性情，比较缺少个性。他的《方先生墓碣铭序》，写其师方凤宋亡后事："晚善括苍吴思齐善父、武夷谢翱皋羽，序其倡答诸诗曰《风雨集》以识。皋羽无子，死，数百里赴其丧，为函骨葬严子陵钓台南。间岁西游，访遗览古，兴怆增郁。"（文集卷十）写遗民情怀，颇有意致。柳贯曾师方凤、吴思齐、谢翱，对这些遗民的思想情感，是很理解的，应该说还有几分崇敬。但也只此而已，就柳贯自身来说，已谈不上有什么故宋之思了。柳贯集中，还有不少题跋之作。这类文章，往往即兴而作，不一定总有明确的载道经世的念头，因此往往写得比较自由活泼，颇有情味，《苏长公书登州海市诗后题》、《题子长作谢太傅王右军画赞后》等等，都有此特点。

元中期文家，在朝为官而与虞集等人关系密切，文风也相近似的，还有欧阳玄、苏天爵。

欧阳玄（1283～1357）字原功，号圭斋，浏阳（今属湖南）人，延祐二年进士，官至翰林学士承旨。有《圭斋集》一五卷。苏天爵（1294～1352）字伯修，学者称滋溪先生，真定（今河北正定）人，官至江浙行省参知政事。有《滋溪文稿》三〇卷。欧阳玄历官四十余年，多在国子、翰林，文多理学说教、台阁气息。唯《临溪亭记》、《奇峰说》等文，稍清新可读。苏天爵多任地方大员，散文接触到现实社会问题稍多，如《送刘德刚赴三尖寨巡检序》写到"方今刑狱病民"（文集卷六），《乞免饥民夏税》（文集卷二六）写到饥民之困。他的一些章疏，也往往写到民生之苦、冤狱之祸，从中可以看到元中期越来越严重的社会问题。苏天爵自延祐间为国子生时，即开始搜辑元初以来诗文，至惠宗元统初，成《国朝文类》（后亦称《元文类，》）七〇卷。《国朝文类》"所取者必其有系于政治，有补于世教；或取其雅制之足以范俗，或取其论述之足以辅翼史氏。凡非此者，虽好弗取也"（《国朝文类》卷首陈旅序），选录的标准，于道是正统的政教伦常，于文是雅正典则，颇能反映出元初到元中期散文的主要方面的面貌。《国朝文类》选录诗文涉及一百五十余家，其中有些人的文集已经失传，如卢挚《卢疏斋集》失传，《国朝文类》收有他的诗三首、文四篇；《唐才子传》作者辛文房《披沙集》失传，今天只能在《国朝文类》中见到他的两首诗。《文类》在保存文献方面，也是有价值的。

第二节 张养浩、刘岳申、吴莱、李孝光

张养浩（1270～1329）字希孟，号云庄，济南历城（今属山东）人。成宗大德初入仕，历监察御使、翰林直学士、礼部尚书。以父老，辞官归养，文宗天历间复官陕西行台中丞，卒于任，谥文忠。有《归田类稿》二二卷。

张养浩性格刚毅耿介，正直立朝，敢讲真话，而不顺承以固位。至大间，他官监察御史，作《西台上王者无私疏》，谏武宗以刑赏无私，不滥杀谏臣。又上万言《时政书》，历数当时种种弊政的祸国害民，“言皆切直，当国者不能容，遂除翰林待制，复构以罪罢之，戒省台勿复用。养浩恐及祸，乃变姓名遁去”（《元史》本传），仁宗延祐间，复召入朝，仍不改其正直敢言。英宗即位，欲于元夕在内廷张灯为鳌山，张养浩上《谏灯山疏》，力言不可。在元代，以汉人为朝官而像张养浩这样正直敢言的，并不多见。和马祖常一样，对元初以来的文家。他最钦服的，也是有河朔之气的姚燧和元明善，称姚燧“文由天得，不踵故蹊，纵横操舍，举自己为，笔未及落，而气已驰”（《文集》卷七《祭姚牧庵先生文》）。又盛赞元明善，谓“踵牧庵而奋者，唯君一人”（《文集》卷十《元公神道碑》）。元明善亦称道张养浩文“气盛”（同上）。张养浩的散文，以谏书为代表。他的谏书，言辞激切，确有“气盛”的特点。如《西台上王者无私疏》：

臣某伏闻天无私覆，地元私载，日月无私照，王者无私恩。又闻圣人谓“大哉尧之为君！惟天为大，惟尧则之”。盖尧之所以能则天而为君者，其道无他，至公无私而已矣。

夫名爵赏罚，天下之公器，所以奔走豪杰，惩劝臣下，初非为人主喜怒之资而设也。如欲赏一人，则当询诸省台，若省台以为可赏，然后赏之，是庆赏无所私也；如欲罚一人，亦当询诸省台，省台以为可罚，然后罚之，是刑威无所私也。夫赏无所私，虽至旧至亲者不敢妄有所祈；罚无所私，虽至爱至狎者不容有所贷。三代有国家，所以享祚绵远，垂拱无为而天下乂安者，其道由此。

钦惟皇帝陛下宽仁大度，早历艰难，天相民获，迨复于今，龙飞伊始，愿陛下思得之之难，与天下从新更始，万几之来，稽诸祖宗成宪，而陛下应之以无心，处之以无职，毋因怒而辄刑人于市朝，毋因喜而辄加官于左右。凡进谏者，皆为主进忠之人，愿自陛下为始，勿加诛戮，以彰圣明，传之万世，子孙永为家法。大赏善罚恶，国之大柄，此而公当，帝王之能事毕矣。

卑职承乏台官，不避斧钺，谨言如右。（文集卷一）

张养浩的《驿卒佟锁住传》（《文集》卷七），写奸民劫掠百姓子女贩于漠北为奴婢，甚至京师也常常发生此事，“使其父子昆弟妻女死生不闻者，比比有焉”。作者慨叹：“呜呼！辇毂之下，习俗如此，岂不为大异事哉！”此文写于仁宗延祐四年，可见在元之“盛世”之下，社会问题仍然是很严重的。

英宗至治元年，张养浩在上《谏灯山疏》之后不久，以“父老”为由，辞官回到历城，赋闲达十年之久。从他这个时期写的一些山水风物之记，如《游紫金山记》、《标山记》、《云庄记》、《翠阴亭记》、《处士庵记》等（俱见文集卷六），可以看到其思想性格和文风的另一面。张养浩虽年二十即从父命游宦京师，但对功名富贵并不热衷。他深知自己生性不宜于官场，如《处士庵记》所谓“性迂才拙，自幼知其不能谐俗。加以内无城府，枢机不密，谓人之心，一皆己若。饵焉而辄欣，鼓焉而辄奋，善人与处，犹或见容，一值奸黠，败不旋踵”，因此从不曾有过以仕而求富贵利达、显亲扬名的念头。他最尊崇孟子，名养浩而字希孟，即可见其志。对于出处，他奉行的是孟子“士穷不失义，达不离道”，“穷则独善其身，达则兼善天下”的名训。因此于出处之间，他能泰然自处。仕则竭诚尽责于职守，利天下而不图私利，退则快心适意于物外，求自适而不矜清高。此即《翠阴亭记》所谓“其出也非苟利己，其处也非苟洁身，要之各适于义为无歉”。张养浩的在朝之文，特别是谏书，表现了他的“兼善”的一面；他退处历城期间之文，则表现了他的“独善”的一面。由于明于出处，他的山水风物之记，抒怀寄意，放逸中有开廓，幽闲中有坦荡，有仁者乐山，智者乐水的气度，文风也清雅而有超旷之气。《标山记》颇能代表这种特点：

绰然亭西三四里，有双山曰“标”。各广四十亩，童无树林，东西并峙，皆青石迭矗，势陂陀，可步而上。按《舆图经》无其名，盖土人以旁无他山，惟此若标可望，故以名之。其居东者，上有洞如屋，可避风雨。泰定甲子三月，命童携酒肴，偕馆客清江谕仁本登焉。始有小劳，既戾其上，神超气逸，身欲羽飞。环视众山，手若可即。其联岩属巘，盛于东南，而微杀于西北，诸支流之水，萦络交碧，练横绳引，析而复合。盖郊外可登眺者，莫此胜焉。尝欲构亭其上，时杖履往来，以豁心目，因仍未暇。

既而坐洞屋中，出觞更酌，咏古人闲适之诗如陶、谢，韦、柳者数篇，其清欢雅思，悠悠而集，若世若形，两忘其所恃。加以烟岚坌涌，相与冥合，窅乎不知余之为山，而山之为余也。

于是，仁本举酒相属曰："乐也哉，公之游乎！殆不可以无记。"遂书而贻之。

刘岳申（1260～?）字高仲，号申斋，吉水（今属江西）人，以荐为辽阳儒学副提举，有《申斋集》一五卷。刘岳申为官不显，多处下层，接触现实较多，敷赞王朝的意识不强，他的文章，较之一些台阁大臣之作，倒多一些骨气，故《四库全书总目·申斋集提要》称其文“气骨道上”。《申斋集》中有《文丞相传》（卷十三），是元文中最为详备的一篇文天祥传。传写文天祥忠烈一生，感人至极。特别是写到文天祥兵败被俘、义不降元至从容就义一段，更是可歌可泣。如写其就义：

至元壬辰十二月八日，召天祥至殿中。天祥长揖不拜，极言："宋无不道之君，无可吊之民，不幸母老子弱，权臣误国，用舍失宜，北朝用其叛将叛臣，入其国都，毁其宗社。天祥相宋于再造之时，宋亡，天祥当速死，不当久生！"上使谕之曰："汝以事宋者事我，即以汝为中书宰相。"天祥对曰："天祥为宋状元、宰相，宋亡，唯可死，不可生！"又使谕之曰："汝不为宰相，则为枢密。"天祥对曰："一死之外，无可为者！"遂命之退。明日有奏："天祥不愿归附，当如其请赐之死。"受述丁力赞其决，遂可其奏。天祥将出狱，即为绝笔自赞，系之衣带间，其词云："孔曰成仁，孟云取义，唯其义尽，所以仁至。读圣贤书，所学何事？而今而后，庶几无愧。"过市扬扬，颜色不变。观者如堵。问市人孰为南北，南面再拜而就死。见者闻者，无不流涕。是日大风扬沙

不可为；人心一去，天下之事解体矣。

载论三蜀之人心在于关，江汉之人心在于城。一关失，则三蜀皆无以自存；一城破，则江汉无以自守。此无他，人心所固者，在关与城也。二广之人心在于岭，两浙之人心在于江。一夫越岭，则二广之民皆忧惶而不可禁；一舟渡江，则江左之民皆溃发而不可支。此无他，人心之所固者，在江与岭也。善用兵者，必先有以收天下之人心，又有以固天下之要害；天下之要害固，天下之人心固矣。

今日之人心，阁下所知也，其收之固之之术，阁下所行也。然有离而去者，何也？官军所之，先以花猫、金枪之党，荡覆我民舍，离析我人心，使之荷担以待，襁负而去。吾之屋庐，皆为彼之营砦；吾之牛羊，皆为彼之脍炙；妻妾子女，皆为彼之奴婢；金宝财物，皆为彼之裹囊。城郭之民，养卒如养虎；田野之民，避军如避寇。今日人心，离离而去者以此，尚能为阁下守要害乎？阁下以诛讨贼虏、恢复王土、尊奖王室为己任，则请以收人心固人心为第一义也。吾故断之曰：人心者，天命之所系，国脉之所关也。作《人心论》。（文集卷二七）

按杨维桢有一组论文，除《人心论》外，还有《驭将论》、《总制论》、《求才论》、《守城论》，都是在至正十七年张士诚降元之后，为张士诚“诛讨贼虏”出谋献策而作的，而在实际上表现的，则是元王朝腐败透顶，黑暗至极，人心丧尽，已不可救药。《人心论》论人心向背关乎天下得失，似无新见，而其重点，在论“今日之人心”。“今日”之势，官兵害民，成了真正的盗匪，民养卒如养虎，避兵如避寇，“人心离而去”，已无可挽回。作者于此，实际上已无谋可出，无策可献。此文与其说是在出谋献策，不如说是指出了元朝覆亡之必然。

杨维桢还写过一些抒情寄慨的散文，多是在元末乱世之下宣泄愤懑之作，其中多壮愤雄奇之气，很能见出作者的个性，与元中期台阁诸臣的所谓“盛世之音”截然不同。这样的文章，有《天风海涛楼记》、《江声月色楼记》、《舒啸台记》等，而以《天风海涛楼记》最有代表性：

吴阊关之西，其地清旷平衍，去海仅若干里，有筑层楼与海涌峰之小吴轩相埒者。其主或招海内豪客燕处其上，八窗洞辟，近见风涛汹涌在足底，楼若浮而逝也。主酌客以酒，曰："景若是，能无言乎?"客亦酢酒于主人："楼恶名?"主曰："未有以名，敢请。"客遂称"天风海涛"。主以为然，并以记请。

客曰：壮天声者，风也，而不知大块之噫者圣也；壮地险者，涛也，而不知层澜之积者信也。故圣于阴阳莫如风，信于昼夜莫如涛。风之生于天，执之而不得，逐之而不及，恶究乎圣哉？涛之出于海，御之而不止，激之而不回，恶察夫信哉？天地噫而为风，阴阳以之鞲万物也；江海积而为涛，昼夜以之准万古也。风之圣，涛之信，大矣，至矣！及天风与海涛相薄也，蓬蓬然起，歙乎土囊，填乎太空，不终日而万里若一，磅礴相射与激，水涛相轧，吞天沃日，走貔貅而吼犀兕，兽骇于野，龙拔于渊，极天下之神观无出此。吁！海涛不扬而安乎渊静，天风不振而顺乎和委，天下之神观曷有焉？惟人亦然，厄于穷巷，逃于深谷，患难奸其外，烦懑忍其中，然而厄与郁相遭，而激诸意气之颉颃，发诸悲歌之感慨，而天下称奇，曰："丈夫士固不可以无奇也!"而奇不生于奇，生于变。故不观变无以知其奇，不观奇无以见神也。呜呼，户牖之小，万顷寓焉，可谓奇矣，抱奇志者，亦将于此一爽乎！(文集卷二一)

海不可安乎渊静，天不可顺乎和委，而必以风涛激荡磅礴为"神观"，以拟于人，士亦不可安顺于屈辱，而以意气颉颃、悲歌慷慨为奇。"丈夫士固不可无奇"，正是杨维桢的性格，也正是在黑暗社会重压下应有的性格。这样的表现铮铮个性的气势奇伟的文章，在整个元文中，都不多见。

杨维桢长期处于社会下层，与民间人士交往颇多，写过不少与工匠、优伶的赠序之作，如《送朱女士桂英演史序》、《赠栉工王辅序》、《送墨生沈裕序》、《赠杜彦清序》、《朱明优戏序》等，都表现了他与一般正统士大夫不同的眼光。

杨维桢之文，有不同于流俗的见识，甚至间有非正统色彩。他的性格嫉恶如仇，不甘于和顺，指斥时弊，往往不留地步，文风豪纵有奇气，而不以淳雅为美，在整个元文中，都显得很突出。黄溍称其文"豪纵不为格律囚"(《东维子文集》卷二四《金华先生墓志铭》)；宋濂称其肆力于文辞，"非先秦、两汉弗之学，久与俱化，见诸论撰，如睹商敦周彝，云雷成文，寒芒横逸，夺人目睛。……其亦文中之雄乎!"(《銮坡集》卷六《元故江西儒学提举杨廉夫墓铭序》)都是中肯之论。但杨维桢之文（包括诗），在明初也受到过猛烈的抨击，王彝作《文妖》，专以攻杨：“天下之所谓妖者，狐而已矣。然而，文有妖焉，又有过于狐者。……文者，道之所在，抑曷为而妖哉？浙之西，有言文者，必曰杨先生。余观杨之文，以淫词怪语裂仁义，反名实，浊乱先圣之道，顾乃柔曼倾衍，黛绿朱白，而狡狯幻化，奄焉以自媚，是狐而女妇，则宜乎世之男子者之惑之也。余故曰：会稽杨维桢之文，狐也，文妖也。”（《王常宗集》卷三）王彝作为理学信徒，发此偏激之论，并不足怪，而从他的攻击，倒可以从反面看出杨维桢文的长处和影响。

元初文人，即以唐、宋大家为法，中期又多法欧阳，做文从字顺，淳和雅洁的文章。这对于宋末文章之弊，是一次振新。但时间一久，又不免流于平熟。在元中期，吴莱、李孝光已有上追秦汉的倾向，到了元末，杨维桢不满足于常调，又上追秦、汉。这在理论上，还没有作为创作主张提出来，但在创作实践上已有表现。这未必就是明“七子”“文必秦汉”的先声。但在文章复古的时代，取法近古的文章做久了，流于平熟，就会有人出来更求于上古的高格奥义，这在元在明，都是一样的。当然，“文必秦汉”在明弘、正间成为一种明确的创作主张，文人结为流派，创作成为潮流，这和元末又大不一样了。

戴良（1317～1383）字叔能，号九灵山人，浦江（今属浙江）人。通经史百家书，起为月泉书院山长，复弃去，至正二十一年，以荐授淮南江北行省儒学提举，以世乱，避地吴中，依张士诚。元亡，隐于四明山。明太祖召至京师，欲用为官，以老病固辞，旋暴卒，《明史》本传以为“盖自裁也”。有《九灵山房集》三〇卷，补编二卷。

戴良主要生活在元末乱世。他早年也曾习举子业，后未曾一试，即绝意科举，从黄溍、吴莱、柳贯学古文，又从余阙学诗。对于古文创作，他主张“以理为之体，以气为之充，以学为之辅”（文集卷二一《遁斋小稿序》）又说“文主于气，而气之所充，非本于学不可”，“文以气为主，气由学以充”（文集卷二九《密庵文集序》）。看来他于古文重气，而认为气本于学，近于韩愈之论文气，他看透了乱世不可为，对仕途比较淡泊，以洁身自固的高世之士自居。他的文章，没有元代许多文家那种官方调头，而是在清雅之中有独立不改的气度，颇近于其师黄溍所宗的欧阳修。能代表他的思想性格和文风的，有《爱菊说》：

鄞有高世之士，曰骆先生以大，貌严而气刚，行峻而言直，学广而闻多，落落不与世俗相俯仰，一语之不合，一事之不谐，则望望而去，终其身不齿。以故世之士子，鲜有当乎其意，辱与为忘形交者。然独视菊如贤友朋。每岁即小斋之外，罗植数百本，春而锄，夏而灌，秋编其干而屏列之。当天气始肃，寒英盛开，披鹤氅衣，戴折角巾，携九节杖，巡行圃中。见夫幽姿劲质，凌轹风霜，则思淬厉节操，处艰瘁而不屈；见夫黄而不杂，得土之中，则思正色独立，使君子有所敬而小人有所畏；见夫早培晚盛，不竞不争，则思居谦处让，退可以无咎而进为有悔；见夫味甘而气馨，品高而性介，则思蓄用以待时，洁身而处俗，不与黄茅白苇俱出于斯世。凡是数者，一或不类于是菊，又为之徘徊花下，仰而视，俯而思，且愧而且责，必也物我两忘，彼此无间，然后与之曹处乎轩窗寂寞之滨，并驱乎草木摇落之际，若相磋以道，相错以德，不自知其情之孚而身之化也。夫如是，则菊也，先生也，真所谓贤友朋也。

菊有贤友朋之象，而先生犹爱之如此，况世之贤士子乎？是故无贤士子则已，有则必为先生之所爱，如爱斯菊矣。先生爱贤之心，岂果有异于爱菊之心乎？呜呼！菊不能以自贤，惟先生能贤之；士子不能自知其贤不贤，惟先生能知之。贤也吾其爱，不贤也吾其弃。呜呼！安得贤如是菊陶姓而潜名者与之论先生之交际哉！（文集卷一八）

戴良之记体散文，也颇有特色。《六柳庄记》、《日月牖记》、《四景楼记》、《二灵山房记》等文，都表现了他的清高远俗的情怀，记叙与议论自然相合，有时也颇见描绘之功。如《二灵山房记》写山房所见鄞县二灵山水之奇：

盖东南诸山，踊跃奋迅，北走而达于湖，若奔马之饮江，若游龙之赴壑。其旁群峰，羽翼乎兹山者，亦皆效奇献巧，若翔凤之展翅而众鸟为之后先。环之以锦屏，舒之以练带，巉然湾然，如拱如揖，凡境之最奇，所以接乎目而交乎心者，举入乎山房矣。天渊置图书几砚供张诸物于其中，客至则相与倚栏而立，纵目以嬉，不知日之将入。但见泽气上腾，与林光山色相掩苒，歘兮攒青，倏兮浮白，乍合乍敛，翕忽荡漾。已而皓月微吐，横射庭隙，流汞下澈，影动虚棂，悄胃凄神，恍不类人间世，此又一奇也。（文集卷二〇）

陶宗仪（1316～？）字九成，号南村，黄岩（今属浙江）人。早年应试不第，即绝意功名，寓华亭（今上海松江），著书授徒，辟举皆不起。明初，诏征天下儒士，引疾不赴，晚年被聘为教官，亦非所愿。约卒于建文、永乐之际。著有《南村辍耕录》（一称《辍耕录》）三〇卷及《南村诗集》四卷，又编有《说郛》、《书史会要》等。

笔记之体，产生于南北朝时期，《西京杂记》、《世说新语》等，是早期的著作。“笔记”一语，也产生在这个时期。东汉时，以“文笔”泛指文章，如王充《论衡·超奇》所谓“文笔不足类”。南朝宋代，开始把有韵的文章称为“文”，无韵的文章称为“笔”，又以“笔记”一语，称无韵之文。如梁王僧孺《太常敬子任府君传》，称任昉“天才卓尔，动称绝妙，辞赋极其清深，笔记尤尽典实”（《艺文类聚》卷四九《职官·太常》）。又梁萧子显《南齐书·文学传·丘巨源传》载巨源与尚书令袁粲书说：“笔记贱技，非杀活所待。”是说当时文人不如武夫得到重视。以上所举的“笔记”一语，都是指的无韵的文章，与唐宋以后所谓“笔记”，含义不同，但却是“笔记”一语的起源。唐五代，笔记文体兴盛起来。北宋王谠撰《唐语林》，采录唐五代笔记之作，就有近五十家，其中封演《封氏闻见记》、李肇《国史补》、赵璘《因话录》、范摅《云溪友议》、王定保《唐摭言》等，都是较有名的著作。《唐语林》未录的笔记之作，实际上还有不少，比较重要的，如张鷟《朝野佥载》、段成式《酉阳杂俎》等。宋代，笔记文体大盛，数量大大超过唐代，一些大文学家，也从事笔记的写作。著名的，有宋祁《笔记》、王辟之《渑水燕谈录》、欧阳修《归田录》、沈括《梦溪笔谈》、苏轼《仇池笔记》、《志林》、赵令畤《侯鲭录》、叶梦得《石林燕语》、蔡絛《铁围山谈丛》、洪迈《容斋随笔》、陆游《老学庵笔记》、王明清《挥麈录》、罗大经《鹤林玉露》、岳柯《桯史》等等。

笔记作为一种文体，不同于记、序、传、志等，各有一定的内容和法度程式，也不同于有一定的体例、系统的子、史专书。笔记的写作，是随手杂录，漫无统绪，内容丛杂，形式也比较自由。《四库全书总目》卷一二二《子部·杂家类·杂说》按语说，笔记之作，“其说或抒己意，或订俗伪，或述近闻，或综古义。……大抵随意录载，不限卷帙之多寡，不分次第之先后，兴之所至，即可成编。”比较确切地说明了笔记的特点。笔记之书，多载一定时代的事实，相对于官修正史，有“野史”、“稗乘”之称。笔记中所载的事实，多出于作者的亲见亲闻，具有一定的史料的价值。官修正史，对笔记也往往有所采录。笔记多载故事，甚至奇闻异说，广为搜罗，故有些笔记之作，又被看作小说。

从散文的角度看，笔记之作从总体而论，多有琐杂之弊，又由于是随手漫录，常常不是经过精心结想，然后下笔的，有些地方，难免流于粗率。但笔记之文，也有其长处。文家写作笔记，一般没有那么一贯的经邦济世的动机，也较少有借笔记之作名于当世、垂于永久的念头，更不会去摆那种官样文章的架势，因此，在笔记中间，往往倒能更多地看到文家的真情感、真见识；笔记行文，不讲求法度程式，往往倒更多一些新鲜活泼。笔记往往是多种内容、体式的杂纂。因此，从一部好的笔记之作，常常能看出作者的抒情、叙事、写景、状物、议论、考据等多方面的才能。

元代的笔记，承宋代兴盛之势，也有多种，除已经谈到的元初周密的《癸辛杂识》等外，还有王恽《玉堂嘉话》、刘祁《归潜志》、蒋正子（一作子正）《山房随笔》、陆友《研北杂志》、杨瑀《山居新语》、郑元祐《遂昌杂录》、陶宗仪《南村辍耕录》等。

《南村辍耕录》作于陶宗仪元末居华亭时。卷首有孙作序，对此书撰写的情况，记载颇详："余友天台陶君九成，避兵三吴间，有田一廛，家于松南。作劳之暇，每以笔墨自随，时时辍耕，休于树阴，抱膝而叹，鼓腹而歌。遇事肯綮，摘叶书之，贮一破盎，去则埋于树根，人莫测焉。如是者十载，逐累盎至十数。一日，尽发其藏，俾门人小子，萃而录之，得凡若干条，合三〇卷，题曰《南村辍耕录》。"序作于至正丙午，即至正二十六年，当元亡之前两年。序中所述书于树叶，贮于破盎等细节，是否全合于事实，不必深究，但说此书是在长时间里随手撰录，积累而成，则应该是事实，也符合一般笔记之著成书的情况。

《南村辍耕录》所记间及宋末事，而以元朝一代之事为主，内容丛杂，从元之宗室世系、朝章国典、朝野佚闻，以及书画、戏曲、小说、诗歌等等，多有所载，也有一些奇闻异说和鬼怪妖魅的传闻。但陶宗仪在此书中记载的重点，还在元朝史实；从他在书中自称"南村野史"，也可知其著书之意，主要在保存史料。清朱彝尊《静志居诗话》称陶宗仪"练习掌故，元朝野旧事，籍《辍耕录》以存。……要皆有裨史学"（《明诗综》卷一二）这样的评价，并不算过誉。《南村辍耕录》关于文学、艺术方面的记载，也有不可忽视的文化史的价值。如卷二五"院本名目"条所记金院本四百余种，卷二七“杂剧曲名”所记杂剧曲牌约二百种，以及书中对正统史家、文家所不屑载的杂剧作家王和卿、关汉卿事迹的记载（卷二三），对杂剧女演员珠帘秀事迹的记载（卷二〇），都是珍贵的戏曲史料。

从《南村辍耕录》对元代史事特别是元末社会情况的记载，可以看到陶宗仪作为封建知识分子，有其封建的正统观念，这特别表现在他对元末农民起义的态度上。同时，也可以看到他作为下层知识分子，具有强烈的正义感，这特别表现在他对民生疾苦的深切同情和对暴军恶吏残害人民的深恶痛绝。《南村辍耕录》对元代的阶级压迫、民族压迫，有不加隐讳的记载。如卷一七《奴婢》条载：“今蒙古、色目人之臧获，男曰奴，女曰婢，总曰驱口。盖国初平定诸国，日以俘到男女，匹配为夫妇，而所生子孙，永为奴婢。……刑律，私宰牛马，杖一百，殴死驱口，比常人减死一等，杖一百七，所以视奴婢与马牛无异。……奴婢所生子，亦曰家生孩儿。”在这种受到国家保护的野蛮制度下，奴婢命运之悲惨，可想而知。元立国仅数十年，即被风起云涌的人民起义推翻，确有其必然性。卷九《谣言》所记，也与奴婢制度有关：

> 后至元丁丑夏六月，民间谣言朝廷将采童男女以授鞑靼为奴婢，且俾父母护送抵直北交割。故自中原至于江之南，府县村落，凡品官庶人家，但有男女年十二三以上，便为婚嫁。六礼既无，片言即合，至于巨室有不待车舆亲迎，辄徒步以往者，盖惴惴焉惟恐使命戾止，不可逃也。虽守土官吏与夫鞑靼、色目之人，亦如之，竟莫能晓。经十余日才息。自后有贵贱贫富长幼妍丑匹配之不齐者，各生悔怨，或夫弃其妻，或妻憎其夫，或讼于官，或死于夭。此亦天下之大变，从古未之闻也。吴中僧祖柏号子庭者，素称滑稽，口占绝句曰：“一封丹诏未为真，三杯淡酒便成亲。夜来明月楼头望，惟有姮娥不嫁人。”又有人集古句云：“翡翠屏风烛影深，良宵一刻值千金。共君今夜不须睡，明日池塘是绿荫。”可谓深于命意者矣。

事起于谣言。但一条谣言竟使举国之人深信不疑，以致引起“从古未闻”的“大变”，实在是事出有因。如果不是几十年间类似的丹诏曾一再带给举国上下巨大的灾难，何至如此！

陶宗仪隐居松江时期。元朝社会的黑暗、人民的苦难都达到了极点。《南村辍耕录》对当时官场腐败、冤狱丛生，人民陷于水火的情况，多有反映。卷一三《杜荀鹤诗》条录杜荀鹤《乱后逢村叟》、《山中寡妇》、《旅泊遇郡中乱》三诗，说："方之今日，始信其非寓言也。"卷二三《鞫狱》条载一冤狱故事，评曰："吁！今之鞫狱者，不欲研穷磨究，务在广陈刑具，以张施厥威。或有以衷曲告诉者，辄便呵喝震怒，略不之恤，从而吏隶辈奉承上意，拷掠锻炼，靡所不至，其不置人于冤狂者鲜矣。"陶宗仪对元末社会的黑暗确有清醒认识，也痛心疾首。他不赞成人民起义，但从他对元末社会黑暗的记载，也可以看到官逼民反的必然性。《南村辍耕录》对元末人民起义多所记载，如卷二七《旗联》条记"中原红军初起时，旗上一联云：'虎贲三千，直抵幽燕之地；龙飞九五，重开大宋之天。'"卷二九《隆平》详细记载了张士诚起义的过程。值得注意的是，《南村辍耕录》更突出地记录了元末官军对人民的骇人听闻的暴虐。如卷三〇《松江之变》写由于元军内部矛盾激反王与敬事件中官军对松江人民的大屠杀："恣肆检刮，截人耳鼻，城中女妇多为淫污，房舍间有存者，皆为焚毁，靡有孑遗，居民两遭锋镝，死者填街塞巷，水为不流。"卷九《想肉》条载"淮右之军嗜食人"，"酷毒万状，不可具言"，更是令人发指。同时期的杨维桢在《人心论》中说元末"城郭之民，养卒如养虎，四野之民，避兵如避寇"，而陶宗仪的记录，更为具体翔实，触目惊心。

第四节　马祖常、萨都剌、余阙、迺贤

元代的少数民族散文家，多活动于中、后期，以马祖常、余阙成就较高，萨都剌、迺贤的散文，也有可称道的。

马祖常（1279～1338）字伯庸，号石田。据黄溍《金华黄先生文集》卷四三《马氏世谱》，马氏之先，出西域聂思脱里贵族，和禄宋思始来内地，家临洮。其子帖穆尔越歌，辽末以军功官马步军指挥使，为政廉平而有威望，得民爱戴，民不直呼其名，而称之曰马元帅，因以为氏。辽亡，帖穆尔越歌子伯索麻也里束居净州天山（今内蒙古四子王旗西北），其子习礼吉思，为马祖常高祖，仕金为凤翔府兵马

都总管府判官，子月忽难仕元，终礼部尚书。又据虞集《道园学古录》卷一五《桐乡阡碑》，马祖常之父马润曾知光州（今河南潢川），因家于此，死亦葬于此，“光之有马氏自公始”，马祖常当为光州人。中延祐二年进士，授应奉翰林文字，拜监察御史，历官翰林待制、太子左赞善、礼部尚书、江南行台中丞、御史中丞、枢密副使。卒谥文贞。有《石田文集》一五卷。

马祖常出身于汉化程度很深的色目人官宦之家，在元之中期，官声文名皆甚重。他少年笃学，又受业于蜀儒张䇓。张䇓为元初名儒，《元史·儒林传》一《张䇓传》说他“自《六经》、《语》、《孟》传注，以及周、程、张氏之微言，朱子所尝论定者，靡不潜心玩索，究极根柢”。可见马祖常的学问根底，同当时大多数文家一样，也是理学。对于散文，他主张“经世而载道”（文集卷九《周刚善文集序》），又主张“赋天地中和之气，而又充之以圣贤之学”（同上《卧雪斋文集序》），和当时一般文家也无不同。但他作为色目人，又成长于中州，对北方文家的文风还是有所偏爱。对元初以来的文家，他最重姚燧、元明善，称“姚燧、元明善褎然在廷，以文致位，光显而于今传之”（《周刚善文集序》），又作元明善《元文敏公神道碑》，称“当世为一代之文宗者，柳城姚燧暨公而已”（文集卷一一）。对古人之文，他称赞先秦文之“浑噩弗雕”，韩愈文之“絜其精微而振发于不羁”（《周刚善文集序》）。因此，马祖常之文，主于雍容平和，但也还有劲直质朴的一面。

马祖常的文章，有的接触到国计民生问题。如《记河外事》：

> 有计吏河外来，称河外斗菽三十千，弱民持钱告籴大家，大家亦无有，菽日益贵，民日益困，而有司赋之日益急也。余方食，投箸记其说，且曰：“菽之比粟也奚急？而病若是！是履贱踊贵也。有司赋之急，其谓何？请子悉之。”吏曰：“子儒服者，所谓治天下之事，子盖懵懵也。故事，国马食，岁征诸内地而不给，则漕河间盐，错置郡邑，算民之口而廪食之，估当其值，而以藁秸入之宫。又不给，则差河北郡县。凡民数几，可秣马几，俾马就食于外。今中山、河间赵地百姓无糠籺救旦夕命，人挈男女之里中，不得易斗米，其均赋于河外，以此也。子泥于古而昧于今，而不知通变之道。子不仕则已，子而仕，将见瘝官之罚，集子之躬矣。余言尽不可信耶？”（文集卷八）

文章写得质朴简洁，很能表现马祖常文的特色。文章所反映的，是元代特有的一个社会问题。元以蒙古族入主中国，蒙古重骑射，“国马”特多，其粮秣皆赋于民，造成人民的沉重负担。据《元史·食货志》，仅京师之马，岁用草料即达八百万束，加上名目繁多的科差课赋，民不聊生，是必然的了。

马祖常还有一些记体散文，如《小石山记》、《小圃记》等，都清新简净，有寓意可味。

与马祖常同时的少数民族作家，有萨都剌。

萨都剌，字天锡，号直斋，回回人。约生于成宗大德间。祖父思兰不花。父阿鲁赤以军功起家，受知于世祖，镇云、代，居雁门（今山西代县)。泰定四年进士，授翰林应奉，出为镇江路录事司达鲁花赤，官至淮西江北道宪司经历，约卒于惠宗至元五年（1339）前后。

萨都剌以诗文名，尤长于诗，诗集有《雁门集》（一称《萨天锡诗集》）传世。其友于文传称其“为文词雄健倜傥”(《雁门集序》)。文多散佚，今不得见其全貌。清雍正间编《古今图书集成》，在《方舆编·山川典》中，收有萨都剌《龙门记》一文，是一篇难得的矫俗之作。此文记洛阳龙门，简写石窟、佛寺之毁败，然后发为议论，对世俗之佞佛予以抨击，而其矛头所向，主要又在上层：

……今观其创作，似非出于一时，其工力财费，不知其几千万计。盖其大者必作自国君，次者必王公贵戚，又其次必富人而后能有成也。

然予虽不知佛书，抑闻释迦乃西方圣人，生于王宫，为国元子，弃尊纲而就卑辱，舍壮观而安僻陋，弃华丽而服朴素，厌浓鲜而甘淡薄，苦身修行，以证佛果。其言曰“无人我相”，曰“色即是空”，曰“寂灭为乐”。其心若浑然无欲，又奚欲费人之财，殚人之力，镌凿山骨，斫丧元气，而假于顽然之石，饰金施彩，以惊世骇俗为哉！是盖学佛者习妄迷真，先已自惑，谓必极其庄严，始可耸人瞻敬，报佛功德。又操之以轮回果报之说，谓人之富贵、贫贱、寿夭、贤愚，一皆前世所自为，故今世受报如此；今世若何修行，若何布施，可以免祸于地狱，徼福于天堂，获报于来世。前不可见，后不可知，迷人于恍惚茫昧之途，而好佛者溺于其说，不觉信之深，而甘受其惑，至有舍身、然臂、施财，至为此势极之功。

设使佛果夸耀于世，其成之者必获善报，毁之者必获恶报，则八寺巍然，诸相整然，朝钟暮鼓，缁流庆赞，灯灯相续于无穷，又岂至于芜没其宫，残毁其容，而荒凉落寞如此哉！殊不知佛称“仁王”，以慈悲为心，利益众生，必不徇私于己而加祸福于人，亦无意于衒色相以欺人也。

非议佛教兴寺造像之劳民伤财，轮回果报之说之迷人惑众，又称述佛理“无人我相”、“色即是空”，佛祖“以慈悲为心”，“必不徇私于己而加祸福于人，亦无意于衒色相以欺人”，以子之矛，攻子之盾，抨击得很有力量。元最高统治者佞佛，世祖至元间，设宣政院以掌管佛教僧徒及吐蕃之事，仅宣政院所辖官寺即有三百六十所（据《元史·祭祀志》），天下寺院不计其数。醮祠佛事名目，大德间即增至五百有余，佛事所费，每年以千万计（据《元史·释老传》）。萨都剌此文抨击佞佛之虚妄靡费，显然是针对世情而发，由此也可见他的胆识。行文也劲质有骨力，仍表现着河朔贞刚之气。

余阙（1303～1358）字廷心，一字天心，号青阳先生，唐兀人，世家河西武威（今属甘肃），父沙剌臧卜官庐州（今安徽合肥），遂为庐州人。惠宗元统元年进士，入翰林，与修辽、金、宋三史，历官翰林待制、浙东道廉访司事、江淮行省参知政事。至正一七年，拜淮南行省左丞，守安庆，次年初，陈友谅攻安庆，城破自杀。有《青阳集》。

余阙属唐兀即党项羌族。党项羌曾在北宋中期建西夏王国，历近二百年，为蒙古所灭。其父内迁并官庐州，当在元初。余阙虽仍自称“夏人”（《文集》卷二《送祖念温赴河西廉使序》），但已经华化。《元史》本传称“阙留意经术，《五经》皆有传注”，可见已通儒学。他性格刚毅耿介，颇近于张养浩。步入仕途不久，任中书刑部主事时，即因不肯阿附权贵，挂冠而去。复为朝官后，仍直言敢谏。宋濂《余左丞传》说：“阙在位，知无不言，言峭直无忌。人劝阙少辟祸，阙曰：‘吾纵惛，岂不知批逆鳞为危。委身事君，身虽杀，弗悔也。’”（《宋文宪集》卷一一）余阙的散文，颇能表现他的这种思想性格，文风也直切有气势，《元史》本传称其“为文有气魄，能达其所欲言”。如《贡泰父文集序》，主要不谈贡文，而着重写自己与贡师泰因“迂”而成为知己，表现出对正直的珍视和对流俗的轻蔑，读之颇能使人感奋，在元代的序体散文中，称得上是上乘之作：

余天性素迂，常力矫治之，然终不能入绳墨；矫治或甚，则遂病不能胜。因思以为迂者，亦圣贤以为美德，遂任之，一切从其所乐。常行四方，必迂者然后心爱之，而与之合；凡捷机变者，虽强与之，然心终不乐也，故暂合而辄去。京师，驰逐声誉之区也，迂非所宜有，尝阴以求之士大夫之间，得一人焉，曰贡泰父。

泰父，故学士仲章君之子，能诗文，少游太学，有时名，因自贵重，不妄为进取；有所不可交者，亦不妄与交。故吾二人者，欢然相得，若鱼之泳于江，兽之走于林也。时泰父为应奉翰林文字，固多暇者，即与聚。盍有蔬一品，鱼一盘，饮酒三行，或五行，即相与赋诗论文，凡经史词章，古今上下，治乱贤否，图书彝器，无不言者。意少适，即联镳过市，据鞍谈谑，信其所如而止。及暮，无所止，则相与问曰：“将何之?”皆曰：“无所之也。”乃各策马还。自古暨今，王公贵人能求贤常少。然自至元初，奸回执政，乃大恶儒者，因说当国者罢科举，摈儒士。其后，公卿相师皆以为常然，而小夫贱隶，亦皆以儒为嗤诋。当是时，士大夫有欲进取立功名者，皆强颜色，昏旦往候于门，媚说以妾婢，始得尺寸进，此正迂者之所不能为也。因翱翔自放，无所求于人，已而皆无所遇。……(文集卷二)

《题宋顾主簿论朋党书后》，论人主是否纳言与国之兴亡的关系，认为人主纳言，人得而言，则可以兴邦；人主不纳言，人不得言或不敢言，则“国遂以乱亡”，在政治黑暗，社会动乱的元末，有很强的针对性。文章赞扬宋末太学生萧规不怕政治恐怖，不顾个人安危，一再上书论国事、斥权奸的敢于言的精神：“前论丁大全，黥面贬岭南。既赦还，又与京学生叶李论贾似道，又再贬。似道罢，陈宜中当国，得诏还学，犹伏阙论事，奇气烈烈如平时。”(《文集》卷六)从这中间，也可以看到余阙自己的敢批逆鳞的耿直性格。

余阙的《书果啰罗易之作颍川老翁歌后》(《文集》卷六)是一篇反映元末人民苦难的文章，果啰罗易之即葛逻禄易之，即迺贤。至正五年，迺贤北游，访古于河